《江西稀見詩話輯刊》編委會

江西稀見詩話輯刊

【第一册】

段曉華　王德保　主編

江西人民出版社
全国百佳出版社

圖書在版編目(CIP)數據

江西稀見詩話輯刊：全 4 冊 / 段曉華，王德保主編. — 南昌：江西人民出版社，2022.12

ISBN 978-7-210-07528-8

Ⅰ. ①江… Ⅱ. ①段… ②王… Ⅲ. ①詩話－中國－古代
Ⅳ. ①I207.22

中國版本圖書館 CIP 數據核字(2020)第 302233 號

江西稀見詩話輯刊（全 4 冊）
JIANG XI XI JIAN SHI HUA JI KAN (QUAN SI CE)

段曉華　王德保　主編

責任編輯：李陶生　聶柳娟
裝幀設計：章　雷
出版發行：江西人民出版社
地　　址：江西省南昌市三經路 47 號附 1 號(330006)
網　　址：www.jxpph.com
電子信箱：644753449@qq.com　web@jxpph.com
編輯部電話：0791-86812172
發行部電話：0791-86898815
承 印 廠：長沙超峰印刷有限公司
經　　銷：各地新華書店

開　　本：880 毫米×1230 毫米　1/32
印　　張：63　字　　數：1630 千字
版　　次：2022 年 12 月第 1 版
印　　次：2022 年 12 月第 1 次印刷
書　　號：ISBN 978-7-210-07528-8
定　　價：598.00 元
贛版權登字 -01-2022-742

ISBN 978-7-210-07528-8
9 787210 075288

前言

江西自古以來是詩歌繁盛的土地，詩學發源也甚早。在陶淵明那裏，已有「文章自娱」「質性自然」的美學崇尚，而自宋代始，即形成撰述詩話的傳統。歐陽修的《六一詩話》是中國詩學史上第一部以「詩話」命名的著作，不僅開創詩歌理論著述之新體裁，而且引領宋代詩歌理論之大方向。接續而産生的楊萬里《誠齋詩話》、姜夔《白石道人詩説》等，均是中國古代文學批評史上的著名詩話，代表了當時詩學的卓越成就，也展示了江西詩學批評史的輝煌歷程。迄今爲止，還有不少的詩話與詩論篇章保存在作者的詩文别集或筆記中，歷來没有單行本，這種存在往往被詩學理論研究所疏忽，而這無疑是重要的文學與文學理論文獻。《江西稀見詩話輯刊》即是這類稀見文獻的搜集彙編，有如大海探寶，目的明確而富有意義。

這部稀見詩話輯刊，主要是明清時期的詩話著述。標以「江西」，旨在存江西詩人之事迹，輯江西學者之詩論，所論亦以江西詩歌爲主。以内容論，所輯詩話大體可分爲三類。第一類是江西地域詩歌史的編撰，以清代裘君弘《西江詩話》、楊希閔《鄉詩摭譚》爲代表，明顯有着内容與觀念上的承續關係。作者具備史學眼光，涵蓋面大，系統性强，在論述江西詩歌發展階段，溯源詩歌流派産生與分脉，以及作者考述與創作評論，文獻勘證訂誤等方面都作出了較清晰的記載與論述。第二類是詩歌雜記雜評，不拘於江西一地，隨個人閲歷或詩歌涉獵，記録詩壇軼事，月旦人物，總結創作方法。如朱孟震《玉笥詩談》、羅安《吟次偶記》、吴嵩梁《石溪舫詩話》等，多有創見，不免瑣屑。有的詩評近似於輯録，多采擷前人評語。如黄溥《詩學權輿》，本是課讀家塾子弟，引導創作與欣賞的入門之作，所以引用或采編前人詩話甚多。第三類是專評，如胡維霖《詩譜詩評》，專論詩歌各體以及歷史分期，尤對明代詩歌評述甚詳。鍾秀《陶靖節紀事詩品》，專論陶潛詩歌，逐章廣集各家評箋并作出己斷。謝鳴盛的《範金詩話》則專論詩法，授人金針。

總體來看，這些詩話不論其内容如何，皆從各自的角度，反映了所處時代的文學觀念與創作風氣，同時或多或少地保存了正史、總集不經見的詩歌文獻資料，自有其不可替代的價值。如清人楊希閔的《鄉詩摭譚》，在載録並不出名的詩人李紘時，全文著録了李紘的《南園答問》，這是有關江西學術史、文學史的總體性精譬論述，前此論江西文學者，多有對其個别字句的轉輾稱引，原文難得一見，《鄉詩摭譚》使這篇罕見的論文全豹可睹，彌足珍貴。再如李之鼎的《宜秋館詩話》，記録晚清以來作者交游所得，重在掌故史料，上至名公巨卿，下逮失意士人，均以詩系人，兼論風神，因而保存了不少近代詩人詩作。有些作品僅載於此編，如所收沈曾植詩四首，即爲本集所無。

搜集、整理、校勘、編纂《江西稀見詩話輯刊》，是江西省屬重點學科中國古典文獻學的集體項目，也是一次全面系統地整理江西詩話的過程。在長期塵封的大量文獻資料中，鈎稽整理出十七種江西地域性詩話，大多未經現有的各種詩話總集所收録。這爲探討歷史發展中的江西詩學，總結「大江西詩派」的發展歷程，拓展江西詩學乃至中國詩學研究學術的時間、空間維度，提供了更豐富的文獻支持。輯刊總體框架遵依一般古籍點校的體例。每種詩話整理，由點校前言、正文標點、校勘記三部分組成。點校前言包括作者生平考述、學術成就、本書學術價值、版本情況等。依據所搜集的原本進行標點，盡可能尋求對校本，但因版本稀缺，校勘多以參校爲主。爲保存與反映文獻原貌，對各種詩話原本的不同編撰體例未作統一，讀者自可理解。

參加本輯刊文獻整理工作的人員，除了已署名的老師和同學，還要特别提到鳳凰出版社的王愛榮老師、北京聯合大學應用文理學院的房艷紅老師、江西藏書家王令策先生，他們在文獻版本方面提供了無私的幫助。本校文獻學、古代文學專業的十幾位研究生，爲搜集資料、鈔録文獻、校對原本付出了辛勤的勞動，在此一並致謝。

段曉華　二〇一五年十月

總目

詩學權輿

［明］黄溥

王德保　譚雅琴　點校

點校説明

《詩學權輿》，黄溥撰。黄溥，字澄濟，號石崖居士，江西弋陽人，生於明代永樂十年（一四一二），卒年不詳。正統十三年（一四四八）進士，歷任廣西道監察御史、四川施州衛經歷、廣東監察御史等，表賢勵俗，績用較著。所著有《石崖集》《漫興集》《策學輯略》，編集有《治世正音》《疊山集》《東坡集》《木庵集》《詩學權輿》諸書。

《詩學權輿》前有序三篇，闡明了黄溥著述的原因、目的和此書的性質。「集詩者嘗以其識，見好尚爲取捨，甚至賣匵還珠者亦有之矣，遂使學者出門多歧，無所適從，始差終繆……」「於政暇，探索古詩人遺矩，定爲名格、名義、韻譜、句法、格調專目，兼繫古人詩之可法者，爲若干卷，名之曰『詩學權輿』……原始要終，尋其枝葉，究其所窮，優而柔之，饜而飫之，以畢詩家之能事」「先公憲使澄濟嘗以此道課先諸君子輩，集爲《詩學權輿》一書，誦之家塾，傳之海内」。據考證，弋陽潭石書院建于黄溥父輩時期，爲黄氏之家塾。後由黄溥舊址重建，擴大規模，聚宗黨鄉人子弟之秀者教之。綜合各序所言，黄溥大約不滿前人選詩論詩之標準，欲重建立詩學體系，以教家塾子弟。故云：「爲善學詩者，譬諸造衡者，必始于權，斯善爲衡矣。造車者，必始於輿，斯善爲車矣。」以造衡造車譬喻作詩，這是《詩學權輿》得名由來。據《爾雅》：「權輿，始也。」「詩學權輿」即詩學之始，詩學之入門。所以，《詩學權輿》最初是黄溥課讀家塾子孫，引導其創作或欣賞詩歌的入門之作。

全書共二十二卷，體系龐大，兼收衆體，内容豐富。卷首闡述詩歌的名格名義，卷二至卷八分别介紹詩的韻律、字句語法、語言修飾、思想意義升華、詩病的問題，卷九總説詩歌創作的訣竅和詩評詩説，卷十至卷十三分説詩歌各種體裁，卷十四至卷末針對唐宋時期詩歌具體説明七言、五言、絶句、律詩、巧聯的不同。黄溥在編纂《詩學權輿》時遵循格法類分、詩評結合的方式，以詩歌創作爲線索，詩歌理論分支爲綱目。每一卷目下分類細緻，闡述詳盡，徵引頗多。對於前人諸多詩歌理論作品，如《詩人玉屑》《苕溪魚隱》等，或多方采輯，或正其訛謬。在詩學上也屬於唐宋餘脉，對江西本土詩人關注頗多。

《四庫全書》未著録本書，然總目卷一百九十一有提要，云「是書兼收衆體，各爲注釋，定爲名格，名義、韻譜、句法、格調諸目，復雜引諸説，以證之然，采摭雖廣，考證多疏。」按照乾隆朝考據家的標準來要求本書，考證多疏，誠非虚言。

關於《詩學權輿》的版本體系，有明憲宗成化五年（一四六九）的作者自刻本，此本現藏國家圖書館，但有殘缺。明刻本尚有熹宗天啓五年，黄氏復禮堂刻本，二十二卷，有黄啓蒙序。此本現收于《四庫全書存目叢書》中。今以黄氏復禮堂本爲底本，參校成化本，原著引文多查對原文。

王德保

詩學權輿序

宇宙内事，未嘗無本末重輕，而得失一存乎人之決擇、取捨，以謹之於始也。如行道然，始或不謹，而差之豪釐，非但謬以千里，卒至愈遠而愈失其真矣。惟詩亦然。詩雖肇跡於《擊壤》《康衢》諸歌謡，與夫《書》之《賡歌》，而備極名義，以垂教萬世，則吾夫子所删之《三百篇》爾。繫之性情倫理，關之風俗政治，其本之所重者如此。而温厚、和平、優柔、微婉以極乎體制、音響、節奏之妙，則末亦不可廢焉。舉其本，遺其末，輪轅弗飾而已矣。任重致遠，弗飾何傷萬一？崇末棄本，是猶山腐節而藻朽棁，非徒無益，幾何而不至於糜爛、折壞也哉？《三百篇》後，楚詞最爲近古。漢魏以還，名格屢變。雖以蘇、李、陶、謝、李、杜、韋、柳以及諸名家，亦皆不能不隨時升降，而所謂詩之本體，猶存在也。至宋則濂洛、紫陽以下，諸學子卓然以道學爲己任，而不專心役志於所謂詩者。間有述作，無不粹然，一出於正，直可配風雅，凌屈宋。韋柳以下，弗論也，歷年踰久，作者亡慮千數百家，純疵得失往往不類。而集詩者嘗以其識見好尚爲取捨，甚而至於賣匱還珠者亦有之矣。遂使學者出門多歧而無所適從，始差終繆，卒不自覺。或得末而遺其本，或兼[一]本末而兩亡之，而古詩人之意蕩然矣，此係其謹之不早也。余每[二]論詩，輒及於此。一日，廣東按察使弋陽黄公手一編諗余曰：「學詩以古人爲歸要，亦始於門路之正。假之歲月，以求入室致遠，則爲善學詩者。譬諸造衡者，必始於權，斯善爲衡矣。造車者，必始於輿，斯善爲車矣。今之作與古作若少間焉者，大率不得其門而入焉爾。古今人豈不相及哉？因[三]於政暇探索古詩人遺矩，定爲名格、名義、韻譜、句法、格調專目。兼繫古人詩之可法者，通爲若干卷，名之曰《詩學權輿》。將鋟梓以廣之，令學者由此而入，原始要終，尋其枝葉，究其所窮，優而柔之，饜而飫之，以畢詩家之能事。幸子一言。」余受而閱之者累日，重黄公深於詩且汲汲於及人，又喜《權輿》之説，與余謹始之論合。而亦未嘗不自愧疏迂之論，不及黄公之詳備，而又不能如黄公之表著以及諸人也。故不辭[四]而次第平昔之論爲之序。黄公其有以識余之論，而凡學詩者其無有概於余之言夫！

成化五年己丑夏四月朔旦賜進士廣東右布政前監察御史天台夏塤宗成序

天啓癸亥春古瀛黄鶴元白書於潭石之復禮堂

【校記】

[一]兼，成化本作「並」。

[二]每，原作「妄」，據成化本改。

[三]因，成化本作「固」。

[四]辭，原作「背」，據成化本改。

重刻詩學權輿敘

詩者，天地之元聲，人心之元韻也。故人之性情，世之風化攸關焉，古先王觀風知命太史陳詩。吾夫子著六經之辭，必先詩教。其居常，不曰：「小子何莫學夫詩？」則曰：「不學詩無以言。」詩學之重焉獨自盛唐然也。惟國朝以文章程天下士。士之挾策而售者，不難捨瑟而竽之，故攢眉嘔血於紙窗風雨之間，輒無暇爲興觀羣怨之思，庸詎識八股之非排律，籌比之非偶聯耶。誠能通詩于文，則盛唐之詩即之云文可也。先公憲使澄濟，則嘗以此道，課先諸君子輩，集爲《詩學權輿》一書，誦之家塾，傳之海内。久而祖龍灰木，蠹魚殘編，讀者扼腕。蒙自蚤歲潛心讐校，旁搜補輯，定而綏與家大人司牧貞所公謀以殺青。才具資斧，而家大人變夫循是，妬生宫中，釁啓外侮，所遺中人之産，板蕩無餘。幸縹緗之業猶存，而齋頭青氊無恙也。作而筆耕，潭上儘歲之穫，都供剞劂。閱五伏臘，始克成帖，公諸同志。非敢曰爲渡世之金針，惟以備音律之敝帚。亦非敢曰繼先聖詩學之統，惟以衍先公家學之傳耳。至于學詩者得之，不使當之文盛而詩亡，幾不爲雅頌之功臣也哉！

天啓五年龍集乙丑暮春月信州潭石黄啓蒙孟瑱父識

詩學權輿序

詩果有法乎？詩出於情，情動而有聲，聲協而有詩。其音格高下，固不可一律拘也。詩果無法乎？詩原於唐謡、虞歌，委於國風雅頌，以及騷選古近體，欲得其體合其格，亦必有其道也。且詩莫盛於《三百篇》，上自朝廷，下至里巷，其作粹然，一本乎情性之正。故雖不拘法度，而自不越法度之外矣。後來誦其詞者，如出乎其時，求其指者，如親見其人，非萬世詩法之宗乎？自是既降，變而爲騷、爲賦、爲歌行、爲古選、爲近律、爲絶句，雖其體裁音響不能不隨時以降。然要其歸趣，亦未有不發乎情性，而求止乎禮義者也。如溥之不敏，亦嘗研究所作，而沉潛其意，久之恍然似有得。夫大要，乃即漢晉唐宋諸大家數之，有補於詩道者。博觀約取，凡其體製格律之辨，命意構思之由，用韻造語之法，比事屬對之方，與夫詩家開闔變化之妙，豐約精粗隱顯之機，雅俗芳穢向背之分，靡不冥蒐旁引，科分條別，明著於篇。復繼以儒先之評論，諸家之作述，使學者得有所考，以充廣其見聞。得有所式，以不昧其趨向，是則詩雖未易窺其閫室，抑又豈不因之而得其門徑也耶。然是編蓋自蚤歲已嘗著之以課家塾，名曰：《詩學權輿》。每患其疏略未詳，至是重加纂集，頗爲明白。仍其舊名而不改者，良以後先所述，雖有詳略不同，而其爲初學行遠升高之助，初亦未嘗異也。若其名篇之義，廣藩布政使天台夏公既序之詳矣。予特書其所以編集之意於篇末。庶幾同志之士，觀之而知是書之成有所自云。

時成化己丑歲五月望日弋陽石崖居士黄溥澄濟書於柏臺清處

天啓三年歲次癸亥仲春五日虎林沈鼎新自玉重書

詩學權輿　卷之一

詩之名格

歌：放情長言，抑揚曲折，必極其趣，不拘其句律，亦不嚴守其音韻，牽於屈平之《九歌》，盛于唐宋詩人之作。○有一句之歌，若《漢書》「枹鼓不鳴董少平」之類。○有兩句之歌，若荆卿《易水歌》之類。○有三句之歌，若漢高祖《大風歌》之類。○有五句之歌，若杜子美「曲江蕭條秋氣高」之篇。

謡：播於徒歌，通乎俚俗者，謂之「謡」也。古有《康衢謡》是已，後王昌齡《箜篌謡》，馬子才《長淮謡》之類，亦其遺意與？

騷：《離騷》，離謂，遭憂之[一]懟，感激而爲之，即屈平之所作也。蓋騷繼風雅之變，後人多宗之，爲辭、爲賦，亦古詩之淵源者也。

辭：感觸事情，形於言辭，若屈宋所著之《楚辭》《漁父》辭之類也。其後漢武有《秋風辭》，陶淵明有《歸去來辭》，亦其遺意[二]。

賦：撲序事物，直陳善惡以賦之，故《漢書》云：「不歌而頌曰賦。」蓋古詩之流也。若賈誼《吊湘》，司馬長卿《上林》等賦是已。

樂府：　即古頌之遺意。漢武定郊祀，立樂府，命司馬相如等爲詩賦，諧律吕，合八音，作《十九章》之歌，大抵以其能備諸體，兼總衆音，故名樂府云。

古詩：　蘇李以上諸作，高妙古淡。然有五言選體、五言長篇、七言古風之稱，又有絶句、雜言、八句、六句之異。選詩梁昭明太子統之所選，見於《文選》，古風泛然爲之，其制不拘五七言長短句也。

操：　劉向云：「其道閉塞，悲愁而作者，其曲名曰『操』。」蓋以遇災害憂虞而不失其守故也。若尹伯奇之《履霜操》，孔子《猗蘭操》是也。

行：　攄[三]詞遺意，步驟馳騁，如雲行水流，無所漫濾，若《苦寒行》之類。合而名之，若《長歌行》《短歌行》之類，名曰「歌行」。無非推廣古詩中辭語而已。

曲：　抑揚其辭，比順其音，使高下長短各極其趣，因命曰「曲」。若梁簡文之《烏棲曲》，陶嬰《黄鵠曲》，李太白《清江曲》是已。

引：　即其本末先後而品秩之，故名曰「引」。若古詞之《箜篌引》，杜子美之《丹青引》之類。

誄：　長言以道其志，暢其情，故曰「誄」。若陶淵明之《貧士誄》，顔延年之《五君誄》是已。

篇：　拾掇事理，鋪序成章，所謂「篇」也。若曹子建之《名都篇》《白馬篇》之類。

嘆：　志意沈鬱，形於聲嘆氣嗟，因名曰「嘆」。古詞有《楚妃嘆》《明君嘆》是也。

吟：　幽憂深思，形於嗟慨，故名曰「吟」。若鮑明遠《東武吟》，孔明《梁甫吟》之類。

思：　觸物感懷，陶情寫景，以舒其悠悠之懷。若宋之問、盧仝《有所思》是已。

別：　寫其分離之情，悽愴之意，因以「別」名。若杜子美之《垂老別》《新昏別》之類。

哀：感傷之深形於聲，而有悲慘之意，故曰「哀」。若曹子建、王仲宣之《七哀》是也。

怨：氣不得平，聲不得和，發爲詞章，以宣暢其怨懣之情，故曰「怨」。古詞有《長門怨》《獨處怨》是也。

愁：憂戚鬱結之情形於呻吟，因名曰「愁」。若張衡《四愁詩》之類。

樂：心歡志適，由中發外，自然以成律度，故名曰「樂」。齊武帝有《估客樂》，朱誠質有《石城樂》。

調：比合其聲之清濁高下，以成詞曲，因名爲「調」。古有長調、短調、瑟調、楚調。近世若《草堂詩餘》皆其制也。

贊：陳事定功，而贊揚其美，若呂和叔爲《勳臣贊》，黄魯直爲《孟浩然贊》，蘇子瞻爲《李白贊》是已。

銘：或紀德成名，或述事致警，若武王諸銘是已。後世張子《東西銘》及《陵墓碑銘》皆是。

頌：形容盛德，播揚休功。如漢以後，樂府諸詩作於公卿大夫，而用於宗廟神明，蓋古頌之遺意也。陸機有《功臣頌》，王褒有《賢臣頌》，元結有《中興頌》。

文：撰序事物，順理成章，自然合乎律度，因以「文」名。若孔德璋有《北山移文》，韓退之有《吊田横文》。

唱：抑揚其志，委曲其聲，若魏明帝《氣出唱》之類，即其格也。

弄：憂思憤懣，寓之嘲諷，以舒其懷曰「弄」。若樂府《江南弄》之類是其體也。

律詩：以五七字爲句，八句爲章。絶句、排律亦以五七字爲句。絶句惟四句，有五六七字之異，以其截取律詩一章之音爲義。排律，擠排其句之多也。律詩亦有今古之辨，今律拘於聲律之嚴，名爲「近詩」，又名「近體」。「古律」，惟從句法之順而已。○律詩體製，律詩發端，即起句也，引韻即承句也。頷聯即第二聯也，頸聯即第三聯也，落句即結句也。○有徹首尾對者，杜詩多此體，不可概舉。有徹首尾不對者，如孟浩然「挂席東南望，青山水國遥。舳艫爭利涉，來往接風潮。問我今何適，天台訪石橋。坐看霞色晚，疑是石城標。」是也。○有口號，或四句，或八句。○有聯句，齊梁間有此體，各賦數句，聯屬成篇。唐韓昌黎最工，如《城南鬪雞》等篇是也。○有集句，采前人詩句彙集成篇，如石曼卿《下第》詩「一生不得文章力，欲上青雲未有因。聖主不勞千里召，姮娥何惜一枝春。鳳凰詔下雖沾命，豺虎叢中也立身。啼得血流無用處，着朱騎馬是何人。」或者謂近于戲耳。

雜體名義

柏梁體：《詩話》：漢武帝造柏梁臺成，開宴詔羣臣能爲詩者得上座，因與之共賦七言，每句用韻，後人因之名「柏梁體」。若杜子美《飲中八仙歌》之類皆其遺制。

江左體：取引韻失粘者。引韻便失粘，則若不拘聲律。然其對偶特精到，謂之「骨含蘇李」。杜子美《卜居》「浣花溪水水西頭，主人爲卜林塘幽。已知出郭少塵事，更有澄江消客愁。無數蜻蜓齊上下，一雙鸂鶒對沉浮。東行萬里堪乘興，須向山陰上小舟。」

折腰體：有絶句折腰，中失粘而意不斷。「渭城朝雨浥輕塵，客舍青青柳色新。勸君更盡一杯酒，西出陽關無故人。」（王維《贈别》）有律詩折腰，至三句便失粘，落平側亦便是一體。唐人用此甚多，但今人少用耳。「摇落深知宋玉悲，風流儒雅亦吾師。悵望千秋一灑淚，蕭條異代不同時。江山故宅空文藻，雲雨荒臺豈夢思。最是楚宫俱泯滅，舟人指點到今疑。」（杜子美《詠懷古迹》）

偷春體：其法頷聯雖不拘對偶，疑非聲律，然破題已的對矣。謂之偷春格，言如梅花偷春色而先開也。「無家對寒食，有淚如金波。斫却月中桂，清光應更多。仳離放紅蕊，想像顰青娥。牛女滿愁思，秋期猶渡河。」

（杜子美《寒食月詩》）

蜂腰體：頷聯亦無對偶，然是十字敘一事，而意貫上二句，及頸聯方對偶分明，謂之蜂腰格，言若已斷而復續也。「下第唯空囊，如何住帝鄉？杏園啼百舌，誰醉在花傍。淚落故山遠，病來春草長。知音逢豈易，孤棹負三湘。」（賈島《下第》）

隔句體：破題與頷聯便作隔句對。若施之于賦，則曰：幾思靜話，對夜雨之禪床，未得重逢，照秋燈於影室也。「幾思聞靜話，夜雨對禪床。未得重相見，秋燈照影堂。孤雲終負約，薄宦轉堪傷。夢遶長松榻，遙焚一炷香。」（鄭谷《吊僧》詩）

五仄體：晏元獻守汝陰，梅聖俞往見之。將行，公置酒潁河上因言：「古人章句中全用平聲，製字穩帖，如『枯桑知天風』是也，恨未見側字詩。」聖俞既引舟，遂作五側體寄公。「月出斷岸口，影照別舸背。且獨與婦飲，也勝俗客對。月漸上我席，瞑色亦稍退。豈必在秉燭，此景已可愛。」

五平體：如「枯桑知天風」之類。唐陸龜蒙有《夏日》詩四十字皆平聲。

回文詩：謂倒讀亦成詩也。「潮隨暗浪雪山傾，遠浦漁舟釣月明。橋對寺門松徑小，檻當泉眼石波清。迢迢遠樹江天曉，藹藹紅霞晚日晴。遙望四邊雲接水，碧峯千點數鷗輕。」（東坡《題金山寺》）

連環體：前章落句作後章首句，連還不絕，唐宋多此體。

八句仄入格：蜀川有唐求，放曠疏逸，方外人也。吟詩有所得，即將稿撚爲丸，投大瓢中，後臥病投瓢于江曰：「茲文苟不沉没，得之者方知吾苦心耳。」瓢至新渠江，有識者曰：「此唐山人詩瓢也。」接得十纔二三，《題鄭處士隱居》曰：「不信最清曠，及來愁已空。數點石泉雨，一溪霜葉風。業在有山處，道成無事中。

酌盡一杯酒，老夫顏亦紅。」

交股法：　僧惠洪《冷齋夜話》載介甫詩云：「春殘葉密花枝少，睡起茶多酒盞疏。」多字當作親，世俗傳寫之誤。洪之意，蓋欲以少對密，以疏對親。江朝宗會同僚偶論及此。江云：「惠洪多妄誕，殊不曉古人詩格。此一聯以『密』字對『疏』，以『多』字對『少』，正交股用之，所謂蹉對也。」

拗句體：　黄魯直換字對句法，如「只今滿坐且尊酒，後夜此堂空月明」「清談落筆一萬字，白眼舉觴三百杯」「田中誰問不納履，坐上適來何處蠅」「鞦韆門巷火改新，桑柘田園春向分」「忽乘舟去值花雨，寄得書來應麥秋」。其法於當下平字處，反仄字易之。欲其氣挺然不羣，前此未有人作此體，獨魯直變之。《苕溪漁隱》曰：　此體本出於老杜，如「寵光蕙葉與多碧，點注桃花舒小紅」「一雙白魚不受釣，三寸黄楫猶自青」「外江三峽且相接，斗酒新詩終日疏」「負鹽出井此溪女，打鼓發船何郡郎」「沙上草閣柳新暗，城遠野池蓮欲紅」。似此體甚多，聊舉此數聯，非獨魯直變之也，今俗謂之拗句者是也。

近律變體：　律詩之作，用字平側，世固有定體，衆共守之。然不若時用變體，如兵之出奇，變化無窮，以驚世駭目。如老杜詩云：「竹裏行厨洗玉盤，花邊立馬簇金鞍。非關使者徵求急，自識將軍禮數寬。百年地闢柴門靜，五月江深草閣寒。看弄漁舟移白日，老農何有罄交歡。」此七言律詩之變體也。

絶句變體：　韋蘇州云：「南望清山滿禁闈，曉陪鴛鷺正差池。共愛朝來何處雪，蓬萊宫裏拂松枝。」老杜云：「山瓶乳酒下青雲，氣味濃香幸見分。鳴鞭走送憐漁父，洗盞開嘗對馬軍。」此絶句詩之變體也。

絶絃體：　其語似斷絃而意存，如絃絶而其意終在也。「燕鴻去後湖天遠，欲寄知音問水居。七歲弄竿今八十，錦鱗吞釣不吞書。」（僧謙《寄遠》）

五句格：此格即事遣興可作，如題物贈送之類，則不可用。「曲江蕭條秋氣高，菱[四]荷枯折隨風濤。遊子空嗟垂二毛，白石素沙亦相蕩。哀鴻獨叫求其曹。」（杜子美）「即事非今亦非古，長歌激烈捎林莽。此屋豪華固難數。吾人甘作心似灰，弟姪何傷淚如雨。」（杜子美）

六句格：此格但可放言遣興，不可寄贈。杜子美云：「烈士惡多門，小人自同調。名利苟可取，殺身傍權要。何當官曹清，爾輩堪一笑。」山谷云：「三公未白首，十輩擁朱輪。只有人看好，何益百年身。但願身無事，清樽對故人。」

促句格：止於兩疊，三句一換韻，或平聲，或側聲皆可。「江南秋色推煩暑，夜來一枕芭蕉雨，家在江南白鷗浦。一生未歸鬢如織，傷心日暮楓葉赤，偶然得句應題壁。」「蘆花如雪洒扁舟，正是滄江蘭杜秋，忽然驚起散沙鷗。平生生計如轉蓬，一身長在百憂中，鱸魚正美負秋風。」

折句格：六一居士詩：「靜愛竹時來野寺，獨尋春偶過溪橋。」邵康節詩：「在世上官雖不做，出人間事却能知。」俗謂之折句。盧贊元《雪》詩：「想行客過梅橋滑，免老農憂麥壠乾。」《苕溪漁隱》：「鸚鵡杯且酌清濁，麒麟閣懶畫丹青。」皆效此格也。

天問體：「門外水流何處，天邊樹遶誰家。山絶東西多少，朝朝幾度雲遮。」此詩唐皇甫冉《問李二司直》，蓋用屈原「天問體」也。荆公《勘會賀蘭山主》云：「賀蘭山上幾株松，南北東西共幾峯。買得住來今幾日，尋常誰與坐從容。」全用其意，此體甚新。（《玉林》）

雜體可略者

西崑體：此體即李商隱之作也，然兼温庭筠，及楊大年、劉子儀、錢文僖、晏元獻之詩，號「西崑體」。

玉臺體：徐陵所集漢魏六朝之詩，或謂但取纖艷者爲此體，其實不然。

香奩體：即韓偓所集，皆裙裾脂粉之語，故名「香奩」。

宫體：梁簡文所作，傷於浮靡，故號「宫體」。

禁體：如詠雪禁用「粉」「白」「黛」「緑」等字之詩是也。

離合體：以字相拆合成文，孔融「漁夫屈節」之詩是也。

省題：唐省中出題試進士，如錢起《試湘靈鼓瑟》之類。

藁砧：樂府「藁砧今何在？山上復安[五]山。何日大刀頭，破鏡飛上天。」

五雜俎：見樂府。

建除：宋相鮑照有此詩，句内用「建除」「平滿」等十二字。

數名：句内用「一」「二」「三」等十字，亦鮑照作此詩。

字謎：每句包一字，亦鮑照之作。

反覆：舉一字而誦皆成句，無不押韻，反覆成文。

藥名：孔毅夫詩云：「鄙性常山野，尤甘草舍中。鈎簾陰卷柏，障壁坐防風。客土依雲實，流泉架木通。行當歸老矣，已逼白頭翁。」

人名：如唐權德輿《寄衡石崇勢位篇》之類，暗藏人名于句中。

兩頭纖纖體：見樂府中之詩。

盤中：《玉臺集》，蘇伯玉妻作，寫之盤中，屈成文也。

有風人：上句述一語，下句釋其義。如《子夜歌》《讀曲歌》之類用此體也。

卦名：取八卦字。

州名：取郡邑名，他如六甲十屬藏頭歇後，天廚禁臠等格，雖肇於前，皆無足法，略之可也。

禽名：古謂之禽言詩如：「喚起窗全曙，催歸日未西。」「喚起」「催歸」，二禽名也。

因年名體：建安，漢末年號，曹子建父子及鄴中七子之詩，故名「建安體」。黃初，魏年號，與建安相繼其本二也。正始，魏年號，嵇阮諸公之詩也。太康，晉年號，左思、潘岳、「三張」「二陸」諸公之詩。元嘉，宋年號，顔、謝諸公之詩。永明，齊年號，齊諸公之詩。大曆，唐年號，「十才子」諸公之詩。漢魏晉，兼三國言之。齊梁，通二朝言之。南北朝，通魏周言之，與齊梁体一也。六朝，通南隋言之。唐初，盛唐，中唐，晚唐，宋，元祐，江西詩派，元，皇明。

因人名體：蘇李，蘇武子卿、李陵少卿，始爲五言詩，故名「蘇李体」（漢）。曹劉，曹植子建、劉楨公幹，長於古選（魏）。陶謝，陶淵明元亮（晉）、晉謝靈運（宋）。陰何，陰鏗、何遜（齊）。徐庾，徐陵、庾信（梁）。沈宋，沈佺期、宋之問。陳拾遺，陳子昂。王楊盧駱，王勃、楊炯、盧照鄰、駱賓王。張曲江，文獻公九齡。（以下唐）杜少陵，杜甫子美。李謫仙，李白太白。元白，元微之、白居易樂天。韋柳，韋蘇州應物、柳子厚宗元。韓昌黎，韓愈退之。高適，達夫。王維，摩詰。孟郊，東野。李賀，長吉。元結，次山。岑嘉州，岑參。李商隱，許渾，盧仝，玉川子。歐陽修，永叔。（以下宋）蘇東坡，軾，子瞻。黃山谷，庭堅，魯直。梅聖俞，邵康節，邵雍，堯夫。司馬光，君實。二程，頤，伯淳；顥，叔正。陳後山，無己。陳簡齋，與義，去非。馬子才，朱文公，熹，仲晦。王荆公，安石，介甫。楊大年，名億。張文清，名來。唐子西，韓子蒼，陵陽令，名駒。王元之，禹偁。楊誠齋，萬里。陸務觀，謝疊山，枋得，君直。趙子昂，孟頫。虞伯生，虞集。楊仲弘，范德機，揭曼碩，揭傒斯。劉因，夢吉。黄晉卿，溍。吴草廬，幼清。宋秦少游，名觀。郭甫功，祥正。林逋，和靖。王禹偁，元之。范仲淹，希文。

【校記】

［一］之，成化本作「怨」。

［二］意，成化本作「製」。

［三］攄，成化本作「據」。

［四］菱，原作「芰」，據成化本改。

［五］安，《玉台新詠》卷一〇作「有」。

詩學權輿　卷之二

韻譜

古韻：　取其音之相通者，如晉謝靈運用古韻，「祐」字協「燭」之類。唐人惟韓退之、柳子厚、白居易用古韻如「牙」字、「資」字、「毛」字，皆協「魚」字韻之類。

今韻，即唐人押韻。

協韻，如《楚辭》《選》詩多用協韻，即所謂古韻也。

借韻，如押七支韻，可借八微，或十二齊之類。

次韻，依原倡之詩，逐一次其韻，不和詩意。肇于盛唐，至宋元尤重之。

分韻，人各分一字爲韻，起于唐，盛于宋元。

和韻，步其韻和之。

和詩，止和其意，不次其韻，如唐岑參《奉和賈至舍人早朝大明宮》之類。

用韻，用彼之韻，亦不必次之。韓退之和皇甫湜、陸渾、山谷是也。今人多不曉。

一韻兩用，古詩曹子建《美女篇》用兩「難」字之類。

一韻三用，古詩任彦昇《哭范僕射》詩三用「皆」字。

有三韻六七用者，古詩《焦仲卿妻》詩是也。

重用二十許韻者，古詩《焦仲卿妻》詩見之。

有取六七詩韻者，如東、冬、江、陽、庚、青之類，韓愈《此日足可惜》篇是也。

古詩全不押韻者，如《采蓮曲》之類。

律詩百五十韻者，如王元之有百五十五言律。

律詩止三韻者，如李益詩：「漢家今一郡，秦塞古長城。有日雲常慘，無風沙自驚。當今天子聖，不戰四夷平。」是也。

轆轤韻：一詩用二韻，如前二聯用「山」字，後二聯用「塞」字，雙出雙入，取其音之協者。

進退韻：一詩用二韻，單出單入，如初聯用七支，次聯用八微是也。如李師中《送唐介謫官》詩曰：「孤忠自許衆不與，獨立敢言人所難。去國一身輕以葉，高名千古重於山。並游英俊顔何厚，未死奸諛骨已寒。天爲吾君扶社稷，肯教夫子不生還。」

葫蘆韻：一詩用兩韻，先二後四。以上三韻並鄭谷與僧齊己所校定。

平頭换韻：東坡作《太白贊》云：「天人幾何同一漚，謫仙非謫乃其遊。揮斥八極隘九州，化爲兩鳥鳴相酬。一鳴一止三千秋，開元有道爲少留。縻之不得矧肯求，東望太白横峨岷。眼高四海空無人，大兒汾陽中令君。小兒天台坐忘身，平生不識高將軍。手涴吾足矧敢嗔，作詩一笑君應聞。」一韻七句方换韻，又是平聲，其法不得雙殺，雙殺者不得此法也。（《禁臠》）

促句换韻：黄魯直《觀李伯時畫馬》詩云：「儀鸞供張饕蝨行，翰林濕薪爆竹聲，風簾官燭淚縱横。木穿石槃未渠透，坐窗不遨令人瘦，貧馬百嚙逢一豆。眼明見此玉花驄，徑詩執鞭隨詩公，城西野桃尋小紅。」此格《禁臠》謂之「促句换韻」。陸務觀詩云：「青玻瓈色瑩長空，爛銀盤挂屋山東，晚涼徐度一襟風。天分風月相管領，對之技癢誰能忍，吟哦自恨詩才窘。掃寬路坐發興新，浮蛆琰琰抛青春，不妨舉盞成三人。」（《漁隱》）

平側各押韻：唐末有章碣者，乃以入句詩，平側各有一韻。如「東南路盡吴江畔，正是窮愁暮雨天。鷗鷺不嫌斜雨岸，波濤欺得逆風船。偶逢島寺停帆看，深羡漁翁下釣眠。今古若論英達算，鴟夷高興固無邊。」自號變體，此尤可怪。（《蔡寬夫詩話》）有律詩上下句雙用韻者，第一句、三句、五句、七句押一仄韻；第二句、四句、六句、八句押一平韻。

雙聲疊韻：《南史·謝莊傳》曰：「王元謨問莊：『何者爲雙聲？何者爲疊韻？』答曰：『互護爲雙聲，磝碻爲疊韻。』」某按：古人以四聲爲切韻，紐以雙聲疊韻，必以五音爲定。蓋講東方喉聲爲木音，西方舌聲爲金音，南方齒聲爲火音，北方脣聲爲水音，中央牙聲爲土音也。雙聲者，同音而不同韻也。疊韻者，同音而又同韻也。「互護」同爲脣音，而二字不同韻，故謂之雙聲。「磝碻」同爲牙音，而二字又同韻，故謂之疊韻。若「彷徨」「熠燿」「騏驥」「慷慨」「咿呀」[二]「霡霂」皆雙聲也。若「侏儒」「童蒙」「崆峒」「巃嵸」「螳蜋」「滴瀝」皆疊韻也。按：李羣玉詩曰：「方穿屈曲崎嶇路，又聽鉤輈格磔聲。」「屈曲」「崎嶇」乃雙聲也，「鉤輈」「格磔」乃疊韻也。（《學林新編》）皮日休《雜體詩序》曰：「詩云『蝃蝀在東』，又曰『鴛鴦在梁』，雙聲起於此也。

重押韻：韓退之好押狹韻累句以示工，而不知重疊用韻之爲病也。《雙鳥》詩押兩「頭」字，《杏花》詩押兩「花」字。《苕溪漁隱》曰：「《讀皇甫湜安園池詩》，亦押兩「閑」字。『日夜不得閑』『君子不可閑』。」蓋退之好重疊用韻，以盡己之詩意，不恤其爲病也。《飲中八仙歌》曰「知章騎馬似乘船」，又曰「天子呼來不上船」。

一曰「眼花落井水底眠」，又曰「長安市上酒家眠」。一曰「汝陽三斗始朝天」，又曰「舉觴白眼望青天」。一曰「皎如玉樹臨風前」，又曰「蘇晉長齋繡佛前」，又曰「脱帽露頂王公前」。此歌三十二句，而押二「船」字，二「眠」字，二「天」字，三「前」字。當時論詩者曰：「此歌一首是八段，不嫌于重用韻也。」予按：子美此歌以「飲中八仙歌」五字爲題，則是一歌也。此歌首尾於「船」字韻中，亦未嘗移别韻，則非分爲八段。蓋子美古律詩重用韻者亦多，況于歌乎。如《園人送瓜》詩曰：「沉浮亂水玉，愛惜如芝草。」又曰：「園人非故侯，種此何草草。」一篇押二「草」字也。《北征》詩曰：「維時遇艱虞，朝野少暇日。」又曰：「老夫情懷惡，嘔泄臥數日。」一篇押二「日」字也。《夔府詠懷》詩曰：「雖云隔禮數，不敢墜周旋。」又曰：「淡交隨聚散，澤國繞回旋。」一篇押二「旋」字也。《贈李邕》詩曰：「旋逐早聯翩，低垂困炎厲。」又曰：「哀贈終蕭條，恩没延揭厲。」一篇押二「厲」字也。《喜薛璩岑參遷官》詩曰：「栖遲分半菽，浩蕩逐浮萍。」又曰：「抑思調玉燭，誰定握青萍。」一篇押二「萍」字也。《寄賈岳州嚴巴州兩閣老》詩曰：「討胡愁李廣，奉使待張騫。」又曰：「如公盡雄雋，志必在騰騫。」一篇押二「騫」字也。子美詩如此類甚多，雖然子美非劫意爲此者。蓋有所本也。按：《文選》載古詩曰：「晨風懷苦心，蟋蟀傷局促。」又曰：「音響一何悲，絃急知柱促。」一篇押二「促」字也。曹子建《美女篇》曰：「明珠交玉體，珊瑚間木難。」又曰：「佳人慕高義，求賢良獨難。」一篇押二「難」字也。謝靈運《述祖德》詩曰：「段生蕃魏國，展季救魯人。」又曰：「惠物辭所賞，勵志故絶人。」一篇押二「人」字也。其阮嗣宗《詠懷》詩曰：「何當行路子，磬折忘所歸。」又曰：「黄鵠游四海，中路將安歸。」一篇押二「歸」字。其餘詩人如此疊用韻者甚多，不可具舉。意到即押耳。奚獨于《飲中八仙歌》而致怪耶？子瞻《送江太守》詩曰：「忽憶釣臺歸洗耳。」又曰：「亦念人生行樂耳。」自注曰二「耳」義不同，故得重用。蓋子瞻自不必注也。

工於壓韻：冠萊公延僧惠崇於池亭，分題爲詩。公探得「池柳青」字韻。崇探得「池鷺明」字韻。自午至時，崇忽點頭曰：「得之矣。此篇功在『明』字，凡五壓不倒。」公曰：「試口占。」曰：「雨歇方塘溢，遲回不復驚。暴翎沙日暖，引步岸風清。照水千尋迥，棲煙一點明。主人池上鳳，見爾憶蓬瀛」公笑曰：「吾柳之功在『青』字，而四壓不到，不如且已。」（《古今詩話》）

巧于押韻：作詩押韻是一巧，《中秋夜月》詩押「尖」字，數首之後，一婦人云：「蚌胎光透殼，犀角暈盈尖。」（《許彦周詩話》）

押韻不可牽强：前史稱王筠善押强韻，固是詩家要處。然人窘于捉對用事者，多有趁韻之失。如韓退之《和席八》：「絳闕銀河曉，東風古掖春。」詩終篇皆敘西垣事，然其一聯云：「傍砌看紅葉，巡池詠白蘋。」于前後詩意無相干，但趁「蘋」字韻而已。然則人亦有事非當用，而鑪錘驅駕若出自然者。杜子美《收洛京》詩，以「櫻桃」對「杕杜」，二事初若不類，及其云：「賞因歌杕杜，歸及薦櫻桃。」事則渾然天成，略不見牽強之迹，如此乃爲工耳。（《蔡寬夫詩話》）

爲韻所牽：《寰宇記》載西施事云：「施，其姓也。是時有東施家，西施家。故李太白詩『自古有秀色，西施與東施』。而東坡《代人贈别》乃云：『絳蠟燒殘玉斝飛，離歌唱徹萬行啼。它年一舸鴟夷去，記取儂家舊姓西。』」按：古人詩押字，止有已「西」，豈爲韻所牽耶？（《丹陽集》）

【校記】

［一］呀，成化本作「喔」。

詩學權輿　卷之三

字句之辨

有雜言。有三言：起於晉夏侯湛。有六言：起於漢司農求。有半五六言：晉傳休言「鴻鷹生塞北」之篇是也。有九言：起於高貴卿公。有三五七言：自三言而終以七言，鄭世翼及唐有此體。有一字至七字句：唐張南文《雪月花草》等篇是也。十字句：常建「一徑通幽處，禪房花木深」之類是也。有三言至四五六言而終以七言者：隋鄭世翼有此詩。十四字句：崔顥「黄鶴一去不復返，白雲千載空悠悠」，太白「鸚鵡西飛隴上去，芳洲之樹何〔二〕青青」是也。三十字詩：凡三句七言，一句九言，隋人應詔作此，不足爲法也。四句通詩：如子美「神女峯娟妙，昭君宅有無。曲留明怨惜，夢盡失懽娱」是也。

句法

句之源流：「振振鷺」，三言之所起；「關關雎鳩」，四言之所起。「維以不求懷」，五言之所起；「魚麗于罶魴鯉」，六言之所起。「交交黄鳥止于棘」，七言之所起。「我不敢效我友自逸」，八言之所起。凡此皆詩之句讀源流也。

句有三種：命題屬意，如有神助，歸于自然之句。命題立意，援筆立成，歸于容易之句。命題用意，求之不得，拘于苦求之句。（《金釘子》）

句有八法：「賀方回言：學詩于前輩，得八句法。平澹不流於淺俗，奇古不鄰于怪僻。題詠不窘于物象，敘事不病於聲律。比興深者通物理，用事工者如己出。格見于成篇，渾然不可鐫；氣出于言外，浩然不可屈。盡心于詩，守此勿失。」（王直方）

句中有眼：句中眼者，世尤不能解。王荆公欲行新政，作《雪》詩曰：「勢合便宜包地勢，功成終欲放春回。農家不念豐年瑞，只欲青雲萬里開。」（《冷齋》）

錯綜句法：杜子美云：「紅稻啄殘鸚鵡粒，碧梧棲老鳳凰枝。」荆公云：「繰成白雪桑重緑，割盡黄雲稻正青。」鄭谷云：「林下聽經秋苑鹿，江邊掃葉夕陽僧。」以事不錯綜則不成文章。若平直敘之則曰：「鸚鵡啄殘紅稻粒，鳳凰棲老碧梧枝。」以「紅稻」于上，以「鳳凰」于下者，錯綜之法也。言「繰成」則知白雪爲絲，言「割盡」則知黄雲爲麥也。

影略句法：鄭谷詠落葉，未嘗及凋零飄墜之意。人一見之，自然知爲落葉。詩曰：「返蟻難尋穴，歸禽易見窠。蒲廊僧不厭，一個俗嫌多。」（《冷齋》）

象外句：唐人琢句法，比物以意而不指言其物，謂之「象外句」。如無可上人詩曰：「聽雨寒更盡，開門落葉深。」是「落葉」比雨聲也。又曰：「微陽下喬木，遠燒似秋山。」是「微陽」比「遠燒」也。用事琢句，妙在言其用而不言其名耳。

句含重意：詩有一句七言而三意者，杜云「對食暫餐還不能」，退之云「欲去未到先思回」。有一句五言而兩意者，陳后山云「更病可無醉，猶寒已自和」。

警句：　士大夫間有口傳一兩聯可喜，而莫知其所本者。如「人情似紙番番薄，世事如棋局局新。」又「飽諳世事慵開眼，會盡人情只點頭。」又「薄有田園歸去好，苦無官況莫來休。」又《賀人休官》：「重碧杯中天更大，軟紅塵裏夢初收。」竟不知何人詩也。

句含問答意：　古人造語，俯仰紆餘各有態。「小麥青青大麥枯，誰當穫者婦與姑，丈夫何在西擊胡。」凡此句中每函問答之詞。「大麥乾枯小麥黄，問誰腰鐮胡與羌。」句法實有所自。（《潘子真詩話》）

句含兩意：　王荆公以「風定花猶落」，對「鳥鳴山更幽」。則上句静中有動，下句動中有静。○唐詩曰：「海月生殘夜，江春入暮年。」置早意於殘晚中。有曰：「驚蟬移别柳，鬬鵲墮閑庭。」著静意於喧動中。（山谷）

句有警策意：　李方叔之孫允蹈，作詩多有警句。如「三百年來今幾秋，天地自老江自流」，如「笛聲吹起白玉盤，正照御前楊柳碧」，如「可憐一代經綸業，不抵鐘山幾首詩」，如「後院落花人不到，黄鸝飛下石榴陰」，皆有警策意。

句無虚字：　子美《曲江》「一片花飛减却春」，若咏落花，則語意皆盡。又《謝嚴武》詩云：「雨映行宫辱贈詩。」山谷云：「只此『雨映』兩字寫出一時景物。此句便雅健，即此，然後曉句中當無虚字。」（《詩眼》）

雄偉句：　吴江長橋詩，世稱三聯。蘇子美云：「雲頭灔灔開金餅，水面沉沉卧彩虹。」楊次公云：「八十丈虹晴卧影，一千頃玉碧無瑕。」鄭毅夫云：「插天螮蝀玉腰闊，跨海鯨鯢金背高。」歐陽永叔謂子美此句「雄偉。」陸務觀謂次公、毅夫兩聯：「粗豪較似子美之句，二公殊少醖藉也。」（《漁隱》）

雄健句：　句法之學，自是一家工夫。昔嘗問山谷：「耕田欲雨刈欲晴，去得順風來者怨。」山谷云：「不如千山無人萬巖靜，十步回頭五步坐。」此專論句法，不論義理。蓋七言詩四字、三字作兩節也。張平子《四愁詩》句句如此，雄健穩愜。至五言詩亦有三字、二字作兩節者。老杜云：「不知西閣意，肯別定留人。」肯別耶？定留人耶？山谷尤愛其深遠閑雅，蓋與上七言同諸眼。

清麗句：宋莒公見人佳句，皆書于齋壁，如「無可奈何花落去，似曾相識燕歸來」「樓臺冷落收燈夜，門巷蕭條掃雪天」「已定復摇春水色，似紅還白野棠花」「江城氣候猶合雪，草市人家已挂燈」之類，皆句之佳麗者。入畫句：呂居仁《春日即事》云：「雪消池館初春後，人倚闌干欲暮時。」似可入畫，人之情意，物之容態，二句盡之。（《遺珠》）

驚[二]人句：詩有驚人句。杜子美《山水障》：「堂上不合生楓樹，怪底江山起煙霧。」又云：「斫却月中桂，清光應更多。」白樂天云：「遥憐天上桂華孤，爲問姮娥更要無。月中幸有閑田地，何不中央種兩株。」韓子蒼《衡嶽圖》：「故人來自天柱峯，手提石廪與祝融。兩山坡陀幾百里，安得置之行李中。」東坡云：「我持此石歸，袖中有東海。」杜牧之云：「我欲東召龍伯公，上天揭取北斗柄。蓬萊頂上斡海水，水盡海底看海空。」李賀云：「女媧煉石補天處，石破天驚逗秋雨。」

一意重出句：晉宋間詩人，造語雖秀拔，然大抵上下句多出一意。如「魚戲新荷動，鳥散餘花落」「蟬噪林逾靜，鳥鳴山更幽」之類。非不工矣，終不免此病。（《蔡寬夫詩話》）王荆公以「風定花猶落」對「鳥鳴山更幽」，則上句靜中有動，下句動中有靜。（沈括《存中述筆談》）

兩句難好：劉昭禹云：「五言如四十個賢人，看一個屠酤不得。覓句掘得玉匣子，有底有蓋，但精心必獲其寶。」然昔人「園林變鳴禽」竟不及「池塘生春草」。「餘霞散成綺」不及「澄江靜如練」。「春水船如天上坐」不若「老年花似霧中看」。「閑几硯中窺水淺」不如「落花徑裏得泥香」。「停杯嗟別久」不及「對月喜家貧」。「楓林社日鼓」不若「茅屋午時雞」。此數公未始不精心，以此知其全實，未易多得。（《䂬溪》）

句豪要不背理：吟詩喜作豪句，須不畔于理方善。如東坡《觀崔白冬景圖》云：「扶桑大繭如甕盎，天女織綃雲漢上。往來不遣鳳銜梭，誰能鼓臂投三丈。」此語豪而甚工。石敏若《詠雪》有：「燕南雪花大如掌，冰柱懸檐一千丈」之語，豪則豪矣，然安得爾高屋耶？余觀李太白《北風行》云「燕山雪花大如席」，《秋浦歌》云「白髮三千丈」，其句可謂豪矣。奈無此理，何如秦少遊《秋日》絕句云：「連卷雌霓挂西樓，逐雨追晴意未休。安得萬妝相向舞，酒酣聊把作纏頭。」此語亦豪而工矣。（《藝苑雌黄》）

命意

以意爲主：魏文帝曰：「文以意爲主，以氣爲輔，以詞爲衛。」凡爲詩，當使挹之而源不窮，咀之而味亦長。曾子固曰：「詩當使一覽無遺，語盡而意不窮。」

先意義後文詞：詩以意義爲主，文詞次之。意深義高，雖文字平易，自是奇作。世人見古人語句平易，仿效之而不得其意義，便入鄙野可笑。（《劉貢甫詩話》）

詩須先命意：凡作詩須命終篇之意，切勿以先得一句一聯，因而成章如此，則意不多屬。然古人亦不免如此，如《述懷即事》之類，皆先成詩而後命題者也。（《室中論》）作詩必先命意，意正則思生，然後擇韻而用，如驅奴隸。此乃以韻承意，故首尾有序。

古詩之意：詩者不可言語求而得，必將觀其意焉。故其譏刺是人也，不言其所爲之惡，而言其爵位之尊，車服之美，而民疾之，以見其不堪也。「君子偕老，副笄六伽，赫赫師尹，民具爾瞻」是也。其頌美是人也，不言其所爲之善，而言其容貌之盛，冠佩之華，而民安之，以見其無愧也。「緇衣之宜兮，敝予又改爲兮」「服其命服，朱芾斯皇」是也。（東坡）

詩要有野意：人之爲詩，要有野意。蓋詩非文不腴，非質不枯。能腴而終枯，無中邊之殊，意味自長。風人以來，得野意者惟淵明耳。如太白之豪放，樂天之淺陋，至于郊寒島瘦，去之益遠。予嘗欲作野意亭以居，一日題山石云：「山花有空相，江月多清暉。野意寫不盡，微吟浩忘歸。」人多與之，吾惟恐其不似也。（《休齋詩話》）

詩有兩重：陳文蔚説詩，晦庵先生曰：「謂公不曉文義則不得，只是不見那好處。如昔人賦梅云：疏影横斜水清淺，暗香浮動月黄昏。這十四字，誰人不曉得？然而前輩直恁地稱嘆説他形容得好，是如何？這個便是難説。須要自得他言外之意，須是看得他物事有精神方好。若看得有精神，自是活動有意思，跳躑叫唤自然，不知手之舞之、足之蹈之。這個有兩重，曉得文義是一重，識得意思好處，是一重。」

意在言外：聖俞嘗曰：「詩家雖率意，造語亦難。若意新語工，得前人所未道者，斯爲善也。必能狀難寫之景，如在目前；含不盡之意，見于言外，然後爲至。」或曰：「何詩爲？」然聖俞曰：「作者得于心，覽者會以意。」温庭筠「雞聲茅店月，人迹板橋霜」，賈島「怪禽啼曠野，落日恐行人」，則道路辛苦，羈旅愁忍豈不見于言外乎。（《金陵語録》）又如「冷于陂水淡于秋，遠陌初窮到渡頭。賴是丹青不能畫，畫成應遣一生愁」，此司馬池《行色》詩，抑豈非所謂寫難狀之景如在目前，含不盡之意見于言外乎？（張文潛）

有不盡之意：鮑當《孤雁》云：「更無聲接續，空有影相隨。」孤則孤矣，豈若子美「孤雁不飲啄，飛鳴猶念羣。誰憐一片影，相失萬里雲。」含不盡之意乎？（《老杜補遺》）《宫詞》云：「監宫引出暫開門，隨列雖朝不是恩。銀鑰却收金鎖合，月明花落又黄昏。」斷句極佳，意在言外而幽怨之情自見，不待明言之也。詩貴乎如此，若使一覽而意盡，亦何足道哉？（《漁隱》）

不帶聲色：王維《書事》云：「輕陰閣小雨，深院晝慵開。坐看蒼苔色，欲上人衣來。」舒王云：「若耶溪上踏莓苔，興盡張帆載酒回。汀草岸花渾不見，青山無數逐人來。」兩詩皆含不盡之意，子由謂之不帶聲色。（《禁臠》）

句外之意：楊誠齋云：「詩有句中無其辭，而句外有其意者。巷伯之詩，蘇公刺暴公之譖己而曰：『二人同[三]行，誰爲此禍。』杜云：『遣人向市賒香秔，唤婦出房親自饌。』上言其力貧，故曰『賒』；下言其無使令，故曰『親』。又『東婦貧路自覺難，欲别上馬身無力。』上有相干之意而不言，下有戀别之意而不忍。又『朋酒日歡會，老夫今始知。』嘲共獨遺己而不招也。又《夏日不赴》而云：『野雪興難乘。』此不言熱而友言之也」。唐人云：「葛溪滿淬干將劍，却是猿聲斷客腸。」又《釣台》如今亦有垂綸者，自是江魚賣得錢。」唐人《長門怨》：「錯把黄金買詞賦，相如自是薄情人。」崔道融云：「如今却羡相如富，猶有人間四壁居。」

立意深遠：李義山《錦瑟》詩云：「錦瑟無端五十絃，一絃一柱思華年。莊生曉夢迷蝴蝶，望帝春心託杜鵑。滄海月明珠有淚，藍田日暖玉生煙。此情可待成追憶，只是當時已惘然。」山谷道：「人讀此詩，殊不曉其意，」後以問東坡，東坡云：「此出《古今樂志》云『錦瑟之爲器也，其絃五十，其柱如之，其聲也適怨清和。』」案：李詩「莊生曉夢迷蝴蝶」適也，「望帝春心託杜鵑」怨也；「滄海月明珠有淚」清也，「藍田日暖玉生煙」和也。一篇之中，曲盡其意，大稱其瑰邁奇古，信然。

用意精深：《贈同遊》詩：「喚起窗全曙，催歸日未西。無心花裏鳥，更與盡情啼。」山谷曰：「吾兒時每哦此詩，而了不解其意。自謫峽川，吾年五十八矣。時春晚，憶此詩，方悟之。『喚起』『催歸』二鳥名若虛設，故人不覺耳。古人于小詩，用意精深如此，況其大者乎。『催歸』，子規鳥也，『喚起』聲如絡緯圓轉清亮，偏於春曉鳴，亦謂之『春喚』。」（《冷齋》）按：此詩「喚起」「催歸」是二鳥名。然題曰《贈同遊》者，實看微意，蓋窗已全曙，鳥方喚起，何其遲也。日猶未西，鳥已催歸，何其蚤也。況二鳥無心，不知同遊者之意乎，更與我盡情而啼，早喚起而遲催歸可也。

狀索寞之意：淇川人楊萬畢《子通梧桐夜雨詩》云：「千里暮雲山已黑，一燈孤館酒初醒。」索寞之意盡於此。（《詩史》）

句中命意：詩有一篇命意，有句中命意。如老杜《上韋見素》詩布置如此，是一篇命意也。至其道遲遲，不忍去之意，則曰：「尚憐終南山，回首清渭濱。」其道欲與見素別，則曰：「常擬報一飯，況懷辭大臣。」此句中命意也。蓋如此，然後頓挫高雅。

工於命意：東坡《和貧士》詩云：「夷齊恥周粟，高歌誦虞軒。禄產彼何人，能致綺與園。古來避世士，死灰或餘煙。末路益可羞，朱墨手自研。淵明初亦仕，絃歌本誠言。不樂乃徑歸，視世嗟獨賢。」此詩言夷齊自信其去，雖武王周召不能挽之使留。若四皓自信其進，雖禄、產其聘，亦爲之出。蓋古人無心于功名，信道而進退，舉天下萬世之是非不能回奪。伯夷之非武王，綺、園之從禄、產，自合爲世所笑，不當有人偶然。聖賢辨論之於後，乃信于天下，非其始望。故其名之傳，如死灰之餘煙也。後世君子既不能以道進退，又不能忘世俗之毀譽，多作文以自明其出處，如《答客難》《解嘲》之類皆是也。故曰「朱墨手自研」，韓退之亦云：「朱丹自磨研。」若「淵明初亦仕，絃歌本誠言」，蓋無心於名，雖晉末亦仕，合於綺、園之出。其去也，亦不待以微罪行，「不樂乃徑歸」合於夷齊之去，其事雖小，其不爲功名累，其進退蓋相似。使其易地，未必不追蹤二子也。東坡作文工于命意，必超然獨立于衆人之上，非如昔人稱淵明以退爲高耳，故又發明如此。（《詩眼》）

語新意妙：退之《征蜀聯句》云：「始去杏飛蜂，及歸柳嘶蛩。」語新意妙。《詩》曰「昔我往矣，楊柳依依。今我來思，雨雪霏霏」，記時也。《苕溪漁隱》曰：「山谷亦有『去時魚上冰，歸來燕哺兒』之句，皆此意也。」（《雪浪齋日記》）

説愁意：李頎詩云：「遠客愁坐夜，雨聲孤寺秋。請量東海水，看取淺深愁。」且作客涉遠，適當窮秋。暮投孤村古寺，中夜不能寐，起坐悽惻，而聞檐外雨聲，其爲一時襟抱，不言可知。而此兩句十字中，盡其意態，海水喻愁，非過語也。（《隨筆》）

委曲意：司空圖唐末竟能全節自守，其詩有「緑樹連村暗，黄花入麥稀」，誠可貴重。又云「四座賓朋兵亂後，一川風月笛聲中」，句法雖可及而意甚委曲。

意脈貫通：「打起黄鶯兒，莫教枝上啼。幾回驚妾夢，不得到遼西。」此唐人詩也。人問詩法于韓公子蒼，公令參此詩以爲法。「汴水日馳三百里，扁舟東下更開帆。旦辭杞國風微北，夜泊寧陵月正南。老樹挾霜鳴窣窣，寒花承露落毿毿。茫然不誤身何處，水色天光共蔚藍。」此韓子蒼詩也。人問詩法于吕居仁，居仁令參此詩以爲法，後之學詩者熟讀此二篇，思過半矣。（《小園解後録》）唐人嘗詠十月[四]菊：「自緣今日人心別，未必秋香一夜衰。」世以爲工，蓋不隨物而盡，如「酒盞此時須在手，菊花明日便愁人」自覺氣不長。東坡亦云：「休休，明日黄花蝶也愁。」然雖變其語，終有此過。豈在謫所遇時感慨，不覺發是語乎？予寓吴江，值重九，有：

「鬢緣心事隨時改，依舊在天涯。多情惟有，籬邊黄菊，到處能華。」詩人讀之，淒然以爲有含憤意。（休齋）

思而得之：古人爲詩，貴於意在言外，使人思而得之，故言之者無罪，聞之者足以戒也。近世詩人惟杜子美最得詩人之體，如「國破山河在，城春草木深。感時花濺淚，恨别鳥驚心」。「山河在」明無餘物矣，「草木深」明無人矣，「花鳥」平時可娱之物，見之而泣，聞之而恐，則時可知矣。他皆類此不可遍舉。（迂叟）

造語

語意：語句脱洒，不可拖泥帶水，最忌骨董，最忌趁貼。下字貴響，造語貴圓，命意貴透，不可隔靴搔癢。

語要警策：陸士衡《文賦》云：「立片言以居要，乃一篇之警策。」此要論也。文章無警策，不足以傳世。但晉宋間人，專致力于此，故又失于綺靡而無高古氣味。老杜詩云「語不驚人死不休」，所謂「驚人語」即警策也。（《童蒙訓》）

語句簡妙：唐人詩云：「山僧不解數甲子，一葉落知天下秋。」及觀元亮詩云：「雖無紀歷志，四時自成歲。」便覺唐人費力，如《桃源記》言：「尚不知有漢，無論魏晉。」可見造語之簡妙。蓋晉人工造語，而元亮其尤者也。（《唐子西語録》）

語不可熟：韓子蒼言作詩不可大熟，亦須令生。近人詩文一味忌語生，往往不佳。東坡作《聚遠樓》詩，本合用「青山緑水」對「野草閑花」，此一字太熟，故易以「雲山煙水」，此深知詩病。予然後知，陳無己所謂「寧拙毋巧，寧朴無華，寧粗無弱，寧僻無俗」之語，爲可信。（《復齋漫録》）

造語有所本：初學詩者，須用古人好語，或兩字，或三字。如山谷《猩猩毛筆》詩：「平生幾兩屐，身後五車書。」「平生」兩字出《論語》；「身後」二字，晉張翰云：「使我有身後名」；「幾兩屐」阮孚語；「五車書」莊子言惠施，此四句乃四處合來。又「春風春雨花經眼，江北江南水拍天」。「春風春雨」「江北江南」詩家常用。杜云：「且看欲盡花經眼」，退之云：「海氣昏昏水拍天」，此以四字合三字，入口便成詩句，不至生硬。要誦詩之多，擇字之精，始乎摘用，久而自出肺腑，縱横出没，用亦可，不用亦可。

造語忌工過：詩語大忌用工太過。蓋鍊句勝，則意必不足。語工而意不足，則格力必弱，此自然之理也。「紅稻啄殘鸚鵡粒，碧梧棲老鳳凰枝」，可謂精切。而在集中，本非佳處，不若「暫止飛烏將數子，頻來語燕定新巢」爲天然自在。其用事若「宓子彈琴邑宰日，終軍棄繻英妙時」，雖字字皆本出處，然比「今日朝廷須汲黯，中原將帥憶廉頗」，雖無出處一字，而語意自到。故知造語用事，雖同出一人之手，而優劣自異，信乎詩之難也。（《蔡寬夫詩話》）

造語綺靡：温庭筠《湖陰曲警》云：「吴波不動楚山碧，花壓欄干春晝長。」庭筠工于造語，極爲綺靡，《花間集》可見矣，《更漏子》一詞尤佳。其詞云：「玉鑪香，紅蠟淚，偏照畫堂秋思。眉翠薄，鬢雲殘，夜長衾枕寒。梧桐樹，三更雨，不道離情正苦。一葉葉，一聲聲，空階滴到明。」（《漁隱》）

點石化金：王君玉謂人曰：「詩家不妨間用俗語，尤見工夫。雪止未消者，俗謂之『待泮』。嘗有雪詩『待泮不禁鴛瓦冷，羞明常怯玉鈎斜』。『待泮』『羞明』皆俗而采拾入句，了無痕纇，此點石化爲黄金手也。」余謂非此爲然。東坡亦有之：「避語詩尋醫，畏病酒入務」，又云：「風來震澤帆初飽，雨入松江水漸肥」。「尋醫」「入務」「風飽」「雨肥」皆俗語也。又南人以飲酒爲「軟飽」，北人以晝寢爲「黑甜」，故東坡云：「三杯軟飽後，一枕黑甜餘」，亦用俗語也。（《西清詩》）

王黄造語高妙：沙草，則衆人所謂水邊林下之物，所與遊處者，牛羊鷗鳥耳。而荆公造而爲語曰：「眠分黄犢草，坐占白鷗沙。」其筆力高妙，殆若天成。凡貧賤則語言不爲人所敬，信寒則無如松竹。魯直造而爲語曰「語言少味無阿堵，冰雪相看有此君」，其語便高妙。（《禁臠》）

詠物善造語：詠物詩，不待分明説盡，只髣髴形容，便見妙處。如魯直《酴醿》詩云：「露濕何郎試湯餅，日烘荀令炷爐香。」義山《雨》詩云：「戚戚度園瓜，依依傍水軒。」此不待説雨，自然知是雨也。後來陳無己多用此體。（《呂氏童蒙訓》）東坡詩云：「賦詩必此詩，乃知非詩人。」不能道也。魯直作詠物詩，曲當其理，如《猩猩筆》詩「平生幾兩屐，身後五車書」其必此詩哉。

善于造語：唐詩有曰：「長因送人處，憶得别家時」，又曰：「舊國别多日，故人無少年」。而荆公、東坡用其意，作古今不經人道語。荆公詩曰：「木末北山煙苒苒，草根南澗水泠泠。繰成白雪桑重緑，割盡黄雲稻正青。」東坡曰：「春畦雨過羅紈膩，夏壠風來餅餌香。」造語之工，至于荆公、山谷、東坡盡古今之變。荆公「江月轉空爲白雪，嶺雲分暝作黄昏」，又曰：「一水護田將緑繞，兩山排闥送青來」。東坡《海棠》詩云：「只恐夜深花睡去，高燒銀燭照紅粧」，又曰：「我攜此石歸，袖中有東海」。山谷曰：「此詩謂之句中眼，學者不知此妙，韻終不勝。」（《冷齋夜話》）

善于造語：詩有實字，而善用之者以實爲虚。杜云：「弟子貧原憲，諸生老伏虔。」「老」字蓋用趙充國請行上老之語。有用文語爲詩句者，杜云：「侍臣雙宋玉，戰策兩穰苴。」蓋用如六五帝、四三王之意。此皆善造語者。

【校記】

［一］何，原作「河」，據成化本改。

［二］驚，成化本作「警」。

［三］同，原文如此，《詩·小雅·何人斯》：「二人從行，誰爲此禍。」

［四］月，成化本作「日」。

詩學權輿　卷之四

下字

下字宜響：　潘邠老云：「七言詩第五字要響，如『返照入江翻石壁，歸雲擁樹失山村』，『翻』與『失』是響字也；　五言詩第三字要響，如『圓荷浮葉小，細麥落花輕』，『浮』與『落』是響字也。」所謂響者，致力處也。予竊以爲字字當活，活則字自響。（《童蒙訓》）

工在一字：　詩句以一字爲工，自然穎異不凡，如靈丹一粒，點鐵成金也。浩然云「微雲淡河漢，疏雨滴梧桐」，上句之工在一「淡」字，下句之工在一「滴」字。若非此兩字，亦烏得爲佳句也哉？　如陳舍人從易偶得杜集舊本文脱誤，至《送蔡都尉》云「身輕一鳥」，其下脱一字。陳公因與數客各用一字補之。或云「疾」，或云「落」，或云「起」，或云「下」，莫能定。其後得一善本，乃是「身輕一鳥過」，陳公嘆服。余謂陳公所補四字不工，而老杜一「過」字爲工也。如《鐘山語録》云「暝色起春愁」，下得「起」字最好。若不下「起」字，便是小兒語也。「無人覺來往」，下得「覺」字大好。足見吟詩要一兩字功夫。觀此則知余之所論，非鑿空而言也。

李杜下字：　李太白詩「吴姬壓酒喚客嘗」，見新酒初熟，江南風物之美，工在「壓」字。老杜《畫馬》：「戲拈秃筆掃驊騮」，初無意于畫，偶然天成，工在「拈」字。柳詩「汲井漱寒齒」，工在「汲」字。又杜甫云：「修竹不受暑」「野航恰受兩三人」「吹面受和風」，「受」字皆入妙。老坡猶愛「輕燕受風斜」，以謂燕迎風低飛，乍前乍却，非「受」字不能形容也。至於「能事不受相促迫」「莫受二毛侵」，雖不及前句警策，要自穩愜爾。

歐陽公下字：歐陽永叔詞云：「堤上遊人逐畫船，拍堤春水四垂天，緑楊樓上出鞦韆。」此等語皆絶妙，只一「出」字，是後人着意道不到處。

陵陽下字：因謂[一]蘇公，云已同路，公弼作詩，送令伯叔器名珣。於案間取以相示，曰：「雒邑風流餘此老，故家文獻有諸孫。」可爲紀實。内有句云：「船擁清溪尚一樽」。僕曰：「『船擁清溪』，『擁』字有所自否？」公曰：「何故獨問『擁』字？」僕曰：「蓋不曾見人有耳。」公曰：「李白《送陶將軍》詩，『將軍出使擁樓船』非一船也。」

善用俗字：數物以「個」，謂食爲「喫」，甚近鄙俗，獨杜子美善用之。「峽口驚猨聞一個」「兩個黄鸝鳴翠柳」「却遶井桐添個個」「連歧意頗切，對酒不能喫」「樓頭喫酒樓下臥」「梅熟許同諸[二]老喫」，蓋篇中大概奇特，可以映帶之也。

忌重疊字：白樂天寄劉夢得詩有「嘆蚤白無兒」之句。劉贈詩曰：「莫嗟華髮與無兒，却是人間久遠期。雪裏高山頭白蚤，海中仙果子生遲。于公必有高門慶，謝守何煩曉鏡悲。幸免如斯分非淺，祝君長詠夢熊詩」。註云：「高山本高，于門使之高，二字義殊，古之詩流曉此。」唐忌重疊用字者甚多，東坡一詩猶兩「耳」字韻，亦曰義不同也。（《三山老人語録》）

下雙字爲難：詩下雙字極難，須爲七言、五言之間。除去五字、三字外，精神興致全見于兩言，方爲工妙。唐人記「水田飛白鷺，夏木囀黄鸝」爲李嘉祐詩，摩詰竊取之，非也，此兩句好處正在添「漠漠」「陰陰」四字。此乃摩詰爲嘉祐點化，以自見其妙，如李光弼將郭子儀軍，一號令之精彩數倍。不然，嘉祐本句，但是詠景耳，人皆可到。要之當令如老杜「無邊落木蕭蕭下，不盡長江滚滚來」與「江天漠漠鳥飛去，風雨時時龍一吟」等乃爲超絶。近世王荆公：「新霜浦溆緜緜白，薄晚林巒往往青」與蘇子瞻「浥浥爐香初泛夜，離離花影欲摇春」，此可以追配前作也。（《石林詩話》）

鄭谷一字師：鄭谷在袁州，齊已攜詩詣之，有《早梅》詩，云：「前村深雪裏，昨夜數枝開。」谷曰：「數枝非早也，未若一枝。」齊已不覺下拜，自是士林以谷爲一字師。（陶岳《五代補遺》）

一字師：蕭楚才知溧陽縣，張乖崖作牧。一日召食，見公几案有一絶云：「獨恨太平無一事，江南閑殺老尚書。」蕭改「恨」作「幸」字。公出，示藁曰：「誰改吾詩？」左右以實對。蕭曰：「與公全身，功高位重，姦人側目之秋，且天下一統。公『獨恨太平』何也？」公曰：「蕭弟一字之師也。」（《陳輔之詩》）

荆公一字師：「璧門金闕倚天開，五見宫花落古槐。明日扁舟滄海去，却將雲氣望蓬萊」。此劉貢甫詩也。自館中出知曹州時作，舊云「雲裏」，荆公改作「雲氣」。（《王直方詩話》）

一字用意：錢内翰希白《書景》詩云：「雙風上簾額，獨雀裊庭柯。」「裊」之一字，最其所用意處。然韋蘇州《聽鶯曲》：「有時斷續聽不了，飛去花枝猶裊裊。」已落第二矣。（《復齋漫録》）

用事

反意爲用：文人用故事，有直用其事者，有反其意而用之者。李義山詩「可憐半夜虚前席，不問蒼生問鬼神」，雖説賈誼，然反其意而用之矣。林和靖詩「茂陵他日求遺藁，猶喜曾無封禪書」，雖説相如，亦反其意而用之矣。直用其事，人皆能之。反其意而用之者，非學業高人，超越尋常拘攣之見，不規規然蹈襲前人陳迹者，何以臻此。如《海棠》詩云：「蜀地名花擅古今，一林氣可壓千林。譏談更到無香處，常恨人言太刻深。」此所謂翻案法，益反其意而用之。黄白石云：「説道羞明却不羞，日光玉潔共飛浮。天人胸次明如洗，肯似人間只暗投。」俗謂雪之夜落爲「羞明」，此反其語而用之，與用海棠事如出一律。

用事貴無迹：杜少陵云：「作詩用事要如禪家語，水中着鹽，飲水乃知鹽味。」此説詩家秘密藏也。如「五更鼓角聲悲壯，三峽星河影動摇」，人徒見凌轢造化之工，不知乃用事也。善用事者，如繫風捕影，豈有跡耶？（《西清詩話》）

三易：沈隱侯曰：「文章當從『三易』。易見事，一也；易識事，二也；易讀誦，三也。」邢子才曰：「沈侯文章用事，不使人覺，若胸臆語。」祖孝徵曰：「沈詩云：『崖傾護石髓』，此豈用事耶？」按：坡詩「神山一合五百年，風吹石髓堅如鐵」乃嵇康、王烈事，則「崖傾護石髓」，非不用事也。

作詩須飽材料：李商隱詩好積故實，如《喜雪》詩：「班扇慵裁素，曹衣詎比麻。鵝歸逸少宅，鶴滿令威家。」一篇中用事者十常八九。是知凡作者須飽材料。傳稱任昉用事過多，屬辭不得流便。余謂昉詩所以不能傾沈約者，乃才有限，非事多之過。坡集有全篇用事者，如《賀人生子》自「郁葱佳氣夜充閭，喜見徐卿第二雛」，至「我亦從來識英物，試教啼看定何如」，《戲張子野買妾》自「錦里先生自笑狂，身長九尺鬢眉蒼」，至「平生謬作安昌客，略進彭宣到後堂」句句用事，曷嘗不流便哉？

用自己詩爲故事：用自己詩爲故事，須作詩多者乃有之。如太白[三]：「須知菊酒登高會，從此多無二十場。」明年詩云：「去秋共數登高會，又破今年減一場。」「昔我十年前，曾與君相識。曾將秋竹竿，比君孤且直。」蓋舊詩云「有節秋竹竿」也。坡赴黄州過春風嶺，有絶句詩，後云：「去年今日開山路，細雨梅花正斷魂。」又有《竹》詩云：「吾詩固云爾，可使食無肉。」（《碧溪》）

妙于用事：元祐中元夕，上御樓觀燈，有御製詩。時王禹玉、蔡持正爲左右相，持正叩禹玉云：「應制上元詩如何使故事？」禹玉曰：「鰲山鳳輦外不可使。」章子厚笑曰：「此誰不知。」後兩日登對，上獨賞禹玉詩云：「妙于使事。」「雪消華月滿仙臺，萬燭當樓寶扇開。雙鳳雲中扶輦下，六鰲湧上駕山來。鎬京春酒沾周宴，汾水秋風陋漢才。一曲昇平人盡樂，君王又進紫霞杯。」是夕以高麗進樂，又添一杯。（《侯鯖録》）

不拘故常：韋應物詩云：「心同野鶴與塵遠，詩似冰壺徹底清。」又《送人》詩：「冰壺見底未爲清，少年如玉有詩名。」此可謂用事之法，蓋不拘故常也。（《黄常明詩》）

用事天然：東坡最善用事，既顯而易讀，又切當。若《招持服人遊湖不赴》云：「却憶呼盧袁彦道，難邀駡坐灌將軍。」柳氏求字，答云：「君家自有元和脚，莫厭家雞更問人。」天然奇特。

用事親切：東坡《和李公澤雪詩》云：「弊裘羸馬古河濱，野闊天低糝玉塵。自笑餐氊典屬國，來看唤酒謫仙人。」爲蘇、李也，用事親切如此，他人不及也。

用事精確：夏文莊守安州，莒公兄弟尚在布衣。文莊異待之，命作落花詩。莒公一聯云：「漢皋佩冷臨江失，金谷樓危倒地香。」子京一聯云：「將飛更作回風舞，已落猶成半面粧。」今觀《南史》，宋元帝妃徐氏無容質，不見禮，以帝眇一目，故帝將至，必爲半面粧以俟。此「半面粧」所從出也。若「回風舞」無出處，則對偶偏枯不爲佳句。殊不知乃出李賀詩云：「化臺欲暮春辭去，落花起作回風舞。」前輩用必有來處，又精確如此，誠可爲法也。（《漁隱》）余襄公有《落花》詩云：「金谷已空新步障，馬嵬徒見舊香囊。」可亞二宋。（《三山老人

語録》）

皆用古語：荆公《賦梅花》云：「肌冰綽約如姑射，膚雪參差是玉真。」人言藐姑射之山，有神人居焉。肌膚若冰雪，綽約如仙子。樂天《長恨歌》曰：「中有一人字玉真，雪膚花貌參差是。」兩句皆用古語，但易一「如」字爾。（《東平雜録》）

用人名：前輩譏作詩多用古人名姓，謂之「點鬼簿」。其語雖然如此，亦在用之如何耳，不可執以爲定論也。如山谷《種竹》云：「程嬰杵臼立孤難，伯夷叔齊食薇瘦。」《接花》云：「雍也本犁子，仲由元鄙人。」此雖多用，善于比喻，何害其爲好句也。（《漁隱》）

不可牽強：詩之用事，不可牽強。必至於不得不用而後用之，則事辭爲一，莫見其安排鬭湊之跡。蘇子瞻嘗作《人挽》詩云：「豈意日斜庚子後，忽驚歲在己辰年。」此乃天生作對，不假人力。（《石林詩話》）

晦翁用事精切：先生言：「阿骨打初破遼國，勇鋭無敵，及既下遼，席卷子女而北，肆意蠱惑，行未至其國而死。」因笑謂趙昌父曰：「頃年于吕季克處見一畫卷，畫虜酋與胡女並轡而行。季克苦求詩，某勉爲之賦云：『傳聞虜騎欲南侵，愁殺窮邊猛將心。却是燕姬解迎敵，不教行到殺胡林。』正用阿骨打事也。」

山谷善使事：詩家借用古人語，而不用其意，最爲妙法。如山谷《猩猩毛筆》是也，猩猩喜着屐，故用阮孚事云「平生幾兩屐」。其毛作筆用之抄書，故用惠施事云「身後五車書」。二事皆借人以詠物，初非猩猩毛筆事也。《左傳》云：「深山大澤，實生龍蛇。」而山谷《中秋月》詩云：「寒藤老木被光景，深山大澤皆龍蛇。」《周禮·考工記》：「車人蓋圜以象天，軫方以象地。」而山谷云：「丈夫要弘毅，天地爲蓋軫。」孟子云：「武成取二三策。」而山谷稱東坡云：「平生五車書，未咏二三策。」

論用經語：詩句固難用經語，然善用不勝其韻。李師中云：「夜如何其斗欲落，歲云莫矣天無晴。」又「山如仁者静，風似聖之清」，又「詩成白也知無敵，花落虞兮可奈何」。

誤用事：唐人以詩爲專門之學，雖名世，善用故事者，或未免小誤。如王摩詰詩：「衛青不敗由天幸，李廣無功緣數奇。」「不敗由天幸」乃霍去病，非衛青也。《去病傳》云：「其軍嘗先大將軍，軍亦有天幸，未嘗困絶。」意有大將軍，字誤，指去病作衛青耳。李太白曰：「山陰道士如相訪，爲寫黄庭换白鵝。」乃《道德經》非《黄庭》也。逸少嘗寫《黄庭經》與王脩，故二事相紊。杜牧之尤不勝數，前輩每云：「用事雖了在心目間，亦當就詩討閲，則記牢而不誤。」端名言也。（《西清詩話》）《古今詩話》方謂《上廣守》詩：「鰐去溪譚韓吏部，珠還合浦孟嘗君。」不知「珠還合浦」乃後漢孟嘗，不可以「孟嘗君」遷就也。（《復齋漫録》）

失事實：杜牧《華清宫》詩云：「長安回望繡成堆，山頂千門次第開。一騎紅塵妃子笑，無人知道荔枝來。」尤膾炙人口。據唐明皇以十月幸驪山，至春即還宫，是未嘗六月在驪山也。然荔枝盛暑方熟，詞意雖美，而失事實，亦非奇也。（《遁齋閑覽》）

用事失照管：荆公《桃源行》云：「望夷宫事鹿爲馬，秦人半死長城下。」指鹿爲馬乃二世，而長城之役乃始皇也。又指鹿事不在望夷宫中，荆公此詩追配古人，惜乎用事失照管，爲可恨耳。（《高齋詩話》）

用事未盡善：摩詰《山中送别》詩云：「山中相送罷，日暮掩柴扉。春草年年緑，王孫歸不歸。」蓋用楚詞「王孫遊兮不歸，春草生兮萋萋」，此善用事也。余舊記一小詩，不知誰人作，云：「楊柳青青着地垂，楊花漫漫攪天飛。柳條折盡花吹盡，借問行人歸不歸。」古樂府有《折楊柳》云：「曲成攀折處，惟言久别離。」又云：「攀折思爲贈，心期别路長。」又云：「曲中無别意，併是爲相思。」皆言折楊柳以寄相思之意，不言其歸，則前

詩用事爲未盡善也。(《漁隱》)

詩不貴用事:夫屬詞比事,乃爲通談。吟詠情性,何貴用事?「思君如流水」既是即目,「高臺多悲風」亦唯所見,「清晨登壠首」尤無故實,「明月照積雪」詎出經史。古今勝語,多非補假,皆由直尋。大明泰始中,文章殆同書抄,邇來作者,寖以成俗,遂乃句無虚語,語無虚字,拘攣補衲,蠹文已甚。(《詩品》)

屬對

有五字對,有十字對:劉長卿「滄浪千萬里,日夜一孤舟。」

有十四字對:劉長卿「江客不堪頻北望,塞鴻何事又南飛」是也。

有扇對:又謂之隔句對,如鄭都官「昔年共照松溪影,松折碑荒僧已無。今日還思錦城事,雪消花謝夢何如」之類是也。蓋以第一句對第三句,第二句對第四句。

有借對:孟浩然「厨人[四]具雞黍」「稚子摘楊梅」;太白「水舂雲母碓,風掃石楠花」。少陵「竹葉于人既無分,菊花從此不須開」之類是也。

有就對者:又曰當句有對,如少陵「小院迴廊春寂寂,浴鳧飛鷺晚悠悠」,李嘉祐「孤雲獨鳥川光暮,萬井千山露氣秋」是也。前輩于文亦多此體,如王勃「龍光射斗牛之墟,徐孺下陳蕃之榻」乃就句對也。

有律詩徹首尾對者:如杜子美《垂白》篇之類。

有律詩徹首尾不對者如李太白「牛渚西江夜」之篇,皆文從字順,音韻鏘鏘,八句皆無對偶矣。

有前四不對,至頸聯方對者:如賈島《下第》篇之類是也。

有起句便對，頷聯不對，頸聯又對者：如杜子美「無家對寒食」之類。

六對：唐上官儀曰：「詩有六對，一曰正名對，天地日月是也；二曰同類對，花葉草芽是也；三曰連珠對，蕭蕭赫赫是也；四曰雙聲對，黄槐緑柳是也；五曰疊韻對，彷徨放曠是也；六曰雙擬對，春樹秋池是也。」

八對：詩有八對，一曰的名對，「送酒東南去，迎琴西北來」是也；二曰異類對，「風織池間樹，虫穿草上文」是也；三曰雙聲對，「秋露香佳菊，春風馥麗蘭」是也；四曰疊韻對，「放浪千般意，遷延一介心」是也；五曰聯緜對，「殘河若帶，初月如眉」是也；六曰雙擬對，「議月眉欺月，論花頰勝花」是也；七曰回文對，「情新因意得，意得遂情新」是也；八曰隔句對，「相思復相憶，夜夜淚沾衣。空嘆復空泣，朝朝君未歸」是也。（《詩苑》）

對偶不拘繩墨：昔人對偶，如「剛腸欺竹葉，衰鬢怯菱花」，以鏡名對酒名，雖爲親切，至如杜子美云「竹葉于人既無分，菊花從此不須開」，直以「菊花」對「竹葉」，便蕭散不爲繩墨所窘。又有人曰：「枸杞因吾有，鷄栖奈若何」，蓋借「枸杞」以對「鷄栖」。「冬温蚊蚋在，人遠鳧鴨亂」，「人遠」「鳧鴨」又直以字對，而不對意。此皆例子，不可不知。子瞻《坡亭》詩云「洗盞酌鵝黄，磨刀切熊白」用是例者也。

巧對：荆公詩：「草深留翠碧，花遠没黄鸝。」人只知「翠碧黄鸝」爲精切，不知是四色也。又以「武丘」對「文鵡」，「殺青」對「生白」，若吟對耳飲。「飛瓊」對「弄玉」，世皆不及其工，小杜以「錦字」對「琴心」，荆公以「帶眼」對「琴心」，謝夷季以「鏡約」對「琴心」，亦荆公句最精切。又「濕螢」對「乾鵲」，「河漁」對「海鳥」，人以爲工。（《雪浪齋日記》）

借對：　沈佺期《回波詞》云：「姓名雖蒙齒録，袍笏未换牙緋。」杜子美詩：「飲子頻通汗，懷君想報珠。」以「飲子」對「懷君」，亦「齒録」「牙緋」之比也。荆公和人詩以「庚桑」對「五柳」，「黄耇」對「白鷄」（《漫叟詩話》）「根非生下土，葉不墜秋風。五峯高不下，萬木幾經秋。」蓋夏字聲同也。「因尋樵子徑，偶對葛洪家。」「殘春紅葉在，終日子規啼。」以「子」對「洪」，以「紅」對「子」，皆假其色也。「閑聽一夜雨，更對柏巖僧。住山今十載，明日又遷居。」以「一」對「柏」，以「十」對「遷」，假其數也。

無斧鑿痕：　文之所以貴對偶者，謂出于自然，非假于牽强也。《潘子真詩話》記禹玉元豐間，以錢二萬、酒二壺餉吕夢得。夢得作啓謝之，有「白水真人，青州從事」。禹玉歎賞，爲其切題。東坡得章質夫書，遺酒六瓶，書至而酒亡，因作詩寄之云：「豈意青州六從事，化爲烏有一先生。」二句渾然一意，無斧鑿痕，更覺尤巧。（《復齋漫録》）

偶然對：　詩家有假對，本非用意，蓋造語適到，因以用之。若杜子美「本無丹竈術，那免白頭翁」，韓退之「眼穿長訝雙魚斷，面熟何辭數爵頻」，「丹」對「白」，「爵」封「魚」，皆偶然相值，立意造句初不在此。而晚唐諸人遂立以爲格，賈島「捲簾黄葉落，開户子規啼」，例以爲假對，所謂癡人面前不得説夢也。（《蔡寬夫詩話》）

不必泥對：　荆公云：「凡人作詩，不可泥於對屬。如歐陽公作《泥滑滑》云：『畫簾陰陰隔宫燭，禁漏杳杳深千門』，『千』字不可以對『宫』字，若當時作宋門，雖可以對而句力便弱耳，不若『千』字遒勁也。」（《王直方詩話》）

鍛煉

悲吟累日：　詩最難事也，吾於他文不至蹇澀，惟作詩甚苦，悲吟累日，僅能成篇。初讀時，未見可羞處，姑置之。明日取讀，瑕疵百出。輒復悲吟累日，反覆改正，比之前時，稍稍有加焉。復數日，取出讀之，疵病復出。凡如此數四，方敢示人，然終不能奇。李賀母責賀曰：「是兒必欲嘔出心乃已。」非過論矣。今之君子，動輒千百言，略不經意，真可貴哉！（《唐子西語録》）

煉字：作詩在於煉字，如杜子美「飛星過水白，落月動沙虛」，是煉中間一字。「地折江帆隱，天清木葉聞」，是煉末後一字。《酬李都督早春》詩云：「紅入桃花嫩，青歸柳葉新。」若非「入」與「歸」，二字則與兒童之詩何異？（葛常之）

煉格：煉句不如煉字，煉字不如煉意，煉意不如煉格。以聲律爲竅，物象爲骨，意格爲髓。（《金針格》）

煉韻：陳君節言：「煉句不如煉韻。」王直方以爲若只覓好韻，則或首尾不貫穿，語意有乖戾，亦未穩帖。

句鍛月煉：唐人雖小詩，必極工而後已，所謂句鍛月煉，信非虛言。皮日休云：「百煉爲字，千煉成句。」崔護《題城南》詩其始曰：「去年今日此門中，人面桃花相映紅。人面不知何處去，桃花依舊笑春風。」後以其意未完，語未工，改第三句云：「人面祇今何處在。」蓋唐人工詩，大率如此，雖有兩「今」字，不恤也，取語意爲主耳。

句中有眼：許彦章移守臨川，曾吉甫以詩迓之云：「白玉堂中曾草詔，水晶宫裏近題詩。」先以示子蒼，子蒼爲改兩字云：「白玉堂深曾草詔，水晶宫冷近題詩。」迥然與前不侔，蓋句中有眼也。古人煉字，只于眼上煉，蓋五字詩以第三字爲眼，七字詩以第五字爲眼也。

改定：賦詩十首，不若改詩一首。少陵有「新詩改罷自長吟」之句，雖少陵之才，亦須改定。（《室中語》）

頻改：杜子美「新詩改罷自長吟」，文字頻改，工夫自出。近世歐公作文先貼於壁，時加竄定，有終篇不留一字者。魯直長年多改定前作，此可見大略。如《宗室輓詩》云「天網恢中夏，賓筵禁列侯」，後乃改云：「屬舉左官律，不通宗室侯」。此工夫自不同矣。（《呂氏童蒙訓》）

淘煉：作詩要淘煉，乃得鉛中銀。東坡作《蝸牛》詩云：「中弱不勝觸，外堅聊自郛。升高不知疲，竟作粘壁枯。」後改云：「腥涎不滿殼，聊足以自濡。升高不知回，竟作粘壁枯。」余以爲改者勝。（《王直方詩話》）

多改：魯直《嘲小德》有：「學語春鶯囀，書窗秋雁斜。」後改曰：「學語囀春鳥，塗窗行暮鴉。」以是知詩文不厭改也。（《東皋雜録》）又云：「欲作短歌憑阿素，丁寧誇與落花風。」其後改「歌」作「章」，改「丁寧」作「緩歌」。山谷平生所作，不祇多改。（《王直方詩話》）

改詩：王駕《晴景》云：「雨前初見花間葉，雨後兼無葉裏花。蛺蝶飛來過墻去，應疑春色在鄰家。」此《唐百家詩選》中詩也。余因閲荆公《臨川集》亦有此詩，云：「雨前不見花間葉，雨後全無葉底花。蜂蝶紛紛過墻去，却疑春色在鄰家。」《百家詩選》是荆公所選，想愛此詩，因爲改正七字，遂使一篇語工而意足，了無鑱斧之迹，直制鑢手也。（《漁隱》）王仲至召至館中試罷，作一絶題于壁云：「古木森森白玉堂，長年來此試文章。日斜奏賦長楊罷，閑拂塵埃看畫墻。」舊云「奏罷長楊賦」，亦荆公所改。（《王直方詩話》）

剩一字：《郡閣雅言》云：「王貞白唐末大播詩名，《御溝》爲卷首云：『一派御溝水，緑槐相蔭清。此波涵帝澤，無處濯塵纓。鳥道來雖遠，龍池到自平。朝宗心本切，願向急流傾。』自謂冠絶無瑕，呈僧貫休。休公曰：『此甚好，只是剩一字。』貞白揚袂而去，休公曰：『此公思敏。』取筆書『中』字掌中。逡巡，貞白回，忻然曰：『已得一字。』云：『此中涵帝澤。』休公將掌中示之。」

去疵：詩在與人商論，求其疵而去之，等閑一字放過則不可，殆近法家，難以言恕，以故謂之「詩律」。東坡云：「敢將詩律鬬深嚴。」予亦云：「詩律傷嚴近寡恩，大凡立意之初，必有難易二塗。學者不能強所爲，往往捨難而趨易，文章罕工，每坐此也。作詩自有穩當字，第思之未到耳。」（《唐子西語録》）

【校記】

［一］謂，成化本作「謁」。

［二］杜詩「諸」原作「朱」。

［三］原作「太白」，此二詩爲白居易所作。

［四］厨人，原文如此，成化本同。

詩學權輿　卷之五

祖述

作述相沿：句有偶似古人者，亦有述之者。杜子美《武侯廟》詩：「映階碧草自春色，隔葉黄鸝空好音。」此祖何遜[二]氏「山鶯空樹響，壠月自秋暉」也。杜云：「薄雲岩際宿，孤月浪中翻。」此述庾信「白雲岩際出，清月波中上」也。「出」「上」二字勝矣。陰鏗云：「鶯隨入户樹，花逐下山風。」杜云：「月明垂葉露，雲逐渡溪風」，又云：「水流行地日，江入渡山雲。」此一聯爲勝也。庾信云：「永韜三尺劍，長捲一戎衣。」杜云：「風塵三尺劍，社稷一戎衣。」亦勝庾矣。蘇子卿《梅》詩云：「秪言花是雪，不悟有香來。」介甫云：「遥知不是雪，爲有暗香來。」述者不如作者。陸龜蒙云：「殷勤與解丁香結，從放繁枝散誕春。」介甫云：「殷勤與解丁香結，放出枝頭自在春。」作者不及述者。（楊秀夫）

奪胎换骨：山谷言：「詩意無窮，而人才有限。以有限之才，追無窮之意，雖淵明、少陵不得工也。不易其意而追其語，謂之『换骨法』；規摹其意而形容之，謂之『奪胎法』。」如鄭谷詩：「自緣今日人心别，未必秋香一夜衰。」此意甚佳，而病在氣不長。荆公《菊》詩曰：「千花百卉凋零後，始見閑人把一枝。」又李翰林曰：「鳥飛不盡暮天碧。」又曰：「青天盡處没孤鴻。」其病如前所論。山谷《達觀臺》詩曰：「瘦藤挂到風煙上，乞與遊人眼豁開。不知眼界闊多少，白鳥去盡青天回。」凡此之類，皆換骨法也。顧況詩曰：「一別二十年，人堪幾回別。」其詩簡緩而意精確。荆公與故人詩曰：「一日君家把酒杯，六年波浪與塵埃。不知烏石岡頭路，到老相尋得幾回。」樂天詩：「臨風杪秋樹，對酒長年身。醉貌如霜葉，雖紅不是春。」東坡詩：「兒童誤喜朱顔在，一笑那知是酒紅。」凡此之類，皆奪胎法也。（《冷齋夜話》）

以故爲新：楊秀夫云：「有用古人句律，而不用其句意者。庾信《月詩》云『渡河光不濕』，杜云『入河蟾不没』。唐人云『因過竹院逢僧話，又得浮生半日閑』，東坡云『殷勤昨夜三更雨，又得浮生一日凉』。杜夢李白云『落月滿屋梁，猶疑照顔色』，山谷《簟》詩云『落日映江波，依稀比顔色』。退之云『如何連曉語，衹是説家鄉』，吕居仁云『如何今夜雨，衹是滴芭蕉』。此皆以故爲新，奪胎换骨。」

更加鍛鍊：白道猷詩：「連峯數千里，修林帶平津。茅茨隱不見，鷄鳴知有人。」秦少游云：「菰蒲深處疑無地，忽有人家笑語聲。」僧道潛云：「隔林彷彿聞機杼，知有人家在翠微。」其源乃出道猷，而更加鍛鍊。此亦可謂善奪胎者也。（《庚溪》）

同一機軸：杜甫《雨》詩云：「紫崖奔處黑，白鳥去邊明。」而「江碧鳥逾白，山青花欲然」之句似之。《贈王侍御》云：「曉鶯工迸淚，秋月解傷心」，而「感時花濺淚，恨別鳥驚心」之句似之。殆是同一機軸也。（葛常之）

承襲其意：「燕燕于飛，差池其羽。之子于歸，遠送于野。瞻望弗及，涕泣如雨。」此辭可泣鬼神矣。張子野長短句：「眼力不知人遠，上溪橋。」東坡《送子由》詩云：「登高回首坡壠隔，惟見烏帽出復没。」皆承襲其意。（《許彦周詩話》）

有家法：杜審言，子美之祖也。則天時以詩擅名，與宋之問相唱和。其詩有「綰霧青條弱，牽風紫蔓長」「寄語洛城風月道，明年春色倍還人」之句，若子美「林花帶雨臙脂濕，水荇牽風翠帶長」，又云「傳語風光共流轉，暫時相賞莫相違」。雖不襲取其意，而語脉蓋有家法矣。

辭同意異：杜紫微云：「南山與秋色，氣勢兩相高。」蓋亦本乎杜子美「千崖秋氣高」，蓋入〔二〕語領略盡秋色也。至若「木落洞庭秋」，或云蹈襲「楓落吴江冷」語。第變「冷」爲「秋」，則氣象自不同。此淵源自《楚騷》中來，《九歌》云：「洞庭波兮木葉下。」其陶寫物象，庶幾宏放。

意同辭異：「天街小雨潤如酥，草色遥看近却無。最是一年春好處，絶勝煙柳滿皇都。」此退之《早春》詩也。「荷盡已無擎雨蓋，菊殘猶有傲霜枝。一年好景君須記，正是橙黄橘緑時。」此子瞻《初冬》詩也。二詩意同而辭異，皆曲盡其妙。（《漁隱》）

摹擬：宋元憲公《題許昌展江亭》：「鑿開魚鳥忘情地，展盡江湖極目天。」皆以謂曠古未有此語。然本于五代徐仲雅賦《明月圃》云「鑿開青帝春風圃，移下姮娥夜月樓」之句。用句摹擬，詞人類如此，但有勝與否耳。（《西清詩話》）

述工于作：詩惡蹈襲古人之意，亦有襲而愈工，若出于己者蓋思之愈精，則造語愈深也。魏人章疏云：「福不盈身，禍將溢世。」韓愈則曰：「歡華不滿眼，咎責塞兩儀。」李華《吊古戰場》曰：「其存其没，家莫聞知。人或有言，將信將疑。娟娟心目，寢寐見之。」陳陶則曰：「可憐無定河邊骨，猶是春閨夢裏人。」蓋工于前也。（《隱居語録》）

述不及作：梅堯臣《贈鄰居》詩有云：「壁隙透燈光，籬根分井口。」徐鉉《喜李少保卜鄰》云：「井泉分地脉，砧杵其秋聲。」此句尤閑遠也。按：唐于鵠有《題鄰居》詩云：「蒸梨共其竈，澆薤亦同渠。」二公之詩，蓋本乎此。

點化古語：徐陵《鴛鴦賦》云：「山鷄映水那相得，孤鸞照鏡不成雙。天下真成長會合，無勝比翼兩鴛鴦。」黄魯直《畫睡鴨》曰：「山鷄照影空自愛，孤鸞舞鏡不成雙。天下真成長會合，兩鳧相倚睡秋江。」全用徐陵語點化之，末句尤工。（《隨筆》）

句優于古：吴僧《錢塘白塔院》詩：「到江吴地盡，隔岸越山多。」《陳後山詩話》鄙其語不文，曰：「是分界堠子耳。」及後山在錢塘仍有句云：「語音隨地改，吴越到江分。」此如李光弼用郭子儀旗幟士卒，而號令所及，精采皆變也。（程太之《考古編》）

意格相效：一日因坐客，舉魯直爲蘇子瞻《題畫竹石牛圖》詩云：「石吾甚愛之，勿使牛礪角。牛礪角尚可，牛鬭殘我竹。」如此體製甚新。陳子蒼云：「獨漉水中泥，水濁不見月。不見月尚可，水深行人没。」蓋是李白《獨漉篇》也。（《室中語》）

流麗相似：東坡云：「春宵一刻直千金，花有清香月有陰。歌管樓臺人寂寂，鞦韆院落夜深深。」介甫云：「金爐香燼漏聲殘，剪剪輕風陣陣寒。春色惱人眠不得，月移花影上欄干。」二詩流麗相似，然亦有甲乙。

山谷述唐詩：山谷集中有絶句云：「草色青青柳色黄，桃花零落杏花香。春風不解吹愁却，春日偏能惹恨長。」此唐人賈至詩也，特改五字耳。唐朱晝《喜陳懿老至詩》云：「一别一千日，一日十二憶。苦心無閑時，今日見玉色。」廼知山谷「五更歸夢三百日，一日思親十二時」之句取此。（《復齋漫録》）

山谷倣歐公詩：永叔《送原甫出守永興》詩云：「酧君以荆州魚枕之蕉，贈君以宣城鼠鬚之管。酒如長江飲滄海，筆若駿馬馳平坂。」黄魯直《送王郎》詩云：「酌君以蒲城桑洛之酒，泛君以湘累秋菊之英。贈君以黔州點漆之墨，送君以陽關墮淚之聲。酒澆胸中之磊塊，菊制短世之頽齡。墨以傳千古文章之印，歌以寫從來兄弟之情。」近時學者以謂此格獨魯直爲之，殊不知永叔已先有也。（《漁隱》）

陳效鄭詩：鄭谷《蜀中海棠》詩一首。前一云：「穠麗最宜新着雨，妖嬈全在欲開時。」然歐公以鄭詩爲格卑。近世陳去非嘗用鄭意賦海棠云：「海棠默默要詩催，日暮紫綿無數開。欲識此花奇絶處，明朝有雨試重來。」雖本鄭意，便覺才力相去不侔矣。山谷亦有「紫綿揉色海棠開」之句。（《復齋漫録》）

暗合子美：王元之，本學白樂天詩。在商州嘗賦《春日雜興》云：「兩株桃杏映籬斜，裝點商州副使家。何事春風容不得，和鶯吹折數枝花。」其子嘉祐云：「老杜嘗有『恰似春風相欺得，夜來吹折數枝花』之句，語頗相似，因請易之。」元之欣然曰：「吾詩精詣，遂能暗合子美耶。」更爲詩曰：「本與樂天爲後進，敢期杜甫是前身。」卒不復易。（《蔡寛夫詩話》）

模寫東坡：《西清詩話》：「蔡元長喜周邦彦祝壽詩：『化行禹貢山川外，人在周公禮樂中。』乃模寫東坡《藏春塢》詩：『年抛造物甄陶外，春在先生杖履中。』」（《復齋漫録》）

述取其意：晁元忠《西歸》詩：「安得龍山潮，駕回安河水。水從樓前來，中有美人淚。」韓子蒼取其意，以代葛亞卿作詩云：「君住江濱起畫樓，妾居海角送潮頭。潮中有妾相思淚，流到樓前更不流。」唐孫叔向有《經昭應温泉》詩云：「一道泉回繞御溝，先皇曾向此中遊。雖然水是無情物，也到宫前咽不流。」子蒼末句又用孫語也。（《復齋漫録》）

相襲：黄魯直《清江引》：「渾家醉着蓬底眠，舟在寒沙夜潮落。」説盡漁翁快活。是「醉着」二字，蓋本

韓偓「漁翁醉着無人喚」。（《室中語》）

剽竊：陸務觀云：「舊見顔持約所畫淡墨杏花，題小詩于後，仍題『持約』二字，意謂此詩必持約所作。比因閲唐宋類詩，方知是羅隱作，乃持約竊之耳。詩云：『暖風潛催次第春，梅花已謝杏花新。半開半落閑園裏，何異榮枯世上人。』古之詩人，如王維猶竊李嘉祐『水田飛白鷺，夏木囀黄鸝』。僧惠然約其徒所嘲云：『河分岡勢司空曙，春入燒痕劉長卿。不是師兄多犯古，古人詩句犯師兄。』皆可軒渠一笑也。」（《漁隱》）

襲全句：東坡《送人守嘉州》詩其中云：「蛾眉山月半輪秋，影入平羌江水流。謫仙此語誰解道，請君見月時登樓。」上兩句全是李謫仙詩，故繼之以「謫仙此語誰解道，請君見月時登樓」之句。此格本出于李謫仙，其詩云「解道澄江浄如練，令人還憶謝元暉」。蓋「澄江浄如練」，即元暉全句也。後人襲用此格，愈變愈工。（《漁隱》）

依倣太甚：東坡作《藏春塢》詩云：「年抛造物甄陶外，春在先生杖屨中。」秦少游作《俞充哀詞》乃云：「風生使者旌旄上，春在將軍俎豆中。」余以爲依倣太甚。（《王直方詩話》）

着力太過：「開簾風動竹，疑是故人來。」與「徘徊花月上，空度可憐宵。」此兩聯雖唐人小詩，其實佳句也。鄭谷詩：「睡輕可忍風敲竹，飲散那堪月在花。」蓋與此同。然論其格力，通堪揭酒家壁，與市人書扇耳。天下事，每患自以爲工處着力太過，何但詩也。（《石林詩話》）

不約而合：退之云：「心訝愁來惟貯火，眼知别後自添花。」臨川云：「髮爲感傷無翠葆，眼從瞻望有玄花。」又云：「久欽江總文才妙，自歎虞翻骨相屯。」又云：「久諳郭璞言多驗，老比顔含意更疏。」韓云：「家今罪重無歸望，直去長安路八千。」永叔云：「今日始知予罪大，夷陵此去更三千。」柳云：「十年憔悴到秦京，誰料今爲嶺外行。」王云：「十年江海別常輕，豈料今隨寡婦行。」柳云：「直以疏慵招物議，休將文字趁時名。」王云：「直以文章歸潤色，未應風月負登臨。」柳云：「十一年前南渡客，四千里外北歸人。」又云：「一身去國六千里，萬死投荒十二年。」蘇云：「七千里外二毛人，十八灘頭一葉身。」黄云：「五更歸夢三千里，一日思親十二時。」皆不約而合，句法使然故也。（《砦溪》）

古人亦有祖襲：《子虚》《大人》賦全倣《遠遊》，而屈子心事非相如所可窺識，故氣自别。淵明《歸去來辭》，千古絶唱，亦是祖《歸田賦》意，此類甚多。只如退之《平淮西碑》，全是《尚書》句法，《秋懷詩》全是選體。（《漫唐録》）

不沿襲：太白云：「解道澄江浄如練，令人還憶謝元暉。」至魯直則云：「憑誰説與謝元暉，休道澄江浄如練。」王文海云：「鳥鳴山更幽。」至介甫則曰：「茅檐相對坐終日，一鳥不鳴山更幽。」皆反其意而用之，蓋不欲沿襲之耳。（《漁隱》）

不蹈襲：太白《俠客行》云：「事了拂衣去，深藏身與名。」元微之《俠客行》云：「俠客不怕死，怪在事不成。事成不肯藏姓名。」二公寓意不同。（《復齋漫録》）

意合辭殊：鄭毅夫云：「夜來過嶺忽聞雨，今日滿溪俱是花。」語意奇絶。頃在澄江見一詩云：「坐見茅齋一葉秋，小山叢桂鳥聲幽。不知疊嶂夜來雨，清曉石楠花亂流。」狀霽後景物不凡也，或云司馬才叔作。

語意奪胎：杜陵《謁玄元廟》，其一聯云：「五聖聯龍衮，千官列雁行。」蓋紀吴道子廟中所畫者。徽宗嘗製哲廟挽詞，用此意作一聯云：「比極聯龍衮，西風折雁行。」亦有「雁行」對「龍衮」，然語意中的，其親切過于本詩，玆不謂之奪胎可乎？不然，則徒用前人之語，殊不足貴。蘇子美云：「峽束滄江深貯月，巖排江樹巧裝秋。」非不佳也，然正用杜陵「峽束滄江起，巖排石樹圓」之句耳，語雖工而無别意。

點化精巧：《詩選》云：「朱喬年絶句：『春風吹起籜龍見，戢戢滿山人未知。急唤蒼頭斸煙雨，明朝吹作碧參差。』蓋前人有詠筍云：『急忙且喫莫踟躕，一夜南風變成竹。』喬年點化，乃爾精巧。余觀魯直已先有此句，《從斌老乞苦笋》云：『煩君更致蒼玉束，明日風雨皆成竹。』白樂天笋詩云：『且喫莫踟躕，南風吹作竹。』亦同此意耳。」

用古人意：詩家有换骨法，謂用古人意而點化之，使愈工也。李白詩云：「白髮三千丈，緣愁似個長。」荆公點化之，則云：「繰成白髮三千丈。」劉禹錫云：「遥望洞庭湖面水，白銀盤裏一青螺。」山谷點化之云：「可惜不當湖面水，銀盤堆裏看青螺。」孔稚圭《白亭歌》云：「山虚鐘響徹。」山谷點化之云：「山空響管絃。」盧仝詩云：「草石是親情。」山谷點化之云：「小山作朋友，香草當姬妾。」學詩者不可以不知此。

精彩數倍：山谷《黔南十絶》七篇，全用樂天《花下對酒》《渭川舊居》《東城尋春》《西樓委順竹窗》等詩。餘三篇用其詩，略點化而已。葉少藴云：「詩人點化作，正如李光弼將郭子儀軍，重經號令，精彩數倍。」此語誠然。（《韻語陽秋》）

吴效張：韓子蒼喜吴可小詩：「東風可是閑來往，時送江梅一陣香。」殊不知張芸叟《荼蘼》詩云：「晚風亦自知人意，時去時來管送香。」吴取此耳。（《復齋漫録》）

陶杜陳三家相似：淵明、子美、無已三人，作《九日》詩，大概相似。子美云：「竹葉于人既無分，菊花從此不須開。」此淵明所謂「塵爵恥虚罍，寒華徒自榮」也。無已云：「人事自生今日意，寒花秖作去年香。」此淵明所謂「日月依辰至，舉俗愛其名」也。

歐蘇相承：歐公自楊州移汝州，作《西湖》詩云：「緑芰紅蓮畫舸浮，使君那復憶楊州。都將二十四橋月，換得西湖十頃秋。」後東坡復自汝移楊作詩曰：「二十四橋亦何有，換此十頃玻璃風。」用歐公詩也。（《侯鯖録》）

致譏祖襲：江淹擬湯惠休詩：「日暮碧雲合，佳人殊未來。」古今以爲佳句。然謝靈運「圓景早已滿，佳人猶未適」，謝玄暉「春草秋更緑，公子未西歸」即是此意。嘗怪兩漢間所作騷文，初未嘗有新語，直是句句規模屈宋，換字不同耳。至晉宋以後，詩人之辭，其弊亦然。若是，猶工亦何足道。蓋當時祖襲，共以爲然，故未有譏之者耳。

託況

託物：詩之託物取況，日月比君后，龍比君位，雨露比德澤，雷霆比刑威，山河比邦國，陰陽比君臣，金玉比忠烈，松竹比節義，鸞鳳比君子，燕雀比小人。

比擬：梅聖俞有《續金針詩格》，張天覺有《律詩格》，洪覺範有《禁臠》，此三書皆論詩也。聖俞《金針詩格》云：「詩有内外意，内意欲盡其理，外意欲盡其象，内外意含蓄，方入詩格。如『旌旗日暖龍蛇動，宮殿風微燕雀高』，『旌旗』喻號令，『日暖』喻明時，『龍蛇』喻君臣，言號令當明時，君所出，臣奉行也。『宮殿』喻朝廷，『風微』喻政教，『燕雀』喻小人，言朝廷政教纏出，而小人向化，各得其所也。如『島嶼分諸國，星河共一天』，言明君理化一統也。」天覺《律詩格》辨諷刺云：「諷刺則不可怒張，怒張則筋骨露矣。若『廟堂生莽草，岩谷死伊周』之類是也。未如『花濃春寺靜，竹細野池幽』，『花濃』喻媚臣秉政，『春寺』比國家，『竹細野池幽』喻君子在野未見用也。『沙鳥晴飛遠，漁人夜唱閑』，『沙鳥晴飛遠』喻小人見用，『漁人』比君子，『夜』，不明之象，言君子處昏亂之朝，退而樂道也。『芳草有情皆礙馬，好雲無處不遮樓』，『芳草』比小人，『馬』喻勢利之輩，『雲』喻諂佞之臣，『樓』比鈞衡之地。若此之類，可謂言近而意深，不失風騷之體也。」其說數十，悉皆類此。覺範《禁臠》云：「杜子美詩，言山間野外事，意在譏刺風俗。如三絶句曰：『秋樹馨香倚釣磯，斬新花蕊未應飛。』言後進暴貴可榮觀也。『不知醉裏風吹盡，可忍醒時雨打稀』喻其恩重才薄，眼見其零落，不若未受恩眷時。『雨』比天恩，以雨多，故致花易壞也。『門外鸕鷀久不來，沙頭忽見眼相猜』言貪利小人畏君子之譏其短也。『自今已後知人意，一日須來一百回』言君子蒙以養正，瑾瑜匿瑕，山藪藏疾，不發其惡，而小人未革面，諂諛不知愧恥也。『無數春笋滿林生，柴門密掩斷人行。會須上番看成行，客至從嗔不出迎。』言唯守道爲歲寒也，前輩多發其意作之，如韓稚圭詩曰：『風定曉枝蝴蝶鬧，雨勻春圃桔槔閑』，又蔡持正詩曰：『風搖熟果時聞落，雨滴餘花亦自香』，亦以雨比天恩也，桔槔比宰相功業之就，已退閑矣。」時公在某州作，熟果比大臣黜落。時公在安州，覺範舊遊天覺之門，宜其論詩之相似也。然詩之諷興假物寓意，理所有也。但論詩者屑屑泥于此，未必皆然。故山谷先生有云：「彼喜穿鑿者，棄其大旨，取其發興，於所遇林泉、人物、草木、魚蟲，以爲物物皆有所託。如世間商度隱語者，則詩委地矣。此又不可以不知。」

詠物取喻：詩人詠物形容之妙，近時爲最。如梅聖俞「蝟毛蒼蒼磔不死，銅盤矗矗釘頭生。吴鷄鬪敗絳幘碎，海蚌抉出真珠明」，誦此則知其詠芡也。東坡「海山仙人絳羅襦，紅綃中單白玉膚。不須更待妃子笑，風骨自是傾城姝」，誦此則知其詠荔枝也。張文潛「平池碧玉秋波瑩，緑雲擁肩青搖柄。水仙宮女鬬新粧，輕步凌波踏明鏡」，誦此則知其詠蓮花也。如唐彦謙詠牡丹詩云：「爲雲爲雨徒虚語，傾國傾城不在人。」羅隱詠牡丹詩云：「若教解語應傾國，任是無情也動人。」非不形容，但不能臻其妙處耳。蘇黄又有詠花詩，皆託物以寓意，比格又新奇。前人未之有也。東坡《謝杜沂遊武昌以酴醾見惠》詩云：「凄涼吴宮闕，紅粉埋故苑。至今微月夜，笙簫采絶巘。餘妍入此花，千載尚清婉。」山谷《詠水仙花》詩云：「淩波仙子生塵襪，水上盈盈步微月。是誰招此斷腸魂，種作寒花寄愁絶。」《詠桃花》絶句詩云：「九疑山中萼緑華，黄雲承襪到羊家。真筌蟲蝕詩句斷，猶託餘情開此花。」余嘗因庭下黄白菊花相間開，遂倣此格作詩詠之曰：「何處金錢與玉錢，化爲蝴蝶夜翩翩。青絲網任芳叢上，開作秋花取意妍。」金玉錢事見《杜陽雜編》。唐穆宗時，禁中花開，夜有蛺蝶數萬，飛集花間，宫人以羅巾撲之，無有獲者。上令張網空中，得數百，遲明視之，皆庫中金玉錢也。古人有詠玉簪花詩云：「燕罷瑶池阿母家，飛瓊扶上紫香車。玉簪墜地無人拾，化作東南第一花。」（《漁隱》）

人物比擬：白樂天《女道士》云：「姑山半峯雪，瑶水一枝蓮。」此以花比美婦人也。東坡《海棠》云：「朱脣得酒暈生臉，翠袖卷紗紅映肉。」此以美婦人比花也。山谷《酴醾》云：「露濕何郎試湯餅，日烘荀令炷爐香。」此以美丈夫比花也。山谷此詩出奇，古人所未有，然亦是用荷花似六郎之意。

髣髴形容：李義山《雨》詩：「摵摵度瓜園，依依傍水軒。」此不待説雨，自然知是雨也。後來諸人詠物，不待分明説盡，只髣髴形容，便見好處。「雕蟲蒙記憶，烹鯉問沉綿」，不説作賦而説雕蟲，不説寄書而説烹鯉，不説病而説沉綿。又「頌椒添諷味，禁火卜歡娱」，不説歲節，但云頌椒；不説寒食，但云禁火，亦文章之工也。

（《吕蒙童訓》）

初月詩：夏鄭公竦評老杜《初月》詩：「『微升紫塞外，已隱暮雲端』以爲意主肅宗也。」鄭公善評詩者也。吾觀退之「煌煌東方星，奈此衆客醉」，其順宗時作也。「東方」謂憲宗在儲也。（《隱居詩話》）

諷喻時事：子美《登慈恩寺塔》詩説天寶時事也。山者，人君之象。「太山忽破碎」，則人君失道矣。賢不肖混淆，而清濁不分，故曰「涇渭不可求」。天下無綱紀文章，而上都亦然，故曰：「俯視但一氣，焉能辨皇州。」于是思古之聖君不可得，故曰：「回首叫虞舜，蒼梧雲正愁。」是時明皇方耽淫樂而不已，故曰：「惜哉瑶池飲，日晏崑崙丘。」賢人君子多去朝廷，故曰：「黄鵠去不息，哀鳴何所投。」惟小人貪竊禄位者在朝，故曰：「君看隨陽雁，各有稻粱謀。」（《牛山老人語録》）

子美託物：杜子美詩有「冷蕊疏枝半不禁」，語固佳矣。而不若「山意衝寒欲放梅」爲尤妙。又「荷葉荷花凈如拭」，此有得於佛書，以清淨荷葉喻人性之意。故梅之高放，荷之清淨，獨子美識之。（《休齋》）

不名其物：王介甫云：「蕭蕭出屋千尋玉，靄靄當窗一炷雲。」皆不名其物，然子厚「破額山泉碧玉流」已有此格。（《砦溪》）

規諷

興與訕異：自古工詩，未嘗無興也。睹物有感焉，則有興。今之作詩者，以興近乎訕也，故不敢作，而詩之一義廢矣。杜甫《萵苣》詩云：「兩旬不甲拆，空惜埋泥滓。野莧迷汝來，宗山實於此。」皆興小人盛而掩抑君子也。至高適《題處士菜園》則云：「耕地桑柘間，地肥菜常熟。爲問葵藿資，何如廟堂肉。」則近乎訕矣。作詩者苟知興之與訕異，始可言詩矣。

戒訕謗：詩者，人之情性也。非强諫爭於廷，怨忿詬於道，怒鄰罵主之爲也。其人忠信篤敬，抱道而居，與時乖逢，遇物悲喜，同休而不察，並世而不聞，情之所不堪，因發于呻吟、調笑之聲，胸次釋然。而聞者亦有所勸勉，比律吕而可歌，列干羽而可舞，是詩之美也。其發於訕謗侵陵，引頸以承戈，披襟而受矢，以快一時之忿者，人皆以爲詩之禍，是失詩之旨，非詩之過也。（山谷）

温厚之氣：作詩不知風雅之意，不可以作詩。詩尚譎諫，唯言之者無罪，聞之者足以戒，乃爲有補。而涉干毁謗，聞者怒之，何補之有？觀東坡詩，只是譏誚朝廷，殊無温柔崇厚之氣，以此人故得而罪之。若是程伯淳詩，聞者自然感動。其《和温公諸人禊飲》詩云：「未須愁日暮，天際乍輕陰。」何其温厚也。（《龜山語録》）

有古詩諷興旨：聶夷中，河南人，有詩曰：「二月賣新絲，五月糶新穀。醫得眼前瘡，剜却心頭肉。我願君王心，化作光明燭。不照綺羅筵，遍照逃亡屋。」此善于規諷也。孫光憲謂「有《三百篇》之旨，亦爲詩史。」信哉！

炙背之獻：錢惟演爲洛師留守，置驛貢花，識者鄙之。蔡君謨加法造小團茶貢之，富彦國嘆曰：「君謨乃爲此也。」坡作《荔枝嘆》云：「我願天公憐赤子，莫生尤物爲瘡痏。雨順風調百穀登，民不飢寒爲上瑞。君不見武夷溪邊粟粒芽，前丁後蔡相籠加。吾君盛德豈在此，致養口腹何陋耶。又不見洛陽丞相忠孝家，可憐亦進姚黄花。」補世之語，不能易也。嘗愛李敬方《汴河直進船》詩云：「汴水通淮利最多，生人爲害亦相和。東南四十三州地，取盡膏脂是此河。」此等語皆可爲炙背之獻也。（《砦溪》）

歸燕詩：張九齡爲相，有謇諤匪躬之誠，明皇怠于政事，李林甫陰中傷之。方秋，明皇令高力士持白羽扇賜焉，九齡作賦以謝曰：「苟效用之得所，雖殺身而何忌。」又曰：「縱秋氣之移奪，終感恩于篋中。」又作《歸燕謝貽林甫》曰：「海燕雖微眇，乘春亦暫來。豈知泥滓濺，只見玉堂開。樓户時雙入，華堂日幾回。無心與物競，鷹隼莫相猜。」林甫知其必退，恚怒稍釋。（《明皇雜録》）

歐陽公詩：　歐陽永叔《題宫中春帖》詩：「内助從來上所嘉，新春不忍看新花。君王念舊憐遺族，長使無權保厥家。」《端午帖》云：「楚國因讒逐屈原，終身無復入君門。願因角黍詢遺俗，可鑒前王惑巧言。」此二詩皆寓規風之意。一則欲其君崇節儉，抑外戚；一則欲其君遠讒佞，保忠直。故先儒以犯顔敢諫爲公之文，又曰歌詠爲公諷諫之首。於斯概可見矣。

蘇子瞻詩：　東坡賦《山村》有云：「但教黄犢無人佩，布穀何勞也勸耕。」此以龔遂賣刀買犢之事爲諷。有云：「豈是聞韶解忘味，邇來三月食無鹽。」此以鹽法大峻，民無鹽食，故以聞韶忘味爲諷。有云：「贏得兒童好言語，一年强半在城中。」此以新法不便民，但便莊家子弟游賞而已。《詠秋日牡丹》有云：「化工只欲呈新巧，不放閑花得少休。」此以化工比執政，閑花比小民。凡此等詩，語意涵泳，而雅趣悠長，其亦有得風人之遠意歟？

陳圖南詩：　陳希夷《贈种隱君》云：「事不關身皆是累，心源未了幾時閑。須將未了并身累，分付他人入舊山。」此詩蓋勸种放急流勇退，即知止不憂，知足不辱之意也。

李涉詩：　于頔司空鎮襄陽，蠹政雪民。李涉過襄陽，以詩上之云：「方城漢水舊城池，陵谷依然世自移。歇馬獨來尋往事，逢人惟説峴山碑。」此隱然勸于頔行仁政，以羊祜爲法也。《簡魏能東遊》有云：「灞陵原上高回首，十載長安似夢中。」蓋以奔走十年之勞，竟無所成，如一夢，然此勉其安分待時也。有云：「郵亭宿處看時劒，莫使塵埃蔽斗文。」蓋以揮我劒之十文，不使塵埃蔽之，正以喻人有志氣，當及時加勉，勿以因窮消沮，此勉其立志養氣也。非善于於規諷者能乎哉！

真德秀詩：　真西山《宫帖》詩：「午漏遲遲滴玉壺，清陰羃羃布庭除。直將底事消長日，大學中庸兩卷書。」王岐公《夫人閤帖子》云：「袖中獨有芸香草，留與君王辟蠹偏。」德秀二詩正祖司馬温公《宫帖》詩「春來無以消長日，開取經書教小王」之句，是二公爲上爲德，惓惓欲其講學求道，以端修齊治平之本，所以引君以當道也歟？

子美詩：杜子美《送嚴武還朝》詩：「公若登台輔，臨危莫愛身。」諷勸其仗節死義也。

規勸：韓魏公琦初罷相，出鎮長安，魏野獻詩云：「是非莫問門前客，得失須憑塞上翁。引取碧油紅斾去，鄴王臺畔醉春風。」公以爲然，即請守相州。或曰：「近世士人與上官詩，無非諛詞，未聞有規勸之語。」魏野獻詩于魏公，勸其辭分陜之重，而爲晝錦之榮，可謂能規勸矣。（《幕府燕閑録》）

王荆公詩：荆公《送吕望之赴臨江》詩云：「黄雀有頭顱，長行萬里餘。想因君出守，暫得免苞苴。」詩才二十字耳，崇仁愛，抑奔競，皆具焉，何以多爲？能行此言，則虐生類以飽口腹，刻疲民以肥權勢者寡矣。

贈釣者詩：范希文有《贈釣者》詩曰：「江上往來人，盡愛鱸魚美。君看一葉舟，出没波濤裹。」蓋喻貪榮慕利之徒，間關險阻，危於風波中之一葉舟也。知此能不萌其安分之心乎？

御柳詩：陳恭公執中以衛尉寺丞知梧州，驛遞上疏，乞立儲貳。真宗嘉其敢言，翌日臨朝，袖其疏以示執政，歎獎久之，召爲右正言，然爲王冀公所忌。一日真宗賦《御溝柳》詩，宣示宰相，兩省皆和進。恭公因進詩曰：「一度春來一度新，翠光長得照龍津。君王自愛天然色，恨殺昭陽學舞人。」（《東軒筆録》）

于濆詩：于濆爲詩，頗關世教。《對花》詩云：「花開蝶滿枝，花謝蝶還稀。唯有舊巢燕，主人貧亦歸。」觀此即悟君子小人，勢利道義之心不同。

唐備詩：詩曰：「天若無霜雪，青松不如草。地若無山川，何人重平道。」《題路傍木》云：「狂風拔倒樹，樹倒根已露。上有數枝藤，青青猶未悟。」又曰：「一日天無風，四溟波盡息。人心風不吹，波浪高百尺。」皆協騷雅。

秋後竹夫人詩：　呂居仁《詠秋後竹夫人》詩云：「與君宿昔尚同床，正坐秋風一夜涼。便學短檠牆角棄，不如團扇篋中藏。人情易變乃如此，世事多虞秖自傷。却笑班姬與陳后，一生辛苦望專房。」晁無咎詩：「不見班姬與陳后，寧聞衰落尚專房。」用此語也。（《漁隱》）

聞蟬詩：　吴興陸蒙老嘗爲常之晉陵宰，頗喜作詩。時州幕官有好讒謗同列者，一日同會，忽聞蟬聲，幕官謂陸曰：「君既能詩，可詠此也。」陸辭之不可，因即席爲之曰：「緑陰深處汝行藏，風露從來是稻粱。莫倚高枝縱繁響，也應回首顧螳螂。」因以是譏之，其人愧而少戢。

夏雲詩：　章子厚謫雷州，過小貴州南山寺。有僧奉忠，子厚見之，已而倚檻看雲曰：「夏雲多奇峯，真善比類。」忠曰：「曾記《夏雲》詩甚奇，曰：『如峯如火復如綿，飛過微陰落檻前。大地生靈乾欲死，不成霖雨謾遮天。』」蓋亦譏諷子厚。

啄木詩：　治平中有吉州吉水令，其治邑嚴酷，邑人馬道爲《啄木》詩諷之曰：「翠翎迎日動，紅嘴響煙蘿。不顧泥丸及，唯貪得食多。才離枯朽木，又止最高柯。吴楚園林闊，茫茫爭奈何。」令見其詩，稍緩刑。時人目曰「馬啄木」。又《啄木》詩：「千林啄如盡，一腹餒何妨？」皆有規戒之風。

魏野詩：　魏野《贈王文正公旦》詩：「西祀東封都了畢，好來相伴赤松遊。」《贈寇萊公準》詩：「好去上天辭將相，却來平地作神仙。」皆勸之使退，以全明哲保身之義。

陳后山作《蠅虎》詩：「物微趣下世不數，隨力捕生得稱虎。匿形注目摇兩股，卒然搏擊勢莫禦。十中失一八九取，吻間流血腹如鼓。腳行奮擘吾甚武，明日淮南作端午。」任天社云：「后山此詩，蓋有所指而云，末言恃勇而不知反。」世傳淮南王安《萬畢術》云：「以五月五日，取蠅虎杵汁拌豆，豆自踴躍，可以擘蠅。」謝疊山云：「此譏小人之好搏擊者。」

猴馬：陳後山詩云：「沐猴自戲馬自驚，圉人未解猴馬情。猴其天資馬何在？意欲防患猶傷生。異類相宜亦相失，同類相傷非所及。志行萬里困一誤，吐豆齕茭甘伏櫪。」本序云：「楚州紫極宫，有畫沐猴振索以戲馬，頓索而驚，圉人不測，從後鞭之。人言沐猴宜馬，而今反爲。累作詩以導馬意云。」按：韓鄂《四時纂要》云：「常係獼猴于馬坊，辟惡消百病，令馬不着疥。」任天社云：「此詩云『異類相宜亦相失，同類相傷非所及』，猶言非思慮所及也。物惡傷其類，此理之固然。而其間亦有相傷者，豈可復以常理待之邪？」後山自徐學除太學博士，以言者罷，既而移潁川。故有「同類相傷」與「志行萬里困一誤」之語。

【校記】

［一］遜，原作「孫」。

［二］入，成化本作「一」。

詩學權輿　卷之六

格調

風調隨時高下：　詩主達性情，而格律聲調不能不隨時升降。以唐論之，唐初是一樣，盛唐是一樣，中唐是一樣，晚唐是一樣。以人論之，陶韋是一樣，蘇李是一樣，韓柳是一樣，李杜是一樣，蘇黄是一樣，程朱是一樣。蓋由其時之古今相遠，人之才德高下不同也。

高古爲難：　古人作詩，正以風調高古爲主。若然，雖意遠語疏，皆爲佳作。後人有切近的當之語，然氣凡下者終使人可憎。

不可使句弱：　詩以道志。風調，詩之格律也。山谷黄先生尤謹於此，嘗曰：「寧律不和，而不可使句弱。寧用字不工，而不可使俗語。」蓋當用平聲字處，反用仄字，欲其氣格軒挺不凡，風調高古也。

李杜蘇黄氣格：　「黄鶴高樓已搥碎，黄鶴仙人無所依。」此太白氣格也。「指揮能事回天地，訓練強兵動鬼神。」此子美氣格也。「春風摇江天漠漠，暮雲捲雨山娟娟。」此子瞻氣格也。「風光錯綜天經緯，草木文章帝杼機。」此魯直氣格也。唐宋詩之大家數，在此四公，其氣格不凡下如此。是其本色，非他詩人可及。

風韻温厚：　程子詩有云：「道通天地有形外，思入風雲變態中。」有云：「陋巷一生顔子樂，清風千古伯夷貧。」古詩云：「夕陽無限好，只是近黄昏。」蓋不能無傷時之意。程子《禊飲》詩用其意而翻之曰：「未須愁日暮，天際乍輕陰。」又《泛舟》詩云：「只恐風花一片飛。」是其氣韻風調，何其温柔敦厚也哉。

沖澹自然：龜山楊中立云：「君子之所養，要令暴慢邪僻之氣不設於身體。若陶淵明之詩所不可及者，以其風韻沖澹出於自然。若曾用功學詩，然後知淵明詩非着力之所能成，私意去盡，然後可以應世。」

三詩風調高下：薛能，晚唐詩人，格調不高，有《柳枝詞》云：「劉白蘇臺總近時，當初章句是誰推。纖腰舞盡春楊柳，未有儂家一首詩。」自注云：「劉、白《楊柳枝詞》世多傳唱，但文字太僻，宫商不高耳。」劉之詞云：「城外春風吹酒旗，行人揮袂日西時。長安陌上無窮樹，惟有垂楊管别離。」白之詞云：「紅板江橋青酒旗，館娃宫暖日斜時。可憐雨歇東風定，萬樹千條各自垂。」其三詩風流氣概如此，其高下可見。（《隨筆》）

枯寂氣味：賈島詩：「步隨青山影，坐學白塔骨。」又：「獨行潭底影，數息樹邊身。」蓋「坐學白塔骨」可見禪定之不動。「獨行潭底影」可見形影之清孤。島嘗爲僧，故有此枯寂氣味，形之詩句也如此。

風格高下：如詠鶴云：「低頭乍恐丹砂落，展翅常疑白雪銷。」此白樂天詩。「丹頂西施頰，霜毛四皓鬢。」此杜牧之詩。皆格卑，無遠韻也。鮑明遠《鶴賦》云：「鍾浮曠之藻思，抱清迥之明心。」杜子美云：「老鶴萬里心。」李太白《畫鶴贊》云：「長唳風宵，寂立霜曉。」劉禹錫云：「徐引竹間步，遠含雲外情。」此乃奇語也。如詠鷺云：「拂日疑星落，凌風訝雪飛。」此李文饒詩。「立當青草人先見，行近白蓮魚未知。」此陶雍詩，亦格卑，無遠韻。至如許渾云：「雲漢知心遠，林塘覺思孤。」僧惠崇云：「曝翎沙日暖，引步島風清。照水千尋迥，棲煙一點明。」又如歐陽永叔《鷺》詩：「風格孤高塵外物，性情閑散水邊身。盡日獨行溪淺處，青苔白石見纖鱗。」凡此等詩，真佳句也。

興趣

詩主興趣：　詩有五法，必以興趣爲主。　興趣淺近，則體格音節雖工，亦末矣。　故興欲高，趣欲清，則思致高妙，而體格音節，不求工而自工矣。

陶柳之趣：　陶柳詩之佳處，在蕭散平淡也。　朱子云：「作詩須從陶柳門庭中來乃佳。　不如是，無以發其蕭散沖澹之趣，不免於局促塵埃，無由到古人佳處也。」

天然成趣：　歐陽文忠公作詩，蓋欲自出胸臆，不事蹈襲，亦由其才思高遠。　如《飛蓋橋玩月》詩云：「天形積輕清，水德本虛靜。　雲收風波止，始見天水性。」云云，自然成趣，不見牽強之迹。

天趣：　王摩詰《山中》詩曰：「荆溪白石出，天寒紅葉稀。　山路元無雨，空翠濕人衣。」又詩云：「相看不忍發，慘淡暮潮平。　語罷更携手，月明洲渚生。」此得天趣，或問曰：「何以識其天趣？」曰：「能知蕭何所以識韓信，則天趣可解。」余竟不能詰。

奇趣：　東坡曰：「淵明詩，初看若散緩，熟讀有奇趣。　如曰：『日暮巾柴車，路暗光已夕。　歸人望煙火，稚子候檐隙。』又曰：『採菊東籬下，悠然見南山。』又曰：『藹藹遠人村，依依墟里煙。　犬吠深巷中，鷄鳴桑樹顛。』才意高遠，造語精到如此，如大匠運斤，無斧鑿痕。　不知者，疲精力至死不悟。」

野趣：　《閒居》云：「妻喜栽花活，童誇鬪草贏。」得野人趣，非急務哉。　又云：「燒葉爐中無宿火，讀書窗下有殘燈。」其野趣盎然。　或又嫌燒葉貧寒太甚，故改「葉」爲「藥」，則併下句亦減氣味，所謂求益反損也。

（《歐公詩話》）

奇趣爲宗：　柳子厚詩曰：「漁翁夜傍西巖宿，曉汲清湘燃楚竹。煙消日出不見人，欸乃一聲山水緑。回看天際下中流，巖上無心雲相逐。」東坡云：「以奇趣爲宗，彼常合道爲趣，熟味之。此詩有奇趣，其尾兩句雖不必亦可。」「欸乃」，三老相呼聲相應也。

高遠之趣：　山谷言：「庚子山云：『澗底百重花，山根一片雨。』有以盡登高臨遠之趣，《喜晴應詔》全篇可爲楷式，其卒章云：『有慶兆民同，論年天子萬。』不獨清新，其氣韻尤更深穩。」（潘子真）

自得之趣：　詩人各有自得之趣。若「清水出芙蓉，天然去雕飾」，此李太白所得也；「或看翡翠蘭苕上，未掣鯨魚碧海中」，此杜子美所得也；「採菊東籬下，悠然見南山」，此陶淵明自得之趣；「落葉滿空山，何處尋行迹」，此韋應物自得之趣也。

閑適之趣：《石林詩話》：　劉季孫初以右班殿直監饒州酒務，嘗題絶句小屏間：「呢喃燕子語梁間，底事來驚夢裏閑。説與傍人渾不解，杖藜携酒看芝山。」王荆公爲憲江東巡歷至饒見之，極意稱賞，以其有閑適之趣。

思意

意格：　詩之作，必先意格，意格必欲高遠，高遠必須涵養。但意出於格者，先得格也。格出于意者，先得意也。吟咏性情，捘序事物，始于意格，成于章句，協于音律，止乎禮義。《三百篇》之門户亦可窺矣。

詩意：　古云：「文以意爲主，以氣爲輔，以詞爲衛。」爲詩亦然。若杜子美《劍閣》詩云：「吾將罪真宰，意欲剗疊嶂。」與太白「搥碎黄鶴樓」「剗却君山好」語亦無異然。《劍閣》詩意在削平僭竊，尊崇王室，凛凛有意氣。「搥碎」「剗却」之語，但一味豪放了，故文以氣爲主者，此也。

意不可强：山谷云：「詩文不可鑿空彊作，待境而生，便自工耳。每作一篇，先立大意。長篇須曲折三致意，乃可成章。」吕居仁云：「或竭精潛思，不便下筆，或遇事因感，時時舉揚，工夫一也，古之作者正如是耳。惟不可鑿空彊作，出於牽彊，如小兒就學，俯就課程耳。」

神意不可學：守法度曰詩，詩人法度可學，而神意則不可學。故龔聖任云：「學詩渾似學參禪，語可安排意莫傳。會意即超聲律界，不須鍊石補青天。」「學詩渾似學參禪，幾許搜腸覓句聯。欲識小陵音絶處，初無言句與人傳」者，亦以此耳。

思難而易敗：詩之有思，卒然遇之而莫遏，有物敗之則失之矣。故昔人言覃思垂思抒思之類，皆欲其思之來。而所謂亂思蕩思者，言敗之者易也。鄭綮詩思在灞橋風雪中驢子上，唐求詩所游歷不出二百里。則所謂思者，豈尋常咫尺之間所能發哉？前輩論詩思，多生於杳冥寂寞之境，而志意所如，往往出乎埃溘之外。謝無逸問潘大臨：「近曾作詩否？」潘云：「秋來日日是詩思。昨日捉筆得『滿城風雨近重陽』之句。忽催租人至，令人意敗，輒以此一句奉寄。」亦可見思難而易敗也。

精思：作詩固在有興，尤在構思之精耳。思之既精，則神會意得，理順成章，不期工而工矣。苟不澄心精思，而草草爲之，則雖多亦奚以爲？世之作者，其鄙而不精巧，即不雕琢之過，拙而無委曲，即不涵養之過。大抵人所易言，我寡言之；人所難言，我易言之，自不俗。

不露斧鑿：有意中無斧鑿痕，有句中無斧鑿痕，有字中無斧鑿痕，須要體認得。（《漫齋語録》）

詩意貴開闢：凡作詩，使人讀第一句，知有第二句；讀第二句，知有第三句。次第終篇，方爲至妙。如老杜「莽莽天涯雨，江村獨立時。不愁巴道路，恐濕漢旌旗」是也。（《室中語》）

不可作意：「朝來庭樹有鳴禽，紅緑扶春上遠林。忽有好詩生眼底，安排句法已難尋。」此簡齋之詩也。觀末後兩句，則詩之爲詩，豈可以作意爲之耶？（《小園解后録》）

詩思悽惋：寇忠愍公，詩思悽惋，蓋富於情者，如《江南春》云：「波渺渺，柳依依。孤村芳草遠，斜日杳花飛。江南春盡離腸斷，蘋滿汀州人未歸。」又云：「杳杳煙波隔千里，白蘋香散東風起。日落汀州一望時，愁情不斷如春水。」觀此語意，疑若優游無斷者，至其端委廟堂，決澶淵之策，其氣鋭然，奮仁者之勇，全與此不相類。蓋人之難知也如此。（《漁隱》）

詩思不出三百里：唐求《臨池洗硯》詩云：「恰似有龍深處臥，被人驚起黑雲生。」又云：「漸寒沙上路，欲暝水邊村。」《早行》云：「沙上鳥猶睡，渡頭人已行。」詩思不出二百里間。（《北瑣夢言》）

有佳思：余舊見郵亭壁間題云：「山月曉仍在，林風涼不絶。殷勤如有情，惆悵令人別。」亦有佳思，不知何人詩。後讀王維集，乃王縉《別輞川別業》詩附在集中。（《漁隱》）

氣味：杜子美云：「煙爐消盡寒燈晦，童子開門雪滿松。」柳子厚云：「日午獨覺無餘聲，山童隔竹敲茶臼。」秀老云：「夜深童子喚不醒，猛虎一聲山月高。」陸務觀常言：「予閑棄山中累年，頗得此數詩氣味。」

詩境：韓愈《寄孟刑部聯句》云：「美君知道腴，逸步謝天械。」或問道果有味乎？曰：如介甫：「午鷄聲不到禪林，柏子煙中坐擁衾。竹鷄呼我出華胥，起滅篝燈擁燎爐。各據槁梧同不寐，偶然聞雨落階除。」澹薄中味，非造此境不能形容也。

意思貴渾然：朱子云：凡詩文巧中貴有渾然意思，便巧也不覺。歐公詩自好，所以喜梅聖俞詩，蓋枯淡之中，自有意思。歐公最喜《送行》詩云：「曉日都門道，微涼苑樹秋。」又喜常建[一]兩句：「曲徑通幽處，禪房花木深。」自言平生要學不得，今人都不識此意。

措意：陳子高作《贈別》詩云：「淚眼生憎好天色，離腸偏觸病心情。」其措意精到，雖韓偓、温庭筠未能至此。

含意：陳無己：山谷最愛舒王[二]「扶輿度陽焰，窈窕一川花。」云謂包含數個意。

飄逸可喜：盧仝《有所思》云：「當時我醉美人家，美人顔色嬌如花。今日美人棄我去，青樓朱箔天之涯。娟娟姮娥月，三五二八圓又缺。翠眉蟬鬢生離別，一望不見心斷絶。心斷絶，幾千里。夢中醉臥巫山雲，覺來淚滴湘江水。湘江兩岸花木深，美人不見愁人心。含愁更奏緑綺琴，調高絃絶無知音。美人兮美人不知，爲暮雨兮爲朝雲。相思一夜梅花發，忽到窗前疑是君。」詞意飄飄高逸，且得詩家之句法。

自得氣味：一家之詩，有一家氣象。若石曼卿詩云：「仁者雖無敵，王師固有征。無私乃時雨，不殺是天聲。」此豪放自得也。邵堯夫詩云：「月到天心處，風來水面時。一般清意味，料得少人知。」此蕭散自得也。二家氣味不同，而自得則一耳。

詩貴自得：先民有曰：「作詩雖要當有情致，然其抑揚高下，得到自有得處，則方能如化工生物，千花萬草不名一物一態。若只摹勒前人舊規，無自行之趣，只如世間剪裁諸花，見一件樣子只做得一件也。雖工，豈能名家傳世也哉。」

【校記】

[一]原作常述。

[二]王，原作「某」，王安石謚封舒王，成化本亦誤。

詩學權輿　卷之七

平淡

欲造平淡：欲造平淡，當自組麗中來。落其紛華，然後可造平淡之境。如梅聖俞《和晏殊》詩：「因令適情性，稍欲到平淡。苦詞未聞圓，刺口劇菱芡。」言到平淡處甚難也。所以《贈杜挺之》詩，有「作詩無古今，欲造平淡難」之句。

陶詩平淡：朱子曰：「陶淵明詩平淡出於自然。人學他平淡，便相去遠矣。」又曰：「晉宋間詩多閑淡，杜工部等詩常忙了，陶云：『身有餘勞，心有餘閑。』《禮記》：身勞而心閑則爲之也。」（《石林集》）

工於平淡：梅聖俞詩工于平淡，自成一家。如《東溪》云：「野鳧眠岸有閑意，老樹着花無醜枝。」《山行》云：「人家在何處，雲外一聲鷄。」《杜鵑》云：「丹樹啼方急，山房人未眠。」細味之，方見其意趣平淡。

非力所能：作詩到平淡處，要似非力所能。東坡嘗有書與其姪云：「大凡爲文，當使氣象崢嶸，五色絢爛，漸老漸熟，乃造平淡。」識者以謂不但爲文，作詩者尤當取法於此焉。（《竹坡詩話》）

卒造平淡：陸魯望云：「余少攻歌詩，欲與造物者爭柄。遇事輒變化，不一其體裁，始則陵轢波濤，穿穴險固，囚鎖怪異，破碎陣敵，卒造平淡而已。」

枯淡：蘇子瞻云：「柳子厚詩在陶淵明下，韋蘇州上。世之所謂枯淡者，謂外枯而中膏，似淡而實美。淵明、子厚之詩是也。若中邊皆枯，亦何足道？」

平淡真象：邵康節《晨起》詩：「輕煙籠曉閣，微雨散青林。此景雖平淡，人間何處尋。」《閑行》詩：「衰草襯斜日，暮雲扶遠天。何當見真象，止可入無言。」細味之，則見其胸次洒落，興味雅淡，超然高出萬古，而可以詩人例視之哉。

平易自在：歐陽永叔詩：「西風酒旗市，細雨菊花天。」又云：「晚煙寒橘柚，秋色老梧桐。」凡此只欲平易耳。又云：「身行南雁不到處，山與北人相對愁。」又云：「雲收風波止，始見天水性。澄光與粹容，上下涵相映。」凡此之作，平易自在，不見牽強之迹。

閑雅

韋詩閑適：朱子云：「杜子美『暗飛螢自照』等語，只是巧。韋蘇州『寒雨暗深更，澹鶯度高閣』，此景物可想，但則是自在説了。因言史稱蘇州爲性高潔，鮮食寡欲，所居掃地焚香，閉閣而坐，其詩無一字做作，直是自在，但有做不着處便倒塌了底。」

閑適之意：王摩詰詩云：「桃紅復含宿雨，柳緑更帶春煙。花落家童未掃，鳥啼山客猶眠。」陸務觀云：「每哦此句，令人生想輞川之勝，而此老傲睨閑適於其間也。」

閑遠有味：《蔡寬夫詩話》云：「韓退之詩，豪健奔放。而《清溪始泛》三篇，乃末年所作，獨爲閑遠，有淵明風氣。」又陸務觀云：「退之詩如『何人有酒身無事，誰家多竹門可款』之句，尤閑遠有味。」

從容自得：　程子詩云：「閑來無事不從容，睡覺東窗日已紅。萬物靜觀皆自得，四時佳興與人同。」此有道者之氣象，非尋常騷人詞客之可企及焉者也。

閑靜自若：　邵子詩有云：「靜裏乾坤大，閑中日月長。」又云：「榮利若浮雲，情懷淡如水。」又云：「安分身無辱，知幾心自閑。」此康節閑適雅淡之趣，見於詩句如此，則其胸次之豪邁自可想見。

閑適自遣：　白樂天詩云：「無事日月長，不羈天地闊。」又云：「春色辭門柳，秋聲到井梧。」又云：「桑落氣薰珠翠暖，柘枝聲引管絃高。」有云：「已共身心要約定，窮通生死不驚忙。」此香山居士閑適之趣。《蔡寬夫詩話》云：「樂天既退閑，放浪物外，多自矜其達。每詩未嘗不着此意，是豈真能忘之者哉？亦力勝之耳。」

閑雅高古：　黄魯直詩云：「人得交游是風月，天開畫圖即江山。」有云：「山圍野驛圖畫出，水作夜窗風雨來。」有云：「蜂房各自開户牖，螘穴或夢封侯王。」有云：「黄流不解涴明月，碧樹爲我生涼秋。」此山谷之詩趣，悠然雅淡，蓋亦可以想見其人之豪。

格力閑暇：　僧南志詩云：「古木陰中繫短篷，杖藜扶我過橋東。霑衣欲濕杏花雨，吹面不寒楊柳風。」晦庵先生嘗跋其卷云：「南詩清麗有餘，格力閑暇，無蔬筍氣。」

舒閑容與：　王介甫詩云：「月映林塘靜，風涵笑語香。」又云：「細數落花因坐久，緩尋芳草得歸遲。」凡此等作，所謂意與言會，言隨意遣，渾然天成。但見其舒閑容與之態，從容自得之趣，悠然超然，出乎萬物之表焉者耳。

漁隱詩：　陸務觀卜居苕溪，日以漁釣自適。詩云：「溪邊短短長長柳，波上來來去去船。鷗鳥近人渾不畏，一雙飛下鏡中天。」「秋雲漠漠煙蒼蒼，蓮花初白蓮葉黄。釣船盡日來往處，南村北村秔稻香。」亦可謂有閑適之趣矣。

車蓋亭詩：蔡持正守安州，《夏日登車蓋亭》十絶句，爲吴處厚箋注：「得罪謫新州。」其間一絶云：「紙屏石枕竹方牀，手倦抛書午夢長。睡起莞然成獨笑，數聲漁笛在滄浪。」殊有閑適自在之意。

含蓄

總説：篇章以含蓄天成爲上，破碎雕鏤爲下。如楊大年西崑體，非不佳也，而弄斤操斧太甚，所謂七日而混沌死也。以平夷恬淡爲上，怪險蹶趨爲下。如李長吉錦囊句，非不奇也，而牛鬼蛇神太甚，所謂施諸廊廟則駭矣。

尚意：詩文要含蓄不露，便是好處。古人説雄深雅健，此便是含蓄不露也。用意十分，下語三分，可幾風雅。下語六分，可追李杜。下語十分，晚唐之作也。用意要精深，下語要平易，此詩家之定格。

句意含蓄：詩有句含蓄者。杜甫曰「勳業頻看鏡，行藏獨倚樓」，鄭雲叟曰「相看臨遠水，獨自上孤舟」是也。有意含蓄者，如《宫詞》曰：「銀燭秋光冷畫屏，輕羅小扇撲流螢。天階夜色涼如水，卧看牽牛織女星。」又《嘲人》詩曰：「怪來粧閣閉，朝下不相迎。總向春園裏，花間笑語聲。」是也。有句意俱含蓄者，如《九日》詩曰：「明年此會知誰健，更把茱萸仔細看。」又《宫怨》曰：「寶仗平明宫殿開，暫將團扇共徘徊。玉容不及寒鴉色，猶帶昭陽日影來」是也。又白樂天云：「淚滿羅巾夢不成，夜深前殿按歌聲。紅顔未老恩先斷，斜倚薰籠坐到明。」

意味深遠：《長恨歌》《上陽人歌》《連昌[二]宫詞》道開元間宫禁事，最爲深切。元微之有《行宫》絶句云：「寥落古行宫，宫花寂寞紅。白頭宫女在，閑坐説玄宗。」語少意足，有無窮之味。

含蓄深意：嬉笑之怒，甚于裂眥。長歌之哀，過於慟哭，此語誠然。元微之在江陵，聞白樂天降江州，作絶句云：「殘燈無焰影憧憧，此夕聞君謫九江。垂死病中驚坐起，暗風吹雨入寒窗。」樂天以爲此句他人尚不可聞，況僕心哉？（《隨筆》）

語句含蓄：杜子美《花卿歌》云：「成都猛將有花卿，學語小兒知姓名。用如快鶻風生火，見賊唯多身始輕。綿州刺史着柘黄，我卿掃除即日平。子章髑髏血模糊，手提擲還崔大夫。李侯重有此節度，人道我卿絶世無。既稱絶世無，天子何不唤取守京都。」細看此歌，想花卿當時在蜀中，雖有一時平賊之功，然驕恣不法，人甚苦之。故子美不欲顯言之，但云：「人道我卿絶世無，天子何不唤取守京都」，語句含蓄，蓋可知矣。

白戰

禁體物語：詩禁體物語，此學詩者類能言之。歐公守汝陰，與客賦雪詩於聚星堂，舉此令，往往坐客皆閣筆，但非能者耳。若能者則出入縱横，何可拘礙？鄭谷：「亂飄僧舍茶煙濕，密洒歌樓酒力微。」非不去體物語，而氣格如此之卑。蘇子瞻：「東合玉樓寒起粟，光摇銀海眩生花。」超然飛動，何害其言「玉樓銀海」。退之兩篇力欲去此弊，雖冥搜奇絶，亦不免「縞帶銀杯」之句。杜子美：「暗度南樓月，寒深北諸雲。」初不避「雲」「月」字。若「隨風且開葉，帶雨不成花」，則退之兩篇殆無以過之也。（《石林詩話》）

歐蘇雪詩：六一居士歐陽公，守汝陰日，因雪會客賦詩。詩中玉月梨梅練絮白舞鵝鶴銀等事，皆請勿用。

詩曰：「新陽力微初破萼，客陰用壯猶相薄。朝寒稜稜風莫犯，暮雪緌緌止還作。驅馳風雲初慘淡，炫晃山川漸開廓。光芒可愛初日照，潤澤終篇和氣爍。美人高堂晨起驚，幽士虛窗靜聞落。酒壚成徑集瓶罌，獵騎尋蹤得狐貉。龍蛇掃起斷復續，猊虎團成呀且攫。其食終歲飽麰麥，豈恤空林饑鳥雀。沙墀朝賀迷象笏，桑野行歌没芒屩。乃知一雪萬人喜，顧我不飲胡爲樂。坐看天地絶氛埃，使我胸襟如洗瀹。我遺前言笑塵雜，搜索萬象窺冥漠。穎雖陋邦文字多，巨筆人人把矛槊。自非我爲發其端，凍口何由開一噱。」其後，東坡居士出守汝陰，禱雨張龔公祠，得小雪，與客會飲聚星堂。忽憶歐陽文忠公作守時，雪中約客賦詩，禁體物語，於艱難中特出奇麗，爾來四十餘年，莫有和者。僕以老門生繼公後，雖不足追配先生，而寄客之美，殆不減當時。公之二子又適在郡，故輒舉前令，各賦一篇。詩曰：「窗前暗響鳴枯葉，龍公試手行初雪。映空先集疑有無，作態斜飛正愁絶。衆賓起舞風竹亂，老守先醉霜松折。恨無翠袖點橫斜，秖有孤燈照明滅。歸來尚喜更鼓暗，晨起不待鈴索掣。未嫌長夜作衣稜，却怕初陽生眼纈。欲浮太白追餘賞，幸有回飈驚落屑。模糊檜頂獨多時，歷亂瓦溝纏一瞥。汝南先賢有故事，醉翁詩話誰續説。當時號令君聽取，白戰不許持寸鐵。」自二公賦詩後，未有繼之者，豈非難措筆乎？（《漁隱》）

谿堂雪詩：西南地温少雪，余及壯年，止一二年見之。自退居天國谿堂，山深氣嚴，陰嶺叢薄，無冬而不雪。每一賞翫，必命諸子賦詩爲樂。既而蹈襲剽略，不免涉前人餘意。因戲取聲色氣味富貴勢力數字，摘於八章，止四句，以代一日之謔。且知余之好，不在於世俗所爭，而在于雪也。仍效歐陽公體，不以鹽玉鶴鷺爲比，不使皓白繁素等字。聲：「石泉凍合竹無風，夜色沉沉萬境空。試向靜中閑側耳，隔窗撩亂撲春蟲。」色：「閑來披氅學王恭，姑射羣仙邂逅逢。只爲肌膚酷相似，遶庭無處覓行蹤。」氣：「半夜欺陵范叔袍，更兼風力助威豪。地爐火暖猶無奈，怪得山村酒價高。」味：「兒童龜手握輕明，漸碾槍旗入鼎烹。擬欲爲之修水記，惠山泉冷釀泉清。」富：「天工呈瑞足人心，平地今聞一尺深。此爲豐年報消息，滿田何止萬黄金。」貴：「海風吹浪去無邊，倏忽凝爲萬頃田。五月京塵渴人肺，不知價直幾多錢。」勢：「高下横斜薄又濃，破窗疏户若相攻。莫言造物渾無意，好醜都來失舊容。」力：「萬石千鈞積累成，未應忽此一毫輕。寒松瘦竹本清勁，昨夜分明聞折聲。」（《五局文》）

誠齋《霰》詩：「雪花遣汝作前鋒，勢頗張皇欲暗空。篩瓦巧尋疏處漏，跳階誤到暖邊融。寒聲帶雨山難白，冷氣侵人火失紅。方訝一冬暄較甚，今宵敢嘆臥如弓。」

雜態

縛虎手：薛許昌《答書生贈詩》云：「百首如一首，卷初如卷終。」譏其不能變態也。大抵屑屑較量，屬句平匀，不免氣骨寒局。殊不知詩家要當有情致，抑揚高下，使氣宏拔，快字淩紙。又用事皆破觚爲圜，挫剛成柔，始爲有功者，昔人所謂縛虎手也。（《西清詩話》）

韓詩多態：韓昌黎《醉贈張秘書》詩云：「君詩多態度，藹藹春空雲。」

唐扶詩：子美《題道林岳麓寺》詩云：「宋公放逐登臨後，物色分留與老夫。」宋公之問也。此語句法清新，故爲傑出。其後唐扶題詩復云：「兩祠物色採拾盡，壁間杜甫真少恩。」意雖相反，而語亦秀拔。乃知文章變態，初無窮盡，惟能者得之。

不能變態：僧祖可作詩多佳句。如「懷人更作夢千里，歸思欲迷雲一灘」「窗間一榻篆煙碧，門外四山秋葉紅」等句，皆清新可喜。然讀書不多，故變態少。觀其體格，亦不過煙雲、草樹、山川、鷗鳥而已。而徐師川極稱其詩，不知何也？（《丹陽集》）

好詩圓熟：謝朓嘗語沈約曰：「好詩圓美，流轉如彈丸。」及《送歐陽弼》云：「中有清圓句，銅丸飛柘彈。」蓋謂詩貴圓熟也。然圓熟多失其平易，老硬多失之乾枯，能不失於二者之間，可與古之作者並驅。

綺麗害正：世俗喜綺麗，知文者能輕之，後生好風花，老大即厭之。然文章論當理不當理耳，苟當於理，則綺麗風花，同入于妙。苟不當理，則一切皆爲常語。上自齊梁諸公，下至劉夢得、温飛卿輩，往往以綺麗風花累其正氣，其過在於理不勝，詞有餘也。杜甫云「緑垂風折笋，紅綻雨肥梅」「岸花飛送客，檣燕語留人」，亦極其綺麗，其模寫景物意自親切，所以絶妙古今。至於言春容閑適，則有「穿花蛺蝶深深見，點水青蜓款款飛」「落花遊絲白日静，鳴鳩乳燕青春深」；言秋景悲壯，則有「藍水遠從千澗落，玉山高並兩峯寒」「無邊落木蕭蕭下，不盡長江滚滚來」；其富貴之詞，則有「香飄合殿春風轉，花覆千宫淑景移」「麒麟不動爐煙上，孔雀徐開扇影還」；其弔古則有「映階碧草自春色，隔葉黄鸝空好音」「竹送清溪月，苔移玉座春」。皆出於風花，然窮盡性理，移奪造化。又云：「絶壁過雲開錦繡，疏松隔水奏笙簧。」自古詩人，巧即不壯，壯即不巧，巧而能壯，乃如是耳。非誇巧鬬靡者比也。

富貴佳致：温飛卿《晚春曲》云：「家臨長信往來道，乳燕雙雙拂煙草。油壁車輕金犢肥，流蘇帳曉春鷄報。籠中嬌鳥暖猶睡，簾外落花閑不掃。衰桃一樹近前池，似惜容顔境中老。」殊有富貴佳致也。（《漁隱》）

善言富貴：《歸田録》云：「晏元獻喜評詩，嘗曰『老覺腰金重，慵便玉枕凉』未是富貴語，不如『笙歌歸院落，燈火下樓臺』。此善言富貴者也，人皆以爲知言。」（《漫叟詩話》）

非窮兒語：存中云：「山谷稱晏叔原『舞低楊柳樓頭月，歌盡桃花扇底風』，定非窮兒家語。」（《王直方詩話》）

富家詩：歐陽文忠曰：「詩原乎心者也，富貴愁怨見乎所處。」江南李氏鉅富，有詩曰：「簾日已高三丈透，金爐次第添香獸。紅錦地衣隨步皺。佳人舞徹金釵溜，酒惡時拈花蕊嗅。別殿微聞簫鼓奏。」與「時挑野菜和根煮，旋斫山柴帶葉燒」異矣。（《摭遺補遺》）

【校記】

〔一〕原作「唱」，誤。

詩學權輿　卷之八

詩病

八病：一曰平頭，第一、第二字不得與第六、第七字同聲。如：「今日良宴會，讙樂莫具陳。」「讙」「今」皆平聲。二曰上尾，第五字不得與第十字同聲，「青青河畔草，鬱鬱園中柳」，「草」「柳」皆上聲。三曰蜂腰，第二字不得與第五字同聲。如：「聞君愛我甘，竊欲自修飾。」「君」「甘」皆平聲，「欲」「飾」皆入聲。四曰鶴膝，第五字不得與第十五字同聲。如：「客從遠方來，遺我一書札。上言長相思，下言久離別。」「來」「思」皆平聲。五曰大韻，如聲鳴爲韻，上九字不得用驚傾平榮字。六曰小韻，除本一字外，九字中不得有兩字同韻。如「遥」「條」不同。七曰旁紐，八曰正紐，十字内，兩字雙聲爲正紐。若不，其一紐而有雙聲，爲旁紐，如：「流久」爲正紐，「流柳」爲旁紐。八種惟上尾鶴膝最忌，餘病亦皆通。

知病：花必用柳對，是兒曹語，若其不切，亦詩之病也。不知詩病，何由能詩；不觀詩法，何由知病。自古名家者各有一病，喜辭鋭，怒辭戾，哀辭傷，樂辭荒，愛辭結，惡辭絶，欲辭屑。樂而不淫，哀而不傷，其惟《關雎》者乎？

五俗：學詩先除五俗：一曰俗體，二曰俗意，三曰俗句，四曰俗字，五曰俗韻。

四失：大凡詩自有氣象、體面、血脈、韻度。氣象欲其渾厚，其失也俗；體面欲其宏大，其失也狂；血脈欲其貫穿，其失也露； 韻度欲其飄逸，其失也輕。

礙理： 澧陽道傍有甘泉寺，因萊公丁謂曾留行記，從而題詠者甚衆，碑牌滿屋。范諷有「平仲酌泉曾頓轡，謂之禮佛遂南行。高堂下瞰炎荒路，轉使高僧薄寵榮」。人獨傳道，余獨恨其語無別，自古以直道見黜者多矣，豈皆貪寵榮者哉？ 又有人云：「此泉不洗千年恨，留與行人戒覆車。」害理尤甚，萊公之事亦例爲覆車乎？ 因過之，偶爲數韻其間，有云：「已憑靜止鑑忠精，更遣清冷洗讒喙。」蓋指二公云也。（《茗溪》）

理不通： 詩人貪求好句，而理有不通，亦語病也。如：「袖中諫草朝天去，頭上宮花侍宴歸。」誠爲佳句矣，但進諫必以章疏，無用藁之理。唐人有云：「姑蘇台下寒山寺，半夜鐘聲到客船。」説者亦云句則佳矣，其如三更不是撞鐘時。如賈島《哭僧》云：「寫留行道影，焚却坐禪身。」時謂之燒殺活和尚，此尤可笑。

害理： 潘大臨，字邠老，有《登漢陽江樓》詩曰：「兩屐上層樓，一目略千里。」説者以爲着屐豈可登樓？ 又嘗《賦潘庭之清逸樓》詩有云：「歸來陶隱居，拄頰西山雲。」或云既已休官，安得手板而拄之也？（《王直方詩話》）

微病： 白樂天《長恨歌》云：「峨嵋山下少人行。」峨嵋山在嘉州，與幸蜀全無交涉。杜詩云：「霜皮溜雨四十圍，黛色參天二千尺。」四十圍乃是徑十尺，無乃太細長乎？ 皆文章之病也。

鷓鴣詩： 林逋云：「草泥行郭索，雲木叫鉤輈。」「鉤輈格磔」謂鷓鴣聲也。詩話筆談皆美其善對，然鷓鴣未嘗栖木而鳴，惟低飛草中。孫莘老知福州有《荔枝》十絕句云：「兒童竊食不知禁，格磔山禽滿院飛。」蓋譜言荔枝未經人摘，百禽不敢近； 或已經摘，飛鳥蜂螘競來食之； 或謂鷓鴣既不登木，又非庭院之禽性，又不嗜荔枝。夏月即非鷓鴣之時，語意雖工，亦詩之病也。

鷺鷥詩： 張仲達《詠鷺鷥》詩云：「滄海最深處，鱸魚銜得歸。」張文寶曰：「佳則佳矣，爭奈鷺鷥嘴腳太長

也。」（《荆湖近事》）

邑令詩：方諤有《贈邑令》詩云：「琴彈永日得古意，印鎖經秋生蘚痕。」句雖佳，但印上不是生蘚處。不若前輩詩云：「雨後有人耕緑野，月明無犬吠花村。」思清句雅，又見令之教化仁愛，民樂於耕耨，且無盜賊之警也。（《翰府名談》）

五忌：語忌直，意忌淺，脈忌露，味忌短，音韻忌散緩，亦忌迫促。

短處：學古人文字，須得其短處。如杜子美詩頗有近質野處，如《封主簿親事不合》詩之類是也。東坡詩有汗漫處，魯直詩有太尖新、太巧處，皆不可不知。（《吕氏童蒙訓》）

去陋俗：作詩淺易，鄙陋之氣不除，大可惡。客問：何從去之。或曰：「熟讀唐李義山詩與宋朝黄魯直詩，而深思之，則去也。」去非小學詩於崔德符，嘗問作詩之要，崔曰：「凡作詩，工拙所未論，大要忌俗而已。」

脱二病：作詩貴雕琢，又畏有斧鑿痕；貴破的，又畏粘皮骨：此所以爲難。李商隱《柳》詩云：「動春何限葉，撼曉幾多枝。」其有斧鑿痕也。石曼卿《梅》詩云：「認桃無緑葉，辨杏有青枝。」恨其粘皮骨也。能脱此二病，始可以言詩矣。

忌病：詩有語忌，有語病，語病易除，語忌難變。最忌骨董，最忌趁貼，最忌乖崖，最忌拖泥帶水而語不脱灑，最忌隔靴搔癢而意不通透。

細較詩病：聖俞語予曰：「嚴維詩『柳塘春水慢，花塢夕陽遲』則天容詩態，融和駘蕩，如在目前。」又《劉貢父詩話》云：「此一聯細細較之，夕陽遲則繫花，春水慢不須柳也。」如老杜「深山催短景，喬木易高風」則了無瑕纇。《苕溪漁隱》曰：「春水慢不須柳，此真確論也。但夕陽遲則繫花，此論殊非是。蓋夕陽遲，乃繫于塢，初不繫于花。

以此言之，則春水慢不必柳塘，夕陽遲豈獨花塢哉？」余嘗愛《西清詩話》載吳越王時宰相皮光業，每以詩爲已任，嘗得一聯云：「行人拆柳和輕絮，飛燕銜泥帶落花。」自負警策，以示同僚，衆爭嘆譽。裴光約曰：「二句偏枯，不得爲工。」蓋柳當有絮，泥或無花，此論乃得詩之膏肓矣。（《六一居士詩話》）

戒近似：羅隱《題牡丹》云：「若教解語應傾國，任是無情也動人。」曹唐曰：「此乃詠女子[二]障子。」羅隱曰：「猶勝足下作鬼詩，乃論唐《漢武要王母》詩云：『樹底有天春寂寂，人間無路月茫茫』。」豈非鬼詩耶？（《丹陽集》）

淺近可笑：聖俞嘗云：「詩句格雖通，語涉淺俗而可笑者，亦其病也。如『盡日覓不得，有時還自來』本謂詩之好句難得耳，説者云此是人家失貓兒，人以爲笑。」（《歐公詩話》）

楊駱用事之病：王楊盧駱有文名，人議其疵曰：「楊烱好用古人姓名，謂之『點鬼簿』；駱賓王好用數對，謂之『算博士』。」（玉泉子）

鵝腿子：有舉人以詩謁汴帥王智興，智興曰：「莫有鵝腿子否？」謂鶴膝也。（《盧氏雜説》）

劉詩之病：劉啓之《韓蘄王廟》詩中兩句云：「皇天有意存趙孤，蘄王登壇鬼神泣。」漫塘先生掩卷曰：「此未識作詩法也。」杜少陵詩無一篇不寓尊君敬上之意，如《北征》詩云：「桓桓陳將軍，仗義奮忠烈。」《洗兵馬》云：「成王功大心轉小，郭相謀深古來少。司徒清鑒懸明鏡，尚書氣與秋天杳。」今願指高宗爲趙孤，謂皇天眷命，有意存趙孤，而蘄王登壇鬼神便泣」，氣却如此其盛，毋乃抑君父之太過，而揚臣子之已甚乎。（《語録》）

倒用字：古人詩押字，或有語顛倒而無害於理者。如韓退之以參差爲差參，以玲瓏爲瓏玲是也。比觀王逢原有《孔融》詩云：「虚云座上客常滿，許下惟聞哭習脂。」黃魯直《有和荆公》六言云：「啜羹不如放麑，樂羊終愧巴西。」按：後漢史有脂習而無習脂，有秦西巴而無巴西，豈二公之誤耶？《漢皐詩話》云：「字有顛倒可用者，如羅綺、綺羅，圖畫、畫圖，毛羽、羽毛，白黑、黑白之類，方可縱横。惟韓愈、孟郊輩才高，故有湖江、白紅、慨慷之語，後人亦難倣效。若不學矩步而學奔逸，誠恐麟麒、凰鳳、木草、川山之句紛然矣。」

通論

詩之源流：詩言志，歌永言，後世則效之以爲歌也。一曰風，二曰賦，後人則擬之以爲賦也。吟詠性情，則轉而爲吟，故嗟嘆之，則易而爲嘆。自詩變爲樂府之後，孔子作《龜山操》，伯奇作《履霜操》，牧犢子作《雉朝飛》，即或憂或思之詩也。自詩變爲離騷之後，賈誼之《吊湘賦》，楊雄之《畔牢愁》，即或哀或愁之詩也。凡此，皆詩之體製源流也。

體變源流：風雅頌既亡，一變而爲離騷，再變而爲西漢五言，三變而爲歌行雜體，四變而爲沈宋律詩。五言起於李陵蘇武或云枚乘，七言起於漢武柏梁，四言起於漢楚王傅韋孟，六言起于漢司農谷永，三言起於晉夏侯湛，九言起于高貴卿公。

詩之格例：古人文章，自應律度，未嘗以音韻爲主。自沈約增崇韻學，其論文則曰欲使宫羽相變，低昂殊節，若前有浮聲，則後須切響。一篇之内，音韻盡殊；兩句之中，輕重悉異。妙達此旨，始可言文。自後浮巧之語，體製漸多，如傍犯、嗟對、假對、雙聲、疊韻之類，詩又有正格、偏格類，例極多，故有三十四格，十九圖，四聲八病之類。今略舉數事，如徐陵云：「陪遊馺娑，騁纖腰於結風。長樂鴛鴦，奏新聲于度曲。」又云：「厭長樂之疏鐘，勞中宫之緩箭。」雖兩長樂義不同，不爲重複，此爲傍犯。如《九歌》云：「蕙殽蒸兮蘭藉，桂酒奠兮椒漿。」「蒸蕙殽」對「奠桂酒」，今倒用之，謂之蹉對。如自「朱耶之狼狽」致「赤子之流離」，不惟「赤」對「朱」，耶？對子兼「狼狽」「流離」皆獸名對鳥名。

又如「廚人具鷄黍，稚子摘楊梅」，以「鷄」對「楊」，如此之類，皆如假對。如「幾家村草裏，吹唱隔江聞」，「幾家村草」「吹唱隔江」皆雙聲。如「月影侵簪冷，江光逼履清」，「侵簪」「逼履」皆疊韻。第二字側入，謂之正格，如「鳳曆軒轅紀，龍飛四十春」之類。第二字平入，謂之偏格，如「四更山吐月，殘夜水明樓」之類。唐名輩詩，多用正格，如杜甫詩用偏格者，十無二三。（《筆談》）

難易：律詩難于古詩，絶句難于八句，七言律詩難于五言律詩，五言絶句難于七言絶句。

總論詩法《張静泉聞見録》[二]：夫詩者，權輿于《擊壤》《康衢》之謡，演迤於《慶雲》《南風》之歌，制作于國風、雅、頌，《三百篇》之體，此詩之源也。《周官》：詩有六義，風、雅、頌爲之經，賦比興爲之緯。風、雅、頌各有體，作詩者必須定體于胸中而後作焉。風之體如後世之歌謡，采之民間，而被諸聲樂者也。其言主于達事情通諷論。二南之詩總乎美者也，故謂之正風；諸侯之風兼美刺，故謂之變風。豳風則詩之正，而事之變，故以屬于變風。雅之體如後世之五七言古詩，作于公卿大夫，而用之朝會燕饗者也，其言主於述上德，通下情，事有大小，故有小雅焉，有大雅焉。成康以上之詩，專於美故謂之正雅；成康以下之詩兼美刺，故謂之變雅。變風、變雅皆因正風、正雅而附見焉。頌之體如後世之古樂府，作于公卿大夫而用之宗廟，告于神明者也。其言主于美盛德，告成功。商頌、周頌甚正，魯頌，則不當作而作。比之風雅，蓋亦變之類也。詩變而後離騷作，亦國風之變也。朱子之《集註》以屈原所作爲首，而附學騷者于後，是亦夫子删詩，而附諸國風于二南之意。自漢以來，由騷變之而爲賦，當時去古未遠，猶有《三百篇》之餘意。魏晉以降，則世降而詩隨之，故載于《文選》者，詞浮靡而氣卑弱。要之以天下分裂，三光五嶽之氣不全，而聲遂不復振爾。劉禹錫有言：「八音與政通塞，文章與時高下。」豈不信哉？莫問獨陶淵明詩，淡雅淵泳，敻出流俗。後世稱陶韋韓柳爲一家，殆論其形，未論其神者也。唐興而李杜出焉，太白曰：「大雅久不作。」子美曰：「恐與齊梁作後塵。」其感慨之意深矣。太白天才放逸，故其詩自爲一體。子美學優才贍，故其詩兼備衆體，而於述綱常、繫風教之作爲多。昌黎韓子後出，厭晚唐流連光景之弊，其詩又自爲一體。然詩原于德性，發于才情，心聲不同，有如其面，故法度可學，而神意不可學。是以太白自有太白之詩，子美自有子美之詩，昌黎自有昌黎之詩，其他陳子昂、李長吉、白樂天、杜牧之、劉禹錫、王摩詰、司空曙、高、岑、賈、許、姚、鄭、張、孟之徒亦各自爲一體，不可强而同也。至宋歐、黄、王、蘇迭出，其文章之餘，猶足以名世。陳後山、陳簡齋、陸放翁、楊誠齋亦皆其傑然者也。而晦庵朱子以豪傑之才，聖賢之學，倡明《三百篇》之旨，爲萬世詩學之宗。又豈詞章之儒，而可仿佛其萬一哉。晦翁之詩如「烝民懿戒」諸作，不異其爲二雅之正，如《感興》《述懷》諸詩，不害其爲國風之餘。元有劉靜修、吴草廬、姚牧菴、趙子昂諸先達，皆以詩名世。大德中，范德機、虞伯生、楊仲弘、揭曼碩諸公迭出，詩學丕變。范公教人曰：「詩貴平實而已，實則隨事命意，遇景得情，如傳神寫照，各盡態狀，自不致有重襲套複之患。」又曰：「詩能不失家數，不失法度，雖淺拙，不害也。不然則大抵謬矣」。又曰：「作詩作文，係其所養如何。古人所以不可及者，只是養得好。」作詩成法，有起承轉合四字，以絶句言之，第一句是起，第二句是承，第三句是轉，第四句是合。律詩第一聯是起，第二聯是承，第三聯是轉，第四聯是合。古詩長律亦以此法求之。《三百篇》如《關雎》，則以第一章爲起承，第二章爲轉，第三章爲合。《葛覃》則以第一章爲起，第二章爲承，第三章爲轉合。《卷耳》則以第一章爲起，第二章、三章爲承，第四章爲轉合。其他詩，或長短句不齊，亦以此法求之。古之作詩其用意雖未盡爾，然文者，理勢之自然，正不能不爾也。後世風俗澆訛，故心聲之發，自不能與古人合矣。大抵起處要平直，承處要從容，轉處要變化，結處要淵泳。起處戒頓陡，承處戒迫促，轉處戒落魄，合處戒斷。送起處必欲突兀，則承處必不優遊，轉處必致窘束，合處必至匱竭矣。又以一詩全首論之，須要有賦、有興、有比，或興而兼比猶妙。《三百篇》多以興比重複置之首章，唐律多以比興就作頸聯。古詩或比在起處，或在轉處，或在合處。長篇短律則轉處或有再轉，三轉方合者，若三四十韻以上則先須布置語意，不可錯陳。絶句則當先得後兩句，律詩則當先得中四句。律詩固以對偶爲工，然得意處，則意對而語不對亦可。長篇古體則參差中時出整齊語，尤見筆力，最戒似對不對。但涉江湖鬧熱語便鄙俗。但用通用字無法即軟弱，軟弱猶易療，鄙俗最難醫。詩法雖不盡此，然大要亦不外此。若升降閉合、出没變化之妙，又在自得，非言詩所能喻也。但詩法有正有變，如子美詩云「一片花飛減却春，風飄萬點正愁人」，起處甚突兀，然通篇旨是惜春，起處正合如此，乃痛快語而非頓陡語也。「且看欲盡花經眼，不厭傷多酒入脣」，一句承上，一句起下，甚得春容之體。第三聯云「江上小堂巢翡翠，苑邊高冢臥麒麟」，就情景中寓感慨意，正得詩人變化之法。結句云「細推物理須行樂，何用浮名絆此身」，若非第七句沉着淵泳，則第八句便有斷送之意矣。又如太白詩云「棄我去者，昨日之日不可留；亂我心者，今日之日多煩憂」，又云「攀天莫乘龍，走山莫騎虎」，又云「君不見黄河之水天上來」，或以興爲起，或以比爲起，一皆不踰此法。又如子美《醉歌行贈少府》：「神仙中人不易得，顔氏之子才孤標。天馬長鳴待駕馭，秋鷹整翮當雲霄。君不見，東吴顧文學。又不見，西蜀杜陵老。詩家筆勢君莫嫌，詞翰升堂爲君掃。是日風霜凍七澤，烏蠻落照銜赤壁。酒酣耳熟忘頭白，感君意氣無所惜。一爲歌行歌主客。」凡此等詩，皆法之變而不離于正也。然不特詩也，離騷古賦莫不皆然。屈宋班馬用此法度，唐宋諸賢亦未有能外是法者。如歐陽《秋聲》，坡公《赤壁》等賦，已極變化，而起承轉合，截然不亂。又不特騷賦而已，凡爲文章，何莫不由斯道。若范德機《和鄧善之》詩云：「曩承持節江之東，騎鯨飛上蓬萊宮。蓬萊仙人歌白鶴，聲落五湖煙雨中。世間爵禄不易致，何獨去就如飄風。朝廷禮樂須制作，六經奥義資發蒙。諭思廟堂集耆碩，啓口寧讓前諸公。閉門讀書在京市，後輩冠蓋皆隆隆。我生生長在窮谷，那有文字爭人雄。謬蒙引喻百僚上，負禄府署慚無功。一别十年還又五，昔者少壯今成翁。誰知復客七閩上，隔一千里來詩筒。羸軀頓醒瘴癘惡，賴以賦此心忡忡。越王城南浪長白，越王城西花正紅。」曰比興合者也。虞伯生《三鳳行贈海東之還江南》詩云：「海東之兄弟，三人如鳳凰。胸臆羽翼皆文章，九年三入天門翔。伯沖天，季驚人，一日四海皆知名。東之之文五色雲，見者眩晃生眵昏。三進三已之，了若耳不聞。二人得之，喜未足云，東之不愠乃可尊。東書江上歸見親，君子之樂樂最真。君不見匡廬之山，峭崒而嵯峨，左界豫章渚，川匯爲蠡鄱，其流浩浩然，導岷經潛沱，山氣束鬱不得去，上衝爲紫蓋，直與天相摩，爲雲覆八極，爲雨漲九河。海東之子能觀山，以成德其進未可量也，偶爾小屈奈爾何？」此以比興轉者也。其他或有通首皆賦而無比興者，在風雅亦有其例，但更難作矣。周伯弜所編三體詩《早春遊望》與《經廢寶慶寺》詩曰：「雲霞出海曙，梅柳渡江春」，兩句説早春，於六義屬賦，「淑氣催黄鳥，晴光轉緑蘋」兩句，皆説早春景物，于六義屬興。「池晴龜出曝，松暝鶴飛回」兩句是説景物，于六義屬興。「古砌碑横草，陰廊畫雜苔」兩句是説人事，于六義屬賦。伯弜以四實概論之，其説謬矣。若夫絶句者，截句也。後兩句對者，是截律詩前四句也。前兩句對者，是截律詩後四句也。四句皆不對者，是截前後四句也。雖正變不齊，而首尾布置，自爲起承轉合，未嘗不同條其貫者也。如杜詩「遲日江山麗，春風花草香」，第一句是中庸天地位之意，第二句是中庸萬物育之意。然「泥融飛燕子」是言物之動者得其所。「沙暖睡鴛鴦」是言物之靜者得其所也。轉合處可謂變化淵泳，與升降開合者可見矣。作者用心之苦如此，而讀者容易看過，殊不覺妙。或疑詩法宜少用助語字。先生曰：「國風曰『我心匪席，不可卷也』，大雅曰『一者之成，俾我祗也』，與《賡歌》之『哉』字，《卿雲歌》之『兮』字相似。」李太白云：「乃知兵者是兇器，聖人不得已而用之。」少陵有云：「重爲告曰『杖兮杖兮，爾之生也』，甚正直。」昌黎有云：「忽忽乎不知予生之爲樂也。」率皆如此。大抵詩者所以道性情，隨所欲言，無不可也。邵子曰：「删詩之後，世不復有詩矣。」《朱子傳》亦曰：「後世雖有作者，孰有加於此乎？」草廬吴氏《感興》詩云：「周詩三百篇，離騷三十五。自從蘇李來，萬變不復古。」皆謂是也。詩之爲法，有賦起者，有興起者，有主意在上一句則貼承一句，而後方發出其意者。有直起一句，主意在下一句，而就發其意者。有雙起兩句，而分兩股以發其意者。有一句作出者，前六句俱若緩，而收拾在後兩句者。詩之爲體者六，曰雄渾，曰悲壯，曰平淡，曰蒼古，曰沈着痛快，曰優遊不迫。詩之忌有四，曰俗意，曰俗字，曰俗語，曰俗韻。詩之作法有八，曰起處要高遠，曰結句要不着跡，曰承句要穩健，曰下字要金石聲，曰上下相連，曰首尾相應，曰轉摺不要着力，曰要占地步。蓋自兩句先須闊占地步，後六句若有本之泉源，源至矣。步若不闊，譬如無源之潦，可立而竭。今之學者，且先明《三百篇》，及漢魏盛唐以上諸詩，日夕沈潛諷詠，熟其詞，究其旨，則又訪諸善詩者以講明之。若今人治經，日就月將，自然有得，則取諸左右逢其源也。苟爲不然，吾見其能者鮮矣。

論學詩之要（謝疊山與劉秀岩）詩於道最大，與宇宙氣數相關。人之氣成聲，聲之精爲言，言已有音律，言而成文，尤其精者也。凡人一言皆有吉兇，況詩乎？詩又文之精者也。某辛未爲陳月泉序詩云：「五帝三王，自立之中國，仁而已矣。中國而不仁，何以異夷狄？理之變，氣亦隨也。近時文章似六朝，詩又在晚唐下，天地西北嚴凝之氣，其盛于東南乎？」當時朋友皆笑之，言幸而中。此説有證，先人受教章泉先生、趙公澗泉先生、韓公，皆中原文獻，説詩甚有道。凡人學詩先將《毛詩》選精深者五十篇爲祖，次選杜工部詩五言、選體、七言古風、五言長篇、五言八句四句、七言八句四句入門類，編成一集，只須百首。次于《文選》中選李陵蘇武以下至建安晉宋五言古詩，樂府，編成一集。次選陶淵明、韋蘇州、陳子昂、柳子厚四家詩，各類編成一集。次選黄山谷、陳後山兩家詩，各類編成一集，此二家乃本朝詩祖。次選韓文公、王荆公、蘇東坡三家詩，共編成一集。如此揀選編類到二千詩，詩人大家數盡在其中。又于洪邃所編晚唐諸家，次於選唐詩内揀七言四句，唐律編類成一集，則晚唐盛唐七言四句之妙者，皆無遺矣。人能如此用工，時一吟詠，不出三年，詩道可以横行天下，天下言詩者，無敢縱矣。

論諸家沿襲（宋潛溪景濂《答章生》）[三]：濂白秀才足下，承書，知學詩弗倦，且疑歷代詩人皆不相師，傍引曲證，亹亹數百言，自以爲確乎弗拔之論。濂竊以謂世人之善論詩者，其有出于足下乎？雖然，不敢從也。濂非能詩者，自漢魏以至于今，諸家之什，不可謂不攻習也。薦紳先生之前，亦不可謂不磨切也。揆于足下之論，容或有未盡者，請以所聞質之可乎？《三百篇》勿論也，姑以漢言之，蘇子卿、李少卿非作者之首乎？觀二子之所著，紆曲悽惋，實宗國風與楚人之辭無異。二子既没，繼者絶少。下逮建安黄初，曹子建父子起振之，劉公幹、王仲宣方從而輔翼之。正始之間，嵇、阮又疊作，詩道於是乎大盛。然皆師少卿而馳騁于風雅者也。自時厥後，正音衰微，至太康復中興，陸士衡兄弟則倣子建，潘安仁、張茂先、張景陽則學仲宣，左太沖、張季鷹則法劉公幹。獨陶元亮天分之高，其學雖出于太沖、景陽，究其所自得，直起建安而上之。高情遠韻，殆猶太羹充鉶，不假鹽醯，而至味自存者也。元嘉以還，三謝、顔、鮑爲之首。三謝亦本子建而雜參于郭景純，延年則祖士衡，明遠則效景陽，而氣骨淵然駸駸西漢風餘，或傷于刻鏤而乏雄渾之氣，較之太康則有間矣。永明而下，抑又甚焉。沈休文拘于聲韻，王元長局于褊迫，江文通過于模擬，陰子堅涉於淺易，何仲言流於瑣碎。至于徐孝穆、庾子山，以婉麗爲宗，詩之變極矣。然而諸人雖或遠式子建、太沖，近宗靈運、玄暉，方之元嘉，則又有不逮者焉。唐初承陳隋之弊，多遵徐庾，遂致頹靡不振。張子壽、蘇廷碩、張道濟相繼而興，各以風雅爲師。而盧昇之、王子安，務欲凌踤三謝，劉希夷、王昌齡、沈雲卿、宋少連亦欲蹴駕江薛，固無不可者。奈何溺于久習，終不能改其舊，甚至以律法相高，益有四聲八病之嫌也。惟[四]陳伯玉痛懲其弊，專師漢魏而友景純、淵明，可謂挺然不羣之士，復古之功於是爲大。開元天寶中，杜子美後出，上薄風雅，下該沈宋，才奪蘇李，氣吞曹劉，掩顔謝之孤高，雜徐庾之流麗，真所謂集大成者，而諸作皆廢矣。並時而作，有李太白之宗風騷及建安七子，其格極高，其變化若神龍之不可羈。至摩詰依倣淵明，雖運詞[五]清雅而萎弱少風骨。韋應物祖襲靈運，能一寄穠鮮于簡淡之中，淵明以來，蓋一人而已。他如岑參、高達夫、劉長卿、孟浩然、元次山之屬，咸以興寄相高，取法建安。至于大曆之際，錢、郎遠師沈宋，而苗、崔、盧、耿、吉、李諸家，亦皆本伯玉，而宗黄初，詩道於是爲最盛。韓、柳起于元和之間。韓初效建安，晚自成家，勢若掀雷抉電，撑決於天地之垠。柳斟酌陶謝之中，而措辭俊逸清妍，應物而下亦一人而已。元、白近于輕俗，王、張過於浮麗，要皆同師于古樂府。賈浪仙獨變入僻以矯纖豔，元結、劉夢得步驟杜少陵，而氣韻不足。杜牧之沈涵靈運，而句意尚奇。孟東野陰祖沈、謝，而流于蹇澀。盧仝、劉義自出新意，而涉於怪詭。至于李長吉、温飛卿、李商隱、段成式，專誇靡曼。雖人人各有所師，而詩之變又極矣。比之大曆，尚有所不逮，況厠之開元哉！過此以往，若朱慶餘、項子遷、李文山、鄭守愚、杜彦之、吴子華輩，則又駁乎不足議也。宋初襲晚唐五季之弊，天聖以來，晏同叔、錢希聖、劉子儀、楊大年數人亦思有以革之，第師于義山，全乖古雅之風。迨王元之以邁世之豪，俯就繩尺，以樂天爲法。歐陽永叔痛矯西崑，以退之爲宗。蘇子美、梅聖俞介乎其間，梅之覃思精微，學孟東野，蘇之筆力横絶，宗杜子美，亦頗號爲詩道中興。至若王禹玉之踵微之，盛公量之祖應物，石延年之效牧之，王介甫之源三謝，雖不絶似，皆嘗得其彷彿者。元祐之間，蘇黄挺出，雖曰其師李杜，而競以已意相高，而諸作又廢矣。自此以後，詩人迭起，或波瀾富而句律疏，或鍛煉精而情性遠，大抵不出于二家。觀于蘇門四學士及江南宗派諸詩，蓋可見矣。陳去非雖晚出，乃能因崔德符而歸宿于少陵，有不爲流俗之所移易。馴至隆興乾道之時，尤延之之清婉，楊廷秀之深刻，范至能之宏麗，陸務觀之敷腴，亦皆有可觀者。然終不離天聖元祐之故步，去盛唐爲益遠。下至蕭趙二氏，氣局荒頽，而音節促迫，則其變又極矣。由此觀之，詩之格力崇卑，固若隨世而變遷，然謂其皆不相師，可乎？第所相師者或有異焉，其上焉者師其意，辭固不似，而氣象無不同。其下焉者師其辭，意相似矣。求其精神之所寓，固未嘗近也。然唯深于比興者，乃能察知之爾。雖然，爲詩當自名家，然後可傳于不朽。若體圓爲規，準方作矩，終爲人之臣僕，尚烏得謂之詩哉？是何者？詩乃吟詠性情之具，而所謂風雅頌者，皆出于吾之一心，特因事感觸而成，非智力之所能增損也。古之人，其初雖有所沿襲，末復自成一家，又豈規規然必于相師者哉！嗚呼！此未易于初學道也。近來學者，類多自高，操觚未能成事，輒闊視前古爲無物，且揚言曰，曹劉李杜蘇黄諸作雖佳，不必師，吾即師吾心耳。故其所作，往往猖狂無倫，以揚沙走石爲豪，而不復知有純和沖粹之音，可勝嘆哉！可勝嘆哉！濂非能詩者，因足下之言，姑略誦所聞如此。惟足下裁擇焉，不宣濂白。[六]

諸家之作：詩之興作，兆基邃古，唐歌虞詠，始載典謨。商頌周雅，方陳金石。其後研志緣情，二京彌甚；含毫瀝思，魏晉彌繁。李都尉鴛鴦之詞，纏綿巧妙；班婕妤霜雪之句，發越清新。平子桂林，理在文外；伯喈翠鳥，意盡行間。河朔人物，劉爲稱首；洛陽才子，潘左爲覺先。乃若子建之牢籠羣彦，士衡之籍甚時名，並文苑之羽儀，詩人之龜鑒。駱賓王爲詩，格高旨遠，若在天上物外，神仙會集，雲行鶴駕，想見飄然之狀。（《李太白集》）[七]

【校記】

[一]女子，原作「子女」，據《丹陽集》改，成化本亦誤。
[二]按，底本無「張靜泉聞見録」，據成化本補。
[三]按，原作章生，誤。據《文憲集》卷二八改，成化本亦誤。
[四]惟，原作「雖」，據《文憲集》改。
[五]詞，成化本作「句」。
[六]按，此文與《文憲集》頗多異文。
[七]按，據王琦注。非太白文。

詩學權輿　卷之九

詩學要訣

入門須正：　夫學詩者，以識爲主，入門須正，立志須高。以漢魏盛唐爲師，不作開元天寶以下人物，若自生退屈，即有下劣詩魔入其肺腑之間，由立志之不高也。行有未至，可加工力，路頭一差，愈騖愈遠，由入門之不正也。故曰學其上，僅得其中；學其中，斯爲下矣。又曰，見過于師，僅堪傳授，見與師齊，減師半德也。工夫須從上做下，不可從下做上，先須熟讀楚詞，朝夕諷詠以爲之本。及讀古詩十九首，樂府四篇，李陵蘇武漢魏五言，皆須熟讀。即以李杜二集，枕藉觀之。如今人之治經，然後博取盛唐名家醞釀胸中，久之自然悟入。雖學之不至，亦不失正路。此乃從頂額上做來，謂之向上一路，謂之直截根源，謂之頓門，謂之單刀直入也。

作詩大要：　其用工有三，曰起結，曰句法，曰字眼。其文法有二，曰優遊不迫，曰沉着痛快。詩之極致有一，曰入神。詩而入神至矣盡矣，蔑以加矣。惟李杜得之，他人得之蓋寡矣。

透關法：　朱子答學者聞詩節開來諭，欲漱六義之芳潤，以求真淡，此誠極至之論。然亦恐須先識得古今體制，雅俗鄉背，仍更洗滌得盡腸胃間，夙生葷血脂膏，然後此語方有所措。如其未然，竊恐穢濁爲主，芳潤入[二]不得也。近世詩人正緣不曾透得此關，而規規于近局。故其所就，皆不滿人意，無足深論。

初學要徑：《吕氏童訓》云：「初學作詩，寧失之野，不可失之靡麗。失之野，不害氣質；失之靡麗，不可復整頓。」陳後山云：「初學作詩，寧拙無巧，寧朴無華，寧粗無弱，寧僻無俗。當以杜子美爲法，有規矩，故可學。」山谷云：「學杜詩，所謂刻鵠不成，尚類鶩者也。」近時學詩者，率尊江西，殊不知江西本亦學少陵者也。故曰豫章之學博矣，而得法于少陵，故其詩近之。今少陵之詩，後生少年不復過目，抑亦失江西之意乎！江西平日語學者爲詩旨趣，亦獨宗少陵一人而已。予爲是説，蓋欲學詩者師少陵而友江西，則兩得之矣。

作詩之方：意欲格高，句法欲響。敘事體物，欲意中有景，景中有意，波瀾開闔。如在江湖中，一波未平，一波已作。如兵家之陣，方以爲正，又復是奇，方以爲奇，忽復是正。出入變化，不可紀極，而法度不亂，是爲作者。

學詩之要：小詩要精深，短章要藴藉，大篇要開闔，難説處要一語而盡，易説處莫便放過，僻事實用，熟事虚用，説理要簡易，説事要圓活，説景要微妙。學有餘而約以用之，善用事者也。意有餘而約以盡之，善措辭者也。乍敘事而間以理言，得活法者也。篇終必出人意表，或反終篇之意，乃爲妙也。

論作詩：下字貴響，造語貴圓，句意欲深，音調欲清，氣格欲高，不必太着題，不在多使事，用字不必拘來歷，押韻不必有出處。對句好可得，發句好難得，結局好尤難得。古人云：「詩難處在結裹，譬如番刀須用北人[二]結裹，若南人便非本色。」

詩家所當法者：爲詩欲詞格清美，當看鮑照、謝靈運，有正始以來風氣；欲典雅瀟散，當看淵明；欲清深閑淡，當看韋蘇州、柳子厚、孟浩然、王摩詰、賈閬仙；欲氣格豪逸，當看退之、李白；欲法度備足，當看杜子美；欲知詩源流，當看《三百篇》及楚詞漢魏等詩。

悟入：作詩必要悟入處，有所悟入，則自然度越諸子。悟入之理，正在工夫勤惰間耳。如張長史見公孫大娘舞劍，頓悟筆法。如張者專意此事，未嘗少忘胸中，故能遇事有得，遂造神妙，使他人觀舞劍，有何干涉？非獨作文字書而然也。

涵養：吟詠性情，如印印泥，止乎禮義，貴涵養也。忌有窒礙，語有蹇澀，涵養未至也，當益以學。

學古：大概學詩，須以《三百篇》、楚辭及漢魏間人詩爲上，方見古人好處，自無齊梁間綺靡氣象也。（《呂氏童蒙訓》）東坡教人作詩曰：「熟讀毛詩、國風、離騷，曲折盡在是矣。」僕嘗以此語太高，後年齒益長，乃知東坡之善誘人也。（《許彦周詩話》）學詩須是熟看古人詩，求其用心處。蓋一語一句不苟作也。如此看了，須是自家下筆，要追之，不問追及與不及，但只是當如此學，久之自有個道理。若今人不及，不看古人作詩樣子，便要與古人齊眉，恐無此道理。陳無已云：「學詩如學仙，時至骨自換。」此語得之。（《漫齋語録》）

藝精必熟：昔梅聖俞日課一詩。余爲方孚若作行狀，其家以陸放翁手録詩藁一卷爲潤筆。題其前云：「七月十一日至九月二十九日，計七十八日，得詩一百首。」陸之日課，尤勤于梅。二公豈貪多哉？藝之熟者必精，理勢然也。（劉後村文）

詩本于學：范季隨嘗曰：「今人有少時文名大著，久而不振者，其咎安在？」陳子蒼曰：「無他，止學耳。」初無悟解，無益也。如人操舟入蜀，窮極艱阻，則曰：「吾至矣。」于中流棄去，篙柁不施，縱纜不持，其退甚速，則將傾蓋矣，如人之詩止學也。

翻案法：孔子、老子相見傾蓋，鄒陽云：「傾蓋如故。」孫侔與東坡不相識，以詩寄東坡，和云：「與君蓋亦不須傾」。劉寬爲吏，以蒲爲鞭，寬厚至矣。東坡云：「有鞭不使安用蒲？」杜詩云：「忽憶往時秋井塌，古人白骨生蒼苔。如何不飲令心哀？」東坡云：「何須更待秋井塌，見人白骨方銜杯。」此皆翻案法也。余友人安福劉浚，字景明，《重陽詩》云「不用茱萸仔細看，管取明年各強健」，得此法矣。

廣信趙章泉詩法：　或問詩法于晏叟，因以五十六字答之云：「問詩端合如何作，詩欲學耶毋用學。今一禿翁曾總角，學竟無方作無略。欲從鄙律恐坐縛，力若不加還病弱。眼前草樹聊渠若，子結成陰花自落。」

趙章泉學詩：　閱《復齋閑紀》所載吴思道、龔聖任學詩三首，因次其韻。「學詩渾似學參禪，識取初年與暮年。巧匠曷能雕朽木，燎原寧復死灰然。」「學詩渾似學參禪，要保心傳與耳傳。秋菊春蘭寧易地，清風明月本同天。」「學詩渾似學參禪，束縛寧論句與聯。四海九州何歷歷，千秋萬歲孰傳傳。」

忌隨人後：　文章必自名一家，然後可以傳不朽。若體規畫圓，準方作矩，終爲人之臣僕。古人譏屋下架屋，信然。陸機曰：「謝朝花于已披，啓夕秀于未振。」韓愈曰：「惟陳言之務去。」此乃爲文之要，學詩亦然。若循習陳言，規摹舊作，不能變化自出新意，亦何以名家？　魯直詩云：「隨人作計終後人。」又云：「文章最忌隨人後。」誠至論也。（《宋子京筆記》）

三不可：　危稹逢吉曰：「詩不可強作，不可徒作，不可苟作。強作則無意，徒作則無益，苟作則無功。」（《蟾塘文集》）

四不：　氣高而不怒，力勁而不犯，情多而不暗，才贍而不疏。

四深：　氣象氤氲，由深于體勢；　意度盤薄，由深于作用；　音律不滯，由深于聲對；　用事不直，由深于義類。

二要：　要力全而不苦澀，要氣足而不怒張。

二廢：　雖欲廢巧尚直，而神思不得直；　雖欲廢言尚意，而典麗不得遺。

四離：　欲道情而離深僻，欲經史而離書生，欲高逸而離闊遠，欲飛動而離輕浮。

六迷：以虛大爲高古，以緩慢爲淡佇，以詭差爲新奇，以錯用意爲獨善，以爛熟爲穩約，以氣劣弱爲容易。

三節：學詩有三節，其初不識好惡，連篇累牘，肆筆而成；既識羞愧，始生畏縮，成之極難；及其透徹，則七縱八横，信手拈來，頭頭是道矣。

七至：至險而不僻，至奇而不差，至苦而無迹，至近而意遠，至放而不迂，至難而狀易，至麗而自然。

詩説

作詩大旨：詩五言長篇，宜富而貴；七言長篇，宜富而麗。五言律詩，宜清而遠，必拘意律；七言律詩，宜壯而健，時用拗律。五言絶句，詩宜言絶而意有餘；七言絶句，宜言絶而意不足。歌宜通暢響亮，讀之使人興起；行宜快直詳盡，吟宜深沉細詠，讀之使人思怨。曲宜委曲諧韻，謡宜隱蓄近俗，引宜引而不發，頌宜典雅和粹。樂詞宜古雅而諧韻，樂府宜喜怒哀樂各極其情而範之以理，或和或奇或古。賦宜敷衍富麗，事意詳盡而語不冗。箴宜謹嚴切直，騷宜精神痛切而極其情，辭宜古雅諧韻。

朱子論詩法：古今之詩凡有三變，蓋自書傳所記，虞夏以來，下及漢魏，自爲一等。自晉宋間，顔謝以後，下及唐初，自爲一等。自沈宋以後，定著律詩，下及今日，又爲一等。然自唐初以前，其爲詩者固有高下，而法猶未變，至律詩出而後詩之與法始皆大變。以至今日，益巧益密，而無復古人之風矣。故嘗妄欲抄取經史諸書所載韻語，下及《文選》、漢魏古詞，以盡乎郭景純、陶淵明之所作，自爲一編而附于《三百篇》、楚詞之後，以爲詩之根本準則。又于其下二等之中，擇其近于古者各爲一編，以爲之羽翼輿衛。且以李杜言之，則如李之《古風》五十首，杜之《秦蜀紀行》《遺興》《出塞》《潼關》《石濠》《夏日》《夏夜》諸篇。律詩則如王維、韋應物輩，亦自有蕭散之趣，未至如今日之細碎卑冗，無餘味也。其不合者，則悉去之，不使其接于吾耳目，而入於吾之胸次。要使方寸之中，無一字世俗言語意思，則其詩不期于高遠而自高遠矣。

嚴滄浪詩説：夫詩有別材，非關書也；詩有別趣，非關理也。而古人未嘗不讀書，不窮理。所謂不涉理路，不落言筌者，上也。詩者，吟詠情性也，盛唐詩人惟在興趣，羚羊挂角，無跡可求。故其妙處，瑩徹玲瓏，不可湊泊，如空中之音，相中之色，水中之月，鏡中之象，言有盡而意無窮。近代諸公作奇特解會，以文字爲詩，以議論爲詩，以才學爲詩。以是爲詩，夫豈不工？終非古人之詩也。蓋於一唱三嘆之音，有所歉焉。且其作多務使事，不問興致，用字必有來歷，押韻必有出處，讀之終篇，不知着到何在。其末流甚者，叫噪怒張，殊乖忠厚之風，殆以駡詈爲詩，詩而至此可謂一厄也，可謂不幸也。然則近代之詩，無取乎？曰有之，吾取其合于古人者而已。國初之詩尚沿襲唐人，王黄州學白樂天，楊文公、劉中山學李商隱，盛文肅學韋蘇州，歐陽公學韓退之古詩，梅聖俞學唐人平澹處。至東坡、山谷，始自出己法以爲詩，唐人之風變矣。山谷用工尤深刻，其後法度盛行海内，稱爲江西宗派。近世趙紫芝、翁靈舒輩，獨喜賈島、姚合之語，稍稍復就清苦之風。江湖詩人多效其體，一時自謂之唐宗，不知止入聲聞、辟支之果，豈盛唐諸公大乘正法眼者哉！嗚呼！正法眼之無傳久矣，唐詩之説未倡，唐詩之道有時而明也。今既倡其體曰唐詩矣，則學者謂唐詩誠止于是耳。茲詩道之重不幸耶？

章泉謂可與言詩：王摩詰云：「行到水窮處，坐看雲起時。」少陵云：「水流心不競，雲在意俱遲。」介甫云：「細數落花因坐久，緩尋芳草得歸遲。」徐師川云：「細落李花那可數，偶行芳草步因遲。」知詩者于此，不可以無語。或以二小詩復之曰：「水窮雲起初無意，雲在水流終有心。倘若不將無有判，渾然誰會伯牙琴。」「誰將古瓦磨成硯，坐久歸遲總是機。草自偶逢花偶見，海漚不動瑟音希。」公曰：「此所謂可與言詩矣。」

章泉論作詩：　贛州曾文清公題吴郡所刊東萊吕居仁公詩後語云：「詩卷熟讀治擇，工夫已勝，而波瀾尚未闊。欲波瀾之闊，須令規模宏放，以涵養吾氣而後可。　規模既大，波瀾自闊，少加治擇，功已倍于古矣。　蕃嘗苦人來問詩答之費辭。　一日閱東萊詩，以此語爲四十字，異日有來問者當謄以示之云：『若欲波瀾闊，規模須放弘。　端由吾氣養，匪自歷階升。　勿漫工夫覓，況于治擇能。　斯言誰語汝？　吕昔告于曾。』」

四種：　詩有四種高妙，一曰理高妙，二曰意高妙，三曰想高妙，四曰自然高妙。　礙而實通，曰理高妙；　出事意外，曰意高妙；　寫出幽微，如清潭見底，曰想高妙；　非奇非怪，剥落文采，知其妙而不知其所以妙，曰自然高妙。

五法：　詩之法有五，曰體製，曰格力，曰氣象，曰興趣，曰音節。

九品：　詩之品有九，曰高，曰古，曰深，曰遠，曰長，曰雄渾，曰飄逸，曰悲壯，曰悽婉。

十不可：　詩之爲道，一曰高不可言高，二曰遠不可言遠，三曰閑不可言閑，四曰静不可言静，五曰憂不可言憂，六曰喜不可言喜，七曰落不可言落，八曰碎不可言碎，九曰苦不可言苦，十曰樂不可言樂。

布置：　作大篇，尤當布置，首尾停匀，腰腹肥滿。　多見人前面有餘，後面不足，前面極工，後面草草，不可不知也。

辭意俱盡：　一篇全在尾句，如截奔馬，辭意俱盡；　如臨水送將歸，辭盡意不盡。　若夫辭盡意不盡，剡溪歸櫂是已。　辭意俱不盡，温伯雪子是已。　所謂辭意俱盡者，急流中截後語，非謂辭窮理盡者也。　所謂意盡辭不盡者，意盡于未當，盡處則辭可以不盡矣，非以長語益之者也。　至如辭盡意不盡者，非遺意也，辭中已彷彿可見矣。　辭意俱不盡者，不盡之中，固已深盡之矣。

七德：　識理，高古，典麗，風流，精神，質幹，體裁。

十難：　一曰識理難，二曰精神難，三曰高古難，四曰風流難，五曰典麗難，六曰質幹難，七曰體裁難，八曰勁健難，九曰耿介難，十曰悽切難。

三偷：詩有三偷。偷語最是鈍賊，如傳長虞「日月光太清」，陳王「日月光天德」是也。偷意事雖可罔，情不可原，如柳渾「太液微波起，長楊高樹秋」，沈佺期「小池殘暑退，高樹早涼歸」是也。偷勢，才巧意精，各無朕迹。蓋詩人偷狐白裘手也。如嵇康「目送歸鴻，手揮五絃」，王昌齡「手携雙鯉魚，目送千里雁」是也。（李淑《詩苑類格》）

十易：氣高而易怒，力勁而易露，情多而易暗，才贍而易疏，道情而易僻，思深而易澀，放逸而易迂，飛動而易浮，新奇而易怪，容易而易弱。

十戒：一戒乎生硬，二戒乎爛熟，三戒乎差錯，四戒乎直置，五戒乎妄誕，六戒乎綺靡，七戒乎蹈襲，八戒乎濁穢，九戒乎砌合，十戒乎俳諧。

十貴：一貴乎典重[三]，二貴乎抛擲，三貴乎出塵，四貴乎瀏亮，五貴乎縝密，六貴乎雅淵，七貴乎溫潤，八貴乎宏麗，九貴乎純粹，十貴乎瑩凈。

論詩言志：孫少叔《栽竹》詩曰：「更起粉墻高百尺，莫令牆外俗人看。」晏臨淄曰：「何用粉牆高百尺，任教牆外俗人看。」處士之節，宰相之量，各言其志。

詩本讀書：韓子蒼嘗曰：「余老矣，固願與後生東説西話。但近年人家子弟，往往恃其小有才，更不肯讀書。但要作詩到古人地位，殊不知古人未有不讀書，大可憫嘆耳。」

言用不言名：用事琢句，妙在言其用而不言其名，此法惟荆公、東坡、山谷三老知之。荆公曰：「含風鴨緑粼粼起，弄日鵝黄裊裊垂。」此言水柳之名也。東坡《答子由》詩曰：「猶勝相逢不相識，形容變盡語音存。」此用事而不言其名。山谷曰：「管城子無食肉相，孔方兄有絶交書。」又曰：「語言少味無阿堵，冰雪相看有此君。」又曰：「眼看人情如格五，心知外物等朝三。」格五，今之蹙容是也。《後漢》注云：「常致人險處也。」

詩要聯屬：大概作詩，要從首至尾，語脈聯屬，如有理詞狀。古詩云：「喚婢打鵶兒，莫教枝上啼。啼時驚妾夢，不得到遼西。」可謂標準。（《室中語》）

不可費力：黄魯直與郭功甫曰：「公做詩費許多氣力做甚？」此語切當有益于學者。（許彦周）

詩貴傳遠：古人云：「人生作詩不必多，只要傳遠。如柳子厚能幾首詩，萬世不能磨滅？」又曰：「杜甫《遺興》詩，謂孟浩然賦詩，不必多，往往凌鮑謝，正爲此也。」（《室中語》）

詩有力量：詩有力量，猶如弓之叶力，其未挽時不知其難也，及其挽之，力不及處，分寸不可強。若《出塞曲》：「落日照大旗，馬鳴風蕭蕭。悲笳數聲動，壯士慘不驕。」又《八哀詩》：「汝陽讓帝子，眉宇真天人。虬鬚似太宗，色映塞外春。」此等力量不容他人到。（《許彦周詩話》）

詩評

諸家優劣：嚴滄浪云：漢魏古詩，氣象混沌，難以句摘。晉以還，方有佳句。如陶淵明「採菊東籬下，悠然見南山」，謝靈運「池塘生春草」之句。謝所以不及陶者，康樂之詩精工，淵明之詩質而自然耳。謝靈運無一字不佳。黄初之後，惟阮籍《詠懷》之作極爲高古，有建安風骨焉。晉人舍陶淵明、阮嗣宗外，惟左太沖高出一時，陸士衡獨在諸公之下。顔不如鮑，鮑不如謝，文中子獨取顔，非也。建安之作，全在氣象，不可尋枝摘葉。靈運之詩已是徹首尾成對句矣，是以不及建安也。謝朓之詩已有全篇似唐人者，當題其集方知之。戎昱在盛唐爲最下，已濫觴晚唐矣。戎昱之詩有絶似晚唐者，權德輿之詩却有絶似盛唐者。權德輿，或有似韋蘇州、劉長卿處。顧況詩多在元白之上，稍有盛唐風骨處。冷朝陽在大歷才子中最爲下。馬戴在晚唐諸人之上，劉滄、吕温亦勝諸人。李頻不全是晚唐，間有似劉隨州處。陳陶之詩，在晚唐人中最無可觀，薛逢最淺俗。大歷以後，吾所深取者，李長吉、柳子厚、劉言史、權德輿、李涉、李益耳。大歷後，劉夢得之絶句，張籍、王建之樂府，吾所深取耳。李杜二公，正不當優劣。太白有一二妙處，子美不能道；子美有一二妙處，太白不能作。子美不能爲太白之飄逸，太白不能爲子美之沉鬱。太白《遊天姥吟》《遠别離》等，子美不能道；子美《北征》《兵車行》《垂老别》等，太白不能作。論詩以李杜爲準，挾天子以令諸侯也。少陵詩法如孫吴，太白詩法如李廣。少陵如節制之師。李杜數公，如金翅擘海，香象渡河，下視郊、島輩，直蛩吟草間耳。觀太白詩者，要識真太白處。太白天才豪逸，語多卒然而成者，學者于每篇中要識其安身立命處可也。少陵詩，憲章漢魏而取材于六朝，至其自得之妙，則前輩所謂集大成者也。人言太白仙才，長吉鬼才，不然。太白天仙之詞，長吉鬼才之詞耳。高岑之詩悲壯，讀之使人感慨。孟郊之詩刻苦，讀之使人不懽。玉川之怪異，長吉之瑰詭，天地間自欠此體不得。韓退之《琴操》極高古，正是本色，非唐諸賢所及。釋皎然之詩在唐僧之上。唐詩僧，有法震、法照、無可、護國、靈一、清江、不特、無本、齊己、貫休也。集句惟荆公最長。《胡笳十八拍》混然天成，絶無痕跡，如蔡文姬肝肺間流出。擬古惟江文通最長，擬淵明似淵明，擬康樂似康樂，擬左思似左思，擬郭璞似郭璞，獨擬李都尉一首，不似西漢耳。雖謝康樂擬鄴中諸子之詩，亦氣象不類。至於劉玄休《擬行行重行行》等篇，鮑明遠《代君子有所思》之作，仍是自體耳。和韻最害人詩，古人酬唱不次韻，此風始盛于元白皮陸。而本朝諸賢，乃以此而鬭工，遂至往復有八九和者。孟郊之詩，憔悴枯槁，其氣局促不伸。退之許之如此何耶？詩道本正大，孟郊自爲之艱阻耳。孟浩然諸公之詩，諷味之久，有金石宫商之聲。唐人七言律詩，當以崔顥《黄鶴樓》爲第一。唐人好詩多是征戍、遷謫、行旅、離别之作，往往尤能感動人意。蘇子瞻詩：「幸有弦歌曲，可以喻中懷。請爲遊子吟，泛泛一何悲。絲竹厲清聲，慷慨有餘哀。長歌正激烈，中心愴以摧。欲展清商曲，念子不能歸。」今人觀之，必以爲一篇重複之甚，豈特如蘭亭絲竹絃歌之語耶。古詩正不當以此論也。十九首「青青河畔草，鬱鬱園中柳。盈盈樓上女，皎皎當窗牖。娥娥紅粉粧，纖纖出素手」，一連六句皆用疊字在首，今人必以爲句法重複之甚。古詩正不當以此論也。任昉《哭范僕射詩》一首，中凡兩用生字韻，三用情字韻。「夫子值狂生」「千齡萬恨生」，猶是兩義。「猶我故人情」「生死一交情」「欲以遣離情」，三字皆同一意。《天厨禁臠》謂平韻可重押，若或平或仄韻則不可。彼以《八仙歌》言之耳，何見之陋耶？《詩話》謂東坡兩耳字韻，二耳義不同，故可重押，亦非也。劉公幹《贈五官中郎將詩》：「昔我從元后，整駕至南鄉。過彼豐沛都，與君共翱翔。」「元后」蓋指曹操，「至南鄉」謂伐劉表之時，「豐沛都」喻曹譙郡也。王仲宣《從軍詩》云：「籌策運帷幄，一由我君聖。」亦指操也。又曰：「竊慕負鼎翁，願厲朽鈍姿。」是欲效伊尹負鼎干湯以伐夏也。是時漢帝尚存，而二子之言如此。一曰「元后」，一曰「聖君」，正與荀彧比曹操爲高光同科，春秋誅心之法，二子其何逃。古人贈答，多相勉之詞。蘇子卿云：「願君崇令德，隨時愛景光。」李少卿云：「努力崇明德，皓首以爲期。」劉公幹云：「勉哉修令德，北面自寵珍。」杜子美云：「君若登台輔，臨危莫愛身。」往往此意。高達夫《贈王徹》云：「吾知十年後，季子多黃金。」此何足道？又甚于以名位期人者，此達夫偶然漏逗處也。

臞翁詩評：因暇日與弟姪輩評古今諸名詩。魏武帝如幽燕老將，氣韻沉雄；曹子建如三河少年，風流自賞；鮑明遠如飢鷹獨出，奇矯無前；謝康樂如東海揚帆，風日流麗；陶彭澤如絳雲在霄，舒卷自如；王右丞如秋日芙蕖，倚風自笑；韋蘇州如園客獨繭，暗合音徽；孟浩然如洞庭始波，木葉微脱；杜牧之如銅丸走坂，駿馬注坡；白樂天如山東父老課農桑，言言皆實；元微之如李龜年説天寶，遺事貌悴而神不傷；劉夢得如鏤冰雕瓊，流光自照；李太白如劉安鷄犬，遺響白雲，覈其歸存，恍無定處；韓退之如囊沙背水，惟韓信獨能；李長吉如武帝食露盤，無補多慾；　孟東野如理泉斷劍，臥壑寒松；　張籍如優工行鄉飲，醻獻秩如，時有詼氣；　柳子厚如高秋獨眺，霽晚孤吹；　李義山如百寶流蘇，千絲鐵網，綺密環妍，要非適用。　本朝蘇東坡，如掘注天潢，倒運滄海，變眩百怪，終歸雄渾；　歐公如四瑚八璉，止可施之宗廟；　荆公如鄧艾縱兵入蜀，要以險絶爲功；　山谷如陶弘景祇詔入宫，析理談玄，而松風之夢故在；　梅聖俞如關河放溜，瞬息無聲；　秦少遊如時女步春，終傷婉弱；　後山如九皋獨唳，深林孤芳，沖寂自妍，不求識賞；　韓子蒼如梨園按樂，排比得倫；　吕居仁如散聖安禪，自能奇逸。　其他作者未易殫陳，獨唐杜工部如周公制作，後世莫能擬議。

李杜蘇黄詩體：「問君何意栖碧山，笑而不答心自閑。桃花流水窅然去，別有天地非人間。」又：「相隨遥遥訪赤城，三十六曲水回縈。一溪初入千花明，萬壑度盡松風聲。」此李太白詩體也。「麒麟圖畫鴻雁行，紫極出入黄金印。」又：「白摧朽骨龍虎死，黑入太陰雷雨垂。」又：「指揮能事回天地，訓練强兵動鬼神。」又：「路經灩澦雙蓬鬢，天入滄浪一釣舟。」此杜子美詩體也。「明月易低人易散，歸來呼酒更重看。」又：「當其下筆風雨快，筆所未到氣已吞。」又：「醉中不覺度千山，夜聞梅香失醉眠。」又《李白畫像》：「西望太白横峨岷，眼高四海空無人。大兒汾陽中令君，小兒天台坐忘身。平生不識高將軍，手涴吾足乃敢嗔。」此東坡詩體也。「風光錯綜天經緯，草木文章帝杼機。」又：「澗松無心古鬚鬣，天球不琢中粹温。」又：「見呼不蘇驢失腳，猶恐醒來有新作。」此山谷詩體也。

宋中興詩評：自隆興以來，以詩名，林謙之、范至能、陸務觀、尤延之、蕭東夫。近時後進有張鎡功父、趙蕃昌父、劉翰武子、黄景説巖老、徐似道淵子、項安世平甫、鞏豊仲至、姜夔堯章、徐賀恭仲、汪經仲權，前五人皆有詩集傳世。嘗稱尤延之有云：「去年江南荒，趁逐過江北。江北不可住，江南歸未得。」有《寄友人》云：「胸中襞積千般事，到得相逢一語無。」又《台州秩滿而歸》云：「送客漸稀人漸遠，歸途應減兩三程。」東夫《飲酒》云：「信腳到太古」。

《登岳陽樓》：「不作愴忙去，真成浪蕩遊。三年夜郎客，一拖洞庭秋。得句鷺飛去，看山天盡頭。猶嫌未奇絶，更上岳陽樓。」又：「荒村三月不肉味，併與瓜茄倚閣休。造物于人相補報，問天賒得一山秋。」至能有云：「月從雪後皆奇夜，天到梅邊有別春。」功父云：「斷橋斜取路，古寺未關門。」絶似晚唐人。《詠金林禽花》云：「梨花風骨杏花粧。」《黄薔薇》云：「已從槐借葉，更染菊爲裳。」寫物之工如此。余歸自金陵，功父送末章云：「何時重來桂隱軒，爲我醉倒春風前。看人唤作詩中仙，看人唤作飲中仙。」此詩超然矣。昌父云：「紅葉連村雨，黄花獨徑秋。詩窮真得瘦，酒薄不禁愁。」武子云：「自鋤明月種梅花。」又云：「吹入征鴻數字秋。」淵子云：「煖分煨芋火，明借績麻燈。」又：「客路三千零五十，向人猶自説歸來。」平甫《題釣臺》：「醉中偶爾閑伸脚，更被劉郎賣作名。」恭仲云：「碎斫生柴爛煮詩。」又有姚宋佐輔之一絶句云：「梅花得月太清生，月到梅花越樣明。梅月蕭疏兩奇絶，有人踏月繞花行。」僧顯萬亦能詩：「萬松嶺上一間屋，老僧半間雲半間。三更雲去作行雨，回頭方羡老僧閑。」又梅詩：「探支春色墻頭朶，闌入風光竹外稍。」又：「河横星斗三更後，月過梧桐一丈高。」又有《寵右甫者使虜過汴京》云：「蒼龍寺觀東風外，黄道星辰北斗邊。月照九衢平似水，胡兒吹笛内門前。」

評苦吟句蹈襲句：陳去非嘗謂唐人皆苦思作詩，所謂「吟安一個字，拈斷數莖鬚」「句向夜深得，心從天外歸」「蟾蜍影裏清吟苦，舴艋舟中白髮生」之類者是也。故造語皆工，得句皆奇，但韻格不高，故不能參少陵之逸步。後之學詩者儻能取唐人語而掇入少陵繩墨步驟中，此速肖之術也。余嘗以此語葉少藴，藴云：「李益詩云『開門風動竹，疑是故人來』，沈亞之詩云『徘徊花上月，虚度可憐宵』，皆佳句也。鄭谷掇取而用之，乃云『睡輕可忍風敲竹，飲散那堪月在花』，真可與李沈作僕奴。由是論之，作詩者興致先自高遠，則去非之言可用。儻不然，便與鄭都官無異。」「欲識爲詩苦，愁霜若在心。」（杜牧之）

四雨：介甫云：「『梨花一枝春帶雨』，『桃花亂落如紅雨』，『珠簾暮捲西山雨』，皆警句也。然不若『院落深沉杏花雨』爲佳。」予謂「杏花雨」固佳，然而「梨花院落溶溶月，柳絮池塘淡淡風」却于風月上寫出柳絮梨花，尤有精神。然嘗轉移兩句作「溶溶院落梨花月，淡淡池塘柳絮風」，此杜老「紅稻啄餘鸚鵡粒，碧梧棲老鳳凰枝」格也。（休齋）

蘇呂句優劣：蘇子美詩：「笠澤鱸肥人膾玉，洞庭橘熟客分金。」呂吉甫詩：「魚出清波庖膾玉，菊含寒露酒浮金。」蘇勝于呂，蓋「人」「客」兩字雖無亦可。

先句爲佳：曼卿一日春初，見階砌初生之草，其屈如鈎，而顔色未變，因得一句云：「草屈金鈎緑未回。」遂作《早春》一篇，旬日方足成曰：「檐垂冰筯晴先滴，草屈金鈎緑未回。」其不逮先得之句遠甚，始知詩人一篇之中，率是先得一聯或一句其最警拔者是也。（《桐江詩話》）

晦翁論垓下帳中之歌：項羽所作垓下帳中之歌，其詞慷慨激烈，有千載不平之餘憤，若其成敗得失，則亦可以爲強不知義者之深戒。

論詩貴乎似：學詩者貴乎似，論似者可以言盡耶？少陵《春水生》二詩云：「二月六夜春水生，門前小灘渾欲平。鸕鷀鸂鶒莫漫喜，吾與汝曹俱眼明。」「一夜水高二尺強，數日不敢更禁當。南市津頭有船賣，無錢即買繫籬傍。」曾空青《清樾軒》二詩云：「臥聽灘聲瀧瀧流，冷風凄雨似深秋。江邊石上鳥白樹，一夜水長到稍頭。」「竹間嘉樹密扶疏，異鄉物色似吾廬。清曉開門出負水，已有小舟來賣魚。」似耶？不似耶？學詩者不可以不辨。（廣信章泉趙蕃昌文）

論淵明之詩：陶淵明天資既高，趣詣又遠，故其詩散而莊，澹而腴，斷不容作邯鄲步也。東坡云：「古人有擬古之作，未有追和古人者，追和古人則始于吾和陶詩。吾于詩人無所甚好，獨好淵明之詩。淵明作詩不多，然其詩質而實綺，癯而實腴，自曹劉鮑謝李杜諸人皆莫及也。」山谷云：「寧律不諧而不使句弱，寧用字不工而不使語俗。此庾開府之所長也，然有意于爲詩也。至于淵明，則所謂不煩繩削而自合也。雖然，巧于斧斤者多疑其拙，窘于撿括者輒病其放，孔子曰：『甯武子其智可及也，其愚不可及也。』淵明之拙與放，豈可與不知者道哉？」又曰：「淵明之詩當與一丘一壑者共之耳。故著明之。」

論白樂天之詩：《冷齋夜話》云：「白樂天每作詩，令一老嫗解之，問曰解否。嫗曰解，則録之；不解，則又復易之。故唐末之詩，近于鄙俚。」又張文潛云：「世以樂天詩爲得于容易。予嘗于洛中一士人家，見白公詩，草數紙，點竄塗抹，及其成篇，殆于初作不侔。」《苕溪漁隱》曰：「樂天詩雖涉淺近，不至盡如《冷齋》所云。予舊嘗于一小説中曾見此説，心不然之。惠洪乃取而載之詩話，是豈不思詩至于老嫗解，烏得成詩也哉？」予故以文潛所言正其謬耳。

銖兩不差：晚唐詩句尚切對，然氣韻甚卑。鄭棨《山居》云：「童子病歸去，鹿麑寒入來。」自謂銖兩輕重不差。有人作《梅花》詩云：「強半瘦因前夜雪，數枝愁向曉來天。」對屬雖偏，亦有佳處。（《詩史》）

【校記】

［一］入，成化本作「之」。

［二］注：原缺「北人」二字，據《詩人玉屑》卷一補，成化本缺。

［三］典重，成化本作「典麗」。

詩學權輿　卷之十[一]

歌　謡

擊壤歌　陶唐老人

日出而作，日入而息。鑿井而飲，耕田而食。帝力於我何有哉？

堯仁如天，廣大不測，故當時之民出作入息，耕食鑿飲，陶然治化之中，而莫知帝力之所致也如此。○按：《逸士傳》堯時有老人擊壤而歌，壤以木爲之，長三四寸，先側一壤于地，遥以手壤擊中者爲上。

南風歌　虞舜

南風之薰兮，可以解吾民之愠兮。南風之時兮，可以阜吾民之財兮。

四時之風，惟南風以長養爲德。帝舜恭已，南面之時，故託五弦之琴，歌南風之詩，以解愠阜財者。蓋欲宣布天道長育之德於民，此所以致無爲之治也。夫豈偶然也耶？

採薇歌　伯夷叔齊

登彼西山兮，采其薇矣。以暴易暴兮，不知其非矣。神農虞夏忽没兮，我安適歸矣。吁嗟徂兮，命之衰矣。

西山，即首陽山也。薇，《説文》：菜也。詩：「山有蕨薇是也，取其根洗粉食之，其苗則以爲菜。」上「暴」字謂武王，下「暴」字指紂。神農氏、有虞氏、夏后氏，皆古之聖人也。「安適歸」猶云無所歸往也，徂往也。按：武王伐紂，伯夷叔齊叩馬而諫，不從其後。天下歸周，夷齊耻食周粟，隱于首陽，采薇而食。故賦此歌以見志云。

易水歌　荆軻

風蕭蕭兮易水寒，壯士一去兮不復還。

《易水歌》者，燕刺客荆軻之所作也。燕太子丹患秦攻伐諸侯無已時，使荆軻奉督亢之圖，樊於期之首，入秦刺秦王。將發，太子及賓客皆白衣冠，以送之至易水上。既祖取道，高漸離擊筑，荆軻和而歌，爲變徵之聲，士皆垂淚涕泣。又前而歌復爲羽聲慷慨，士皆嗔目，髮盡上指冠，於是荆軻就車而去。夫軻匹夫之勇，其事無足言，然於此可以見秦政之無道，燕丹之淺謀，而天下之勢已至於此，雖使聖賢復生亦未知其何以安之也。且以其詞悲壯激烈，非楚而楚，有足觀者，於是録之，它固不遑深論云。

大風歌　漢劉季

大風起兮雲飛揚，威加海内兮歸故鄉，安得猛士兮守四方？

漢高作此，蓋見明良風雲慶會，以致一代之興也，欲歸故鄉，復思得猛士以守四方，正所謂安不忘危也。文中子曰：「大風，安不忘危，其伯心之存乎。漢之所以有天下，而不能爲三代之王，其以是夫。然自千載以來人主之詞，亦未有若是其壯麗而奇偉者也。嗚呼！雄哉！」〇按：漢高破黥布於會缶之瑞切，還過沛，留置酒。沛公悉召故人父老子弟佐酒，酒酣，上擊筑自歌，令子弟皆歌。上乃起舞忼慨傷懷，泣數行下曰：「游子悲故鄉，吾雖都關中，萬歲之後，吾魂魄猶思沛。」因以沛爲湯沐邑，復其民世世無有所與也。

垓下歌　項羽

力拔山兮氣蓋世，時不利兮騅不逝。騅不逝兮可奈何，虞兮虞兮奈若何。

楚王項羽，爲漢軍所圍，度不能自脱，廼悲歌忼慨，自爲此歌，其詞激烈，有千載不平之餘憤。「拔山蓋世」言其平素之氣雄材富，非人所及。「騅」，駿馬，羽常騎者。虞氏，美人，常幸從者。羽之志如此，亦雄矣。若其成敗得失，亦可以爲強不知義者之深戒云。○按：《史記》漢王大會諸侯以伐楚，羽壁垓下，軍少食盡，漢軍圍之數重，羽夜聞漢軍四面皆楚聲，乃驚曰：「漢皆已得楚乎？是何楚人多也？」起飲帳中，悲歌數曲，虞美人和之。羽泣下數行，左右皆泣。羽遂上馬潰圍南出，漢追及之，遂自剄。

扶風歌　劉琨越石

朝發廣莫門，暮宿丹水山叶輸旃反。左手彎繁弱，右手揮龍淵。顧瞻望宮闕，俯仰御飛軒。據鞍長歎息，淚下如流泉。繫馬長松下，發鞍高嶽頭。烈烈悲風起，泠泠澗水流。揮手長相謝，哽咽不能言。浮雲爲我結，歸鳥爲我旋。去家日已遠，安知存與亡。慷慨窮林中，抱膝獨摧藏。麋鹿遊我前，猿猴戲我側。資粮既乏盡，蕨薇安足食。攬轡命徒侶，吟嘯絶巖中。君子道微矣，夫子固有窮。惟昔李搴旗，寄在匈奴庭。忠信反獲罪，漢武不見明。我欲竟此曲，此曲悲且長。棄置勿重陳，重陳令心傷。

扶風，地名，蓋古曲而琨擬之。按：晉有扶風郡，在今陝西鳳翔府。廣莫門，洛陽城北門也。丹水，按：《漢書》出高都縣莞谷，高都即澤州之晉城縣。今澤州有省冤谷，秦將坑趙卒於此，積血三尺，川爲之丹，故名丹水。龍淵，劍名。發鞍，自此起也。山之高者亦謂之嶽，此指太行而言。結，糾結也。摧藏，困處之貌。絶，峭極也。李搴旗，張銑曰：「謂李陵也。」蓋兵家以斬將搴旗爲能，故以此目之，忠信云者，謂陵不得已而降，實執忠信之節，欲刼匈奴以報漢也。○越石既失并州，遂奔薊依段匹磾。聞元帝渡江，讀右司馬温嶠奉表詣建康勸進。嶠屢求反命，而朝廷不許。故有是作。首一節，言初赴并州，有顧瞻戀闕之情。次言將陟太行之險，而與送者謝別，有哽咽悲傷之意。中敘去家既久，屢致喪敗，不免奔竄窮困，而有君子道微之歎。末章之意謂雖託身鮮卑，其實相與歃血同盟，翼戴晉室，今不見信，則亦無如之何矣。不敢斥言其君，故借李陵爲喻，而反覆歎息之也。

把酒問月歌　李白

青天有月來幾時？我今停杯一問之。人攀明月不可得，月行却與人相隨。皎如飛鏡臨丹闕，緑煙滅盡清輝發。但見霄從海上來，寧知曉向雲間没。白兔擣藥秋復春，姮娥孤栖與誰鄰。今人不見古時月，今月曾經照古人。古人今人若流水，共看明月皆如此。惟願當歌對酒時，月光長照金樽裏。

李翰林平生以心事付杯酒，把酒問月之篇，對景舒懷，適情達理，蓋其氣豪，故其文亦豪也。

浩浩歌　馬子才

浩浩歌，天地萬物如吾何？用之解帶食太倉，不用拂枕眠山阿。君不見渭川漁父一竿竹，莘野耕叟數畝禾。喜來起作商家霖，怒後便把周王戈。又不見子陵横足加帝腹，帝不敢動豈敢訶。皇天爲忙迫，星宿相襲摩。可憐相府癡，故請先經過。浩浩歌，天地萬物如吾何？屈原枉死汨羅水，夷齊空餓西山坡。丈夫犖犖不可羈，有身何用自滅磨。吾觀聖賢心，自樂豈有他。蒼生如命窮，吾道成蹉跎。直須爲弔天下人，何必慊恨傷丘軻。浩浩歌，天地萬物如吾何？玉堂金馬在何處，雲山石室高嵯峨。低頭欲耕地雖少，仰面長嘯天何多。請君醉我一斗酒，紅光入面春風和。

浩然之氣，形于歌詠，故曰《浩浩歌》。漁父指吕望，耕叟謂伊尹。嚴光横足帝腹，光武亦不至怒，以其能忘貴賤之勢。上天垂象，亦爲之忙迫以示變異。屈原不甘讒謗，而死于汨羅江；伯夷叔齊耻食周粟，而死于首陽山。皆不能處變安常，徒自磨滅其身耳。大意謂大丈夫生世當與天地萬物爲一體，無纖芥凝滯于胸中，用則坐享榮禄，不用則高枕林泉。若稍容心於進退，則非浩然之意矣。終篇歌詠，以富貴榮華不啻如好音之過耳。讀此則凡貪名逐利者，能不知所警乎？

短檠歌　韓愈

長檠八尺空自長，短檠二尺便且光。黄簾緑幕朱户閉，風露氣入秋堂涼。裁衣寄遠淚眼暗，搔頭頻挑移近床。太學儒生東魯客，二十辭家來射策。夜書細字綴語言，兩目眵昏頭雪白。此時提挈當案前，看書到曉那能眠。一朝富貴還自恣，長檠高張照珠翠。吁嗟世事無不然，墻角君看短檠棄。

昌黎作短檠之歌，警世之辭也。世之學者，未達之前勤於燈窗，固嘗有之。一日功名入乎，聲色是耽。昔照簡編，今照珠翠，良可歎也。終篇警策，味意深長。

康衢謡

立我烝民，莫匪爾極。不識不知，順帝之則。

《爾雅》：「五達謂之康，四達謂之衢。」謡即所謂徒歌而通乎里俗者。立，成立也。烝，衆也。莫匪，猶云無非也。爾，助語。極，至也。至極標準之名，所謂建極是也。帝指堯。則，法也。○按：《列子》：「《康衢謡》以爲堯不知天下治否，乃微服遊康衢，聞見童之謡如此。」

箜篌謡　李白

登天莫攀龍，走山莫騎虎。貴賤結交心不移，惟有嚴陵及光武。周公稱大聖，管蔡寧相容。漢謡一斗粟，不與淮南舂。兄弟尚路人，吾心安所從。他人方寸間，山海幾千重。輕言託朋友，對面九疑峯。多花必早落，桃李不如松。管鮑久已死，何人繼其蹤。

此謡蓋論人結交之義，當窮通一致，久要不忘，故援引子陵光武，管仲鮑叔爲説，以見古人道義之心無貴富賤貧之異，宜爲萬世法也。中引管叔、蔡叔、周公、淮南之事明之，以見雖骨肉至親亦不相容，況外交可保其終乎？復以寸心山海對面九疑爲喻，其亦可謂善于諷喻矣。然周公之事，處其變不失其常，讀者不以辭害意可也。○按：箜篌，樂器名，其狀如琴。應劭云：「漢武帝令樂人侯調造此，因姓而得名。然韻書字皆從竹，未詳。」

騷辭賦銘

離騷[一]　屈原

帝高陽之苗裔兮，朕皇考曰伯庸。攝提貞于孟陬兮，惟庚寅吾以降。皇覽揆余初度兮，肇錫余以嘉名。名余曰正則兮，字余曰靈均。紛吾既有此内美兮，又重之以修能。扈江離與辟芷兮，紉秋蘭以爲佩。汩余若將不及兮，恐年歲之不吾與。朝搴阰之木蘭兮，夕攬洲之宿莽。日月忽其不淹兮，春與秋其代序。惟草木之零落兮，恐美人之遲暮。不撫壯而棄穢兮，何不改乎此度。騏驥以馳騁兮，來吾導夫先路。昔三后之純粹兮，固衆芳之所在。雜申椒與菌桂兮，豈惟紉夫蕙茝。彼堯舜之耿介兮，既遵道以得路。何桀紂之昌被兮，夫唯捷徑以窘步。惟黨人之偷樂兮，路幽昧以險隘。豈余身之憚殃兮，恐皇輿之敗績。忽奔走以先後兮，及前王之踵武。荃不揆余之中情兮，反信讒而齋怒。余固知謇謇之爲患兮，忍而不能舍也。指九天以爲正兮，夫惟靈修之故也。曰黄昏以爲期兮，羌中道而改路。初既與余成言兮，後悔遁而有他。余既不難夫離别兮，傷靈修之數化。余既滋蘭之九畹兮，又樹蕙之百畮。畦留荑與揭車兮，雜杜蘅與芳芷。冀枝葉之峻茂兮，願竢時乎吾將刈。雖萎絶其亦何傷兮，哀衆芳之蕪穢。衆皆競進以貪婪兮，憑不厭乎求索。羌内恕己以量人兮，各興心而嫉妬。忽馳騖以追逐兮，非余心之所急。老冉冉其將至兮，恐脩名之不立。朝飲木蘭之墜露兮，夕飡秋菊之落英。苟余情其信姱以練要兮，長顑音坎頷音敢亦何傷。掔水根以結茝兮，貫薜荔之落蕊。矯菌桂以紉蘭兮，索胡繩之纚纚。謇吾法夫前修兮，非世俗之所服。雖不周于今之人兮，願依彭咸之遺則。長太息以掩涕兮，哀民生之多艱。余雖好修姱以鞿音机羈兮，謇朝誶而夕替。既替余以繐纕兮，又申之以攬茝。亦余心之所善兮，雖九死其猶未悔。怨靈修之浩蕩兮，終不察夫民心。衆女嫉余之蛾眉兮，謠諑謂余以善淫。面時俗之工巧兮，偭規矩而改錯。背繩墨以追曲兮，競周容以爲彦。忳鬱邑余侘傺兮，吾獨窮困乎此時也。寧溘死以流亡兮，余不忍爲此態也。鷙鳥之不羣兮，自前世而固然。何方圜之能周兮，夫孰異道而相安。屈心而抑志兮，忍尤而攘詬。伏清白以死旨兮，固前聖之所厚。悔相道之不察兮，延佇乎吾將反。回朕車以復路兮，及行迷之未遠。步余馬於蘭皐兮，馳椒丘且焉止息。進不入以離尤兮，退將復修吾初服。製芰荷以爲衣兮，集芙蓉以爲裳。不吾知其亦已兮，苟余情其信芳。高余冠之岌岌兮，長余佩之陸離。芳與澤其雜糅兮，唯昭質其猶未虧。忽反顧以游目兮，將往观乎四荒。佩繽紛其繁飾兮，芳菲菲其彌章。民生各有所樂去聲兮，余獨好修以爲常。雖體解吾猶未變兮，豈余心之可懲。女嬃之嬋媛兮，申申其詈予。曰鮌婞直以亡身兮，終然殀乎羽之野。汝何博謇而好修兮，紛獨有此好節。薋籙葹以盈室兮，判獨離而不服。衆不可户説兮，孰云察余之中情。世並舉而好朋兮，夫何煢獨而不余聽。依前聖以節中兮，喟憑心而歷茲濟。沅湘以南征兮，就重華而敶詞。啓九辯與九歌兮，夏康娱以自縱。不顧難以圖後兮，五子用失乎家衖。羿淫遊以佚畋兮，又好射夫封狐。固亂流其鮮終兮，浞又貪夫厥家。澆身被服强圉兮，縱欲而不忍。日康娱而自忘兮，厥首用夫顛隕。夏桀之常違兮，乃遂焉而逢殃。后辛之菹醢兮，殷宗用之不長。湯禹儼而祗敬兮，周論道而莫差。舉賢才而授能兮，循繩墨而不頗。皇天無私阿兮，覽民德焉錯輔。夫維聖哲之茂行兮，苟得用此下土。瞻前而顧後兮，相觀民之計極。夫孰非義而可用兮，孰非善而可服。阽余身而危死兮，覽余初其猶未悔。不量鑿以正枘兮，固前修以菹醢。歔欷余鬱邑兮，哀朕時之不當。攬茹蕙以淹涕兮，霑余襟之浪浪。跪敷衽以陳詞兮，耿吾既得此中正。駟玉虬以椉鷖兮，溘埃風余上征。朝發軔于蒼梧兮，夕余至乎縣音玄圃。欲少留此靈瑣兮，日忽忽其將暮。吾令羲和弭節兮，望崦嵫而勿迫。路曼曼其修遠兮，吾將上下而求索。飲余馬於咸池兮，總余轡乎扶桑。折若木以拂日兮，聊逍遥以相羊。前望舒使先驅兮，後飛廉使奔屬叶赴。鸞鳳爲余先戒兮，雷師告余以未具。吾令凰鳥飛騰兮，繼之以日夜。飄風屯其相離兮，帥雲霓而來御。紛總總其離合兮，斑陸離其上下。吾令帝閽開關兮，倚閶闔而望予。時曖曖其將罷兮，結幽蘭而延佇。世溷濁而不分兮，好蔽美而嫉妒。朝吾將濟於白水兮，登閬風而緤馬。忽反顧以流涕兮，哀高丘之無女。溘吾遊此春宫兮，折瓊枝以繼佩。及榮華之未落兮，相下女之可詒。吾令豐榮椉雲兮，來宓妃之所在。解佩纕以結言兮，吾令蹇修以爲理。紛總總其離合兮，忽緯繣其難遷。夕歸次于窮石兮，朝濯髮乎洧盤。保厥美以驕傲兮，日康娱以淫遊。雖信美而無禮兮，來違棄而改求。覽相觀於四極兮，周流乎天余。乃下望瑶臺之偃蹇兮，見有娀之佚女。吾令鴆爲媒兮，鴆告余以不好。雄鳩之鳴逝兮，余猶惡其佻巧。心猶豫而狐疑兮，欲自適而不可。鳳皇既受詒兮，恐高辛之先我。欲遠集而無所止兮，聊浮游以逍遥。及少康之未家兮，留有虞之二姚。理弱而媒拙兮，恐導言之不固。世溷濁而嫉賢兮，好蔽美而稱惡。閨中既以邃遠兮，哲王又不寤。懷朕情而不發兮，余焉能忍而與此終古。索藑茅以筳篿兮，命靈氛爲余占之。曰兩美其必合兮，孰信修而慕之。思九州之博大兮，豈惟是其有女。曰勉遠逝而無狐疑兮，孰求美而釋女。何所獨無芳草兮，尔何懷乎故宇。世幽昧以眩曜兮，孰云察余之善惡。民好惡其不同兮，惟此黨人其獨異。户服艾以盈要兮，謂幽蘭其不可佩。覽察草木其猶未得兮，豈珵美之能當。蘇糞壤以充幃兮，謂申椒其不芳。欲從靈氛之吉占兮，心猶豫而狐疑。巫咸將夕降兮，懷椒糈而要之。百神翳其備降兮，九疑繽其並迎。皇剡剡其揚靈兮，告余以吉故。曰勉陞降以上下兮，來榘矱之所同。湯禹儼而求合兮，摯咎繇而能調。苟中情其好修兮，又何必用夫行媒。説操築於傅岩兮，武丁用而不疑。吕望之鼓刀兮，遭周文而得舉。寧戚之謳歌兮，齊桓聞以該輔。及年歲之未晏兮，時亦猶其未央。恐鵜鴂之先鳴兮，使夫百草爲之不芳。何瓊佩之偃蹇兮，衆薆然而蔽之。惟此黨人之不諒兮，恐嫉妬而折之。時繽紛以變易兮，又何可以淹留。蘭芷變而不芳兮，荃蕙化而爲茅。何昔日之芳草兮，今直爲此蕭艾也。豈其有他故兮，莫好修之害也。余以蘭爲可恃兮，羌無實而容長。委厥美以從俗兮，苟得列乎衆芳。椒專佞以慢慆兮，樧又欲充夫佩幃。既干進以務入兮，又何芳之能祗。固時俗之流從兮，又孰能無變化。覽椒蘭其若兹兮，又況揭車與江離。惟兹佩之可貴兮，委厥美而歷兹。芳菲菲而難虧兮，芬至今其猶未沫。和調度以自娱兮，聊浮游而求女。及余飾之方壯兮，周流觀乎上下。靈氛既告余以吉占兮，歷吉日乎吾將行。折瓊枝以爲羞兮，精瓊靡以爲粻。爲余駕飛龍兮，雜瑶象以爲車。何離心之可同兮，吾將遠逝以自疏。邅吾道夫崑崙兮，路修遠以周流。揚雲霓之晻藹上藹兮，鳴玉鸞之啾啾。朝發軔于天津兮，夕余至乎四極。鳳凰翼其承旂兮，高翺翔之翼翼。忽吾行此流沙兮，遵赤水而容與。麾蛟龍以梁津兮，詔西皇使涉予。路修遠以多艱兮，騰衆車使徑待。路不周以左轉兮，指西海以爲期。屯余車其千乘兮，齊玉軑音大而並馳。駕八龍之蜿蜿兮，載雲旗之委蛇。抑志而弭節兮，神高馳之邈邈。奏九歌而舞韶兮，聊假日以媮樂。陟陞皇之赫戲兮，忽臨睨夫舊鄉。僕夫悲余馬懷兮，蜷局顧而不行。亂曰：已矣哉，國無人兮，莫我知兮。又何懷乎故都？既莫足與爲美政兮，吾將從彭咸之所居。

離，遭也。擾動曰騷。晦翁云：「原名平，與楚同姓，仕懷王，爲三閭大夫，與王圖政，鑒察羣下，應對諸侯。同列上官大夫及用事臣靳尚妬其能，譖之，王疏原。原乃作《離騷》，上述唐虞三后，下序桀紂羿澆，冀君覺悟。是時秦使張儀誘懷王俱會武關，原諫勿行，不聽而往，遂爲拘留，不遣，卒死于秦。襄王立，復聽讒，遷原于江南。原復作《九歌》《九章》《遠遊》《卜居》等篇，冀悟君心，終不見省，不忍見宗國危亡，遂赴汨羅之淵，自沉而死。」

秋風辭　漢武帝

秋風起兮白雲飛，草木黃落兮雁南歸。蘭有秀兮菊有芳，懷佳人兮不能忘。汎樓船兮齊汾河，橫中流兮揚素波。簫鼓鳴兮發櫂歌，惟樂極兮哀情多。少壯幾時兮奈若何？

此漢武帝之作，感時發興於始，言歸紀實于中，而慷慨悲思則形之于篇終。句語不多，而意在言外。前四句兩句換韻，後五句同韻協韻，自成一體。以萬乘之君，得詩人吟詠之趣，其可爲賢也夫。文中子曰：「秋風樂極而哀來，其悔心之萌乎？」信哉。

歸去來辭　陶淵明

歸去來兮！　田園將蕪胡不歸。　既自以心爲形役，奚惆悵而獨悲。　悟已往之不諫，知來者之可追。　實迷途其未遠，覺今是而昨非。　舟摇摇以輕颺，風飄飄而吹衣。　問征夫以前路，恨晨光之熹微。　廼瞻衡宇，載欣載奔。　童僕懽迎，稚子候門。　三徑就荒，松菊猶存。　携幼入室，有酒盈樽。　引壺觴以自酌，眄庭柯以怡顔。　倚南窗以寄傲，審容膝之易安。　園日涉以成趣，門雖設而常關。　策扶老以流憩，時矯首而遐觀。　雲無心以出岫，鳥倦飛而知還。　景翳翳以將入，撫孤松而盤桓。　歸去來兮！　請息交以絶游。　世與我而相違，復駕言兮焉求。　悦親戚之情話，樂琴書以消憂。　農人告余以春及，將有事于西疇。　或命巾車，或棹孤舟。　既窈窕以尋壑，亦崎嶇而經丘。　木欣欣以向釋，泉涓涓而始流。　善萬物之得時，感吾生之行休。　已矣乎！　寓形宇内復幾時？　曷不委心任去留。　胡爲乎遑遑欲何之？　富貴非吾願，帝鄉不可期。　懷良辰以孤往，或植杖以耘耔。　登東皋以舒嘯，臨清流而賦詩。　聊乘化以歸盡，樂夫天命復奚疑。

此辭晉陶靖節淵明所作。　首一節述其歸去來之由：　駕言田園荒蕪，而悟昔者心爲形役，奔逐名利之非。　感迷途未遠，而方來之樂尚可追及。　是以舉棹颺袂，瞻望衡宇，而急于歸去也。　第二節即夫歸去來之景：　蓋撫松菊以見其歲寒之操，託雲鳥以喻其出處之機，而胸次悠然，真能忘其勢利也。　第三節序其歸去來之真樂：　不外乎人倫日用之常事。　第四節要其歸趣，惟在于樂天順命而已。　然詞意夷曠蕭散，雖託楚辭，而無其尤怨之病。　宋歐文忠公云：「兩晉無文章，幸獨有此篇耳。」

弔屈原賦　賈生

恭承嘉惠兮，竢罪長沙。　仄聞屈原兮，自湛汨羅。　造託湘流兮，敬弔先生。　遭世罔極兮，廼隕厥身。　烏虖哀哉兮，逢時不祥。鸞鳳伏竄兮，鴟鴞翺翔。闒茸尊顯兮，讒諛得志。賢聖逆曳兮，方正倒植。謂隨夷溷兮，謂跖蹻廉。莫邪爲鈍兮，鉛刀爲銛。于嗟默默生之無故兮，斡棄周鼎，寶康瓠兮。騰駕罷牛，驂蹇驢兮；驥乘兩耳，服鹽車兮。章甫薦屨，漸不可久兮，嗟苦先生，獨惟此咎兮！誶曰：已矣，國其莫吾知兮，子獨壹鬱其誰語？鳳縹縹而高逝兮，夫固自引而遠去。襲九淵之神龍兮，沕淵潛以自珍。偭蟂獺以隱處兮，夫豈徒蝦與蛭螾？所貴聖之神德兮，遠濁世以自臧古藏字。使麒麟可繫而羈兮，豈云異夫牛羊？般紛紛其離此郵兮，亦夫子之故叶孤也！歷九州而相其君兮，何必懷此都也？鳳凰翔于千仞兮，覽德輝而下之。見細德之險微兮，遥增擊而去之。彼尋常之汙瀆兮，豈容吞舟之魚！横江湖之鱣鯨兮，固將制于螻螘。

生漢文時，出爲長沙王太傅，過湘水投文以吊，因以自喻。晦翁云：「後之君子，高其志，惜其才，而狹其量云。」

秋聲賦　歐陽永叔

歐陽子方夜讀書，聞有聲自西南來者，悚然而聽之，曰：「異哉！」初淅瀝以蕭颯，忽奔騰而砰湃。如波濤夜驚，風雨驟至。其觸于物也，鏦鏦錚錚，金鐵皆鳴。又如赴敵之兵，銜枚疾走，不聞號令，但聞人馬之行聲。予謂童子：「此何聲也？汝出視之。」童子曰：「星月皎潔，明河在天，四無人聲，聲在樹間。」予曰：「噫嘻悲哉！此秋聲也。胡爲而來哉？蓋夫秋之爲狀也，其色慘淡，煙霏雲歛；其容清明，天高日晶；其氣慄冽，砭人肌骨；其意蕭條，山川寂寥。故其爲聲也，凄凄切切，呼號奮發。豐草緑縟而爭茂，佳木葱蘢而可悦。草拂之而色變，木遭之而葉脱，其所以摧敗零落者，乃一氣之餘烈。夫秋，刑官。于時爲陰，於行爲金，是謂天地之義氣，常以肅殺而爲心。天之於物，春生秋實，故其在樂也。商聲主西方之音，夷則爲七月之律。商，傷也。物既老而悲傷。夷，戮也。物過盛而當殺。嗟夫！草木無情，有時飄零，人爲動物，惟物之靈。百憂感其心，萬事勞其形，有動于中，必摇其精，而況思其力之所不及，憂其智之所不能。宜其渥然丹者爲槁木，黟然黑者爲星星。奈何非金石之質，欲與草木而爭榮。念誰爲之戕賊，亦何恨乎秋聲？」童子莫對，垂頭而睡。但聞四壁蟲聲唧唧，如助予之嘆息。

此賦模寫工，轉折妙，悲壯頓挫，無一字塵涴，自是文中菁翹者。祝氏曰：「此等賦自《卜居》《漁父》篇來，歐陽公專以此爲宗，其賦專尚文體，以掃積代俳律之弊，于三百篇吟詠，性情之流風遠矣。」

感春賦　朱熹

觸世途之幽險兮，攬余轡其安之。慨埋輪而縶馬兮，指故山以爲期。仰皇鑒之昭明兮，眷余衷其猶未替。抑重巽于既中兮，狥耕野之初志。自余之既歸兮，畢藏英而發春。潛林廬以靜處兮，闃蓬户其無人。彼塵編以三復兮，悟往哲之明訓。嗒掩卷以忘言兮，納遐情于方寸。朝吾蹤履而歌商兮，夕又賡之以清琴。夫何千載之遥遥兮，乃獨有會于余心。忽嚶鳴其悦豫兮，仰庭柯之葱蒨。悼芳月之既徂兮，思美人而不見。彼美人之修嫭兮，超獨處乎明光。結丹霞以爲綬兮，佩明月而爲璫。悵佳辰之不可再兮，懷德音之不可忘。樂吾之樂兮，誠不可以終極。憂予之憂兮，孰知吾心之永傷。

晦庵朱子著書立言，以承絶學之緒。文辭特其餘事。若楚人之辭，則末歲亦嘗爲之注釋辯證，以深寓其愛君憂國之誠，匪但尚其辭藻而已也。今觀此賦，蓋其少作，然辭意高遠，雜出風比興之義，是豈當世專志辭章者所能及也？《傳》曰：「有德者必有言。」信哉！

太極賦　黃溍

厥初馮翼以瞢闇兮，維玄黃其孰分。爰揭揭而中立兮，配天地以爲人。曩既學而有志兮，紛逴逴其求索。曰道不可名兮，孰無徵而有獲。緊皇羲之神聖兮，感龍馬之負圖。得妙契于俯仰兮，何有畫而無書。豈至道之玄遠兮，非名言之可摹。懿尼丘之降神兮，廓人文以宣朗。揭日月于中天兮，啓羣昏之罔象。指道妙于難名兮，曰以一而生兩。是謂太極兮，非虛無與惚恍。高下以位兮，天尊地卑。燥濕以類兮，五行順施。南乾北坤兮，西坎東离。萬物錯綜兮，殊鉅細與妍蚩。孰主張是兮，兹一本之所爲。歷兩都而江左兮，胡論說之紛霏。豈清言之弗美兮，去道遠而偉。先哲之獨詣兮，重指掌于無極。揭坐右以爲圖兮，開盲聾于千憶。謂斯道之匪他兮，在夫人而曰誠。幾善惡猶陰陽兮，兹吉凶之所生。嗟奇論之後出兮，穴墻垣爲户牖。析同異于一言兮，或曰無而曰有。猶終不可使薰兮，堊終不可使黝。道惟辯而愈明兮，貽話言于不朽。昔聖門之多賢兮，繽入室而升堂。端木氏之穎悟兮，僅有睹其文章。雖亞聖之挺生兮，猶歎其前後之無方。疇敢索無聲于窅默兮，孰能求無形于渺茫。惟下學而上達兮，炳聖謨之洋洋。諸生之貿貿兮，方鈎深而摘隱。探賜也之未聞兮，誇神奇而捷敏。持空言如繫影兮，曾不滿夫一哂。曰予未有知兮，何太極之敢言。秉思誠之遺訓兮，矢顛沛而弗諼。庶返觀而有得兮，明萬里之一原。申誦言以自詔兮，聊抒意于斯文。

甲寅鄉試，江浙以太極命題，斯實二氣五行之本，繼善成性之原，非若一事一物可以鋪張形容，旁比曲喻以成賦也。故長于辭藻者，多悖理而害義；專于經訓者，率成有韻之文。此篇理趣純熟，音節爽朗，下句命字不失賦家調度，且于太極之義，自源徂流發明，殆無餘蘊。後之賦性理者，不可不知。

克己銘　呂與叔

凡厥有生，均氣同體。胡爲不仁，我則有己。物我既立，私爲町畦。勝心横發，擾擾不齊。大人存誠，心見帝則。初無吝驕，作我蟊賊。志以爲帥，氣爲卒徒。奉辭于天，誰敢侮予。且戰且徠，勝私窒慾。昔爲寇讐，今則臣僕。方其未克，窘我室廬。婦姑勃磎，安取厥餘。亦既克之，皇皇四達。洞然八荒，皆在我闥。孰曰天下，不歸吾仁。瘡痾疾痛，舉切吾身。一日至焉，莫非吾事。顔何人哉？晞之則是。

凡，謂衆人。有己，有私意也。物我，人己。町，田區。畦，田壠。物我界限若町畦之不相通也。横發，謂弗驕順也。擾擾，紛雜貌。帝則，上帝生民之則。吝，鄙嗇。驕，矜肆。食禾根曰蟊，食禾節曰賊。志以卒氣，猶將以令卒徒。伐不庭喻克去私意也。徠，謂懷來其已服者，喻存保其已還之禮也。寇讐，謂理欲相敵也。臣僕，謂私意聽命天理也。室廬，謂心之居内窘困迫也。勃，争也。磎，戾也，出《莊子·外篇》：「一心之中，理欲交争，猶一家之姑婦，返相争戾，然心之私意如此，其餘又安足取哉？」四達，謂四方洞達。八荒，謂八表也。此篇論爲仁，凡八節：一節言凡有生者，同一本原。二節言私心之擾。三節言存誠可以勝私。四節以私心誠心兩段約言之。五節言未克之私。六節言既克之爲仁也。七節原人物一體，照應首章之言。八節言克己必師顔子，則爲人有成矣。惟其以克爲名，故篇中多用「將帥」「卒徒」「寇讐」「臣僕」等語，辭切理明，允爲佳作也。

明州新刻漏銘　王介甫

戊子王公，始治于明。丁亥孟冬，刻漏其成。追謂屬人，嗟汝于銘。自古在昔，挈壺有職。匪器則弊，人已政息。其政謂何，弗棘弗遲。君子小人，與息維時。東方未明，自公召之。彼寧不勤，得罪于斯。厥荒懈廢，乃政之疵。有物有則，謹哉維茲。維茲其中，俾我後思。

戊子，宋仁宗慶曆八年也。王公，王德用也。介甫時爲鄞[三]縣宰，故自稱屬人。挈壺氏，列于周官，曰令軍，并夜觀則漏有四十八箭之法。弗棘，謂不急而躁也。弗遲，謂不緩而惰也。公召，謂人君召之也。〇此銘不別序引，起便協韻，自成一體。首六句以序事由。次四句自爲一韻，諭古今興廢。又四句論興息有節。又四句論遏于勤者之非。又兩句諭息于政者之亦非。末四句結之以勉後之爲政者，當酌乎中也。

【校記】

[一]成化本缺此卷。

[二]底本有注釋，冗長瑣屑不录。

[三]鄞　原作「勤」，誤。

詩學權輿　卷之十一

操

猗蘭操　孔子傷不逢時而作　韓愈

蘭之猗猗，揚揚其香。不采而佩，於蘭何傷？今天之旋，曷[一]爲其然？我行四方，以日以年。雪霜貿貿，薺麥之茂。子如不傷，我不爾覯。薺麥之茂，薺麥之有。君子之傷，君子之守。

貿字，通作瞀陰昏不明之貌。舊註云：「言我如薺麥之茂，當雪霜之不改其操。子如見傷，而用我可也。子如不傷，我無自貶以見子之義。」○朱子嘗爲韓文作考異，惜乎不暇註釋其義，尚使奇詞與旨昧于千載之下。如此篇有三「傷」字，正與題下「傷不逢時」相應。若子如不傷，係於它人，則不唯前後文勢不屬，而命題之本意亦疏緩矣。況又以薺麥自比而遺其蘭，尤爲未然。愚謂首言「不採何傷」者喻君子固當不爲困窮改節也。然聖人與天合德，今天之運行豈爲徒然？蓋有以發育萬物而成四時之功。顧我周流四方既久而道不行，亦安得而不傷哉！夫道既不行，老而益哀，正猶蘭香過時不採，漸至萎瘁。故又指蘭而言，曰當雪霜之時，見薺麥之茂，子寧不傷乎？子如不傷，則我必不見爾而有感也。蓋薺麥之茂者譬諸小人，不審時而進，乃其稟性之固然也。而君子之傷，正由君子遭世變而守困窮。有不容不傷者耳，其反復悼歎之意，不亦深哉！

履霜操　尹吉甫子伯奇無罪，爲後母譖而見逐，自哀自傷作。　韓愈

父兮兒寒，母兮兒飢。兒罪當笞，逐兒何爲？兒在中野，以宿以處。四無人聲，誰與兒語。兒寒何衣？兒飢何食？兒行于野，履霜以足叶子悉反。母生衆兒，有母憐之。獨無母憐，兒寧不悲？

窮而呼天，疾痛而呼父母，皆情有所不能自已。此篇詞氣痛怛，誠足感動人者，使吉甫聞此尚安忍而不顧也耶。

樂府

飲馬長城窟行　古辭

青青河邊草，綿綿思遠道。遠道不可思，宿昔夢見之。夢見在我傍，忽覺在他鄉。他鄉各異縣，展轉不可見。枯桑知天風，海水知天寒。入門各自媚，誰肯相爲言。客從遠方來，遺我雙鯉魚。呼童烹鯉魚，中有尺素書。長跪讀素書，書中竟何如？上有加餐食，下有長相憶。

青青，謂青而又青，迤逶不絶之貌。綿綿，亦不絶之意也。宿昔，猶言昨夜。展轉，皆寐不安席也。媚，親好也。○此言征夫之婦見河邊之草青青不絶，因思其夫行役遠道，又念宿昔，感于夢寐，而展轉之頃已不可見。則其情慮有非它人所能知者，譬猶枯桑摇落，乃知天風；海水曠蕩無障，乃知天寒；不經離别之人，焉知思遠之苦。彼但入門，各自媚好，誰肯相與慰問之乎？惟賴所思之人遠遺素書，使我致敬而讀之，知其勤厚不忘，可以自釋耳。此篇情思深宛，最宜涵詠，其詞雖若斷間，意實相屬，讀者不爲舊註所惑可也。○按：長城，戰國時趙、燕皆嘗築之以備胡，自陰山止遼東，謂之古長城。南北皆有泉窟，漢時征戍之士飲馬于此，乃作

是曲。

長行歌　古辭

青青園中葵，朝露待日晞。陽春布德澤，萬物生光輝。常恐秋節至，焜胡本反黄華葉衰。百川東到海，何時復西歸。少壯不努力，老大徒傷悲。

比也。葵，菜名，常傾葉向日。晞，暴乾也。焜，《説文》云：「煌也。」謂葉變衰而黄，色焜煌也。〇此言人之待時，猶葵之待日。當天下有道，賢者在位，能者在職，莫不各遂所志，而功名顯著。及世運衰，朝不信道，則賢者皆擯棄而銷落。譬之春陽和煦，雨露膏澤之時，萬物莫不暢茂而光輝；至於秋風一起，而華葉變衰矣。且亨嘉之運難逢，進修之功易沮，年與時馳，亦猶百川之赴海，而不復回。苟不自奮而幼學壯行，則老而傷悲，復何及哉？詳此，非惟自勉，亦以勉人也。

陌上桑　古辭

日出東南隅，照我秦氏樓。秦氏有好女，自名爲羅敷。羅敷喜蚕桑，採桑城南隅。少年相怨怒，但坐觀羅敷。一解使君從南來，五馬立踟蹰。使君譴吏往，問是誰家姝。秦氏有好女，自名爲羅敷。羅敷年幾何？二十尚不足，十五頗有餘。使君謝羅敷，寧可共載不？羅敷前致辭，使君一何愚！使君自有婦，羅敷自有夫。二解東方千餘騎，夫婿居上頭。何用識夫婿，白馬從驪駒。青絲繫馬尾，黄金絡馬頭。腰中鹿盧劍，可直千萬餘。十五府小吏，二十朝大夫。三十侍中郎，四十專城居。爲人潔白皙，鬑鬑頗有鬚。盈盈公府步，冉冉府中趨。

坐中數千人，皆言夫婿殊。三解

崔豹《古今注》曰：「《陌上桑》者，秦氏女子名羅敷，爲邑人王仁妻。仁後爲趙王家令。羅敷採桑陌上，趙王見而悅之，因置酒欲奪焉。羅敷乃彈箏，作《陌上桑》之歌以自明，趙王乃止。」

薤露 古辭

薤上露，何易晞。露晞明朝更復落，人死一去何時歸。

蒿里

蒿里誰家地，聚斂魂魄無賢愚。鬼伯一何相催促，人命不得少踟躕。

崔豹《古今注》曰：「《薤露》《蒿里》並喪歌，本出田横門人，言人命奄忽，如薤上之露易晞滅也，亦謂人死魂魄歸于蒿里。至漢武時，李延年分爲二曲，《薤露》送王公貴人，《蒿里》送士大夫庶人，後通謂之挽歌云。」

君子行 古辭

君子防未然，不處嫌疑間。瓜田不納履，李下不整冠。嫂叔不親授，長幼不比肩。勞謙得其柄，和光甚獨難。周公下白屋，吐哺不及餐。一沐三握髮，後世稱聖賢。

《樂府解題》曰：「古辭云『君子防未然』，蓋言遠嫌疑也。」

短歌行　魏武帝

對酒當歌，人生幾何？譬如朝露，去日苦多。慨當以慷，憂思難忘。何以解憂？唯有杜康。青青子衿，悠悠我心。呦呦鹿鳴，食野之苹。我有嘉賓，鼓瑟吹笙。明明如月，何時可輟。憂從中來，不可斷絶。越陌度阡，枉用相存。契闊談讌，心念舊恩。月明星稀，烏鵲南飛。繞樹三匝，何枝可依。山不厭高，海不厭深。周公吐哺，天下歸心。

《樂府解題》曰：「《短歌行》，魏武帝「對酒當歌，人生幾何」。晉陸机「置酒高堂，悲歌臨觴」，皆言當及時爲樂也。」

古詩

勵志四言　張華茂先

太儀斡烏括反運，天迴地游。四氣鱗次，寒暑環周。星火既夕，忽焉素秋。涼風振落，熠燿宵流。

賦也。太儀，陰陽。《易》云「太極生兩儀」是也。斡，轉也。天迴，天繞地左旋，日夜一周也。地游，李善引《河圖》：「地有四游之説，謂四時升降不止也。」星火，心星大火也。夕，以其七月西流，漸下而昏也。熠燿，螢也。見王氏《本草》，流飛行貌。○茂先志欲及時進德修業，故賦此詩以自勵，而併以勉人，首言天運周迴，星氣流易。忽焉至此素秋，則草木摇落而變衰，螢亦化而宵流矣。言此以起下章之思感也。

仁道不遐，德輶如羽。求焉斯至，衆鮮克舉。大猷玄漠，將抽厥緒。先民有作，貽我高矩。

賦也。仁者，心之德也。遐，遠。輶，輕也。猷，道也。玄，微妙。漠，廣大也。抽，引繹也。緒，端也。先民，謂古之聖賢。矩，所以爲方之法也。〇此言仁道在人爲，甚近求焉而無不至；德之在人爲，甚輕但衆人少有能舉之者；蓋道之本體玄漠，未易窺測。然其端緒發見，則有如惻隱、羞惡、辭讓、是非者，焉且將抽繹而擴充之則。道雖云大，而爲之在我，不難矣。此蓋已有先覺者，出而遺我以至高之法如此也。

雖有淑姿，放心縱逸。出般音盤于游，居多暇日。如彼梓材，弗勤丹漆。雖勞樸斲，終負素質。

賦也。梓，良材，可爲器者。樸斲，既成質，而未治精也。〇言人雖有美質，惟自放心遊惰，不敏于學，安望德業之有成，如彼梓材之良，雖勞樸斲而弗加丹漆，終不能成堅美之器以適于用也。

水積成川，載瀾載清。土積成山，歊蒸鬱冥。山不讓塵，川不辭盈。勉爾一作「志」含弘，以隆德聲。

比也。大波曰瀾。歊蒸，氣上山也。鬱冥，蒙勃之貌。含，包容。弘，廣大也。隆，亦大也。〇此亦承上章言爲學當日進而不已也。水積而後成川，土積而後成山，以比人之積學而後成德。然山既成而不讓塵之益增，川既成而不辭水之益滿，人既畜學以成德，又當勉其含弘之量，以光大其德聲也。《易》大畜之象云：「君子多識前言往行，以畜其德。」而《彖傳》亦云：「篤實輝光，日新其德。既畜矣，而又日新焉。此所以爲畜之大。此帝其得大畜之旨者歟。」

復禮終朝，天下歸仁。若金受礪，若泥在鈞。進德修業，暉當依《易》作「輝」光日新。隰朋仰慕，予亦何人。

賦也。復禮歸仁，語本《論語》，言其效甚速而至大也。礪，磨石也，金就礪則利。鈞，陶家制器之具模，下圓轉者是也。隰朋，齊大夫姓名，莊子稱其愧不若黄帝。舊註又言：「其常慕管仲之德。」〇此末章言能實用其力，則德業昭著。有不難者，且舉隰朋之仰慕聖賢，而篤能自勉也。〇愚謂漢魏以下，諸詩未有如茂先此篇能以聖賢之學自勵其志者。且逝者一語，程子謂：「自漢以來儒者皆不識此義，今茂先獨得聖人之旨。」則其知識超詣，有非淺學之士可得而儗者焉。厥後茂先負台輔之望，立朝盡忠，臨危不屈，而信史以令德稱之，豈非力學之驗歟。

停雲四言四章　陶潛

停雲，思親友也。罇湛新醪，園列初榮。願言不從，歎息彌襟。

靄靄停雲，濛濛時雨。八表同昏，平路伊阻。靜寄東軒，春醪獨撫。良朋悠邈，搔首延佇。

比也。靄靄，盛貌。停者，疑而不散之意。八表，猶言八方。伊，惟也。寄，止託也。撫，慰。搔，抓也。○此蓋元熙禪革之後，而靖節之親友，或有歷仕于宋者，故特思而賦詩，且以寓規諷之意焉。此章言停雲時雨，以喻宋武陰凝之盛而微澤及物，表昏路阻以喻天下皆屬于宋，而晉臣無可仕之道矣。我則靜止東軒，飲酒自慰，何乃良朋遠去，使人搔首佇望而不歸耶。

停雲靄靄，時雨濛濛。八表同昏，平陸成江叶沽紅反。有酒有酒，閒飲東牕叶音匆。願言懷人，舟車靡從。

比也。高平曰陸。○此承上章，反覆言之。平陸成江，亦以寓陵谷變遷之意，舟車靡從即路阻之意也。

東園之樹，枝條再榮。競用新好如字，以招余情。人亦有言，日月于征。安得促席，說彼平生。

比也。東園喻宋都，據其在潯陽之東而言。用，猶爲也。此言歷爭新朝之人，亦猶東園再榮之樹，競爲新好姿容以招誘余情，使之出仕，然余猶聞日月于征之言，亦知時不可失。但平生素抱有非若人所能知者，惜乎不得促席與之剖說也。

翩翩飛鳥，息我庭柯。斂翮閑止，好聲相和。豈無他人，命子實多。願言不獲，抱恨如何？

興也。言庭柯之鳥翔集，從容和鳴而相親，以興仕途之人當擇所處，不可遺棄親友而不顧返也。且他人之苟禄者亦豈無之，惟我與子素相親厚，故于此實深念之耳。始也搔首而懷望，中則欲與促席而開陳，至此乃決然知其不復來歸。則是願言不獲，而中心爲之抱恨，此可見靖節之于親友情之至義之盡也。

榮木 四言四章

榮木，念將老也。日月推遷，已復有夏。總角聞道，白首無成。

采采榮木，結根于兹。晨耀其華如字，夕已喪之。人生若寄，顦顇有時。静言孔念，中心悵而。

賦也。采采，榮鮮貌。喪，凋落也。顦顇，形容衰瘠之貌。孔，甚也。而，語詞。○此靖節自勵之詩，言榮木結根有託，尚朝華而夕衰。人生本無根蒂，如寄世耳，幾何而不至于顦顇乎？言念及此，則中心爲之悵然矣。

采采榮木，于兹託根。繁華朝起，慨暮不存。貞脆此芮反由人，禍福無門。匪道曷依，匪善奚敦。

賦也。物易斷者謂之脆。道者，日用當行之理，所謂中庸是也。善者，爲德之實，所當擇而行者也。○此承上章言木之榮謝，則係乎時人之貞脆，實由于已能養之以福，則貞固可久，不能保養以取禍，則脆而易折。且禍福無門，莫不自己求之者，惟依乎道則心常中正，敦乎善則德益加厚，此乃所以自求福也。舍是復何爲哉？

嗟予小子，稟兹固陋。徂年既流，業不增舊。志彼不舍，安此日富。我之懷矣，怛焉内疚。

賦也。固，執滯也。業，即上章依道敦善之事。志，記也。富，猶甚也。○此章謙言才質不美，年既往而業不增，惟當志彼不舍晝夜之語而自強不息。今乃安此自怠而日甚焉，則我之懷矣安得不驚惕而病于心乎！或曰志當作忘。

先師遺訓，予豈云一作之墜。四十無聞，斯不足畏。脂我名車，策我良驥。千里雖遥，孰敢不至。

賦而比也。先師，孔子也。脂，以脂膏塗其車軸，使滑澤也。○此承上章内疚之言，因不墜先聖遺訓，而勵志奮力求必至焉而後已。故以脂車策馬不憚千里爲喻。識者以靖節爲造道，豈非力行不已之功歟？

古詩　無名氏

西北有高樓，上與浮雲齊叶前之反。交疏結綺窗，阿閣三重階叶堅夷反。上有絃歌聲，音響一何悲。誰能爲此曲，無乃杞梁妻叶千宜反。清商隨風發，中曲正徘徊叶胡威反。一彈再三嘆，慷慨有餘哀叶于奚反。不惜歌者苦，但傷知音稀。願爲雙鳴鶴，奮翅起高飛。

比也。西北，乾位，君所居也。交疏結綺，即《漢書》所謂「綺疏」，蓋今之亮格。窗，刺鏤疏通而于交綴之處，以丹青飾爲綺文也。阿，隅也。閣，《説文》：「以杙承板所以止扉者。以其四隅皆有欄楯，可以通行，謂之阿閣。」階，梯也。梯三重，則閣亦三重，以見樓之高也。杞梁妻，齊大夫杞植之妻，即孟子所謂善哭其夫者。梁，植之字也。事見孔衍《琴操》。商，金行之聲，稍清有傷之義焉。徘徊，舒遲旋轉之意。慷慨，謂不得志而内自憤也。○魯原曰：「此詩傷賢者忠言之不用而將隱也。」高樓重階比朝廷之尊嚴，絃歌音響喻忠言之悲切，杞梁妻念夫而形于聲，此則念君形于言，徘徊而不忍忘，慷慨而懷不足，其切切于君者至矣。歌者苦而知音稀，惜其言不見用，將高舉而遠去，此所得之。

明月皎夜光，促織鳴東壁。玉衡指孟冬當作秋，衆星何歷歷。白露霑夜草，時節忽復扶又反易。秋蟬鳴樹間，玄鳥逝安適。昔我同門友，高舉振六翮音歷。不念携手好去聲，棄我如遺跡。南箕北有斗，牽牛不負軛叶得反。良無磐石固，虛名復何益。

賦而興也。促織，蟋蟀也。玉衡，謂北斗杓。歷歷，遠布之貌。玄鳥，燕也。按：《春秋考異郵》：「立秋促織鳴」。《月令》：「季夏蟋蟀居壁，孟秋白露降寒蟬鳴，仲秋玄鳥歸。」皆記時物之變也。逝，往。振，奮也。翮，鳥之勁羽，凡鳥之善飛者皆有六翮。良之言亮也。磐，大石也。○此詩怨朋友之不我與也。睹時物之變異，感節序之流易，有志碩者能不動于中乎？因思昔者同門之友，高舉自奮乃不念平生久要之好，竟棄我如遺跡。然如詩所謂「維南有箕，不可以簸揚。維北有斗，不可以挹酒漿。睆彼牽牛，不可以服箱」，是皆虛有其名，而不適于用者，以興爲朋友者，亮無貞固之心而徒事虛名，是無益也。此雖不言其所以怨，望而責其不援引之意亦可見矣。

冉冉孤生竹，結根泰山阿。與君爲新婚，兔絲附女蘿。兔絲生有時，夫婦會有宜。千里遠結婚，悠悠隔山陂。思君令人老，軒車來何遲。傷彼蕙蘭花，含英揚光輝。過時而不采，將隨秋草萎。君亮執高節，賤妾亦何爲？

興而比也。冉冉，弱貌。曲阜曰阿。兔絲，女蘿草之同類者。女蘿蔓松而生，枝正青，兔絲則蔓聯草上，黄赤如金。附者，纏綿之意。適理爲宜。陂，水澤也。軒，曲輈轓車也。來，歸也。蕙蘭，皆香草，以比已之德。含者，初開而未盡發也。既曰含英而又言揚光輝者，存諸中而見于外也。亮，信也。高節謂執一定之見，自以爲高者也。○賢者既出仕久而未見親用，自傷不得及時行道以揚名後世，將與碌碌庸人俱老死而無聞。是以不忍斥言其君，乃託新婚夫婦爲喻而作是詩。泰山，衆山之尊，有君道焉，故以起興。言彼孤生之竹，則結根于泰山之阿矣，此與君爲新婚者則如兔絲之附女蘿矣。夫兔絲之生有時，則夫婦之會，固有其宜。何千里結婚之後不由此道，乃致遠隔使我思望，不置將恐如芳鮮之花過時不采，而與衆草同腐，是可傷也。然君亮必自執高節，不復轉移，則賤妾亦何爲哉？此亦怨而無可奈何之詞也。一説，君但信我之能執高節以自守，亦復何爲，亦通。

迢迢牽牛星，皎皎河漢女。纖纖擢素手，札札弄機杼。終日不成章，泣涕零如雨。河漢清且淺，相去復幾許。盈盈一水間，脉脉不得語。

比也。迢迢，高貌。牽牛，一名河鼓，在河漢之西。女，織女也，在河漢之東。《淮南子》云：「烏鵲填河而度織女。」《道書》書亦有牽牛娶織女之説，故世俗相傳以爲事實。擢，引也。札札，機杼聲，機杼之持緯者。脉脉，字當作脈，相視貌。○此言臣有才美善于治賦，而君不信用，不得以盡臣子之忠，猶織女有皎潔纖素之質，勤于所事，不得與牽牛相親，以盡夫婦之道也。惟其不得相親，有所思係心不専在，故雖終日機織不成文章，唯有泣涕而已。夫河漢既清且淺，相去甚近，一水之間分明盼視，而不得通其語，是豈無所爲哉？含蓄意思自有不可盡言者爾。

迴車駕言邁，悠悠涉長道。四顧何茫茫，東風摇百草。所遇無故物，焉於虔反得不速老。盛衰各有時，立身苦不早。人生非金石，豈能長壽考。奄忽隨物化，榮名以爲寶。

賦也。迴車云者，有忽自醒悟之意。駕言，猶興言也。涉，猶歷也。茫茫，廣遠貌。立身，謂進德修業，使有所成立也。化，猶死也。物化，語出《莊子》。○此因迴車涉道，顧瞻時物之變，慨然感悟，恨立身之不早也。且人生非金石之固，豈能久存于世，所可寶者特榮名而已。蓋亦君子疾没世而名不稱之意。

東城高且長，逶迤自相屬。回風動地起，秋草萋已緑。四時更平聲變化，歲暮一何速。晨風懷苦心，蟋蟀傷局促。蕩滌放情志，何爲自結束。燕平聲趙多佳人，美者顔如玉。被服羅衣裳，當户理清曲。音響一何悲，絃急知柱促。馳情整巾帶，沉吟聊躑躅。思爲雙飛燕，銜泥巢君屋。

賦而比也。逶迤，委曲連延之貌。晨風、蟋蟀皆詩篇名。躑躅，欲行不行之意。〇此不得志而思仕進者之詩，言見東城之高且長，回風起而秋草已萋然矣。因念四時更相變化，而于歲之云暮，獨何速耶？然我方以未見君子如《晨風》之言，心懷憂苦，今而歲暮不樂，又恐如《蟋蟀》所賦，徒傷局促，盍亦蕩滌其憂，放肆其情志，何苦乃自致結束而不爲樂哉？蓋以吾黨之士，才美者衆，猶燕趙之多佳人也。彼其修德立言壹皆獨善其身，故其言往往悲憤激切，而有以知其志氣鬱塞未獲舒展，亦猶佳人之被服鮮潔，而但當户自理清曲，故其音響悲切而知絃柱之急促也。是以我之馳情整服，沉吟而躑躅，思與此人同奮才力，以入仕于朝，庶幾得以舒吾苦心，而遂其情志焉爾。故又託爲雙燕銜泥巢屋以結之于此，可見當時賢才之遺逸者非特一人而已也。

驅車上東門，遥望郭北墓。白楊何蕭蕭，松柏夾廣路。下有陳死人，杳杳即長暮。潛寐黄泉下，千載上聲永不寤。浩浩陰陽移，年命如朝露。人生忽如寄，壽無金石固。萬歲更相送，聖賢莫能度。服食求神仙，多爲藥所誤。不如飲美酒，被服紈與素。

賦也。上東門，東都門名。白楊，柳屬，葉圓而白，古者庶人之墓多樹之。蕭蕭，悲淒之聲。陳，故也。杳杳，深暗無所見也。即，就也。長暮，猶言長夜。地中有泉曰黄泉。浩浩，水流貌，謂陰陽四時運行不息如水之流也。醫書以飲藥爲服。被服，衣之也。生繒曰紈，白練曰素。〇此驅車郭門因所見而感悟，謂死者不可復作，生者豈能長存，人壽有限，雖往古聖賢，亦莫能過越于此者。與其逆理以求生，不若奉身以自養，斯亦不失順正俟命之義歟。

凛凛歲云暮，螻蛄夕鳴悲。涼風率已厲，遊子寒無衣。錦衾遺洛浦，同袍與我違。獨宿累魯水反長夜，夢想見容輝。良人惟古歡，枉駕惠前綏。願得常巧笑，携手同車歸。既來不須臾，又不處重闈。亮無晨風翼，焉能淩風飛。眄睞以適意，引領遥相睎。徙倚懷感傷，垂涕沾雙扉。

比也。螻蛄，蟲名。率，皆。厲，猛也。遊子，本婦人指夫而言，今託以喻君也。遺，猶捐也。洛浦，宓妃所在。累，積也。凡婦稱夫曰良人。惟，思。古，舊。惠，授也。綏，挽以上車之索。古者親迎，有婿授婦綏之禮。闈，閨門也。晨風，鸇之别名。眄睞，旁視。睎，望也。徙倚，以見其心不安于一處也。○此忠臣見棄，而其愛君憂國之心不能自已，故託婦人思念其夫而作是詩。言歲暮蟲鳴，以比世道漸衰而小人得時也；涼風厲而遊子無衣，以比陰邪既盛而君無匡輔之者；且君雖有賢者而不能用，亦猶錦衾遺于洛浦而不以用，如我夙昔與之同袍者亦相違遠，使之獨宿既久，常于夢寐想見而不敢忘。其或精誠感通，君懷舊歡而枉顧我，願携手以同歸，然皆夢中所遇不久與處，徒虚美耳。于斯時也，既不能奮飛以相從，則惟瞻望自適，不免感傷而垂涕，此可見其愛之深，思之切，不自知其若此也。

孟冬寒氣至，北風何慘慄。愁多知夜長，仰觀衆星列叶力質反。三五明月滿，四五蟾兔缺叶區聿反。客從遠方來，遺我一書札叶之律反。上言長相思，下言久離别叶卑吉反。置書懷袖中，三歲字不滅叶莫筆反。一心抱區區，懼君不識察叶敕律反。

比也。慘慄，寒之甚也。三五，十五日也。《禮記》云：「月生三五而盈，三五而缺。」此云四五謂二十日也。蟾兔，世言月中有蟾蜍、白兔。《戰國策》則云：「月魄象蟾兔缺者，謂月缺則蟾兔亦從而不完也。」札，簡也。區區，小貌，謙詞也。○此君子憂世道之日衰，審出處之定分，以答或人之詞。託言孟冬北風愈寒，晝短而夜長，豈非陰盛陽微，君子道消小人道長之時乎？ 觀羣小之在朝而賢者退處，亦猶明月既缺則衆星繁列也。所謂三五月滿者乃是追思朝廷全盛氣象，歎當時猶及見之，今不然矣。 蓋君子于此則當卷而懷之可也，而故舊榮達之人，因遠來之客寄遺我書，其言相思久别，殆有相招出仕之意，我則非不感其勤厚而敬佩之。 然于我區區所抱之懷，恐其終不能識察也。 觀此則其持身之謹重，待物之温恭自可見矣。

客從遠方來，遺我一端綺。 相去萬餘里，故人心上爾。 文彩雙鴛鴦，裁爲合音閤歡被。 著掌吕反以長相思，緣愈見反以結不解叶舉里反。 以膠投漆中，誰能别離此。

賦也。 二丈爲端。 綺，文繒也。 著，鄭氏《儀禮注》謂：「充之以絮也。」緣，邊飾也。 ○此言朋友道合，不以相去之遠而有間，且即以其所遺之綺爲被者，蓋因其有雙鴛之文而又製爲合歡，加以長相思之著，結不解之緣，如此則其情親義同，愈久而不能離矣。 然此著此緣皆託言相思不解而虚標其名，非必實有是物也。

感興詩二十首并序　朱熹

余讀陳子昂《感遇詩》，愛其詞旨幽邃，音節豪宕，非當時所及。 如丹砂空青，金膏水碧，雖近乏世用，而實物外難得自然之奇寶。 欲效其体，作數十篇，顧以思致平凡，筆力萎弱，竟不能就。 然亦恨其不精于理，而自託于仙佛之間以爲高也。 偶書所見，得二十篇，雖不能探索微妙，追跡前言，然皆切于日用之實，故言亦近而易知，既以自警，且以貽諸同志云。

第一首

昆音渾侖大無外，旁礴與魄通下深廣。 陰陽無停機，寒暑互來往。 皇羲古神聖，妙契一俯仰。 不待窺馬圖，人文以宣朗。渾然一理貫，昭晰非象罔《莊子》：「皇帝遊赤水，遺玄珠，使象罔索得之。」楊氏曰：「象罔，不明也。」此蓋借用。珍重無極翁珍重，贊美之辭。無極翁，周子也，爲我重指掌。

補註：昆侖，言天形之圓轉。旁礴，謂地勢之廣被。馬圖，即滎河龍馬負圖而出，伏羲則之以畫八卦者也。人文，謂兩儀四象支分交錯，成八卦以備三才者也。〇此篇論太極一貫之理也。言天地設位以見太極之體，所以立陰陽寒暑迭運，以見太極之用所以行，蓋無往而非太極也。伏羲，古之神聖，仰觀俯察，默契其妙，有不待河之出圖而所謂人文者，固以灼見于畫卦之前矣。且五行一陰陽，陰陽一太極，渾然融貫本自昭著，但聖遠言，湮而於無聲無臭之中，有未易以窺測者，今乃感荷周子作爲《圖説》，以示我後人，使獲見其如此之明而無疑也。

第二首

吾觀陰陽化，升降八紘音宏中。前瞻既無始，後際那有終。至理諒斯存，萬古一作萬世與今同。誰言混沌死，幻語驚自聾。

補注：八紘，《淮南子》謂：「九州之外有八夤，八夤之外有八紘。」斯者，指陰陽升降而言，混沌元氣未判之稱。「混沌死」亦見《莊子》書。幻，怪妄也。〇此言太極之實理，與陰陽氣化，亘萬古而無窮也。其曰前瞻無始，後際無終者，即周子所謂一動一靜互爲其根也。程子所謂動靜無端，陰陽無始之意，夫太極，理也。陰陽，氣也。氣無理則無所本，理無氣則無所寓，二者常相依而不相離，故陰陽之升降無時休息，而太極之妙用亦無往而不在也。彼謂混沌死者，其意以爲天地既判，元氣分裂，則所謂太極者亦破碎而不復全。此驚世駭俗之論，其不足信也明矣。讀者詳之。

第三首

人心妙不測，出入乘氣機。凝冰亦焦火，淵淪復天飛《莊子》：「人心自下而進上，其熱焦火，其寒凝冰，其居也淵而靜，其動也懸而天。」。至人秉元化，動靜體無違如《易》君子体仁之体。珠藏川自媚，玉韞山含輝見《荀子》。神光燭九垓重也，玄思徹萬微。陳編今寥落，歎息將安歸。

補註：機者，發動所由之處。凝冰、焦火、淵淪、天飛，語本《莊子》，元化即書所言上帝降衷，劉康公所謂受天地之中以生者長樂，潘柄以爲吾心之太極是也。〇此言人心不測，乘氣而動，苟無道以主之，則恐懼所迫，不冰而寒；忿懥之來，不火而熱；甚而至于淵沉天飛，有不可繫者矣。唯聖人爲能精一執中，故其動靜之際不踰矩度，存諸中而應乎外，觸處洞然，莫非此心之妙。然自聖人不作，心學無傳，簡册雖存，今人無有能究之者，而寥落殆甚，是以人心之失愈遠，而歎其無所歸也。

第四首

靜覲靈臺妙，靈臺，《莊子》註云：「心也。」楊氏庸成曰：「心以靈臺名者，謂其爲神明所舍；有以天君名者，謂其居中，爲耳目鼻口四支之主也。」萬化從此出《陰符經》曰：「萬化生于心。」。云胡自蕪穢，反受衆形役陶潛云：「既自以心爲行役。」。厚味紛朵頤，妍姿坐傾國。崩奔不自悟，馳騖靡終畢徐氏曰：「厚味可嗜，不以朵頤爲恥；妍姿可好，不以傾國爲悔；崩摧奔放，千人欲横流之中，而不悟其非，終身顛倒馳騖，而無終畢之時也。」。君看穆天子，萬里窮轍跡。不有祈招詩，徐方御宸極。

補註：朵，垂也。頤，口旁也。朵頤，飲食之貌。語見《周易》。祈招詩，蓋穆王肆志周遊，祭公謀父，作祈招之詩，以立王心。徐方，徐偃王之國也。按：韓文公《記偃王廟》云：「穆王西遊，忘歸四方，諸侯有爭辯者，無所質正。咸賓祭于徐，贄玉帛死生之物于徐庭者，三十六國。」宸極，謂帝居也。○此承上篇之意，言人心不測，以終歎息安歸之義。首言靈臺之妙，萬化之所從出者，即《書》所云「道心」之謂，惟其不能精一執中，反爲人心所役，乃縱飲食男女之欲，甚至崩奔馳騖，如穆王幾喪天下者。爲害甚大，可不顧念之與？章首「靜观」二字，實一篇之旨要，蓋不能靜观，則無以知此心之妙，而所謂自蕪穢不自悟者，皆由于此，讀者不可以其易而忽之。

第五首

涇舟膠楚澤劉恕《外紀》：「昭王巡狩返濟漢，漢濱人以膠膠船，王至中流膠液，王及祭公皆溺死。」涇在周地，楚在漢濱，周綱已陵夷。況復王風降，故宫黍離離。玄聖作春秋宋大中祥符元年十一月，幸曲阜，進謁文宣王廟，加上文宣王曰「玄圣文宣王」，五年十二月改謚至聖文宣王。作《春秋》，起平王四十九年，且敬王三十九年，哀傷實在茲。祥麟一以踣，反袂空漣洏《家語》：「叔孫氏之車士曰子鉏商，採薪獲麟，韓叔孫氏以爲不詳，使人告孔子曰：『有麏一角也。』孔子往觀之曰：『麟也，胡爲來哉？』反袂拭問，涕淚沾巾。子貢問：『何泣？』子曰：『麟之出，爲明王也。出非其時而見害，吾是以傷焉。』《春秋》：「魯哀公十四年，西狩獲麟，前覆曰：『踣即折其前左足。』」。漂淪又百年自《春秋》終至《通鑑》始，百年，僭侯荷爵珪僭侯則初命晉大夫爲諸侯也。爵，公侯伯子男爲五等之爵，珪，公執桓珪，侯信珪，伯躬珪是也。王章久已喪左僖二十五年，晉侯請隧于襄王，不許曰：「王章也，未有代德而有二王，亦叔父之所惡也。」，何復嗟嘆爲？馬公述孔業司馬文正公述孔子作《春秋》之業，託始有餘悲。拳拳信忠厚，無乃迷先幾。

補註：涇舟，涇水之舟，見《詩·棫樸》篇，以其下文有「周王于邁」之語，故借用之。麒踣，謂其折足而死也。已見《補遺獲麟歌》及《補註劉越石詩》。僭侯，謂晉大夫魏斯、趙籍、韓虔共分晉地而請爲諸侯，天子不能討，且從而命之也。章，猶法也。馬公，司馬温公。述孔業，謂作《通鑑》欲續《春秋》也。○此言周自昭王南征不返，王綱已陵夷矣。及平王東遷，下同列國，周衰愈甚，而亂臣賊子興，聖人于此已不能不感傷焉。況乎麟出非時而見害，于是悼明王之不作，哀吾道之既窮，作爲《春秋》，而託始于平王，絶筆于獲麟也。下逮三晉之時，王章淪喪既久，雖復嗟歎，亦無如之何已，而温公《通鑑》之作，乃欲追述聖業，託始于此，觀覌其反復悲傷以明夫禮義名分之不可紊者，其意信爲忠厚，然惜其不即繼書獲麟之後，如東萊吕氏之《大事記》，則無乃昧于事幾之所先乎？或疑朱子綱目亦始于三晉，而獨譏温公爲不可，何也？蓋《通鑑》紀事之書，但當續《左傳》而不當有所創始，綱目褒貶之詞實法《春秋》，況因《通鑑》而作自不容不于此始。二書制作之体固有不同，讀者詳之。

第六首

東京失其御東京，洛陽，後漢所都，刑臣弄天綱。西園植姦穢，五族沉忠良。青青千里草，乘時起陸梁。當塗轉兇悖，炎精遂无光。桓桓左將軍，仗鉞西南疆。伏龍一奮躍，鳳雛亦飛翔。祀漢配彼天，出師驚四方。天意竟莫回，王圖不偏昌。晉史自帝魏，後賢合更張。世無魯連子，千載徒悲傷《戰國策》：魏使新垣衍説趙，欲尊秦爲帝，仲連不從，移聞趙將事秦，嘆曰：「臣有蹈東海而死耳。」。

補註：東京，指東漢所都而言。刑臣，閹宦也。天綱猶言王綱。西園，靈帝所造萬金堂，引司農金帛錢物積之，并寄藏小黄門，常侍家錢又令其責官鬻爵入錢于此。五族，宦者單超、徐璜、具瑗、左悺、唐衡也，桓帝時同日封侯，世謂之五侯，又有五邪、五倖之號。千里草，靈帝時童謡，董卓之讖。卓初爲中郎將，後廢立擅殺自爲丞相，燒宫廟，發諸陵，刼獻帝西遷。陸梁，強也。當塗，謂魏王曹操讖語。太史丞奏許昌氣見于當塗高者，魏也，魏當代漢。桓桓，威武貌。左將軍，漢昭烈也，建安三年爲左軍將軍，領豫州牧。伏龍，謂諸葛孔明。雛謂麗統也，見《孔明傳》。祀漢配天，謂接漢正統也。王圖不偏昌，歎其不得統一也。孔明嘗言漢賊不兩立，王業不偏安，蓋其志必欲統一云爾。晉史，謂晉史官陳壽，壽撰《三國志》以魏爲帝。魯連子，戰國時人，會魏將新垣衍説趙使尊秦爲帝，連責之曰：「彼帝天下，連有蹈東海而死耳。」〇此言東漢自桓靈失道，宦豎弄權，斂貨賂以蓄姦穢，興黨錮以害忠良，遂致亂臣賊子相踵弑奪。昭烈以漢室之胄，又得忠賢爲輔，出師討賊，圖復舊疆，宜無難者，然天意竟不可回，莫遂恢廓。陳壽作史以魏繼漢，固無足責，後來如司馬公學術之正，當以《春秋》之法正之，乃亦帝曹魏而寇蜀漢，求其如魯仲連之恥帝秦者，今不復見，千載而下，徒爲悲傷而已。

第七首

晉陽啓唐祚，王明昭巢封。垂統既如此，繼體宜昏風。麀聚瀆天倫，牝晨司禍凶。乾綱一以墜，天樞遂崇崇。淫毒穢宸極，虐焰燔蒼穹。向非狄張徒，理辨取日功。云何歐陽子，秉筆迷至公。唐經亂周紀，凡例孰此容。侃侃范太史，受説伊川翁。春秋二三策，萬古開羣蒙。

補註：晉陽，大原也，唐高祖李淵初爲隋大原留守，其子世民陰與晉陽宫監裴寂謀，以宫人私侍其父，因脇以起兵，遂取隋而有天下。其後世民又殺太子建成，而嗣立是爲太宗。明王，太宗子曹王明也。巢封，即太宗弟秦王元吉，後封巢剌王。初太宗并殺元吉而納其妻，生子明，使繼巢王後。麀，亦牝也。麀聚，謂武后本太宗才人，高宗烝立爲后，此《禮記》所謂父子聚麀也。牝晨言高宗令武后預決朝政，是牝鷄司晨也。乾綱，謂君爲臣綱，夫爲妻綱也。天樞，武后既革唐爲周，鑄銅柱高一百五尺，以紀周功德，榜曰「天樞」。毒猶惡也。淫毒謂武后初幸僧懷義後，復幸張易之、昌宗兄弟，陽使預修三教珠英于内殿，以掩其跡之類。虐焰謂武后之殘酷，如斷去王皇后、蕭淑妃手足，投酒甕中，令骨醉數日而死，又累殺三太子及唐宗室，諸王族屬殆盡。狄張，狄仁傑、張柬之也。取日功，謂中宗得正帝位，社稷復歸於唐也。柬之傳贊云取日虞淵。唐經，謂唐史，本韓文公作唐一經之詞。亂，污雜也。周紀，武后紀也。侃侃，剛直也。范太史，名祖禹，嘗作《唐鑑》。○此篇專論武后之事，因推言高祖太宗垂統之主，皆以女色亂倫。如此，宜乎繼体如高宗者，不恥麀聚之污，卒致牝晨之禍也。蓋武后自得志以來，專作威福，至于竊取大位，權歸武氏者幾五十年，而其間淫穢殘虐不可勝紀。及武承嗣、三思等，營求太子，自非仁傑力挽于前，柬之討亂于後，則唐祚幾於絶矣。秉史筆者宜用《春秋》之法，黜武后以爲女主僭亂之戒，奈何歐陽文忠公之修《唐書》乃例則天改周之事于帝紀，以亂國史之凡例乎？惟范太史受學程子之門，其作《唐鑑》也，於中宗廢遷之後，每歲首必書帝在某，所以合《春秋》。公在乾侯之所，以正國統而明大義者，真足以開萬古之愚蒙矣。

第八首

朱光遍炎宇《選》：大火爭朱光，積陽熙自南。蔡氏曰：「日也」，微陰眇重淵班固《答賓戲》：則深乎重淵。寒威閟九野，陽德昭窮泉。文明昧慎獨一作「謹獨」，昏迷有開先。幾微諒難忽，善端本綿綿《老子》：綿綿若存。掩身事齋戒《月令》：仲夏日長至，仲冬日短至。君子齋戒，處必掩身，謂掩蔽其身也，及此防未然。閉關息商旅《後》之象辭，絶彼柔道牽《姤卦》繫于金柅，柔道牽也。

補註：開先，謂啓其端而導之也。《禮記》云：「有開必先。」掩，收斂也。掩身齋戒，《月令》之文，於仲夏仲冬之月見之。及此，指幾微而言。「閉開息商旅」見《易》復卦之象，言安意以養微陽也；柔道牽，姤卦初六象辭，牽，進也。以其進，故止絶之，所謂繫于金柅是也。○此篇言君子當體陰陽消長之機，以加省察存養之功也。夫陽極則陰生，陰極則陽生，二者迭爲消長，無有止息。然陽剛、陰柔、善惡于是乎分焉。且吾一身之氣，即天地流行之氣，而吾日用之間，其可不因陰陽之消長以審乎善惡之機乎？方其德性昭明，一或昧于慎獨，則物欲之蔽已有開先者矣。乃知幾微之際，信不可忽。然其間善端本自綿綿不息，又豈可于此而常省察焉？是以君子當嚴冬一陽初復，必齋戒豫養，以固文明之基；當盛夏一陰初姤，亦必齋戒預備，以杜昏迷之漸，此正抑陰扶陽，遏惡揚善之節度也。

第九首

微月墜西嶺或以微月如新月，或以爲殘月。新月則謂月既西墜，河漢西流。斗柄指酉，將入地而復起，仲秋月始生明之夜也。殘月則月既西墜，明河已斜，斗柄建魁將轉而爲旦，夜半子丑之時也。爛然衆星光。明河敘未落《晉志》曰：「天津九星横河中，一曰天漢，二曰天江，主四瀆津梁，所以度神通四方也。」又曰：「坐旗西四星曰天高。天高西一星曰天河，南北河各三星，夾東井兩河之間，日月五星之常道也。」斗柄低復昂《詩·大東》：「維北有斗，西柄之揭。」《詩傳》曰：「南斗柄固指西，若北斗而西柄，則亦秋時也。」《楚辭》：「皐斗柄以爲麾。」《集註》云：「斗柄者，北斗柄，所謂杓也。」《晉志》：「北斗在太微，北魁四星爲璇璣，杓三星爲玉衡。」又曰：「自一至四爲魁，自五至七爲杓，蓋北斗七星在紫宫南，而其杓所建，周于十二辰之舍，以定十有二月也。」感此南北極，樞軸遑相當南北極，天之樞紐，常不動處，譬車軸也。王蕃《渾天説》曰：「天半覆地上，半在地下。其天居地上見者，一百八十二度半強，地下亦然。其南北極持其兩端，其天與日月星宿斜而迴轉，蓋南極低入地三十六度，故周迴七十二度，常隱不見；北極高出地三十六度，故周迴七十二度，常見不隱」，相當。《漢匈奴傳》曰：「寇雖頗折，而漢之疲耗略相當矣。」太一有常居《漢書》：「天神貴者，太一。」太一左日五帝。中宫天極星，其一明者，太一常居也。《淮南子》：「太微者，太一之庭。紫宫者，太一之居。」仰瞻獨煌煌。中天照四國盧仝詩：請留北斗一星相北極，指揮萬國懸中央，三辰環侍旁。日月星也人心要如此語不古，意甚切，寂感無邊方。

補註：昂，高舉貌。南北極，天之樞也。天形微倚，統地左旋，南極入地三十六度，北極出地三十六度。

樞軸，設言天之旋轉所以特兩端而居中不移者，如户之樞，車之軸也。太一，即北辰，所謂帝座也。《朱子語録》：「太一如人主，北極如帝都。」三辰，日月星也。〇潘柄謂此篇因天象以明人心之太極是也。蓋見月星河漢隨天運轉，而有以感夫天之樞軸南北相當，常居其所而不移。北辰一星獨居中天，照臨四國；三辰環繞而歸向之。人之一心處方寸之間，寂然不動，至于酬酢萬變，感而遂通，不見其有邊際方所，亦猶是也。故特舉「要如此」三字以示人，其意切矣。

第十首

放勳始欽明堯，南面亦恭已舜。大哉精一傳禹，萬世立人紀。猗歟嘆日躋湯聖敬日躋，穆穆歌敬止文王詩《大雅》。戒燮光武烈《書》：大保作旅獒，用訓于王，待旦起周禮周公坐以待旦。《周禮》，周所制之禮，周官六典之公，是書也。恭惟千載心，秋月照寒水。魯叟何常師襄公二十年十一月庚子，孔子生于庚魯，故曰魯史，删述存聖軌。

補註：放勳，《虞史》贊堯之詞，言其功大，無所不至也。始者，言本于此也。欽、恭，皆敬也。精一者，持敬之極功。朱子《敬齋箴》正引其語。猗歟，嘆辭。躋，升也。《商頌·長發》篇言湯之德「聖敬日躋」也。穆穆，敬德之容。《大雅》云：「穆穆文王[二]，於緝熙敬止。」戒燮，謂召公作《旅獒》之書以戒武王。待旦，《孟子》言周公思兼三王之事，坐以待旦魯叟，謂孔子也。〇此言自古聖人相傳之心法，唯在乎「敬」之一字而已。堯之所以放勳者，既始于欽明；舜之南面無爲者，亦始于恭已，無它道也。及舜以之而授禹，則曰「惟精惟一」，語益[三]加切，真足以立人紀于萬世矣。其後湯、文有得于此而其相承之際，武王所以慎戒燮之訓，而能丕顯其光烈；周公所以思兼三王而能興起乎典禮，又豈出於此「敬」之外哉？是知此心同然，千載一日。至于孔子祖述堯舜，憲章文武，無間于禹，夢見周公，以集羣聖之大成，而其删詩書，定禮樂，亦不過著明前聖之軌轍耳。然則敬者，聖學所以成始而成終者也，後之學者可不深念乎哉！

第十一首

吾聞庖犧氏，爰初闢乾坤。乾行配天德，坤布協地文潘氏曰：「此言初畫乾坤。天行健，故畫乾以配天德；坤爲布，主敷布施生，故畫坤以配合地文。」○蔡氏曰：「此詩承前篇删述之義，蓋六經莫先于《易》，故首以《易》言之。」徐氏曰：「此言六十四卦先天方圓圖也。圓圖者，乾行以象天；方圓者，坤布以象地也。」。仰觀玄渾周玄，天之色，渾，天之儀。《太玄經》：「馴于玄渾行」，一息萬里奔胡安定曰：「天一晝夜行九十餘萬里。人一呼一吸爲一息，一息之間，天已行八十餘里。人一晝夜有三千六百餘息，故天行九十餘萬里。」○《語録》廖德明云：「天以氣言，則一晝一夜周三百六十五度；以理言，則放穆無疆，間容息，一息萬里。奔，甚言之也。」。俯察方儀靜陰陽爲兩儀，天圓爲渾儀，地方爲方儀，隤然千古存隤然，順也。悟彼立象意，契此入德門彼，庖犧也，此吾身也。勤行當不息，敬思守彌敦隤與頹同。

補註：庖犧，即伏羲也。開户曰闢。乾坤爲《易》之門，故云闢。乾，健也。天行健，故乾配天德。坤，順也，地道順布，故坤協地文。凡地之所載，粲然呈露者，皆謂之文。玄渾謂天，方儀謂地也。隤然，重墜貌，亦安靜之意。○言我聞伏羲初畫乾坤二卦以象天地，因而仰觀俯察以悟其意，而有以契乎入德之門，是以君子法天運之周以力行，當自強而不息，效坤儀之靜以敬守，思安貞而益敦也。上篇專言恭敬，使有以涵養其本原，開發其聰明，以爲德業之基。此則直指踐履工夫，由是而入于聖賢之域也。二篇之旨相爲始終，學者尤宜體玩。

第十二首

大易圖象隱隱者，隱晦也，詩書簡編訛。禮樂矧交喪，春秋魚魯多。《抱朴子》曰：「書三寫，以魯爲魚，以帝爲虎，以東爲宋。」瑶琴空寶匣，絃絶將如何子期死，伯牙破琴絶絃。興言理餘韻，龍門有遺歌。

補註：圖，河圖及伏羲先天諸圖象、卦象，皆大《易》至理之所存。隱謂溺于測候之術數、虛無之誕説而不明也。簡編訛者，如《小雅》不當升《魚麗》于《鹿鳴之什》，而以《南陔》等篇附《魚麗》之後之類，及《武成》《洪範》《唐誥》《梓材》諸篇，多有錯簡也。禮樂交喪，謂《儀禮》多殘缺而《樂經》又廢不傳也。魚魯，謂簡牘磨滅，有讀亥爲豕、魯爲魚之類。龍門，本河津山名，《周禮》稱「龍門之琴瑟」，以其地之所出也，此因伊川程子晚年築室龍門之上，以著書傳道，故託言之。○此蓋歎聖經殘闕，大道隱微，而有志于著述以闡明之歟。六經所以載道，而今若此，譬之瑶琴空存而絃絶已久，則將如之何哉？所賴河南程夫子得不傳之學于前數百年之後，聖人之微言如弦絶而復續，今我欲得理其餘韻者，以有龍門之遺歌在，是故也。

第十三首

顔生躬四勿，曾子日三省。中庸守慎獨一作謹獨，衣錦思尚絅。偉哉鄒孟子，雄辨極馳騁。操存一言要，爲爾挈裘領。丹青著明法，今古垂焕炳楊子：「聖人之言，炳若丹青」。何事千載餘，無人踐斯境。

補註：躬，行也。《中庸》，子思所作。謹獨、尚絅，皆言爲己之學，其立心當如此也。操存，言人良心易失，能持守之即在此耳。○此言顔子、曾子所行之目，子思、孟子所言之要，皆如丹青炳焕，垂法後世。如何鄒魯以後，濂洛以前，千餘年間無有能力踐而深造之者？且四者之中，操存一説尤爲切要，蓋仁義之心放而不存，則雖欲加以克省不欺之功，亦無所用其力焉。故朱子於孟子《夜氣章》説之詳矣。而復于此特申挈裘之喻，以致叮嚀之意云。

第十四首

元亨播羣品，利貞固靈根《黄庭經》：「玉池清水灌靈根。」注：靈根，身也。《太玄經》：「藏心于淵，美厥靈根」。

非誠諒無有，五性實斯存。世人逞私見，鑿智道彌昏。豈若林居子，幽探萬化原。

補註：元亨利貞，乾之四德，即天道之流行而不息者。元亨于時爲春夏，萬物生長，周子以爲誠之通；利貞於時爲秋冬，萬物收藏，周子以爲誠之復。誠者，元亨利貞所以流行之實理，即下文萬化之原，所謂太極是也。五性，五行之性，曰仁義理智信。五行各一其性，而人心具一太極，爲得五性之全，實斯存者，亦上文非誠無有之意。○潘柄謂此將言異端詞章之害道妨教，故先發此以明吾道之本原是也。夫道之本原，誠而已矣。造化之所以發育人物，之所以生生，皆不外是。世人不知，往往逞其私智而穿鑿妄行，此道之所以愈不明也。豈若隱遁之士潛心育德而能深探乎此者耶？

第十五首

飄飄學仙侶，遺世在雲山《史記》：蓬萊、方丈、瀛洲三神山，望之如雲。盗啓玄命一作「元命」秘，竊當生死關。詹氏曰：「元命秘者，造化生生之權；生死關者，陰陽合散之機。」金鼎蟠龍虎《選》：守丹竈不固，鍊金鼎方堅。陳子昂詩云：「金鼎合還丹。」蟠者，蟠結之義。龍虎，道家之説，謂人氣爲火，精爲水，火屬离，水屬坎。修煉者養陽胎于丹田而成黄芽，變爲嬰兒，嬰兒生于丹田，引出紅光而乘青龍；養陰胎于絳宫而成白雪，白變爲姹女，姹女生于絳宫，引出白光而乘白虎。嬰兒、姹女交會于黄庭，黄庭者，脾位也。陰陽相接産成金丹。金丹既成，嬰兒却入絳宫，姹女却入丹田，陽交陰宫，夫反婦室，故曰還元金丹也，三年養神丹説者謂仙家之鍊外丹，初年聚集材料，次年燒鍊，而温養至三年而後可服。刀圭一入口刀圭，小刀頭尖處，白日生羽翰《白氏六帖》：白日升天，而生日翰。我欲往從之，脱屣諒非難。但恐逆天道，偷生詎能安？

補註：元命秘，謂人生受命之初，造化玄微之機械也。生死關，即元命秘之所在，以其可以生，可以死，皆由于此也。金鼎，即指人身之中而言，丹家所謂乾坤鼎器是也。蟠者，交媾之謂。龍虎，藥物之假名，其實精氣二物而已。三年，言其久。蓋丹既成，又必温養之久，然後能脱然而輕舉也。刀圭，醫家劑藥之分數。《本草》

以爲十分方寸匕之一刀圭入口，蓋用《參同契》「刀圭最爲神，還丹可入口」之文，《參同》本言内丹，特借服食之事爲喻耳。○此言仙家長生之術，學之甚易，但恐不合吾聖門原始反終之道。雖得偷生，豈能無愧于心乎？横渠張子曰：「存吾順事，没吾寧也。」其安矣哉！

第十六首

西方論緣業西方，天竺國，漢明帝夢金人長丈餘，頭有光。明日以問羣臣，或曰：「西方有神，其形長六尺而黄金色。」帝爲之遣使往天竺尋訪，由是化流中國，緣之名有十二，曰：「無名緣，行行緣，識識緣，名色名色緣，六入六入緣，觸觸緣，取取緣，有有緣，生生緣，病病緣。」業之名有三，曰：「身業，口業，意業。」子昂詩：「西方金仙子，緣業亦何名？」，卑卑喻羣愚。流傳世代久，梯接凌空虚。顧盼指心性，名言超有無。捷徑一以開，靡然世爭趨。號空不踐實，躓彼榛棘途。誰哉繼三聖，爲我焚其書。

補註：西方，指佛而言，周昭王時，佛生于西域天竺國。緣業，謂人死不滅，復入輪迴，生時所謂善惡皆有報應也。梯接，猶今人言架空也。指心性，謂佛書有「即心是佛」「見性成佛」之説。超有無，謂其言有則云「色即是空」，言無則云「空即是色」之類。靡然，草從風偃之貌。三聖，指禹、周公、孔子也。○此言佛初在西方，以緣業化誘愚俗，其言卑近易曉，亦不過使之怖畏自修，不敢爲惡耳。及傳入中國既久，爲其徒者轉相梯接，講演空妄勝大之言，號爲義學，未幾又變而爲禪，不立文字，直以爲一顧盼一話言之頃，便可識心見性，超悟道妙。如此捷徑一開，不惟化喻羣愚，雖高人達士亦莫不靡然從之，殊不知彼但可施于一己，以爲寂滅之計，而非吾儒人倫日用之實理。乃亦以之施于天下國家，如行榛棘之塗，鮮有不困于迷誤顛躓者焉。朱子欲繼三聖而焚其書，即孟子距揚墨之意。

第十七首

聖人司教化，横序育羣材。因心有明訓，善端得深培。天敍既昭陳，人文亦褰開徐氏曰：「上爲言老佛之害道，此又歎吾儒之學不明而庠序之習，日非也。」。云胡百代下，學絶教養乖。羣居競葩藻，爭先冠倫魁《甘泉賦》：「迺搜逑索竊皐伊之徒冠倫魁。」注曰：「言選揀賢臣，可以配偶于古賢皐伊之類，冠等倫而魁傑者。」。淳風反一作「久」淪喪，擾擾胡爲哉？

補註：横，通作黌，學舍也。善端，即四端也。天敍，即《書》所言五典。人文，亦五典中人理之倫序，《易》言「觀乎人文以化成天下」者，正謂此也。褰，掀舉之意。褰開，言易見也。倫魁，猶言甲科狀元也。○此言古先聖王，開設學校教育羣材，皆所以明人倫而已。始也，因其本心固有之善端，使培養而擴充之，及夫天敍之典既極其昭陳，則人文亦莫不粲然而可睹，奈何後世賢聖之君不作教化，陵夷庠序，羣居之士率皆馳心于外，不知人理自然之文，但以詞章之葩藻豔麗者爲文，爭先鬪靡，躐取高弟，遂使良心琢喪，利欲紛拏，而于天敍天秩不復加意，風俗之頽敗一至于此，可勝嘆哉！

第十八首

童蒙貴養正《易》：「蒙以養正，聖功也」，孫弟乃其方《語》：「幼而不孫弟」。鷄鳴咸盥櫛《内則》：「子事父母，雞初鳴咸盥櫛」，問訊謹暄涼冬温而夏清，昏定而晨省。捧水勤播灑，擁篲周室堂《内則》：「進盥，少者捧槃，長者捧水，請沃盥。洒，洒掃也。《内則》：「洒掃室堂」。篲，掃箒也。擁，《漢書》：「文侯擁篲」。進趨極虔恭，退息常端莊。劬書劇嗜炙炙，之夜反，一作味。○劬書，勤勞于書也。《孟子》：「嗜秦人之炙」，見惡踰探湯。庸言戒粗誕粗誕，鄙野誇誕也，時行必安詳安詳，安重詳審也。聖途雖云遠，發軔且勿忙。十五至于學，及時起高翔君子進德修業，欲及時也。

補註：童蒙養正，見《易傳》。孫，順也，謂順親也。謹暄涼，即溫清之事。篲，掃也。劇，甚也。嗜者，知其味而好之也。炙，燔肉。逾探湯，言惡之甚也。庸，常也，時行，即庸行也。軔，礙車止輪之木，發木動輪則車行。○上篇既言士風凋弊，由教養之失道，故此專言童蒙貴于養正，以爲進德修業之基。自「遜弟」以下，至「謹言行」一節，皆養正之事。夫蒙以養正，乃作聖之功，然或恐其不安于分，而有妄意躐等者焉，故又戒之曰：聖途雖遠，且當于此。從容漸進，俟年十五而入大學，從事于窮理修身治人之道，然後奮然高起，以造夫聖賢之域不難矣。

第十九首

哀哉牛山木，斧斤日相尋。豈無萌蘖生，牛羊又來侵。恭惟皇上帝，降此仁義心。物欲互攻奪，孤根孰能任。反躬艮其背，肅容正冠襟。保養方自此，何年秀穹林？

補註：牛山木，訓義已見《孟子集註》。任，堪也，勝也。反躬，自省也。《樂記》云：「好惡無節于內，知誘于外，不能反躬，天理滅矣。」艮其背，艮卦彖辭，止靜之義也。蓋人身百體皆爲物所動，惟背不動，故爾。○此篇本孟子之意以成文，前四句興下四句，而孤根窮林又似以木爲比。大抵爲人放其良心而不知求，故以「哀哉」二字發其首，令人惕然深省而操存保養，以復其初也。上篇戒以「發軔勿忙」者，欲其盡保養之功，而易于高翔。此則歎其「何年秀穹」者，恐其失保養之時，而難于成功也。其反覆懇切之意不亦深哉？○潘柄曰：「《童蒙》章止言存養之法，至此如露出仁義之心，以爲所養之實，不可不知也。」

第二十首

玄天幽且默，仲尼欲無言。動植各生遂，德容自清溫。彼哉夸毗子夸毗，《詩》：「無爲夸毗。」毛曰：「以体柔人。」鄭箋：「女無夸毗，以形体順從之。」後漢崔駰：「君子非不欲仕也，恥夸毗以求舉，謂足恭善進退。」子昂詩：「便便夸毗子。」，呫囁徒啾喧呫音帖。囁，日涉反。呫囁，多言也。《漢灌英傳》：「今日長者爲壽，乃效兒女曹。」呫囁，耳語。啾喧，小兒聲，又鳥聲。但騁言辭好，豈知神鑒昏。曰余昧前訓，坐此枝葉繁《易》：「中心疑者，其辭枝。」《記》：「天下無道，則辭有枝葉。」。發憤永刊落，奇功收一原。

補註：清，清明。温，和厚也。彼哉者，外之之詞。夸，大。毗，附也。《詩》云：「無爲夸毗。」蓋小人之態，不爲大言以夸世，則爲諛言以毗人也。神鑒，謂明德。一原，即前所謂「萬化原」也。○此言天本無言，四時行百物生，而玄渾之幽默者，自若也。聖人欲無言，日用動静，莫非至教而德容之清温，亦自若也。彼誇大阿諛之人徒騁口才，務美于外而卒迷其内，竟何以哉？且云向也，亦昧聖訓而失于多言，自今發憤，永將削除枝葉之繁，而歸根斂實，收奇功于一原也。○余子節曰：「學者想德容清温于無言之中，察神鑒昏昧于多言之際，聖愚之分斷可識矣。」進齋徐幾曰：「功收一原，渾然此道，全体融會于方寸，夫子所謂『一以貫之』，子思所謂『無聲無臭』，周子所謂『無極而太極』者，故《感興詩》以此終焉。」

【校記】

［一］曷，成化本作「易」。

［二］原闕「文王」二字，成化本亦闕。

［三］益，成化本作「蓋」。

詩學權輿　卷之十二

行　歌行　古風

善哉行　魏武帝曹操

上山采薇，薄暮苦飢。谿谷多風，霜露沾衣。野雉羣雊古豆反，猿猴相追。還望故鄉，鬱何壘壘叶倫追反。高山有崖，林木有枝。憂來無方，人莫之知。人生如寄，多憂何爲？今我不樂，歲一作「日」月如馳。湯湯尸羊反川流，中有行舟。隨波轉薄一作「回轉」，有似客遊。策我良馬，被我輕裘。載馳載驅，聊以忘憂。

薇，菜名。雊，雉求匹之聲。《詩》云：「雉之朝雊，尚求其雌。」鬱，叢密之貌。壘壘，重疊貌，皆指高山林木而言，故下文因以起興。方，定所也。湯湯，流不息貌。轉薄，回旋也。○此魏武因征行勞苦，感物憂傷，而歌以自娱也。託言上山采薇既不足以療飢，而徒爲風霜所侵。且物之羣動者尚各求其匹侶，今我何獨遠離所親而勞于征役乎？於見還望故鄉，則鬱然壘壘者，又爲隔絶，使不可見，故其憂感之懷，反複興嘆而不能已焉。「湯湯川流」以下三語，亦以申言歲月如馳，人生如寄之意，宜乎策馬被裘以自遣釋也。

猛虎行　陸機士衡

渴不飲盜泉水，熱不息惡木陰。惡木豈無枝，志士多苦心。整駕肅時命，杖策將遠尋。飢食猛虎窟，寒栖野雀林。日歸功未建，時往歲載陰。崇雲臨岸駭，鳴條隨風吟。静言幽谷底，長嘯高山岑。急弦無懦響，亮節難爲音。人生誠未易以豉反，曷云開此襟。眷我耿介懷，俯仰愧古今。

賦而比也。盜泉，泉名。《尸子》曰：「孔子過盜泉，渴矣而不飲，惡其名也。」歸，猶去也。歲陰，謂春夏爲陽，秋冬爲陰。崇，高也。駭，驚亂貌。懦，弱也。襟，即懷也。耿介，堅正持立之貌。○士衡既入洛，羈寓久之，雖或就仕，時國中多難，顧榮勸其還吴，不聽。此篇之作，其在斯時乎？首言雖渴不飲盜泉，雖熱不陰惡木，此有志之士審擇所處，而其立心之苦，有非他人所能知者。且士衡素負才望，志存匡世，吴既亡矣，舍晉復將何之？故又言惟當整駕敬待時君之命。今乃杖策而出，遠有所求，不免服事權門，追逐羣小，譬猶飢食虎窟，寒栖雀林，亦何心哉！殆將遭時立功以遂所志焉爾。今既不然，而況運祚日衰，擾亂非一，亦猶時往歲陰，雲駭岸而風鳴條也。當是時，我但言嘯於幽僻無人之地，以自適焉。蓋以弦之急者，必無懦響；而負直亮之節者，言必不巽，豈不於此難爲哉？故又嘆人生實不易爲，而所藴何由舒展？顧平日耿介之懷而今若此，是以俯仰古今不能無愧也。

豫章行

汎舟清川渚，遥望高山陰重韻無謂，當作「岑」。水陸殊塗軌，懿親將遠尋。三荆歡同株，四鳥悲異林。樂會良自古，悼別豈獨今？寄世將幾何？日昃無停陰。前路既已多，後塗隨年侵。促促薄暮景，亹亹音尾鮮克禁。

曷爲復以茲，曾是懷苦心。遠節嬰物淺，近情能不深。行矣保嘉福，景絶繼以音。

豫章，漢郡名，今江西龍興府也。水岐成渚。懿親，謂兄弟也。三荆，《齊諧記》云：「田真、田慶、田廣欲分財産，堂前有紫荆一株，夜議斫分爲三，曉即憔悴。真歎曰：『樹本同株，聞分斫尚如此，況兄弟乎？』遂不分，荆復悦茂。」四鳥，《説苑》云：「完一作峘山之鳥生四子，羽翼既成，將分乎四海。母悲鳴而送之，其聲甚哀。」悼，傷也。前路，謂已歷之年。後塗，猶言末路。亹亹，進不已貌。禁，當。嬰，繫。行，去也。○士衡以兄弟將有遠行，因傷别而賦此，且言人壽無幾，徂年促迫，則已無如之何？況復以茲離别而懷苦心耶！然有遠大之節者，其繫于物必淺，而近情之人能不深有所累乎？故於其行，但祝以善自保養，雖形影隔絶，惟繼以音聞可也。

怨歌行　曹植子建

爲君既不易，爲臣良獨難叶難沿反。忠信事不顯，乃有音又見疑患叶胡涓反。周公佐成王，金縢功不刊叶丘虔反。推吐回反心輔王室，二叔反流言叶倪堅反。待罪居東國，泣涕當留連。皇靈大動變，震雷風且寒叶陰千反。拔木偃秋稼，天威不可干叶經天反。素服開金縢，感悟求其端叶都玄反。公旦事既顯，成王乃哀歎叶它涓反。吾欲竟此曲，此曲悲且長。今日樂相樂，别後莫相忘。

患，惡也。金縢，藏書之匱，以金緘之也。周公嘗以代武王死之册，納于其中，因以爲書篇名。刊，削也。不刊者，磨削不去之意。二叔，管蔡也。流言，謂播爲中傷之言，如水之流注也。居東，本東征，今曰待罪者。承鄭玄避君之説，亦作詩者自謙之辭也。留連，猶言留滯。端，事之萌也。旦，周公名，其事始末具《金縢篇》。

竟，終也。〇子建在雍丘時，常自憤怨，抱利器而無所施，上疏求自試，明帝既不報。及徙東阿，復上疏言禁錮，明時兄弟乖絶，恩紀之違甚于路人，願入侍左右承答聖問。其年冬，詔諸王朝。此詩之作，其在入朝之後，燕享之時乎？子建于明帝爲叔父，故借周公之事陳古以諷今，庶其有感焉？惜乎終不見信，雖復加封于陳，亦隆獎虚名而已。

燕歌行　魏文帝丕子桓

秋風蕭瑟天氣涼，草木摇落露爲霜，羣燕辭歸雁南翔。念君客遊思斷腸，慊慊苦簟反思歸戀故鄉，何爲淹留寄他方。賤妾煢煢守空房，憂來思君不敢忘，不覺淚下沾衣裳。援琴鳴弦發清商，短歌微吟不能長，明月皎皎照我牀。星漢西流夜未央，牽牛織女遥相望，爾獨何辜限河梁。

蕭蕭，寒涼之意。慊慊，心有所不足也。煢煢，獨也。援，引也。爾，本指二星，而實自謂也。辜之爲言，故也。〇此婦人思其君子遠行不歸之詞。豈帝爲中郎將時，北征在外，代述閨中之意而作歟？然不可考矣。其曰慊慊思歸者，意其必然之詞，何爲淹留者，又怪而問之之詞也。憂來而不敢忘，微吟而不能長，則可見其情義之正，詞氣之柔。至如牽牛織女而下，因賦所見而反以自況，含蓄無窮之思焉。

蜀道難　李白

噫嘘嚱！危乎高哉！蜀道之難，難於上青天。蠶叢及魚鳧，開國何茫然。爾來四萬八千歲，不與秦塞通人煙。西當太白有鳥道，可以横絶峨嵋巔。地崩山摧壯士死，然後天梯石棧相勾連。上有横河斷海之浮雲，下有衝波逆折之回川。黄鶴之飛尚不能過，猿猱奴刀切欲度愁攀緣。青泥何盤盤，百步九折縈巖巒。捫參歷井仰脇息，以手拊膺坐長歎平聲。問君西遊何時還，畏途巉巖不可攀。但見悲鳥號古木，雄飛呼雌遶林間。又聞子規啼夜月，愁空山，蜀道之難，難于上青天，使人聽此凋朱顔。連峯去天不盈尺，枯松倒挂倚絶壁。飛湍瀑蒲卜反流爭喧豗音灰，砯崖轉石萬壑雷。其險也如此，嗟爾遠道之人胡爲乎來哉？劍閣崢嶸而崔嵬，一夫當關，萬夫莫開。所守或匪親，化爲狼與豺。朝避猛虎，夕避長蛇。磨牙吮粗兗反血，殺人如麻。錦城雖云樂，不如早還家。蜀道之難，難于上青天，側身西望長咨嗟！

噫嘘嚱，皆嘆息辭。蜀王蠶叢祠，俗呼爲青衣神，蓋許氏教人養蠶；蜀後爲魚鳧氏，開創其國，事亦渺茫難稽。西方，正太白星分野。有鳥道，喻其險狹。參井，二星名。錦城，成都府。按《唐書》房琯、杜甫仕蜀時，嚴武爲帥，屢欲殺之，太白作此爲房與杜包之，備述蜀中險以激勸之。其韻格豪縱，時流少有及者，反覆嘆咏蜀道艱難，誠使人望風而知畏也。

廬山高　歐陽永叔

廬山高哉幾千仞兮，根盤幾百里，巀然屹立乎長江。長江西來走其下，是爲楊瀾左蠡兮，洪濤巨浪日夕相舂撞。雲消風止水鏡净，泊舟登岸而遠望兮，上摩青蒼以晻靄，下壓后土之鴻龎。試往造乎其間兮，攀緑石磴窺空硿。千巖萬壑響松檜，懸崖巨石飛流淙。水聲聒聒亂人耳，六月飛雪灑石矼。仙翁釋子亦往往而逢兮，吾嘗惡其學幻而言哤。但見丹霞翠壁遠近映樓閣，晨鐘暮鼓杳靄羅旛幢。幽花野草不知其名兮，風吹露濕香澗谷，時有白鶴飛來雙。幽尋遠去不可極，便欲絶世遺紛龎。羨君買田築室老其下，插秧盈疇兮釀酒盈缸。欲令浮嵐暖翠千萬狀，坐臥常對乎軒窗。君懷磊砢有至寶，世俗不辨珉與玒。策名爲吏二十載，青衫白首困一邦。寵榮聲利不可以苟屈兮，自非青雲白石有深趣，其氣兀硉音律何由降。丈夫壯節似君少，嗟我欲説安得巨筆如長杠。

文忠公贈中允劉渙凝之，以「廬山高」名篇。廬山，在江州，實東南之奇觀。劉君居于山下，其爲人極有氣節，不屈于時。文忠作此贈之，以廬山極其高，狀劉君氣節之豪邁，發越極其妙，故梅聖俞云：「一誦廬山高，萬景不得藏。設令古畫師，極意未能詳。」郭功父少時有曰：「近得永叔書，方作《廬山高》詩送劉同年。自以爲得意，恨不見此詩。」功父爲誦之，聖俞擊節嘆賞曰：「使吾更作詩，三十年亦不能道其中一句。」功父再誦，不覺心醉，遂置酒又再誦。酒數行，凡誦十數遍，不交一談而罷。歐公一日被酒，語其子棐曰：「吾詩《廬山高》令人莫能爲，惟太白能之。」先儒又曰：「其文豪縱，有類于李翰林《蜀道難》而韻險過之。」

太行路　白居易

太行之路能摧車，若比君心是坦途。巫峽之水能覆舟，若比君心是安流。君心好惡苦不常，好生毛羽惡生瘡。與君結髮未五載，豈期牛女爲參商。古稱色衰相棄背，當時美人猶怨悔。何況如今鸞鏡中，妾顔未改君心改。爲君薰衣裳，君聞蘭麝不馨香；爲君盛容飾，君看珠翠無顔色。行路難，難重陳。人生莫作婦人身，百年苦樂由他人。行路難，難于山，險于水。不獨人間夫與妻，近代君臣亦如此。君不見，左納言，右納史，朝承恩，暮賜死。行路難，不在水，不在山，秖在人情反覆間。

香山居士以路塗之險比人心之險，以夫婦之好合比君臣之遇合，其詩意最近人情，尤利初學。

桃源圖　韓愈

神仙有無何渺茫，桃源之説誠荒唐。流水盤回山百轉，生綃數幅垂中堂。武陵太守好事者，題封遠寄南宫下。南宫先生忻得之，波濤入筆驅文辭。文工畫妙各臻極，異境恍惚移于斯。架巖鑿谷開宫室，接屋連墻千萬日。嬴顛劉蹶了[一]不聞，地拆天分非所恤。種桃處處惟開花，川原遠近蒸紅霞。初來猶自念鄉邑，歲久此地還成家。漁舟之子來何所，物色相猜更問語。大蛇中斷喪前王，羣馬南渡開新主。聽終辭絶共悽然，自説經今六百年。當時萬事皆眼見，不知幾許猶流傳。爭持牛酒來相饋，禮數不同樽俎異。月明伴宿玉堂空，骨冷魂清無夢寐。夜半金鷄啁哳鳴，火輪飛出客心驚。人間有累不可住，依然離別難爲情。船閒棹進一回顧，萬里蒼蒼煙水暮。世俗寧知僞與真，至今傳説武陵人。

陶淵明敍桃源事，初無神仙之説，蓋晉太康中，武陵人捕魚溪行，迷路逢桃林夾岸，以爲秦人避世于此。後人流傳因謂秦人至晉猶有不死，指以爲神仙之境。昌黎作此篇，自首至末發明殆盡，當不可以一等文章草草視之。

頌　贊　引

大唐中興頌　元次山

天寶十四年，安禄山陷洛陽，明年陷長安，天子幸蜀，太子即位于靈武。明年皇帝移軍鳳翔，其年復兩京，上皇還京師于戲。前代帝王有盛德大業者，必見于歌頌。若令歌頌大業，刻之金石，非老于文學，其誰宜爲？頌曰：

噫嘻前朝！孽臣姦驕，爲昏爲妖。邊將騁兵，毒亂國經，羣生失寧。大駕南巡，百僚竄身，奉賊稱臣。天將昌唐，繄睨我皇，匹馬北方。獨立一呼，千麾萬旗，戎卒前驅。我師其東，儲皇撫戎，蕩攘羣兇。復音富服音伏指期，曾不踰時，有國無之。事有至難，宗廟再安，二聖重歡。地闢天開，蠲除妖災，瑞慶大來。兇徒逆儔，涵濡天休，死生堪羞。功勞位尊，忠烈名存，澤流子孫。盛德之興，山高日昇，萬福是膺。能令大君，聲容沄沄，不在斯文。湘江東西，中直浯溪，石崖天齊。可磨可鐫，刋此頌焉，何千萬年。

孽臣，李林甫、楊國忠也。邊將，指安禄山。大駕，謂玄宗也。我皇，肅宗。儲皇，即代宗。復服，謂經營恢復。堪羞，謂兇孽可羞也。大君，亦謂肅宗。○此篇詞簡意足，每三句一换韻，自是一體。前三句謂孽臣，次三句謂逆臣，又三句言降賊之臣，然後數句論恢復中興之事，又三句言兇孽之可羞，又三句言功臣之世澤，又三句言唐主盛德之福，然後論作頌可傳之意。范石湖云：「頌者，美盛德之形容。元次山以魯史筆法，婉辭以含譏，後人又發明之，則是碑乃一罪案耳。」

四皓贊　梁肅

道可佐皇，而隘于帝治，是以崆峒箕山之長揖于軒堯也。德宜輔王，而偶生霸世，則四皓之所以晦明于漢氏也。噫！周道絶而王澤涸，秦短世而漢雜興。六合披攘，兵不暇戢，則四公軒軒然鴻飛于冥，時也。天下大寶，一人攸繫，苟蔑嫡崇庶，則亂是用長。而公僂然俯定儲后，權也。處則以時，出則以權，時以全己之道，權以安天下之器，人得非知幾者歟？《易》謂「知幾其神乎？」四公體之。故曰：「時合道合，時塞道塞。生非其時，與道消息。」四公之謂歟？贊曰：秦失其鹿，豪傑並逐。鸞鳳並依，白雲深谷。英英南山，采采紫芝。漢以劍起，吾誰與歸？棲心化元，澹薄無爲。禮物雖至，先生默而。惟彼貞石，確不可轉。儲皇不安，我德用顯。太君是驚，惠位是寧。四公屈身，天下和平。弋者何思，鴻飛冥冥。

四皓，東園公、綺里公、夏黄公、角里先生。皇，三皇。帝，五帝。崆峒、箕山，山名。披攘，披裂攘奪。大寶，位也。僂然，老者之狀。失鹿，喻失天下也。化元，謂大化一元。儲皇，指惠帝。大君，謂高祖。○此篇首則借彼明此，而特序四公以時而隱，又次則明四公達權而出，然後令時與權議，至于賛語，見四皓爲國重輕。

孟浩然畫像贊 黄庭堅魯直

先生少也隱鹿門，爽氣洗盡塵埃昏。賦詩真可淩鮑謝，短褐豈愧公卿尊。故人私邀伴禁直，誦詩不顧龍鱗逆。風雲感會雖有時，顧此定知無枉尺。襄江渺渺泛青流，梅殘臘月年年愁。先生一往今幾秋，後來誰復釣槎頭。

王維待詔金鑾殿，召孟浩然商確風雅。適明皇駕至，浩然倉皇伏床下，維不敢隱，而以直奏。明皇曰：「朕聞此人久矣。」因召見，使進所業。浩然誦《歸南山》詩，有「不才明主棄，多病故人疏」。明皇曰：「朕未嘗棄人，卿自不求仕，何誣之甚也？」回命放歸南山。○山谷先生爲題此詩以贊其像。則浩然平生出處大節，悉能道盡，乃詩中傳也。

題李白畫像 蘇軾子瞻

天人幾何同一漚，謫仙非謫乃其遊。揮斥八極隘九州，化爲兩鳥鳴相酬。一鳴一止三千秋，開元有道爲少留，縻之不得矧肯求。東望太白橫峨岷，眼高四海空無人。大兒汾陽中令君，小兒天台坐忘身。平生不識高將軍，手涴吾足矧敢嗔，作詩一笑君應聞。

東坡此贊，發明謫仙無遺意矣。然非李謫仙固不足以當此，非蘇東坡亦不能爲此。百世之下，非有眼力者又豈能堪破此作也歟。

箜篌引　曹植子建

置酒高殿上，親友從我遊。中厨辨豐膳，烹羊宰肥牛。秦箏何慷慨，齊瑟和且柔。陽阿奏奇舞，京洛出名謳。樂飲過三爵，緩帶傾庶羞。主稱千金壽，賓奉萬年酬。久要不可忘，薄終義所尤。謙謙君子德，磬折欲何求。驚風飄白日，光景馳西流。盛時不可再一作「再來」，百年忽我遒。生在華屋處，零落歸山丘。先民誰不死，知命亦何憂亦，一作「復」。

豐膳，盛饌也。宰，屠也。箏，蒙恬所造，故曰秦箏。瑟，本伏羲所作，齊國臨淄之民無不習之，故稱齊瑟。陽阿，漢倡優家，教坊之名，《漢書》：「趙飛燕初屬陽阿主家學歌舞。」名謳，善歌者之稱。庶羞，諸牲肉之有滋味者。千金壽，謂燕賓之時，復舉千金爲壽。萬年，頌禱之詞。《詩》云：「君子萬年。」義所尤者，言于義爲有罪也。磬折，足恭之貌，言其曲躬如磬之折也。遒，迫也。零落，猶言殂落。○此蓋子建既封爲王之後，燕享賓親而作是曲。故言置酒高殿而極陳烹宰膳羞之豐，聲樂獻酬之盛矣。而又謂親交之義，但當久要不忘，始終如一，何乃過爲謙卑，若有所求而然耶？此可見其雖處富貴而能以義下交于人，寬裕愷悌，有以勸其開懷盡歡也。篇末復言歲不我與，終歸于盡。順受其正，亦復何憂？特以申其相勸之義，而于待賓之情意，亦勤至矣。

丹青引　杜甫子美

將軍魏武之子孫，于今爲庶爲清門。英雄割據雖已矣，文采風流今尚存。學書初學衛夫人，但恨無過王右軍。丹青不知老將至，富貴于我如浮雲。開元之中常引見，承恩數上南薰殿。凌煙功臣少顔色，將軍下筆開生面。良相頭上進賢冠，猛士腰間大羽箭。褒公鄂公毛髮動，英姿颯爽猶酣戰。先帝天馬玉花驄，畫工如山貌不同。是日牽來赤墀下，迥立閶闔生長風。詔謂將軍拂絹素，意匠慘淡經營中。斯須九重真龍出，一洗萬古凡馬空。玉花却在御榻上，榻上庭前屹相向。至尊含笑催賜金，圉人太僕皆惆悵。弟子韓幹早入室，亦能畫馬窮殊相。幹惟畫肉不畫骨，忍使驊騮氣凋喪。將軍善畫蓋有神，必逢佳士亦寫真。即今漂泊干戈際，屢貌尋常行路人。途窮返遭俗眼白，世上未有如公貧。但看古來盛名下，終日坎壈纏其身。

將軍，曹霸也。魏武，即曹操。曹霸削籍爲民，故曰爲庶。英雄割據，指曹操也。李夫人名衛，善草書。王右軍，名逸少，字義之。唐畫李靖等二十四人于淩煙閣。進賢冠，儒者之冠，《漢志》名緇布冠也。褒公，段志玄。鄂公，尉遲敬德。先帝，明皇也。玉花驄，馬名。意匠，運心意之工者。韓幹，大梁人，學畫於霸，坎壈不得志也。曹霸，唐元宗朝爲大將軍，以得罪削籍。此引初明家譜之源，次言學書之目，末則備述丹青妙手，見重時君，又復嗟其飄泊坎壈，以貧賤終其身。蓋見人生之倏達忽窮有如此，使以貴賤得喪累其心者，處之當何如耶？子美雖美曹霸，實抑假此以自況歟？

曲調唱詠嘆

明妃曲　歐陽永叔

其一

胡人以鞍馬爲家，射獵爲俗。泉甘草美無常處，鳥驚獸駭爭馳逐。誰將漢女嫁胡兒，風沙無情面如玉。身行不遇中國人，馬上自作思歸曲。推手爲琵却手琶，胡人共聽亦咨嗟。玉顔流落死天涯，琵琶却傳來漢家。漢宮爭按新聲譜，遺恨已深聲更苦。纖纖女手生洞房，學得琵琶不下堂。不識黄雲出塞露，豈知此聲能斷腸。

其二

漢宮有佳人，天子初未識。一朝隨漢使，遠嫁單于國。絶色天下無，一失難再得。雖能殺畫工，于事竟何益。耳目所及尚如此，萬里安能制夷狄。漢計誠已拙，女色難自誇。明妃去時淚，洒向枝上花。狂風日暮起，飄泊落誰家。紅顔勝人多薄命，莫怨春風當自嗟。

琵琶，胡琴推手前曰琵，却手後曰琶，取鼓時以爲名也。《唐書》：「自下逆鼓曰琵，自上順鼓曰琶。其長三尺五寸，象三才五行，四弦象四時。」單于，即匈奴。畫工，指毛延壽。歐陽二詩詞意深到，其言近而宮廷聞見且有所不及，況遠而萬里之夷狄乎？此語切中膏肓。末言非元帝之不知幸于昭君，乃昭君之命薄而不見幸于元帝也。辭旨深遠超絶，非近世詩人騷客能及。

清江曲　蘇養直

屬玉雙飛水滿塘，菰蒲深處浴鴛鴦。白蘋滿棹歸來晚，秋着蘆花兩岸霜。扁舟繫岸依林樾音曰，蕭蕭兩鬢吹華髮。萬事不理醉復醒，長占煙波弄明月。

此篇首則形容江景之清幽，次則備言情懷之蕭散。首末八句會景象于胸中，脱塵凡于世表，讀之真有悠然自得之意，非曠達高世者，孰能道也。

塞上曲　黄庭堅魯直

十月北風燕草黄，燕人馬肥弓力強。虎皮裁鞍鵰羽箭，射殺陰山雙白狼。青氈帳高雪不濕，擊鼓傳觴令行急。戎王半醉擁貂裘，昭君猶抱琵琶泣。

此篇形容塞上風景之殊，時士氣概之勇。末寓悲歌感慨之意，可悲可壯，可驚可愕。誦此詩者不無憂邊懷國之志，所謂一唱三歎者歟。

清平調　李白

其一

雲想衣裳花想容，春風拂檻露華濃。若非羣玉山頭見，會向瑶臺月下逢。

其二

一枝紅豔露凝香，雲雨巫山枉斷腸。借問漢宮誰得似？可憐飛燕倚新粧。

其三

名花傾國兩相歡，長得君王帶笑看。解釋春風無限恨，沉香亭北倚欄干。

《李白集後序》云：「沉香亭前，會花繁開，上乘照夜車，真妃以步輦從。上曰：『賞名花，對妃子，何用舊樂辭？』遽命持金花箋賜翰林李白，立進《清平調》辭三章。」王荆公曰：「白詩近俗，人易悦故也。白識見汚下，十首九説婦人與酒，然其才豪俊亦可取也。」

水調歌頭　黄庭堅魯直

瑶草一何碧，春入武陵溪。溪上桃花無數，花上有黄鸝。我欲穿花尋路，直入白雲深處。浩氣展虹蜺，秖恐花深裏，紅露濕人衣。　坐白石，欹玉枕，拂金徽，謫仙何處？無人伴我白螺杯。我爲靈芝仙草，不爲朱脣丹臉。長嘯亦何爲？醉舞下山去，明月逐人歸。

山谷先生此篇才氣飄逸，風韻灑落，非拘攣補衲者可儗，故著之爲後學法。

菩薩蠻　李白

平林漠漠煙如織，寒山一帶傷心碧。暝色入高樓，有人樓上愁。　玉階空佇立，宿鳥歸飛急。何處是歸程？長亭連短亭。

先儒謂太白天才，觀此詞雖近俗，人所易曉，而音調意趣俱不凡。

漁家傲秋思　范希文

塞上秋來風景異，衡陽雁去無留意。四面邊聲連角起，千嶂裏，長煙落日孤城閉。　濁酒一杯家萬里，燕然未勒歸無計。羌管悠悠霜滿地，人不寐，將軍白髪征夫淚。

范文正公，爲宋名臣，忠在朝廷，功著邊徼。讀其秋思之詞，隱然見其憂國忘家之意，信非區區詩人之可擬也。

浪淘沙懷舊　歐陽永叔

把酒祝東風，且共從容。垂楊紫陌洛城東，總是當時携手處，遊遍芳叢。聚散苦匆匆，此恨無窮。今年花勝去年紅，可惜明年花更好，知與誰同。

此詞寫出感物懷舊之情，惜老傷時之意爲真切。

桂枝香懷古　王介甫

登臨送目，正故國晚秋，天氣初肅。灑瀟澄江似練，翠峯如簇。征帆去棹殘陽裏，背西風，酒旗斜矗。綵舟雲淡，星河鷺起，畫圖難足。念往昔、豪華競逐。恨門外樓頭，悲恨相續。千古憑高，對此謾嗟榮辱。六朝舊事隨流水，但寒煙、衰草凝緑。至今商女，時時尚歌，後庭遺曲。

金陵懷古之作，古今不一而足。荆公此詞睹景興懷，感今增喟，獨寫出人情世故之真，而造語命意飄然脱塵出俗，有得詩人諷喻之意。

西江月警世　朱希真

世事短如春夢，人情薄似秋雲。不須計較苦留心，萬事元來有命。幸遇三杯酒美，況逢一朵花新。片時歡笑且相親，明日陰晴未定。

蝶戀花警世　秦少游

鐘送黄昏鷄報曉，昏曉相催，世事何時了？萬苦千愁人自老，春來依舊生芳草。忙處人多閑處少，閑處光陰，幾個人知道。獨上小樓雲杳杳，天涯一點青山小。

二詞皆爲警世而作也。辭雖少殊，而模寫人情世故，與夫天道之變，君子樂天之常，則一而已，讀之能不益敦其修身行素之志乎？

次袁機仲韻水調歌頭　朱熹

長記與君别，丹鳳九重城。歸來故里，愁思悵望渺難平。今夕不知何夕，得其寒潭煙艇，一笑俯空明。有酒徑須醉，無事莫關情。尋梅去，疏竹外，一枝横。與君吟弄風月，端不負平生。何處車塵不到，有個江天如許。爭肯换浮名？只恐買山隱，却要鍊丹成。

晦庵朱子，爲千百世道學之宗，豈詞章云乎哉？然其日用應俗諸作，即景寫情，因物曲折，渾然天成，如大匠運斤，無斧鑿痕。回視餘子字鍊句煅，鏤冰出巧者，大有徑庭。

沁園春題睢陽雙廟　朱瑞

爲子死孝，爲臣死忠。死又何妨？自光嶽氣分，士無全節，君臣義缺，誰負剛腸？駡賊睢陽，愛君許遠，留得聲名萬古香。後來者，無二公之操，百鍊之鋼。　人生翕欻云亡，好烈烈轟轟做一場。使當時賣國，甘心降虜，受人唾罵，安得流芳？古廟幽沉，遺容儼雅，枯木寒鴉幾夕陽。郵亭下，有奸雄過此，仔細思量。

人臣之節，莫大于死國。文章之作，貴關乎世教。此詞紀實，張巡許遠忠節，足以立綱常，厚風教，誠有補于世，非徒然作者也。蓋亦宇宙間之不可無者，宜著之以傳。

蝶戀花 元日立春　辛幼安

誰向椒盤簪綵勝。整整韶華，爭上春風鬢。往日不堪重記省。爲花長抱新春恨。　春未來時先借問。晚恨開遲，早又飄零近。今歲花期消息定。只愁風雨無憑準。

辛稼軒，博學能文，尤工詞曲。觀此立春之作，撫景寫情，感慨悲壯之意，超然高出物表。語倡奇，自成一家。

詠貧士　陶潛

萬族各有託，孤雲獨無依。曖曖空中滅，何時見餘暉。朝霞開宿霧，衆鳥相與飛。遲遲出林翮，未夕復來歸。量力守故轍，豈不寒與飢。知音苟不存，已矣何所悲。

族，類也。故轍，故人之跡也。此亦靖節更歷世變，安貧守節，而嘆人之莫我知也。言衆人各得其所，而己獨窮困無賴，恐没世而無聞，譬猶飛潛動植之物各有所託，而孤雲獨飄飄無依，行將滅于空中，不復可見矣。且所謂「朝霞開霧」，喻朝廷之更新；「衆鳥羣飛」，比諸臣之趨附；而「遲遲出林」「未夕來歸」者，則自況其審時出處，與衆異趣也。我于此時，固守不易，甘分飢寒如此，苟無知音者存，亦自已矣，夫復何悲？此真所謂樂夫天命而不疑者歟？

詠懷　阮籍嗣宗

中夜不能寐，起坐彈鳴琴。薄帷鑒明月，清風吹我襟。孤鴻號外野，翔鳥鳴北林。徘徊將何見，憂思獨傷心。

此嗣宗憂世道之昏亂，無以自適，故託言夜半之時起坐而彈琴也。所謂「薄帷照月」，已見陰光之盛，而清風吹襟，則又寒氣之漸也。況賢者在外，如孤鴻之哀號于野；而羣邪阿附權臣，亦猶衆鳥回翔而鳴于陰背之林焉。是時魏室既衰，司馬氏專政，故有是喻。其氣象如此，我之徘徊不寐，復將何見耶，意謂昏亂愈久，則所見殆有不可言者，是以憂思獨深而至于傷心也。

嘉樹下成蹊，東園桃與李。秋風吹飛藿，零落從此始。繁華有憔悴，堂上生荆杞。驅馬舍之去，去上西山趾。一身不自保，何況戀妻子。凝霜被野草，歲暮亦云已。

成蹊，《漢書·李廣傳》贊曰：「桃李不言，下自成蹊。」荆杞，皆有刺之木，所謂荆棘、杞是也。西山，首陽也。趾，山足也。已，畢也。〇此言魏室全盛之時，則賢才皆願禄仕，其朝譬猶東園桃李，春玩其花，夏收其實，而往來者衆，其下自成蹊也。及乎權姦僭竊，則賢者退散，亦猶秋風一起，而草木零落，繁華者于是而憔悴矣。甚至荆杞生于堂上，則朝廷所用之人，從可知焉。當時，是惟脱遠遁去，從夷齊于西山，尚恐不能自保，何況戀妻子乎？篇末復謂嚴霜被草，歲暮云已者，蓋見陰凝愈盛，世運垂窮，朝廷終將變革，無復可延之理，是以情促詞絶，不自知其嘆息之深也。

詠史　張協景陽

昔在西京時，朝野多歡娛。藹藹東都門，羣公祖二疏。朱軒曜金城，供居用反帳臨長衢。達人知止足，道榮忽如無。抽簪解朝衣，散上聲髮歸海隅。行人爲去聲隕涕，賢哉此大舊作「丈」，誤夫。揮金樂當年，歲暮不留儲。顧謂四座賓，多財爲累愚。清風激萬代，名與天壤俱。咄此蟬冕客，君紳宜見書。

西京，謂西漢。東都門，長安東門也。餞行曰祖。二疏，疏廣、疏受也。廣，字仲翁，宣帝時爲太子太傅；受，字公子，太傅兄子也，亦同時爲少傅。金城，謂城之堅也。供，設也。海隅，謂二疏所居東海蘭陵也。揮，散。儲，積也。累愚，謂爲愚者之累也。咄，《説文》云：「相謂也。」冕，大夫以上之冠也。蟬冕，冕冠加金蟬珥貂者也。紳，大帶之垂者。見書，猶言爲我書之，欲其不忘也。

夏日嘆　杜甫

夏日出東北，陵天經中街。朱光徹厚地，鬱蒸何由開。上蒼久無雷，無乃號令乖。雨降不濡物，良田起黃埃。飛鳥苦熱死，池魚涸其涯。萬人尚流冗，舉月唯蒿萊。至今大河北，盡作虎與豺。浩蕩想幽薊，王師安在哉？對食不能餐，我心殊未諧。渺然貞觀初，難與數子偕。

中街，謂黃道也。冗，散也。光武詔云：「流冗道路。」幽薊，屬范陽郡。禄山爲范陽節度使，是時反陷河北諸郡。結末思貞觀諸子，以見朝廷之無人材也。二嘆亦必一時所作，惟「上蒼久無雷，無乃號令乖」兩語不類，然篇中微意，正在于此，亦不可無也。

秋雨嘆

雨中百草皆爛死，階下決明顔色鮮。著葉滿枝翠羽蓋，開花無數黄金錢。涼風蕭蕭吹汝急，恐汝後時難獨立。堂上書生空白頭，臨風三嗅馨香泣。

杜子美此嘆，託物寓意，或自況，或有爲而發，雖不可知，然其辭旨兼到，感慨意深，故東坡云：「杞人馬正卿作太學正，清苦有氣節，諸生既不喜，博士亦忌之。予偶至其齋中，書《秋雨嘆》一篇壁間，初無意也，而正卿即日辭歸，不復出。」然此則子美之作，感人心，關風俗，概于此可見矣。

感事歎　朱熹

榮華難久恃，代謝安可量。宿昔堂上飲，今歸荒草鄉。高臺一以傾，總帳施空房。繁絃既闋奏，緩舞亦綴行。桃李自妍華，春風自飄揚。戀幄靡遺思，更平聲衣有餘芳。身徂名亦滅，事往恨空長。寄語繁華子，古今同一傷。

此必有爲而言。然當時恃勢驕奢之人，往往有之，不必考其誰何也。且朱子託言寓意，詞肯深遠，音節簡古，非世之詞人騷客所及，故曰朱子之詩，《三百篇》後，一人而已信哉。

【校記】

［一］了，原作「子」，據成化本改。按《五百家注昌黎文集》卷三作「了」。

詩學權輿　卷之十三

篇　文

美女篇　曹植子建

美女妖且閑叶何堅反，采桑歧路西叶蕭前反，一作「間」，叶經天反。柔條紛冉冉，葉落何翩翩。攘袖見音現素手，皓腕約金環叶胡涓反。頭上金爵釵，腰佩翠琅玕叶經天反。明珠交玉體，珊瑚間去聲木難叶那沿反。羅衣何飄飖一作「飄飄」，輕裾隨風還音旋。顧盼遺光彩，長嘯氣若蘭叶陵延反。行徒用息駕，休者以忘餐叶逡緣反。借問女安居？乃在城南端叶都玄反。青樓臨大路，高門結重關叶圭玄反。容華耀朝日，誰不希令顏叶倪堅反。媒氏何所營，玉帛不時安叶於虔反。佳人慕高義，求賢良獨難韻重，叶同上。衆人徒嗷嗷，安知彼所觀叶居玄反。盛年處房室，中夜起長歎叶它涓反。

妖，少好貌。閑，雅也。道二達謂之岐。攘袖，猶今人言將臂也。約，纏繞也。環，通作鐶，釧也。珊瑚，似琅玕，紅潤如玉，可爲珠，生南國海底盤石上。木難，珠名，色黃，生東夷，又《南越志》云：「金翅鳥沫所成，碧色珠也。」衣之裔曰裾。端，發首處。結，猶構也。安，置也。良，猶甚也。嗷嗷，衆口喧雜之聲。彼，指佳人，實自謂也。○子建志在輔君匡濟，策功垂名，乃不克，遂雖授爵封，而其心猶爲不仕，故託處女以寓愁慕之情焉。

其言妖閑皓素，以喻才質之美；　服飾珍麗，以比己德之盛；　至於文采外著，芳譽日流而爲衆所希慕如此，況謂居青樓高門，近城南而臨大路，則非疏遠而難知者，何爲見棄不以時而幣聘之乎？　其實爲君所忌，不得親用，今但歸咎于媒薦之人，蓋不敢斥言也。　且古之賢者，必擇有道之邦，然後入仕，猶佳人之擇配而慕夫高義者焉。　惟子建以魏室至親，義當與國同其休戚，雖欲它求，其可得乎？　此所以爲求賢獨難，而其所見亦豈衆人所能知哉？　夫盛年不嫁，將恐失時，故惟中夜長嘆而已。　孟子所謂「不得於君則熱中」，其子建之謂歟。

弔屈原文　柳子厚

後先生蓋千祀兮，余再逐而浮湘。　求先生之汨羅兮，攬蘅若以薦芳。　願荒忽之顧懷兮，冀陳辭而有明叶音芒。　先生之不從世兮，惟道是就。　支離搶攘兮，遭世孔疚。　華蟲薦壤兮，進御羔袖。　牝雞咿嚘兮，孤雄束咮。　哇咬環觀兮，蒙耳大呂。　堇喙以爲羞兮，焚棄稷黍。　犴獄之不知避兮，宮廷之不處。　陷塗藉穢兮，榮若繡黼。　榱折火烈兮，娭娭笑語。　讒口之嘵嘵兮，惑以爲咸池。　便媚鞠恧兮，美愈西施。　謂謨言之怪誣兮，反寘填而遠遺。　匿重痼以諱避兮，進俞緩之不可爲。　何先生之凜凜兮，厲鍼石而從之。　仲尼之去舍魯兮，曰吾行之遲遲。　柳下惠之直道兮，又焉往而可施。　今夫世之議夫子兮，曰胡隱忍而懷斯。　惟達人之卓軌兮，固僻陋之所疑。　委故都以從利兮，吾知先生之不忍。　立而視其覆墜兮，又非先生之所志。　窮與達故不渝兮，夫惟服道以守義。　矧先生之悃愊兮，滔大故而不二。　沈璜瘞佩兮，孰幽而不光。　荃蕙蔽匿兮，胡久而不芳。　先生之貌不可得見兮，猶髣髴其文章。　託遺編而嘆喟兮，涣余涕之盈眶。　呵星辰而驅詭怪兮，夫孰救於崩亡。　何揮霍雷電兮，苟爲是之荒茫。　耀姱辭之曭朗兮，世果以是之爲狂。　哀余衷之坎坎兮，獨蘊積而增傷。　諒先生之不言兮，後之人又何望。

忠誠之既内激兮，抑銜忍而不長。芊爲屈之幾何兮，胡爲獨焚其中腸。吾哀今之爲仕兮，庸有慮時之否臧。食君之禄畏不厚兮，悼得位之不昌。退自服以默默兮，曰吾言之不行。既媮風之不可去兮，懷先生之可忘。

堇，烏頭；喙，烏喙，皆毒藥。《咸池》，黄帝樂。俞緩，俞附、秦緩，古之良醫。荃蕙，香草也。姱，好也。矘，目之無睛，不明也。此篇用比賦而雜出風興之義，其跡原之心，頗得之。

弔田横文 韓愈

事有曠百世而相感者，余不自知其何心，非今世之所稀，孰爲使余歔欷而不自禁。余既博觀乎天下，曷有庶幾夫子之所爲。死者不可生，嗟余去此其從誰。當秦氏之敗亂，得一士而可王。何五百人之擾擾，而不能脱夫子於劍鋩。抑所寶之非賢，亦天命之有常。昔闕黨之多士，孔聖亦云其遑遑，苟余行之不迷。雖顛沛，其何傷？自古死者非一，夫子至今有耿光、跽陳辭而薦酒，魂髣髴其來饗。

晁氏曰：「退之有大志，不爲世知，行經横墓，感其義能得士，故爲文弔之。」

吟 怨 弄

東武吟 鮑明遠

主人且勿諠，賤子歌一言。僕本寒鄉士，出身蒙漢恩。始隨張校尉，占去聲，五臣作「召」，誤募到河源。後逐李輕車，追虜窮塞垣。密途亘萬里，寧歲猶七奔。肌力盡鞍甲，心思去聲歷涼温。將軍既下世，部曲亦罕存。時事一朝異，孤績雖復論。少壯辭家去，窮老還入門。腰鐮刈葵藿，倚杖牧雞豚。昔如韝上鷹，今似檻中猨。徒結千載恨，空負百年怨平聲。棄席思君幄，疲馬戀君軒。願垂晉主惠，不愧田子魂。

僕，亦賤者之稱。張校尉，漢張騫，以郎應募，使月氏而至大夏，窮河源，後爲校尉。占募，《吴志》：「中郎將周祇乞於鄱陽占募。」謂自隱度而應募也。李輕車，漢李廣從弟蔡也，元朔中爲輕車將軍，擊匈奴右賢王有功。垣，即城也。密，近也。亘，《方言》云：「竟也。」七奔，用《左氏傳》「子重一歲士奔命」之詞。部曲，司馬彪《續漢書》云：「大將軍營五部，部有校尉一人，部有，二曲，曲有軍侯一人。」鎌，刈鈎，亦名鍥音結。韝，駕鷹臂捍，檻，養獸櫳也。晉主，晉文公。《韓非子》曰：「文公歸至河上，欲捐籩豆席蓐。舅犯哭曰：『籩豆，所以食也，席蓐，所以臥也，而君棄之。臣不勝其哀。』公乃止。」田子，《韓詩外傳》云：「田子方出，見御者將棄其老馬於道，喟然曰：『少盡其力，老棄其身，仁者不爲也。』束帛而贖之，窮士聞之，知所歸心焉。」〇按：《樂府解題》謂《東武吟》率皆傷悼時移事變之詞。明遠此篇殆有所爲而擬作歟，觀其首言主人勿諠，而後歌者欲其聽之，審而感之速也，故下文歷敘征役遠塞之勞，窮老還家之苦，至篇末復懷戀主之情，而猶有望於垂惠，然不知其爲誰而發也。

遊子吟　孟郊東野

慈母手中線，遊子身上衣。臨行密密縫，意恐遲遲歸。誰言寸草心，報得三春暉。

即衣線密縫，以見慈母念子遠行之意，託寸草春暉以喻人子懷母劬勞之恩，可謂詳切而善諷矣。

月下吟　李白

金陵夜寂涼風發，獨上高樓望吴越。白雲映水摇秋城，白露垂珠滴秋月。月下長吟久不歸，古今相接眼中稀。解道澄江浄如練，令人長憶謝玄暉。
李白此作，風韻典雅，氣格雄偉，所謂會景象於胸中，脱塵凡於物表，真有超然自得之趣也。○按「解道澄江浄如練，令人長憶謝玄暉」，蓋「澄江浄如練」即玄暉全句也。後人襲用此格，愈變愈工，至魯直則云：「憑誰説與謝玄暉，休道澄江浄如練。」

長城吟 王翰

長安少年無遠圖，一生惟羨執金吾。麒麟殿前拜天子，走馬爲君西擊胡。胡沙獵獵吹人面，漢虜相逢不相見。遥聞鐘鼓動地來，傳道單于夜猶戰。此時顧恩寧顧身，爲君一行摧萬人。壯士揮戈回白日，單于濺血污朱輪。回來飲馬長城窟，長城道旁多白骨。問之耆老何代人，云是秦王築城卒。黄昏塞北無人煙，鬼哭啾啾聲沸天。無罪見誅功不賞，孤魂流落此城邊。當晉秦王按劍起，諸侯膝行不敢視。富國強兵二十年，築怨興徭九千里。秦王築城何太愚，天實亡秦非北胡。一朝禍起蕭牆内，渭水咸陽不復都。

離怨 張籍

切切重去聲切切，秋風桂枝折音舌。人當少年嫁，我當少年别。念君非征役一作「行」，年年長遠塗。妾身甘獨没，高堂有舅姑。山川豈悠遠，行人自不返。
或言籍樂府古淡，昌黎既許之，宜其可取者多矣。愚謂古人制作，自有體格，雖或因時高下，其氣韻亦不相遠，此難以言語形容，在識者自能心領意會也。今觀籍所作，詞雖古淡，音調則唐而已。獨此《離怨》一篇庶幾近之，餘皆似是而實非，大抵貞元以後，稱學古者類如此。夫唐以詩名世者，無上三百家，而欲求古作之純全，合乎風雅之遺響者，何其不易得也。嗚呼！世降風移，一至于此也夫？

征婦怨　王建

九月匈奴殺邊將，漢軍全没遼水上。萬里無人收白骨，家家城下招魂葬。婦人依倚子與夫，同居貧賤身亦舒。夫死戰場子在腹，妾身雖存如晝燭。

此述征婦嫠居之苦，曲盡其情，故著之。

長門怨　沈佺期

月皎風泠泠，長門次掖庭。玉階聞墜葉，羅幌見飛螢。清露凝珠綴，流塵下翠屏。妾心君未察，愁歎劇繁星。

此詩寫出長門愁態，辭婉而意切，非深於宫情者不能也。

江南弄　古辭

衆花雜色滿上林，舒芳耀彩垂輕陰，連手蹀躞舞春心。舞春心，臨歲腴。中人望，獨踟躕。

按：《江南弄》即《江南曲》之篇目，梁武帝改西曲製《江南》《採蓮》等曲，蓋樂府古辭無非感時觸物，以寫其香閨情態。

遊戲五湖採蓮歸，發花田葉芳襲衣，爲君儂歌世所希。世所希，有如玉，江南弄，採蓮曲。○附《採蓮曲》。

思樂哀愁别

有所思　盧仝

當時我醉美人家，美人顔色嬌如花。今日美人棄我去，青樓朱箔天之涯。娟娟姮娥月，三五二八圓又缺。翠眉蟬鬢生别離，一望不見心斷絶。心斷絶，幾千里。夢中醉臥巫山雲，覺來淚滴湘江水。湘江兩岸花木深，美人不見愁人心。含愁更奏緑綺琴，調高絃絶無知音。美人兮美人不知，爲暮雨兮爲朝雲。相思一夜梅花發，忽到窗前疑是君。

《雪浪齋日記》云：「玉川子詩，讀者易解，識者當自知之，如《有所思》一篇，興趣高遠，風韻飄逸，非尋常者比。」朱子亦云：「詩須要句法渾成，如玉川子輩句，雄健險怪，亦自有渾成底氣象。」

莫愁樂　古辭

莫愁在何處？莫愁石城西。艇子打兩槳，催送莫愁來。

《唐書·樂志》云：「石城女子名莫愁，善歌，因有此歌。」

襄陽樂

爛熳女羅草，結曲繞長松。三春雖同色，歲寒非處儂。女蘿自微薄，寄託長松表。何惜負霜死，貴得相纏繞。

《古今樂録》曰：「宋隨王誕爲襄陽郡，夜聞諸女歌謡，因作之。此二樂皆西曲歌，凡此等作，雖鄙俚無足取也，然亦一時之情詞，有不忍廢者，故録之。」

江南樂

江南樂，春水紅橋滿城郭，出門不用金馬絡。門前畫船如畫閣，緑紗窗虚春霧薄。隔窗蛾眉秋水活，翡翠冠高羅袖闊。楚舞吴歌勸郎酌，紫竹瑶絲相間作。船頭柳花如雪落，船尾綵旗風綽綽。秉燭夜遊隨意泊，人生無如江南樂。

詞語清健，彷佛古之作者，因録。

七哀　曹植子建

明月照高樓，流光正徘徊叶胡威反。上有愁思去聲婦，悲歎有餘哀叶於希文。借問歎者誰，言是宕徒浪反子妻叶千宜反。君行踰十年，孤妾常獨棲叶紘宜反。君若清路塵，妾若濁水泥叶年其反。浮沉各異勢，會合何時諧叶紘基反。願爲西南風，長逝入君懷叶胡威反。君懷良不開叶祛基反，賤妾當何依？

宕，義與「蕩」同。清路，猶言亨衢。事遂曰「諧」。子建與文帝同母骨肉，今乃浮沉異勢，不相親與。故特以孤妾自喻，而切切哀慮之也。其首言月光徘徊者，喻文帝恩澤流布之盛，以發下文獨不見及之意焉。此篇亦知在雍丘所作，故有「願爲西南風」之語。按：雍丘即今汴梁之陳留縣，當魏都西南云。

七哀　王粲仲宣

西京亂無象，豺虎方遘患叶胡濁反。復棄中國去，委一作「遠」身適荆蠻叶眉堅反。親戚對我悲，朋友相追攀叶普邊反。出門無所見，白骨蔽平原叶魚涓反。路有飢婦人，抱子棄草間叶經天反。顧聞號泣聲，揮泣獨不還音旋。未知身死處，何能兩相完叶謂拳反。驅馬棄之去，不忍听此言叶倪堅反。南登霸陵岸，回首望長安叶於虔反。悟彼下泉人，喟然傷心肝叶經云反。

亂無象，《春秋傳》註云：「國無道則禍亂生，初無形象之可知也。」豺虎，喻作亂之人。遘，與「構」同。患，禍也。揮涕不還，謂婦人但自揮涕而去，不復顧其子之號泣也。霸陵，漢文帝陵名，在灞水之上。下泉人，謂賦《下泉》之詩，而思念周京之治者也。仲宣以西京肇亂，既不就仕，而又避地荆楚，因道塗所見，感彼在昔遭亂，思治之人，哀而作是詩也。

荆蠻非我鄉，何爲久滯淫。方舟泝大江，日暮愁我心。山岡有餘暎，巖阿增重陰。狐狸馳赴穴，飛鳥翔故林。流波激清響，猴猿臨岸吟。迅風拂裳袂，白露沾衣襟。獨臥不能寐，攝衣起撫琴。絲桐感人情，爲去聲我發悲音。羈旅無終極，憂思去聲壯難任。

滯淫，字出《國語》，淫亦久也。逆流而上曰泝。餘暎，斜暉也。迅，疾。攝，整。壯，益也。〇此篇因久淹荆土，感物興哀而作。其言日暮餘暎以喻漢祚之微延，巖阿增陰以比僭亂之益盛，當此之時，或奔趨以附勢，或戀闕以徘徊，亦猶狐狸各馳赴穴，而飛鳥尚翔故林也。又況波響猿吟，風凄露冷，其氣象蕭索如此，因念久客羈栖，何由終極？則憂思至此，愈不可禁矣。

哀江頭　杜甫

少陵野老吞聲哭，春日潛行曲江曲。江頭宮殿鎖千門，細柳新蒲爲誰緑。憶昔霓旌下南苑，苑中萬物生顔色。昭陽殿裏第一人，同輦隨君侍君側。輦前才人帶弓箭，白馬嚼嚙黃金勒。向天仰射雲霄中，一箭正墜雙飛翼。明眸皓齒今何在，血污遊魂歸不得。清渭東流劍閣深，去住彼此無消息。人生有情淚沾臆，江水江花豈終極。黃昏胡驥塵滿城，欲往城南忘南北。

少陵野老，子美自謂也。吞聲哭，謂流涕而泣無聲也。曲江，地名，在洛陽韶華寺南，開元中鑿地引泉，環植花木，爲京師勝賞之地。第一人，謂貴妃容色爲後宮第一。明眸皓齒，亦指貴妃也。清渭、劍閣，喻隴蜀山川之深阻也。此詩蓋子美見曲江之荒涼，感時物之遷變，追憶明皇貴妃之遊樂不可復見，而人君淫荒敗國爲可戒，故終謂胡塵之滿城，雖欲歸省而無所適也。蘇子由云：「此詩詞氣若百金戰馬注城蓦澗，如履平地，其然，豈其然哉！」

四愁

一思曰：此衍文也，下倣此。李周翰曰：「題首曰愁，而此曰思者，愁出於思故也。」我所思兮在太山叶輸旃反，欲往從之梁父音甫艱叶居賢反，側身東望涕霑翰。美人贈我金錯刀，何以報之英瓊瑤。路遠莫致倚逍遥，何爲懷憂心煩勞。

太山，在兖州，爲五嶽之尊，故以比時君。梁父，太山下小山也，以比讒邪小人。側身，不安之貌。翰，未詳其義。錯，以金鏤文也。《漢書》云：「王莽造錯刀。」又《續漢書》云：「諸侯王佩刀黃金錯鐶。」此言美人贈者，喻爵禄之榮也。瓊，赤玉；瑤，白玉，皆玉之美而有英華者也。路遠亦以喻讒邪所間。倚者，佇望切切之意。逍遥，翱翔自適也。

二思曰：我所思兮在桂林，欲往從之湘水深，側身南望涕霑襟。美人贈我金五臣作「琴」琅玕，何以報之雙玉盤叶蒲沿反。路遠莫致倚惆悵叶丑良反，何爲懷憂心煩傷。

桂林，在湘水之南，八桂成林，其地因名桂林，今爲靖江府。湘水出零陵，今全州清湘縣也。琅玕，珊瑚之屬，按《本草》：「具五色，生海底，網得之，古惟雍州所貢，今多産南海。」惆悵，恨望也。

三思曰：我所思兮在漢陽，欲往從之隴阪長，側身西望涕霑裳。美人贈我貂襜蚩古反褕，何以報之明月珠。路遠莫致倚踟躕，何爲懷憂心煩紆。

漢陽，隴西天水郡，即今秦州也。阪，山坂可通車者。隴阪，秦州有大隴山，亦曰隴首，其坂九曲。貂，鼠屬，大而黄黑，出東北夷，皮可爲服飾。直裾謂之襜褕，今蔽膝也。明月珠，海蚌食月光而生者，因以爲名。紆，曲亂也。

四思曰：我所思兮在雁門叶眉貪反，欲往從之雪雰雰叶孚勻反，側身北望涕霑巾。美人贈我錦繡段，何以報之青玉案。路遠莫致倚增歎，何爲懷憂心煩惋烏玩反。

雁門，在今代州，衆山相連，中有水道如門，雁出其間，故名。段，猶言縑匹也。玉案，器之貴重者，《楚漢春秋》：「淮南侯曰：『漢王賜臣玉案之食。』」惋，憮嘆也。○此詩指意已具本序，既思太山而又反於桂林、漢陽、雁門者，以見思之不二也。四方各有所阻，亦以喻君之左右前後莫非讒間小人也。是則雖有愛君憂國之忠誠，而莫之致，卒乃付之無可奈何，但自遣釋焉耳。世謂七言起於漢武帝《柏梁詩》，蓋如今之聯句，在座之人共成之，然未見有自爲全篇傳至于今者，故録此以備一體云。

垂老别　杜甫

四郊未寧靜，垂老不得安。子孫陣亡盡，焉用身獨完。投杖出門去，同行爲心酸。幸有牙齒存，所悲骨髓乾。男兒既介胄，長揖别上官。老妻臥路啼，歲暮衣裳單。孰知是死别，且復傷其寒。此去必不歸，還聞勸加餐。土門避甚堅，杏園度亦難。勢異鄴城下，縱死時猶寬。人生有離合，豈擇衰盛端。憶昔少壯時，遲迴竟長歎。萬國盡征戍，烽火被岡巒。積屍草木腥，流血川原丹。何鄉爲樂土，安敢尚盤桓。棄絶蓬室居，塌然摧肺肝。

肅宗乾元初，命郭子儀會九節度師，討安慶緒於鄴城。三年，王師潰，時史思明殺慶緒，轉寇河南河北。故杏園、土門皆嚴備以待，蔡夢弼曰：「二處皆長安地，去京城七十里。」○愚按：吏似出一時之筆，若此篇「牙齒存」「骨髓乾」兩語亦與「眼枯見骨」同一鄙俚。借使建安樂府中容或有之，終非雅韻，特以其全篇可取者多，故存之。大抵此數篇，用意太迫切而乏簡遠之度，然其情詞周至，誦之終篇不厭，譬若《書》典謨之有《殷盤》《周誥》，蓋至此時風氣變移既久，而自不能如此耳。

新婚别

兔絲附蓬麻，引蔓故不長。嫁女與征夫，不如棄路傍。結髮爲妻子當作「夫妻」，席不暖君牀。暮昏晨告别，無乃太忽忙。君行雖不遠，守邊赴河陽。妾身未分明，何以拜姑嫜。父母養我時，日夜令我藏。生女有所歸，鷄狗亦得將。君今死生地，沉痛迫中腸。誓欲隨君往，形勢反蒼黄。勿爲新婚念，努力事戎行。婦人在軍中，兵器恐不揚。自嗟貧家女，久致羅襦裳。羅襦不復施，對君洗紅粧。仰視百鳥飛，大小必雙翔。人事多錯迕，與君永相望。

《禮》：「女嫁三月，廟見始成婦。」今暮婚晨别，故曰「未分明」。

詩學權輿　卷之十四

唐七言律詩

恨别　杜甫子美

洛城一别四千里，胡騎長驅五六年。草木變衰行劍外，兵戈阻絶老江邊。思家步月清宵立，憶弟看雲白日眠。聞道河陽近乘勝，司徒急爲破幽燕。

洛城，洛陽，即河南府。胡騎，指禄山之亂。劍外，蜀劍閣之外。河陽，河南洛陽也。是年十月，司徒李光弼敗史思明於河陽。幽燕，思明窟穴也。〇公棄官入蜀，未得所依，故以别爲恨也。言在蜀去洛如此之遠，胡人亂華又如此之久，當草木摇落之時，行於劍閣之外，遂爲兵戈阻隔而老於錦江之上也。思家之際，見月則不寐而立；憶弟之際，見雲則不坐而眠；其立其卧，反晝夜之常，所以見其恨别之深也。末因聞李光弼之勝，而望其奮鋭摧鋒，掃穴犁庭，則幽燕平而洛城可歸矣。

即事

天畔羣山孤草亭，江中風浪南冥冥。一雙白魚不受釣，三寸黄柑猶自青。多病馬卿無日起，窮途阮籍幾時醒。未聞細柳散金甲，腸斷秦川流濁涇。

馬卿，司馬長卿相如也，蜀人。多病，消渴疾。阮籍，晉人，字嗣宗。率意獨駕行，行不由徑路，車跡所窮輒痛哭而返。細柳，漢文帝時匈奴大入邊，周亞夫爲將軍駐細柳營，在長安昆明池南。散金甲，言京師未得罷兵戈也。《方輿》云：「秦川，大抵陝西諸州，水多以川名。秦川，天水郡有秦川亭，在清水縣，乃秦仲所封地，秦之爲號自此始。」濁涇，涇水。《地志》：「出蜀安定郡經陽縣西，今原州百泉縣岍頭山也。東南至馮翊陽陵縣入渭。」〇言衆山際天而一草亭在其間，江中風雨晦冥之時，公自登焉，魚不可得，柑未可食，其蕭瑟可知矣。況公之多病如相如，窮途如嗣宗，即事傷情，尤可知也。抑又有大者焉，京師戒嚴，人情洶洶，若濁涇之流未有清時，此其可爲斷腸爲何如哉？又按：涇水之流不經于秦州，而上句方言京師戒嚴，不應復説秦州，不相接續，疑「州」字乃「川」字之誤。秦中川水之大，莫如涇渭，今獨言濁涇，而不言清渭，以喻時之亂，蓋可見矣。前四句即物之事，第三聯即身之事，末聯即時之事。

蜀相

丞相祠堂何處尋，錦官城外柏森森。映階碧草自春色，隔葉黄鸝空好音。三顧頻煩天下計，兩朝開濟老臣心。出師未捷身先死，長使英雄淚滿襟。

諸葛亮廟在成都城西南。《方輿勝覽》云：「在府西北二里。」亮家南陽之鄧縣，在襄陽城西二十里，號隆中。本傳：亮躬耕隴畝，好爲《梁甫吟》。劉先主屯新野，徐庶謂先主曰：「諸葛孔明，臥龍也。將軍宜枉駕顧之。」由是先主遂詣亮，三枉乃見。先主建安二十六年即帝位，以亮爲丞相，録尚書事。後先主於永安宫疾篤召亮囑曰：「君才十倍曹丕，必能安國家，立定大事。若嗣子可輔則輔之，如其不才，君可自取。」亮泣曰：「臣敢不竭股肱之力，效忠貞之節，繼之以死。」建興元年，封亮爲武鄉侯。五年，率諸軍北駐漢中，臨發上表。十二年春，亮率大衆由斜谷出，以流馬運糧，據武功五丈原，與魏司馬懿對壘於渭南，相持百餘日。是年，亮疾篤，卒于軍。柏，武侯手所植。錦官城，成都府城名。又錦宫錦工織錦濯于江中，錦乃鮮明，故號錦江。○此公初至成都，訪諸葛廟而賦之也。起句問祠堂之在何處可尋，接句在城外古柏陰森之處是也。次聯詠祠堂之景，「自春色」「空好音」，幽閴之地少人經過也。因睹此景追感當時先主來顧草廬，至再至三如是頻繁者，屈己求賢以爲恢復天下之計也。武侯既出，遂以討賊興復爲己任，開基濟業，歷事兩君，其言曰：「竭股肱之力，效忠貞之節，繼之以死。」此老臣忠君之心也。先主之志，若此之大；武侯之心，若此之忠。惜乎渭濱之師，司馬懿怯戰自守，故未見大捷而武侯死，乃千載之恨，所以長使英雄之士思之而泣也。前四句詠祠堂之事，後四句詠武侯之事。

和賈至舍人早朝

五夜漏聲催曉箭，九重春色醉仙桃。旌旗日暖龍蛇動，宫殿風微燕雀高。朝罷香煙携滿袖，詩成珠玉在揮毫。欲知世掌絲綸美，池上于今有鳳毛。

五夜，漢魏以來，名夜有五，起於甲止於戊，故曰五夜。箭，漏箭也。九重，天子之門九重。仙桃，漢武時有青鳥集於承華殿前，以問東方朔，朔曰：「西王母必降。」是夕，王母至以桃七枚。母自啖其二枚，以五枚與帝。龍蛇，旌旗上雉尾也。絲綸，《禮·緇衣》篇：「王言如絲，其出如綸。」池，鳳凰池也。鳳毛，《宋書》：「謝鳳子超宗有文辭，補新安王常侍。王母卒，超宗作誄奏之，帝大嗟賞，謂謝莊曰：『超宗殊有鳳毛。』」賈至，曾之子，曾嘗爲中書舍人，掌制誥。至從玄宗幸蜀，爲中書舍人。帝傳位，至譔册既進藳，帝曰：「昔先帝誥命乃父爲之辭，今兹册命又爾爲之。兩朝盛典出卿家父子，可謂繼美矣。」〇此詩言五更之漏聲催，乃昧爽之初，天子之視朝也。其時天子南面，和氣滿容，如食仙桃而有醉色，亦見天顏之有喜也。少焉，天色正明，則見旌旗之影燕雀之飛，惟日暖故旗影動，惟風細故燕雀高，以上四句自相接續，第五句言退朝之事，結上生下。第六句言賈至有詩送聯，言至父子繼美之盛，以見此爲和賈至而作。初聯言早朝之事，次聯言大明宮之景，三聯退朝有詩，而兩句就美其詩，結聯即舍人之事，而歸美之也。

堂成

背郭堂成蔭白茅，緣江路熟俯青郊。榿林礙日吟風葉，籠竹和煙滴露梢。暫止飛烏將數子，頻來語燕定新巢。旁人錯比楊雄宅，懶惰無心作解嘲。

榿，見夢弼註。楊雄，字子雲，蜀郡成都人，有田一壥，有宅一區，世世以農桑爲業。哀帝時，丁傅、董賢用事，雄謂：「經莫大於《易》。」方草《太玄》以自守泊如也。或嘲雄以玄尚白，而雄解之，號曰《解嘲》。背郭，言浣花溪在成都城外也。蔭白茅者，以茅覆屋，故曰草堂也。路熟者，公久寓寺中而多遊城中也。次聯言堂所有竹樹，亦郭外溪頭之物色也。飛烏語燕，皆因此地新有草堂而來，然烏將雛，故暫止而已。燕定巢，故頻來不已也。末以楊子雲自比，用其事而反其辭者，翻案法也。翻案則語不腐而意新，凡用故事，當以此爲法，可謂化臭腐爲神奇也。木吟風，竹滴露，烏止燕來，則堂之成，非惟人得其止，而物亦各得遂其性也。

狂夫

萬里橋西一草堂，百花潭水即滄浪。風含翠篠娟娟浄，雨裛紅蕖冉冉香。厚禄故人書斷絶，恒飢稚子色淒涼。欲填溝壑惟疏放，自笑狂夫老更狂。

萬里橋，見前《卜居》詩註。百花潭，《寰宇記》：「公之宅接浣花溪地，名百花潭。」○此詩本因草堂起興而作，詩成，用末句「狂夫」二字爲題，非正賦狂夫也。言草堂近百花潭可以濯我之纓與足，是即滄浪之水也。前四句賦草堂，見其居則可矣。然又必有所養也。蓋古朋友有通財之義，今禄厚者久無書問，則不念我之貧矣。稚子有待撫育，今常乏食而有飢色，則不能盡父之道矣。交不能結，幼不能慈，至於一身，亦將轉乎溝壑，蓋由疏宕放曠之所致也。疏宕放曠宜乎人以狂夫目我，然我豈爲貧困而改其素態乎？故笑其老而更狂也。然則狂而直，公可謂古之狂也歟。又按：公之飢困若此，則裴冕待公之薄，又可見矣。

江村

清江一曲抱村流，長夏江村事事幽。自去自來堂上燕，相親相近水中鷗。老妻畫紙爲棋局，稚子敲針作釣鈎。多病所須惟藥物，微軀此外更何求。

江，指浣花溪也。○此詩亦賦草堂之景也。前六句皆以江村對言，而不失「事事幽」之意。第三句、第五句屬村之事，第四句、第六句屬江之事，頷聯事物之幽，頸聯人事之幽，燕之自去來見物之並育也，鷗之相親近見公之忘機也。妻子競爲嬉戲之具而各適其意，見公之俯足以畜妻子、老安少懷也。尾聯自言得藥療病之外更無他求，見公之不欲無營，有以稱此江村之幽意也。

曲江二首

一片花飛減却春，風飄萬點正愁人。且看欲盡花經眼，莫厭傷多酒入脣。江上小堂巢翡翠，苑邊高塚臥麒麟。細推物理須行樂，何用浮名絆此身。

此篇因傷春暮而感人事者也。首言花落一片已減春色，況今萬片豈不令人愁乎？萬片同落則花將盡矣，故次聯言且看此花宜痛飲，以領餘春，不可嫌其多酒也。第三聯又即所見而感人事之變，亦因春暮而觸此情也。即曰曲江舊時風景佳麗，禄山亂後無復向時之勝，是以堂巢翡翠，塚臥麒麟，盛衰不常。如此推詳此理，則人生不可不行樂耳。今按此説得之，蓋堂無人，故水鳥來巢；塚無主，故石獸毀敗也。第五句不可因庾信詩云：「翡翠本微物，知愛巢高堂。」太白詩云：「玉樓巢翡翠。」遂解作富麗之景，則與上下句意皆不相貫通。

朝回日日典春衣，每日江頭盡醉歸。酒債尋常行處有，人生七十古來稀。穿花蛺蝶深深見，點水蜻蜓款款飛。傳語風光共流轉，暫時相賞莫相違。

孫濟，權之叔也，嗜酒，不治産業，常醉欠人酒緡，人皆笑之，濟怡然自若，謂人曰：「尋常行坐處，欠人酒債，欲質此緼袍償之。」八尺曰尋，倍尋曰常。此篇承上章而作，言我每日典衣沽酒，醉後而歸者，以曲江之花飛欲盡故不厭酒之過多也。次聯言不特典衣沽酒于江頭而已，常時經行之處皆賒酒而飲，亦爲人生須及時行樂，自古壽至七十者少，何況百年乎？第三聯即江頭之景，末言如此風光，與人生共流轉而不息，今春已暮，相賞亦暫時而已，故傳語欲其莫相違也，蓋留春之辭耳。

曲江對酒

苑外江頭坐不歸，水晶宫殿轉霏微。桃花細逐楊花落，黄鳥時兼白鳥飛。縱飲久拚人共棄，懶朝真與世相違。吏情更覺滄洲遠，老大徒悲未拂衣。

苑外，即芙蓉苑之外。江，曲江，在苑之北。拂衣，王獻之字子敬，爲人高邁不羈，年幼睹門生樗蒲，曰：「南風不競。」門生曰：「此即於管中窺豹，時見一斑。」獻之怒，拂衣而去。○此篇及後篇疑論房琯遭譴，怒從官之際而作也。以頸聯尾聯觀之，皆失意之辭，非如前詩欲行樂賞春之比矣。坐不歸，無意緒也，但見江頭宫殿深杳，其氣冥迷而花落鳥飛，物態自若，愈添人之無緒耳。當此之時，惟縱飲自寬，甘爲人所棄絶，而不逐朝參，實與世態背馳也。末復自責其前日牽於薄宦，絶跡滄洲，所以至于今日徒懷老大之傷悲，悔不早辭官而去也。滄州，只是滄浪之洲，言官於朝則與江湖疏遠矣。註家以爲神仙之境，謬矣。吏情，愚謂言官於朝，而常懷吏隱之情，則久與滄洲之疏遠矣。

秋興

玉露凋傷楓樹林，巫山巫峽氣蕭森。江間波浪兼天湧，塞上風雲接地陰。叢菊兩開他日淚，孤舟一繫故園心。寒衣處處催刀尺，白帝城高急暮砧。

巫山、巫峽，並在夔州，白帝城有白帝樓，又有最高樓在夔州，公孫述所築，據蜀自稱白帝。○此詩因見峽中之秋景而起興，略及長安之秋景而未極言之也。露凋楓葉至于滿林，則秋深矣，故巫山巫峽之氣肅殺而蕭森，峽江之間波浪蹴天，楚塞之上，風雲匝地，此皆蕭森之氣。公因感此，而自歎留夔州已經兩秋，故云叢菊之開，皆我嘗感而揮淚矣。然下峽孤舟則猶滯此，一繫我故園之心也。它日言向日，一繫言始終心在故園而身滯舟中，繫身即所以繫心也。末言人家感此秋氣蕭森，亦備寒衣，故曰白帝城中擣衣之聲，天寒歲暮關情矣。安得不移情，形於詠歎哉！江間，即巫峽。塞上，即巫山。菊花，山中之物。孤舟，江中之物，中四句交股，應「巫山巫峽」四字。

千家山郭静朝暉，日日江樓坐翠微。信宿漁人還泛泛，清秋燕子故飛飛。匡衡抗疏功名薄，劉向傳經心事違。同學少年多不賤，五陵衣馬自輕肥。

漢匡衡，字稚圭。是時有日蝕地震之變，上問以政治。衡上疏，上悦其言，遷光禄大夫、太子少傅。甫論房琯忤旨貶華州掾，此甫愧不如匡衡也。《漢劉向傳》：「向字子政，本名更生，擢諫議大夫，會初立穀梁，講論五經於石渠」甫言不得如劉向講經于朝也。〇此詩公因坐江樓見秋景而傷命薄，不如長安之少年也。山郭朝暉之静，秋氣清也。江樓翠微之中，每日來坐，亦以秋曉之氣清也。即此樓每日之所見，漁舟已越再宿，猶泛於江上，燕子社前當去，尚飛飛於山郭，皆以清秋而自適也。賤而漁人，微而燕子，其自適且如此，宜公之有感而自歎也。謂我亦能如匡衡之抗疏，如論房琯而帝怒，則功名分薄，不及衡也。亦欲如劉向之傳經，然不在京受詔，則心事背違，而不及向矣。非惟不及衡、向，但如我同學之少年亦多貴顯而乘肥衣輕、馳騁于五陵之間，我何爲久淹于此，獨江頭之寂寞也。

聞道長安似弈棊，百年世事不勝悲。王侯第宅皆新主，文武衣冠異昔時。直北關山金鼓振，征西車馬羽書遲。魚龍寂寞秋江冷，故國平居有所思。

直北，言夔之北方，乃隴右關輔之地。擾，攘也。征西，言當時西有吐蕃之亂未息。酈道元《水經》云：「魚龍以秋日爲夜，龍秋分而降，蟄寢于囦，故以秋日爲夜也。」甫有詩云：「魚龍回夜水。」○此詩專爲長安之變，因秋有感而懷思也。長安自禄山之故，至于代宗之世，朱泚亂之，吐蕃陷之，乘輿播越，而公久客巴蜀，故云聞道甚似弈棋，迭相勝負。而百年之内有不勝悲者，如王侯，則委棄奔竄，而第宅皆爲他人所有。文武之臣又皆軍功濫進，非復向時勳閥衣冠。長安正北關山之警方急，西征吐蕃，其捷報又遲，凡此數者，皆可悲也。豈非以弈棋之故也？況在秋江之上，魚龍潛蟄之際，豈不重思故國平時之事乎？思故國之平居，則今日之不勝悲者愈不勝矣。

立春

春日春盤細生菜，忽憶兩京梅發時。盤出高門行白玉，菜傳纖手送青絲。巫峽寒江那對眼，杜陵遠客不勝悲。此身未知歸定處，呼兒覓紙一題詩。

生菜，齊人月令，凡立春日食生菜，取迎新之意。○此詩在峽中立春日思兩京之時物而追賦之也。公之族在杜陵，而家於洛陽，又嘗官於朝，故兩京春盤皆所嘗食也。高門大宅以白玉盤承菜以相饋遺，而此菜之細縷如青絲者，實由纖手婦人作之也。然此惟兩京有之耳。今在峽中寒江之上，安得此物在眼，所以重遠鄉之悲也。末復歎曰「此身未知歸」時定在西京乎？定在東京乎？聊且賦詩詠此春盤耳，固未得食之也。又按：次聯以首句「盤」「菜」二字重出分詠與《吹笛》詩重見，首句「風」「月」二字同是一格。

人日

此日此時人共得，一談一笑俗相看。尊前柏葉休隨酒，勝裏金花巧耐寒。佩劍衝星聊暫拔，匣琴流水自須彈。早春重引江湖興，直道無憂行路難。

柏葉，《歲時記》：元日進椒柏酒，飲以年少者爲先。金花，《歲時記》：人日剪綵爲花勝以相遺，或縷金薄爲人勝，取改舊從新之意。流水，伯牙撫琴，志在流水，鍾子期聽之曰：「蕩蕩乎。」志在高山，曰：「巍巍乎。」子期死，伯牙遂絶絃不復鼓，曰：「世無知音。」〇此篇偶成之作也。首聯爲節日，乃人情土俗之所同尚。頷聯謂居家薄飲，無復柏酒之餽，而花勝之辟寒，則家人輩自試其巧耳。頸聯拔劍彈琴，乃託言以寬懷自遣之意，然劍氣斷斗牛，乃在江湖之分野。匣琴之彈，又志在流水，故尾聯遂爲琴劍皆引我江湖之興，直謂不憂便道而欲往遊之也。此詩蓋作于未出峽之前，不可定爲何年也。

小至

天時人事日相催，冬至陽生春又來。刺繡五紋添弱綫，吹葭六管動浮灰。岸容待臘將舒柳，山意衝寒欲放梅。雲物不殊鄉國異，教兒且覆掌中杯。

添綫，《唐雜録》：「宫中以女工揆日之長短，冬至後日晷漸長，比常日增一綫之工。」吹灰，《續漢書》：「以葭莩灰實律管之端。」按：曆者候之氣至則灰飛，而管通。雲物，《左傳》：「僖公四年，凡分至啓閉，必書雲物以志休咎。」〇此詩正詠冬至日之事，而題云「小至」，蓋至前一日作詩故也。猶《小寒食舟中作》之義，今閩人亦呼除夕前一日爲小年日，亦此義也。注家徒爾云耳。次聯言冬至陽生，而人事之催也。第七句言天時。第八句言人事，以終首句之義。又按：覆掌中杯，必當時飲酒之俗，大抵欲其盡飲之意耳。

至後

冬至至後日初長，遠在劍南思洛陽。青袍白馬有何意，金谷銅駝非故鄉。梅花欲開不自覺，棣萼一別永相望。愁極本憑詩遣興，詩成吟詠轉淒涼。

金谷園、銅駝陌，俱在洛陽。棣萼言兄弟。《詩》：「棠棣之花，萼不韡韡，凡今之人，莫如兄弟。」○此詩公因至節而起還鄉之心，言至後則日影漸長，陽生陰退，君子道長之時矣。而我乃在蜀思洛，猶困逆旅，何也？故言今雖在嚴公之幕，服青袍而乘白馬，然亦有何意味？彼金谷園，銅馳陌，豈非我之故鄉乎？惟宜情之淡，鄉思之濃，故不覺梅花之欲開，但懷兄弟思鄉久別而言耳。第三句、第五句應「劍南」二字，第四句、第六句應「思洛陽」三字，梅花欲開又至後之時也。

終明府水樓

宓子彈琴邑宰日，終軍棄繻英妙時。承家節操尚不泯，爲政風流今在茲。可憐賓客盡傾蓋，何處老翁來賦詩。楚江巫峽半雲雨，清簟疏簾看弈棋。

《呂氏春秋》：「宓不齊，字子賤，孔子弟子，治單父鳴琴，身不下堂，而單父治，封單父侯。」前漢武帝時，終軍，字子雲，濟南人，年十八選爲博士弟子。初軍從濟南，當詣博士步入關，關吏與軍繻曰：「傳還當以合符。」軍曰：「大丈夫西遊，終不復傳還。」棄繻而去。」後軍爲謁者給事中，使行郡國建節東出關，關吏識之曰：「此使者乃前棄繻之生也。」傾蓋，孔子之郯，遇程子傾蓋而語，終日猶交，蓋駐軍也。奕，《方言》：「圍棋，自關而東，齊魯之間謂之弈。」○此篇專美終宰，首以邑宰、終軍之事對起，第三句言終明府能繼終軍，故其棄繻之節操猶存。第四句言終明府能爲政，故子賤之流風餘韻今見于此也。第三聯言明府好客，令人親愛，過者皆駐軍相見，如我本是何處之翁，亦來此水樓賦詩以美之也。末聯即述景趣瀟洒，此亦描寫明府好客之清致也。

閣夜

歲暮陰陽催短景，天涯霜雪霽寒宵。五更鼓角聲悲壯，三峽星河影動摇。野哭千家聞戰伐，夷歌幾處起漁樵。卧龍躍馬終黄土，人事音書漫寂寥。

五更，更者，經也，歷也，節爲五也。三峽，《荆州記》：「巴陵有巫峽、明月峽、廣澤峽。」影動摇，《漢武故事》：「星辰動摇，東方朔謂：『民勞之應。』」〇此詩公因夜宿閣中，高寒不寐，將曉而作也。首句驚歲之晏。第二句見將曉之時，霜天晴則鼓角之聲特響，故悲壯，將曉則星河之影争明，故動摇然。此二句雄渾瀏亮，冠絶古今矣。第三聯亦因曉而歌哭俱動也。戰伐者傳聞軍敗，而士卒之家哭。末聯感忠逆賢否之同歸于盡，人生亦徒然耳。而我于人事多違，音書久絶，如此之寂寥者，乃適然也。豈固爲我之困耶？

登鳳凰臺　李白太白

鳳凰臺上鳳凰遊，鳳去臺空江自流。吴宫花草埋幽徑，晉代衣冠成古丘。三山半落青天外，二水中分白鷺洲。總爲浮雲能蔽日，長安不見使人愁。

鳳凰臺，在金陵，三山、白鷺洲，皆金陵之景也。吴晉時衣冠富貴皆變以爲丘墟矣。惟三山二水，千載長存，不能無感慨係之焉。長安，即陜京也。邪臣蔽賢，不啻如浮雲之障日。時太白以黨王璘坐貶，吐蕃紛擾陜京，明皇幸蜀，故曰：「長安不見使人愁。」其思君戀闕之心，不忘於登高望遠之頃，殆亦皇皇無君之意乎。

題東溪幽居

杜陵賢人清且廉，東溪卜築歲將淹。宅近青山同謝朓，門垂碧柳似陶潛。好鳥迎春歌後院，飛花送酒舞前檐。客到但知留一醉，盤中秖有水精鹽。

此詩發明東溪幽居之景之趣，殆無餘蘊，且以謝朓陶潛爲比，絶妙。

題黃鶴樓　崔顥

昔人已乘黃鶴去，此地空餘黃鶴樓。黃鶴一去不復返，白雲千載空悠悠。晴川歷歷漢陽樹，春草萋萋鸚鵡洲。日暮鄉關何處是，煙波江上使人愁。

黃鶴樓在武昌，俗傳以爲費禕登仙之地，遂以名樓。漢陽在江北，與武昌相對。鸚鵡洲在江中，黃祖大宴賓客，有獻鸚鵡者，令禰衡賦之，洲因以名。此詩格調高古，故李白過黃鶴樓，有「眼前有景道不得，崔顥題詩在上頭」之句，遂爲鳳凰臺、鸚鵡洲以擬之，識者以爲真敵手也。

和賈舍人早朝大明宮之作　王維

絳幘鷄人報曉籌，尚衣方進翠雲裘。九天閶闔開宮殿，萬國衣冠拜冕旒。日色纔臨仙掌動，香煙欲傍袞龍浮。朝罷須裁五色詔，佩聲歸向鳳池頭。

漢宫中不畜鷄，衛士候於朱雀門外，著絳幘專傳鷄唱。又《漢魏故事》：「軍中傳箭以直更。」曉籌，謂五更初之籌也。尚衣，宫中司衣以奉天子者。九天，數起於一，立於三，成於五，盛於七，處于九也，故天去地萬里。天子冕七寸，長一尺二寸，繫白珠於端十二旒。仙掌，臺名。唐都長安，東望華嶽，即日出之所也。天子之服，象日月星辰，山龍華蟲，故曰衮龍。五色詔，即五色紙，着鳳口中銜出。鳳池，即鳳凰池，昔荀勗爲中書監，除尚書令，曰：「奪我鳳凰池，君何賀耶？」摩詰此詩蓋亦唐詩之絶倡者歟！

秋雨輞川莊上

積雨空林煙火遲，蒸藜炊黍餉東菑。漠漠水田飛白鷺，陰陰夏木囀黄鸝。山中習静觀朝槿，松下清齋折露葵。野老與人爭席罷，海鷗何處更相疑。

《石林詩話》云：「詩下雙字極難，須是七言、五言之間。除去五字、三字外，精神興致，全見于兩言，方爲工妙。唐人謂：『水田飛白鷺，夏木囀黄鸝。』爲李嘉祐詩，摩詰竊取之，非也。此兩句好處正在添『漠漠』『陰陰』四字，此乃摩詰爲嘉祐點化以自見其妙。如李光弼將郭子儀軍，一號令之，精采數倍。不然，嘉祐本句，但是詠景耳，人皆可到。要之，當使如老杜『無邊落木蕭蕭下，不盡長江滚滚來』與『江天漠漠鳥飛去，風雨時時龍一吟』等句，乃爲超絶。」

和賈舍人早朝大明宫　岑參

鷄鳴紫陌曙光寒，鶯囀皇州春色闌。金闕曉鐘開萬户，玉階仙仗擁千官。花迎劍佩星初落，柳拂旌旗露未乾。獨有鳳凰池上客，陽春一曲和皆難。

《文選》：「宋玉對楚王問云：『客有歌於郢中者，國中屬而和之者數千人，其爲《陽春》《白雪》，屬而和者不過數十人，故其曲彌高而和彌寡。』」岑參此作，最爲典雅重大，如「花迎劍佩」一聯超越衆作，非尋常詩人可到也。

登柳州城樓寄漳汀封連四州　柳子厚

城上高樓接大荒，海天愁思正茫茫。驚風亂颭芙蓉水，密雨斜侵薜荔墻。嶺樹重遮千里目，江流曲似九迴腸。共來百越文身地，猶自音書滯一鄉。

大荒，謂彌廣無所不連。柳州近海，故曰海天。薜荔，香草，緣木而生。司馬遷云：「腸一日九迴。」《史記》：「楚大敗越，越以此散諸侯，子爭立，或爲君，或爲王，故爲百越。」時韓秦漳州，韓曄汀州，劉禹錫連州，陳謙封州，皆與子厚同貶，故云「共來百越」，且念音書各滯一鄉，其朋友欲問訊之心，惓惓見于言表。

別舍弟宗一

零落殘魂倍黯然，雙垂別淚越江邊。一身去國六千里，萬死投荒十二年。桂嶺瘴來雲似墨，洞庭春盡水如天。欲知此後相思夢，長在荆門郢樹煙。

殘魂黯然，即江淹賦「黯然銷魂者，別而已」。萬死，即《馬援傳》所謂「觸冒萬死」。桂嶺，在廣西。洞庭，在巴陵。荆門郢樹，謂宗一將遊之處。蘇東坡云：「詩以奇趣爲宗，柳子厚之詩，遠穠華，崇淡薄，真有奇趣，非餘子所及也。」

哭吕衡州兼寄江陵李元二

衡嶽新摧天柱峯，士林顛額泣相逢。祇令文字傳青簡，不使功名上景鐘。三畝空留懸磬室，九原猶記若堂封。遥想荆州人物論，幾回中夜惜元龍。

衡嶽五峯，其人曰天柱，此謂吕温也。書于竹簡，故曰青簡。景鐘，謂銘功勳於景陽之鐘也。懸磬室，謂室如懸磬也。堂封，《檀弓》云：「封之有若堂者矣。蓋築土爲封，四旁隴而高也。」元龍，陳登字。劉備在荆州論天下人物。許汜曰：「陳元龍，湖海之士，豪氣不除。」年三十九卒，温年四十卒，故以元龍比之云。

馬嵬驛　李義山

海外徒聞更九州，他生未卜此生休。空聞虎旅鳴宵柝，無復鷄人報曉籌。此日六軍同駐馬，當時七夕笑牽牛。如何四紀爲天子，不及盧家有莫愁。

《詩眼》云：「文章貴衆中傑出，如同賦一事，工拙尤易見。」《馬嵬驛》唐詩甚多，如劉夢得「緑野扶風道」一篇，人頗誦之，其淺近乃兒童所能也。義山此詩「海外徒聞更九州，他生未卜此生休」，語既清切高雅，故不用「愁」「怨」「墮」「淚」等字，而聞者爲之深悲。「空聞虎旅鳴宵柝，無復鷄人報曉籌」，如親扈明皇，寫出當時物色意味也。「此日六軍同駐馬，當時七夕笑牽牛」蓋奇。莫愁，善歌者。

九日齊山　杜牧之

江涵秋影雁初飛，與客携壺上翠微。塵世難逢開口笑，菊花須插滿頭歸。但將酩酊酬佳節，不用登臨怨落暉。古往今來只如此，牛山何必淚沾衣。

杜牧之此詩，句律最爲深妙，風致最爲流麗，非餘人可到也。○按：《列子傳》：「齊景公遊牛山，流涕曰：『美哉國乎！若何謫去此國而死乎！』晏子笑于傍曰：『吾君方將被蓑笠而立乎畎畝之中，惟事之恤，何暇念死乎？』景公慙焉。」

西塞山懷古　劉禹錫

王濬樓船下益州，金陵王氣黯然收。千尋鐵鎖沈江底，一片降幡出石頭。人世幾回傷往事，山形依舊枕寒流。今逢四海爲家日，故壘蕭蕭蘆荻秋。

樓船，上建樓櫓故名。王濬，爲益州刺史，大造樓船伐吴。按：金陵，楚威王以其地有王氣，埋金鎮之，故名金陵。秦時，望氣者云：「有天子氣。」故始皇東巡以壓之，改曰「秣陵」。塹北山以絶其王氣。吴人以鐵鎖橫絶江面，王濬作大栰火炬，遇鐵溶液，船無所礙。石頭城在金陵西，王濬軍次建業，吴王孫皓出降。天子以四海爲家，故壘屯戍之營也。

金陵懷古

玉樹歌殘王氣終，景陽兵合戍樓空。松楸遠近千官塚，禾黍高低六代宫。石燕拂雲晴亦雨，江豚吹浪夜還風。英雄一去豪華盡，唯有青山似洛中。

按：陳後主遊燕，與狎客江總等，及諸妃嬪、女學士共賦詩，采其艷麗者，被以新聲，有《玉樹後庭花》《臨春樂》等曲。景陽，宮中樓名。黍離，閔宗周也。周大夫行役過故宗廟，盡爲禾黍，傷周室之顛覆也。六代，東晉、吴、宋、齊、梁、陳也。《湘中記》：「零陵有石燕，得風雨則飛，風雨止則還爲石。」緑江居民以江豚出没爲風候。英雄，《人物志》：「草之精秀者爲英，獸之出羣者爲雄。」建康山川，與洛陽相似洛中。

和病後春思　陸龜蒙

氣和靈府漸氤氳，酒有賢人藥有君。七字篇章看月得，百勞言語傍花聞。閑尋古寺銷晴日，荒憶深溪枕夜雲。早晚共摇孤艇去，紫屏風外碧波紋。

靈府，心之神也。氤氳，氣和貌。酒以清者爲聖，濁者爲賢。藥有君臣佐使。伯勞，即鵙也，一名博勞，仲夏始鳴。枕夜雲，即雲卧也。紫屏風，水葵也，生於池，其莖紫色，風起水動，波輕漾而生紋也。

送薛補闕入朝　鮑防

平原門下十餘人，獨受恩多未殺身。每嘆陸家兄弟少，更憐楊氏子孫貧。柴門豈斷施行馬，魯酒那堪醉近臣。賴有軍中遺令在，猶將談笑對風塵。

平原君，趙勝，合縱於楚，約與文武備者三十人，偕得十九人，餘無可者。唐陸象先兄弟四人，僧一行與之相善，嘗曰：「陸氏兄弟皆有士行，今代少有。」楊震爲涿郡太守，不受私謁，子孫蔬食步行。《漢官儀》：光禄勳門施行馬。注：　行馬，梐枑也。楚宣王朝諸侯，魯恭公後至而酒薄，宣王怒，發兵攻之。此魯酒所以得名也。

送李少府貶峽中王少府貶長沙

嗟君此去意何如，駐馬銜杯問謫居。巫峽啼猿數行淚，衡陽歸雁幾封書。青楓江上秋天遠，白帝城邊古木疏。聖代即今多雨露，暫時分手莫躊躇。

巫峽，在峽州。衡陽，在衡州。青楓江，在長沙。白帝城，在夔州，即公孫述所築也。躊躇，逗留不進貌。此詩述謫居之情之景，辭意兼到。

寄中書同年舍人　楊巨源

晴明紫閣最高峯，仙掖開簾范彦龍。五色天書詞焕爛，九華春殿語從容。綵毫應染爐煙細，清佩仍含玉漏重。二十年前同日喜，碧霄何處得相逢。

終南有圭峯、紫閣峯。范雲，字彦龍，才識敏捷。五色天書，詔也。九華，殿名。此詩韻格清新，有風人遺意。

詩學權輿　卷之十五

宋七言律詩

寄秦州田元均　歐陽修永叔

近來邊將用儒臣，坐以威名撫漢軍。萬馬不嘶聽號令，諸蕃無事樂耕耘。夢回玉帳聞羌笛，詩就高樓對隴雲。莫忘鎮陽遺愛在，北潭桃李正氛氳。

《東坡詩話》云：「七言之偉麗者，如歐陽永叔，『萬馬不嘶聽號令，諸蕃無事樂耕耘』，與杜子美『五更鼓角聲悲壯，三峽星河影動揺』之句並驅争先矣。」

唐崇徽公主手痕

故鄉飛鳥尚啁啾，何況悲笳出塞愁。青塚埋魂知不返，翠崖遺跡爲誰留。玉顔自古爲身累，肉食何人與國謀。行路至今空嘆息，巖花野草自春秋。

《文公語録》云：「『玉顔自古爲身累，肉食何人與國謀』，以詩言之，第一等詩；以議論言之，第一等議論也。」

潁川西湖種瑞蓮黄楊寄諸友

平湖十頃碧琉璃，四面清陰乍合時。柳絮已將春去遠，海棠應恨我來遲。啼禽似與遊人語，明月閑撑野艇隨。每到最佳堪樂處，却思君共把芳巵。

《石林詩話》云：「歐公詩始矯西崑體，專以氣格爲主，故詩多平易疏暢，觀此詩可見。」

戲答元珍

春風疑不到天涯，二月山城未見花。殘雪壓枝猶有橘，凍雷驚筍欲抽芽。夜聞啼雁生鄉思，病入新年感物華。曾是洛陽花下客，野芳雖晚不須嗟。

《西清詩話》：歐公嘗語人曰：「某在三峽賦詩云：『春風疑不到天涯，二月山城未見花』。若無下句，則上句不見佳處。併讀之，便覺精神頓出。」文章難評如此，要當着意詳味之耳。

汲水煎茶　蘇軾子瞻

活水仍須活火烹，自臨釣石取深清。大瓢貯月歸春甕，小杓分江入夜瓶。雪乳已翻煎處腳，松風仍作瀉時聲。枯腸未易禁三碗，坐數山城長短更。

誠齋云：「『活水仍須活火烹，自臨釣石取深清』，第二句，七字而具五意。水清一也，深處取清二也，石下之水非有泥土三也，石乃釣石非尋常之石四也，東坡自臨汲非遣卒奴五也。『大瓢貯月』『小杓分江』，其狀水之清美極矣。『分江』二字此尤難下。『雪乳已翻煎處脚，松風仍作瀉時聲』，此倒語也，尤爲詩家妙法，即杜少陵『紅稻啄餘鸚鵡粒，碧梧棲老鳳凰枝』。『枯腸未易禁三碗，卧聽山城長短更』，又翻却盧仝公案，仝飲到七碗，坡不禁三碗。」

寄藏春塢

白首歸來種萬松，待看千丈舞霜風。年抛造物甄陶外，春在先生杖履中。楊柳長垂低户緑，櫻桃爛熟滴階紅。何時却與徐元直，共訪襄陽龐德公。

此詩寫出藏春之景之趣，宛然如在目前，且結以龐德公，見其真有隱士之風也。

戲徐君猷孟亨之不飲

孟嘉嗜酒桓温笑，徐邈狂言孟德疑。公獨未知其趣耳，臣今時復一中之。風流自有高人識，通介寧隨薄俗移。二子有靈應撫掌，吾孫還有獨醒時。

胡苕溪云：「東坡此詩，戲徐君猷、孟亨之皆不飲酒，不獨天生對語。其全篇清切，尤爲可喜。」按：孟嘉，好酣飲。桓温曰：「酒有何好？卿嗜之。」嘉曰：「公未得酒中之趣耳。」徐邈爲尚書，即時科酒禁，而邈私飲至于沉醉。校尉趙達問以曹事，邈曰：「中聖人。」其後，文帝見邈問曰：「頗復中聖人否？」對曰：「昔子反斃於陽穀，御叔罸於飲酒，臣嗜同二子，不能自懲，時復中之。」高人識，蓋言褚裒於庾亮座上識孟嘉也。通介，蓋盧欽言徐公前日之通今日之介也。

贈子真秀才

萬里雲山一破裘，杖端閑挂百錢遊。五車書已留兒讀，二頃田應爲鶴謀。水底笙歌蛙兩部，山中奴隸橘千頭。幅巾我欲相隨去，海上何人識故侯。

「五車書已留兒讀，二頃田應爲鶴謀」，此前輩所謂折句法也。孔稚圭庭草不除，中有蛙鳴，或問之曰：「欲謂陳蕃乎？」稚圭曰：「我以此當兩部鼓吹，何必效蕃？」然以笙歌易鼓吹，亦不礙其意也。

和劉道原

敢向清時怨不容，直嗟吾道與君東。坐談足使淮南懼，歸去方知冀北空。獨鶴不須驚夜旦，羣鳥未可辨雌雄。廬山自有不到處，得與幽人子細窮。

劉恕有學問，性正直，故作此美之，因以譏諷當今進用之人也。是時恕自館中出監税，故曰「敢向清時怨不容」。馬融謂鄭康成：「吾道東矣。」故以比之汲黯在朝。淮南寢謀，又以比恕之直也。冀北馬羣遂空，言館中無人也。嵇紹昂昂如獨鶴之在雞羣也，又以劉恕比鶴，而衆人比鷄。君子小人雜處如鳥之不可辨雌雄也。意在譏當時進小人退君子也。

次韻酬朱昌叔　王安石介甫

點也自殊由與求，既成春服更何憂。拙於人合且天合，静與道謀非食謀。未愛京師傳谷口，但知鄉里勝壺頭。嗟子老矣無一事，復得此君相與遊。

荆公此詩，造語用字，間不容髪，豈非所謂皆經隱栝權衡者乎？

寄題程公闢物華樓

吴楚東南最上游，江山多在物華樓。遥瞻旌節臨尊俎，獨卧柴荆阻獻酬。想有新詩傳素壁，恠無餘墨到滄洲。湡浯南望重重緑，章水還能向此流。

此詩寫景述事，曲盡物華樓之大觀，非尋常望風步月者可以彷佛其萬一。

謁曾魯公

翊戴三朝冕有蟬，歸榮今作地行仙。且開京闕蕭何第，未放江湖范蠡船。老景已鄰周吕尚，慶門方似漢韋賢。一觴豈足爲公壽，願賦長虹吸百川。

此詩於魯公頌其功德，及敘其高遠，尤必比擬夫蕭、范、吕、韋之爲人，其于魯公可謂至矣。

送劉和父奉使江西

劉郎今日擁旌麾，傳到江南喜可知。上塜還須擊羊豕，下車應不問狐狸。無人敢勸公榮酒，爲我聊尋逸少池。亦見嶺頭花爛熳，更將春色寄相思。

首聯言其奉使過鄉之榮且樂也。第二聯勉其追遠之孝，奉使之忠。第三聯則以公榮之酒相規，右軍之書相尚，末聯復以寄梅問訊之意爲結。其於贈别之意，何其周且至歟！

和文淑湓浦見寄

多難漂零歲月賒，空餘文墨舊生涯。相看楚越常千里，不及朱陳似一家。髮爲感傷無翠葆，眼從瞻望有玄花。唯詩與我寬愁病，報爾何妨賦棣華。

荆公詩律精嚴，得子美句法。觀此詩，言隨事遣，而意與言會，渾然不見其牽率排比處。

酬裴如晦

二年羈旅越人吟，乞得東南病更侵。傷子未安莊氏義，壽親還慰魯侯心。鮮鮮細菊霜前蕊，漠漠疏桐日下陰。濁酒一杯秋滿眼，可憐同意不同斟。

此詩有古詩人風韻，讀者宜詳味之。

古松

森森直幹百餘尋，高入青冥不附林。萬壑風生成夜響，千山月照挂秋陰。豈因糞壤栽培力，自得乾坤造化心。廊廟乏材應見取，世無良匠勿相侵。

此詩託物寓意，殆亦自道者歟。

過高士坊　曾鞏子固

一畝蕭然絶世喧，抗懷那肯就籠樊。功名晚更爲餘事，災異初嘗出至言。郡閣已空徐孺榻，里人猶識鄭公門。斯文未喪如繇我，後代當知李仲元。

形容徐南州之高志清操，百世之下，猶可想見。

郡齋即事

南軒山色常浮黛，繞舍泉聲不受塵。四境帶牛無事日，兩衙封印自繇身。白羊酒熟初看雪，黄杏花開欲探春。總是濟南爲郡樂，更將詩興屬何人。

郡齋之事與景，具見八句之中，且有新意可喜。

喜雨

偶狥一官偷禄計，便懷千里長人憂。桑間舉箔蠶初繭，壠上揮鐮麥已秋。更喜風雷生北極，頓驅雲雨出靈湫。從今菽粟非虚禱，會見甌窶果滿篝。

此詩寫出仁人君子憂樂以民之心，佳作也。

人情

人情當面蔽山丘，誰可論心向白頭。天禄閣非真學士，玉麟符是假諸侯。詩書落落成孤論，耕釣依依憶舊遊。早晚抽簪江海去，笑將風月上扁舟。

形容人情世故之真，及敘其寡友思歸之意，概盡其妙，且欲拋簪紱，侶風月，其氣象悠然，有非騷人韻士所可幾及。

仁者吟　邵雍堯夫

仁者難逢思有常，平居慎勿恃無傷。爭先徑路機關惡，近後語言滋味長。爽口物多須作病，快心事過必爲殃。與其病後能求藥，不若病前皆自防。

詩貴諷喻以關世教。康節先生《仁者吟》，其教人句句皆實事，非尋常騷客吟風弄月，無益世教者比。

林下吟

老年軀體索温存，安樂窩中別有春。萬事去心閑偃仰，四支由我任舒伸。庭花盛處涼鋪簟，檐雪飛時暖布裀。誰道山翁拙于用，也能康濟自家身。

康節先生，一世人豪，其胸次悠然，直與天地上下同流，故其詩詞所發，亦無非述其所處所有之樂，而無一毫凝滯排合之意。

誡子吟

善惡無他在所存，小人君子此中分。改圖不害爲君子，迷復終歸作小人。良藥有功方利痛，白圭無玷始稱珍。欲成令器須追琢，過失如何不就新。

此詩以君子小人立論，蓋欲述其所以爲君子，其所以爲小人，蓋視城南之詩，教子以取富貴功名者，相去遠哉！

和堯夫先生年老逢春二首　司馬光君實

年老逢春無用驚，對花弄筆眼猶明。不嫌貧舍舊來燕，唤起醉眠何處鶯。一僕相隨幅巾出，羣童聚看小車行。人間萬事都捐去，莫遣胸中氣不平。

年老逢春猶解狂，行歌南陌上東岡。晴雲高鳥各自得，白日遊絲相與長。草色無情盡眼緑，林花多意襲人香。吾儕倖免簪裾累，痛飲閑吟樂未央。

温公性天淳厚，義理精密，發而爲詩爲文，自然温厚和平，脗合法度，觀此二詩可見。

和堯夫打乖吟　程顥伯子

聖賢事業本經綸，肯爲巢由繼後塵。三幣未回伊尹志，萬鐘難换子輿貧。且因經世藏千古，已占西軒度十春。時止時行皆有命，先生不是打乖人。

程伯子此詩，推尊邵堯夫，可謂至矣。且氣格高古，音律春容，有非其他詞人韻士可到。

偶成

閑來無事不從容，睡覺東窗日已紅。萬物静觀皆自得，四時佳興與人同。道通天地有形外，思入風雲變態中。富貴不淫貧賤樂，男兒到此是英雄。

明道此詩之作，寫其胸中自得之妙，其沖澹蕭散之趣，從容不羣之情，直若超然，邈出宇宙之外，非有道者能乎哉！

遊月陂

月陂堤上四徘徊，北有中天百尺臺。萬物已隨秋氣改，一樽聊爲晚涼開。水心雲影閑相照，林下泉聲靜自來。世事無端何足計，但逢佳日約重陪。

此詩景與意會，且音調春容，氣格清俊，可羨可愛。

次韻寄題芙蕖館　朱熹仲晦

不須艇子棹歌來，且看芙蓉面面開。卷裹有詩都錦繡，席間無地可塵埃。風清月白琴三弄，緑暗紅深酒一杯。明日仲宣樓上去，越吟應是首頻回。

形容芙蓉館之清勝，情景兼到，非尋常詩人可擬。

題鄭德輝悠然堂

高人結屋亂雲邊，直面羣峯勢接連。車馬不來真避俗，簞瓢可樂更忘年。移笻緑幄成三徑，回首黄塵自一川。認得淵明千古意，南山經雨更蒼然。

朱子此詩，寫出悠然堂之景之妙，質而實文，癯而實腴，三代以下詩人皆莫及也。

次秀野韻寫景

江皋晴日麗芳華，翠竹疏疏映白沙。路轉忽逢沽酒客，眼明惟見滿園花。望中景助詩人趣，物外春歸釋子家。向晚却尋芳草逕，夕陽流水繞村斜。

朱子爲道學之宗，其詩文之作不煩繩墨而自合法度，所謂如天地間之有醴泉慶雲，是惟無出，出則莫不皆知其爲祥瑞也。

極目亭次韻

偶向新亭一破顔，高情直寄有無間。地偏已隔東西路，天闊長圍遠近山。浩蕩祇愁春霧合，輪囷却喜暮雲還。不堪景物撩人甚，倒盡詩囊未許慳。

即物寫景，發輝「極目」二字，無餘藴矣。且雅淡深邃，有風人之趣，非餘子可到。

唐五言律詩

春日江村　杜子美

農務村村急，春流岸岸深。乾坤萬里眼，時序百年心。茅屋還堪賦，桃源自可尋。艱難昧生理，漂泊到如今。

凡作詩用雙字者，不可徒爲襯貼成句，須是有意方好。此篇首兩句，用「村村」「岸岸」字，乃見農務無處不急，江流無處不深，正春時之可爲也。「乾坤萬里眼，時序百年心」，則謂遊覽已遠矣，今則節序轉流，時不我與，人生百歲之思何如哉？句法意度穩妥曲重，字對停匀精切，又且氣象高大，情思深遠，非此老不能道。後四句言茅屋雖卑漏，而可以賦詩；桃源雖杳漠，而可求隱處。何緣不辭艱難，昧其生理，飄泊遠遊至今而不止耶？蓋懷君憂國之中，自有不能已者。意在言外，又與上句血脉貫穿，此其所以絶妙也。作詩當以杜爲宗，而杜于五言律詩尤多，且工材大者，正可步驟，其仄入者爲正体，平入者爲變体，首句又多對偶，今以此篇壓卷云。

泊岳陽城下

江國踰千里，山城僅百層。岸風翻夕浪，舟雪灑寒燈。留滯才難盡，艱危氣益增。圖南未可料，變化有鯤鵬。

首言地勢之遠，城堞之高，非泛然爲辭者也。「岸風翻夕浪」，而猶常句；「舟雪灑寒燈」，則甚奇傑。「留滯才難盡」，非怨望也。「艱危氣益增」，乃忠義也。末句非惟見其志氣之不衰，亦可以見其不忘朝廷，猶欲建功立業之意也。

野望

納納乾坤大，行行郡國遥。雲山兼五嶺，風壤帶三苗。野樹侵江闊，春蒲長雪消。扁舟空老去，無補聖明朝。

「納納」二字，新音，前此無人如此説。此詩自岳之潭，舟經洞庭所作，故有「雲山兼五嶺，風壤帶三苗」之句，皆即實而言。用「兼」與「帶」兩字，則其地與之相連，非正指其處也。第三聯則書其所見之景，至於結句，雖言老者無補於朝廷，而實有戀闕不能自已之意焉。

衡州送李大夫赴廣州

斧鉞下青冥，樓船過洞庭。北風隨爽氣，南斗避文星。日月籠中鳥，乾坤水上萍。王孫丈人行，垂老是飄零。

青冥，天也。言天子賜李大夫以節鉞，得專誅殺，如自天而下。船過洞庭，迤邐之廣也。第二聯上言自北而南，帶爽氣而來也。下言李之文章，北斗以南一人而已。至于第三聯，則公自言日月之長，客居如籠中之鳥，局促之甚，不能得馳騁；乾坤廣大，而飄泛如水之萍，意無定處。豈意王孫乃丈人行輩，而垂老相遇，見其飄零失所也。此詩前兩句敍事，却只言景樣説，此其所以爲高也。

登岳陽樓

昔聞洞庭水，今上岳陽樓。吴楚東南坼，乾坤日夜浮。親朋無一字，老病有孤舟。戎馬關山北，憑軒涕泗流。

吴與楚地相接，所以道洞庭闊遠之狀。乾坤之内，其水日夜以浮，語既高妙有力，而洞庭之大無過于此。讀此兩句，少陵胸吞雲夢可知矣。且「親朋無一字，老病有孤舟」使無前兩句，皆如此一聯，語雖健，終不工。蓋以杜詩之中，工拙相半，古人文章類皆如此。是以皆拙，固無所取；使皆工，則峭急無氣，如李賀之流也，愛君憂國之心，浩乎有不可勝言者。對人雖舟倚前浦徘徊不忍之意，長嘯若頗舒暢，一含情則不無感傷，五字中倏忽變化，憂君憂國之心極矣。

《春日憶李白》：「白也詩無敵，飄然思不羣。清新庾開府，俊逸鮑參軍。渭北春天樹，江東日暮雲。何時一樽酒，重與細論文。」首兩句敘起却亦是對。庾開府，乃庾信，字子山，爲開府車騎將軍。鮑參軍，乃鮑照，字明遠，爲幕府參軍。庾不能俊逸，鮑不能清新，白皆兼之，此其所以無敵也。渭下句言相會而論文至與「重與細」，極交情之至密，非李杜不能造也。

《公安縣懷古》：「野曠吕蒙營，江深劉備城。天寒催日短，風流與雲平」。灑落君臣契，飛騰戰伐名。維舟倚前浦，長嘯一含情。」起兩句便用古人名，氣象高雅。「天寒催日短」，嘆時序之易邁。「風浪與雲平」，言世氛之歎息。「灑落羣臣契」，先主與孔明也。「飛騰戰伐名」，言漢賊不兩立，其出師之名甚正也。以「戰伐」對「君臣」，雖是以虚對實，是亦以事對人。「維舟倚前浦」，徘徊不忍之意。長嘯，若頗舒暢；一含情，則不無感傷，五字中倏忽變化，憂君憂國之心極矣。

樓上

天地空搔首，頻抽白玉簪。皇輿三極北，身事五湖南。戀闕勞肝肺，論材愧杞楠。亂離難自救，終是老湘潭。

天地之間，可感慨而搔首者多，故頻抽白玉簪也。此句非襯貼長語，起兩句乃一篇之主意在此。「皇輿三極北」，仰本朝之高遠；「身事五湖南」，嘆客路之流落；此天地之可感者。「戀闕勞肝肺」，忠國之心赤矣；「論材愧杞楠」，自愧非梁棟之材，不能助國也。「亂離難自救」，猶恐亂時無人救援；「終是老湘潭」，言流落之遠，不得以盡致君之忠。意思轉摺深長，豈搔首抽簪之得已乎？

春宿左掖

花隱掖垣暮，啾啾棲鳥過。星臨萬户動，月傍九霄多。不寢聽金鑰，因風想玉珂。明朝有封事，數問夜如何。

起句乃一篇之主意，「隱」字下得極好。「萬户」「九霄」皆指大内而言，此就掖垣上作也，星臨于此而動，月傍于九霄，月傍於此而多，見得與常處不同，句法雅麗。不寢寐而聽其動静也，「因風想玉珂」，言君臣入朝有珂珮玎璫之聲，故因風之傳聲而想其消息也。公擬明朝上奏封事，既以不寢，又數問夜如何，敬謹之意展轉於中，非愛君憂國之深，何以及此！星臨，月傍、不寐、因風數問，皆就「暮」之一字上生來也。

《野望》：「國破山河在，城春草木深。感時花濺淚，恨别鳥驚心。烽火連三月，家書抵萬金。白頭搔更短，渾欲不勝簪。」公此詩作在至德二載，是時已破長安，明皇幸蜀，公陷賊中。「國破山河在」，言兵伐之後長安已破，但有山河依舊，明無餘物矣。草木之深，明無人矣。感時、恨别，以别君之遠而感傷時事也。「烽火連三月」，言舉烽火未絶，相繼三月之久。「家書抵萬金」，言家信抵萬金樣難得。「白頭搔更短，渾欲不勝簪，」言頭已白矣，搔之愈短，雖插簪亦不勝矣，其悲憂之情何如哉！此篇意在言外，使人思而得之。言之者無罪，聞之者足以戒，惟公詩最得詩人之體。

月夜憶舍弟

戍鼓斷人行，邊秋一雁聲。露從今夜白，月是故鄉明。有弟皆分散，無家問死生。寄書長不達，況乃未休兵。

首兩句便見遭兵戈，兄弟離散，一身羈孤之意。「露從今夜白，月是故鄉明」，雖是説景，而感今懷昔之意黯然言外。第三聯則直賦其事，對偶親切。末句既無書信往來，兵戈未息，邈無相見之期。鶺鴒相憶之悲，當何如哉？此詩所謂發乎情，止乎禮義者也。

早春遊望　韋應物

獨有宦遊人，偏驚物候新。雲霞出海曙，梅柳渡江春。淑氣催黄鳥，晴光轉緑蘋。忽聞歌古調，歸思欲沾巾。

此篇以「物候」二字爲一篇之要領，中四句皆所以發明物候之事，末以聞歌沾巾結之。蓋所以照應起句宦遊之意，且無一字不着題，先民謂蘇州五言詩高雅閑淡，自成一家。信哉！

題李凝〔一〕**幽居**　賈島

閑居少鄰並，草徑入荒園。鳥宿池邊樹，僧敲月下門。過橋分野色，移石動雲根。暫去還來此，幽期不負言。

此作鋪敘幽居之勝，情辭兼到。按：《劉公嘉話》云：「島初舉京師，於驢上得句云：『鳥宿池邊樹，僧敲月下門』，始欲着『推』字，又欲着『敲』字。煉之未定，于驢背上引手作敲推之勢。韓愈吏部權京兆，島不覺衝至第三節，尚爲手勢未已，爲左右擁至尹前。島具對，所得詩句『推』字與『敲』字未定，神遊象外，不知回避。韓立馬良久曰：『作敲字佳。』遂與並轡而歸，留連論詩，與爲布衣之交。」

發五溪　岑參

客厭巴南地，鄉鄰劍北天。江村片雨外，野寺夕陽邊。芋葉藏山徑，蘆花間渚田。舟行未可住，乘月且須牽。

形容五溪風物景趣，極爲詳備。

次北固山下　王灣

客路青山外，行舟緑水前。潮平兩岸闊，風正一帆懸。海日生殘夜，江春入舊年。鄉書何處達，歸雁洛陽邊。

此篇寫景寓懷，風韻洒落，佳作也。

歲暮歸南山 孟浩然

北闕休上書，南山歸弊廬。不才明主棄，多病故人疏。白髮催年老，青陽逼歲除。永懷愁不寐，松月夜窗虛。

此詩有厭世絶俗之心，有嘆老嗟卑之意。然韻格高遠可取，故著之。○按：浩然進此詩，明皇曰：「朕未嘗棄人，卿自不求仕，何誣之甚也？」因命放歸南山。

訪天台

挂席東南望，青山水國遥。舳艫爭涉利，來往接風潮。問我今何適？天台訪石橋。坐看霞色晚，疑是石城標。

此律詩首尾不對者，盛唐諸公有此體，如孟浩然此詩是也。又李太白《牛渚西江》之篇，皆文從字順，音韻鏗鏘，八句皆無對偶。

裴司功員司士見尋

府僚能枉駕，家醖復新開。落日池上酌，清風松下來。廚人具鷄黍，稚子摘楊梅。誰道山翁醉，猶能騎馬回。

詩有借對，如浩然此詩「廚人具鷄黍，稚子摘楊梅」，是借「楊」對「鷄」。又如太白「水舂雲母碓，風掃石楠花」，是借「楠」對「母」，皆借對體也。

巴南舟中即事　岑參

渡口欲黄昏，歸人爭渡喧。近鐘清野寺，遠火點江村。見雁思鄉信，聞猿積淚痕。孤舟萬里夜，秋月不堪論。

撫時寫景，思鄉憶遠，情見詞表。

弔僧

幾思開靜話，夜雨對禪床。未得重相見，秋燈照影堂。孤雲終負約，薄宦轉堪傷。夢遶長松榻，遥焚一炷香。

《詩評》云：「破題與領聯，便作隔句對。若施之於賦，則曰：『幾思静話，對夜雨之禪床。未得重逢，照秋燈于影堂。』此隔句體也。」胡苕溪云：「第一句與第三句對，第二句與第四句對，此扇對格也。」

别離　陸龜蒙

丈夫非無淚，不洒離别間。仗劍對樽酒，耻爲遊子顔。蝮蛇一螫手，壯士疾解腕。所思在功名，離别何足歎。

大丈夫以功名意氣自許，大笑出門何淚之有。龜蒙此作，慷慨激烈，有男子心。回視郵亭執手，杯酒陽關，哽咽淒涼。昵昵作兒女態者，良可鄙矣。且此詩文從字順，風度高邁，音調洒落，八句皆不用對偶，與李太白《牛渚有懷》，孟浩然《訪天台》諸作同體也。

惠山寺 張祜

舊宅何人在，空門客自過。泉聲到池盡，山色上樓多。小洞穿斜竹，重階夾瘦莎。殷勤入城市，雲水暮鐘和。

此詩乃荆公《百家詩選》中所取者，如「泉聲到池盡」一聯真佳句也。

金山寺

一宿金山頂，微茫水國分。僧歸夜船月，龍出曉堂雲。樹影中流見，鐘聲兩岸聞。因悲在朝市，終日醉醺醺。

金山寺號爲勝景，張祜吟詩有「僧歸夜船月，龍出曉堂雲」之句，自後詩人擱筆，孫魴乃復吟一詩，絶唱。

五言排律附

贈韋左丞 杜子美

紈袴不餓死，儒冠多誤身。丈人試靜聽，賤子請具陳。甫昔少年日，早充觀國賓。讀書破萬卷，下筆如有神。賦料楊雄敵，詩看子建親。李邕求識面，王翰願卜鄰。自謂頗挺出，立登要路津。致君堯舜上，再使風俗醇。此意竟蕭條，行歌非隱淪。騎驢三十載，旅食京華春。朝叩富兒門，暮隨肥馬塵。殘杯與冷炙，到處潛悲辛。主上頃見徵，欻然欲求伸。青冥却垂翅，蹭蹬無縱鱗。甚愧丈人厚，甚知丈人真。每于百寮上，猥誦佳句新。竊效貢公喜，難甘原憲貧。焉能心怏怏，秖是走踆踆。今欲東入海，即將西去秦。尚憐終南山，回首清渭濵。常擬報一飯，況懷辭大臣。白鷗波浩浩，萬里誰能馴。

《詩眼》山谷言：「文章必謹布置，每見後學多言以《原道》命意曲折，予後以此概考古人法度。如杜甫《贈韋見素》詩云：『紈袴不餓死，儒冠多誤身。』此篇立意，故使人静聽而具陳之。自云『甫昔少年日』，至『再使風俗醇』皆儒冠事業也。自云『此意竟蕭條』至『蹭蹬無縱鱗』，言誤身如此也。則意舉而文備，故已有是詩矣。必言其所以見韋者有厚愧真知之句，所以真知者謂傳誦其詩也。然宰相職在薦賢，不當徒愛人而已。士故不能無望，故曰『竊效貢公喜，難甘原憲貧』。果不能薦賢則告之可也，故曰『焉能心怏怏，祇是走踆踆』。又將去海而去秦也，然其去也必有遲遲不忍之意，故曰『尚憐終南山，回首清渭濵』。則所知不可以不别，故曰『常擬報一飯，況懷辭大臣』。如此，是以相忘于江湖之外，雖欲見之亦不可得而見矣，故曰『白鷗波浩浩，萬里誰能馴』終焉。此詩前賢録爲壓卷，蓋布置最得正体，如官府甲第廳堂房室，各有定處，不可亂也。韓文公《原道》與《書·堯典》皆如此，其他謂之變體可也。」

【校記】

［一］凝，原作「疑」，據《長江集》卷四改，成化本亦誤。

詩學權輿　卷之十七

宋五言

次韻江晦叔　蘇子瞻

鐘鼓江南岸，歸來夢自驚。浮雲時事改，孤月此心明。雨已傾盆落，詩仍翻水成。二江爭送客，木杪看橋横。

胡苕溪云：「東坡自嶺外歸，次韻江晦叔詩云：『浮雲時事改，孤月此心明。』語意高妙，如參禪悟道之人吐露胸襟，無一毫窒礙也。」

發廣州

朝市日已遠，此身良自如。三杯軟飽後，一枕黑甜餘。蒲澗疏鐘外，黄灣落木初。天涯未覺遠，處處各樵漁。

東坡自注云：「浙人謂飲酒爲『軟飽』，謂睡爲『黑甜』也。」

和劉道原寄張師民

仁義大捷徑，詩書一旅亭。相誇綬若若，猶誦麥青青。腐鼠何勞嚇，高鴻本自冥。顛狂不用唤，酒盡漸須醒。

此詩譏近日朝廷進用之人，以仁義爲捷徑，詩書爲逆旅，但爲印綬爵禄所誘，則假捷徑以進，如《莊子》所謂儒以詩禮發冢，故云「麥青青」，又言小人之顧禄位如鴟鳶以腐鼠嚇鴻鵠，其溺于利如人之醉於酒，酒盡則自醒也。

和張文潛贈無咎　黄庭堅

龜以靈故焦，雉以文故翳。本心如日月，利欲食之既。後生玩華藻，照影終没世。安得八紘罝，以道獵衆智。

胡苕溪云：「後山謂魯直作詩過于出奇，誠哉是言也。」如《和文潛贈無咎》詩云：「本心如日月，利欲食之既。」又如《王聖涂二亭歌》云：「絶去藪澤之羅兮，官于落羽。」洪玉父云：「魯直言羅者得落羽以輸官，凡此之類皆出奇之過也。」

跋子瞻和陶詩

子瞻謫海南，時宰欲殺之。飽喫惠州飯，細和淵明詩。彭澤千載人，東坡百世士。出處雖不同，風味乃相似。

東坡知揚州，初和淵明《飲酒》詩二十首，《歸田園居》以下皆謫惠州後所作，凡一百有九篇，追和古人自東坡始。

答斌老病起遣悶

風生高竹涼，雨送新荷氣。魚遊悟世網，鳥語入禪味。一揮四百病，智刃有餘地，病來每厭客，今乃思客至。胡苕溪云：東坡有句云：「茶笋盡禪味，松竹真法音。」山谷云：「魚游悟世網，鳥語入禪味。」張文潛云：「鳥語味實相，飯香悟真空。」此三聯語意相類，然山谷一聯最爲優也。

《南豐先生輓詩》（陳後山）：「精爽回長夜，衣冠出廣廷。勳庸留琬琰，形象付丹青。道喪餘篇翰，人亡更典刑。侯芭才一足，白首《太玄》經。」任天社云：末句亦後山自謂也。《楊雄傳》：鉅鹿侯芭常從雄居，受其《太玄》《法言》。《吕氏春秋》：魯哀公問於孔子，曰：「樂正夔一，足矣。」李太白詩：「誰能書閣下，白首《太玄》經。」

《温公輓詩》：「百姓歸周公，三年待魯儒。俗方隨日化，身已要人扶。玉几雖來晚，明堂訖授圖。心知死諸葛，終不羡曹蜍。」以文王時二老比温公，尊之至矣。「三年待魯儒」，待字最妙，蓋温公得時行道不及三年也。「俗方隨日化，身已要人扶」，蓋見温公克勤於邦，盡瘁於國，因此成疾。

悲痛之意，形于言外也。

雪後黃樓寄負山居士　陳師道

林廬煙不起，城郭歲將窮。雲日明松雪，溪山進晚風。人行圖畫裏，鳥度醉吟中。不盡山陰興，天留憶戴公。

謝疊山云：「『雲日明松雪，溪山進晚風』二句絶妙，予嘗獨步山巔水涯，積雪初霽，雲歛日明，遥望松林，徘徊溪橋，踏月而歸，始知此兩句如善畫。作詩之妙，至此神矣。末句意思尤妙，蓋相見則意愜，意愜則不復憶之矣。王徽之之不見戴逵而反，乃天留此相思之情於無窮也。」

送秦覯

士有從師樂，諸兒却未知。欲行天下獨，信有世間疑。秋入川原秀，風連鼓角悲。目前豚犬類，未必慰親思。

柳子厚《答韋中立論師道書》曰：「獨韓愈奮不顧流俗，抗顔而爲師，世果羣怪聚駡。」又曰：「天下不以非鄭尹而怪孫子，何哉？獨爲其所不爲也。」後山此詩云：「欲行天下獨，信有世間疑。」意本諸此。

送吴先生謁惠州蘇副使

聞名欣識面，異好有同功。我亦慙吾子，人誰恕此公。百年雙白鬢，萬里一秋風。爲説任安在，依然一禿翁。

任天社注云：「『聞名欣識面』言吴君欲識東坡也。『異好有同功』言吴君方外之士，與後山異趣，而好賢之意則同，故云『同功』。『我亦慙吾子，人誰恕此公』言後山不能往見蘇公，此所以有愧于吴君也。此二句大妙。『百年雙白鬢，萬里一秋風』，時東坡年五十九，此言神交心契，與風無間也。末句後山自謂不負蘇公之門，時亦坐黨事廢錮，故云『禿翁』。《漢·霍去病傳》云：『衛青日益衰而去病日益貴，故人門下多去事去病，輒得官爵，惟任安不肯去。』」

寄外舅郭大夫

巴蜀通歸使，妻孥且定居。深知報消息，不忍問何如。身健無妨遠，情親未肯疏。功名欺老病，淚盡數行書。

黄玉林云：「趙章泉先生嘗云：『學詩者莫不以杜爲師，然能如其師者鮮矣。句或有似之，而篇之全似者絶難得。陳後山《寄外舅郭大夫》詩乃全篇之似杜者也。後戴式之亦有《思家用陳韻》，又全篇之似陳者也。』」

思家用後山韻　戴式之

湖海三年客，妻孥四壁居。飢寒應不免，疾病又何如？日夜思歸切，平生作計疏。愁來仍酒醒，不忍讀家書。

戴式之《思家用陳後山韻》，先儒謂其全篇酷似之，信哉。

送丁元珍峽州判官　歐陽永叔

爲客久南方，西遊更異鄉。江通蜀國遠，山閉楚祠荒。油幕無軍事，清猿斷客腸。惟應陪主諾，不費日飛觴。

摹寫峽州之景之情，宛然如在目前也。

寄西京張法曹

幕府三年客，羣居幾日親。初分闕口路，猶見洛陽人。壠麥晴將秀，田花晚自春。向家行漸近，豈復倦征輪。

此詩鋪陳事與景，情切而意婉。

送賈推官赴絳州

白雲汾水上，人北雁南飛。行李山川遠，風霜草木腓。郡齋賓榻挂，幕府羽書稀。最有題輿客，偏思玉塵揮。

離別真情，居官清況，溢乎言意之表，奇作也。

送張如京知安肅軍

相逢舊從事，新命忽臨戎。界上山河壯，軍中鼓角雄。朔風馳駿馬，塞雪射驚鴻。試取封侯印，何如筆硯功。

「山河壯」「鼓角雄」，固見其地位之高也。「馳駿馬」「射驚鴻」，又見其氣勢之雄也。結以投筆封侯，蓋以班定遠望之也。

春盡後園閑步　邵雍

綠樹成陰日，黄鶯對語時。小渠初瀲灩，新竹正參差。倚杖閑吟久，攜童引步遲。好風知我意，故故向人吹。

此詩寫春暮之景，述自得之樂，有曾點浴沂詠歸之趣。

依韻答王不疑少卿

經難憶浮丘，吾鄉足勝遊。風前驚白髮，雨後喜新秋。仕宦情雖薄，登臨興未休。人間浪憂事，都不到心頭。

此詩康節自序其平居，且見其胸次洒落，出乎萬物之上。

林下吟

林下一般奇，俗人那得知。乍圓明月夜，纔放好花枝。美酒未斟滿，佳賓莫放歸。世間優我輩，幸有這些兒。

此可見康節林下之樂爲天下之獨，發爲吟詠，詞意高古，非尋常詩人之比。

上元書懷　司馬光

老去春無味，年年覺病添。酒因脾積斷，燈爲目痾嫌。勢位非其好，紛華久已厭。唯餘讀書樂，暖日坐前檐。

司馬光撫時即事之感，好學忘勢之心，畢見于此。

江行　王安石介甫

材非當世用，轂有故人推。使節春冬換，征帆日夜開。南遊取干越，東望得州來。試盡風波惡，生涯亦可哀。

此詩首言己才之疏，幸有知己之遇。次言節序之變，行役之久，且歷東南名郡，閲盡風波艱惡，故以生涯可哀結之。曲盡人情世故，令人起敬起嘆。

何處難忘酒二首

何處難忘酒，英雄失志秋。廟堂生莽草，巖谷死伊周。賦斂中原困，干戈四海愁。此時無一盞，難遣壯圖休。

何處難忘酒，君臣會合時。深堂拱堯舜，密席坐臯夔。和氣襲萬物，歡聲連四夷。此時無一盞，真負鹿鳴詩。

二詩託物寓意，感時述事，得古風人體。然亦擬白居易之作，憂樂皆不可無酒，蓋設言之耳。

秋日感事示介甫　曾子固

秋日氣已盛，陰蟲朝暮聲。煙雲斷溪樹，風雨入山城。沙磧有遺虜，旌旗多遠行。生民苦未息，吾黨恥論兵。

此詩述其所感之景與事，有温厚風雅之意。

仁宗挽詩

納諫終無拒，知人久更明。恩波通四海，壽域載羣生。異俗衣裳會，諸儒雅頌聲。威靈空想象，盛德詎能名。

宋仁宗君道政化，而此詩才四十字，形容殆盡，即所謂一像贊也。

即事有懷寄彥輔仲宗　朱仲晦

一水方涵碧，千林已變紅。農收爭暖日，老病怯高風。徙倚非無計，心期莫與同。向來歡會處，離合太匆匆。

此詩寫景道情，曲盡其妙。

五言排律附

次韻廖明略陪吴明府白雲亭宴集　黄庭堅

江靜明花竹，山空響管絃。風生學士麈，雲繞令君筵。百越餘生聚，三吴遠接連。庖霜刀落鱠，執玉酒明船。葉縣飛來舄，壺公謫處天。酌多時暴謔，舞短更成妍。唯我孤登覽，觀詩未究宣。空餘五字賞，又似兩京然。醫是肱三折，官當歲九遷。老夫看鏡罷，衰白敢爭先。

涪翁長律句法高妙，韻度瀏亮，邈有唐人風。蘇東坡云：「讀魯直詩如見魯仲連，李太白不敢復論。鄙事雖若不適用，然不爲無補于世。」觀此尤信。

詩學權輿　卷之十八

唐七言絶句

絶句三首　杜甫

秋樹馨香倚釣磯，斬新花蕊未應飛。不知醉裏風吹盡，可忍醒時雨打稀。

覺範《禁臠》云：「子美詩言山間野外事，意蓋譏刺風俗。如『秋樹馨香倚釣磯，斬新花蕊未應飛』，言後進暴貴，可榮觀也。『不知醉裏風吹盡，可忍醒時雨打稀』，言其恩重才薄，眼見其零落，不若未受恩眷時也。雨比天恩，以雨多故，致花易壞也。」

門外鸕鷀久不來，沙頭忽見眼相猜。從今已後知人意，一日須來一百回。

此絶前二句，言貪利小人畏君子之譏其短也。後二句言君子蒙以養正，瑾瑜匿瑕，山藪藏疾，不發其惡，小人未革面，諂諛不知愧耻也。

無數春笋滿林生，柴門密掩斷人行。會須上番看成竹，客至從嗔不出迎。

此絶言惟守道爲歲寒也。前輩多法其意而作，如韓稚圭詩云：「風定曉林蝴蝶舞，雨匀春圃桔槔閑。」亦以雨比天恩，桔槔比宰相，功業之就，已退閑矣。時公在相州作，蔡持正在安州亦有詩云：「風摇熟菓時聞落，雨滴餘花亦自香。」熟菓比大臣黜落也。

答山中故人　李白

問余何事栖碧山，笑而不答心自閑。桃花流水杳然去，别有天地非人間。

《許彦周詩話》云：「賀知章呼太白爲謫仙人，余觀此詩，切信之矣。」楊誠齋云：「此太白詩體也。」

廬山瀑布

日照香爐生紫煙，遥看瀑布挂前川。飛流直下三千尺，疑是銀河落九天。

胡苕溪云：「太白《望廬山瀑布》一絶，東坡極稱美之。坡遊廬山曾有詩云：『帝遣銀河一派垂，古來惟有謫仙詞。』然余謂太白前篇古詩云：『海風吹不斷，江月照還空。』此語磊落清壯，辭簡而意盡，優于絶句多矣。」

春夜洛城聞笛

誰家玉笛暗飛聲，散入春風滿洛城。此夜曲中聞折柳，何人不起故園情。

《樂府雜録》云：「笛者，羌樂也。古曲有《折楊柳》《落梅花》之名。」故杜少陵亦有《吹笛詩》云：「故園楊柳今摇落，何得愁中曲盡生。」王焕之亦云：「羌笛何須怨楊柳，春風不度玉門關。」此皆言《折楊柳》曲也。

夏晝偶成　柳子厚

南州溽暑醉如酒，隱几熟眠開北牖。日午獨覺無餘聲，山童隔竹敲茶臼。

柳子此詩有雅趣，所謂變穠華于簡古，寄至味于淡薄者也。

滁州西澗　韋應物

獨憐幽草澗邊生，上有黄鸝深樹鳴。春潮帶雨晚來急，野渡無人舟自横。

幽草而生澗邊，君子在野若舟之在澗也。黄鸝而鳴于深樹，小人在位，巧言之如流也。潮水本急，「春潮帶雨」，其急可知國家多難也。「晚來急」，國危亂，季世末俗，如日色之已晚，不復光明也。「野渡無人舟自横」，寬闊之野，寂寞之濱，必有濟世之才，如孤舟之横野渡者，特君相不能用矣。

石頭城　劉禹錫

山圍故國周遭在，潮打空城寂寞回。淮水東邊舊時月，夜深還過女墻來。

烏衣巷

朱雀橋邊野草花，烏衣巷口夕陽斜。舊時王謝堂前燕，飛入尋常百姓家。

石頭隘在金陵之西，去六朝宫殿舊基有三十餘里，東晉因石頭之險，築城壘屯重兵，今遺址尚可考，傍有清涼寺。女牆，城雉也，俗呼爲女墻，又曰箭眼。「山圍故國周遭在」，山無異東晉之山也。「潮打空城寂寞回」，潮無異東晉之潮也。「淮水東邊舊時月，夜深還過女墻來」，淮水東邊之月，無異東晉之月也，來東晉之宗廟，宫室固不可見；來東晉之英雄豪傑，亦不可見矣。意在言外，寄有於無。朱雀橋、烏衣巷，乃東晉王公大臣所居，猶漢西都冠蓋如雲七相五公也。東晉將相唯王謝兩家功名最盛，宗族最蕃，第宅最多。由東晉至唐元和四百年，世異事殊，人更物換，豈特功名富貴不可見，其高門甲第百無一存，變爲尋常百姓之家。正如歐陽公所謂「今其江山雖在，而頹垣廢址，荒煙野草，過而覽者莫不躊躇而悽愴」。朱雀橋邊之花草，如舊時之花草；烏衣巷口之夕陽，如舊時之夕陽；惟功臣王謝之第宅，今皆變爲尋常之室廬。乃云：「舊時王謝堂前燕，飛入尋常百姓家。」此風人之遺韻，兩詩皆用「舊時」二字，絶妙。

與歌者何戡

二十餘年別帝京，重聞天樂不勝情。舊人惟有何戡在，更與殷勤唱渭城。

劉禹錫初以八司馬例貶，召還，忤宰相意，又黜。後十年，再召還，怨舊時朝士害己者。「不勝情」三字，有味。「舊人惟有何戡在」，見得舊時公卿大夫與己爲仇敵者，今無一存，唯歌妓何戡尚在。唐人送別愛唱《陽關三疊》，即「渭城朝雨浥輕塵，客舍青青柳色新。勸君更盡一杯酒，西出陽關無故人」四句是也。「更與殷勤唱渭城」，意謂兩度去國餞別者，必唱《陽關三疊》。今日幸而再登朝，何戡更與唱昔年送別之曲，回思逆景，豈意生還。仇人怨家，消磨已盡，人生爭名爭利，相傾相陷，果何益哉？

楊柳枝詞

花萼樓前初種時，美人樓上鬭腰肢。如今抛擲長街裏，露葉如啼欲恨誰。

「此詩意爲人不能特立，隨時趨勢以求富貴者，與花萼樓前楊柳何異？明皇創花萼相輝之樓，與兄弟親王燕飲其上，樓前楊柳連陰。《宮詞》云：「往來年少説長安，玄武樓成花萼廢。」花萼樓已廢，則楊柳之地皆爲長街矣。此言楊柳在花萼樓前初種時，宫人歌舞樓上者，觀楊柳之輕盈裊娜，自恨腰肢之不如也，欲與楊柳鬬此嬌媚之態，猶人之逢時遇主，大蒙寵幸矣。及花萼樓廢，樓前爲長街，楊柳在長街之中，無人顧盼如拋擲然，猶人之失時失勢，擯棄寂寞也。柳葉帶露，有如淚眼。「露葉如啼欲恨誰」，猶小人失勢不責己而怨人，猶涕泣漣洏亦無益也。

煬帝行宫汴水濵，數株殘柳不勝春。晚來風起花如雪，飛入宫墻不見人。

煬帝荒淫不君，國亡身喪。行宫外殘柳數株，枝條柔弱，如不勝春風之摇蕩也。楊花如雪，飛入宫墻，似若羞見時人者。隋之臣子仕于唐，曾不曰國亡主滅，分任其咎，揚揚然無羞恥之心，觀花亦可愧矣。

輕盈裊娜占年華，舞榭粧臺處處遮。春盡絮飛留不得，隨風好去落誰家。

第一句，喻小人邪柔便佞，趨炎炙熱，專寵怙恩也。第二句，喻小人爲權貴所信任，妄作威福，無一事不出其手，無一人不登其門也。第三句，喻小人失勢受禍，賓客盡散。「隨風好去落誰家」，喻小人忘恩背義，隨時變化，背故趍時，如柳絮隨風墜落，不擇地亦不擇人也。

和令狐相公别牡丹

平章宅裏一欄花，臨到開時不在家。莫道兩京非遠别，春明門外即天涯。

此詩言人臣不可怙恩寵也。春明門，即長安東城門也。泄柳申詳無人乎？穆公之側則不能安其身。大臣位尊名盛，朝承恩寵，暮出嶺海，禍福不可必。一出東城門，去君側漸遠，萬一姦邪柔佞欺負之人造讒飛謗，熒惑上聽，寵辱轉移，頃刻間欲入朝辯明不可得矣。春明門外即天涯，絶妙。

洛中春末送杜録事

樽前花下長相見，明日忽爲千里人。君過午橋回首望，洛陽猶自有殘春。

此詩意謂世衰道微，光景促迫，然未至春光結局時也。「回首望」，勸其不忘君也。

送李侍郎　賈至

雪晴雲散北風寒，楚水吴山道路難。今日送君須盡醉，明朝相望路漫漫。

詩意謂今日送君而不盡醉，明朝兩地相望，道路漫漫，欲如今日之對飲不可復得矣。

贈元二使安西　王維

渭城朝雨浥輕塵，客舍青青柳色新。勸君更盡一杯酒，西出陽關無故人。

此則《陽關三疊》詞也，唐人餞送必歌之。前兩句鋪敘别時之景，後二句意味悠長。「勸君更盡一杯酒，西出陽關無故人」，陽關乃蠻夷之域，必無故人，求今日故人飲酒之樂不可得矣。

除夜　高適

旅館寒燈獨不眠，客心何事轉悽然。故鄉今夜思千里，秋鬢明朝又一年。

客中除夕，聞此後兩句，誰不悽然。

對月答王明府　戴叔倫

山下孤城月上遲，相留一醉本無期。明年此夕遊何處，縱有秋光知對誰。

後兩句勸客飲酒，其意曰：今夜勸君飲而不醉，明年此夜吾與子各天一方，不知在何處，縱有秋光如此夜，不知與對月者誰也。情悽惋而味，正與杜子美《九日》詩相類：「明年此會知誰健，醉把茱萸子細看。」戴詩猶有味。

和鍊師索秀才楊柳　楊巨源

水邊楊柳緑煙絲，立馬煩君折一枝。惟有東風最相惜，殷勤更向手中吹。

楊柳已折，生意何在？春風吹柳，如有殷勤愛之之心焉。此無情似有情也。仁人君子常以生物之心爲心，興衰于無用之地，垂德于不報之人，與春風吹斷柳何異？

長信宮秋詞　王昌齡

奉箒平明金殿開，且將團扇暫徘徊。玉顔不及寒鴉色，猶帶昭陽日影來。

此詩爲宮中怨女作也。怨而不怒，有風人之義焉。「奉箒平明金殿開」，天色平明，奉箕箒以掃殿上之塵。金殿已開，天子將視朝矣。「且將團扇暫徘徊」，窺覘而不忍去也。望幸而不得見，遂因嘆曰：「玉顔不及寒鴉色，猶帶昭陽日影來。」我乃平生不得一到昭陽，近天子清光，是我之玉顔，反不及寒鴉色也。昭陽殿，漢成帝造，以處趙飛燕。《西都賦》：「昭陽特盛隆于孝成，屋不呈材，墻不露形。」言帷帳之華麗也。

送人 岑參

西源驛路挂城頭，客散江亭雨未收。君去試看汾水上，白雲猶似漢時秋。

此詩爲去國者作也。李嶠《汾陰行》，首以秋風白雲爲説，末云：「富貴榮華能幾時，山川滿目淚沾衣，不見只今汾水上，惟有年年秋雁飛。」此詩末句云者，隱然説富貴榮華不足道。漢朝公卿將相，往來汾水，不知幾人，而今安在哉？惟有白雲似漢時秋天耳。所以開廣其胸襟，解釋其鬱結也。

下第後上高侍郎 高蟾

天上碧桃和露種，日邊紅杏倚雲栽。芙蓉生在秋江上，不向東風怨未開。

唐進士得人爲盛，每年所取不過二十餘人。禁防未嚴，糊名易書，取人望材，實名賢在朝，可以公舉。觀韓文公《上陸傪員外書》可見，高蟾下第其年，必有權要子弟中選者。天上碧桃，日邊紅杏，喻權要大臣之子弟門閥高也。「和露種」「倚雲栽」，知貢舉者與權要大臣親密如雲露與天日相依，易于行私也。「芙蓉生于秋江上」，自喻孤寒之士勢孤援寡，如芙蓉種于江上，與天相遠，生不逢時，開于秋日，不遇春陽，與紅杏碧桃生而得地，開而逢春，大不同矣。「不向東風怨未開」，不敢怨，知貢舉者不能吹嘘也。

春晚遊鶴林寺　李涉

野寺尋花春已遲，背巖惟有兩三枝。明朝携酒猶堪賞，爲報春風且莫吹。

此詩有愛惜人才之意。第一句喻世運衰微，人才零落，朝廷無賢人，山林草野亦不多見也。第二句喻孤寒疏遠之士尚有二三人可用也。第三句喻大臣當汲汲獎掖之也。第四句當長養成就，不可摧殘沮抑之也。辛稼軒中年被劾，凡一十六章，不堪讒誣，遂賦《摸魚兒》云：「更能消幾番風雨，匆匆春又歸去，惜春長怕花開早，何況亂紅無數。」正得此詩遺意。

過襄陽上于司空頔

方城漢水舊城池，陵谷依然世自移。歇馬獨來尋往事，逢人惟説峴山碑。

于頔鎮襄陽，賦斂苛刻，民不堪命，韓文公作書以諷之。此詩末句隱然勸于頔當行仁政，以羊祜爲法。羊祜，仁人也。襄陽人思之無窮，碑在峴山，讀者墮淚，由來將相守襄陽多矣。「逢人惟説峴山碑」，可見好人好做，其諷于頔婉而切也。

魏簡能東遊

燕市悲歌又送君，目隨征雁過寒雲。郵亭宿處時看劍，莫使塵埃蔽斗文。

此詩勉其堅志養氣，勿以困窮而消沮也。寶劍必鑄七星文，時時揮拭，不使塵埃蔽之，喻人有精神志氣，當時時洗濯淬礪，思立功名，不可與塵埃俱汨没也。

過華清宫 李約

君王遊樂萬機輕，一曲霓裳四海兵。玉輦升天人已盡，故宫惟有樹長生。

君王所重者遊樂，所輕者萬機，此天下所以亂。「一曲霓裳四海兵」一句絶妙。《伊訓》曰：「恒舞于宫，酣歌于室，邦君有一于此，國必亡。」《五子之歌》曰：「酣酒嗜音，峻宇雕墻，有一如此，未或不亡。」此詩只七字道了。末兩句，與子美《哀江頭詩》「江頭宫殿鎖千門，楊柳新蒲爲誰緑」同一悽愴。

詩學權輿　卷之十九

宋七言絶句

偶成　程顥伯淳

雲淡風輕近午天，傍花隨柳過前川。時人不識予心樂，將謂偷閑學少年。

此詩託物寓興，雲淡風輕之近午者，蓋言陽盛陰消之時也。傍花隨柳閑過前川，取其生意春融，與已爲一也。然在傍之人，見其遊而不知其樂，未必不謂予偷閑學後生，以爲花柳之玩乎。

謝王佺寄丹　程頤正叔

至誠通聖藥通靈，遠寄衰翁濟病身。我亦有丹君信否？用時還解壽斯民。

此詩言丹藥可以通靈，不如至誠之道可以通聖也。且丹藥之惠，可以濟己之病，而道在於我者，有能用之，必兼善天下，而仁壽斯世斯民于無窮矣，又豈止如丹藥，僅能康濟一身而已哉？

暮春吟　邵雍堯夫

林下居常睡起遲，那堪車馬近來稀。春深晝永簾垂地，庭院無風花自飛。

康節此詩蓋形容其所居之樂也。曰「春深晝永簾垂地」，非見其清閑而能安之意乎？曰「庭院無人花自飛」，又非見其天理流行，襟懷洒落之氣象乎？

芭蕉　張載子厚

芭蕉心盡展新枝，新卷新心暗已隨。願學新心養新德，旋隨新葉起新枝。

此横渠託喻人心生生之理。前兩句是狀物也，後兩句是體物也。曰「新心養新德」，非尊德性乎？其曰「新葉起新枝」，非道問學乎？吁！觀物性之生生不窮，明義理之源源無盡也。此其所以深于理學也。豈徒詩之云乎哉？

四子言志　呂與叔大臨

函丈從容問且酬，展才無不志諸侯。可憐曾點惟鳴瑟，獨對春風笑未休。

此詩言侍坐三子言志，皆在于名利，惟曾點即所居之地，樂日用之天，可見其胸次悠然飄然，直與天地萬物上下同流也歟！

勉謝自明　楊時中立

少年力學志須強，得失由來一夢長。試問邯鄲欹枕客，人間幾度熟黃粱。

昔鍾離化吕洞賓爲仙，洞賓睡去，夢中擁旄持節，遍歷顯要。及覺，鍾離炊飯方熟，故詩所謂人間幾度熟黄粱。亦龜山借此勉學者當志于道義，毋徒屑屑于功名而已。且流光易邁，不知人生世間禁得幾度熟黄粱之久乎！

顔樂齋　羅仲素

山染風光帶日黄，蕭然茅屋枕池塘。自知寡與真堪笑，賴有顔飄一味長。

此詩述幽居之勝，以見其絶俗交，寡外欲，而能尋顔子之樂也。

觀書　朱熹元晦

半畝方塘一鏡開，天光雲影共徘徊。問渠那得清如許？爲有源頭活水來。

此朱子即喻人心之理也。第一句蓋狀此心之體也，第二句則言萬理之涵融也。然此心之所以虚靈，具物如此，豈偶然哉？由其能敬以養之，故天理得以流行，亦猶活水之來也。所以末句云「爲有源頭活水來」，深得風人之遺意也。然其義理之深，意象之妙，變化無迹，又不可以《詩》例觀也。

水口行舟

昨夜扁舟雨一簑，滿江風浪夜如何？今朝試揭孤篷看，依舊青山緑樹多。

此詩形容人欲天理，譬如一夜之雨，滿江風浪，非人欲之泛溢乎？然青山緑樹，不改舊觀，又非人欲浄盡而天理之著明乎？

宫帖　真德秀

午漏遲遲滴玉壺，清陰冪冪布庭除。直將底事消長日，大學中庸兩卷書。

司馬光賦《宫帖》有云：「春來無以消長日，開取經書教小王。」西山此帖用司馬公之意也。吁！爲上爲德，而忠愛之心，又二公之所同也。尚何文詞同異之足計哉！

王岐公夫人閣端午帖子

後苑尋春趁午前，歸來競鬪玉欄邊。袖中獨有芸香草，留與君王辟蠹編。

凡詞人作端午宫帖者，未有能外夫綵絲巧粽之事也。此詩獨出新意，以寓規諷，可謂能言人之所不能言，真佳作也歟！

南浦　王安石介甫

南浦東崗二月時，物華撩我有新詩。含風鴨緑粼粼起，弄日鵝黄裊裊垂。

凡詩人用事琢句，妙在於言其物而不言其名也。荆公此曰「含風鴨緑粼粼起，弄日鵝黄裊裊垂」，非暗言水與柳乎？又云「繰成白雪桑重緑，割盡黄雲稻正青」，是白雪言絲，黄雲言麥，亦不言其名也。非天趣自得者，其孰能臻其妙如此乎？

北山

北山輸緑漲横陂，直塹回塘灧灧時。細數落花因坐久，緩尋芳草得歸遲。

荆公律詩精嚴，煉句用字間不容髮。所云「數花坐久」「尋芳歸遲」之句，但見有舒容閑適之態，而不見有牽率雕琢之迹，非意與言會者能之乎？

木末

木末北山煙冉冉，草根南澗水泠泠。繰成白雪桑重緑，割盡黄雲稻正青。

荆公此詩渾然天成，讀之不覺有對偶。故先儒有曰：「作詩之妙，至于荆公、東坡、山谷，盡古今之變。」信哉！夫荆公有曰：「江月轉空爲白晝，嶺雲分暝作黄昏。」又曰：「一水護田將緑繞，兩山排闥送青來。」東坡《海棠》詩有曰：「只恐夜深花睡去，高燒銀燭照紅粧。」山谷詩有云：「清風明月無人管，併作南樓一夜涼。」是其風韻之妙，超然高出衆作，無一毫局促之意也。

中秋月　蘇軾子瞻

暮雲收盡溢青寒，銀漢無聲瀉玉盤。此生此夜不長好，明月明年何處看。

此詩睹景感懷，詞婉而趣長。與戴叔倫《對月》之詩曰：「明年此夕遊何處，縱有秋光知對誰。」及公次韻云：「爲問登臨好風景，明年還憶使君無？」又賦山茶云：「雪裏盛開知有意，明年開後更誰看？」大抵以爲好景不再，良晤難逢，讀此則不能無歲月飄忽之感云。

山村二首

煙雨濛濛鷄犬聲，有生何處不安生。但教黄犢無人佩，布谷何勞也勸耕。

《詩案》云：「此詩意言當時禁販私鹽之法太峻也，故以龔遂令人賣刀買犢之事。誠以鹽法寬平，而使民不帶刀劍而買牛犢，則民自力耕，又豈勞勸督也哉。」

老翁七十自腰鐮，慚愧春山笋蕨甜。豈是聞韶解忘味，邇來三月食無鹽。

《詩案》云：「此譏鹽法也。山中之人飢貧無食，雖老猶自採笋蕨充飢。時鹽法峻急，動經數月無鹽食用。若古之聖賢，則能聞《韶》忘味，山中小民豈能食淡而樂乎？」

題嚴子陵釣灘　黄庭堅魯直

平生久要劉文叔，不肯爲渠作三公。能令漢家重九鼎，桐江波上一絲風。

此詩謂東漢多名節之士，抑豈無其故哉？蓋由光武能尊禮嚴子陵，故一時天下人士，莫不皆知砥德礪行以崇尚名節。是其節義之本源，正在子陵釣竿上來耳。

鄂州南樓即事

四顧山光接水光，凭欄十里芰荷香。清風明月無人管，併作南樓一夜涼。

此詩寫出南樓之勝，其亦山谷平生雅麗精絶之作也歟。

偶成　陳無已

書當快意讀易盡，客有可人期不來。世事相違每如此，好懷百歲幾回開。

無已既賦此，他日又曰：「俗子推不去，可人廢招呼。世事每如此，我生亦何娱。」信此詩蓋無已得意者，故兩見之。謝疊山云：「無已此詩云『好懷百歲幾回開』，其化事甚巧。蓋用《莊子》之言：『人上壽百歲，中壽八十，下壽六十，除病疾死喪憂患，其中開口而笑者，一月之中不過四五日而已』。不用其語而用其意，謂之化。」又《抱朴子》云：「《陸子》十篇，誠爲快書。」晉嵇生云：「每讀二陸之文，未嘗不廢書而嘆，恐其卷之竟也。」觀此，「書快意」而「讀易盡」可知。

夏意　蘇子美舜欽

別院深深夏簟清，石榴開遍透簾明。樹陰滿地日亭午，夢覺流鶯時一聲。

即物寫景，曲盡其妙，故劉後村云：「子美雄放不羈，及蟠屈而爲吴體，如此，詩則極平夷妥帖也。」信哉。

釣臺　范仲淹希文

漢包六合網賢豪，一個冥鴻惜羽毛。世祖功臣三十六，雲臺爭似釣臺高。

嚴子陵高風清節，固足以廉頑立懦，文正既記其祠，兹復播于詩歌如此。其後黄魯直云：「平生久要劉文叔，不肯爲渠作三公。能令漢家重九鼎，桐江波上一絲風。」戴式之云：「萬事無心一釣竿，三公不换此江山。平生恨識劉文叔，惹起虚名滿世間。」潘檉云：「蟬冠未必似羊裘，出處當時已熟籌。但得諸公依日月，不妨老子卧林丘。」是皆以范爲之骨，而各極其工者也。

贈种隱君　陳摶圖南

事不關身皆是累，心源未了幾時閑。須將未了并身累，分付他人入舊山。

此詩有高蹈遠引之趣，蓋希夷勸种放急流勇退，亦老氏所謂「知止不殆、知足不辱」之意也。

謝寇萊公見訪

晝睡方濃向竹齋，柴門日午尚慵開。驚回一覽遊仙夢，村巷傳呼宰相來。

此詩言其隱居高卧，而不爲勢家所動也。

獻韓魏公

是非莫問門前客，得失須憑塞上翁。引取碧油紅旆去，鄴王臺上醉春風。

此詩蓋勸公辭分陝之重，而爲晝錦之榮，規風之意，不亦深切歟？

春晝偶書　寇準平仲

白晝偶成芳草夢，起來幽興有誰知。風簾不動黄鸝語，坐看庭花日影移。

萊公《春晝》一詩，景與心融，言與意會，超然高出物表。先儒謂其有唐人風度，信矣。

過康節居　司馬光君實

草軟波清沙路微，手携笻玉着深衣。白鷗不信忘機久，見我猶穿岸柳飛。

真率。會温公判西京，留司御史臺，遂居洛濵，與卲康節遊。此詩寫出其容與閑適之態，而見其非勢利所能屈也。

寄謝叔魯　謝枋得君直

紅葉飄摇霜露清，去年今日正同行。夜來似與君相見，明月一窗梅影横。

此詩撫景懷人，情思飄逸，其言「夜來似與君相見，明月一窗梅影横」與盧玉川所云「相思一夜梅花發，忽到窗前疑是君」語意正相似，但謝語尤明快。

桃

尋得桃源好避秦，桃紅又見一年春。花飛莫遣隨流水，怕有漁郎來問津。

此詩乃疊山託桃源之事，寫其感慨之懷。夫秦滅楚懷王，楚人耻臣于秦，扶老携幼遠遁桃源，六百餘年不與外人接。所以有「花飛莫遣隨流水，怕有漁郎來問津」之喻，正以明其義不當仕，故深遁遠引，惟怕外人能知，而物色及之也。吁！讀此，則疊山仗節死義之心亦可見矣。

詩學權輿　卷之二十

唐五言絶句

春日　杜甫

遲日江山麗，春風花草香。泥融飛燕子，沙暖睡鴛鴦。

此詩首二句，即《中庸》「天地位，萬物育」之意也。後二句發揮物育之意，又見物之動者、静者，各適其所，且意趣之春雍乎直，真詩格也。

八陣圖

功蓋三分國，名成八陣圖。江流石不轉，遺恨失吞吴。

劉禹錫《嘉話録》云：「夔州西市，俯臨江沙，下有諸葛亮八陣圖，聚石分布，宛然尚存。雖蜀江水漲，洶湧滉瀁，而小石之堆行列依然。」故子美詩謂武侯之功足蓋蜀漢之國，而名之成於世，乃在八陣圖也。東坡云：「僕嘗夢見人稱是杜子美，謂僕曰：『世人多誤會予《八陣圖》詩意，江流石不轉，遺恨失吞吴，人皆以爲先主武侯皆欲與關羽復仇，故恨不能滅吴，非也。我意本謂吴蜀脣齒之國，不當相圖。晉之所以能有蜀者，在吞吴之後，此爲可恨耳。』此理甚長。然子美死已四百年，而猶不忘詩，區區以自別其意者，真書生之習氣也。」

對雪獻從兄虞城宰　李白

昨夜梁園裏，弟寒兄不知。庭前看玉樹，腸斷憶連枝。

此詩寫出兄弟雪中相憶，情思最爲真切。

贈同遊　韓愈

唤起窗全曙，催歸日未西。無心花裏鳥，更與盡情啼。

黄山谷云：「『催歸』，子規也。『唤起』聲如絡緯，圓轉清亮，偏於春曉鳴，亦謂之春唤。此乃謂之禽言詩，亦如用藥名爲詩之類也。」黄玉林云：「按此詩『唤起』『催歸』，固是二鳥名，然題曰『贈同遊』者，實有微意。蓋窗已全曙，鳥方唤起，何其遲也。日猶未西，鳥已催歸，何其早也。豈二鳥無心，不知同遊者之意乎？更與我盡情而啼，早唤起而遲催歸可也。」

江雪　柳子厚

千山鳥飛絶，萬徑人蹤滅。孤舟蓑笠翁，獨釣寒江雪。

此詩寫出江雪真趣，而氣格超邁。東坡云：「子厚此詩，信有格也哉。殆天所賦，不可及也。」

春曉　孟浩然

春眠不覺曉，處處聞啼鳥。夜來風雨聲，花落知多少。

孟浩然此詩，造語雖尋常，而寓意極高遠。謝云「新詩句句盡堪傳」者以此。

見渭水思秦川　岑參

渭水東流去，何時到雍州。憑添兩行淚，寄向故園流。

撫景思鄉之情，藹然著于詞意之表，讀之令人感慨不已。

山中送別　王摩詰

山中相送罷，日暮掩柴扉。春草年年緑，王孫歸不歸。

胡茗溪云：「王維送別詩，蓋用楚辭『王孫遊兮不歸，春草生兮萋萋』，此善用事者也。」

山中

荆溪白石出，天寒紅葉稀。山路元無雨，空翠濕人衣。

東坡云：「此摩詰之詩，所謂『詩中有畫』者也。」

醉歸　盧仝

昨夜村飲歸，健倒三四五。摩挲青莓苔，莫嗔驚著汝。

文章以氣爲主，氣以誠爲主，如玉川子此詩是也。故《冷齋》云：「老杜之詩，所以大過人者，誠實耳。」

送王司直　皇甫冉

西塞雲山遠，東風道路長。人心勝潮水，相送過潯陽。

此詩爲送客而作，即以山遠路長，而著其惜别之意；復以水流不息，喻其相憶之心，可謂精至。

秋風　劉夢得

何處秋風至，蕭蕭送雁羣。朝來入高樹，孤客最先聞。

秋風鳴樹，孤客先聞，人情之真，非老于世故者不能道此。

看牡丹

今日花前飲，甘心醉幾杯。但愁花有語，不爲老人開。

此詩託物寓興，有風人遺意。蘇子由云：「此詩感慨，東坡《吉祥寺賞牡丹》一絶，正與此意同。」

别輞川　王縉

山月曉仍在，林風涼不絶。殷勤如有情，惆悵令人别。

此詩有奇趣。胡苕溪云：「余舊見郵亭壁題此詩，亦有佳思，不知何人詩。後讀王維集，乃王縉《别輞川別業詩》，附在集中。」

感興　王摩詰

禾黍不陽艷，競栽桃李春。翻令力畊者，半作賣花人。

此詩謂務本者相尚趨末，以從世俗之好，然其崇本抑末之心，亦隱然在其中矣。

宋五言絶句

松江夜泊　鮑當

舟閑人已息，林際月微明。一片清江水，中涵萬古情。

此詩形容江天清夜之趣，言近而旨遠，令人可愛。

蠶婦　張俞

昨日到城郭，歸來淚滿巾。徧身羅綺者，不是養蠶人。

此詩感物述懷，得詩人規諷之音。

夏夜小亭有懷　梅聖俞

西南雨氣濃，林上昏月色。寒影不隨人，寥落空露白。

梅聖俞撫時寫懷，情景兼到。細味之，方見其用心之苦。

謫居黔南　黄庭堅

山郭燈火稀，峽天星漢少。年光東流水，生計南枝鳥。

此述謫居之景，寓夫感慨之意，以見流水之易邁，生事之寥落。

老色日上面，歡悰日去心。今既不如昔，後當不如今。

此述其歎老傷時之意，蓋見光陰日邁，身之容顏，心之樂事，一歲減于一歲也。

輕沙一幅巾，小簟六尺床。無客盡日靜，有風終夜涼。

此述其謫居之景、之樂，蓋亦巧于模寫者也。

春江秋野圖　陳無已

翰墨功名裏，江山富貴人。倏看雙鳥下，已負百年身。

舊制宗室在宫，有出入之限，有不許外交之禁。《南史》：「梁忠烈世子嘗著論曰：『吾不及魚鳥遠矣。魚鳥飛浮任其志性，吾之進退，常在掌握也。』」此圖宗室所畫，故後山引用也。

詩學權輿　卷之二十一

唐六言

田園樂　王摩詰

采菱渡頭風急，策杖村西日斜。杏樹壇邊漁父，桃花源裏人家。
萋萋春草秋緑，落落長松夏寒。牛羊自歸村巷，童稚不識衣冠。
山下孤煙遠村，天邊獨樹高原。一瓢顔回陋巷，五柳先生對門。
桃紅復含宿雨，柳緑更帶朝煙。花落家童未掃，鳥啼山客猶眠。
酌酒會臨泉水，抱琴好倚長松。南園露葵朝折，西舍黄粱夜舂。

東坡云：「味摩詰之詩，詩中有畫。」或云：「摩詰詩造語妙處，至與造物相表裏，豈直詩中有畫哉？」觀此五詩有自在之趣，有脱俗之韻，千載之下，令人坐想輞川之勝，而歆豔其閑適之情也。

送鄭二之茅山　皇甫茂政

水流絶澗終日，草長深山暮春。吠犬鳴雞幾處，條桑種杏何人。

此詩寫出茅山之景，宛然如在目前。

奉寄皇甫冉 張懿孫

京口情人別久，楊州估客來疏。潮至潯陽回去，相思何處通書。

朋友别久相懷之情，問訊之意，具于此詩。

尋張逸人山居 劉文房

危石纔通鳥道，空山更有人家。桃源定在深處，澗水浮來落花。

尋訪幽居之意，切而且婉，真得詩人奇趣。

歸山

心事數莖白髮，生涯一片青山。空山有雪相待，古道無人獨還。

老而歸山，樂而忘世，不役于私，不流于俗，高風雅韻，可以想見。

問李二司直 皇甫冉

門外水流何處，天邊樹遶誰家。山絶東西多少，朝朝幾度雲遮。

此詩用屈原「天問體」，淵明《問來使》之作亦此體，皆奇作也。

宋六言

鉛山立春　朱晦庵

雪擁山腰洞口，春回楚尾吴頭。欲問閩天何處？明朝嶺水南流。

行盡風流雪徑，依然水館山村。却是春風有脚，今朝先到柴門。

鉛山，信之屬邑，蓋吴頭楚尾之地，與閩之崇安相鄰，以分水嶺爲界。朱子居建陽，又與崇安接境，二詩寫景賦物，意趣不羣，詞采精拔，非詩人可比也。

登山望海　張文潛

鳥去蒼煙古木，人歸緑野孤舟。信美雖非吾土，消憂且復登樓。

因登山望海而動懷鄉念舊之思，亦人情所不能無也。

書山石辭　王安石

水泠泠而北去，山靡靡以旁圍。欲尋源而不得，竟悵望以空歸。

朱文公《楚辭後語》云：「書山石辭者，宋丞相荆國王文公安石之所作也。公遊舒州山谷，書此辭于澗石。雖非學楚言者，而亦非今人之語也，是以學者尚之。」

其韻。」

題太一宫壁二首

楊柳鳴蜩緑暗，荷花落日紅酣。三十六陂春水，白頭想見江南。

二十年前此地，父兄持我東西。今日重來白首，欲尋舊迹都迷。

《西清詩話》云：「元祐間，東坡奉祠西太一宫，見公舊題兩絶，注目久之曰：『此老野狐精也。』遂次

次韻二首　蘇子瞻

秋早川原净麗，雨餘風日清酣。從此歸耕劍外，何人送我池南。

趙次公詩註云：「此篇止書景物，而欲引歸之意。先生蜀人，自京師言蜀，則爲劍外矣，杜詩云「草木變衰行劍外」。池南，蓋歸蜀之路也。」

但有樽中若下，何須墓上征西。聞道烏衣巷口，而今煙草萋迷。

詩註云：「湖州長興縣寧君溪，南岸曰上若，北曰下若。人取下若水，釀酒極美，俗稱下若酒。又《初學記》載鄒陽《酒賦》云：『其品類則沙洛醁醽，烏鄉若下。』」

次韻二首　黄庭堅

風急啼烏未了，雨來戰蟻方酣。真是真非安在，人間北看成南。

任天社云：「此詩謂在熙豊，則荆公爲是。在元祐，則荆公爲非，愛憎之論，特未定也。」

曉風池蓮香度，曉日宫槐影西。白下長干夢到，青門紫曲塵迷。

此首言荆公厭京洛風塵，而思金陵山水，蓋以詩云：「三十六陂煙水，白頭想見江南。」故也。

次前韻懷半山老人二首

短世風驚雨過，成功夢迷酒酣。草玄不妨準易，論詩終近周南。

任天社云：「首一句追念熙寧間一時建立之事，今已墮渺茫如醉鄉夢境，至其所可傳，則有不朽者在後二句，所以終此意也。」

啜羹不如放麑，樂羊終愧巴西。欲問老翁歸處，帝鄉無路雲迷。

任天社云：「山谷意謂惠卿之忍，正如樂羊。荆公之過，當與西巴同科。本意言神考眷遇，荆公終始不衰。升遐之一年，而公亦薨。神考威靈在天，公當從之，非讒邪所能間也。」〇按：樂羊爲魏將，而攻中山。中山之君烹其子而遺之羹。樂羊坐于幕下，而啜之盡一杯。文侯謂睹師贊曰：「樂羊以我故而食其子之肉。」答曰：「其子而食之，且誰不食？」樂羊罷中山，文侯賞其功而疑其心。西巴放麑，事見陳後山《送蘇公知杭州詩》。注：蘇子由彈惠卿章云：「放麑，違命也，推其仁則可以托國。食子，徇君也，推其忍則至于弑君。」

詩學權輿　卷之二十二

唐巧聯

寫景

人煙寒橘柚，秋色老梧桐。　李白
江樹臨洲晚，沙禽對水寒。　劉長卿《七里灘》
秋應爲紅葉，雨不厭蒼苔。　李義山
霜空極天靜，寒月帶江流。　張説
風度蟬聲遠，雲開雁路長。　[隋]王胄《雨晴》
草木窮秋後，山川落照時。　杜牧《寄人》
碧知湖外草，紅見海東雲。　杜甫
天晴一雁遠，海闊孤帆遲。　李白《送張舍人》
山昏函谷雨，木落洞庭波。　許渾《送人南遊》
驛道青楓外，人煙緑嶼間。　孫逖《楊子江樓》

風暖鳥聲碎，日高花影重。杜荀鶴《春宫怨》
露曉紅蘭重，雲晴碧樹高。許渾《曉發寄李師晦》
蜀魄呼名語，巴江學字流。李遠《送友人入蜀》
雲迎出塞馬，風卷渡河旗。沈佺期《送人北征》
雀聲花外暝，客思柳邊春。温庭筠《江岸》
暮隨江鳥宿，寒共嶺猿愁。許渾《送客歸南溪》
楚闊天垂草，吴空月上波。張蠙《送人東歸》
太液天爲水，蓬萊雪作山。宗楚客《遇雪應制》
浦轉山初盡，虹斜雨半分。顧飛熊《住杭州》
鳥歸花影動，魚没浪痕圓。
樹勢連巴没，江聲入楚流。方于《送姚合赴金州》
風兼殘雪起，河帶斷冰流。于良史《冬月晚望》
客帆和雁落，霜葉向人飛。羅隱《東歸途中作》
雪侵帆影落，風急雁行斜。趙嘏《江行》
晚色寒蕪遠，秋聲候雁多。權德輿《送人》
水春雲母碓，風掃石楠花。李白《送内尋廬山女道士》
湖聲蓮葉雨，野色稻花風。張籍《送人及第歸越》

子能渠細石，吾亦沼清泉。　杜甫

浥露收新稼，迎寒葺舊廬。　皇甫冉《送王山人歸業》

檐前花覆地，竹外鳥窺人。　祖詠《清川别業》

寺分一派水，僧鎖半房山。　裴説《道林寺》

曲徑通幽處，禪房花木深。　常建《坡山寺》

鷄聲茅店月，人跡板橋霜。　温庭筠《早行》

鷄鳴荒戍曉，雁過古城秋。　許渾《泊松江渡》

寒樹鴉初動，霜橋人未行。　劉禹錫《途中早發》

燈影秋江寺，蓬聲夜雨船。　温庭筠《送僧》

岩花點寒溜，石磴掃春雲。　權德輿《宿西岩》

煙峯高下翠，日浪淺深明。　唐太宗《春日登眺》

江村片雨外，野寺夕陽邊。　岑參《曉發五渡》

溪中雲隔寺，夜半雪添身。　項斯《寄石橋僧》

河漢秋生夜，杉梧露滴時。　馬戴《宿僧房》

川回吴岫失，塞闊楚雲低。　皇甫冉

雁斷知風急，湖平得月多。　白居易《松江亭》

春山和雪静，寒水帶冰流。　趙嘏《送人歸覲》

疏簾看雪卷，深户映花關。　韓翃《題僧房》
溪浪和星動，松陰帶鶴移。　杜荀鶴《宿僧院因贈》
湅柳含風落，寒花照日鮮。　劉孝標
巢鶴和鐘唳，詩僧倚錫吟。　鄭谷《題興善寺》
遠山芳草外，流水落花中。　司空曙《秋園林》
千峯孤燭外，片雨一更中。　韓翃《夜宴》
舟移城入樹，岸闊水浮村。　岑參《泛渼陂》
沙平寒水落，葉脱晚枝空。　楮亮《喜霽》
霧巷晴山出，風恬晚浪收。　李嶠《初霽》
徑滑苔粘履，渾深水没篙。　白居易《獻裴令公》
砌冷虫喧座，簾疏月到床。　岑參《送鄭侍御》
山曉雲和雪，汀寒月照霜。　皇甫冉《送權驊》
海曙雲浮日，江遥水合天。　劉滄《發浙江》
無風雲出塞，不夜月臨關。　杜甫
載酒尋山宿，思人帶雪過。　司空曙
桑麻深雨露，燕雀半生成。　杜甫
就暖風光偏着柳，辭寒雪影半藏梅。　馬懷素《應制》

春融只恐乾坤醉，水闊深知世界浮。　羅隱《題岳麓寺》

楊柳風多潮未落，蒹葭霜冷雁初飛。　趙嘏《與友生話舊》

燕知社日辭巢去，菊爲重陽冒雨開。　皇甫冉《秋日東郊》

瓜步早潮吞建業，蒜山晴雪照楊州。　朱文

樹隔五陵秋色早，水連三晉夕陽多。　張喬

暗香惹步澗花落，晚影逼簾溪鳥回。　羅鄴

野寺山邊斜有徑，漁家竹裏半開門。　李嘉祐

閑花半落猶邀蝶，白鳥雙飛不避人。　方干

蒼苔濁酒林中靜，碧水春風野外昏。　杜甫

澄江月上見魚擲，荒徑葉乾聞犬行。　周賀

隔岸鷄鳴春耨去，鄰家犬吠夜漁歸。　方干

月轉碧梧移鵲影，露低紅葉濕螢光。　許渾

橋通小市家林近，山帶平湖野寺連。　韓翃

疊嶂懸流平地起，危樓曲閣半天開。　劉憲

積水長天迷遠客，荒城極浦足寒雲。　皇甫冉

無邊落木蕭蕭下，不盡長江滚滚來。　杜甫

寓懷

客淚題書落，鄉愁對酒寬。　戴叔倫
見雁思鄉信，聞猨積淚痕。　岑參
身外惟須醉，人間半世愁。　司空曙
半滿先求退，歸閑不厭貧。　李嘉祐
乍見翻疑夢，相悲各問年。　錢起
與世長疏索，唯僧得往還。　朱餘慶
只憂連夜雨，又過一年春。　李敬方
野廟向江春寂寂，斷碑無字草芊芊。　李羣玉
緑樹遶村含細雨，寒潮背郭卷平沙。　温庭筠
鑾輿迥出千門柳，閣道遥看上苑花。　王維
簾捲青山巫峽曉，煙開碧樹渚宫秋。　武元衡
殘星數點雁横塞，長笛一聲人倚樓。　趙嘏
玉節在船清海怪，金函開詔拜夷王。　姚合
五夜有心隨暮雨，百年無節待秋霜。　無名氏
三台位缺嚴陵臥，百戰功高范蠡歸。　温庭筠
冰横曉渡胡兵合，雪滿窮沙漢騎迷。　趙嘏

夜長檐溜寒無寢，日晏厨煙冷未炊。　趙嘏

楚冰晚涼催客早，杜陵秋思傍蟬多。　周賀

雁飛南浦砧初斷，月滿西樓酒半醒。　夏寶松[一]

雁行雲接參差翼，庭樹風開次第花。　章孝標

文章舊價留鸞掖，桃李新陰在鯉庭。　楊汝士

三春月照千山路，十日花開一夜風。　温飛卿

漸老更思深處隱，多閑惟借上方眠。　賈島

人世難逢開口笑，菊花須插滿頭歸。

但將酩酊酬佳節，不用登臨怨落暉。　杜牧之《九日登齊山》

匡衡抗疏功名薄，劉向傳經心事違。

直北關山金鼓振，征西車馬羽書遲。

雲移雉尾開宫扇，日遶龍鱗識聖顔。　杜子美《秋興》

侵凌雪色還萱草，漏洩春光有柳條。　《臘日》

顧我老非題柱客，知君才是濟川功。　《江上觀造竹橋》

盤飧市遠無兼味，樽酒家貧只舊醅。　《客至》

自來自去梁上燕，相親相近水中鷗。　《江村》

無數蜻蜓齊上下，一雙鸂鶒對沉浮。　《卜居》

西山落月臨天仗，北闕晴雲捧禁闈。岑參《雪後早朝》

曙色漸分雙闕下，漏聲遥在百花中。皇甫孝常《早朝》

江客不堪頻北望，塞鴻何事復南飛。皇甫茂政《登萬歲樓》

離人杳杳看西月，歸馬蕭蕭向北風。劉文房《送人歸襄陽》

雪霽山門迎瑞日，雲開水殿候飛龍。錢仲文《和幸温泉宫》

家在夢中何日到，春來江上幾人還。

川原繚繞浮雲外，宫闕參差落照間。盧允言《長安春望》

天顔入曙千官拜，日色迎春萬物知。

閶闔迴臨黄道正，衣冠高對碧山陲。楊景山《元日早朝》

山色遥連秦樹晚，砧聲近報漢宫秋。韓君平《題仙游觀》

瑞氣迴浮青玉案，日華遥上赤霜袍。

花間焰焰雲旂合，鳥外亭亭露掌高。耿湋《朝下寄寒舍人》

一身去國六千里，萬死投荒十二年。

桂嶺瘴來雲似墨，洞庭春盡水如天。柳子厚《别弟》

驚風亂颭芙蓉水，密雨斜侵薜荔墻。

嶺樹重遮千里目，江流曲似九回腸。《寄漳汀封連四州》

瑞煙入處開三殿，香雨微時引百官。

寶樹樓前分繡幕，綵花廊下映朱闌。張文昌《寒食内宴》

劉琨坐曉風生席，謝朓題詩月滿樓。武伯蒼《醉嚴司空》

天臨玉几班初合，日照金鷄仗欲回。薛陶臣《樓前觀仗》

水聲東去市朝變，山勢北來宮殿高。

鴉噪暮雲歸古堞，雁迷寒雨下空濠。許用晦《至洛城》

楸梧遠近千官塚，禾黍高低六代宮。

石燕拂雲晴亦雨，江豚吹浪夜還風。《金陵懷古》

湘潭雲盡暮山出，巴蜀雪消春水來。《凌敲臺》

帆勢依依投極浦，鐘聲杳杳隔前林。《凌敲臺送韋秀才》

聚散有期雲北去，浮沉無計水東流。《寄友人》

雲連海氣琴書潤，風帶潮聲枕簟涼。詳渾《晚自朝臺津至韋隱居郊園》

秦法欲興鴻已去，漢儲將廢鳳還來。《題四皓廟》

莊生曉夢迷蝴蝶，望帝春心託杜鵑。

滄海月明珠有淚，藍田日暖玉生煙。李義山《錦瑟》

空聞虎旅鳴宵柝，無復鷄人報曉籌。

此日六軍同駐馬，當時七夕笑牽牛。《馬嵬》

玉璽不緣歸日角，錦帆應是到天涯。《隋宮》

萱近北堂穿土蚤，柳偏東面受風多。元微之《和渠天早春》

花枝滿院空啼鳥，塵榻無人憶臥龍。
心想夜閑惟足夢，眼看春盡不相逢。《鄂州寓嚴澗宅》

千年事往人何在，半夜月明潮自來。
白鳥影從江樹沒，清猨聲入楚雲哀。《長洲懷古》

秋館池亭荷葉後，野人籬落豆花初。
無愁自得仙翁術，多病能忘太史書。《江亭秋霽》

侵階草色連朝雨，滿地梨花昨夜風。《寒食》

紀事

對酒惜餘景，問程愁亂山。戴叔倫

退朝花底散，歸院柳邊迷。杜甫

爐煙添柳重，禁漏出花遲。楊巨源

春風開紫殿，天樂下珠樓。
鶯歌聞太液，鳳吹繞瀛洲。李白

鶯歸漢宮柳，花隔杜陵煙。郎士元

玉階聞墜葉，羅幌見流螢。沈佺期

竹外仙亭出，花間輦路分。　喬知之
人分千里外，興在一杯中。　李白
九江春水闊，三峽暮雲深。　陳陶
住接猨啼處，行逢雁過時。　許渾
塞草連天暮，邊風動地秋。　韓翃[二]
落葉淮邊雨，孤山海上秋。　錢起
弓抱關西月，旗翻渭北風。
雲送關西雨，風傳渭北秋。　岑參
秋草靈光殿，寒雲曲阜城。　韓翃
明月雙流水，清風八詠樓。　嚴維
人離京口日，潮送岳陽船。　周賀
上公周太保，副相漢司空。　岑參
氣蒸雲夢澤，波撼岳陽城。　孟浩然
黄閣開帷幄，丹墀拜冕旒。　錢起
聖藻垂寒露，仙杯落晚霞。　沈佺期
星月懸秋漢，風霜入曙鐘。　李嶠
天勢圍平野，河流入斷山。　暢諸

草生元亮徑，花暗子雲居。　王績
去思今武子，餘教昔文翁。　釋皎然
暮雨楊雄宅，秋風向秀園。　李郢
阮籍生涯懶，嵇康意氣疏。　王績
野花留寶靨，蔓草見羅裙。　杜甫
江山九秋後，風月六朝餘。　杜牧
竹送清溪月，苔移玉座春。　杜甫
峴首羊公愛，長沙賈誼愁。　孟浩然
黄山四千仞，三十二蓮峯。　李白
長貧惟要健，漸老不禁愁。
已行難避雪，何處合蓬花。
一聲啼鳥禁門静，滿地落花春日長。　張籍
長樂鐘聲花外盡，龍池柳色雨中深。　錢起
江邊武侯籌筆地，雨昏張載勒銘山。　唐彦謙
留連戲蝶時時舞，自在嬌鶯恰恰啼。　杜甫
蝴蝶夢中家萬里，子規枝上月三更。　崔塗
急管晝催平樂酒，春衣夜宿杜陵花。　韓翃

歌繞夜梁珠宛轉，舞嬌春席雪朦朧。　羅隱
却從城裹携琴去，許到山中寄藥來。　賈島
朝廷有道青春好，門館無私白日閑。　薛能
伯仲之間見伊吕，指揮若定失蕭曹。　杜甫
帆飛楚國風濤闊，馬渡藍關雨雪多。　杜荀鶴
輕煙不入宫中樹，佳氣常薰仗外峯。　錢起
樹色漸分雙闕裹，漏聲遥在百花中。　皇甫
風傳鼓角霜侵戰，雲卷笙歌月上樓。
潮生水國蒹葭響，雨過山城橘柚疏。　許渾
三分割據紆籌策，萬古雲霄一羽毛。　杜甫
門臨莽蒼經年閉，身遠嫖姚幾日歸。　李嘉祐

景物等詠佳句

白波吹粉壁，青嶂插雕梁。　杜甫
緑攢傷手刺，紅墮斷腸英。　朱餘慶
影高羣木外，香滿一輪中。　張薦
氣蒙楊柳重，寒勒牡丹遲。　劉得仁

小葉風吹長，寒花露濯鮮。符子珪
千載白衣酒，一生青女霜。羅隱
雲凝巫峽夢，簾閉景陽粧。杜甫
誰憐一片影，相失萬里雲。杜甫
雪晴山脊見，沙淺浪痕高。章八元《江行》
樓高驚雨闊，木落覺城空。李洞
興因樽酒洽，愁爲故人輕。張繼《春夜皇甫冉宅歡宴》
徑轉危峯逼，橋斜缺岸妨。
爲月窗從破，因詩壁重泥。杜審言
寺遠僧來少，橋危客過稀。許渾《題韋處士山居》
貞爲臺裏柏，芳作省中蘭。包何
戟枝迎日動，閣影助松寒。劉禹錫
霜蹄千里駿，風翮九霄鵬。
蟄龍三冬臥，老鶴萬里心。杜甫
壁壘依寒草，旌旗動夕陽。郎士元《早春登城》
苦調琴先覺，愁容鏡獨知。王適古《離別》
只應松上鶴，便是洞中人。杜荀鶴《訪道者不遇》

風冷衣裳脆，天寒筆硯清。　姚合

硯和青靄凍，簾對白雲垂。　俞坦之《寄姚少府》

窗接停猨樹，巖飛浴鶴泉。　方干[三]

樹翳樓臺月，帆飛鼓角風。

茶爐天姥客，棋席剡溪僧。

銀龍銜燭燼，金鳳起爐煙。　蕭放

殘藥沾鷄犬，靈香出鳳麟。　顧況

玉檢茱萸匣，金泥蘇合香。　吴均

似暖花消地，無聲玉滿堂。　李景《春》

似梅花落地，如柳絮因風。　王淡交《雪詩》

長亭叫月新秋雁，官渡含風古樹蟬。　武元衡《送韋秀才》

蟬聲驛路秋山裏，草色河橋落照中。

花間燕子棲鳷鵲，竹下鵷雛繞鳳凰。　韓翃

鶴盤遠勢投孤嶼，蟬曳殘聲過別枝。　方干

買栽池館恐無地，看到子孫能幾家。　羅隱《牡丹》

自緣今日人心別，未必秋香一夜衰。　鄭谷

艷麗最宜新着雨，嬌嬈全在欲開時。　鄭谷《海棠》

宋巧聯

景物等詠佳句　歐陽永叔

樹摇秦甸緑，花入輞川繁。《送王汲宰藍田》

春歸伊水緑，花繞洛橋閑。《南征回京呈友》

池光開小幌，山翠入重城。《逸老亭》

老杉春自緑，古壁雨先昏。《廣愛寺》

青山入楚路，白水望湖田。《智蟾上人遊南嶽》

野草侵河斷，山鴉向日飛。《秋郊野行》

木落孤村迥，原高百草黄。《被牒行縣因書所見呈寮友》

青山臨古縣，緑竹繞寒溪。《緱氏縣作》

穲稏霜前稻，鉤輈竹上禽。《送梅秀才歸宣城》

竹雪晴猶覆，山窗夜自明。

禽歸窺野客，雲去入重城。《河南王尉西齋》

雷驅山外響，雲結日邊陰。

霢霂來初合，依微勢稍深。《禱雨應時呈府中同寮》

陰澗初生草，春岩自落花。《獨至香山憶謝學士》

樹落新摧岸，湍驚忽改洲。

灘急風逾響，川寒霧不收。《黄河八韻寄聖俞》

鳥聲催暮急，山氣欲晴寒。《罷官西京回寄河南張主簿》

壟麥晴將秀，田花晚自春。《寄西京張法曹》

山橋斷行路，溪雨漲春田。《投臨汝驛值雨寄張九屯舊司録》

樹冷無棲鳥，村深起暮煙。

川原人遠近，禾黍日晴明。《行至椹澗作》

鼓角雲中壘，牛羊雪外山。《送謝希深學士北使》

疊鼓山間響，高帆鳥外飛。《送祝熙載之東陽主簿》

白沙飛白鳥，青嶂合青蘿。《下牢津》

樹杪帆初落，峯頭月正圓。

野篁抽夏笋，叢橘長春條。《勞停驛》

未臘梅先發，經霜葉不凋。《初晴獨遊東山寺》

雲光漸容與，鳥弄已喧譁。《初至夷陵答蘇子美見寄》

落日催行客，東風吹酒尊。《送王汲宰藍田》

野鳥窺華衮，春壺勞耦耕。《逸老亭》

世德無雙譽，詩豪第一人。《吊黄學士》

共疑天上召，更欲水邊招。《吊黄學士》

野渡惟浮鉢，山家少施錢。《智蟾上人遊南嶽》

道上時收穗，桑間晚溉畦。《緱氏縣作》
遥看山口火，暗渡洛川橋。《陪祭道中作》
堅水馳馬渡，伏浪捲沙流。《黄河八韻寄呈梅聖俞》
萬里通槎漢，千帆下汴舟。
桑柘田疇美，漁商市井通。
旅舍孤煙外，天京王氣中。
山川許國近，風俗楚鄉同。《朱家曲》
病質驚殘歲，歸塗厭暮程。《行至椹澗作》
穹廬鳴朔吹，凍酒發朱顔。《送謝希深學士北使》
朔風馳駿馬，塞雪射驚鴻。《送張如京知安肅軍》
孤城秋枕水，千室夜鳴機。《送祝熙載之東陽主簿》
愁雲帶城起，畫角向山飄。《送楚建中潁川法曹》
山河識天府，風雨度函關。《送王尚喆三原尉》
下瀨逢江雁，瞻氛落海鳶。《送餘姚陳寺丞》
河近聞冰坼，山高見雨來。《夏侯彦濟武陟尉》
清名畏楊琯，故事問胡公。《宋宣獻公挽詞》
入峽江漸曲，轉灘山更多。《下牢津》
物華雖可愛，鄉思獨無聊。《初至夷陵答蘇子美見寄》

地僻遲春節，風晴變物華。《初晴獨遊東山寺》

天象奎星暗，詞林玉樹凋。

死生公自達，存没世徒傷。

泉臺一閉夜，蒿里不知春。《謝公挽詞》

馬寒毛縮蝟，弓勁力添鈞。

凍狐迷舊穴，飢雀噪空囷。《詠雪》

浮雲堆白玉，落日寫黄金。王安石[四]

地大蟠三楚，天低入五湖。

地僻居人少，山稠伏獸多。《烏塘》

水漾青天暖，沙吹白日陰。《欲歸》

春風馬上夢，沙路月中行。《發館陶》

風沙不貸客，雲日欲迷人。《冬日》

紫莧淩風怯，青苔挾雨驕。《雨中》

春草萋萋緑，江楓湛湛青。《送吴叔開南征》

日催花蕊急，雲避雁行高。《寄深州晁同年》

溜渠行碧玉，畦稼臥黄雲。《自白土村入北寺》

山光隔釣岸，江氣雜炊煙。

藜杖聽鳴櫓，籃輿看種田。《題朱郎中白都莊》

破瓜青玉美，浮蒴白雲香。

詩懶猶能強，官閑肯便忘。《答仲卿》

百里見漁艇，萬家藏水村。《崑山慧聚寺次張祜韻》

萬樹蒼煙三峽暗，滿川明月一猿哀。《黄溪夜泊》[五]

寒山帶郭穿松路，瘦馬尋春蹈雪泥。《冬後遊東山寺》

殘雪楚天寒料峭，春風淮水浪崢嶸。《送楊先輩登題還家》

日暖魚跳波面靜，風輕鳥語樹陰涼。《酬張器判官泛溪》

緑葉晚鶯啼處密，紅房初日照時繁。《西園石榴盛開》

摘處雨旗香可愛，貢來雙鳳品尤精。《和梅公儀嘗茶》

與世漸疏嗟已老，得朋爲樂偶偷閑。《答子華舍人退朝小飲》

白麻詔令追三代，青史文章自一家。《答王内翰范舍人》

貌先年老因憂國，事與心違始乞身。《與丞相太傅杜公唱和》

風波已出憑忠信，松柏難凋耐雪霜。《上相公》

每聽鳥聲知改節，因吹柳絮惜殘春。《依韻答相公》

一雨雖知爲美澤，三登猶未補凶年。《依韻和杜相公喜雨》

憂患飄流誠已甚，文辭衰落固其宜。《和杜相公》

霖雨曾爲天下福，甘棠何止郡人思。《太傅杜相公有答兖州待制之句》

凜凜節奇霜凋柏，昭昭心瑩玉壺冰。《謝杜相公嘉篇》

白髮憂民雖種種，丹心許國尚桓桓。《借觀五老次韻詩爲謝》

徑蘭欲謝悲零露，籬菊空開乏凍醪。

江上挂帆明月峽，雲間謁帝紫微宫。《送吴殿丞》

罰籌多似昆陽矢，酒令嚴於細柳軍。《龍興寺小飲呈表臣元珍》

客思病來生白髮，山城春至少紅英。《縣舍不種花惟栽楠木因戲書》

紫籜青林長蔽日，緑叢紅橘最宜秋。

月出行歌聞調笑，花開啼鳥亂鈎輈。《夷陵書事》

楚俗歲時多雜鬼，蠻鄉言語不通華。

繞城江急舟難泊，當縣山高日易斜。

叢林白晝飛妖鳥，庭砌非時見異花。《寄梅聖俞》

道左旌旗諸將列，馬前弓劍六蕃迎。《送沈待制》

藹若芝蘭芳可襲，温如金玉粹而純。《題直城縣射亭》

江湖我再爲遷客，道路君猶困旅人。

老驥骨奇心尚壯，青松歲久色逾新。《送張生》

錦衣白日還家樂，鶴髮高堂獻壽榮。《送楊先輩登第還》

舞蹈落暉留醉客，歌遲檀板换新聲。《答吕太傅》

人生白首吾今爾，仕路青雲子勉旃。《送謝中舍》

夢寐閑思十年舊，笑談今此一尊同。《答王禹玉見贈》

花時浪過如春夢，酒敵先甘伏下風。《戲答聖俞持燭之句》
人老思家甚年少，身閑泥酒過春寒。《戲書》
玉麈清談消永日，金樽美酒惜餘春。《和較藝書事》
日落斷橋人獨立，水涵幽樹鳥鴉依。《太湖恬亭》

續巧聯

野曠天低樹，江清月近人。
曉雲僧衲潤，殘日客帆明。
白露明河影，清風淡月華。
馬倦時銜草，人疲數望城。
江聲秋入寺，雨氣夜侵樓。
石縫銜枯草，查根漬古苔。
夕寒山翠重，秋靜雁行高。
寒禽栖古柳，破月入微雲。
亂雲低薄暮，急雪舞回風。
林花掃更落，徑草踏還生。
泉聲到池盡，山色入樓多。
貌將松共瘦，心與竹俱空。
石梁高瀉月，樵路細侵雲。
捲幔來風遠，移牀得月多。
鑿池寒月入，掃地白雲生。
芹泥隨燕嘴，花粉上蜂鬚。
雪埋寒樹短，雲壓夜城低。
步壑風吹面，看松露滴身。
曉來山鳥鬧，雨過杏花稀。
不爨井晨凍，無衣床夜寒。
乘舟泊山寺，着屐到漁家。
草閣平春水，柴門掩夕陽。
風落收松子，天寒割蜜房。
紙窗明覺曉，布被暖知春。

露館濤驚枕，空庭月伴琴。

蘿月挂朝鏡，松風鳴夜絃。

雪殘僧掃石，風動鶴歸松。

門靜眠山鹿，階閑立水禽。

秋草閑三徑，寒塘獨一家。

罷扇風生竹，移床月過庭。

清風醒病骨，快雨破煩心。

氣爽衣裳健，風疏砧杵鳴。

路明殘月在，山靜宿雲收。

疏鐘吟落照，歸路指平蕪。

無人花色慘，多雨鳥聲寒。

微雲淡河漢，疏雨滴梧桐。

幽澗迷松韻，閑窗動竹聲。

落時猶自舞，掃後更聞香。

燕靜銜泥去，蜂喧抱蕊來。

宿浦人迷徑，歸林鳥失巢。

宮鶯嬌欲醉，檐燕語還來。

影開金鏡滿，輪抱玉壺清。

尋泉上山遠，看筍出林遲。

緑水明秋色，青山隔暮雲。

池光不受月，野氣欲沉山。

水暗蒹葭霧，月明楊柳風。

鳥聲非故國，春色是他山。

柳色煙中遠，鶯聲雨後新。

晚花惟有菊，寒葉已無蟬。

凍泉依細石，晴雪落長松。

早景 青門弄煙柳，紫閣舞雲松。

援青松直上，鋪碧水平流。

晚景 池緑苔猶少，林黄柳尚疏。

夜景 晚果紅低樹，秋苔緑遍墻。

風 柳庭垂緑穗，蓮浦落紅衣。

花 浪花吹更白，嵐色染遠青。

將軍分虎竹，戰士臥龍沙。

雪景 風塵三尺劍，社稷一戎衣。

邊月隨弓影，胡霜拂劍花。

月 湛露浮堯酒，薰風起舜歌。

石壁藤爲路，山窗雲作扉。
白石磨樵斧，青竿理釣絲。
無竹栽蘆看，思山疊石爲。
木落寒郊逈，煙開疊嶂明。
風葉亂辭木，雪猿清叫山。
載酒尋山宿，思人帶雪過。
鷺集橫臥柳，猿飲倒垂藤。
拂黛月生指，理鬢雲滿梳。
亂藤遮石壁，絶澗護雲林。
惜花愁夜雨，病酒怨春鶯。
孤舟依岸靜，獨鳥向人閑。
山虚風落石，樓靜月侵門。
海風吹不斷，江月照還空。
塔影挂青漢，鐘聲和白雲。
笙歌歸院落，燈火下樓臺。
野花寒更發，山月暝還來。
聽錫樵停斧，窺禪鳥立楂。
庭閑花自落，門閉水空流。

水痕侵岸柳，山翠借樹煙。
酒熟憑花勸，詩成倩鳥吟。
藻密行舟澀，灣多轉檝頻。
沙明連浦月，帆白滿船霜。
落日心猶壯，秋風病欲蘇。
粉墻猶竹色，虚閣自松聲。
入畫千峯隨雨暗，一逕入雲斜。
雙眸剪秋水，十指剥春葱。
籬落生孫竹，門庭上女蘿。
霜猿啼曉夢，岩鳥和秋吟。
興闌啼鳥喚，坐久落花多。
澄潭寫渡鳥，空嶺應鳴猿。
瀑布林晚鳥爭樹，園春蝶護花。
浴凫含藻戲，驚鷺帶魚飛。
衆鳥高飛盡，孤雲獨去閑。
秋盡虫聲急，夜深山雨重。
雲穿搗藥室，雪壓釣魚船。
風轉雲頭斂，煙消水面開。

無瑕勝玉美，至潔過冰清。　別來頭併白，相見眼終青。
花濃春寺靜，竹細野池幽。　雷霆馳號令，星斗煥文章。
露濃金掌重，天近玉繩低。　感時花濺淚，恨別鳥驚心。
九天閶闔開宮殿，萬國衣冠拜冕旒。　朝會
香飄合殿春風轉，花覆千官淑氣移。
清洛曉光鋪碧簟，上陽霜葉剪紅綃。　宮掖
鼇頭忽燎黃金闕，鳳背還吹碧玉簫。
毫端蕙露滋仙草，琴上薰風入禁松。
紅珠斗帳櫻桃熟，金尾屏風孔雀開。　富貴
陳兵劍閣山將動，飲馬珠江水不流。
汴水波濤喧鼓角，隋堤楊柳拂旌旗。
擘開華嶽連天色，放出黃河到海聲。
插天螮蝀玉腰闊，跨海鯨鯢金背高。　皆雄偉
樽當霞綺輕初散，棹拂荷珠碎却圓。
林花着雨臙脂落，水荇牽風翠帶長。
魚吹細浪搖歌扇，燕蹴飛花落舞筵。
樹頭蜂抱花鬚落，池面魚吹柳絮行。
煙開翠扇清風曉，水泛紅衣白露秋。

風飄弱柳平橋晚，雪點梅花小院春。
細水浮花歸別洞，斷雲含雨入孤村。
江月轉空爲白晝，嶺雲分暝與黄昏。句精彩
春入水光成嫩碧，日匀花色變鮮紅。
殘日花開浮暖艷，斷雲樓外卷輕陰。
千里好山雲乍歛，一樓明月雨初晴。
野色更無山隔斷，天光直與水相通。
飢鳳羽毛寒不鎩，臥龍頭角老方高。
驥雖老去壯心在，鶴縱病來仙骨清。
殊方日落玄猿哭，舊國霜前白雁飛。
挂冠傲吏垂綸坐，絶粒高僧擁衲眠。
老鶴巢邊松最古，毒龍潛處水偏清。
風却有情偏動竹，雨渾無賴不饒花。
寺接江聲秋月上，樓依野色夕禽還。
映階碧草自春色，隔葉黄鸝空好音。
緑竹挂衣凉處歇，清風展簟困時眠。
羌管一聲何處曲，流鶯百囀最高枝。
粉蝶園飛花轉影，彩鴛雙泳水生文。

千竿壁立依林竹，一點黄飛透樹鶯。
一溪曉緑浮鸂鶒，萬樹春紅叫杜鵑。
蒼苔路熟僧歸寺，紅葉爽乾鹿在林。
睡輕可忍風敲竹，飲散那堪月在花。
風引漏聲來枕上，月移花影到窗前。
梅無驛使飄零盡，草怨王孫取次開。 春景
園林换葉梅初熟，池館無人燕學飛。 夏景
林間煖酒燒紅葉，壁上題詩掃緑苔。
風荷老葉蕭疏緑，水蓼殘花寂寞紅。 皆秋景
冰堅九曲河聲斷，雪擁千峯嶽氣低。 冬景
窗殘夜月人何處，簾捲春風燕復來。
閑聽鶯語移時立，思逐楊花觸處飛。
瓶添澗水盛將月，衲挂松枝惹得雲。
春水净於僧眼碧，晚山濃自佛頭青。 禪律
共閑作伴無如鶴，與老相隨止有琴。
無可奈何花落去，似曾相識燕歸來。
雲藏鳥外啼猿樹，竹鎖橋邊賣酒家。
水隔澹煙疏雨寺，路經微雨落花村。 聯模景

詩篇落處風雲動，筆力停時造化閑。
皓齒乍分寒玉細，黛眉輕蹙遠山微。
魚下碧潭當鏡躍，鳥還青嶂拂屏飛。
蜃散雲收破樓閣，虹殘水照斷橋梁。

聯相似

飛來白鷺即佳客，相對好花如美人。
好鳥迎春歌後院，飛花送酒舞前檐。
風吹藥蔓迷樵徑，水暗蘆花失釣船。
嘉樹倚樓青瑣暗，晚雲藏雨碧山寒。
拂石坐來衫袖冷，踏花歸去馬蹄香。
流水帶花穿巷陌，夕陽和樹入簾櫳。
滿砌荆花鋪紫毯，隔牆榆莢撒金錢。
草螢有耀終非火，荷露雖圓豈是珠。
風前有恨梅千點，溪上無人月一痕。
萬壑松聲山雨過，一川花氣水風生。
窺人鳥喚悠颺夢，隔水山供宛轉愁。
閑花半落猶邀蝶，白鳥雙飛不避人。
野寺山邊斜有徑，漁家竹裏半開門。

【校記】

［一］原缺姓名，據《全唐詩》卷七九五補。

［二］原作張宜，據《全唐詩》卷二四四改。

［三］原作温庭筠。按：此爲方干所作，見《玄英集》卷一，《全唐詩》卷六四九。

［四］按：自此下爲王安石所作。

［五］按：編者將王安石所撰十五聯竄入，自此下複爲歐陽修所撰。

玉笥詩談

［明］朱孟震

熊盛元　點校

點校説明

《玉笥詩談》，明代朱孟震所著。

朱孟震（約一五三〇—一五九三），字秉器，新淦（今江西新幹）人。嘉靖三十七年（一五五八）以《春秋》領鄉薦，赴戊午鄉試，考中舉人；隆慶二年（一五六八）赴戊辰會試，進士及第。除南刑部主事，歷郎中，出知重慶府，歷陝西、山西副史、四川按察史、貴州布政使，入爲順天府尹，以右副都御史巡撫山西。萬曆十九年（一五九一）致仕歸里；萬曆二十一年（一五九三）進兵部尚書，適病，卒于家中。孟震著述頗豊，有《秉器集》八卷、《河上楮談》三卷、《汾上續談》《浣水續談》《游宦餘談》及《玉笥詩談》等，均著録於《四庫全書總目》，並行於世。

朱孟震是明代嘉靖、隆慶、萬曆年間著名詩人，在南京擔任刑部主事期間，曾結青溪社，一時才儁，風從響應，形成流派，影響甚鉅。孟震之詩，拗折奇偉，音節瀏亮，如《龍門賓陽洞寄謝李使君》云：「賓陽洞前伊水長，楚客炎夏來徜徉。岩巒只去天尺五，闌檻宛在水中央。使君别意誰深淺，遊子歸心正渺茫。今日龍門還御李，不禁清興劇飛觴。」前四句全用拗格，而後四句又純乎律體，不古不律，氣盛言宜，與唐人崔顥《黄鶴樓》若合一契。《四庫提要》謂「孟震詩，音節諧暢，而意境不深」，實則孟震之詩，頗重意境，即以前詩頷聯「岩巒只去天尺五」，籣檻宛在水中央」爲例，出句用《三秦記》「城南韋杜，去天尺五」，而對句用《詩・秦風・蒹葭》「溯洄從之，道阻且長。溯游從之，宛在水中央」，運典渾成，天造地設，自成佳境，妙合無垠。吴國倫謂其「諸體錯陳，爛然有第，高不至詭異，卑不至儕俗」（引自陳田《明詩紀事》庚籤卷九），允推知言。至于清代朱彝尊以爲「秉器津津以詩家自許，其在南曹，結青溪社，一時名士，聲應氣求。所輯《楮談》《續談》，述先哲之舊聞，綜同人之麗句，可謂好事也已」（《靜志居詩話》卷十五），則似乎重在評其著述，而非論其詩也。

《玉笥詩談》屬詩話體之隨筆，并非孟震精心結撰之作。《四庫全書總目》卷一九九《集部・詩文評類存目》謂：「《玉笥詩談》四卷（編修程晉芳家藏本），明朱孟震撰。孟震有《河上楮談》，已著録。此其所爲詩話，皆載明代之事，而涉于江西者尤多，蓋據其所見聞所及也。其論詩大旨，則惟以王世貞爲宗。」其所以將此書冠名爲「玉笥」，乃因其故鄉新淦即在玉笥山下。元人揭傒斯《承天宫記》謂「天下稱名山者有三，曰匡廬、曰閤皁、曰玉笥，而玉笥尤爲天下絶境」，孟震邃于歌詩，固得之于家學淵源（可參見《玉笥詩談上卷》），而故鄉山水之鍾靈毓秀，或是更主要之原因。

就著書體例而言，《玉笥詩談》似仍循前輩鄉賢歐陽修《六一詩話》一路，即「集以資閒談」，偏重「述先哲之舊聞，綜同人之麗句」，而未曾明確提出論詩綱領。然觀其所拈舉同人之詩，及其所極力推重之人，則可知孟震受王世貞影響至深。試看其《續玉笥詩談》中一段云：「王中丞元美（世貞），名在海内，稱『七子』，又其最稱『李王』，謂于鱗（李攀龍）與公，視宏正間獻吉（李夢陽）、仲默（何景明）也。今士大夫交口傳誦其詩篇，如靈蛇夜光，洋溢中外。李全集已刻，中丞公有《弇州山人四部集》，刻而不欲傳，故人鮮盡識。公生平推李甚至，故名稍抑在下。今觀其詩，視于鱗誠伯仲之間；文之高下，雖非小生淺學所能窺，然合而觀之，則李云『擬議在成其變化』者，雖自負稍高，人亦不易及。第論其至擬議之功，李差盡矣，究其變化，似猶局促在繩墨中。若信意所適，隨物而施，不失往程，不滯舊迹，滔滔莽莽，愈達而愈神，紛紛紜紜，愈變而愈妙，則公之文，當爲明興獨步，即獻吉贈送諸篇，尚瞠乎後矣。……若公巵言別録（指王世貞所著《藝苑巵言》），如入海藏龍宫，無所不有。蓋非僅止于博古，而又於當今典章文物，考索評訂，汪洋浩博，精擇朗識，實足以垂後來，照當世。張中丞肖甫嘗謂余云：『與公居常談笑吟諷外，或酣酌竟日達旦，似無一刻事佔畢者，不知公書從何所得，從何時讀也。』茲真有天授哉！」可謂對王世貞推崇備至。《四庫全書總目》謂「其論詩大旨，則惟以王世貞爲宗」，確實切中肯綮。

王世貞論詩，雖以「格調説」爲中心，但又強調格調生於才思，以爲「才生思，思生調，調生格」「思即才之用，調即思之境，格即調之界」，故又轉而追求「佳境」。而欲求佳境，必須「一師心匠」，如此方能「氣從意暢，神與境合」（引文均出自《藝苑巵言》）。觀孟震《續玉笥詩談》所引世貞「吾于詩文，不作專家，亦不雜調。夫意在筆先，筆隨意到，法不累氣，才不累法，有境必窮，有證必切」之語，以及其在評論王維《桃源行》和岑參《太白胡僧歌》兩詩所説「蓋觸象寫微，冥搜神會，意之所到，自然合作。乃知理在人心，亘千萬人千萬世，無不妙合，寧獨王與岑也」，可知孟震詩觀，不僅步趨世貞，亦與世貞之弟王世懋《藝圃擷餘》所説「作詩道一淺字不得，改道一深字又不得，其妙政在不深不淺，有意無意之間」頗爲相近，均對前七子所倡「文必秦漢，詩必盛唐」之一味擬古有所不滿。基于此種認識，孟震在《詩談》中引高麗國禮曹判書李珥之言：「漢有兩司馬、班、揚，而唐惟李、杜、韓、柳，宋稱歐、蘇二氏，合漢、唐、宋，不越數人；而皇明自李、何後，統之亡（通「無」）慮數十人，以一時而倍前數代，皇明其千古絶勝哉」，認爲明代文學超越漢、唐、北宋，雖不免誇誕；然就其文化進化論看，亦自有其價值在也。

清代章學誠《文史通義·詩話》對鍾嶸《詩品》最爲推崇，以爲「《詩品》之於論詩，視《文心雕龍》之於論文，皆專門名家，勒爲成書之初祖也。《文心》體大而慮周，《詩品》思深而意遠；蓋《文心》籠罩羣言，而《詩品》深從六藝溯流別也。論詩論文，而知溯流別，則可以探源經籍，而進窺天地之純，古人之大體矣。此意非後世詩話家流所能喻也」。以此爲衡，明代詩話中，除王世貞《藝苑卮言》及許學夷《詩源辨體》能通古今之變外，其餘如李東陽《懷麓堂詩話》之「古律聲調説」、徐禎卿《談藝録》之「情氣思力説」、謝榛《四溟詩話》之「養氣創新説」、王世懋《藝圃擷餘》之「才識不易説」、胡應麟《詩藪》之「尚法重悟説」等等，雖不及《詩品》之思深意遠，知溯流別，而均有明確之理論體系。相對而言，朱孟震所著《玉笥詩談》，則大抵因人而存詩，而所録之人，又大都爲青溪社之成員，故不僅被朱彝尊譏爲「好事」，且全書亦略嫌散漫蕪雜，《四庫全書》僅存其目，良有以也。

此次點校，以民國二十五年（一九三六）十二月商務印書館《玉笥詩談正續》（簡稱「商務本」）爲底本，以南京圖書館所藏清鈔本《玉笥詩談二卷續一卷》（簡稱「清鈔本」）參校。劉紅霞女士代爲録入，在此感謝。

熊盛元

玉笥詩談　卷上

先大夫在邑庠喜爲詩，與黎先生汝登雲交莫逆，黎有滄洲書屋，先大夫嘗就其中倡和，或共放舟中流，從先大夫湖上飲。一日元夕，乘月從滄洲來。適旅人張燈湖濱，因邀黎共飲。酒闌黎去，又邀之返，見一人醉從月下歌。黎喜甚，先大夫復取大白酌黎，因聯句曰：「萬家簫管沸樓臺，想見金吾九禁開。清夜何人歌不寐，滄江有客去還來。燈幢掩映尊前動，春色分明月下迴。輸與山人得三昧，酒酣餘興更添杯。」又，《詠老人燈》云：「白髮尚兒戲，身輕火煉成。形容雖潦倒，心孔卻虛明。」前輩風流交契，可想見矣。

「公道世間惟白髮，貴人頭上不曾饒」，此唐人詩也。先祖素齋府君《挽周氏父子》云：「於今白髮無公道，不上周郎父子頭。」蓋反其意而用之也。府君少豪俠好義，尤喜爲詩，惜散逸不存。余又嘗於敝歷中見和唐人《無題四首》，俱有致，後計偕往來數四，歸檢篋中，則已化爲烏有矣。止記一聯云：「綺檻留雲迷薜荔，玉簫吹月隔芙蓉。」此外有《桑榆詞藁》尚存。

武昌丞胡公芳者，華亭人也，少有聲場屋，尤工詩。書學蘇文忠，因自號後坡居士。居官清約，喜與先大夫遊，閒命酒遊西山諸勝[一]。酒中暢飲，酣然樂也。先大夫曾有詩云：「人在西山更倚樓，無端風景上簾鈎。

萬松關近天低處，九曲亭當雲上頭。吴業只今何地著，楚山依舊帶江流。千巖萬壑鳴宵雨，洗我年來范老憂。」公擊節賞曰：「萬松關、九曲亭，自有西山來，殆爲今日設。」公有《宫詞十首》，嘗記一結句云：「丁寧積翠池頭水，紅葉無題莫漫流。」大有風人之致。一日，先大夫呼予出，公面試以對曰：「雨戰緑蕉驚鶴夢。」余應曰：「風敲斑竹亂鳩聲。」因呼予爲小友。先大夫擢應天教，公握手歎曰：「子期行矣，誰爲賞音？我自是束管絶弦矣！」後某擢縣尹，致政歸，予家尚有公手書詩若干幅。

予師許石城先生，家金陵，以尚寶卿致政，家居二十年，遊情山水，文酒自娱。性喜客，客來命酒必醉，夜漏下五鼓不輟也。金陵當吴楚之會，每門生故人，來訪先生，必留連信宿。諸官留都者，率以歲誕日，奉酒爲先生壽，先生輒賦詩張宴爲樂。予一夕詣先生，時王太僕在上元。先生折柬招與共飲，自日午洗酌，燒燈竟夕，仍起浮大白三，出門曙矣。嘗舉所爲詩笑謂余曰：「平生愛我無如酒，凡事輸人不但棋。」先生之寄興遠而達矣。錢塘周銀臺興叔，工爲詩，最不易許可，每稱説先生詩曰：「今稱詩者，僅得一二，輒自謂過人；若清新雋逸，雄渾古雅，無所不有，則石城之在白下。當稱大家矣。」予領渝洲，先生贈之詩云：「久遊憲部蜚清譽，新拜名邦愜壯心。來往詞林聽戛玉，飛騰雲路羨横金。節過巫峽才逾健，堂對岷江澤共深。從此登臺瞻漸遠，幾時重和白頭吟？」又，《寄懷》詩云：「論文常下白雲司，别去俄驚二載餘。正指巫山看片月，忽從淮水得雙魚。甘霖此日隨熊軾，靈雀來年近隼旟。宦達有誰敦夙好，知君高誼古人如。」銀臺詩尤奇脱，其送余赴渝州云：「春陽已轉秣陵鶯，江渚東風趣上征。藝苑登壇誰並駕，秋曹讞獄久稱平。三山對酒離襟蹙，百丈牽雲疊鼓鳴。舊舞巴渝沿猛鋭，待君文教雅馴更。」

張中丞肖甫，銅梁人，名在「七子」中，又稱「三甫」。予在金陵時，見俞氏所選盛明詩，又得新安所刻張中丞詩，纔十之一耳。予爲渝州，公數以詩示予，幾百首，其所贈答予者無論也。嘗欲萃而刻之，以渝匙能書，不足配新安本耳。在南都送予領渝州詩云：「簡書朝下帝城春，此日分符得玉麟。自是使君稱長者，由來岳牧用詞人。雙旌夜入刀州夢，五馬風清折阪塵。便欲西歸從父老，相攜簞食大江濱。」「夔門西望是江城，太守乘春皂蓋行。蜀道那論難與易，雪山應索重還輕。兒童萬室巴渝舞，簫鼓千峯竹馬迎。高第昔稱朱北海，知君不讓異時名。」《寄情二首》云：「秣陵亦是漢西京，詞賦君垂作者名。出領一州如斗大，來看五馬似龍行。民間歌舞褰帷見，郡里江山坐嘯清。多少青梧齋閣外，政成應有鳳凰鳴。」「乞將骸骨臥岷峨，世事其如懶慢何。散髮林邱憎束帶，避人門巷或張羅。山川日待雙旌下，田野時聞五袴歌。説道使君能下榻，肯容孺子一經過？」明虹太守，同諸寮友，餞予澄清樓，偶作云：「雉堞全扶閣勢平，雄看宛似石頭城。奇峯曲抱青尊起，寒斗高懸畫棟明。中夜巴渝當日舞，東流江漢使君情。登樓無用思吾土，多少風雲倚檻生。」《起家南行，舟次渝州，朱明虹公祖賦二首詩贈別，和韻奉答》曰：「歌發驪駒夾岸頻，臘殘愁見柳條春。寒江月淡孤帆客，去國雲依白髮親。失計倉皇違鹿豕，垂名未必畫麒麟。笥中尚擬陳情草，異日將行上紫宸。」「天門一佩左符來，千里山河保障哉。滿地棠留巴子國，明堂人自豫章材。尊前意氣看龍匣，江上風流憶鳳臺。不見潁川終拜相，期君中夜望三台。」《金陵江望，有懷明虹使君，時將入計矣》云：「天垂西極望渝州，景物偏生萬里愁。江勢散從巴字水，鴻聲不盡秣陵秋。稍聞肆覲來羣后，遥想遮留夾去輈。試聽明堂傳劍履，幾人高第似君侯？」《明虹公祖行部山城，喜而賦此》云：「衡門長夏足卑栖，忽報前茅業已西。不盡真人傳紫氣，頓教野老杖青藜。天垂露冕千峯出，雲拂旌旗落日低。小隊儻從雞黍約，草堂亦在浣花溪。」《明虹朱公招飲治平寺》云：「相攜春草遍禪堂，紺殿蓮燈綺席光。洞裏桃花歎酒色，風前竇樹散天香。情同塗嶺千重厚，心逐渝江兩派長。語到明朝車馬路，何人不擬醉爲鄉？」《游塗山，奉柬明虹公祖》云：「青郊寒削萬芙蓉，支策捫蘿破紫茸。祠抱山川思夏后，春從天地入堯封。桃花水散龍門束，楊柳樓居雉堞重。君道案頭蒼翠色，何人持贈白雲峯？」《明虹太守餞余五福宫賦別》云：「登高遥借紫霞宫，福地追攀一逕通。城郭萬家春樹裏，江山雙目雨天中。雲穿仙樂憑闌得，露浥桃花照酒紅。指點關門楊柳色，誰歌三疊對東風？」《白市山行，有懷明虹使君》云：「躡屩風氣佳，迴光照谷口。樵徑分羊腸，巖泉濺馬首。白雲非一態，煙嵐蔽林藪。上發青天歌，下若建瓴走。寺鐘穿峽來，松花落吾手。回瞻巴渝城，丹霞散培塿。埽石時一謳，顧戀區中友。山水疲雙眸，寄言永嘉守。」《朱秉器太守擢河南憲副，送別十首》云：「使者乘軺入大梁，中臺列柏儼成行。寒風六月生沙海，玉壘高横柱後霜。」「漢庭高第是渝州，五馬如龍陸海遊。明發江干攀臥處，也停軒蓋慰遮留。」「梁園百尺有高臺，嵩影河流相對開。一自鄒枚裁賦後，千秋又見使君來。」「天風一飽布帆過，繞樹流鶯兩岸多。峽口猿聲聽不盡，巴童又和竹枝歌。」「詞賦翩翩準二京，年來治郡見功名。請看漢使班生傳，文苑誰兼循吏聲。」「郡國婆娑棠樹枝，尊前折贈慰相思。繞城無數江心石，留作他年墮淚碑。」「中原日月半樓臺，北去千峯立馬開。歌罷四愁聊寓目，粘天一片白雲來。」「驄馬平原此日行，繁臺秋色不勝情。黄河自是西來水，尺素無由達汴京。」「雄才馳騁氣如雲，愛士如從益部聞。明到夷門尋故事，何人不説信陵君？」「紫氣重封二室山，三花留待使君攀。懷人若縱西南目，天際峨嵋白雪間[二]。」《明虹公祖將之中州，遺書山中言別，適當七夕之辰也，因賦此見懷》云：「小結溪居竹萬竿，魚書忽報下江湍。開椷已帶中嵩氣，倚杖遥從北斗看。點點千峯隨雁落，盈盈一水傍秋寒。莫將此日悲牛女，乍見人間轉自難。」《明虹使君明發吾渝，不佞蜀廬居不能往送，謹解佩劍贈別，而侑以詩》云：「乘驄使者將欲行，秋氣蕭蕭班馬鳴。紅樹江頭開祖帳，峯煙半落渝州城。伊予塊寢康成里，孔融惠好殊無比。關門遥憶攀轅人，恨不相隨諸邑子。涪白飛濤天怒摧，黎山九折車堪迴。渭城有曲不得奏。側身東望心悠哉。寥廓霜空暮雲紫，同心難隔千山水。蒯緱三尺平生親，脱贈相將贈行李。君不見吾家茂先佩干將，斗間之色從豫章。君生豫章望氣否，神物會合終當有。明到中原曉渡河，帆前津鼓揚洪波。風雷倏忽劍歌起，始信龍泉尋太阿。」嗟夫！嘗鼎一臠，公之所以主盟雅騷者，固可概見矣。

沔陽陳憲使蘇山先生柏，參知公文燭玉叔，父子俱以詩鳴興都。玉叔守淮安時，予爲南比部，結青溪社。玉叔以詩寄社中諸子，諸子爲《江閣停雲詩》贈之，而余爲之敘。余守渝，玉叔督四川學，相見歡甚，因折節爲交，時從郵筒中以詩文相示。先生有《職方題藁》，予爲序之。先大夫《墨泉詩藁》，則玉叔爲之序，蓋於是稱通家，先生亦復以詩文相贈答。先生才氣高一世，獨喜與文人遊，凡海内知名之士，爭願從先生，即數千里靡不意相結也。玉叔八九齡，即能讀古文詞，已揮筆作驚人語。既宦游，所知交益廣，著作日富。其文不司馬、詩不盛唐，不屑也。先生所著有《職方題藁》《見南江閣詩文藁》《借山亭詩藁》《夏汭樂府》《借山亭續藁》；玉叔詩有《廷中集》《漢陰集》《蜀中集》，文有《五岳山人文集》，俱行於世。先生嘗寄余詩，有《酬朱秉器使君用原韻》云：「錦字遥傳自錦官，詞源三峽倒生寒。才情豈但淩雲似，意氣還同折檻看。老去林間悲短羽，往來天外望長翰。平生萬户輕如洗，何意於今更識韓？」《答朱秉器太守》云：「錦字俄傳漢水涯，同心千里未云遐。雄詞已訝傾三峽，高誼還驚比二華。黄石敢忘曾進履，青門猶憶舊耘瓜。他時倘叶非熊卜，肯以勳名讓子牙？」先生家嗣文燮，諸孫汝堪、汝封、汝均，俱才而能詩，二難競爽，且駕長文而三。潁水德星，今移聚漢陰之上矣。

劉元倩，名成穆，其先世新淦人，以大姓商崇慶州，從外氏爲杜氏。大父性謹厚，不御酒肉，妖人鐸亂蜀之歲，夢吞五色石三，占之曰：「石之言世也，五色備乎文矣。三世之後，其以文名乎？」祖勤庵先生，舉弘治壬子鄉試，仕弗耀。父朝紳，以正德甲戌正月甲寅夜夢有鶴翥於庭，遂生元倩，名之曰成穆，别名以嘉壽，字曰文孫，志先夢也。元倩生七歲，能詩文；十歲博識，十五究經史百家，談玄理，談兵，談世務，珠貫川絡，且澹然有山林之意。嘉靖辛卯，朝紳督餉江西，留元倩侍其母。柱史熊雲夢，宗憲張南溟，檄有司起試，試嘉禾賦經義各一，比成，日未中，讀之蔚然。因強入試院，以《春秋》舉鄉試第三。又強之試春官，不第，發憤卒，壬辰春三月二日也。先是己丑，元倩夢入五雲洞，二道士迎于門，以詩贈别，末有「重龍望子回」之句。龍辰屬三辰月，甲辰之三月重龍也，人謂先兆云。升庵楊先生甚愛其《過漢武陵》詩云：「歲暮霜殘過漢都，武皇陵墓舊荒蕪。不將玉匣藏天馬，猶使金燈照野狐。賦客詞園清露盡，仙翁丹竈白雲孤。千年惟有秋風曲，渭水長流啼野烏。」予愛其《温泉宫》云：「碧洞霜泉臥火龍，翠華宫冷玉芙蓉。遊人緑酒流春殿，妃子朱顔落夜峯。石閣獨逢明月醉，瑶塘虚有晚霞封。霓裳不見棃園曲，愁聽秦箏雜野蛩。」元倩于詩文初不經意，即席揮穎，有甚嘉者，若《秋霖賦》之類。俱散失不傳，所存集纔三之一。初名誠穆，南溟改誠爲成，易文孫以元倩，故集名《元倩集》云。

華州張明府維訓，爲余言惠逸人事，余請傳之，傳詞多不具載，載其概。惠逸人者，名沐，字子新，自謂一松子，東西南北人也。或曰上世惠妃族，以事謫秦中北里籍，乃爲秦人。逸人志氣軒豁，好古書，習名賢法帖。長安張太微與武功康太史、鄠杜王太史、盩厔王東谷，遊終南，見逸人詩有佳句，遂引與遊。逸人一日款有司，求籍長安太村里，按察孫公限韻令賦雪竹，逸人曰：「請無拘禮法。」乃解衣睥睨良久，揮筆題曰：「誰人種此琅玕玉，引得清風俗尚淳。待月忽疑青鳳至，淩霄常與白雲親。渾如娥女漬殘粉，清似夷齊不受塵。獨有歲寒君子節，肯隨桃李競芳春？」孫大稱賞，因爲繫籍長安，自是名益振振起矣。康太史延之武功，作詩爲贈。然性至孝，秋夕忽聞促織，感而詠曰：「我聞促織音，月下淚雙落。嗟我白頭親，寒衣著未著？」康憐其意，贈予還里。

後從雲總戎徵入爲幕客，乃游皋蘭，歷雲中，又入承天。平生[三]奇崛不平之氣，間寓於詞賦。晚又從總制劉公徵作《固原志》，尤好談黄白術。或詰其好仙者，逸人曰：「子欲居九夷，而能以王道與九夷乎？子未知古達者之寓言也，而何以謂我哉？」年六十卒，葬長安曲江。維訓與華原張子志川宗尉爲題「明詩人惠一松墓」，有《一松集》若干卷。

予鄉簡西㽦紹芳，弱冠客游滇南，題詩山寺。楊升庵先生一見異之。使人物色，遂定爲忘年交，凡先生出入必引與俱。先生藏書甚多，簡一覽輒記。每清夜劇談，他人不能答，簡一一應如響。在滇池南倡和及評較文藝，惟簡爲多，張愈光諸人不及也。簡年幾六十，西歸蒙山，先生送之詩云[四]：「金蘭意氣昔論文，宴坐朝霜竟夕醺。千里馳驅來僰道，十年羈旅共滇雲。交游落落晨星散，蹤迹悠悠逝水分。江南江北從此别，何時何地再逢君。」因大慟不已。簡歸數年卒，其子謁先生瀘陽。時先生以疾臥牀，呼拜床下，問：「西㽦安否？」其子曰：「死矣。」先生長吁數四，以袖拭淚，遂向壁臥，不復言，數日卒。先生交誼，當求之于古[五]矣。

張德南，名煒，閩人，初爲南大理司務。署名中有奇竹二，産檐下，已乃屈曲循檐出，德南援筆爲《瑞竹賦》，諸郎競傳咏之。又傳書諸郎，以便面乞書者屨滿户外。詩喜爲平淡。一日，舍中芍藥盛開，乃命酒招余飲，取薔薇和麫煎之佐酒，極有致。又邀余從南城諸寺玩月，極歡而罷。以事詿誤[六]，稍遷爲龍安推官以歸。余爲渝州守，復會於蜀，寄予詩云：「白下悲歌送我行，西風逐客淚沾纓。百年盟好耽風雅，萬里羈栖憶弟兄。蜀郡兒童迎使節，閩洲[七]蝦菜計歸程。相看咫尺難相晤，山自青青鳥自鳴。」

梁彦國，順德人。名柱臣，爲大理評事，作詩一以古爲憲，有《寶劍吟》贈予云：「豫章有龍劍，紫氣干斗牛。至人識其精，豐城遂奇搜。感君重意氣，持贈結綢繆。啓匣已電發，鏖鐔忽星流。太乙曾下觀，封胡將見求。應同槅具佩，持向漢庭遊。慙非張公子，靈貺焉可酬。」

陳子野，名芹，金陵人，爲長沙令九十日，解印歸。卜居鳳凰泉之左，又構别業新林浦，時垂綸其上。浦有横崖，因自題曰「横崖小隱」。又即邀笛步爲閣其上，云「邀笛閣」，而引騷人倡咏爲樂。嘗取古高士自巢許而下，迄於宋元，得七十餘人，人爲之詩，以自見其志，號《思古吟》。其《喜諸君子入社》詩云：「邀笛亭前舍釣竿，丹楓林外候金鞍。吟邊緑酒今逾暖，花底幽盟久未寒。才子一時追鄴下，故人幾載隔雲端。諸君莫更輕離别，萍迹應憐此會難。」《咏美人走馬》云：「明妝驅駿足，晴日麗春風。各倚千金貴，齊驕三市中。蹁躚疑舞鳳，恍忽似游龍。一盼揚鞭去，幽情已自通。」《窗中度落葉》云：「静聽高林響，還過虚牖前。蕭條如帶雨，閃爍似含煙。孤影隨飛鳥，寒聲和晚蟬。妝臺有思婦，相對惜華年。」《鳳凰客所社會》云：「鳳凰泉上瑞煙輕，自煮新泉待友生。賴有香茶將一盌，殊無旨酒速諸兄。賡酬會意思投轄，湖海論交惜聚萍。莫以更闌問歸路，秦淮東畔月初明。」《秦淮煙月詩》：「淮水平如江水平，今人情似古人情。英雄滚滚隨波去，留得波閒此月明。」「秦淮煙暝水長流，明月空懸萬古愁。春去秋來風景别，鳴筝不下酒家樓。」《折欄會和周銀臺》云：「新歲詩豪集，深更興未闌。共憐今夜月，仍似去年看。社主歡投轄，車徒怨折欄。彩梅紅對酒，忘卻外邊寒。」《鳳凰臺上憶吹簫》云：「有人春日發高臺，翩躚綵服從風來。忽舒玉指吹玉簫，花風千林天上飄，衆賓各進酒一瓢。竹音稍亭繼以肉，盡道鳳鳴在山麓。彩霞垂天日西没，衆賓大斗飲不足。鳳兮鳳兮忽飛去，嘉爾靈禽在南國。」《長干曲》云：「長干女兒茜裙新，琵琶一曲驚千人。三吴少年豪傑士，醉待梅樹回陽春。春風一夕朱英發，珊瑚枝頭挂明月。茜裙挽住五花驄，梅花落盡歡永歇。」《感别送朱比部》云：「使節三年野老家，鳳凰泉水自煎茶。今日西川成遠别，金尊空對碧桃花。」「離筵花雨亂紛紛，宛轉情言到夜分。巴峽聞猿應憶我，江樓望月正思君。」《聞笛有懷朱比部》云：「空林索寞雨絲絲，折得梅花未放枝。正是鄰家夜吹笛，倚闌無限故人思。」《虛堂夏日有懷朱重慶》云：「虛堂白日永，竹樹陰相錯。纖羅無風吹，嫋嫋隔簾箔。孔雀巡檐來，翻階映紅藥。時有屋上雲，涼氣從空落。瞻雲思友生，竟日坐寂寞。蜀山修且阻，雙鯉何由託。」

姚典客原白，名㴖。家金陵武定橋，以貲入爲郎，久之辭疾歸。性好吟，就所居構市隱園，水竹之勝，甲于白下。時時招詞人墨卿觴詠其內，醉取古墨玩之。時引筆作真草數幅，雅有致。晚好作梅，從閩王山人遊，盡得其妙。子之裔，爲郡博士弟子員，亦能詩。其《邀笛閣喜諸君子入社》云：「青溪文酒已三秋，復喜羣公集水樓。藻思久傳鸚鵡賦，芳時今逐鳳凰遊。寒花照座金爲蕊，明月窺簾玉作鈎。夜靜忽聞三弄曲，依然江左舊風流。」《病後諸君子邀入社》云：「巖廊詞客擅風流，自喜漁樵得共遊。病裏愁心違授簡，秋來詩思一登樓。疏簾棐几山當座，楊柳芙蓉月滿洲。伏想年來題咏處，家家珠斗夜光浮。」《青溪對雨》云：「長空飛急雨，虛閣對滄洲。蕭索三秋盡，微茫十里收。絲飛桃葉渡，雲憶鳳凰樓。坐領寒江趣，煙蓑起釣舟。」《鬱鬱園中柳》云：「園柳吐春姿，鬱鬱寒塘側。盈盈陌上條，日日送離別。玉筯掩深閨，金鞍遊上國。韶光日以暮，彫落良可惜。攀條欲寄之，不語淚沾臆。中情豈故殊，何嗟失顏色。離別勿復道，願言崇令德。」《喜諸君分詠小園》云：「輞川賡和處，裴迪有新詩。豈意千年後，風流今在茲。買山成小隱，投轄得雄詞。今夜青溪上，文光照水湄。」《冬夜程孟孺莫雲卿姚光虞過集》云：「坐深銀箭燭花開，荒徑能勞二仲來。書變鼎彝傳古法，吟餘風雅盡詩才。談生麈尾將迴雪，暖盎枝頭欲放梅。更喜吾宗同笑詠，草堂今夕聚三台。」《賦得白鷺洲送黃參軍奏績》云：「岷山遠發大江流，采石東連白鷺洲。一片蒹葭摇雪浪，三山臺殿枕丹邱。地邀彩筆增新色，人對離尊起別愁。羨爾雲帆天路近，春風吹到鳳凰樓。」《冶城餞吴莫魏張四才子》云：「冶麓高寒結駟來，旗亭卮酒傍丹臺。黃金舊鑄雙龍劍，白雪新傳四傑才。天半月明瑶鶴下，林間星聚石壇開。送君翻念青溪社，醉倚離筵不放杯。」

華明伯，名復初，無錫人。父補菴先生雪，爲比部郎，博雅好古，家藏書甚富。明伯少有才名，克嗣其家學，取藏書一一校讎之。又喜爲詩，與盛仲交相友善。隆慶癸酉，以貢授應天學訓導，仲交尚爲弟子員，雅相師友，意各自得也。從所寓構秉燭軒延客，客至，輒舉白賦詩爲樂。《軒中雨集得四言》云：「有客容膝，亦孔之安。載集佳賓，佩玉珊珊。佳賓至止，德容幾幾。四座講德，周道孔邇。湛湛我池，鑑爾令儀。君子攸萃，燕笑孔宜。酌我洞泉，瀹我山茗。客醉而歌，亦既酩酊。陽既伏止，澤藏乃宜。迅雷風烈，慨焉非時。賓既醉矣，雨亦滂矣。夜如何其，夜未央矣。」《雪中借馬》云：「踏凍非無東郭履，沾花空有杜陵詩。錦韉不惜晚來借，紫叱何妨醉後騎。自是看山揮策緩，非因傍險得歸遲。長安陌上多遊冶，不似灞橋風雪時。」《美人走馬》云：「驌質輕千里，翩然自出羣。乍聞乘月駟，驚見逐飆輪。飛鞚驕纔逞，縈鞭捷有神。霓裳同躞蹀，霞帶共繽紛。來似花成陣，迴看雪滿身。鬟抛驚欲墜，襪躧不生塵。柳漾垂青組，桃飛蹙錦茵。波涵秋欲轉，峯斂翠猶顰。猿挂巫山夜，珠浮洛浦津。星流行更穩，電掣態逾新。仿佛雲中見，飄飄認未真。」《市隱園冬日》云：「殘冬景倍暄，欻似入冬候。山家酒初熟，鷗盟復如舊。水底見鍾峯，窗間列遐岫。何須絲竹響，但喜花木秀。日暮遶池行，清風滿懷袖。」《鵝羣閣觀水邊芙蓉》云：「昔曾詠秋水，又見秋深時。芙蓉故繞徑，菊英尚滿籬。有花不來賞，時過復惜之。紛紛塵中人，擾擾將何爲。徙倚不忍別，殷勤銜玉卮。」《今日良宴會》云：「今日良宴會，射堂何鬱盤。勝友畢來集，寶樹棲鵷鸞。揮筆飛雲煙，字字青琅玕。人生貴適志，和音良獨難。主賓既款洽，藹藹如金蘭。聚散慨落葉，誰能念歲寒。」《姚原白病後入社》云：「芙蓉夢隔三秋月，黃菊歡同此夜尊。

幾度鳳凰臺上望，閲江樓畔荻花村。」《送朱比部守重慶》云：「巴江曲曲萬載流，提封百里古諸侯。江流晝夜自不息，何人遺愛傳千秋。曾聞宋季余安撫，闢館招賢資幕府。聚米爲山衍陣圖，二冉奇謀爲誰吐。釣魚山下江之衝，移堡依山設險重。敉寧拊輯稱良牧，至今猶羨中興功。使君光價重璠璵，玉笥山中曾著書。一麾出守青雲色，僰道新乘五馬車。只今有道成沃壤，桑土應須計安攘。巴渝千里起淳風，重爲余公拂遺像。」

盛貢士，金陵人，名時泰，字仲交。爲社中詩，援筆立就，已輒失其藁。其立春後一日，同莫雲卿、蔡世卿訪朱比部，用韋左司韻云：「梅花柏葉彩華新，官舍蕭蕭竹樹鄰。露麈經時虹氣健，雲筒隔歲馬蹄頻。久甘鴻迹爲樵客，不愧鳩司作從臣。最是江南明月夜，共將花柳詠初春。」《送朱比部》云：「幾年官寄白雲司，日日行吟湖水湄。五馬西川來作守，一尊南郭暫相持。天邊雲樹依臺遠，雪後春濤出峽遲。自昔蜀中多勝迹，品題應是待新詩。」《同友晚游方山》云：「千山迴合日將曛，一片鐘聲下白雲。茅嶺葉飛寒色早，秦淮水落暮煙分。風含石竇疑泉響，月朗巖扉過鹿羣。卻憶向時曾載酒，桃花細雨共氤氳。」《曉登雞鳴山塔院，望後湖殘雪》云：「夕陽斂湖光，殘雪散山麓。鐘聲飄寒空，人家隱深竹。一鳥下高天，迴翔向叢木。老僧澹無言，相看幽意足。」《黄以藩過訪》云：「竹下論詩寒色生，蕭蕭僧舍夕陽明。湖光若是山陰道，雪片應飛白下城。酒琖暫依梅樹坐，琴囊何惜蘚痕行。高天欲晚還留句，何愧任翻半字情。」《寄陳仲魚》云：「臺上重開碣石宮，海鵬南徙趁長風。青雲原是天邊客，白馬羞爲歷下雄。溪叟不妨漁艇在，洞仙應許鶴書通。海陽春色知能早，何處桃花開最紅。」《同莫山人過市隱園》云：「向夕風吹池水平，高天雲淨雨初晴。朱闌隔岸魚俱躍，蒼玉當軒筍亂橫。作客不堪憑遠眺，吟詩一爲寫閒情。醉來坐愛松林好，共向涼臺待月生。」《寄費參軍》云：「青溪流水遶長堤，別後懷人芳草萋。同社不堪重載酒，逢人空憶舊留題。宦情落莫悲蓬鬢，世路參差共馬蹄。不信君才原出衆，可容長日在途泥。」《和許太常秋日書懷》云：「淮浦新潮映月流，秣陵曉色又驚秋。庭除共喜生三樹，鄰里何勞羨五侯。疏廣自知金玉賤，山濤不爲簡書留。年來贏得身强健，卻笑虞卿枉解愁。」「池塘坐見一螢流，遂有梧桐爲報秋。柘境近知新拓地，醉鄉曾許舊封侯。不妨出郭青藜伴，最喜尋僧白社留。潘岳近來多閣筆，悔將詞藻賦閒愁。」

周山人才甫，字文美，永嘉人。嘉靖中以詩鳴，所著有《鴈川集》。隆慶辛未遊青溪社，所爲詩具載社藁中。家故貧，客游江湖，以文酒自適。喜作梅，每對客酒間命筆，殊可人意。又自爲詩其上，詩才亦秀逸。南都士大夫能詩者，皆樂與之游。余去金陵，文美從方子及結社，以詩寄余渝州，其《同方計部集安茂卿寓閣》云：「層閣倚鍾山，芳筵得勝攀。乾坤容我醉，日月向誰閒。粤客驚狂態，吴歈索笑顔。相忘軒冕貴，白眼浩歌還。」《李比部方計部載酒齊王孫園亭見訪》云：「竝馬名園裏，攜尊就隱淪。已憐金作谷，況倚玉爲人。白髮狂何劇，青山懶是真。詞名歸二字，誰不仰清塵？」《新正六日，同丁周方三計部集王元德大夫宅》云：「背郭堂初敞，開尊聚酒星。歲新頭漸白，人舊眼俱青。山水存高調，風塵笑獨醒。若非憐意氣，何以慰沈冥？」《送王按察四川》云：「憲府開西極，分符重地曹。帆前春樹遠，天上法星高。旌旆懸三峽，圖形按六韜。君才堪賦蜀，萬象待揮毫。」「迢遞巴山路，千盤鳥道懸。馬前浮曉日，雲裏響春鵑。交態慙余拙，疏狂藉爾憐。不能隨去旆，夢飛到西川。」《雪中方子及席上閱康山人詩》：「傾尊飛雪滿江津，披對瑶華憶故人。身寄黄金臺上月，歌翻玉樹郢中春。獨醒天地堪容傲，高臥煙霞不受塵。客久星霜凋短鬢，何如回首共垂綸？」

費左軍民益懋謙，少保費文通公子也。家世爲鉛山人，自文憲公以龍首當揆，文通繼起，鉛山之費，遂爲西江甲族。民益以貴公子，顧折節下帷讀古人書，性又喜吟，以蔭入爲御史臺都事。鄉人楊懋功，以祠部郎中陳玉叔大理[八]，時俱以詩名燕山。民益閒就爲社會，已爲南左樞參軍，青溪之社，民益實首倡之。又從樞府第構籌筆軒、客星槎，瀹茗焚香，山人墨客，延接無虛日。閩有王山人者，善寫梅，民益即從作梅。金陵陳子野善墨竹，民益即從作墨竹。晉江黄孔昭工山水，民益即爲山水，皆得其意。余領渝州，民益復招余籌筆軒。長洲周秀才懋修，雅士也，適同盛仲交來，因共即席賦詩贈余。周詩云：「五馬雙旌滿路輝，郎官出刺兩川湄。才同何遜離京日，望重文翁化蜀時。閣道使星臨錦里，岷江卿月映峨眉。詞情到處堪留社，樞管梅花遲所思。」民益云：「追隨白社六年餘，羨爾新詩獨起予。遠指雙旌臨錦水，先驅五馬向匡廬。江梅試暖離觴劇，苑柳迎人執袂初。重握春風更何許，涪江魚鴈莫教疏。」又從江閣以《停雲詩》一册訊予渝州，民益詩云：「玉麟西綰憶當年，龍劍公攜思黯然。雲自褒帷高北極，春從露冕下東川。花間曾醉新豐酒，江上猶歌郢雪篇。聞道蠶叢多勝槩，新詩應向故人傳。」

李襲美，一字于美，蔭，[九]南陽内鄉人。所著有《李陽穀詩》《吏隱軒詩話》。所贈予詩，已見他集。其《得朱憲使潼關詩》云：「書傳遠道動經旬，讀罷依然字色新。今日鍾情還我輩，向來詛嶽是何人。露零仙掌寧滋渴，峯削蓮花不染塵。莫使山靈成悵惘，好憑吟筆鬬嶙峋。」《送吕山人中甫歸四明》云：「羨爾昂藏七尺身，籜冠芒屩遠風塵。只疑黄鶴樓前客，不作非熊夢裏人。把臂且酣燕市酒，拏舟猶及甬江春。刀名錐利成何事，樗散偏宜鬢髮新。」《春日同何啓圖、啓範二太史集李子禹宅》云：「馳思無勞入杳冥，問奇同過子雲亭。春歸芳樹禽相媚，客有霏談麈詎停。雙鬢漸于羈旅白，一尊還對假山青。明時雅會非容易，太使何當奏德星？」《元夕後二日，周氏部見過》云：「帝鄉何幸共彈冠，咫尺翻令見面難。芳醑喜同今夕飲，花燈猶作上元看。雅談頓使塵襟靜，春色平分朔氣寒。正是主恩休沐日，不妨傾倒盡餘歡。」《鄭伯良席上同華存叔、馬遜之作八音體，得如字》云：「金門無復待公車，石户爲農樂自如。絲肉漫娱高士耳，竹松長護故山廬。匏尊緑酒能供醉，土鼓聲高可佐鋤。革履紵袍人不識，木公東望有來書。」《送黎秘書歸嶺南》云：「乞歸豈是厭承明，欲向山中采杜蘅。興在孤雲多喜色，圖開五岳見真形。將因仙驥招王子，詎借姬雛壽伏生？別後漫愁鴻雁少，梅花消息遠含情。」《夏日集吏隱軒得風字》云：「吏隱開軒爽氣通，晚來花竹媚簾櫳。羽衣遞舞中天月，麈尾頻揮四座風。歌似接輿狂不滅，飲從擊筑氣還雄。主賓未醉寧分手，况復天涯四美同。」《松泉寺看芍藥》云：「牡丹零落已無春，芍藥猶堪發興新。雅到未須論伯仲，花奇真見有君臣。離離影帀黄金地，冉冉香浮白氎巾。空處不勞稱色相，任教吹作路旁塵（是日大風）。」

任山甫，字夢榛，休寧人也，而寓於杭。初冒曹氏姓，後復姓任，因自稱任公子。歙有五安山，又自稱五安山人。山甫於社中齡甚少，然意度才藻，逾於老成。初入金陵，從惠山、金山攜二泉至，余候之。山甫出虎邱茗，瀹二泉試之。金山泉味頗重，覺惠山稍勝。昔人評中泠第一，恐非今水也，予爲賦四絶句[一〇]。山甫遊冶城，過盛仲交蒼潤軒，有攜雙鶴至者，山甫納之署中，仲交與予爲《聘鶴賦》。一日，鶴飛去，半月還，魏季朗、張仲立又爲賦《還鶴》。山甫雅好事，爲一册，屬縉紳歌咏之，遂爲白下勝事。性又好古篆籀，所藏斯、邈名迹[一一]，及古彝鼎款識文甚富。又能以古篆作宏記，文奇而刀法精絶，諸名家不及也。出爲興都參軍，以才著，城孝昌，署當陽，俱有成績。然居興都時，每怏怏不樂，在當陽，睹玉泉山鶴有感，賦詩云：「豈戀乘軒寵，深懷別主情。雲泥一相失，雞鶩不堪爭。乍夢傳書舞，時聞振錫鳴。試令生八翼，可但返遼城。」民益量移德安，邂逅武陵，因各賦詩數章。民益云：「武陵川上路，旅館忽逢君。白下三秋夢，滇南萬里雲。朔鴻來浦溆，霜葉映寒曛。祇恐明朝別，相期坐夜分。」山甫云：「我昔出白門，黯然欲銷魂。思君隔楚水，脈脈不得言。我今辭異域，夜夜聽啼猿。

迢遞萬里餘，相思無晨昏。因君能縮地，忽漫逢仙源。一爲具雞黍，所欽古道存。伊人洵芳潔，佩服蘭與蓀。孰知匣中刀，不別讎與恩。世路良悠悠，請君勿復論。」《雨中同民益話舊》云：「江城樓閣暮雲低，遷客登臨手重攜。楚國大風仍颯颯，秦時芳草已萋萋。停杯似索黃花笑，擊節還驚白鳥啼。當日誤傳流水曲，妬人春色是青溪。」民益和云：「白門送爾思依依，回首風塵事已非。郢曲陽春知寡和，吴鈎寒色看雄飛。孤亭載酒江城晚，一榻談天夜雨微。意氣如君復能幾，肯令琴劍滯征騑？」《與山甫登武陵驛樓》云：「高樓時騁望，樓下武陵溪。細雨山容失，繁霜草色萋。帆流江漢遠，杯逐野雲低。何處尋幽境，仙源路不迷。」山甫和云：「擁傳楚江隈，登樓作賦才。城頭飛雨暗，殿角曉鐘催。客路仙源杳，漁舟極浦迴。凭闌話羈思，芳信託寒梅。」《送民益轉運浙東》云：「臨歧日未曛，落葉感離羣。望越山猶隔，浮湘路又分。關門多紫氣，袍裏滿青雲。倘到蘭亭下，風流見右軍。」民益《送山甫充貢使入燕》云：「使節度遥岑，迢迢歲月深。豪吟多白雪，入貢有黄金。滇水春風遠，燕關劍氣深。蒼生思舊澤，莫動故園心。」《卧病懷歸》云：「伏枕仍羈思，那堪夜雨聲？天涯琴鶴侣，歲晏薜蘿情。家遠書難到，衾寒夢不成。何時理舟楫，望入豫章城。」「孤劍停山館，秋深此一過。愁隨羈旅盡，淚向逐臣多。渺渺鄉園路，悠悠漢水波。倚閭人望久，惆悵白雲阿。」山甫和云：「楚客原同病，羈人共漢津。孤燈懸雨雪，雙劍老風塵。既與月儕好，還憐骨肉親。寒宵不能寐，相對淚沾巾。」「萬里事行役，經年往復還。多愁生白髮，一病改朱顔。不厭沽新釀，還思反舊山。因君歡留滯，窗外雨潺潺。」二子之志見矣。山甫社中詩攜去興都，僅記《雪中借馬》云：「裘馬千金輕借客，少年倚馬復裁詩。即尋賣酒罏邊去，更向看花陌上騎。桃葉雲寒垂勒晚，鳳泉風急促鞭遲。天閑此日多神駿，曾是諸君得意時。」送朱比部云：「使君五馬向西川，千樹桃花悵别筵。飛夢即隨梁月遠，愁心還共署雲懸。銜杯白眼知何日，染翰青蓮亦有年。書記本來耽著述，因將高倡郢中傳。」山甫後遷雲南倅，余入汴，復握手西陵。天涯知舊，忽漫相逢，蓋不勝慨矣。

【校記】

[一]聞命酒遊西山諸勝，清鈔本作「聞命酒從西山諸勝遊」。

[二]天際峨嵋白雲間，商務本「峨」作「蛾」。

[三]平生，商務本作「平入」，不通，据清鈔本改。

[四]先生送之詩云，商務本奪「送」字，據清鈔本補。

[五]求之于古，清鈔本作「求之千古」，當以「于」爲是。

[六]以事詿誤，清鈔本于「誤」字後衍一「謫」字。

[七]閩洲，商務本、清鈔本均如此，「洲」似當作「州」。

[八]以祠部郢中陳玉叔大理，清鈔本作「祠部郢中陳玉叔大理」，脱「以」字。

[九]李襲美，一字于美。蔭，清鈔本作「李襲美，一字于美，名蔭」，表述更清楚。

[一〇]予爲賦四絶句，清鈔本作「予爲賦四絶云」。按：清鈔本原不誤，然下文漏收絶句四首，遂致不通。故商務本改「云」爲「句」，則文從字順矣。

[一一]所藏斯、邈名迹，清鈔本「名」作「氏」。按：「斯邈」指李斯、程邈，作「氏」似更精確。

玉笥詩談　卷下

莫廷韓，初名是龍，字雲卿，後以字行，華亭人，以貢入北太學。父中江先生，嘉隆間以詩名，爲廣西藩伯。廷韓尤有儁才，書畫琴弈，投壺射藝，歌曲戲劇，無不精絶。癸酉以諸生應督學召，校書南都。時與吴瑞穀、魏季朗、張仲立、邵長孺從青溪社中爲詩會，社有邀笛閣，乃陳大令所構。初入社諸君，各分韻賦詩。廷韓得「孤」字云：「小閣邀歡興不孤，錦屏畫燭照清娱。漫投白社攜詩草，共許青山卧酒罏。風笛蕭蕭催落木，煙楞漠漠暗平蕪。倦游廿載無知己，拂拭今將慰旅途。」是日雪，余以馬載長孺還。長孺會中作《雪中載馬詩》，華明伯因舉《美人走馬詩》，有云「似驕還似怯，憐駿復憐神」，廷韓因令和長孺詩，而又以「美人」二句，令各成一詩，詩成乃罷。次日復集，賦《青溪對雨》及《窗中度落葉》詩。次集姚原白市隱園，共賦《鬱鬱園中柳》及分賦《鶴逕》《鷗波》《秋影亭》《鵝羣》《秋水》諸詩。次集陳子野環碧樓，共賦《相逢行》及《環碧樓嬾真山房》詩。次集射堂，賦《今日良宴會》，次集高座寺雨花臺，賦《雨臺城南晚眺》諸詩。次集朝天宫白鶴樓，賦《塞下曲》，次集普德寺，各爲别詩而罷。廷韓既以貢入太學，又從都下游，一時名動公卿間。乃走書約予丁丑爲十日飲，已下第歸，余乃入都門，不及晤，蓋矯矯雲間之龍也。《雪中借馬》云：「蹀躞爭憐駿骨奇，灞橋衝雪漫裁詩。還將范叔綈袍意，分得郎官廄馬騎。色借五花驄影亂，寒摇匹練客心遲。莫言東郭先生賤，不是長安曳履時。」《美人走馬》云：「何處青樓俠，來馳紫陌塵？似驕仍似怯，憐駿復憐神。顧影裝全墮，停鞭態轉新。稍遲應索伴，每避爲逢人。結就花爲陣，翻來燕是身。飛揚雲外色，撩亂苑邊春。夾道風流眼，爭看恐未真。」《窗中度落葉》云：「綺疏臨野渡，秋樹響前林。颯颯含風入，紛紛逗雨深。拂來紅袖掩，積處緑塵侵。誰送哀蟬曲，無端攪客心。」「獨樹蕭蕭下，邊淮正可憐。誤投齋閣裏，不似御溝前。灑户驚秋夢，翻經助夜禪。江潭悽惻處，但莫問長年。」《鬱鬱園中柳》云：「聊暇陟中園，差可遊子矚。當春赴和節，檜柳報新緑。繁陰憑林起，浩霧澄空沐。曖曖清池幽，冉冉平臺曲。玲瓏起朱扇，阿那迴丹轂。移根建章道，拂絮雲陽谷。宛彼黄鳥言，流音戾華屋。華屋栖佳人，欣至歡別促。况乃及衰暮，愁焉感情育。」《鶴逕》云：「一徑掩雙扉，蒼雲墮鳥衣。欲巢珠樹遍，閒點翠苔稀。霧薄秋陰淨，霜空夜色微。共憐霄漢意，猶此傍人飛。」《懶真山房》云：「嬾慢非緣傲，天真亦自宜。青山欹枕慣，白日放關遲。坐有煙霞主，人疑土木姿。從來嵇叔夜，禮法未能羈。」《相逢行》云：「吾黨本自東西人，闊絶萬里歧形神。忽然邂逅漫相值，意氣乃若平生親。我時落魄長安道，貂裘無色蘇卿老。白眼茫茫視何物，先生歸乎苦不早。長安自昔稱豪華，結駟擁蓋爲高奢。羈旅何心謝聲勢，不才差可沈泥沙。鄉歌無端涕横下，調將彌高和彌寡。偶因世道值熙明，耿耿心期共風雅。石頭城邊霜氣寒，桃葉渡口淮河乾。窈窕長堤啓朱閣，紛紜五色披琅玕。余乃東吴漫遊客，誰其傾心藉温澤。昔聞先達恥彈冠，今有諸君下縫掖。世態悠悠難可論，素交寂寞無雷陳。烈士由來重然諾，片語相復輕千鈞。君不見侯生睥睨待公子，北面刎頸斯何人？又不見荆卿感恩易水上，持利匕首西入秦？丈夫突兀固如此，安能俛首溝中死？雄飛雌伏命所使，諸君麒麟我鹿豕。萬事咋舌我不鳴，爾時但倡相逢行。狂來叫嘯一起舞，芙蓉夜吼珊瑚驚。才俊縱横坐夜發，三峽詞源流不歇。飛霞片片盡可餐，瑶草枝枝盡堪擷。潤色真成昭代觀，風流已駕前朝轍。海内文章稱阿誰，吾黨崛起何矜奇。俯仰一世未肯下，得失千載誰當知。嗟嗟空名稍可緩，河清難期髮白短。只今且盡壚前歡，歸去山中雪應滿。」《塞下曲高常侍韻》云：「孤戍十年心，材官舊羽林。愁迷青塞闊，夢繞玉閨深。匣劍弢雄氣，邊笳和朔音。陰山無過鴈，一字抵南金。」《立春日期普德寺留别》云：「山寺一尊酒，其如欲别何？交逢青眼舊，坐入翠微多。芳草春邊路，雲帆天際波。從今遠公社，寥落幾人過。」《立春後一日，與盛仲交、蔡世卿同過朱比部，用韋左司韻》云：「帝里風光入望新，天涯時喜得毗鄰。似憐薄命才情減，可奈浮生歲序頻？南郭棲遲歸大隱，西曹閒散屬詞臣。長安裘馬凋行色，又見鶯花及早春。」餘不悉載[一]。

魏季朗，名學禮，長洲人，以貢入太學。初與劉侍御子威遊，結社相倡和，有《比玉集》。後又與黄太學孔章遊，刻《采蓉辭》，崑山連璧，蘭澤同心。王中丞謂「滔滔洪藻，名下固無虚士矣」。青溪癸酉之會，季朗作《下第入邀笛閣》詩云：「漂泊猶存原憲風，不將名墮五陵中。梅花吹落思桓子，蓮社邀來異遠公。古渡霜寒流水在，石城秋盡暮煙空。蕭條莫問招賢事，回首荆山泣未窮。」又《邀笛閣》云：「王令風流尚可攀，何人清弄水雲閒？月明朱雀音疑吐，梅落長干人未還。憑檻戍懷生折柳，倚牀别思在關山。桓生千載如公等，暮雨蒼茫苦竹間。」《雪中借馬》云：「衝冷漫成髀裏歎，據鞍仍奉郢中詩。寒生梁苑憑誰賦，名傍燕臺借爾騎。數里豈煩千里捷，五花應爲六花遲。黄金結束曾無惜，尤勝昭王下士時。」《鬱鬱園中柳》云：「園柳何芳菲，垂條蔭新陌。朝華露未晞，春陽益鮮澤。攀條寄所思，所思在遠道。别離傷春心，歲月忽已老。河漢多秋蘭，原上多芳草。故園日蕭條，歡會苦不早。思君不能寐，顔色凋美好。」《塞下曲》云：「寒風驚客心，飛雪滿長林。漢月臨關黑，胡沙積塞深。征鴻辭戍角，邊馬識笳音。但使匈奴滅，無勞捧賜金。」《别朱比部》云：「曉霜鐘鼓動巖城，秋署爲郎薄送迎。元武北看雙劍在，大江西挂片虹明。梁園後至能傾座，燕市高歌不爲名。綠綺欲須鍾子聽，夜來空作別離聲。」予丁丑入覲，季朗寓王宮詹館中，爲予評《郁木藁》。予西還，贈詩云：「巴江劍閣似秦關，計吏初辭玉殿班。腰下雙龍看紫氣，斗邊五馬度青山。蠶叢舊國微茫外，鳥道丹梯杳靄間。賦就新詩堪照乘，漫誇合浦夜珠還。」後授某學博士云。

吴瑞穀，字子玉，新安人。博學，尤工古文詞，有《吴子玉集》四册。詩亦典實，然搆思良苦。其《入社》詩云：「銀燭金杯向夜清，初冬風日似春城。帝鄉古渡枌榆社，官舍新歡薜荔情[二]。笛弄潛漪雲外度，劍開鏽澀斗邊明。遨遊上國延州事，欲聽簫韶入座音[三]。」《雪中借馬》云：「白下久聞歌白雪，不妨雪裏過論詩。雲司肯借三花駿，柳外還教十里騎。剪拂憐才心獨許，驕嘶銜意步應遲。馮驩不用悲長鋏，青眼孫陽一顧時。」《美人走馬》云：「遊睇過金埒，方瞳起紫塵。迴花雙弄影，入柳一傷神。試體疑矜寵，嘶馳欲帶顰。裾翻纓絡急，裙閃障泥新。輕似臨風迅，驕還顧步頻。金羈摇釧穩，朱汗透蘭紉。飄去香垂手，散來雲滿身。未須看步襪，陌上遍生塵。」《窗中度落葉》云：「綺疏秋色暮，萬壑樹悲鳴。飄户風將入，穿櫺雨送聲。乍飛寒鳥亂，遥度片雲輕。不次題詩句，那堪寄遠情。」《市隱園海月樓》云：「丈人貪得月，海上結樓居。素暈浮仙島，金波湛綺疏。光生滄渤裏，氣溢影娥餘。更有明珠在，清輝夜自如。」《相逢行》云：「廿載冥心汗漫遊，一望暝色迷滄州。歸墟直探驚陽侯，風雨黑夜生窮愁。持向人間何所投，清輝夜夜照培塿。崇臺聚處已成邱，幾回涣散無人收。我心自咤還自休，鏡中白髮詎寧羞？北望長天慘敝裘，人前不慣歌蒯緱。青溪勝地標風流，相逢一笑大白浮。飛詞純藻期千秋，論交一片心綢繆。惜無厚風借前籌，開懷已許青雙眸。咨嗟漫歎千古上，且盡尊前瓦甓甌。」《懶真山房》云：「陶令真成懶，悠然三徑餘。意隨檐鳥倦，心共幔雲舒。棐几惟元草，匡牀有逸書。勞勞亭上客，那似臥精廬。」《贈比部朱大夫》云：「公平待問蜚名早，載筆一心雄妙藻。氣横渤澥邁千秋，豪動帝王容草草。一時會集俱時名，大夫綏頰四座傾。俠思如山能借客，貞心如水肯逢迎？清時稱幸爰書少，藴藉爲郎窮浩渺。厚力憑陵萬里遊，詞華交映五雲曉。東南有美豫章材，孤高百仞何崔嵬。一柱天摩楨祕閣，森羅地軸起蘭臺。大國之風漢魏上，直數百代神猶王。黄序階前畫象流，白雲司裏雕龍蕩。南都文采高燭天，戛玉敲金誰是先？勸君漫把誇時輩，與君相須萬古前。」《城南晚眺》云：「返照駐南樓，眈奇郭外遊。煙光團帝里，雲物静仙邱。二水清逾落，千山翠欲流。低回難便去，晚色繫人幽。」《留别青溪諸友》云：「叢雲疏木淡離筵，樓角三聲鴈去邊。歸客風塵看短劍，思君雲際誦瑶篇。驅猿獨出長干里，聽曲渾依古渡前。勝地從來悲去住，青溪璧月幾回圓？」瑞穀于文極意憲古，故于時義少遠。將入貢京師，值督學使者至，考列四等。戊寅以書訊余，並述坎壈之態，爲咨嗟久之。然以瑞穀之文，上追左馬間，區區一青衫，奚足置牙頰也。

張仲立，名文柱，崑山人。年最少，家貧，從其父游業金陵。後歸補邑博士弟子員，邑木涇，周公復俊甚器重之。寠居一室，扁曰絲涎館，讀書賦詩，意澹如也。詩清新雋逸。然以窮愁，故多羈栖咨嗟之語。其《邀笛閣入社》云：「聯翩飛蓋鄴中聞，亦許哀衣一席分。白社有情邀弄笛，青山無恙記移文。浮杯暝墮秦淮葉，下榻寒生楚澤雲[四]。久客不須愁歲暮，陽春曲裏正氛氲。」《雪中借馬》云：「不是郎官裘馬意，高人那得慰尋思？暫逢鄭客橋邊使，轉憶山翁醉後騎。曳履已無行雪恨，穿林猶爲看花遲。五陵年少如相問，可以驕嘶十里時。」《窗中度落葉》云：「裊裊回風下，蕭蕭薄歲陰。一山方隱几，片雨自前林。重以經霜色，淒其入曲心。高居尚摇落，不敢更登臨。」《青溪對雨》云：「十日臥長安，何人裏飯看。尊前今雨合，句裏客星寒。故國關河阻，他山煙霧寬。欲從荷蓑者，隨地著漁竿。」《市隱園鷗波》云：「聞道午橋莊，中連谷水陽。主人滄海意，都與白鷗忘。沙合寒煙積，磯深夜雨長。江頭風浪惡，常得聚迴塘。」《鬱鬱園中柳》云：「昔聞隋河柳，摇颺千里堤。至今名園内，常與東風期。陰陰羅曲岸，靄靄蔽芳池。静倚高樓望，但見青絲垂。無煙亦慘澹，無雨亦離披。啼鶯出其中，聲聲勸柔思。我欲一折之，恐使行人知。行人會有適，春華難及時。」《環碧樓》云：「不淺元龍臥，倏然百尺餘。神猶栖澗壑，目已到清虚。猿鶴中林近，煙霞四户舒。自成招隱賦，真笑買山居。」《相逢行》云：「聽我相逢行，悠然天宇孤。且攬鐵如意，起擊君唾壺。君不見人世飄飄多客卿，我來騎馬長干城。秋風落落今如此，帷下青雲心欲死。有賦難令天子知，有名不入時人耳。手提蒯緱劍，自歌行路難。一歌白日没，再歌夜漫漫。偶然聲遶梁，宜動諸君歡。諸君往往大夫才，更到憑高意氣哉。腰間三尺綬，爲我俱徘徊。徘徊荆生市，爛漫阮公廚。不奏高卿筑，不彈隋侯珠。出門大道風塵黑，轉向風塵見狂客。或時執轡候升車，或時曳履迎逢掖。向來臨歧淚，對君頻拭之。滄江碧海渾無際，望入浮雲杳杳馳。浮雲馳處空山暮，言問山前邀笛步。隊隊征鴻斷故城，紛紛隕葉迷荒渡。隕葉征鴻思慘然，鳳凰臺畔起寒煙。昔人遺曲今人和，莫道相逢不可憐。聽我相逢行，視君眉宇都，我有逸思淩飛凫。諸君况是翩翩者，金蘭之契古所無，爲君高叫揮桑榆。好手遭時亦易耳，百年鼎鼎何爲乎？今日荷君裾，他日夢君地。聚散由來萍梗輕，行藏稍涉英雄事。諸君一一廟堂身，我亦甘心白璧珍。門前長揖彭城相，别後相逢是故人。」《塞下曲》云：「有鴈逐歸心，無書返上林。天山陰不斷，秋至雪花深。白草分秦甸，清笳雜漢音。將軍横戰馬，價是一千金。」《城南晚眺》云：「郭外千山傍夕看，稍淩高處覺衣寒。林疏寺静將歸鳥，日落江深更急瀾。舊國淒迷芳草遠，佳人迢遞碧雲殘。煙中忽辨孤帆色，悔不從風寄羽翰。」《黄鵠篇酬朱比部》云：「黄鵠有修翼，汗漫青雲期。一飛薄九州，一息崑崙池。鷦鷯周十仞，恒苦渴與飢。幸蒙嘘拂意，因風覿光儀。天路不可致，躑躅從此辭。朝覽城闕間，暮愁白日儀。

依依玉林露，無由寄南枝。賢貴而愚賤，造物固如斯。惟當戀明德，感激以心悲。」《留別社中諸子》云：「浪迹頻年類鳥居，羣公相繼枉籃輿。馬卿病徹遊梁後，莊舃聲殘失越餘。去國浮雲常黯黮，還家寒樹半扶疏。長安米價今猶貴，更復何門可曳裾。」仲立去金陵，攜黄孔昭詩，序而刻之吴中。嗟夫！世未嘗無知音，仲立子虚之賦，必有因狗監而得者，豈終於不遇也。

邵長孺，名正魁，休寧人。父早卒，母夫人矢志鞠之。成長，乃肆力于古文詞，爲績劉更生《列女傳》。嘗遊梁客燕，已，又從燕客金陵，入青溪社。一日，訪予官舍。會雨雪，余遣騎送之，因就社中作《雪中借馬詩》，遂爲一時佳倡。詩云：「東郭先生淹待詔，西曹才子久稱詩。人憐玉樹朝相過，馬借銀鞍雪與騎。控縱知防身覺穩，迷漫那得路嫌遲？青雲先達容徐步，卻忘京華歲暮時[五]。」《美人走馬》云：「紅妝輕結束，紫陌逞芳春。色借桃花暈，蹄翻白雪新。似驕還似怯，憐駿復憐神。挽有金爲勒，行知玉是塵。過都應絶足，傾國復何人。一顧同千里，雙飛拌此身。逢歎楊柳陌，流盼見情親。」《窗中度落葉》云：「秋思動蕭蕭，前林送寂寥。隨風催入户，帶露乍辭條。妾命應同薄，郎蹤豈盡飄？青年能再不，魂爲可憐銷。」《青溪對雨》云：「未了看山興，重登溪上臺。好風迎客至，今雨爲誰來？賦擬攀青桂，行知破翠苔。爲霖時已暮，相對且銜杯。」《贈陳子野明府》云：「二十年來傲吏身，陰成五柳傍溪濱。還將舊日鳴琴意，邀取風前弄笛聲。」《名士悦傾城》云：「月照流黄滿，情將芍藥深。豈緣矜國色，應爲得琴心。比翼看雙舞，和鳴識好音。青春願長在，莫遣歲華侵。」《留別社中諸子》云：「策馬燕關雲，一駐金陵雨。金陵城南樂事多，前輩風流尚堪數。誰家高閣青溪邊，集中冠蓋皆時賢。閣上署書邀笛字，令我恍惚懷當年。我曹意氣要自足，相逢何必論因緣。翩翩入座忘賓主，大呼岸幘羣公前。青溪主人陳子野，解官久作忘機者。埽地焚香自晏如，客來不厭同瀟灑。何知雋逸才莫當，參軍近地費與黃。朱君長者能任俠，起家况是尚書郎。句吳文學華公子，談經亦有詩名起。盛先袖出兩京賦，要與三都角長技。吴季揮毫先刻燭，魏朗同工翻異曲。莫卿早發雲間龍，張郎神采崑山玉。姚翁久宧稱客卿，一時通刺多豪英。清狂復見任光禄，疏曠何如阮步兵。羣公豈是平生好，以我片言盡傾倒。酹酒爲歡重布衣，結交即晚知名早。邂逅親同落地親，男兒四海自比鄰。今宵興盡且歸去，明日重逢是故人。」長孺有《梁園燕臺》詩，黎秘書惟敬序而刻之。丁丑，余入覲。長孺入爲太學生，寓歐博士楨伯繡佛齋，相見歡甚。余别，復贈以詩云：「郡侯不與省郎同，倒屣猶存下士風。詩自中和稱益部，社曾淪落問吳宫。時名海内千金重，世事尊前一笑空。霄漢憐才公等在，豈堪結侶五湖東？」

方子及，名沆，莆田人。舉戊辰進士，爲全州守，入爲南户部郎中。爲文仿司馬《史記》，詩非大曆、貞元以上語不道也。當子及入爲郎也，予適出守渝，子及詩送予云：「君去停驂涪水源，回瞻清署白雲繁。山川舊記蠶叢俗，郡國新推五馬尊。巴徼鶯啼詞客興，嘉陵春遍大夫軒。懸知治行兼經術，報政先沾漢主恩。」余去後，子及乃入社中，又以詩訊余云：「别離猶憶帝城東，西去巴山指顧中。消息三秋疏鴈字，幨帷萬里入蠶叢。政成堪下黄金詔，賦就還傳白雪工。知爾高齋時北望，五陵佳氣鬱葱葱。」其《市隱園橋成》云：「臨流重結構，夾岸往來通。小艇迷花下，長虹落鏡中。客從蘿逕入，檻倚水亭空。興洽思題柱，高軒日過逢。」《同社中七君子冶城納涼》云：「高閣憑臨野望寬，翩翩野客共登壇。百年逸興還河朔，七子才名自建安。牛渚風生檣影動，龍山翠落酒杯寒。悠然鐘聲江城暮，不盡狂歌更倚闌。」《聽竹》云：「淇園似在石頭城，半畝琅玕拂檻清。傲吏未忘麋鹿伴，空林忽作鳳凰鳴。聽來風雨千山暮，賦就瀟湘萬里情。自是王猷多逸興，還期尊酒坐深更。」《白鶴樓曉望》云：「紫殿嵩呼曉仗收，聯鑣猶喜訪丹邱。樓開白鶴來真氣，山對青龍擁上游。曙色忽從雙闕散，浮雲不盡大江流。佳晨誰負登臨興，潦倒琴尊樂未休。」《雪後送康山人，兼懷元甫本寧》云：「白下初聞碣石談，何來朔雪動征驂。五陵俠客皆虛左，一日詞林見指南。去路丹楓江上盡，思家芳草夢中含。燕臺自昔多同調，矯首龍門意不堪。」《社中諸子夜集寓館，余以事後至》云：「結駟從容訪草堂，自公忽漫倒衣裳。到門有客題凡鳥，貰酒從人典鷫鸘。夜靜不妨清漏徹，雪殘猶傍彩毫光。怪來百里星才聚，稍似風流汝潁旁。」《雨夜同丁庸卿集周璩方蔡諸子飲弈》云：「結客張春宴，酣歌此夜偏。已拌清中聖，轉覺弈猶賢。雨急長江外，寒深短燭前。不緣投轄興，爾輩好誰憐？」「一局消幽事，清齋夜色虛。如澠行臘酒，帶雨摘春蔬。上客歌魚少，浮生夢鹿餘。當時嵇阮輩，軒冕意何如？」《開歲二日，文美仲玉子虛過飲》云：「椒花兩日媚佳辰，詞客招攜漢苑春。頌酒風流諸子在，談天意氣一時新。已知湖海狂相傍，更覺文章老自神。典盡鷫鸘堪共醉，清時那數獨醒人？」《姚典客陳明府姚太守安秀才陳吳周璩四山人小集寓館》云：「獨守元經心事違，何來車馬款柴扉。懷中白璧俱明月，江上春星半少微。斗酒不辭今夜醉，庭花猶覺冒寒稀。早知詞賦追梁苑，彩筆憑陵四座輝。」子及爲郎，以公用銀，爲同舍所訐。事甫白，又坐領敕事就逮，降二秩去。子及去，而青溪之社於是廢矣。

金山人在衡，名鸞，隴西人。從其父宦金陵，因占籍[六]爲金陵人。在衡初爲諸生，才名藉藉。後刻意爲詩及樂府諸詞曲，一時名輩，咸服其工，所著有《徙倚軒集》《爽籟齋[七]詞藁》。年八十二，猶能作細書[八]。余領渝州，山人贈之詩云：「萬里橋邊憶舊遊，野雲江樹接天浮。懸知別路初經暑，只恐歸鴻已報秋。涪水東來通劍閣，岷山西望達夔州。武侯相業文翁化，千古巴人頌未休。」又云：「遥憶青溪社，於今又五年。放歌明月底，長醉落花前。山氣平分楚，江雲半入川。不知垂老日，鴈足幾回傳？」「夕林初霽後，春服既成時。桃李含情久，瓊瑤報德遲。青尊憐遠別，白首幸深知。明月梅花夢，相思未有期。」又寄余云：「清世文章早見知，湖山蹤迹各天涯。荒蕪馬色勞延佇，細雨蘋香入夢思。江館正逢新釀酒，僧堂猶寄舊題詩。邇來料得文翁教，歷遍春風又幾時。」

張太學獻翼，字幼于，長洲人。文名藉藉，以貲入爲太學上舍。王公貴人爭折節願與交，即司成亦禮重之，不弟子畜之也。其爲詩清新雅麗，類其爲人。近著《易説》，尤爲時所稱云。有《寄吴明卿太守》詩云：「曾于白雪見文章，不爲青山憶武昌。藝苑才名多七子，宦途心事半三湘。人前落筆看鸚鵡，郡内褰帷下鳳凰。見説漢庭思校獵，未容長孺薄淮陽。」

黄山人孔昭，名克晦，晉安人。善山水，尤工詩。其爲詩，意嘗獨造，一以古人爲宗，而不蹈襲其語。初從晉安泛彭蠡，游匡廬，渡九江，登武昌黄鶴樓，吟眺久之，乃來金陵。在匡廬贈僧，有「道高弟子堪傳少，行苦鄰僧共住難」之句，盛仲交亟稱之。其與人交，默默若無所營者，一發之深沉之思，而奇句逸韻，見者動色，信隱淪之高致，文苑之端人也。其贈予金臺云：「畫軾轔轔至，青春古北平。別來雙白眼，相見幾同聲？意氣尊前諾，循良闕下名。支離君莫問，天地且吾生。」「君入渝州後，新詩句句傳。孤雲飛楚峽，明月出巴川。春暖談交處，風生説劍前。請看河上柳，開葉爲誰憐？」《自芋源發舟至劍津》云：「畫船簫鼓霧中開，一日上灘幾百回。野樹自花還自落，水禽雙去忽雙來。金沙月亂星星影，錦石濤翻冉冉苔。五嶽從今遊迹遍，不因溪險阻徘徊。」《暮遊武夷至四曲歸宿萬年宫》云：「千峯暝合水生輝，玉女潭邊返棹歸。拂徑藤蘿春自引，傍檐猿鶴夜相依。來時髪白從教變，夢覺身輕只欲飛。大隱屏西仙侶在，爲予種樹待成圍。」《病中風雨寄歐楨伯》云：「薊門衰病颯驚秋，風雨蕭蕭獨倚樓。四海新知名下老，頻年多病客中愁。雲連北極迷宫樹，水發西湖出御溝。京國逢君歡不淺，可憐經月不同遊。」《送顔範卿馬上值雨》云：「天涯雙鬢易成絲，何處淒涼不淚垂。花下一尊相送後，雨中匹馬獨歸時。逐臣離恨迷芳草，滯客愁心挂柳枝。明發西山風日好，道房禪榻與誰期？」《立馬古城下》云：「立馬古城下，日暮沙塵昏。齊國多義士，出自田横門。田横恥爲虜，不屈萬乘尊。二客甘自殉，感激驚乾坤。如何五百人，殞首無復存？寥寥海島中，烈烈千古魂。漢室諸侯王，誰非國士恩？礪刃起相向，俎醢何足論。」《歐楨伯博士邀集繡佛齋，時魏季朗、郭建初、程無過、存上人同集，得家字》云：「四門已下先生榻，雙樹因過大士家。牀上詩書連釋部，桁間袍帶雜袈裟。疏簾映日垂垂白，絳帳牽風故故斜。古調自應傾海内，同聲況復滿天涯。冰河赤鯉堆霜膾，火圃黄蔬煮緑芽。社友舊曾期惠遠，門生今更認侯芭。酒中爲壽身先起，醉後留歡興卻賒。落日龍鍾扶上馬，寒天蕭索數歸鴉。陰沈九陌雲如墨，颯遝千林雪欲花。爲問何時還此集，吟鞭早拂五城霞。」

梅禹金，名鼎祚，一字彦和，宣城人。父參知公宛溪先生，名守德，以直節聞。二伯氏才而早卒，禹金年尚幼，參知公尤愛憐之。禹金少攻舉子業，後稍厭棄之，而工爲古文詞。時王山人寅，陳山人鶴，俱從參知公遊最久。禹金因友二山人，又最暱沈太史君典。予在白下，禹金來訪。已别去，癸酉復來。已下第去，然數以詩往來，問訊不輟。予守渝，禹金獨從數千里來訊，其白下寄余詩云：「雄才原自豫章聞，列署風流盡屬君。珠自驪龍干北斗，錦從飛鴈破南雲。天低二水回青影，日落諸陵散紫氛。即有金莖慰消渴，漢庭今重子虚文。」「延眺高林宿雨開，輝輝初日照樓臺。千峯寒影雲邊落，百道泉聲樹杪來。紫氣中原遥入望，鴻書南國若爲裁。翩然一嘯真何意，江漢風情濁酒杯。」「對酒酣歌倒著冠，中宵星斗共憑欄。三山只隔雙溪水，不盡寒雲醉裏看。」「别來事事轉堪憐，風葉霜花媚晚天。不分白雲西署裏，長隨仙客馬蹄旋。」「仙才吏隱大江濱，談劍飛觴坐夕醺。卻羨黄金能結客，因逢白雪倍思君。」「梅萼沖寒蹔向榮，何郎名振鳳凰城。愁邊側望槭鸞藻，夢裏頻疑度雁羣。」《渝州》詩云：「巴江楊柳幾回新[九]，憶爾行春五馬停。舊日諸郎推起草，同遊詞客感飄萍。漢家良牧南陽頌，蜀道雄文劍閣銘。西望迢迢無一舍，暮蟬淒斷不堪聽。」「隔年萬里一書還，當代人才岳牧間。矯首青雲懸蜀道，銷魂夜雨夢巴山。星疏朋舊驚華髮，歲暮空山戀苦顏。妒殺渝江江上月，憑君熊軾入燕關。」「故人五馬在，遠道一鴻稀。巫峽秋偏壯，蛾眉月自輝。邱中縱偃蹇，講上憶翻飛。不敢操流水，知音有是非。」余入汴，禹金又訊余詩云：「雙鯉巴江一札傳，西風木落又經年。逢人馬首中原入，憶爾嵩山晝戟前。」「十年開府未爲遲，回首青溪結社時。玉樹歌聲俱散盡，桓家一笛向君吹。」「一片飛雲入大梁，黄河北望正茫茫。從知幕府多詞客，日向平臺醉幾場。」「虚左當年意氣真，信陵千載尚如新。抱關小吏勞君問，亦有夷門任俠人。」禹金之於交道厚矣！禹金詩甚富，有《遊白嶽詩》、《黄白遊藁》，已刻之宛陵。其所自校而未刻者，余爲之序。

黄進士雲龍，王山人寅，俱歙人；夏山人曰瑚，錢塘人；莫山人公遠，吴人；紀亳州振東，程秀才應魁，玉山人；陳將軍經翰，南海人，俱先後來白下相倡和。黄有社藁，其人深沉多苦思，説書自出意見，與朱説稍異同，然精者獨窺理奥，非漫語也。文宗六朝，詩亦有致，第甲戌進士，卒。夏詩已刻之社中。王久有詩名，有《仲房集》，其人卓犖不羣，書法亦佳甚。嘗從塞上遊，還至白下，余贈之葛，山人以詩謝，有云「秋來定擬攀鄗嶽，老去還從善寶刀」，殊有俠氣。莫詩往往有奇語，紀初宦粤中，從吴按察明卿遊，又從五羊諸騷人作社會，最後遷亳州判，詩刻甚富，以母老歸玉山。程善顔書，詩亦清雅，有《客越藁》。陳少有才名，晚乃棄儒服，從塞上游。余官金陵，爲序《陳山人藁》。後從都下，晤之逆旅，則已鳴劍揮霍，馳志伊吾，非復舊日陳生矣。嘗以詩訊予渝州云：「巴江西望賦停雲，五馬音徽久不聞。彈鋏人前猶滯遠，折梅天畔益思君。風塵自厭遊燕日，富麗誰雄喻蜀文。尚憶秦淮爲别意，至今淒斷鴈鴻羣。」「太守聲華北斗懸，才情原是藝林賢。鶯花郡閣晴相媚，書劍天涯秋可憐。客計吾惟餘短鬢，遊囊人自重名篇。半生漂泊思投筆，莫忘青雲一札傳。」

汪仲淹，名道貫；汪仲嘉，名道會，歙司馬公伯玉弟也。族叔子建，名顯節，吴人，與邑文學程子虚、謝少廉結豐干社山中。癸酉來白下，費民益、任山甫同余置酒莫愁湖招之。仲淹俱來，而程以事不至。時宣城沈君典亦遊白下，仲嘉曰：「有一客在，但不速即來，速之即不來矣。」已君典至，大笑劇飲，各即席賦莫愁湖詩。明日，子虚亦以詩來，遂成勝集。仲淹下第歸，數以書相問。甲戌四月，從子建北上。道中以書訊予渝州，並械所爲詩相示。《仲淹下第》云：「得路難如此，飄零似去年。曉風城上月，秋水鏡中天。咄咄悲生事，勞勞問酒錢。啼猿與征鴈，總使淚潸然。」「有弟猶分散，無天不可呼。斷鴻依落日，匹馬泥長途。一爲芳顔誤，俱令緑鬢徂。平生肝膽在，終不落江湖。」

歐楨伯博士，名大任，南海人。少與梁比部公實、黎秘書惟敬、梁廷評彦國結社山中，以貢入京，授江都教諭，遷光州學正，聞母疾棄官，歸服除，遷國子博。爲人慨忼，不爲儒生尋摘章句，其大概具王中丞《浮淮序》中。余丁丑入計，謁楨伯繡佛齋中，邵長孺適在寓，楨伯出酒爲歡，意氣甚相許可。贈余詩云：「新年逢計吏，大郡得雄才。學豈巴渝曲，歌從燕薊來。春秋將入對，旦夕且銜杯。知奏文翁最，諸生待爾回。」余還蜀，贈詩云：「前殿春開五丈旂，諸侯班瑞寵行時。政成小苑裁桃竹，賦就東樓擘荔枝。巴岳雪消飛騎遠，岷江濤起挂帆遲。翰音朱博君差勝，更有風流蜀郡詩。」《都下和答潼關見寄》云：「百二關城借使權，河山半在節樓前。仙人掌上浮雲過，玉女池頭片月懸。舊好幾家留筆札，中原何地問櫜鞬。側身西望驊騮遠，沈陸金門只自憐。」楨伯雖以詩自見，然海鶴雲鴻，神志固遠。會惟敬挂冠南還，意落落，嘗擬拂衣去，然今公卿愛才禮賢，知楨伯者不少，恐當不得賦《遂初》也。楨伯詩有《浮淮》、輶中《南翥》、北轅詩藁，多不録。録所未刻數章及《浮淮集序》，可以知楨伯矣。《答張助甫涼州見寄》云：「涕淚椷書手自題，故人偏憶庾安西。孤城落日臨青海，千騎浮雲過月氏。射石不妨能飲羽，閉關何事更丸泥。越吟僅得餘雙鬢，莫向風塵問執珪。」《送金子魯督學楚中》云：「文藻風流爾獨雄，傳經寵借省曹中。明珠今出隋侯握，白雪深知郢客工。游獵堪誇雲夢澤，題詩應滿祝融宮。五花暫向都亭別，一躍還堪氣似虹。」《司馬曾公澹然齋玩梅》云：「尺書邀賞鳳城隈，獻歲春因淑氣回。齋裏花停羌管奏，尊前雪待郢歌來。上林漸及芳菲日，東府今推賦咏才。獨有何郎驚節序，十年官閣興偏催。」《仁聖太后壽日午門酺燕》云：「内殿承歡步輦趨，九枝燈裏六龍扶。階前萬國朝方嶽，闕下千官慶大酺。膳使頒分青豹髓，酒人擎出紫駝酥。金門愧似東方朔，三沐皇恩在漢都。」

胡文甫，名汝焕，洪都人。予讀書洪都時，文甫從其父南湖先生居同仁，年可十一二，見之娟娟然，瑶環瓊珥，美好童子也。然洪都爲舉子業者，則已推文甫，文甫又與余弟仲爲同仁會。余見文甫舉子業獨有奇氣，蓋心服之。文甫庚午舉於鄉，又七年計偕入京師。歐楨伯見文甫詩，爲予嘖嘖誦不輟，予以計吏，不即得謁文甫，比事竣，投刺邸中，文甫知爲予，乃出，握手敘論往昔，然後把予詩讀之。余爲西山遊，文甫以他事不得往。既下第，歸洪都。李襲美書責文甫西山詩。文甫乃爲西山詩以報襲美，且爲序，述其意曰：「李京兆于美，朱太守秉器，爲予治裝，游西山諸刹。予方疲于津梁。不得往，黄徵君孔昭往之，各以履歷諸勝紀詩若干首，事在秉器語中。予既歸豫章，于美走書並詩責和，展讀數四，神情自王，風雅各殊。嵐光水色，起自據梧；竹韻松聲，生於凝壁。真藝苑之慧筌，詞宗之上乘也。余不揣，謹依來玉，謬酬俚音。附驥之私，真可爲慰；續貂之誚，是所免乎？草具如左。」《金山寺燈字》云：「尋山君自好，林路恍然登。看竹無論主，拈花不問僧。諸天憑指掌，半偈了傳燈。予亦逃禪者，相從恨未能。」《華岩寺航字》云：「最是關情地，追陪此上方。千峯凌日起，一水浸天長。遥望諸陵紫，時驅我馬黄。到時爲彼岸，何必問慈航。」《碧雲寺遥字》云：「古刹倚岧嶢，峯峯插絳霄。諸天攢縹緲，雙屐轉逍遥。流水如鐘磬，長松似猲獠。攀緣忘去住，身世半漁樵。」《寶林寺蕭字》云：「林壑意蕭蕭，遊仙去不遥。泉飛三竺練，鐘落五湖潮。小憩臨空翠，高談破寂寥。山中多桂樹，莫謂隱難招。」《宏恩寺懷字》云：「思君如日月，朗朗照人懷。自謂交難合，由來興與諧。營生無長物，繡佛有清齋。一别經芳草，離心徧九垓。」《香山寺陰字》云：「不禁春到此，想憶一何深。自汝開雙徑，堪誰賦上林。山根晴亦雨，洞口晝長陰。盡解遊人意，還依静者心。」《延壽寺連字》云：「人世真難遇，春風一笑前。鴻濛開色界，林響落鈞天。峽斷雲爲水，村虚柳是煙。懷君如戀景，一步一留連。」《山字》云：「風塵徧傲吏，杖履有名山。鼎立文章事，昂藏意氣閒。華夷天作塹，南北燕爲關。康濟還公等，遊情未是閒。」《古風贈于美、秉器》云：「太行接天亘天起，蜿蜒長城一萬里。天子不聞西擊胡，但見遊人似流水。成都太守心自閒，宛平京兆風可攀。我欲從之行路難，遥望白雲永長歎。」《送秉器、于美西游諸刹同志近感》云：「遥望旌旗指翠微，吏情真與世情違。飄然五馬同杯渡，去矣雙鳧傍錫飛。白雪自高同調寡，青山不改故人稀。浮生天地終爲寄，采盡芙蓉亦當歸。」其《六郡良家子》云：「六郡良家子，翩翩意氣雄。結營當大白，吹劍拂長虹。心折胡塵外，名高漢殿中。請纓君等事，長揖莫論功。」《秋日答張幼于》云：「登高望四海，藹藹見停雲。何物真如練，相思疑似君。愁從今日至，書以故人聞。一葉猶千[一〇]里，關河落鴈紛。」《康裕卿、黄孔昭、邵長孺、胡仁仲集盛泰甫宅，得限字》云：「北斗近城限，西山照酒杯。無妨車馬地，不是狹斜來。白雪如今事，黄金自古臺。平生多感慨，臨眺獨徘徊。」又，《得違字》云：「意氣看如此，滄洲諒不違。同聲歌一曲，千里和應稀。寒月當尊墮，春雲傍酒飛。長安無限景，偏照薜蘿衣。」《秋懷寄潘文學》云：「北斗插天天欲斜，水樓殘夜蕩荷花。雲流廬嶽杯當手，月泛銀河客在槎。三輔故人猶蔓草，兩湖秋水已蒹葭。安仁更有閒居賦，莫遣星霜到鬢華。」《答張伯起見訪京邸之作》云：「尊前曾問白鷗狂，何意萍蹤又帝鄉。葭菼東吴人是陸，星槎南斗客爲張。相看鬢髮蕭蕭短，一説肝心字字長。握有蒯緱操不得，知君袖裏是干將。」《同康裕卿、陳忠甫、黄公補、公紹、蔣兆卿人日集盛泰甫宅，得年字》云：「黄金諸子盡翩翩，長見飛翻綵筆前。春色更逢人日好，寒光猶借客星懸。時名一附三千牘，意氣何須十萬錢。尚有小山招未得，攀援桂樹不知年。」《即景口占呈巍父佳父二仲》云：「無數飛花欲暮春，萋萋芳草倍憐人。吴鈎翠削芙蓉麗，楚服青裁薜荔新。三徑只緣何客埽，一尊偏向故交親。談天況是高陽侣，遮莫風流籍角巾。」《集張徵君節伯宅，得侯字》云：「長鋏歸來且敝裘，一尊寒色共江流。村當白社尋高士，人在青山拜隱侯。三楚樓臺明月夜，五陵煙樹碧梧秋。投珠何地無知己，不謂風塵已倦遊。」

友人張助甫，爲予言：任楚臬時，與同官遊河上寺，寺有洞，下瞰深潭，水色澄緑，殊可人意。潭龍靈怪不測，歲禱雨恒應。是日張筵洞中，坐甫畢，有彩虹從潭起，其光射日。倏忽薄洞門，若窺而入者，四座辟易，酒不及舉，又無所避匿，咸以爲神。良久，影漸落入潭中，蓋平生目所未睹也。因賦詩云：「古刹臨峭岸，下有千尺淵。開門見波濤，洪汝左右盤。火雲垂到地，兩兩挂前川。飄風自南來，爽氣灑衰顔。慧日俄迴照，雙虹動我前。乃知炎蒸地，别有清涼山。顧瞻諸天裏，蒼茫一龍還。」先儒釋《蝃蝀》之詩，謂日與雨交，倏然成質，乃天地之淫氣也。然河上之虹，乃起自深淵，薄於巖洞。若有知者，考諸載記所言，若飲薛願之釜，入子良之宅。劉義慶廣陵之粥，振户有聲；韋南康郡庭之筵，若驢爲首。或自蝦蟆赤鵠，或化女子丈夫。要之，物理茫昧，不可一端測也。

余北還入楚，郵傳中題咏甚多。如諸鉅公篇什炳炳無論矣，乃海内未知名者，若潁陽外史林掖章，題長灘館壁[一二]，《由楚歸梁，過界嶺遭雨，呈儲見雲年丈》云：「相逢無復接輿狂，風雨千山過楚鄉。主聖何須歌鳳德，途危猶自怯羊腸。完來和璧真如月，佩得虔刀已似霜。歸去閉門辭載酒，蕭齋白日著書長。」林中州仕楚别駕乞歸者，然不可考其科名邑里矣。

【校記】

［一］餘不悉載，清鈔本作「餘不能悉載」。

［二］官舍新歡薜荔情，商務本「情」作「清」，此從清鈔本。蓋首句「銀燭金杯向夜清」，已有「清」字也。

［三］欲聽簫韶入座音，清鈔本、商務本末字皆作「音」。按：明人爲詩，恪守唐賢，「音」乃十二侵韻，不當與八庚混押，疑是「聲」字之誤。

［四］下榻寒生楚澤雲，商務本「楚」作「禁」。按：「禁」字誤，「楚澤」對「秦淮」甚工，當從清鈔本。

［五］卻忘京華歲暮時，商務本「忘」作「急」，從清鈔本。

［六］占籍，清鈔本「籍」作「藉」。

［七］爽蕭齋，清鈔本作「蕭爽齋」。

［八］猶能作細書，清鈔本作「目猶作細書」。

［九］巴江楊柳幾回新，清鈔本、商務本均作「幾回新」。此乃七律，押九青韻，首句雖可用鄰韻，然不宜相隔太遠，故疑此句或作「巴江楊柳幾回青」。

［一〇］從「一葉猶千」以下，至「楚服青裁」，清鈔本脱落，商務本則完整無缺。

［一一］題長灘館壁，清鈔本于「題長灘館壁」後，多一「云」字；而于「由楚歸梁，過界嶺遭雨，呈儲見雲年丈」後，則無「云」字。今從商務本。

續玉笥詩談

古人詩，得意句不厭重複。王右丞《桃源行》有云「峽裏誰知有人事，世中遥望空雲山」，蓋兩用之。此其妙在有意無意之間，雖右丞不自覺也。而岑嘉州《太白胡僧歌》云「山中有僧人不識，城裏看山空黛色」，即右丞意也。嘉州豈蹈襲人者，蓋觸象寫微，冥搜神會，意之所到，自然合作。乃知理在人心，亘千萬人千萬世，無不妙合，寧獨王與岑也？

《漢·王莽傳》：「三輔盜賊麻起。」李白《永王東巡》「三川北虜亂如麻」，「麻」字本此，一時讀之不辨也。古人詩無一字無來處，信然。

太白《長干行》「八月蝴蝶來」，《唐文粹》作「蝴蝶黄」，謂秋蝶多黄。白樂天詩云「秋蝶黄茸茸」，亦此意，然不若「來」字佳。

李紳鎮淮南，張又新罷江南郡，過淮。張有夙嫌，投之以刺，乃釋舊憾，宴飲極歡。又新從事廣陵時，眷一酒妓，終不果納，至是二十年猶在席。又新以酒染指，題詩盤上，命李妓歌以送酒。妓歌此詩，紳問曰：「張郎中于汝致情乎？」妓泣下沾襟，因命妓侍張。詩曰：「雲雨分飛二十年，當時求夢不曾眠。今來頭白重相見，還上襄王玳瑁筵。」或者病之，謂既云「求夢」，何曰「不眠」？不知求夢而不眠，即情致而不果納之意也。説詩者乃以詞害意，未爲通論。

杜牧之《阿房宫賦》云：「長橋卧波，未雲何龍；複道行空，不霽何虹。」詞最新麗。而譏之者云：「誤用『龍見而雩』事，謂龍乃龍星，非龍也。」不知杜牧所用[一]，乃「雲從龍」之「龍」，正取《易》「雲從龍」之義，蓋雲而非雩也。少陵詩云「日落青龍現水中」，與此正同。且「雲」與「霽」正相對，若作「雩」，乃祭名也，有何義相涉，而引以爲偶耶？

予鄉新修寺，古伏魔寺也，舊邊大江，今移置山中。岳忠武王飛曾駐兵焉[二]，留詩壁間曰：「膽氣堂堂貫斗牛，誓將直節報君讎。斬除元惡還車駕，不用登壇萬户侯。」

金黄華老人詩：「帝遺名山護此邦，千家瑟瑟嵌西窗。山僧乞與山前地，招客先開四十雙。」胡蒙溪《真珠船》云：「四十雙，人多不知其義。按：元李京《雲南志略》云：諸夷多水田，謂五畝爲一雙；然《輟耕録》所載，謂白夷種田，以牛爲雙，謂四角爲雙。則所謂雙者，雖指田而實因牛也。少時於友人黄汝修家見此不解，黄後訊之潘氏子，指《輟耕録》爲對。檢之果然，乃後悔讀書不多也。潘，儒家子，貧，訓蒙自給云。」

陶靖節《讀山海經》十三首，宋姚寬以今本差誤，各爲之註釋。惟第十三篇云：「巖巖顯市朝，帝者慎用才。何以廢共鯀，重華爲之來。仲文獻誠言，薑公乃見猜。臨没告飢渴，當復何及哉。」「共鯀」引《竹書紀年》《神異經》釋之矣，而下云「仲文」「薑公」未詳。愚按：仲文乃仲父之誤，薑公即姜公也，意指管仲論易牙、豎刁、開方事耳。後讀顔氏解甚詳，乃敢自信。孝威博學多識，乃闕疑若此，因是服前輩之慎。

新喻簡西畇紹芳[三]，遊滇南，有《題昆明池廢妙湛寺》詩云：「昆明池中妙湛寺，延祐露碑空記年。螺房布地照白日，鷊草被牆生花煙。圮臺竟作田父逕，欹塔尚參先佛天。山門闐散夜岑寂，磷火續燈漁叩船。」此詩寫廢寺岑寂之態，良自苦心。其自言云：「鷊草二字，雖出《詩》『邛有旨鷊』句，然心每不安。」後見嚴氏，曰：「古人名物，多取形似。瓠之細腰者曰蒲盧，故蜂之細腰者亦名蒲盧；正如綬草綬鳥，皆名以鷊；青黑之茭，青黑之鳩，皆名以雝。」乃宿疑頓釋。

長卿家徒四壁立，已爲貧矣，韋蘇州《答李瀚》云「相如猶有壁，漁父自無家」，是以今事翻古案也。蔡謨戲王道[四]曰「短轅犢車，長柄麈尾」，而《期盧嵩無馬不赴》云「莫道無來馬，知君有短轅」，是以古事翻今案也。他如「無情尚有歸，行子何獨難」「臨觴自不飲，況與故人違」「不見心尚密，況當相見時」「莫道無相識，要非心所親」「人意有悲歡，時芳獨如故」「不是平生舊，遺蹤要可傷」，皆抑揚其語，而意度自遠。謂蘇州止於平淡，要非至論。

「曲罷碧天高，餘聲散秋草」「人生豈草木，寒暑移此心」「草木知賤微，所貴寒不易」「年華逐絲淚，一落俱不收」「雲澹水容夕，雨微荷氣涼」「都門且盡醉，此別數年期」「須臾在今夕，尊酌且循環」「別離從何生，乃在親愛中」「昨遊忽已過，後遇良未知」「別思方蕭索，新秋一葉飛」「禁鐘春雨細，宮樹野煙和」「我懷自無歡，原野滿春光」「同是山中人，不知往來躅」「日日生春草，空令憶舊居」「野曠歸雲盡，天清曉露新」「客從東方來，衣上灞陵雨」「銜恨已酸骨，何況苦寒時」「佳人不再攀，下有往來躅」「雨餘山氣寒，風散花光夕」「存亡三十載，事過悉成空」「寧知故園月，今夕在茲樓」「微雨夜來過，不知春草生」，皆玩之而有餘色。咀之而有餘味。其他幽情遠韻，爲前輩所稱述者，姑置弗論也。

「茫茫黄出塞，漠漠白鋪汀。鳥去風平篆，潮回日射星」，相傳爲宋詩人龍大初《咏沙》詩也。然予少時觀陸天隨《魯望集》，已有之矣，豈宋人誤耶？又，「處士不生巫峽夢，空勞神女到陽臺」，乃唐洪都西山處士陳陶《辭妓》詩也，而相傳以爲陳希夷，蓋緣姓而誤也。

事有出於前古，而好異者引以傳諸當今。曩毛尚書征安南，相傳世皇贈以詩云「大將南征膽氣豪，腰横秋水吕虔刀」，然不知爲高皇送楊文詩也。麻苗亂時，有「錦鱗個個密如針」之詩，不知爲滇中夷酋作也。趙風子亂時，有「虎賁三千，直抵幽燕之地；龍飛九五，重開混沌之天」之句，不知爲元末韓林兒語也，第以「混沌」易「大宋」耳。近有作《道德録》者，指黄巢詠菊，元梁王曉行之作，以爲高皇。宋人譏高宗《養鴿》詩，載葉子奇《草木子》，而以爲武宗北狩。書非異聞，時非久遠，尚謬妄若此，況遠且僻者哉。

李于鱗選唐詩，内李憕《奉和聖製從蓬萊向興慶閣道中留春雨中春日之作應制》一首云：「别館春深淑氣催，三宫路轉鳳凰臺。雲飛北闕輕陰散，雨歇南山積翠來。御柳遥隨天仗發，林花不待曉風開。已知聖澤深無限，更喜年芳入睿才。」因與王維同一詠，當時附入維詩之後，而刻詩選者不爲較别，乃混於維詩之後，遂雜於維《敕賜百官櫻桃四首》之前。後刻詩删者遂以四首爲憕詩，又删去此首，增入維詩二首，共櫻桃四首，殊爲可笑。《唐詩紀》收憕詩，止《和户部楊員外伯成同望幸新亭賜錢公宴》，共此篇正三首耳。

《西嵒詩話》云：殷璠集李白詩，有《沙邱城下寄杜甫》云：「我來竟何事，高卧沙邱城。城邊有古樹，日夕連秋聲。魯酒不可醉，齊歌空復情。思君若汶水，浩蕩寄南征。」其風骨音節，爲白詩無疑。後人不之見，以爲李無寄杜詩，乃僞作「飯顆」一絶，淺俗特甚，未有一字似白語。予觀白集，又有《魯郡東門送杜二甫》一首云：「醉别復幾日，登臨遍池臺。何時石門路，重有金樽開。秋波落泗水，海色明徂徠。飛蓬各自遠，且盡手中杯。」蓋不止「沙邱」一首也。然攷殷集無沙邱，意近日新刻者省工費而删之耳，近《百家唐詩》亦然。至有取一人之詩，僞作三四人者，可歎也。

臨潼驪山華清宫，温泉在焉，中有萃玉亭，皆宋元及今人詩刻。内杜常詩四篇，《曉至華清》云：「東别家山十六程，曉來和月到華清。朝元閣上西風急，都入長楊作雨聲。」《夜雨晨霜》云：「柏葉青青櫟葉紅，高低相倚弄秋風。夜來雨後輕塵斂，繡出驪山嶺上宫。」《温泉》云：「已去開元四百年，此泉猶自響潺潺。也知不憤當時事，長作悲聲恨禄山。」《驪山》云：「漁陽烽燧起雲間，玉輦蒼黄下此山。何事君王自神武，區區南渡鹿頭關。」前題「權發遣秦鳳等路提點刑獄公事太常寺杜常」，後跋云：「正甫大寺，自河北移秦鳳，元豐三年九月二十七日，過華清，有詩四首。詞意高遠，氣格清古。邑人曹端儀，既親且舊，因請副本勒之方石，以傳不朽。閏九月初一日，潁川杜詡記。」及觀楊修撰《丹鉛餘録》載詩話云：「杜常方澤，在唐人中名姓不顯，惟存《華清宫》一首。」孫公談圃以爲宋人，近注《唐詩三體》者，亦引談圃而不正其非唐人，蓋不欲顯選者之失耳。予又見《范蜀公文集手記》，一時交遊中有杜常名姓，不注曰詩學；又，《宋史》有《杜常傳》，云「杜太后之侄，能詩」。以史與談圃《手記》參之，爲宋人無疑矣，修撰當時豈未見茲刻耶？然前詩首句云「行盡江南數十程，曉風殘月入華清」，而此刻稍異，今《臨潼志》並存之，一作唐杜常，一作宋杜常。又，《驪山》首句，大類唐吴融《華清》詩，僅易數字，豈杜熟唐人詩而暗合耶？抑用其語而稍易以後意也。又，《温泉》詩，「年」「山」非一韻，而《志》作宋王素詩，何也？石刻真與僞，良不可知，以多識如楊公，當時何不見此？惜生也晚，不及一請質也。

古今明妃詩多矣，曩見閩公書林公燫云「當以儲光羲爲第一，蓋即事寫情，更無長語，而殊域不堪之態，盡於二十八字中」，真知言也。其詩云：「日暮驚笳亂雪飛，旁人相勸易羅衣。強來前殿看歌舞，共待單于夜獵歸。」但窮廬毳帳，無宮室城郭，詩云「前殿」，殆非事實。然老上有龍庭之稱，恐匈奴或别有殿名，未可知也。考明妃事，班史紀之甚詳，無足道者。青塚之傳，畫史之誤，良不可信。自石季倫濫觴爲曲，而後世詞人，連篇累牘，競新角異。總之，不出哀怨悼惜，更無質其謬者。杜陵氏，百代詩聖也，而猶祖雜記之説，何也？至「琵琶胡語」，本出烏孫，季倫創之。後世不察，竟指爲一事，又可發笑矣。

鄱陽山中有木客，秦時因造阿房宮，入山，食木實，得不死，時下山就民間取酒，爲詩云：「酒盡君莫沽，壺乾我當發。城市多囂塵，遠山弄明月。」又，李道昌大曆十三年爲蘇州觀察使，一日，郡城外虎邱山，有鬼題詩二首，隱於石壁之上云：「青松多悲風，蕭蕭聲且哀。南山接幽隴，幽隴空崔嵬。白日徒昭昭，不照長夜臺。誰知生者樂，魂魄安能回。況復念所親，慟哭心肝摧。慟哭復何言，哀哉復哀哉。」又曰：「神仙不可學，形化空遊魂。白日非我朝，青松爲我門。雖復隔生死，猶知念子孫。何以遣悲惋，萬物歸其根。寄語世上人，莫厭臨芳尊。莊生問枯骨，王樂成虛言。」道昌異其事，遂具奏聞，准敕令致祭。道昌爲之文曰：「嗚呼！萬古邱陵，化無再出。君若何人，能閑詩筆。何代而亡，誰人子姪。曾作何官，是誰仙室。寂寞夜臺，悲乎白日。不向紙上，石中隱出。桃源三月，深草垂楊。黄鶯百囀，猿聲斷腸，不題姓氏，寧辨賢良。嗚呼哀哉，歎昔先賢。空傳經史，終無再還。青松嶺上，嵯峨碧山。大唐正業，已記時言。痛復痛兮何處覔，悲復悲兮萬古墳。能作詩兮動天地，聲悲怨兮淚沾巾。感我皇兮列清酌，願當生兮事明君。」祭後數日，再有詩一絶於石曰：「幽冥雖異路，平昔忝攻文。欲知潛寐處，山北兩孤墳。」寺後山之地，果有二墳，極高大，竟不知何姓氏。又，《西陽雜俎》載鬼詩云：「流水涓涓芹吐芽，織鳥西飛客還家。荒村無人作寒食，殯宮空對棠梨花。」又，「爺孃送我青楓根，坐見青楓幾回落。當時刺繡衣上花，今日爲灰豈堪著。」又：「江上桅竿一百尺，山中樓臺十二重。老僧樓上望江上，遥指桅竿笑殺儂。」又：「一徑入青松，飛流淡晴緑。道人晚歸來，長歌振林谷。山深不知求，落葉下枯木。須臾翠煙銷，月色照綵服。」

成都天寧寺，西廊有僧寮一，余以重慶入省謁上宫，寓焉。堂有墨竹一幅，陳南賓題其上云：「九疑何處泣湘靈，汗簡裁成數尺綾。鶴馭已迷胡蝶夢，龍香猶濕鳳凰翎。將軍節操凌冰雪，主器文章麗日星。白髮小臣懷舊德，摩挱遺墨淚交零。」其前有題云：「雪樵下筆寫琅玕，意在湘江萬玉間。幸得披圖洗詩眼，恍如僧寺一偷閒。」又，勤有者題其後云：「老榦垂秋雨，蒼根洗濁泉。虚心三百尺，高節幾千年。」詳陳之詩意，竹乃明王珍[五]所寫，而所謂主器者，或即升將軍者，或戴壽、鄒興輩耶？勤有似是隱語，豈明氏遺裔耶？漫識於此。

鄱湖之戰，《資治通紀》等書，皆以爲郭興建火攻之策，遂獲全勝。偶睹他載記，謂僞漢以火舟來攻，而天忽反風，敵舟悉自焚焉，此殆有天助者。予初不謂然，及觀鄉先達周所立先生《康浪山歌》，始知聖明之興，固天所命；大風揚沙，實基漢業；千載而下，異事同符，固不誣也。歌云：「康浪歌，鯨鯢振鬛揚洪波。天子親乘六龍駕，樓船巨舸高嵯峨。翠華摇摇懸日月，左秉白旄右黄鉞。縱横大戰數十圍，錦浪翻紅漲腥血。敵常脂韋張毒氛，北風反火輒自焚。焦頭爛額沈波裏，奄忽蛟飛水上軍。山爲組兮水爲練，自古英雄無此戰。威聲振撼馮夷宮，殺氣奔騰龍伯殿。康浪水，康浪山，霸氣奄忽煙焰間。黿鼉蝦蟹總淪没，猰貐梟獍無生還。軒轅指南報飛轂，康浪坐令爲涿鹿。小鯢中身赴鬱攸，大鯨左目中箭鏃。我皇笳鼓震溟洲，凱歌歸奏丹鳳樓。降軍十萬散海浦，太白曉挂蚩尤頭。康浪山，康浪水，王業艱難自兹始。海宇清平垂萬年，敬獻頌歌繼青史。」周先生，國初人，所傳聞當不謬也。赤壁之戰，阿瞞以數十萬衆火于東吴，而杜紫薇云「東風不與周郎便，銅雀春深鎖二喬」，此言似辨而理。孫武《火攻篇》亦云：「發火有時，舉火有日。」蓋用火攻之策，當察風之有無逆順，此于水戰，尤當審之。若田單火牛，其勢必往以奔敵軍，固無俟他虞矣。

石鐘山，在湖口縣，當彭蠡之衝，上下二山，嵌空巉崿。余以丁卯北上南宫，登焉。閲蘇文忠詩敍，謂山下有巖洞，江濤流轉，觸而成聲。又謂上有魚池，今廢不存矣。自文忠而外，又有吴明卿、陳于韶二參伯詩。明卿云：「楚客登高秋思濃，白雲隨杖入芙蓉。九江落日迷山市，萬壑寒濤響石鐘。古閣懸空愁過鳥，輕帆挾雨帶飛龍。俯看天塹雄南北，何事中原有戍烽。」于韶云：「一片孤城雙石鐘，稜層傑閣隱芙蓉。雲摧峭壁愁黄鵠，雷起陰潭上白龍。揚子暮潮摇極浦，匡廬殘雪見中峯。乾坤今古雄天塹，卻訝南州有戍烽。」「一眺滄波萬里流，東南吴楚坐中收。峯高烏鵲凌寒渡，水闊黿鼉吹浪遊。落日倒翻河漢影，斷虹長挂石梁秋。天涯憔悴誰能醉，芳草浮雲處處愁。」時吴以南康節推游陳，以豫章參伯西歸，「芳草浮雲」，殆有旨也。予渝州入覲，于韶自閬從邱使君之請，爲文以贈。蓋余初不相聞，而蜀有覲者，于韶初未以文贈也。予感其誼，賦詩謝之，于韶答以詩云：「使者書來問水濱，草堂芳訊忽嶙峋。豈云聞俗憐憔悴，耐可論交到隱淪。經術一時歸大雅，巴渝何地不陽春。舊遊竟阻登龍會，慚愧南州下榻人。」于韶在豫章，吏事精敏，每文牒旁午，一一按閱，批摘如神。諸胥吏咋舌，不得出一語。其歸也，意或爲忌者所中云。

釣魚城，在合州治東北。城下十五里，有温湯寺。山如翔鳳，泉出山中，氣勃勃，流爲浴池。又從池遶出殿前，爲大池，迂回曲折，清燄可掬。有魚，黑色，游池中。又左流入前浴池，池三四，皆覆以屋。又從池遶山下，流入江，亦一勝境也。陳督學玉叔，行部合州，因游焉。有《遊温泉兼懷社中諸子》詩云：「招尋古寺酒尊同，濯得温泉興不窮。芳樹青山春更好，上方朱閣晚尤紅。二千品秩稱良吏，十五詩篇見國風。記得向來投贈意，故人多在大江東。」

升庵楊先生《題唐僖宗行宫柱礎》云：「唐帝行宫有露臺，礎蓮幾度换春苔。軍容再向蠶叢狩，王氣遥從駱谷來。萬里山川神駿老，五更風雨杜鵑哀。始知蜀道蒙塵駕，不及胡僧渡海杯。」礎今故在，游大初爲予言，寺僧令匠鑿而丹之，乃知李文饒方竹未嘗無對。

升庵楊太史，年十三，過馬嵬，賦詩云：「鳳輦匆匆下九天，馬嵬西去路三千。漁陽鼙鼓煙塵裏，蜀道淋鈴夜雨前。方士遊魂招不返，詞人長恨曲空傳。蛾眉尚有閒邱隴，戰骨如山更可憐。」殊有諷咏。又，唐温庭筠云：「穆滿嘗爲物外遊，六龍曾此暫淹留。反魂無驗青煙滅，埋血空山碧草愁。香輦卻歸長樂殿，曉鐘還下景陽樓。甘泉不復重相見，誰道文成是故侯。」亦有致，校義山「駐馬」「牽牛」，不知誰復先後也。

桃川洞，在常德武陵縣。洞出方竹，即晉漁人遇秦隱者處。然洞當孔道，又乏流泉，似非當時舊迹，疑好事者因陶記而附和之與？邑有楊生者，題對聯二，頗佳。其一云：「仙迹久荒，方竹依然環洞口；神機誤洩，清流無復到人間。」其一云：「半空風雨灑天台，樵子留連，直要看盡了一番棋局；滿壁煙霞迷石洞，漁郎消息，只因誤放出幾片桃花。」先大夫有詩云：「故事相傳始晉秦，桃花依舊往年春。明庭萬里重來譯，流盡殘紅誰問津。」

《一統志》[六]載忠州有荔枝樓，爲白香山建，詩云：「荔枝新熟雞冠色，燒酒初開琥珀香。欲摘一枝傾一醆，西樓無客共誰嘗。」今忠州更無荔枝，惟涪有荔枝園，臨江挺荔樹一，相傳爲楊妃時所植。予未至前三四年尚生，今惟枯榦存矣。意居民及有司，疲於將送，故殺之耶？江津縣治亦有荔枝園，問之縣令，今亦枯死矣。

唐士人投刺不得獻詩，有「無錢乞與韓知客，名紙毛生不爲通」之句。後有萬彤雲者，爲白太傅所知，遊梓州，累爲閽人艱阻，爲獻以詩。盧尚書宏宣乃怒閽者而禮之，詩曰：「荷衣拭淚幾回穿，欲謁朱門抵上天。不是尚書輕下客，山家無物與王權。」蘇秦云「謁者難見如鬼，王難見如天帝」，因鬼見帝，自昔固歎之矣。

古詩：「藁砧今何在，山上復重山。何時大刀頭，破鏡飛上天」（藁砧，謂砆，夫也；山上山，出也；大刀頭，環，還也；破鏡上天，半月，形月初也）。又，「石闕生口中，銜碑不得語」（石闕，謂碑，悲也）。又，梁簡文詩：「圍棋燒敗襖，著子故依然」（圍棋，著子也；燒敗襖，然故衣也）。又，蘇長公「蓮子擘開須見薏（意也），楸枰著盡更無棋（期也）。破衫卻有重縫（逢也）日，一飯何曾忘卻匙（時也）」，即「黃絹幼婦，外孫齏臼」之意。

黃巢五歲時，侍翁父爲菊花聯句，翁思索未就，巢信口應曰：「堪與百花爲總首，自然天賜赭黃衣。」巢父怪欲擊之，翁曰：「孫能詩，但未知輕重，可令再賦一篇。」巢應曰：「颯颯西風滿院栽，蕊寒香冷蝶難來。他年若我爲青帝，報與桃花一處開。」又云：「待到秋來九月八，我開花後百花殺。衝天香陣透長安，滿籬盡挂黃金甲。」後舉進士不第，聚衆爲盜，號衝天大將軍。此事載《貴耳集》及《清夜録》中，然記曩有一小説中載此詩云：「百花發時我不發，我開花後百花殺。衝天香陣透長安，滿籬盡挂黄金甲。」與前小異，覺莊質類巢語。前二詩，或記載者稍潤色之，未可知也。後詩第三句，或改云「要與西風戰一場」，而謬以爲高皇詩者，大可笑也，宋太祖少時《詠日》云：「初出海時光辣撻，千山萬山如火發。須臾捧上一輪紅，趕退殘星并殘月。」後史臣潤色之曰「未離海底千山暗，纔到中天萬國明」，大與此相類。

莊定山昶《節婦詩》云：「二十夫君棄妾身，諸郎癡小舅姑貧。自甘薄命同衰葉，不埽蛾眉嫁别人。化石未成猶有淚，舞鸞雖在不驚塵。瑣窗獨對東風樹，歲歲花開他自春。」羅一峯先生倫評之云：「苦心苦語，可泣鬼神。」《簡西甾詩話》謂「起俚淺而中穠冶，似非本色語」。推取楊石齋一聯云：「烝嘗所寄惟黄口，形影相依到白頭。」然一峯亦有詩云「婦人自我如男子，造化由他似小兒」，較莊稍實。《近塵談》載謝子象一詩云：「朗日行天夜照星，私嚴淵默竦雷霆。苦經世故艱危地，要保人間婦女形。萬事到終頭已白，九原識面眼猶青。敢偷一死全遺息，莫道冥冥夢不醒。」庶幾擺脱陳俗，而不拘拘用事者。然起句似書生語，結亦稍不稱。蓋節婦入律詩中，較難著力，要當于古選中求之。

王中丞《巵言》[七]云：「正德間，有妓女，失其名，於客所分咏，以《骰子》爲題云：『一片寒微骨，翻成面面心。自從遭點污，抛擲到如今。』攷元人關漢卿雜劇，載錢可、謝天香事亦有之。謝云『一把低微骨，置君掌握中。料應嫌點涴，抛擲任東風』；錢云『爲伊通四六，聊擎在手中。色緣有深意，誰爲馬牛風』。特後人稍易其語耳。」

唐崔湜初執政時，年二十七，容止端雅，文詞清麗。嘗暮出端門，下天津橋，馬上吟曰：「春還上林苑，花滿洛陽城。」張燕公時爲爲工部尚書，望之杳然而歎曰：此句可效，位可得，其年不可及也。高宗承貞觀之後，天下無事，上官儀獨持國政。嘗凌晨入朝，巡洛水堤步月，徐轡咏詩云：「脈脈廣川流，驅馬歷長洲。鵲飛山月曉，蟬噪野風秋。」羣公望之如神仙云。二相事大相類，一以曉入，一以暮出，俱馬上賦詩，而人羡之。

余鄉磐谷，國初有周所立先生者，善口辯，能詩文，跅弛不羈。今所傳僞漢上梁文，其手筆也。時有定住字子靜者，爲陳友諒守臨江，與周詞賦往還頗密。子靜與太祖抗于鄱湖，被殺。周哭之以詩曰：「緑劍池頭舊使君，近傳消息不堪聞。的盧竟死檀溪險，鸜鵒翻成鄂土墳。蒿葉蕭條生夜月，棠陰迢遞起秋雲。陳琳老大頭如雪，無復軍前草檄文。」「清江重鎮牧旌麾，常憶蒸鵝餅餡時。文采風流三國士，才情穠麗六朝詩。石龍劃起波濤變，金鳳翻從澤國辭。千載羊公遺愛在，行人揮淚峴山碑。」至洪武中，以臨江十才子，同梁石門寅、張司成美和、黃體方徵入京，練中丞子寧以其人輕脱，僅得臨江教授以歸。其子以麟經中鄉試，仕止縣令。先生扁其門曰：「皓首窮經，郡祭酒馳四方之翰墨；青雲接武，邑大夫化百里之弦歌。」黃體方亦予近鄉人，仕止王官，詩效李青蓮，亦俊爽可喜。余僅見其古風一篇，二公家世微矣，集皆散落，志亦無及之者，良可痛哉。

孫典籍蕡，五羊人，有詩名。今廣中刻《五先生集》，孫其一也。高皇時，坐藍玉事死，臨刑口占一絶：「鼉鼓三聲急，西山日又斜。黃泉無客店，今夜宿誰家。」高皇得詩，怒監斬者不以聞，因并殺之。《雙槐歲抄》載朝雲集句數十首，殊膾炙人口，乃以詿誤，不得其死，惜哉！

臨川聶大年，爲仁和學諭，後以修史召至京，卒。其詩在國初頗爲人傳誦，有《辭四省校文》詩云：「名藩較藝遺徵書，使者頻煩走傳車。老大難過太行路，平生厭食武昌魚。五羊城古仙遊遠，八桂林寒木葉疏。寄語青雲舊知己，莫因辭賦薦相如。」

國初王孟端，以墨竹擅名，雅善書，能以篆隸筆法作松檜奇石，詩尤有致，得風人體。有同舍友旅中娶妾，孟端贈詩云：「金猊香冷酒初醒，銀燭光殘月正明。今夜情懷非別夜，有人低語喚卿卿。」又云：「新花枝勝舊花枝，從此無心念別離。肯信秦淮今夜月，有人相對數歸期。」友人得詩，不勝感慨，即日東歸。孟端二詩，賢於諄諄勸諭者百相倍矣。

鄒瑾，一名公瑾，吉安永豐人，常遊成都。建文二年，爲大理寺丞，靖難後不屈死。今重慶崇因寺僧續燈方丈，有草書詩一幅云：「黄金甲脊三千丈，乘雲直上九天上。胸中有雨濟八荒，四海蒼生皆仰望。」末題「重慶鄒公瑾詠龍之作」。今《四川志》作江津人，不知孰是。以詩題證之，似爲蜀人矣，然不知永豐家世何如。

胡子昭，大足人，以榮縣訓導陞翰林檢討，歷刑部侍郎。建文元年，充纂修官。靖難初，與方孝孺不屈死。臨刑有詩云：「兩間正氣歸泉壤，一點丹心在帝鄉。」弟子義，膺薦任威遠訓導，歷山東僉事。聞兄死，棄官，隱丹稜民家。蜀獻王知而憐之。命祝髪爲僧。子義以父母遺體辭。子義有子二，各年數歲，歎曰：「嗟乎！吾兄無後，天不絶胡氏，二子當免於難。」竟棄去，不知所終。有《懷鄉》詩云：「一區廢宅棠山下，半畝芳塘夕照中。鄉國匪遥身自遠，乾坤雖大足難容。」

練中丞死於靖難。文皇怒其不屈，誅及十族。余先族祖及先宜人吴氏祖，俱以詩朋謫戍，其他以片紙隻字株連者，幾千餘家[八]。練有一妾一女，靖難前俱留淦，後就先生金陵。先生一見，輒泣下不止，蓋知二人者不能死也。先生死，俱發浣衣局。仁皇帝時，女得歸嫁東坊陳氏，今淦有練小户云。練之先，由三洲居城東坊，爲東坊民，而祖籍尚有人。靖難時，或死或竄，俱無存者。今三洲有村農姓練氏，蓋遠孫也。羅太史洪先過三洲訊之，因哭以詩曰：「三洲煙草暮江濱，未問遺墟淚下頻。破家有山歸别主，遠孫無食寄貧鄰。百年天地誰非幻，千古綱常獨在身。莫爲英雄倍惆悵，天涯多少未歸人。」

陳尚書汝言，潼關人。天順初，以奪門功至兵部尚書，後竟坐石亨黨敗。然其詩亦清麗可誦，《秋夜》云：「喔喔荒雞唱五更，起瞻北極大星明。佳人搗練秋如水，壯士吹笳月滿城。江海久慙生計拙，干戈深動故園情。尺書望斷南來鴈，惆悵空令涕淚零。」余入關，意家必有集存。訪之，後人微甚矣。《關志》僅載汝言資敏家貧，嗜學不倦。時衛未有學，乃遊荆蜀，訪聞人學，學成歸，客寓西安。有某公者，每夜聞讀書聲不輟，問之，因閲所業，乃爲占籍長安，遂魁戊午鄉薦，壬戌登劉儼榜進士。潼士選舉，蓋陳爲首云。

給諫李宗一，名元，祥符人，而獻吉業師也。獻吉年十四，隨其父教授公寓汴，從宗一學毛詩。不數年，宗一以解元登第，爲夕郎；獻吉亦以解元登第爲户部主政。同立於朝，每相倡和。宗一有詩，得「能」字，獻吉和之云《奉和高韻，兼申賀忱》：「春風白髮拜新陞，舊署重來有夢曾。官暇更饒詩酒興，病餘甘遜簿書能。吏人掃閣將移竹，賓客臨軒或遇僧。他日門牆三鱣在，愧從雲路接飛騰。」集偶不載，惟時王伯安爲主政，與獻吉莫逆，併善宗一，亦和之云：「懶愛官閒不計陞，解嘲還計昔人曾。沈迷簿領今應免，料理詩篇老更能。未許少陵誇吏隱，真同摩詰作禪僧。龍淵且復三冬蟄，鵬翼終當萬里騰。」獻吉又和宗一韻云《奉次高韻，語意縱放，伏惟恕而進之》：「坐便涼爽入西齋，天末黄雲送晚霾。蠅虎技微空守月，葡萄陰重欲翻階。瘦餘子夏非關病，醉後陽城不爲懷。古往今來共回首，世人猶自巧安排。」以上三詩皆和韻，或謂唐人早朝詩篇〔九〕，止和其意；近世和韻，非唐人指。然李王二公，與關中王允寧，往往和韻，亦未爲不可也。宗一先名源，後易元，平臺其別號也。

東里楊文貞公士奇，洪武中被薦教授職〔一〇〕，未幾，以失事去官，更姓名曰易大可〔一一〕。游湘鄂間，嘗題詩黄鶴樓曰：「黄鶴西飛竟不回，青山樓閣自崔嵬。昔年賣酒人何在，今日題詩客又來。舟繫城邊官柳長，笛吹江上野梅開。不堪回首東歸去，目斷長安一鴈哀。」又，先生少日，即事賦詩云：「霏雪初停酒未消，溪山深處踏瓊瑶。不嫌寒氣侵人骨，貪看梅花過野橋。」爲劉伯川所器。此二詩也，一則當流離之際，而瀟灑自如；一則處寒沍之時，而興致不改。出而當天下事，其堅定凝重，以致君澤民，不爲是非利害所摇奪，三朝相業，有光昭代，豈偶然而已哉。

李獻吉先生始祖曰貞義公，名思，故扶溝人。贅於邑人王聚，聚當戍慶陽，貞義公代往，遂冒王姓者三世。獻吉父惟中，名正，以歲貢起家，始復李姓，爲周藩封邱王教授。獻吉年十四，隨入汴，尋入爲扶庠生。宏治壬子，將應河南鄉試。汴人謂獻吉聖童，試必發解，將阻抑之。遂日夜兼程如慶陽，督學邃菴楊公，一試輒許發解，既而果然。明年，登進士第。正德丁卯，爲户部員外郎。大司徒韓公文等論逆瑾罪惡，瑾知疏出獻吉，逐歸汴。明年戊辰三月，移家扶溝。其《飲張氏芳園會諸君子》詩云：「三月到扶亭，扶亭春正好。緑水帶煙城，林花白皓皓。况與會心人，銜杯坐芳草。微言時剖晰，幽意恣探討。風來落英滿，醉卧不須掃。」《再遊張氏園》云：「莫道園林春事稀，重來尚見一花飛。葉心梅實垂垂結，樹底山蜂款款歸。百罰酒杯真不厭，故鄉風景舊多違。濁河清濟[一二]天波遠，更上高城眺落暉。」《寓扶亭》云：「霜落扶亭已暮秋，遠人翻作故園遊。天低曠遠沙扶樹，月混高城水近樓。千里關河今一到，百年桑梓竟何求。畫堂銀燭親朋酒，車馬何妨數日留。」以上三詩，集偶失載，緣宅基未愜初意，其《臘日》詩有「腐儒奔走竟何事，鄉士栖遲多苦心」之句，意可知矣。詩所謂「親朋」者，諸生李佩德與焉。佩德名瑶，身長九尺餘，賦性樸直，聲響如鐘。居密邇獻吉，朝夕與晤。獻吉每語人曰：「吾鄉李生佩德，貌與性行，皆似古人，今世不多覯也。」其爲佩德爲《鄭王相卒誌銘》，出工部主政李伯材手。伯材名技，獻吉冢嗣，嘉靖癸未進士也。伯材第四子名四維，以鄉貢士爲沔陽守。邑李伯實與善，爲題公舊宅云：「曾聞汴上抱離憂，一日移家曲洧遊。避地不妨辭竹苑，還鄉自合老桐邱。年深楊子元亭在，壁故江淹綵筆留。况有成書傳海内，每從詞客話風流。」宅今屬曹氏，知者咸指爲空同宅云。

王中丞元美，名在海内，稱「七子」，又其最稱「李王」，謂于鱗與公，視宏正間獻吉、仲默也。今士大夫交口傳誦其詩篇，如靈蛇夜光，洋溢中外。李全集已刻[一三]，中丞公有《弇州山人四部集》，刻而不欲傳，故人鮮盡識。公生平推李甚至，故名稍抑在下。今觀其詩，視于鱗誠伯仲之間；文之高下，雖非小生淺學所能窺，然合而觀之，則李云「擬議在成其變化」者，雖自負稍高，人亦不易及。第論其至擬議之功，李差盡矣，究其變化，似猶局促在繩墨中。若信意所適，隨物而施，不失往程，不滯舊迹，滔滔莽莽，愈達而愈神，紛紛紜紜，愈變而愈妙，則公之文，當爲明興獨步，即獻吉贈送諸篇，尚瞠乎後矣。其詩爲于鱗所選，似止一時贈答，亦尚未盡。余嘗愛其《聞警二首》云：「春雪輕寒草未長，北風吹日盡倉皇。羽書實報臨三輔，貂綺虛傳出尚方。愁見材官投灞上，喜聞飛將下漁陽。請纓投筆憑誰寄，老婦孤兒更可傷。」「黄雲白草漢關頭，豹虎荒村總百憂。永夜茅堂看斗柄，中天畫角起邊愁。龍驤候月三千騎，鴈塞横空百二州。最是聖明惟薄伐，玉門何地覓封侯。」《夏日同僚友崔都尉山莊分韻》云：「别館横臨鄠杜邊，偶逢三伏勝遊偏。夾堤楊柳涼全得，出水芙蓉曉故鮮。北極雲霞供檻外，西山風雨落尊前。誰家暗度秦臺引，回首朱門月可憐。」即此三詩，置之老杜盛唐，誰復辨者，況其未見故多也。公自云：「吾于詩文，不作專家，亦不雜調。夫意在筆先，筆隨意到，法不累氣，才不累法，有境必窮，有證必切，敢於數子云有微長。」公之所自負如此，蓋大而非誇矣。至明興博雅，必稱楊修譔用修，今丹鉛所録，公復爲正數條；尺牘所遺，公又爲補數卷，若公巵言别録[一四]，如入海藏龍宫，無所不有。蓋非僅止于博古，而又於當今典章文物，考索評訂，汪洋浩博，精擇朗識，實足以垂後來，照當世。張中丞肖甫嘗謂余云：「與公居常談笑吟諷外，或酣酌竟日達旦，似無一刻事佔畢者，不知公書從何所得，從何時讀也。」兹真有天授哉！

扶溝李時芳伯實，以萬曆壬午貢入京師。八月，應順天鄉試，不售。九月，給諫王公使高麗，要與俱往，伯實難之。王謂伯實：「平生欲遊五岳，追向平之蹤，東夷九種，宣聖欲居；兹九夷併於高麗，可毋先五岳遊耶？況葱山浿水之勝，密邇海島，殊庭過之，庶幾與煙客遇；而箕子化俗八條，至今遵奉不衰，稱爲東藩，試往而觀其遺風，亦奇遊也，奚難之爲？」伯實遂飄然偕往，盡覽海國諸勝。其國王姓李名松，務學而雅重文墨，既徵伯實詩歌草書。一日，命禮曹判書李珥者，謁伯實，問：「中國文人，宏正間有李獻吉、何仲默二氏，東藩嘗購求其書，傳境内矣。不知近世繼二氏者幾人，有成書行世者幾人？」伯實答：「明興，諸名家不可勝數，嘉靖隆萬以來，其最著者，山東則李于鱗，南京則王元美、敬美、汪伯玉，江西則余德甫、朱秉器，陝西則王允寧，浙江則徐子與，湖廣則吳明卿、李本寧，四川則張肖甫、楊用修，河南則張助甫、劉致和，山西則王明輔，北畿則穆敬甫，皆接迹李何，巍然文名當代，有集行世，偶未全挈，獨元美《四部集》與敬美詩數十首在耳。」次日復命，珥求去，遂以李杜二全集訓之。珥復斂容，謂「漢有兩司馬、班、揚，而唐惟李、杜、韓，柳，宋稱歐蘇二氏，合漢、唐、宋，不越數人；而皇明自李、何後，統之亡慮數十人。以一時而倍前數代，皇明其千古絶勝哉？」伯實以爲知言。迨冬末還，會助甫以晉憲入覲，聞伯實來自異國，復見其詩，遂爲詩書扇頭以贈曰：「天涯芳草遍春原，客裏逢君與晤言。渡海探奇箕子國，遊梁授簡孝王園。林間片月開青嶂，雪後輕寒逗緑尊。自是賦成應有薦，抱關寧復老夷門。」黄太史、魏侍御覽之，皆曰：「箕子國，孝王園，千古的對，待助甫用耳。」逾年，敬美聞之，以書報伯實：「足下以一書生遊異國，而橐中能貯王元美《四部集》，腹中能貯其弟百篇詩，使鴨緑江外人，傳誦天朝有二王生，即恐長慶白公，未獲此奇觀，家兄自可耳，僕何人斯，而厚幸至此」云云。伯實獨恨未挈于鱗諸公集，負東藩輔耳。

升菴楊先生夫人黄氏，遂寧黄簡肅公女。博通經史，能詩文，善書札，嫻於女道[一五]，性復嚴整，閨門肅然，雖先生亦敬憚之。嘗見先生從子大行有仁云：「夫人雖能詩，然不輕作，亦不作藁，即子姪輩不得而見也。」今海内所傳，若「鴈飛曾不到炎方」及「懶把音書寄日邊」，久爲人傳誦。簡西嵒又記一詩云：「纔經賞月時，又度菊花期。歲月東流水，人生遠別離。」只二十字，而感時傷別，不必斷腸墮淚，而聞者淒然不堪，殆絶唱也[一六]。《國雅》又記一詩云「螻螘也知春色好，倒拖花瓣上東牆[一七]」，則諸書所記不一，且聲調與夫人百相遠矣。

邑人黄榘，字體方，在國初以十才子徵，後爲周王府伴讀。余求其集不得，所著有《詩海珊瑚》，其自序云：「僕學詩數十年，讀詩數萬篇，求其渾然天成之句，於百中得一二，録爲一帙，命曰《詩海珊瑚》。」蓋所選皆五七言佳聯，而附以己作，其五言云：「風月雙清夜，乾坤萬里秋」「八極風爲馬，三山月釣鼇」「磐石中流坐，青山隔岸看」「對此十分月，能消千古愁」「水天同一色，歲月自雙清」「雲生雙澗口，人坐兩松間」「移舟秋水渡，載酒夕陽亭」「玉宇秋無際，瑶臺月正明」。《滕王閣》云：「江湖襟帶外，棟宇斗牛邊」；《學士竹》云：「玉堂揮翰手，滄海釣鼇竿」。七言有小序云：「《東坡志林》云：『七言之偉麗者，杜子美『旌旗日暖龍蛇動，宫殿風微燕雀高』『五更鼓角聲悲壯，三峽星河影動摇』，爾後寂寞無聞焉；直至歐陽永叔云『滄波萬里流不盡，白鳥雙飛意自閒』『萬馬不嘶聽號令，諸番無事樂耕耘』，可以竝驅爭先矣。小生亦云『令嚴鐘鼓三更月，夜宿貔貅萬灶煙』，又云『露布朝馳玉關塞，捷書夜報甘泉宫』，亦庶幾焉爾。僕非敢追蹤前賢，於千百首中，亦有數聯，不揣鄙陋，輒敢效顰於後云。」《遠遊詩興》云「帝子假臣閒日月，天公助我好江山」，《揚子江》云「看江只似三千客，一水過如百萬兵」，《長江》云「東南形勝包中國，多少英雄據上游」「扁舟一日馳千里，兩岸青山過萬重」，《閩中》云「千里溪山無限景，四時花木一般春」，《太湖》云「白晝風雲連海起，青山煙雨使人愁」，《赤壁》云「兩篇詞賦千年在，三國英雄一戰休」，《隆中》云「當時鼎足三分國，定策茅廬數語中」，《中秋》云「人在山河秋影裏，酒斟天地玉壺中」，《蘭亭帖》云「盛事一觴還一詠，名書千古重千金」，《蘭亭圖》云「一時人物風流甚，千載斯文感慨多」，《孟浩然像》云「鹿門歸去人如玉，驢背吟成骨已仙」，《大風》云「一天雲霧多吹盡，半夜星河影動摇」，《寄玉堂故人》云「三年共作京華客，五夜曾隨劍珮聲」，《送人致仕》云「三逕水邊松菊在，一人林下布衣閒」，《邯鄲》云「三千食客侯門下，一枕黄粱旅夢間」，《寄僧》云「茶瓜留客竹深處，竿木隨身雲半閒」，《燕子》云「去來不見春秋社，新舊幾經王謝家」，《三山客況》云「身似無官爲客久，秋來有月與誰看」，《送弟》云「鄉思共隨雲北起，客心忍看鴈南飛」，《雪》云「玉宇瓊樓原不夜，琪花瑶草總無香」，餘《無題》云「玉階鵷序聯班定，金闕龍庭進表來」「野田青處麥千頃，楊柳緑邊人幾家」「雲淡日昏晴雨景，今來古往短長亭」「清曉喜聞鸜鵒語，殘春留得牡丹看」「夜來春雨滿山谷，曉起白雲翻海濤」「風急數聲聞遠笛，月明何處搗寒衣」「幾處佳人看北斗，誰家長笛怨西風」「山頭一夕風雨過，門外雙溪春水生」「疏疏密密雨纔過，白白紅紅花亂開」「風送花香留客座，月移樹影過牆來」「半夜雨聲殘暑退，一天秋色晚涼新」「野橋流水三叉路，茅屋人家獨樹村」「行看野岸數楊柳，驚起沙洲雙鴐鵝」「江上故園頻入夢，天涯芳草未歸人」「百年爲客雙蓬鬢，千里思親寸草心」「秋風匹馬黄華路，落日孤雲白鴈天」「去帆離汴麥秋晚，行李到江梅雨時」「楊柳春風千里馬，蓬萊宫闕九重城」「離筵九日黄花酒，行李千金紫綺裘」「杏花雨中頻過我，椿樹屋下時論文」。細觀其中，頗有得失，然不失其爲工也。余曩曾見其送周堊長歌，酷似太白，今藁不存矣，惜夫！

司禮張君名維，薊人也。少侍今上春宫，爲予言：「上初學詩，咏新月云：『天邊一輪月，其形光皎潔。可比聖人心，乾坤多照徹。』」帝王氣象，宛然二十字中，信天縱之聖也，豈尋常可望哉！

【校記】

［一］不知杜牧所用，清鈔本作「不知杜所用」。

［二］岳忠武王飛曾駐兵焉，商務本「焉」作「馬」。

[三]新喻簡西嵒紹芳，清鈔本「簡西嵒」作「商西嵒」，當以商務本爲是。

[四]蔡謨戲王道，清鈔本、商務本均作「王道」，誤；當作「王導」。「短轅犢車，長柄麈尾」，是蔡謨戲王導之語，見《晉書·王導傳》。

[五]王珍，商務本作「玉珍」。

[六]一統志，商務本脱「一」字。

[七]巵言，商務本作「卮言」。按：當作「巵言」，即王世貞《藝苑巵言》。

[八]幾千餘家，商務本作「餘幾千家」，誤。

[九]早朝詩篇，清鈔本作「早朝諸篇」。

[一〇]洪武中被薦教授職，清鈔本「被薦教授職」作「被薦授教職」。

[一一]更姓名曰易大可，清鈔本「易大可」作「易立可」。

[一二]濁河清濟，清鈔本「濟」作「泊」。

[一三]李全集已刻，商務本「全」誤作「金」，據清鈔本改正。

[一四]巵言别録，商務本「巵言」誤作「卮言」。

[一五]嫺於女道，清鈔本作「閑於女道」。

[一六]殆絶唱也，清鈔本作「殆絶倡也」。

[一七]倒拖花瓣上東牆，清鈔本「花瓣」作「好瓣」。

豫章詩話

［明］郭子章

王德保　嚴思遠　點校

點校説明

《豫章詩話》六卷，郭子章撰。子章（一五四二—一六一八），字相奎，號青螺先生，泰和（今屬江西）人，明隆慶五年進士，歷任四川提學、浙江參政、江西按察使，後又任貴州巡撫，因功除兵部尚書，加太子少保。

據張鼎思序，《豫章詩話》成書於子章撫黔時期。主要内容是評論江西詩歌和詩人創作，從晉代的陶淵明到宋代的江西詩派，皆多有評論。從全書結構來看，晉至唐雖爲兩卷，但是篇幅不足全書的五分之一。其中著墨最多的是宋代詩歌，約占整部詩話五分之三。原因是有宋一代江西文化昌盛，名家輩出，詩風極盛。書中對宋代江西重要官員或者有名氣的詩人，逐一予以評論。名宦中如晏殊、夏竦、歐陽修、劉沆、王安石、曾布、周必大、文天祥等，著名文學家如晏幾道、曾鞏、黄庭堅、楊萬里以及江西詩派諸人等。詩中内容多採摘前人志書和詩話，比如《詩人玉屑》《後村詩話》等宋代詩話著作。元代的江西文風亦盛，虞集、揭傒斯等爲當時詩壇巨擘，本書卷五後半部對江西元代虞、揭諸人的點評亦頗有價值。卷六，有關明代江西詩人的詩話，尤其關注作者桑梓之地吉安一郡的著名官宦詩人，如解縉、楊士奇、羅欽順等。這部分詩話，大都出自作者當時的所見所聞，所以價值尤著。通過這些詩話，我們還能看到明代吉安諸縣的科舉盛况。

《四庫全書總目》言《豫章詩話》，「是編論其鄉人之詩與詩之作於其鄉者。上起古初，下迄於明。」，認爲「所采未免蕪雜」。這部詩話著作，並未著録於《四庫全書》中。現存最早的版本是明抄本（藏江西省圖書館），民國初年，胡思敬編《豫章叢書》，收録本書，用的就是這個抄本。今以《豫章叢書》本爲底本，參考了王琦珍先生的校勘成果，並用他校法，廣泛查考了詩話的引文出處，對比校勘。

王德保

序

青螺先生伻來自黔，以《黔草》見寄。先生宦轍所至，必有譔著。《黔草》者，則今撫黔中諸作也。又以未刻《豫章詩話》見寄，且屬一言弁其端。余自愧款啓寡聞，而可授簡先生耶？則念當播酋之匪茹而逆我王師也，三省騷然，而黔更無備。朝廷推轂先生，由閩伯往撫，而膺鈇鉞之命。夫以兵食兩虚之地如黔者，而抗雄張之寇，謂當目不交睫，衣不解帶，猶將弗及是懼。乃先生乘雲騁風，坐帷帳而鞭撻之，方略指授，折衝無前。不數月，而累百年逋誅之酋，一朝授首。俘孥梟俊，蕩掃巢穴若撥麷。而事有當聞於朝者，有當移於鄰境者，有當檄於屬國者，有當昭告於鬼神者，口占手揮，文不加點若馳駿。而又用其餘晷，以游息於篇章。凡登臨、宴集、感遇，靡不有紀有詠。凡有叩而請者，靡不有應。不少遜於楚、於越、於閩蜀時。而至於《詩話》一篇，雖未必盡出於黔，然而成於黔也。夫子謂「有武事者，必有文備」，此豈特緩帶橫槊者儔哉。《詩話》而曰「豫章」者，其人豫章之人也。不然，則其與也。不然，則宦而遊、過而登覽豫章之山川也。網羅見聞，拱柙今古，運之以卓識眇論，而一於詩乎發焉。大都人是先，而詞次之，或累牘而未卒，或數言已殫，靡不具有指歸焉。余諷之再過，竊謂此非徒説詩也者，蓋詩史也。昔少陵之詩，忠懇剴切，敷陳時事，世以史目之，爲其事之覈也。先生之《詩話》，詞不拘拘於月露，音不察察於宮商，槼矱是繩，文獻具在，故余謂之史者，爲其論之正也。事覈則考時徵事者取衷焉，論正則稽品論世者取衷焉，夫謂之史，不亦宜乎？歐陽永叔之在汝陰也，有《詩話》一卷，事新詞悤，實爲貢父輩顔行，然意在快耳賞心，且作於閒居暇豫時。先生所著，則揚芬採實，有裨觀刑，非徒爲齒吻助，而又成於戎務紛挐之日。《詩》不云乎：「文武吉甫，萬邦爲憲。」古之立大功者，勝算前定，神閒氣逸，以故不廢文事，而勳伐爛然。此吉甫之文，吉甫之所以爲武也，先生以之矣。憶往歲從遊閩藩，側聞格物之論，獨悟玄旨。一日出所著《豫章志》數卷視余，謂：「漢之豫章，即秦之九江。城邑名目，更易不常，隸屬互異，故其蒐輯爲最難。」余既卒業，則歎考校翔寔，筆削精審，得夫子《春秋》家法，今又數年矣。其本當在青原白鷺間，《詩話》者，豈又是書之夏肄耶？夫《春秋》傳就，爰有《國語》，《西京》書就，《雜記》亦行。其類是耶？非乎？則以質諸左伯莆田吴公，公曰：「然。」因命之剞劂氏刻成，比余言爲前茅以復先生。若夫罄名山之藏而盡讀之，則請俟異日。

萬曆壬寅歲孟夏之吉，舊寅侍教生姑胥張鼎思頓首拜譔

卷一

紫霄峯在廬山之西，昔禹刻石在石室中，極深險，曩有好事者縋而下，摹得百餘字，皆不可辨，僅有「鴻荒漾余乃攆」六字可識。朱文公詩：「此日登高處，千巖錦樹稠。無人嘲落帽，有客賦悲秋。忽忽塵中老，匆匆物外遊。江湖空極目，不盡古今愁。」予謂石室六字，實開豫章萬世文字之祖，與衡山禹刻并大域中。

秦末匡廬尋真觀溪中磐石上，有玉簡天篆曰：「神化靈溪，金簡標題。真人受旨，玉簡潛棲。」予謂此篆爲豫章玄教之祖。廬山之匡、龍虎之張、西山之許、閤皂之葛、玉笥之蕭，其所從來遠矣。

巖下老人，不詳姓名及何許人。漢武帝南浮大江，過彭蠡，詔舉逸民。時老人龐眉皓髮，處於巖下。左右強以應詔，老人曰：「堯仁如天，孤雲自飛。一水一石，臣之禄也。」帝曰：「卿不願仕乎？」曰：「簪纓搢笏，束身王朝，其如舊山之雲何？」帝悦，乃從其志，厚禮遣之。予謂「堯仁如天，孤雲自飛」「簪纓搢笏，束身王朝」，皆有四言古意，惜老人姓名不傳耳。徐、橋、陶、柳、遠公、逸民，得無聞老人之風而興起乎？

《晉令》曰：「車駕出入，相風前引。」晉陶侃《相風賦》曰：「乃有相風之爲形也，終日九征，桀然特立，不邪不傾。擬雲閣以秀出，晞峻嶺於層城。直南端以基趾，雙崇魏之嶢崢。象建木於都廣，邈不羣而獨榮。朴雖小而不巨，何物鮮而功大。眇翩翩以高翔，象離鯤於雲際。擢孤莖而特挺，若芙蓉於水裔。若乃華蓋警乘，奉引先驅。豹飾在後，葳蕤清路。百僚允則，彰我皇度。」

《豫章行》。豫章，邑名。漢南昌縣，隋爲豫章，有豫章江，江連九江。有釣磯，陶侃少時嘗宿此，夜聞人唱，聲如量米者。訪之，吴時有度支於此亡。今考傅玄、陸士衡輩所作，多敘別離怨恨之思，即知豫章昔爲華艷盛麗之區耳。至唐，杜牧詩尚過稱其侈靡焉。

「江西詩派」當以陶彭澤爲祖。吕居仁作詩派，宗黄山谷，此就宋一時詩家言耳。黄跋淵明詩卷曰：「血氣方剛時讀此詩，如嚼枯木。及綿歷世事，知決定無所用智。」又云：「謝康樂、庾義城之詩，鑪錘之功，不遺餘力。然未能窺彭澤數仞之牆者。二子有意於俗人贊毁其工拙，淵明直寄焉。」又曰：「寧律不諧，不使句弱；用字不工，不使語俗，此庾開府之長也，然有意於爲詩也。至於淵明，所謂不煩繩削而自合者。雖然，巧於斧斤者多疑其拙，窘於檢括者輒病其放。孔子曰：『寧武子其智可及也，其愚不可及也。』淵明之拙與放，豈可爲不知者道哉？道人曰：『如我按指，海印發光。汝暫舉心，塵勞先起。』説者曰：『若以法眼觀，無俗不真。若以世眼觀，無真不俗。』淵明之詩，切於事情，但不文耳。」以陶爲不文，似未深知陶者。

杜子美嘲淵明曰：「有子賢與愚，何其挂懷抱？」張縯曰：「陶先生高蹈獨善，宅志超曠，視世事無一可芥其中者，獨於諸子，拳拳訓誨。有《命子》詩，有《責子》詩，有《告儼等疏》。先生既厚積於躬，薄取於世，其後宜有興者，而六代之際，迄無所聞。此亦先生所謂『天道幽且遠，鬼神茫昧然』者也。」杜則責備於陶，張則責報於天。今取陶詩讀之，一曰：「既見其生，實欲其可。人亦有言，斯情無假。」此父子真情也。又曰：「夙興夜寐，願爾斯才。爾之不才，亦已焉哉！」似無望報於天之意。仲尼庭訓，學《詩》學《禮》，不爲《二南》，便是面牆。亦何嘗不挂懷抱乎？明初王子充《遊廬山記》云：「醉石觀南諸山，即其詩所謂『悠然見南山』者也。其旁居民多陶姓，云是靖節後。」後彭澤進士欽夔、欽皋，兄弟聯登，皆祖淵明。天眷陶氏，亦何嘗不定乎？

醉石庵在南康府西南三十里，庵左有巨石，晉陶潛醉臥其上，故名。顔魯公詩：「張良思報韓，龔勝恥事新。狙擊不肯就，舍生悲縉紳。嗚呼陶淵明，奕葉爲晉臣。自以公相後，每懷宗國屯。題詩庚子歲，自謂羲皇人。手持山海經，頭戴漉酒巾。興逐孤雲外，心隨還鳥泯。」朱晦庵詩：「驅車何所適，往至秋雲邊。企彼澗中石，舉觴酹飛泉。懷哉千載人，矯首辭世喧。淒涼義熙後，日醉向此眠。仰視但青冥，俯聽驚潺湲。起坐三太息，涕泗如奔川。神馳北闕陰，思屬東海壖。丹衷竟莫展，素節空復全。低迴萬古情，惻愴顔公篇。爲君結茅屋，歲暮當來還。」

歐陽文忠公嘗謂：「晉無文章，惟陶淵明《歸去來》一篇而已。」

陶彭澤《閑情賦》，蕭昭明云：「白璧微瑕，惟《閑情》一賦。」東坡曰：「淵明作《閑情賦》，所謂『《國風》好色而不淫』，正使不及《周南》，與屈、宋所陳何異？而統大譏之，此乃小兒強作解事者。」昭明責備之意，望陶以聖賢，而東坡止以屈、宋望陶。屈猶可言，宋則非陶所願學者。東坡一生不喜《文選》，故不喜昭明。

東坡嘗論淵明談理之詩有三：一曰「采菊東籬下，悠然見南山」；二曰「嘯傲東軒下，聊復得此生」；三曰「客養千金軀，臨化消其實」。以爲皆知道之言。予謂淵明《榮木》之序，亦自言曰「日月推遷，已復有夏。總角聞道，白首無成」，則淵明亦以聞道自認矣。而葉夢得乃執《形影相贈》之詩，謂淵明未能盡了，何也？

陶淵明《乞食》詩云：「饑來驅我去，不知竟何之。」「感子漂母惠，愧我非韓才。」杜子美《上水遣懷》云：「驅馳四海内，童稚日糊口。但遇新少年，少逢舊知友。」韓文公《洞庭阻風》詩曰：「男女喧左右，啼饑但啾啾。非懷北歸興，何用勝羈愁。」山谷《貧樂齋》詩云：「饑來或乞食，有道無不可。」《過青草湖》云：「我雖貧至骨，猶勝杜陵老。憶昔上岳陽，一飯從人討。」四公饑矣，而心有所係。陳白沙《漫題》詩曰：「饑餐玉臺霞，渴飲滄溟淵。所以慰我情，無非畹與田。」則饑而不係於饑者。故曰：「泌之洋洋，可以樂饑。」

古人重譜系，故雖世胄綿遠，可以考究。淵明《命子》詩云：「天集有漢，眷於愍侯。赫赫愍侯，運當攀龍。撫劍風邁，顯茲武功。書誓山河，啓土開封。」今按《漢書·高帝功臣表》：「開封愍侯陶舍，以右司馬從漢破秦，封侯。」昔高帝與功臣盟云：「使黃河如帶，太山若礪。國以永存，爰及苗裔。」所謂「書誓山河」，謂此盟也。高帝功臣百有二十人，舍其一也。又云：「亹亹丞相，允迪前蹤。渾渾長源，鬱鬱洪柯。羣川載道，衆條載羅。時猶語默，運同隆窊。」此蓋謂陶青也。今按《漢·高帝功臣表》：「開封愍侯陶舍，封十一年，薨。十二年，夷侯青嗣。四十八年，薨。」《漢百官表》：「孝景二年六月，丞相嘉薨。八月丁未，御史大夫陶青爲丞相。七年六月乙巳，丞相青免，大尉周亞夫爲丞相。」所謂「羣川衆條」，以喻枝派之分散也。「語默隆窊」，以言自陶青後未有顯者也。淵明乃長沙公之曾孫，然侃傳不載世家，獨於此見之。後世累經亂離，譜籍散亡，然又士大夫因循滅裂，不如古人，所以家譜不傳於世，惜哉！馬永卿《嬾真子録》。

邢凱《坦齋通編》曰：「洪内翰謂靖節詩『刑天無千歲』，當作『刑天舞干戚』，字之誤也。」周益公辨不然。按：段成式《雜俎》：「天山有神名『刑天』，黃帝時，與帝爭神。帝斷其首，乃曰：『吾以乳爲目，以臍爲口，操干戚而舞不止。』」則知洪説爲是。章按：《酉陽雜俎》出《山海經》，經云：「帝斷其首，葬之常羊之野。」《竹坡詩話》以「刑天」爲獸名，非是。

蔡寀之《碧湖雜記》曰：「五臣注《文選》，謂陶淵明詩自晉義熙以後，皆題甲子，後世因仍其説。」獨治平中，虎丘僧思悅編淵明詩，辨其不然。其説曰：「淵明之詩，題甲子者始庚子，迄丙辰，凡十七年，皆晉安帝時所作。至恭帝元熙二年庚申歲，宋始受禪。自庚子至庚申，蓋二十年。豈有宋未受禪前二十年恥事二姓而題甲子之理？」曾裘父《詩話》亦信其説。以余考之，元興二年，桓玄篡位，晉氏不絶如綫，得劉裕而始平，改元義熙。自此天下大權，盡歸於裕。淵明賦《歸去來》，實義熙元年也。至十四年劉公爲相國，恭帝即位，改元元熙，至二年庚申禪於宋。觀恭帝言曰：「桓玄之時，晉氏已無天下，重爲劉公所延，將二十載。今日之事，本所甘心。」詳味此語，則劉氏自庚子得政，至庚申革命，凡二十年。淵明自庚子以後題甲子者，蓋逆知其末流必至於此，忠之至義之盡也。思悅、裘父殆不足以知之。章謂蔡氏所説，不過甚言淵明之忠耳。以《史》與《集》考之，實不其然。庚子，晉安帝隆安四年也。壬寅改元元興，丁未改元義熙，癸卯桓玄始篡位。己未晉恭帝即位，改元元熙，庚申劉裕篡位，改元永初。當庚子年，劉裕始戍句章。桓玄未篡，裕未得政，淵明何以不書年號，止書甲子耶？又考其集，庚子以後題甲子者，詩也。其《祭程氏妹文》「維晉義熙三年五月甲辰」，又何嘗不題義熙耶？義熙三年，丁未也。豈以庚子不題，至丁未又題耶？秦少游曰：「潛所著書，自義熙以前題晉年號，永初以後但題甲子。」斯亦近似。但集中詩文，亦未嘗如此分別也。總之，淵明心在晉室，亦何必問年號之題不題耶？

晉湛方生《廬山神仙詩序》：「崇標峻極，辰光隔輝。幽澗澄深，積清百仞。絶阻重險，非人迹之所遊；窈窕沖融，常含霞而貯氣。真可謂神明之區域，列真之苑囿矣！」

薛溉隱廬山，後起爲諫議大夫，未幾復歸，題舊隱壁詩：「重來閒院静，喜對故山青。」

楊仙留題吉水朝元嶺詩：「落落萬古石，悠悠千載心。人間不相遇，白雲深處尋。」

廬山十八大賢：遠公祖師慧遠，姓賈氏，雁門樓煩人。永法師慧永，姓繁，河内人。持法師慧持，遠公弟也，與兄俱事道安法師。生法師道生，出魏氏，鉅野人。佛陀耶舍尊者，此云「覺明」，罽賓國婆羅門種。佛陀跋陀羅尊者，此云「覺賢」，甘露飲王之裔。叡法師慧叡，冀州人。順法師曇順，黄龍人。敬法師道敬，琅琊王氏，隨祖凝之守江州。恒法師曇恒，河東人，童子出家，不知姓氏。昺法師道昺，潁州陳氏。詵法師曇詵，廣陵人，不知姓氏。劉遺民驎之，字仲思，一字子驥，彭城聚里人，漢楚元王之後，晉末爲柴桑令。散騎常侍雷公次宗，字仲倫，南昌人。太子舍人宗公炳，字少文，南陽人。治中張公野，字萊民。散騎常侍張公銓，字秀碩，萊民族也。通隱處士周公續之，字道祖，雁門廣武人。

唐貫休禪師《題十八賢影堂》詩：「白藕池邊舊影堂，劉雷風骨盡龍章。共輕天子諸侯貴，惟愛吾師一法長。陶令醉多招不得，謝公心亂入無方。何人到此思高躅，風點苔痕過短牆。」明沈蓮池《遠公贊》曰：「晉以前，淨土之旨雖聞於震旦，而弘闡力行，俾家喻户曉，則自遠師始，故萬代而下，淨業弟子推師爲始祖，可謂釋迦再説西方，彌陀現身東土者也，厥功顧不偉歟？予昔遊廬山，酌虎溪之泉，瞻三笑之堂，徘徊十八賢之遺迹，見其規模弘遠，足稱萬僧之居。而殿閣塵埃，鐘鼓闃寂，寥寥然户異其扃，室殊其爨矣。哲人云亡，芳躅無繼，嗟夫！」

廬山古石刻，有遠公《廬山》詩：「崇巖吐清氣，幽岫棲神迹。希聲奏羣籟，響出山溜滴。有客獨冥遊，徑然忘所適。揮手撫雲門，靈關安足闢。留心叩玄扃，感至理弗隔。孰是騰九霄，不奮沖天翮。妙同趣自均，一悟超三益。」《南康郡志》有遠公《硃砂峯》詩：「一峯高插白雲邊，下有硃砂似火燃。已是氣蒸千里暖，如何澗石溜温泉。」但晉人絶句甚少，恐其不然。

白樂天曰：「廬山自陶、謝，洎十八賢已還，儒風綿綿，相續不絶。貞元初，有符載、楊衡輩隱焉，亦出爲文人。今其讀書屬文，結草廬於巖谷間者，猶一二十人。即其中秀出者，有彭城人劉軻。軻開卷慕孟軻爲人，秉筆慕揚雄、司馬遷爲文，故著《翼孟》三卷，《豢龍子》十卷，雜文百餘篇。而聖人之旨，作者之風，雖未臻極，往往而得。」

士子多認柴桑翁爲淵明，不知劉遺民曾作柴桑令也。樂天宿西林寺有詩云：「木落天晴山翠開，愛山騎馬入山來。心知不及柴桑令，一宿西林便卻回。」注：「柴桑令，劉遺民也。」

廬山自大禹刻石後，秦皇、漢武以巡遊登，明高帝以伐漢至，帝王過化之地也。名賢若司馬子長登廬山，見於《史記》，是時尚未有題詠。詠廬山詩自遠公始。晉末則鮑照，唐則張九齡、李太白、劉得仁，宋則歐陽永叔、蘇子瞻、朱元晦，明李崆峒、王元美、吴明卿，皆長篇雄詞，而《志》或缺焉，悉録於此，以光山靈：

鮑照詩：「懸裝亂水區，旅薄次山楹。千巖狀阻積，萬壑勢回縈。巃嵷高昔貌，紛飛襲前名。洞澗窺地脈，疏勢隱天經。松磴上迷密，雲竇下縱横。陰冰實夏結，炎樹勝冬榮。」

張九齡出守豫章，途次廬山，入東巖，作詩：「茲山鎮何所，乃在澄湖陰。下有蛟螭伏，上與虹蜺尋。靈仙未始曠，窟宅何期深。雙闕出雲峙，三宫入煙沉。攀崖猶昔境，種杏非舊林。想像終古迹，怊悵獨往心。紛吾嬰世網，數載忝朝簪。孤根自靡托，量力況不任。多謝周身防，常恐横議侵。豈能鴛鸞別，惕如泉壑臨。迨臨刺江郡，來此滌塵襟。有趣逢樵客，忘懷狎野禽。棲閑義未果，用拙歡在今。願言答休命，歸事丘中琴。」

李太白《廬山謡》：「我本楚狂人，鳳歌笑孔丘。手持緑玉杖，朝別黄鶴樓。五嶽尋仙不辭遠，一生好入名山遊。廬山秀出南斗傍，屏風九疊雲錦張。影落平湖青黛光，金闕前開二峯長。銀河倒挂三石梁，香爐瀑布遥相望，迴崖疊嶂凌蒼蒼。翠影紅霞映朝日，鳥飛不到吴天長。登高壯觀天地間，大江茫茫去不還。黄雲萬里動風色，白波九道流雪山。好爲廬山謡，興因廬山發。閑窺石鏡清我心，謝公行處蒼苔没。早服還丹無世情，琴心三疊道初成。遥見仙人彩雲裏，手把芙蓉朝玉京。先期汗漫九垓上，願接盧敖遊太清。」

劉得仁《和段校書冬夕寄廬山》詩：「名高身未到，此恨蓄多時。是夕吟因話，他年必去隨。當時廬嶽頂，半入楚江湄。幾處懸崖上，千尋瀑布垂。罏峯松淅瀝，湓浦棹參差。日色連湖白，鐘聲拂浪遲。煙梯緣薜荔，岳寺步欹危。地本饒靈草，林曾出祖師。石樓霞耀壁，猿樹鶴分枝。細徑縈巖末，高窗見海涯。嵌空寒更極，寂寞夜尤思。陰谷冰埋术，仙田雪覆芝。亂泉禪客漱，異迹逸人知。薜室新開竈，樫潭未了棋。如何遂閑放，長得任希夷。空務漁樵事，方無道路悲。謝公臺尚在，陶令柳潛衰。塵外難相許，人間貴迹遺。遠懷丹桂影，不忘白雲期。仁者終携手，今朝預賦詩。」

永叔作《廬山高贈同年劉凝之歸南康》：「廬山高哉幾千仞兮，根盤幾百里，巀然屹立乎長江。長江西來走其下，是爲揚瀾左蠡兮，洪濤巨浪日夕相舂撞。雲消風止水鏡净，泊舟登岸而遠望兮，上摩青蒼以晻靄，下壓后土之鴻龐。試往造乎其間兮，攀緣石磴窺空谾。千巖萬壑響松檜，懸崖巨石飛流淙。水聲聒聒亂人耳，六月飛雪洒石矼。仙翁釋子亦往往而逢兮，吾嘗惡其學幻而言哤。但見丹霞翠壁遠近映樓閣，晨鐘暮鼓杳靄羅幡幢。幽花野草不知其名兮，風吹露濕香澗谷，時有白鶴飛來雙。幽尋遠去不可極，便欲絶世遺紛厖。羡君買田築室老其下，插秧盈疇兮釀酒盈缸。欲令浮嵐暖翠千萬狀，坐臥常對乎軒窗。君懷磊砢有至寶，世俗不辨珉與玒。策名爲吏二十載，青衫白首困一邦。寵榮聲利不可以苟屈兮，自非青雲白石有深趣，其氣兀硉何由降。丈夫壯節似君少，嗟我欲説安得巨筆如長杠。」

蘇子瞻詩：「飛雲欲霾山，勢與飄風南。羣儕相應和，勇往爭驂驔。可憐蔚薈中，時出紫翠嵐。雁没出東嶺，龍騰見西龕。一時供坐笑，百態變立談。暑雨破坱軋，清風掃渾涵。廓然歸何處，陋矣安足戡。亭亭紫霄峯，窈窕白石庵。五老數松雪，雙溪落天潭。雖然默禱應，已有移文慚。」

朱元晦詩：「登車閩嶺嶠，息駕康山陽。康山高不極，連峯鬱蒼蒼。金輪西嵯峨，五老東昂藏。想像仙聖集，似聞笙鶴翔。林谷下淒迷，雲關杳相望。千巖雖競秀，二勝終莫量。仰瞻銀河翻，俯視蛟龍驤。長吟謫仙句，和以玉局章。疇昔勞夢思，玆今幸徜徉。尚恨忝符竹，未協棲雲房。已尋兩峯間，結屋依陽岡。上有飛瀑駛，下有青流長。逃名協心期，弔古增悲涼。壯齒乏奇節，頹年矧昏荒。誓將塵土蹤，暫寄雲水鄉。封章倘從願，歸哉濯滄浪。」

李崆峒《廬山水簾泉歌》：「水簾背懸五老峯，直挂三級三飛龍。谽谷石坦玉巃嵷，周遭山削金芙蓉。鬼神掩藏人不見，可憐彼瀑蒙稱羨。走勢天晴萬古雷，流光壑暝帶留電。至寶從知鑒者希，萬險千危躡翠微。銀河句擬磨崖續，驟雨雲黄客勸歸。」

王元美《早入廬山首路作》：「徙符五嶺外，歸沐三冬前。及茲道彭蠡，九疊青依然。授衣變寒暑，擊汰改流連。決策扣廬君，蓐食理枉阡。微月隱紛綸，流雲漸芊眠。樹杪生遥曙，草際出哀泉。來者若故嘗，新踪緜往緣。分無幽棲躅，慨焉歎諸賢。」《廬頂放歌》：「匡續先生幾千載，周顛仙人安在哉。聞聲更喚竹林寺，見影頓築文殊臺。浮雲四起忽無地，舉足步步愁莓苔。吴越應從下方出，岷峨別向西天開。擬呼聖燈照迷去，更借鐵船凌漢回。山僧一笑挽我袖，何如且住傾三杯。」

武昌吴明卿《舟中望廬山二首》：「廬山合沓俯南州，二水奔同九派流。浦口煙沙晴浪捲，峯頭蒼翠古雲浮。巖棲何處匡君宅，野泊頻年楚客舟。自怪陶潛多酒癖，東林開社不曾投。」其二：「少日扶筇上翠微，望來翻憶舊游非。橫空石架三梁險，近瀑雲將五老飛。影落江湖寒不散，氣躔牛斗鬱相輝。鐵船倘許雙龍翼，遍摘芙蓉滿載歸。」

小孤山在彭澤縣北九十里。歐陽公云：「江南有大、小孤山，江側有彭郎磯。云彭郎者，小孤婿也。余嘗過小孤山，廟像乃一婦人，而敕額爲『聖母』，豈止俚俗之謬哉？」宋丞相劉沆詩：「擎天有八柱，此一柱仍存。石聳千尋勢，波流四面痕。江湖中作鎮，風浪裏盤根。平地安然者，饒他五岳尊。」明尚書王世貞詩：「忽有蒼翠來眉鋒，躍然令我呼短笻。波心倒插白玉柱，水面秀出青芙蓉。平分吴江楚江地，對聳天南天北峯。老夫鐵笛欲吹卻，恐向盤渦驚臥龍。」

大孤山、小孤山，一名大姑、小姑，故詩人常以爲戲。解春雨《過鄱陽湖》詩曰：「鄱之湖兮雲水杳，萬里晴光净如掃。相逢舟子問二姑，大姑不似小姑好。小姑昨夜巧梳妝，秋月半簾玉梳小。彭郎欲娶無良媒，飛入廬山尋五老。五老頹然臥不起，彭郎怒趯香爐倒。彭郎彭郎歸去來，陶令門前春色曉。」王元美詩：「東是和尚磯，西看道士袱。那能教小姑，不就彭郎宿。」又傳解春雨童子時過小姑，里人祈雨山麓，解戲之曰：「祈禱小姑求一時之雲雨。」夜夢神切責之，解應之曰：「我爲祈雨道士作對聯耳。」神曰：「何以無對？」解應聲曰：「叩感大道弄半日之乾坤。」

王陽明先生《登小姑書壁》云：「人言小姑殊阻絶，從來可望不可攀。上有顛崖勢欲墮，下有劍石交巉頑。峽風閃壁船難進，洪濤怒撞蛟龍關。帆檣摧縮不敢越，往往退次依前山。崖傍沙岸日東徙，忽成巨浸通西灣。帝心似憫舟楫苦，神斧夜闢無痕斑。風雷倏翕見萬怪，人謀不得容其間。我來鋭意欲一往，小舟微服沿回瀾。側身脅息仰天竇，懸空絶棧蛛絲慳。風吹卯酒眼花落，凍滑丹梯足力孱。青鼉吹雨出仍没，白鳥避客來復還。

峯頭四顧盡落日，宛然風景如瀛寰。煙霞未覺三山遠，塵土聊乘半日閒。奇觀江海詎爲險，世情平地猶多艱。嗚呼！世情平地猶多艱，回瞻北極雙淚潸。」

杏煮去核，候粥熟同煮，謂「真君粥」。廬山董真君未仙時，多種杏，歲稔則以杏易穀，歲歉則以穀賤糶，時全活者甚衆。後白日昇仙時，有詩云：「爭似蓮花峯下客，種成紅杏亦昇仙。」

于大，本姓許，旌陽族也。得仙道，改姓于。夫妻偕隱西山下。大詩云：「自從明府升仙後，出入塵寰直至今。不是戴名混時俗，賣柴沽酒貴無心。」妻詩云：「醉舞狂歌踏落花，緑蘿裙帶有丹砂。往來城市買生藥，那個西山是我家。」

吴綵鸞，吴仙君女也。瑞州有崇玄觀，乃丁義女秀英煉丹之所，吴就學焉。後有文簫以中秋日到西山遊觀，見一姝，歌詞云：「若能相伴陟仙壇，應得文簫駕綵鸞。自有繡襦并甲帳，瓊臺不怕雪霜寒。」與生攜手下山，歸鍾陵，爲夫婦。一紀，各跨一虎，陟峯巒而去。

梁武帝天監三年，與誌公和尚講禪於重雲殿。誌公忽然歌樂復泣悲。因賦五言詩曰：「樂哉三十餘，悲哉五十裹。但看八十三，子地妖災起。佞臣作欺妄，賊臣滅君子。若不信吾言，龍時侯賊起。且至馬中間，銜悲不見喜。」梁武帝天監至大同，三十餘年，天下太平，是「樂哉三十餘年」也。享國四十八年，是「悲哉五十裹」也。侯景八月十三至丹陽，是「但看八十三」也。武帝聽朱異之言，是「佞臣作欺妄」也。侯景作亂在戊辰，是「龍時侯賊起」也。武帝己巳至庚午年餓死，是「馬中間銜悲」也。句句皆驗。或言梁武奉佛勤，事誌公甚謹，而卒不能弭侯景之亂，豈是前定，即佛末如之何耶？夫梁武陰謀齊鼎，殺齊之子孫，幾無噍類，大戾佛教，即捨身建寺，彌文耳。或言侯景即東昏後身，事雖誕，理或然者。

卷一

杜審言，字必簡，甫之祖也。曾爲吉州司户。宋户曹趙彦法刻其詩於吉州，而楊誠齋序，略曰：「杜必簡嘗爲吉州司户，今户曹趙君彦法旁搜遠摭，得其詩四十二首，將刻棗以傳。好事者以爲户廳之寶玉大弓，屬予序之。余觀必簡之詩，若『牽絲紫蔓長』，即『水荇牽風翠帶長』之句也。若『鶴子曳童衣』，即『儒衣山鳥怪』之句也。若『雲陰送晚雷』，即『雷聲忽送千峯雨』之句也。若『風光新柳報，宴賞落花催』，即『星霜玄鳥變，身世白駒催』之句也。予不知祖孫之相似，其有意乎？抑亦偶然乎？至如『往來花不發，新舊雪仍殘』，如『日氣抱殘虹』，如『愁思看春不當春，明年春色倍還人』，如『飛花攪獨愁』，皆佳句也。三世之後，莫之與京，宜哉！」

詩家用「龍鍾」，而解者多未悉所謂。韓退之詩云：「東野不得官，白首跨龍鍾。」注云：「依字當作『躘踵』。」盧仝詩云：「盧子躘踵也，賢愚總莫驚。」韻書亦云：「『躘踵』，行貌。」

「中郎有女能傳業，伯道無兒可保家。偶到匡山曾住處，幾行衰淚落煙霞。」此韓退之《游廬山西林寺題蕭二郎中舊堂》也。蕭名存，字伯誠，穎士之子。與公兄會厚善。公自少爲存所知，及自袁州還，適廬山故居，而存諸子前死，有一女爲尼，公爲紀其家。西林，即江州廬山寺也。《因話録》作「今日匡山過舊隱，空將衰淚對煙霞」。廬山今有蕭存、魏弘、李渤同遊大林題名。

五老峯在廬山，五峯如五老相連，故名。唐李白嘗築居於此。詩云：「廬山東南五老峯，青天削出金芙蓉。九江秀色可攬結，吾將此地巢雲松。」宋蘇轍詩：「五老高閑不入城，開軒肯就使君迎。坐中莫著閑賓客，物外新成六弟兄。」

李白《過彭蠡湖》詩云：「水碧或可采，金膏秘莫言。」江文通詩云：「水碧驗未黷，金膏靈詎緇。」翰曰：「水碧，水玉也。金膏，仙藥也。」又云：「傲睨摘朮芝，凌波采水碧。」謝靈運《入彭蠡湖口作》：「金膏滅明光，水碧綴流温。」注云：「水碧，水玉也，此江中有之。然皆滅其明光，止見温潤。」《穆天子傳》：「河伯示汝黄金之膏。」《山海經》云：「耿山多水碧。」又云：「柴桑之山，潯陽水，其下多碧，多「今名赫」，未知何物。」余嘗見墨子《道書》：「大藥中有水脂碧者。」當是。梅聖俞《聽話廬山》詩云：「絶頂水底花，開謝向淵腹。攬之不可得，滴瀝空在掬。」豈非水碧耶？姚寬《西溪叢語》。按：「今名赫」，《山海經》舊本作「冷石赭」，寬誤也。

唐章孝標《送張蒙赴饒州》詩曰：「饒陽因富得州名，不獨農桑别有營。日暖提筐依茗樹，天陰把火入銀坑。江寒魚動槍旗影，山晚雲和鼓角聲。太守能詩兼愛静，西樓見月幾篇成。」姚合《送饒州張使君》詩曰：「鄱陽盛事聞難比，千里連連是稻畦。山寺去時通水路，郡圖開處是詩題。化行應免農人困，庭静惟多野雀棲。飲罷春明門外别，蕭條驛路夕陽低。」由二詩觀之，饒州在唐已稱饒矣。當時尚未有磁器也，今磁利遍天下，而燒造之苦，貽害不淺，吾未見饒之「饒」矣。

高氏，唐人房璘妻也，筆畫遒麗，不似婦人。歐公云：「予集録已博矣，婦人筆畫著於金石者，高氏一人而已。予入晉中，拓得高氏碑二通，宛然二王書法，一《太谷縣令安廷堅美政頌》太原府，一《交城縣石壁寺鐵彌勒像頌》郃州。

志誠禪師，泰和人，少師事神秀禪師於玉泉寺。神秀一日謂其徒曰：「吾聞南宗深悟上乘，吾不如也。且吾師五祖親付衣鉢，豈徒然哉。」師聞此語，即往曹溪參請。南宗示偈曰：「一切無心自心戒，一切無礙自性慧。不增不退自金剛，身去身來本三昧。」師聞偈，遂誓依歸。南宗即六祖也。予過曹溪，禮六祖像，取衣鉢玩之，衣似今褐衣，鉢則既碎而傅以漆膠者，皆唐垂拱中所賜物也。志誠事六祖，當是唐人。同時有真寂禪師，安福人，亦隨六祖，住青原山靖居寺。

鍾紹京，繇十代孫也。工草書，世號「小鍾」。則天時，宫殿門扁多出其手。唐中宗景龍中，拜中書侍郎，進中書令、越國公。皇甫徹詩有云：「唐元佐命功，輝焕何烈烈。」紹京，虔州興國縣人。玄宗平韋庶人之難，紹京夫婦出力爲多。至今興國縣有鍾令公讀書臺，吾豫章拜丞相，自紹京始。興國縣東北二十里，有東龕岩，鍾越公讀書處，前後有讀書岩、試劍石、靈湖、石舫、石筍峯、筆架山、綉泉、銅環鯉、瀑布泉、僧寺，共十景。

李渤，字濬之，隱廬山，後徙少室山。元和初，召拜右拾遺，不就。韓公與之書有云：「朝廷士引頸東望，若景星鳳凰，爭先睹之爲快。」又詩云：「少室山人索價高，兩以諫官徵不起。」與兄涉俱隱南康山中，嘗養一白鹿，號「白鹿先生」，至今名白鹿洞。明吴明卿《重遊白鹿洞二首》：「曾從勝地結良因，三十餘年更問津。石室依然雲矗矗，溪橋不改石粼粼。諸生侍坐皆新進，五老登堂自故人。蒼樹碧苔含古色，清遊何但遠風塵。」其二：「何處招尋白鹿仙，千岩萬壑瀉飛泉。煙霞自昔封丹洞，竹柏春深護講筵。山意欲留曾住客，地靈應了再來緣。登臨盡日渾忘老，拂石仍操白雪絃。」

麻姑七夕日降蔡經家，貌似十八九歲女子，衣有文章而非錦繡，進金盤玉杯，擘麟脯，行酒，自言見東海三爲桑田，蓬萊水亦淺矣。以米擲地，皆成丹砂。王方平笑曰：「吾了不喜作此狡獪也。」麻姑手似鳥爪，蔡經心想：「好爬背癢。」方平知之，使神人鞭其背。後有人題麻姑壇云：「五百年來别恨多，東征重得見青娥。擘麟方擬窮歡飲，無奈閑人背癢何。」麻姑壇在撫州，顔魯公作記，至今顔碑在建昌府，小楷極工。宋南城李泰伯有《魯公碑》詩：「他人工字書，美好若婦女。猗嗟顔太師，赳赳丈夫武。麻姑有遺碑，歲月亦已古。硬筆可破石，鐫者疑虚語。驚龍索雷鬥，口唾天下雨。怒虎突圍出，不畏千强弩。有海珠易求，有山玉易取。惟恐此碑壞，此書難再睹。安得同寶鎮，收藏在天府。自非大祭時，莫教凡眼覷。」

顔魯公爲臨川内史，澆風莫競，文教大行。邑有楊志堅者，嗜學而貧，其妻厭之，求去。志堅示之詩云：「平生志業在琴詩，頭上於今有二絲。漁父尚知谿谷暗，山妻不信出身遲。荆釵任意撩新鬢，明鏡從他别畫眉。今日便同行路客，相逢即是下山時。」其妻持詩詣州，請公牒以求别離。顔公案其妻曰：「楊志堅素爲博學，遍覽九經，篇詠之間，風騷可摭。愚妻睹其未遇，遂有離心。王歡之廩既虚，豈遵黄卷？朱叟之妻必去，寧見錦衣。污辱鄉閭，敗傷風俗。若無褒貶，僥倖者多，決二十後任改嫁。楊志堅秀才，贈布絹各二十匹，米二十石，便署隨軍。仍令遠近悉知。」江左十數年來，莫有敢棄其夫者。《雲溪友議》

崔湜有《自江州司馬赴襄陽》詩曰：「始佐廬陵郡，尋牧襄陽城。」予郡志絶無崔湜事，豈以江州屬廬陵郡邪？則誤矣。崔詩起句曰：「余本燕趙人，秉心愚且直。」詩人好爲大言，類此。湜而愚直，孰不愚直？宋之問《早發大庾嶺》詩亦云：「自惟勖忠孝，斯罪懵所得。」宋之「忠孝」，與崔之「愚直」，一也。

唐袁州盧肇《别宜春赴舉》詩曰：「離山且作銜蘆雁，入海終爲戴角魚。長短九霄飛直上，不教毛羽落空虚。」明年及第第一，詩固爲之兆矣。江西狀元，自肇始。肇與黄頗同舉，郡中獨餞頗。明年肇狀元歸，太守請觀競渡，肇詩云：「向道是龍人不信，果然奪得錦標歸。」太守大慚。袁州府城東有東湖，湖上有石，曰盧石，相傳爲肇家石。宋袁州守祖無擇徙置湖上，題詩云：「選置東湖最佳處，四面澄波映天碧。倚空突兀無與鄰，頓覺亭臺增氣色。」

曹輔《送周吉州》詩：「廬陵太守告我行，先把廬陵爲君説。龍鬚山對殷侯池，池面山容兩清絶。」

易重字鼎臣，宜春人，唐會昌中，張濆榜進士第二人。翰林再考，張被黜，升重爲第一。詩云：「六年雁序忍分離，詔下今朝遇已知。上國風光初曉日，御階恩渥暮春時。内庭再考稱文異，聖主宣名奬意奇。故里仙才若相問，一年攀折兩重枝。」官至大理評事。著文千餘篇，游宦筠之上高。袁州狀元，在唐有盧肇、易重，或云韓退之之教也，然乎？重子貣，《五代史》載作「文貣」，仕南唐，爲雄州刺史，子延慶。

易延慶，字餘慶，幼聰慧，長慈順，以德行稱。宋乾德中，以父喪，廬墓，墓西北産紫芝一本，後又産玉芝十八莖，萌蕚扶疏。好事者繪爲圖，翰林徐鉉、諫議薛映作詩頌，以揚孝感。未幾有詔，採天下忠孝之士，延慶與選，以母疾不起。宋太宗朝擢大理寺丞，以葬母去官。母平生嗜栗，乃植二栗於墓前，樹長而連理。蘇易簡、朱台苻贊述褒美，時稱爲「純孝先生」。

綦毋潛，字孝通，南康人。唐集賢院待制。有詩集一卷。南康，今贛州。孝通有《春泛若耶》詩：「幽意無斷絶，此去隨所偶。曉風吹行舟，花路入溪口。際夜轉西壑，隔山望南斗。潭煙飛溶溶，林月低向後。生事且彌漫，願爲持竿叟。」

唐宣宗避武宗之忌，爲僧遊方，遇黄檗禪師詠瀑布云：「千岩萬壑不辭勞，遠看方知出處高。」宣宗應聲曰：「溪澗豈能留得住，終歸大海作波濤。」宣宗竟踐祚。然自此以接懿、僖，遂不靖。「作波濤」豈非讖耶？

黄檗山在瑞州新昌。

張籍《答鄱陽客》：「江皋歲暮相逢地，黄葉霜前半夏枝。子夜吟詩向松桂，心中萬事喜君知。」

豐城王季友有詩集一卷。杜詩云：「酆城客子王季友。」元結《篋中集》有季友詩二首，今王集有七篇，而《篋中》二首不在焉。

《唐百家詩選》云：「長孫佐輔，德宗時人，其弟公輔爲吉州刺史，佐輔往依焉。」而予吉州未見有佐輔詩。

施希聖，字肩吾，吴興人，元和十五年進士，以豫章西山乃十二真仙羽化之所，心慕之，因卜隱焉，且以名其所著詩，自爲之序。肩吾有《效古興》詩：「金雀無舊釵，緗綺無舊裾。惟有一寸心，長貯萬里夫。南軒夜蟲織已促，北牖飛蛾繞殘燭。只言衆口鑠黄金，誰信獨愁銷片玉。不知歲晚歸不歸，又將啼痕縫征衣。」

杜荀鶴，杜陵人，南遊入廬山，過處士劉遺民宅，欲卜鄰，未遂。後宦遊，有懷詩云：「長憶在廬嶽，俛仰塵土顔。煮茶窗底水，採藥石頭山。是境皆遊遍，誰人不羡閑。無何一名繫，引出白雲間。」

宜春鄭谷，字守愚，光啓三年進士，遷右拾遺，歷都官郎中。乾寧四年歸宜春，卒於别墅。其集號《雲臺編》者，以其扈從華山下觀居所編次云。歐陽公曰：「鄭谷詩名盛於唐末，號《雲臺編》，而世俗但稱其官，爲『鄭都官』詩。其詩極有意思，亦多佳句，但其格不甚高，以其易曉，人家多以教小兒，余爲兒時猶誦之。」谷幼有名譽，司空圖見而奇之，因拊其背曰：「當爲一代風騷主。」僧齊己携《早梅》詩詣之，谷爲改「數枝開」作「一枝」，齊己不覺下拜，以爲「一字師」。

唐新進士不問科甲高下，唱名出皇城，例喝狀元。鄭谷登第後，宿平康里，詩曰：「春來無處不閑行，楚潤相看别有情。好是五更殘酒醒，耳邊聞唤狀元聲。」則新進士例呼狀元舊矣。谷詩如「江上晚來堪畫處，漁人披得一蓑歸」「春陰妨柳絮，月黑見棃花」，風味固似不淺。

鄭谷與齊己、黄損定今體詩云：「一曰葫蘆格，二曰轆轤格，三曰進退格。葫蘆韻者先二後四，轆轤韻者雙出雙入，進退韻者一進一退。如李師中送唐介詩，兩韻中用韻，進退格也。」《雜記》

鄧璠，瑞陽人，唐中和元年權袁州，興崇學校，有古循吏風，詔正任。彭瞻賀以詩云：「六年惠政及黎氓，太府論功賞陟明。一尺詔書天上降，二千石禄世間榮。新添晝戟門增峻，舊躡青雲路轉平。更待皇恩酬善政，碧油幢到郡齋迎。」

羅隱有《鍾陵見進士楊尋》詩：「孺亭滕閣少踟躕，三度南遊一事無。只覺流年如鳥逝，不知何處有龍屠。雲歸洪井枝柯歛，水下章江氣色粗。賴得與君同此醉，醒來一作醒醒愁被鬼揶揄。」此詩楊尋當爲南昌人，第《志》未載，豈羅公解后於鍾陵耶？

上饒王貞白，字有道，唐校書郎，乾寧二年進士，有《靈溪詩集》七卷，自爲序。永豐人有藏之者，洪景盧刻之。有道有《廬山》詩：「嶽立鎮南楚，雄名天下聞。五峯高閡日，九疊翠連雲。夏谷雪猶在，陰岩晝不分。惟應嵩與華，清峻得爲羣。」

來鵬，豫章人，咸通中舉進士，不第，有詩集一卷。

任濤，筠州人，唐咸通中進士，與鄭谷俱稱「十哲」，詩名早著。常侍李騭見其詩有「露溥沙鶴起，人臥釣船流」之句，特與免役。鄉民訟之，騭判云：「江西界内，有詩似濤者，並與免役。」宋高安幸元龍，字震甫，號松垣，嘉泰間進士，有氣節，以詩援任濤例，求免税丁。太守判云：「松垣筆力破滄溟，欲援任濤免税丁。一段風流好公案，錦江重寫入圖經。」震甫通判鄂州，上書雪濟邸冤，屏廢而卒。

姚岩傑以詩酒遊江左，唐乾符中，顔標典鄱陽，創鞠場，請岩傑記之。標易三字，岩傑怒，覆碑於地，以詩寄標云：「爲報顔公識我麽，我心惟只與天和。眼前俗物關情少，醉後青山入夢多。田子莫嫌彈鋏恨，寧生休唱飯牛歌。聖朝若爲蒼生計，也合公車到薜蘿。」有文集二十卷，號象溪子。

唐李羣玉，澧州人，遊豫章。《送蕭綰之桂林》詩：「蘭香佩蘭人，弄蘭蘭江春。爾爲蘭陵秀，芳藻驚常倫。燦燦鳳池裔，一毛今再新。竹花不給口，憔悴清湘濱。一朝南溟飛，彩翮不可親。蒼梧雲水晚，離思空凝顰。我亦縱煙棹，西浮彭蠡津。丈夫未虎變，落魄甘風塵。大禹惜寸陰，況我無才身。流光銷道路，以此生嗟辛。萬里闊分袂，相思杳難伸。桂水更秋碧，寄書西上鱗。」又《登宜春醉宿景星寺寄鄭判官兼簡空上人》：「曉發碧水陽，暝宿金山寺。松風灑寒雨，淅瀝醒餘醉。夜中香積飯，蔬粒具精異。境寂滅塵愁，神高得詩思。皎皎滎陽子，芳春富才誼。漲海豁心源，冰壺見門地。碧霄有鳩序，未展聯行翅。俱笑一尺繩，三年絆騏驥。摧藏擔簦容，鬱抑胸襟事。名業爾未從，臨風嘿舒志。一身渺雲嶺，中夜空涕泗。側枕對孤燈，衾寒不成寐。糧薪極桂玉，大道生榛刺。耻息惡木陰，難書劍歌意。揚鞭入莽蒼，山驛凌煙翠。越鳥日南飛，芳音願相次。」

廖凝，字熙績，有學行，隱居南嶽三年，仕江南，爲彭澤令。詩云：「風清竹閣留僧宿，雨濕庭莎放吏衙。」《解印》詩云：「五斗徒勞自折腰，三年兩鬢爲誰焦。今朝官滿重歸去，還挈來時舊酒瓢。」遷連州刺史，與李建勳爲詩友。

南唐廖圖，字贊禹，虔州人，能詩。《和人贈沈彬》：「逼真但使心無着，混俗何妨手強抄。自喜卜居連岳邑，水邊松下得論交。」《贈泉陵上人》云：「直疑木少難留鶴，未信山低住得雲。」

沈彬，字子文，隱宜春雲陽山，學仙道，工詩。有《湘江行》云：「數家漁網殘煙外，一岸斜陽細雨中。」人膾炙之。唐末舉進士，夢着錦衣貼月飛，人謂身不入月宫，必不第，果然。後仕南唐爲吏部郎，臨終指葬地以示家人，穴其所，得石蓮花燈三碗，有銅碑，鐫詩云：「石燈猶未點，留待沈彬來。」彬有《入塞曲》二首：「欲爲皇王服遠戎，萬人金甲鼓鼙中。陣雲黯塞三邊黑，烽火愁天一片紅。半夜翻營旗攪月，深秋防戍劍磨風。謗書未及明君爇，歸骨將軍已没功。」其二：「苦戰沙間臥箭痕，戍樓閑上望星文。生希國澤分偏將，死奪河源答聖君。鳶覷敗兵眠白草，馬驚邊鬼哭陰雲。功多地遠無人紀，漢閣笙歌日又曛。」

沈麟字庭瑞，彬之子也。學道於玉笥山，常衣單褐，風雪不易。嗜酒工詩，時呼爲「沈道者」。有詩《寄故人陳智周》云：「名山相别後，此去會難期。金鼎消紅日，丹田老紫芝。訪君雖有路，懷我豈無詩。休羡繁華事，百年能幾時。」後尸解去。

上高香山院，唐有無名氏題：「誰將萬斛栴檀子，撒向千春古道場。萬壑曉風吹不斷，至今猶自滿山香。」

唐鄧廷聞《分宜讀書臺》詩：「鍾山高高鍾水緑，昔有佳人在幽谷。臺荒只見草萋萋，萬卷不留誰更讀。」

陳陶，南唐人，結廬西山，吟詠自適。有詩云：「一顧成周力有餘，白雲閑釣五溪魚。中原莫道無麟鳳，自是皇家結網疏。」人所稱道。

唐末，宜春王轂者，以歌詩擅名於時。嘗作《玉樹曲》，略云：「璧月夜，瓊樓春，蓮匣舌泠泠詞調新。當時狎客盡豐禄，直諫犯顔無一人。歌未闋，晉王劍上粘腥血。君臣猶在醉鄉中，一面已無陳日月。」此詞大播於口。轂未第時，嘗於市廛中，忽見有同人被無賴輩毆擊，轂前救之，揚聲曰：「莫無禮！識吾否？我便解道『君臣猶在醉鄉中，一面已無陳日月』者。」無賴輩聞之，慚謝而退。

馮道，字可道，詩雖淺近而造理。有詩云：「窮達皆由命，何勞發歎聲。但知行好事，莫要問前程。冬去冰須泮，春來草又生。請君觀此理，天道甚分明。」又云：「莫爲危時便愴神，前程往往有期因。須知海嶽歸明主，未有乾坤陷吉人。道德幾時曾去世，舟車何處不通津。但教方寸無諸惡，狼虎叢中也立身。」宋王荆公，我明李卓吾，極取可道。可道歷事五代，即庸俗皆鄙其失節。王、李皆極聰明，豈不達此？是必有説。不曰「可與權」，則曰「其愚不可及也」。嗟乎！「有道則見，無道則隱」，士人出處家法。可道乃欲於虎豹叢中立身，宜其舛矣。

莆中靈石山僧寂，南平王鍾傳禮致之，不赴，書付使者曰：「摧殘枯木倚寒林，幾度逢春不變心。樵客見之猶不采，郢人何事苦搜尋。」鍾傳，萬載人，封南平王。

鍾傳領江西日，客有以覆射之法求見，傳以曆日包橘置袖中，令射，客云：「太歲當頭坐，諸神不敢當。其中有一物，常帶洞庭香。」

江爲能詩，少遊廬山白鹿洞，題詩一聯於壁曰：「吟經蕭寺旃檀閣，醉倚王家玳瑁筵。」唐主李璟見之，謂左右曰：「吟此詩者，大是貴族。」

李夢符者，嘗遊洪州市，年可二十餘，短小潔白，美秀如玉，放蕩自恣，四時常插花遍歷城中酒肆，高歌大醉。好事者多召之與飲，或令爲歌詞，應聲爲之，初不經心，而各有意趣。鍾傳之鎮洪州也，以其狂妄惑衆，將罪之。夢符於獄中獻詩十餘首，其略曰：「插花飲酒無妨事，樵唱漁歌不礙時。」鍾竟不罪。後桂州刺史李瓊遣使至洪州，言夢符乃其弟也，請遣之。鍾令求於市中旅舍，人曰「夢符不歸」。後不知所終。吴淑《江淮異人録》

李八百名真，蜀人。得仙，常遊人間，自稱年八百歲。又白鹿先生謂陳摶曰：「此神仙李八百，動則八百里。」故宅在筠州治。楊誠齋詩云：「李真宅子故依然，道院西偏古洞前。一日身遊八百里，三番花落九千年。

劍池丹井俱蒼蘚，絳節霓旌已碧天。借問飛仙那用步，步行猶是地行仙。」

南唐元宗嗣位，李建勳出師臨川，謂所親曰：「主上寬大，比先帝遠矣，但性習未定，獻替無士，終恐不守舊業。」及馮延魯、陳覺出討閩中，督軍興急，建勳以詩寄延魯曰：「粟多未必爲全計，師老須防有援兵。」既而果爲越人所敗。李拜司空，累表致政，自稱爲「鍾山公」。詔授司徒，不起。時學士湯悦致狀賀之，建勳以詩答曰：「司空猶不受，那敢作司徒。幸有山公號，如何不見呼？」先是宋齊丘自京口求退，歸於青陽，號「九華先生」，未周歲，一徵而起，世論薄之。建勳年德未衰，時望方重，或有以宋比之，因爲之詩曰：「桃花流水須相信，不學劉郎去又來。」捐館夕，告門人曰：「時事如此，吾得保首領，幸甚！吾墓不封樹，不碑，任民耕鑿，無延他日毁斫。」後甲戌兵起，遍發公卿塋域，獨建勳免於禍。成幼文

宋齊丘鎮鍾陵，有布衣李匡堯累贄謁宋，宋知其忤物，托以他故不見。一日，宋喪子，匡堯隨弔客造謁，乃就賓次，大署二十八字云：「安排唐祚挫強吴，盡見先生説廟謨。今日喪雛猶自哭，讓王宫眷合何如？」李匡堯，或云泰和人也。

南唐元宗割江南後，金陵對岸即爲敵境，因遷都豫章。舟車之盛，旌旆絡繹，凡數千里，百司儀衛，洎禁校帑藏不絶者。僅一載，上每北顧，忽不樂，澄心堂承旨秦裕、臧徵，多引屏風障之。嘗吟詩云：「靈槎思浩渺，老鶴憶崆峒。」

南唐胡則守江州，堅壁不下。曹翰攻之急，忽有旋風吹文字紙墜於城中，其詞曰：「由來秉節世無雙，獨守孤城死不降。何以知幾早回首，免教流血滿長江。」翰攻陷江州，殺戮殆盡，謂之「洗城」。

宜春劉才卿叙古今書法源流云：「黄帝時，倉頡作古文。周宣王時，史籀作大篆。李斯損大篆作小篆。

時始皇好征伐，法令繁劇，軍期嚴速，篆字難猝就，乃約大小篆歸之於楷，且稍作波勢，謂之隸書，欲其省工而便徒隸佐書也，故亦曰『佐書』，始皇使行之於世。又有王次仲，以當時字體少波勢，乃增之爲『八分』。因其字方八分，遂以爲名。漢史游復解散隸體，而爲章草。劉德升破隸體，作行書。張伯英變行書，作大草。」按，才卿所考訂亦詳矣。《藝文志》不以小篆爲李斯，而以爲程邈，亦必有據。歐陽《集古録跋》以隸與八分爲一體。趙明誠《金石録》云：「隸書者，今之楷書是也，亦曰『正書』，自唐以前，楷字爲隸。」蓋明誠以今之楷字爲隸，而以有波勢字爲八分也。李濬《松窗雜録》

卷二

晏殊，字同叔。祖墉官江西，居筠。父延昌徙臨川。七歲善屬文，張知白薦之試神童科，除正字，置之秘閣，從陳彭年學。爲西京留守，范仲淹、孔道輔、歐陽修一時名士，多出其門。王旦曰：「劉筠、宋綬、晏殊屬文，有貞元、元和風格。」天聖中大拜，謚元獻。子叔原。

晏幾道，字叔原。其詞在諸名勝中，獨可追逼《花間》，高處或過之。其人雖縱弛不羈，而不苟求進，尚氣磊落，未可貶也。如「舞低楊柳樓心月，歌罷桃花扇底風」，爲世所賞。有《小山集》一卷。山谷序曰：「晏叔原，臨淄公之暮子也。磊隗權奇，疏於顧忌。文章翰墨，自立規模。常欲軒輊人，而不受世之輕重。諸公雖愛之，而又以小謹望之，遂陸沉於下位。平生潛心六藝，玩思百家，持論甚高，未嘗以沽世。余嘗怪而問焉。曰：『我槃跚勃窣，猶獲罪於諸公。憤而吐之，是唾人面也。』乃獨嬉弄於樂府之餘，而寓以詩人句法，清壯頓挫，能動摇人心。士大夫傳之，以爲有臨淄之風。」

晏元獻公爲京兆，辟張子野通判。新納侍兒，公甚屬意。子野詩詞，公雅重之。每張來，即令侍兒出觴，往往歌子野所爲詞。其後王夫人寖不容，公即出之。一日，子野至，公與之飲。子野作《碧牡丹》詞，令營妓歌之。

有云「望極藍橋，但暮雲千里。幾重山，幾重水」之句，公聞之憮然。曰：「人生行樂耳，何自苦如此！」亟命於宅庫支錢若干，復取前所出侍兒。既來，婦人亦無復誰何也。《道山先生清話》

晏同叔《寓意》詩：「梨花院落溶溶月，柳絮池塘淡淡風。」《假中示判官》詩：「無可奈何花落去，似曾相似燕歸來。」集句若「靜尋啄木藏身處，閑見遊絲到地時」「樓臺冷落收燈夜，明巷蕭條掃雪天」「已定復摇春水色，似紅如白海棠花」之類，皆佳句也。

德安夏竦，字子喬。宋仁宗朝，舉制科，有老宦者曰：「賢良他日必大用。」以吴綾手巾乞詩，公題曰：「殿上衮衣明日月，硯中旗影動龍蛇。縱横禮樂三千字，獨對丹墀日未斜。」楊徽之見而歎曰：「真宰相器也。」初除館職，時早秋，上在拱宸殿按舞，命中使索新詞，公立進《喜遷鶯》云：「霞散綺，月沉鈎。簾捲未央樓。夜涼河漢截天流。宫闕鎖新秋。瑶階曙，金莖露。鳳髓香和雲霧。三千珠翠擁宸遊，水殿按梁州。」上大悦。知南京，二詩寄執政云：「造化平分荷大鈞，腰間新佩玉麒麟。南湖不住栽桃李，擬狎沙禽過十春。」「海雁橋邊春水深，略無塵土到花陰。忘機不取人知否，自有江鷗信此心。」徙西都，以《青雀》寄諫院張昇云：「弱羽傷弓尚未完，孤飛誰敢擬鴛鸞。明珠自有千金價，莫與遊人作彈丸。」明尹文和《瑣綴録》云：「夏鄭公在朝，數被御史糾劾，疑承時宰風旨，作《青雀》詩云：『青雀孤飛毛羽丹，卑棲豈敢礙鵷鸞。明珠自有千金價，莫爲他人作彈丸。』」語微不同。夏初封英公，改鄭公，謚文莊。

夏文莊守安陸，宋莒公兄弟尚皆布衣。文莊異待之，命作《落花》詩。莒公曰：「漢皋珮解臨江失，金谷樓危到地香。」子京曰：「將飛更作回風舞，已落猶成半面妝。」是歲詔下，兄弟皆應舉。文莊曰：「詠落花而不言落，大宋須狀元及第。又風骨秀重，異日作宰相。小宋非所及，然亦須登嚴近。」後皆如其言。故文莊公在河陽聞莒公登庸，以别紙賀曰：「昔年安陸，已識台光。」蓋謂是也。

晏元獻晚歲有詩云：「老矣師丹多忘事，少之燭武不如人。」其後元厚之作執政，參知政事，一日奏事差誤，神宗故謂曰：「卿如此忘事耶！」明日乞退，遂用元獻語作《乞致仕表》云：「少之燭武尚不如人，老矣師丹仍多忘事。」神宗讀表至此，憐其意而留之。歐陽文忠公《謝致仕表》云：「雖伏櫪之馬，悲鳴難戀於君軒；而曳尾之龜，涵養未離於靈沼。」元厚之後作《致仕表》云：「蹌蹌退舞，敢忘舜帝之笙鏞；翯翯歸飛，亦在文王之靈沼。」又《謝致仕表》云：「冥鴻雖遠，正依天宇之高華；微藿雖傾，尚遡日華之明潤。」

夏英公《辭奉使表》略云：「頃歲先人没於行陳，春初母氏始棄遺孤。義不戴天，難下單于之拜；哀深陟岵，忍聞禁味之音。」「不拜單于」，用鄭衆事，而《公羊》謂夷樂曰「禁昧」。此生事對熟事格也。後永叔作《歸田録》改云：「義不戴天，難下穹廬之拜；情深陟岵，忍聞夷樂之聲。」夏英公《免起復奉使表》，世以爲工，然其間一聯「王姬築館，接仇之禮既嫌；曾子回車，勝母之遊遂輟」亦佳，不減前一聯也。王銍《四六話》

《吹劍録》載：宋范文正守饒，喜妓籍一小鬟。既去，以詩寄魏介曰：「慶朔堂前花自栽，便移官去未曾開。年年長有别離恨，已托春風幹當來。」介買送公。王衍曰：「情之所鍾，正在我輩。」以范公而不能免。慧遠曰：「順境如磁石，遇針不覺合而爲一處。無情之物尚爾，況我終日在情裏做活計耶？」張衡作《定情賦》，蔡邕作《靜情賦》，淵明作《閑情賦》，蓋尤物能移人，情蕩則難反，故防閑之。

豫章李常公擇爲六客堂，吴興張子野所賦詞卒章云：「也應傍有老人星。」蓋以自謂，是時年八十餘矣。歐陽《集》有《張子野墓誌》，死於寶元中者，乃博州人。名姓字偶皆同，非吴中之子野也。《古今詩話》云：「客有謂張子野曰：『人皆謂公爲張三中，即心中事、眼中淚、意中人也。』公曰：『何不目爲張三影？』客不曉。公曰：『云破月來花弄影』；嬌柔懶起，簾櫳捲花影』；柳徑無塵，飛絮過無影。此余生平所得意也。』」又《高齋詩話》云：「子野嘗有詩云：『浮雲斷處見山影』；又長短句『云破月來花弄影』；又云『隔牆送過鞦韆影』。並膾炙人口，世謂『張三影』。」《苕溪漁隱》云：「細味二説，當以《古今詩話》所載『三影』爲勝。」

「金馬玉堂三學士，清風明月兩閑人」「玉顔自古爲身累，肉食何人與國謀」，士子類能誦之，而未睹其全篇。乃六一公詩也。《唐崇徽公主手痕》詩：「故鄉飛鳥尚啁啾，何況悲笳出塞愁。青塚埋魂知不返，翠崖遺迹爲誰留。玉顔自古爲身累，肉食何人與國謀。行路至今空歎息，巖花野草自春秋。」又《會老堂口號》詩：「欲知盛席繼荀陳，請看當筵主與賓。金馬玉堂三學士，清風明月兩閑人。紅芳已過鶯猶囀，青杏初嘗酒正醇。好景難逢良會少，乘歡舉白莫辭頻。」

六一公雖在朝，而不忘山林。《下直》詩：「宫柳街槐緑未齊，春雲不解宿雲低。輕寒漠漠侵駝褐，小雨班班作燕泥。報國無功嗟已老，歸田有約一何稽。終當自駕柴車去，獨結茅廬潁水西。」《早朝感事》詩：「疏星牢落曉光微，殘月蒼龍闕角西。玉勒當門隨仗入，牙牌立殿報班齊。羽儀雖接鴛兼鷺，野性終存鹿與麋。笑殺汝陰常處士，十年騎馬聽朝雞。」一曰「終當自駕柴車去」，一曰「野性終存鹿與麋」，士大夫立朝，何可無此風味？

慶曆中，歐陽公謫守滁州，有琅琊幽谷，山川奇麗，鳴泉飛瀑，聲若環珮。公臨登忘歸。僧智仙作亭其上，公刻石爲記，以遺州人。既去十年，太常博士沈遵，好奇之士，聞而往遊。其山水秀絶，以琴寫其聲，爲《醉翁吟》，蓋宫聲三疊。復會公河溯，遵援琴作之，公歌以遺遵，并爲《醉翁引》，以敘其事。然調不主聲，爲知琴者所惜。後三十餘年，公薨，遵亦殁。其後廬山道人崔閑，遵客也，妙於琴理，常恨此曲無詞，乃譜其聲，請於東坡，以補其缺，遂爲音中絶妙，好事者爭傳。其詞曰：「瑯然。清圜。誰彈？響空山。無言。惟翁醉中知其天。月明風露娟娟。人未眠。荷蕢過山前。曰有心也哉此賢。第二疊泛聲同此。醉翁嘯詠，聲和流泉。醉翁去後，空有朝吟夜怨。山有時而同巔。水有時而回川。思翁無歲年。翁今爲飛仙。此意在人間。試聽徽外三兩絃。」方其補詞，閑爲絃其聲，東坡倚爲詞，頃刻而就，無一點竄。遵之子爲比丘，號本覺真禪師，東坡居士書以與之。云：「二水同器，有不相入。二琴同手，有不相應。沈君信手彈琴而與泉合，居士縱筆作詞而與琴會，此必有真同者矣。」

歐公詩：「靜愛竹時來野寺，獨尋春偶過溪橋。」俗謂之「折句」。盧贊元《雪》詩：「想行客過梅橋滑，免老農憂麥隴乾。」效此格也。

歐陽公與王禹玉、范忠文同在禁林。故事：進春帖子，自皇后貴妃以下諸閣皆有。是時温成薨未久，詞臣闕而不進。仁宗語近侍曰：「詞臣觀望，温成獨無有。」色甚不懌。諸公聞之皇駭，禹玉、忠文倉卒作不成，公徐云：「某有一首，但寫進本時偶忘之耳。」乃取小紅箋自録其詩云：「忽聞海上有仙山，煙鎖樓臺日月閒。花下玉容長不老，只應春色勝人間。」既進，上大喜。禹玉拊公背曰：「君文章真是含香丸子也。」

永叔《送劉原甫出守永興》詩云：「酌君以荊州魚枕之蕉，贈君以宣城鼠鬚之管。酒如長虹飲滄海，筆若駿馬馳平坂。」黄魯直《送王郎》詩云：「酌君以蒲城桑落之酒，泛君以湘纍秋菊之英。贈君以黟川點漆之墨，送君以陽關墮淚之聲。酒澆胸中之磊落，菊制短世之頹齡，墨以傳千古文章之印，歌以寫從來兄弟之情。」鮑照《行路難》：「奉君金卮之美酒，瑇瑁玉匣之彫琴。七綵芙蓉之羽帳，九華蒲萄之錦衾。」醉翁、山谷語本此，而更加藻潤。

臨江王欽若，字定國，少時夜視天文，有紫微字，宋祥符中拜相。以故相守杭，有一老尉，蒼顔華髮，乃同年生也。公憐之，薦於朝，特改京秩。尉詩謝云：「當年同試大明宫，文字雖同命不同。我作尉時君作相，東皇元没兩般風。」

王安石，字介甫，號半山。宋熙寧中拜相，取筆題窗云：「霜松雪竹鍾山寺，投老歸歟寄此生。」後致仕，居金陵白下門外，遊鍾山，憩法雲寺，是日正當霜雪，虚窗松竹，皆如詩中之景，公憮然。

《漫叟詩話》：「荆公歸定林後詩，情深華妙，非少作之比。嘗作《晚歲》詩云：『月映林塘静，風涵笑語涼。俯窺憐淨緑，小立佇幽香。攜幼尋新菂，扶衰上野航。延緣久未已，歲晚惜流光。』自以比謝靈運，議者亦以爲然。張浮休評王介甫『如空中之音，相中之色，欲有執着而曾不可得』。黄魯直謂荆公之詩『暮年方妙，然格高而體下』。」

荆公《字説》成，以爲可亞「六經」，作詩云：「鼎湖龍去字書存，開闢神機有聖孫。湖海老臣無四目，漫將糟粕汙修門。」「正名百物自軒轅，野老何知强討論。但可與人漫醬瓿，豈能令鬼哭黄昏。」蓋蒼頡四目，其制字成，天雨粟，鬼夜哭。「漫瓿」之句，言知者少也。

荆公《進字説表》曰：「蓋聞物生而有情，情發而爲聲。聲以類合，皆足相知。人聲爲言，述以爲字。字雖人之所制，本實出於自然。鳳鳥有文，《河圖》有畫，非人爲也，人則效此。故上下内外，初終前後，中偏左右，自然之位也。衡邪曲直，耦重交折，反缺倒仄，自然之形也。發歛呼吸，抑揚合散，虚實清濁，自然之聲也。可視而知，可聽而思，自然之義也。以義自然，故仙聖所宅，雖殊方域，言音乖離，點畫不同，譯而通之，其義一也。道有升降，文物隨之，時變事異，書名或改，原出要歸，亦無二焉。乃若知之所不能與，思之所不能至，則雖非即此而可證，亦非舍此而能學。蓋惟天下之至神爲能究此。」「臣頃御燕閒，親承訓敕，抱痾負憂，久無所成，雖嘗有獻，大懼冒浼，退復自力，用忘疾憊，咨諏討論。」「勒成《字説》二十四卷，隨表上進。」

王荆公《詠韓信》曰：「貧賤侵淩富貴驕，功名無復在芻蕘。將軍北面師降虜，此事人間久寂寥。」論曹參曰：「束髮山河百戰功，白頭富貴亦成空。華堂不着新歌舞，卻要區區一老翁。」二詩意卻甚正。然其當國也，偏執己見，凡諸君子之論，一切指爲流俗，曾不如韓信之師李左軍，曹參之師蓋公，又何也？

饒竦，宋熙寧中舉進士下第，以詩投荆公云：「又還垂翅下青霄，歸指臨川去路遥。二畝荒田都賣卻，要錢準備納青苗。」

荆公新法煩苛，毒流環宇。晚歲歸鍾山，作《放魚》詩云：「物我皆畏苦，捨之寧啖茹。」其與梁武帝窮兵嗜殺而以麵代犧牲者何殊？羅大經有詩云：「錯認蒼姬六典書，中原從此變蕭疏。幅巾投老鍾山日，辛苦區區活數魚。」

張文潛云：「《詩》三百篇，雖云婦人女子、小夫賤隸所爲，要之非深於文章者不能作。如『七月在野』以下，皆不道破，至『十月入我牀下』，方言是蟋蟀，非深於文章者能之乎？然是詩乃周公作，其超妙宜矣。荆公絶句云：『昏黑投林曉更驚，背人相唤百般鳴。柴門常閉春風暖，事外還能見鳥情。』蓋祖此法。」

荆公時，鬻祠廟。豫章人嘗於孺子亭前買酒，劉潛夫題詩云：「孺子亭前插酒旗，遊人那解薦江蘺。白鷗欲下還飛起，曾見當年解榻時。」帥聞之，亟令住買。

或問荆公云：「編四家詩，杜甫第一，李白第四，豈白不逮甫耶？」公曰：「白詩豪放，人固莫及，然格止此而已，不知變也。甫則悲歡窮泰，發斂抑揚，疾徐縱横，無施不可。其詩有平淡簡易者，有騈麗精確者，有嚴重威武若三軍之帥者，有奮迅馳驟若汎駕之馬者，有寂泊閒靜如山谷隱士者，有風流醞藉若貴介公子者。其緒密而思深，光掩前人，後來無繼。」或曰：「唐人之呼，何以李加杜？」公笑曰：「名姓先後之呼，豈足以優劣人！漢有李固、杜喬，世號『李杜』。李膺、杜密，亦語『李杜』。當時甫、白復以能詩齊名，因亦語『李杜』。取其稱呼便耳。退之詩有曰：『李杜文章在。』又曰：『昔年嘗讀李白、杜甫詩。』則李在杜先。若曰『遠追甫白感志誠』，又曰『少陵無人謫仙死』，則李居杜後，如此則孰爲優劣？如今人呼姓則語『班馬』，呼名則語『遷固』。白居易先與元稹同時唱和，人號『元白』，後與劉禹錫唱和，則語『劉白』。居易之才，豈真下二子哉？若曰『王、楊、盧、駱』，楊炯固嘗自言：『余愧在盧前，耻居王後。』益知稱呼前後，不足以優劣人也。晉王導嘗戲諸葛恢云：『人言王、葛，不言葛、王，何耶？』恢答曰：『譬言驢、馬，豈驢勝馬？』」或又曰：「評詩者謂甫期白太過，反爲白所誚。」公曰：「不然。甫贈白詩云：『清新庾開府，俊逸鮑參軍。』但比之庾信、鮑照而已。又云：『李侯有佳句，往往似陰鏗。』又在庾、鮑下矣。『飯顆』之嘲，一時戲劇之談。然二人者，名既相逼，亦不能無相忌也。」

客有誦「一江春水向東流」之句，荆公云：「未若『細雨夢回雞塞遠，小樓吹徹玉笙寒』。又『細雨濕流光』。」

荆公使對「念茲在茲，釋茲在茲，名言茲在茲」，季孫對之以「揭諦揭諦，波羅揭諦，波羅僧揭諦」，公大笑。

舒王詩云：「投老歸來供奉班，塵埃無復見鍾山。何須更待黄粱熟，始信人間是夢間。」又云：「黄粱欲熟且流連，謾道春歸莫悵然。蝴蝶豈能知夢事，蘧蘧先墮晚花前。」又云：「客舍黄粱今始熟，鳥殘紅柿昔分甘。」蓋三用「黄粱」，而意義皆妙。

荆公《日記》云：「立春日，悉剪綵爲燕子以戴之。」故歐陽永叔云：「不驚樹裏禽初變，共喜釵頭燕已來。」鄭毅夫云：「漢閣鬬簪雙綵燕，並知春色上釵頭。」皆春日貼子詩也。

王荆公詩曰：「紅梨無葉庇華身，黄菊分香委路塵。歲晚蒼官纔自保，日高青女尚横陳。」又云：「木落岡巒因自獻，水歸洲渚得横陳。」山谷曰：「『自獻』『横陳』，事見相如賦。《楞嚴經》亦曰：『於横陳處，味如嚼蠟。』」

荆公女，吴安持之妻，工詩。嘗寄荆公曰：「西風不入小窗紗，秋氣應憐我憶家。極目江山千里恨，依然和淚看黄花。」和曰：「青燈一點映窗紗，好讀楞嚴莫念家。罷了諸緣如幻事，世間惟有妙蓮花。」

荆公宅乃謝安所居地，有謝公墩。公賦詩曰：「我名公字偶相同，我宅公墩在眼中。公去我來墩屬我，不應墩姓尚隨公。」此詩是戲題，評者謂「與死人爭地界」，刻矣。

王荆公初爲參政，因讀晏元獻小詞，曰：「爲宰相而作小詞，可乎？」平甫曰：「彼亦偶然自喜而爲耳，其事業豈止如是。」吕吉甫爲館職，亦在坐，曰：「爲政必先『放鄭聲』，況自爲之耶！」平甫正色曰：「『放鄭聲』不若『遠佞人』。」吕自是與平甫相失。

東坡遊盧山，至東林，作二偈曰：「溪聲便是廣長舌，山色豈非清淨身。夜來八萬四千偈，他日如何舉似人。」「横看成嶺側成峯，遠近看山了不同。不識盧山真面目，只緣身在此山中。」

東坡云：「『爲我周旋寧作我』一句，只是難對。」時王平甫在坐，應聲云：「只消道『因郎憔悴卻羞郎』。」

寇萊公在中書，與同列戲云：「『水底月如天上月』，未有以對。」會楊大年適來白事，因請其對，大年應對曰：「眼中人似面前人。」

東坡嘗云：「黄魯直詩，如蝤蛑江瑶柱，格韻高絶，盤飧盡廢，然不可多食。」張芸叟云：「蘇子瞻詩，如武庫乍開，干戈森然，不覺令人神慢，子細檢點，不無利鈍。」然則蘇、黄之詩，在當時未能純然無議。芸叟又云：「永叔詩如春服既成，春酒既醲，登山臨水，竟日忘歸。王介甫如空中有聲，相中有色，欲有着曾不可得。」則蘇、黄直須讓歐、王一着。

用事琢句，妙在言其用，不言其名。惟荆公、東坡、山谷知之。荆公云：「含風鴨緑鱗鱗起，弄日鵝黄裊裊垂。」山谷云：「管城子無食肉相，孔方兄有絶交書。」荆公又云：「繰成白雪桑重緑，割盡黄雲稻正青。」《冷齋夜話》

王介甫詩云：「春殘葉密花枝少，睡起茶多酒盞疏。」惠洪謂「多」字當作「親」字，蓋欲以「少」對「密」，「疏」對「親」。江朝宗謂惠洪不曉古人句格，此一聯以「密」對「疏」，以「多」對「少」，正交股用之，所謂「蹉對」也。《藝苑雌黄》

東坡言：「《春秋》書作兵甲，用田賦，皆重其始爲民患也。國史記之，曰青苗錢自陛下始，豈不惜哉？」不知青苗非始於王荆公也。唐代宗廣德二年七月，税天下青苗錢以給百官俸，則始自唐矣。唐人作《青苗》詩，不一而足，豈東坡未之見耶？朗陵陳晦伯博極羣書，載東坡語詆荆公，豈亦未讀唐史、唐詩耶？

蘇子由謫高安，雲庵時時相過。有聰禪師，亦蜀人。一夕雲庵夢同子由、聰迓五祖戒禪師。既覺，語子由，聰亦至。子由迎呼曰：「方與洞山説夢，子今來同説夢乎？」聰曰：「夜來夢吾三人迎戒和尚。」子由曰：「世間果有同夢者。」久之，東坡書至，曰：「已至奉新，旦夕相見。」三人喜，出城而坡至。則以語坡。坡曰：「軾七八歲，常夢是僧。又先妣方孕時，夢一僧來托宿。」乃謫英州，云遣書至南昌。坡引紙大書曰：「戒和尚又錯脱也。」後監玉局觀，作偈答南華長老曰：「惡業相纏四十年，常行八棒十三禪。卻着衲衣歸玉局，自疑身是五通仙。」

王荆公《臨川靈谷詩序》：「吾州之東南，有靈谷者，江南之名山也。龍蛇之神，虎豹翬翟之文章，楩楠豫章竹箭之材，皆自山出。而神林鬼冢魑魅之穴，與夫仙人釋子恢譎之觀，咸附託焉。至其淑靈和清之氣，盤礴委積於天地之間，萬物之所不能得者，乃屬之於人。」

王荆公一日謂劉貢父曰：「三代夏商周。」貢父應聲曰：「四始風雅頌。」公拊髀曰：「天造地設也。」

東坡《送吉守江公著》：「奉親官舍當有擇，得郡江南差可喜。白粲連檣一萬艘，紅粧執樂三千指。簿書期會得餘閒，亦念人生行樂耳。」吾吉舟楫連泊十餘里，半係稻航，至今猶然。第紅粧之風，殊大不稱，特借來作對語耳。

宋咸平中，上作歌一首，賜學士陳彭年，因謂向敏中等曰：「頃命學士，罕曾賜歌詩。」因曰：「彭年詞學優長，擢居清近，久益謹密，多聞好學，鮮有偕者。」敏中曰：「彭年，全才也，豈止於文雅雍容而已。至如參酌時務，詳求物理，皆出人意表。」上然之。彭年，豫章人。

馮京，式之子也。既登第，第一。初娶富弼女，再娶晏殊女。故曰：「兩娶相國女，三魁天下儒。」京後亦執政。晏元獻又一女適富弼，則范文正所舉者，此翁婿俱相也。唐韓滉女適楊於陵，張嘉貞女適郭元振，張延賞女適韋皋，韋執誼女適杜黄裳，同時爲相。宋薛奎，謚簡肅，長女適歐陽修，次適王拱辰。李文靖女適王曾。我明岳正女適李東陽，僅一見之。

薛簡肅長女適歐公，次適王拱辰。後歐公再娶小姨，故有「舊女婿爲新女婿，大姨夫作小姨夫」之句。

白稹，宋真宗朝爲饒州判官，時丁謂爲倅。稹以片紙假五鐶，晉公曰：「榜下新婚，京國富室，豈無半千質物邪？懼吾撓之耳。」答以詩云：「欺天行當吾何有，立地機關子大乖。五百青蚨兩家缺，白紅崖打赤紅崖。」

洪皓，字光弼，鄱陽人，政和中進士。初爲寧海簿，攝令事，蠲貧弱四千八百户税。縣境荷花桃實竹榦有連理之瑞，建三瑞堂。已而子适以貳車行縣，題詩云：「久矣馳魂夢，今登三瑞堂。故山有喬木，近事話甘棠。」洪邁，字景盧，官至内翰，謚文敏，號容齋，作《容齋五筆》，合四十七卷。皓子适、遵、邁並中詞科，當時語曰：「父子相承，四上鑾坡之直；弟兄相望，三陪鳳閣之遊。」人以爲忠義之報。

宋紹興辛巳，金亮既誅，葛王即位，使來修好，洪景盧往報之。入境，與其接伴約用敵國禮，伴許諾。故沿路表章，皆用在京舊式。未幾，乃盡卻回，使依近例易之。景盧不可。於是扃驛門，絶供饋，使人不得食者一日。又令館伴者來言：頃嘗從忠宣公學，陽吐情實，令勿固執，恐無好事，須通一線路乃佳。景盧等懼留，不得已，易表章授之，供饋乃如禮。景盧素有風疾，頭常微掉，時人爲之語曰：「一日之饑禁不得，蘇武當時十九秋。傳語天朝洪奉使，好掉頭時不掉頭。」

洪光弼有《寄子》詩：「太學何蕃久不歸，十年甘旨誤庭闈。休辭客路三千遠，須信人生七十稀。腰下雖無蘇子印，篋中幸有老萊衣。歸時定約春前後，免使高堂賦式微。」

洪景盧有《王龜齡王嘉叟木蘊之同過小園用郡圃植花韻》：「節到中和暖尚賒，東風隨處起芳華。自慚翳翳松三徑，相對蕭蕭馬五花。老去醉鄉爲日月，年來痼疾在煙霞。午橋別墅歸公手，早定淮西取白麻。」

繆瑜工詩，劉後村云：「余初筮仕江西，有繆瑜袖詩來訪，《調官》一聯云：『有客去遊丞相宅，無人來問孝廉船。』」有《崆峒集》行世。

陸九淵字子靜，宋乾道中登第。吕東萊識其文於數千人中，謂曰：「一見高文，知其爲江西陸子靜也。」居貴溪之象山，教授生徒數十百人。初讀書至「宇宙」字，曰：「宇宙事即己分内事，宇宙便是吾心，吾心便是宇宙。」與晦庵同餞東萊於鵝湖，作詩云：「涓流積至滄海水，拳石崇成泰華岑。簡易工夫終久大，支離事業竟浮沉。」卒謚文安。明趙東山汸贊曰：「儒者曰『其學似禪』，佛者曰『我法亡是』。超然獨契本心，以俟聖人百世。」

陸象山家於金谿，累世義居。一人最長者爲家長，一家聽命焉。年選子弟，分任家事。或主田疇，或主租税，或主出納，或主廚爨，或主賓客。公堂之田，給一歲之食。家人計口授飯，自辦蔬肉。賓至則巵酒杯羹，久留不厭。晨興，率子弟致恭祠堂，聚揖於廳，擊鼓三疊，子弟一人唱云：「聽聽聽，勞我以生天理定。若還懶惰必饑寒，莫到饑寒方怨命。虚空自有神明聽。」又唱云：「聽聽聽，衣食生身天付定。酒肉食多折人壽，經營太甚違天命。定定定。」《鶴林玉露》

毛維瞻，字國鎮，以詩鳴。與趙清獻同里，相得爲山林之樂。宋元豐中，出守筠州，政平訟理。時蘇潁濱謫筠州監酒，相與唱和。有《鳳山八詠》《山房即事十絶》。蘇詩云：「共喜新蒭酒味醇，官居休暇不須旬。政成境内棠陰合，訟息亭中草色新。不惜牛刀時一割，已因鼷鼠發千鈞。歲成誰與公書考，豈獨江南第一人。」

崇仁羅點，字春伯，號此庵。宋淳熙中官侍講，除浙西提舉。楊誠齋詩云：「山嶽動摇增意氣，詔書宣布舞羣黎。」官至樞密，謚文恭。明吉水羅洪先，號念庵，官諭德，謚文恭。二羅同謚，人品亦相似。點從弟鑑，字正仲，亦能詩，有《磬沼集》一卷，「磬沼」者，爲池，因地曲折如磬然。

羅之紀，字國張，號筠心居士，瑞陽人。宋孝宗朝，攝邑雲夢。因見雪壓庭竹，賦詩云：「吾道非邪真可耻，此君豈是折腰人。」棄官歸，遇方士授丹經修養法，葺一室，扃以子午，靜逸成趣。有《易傳》三卷，文集二十卷。

昔周益公、洪容齋嘗侍壽皇宴。因談肴核，上問容齋：「卿鄉里何所産？」容齋，鄱陽人也。對曰：「沙地馬蹄鱉，雪天牛尾貍。」又問益公，公廬陵人也。對曰：「金柑玉版筍，銀杏水精葱。」上吟賞。又問一侍從，忘其名，浙人也。對曰：「螺頭新婦臂，龜腳老婆牙。」四者皆海鮮也。上爲之一笑。

周必大，字子充，初字洪道，紹興中，中博學宏詞科。公在翰苑九年，有詩云：「緑槐夾道集昏鴉，敕使傳宣待賜茶。歸到玉堂清不寐，月鉤初上紫薇花。」嘗言：「六十四卦，惟《謙》六爻皆吉。」又誦「夫子其恕乎」一語。故平生處己以謙，待物以恕。退居十五年，自號平園老叟，築室名曰玉和。公自序云：「和氣謂之玉燭。方今衆賢和於朝，萬物和於野，使皤然一叟，得佚老於和氣之内。」淳熙中，拜右相，封益公。

益公《寄胡邦衡》詩：「鵷閣行看迎太宰，象篚應記講庖人。」注：「公在講筵講《周禮》，至《庖人》而請去。」

慶元間，益公以宰相退休。楊誠齋以秘書監退休。益公嘗訪誠齋於南溪上，留詩云：「楊監全勝賀監家，賜湖豈比賜書華。回環自鬭三三徑，頃刻能開七七花。門外有田供伏臘，望中無處不煙霞。卻慚下客非摩詰，無畫無詩只謾誇。」誠齋和曰：「相國來臨處士家，山間草木也光華。高軒行李能過李，小隊尋花到浣花。留贈新詩光奪月，端令老子氣成霞。未論藏弆傳詒厥，拈向田夫野老誇。」好事者繪以爲圖，誠齋題云：「平叔曾過魏秀才，何如老子致元台。蒼松白石青苔徑，也不傳呼宰相來。」用魏野詩，翻案也。厥後誠齋伯子長孺，端平初累辭召命，以集英殿修撰致仕家居，年八十。雲巢曾無疑，益公門人也，年尤高，嘗攜茶袖詩訪伯子。其詩云：「褰衣不待履霜回，到得如今亦樂哉。泓穎有時供戲劇，軒裳無用任塵埃。眉頭猶自懷千恨，興到何如酒一杯。知道華山方睡覺，打門聊伴茗奴來。」伯子和云：「雪舟不肯半塗回，直到荒林意盛哉。籬菊苞時披宿霧，木犀香裹絶纖埃。錦心繡口垂金薤，月露天漿貯玉杯。八十仙翁能許健，片雲得得出巢來。」其風味庶幾可亞前二老云。無疑博學工文，尤精考訂，有《本朝新舊官制考》行於世。以隱逸召爲秘閣校勘，羅竹谷送以詩云：「泰華山人上赤墀，上嗟安在見何遲。老於尚父投竿日，少似輗生對策時。怨鶴驚猿辭舊隱，鞭鸞笞鳳總新知。早陳經國平邊策，歸領雲巢舊住持。」無疑立朝逾年，除大社令，奉祠而歸，年九十乃終。

周益公歸休，尹直卿以詩賀之云：「六一先生薄吉州，歸田去作潁昌遊。我公不向螺江住，羞殺青原白鷺洲。」

周益公長身瘦面，狀若野鶴，在翰苑多年。壽皇一日燕居，歎曰：「好一個宰相！但恐福薄爾。」蓋疑其相也。一老璫在旁，徐奏曰：「官家所歎，豈非周必大乎？」上曰：「爾何知？」曰：「臣見所畫司馬光像，亦如必大清臞。」上爲之一笑。未幾遂登庸，爲太平宰相，與聞揖遜之盛。出鎮長沙，退休享清閒之福十有餘年。

楊誠齋爲零陵丞，以弟子禮謁張魏公。時公以遷謫故杜門謝客。南軒爲之介紹，數月乃得見，因跪請教。公曰：「元符貴人，腰金紆紫者何限，惟鄒志完、陳瑩中姓名與日月爭光。」誠齋得此語，終身厲清直之操。晚年退休，悵然曰：「吾平生志在批鱗請劍，以忠鯁南遷，幸遇時平主聖。老矣，不獲遂所願矣。」立朝時論諫挺挺，如乞用張浚配享，言朱熹不當與唐仲友同罷，論儲君監國，皆天下大事。孝宗嘗曰：「楊萬里直不中律。」光宗亦曰：「楊萬里有性氣。」故其自贊云：「禹曰也『有性氣』，舜云『直不中律』。自有二聖玉音，不用千秋史筆。」

誠齋自秘書監將漕江東，年未七十，退休南溪上。老屋一區，僅庇風雨，長鬚赤腳，纔三四人。徐靈淵贈詩云：「清得門如水，貧惟帶有金。」蓋紀實也。聰明强健，享清閒之福十有六年。寧皇初元，與朱文公同召。文公出，公獨不起。文公與公書云：「更能不以樂天知命之樂，而忘與人同憂之憂。毋過於優游，毋决於遁思，則區區者猶有望於斯世也。」然公高蹈之志已不可回。嘗自贊云：「江風索我吟，山月唤我飲。醉倒落花前，天地爲衾枕。」又云：「青白不形眼底，雌黄不出口中。只有一罪不赦，唐突明月清風。」

楊伯子長孺，號東山，清節高文，趾美克肖。其帥番禺，將受代，有俸錢七千緡，盡以代下户輸租。有詩云：「兩年枉了鬢霜華，照管南人没一些。七百萬緡都不要，脂膏留放小民家。」又《别石門》詩云：「石門得得泊歸舟，江水依依别故侯。擬把片香投贈汝，這回欲帶忘來休。」蓋昔吴隱之守五羊，不市南物，歸舟有香一片，舉而投諸石門江中，用此事也。其帥三山，不請供給錢，以忤豪貴，劾去。作詩貽羅竹谷云：「與世長多忤，持身轉覺孤。賁緣新齒舌，收拾老頭顱。我已歌瀧吏，君誰誦子虚。同歸燈火讀，家裏石渠書。」時竹谷與之同入閩故也。陳膚仲作《玉壺冰》《朱絲絃》二詩送之。林自和送行詩云：「公來無琴鶴，公去有芒鞋。」又有幕官詩云：「從渠腰下有金帶，何處山中無菜羹。」真西山入對，主上問當今廉吏，西山既以趙政夫爲對，翌日又奏：「臣昨所舉廉吏未盡，如崔與之出蜀，惟載歸艎之圖籍。楊長孺守閩，靡侵公帑之毫釐。皆當今廉吏也。」紹定元年，長孺以敷文閣直學士致仕，卒年七十九。

楊誠齋丞零陵時，有《春日絶句》云：「梅子流酸浸齒牙，芭蕉分緑上窗紗。日長睡起無情思，閒看兒童捉柳花。」張紫岩見之，曰：「廷秀胸襟透脱矣。」

高廟配享，洪容齋在翰苑，以吕頤浩、趙鼎、韓世忠、張俊四人爲請。蓋文武各用兩人，出孝宗意，遂令侍從議。時宇文子英等十一人以爲宜如明詔，而識者多謂吕元直不厭人望，張魏公不應獨遺。楊誠齋時爲秘書少監，以書爭之，以「欺、專、私」三罪斥容齋，且言魏公有社稷大功五：建復辟之勳，一也；發儲嗣之議，二也；誅范瓊以正朝綱，三也；用吴玠以保全蜀，四也；卻劉麟以定江左，五也。於是有旨，再令詳議。越數日，上忽諭大臣曰：「吕頤浩等配享，正合公論，更不須議。洪邁固是輕率，楊萬里亦未免浮薄。」於是二人皆求去，容齋守南徐，誠齋守高安，而魏公迄不得配食。誠齋詩云：「出卻金宮入梵宮，翠微緑霧染衣濃。三年不識西湖月，一夜初聞南澗鐘。藏室蓬山真昨戲，園翁溪友得今從。若非朝士追相送，何處冥鴻更有蹤。」又云：「新晴在在野花香，過雨迢迢沙路長。兩度立朝今結局，一生行客老還鄉。猶嫌數騎傳書札，剩喜千峯入肺腸。到得前頭上船處，莫將白髮照滄浪。」此去國時詩也，可謂無幾微見於顔面矣。其冢嗣伯子跋其《論配享書稿》云：「覆羹真得皂囊書，錦水元來勝石渠。但寶銀鉤并鐵畫，何須玉帶與金魚。」蓋苗劉作亂時，矯隆祐詔貶竄魏公，高宗在昇陽宫，方啜羹，左右來告，驚懼，羹覆於手，手爲之傷。暨復辟，見魏公，泣數行下，舉手示公，痕迹猶存。左次魏和伯子詩云：「鑾坡蓬監兩封書，道院東西各付渠。乾道聖人無固必，是非付與直哉魚。」詞意亦佳。

楊誠齋詩曰：「天上歸來已六更。」固知宋事，不知何有六更也。後見《蟫精雋》云：「宋内五鼓絶，梆鼓遍作，謂之『蝦蟆更』，其時禁門開，而百官入，所謂六更也。如方外之攢點，即今之發擂耳。」

誠齋《月下傳杯》詩云：「老夫渴急月更急，酒落杯中月先入。領取青天併入來，和月和天都蘸溼。天既愛酒自古傳，月不解飲真浪言。舉杯將月一口吞，舉頭見月猶在天。老夫大笑問客道，月是一團還兩團？酒入詩腸風火發，月入詩腸冰雪潑。一杯未盡詩已成，誦詩向天天亦驚。焉知萬古一骸骨，酌酒更吞一團月。」誠齋誦此詩，且曰：「老夫此作，自謂彷彿李太白。」

徐思叔《題貧樂圖》詩首句云：「乃翁晝灰教兒書，嬌兒赤骭玉雪膚。厥妻曝日補破襦，弊筐何有金十奴。」楊伯子和云：「三間破屋一牀書，錦心繡口冰肌膚。自紉枯葉作袴襦，此君便是長鬚奴。」王才臣和云：「大兒阻饑頗廢書，小兒忍寒粟生膚。婦縱有褌無一襦，不敢緣此相庸奴。」三詩皆佳。嘉定間，楊伯子爲湖州守，彈壓豪貴，牧養小民，治聲赫然，爲三輔冠。郡之士相與肖象，祠於學宫，與工部尚書戴少望並祠，伯子意不悦。會除浙東庾節，將行，辭先聖先師，禮畢，與校官諸生坐於講堂，命取所祠畫象來，題詩其上：「面有憂民色，天知報國心。三年風月少，兩鬢雪霜深。更莫留形迹，何曾廢古今。不如隨我去，相伴老山林。」遂卷藏而行。當時士子有戲和其詩者，末句云：「可憐戴工部，獨樹不成林。」

楊邦乂，宋建炎中倅建康，金兵大至，杜充戰敗遁去，公刺血書襟曰：「寧爲趙氏鬼，不作他邦臣。」遂遇害。贈直秘閣。《制》云：「懦夫愛生，名不稱於没世；烈士砥節，死有重於泰山。」紹興中，再賜田三百畝，官其一子，至今祠在南京。予吉人官南京者，春秋俎豆，比於北京之文山祠。子章官南虞部，一葺之，有祠記。

胡澹庵乞斬秦檜，得貶。蘆溪王庭珪以詩送之曰：「癡兒不了公家事，男子要爲天下奇。」亦貶辰陽。寺丞陳剛中以啓賀之云：「屈膝請和，知廟堂禦侮之無策；張膽論事，喜樞庭經遠之有人。身爲南海之行，名若泰山之重。」又云：「誰能屈大丈夫之志，寧忍爲小朝廷之謀。知無不言，願請尚方之劍；不遇故去，聊乘下澤之車。」亦貶安遠宰。蘆溪晚年，孝宗召赴闕，除直秘閣，一子扶掖上殿，亦予官，壽踰九十。寺丞竟死安遠，無子，其妻削髮爲尼。幸不幸，不同如此。吉州江濱有石材廟，隆祐太后避虜，御舟泊廟下。一夕，夢神告曰：「速行，虜至。」太后驚悟，即命發舟指章貢。虜果躡其後，追至造口，不及而還。事定，特封廟神剛應侯。寺丞南行，題詩廟柱云：「疏爵新剛應，論功舊石材。能形文母夢，還訝佞人來。海市爲誰出，衡雲豈自開。乞靈如見告，逐客幾時回。」卒不如其願，悲夫！

胡忠簡公翰墨甚佳，阜陵嘗問公曰：「卿寫字宛如卿爲人。」公答曰：「臣幼習顏真卿字，今自成一家。」又曰：「朕前日侍太上於德壽宫閣上，治疊書畫，因得卿紹興戊午年所上封書真本，太上與朕玩味久之，喜卿辭意精切，筆法老成，英風義氣，凜然飛動，太上自藏之，曰：『可爲後代式。』但其後爲秦檜之所批抹汙者，朕啓太上，令工逐行裁去精裝。」公封事稿，有周益公、楊誠齋二公題跋在後。公孫搢，廣西僉憲，刻於融州真仙巖，我明楊東里先生跋。

胡澹庵十年貶海外，比歸，飲於湘潭胡氏園，題詩云：「君恩許歸此一醉，傍有梨頰生微渦。」謂侍妓黎倩也。厥後，朱文公見之，題絶句：「十年浮海一身輕，歸對梨渦卻有情。世上無如人欲險，幾人到此誤平生。」《文公全集》載此詩，但題《自警》云。

邦衡居海外二十年，孝宗登極，起知饒州。未到任，除秘少監。登南恩望海臺，吟曰：「君恩寛逐客，萬里聽歸來。未上淩煙閣，先登望海臺。山爲翠浪湧，湖拓碧天開。目斷飛雲處，終身愧老萊。」除工侍，進解經，除龍圖學士，謚忠簡。孫榘。

胡榘，字仲方，爲江西憲，楊東山復書云：「繡衣玉斧，威惠兼施。玉虹翠浪，又逢賢主人也。」寧宗朝，爲工部尚書。我明吉水胡文穆公，澹庵裔也，家藏有澹庵手書五通，作《忠簡公翰墨記》。

胡致隆，號蕭灘居士，與山谷往來，坐上分題賦藕云：「平生冰雪姿，七星羅心胸。豈無有絲毫，上裨天子聰。而不自薦達，胡爲乎泥中。沉疴正無賴，安得君從容。其子亦可憐，風味如乃翁。」

廬陵胡夢旦，字季昭，又字季汲。寶慶初元，爲大理評事，應詔上書，言濟邸事，竄象郡。建人翁定送行詩云：「應詔書聞便遠行，廬陵不獨詫邦衡。寸心只恐孤天地，百口何期累弟兄。世態浮雲多變換，公朝初日盍清明。危言在國爲元氣，君子從來豈顧名。」盱江杜耒詩云：「廬陵一小郡，百歲兩胡公。論事雖小異，處心應略同。有書莫焚稿，無恨豈傷弓。病愧不遠别，寫詩霜月中。」太學生胡炎詩云：「一封朝奏大明宮，嘘起廬陵古直風。言路從來天樣闊，蠻荒誰使徑旁通。朝中競送長沙傳，嶺表爭迎小澹翁。學館諸生空飽飯，臨分憂國意何窮。」羅竹谷詩云：「好讀床頭《易》一篇，盈虚消息總天然。崢嶸齒頰皆冰雪，肯怕炎方有瘴煙。」「頻寄書回洗我愁，莫言無雁到南州。長相思外加餐飯，記取承君舊話頭。」季詔之兄子建，弟國賓，皆博學能文，懷奇負氣，兄弟友愛最隆。不蓄私財，有無盡費於朋友。得罪之日，囊無一錢。子建挈家歸，賣文以活。國賓奮然徒步，從其兄於貶所。國賓先没，季詔繼之。端平更化，詔許歸葬，贈朝奉郎，官其一子。洪舜俞草贈官制詞云：「朕訪落伊始，首下詔求讜直，蓋與諫鼓謗木同意。以直言求人，而以直言罪之，豈朕心哉？爾風裁峭潔，志概激壯，繇尉廷平，上書公車，言人之所難言。方嘉貫日之忠，已墮偃月之計。開塗胥口，訪事瀧頭，曾無幾微見於顔面，何氣節之烈也。仁祖能全介於遠謫之餘，孝祖能拔銓於投荒之後。撫今懷往，魂不可招。潦霧墮鳶，悲悔何及。陟階員外，仍官厥子。用旌折檻之直，且識投杼之過。爾雖死，可不朽矣。」

吾豫章文集，自東漢海西令南昌程曾著書百餘篇始，嗣後南昌唐檀著書二十八篇，號《唐子》。晉御史大夫南昌熊遠有集十二卷。長沙公陶侃集二卷。沙門釋慧遠集十二卷。柴桑令劉遺民集五卷。徵士陶潛集二十卷。處士雷次宗集三十卷，《毛詩序義》二卷。陳陶集十卷。施肩吾集十卷。鄭谷集四卷。盧肇賦六卷。晏丞相殊《臨川集》二百四十卷。歐公全集一百五十卷，別集二十卷。王荆公集一百卷，後集八十卷。王元澤集三十四卷。夏文莊公集一百卷。曾子固集五十卷。黄山谷《南昌集》九十一卷，《豫章集》八十卷。劉公是集七十五卷。劉公非集六十卷。李泰伯《退居類稿》三十九卷。曾子開《曲阜集》一百四十四卷。陸象山集三十二卷。施正憲集七十卷。清江三孔集四十卷。周益公集二百卷。楊誠齋集一百三十三卷。胡澹庵集七十八卷。文信國公集十六卷。謝弋陽集十六卷。洪适文忠公《盤洲集》八十卷。洪遵文安公《小隱集》七十卷。洪容齋《隨筆》七十四卷。羅泌《路史》四十七卷。至於宋則極盛矣。我明台司鼎甲，視宋尤盛。而文集百卷如晏、歐、王、黄、夏、周、楊諸公，豈可多見哉！

江西自歐陽子以古文起於廬陵，曾子固、王介甫皆出歐門，老蘇所謂「執事之文，非孟子、韓子之文，而歐陽子之文也」。朱文公謂「江西文章，如永叔、介甫、子固做得如此好，亦知其皜皜不可尚已」。至於詩，則山谷倡之，自爲一家，並不蹈古人町畦。象山云：「豫章之詩，包含欲無外，搜抉欲無秘，體製通古今，思致極幽眇，貫穿馳騁，工夫精到，雖未極古之源委，而其植立不凡，斯亦宇宙之奇詭也。開闢以來，能自表見於世若此者，如優鉢曇華，時一現耳。」

筠州有小溪，其渡曰來蘇。蓋子由貶高安監酒時，東坡來訪之，經過此渡，鄉人以爲榮，故名來蘇。嗚呼，當時小人媒櫱摧挫，欲置之死地，而其所經過之地，溪翁野叟亦以爲光華，人心是非之公，其不可泯如此，所謂「石壓筍斜出」者是也。

廬陵羅椿，字永年，誠齋高弟也。清貧入骨，一介不取，有李方叔、謝無逸風味。累舉禮部，竟不第，自號就齋。嘗訪誠齋於毘陵，誠齋作詩送之歸曰：「梅花香邊踏雪來，杏花影裏帶春回。明朝解纜還千里，今日看花更一杯。誰遣文章太驚俗，何緣場屋不遺才。南溪鷗鷺如相問，爲報春吟費麝煤。」慶元初，誠齋與朱文公同召，誠齋力辭。永年寄詩云：「不愁風月只憂時，髮爲君王寸寸絲。司馬要爲元祐起，西樞政坐壽皇知。苦辭君命驚凡子，清對梅花更與誰。夢繞師門三稽首，起敲冰硯訴相思。」誠齋擊節。又《送永豐汪令》詩云：「錦纜梅花浦，江南作縣歸。新來薦鶚牘，驚動袞龍衣。歲晚情難別，心親事卻違。恐君天上去，扶病出煙霏。」頗有少陵意態。他如「露濕看花腳，鶯啼欲曉山」「春消千嶂雪，清逼五湖秋」等句，皆佳。

彭元忠，淳熙中爲司户，楊誠齋贈詩云：「詩入江西社，心傳肘後方。木天須此士，丹筆校官黄。」

京鏜，字仲遠，豫章人，宋紹興中舉進士。高宗謂趙師雄曰：「京鏜有公輔器。」使金，以我喪故，不肯受宴樂。題詩於館云：「鼎湖龍去已無蹤，三遣行人意則同。凶禮強更爲吉禮，夷風終不變華風。假令耳與笙鏞末，只願身甘鼎鑊中。已辦滯留期必得，不能築館汴江東。」使還，上曰：「京鏜，今之毛遂也。」有樂府一卷，自號松坡居士，有集七卷。與何浩、劉德秀、胡紘專主僞學之禁，宋寧宗慶元中，拜右相，附侂胄，驅汝愚。

劉沆，吉州永新人，少倜儻任氣，作《述懷》詩云：「虎生三歲便窺牛，獵食寧能掉尾求。若不去登黄閣貴，便須求伴赤城遊。」王拱辰榜第二人，至和中拜相。永新有二相，俱劉姓。沆以第二人拜相於宋，謚文安。劉定之以第三人拜相於明，亦謚文安。

劉原父治平中在西掖，一日進封皇子公主九人，立馬卻坐，一揮九制，文詞典雅。

貢父，宋神宗朝充集賢院校理，著《漢書誤》，謫倅泰州，題館壁云：「璧門金闕倚天開，五見宮花落井槐。明日扁舟滄海去，卻從雲氣望蓬萊。」王介甫愛之，書於扇。

劉貢父《詩話》云：「文人用事錯誤，雖有缺失，然不害其美。杜甫云：『功曹非復漢蕭何。』據光武謂鄧禹『何不以掾功曹』，又曹參嘗爲功曹，云酇侯，非也。」按：蕭何爲主吏掾，即功曹也。注在《史記・高祖紀》。貢父偶不察耳。

劉貢父一日問蘇子瞻：「『老身倦馬河堤永，踏盡黄榆緑槐影』，非閣下之詩乎？」子瞻曰：「然。」貢父曰：「是日影耶？」子瞻曰：「『竹影金鎖碎』，又何嘗説日月也？」二公大笑。《道山清話》

劉攽《謝表》曰：「强弩射市，薄命難逃。飄瓦在前，忮心不校。」又曰：「在矢人之術，惟恐不傷；而田主之牛，奪之已甚。」

劉貢父與王介甫最爲故舊。荆公嘗戲拆貢父名曰：「劉攽不直一分文。」謂其名也。貢父復戲拆荆公名曰：「室女便成宕，無宀真是妬。下交亂真如，上交誤當宁。」荆公大慚而心銜之。貢父爲中書舍人，一日朝會，幕次與三點衙相鄰，時諸帥兩人出軍伍，有一水晶茶杯，傳玩良久，一帥曰：「不知何物所成，瑩結如此。」貢父隔幕謂之曰：「諸公豈不識？此乃多年老冰耳。」

傅欽之作中丞，彈劉仲馮。一日貢父見之曰：「小姪何過？致煩臺評。」欽之慚云：「也只三平二滿文字。」貢父歎曰：「七上八下人才。」

孔文仲，字經父，宋元祐初中書舍人。武仲字常父，直學士。平仲字毅父，爲户部郎。兄弟皆以文章名世。山谷詩云：「二蘇上連璧，三孔分立鼎。天不墜斯文，俱來集臺省。」

董鉞，字義夫，自梓漕得罪歸鄱陽，過東坡於齊安，曰：「吾再娶柳氏，三日而去官。吾固不戚戚而憂，柳氏亦欣然。同憂患如處富貴，是難能也。」令家僮歌其所作《滿江紅》，坡次其韻，結句云：「便相將，右手把琴書，雲間宿。」蓋用樂天「左手引妻子，右手把琴書」句也。

劉凝之，宋天聖中爲潁上令，棄官歸，徙居廬山之陽。歐公與公同年，高其節，賦《廬山高》以美之，中有「丈夫壯節似君少」之句。朱文公守南康，爲作《壯節亭記》。蘇子由稱其「廉潔不撓，冰清而玉剛。凜乎非今世之士。」張耒云：「文章似司馬遷、談，而遷、談無其氣節。風節似疏廣、受，而廣、受無其文學。」凝之與陳舜俞養犢爲騎，舜俞作《騎牛歌》，稱凝之爲白雲老。李伯時畫《騎牛圖》，山谷拜其像，賦詩云：「棄官清潁尾，買田落星灣。身在菰蒲中，名滿天地間。誰能四十年，保此清靜退。往來澗谷中，神光射牛背。」年八十餘卒，官至屯田員外郎。

蕭貫，新喻人，少時夢至一宮殿，羣女如神仙，一人授紙云：「此衍波箋，煩賦《曉寒歌》。」援筆立成，云：「十二嶢關隱宮緑，獸猊呀酒椒壁馥。渴烏涓涓不相續，轆轤欲轉霏紅玉，百刻香殘隕蓮燭。五龍吐水漫寒漿，紅綃佩魚充左璫，兩兩懸足瞻扶桑。紅萍半規出波面，回首觚稜九霞絢。鳴鞘遠從天上來，大劍高冠滿前殿。」仙曰：「子詩甚有奇語，異日必貴。」真宗祥符中，試《天下如置器賦》，蔡齊榜登第。

宋自遜，字謙父，南昌人，號壺山。詞筆絶高，嘗作《蓦山溪》。自述云：「壺山居士，未老心先懶。愛學道人家，辦竹几蒲團茗碗。青山可買，小結屋三間，開一徑，俯清溪，修竹栽教滿。客來便請，隨分家常飯。若肯小留連，更薄酒、三杯兩盞。吟詩度曲，風月任招呼，身外事，不相關，自有天公管。」有詞集名《漁樵笛譜》。

信州劉煇，好爲險語，歐公惡之。有一人論曰：「天地軋，萬物茁，聖人發。」公曰：「此劉幾也。」因戲曰：「秀才刺，試官刷。」以朱筆横抹之，謂之「紅勒帛」。後嘉祐中，公爲御試考官，試《堯舜性仁賦》，有曰：「靜以延年，獨高五帝之壽；動而有勇，形爲四罪之誅。」公稱賞，擢爲第一。唱名，乃劉煇也。人曰：「此即劉幾易名。」公愕然久之。

劉季孫，字景文，監饒州酒務。時荆公爲江東提刑，按酒務至廳事，見屏間小詩云：「呢喃燕子語梁間，底事來驚夢裏閒。説與傍人應不解，杖藜攜酒看芝山。」即不問務事，升車而去，差攝學事，由此知名。後知隰州，卒，家无餘財，但有書三萬軸，畫數百幅而已。

温湯、温泉不一，福州城外一池，頗寬。源之初，熱，流之末，温。流溢百步，可以温田膏稻，非專待浴者而已。廬陵大興、新田二泉，熱不可掬。分寧毛竹山泉，在驛路之側，温而不熱。覆以密室，往來便浴焉。臨川銅山，熱可烹飪。其流分爲二派，其陰泉常寒，陽泉常沸。飛霧如煙，雖雪霜無以敗其熱。然諸泉皆本硫磺，氣腥而良，浴者可以愈疥。崇仁五峯山下有温泉，常温，能瀅人肌膚，潤人顔色，張無盡詩曰「誰知馬上腰金客，洗去塵埃换玉顔」是也。浴之者，百疾俱瘥，多吉祥事，獨不腥者，豈神仙靈丹之所沾溉後人歟？至歙之黟山第四峯，有香溪泉，其沸如湯，其赤如朱。刺史蔡邕就立廬舍，設盆二以浴病者，無不瘥，蓋硃砂所發見者也。好事者皆汲去，澄砂以入藥，經歲月而香甘，宛然清潔如故。和州有二泉，一無硫磺氣，州官作屋其上，而扃之以浴貴客；一有硫磺氣，民皆就浴於中。

卷四

文章各有體。六一公爲一代冠冕，亦以其事事合體。如作詩，即幾及李、杜；碑銘記序，即不減韓退之；作《五代史》，即與司馬子長並駕；作四六，一洗崑體；作奏議，庶幾陸宣公；遊戲小詞，亦無愧唐人《花間集》。蓋得文章之全者。如東坡之文，固不可及，詩如武庫矛戟，已不無利鈍，且未嘗作史。曾子固之古雅，蘇老泉之雄健，固文章之傑，然皆短於詩。山谷詩騷妙於天下，而散文頗覺繁碎。《國憲家猷》

宋人言：「鰣魚多骨，海棠無香，曾子固不能詩。」予謂詩非嘲風弄月之謂也，取其有關風教而已。子固詩如《過介甫歸偶成》：「結交謂無嫌，忠告期有補。直道詎非難，盡言竟多迕。知者尚復然，悠悠誰可語。」敦友義也。如《漁父》詩：「智士旁觀當局迷，滄浪釣叟出陳詩。江頭風怒掀篷屋，底事全家醉不知。」喻大隱也。即以詞律論，如《晚望》詩：「蠻荆人事幾推移，舊國興亡欲問誰。鄭袖風流今已盡，屈原詞賦世空悲。深山大澤成千古，暮雨朝雲又一時。落日西樓憑欄久，閒愁惟有此心知。」《聖壽院昌山主靜軒》詩：「一峯瀟洒背城陰，碧瓦新堂地布金。花落禪衣松砌冷，日臨經帙紙窗深。幽棲鳥得林中樂，燕坐人存世外心。應似白蓮香火社，不妨籃輿客追尋。」則聲與調何至作老學究，而謂子固不能詩邪？文人相傾，自昔已然矣。

曾子固《謝曆日表》云：「臣幸備藩邸，預聞告朔。去親方遠，已經歲月之新；許國雖堅，更歎功名之晚。」以爲妙處全在「晚」字。東坡《過海謝表》云：「臣無毫髮之能，而有丘山之罪。宜三黜而未已，跨萬里而獨來。」蓋蕭然出四六畦畛之外。

分寧黄庶，字亞夫，工詩。如「書對聖賢爲客主，竹兼風雨似咸韶」，又如《怪石》詩：「山鬼水怪著薜荔，天禄辟邪眠莓苔。鉤簾坐對心語口，曾見漢家池館來。」皆奇崛。子庭堅嘗手書其《宿趙屯》一詩，刻於星子灣，跋云：「先君平生刻意於詩。」與子美「吾祖冠古」之評何異？亞夫真黄氏之審言矣。子大臨、庭堅、叔達。

庭堅字魯直，少警悟，八歲能作詩。《送人赴舉》云：「送君歸去明主前，若問舊時黄庭堅，謫在人間今八年。」既登第，齊名東坡，號「蘇黄」。東坡薦之云：「瑰奇之文，絶妙當世。孝友之行，追陪古人。」初與李公擇相見於舒州石牛洞山谷寺，常遊而樂之，故自號山谷道人。謫涪州别駕，因號涪翁。謫黔州，寓開元寺，因有摩圍泉，又號摩圍老人。

謝景初，字師厚，宋熙、豐間任司封郎中，方爲長女擇對，見山谷，曰：「得婿如是足矣。」遂妻之。山谷卒從師厚得詩法，曰：「自從見謝公，論詩得濠梁。」

王之才妻李氏，公擇妹也，山谷呼爲姨母，有詩云：「小竹扶疏大竹枯，筆端真有造化爐。人間俗氣一點無，健婦果勝大丈夫。」

曾紆云：「山谷用樂天語作《黔南》詩，白云：『雪降水返壑，風落木歸山。冉冉歲將晏，物皆復本原。』山谷云：『雪降水返壑，風落木歸山。冉冉歲華晚，昆蟲皆閉關。』白云：『渴人多夢飲，飢人多夢餐。春來夢何處，合眼到東川。』山谷云：『病人多夢醫，因人多夢赦。如何春來夢，合眼到鄉社。』白云：『相去六千里，地絶人邈然。十書九不到，何以解憂顔。』山谷云：『望斷六千里，天地隔江山。十書九不到，何用一開顔。』紓愛之，每對人口誦，謂點鐵成金也。范寥云：『寥在宜州嘗問山谷。』山谷云：『庭堅少時誦熟，久而忘其爲何人詩也。嘗阻雨行山，偶然無事，信筆戲書爾。』寥以紓點鐵之語告之，山谷大笑曰：『烏有是理，便如此點鐵！』」

山谷《高安江西道院銘》：「高安之城，豫章之別。雖風氣之未遂，亦微俗之可悦。故柳侯下車，解牛而不割。未嘗發硎，初不折缺。則喟然歎曰：江西道院，名不虚生。爰作新堂，合陳鼓瑟。有斐翰墨，賓贊令丞。作爲歌詩，接民頌聲。昔也憂民之憂，今則樂民之樂。」

山谷撮醉翁亭記《瑞鶴仙》云：「環滁皆山也。望蔚然深秀，琅琊山也。山行六七里，有翼然泉上，醉翁亭也。翁之樂也，得之心，寓之酒也。更野芳佳木，風高石出，景無窮也。　遊也。山殽野蔌，酒洌泉香，沸觥籌也。太守醉也。諠嘩衆賓歡也。況宴酣之樂，非絲非竹，太守樂其樂也。問當時、太守爲誰，醉翁是也。」

快閣在泰和縣治東，澄江之上，以江山廣遠，景物清華，故名。山谷知縣時，題詩曰：「癡兒了卻公家事，快閣東西倚晚晴。落木千山天遠大，澄江一道月分明。朱絃已爲佳人絶，青眼聊因美酒横。萬里歸船弄長笛，此心吾與白鷗盟。」縣又有槐安閣，山谷詩曰：「白蟻戰酣千里血，黄粱炊熟百年休。功成事遂人間世，欲夢槐安向此遊。」予邑二閣，以山谷著。

文山《登快閣遇雨觀瀾》詩：「一笑登臨晚，江流接太虚。自慚雲出岫，爭訝雨隨車。慷慨十圍柳，周回千里魚。故園堤好在，夜夢繞吾廬。」又《將母赴贛道西昌》詩：「重來鷗閣曉，帆影漲新晴。倚檻雲來去，捲簾花送迎。江湖春汗漫，歲月老崢嶸。手把忘憂草，夔夔繞太清。」「鷗閣」本山谷「此心吾與白鷗盟」句言也。近日快閣火，邑令陳公舜仁重修，好事者摘黄句「落木千山天遠大，澄江一道月分明」爲柱聯，予意摘文句「倚檻雲來去，捲簾花送迎」更爲清切。

山谷《送秦少章從蘇公學》云：「斑衣兒啼真自樂，從師學道也不惡。但使新年勝故年，即如常在郎罷前。」後山云：「士有從師樂，諸兒卻未知。欲行天下獨，信有俗間疑。秋入川原秀，風連鼓角悲。目前豚犬類，未必慰親思。」陸象山云：「男子生，而以桑弧蓬矢射天地四方，示有四方之志，此其父母教之望之第一義也。顔子之家，一簞食，一瓢飲，在人不堪其憂之地，而其子乃從其師周遊天下，履宋、衛、陳、蔡之厄，而不以爲悔，此豈俚俗之人、拘曲之士所能知其義哉！」

黄詞云：「斷送一生惟有，破除萬事無過。」蓋韓詩有云：「斷送一生惟有酒，破除萬事無過酒。」才去一字，遂爲切對，而語益峻。又云：「杯行到手更留殘，不道月明人散。」謂思相離之憂，則不得不盡。而俗士改爲「流連」，遂使兩句相失。正如論詩云「一方明月可中庭」，「可」不如「滿」也。

魯直謫宜州，曰：「老色日上面，歡情日去心。今既不如昔，後當不如今。」「輕紗一幅巾，短簟六尺牀。無客日自静，有風終夕涼。」

山谷在宜州，其年乙酉，即崇寧四年也，重九日登郡城樓，聽邊人相語「今歲當鏖戰取封侯」，因作小詞云：「諸將説封侯。短笛長吹獨倚樓。萬事總成風雨去，休休。戲馬臺南金絡頭。　催酒莫遲留。酒似今秋勝去秋。花向老人頭上笑，羞羞。人不羞花花自羞。」倚欄高歌，若不能堪者。是月三十日果不起。《道山清話》

黄相，小字小德，山谷子。生母出於微賤，故谷詩云：「解著《潛夫論》，不妨無外家。」坡次韻有云：「名駒已汗血，老蚌空泥沙。」谷在黔中，與王瀘州帖云：「小子相今年十四，骨相差龐厚。」又詩云：「小兒未可知，客或許敦龐。」

黃大臨，字元明，自號寅庵。庭堅之謫黔州也，元明送之，故《書萍鄉縣壁》云：「兄元明自陳留山渡漢沔，上夔峽，過一百八盤，涉四十八渡，送余至摩圍山，掩淚握手，臨別有詩云：『急雪脊令相並影，驚風鴻雁不成行。』」

黃叔達，號知命君，在黔中所作數詩，附谷集中，殊有家法。或云：「山谷潤色以成弟之名。」嘗與陳履常謁法雲禪師，夜歸，衣白衫，騎驢緣道，摇頭而歌，履常行於後，一市驚以爲異人。明日李伯時畫以爲圖，邢敦夫作歌。

黃廉，字夷仲，谷叔父也。元祐中拜給事中，議論引大體。谷詩云：「廊廟從來不在邊，黃庭青瑣慶登賢。」

黃昭，字晦甫，谷伯父也。元祐中，爲閩漕，召拜侍御史。谷曰：「伯父在家著孝友之譽，立朝有忠鯁之節。」子友聞、友益、友顔。

黃友聞，字善聞，與柳氏兄弟杯酒相失。谷有詩云：「身入醉鄉無畔岸，心與歡伯爲友朋。更闌罵坐客星散，午過未蘇髮鬅鬙。」

黃友顔，字顔徒，作貧樂齋。谷以二詩詠之。其一云：「小山作朋友，義重子輿桑。香草當姬妾，不須朱翠妝。烏烏窺凍硯，星月入幽房。兒報無炊米，浩歌繞屋梁。」

黃鑑七歲不能言，其祖喜其風骨之美，遇物誨之。一日攜至池上，祖曰：「水馬池中走。」對曰：「游魚波上浮。」後任臺閣。

山谷季妹適張叔和，有詩云：「有齊先生之季女，十年擇對無可人。箕箒掃公堂上塵，家風孝友故相親。」一妹適王純亮，字世弼，谷有詩云：「墨以傳千古文章之印，歌以寫一家兄弟之情。江山千里俱頭白，骨肉十年終眼青。」一妹適李安詩，亦文章士也。

劉後村云：「黄魯直會粹百家句律之長，究極歷代體製之變，蒐獵奇書，穿穴異聞，作爲古律，自成一家，雖隻字半句不輕出，遂爲本朝詩家宗祖。」

山谷《題玄真子圖》詞，所謂「人間底是無波處，一日風波十二時」者，固已妙矣。張仲宗詞云：「釣笠披雲青嶂曉。橛頭細雨春江渺。白鳥飛來風滿棹。收綸了。漁童拍手樵青笑。　明月太虚同一照。浮家泛宅忘昏曉。醉眼冷看朝市鬧。煙波老。誰能惹得閒煩惱。」語意尤飄逸。仲宗年逾四十即挂冠，後因作詞送胡澹庵貶新州，忤秦檜，亦得罪。其標致如此，宜其能道玄真子心事。

山谷晚年作日録，題曰《家乘》，取孟子「晉之《乘》」之義。謫死宜州。永州有唐生者，從之游，爲之經紀後事，收拾遺文，獨所謂《家乘》者，倉忙間爲人竊去，尋訪了不可得。後百餘年，史衛王當國，乃有得之以獻者。衛王甚珍之，後黄伯庸帥蜀，以其爲雙井之族，乃以贐其行。

吕居仁作江西傳衣宗派圖，以山谷爲祖，列陳無己等二十五人爲法嗣：陳無己、潘大臨、謝無逸、徐俯、洪朋、洪炎、林敏修、林敏功、王直方、洪芻、饒節、高荷、汪革、李錞、晁沖之、潘大觀、江端本、李彭、謝薖、楊符、何凱、韓子蒼、夏均父、僧祖可、僧善權。

陳師道，字無己，號後山居士。少刻苦好學，以文謁曾鞏，鞏奇之，故有「向來一瓣香，敬爲曾南豐」之句。元祐中，東坡、孫覺、傅堯俞薦於朝，授徐州教授。絶句三首：「書當快意讀易盡，客有可人期不來。世事相違每如此，好懷百歲幾回開。」「里中餽杏得嘗新，馬上逢花始見春。勤苦著書如作吏，世間誰是最閒人。」「此生精力盡於詩，末歲心存力且疲。不共盧王爭出手，卻思陶謝與同時。」

豫章洪氏兄弟四人，其母黄魯直之妹，不淑早世，所爲賦「毁璧」者也。龜父舉進士不第。其季羽鴻父坐上書元符入籍，終其身。芻、炎皆貴，而芻靖康失節貶廢。羽詩不傳。朋字龜父，有《清非集》一卷。芻字駒父，有《老圃集》一卷。炎字玉父，有《西渡集》一卷。劉後村曰：「三洪與徐師川皆豫章之甥。龜父警句往往前人所未道，然早卒，惜不多見。駒父詩亦工。初與龜父游梅仙觀，龜父有詩，卒章云：『願爲龍鱗嬰，勿學蟬骨蜕。』是以直節期乃弟矣。駒父後居上坡，晚節不終，不特有愧於舅氏，亦有愧於長君。玉父南渡後爲少蓬，聞師川召，有懷駒父詩云：『欣逢白鶴歸華表，更想黄熊出羽淵。』然師川卒不能返駒父於鯨波之外，玉父愛兄之道至矣。余讀而悲之。」

洪龜父有《春風》詩：「春風吹桃李，欻然滿中園。羣動不遑息，蝴蝶紛飛翻。我亦感兹時，步屧繞林間。顔色豈不好，持久良獨難。置酒休其下，聊復罄余歡。君看桃與李，成蹊亦無言。」《宿范氏水閣》：「枕水鑿疏欞，雲扉夜不扃。灘聲連地籟，林影亂天星。人静魚頻躍，秋高露欲零。何妨呼我友，乘月與揚舲。」《獨步懷元中》詩：「浄盡西山日，深行城北村。琅璫鳴佛屋，薜荔上僧垣。時雨慰枵腹，夕風清病魂。所思渺江水，誰與共忘言。」

廬山李彭，字商老，公擇從孫也，有《日涉園集》十卷。劉後村曰：「商老，公擇尚書家子弟也。東坡、山谷、文潛諸公皆與往還，頗博覽强記，然詩體拘狹，少變化。」彭有《題吕少馮聽雨堂》詩：「碧澗寒侵屋，幽雲夜度牆。貪看山入坐，怪聽雨鳴廊。苦乏陰鏗句，聊登孺子牀。非君無汲引，寄傲學潛郎。」

宋豫章有四洪：朋、芻、炎、羽，皆黃山谷之甥也，皆能詩，而位不顯。鄱陽有三洪：适、邁、遵，皆洪忠宣之子也，皆能詩文，而位俱顯。當時臨川有三王，南豐有三曾，臨江有三孔、二劉，亦極一時之盛。

豫章徐俯，字師川，禧之子，魯直之甥也。七歲能詩。山谷嘗曰：「洪龜父攜師川《上藍莊》詩來，詞氣甚壯，筆力絶不類年少書生，意其行己讀書，皆當老成解事，熟讀數過，爲之喜而不寐。老舅年衰才劣，不足學。師川有意日新之功，當於古人中求之耳。」後村劉氏曰：「師川，豫章之甥，然自爲一家，不似渭陽，高自標樹，藐視一世，同時諸人多推下之。然集中不能皆善，舊傳豫章見師川《雙廟》詩，勉諸洪進步，今《雙廟》詩不存，則其詩零落多矣。師川在靖康中，以名節自任呼婢曰昌奴事，故其詩云：『直道庶幾師柳下，不應四海獨詩名。』可謂實録。諸人所以推下之者，蓋不獨以其詩也。」

師川有《同曾户部諸公尋梅對弈》詩：「處處已收南畝稻，閒閒還看北山梅。累觴聊爾酡顔在，對局怡然笑口開。掃徑似知佳客至，杖藜惟可數君來。移松種樹鄱陽老，章甫風帆歲一迴。」有《庭中梅花正開用舊韻貽端伯》詩：「羌笛何勞塞北吹，江南何處不寒梅。千林寂寂無人看，獨樹亭亭對客開。偏爲咨嗟惟爾念，是誰移種待君來。縱留一曲安能唱，恰似朝歌墨子回。」

吕本中，字居仁，好問右丞之長子。靖康初，權尚書郎。紹興中，賜進士第，除右史，遷中書舍人，已而落職，奉祠。少學山谷爲詩，嘗作《江西宗派圖》行於世，有《東萊集》二十卷。

夏倪，字均父，英公孫也，有《遠遊堂集》二卷。劉後村曰：「均父集中，如擬陶、韋五言，亹亹逼真。律詩用事琢句，超出繩墨，言近旨遠，可以諷味。蓋用功於詩，而非所謂無意於文之文也。」《題漢陽郎官湖》詩云：「太白當年夜郎謫，一尊聊與故人留。南湖乞得郎官號，從此名傳五百秋。」又嘗與客泛舟，載肥妓而飲濁酒，其詩曰：「蟻浮金碗濁，妓壓畫船低。」

臨川汪革，字信民，宋紹興中省元。有《清溪詩集》一卷，吕居仁序。劉後村曰：「吕滎陽居符離，信民爲教官，從滎陽學。故紫微公尤推尊信民，其詩云：『富貴空中業，文章木上癭。要知真實地，惟有華嚴境。』蓋吕氏家世本喜談禪，而紫微與信民皆尚禪學。」又居仁《探梅呈信民》：「縞帶銀杯欲着塵，小園幽樹已含春。風流王謝佳公子，臭味曹劉入幕賓。細朵定無塵土涴，暗香猶帶雪霜新。剩摩枵腹搜奇句，去惱城南得定人。」

汪信民嘗作詩寄謝無逸云：「問詢江南謝康樂，溪堂春木想扶疏。高談何日看揮麈，安步從來可當車。但得丹霞訪龐老，何須狗監薦相如。新年更勵於陵節，妻子同鋤五畝蔬。」饒德操見詩，謂信民曰：「公學日進，道日遠矣。」蓋用功在彼，不在此也。《紫微詩話》

臨川謝逸，字無逸，弟薖，字幼槃，皆能詩。逸有《溪堂集》五卷，薖有《竹友集》七卷。劉後村曰：「吕紫薇評無逸詩似康樂，幼槃詩似元暉。按：康樂一字百煉乃出冶，元暉尤麗密。無逸輕快有餘而欠工緻，幼槃差苦思，其合元暉者亦少。然弟兄在政、宣間，科舉之外，有歧路可進身，韓子蒼諸人，或自鬻其技至貴顯。二謝乃老死布衣，其高節亦不可及。」予讀無逸詩曰：「貪夫蟻旋磨，冷官魚上竿。」又曰：「山寒石髮瘦，水落溪毛彫。」彼豈肯從歧路進邪？

鄭都官作《鷓鴣》詩，時人稱爲鄭鷓鴣。謝無逸作《蝶》詩三百首，時人呼爲謝蝴蝶。如云：「狂隨柳絮有時見，舞入梨花何處尋。」又云：「江天春晚暖風細，相逐賣花人過橋。」

謝無逸《詠春》詩：「蒲芽荇帶繞清池，錦纜牽船水拍堤。好是寒煙疏雨裏，遠峯青處子規啼。」「曲欄干外柳垂垂，羅幕輕風燕子飛。獨倚危欄思往事，落紅繚亂點春衣。」「豆蔻梢頭春事休，風吹萬點只供愁。杜鵑啼破三更月，夢繞雲間百尺樓。」「院落簾垂春日長，懶晴天氣牡丹香。細看月面天然白，不及姚家宮樣黃。」「門前楊柳暗沙汀，雨濕東風未放晴。點點落花春事晚，青青芳草暮愁生。」《夏》詩：「竹風煙靜午陰涼，飯罷呼童啓北窗。試拂横牀供晝寢，且容幽夢繞清江。」謝幼盤《暮雨》詩：「晚雨牆東暗緑槐，清陰亭院鎖莓苔。委階紅藥將春去，貼水青荷與夏來。」《雨中漫成》詩：「東風渾作勒花寒，寂寞林塘不受看。玉版鶴翎俱未識，棃梢空有淚闌干。」

饒節，字德操，曾丞相布之客也，性剛峻，晚與丞相論不合，因棄去，祝髮爲浮屠，號如璧。善爲詩，有《倚松集》二卷。陳後山曰：「江西勝士與長吟，後來不憂身陸沉。」謂德操也。德操有《春》詩：「盡道春多雨，傷摧花易空。不知春態度，尤在緑陰中。」

宣和末，林子仁敏功寄夏均父倪詩云：「嘗憶他年接緒餘，饒三落拓我迂疏。溪橋幾换風前柳，僧壁今留醉後書。」饒三，德操也。

饒三祝髮後，嘗作詩勸呂伯恭專意學道，云：「向來相許濟時功，大似頻伽餉遠空。我已定交木上座，君猶求舊管城公。文章不療百年老，世事能排雙頰紅。好貸夜窗三十刻，胡牀趺坐究幡風。」頻伽，西方靈鳥名。

潘邠老嘗寄德操、均父詩云：「文如二雅徒懷璧，武似三明卻韔弓。松檜參天西邑路，時時騎馬訪龐公。」「文如二雅」謂德操，「武似三明」謂均父也。後德操爲僧，名如璧，殆詩讖邪？《紫微詩話》

韓駒，字子蒼，自布衣時有詩名，著詩法，名《陵陽正法眼》。曾端伯謂文章有兩等，山林草野之文，其氣枯槁；朝廷臺閣之文，其氣温潤。王安國亦云：「文章格調須得官樣。」若子蒼之文，乃臺閣之文，所謂官樣者歟？宋政和初，召除正字，終徽猷待制。劉後村曰：「子蒼，蜀人，學出蘇氏，與豫章不相接，呂公強之入派，子蒼殊不樂，磨淬剪截之功，終身改竄不已。有已寫寄人數年，而追取更易一兩字者，故所作雖少而善。」子蒼《春》詩：「東風著物猶未驚，忽聽林間鵯鵊鳴。瀨水生波先泛泛，燒痕破暖漸青青。」「農家且喜春耕足，未曉呼兒飯黄犢。誰家躍馬來探春，卻笑瀾翻啼布穀。」

黄岡潘大臨，字邠老，與弟大觀俱以詩名，與東坡、師川友善，山谷嘗稱之曰：「天下奇材也。」謝無逸嘗問邠老有新詩否？曰：「秋來景物件件是佳句，昨日得句云『滿城風雨近重陽』，忽催租人至，遂敗意，只此一句，奉寄。」無逸後作《續邠老句》三首：「滿城風雨近重陽，無奈黄花惱意香。雪浪翻天迷赤壁，令人西望憶潘郎。」「滿城風雨近重陽，不見修文地下郎。相得武昌門外柳，垂垂老葉半青黄。」「滿城風雨近重陽，安得斯人共一觴。欲問小馮今健否？雲中孤雁不成行。」

潘邠老云：「七言詩第五字要響。如『反照入江翻石壁，歸雲擁樹失山村』，『翻』字、『失』字皆響。五言詩第三字要響。如『圓荷浮小葉，細麥落輕花』，『浮』字、『落』字皆響，謂致力處也。」

江陵高荷，字子勉，宋元祐中太學生也。山谷與之詩云：「寒爐餘幾火，灰裏撥陰何。」與高元矩皆與江西詩派。燕山平，獻凱歌，除直龍圖閣，有《還還集》二卷。

山谷《跋高子勉》：「作詩以杜子美爲標準，用一事如軍中之令，置一字如關門之鍵，而充之以博學，行之以温恭，天下士也。」又《跋歐陽元老》詩：「此詩入陶淵明格律，頗雍容，使高子勉追之，或未能。然子勉作唐律五言數十韻，用事穩貼，置字有力，元老亦未能也。」劉後村曰：「子勉親見山谷，經指授，記覽多，如《麥城》詩，押險韻略無窘態。集中健語層出，紫微公《詩派》乃以殿諸人，何耶？」

子勉《答山谷》詩：「四篇詩得裹蹄金，妙旨初臨法語尋。要我盡除兒子氣，知公全用老婆心。平章許事真難可，付囑斯文豈易任。感激面東垂涕泗，高山從此少知音。」子勉詩如此，山谷乃許之以陰、何，置之於杜、歐，不亦過乎？

晁沖之，字叔用，有《具茨集》，喻汝礪爲序。沖之詩云：「男兒更老氣如虹，短髮何嫌亂似蓬。欲問桃花借顔色，未甘着笑向東風。」劉後村曰：「喻汝礪所作序，筆力浩大，與叔用之詩相稱。余讀叔用詩，見其意度宏闊，氣力寬餘，一洗詩人窮餓酸辛之態。其律詩云：『不擬伊優陪殿下，相隨于蔿過樓前。』亂離後追書承平事，未有悲哀警策於此句者。」

林敏功，字子仁，蘄春人，年十六預鄉薦，下第歸，歎曰：「軒冕富貴非吾願也。」杜門不出者二十年，該通六經，貫穿百氏。宋元符末，蔡元度薦之，不就徵。政和中，林震爲郡守，謂同僚曰：「吾宗有隱君子。」出郊見之。及還朝，舉其隱德，賜號「高隱處士」，旌表其門。子仁謝表云：「自是難陪英俊之遊，何敢妄意高尚之事。臥牛衣而待旦，寒如之何？搔鶴髮以興懷，老其將至。」有詩文千餘篇。與其弟敏修共隱世，號「二林」。子仁有《春日有懷》詩：「風雨收雲急，日暮過窗微。梅蕊初迎臈，春溪欲染衣。形容今日是，遊衍昔人非。節物關愁緒，歸鴻正北飛。」子來有《張牧之竹溪》詩：「幽間古城陰，結屋清溪曲。溪流湛回映，上有青青竹。漫郎欣得之，緑髮詠空谷。高風及前修，勝趣隨遠矚。惡客徒擾人，立談非我欲。麾去寧汝嗔，真意聊自足。或言不當爾，往往相謗讟。答云豈吾私，恐作林泉辱。源流别涇渭，臭味同草木。肯當百事勝，容此一物俗。獨餘嵇阮輩，蕩槳戒臣僕。濁醪澆古胸，日没還秉燭。僕忝瓜葛後，意氣頗相屬。平生幾兩屐，共老三徑菊。行年事無定，此計諾已宿。徑須買牛衣，兒亦荷書簏。從子竹間遊，溪魚剖寒玉。」

開封王直方，字立之，其高祖顯事晉邸，至樞密使。直方喜從蘇、黄諸名士遊，家有園池，娶宗女，爲假承奉郎，自號「歸叟」，年甫四十而卒，有《歸叟集》一卷。

李錞，字希聲，有集一卷，官至秘書丞。

楊符，字信祖，有集一卷。其詩曰：「吏道官官惡，田家事事賢。」唐人得意語也。

開封江端本，字子之，江端友子我弟也，休復鄰幾之孫。其父懋相有遺澤，子我以遜端本。靖康初，吴敏元中薦子我，召見，賜出身，爲京官，後至太常少卿。劉後村曰：「子我詩多而工，《江西派》乃舍兄而取弟，亦不可曉。豈子我自爲家，不肯入社如韓子蒼耶？」

僧善權巽中，靖安人，落魄嗜酒，有《真隱集》三卷。

善權有《夏》詩：「急雨高槐暮，微風新竹涼。要須攜麈尾，來此據胡牀。稍稍雲生砌，低低月度牆。平生興不淺，衰謝意俱忘。」

以上皆江西詩派中人，然亦有未能詳者，闕之可也。

蘇庠，養直，有詩名。《清江曲》云「長占煙波弄明月」，坡謂：「置太白集中，誰疑其非？」元豐中居廬山，與徐師川同召，庠不起。二公對弈，庠拈一子笑曰：「今日須還老夫下此一着。」徐有愧色。

饒次守與徐師川、胡少汲、謝夷季、林子仁、潘邠老、吴君裕、楊信祖、吴迪吉會飲於歸賦堂，可謂一時之盛。潘賦詩云：「胡子雲中白鶴，林甥初發芙蓉。吴十九成雅奏，饒三百鍊奇鋒。南州復見高士，東山行起謝公。信祖真成德祖，立之無愧行中。吴生可共南郡，老夫寧附石崇。閒雅已傾重客，説談仍得王戎。冠蓋城南高會，山陰未掃餘風。客散日銜西壁，主人不道樽空。」徐師川云：「不工。」遂去一字爲五言，至「老夫附石崇」，坐客大笑。

清江胡宗元有詩集，黄山谷序，略曰：「君自結髮至白首，未嘗廢書。其胸次所藏，未肯下一世事也。前莫輓，後莫推，是以窮於丘壑。然以其耆老於翰墨，故後生晚出，無不讀書而好文。其卒也，子弟門人次其詩爲若干卷。」

秦少游舟宿宫亭湖下，夢美人稱「維摩散花天女」，以維摩像求贊。贊曰：「竺儀華夢，瘴面囚首。口雖不言，十分似九。應笑蔭覆大千作獅子吼，不如博取妙喜似陶家手。」

南豐曾阜，字子山，於子固爲從兄弟。阜之子紘，字伯容。紘之子思，字顯道。阜嘗將漕湖南，後家襄陽。紘父子皆有官，而皆高亢不仕。楊誠齋序其詩，以附「詩派」之後。《序》略曰：「伯容詩，源委山谷先生，顯道得其父句法。伯容放浪江湖間，與夏均父諸詩人游從唱和，其題壁次韻見於均父集中者，三十有二篇。予每誦均父之詩，云『曾侯第一』，又云『五言類玄度』，又云『秀句無一塵』，想見其詩而恨不見也。行天下五十年，每見士大夫，必問伯容父子詩，無得傳之者。今日忽得故人尚書郎江西漕雷公朝宗寄余以二曾詩集二編，屬序之。披誦三過，蔚乎若玉井之蓮敷月露之下也。沛乎若雪山之水瀉灩澦而東也，琅乎若岐山之鳳鳴梧竹之風也。望山谷之宫廷，蓋排闥而入、歷階而升者歟？」伯容詩名《臨漢集》，七卷。顯道詩名《懷峴集》，六卷。

卷五

禮部侍郎贛州曾幾，字吉父，有詩集十五卷，名《曾文清集》。文清之先，自贛徙河南，與其兄楙叔夏、開天游，皆嘗貳春官。楙至尚書，開阻和議得罪。並有名於世。又有長兄弼爲湖北提舉學事，渡江溺死。幾以其遺澤補官，銓試第一，賜上舍出身。清江三孔之甥也。紹興末，幾已老，始擢用。乾道中，年八十三卒，號茶山先生。其子逢、逮皆顯於時。吉父有《中秋夜月》詩：「雲日晶熒固自佳，幽人有待至昏鴉。遠分喦際松楓樹，復亂洲前蘆荻花。曳履商聲憐此老，倚樓長笛問誰家。霜螯玉柱姚江上，作意三年醉月華。」《食筍》詩：「花事闌珊竹事初，一番風味殿春蔬。龍蛇戢戢風雷後，虎豹斑斑霧雨餘。但使此君常有子，不憂每食歎無魚。丁寧下番須留取，障日遮風卻要渠。」

盧陵王廷珪，字民瞻，政和八年進士，直敷文閣，以仕不合，棄去，隱居數十年，坐作詩送胡邦衡除名，徙辰州，年已七十矣。阜陵初政，召爲國子監主簿，九十餘乃終，寄祿纔承奉郎，澤竟不及後。周益公在位，欲委曲成就之，卒不可。楊誠齋《序》略曰：「先生少嘗見曹子方詩法，蓋其詩自少陵出，其文自昌黎出。大要主於雄剛渾大云。」清江劉清之子澄評先生之文，謂「盧陵自六一之後，惟先生可繼」，聞者韙焉。有《盧溪集》七卷。

胡邦衡上封事論秦檜，貶新州，民瞻以詩送之：「一封朝上九重關，是日清都虎豹閒。百辟動容觀奏牘，幾人回首愧朝班。名高北斗星辰上，身落南州瘴癘間。不待百年公議定，漢庭行召賈生還。」「大厦元非一木支，要將獨力拄傾危。癡兒不了公家事，男子要爲天下奇。當日姦諛皆膽落，平生忠義祇心知。端能飽吃新州飯，在處江山足護持。」民瞻除名，徙辰州。

盱江黄人傑，字叔萬，有《可軒曲林》一卷。臨川吴鎰，字仲權，有《敬齋詞》一卷。豫章袁去華，字宣卿，有詞一卷。豐城鄧元，字南秀，有《漫堂詞》一卷。鄱陽王大受，字仲可，有《近情集》一卷。臨江郭應祥，字承禧，有《笑笑詞集》一卷。南城鄧繼祖，有《茅齋集》二卷。

清江楊無咎，字補之，善畫墨梅，有《逃禪集》一卷。豫章劉德秀，字仲洪，慶元中爲僉樞，有《默軒詞》一卷。廬陵楊炎正，字濟翁，有《西樵語業》一卷。廬陵李氏兄弟五人：洪子大、漳子清、泳子永、淦子召、淛子秀，皆有官閥，有《花蕚集》五卷。

廬陵歐陽伯威，少與周益公同場屋，連戰不利，篤意於詩。誠齋嘗摘其警句抄之，如：「西風五更雨，南雁數行書。」「詩成夔子國，人在仲宣樓。」「細雨雙飛鷺，寒蓑獨釣船。」「夢回千里外，燈轉一窗深。」「誰知花過半，纔與酒相尋。」「故人驚會面，新恨説從頭。」「天上張公子，雲間陸士龍。」「月白玄猿哭，更殘絡緯悲。」「語離遽如許，話舊復何時。」「巷南巷北人招飲，一雨一晴花耐看。」「有客過門湖海士，隔籬呼酒咄嗟間。」「夢回金馬玉堂上，文在冰甌雪碗中。」「青山如故情非故，芳草唤愁詩遣愁。」「擾擾征人相顧語，蕭蕭落木不勝秋。」「風色似傳花信到，夕陽微放柳梢晴。」「千里歸來人事改，十年猶幸此身存。」《絶句》四首：「戀樹殘紅濕不飛，楊花雪落水生衣。年來百念成灰冷，無語送春春自歸。」「桑麻得雨更青葱，芍藥留春結晚紅。怪得鳥聲如許好，此身還在亂山中。」「爲憐紅杏亞枝斜，看到斜陽送亂鴉。又是一春窮不死，天教留眼看鶯花。」「蓬窗臥聽疏疏雨，卻是芭蕉夜半聲。煙浪蔽天天倚蓋，略容一點白鷗明。」公跋云：「鳥啼花落，欣然會心處，酌大白，噱伯威詩，欲馭風騎氣也。」伯威有詩集。

臨川余國寶，號醒庵，淳熙以前人，有《醒庵遺珠》詩集十卷。

南城蔡楠，字堅老，宣和以前人，没於乾道庚寅。曾公衮、吕居仁輩皆與之唱和，有《雲壑隱居集》三卷，《浩歌集》一卷。

鄱陽章甫，字冠之，居吴下，自號轉庵，作易足堂，韓無咎爲之記，自號易足居士，有《自鳴集》十五卷。

鄒拯，宜黄士人，未及第時，禱夢於撫州后土祠，夢入廟，瞻敬畢，轉盼東壁，有大書一詩，既覺，歷歷能記。其詩曰：「天道本無成，明從公下生。温黄前後並，黑暗裏頭行。大十口止各，常常啼哭聲。兩個齊六十，只此是前程。」鄒玩其語，多不佳，懼或死於疫。後以治平三年鄉薦，賦題曰：「天道無爲而物成。」次年省試，題曰「公生明」。列生之次，温州人居前，黄州人居後。時亮陰罷廷對，始驗前詩二聯。鄒任終江西提刑，蓋「大十口止各」「本路」二字也。「常常啼哭聲」，刑獄處也。與其妻並年六十而卒。

鄱陽姜夔，字堯章，號白石。蕭東夫識之於年少客游，以其兄之子妻之。石湖范至能尤愛其詩，楊誠齋亦愛之，賞其《歲除舟行十絶》，以爲有裁雲縫月之妙思，敲金戛玉之奇聲。夔頗解音律，進樂書，免解不第而卒。詞亦工。有《白石道人集》三卷。詩云：「夜暗歸雲繞柂牙，江涵星影雁團沙。行人悵望蘇臺柳，曾與吴王掃落花。」楊誠齋喜誦之。嘗以詩送《江東集》歸誠齋云：「翰墨場中老斵輪，直能一筆掃千軍。年年花月無虚日，處處江山怕見君。箭在的中非爾力，風行水上自成文。先生只可三千首，回首江東日暮雲。」誠齋大稱讚，謂其冢嗣伯子曰：「吾與汝弗如姜堯章也。」報之以詩云：「尤蕭范陸四詩翁，此後誰當第一功。新拜南湖爲上將，更差白石作先鋒。可憐公等皆癡絶，不見詞人到老窮。謝遣管城儂已晚，酒泉端欲乞疏封。」南湖謂張功父也。堯章自號白石道人，潘德久贈詩云：「世間官職似樗蒲，采到枯松亦大夫。白石道人新拜號，斷無繳駁任稱呼。」姜答云：「南山仙人何所食，夜夜山中煮白石。世人唤作白石仙，一生費齒不費錢。仙人食罷腹便便，七十一峯生肺肝。」時黄巖老亦號白石，亦學詩於千巖，詩亦工，時人號「雙白石」云。

辛弃疾幼安《晚春》詞云：「更能消、幾番風雨。匆匆春又歸去。惜春長恨花開早，何況亂紅無數。春且住。見説道、天涯芳草迷歸路。怨春不語。算只有殷勤、畫檐蛛網，盡日惹飛絮。長門事，準擬佳期又誤。蛾眉曾有人妬。千金縱買相如賦，脉脉此情誰訴？君莫舞。君不見，玉環飛燕皆塵土。閒愁最苦。休去倚危闌，斜陽正在、煙柳斷腸處。」詞意殊怨。聞壽皇見此詞，頗不悦，然終不加罪。其題江西造口詞云：「鬱孤臺下清江水，中間多少行人淚。西北是長安，可憐無數山。青山遮不住，畢竟東流去。江晚正愁予，山深聞鷓鴣。」蓋南渡之初，虜人追隆祐太后御舟至造口，不及而還。幼安自此起興，「聞鷓鴣」之句，謂恢復之事行不得也。又寄丘宗卿詞云：「千古江山，英雄無覓，孫仲謀處。舞榭歌臺，風流總被，雨打風吹去。斜陽草樹。尋常巷陌，人道寄奴曾住。想當年，金戈鐵馬，氣吞萬里如虎。元嘉草草，封狼居胥，贏得倉皇北顧。四十三年，望中猶記，烽火揚州路。可堪回首，佛狸祠下，一片神鴉社鼓。憑誰問，廉頗老矣，尚能飯否？」尤雋壯可喜。幼安官寶謨閣待制，有《稼軒詞》，信州本十二卷，視長沙爲多。

宜春傅公謀詞云：「草草三間屋，愛竹旋添栽。碧紗窗户，眼前都是翠雲堆。一月山翁高臥，踏雪水村清冷，木落遠山開。惟有平安竹，留得伴寒梅。唤家童，開門看，有誰來。客來一笑，清話煮茗更傳杯。有酒只愁無客，有客又愁無月，月下且徘徊。明日人間事，天自有安排。」此詞清甚，末句尤達，可歌也。許及之爲分宜宰，公謀作《賀雨》詩云：「獅子關前半篆煙，二龍飛下卓篙泉。銀河掣電連宵雨，緑野翻雲四月天。便覺春生花一縣，會看秋熟米三錢。何時卓魯登黄閣，都與寰區作有年。」及之擊節。公謀尤工作醮文，嘗作無遮榜語云：「紅旗渡口，淒涼芳草夕陽天；白紙山頭，慘淡落花寒食節。」甚工。

陶淵明《赴鎮軍參軍》詩曰：「望雲慚高鳥，臨水愧游魚。真想初在襟，誰謂形迹拘。」似此胸襟，豈爲外榮所點染哉？荆公拜相之日，題詩壁間曰：「霜松雪竹鍾山寺，投老歸歟寄此生。」只爲他見趣高，故合則留，不合則拂袖便去，更無拘絆。六一公詩曰：「羽儀雖接鴛兼鷺，野性終存鹿與麋。」山谷云「佩玉而心若槁木，立朝而意在東山」，亦此意也。

紹興中，岳武穆烏石寺題云：「岳飛奉旨趨闕，復如江右，假宿靈岩，遊上方，覽江山之勝，志期爲國掃平黠虜，恢復輿圖，迎二聖沙漠之還，輔聖主無疆之休。因結緣佛事，以紀歲月云。」

宋度宗《南康縣字民銘》末云：「咨爾令長，守而勿墜。宣朕實意，斯爲愷悌。」

餘干趙丞相汝愚，字子直，有集二十卷。雁湖李氏書曰：「趙福公秉正履度，即之凜然。至形於篇章，則思致清麗發逸，雖古今能文辭者有不逮，而世顧鮮知者。非由德業之巨，器能之偉，所以詞華見没耶？」

楊察謫守信州，瀕行，餞送境上者十二人。察作詩以謝，皆用十二人故事。詩曰：「十二天辰數，今宵席客盈。位如星占野，人若月分卿。極醉巫峯倒，聯吟嶰管清。他年爲舜牧，協力濟蒼生。」句句着題，可備一體。

《雌伏亭叢記》

吕子約謫廬陵，量移高安，楊誠齋送行詩云：「不愁不上青霄去，上了青霄莫愛身。」蓋祖杜少陵送嚴鄭公

云：「公若居台輔，臨危莫愛身。」然以之送遷謫向用之士，則意味尤長。《鶴林玉露》

紹熙甲寅，光宗以疾不能過宫，廬陵尹德鄰初參太學，簾引詩題出《問寢龍樓曉》。德鄰詩云：「父母人皆有，儀刑自冕旒。問安趨燕寢，拂曉過龍樓。鶴駕嚴晨衛，雞人徹夜籌。慈闈天語接，飛棟月華收。萬姓齊呼舞，三宫款獻酬。小儒憂國切，幾白九分頭。」學官擊節，一時傳誦。

南昌周伯仁和《春雪》詩：「照天不夜梨花月，落地無聲柳絮風。」《桃園手聽》

陸游字務觀，號放翁。詩本於曾茶山，茶山出於韓子蒼。三家句律相似，而放翁加豪。一夕夢一故人相語曰：「我爲蓮花博士，鏡湖新置官也，我去矣，君能暫爲之乎？月得酒千壺，亦不惡也。」遂以詩記之曰：「白首歸修汗簡書，每回囊粟款侏儒。不知月給千壺酒，得似蓮花博士無？」初調官臨安，有詩云：「小樓一夜聽春雨，深巷明朝賣杏花。」都人稱誦，傳入禁中，思陵稱賞，由是知名。有《劍南集》行世。茶山即曾幾。

放翁晚年爲韓平原作《南園記》，除從官。楊誠齋寄詩云：「君居東浙我江西，鏡裏新添幾縷絲。花落六回疏信息，月明千里兩相思。不應李杜翻鯨海，更羡夔龍集鳳池。道是樊川輕薄殺，猶將萬户比千詩。」蓋切磋之也。然《南園記》惟勉以忠獻之事業，無諛詞。晚年詩和平粹美，有中原承平時氣象，朱文公喜稱之。

臨川李善寧之子，十歲能即席賦詩。親友嘗以「貧家壁」試之，略不構思，吟曰：「椒氣從何得，燈光鑿處分。拖涎來嬿飾，惟有篆愁君。」「拖涎」，指蝸牛也。

鄒定，字應可，新吴人，寓居於筠，有詩名。嘗過杜工部祠，賦詩云：「疇昔哦詩憶耒陽，兹因捧檄過祠堂。一生忠義孤吟裏，千載淒涼古道傍。自是風霜侵病骨，非干牛酒涴詩腸。明朝解纜秋江上，問訊先生一瓣香。」誠齋誌其墓云：「詩句自徐師川上溯山谷，以入少陵户牖。」歷官奉議郎。

裘萬頃，字元量，不樂仕進，以薦者召爲司直，在朝賦詩云：「新築書堂壁未乾，馬蹄催我上長安。兒時只道爲官好，老去方知行路難。千里關山千里念，一番風雨一番寒。何如靜坐茅齋下，翠竹蒼梧子細看。」遂乞歸。

廬陵羅大經嘗題釣臺云：「平生謹敕劉文叔，卻與狂奴意氣投。激發潛龍雲雨志，了知功跨鄧元侯。」「講磨潛佐漢中興，豈是空標處士名。堪笑史臣無卓識，卻將周黨與同稱。」句不甚工，議論卻正。

大經嘗摘農圃家風、漁樵樂事唐人絶句十首題壁間，每菜羹豆飯後，啜苦茗一杯，偃臥松窗竹榻間，令兒童吟誦數過，自謂勝如吹竹彈絲，今記於此。韓偓云：「聞說經旬不啓關，藥窗誰伴醉開顔。夜來雪壓前村竹，剩看溪南幾尺山。」又云：「萬里清江萬里天，一村桑柘一村煙。漁翁醉着無人喚，過午醒來雪滿船。」長孫佐輔云：「獨訪山家歇還涉，茅屋斜連隔松葉。主人聞語未開門，繞籬野菜飛黄蝶。」薛能云：「邵平瓜地接吾廬，穀雨乾時偶自鋤。昨夜春風欺不在，就牀吹落讀殘書。」韋莊云：「南鄰酒熟愛相招，蘸甲傾來緑滿瓢。一醉不知三日事，任他童稚作漁樵。」杜荀鶴云：「山雨溪風捲釣絲，瓦甌篷底獨斟時。醉來睡着無人喚，流下前灘也不知。」陸龜蒙云：「雨後沙虚古岸崩，漁梁攜入亂雲層。歸時月落汀洲暗，認得山妻結網燈。」鄭谷云：「白頭波上白頭翁，家逐船移浦浦風。一尺鱸魚新釣得，兒孫吹火荻花中。」李商隱云：「城郭休過識者稀，哀猿啼處有柴扉。滄江白石漁家路，薄暮歸來雨濕衣。」張演云：「鵝湖山下稻粱肥，豚柵雞棲對掩扉。桑柘影斜春社散，家家扶得醉人歸。」大經之後，入明，吉水羅汝敬爲工侍。

姚鏞爲吉州判官，以平寇論功，不數年，擢守章貢。爲人豪雋，喜作詩，自號雪篷。嘗令畫工肖其像，騎牛於澗谷之間，索郡人趙東野題詩。東野題云：「騎牛無笠又無蓑，斷隴橫岡到處過。暖日暄風不常有，前村雨暗卻如何。」蓋規切之也。居無何，忤帥臣，以貪劾之。時端平更化之初，施行特重，貶衡陽，人皆服東野先見。

吕溱，字溱叔，寶元中，試《鯤化爲鵬》詩云：「九霄離海嶠，一夕過天池。」仁宗見之，升爲第一。溱後爲中書舍人，喜自重，見賓客不及數言，時號爲「七字舍人」。溱父爲泰和令，溱曾讀書泰和署中，至今人稱曰「吕狀元讀書處」。明曹文忠公鼐由泰和典史及第，至今尉署扁曰「狀元舊署」。

王迪宋熙寧中爲洪州左司理，有道人磨鏡俾迪自照，見星冠羽帔，縹緲鏡中，遂棄官，與妻偕隱。新建簿劉簿送以詩云：「髮如抹漆左參軍，脱去青衫作隱淪。世上更無羈絏事，壺中別有自由身。鼎烹玉兔山前藥，花看金鰲背上春。莫怪少年能決烈，藍田夫婦總登真。」

聶昌，字賁遠，元名賁，字遠山。宋靖康中登政府，出知絳州，遇害。紹興中，張殊自北歸，過絳驛，見壁間有血書一詩云：「星流一箭五心摧，電掣雙眸兩臂開。車馬踐時頭似粉，烏鳶啄處骨如灰。父兄有感空垂淚，子弟無知不舉哀。回首臨川歸未得，冥中空築望鄉臺。」時以爲聶之精魂作。

聶昌有讀書堂在新昌度門院，自序云：「予頃歲讀書於此，面方池，池畔有竹百餘竿。一日洪少穎見訪，題小詩壁間。比蒙恩自都司除湖南漕，挈家新昌，尋少穎舊題，已漫滅矣。追憶其韻，乃和三絶。」

臨川曾景建，布衣也。詩云：「九十日春晴景少，一千年事亂時多。」當國者見而惡之，竟謫春陵死。其往春陵也，作詩曰：「挾策行行訪楚囚，也勝流落嶠南州。鬢絲半是吴蠶吐，襟血全因蜀鳥流。徑窄不妨隨繭栗，路長那更聽鉤輈。家山千里雲千疊，十口生離兩地愁。」按：鷓鴣之鳴，其聲云「鉤輈格磔」，俗云「行不得也」。

洪州西山，與滕王閣相對，一僧盡覽詩板，告郡守曰：「盡不佳。」因朗吟曰：「洪州大白方，積翠倚穹蒼。

萬古遮新月，半江無夕陽。」守異之。

「願天常生善人，願人常行善事。」鄒景孟表而出之，以爲奇語。吾鄉前輩彭執中云：「住世一日，則做一日好人；居官一日，則行一日好事。」亦名言也。

徐淵子《夜泊廬山》詞云：「風緊浪花生，蛟吼鼉鳴。家人睡着怕人驚。只有一翁捫虱坐，依約三更。雪又打殘燈，欲暗還明。有誰知我此時情。獨對梅花傾一盞，又是詩成。」

柴與之，字中行，宋嘉定中仕於朝，與時宰不合，出守章貢。危逢吉以詩送云：「力爲君王乞得州，補天未了石還收。人才自係國輕重，吾道亦關公去留。殿角纔辭槐影日，船頭便轉荻花秋。競誇祖帳東門外，誰識眉攢杜甫愁。」

金兵薄寶慶，通判泰和曾公如驥遣弟如駿歸，曰：「吾既以身許國，不得顧先人宗祀矣，汝其圖之。」涕泣與别，復取考功郎紙題其上曰：「謹將節義二字，結果印紙一宗。了卻神遊何處，澄江明月清風。」「澄江」指泰和故鄉也。事亟矣，書「舍生取義」一章於壁，以明己志。城將陷，左右請迎降，公叱之，登子城投資江死。郡人義而殯厝之。明年建炎改元，大學生上書，敘公功超五官，贈敷文閣待制，謚忠愍。

文山臨刑，衣帶自贊曰：「孔曰成仁，孟曰取義。惟其義盡，是以仁至。讀聖賢書，所學何事？而今而後，庶幾無愧。」文山「成仁取義」之贊，忠愍「清風明月」之題，即曾子之易簀，子路之結纓，何以多遜？

文文山《安福勉耘堂説》：「百聖在天，六經行世。譬之五穀，皆美種也。錢鎛必鑄，荼蓼必薅。既堅且好，實穎實栗。不然，略閩蜀之蹲鴟，拾燕趙之棗栗，而吾未嘗不飽。嗚呼！此豈樂饑常法哉！彭君奇宗之爲學也，知所以種，而以『勉耘』顔其堂，其必自五穀始，是穮是蓘，必有豐年。」

進士第一堂在廬陵縣學明倫堂前。宋文文山舉進士第一，因名。版扉刻文山所書「魁」字，方廣丈餘。拜祝辭曰：「燦乎紫薇垣之傍，爲星之魁；書乎進士第一之堂，爲字之魁；捷乎庚午之秋，爲解之魁；占乎辛未之春，爲省之魁；齊美乎丙辰之狀元，爲天下之大魁。悟魁之義，得魁之趣，廬陵之魁，車載斗量，不可勝數。爾酒既清，爾殽既馨。惟吾魁其先，賚其炳靈。」堂刻具存。予按：庚午辛未之魁，指六一公言，丙辰大魁，文山自謂也。車載斗量之祝，至明始驗。二百餘年，予吉狀元十一人，榜眼十一人，探花十二人，會元八人，幾於車載斗量矣。狀元彭文憲、羅文毅、羅文恭，榜眼王艮、尹昌隆，探花如劉文安、羅文莊，會元如鄒文莊，則亦無愧於歐、文云。

趙弼作《文山傳》：「既赴義，其日大風揚沙，天地晝晦，咫尺不辨，城門晝閉。自此連日陰晦，宮中皆秉燭而行。羣臣入朝，亦爇炬前導。世祖問張真人而悔之，贈公特進金紫光禄大夫、太保、中書平章政事、廬陵郡公，謚忠武。命王積翁書神主，灑掃柴市，設壇以祀之。丞相孛羅行初奠禮，忽狂飈旋地而起，吹沙滚石，不能啓目。俄捲其神主於雲霄中，空中隱隱雷鳴，如怨之聲，天色愈暗。乃改：『前宋少保右丞相信國公。』天果開霽。」按：正史、文集皆不載此事，傳疑可也。信公至我朝景泰中賜謚忠烈，祠在今順天府學之右。明邊廷實有《文山祠》詩：「花外子規燕市月，柳邊精衛浙江潮。」王元美評曰：「精麗。」

文山曾有《新居上梁文》云：「抛梁南，説與山人住水南。江上梅花都自好，莫分枝北與枝南。」卒後，其弟文溪仕元，或貽之詩曰：「文家見説好溪山，兄也難時弟也難。可惜梅花異南北，一枝向暖一枝寒。」又一紀聞云：「文丞相一子，至元中出仕，行數驛即死。人挽之云：『地下修文同父子，人間讀史各君臣。』」其意蓋以王裒不西向之義責之。王深甫亦嘗以責嵇侍中矣。

《雌伏亭叢記》云：「丞相之子，即元仁宗皇慶中集賢直學士陞。」云「至元中」，誤也。陞仕不一二三年，奉使卒於贛州道中耳。然元敏公爲作神道碑，謂其「生也無慊，死又無憾」。銘亦云：「翼翼子服，如不見克。昔也天民，無戾天德。今也帝臣，允由帝則。彼不達人，小中闕瞰。嘗試大觀，萬物皆暫。存者奚哀，逝者奚憾。」似與挽者之意弗同。

《坦齋通編》曰：「詩人好改易地名，以就句法。如大孤山旁有女兒港，小孤山對岸有彭浪磯，韓子蒼詩：『小姑已嫁彭郎去，大姑常隨女兒住。』四者之中，所不改者，女兒港耳。蜀大散關有喜歡舖，東坡入贛詩：『山憶喜歡催遠夢，地名皇恐泣孤臣。』自下而上，第一灘在萬安縣前，名黃公灘，坡乃更爲皇恐，以對喜歡。《廬陵志》：『二十四灘。』坡詩乃云『十八灘頭一葉舟』，亦非。」予按：文山詩云：「皇恐灘頭説皇恐，零丁洋裏歎零丁。」文山，廬陵人也，當不差。至今廬陵人説「上十八灘，下十八灘」，不聞説二十四灘。又：明鄒立齋《過皇恐》詩：「皇恐灘名熟幾年，今朝也自到灘前。死生未必能皇恐，皇恐微誠未格天。」

京口天慶觀主聶碧窗，江西人。嘗爲龍翔宮書記，赦至，感而有詩云：「乾坤殺氣正沉沉，又聽燕臺降德音。萬口盡傳新詔好，累朝誰念舊恩深。分茅列土將軍志，問舍求田父老心。麗正立班猶昨日，小臣無語淚沾襟。」又《哀被虜婦》云：「當年結髮在深閨，豈料人生有別離。到底不知因色誤，馬前猶自買胭脂。」又《詠北婦》云：「雙柳垂鬟別樣梳，醉來馬上倩人扶。江南有眼何曾見，爭捲珠簾看小姑。」觀中有趙太祖真容，來見者必拜，聶因題其上：「鳳表龍姿儼若新，一回展卷一傷神。天顔亦怪君非敵，河北山東總舊臣。」蔣正子《山房隨筆》

周貫，自號木雁子，至袁州，見李生秀韻，欲携歸林下，李嗜酒色，難其行。周指煮藥鐺作偈曰：「頑鈍天教合作鐺，縱生三腳豈能行。雖然有耳不聽法，只愛人間戀火坑。」後有人見於京師，附書與袁州李生云：「明年中秋夕，當上謁。」至時，果造李生。生以事出，貫乃以白土書其門曰：「今年中秋夕，來赴去年約。不見折足鐺，彈指空剥剥。」《冷齋夜話》

虞文靖公嘗作《范德機詩序》，有云：「當時中州人士，謂清江范德機、浦城楊仲弘、豫章揭曼碩及集四人詩爲『四家』，且以『唐臨晉帖』喻范，『百戰健兒』喻楊，『三日新婦』喻揭，而集爲『漢庭老吏』。」《序》出，適揭公歸省墓，見之，大不悦。遂往臨川訪虞公，既相見，言及茲事，且曰：「傒斯與公京師二十年，未嘗蒙公一言及斯，何別後乃爾？」虞公曰：「誠有之，非集之言，中州人士之言也。非惟中州人士爲然，亦天下之通論也。」揭公咈然，遂即席辭別。虞公堅留不得，竟駕小車而還。既別去，數日，揭公乃以「天曆年間秘閣開」四詩寄虞公，中有「奎章分署隔窗紗，學士詩成每自誇」之句，蓋爲虞公發也。公得詩，謂諸門人曰：「公此作甚佳，然才力竭已。」就以所寄詩題其後答云：「今日新婦老矣。」後因送人，有寄揭公云：「故人不肯宿山家，夜半驅車踏月華。寄語旁人休大笑，詩成端的向誰誇。」未幾揭公趣召至都，竟以疾卒。此胡祭酒儼得之陳維新云。維新，豫章才子也。

元薩天錫嘗有詩送僧笑隱住龍翔寺，其詩云：「東南隱者人不識，一日才名動九重。地濕厭聞天竺雨，月明來聽景陽鐘。衲衣香暖留春麝，石鉢雲寒臥夜龍。何日相從陪杖履，秋風江上採芙蓉。」虞學士見之，謂曰：「詩固好，但『聞』『聽』字意重耳。」薩當時自負能詩，意虞以先輩，故少之云爾。後至南臺見馬伯庸論詩，因誦前作，馬亦如虞公所云。欲改之，二人構思數日，竟不獲。未幾，薩以事至臨川謁虞公，席間首及前事，虞公曰：「歲久不復記憶，請再誦之。」薩誦之，公曰：「此易事。唐人詩有云『林下老僧來看雨』，宜改作『地濕厭看天竺雨』，音調更差勝。」薩大服而去。此胡祭酒儼得之熊伯幾先生云。

豫章鐵柱宫井中鐵柱，相傳爲晉許旌陽鎮蛟之柱，歷代名賢多有題詠。熊朋來詩曰：「九牧失貢金，司空不行水。蛟龍弄波濤，魑魅入城市。吁嗟清談晉，萬事漫不理。遂令千載人，稽首旌陽子。」正言反應，辭簡意高。虞學士詩曰：「老龍無意弄新波，化作皃翁倚柱歌。點石神方寧復得，沉沙遺戟不堪磨。汾陰鼎鼐千年出，海底珊瑚百尺過。誰在蓬萊期劫外，下騎黄鵠一摩挲。」此詩初出，人皆未喻其旨，公曰：「此柱未敢必爲旌陽之物，故詩意皆設疑辭以問之。」國朝元宣，字伯長，有詩云：「湖上波濤一劍空，冶金留取鎮龍宫。八方靈索懸坤軸，萬古蒼標定劫風。不用斷鰲重立極，只令降怪暗銷雄。神仙本是空無事，即此方知濟世功。」

辛好禮諸才子侍虞公宿寫韻軒，道士因出卷子求題，公賦二律。其一云：「翩翩仙子藥王山，明月高樓遂不還。天外修眉塵鏡掩，窗中遺墨夜燈閑。雪深黄竹歸無所，雨暗蒼梧淚更斑。何處浮雲相契合，窅然餘迹漫人間。」其二云：「仙人本自好樓居，深下重簾寫韻書。江上數峯千仞表，硯中微露九秋餘。下方鐘鼓塵初靜，絶世文章事不虚。最愛夜凉天闕近，綺窗留得玉蟾蜍。」題畢，辛好禮諸人問曰：「西江登眺之所，據江山之勝無踰滕王閣、望湖亭二處，公不知其幾過，皆不留題，何也？」公曰：「諸公曾見東坡及僧晦幾詩否？」皆曰：「未見。」公曰：「請與諸公誦之。晦幾《滕王閣》詩云：『檻外長江去不回，檻前楊柳後人栽。當時惟有西山在，曾見滕王歌舞來。』其第一句『長江去不回』，往事不可問矣；第二句檻前楊柳亦是後人所栽；第三句、第四句謂當時曾見滕王歌舞者，惟有西山在耳，含無限之意，寓無窮之感。東坡《望湖亭》詩云：『黑雲堆墨未遮山，白雨跳珠亂入船。驀地風來忽吹散，望湖亭下水連天。』陰陽變化，闔機開闔於頃刻之間，且氣雄語壯，所謂『吞雲夢者八九』。二詩皆不可及，是以不曾有題。」明日，公與諸人登滕王閣，即席賦詩若干首及一絶句。余幼時能誦之，今但記其三律與絶句耳。其一曰：「高閣城頭户牖開，江中照見碧崔嵬。文章誰復三王後，雲氣長從五老來。畫角數聲南斗落，白鹽萬斛北風回。洲南先有蛟龍窟，怪得詩成急雨催。」「洲南先有」一作「潭心應有」。其二曰：「天寒江閣立蒼茫，百尺闌干迤夕陽。歲久魚龍非故物，春深蛺蝶是何王。帆檣星斗通南極，車蓋風雲擁豫章。燈火夜歸湖上雨，隔鄰呼酒説干將。」其三曰：「危樓百尺倚闌干，滿目青山不厭看。空翠遠凝江樹小，落霞飛送酒杯乾。千年劍氣侵牛斗，半夜天香下廣寒。我欲乘鸞朝帝闕，五雲深處是長安。」絶句云：「豫章城上滕王閣，不見鳴鸞佩玉聲。惟有當時簾外月，夜深依舊照江城。」昔人云：「詩不可苟作。」觀公之意可見矣。此胡祭酒儼得之吴用中云。滕王者，唐高祖之子，武德中出爲洪州刺史，喜山水，酷愛蝴蝶，尤攻書，妙音律，暇日乘青雀舸遊江漢，甚得其趣。自選芳渚，基地不大，高低得宜，遠瞰湘雲，近枕漢水，仍便以王而名閣焉。陳無己詩：「滕王蛺蝶江都馬，一紙千金不當價。」

滕王閣自王子安題後，其名始顯。唐人惟張喬有《滕王閣寫望》詩：「創來人世殊，幾度繞汀蘆。疊浪有時有，閒雲無日無。早涼先燕去，返照後帆孤。未得營歸計，菱歌滿舊湖。」曹松有《滕王閣春日晚眺》詩：「凌春帝子閣，偶眺日移西。浪勢平花塢，帆陰上柳堤。凝嵐藏宿翼，疊鼓碎歸蹄。只此長吟詠，因高思不迷。」宋文山詩：「五雲窗户瞰滄浪，猶帶唐人翰墨香。日月四時黄道闊，江山一片畫圖長。迴風何處搏雙雁，凍雨誰人駕獨航。回首十年此漂泊，閣前新柳已成行。」元人虞邵庵有律詩三首，絶句一首。其後有吴子高詩：「西山千仞枕江湄，曾見賢王出牧時。寶劍氣沉龍去遠，玉笙聲斷鶴來遲。美人粉黛歸何處，才子文章有斷碑。不盡登臨懷古意，章江如箭日東馳。」明臨川王尚書英詩：「鳴鸞珮玉憶當年，遺迹荒凉倍可憐。尚有殘花飛蛺蝶，應多古樹怨啼鵑。西山疏雨浮雲外，南浦驚濤夕照邊。何事王孫舊時草，滿堤猶自緑芊芊。」題詠亦不甚多。李太白云：「眼前有景道不得，崔顥題詩在上頭。」此言盡之矣。

寫韻軒亦豫章佳景也，虞邵庵二詩甚佳。繼之者，我明有元宣詩二首：「雙吹鳳管度西山，城上樓臺記往還。寶帙不開秋月冷，翠屏長對暮雲閑。幽蘭燁燁當窗淨，細草年年上砌斑。想得凌風環珮響，墨香猶在綺窗間。」其二：「學書仙子鬢如鴉，天上珠簾捲曙霞。綠硯自分金掌露，綵毫應染玉箋花。神情冉冉翔鸞下，逸興飄飄舞鶴斜。寫遍四聲諧妙律，洞章吟向太清家。」二詩不減邵庵首作，似和邵庵韻。

洪龜父《寫韻亭》詩云：「紫極宮下春江横，紫極宮中百尺亭。水入方洲界玉局，雲映連山羅翠屏。小楷四聲餘翰墨，主人一粒盡仙靈。文簫采鸞不復返，至今神界花冥冥。」

紫芝生李升館於虞邵庵，一日虞在某學士處宴歸，秉燭夜坐，備言終席之歡，郭氏順時秀歌時曲，清新婉麗，中有《秋風第一枝》，與俗作不同。此曲惟「博山銅細裊香風」一句兩韻，名曰「短柱」，作者不易。今所歌者，兩字一韻爲尤難，殆是絶響。次日早，虞命紙筆，亦寫一曲云：「鑾輿三顧茅廬。漢祚難扶。日暮桑榆。深渡南瀘。長驅西蜀，力拒東吴。美乎周瑜妙術，悲乎關羽云殂。天數盈虚。造物乘除。問汝何如。早賦歸歟。」

翰林學士揭曼碩未顯時，嘗遨遊湖、湘間，以酒詩自娱。一夕，舟行宿江滸，夜近二鼓，揭不寐，攬衣出舟中露坐，仰視明月如晝，忽中流一小舟，蕩槳至，傍揭舟而止。中有一女子，其神清骨秀，顔色婉麗，真天人焉。遽斂衽而起。揭問曰：「汝何人也？」答曰：「妾商婦，良人去久不歸，聞君遠來，故相迓耳。」遂與談論，所言皆是世外，恍惚不可殫記。云：「妾與君有宿緣，故來相見，幸君無卻。」至夜，終有戀戀不忍去意。臨别又云：「公，富貴人也，後日當任館閣，亦宜自重。」有詩留别，詩曰：「盤塘江上是奴家，郎若閒時來喫茶。黄土築牆茅蓋屋，庭前一樹紫荆花。」明日，揭舟以風阻上江岸沽酒，居民云：「此盤塘鎮也。」行見一水仙祠，垣牆黃土新築，庭前有紫荊一樹，花盛開。揭獨曉悟，登正殿，見水仙像，與夜中女子無異。此亦奇事也。曼碩之子伯方、姪孫立禮談，海陵唐志大伯剛書。

錢應庚家有堂名「樂全」，虞奎章爲記，朝大夫士咸爲歌詩，翰林陳衆仲有「能守不成三瓦戒，樂全長得葆天均」之句。虞公見之，未解「三瓦」之説，俾詢之。衆仲云：「出《史記龜筴傳注》。」公深服其博記，且云「誠所不及」。

虞伯生初入翰林，楊仲弘每言伯生不能詩。伯生一日載酒請問詩法，仲弘[二]酒酣，盡爲剖析其理，伯生遂超悟。越二月，伯生有詩《送袁伯長扈駕上都》，以其詩介他人，質諸仲弘，仲弘曰：「此詩非楊仲弘、虞伯生不能。」或者曰：「先生嘗謂伯生不能詩，何以有此？」仲弘曰：「伯生學問高，予昨授以法，餘莫及也。」或者又以此詩詣趙松雪，詩有「山連閣道晨留輦，野散周廬夜屬櫜」之句，趙公曰：「美則美矣，但改『山連』爲『天連』，『野散』爲『星散』，則備美。」識者高虞公天資，服楊公賞識，而敬趙公弘廓。

歐陽玄《安福臨溪亭歌》：「溪之水清且深兮，我濯我心。溪之水深且清兮，我濯我纓。纓有塵兮尚可，心有累兮溪將無以浣我。外潔浄兮中明黼，我與溪兮各全其天。」

戴石屏未遇時，流寓江西武寧。武寧富翁之女妻之，留三年，一日思歸，詢其故，告以曾娶妻。白其父，父怒。妻宛曲解之，盡以嫁奩贈之，仍餞以詞，自投江而死。詞云：「惜多才，憐薄命，無計可留汝。揉碎花箋，仍寫斷腸句。道傍楊柳依依，千絲萬縷，抵不住、一分愁緒。捉月人言，不是夢中語。後回君若重來，不相忘處，把杯酒，澆奴墳土。」右歸安縣尹楊景行，字賢可，號吟窗，言此事，失其婦姓名，吴中蔣堂識。蟫衣生曰：「楊景行，太和州人，即楊文貞公之祖也，入元《循吏傳》。」

宋鄱陽姜堯章有《續書譜》云：「字大要以筆老爲貴，少有失誤，亦可輝映。所貴乎濃纖間出，血脈相連，筋骨老健，風神灑落，姿態備具，真有真之態度，行有行之態度，草有草之態度。必須博習，可以兼通。」歐陽永叔曰：「學書當自成一家之體，其模仿他人，謂之書奴。」安昌侯張禹曰：「書必博，然後識其真僞。」余實見書之未博者。歐曰「見書未博」，姜曰「必須博習」，故「博」之一字，學書者不可不知也。吾鄉宋有歐、黃、文山，復有姜堯章，明有解大紳、曾子棨、羅達夫三公，書章草者，予師胡廬山先生。

【校記】

［一］按：《歷代詩話》卷六無「仲弘」二字。

卷六

新淦鄧伯言嘗遊玉笥山，題詩於壁曰：「洞天明月一雙鶴，澗水碧桃千樹花。」宋潛溪大賞之，薦於朝。太祖召見，命作《鍾山晚寒詩》，有曰：「鰲足立四極，鍾山蟠一龍。」上以手拍案，大嘉之。伯言伏丹墀，誤疑怒己，遂驚死。扶出東華門始甦，次日授翰林院官。

國初參知政事陶公安，爲饒州知府時，閩寇陷浮梁、樂平，進圍郡城，公諭父老率子弟固守。寇平，民被脅從者，立宥之。全活甚衆，四境以寧。高皇帝嘉其功，御製詩美之曰：「匡廬巖穴甚濟濟，水怪無端盈彭蠡。鱷魚因韓去遠洋，陶安鄱陽即一理。」《皇明名臣言行録》

解學士縉應制《題虎顧衆彪圖》曰：「虎爲百獸尊，誰敢觸其怒。惟有父子情，一步一回顧。」文皇素不喜仁宗，感此詩，甚思之。時仁宗留守南京，頗懷憂虞。因命所親信者莫如夏原吉，即日往迎之。縉可謂得諷體矣。北京宫闕成，太宗命解縉書門帖。縉即以古詩書之曰：「日月光天德，山河壯帝居。」上大喜，賜賚甚厚。《傳信録》

吾吉解大紳，天挺逸才，其經濟見於《大庖西封事》，髣髴《治安策》，宛似賈長沙。其詩歌雄壯，上逼李太白。嘗自作弔李詩云：「吾聞學士多風流，豪氣直與元氣侔。金鑾殿上拜天子，咤叱寵幸如蒼頭。楊貴妃，捧硯石，高力士，脱靴兜。平生落魄贏得虛名留。也曾椎碎黄鶴樓，也曾踢翻鸚鵡洲。也曾棄卻五花馬，也曾不惜千金裘。呼兒换取采石酒，花間滿泛黄金甌。醉來問明月，明月全不偢。大呼陽侯出東海，騎鯨直向八極游。我來采石日已暮，潮生牛渚聊艤舟。白浪一江雪滚滚，黄蘆兩岸風颼颼。欲寫佳句弔學士，佳句滿腹不敢搜。恐驚水底魚龍不得睡，天上星斗散亂難爲收。草草留題弔學士，學士不須笑，吾儕磊落與爾俱同儔。」[二]其自負雄矣。賈死於騎，李死於水，解死於獄，奇蹇之迹，千古相憐。顧解嘗有《漫成》絶句：「手扶日月歸真主，淚滿乾坤望孝陵。身死願爲陵下草，春風常護萬年青。」其視《永王南巡》之歌何如哉？令白也讀之，當愧死焉。

泰和蕭子韶祖出匠籍，洪武初登第，高皇帝問其家世，對以一絶云：「嚴親曾學魯般機，當年製下青雲梯。腰間帶得純鋼斧，要斫蟾宫第一枝。」陳善方由户部主事謫戍陝西，慶王問其出身，對一律云：「賢主從容問出身，草茅原是布衣臣。戊辰歲貢三千士，庚午秋闈第四人。列職地官階六品，承恩天府僅三春。戎衣再際風雲會，始信儒懷席上珍。」後復起爲知縣，尋致仕。二詩不甚工，而應對帝王前，迅捷爲難。

予邑周紀善侍建文藩邸，獨被寵遇。紀善常言其母賢，帝大書「賢母」二字賜之。又言師胡樵渚賢，帝復書「樵渚」二字賜胡之裔。乃賦詩一章而自序曰：「紀善周先生是修，言其母賢，因書『賢母』二字賜之，以旌其母之潛德。又言師胡樵渚之行，求書『樵渚』字以遺其後人，傳之久遠。吾嘉其慕親又不忘師，輒書以賜。先生以才能志節，方侍明庭，當以道義文學誨吾。吾年幼，業未成，先生與同寅協力，輔吾爲賢王，榮顯於後世，永保名爵，共樂太平。乃賦詩一首，以見吾意：『趨朝金殿曉，論道玉堂清。見爾思親意，興吾念母情。揮毫彰隱德，題句寫平生。尚賴匡扶力，從師望有成。』嗚呼！」紀善家所藏建文帝手書極多，今子孫猶能守之。予曾作《紀善逸事》，備載之云。

分宜黄子澄實薦李景隆，景隆懷二心，攻北平，屢敗。子澄拊膺大慟曰：「大事去矣，萬死不足贖誤國之罪。」乃賦一詩以志痛，詩曰：「仗鉞曾登大將壇，貂裘遠賜朔方寒。出師無律真兒戲，負國全身獨汝安。論將每時悲趙括，攘夷何日見齊桓。尚方有劍憑誰借，哭向蒼天幾墮冠。」聞者哀之。

胡閏，字松友，江西鄱陽人，學博行修，教授里中，早以詩名。太祖之討陳友諒也，過鄱陽，謁吴芮祠，見閏題壁間《畫竹》詩有云：「幽人無俗懷，寫此蒼龍骨。九天風雨來，飛騰作靈物。」笑賞之，陰記其姓名。洪武中，有司薦辟至闕下，上識之，曰：「此題詩鄱陽廟者也。」拜官都督府經歷。建文中，遷右補闕，彈劾有聲，擢大理左少卿。内難平，坐黨戮。

曾鳳韶，廬陵人，洪武末進士，建文間爲御史，「靖難」師入金陵，公臥於邸，乃刺血書憤詞於襟，其略曰：「予生居廬陵忠節之鄉，素負立朝骨鯁之腸。讀書而登進士之第，仕宦而至繡衣之郎。慨一死之得宜，可以含笑於地下，而不愧吾天祥矣。」囑妻李氏、幼子公望：「我死殮，慎勿易衣。」遂自殺，時年二十九。李氏亦死於節云。

顔伯瑋名環，廬陵人，唐魯公後。洪武末舉賢才，除知沛縣。「靖難」師傳攻沛，公度不能支，預送其子有爲出城，戒之曰：「汝還家白大人，吾不能盡子職矣。」因題詩御史行臺壁，詩曰：「太守諸公監此情，只因國難未能平。丹心不改人臣節，青史誰書縣尹名。一木豈能支大厦，三軍空復築長城。吾徒雖死終無憾，望采民艱達聖明。」夜二鼓，師入東門，指揮王顯迎降，伯瑋冠帶升堂，南向再拜，慟哭曰：「臣無以報國矣。」遂自經死，時年五十。其子不忍去，復還，見父屍，亦自刎。俄擒主簿唐子清、典史黄謙至，亦不屈死。縣丞胡先收其父子屍，葬沛之南關，題曰「顏公墓」。後楊士奇過沛，悼之以詩曰：「平生金石見臨危，就義從容子亦隨。千載山河遺縣在，一門忠孝史官知。故鄉住近文丞相，先德傳從魯太師。欲酹荒墳何處是，離離芳草淚空垂。」正統初，監察御史彭勗行部至沛，詢諸户部主事孟武，得其葬處，命有司起墳立祠祀之。尹文和贊曰：「忠孝二端，天經人紀。烈烈顏侯，尹沛百里。堅守孤城，俟死無二。力屈援絶，詩以言志。衣冠自經，子亦刎死。父爲忠臣，子爲孝子。文山之鄉，魯公之裔。惟忠惟孝，照耀青史。」

吕尚書震，與學士解公縉，一日談及食中美味，吕曰：「駝峯甚美，震未之識也。」解云：「僕常食之，誠美矣。」吕公知其誑己，他日從光禄得死象蹄脛，語解曰：「昨有駝峯之賜，宜共饗焉。」解因大嚼去。吕寄以詩曰：「翰林有個解癡哥，光禄何曾宰駱駝。不是吕生來説謊，如何嚼得這般多？」

仁廟在東宮時，嘗觀二内侍象弈，因命曾棨應制，詩云：「兩軍對敵立雙營，坐運神機决死生。千里封疆馳鐵馬，一川波浪動金兵。虞姬歌舞悲垓下，漢將旌旗逼楚城。興盡計窮征戰死，松陰花影滿殘枰。」仁廟和云：「二國爭強各用兵，擺成隊伍定輸贏。馬行曲路當先道，將守深宫戒遠征。乘險出車收敗卒，隔河飛炮下重城。等閑識得軍情事，一着功成見太平。」詞意宏偉，君臣之器量見矣。《瑣綴録》

世廟自號天河釣叟，命羣臣賦詩。某詩曰：「紅竿百尺倚潢流，獨泛仙槎問斗牛。北極衆星爲玉餌，懸空新月作銀鈎。撒開煙水三千丈，坐老乾坤八百秋。相見玉皇如有問，絲綸今屬大明收。」獨爲稱旨。又一日，出一對云：「洛水靈龜獻瑞，天數五，地數五，五五還歸二十五，數數定、元始天尊一誠有感。」或對曰：「丹山彩鳳呈祥，雌聲六，雄聲六，六六總成三百六，聲聲祝、嘉靖皇帝萬壽無疆。」亦蒙賜貺。元始天尊乃上龍潛時所祝禧之神，及御極，建元祐宮，頗極尊崇，所謂「誠感」也。

世廟宮人張氏，恃貌不肯阿順，匿閉無寵，早卒。殮於宮，後宮制：凡殮者必索其身畔。得羅巾，有詩，以聞於上，上傷之，以宮監不早聞，杖殺數人。此庚戌年事，都下盛傳。詩曰：「悶倚雕欄強笑歌，嬌姿無力怯宮羅。欲將舊恨題紅葉，只恐新愁上翠蛾。雨過玉階天色淨，風吹金鎖夜涼多。從來不識君王面，棄置無情奈若何。」

臨川聶大年教諭仁和，有二僧爭住院子，先生招二僧飲之，贈以詩云：「蕭蕭落日下荒基，古殿淒涼白塔低。燕子不知身是客，秋風猶戀舊巢泥。」二僧慚愧而退。大年教諭仁和，景泰六年以史事徵，詣翰林卒。王抑庵尚書銘其墓。大年有《小瀛洲水居竹賦》及詩文四十卷。

楊文貞公少時，與陳吉士孟京同入沙村訪劉公，俄大雪，劉命賦雪詩。陳詩有「直待春風楊柳陌，紅裙爭看緑衣郎」之句。楊詩有「不憂寒氣侵人骨，探看梅花過野橋」之句。劉公笑曰：「陳生十年勤苦，可博紅裙一看。楊生寒士，終是鼎鼐之器。」後陳第進士，選庶吉士而卒。文貞相業，爲本朝冠。劉真法眼哉。劉名百川，居沙村，距予家十五里。

予邑楊文貞公年幾七十，即作《歸田趣四時滿江紅》詞四首。當時卷首沈民則學士隸古，先生自序并詞，皆錢塘蔣廷暉書。畫四段，則華亭朱孔易筆也。民則、廷暉書詞，孔易畫，皆是作家。石後壞於墻壁壓，子叔簡有詩曰：「歸田詞畫富流傳，猶是難兄舊日鐫。愛護無人悲寸毀，近來模本不如前。」公詞今録於此。《春牧》：「霜鬢蕭蕭，皇恩重、賜歸田里。郊郭外，草亭四面，青山緑水。好鳥好花春似昔，同時同輩人無幾。一布袍、棕帽任逍遥，東風裏。　芳草岸，平如砥。垂楊徑，青如洗。散牧處，冉冉晴霞飛綺。江色比於懷抱淨，都無一點閒塵滓。更小兒、牛背有書聲，清人耳。」《夏耘》：「詔歸田里，長散誕、天恩深厚。尋早歲、釣遊之處，風煙依舊。萬物方當嘉會同，一年最是清和候。暢幽懷，緩緩步東皋，觀耘耨。　竹色淨，槐陰茂。荷鋪翠，葵舒纈。農忙際、兒子大家趨走。頻有鶯聲迎杖履，渾無塵影沾襟袖。望水南、雲似玉光浮，籠岩岫。」《秋漁》：「七十歸來，西江上、堪遊堪釣。秋水共、長天一色，也堪吟嘯。穩坐木蘭漁艇子，大兒能網中兒棹。小兒自、理會爇香爐，烹茶竈。　蘋花渚，雪爭耀。楓葉岸，霞相照。山無數，清比方壺員嶠。放蕩不知天地外，瀟閒底用玄真號。聽數聲、長笛白鷗前，江南調。」《冬樵》：「白首閒居，冬風冷、偏欺衰老。晨光動、瀰漫院落，六花飛繞。坐暖茅柴煨芋栗，老妻孫子圍爐好。更兒曹、腰斧析枯薪，歸來早。　階前璐，池邊縞。都總出，天工巧。石山峯，亭下盡成瓊島。況是太平豐稔瑞，教兒愛護休輕掃。看園林、一鶴意蕭蕭，尋瑶草。」

予邑先達以楊文貞公、王文端公爲標準，人皆知二公仕宦之達，而不知其學問之密。予讀文貞公《自贊》曰：「歷事四朝，惟持一志。不敢内非類之交，不敢徼非義之利。禄愈增而意愈濬，秩愈進而心愈惴。治官務如治家務，視海内如室内。雖不能萬一之有濟，而不敢須臾之或怠。」文端公《自贊》曰：「其才學則迂疏，其志形亦狂簡。幸逢時以效愚，每惴惴於自反。然僚友謂之狂，而主上謂之板。愧變通之未能，徒爲達士之所莞。」文貞之濬，文端之板，其學固有所自來矣。予友義叔，文貞孫也；劉靜之，文端外孫也。每一聚，輒舉濬與板相與切磋，予乃名予書室曰「濬板軒」。

撫州王尚書英《西湖詩》曰：「雨餘鳧雁滿晴莎，風靜花香藹芰荷。曾見牙檣牽錦纜，遥看翠浪接銀河。秋光渺渺連天淨，山勢亭亭繞岸多。好是斜陽湖上景，芙蓉千疊映洄波。」泰和王尚書直《西湖詩》曰：「玉泉東匯浸平沙，八月芙蓉尚有花。曲島下通鮫女室，晴波深映梵王家。常時鳧鳥聞清唄，舊日魚龍識翠華。堤下連雲秔稻熟，江南風物未宜誇。」西湖，燕京之西湖也。二尚書俱江西人，當時稱「二王」。

吾泰和舊有讖云：「龍州過縣前，泰和出狀元。」本朝一應於陳芳洲少保循，再應於曾松臞學士鶴齡，三應於曾南洲學士彦。南洲及第日，人有詩賀云：「十回虎榜魁天下，三應龍洲過縣前。」以一郡言，南洲是第十狀元，以一縣言，南洲是第三狀元。

宣廟贈楊文貞公堂聯云：「令祖已登良吏傳，賢孫今作濟川人。」文貞祖楊景行，勝國時爲州，有善政，載《元史良吏傳》，故云。一時君臣魚水之歡，贈及堂柱，可易得哉？公之孫義叔憲長至今猶寶藏之。

廬陵李昌祺耿介廉潔，自筮仕至歸老，始終一致，人頗以不得柄用惜之。自贊其像曰：「貌雖丑而心嚴，身難進而意正。忠孝稟乎父師，學問存乎操履。仁廟稱爲好人，周藩許其得體。不勞朋友贊詞，自有帝王恩旨。」楊誠齋自贊云：「禹曰也『有性氣』，舜云『直不中律』。自有二聖玉音，不用千秋史筆。」李公祖述誠齋語而模仿之耶？李公號僑庵，又號白衣山人、運甓居士。王尚書英作公傳：「公自廣西方伯服除，入覲仁廟，仁廟曰：『此佳士，良不易得。』在列竦聽，退而相與嘉歎不已。」公之自贊非虚也。

永樂間，廣信永豐有丐子，寒暑着破衲，穢不可聞。懸一燒餅，行歌於市，自稱吕貧子。洞玄宫前有米賈，常施以錢。一日來乞，賈厭之，擲一錢，誤墮街心石，貧子不拾，但以趾踏錢，入石没輪。貧子故宿東嶽山頂，賈駭踏錢事，往尋之，死矣，爲藁葬。後十餘年，賈爲縣役解銀藩司，居半月不得報牒，食盡，大窘。忽遇貧子章江門，曰：「汝死矣，尚在乎？」曰：「未也。公今日得牒矣。」賈言食盡。貧子曰：「得牒時來就我。」往，果得牒。就貧子，貧子着以雙草履，使閉目行，聞水碓聲始可開目。必永豐始有水碓也。行數刻，聞水碓聲，果抵縣。投牒，令大詫曰：「藩司今晨發牒，何以遽至？」賈言其故，方知是仙。爲建吕仙祠，守金公銧令人發葬地，内惟石刻貧子像，上有歌詞，即往行歌於市者也。曰：

「福田多處作孽多，福田少處作孽少。我是無福人，無福無煩惱。一個破燒餅，一領破衲襖，不憂盜賊兼煩惱。假饒不作仙，也證菩提道。」此石像置祠中，街心石爲金公攜歸。錢尚在石内。

岳季方閣老有哭楊文貞公詩曰：「碩輔古來由嶽降，直從申甫到令公。玉堂望重文章伯，金匱書緘社稷功。一代偉人嗟已矣，四朝元老更誰同。可憐一掬羊曇淚，灑向西風落木中。」季方高自負許，俯視一世，腐鼠曹、石，而獨哀文貞如此。又曾贈吾邑龍叔旦先生序，略曰：「正時童丱，受學東里先生門下，以故人子嘉與惠之。先生既捐館舍，正方抱羊曇之悲不釋也。」則所以感文貞亦摯矣。

李文達處羅文毅，羅猶論文達也。予讀岳季方閣老傳，憲宗嗣位，季方充經筵講官，篡修先朝《實録》。文達欲薦爲南京國子祭酒，公不應。有忌者僞爲公劾文達疏草，會廷薦公爲兵部侍郎，清理貼黄，與都給事中張寧名並上，寧負才氣，亦被譖。遂皆補外，公得知興化，時論譁然不平。則文達以僞疏處季方，視文毅尤甚。謚曰文達，宜矣。

文達天順中稱賢相，獨處羅一峯，不無可議。時學士陳莊靖文與聞其事。莊靖卒，薛之綱御史作詩輓之曰：「學士先生早蓋棺，薤歌聲裏路人歡。填門客散名猶在，負郭田多死亦安。鹽井已非今日利，冰山不似舊時寒。九原若見南陽李，爲道羅倫已復官。」時李已謝世，而羅召還翰林。《緑雪亭雜言》

成化丙戌，羅一峯赴春闈，道經蘇州，爲文謁范文正祠，是夕歸宿舟，夢文正遺之詩曰：「金帶横腰重，宫花壓帽斜。勸君少飲酒，不久卧煙霞。」是歲及第狀元，尋謝政歸隱。予讀文毅公集，公生平奇夢甚多，此其一耳。

陳白沙先生當時朋儕中推高一峯，其答一峯詩曰：「臺城一揮袂，忽忽星週五。路永消息斷，年深别離苦。思君髪爲白，始白數莖許。今晨對書尺，白者不可數。先生天下士，詎肯顧衡宇。悵望曹溪約，獨與光也語。」一峯没，有詩輓之云：「今我何敢私一峯，百年公論在兒童。要知此老如君實，更恐前身是孔融。青天白日人千古，五典三綱疏一通。天下何嘗乏知己，我言剛與定山同。」一則曰「先生天下士」，一則曰「青天白日人千古」，其尊之至矣。或謂止以仲連、君實、孔融擬一峯，而不予以聖賢。嗚呼！仲連、君實地位，亦豈容易得到！

「四皓」詩，後世作者多鄙其輕出，至云「四皓安劉是滅劉」，則已甚。明岳季方《類博稿》詩曰：「祖龍長策不知圖，空築長城備遠胡。四老若能安一老，當時誰得殺扶蘇？」此古人所未發者。盱江李泰伯作《戚夫人》詩：「百子池頭一曲春，君恩和淚落塵埃。當時應恨秦皇帝，不殺南山皓首人。」與其殺，莫若安。

長沙李文正，即岳季方閣老之婿也。文正父行素携文正還茶陵訪祖，是時文正爲編修，岳有詩送之曰：「幾處聚觀元獻儁，千年爭訝令威歸。」元獻，晏殊謚，則固以閣老期文正矣。本朝南充陳氏，父子閣老；安福彭氏，兄弟閣老；岳與李，則翁婿閣老，亦奇事也。

夏玉夫《過彭澤》詩曰：「縣樓寂寂枕江聲，五里荒山三里城。彭澤到今更幾令，縣人開口説淵明。」按：柴桑翁作縣八十日，有何功德及民？而異代口碑嘖嘖不泯如此。嗣淵明者，唐則狄梁公，宋則陳無己。

王陽明先生，正德庚辰在江西，曾夢郭景純，有《記夢》詩並序。序曰：「正德庚辰八月廿八夕，臥小閣，忽夢晉忠臣郭景純氏，以詩示予，且極言王導之奸。謂世人徒知王敦之逆，而不知王導實陰主之。其言甚長，不能盡録。覺而書其所示詩於壁，復爲詩以記其略。嗟乎！今距景純若干年矣，非有實惡深冤鬱結而未暴，寧有數千載之下尚懷憤不平若是者邪！景純詩曰：『我昔明《易》道，故知未來事。時人不我識，遂傳耽一技。一思王導徒，神器良久覬。諸謝豈不力，伯仁見其底。所以敦者傭，罔顧天經與地義。不然百口未負托，何忍置之死？我於斯時知有分，日中斬柴市。我死何足悲，我生良有以。九天一人撫膺哭，晉室諸公亦可耻。舉目山河徒歎非，攜手登亭空灑淚。王導真奸雄，千載人未議。偶感君子談中及，重與寫真記。固知倉卒不成文，自今當與頻謔戲。倘其爲我一表揚，萬世萬世萬萬世。』右晉忠臣郭景純《自述》詩。蓋予夢中所得者，因表而出之。」詩見王公集江西詩中。

王伯安年十五歲時，嘗夢遊南寧，拜伏波廟，作詩一首云：「卷甲歸來馬伏波，早年兵法鬢毛皤。雲埋銅柱雷轟折，六字題詩尚不磨。」寤而識之，竟未有驗。後既擒宸濠，拜兵部尚書，封新建伯，謝病家居。丙戌復起之使平田州，駐南寧，五月始得拜伏波祠下，宛然如夢中。因識其事而續以詩，始知兹行已定於四十年之前。其詩云：「四十年前夢裏詩，此行天定豈人爲。北征敢荷風雨陣，所過須同時雨師。尚喜遠人知向望，卻慚無術救瘡痍。從來勝算歸廊廟，耻説兵戈定四夷。」歸至南安府卒。

江州朱原虛爲學究，有詩名。二弟在髫年，而父母死，原虛匿父所遺綾錦十餘篋，又逐二弟居外，流離不振。一日，鄰人降紫姑仙，原虛適在坐，乃請曰：「聞仙姑能詩，幸見教。」仙姑降筆曰：「何處西風夜捲霜，雁行中斷各悲凉。吴綾越錦藏私篋，不及姜家布被香。」原虛得詩皇恐，乃召二弟還家，與之完娶，教之業儒。後二弟俱登科，典州郡，事原虛如事父焉。《緑雪亭雜言》

貴溪高中丞，明成化間，乞終養歸，築早閒亭，逍遥其中。詔起捕閩賊，賦《承詔出早閒》詩，有「四壁蕭然安一榻，寸心虛了湛三靈」之句。將卒，題絶句云：「歸去來兮歸去來，一聲長嘯入瑶臺。誠明本是吾儒事，寄語吾儒莫浪猜。」又書一對語云：「平生無一事欺天，今日送百骸歸地。」嘗號五宜居士，蓋其初乞歸號。無才，一宜退；有疾，二宜退；親老無昆弟，三宜退；及以治盜徵，謂宜再起；功成疾作，宜再退。其號『五宜』以此。《近代名臣録》

泰和一家二及第者，小塔曾氏，西岡羅氏。曾狀元鶴齡，子蒙簡廷試二甲第一，孫追探花。里人爲之語曰：「祖孫皆及第，父子並傳臚。」羅文莊公欽順解元、探花；姪珵，榜眼；珵父憲長欽德；弟中丞欽忠。珵及第日，三羅俱致政家居。文莊以詩賀憲長曰：「趨庭人已上鸞坡，晚福誰如仲氏多？」吾吉廬陵曲江蕭氏，蕭時中解元、狀元，蕭良有會元、榜眼。吉水周敘、周孟簡兄弟同科及第，一榜眼，一探花。安福彭文憲狀元，文思會元，俱入閣。外郡則廣信費文憲狀元，姪懋中探花。

吾吉舊有「十閣老，九尚書，十狀元」之詩。詩即不甚雅，亦足鳴一郡之盛。九尚書之中，原遺泰和吏部尚書劉公崧。此後泰和又增吏部尚書羅公欽順諡文莊，太子太保，禮部尚書歐陽公德諡文莊，太子少保，右都御史陳公鳳梧贈工部尚書。安福增吏部尚書王公學夔，工部尚書王公學益，吏部尚書歐陽公必進。永豐增兵部尚書聶公豹諡貞襄，吉水增兵部尚書毛公伯溫太子少保，工部尚書曾公同亨太子少保，萬安增工部尚書朱公衡太子少保，永新增禮部尚書尹公臺太子少保，總二十一尚書云。十狀元之後，增羅文恭先，總十一人。

皇明内閣秉衡鈞，古郡堂堂已十人。東里士奇後來名尹直，南皐蕭鎡先進是陳循。定之安簡胡光大，純道彭華解縉紳。千載貞元嘉會和，天教諸老佐昌辰。右十閣老。

開國分曹設六卿，吏工户禮及兵刑。周忱王直連王概，蕭晅蕭楨并廣衡。更有二劉宣、孜進八坐，歷遷三部是維楨。滿朝金紫皆時傑，盡是廬陵九邑人。右九尚書。今增至三十一人。

天開文運盛廬陵，累占鰲頭已十人。胡廣時中兼子棨，彭時劉儼與羅倫。後來彭教同曾彦，前有陳循并鶴齡。何事三元爭些子？斯文顒望在明春。右十狀元。今增至十一人。

本朝二百餘年，爲龍首者八十餘人，而入閣者止胡文穆廣、曹文忠鼐、陳芳洲循、商文毅輅、彭文憲時、謝文正遷、費文憲宏、顧文康鼎臣、李石麓春芳、申瑤泉師時行十人而已。可以爲難矣。較宋人咏曰「聖朝龍首四十二，身到黄扉止六人」，則又過矣。十人之中，豫章四人，四人之中，吉安三人，則亦可謂盛矣。

嘉靖乙卯冬十月，讞囚楊椒山繼盛三木詣朝審，諸内臣士庶遮道聚觀，歎曰：「此天下義士也。」指三木曰：「何不以囊世蕃？」繼盛口吟云：「風吹枷鎖滿城香，簇簇爭看員外郎。豈願同聲稱義士，可憐長板見君王。聖明厚德如天地，廷尉稱平過漢唐。性僻生來歸視死，此身原自不隨楊。」是年，楊竟不免，則分宜父子之罪也。

羅念庵先生與鄒公、某公有寺觀之集，行令期據目前，不用陳語。鄒曰：「祖師買巾，價只要輕。以是買不成，披髮到於今。」某曰：「玉皇買傘，價只要減。以是買不成，頭頂一片板。」羅曰：「觀音買鞋，價只要捱。以是買不成，赤腳上蓮臺。」

予里名「冠朝」，始予祖太常博士佺、集賢學士之美，父子同登宋景祐進士，制誥中有「父子同科，名冠朝廷」語，遂易里名曰冠朝。登第時，里人以詩相慶曰：「六街紅粉遥相指，前是嚴君後是兒。」是科吉水董氏三父子登第，里人語曰：「吉水董洙三父子，泰和郭某兩爺兒。」予郭世居冠朝里，我明少師楊東里先生夫人郭氏，少保陳芳洲先生夫人郭氏，俱出里中。比閭而居者，郭、尹、鄧、蕭、王、楊，代不乏賢，比之朱、陳云。

泰和蕭西巖先生，名庭，字時訓，與羅文莊公欽順友善。躓於場屋，方貢而老。善吟詠，愛菊。所著有《冷香塢韻》百餘篇，羅文莊爲序。又有《梧丘草堂詩集》四卷，孫于震集刻，子章爲序。公嘗重遊廬陵多寶寺，題曰：「寶寺無塵白日遲，朔風吹雨上松枝。山僧認得重遊客，翻笑衣冠似昔時。」羅文恭公洪先講學寺中，愛其詩，買木爲檻，令僧護之，俾勿壞。二羅，吾吉名流，其愛重蕭公如此。

周元公晚樂廬山而隱焉，卒，葬廬山下。羅念庵先生《謁元公祠墓》三首：「匡廬開曉霽，懷古見芳襟。溪水清堪溯，林風靜自吟。山如蓮乍發，庭與草俱深。此日生芻奠，還同執贄心。」「外物等銖塵，方知貴在身。一坏誰不共，四海此常親。地似依防墓，鄉猶近楚鄰。築場來已晚，願作掃除人。」「軻死誰爲繼？寥寥千載悲。寧知無極語，始應聚奎期。南矣道方啓，歸歟樂在兹。初平還我輩，聽語恨非時。」廬山自大禹刻石後，周元公隱於德化，朱文公來守南康，遂爲此山之勝。江西道統之傳，有自來矣。

王元美《後五子篇》首《南昌余曰德》詩：「德甫負耿介，往往排羣好。楚咻非所顧，齊風乃同調。續緡媚沈川，夜光爲之耀。累柯刈宿楚，山骨露幽峭。有嚮必當心，尋源乃深造。是時西曹彥，苦李在周道。所以獲自全，閩天舒清嘯。」《廣五子篇》有《豫章朱多煃》詩：「驥足有八荒，惜哉櫪中老。王孫負奇氣，少即成潦倒。幸無詩書禁，千古恣探討。窘迴長沙袖，迂逐淮南寶。俯仰宇宙間，局如束濕草。富貴非所求，令名良自保。」余、朱二子相從爲歌詩，名《芙蓉社吟稿》，而元美爲序，以屈原比余，以曹植比朱，其略曰：「當屈大夫之未讁，而可以語者僅一女須耳。其既讁而可語者，僅漁父、卜人。然未必真有之，即有之，又欻現而欻亡。逮於陳王所稱『四節之會，塊然獨處，左右惟僕隸，所對惟妻子，高談無所與陳，發義無所與展』，則是二賢者之窮，蓋不止於廢棄。其窮之極而至於沈湘，或嘿嘿不自得以夭，其視德甫之窮而有用晦，用晦之窮而有德甫，又當何如也？」

建州團茶，始於丁謂，所著有《北苑茶録》三卷，《北苑拾遺》一卷。慶曆中，蔡君謨爲福建漕，更製「小團」以充歲貢。元豐初年，建州又製蜜雲龍以獻，其品高於小團，而其製益精。曾文昭詩云：「莆陽學士蓬萊仙，製成月團飛上天。」又云：「蜜雲新樣尤可喜，名出元豐聖天子。」李郢《茶山貢焙歌》云：「蒸之馥之香勝梅，研膏架動聲如雷。茶成拜表貢天子，萬人爭嗽春山摧。」東坡詩云：「武夷溪邊粟粒芽，前丁後蔡相籠加。吾君所乏豈此物，致養口體何陋邪！」考丁謂貢茶之始，建州一老人獻此山茶，老人死，遂以爲山神。由宋元入明，每歲府官先祭老人，然後採茶。我明景泰以後，山不産茶，山下茶户百餘家，歲出百金易延平茶以貢，而老人之祭如故。比予司理建州時，茶户止二十餘家，賠金如故。予憫之，以聞於兩院，乃以百金分派建安一縣，毁老人廟而革其祭，茶户始蘇。頃之，里人鋤田得一殘碑，詩云「鳳山宛轉青螺曉」，數百年之弊，始自丁謂，至予始革，此詩殆讖邪？

予讀鄒爾瞻詩《獄中述懷》：「君臣恩義重，欲語向誰論。尼父不可作，哭聲只暗吞。」《過新中驛》：「雲樹蒼蒼入望頻，投荒萬里别楓宸。」絶無一毫懟主上之意。及讀《貴筑》詩：「孤身委木石，何事不能平？」又云：「腰間惟有龍泉劍，抛付胡公當酒錢。」則於江陵相公似亦忘之矣。又讀《結盧》詩：「閒居多大業，未許俗人猜。」又《雜興》詩：「得意舉杯邀去鳥，會心束手伴遊魚。惺惺正屬吾家事，未忍無成歲月虚。」則在謫居，惟日不足，何暇與人較恩怨、與此身算升沈邪？予從南海歸，會曾覺堂，覺堂故同門，牽予手曰：「有一事托君，鄒南皋此時已顯融，得無不能忘情於士楚邪？」予曰：「此公高朗疏達，決無此意。」歸來隙中偶與南皋論及此，南皋曰：「予今日公論已明，方憐覺堂不能自立於世，那復有心計較！」予笑曰：「予已先對覺堂言之矣。」

予友梁山來瞿唐曰：「凡人詩文，心志在此，福澤亦在此。孟東野詩云：『食薺腸亦苦，強歌聲無歡。出門如有礙，誰云天地寬？』所以東野一生貧困。邵康節亦貧儒也，則云：『心安身自安，身安室自寬。心與身俱安，何事能相干。誰謂一身小，其安若泰山。誰謂一室小，寬如天地間。』康節雖貧，其心事海闊天高，所以名高千古。聞道與不聞道，其差别至此。」瞿唐心事、詩文全祖康節，故其福澤亦未艾。嘉靖壬子中鄉試，即卻坊金。屢上春官不第，二尊人年高，焚引題於柱云：「綵服堂前，幸喜雙親今八十；紅塵路上，不將一日換三公。」遂隱於求溪，注《易》。今年七十有八矣，冬不衣綿，晨頮，猶脱衣令小奴沐其背。夫婦齊眉，三子十七孫五曾孫，其福澤豈可量哉！今附其詩四首，並《九喜榻記》。一喜生中華，二喜丁太平，三喜爲儒聞道，四喜父母兄俱壽考，五喜婚嫁早畢，六喜無妄，七喜壽踰七十之外，八喜賦性簡淡寬緩，九喜無惡疾。觀「九喜榻」，宛然安樂窩景象。

來瞿唐《村居》二首云：「野服黄冠對竹根，雞聲雀語送朝昏。有田只種陶潛秫，無事常關泄柳門。白石鳥來留篆迹，青溪雨過帶潮痕。蒲團纔到忘言處，又被鸕鷀叩釣綸。」「石屋藤牀傍釣沙，白雲緑綺斷龍蛇。春風夜月迎窗草，尊酒茅檐向日花。王烈無官知愛石，邵平有客暫需瓜。朱旛刺史頻來往，疑是西湖處士家。」又《太白山堂成》詩云：「誰是人間樂，誰爲世上閒。閒非宫室好，樂豈山水間。欲下全牛手，須先見豹斑。蝸廬與斗舍，到處可尋顔。」「松老蟠虬鐵，篁幽覆甕區。廣居無定宅，安樂即康衢。與我二三子，乘風南北隅。翛然多揖讓，白日見唐虞。」以上四詩，儼然堯夫氣象。

予故友楊寅弼，字君良，通政載鳴公子，文貞公孫也。能詩，早卒。予爲銘其墓，略曰：「嗟嗟！君良已矣，所可不朽腐者，獨文與詩。予嘗次第其詩讀之，益又足悲矣。如『空懷元振義，未解范卿裘』『從教貧到骨，不敢怨詒謀』『夢隨人意亂，魂逐曉星移』『生計中年薄，物情到處涼。新愁兼舊恨，觸着意難忘』『相看先引淚，痛定久藏聲。杼竟投慈母，袍終解故人』『敗葉舞風聲淅淅，亂山銜月夜悠悠』『貧來莫道從軍苦，最苦啼寒在故鄉』，讀之令人氣沮腸迴，山欲墮而海欲枯。如司馬子長在蠶室，鄒陽坐梁獄中。又如魚遊釜水，犬置虎口，何其怨也！如『舌在寧辭辨，道尊不受摧』，『達觀聊一哂，端不受人憐』，『且莫怨風塵，尋閒趁此身。得笑即開口，忤意未須嗔』，則若游意於殷湯之鄉，而逍遥於曠埌之野，又何其不怨也！」

宋柱史方麓提場黔中，予詩賀之云：「居然題目書天老，應有真材契道銓。」時門人博羅張萃、慈谿孫森以校官應聘於黔，執以爲問。予告之曰：「子美奏賦三篇，玄宗奇之，命宰相試文章，故杜詩有云：『天老書題目，春官驗討論。倚風遺鶂路，隨水到龍門。』宋丹陽葛玄方侄郯取解漕臺，寄詩賀之曰：『階梯已合嬰兒夢，星斗先分天老題。』當時題目『斗爲帝車』賦、『日星爲紀』詩也。其用『天老』，則祖杜也。天老，黄帝之相也。陶淵明《羣輔録》曰：『天老受天籙。』」

予平播後，海内以詩贈予者多，惟江晴緑銓部詩曰：「無忌眼能分上客，裴公貌不踰中人。」庶幾見篋之面矣。又曰：「疏詞諸葛喉中血，條議營平舌上言。」庶幾見篋之心矣。銓部詩：「轅門談笑縛梟雄，好比唐朝郭令公。手散黄金償士死，心披赤血悟宸聰。龍囤鏖戰山川裂，虎穴深探壁壘空。從此百蠻皆破膽，不須更樹伏波銅。」其一。「武庫詞源總一家，天生名世翊勳華。子儀見敵頭無胄，郭璞濡毫頂有花。箸借帷中籌百勝，師横塞外震三巴。軍前飛捷渾閒事，與客圍棋到日斜。」其二。「單騎西馳入塞垣，從頭收拾舊乾坤。疏詞諸葛喉中血，條議營平舌上言。邊草緑時歸馬逸，蠻煙淨後凱歌喧。《國殤》更續《離騷》句，遍慰當年死士魂。」其三。「捷書朝入帝城闉，頓覺君王笑語新。無忌眼能分上客，裴公貌不踰中人。豺狼盡掃千年窟，草木重回萬里春。黔楚家家皆繪像，強如天上畫麒麟。」其四。「胸中武庫富如林，草檄戎行墨汁淋。一紙書賢師十萬，單詞褒可值千金。韓弘討賊真輿疾，南八酬知欲剖心。莫以功成思緑野，蒼生誰不望爲霖。」其五。

予友康用光，自幼同硯席，予四子一孫，皆用光弟子。抱璞不售，留情吟詠。居潮，有《荔枝軒稿》；居黔，有《熙圃吟稿》。皆予爲序。其《述懷》詩十首，情若蠖屈，意實鵬舉。今録其二首，則用光之爲人可知。《述懷》詩云：「曾捉見肘衿，顔居陋巷下。玄珠堪自索，至道非外假。千古糟粕在，所戒筌蹄捨。兀兀窮冥搜，希蹤惟大雅。白雲澆我興，歌聲振中野。黽勉從吾好，澒涊何爲者。」其二：「楚璞本足貴，三獻反受刖。鼓瑟非不工，齊門乃徒謁。所以韜光士，恥向塵路蹶。一朝顔色改，情眄成胡越。榮華不可期，何用空咄咄。千古聖賢心，瑩瑩碧海月。」

予諸生時，往來郡城，羅文恭公書六字於壁：「白鷺青螺之會。」言城在白鷺洲、青原山、螺山之間也。予因以二山爲號。唐人詩用「青螺」字亦多，予喜劉夢得詩云：「遥望洞庭湖翠水[二]，白銀盤裏一青螺。」

予郡西射圃之東南隅，有青原臺。宋劉倜詩：「春臺百尺枕蕪城，傑檻層軒入紫清。坐嘯風雲生畫棟，劇談河漢瀉朱甍。山圍蘭若青螺遠，江帶蘋洲白練横。挂席會凌南斗去，羽人遼海看騎鯨。」

《錦繡萬花谷》曰：「陸羽以廬山康王谷水第一。」陳舜俞《廬山記》云：「康王谷有水簾飛泉破岩而下者，二三十派，其廣七千餘尺，其高不可計。」山谷有詩云：『谷簾煮甘露』是也。」又《東京記》曰：「文德殿兩掖，有東西上閤門，故杜詩云：『東上閤之東，有井絶佳。』」山谷《憶東坡烹茶》詩：「閤門井不落第二，竟陵谷簾空誤書。」竟陵，陸羽也，竟陵人。

按：陸羽未嘗以康王谷水爲第一。讀六一公集曰：「李季卿論水，次第有二十種。以廬山康王谷水第一，無錫惠山泉第二，虎丘井第五，揚子江第七，松江水第十六，雪水第二十。」與羽相反。則知以康王谷水爲第一者，李季卿也，山谷誤矣。

吴人送茶之佳者，書曰「雨前」，不知雨前非佳也。《學林新編》有云：茶之佳者，造在社前，其次火前，謂寒食前也。其下則雨前，謂穀雨前也。齊己詩曰：「高人愛惜藏巖裏，白甀封題寄火前。」己亦未知社前之佳也。宋建安北苑造貢茶，社前芽細如針，用御水泉研造，每斤[三]計工直錢四萬，分試其色如乳，乃最精也。由是言之，採茶之法，雨前不如火前，火前不如社前。驗茶之色，黄不如緑，緑不如白。今天下茶以虎丘爲第一，其色亦白。

黔人煎茶多用椒和之，味甚不佳。予以爲夷俗也。及讀《李鄴侯家傳》，唐德宗好煎茶，加酥椒之類。李泌戲爲詩曰：「旋沫翻成碧玉池，添酥散作琉璃眼。」則知用椒和茶由來已久，終非佳味也。又唐人煎茶用薑，故薛能詩云：「鹽損恭常戒，薑宜着更誇。」薑茶以瘳寒病則可，常用更不佳。

予家譜載甘彦初《題郭氏層溪梅屋》詩云：「路過横橋野外坳，苔枝雪榦倚衡茅。暗香夜襲蒼蛟窟，清夢寒過翠羽巢。羌笛叫殘霜破蕚，短蓬載得月横梢。相知未許林和靖，歲晏山翁可定交。」甘公不知何許人。及讀《文翰類選》，選甘詩四十餘首，亦載此詩。中有《登擬峴臺》一首云：「高臺俯仰大江馳，南盡甌閩樹影微。白草秋煙遺戰骨，青天寒照落人衣。襄陽耋舊心如昨，華表仙翁事即非。東望故園三百里，不堪搔首片雲飛。」乃知甘餘干人也，名瑾，字彦初，洪武間官至嚴州府同知。

泰和在國初爲州，始知州者，安慶吴公去疾也，後爲殿中侍御。吴公亦能詩，縣志不載。今録其二首。《春日雨中示友人》詩：「二月已過三月臨，茅堂寂寥常雨陰。梅花白白落已盡，楊柳青青渾未深。何日新晴出山郭，及時行樂稱春心。應須載酒窮幽賞，爛醉扶肩過竹林。」《除夕》詩：「一暑一寒時又改，相看相守過今年。椒柈送酒來深夜，銀燭開花向暮筵。物色漸隨新節换，老懷偏爲舊時憐。獨慚五鬼窮仍在，虚有錢神論可傳。」由是觀之，吴公至老而清貧者也。

萬曆辛丑，予在黔中，四月不雨，種未下土，斗米三百錢。予步禱山川，五月三日雨，并雨桂子，遍市衢。予詩紀之云：「月中桂子和風落，夢裏蓮花遶地生。」夫月中桂，唐人多詠之矣。顧封人詩曰：「能齊大椿長，不與小山同。皎皎舒華色，亭亭麗碧空。虧盈寧委落，摇落不關風。」張喬詩曰：「根非生下土，葉不墜秋風。」句尤佳。

明管訥七言律曰：「上界誰將此樹栽，廣寒高處有香來。根從天地分時種，花在山河影裏開。白兔守株依貝闕，青鸞銜子下瑤臺。不知斫盡吴剛斧，天上浮雲變幾回。」元僧怡然詩曰：「霜風吹老桂婆娑，輪滿旁枝長漸多。萬古秋香懸宇宙，一株晴影照山河。雲間唧子無黄鵠，天上看花有素娥。折向人間應不識，九重清露濕明河。」二詩並佳，因並記之。

予在太原看塔燈，其法用煤堆砌，四面刻窗牖并詩句，空其中，以燃火。火從中起，半夜通紅，宛然一紅塔。太原嚴寒，遊人向塔汗下，擬欲題之，未暇也。元馮子振有詩云：「擎天一柱礙雲低，破暗功同日月齊。半夜火龍蟠地軸，八方星象下天梯。光摇灩瀩胎珠蚌，影落滄溟照水犀。文焰逼人高萬丈，倒提鐵筆向空題。」寫出塔影景象，宛在目前。太原復有冰燈，用大冰雕刻，似一磁缸，鑿其中而實以燈，宛然如紅玉，瑩潔可愛。

土人云：布穀鳥爲「脱卻破袴」。古詩云：「南山昨夜雨，西溪不可渡。溪邊布穀兒，勸我脱布袴。不辭脱袴溪水寒，水邊照見催租瘢。去年麥不熟，挾彈規我肉。今年麥上場，處處有殘粟。豐年無象何處尋，聽取林間快活吟。」此鳥南中皆有之，至貴陽未聞。予征皮林，入黄平，始聞之。此鳥之聲，浙人譯曰「開倉曬穀」，江右人譯曰「早早割禾」，俗名「催耕鳥」。

南康五里牌，昔爲接官亭。予同年田竹山瑄，萬曆中守南康，善形家，相其地有龜蛇形，宜祠真武。搆祠未幾，遠近踵至，幾與武當埒，香錢月至三千金。御史陳岷麓劾之，恐其藏姦，而武當中璫亦頗有言，遂罷之。吴明卿有詩：「五里山前啓靈隩，蛇形起舞龜形伏。匡家兄弟不敢居，岩下老人甘露宿。一朝闢作上帝宫，片地能延十方福。遠近風聞帝力玄，千門萬户齊齋沐。頂香束帛道家裝，八路交馳履相屬。逡巡合掌頌真經，不斷慈聲振山谷。私願無端各自宣，七星旗下禱且哭。罷癃痞瘂乞神膏，一勺美如珠萬斛。豈借當年漢畤靈，燔柴已熄光仍復。廬嶽尊堪配武當，天池氣達欲無屋。使君相地合有神，此中疑已聞三祝。」

鞋山在南康府北六十里，獨立湖中，其形如鞋。明吴明卿詩：「飛來一片崑崙石，宛在宫亭水鏡中。莫怪強秦鞭不去，自從神禹鑿難工。飄飄碧漢支機穩，噴薄黃河砥柱同。何代仙人飛舄過，尚遺孤迹點晴空。」傳宸濠舉兵犯闕，過鞋山，有詩「風緊踢開湖口浪，月明踏破水中天」之句。後王文成公起兵，蹴之湖中，正應「踏破水中」之讖。

陽明先生過鞋山，戲題詩曰：「曾駕雙虬渡海東，青鞋失卻墮天風。經過已是千年後，蹤迹依然一夢中。屈子慢勞傷世隘，楊朱空自泣途窮。正須坐我匡廬頂，濯足寒濤步曉空。」

合州鄒汝愚先生，弘治初上封事論萬、劉、尹三相，得罪，謫粵石城吏目。予友吉水鄒爾瞻，萬曆中論張江陵公，得罪，戍黔都勻。汝愚以庶吉士，爾瞻以進士，其茂年筮仕同，其英聲直氣同，其遠謫同，足稱「二鄒」矣。顧都勻賜環，石城長逝，即云有命。而予讀汝愚辭朝詩，與爾瞻赴謫詩，又若有爲之讖者。汝愚詩曰：「雲韶聲靜拜彤墀，轉覺嬋媛不自持。罪大故應誅兩觀，網疏猶得竄三危。盡披肝膽知何日，望見衣裳只此時。但願太平無一事，孤臣萬死更何悲。」爾瞻詩曰：「羅施雲霧障遥天，迢遞三危路幾千。瀝膽未能昭白日，捐軀敢復惜青年。微生遠寄南荒外，清夢長懸北闕前。投杼恐驚慈母意，白頭顒望夕陽邊。」一則曰「望見衣裳只此時」，一則曰「清夢長懸北闕前」，豈非修短之讖邪？

【校記】

[一]按此詩見《文毅集》卷四，頗多異文。

[二]《全唐詩》此句作「遥望洞庭山水翠」。

[三]原作每片，據《錦繡萬花谷》卷二五改。

跋

詩話莫盛於宋，宋又莫盛於江西。然歐公《六一詩話》、劉貢父《中山詩話》、周益公《二老堂詩話》、楊廷秀《誠齊詩話》，皆附本集以行，惟相奎此書，世罕傳本。且專載江西掌故，自漢初及有明中葉，凡鄉人負才嗜學、稍能以文辭自見者，皆可考見顛末。今以明抄吴獻臺校本付刊，而弁《四庫總目》於首。《總目》謂此書「多據郡縣志所採」，吾郡瑞州所領縣皆有志，顧無一人厠名其中，知其言不足信矣。

己未十月新昌胡思敬跋

詩譜　詩評

[明]胡維霖

杜文曦　點校

點校説明

《詩譜　詩評》三卷，明胡維霖撰。

胡維霖，字夢説，號檗山，又號蓬玄道人，書齋名長嘯，江西新昌（宜豐）人，籍出華林胡氏。新昌，即古宜豐，漢時與彭澤皆屬豫章，維霖慕陶淵明，故自署「豫章胡維霖」。大約生活於明萬曆初、崇禎末之間，蓋據《胡維霖集》，曾自云「壬午（一五八二）應童子試」，即萬曆十年，而所作文字止于崇禎丙子（一六三六）。萬曆四十一年（一六一三）二甲進士，授工部主事，轉營膳司員外郎，監修殿門，省費億萬。出知黄州，調順德，洊升浙江右布政使。時璫燄方熾，媚魏忠賢者羣請建生祠於西湖，維霖不願列名，即引疾歸。崇禎初，起爲福建左布政使，分守建南道。時浦城有巨寇數萬嘯聚獅子峯，犯擾三省，維霖密授建陽令黄國琦方略詣賊寨，諭散之。秩滿陞四川左布政使，不赴。崇禎庚午（一六三〇）予告，解組歸。優游泉石，終老於家。《康熙新昌縣志》《同治新昌縣志》、胡思敬《鹽乘》皆有傳。

胡維霖曾參加過崇禎年間《册府元龜》的校訂，「著述頗多，學者稱之」。今存唯《胡維霖集》，其中《墨池浪語》一卷，被收入《續説郛》。明曹學佺序其集云：「吾夢説胡先生，蓋無所不學，無所不師者也。先生之古今文師毘陵、太倉，匪但聞而知之者，見而知之者矣。其師歷下也，以前後守邢也；師福唐也，以會場主試也。先生之過庭則師其祖之古泉、考之松庵，皆務經明而行修。先生之宗派，則師清節之伯虎、理學之文定，皆本立德而立言。」「其於今古文之撰著評閲，經史、詩賦、舉業，無一不備，無一不精，而要之本諸性情之正，以抉聖賢之藴。」語雖不無溢美，亦可見其推崇。

本叢刊所收胡維霖《詩譜　詩評》，輯自江西省圖書館明崇禎刻本《胡維霖集》（今《四庫禁燬書叢刊》影印收入）。集中包括《墨池浪語》《冷齋漫評》《長嘯山房稿》《石門雜著》《白雲洞彙稿》《工部嘯梅軒稿》《檗山吟》等七種，是其詩文筆記尺牘集。集前有《墨池浪語自序》，作于崇禎乙亥（一六三五）。《墨池浪語》共四卷，卷三、四即爲《詩譜》《詩評》，卷有目録。《詩譜》首論詩體，繼以歷代詩話詩評摘要，按時代順序羅列。所引諸家詩話詩論，從劉勰《文心雕龍》、鍾嶸《詩品》，及唐皎然《詩式》、宋葉夢得《石林詩話》、嚴羽《滄浪詩話》，乃至元明時期諸家詩話，摘録十餘家。《詩評》又分爲二卷。卷一爲漢魏六朝詩評，以時代爲條目，歷評諸家，觀其内容，多是歷代詩話的綜合性隱括，殊少己意與獨見。卷二爲明代詩評，計《總論》一章，《明詩評》六章，以時期爲條目，如「洪永至宣德」「正統至成弘」云云，截止萬曆，幾乎囊括有明一代詩人，猶如極簡要之明詩史。偶或擷拾當時名家已有之論，如王世貞《藝苑卮言》、胡應麟《詩藪》等。自家評語精潔扼要，多屬新見，是本書精華部分，也是明詩研究的重要資料。《詩譜　詩評》的點校，因無對校本，且所引資料多有糅雜，僅依所徵引各家詩話詩評參校，明顯錯訛，出校并進行訂正。

杜文曦

詩譜

詩脉

詩言志，歌詠言，是以在心爲志，發言爲詩，舒文載質〔一〕，其在斯乎。詩者，持也，持人情性，《三百》義歸無邪焉爾。昔葛天《玄鳥》，黄帝《雲門》，堯有《唐歌》，舜造《南風》。大禹歌功九序，太康五子咸怨。《商頌》《周頌》，四始六義，十五國風。孺子《滄浪》，《暇豫》優歌，下逮楚騷。漢初古詩，韋孟首唱，蘇李繼響，婉轉附物，怊悵切情，歌詠漢德。雅頌徽音，東京繼軌，合氣遺情，並自悠圓。建安風氣，慷慨磊落。晉代輕綺，江左玄風，各有雕采，辭趣一揆。六朝留連光景，原于《三百》比興，抽黄對白，各自爲工。胸懷清曠，吟寫性靈。誦其詩者，當論其世。楚謡漢風，既非一骨；魏製晉造，固亦二體。既有陶謝，便有徐庾。嗚呼，漢魏近古，一變而爲晉宋，再變而爲齊梁，三變而爲陳隋。初盛唐諸詩人，高者學陶謝，下者學徐庾，惟李杜蚤年學建安，晚乃各自變成一家。近學者侈言唐詩，而不詳咏漢魏六朝，飲水而不知其源，余是以拈出。

樂府

樂府者，聲依永，律和聲也。鈞天九奏，葛天八闋，《咸》《英》首唱，《韶舞》兩階。至塗山降于候人，始爲南音；有娀謠乎飛燕，始爲北聲；夏甲歎于東陽，東音以發；殷氂思于西河，西音以興。採風陳言，被之律吕，志感絲篁，氣變金石。是以師曠覘風于盛衰，季札鑒微于興廢。慨自雅聲寖息無以，秦燔《樂經》。漢興中和絶響，武帝始立樂府。延年以曼聲協律，朱、馬以騷體製歌，此汲黯所以致譏也。暨後郊廟，惟雜雅章，辭雖典文，律非夔、曠。魏雖三調之正聲，實《韶》《夏》之鄭曲。晉則有傅玄曉音，張華新篇，而詞繁難節，氣粗不諧，是以陳思王稱李延年閑于增損，明貴約也。乃知詩爲樂心，聲爲樂體。樂體在聲，瞽師務調其器；樂心在詩，君子宜正其文。

體性

氣以實志，志以定言，吐納英華，莫非情性。孟堅雅懿，故裁密而思靡；平子淹通，故慮周而藻密；仲言躁鋭，故穎出而才果；公幹氣偏，故言壯而情駭；嗣宗俶儻，故響逸而調遠；叔夜儁俠，故興高而采烈；安仁輕敏，故鋒發而韻流；士衡矜重，故情繁而辭隱。觸類以推，表裏必符，豈非自然之恒資，才氣之大略哉？

情采

夫鉛黛所以飾容，而盼倩生于淑姿。故情者，文之經，辭者，理之緯。詩人爲情而造文，辭人爲文而造情。故爲情者，要約而寫真；爲文者，淫麗而煩濫。惟心定而後結音，理定而後摛藻。使文不滅質，正采耀乎朱藍，間色屏于紅紫，乃可謂追琢其章，彬彬君子。

比興

毛公述《傳》，獨標興體，豈不以比顯而興隱哉？故比者附也，興者起也。附理者切類以指事，起情者依微以擬議。起情，故興體以立；附理，故比例以生。觀夫興之託諭，婉而成章，稱名也小，取類也大，《關雎》尸鳩是也。何謂比？金錫珪璋，螟蛉蜩螗，澣衣卷席，凡斯切象，皆比義也。炎漢雖盛，而辭人夸毗，興義銷亡。于是賦頌先鳴，比體雲構。夫比之爲義，或喻于聲，或方于貌，或擬于心，或譬于事。日用乎比，月忘乎興，習小而忘大，所以交謝于周人也。至班、張之倫，曹、劉以下，圖狀山川，影寫雲物，莫不織綜比義，以敷其華。比義雖繁，以切至爲貴。

物色

春秋代序，陰陽慘舒，物色之動，心亦搖焉。是以獻歲發春，悦豫之情暢；滔滔孟夏，鬱陶之心凝；天高氣清，陰沈之志遠；霰雪無垠，矜肅之慮深。歲有其物，物有其容，情以物遷，辭以情發。一葉且或迎意，蟲聲有足引心，況清風與明月同夜，白日與春林共朝哉。是以詩人寫氣圖貌，既隨物以宛轉，屬采附聲，亦與心而徘徊。故「灼灼」狀桃花之鮮，「依依」盡楊柳之貌，「杲杲」爲出日之容，「瀌瀌」擬雨雪之狀，「喈喈」逐黄鳥之聲，「喓喓」學草蟲之韻，並以少總多，情貌無遺矣。及《離騷》觸類而長，長卿之徒，模山范水，字必魚貫，所謂詩人麗則而約言，辭人麗淫而繁句也。近代以來，文貴形似。窺情風景之上，鑽貌草木之中。是以四序紛迴，而入興貴閒；物色雖繁，而析辭尚簡。使味飄飄而輕舉，情曄曄而更新。若乃山林皋壤，實文思之奥府，屈平所以能洞鑒風騷之情者，抑亦江山之助乎？

聲律

音律本于人聲，聲含宮商，先王因以制樂歌。古之教歌，先揆以法，使疾呼中宮，徐呼中徵。夫商徵響高，宮羽聲下，抗喉矯舌之差，攢脣激齒之異，廉肉相準，皎然可分。凡聲有飛沉，響有雙疊[二]，雙聲[三]隔字而每舛，疊韻雜句而必睽。沉則響發而斷，飛則聲颺不還，並轆轤交往，逆鱗相比，迂其際會，則往蹇來連。故喉脣糾紛，將欲解結，務在剛斷。左礙而尋右，末滯而討前，則聲轉于吻，玲玲如振玉，辭靡于耳，纍纍如貫珠矣。是以聲畫妍蚩，寄在吟咏；吟詠滋味，流于字[四]句。氣力窮于和韻。異音相從謂之和，同聲相應謂之韻。若宮商大和，譬諸吹籥；翻迴取均，頗似調瑟。陳思、潘岳，吹籥之調也；陸機、左思，瑟柱之和也。《詩》人綜韻，率多清切；《楚辭》辭楚，故訛韻實繁。及張華論韻，謂士衡多楚，《文賦》亦稱知楚不易，可謂銜靈均之聲餘，失黃鐘之正響也。古之佩玉，左宮右徵，以節其步，聲不失序，音以律文，豈可忘哉。

詩有格有韻。淵明「悠然見南山」之句，格高也；康樂「池塘生春草」之句，韻勝也。格高似梅花，韻勝似海棠，欲韻勝者易，欲格高者難。

凡讀《三百篇》，要會其情不足性有餘處。情不足，故寓之景；性有餘，故見乎情。

凡讀《騷》，要見情有餘處。

凡讀漢詩，先真實，後文華。

凡讀建安詩，於文華中取真實。

三國六朝樂府，猶有真意，勝于當時文人之詩。

凡讀《文選》，詩分三節。東都以上主情，建安以下主意，三謝以下主辭。齊梁諸家，五言未成律體，七言乃多古製，韻度猶出盛唐人上一等，但理不勝情，氣不勝辭耳。

律體

沈約　吴均　何遜　王筠　任昉　陰鏗　徐陵　薛道衡　江總

右諸家律詩之源，而尤近古者，視唐律雖寬，而風度遠矣。

絶句體

古樂府，渾然有大篇氣象。

六朝諸人，語絶意不絶。

雜體[五]

嚴滄浪曰：以時而論，則有建安體、黄初體、正始體、太康體、元嘉體、永明體、齊梁體、南北朝體、陶體、謝體、徐庾體。又有所謂選體、柏梁體、玉臺體、宫體。有三句之歌，有兩句之歌，有一句之歌。有歌行，有樂府，有楚辭，有琴操，有謡。曰吟，曰詞，曰引，曰詠，曰曲，曰篇，曰唱，曰弄。有四聲，有八病。又有以嘆名者，以愁名者，以哀名者，以怨名者，以思名者，以樂名者。有古詩一韻兩用者，有古詩一韻三用者，有古詩三韻六七用者，有古詩重用二十許韻者，有古詩旁取六七許韻者乃用古韻，有古詩全不押韻者，有後章字接前章者。有擬古，有連句，有分題，有分韻，有借韻，有協韻，有今韻，有古韻。論雜體則有風人、藁砧、五雜俎、兩頭纖纖、盤中、迴文、反覆、離合、建除、字謎、人名、卦名、數名、藥名、州名。又有六甲十屬之類，及藏頭歇後等體。滄浪所論詩體尚多，此自六朝以上。

李太白論詩

唐歌虞詠，始載典謨，商頌周雅，方陳金石。然後研志緣情，二京彌甚；含毫瀝思，魏晉彌繁。李都尉鴛鴦之詞，纏綿巧妙；班婕妤霜雪之句，發越清迴。平子「桂林」，理在文外；伯喈《翠鳥》，意盡行間。河朔人物，王、劉爲首稱；洛陽才子，潘、左爲先覺。乃若子建之牢籠羣彦，士衡之藉甚當時，並文苑之羽儀，詩人之龜鑑。

文中子論詩

子謂荀悦史乎史乎，謂陸機文乎文乎，皆思過半矣。子謂文士之行可見。謝靈運小人哉，其文傲，君子則謹。沈休文小人哉，其文冶，君子則典。鮑照、江淹，古之狷者也，其文急以怨。吴筠、孔珪，古之狂者也，其文怪以怒。謝莊、王融，古之纖人也，其文碎。徐陵、庾信，古之夸人也，其文誕。或問孝綽兄弟，子曰鄙人也，其文淫。或問湘東王兄弟，子曰貪人也，其文繁。謝朓淺人也，其文捷。江總詭人也，其文虚。皆古之不利人也。子謂顔延之、王儉、任昉有君子之心焉，其文約以則。

鍾嶸論詩

鍾嶸曰：氣之動物，物之感人，搖蕩性情，形諸舞詠，照燭三才，暉麗萬有。靈祇待之以致饗，幽微藉之以昭告。動天地，感鬼神，莫近于詩。又曰：詩有三義，酌而用之，幹之以風力，潤之以丹彩，使味之者無極，聞之者動心，是詩之至也。若專用比興，則患在意深，意深則詞躓；專用賦體，則患在意浮，意浮則詞散。陳思爲建安之傑，公幹、仲宣爲輔。陸機爲大康之英，安仁、景陽爲輔。謝客爲元嘉之雄，顔延年爲輔。

劉勰論詩

劉勰曰：文之英蕤，有秀有隱。隱也者，文外之重旨；秀也者，篇中之獨拔。又曰：意授于思，言授于意。密則無際，疏則千里。或理在方寸而求之域表，或議在咫尺而思隔山河。

沈約論詩

沈約曰：姬文之德盛，《周南》勤而不怨；大王之化淳，《邠風》樂而不淫。幽厲昏而《板蕩》怒，平王微而《黍離》哀。故知歌謡之理，與世推移，風動于上，波震于下。又曰：天機啓則六情自調，六情滯則音韻頓舛。又曰：五色相宣，八音協暢。由乎玄黄律吕，各適物宜。欲使宫羽相變，低昂舛節，若前有浮聲，則後須切響。一篇之内，音韻盡殊；異句之中，輕重悉異。妙達此旨，始可言文。

李攀龍論詩

李攀龍曰：詩可以怨，一有嗟歎，既有永歌。言危則性情峻潔，語深則意氣激烈。能使人有孤臣孽子擯棄而不容之感，遁世絶俗之悲，泥而不滓，蟬蜕汙濁之外者，詩也。

李仲蒙論詩

李仲蒙曰：敘物以言情，謂之賦，情盡物也；索物以托情，謂之比，情附物也；觸物以起情，謂之興，物動情也。

梅聖俞論詩

梅聖俞曰：思之工者，寫難狀之景如在目前，含不盡之意見于言外。

皎然論詩

釋皎然曰：詩有四深、二廢、四離。四深謂氣象氛氲，深于體勢；意度槃薄，深于作用；用律不滯，深于聲對；用事不直，深于義類。二廢謂雖欲廢巧尚直，而神思不得直；雖欲廢言尚意，而典麗不得遺。四離謂欲道情而離深僻，欲經史而離書生，欲高逸而離閒遠，欲飛動而離輕浮。

葉夢得論詩

葉夢得云：古今談詩者多矣，吾獨愛湯惠休「初日芙蓉」、沈約「彈丸脱手」兩語，最當人意。初日芙蓉，非人力所能爲，精彩華妙之意，自然見于造化之外。彈丸脱手，雖是輸寫便利，然其精圓之妙，發之于手，作詩審到此地，豈復更有餘事？

何景明論詩

何景明曰：意象應曰合，意象乖曰離。

徐禎卿論詩

徐禎卿曰：因情以發氣，因氣以成聲，因聲而繪詞，因詞而定韻，此詩之源也。然情實眑渺，必因思以窮其奥；氣有粗弱，必因力以奪其偏；詞難妥貼，必因才以致其極；才易飄揚，必因質以定其侈，此詩之流也。又云：古《詩》三百，可以博其源；遺篇《十九》，可以約其趣；樂府雄高，可以厲其氣；《離騷》深永，可以裨其思。

李東陽論詩

李東陽曰：詩必有具眼，亦必有具耳。眼主格，耳主聲。又曰：法度既定，溢而爲波，變而爲奇，乃有自然之妙。

胡元瑞論詩

胡元瑞曰：兩漢諸詩，唯郊廟頗尚辭，樂府頗尚氣。至《十九首》及諸襍詩，隨語成韻，隨韻成趣，辭藻氣骨，略無可尋，而興象玲瓏，意致深婉，真可以泣鬼神，動天地。魏氏而下，文逐運移，格以人變。若子衡、仲宣、士衡、安仁、景陽、靈運，以辭勝者也；公幹、太沖、越石、明遠，以氣勝者也；兼備二者，唯獨陳思。然古詩之妙，不可復睹矣。

又云：嚴氏以禪喻詩，旨哉！禪則一悟之後，萬法皆空，棒喝怒呵，無非至理。詩則一悟之後，萬象冥會，呻吟咳唾，動觸天真。然禪必深造而後能悟，詩雖悟後，仍須深造。

魏之氣雄於漢，然不及漢者，以其氣也。晉之詞工于漢，然不及漢者，以其詞也。宋之韻超于漢，然不及漢者，以其韻也。

仲默稱曹、劉、阮、陸，而不取陶、謝。陶，阮之變而淡也，唐古之濫觴也；謝，陸之增而華也，唐律之先兆也。

王僧虔論詩

古樂府，王僧虔云：古曰章，今曰解，解有多少。當時[六]先詩而後聲，詩敘事，聲成文，必使志盡于詩，音盡于曲。是以作詩有豐約，制解有多少。又諸曲調，皆有辭有聲，而大曲又有豔，有趣，有亂。辭者，其歌詩也，聲者，若羊吾夷〔七〕、伊那何之類也。豔在曲之前〔八〕，趨與亂在曲之後，亦猶吴聲，前有和，後有送也。其語樂府體甚詳。

王世貞論詩

弇州云：世人選體，往往談西京、建安，便薄陶謝，此似曉不曉者。毋論彼時諸公，即齊梁纖調，李杜變風，亦自可采，貞元而後，方足覆瓿。大抵詩以專詣爲境，以饒美爲材，師匠宜高，捃拾宜博。

又云：西京、建安，似非琢磨可到，要在專習，凝領之久，神與境會，忽然而來，渾然而就，無歧級可尋，無色聲可指。三謝固自琢磨而得，然琢磨之極妙亦自然。歌行有三難，起調一也，轉節二也，收結三也。惟收爲尤難。如作平調，舒徐綿麗者，結須爲雅詞，勿使不足，令有一唱三歎意。奔騰洶湧驅突而來者，須一截便住，勿留有餘。中作奇語峻奪人魄者，須令上下脉相顧，一起一伏，一頓一挫，有力無跡，方成篇法。

古詩用古韻

宋南平王劉鑠《過歷山湛長史草堂》詩，瞻音慎，淡、枕與浸、蔭皆相叶爲韻，蓋用古韻也。庾信《喜晴應詔》詩，亦古韻也。古之詩韻，如《三百篇》協用者，「西北有高樓，上與浮雲齊」是也；如洪武韻互用者，「灼灼園中葵，朝露待日晞」是也；如沈韻拘用者，「有鳥西南飛，熠熠似蒼鷹」是也。漢人用韻參差，沈約《韻譜》始爲嚴整，《早發定山》尚用山、先二韻。及唐以詩取士，遂爲定式。後世因之，不復古矣。楊誠齋曰：吟詠性情，當以《國風》《離騷》爲法，不必拘禮部韻。

樂府命題

齊梁以來，文士喜爲樂府辭，然沿襲之久，往往失其命題本意。《烏將八九子》，但詠烏；《雉朝飛》，但詠雉；《雞鳴高樹巔》，但詠雞，大抵類此。而甚有併其題失之者，如《相府蓮》，訛爲「想夫憐」，《楊婆兒》，訛爲「楊叛兒」之類是也。

敖陶孫評

「魏武帝如幽燕老將，氣韻沉雄。曹子建如三河少年，風流自賞。鮑明遠如饑鷹獨出，奇矯無前。謝康樂如東海揚帆，風日流麗。陶彭澤如絳雲在霄，舒卷自如。王右丞如秋水芙蓉，倚風自笑。韋蘇州如園客獨繭，暗合音徽。孟浩然如洞庭始波，木葉微落。杜牧之如銅丸走坂，駿馬注坡。白樂天如山東父老課農桑，事事言言皆着實。元微之如龜年説天寶遺事，貌悴而神不傷。劉夢得如鏤冰琱瓊，流光自照。李太白如劉安雞犬，遺響白雲，覈其歸存，恍無定處。韓退之如囊沙背水，惟韓信獨能。李長吉如武帝食露盤，無補多欲。孟東野如埋泉斷劍，臥壑寒松。張籍如優工行鄉飲，醻獻秩如，時有詼氣。柳子厚如高秋獨眺，晚霽孤吹。李義山如百寶流蘇，千絲鐵網，綺密瓌妍，要非適用。宋朝蘇東坡如屈注天潢，倒連滄海，變眩百怪，終歸雄渾。歐公如四瑚八璉，正可施之宗廟。荊公如鄧艾縋兵入蜀，要以險絶爲功。山谷如陶弘景入宮，析理談玄，而松風之夢故在。梅聖俞如關河放溜，瞬息無聲。秦少游如時女步春，終傷婉弱。陳後山如九皐獨唳，深林孤芳，沖寂自妍，不求識賞。韓子蒼如梨園按樂，排比得倫。吕居仁如散聖安禪，自能奇逸。其他作者，未易殫陳，獨唐杜工部如周公制作，後世莫能擬議。」語覺爽儁，而評似穩妥。

鍾記室評

鍾記室《詩品》，折衷情文，裁量事代，可謂允矣，詞亦奕奕。其評子建骨氣奇高，詞彩華茂，情兼雅怨，體被文質；嗣宗言在耳目之内，情寄八荒之表；靈運名章迥句，處處間起，麗典新聲，絡繹奔會；越石善爲悽悷之詞，自有清拔之氣；明遠得景陽之詭諔，含茂先之靡嫚，骨節強於謝混，驅邁疾于顔延，總數家而并美，跨兩代而孤出；玄暉奇章秀句，往往警遒，足使叔源失步，明遠變色；文通詩體總雜，善於模擬，筋力於王微，成就於謝朓。此數評者，贊許既實，措撰尤工。

雙聲疊韻

東方喉聲爲木音，西方舌聲爲金音，南方齒聲爲火音，北方脣聲爲水音，中央牙聲爲土音也。雙聲者，同音而不同韻也。疊韻者，同音而又同韻也。「互護」同爲脣音，而二字不同韻，故謂之雙聲。「礉碻」同爲牙音，而二字又同韻，故謂之疊韻。

【校記】

[一]質，《文心雕龍·明詩》作「實」。此段文字引自《文心雕龍·明詩》，多有隱括。

[二]雙疊，原本作「雙聲」。《文心雕龍·聲律》作「雙疊」，意謂雙聲疊韻。此段文字隱括《文心雕龍·聲律》，據改。

[三]雙聲，原本無此二字，據《文心雕龍·聲律》補。
[四]字，原本作「下」，據《文心雕龍·聲律》改。
[五]本條未標目，按原本目録，應爲「雜體」。據補。
[六]時，原本作「是」。郭茂倩《樂府詩集》卷二十六《相和歌辭》一引王僧虔啓，作「時」，據改。
[七]羊吾夷，原本作「羊吾韋」，韋誤，據《樂府詩集》改。
[八]前，原本脱，據《樂府詩集》補。

詩評　卷一

漢詩評

凡讀漢詩，先真實，後文華。

《大風》安不忘危，其霸心之存乎《秋風》，樂極悲來，其悔心之萌乎《瓠子歌》，武之爲武，可知也。柏梁臺君臣警戒，猶有三代風，昭帝《黄鵠》《淋池》，肅肅凄凄矣。

韋孟四言，誹而不亂，小雅之流風也。曼倩之《誡子》，優哉游哉。去病之《琴歌》，志意懽然。相如《封禪頌》，雖是多事，然典則瑰奇，得雅頌遺聲。五言始于蘇李，二子天與其性，發言自高。蘇武詩如清廟之瑟，朱絲疏越，一唱三和。東坡謂陵與武贈答五言詩，後人所擬，蕭統不能辨也。余謂細心頌詠，自知非蘇李不能。《容齋隨筆》以蘇武在長安，使匈奴何爲及江漢？噫，是唐以後人眼目，西漢人豈拘拘字句？又云「獨有盈觴酒」，盈字觸惠帝諱，獨不思高帝諱邦，韋孟詩「實絶我邦」乎？古人作詩，或不諱也，固矣夫，坡之論詩也。李延年之「傾城傾國」，楊惲之「人生行樂」，可謂絶唱。唐山夫人《房中歌》，格韻高嚴，規模簡古，駸駸乎商周之頌。噫，異哉！高帝一時佐命功臣，下至叔孫通輩，皆不能爲此歌，而出唐山夫人之口與手乎？唐山姓也，高帝姬也。若戚夫人、烏孫公主、趙飛燕，悲見乎詞。班婕妤《團扇》短章，詞旨清捷，怨深文綺。韋孟詩，雅之變也；昭君歌，風之變也。《三百篇》後，二作得體。馬援之任、梁鴻之清，于歌行具見忠悃。班固《明堂》《辟雍》五首，見東漢氣象，《詠史》則多感歎，尤見史才。傅毅、崔駰，氣醇而不漓，聲渾而不碎。張衡寄興高遠，遣詞自妙，《怨篇》清曲可誦，《四愁》猶風騷之遺韻也。趙壹詩家之賈誼乎？中郎深于音律，如《飲馬長城窟行》，聲高千古，尤覺自然。仲長統之《述志》，超超淩霄。孔融之《雜詩》，句句憂時。蔡琰真情極切，自然成文，《胡笳十八拍》，拍拍酸楚。秦嘉、徐淑夫妻，事既可傷，文亦淒怨。徐淑詩更麗則可誦，史稱其夫死，毀形不嫁，哀痛傷生，信文生于情乎？孔明《梁甫吟》，古勁殊甚。讀《於忽操》，畫出一個活龐公也。

漢郊祀歌

武帝以李延年爲協律都尉，多舉相如等數十人，造爲詩賦，略論律吕，以合八音之調。作歌十九章，使童男女七十人歌之，中多爾雅之文，煅意刻酷，煉字神奇。

漢鐃歌

《談藝録》云：温裕純雅，古詩得之，遒深勁絶，不若漢《鐃歌》。沈約云：樂人以音聲相傳，訓詁不可復解。凡古樂録皆大字是辭，細字是聲，聲辭合寫，故致然耳。中間有「江有香草目以蘭，黄鵠高飛離哉翻」，絶工美，可爲七言宗也。

漢樂府

自孝武立樂府而采歌謡，於是趙代秦楚間，皆感于哀樂，緣事而發，亦可以觀風。今存者并漢世街陌謡謳，

《江南可採蓮》《白頭吟》之屬也，真情自然，但不能中節耳，累度乃是好景。如《烏生八九子》《東門行》等篇，如淮南小山賦，氣韻絶峻。樂府往往敘事，故與詩殊。蓋敘事辭緩，則冗不精。「翩翩堂前燕」，疊字極促乃佳。阮瑀《駕出北郭門》，視《孤兒行》，太緩弱不逮矣。樂府中有「妃呼豨」「伊阿那」諸語，本自亡義，但補樂中之音；亦有疊本語，如曰「賤妾與君共餔糜，共餔糜」之類也。

古詩十九首

《古詩十九首》情真景真，事真意真，澄至清，發至情。或云枚乘作。李善復以有「驅車上東門」「遊戲宛與洛」之句，爲辭兼東都。然徐陵《玉臺》分《西北有浮雲》以下九篇爲乘作，則兩語皆不在其中。又《文心雕龍》云：《孤竹》一篇爲傅毅之詞，則《十九首》非出一人。乘死在蘇李先，則五言未必始二人也。又云：《十九首》疑是建安曹王所製，至擬蘇李，風斯靡矣。

魏詩評

凡讀建安詩，當於文華中取真實。《詩眼》云：建安詩辨而不華，質而不俚，風調高雅，格力遒壯。其言直致而少對偶，指事情而綺麗，得風雅騷人之氣骨，最爲近古。又云：建安之作，全在氣象，不可尋枝摘葉。

魏武如幽燕老將，氣韻沉雄。子建如三河少年，風流自賞。《詩品》云：孟德古直，甚有悲涼之句。曹王洋洋清綺，樂府更美贍可翫，有謂去植千里者，非篤論也。曹子建詩，骨氣奇高，詞彩華茂，情兼雅怨，體被文質，粲溢今古，卓爾不羣。《詩譜》云：斲削精潔，自然沉健。又評：語與興驅，勢逐情起，不由作意，氣格自高。《竹林詩評》：子建亦正亦變，駸駸乎大雅之製焉。有謂曹子建詩質樸渾厚，春容雋永，風調非後人易到，每讀其詩，灑然有千古之想。但「朱華」「素雪」之屬對，已逗六朝氣色。李空同序植：其音宛，其情危，其言憤切而有餘悲，殆處危疑之際者乎？

王粲之作，如楩柟杞梓，輪囷離奇，夫豈細材哉？文秀而質羸，在曹劉間别搆一體。《談藝録》：仲宣流客，慷慨有懷，西京之餘，鮮可誦者。其《七哀》，沈約云：不傍經史，直率胸臆。又云：仲宣溢才，捷而能密，文多兼善，洵七子之冠冕乎？陳琳意氣鏗鏗，非風人度也。徐幹時有齊氣，蓋齊俗舒緩，然而意味悠長。劉公幹之作，朗潤清越，如摐金考石。魏文帝曰：公幹有逸氣，但未遒耳。至五言詩之善者，妙絶時倫。《詩品》云：楨俠氣愛奇，動多振絶，真骨淩霜，高風跨俗。應瑒和而不壯，應璩善爲古語，指事殷勤，雅意深篤，得詩人激刺之旨。阮瑀善解音，詩亦清亮。繆襲[二]《鼓吹曲》十二首，綽有古意，不作曼聲。繁欽文才機辨，如《定情詩》，情致宛麗。杜摯、毋丘儉贈答詩，一伏櫪長鳴，一按劍相眄，非鸞音也。何晏詩，憂在喉間不得吐。左延年新聲，眼前有景都道出。程曉近俗，焦先真仙。嵇康頗似魏文，過爲峻切，訐直露才，傷淵雅之致，然托論清遠，良有鑒裁。《詩譜》曰：人品胸次高，自然流出。弇州云：少涉矜持，不如嗣宗、嵇喜詩蟬蜕塵外。二郭俱有贈嵇康詩，遐周暢逸，遐叔簡潔，具見交情。阮德如有俊才，而飭以名理，風聲雅潤。阮籍詩，其源出於《小雅》，無雕蟲之功，而《詠懷》之作，可以陶性靈，發幽思，言在耳目之内，情寄八荒之表，洋洋乎會於風雅，使人忘其鄙近，自致遠大。頗多感慨之詞，厥旨淵放，歸趣難求。《詩譜》云：天識清虚，禮法疏短。《竹林詩評》云：阮籍之作，如剡溪雪夜孤楫，沿流乘興而來，興盡而已。嚴滄浪云：黄初之後，惟阮籍《詠懷》之作極爲高古，有建安風骨。

晉詩評

司馬懿《讌飲歌》規模宏遠，但有蹊徑可尋。

張華詩其源出于王粲，其體華艷，託興不奇，用字務爲妍冶，人恨其兒女情多，風雲氣少。《詩譜》云：氣清虛，思頗率。又曰：短章奕奕清暢。傅玄能作情語，髣髴歡戚如在目前。經緯情感，若探衷曲。宮商曾疊，綺繪斐亹。《詩譜》：思切清古，失之太工。傅咸，玄之子，風格峻整，識性明悟，雖綺麗不足，而言成規鑒。裴秀不愧其名；應貞不愧其父。杜育、摯虞，情篤友朋，音亦金玉。劉伶得趣于酒，詩亦悠然獨暢。束皙《補亡詩》，對偶精工，辭語流麗，不脱六朝氣習，東固疏廣之後也。何邵博學，運以清虛；王濟逸才，出以澹蕩。李密《因緣詩》，何頓異《陳情表》？陸機天才秀逸，辭藻宏麗。張華嘗曰：「人爲文，每恨才少，而子更患其多。」葛稚川目平原之文，如玄圃積玉，無非夜光。所擬《古詩十九首》，文温以麗，意悲而遠，驚心動魄，幾乎一字千金。《詩品》又謂：陸尚規矩，不貴綺錯，有傷直致之奇，然咀嚼英華，厭飫膏澤，文章之淵源也。何仲默曰：陸詩體俳語不俳，謝則體語俱俳。陸雲以識簡亂，故能布采鮮净，敏于短篇。《詩品》：清河于平原，殆如陳思匹白馬，于其哲昆，故稱二陸。鄭曼季清芬可挹，孫拯氣概凌雲。潘岳詩翩翩然如翔禽之有羽毛，衣服之有綺縠。謝琨云：潘詩爛若舒錦，無處不佳；陸文似披沙揀金，往往見寶。又云：陸才如海，潘才如江。孫興公云：潘文簡而净，陸文深而蕪。《詩譜》：安仁質勝于文，有古意，但澄汰未精耳。潘尼宛轉關生，往往寓規于諷。左思詩全篇煅煉，首尾有法。又云：如丹崖翠巘，金泉乳竇，晶瑩璀璨，光景可挹。《詩品》：文典以怨，頗爲精切。雖野于陸機，而深于潘岳。《詩藪》：太冲《詠史》，題實因班，體亦本杜摯也。而造語奇偉，創格新特，錯綜震蕩，逸氣干雲，遂爲古今絶唱。宋子京云：太冲詩「振衣千仞岡，濯足萬里流」，使人飄飄有世表意，不減嵇康「目送飛鴻」語。嚴滄浪評：晉人舍陶、阮外，惟太冲高出一時，士衡尚出其下。升庵云：太冲《招隱詩》「峭蒨青葱間，竹柏得其真」，五言詩用四連綿字，前無古，後無今。張翰有清才，如《周小史》《思吴歌》，旭日在東，清新可愛。《詩品》：季鷹「黄華」之唱，正叔「緑蘩」之章潘尼迎大駕詩，雖不具美，而文旨高麗，並得虬龍片甲，鳳凰一毛。張載詩行雲流水，頗近自然，《擬四愁》却不如。《詩品》：孟陽詩遠慚厥弟，而近超兩傅，然兄弟高吟，不愧二疏。張協詩文體華净，少病累，又巧搆形似之言，雄于潘岳，靡于太冲，風流調達，實曠代高手，且詞采葱蒨，音韻鏗鏘，使人味之，亹亹不倦。夏侯湛宏富，善搆新詞。安仁曰：《周詩》非徒文雅，乃别見孝悌之性。孫楚綴思，每直置以疏通；董京玩世，常逍遥而長吟。弇州云：石季倫縱横一代，領袖諸家，才氣勝耳。《思歸引》《明君辭》，情質不在潘、陸下。曹攄英篇麗日，歐陽建慘語悲風。嵇紹有至性，嵇含多逸趣。阮修善清言，閭丘冲工古調。郭泰機《寒衣》之製，孤怨宜恨，文雖不多，氣調驚拔。左貴嬪，左思之妹也，《啄木詩》勝緑珠《懊儂歌》。

東晉詩評

劉琨、盧諶，善爲悽戾之詞，自有清拔之氣。琨既體良才，又罹厄運，故善敘喪亂。《詩譜》云：忠義之氣，自然形見，非有意于詩也。杜子美以此爲根本。郭璞詩文體相輝，彪炳可玩，始變永嘉平淡之體，故稱中興第一。但遊仙之詩，詞多慷慨，乖遠玄宗。其搆思險怪，而造語精圓，三謝、杜、李精奇處皆取此，如林無静樹，川無停流。阮孚云：泓崢蕭瑟，實不可言，每讀此文，輒覺神超形越。蓋詩至郭景純，始合玄風爲韻語，許詢、孫綽，轉相祖尚，而詩騷之體盡矣。孫、許並善恬淡之辭，然玄度高情遠致，五言詩妙絕時人。興公雖工吟咏，如《碧玉歌》，穢俗殊甚。楊方詩淺語入情。葛洪詩仙風冷冷。謝尚之《大道曲》、王獻之《桃葉歌》，具見風流。江逌詩蕭條高寄，庾闡詩飄飄乎仙矣。李充、李顒父子，清言濯濯然，情韻顒不如充。曹毗如白地明光錦，裁爲負版絝，非無文采，酷無裁製。袁宏《詠史詩》，雖文體未遒，而鮮明緊健，去凡俗遠矣，後來李長吉祖此。顧長康《神情詩》，詩中之畫也。習鑿齒《燈詩》，亦燈中之光乎？讀《蘭亭集》詩，千巖競秀，萬壑爭流，令人有飄然之想。陶淵明詩，文體省靜，殆無長語，篤意真古，辭興婉愜，每觀其文，想其人德。世歎其質直，昭明序云：淵明文章不羣，辭彩精拔，跌宕昭彰，獨超衆類，抑揚爽朗，莫之與京。横素波而傍流，干青雲而直上。語時事則指而可想，論懷抱則曠而且真。又評：陶詩如絳雲在霄，舒卷自如。東坡謂其質而實綺，癯而實腴。黄山谷曰：他人皆有意于爲詩，淵明直寄焉耳，所謂不煩繩削而自合者。朱晦庵曰：淵明詩平淡出于自然。《詩譜》謂其心存忠義，志處閑逸，情真景真，事真意真，幾于《十九首》，盛唐風韻皆出此。《韻語陽秋》謂其寓意高遠，達磨未西來，淵明早已會禪矣。謝混清淺，殊得風流媚趣。殷仲文頗稱華綺。吴隱之《酌貪泉》，可媲美《採薇歌》。王康琚之《反招隱》，琳琅滿目。宗炳詩長松落落，王嘉歌可謂詩讖。湛方生吸風飲露，不作凡響。趙整《酒德歌》，幾于國風。張駿韻叶宫商。支遁、慧遠，雖各有悟語，不如帛道猷《陵峯採藥》詩。謝道韞《咏雪》固佳，《詠松》尤見節義。蘇若蘭《璇璣圖》，徘徊宛轉，具見才情。桃葉與謝芳姿俱有《團扇歌》，豔曲耳，何如楊茗華空即色，色即空。

郊祀歌

傅玄、荀勗、曹毗，雖各摹古，而韻之曲折不若張華。

鼓吹歌與舞曲歌辭

張華、傅玄，殊足鳴一代之盛。

清商曲辭

清商曲辭，一曰清樂。江南吴歌，荆楚西聲。如《子夜》《上聲》《歡聞》《前溪》《阿子》等曲，俱列于吴聲。西曲則《石城樂》《烏夜啼》《烏棲曲》《估客》《莫愁》《襄陽》《江陵》，雜出于荆郢樊鄧之間，以其方俗，故謂之西曲。梁武帝改西曲，製《江南弄》，爲《龍笛》《採蓮》《採菱》，沈約製《鳳笙》等曲，與西曲總列于清商。清商雜出各代，但「子夜」，晉女子名，子夜造此聲，故以繫晉。

《前溪歌》，沈玩所製，前溪，湖州村名也。崔顥詩：「舞愛前溪妙，歌憐子夜長。」

雜曲歌謡，亦各魚魚雅雅。

南宋詩評

劉義隆詩，皇甫汸云絶似魏文。劉駿詩雕文織綵，過爲精密。劉義恭雅詠，劉義慶平實。劉休玄未弱冠，《擬古》三十餘首，時人以爲亞迹陸機。

王韶之詩古質，何承天《鐃歌》十五首，逸足揚鑣，六轡如組。顔延之詩體裁綺密，情喻淵深，動無虚散，一句一字，皆致意焉。《詩評》：延年之作如般般之獸，白質黑章，旼旼穆穆，君子之態。《詩譜》云：辭氣重厚，有館閣之體，盛唐諸家應制多取此。鮑照評顔謝：謝五言如初發芙蓉，自然可愛；顔詩若鋪錦列繡，雕繪滿眼。謝莊詩氣候清雅，不逮王、袁，然興屬閑長，良無鄙促。謝晦婉美，謝世基警拔。謝靈運詩興多才高，寓目輒書，名章迥句，處處間起，麗典新聲，絡繹奔會，辟猶青松之拔灌木，白玉之暎塵沙，未足貶其高潔也。《詩譜》謂：以險爲主，以自然爲工，李杜取深處多本此。又云：謝康樂如東海揚帆，風日流麗。黄勉之云：謝窮情極態，如川月嶺雲，玩之有餘，即之不得，雖骨氣少劣，而萬象羅會，内無乏思，外無遺物，不得以俳病之。凡詩當辨其真不真耳，俳不俳烏足論哉？《詩話》云：「池塘生春草」，何謂神助？正在無所用意，猝然與景相遇，借以成章，乃是詩家妙處。謝惠連詩才思富捷，如《秋懷》《擣衣》之作，雖復靈運鋭思，何以加焉。又工爲綺麗[二]歌謡，風人第一。鮑照善形狀寫物之詞，尤長樂府。評云：明遠如飢鷹獨出，奇矯無前。又云：高鴻決漢，孤鵠破霜。《詩譜》云：六朝文氣衰緩，惟劉越石、鮑明遠有西漢氣骨。《詩話》：明遠《行路難》壯麗豪放，若決江河，詩中不可比擬，大似賈誼《過秦論》，觀其數名，尤見遊藝之妙。《詩藪》云：鮑謝上挽曹劉之逸步，下開李杜之先鞭，第康樂麗而能淡，明遠麗而少靡，淡，故居晉宋之間，靡，故涉齊梁之軌。《竹林詩評》[三]：鮑照之作如珊瑚琅玕，木難火齊，弗資鏤琢，自足偉觀。《詩品》：謝瞻、謝混、袁淑、王微、王僧達，皆務其清淺，殊得風流媚趣。瞻、混宜分庭抗禮，淑、微可托乘後車，僧達卓卓欲度驊騮前矣。《詩譜》曰：謝瞻景致清虚，甚有古文。范曄詩殊不稱其才，乃知才各有所至，不可強也。孔欣詩，升庵評高趣可並淵明，早歲辭榮，不負其言。惠休淫靡，情過其才。吴邁遠善于風，何長瑜長于嘲。荀昶工于擬，王歆之妙于翻。詩何必多？陸凱之「折花逢驛使」，便足驚人。人亦何必知書？沈慶之之口授，便是名筆。顔竣有父風。鮑令暉歌詩，嶄絶清巧，擬古猶勝，洵鮑照之女弟也。

郊廟歌辭

歌舞曲詞皆出顔延之、謝莊、王韶諸公之手，其晉人之遺音乎？

清商曲辭

有《華山畿》二十五首，事奇情亦奇。《讀曲歌》八十九首，聲靡靡矣，南宋君臣憒憒乃爾。

南齊詩評

蕭道成詩，詞藻意深。蕭頤《估客樂》亦平平耳，何必被之管絃。

王儉少便以謝安自況，故其詩亦莘莘楚楚。王融詞美英凈，《竹林詩評》：融《遊仙詩》如金莖百尺，仙掌銅盤，集沆瀣于中天，倚清寒而獨矯。徐孝嗣長于短句詠物。張融爲孔稚圭外兄，故情趣相得，然融誕放，詩却捷疾豐饒，差不局促。稚圭風韻清疏，詩却雕飾奇險，青出于藍矣。謝朓詩奇章秀句，往往驚遒，足使叔源失步，明遠變色。劉後村曰：康樂一字百煉乃出冶，玄暉尤麗密。《竹林詩評》：朓詩如西山清曉，霏藍翕黛之中，時有爽氣。《詩譜》云：藏險怪于意外，發自然于句中。又云：雖篇中綺繪間作，而體裁宏碩，辭氣冲淡，往往顔謝逐鹿。《巵言》云：玄暉不惟工發端，撰造精麗，風華暎人。唐子西謂：三謝詩至玄暉語益工，然蕭散自得之趣亦少減，漸有唐風矣。劉繪麗雅有致，柴廓之《行路難》，情亦悽切。丘巨源《詠扇》，格高氣渾。陸厥少有風概，詩體甚新。《詩品》云：文緯具識丈夫之情，自製未優，非言之失也。虞炎之趨炎，顧歡之悲死，于詩可以反觀。鍾憲、顧則心並祖顔延之，一則藹藹春雲，一則澹澹漣漪，均有雅致。

韓蘭英綺密，甚有名篇。齊武嘗謂韓云：借使二媛生于上葉，則「玉階」之賦，「紈素」之辭，未詎多也。噫，亦靡矣。釋寶月之《估客樂》及《楊叛兒》《蘇小小》歌謡，殆有甚焉。謝超宗之《樂歌》，不愧乃祖。

南梁詩評

蕭衍樂府，莊矣麗矣，古今絶唱。七言歌行尤勝，皆寓古調于纖辭，晉後無能及者。詩有禪味，又開一法門。升庵云：《江南弄》七曲絶妙，一唱直千金。蕭統詩，屬思便成，無所點易，豈其精顓于《文選》耶？蕭綱辭藻豔發，然文傷輕靡，時號宫體。《烏棲曲》四首奇麗精工，盛唐人多本此。至「北斗横天」等句，出語特高妙，非當時纖辭比。又云：綱《烏棲曲》，妙于用短；繹《燕歌行》，巧于用長，並唐體之祖。《詩藪》云：燕歌初起，魏文實祖柏梁，皆平韻，猶未大暢，至蕭繹音調始協。唐王、楊諸子歌行，韻則平仄互换，句則三五錯綜，而又加以開合，傅以神情，宏以風藻，七言之體至是大備。要惟長篇鉅什，敘述爲宜，用之短歌，紆緩寡態，于是高、岑、王、李出，而格又一變矣。又云：《春别詩》及《題雁》，皆七言絶句也，可見絶句起自梁朝。蕭世詢不好輕華，甚有骨氣。沈約詩憲章鮑明遠，所以不閑于經綸而長於清怨。鍾嶸謂其詞密于范，意淺于江。邢子才曰：沈休文用事不使人覺，若胸臆語也。《詩譜》云：佳處斲削，清瘦可愛，自拘聲病，氣骨蕭然，唐諸家聲律本此。《竹林詩評》：沈約、范雲之作，如閶闔疏鐘，建章清漏，不棘不舒，有節有度。休文四聲八病，首發千古妙詮，其于近體，允爲作者之聖，而自運材力有餘，風神全乏。江淹詩體總雜，善于摹擬，筋力于王微，成就于謝朓。《竹林詩評》：淹清婉秀麗，才思有餘。《雜擬》之作，如季札聘魯，四代之樂，並歌于廷，非天下之至聰，其孰能喻？嚴滄浪評：擬古惟江文通最優，擬淵明似淵明，擬康樂似康樂云云。獨擬李都尉一首，不似西漢。皎然評：《團扇》二篇，江則假象見意，班則貌題直書，江生情逸詞麗，方之班女，未可減價。《詩藪》云：擬魏四詩，置之《魏風》莫辨，真傑思也。擬顏延年詩，辭致典縟，得應制之體。范雲詩清便宛轉，如流風迴雪；丘遲詩點綴映媚，似落花依草。故當淺于江淹，而秀于任昉。《竹林》云：丘遲之作如琪樹玲瓏，金芝布濩，九霄春露，三島秋雲。任昉少不工詩，故稱沈詩任筆，晚節篤好，文亦遒變，善詮事理，拓體淵雅，但用事過多，所以詩不得奇。王僧孺聚書多異本，其詩麗逸，多用新事。張率自幼工詩，人擬之相如、枚臯。柳惲《登景陽樓》詩，雄渾似盛唐。吴均清拔有古氣。詳咏庾肩吾詩，六朝氣色、初唐格韻兼之矣，耳食者不得以六朝與唐大分涇渭也。何遜詩不費氣力，如庖丁解牛，風成于驍然，調復雄古，其秀句多爲子美所采，故云「能詩何水曹」。梁有三何，遜及思澄、子朗也。子朗信饒清巧，思澄典麗。諸蕭楚楚，子雲閑曠，琛殊朗辨。王籍《若邪溪》詩，江南以爲文外獨絶。王訓聲調和婉，王筠詩，沈約稱其圓美流轉，如彈丸脱手。升庵云：筠詠征婦《行路難》，敘情曲折，纖微如出其口，可稱細密。《楚妃吟》句法極異。劉孝綽辭藻爲世所宗，其敘情寫景，水月鏡花，妙不可言。沈約曰：「卿以詩失黄門，還以詩得黄門。」孝綽曰：「此即既爲風所開，復爲風所落也。」綽，繪之子也，至孝儀之和風，孝勝之清味，孝先之纖調，皆不如孝威氣調爽逸。劉苞、劉孺、劉遵，均之才藻蔚然。陶弘景「山中白雲，真足怡悦」，至「不言昭陽殿，化作單于宫」，則妙解前知矣。徐勉菁葱可愛。劉峻字孝標，《詩藪》云：宏麗縝密，遠薄宣城。又云：梁詩而聲亮嚴整，王、楊極意，無以加也。劉緩詩有氣調，風流跌宕，名高一府。曹景宗之「競病」韻，可謂奇絶。徐悱之《登琅琊城》，足稱大觀。諸徐固表表東海，獨徐摛之新聲，號爲宫體，人多諷習。陸倕筆底能道所欲言，恰似俳律。鮑泉嘗書筆上「我文之外，無出卿者」，故語亦崢峄。荀濟曰「會楯鼻上磨墨做檄」，故調多慷慨。虞羲奇句清拔。江洪雖不多，亦能自迥出。費昶善爲樂府，紀少瑜善于描情。王臺卿短章亹亹；朱超句句飛動。戴暠奇句疊出，沈君攸古色照人。釋寶誌《讖詩》，王金珠歌曲，神矣妙矣。徐悱妻劉氏，怨在若吞若吐；范靜妻沈氏，思在非遠非近。沈氏者名滿願，其《殘燈》詩爲韋蘇州所摹，《詠竹火籠》詩，絶大議論，直上薄風雅，下掩唐人。

《木蘭詩》綽有古意，樂府中絶唱，子美多祖之。

雅樂歌詞與鼓吹曲舞曲多出沈約手，律叶宫商。

陳詩評

陳叔寶《玉樹後庭花》等歌曲綺豔，其音甚哀，宜乎胭脂井有石欄紅痕也。然「日月光天德，山河壯帝居」，氣象宏闊，辭言精確，爲杜子美五言之祖，言不可以論人也如是。

陰鏗風格流麗，其詩體用兼優，神采融澈，辭精意切。鏗賦新成安樂宫，援筆立就，氣象莊嚴，格調鴻整，平頭上尾，八病咸除，切響浮聲，五音並協，實近體之祖。又云：近體之有陰生，猶五言之始蘇、李。陰與何遜齊名，號「陰何」。遜詩清麗蒨遠，鏗詩格似隋唐間人。徐陵，摛之子，氣局深遠，爲一代文宗。其詩如魚油龍罽，列堞明霞，輝耀丰茸之采溢目，非頓載之室，詎得見此。又云：李太白嘗全用其語。沈炯詩雄壯悲歌，如六甲十二屬，詩亦諧亦雅。周弘正可以怨，弘讓可以仙，弘直氣調高于二昆。陸瓊、陸瑜，允稱雙璧。張正見之詩，如春播綵勝，金翠耀耀，聯以珠璣。《詩藪》云：華藻不下徐陵、江總，聲骨雄整乃過之。《巵言》云：正見詩律法已嚴于四傑，特作一二拗語爲六朝耳。江總工于豔麗，《詩藪》云：六朝二江、二庾，子山氣骨欲過肩吾，而神秀弗如； 總持才情差亞文通，而淵博不逮。《巵言》云： 士衡、康樂，已于古調中出俳偶，總持、孝穆，不能于俳偶中出古意。總陳亡復仕隋，無怪乎《梅花》詩「羞作秋胡婦」也。顧野王至性人也，亦能《艷歌》《陽阿曲》。傅縡使氣人也，那能宛轉寫嬌態。岑之敬《當壚曲》，最爲絶唱，蔡凝賦《春雲生》，寧不孤映？徐伯陽氣頗雄渾，阮卓聲亦清浣，何胥韻更鏗鏘。張君祖亹亹清綺，庾僧淵寥寥逸響。蘇子卿《紫騮馬》《梅花落》與蕭淳《長相思》，可稱勁敵。

釋惠標《詠山水》《詠孤石》，奇峯疊浪。洪偃緣情觸興，煙雲滿目。智愷石火電光，參悟了然。徐德言之《破鏡詩》，樂昌公主之《餞别自解》，悲哉！

北魏詩評

元宏歌，才藻富贍，《楊白花》淫矣，亦自奇麗。

蕭綜《聽鐘鳴》《悲落葉》，依依復淒淒。高允《羅敷行》《王子喬》，盻盻復仙仙。段承根有清調，無繁音。常景《讚四君》，調亦典雅，惜未見其《擬扶風歌》十五首也。祖瑩嘗語人云：「文須自出機杼，成一家風骨，何能共人同生活也。」瑩《悲彭城》，亦不乏天才，但不能均調玉石，兼有其製裁之體。宗欽、高允贈答，足嗣響盧、劉。胡叟古，王肅悲，董紹更悲。馮元興《浮萍》苦在心。陽固《刺讒》《疾倖》，言可爲鑒。温子昇文筆豔發復清婉，當爲彼中第一。又云： 足以陵顔轢謝，含任吐沈。劉昶流離中斷句亦自悲壯。《咸陽歌》《李波小妹歌》《阿那瓌》奇甚，何減漢人語？王德《春詞》，周南《晚粧》，王容《大堤女》，豔甚，綽是南宋。元勰《賦銅鞮山松》，十步成天才也。元子真風氣甚高，《絶命詩》言猶平婉，達人乎？

北齊詩評

邢邵詩典麗，既贍且速。魏收機警，詩情到景亦到。《詩藪》云：如《挾琴歌》等，爲唐絶句之祖。但輕薄，人號爲「驚蛺蝶」。祖珽詩亦綽約有南朝風，如《望海》一首，恰似漢魏詩。裴讓之、訥之兄弟，《公讌酬南使徐陵作》，恐陵拈筆，亦不能過。蕭祇、蕭放父子，各自迴出。劉逖宛然唐音。盧詢祖詩亦華美，如《鄭氏挽詞》，亦是絶調高昂，雖膽力過人，詩却雅有情致。鄭公超、楊訓、袁奭、荀仲舉，詩在伯仲之間，情能出景。蕭慤奇麗高古，卓然大家，如《秋思》詩，蕭散宛然在目，又出唐人止矣。邢子才曰：蕭仁祖可謂雕章間出。顔之推宏暢曲折，能盡詩之妙。《詩藪》云：「馬色迷關吏，雞鳴起戍人」，雖玄宗倣此，不若顔穩健。

陸法和《讖詩》，妙解神術，無病而終，真仙人也。馮淑妃《感琵琶絃》，崔氏《靧面》，辭淺而韻雜歌謡，中有奇語。

北周詩評

宇文毓《過舊宮》，整齊工密，儼似唐初。《詠摘花》妙甚。豆盧突《從軍行》，爾固突《至渭原》，一似庾信，一似王褒。蕭撝格意既高古，風調更雄麗。宗懷詩，升庵云：清麗脱洒。宇文昶《陪幸終南山》，置之唐集，亦是名家。庾信父肩吾與徐陵父徐摛，父子出入禁闈，文並綺豔，故世號徐庾體。庾信詩爲梁之冠絶，啓唐之先鞭。史評其綺豔，杜子美又曰「清新」「老成」，蓋綺而有質，艷而有骨，清而不薄，新而不尖，所以爲老成也。《竹林詩評》：庾信之作，如玉臺九成，瓊樓數仞，規模崇麗，氣象清新，《步虚》諸什，並懸絶塵境。山谷言：

庾子山「澗底百重花，山根一片雨」，盡登高臨遠之趣，如「有慶兆民同，論年天子萬」，不獨清新，氣韻尤深穩。《詩藪》云：世謂杜子美詩法庾子山，今看《述懷》一篇，真類杜諸古詩。升庵謂：「羊腸連九阪，熊耳對雙峯」，比杜工部更高。王褒樂府，嵬嵬峨峨，亦復淒淒切切，如《燕歌行》，妙盡塞北苦寒光景。詩更有神有骨，有色有聲，可與庾信並美。

釋亡名《五苦詩》，苦盡甘來；《五盛陰》，陰盛陽生。

郊廟歌並出庾信手，北周文士，一子山而已，不獨北周，南朝亦當踞獨坐。

燕射歌辭，《五聲調曲》二十四首，出史入經，鏗金戛玉，恐魏以後難得此正聲。

隋詩評

楊廣夫製豔篇，辭極淫綺，後一變歸于典制，並存雅體。《江都宮樂歌》已具七言律體，《泛龍舟》等曲，哀音斷絶。升庵云：「遠水翻如岸，遥山倒似雲」，絶妙，效劉孝綽《雜憶詩》，風致婉麗。《迷樓宮人歌》，固是詩讖，亦稱詩聖。《望江南》説盡江南景致，《鳳艒歌》已兆唐興矣。

楊素詩詞氣穎拔，風穎秀上。夫素以武功顯，而文藻若此，奇哉！王通《東征歌》，韻騷而風。李德林諸詩，辭覈而暢。何妥[四]歌行，意氣翩翩；史萬歲《石城山》，英風凜凜。盧思道聰爽俊辨，五言詩見意，七言歌行尤工。《詩藪》云：六朝歌行有入初唐者，盧思道《從軍行》、薛道衡《豫章行》，音響格調，咸自停勻，體氣丰神，尤爲煥發。薛道衡詩多沉思，故情致宛曲，其氣韻雄渾，對調精工，似初唐陳子昂。李孝貞圓美，辛德源峻潔。魏澹朗逸，柳䛒詠諧。虞世南詩婉縟，如高山欞具，蒼佩華纓，廊廟之容也，與兄世基並馳名。世基辭章清勁，時人以方二陸。世南《嘲司花女》，亦唐七言之冠絶者。升庵云：世南《織錦曲》，分明是一幅織錦圖。諸葛穎興象標韻，無非唐人。孫萬壽諸作，風華奕奕。王昚《七夕》，氣格渾然。王胄詩氣高致遠，長篇亦復洋洋灑灑。庾自直、元行恭、孔德紹，惜生于隋末，詩却擬于唐初。劉斌和婉，不似隋音。孔紹安《咏石榴》詩亦清切。陳子良鶴鳴九霄，庾抱風行水上。袁朗規模大，崔信明句法新。王衡《翫雪》，李密《感秋》，情見乎詞。李那《和重適陽關》，真「松聲薄暮來」。

僧法宣能作情語；僧慧浄能作壯語。釋曇延《題方圓動静四字》，乃知李泌有從來已。有迷樓，不可無侯夫人；有侯夫人，方見是迷樓。丁六娘《十索》，秦玉鸞之《憶情人》[五]，羅愛愛之《閨思》，何如大義公主《書屏風》。

郊廟歌辭多出牛弘手，平平耳。

文武舞歌雖依《樂記》，象德擬功，而聲却卑庸。

雜歌謡詞《回紇》一首，有長歌之哀過于痛哭之意。若《長白山》《并州謡》《長安謡》，聲亦切切。惟《送別詩》有《五子之歌》之憂，吾以爲六朝樂之卒章焉。

總論漢魏六朝詩

謝靈運詩已有全篇作對子者，尖新峭麗，駸駸梁陳，爲初盛唐鼻祖矣。五言律詩，起句最難。六朝謝朓工于發端，雄壓千古。唐人多以對偶起，雖森嚴，殊乏高古。

李詩多出自樂府古選，如古樂府《楊叛兒曲》二十字，太白衍之爲四十四字，而樂府之隱秀益章。因識古詩人用前人語，有翻案者，有代財法，有奪胎换骨法。翻案者反其意而用之，東坡特妙此法；代財者因其語而新之，益加瑩澤；奪胎换骨，宋人詩話詳之矣。如梁元帝「郎今欲度畏風波」，太白衍爲「郎今欲渡緣何事，如此風波不可行」；鮑照「春風復多情」，太白反之「春風復無情」；江總詩「不悟倡園花，遥同葱嶺雪」，張説云「欲持梅嶺花，遠競榆關雪」。如此類者多，誰謂唐人詩妙處能出漢魏六朝？

詩有可解《不可解》不必解，若水月鏡花，勿泥其迹可也。詩有不立意造句，以興爲主，漫然成篇，此詩之化也。《三百篇》無南音，《周南》《召南》，皆北方也。如《涼州》《甘州》《渭州》，本是西音，今並以爲北曲。由是觀之，則《擊壤》《康衢》《卿雲》《南風》《白雲》《黄澤》，詩之篇什，漢之樂府，下逮關、鄭、白、馬之撰，雖詞有雅鄭，並北音也。若南音則《孺子》《接輿》《越人》《紫玉》，吴歈楚艷，以及今之戲文皆是。樂以詩爲本，詩以聲爲用。又謂古之詩，今之詞曲也。若不能歌之，但誦其文而説其義，可乎？夫樂之義理，詩詞是也，聲歌猶後世之腔調也，兩者俱詣，乃爲大成。夫漢世樂府，如《朱鷺》《君馬黄》《雉子斑》等曲，想當時自有節拍，短長高下，故可合于律吕。且唐世之樂章，即今之律詩，而李太白《清平調》與王維之《陽關曲》，于今皆在，不知何以被之弦索。今人能歌元曲，南北詞皆有腔拍，如《月兒高》《黄鶯兒》之類，亦有律吕可按，一入于耳，即能辨之，求元審聲，宿悟神解者自得之耳。

【校記】

〔一〕繆襲，原本作「謬龑」，從逯欽立《先秦漢魏晉南北朝詩》改。

〔二〕綺麗，原本脱綺字，此段文字引自鍾嶸《詩品》，據補。

〔三〕竹林詩評，原本作「竹林詩話」，誤。此段文字出元代佚名《竹林詩評》。

〔四〕何妥，原本作「何安」，從逯欽立《先秦漢魏晉南北朝詩》改。

〔五〕憶情人，原本作「憶情」。從逯欽立《先秦漢魏晉南北朝詩》改。

詩評　卷二[一]

明詩總論

洪武初，沿襲元體，頗存纖詞，時則高、楊爲之冠。成化以來，海内和豫，縉紳之聲，喜爲流暢，時則李、謝爲之宗。及乎弘治，力振古風，盡削凡調，一變而爲杜詩，則有李、何爲之倡。嘉靖以後，競復初唐，風神大暢，而縟靡未刊，則毘陵、晉江爲之主盟。嘉靖中年暨隆慶，家家少陵，人人空同，聲格峻厲，而性情未調，則歷下、瑯琊爲之標榜。迨乎萬曆，則湯臨川由六朝而漢魏，沉浮入節，袁中郎宗徐文長，則禘晚唐而祖眉山，雅俗並陳。吁，格之變也，時也；調之轉也，情也，而趣有高下，才有長短，論世者誦其詩，當自得之。

明興，立赤幟者二家：才情之美無過季迪，聲氣之雄次及伯温。當時孟載、景文、子高輩實爲羽翼，翩翩乎一代之選也。然詞孅于宋，格不及唐。北地矯之，信陽嗣起。昌穀、庭實，昉古建安，掞華二謝[二]，長歌取裁李杜，近體定軌開元，豈不日月重朗？而北地之效颦，信陽之舍筏，議者雲擾。以故嘉靖之季，尚辭者醞風雲而成月露，存理者扶《感遇》而效《咏懷》，喜華者敷藻于景龍，畏深者信情于元和，各自斐然。中興之功，濟南爲大。隆萬以來，不免邯鄲之步，深造之功微，自得之趣寡。宗六朝者才高寡和，效宋元者人趨捷徑。昔人有步武華相國者，以爲行迹之外學之，去之彌遠。然則情景妙合，風格自上，不爲古役，不墮蹊徑者，最也。隨質成分，隨分成詣，門户既立，聲實可觀者，次也。

洪永以至嘉隆，國朝製作又四變矣。吴郡、青田，纖穠綺縟，一變也；長沙、京口，典暢和平，一變也；北地、信陽，雄深鉅麗，一變也；婁江、歷下，博大高華，一變也。

長沙之于何、李也，其陳涉之啓漢高乎？

詩人以勲業表見者，千古寥寥。國朝帷幄則劉文成，密勿則楊文貞，靖難則余肅愍，出塞則王威寧，戡亂則王新建，平盜則林司寇，行邊則楊太保，禦虜則唐文襄，治水則朱司空，定變則張司馬，皆文武兼才，遠邁前代。弘正間，風雅宗工，若李獻吉、何仲默、羅景鳴，皆文人兼氣節者。崔子鍾、王子衡、薛君采，皆文人兼學行者。

明詩評一 自洪永至宣德

宋文憲玉韞山輝，劉文成振衣千仞，古而質已；劉子高月挂梧桐，孫仲衍天空鳥飛，質而且趣，可謂四傑。中間仲衍更深于樂，如《驪山老妓行》，唐人那可多得。噫，詩不通于樂，是知雅而不知風者也。高季迪一洗宋音，頓還唐調，格兼六朝漢魏諸體，而出以妙悟，可謂一代宗工。《梅花》六首豈其自寫照耶？雖曰「高楊張徐」，而三子距高，其中尚可容數十人。楊孟載之纖麗，每於掉轉見風神。張來儀本潯陽人，卜居吴興，傳者誤爲吴人。詠吴興山水有詩云「繞郭羣峯列，迴波一鏡如」，公詩大抵似之，其唐之錢、劉耶？徐幼文風韻凄切，令人不忍讀，真文生于情者，後來徐文長、袁中郎宗此一派，却不如幼文真。高廷禮選唐能盡其變，拈筆則温厚出于至性，工畫，輒自戲曰「令我作無聲詩」，人稱謂二絶。誦方天台、練新淦詩，大包山海，高出窮蒼，千載猶有生氣。解吉水天縱奇才，亦雄亦古，豪宕不羈，其曠懷似不從人間得，洵李長庚後身。楊文貞欲超宋人津筏，駸駸乎欲漢魏矣。林子羽逸趣天飛，卓然成家。胡光大清味泌人，金文靖氣格高峻，胡若思閑澹似陶、韋。曾子啓高情雅韻，古色照人，可鳴一代之盛。梁布衣寅，悟不必邵康節，聲不必孟襄陽，要亦唐虞之巢、許。至姚少師以袈裟參密勿，而以禪悦鳴賡歌，字字靈異，句句快心，尤奇之奇者。

明詩評二 天順成弘

薛文清濂洛之胸，出以沈宋之調。于忠肅淡如和靖，趣若白、蘇，故功在麟閣，而鶴歸西湖。彭文思得之雙井，亦是絶唱。岳季方壯麗，氣蓋一世。商文毅酷似趙宋，李文達有晚唐氣，何椒丘其清可挹。王襄敏海市蜃樓，可謂奇絶，其飛將軍耶？丘文莊雙龍出海，張東白兩手拍天，一則胸中無物不有，一則胸中一物不留。劉東山調雖宋元，讀之如天晴登岳陽樓，令人神怡。吴康齋、章楓山俱見道之言。羅一峯情到肝腸欲斷，景妙孤峯絶壁。陳白沙吟風弄月，漉酒澆花，是淵明還是茂叔？莊定山悠然不爲理障，黄未軒洒洒自是唐音。李長沙胸次可吞雲夢澤，筆下能湧若耶溪。嘗聞絲不如竹，竹不如肉，漸近自然，此公以之，樂府最佳。程篁敦胸中有萬卷，筆下無一塵，但少年從歐蘇路上走慣，與李長沙同一機局，律以氣格稍遜，惜哉！二公天負異才，未見爲北地奪幟。林見素閨女刺繡，王文恪老衲談禪。吴原博雖多率爾，故自不俗。楊君謙不使故事，要自有神。錢鶴灘鶴鳴九皋。王應韶疏影瀟瀟竹，邵國寶殘香漠漠苔。先嚴極愛楊碧川詩，今讀之，珠光閃閃。費鵝湖夙慧，烏衣巷中，子弟騷騷。鄒汝愚英氣逼人，蔡虚齋寥寥寫意耳。楊文恪垂紳正笏，桑民懌不衫不履。羅圭峯靈隱飛來，人天異境，二百六十餘年僅見此耳。劉文和流水潺潺，屠簡肅赤城霞起。顧華玉婉麗，康德涵神駿。

李空同直陟華嶽之巔，黄河之水天上來，高矣大矣，前掩劉宋，後無王李。何大復出水芙蓉，天然國色，而神韻清勁，後來王鳳洲詩宗盛唐，自命爲蓋代，試取其《明月篇》與大復《明月篇》，一披頌過，便覺仙凡之别。乃信詩有别才，非關書也。歷城邊華泉與李、何齊名，奇情玄會，似登岱望日觀，捫星辰，不是人間，李于鱗之奇本諸此已。徐昌穀名次李、何、邊。吁，六朝佳麗幾絶響，得博士，復見漢官威儀。王文成一味妙悟，非唐非宋，亦禪亦詩，别是一洞天。魯蓮北有瀟湘洞庭之致，陸文裕才兼機雲，聲諧晉魏。嚴介溪《鈐山堂詩》清新婉曲，不得以人廢言。湛甘泉「花明五嶺春」，正是舞雩，三三兩兩。鄭繼之如孫登長嘯，聲振林木。顧箬溪湖水清且淺，沈石田畫人先點睛，生韻躍躍動矣。唐伯虎眼中不可一世，下筆突兀凌青霄。文徵仲端人正士，文如其字。祝希哲大有情人也，眼前有景道得出。黄勉之「鸂鵣來過吴江上」，蔡九逵松間露、竹上風。孫大初武陵桃源耶？上下天竺也，飄飄乎仙矣，真山人，真山人。

明詩評三 洪永至宣德

陶主敬元氣淋漓，張志道天孫織錦，王子充佩玉鳴珂，魏祀山花香鳥語，可謂盛世之音。汪忠勤之閒爽，袁海叟之峭拔，皆雄視一世。貝廷琚之高逸，蘇平仲之豐腴，亦各自成家。楊文敏氣象崢嶸，夏忠靖雅淡自如，皆可想見其爲人。程原道别有解會，胡仲申雄壯悲歌，唐處敬氣骨全似唐人。劉孟熙風韻悠揚，深有古意。李古庸情致委婉，王時彦韻度鏗鏘。李昌祺力追陶謝、西江，若王若李，其劉子高之真派耶？周悔如恬秀，林尚默軒朗，皆不免宋人蹊徑。

國初山人，自梁寅外，王叔明蒙、趙子常汸，清機洒洒。瞿宗吉佑風致遒上，蘇秉衡平古韻悠悠。

閨秀如宋氏，乃閬州太守婦，《題郵亭壁歌》，情到景到，何減盛唐？ 錢氏兩女，即配入教坊，其詩大者悲壯，小者俊逸，但非乃翁鐵石心腸耳。

羽士張無爲淡甚，周思得悟甚，鄧羽趣甚。張三丰之《揚州瓊花》，殆有仙風。

高僧大圭，慧心雅韻，真是「一聲清磬萬山暝」。宗泐一味妙悟，風格高邁，直逼孟王，誠我明之大觀也。來復，其空門中之大有心人乎？ 素琴彈與素心人，溥洽《應制》一首有唐風。宗衍諸詩，駸駸乎宗泐矣。天祥、機先，俱日本人，一則工于寫景，一則工于描情，如機先之《長相思》，思從何處來？

明詩評四 正統至成弘

童士昂父子聲振彭蠡，不作硜硜細音。鄭公啓昆季雙鴻海上來，羽儀翩翩。王廷貴雪花片片，朱克粹山陰道上行。陳宜之《羅浮高》等篇，置之中唐，亦是絶調。張靜之詩中有畫，何減王摩詰？ 周克敬水晶玲瓏。黄諫步武陳思王，但力不逮耳。陳惟成韻度綽是，郎士元獨怪王弇州、胡元瑞何不推及惟成？ 李古澹豐城劍氣，可媲美西昌。劉槎翁、徐文靖疏影瘦梅，玉堂清味。謝約庵時花美女，見者心憐。薛之綱閑雲野鶴，彭惠安紫氣東來。王廷用子器之、黄襄敏子文澤，皆讓乃翁出一頭地。陳文厚若遠若近，山耶水耶？ 徐康懿情有餘于文。謝鳴治赤城霞起，可謂得助于江山。倪文毅風帆沙鳥。張亨父有神有骨，有韻有香，恰似信陽。陳穎昌歌行似岑嘉州。楊沂川苦吟，以故興來便娟，如鶯囀花枝。張汝弼胸有别解，率多佳句。林文安小雅石，介然巫山十二峯下，朝雲暮雨。吴汝賢綽約，文功大[三]短小精悍。子宗儒，儒矣遊禪； 宗嚴，嚴中有寬，然宗嚴爲當家。王存敬秋氣肅清，絶無塵氛。林南澗寶劍凌霜，以氣勝； 林竹田西廂待月，以情勝。賀克恭，宋詩也，誠哉豎閭山人；　蕭文明，小説也，邈矣海釣遺風。　查覺庵梧桐一葉，頗有幽趣；　夏德樹天台石梁，亦是奇觀。　蔣文定桂林山色，中有長安春意。　陳紫峯發自妙悟，故句句生動。　陳文用中唐之美好者。　陳德階、德符、德英，一韻高，一景妙，一情奇。　李侗庵瀟灑，弟質庵更奇崛。　許啓衷爽氣新聲，咄咄逼獻吉。　左舜齊胸中有許多不平事，筆下淋漓乃爾。　屠簡齋漁笛一聲，煙雲滿渚。　朱升之雄渾壯麗，學少陵而有得者。　唐士綱得之機、雲。　李東嶠「晴川歷歷漢陽樹」，田深甫「漠漠水田飛白鷺」。　靳文僖中泠之水，朱蕩南有別趣。　杭世卿藤牀竹几，薰風南來。　杭東卿清且漣，王敬夫嵯峨鬱而秀。　熊士選流水潺湲，可歌可咏。　張光世劍挂扶桑，氣雄格亦古。　孟望之五更鼓角。　王子衡大海蜃樓，嵩嶽插天，可居李、何之下，邊、徐之上。　田偶山秦關百二，陳宗禹歌續郢中。　李鏡山色固葳蕤，聲亦峻峭，信是名家。　張常甫五雲樓閣，金莖凝露華。　殷近夫、穆文簡山水有清音。　徐用中山形蜿蜒。　徐廣威《中秋詠懷一百韻》，秋水長天一色。　劉士亨湖心亭上，一望波平。　蔣務本喉間有恨不得出。　謝一陽美人半醉，不勝嬌媚。　史明古鷓鴣啼，徐子仁黃鸝聲。　謝子象松窗梵語，湯子重五湖棹歌。　文壽承、文休承，信是吹塤吹篪。　王雅宜，其有聲之畫耶？

閨秀陳氏，乃李中丞昂之妻，詩多悟語，可稱大雅。　朱靜庵乃周教諭之妻，新聲怨譜，亦風亦騷。　鄒氏乃當塗濮未軒之配，費鵝湖之妻母也，冰雪其色。　俞節婦乃俞憲之母，集百家明詩者，聲亦霜清。

章羽士跨鶴凌風，錢羽士琴臺雅調，釋雪江芙蓉江上冷，色韻自然。　魯山環佩珊珊，不作野狐禪。

明詩評五 正嘉隆萬

楊用修才情問學在弘正後、嘉隆前崛起，無復依傍，自是一時之傑，而清新綺縟，獨掇六朝之秀，合作者殊自斐然，如「新水催飛鷁，微霜度早鴻」等句，置之齊梁，不復可辨。薛君采端麗温淳，沈舜臣高潔秀瑩，而高子業之精深華妙，不欲作今人一字，在唐不減張曲江、韋蘇州矣。皇甫子循清空瀟洒，色相盡鎔，雖格本中唐，而神韻過之。嚴惟中之鍊鍛精工，爐錘盡泯，雖格本中唐，而氣骨過之。敖[四]子發氣格嶙峋，馬軾風韻高華，桂文襄語必驚人，笛司空最工唐調，王穉欽力振建安，惜中年潦倒，未盡其才。儲靜夫清溪洗暮霞，胡可泉鐘聲渡漁火。劉元瑞如癡女兒能織鴛鴦，更繡鳳凰。王槐野刻意少陵，雖有突兀，却無宛轉。曹茂禮如公孫大娘弟子舞劒，見其師不覺愴然。常評事如汗血名駒，驕嘶自賞。夏少卿如武庫矛戈，殊少利器。唐應德力振初唐，故宏麗該整，咳唾金璧，誠詩家之瑚璉。華子潛獨秀本色，如秋水涸，天根露，誠陶韋之妙境，惜才具乏耳。王道思初年詩格豔麗，雖寡天造，良極人工。李于鱗宏麗渾壯，鮮所不有，又濟之沉思。太嶽二室，芝菌樛結，光華若朝霞，芬旨入九咽，庶乎近之矣。唐大宰如永州石，奇重有致，不如太湖嵌空玲瓏。吴峻伯小巧清新。蔡汝楠一倣錢劉，瑩然不污。馮汝言格追初唐，自出鮮饒。李先芳調出襄陽、嘉州間，秀越温潤，悟入象外。汪伯玉盡洗鉛華，獨存天骨，其格調精嚴，句律整峭，真可謂鍛鍊之工。張肖甫格高韻亦高，張助甫如龍泉大阿，鋒不可犯。袁胥臺如遠山，張東沙似蜃樓。徐天目紀律森然，綽有精思。余德甫力追大雅。宗子相天才悲憤，有騷氣，務于勝人。吴川樓求詣實境，務使首尾勻稱，宫商諧律。梁公實工力故久，才亦稱情。王元美古詩靡所不有，歌行每效一體，宛出其人，樂府意逐題新，詞與代變，當世獨步。五七言律高華整栗，沈著雄深。絶句瀟洒絶塵，如黄河溟渤，宇宙奇觀，又如龍宫海藏，萬怪惶惑，惜其大矣未化。晚年復入宋人一派，故讓李、何先鞭。王敬美清奇爽逸。屠文升藻思翩翩，亦能咀六朝之俎者。薛方山寒梅嫣然，情色俱勝。茅鹿門如築室城邑，位置整嚴。劉子威如蜀綵吴葩，爛爛郁郁。陳五嶽如玉盤露屑，清甘可人。趙大洲如高麗使人，抗浪意氣。楊忠慜忠憤之氣，更復高華。霍文敏如封節度東征，旌甲曳科，衣裝鮮爛，然多市人。王襄裕風流，詞藻清麗。王文肅如灌莽中突起奇石，却少韻度。歐楨伯情多感慨，調工晉宋。湯若士以獨造爲宗，以奇拔沉雄爲貴，其高處使人飄飄欲仙，其騷處使人歔欷欲絶，置之潘陸間，誰能軒輊？袁中郎氣骨遒上，率易處往往有之，觀者須略玄黄，視其神簡。馮元成氣度高逸，神情圓暢。鄒彦吉語多奇崛。屠赤水才氣飈發，無所不擬，但能得其氣岸，未免英雄欺人。鄒忠介神韻悠然，志在高山流水，不當以唐音拘之。鄧定宇情至之語，固是絶調。余君房如假山池，雖爾華整，却費人力。李本寧廣大法門，雖乏利根，不作小乘語。葉大忠如清泉放溜，新月挂樹。馮琢庵粗具漢官威儀。馮具區如西湖柳枝，綽約近人。郭明龍如越兵縱横江上，終不成霸。黄縝軒如雪夜偏師，間道入蔡。董思白如王謝門中貴子弟，動止可觀。焦漪園如白雲自流，山泉泠然。李卓吾如華山道士，語語煙霞，非人間事。黄葵陽如過雨殘荷，嫣然有態。雷何思如天寶父老議喪亂，事皆實際，時時感慨。沈君典如冰凌石骨，質勁不華。陶石簣如仙人下界，不染塵俗。鍾伯敬雖寒酸澹泊，不至腥膻。臧公懋循如月下箜篌，終成凄楚。米仲詔有遠體而無遠神。王辰玉時出俊語。黄貞父木葉盡脱，石氣自清。顧隣初雖羅珍錯，但有宿味。

謝茂秦詩宗少陵，窮體極變，而風格亦不俗。沈明臣組織成章。盧次楩如河朔丈夫，鬚髯戟張，借軀報仇，人疑大俠，然未必真也。徐文長如寒鴉數點，流水孤村，惜其景物蕭條，學之便落晚唐氣耳。王伯谷如漢苑兒駒，驕嘶自賞。胡元瑞如五陵裘馬，千金少年。陳眉公如朝霞點水，芙蕖試風；又如韓信用兵，衆寡如意，以賁丘園，其神龍戲海耶？

楊夫人乃升庵先生原配，氣色高華，風調鴻爽，如宋人葉玉，幾奪天巧。

明詩評六洪武至隆萬

王時舉雄壯悲歌，情到不堪回首。朱文恪軒朗遒勁，氣色便見昌明。郭子章參軍鮮藻清麗，王孟楊才氣馳騁。劉彦昺清絶之氣雖可觀，凄楚之調爲尤甚。浦長源小乘中説法，生天則可，成佛甚遠。孫伯融如新就銜馬，步驟輕快。劉欽謨如村女簪花，穠艷羞澀，正得各半。管時敏龍章鳥跡，欵識古雅。李盤谷小棹急流，一瞬而過。藍静之殘雪在地，掩映新月。黄宗豫喫飲穿衣，時見本色。林崇璧如沙苑馬，恣情馳騁，中多敗蹶。王文端嵬嵬峨峨，綽是歐蘇嫡派。喬三石如清泉倒澗，琮琮琤琤。劉原濟、湯公讓如淮陰少年鬥健，作噉人狀。黄才伯如刁家黠奴，連車騎，交守相，揮散千金，原非己業。夏正夫如苦行頭陀，終少玄解。王敬夫如漢武求仙，時復遇之，終非實境。石少保如披沙揀金，時時見寶。陸鼎儀如吃人作雅語，多在咽喉間。舒文節本色語，固堪咀嚼。馬仲房如程衛尉屯西宫，斥堠精嚴，甲仗雄整。楊文襄如老弋陽伎，發喉甚便，而多鼻語，不復見調。高伯宗如射雕胡兒，伉健急利，往往命中。陸子淵卓逸出自天才，如棃園小兒，急健華利，所至動人。陳約之如十五六女子，容態楚楚，見人羞澀。何元朗清絶如曲澗流泉。楊儀部循吉如倩女臨池，疏花獨笑，又如衛洗馬言愁，憔悴婉篤，令人心折。王文靖流麗，未免元體蘇習。王希範頗知建安氣味，但才不足充之耳。郭定襄横槊賦詩，絢辭電掃，如魏司徒善射，令人驚目。王威寧敘塞上情致，如田家作苦歌以自勞，可謂悲盡。

【校記】

［一］按原本，本卷無標目，據版心卷次爲二。

［二］二謝，應爲「三謝」。按，此段引自王世貞《藝苑卮言》卷五：「北地矯之，信陽嗣起，昌穀上翼，庭實下毗，敦古昉自建

安，掞華止於三謝，長歌取裁李杜，近體定軌開元，一掃叔季之風，遂窺正始之途。天地再闢，日月爲朗，詎不美哉！」三謝，南朝詩人謝靈運、謝惠連、謝朓的合稱。

［三］文功大，文洪，字功大，號希素，長洲人。文徵明之祖。原本「功大」作「公大」。

［四］敖，原本作「鼓」，誤。敖英，字子發，明正德年間詩人，江西清江人。

榆溪詩話

[清]徐世溥
陸　坤　點校

點校説明

《榆溪詩話》，不分卷，清徐世溥著。

徐世溥（一六〇八—一六五八），字巨源，號榆溪，江西新建人。其父徐良彦，字季良，萬曆二十六年（一五九八）進士，累官至南京工部侍郎，政聲顯著，名士錢謙益亦出其門，《列朝詩集》稱其爲人「公忠明敏，志節如秋霜皎日，饒膽智，善鐫決」。世溥承父風，倜儻不羈，果毅敢言，曾自述「氣浮性憨，舉止狂率，發言措足，動生尤謗」（《上虔撫潘昭度先生辭薦辟書》）。少負才華，年十六即補諸生，然仕途多舛，未能盡才。崇禎十一年（一六三八）夏嘗應徵北上，因見國家危亂，慷慨陳辭，意忤當朝，後遂拂袖而歸，作「末世之隱」，以「善其出入，免于厄窮」（《陶靖節論》）。入清後，絶意仕進，自稱「山中人」，以遺民自處而懷故國之思，唯與少數友人詩書往還而已。《答孫仲修見訊諸宗人》詩云「吾宗已共市朝墟，梗散蓬飛分索居。問我別來無恙否，與君同是再生餘。中原萬里家何在，幽谷三年鬼不知。目極秋空稀片羽，勞勞血淚滲緘書」，可略見其心態及處境。順治十五年（一六五八）爲盜所殺，年五十一歲。

世溥所交多當時名士，于艾南英、錢謙益亦師亦友，與陳弘緒爲「三十三年友，當時共采薇」，又同萬時華、陳伯璣等深交，結社論文。古文學韓愈，詩歌推杜甫，理論上主張言志，注重性情。所作詩文「簡而不寒，繁而不穢」，方以智《榆墩集序》稱其「下筆馳騾秦漢唐宋，惟取其氣，任我舒卷」，不爲過譽。如《小澗記》《秦人洞記》《鄢家山記》等遊記，句法疏蕩，爽朗冷雋，頗得柳宗元神韻。詩歌亦清淡可愛，如《陳元者期而不至》云「豈是扁舟尚渺茫，平沙細草接殘陽。暖風容易催春遠，孤負山花夾路香」，《羅飯牛攜畫至山中》云「又隨飛葉下江煙，與雁同來先雁旋。記得偏舟初過我，草堂門外水齊天」「彩筆長懸夢裏思，十年古道見鬚眉。雲山本自無常主，更寫雲山賣與誰」，皆爲同輩所稱賞。詩文之外，世溥兼工書、史，撰述頗豐，刊行于世者有《榆墩集》《榆溪遺稿》《榆溪逸詩》《榆溪詩鈔》及《江變紀略》等。《四庫全書總目提要》存目著録三種：《夏小正解》一卷，《韻叢》一卷，《榆墩集選》文九卷、詩二卷。

其中《榆溪詩話》爲世溥論詩之作，止三十則，而識斷精審。論詩宗雅頌而重源流，主詩騷而推漢晉，於唐詩略有品評，唐以後作者不在論列。如論《詩經》云「自騷、賦、樂府，以至近體、詩餘、詞曲，何莫不範圍於《三百》」，論《楚辭》云「知騷之改比興而爲賦也，知《九歌》之變雅、頌而爲風也，始可以言詩」；論風之流變云「古者之風，皆可絃歌，則非獨雅頌爲樂矣。自郊祀、鐃歌作，而以樂府爲雅頌，於是乎雅頌遂亡於樂府。五言作而以古詩爲風，於是乎風又亡於古詩。其出自民間而爲風，且入樂府者，惟《子夜》諸歌」；論唐詩云「詩至唐聲，直是有别傳」。又兼辨古文「追叙」，拈出「本領」一説，既非泥古索解，亦不流於「近世評書」。雖系一家之言，實「具論世之眼」，于詩之宗旨、源流、風格、技法及鑒賞諸方面均有涉及，頗多可取之處，因整理以饗讀者。

《榆溪詩話》有康熙刻本，收於舫齋刻本《榆墩集》文下卷，《豫章叢書》所據當即此本。又嘉慶十七年《徐巨源集》收《榆墩集》十一卷亦有著録。此次點校即以《豫章叢書》本爲底本，以康熙刻本爲對校本，以嘉慶十七年《徐巨源集》所收爲參校本，詩話所涉及之作品則盡量參考相關可靠版本。

陸　坤

詩，何莫而不出於《三百篇》耶？即以聲字言之，詩有復字，有雙聲，有疊韻，有間叶，有換韻。試舉一二，則「關關」「喈喈」「萋萋」「莫莫」，複字也；「窈窕」「崔嵬」「虺隤」，疊韻也；「參差」「輾轉」，雙聲也；「流之」「求之」「砠矣」「瘏矣」，間叶也；「莫莫是濩，爲綌無斁」，換韻也；「悠哉悠哉」，則迴絃；「言告言歸」「害澣害否」，乃急板。一開卷而得之矣。夫自騷、賦、樂府，以至近體、詩餘、詞曲，何莫不範圍於《三百》哉。《明良》《賡歌》，倡和之始也。《柏粱》，七言聯句之始也。以外則皆源《三百篇》矣。「我姑酌彼金罍」，何必他尋六言之始乎？「維以不永懷」，何必他尋五言之始乎？「螽斯羽」「麟之趾」，何必他溯三言乎？「且往觀乎洧之外，還予授子之粲兮」，何必他溯七言乎？「委蛇退食」，迴文之嚆矢也；「坎坎伐檀」，楚些之唱于也；「關關雎鳩」，已見四平；「採採卷耳」，已具四上；「信誓旦旦」，則四去聲之純；「白石鑿鑿」，實四入聲之備。「踊躍用兵，遑恤我後」，錯綜該四聲者，不可勝數也。順之，有「涇以渭濁」「鐘鼓既設」諸句矣；逆之，有「不見子都，勿替引之」諸句矣。「居諸」，邶之方言也；「乎而」，齊之方言也。「牆茨玼兮」，疊「也」字爲文；「采唐中谷」，重「矣」字爲篇，鄘、衛之熟音也。《杕杜》《采苓》之用「焉」，《敝笱》《南山》之用「止」，齊、晉之語助也。知此而後見《大招》之用「只」「已」，不如《招魂》之用「些」，蓋不待較其文辭也。故文莫流利於風，人莫典奧於雅、頌。

變雅、頌而爲風者，《九歌》乎？如《楚茨》《大田》祈年之什，《清廟》《我將》禘饗之章，降工歌而使巫舞之、優唱之，知騷之改[二]比興而爲賦也，知《九歌》之變雅、頌而爲風也，始可以言詩矣。《大東》，其《離騷》之葭吹與？ 指歎星河、俯仰衣屨、超忽陸離，非夫採擷蘭、杜，媒求姚、宓者，不能躡其奇蹤也。《無羊》之繪事，至於降阿、飲池、負餱、何笠、寢訛之異，麾升之同，諸態畢具，使韓幹、戴嵩爲之，何以加此？ 昌黎得之，以作《畫記》，斯亦善乎能臨榻者矣。

先之以《生民》，次之以《篤公劉》，又次之以《緜》，次《皇矣》，次《文皇》，而配之以《大明》《思齊》，則周之「本紀」內外備矣。《崧高》《烝民》，皆「世家」也。《江漢》《常武》，並「列傳」也。《谷風》之同心見怒，《氓》之信誓不思，真怨淫悔，千迴萬疊，更充棟小説鏤心之文，無能及其一語者。

「過夏首而西浮兮，顧龍門而不見」，仲宣「南登灞陵岸，迴首望長安」之所出耶？ 「背夏浦而西思兮，哀故都之日遠」，則元暉「大江流日月，客心悲未央」其接響也。「願徑逝而不得兮，魂識路之營營」，休文竊之曰「夢中不識路，何以慰相思」。

「無滑而魂兮，彼將自然。壹氣孔神兮，於中夜存。虛以待之兮，無爲之先」，三閭之本領也。「靜坐觀衆妙，浩然媚幽獨。迴薄萬古心，攬之不盈掬」，太白之本領也。「惟有摩尼珠，可照濁水源」「願聞第一義，迴向心地初」，子美之本領也。不知此而區區求之，讀破萬卷，林棲十年者，早失自身面目，去李、杜奚啻萬里。唐人如王昌齡「空山多雨雪，獨立君始悟」「日月蕩精魄，寥寥天府空」，蓋亦有所得者。韋蘇州「水性自云靜，石中本無聲。如何兩相擊，雷轉空山驚」，便引起東坡「若言絃上有琴聲，放在匣中何不鳴。若言聲在指頭上，何不於君指上聽」諸語。此乃反落窠臼蹊區。至於「落葉滿空山，何處尋行迹」，則妙入不言之表矣。

春秋以後，無復採風、陳詩之舉。故列國享燕，其卿士亦惟歌舊什而已，未聞陳靈以後有新詩者。一變爲騷，遂啓賦端，而比興亡於賦。至於漢《安氏房中歌》居然雅頌矣，然而非風也。《十九首》得風人之旨與音矣，然出於士大夫所爲，而非民間之作，不可以爲風也。古者之風，皆可絃歌，則非獨雅頌爲樂矣。自郊祀、鐃歌作，而以樂府爲雅頌，於是乎雅頌遂亡於樂府。五言作而以古詩爲風，於是乎風又亡於古詩。其出自民間而爲風，且入樂府者，惟《子夜》諸歌，而其辭淫，其聲靡，又不可以訓也。詩餘與詞曲，已朕兆於此，而古詩盡亡矣。故詞曲者，風與樂府之流而合也。自士大夫爲詞曲，而民間之歌，莫采於是，樂府獨流爲曲，而又與風分矣。

《安氏房中歌》所謂「七始」者，七音也。即琴之七絃，簫之七調也。以此起調，故謂之「七始」。宋人以管合絃，字定律，今試用之，即得其解。詩家不達樂，故從前注不明耳。

《斷竹》《采葛》《窈窕》之曲等，即趙曄[二]作。《皇娥帝子歌》《落葉哀蟬曲》等，即王子年作耳。悉收入古詩者，是未具論世之眼。要與一書之中，凡所録詩歌，能辨其某首爲著書者所作，某者爲著書者所述，乃爲具眼。如《蘆中人》及《河上歌》，則又非趙曄作也。曄傳有此古歌，及他事遂裒益之，而作《吴越春秋》。《拾遺記》則盡子年所撰矣。又凡賦中之詩，乃賦之兼帶叙事者，必有詩。詩本是賦語，並不當收入古詩，收之謬也。近見魏人《清河見挽船士新婚與妻别》作，或刻之以爲蘇武妻《答夫詩》者，此不過十數年内事，即詩紀詩所未嘗爲此僞也，此最可恨。凡此者，皆爲務多之故。夫古不在多，如周鼎、商彝有一真者，足抵連城，豈以滿案爲勝耶？南榮子曰：「《斷竹》之質，雖後傳而有本，《卿雲》之文，雖喜起而太華。」論世論文，當衡之以志氣升降之際。臧顧渚《詩所》多取《稗説》中詩，故斷自盛唐，而晚音時見。馮北海少此弊，獨《陶峴》《西塞》自屬商角之音。

《十八拍》淺俗之極。不但非唐經生作也，要是元、宋俚儒所擬耳，視《悲憤詩》相去豈但萬里？《悲憤》五言詩，似是三首。其七言三十八句者，恐即是《胡笳詩》，後人被以聲，爲十八拍耳。《于忽操》乃王禹偁擬作，《宋文粹》載之甚明。近代好古者，彙萃先秦兩漢詩文，惟恐其不能多，輒有明見其爲某擬，在某集，而故收之者，非獨不能辨贋，而公然欺當世，以爲無博覽者，且並欺後世，其罪於是爲最大也。

前漢詩不使事，至後漢酈炎《見志詩》，始有「陳平敖里社，韓信釣河曲」及「抱玉乘龍驥，不逢樂與和。安得孔仲尼，爲世陳四科」之句。孔北海、吕望、管仲兩言耳，曹氏父子益張之。漢《折楊柳》「默默獨行行」，與大曲之《滿歌行》「爲樂未幾時」，雜曲之《傷歌行》「昭昭素明月」，皆曹氏兄弟詩也。《君子行》「周公下白屋，吐哺不及餐」，思王集載之，明是思王作，而梅禹金收入漢樂府。又《善哉行》「仙人王喬，奉藥一丸。慚無靈輒，以報趙宣」「淮南八公，要道不煩」，此確然子建作，而鍾伯敬《詩歸》選入古辭，並非也。

《相和歌辭·長歌·仙人騎白鹿》《岧岧山上亭》[三]二首，氣味絶是魏音，尤似曹氏兄弟作，比子建稍平矣。閱《藝文類聚》，爲子桓《盟津篇》之前半。歐去魏近，故當從《類聚》爲正，得此頓豁宿疑。

古《八變歌》亦似魏詩，但非曹氏兄弟筆耳。全璧無瑕。其次則《黄鵠一遠别》，然亦微嫌其纏與複。李陵《良時不再至》三首，絶勝蘇者，以其簡厚淵永也。蘇《骨肉緣枝葉》篇「昔者常相近，邈若胡與秦。惟念當乖離，恩情日以新」四語，頗牴牾不相屬，恐有脱句。而從來論者，未嘗疑及，何與？

李陵《録别》「爍爍三星列」「寂寂君子坐」二首，卻似子卿氣味。文章叙一事，自有一事之始末。近代評閲家動曰某句伏某案，某句照前某句，使學者每爲古文，未舉筆而先部間架，次設關鎖，甚至有特重出數字，以爲照前者，大可笑也。故先秦、西京之文，乃亡于近代之評書者也。

古文有追叙者，自不得不然。如「初，鄭武公娶於申，曰武姜。生莊公及共叔段。莊公寤生，驚姜氏，故名曰『寤生』，遂惡之」，其叙「娶申」，豈特設此爲克段案耶？就中有小事，不得不先入一語爲張本者。如「項梁嘗有櫟陽逮，乃請蘄獄掾曹咎書抵櫟陽獄掾司馬欣」，則是爲後立司馬欣爲塞主張本耳。如曰「季父項梁」，豈亦爲死定陶案耶？《子夜歌》中如「歡從何處來，端然有憂色。三喚不一應，有何比松柏」，此詩最妙前不叙事，而自見其平昔往來之狎密；後不言誓，而自知其夙昔必有指松柏之言。若使今日作古文者爲之，必將敷演作長詩，先叙其歡洽，而後及於憂色；先述其松柏之誓，而後及於不應矣。二十字，無首無尾，卻有前有後。以此求之，不獨通詩，兼悟古文。又如「江陵去揚州，三千三百里。已行一千三，所有二千在」，此有何情、何景、何事，而古雅雋永，味之不盡，將游子計程之心，道途涉歷之況，一一涵蓋，所以不可及也。

《十九首》無可思議矣。如「昔爲倡家女，今爲蕩子婦。蕩子行不歸，空牀難獨守」，以此二十言，較「老死我怨」四字，便覺此如嚼蠟。竇玄妻「人不如故」四字，簡俊矣。上比「以我御窮」一言，便覺彼味悠迴。學者知此，方於詩稍有入處。「願爲雙鴻鵠」「思爲雙飛燕」，皆源於《柏舟》之「不能奮飛」也。「南箕北有斗」「迢迢牽牛星」即出自《大東》之「簸揚」「服箱」也。「不惜歌者苦，但傷知音稀」，即「豈無膏沐，誰適爲容」之感念也。「過時而不采，將隨秋草萎」，即《摽有梅》「迨吉」「迨今」之情切也。「不如飲美酒，被服紈與素」，即《山樞》「他人入室」之慰遣也。故《三百篇》者，詩之崑崙，亦詩之海也，無能出其範圍者。學《三百篇》，庶幾得《十九首》，學《十九首》，得似建安足矣。從近體入者，曷由睹河源間支機石哉？

「步出城東門，遙望江南路。前日風雪中，故人從此去」，只用前四句，便是絕妙絕句。

子建詩，雖獨步七子，東坡文，雖雄視百代，然終不似孟德、明允蒼茫渾健，自有開創之象。此非以父子觀之論之也，殆實亦氣候使然，具眼自得之耳。如昌黎亦果止似中興，故「起衰」之評不謬也。其他詩家，有開創氣象者，鮑明遠、陳子昂庶足當之。此四公詩文，乍讀，俱如別是一國人到此芟茀立宇。其語言舉動，神彩光氣，俱有不與常倫處。

「今日同堂，出門異鄉。別易會難，各盡杯觴」，子建；「勸君更盡一杯酒，西出陽關無故人」，摩詰；「異方驚會面，終宴惜征途」，杜。數語一類也，而子建語爽俊，摩詰語酸冷，老杜語慘淡。譬之一琴二手，宫商異曲；一曲兩彈，疾徐殊奏。吾友熊伯甘言「詩常有得其微處」，曾曰：「如『蕭蕭馬鳴』，便是盛世畋還氣象，杜倒其語，而加一『風』字於中曰『馬鳴風蕭蕭』，便是邊塞景色。」此語可謂知音。少時與伯甘東郊看迎春，伯甘有「蕭蕭風馬鳴」之句，寫出太平春氣，足括《杕杜》末章。

「雙桐生空井」「江離生幽渚」「自君之出矣」，皆詩句也。魏人之句，宋已爲題。劉宋之句，齊已爲題。蕭齊之句，梁已爲題。然則《論語》《孟子》至宋始以爲題者，六朝爲之先驅矣。太白《來日大難》篇：「來日一身，攜糧負薪」「今日醉飽，樂過千春」。一醉飽耳，而遂樂過千春乎？何其言之汗也。夫英雄混迹於傭保，異人隱形於乞丐，不屑不潔，饕餮嶔崎，往往如斯。蓋以玩世不恭，遂其超然自得。此其所以能金丹滿握前，乘龍上天也。此太白自道自傳神，前乎此者，惟東方曼倩足當之，故能戲萬乘若僚友，視儔列如草芥耳。

何遜「機杼蘼蕪妾，裁縫篋笥人」，將《上山采蘼蕪》《新列齊紈素》二首，各收入五字内，極爲組練，是盛唐人鍛句鑄事所祖。「露濕寒塘草，月映清淮流」，則又初唐人洗滌穠滯所取法也。

劉綬詩「所以登臺榭，正重接煙霞」，虞騫「冠者五六人，攜手巖之際」，謝燮「杪秋之遥夜，明月照高樓」，此調已濫觴於梁、陳，非至王、孟而始有「暢以沙際鶴，兼之雲外鴻」諸語也。

老杜「何人錯憶窮愁日，愁日愁隨一線長」，三「愁」字夾兩「日」字，以「愁日」「愁日愁」相接，皆謂古無此體。然非杜自創也，何遜《擬古》云：「家本青山下，好上青山上。青山不可上，一上一惆悵。」非以「上青山上」「青山」及兩「上」一相接乎？若陳後主《戲贈沈后》，則二十字中，有五「留人」、三「不」字，而首二句以三「留人」、兩「不」字相接爲句矣。

王邵《冬夜對雪》詩，使先讀三唐，後看六朝者，掩姓名而問之，未有不以爲左司也。「寒更傳唱晚，清鏡覽衰顏。隔牖風驚竹，開簾雪滿山。洒空深巷靜，積素廣庭閑。借問袁安舍，翛然尚閉關。」

詩至唐聲，直是有别傳，即用字有不得泥古者，如「子規」，在《史記·曆書》作「秭鳺」。今從「子規」，則輕秀，若書作「秭鳺」，即癡拙矣。此等豈非聲外別傳。南榮子曰：「蝃蝀、長虹，一物也。又皆一東韻，而律以蝃蝀押則墊矣。《三百篇》固有不可入詩律者也。」又如「涷雨洒塵」，楚詞也，一東韻。有以「洞」字押者乎？又如明妃秭歸人，卻使「秭規」字不得。

「吹笛關山風月清，誰家巧作斷腸聲。風飄律吕相和切，月傍關山幾處明。」詩家用上二字者，至今引以爲例。然「風月」二字首並見，則後「風飄月傍」語，亦易覺不如右丞「萬壑樹參天，千山響杜鵑。山中一夜雨，樹杪百重泉」之輕妙渾然。乍讀之，初不覺運用「山」「樹」字也。於參天之「杪」，想「百重泉」；於「百重泉」，知「一夜雨」。則所謂「千山杜鵑」者，政響於夜雨之後，百重泉之間耳。妙處豈復畫師之所能到，前生畫師故是。

《贊公房》「側塞被徑花」，註從未及。法顯《西域記》云：「爾時天人側塞空中。」《招魂》篇：「皋蘭被徑。」信乎杜無一字無本。

「亂後誰歸得，他鄉勝故鄉。」從來評者、解者俱失之。吾與亂離，片瓦立錐皆無矣，而所至如歸，蓋賴朋友之惠。自屋自殺而外，如坐具、臥具、飲食、炊汲，凡百所用無一不出於友朋者。每念欲歸，則凡百俱無，以是始知老杜之解，而嘆吾友朋之多厚也。承平時，讀者何足以知之。「詩書遂牆壁」，頃日，詩書求牆壁而不可得矣。「奴僕且旌旄」，故有憤激。至於出仕者，不讀詩史，豈識《春秋》。至「行在夜深殿突兀」，「突兀」二字妙甚。闊地暗天，金碧俱隱，乍見高大聳目，知其爲殿耳。映黑忽得此語。

「極樂三軍士，誰知百戰傷。」將卒驕惰，糜費侈態，言内具之。「醉客沾鸚鵡」，杯也；「佳人指鳳皇」，釵也，墮珥遺簪之意。舊注謂「鸚鵡自負能賦」，又謂「引禰衡事，鳳皇，譽坐客奇瑞」，又謂「疑用蕭史、弄玉事」，俱可笑。南榮子曰：「詩有索解即非者。」如「渭水自臨秦塞曲，黄河自繞漢宫斜」，「秦塞」「漢宫」，何等冠冕。「曲」對「斜」，景象恰合，如註引「宫人斜」，便不成話矣。「黄河遠上白雲間，一片孤城萬仞山。」「遠」字飄忽靈迥，情景俱出。俗本改爲「源上」，風味索然。「立春雨」見於《本草》，謂「立春節以後三日内之雨，男子、婦人各服一杯，宜子」。雖三皇書也，而以注杜詩之「濛濛立春雨」，謂其有本，卻可笑。立春日進生菜，是唐典故也。乃杜詩「春日春盤細生菜」，「生」字粘上「細」字，如「憨生」「瘦生」之解方有致，其必按典故乎？

【校記】

[一]改，康熙本作「收」。

[二]趙曄，原誤「趙燁」。趙曄作《吴越春秋》。據《後漢書·趙曄傳》改。

[三]岧岧山上亭，《藝文類聚》（上海古籍出版社一九六五年版）卷二十七人部引文作「遥遥山上亭」，宋郭茂倩《樂府詩集》卷三十作「岧岧山上亭」。

《江西稀見詩話輯刊》編委會

江西稀見詩話輯刊

【第二册】

段曉華　王德保　主編

江西人民出版社
全国百佳出版社

西江詩話

〔清〕裘君弘

段曉華　陸　坤　點校

點校説明

《西江詩話》十二卷，清裘君弘著。

裘君弘（一六七〇—一七四〇），字任遠，號香坡，别號妙貫堂主人，江西新建縣人。年十二爲邑諸生，康熙三十五年（一六九五），二十六歲舉順天鄉試，補教習，其仕途似亦止於此。其人聰穎好學，年十七前往白鹿洞，問學于理學碩儒、詩文大家湯來賀。主要著述於康熙、乾隆年間。劉廷璣稱其「學識端亮，早定京兆賢書，名聞禁中，共推爲天下士」，雖不無溢美之詞，然亦可想見裘氏之才情風采。兹將同治十年刊本《新建縣誌·文苑·裘君弘傳》迻録於下：

> 裘君宏，字任遠。性聰慧，年十二補邑諸生，丙子舉順天秋試，補教習。嘗遊學白鹿洞，山長湯惕庵來賀贈詩云：「子歸應勉旃，竹齋重接武。」竹齋，萬頃别字也。君弘篤志好學，搜輯甚勤，手自編纂，所著《西江詩話》《妙貫堂餘譚》《敬止録》若干卷行世，餘多散佚。子聯桂，舉人，朝邑縣知縣。

裘氏一門爲新建大族，宋朝裘萬頃的後代。五世祖裘衍從王陽明學，在平定宸濠之亂中立功，官至工部都水郎。裘君弘之兄君弼官至刑科給事中，君弼之子裘曰修是乾隆朝治水名臣，充任《永樂大典》《四庫全書》總裁。君弘之子是康熙五十九年（一七二〇）舉人，出任陝西朝邑縣令。政事之外，裘門滿溢書香。裘萬頃與胡桐原、萬澹庵、徐竹堂並稱「四傑」，有《竹齋詩集》。裘衍著《寤歌亭稿》，君弘之弟君引有《不息齋集》，裘曰修有《草草詩存》《春宵囈語》等。裘君弘與羅光春、羅光夏交善，此二子亦能詩、工文字，分别著有《靜寄軒詩集》《聽月樓詩集》。

裘君弘的著述，據其自述與地方志記載，有《江西通志人物補》《妙貫堂餘譚》《恭敬録》《敬止録》《西江雜記》《西江詩話》等，可知的這六部著述均是對江西地方文獻的整理彙編，於鄉邦歷史文化卓有貢獻。其在《西江詩話緣起》中説：「本意呇《通志·人物傳》脱略頗多……欲旁搜博考，輯爲一書，曰《江西通志人物補》……其間遇先輩嘉言懿行有可興起百世者，會心不遠，輒摘而録之，積久成帙……總曰《敬恭録》……至録外所見昔賢撰著及諸家譚筆有及於詩者，則另編之。因思吕舍人江西宗派之説，爲《西江詩話》十二卷，此是書之所由起也。其軼事舊聞不入録，又不關詩者，仍别爲一編，曰《西江雜紀》。」《妙貫堂餘譚》入《四庫全書》「子部雜家類」，分譚史、譚學、譚詩文、清譚、雜譚五個部分以記舊聞，《四庫提要》言其「記鄉人之事爲多」，可知仍是對江西地方人、事、物之輯録。

裘氏諸多著述中，今僅存《西江詩話》與《妙貫堂餘譚》，而《西江詩話》是其對江西詩歌文獻的代表性貢獻。從裘君弘的家族、交遊、著述來看，其人當在詩歌評論上具有較高的眼光，是能詩者，很遺憾，迄今未見有關裘氏詩作的相關記録。裘君弘自言此詩話的編撰是「雜録諸家評録，隨標一二嘉什」，其體例是在詩人生平簡介之後，選録詩人的代表性作品，輯録歷代詩評，大體宋以前諸人多摘自各類詩話，並附有版本考證，以及編者按語，進行評點與闡發。觀其内容，則可以卷五爲節點，早於此的偏重「雜録諸家評録」，晚於此的則「隨標一二嘉什」。

在江西地方詩話發展長河中，《西江詩話》具有舉足輕重的地位，它是較早的一部完全取地域視角的詩話，且有自己的特色。其一，它以人爲目，收録自晉至清的江西籍詩人五百餘人，以詩存人，隻言片語，盡數囊括。而且，只著錄江西籍詩人，這與此前的郭子章《豫章詩話》不同，郭於江西人之外，亦錄僑居寓官於江西者。其二，因爲「不好天竺家言」，又佛門中人「雲水之蹤，四大俱幻」，無從而别其州邑，所以不録釋家之詩。其詩學觀的鮮明特徵是，著意在《西江詩話》中構建一個「泛江西詩派」的譜系。自云：「『江西詩實祖淵明』一語，可作是編總序。」又説：「因思吕舍人江西宗派之説，爲《西江詩話》。」此譜系顯然不以詩風爲限，而以地域爲據，以陶淵明爲核心，涵蓋宋代歐陽修、王安石、黄庭堅、楊萬里，元代虞集，明代湯顯祖、萬時華等大家。在作品選擇中，頗在意收録那些「哀戚之情，形於篇詠」的抒情之作。

《西江詩話》有清康熙四十二年裘氏妙貫堂本，今《續修四庫全書》及《四庫禁燬書叢刊》皆據此本影印。此次校勘以《續修》本爲底本，以《禁燬》本爲校本。雖實是一種，但兩相比對，可以補救影印過程出現的失誤。詩話中所引詩歌則盡可能參校可靠、權威的版本，或古籍，或今標點本，不一而足，力求接近原貌。對於明顯之謬誤，則以校記的形式訂正於各卷之後。若有闕漏，能補者據以善本補全，其不能補全者則置之，均在校記中説明。

段曉華

序

[清]劉廷璣

余弱冠授書，即喜尚論千古人，交遊天下士，而專肄舉子業，恒不能大滿所願。逮通仕籍，佐赤城，守栝蒼，巡温處，簿書期會之暇，以文會友，首以得士爲喜，名士之生於浙者，無不樂從余遊。既而觀察西江，西江襟江帶湖，地靈人傑，下車之日，既卜其必有不世之才挺出其間，足以愜余平生望士之願。久之而卒未得也，間有可與言者，亦道元「四五之間」而已。已而乃得裘子任遠，接其丰采，亭亭獨立，聆其緒論，恂恂如不勝，固知其蘊蓄不凡，當必大有可觀者。旋出其《西江詩話》一編以見示，兼問序焉。余披閱數通，見其搜羅甚富，而詳略有體，增節不冗，而始末畢見。或言無多而其人可嘉者，不以言廢人；或人甚微而其言足録者，不以人廢言，真可以徵文獻之闕而補志乘之漏矣。名曰詩話，顯微闡幽之心也；繫以西江，恭敬桑梓之義也。任遠學識端亮，早定京兆賢書，名聞禁中，共推爲天下士，乃先抗懷忠孝而尚論一國之古人，他日樹幟南宫，鼓吹休明，必能讀書知人而尚論天下之古人，可知矣。《西江詩話》，其全豹之一斑乎？任遠手書云，著述甚多，當次第出之，望爲次第序之。余其摻不律以待，幸早示我，俾得窺全笈，不負余平生望士之願也夫。

康熙四十三年歲在甲申春正月人日，年家眷弟遼海劉廷璣在園氏書

自序

《西江詩話》者何？僕以西江人説西江，如樵者指點峯谷高深，漁者譚蘆花澄淺，皆是自家人説自家話，宜不同於門外漢、隔壁帳也。其中有詩品焉，有詩志焉，有詩釋焉，有補亡焉，有訂謬焉，有類及焉，有源流焉，有異同焉，有辨證焉，統曰詩話者，示不敢僭也。凡晉唐人一卷，兩宋四卷，元一卷，勝國及近人之已故方有待於論定者爲四卷，而以仙道、閨秀二卷附焉，通十二卷。或曰前賢之爲詩話夥矣，大都拈警摘瑕，月旦昔氏，或明體制、記見聞、録異事、正訛誤、資閒譚，未嘗剖符劃域而以地限之也；學人讀書經世，尚當求爲天下之士，無屢屢一鄉一國間，説詩而限以地，得無非私則隘乎？余曰：「唯唯，否否。」昔夫子删詩至十五國而系以地，曰《國風》。説者謂楚獨無風，然《江永》《漢廣》之什見於「二南」；吴亦無風，而季子聘魯，凡列國詩歌，上迄虞夏，皆有論次。江右固吴頭楚尾之區也，編詩話而系西江，意者竊取夫子十五國風之旨，而吴楚二風之補乎？且夫「行邁屢税」，而過其故土則欣；「去國于彼」，而回念鄉井則懷。故「我徂東山」可以教忠，「我心西歸」可以教孝，編《西江詩話》者，隱然有忠孝之思焉。雜纂諸家評録，隨標一二佳什，大段倣《全唐詩話》，而微有不同者：詳爵里出處，考時代先後，名公巨製，連幅不述，人微事渺，隻字必登。凡以徵文獻之闕遺，補志乘之滲漏，總祈無失乎「維桑與梓」之意而已矣。聖天子神奇天縱，萬幾之暇，遊意翰墨，無不空前絶後，超軼萬古。御製詩篇，駕「南薰」「喜起」而上之。西江壤連甌、越，去天稍遠，而皇風昌懋，無遐弗被，當必有温柔惇厚之士作爲雅頌，歌咏功德，以鳴生民未有之盛，而區區不才固非其人也。然而草茅下士，叨列賢書，雅有採輯之志，因裒此編，以附《敬恭録》之後。若云揚派樹幟，欲以張吾西江而自負於「可與言詩」之列也，則吾豈敢？

康熙四十二年歲在癸未嘉平月朔日妙貫堂主人裘君弘書

記西江詩話緣起

本意咎《通志·人物傳》脱略頗多，非所以徵文考獻，備聖朝《大一統志》之採擇也。因不揣弇鄙，欲旁搜博考，輯爲一書，曰《江西通志人物補》。顧其事重大，不敢速成，恐滋「楚則失矣，齊亦未得」之誚。然而翻閲亦已勤矣，搜覽亦頗廣矣。其間，遇先輩嘉言懿行有可興起百世者，會心不遠，輒摘而録之，積久成帙。辛巳冬月，更加編較，又彙其家庭世澤、師友燈薪，與夫人與迹之異代同符、異事同情者，合而傳之，總曰《敬恭録》，取「恭敬桑梓」之義。編首印章鐫「勿愧鄉賢」四字，裒録之意，蓋主乎此，語具自序中。至録外所見昔賢撰著及諸家譚筆有及于詩者，則另編之。因思吕舍人江西宗派之説，爲《西江詩話》十二卷，此是書之所由起也。其軼事舊聞不入録，又不關詩者，仍别爲一編，曰《西江雜紀》云。

編餘隨筆計十三則

三唐間，西江詩人甚少。初則絶無，盛則僅有，中晚始稍稍出矣。然其詩流傳至今又皆無幾，故遇唐人詩，凡余及見者多收録之，不必盡話也。

有其人能詩而詩不傳，或傳矣而余案頭無其詩，無從評騭者，然不可歿也，姑記姓名代貫于左，以俟續編再爲搜入。

凡偶録其詩，每人少者一二首，至多不越十五首。如全篇則標以某題，警句則以「句」字斷之，俱倣《全唐詩話》例。

凡編纂諸家話録，如全段採入者，下注出某書；稍加增節及以愚意貫串其間，槩不别注所出。

吕伯恭《文鑑》五例，其一云：有其文雖不甚佳，而其人賢名微，恐其泯滅，亦編其一二篇者。集中載一二首不甚佳之詩，意蓋祖此。又云：有其文且如此，而衆人以爲佳者。集中載不甚愜意之詩及不甚要緊不甚雋拔之話，意亦祖此。一闡幽潛，一從衆好也。

編止勝國之季，以事久論定故也。間有附及一二近人者，亦必其人已往，始表而出之。現在名公，槩不敢牽入。

編中所録詩人，姓名見于《通志》者十之七，不見者十之三，則知此編補正《通志》脱漏，固非一端也。匪是，則其人之姓名且不聞于鄉里矣，謂此爲無益，可乎？

凡姓名爲《通志》所軼者，即于目録下注「通志未載」四字，以備他日按名更搜考其行實傳之。指唐、宋、元、明諸公，近人不在此例，蓋事久論定，又俟後之君子。

世俗忽近貴遠，甚者忌嫉之心積而爲毁。余故遇同郡同邑諸先輩有一篇一句傳播者，每降格收之，亦欲以懲薄俗云爾，覽者諒焉。

仙、道之後，原有詩僧一卷。屬余平日習聞祖父之訓，雅不好天竺家言，又其雲水之踪，四大俱幻，何從而别其某州某邑乎？是以删之。

是編據所見裒之，深愧纂紀不博矣。俟再搜考爲《西江詩話續編》云。

編中約四百餘家，或曰：西江詩人盡于此乎？余曰「不然」。《全唐詩話》不過三百餘家，而李、杜、高、岑皆不入話，可謂片羽點斑，説者且云：三變梗槩已具見矣。西江一隅，積至四百餘家，其風雅正變，不亦具梗槩于此耶？

西江詩發靈於晉，萌芽於唐，而昌大於宋。宋詩至西江，其風雅葵丘之會乎？然而亦有三變：一盛於歐、王，至豫章而一變；再盛於豫章，至誠齋諸公而又一變。元稱虞、楊、范、揭，顧四家皆出西江，蓋去宋未遠，宗派之遺風未泯故也。若明朝二百餘年，十五國中大都自檜無訓，雖有前後七子及景陵及虞山，然于唐闈宋閾，俱未攔入。西江寧獨不然？特至啓、禎，又當别論矣，氣格有類中晚，而佳什林立，于宋之幟爲殿，于明之瀾爲砥，其世運之衰，詩道之復，意者所以兆國朝文明之盛，而爲元音之先聲乎？西江詩千餘年間，其大槩不過如此。

癸未一之日妙貫堂書

西江詩話　卷一

陶淵明

《陶集》拱璧千載，家有其書，槩不掄入，惟採古今論陶諸則可以與陶詩相發明者，録之如左。

時周續之入廬山，事釋慧遠，彭澤劉遺民亦遯迹匡山，淵明又不應徵命，謂之「潯陽三隱」。後刺史檀韶苦請續之出州，與學士祖企、謝景彛共在城北講禮，加以較讐。所住公廨近于馬隊，故淵明示其詩云：「周生述孔業，祖謝響然臻。馬隊非講肆，校書亦已勤。」出《文選》。

陳善曰：「乍讀淵明詩，頗似枯澹，久又有味。東坡晚年酷好之，謂李杜不及也。」

又曰：「『採菊東籬下，悠然見南山』，採菊之際，無意于山，而景與意會，此淵明得意處。」

又曰：「『藹藹遠人村，依依墟里煙。犬吠深巷中，雞鳴桑樹顛』，當與豳詩《七月》相表裏。」

又曰：「擬古詩難于近似，觀江文通《雜體三十首》，便是淵明具體，叔敖復生。自是以來，作者衆矣。然皆乘漢王之車，據仲尼之坐者也。」

又曰：「山谷嘗謂樂天、子厚俱效淵明作詩，而唯子厚爲近。以予觀之，子厚語近而氣不近，樂天學近而語不近；子厚氣凄愴，樂天語散緩。各得其一，要于淵明未能盡似也。東坡亦嘗和陶百餘篇，自謂不甚愧淵明。然坡詩亦微傷巧，不若陶詩體合自然也。要知淵明詩，須觀文通擬作者，方是逼真。」

又曰：「予每論詩，以淵明、韓、杜諸公皆爲韻勝。一日，見林倅于徑山，夜話及此。林曰：『詩有格有韻，故自不同。如淵明詩是其格高，謝靈運「池塘春草」之句乃其韻勝也。格高似梅花，韻勝似海棠。』予聽之矍然有悟，自此讀詩便覺兩眼如月，盡見古人旨趣，然恐前輩或有所未聞。」

又曰：「學淵明而不至者爲樂天。」以上《捫虱新話》。

黄山谷曰：「睹淵明《責子詩》，想見其人，愷悌慈祥，戲謔可觀也。俗人便謂其子皆不肖而愁歎見于詩，可謂癡人前不得説夢也。」

蘇東坡曰：「吾于詩人無所好，獨好淵明。淵明詩不多，然質而實綺，癯而實腴，自曹、劉、沈、謝、李、杜諸人莫能及也。」

黄山谷曰：「寧律不諧，不使句弱；寧用字不工，不使語俗。此庾開府所長也，至于淵明，則所謂不煩繩削而自合者，要當與一丘一壑者共之耳。」

楊龜山曰：「淵明詩所不可及者，沖澹深邃出于自然，若曾用力學，然後知非着力之所能及也。」

《朱子語録》曰：「淵明詩，人皆説平澹。據某看，他自豪放，但豪放得來不覺耳。其露出本相者，是《詠荆軻》一篇，平澹底人如何説得這様言語出來。」

真西山曰：「淵明之學，正自經術中來，故形于詩，有不可掩。《榮木》之憂，逝水之歎也；《貧士》之詠，簞瓢之樂也。《飲酒》末章有曰『羲黄去我久，舉世少復真。汲汲魯中叟，彌縫使其淳』，淵明之志及此，豈元虚之士可望耶。」

劉後村曰：「陶公如天地間慶雲醴泉，是惟無出，出則爲祥瑞，且饒坡公一人和陶可也。」

許顗曰：「彭澤詩，顔、謝、潘、陸皆不及者，以其平昔所行之事賦之于詩，無一點愧詞，所以能耳。」

士大夫學淵明作詩，往往故爲平澹之語，而不知淵明制作之妙已在其中。如《讀山海經》云「亭亭明玕照，落落清瑶流」，豈無雕琢之功？蓋「明玕」謂竹，「清瑶」謂水，與所謂「紅皺曬檐瓦，黄團繫門衡」者異矣。出《竹坡詩話》。「紅皺」二句，退之《城南聯句》也。

《靖節集》末載：宣和六年，臨溪曾紘謂靖節《讀山海經》詩其一篇云「形夭無千歲，猛志固常在」，疑上下文義不貫，遂按《山海經》有云：「形天，獸名，口銜干戚而舞。」以此句爲「形天舞干戚」，因筆劃相近，五字皆訛。岑穰晁詠之，撫掌稱善。予謂紘説固善，然靖節此題十三篇，大槩篇指一事。如前篇終始記夸父，則此篇恐專説精衛銜木填海，無千歲之壽而猛志常在，化去不悔，若併指刑天，似不相續。又況末句云「徒設在昔心，良晨詎可待」，何預干戚之猛耶？後見周紫芝《竹坡詩話》復襲紘意以爲己説，皆誤矣。出《二老堂詩話》。

靖節《桃花源詩自記》略云：「晉太元中，武陵人捕魚，漁人黄姓，道真名。緣溪行，忽逢桃花林，夾岸數百步，中無雜樹，花草繽紛。甚異之，前窮其源，便得一山。山有小口，髣髴有光，捨船入。初極狹，行數十步，豁然開朗。屋舍儼然，有田池桑竹之屬。雞犬男女，悉如外人。見漁人，乃大驚，要還家，設酒食。村中咸來問訊。自云先世避秦亂，率妻子邑人來此，遂與外人間隔。問今何世，乃不知有漢，無論魏晉。延數日，辭去。語云：『不足爲外人道也。』既出，向路處處誌之。詣太守劉歆説，即遣人隨往。尋向所誌，迷不復得。南陽劉子驥，高士也。聞之，欣然親往，未果，尋病終。後遂無問津者。」東坡曰：「世傳桃源事，多過其實。考淵明所記，止言先世避秦亂來此，則漁人所見似是其子孫，非秦人不死者也。」此論足爲千古定案。然余讀靖節詩，如云「桑竹垂餘蔭」「雞犬互鳴吠。俎豆猶古法，衣裳無新製。童孺縱行歌，班白歡遊詣。草榮識節和，木衰知風厲」，宛然一幅山居圖畫。雖曰避秦人子孫，而踞此洞天勝境，欲不命之爲仙，得乎？

漢魏古詩，氣象混沌，難以句摘。晉以還，方有佳句，如淵明「採菊東籬下」，謝靈運「池塘生春草」之類。謝所以不及陶者，康樂之詩精工，淵明之詩質而自然耳。出《滄浪詩話》。

《西清詩話》載：晁文元家所藏陶詩，有《問來使》一篇云：「爾從山中來，早晚發天目。我屋南山下，今生幾叢菊。薔薇葉已抽，秋蘭氣當馥。歸去來山中，山中酒應熟。」予謂此篇誠佳，然其體製氣象與淵明不類，得非太白逸詩，後人誤取以入陶集耳。出同上。

「春水滿四澤，夏雲多奇峯。秋月揚明輝，冬嶺秀孤松」，此顧長康詩，誤編入陶集中。《歸去來辭》云：「既自以心爲形役，奚惆悵而獨悲。」是此老悟道處，人能用此兩句，出處有餘裕也。二則出《彥周詩話》。

淵明詩「弱女雖非男，慰情良勝無」，樂天詩「衰病四十身，嬌癡三歲女。非男猶勝無，慰情時一撫」，用陶意也。《芥隱筆記》云：「淵明有《責子詩》『雖有五男兒，總不好紙筆』，淵明豈特有女，或者此詩作于未得子之前，容有此理。」愚謂陶詩之意，以弱女雖非男兒，然日嬉戲于膝前，其言笑色態，良慰一切之情，固勝人家之絶無兒女子嬉戲膝前者。蓋憐其弱而好弄耳，非必直以己無男有女而作此慰遣之詞也。不然，五男不爲不多，豈必皆晚舉耶？若香山云云，則真抱伯道之戚，而勉強以中郎自解，雖曰慰情，其爲傷情也深矣。細玩兩詩，一和緩一淒切，語氣故自不同。

梁鍾嶸作《詩品》，以淵明出于應璩，此語不知其所據。璩詩不多見，惟《文選》載其《百一詩》一篇，所謂

「下流不可處，君子慎厥初」者，與陶詩了不相類。五臣注引《文章録》云：「曹爽用事，多違法度。璩作此詩以刺在位，意若百分有補于一者。」淵明正以脱略世故，超然物外爲意，顧區區在位者，何足累其心哉。且此老何嘗有意欲以詩自名，而追取一人而模倣之，此乃當時文士與世競進而爭長者所爲，何期此老之淺，蓋嶸之陋也。出《石林詩話》。

東坡嘗曰：「淵明詩，初看若散緩，熟視有奇句。如『日暮巾柴車，路暗光已夕。歸人望煙火，稚子候檐隙』，又『採菊東籬下，悠然見南山』，又『靄靄遠人村，依依墟里煙。犬吠深巷中，雞鳴桑樹顛』，大率才高意遠，則所寓得其妙，造語精到之至，遂能如此。似大匠運斤，不見斧鑿之痕，不知者困疲精力，至死不悟，而俗人亦謂之佳。如曰『一千里色中秋月，十萬軍聲半夜潮』，又曰『蝴蝶夢中家萬里，子規枝上月三更』，又曰『深秋簾幕千家雨，落日樓臺一笛風』，皆如寒乞相，一覽便盡。初如秀整，熟視無神氣，以其字露也。」東坡作對則不然，如曰「山中老宿依然在，案上楞嚴已不看」之類，更無齟齬之態，細味，對甚的而字不露，此其得淵明之遺意耳。出《冷齋夜話》。

東坡在惠州盡和陶詩，山谷在黔南聞之，作偈曰：「子瞻謫海南，時宰欲殺之。飽喫惠州飯，細和淵明詩。淵明千載人，子瞻百世士。出處故不同，風味亦相似。」

番陽湯文清公漢有《靖節詩注》四卷，以《述酒》一篇爲晉恭帝哀詞。蓋劉裕既受禪，使張偉以毒酒酖帝，偉自飲卒，乃令兵人踰垣進藥，帝不肯飲，以被掩殺之，故哀帝詩託名《述酒》。漢自序云：「陶公詩，精深高妙，測之愈遠，不可漫觀也。」

《靖節集》有數本。七卷，梁蕭統編，以序、傳、顏延之誄載卷首。十卷者，北齊陽休之編，以《五孝傳》《聖賢郡輔録》、序、傳、誄分三卷益之，詩篇次差異。按《隋經籍志》，《潛集》九卷，又云梁有五卷，録一卷；《唐藝文志》，《潛集》五卷；今本皆不與二志同，獨吴氏《西齋目》有《潛集》十卷，疑即休之本也。休之本出宋庠家云。江左舊書，其次第最有倫貫，獨四八目後「八儒」「三墨」二條疑後人妄加。出晁氏《書録》。

明李空同視學江西，得靖節之裔名亨者，使爲九江郡學生。亨因請刻其祖集，空同曰：「刻集必去其注與評。夫青黄者，木災也。太羹之味，豈羣口所嗜哉。夫陶子，知其人者鮮矣，矧惟詩。」于是盡舉注與評而删之，爲八卷，凡八十一板，并序此意于集首云。

周羅睺

字公布，潯陽人。少好狗馬，放蕩任俠。仕陳，爲晉陵太守，進爵侯。嘗持節督豫章，訟獄庭讞不關吏手，百姓懷之。入朝時，參宴席，陳後主曰：「周左率武將，詩每前成，文士何後也？」都官尚書孔範曰：「羅睺執筆製詩，還如上馬入陣，不在人後。」自是益見親禮。及陳亡，以後主手詔，勉強歸隋，固辭爵禄。嘗因朝班調謔，正色折韓擒虎、賀若弼，辭氣慷慨，專對風生，即此大有詩意，固知與權龍褒「夏日嚴霜，明月赤團」之句者迥異矣。武人能詩自來不多見，顧若弼有《贈源雄詩》傳于世，而羅睺詩竟不傳，是又有幸有不幸也，惜哉！若弼贈雄詩云：「交河驃騎幕，合浦伏波營。莫使麒麟上，無我二人名。」

劉眘虛

字全乙，新吴人。開元中舉宏詞，累官崇文館校書。與孟襄陽、王江寧齊名，爲盛唐大詩人。識者評其詩

「情幽興遠，思苦語奇」，可以傑立江表。所居桃源里，刺史吴競高其行，改爲孝弟鄉，以表異之。南唐析建昌、奉新、武寧三縣，沿邊之地，近靖安鎮者置爲靖安縣，桃源里在焉。故胥虚又載《靖安志》。其唐之新吴縣，南唐改爲奉新，至今仍之。

《詩歸》載胥虚詩十四首。鍾伯敬極愛之，謂其用意狠處，全在不肯多，蓋一字去不得。因命林茂之書爲小册，而題其後，有云：「陶公坐高秋，俗士不敢入。不受人去取，孤意先自立。」自謂此君實録。又評云：「詩少而妙，難矣。然難不在陶洗，而在包孕；不在孤嚴，而在深廣。讀胥虚一字一句一篇，若讀數十百篇，隱隱隆隆，其中甚多，吾取此爲少者法。」

《江南曲》云：　美人何蕩漾，湖上風日長。玉手欲有贈，徘徊雙明璫。歌聲隨緑水，怨色起青陽。日暮還家望，雲波横洞房。

《暮秋揚子江寄孟浩然》云：　木葉紛紛下，東南日煙霜。林山相晚暮，天海空青蒼。暝色況復久，秋聲亦何長。孤舟兼微月，獨夜仍越鄉。寒笛對京口，故人在襄陽。詠思勞今夕，江漢遥相望。

《送韓平兼寄郭微》云：　上客夜相過，小童能酤酒。即爲臨水處，正值歸鴈後。前路望鄉山，近家見門柳。到時春未暮，風景自應有。余憶東州人，經年别來久。殷勤爲傳語，日夕念携手。兼問前寄書，書中復達否。

《闕題》云：　道由白雲盡，春與青谿長。時有落花至，遠隨流水香。閒門向山路，深柳讀書堂。幽思每白日，清輝照衣裳。

《寄江滔求孟六遺文》云：　南望襄陽路，思君情轉親。偏知漢水廣，應與孟家鄰。在日貪爲善，昨來聞更貧。相如有遺草，一爲問家人。

《積雪爲小山》云：飛雪伴春還，春庭曉自閒。虚心應任道，遇賞遂成山。峯小形全秀，巖虚勢莫攀。以幽能皎潔，謂近可循環。孤影臨冰鏡，寒光對玉顔。不隨遲日盡，留顧歲華間。伯敬云：「此亦詠物體，有理有趣，其妙可法。」

王季友

豐城人，號雲峯居士。開元登第。博通羣籍，能詩，與杜子美、岑嘉州游。李勉觀察江西，雅敬之，表爲監察御史，歷遷中丞。有詩集一卷。元結《篋中集》載季友詩二首，本集凡七篇，而《篋中》二首不在焉。後鍾、譚《詩歸》益爲十首，不知其一篇又何所搜考也。十首中爲五古者五，七古者四，五言排律者一。鍾伯敬評云：「此公有古骨古心，復有妙舌妙筆。然在盛唐不甚有詩名，爲其少耳。」又云：「七言尤妙，骨色似嘉州，而筆舌鬆妙似過之。」

《滑中贈崔高士瓘》云：夫子保藥命，外身得無咎。日月不能老，化腸爲筋否。十年前見君，甲子過我壽。云何今相逢，華髮在我後。近而知其遠，少見今白首。遥信蓬萊宫，不死世世有。玄石采盈擔，神方秘其肘。問家惟指雲，愛氣常言酒。攝生固如此，履道當不朽。未能太玄同，願亦天地久。實腹以芝朮，賤形仍芻狗。自勉將勉余，良藥在苦口。

《代賀若令譽贈沈千運》云：相逢問姓名亦存，别時無子今有孫。山上雙松長不改，百家惟有三家村。村南村西車馬道，一宿通舟水浩浩。澗中磊磊千里石，河上淤泥種桑麥。平塘塚墓皆我親，滿田主人是舊客。舉聲酸鼻問同年，十人七人歸下泉。分手如何更此地，回頭不語淚潸然。

《宿東谿李十五山亭》云：上山下山入山谷，谿中落日留我宿。松石依依當主人，主人不在意亦足。名花出地兩重階，絶頂平天一小齋。本意由來是山水，何用相逢話舊懷。

《觀于舍人壁畫山水》云：野人宿在人家少，朝見此山謂山曉。半壁仍棲嶺上雲，開簾欲放湖中鳥。獨坐長松是阿誰，再來招手起來遲。于公大笑向予説，小弟丹青能爾爲。譚友夏云：「嘉州詩，稱人爲足下，此詩自稱爲小弟，只如説話，可悟真詩之妙。」

《皇帝移晦日爲中和節》云：皇心不向晦，改節號中和。淑氣同風景，佳名别詠歌。湔裙移舊俗，賜尺下新科。曆象千年正，酺醵四海多。花隨春令發，鳥度艷陽過。天地齊休慶，歡聲欲盪波。

杜詩「丈夫正色動引經，豐城客子王季友。羣書萬卷嘗暗誦，孝經一通看在手」「豫章太守高帝孫，引爲賓客敬頗久」「王也論道阻江湖，李也凝丞曠前後」「吾輩碌碌飽飯行，風后力牧長回首」，其賞慕之如此。豫章太守，指李勉也。

楊志堅

顔魯公爲臨川内史，邑有楊志堅者，嗜學而貧，妻厭之。一日告離，志堅以詩送之曰：「平生志業在琴詩，頭上如今有二絲。漁父尚知谿谷暗，山妻不信出身遲。荆釵任意撩新鬢，明鏡從他别畫眉。今日便同行路客，相逢即是下山時。」妻持詩詣州請牒，求别醮。顔公案其妻曰：「王歡之廩既虚，豈遵黄卷；朱叟之妻必去，寧見錦衣。汙辱鄉閭，敗傷風俗，若無褒貶，僥倖者多。」遂箠之，後無棄其夫者。

按志堅作詩送妻，疑亦放曠不羈之士也。惜志堅他詩不傳，其名爵通志亦未詳，令人氣悶。考《魯公傳》

載：臨川進士楊志堅，能詩，公敬禮之。則志堅已第進士矣。特未審其後曾登顯仕，如買臣之出守會稽否乎？從來婦人女子之見與世俗同，造物每巧爲愧之，以滅交謫之口。常見古今出婦目擊故夫榮貴如買臣者頗多，況志堅如此襟懷，如此嗜學，應非塵埃中人也。姑紀之以俟知者。

陶峴

彭澤孫也。開元末，家昆山。泛遊江湖，自制三舟，與孟彦深、孟雲卿、焦遂共載，吴越之士號爲「水仙」。省親南海，獲崑崙奴，名摩訶，善泅水。至西塞山下，泊舟吉祥佛寺，見江水深黑，謂必有怪物，投劍命摩訶下取。久之，支體磔裂，浮水上。峴流涕回棹，賦詩自敘，不復遊江湖矣。詩云：匡廬舊業是誰主，吴越新居安此生。白髮數莖歸未得，青山一望計還成。鴉翻楓葉夕陽動，鷺立蘆花秋水明。從此捨舟何所詣，酒旗歌扇正相迎。

楊衡

初隱廬山。有盜其文登第者，衡因詣闕，亦登第，見其人，盛怒曰：「『一一鶴聲飛上天』在否？」答曰：「此句知兄最惜，不敢偷。」衡笑曰：「猶可恕也。」

《宿青牛谷》云：隨雲步入青牛谷，青牛道士留我宿。可憐夜久月明中，惟有壇邊一枝竹。

《題花樹》云：都無看花意，偶到樹邊來。可憐枝上色，一一爲愁開。

《哭李象》云：白雞黄犬不將去，寂寞空餘葬時路。草死花開更幾年，後人知是何人墓。憶君思君獨不眠，夜寒月照青楓樹。

衡，元和中與符載俱隱廬山，號「符楊」。《廬山寺》云：千峯白露後，雲壁挂殘燈。曙色海邊月，經聲松下僧。意閒門不閉，年去水空澄。稽首如何問，森羅盡一乘。

熊孺登

《送弟孺復往廬山》詩云：能騎竹馬辨西東，未省煙花暫不同。第一早歸春欲盡，廬山好看過湖風。白樂天《洪州逢孺登》詩云：靖安院裏辛彝下，醉笑狂吟氣最粗。劉夢得《送孺登歸鍾陵》詩云：篋留馬卿賦，袖有劉弘書。

孺登，元和進士，官□[一]川從事，洪州人。以詩名，有詩集一卷。執易，其從姪也。

吴武陵

初名偘，貴溪人。父勔，字弱齡，好學善文，學者稱「潛谷先生」，有文集十卷，柳子厚爲序。武陵登元和第，以文學鳴于時，韓柳皆與之游。子厚嘗稱其正直，而文可與共興西漢文章。又曰：「武陵剛健士也，踴躍其誠，鏗鏘其聲，出而爲詩。」其見許于柳州如此，詳見《柳集》。

幸南容

高安人，貞元進士。與柳子厚同年，子厚送之歸，序曰：「比詞聯韻，奇藻逸發，爛若編貝，燦若貫珠，雖枚生、長卿，無以尚之。」

張　頂

臨川人，隱居不仕。大中間，郡守蔡公遊放生池，禁採捕。忽有乘小舟釣者，使詰之，釣者口授一詩，云：「拋卻長竿捲卻絲，手携蓑笠咏新詩。臨川太守清如鏡，不是漁人下釣時。」蔡曰：「此必張頂也。」亟物色之，不知所往，或傳以爲仙去。

施肩吾

字希聖，吴興人，元和登第。慕豫章西山乃十二真仙羽化之所，因卜隱焉，且以名其詩。有《西山集》五卷，自爲序。今天寶洞西十里，施先生石室尚存。詩集外，著有《羣仙會真記》五卷。

肩吾爲詩奇麗，著《百韻山居詩》，才情富贍。如「荷翻紫蓋摇波面，蒲瑩青刀插水湄」。又「煙粘薜荔龍鬚軟，雨壓芭蕉鳳翅垂」。《全唐詩話》。

又句云：「顛狂楚客歌成雪，媚嫵吴娘笑是鹽。」關中人謂好爲鹽，故隋曲有《疏勒鹽》，唐曲有《突厥鹽》《阿鵲鹽》。

《經吴真君舊宅》云：「古仙煉丹處，不測何歲年。至今空宅暮，時有五色煙。」

《西山靜中吟》云：「重重道氣結成神，玉闕金堂逐日新。若數西山得道者，連余便是十三人。」

黄長孺《跋施真人集後》略云：「右唐《施肩吾集》，其詩無慮五百篇，有自序冠焉。而陳倩所敘纔六十二篇，蓋未嘗見完書也。今合爲一集，以雜筆三篇附于後。」

來　鵬

《寒食山館書情》云：「獨把一杯山館中，每經時節恨飄蓬。侵階草色連朝雨，滿地梨花昨夜風。蜀魄哭來春寂寞，楚囚吟後月朦朧。分明記得還家夢，徐孺宅前湖水東。」此爲南昌人無疑矣，而《通志》不載。僅載：「來鵠，南昌人，有詩才，大中、咸通間名籍甚。」豈即一人，或前後更名，或鵠與鵬訛其偏旁乎？抑或另有一鵬係鵠之兄弟行，而通志偶軼其名乎？詩頗類杜牧、許渾、鄭谷諸公，其爲同時人無疑。特鵠與鵬是一是二，未可知也。姑闕之以俟知者。

鵬又有《鄂渚除夜書懷》云：「鸚鵡洲頭夜泊船，此時形影共淒然。難歸故國干戈後，欲告何人雨雪天。箭撥冷灰書悶字，枕陪寒席帶愁眠。自嗟落魄無成事，明日東風又一年。」「楚囚蜀魄」「故國干戈」等語，想經擾攘之候，其爲晚唐詩人無疑也。詩亦過于酸孅，絶類杜荀鶴，其愁苦之音易爲工乎？又《清明日與友人遊玉粒塘莊》云：「幾宿春山逐陸郎，清明時節好煙光。歸穿細荇船頭滑，醉踏殘花屐齒香。風急嶺雲翻逈野，雨餘田水落方塘。不堪吟罷東回首，滿耳蛙聲正夕陽。」此首便是李義山爲之，亦不能過也。三詩並見《全唐詩話》。

既閱《文獻通考·詩集類》有《來鵬集》一卷，注唐豫章來鵬撰，咸通中舉進士，不第。是南昌確然又有一來鵬，而《通志》未載。蓋江西志乘之脱略闕失也多矣。

來鵠

《通志》載：來鵠，南昌人，爲文師韓、柳，有詩才，大中、咸通間聲籍甚。嘗睹《穆宗實録》，稱帝設史官，執筆庭中，日書起居注，號聖政紀。鵠美其事，作頌云云，以寓規諫。頌文多不録。鵠又著《儉不至説》，云：「剪腐帛而火焚者，嗅得之必驚相詢也；委餘食在地者，見之必惜相讓也。然而家有無用之費，其去焚餘帛、棄餘食亦大相遠矣，而卒無有能驚駭之者，欲無困乏，得乎哉？」其持論如此。

鵠有《古劍池》詩云：「秋水蓮花三四枝，我來慷慨步遲遲。不決浮雲斬邪佞，直成龍去欲何爲。」

袁皓

字退山，宜春人。咸通進士，官集賢殿圖書使，自稱碧池處士。著有《碧池書》三十卷。

皓登第，過岳陽，悦妓蘂珠，以詩寄嚴使君，曰：「得意東歸過岳陽，桂枝香惹蘂珠香。也知暮雨生巫峽，爭奈朝雲屬楚王。萬恨只憑期尅手，寸心唯繫別離腸。南亭宴罷笙歌散，回首煙波路渺茫。」嚴以妓贈之。

皓《歸宜春寄朝中知己十四韻》云：「水香甘似醴，知已入袁溪。黄竹成叢密，青蘿夾岸低。緩流鸂鶒戲，深樹鷓鴣啼。黄犬驚迎客，青牛困臥泥。有村皆績紡，無地不耕犁。鄉曲多耆舊，逢迎盡杖藜。殷勤供白酒，相勸有黄雞。歸老官知忝，還鄉路不迷。直言干忌諱，權路耻依棲。拙學趨時態，閒思與牧齊。稻粱饒燕雀，江海溢鳧鷖。昔共逢離亂，今來息鼓鼙。火鼠重燒布，水蠶乍吐絲。直須天上手，裁得領巾披。」

盧　肇族子邈

字子發，宜春人。兒時謁邑令盧萼，奇之，曰：「子異日當有聞。」肇益力學。會昌中，擢進士第一。初肇之未舉也，李文饒謫州長史，殊遇肇。後肇應進士，文饒入相，見其至，喜曰：「吾喜爲金榜得狀元矣。」肇與邑人黄頗同日赴舉，頗富而肇貧，郡牧餞頗離亭，肇駐蹇十里以俟。明年，肇以狀元還袁，因競渡，即席賦詩云：「向道是龍剛不信，果然奪得錦標歸。」太守有慚色。

頗字無頗，韓昌黎爲刺史，頗師其文章，亦振大名。與肇素不相下，嘗觀肇爲碑版，則唾之而去，久方第。《摭言》曰：「黄頗以洪奥文章蹉跎者一十三載，劉纂以平漫子弟而折丹桂。由斯言之，可謂命能通性，豈曰性能通命者。」《摭言》十五卷，唐末南昌王定保翊聖著。

族子邈，景福進士，嘗獻迴文詩二百首。迴文之富，宜莫踰此，惜其詩不傳。

今宜春學宫即肇故宅，中有洗硯池，産緑毛龜。相傳昔時數龜遊池上，其年與計偕者多高薦。

開成初，肇就江西解試，爲試官末送，肇有啓謝云：「巨鼇屭贔，首冠蓬山。」試官曰：「昨恨人數擠排，深慙名第奉浼，何云首冠？」肇曰：「頑石處上，巨鼇戴之，豈非首冠？」

任　濤

高安人，咸通進士。性慧超羣，詩名早著。常侍隮觀察江西，聞其詩有「露溥沙鶴起，人臥釣船流」之句，特免其役。鄉民有援例訟之者，隮大書判云：「江西界内如有詩似濤者，並與免役。」卒莫敢應。

裴式微

餘干人，竇應間隱居琵琶洲，有東齋十二楹。時劉長卿謫居餘干，與姜濬數過之，觴咏盡歡，長卿爲賦《東齋詩》。

鄭谷

字守愚，宜春人，光啓三年進士。七歲能詩，穎悟絶倫。父史，永州刺史，與司空圖同院。圖一見谷，奇之，撫背曰：「當爲一代風騷主。」後官都官郎中，詩名甚盛，一時傳諷，號曰「鄭都官詩」而弗名也。自敘云：「故許昌薛尚書能爲都官郎中，後數年建州李員外自憲府内彈拜都官員外，皆一時騷雅宗師，都官之曹，振盛于此。余早受知，今忝此官，復是正秩，何以相繼前賢耶！」谷詩有《雲臺編》三卷，以其扈從華山下，居雲臺觀所編，故名。又有《宜陽外編》一卷。谷嘗詠《鷓鴣詩》，尤工，人號「鄭鷓鴣」。

《蜀中海棠》云：「濃澹方春滿蜀鄉，半隨風雨斷鶯腸。浣花溪上堪惆悵，子美無情爲發揚。」

《十日菊》云：「節去蜂愁蝶不知，曉庭還繞折殘枝。自緣今日人心別，未必秋香一夜衰。」

《偶題》云：「一卷疏蕪一百篇，名成未敢便忘筌。何如海日生殘夜，一句能令萬古傳。」

《題杭州樟亭》云：「故國江天外，登臨返照間。潮平無別浦，木落見他山。沙鳥晴飛遠，漁人夜唱閒。歲窮歸未得，心逐片帆還。」

《石門山泉》云：「一脉清泠任所之，縈莎漱蘚入空池。云邊野客窮來處，石上寒猿見落時。聚沫繞槎殘雪在，迸流穿樹墮花隨。煙春雨晚閒吟去，不復遥尋星子陂。」

《感興》云：「禾黍不陽豔，競栽桃李春。翻令力耕者，半作賣花人。」「相看臨遠水，獨自上孤舟」句，「春陰妨柳絮，月黑見梨花」句，「情多最恨花無語，愁破方知酒有權」句，「關東多事日，天末未歸心」句，「捲卷斜陽裏，看山落木中」句，「兩浙尋山遍，孤舟帶鶴歸」句，「長安一夜殘春雨，右省三年老拾遺」句，「班趨黄道急，殿揖紫宸深」句。

谷與同時張喬、許棠、張蠙、喻坦之等齊名，號「十哲」。《贈高蟾》詩云：「張生故國三千里，知者惟應杜紫微。君有君恩秋後葉，可能更羨謝玄暉。」蓋蟾有《宫詞》「君恩秋後葉，日日向人疏」最爲時所傳誦。

《雪》詩云：「江上晚來堪畫處，漁人披得一簑歸。」見者以爲奇絶。「睡輕可忍風敲竹，飲散那堪月在花」句，「亂飄僧舍茶煙濕，密洒歌樓酒力微」咏雪句。

谷嘗有句云「愛僧不愛紫衣僧」。宋初釋贊寧者能辭辯，一日與數僧街行，遇文士安鴻漸，安好調謔，指而嘲曰：「鄭都官不愛之徒，時時作隊。」寧應聲曰：「秦始皇未坑之輩，往往成羣。」時皆善其捷對。

文秀，唐末詩僧也，與谷往還甚契。谷有《喜秀上人相訪》詩云：「他夜松堂宿，論詩更入微。」又《次韻秀上人長安寺居言懷》云：「舊齋松老别多年，香社人稀喪亂間。出寺只如趨内殿，閉門長似在深山。」又《重訪秀上人》云：「展畫長懷吴寺殿，宜茶偏賞霅溪泉。」又《寄題詩僧秀公》云：「靈一心傳清塞心，可公吟後楚公吟。近來雅道相親少，唯仰吾師所得深。好句未停無暇日，舊山歸老有東林。吟曹孤宦甘寥落，多謝携筇數訪尋。」又《送秀遊五臺》云：「内殿評詩切，身回心未回。」蓋秀南僧而居長安，多以詩文應制故也。

《送進士盧棨東歸》云：「灞岸草萋萋，離觴我獨携。流年俱老大，失意又東西。曉楚山雲滿，春吴水樹低。到家梅雨歇，猶有子規啼。」

《送顔明經及第東歸》云：「平楚干戈後，田園失耦耕。艱難登一第，離亂省諸兄。樹没春江氣，人繁野渡晴。閒來思學館，猶夢雪牕明。」

《淮上漁者》云：「白頭波上白頭翁，家逐船移浦浦風。一尺鱸魚新釣得，兒孫吹火荻花中。」

「天澹滄浪晚，風吹蘭杜秋」句，「樹頭雲垂野，檣稀月滿湖」句，「風高羣木落，夜久數星流」句，「煙舟撑晚瀨，雨屐翦春蔬」句。

《送許彬罷舉詩》有云：「吾子雖言命，鄉人懶讀書。」此語煞有味，蓋懷才績學者不第，則俗情冀倖者必多，無復沉思好古，以應國家之求，而風俗人心，因以大壞，可歎也！然則蔽賢種謬之罪，可容誅哉！

「昔年共照松溪影，松折碑荒僧已無。今日還思錦城事，雪消花謝夢何如。」谷詩也，《滄浪詩話》謂之扇對體，又謂之隔句對。

孫　魴

潤州金山寺，張祐、孫魴留詩爲第一篇，山居大江中，迥然孤秀，詩意難盡。羅隱云：「老僧齋罷關門睡，不管波濤四面生。」孫生句云：「結宇孤峯上，安禪巨浪間。」又曰：「萬古波心寺，金山名日新。天多剩得月，地少不生塵。過櫓妨僧定，驚濤濺佛身。誰言張處士，題後更無人。」魴《夜坐》句云：「劃多灰漸冷，坐久席成痕。」沈彬曰：「此田舍翁火爐頭作爾。」魴，南昌人。唐末，鄭谷避亂歸宜春，魴往依之，頗爲誘掖。後有能詩聲，終于南唐。魴父，畫工也。王徹爲中書舍人，草魴誥詞云：「李陵橋上，不吟取次之詩；顧凱筆頭，豈盡尋常之物。」鲂恨之。出《全唐詩話》。

廖融

字元素，虔化人今寧都縣。唐末隱南嶽，與逸人任鵠、凌蟾、王正己、王元共結吟社，自號「衡山居士」。

王貞白

字有道，上饒人。乾寧進士，授秘書郎。隱居教授，以道學自任，四方學者多師之。其詩有《靈溪集》七卷，自爲序，永豐人有藏者，洪景盧得而梓之，行于世。

《題嚴陵釣臺》云：「山色四時碧，溪光七里清。嚴陵愛此景，下視漢公卿。垂釣月初上，放歌風正輕。應憐渭濱叟，匡國衹論兵。」

「晝煙籠澗黑，殘雪隔林明」句。

廖光圖

字贊禹，虔化人，文學博贍，爲時輩所服。南唐時，湖南馬氏辟幕下，奏天册府學士，以翰藻知名。正圖、匡圖，其兄弟行也，俱有詩集。匡圖爲湖南從事，官至刺史。

廖凝

字熙績，虔化人。十歲詠白云「滿汀鷗不散，一局黑全輸」，咸驚異之。後仕南唐，至刺史，與昇平相李建勳爲詩友，有集行世。

凝居官極廉，嘗任彭澤令，作詩云：「風清閣竹留僧宿，雨濕庭莎放吏衙。」及解印，又有詩云：「五斗徒勞自折腰，三年兩鬢爲誰焦。今朝官滿重歸去，還挈來時舊酒瓢。」時人以爲實録。

陳陶

字嵩伯，劍浦人，晁氏以爲鄱陽人。性沉毅，博學善屬文，聲詩曆象，無不精究。昇元中，隱西山在今新建縣，自號「三教布衣」。宋齊丘鎮洪州，招之，不出，或傳以爲得仙去。有詩文集十卷。

嵩伯隱西山，嚴譔守郡，遣妓蓮花試之，竟夕不納。獻詩云：「蓮花爲號玉爲腮，珍重尚書遣妾來。處士不生巫峽夢，空勞雲雨下陽臺。」嵩伯答云：「近來詩思清于水，老去風情薄似雲。已向昇天得門户，錦衾深愧卓文君。」

《香城寺》云：「千地巖宫禮竺皇，旃檀樓閣半天香。祇園樹老梵聲小，雪嶺花深燈影長。霄漢落泉供月界，蓬壺靈鳥待雲房。何年七七真人降，金錫珠壇滿上方。」

《鍾陵秋夜》云：「洪崖嶺上秋月明，野客枕底章江清。蓬壺宫闕不可夢，一一入樓歸雁聲。」

明季，邑人陳弘緒《刻陶詩集書後》曰：「吾邑香城寺西有嵩伯讀書堂，予讀《英華類選》諸編，得陶詩頗多，手録一帙，欲共施希聖雜韻合梓，題曰《西山二隱》，尚苦搜羅未廣。甲申秋杪，偶過故書店，張氏有費君閶如唐雅刻《陶詩》四十餘葉，合之前録，幾已無遺。獨希聖存稿寥寥，遂以此集先授剞劂。晚唐佳處在于纖巧俊逸，而或失之堆積濃艷，令人迷悶不可耐。温庭筠有其妙，亦有其累，其累之尤者莫如陶。然遇其瑰響驟發，傑思突來，如《雞鳴曲》《隴西行》諸篇，亦千古絶調也。空山流水，日把其詩吟詠，如見其人于古松頽石之間，何知紅塵十丈。」

陶築室西山，以詩酒爲事。會齊丘出鎮，陶不爲屈而齊丘亦不之薦。陶作詩自詠曰：「一顧成周力有餘，白雲閒釣五溪魚。中原莫道無麟鳳，自是皇家結網疏。」

陶少與水部郎任琬善，嘗以詩遺之，云：「好向明朝薦遺逸，莫教千古弔靈均。」後一意修煉，西山産藥物數十種，陶採而餌之。有詩云：「乾坤見了文章懶，龍虎成來印綬疏。」又云：「長愛仙人王子喬，五松山月半吹簫。任他浮世悲生死，獨駕蒼龍入九霄。」又《題徐亭》云：「伏龍山横洲渚地，人如白蘋自生死。洪崖成道二千年，惟有徐君播青史。」又作《仙人詩》二絶云「小仙皆云十洲客，莓苔爲衣雙耳白。清編遺我忽隱身，暮雲紅霞一千尺。」一；「赤城門開六丁直，曉日已紅東海色。朝天半路聞玉雞，星斗離離礙龍翼。」二。宋開寶中，洪州嘗有一叟，角髪披褐，與老媪貨藥于市，獲錢市鮓對飲，旁若無人。既醉行，舞而歌曰：「藍採和，藍採和，塵世紛紛事更多。爭如賣藥沽酒飲，歸去洪崖拍手歌。」或識以爲嵩伯夫婦云。

「秋山落照見麋鹿，南國異花開雪霜」《鍾陵道中》，「可憐無定河邊骨，猶是春閨夢裏人」《隴西行》。

沈　彬

字子美，一云字子文，高安人。天性狂逸，好神仙事。少孤，西遊，以三舉爲約。嘗夢着錦衣貼月而飛，識者謂雖有虛名，不入月矣，果終不第。《洪州解至長安初舉納省卷夢仙謡》云：「玉殿大開從客入，金桃爛熟没人偷。鳳驚寶扇頻翻翅，龍悟金鞭忽轉頭。」第二舉，《憶仙謡》云：「白榆風颯九天秋，王母朝回宴玉樓。日月漸長雙鳳睡，桑田欲變六鰲愁。雲翻簫管相隨去，星觸旌幢各自流。詩酒近來狂不得，騎龍却憶上仙遊。」第三舉，《納省卷贈劉象爲首》云：「曾應大中天子舉，四朝風月鬢蕭疏。不隨世祖重携劍，卻爲文皇再讀書。十載戰塵銷舊業，滿城風雨壞貧居。一枝何事于君惜，仙桂年年幸有餘。」時象孤寒，三十，舉無成。主司覽彬詩，其年，特放象及第。乾符中，彬南遊過吴，知先主欲伐楊氏，獻《山水圖詩》云：「須知手筆安排定，不怕山河整頓難。」覽而喜之。保大中，以吏部侍郎致仕，退居高安。臨終自指葬處，家人穴之，乃空塚，石磴上有漆燈一盞，壙頭有銅碑鐫篆文云：「佳城今已開，雖開不葬埋。漆燈猶未滅，留待沈彬來。」

彬詩集一卷，中有與韋莊、杜光庭、貫休詩，三人唐末皆在蜀，疑其同時避亂，嘗入蜀云。所上《山水圖詩》亦在集中。

時僖宗方幸成都，四方多事，故彬詩云：「九衢冠蓋暗爭路，四海干戈多異心。」

《塞下曲》云：「塞葉聲悲秋欲霜，寒山數點下牛羊。映霞旅鴈隨疏雨，向磧行人帶夕陽。邊騎不來沙路失，國恩深後海城荒。漠庭向化新成長，猶自千回問漢王。」

詩僧卿雲《長安言懷寄沈彬侍郎》云：「故園黎嶺下，歸路接天涯。生作長安草，勝爲邊地花。鴈南飛不到，書北寄來賒。堪羨神仙客，青雲早致家。」

彬子麟，學道玉笥山，常衣單褐，風雪不易，嗜酒賦詩，自號「沈道者」。一日，詣縣宰，戲之曰：「沈道者何日道成乎？」作詩云：「何須問我道成時，紫府青都自有期。手握藥苗人不識，體含仙骨俗爭知。」

宋齊丘

《西溪叢語》云：「紹興壬子夏，侍先公駐軍建康，寓保寧寺，登鳳凰臺，有小碑在亭上，云：『五言三十韻詩一首，題鳳臺山亭子，陳獻司空，鄉貢進士宋齊丘上。嵯峨壓洪泉，岝峉撐碧落。宜哉秦始皇，不驅亦不鑿。上有布政臺，八顧皆城郭。山蹙龍虎健，水黑螭蜃作。白虹欲吞人，赤驥相搏擽。畫棟泥金碧，石路盤嶢埆。倒挂哭月猿，危立思天鶴。鑿池養蛟龍，栽桐栖鸑鷟。梁間燕教雛，石罅蛇懸殼。養花如養賢，去草如去惡。日晚嚴城鼓，風來蕭寺鐸。掃地驅塵埃，剪蒿除鳥鵲。金桃帶葉摘，緑李和皮嚼。貞竹無盛衰，媚柳先揺落。塵飛景陽井，草合臨春閣。芙蓉如佳人，回首似調謔。當軒有直道，無人肯駐腳。夜半鼠窸窣，天陰鬼敲椓。松枯不易立，石醜難安着。自憐啄木鳥，去蠹終不錯。晚風吹梧桐，樹頭鳴嚗嚗。峨峨江令石，青苔何澹薄。不話興亡事，舉首思渺邈。吁哉未到此，褊劣同尺蠖。籠鶴羨鳧毛，猛虎愛蝸角。一日賢太守，與我觀橐籥。往往獨自語，天帝相唯諾。風雲偶不來，寰宇銷一略。我欲烹長鯨，四海爲鼎鑊；我欲取大鵬，天地爲繒繳。安得長羽翰，雄飛上寥廓。』後題云：『前朝天祐八年二月二十一日題，後唐昇元三年二月八日奉敕勒石，具官王紹顔奉敕書，具官王仁壽鐫，大宋治平四年九月望日重摹上石。』後數月，一夕風雨，亭頹石裂。考先主舊名知誥，爲徐溫養子，以天祐九年遷昇州刺史。饒洞天薦齊丘于先主，齊丘困逆旅，鄰娼魏氏女竊賂遺數緡，獲備管幅，遂克投贄。一見先主，賓以國士。今觀《題鳳臺山亭子詩》，陳獻司空乃鄉貢進士時，豈當投贄之時乎？後題天祐八年，恐記事者差一年也。」

齊丘字子嵩，袁州萬載人。少孤好學，善屬文。所題《鳳臺亭子詩》古秀蒼勁，儘有可觀，而不爲宋諸公所稱，豈以其事偏安之主，故鄙而不屑道耶？「養花如養賢，去草如去惡」，二語殊有意味，宰相藴藉已見于此，不可以小國之佐而遂并廢其言也。

齊丘相江南二世，嘗獻《鳳凰臺詩》，中有「我欲烹長鯨，四海爲鼎鑊。我欲羅鳳凰，天地爲繒繳」之句，皆欲諷其跋扈也。而主終不聽，不得意，上表乞歸九華。其略云：「千秋載籍，願爲知足之人；九朵峯巒，永作乞骸之客。」出《湘山野録》。此載齊丘獻詩前後之間，與西溪所論不同，故並録之。然考亭碑所紀，似當以西溪之言爲確。

齊丘著有《化書》六卷，語多宗黄、老。張文潛嘗題其後，謂其文章頗高簡可喜。

伍喬

廬江郡潯陽人，即今德化縣也。讀書廬山國學，苦節自勵。一夕，見人掌自牖入，中有「讀易」二字，因取《易》探頤索隱。一浮屠夜夢視天，一大星芒色甚異，旁有人語曰：「此伍喬星也。」覺而訪之，厚其貲，使入金陵春試，畫《八卦賦》，舉進士第一。南唐故事，中選者，主司必延之陛堂，勞以酒。先已得宋貞觀，俄又得張洎。就坐矣，繼得喬文，主司驚歎，乃徙貞觀、洎席居之。覆試，遂領狀頭。元宗勒其文于石，以爲永式。官考功郎，後歸宋，著有詩集一卷。

《晚秋同何秀才溪上》云：「閒步秋光思杳然，荷藜因共過林煙。期收野藥尋幽路，欲採溪菱上小船。雲吐晚陰藏霽岫，柳含餘靄咽殘蟬。倒尊盡日忘歸處，山磬數聲敲暝天。」

樂史

字子正，崇仁人。南唐進士，復登宋甲科，轉都官員外郎。編纂最富，所著書近千卷，詔藏秘閣。子四，皆第進士，顯于時。

《鍾山寺》詩云：「千峯夾一徑，一徑花枕泉。聽泉復看花，行到鍾山前。古寺雲生屋，高僧月伴禪。自慚留一宿，匹馬又朝天。」史家池傍有巨蟒，鱗甲爪距如金。一日，風雨大作，化龍去，即史登科日也，因名其池曰「化龍」云。

丘昶

字孟陽，貴溪人。南唐進士，歸宋，官太子中舍。敘唐以來詩賦源流，爲《賓朋宴語》三卷，天禧辛酉鄧賀爲序。

【校記】

［一］此處原文剷闕。

西江詩話　卷二

歐陽修

廬陵詩天分既高，而又于古人無所不熟，故能具體百氏，自成一家。或曰學昌黎，或曰愛太白，或曰不甚喜杜，或又曰猶有國初唐人風氣，能變文格而不能變詩格，皆非深于知公詩者也。公詩字字珠璣，篇篇錦繡，如昔人所論杜詩，無可揀汰，亦無可稱贊。故倣卷首陶詩例，槩不遴入全篇，而但採諸家論評及詩話故事有可以與公詩相發明者，録之如左。荆公、山谷諸家倣此。

王荆公編工部、昌黎、太白及公爲《四家詩集》，而以公居太白上，公詩在當時已有定評如此。然荆公最深于詩，當必確有所見，非泛然作推崇語已也。荆公云：「近代詩人無出歐公右者，如『行人仰頭飛鳥驚』之句，亦有佳趣，第人不解耳。」

歐陽公詩，始矯崑體，專以氣格爲主，故其言多平易疏暢。律詩意所到處，雖語有不倫，亦不復問，而學之者往往遂失真，傾囷倒廩，無復餘地。然公詩好處，豈專在此。如《崇徽公主手痕》詩「玉顔自惜爲身累，食肉何人與國謀」，此自是兩段大議論，而抑揚曲折發見于七字之中，婉麗雄勝，字字不失相對，雖崑體之工者亦未易比。言意所會，要當如是，乃爲至到。出《石林詩話》。

毘陵張子厚善書，葉夢得嘗于其家見文忠公子棐以烏絲欄絹一軸求書文忠《明妃曲》兩篇、《廬山高》一篇。略云：「先公平日未嘗矜大所爲文。一日，被酒語棐曰：『吾《廬山高》，今人莫能爲，唯太白能之。《明妃曲》後篇，太白不能爲，唯子美能之。至於前篇則子美亦不能爲，唯吾能之也。』因欲別録此三篇也。」

按：叔弼棐字述公此語，分明以杜在李上。又公嘗稱賞陳舍人從易詩，謂陳偶得《杜集》舊本，至《送蔡都尉》詩云「身輕一鳥」，其下脱一字。與數客擬議，各用一字補之，後質善本，皆不是，因歎一字後人亦不能到。其傾服子美如此，則知昔人有謂公不喜杜詩者，其説殊誤。

公對人不言文章，而喜譚政事。叔弼謂公平日未嘗矜大所爲文，良然。然公酒後語子，唯自道其詩篇之佳，至于突過古人，可見公生平爲詩有極得意處，人固不知，亦非他人所能知也。余僭評公詩爲「縱横百氏，自成一家」，語或非妄。公退守汝陰，嘗于聚星堂與客賦雪，禁用體物諸字，如玉樓、銀海、花月、風雲之類，號「白戰體」，客多閣筆不能下。

《六一詩話》一帙，亦公在汝陰時，集以資閒譚也。

公素出杜正獻公門，杜自少清癯，年過四十，髭髪盡白，雖立朝孤峻，而不爲奇節危行。晚謝事居宋，歐公適來爲守，相與歡甚，賦詩唱酬。是時年已八十，然憂國之意猶慷慨不已，每見于色。歐公嘗和詩，有云：「貌先年老因憂國，事與心違始乞身。」正獻得之大喜，常自諷誦。時謂歐公之詩善于寫照，不惟曲盡其志，雖其神貌亦在阿堵中也。

公謫永陽，聞倅杜彬善琵琶，酒間取之，正色盛氣而謝不能，公亦不復強也。後杜置酒數行，遽起還内，微聞絲聲，且作且止而漸近，久之抱器出，手不絶彈，盡暮而罷。公喜過望，故詩云：「座中醉客誰最賢，杜彬琵琵皮作絃，自從彬死世莫傳。」皮絃，世未有也。出《後山詩話》。

王禹玉，公門生也，同在翰林，世以爲盛事，故詩云：「當年叨入武成宮，曾看揮毫氣吐虹。夢寐閒思十年事，笑談今此一樽同。喜君新賜黃金帶，顧我今爲白髮翁。」

故事，立春進詩帖子，會温成皇后薨，閣虛不進。忽有旨亦令進，公方經營，禹玉口占，便寫曰：「昔聞海上有三山，煙鎖樓臺日月閒。花似玉容長不老，只應春色勝人間。」公喜其敏，故有「揮毫吐虹」之句。

常建《破山寺後院》詩「竹徑通幽處，禪房花木深」，歐公愛之，每以語客，曰：「古人工爲發端，心雖曉之，而才莫逮。欲倣此爲一聯，終莫之能。」釋惠洪嘗云：「以公之才，而謂不能詩，蓋未易識也。」

陳善曰：「退之與東野爲詩友，近歐陽公復得梅聖俞，謂此事比肩韓、孟。故公詩云『猶喜共量天下事，亦勝東野亦勝韓』。」

又曰：「公嘗言：『古詩中，時作一兩聯屬對，尤見工夫。』觀公《内制集序》云：『若夫涼竹簟之暑風，曝茆檐之冬日，睡餘支枕，念昔平生，顧瞻玉堂，如在天上。』乃知公不獨用之于詩也。」

公于同時最重梅聖俞、蘇子美二家詩，稱曰「蘇梅」。「子美筆力豪雋超橫，喜爲健句；而聖俞覃思精微，以深遠閑澹爲意。」公有《水谷夜行》詩，備述其體，云：「子美氣尤雄，萬竅號一噫。有時肆顛狂，醉墨灑滂霈。譬如千里馬，已發不可殺。盈前盡珠璣，一一難揀汰。梅翁事清切，石齒漱寒瀨。作詩三十年，視我猶後輩。文辭愈精新，心意雖老大。有如妖韶女，老自有餘態。近詩尤古硬，咀嚼苦難嘬。又如食橄欖，真味久愈在。蘇豪以氣轢，舉世徒驚駭。梅窮獨我知，古貨今難賣。」可謂曲盡二家之妙，非深于知詩而又虛懷獎善者，不能爲此言也。

石介作《三豪詩》曰：「曼卿豪于詩，杜默豪于歌，永叔豪于文。」識者謂默之歌豈可與公比，而公有贈默詩云：「贈之三豪篇，而我濫一名。」不以爲誚者，此公惡爭名且爲介諱也。由此觀之，公詩不特精到，而意更謙厚如此。

許顗曰：「歐陽公《重讀徂崍集》詩，英辯超然，能破萬古毀譽；食曹氏詩，忠厚愛人，可爲世訓。」又曰：「《會老堂口號》『金馬玉堂三學士，清風明月兩閒人』，初謂『清風明月』古通用語。後讀《南史·謝譓傳》曰：『入吾室者，但有清風；對吾飲者，惟當明月。』歐公文章，故優詞，亦精緻如此。」

閩人謝伯初以詩知名，公謫夷陵時，方爲許州法曹，以長韻寄公，頗多佳句，詩云：「江流作險似瞿塘，滿峽猿聲斷旅腸。萬里可憐人謫宦，經年應合鬢成霜。長官衫色江波緑，學士文華蜀錦張。異域化爲儒雅俗，遠民爭識校讎郎。才如夢得多爲累，情似安仁久悼亡。下國難留金馬客，新詩傳與竹枝娘。典詞懸待修青史，諫草當來集皂囊。莫謂明時暫遷謫，便將纓足濯滄浪。」公常喜誦之，其「長官」一聯，尤爲公所賞，答云：「參軍春思亂如雲，白髮題詩愁送春。」蓋因伯初有「多情未老已白髮，野思到春如亂雲」之句，故以此戲之也。後伯初以窮卒，家亦流落。公尤憫其詩不見于世，晚乃録此篇于詩話中，謂其人不幸既可哀，其詩淪棄亦可惜。蓋去贈詩時已三十五年矣，猶惓惓不忘若此，公之憐才念舊爲何如耶！

韓文公嘗作《赤藤杖歌》云：「赤藤爲杖世未窺，臺郎始携自滇池。共傳須神出水獻，赤龍拔鬚血淋漓。」又云：「羲和操火鞭，暝到西極垂。」所遺此歌，窮極物理。歐公遂每效其體作《凌溪大石》云：「山經地志不可究，遂令異説爭紛紜。皆云女媧初煅煉，融結一氣凝精純。仰觀蒼蒼補其缺，染此紺碧瑩且温。或疑古者燧人氏，鑽以出火爲炮燔。苟非聖人親手跡，不爾孔穴誰雕剜。又云漢使把漢節，西北萬里窮崑崙。行經于闐得寶玉，流入中國隨河源。沙磨水激自穿穴，所以鐫鑿無瑕痕。」觀其立意，故欲追仿韓作，然頗覺煩冗，不及韓歌爲渾成爾。公又有《石篆》詩云：「我疑此字非筆墨，又疑人力非能爲。始從天地胚胎判，元氣結此高崔巍。當時野鳥踏山石，萬古遺跡于蒼崖。山祇不與人屢見，每吐雲霧深藏埋。」《紫石硯屏歌》云：「月從海底來，行向天東南。正當天中時，下照萬丈潭。潭中無風月不動，倒影射入紫石巖。月光水潔石瑩净，感此陰魄來中潛。自從月入此石中，天上兩曜分爲三。」公又嘗作《吴學士石屏歌》云：「吾嗟人愚不見天地造物之初難〔一〕，乃云萬物生自然。豈知鐫鑿刻劃醜與姸，千狀萬態不可殫，神愁鬼泣日夜不得閒。」此三篇亦前詩意也，其法蓋出于退之。《捫蝨新話》。

張芸叟評歐詩如「春服乍成，緑酒既釃。登山臨水，竟日忘歸」。

公晚年取生平詩文自爲編次，往往一篇至數十過，有累日去取不能决者。一夕大寒，至夜分，薛夫人從旁語曰：「寒甚，當早睡，胡不自愛？此己所作，安用再三閲，寧畏先生嗔耶？」公徐笑曰：「吾正畏先生嗔耳。」《居士集》，公手所定也。

歐公詩云：「玉勒爭門隨仗入，牙牌當殿報班齊。」或疑其不然。今朝殿爭門者，往往隨仗而入，及在廷排立既定，駕將御殿，閤門持牙牌，刻『班齊』二字，候班齊，小黄門接入。上先坐後幄，黄門復出揚聲云：「人齊未？」行門當頭者應云：「人齊。」上即起，方轉照壁，衛士即鳴鞭。然此乃是駕出時，常日則不同。出《二老堂詩話》。

往時青幕之子婦，妓也。善爲詩詞，同府以詞挑之，妓答曰：「清詞麗句，永叔、子瞻曾獨步，似恁文章，寫得出來當甚強。」出《後山詩話》。

「山色有無中」，王維詩也，歐公《平山堂》詞用此一句，東坡愛之，作《水調歌頭》乃云：「認取醉翁語，山色有無中。」

《試筆》公隨意所寫云：「余嘗愛唐人詩『雞聲茆店月，人跡板橋霜』，則天寒歲暮，風凄木落，羈旅之愁，如身履之。至其『野塘春水慢，花塢夕陽遲』，則風酣日煦，萬物駘蕩，天人之意，相與融怡，讀之便覺欣然感發，謂此四句可以坐變寒暑。詩之爲巧，猶畫工小筆爾。以此知文章與造化爭巧可也。」

又云：「作詩須多誦古今人詩，不獨詩爾，其他文字皆然。」

馬廷鸞曰：「歐公《日本刀歌》云：『傳聞其國居大海，土壤沃饒風俗好。前朝貢獻屢往來，士人往往工詞藻。徐福行時書未焚，逸書百篇今尚存。令嚴不許傳中國，舉世無人識古文。先王大典藏蠻貊，蒼波浩蕩無通津。令人感激坐流涕，繡澀短刀何足云。』詳此詩，似謂徐福以諸生帶經典入海外，其書乃始流傳于彼。然則，秦人一燼之烈，使中國家傳人誦之書皆放逸，而福區區抱簡編以往，能使先王大典獨存蠻貊，可歎也，亦可疑也。然今世經書往往有外國本云。」

至和、嘉祐間，場屋舉子爲文尚奇澀，讀或不能成句，歐公力欲革其弊。既知貢舉，凡涉彫刻者皆黜之。時范景仁、王禹玉、梅公儀等同事，而聖俞爲參詳官，未引試前，唱酬極多。公詩「無譁戰士銜枚勇，下筆春蠶食葉聲」最爲警策，聖俞有「萬蟻戰時春日暖，五星明處夜堂深」，亦爲諸公所稱。放牓，平時有聲如劉暉輩皆不預選，士論頗洶洶。未幾詩傳，遂鬨然以爲主司耽於唱酬，不暇詳校，且以「五星」自比，而待我曹爲「蠶蟻」，因造爲配語。自是禮闈不復敢作詩，終元豐末，幾三十年。元祐初，雖稍稍爲之，要不如前日之盛。然是榜得子瞻爲第二人，子由、子固皆在選中，不可謂不得人矣。出《石林詩話》。

姑蘇州學之南，積水瀰數頃，傍一小山，蓋錢氏廣陵王所作。既積土山，因以其地瀦水，今瑞光寺即其宅，而此其别圃也。慶曆間，蘇子美謫廢，以四十千得之爲居，傍水作亭曰「滄浪」。歐公詩所謂「清風明月本無價，可惜祇賣四萬錢」者也。出同上。

東萊吕氏嘗因觀公集，爲《歐公本末》四卷，蓋考其歷仕歲月及同官、同朝之人，略著其事迹，而集中詩文亦隨事附見，論次最有原委，可資話録。惜今案頭無其書，不得讀而採之，殊怏怏也。

公少時亦喜晚唐人周朴詩，嘗云：「『風暖鳥聲碎，日高花影重』，『晚來山鳥鬧，雨過杏花稀』，誠佳句也。」《幕府燕談》以「風暖」一聯爲杜荀鶴《宫詞》，未知孰是。

公于時人詩，最愛鄭文寶「水暖鳧鷖行哺子，溪深桃李臥開花」句，趙師民「麥天晨氣潤，槐夏午陰清」句，「曉鶯林外千聲囀，芳草階前一尺長」句，以爲皆前世名流所未到。又云：自《西崑集》出，人爭效之，至于語僻難曉，不知自是學者之弊。如子儀劉筠《新蟬》云：「風來玉宇烏先轉，露下金莖鶴未知。」雖用故事，何害爲佳句？如「峭帆横渡宫橋柳，疊鼓驚飛海岸鷗」，其不用故事，又豈不佳乎？

孫　冕

揚州后土廟有瓊花一株，潔白可愛。歲久，木大而花繁，俗目爲瓊花，不知實何木也。世以爲天下無之，唯此一株。孫冕鎮維揚，使訪山中，甚多，但歲苦樵斧野燒，故木不得大，孫傷之以詩，曰：「可憐遐僻地，常化燎原灰。」近京師亦有，乃李文饒所賦玉蕊花也。出《風俗雜志》。其實瓊花亦非玉蕊，見周益公《玉蕊辨證》。

冕，廬陵人，雍熙進士，入館閣三十年。晚守蘇州，有「拂衣歸華山」之句。優詔留之不得，以清潔著。

曾致堯

南豐之祖也。南豐作集序曰「公所爲書，號《伯鼂羽翼》者三十卷，《西陲要紀》者十卷，《清邊前要》五十卷，《廣中台志》八十卷，《爲臣要紀》三卷，《四聲韻》五卷，總一百七十八卷，皆刊行于世。今類次詩賦書奏一百二十三篇，又自爲十卷藏于家。方五代之際，儒學既擯，是時公雖少，所學已皆治亂得失興壞之理。其爲文閎深儁美，而長于諷諭，今類次『樂府』以下是也」云云，以此知致堯之能詩也。

字正臣，五代時潔身不仕。宋太宗朝舉進士，官吏部郎，直言敢諫，追封密國公。盱江貢士擢第自致堯始，厥後子易占，孫鞏、布、牟、阜、肇、宰皆起家進士，大者以文章名天下，次並有聞于時。忠孝相承，奕葉蟬聯。與温陵曾公亮，贛縣曾吉甫三曾氏，遂鼎峙于宋，爲一代望族云。

公有《崇覺寺》一絶云：「水深花影地莓苔，春色烘人若不開。走報鴒原無別事，遠將歌管酒壺來。」

胡　旦

《六一詩話》云：「吕文穆公未第時，薄遊一縣。胡大監旦方隨其父宰是邑，遇吕甚薄，客有譽吕曰：『吕君工于詩，曷少加禮？』胡問詩之警句，客舉一篇，其卒章云『挑盡寒燈夢不成』。笑曰：『乃是一渴睡漢耳。』吕聞之，甚恨而去。明年首中甲科，使人寄聲語胡曰：『渴睡漢狀元及第矣。』胡答曰：『待我明年第一人及第，輸君一籌。』既而次榜亦中首選。」

旦，德安人，興國丁丑狀元。母陳氏，義門女也。官秘書監致仕。長於經學，著《演聖通論》六十卷，以

《易》《詩》《書》《論語》先儒傳註，得失參糅，故作論辯正之。天聖中，上于朝，博覈精詳，學者宗焉。

字周父，有文集十卷。

晏　殊

元獻公幼孤，篤學。爲文温純應用，尤長于詩，抒情寓物，詞多曠達。當世大賢如范文正、歐文忠皆出其門。女適富鄭公及楊察，世稱知人。

祥符、天禧中，公與楊大年、錢文僖、劉子儀輩爲詩皆宗尚義山，號「西崑體」，後進爭效，詩體一變。歐陽公謂公文章擅天下，尤善爲詩，而多稱引後進，一時名士往往出其門。聖俞平生所作詩多矣，然公獨愛其兩聯，云「寒魚猶着底，白鷺已飛前」，又「絮暖鮆魚繁，露添蓴菜紫」。歐公嘗于聖俞家見公自書手簡，再三稱賞。

公有咏王文通詩云：「甘泉柳苑秋風急，卻爲流螢下詔書。」劉貢父謂義山不能過也。

《劉貢父詩話》曰：「元獻尤喜江南馮延巳歌詞，其所自作亦不減延巳。樂府《木蘭花》皆七言詩，有云『重頭歌詠響璁琤，入破舞腰紅亂旋』，『重頭』『入破』皆絃管語也。」

中書南廳壁間有晏元獻《題詠上竿伎》一詩，云：「百尺竿頭裹裹身，足騰跟挂駭傍人。漢陰有叟君知否？抱甕區區亦未貧。」當時固必有謂。文潞公在樞府，一日過中書，與荆公行至題下，特遲留，誦詩久之，亦未能無意也。荆公他日復題一篇于後，云：「賜也能言未識真，誤將心許漢陰人。桔槔俯仰何妨事，抱甕區區老自身。」出《石林詩話》。

公赴杭州道，過維揚，憩天明寺，瞑目徐行，使侍吏誦壁間詩板，戒勿言爵里姓名，終篇者無幾。又別誦一詩云：「水調隋宮曲，當年亦九成。哀音已亡國，廢沼尚留名。儀鳳終陳迹，鳴蛙衹沸聲。淒涼不可問，落日下蕪城。」公大加歎賞，問之，江都尉王琪詩也。召至同飲，又偕遊池上，春晚已有落花，公云：「每得句，書牆壁間，或彌年未嘗強對，且『無可奈何花落去』，至今未能也。」琪應聲曰：「似曾相識燕歸來。」公益歎賞，薦爲館職。遂足成一詞，云：「一曲新詞酒一杯。去年天氣舊亭臺。夕陽西下幾時回。無可奈何花落去，似曾相識燕歸來。小園香徑獨徘徊。」

公留守南都，君玉已爲館閣校勘，公特請于朝，以爲府簽判。朝廷不得已，使帶館職從。賓主相得，日以賦詩飲酒爲樂，佳時勝日，未嘗輒廢也。嘗遇中秋陰晦，齋廚悉備，公適無命。既夜，君玉密使人伺公，曰：「已寢矣。」君玉亟爲詩以入，曰：「只在浮雲最深處，試憑絃管一吹開。」公枕上得詩，大喜，即索衣起，徑召客，治具，大合樂。至夜分，果月出，遂樂飲達旦。前輩風流固不凡，然幕府有佳客，風月亦自如人意也。出《石林詩話》。君玉，王琪字。

公所作歌詞，另爲一卷，曰《珠玉集》。公子幾道嘗言：「先公爲詞，未嘗作婦人語。」蒲傳正云：「『綠楊芳草長堤路，年少拋人容易去』，非婦人語乎？」幾道曰：「公謂少年爲何語？」傳正云：「豈不謂其所歡乎？」幾道曰：「因公言，遂曉樂天詩兩句，『欲留所歡待富貴，富貴不來所歡去』。」傳正笑而悟其言之失。公有《春恨詞》云：「綠楊芳草長亭路，年少拋人容易去。樓頭殘夢五更鐘，花底離愁三月雨。無情不似多情苦，一寸還成千萬縷。天涯地角有窮時，只有相思無盡處。」

公舉神童，過進賢崇因寺，題詩壁間，有云：「苔徑雨餘堆落葉，石樓風靜鎖閒雲。」其標致已如此。

孫少述《栽竹》詩曰：「更起粉墻高千尺，莫令墻外俗人看。」元獻則曰：「何用粉墻高千尺，任教墻外俗人看。」説者謂一爲處士之節，一爲宰相之量，其志已見于此。

《題東湖涵虚閣》云：「水有支流樹有孫，重重門巷挂朱軒。三君雅範標人望，千里澄波隔世喧。西對户庭徐孺宅，北傳鐘梵給孤園。欲知嗣續無窮勝，兩兩榮歸漢使幡。」

本傳有文集二百四十卷，《中興書目》亦載九十四卷，而公五世孫大正爲年譜一卷，言：「先元獻嘗自差次，起儒館至學士爲《臨川集》三十卷，起樞庭至宰席爲《二府集》二十五卷。」與傳不同。《晁氏書録》止有《臨川集》三十卷。又《紫薇集》一卷，想未睹其全也。《臨川集》有公自序。

劉渙

字凝之，高安人，第進士。官潁上令，以高節不合，年四十挂冠歸，卜隱廬山。嘗與陳舜俞乘黄犢往來山中，李公麟爲圖，有詩紀詠。歐陽公嘗賦《廬山高歌》贈之，末云：「君懷磊砢有至寶，世俗不辨珉與玒。策名爲吏二十載，青衫白首困一邦。寵榮聲利不可以苟屈兮，自非清泉白石有深處，其意矶硉何由降？丈夫性節似君少，嗟我欲説安得巨筆如長杠。」渙尤愛竇峯西澗，遂號「西澗居士」。朱子即其地創清淨退庵，取山谷詩「誰能四十年，保此清淨退」之義。又建壯節亭于墓表之。

劉攽

公是、公非，二劉立朝剛正，俱以學問該博，文章敏贍著稱。而公非先生似尤長吟事，其所撰《詩話》二卷，裁量風雅，哀次見聞，雖一苞片羽，最得詩家三昧。由是觀之，則君子之所養，可知也。今偶摘其數則于左：

人多取佳句爲句圖，特小巧美麗可喜，皆指詠風景，影似百物者，不得見雄材遠思之人也。梅聖俞愛嚴維詩，曰：「『柳塘春水慢，花塢夕陽遲』，固善矣，細較之，『夕陽遲』則繫花，『春水慢』何須柳也？工部詩『深山催短景，喬木易高風』，此可無瑕纇。」又曰：「『蕭條九州內，人少狼豺多。少人慎莫投，多虎信所過。飢有易子食，獸猶畏虞羅』，若此等類，其含蓄深遠，殆不可模倣。」

詩以意爲主，文詞次之。或意深義高，雖文詞平易，自是奇作。世效古人平易句而不得其意義，翻成鄙野可笑。盧仝云「不即溜鈍漢」，非其意義，自可掩口，寧可效之耶？韓吏部古詩高卓，至律詩雖稱善，要有不工者。而好韓之人，句句稱述，未可謂然也。

管子曰：「事無終始，無務多業。」言學者貴能成就也。唐人爲詩，量力致功，精思數十年，然後名家。杜工部云：「更覺良工心獨苦。」然豈獨畫手心苦耶！以上三則俱出《中山詩話》。

元豐初，韓丞相縝自樞密承旨出分地界，嬖妾劉氏將行，劇飲通夕，且作樂府留別。翌日，神宗密知，忽中批步軍司遣兵馬搬家追送之。縝初莫測所因，久之方知自樂府發也。貢父爲縝姻黨，即作小詩寄之以戲，云：「嫖姚不復顧家爲，誰謂東山久不歸。卷耳幸容攜婉孌，皇華何啻有光輝。」

貢父性喜詼諧，雖公卿不避。素與荆公善，荆公當國，亦屢謔之，每爲絶倒，然意或稍不平也。忌者因而中傷，謂其以時相姓名爲戲。元祐初，知襄州，淳于髡墓在焉，題詩云：「微言動相國，大笑絶冠纓。流轉有餘智，滑稽全姓名。師儒空稷下，衡蓋盡南荆。贅婿不爲辱，旅墳知客卿。」又嘗續陳師厚善謔詩云：「善謔知君意，何傷衛武公。」蓋記前事，且以自解也。

字貢父，新喻人。北宋新喻屬袁，故二劉集皆稱袁州人。貢父與兄原父同舉慶曆進士，歷州縣二十年，晚乃遊館學，加直龍圖閣。弟子私謚曰「公非先生」。有《公非集》六十卷，又著《五代春秋》十五卷，《内傳國語》二十卷，《經史新議》七卷，《東漢刊誤》四卷，《漢官儀》三卷，《芍藥譜》三卷。

《朱子語録》評貢父：「文字工于摹倣，學《公羊》《儀禮》。」

夏竦

字子喬，德安人，以父承皓死事補官。復舉賢良，累擢知制誥。仁宗朝爲相，改樞密，封英國公，後改封鄭，謚文莊。竦天資好學，自經史百氏、陰陽律曆之書，無所不通。善爲文章，尤長偶儷之語，朝廷大典册率以屬之。多識古文，學奇字，夜則以指畫膚。爲詩巧麗，皆「山勢蜂腰斷，溪流燕尾分」之類。其集一百卷，夏伯孫編次，有宋次道序。

《中山詩話》云：「江州琵琶亭，前臨江，左枕湓浦，地尤勝絶。夏英公、梅公儀詩最佳，夏云：『年光過眼如車轂，職事羈人似馬銜。若遇琵琶應大笑，何須涕泣滿青衫。』」

景祐末，竦出鎮長安，梅送詩有曰：「亞夫金鼓從天落，韓信旌旗背水陳。」極喜之，時贈詩盈篋，獨刻此于石。

日者張介以術遊公卿間，寓居西湖。嘗自京師南歸，士大夫率贈詩。吕許公、王沂公時方執政，亦皆有贈。竦留守南京，爲詩寄二公曰：「上公詩筆千金重，逋客歸裝一舸輕。莫到青山更招隱，且留賢哲爲蒼生。」竦在朝素爲御史糾劾，疑時宰諷旨，作《青鵲詩》：「青鵲孤飛毛羽單，卑棲豈敢礙鵷鸞。明珠自有千金價，莫爲他人作彈丸。」語意可謂微婉，然以竦之積慮制行，固宜其不滿于清議也。

景德中，水殿按舞，遣中使取新詞，竦翰林内直，立成《喜遷鶯》一闋云：「霞散綺，月垂鈎。簾捲未央樓。夜凉銀漢截天流。宫闕鎖清秋。　瑶階樹，金莖露。玉輦香和雲霧。三千珠翠擁宸遊。水殿按凉州。」真宗大加獎賞，姚子敬選《古今樂府》，以竦此詞爲冠。

陳彭年

《妓人出家詩》云：「盡出花鈿與四鄰，雲鬟剪落向殘春。暫驚風燭難怨世，便是池蓮不染身。貝葉欲翻迷錦字，梵聲初落誤梁塵。從今豔色歸空後，湘浦應無解佩人。」此詩《湘山野録》以爲陳彭年作，《能改齋漫録》又謂唐陽郇伯作，未知孰是。彭年字永年，南城人，真宗朝官吏部侍郎，謚文僖。

王安石

參政眉山李壁，字季章，燾之子也。謫居臨川時，註荆公詩十五卷，助之者曾極，魏鶴山作序。嚴滄浪論古今詩體，有「王荆公體」，註云：「公絶句最高，其得意處，高出蘇、黄、陳之上，而與唐人尚隔一關。」

集句惟荆公最長，《胡笳十八拍》混然天成，絶無痕迹，如文姬肺肝間流出。《滄浪詩話》。

荆公少以義氣自許，故詩語惟其所向，不復更爲含蓄。如「天下蒼生待霖雨，不知龍向此中蟠」，又「濃緑萬枝紅一點，動人春色不須多」，又「平治險穢非無力，潤澤焦枯是有才」之類，皆直道其胸中事。後爲郡牧判官，從宋次道盡假唐人詩集，博觀約取，始盡深婉不迫之趣。乃知文字雖工拙有定限，然必視其幼壯。雖公，方其未至，亦不能力強而遽至也。陳正敏謂「濃緑」句乃唐詩，荆公嘗書扇頭，非公自作。見《泊宅編》。

荆公晚年詩律尤精嚴，造語用字，間不容髮。然意與言會，言隨意遣，渾然天成，殆不見有牽率排比處。如「含風鴨緑鱗鱗起，弄日鵝黄裊裊垂」，讀之，初不覺有對偶。至「細數落花因坐久，緩尋芳草得歸遲」，但見舒閑容與之態耳。而字字細考之，皆經檃括權衡者，其用意亦深刻矣。嘗與葉致遠諸人和頭字韻，往反數四，末篇云：「名譽子真居谷口，事功新息困壺頭。」以「谷口」對「壺頭」，其精切如此。後數月，追改云：「豈愛京師傳谷口，但知鄉里勝壺頭。」今集中兩本並存。

蔡天啓云：「荆公每稱老杜『鈎簾宿鷺起，丸藥流鶯囀』之句，用意高妙，五字之楷模。他日，公作詩得『青山捫虱坐，黄鳥挾書眠』，自謂不減杜語，以爲得意，然不能舉全篇。余嘗頃以語薛肇明，後肇明被旨編公集，求之終莫得。或云公但得此一聯，未嘗成章也。」

詩下雙字極難，當如老杜「無邊落木蕭蕭下，不盡長江滚滚來」「江天漠漠鳥飛去，風雨時時龍一吟」等，乃爲超絶。近世王荆公「新秋浦溆綿綿静，薄晚園林往往青」與子瞻「浥浥爐香初泛夜，離離花影欲摇春」，皆可以追配前作。

讀古人詩，多意所喜處，誦憶之久，往往不覺誤用爲己語。「緑陰生晝寂，孤花表春餘」，此韋蘇州集中，而荆公乃有「緑陰生晝寂，幽草弄春妍」之句，大抵公閲唐詩多，去取之間，用意尤精。觀《百家詩選》可見也。

荆公編《百家詩選》，從宋次道借本，中間有「暝色赴春愁」，次道改「赴」字作「起」字，公復定爲「赴」字，曰：「若是『起』字，人誰不能到？」次道以爲然。

荆公在鍾山有馬，蹄齧不可近，兩校請鬻。蔡天啓在坐，曰：「世安有不可調之馬？第久不騎，驕耳。」即起，捉其騣，一躍而上，不用銜勒，馳數十里而還。荆公壯之，即作集句贈天啓，所謂「蔡子勇成癖，能騎生馬駒」者。後又有「身着青衫騎惡馬，日行三百尚嫌遲。心源落落堪爲將，卻是君王未備知」，士大夫盛傳。公以將帥之材許天啓。紹聖初，欲進天啓侍從，因欲稍遷爲帥，會丁艱，不果，猶是用荆公遺意也。

荆公詩法甚嚴，尤精于對偶，嘗云：「用漢人語，止可以漢人語對，若參以異代語便不相類。」如「一水護田園緑去，兩山排闥送青來」之類，皆漢人語也。此惟公用之不覺拘窘，如「周顒宅作阿蘭若，婁約身遂窣堵波」，皆以梵語對梵語，亦此意。嘗有人向公稱「自喜田園安五柳，但嫌尸祝擾庚桑」之句，以爲的對。公笑曰：「伊但知『柳』對『桑』爲的，然『庚』亦自是數，蓋以十干數之也。」以上八則俱出《石林詩話》。

荆公定林後詩，精深華妙，非少作比。嘗作《歲晚》詩云：「月映林塘靜，風涵笑語涼。俯窺憐净緑，小立佇幽香。携幼尋新菂，扶衰上野航。延緣久未已，歲晚惜流光。」自以比謝靈運，議者亦以爲然。《漫叟詩話》。

淮陰勝而不驕，乃能師李左車，最奇特事。荆公詩云：「將軍北面師降虜，此事人間久寂寥。」李廣誅霸陵尉，薄于德矣，東坡詩云：「今年定起故將軍，未肯説誅霸陵尉。」用事當如此向背。

荆公愛看水中影，此亦性所好，如「秋水寫明河，迢迢藕花底」。又《桃花詩》云：「晴溝漲春緑週遭，俯視紅影移漁舠。」皆觀其影也。其後云「攀條弄芳畏晼晚，已見黍雪盤中毛」，事見《家語》。二則出《彦周詩話》。

荆公屢召不出，熙寧初，徵爲翰林學士，始受命衢州。故人王介者，寄詩云：「草廬三顧勤幽蟄，蕙帳一空生曉寒。」蓋有所諷。公大笑，他日作詩云：「丈夫出處非無意，猿鶴從來自不知。」蓋爲介發也。

揚州俞秀老紫芝，少有高行，不娶，工詩。荆公在鍾山與遊，甚愛重之，贈詩云：「公詩何以解人愁，初日芙蓉映碧流。未怕元劉爭獨步，不妨陶謝與同遊。」公尤賞其「夜深童子喚不起，猛虎一聲山月高」之句，亟和云：「新詩比舊仍增峭，若許追攀莫太高。」秀老弟澮，字清老，亦不娶，洞曉音律。荆公亦善之，晚作《漁家傲》諸樂府，每山行，即使澮歌焉。一日，澮見公，欲去爲僧，但無錢買祠部爾。公欣然爲買，約日祝髮，過期，無耗。公問之，徐曰：「吾思僧亦不易爲，公所贈祠部已送酒家償舊債矣。」公大笑。山谷嘗作三詩贈澮，一云：「有客夢超俗，去髮脱塵冠。平明視清鏡，正爾良獨難。」蓋荆公事也。

荆公詩：「老景春可惜，無花可留得。莫嫌柳渾青，終恨李太白。」蓋戲以古人姓名藏句中。唐《權德輿集》亦有此體。

公作韓魏公挽詞：「木稼曾聞達官怕，山頽今見哲人萎。」雖用兩段故事，然是歲雨木冰，前一歲華山崩，皆紀實也。下筆的切如此。

公嘗讀杜荀鶴詩「江湖不見飛禽影，岩谷惟聞折竹聲」，改云：「宜作『禽飛影』『竹折聲』。」王仲至《試館職》詩：「日斜奏罷長楊賦，閒拂塵埃看畫墻。」公爲改云：「奏賦長楊罷。」其琢句之精，蓋一字不苟也。仲至詩，一本作「宫檐日永揮毫罷，閒拂塵埃看畫墻」，或後改也。仲至自西京縣令召入議法，與荆公不合，命學士試賦一篇，但賜出身，仍歸本任。以二詩獻公，其一云：「蜀國相如最有詞，武皇深恨不同時。淩雲賦罷還無用，寂寞文園意可知。」二云：「古木陰森白玉堂，老年來此試文章。宫檐日永揮毫罷，閒拂塵埃看畫墻。」

公嘗戲作《走卒集句》云：「年去年來來去忙，倚他門户傍他墻。一封朝奏因何事？斷盡蘇州刺史腸。」

東坡語方仁聲勺云：「介甫初行新法，異論者譊譊不已，嘗有詩云『山鳥不應知地禁，亦逢春暖即啾啾』，又更古詩『鳥鳴山更幽』作『一鳥不鳴山更幽』。」

顧況詩：「一别二十年，人堪幾回别。」其詩簡拔而立意精確。舒王作與故人詩云：「一日君家把酒杯，「平昔離愁寬帶眼，迄今歸思滿琴心」句，「欲寄歲寒無善畫，賴傳悲壯有能琴」句。

六年波浪與塵埃。不知烏石江邊路，到老相逢得幾回。」此奪胎法也。出《冷齋夜話》。

「牆角數枝梅，凌寒特地開。遥知不是雪，爲有暗香來」梅，「千花萬卉凋零後，始見閒人把一枝」菊。

公在歐公坐，送裴如晦知吴江，以「黯然銷魂惟别而已」分韻。時主客八人，子美、平甫、老蘇、聖俞、姚子張、焦伯強也。老泉得而字，押「談詩究乎而」。荆公又作而字二詩，一「采鯨抗波濤，風作鱗之而」，蓋用《考工記·旊人》「深其爪，出其目，作其鱗之而」。注：之而，頰頷也。一「春風垂虹亭，一杯湖上持。傲兀何賓客，兩忘我與而。」座中服其工敏。

《次韻酬龔深甫》云：「恩容衰老護松楸，復得一龔隨我游。講席劇談兼祖謝，舞雩高蹈異求由。北尋五柞故未愸，東挽三楊仍有繆。陟巘降原從此始，但無瑶玉與君舟。」「五柞」用《西京賦》「掩長楊而聯五柞」。又《輿地志》：「鍾山本少林木，劉宋時，使諸州刺史罷還者栽松三千株，下至郡守，各有差焉。山之最高峯有五顧樹，樹柞木也。」「三楊」用李詩「驛亭三樹楊，正當白下門」，蓋公在鍾山時作，故云。

荆公詩「緑攬寒蕪出，紅爭暖樹歸」，妙甚。「歸」字蓋用老杜「紅入桃花嫩，青歸柳葉新」，太白「寒雪梅中盡，春風柳上歸」意。

《金陵懷古詩》「逸樂安知與禍雙」，「雙」字最佳。《史·龜策傳》：「禍與福同，刑與德雙。聖人察之，以知吉凶。」二則出《芥隱筆記》。

公方大拜，賀客盈門，忽點墨書壁曰：「霜筠雪竹鍾山寺，投老歸歟寄此生。」其曠達如此。

公欲革歷世因循之弊，以新王化，嘗作雪詩，其略曰：「勢合便疑包地盡，功成終欲放春回。農家不驗農年瑞，只欲青山萬里開。」蓋寄意也。

公居鍾山，嘗與薛處士棋賭梅詩，輸一首，曰：「華髮尋香始見梅，一枝臨路雪培堆。鳳城南陌他年憶，杳杳難隨驛使來。」

荆公論唐人詩「風靜花猶舞」，「舞」字當是「落」字。又曰：「『風靜花猶落』，靜中見動意；『鳥鳴山更幽』，動中見靜意。」山谷曰：「此老論詩，不失解經旨趣。」

公詩有曰：「紅梨無葉庇華身，黄菊分香委路塵。歲晚蒼官纔自保，日高青女尚横陳。」又曰：「木落岡巒成自獻，水歸洲渚得横陳。」又曰：「江月轉空爲白晝，嶺雲分暝與黄昏。」又曰：「木末北山煙冉冉，草根南澗水泠泠。繰成白雪桑重緑，割盡黄雲稻正青。」意象新奇，皆古今不經人道語。

張浮休評公詩如空中之音，相中之色，欲有執着，而曾不可得。

公嘗作集句，得「江州司馬青衫濕」，久未有對。一日，問蔡天啓，天啓曰：「何不對『梨園弟子白髮新』。」公喜。錦繡谷在金谿縣治後，公有詩云：「還家一笑即芳辰，好與名山作主人。邂逅五湖乘興往，相邀錦繡谷中春。」

縣有清風閣，南豐、荆公並題其上。公詩云：「飛甍孤起下州墻，勝勢崢嶸壓四方。遠引江山來控帶，平看鷹隼去飛翔。高蟬感耳何妨靜，赤日焦心不廢凉。况是使君無一事，日陪賓從此傾觴。」

東坡《雪》詩「凍合玉樓寒起粟，光摇銀海眩生花」，人不知其使事也。一日，荆公論詩及此，云：「道家以兩肩爲玉樓，以目爲銀海，是使此事否？」坡笑，退謂葉致遠曰：「學荆公者，豈有此博學哉！」

荆公詩，對偶精切，如「草深留翠碧，花遠没黄鸝」，人但知二鳥名，不知更四色也。

荆公素輕沈文通，以爲寡學，故贈詩有曰：「翛然一榻枕書卧，直到日西騎馬歸。」及作《文通墓志》，遂云：「公雖不常讀書。」或規之曰：「渠乃狀元，此語得無過乎？」遂改「讀」作「視」。輕薄子更深文以詆之，曰：「荆公之意，并罵他書本子不曾見面也。」

公晚年亦喜義山詩，每誦其「雪嶺未歸天外使，松州猶駐殿前軍」「永憶江湖歸白髮，欲回天地入扁舟」與「池光不受月，暮氣欲沉山」「江海三年客，乾坤百戰場」之類，以爲雖老杜，蔑以過也。

公有《金陵懷古》桂枝香詞，云：「登臨送目。正故國晚秋，天氣初肅。千里澄江似練，翠峯如簇。征帆去棹殘陽里，背西風、酒旗斜矗。綵舟雲澹，星河鷺起，畫圖難足。念自昔、豪華競逐。歎門外樓頭，悲恨相續。千古憑高，對此謾嗟榮辱。六朝舊事隨流水，但寒煙衰草凝緑。至今商女，時時猶唱，後庭遺曲。」東坡見之，歎曰：「此老乃野狐精也。」

王安國

曾南豐《序王校理集》略云：「平甫爲文，思若决河，語出驚人。其學問尤敏，而資之以不倦，博覽強記，于書無所不通。其文閎富典重，其詩博而深矣。世皆謂平甫之詩，宜爲樂歌，薦之郊廟；其文宜爲典册，施諸朝廷，而不得用于世。然其文之可貴，人莫得揜也。古今作者，或能文不必工詩，或長于詩不必有文，平甫獨兼得之。其于詩，尤自喜其憂喜哀樂、感激怨懟之情于詩見之，故詩尤多也。」

周紫芝少隱曰：「大梁羅叔共爲余言：『頃在建康士人家見荆公親寫小詞一紙，其家藏之甚珍。詞云：「留春不住。費盡鶯兒語。滿地殘紅宮錦污。昨夜南園風雨。小憐初上琵琶。曉來思繞天涯。不肯畫堂朱户，東風自在楊花。」』荆公生平不作是語，而有此，何也？儀真沈彥述謂荆公詩如『繁緑萬枝紅一點，動人春色不須多』『春色惱人眠不得，月移花影上欄干』等篇，皆平甫詩，非荆公也。沈乃元龍家婿，故嘗見之耳。叔共所見，未必非平甫詞也。」

熙寧癸丑，平甫直宿崇文館，夢有人挾至海上，見宫殿甚盛，其中奏樂笙簫鼓吹之伎甚衆，榜曰「靈芝宫」。平甫欲與俱往，宫側人謂曰：「時未至。且令去，他日當迎至此。」恍惚夢覺，禁鐘已鳴。平甫爲詩紀之，曰：「萬頃波濤木葉飛，笙歌宫殿號靈芝。揮毫不似人間世，長樂鐘來夢覺時。」

平甫，荆公季弟也。幼敏悟，文詞天成，數舉進士、茂才，以母喪不試，廬墓三年。熙寧初，召試，賜第，累遷秘閣校理。深惡吕惠卿之奸，卒爲所陷，奪官。有集六十卷。

《滕王閣感懷》云：「滕王平昔好追遊，高閣依然枕碧流。聖地幾經興廢事，夕陽偏照古今愁。城中樹緑千家市，天際人歸一葉舟。極目煙波吟不盡，西山重疊亂雲浮。」

《減字木蘭花》云：「畫橋流水。雨濕落紅飛不起。月破黄昏。簾裏餘香馬上聞。徘徊不語。今夜夢魂何處去。不似垂楊。猶解飛花入洞房。」

王雱

鍾山有一詩云：「當年睥睨此山阿，欲看紅樓貯綺羅。今日重來無一事，卻騎羸馬下坡陀。」此王雱訏直，不爲荆公所喜，然此詩實可傳也。出《彦周詩話》。

雱，荆公子。未冠舉進士，已著書萬言，修三經義，累官龍圖閣學士，字元澤。

平甫之子游亦能詩，嘗曰：「今語例襲陳言，但能轉移耳。世稱秦詞『愁如海』爲新奇，不知李後主已云

『問君能有幾多愁，恰似一江春水向東流』，但以江爲海爾。」

元澤有《眼兒媚》小詞云：「絲絲楊柳弄輕柔。煙縷織成愁。海棠未雨，梨花先雪，一半春休。而今往事難重省，歸夢遶秦樓。相思只在，丁香枝上，豆蔻梢頭。」

孔武仲　孔平仲

臨江三孔者，文仲經甫，武仲常甫，平仲毅甫，實先聖四十八世孫也。嘉祐六年、八年，治平二年連三科，兄弟以次登第，並以氣節文章顯。文仲官中書舍人，武仲禮部侍郎，平仲户部郎中。三孔文行，時以配眉山昆弟。黄太史頌當時人才，亦曰「二蘇聯璧，三孔分張」云。新淦人。

常甫有《車家行》云：「上坂車聲遲，下坂車聲快。遲如鬼語相喧啾，快如沙溪瀉鳴瀨。一車人十捧擁行，江南江北不計程。青天白日有時住，無人止得車輪聲。晚來驟雨聲濯濯，平曉郊原盡溝壑。方悟車家進退難，不如田家四時樂。」

毅甫有《韓大夫城》詩云：「大夫今安在？惟有廢城存。流水抱沙曲，依依楊柳村。居者五六家，荆棘深閉門。青青麥壠直，藹藹桑枝繁。牛羊任所適，僮稚更不喧。啼鳥靜逾遠，落花風自翻。昔稱老農賤，吾意埜人尊。謀身莽無定，太息視乾坤。」

又《寄内》一絶云：「試説途中景，方知别後心。行人日暮少，風雪亂山深。」

《冷齋夜話》云：「盛學士次仲、孔舍人平仲同在館中，雪夜論詩，平仲曰：『當作不經人道語。』曰：『斜拖闕角龍千丈，澹抹墻腰月半稜。』坐客皆稱絶。次仲曰：『句甚佳，惜其未大。』乃曰『看來天地不知夜，飛入園林總是春。』平仲乃服其工。」

毅甫作《吴正獻夫人輓詩》云：「贊夫成相業，聽子得忠言。」其子蓋傳正安詩舍人也。紹聖初，欲論事，懼親老未敢。夫人聞之，屢促傳正，由此遂貶，夫人不以爲恨也。出《紫薇詩話》。

毅甫長于史學，工文詞，著有《續世説》《釋稈》《詩戲》《珩璜新論》及文集。《清江三孔集》四十卷，慶元中濡須王遷守臨江，裒輯刊行。周益公序之，謂存一二于千百云。經父二卷，常父十七卷，毅父二十一卷。

常甫有《孔氏雜説記》一卷，乃論載籍中前言往行及國家故實、賢哲詩文，亦時記其所見聞者。毅甫又有《談苑》，張元德藏其手藁，朱子跋之。因謂世傳孔書有《璜珩新論》，多是類集古今事實之近似，而一本附記近世見聞，自趙清獻以下，無不詆毁，細考筆勢，不相似。或好事者附益之，可惡也。

劉沆

《小孤山》詩云：「擎天有八柱，此一柱仍存。石聳千尋勢，波流四面痕。江湖中作鎮，波浪裏盤根。平地安然者，饒他五嶽尊。」

沆，字沖之，永新人。天聖進士，在相府，好薦達士類。及卒，仁宗以詩輓之，有「立朝無黨比，爲國盡公忠」之句。封楚國公，謚文安。

劉恕

《題靈山寺》云：「蚤晚報衙蜂擾擾，友朋相和鳥關關。餘香滿袖花驚眼，空翠沾巾雨暝山。」

公字道原，涣子。幼穎悟，四歲時，有言孔子無兄弟者，應聲曰：「以其兄之子娶之。」

彭汝礪

石城山在樂平縣，怪石縈結十餘里，中有空洞，一名仙人城。李公擇題曰「叢玉」，李伯時畫爲圖，狀元彭汝礪詩「花開洞府春長在，人會瀛洲夜未歸」，最爲警句。汝礪，字器資，鄱陽人。治平進士第一，歷官吏部尚書。元祐末，出爲江州，與婦翁宋朝散之官，宋忽夢上天召作記，遽答曰：「某不能，請召尚書爲之。」未幾汝礪卒。夫人尚少艾，臨終，于領巾留頌爲別云：「百世姻緣，六年夫婦。從今以去，不打這鼓。」

曾鞏

俗謂子固不能詩，其説蓋始于迂人劉淵材，當時已有非笑者。其實子固之詩，上方歐、王則不足，下匹諸家則有餘。今載在《元豐類稿》者，可誦而按也。而子固《序太白集》有云：「白之詩，連類引義，雖中于法度者寡，然其辭閎肆雋偉，殆騷人所不及。」子固評唐人之詩如此，法度之論蓋自爲寫照。吁，此子固詩之所以短長歟！劉淵材迂闊好怪，嘗曰：「平生所恨者五事耳。」或問故，斂目不言，久之，曰：「吾論不入時，恐汝曹輕易之。」問者力請，乃曰：「一恨鰣魚多骨，二恨金橘太酸，三恨蓴菜性冷，四恨海棠無香，五恨曾子固不能作詩。」聞者大笑，而淵材瞠目曰：「諸子果輕易吾論也。」見《冷齋夜話》。

南豐嘗曰：「詩當使人一覽欲盡而意有餘，乃古人用心處。」此非深于詩者不能爲此言也。

《麻姑行》云：「軍南古原行數里，忽見峻嶺横千尋。誰開一徑破蒼翠，對植松柏何森森。危根自迸古崖出，老色不畏莓苔侵。修竹整整儼朝士，下瞰石齒明如金。遂登半嶺望城郭，但見積靄縈江潯。岡陵稍轉露樓閣，沙莽忽盡横園林。秋光已過花草歇，寒氣況乘巖谷深。我馳輕輿豈知倦，倏忽遂覺窮嶔崟。龍門誰來此中鑿，玉簡不記何年沈。泉聲可聽真衆籟，泉意欲寫無瑶琴。斗回地勢平如削，穲稏百頃黄差參。洞開三門兩出路，卻立兩殿當崖陰。深廓千步抵巖腹，桀木萬本摩天心。碑文磊落氣不俗，筆畫縹緲工非今。世傳仙人家此地，天風泠泠吹我襟。今人豈解不老術，可怪緑髮常盈簪。根源分明我能説，一室傾倒輸瑯琳。清高既不擁耒耜，方社又不持戈鐔。我丁轗軻豈暇議，直喜虚曠開煩襟。清謡出口若先措，白酒到手無停斟。山人執袂與我言，留我餽我山中禽。玲瓏當牕急雨灑，窈窕隔溪孤篴吟。未昏已移就明燭，病骨夜宿添重衾。神醒氣王自無睡，到曉獨愛流泉音。起來身去接塵事，片心未省忘登臨。」

《和御製上元觀燈》云：「翠幰霓旌夾露臺，夜涼宮扇月中開。龍銜燭抱金門出，鰲負山趨玉座來。碭極戲添彝客喜，漢饗四夷之客，作海中戲。柏梁篇較從臣材。共知天意同民樂，願奏君王萬壽杯。」又《和史館相公》云：「九衢仙仗豫遊歸，寶燭星繁换夕輝。傳醆未斜清禁月，散花還拂侍臣衣。天香暗度金虬暖，宮扇雙開彩鳳飛。法曲世人聽未足，卻迎朱輦下端闈。」

《半山亭》云：「樹杪蒼巖路屈盤，半崖亭榭午猶寒。平時舉目看山處，到此憑欄直下看。」

《清風閣》云：「百級危梯屈曲成，闌干朱碧半空横。天垂遠水秋容静，雪壓羣山霽色明。海燕力窮飛不到，郊園陰合坐猶清。風前有客須留醉，莫放歸遲月滿城。」

《孺子亭》云：「一畝蕭然絶世喧，抗懷那肯就籠樊。功名晚更爲餘事，災異初嘗出至言。羣閣已空徐孺榻，里人猶識鄭公門。斯文未喪如由我，後代當知李仲元。」

荆公詩：「曾子文章世希有，水之江漢星之斗。」東坡詩：「醉翁門下士，雜遝難爲賢。曾子獨超軼，孤芳陋羣妍。」

曾肇

《後山詩話》云：「曾子開、秦少游，詩如詞。」

子開，子固弟也。官翰林學士，謚文昭，封曲阜侯。少力學，文章與兄齊名。尤長制誥，温潤典雅，最得代言之體。生平持風節，歷仕三朝，更十一州，所至有聲。著《曲阜集》四十卷，《奏議》十二卷，《西掖集》十二卷，《内制》五十卷，《外制》三十卷。

曾布

字子宣，與兄子固同年登第，官右僕射，謚文肅。布相業頗不滿人意，然其詩文皆有可觀者。

《靈泉寺》云：「一掬寒泉照眼明，冰霜凜凜坐中清。生絧想見當時客，華屋空留後世名。曉日浄涵金碧影，秋風暗落珮環聲。他年卜築南山下，白首何人共濯纓。」

朱京

《祥光寺》詩云：「山寺藏遺刻，塵埃字半昏。空揮峴首淚，誰起謝公門。白石千年像，蒼頭五世孫。他年想陳迹，卜築向雲根。」

京，字世昌，南豐人。父軾，字器之，從南豐學，以厚德聞于鄉。子二，京、彦，皆第進士。京官侍郎，彦官國子司業。

李覯

《東湖》云：「萬象城東雅入詩，半湖雲靄卷殘暉。老龍借雨慵離蟄，幽鷺逢人慣不飛。岸僻自宜安釣石，水清誰礙濯塵衣。使君公退便遊此，卻恐君王急詔歸。」

《魯公碑》云：「他人工字書，美好若婦女。猗嗟顏太師，赳赳丈夫武。麻姑有遺碑，歲月亦已古。硬筆可破石，鐫者疑虚語。驚龍索雹鬭，口唾天下雨。怒虎突圍出，不畏千強弩。有海珠易來，有山玉易取。惟恐此碑壞，此書難再睹。安得同寶鎮，收藏在天府。自非大祭時，莫教凡眼覷。」

盱江先生所著有《退居類稿》十二卷，《續稿》八卷，《常語》三卷，《周禮致太平論》十卷，《後集》六卷。《類稿》慶曆所録，《續稿》皇祐所録，《後集》則門人傳野編。

《朱子語録》曰：「李泰伯文，實得之經中，皆自大處起議論。」

麻姑山西南有秦人峯，相傳秦人逃難于此。樵者見之，面黎黑，追之，疾如鳥飛。泰伯有詩云：「秦法雖甚苛，秦吏若猶拙。山林不數里，俾汝逃得脱。予觀世上事，政役火烈烈。苟非爲鬼神，何計避羈紲。聖皇今在御，百事咸均節。常披詔書意，若念生財竭。誰能將順者，所望在賢哲。無使峯中人，笑我民居裂。」

袁州宜春臺高五十丈，爲士大夫登眺之所。泰伯題一絶云：「謫官誰住小蓬萊，唯有宜春有古臺。千里待看毫髮去，萬家攢作畫圖來。」

皇祐中，知建昌軍。曹覲有治行，泰伯以詩頌之，曰：「要知賢者善居官，法自嚴明性自寬。黠吏欲欺難作詐，愚民初懼久方安。獄詞大小情皆見，市物公私價一般。農力不聞供土木，窮檐猶得免饑寒。」可謂質而肖。

袁陟

南昌人，慶曆進士。與荆公、南豐、潘清逸輩遊，諸公雅重之。有《登南浦亭》詩云：「不是孤亭瞰遠空，化民從此見移風。過溪人語水聲裏，隔岸樵歸山影中。晚對嶂嵐侵榻冷，夜看漁火繞欄紅。豫愁飛詔歸清禁，遊客頻來憶次公。」

張綬

字文結，德興人。嘉祐進士，官太府少卿，著有《梅堂詩集》。

董鉞

字毅夫，德興人。治平進士，任衢州轉運使，以剛介不合賦《歸去來辭》，遂致仕。過黄州，蘇東坡和之，有「左手引妻子，右手抱琴書」之句。鉞自奉清約，家無擔石，所儲惟圖書滿篋而已。

劉平伯

高安人，高蹈好文，一時名士皆與之遊。二蘇嘗過其家，賦詩賡和，東坡寫墨竹贈之。子由謫筠，同坡訪平伯，唤渡金沙臺下，因作「唤渡亭」手書三字。後人名其地曰「來蘇渡」。

晏幾道

字叔原，元獻公第七子也。能文章，持論甚高。尤工樂府，其詞有《小山集》一卷，清壯頓挫，士大夫傳之，以爲有臨淄之風。識者評其在名勝中獨可追逼《花間》，高處或過之。黄山谷序曰：「叔原固人英也，仕宦連蹇，不一傍貴人之門。論文自有體，不肯一作新進士語。費資千萬，家人饑寒而面有孺子之色，人百負之而終不疑其欺己。至其樂府，可謂狹邪之大雅，豪士之鼓吹。其合者，《高唐》《洛神》之流；其下者，豈減《桃葉》《團扇》哉？」其推服之如此。叔原聚書甚多，每有遷徙，其妻厭之，謂之「乞兒搬漆碗」。

山谷序又曰：「余少時，間作樂府，道人法秀罪余以筆墨勸淫，于我法中當犁舌獄，特未見叔原之作耶？雖然，彼富貴得意，室有倩盼慧女，而主人好文，必當市購千金，家求善本，曰：『獨不得與叔原同時耶？』乃若妙年美士，近知酒色之娱；苦節臞儒，晚悟裾裙之樂。鼓之舞之，使晏安酖毒而不悔，是則叔原之罪也哉。」觀此序，則其詞之艷冶宕逸，概可見矣。在知者以爲玩世不羈，不知者未免摇心動魄。愚嘗謂此等詞曲與夫《情史》《艷異編》之類，皆不作可也。

「牆頭紅杏雨餘花，門外緑楊風後絮」「衣化客塵今古道，柳含春意短長亭」「户外緑楊春繫馬，床前紅燭夜呼盧」「曉寒料峭尚欺人，春意苗條先到柳」，皆叔原詞中佳句也。晚唐人詩，其得意處不過如此。

吕　倚

贛縣人，平生讀書作詩，好收古今法帖。年八十餘，日食不足而吟嘯自如。東坡重其人，贈詩曰：「揚雄老無子，馮衍終不遇。不識孔方兄，但有靈照女。家藏古今帖，墨色照箱筥。饑來據空案，一字不堪煮。枯腸五千卷，磊落相撐拄。吟爲蜩蛩聲，時有島可句。爲語里長者，德齒敬已古。如翁有幾人，薄少可時助。」

吴有鄰

崇仁人，十歲能詩。與兄宗簡齊名，後登咸平進士，累官都官員外郎。

李陽孫

字祖德，金谿人。爲封川簿，官滿，挈妻子徒步歸，道逢晏元獻，深器重之，贈詩云：「三年官滿後，依舊一家貧。」陽孫由三禮出身，仕至殿中丞，有詩號《挂冠集》。

裴　煜

字如晦，臨川人。慶曆進士，官翰林學士。文雅博洽，尤長于詩。與歐陽公、梅聖俞、劉原父諸人唱酬甚密。

蔡承禧

字景繁，臨川人。劍川推官元導之子也。元導與弟元翰博學能文，讀書一過成誦。兄弟試茂才異等，不第，張方平慰曰：「劉蕡下第，我輩何顔？」元導應聲曰：「雍齒且侯，吾屬無患。」其辭對敏妙如此。後同承禧登嘉祐進士。承禧官御史，有奏議詩文三十卷。

王本

字觀復，分寧人。六歲能詩，登元豐進士，官徽猷閣侍制。

傅拳

新城人，曾南豐同時進士。所著古律詩及雜文，詞義兼美，甚爲南豐所稱。《望仙峯》詩云：「嵯峨山勢傍雲天，試問誰來此望仙。終日望仙仙不到，始知仙到若茫然。」

王鴻

字翼道，雩都人。右軍之後，工隸篆草書。一試不第，歸隱峿山。嘗作《米囷銘》曰：「竊人之食，騷然而不寧者，鼠也；暴天之物，肆然而不足者，虎也。吾暴而不忍爲虎，竊而不忍爲鼠。寧守斯廩，以安吾處。」周茂叔倅郡，甚禮重之，以詩通問，肥遯四十餘年。注《大元經》，從遊甚衆。

張　吉

鄱陽人，母方娠，父介客蜀不還。吉兒時嘗與彭汝礪同學，作詩云：「應是子規啼不到，至今我父未歸家。」聞者憐之。既長，入蜀迎父，往返者三，其父遂以熙寧十年二月還鄉，觀者歎息。汝礪贈以詩，略曰：「河可以竭山可徙，我翁不歸行不已，三往三復翁至此。翁行方壯今老矣，兒昔未生今壯齒。」

危拱辰

字輝卿，南城人，年十四五代父爲吏。《題初月》詩云：「未審初三夜，嫦娥怨阿誰。懶開十分鏡，祇畫一邊眉。」縣尹異之，令專儒業。後登淳化進士，官至光禄卿。

吴　蕃

字彦弼，金谿人，天聖進士。讀書好古，荆公亟稱之。子頤、姪孝宗皆登第。工詩，與荆公唱酬甚富。蕃父敏，及頤孫桌並舉進士，蓋以文學科名世其家云。

吴　奎

字成象，南城人。六歲能詩，年十一與晏元獻同應賢良詔，真宗優異之，三賜璽書。

王奇

字漢謀，贛縣人。少爲掾吏，適縣令偶題屏間畫鴈云：「隻隻銜蘆背曉霜，盡隨鴛鷺立寒塘。」奇密續云：「晚來漁棹驚飛去，書破遥天字一行。」令奇之，使遊學京師，客李文靖舍。文靖薨，真宗臨奠，見壁間《秋興》詩：「鴈聲不到歌樓上，秋色偏欺客路中。宿寺夢回荷葉雨，渡江衣冷荻花風。」問爲誰作，左右以奇對，因召試，賜及第。謝詩云：「不拜春官爲座主，親逢天子作門生。」後仕至殿中侍御史。郡守李彛建緑陰亭，以亭側有池，池上竹森森蔽日也。奇題一絶云：「刱得幽亭近嶺梅，緑陰名好稱仙才。四邊山色檐頭出，一帶泉聲竹裏來。」

陳遷

字德升，宜黄人。年十六遊金陵，以強記聞，荆公命與陸農師閲蔣山碑，無慮數十，及歸，不遺一字。後困病，與勇禪師言下有契，勇與偈曰：「猢猻兒子太猩猩，愛弄千年兒眼睛。不見宰官身説法，時時求我頂頭行。」即棄儒歸隱，究心禪學，作《傳燈録》。

李常

字公擇，南康建昌人。父東生三子，莘、布、常，皆有儁才。常登皇祐進士，官吏部尚書。嘗抄書萬卷，藏之，名曰「李氏山房」，東坡爲記。坡有詩贈常，戒其殺生，末云：「君勿棄此篇，嚴詩編杜集。」蓋工部集中有嚴武唱和數首，坡公以杜比常，志推崇也。

公擇向見秦少游《上正獻公投卷》詩云：「雨砌墮危芳，風輕納飛絮。」再三稱賞，云：「謝家兄弟得意詩，只如此也。」

公擇嘗同沈存中、吕惠卿、王正仲在館中夜談詩，存中曰：「退之詩，押韻之文耳，雖健美富贍，然終不是詩。」惠卿曰：「詩正當如是，吾謂詩人亦未有如退之者。」正仲是存中，公擇是惠卿，四人相爭久不決。公擇正色謂正仲曰：「君子羣而不黨，公獨黨存中。」正仲怒曰：「我所見如此，偶因存中便謂之黨，則君非黨吉甫惠卿字乎？」一坐大笑。

熙寧間，公擇爲諫官，以論青苗法罷。元祐初，擢御史中丞，有《廬山奏議》十七卷。

潘興嗣

字延之，新建人。少孤，篤學，與荆公、南豐、王回、袁陟俱友善。以蔭調德化尉，謁刺史，不爲禮，即投劾去。築室城南，榜其樓曰「閒雲」。屢薦不起，自號清逸居士，以著書吟詩自適。有文集六十卷，《詩話補遺》一卷。壽八十七，隱處六十餘年，手植木皆十圍云。

《秦人洞》詩云：「秦人當日避風煙，自種桑麻老洞天。緑竹横谿雞犬静，不知門外漢山川。」

《春日滕王閣晚眺》云：「重疊西屏對面開，巍城穹閣信雄哉。眼中孤鶩雲邊歿，望裏長江檻外來。蛺蝶圖成春未晚，柘枝筵動客多才。休論今古興亡事，時倒金尊醉一回。」

興嗣嘗以詩寄蘇欒城云：「滄海有遺珠，寶山無棄璵。飛來兩鸞鷟，價重百車渠。慮失一朝患，事存千載書。時平猶反掌，焉用泣前魚。」山谷見之，以爲一唱三歎，真「清廟之瑟」云。

城北龍沙岡有清風亭，唐洪州熊秀才所築也。觀察判官權德輿嘗與客晏集賦詩其上，亦曰「龍沙亭」。德輿自爲序，輿嗣有詩云：「五陵無限人，密視龍沙記。龍沙雖未合，氣象已靈異。昔時蛟龍湫，半作桑麻地。地形帶江轉，洲浮有連勢。陵谷豈可常，淵實在何歲。微生久慕道，安恬輒忘味。愧無及物功，碌碌尚匏繫。生蒙塵土厚，未受神仙秘。何時與孤鶴，冉冉從此逝。」旌陽留記云：「北沙高過肩，此地出神仙。北沙高過城，此地出勝人。」故俗有「龍沙八百」之讖言，真仙會也。詩中大意指此。

清逸有孫淳，字子真。少好學，淹貫經史，尤工詩，師事黄山谷。南豐爲郡日，乞録輿嗣後，遂官淳。建昌尉陳瓘劾蔡京，言者目淳爲瓘親黨，坐奪職歸。自稱「谷口小隱」，著有詩集。

葉似珪

其初歙人。皇祐間，由文學舉，歷官户部郎。以詩餞唐介，有「一封遠謫君恩重，萬里遥瞻玉殿寒」之句，忤執政意，黜尹建陽。遂有卜隱之志，復《咏蘭》云：「不來上苑呈嬌色，且向幽軒養素心。」再黜爲德興丞，樂其風土之淳，遂家焉。

劉　煇

字之道，鉛山人。嘉祐四年狀元。始名幾，在場屋有聲。爲文險澀，歐陽公知貢舉，欲正文體，黜之。既更名，試《堯舜性仁賦》，有云：「静而延年，獨高五帝之壽；動而有勇，形爲四罪之誅。」歐公仍在殿廬，得之大喜。臚唱，乃煇也。與前試文如出兩手，公爲愕然，嘉其善變。惜年位不達，仕止郡幕，三十六歲卒。有《東歸集》十卷。

煇在當時不以詩名，所爲《劉狀元東歸集》余亦未見，不知其于詩何如。然爲文能速化，如此疑必風雅之士也。使永其年，得始終聞歐公之教，與南豐、眉山同遊，其所成就寧必減于二公哉！故録之。陳氏曰：「世傳煇初見黜于歐公，怨憤造謗，爲猥褻之詞。今觀楊傑志煇墓，稱：『其祖母死，雖有諸叔，援古誼，以嫡孫承重解官。又嘗買田數百畝，以聚其族而餉給之。』蓋篤厚之士也，肯以一試之淹而爲此憸薄之事哉。」

縣西北六里有狀元山，煇讀書處也。本土山，煇始經之，洗土至骨，石多空嵌，中分爲路，東曰「桂林」，西曰「清風峽」。兩崖嶄巖，寒氣逼人，上有讀書巖，古藤皆數十丈，盤結左右，躡級而登，隨形賦勝，若小蓬萊。煇手題「奎星狀元」四朱字于巖石，今人以水滌之，其朱益顯。

【校記】

〔一〕難，原文爲「雖」。按，此詩用「寒」韻，「雖」字出韻，亦不通。檢歐公集爲「難」字，字形相似致誤。據改。

西江詩話　卷三

黄庭堅

文節公詩有《山谷集》十一卷，《外集》十一卷，其刻《江西詩派》者即此二集中詩也。又有《别集》二卷，慶元中莆田黄汝嘉增刻。而《外集》所載，公晚年又有删去者，後新津任子淵淵取公《前集》註之，爲二十卷，不獨註事，而兼註意，用工最深，鄱陽許尹爲序。監丞黄㽦，公諸孫也，復會稡别集，盡取其生平詩以歲月次第編録，且爲之譜，曰《山谷編年詩集》三十卷，《年譜》二卷，刊版括蒼。元、明以來刻《豫章集》者，或分或合，繁簡不一，要不出諸本所載，爲加裒輯云。

史贊曰：「自李杜没而詩律衰，唐末及五季，雖有以比興自名者，然格下氣弱，幺麽骫骳，無以議爲也。宋興，楊文公始以文章蒞盟，然至爲詩，專宗義山，以漁獵掇拾爲博，以儷花鬭果爲工，號『崑崙體』，嫣然華靡而氣骨不存。嘉祐以來，歐公稱太白爲絶唱，王文公推少陵爲高作，而詩格大變。高風所扇，作者間出，班班可述矣。元祐間，蘇黄並世，以碩學宏才鼓行士林，引筆行墨，追古人而與之俱。世謂李杜歌詩高妙而文章不稱，李翺、皇甫湜古文典雅而詩獨不傳，惟二公不然，可謂兼之。然世之論文者，必宗東坡；言詩者，必右山谷，其然豈其然乎？山谷自黔州以後，句法尤高，筆勢放縱，實天下之奇作，自宋興以來一人而已。」

裘君弘曰： 按史官此論是。宋一代之詩，實倡于歐、王二公，而歐尤處其先。然則歐公不特起文章之衰，而並能振風雅之靡，誰謂公僅變文格而不能變詩格也哉！ 吁，歐、王風其前，山谷闢其派，西江詩在宋朝，抑何盛也。史之意又若以古今來能兼詩文之妙者，惟蘇、黄二公，其實山谷文不如詩。余嘗有一平情之論，古人于詩文二者質有所近，學有所專，而餘力所及，並工而奄有之，則誠賢達之所難。故南豐之文，豫章之詩也； 豫章之文，南豐之詩也。而能兼之者，落落千載，宋以前祇一昌黎，宋以來祇歐、蘇二公，荆公次之。四海之大，千百世之遠，當必有知予此言者。

又曰： 西江詩祖山谷而不祖歐陽者，爲文所掩也。八家文列東坡而不列山谷者，爲詩所掩也。

劉後村曰：「國初詩人如潘閬、魏野，規規晚唐格調，楊、劉則又專爲『崑體』，故優人有撏撦義山之誚。蘇、梅二子稍變以平澹豪俊，而和者尚寡。至六一、坡公巍然爲大家數，學者宗焉。然二公亦各極其天才筆力之所至而已，非必鍛鍊勤苦而成也。豫章稍後出，會萃百家句律之長，究極歷代體製之變，蒐獵奇書，穿穴異文，作爲古律，自成一家，雖隻字半句不輕出，遂爲本朝詩家宗祖。在禪學中，比得達摩，不易之論也。其内集詩尤善，信乎其自編者。頃見趙履常極宗師之，近時詩人惟趙得豫章之意，有絶似之者。」

又曰：「後山樹立甚高，其議論不以一字假借人，然自言其詩師豫章公。或曰： 黄、陳齊名，何師之有？余曰： 射較一鏃，奕角一着，惟詩亦然。后山地位去豫章不遠，故能師之。若同秦、晁諸人，則不能爲此言矣，此惟深于詩者知之。文師南豐，詩師豫章，二師皆極天下之本色，故後山詩文高妙一世。」

東萊吕本中居仁學山谷爲詩，自言傳衣豫章，嘗作《西江宗派圖》，以山谷爲祖，傍列陳師道、謝逸、潘大臨、洪芻、饒節、僧祖可、徐俯、洪朋、林敏修、洪炎、汪革、李錞、韓駒、李彭、晁沖之、江端本、楊符、謝薖、夏倪、林敏功、潘大觀、何顒、王直方、僧善權、高荷，合二十五人，以爲法嗣，謂其源流皆出豫章也。序略云：「唐自李杜出，焜燿一世，後之言詩者皆莫能及。至韓、柳、孟郊、張籍諸人，激昂奮厲，終不能與前作者並。元和以後至國朝，歌詩之作或傳者，多依倣舊聞，未盡所趣。惟豫章始大出而力振之，抑揚反覆，盡兼衆體，而後學者同作並和，雖體製或異，要皆所傳者一，予故録其名字以遺來者。」

此江西詩派之所由名也。派中除陳後山，彭城人；韓子蒼，陵陽人；潘邠老，黄州人；夏均父、二林，蘄人；晁叔用、江子之、王立之，開封人；祖可，京口人；高子勉，江寧人；餘皆西江人也。其李錞，字希聲，官秘書丞，有詩集一卷。楊符，字信祖，出處未詳，有詩集一卷，詩中如「吏道官官惡，田家事事賢」，唐人得意句也。餘人另見于後。

《江西詩派》一百三十七卷，《續派》十三卷，則曾紘、曾思父子詩也。楊誠齋序之以入派。劉後村總序曰：「吕紫微作《江西宗派》，自山谷而下，凡二十六人。内何人表顒、潘仲達大觀有姓名而無詩。詩存者凡二十四家，王直方詩絶少，無可采。餘二十三家部帙稍多，今取其全篇佳者，或一聯一句可諷詠者，或對偶工者，各著于編，以便觀覽。派詩舊本以東萊居後山上，非是，今已繼宗派，庶不失紫微公初意。」

劉後村曰：「山谷詩，律不如古，古不如樂府。其文則專學西漢，紀事立言，頗時有類處。」

山谷最稱重無己，或問佳句，曰：「吾見其作温公挽詞一聯政雖隨日化，身已要人扶，便知其才不可敵。」

魯直《哭宗室公壽》詩云：「昔在熙寧日，葭莩接貴遊。題詩奉先寺，横笛寶津樓。天網恢中夏，賓筵禁列侯。但聞劉子政，頭白更清修。」意深語到，可見宗室前肆後拘氣象。務觀云：「韓子蒼嘗見魯直真蹟，第三聯改『屬舉左官律，不通宗室侯』，以此爲勝。」而曾吉甫獨取前作。出《二老堂詩話》。

歐陽季點嘗問東坡：「魯直詩何處是好？」東坡不答，但極口稱重黄詩。季點云：「如『臥聽疏疏還密密，曉看整整復斜斜』，豈是佳耶？」坡云：「正是佳處。」

山谷《贈晁無咎》云：「執持荆山玉，要我雕琢之。」蓋無咎初從山谷理會作詩，故無咎舊詩往往似山谷。二則出《紫薇詩話》。

魯直愛與郭功父戲謔嘲調，雖不當盡信，如曰：「公做詩費許多氣力做甚？」此語切當，有益于學詩者，不可不知也。出《彦周詩話》。

東坡、山谷始自出己意以爲詩，唐人之風變矣。山谷用工尤爲深刻，其後法席盛行海内，稱爲「江西宗派」。出《滄浪詩話》。

梅聖俞詩「南隴鳥過北隴叫，高田水入低田流」，歐公誦之不去口。魯直有「野水自添田水滿，晴鳩卻唤雨鳩來」之句，恐用此格律，而其語意高妙如此，可謂善學前人者矣。

韓退之《城南聯句》云：「庖霜鱠元鯽，淅玉炊香秔。」語固奇甚。魯直云：「庖霜刀落鱠，執玉酒明船。」雖依退之，駸駸直與少陵分路而揚鑣矣。若明眼人見之，自當作兩等看，不可與退之同調也。二則出《竹坡詩話》。

姚埍爲朱温學士，温問裴延裕行止，埍曰：「向在翰林，號爲『下水船』」，言文思甚捷也。」温應聲曰：「卿便是上水船。」議者以埍爲急灘頭上水船。山谷詩云：「花氣薰人欲破禪，心情其實過中年。春來詩思何所似，八節灘頭上水船。」周少隱謂：「山谷點化前人語，其妙如此，詩中三昧手也。」

晁君誠善詩，山谷常誦其「小雨愔愔人不寐，臥聽羸馬齕殘蔬」，愛賞不已。他日得句云：「馬齕枯萁喧午夢，誤驚風雨浪翻江。」自以爲工，語晁無咎曰：「吾詩實發于乃翁前聯。」無咎以語甥葉夢得，然不解「風雨翻江」之意。一日，夢得憇逆旅，聞傍舍有澎湃鞺鞳之聲，若風浪之歷船者，起視之，乃馬食于槽，水與草齟齬槽間而爲此聲，方悟山谷之句實爲奇也。

蜀人石異〔一〕，黄魯直黔中時從遊最久。嘗言見魯直《自矜詩》一聯云：「人得交遊是風月，天開圖畫即江山。」以爲晚年最得意，每舉以教人，而終不能成篇，蓋不欲以常語雜之。然魯直自有「山圍燕坐畫圖出，水作夜窗風雨來」之句，余以爲氣格當勝前聯也。出《石林詩話》。

黄詩韓文，有意故有工，老杜則無工矣。然學者先黄後韓，不由黄韓而爲老杜，則失之拙易矣。

黄詞云：「斷送一生唯有，破除萬事無過。」蓋韓詩有云：「斷送一生唯有酒」「破除萬事無過酒。」才去一字，遂爲切對，而語益峻。又云：「杯行到手更留殘，不道月明人散。」謂思相離之憂，則不得不盡，而俗士改爲「流連」，遂使兩句相失。正如論詩云：「『一方明月可中庭』，『可』不如『滿』也。」

魯直《乞猫》詩云：「秋來鼠輩欺猫死，窺瓮翻盆攪夜眠。聞道貍奴將數子，買魚穿柳聘銜蟬。」雖滑而可喜，千載下讀者如新。銜蟬，猫名，見《拾遺記》。

退之以文爲詩，子瞻以詩爲詞，如教坊雷大使之舞，雖極天下之工，要非本色，今代詞手唯秦七、黄九爾，唐諸人不逮也。以上四則出《後山詩話》。

山谷寄傲士林，而意趣不忘江湖，其作詩曰：「九陌黄塵烏帽底，五湖春水白鷗前。」又曰：「九衢塵土烏靴底，想見滄洲白鳥雙。」又曰：「夢作白鷗去，江湖水貼天。」又作《演雅詩》曰：「江南野水碧于天，中有白鷗似我閒。」

少遊調雷悽愴，有詩曰：「南土四時都熱，愁人日夜俱長。安得此身如石，一時忘了家鄉。」魯直謫宜，殊坦夷，作詩云：「老色日上面，懽情日去心。今既不如昔，后當不如今。」「輕紗一幅巾，短簟六尺牀。無客白日静，有風終夕凉。」少遊鍾情，故其詩酸楚；魯直學道休歇，故其詩閒暇。

山谷在星渚，賦《道士快軒詩》，點筆立成，其略曰：「吟詩作賦北窗裏，萬言不及一杯水，願得青天化爲一張紙。」想見其高韻，氣摩雲霄，獨立萬象之表，筆端三昧，遊戲自在也。

魯直元祐中，晝臥蒲池寺，時新秋過雨，凉甚。夢與一道士褰衣升空而去，望見雲濤際天，夢中問道士：「無舟不可濟，且公安之？」道士曰：「與公遊蓬萊，即襪而履水。」魯直意欲無行，強要之。俄覺大風吹鬢，毛骨爲戰慄，道士曰：「且斂目。」唯聞足底聲如萬壑松風，有狗吠，開目不見道士，唯見宫殿張開，千門萬户。魯直徐入，有兩玉人導升殿，主者降接之，見仙官執玉麈尾，仙女擁侍。中有一女，方整琵琶，魯直極愛其風韻，顧之，忘揖主者，主者色莊。故其詩曰：「試問琵琶可聞否？靈君色莊伎摇手。」頃與予同宿湘江舟中，親爲言之，與今《山谷集》語不同，蓋後更易之耳。

嶺外梅花與中國異，其花幾類桃色而脣紅香著，魯直詞曰：「天涯也得江南信。梅破知春近。夜闌風細得香遲。不道曉來開遍向南枝。玉簫弄粉人應妬。飄到眉心住。平生個裏傾杯深。去國十年老盡少年心。」

以上五則出《冷齋夜話》。

山谷屢用「魚千里」字，「尋師訪道魚千里，蓋世功名黍一炊」，又「小池已築魚千里，隙地仍栽芋百區」，又「爭名朝市魚千里，觀道詩書豹一班」，蓋出《關尹子》：「以盆爲沼，以石爲嶋，魚環遊之，不知其幾千萬里也。」出《芥隱筆記》。

山谷嘗謂：「白樂天『笙歌歸院落，燈火下樓臺』，不如杜云『落花遊絲白日静，鳴鳩乳燕青春深』也。孟浩然『氣蒸雲夢澤，波撼岳陽城』，不如九僧云『雲間下蔡邑，林際春申君』也。」

山谷《題高節亭邊山礬花》二絶自序云：「江南野中有一種小白花，木高數尺，春開極香，野人謂之鄭花。

荆公嘗欲作傳而陋其名，予謂曰：「山礬，野人採鄭花葉以染黄，不借礬而成色，故名山礬。海岸孤絶處補它山，譯者以謂小白花，予疑即此花爾，不然，何觀音老人端坐不去耶？」詩曰：「高節亭邊竹色空，山礬獨自倚春風。二三名士開顔笑，把斷花光水不通。」「北嶺山礬取次開，輕風正用此時來。平生習氣難料理，愛着幽香未擬回。」後曾端伯《高齋詩話》及洪景盧《容齋隨筆》皆謂山礬即唐人題詠之「玉蘂花」。胡仔《漁隱叢話》、葛立方《韻語陽秋》二書已駁端伯之説，謂玉蘂佳名，魯直不應捨之，而更曰「山礬」。周平園尤非之，爲作《玉蘂辨證》。其實，山谷所名山礬即今之瑒花，江南鄉音呼「鄭」爲「瑒」枝梗切，在上聲三十八梗韻，非唐昌之玉蘂及揚州瓊花也。當以平園之言爲確。

建中靖國間，例復官職。山谷有詩十首，其一指坡仙，云：「陽城論事益切直，陸贄草詔傾諸公。翰林若要真學士，唤取儋州禿鬢翁。」

始山谷未識東坡。一日，坡見其詩于孫莘老家，絶歎以爲世久無此作矣。因以詩往來，世故謂之蘇、黄。嘗曰：「讀魯直詩，如對魯仲連、李太白，使人不敢譚鄙事。」其推重如此。又嘗薦山谷自代，略云：「瑰瑋之文，絶妙當時；孝友之行，追配古人。」時人以爲實録。

「管成子無食肉相，孔方兄有絶交書」句，「語言少味無阿堵，冰雪相看有此君」句，「眼有人情如格五，心知世事等朝三」句。如此使事用意，對仗句法，俱入化境。

《冷齋夜話》云：「魯直使余對句，曰：『呵鏡雲遮月。』對曰：『啼妝露着花。』罪余于詩深刻見骨，不務含蓄，余竟不曉，此論當有知者。」明説是少含蓄，不過以句忌説盡耳，此亦何難知也。

黄庶

字亞夫，分寧人，山谷其子也。慶曆進士，知康州，有治聲，以仕不得志，刻意詩文。嘗作詩云：「漁家無鄉縣，滿船載稚乳。公私鞭笞急，醉眠聽秋雨。」又《題怪石》云：「山魈水怪着薜荔，天禄辟邪眠莓苔。」其奇句多類此。有《伐檀集》[二]一卷。

《許彦周詩話》云：「司馬公，諱池，仁廟朝待制，温公父也。作《行色》詩云：『冷於陂[三]水澹於秋，遠陌初窮見渡頭。賴得丹青無畫處，畫成應遣一生愁。』又黄公諱庶，《大孤山》詩云：『銀山巨浪獨夫險，比干一片崔嵬心。』人傳温公家舊有琉璃盞，爲官奴所碎，洛尹怒令糾録，聽温公區處，公判云：『玉爵弗揮，典禮雖聞於往記；彩雲易散，過差宜恕于斯人。』又魯直作詩，用事壓韻皆超妙，出人意表，蓋其傳襲文章，種性如此。」

《後山詩話》曰：「唐人不學杜詩，惟康彦謙與今黄亞夫、謝師厚景初學之。魯直，黄之子，謝之婿也，其于二父猶子美之于審言也。」

黄大臨

字元明，山谷兄也。知萍鄉、龍泉二縣，有惠政。尤長于詩，與山谷唱和，附見《豫章集》。其詩在黄氏，正如眉山之有長公、少公，而亞夫其老泉云。山谷又有弟叔度，亦能詩。嘗評古今《望夫石》詩，以顧況爲第一，云「山頭日日風和雨，行人歸來石應語」，語意皆工也。而陳後山極服其論。

魯直另有一癡弟，畜漆琴而不御，蟲蝨入焉。魯直嘲之曰：「龍池生壁蝨。」而未有對。一日，大臨且見床下，以溺器畜生魚，問，知其弟也，大呼曰：「我有對矣，乃『虎子養溪魚』也。」見《後山詩話》。

黃氏世居雙井有二井在溪水中，故名，廬東有勝地一區，長林巨麓，危峯四環，泉甘土肥，可以結茅。大臨構庵其間，因在寅山之頞，命曰「寅庵」。喜成四詩，遠寄魯直，令與都人士共和之。詩云：「一溪婉婉如平篆，四野青青似畫圖。阮客放船迷洞府，化人攜袂到清都。山中安用名丞相，天下于今得廣居。我即其間搆宮室，豫愁帝夢有華胥。」「山前有路到華胥，下即乾坤極海隅。西接洞庭開曉楚，東傾彭蠡浸晴吳。四時更代觀形化，萬物推移見尾閭。此世人人少閒暇，每携樽酒自看書。」「手把齊民種蒔書，莎衫臺笠事耕鋤。夏栽醉竹餘千箇，春糞辰瓜滿百區。五月十三日竹醉，瓜宜辰日種。早秫旋舂嘗麴蘗，新粱炊熟自樵蘇。日西杖履行山口，招得鄰丁作飲徒。」「招得鄰丁作飲徒，山家肴蔌蓋胥疏。就根煨笋連黃籜，和蒂栽瓜帶緑鬚。羹熟澤中親射鴈，膾成溪上自罾魚。遠懷羊仲荒三徑，能似林間今日無。」山谷和云：「四時説盡庵前事，寄遠如開水墨圖。略有生涯如谷口，非無卜肆在成都。旁籬榛栗供賓客，滿眼雲山奉宴居。閒與老農歌帝力，年豐村落罷追胥。」「兄作新庵接舊居，一原風物萃庭隅。陸機招隱方傳洛，張翰思歸正在吴。五斗折腰慚僕妾，幾年合眼夢鄉閭。白雲行處應垂淚，黃犬歸時早寄書。」「方若塘邊獨網魚，小桃源口帶經鋤。詩催孺子成雞柵，茶約鄰翁掘芋區。苦楝狂風寒徹骨，黃梅細雨潤如酥。此時睡到日三丈，自起開關招酒徒。」「未怪窮山寂寞居，此情常與世情疏。誰家生計無閒地，大半歸來已白須。不用看雲眠永日，會思臨水寄雙魚。公私逋負田園薄，未至妨人作樂無。」

謝逸

字無逸，臨川人，博學工文辭，操履峻潔。母喪，毀瘠不勝衣。尤精于詩，黄魯直讀其詩，曰：「使斯人在館閣，晁、張流也，恨未識之耳！」李商老謂其文步趨劉向、韓愈。再舉進士，不第。朱彦守臨川，以八行薦，勉赴之，一夕返。嘗自家如京師，士大夫迎候相屬，詩酒唱酬，屢月不能達。自號「溪堂」。其詩有《溪堂集》五卷，《補遺》二卷，入派。

《漫叟詩話》云：「無逸學問高傑，文辭鍛鍊，篇篇有古意，尤工于詩。」

無逸詩曰：「老鳳垂頭噤不語，枯木槎牙噪春鳥。」又曰：「貪夫蟻旋磨，冷官魚上竿。」又曰：「山寒石髮瘦，水落溪毛凋。」皆爲魯直所稱賞。

《正覺寺》云：「避暑訪禪客，頃作城南遨。秋風颯然來，草木鳴蕭騷。復起水東興，兩槳摇輕舠。何處可盤礴，有寺臨江皋。門户頗幽邃，野徑深蓬蒿。升堂脱冠坐，洗盞傾濁醪。初筵談名理，清言洗塵勞。徐徐雜詼諧，坦率真吾曹。尚餘清淨業，詩成謾揮毫。人生一瞬息，逝水行滔滔。歸與不秉燭，樓頭霜月高。」

《聞師川自京還豫章》詩云：「九衢街裏無停舟，君居陋巷不出遊。滿城惡少弋凫鴈，對面故人風馬牛。別後坐寒燈火夜，歸來眠冷江湖秋。馮驩老大食不飽，起視八荒提蒯緱。」

《北津渡》云：「竹籬茅舍掩柴扉，衰草寒煙野逕遺。只有白鷗無俗韻，何年相伴老清溪。」

一日，有一貢士來謁，坐定，曰：「每欲問無逸一事，輒忘之。嘗聞人言歐陽修，果何如人？」無逸熟視久之，曰：「舊亦一書生，後甚顯達，嘗參大政。」又問：「能文章否？」無逸曰：「也得。」無逸之子宗野方七歲，立于旁，聞之匿笑而去。見《冷齋詩話》。余嘗云：「此貢士畢竟是天上人，不然，或在桃源洞中來。若在世上，任他如何山顛海涯，决未有不知歐公者。無逸亦妙甚，不張皇，在有意無意之間。」又云：「此貢士年紀諒亦甚大，卻枉喫了數十年飯，不如謝家七歲孩童子也。」

無逸詞曲亦工，其《春夜·南歌子》云：「雨洗溪光浄，風掀柳帶斜。畫樓朱户玉人家。簾外一眉新月、浸梨花。金鴨香凝袖，銅荷燭映紗。鳳盤宫錦小屏遮。夜静寒生春笋、理琵琶。」

無逸嘗于黄州關山驛，題《江城子》一詞，過者必索筆于館卒，卒頗爲苦，因以泥塗之，其爲人賞重如此。詞云：「杏花村館酒旗風。水溶溶。颺殘紅。野渡舟横，楊柳緑陰濃。望斷江南山色遠，人不見，草連空。夕陽樓外晚煙籠。粉香融。淡眉峯。記得年時，相見畫屏中。只有關山今夜月，千里外，素光同。」

《漁家傲》云：「秋水無痕清見底。蓼花汀上西風起。一葉小舟煙霧裏。蘭棹艤。柳條帶雨穿雙鯉。自歎直鈎無處使。笛聲吹徹雲山翠。鱠落霜刀紅縷細。新酒美。醉來獨枕蓑衣睡。」

謝邁

字幼槃，臨川人，逸弟。嘗領漕，薦省闈，報罷，以詩酒琴奕自娱。兄弟並工詩文，稱曰二謝。吕舍人本中評云：「無逸詩似康樂，幼槃詩似元暉。」又云：「二謝修身厲行，在崇觀間無所污染，不獨以文見稱。」劉後村曰：「政宣間，科舉之外有岐路可進身。韓子蒼諸人或自鬻其技至貴顯，二謝乃老死布衣，其高節亦不可及。」邁詩有《竹友集》七卷，詩入派。

又有《竹友詞》一卷。

《栗里淵明祠》云：「淵明歸去潯陽曲，杖藜蒲鞵巾一幅。陰陰老樹囀黄鸝，艷艷東籬綻霜菊。世紛無盡過眼空，生事不豊無意足。廟堂之姿老蓬蓽，環堵蕭條僅容膝。大兒頑鈍懶詩書，小兒嬌癡愛棃栗。老妻日暮荷鋤歸，欣然一笑共蝸室。我詩未遣愁肝腎，醉裏呼童供紙筆。時時得句輒寫之，五言平澹用一律。田家酒熟夜打門，頭上自有漉酒巾。老農時問桑麻長，提壺挈榼來相親。一尊徑醉北窓卧，蕭然自謂羲皇人。此公聞道窮亦樂，容貌不枯似丹渥。儒林紛紛隨溷濁，山林高義久寂寞。假令九原今可作，舉公籃輿也不惡。」

《鳴玉泉》云：「山路秋陽何赫赫，山亭秋冷多秋色。豈惟醉耳玉琮琤，照眼寒光如練白。舊聞瀑布垂雲間，恍疑銀河隨天關。西望香爐不得往，個中原有小廬山。」

饒節

字德操，臨川人。博學善屬文，然性剛峻，晚祝髮爲浮屠，名如璧，在襄、漢間聲望甚重。尤工詩，山谷、後山、師川、居仁諸君子皆愛重之，與唱和。臨川能詩者，時稱二謝一饒，謂溪堂兄弟暨節也。其詩有《倚松集》二卷，外文集一卷，俱徵入《秘閣詩》，入派。

吕居仁曰：「江西諸人，詩如謝無逸富贍，饒德操蕭散，皆不減潘邠老精苦也。然德操爲僧後，詩更高妙，殆不可及。嘗作詩勸余專意學道，云：『向來相許濟時功，大似頻伽餉遠空。我已定交木上座，君猶求舊管城公。文章不療百年老，世事能排雙頰紅。好貸夜窓三十刻，羗牀趺坐究幡風。』」

又曰：「邠老嘗寄德操、均父詩云：『文如二稚徒懷璧，武似三明卻韔弓。松檜參天西邑路，時時騎馬訪龐公。』『文如二稚』謂德操，『武似三明』謂均父夏均父倪。後德操爲僧，名如璧，殆詩讖也。」

德操初見邠老和山谷中興碑詩，讀至「天下寧知再有唐，皇帝紫袍迎上皇」，歎曰：「潘十後來做詩，直至此地位耶！」

德操作僧後，有《送别外弟蔡伯世》詩云：「要做仲尼真弟子，須參達摩的兒孫。」時諸説禪者不一，故德操專及之。出《紫微詩話》。

裘君弘曰：德操爲儒不足，去而爲僧，畢竟是下喬木，入幽谷處，其與收斂加冠巾者異矣。且宣聖、達摩對舉，猶屬誕妄，讀者無爲其佳句所惑也。吕紫薇亦尚禪學，故亟稱之。余所以不删此條者，正欲垂誡後世，以見能詩如德操，不能蓋其逃禪之罪耳。不可不辯。

陳瑩中與節詩云：「舊時饒措大，今日壁頭陀。借問安心法，儒禪隔幾何？」

許顗曰：「德操爲僧，號倚松道人，作詩有句法，苦學副其才情，不愧前輩。尤善作銘贊古文，其作《佛米贊》，謂武將念佛，以米記數得三升也。將軍念佛，難于遣詞，而曰：『時平主聖，萬國自靖。不殺而武，不征而正。矯矯虎臣，無所用命。移將東南，介我佛會。舊聞我曹，念佛三昧。喑嗚叱咤，化爲佛聲。三令五申，易爲佛名。一佛一米，爲米三升。自升而斗，自斗而斛。念之無窮，太倉不足。』觀此，雖柳子厚，曲折不過是矣。」

先是，如璧詩有「閒携經卷倚松立，試問客從何處來」之句，因號倚松。

節嘗携一僕遊襄、鄧間，後僕竊聽説法，日有開悟，遂亦祝髪，名如琳。既死，好事者爲作《舉火疏》曰：「無復挾書，更逐康成之後；　豈憂成佛，不居靈運之先。」

洪　朋

字龜父，建昌縣人，熙寧進士，師民之子也。舉明經，歷臨川令。兄弟四人皆工詩。母黄夫人，山谷之妹，豫章集中所謂「洪氏四甥」者是也。朋詩有《清非集》二卷，詩入派。

山谷與朋書云：「龜父所寄詩，語益老健，甚慰相期之意。」《寫韻亭》云：「紫極宫下春江横，紫極宫中百尺亭。水入方州界玉局，雲映連水羅翠屏。小楷四聲餘翰墨，主人一粒盡仙靈。文簫采鸞不復返，至今神界花冥冥。」吕紫薇曰：「作詩至此，殆無遺矣！」

劉後村曰：「龜父警句，往往前人所未道，然早卒，惜不多見。與弟駒父遊梅仙觀，有詩云：『願爲龍鱗嬰，勿學蟬骨脱。』是以直節期乃弟矣。駒父後居上坡，晚節不終，不特有愧舅氏，亦有愧于長君也。

洪氏累世同居，太祖旌曰「義門」。

洪 芻

字駒父，朋弟。紹聖進士，官至諫議大夫。其詩有《老圃集》一卷，詩入派。

駒父嘗曰：「柳子厚詩『欸靄一聲山水緑』，『欸』音奥，而世俗乃分『欸乃』爲二字，誤矣。如杜詩『雨腳泥滑滑』，世以爲『兩腳』，王元之詩『春殘葉密花枝少，睡起茶親酒盞疏』，世以爲『睡起茶多』，皆此類。」出《冷齋夜話》。

《擬峴臺》云：「崇臺面空闊，遠眺真高明。一水來朝宗，彎環抱荒城。連山頗偃蹇，卻略依翠屏。緬懷青溪上，興與峴首并。客從豫章來，及此春服成。公子有好懷，良辰始兹登。初筵挹溪光，中觴聞雨聲。翠幄列茂樹，金沙漲回汀。鷗鳥舞不下，漁舟縱復横。尚恨夜氣斂，不見白月生。信美非吾土，少留空復情。」

《鵝湖山》云：「萬松參嶺路，千畝勸春耕。不復紅鵝下，空遺碧澗横。佛局傳縹緲，仙馭鎮崢嶸。道釋分殊境，籃輿許我行。」

《石耳峯》云：「朝踏紅塵暮宿雲，往來車馬謾紛紛。猴溪橋下潺湲水，惟有峯頭石耳聞。」兩峯高聳，形如兩耳，故名。峯在廬山北，距九江郡城六十里，其下爲圓通寺。

芻嘗撰《豫章職方乘》三卷，《後乘》十二卷。「乘」取《晉乘》爲名，蓋志屬也。《後乘》有太守程叔達序。又著《香譜》一卷，集古今香法，有鄭康成漢宮香、南史小宗香、真誥嬰香、戚夫人返駕香、唐員半千香，所記甚該博。

芻又編宋玉、司馬相如、遷、董仲舒、賈誼、枚乘、路喬如、公孫詭、鄒陽、公孫乘、羊勝、中山王勝、淮南王安、班婕妤、王褒、劉向、劉歆、揚雄、班固凡十九家遺文，敘其可考而讀者，爲《楚漢逸書》八十二篇。

洪炎

字玉父，兄芻同榜進士，官中書舍人。其詩有《西渡集》一卷，詩入派。

劉後村曰：「玉父南渡後爲少蓬，聞師川召，有《懷駒父》詩云：『欣逢白鶴歸華表，更想黃龍出羽淵。』然師川卒不能返駒父于鯨波之外，玉父愛兄之道至矣，余讀而悲之。」

《月夜登滕王閣》云：「桃花亂打散花樓，南浦西山送客愁。爲理伊州十三疊，緩歌聲裏有洪州。」

《逍遥閣》云：「傑閣龍樓倚翠微，中秋午夜忘清輝。桂枝委地三千尺，柏影垂壇四十圍。簫鼓或疑風雨下，雲霄猶想錦帆飛。只今井臼依然在，不見歸來丁令威。」

季弟羽，字鴻父，坐上書，元符入籍，終其身。亦有詩名，惜其詩不傳。

徐俯

字師川，分寧人，尚書忠愍公禧之子，山谷諸甥也。高宗以山谷故，召用之，丞相吕頤浩作書具道上旨。立朝以氣節自勵，官樞密使，其詩有《東湖集》二卷。詩入派。

山谷跋前曰：「龜父携師川《上藍莊》詩來，詞氣甚壯，筆力絶不類年少書生，意其行己讀書，皆當老成解事。熟讀數過，爲之喜而不寐。老舅年衰才劣，不足學。師川有意日新之功，當于古人中求之耳。」

劉後村曰：「師川，豫章之甥。然自爲一家，不以渭陽高自標樹，藐視一世，同時諸人多推下之。舊傳豫章見師川《雙廟詩》，勉諸洪進步。今集中《雙廟詩》不存，則其詩零落多矣。師川在靖康中以名節自任呼婢曰昌奴事，故其詩云：『直道庶幾師柳下，不應四海獨詩名。』可謂實録。諸人所以推下之者，不獨以其詩也。」

饒德操酷愛師川《雙廟詩》「開元天寶間，衮衮見諸公。不聞張與許，名在臺省中」之句。出《紫微詩話》。

《滕王閣》云：「雲氣浮高棟，波瀾繞古城。雨餘山更碧，葉下水逾清。燕語留秋色，鵶聲落晚晴。昔王歌舞地，帆急見山行。」

《新營市》云：「雙飛燕子幾時回，夾岸桃花蘸水開。春草斷橋人不渡，小舟撑過柳陰來。」

師川最喜韋應物詩，嘗云：「韋蘇州詩，人多言其古澹，乃是不知言。自李杜以後，古人詩法盡廢，惟蘇州有六朝風致，最爲流麗。」

汪　革

字信民，臨川人。紹聖進士，分教長沙。吕希哲見之，以比黄憲、茅容。蔡京當國，欲得知名士附己，召爲周王教授，不就，曰：「吾異時不欲附名奸臣傳。」年四十卒。其詩有《青溪集》一卷，吕居仁序之，入派。居仁于宗派中尤推尊信民云。

《寄謝無逸》云：「問訊江南謝康樂，溪堂春水想扶疏。高談何日看揮麈，安步從來可當車。但得丹霞訪龐老，何須狗監薦相如。新年更勵於陵節，妻子同鋤五畝蔬。」

信民于文，無不精到。嘗代滎陽公作《張先生哀詞》云：「惟古制行必中庸兮，降及末世戾不通兮，首陽柱下更拙工兮。」其餘忘之矣。出《紫微詩話》。

《和吕紫微欲晴》詩有云：「釜星晚雜出，雨脚晨可歇。」

又和《春日絶句》云：「晏坐賫堂一事無，居官蕭散似相如。偶違濁酒風前約，不見繁英雨後疏。」

又詩云：「富貴空中花，文章木上癭。要知真實地，惟有華嚴境。」蓋信民亦喜禪學。

李　彭

字商老，建昌人，尚書公擇孫也。博學强記，尤工詩，東坡、山谷、文潛諸公皆與往還。其詩有《日涉園集》十卷，詩入派。

吕居仁曰：「商老詩文，富贍宏博，非後生容易可到。《翻經臺》詩云：『五十餘卷在高臺，内史翻時蠟屐來。夢斷池塘人不見，年年春草緑成堆。』」

張擴

字彦實，德興人，崇寧進士，官中書舍人。與吕居仁爲詩友，著有《東窗集》四十卷。夏均父稱張彦實詩出江西諸人，彦實《送均父作江守》詩云：「平時衮衮向諸公，投老猶推作郡工。未覺朝廷疏汲黯，極知州郡要文翁。」均父每諷誦之。出《紫微詩話》。

胡宗元

清江人，有詩集，山谷序之，略曰：「君自結髮至白首，未嘗廢書，其胸次所藏，未肯下一世事也。前莫輓，後莫推，是以窮于丘壑。其卒也，子弟門人次其詩爲若干卷。觀宗元之詩，好賢而樂善，安土而俟時，寡怨之言也，可以追次其平生，見其少長不倦，忠信之士也。至于遇變而出奇，因難而致巧，則又似予所論詩人之態也。其興託高遠則附于國風，忿世疾邪則附于楚詞，後之讀宗元詩者，亦以是求之。」

曾紘 子思

字伯容，南豐人，子固弟阜字子山之子也。博學工吟咏，其詩有《臨漢居士集》七卷。子思，字顯道，亦工詩，有《懷峴居士集》六卷。阜嘗將漕湖南，後家襄陽。紘父子皆有官，而皆高亢不仕。楊誠齋序其詩以附詩派之後，略曰：「伯容詩源委山谷先生，顯道得其父句法。伯容放浪江湖間，與夏均父諸詩人遊從唱和，其題壁與咏見于均父集中者三十有二篇。余每誦均父之詩，云：『曾侯第一。』又云：『五言類元度。』又云：『秀句無一塵，想見其詩而恨不見其人。』行天下五十年，每見士大夫，必問伯容父子詩，無能傳者。今忽得故人尚書郎江西漕雷公朝宗，寄余以二曾詩集二編，屬序。披誦三過，蔚乎若玉卉之蓮敷月露之下也，沛乎若雪山之水寫灩澦而東也，琅乎若岐山之鳳鳴梧竹之風也，望山谷之宫庭，蓋排闥而入，歷階而升者歟！」

李　忞忞音孚

《紫微詩話》云：「李忞去言，公擇尚書猶子，少能文詞。年十七八時，作詩云：『去國城春桃李花，楓林葉病尚天涯。今年九日風前帽，北客扁舟雨後沙。』忘下四句。汪信民甚稱之，以爲有過其侄商老處。方臘之亂，去言有詩『蒼黄避地小兒女，漂泊連床老弟兄』，亦佳句也。」

羅尚友

字明善，萍鄉人，少負俊才。嘗謁閽門使蕭注，賦詩云：「人間酒客兼詩客，天上文星與將星。」注大敬之。後登第，授武昌推官，中丞李公擇爲帥，每宴集，必召。凡樂府詩歌皆即席成，時號「席上才子」。

黎道華

字師侯。學詩于謝無逸，與曾季貍、僧惠嚴俱以詩名，號「臨川三隱」。有《頤庵詩集》，姜之茂集《臨川三逸》，詔收入秘閣。

道華性至孝，母家汝水東，日一省視，寒暑不輟。一日春水暴漲，駕小舟衝浪而往，舟已没矣，篙師手援出之，以爲純孝所致。

《明水寺》詩云：「寒日荒荒野外昏，亂山深處訪祇園。一條澗水穿龍洞，十里松陰蔽寺門。衲子茹蔬憐鶴瘦，吾儕飲酒作鯨吞。夜闌笑語喧空闊，驚起栖鴉過别村。」

曾幾

字吉父，贛人，嘉祐進士。準季子，清江三孔甥也。以長兄弼爲湖北提學，渡江溺死，恩廕將仕郎。銓試第一，用故事賜進士出身，擢國子學正。時禁元祐學，以剽綴熟爛爲文，幾獨表内舍陳元有經義，文體少變。歷仕至禮部侍郎，乾道二年卒于家，壽八十三，謚文清。幾中歲以忤秦檜罷，僑寓上饒，與吕舍人本中居茶山寺七年，自號「茶山居士」。檜死，復起，尋歷秘書監，蓋早爲館職，洊更中外，去三十八年而復至，鬚髮皓然。每會同舍郎，多談前輩言行，臺閣典章，縉紳推重焉。爲詩古雅贍麗，有《專集》十五卷，又《文集》五十卷，《經説》二十卷。

汪内相將赴臨川，吉父以詩送之，有「白玉堂中曾草詔，水晶宫冷近題詩」之句。韓子蒼改「中」字爲「深」字，吉父聞之，以子蒼爲一字師。見《竹坡詩話》。

陸放翁幼時爲吉父所賞識，後其詩爲南渡冠，人愈服吉父之藻鑑。

二子俱以文學稱，逢字原伯，司農卿；逮字仲躬，户部侍郎，有《習庵集》十二卷。

劉後村《序江西詩派》有曰：「同時如曾文清，乃贛人。又與紫微公以詩往還，而不入派，不知紫微去取之意云何，惜當日無人以此叩之。」

吉甫有絶句云：「梅子黄時日日晴，小溪泛盡卻山行。緑陰不減來時路，添得黄鸝四五聲。」

曾　紆子惇

字公卷，南豐人，文肅公布之子也。有異才，善詞翰。布在相位，嘗奉詔撰《景靈西宫碑》，潛命紆代筆。以廕補官，歷直寶文閣，守本郡。生平砥礪志節，崇寧癸未坐黨籍，貶零陵。與黄魯直厚善，别號空青，有《空青文集》十卷。淳熙中，陸放翁爲常平使者至臨川，得其遺文讀之，歎舉世士大夫知空青不盡云。

孫鴻慶序公文章，固守家法，而學詩以母夫人魯國魏氏爲師，句法精麗，絶去刀尺，有古詩之風。黄魯直遷宜州，道出零陵，得公《江越書事》二小詩，書團扇上，諸詩人莫能辨也。

馬丞相廷鸞《序》略曰：「余自誦涪翁『扶藜』『對蘚』之吟，曲阜『把卷臨燈』之句，固已慕公袞才章之盛，顧前修日遠，自乾淳諸老文字，猶多遺落，况過江前後間乎？一日，西泉吴太史爲言：『此吾鄉空青公也，有集藏于家。』余惟空青公子弟起家，文章繼世，潛逃于家君柄用之時，繾綣于諸賢流落之後，未幾滅迹毁廬，相隨入黨。迄天地重開，迨能以《三朝正論》暴白于世，視同時諸貴公子孫所謂繼志述事者，其爲人賢不肖何如也！昔石林葉公以『親見揚雄』美其詩，以『新樣元和』評其書，以『三世風流』頌其文。近世李鴈湖亦謂人惡儁異，俗疵文雅，如空青諸人，雖不偶于一時，而文采爛然垂後者，世不能掩也。今其遺文如魯殿秦碑，見者珍惜，自可孤行于南豐、曲阜之後云。」

曾氏自文定公依祖母居臨川，故其子孫輩皆載臨川人。空青卒，汪彦章志其墓。

空青子惇，字銊父，歷知台州。長于詩，有父風。詩集一卷傳世，皆在台時作也。

曾季貍

字裘父。文定公弟曰湘陰簿宰，宰之孫曰大理司直晦之，季貍其子也。多從呂居仁、徐師川遊，盡得其詩學。一試禮部，罷，屢薦不起。朱晦翁、張南軒皆敬重之，自號「艇齋」，陸放翁序其集。

《題羅漢石》云：「吾聞大幻師，種種示方便。雖於土石中，神力亦週遍。君看此翠琅，乃有羅漢面。殷懃作禮相，形質皆可辨。初觀頂相殊，次觀雙足現。僧袍如輕綃，風舉勢旋轉。得非方廣尊，影若此石片。千年磨不盡，若堅金百煉。我來一瞻敬，贊歎未曾見。摩挲睇玩久，欲去反留戀。叮嚀善守護，尊者具神變。會當清夜闌，神光照金殿。」

《躍馬泉》云：「山靈從何來，崩騰躍萬馬。初疑夫差軍，水犀光照夜。又疑鬨於戰，聲撼武安瓦。森然毛骨竦，舌拄不能下。對此神駿姿，可以一戰霸。」

《宿正覺寺》云：「正覺江邊寺，風煙罨畫然。庭羅合抱柏，門泊釣魚船。暮雨涼初過，中秋月正圓。無人來共賞，獨自占江天。」

《白水寺》云：「暫假僧房憩，炎蒸覺頓忘。誰知六月雨，已似九秋涼。石徑苔痕滑，稻花田水香。鳴蟬休聒耳，容我此徜徉。」

《南湖》云：「葛巾藜杖興何長，爲愛南湖六月涼。雨在山頭作雲氣，風來水面散荷香。登臨稍喜市聲遠，徙倚猶嫌歸興忙。後日重來携枕簟，不妨午夢到斜陽。」

季貍之師友往復書簡，其子濰輯而刻之，曰《艇齋師友尺牘》二卷。自吕居仁、徐師川以降，下至淳熙、乾道諸賢，多在焉。論者謂裘父蕭然布衣，而名流敬愛之若此，足以知其人之賢，且見當時風俗之美也。

季貍又著有《艇齋詩話》一卷。

蔡　柟

字堅老，南豐人，有詩名。嘗謁韓子蒼，令賦新荷，即吟曰：「朱欄橋下水平池，四面無風柳自垂。疑是水仙吟意懶，碧羅箋卷未題詩。」韓大敬服。柟，宣和以前人，卒于乾道庚寅。曾公卷、吕居仁輩皆與唱和。其詩有《雲壑隱居集》三卷，又有《浩歌集》一卷，則詩餘也。

登郡學稽古閣晚望，作詩云：「檐外川原迥，煙中草樹微。山城暮吹角，客子淚沾衣。歲月經身老，行藏與願違。歸禽帶落日，渺渺背人飛。」

《紫霄觀》云：「石梯雨過紫苔斑，竹洞雲深白晝閒。長恨桃花大漂泊，誤隨流水到人間。」

吕南公

字次儒，南城人。熙寧鄉貢，一試禮部不偶，遂罷舉。肆力文學，自號「灌園先生」，著《灌園集》三十卷。晚年欲修《三國志》，題其齋曰「衮斧」，書將成而卒。元祐諸公擬薦進之，竟不及。

《葛仙峯》云：「南峯枕崇坂，逕路荆榛稠。遺壇在其顛，名爲仙翁留。石角已剥泐，林芳自春秋。誰云骨中塵，來繼中霄遊。」

汪應辰

字聖錫，玉山人，紹興狀元。本名洋，御筆改賜，以其年方十八，與王拱辰及第時相類也。仕終端明殿學士，謚文定。應辰天才甚高，文名震一時，尤長制誥，温雅典實，得王言體，朱子稱爲近世第一。有《玉山翰林詞草》五卷。子逵登第，官吏部尚書。

宋高宗《題汪狀元澗底松》云：「有松百尺大十圍，生在澗底寒且卑。澗深山險人絶路，至死不逢工度之。天子明堂欠梁木，此求彼有良不知。誰喻蒼蒼造物意，但與之材不與地。金張世禄原憲貧，牛衣寒賤貂蟬貴。貂蟬與牛衣，高者未必賢，下者未必愚。爾不見，沉沉海底生珊瑚，歷歷天上種白榆。」

琵琶洲在餘干縣南水中，擁沙成洲，狀如琵琶。應辰有詩云：「塞外風煙能記否，天涯淪落自心知。眼前風物參差是，只欠江州司馬詩。」蓋借用明妃、香山故事相映帶也。

《歸雲堂》云：「浮雲本無心，人心逐雲去。更作歸雲堂，雲歸竟何處。」

應辰在秘書監，食罷會茶，一同舍就枕不起，或戲之曰：「宰予晝寢，于予乎何誅？」衆未有言，應辰曰：「有一對，雖于今事不切，然卻是一個出處。」衆問之，曰：「子貢方人，夫我則不暇。」遂合詞稱美。

應辰嘗作《唐書列傳辯證》二十卷，以元祐名賢謂列傳記事毁于鑴削，暗于藻繪，故隨事辯證之，只攻列傳，不及紀志也。

利申

字仲通，大庾人。元豐間，值新學興，遂不應試。娛情詩賦，所與唱和皆一時名流焉。

易著明

字晦之，宜春人。精聲律，與石曼卿爲詩友。時人語曰：「宜春易著明，擲地作金聲。」天禧中，官左班殿直。

孫勴

字世舉，寧都人，介夫子也。涉獵經史，尤工詩。弱冠從東坡遊。平生著作甚富，累辟不就，隱居延春谷，環堵蕭然。東坡榜其廬曰「竹林隱居」。

馬存

字子才，鄱陽人。元祐進士，越州觀察推官。存早遊太學，研經以考道，觀史以究治亂之變。摇毫頃刻數千言，文學鎗一時。徐節孝積、蘇文忠皆愛重之。《通志》載：樂平人。

砎軒程氏曰：「子才文，波瀾雄壯，英毅有奇氣，不可縶維，淵然有爲國經久意。既殁，川黨議起，蘇、黄文字焚毁無遺，子才亦在指揮中，故世罕傳。近得其族黨所儲善本，參以板行者，釐爲十一卷，凡策二，策問四，時論三，史論二十二，古詩四十六，律詩五十，絶句八十四，記十一，序八，書四，啓七，文疏八，雜著四，誌銘十三。又爲年譜列于墓碣之次，以詳其出處云。」

省試《楊雄論》曰：「方莽以險怪愚天下，學士大夫高節尚潔者，非引去，則繼以死。雄斯時方著《劇秦美新》以發揚其盛，讀之令人氣沮，拂膺不懌者累日。嗚呼，雄乎寧死耳，其忍爲此文哉！」東坡典舉，奇之，京師競傳，因呼爲「拂膺公」。廷對言：「臣之深思常略于東南，而獨在北方。」蘇子由爲詳定官，喜其遠慮，欲以冠多士，同列間之，抑居第四。蓋存生平總受知于眉山兄弟，文章針芥之投，良不偶云。

彭超然

《冷齋夜話》云：「吾弟超然喜論詩，其爲人純至，有風味。嘗曰：『陳叔寶絶無肺腸，然詩語有警絶者，如曰：「午醉醒未晚，無人夢自驚。夕陽如有意，偏傍小牕明。」王摩詰《中山詩》曰：「溪清白石出，天寒紅葉稀。山路原無雨，空翠濕人衣。」舒王《百家夜休》曰：「相看不忍發，慘澹暮潮平。欲別更攜手，月明洲渚生。」此皆得于天趣。』予問曰：『句法固佳，然何以識其天趣？』超然曰：『能知蕭何所以識韓信，則天趣可言。』予竟不能詰，歎曰：『微超然，誰知之？』」

超然，《通志》載入「隱逸」，其生平皆未詳，字亦不載，但括「與兄覺範論詩，貴得天趣」數語。想亦從《夜話》中採入者，他無所考也。覺範，《通志》載：新昌彭氏子，而《文獻通考》、晁氏以爲高安喻氏子，未知孰是。

彭淵材

淵材，詩僧覺範叔也。嘗作《海棠詩》，有云：「雨過温泉浴妃子，露濃湯餅試何郎。」覺範亟稱之，曰：「前輩作花詩，多狀美女，如『若教解語應傾國，任是無情也動人』。山谷《酴醿詩》『露濕何郎試湯餅，日烘荀令炷爐香』，乃用美丈夫比之，特若出類。而吾叔淵材《海棠詩》又不然，其意尤工也，蓋謂合美女、美丈夫以比，較前人作特爲穎異生新耳。」又山谷嘗笑覺範詩説煙波縹緲處，前身合是筲師、沙户，因贈以詩，略曰：「吾年六十子方半，槁項螺巔度歲年。脱卻衲衣着蓑笠，來佐涪翁刺釣船。」淵材曰：「此退之贈澄觀『我欲收斂加冠巾』，換骨句也。」由此推之，淵材自是詩流，但志乘未載。我疑亦屬沙彌，與覺稱呼，乃其法門宗派，未必是俗家猶子行也。連超然吾亦疑其是僧，覺範數數稱吾弟超然，意亦禪門之派。即超然爲義，亦似方外名字，俗家如此命名者頗少。《通志》或不察，因覺範弟蓄之，遂曰彭超然，乃蒙覺範俗家之姓爲言耳。然《通志·方伎類》又有彭攀龍者，字淵材，新昌人，工樂律，獻樂書于朝，爲協律郎，飦粥不給，乃歸。與覺範《冷齋夜話》所稱淵材二則相類似，即此人是淵材，實係方内，非僧也。但《夜話》前云「吾叔淵材」，後二則云「劉淵材」，則淵材姓劉非姓彭矣。即覺範一人，一以爲俗姓彭，一以爲俗姓喻，此而忽又自以姓劉者爲叔，何也？然則淵材僧乎？俗乎？彭與劉一人乎？二人乎？俱不可知，姑闕之，以俟博覽之君子。

《夜話》云：「淵材遊京師貴人之門十餘年，貴人皆前席。家在筠新昌，其貧至饘粥不給，父以書召歸，曰：『汝到家，倒懸解矣。』淵材于是南歸，一黠挾布橐，斜絆其腋。一邑聚觀，親舊相慶，曰：『布橐中必金珠也。』予雅知其迂闊，疑之，乃謂：『君官爵雖未入手，必使父母妻兒脱凍餒之厄，橐中所有可早出。』觀淵材喜見眉髮，曰：『吾富可敵國也，汝可拭目。』乃開橐，有李廷珪墨一丸，文與可竹一枝，歐公《五代史稾》一巨編，餘無所有。」

又云：「李州大夫客都下，一年無差遣，乃受昌州，議者以去家遠，改鄂倅。淵材聞之，吐飯，大步往謁，曰：『誰爲大夫謀？昌，佳郡也，奈何棄之？』李驚曰：『供帳豐乎？』『非也。』『民訟簡乎？』『非也。』『然則何以佳？』淵材曰：『天下海棠無香，昌州獨香，非佳郡乎？』聞者傳以爲笑。」

【校記】

[一]石異，原本作「君翼」，據葉夢得《石林詩話》卷一「蜀人石異」條改。

[二]伐檀集，檀，原本作「壇」，形近而誤。因改。

[三]陂，原本作「波」，据許顗《彥周詩話》「司馬公諱池」條改。

西江詩話　卷四

楊萬里

文節公有《誠齋集》一百三十三卷，其《江湖》《荊溪》《南海》三集皆詩也。自序《江湖集》云：「予少有詩千餘篇，至紹興壬午皆焚之。大槩江西體也。今所存曰《江湖集》者，蓋學後山及半山及唐人者也。」序《荊溪集》云：「予詩始學江西諸君子，既又學後山五字律，既又學半山七字絶句，晚乃學絶句于唐人。學之愈力，作之愈寡，嘗與林謙之屢歎之，謙之云：『擇之之精，得之之艱，又欲作之之不寡乎？』之官荊溪，作詩忽若有悟，于是辭謝唐人及王、陳江西諸君子皆不敢學，而後欣如也。」序《南海集》云：「予好爲詩，初好之，既而厭之。紹興壬午詩始變，予乃喜，既又厭之；至乾道庚寅，詩又變；淳熙丁酉，詩又變。時假守毘陵，友人尤延之云予詩每變每進。今老矣，未知能變否；能變矣，未知能進否。」蓋先生自述其詩，凡數變，如此學之益力，擇之益精，其變而益上也。可知至盡謝諸古人，則已自闢一樊籬矣，而猶孳孳然望變于老，望進于變，吾意先生于詩，蓋終身以之者也。

先生理學大儒，與朱、陸伯仲，宜若無意于詩，而詩學已源源本本如此，學之愈力，作之愈寡，皆過來人語也。

字廷秀，廬陵人，顏其讀書處曰「誠齋」。光宗在東宮爲書「誠齋」二字，學者稱「誠齋先生」。

劉後村曰：「後來誠齋出，誠得所謂活法，所謂流轉圓美如彈丸者，恨紫微公不及見耳。」由後村言考之，則誠齋詩亦宗江西派可知，故誠齋以曾氏父子續詩派之後，余又欲以誠齋續曾氏父子之後，此余詩話卷四首誠齋之微意也。

《明發陳公徑過摩舍那灘石峯下》五言古云：「遥松煙未消，近竹露猶滴。石峯矜孤鋭，喜以江自隔。清潭涵曦紫，碧岫過雲白。回瞻宿處堤，路轉不可覔。地迥人絶影，山僻虎留迹。下有無底潭，上有欲落石。是間一徑横，夾以萬松直。樹從何時有，陳公所手植。陳公今焉在，徑松自寒碧。」二「昨宵望石峯，相去無一尺。今日行終朝，秖繞石峯側。石峯何曾遠，江路自不直。仰瞻碧孱巖，清峽如立壁。反覆得細看，何必更登陟。後顧江已遠，前顧江若塞。棹進岸自回，天水未有極。簾欣入絶巘，舟愕觸潛石。東暾澹未熹，北吹寒更寂。岸草不知愁，向人弄晴碧。」二「澄潭湧晴暈，不風自成花。回流如倦客，出門復還家。江晴已數日，新漲没舊沙。知是前溪雨，濕雲尚横斜。」二「山轉江亦轉，江行山亦行。風鬟照玉鏡，素練縈青屏。我本山水客，澹無軒冕情。塵中悔一來，事外懷孤征。忽乘滄浪舟，仰高俯深情。餐翠腹可飽，飲渌身須輕。鷗鳩不相識，還作故園聲。」一

李聖俞郎中求江西黄雀醝法，公戲作《醝經》遺之，乃一篇七古詩也。詩云：「江夏無雙小道士，一丘一壑長避世。裁雲縫霧作羽衣，蘆花柳綿當裘袂。身騎鴻鵠太液池，腳踏金蟆攀桂枝。渴飲南陽菊潭水，饑啄藍田粟玉芝。今年天田秋大熟，紫皇遣刈神倉穀。一雙凫雁墮雲羅，夜隨弋人卧茅屋。賣身不直程將軍，卻與彭越俱策勳。解衣戲入玉壺底，壺中别是一乾坤。水精鹽山兩岐麥，身在椒蘭衆香國。玉條脱下澡凝脂，金叵羅中

酌瓊液。平生學仙不學禪，刳心洗髓糟床邊。諸公俎豆驚四筵，猶得留侯借箸前。昔爲飛仙今酒仙，更入太史滑稽篇。」黄雀出江西臨江府，土人謂脂厚爲披綿，故坡詩「披綿黄雀漫多脂」。

《送子仁姪南歸》云：「再歲來相欵，三杯忽語離。忍將衰老淚，滴做送行詩。子去儂猶住，身留夢亦隨。南溪舊風月，千萬寄相思。」此首可想見先生至性，猶子如此，則其于君親手足之際，宜何如也。

《袁州路遇晴》云：「晴意久不果，天容今日新。如何半輪日，銷去許多雲。積雨還休雨，小春真似春。客心君莫問，山鳥亦欣欣。」

《贈劉景明來訪》云：「硯席相從昔少年，白頭誰信兩蒼然。來從八桂三湘外，憶折雙松十載前。告我明朝還又別，對床終夕不成眠。交遊存歿休休説，且爲梅花釂玉船。」

《題桂山堂》云：「艮齋曳袖出明光，歸卧江皋一草堂。種滿山中渾是桂，怪來月窟更無香。九秋金粟供朝飯，三徑黄花并夕糧。履上星辰冠上豸，一時脱卻濯滄浪。」

《宿長林》云：「霽月撩人白，風燈惱客青。倦多資美睡，酒薄免遲醒。」

新淦人蕭大臨、大受，幼失怙，兄弟孝友，至老不析爨，誠齋義之，爲詩云：「淦山風回金川雨，兩公牀對萬欵語。少公一生吟樣臞，長公長醉少公扶。白頭兄弟不多有，不逢橘緑不開酒。紫荊花發連理枝，孝友豈要時人知。」

《傷春》云：「準擬今春樂事濃，依然枉卻一東風。年年不帶看花眼，不是愁中即病中。」

《宿靈鷲寺》云：「初疑夜雨忽朝晴，乃是山泉終夜鳴。流到前溪無半語，在山做得許多聲。」

《遊越王臺》云：「榕樹梢頭訪古臺，下看碧海一瓊杯。越王歌舞春風處，今日春風獨自來。」

《初夏睡起》云：「梅子留酸濺齒牙，芭蕉分緑上窗紗。日長睡起無情思，閒看兒童捉柳花。」《無題》云：「飽喜饑嗔笑殺儂，鳳凰未必勝狙公。雖逃暮四朝三外，猶在桐花竹實中。」《后村詩話》謂誠齋既里居，累章乞休不得，及再予祠，因感而賦，以爲雖脱吏責，尚縻閒廩，不若相忘于物外也。

先生序古今人詩集，每喜拈集中警句，以相評騭，想見其詩學精深，故能于人之詩一見了然，如目辨蒼素而手數奇偶也。序范成大《石湖集》云：「予于詩，豈敢以千里畏人者。」先生固亦以詩自負。

序《杜必簡審言集》謂：「子美詩酷似其祖，如『牽絲紫蔓長』即『水荇牽風翠帶長』之句也，『鶴子曳童衣』即『儒衣山鳥怪』之句也，『雲陰送晚雷』即『雷聲忽送千峯雨』之句也，『風光新柳報，宴賞百花催』即『星霜元鳥變，身世白駒催』之句也。上句必簡詩，下句子美詩。至如『往來花不發，新舊雪仍殘』句，『日氣抱殘虹』句，『愁思看春不當春』，『明年春色倍還人』句，『飛花攪獨愁』句，皆佳句也。」序李推官咸用，唐人。《披沙集》謂：「推官公詩如『見後卻無語，別來長獨愁』句，『危城三面水，古樹一邊春』句，『月明千嶠雪，灘急五更風』句，『煙殘偏有焰，雪甚卻無聲』句，『春雨有五色，灑來花旋成』句，『雪藏山色時還媚，風約溪聲靜又回』句，『未醉已知醒後憶，欲開先爲落聲愁』句，蓋征人淒苦之情，孤愁窈眇之聲，騷客婉約之靈，風物榮悴之英，所謂『周禮盡在魯矣』。讀之使人發融冶之歡于荒寒無聊之中，動慘戚之感於笑談方懌之後。《國風》之遺音，江左之異曲，孰謂其果弦絶歟！」序《黄御史滔集》謂：「詩至唐而盛，至晚唐而工，御史黄公之詩尤奇。如『一聲初觸夢，半白已侵頭。餘燈依古壁，片月下滄洲』《聞雁》，『寺寒三伏雨，松偃數朝枝』《東林寺》，『青山寒帶雨，古木夜啼猿』《退居》，此與韓致光、吴融輩並遊，未知何人徐行後長也。」序《三近齋餘録》宋王從正夫著謂：「其詩如『落木森猶力，寒山澹欲無』句，『地迥高樓目，天寒故國心』句，『涼風回遠笛，暝色帶歸舟』句，『塵心依水靜，歸鬢與山青』句，不減晚唐諸子。如『墮蘂盡應輸燕子，懶寒猶及占黎花』句，『一番風雨催寒食，千里鶯花想故園』句，『身閒更得憑陵酒，花草殊非愛惜春』句，『秋生列岫雲尤薄，泉瀨懸崖路更慳』句，置之江西社中何辨？」序《雪巢小集》南宋林憲景思著，謂其「桃花飛後楊花飛，楊花飛後無可飛」「天空霜無影」等句超出詩人準繩之外，使太白在，必笑領此句也。序《熙庵詩藁》劉應時長佐著，謂其「寂寞黄昏愁弔影，雪牕怕上短檠鐙」句，「獨與梅花共過冬，淡月故移疏影去」句，「睡魔正與詩魔戰，窗外一聲婆餅焦」句，「雞犬未鳴潮半落，草蟲聲在豆花村」《早行》，使晚唐諸子與半山老人見之，當一笑曰：「不虞君之涉吾地也，何故？」

周必大

益公《木芙蓉詩》云：「花如人面映秋波，拒傲清霜色更和。能共餘容爭幾許，得人輕處只緣多。」蓋唐進士陳操《黄蜀葵詩》有「能共牡丹爭幾許，得人憎處只緣多」之句，公謂花多，固取輕于人，何至憎嫌。因論木芙蓉全似芍藥，但患無兩平字易「牡丹」字，欲改此句，作「得人輕處只緣多」。或曰《本草》芍藥，一名「餘容」，公遂綴成一絶。公又云：「樂天《和錢學士白牡丹》詩：『唐昌玉蘂花，攀玩衆所爭。折來比顔色，一樹如瑶瓊。彼因稀見貴，此以多爲輕。』故知『輕』字勝也。」

公有《高宗輓詩》云：「生年同藝祖，慶壽似慈寧。」自謂法湯岐公思退《顯仁皇后輓詞》之作，然不若其工。余觀湯詩「虞妃從梧野，啓母袝稽山」，用事同一的切，而「梧野」拗一字，似尤不若公詩之工也。「生年同藝祖」，自注「皆丁亥生」；「慶壽似慈寧」，謂母子皆當慶八旬也。

小杜守池州，有妾懷娠，出之以嫁州人杜筠，生子即荀鶴也。益公過池陽，曾有詩云：「千古風流杜牧之，詩才猶及杜筠兒。向年稍喜唐風集，今悟樊川是父師。」《唐風》，荀鶴詩集名。

公少時，嘗夢至人家，其書室爲叢竹所蔽，殊不開爽，堂下古柳鴉噪，夢中作詩云「竹多翻障月，木老只啼烏」，意謂竹本清虛，延貯風月，今反窒塞如此；種木不棲鸞鳳，徒能集烏以聒耳，似訕其主人也。後數年，爲金陵教官。初入廨舍，則廳下及門外古柳參天，鴉鳴竟日，廳傍小書室叢竹蔽虧，恍如所夢。

乾道七年秋，公爲禮部侍郎，一時長貳會食，每戲舉詩對。或云「薔薇刺刺花奴手」，人謂難對，公曰：「鴻雁行行鳥迹書。」又云：「半夏禹餘糧，借『雨』爲『禹』，『涼』爲『糧』也，宜以何對？」公曰：「長春佛見笑。」蓋藥名及花名也。吏部張津子問曰：「此雅對耳，更有通俗之句，如往年胡邦衡多髯，初除吏部郎，或以『胡銓髯吏部』爲戲，莫能對者。」時司農少卿姚憲在坐，嘗爲浙憲，公借以趂對云：「姚憲遠提刑」，蓋借「姚」爲「遥」也。坐皆大笑。淳熙六年，吏部尚書程大昌講筵退，同官問：「今日講何經？」曰：「《尚書》。」或曰：「尚書講《尚書》，亦詩句也。」屬公對之，公曰：「行者留行者。」坐復大笑。

余嘗僭評公諸對皆工，惟「行者留行者」，微嫌其氣象不堂皇。近見講讀學士有陞内閣學士者，因再僭爲對之云「學士陞學士」。

唐薛能詩云：「莫欺闕落殘牙齒，曾喫紅稜餅餤來。」記新進士時事也。王禹偁《賀人及第》詩云：「利市襴衫抛白苧，風流名紙寫紅箋。」公嘗以二事爲一聯，云：「襴衫抛白苧，餅餤喫紅稜。」

公字子允，一字弘道，廬陵人，拜左相，封益國公，贈太師，謚文忠。寧宗親篆墓石，曰：忠文耆德之碑。集中載《雜著》二十三卷，有《二老堂詩話》，其一種也，所紀不過四十餘則，多翻駁前人舊案，識者評其進竹坡諸公詩話一籌。

《二老堂詩話》云：「朱新中《鄞川志》載：郭功父『老人十拗』，謂不記近事，記遠事；不能近視，能遠視；哭無淚，笑有淚；夜不睡，日睡；不肯坐，多好行；不肯食軟，要食硬；兒子不惜，惜孫子；大事不問，碎事絮；少飲酒，多飲茶；暖不出，寒即出。丁巳歲，余年七十二，目視昏花，耳中時作風雨聲，而實雨卻不甚聞，因補一聯云『夜雨稀聞聞耳雨，春花微見見空花』，亦兩拗也。嘗録寄朱元晦，朱大以爲然，請予足成之，遂貼兩句云『自矜他日〔一〕盲宰相，今復癡聾作富家』。」

又云：「蘇文忠公詩，初若豪邁天成，其實關鍵甚審。《再來杭州壽星院寒碧軒》詩，句句切題而未嘗拘，其云：『清風肅肅摇窗扉，窗裏修竹一尺圍。紛紛蒼雪落夏簟，冉冉緑霧沾人衣。』寒碧各在其中。第五句『日高山蟬抱葉響』，頗似無意，而杜詩云『抱葉寒蟬静』，併葉言之，寒亦在中矣。『人静翠羽穿林飛』，固不待言，末句卻説破，『道人絶粒對寒碧，未問鶴骨何緣肥』，其妙如此。」

坡詩固妙，而益公説詩卻能見得深微，至此不由不到古人妙處，兩文忠殆有莊、郭之契也。公集二百卷，其間有《奉詔録》《龍飛録》《親征録》《思陵録》，凡十一卷。其家以其多及時事，托言未刊，鄭子敬守吉，募工人印得之，遂爲全書。自號平園叟。

《經武陵瀧》詩云：「芙蓉池水接清溪，晴日初乾雪後泥。行過小橋驚野鴨，翩翩飛上緑楊西。」

《題桂山堂》云：「京國薪如桂，家山桂滿林。葉留經歲碧，花雨盛秋金。作楫商舟穩，爲梁漢殿深。幽貞宜自閟，莫待斧斤尋。」

陸九齡

《應天山》詩云：「我家應天山，山高數萬丈。上開園池美，林壑千萬狀。山西有龍虎，煙霞耿相望。寒清漾微波，暖翠團前嶂。天光入行舟，野色隨支杖。吾黨二三子，幽賞窮清曠。引興谷雲邊，題名巖石上。碧桃吹曉笙，白鶴驚春帳。一笑咏而歸，千秋應可尚。」山在貴溪縣，淳熙間，陸子靜建精舍，讀書其中，四方從學者雲集。邑人彭世昌爲構齋舍數十楹以處之，子靜以其山形如象，更名象山，學者因稱爲象山先生。復齋此詩，其在山名未更之前耶？

陸九淵

《疏山》詩云：「村靜蛙聲幽，林芳鳥語警。山樊紛皓葩，隴麥搖青穎。離恨付西江，歸心薄東嶺。忽忘饑歉憂，翻令發深省。」

葛敏修

字聖功，廬陵人，元祐進士，宰確山。元符間，上書願附黨人籍，或曰：「久困，曷少折？」乃賦詩云：「從今黽勉爲忠義，一噎如何便廢餐。」

敏修，山谷門人也，山谷外集有《蕭巽葛敏修二學子和予食筍詩次韻答之》二首。惜敏修詩不傳，今存山谷答詩，以補其闕，而蕭、葛二公之詩，亦因是可以想見矣。山谷答詩云：「北饌厭羊酪，南庖豐筍菜。自北初落南，幾爲兒所賣。習知價廉平，百態事烹宰。鹽晞枯腊瘦，蜜漬真味壞。就根煨苗美，豈念炮烙債。咀吞千畝餘，胸次不蔕芥。二妙各能詩，才名動江介。論詩多佳句，膾炙甘我嘬。因君思養竹，萬籟聽秋噫。從此繕藩籬，下令禁漁采。」二「韭黃照春盤，菰白媚秋菜。惟此蒼竹苗，市上三時賣。江南家家竹，剪伐誰主宰。半以苦見疏，不言甘易壞。葛陂雕龍睡，未索兒孫債。獺膽能分杯，虎魄妙拾芥。此物于食殽，如客得儐介。思入帝鼎烹，忍遭饑涎嘬。懶林供翰墨，碪杵風號噫。每下歎枯株，焚如落樵采。」一

劉過

泰和人，南渡後以「詩俠」名湖海間。周益公欲客之門下，不就。嘗伏闕上書，請光宗過宮，辭意切直，復以書抵時宰，陳恢復方略，不聽，由是放浪山水，以文章吟詩自娱。思致贍逸，有《沁園春》二首，咏美人指甲與足者，尤纖麗可愛，一云：「銷薄春冰，碾輕寒玉，漸長漸彎。見鳳鞵泥汙，偎人強剔，龍涎香斷，撥火輕翻。學撫瑶琴，時時欲剪，更掬水、魚鱗波底寒。纖柔處，試摘花香滿，鏤棗成班。時將粉淚偷彈。記綰玉、曾教柳傅看。算恩情相著，搔便玉體，歸期暗數，畫遍闌干。每到相思，沉吟靜處，斜倚朱脣皓齒間。風流甚，把仙郎暗掐，莫放春閒。」一云：「洛浦淩波，爲誰微步，輕塵暗生。記踏花芳徑，亂紅不損，步苔幽砌，嫩緑無痕。襯玉羅慳，銷金樣窄，載不起、盈盈一段春。嬉遊倦，笑教人欵捻，微褪些跟。有時自度歌聲。悄不覺、微尖點拍頻。憶金蓮移换，文鴛得侶，繡茵催衮，舞鳳輕分。懊恨深遮，牽情半露，出没風前煙縷裙。知何似，似一鈎新月，淺碧籠雲。」

改之又有《賀新郎》詞贈妓云：「老去相如倦。向文君、説似而今，如何消遣。衣袂京塵曾染處，空有香紅尚軟。料彼此、魂消腸斷。一枕新涼眠客舍，聽梧桐疏雨秋風顫。燈暈冷，記初見。樓低不放珠簾捲。晚妝殘、翠鈿狼藉，淚痕凝臉。人道愁來須殢酒，無奈愁深酒淺。但寄興、焦琴紈扇。莫鼓琵琶江上曲，怕荻花楓葉俱淒怨。雲萬疊，寸心遠。」自序云：「去年秋，予求牒四明，賦此與一老娼，至今天下與禁中歌之，江西人來，以爲鄧南秀

詞，非也。」

劉敏求

《滕王閣》云：「閣中環珮知何處，遊子再來春欲暮。鶯啼紅樹柳摇風，疑是當年舊歌舞。古來興廢君莫嗟，君看紅日正西斜。西山不改舊顔色，换盡行人與落霞。」

敏求，泰和人，自號松菊老人。南宋末，與同里嚴執中、蕭環、劉岳申、曾邦榮爲五老之集，至今言鄉先生者歸之。

劉　倜

吉水人，紹興進士。有《登青原臺》一律云：「春臺百尺枕蕪城，傑檻層軒入紫清。坐笑風雲生畫棟，劇談河漢瀉朱甍。山圍蘭若青螺遠，江帶蘋虀白練横。挂席會凌南斗去，羽人遼海看騎鯨。」

鄭芝秀

號月山，貴溪人。有才名，嘉定間舉進士第二，同列贈以詩云：「杏苑已輸前去馬，芒州留識後來英。」蓋惜之也。

劉　弇

字偉明，安福人。元豐進士，紹聖詞科，官著作佐郎。爲文劌剔瑕纇，卓詭不凡。有《龍雲集》三十二卷，周益公謂其可以繼歐陽文忠公。文忠薨于潁，公方冠，不及從遊。然斯文未喪，何害其爲韓門籍、湜也。又論弇詩書序記，祖述韓、柳，間或似之。

雲龍，鄉名，弇所居也。曾端伯《詩選》以弇詩比石敏，論者謂敏不及云。

李　樵

南城人，盱江先生從孫也，工詩，有《逸民鳴》一卷。

劉　迂

字漫翁，宜黄人，號巢松。文章敏贍，自成一家。朱、陸會講鵝湖，迂嘗以詩請益，著有《漫塘文集》。

胡直孺

字少伋，奉新人，紹聖進士，仕至刑部尚書。靖康時，知南京，爲金所執，秉節不屈，久之，得歸。在朝論奏，多所獻納，高宗嘗書「文物多師古，朝廷半老儒」十字于扇，賜之。楊龜山銘其扇曰：「詞潤金石，忠貫日月。抗節不回，光輔二葉。」

公少辭父廕，自力于學，以詩受知黄山谷，著有《西山老人集》二十四卷。孫鴻慶序略云：「公少工詩，語出驚人。魯直一見，擊節歎賞，指示佳處數十語，表而出之。他文稱是，筆力雄贍，如行雲流水，自然成文。」

余安行

字勉仲，德興人，累舉不第，有《石月老人集》三十五卷。以子應求貴，封朝議大夫。應求，崇寧進士，爲御史，以敢言著，歷麾節所至，迎養其父，至九十六乃終。

董　穎

字仲達，德興人。紹興初，從汪彥章、徐師川遊，有《霜傑集》三十卷，彥章序。

袁去華

字宣卿，奉新人。紹興進士，知石首縣。善爲歌詞，嘗賦《長沙定王臺》，見稱于張安國。著有《適齋類稿》八卷，詞一卷。

王子俊

字才臣，吉水人。周益公、楊誠齋客也。二公因延譽，朱晦翁書「恪齋」二大字遺之。著有《三松集》十八卷，以薦官成都帥幕。

段子冲

《二老堂詩話》云：「政和中，廬陵太守程祁，學有淵源，尤工詩，在郡六年。郡人段子沖，字謙叔，學問過人，自號潛叟。郡以遺逸八行薦，力辭，與程唱酬《梅花絶句》，展轉千首，識者歎其博。」

趙東野

贛人，博學工文詞。郡守姚鏞，豪雋能詩，自號雪蓬，雅善之。嘗畫小像，騎牛澗谷間，索東野題咏，東野詩曰：「騎牛無笠又無簑，斷隴横崗到處過。暖日暄風不常有，前村雨暗待如何。」蓋規之也。無何，鏞以忤帥臣貶，人服東野先見。

艾叔可

字無可，號曜山。咸淳間，以詩名，著有《文江集》。弟憲可，字元德，著《蕙愁吟》三卷。侄性，字天謂，著《孤山詩集》。棣萼竹林間，皆執高節，工吟詠，世稱「三艾先生」。撫州人。

洪　皓

忠宣公使金得歸，與歷陽張邵、新安朱弁道間唱酬，有《輶軒集》一卷，邵爲之序。公著《鄱陽集》十卷。

洪适

文惠公本名造，後改适，字景伯，樂平人，忠宣公長子。紹興十二年，與弟遵同中詞科。又三年，弟邁繼之，由是兄弟文名滿天下，號「三洪」。公自爲太常少卿，一年入右府，半年拜相，然在位僅三月，爲林安宅所攻而去，閒居十六年終。著有《盤洲集》八十卷。《盤洲編》二卷，乃丞相兄弟子侄所賦園池詩也。

公嘗取古今石刻，法其字，爲之韻，辨其文，爲之釋，以辨隸書，凡二種，曰《隸釋》二十七卷，《隸續》二十一卷。

洪遵

文安公字景嚴，忠宣仲子，官樞密，有《小隱集》七十卷。

洪氏父子兄弟四人入翰苑，容齋嘗有謝表云：「父子相承，四上鑾坡之直；弟兄在望，三陪鳳閣之遊。」時以爲忠宣大節之報。景嚴遂作《翰林羣書》三卷，《遺事》一卷，蓋自李肇而下十一家及年表、南渡後題名共爲一書，而以其所録遺事附其末。

洪邁

文敏公字景盧，忠宣季子，官翰林學士。在「三洪」中著述尤富，詩秀傑清雋，耐人尋諷不盡。

《送制置使王剛中帥蜀》云：「上都門外垂楊陌，葉葉經霜不堪折。春光猶未到梅花，何物當[三]扳送行客。路人驚問去者誰，高牙大纛爭光輝。君王應念蜀父老，故輟侍臣來紫微。明光起草文章手，卻聽元戎報刁斗。回首翔鸞一夢中，玉簫緩送成都酒。邛郲九折何足驅，慷慨功名真丈夫。成都花景君莫戀，早晚歸凱持鈞樞。」

公晚年編《唐人絶句》，凡百卷，七言七十五卷，五六言二十五卷，卷各百首，計一萬首，表上重華宫，賜詔褒美。絶句之富，莫有過于此者，今書坊重刻，標曰《萬首唐人絶句詩集》云。

公園池記述題詠有《瓊野録》一卷。其曰「瓊野」者，從維揚得瓊花，植之而生，遂以名圃。

公著《容齋隨筆》《續筆》《三筆》《四筆》各十六卷，《五筆》十卷，辯證精確，記載宏肆，蓋雜説家之雄也。外有《彝堅志》，甲至癸二百卷，支甲至支癸一百卷，三甲至三癸一百卷，四甲四乙二十卷，凡四百二十卷，多載怪誕鄙俚之事。妄人或取《廣記》中改竄首尾，别立名字投之，公亦不暇删潤。識者則譏其卷帙太繁，謬用其心云。

公又取各書句法，隨意鈔録，爲《經子法語》二十四卷、《左傳法語》六卷、《史記法語》十八卷、《西漢法語》二十卷、《後漢精語》十六卷、《三國精語》六卷、《晉書精語》五卷、《南史精語》十卷，健忘家資焉。

裘萬頃

公字元量，余十八世祖也。淳熙進士，官司直。工詩，與胡桐原、萬澹庵、徐竹堂往復唱和，時稱四傑。自號竹齋，洪景盧爲記。著有《竹齋詩集》，歲久散佚。嘉靖間，十三世孫虞部郎衍重加校輯，鏤板金陵。南昌張尚書鏊序之。順治初，同邑陳徵君弘緒《讀書跋》陳著言其值戊子金王之亂，避兵石河，間關九死中，輒手《竹齋詩集》不置，因引李易安舊語，謂「性命可捐，至寶不易」，其愛重如此。今集板復燹于兵，金陵善本，僅藏一册，惟隕墜是懼，擬再摹鍥，以昭世守，是固不肖君弘及二三昆弟之責云。

公與朱晦翁、楊慈湖、李弘齋講究正學，朱坐學禁，公力乞外用，曹彦約薦召還，辭不赴，作詩曰：「新築書堂壁未乾，馬蹄催我上長安。兒時只道爲官好，老去方知行路難。千里關山千里念，一翻風雨一翻寒。何如靜坐茅齋下，翠竹蒼梧仔細看。」學士王達誦而歎曰：「時有汚隆，命有通塞。與其齟齬以求進，孰若逍遥以樂天。若某者，可謂審于時事、練于世故者矣。」出《景仰撮書》。

明高深甫濂著《尊生八箋》十九卷，最後《霞舉》一箋，歷陳高隱姓氏，自巢許以來只七十餘人，而公與焉。箋云：「裘元量，不樂仕進，以薦者召爲司直，入朝賦詩云詩見上，遂促歸。」

五言古云：「宿霧鎖山椒，落月挂林側。崎嶇歷岡巒，髣髴辨阡陌。秋高風露寒，道遠時序迫。安得歸故園，篝燈理書册。」《行役》「霜畊冰在趾，雨種泥没膝。旱魃忽爲虐，耕種謾勞力。去年幸一稔，今歲免艱食。細聽老農語，令我三嘆息。但願從此去，龍骨長挂壁。大田多黍稌，高廩若山積。或云穀太豐，則恐錢轉嗇。夏租星火急，處此未有策。細民一錢税，往往亦追索。穀賤反傷農，此語傳自昔。語客且勿憂，新絲尚堪質。」《老農歎》七言古云：「春醪欲冰木欲折，急雨風吹不成雪。玉妃夜墮廣寒宫，閑作寒花賽清絶。未須千樹插山巔，且要幾枝横水邊。暗香疏影尚無恙，憑誰唤起西湖仙。不妨琢句更馳送，一洗十年塵土夢。鐵心原不爲渠回，眼底珠璣聊簸弄。」《次余仲庸咏梅》「芳枝莫遣風吹折，要看枝頭千點雪。孤山疇昔盛開時，十里香飃飛不絶。蹇驢烏帽照霜顛，長吟竟日溪橋邊。自從和靖收聲後，一時翰墨歸坡仙。只今往事飛鴻送，寂寞西湖投老夢。花開花落漫傷心，明月清湍誰與弄。」二五言律云：「山長飛鳥急，江闊去帆微。唱晚幾漁笛，憑高一釣磯。從君濯冰雪，滿袖得珠璣。三歎不能已，歸來吟夕暉。」《次胡仁伯韻》七言律云：「霧閣云窗天外安，懸知幽趣勝人間。簾櫳夜月浮銀海，桃李春風醉玉山。自笑紅塵無暇日，浪憑清夢覓商顏。何如飛珮隨君後，細看匡廬紫翠鬟。」《題洪内翰爽榭》「青衫十載蟾宫客，墨綬三年鳳嶺頭。循吏聲名武陽令，故家風味富平侯。江邊休歎雙鳧去，天上行看一網收。入造鵷班立仙仗，莫忘回首顧沙鷗。」《送張高安入京》七言絶云：「平生愛菊陶彭澤，清夜移橙杜草堂。千載詩魂招不得，獨留風味在僧房。」《保福寺對橙菊有感》

「機杼蛩聲裏，犂鋤鷺影邊」句，「勿疑蕉覆鹿，會見竹成龍」句，「一段清愁詩句裏，十分寒事酒杯中」句，「有色有光欺柳絮，無聲無臭點梅枝。縱横萬舞風回處，表裏雙清月霽時」《雪》，「爭舟野渡人如簇，立馬郵亭日欲斜」句，「竹近頗欣衣袂爽，苔深長恐履痕侵」句，「無所用心魚在沼，居然生子燕成巢」句。

《燕居筆記》云：「隆興裘某未達時，挈牌賣詩，停筆即罰。至一富家，方治棺就，以爲題，立刻書云：『梓人斲削象紋杉，作就神仙换骨函。儲向明窗三萬日，這回抽出也心甘。』又有婦持白扇，以扇爲題，限紅字韻，遂書云：『常在佳人掌握中，静時明月動時風。有時半掩佯羞面，微露胭脂一抹紅。』又有以箋紙求題者，箋乃蘆雁也，書云：『六七葉蘆秋水裏，兩三個雁夕陽邊。青天萬里渾無礙，衝破寒潭一抹煙。』又有婦方刺繡，以鍼爲題，羹字韻，書云：『一寸堅鋼鐵琢成，綺羅叢裏度平生。若教稚子敲成釣，釣得魚兒便作羹。』」小説家多載此數詩，集中亦有之，公抽思敏妙，叉手成吟，自其餘事。但云挈牌出售，恐未必然，今家乘亦不載，大約好事者稍爲裝點于其間耳。考公登第，年二十五，此繫未達時事，或少年遊戲，以筆墨作儈狡亦未可知，姑記于此。

真西山輓公詩云：「憶昔摳衣造竹齋，竹聲琴韻兩相諧。重來琴鎖紅塵滿，寒雨瀟瀟滴蘚階。」一「無奈斯文墜不興，煢煢吾黨又凋零。白雲寒鎖紅崖嶺，一度翹瞻一愴情。」二劉後村輓公云：「築室西山下，孤標未易親。長閒如野鶴，偶出似祥麟。屬者陪髦士，嗟呼瘞玉人。北風吹老淚，空灑暮江濱。」

石孝友

字次仲，南昌人，乾道進士。以詞學著，其填詞一卷曰《金谷遺音》，清奇逸麗，蓋柳耆卿、周美成之亞也。西湖詞調名《多麗》云：「晚山青。一川雲樹冥冥。正參差、煙凝紫翠，斜陽畫出南屏。館娃歸、吴臺遊鹿，銅仙去、漢苑飛螢。懷古情多，凭高望極，且將尊酒慰漂零。自湖上、愛梅仙遠，鶴夢幾時醒。空留在、六橋疏柳，孤嶼危亭。待蘇堤、歌聲散盡，更須携妓西泠。藕花深、雨涼翡翠，菰蒲軟、風弄蜻蜓。澄碧生秋，鬧紅駐景，采菱新唱最堪聽。一片水天無際，漁火兩三星。多情月、爲人留照，未過前汀。」

歐陽澈

字德明，崇仁布衣。建炎初，徒步走行在，伏闕上書，請誅汪、黄等，與陳東俱斬于市，可謂奇男子也。紹興中，贈秘閣脩撰。環溪吴沆裒其詩爲《飄然集》三卷，會稽胡衍取其所上三書併刻之臨川倅廨。德明死年三十七。

胡致隆

字藏之，清江人。政和中，上封事，詔旌其門。能詩，與山谷往來，自號瀟灘居士。

趙善堅

字德固，宋宗室，家宜春，登乾道進士，官至户部尚書。能詩，《題化成巖》云：「低帽白蕉衫，跨馬北巖路。爲我撤炎歊，時有清風度。杖策躡遊屐，捫蘿窮幽趣。怪石鳴瘦筇，狹徑窘危步。雲間啓深洞，玲瓏天巧露。僧居羅上下，鐘聲答晨暮。長嘯排翠靄，圍棋驚振鷺。陶寫屏絲竹，恐爲風景污。拂蘚題蒼崖，縱横醉中句。兹遊豈易得，載酒莫辭屢。」

羅士友

字兼善，廬陵人，著有《諸家詩體》。

李獻可

獻可六歲時，孝宗召入宫，試詩稱旨，拊其背曰：「何不作我家兒。」命宫女繡御掌于背以歸。後登嘉定鄉舉，吉水人。

詹叔義

字仲和，玉山人，紹興進士。著有《拙齋文集》二十卷，《詩集》五卷，《狂夫論》六卷。兄弟五人，叔寧、叔善、叔迴、叔沄俱第進士。

黄希

字夢得，宜黄人，南宋進士，令永新。作「春風堂」于縣治，楊誠齋爲記。希嘗補注杜詩，搜剔隱微，多前人所未發，子鶴續成之。鶴，字叔似，著有《北窗寓言集》。

趙希普

字宋卿，高安人，以宗室恩，歷仕至臨江倅。有詩名，著《西莊斐稿》。

謝諤

《龍回院》詩云：「堂殿塵埃外，軒檽紫翠中。凭欄千障雨，欹枕半窗風。得意何妨僻，尋幽豈易窮。分張閒草木，一一見春工。」

《陶公讀書臺》云：「莓苔點點路層層，此地分明勝槩增。天上樓臺山上寺，雲邊鐘鼓月邊僧。青松鶴弄灑金粉，寶塔星垂見夜燈。消盡塵襟三萬斛，石床閒倚向蘿藤。」

諤字昌國，新喻人，紹興進士，官工部尚書。光宗初，獻十箴，詞簡理明，時以比衛公丹扆。嘗名燕坐之所曰「艮齋」。周益公進言諤，孝宗曰：「是艮齋耶？朕見其《聖學淵源録》矣。」家居築「桂山堂」，吟弄其中，誠齋、益公俱有題贈。嘗進《孝史》五十卷，詔付秘閣。所著《艮齋集》十卷，《經解》二十卷，《講議》三卷，《諫垣奏議》五卷。

杜　杞[三]

字受言，臨川人，官福建提舉常平。其詩有《三徑老人碔砆集》十三卷，胡憲原仲爲之序。宋時人，未詳何代，大概南渡初人也。

余國寶

臨川人。工詩，有《醒庵遺珠集》十卷，皆詩也。陳氏以爲淳熙前人，出處未詳。

孔　鑑

字規祖，臨江人。淳熙間徙居南康，與修江李燔、余宗傑爲友。刻苦讀書，精詞賦，自幼至老，手不停披，每以詩自娱焉。

王　洋[四]

字大猷，龍泉人，官英州推官，文行修飭，尤工詩。

武允蹈

字德由，高安人，宋末兩貢于鄉，自號練湖居士。刻意吟咏，每一聯出，人爭傳之，有《練湖集》。

黄畱

字子耕，文節公諸孫也。咸淳進士，知廬陽縣。五溪獠獷悍，爲詩諭之，獠感悦，終其官無敢犯。累遷知袁州。所著詩有《復齋漫稿》二卷。

畱知台州時，訪謝良佐子孫之播越者，收而教之。爲濟糴倉及抵當庫，葬民之棲寄暴露者，又創安濟枋以居病囚，葉水心謂其條目建置，憂民如家云。

沈莊可

分宜人，宣和進士，知錢塘。性嗜菊，庭植嘗數百本，晚節退居，益放情于菊，後以九月九日逝。朱考亭以詩哭之曰：「愛菊平生不愛錢，此君原是菊花仙。正當地下修文日，恰值人間落帽天。生與唐詩同一脉，死隨陶徑葬千年。如今忍向西郊哭，東野無兒更可憐。」

王庭珪

字子瞻，廬陵人，政和進士。時方禁新學，不許士人説詩。庭珪吟咏自若，任茶陵丞，拂衣歸。同里胡忠簡公以直言遠竄，親舊匿景，庭珪獨送以詩，有云：「痴兒不了公家事，男子要爲天下奇。」遂流夜郎。孝宗初，召爲國子簿，不就。所著詩甚富，有《盧溪先生集》傳于世，詩凡七卷。楊誠齋序略曰：「先生少嘗見曹子方《詩法》，蓋其詩自少陵出，其文自昌黎出，大要主于雄剛渾大云。」

《寅陂行》云：「安成城頭烏夜宿，啼烏未起雞登木。傾村入城來送君，馬首肩摩袂相屬。但見龐眉不識名，何物老翁出山谷。老翁持酒前致詞，家住城西大江曲。大江兩岸多腴田，古有寅陂置官屬。自從陂廢田亦荒，官中無人開舊瀆。只沿古道堰橫流，陂旁秔稻年年熟。今年雖旱民不憂，田頭已打新春穀。誰云此陂會當復，老父曾聞兩黄鵠。嗟哉如君不負丞，躬行阡陌勸農耕。監司項背只相望，風謡滿路胡不聽。胡不聽，寅陂行，爲扣天閽叫一聲。」

萍鄉縣治有堂，名「莞爾」。淳熙間，宣教郎王謙更曰「勞拙」。庭珪題寄云：「君侯本學道，與世宜闊疏。擁袖聽衙鼓，堂下一事無。不爲赫赫名，詭衆以自殊。催科雖云拙，于今乃賢與。」

公所爲詩餘，另有《盧溪詞》一卷。

《雅歌樓詩送永豐宰鄧晉卿》云：「潢池赤子弄庫兵，犬牙蟠接虔漳汀。十年烽火照縣郭，白晝不敢開衙庭。忽見青樓臨大路，樓上高歌揮白羽。樓前解角看投壺，終歲不聞撾戰鼓。主人坐笑已風流，小婦鳴箏樓上頭。曲罷仍能雅歌舞，送君此舞傳中州。」

胡銓

忠簡公字邦衡，廬陵人，建炎進士。策問「治道本天，天道本民」，對曰：「湯武聽民而興，桀紂聽天而亡。」高宗異之。少時與同邑羅良弼肄舉業，嘗賦詩云：「笑春燭底影，湔淚風前杯。」吟未竟，良弼遽曰出某書某卷，公服其博洽。所著《易》《春秋》《周禮》《禮記》傳解，孝宗朝詔藏秘書省。從子英彥，字公武，博學有聞，尤長于詩，多警句。

周益公跋曰：「公詩有不可及者三：用事博而精，下語豪而華，一也；士子投獻必用韻酬答，雖百韻亦然，愈多愈工，二也；此篇《和王君行簡》，時年七十五，長歌小楷與四五十歲人無異，三也。」誠齋序：「先生之文，肖其爲人，議論閎以挺。其爲詩蓋自詆斥，時宰誕置嶺海，愁狖酸骨，饑蛟血牙，風呻雨喟，濤譎波詭，有非人間世之所堪耐者，不介于心，而反昌其詩。視李、杜夜郎夔子之音，蓋加恢奇云。至于騷詞，涵茫嶄崒，鉥劌刻屈，抉天之幽，洩神之瘦，稿癯而不瘁，恫愀而不懟，自宋玉而下不論也。」

號澹庵，有《澹庵集》七十八卷。

《寶氣亭》云：「塵容不逐江流淨，酒力都從雪壓消。斗下只今無劒氣，年來牛犢在人腰。」

歐陽鈇

字伯威，廬陵人。負氣節，能文章，詩騷尤工。少與周益公同場屋，連戰不利，遂益篤志于詩。楊誠齋嘗摘其警句抄之，且爲跋曰：「鳥啼花落，欣然會心處，酌大白，噭伯威詩，欲馭風騎氣也。」

「西風五更雨，南雁數行書」句，「詩成夔子國，人在仲宣樓」句，「細雨雙飛鷺，寒簑獨釣船」句，「夢回千里外，燈轉一窗深」句，「誰知花過半，纔與酒相尋」句，「故人驚會面，新恨說從頭」句，「天上張公子，雲間陸士龍」句，「月白元猿哭，更殘絡緯悲」句，「語離遽如許，話舊復何時」句，「巷南巷北人招飲，一雨一晴花耐看」句，「有客過門湖海士，隔籬呼酒咄嗟間」句，「夢回金馬玉堂上，文在冰甌雪碗中」句，「青山如故情非故，芳草喚愁詩遣愁」句，「擾擾征人相顧語，蕭蕭落木不勝秋」句，「風色似傳花信到，夕陽微放柳梢晴」句，「千里歸來人事改，十年猶幸此身存」句。

「戀樹殘紅濕不飛，楊花雪落水生衣。年來百念成灰冷，無語送春春自歸。」「桑麻得雨更菁葱，芍藥留春結晚紅。怪得鳥聲如許好，此身還在亂山中。」「爲憐紅杏亞枝斜，看到斜陽送亂鴉。又是一春窮不死，天教留眼看鶯花。」「蓬牕臥聽疏疏雨，卻似芭蕉夜半聲。煙浪蔽天天倚蓋，略容一點白鷗明。」以上詩句即誠齋摘抄者。

袁　鳳

字子儀，奉新人。九齡能作詩，有「坐視天下本無事，何必昌陽作引年」之句，識者異之。後登紹興進士，爲理定尉。俗多鬻婦，鳳曰：「夫婦，人倫之首，可爾耶？」白府嚴其禁，薄俗一變，室家始安。

丁　鉸

字仲容，新建人。淳熙鄉舉，官曲江簿。與朱、陸往復論學，自號甕天先生。臨終賦《易簀》七絶，有云：「歸時認得來時路，月白風清自古今。」時稱其達。

吴　沆

字德達，崇仁人。隱居環溪，著《環溪詩話》一卷。門人私謚文通先生。

沆幼孤，事母孝，博通經史。政和中，進《周禮本制圖論》，下禮部。又著有《易論語發微》《老子解》《環溪集》等書。

黄鑑

南豐人，嘉泰進士，官義寧令。有《道經安仁》一律云：「蚤發磐溪拄短篷，朔風吹雨曉濛濛。潤含暝色沾衣濕，暖逐恩光養土容。圖畫宛然山遠近，人家對住水西東。驛亭向晚停車處，楓樹斜連夕照紅。」

文儀

永豐縣杉山福興廟，信國父革山先生嘗題詩于壁，有「紅日麗天掀霧幕，白雲歸洞見山屏」之句。信國又有《敬跋先君題洞巖觀遺墨後》云：「先君作此詩，天祥甫七歲。先君子天韻沖逸，神情簡曠。」則革山之人詩槩可見矣，惜不得《洞巖詩》讀之。

汪莘

字叔野，革弟。博學能文，喜爲詩歌，東萊諸吕、豫章諸洪競稱之。登建炎丙科，歷洪州司理，以清白聞。著有《歸愚集》。

黄談

有《澗壑詞》一卷，稱雙井黄談子默撰，必文節公族也，但時代出處未詳。

鄒惇禮

字和仲，新淦人，紹興鄉薦，授宜春法曹。開軒種竹，以詩酒自娱。嘗題竹云：「疏直拙依附，清高無匹儔。」蓋自况也。又善書，得顔、柳筆法，人皆寶藏之。著有《北窗集》。

陳　琦

字擇之，清江人，乾道進士，善詩，有《克齋集》。

趙像之

字明則，高安人。紹興進士，授臨川司户。較藝廬陵，拔周益公、楊誠齋，時號知人。像之爲詩文，平澹簡遠，雖持節秉麾，而家貧如寒士。

羅之紀

字國張，高安人。幼穎悟，嘗以詩文謁楊文節公，甚奇之。嘉定間授孝感尉，攝邑雲夢，上官少不爲禮之，紀因雪壓竹，賦詩云：「吾道非耶真可恥，此君豈是折腰人。」遂飄然棄官歸。

李　浩

字德遠，臨川人，紹興進士。高宗初，與王十朋、馮方、查籥、胡憲相繼直言，太學士作《五賢詩》美之。官秘閣修撰，張南軒以「古遺直」銘其墓。

《題述陂》云：「數椽臨蒼波，我目得以寓。長溪山根來，澄潭一回互。萬象森可掬，翛翛澹清素。草短牛羊饑，沙暖凫鷺聚。枯槎出斷岸，野艇横遠渡。荒寒何代城，隱淪尚門户。昔時歌舞地，今人采樵路。回薄萬古心，斜陽在煙樹。」

余大昕

德興人，淳熙間以詩名。程迥稱其「恬澹古雅，不下邵康節」。著有《宜安集》。

張嗣古

《蟠龍山長歌》云：「蒼龍蜿蜿復蜒蜒，崢嶸頭角摩九天。劃然下覽衆山小，蟠伏此地今千年。雲盤霧結三十六，鱗甲參差動林谷。不將霖雨矜神功，卻向寒崖散飛瀑。灑風吹我衝晴煙，飛甍金碧縣山顛。白雲腳底飛欲盡，此身恐在層霄邊。問謳堂前舊消息，拍碎闌干人不識。心隨境轉萬化新，跳出世間真有得。清興未盡還歸來，卻立平地聽風雪。紛紛冠蓋趨塵埃，此龍此寺長崔嵬。」

嗣古，宜春人，紹興進士，官直龍圖閣，有文名。慶元以後，凡郡邑紀述文翰，多出其手，弘碩典麗，蔚爲時宗。

繆　瑜

字珍叟，龍南人。淳熙進士，官進賢令。工詩，著有《崆峒集》。《後村詩話》云：「余筮仕江西，繆瑜以詩來謁，其調官一聯云『有客去遊丞相宅，無人來問孝廉船』，襟度俊逸乃爾。」

何　偁

字德揚，龍泉人。官太常博士。工詩，所著詩有《玉雪小集》六卷，《外集》七卷。隆興初，以言和議觸時相去，遂不復召，歷麾節而卒。

羅善同

字信遠，上高人。自幼以心性爲學，程明道貽書勉之，自號純古，有詩集。

陳　獳

字漢卿，臨川人。紹興進士，慷慨有大節，著詩爲多。

季相

字文成，龍泉人。所著詩有《柟山老人集》八卷，南宋時詩客也。

謝源

字資深，幼槃孫。紹興進士，官邵武丞。嘗遊武夷，題詩。朱晦翁稱其律詩不愧前輩云。

蔡仲舒

字王臣，新昌人。景祐進士，官太子中允。喜吟咏，有詩數百篇，人膾炙之。

趙汝愚

《忠定公集》三十卷。雁湖李氏《書後》云：「丞相餘干趙公，秉正履度，即之凜然，至形于篇章，則思致清麗逸發，雖古今能文辭者有不逮，而世顧鮮知者。非由德業之巨，器能之偉，所以詞華見没耶？」

《題天風海濤寺》云：「幾年奔走厭塵埃，此日登臨亦快哉。江月不隨流水去，天風直送海濤來。故人契闊情何厚，禪客飄零事已灰。堪歎人生只如此，虚欄獨倚更徘徊。」

公爲蜀帥，編《皇朝名臣奏議》一百五十卷進之，序以國家之治亂係言路之通塞，蓋寓規諫意云。

公嘗編其父善應彦遠事，及羅願、朱晦翁所譔行狀、墓銘與諸賢哀詞、題跋之屬，爲《篤行事實》一卷。「篤行」者，陳福公題墓之詞爾。公長子吏部崇憲又編集公事迹，爲《趙丞相行實》一卷，其一時諸賢祭文挽歌，與嘉定後昭雪誣枉、改正史牒本末，另爲《附録》二卷，以附《行實》之後云。

吴曾

《羅山》詩云：「兒時聞羅山，窟穴居神仙。念念每欲往，終爲俗累牽。兹辰復何夕，風日媚晴暄。偶與二三子，徑來踐前言。崎嶇涉岡澗，峭蒨凌雲煙。崖斷或如瀉，坡平俄若川。有泉何自來，但覺聲涓涓。縈迂若蛇走，往注山腹田。徘徊一濯足，去袖風翩翩。俄登最高嶺，中觀屋數椽。嶙峋老石像，摩挲不記年。桃花破叢菅，一笑爲嫣然。石屏與翠壁，擁從相後先。物色恣觀覽，萬界滿眼前。適問同遊人，兹爲第幾天。不然何秀拔，不與衆峯連。長安在何許，無乃落日邊。十年苦搶攘，戰血腥戈鋋。誰知塵外客，一壑能自專。倘佯得此樂，疑已飄飄然。兹遊恐難再，遲留不能旋。如何林間月，弄影明娟娟。催歸來恨早，正恐陵谷遷。到家追悔甚，誓將世務捐。卻尋向來路，迹斷難扳援。春雨正濛密，澗水鳴潺湲。彝猶不可上，愧爾無仙緣。」

曾，字虎臣，崇仁人。孝宗朝知金州，著有《君臣論》《負暄策》《毛詩辨疑》《左傳發揮》《新唐詩糾繆》《得閒文集》《待試詞學》《千一策》《南征北伐編年》《南北事類》《能改齋漫録》近二百卷，悉收入秘府。

趙崇憲

字履常，忠定長子。淳熙進士，工詩。劉後村云：「近時詩人，惟趙履常得豫章之意，有絶似之者。」是崇憲能詩，且宗江西派，槩可知矣，惜不得其詩而論定之，可歎也。《行狀》一卷，海昏李燔敬子譔。徐斯遠《蕭秋詩集》亦有履常所和，今其本余皆未見。

何行

廣昌縣郊外有潭，其深無底，龍窟也。潭上石盆，唐伍之奇常以食餘置盆中，龍化爲黑犬，食之，因名「豢龍池」，後人即其傍建龍泉觀。宋末，邑人何行詩曰：「蓬萊境界隔風煙，一帶銀河接九天。禮斗瑶臺春草合，豢龍石鉢玉沙圓。紅雲幾片危樓上，古木千尋落照邊。惆悵仙人何處去，空餘月色滿山川。」

行，字自強，舉明經，知武平縣，服除不仕，以經史詩文自娱，有集。

黄人傑

字叔萬，盱江人。工詞曲，有《可軒曲林》一卷。

楊無咎

字補之，清江人。宋高宗時，以詩學薦于朝，屢徵不就，自號逃禪老人。詞曲尤工，其詞有《逃禪集》一卷。善寫墨梅，或進之阜陵，笑曰：「村梅也。」因自名「村梅」。其水墨人物、梅、竹、松、石、水仙號六絶，而梅爲最，世傳「江西墨梅」云。

吴鎰

字仲權，崇仁人。隆興進士，官司封郎中。以「敬」名齋，張南軒爲記。有《雲岩集》，又有《敬齋詞》一卷，則詩餘也。

《崇仙觀》云：「浮丘仙袂風中挹，子晉吹笙月下聞。翠蓋霓裳君過我，尻輿神馬我從君。」

郭應祥

字承禧，臨江人。嘉定間，編南唐後主而下名公詞調，爲《笑笑詞集》一卷，刻于長沙書坊，又號《百家詞》。

鄧　元

字南秀，豐城人。淳熙進士，官廣西經翰。工樂府，有《漫堂集》一卷。

王大受

字仲可，鄱陽人，工詞曲，有《近情集》一卷。

楊炎止[五]

字濟翁，廬陵人，著有《西樵語業》一卷，皆詩餘。

徐得之

字思叔，清江人。淳熙中，與子筠同科進士，次子天麟亦登開禧第。得之長史學，譔《左氏國紀》二十卷。

詩文皆工，尤善歌詞，其詞有《西園鼓吹》二卷。

徐氏世有史學，得之父夢莘，字商老，著《北盟會編》。子筠，字孟堅，著《漢官考》。天麟，字仲祥，譔《西漢會要》七十卷、《東漢會要》四十卷，皆行于世。

得之集有《靜安作具》十四卷，《别集》十卷。

姜夔

字堯章，鄱陽人。有詩才，琢句精工。千巖蕭東夫識于年少，客遊，以其兄之子娶之。石湖范至能尤愛其詩。楊誠齋亦愛之，賞其《歲除舟行十絶》，以爲有裁雲縫月之妙思，敲金戛玉之奇聲。夔頗解音律，嘗請于朝，欲正頌臺樂律，以議不合罷。秦檜當國，遂隱箬坑之丁山，累薦不起，高宗賜宸翰，建御書樓貯之。以隱逸終，自號白石道人。所著詩有《白石道人集》三卷。

有詩云：「夜暗歸雲繞柁牙，江涵星影雁團沙。行人悵望蘇臺柳，曾與吴王掃落花。」誠齋喜誦之，語伯子曰：「吾與汝弗如也。」

樂府最工，有《白石詞》五卷，又精書法，嘗著《絳帖評》二十卷。

歐陽彝

廬陵人，胡忠簡公甥也。忠簡措置海道，彝走江陰畫策，大奇之。後歸江上，日與其徒談議，悲歡登眺，一見于詩。著述凡六十卷，有《憤世嫉邪》三卷，尤爲時所稱。

施師點

字聖與，廣永豐人。孝宗朝在政府六年，慨然勇退，謚正憲。其婿趙汝談序其集爲六十七卷，外集三卷。

劉堯夫

字淳叟，金谿人。乾道初，以太學兩優釋褐，時號「走馬上舍」。劉光祖稱其調高才清，志大論壯。奏事上前，排斥權倖。其詩語新韻勝，皆古人所未道，著有《井齋集》。

鄧　虎

字子虎，臨川人。嘗作《聖宋雅頌》獻于朝。築室曰「清軒」。所著詩文甚富，嘉定中，收入秘省。

阮　薦

字仲元，新昌人。隱居林壑，以詩酒自娱。乾道中，辟學正不就，與同鄉諸先達詩筒往來，咸推絶唱。

劉德秀

字仲洪，豐城人。隆興進士，慶元中爲僉樞。著有《默軒詞》一卷。

京鏜

字仲遠，新建人。紹興進士，寧宗朝左相，封魏國公，謚文忠，後改莊定。鏜以使金執節，驟用。孝宗稱其臨危不變。及在相位，值韓侂胄權傾中外，鏜稍附之，始不爲士大夫所歸。然其詩甚工，不以人廢言，可也。鏜詩有《松坡集》七卷，《樂府》一卷。

鏜帥蜀，上巳出遨，其客楊濟爲樂語，首云：「三月三日，豈無水邊麗人；一咏一觴，亦有山陰禊事。」又云：「良辰美景賞心樂事，四者難并；崇山峻嶺修竹茂林，羣賢畢至。」一時傳誦。鏜入相，召濟爲著作郎。

李劉

字公甫，崇仁人，嘉定進士，歷官吏部侍郎。理宗書「梅亭」二字賜之，因以爲號。劉熟于典故，文采博贍，制詞爲南渡冠，尤工詩。著《梅亭類藁》三十卷，《續類藁》又三十卷。

曾極

字景建，臨川人。父滂，象山高弟也。極志氣豪放，聲名動四方。朱子得其書及詩，大異之，謂其類老泉、東坡。嘗遊金陵行宫，題詩龍屏，忤時相史彌遠，謫道州，卒。或言極久斥可念，上曰：「非爲《江湖集》者耶？」詔歸葬。著有《春陵小雅》《金陵百咏》。

極嘗取南渡以來江湖之士以詩馳譽者，彙爲《江湖集》九卷。于是士之不能自表暴于世者，賴是以傳，蓋亦闡幽之意云。

《遊華子岡》詩云：「去城纔半驛，深谷自逶迤。藤絡崩崖石，松垂倒地枝。寒山縮毛髮，碧澗照鬚眉。霜氣全消歇，空存太傅祠。」

《紅泉精舍》云：「十里長松一幅巾，温湯靜濯滿衣塵。石門隔斷世間事，仙窟能容鶴上人。已主謝公爲北道，更依華子作西鄰。紅泉可酒兼宜茗，便合躬耕老此身。」

曾慥

字端伯，南豐諸曾孫行也，官太府卿。帥荆渚日，選本朝詩自寇萊公至僧璉二百餘家，爲《皇宋詩選》五十七卷，以續荆公《詩選》之後。其言歐、王、蘇不入選，倣荆公不及李、杜、韓之意。編中人各爲小傳，自序云：「博采旁搜，拔尤取穎，悉表而出焉。」陸放翁以比唐人《中興間氣集》。

慥又編《樂府雅詞》十二卷，《拾遺》二卷，序略云：「予所藏名公長短句，裒合成編，或後或先，非有銓次，涉諧謔則去之。歐公一代儒宗，風流自命，詞章幼眇，世所矜式，當時小人或作豔曲，繆爲公詞，今則除去。凡三十有四家，雖女流亦不廢。此外百餘闋，平日膾炙人口或不知姓名，則類于卷末，以俟詢訪，標曰《拾遺》。」

慥，建炎進士，家德興。著有《高齋詩話》，又編《古今傳記小説》，凡二百六十餘種，爲《類説》五十卷，自序云：「閒居銀峯，纂集成書，可以資治體，助名教，供笑談，廣見聞。」

羅　鑑

字正仲，崇仁人，宋寧宗時樞密點之從弟也。工詩，所著詩有《磬沼集》一卷，磬沼者爲池，因地曲折如磬然。

又撰《羅山志》，嘉定間并《磬沼集》俱收入秘省。

徐元杰

字伯仁，上饒人，紹定進士，廷對第一。詩秀拔有致，其《即景》云：「花開紅樹亂鶯啼，草漲平湖白鷺飛。風日晴和人意好，夕陽簫鼓滿船歸。」

鄧繼祖

南城人。所著詩有《茅齋集》二卷，宋南渡後人也。

李公彦

字成德，臨川人，元符進士，官吏部侍郎。與謝溪堂、曾艇齋諸詩人唱和，著有《宫詞》百餘篇，及《潛堂詩話》《文集》若干卷。

陶復亨

字仁叔，新昌人，咸淳國學，有《梅花百詠》行于世。

曾丰

字幼度，樂安人，乾道進士，有文名。晚恬仕進，築室「樽齋」，以詩酒自娱，著《緣督集》。

《玉庭觀》云：「仙人上昇處，花草四檐荒。去鶴青霄外，空山白日長。瑶琴絃久絶，丹井水猶香。靜者依靈跡，鐘聲送夕陽。」

饒魯

《琵琶洲》絶句云：「潯陽江上譜無傳，化作沙汀越水邊。一段遺音人不識，夜深幽咽下灘泉。」洲在餘干縣，見前汪拱辰詩内。

林夢英

字叔虎，臨川人，淳熙進士，官秘書丞。退居城西金石山，建樓讀書，年踰八十，寒暑不輟，人稱山房先生。

《碧澗書堂》詩云：「臨川遇鄒君，示我銅陵辯。相邀遊其間，百聞須一踐。自從雙耳聳，已辨兩足繭。武彝乃招隱，仙都聊策蹇。遥睇麻源村，夢思勞輾轉。今披碧澗記，華岡訂訛舛。疑信吁莫論，是非爭之徧。但欣泉石奇，堂成書可葺。晁侯雲夢胸，妙處參墳典。家有萬竹坡，琅玕閟營剪。徘徊康樂舊，此興尤不淺。人生貴自得，假物非至善。山川侈其逢，所託名偕顯。嚴光釣于灘，叔子登乎峴。氣象不抵摧，吾徒志當勉。相思邀未到，煙霞日舒卷。惟應原上月，共照人孤狷。」

《金石臺》云：「雲作岩扉風自關，清陰半壑樹中間。傍廂更着茆亭好，放入西南一面山。」

徐斯遠

玉山人。有集，葉水心序曰：「詩險而肆，對面崖壑，咫尺千里，操舍自命，不限常律。慶曆、嘉祐來，天下以杜甫爲師，始黜唐人之學，而江西宗派章焉。然而格有高下，技有工拙，趣有深淺，材有大小。以夫汗漫廣莫，徒枵然從之而不足充其所求，曾不如脰鳴吻呹，出豪芒之奇，可以運轉而無極也。故近歲學者，已復稍趨于唐而獲焉，曷若斯遠淹玩衆作，淩暴偃蹇，情瘦而意潤，貌枯而神澤，既能下陋唐人，方于宗派，斯又過之。」初渡江時，上饒號稱賢雋所聚，義理之宅，如漢許下、晉會稽焉，風流幾泯，斯遠與趙昌父、韓仲止扶植遺緒，固窮一節，視榮利如土梗，以文達志，爲後生法，凡此皆強爲善者之所宜知也。

斯遠名文卿，嘗作《蕭秋詩》，四言九章，章四句。趙蕃昌父而下和者十三人，紹興辛亥也，趙汝談履常亦與焉。後三十三年，嘉定癸未乃序而刻之，爲《蕭秋詩集》一卷。文卿晚第進士，未仕，有詩，見《江湖集》。

周日章

字文顯，永豐人廣信府。嘗慕王貞白爲人，其卒也，趙蕃名其詩曰《靈溪後集》，以貞白有《靈溪集》故也。

趙　蕃

宋宗室，世居玉山。受學朱子，學者稱章泉先生，官直秘閣，著有《章泉集》。余家乘載，昌父跋先《竹齋稿》并詩一首，跋云：「裘司直之子從龍訪余章泉山中，示以司直手澤一册，呼燈閲之，迫寐而止，待旦始卒編。司直詩既工，字亦清勁。從龍即欲携之東，茲來又匆匆，無自可借留。子州有詞人，可以呈似，倘能摹刻十數，與放翁臨川所刊《陵陽詩稿》並行，正自佳耳。屬病目不暇，爲寫洪公書，納謁之際，道我此意。管城趙蕃昌父識。」詩云：「廼翁里居時，曾上廬山牘指曹待制。懷賢訪其孤，今值詞人牧。我嘗愛臨川，韓草刊于陸。爾侯古雅趣，與陸並堪躅。而翁詞翰佳，世亦思在目。爾其持此詩，匆憚拜僕僕。侯寧謂我易，未遂嗔爾瀆。峨峨兮西山，光燄那久伏。」此先人至交也，篤舊樂善之意，具見于此。其真迹暨先司直手册，明季猶存，後遂燹于兵矣，惜哉！

江萬里

《龍虎山》詩云：「鑿開風月長生地，占卻煙霞不老身。虚靜當年仙去後，不知丹訣付何人。」

公字子遠，號古心，都昌人。度宗右相，寓居鄱陽。城破，赴止水死，贈太師、益國公，謚忠文。

羅必元

字亨父，進賢人，咸淳進士，知餘干。邑有史氏笞婢六奴，奴逃父家，藏之，殺丐女子，衣六奴衣，投井中，舉屍誣史氏。必元廉得六奴，釋史氏冤，以奴父抵丐命。又有商被人謀死于周公埠，其魂以狀告必元，怪而逐之，次日復至，狀無字，照之有詩云：「白雪分兩片，秋月正揚輝。惆悵江頭暮，無船不可歸。」必元曰：「此必姓段名明者殺也。」果捕其人，服罪，一邑稱神。後官寶章閣，以直節著。

姚勉

勉初試漕司不利，祈夢罕王祠。在西山罕王嶺，俗呼夢山。夢一兀加片犬肉，達旦不能決，乃辯于乘覺寺解道。道曰：「片犬肉，狀字；一兀，元字。子必爲狀元也。」後勉寶祐癸丑廷對首冠，果符其夢，爲碑記其事，復繫之辭，略曰：「四顧雲峯，正是嵸巃。高者如屏，尖者如鋒。如環如眉，如灣如弓。雨焉則施藍兮斯碧，霞焉則輝錦兮斯紅。舞者黄蜂，翔者蒼龍。排八陣之圖，奪萬丈之虹。高者懸崖，卑者空谷。溪澗源流，石竇飛瀑。瑩如玻璃，淨如冰玉。如玦斯環，如瑩斯燭。深者龍蟄而蛟蟠，淺者鷗遊而鷺浴。儼桃花之仙源，即武夷之九曲。殿閣巍峨，樓墀環擁。如山之連，如浪之湧。瓦鴛鴦而魚鱗鋪，碧瓊瑶而雪花重。層空聳漢而松柏老，濟物期天而惠順洪。執戟拯難兮民疾除，發矢長嘯兮天地空。」又歌曰：「有美人兮山之隅，跨青龍兮上元都。衮衣明兮紫霞裙，戴冕旒兮服羅襦。朝紫皇兮效步虚，風雲際會兮下塵世。」又曰：「靈壇風冷兮碧桃花稀，三通畫鼓兮白馬頻嘶。殘星落月兮黄鶴高飛，秋風萬里兮時摇旌旗。忠精凜凜兮欲截河箕，正氣漫漫兮明耀春輝。横欄直檻兮靈顯飛微，夜登靈祠兮心與神期。」蓋王爲昭烈曾孫，東晉時滅寇有功，封廣惠、廣順二王，後隱翠巖。梁景明初，屢著神異，里民祠于西山之鳳臺峯，額曰「靈顯」，禱者輒應云。勉，字成一，新昌人，官校書郎，著有《雪坡集》。

朱景文

舊傳：荆州江亭柱間有詞曰：「簾捲曲闌獨倚。山展暮天無際。淚眼不曾晴，家在吴頭楚尾。數點雪花亂委。撲漉沙鷗驚起。詩句欲成時，没入蒼煙叢裏。」黄魯直讀之，悽然曰：「似爲余發也，筆勢類女子，又『淚眼不曾晴』之句，疑爲鬼耳。」是夕夢女子曰：「我家豫章吴城山，附舟至此，墮水死，不得歸。登江亭，有感而作，不意公能識之。」魯直驚寤，曰：「此必吴城小龍女輩也。」乾道六年，吴芾守豫章，其子同年生清江朱景文乾道己丑進士因緣來見，得攝新建尉。適葺吴城龍王廟，命之董役，更塑偶像，朱指壁間所繪神女，謂工曰：「必肖此乃佳。」凡三四易，朱甚喜。忽憶荆州詞，以爲語意悽惻，殆非龍宫嫺雅出塵態度，因賦《玉樓春》一闋，書壁曰：「玉階瓊室冰壺帳。恁地水晶簾不上。兒家住處隔紅塵，雲氣悠揚風澹蕩。有時閒把蘭舟放。霧鬟煙鬢乘翠浪。夜深滿載月明歸，畫破琉璃千萬丈。」既夜夢旌幢羽葆，擁一輜軿，傳言龍女來謁，宴飲寢昵，如經一日。夕將行，謂朱曰：「君當不記疇昔事矣，君前身本南海廣利王幼子，因遊江湖，爲我家婿，妾實奉箕箒。今雖生朱氏，然吴城之念，正爾不忘，故得禄多在豫章。須官南海，陽禄且盡，此時復諧佳偶。感君所作《玉樓春》詞，破前人之誤，非君憶舊遊，亦無因知我家如此其熟也。」言畢，愴别。覺，作文紀其事，特未悟南海之説。後展轉調分宜簿，頃次家居，縣士子相率謁，話邑中風土，偶及主簿街前有南海王廟，朱恍然自失，明日抱疾，遂不起。出《異聞總録》。

景文，字元成，幼雋邁，讀書過目不忘。既長，學問該貫，爲文立就，雄贍豪爽如其人。

魯瀞

字子明，清江人。力學，善《易》，尤工吟咏。南宋初，與向子諲爲詩杜[六]友。有城園二十畝，塢内多含笑花，因號笑塢老人。

【校記】

［一］他日，四庫續修本、禁燬本皆缺，下註「闕二字」。《二老堂詩話》亦闕。今據周必大《文忠集》卷四十二《連年視聽不明有耳雨空花之句今歲尤甚戲成小詩》補。

［二］當，四庫續修本、禁燬本皆作「堂」，此據《兩宋名賢小集》洪邁《野處類稿》卷下《送制置使王剛中帥蜀》改。

［三］杞，四庫續修本、禁燬本皆如此。而卷首目録作「圮」，考通誌未載，未知孰是。

［四］王洋，卷首目録作「汪洋」，《江西通志》亦作「王洋」。

［五］楊炎止，《四庫全書》《西樵語業》作者爲「楊炎正」。《全宋詞》亦爲「楊炎正」。

［六］杜，四庫續修本、禁燬本皆如此。疑爲「社」字，形近而誤。

西江詩話　卷五

文天祥

《正氣歌》曰：「天地有正氣，雜然賦流形。下則爲河嶽，上則爲日星。于人曰浩然，沛乎塞蒼溟。皇路當清彝，含和吐明廷。時窮節乃見，一一垂丹青。在齊大史簡，在晉董狐筆。在秦張良椎，在漢蘇武節。爲嚴將軍頭，爲嵇侍中血。爲張睢陽齒，爲顔常山舌。或爲遼東帽，清操厲冰雪。或爲出師表，鬼神哭壯烈。或爲渡江楫，慷慨吞胡[一]羯。或爲擊賊笏，逆豎頭破裂。是氣所磅礴，凜冽萬古存。當其貫日月，生死何足論。地維賴以立，天柱賴以尊。三綱實繫命，道義爲之根。嗟予遘陽九，隸也實不力。楚囚纓其冠，傳車送窮北。鼎鑊甘如飴，求之不可得。陰房闃鬼火，春院閟天黑。牛驥同一皂，雞棲鳳凰食。一朝蒙霧露，分作溝中瘠。如此再寒暑，百沴自辟易。哀哉沮洳場，爲我安樂國。豈有他繆巧，陰陽不能賊。顧此耿耿在，仰視浮雲白。悠悠我心憂，蒼天曷有極。哲人日已遠，典刑在夙昔。風檐展書讀，古道照顔色。」此篇竟是孟子浩然章註脚，以詩解經，千古僅見，詩之鬱勃動轉又不必言，真令人百復不釋。

張弘範命公爲書招世傑，公曰：「吾不能扞父母，乃教人叛父母，可乎？」固命之，遂書《過零丁洋》詩云：「辛苦遭逢起一經，干戈落落四周星。山河破碎水漂絮，身世浮沉風打萍。惶恐灘頭説惶恐，零丁洋裏歎零丁。人生自古誰無死，留取丹心照汗青。」弘範笑而置之。

《過金陵》云：「草舍離宫轉夕暉，孤雲飄泊欲何依。山河風景原無異，城郭人民半已非。滿地蘆花和我老，舊家燕子傍誰飛。從今别卻江南日，化作啼鵑帶血歸。」

《過平原》末云：「亂臣賊子歸何所，茫茫煙草中原土。公視于今六百年，忠精赫赫雷行天。」《發吉州》末云：「首陽風流落南國，正氣未亡人未息。青原萬丈光赫赫，大江東去日夜白。」

《題雙廟·沁園春》云：「爲子死孝，爲臣死忠，死又何妨？自光嶽氣分，士無全節，君臣義缺，誰負剛腸？罵賊睢陽，愛君許遠，留得聲名萬古香。後來者，無二公之操，百鍊之剛。嗟哉[二]！人生翕欻云亡，好烈烈轟轟做一場。使當時賣國，甘心降虜，受人唾罵，安得流芳。古廟幽沉，遺容儼雅，枯木寒鴉幾夕陽。郵亭下，有奸雄過此，仔細思量。」

謹按：《詩三百》篇，多羈臣怨婦感遇抒懷之什，而聖人標之曰「經」，至與堯、舜、羲、文諸大聖之書同一篇目，後世詞人韻士，僅以爲玩物適情之具，非不儷花鬬草，抹月披風，而壯夫鄙爲小伎。嗟乎，言志之道如此，則其于人之志從可知也。故唐一代，以詩取士，而末造詩流以忠節顯者，落落晨星焉。文山公詩，字字從肺腑中洋溢而出，何嘗立意，何嘗不工，此爲天地古今之元聲。令宣聖可作，必且目之爲《經》，區區《騷》《雅》云乎哉！

又按：古今來，有文章者，不必節義，能節義者，不皆文章。愚前言詩文二道兼者，甚難；若文章節義其兼之，則又更難于詩文也。自文山、疊山兩先生出，而文章節義聚于一身，似覺兼之又不爲難矣。稱西江者，必曰「文章節義之鄉」，其來固有自哉！

公作文未嘗屬草，下筆滔滔不竭。流離中，感悼悲憤一發于詩。在京口有《指南集》，在燕獄有集杜二百首，又有《吟嘯集》。所居對文筆峯，故號文山。其初字宋瑞，由今觀之，公蓋不特宋人一代之瑞，實千萬年斯文之瑞而臣道之光云。

《馬祖巖》詩云：「秋風吹日上禪關，路入松花第一灣。只願四時煙霧少，滿城樓閣見青山。」《過吴城山》云：「龍形人鬼外，神在地天間。彭蠡石弩出，洞庭商舶還。秋風黄鶴闊，春雨白鷗閒。雲際青如粟，河流接海山。」《青原寺》云：「空庭横蝃蝀，斷碣假龍蛇。活火參禪筍，清泉透佛茶。晚鐘何處雨，春水滿城花。夜影燈前客，江西七祖家。」《過湖口》云：「江湖一度會，宇宙幾興亡。走馬蘆林外，買魚茆舍傍。南人撑快槳，北客坐危檣。江水交岷水，東流日夜長。」《賣魚灣》云：「風起千灣浪，潮生萬頃沙。春紅堆蟹子，晚白結鹽花。故國何時訊，扁舟到處家。狼山青兩點，極目是天涯。」《翠玉樓》云：「昏鴉何處落，野渡少人行。黄葉聲在地，青山影入城。江湖行客夢，風雨故鄉情。試問南來信，梅花三兩英。」諸詩字字清緻，真五言長城也。

《海覺院》云：「闍黎鐘鼓訪團蒲，江色漫漫晝欲晡。一笛梅邊河滿子，千簑蘆外木頭奴。急風吹鴈還家未，新雨生濤到海無。本是白鷗隨浩蕩，野田飄泊不爲孤。」《登碧落堂》云：「碧落堂成燕鵲歡，登高聊復此偷閒。地居一郡樓臺上，人在半空煙雨間。修葺已成新宇宙，感傷猶到舊江山。邇來又爲西風急，不覺憂時兩鬢班。」《高安縣》云：「青山曲折水天平，不是南征是北征。舉世更無巡遠死，當年誰道甫申生。遥知嶺外相思處，不見灘頭惶恐聲。傳語故園猿鶴好，夢回江路月風清。」

信國妹嫁同郡孫桌，信國兵出興國，桌入謀于内，對曰：「吾兄破家殉國，君奚以妻子介懷。」乃悉出簪珥佐軍需。未幾，枲被執，氏携兩子一女赴燕，零丁孤苦中操持嚴肅，故信國《集杜詩》有曰：「近聞韋氏妹，零落依草木。深負鶺鴒詩，臨風欲慟哭。」信國嘗有《與妹書》，門人曼卿藏其手帖，虞伯生跋云：「一代三百年間有此臣，一家數十口内有此女，不愧于天，不怍于人，可傳千萬世，卓哉！」

楊文貞公跋云：「右信國文公集杜句二百首，皆在燕獄所作，每首有公自序，其後鄧中齋譔《督府忠義傳》，劉中齋譔公傳，皆有資于此。初，公得死後，吉水張弘毅自燕以公爪髮及遺文歸，此詩亦在其中。鄉郡舊嘗刻公遺文，兵後板廢。余于京師遇此詩及《督府忠義傳》，遂録藏之。」

杜伯揚　蕭敬夫

倶信國客也。信國有《文山觀大水記》，末云：「坐亭上，諧謔賦詩，縱其體狀。予曰：『風雨移三峽，雷霆劈兩山。』伯揚曰：『雷霆真自地中出，河漢莫從天上翻。』敬夫曰：『八風捲地翻雷穴，萬甲從天驟雪騣。』」

謝枋得

疊山先生被執北行，作詩曰：「雪中松柏愈青青，扶植綱常在此行。天下豈無龔勝潔，人間不獨伯夷清。義高便覺生堪捨，禮重方知死甚輕。南八男兒終不屈，皇天上帝眼分明。」愚嘗謂：「先生此篇與文山《正氣歌》如二曜經天，江河行地，卓然並垂于宇宙間，與世界同其不朽，正不得僅以詩目之。」

先生字君直，弋陽人，起家寶祐進士。平生無書不讀，爲詩文高邁奇絶，汪洋演迤，自成一家，學者多師尊之。

《題龜峯》云：「三十二峯峯最高，脚踏高處真人豪。近觀靈山一培塿，俯視彭蠡無波濤。眼明始見滄海闊，心閒郤憐塵世勞。後百千年誰獨立，萬古一覽皆秋毫。」

《蚕婦吟》云：「子規啼徹四更時，起視蚕稠怕葉稀。不信樓頭楊柳月，玉人歌舞未曾歸。」

《慶全庵桃花》云：「尋得桃源好避秦，桃紅又見一年春。花飛莫遣隨流水，怕有漁郎來問津。」

《送子高歸延平》云：「亂世讀書少，前人教子難。青燈長合席，紅葉趲歸鞍。梅自知春近，松應耐歲寒。樓高新月好，後夜與誰看。」

童　潮

彭澤人，咸淳進士，官工部尚書。有《小姑山》詩云：「長江萬里來，一砥中流峙。巨浸没根深，孤峯插漢起。倒回三峽流，獨據九江水。真是海門關，波濤險莫比。」

唐元齡

新建人，寶祐進士。有《鬱林寺》詩云：「一徑通深窈，叢林獨蔚然。神仙棲佛屋，香火當僧田。罕見催科吏，誰譚文字禪。吴儂來拜朔，僂指滿三千。」

袁　度

號希山，樂安人，開禧鄉貢，不仕。工詩，曾子實稱其詩「春容如褒衣博帶，彼塗暈青紅者，雖見而笑之，而淵然好古之君子，未有不端拱起敬者也」。

宗必經

字子文，南昌人，景定進士。宋亡不仕，元世祖詔求人才，留夢炎、程文海交薦謝疊山以下二十餘人，必經與焉，固辭。迫脅去，械獄三歲，乃放還。其在獄詩有云：「睡曉方知前是夢，落花難上舊來枝。」又云：「不覺授書冬再至，我思黃霸欲銷魂。」論者哀其隱，而欽其節焉。

《孺子亭》云：「連天大厦莫容身，小向湖邊一問津。心事説知林下郭，姓名誤入府中陳。半篙緑水三間屋，一榻清風百世人。只有青青堤上柳，至今猶是漢時春。」自來徐亭詩當推此首爲絶唱，吾知後有作者不能軼矣。

《南浦》云：「江到南關古渡頭，旁分一曲入溪流。垂楊夾道三千户，遶郭連檣數萬舟。春水緑波芳草渡，秋風明月白蘋洲。滔滔出舍紅塵派，一棹中流萬頃秋。」

劉君賢

雩都人，宋末隱居城西，薦辟不就。作詩云：「桃源何處可逃秦，直爲雩山作主人。」可以知其志也。

劉子虚

字君實，靖安人，以文學孝友稱，宋[redacted][三]間，隱桃源山，自號支離翁。釋善權賦《古風十二韻》遺之，云：

「井以甘自竭，象以齒故殘。斧斤寇山林，畢弋害孔鸞。折軀縮簪紱，與世同憂患。當時寵若驚，智不如愚安。

劉子真潁脱，麻衣陋儒冠。平生五車書，僅能濟饑寒。興言屬魚鳥，永結林嶺歡。宅心萬物初，微吟寄毫端。披煙弄明月，攬鬚鏡澄瀾。上無王賦憂，下有澗谷盤。支離耽自沈，志得氣自完。政恐不免耳，事定其蓋棺。」

羅天酉

字恭甫，新昌人，開慶進士。以「格非心，去非人」對策，忤丁大全，擯外，歷官知懷集縣。父殁，作詩云：「三釜爲親今莫及，萬鍾于我復何加。」遂不出。

蕭　㠋

字則山，新喻人，紹定進士，以太府丞奉祠，益肆力文學。碑銘序記，得盤誥體，善吟咏。有《大山集》。弟泰來，字則陽，先㠋登第，官左史，有《小山集》。

王　奕

謝疊山先生就執北行，慷慨賦詩，友人王奕和而送之，音節激烈，與謝作相仿佛。詩曰：「皇天久矣眼垂青，盼盼先生此一行。遺表不隨諸葛死，離騷長伴屈原清。兩生無補秦興廢，一出仍關魯重輕。白骨青山如得所，何須兒女哭清明。」奕字伯敬，號斗山，玉山人。初爲邑博，後率其子介翁隱居玉琊峯，築梅巖精舍，日吟嘯其中。善寫梅竹，工詞翰，人得其手筆者，咸珍之。著有《尊魯集》一卷。

李　進

字野翁，崇仁人，淳祐進士。宋亡，隱居栗門，種瓜植菊，有靖節風。虞邵庵稱其詩「兼簡齋、放翁、蒼山、東林之長」。著有《磵谷居愧稿》。

劉應鳳

字克舉，安福人。文山被執，應鳳遇王鼎翁，對床賦詩云：「天留中子墳孤竹，誰向西山飯伯夷。」應鳳，咸淳進士，宋末隱居不出。

蕭　立

字斯立，寧都人，淳祐進士，歷辰州判官。歸隱蕭田，自放于詩，著有《水崖集》。

鄭進古

字時述，貴溪人，大觀進士，官武選員外郎。有詩文三卷，名《鳴鶴集》，朝散郎宋昭序之。

吴仲軒

進賢人，宋末進士，隱居教授。元初，程鉅夫疏薦不起，以詩謝之曰：「抱疾經年久，何期徵詔臨。芸牕書已蠹，竹徑葉尤深。空返黄華使，難忘鷗鳥心。懷君雖感激，衰鬢不勝簪。」

余芑舒

號息齋，德興人。宋末儒者，潛心程朱之學，暇則整衿端坐。嘗語門人曰：「讀書須虚心熟讀，其味無窮，及蚤了悟，一刻有一刻受用。」其《悟道》詩云：「何人解管身中事，今我纔知學有源。養得心源身事畢，春花秋月共忘言。」

章　鑑

《杭山》云：「買得漁磯繫釣船，魚龍吹浪駭鷗眠。從來白石清泉地，勝似青山小洞天。」《送道士歸得日觀》云：「風月詩幾卷，江湖屐一雙。斷蛟懷劍石，跨鶴叩禪窗。土潤巖生雨，林幽市隔江。歸當訪仙隱，相對酒盈缸。」

字公秉，寧州人，咸淳拜相，以清謹稱。晚季屏居山中，與樵夫爭席，見者不知其宰輔也。鑑築共春園東湖之傍，竹石叢峙，花木疏秀。王義山見而歎美，慨然相贈，更餽名草助之，其雅量如此。

王義山

豐城人，景定進士，官江西儒學提舉。《詠甘露臺》云：「掃除黄葉拂塵埃，講座雖虚尚有臺。歲晚喬松型典在，煙波疊嶂畫圖開。不知瑞露從天降，應是慈雲爲客來。須信中邊甜似蜜，吟詩未足報崔嵬。」

羅大經

景綸《遊南中巖洞記》云：「桂林石山怪偉，東南所無。退之謂『山如碧玉簪』，子厚謂『拔地峭起，林立四野』，魯直謂『平地蒼玉忽嶒峨。』近劉叔治云：『環城五里皆奇石，疑是虛無海上山。』皆極其形容，然此特言石山耳。于暗洞瑰怪，尤不可具道。余與趙季仁遊，列炬數百，隨以鼓吹，市人多從者。入若深夜，出乃白晝，恍如隔宿異世。季仁索余賦詩紀之，略曰：『瑰奇恣搜討，貝闕青瑶房。方隘疑永巷，俄敞如華堂。玉橋巧横溪，瓊户正當牕。仙佛肖仿佛，鐘鼓鏗擊撞。贔贔左顧龜，狺狺欲吠尨。丹竈儼無恙，芝田藹生香。摶噬千怪聚，絢爛五色光。更無一塵涴，但覺六月涼。玲瓏穿數路，屈曲通三湘。神鬼妙剜刻，乾坤真混茫。入如深夜暗，出乃皎日光。隔世疑恍惚，異境難揣量。』[四]然終不能盡形容也。」

季仁嘗謂生平有三願：一願識盡世間好人，二願讀盡世間好書，三願看盡世間好山水。景綸曰：「盡則安能，但身到處莫放過耳。」

大經，吉水人，寶慶進士，著《鶴林玉露》十六卷。

唐子西詩：「山靜似太古，日長如小年。」余家深山中，每春夏之交，蒼蘚盈階，落花滿徑，門無剥啄，松影參差，禽聲上下。午睡初足，旋汲泉，拾枝，煮苦茗啜之。隨意讀《易》《風》《左》《騷》《史記》及陶杜詩、韓蘇文數篇。從容步山徑，撫松竹，與麛犢共偃息長林豐草間。坐弄流泉，漱齒濯足。既歸窓下，則山妻稚子作筍蕨，供麥飯，欣然一飽。隨大小作數十字，展法帖、墨迹、畫卷縱觀之。興到吟小詩，或草《玉露》一兩段，再烹苦茗一杯。出步溪邊，邂逅園翁溪友，問桑麻，説秔稻，量晴較雨，探節數時，劇談一餉。歸而倚杖柴門，則夕陽在山，紫緑萬狀，變幻頃刻，恍可入目。牛背笛聲，兩兩來歸，而月印前溪矣。味子西此句，可謂絶妙。然此句妙矣，識其妙者蓋少。彼牽黄臂蒼，馳獵于聲利之場者，但見袞袞馬頭塵，匆匆駒隙影耳，烏知此句之妙哉！人能真知此妙，則東坡所謂「無事此静坐，一日是兩日。若活七十年，便是百四十」，所得不已多乎！〔五〕出《鶴林玉露》。後人多摘書屏几間，以爲清玩，亦若以此種清福爲深可欣羡者，然議其妙矣，而享其妙者實少。所謂「人人盡道休官好，林下何曾見一人？」名利糾纏，仍然馬頭塵袞袞，駒隙影匆匆耳。間有一二世情稍澹者，又一時擺脱不開，因循荏苒，託言事會，聞之日對清詞，徒深浩歎，不皆重爲景綸所笑耶。

甘　泳

字泳之，崇仁人。工詩，黄大山曰：「泳之之詩，悟入之門在李賀。用事均之出古書，而如出異書；用字均之出古韻，而如出别韻。《出嶺襪言》一首，凡三千四百字，隨事起義，隨義練句，古今大篇未或過之。」泳性剛正，不與時俯仰。平生不娶，如林和靖。所作甚富，鰲溪刊本止七百三十餘篇，號《東溪集》。

曾原一

字子實，寧都人，祖興宗，號唯庵。師事考亭，以僞學之禁罷官歸，築室筧箇谷，四方從學者衆。所爲詩文，温厚典則。原一領鄉薦，與從弟郕同師廬陵楊伯子誠齋之子。紹定庚寅避亂鍾陵，從戴石屏諸賢結「江湖吟社」，詩思日進。

劉辰翁

須溪有《春晴》二絶云：「江柳長天草色齊，新晴何物不芳菲。無因化作千蝴蝶，西蜀東吴款款歸。」「新燕池塘緑雨肥，初晴未暖日光微。角巾猶帶花梢濕，纔倚闌干見絮飛。」

字會孟，廬陵人，理宗朝，除博士不就。宋亡，託方外以老，著有《須溪集》百卷。

寧州雷光霆隱居教授，學士程鉅夫、詹天遊皆其徒也。故須溪挽詩有曰：「諸生已房魏，舊業但河汾。」丁酉元夕作《寶鼎現》詞云：「紅粉春騎，踏月花影，千旗穿市。望不盡、樓臺歌舞[六]，習習[七]香塵蓮步底。簫聲斷，約綵鸞歸去，未怕金吾呵醉。甚輦路、喧闐且止。聽得念奴歌起。父老猶記宣和，抱銅仙、清淚如水。還轉盼、沙河多麗。滉漾明光連邸第。簾影凍、散紅光成綺。月浸蒲桃十里。看往來、神仙才子。肯把菱花撲碎。腸斷竹馬兒童，空見説、三千樂指。等多時、春不歸來，到春時欲睡。又説向、燈前擁髻。暗滴鮫珠墜。便當日、親見《霓裳》，天上人間夢裏。」論者謂此詞黯澹淒迷，有《黍離》《麥秀》之感。

張毅甫既負信國骨歸葬後，公子忽夢公怒云：「繩鋸髮斷。」明日起視，果有繩束髮，其英爽如此。須溪紀其事，贊于公畫像上曰：「閒居忽忽，萬古咄咄。天風慘然，如動生髮。如何尋約，亦念東芻。豈其英爽，猶累形軀。同時之人，能不穎泚。昔忌其生，今妬其死。」

李洪

廬陵李氏兄弟五人，皆長于詞學，著有《李氏花萼集》五卷。洪，字子大；漳，子清；泳，子永；淦，子召；　澍，子秀，俱有官閥。宋時人，見《文獻通考》。

唐趙州李乂，開元初，官刑部尚書，少名尚真，與兄尚一、尚貞俱以文章見稱，號曰《李氏花萼集》。是自唐以來，李氏有兩《花萼集》矣。以聲望言，宋李之《花萼》不如唐李之《花萼》，以兄弟人數言，唐李之《花萼》不如宋李之《花萼》。然唐李《花萼》之集詩歌具全，宋李《花萼》之集則專以詞曲，此又其不同，皆古今藝苑中一段故事也，特爲拈出之。

況志寧

宋時南昌人，出處未詳。《新建縣志》載志寧絶句三首，一云：「上疏歸來事可歎，嶺頭誰爲築星壇。先生不食炎劉禄，自拾松花當晚餐。」《梅仙壇》二云：「風雨池邊古木寒，千年枸杞當晨餐。巖前石壁誰扃鎖，歲歲秋風長蕙蘭。」《天寶洞》三云：「城陰零落豫章臺，平地晴沙捲雪來。欲訪鄰翁問塵迹，小園荒徑長莓苔。」《豫章臺》或曰：志寧，明朝人。然玩詩中音調，似非明人家數。其爲宋人，無疑也。但《志》載豫章臺亦名龍沙臺，宋、元有之，後圮。而志寧「塵迹荒徑」云云，似傷臺之頹廢久矣，則又疑是明朝人，姑兩存之，以俟再考。

陶平塘

陶■■[八]，號平塘，進賢人，仕于宋季，後歸隱。其詩出江西派，而瀟洒過之。有《平遠樓集》。

王炎午

原名應梅，字鼎翁，別號梅邊。宋敷文閣瀘溪先生諸孫也。幼力學，升太學上舍，與丞相文公、青山趙公遊。宋亡，不仕。奉母至孝，母殁，廬墓三年，朝夕饘粥。青山慰之以書曰：「確存孝忱，尚守齋禁，是可以敦薄俗，是可以範後人。然創鉅痛深，形羸髮變，非飯無以敵暑，非味無以強餐。大事未終，一疾其可？若使夫人之尚在，忍見季子之如斯？事死如事生，愛身即愛母。願俯從于常制，非苟狥于人言。」鼎翁復書曰：「重憫其形髮之變，明示以古今之宜，感泣不能自已，徬徨莫知所爲。暮年雞黍之歡，又成昨夢；終身羊棗之慟，莫可名言。末由置者，饘粥之食；所未盡者，肥甘之謀。抑此特居喪之末，何足蒙勵俗之褒。」出《王炎午忠孝傳》，明李忠文時勉著。

章甫

字冠之，鄱陽人，善詩，夙負才譽。後居吴下，自號轉庵，作易足堂，韓無咎爲記。其詩有《易足居士自鳴集》十五卷。宋南渡後人。

楊介如

字固卿，豐城人，開禧間遊諸邊塞。畫策不售，遂隱黄冠，嘗主清江相堂觀。一日，諸文士集觀中唱酬，介如蓬鬢垢衣，坐其側，句至，朗吟曰：「酒量春吞海，詩肩夜聳山。」座皆驚服。後入皂閣山。有詩百餘篇，號

《隱居集》。

繆　穆

字舜賓，崇仁人。咸淳中，以賦舉第一，博覽善談。遊吏部李梅亭之門，傳其詩學。所爲樂府、古律、絶句皆工，吴文正公序其集。

宋自逐

字謙父，别號壺山居士，本金華人，宋末徙居南昌。父子兄弟皆能詩，而謙父尤著，方虚谷亟稱其「殘年日易晚，夾雪雨難消」之句。詞學更工，所著詩餘曰《山樵笛譜》。

《題雪堂》賀新郎云：「唤起東坡老。問雪堂、幾番興廢，斜陽衰草。一月有錢三十塊，何苦抽身不早。又底用、北門摛藻。儋耳蠻煙添老色，和陶詩翻被淵明惱。到底是，忘言好。周郎英發人間少。謾依然、烏鵲南飛，山高月小。歲月堂堂留不住，此世何時是了。算不滿、英雄一笑。我有豐淮千斗酒，把新愁舊恨都傾倒。三弄笛，楚天曉。」

《自述》驀山溪云：「壺山居士，未老心先懶。愛學道人家，辦竹几、蒲團茗碗。青山可買，小結屋三間。開一徑，俯清溪，修竹栽教滿。客來便請，隨分家常飯。若肯少流連，更薄酒、三杯兩盞。吟詩度曲，風月任招呼，身外事，不關心，自有天公管。」

鄧　剡

鄧光薦先生，號中齋，廬陵人。宋亡，以義行著。其所賦《鷓鴣詩》曰：「行不得也哥哥，瘦妻弱子羸牸駄。天長地闊多網羅，南音漸少北語多。肉飛不起可奈何，行不得也哥哥。」又有《文丞相像贊》曰：「目煌煌兮疏曉星寒，氣英英兮晴雷殷山。頭碎柱兮璧完，血化碧兮心丹。嗚呼！孰謂斯人不在世間？」出《輟耕録》。

光薦登景定進士，文信國公客也。著有《督府忠義傳》。

劉　澄

字定伯，泰和人，端士邦美從子也。身堅壯，能寒暑，鬢髮如漆。善談名理，爲詩曠達，類晉、宋間人。意有所至，輒于詩發之，嘲詠賞笑，興出物外，使人諷念不忘。飲酒可一二斗，酒酣浩歌，響振林木；或投冠袒裼，旁若無人；或鼻息雷鳴，徑臥座上。與信國友善，一日過信國，極論時事抑揚，不少挫詘。旦無疾而逝，信國哭三日不止。

汪大有

字元量，號水雲，浮梁人，咸淳進士，官兵部侍郎。工詩，清麗可喜。臨安既失，其詩曰：「西塞山邊日落處，北關門外雨來天。南人墮淚北人笑，臣甫低頭拜杜鵑。」又曰：「錢塘江上雨初乾，風入端門陣陣酸。萬馬亂嘶臨警蹕，三宮灑淚濕鈴鸞。童兒賸遣追徐福，厲鬼須當滅賀蘭。若說和親能活國，嬋娟應遺嫁呼韓。」《題王導像》曰：「秦淮浪白蔣山青，西望神州草木腥。江左夷吾甘半壁，只緣無淚灑新亭。」水雲後從謝后北遷，老宫人能詩者，皆其指教。或謂瀛國公喜賦詩，亦水雲教之。所著詩有《水雲集》。

鄧德遇[九]

號清湖，新建人，淳祐進士，知靖江軍[一〇]。元兵入廣，與守將馬暨、戍將黄文政、參議劉子薦等力謀戰守。城破，題詩袍裾曰：「宋室忠臣，鄧氏孝子。不願偷生，自甘溺死。屈平公子，是吾伴侶。滔滔汨羅，是吾處所。」遂自沉於清流江。

【校記】

[一]胡，原本剗缺。據同治本《文山先生文集》補。
[二]嗟哉，原文如此。檢《沁園春》格律，此二字疑爲衍字。
[三]此處原本空缺。
[四]此爲節引，非全篇，參見《鶴林玉露》丙編卷五。
[五]此爲節引，非全篇，參見《鶴林玉露》丙編卷四。
[六]樓臺歌舞，原本作「歌樓舞」，據《須溪集》卷九《寶鼎現》補改。
[七]習習，按，此處原漏一習字，據《須溪集》卷九《寶鼎現》補。
[八]此處原本空缺。
[九]鄧德遇，按，一作「鄧得遇」，見《宋史》卷四百五十一《鄧得遇傳》。
[一〇]靖江，按，一作「靜江」。《宋史》卷四百五十一《鄧得遇傳》：「兼知靜江府。」

西江詩話　卷六

吴　澄

草廬先生自幼志學，既長，用力尤深，卓然爲性理大儒，六經皆有傳注。于風雅一道，似乎旨趣不同。乃其詩遒美鏗鏘，悠然而有餘韻，置之虞、楊、范、揭間，難爲伯仲，真異人也。先生《小孤山》詩云：「三十年前東下時，開篷曾賦小孤詩。風濤如許相衝激，天柱迄今無改移。長願江流平似鏡，坐看舟客去如馳。悠悠此日登臨意，付與潯陽循吏知。」

《閤皂山》云：「漢吴仙迹兩峯齊，欲拾瑶花路恐迷。寶殿青紅隨地涌，林巒蒼翠接天低。九重香案分雲篆，八景瑶函記玉題。仙鶴翔空清似水，步虚聲在朵梅西。」

《題張尹書巢》云：「食息不離書，令尹非蠹魚。騰身出巢外，編簡不如吾。」其二云：「醯雞瓮裏天，露蟬殼外身。此巢何處着，六合一微塵。」

《别趙子昂序》略云：「文本乎氣，人與天地之氣通，氣有升降，而文隨之，如老者不可復少。必有豪傑之士出於其間，養異學到，足以變化其氣，其文乃不與世而俱。今韓、歐、三曾、二蘇，七子者，不爲氣所變化者也。宋遷而南，氣日耗，而科舉又重壞之，文日卑陋。不絲麻，不穀粟，而罽毯是衣，蜆蛤是食；倡優百態，山海百怪，畢陳迭見，其歸欲爲一世所好而已。夫七子之爲文也，爲一世之人所不爲，亦一世之人所不好。志乎古，遺乎今。爲文而欲一世之人好，吾悲其文；爲文而使一世之人不好，吾悲其人。吴興趙子昂，不變化于氣者也，南歸有日，詩以識别：畸人坐書癖，殊嗜流俗笑。解弦三十秋，已矣鍾期少。近賦遠遊篇，上下四方小。識君維揚驛，玉色天下表。伏梅千載事，疑讞一夕了。詩文正始上，白晝雲龍矯。樂經久淪亡，黍管介毫杪。瑟笙十二譜，苦志諧古調。蝌蚪史籀來，篆隸楷行草。字體成七家，落筆一如掃。草木蟲魚影，自植自飛跳。曲藝天與巧，誰實窺奥突。肉食肉眼多，按劍横道竇。鶴書徵爲郎，瑚璉愜清廟。班資何足計，萬世日厲杲。蹇蹇駑十駕，天下君與操。」

《晦庵先生像贊》云：「理義審微，蠶絲牛毛；心胸恢廓，海闊天高。豪傑之才，聖賢之學；景星慶雲，泰山喬嶽。」按草廬此贊，能繪出紫陽氣象，其尊之也至矣。孰謂公之學古，右陸而左朱也哉。

《臨川野老自贊》云：「身形瘦削，春林獨鶴。眼睛閃爍，秋霄一鶚。遠絶塵滓，大同寥廓。自鳴自和，自歌自樂。」

李伯時《九歌圖》神妙不可言狀，毛郡侯出觀，公作題解書其後，復檃括三閭九篇歌辭，成詩一篇，自云：「與歌意雖微不同，而明原之心一也，千載下有契原之心者，尚味予之言哉。」以下詩「李家畫手入神品，楚賢流風清凜凜。誰遣巫陽叫帝閽，爲招江上歸來魂。音紛紛，音紛紛，柱高辰遠聽不聞。扶桑初暾海横雲，二妃淚灑重華墳。司命播物泥在鈞，洪纖厚薄無齊匀。公無渡，公無渡。衝風起，蠵鼉怒，夜猿啾啾天欲雨。天欲雨，迷歸路，歲晏山中採蘭杜。靈修顧，顧復去，莫怨瑶臺神女妒。坎坎鼓，進芳醑，恥作蠻巫小腰舞。千年往事今如新，摩挲舊畫空愴神。騰身輕舉一回首，楚天萬里江湖春。」

虞集

虞伯生、楊仲弘兩先生同在京日，楊每言伯生不能作詩。虞載酒請問作詩之法，楊酒既酣，盡爲傾倒，虞遂超悟其理。繼有詩送袁伯長栯扈駕上都，以所作介他人質諸楊，楊曰：「此非伯生不能也。」或曰：「先生嘗謂伯生不能詩，何以有此？」曰：「伯生學問高，余曾授以作詩法，余莫能及。」又以詣趙魏公，詩中有「山連閣道晨留輦，野散周廬夜屬櫜」之句，公曰：「美則美矣，若改『山』爲『天』，『野』爲『星』，尤美。」虞深服之。故國朝詩稱虞、趙、楊、范、揭焉，范即德機，揭即曼碩也。嘗有問于虞曰：「仲弘詩如何？」曰：「仲弘詩如百戰健兒。」「德機詩如何？」曰：「德機詩如唐臨晉帖。」「曼碩詩如何？」曰：「曼碩詩如美女簪花。」「先生詩如何？」曰：「集乃漢廷老吏。」蓋先生未免自負，公論以爲然。出《輟耕録》。

樽酒論詩，即能超悟其理，于以見先生才之敏；既精詩法，又能曲折請政于高明，于以見先生心之虛。具此二妙，何患其詩不到古人至處。

《送袁待制扈從上京》云：「日色蒼凉映赭袍，時巡無乃聖躬勞。天連閣道晨留輦，星散周廬夜屬櫜。白馬錦韉來窈窕，紫駝銀甕出蒲萄。從官車騎多如雨，獨有揚雄賦最高。」

邵庵在館閣，嘗賦《風入松》一詞寄柯敬仲博士，詞翰兼美，一時爭相傳刻，遂遍海內。詞云：「畫堂紅袖倚清酣。華髮不勝簪。幾回晚直金鑾殿，東風軟、花裏停驂。書詔許傳宮燭，香羅初剪朝衫。御溝冰泮水挼藍。飛燕又呢喃。重重簾幙寒猶在，憑誰寄、錦字泥緘。報道先生歸也，杏花春雨江南。」剪，一作試。

「三十六竿吹鳳凰，九天春色絢天光。輕雲微動旌旗暖，湛露初晞草木香。貝葉神獅東度嶺，金輿馴象北浮洋。小臣職在歌功德，拜手陳詩對日長。」《朝回和周待制韻》。

「喜子南歸盱水上，經過爲我問臨川。幾家橘柚霜垂屋，何處蒹葭月滿船。應有交遊憐遠道，試從父老説豐年。寒機早晚成春服，一一平安報日邊。」《送朱生南歸》。

「門外煙塵接帝扃，坐中春色自幽亭。雲横北極知天近，日轉東華覺地靈。前澗魚遊留客釣，上林鶯囀把杯聽。莫誇韋曲花無賴，獨擅終南雨後青。」《題南野亭》。

「黄鶴樓前江水春，江花飛接渡江人。日長青瑣文書簡，雨過滄洲杜若新。應共庾公揮扇坐，每尋崔顥賦詩頻。三公舊掾多爲相，行見迴車載繡茵。」《送李通甫赴湖南行省都事》。

「高閣城頭户牖開，江心喜見碧崔嵬。文章誰繼三王後，靈氣常從五老來。畫角數聲南斗落，白鹽萬斛北風迴。州南先有蛟龍窟，怪得詩成急雨催。」《滕王閣》。

《題秋山圖》云：「峯迴留深隱，天清襲素袍。棲身斷人迹，遊目送鴻毛。樹挂栖崖鷲，藤懸飲子猱。龍眠石澗冷，虎撼樹根牢。木客吟時共，山樵弈處遭。浮雲過水盡，孤月挾霜高。羽使來三島，胎仙舞九皋。左招玉斧飲，右攬赤松遨。空色收寥廓，虚聲起繹騷。彈琴遺古散，載酒棹輕舠。遂向圖中見，誰能世外逃。乘槎幾月至，一泛九秋濤。」

《朝回即事》云：「宫樹春陰合，霓旌拂曙來。天光臨閣道，雲氣轉蓬萊。晝漏沉沉鼓，晨尊灔灔杯。香霏簾底霧，樂隱殿前雷。祥瑞儀曹奏，珍淳尚食催。舞廷分鷺序，效獻過龍媒。融雪微生草，輕風不動埃。老人南極至，王母上方回。玉色何多喜，金華得重陪。裁詩賀朝雨，西閣待門開。」

《御溝次韻》云：「御溝雪融三月初，鳧鷖鴻雁總來居。蒲桃水緑可爲酒，楊柳條青堪貫魚。逶迤天河起箕尾，滉漾雲海浮青徐。舟前花落傍飛燕，堤上風來濕舞裾。翠輦時留金騕褭，錦波不着玉芙蕖。臨流宋玉偏能賦，莫待東都客問予。」

《春雲二絶》云：「春雲冉冉度宫城，樓雪初融水半生。行過御溝還久立，舉頭枝上有啼鶯。」「雨裛輕塵道半乾，朝回處處借花看。墻東半樹垂楊柳，飛絮時來近馬鞍。」

《聽雨二絶》云：「屏風圍暖鬢毶毶，絳蠟摇光照暮酣。京國多年情盡改，忽聽春雨憶江南。」「何處他年寄此生，山中江上總關情。無端繞屋長松樹，盡把風聲作雨聲。」

《庚午廷試次韻二絶》云：「待漏宫門聽鑰開，袖中進卷總賢才。奏名殿裏千花合，傳勑階前好雨來。」「千花覆檻柳垂絲，晝刻傳呼淑景移。聖主自觀新進策，侍臣簪筆立多時。」

邵庵在翰苑時，晏散散學士家，歌兒順時秀者，唱今樂府。其《折桂令》起句云「博山銅細裊香風」，一句而兩韻，名曰「短柱」，極不易作。邵庵愛其新奇，席上偶談蜀漢事，因命紙筆，亦賦一曲，曰：「鸞輿三顧茅廬，漢祚難扶。日暮桑榆，深渡南瀘。長驅西蜀，力拒東吴。美乎周瑜妙術，悲夫關某云殂。天數盈虚，造物乘除。問汝何如。早賦歸歟。」蓋兩字一韻，比之一句兩韻者爲尤難。先生學問該博，雖一時娱戲，亦過人遠矣。中州之韻，入聲似平，又可作去聲，所以「蜀」「術」等字皆與「魚」「虞」相近。出《輟耕録》。

《挽文信國》詩云：「徒把金戈挽落暉，南冠無奈北風吹。子房本爲韓仇出，諸葛安知漢祚移。雲暗鼎湖龍去遠，月明華表鶴歸遲。何須更上新亭飲，大不如前淚灑時。」

公爲宋丞相允文五世孫，父汲，遷崇仁，遂爲崇仁人。文宗朝，官奎章閣學士，追封仁壽郡公，謚文靖。著有《道園集》。

道士桂心淵，撫州人，居紫極宮，邵庵禮重之。初，宮寮有晏臘會，心淵一遇，飲啖無算，或乘酒罵坐，人不能堪，乃各自爲會。心淵幻在各席溷撓，衆始異之，俄拱手謝衆，跨一虎去，後棲隱廬山。邵庵贈詩曰：「深入廬山裏，年年不見春。風高曾跨虎，月落更聽猿。酒熟邀皆去，丹成笑不言。雲屏第九疊，相與浴晨暾。」

開元間，張九齡、張■[二]、李白、李華、王維、鄭虔、孟浩然雪後出藍田關遊龍門寺，鄭虔圖之。伯生《題浩然像》有云：「風雪空堂破帽温，七人圖裏一人存。」

公《賀皇后正旦箋》有曰：「帝業中興，五色鍊補天之石；女功内治，七襄成報日之章。膺瑤册之穠華，衍金支之奕葉。茂迎蒼曆，益介洪禧。」不特使事清切，而對仗更字字工緻，真匪彝所思也。

楊　載

《宗陽宮翫月》云：「老君臺上凉如水，坐看冰輪轉二更。大地山河微有影，九天風露寂無聲。蛟龍並起承金牓，鸞鳳雙飛載玉笙。不信弱流三萬里，此身今夕到蓬瀛。」《擬去京師》云：「囊衣橐載道傍車，人事匆匆歲欲徂。風雨五更雞亂叫，江湖千里雁相呼。蕪菁散漫根猶美，桑柘蕭條葉正枯。卻上高丘重回首，五雲繚繞帝王都。」《貢袁諸公修史》云：「詔編國史有程期，正是諸郎儤直時。虎士守門宮窈窈，雞人傳箭漏遲遲。窗間夜雨銷銀燭，城上春雲壓綵旗。才大各稱天下士，書成當繼古人爲。」讀三詩，知「百戰健兒」之喻，自是確評。

又《小孤山》云：「日落霞明錦浪翻，崖傾石峭白雲閒。乾坤上下推孤柱，吴蜀東南壯此關。神女夜移風動地，仙舟曉渡月漫山。回瞻絶頂登臨處，空翠溟濛杳靄間。」

仲弘，世居玉山，大年族孫也。登至治辛酉進士，官翰林編修。

范梈

元代文章復古，德機之力爲多，尤長于詩，世稱虞、楊、范、揭。分憲福建，憫其俗淫巧，紋繡局多良家女，爲歌以述其弊，上聞弊，遂革。

《節婦王氏吟》云：「妾年四三二，始識月團圓。十二學女工，刺繡如鴛鸞。十九嫁夫家，事姑施衿鞶。夫胥良家兒，世籍爲王官。雖聯朱紫貴，不習綺與紈。過庭執詩禮，開口若鶯湍。風儀在一時，爭作玉人看。天地忽降毒，摧折青琅玕。回首四十春，景光若流丸。貞心守松柏，芳性軼芝蘭。落月簾幃曙，西風機杼寒。沉思往昔事，淚下紅闌干。豪客至茅屋，舉家竄林巒。入房衛病姑，身犯白刃攢。相向義憐釋，視死色無難。親知爲歎息，保社爲辛酸。欲與上州府，爲妾旌門闌。妾實無所願，所願在所安。婦人往從人，阿母涕汍瀾。送行遺之語，敬順無違歡。匹偶固有時，寧知憂患端。辛苦蹈物變，豈羨身獨完。殷勤謝舊故，聞者摧肺肝。」

《萬竹亭》云：「誰能買山種萬竹，殘年請老住巴蜀。結亭更在竹中間，四面雲谿寫山麓。風敲最覺夜眠清，雨洗勝延秋望緑。日吟不限三千字，日飲定須過百斛。隴西仙翁持斧客，散馬涼城行新菊。爲言令弟隱滄江，如此風流天下獨。乃家正在蠶茨野，束束琅玕繞茅屋。方知白眼待時人，箕踞科頭自爲俗。是邦子雲劇博雅，閉門草元食漢禄。多緣未識此君心，往事微瑕傷白玉。使君自是廊廟具，方駕前修詎爲辱。半生抱負勁直節，日暮天寒照空谷。始我瞻望望不及，終我歎嗟嗟不足。乞官倘或從西遊，向子亭邊祝黄鵠。」

《畫馬歌》云：「錢君畫人勝畫馬，安得名驄妙天下。青雲隱約見龍文，有意軒昂駛華夏。圉官山立頎而髯，朱衣黑帶高帽尖。問渠掌握詎有此，牽控寧知人汝嫌。君不見才士受束縛，往往因之縱寥廓。」

《桑落洲》云：「桑落洲前秋興孤，白雲遠見近還無。傳聞酒吏今年罷，美釀家家得縱沽。」

德機，一字亨父，清江人，晚家新喻百丈峯下。

揭傒斯

《良安峽》云：「良安峽裏子規啼，峭壁蒼蒼北斗低。雲氣倒連山影合，石稜斜鬬浪聲齊。南風盡日迎歸棹，落日空江夢故棲。一室十人分數郡，百年幾處候晨雞。」

《廬山》云：「香罏峯色紫生煙，一入京華路杳然。雲碓秋閒春藥水，雨犁春臥種芝田。書憑海鶴來時寄，劍自潭蛟去後懸。忽報歸期驚倦客，獨淹微禄負中年。」

《李宮人琵琶引》云：「茫茫青塚春風裏，歲歲春風吹不起。傳得琵琶馬上聲，古今只有王與李。李氏昔在至元中，十九辭家來入宮。一見世皇稱藝絶，珠歌翠舞忽如空。君王豈爲紅顔惜，自是他人彈不得。玉觴未舉樂未停，一曲便覺千金直。廣寒殿裏月流輝，太液池頭花發時。舊曲半存猶解語，新聲萬變總相宜。三十六年猶一日，長得君王賜顔色。形容漸改病相尋，獨把琵琶空歎息。興聖宮中愛更深，承恩始得遂歸心。時時尚被宮中召，强理琵琶弦上音。琵琶轉調聲轉澀，堂上慈親還佇立。回看舊賜滿床頭，落花飛絮春風急。」

曼碩少遊湖湘，一日，泊舟江涘，夜近二鼓，月明如晝。忽中流一櫂，有素妝女子容儀清雅，斂衽起曰：「妾商婦也，與君有夙緣。」因談論世外恍惚事。逮旦，戀戀不忍去，曰：「君大富貴人也，宜自重。」乃留詩爲别，云：「盤塘江上是奴家，郎若閒時來喫茶。黄土築墻茆蓋屋，庭前一樹紫荆花。」明日阻風，上岸問其地，即盤塘鎮。行數步，一水仙祠，垣皆黄土，中庭紫荆芬然。登殿，見所設像宛如夜間女子，心甚異之。後官翰林學士，封豫章郡公，謚文安，率如其言。曼碩，豐城人。

周應極

字南翁，鄱陽人。弱冠邃經史，獻《皇元頌》，擢翰林待制。英宗踐祚，以舊臣召見勞問，呼學士，不名，廷臣羨其榮遇，以詩咏之。應極有《宿李陵臺》詩云：「曠野平蕪入壯懷，征鞍小駐李陵臺。關河萬里秋風晚，霜月一天鴻雁來。持節蘇卿真壯士，開邊漢武亦奇才。千年懷古無窮意，且向郵亭酌酒杯。」

應極嘗出爲池州同知，值虞邵庵使節過池，盤桓竟夕，邵庵以詩謝之云：「使過池陽閶上日，好懷浩蕩爲君開。江干維楫車馬集，亭上持杯風雨來。通夜魚龍聽語竟，明年鴛鷺憶朝回。九華秋色翠可食，爲問謫仙安在哉。」

程文海

字鉅夫，號雪樓，南城人。元世祖時官學士，贈楚國公，謚文憲。

《題許仲仁詩卷》云：「殘雪詞林退食時，小牕開卷鬢如絲。音傳正始誰同調，氣逼元和稍自持。文字不隨前輩盡，風流卻許後人知。霜清日冷梅花瘦，獨對爐熏看欲癡。」

「白雲滿地種蒼朮，青草平湖開白蓮。」《環溪樓》。

張　翥

「天子臨軒授鉞頻，東南無地不紅巾。鐵衣遠道三軍老，白骨中原萬鬼新。義士精靈虹貫日，仙家談笑海揚塵。都將兩眼淒涼淚，哭盡平生幾故人。」此至正辛丑間，張蛻庵承旨翥在都下寄浙省周玉坡參政伯琦詩也。夫翰苑詞臣而寓言如此，則感時之意從可知矣。出《輟耕録》。

翥，字仲舉，安仁人。官翰林學士，封潞國公。以詩文名世。伯琦，鄱陽人。

余　濟

字心淵，息齋子也。元初，累辟不仕，築小室讀書。《偶賦》云：「白首黄塵送駒隙，那知靜處迥然孤。幽人世念如秋葉，萬樹西風一點無。」其胸次可見矣。濟與同里徐方谷、王葵初善，每觸景賡和，怡然自得。著有《谷雲遺稿》。

吴定翁

字仲谷，臨川人。能詩，草廬評其有盛唐風。隱居教授，屢徵不起。常曰：「士無求用于世，惟求無愧于世。」年九十卒。

定翁學詩于甘泳之，得其音節，草廬、曼碩皆亟推之。程雪樓嘗貽書曰：「臨川士友及門者踵相接也，獨相望足下耿耿如玉人，而不可得見。」是定翁不特詩高，其峻節更自難及。

張純仁

弋陽人，元至治進士，官浙江中書省郎中。有《重建葛溪驛》詩云：「一葉飄然下弋陽，殘霞昏日樹蒼蒼。葛溪漫浡干將劍，卻是猿聲斷客腸。」

蕭志仁

字無惡，廬陵人。博通經史，工詩，有詩集四卷。元時人。

鄭蘭玉

浮梁人。元初，官國史院編修。長于樂府。

齊大同

字周卿，樂平人。皇慶初，頒朔安南，國王設宴明霞閣，酒酣索詩，援筆立成，其國主臣敬服。後官州同知。

胡山立

安福人。善詩，尤工五言，時號「胡五言」。至正間，歷仕兵部尚書。

姚　雲

字聖瑞，高安人。元初官承直郎，秩滿家居，求文者無虚日。尤工詞調，風韻不減秦淮海，一時藝苑推重。有《江村遺稿》行世。

倪道原

字太初，安仁人。元明經，工詩。晚遊都下，卒，朝臣重其丰格，歛貲葬之，題曰「江南吟士之墓」。

王　觀

《過盧谿》詩云：「蘆蕭谿水碧粼粼，洞鎖煙霞别有春。亂石只聞多誤馬，桃花不是解迷人。」觀，元時上饒人。

王竹逸

贛縣人。自幼與邑中蕭極初爲同社友，皆力學工詩。元季之亂，二人間關險阻，未嘗少離。凡憂愉感遇，悉見于詩，名《聯輝集》。

蕭士贇

字粹可，寧都人。斯立仲子。篤學能詩，與吴文正公友善，稱其「觀書如精明法吏，情僞立判，搜抉微旨，毫髮畢露」。著有詩評二十餘篇。

胡謣

字文友，餘干人。性跌宕，長于詩。與番陽黎廷瑞、吴存齊名。大德中，官袁州教授。

黎廷瑞

《登法雲寺》詩云：「偶與幽人期，頻愜滄洲趣。嵐影倒虚碧，天光澹晴素。煙横雙鷺起，木落孤帆度。憑欄足清眺，隱几得元悟。顧此半日閒，愧彼經年住。更遲雪中來，臨風看瓊樹。」

何中

字太虚，樂安人。少穎拔，爲文師班、馬，詩類陶、韋，程鉅夫、元明善皆契重之。嘗同鉅夫入都，居兩月，值天大雪，竟不别而歸。著有《知非堂集》《支頤録》。

宜黄鄒次陳，字悦道，宋末名儒，遠近從學者衆。及卒，中以詩哀之云：「門生定展王通學，舊友誰成郭泰碑。」

《芙蓉山詩》云：「茗茗青芙蓉，峻秀瑑寒玉。危流千丈飛，鏗鍧石相觸。幽閣魚龍宮，荒寒霧雨蓄。淒神不可留，前登散遐矚。參差雜花動，香氣泛幽谷。日照丹霞開，萬峯洗晴緑。」《知非堂夜坐》云：「前池荷葉深，微涼坐來爽。人歸一犬吠，月上百蟲響。余非洽隱淪，隙地成偃仰。林端斗柄斜，撫心獨悽愴。」

傅若金

新喻傅若金，字與礪。少孤力學，受業范德機門，邵庵見其詩，大稱賞之。妻孫蕙蘭亦能詩，歸五月而卒，若金哀戚之情，形于篇咏。《輟耕録》載其《悼亡》《感獨》《百日》《入堂》諸什，酸纁不減安仁，今録之。《悼亡》曰：「驚飈吹羅幙，明月照階戺。春草忽不芳，秋蘭亦同死。斯人藴淑德，夙昔明詩禮。靈質奄獨化，孤魂將安止。迢迢湘西山，湛湛江中水。水深有時極，山高有時已。憂思何能齊，日月從此始。」二「皇天平四時，白日一何遽。勤儉畢婚姻，新人忽復故。衾裳斂遺襲，棺槨無完具。送葬出北門，徘徊怛歸路。玉顔不可恃，況乃紈與素。纍纍花下魂，鬱鬱塋西樹。他人亮同此，胡爲獨哀慕。」二「新婚誓偕老，恩義永且深。旦暮爲夫婦，哀戚奄相尋。涼月燭西樓，悲風鳴北林。空帷奠巾櫛，中房虚織紝。詞章餘婉孌，琴瑟有餘音。睠言瞻故物，惻愴内不任。豈無新人好，焉知諧我心。掩穴撫長暮，涕下霑衣襟。」三「人生貴有别，室家各有宜。貧賤遠結婚，中心兩不移。前日良宴會，今爲死别離。親戚各在前，臨訣不成辭。傍人拭我淚，令我要裁悲。共盡固人理，誰能心勿思。」四《感獨》曰：「幽幽蕙草晚，靡靡蘭芳斷。皎皎夜泉人，冥冥不復旦。流塵棲暗壁，涼吹經虚幔。無論懽意消，日復愁思亂。魂傷夕方永，氣變秋將晏。當窗慘斷素，捐篋悲柔翰。憶初成好合，誓且同憂患。何言遂長終，獨處增永歎。寤寢忽如在，展轉驚復散。念茲何嗟及，哀至聊自判。」《百日》曰：「人生悲死别，矧在心相知。新婚未及久，杳杳遽何之。昔爲連理木，今爲斷腸枝。相去時幾何，百日奄在茲。虧月有圓夕，逝水無還期。棄置非人情，何以爲我思。」《入室》曰：「妝閣閉長夜，幽蘭坐復春。猶疑挑錦字，不見掩羅巾。故物空在目，蕭條生網塵。」「虚窗明月滿，芳砌緑苔滋。花間時染翰，尚憶解題詩。寂寞幽泉下，貞心空自知。」又《追和蕙蘭二絶》曰：「小窗開盡碧桃枝，憶得青鸞化去時。昨夜秋風妬幽怨，夢中吹斷素琴絲。」「江上愁時復值春，帶圍寬盡不宜身。階前舊種櫻桃樹，日暮飛花故着人。」按：若金伉儷之義，百有五十日耳，何以發爲篇什，悲切勤動，繾綣不釋若茲，其情鍾我輩者耶！及考若金所撰《妻殯志》，有云：「富貴家多求婚，父不許，及以許余，家人不悦。一日，有幸余疾者，欲因動之。君曰：『大人以愛子許人，必慎所擇矣。即有不諱，命也。若等謂我且慕世俗富貴而改聘耶？有死而已。』皆愧謝不敢言。」則蕙蘭不特才女，抑亦古貞女也。有此一節，若金之終身不忘也固宜。

元統三年，若金介使安南，館姬侍，若金曰：「吾曹非陶穀，曷爲以此見汚。」卻之。官廣州教授。《崇慶寺》云：「壞刹連闤寺，新功啓施音異財。斧斤雲外集，樓殿日中開。紺樹明珠網，青蓮映玉臺。極知龍象法，終倚棟梁材。」

陳　昇

字伯稽，金谿人。至元中爲南城縣録事。嚴以率吏，仁以愛民，闔邑畏懷焉。政成而去，黄河清贈詩曰：「吾聞録事歸，父老皆泣下。馬前拜不起，録事亦揮灑。脱靴掛市門，跣足騎瘦馬。行囊甘空乏，豈顧遺錢者。

郡中盛僚寀，但覺顔有赧。于時賢府推，敬愛不相捨。獨持一壺酒，遠送出于滸。江鷗喜回眼，山色如見畫。始知在官忙，暫得脱身暇。循良世不泯，富貴有衰謝。他日盱上人，相傳作佳話。願言堅此志，佇看召黄霸。」

李宗明

虞邵庵《李宗明詩跋》云：「予在鄉與豐城諸詩人遊，憲使陳公遠矣，若揭養直，若趙用信，若蔡𣪘、胡璉、揭傒斯，鐵中之錚錚者。來京師，又見李宗明詩，胡、蔡、趙、揭伯仲間也。豈非猶有龍泉、太阿之餘靈，鍾而爲人，發而爲詩與？何其詩之超超哉！」邵庵之言若此。夫擬人必于其倫，邵庵以用信等與揭文安公並稱，則此諸公其人其詩必有可觀。今則不惟諸公之詩不復可得，即宗明、養直、用信與𣪘與璉其名字皆不見于志乘，竟莫識爲誰何之人。以是知吾鄉之多詩人，而不幸湮没而不傳者不少也，惜哉！

胡元塏

唐寶曆間，金谿嘗設場冶金，官收其課。冶涸而課不及，抵吏罪，吏惟二女，憤之躍入冶死，事聞，釋吏罪，冶場亦廢。元大德三年，濟南吴墐爲金谿丞，立廟祀之，題曰「孝女祠」，屬邑人胡元塏作記。元塏并作《迎享送神詞》三章，遺鄉人歌以祀。其詞曰：「招淑靈兮山之阿，駕雲駢兮兩英娥。携手同行兮肯予過，慰新祠兮樂也婆娑。」一「山肴兮野蔌，清泉爲酒兮明月爲燭。石鐘自鳴兮鷓鴣自曲，風景當年兮太平草木。」二「靈之來兮鼓淵淵，靈之去兮駕翩翩。爐罷焰息兮斯萬年，我民子子孫孫兮力畋爾田。」三祠即舊冶場地，石鍾山在左，鷓鴣山在右，次章所云以此。

李漢用

新昌人。元時不求聞達，以山水自娱，長詞賦。嘗有《酹江月》[二]云：「東風二月，社寒溦，燕子歸來時候。巷陌人家，三兩處、寂寞閉門晴晝。紅樓依然，玉京信杳，往事沉思久。春林木葉，新巢隨意圓就。」

陳謨

字一德，泰和人。元末避亂興國，與王竹逸、蕭極初爲詩社友，學者稱海桑先生。

談觀[三]

字自廣，南昌人。性孝友，工詩。至順間，授國史編修，後乞休。元季避亂萬載之龍河，著《隱詩》以自適。

黄圭　羅志仁

圭字唐佐，志仁字壽可，俱清江人，宋末同領鄉薦。元初有詩名，劉辰翁嘗稱之曰：「黄西月五言，羅秋壺小詞，他人莫及。」劉中齋、文文山俱宋季大魁也。中齋作相，身享富貴三十年，仕元爲尚書。文山纔登第，丁父憂，仕途坎壈[四]。乙亥，糾集義旅播遷，患難中倚以爲重，雖名爲相，黄扉之貴，萬鍾之奉無有也。秋壺詩云：「嚙雪蘇郎受苦辛，庾公作老北朝臣。當年龍首黄扉者，猶是衡門一樣人。」語意深婉，可爲刺骨之論。嗟呼！士當伏處，賢不肖無以異也；及其一出而薰蕕不同性，舜、蹠不同途者，往往而是，又豈獨變革之會爲然也哉。

後中齋見詩，將物色羅織之，志仁亟遁歸，獲免。

熊師賢

字君佐，豐城人。吴草廬志其墓，略曰：「其先以姨之子爲子，實丞相京文穆公從孫，即君佐祖禮。君佐幼敏悟，長馳俊譽，一試貢闈而科舉廢。讀書娱親，扁其堂曰『寓樂』，與老梅、疏竹、叢桂、幽蘭、細蒲、怪石俱。尤嗜古，學琴，後不復操，曰：『但識琴中趣耳。』惟工詩不輟，一時吟人咸相推許。弟師周同居三十年，無間言。暇日，弟若子賡酬，自爲師友。」前太學進士徐懋初狀亦云：「辭翰清粹端健，爲詩冲澹蕭散，不求工而自理致。」由志銘之言觀之，則君佐者，其元世之隱君子而能詩者歟？予故摘録以補《通志》之闕。

鄧學詩

字崇雅，泰和人。性至孝，元季負母避亂，遇寇斮，幾死，一渠魁後至，知其儒者，哀之，口占一詩，命和。詩曰：「頭戴血淋漓，負母沿街走。遇我慈悲人，與汝一杯酒。我亦有家兒，雪色同冰藕。亦欲知汝賢，未知天從否。」學詩應口和曰：「鐵馬從西來，滿城人驚走。我母年七十，兩足如醉酒。白刃加我身，一命懸絲藕。感公恩如天，未知能報否。」寇喜，釋之。

周德清

高安人。工樂府，精通音律。著有《中原音韻》，虞邵庵序之。

雷思齊

字齊賢，臨川人。出家種湖觀，授元教講師。嘗註《莊子》。吳草廬贈詩曰：「鈎探十翼象外意，羅絡三倉篇外文。道德五千聯貫密，逍遥第一寸銖分。此邦何有王元澤，後世詎無楊子雲。吾取二書還註我，何當商略重云云。」思齊著有《空山漫稿》。

魯　修

字志敏，樂平人。少豪宕，不屑科舉業，動以武侯爲師。東遊吴，北走齊、趙，詩名震一時。嘗策平章，三旦入，不能成功。言若桴應，或訊以百韻詩，目爲奇士。署慈湖山長，不就，振衣歸舊廬。與邑士董文友、羅宗伊、詹伯振、羅宏遠、程彦初、方克睿輩爲楚東詩會，摘古今事命題，且刻所作于埏埴，瘞之石門山下。至正末，明太祖具名致書幣聘之，不出。

劉隆瑞

字立賢，安福人。倜儻樂施予，至元間，以義行聞于鄉，全活甚衆。晚歲暢意觴詠，于勢利泊如也。鄉子弟因其宅多種梅，稱曰梅國先生。

周昂霄

字羽之，崇仁人。至元間，以詩名。吴草廬序其《棲筠集》。

伯顔子中

本西域人，祖父官江西，因家進賢。有學行，五舉至正鄉薦，歷吏部侍郎。洪武間，詔徵不出。具牲酒，作《七哀詩》祭其祖父師友，又書短歌别故人熊釗，北向再拜，飲酖死。

《過烏山舖》云：「溪流霜後淺，野燒曉來明。古路無人迹，空山有驛名。衾寒知夜永，柝響覺風生。苦被浮名誤，栖栖復此行。」

《十華觀》云：「十載風塵忽白頭，春來猶自强追遊。香浮素碧雲房静，日落青嵐石徑幽。海内何人扶社稷，天涯有客卧林丘。此心只似長江水，終古悠悠向北流。」

《北山》云：「平川楊柳翠依違，暖日遊絲掛緑扉。啼鳥不知江國變，多情到處勸人歸。」此詩殊有《黍離》《麥秀》之感。

裴夢霆

字德祥，清江人，至正進士。築室南郊，額曰「原南草堂」。與郡人彭聲之、楊仲弘講學賦詩，時稱「三鳳」。

危素

字太樸，金谿人。未冠通五經，受業吴草廬門，甚器重之。至正中與同縣曾子白、朱夏並以文鳴。官禮部尚書，翰林學士，修國史。元亡，投報恩寺井，僧大梓挽出。明太祖召侍禁林，後謫和州。子白名堅，歸明爲禮部侍郎。夏屢徵不就，元末死于土寇。著有《鳴陽集》。

素有《梅峯詩》云：「諫疏當時奏漢宫，至今名跡徧諸峯。經臺半掩三花樹，丹臼横遮五粒松。近水衣裳清露濕，並崖芝朮白雲封。因君更憶非非子，杖履登臨得屢從。」

《思賢亭》云：「學士前身衡嶽君，景星華月鳳凰羣。門生只有山人在，猶構亭高想暮雲。」

饒介

字介之，臨川人，號華蓋山樵，亦曰醉翁。元末，官翰林應奉，出僉江浙。張士誠入吴，慕其名，自往造請，介不能脱，遂家采蓮涇上，日以觴咏爲事。姚廣孝曰：「介之爲人，倜儻豪放，一時俊流如陳庶子、姜羽儀、宋仲温、高季迪、陳惟寅輩皆與交善。書似懷素，詩似李白，氣燄光芒，灼灼逼人。志大才疏而無所成爲，可惜也。」

介之嘗以《醉樵歌》試吴中諸名士，得張孟簡第一，予黄金三斤；高季迪次之，得白金三斤；餘各有差，其豪舉如此。

「幾叢晚菊今耆舊，一樹寒梅老弟昆。」句

《哀亡國篇》云：「黑頭江令承恩早，白髮蕭娘情未了。」

周志遠

吉水人。以危素薦，授太子説書。一日，得母書，飄然南歸。嘗自題像云：「十年塵土變形容，惟有丹心日月同。北海子卿羝不乳，未應已在畫圖中。」

程以臨

字至可，寧州人。至元間除將仕郎，不就。博學淹貫，尤長于詩。嘗選漢魏唐宋諸詩爲一編，曰《删後正音》。著有《飄丸小集》。

羅文節

字中正，廬陵人。由胄監生補雲南行省掾史，時參政喜童忤時宰左遷，欲建奇功，推文節提控。文節掃除弊政，聲震遠方，邊徼來歸。喜童大喜，文節亦喜，作詩云：「邊臣不識金童像，使者新降鐵甲郎。」金童像，蠻人與貨貝並行者。

葉　蘭

字楚庭，鄱陽人。洪武初，周伯琦應召，蘭贈以詩云：「覓得神鰲休便休，不須重上釣魚舟。回頭便向溪山望，明月蘆花別是秋。」蓋諷之也。後伯琦以其名薦，蘭曰：「吾世爲元臣，義不可仕。」赴水死。

徐明善

號芳谷，鄱陽人。至元間，官江西儒學提舉。嘗奉使安南，世子陳日烜席間索詩，即口占云：「乘傳入南中，雲章照海紅。天邊龍虎氣，徼外馬牛風。日月八荒燭，車書萬里同。丹青入王會，茅土祚無窮。」日烜遂納款奉貢。

高　驤

字馴良，餘干人。延祐進士，不樂仕進，日與弟讓寄興詩酒。有詩文集，虞伯生、黄晉卿序之。

張　埴

吉水人。少孤，飯牛刈薪，常手一編不輟。有詩云：「夜靜莫吟崎嶮句，恐驚明月墮波寒。」首帥趙蔡聞之，撫几歎曰：「天下士也。」力薦不就。

黄　異

字民同，星子人。商伯裔也。至元進士，元季棄官歸隱。有《節庵詩集》三十卷。

【校記】

[一]張■原文缺。按,(明)陸深《玉堂漫筆》云:「姜南賓舉人曰:『開元間冬雪後,張説、張九齡、李白、李華、王維、鄭虔、孟浩然出藍田關,游龍門寺,鄭虔圖之。』」據此應爲張説。

[二]酎江月,酎,應爲酹。據《欽定詞譜》斠律,此爲《酹江月》詞的上闋。

[三]談觀,目録作「譚觀」,《江西通志》與目録同。

[四]坎凜,原文如此。按,凜,當爲壈之誤。

西江詩話　卷七

吴伯宗

名拓，以字行，金谿人。洪武首科進士第一，在翰林，御製十題命賦詩，揮毫立就，詞旨峻潔，太祖呼爲才子。著有《南宫》《使交》《成均》《玉堂》等集。

劉崧

字子高，泰和人，先名楚，號槎翁。七歲賦《雞聲詩》，有「唤醒人間蝴蝶夢，起看天上火龍飛」之句，見者驚異。洪武中累官吏部尚書。

七言古云：「草堂高人好奇古，手捲畫圖長尺五。云是簡君之所爲，歷歷西山與南浦。雁原鶴嶺紛孱顔，春水亂入螺螄灣。章江楊柳緑如霧，滕閣正在蒼茫間。冥冥官舫北來遠，風力漸紓帆漸捲。天低白浪驛亭孤，雲捩黄牛舵樓轉。城中酒樓喧管絃，歌女能舞花如煙。菰蒲落日鳧雁晚，風浪杳渺嗟何年。反思往時寇圍急，列艦旌旗半江赤。官軍血戰龍沙屯，東北人家半荆棘。爲君指點尋舊蹤，我思簡君安得同。高堂酌酒歲云暮，如見積雪明東峯。只今風塵尚蒙翳，對此酣歌一歔欷。豐城龍劍今有無，亦欲看雲望奇氣。」《題胡典史所藏簡天碧西山南浦圖》五言近體云：「翠巘千峯合，丹崖一逕通。樓臺上雲氣，草木動天風。野曠行人外，江平落鴈中。傷心俯城郭，煙雨正冥濛。」《玉華山》七言近體云：「紫霞樓上左仙翁，還在南塘在玉隆。虚闕飛晃雲影外，亂山騎虎月明中。銅駝荆棘秋風落，鐵柱波濤海氣通。别後玉簫渾少聽，令人長憶萬年宫。」《寄鐵柱觀左煉師》「一洞深連三十里，兩崖高聳百千峯。溪流交路爭穿草，日色窺林半隱松。野碓春泉秋雨急，土窑煉石晚煙濃。雲深不記平畬路，月落時聞資福鐘。」《題浪川洞》七言絶云：「江雨溟溟落遠帆，驅車西上入煙巉。青松殘雪分明見，指點行人問翠巖。」《入西山》「山中春鳥夜相呼，岸上誰家酒可沽。風雨滿船眠不得，長歌乘月過郎湖。」《郎湖》

「霧捲長塘天一鏡，雨浮西嶂翠千堆。」《殊山寺》

本傳云：元末與邑人歐陽日新同舉明經進士，好爲詩，豫章李敬、萬石、周湞、楊士禮、鄭士同並崧詩友，折膠流金，歌詠不廢，則敬等五人俱工詩，可知矣。今敬等詩既不傳，而五人者，《通志》又軼其姓名，竟不知爲誰何之人也。志乘闕略，可勝歎哉！《新建縣志·選舉表》内載：「李敬，洪武庚辰胡廣榜進士。」疑即此人。然敬名下注官國子博士，而崧傳載敬仕至尚書，又不相同，宜以崧傳所載爲正。《通志·舉人表》元丙申科有劉楚，即崧。又歐陽銘疑即日新，其爵里出處皆不詳，至石、湞、士禮、士同，則其姓名亦亡矣。予此編及《敬恭録》補正《通志》漏誤處頗多，之六君子者，俟再搜考，當于《詩話續編》補入。

陸植

字伯昂，臨川人，洪武明經，壽九十，有詩集。

劉永之

字仲修，清江人。刻意學問，兼工詩，與郡人楊伯謙、彭聲、梁孟敬講論性學。明初應召編《禮書》，自號山陰道人。

《題劉宗海清江碧嶂圖》云：「劉君早年善山水，得意往往圖樵漁。西昌城西一相見，忽然贈我雙畫圖。圖中似是清江曲，春雨蒼茫汀樹緑。塵中仿佛辨飛帆，水際依微見茅屋。漁郎繫船江面上，一夜磯頭水新長。孤村日暮煙火微，渡口歸人瞑猶往。碧嶂層巒翠轉奇，嵐光秀色含朝暉。楓林落葉洒青壁，雲壑流泉生翠微。我昔結廬此山裏，每愛秋嵐浄如洗。經年奔走厭風塵，偶看新圖心獨喜。憑君添我小綸巾，明當歸掃山中雲。他日君來一相訪，松根爲子開柴門。」

吴　溥

聘君康齋父也，洪武庚辰會元，官國子司業。康齋《孫氏譜序》云：「令祖清所翁，先友也，先子寄詩有『藕花溪畔竹林幽，步屧西風記昔遊』之句。」著有《古崖集》。

鄧伯言

新淦人。洪武初，以宋潛溪薦，召至京，應制賦《鍾山曉寒詩》，有「鰲足立四極，鍾山蟠一龍」之句，稱旨授翰林，不受，乞老歸。

劉伯川

泰和劉伯川，家富輕財，年四十，有田百頃，悉散予宗黨親舊，屏去臧獲，獨與妻處，僅敝廬數楹，旦暮饘粥而已。平居不與俗士接，雅善觀人。楊文貞公象勺時與陳孟潔謁伯川，二子皆其故人，留款特厚。一日，雪霽酒酣，命各賦詩言志。孟潔賦云：「十年勤苦事雞窗，有志青雲白玉堂。會待春風楊柳陌，紅樓爭看緑衣郎。」文貞賦《即景》一絶云：「飛雪初停酒未消，溪山深處踏瓊瑶。不嫌寒氣侵人骨，貪看梅花過野橋。」伯川顧孟潔笑曰：「十年勤苦，只博紅樓一看耶？」又曰：「不失一風流進士也。」顧文貞曰：「寒士寒士，鼎鼐器也。」又曰：「人有不爲也，而後可以有爲，子其勉之，惜予不及見耳！」後孟潔果登進士，選庶常卒，而文貞官至少師，具如伯川言。

朱善

字備萬，豐城人，官文淵閣大學士。嘗從遊内苑，賦《甘露詩》，太祖親折松枝甘露賜之。一時郊廟樂章多出其手，謚文恪。

《蓮池垂釣》一絶云：「露冷風清池水秋，蓮衣落盡藕絲柔。誰人正把任公釣，有客方眠太乙舟。」

胡季安

南昌人，明初官翰林編修。會郊祭獻詩曰：「雲開錦帳天顔喜，雨浥芳塵聖澤饒。」太祖稱善，擢國子祭酒。嘗奏定科舉程度，詔頒行之。

朱弘祖

字彦昌，臨川人，善詩歌。洪武初以明經舉，授官不赴。有《東皋舒嘯集》。弟復心，亦工詩，有《敬所集》。

朱　智

字存禮，鄱陽人。博學多才，工古文詩律，官王府紀善，以老乞歸。楊東里贈詩云：「卿才卓犖不可羈，雄詞健筆皆如飛。」

黄子澄

公少從清江梁寅受《春秋》。初見寅，令賦《枯梅詩》，即成一絶曰：「百千歲樹未爲枯，三五個花何太疏。聞道石門春意動，不知曾有暗香無。」寅奇之。

「靖難」兵起，子澄薦李景隆爲將，既昏懦，戰敗，棄師遁，請急誅以厲將士，建文帝不聽。未幾，江淮諸將連敗，子澄拊膺慟哭曰：「誤薦景隆，萬死不足贖也。」賦詩云：「仗鉞嘗登大將壇，貂裘遠賜朔方寒。出師無律真兒戲，負國全身汝獨安。論將不時悲趙括，攘荆何日見齊桓。尚方有劍憑誰借，哭向蒼天幾墮冠。」

公初名湜，以字行，分宜人。洪武乙丑會元，廷對第三，首殉建文之難。一子走，易姓名曰田經，家湖廣咸寧，久久復姓，正德進士。黄表，其後也。

練子寧

《玉笥山歌》云：「我所思兮玉山之岧嶢，燦芙蓉兮淩清霄。謫仙一去已千載，至今誰續廬山謡。熊侯家住劍江側，慣掃秋山之黛色。聞予此興爲寫之，仿佛梅仙舊時宅。梅仙兮何在？邈清風兮滄海。蹇彝猶兮孤舟，弔遺迹兮千載。舟中所載非凡流，羌故人兮李與周。按玉笙兮明月，下黄鵠兮清秋。洞天兮石扇，蘆鴈兮路轉。横余劍兮視八荒，訪蓬萊兮幾清淺。張侯兮昂藏，驂白雲兮青霓裳。窺玉梁之寶笈，醉石髓之瓊漿。千巖萬轉路莫測，酒酣一笑三山窄。待得君王賜鑑湖，錦袍重訪山中客。」歌止此。愚嘗論先生此篇堪與青蓮、歐陽《廬山》二歌鼎峙千古，稱爲三絶，誰謂後人必不及古人耶？擬騷若此，真楚詞中翹楚也。

《百華寺》云：「閒抱瑶琴訪百華，上人還與論三車。能分香積廚中飯，慣煮孤山雨後茶。洗墨池荒秋草合，讀書臺古夕陽斜。壁間正好題詩句，留取他年護絳紗。」

公名安，以字行，洪武乙丑廷試第二人，歷官副都御史，殉建文之難。遺文散落，弘治間，王郡丞佐輯得數百篇，李提學夢陽刻之，題曰《金川玉屑集》。公爲新淦人，金川，淦水名也。

范敬先

洪武間監察御史。嘗指陳時政，言詞過戇，太祖怒，命磔[二]諸市。已披兩乳，敬先曰：「且止，吾將有獻。」索筆爲詩謝上，有「聖主磨礱梁棟材」之句。詩進，特釋之。敬先字思祖，新建人。

黄榘

字體方，新淦人，洪武中稱十才子。讀詩數萬篇，摘其渾然天成者，于百中得一二，録爲一帙，而附以己作，命曰《詩海珊瑚》。其自製五言如「風月雙清夜，乾坤萬里秋」句，「移舟秋水渡，載酒夕陽亭」句，「磐石中流坐，青山夾岸看」句，七言如「野田青處麥千頃，楊柳緑邊人幾家」句，「山頭一夕風雨過，門外雙溪春水生」句，「行看野岸數楊柳，驚起沙頭雙駕鵝」句，「杏花雨中頻過我，椿樹屋下細論文」句，皆有丰致可誦，惜其集不傳。《陸象山先生墓》云：「西風匹馬駐郵亭，茅屋雞鳴尚未醒。野寺秋聲三徑竹，石橋雲氣一潭星。寒欺短褐霜華白，水落平田野蔓青。師友家傳今寂寞，欲移文字問山靈。」

劉蓋

字迪誠，萬載人，永樂進士，授給事中。以論事忤旨，謫通州判官，尋復之，言愈切直。周文襄公贈詩云：「官仍七品恩波重，身歷三朝姓字香。」

劉紹

字子獻，新城人。年十二應童子試，鄉先達屬賦《歲寒三友詩》，援筆吟曰：「君子虛心問大夫，梅花何事不稱呼。梅花細答松和竹，識得調羹手也無。」諸老歎異。洪武中，應奉翰林，與宋潛溪、徐用之諸公爲友，歸家自治丘隴，題曰「詩人劉紹墓」。

鄧粲

字孟擴，南城人，永樂進士，官御史。嘗遊麻姑山，賦詩云：「風磴雲泉百折遥，幾回登覽上青霄。傍崖飛瀑千尋練，着樹殘霞一抹綃。仙犬花間空吠月，遊人松下醉聽潮。平生肝膽渾如鐵，盡節惟思報聖朝。」後以陝西按察使死「土木之難」，蓋不負其素志云。

劉季道

洪武間，駕幸中都，賦詩清流關，命侍臣和，季道援筆立就，有云：「治定不教生縱逸，功成猶遣歷間關。」太祖歎賞，曰：「此詩有安不忘危之意。」賜白金文綺。季道，吉水人。嘗侍東宫閲書，東宫方視太真畫像，即手裂之，其剛正類如此。

涂幾

字守約，撫州人，博學能文，尤工詩騷。洪武間，與宜黄鄒矩齊名，世稱鄒涂。幾有《擬峴臺》詩云：「路仄埋花草，城高接薜蘿。月生滄海闊，雲傍石樓多。薄暮聞金磬，乘閒散玉珂。雄州餘勝槩，回首重來過。」矩，字元方，有《麻姑山玳瑁石》詩云：「仙人爲玳瑁，化作山中石。五色成文章，兀坐可容席。矯首雲間鳧，飛來墮雙舄。」

胡閏

字松友，鄱陽人。嘗題吴文王祠壁墨松曰：「幽人無俗懷，寫此蒼龍骨。九天風雨來，飛騰作靈物。」太祖下饒州，幸廟，見之稱賞。洪武四年，郡舉秀才，太祖一見，曰：「是題詩鄱陽廟者。」授督府都事。後死建文之難，祀大忠祠。

張里

字示仁，德興人。明初平僞齊，董戰艦，敘功當遷，以母老辭。著有《東山集》。嘗題寺壁云：「四山環抱遠，一徑入雲深。老樹斜穿石，頹垣半礙林。虚空知佛性，清淨了凡心。回首天霞外，疏鐘起暮音。」

蕭鵬舉

名翀，泰和人。洪武中，以賢良應制，賦《指佞草》詩，稱旨，歷官山東副使。

解縉

永樂間，高煦潛謀奪嫡，東宫恩意浸衰。解學士一日承旨，題《猛虎顧子圖》云：「虎爲百獸尊，誰敢觸其怒。唯有父子恩，一步一回顧。」蓋以諷諫，成祖爲之默然，儲位遂安。

縉既謫河州，過華山，題詩云：「謫官西來登華嶽，黄河東去一秋毫。可憐閒卻擎天手，萬古雲霄日月高。」建文帝聞之，召還。

《過彭澤》云：「青山圍一縣，隱隱見人家。亂石江邊出，孤帆帶日斜。翠添官舍柳，香泛驛樓花。不見陶彭澤，湓城起暮鴉。」

《望廬山》云：「每依南斗弄潺湲，太白雲巢似可攀。浮水一星天上下，步虚五老鏡中間。自從三代稱全楚，看到中原無此山。莫道彭湖無勝事，龍舟曾奏凱歌還。」

髫年過庭，聞解春雨《壽太宰詞》云：「祝壽不祝松與柏，松柏老來無顔色。祝壽不祝龜與鶴，龜鶴老來變爲鵲。祝壽只祝天邊月，夜夜清光長皎潔。每至五更天欲明，引領衆星朝北闕。」吏部六卿之首，亦善頌矣。出《燕居筆記》。

世傳解學士《題長亭四柳圖送薛尚書致仕》云：「東邊一株楊柳樹，南邊一株楊柳樹，北邊一株楊柳樹。縱有柳絲千萬條，也縮不得征鞍住。南山叫鷓鴣，北山叫杜宇。一個叫行不得哥哥，一個叫不如歸去。」此詞前粗后細，殊爲有味。出同上。

《題百子圖》云：「天無一日備四時，人無一母生百兒。何人筆端奪造化，天時人事俱備知。三三兩兩如魚隊，日長遊戲欄杆外。攀花折柳爭後先，采菊東籬相向背。昨觀此圖三撫几，多憂只爲多男子。生子當如孫仲謀，人生一夔亦足矣。」

《題竹木寒鴉圖》云：「古木撑空掛雲影，竹敲碎玉霜風冷。寒烏點點亂斜陽，愛煞君家畫中景。木老如太公，竹老如伯夷。烏能反哺若曾子，廼是人間三絶奇。噫，萬物要當關世教，此圖意趣兼忠孝。侯門孔雀牡丹花，抹翠塗紅真可笑。」

《學士集》中頌凡數十首，渾灝昌博，各體具備。今偶録其《河清頌》云：「聖道成，聖世平，銀漢明。黄河之流至龍門，迸落九土千丈渾。唯勛華，暨太祖。三千年，德施溥。榮光羃河河獻圖，五色照映冰玉壺。昔洪武，今永樂。襲休祥，頌聲作。河水經天横地洛。騰氤氲，下繽繽。旁囷囷，涼云云。海市青紅艷采雲。纖塵靜，夾鏡空。露砂石，海亟通。離婁下見馮彝宮，三旬二日古莫同。聖德至與天地比，天地儲祥不敢秘，瑞應神明萬萬世。」

蕭伯玉云：「楊文貞評解春雨書：行草亦佳，小楷精絶。余家正固先生傳是。其楷書精妙絶倫，他如與先長史往來手札，雖復奇逸，不失程度。楊升菴乃詆爲鎮宅之符，蓋但知市肆所蓄，弄筆纏繞，未曾一見其碧落本耳，論次古人，不可不慎。」春雨楷書，余亦未見，東里、伯玉皆其鄉人，東里尤同時，聞見既真，論次必確。余故拈出，以告世之品解字者。

胡廣

《廬山》云：「廬阜高寒插劍鋩，晚晴遥望入蒼蒼。千尋華蓋從天下，九疊屏風帶雪張。影落半湖青黛小，秀分南紀白雲長。他年五老能招隱，便結松巢跨石梁。」

字光大，吉水人。永樂初拜大學士，謚文穆。

金幼孜

《石屋晴瀾》云：「危石峨峨聳翠巒，粼粼晴影颺層瀾。四時雲氣當牕近，五月灘聲入座寒。日照錦文浮畫舫，風含素練動漁竿。卻懷太液恩波闊，曾從鑾輿倚檻看。」

初名善，以字行，峽江人。永樂中入内閣，洪宣間，進禮部尚書、大學士，贈少保，謚文靖。

吴與弼

康齋聘君詩，多味道之言，絶類宋儒所作，于風雅壇中又是一格。如「身心須點檢，事業莫蹉跎」句，「囊裏有書供月眼，尊前無酒醉春顔」句，「誰憐白日難停馭，自覺秋霜易到頭」句，「月到芭蕉影半斜，好天良夜興無涯。金風聲滿千竿月，玉露光生一砌花」《感興》，「水自幽偏山自深，竹窗花牖晝沉沉。逢人若問浮生事，半是閒眠半是吟」《山中即事》，「靈臺清曉玉無瑕，獨立東風翫物華。春氣夜來深幾許，小桃又發兩三花」《曉立》，「賢聖微言玩愈精，夜分無寐獨惺惺。十年醉夢迷南北，一點寒山雪後青」《枕上絶句》，「梅花滿眼感懷新，正月俄驚十日春。花落更開開更落，小窗忙殺讀書人」《觀梅》，「晴色微開遠近山，倚篷閒看鳥回還。數聲柔櫓蒼茫外，又載吾伊過别灣」《舟中小立》，「獨憑吟几坐清朝，閒看行雲面碧霄。忽憶故人秋寺裏，西風琪樹雨蕭蕭」《柬陳進士》，「曉夢初驚覺，春鳥已亂鳴。北風半夜雨，東旭一窗晴。道在心偏逸，詩成氣轉清。行藏信隨遇，庶以達吾生」《曉》，「花縣東南里巷深，高軒清樂屬瑶琴。緑陰簾幕閒中世，明月階除静裏心。松韻正幽孤鶴唳，海濤初定老龍吟。山中亦有無絃趣，茅屋何時肯一尋」《題琴樂軒》，都有弄月吟風，傍花垂柳之致，想見其襟懷，無一點渣滓也。

細按先生集中，少壯詩惕厲意多，後來詩卻活潑意多，想見由勉而安氣象，言者心之聲，信哉！

先生詩雖帶道學，卻無一種酸腐氣，如「晴松張翠蓋，秋果熟丹砂」句，「天連蒼野闊，樹帶小村斜」句，「涼夜一尊酒，清秋半壁燈」句，工穩直逼老杜。又如「遠乘今日興，細話舊時情」句，「入院先看竹，逢僧不説經。白雲方丈室，清晝一孤燈。積雨勻秋色，殘陽報晚晴」《彝公房》，「青燈近人早，明月上窗遲」句，「曲徑緣林轉，深溝帶葉流」句，「行行減客路，望望近家山」句，「晴靄山何處，寒煙屋數家」句，「南畝秋風多熟黍，東園夜雨總肥瓜」句，「千畝秋霜君子操，萬竿春雨化工心」句，圓轉流動，最能參個中活法，其風度又詎減誠齋、放翁也。愚嘗謂明朝二百年，道學先生詩，惟白沙可步趨康齋，諸公則瞠乎後矣。

《即事》云：「吟斷難成調，塵編重繹尋。興亡今古事，精一聖賢心。新月何時滿，寒蛩無數吟。夜深雙過鳥，猶自戀高林。」細玩詩中結語，寄託遥深，殊有宅仁而居，置身千仞之意。作詩時自註：「永樂庚寅，年十九。」先生貴公子也，爾時見地便高如此，大儒之興，豈偶然哉！

《送饒提舉之官廣東》，全首蒼老，余尤愛其「親闈春廣大，宦路日舒長」一聯，以爲有家國太和氣象。嘗書爲堂帖，懸雙棟間，冀娱重慶，且以祝二三昆季也。全詩云：「奉節承深寵，之官過舊鄉。親闈春廣大，宦路日舒長。嶺樹連雲合，江流過雨涼。倚門應有望，鴈信好頻將。」

《宿漸嶺》在進賢縣絶句：「漠漠暮林横緑野，澄澄秋水映紅雲。遠來客舸依沙岸，獨犬一聲何處村。」自跋云：「此辛丑歲歸自武昌詩也，閲稿見之。因感此景何處無之，然必心中無事乃能見也。」

楊士奇

何喬遠《文苑記序》云：「士奇臺閣之體，當世所推，良以朝廷之上，但取敷通，亦由揆端之務，未遑該洽。相沿百餘年，有依經之儒，而無擅場之作。」似譏其稍涉淺顯也。然以語文貞公制誥文字，或則有然，若其詩清真麗則，悠然而有餘思，逼真唐人氣格，殊非苟學所能到者，較之李西涯，似爲過之，當有知音味余此言。

《題永豐龍潭書屋》云：「開軒面澄潭，潭水緑于染。其下蟠蛟虬，四時興有渰。嘉樹羅葱菁，煙霞互舒斂。晴漪漾春牖，涼颸含暑簟。俗轍謝經過，書卷恒不掩。探微心有得，行素道無歉。逍遥視天宇，油雲馳冉冉。庶跂沂上樂，誰當歎與點。」

《滕閣送別》云：「章江西來繞洪州，滕王高閣臨江流。滕王去後無千歲，高閣人間幾興廢。昔聞貞觀全盛時，大廷金册封宗支。時平遠出領旌節，富貴非常驕逸滋。正對西山俯南浦，雕欄朱檻參差起。玳筵鳳管雜龍笙，白晝歡聲彩雲裏。流連晚日下簾鈎，别有漁歌聞上頭。回眸共盼滄洲際，杏彩蘭嬌擁蛾翠。只言歡樂殊未央，城頭一夜飛秋霜。三春榮盛逐流水，佩玉鳴鑾俱渺茫。年深代易無此閣，好事何人爲重做。絶世流傳蛺蝶圖，東風粉色皆銷落。只今閣空臺亦平，瀕江但有滕王亭。松門薄暮掩修竹，數葉瀟瀟寒雨青。當時棄德耽遊宴，身後荒涼竟誰歎。一種南昌孺子亭，行人下馬思東漢。君行幾日過江津，弔覽應知作賦新。文章自昔三王盛，還見今人繼昔人。」

三楊同在館閣，一日會席賦詩，以松竹梅爲題，東楊南楊題畢，各署賜進士某，西楊怪之，應賦梅詩，乃奮筆書曰：「竹君子，松大夫，老夫何獨無稱呼。回頭試問松和竹，也識調羹手段無。」二楊笑謝之。

按，公在政府，以己不由科目，每接進士，倍相敬愛，禮遇有加。則爾時館閣聯吟，偶然題署，似更不存此形迹。梅花之咏，竊恐小説家僞託公名，或好事傳訛，皆未可知也，附識于此，以俟高雅君子詳焉。

羅汝敬

名肅，以字行，吉水人，永樂二年進士，與二十八人同選庶常，歷官工部侍郎，以忠鯁著，長于詩。

《雲錦峯》七古云：「廬山東南雲錦屏，裂雲裂錦羅紫青。水簾捲秋天漠漠，春色入樹花冥冥。屏陰處處青山小，古刹微鐘自昏曉。一鏡平湖凝黛螺，萬里長天度飛鳥。故人舊隱斗南家，玉堂十載思煙霞。何時乞得南歸詔，醉臥屏前掃落花。」

《杏林》云：「董仙學仙種杏花，杏樹成林董仙去。錦霞彈地五更風，土顆垂空半秋雨。藥爐丹竈封緑苔，虎臥林間呼不來。空山何處尋行跡，東風惟見杏花開。蹇予亦有尋真意，書癖年來苦憔悴。明當借取麻姑鵬，相從一問長生秘。」

周振

德興人，永樂進士，官廣東僉事，有《陽居仙跡》一詩云：「居山隱隱聳高峯，中有安期拜木公。古廟九仙遺雅像，陽關千載寄行踪。蒼松樹老巢鳴鶴，清水池深隱臥龍。一自羨門留跡後，至今丹竈白雲封。」

胡儼

《孺子亭》云：「高士去已久，清風不可攀。惟留數株柳，長伴翠煙閒。陰連芳草碧，色映古苔斑。塵榻無人掃，鳧鷺自往還。」

綵鸞岡，仙女吳綵鸞遇文蕭處也，在逍遥山左側。胡祭酒有詩云：「相隨一徑入煙蘿，隱隱雲中尚踏歌。松暝漸看山色近，桂寒偏恨月明多。一時座上帷屏徹，半夜巖前風雨過。自是真仙形跡泯，千年元契奈渠何。」

《蘇圃》云：「故人天上有深期，一寸好心事每違。鬻屨何曾增市價，灌畦長是息心機。青青菜甲同誰摘，白白湖魚亦自肥。莫笑殘編塵滿架，明朝又采別山薇。」

《章江曉渡》云：「江平新水闊，月落澹煙橫。沙上人初集，渡頭天已明。青山開霽色，白鳥度春聲。舟楫無風浪，何妨自送迎。」

《龍沙》云：「龍堆截復還，隱隱夕陽間。落霞迷翠渚，霽雪對春山。津晚人爭渡，林寒鳥獨還。漁翁收網去，幾個釣舟閒。」

公字若思，南昌人，洪武鄉薦。永樂初晉侍讀，與解大紳等七人同直内閣，後以抗直，遷國子祭酒。

徐子權

峽江人，洪武進士，官刑部主事。「靖難」兵起，聞黄、練殉義，從容賦詩云：「翹首謝京國，飛魂歸故鄉。」遂自縊。

李時勉

《廬山》云：「匡廬高起鬱嶙峋，翠擁連峯倚斷雲。天闊秋陰千里合，風清林籟半空聞。松巖過雨泉聲出，仙掌飛霞樹色分。終古名山留勝槩，幾回臨眺到斜曛。」

公名懋，以字行，安福人，永樂進士，歷官學士祭酒，以直節著。洪熙改元，嘗因言事過戇，仁宗震怒，立命金瓜士廷撲之，凡十七瓜，而肋斷者三，恍惚見朱衣人下庇，得不死，曳出斷肋忽合，神色自如，人以爲忠直之感。景泰初，卒，謚文毅，後改忠文。

曾棨

《五老峯》云：「廬山高哉倚穹昊，中有五老峯更好。蒼然屹立開闢初，從此巉巖盡稱老。憑誰削出金芙蓉，黛光半落青天中。東南諸山不可數，環繞只與兒孫同。我生幾度過湖曲，五老容顔相見熟。安得龐眉住此山，偃仰峯頭號爲六。」《彭蠡湖》云：「西江衆流滙彭蠡，一色瀰漫天接水。雲消極浦鏡光平，風捲雲濤雪山峙。春流拍空灝渺茫，氣吞七澤含三湘。晴影遥連洞庭闊，黛光倒浸廬山長。我昔揚舲泛煙波，貝闕鮫宫儼相向。拾得驪龍頷下珠，夜夜清光滿湖上。」二詩殊有邁往凌雲之槩，仙才也。

《灌嬰城》云：「章江南面有荒城，千載猶傳漢將名。狐宿斷垣春草合，鴉啼古堞暮煙生。風雲暗想精靈聚，茅土長垂竹帛榮。獨有離離霜後樹，還如赤幟繞行營。」

仁宗在東宫，嘗觀二内侍奕棋，命曾子啓應制，詩云：「兩軍對敵立雙營，坐運神機决死生。千里封疆馳鐵馬，一川風浪動金兵。虞姬歌舞悲垓下，漢將旌旗逼楚城。興盡計窮征戰罷，松陰花影滿殘枰。」仁宗和云：「二國爭強各用兵，擺開隊伍定輸贏。馬行曲路當先道，將守深宫戒遠行。乘險出車收敗卒，隔河飛砲下金城。等閒識得軍情事，一着成功見太平。」

吉永豐人，永樂甲申狀元。每侍宴賦詩，輒稱上旨，累官少詹。卒後有薦文士者，成祖必問得如吾棨否？其眷念如此。

蕭晅

字仰善，泰和人，永樂進士。天順間，以雲南右轄報最，擢禮部尚書，蓋異數也。著《雪崖詩集》，篇什不多而質直自然，有肆好之風焉。《送鄧時舉赴潼川》云：「一官新拜大明宫，西望潼川在蜀中。遠道莫嗟今日别，芳樽且與故人同。都門雨霽催征袂，驛路花飛撲去驄。到郡應知勞撫字，好將離緒寄飛鴻。」

黄克

字紹烈，臨川人，洪武進士。嘗撰《禮經博約》《策場總龜》以資學者，所著詩文曰《歸田類稿》。

黎慎

字克輝，清江人。童子時爲詩歌，輒有奇語，長從梁寅遊，博通羣籍，落魄善吟，有大家風味。永樂初，應明經召，不受職。歸嘗遊蒙山，賦詩云：「飛峯起天中，凌雲疊連齶。征驂駐其巔，環眺入冥寞。巖泉煙際瀉，崖石空中削。天風送黄鵠，長飛向寥廓。盤盤青天外，原地何磅礴。丈夫四方志，天地安所托。仗劍歌遠遊，徒御總欣躍。崑崙九千里，煙霞正綿邈。」

劉髦

永新人，文安公定之父也。博學篤行，魁鄉薦，不仕，耕稼石潭之上，學者稱石潭先生。有《登東華》一絶云：「層巒華構鬱崔嵬，隔水紅塵晝不來。鐵笛一聲空外響，月明疑是呂仙回。」

劉球

忠愍公有《石屋》一律云：「孤峯直上見遥川，絶壁中分小洞天。林麓有岐蒼蘚殁，石扃無鎖白雲連。泉甘如滴金莖露，香暖應浮寶鴨煙。獨與歸來彭澤令，春風着屐共扳緣。」公字求樂，安福人。

揭稽

字孟哲，廣昌人，永樂進士，歷兵部侍郎。嘗奉敕渡海，有海神廟靈應，官吏過者必祭。稽至，投以詩曰：「秉心玉潔與水清，黜陟貪廉佐聖明。若載苞苴與土物，任教沉入此滄溟。」

孫鼎

字宜鉉，廬陵人，永樂鄉貢，官監察御史，督學南畿。土木之變，亟詣闕疏請隨用效死，道遇金尚書濂，慷慨賦詩，有句云：「萬里丹衷扶日月，兩人清淚對山河。」

黎近

字之大，臨川人。宣德間，應文學才行科，官高要令。時猺賊据城東南，郡不能制，近爲榜文諭降之，被誣逮繫。獄中上《大明鐃歌鼓吹曲》十二章，《太平頌》《幸太學頌》二章，英宗嘉歎，命釋之。召見，復獻《麒麟》

《白象》二頌，英宗欲處以禁林，爲忌者所阻，改知郫陽。著有《未齋稿》《捧心集》近百卷。兄公輔，字之及，善屬文，有《醉墨窩集》《書巢言》百餘卷。

劉　翔

號虚谷，清江人。宣德鄉舉，歷國子學録。景泰初，上《中興詩》及《神禹成功》《洪範九疇》二雅，請立宗廟，準古七廟制，下部議，不果，進檢討。英、憲二朝再疏宜建七廟，各具樂章，郊祀、視學、慶成皆當作雅樂，且曰：「禮樂百年後興，兹其時矣！」英宗召至文淵閣，特命與大學士李賢商議，事竟寢，惜哉！

崔　琬

字文美，新建人。父彦俊，永樂進士，官徽州守。琬性至孝，母病請禱，願以身代。俄有石棋子墮案上，視之，「士」字也，後果益算十一年而終，蓋至誠感神云。著有《悟真詩》百餘首。

黄半間

清江人，逃禪慧力寺。洪武初召至京，賦《金陵春曉》詩，稱旨，賜紫金襴袈裟。歸詩云：「五雲深護鳳凰城，海寓清寧旦夕平。錦繡山河霞彩動，金銀宫闕日華明。御溝垂柳雙鶯囀，官道飛花萬馬鳴。試向西虹橋上望，分明遐思接蓬瀛。」

聶大年

字壽卿，臨川人。一目重瞳。工書，得李北海筆法，尤善爲詩，官仁和教諭。葉文莊盛見其詩，歎曰：「三十年來絶唱也。」景泰間，徵詣翰林，俄以疾告，竟不起。詩文散佚，弘治初，錢塘施昂爲輯而刻于懷安官舍，題曰《東軒集》。

吏部尚書王直，大年故交也，大年既臥病逆旅，自度不起，投詩于直曰：「鏡中白髮難饒我，湖上青山欲待誰？千里故人分槖少，百年公論蓋棺遲。」直得之，泣下曰：「壽卿欲吾銘其墓耳。」直嘗以詩寄錢塘戴文進索畫，且自序云：「昔與文進交時，戲作一聯，至是十年而始成之。」大年題其後曰：「公愛文進之畫，十年而不忘也，使以是心待天下賢士，寧復有遺才哉！」直方爲冢宰，聞而謝焉，兩公古道，已見于此。

吴觀

南昌人，明初官工部郎中。有《望湖亭》一律云：「湖上溟溟雨正收，天涯風物此亭幽。檐垂夕照遍平野，帆掛西風下急流。樹色紅含遷客醉，鴈聲清落九江秋。關山南北俱戎馬，擬向煙波泛釣舟。」元時又有一吴觀，字濱夫，江州人。至元間知分寧縣，有惠政，民塑像祀之。歷朝請大夫，知衡州。今《望湖亭集》載觀詩一首，未詳朝代，然玩「關山戎馬」一語，似乎其爲元之吴觀也，未知孰是，姑兩存之。

丁機

豐城人，永樂進士，官工部主事。題《長廊巖》云：「今日春山裏，山光飛滿衣。無梅不索笑，有鳥只催歸。風月情懷在，乾坤事業非。荒凉三徑遠，何處送斜暉。」可想見此公懷抱，其在正統初年王振用事之時乎？

高明

字上達，貴溪人。正統間官右都御史，以直諫聞。著有《愚軒》《糊壁》《南臺》《籌亭》諸集。題《靈山詩》云：「靈鷲山爲吾郡鎮，岧岧氣象太華侔。上支天柱七十二，下孕水晶千百秋。地接東吴控荆楚，星分南北介牽牛。時當亢旱吞雲霧，大作甘霖遍九州。」

「江南六十九花封，廉吏惟聞陳永豐。」《贈永豐令陳裕》

何文淵

《遊從姑》云：「岸闊人家遠，天高樹影低。龍藏通海井，鴈落釣魚磯。石徑蒼苔滑，春園紫蕨肥。欲知方外事，此處問禪機。」

《遊麻姑》云：「麻姑仙迹奠茲山，明月清風任往還。緑壂瓊花遺玉珮，碧沙瑶草長雲鬟。潛龍古洞泉聲細，舞鶴空壇樹影斑。誰謂弱流三萬里，蓬萊原只在人間。」

《永興寺》云：「西北峯巒擁翠來，梵王寶殿此中開。袈裟影落千年樹，薜荔香涵小澗梅。鐘鼓夜深龍聽法，階除晝永鶴眠苔。遡流古佛真奇事，天顯慈靈淨土隈。」

字巨川，廣昌人，永樂進士，官吏部尚書，著有《東園集》。

敖英

字子發，清江人，盛有詩名，時稱敖清江。由正德進士歷官四川右轄，自號東谷，著有《雜言》及《緑雪亭》《心遠堂》等集。

湯熙

字光烈，新建人。宣德間，以吏員從征西將軍幕，遂舉山西鄉試，授海豐諭。正統乙巳，起兵勤王，儒官督師赴國難，自來所未有也。既至京，上《禦戎十二策》，石亨知其才，奏留贊畫。每勸亨解符謝事，亨不能用，然熙竟不及于禍。北歸南陽，李相國題畫竹贈之曰：「一箇琅玕直似弦，送君歸釣楚江煙。風前雨後孤舟上，誰道蓬壺更有仙。」高安朱孔彰者，讀書嗜古，不求聞達，喜遊江湖間，所至多吟咏。熙嘗題其《繁蕪集》云：「一千里外無吟客，五百年前有謫仙。」熙著《燕石稿》。

劉定之

天順間，吏部一司官，凡值修刺通謁，書名字畫過大，劉文安公戲書其後曰：「諸葛大名垂宇宙，君今名大欲如何。縱于事體全無礙，只恐臨池費墨多。」聞者傳以爲笑。

李大章

吳康齋應聘北行，友人李大章以詩送之曰：「百年苦節丘園士，千載清風宇宙間。去歲徵書來白屋，何時行李出青山。」蓋不欲其仕也。以故康齋辭歸甚力，亦有感于大章之意云。大章號定菴，臨川人，嗜古潛修，不求聞達，與康齋、敬齋齊名。

李　榕

字全年，鄱陽人，罷同安教諭歸，搆樓宅後，俯瞰東湖，額曰「玩鷗」，自題柱云：「近湖不與鷗爭水，到岸方知我有家。」讀書賦詩，至老不倦，壽九十四。

《偶過浮洲寺留題兼懷芝峯》云：「不到招提久，逢僧話舊遊。殘燈留古殿，往事等虚舟。沿壁藤花淨，穿林鳥語幽。芝峯憐咫尺，何日擬登樓。」

裘　翱

字鳳翔，號雙溪不肖，君弘六世祖也。爲諸生，再試不利，遂絶意進取，力學篤行，動以古人爲師。雅善陳白沙獻章，白沙嘗中秋過訪，對月賦詩曰：「月出河山萬里秋，分明畫裏見南州。西山不盡登臨興，又上裘家百尺樓。」公和曰：「萬川清影浸玻璃，秋滿乾坤景更奇。自性卻如今夜月，人人不受半分虧。」白沙首肯曰：「信然，信然。」及卒，舒文節公芬誌其墓。

鄒準

字一平，號雪肩，新建人。幼穎異，四歲，父魯奇命對「鵝毛雪」，應聲曰：「羊角風。」九歲，方岳宴滕閣，即景得句「黄鳥呼風當户立」，衆莫能續，聞準神童，召焉，準援筆云「黑龍拖雨過江來」，四座驚異。一日戲扳楊枝，或扣之，曰：「在此閒吟耳。」遂口占云：「扳條折楊柳，欲折忍着手。柳上有黄鸝，殷勤勸求友。」十歲，補諸生，試輒冠軍。成化丙午，舉于鄉。庚戌公車，卒京邸，年纔三十有二。生平好爲詩，惜皆佚。其《江城春景》云：「城南城北覓春光，短袖輕衫逸興長。燕啄柳花低拂水，蟻拖松粉過行墻。雨來磨洗舊山色，風去吹嘘新草香。回首白雲最高處，寥天鐘鼓送斜陽。」《九日》云：「倚杖西風萬户凉，客牕尊酒對重陽。望迷紅樹心先醉，吟入黄花詩更香。半壑秋聲鯨吼雨，一天寒氣鴈呼霜。憑高自歎乾坤窄，笑指腰間劍刃鋩。」

毛伯温

伯温征安南，島人咏萍諷之曰：「錦鱗密密不容針，帶葉連根不計深。常與白雲爭水面，豈容明月墜波心。千層浪打誠難破，萬陣風顛永不沉。多少魚龍藏裏面，太公無計下釣尋。」伯温次韻和曰：「隨田逐水冒秧針，到底原來種不深。空有根來空有葉，敢生枝節敢生心。寧知聚處還知散，但識浮時那識沉。頃刻中天風色惡，掃歸湖海竟無尋。」伯温復宣布朝廷威德，安南卒歸地降，世宗嘉之，進太子太保。

字汝厲，吉水人，嘉靖進士，官兵部尚書，謚襄懋。

朱源

字本深，贛耆儒也，飭躬篤行，教授閭里。王陽明鎮虔，禮重之，常命率所教童子入射圃歌詩演禮。壽踰九十，郡邑雅敬其品，歲與賓席。嘗自署門帖云：「儒書頗讀四五卷，鄉飲曾叨三十年。」

【校記】

［一］磔，疑當爲「磔」，形近而誤。

西江詩話　卷八

費宏

文憲公《摘稿》二十卷，伯子懋賢校，徐華亭階爲之序，凡詩四百五首，文四百十篇。《及第紀恩》云：「鵷班濟濟聽臚傳，驚喜龍頭屬少年。明主拔才真十五，寒儒對策愧三千。百官拜舞天心悦，六字親題御墨鮮。觀榜共隨仙樂去，文星燦爛曉雲邊。」二「有詔南宫宴茂才，主筵仍遣上公來。需雲散彩浮瑶席，湛露分香溢玉杯。天近帝居春似海，樂兼蠻部鼓如雷。宫花斜壓詩冠重，知是瓊林醉後回。」

贊善楊知休母李夫人，司徒莊敏公配也。時慶八袠，文憲以詩賀云：「春風送喜入華筵，百福誰如阿母全。軒並三魚驚疊寵，鶵將羣鳳愛孤騫。蟠桃初見開花日，仙李仍逢指樹年。高會不妨鮮屢擊，朝官留得賜時錢。」

《和内閣賞芍藥》云：「好花開向禁城陰，咫尺天高雨露深。摹寫幾經元老筆，栽培要識化工心。名從小謝詩中著，品如維揚譜内尋。得奉宸遊許同賞，徘徊韻險不辭吟。」

公一日侍經筵，講《論語》「舜有臣五人」及《皋陶謨》「天聰明」二章，文華殿門外盆菊甚盛，一牌繫其枝，題曰「黄西施」，故公有詩云：「講殿陰森黼座高，朝回毋乃聖功勞。儒家論治先堯舜，帝代陳謨重禹皋。啓沃心存還自愧，遊歌地切幸親遭。裁詩記取深秋景，黄菊當階暎赭袍。」

弘治己未，禮闈有三金甲人，長丈餘者，立至公堂階前，忽大呼曰：「三人好作事。」遂去。及「宸濠之變」，孫、許靖忠於前，王陽明討平於後，三公者，皆是科所得士也。始悟三人作事之應。文憲公聞濠就擒，有詩二首志喜，云：「中丞有力正乾坤，四海方知一統尊。已痛湖波成赤水，久疑日食似黄昏。甲戌八月辛卯朔，日食，晝晦，鷄鶩皆歸。其占爲諸侯謀王，其國不昌，終受其殃。諸君幸免長從戍，百郡仍看早啓門。更祝天王憂社稷，莫教愁亂向兒孫。」二「折屐呼聲不自由，馬軍持捷過滄洲。稱兵誰敢侵金闕，拜表還應賀玉旒。天上飛龍須有象，阱中饑虱定含羞。也緣孝廟栽培久，報稱今多第一流。」《又用韻哭孫都憲》云：「爲臣但識義當由，誰問朝王忽起洲。一死已堪扶社稷，孤忠自合動宸旒。奸雄既敗應追憶，懦豎雖存不掩羞。髣髴英姿猶在日，西風老淚幾行流。」蓋會城西有洲名朝王，時忽湧起，無識者，或附之以爲異徵，逆謀益甚。既敗，始識天縱其殃，而一切讖記瑞應之誗皆不足信也。《哭許憲副》云：「龍戰疑陽血染坤，忠臣事主有常尊。舌能罵賊生難屈，髪欲衝冠死未昏。即擬旌賢崇廟祀，向聞憂亂憶衡門。妙年英譽傳千古，公是睢陽幾世孫。」蓋前一歲，唐侍御臣過南昌，憲副極言地方必亂，慨然有挂冠之志，比罵賊死，猶挺立不屈，年僅三十有七耳。讀文憲公諸作，字字的切，可稱詩史。時公已謝政里居，而忠君憂國之意溢于言表，真古之社稷臣也。予于《敬恭録·宰相表》末僭論云：「後之君子有天下己任之志，其以楊文貞、彭、費兩文憲爲法而可。」蓋不禁有尚友之思云。

《喜林見素入朝》云：「端笏雍容造治朝，出塵仙骨自飄飄。名高涑水難居洛，憤切昌黎昔貶潮。龍卧九淵應念歲，鳳翔千仞待儀韶。清宵莫作雲莊夢，士望從前極斗杓。」

《靳家口》云：「水淺舟行緩，春深日正長。暖風喧鳥雀，平野散牛羊。鄉國頻延頸，農家欲種秧。歸田無別夢，念念在耕桑。」

《壽西涯二十韻》典麗得臺閣體，然絶不呆重，如「聖主虛懷諮壽俊，後生翹首仰英賢。周情孔思才難及，杜斷房謀史必傳。從龍屢與時乘會，錫馬頻蒙晝接專。旱用作霖無赤地，功看鍊石補青天。鼎味調和金餙鉉，心源澄澈玉爲淵。炬蓮曾照罘罳外，班笋高依黼座前。一寸丹心常捧日，數莖華髮未盈顛。筆端力可千鈞斡，門左弧當六合懸。蟻泛醉容傾舊醖，鶴飛歌許和新篇。相如莫問形容異，李泌休論骨法堅」等句，皆清穩可誦，非同剪綵拾翠之作。

「坐愛煙梢侵竹几，行看露葉拂荷衣」句，「陶叟白蓮難入社，杜陵赤甲可遷居」句，「治生不用陶朱牸，扣角誰歌寧戚牛」句。

費　寀

字子和，號鐘石，文憲公弟也。廷對進士第二，歷官禮部尚書，贈少保，謚文通。初入翰林，文憲在政府以詩志喜，有「登瀛妙選重當時，嬴得人呼是白眉。天上自連鴻鴈影，池頭又借鳳凰枝」之句。既文憲秋丁代祭，寀以宫寮分獻，作詩紀事云：「曉殿親承制語傳，步隨相履出文淵。衣冠競美聯兄弟，俎豆真誇對聖賢。導燭兩龍明陟降，奠尊三宿重依瞻。歸來馬上拈新句，凉露清風月在天。」後繼文憲爲宗伯，知貢舉。登明遠樓賦詩云：「五色宫袍照晚霞，百年棠棣憶春華。空中樓閣心如水，鏡裏勳名鬢已花。衛士戒嚴人語静，詞鋒酣戰夕陽斜。即看賢俊登新録，還喜文章屬大家。」時人莫不以爲棣萼之盛事云。

公自安福衚衕遷居後府後巷，是夕夢人贈蔗二枝，李自石姊丈解云：「當生庶子。」未幾長子懋學生，用杜韻志喜云：「呱呱聲起閙寒牀，賸喜鵷雛作鴈行。徙宅夜曾占蔗夢，浴湯秋果試蘭香。九月生。杯盤送客供新餅，襁褓從人覓舊裳。萬里作書歸報母，慶流自信是源長。」蔗夢可添入故事生子類一則。

《雪中迎駕晚歸》云：「紛紛雪色滿瑶臺，簫鼓聲喧翠輦來。瑞報年豐符版築，寒銷春褥愜宸陪。落花拂袖千官擁，碎玉翻蹄萬駿回。朝罷不須籠燭引，月華初向五雲開。」

《同民受姪小憩含珠山道庵》云：「今雨重來憶昔年，佛燈曾此照書篇。一尊命駕慚非籍，兩屐登山喜共元。犬詑故人還嗅袂，馬諳舊路不須鞭。道人恰似知消息，煮茗先騰一竈煙。」

《廷試日東閣候讀卷次桂洲韻》云：「坐聽曉漏傳高閣，引領羣英入禁廷。文曲一星隨大老，朝堂九棘聚名卿。玉皇有道問猶下，黄閣無私風自清。碌碌慚予叨素飽，敢云桃李是門生。」

「霞緋賜寵明袍綺，露液分香送酒杯」「官府清嚴真上界，文昌光彩即中台」「三千會裏緣初結，十八年前夢已諧」「隔簾午色翻紅藥，入座春陰散緑槐」「畫吏定傳南極老，詩翁先頌北山萊」皆《壽蔣閣老排律》中警句。

蕭子鵬

宜黄人，少厭舉業，師事吴康齋，後聞陳白沙得吴真傳，遂卒業焉。白沙奇之，別歸贈以詩云：「玉峽蕭郎海上來，海邊雲氣擁樓臺。峽中亦有樓臺擁，始信蕭郎海上回。」成化中，詔求遺士，補嘉興教授。平生長詞賦，一時膾炙。有《雲丘集》，嘗演天地自然圖，又著有《太極説》云。

羅玘

《送南城鄭邑侯之任》云：「夜風㩧屋角，穿隙鐵衾冷。君心去如飛，脂牽覺僕猛。遄歸拜松楸，此味未雋永。安知凋瘵邑，萬室坐深穽。餓虎吞羔豚，饑蛟食黿鼉。章甫以屨苴，縫掖今裸裎。善人噤吞聲，有若物在哽。跼蹐無控訴，空餘列行省。常虞湟池中，竊弄在俄頃。牿童與殰豕，絶不以力逞。君行納吾污，此實邦邑幸。」

先生嘗遊興福寺，見斷碑，剔苔，乃南豐兄弟詩，讀之二十年矣。後選部夏東洲良勝到寺，仍讀之，督僧求題。先生賦七古一首，云：「木角二通佛日高，傳呼有客來天曹。二三騶騎餓欲踣，主人氣壓千夫豪。手持長鑱獨兩廡，古碑則有天我遭。尚書古文出孔壁，大食空貢大寶刀。洗磨碑合信口讀，無嚴先哲空莊騷。庾僧炊煁出盂飯，兩豆跽進純溪毛。掉頭不住上馬去，卻呼僧語隨脽尻。僧言圭峯老癡伯，病牀去此纔九皋。十年未病頗搔括，如以絲璽手所繅。敢言伯仲見伊吕，子也天分饒貶褒。再麾僧歸取舞筆，僧曰丐彼徒嗷嗷。豈知南豐世家韻，中夜夢見踰垣逃。獨羞嗅味不同器，新法首和仲也饕。天曹陽秋太阿柄，既死誅鬼仍烹鏖。顧僧丁寧知我語，史律高築嚴城牢。美言一經掩穢行，錦裾偏與淫人韜。僧頑如石百不喻，頂硯啣筆鳴聲號。尫羸痿痺指崛強，心欲注瀉誰揮毫。燈龕明滅山月入，蛇挂佛頭鼪鼯嗥。禪宮風露倍剥蝕，僧汝歸去耡蓬蒿。」

圭峯詩文，氣格高邁，筆力奇古，有俯視一切之槩，讀二詩已見一斑矣。

字景鳴，南城人。成化進士，贈吏部尚書，謚文肅。

羅汝芳

《遊從姑》一絶云：「松柯梅幹匝山腰，翠結光寒夜未消。好約仙人王子晉，月明堂上供吹簫。」

徐瓊

《金玉臺懷古》云：「三十侍彤闈，大隱玩朝市。矧乃赤松遊，足抗青雲志。風流非外獎，炯介敦明懿。層阜俯迴谿，自古稱奇麗。朝暾彩鷁明，夜魄潛虬媚。攬古悵悠哉，風景忽云異。金梶亦以蕪，金堤亦以隤。誰使白渠成，慰我滄洲意。」

瓊，字時庸，金谿人。天順丁丑榜眼，官禮部尚書，有《東谷文集》。爲人恂雅，長者羅圭峯稱其「量宏而無量名，文優而無文名，書善而無書名」，謂之「三不近名」云。

戴珊

《野翁亭》云：「白首耽儒術，逃名自野居。浮雲看富貴，醇酒戀樵漁。西澗孤松月，南陽一草廬。樊籠何日脱，雅趣共琴書。」

公引退不得，嘗私愬劉忠宣，曰：「珊老病子幼，萬一客死異鄉，目不瞑矣！公同年好友，受知主上，獨不爲我一言乎？」既忠宣從客代陳，孝宗益推誠置腹，温旨勉留。公始泣曰：「吾不得還家矣！」是詩之作，其殆有林下之思乎？

《建德道中即事》云：「一舍西來路，停驂日未斜。雲山濃澹處，茆屋兩三家。士俗憐從儉，方言認不差。洒然心對月，竹影上窗紗。」

字廷珍，浮梁人，官左都御史，謚恭簡。

徐　霖

字用濟，金谿人。成化進士，爲嘉興守。致政歸，屢薦不起，吟詠甚富，著有《剔齋詩集》。《冲雲院》云：「緑樹清波落景涵，石磯雙鏡夾寒潭。千林橘柚居民樂，十里風煙瘦馬堪。芳社勝遊誰慧遠，恒沙餘刼此瞿曇。江湖行腳真成懶，蔬笋杯盤分自甘。」

孫　需

五代有徐公者，修真德興之龍潭，潭深莫測，旁一巨石，常坐臥其上，貌如四五十歲，妻亦如之。忽一日别衆，夫婦乘龍入潭。歲旱，遠近禱者投疏入水，蛇虺浮上，請去輒雨。或疏有誤字，即泛出不納。宣德間，孫清簡公需方爲諸生，往遊潭，則投詩詰之，云：「塵世仙家兩隔離，遥瞻白鶴舞東西。月明瑶草光浮洞，春煖桃花香滿溪。兩字功名垂竹帛，千年履跡印苔磯。不知羽化何年代，致使凡人心自迷。」頃之，潭面有詩浮出，云：「五代興亡正亂離，新安一脈到江西。家君樂道居汾水，大叔傳芳住柏溪。猶子宦遊黄菊徑，老夫垂釣緑楊磯。自從背母朝元後，春復秋還天地迷。」

需，字孚吉，德興人，兵部尚書原貞孫也。登成化進士，累官吏部尚書。

彭時 弟華

安福彭文憲公時，字純道，正統戊辰狀元。弟文思公華，字彦實，景泰甲戌會元。先後入内閣，雖久暫不同，兄弟並以年少奇才射策殿會，分占第一，旋登揆席，科爵之盛，海内艷稱焉。越百年，後裔裒兩公詩文梓之，題曰《二文合集》。吉水劉狀元爲序，略曰：兩先生即不以詩文顯，固自足傳。以詩文顯矣，即不必窮而後工，能道羈臣寡婦之所思而寫人情之難言，亦自成天壤不弊之業。乃今讀所撰著，其大者憂盛危明，次亦清廟明堂之奏，即微而登臨贈答，未嘗不與夏雲秋水同其高節云。

吴錫

字用庶，金谿人。永樂間，官國子學録。上《醴泉詩五十韻》，賜傳還南。著有《時雨集》《胄監長編》。

廖紀

字惟修，九江人。弘治進士，歷官廣西副使。有《圓通寺》一律云：「得道高僧了不羣，可堪禪客遠相聞。齋心自許同天住，按指猶能解世紛。花繞塔前常作雨，磬飄空外半和雲。何當了卻人間事，閒伴蒲團坐夜分。」

鄭毅

字立之，上饒人。弘治進士，官兩淮總督。著有《岩山詩集》。

夏尚朴

字敦夫，號東岩，廣永豐人。正德進士，出守惠州，半途聞上官驕倨，即日投劾反山中。嘉靖初，起山東督學，遷南僕，少與時宰不恊，力求去，以歌咏自娱。嘗有《松溪》一絶云：「風潭百尺水溶溶，潭畔亭亭萬樹松。坐待夜深明月上，一溪寒影走虬龍。」

熊茂

字士充，豐城人。弘治鄉舉，官陽江令。自號清臞子，能詩，有《雉飛集》。

孫治

字五美，清江人。成化進士，知臨淮，以剛直棄官歸。有《桃花源》絶句云：「千樹桃花不謝花，玉樓金殿鎖煙霞。人間甲子君休問，蓬海如今漸見沙。」

周季鳳

《釣臺》云：「明月灣頭路，清風井上絲。乾坤才此老，風節是吾師。修水千年跡，崇臺兩字碑。祠堂枕江岸，古木正參差。」

季鳳，字公儀，寧州人。弘治進士，官刑部侍郎，謚康惠。

陳良頔

高安人，隱居不仕。嘗託貿易往陝，途遇暴客，良頔幸先脱，乃罄所有脱其同侶被執者，卒不受償，其好義如此。比卒，清江孫治爲詩挽之，云：「風度清真東晉上，詩篇卓絶盛唐前。」以此知其能詩，不僅以義俠著也。

桂　榮

榮，字君用，上饒人。嘉靖鄉薦，歷官監察御史。善詩歌，有詩一卷傳世。

《懷玉山》古詩云：「昔上三青望懷玉，石龍迢遠驚飛伏。煙霧浮動紫翠間，應有幽人住空谷。使君愛我携登山，初夏秧田正抽緑。岡扉掩暎護藤花，澗道紆潛響晴瀑。拾級懸登二十里，捫蘿躡磴超林麓。飛身深入天寨門，別是乾坤開卜築。遥望宫墻數仞高，百年往事今恢復。峯尖森聳削芙蓉，桂影扶疏散金粟。點瑟回琴鳴溜泉，禹疇羲畫分疆局。虚堂深處揖高風，流盡煩襟出新沐。明月中庭最可人，豈是當年棲老宿。一宵相對清心魂，卻愧來遲我獨鹿。」

彭　福

字綏之，號懶農，樂平人。成化進士，知泰州，以剛直罷歸。縣當大造，其子屬司書者飛税他户。福知之，延司書者飲，戲贈詩曰：「洛陽城中桃李花，飛來飛去落誰家？」答曰：「舊時王謝堂前燕，飛入尋常百姓家。」福曰：「既不飛上天，飛入地，不過飛入百姓家耳，安忍爲此。」乃爲詩謝之，曰：「洪水推沙塞兩涯，推來推去只交加。誰知二世宫中鹿，走過劉家又李家。」飛税竟止。

廖　森

贛郡西隱山有大觀亭，成、弘間，贛令何文縉建。文縉嘗與貢士廖森、吕禎同遊，聯句頗佳，詩云：「地僻蹄輪少，雲深草樹平。落花千萬點，啼鳥兩三聲。石磴緣春緑，山樓倚暮晴。林皋下寒日，煙黯百層城。」

森，泰和人，成化甲午鄉貢，官涪州守。禎未詳。

羅　倫

一峯先生《大秀宫》詩云：「野仙臨玉筍，引袖拂天星。侍立雙童小，看山隻眼明。洞雲含雨潤，鶴夢帶煙醒。自歎羅浮客，春杯溢四溟。」王陽明先生和云：「茲山堪遯跡，上應少微星。洞裏乾坤别，壺中日月明。道心空自警，塵夢苦難醒。方嶠由來此，虚無隔九溟。」又《溢峯山》一絶云：「一柱東風戀紫霞，數聲雞犬也仙家。春風不與人分破，添得碧桃無數花。」

羅洪先

《遊浮洲寺》云：「湖邊草深煙欲生，湖上風吹雲倒横。今我作客發清興，有人奏笛來幽聲。青天落水低樹合，白鳥弄波斜日明。蕭然對此亦何意，枕石讀盡南華經。」

《謁濂溪祠墓》云：「匡廬開曉霽，懷古見芳襟。溪水清堪溯，林風静自吟。山如蓮乍發，庭與草俱深。此日生芻奠，還同執贄心。」

《午日青原山中同善山、晴川、東廓、明水諸公燕敘賦詩》云：「一徑穿雲萬木深，高崖曲檻晝蕭森。同心人與蘭薰對，多病身逢艾節臨。自笑行踪經石骨，誰從聞性辨鐘音。年來漸識窗前草，不借菩提樹下陰。」按，文恭公之學，雖從《傳習録》入手，其實後來卻自有所得，于日用踐履上工夫不淺，或有疑公近禪學者，可以此詩正之。

《元潭》二絶云：「青山隱約霧中看，黄葉蕭疏夕照殘。唤得漁舟來借渡，隔江人影在欄杆。」二「野竹蕭蕭水遶村，柴門半掩欲黄昏。鐘聲乍起林煙合，沙際漁燈照浪痕。」

熊卓

熊樞部人霖刻士選《侍御集》，序略云：「往讀《空同集》，數稱熊士選侍御。已于《皇明詩選》中見其詩，清健蒼莽，學少陵而時似襄陽，翛然詩人之魁杓也。每索同宗，不能得全本。比得張惟静正卿所刻百九十九首，視空同刻再倍矣。當空同官吾省時，侍御墓草方宿，何所存董爾？甚矣，空同之愛人以全瑜也。精細言華，惟其有之，是以衮之哉。至弇州『寒蟬乍鳴，疏樹早秋』之評，殆攬衆卉而目之，未足爲蘭秀菊芳之定論也。近人俎豆少陵，頗貌其莽莽蒼蒼而不能肖其清健。侍御當孝宗朝，稱骨鯁臣，歷正德昏㨾竊柄，孤憤昌言，不啻淮南之攝汲黯，是宜與空同諸公同黜也。江潭憔悴竟不起，天可問乎？少陵在天寶間，此物此志，存百九十九首以續《九歌》《九辯》之遺音，當無愧也。」

士選，豐城人。

鄒守益

《武功山遊機心潭及龍潭》云：「石函鑿玉匣，奔流太古雪。下有雷霆鳴，飛鳥不敢越。攀蘿往從之，路滑足屢蹶。斬菅坐磐石，神魂自清潔。機心從何來，乃爲此潭涅。朗咏侑行觴，不知月已没。諸生步更健，魚貫升巉巢。遥尾猿猱跡，直犯蛟龍窟。瀑布九天來，四壁如削鐵。濺注雲氣腥，陰風竦毛髮。歸來手指畫，霏霏如玉屑。逝將洗塵慮，共飽深石蕨。靈山久有聲，勝事多未發。短歌抉奇跡，聊用俟來哲。」《宜春臺》二絶云：「高臺俯瞰萬家春，帶雨穿雲更可人。四顧峯巒如浪海，中流屹立自嶙峋。」一「優詔歸來又十年，愛山不用買山錢。興來欲啖安期棗，笑問山神借鐵船。」二

東廓先生，安福人。正德辛未會元，謚文莊。

袁魯訓

字宗道，萬載人。少有詩名，嘗賦《桃花馬詩》，邑令奇之。後登成化進士，官行人。歸老和樂園，慕彭澤風節，值[二]六柳以自娱，因號「六柳居士」。

萬虞愷

《山中早行》云：「攬衣中夜起，秣馬早鳴鞭。殘月不照地，明星猶在天。出門頻問曉，歷澗暗聞泉。翳翳東林外，山雲雜隴煙。」

《秋夜華户部邀飲琵琶亭》云：「月滿新秋夜，潯陽引興賒。故人陳祖帳，約我看琵琶。江闊吞三楚，山高接九華。君才能作賦，赤壁底須誇。」

字懋卿，號楓潭，南昌人。嘉靖進士，仕至刑部侍郎。

《鵝湖舟中即事》云：「八月尋幽偶泛槎，水邊茅屋十餘家。家家女兒能盪槳，爭入殘荷拾落花。」

徐良傅

字子弼，東鄉人。嘉靖進士，官吏科給事中。少有盛名，館閣諸公屈指人才，必首良傅焉。

《千金堤櫂歌》云：「長樂長寧幾萬家，不栽桃李種桑麻。使君挽得天河水，散與東風灌稻花。」一「黄塘口外棹歌收，坐看巴華幾派流。疊鼓正翻獅子峽，嗚笳已近虎頭洲。」二

《雲谷浮洲望諸山時老僧病起相迎漫成一絶》云：「天際樓臺半有無，靈芝風雨隔東湖。看山道士芒鞋綻，臥病維摩竹杖扶。」

舒　化

字汝德，臨川人。嘉靖進士，在諫垣著直聲，歷刑部尚書，謚莊禧。

《千金坡》云：「天源紆繞護江城，南粤飛龍水界平。上下魚鱗千舫合，縱横鳥羽一帆輕。豹嶼坐轉星槎近，羊角騎遊雪浪明。四百年來豐樂地，何當重醉傍沙行。」

簡紹芳

號西畴，新喻人。弱冠遊滇南，題詩山寺，楊升庵見而異之，使人物色，遂訂交焉。晨夕與俱，升庵多藏書，紹芳一覽則記，談應如響。滇中唱酬，紹芳爲最。後歸隱家山，升庵送以詩曰：「金蘭意氣昔論文，晏坐朝霜竟夕曛。千里馳驅來僰道，十年羈旅共滇雲。交遊落落晨星散，蹤跡悠悠逝水分。江北江南從此别，何時何地再逢君。」紹芳歸未久，卒，著有《西畴聲𡩋集》。

劉應麒

字道徵，鄱陽人。隆慶進士，歷官兵部侍郎，以清節著。撫吴時，廳事間題一絶云：「來時行李去時裝，五夜青天一炷香。畫得海圖留幕府，不將山水帶還鄉。」其廉介風流，可想見矣。《秋日同友泛東湖八韻》云：「剩有南樓興，還登湖上舟。晚凉堪衣袷，柔櫓不驚鷗。月出輪猶漏，波摇岸欲浮。吴歌聞白苧，楚舞見青樓。縱飲愁瓶竭，追歡逼夜遒。漁燈疏欲滅，河影澹將收。老去稀同輩，歡來緩獨憂。自憐遲暮日，得逐少年遊。」

裘　衍

字汝中，號魯江，雙溪公仲子，余五世從祖也。正德丙子舉于鄉，丁丑報罷，入南雍，值「宸濠之逆」，義心憤激，詣司馬喬宇，請爲鄉道。時上游信急，人心皇皇，聞者莫不股慄。公慷慨戎服登舟，灑酒臨風，都人士壯之。

既次九江，濠已就擒。巡按御史唐龍嘉公志節，下檄獎勵，有云：「奮班超投筆之心，爲祖逖濟江之舉。雖賊已先擒，成功未有所逮，而義能自效，大節誠足深嘉。」又云：「將來必有正大光明之業，爲名節忠義之臣。」士林以爲實録。後歷工部都水郎致仕。與羅念庵、魏冰洲諸君子切劘不倦，詳見《志乘·理學傳》。公著《寤歌亭稿》，譚性命經濟，多深造自得，卓然有用之言。爲詩清逸疏暢，真意從胸次流出，絶不依傍門户。惜鋟板燹于「乙酉之亂」，印本家藏僅一部，余尚及見。頃復爲族子傳借不謹，散失數册，其詩歌古文皆不可復得。所有《安峯紀遊》一詩載入《新建縣志》者，今録之以存吉光片羽云。

安峯在西山，其奇秀爲蕭峯之亞，孤峭入雲，宛若削成，土人呼曰「安峯尖」。距余家三十里許，每門外一望，暮靄朝曦，若几席間也。公詩云：「羣山倒插青芙蓉，嵯峨突起稱安峯。瘦筇抗策躋徑仄，輕裾蕩漾天之中。飛雲架海鶴，落日吹山風。霧蓋黄塵棲孤城，遠近漭蒼山河平。舉手濯雲漢，日月脚底生。瑶琴一奏陽春曲，萬壑泠泠碎寒玉。紫簫聲斷下青鸞，碧落煙消舉黄鵠。神仙渺茫世難續，藥苗滿地抽新緑。閭閻撲地億萬家，村村半是逃亡屋。懷山襄陵河患酷，逋負猶催聞野哭。青苗當錢輸舊租，眼前瘡好剜心肉。旌陽原是西山客，袖裏丹砂能點石。願將大地作黄金，饑者得食勞者息。我登此峯初束髮，重來兩鬢半垂雪。山青不改昔時容，依舊巖花傍明月。光景能幾何，壯志今蹉跎。蒲觴泛醽醁，亢亢發浩歌。浩歌度與清風去，窮崖陰谷回陽和。大舒無極眼，世事皆浮漚。何時再上泰華頂，下視此峯峷兀如卷阿。」讀此詩，則公之懷抱可想見矣。

喻均

吾邑北鄉多許旌陽遺跡，後人因以名其地。有曰「久駐」者，相傳旌陽訪道所經，愛其風氣盤鬱，徘徊不能去，爲駐馬者久之，故名。有曰「權頓」者，距久駐二里，許旌陽小憩其處，輒命駕去，故名。有曰「暮投」者，由久駐而南，停車延眺，至則暮矣，遂投宿村中，故名。明隆、萬間，里人喻憲副均序而出之，各紀一絶，《久駐》云：「不愛溪山好，能勞久駐車。彩雲長不散，猶自護吾廬。」《權頓》云：「當年聊息足，亦復留其名。仙駕已寂寞，鸞鶴有遺聲。」《暮投》云：「此地只茆屋，神仙何處眠。日夕登山望，山山生紫煙。」久駐之西又有曰穆王井者，舊傳周穆王南遊飲馬處也，喻亦紀詩云：「爲有寒泉井，曾邀八駿過。君王不可接，惆悵對山阿。」

均，字邦相，號楓谷，隆慶進士，官天津兵備。著有《括蒼》《雲間》《蘭陰》《虎林》《仙都》等集，歸里後又著《前後山居集》。同年鄧文潔公稱其詩則盛唐之遺風云。

欒鏜

字用鳴，新建人，嘉靖間以祖勳世襲指揮僉事。喜爲詩，與余憲副德甫往來酬唱，一時名流雅重之。有詩集二卷，其仲子岳州守繼同刻于官舍，大學士李春芳序。

《夕佳樓曉眺》云：「五月南風吹客衣，江城野色動郊霏。白雲天畔連山渺，青草堤邊帶雨微。一笑風塵同鹿夢，百年踪跡付漁磯。年來避暑重登此，河朔于今願不違。」

《登望湖亭》云：「吴城高閣俯青鬟，萬頃鄱湖一望間。積雨滿天雲黯黯，長風吹浪水潺潺。魚龍夜宿孤根没，鸛鶴朝飛别浦還。細讀坡翁亭上句，始知此地有仙顔。」

周業孔

安福人，嘉靖鄉舉，官郡丞。遊東樵書院，有詩云：「車馬全非郭，煙雲半是村。雙池平抱户，一徑曲通園。柳樹摇書幌，梨花落酒尊。七年經史意，重得細評論。」

孫　開

豐城人，出處未詳，亦不知朝代。《新建志》載有《望城庵》詩二首，其一《酬宗良王孫見寄》，宗良疑即朱多熿字，則開其嘉靖間人也。望城庵在沙井，與章江門城堞相對，詩云：「試問藏名地，無如此處幽。梁間棲野鴿，樹杪出行舟。朗月千峯照，寒泉百道流。寄言方外者，莫獨戀丹丘。」二「空門學法禮文殊，山色巃嵸石磴紆。半嶺松風凝碧落，一江水月浸平蕪。花宫清梵微微度，玉宇寒煙片片孤。讀罷淮南招隱賦，可能珍重勝尼珠。」

張　鏊

字濟甫，南昌人，隆、萬間官至尚書。有《堯山》詩云：「松檜參差石磴斜，遠山飛錫便成家。鶴巢上界依仙頂，龍叩諸天問法華。故國風煙聊倚杖，當年翰墨且籠紗。定鐘何處仍回首，明日白雲江上沙。」

紀振東

《瓿甀洞續稿》武昌吴國倫著有《北使稿序》，略云：「往予以計吏再入京，蓋聞有『金臺十八子』云。十八子詩傳自信州紀振東旭仁氏，吾友王世貞雅其志而敘之。旭仁故佳公子。又數年，旭仁官矣。頃予過五羊，旭仁謁余，曰：『不肖豈能久事馬蹄間？顧聞子且來，不欲遽去，使得席五嶺，杯重溟，以與子周旋稱詩，雖雕題鑿齒，吾厭之矣，而又何以家爲？』今年東其《北使》諸稿示予，予觀其宣幽寄賞，觸景爲情，弗淫于思而其辭澤，弗膠於體而其節調，庶幾窺風人之旨而自得焉。視夫劌目鉥心、寒膚嗛腹而後就者，即淺深無論而甘苦較然矣。」

萬 恭

逍遥觀在南昌三十六都，相傳王、郭二真人甜息處。里人司馬萬兩溪有詩云：「天風吹落步虚聲，龍鳳光騰薄太清。松里似通槐里氣，逍遥長掛萬年青。」司馬字肅卿，嘉靖進士，兩溪其别號也。

玉隆萬壽宫，許旌陽故宅址也。東有古樹，高可數尋，風霜剥落，竅爲虚中，可容五人，外一竇可俯而入也。公嘗偕李司寇遷、吴司空桂芳、李學使遜往遊焉。公獨危坐樹中，仰視竅光，旁睨層障，詫爲奇絶，因倚而歌曰：「煉得身形似鶴形，古松枝下兩函經。我來問道渾無説，雲在蒼天月在坪。」歌畢而出，餘聲在樹，公笑語三人曰：「此于敬之先生固入其元牝而鳴其仙籟者矣。」見公自譔《玉隆宫碑記》。然余讀《葉石林集》，石林謂唐人李習之文辭高古，然不長于作詩，故集中無傳。惟《傳燈録》載其《贈藥山僧》一篇，云：「煉得身形似鶴形，千株松下兩函經。我來欲問西來意，雲在青天水在瓶。」與公此歌只差數字，豈公有意舉習之舊詩爲歌耶？抑偶然與古暗合耶？惜不得公于今日質之。

吴　璪

字懋榮，康齋子也。九歲能詩，下筆驚人。少侍康齋應召，朝貴喜其儀度峻整，言論端慤，欲留國學待用，以親老辭歸。後累薦不就，自號芸雪，著有《芸雪集》。

陳　昂

字爾瞻，本莆田人，隆、萬間避倭亂，携妻子家南昌。旋慕匡盧之勝，居於琵琶亭側，以織草履爲業，或爲人卜，得錢輒沽酒。凡匡盧幽險處，莫不登覽。遇商舟爲傭，適夜郎，躡峨眉絶頂，又返九江，數年卒。善詩，以右丞、工部爲高曾，詩亦肖之。咏匡盧者數十章，鍾伯敬刻爲《白雲先生集》。《烏晶道中》云：「地至幽沈處，林清雲亦清。閒猿經樹掛，馴鹿雜人行。山疊千層翠，泉分百道聲。欲除雙鬢雪，多采太陽精。」

張希舉

南昌人，嘉靖進士，官方伯。《題憑遠樓》一律云：「岑樓高架鬱嵯峨，幾度憑欄發浩歌。春樹鳥聲當户巧，夕陽山色捲簾多。花迎玉勒含煙霧，酒泛金尊醉綺羅。自是梁園知好客，不妨車馬日相過。」

張春

字任伯，新喻人。嘉靖丁未廷對第二，官侍讀，以忤時相掛冠歸，優遊林泉三十年。有《德興寺》詩云：「樓臺鐘鼓報新晴，又是城南一度行。剛到閒時身已老，未曾經處路猶生。平沙遠水如天色，落葉疏枝似雨聲。欲問郊園幽寂地，野橋山寺德興名。」

鄒善

號穎泉，文莊公第三子，德涵、德溥之父也。嘉靖進士，官太常卿。嘗登武功山，有詩云：「爲愛秋濤生曉日，三更振策上層峯。濬雲時露天邊岫，積霧還棲澗底松。天柱丹鑪何日啓，海瓊玉檢爲誰封。長風忽掃浮埃淨，抱膝晴空聽梵鐘。」

譚綸

襄敏公《大華山六韻》云：「樓閣憑天起，山門傍斗開。香煙凝碧落，瑞氣壓蒼苔。古殿藏金屋，仙人臥玉限。抱月玄猿嘯，穿霄白鶴回。泉飛千澗雪，風送萬峯雷。星辰光滿袖，疑是法燈來。」

字子理，宜黄人，嘉靖間官兵部尚書。

萬嗣達

字禹存，德化人。父衣，嘉靖進士，累官河南左轄。嗣達登萬曆鄉薦，仕至雲南副使。有《廬山歌》云：「廬山九疊雲錦屏，高逼清虚窺帝庭。俯矚湓城大于斗，萬山雜遝如浮萍。銀河倒瀉石門東，金壁斜開錦澗中。白鹿未歸丹洞杳，黄龍長去碧潭空。觸石蒸雲郛郭上，象馬龍蛇森色相。環珮時逢帝女蹤，芙蓉秋潤仙人掌。岩僧乞食來天竺，山鬼吟詩潛石屋。洞口層冰六月寒，山腰倒景千年瀑。渺渺仙源信可求，青松白石總丹丘。何時一杖雙峯頂，飄然長與盧敖遊。」

勞堪

號廬岳，德化人。嘉靖進士，官副都御史。著有《詩海遡源》行于世。

簡佐

字臣心，新喻神童也，年十二，冠多士。御史何公召賦《清風樓》，大奇之。又嘗過傅斷事家，值賦《牡丹長歌》，佐有「輷輷過雨江上啼，江花亂落紅離披」之句，一坐歎服。後舉正德進士，官冏卿。

劉成穆

字元倩，新淦人。七歲能詩文，既長，博覽羣籍。熊御史召試《嘉禾賦》，奇其才藻，使入闈，舉鄉試第三。

南宫下第，遂發憤，卒。楊升庵最愛其《過漢武陵》，詩云：「歲暮傷殘過漢都，武皇陵墓此荒蕪。不將玉匣藏天馬，猶使金燈照野狐。賦客詞園清露盡，仙翁丹竈白雲孤。年來惟有秋風曲，渭水長流啼夜烏。」又《温泉宫》云：「碧洞霜泉臥火龍，翠華宫冷玉芙蓉。遊人緑酒流春殿，妃子朱顔落夜峯。石閣獨留明月醉，瑶塘虚有晚霞封。霓裳不見梨園曲，愁聽秦筝雜野蛩。」其他佳句甚多，惜其集殘闕無完本云。

劉穎

字時秀，臨川人。正德進士，爲御史，以議禮受廷杖，著有《小遲集》。《即席次李空同擬峴臺韻》云：「古臺何岩岩，奠此荒城曲。溪流宛周遭，原谷紛糺屬。使節自天來，旌旄隨風逐。嚴令肅高氛，清旭曠遠矚。孤騫迅雙鶻，際海極一目。清嘯發雲端，遺響振林木。百年誰幾人，曾此跂華躅。洗觶挹元漿，大斗從屢覆。論文邁往先，得句厭巧速。寥寥二雅音，無乃今見續。」

祝世禄

芝郡天王寺在南保坊南宅，德興祝尚賓世禄有詩云：「半榻松雲對鶴眠，浪疑人在蔚藍天。風林不秘聲聞法，瓶水瓶花裊篆煙。」世禄字無功，萬曆進士，工詩，善草書。

又有《春遊》一絶云：「溪山春正半，載酒鳥邊亭。取醉非吾事，乾坤忌獨醒。」

朱多熿

明宗室也，家南昌。有《遊玉隆宮》詩云：「西山迢遞隱仙宮，誰信人間有路通。忽睹樓臺蒼靄外，似聞雞犬白雲中。石幢苔滅三天字，磵道霜彫百尺楓。靈跡祇餘丹井在，清秋吟望意無窮。」

時南昌宗室又有字貞吉者，忘其名，亦能詩。與弇州諸公唱和，吳明卿集中尤多，蓋用晦、宗良之亞云。

余曰德

字德甫，南昌人。嘉靖進士，官福建副使。工詩，王元美、李于鱗咸奉盤匜焉。晚結東湖草堂，嘯傲其中，吟諷無虛日。宗伯李春芳曰：「大江以西，詩派遠且廣矣。而歷下琅琊，獨推轂德甫先生爲雄長，隱然若一敵國云。」

《題蘇公祠》云：「雲卿管樂流，世運屯不返。托志遠行邁，結廬東湖苑。蓁圃日芟藝，業屨繼宵捆。拮据良苦辛，心迹棲自穩。故人據高位，書辭誠款懇。置之了不問，咎[三]歎聲隱隱。滅跡不終日，無亦鑿坯遯。黃鵠摩蒼穹，羅者空悲惋。」

朱多煃

字用晦，南昌宗侯也。善詩，與弇州、于鱗、明卿輩詩筒往來，尺幅推獎，殆無虛日，詳見三公集。多煃築芙蓉園，距余憲副曰德東湖草堂甚近。每花晨月夕，召曰德及宗人多熿吟諷其中，弇州記之，或以比淮南「叢桂」云。

張　位

張文端公罷相後，多居桃花嶺，在西山之麓，距會城五十餘里，四面如桃花，突然拔起，不與衆山連屬，最爲秀倩。上有石屋亭臺，皆文端所築，松陰數畝，修竹千竿，夏月婆娑，可以忘暑。公詩云：「家住杏花村，身寄桃花嶺。日月幾能閒，煙霞此宜靜。西風騰萬馬，南州住千頃。後擁七星墩，前噴靈源井。春風絳萼穠，秋色翠華靚。筠颸送鸞笙，松月駐鶴影。紫陌苦塵棼，丹丘樂真景。翛然不繫舟，一笑乾坤永。」公第在東湖杏花村，搆有杏花樓。

石頭渡在城西北十里，即晉殷羨投書渚也。春夏水漲，汎溢山磵，行旅苦之。公倡捐築堤，直接章江寺。又造橋數十丈，名曰「石鎮」，車馬往來，遂爲南北孔道。題詩云：「投書傳舊浦，題柱有新橋。煙嶺層層秀，晴川疊疊朝。靈沙形蜿蜒，古塔影岧嶢。南北長虹鎖，魚龍不敢驕。」一「隔浦千峯翠，沿堤萬柳青。波浮獅象石，草滿鳳凰汀。緑酒舒長嘯，紅塵訝獨醒。江頭新景好，遊客去還停。」獅象，山名。鳳凰，洲名。

《香城寺》云：「嶂合疑無路，雲開別有天。松巖飛曙雪，石澗注鳴泉。境僻稀來客，心空得上禪。簫壇霞縹緲，隱隱鳳笙傳。」

《洪崖瀑布》云：「曲澗開丹井，懸崖噴雪濤。一羣清鶴舞，千尺玉龍翱。豈信喧常寂，翻疑靜轉囂。尋源不可得，空望白雲高。」

《江天閣》云：「片帆煙雨暮湖間，山在江心樓在山。波影垂寒新石塔，鐘聲破寂舊禪關。好風當面雲明滅，流水何情客往還。樹外夕陽城市近，喧闐車馬抗塵顔。」《章江寺》云：「十里神臯控上游，五陵佳氣鬱葱浮。鳳凰洲畔王孫草，鷗鷺沙邊帝子樓。風散嵐光喬嶺出，雨添潮勢大江流。名航利舶爭來往，贏得閒人眺望收。」

公字明成，新建人。在翰林，應制詩文不忘規諫。萬曆中，拜武英殿大學士。宣城、臨川二湯，其門生也。故遊桃花嶺者有詩云：「當時開閣重文章，點綴風光有二湯。山色至今懷相國，桃花依舊罥漁郎。」

湯顯祖

《青雲亭上作》云：「孤生翫元滌，風標好弘奬。遠懷塵外踪，乍此堂中賞。亭隧遠阡綿，川臯歷遐廣。曖曖見人煙，蕭蕭覺林響。野牧散坰堤，巷犬鳴虛壤。緑水閑荷蕖，原畦半菰蔣。南郭坐來青，西山幾時爽。雲深山鬼暗，風輕谷神敞。虛彝故有適，寂靜寧無想。青雲恒不銷，白髮偏能長。未獲了明窗，難辭嬰世網。故物豈重來，幽人自茲往。」

《西池望二仙橋》云：「池上映秋光，登臨愛夕陽。鏡中蒲柳色，衣上芰荷香。聽雨初留屐，當風一據床。猗蘭延客語，修竹以鄰芳。紫翠連山暝，清陰隔水凉。坐看人世小，仙馭白雲鄉。」

《白水》云：「庭光欲盡山明歸，古木溪頭燈火微。客子行舟隨地轉，閨人破鏡一天飛。多名楚鵲暮枝急，無數河魚春水肥。歸去文昌門外井，紅桃香露滴人衣。」

《臨川四夢》掩抑金元而《牡丹》爲最，然非知音，未易度也。故詩云：「傷心拍板無人會，自掐檀痕教小伶。」

鄒德溥

字汝光，號泗山，安福人。萬曆進士，官洗馬，著有《雪山草》《葡萄吟》。嘗遊龜山，賦七言律云：「龜峯綰結瀘溪流，撫劍高歌谿水頭。天淨潭光寒竹塢，雨餘岫色滿芸樓。漁磯燈火蒼龍夜，賈舶風煙白鴈秋。最愛惠連能卜勝，不知罍爵久淹留。」

樊良樞

《暮春登臨王閣》云：「樹杪清暉澹欲流，幽蘭杜若滿芳洲。波翻白鳥澄江净，地湧青蓮隔岸浮。蝴蝶似酣春草夢，鷓鴣空訴落花愁。最憐今古豪華盡，簾捲歸雲靜倚樓。」又《滕閣懷古》云：「層樓睥睨漢家墉，百二關河帶礪封。鹿放西山回萬乘，劍留南斗避雙龍。沉煙極浦通朝磬，溅水空潭激夜春。最是秋江漁篷穩，數聲遥和翠微鐘。」明太祖平陳友諒，曾幸南昌，開宴滕王閣，命諸儒酣飲賦詩。翼日，存恤窮民，放友諒所蓄白鹿于西山，詩中頸聯指此。

良樞號致虛，進賢人。萬曆甲辰登第，官陝西右轄。

袁懋謙

豐城人，萬曆進士，官兵科給事中。渡彭蠡，有詩云：「鄱湖百丈鎖蛟宫，向夕飃飛廣莫風。雲裏匡廬看出歿，天邊日月拄西東。三江水漲銀河接，萬里潮迴鐵甕通。此地一經龍戰後，千年人識帝圖雄。」

聞雷元亮有廬嶽之遊，賦寄云：「十載匡廬夢白雲，望來真氣卻疑君。山空月冷舒猿嘯，洞僻苔深散鹿羣。幾派江光浮杖底，兩孤霞色亂峯紋。陶潛慧遠俱寥落，醉並何人倚夕曛。」

楊惟休

其羣從裒其詩集，屬進賢熊人霖伯甘選而序之，序略云：「豐城楊叔度，詩祖北地，標峻而旨和，五七言近體尤見工力，乃四十年來里耳習于細音，不甚稱道，其集亦散漫少存。至今而虞山頗引卻竟陵之席，然後陳伯璣行其七十首于《詩慰》，而叔度之墓木已合抱矣。」叔度子仲開，詩有父風。以明經官保定判，編《泰昌日録》，忤魏閹意，矯詔追燬，褫革，竟暴卒。然録中載三案顛末甚悉，乃信史也。伯甘云：「此其浩然之氣不與北地忤劉瑾埒哉！」

劉　鐸

字侗初，安福人。萬曆進士，工詩文、書法。出守維揚時，魏璫焰熾，鐸嶽嶽不少俛，牢騷憤疾之意，每見于詩。璫方大興羅織，然猶慕鐸才名。會有僧與璫狎，出扇求書，且道璫意欲得書。鐸聞大笑，爲疾書三咏，語多刺譏。璫恚，諷其黨以謗訕逮，竟斬西市。臨刑高吟，末云：「龍逄比干在泉下，此去相逢面不慚。」論者以爲有椒山先生之風。

鄒元標

《過金竹坪贈續芳禪師》云：「卓錫廬山第一峯，遠山迴合翠千重。攤經石上雲霾虎，洗鉢江邊雨化龍。夜倚禪心涵水月，時聽僧籟韻溪松。遥知怖鴿祝齡處，更泛靈泉路幾重。」新建諸生葉維青妻魏氏年十九而孀，苦節自矢。南皋嘉之，錫詩曰：「一别良人歲月侵，孤燈永夜伴寒衾。年年止有西江月，獨照春閨不二心。」

字爾瞻，吉水人。萬曆進士，官左都御史，謚忠介。

陳邦瞻

字德遠，高安人。萬曆進士，歷官兵部侍郎。

《荷華山放歌》云：「憶昔仙人駕象來，芙蓉萬疊洞門開。元風翕歘播靈境，紫氣恍惚通蓬萊。藥爐丹竈知無用，絳節羽衣紛徘徊。雙泓窈窕貯瑶碧，紅白蓮花相對開。奇葩異萼香噴薄，太華玉井相崔嵬。石壇漠漠仍千載，仙馭泠泠去九垓。靈幢寶蓋不復見，道人遊客心空哀。我昔童稺負奇骨，拂衣有志凌塵埃。自料紅顔生羽翰，何須姹女結貞胎。百年此事雖如夢，翻飛朝夕白雲臺。北尋崎嶇訪華蓋，卻笑杜子非仙才。」

熊　化

字仲龍，清江人。萬曆進士，以行人賜一品服出使朝鮮，國人好其文翰，曰：「得熊君片紙，勝十斛明珠也。」後姜新建再銜命往，競問化起居，有賦詩寄懷者云：「殷勤寄語清江老，白髮相思又十年。」

鄭邦福

號鐵耕，上饒人。萬曆進士，南太僕卿。有《青巖山》一絶云：「薰風長日遶迴廊，飯後尋僧納晚凉。自歎俗緣猶未竟，襟裾空帶積厨香。」

鄭以偉

字子器，邦福從子。崇禎壬申以宗伯入閣，謚文恪。著有《靈山藏》諸集。《題鯉洋》云：「鯉洋堪入龍眠畫，更恐憂深圖不窮。菰蒲釣艇雨聲外，橘柚人屋炊煙中。經年憶此江水緑，有客未返山花紅。京邸裁書寄小院，庭柯無恙予將東。」

靈山在信州城西北，有七十二峯，高七千餘丈。文恪公詩云：「靈山七十二，面面生奇峯。如琢亦如削，或開玉芙蓉。」

公居第在沙溪西，距郡城三十里。嘗有詩云：「履聲新輟北門扉，詔許沙溪薜荔衣。」猶子大璟，字㚬尹，著有《縞夜堂》《冲妍堂》《漏月園》《念一廬》《鴈門樓》諸集。

周獻臣

字竂六，臨川人，萬曆進士。嘗作《竂詩》五十首，四方傳誦。弇州、荆石皆以建安、黄初推之。爲部曹，年未強仕，即免歸。刻意著述，家置大甕數百。抄撰羣籍，網羅古今奇言異事，鈎新搜僻，成一書曰《鴻乙通》，葉向高相國上于朝，收入秘閣。其他編著，又數百卷云。

《華嚴堂》絶句云：「草色長曇陰，禽言秋梵唄。一磬已無生，浮雲遶天外。」一「香徑凍霾雲，禪關寒白日。説法到無聲，天花雨六出。」

《文昌庵》云：「法幢仄聲風初定，禪關盡日留。晴濤虚閣影，靜樹入江流。鳥窺香飯鉢，雲度梵經樓。寥寥人境外，清磬出林幽。」

《擬硯臺》云：「江臺初見五城樓，檻外江聲繞郭流。極浦寒雲迷遠樹，空汀明月照孤舟。山亭揮麈煙霞色，水國懷人葭菼秋。此日登臨成逸嘯，百年生事在滄洲。」

【校記】

[一]值，《禁燬》本、《續修四庫》本皆同。按，據句意，當爲植。

[二]昝，當爲「沓」字，形近而誤。

西江詩話　卷九

萬時華

茂先徵君詩，情緒綢繆，詞旨悽惋，令後世人讀之，有凉風碧草之思，豈即所謂天下有心人耶？抑其時與遇實爲之耶？《丙子述懷》十六絶乃秋賦報罷之作，中間悼往懷來，幾不忍讀。余嘗謂制科取士，亦學人進身之一端，上之所以期士與士之所以不朽者，其輕重詎必盡關乎此。獨怪榆溪、溉園並負不世之才，而斤斤焉祇以不得一第爲憾，何所見之不達也。然其詩低回歷亂，聲淚俱化，傷于哀矣。余録其過半，亦欲使百載而下論世者，知文人熱腸與忠臣碧血同其不磨；而棘闈有失士之歎，則世運有不返之憂，膺操觚之寄者，其亦慎重藻鑑，無令含冤負屈之士自鳴其哀于紙窻竹屋間，是亦宇宙太和之一徵，固不僅爲徵君一人長留意氣於天地間已也。後之覽者，宜將有味乎余言。

其詩曰：月落秋園照苦顔，九回上策又空還。堪憐同輩俱頭白，半溷朝簪半掩關。一村墟漏斷月初沉，孤枕平生未了心。往事千端難復省，西風今夜已難禁。一兒病姬亡梅雨天，嬌花已墮早春前。柔腸寸盡人間世，半歲晴陰走墓田。一。春王二月，女阿渭殤，四月喪余姬，時耕兒病疹，至七月既望，兒復殤。湯餅筵頭菊映巵，兒殤又是早秋時。今年菊映今年淚，束罷殘書欲付誰。一拱日扶雲望帝都，緇袍青鬢笑吾徒。不知仙枕誰家竅，半世華胥一夢無。一家國聲名此夜心，憂時卻憶主恩深。書生灑血今何地，只恐來年白髮侵。一。慰兒好語望兒心，尚憶當時歎息深。地下若能知地上，此時懷抱更難禁。一乙卯下第，先夫人語：不孝兒尚少富貴，當自有恨，余六十老矣。明年，先夫人歿。甲子下第，先君語如先夫人，余心動，丙寅，果先君歿。兩尊人語讖，二十年來念之腹痛，不堪回首也。鐘鼎怡親只世榮，又虛鐘鼎誤時名。三光照眼俱兒罪，贏得松原恨未平。一五羊城外吊師墳，墓草無因拜子孫。廿載門生看又老，西風何處報人恩。一。少孱知東莞樊珠城先生，今歿四十年，復世絶傷之。詩卷俄然數尺餘，敲推字字憶躊躇。應知司馬歸來後，太息當年賦子虛。一冬烘遺恨枉縱橫，天網寧須世上名。笑殺坑儒癡獨絶，不將文字作長平。一芙蓉萬樹照晨梳，短髮蕭蕭愧不如。老圃東家堪作伴，苧衫蓬鬢帶花鋤。一負薪行野不披裘，失計當年在寢丘。莫羨他家貴公子，南鄰絲管北箜篌。一

徵君深于情者也，其余姬亡後諸絶，酸語腐心，視東坡之悼朝雲者微異矣，然其詩實佳，意愁苦者，曷爲工耶？《丙子五日悼姬》云：今古誰傳續命絲，魂如輕絮剪春枝。去年尚憶晴窗曉，艾影搖身獨畫眉。一五月南風薤露侵，虛貪結子望成陰。階前悔種宜男草，忽見花開淚不禁。一姬以產殂。鏡中遺照墓中身，欲薦菖蒲淚滿巾。歲歲端陽今日酒，華家塘下濕香塵。一葬華家塘。始信傷心不解愁，高墳突起草修修。可憐前夕鴛鴦伴，零亂城南土一丘。一馬鬣新封古道邊，今生已矣宿生緣。重來莫更依貧士，誤落釵荊十八年。一又有《遺阿渭乳媪》二首，尤稱慘絶，論者謂較坡公《任氏誌》又一可傳。阿渭，徵君殤女也。詩云：「勞爾霜縑送爾襁，酸風作雨淚同吹。城南一塊荒涼土，地下寧無索乳時。一浪逐東風一度花，曉光記上碧窗紗。匡牀小腕銀鈴動，把乳聲聲喚阿爺。

徵君有《歲暮田居》十九首，蘇武子、陳士業稱其甚似淵明。士業謂：「江西詩實祖淵明，以無甚似淵明

者，遂移俎豆于山谷。山谷易似，淵明不易似也。今得茂先，當以淵明爲祖，茂先爲禰，從而長子孫焉，西江自此益張矣。」又曰：「謝無逸、潘邠老諸人似山谷者猶傳，況其似淵明者哉。舒碣石曰敬稱其情兼雅怨，體被文質。」又曰：「古詩在今日，七言未亡，五言亡耳。能存五古者，落落乾坤，僅一茂先。詩本二十首，碣石刪其一，以見嗣響《十九首》，賴此十九首云。」「江西詩實祖淵明」一語，可作是編總序，此《西江詩話》首陶之旨也。但云山谷易似，卻未必然。予謂山谷詩正恐亦不易似耳。

啓禎間，吾鄉詩人溉園第一，榆溪次之，惜其化鶴揚州，又蹈伯道之疾，遺草零落。陳伯璣所選《溉園集》凡二百五十餘首，然余小時所見別本如「泥喧蟻半爭桃塢，緑暗鶯知坐柳衙」「叱叱遶塍歸舍犢，丁丁出水避人蛙」「溪翻睡鴨風千點，門掩啼鳩雨萬家」之類，皆不入選，又令人有遺珠之歎耳。

錢牧齋云：「茂先詩，余亂後失去，今得之，如見故人。」譚友夏原序略云：「茂先詩如鐘鼓聲中報晴，如大江海中扁舟汎汎，又如冠進賢不俗之人，又如數十百人持斧開山，聲振州郡，而其實則幽人山行也。」

徵君五言尤工，深厚其氣，澹逸其姿，多酷似唐人處。嘗有句云：「大業千秋社，偏師五字城。」或亦自爲寫照。

《被徵後入里門作》云：「閒園秋冷只揮鋤，似有春風引鶴書。紫氣百年天子詔，紅雲四壁野人居。入朝倘問公安在，未老應知壯不如。最愧南鄰諸父老，相呼扶杖聘君廬。」「幾曾公府問長林，煙雨湖頭忽見尋。三世國恩廉吏子，萬方民隱聖人心。虞門闢後驚新寵，梁父愁多尚舊吟。知己平生憐一飯，可能肉食副朝簪。」二詩忠孝藹然，令人挹之不盡。

崇禎末，詔廷臣舉堪守令者各一人。朱方伯之臣列茂先品行聞于朝，應徵北上。抵邗江，病劇，粵東黎美周遂球、廣陵鄭超宗元勛挐舟徑造茂先，喜甚，猶賦詩四首，中有云「病逢勛倍藥，快聚夜頻觴。主聖羞同賤，時危忍獨藏」，蓋絶筆也。臨歿，口占四截：「半世殘書裹，關門坐小樓。虞卿是何物，不了著書愁。」「負米羞親養，披裘負聖朝。百年蕉鹿夢，今日得逍遥。」「窮通真偶爾，來去亦翛然。我愛裴中令，虚空不礙禪。」「淮海羈魂立，飄摇望故鄉。月明騎鶴返，不是顧遼陽。」從容危坐而卒。學使侯公峒曾檄祀學宫，表曰「真儒」。友人徐世溥私謚爲「文懿先生」，謂「清如伯夷，無其隘；和如柳下，無其不恭」。言雖過愛，蓋所以志推崇之意云。

李汝燦

字用章，南昌人。晚登崇禎進士，官刑垣，數慷慨言事。黄漳浦道周嘗對懷宗云：「赤心純行，臣不如汝燦。」後以直諫下獄。既歸，絶跡城市，有詩云：「報國只餘方寸赤，貽家猶剩片氊青。」越數年，絶粒卒。

朱統鐠

字時卿，明末宗室，僻居城東。好讀書賦詩，抑揚吟哦之聲，琅琅於古溪新柳、敗垣層蘚間。編著《古史記》四十卷，推廣余寅《同姓名録》爲十六卷，又有《六書微》《詩解頤録》《牡丹志》《寧獻事實》，皆博雅可觀云。

費元禄

字無學，鉛山人，文憲公曾孫行也。父堯年進士冏卿。無學少穎異，絶豔驚才，年未三十，譔著近百卷。陳仲醇負一世名，每讀之，歎爲不及。生平抱情癡之目。嘗客西湖，樊令君款留，盤桓湖山，不忍遽别。一夕忽告歸，令君曰：「花事未殘，且宜少住。」無學曰：「政不欲見其殘耳。」其深于情如此。元配楊夫人，年二十七卒，繼娶徐夫人，先後有淑德。妾廣陵馬氏、臨安丁氏皆具柔情惠性，婉孌相得。每茶翻墨污，證書史以爲歡，燭盡酒闌，抱衾裯而共息。家故饒於貲，太僕遺有甲秀園，無學更築涉園，都極花木竹石之勝。園東構妝樓，爲三婦凝妝之所。每歲艷陽，園花齊發，纈紅剪綵，爛熳成林，無學必率三婦徙倚花前，呼曰「長春屏」。又嘗携遊桃花下，自序云：「采漬緑醽，輔予顔以韶令；取和白雪，洗兒面以妍華。」聞者以爲天台勝槩，不過如此。嘗有閨中紀事詩三十絶，敘房闈之娱，述唱隨之樂，情文相生，最爲雋絶。其詩云：「上元花外月如冰，麗服新裁衆裏矜。着出中庭薰麝好，唤人湖上看迎燈。」一「逡巡鸚鵡各含情，細囑雙鬟淺淺傾。相約今宵眠放早，朝來好聽買花聲。」二「簾外雞鳴曙色荒，松梢殘月挂西方。相呼趁早觀蓮去，競起燈前拂鏡妝。」三「五月南方茉莉時，白紗單縠鬭來宜。欲驕合德香生體，競置床頭不令知。」四「試較殘棋繡幕前，低聲語笑賭犀錢。不知爭道楸枰畔，墮馬誰家落翠鈿。」五「紅羅拭手破橙香，宛轉郎邊佐酒嘗。杯到齊誇三婦艷，不知翻污鬱金裳。」六「銀漢疏星欲數遲，流螢低度海棠枝。輕羅小扇調鸚鵡，莫説人間有别離。」七「焚香西角拜姮娥，更待黄姑晚渡河。子夜針樓齊乞巧，天明分看較誰多。」八「瀼瀼白露濕窗紗，姊妹冰盤薦蜜瓜。玉指如霜調沆瀣，嫌人污殺鳳仙花。」九「鸞釵欲卸鏡屏開，報到郎歸復戴回。相戒不眠喧語笑，當房今夜是河魁。」十「分持葉子競相猜，擲出連輪四五回。妬極翻身思引避，移燈壁上看瓶梅。」十一「鵲鑪沉水爇雙煙，每夜藏鈎戲不眠。忽憶落梅除夕近，分燈爭貼玉花鈿。」十二「蘭釭熖滿較書遲，刺繡分光並坐隨。點撿瑶函微識字，近來教得誦宫詞。」十三「傲霜紅紫間妖嬈，高列銀燈照寂寥。侍女不知陽九月，爭傳花外看元宵。」十四「桃花歷亂滿湖飛，素面船頭盡改緋。恐混紅妝顔色好，一時奇换緑羅衣。」十五「閨中裝束慣爭妍，未許何人占獨先。携得玉工釵製巧，繞床爭索買書錢。」十六「日高墻杏睡醒餘，隔宿薰香尚未除。佩得宜男嬌似病，殘妝池上數紅魚。」十七「烹茶掃雪下階除，積作銀燈巧製殊。競置當風消不得，留君一夜撿藏書。」十八「吴姬捧藥越姬嘗，不似清齋老太常。撫臂燈前俱似玉，知誰細語問温涼。」十九「登高湖上小山斜，三婦行隨戴菊花。别有弓鞋艱進步，舟中自煮建溪茶。」二十「滿天風雪夜初歸，銀鑠祟花繞面飛。笑下東階捧嬌手，爲郎拂拭紫綃衣。」廿一「停披繡譜畫鴛鴦，每到昏時出候郎。玉手預烹新茗待，殷勤捧上讀書床。」廿二「笑比春花貌未降，徐家少婦繡當窗。蚤知嫁得多情婿，悔乞藍田玉一雙。」廿三「何處吹簫玉宇澄，青蛾半蹙對華燈。離家歲久猶能憶，舊事依依説廣陵。」廿四「髻挽孤山一段雲，紅顔浪倚婿能文。兒時記得西湖賦，宛轉燈前誦向君。」廿五「早憶玆辰姊妹生，麻姑織女賀雙成。捧來鳳嘴金鞋小，細細花前祝壽聲。」廿六「欲别先銷幾日魂，尊前一倍惜寒温。深閨未解閒愁苦，直到離心見淚痕。」廿七「園東撲蝶暫來遊，不上亭臺不上舟。獨向花叢貪鬭草，輸贏賭戴玉搔頭。」廿八「悲歡往事勿重陳，恐學傍徨擁髻人。但駐金光顔色好，年年行樂似青春。」廿九「親繡如來冰雪容，經聲梵唄繞爐峯。願求甘露長生後，更向蓮花淨土逢。」三十

無學中年攖疢疾，死去還魂，遂斷人道。儀舊侣以自憎，踐曲房而如客，病廢無聊之況，悉于翰墨發之。著《半鰥賦》，又著《轉情集》，悲花怨月，感往懷來，藉以銷骯髒之情，轉紛華之想，文采雋逸，有屈、宋之遺焉。三婦皆美而賢，無學雖遊心禪悦，伉儷依然。夜寒月好，秉燭過存；春和景明，持杯敘舊。非同牛女，會只清秋；猶勝姮娥，眠常獨夜。意以心中修戒，虚空即是吾鄉；天下有情，輪轉尚成眷屬。嘗自評云：「不減孟光偕隱，何殊弄玉俱仙。」蓋實録也。

無學名其葬妻之所曰「埋玉亭」。嘗有《悼亡四絶》云：「弄玉乘雲鳳不歸，登樓猶是惜人非。裁紅點翠

無消息，留得鴛鴦嫁日衣。」「生來秀質映蘭芳，井畔乘春看海棠。黄蝶不知人去後，銜花兩兩繞銀床。」「夢到床邊訴舊詞，春風喚醒倍新悲。爲言寒食梨花候，青草原頭酹一巵。」「閉閣沉沉織素聲，裁衣歲歲繫深情。凄然今夜看牛女，一半銀河月不明。」

《遊龜峯二絶》云：「風塵違傲骨，山水洽清襟。策杖從兹去，白雲春草深。」「欲借名山臥，雲峯不售錢。峯頭三十二，一一住經年。」

吴浤曰：「無學山居，嘗賦《鼂湖雜詩》七十首，情景俱堪入畫，而中多警句。如『茶經邀月校，詩句覔蕉題』句，『月送僧投寺，帆隨客到家』句，『院閉逢僧出，船空載鶴遊』句，『花村聞吠犬，月下吏催租』句，『漁家沽緑酒，妓館醉紅妝』句，『朱樓千樹月，畫舫一溪雲』句，『分火催朝饁，扶犁課早耕』句，『商量幾蕊吐，扶植數枝斜』句，『蘭亭人似玉，金谷妓如雲』句，『孤村寒食哭，幾樹亂烏啼』句，『葉落烹茶竈，燈明送酒船』句，『秋風桐井葉，夜雨石鐺茶』句，『小雨追樵客，疏煙點釣人』句，『逢僧殘樹裏，問渡落花中』句，『無風雲散錦，不雨葉飛花』句，『村春沙瀨碓，人語橘園燈』句，『閣窈雲留客，山寒月伴僧』句，『霜明孤嶼釣，雪照一牀書』句，『應門雙鶴瘦，然塔一燈孤』句，『乘舟招隱士，得句報高僧』句，『人懷新歲恨，梅發故年枝』句，『場父收烏桕，村姑擷白棉』句，清新綺麗，雜之唐音不辨也。」

同鄉鄭子器相國，無學之故人也。萬曆戊午，無學之金陵秋試，行至常山，聞子器出典試事，慨然曰：「吾不能爲李方叔矣。」遂命駕歸。其見幾明决如此。後以病廢，謝絶世紛，獨處甲秀園，不雕不琢，神情爽朗。西蜀衛中丞、顧直指嘗造廬訪之，各顔其居，衛曰「清真遠操」，顧曰「名賢之廬」。句容笪繼良令鉛，以牘上兩臺，請薦于朝，略云：「絶口不談世事，許身肯下古人。窮則枯槁林泉，達則激昂天壤。造膝接談，莫窺其際；迎機應變，忽若有神。昔陳蕃入境，首辟慈明；孔伋對君，極言苟變。誠得霜簡綴名，褐衣召見，寄以清修之望，委之籌策之權，必能垂光虹蜺，紹曾史之逸響；振翼雲漢，與管樂而同流。」識者謂差得無學之高致焉。時天啓之季，流寇已訌，無學究心當世之務，故筸以爲言，既不果用，天下惜之。

鄭相國嘗答無學書云：「六結最重，莫甚男根，今去一結，絶此一源，用師百倍。既畢生子之事，便可閉關于足下，已爲蘆中空相。」又云：「本朝楊邃庵、袁元峯二相俱天閹，亦足與學卿作大耳兒、紫髯翁，鼎而爲三矣。」因以一偈遺之，偈云：「男根本交媾，生時不覺有。中有萬鬼居，如彼猛火聚。淫欲熾然興，今忽成烏有。請問根有無，何缺亦何完。辟如鬚後生，未生原不闕。根先今忽無，既無何滅完。觸根毒最甚，失一五可盡。男根腐盡時，腐處同木石。根腐不腐識，學卿識如故。人身亦如是，識不隨身往。不往者苟存，剪爪斷髮等。淫性自然歇，賀君得旋性。」

丘兆麟

《九日登青雲峯》云：「載酒望清秋，高臺足並遊。亂鴉投遠樹，孤鶴下平洲。菊色寒仍豔，蘭香冷更幽。一江縈若帶，三市小如甌。靈谷元相對，瑶湖碧欲收。看花頻把盞，作賦漫登樓。杜曲人猶健，龍山宴未休。不知誰帽落，朋輩盡風流。」

《洞石》云：「莫嗔峭壁判西東，一竅其間有路通。入去身如離世界，窺來天乃在山中。興狂酒政無賓主，景幻行蹤有異同。從此莫教猿鶴怨，桃花流水已春風。」

字毛伯，臨川人，萬曆進士。以詩文名世，官山西巡撫。著有《玉書庭集》，陳大士先生序之。

熊明遇

號壇石，進賢人。萬曆進士，官兵部尚書。會城西北十里有楊子洲，爲水口第一關。先是張新建構江天閣其上，崇禎丙子，明遇又言于都御史解公學龍，即閣傍築浮圖鎮之，題曰「龍華寶塔」。明遇撰記，並有詩云：「龍沙盤曲北城阿，復有長洲夾大河。天送水雲歸碧島，地迴山嶽列青螺。金蓮座上人王塔，銀漢槎邊織女梭。莫是龍門撑砥柱，誕敷文教古來多。」又「高城一片古洪州，貢水滔滔向北流。漁笛乍吹紅樹遠，鴈聲遥度白雲秋。人煙萬井聞雞犬，劍氣三更射斗牛。爲報百川朝此地，請看江際起岑樓。」次年丁丑，吉水劉同升遂魁天下，或以爲水口文峯之應，然亦事之適然，未可深信也。

公又有《純陽觀迴文》云：「丘林傍近巷門東，院砌幽深草樹叢。流水菊香丹井淺，古壇松老鶴巢空。優遊獨往携長劍，笑傲隨時御冷風。浮白大呼樓上酒，秋槎一駕海天中。」

符尚仁

西山雙嶺崇勝院爲晉刺史胡尚捨宅，延僧曇顯居者，《水經註》稱顯建精舍山南即此。劉宋謝靈運有繙經臺，然廢久矣。邑人符尚仁詩云：「欲問前朝寺，茫然遍野棠。鼓鐘聲寂寂，松柏晚蒼蒼。山暝寒煙外，碑眠古道傍。徘徊一瞻眺，塵世轉堪傷。」尚仁不知何許人，《縣志·選舉表》載入明「征辟」内，豈即崇禎十三年事耶？「寺觀」下載此一詩，再「山川」「羅漢嶺」下載尚仁《登嶺避兵》一首，云：「塵世那堪久亂離，携家春暮陟崔巍。雲連海岱千山雨，風撼雲松萬壑雷。布穀鳴時農事綏，杜鵑啼處客心摧。干戈滿地蒼生苦，誰是當年衛霍才。」味此語氣，確乎其爲明季人也。二詩格不甚高，但以其同里老生，困頓文場，又遭末造，逢此百罹，不欲其湮没而不傳也，故記之。

洪維幹

字楨南，彭澤人。萬曆鄉舉，官桐梓令。奢賊破城，具衣冠北拜，賦忠字詩九首，有「呼籲知難通帝座，魂飛萬里只孤忠」之句，不屈而死，事聞，贈璽卿。

鄧文明

新建人，萬曆鄉舉。工書法，詩賦古文並臻奇妙。官連州守，以清節著。在連獲佳石，徙倚其下屢日，失謁直指，罷歸。乃并日而食，僅一夾布衣，苦寒輒與夫人更衣之。檐冰垂垂，夫人不能下榻，公亦竟不出户也。著有《雅餘集》《咸賓録》，時以比楊用修云。

王士昌

新建人，萬曆進士，官福建巡撫。有《江天閣》詩云：「出郭招邀散客愁，東山得共謝公遊。窗間五嶺排雲峙，杯底雙江抱月流。地隔龍沙圍作障，天空蜃氣結爲樓。乘閒每挾飛仙侶，清淺何須問十洲。」閣爲張文端建，嘗登眺其上，此疑亦陪文端遊作也。

雷暎

豐城人，巡撫賀子也，登萬曆鄉舉。嘗集龍光寺，分賦云：「南州秋色滿蒹葭，嘯侶攜尊共泛槎。遠樹帶蒼迷鶴嶺，澄江抱練映龍沙。談成絶倒同浮白，悟入真空盡雨花。歸路不須愁秉燭，斜陽猶自絢晴霞。」

喻應夔

字宣仲，新建人，憲副均子也。由明經官興山知縣。工詩，與鉛山費無學善，有集選入《詩慰》。宣仲嘗秋夜對客，置一銀盤露中，稍施秘術，頃刻致露水數斛，烹茶釀酒。張相國以百金購其方，固不與，無學曰：「得非方諸耶？」宣仲笑而不答。

王演疇

字孟箕，彭澤人。萬曆進士，官桂林太守。博雅好學，書法尤工，慕其筆者不減二王。所著詩有《醉陶》《和陶》諸集，海内言風雅者，首屈一指云。

龍士通

字允升，萬載人。嘉靖鄉貢，知長汀縣。日供惟腐菜，家僕三人，見其清苦，逸去者二。自署一聯云：「一力自隨官舍足，獨衾無愧夢魂清。」

方應瀚

字養沖，上饒人。萬曆鄉貢，知隰、濮二州。有清節，晚謝政歸。嘗作詩云：「三月無鹽常食澹，一家露肘屢啼寒。庭前一望清如洗，剩有南窗竹數竿。」蓋紀實也。

宋九儀

字夔卿，萬載人。嘉隆間由選貢官建寧令，捐俸積穀，民呼「宋公倉」。邑建生祠，九儀取木主歸，曰：「吾不務虚名也。」事親孝，力請終養。林居三十餘年，肆意吟諷，嘗和淵明六詠以見志。有《淨安寺》詩云：「淨域臨江滸，僧堂瞰石門。鳥雲隨去住，鐘鼓自朝昏。天棘閒蔬圃，空階剩路痕。猶懷佐閣草，燈火夜中渾。」

梁維新

號鍾石，高安人。崇禎庚午舉于鄉，授遂寧令，不就，隱居銅湖。易簀前一日，賦詩云：「底事牽愁到鬢邊，女媧難補杞人天。孔書不是終南徑，生死關頭已了然。」

劉同升

《入百花溪望玉笥山》云：「朝看入雲峯，暮看上玉笥。朝暮白雲裹，無復人間事。行行若無蹊，時與飛鳥值。沿澗欲尋源，偶爾山樵至。指點削壁間，仙臺藏勝地。懸猿上攀蘿，履屐聊可置。山半天雞鳴，鐘聲聞午寺。不知下界遥，寂歷聽寒吹。巉絶得幽敞，劃然茲境異。亂峯如浪涌，撲面起蒼翠。山茶盡日開，紅果林間墜。時時聞勝賞，往往逢奇致。相招拾瓊草，煨芋供晚食。與子謝塵網，春服裁薜荔。明朝憶舊溪，已覺跡如寄。莫令遊興慳，但羨幽人遂。」

《品泉亭詩》自記云：「金牛寺石岸之下有清泉焉，余與季房良晨月夕酌而賦之。季房謂余：宜亭，顔曰『品泉』。嗟乎，少壯幾何時，邈矣山河，真不勝酒壚之感。季房自余第後，如身得之，决計終隱，其詩其書其人以並此泉，余言無愧。南州湖亭以孺子名，廬陵泉亭以季房名，皆郡志所不可少者也。遂爲賦曰：仕宦既懶遂南轅，三夏一室不出門。炎天草木皆焦卷，摩挲兩几忘朝昏。七里清泉日新汲，恒恐多汲竭其原。處暑已過至城市，金牛寺下宿雲屯。况逢三五明月滿，絺衣夜坐風塵浣。雨後天玉秀可餐，旋汲凉泉食一盌。塵談竟夕風露清，石瀨滑滑歸興緩。啜茗忽憶少年時，秉燭爲歡愁復晚。當年艤舟聽泉聲，隱几清夜嘗泠泠。不覺百愁爲之斷，猶如水觀忘世情。客來笑我煙霞癖，七盌苦厄太瘦生。素心晨夕兩不厭，禪榻一燈話天明。十年流寓金陵久，惆悵此泉非我有。豈是清福天所惜，安得勝地長厮守。何况薜荔易簪纓，無復幽耽及五柳。憶余優游金馬門，一麾五年空二酉。初春且欲料裝遊，流騎縱横心百憂。長抛泉石何所戀，時艱敢復爲身謀。解嚴已屬班師日，還山因之營菟裘。人生出處信非偶，重來又是舊金牛。吾鄉仕宦殊不少，五嶽難期世累了。南州孺子一空亭，歲歲年年傲花鳥。金牛之勝以泉名，我酌此泉慙小草。品泉分付與幽人，其意可爲知者道。」按，先生後殉難於鄉，此詩作于數年之前，慕泉石而如飴，念亂離而不忍，隱然有憂時致身之想，蓋其忠義之氣得于天者，早定也。

字孝則，吉水人，崇禎丁丑狀元。

李奇

字平叔，新建人，尚書遷曾孫也。生時，父夢長吉降其家。既長，博學工文，爲諸生，名噪海内，逾壯而殁，士林惜之。太倉張采有《南州四友傳》，奇其一云。《夕佳樓晚眺》詩曰：「平楚蒼蒼歸鴈驚，葳蕤芳草傍寒生。天隨野色低春岸，雨帶江帆隱暮城。石壁遥將孤影落，遠山微透數峯明。卻開蘿逕遲霜月，渺望煙波祇一泓。」

韓范

字一范，臨川人。崇禎鄉舉，高節不仕，隱英巨山麓。有《咏石橋竹》云：「石橋凌野澗，竹影亂飛湍。葉密青千箇，枝横緑萬竿。拂襟消溽暑，漱玉洒餘寒。無限瀟湘意，猶遲夜雨看。」

湯開先

字季雲，臨川季子也。喜爲詩，少慕徐文長，後嗜鍾、譚。嘗因作《十燈》題，舉友夏「照殘身益幻，看定安難生」之句，以爲妙絶。季雲溺于詩，前後五百餘首，自謂五言尤工。喪亂後，稿皆散失，所存《壬午草》四十五首，南昌李太虚藏笥中以授陳伯璣允衡，更删一首，爲《潭庵集》，編入《詩慰》，傅平叔序而傳之，稱其《哀國篇》雄深慷慨，似法少陵。惜亡其稿，而又以乙酉後流離隱約，變徵之聲皆不復可得爲惜云。季雲有齋曰「卿庲」，一株池上柳，爲若士先生手植，月夕風朝，輒與名流婆娑其下。工古文，才思敏贍，姿致秀潤，有《憎蟬》《春霖》《朱魚》三賦傳誦于時。

《百花塔》詩云：「塔在百花中，花紅塔亦紅。欄杆鶯報午，鈴鐸鳥呼風。燄合將燒佛，飛香欲滿空。至今洲上草，金碧映芳叢。」

高生樊姬以誕月病亡，作八絶悼之，其一云：「念君出腹子呱呱，添綴人心目瞑無。寄語新人須看取，妾曾看取舊人孤。」五云：「歡情如雪易消沉，別恨將隨春草深。到處春風君不入，空床夜夜抱冬心。」七云：「花憶去年紅的的，雨看今日冷霏霏。桃花不是君家婦，結子來時自要飛。」

「是日湖新霽，如人醉乍醒」句，「動情波淺緑，入眼柳遲青」句，「欣傳穀是旦，未改草爲堂」句，「煙花無限色，菜麥一城饑」句，「莫將鄉里路，看作客程過」句。

楊廷麟

字伯祥，清江人，崇禎進士。與倪鴻寶、黄石齋並以文章名天下，稱爲「三翰林」。懷宗嘗大書唐人句「當軒半落天河水，遶徑全低明月枝」十四字賜焉。國變，枯槁行吟，形神俱瘁。每與故人尺一，自署「兼山」，蓋以兼文、謝二公自况也。後同萬南昌元吉、郭司馬維經、萬給諫發祥、符進士遡中、弟廷鴻俱殉義于章貢。嘗遊新建西山，有《香城夜坐》四律云：「丹壑何年閉石關，依然猿鶴老人間。遊雲不了藤蘿靜，野客無心虎豹閒。今日尋花聞舊約，幾時流水信春還。臥遊不忍空歸去，明月在天雪在山。」「芒屩竹筥識蒼苔，珍重支公面壁來。龍幹荒茫逢草怒，梅花隱約待君開。生依薇蕨山無夢，老歷風霜鴈有才。可信愚泉終似我，不須寒雨自徘徊。」「十年江上半漁臣，爲爾流連暫卜鄰。已向洪崖封禹穴，空勞洞口問秦人。冰城久信窮魚隱，風影何關竹葉身。

煨栗無言緣底事，莫將熊虎歎沉淪。」「山外人家竹滿陂，尋常鬬石鳥何知。關河極目黃虞後，風雨傷心江漢時。火冷中田春寂寂，霧迷枯井草離離。誰移處士當年宅，乞作榧林第一枝。」

吴甘來

字和受，新昌人。崇禎進士，爲兵科給事中。甲申，逆闖犯闕，義不屈，具冠帶，從容自經。先一日賦《絶命詞》云：「君臣義命乾坤晚，狐鼠干戈風雨秋。」

距會城六十里，沿流而下爲樵舍驛，一山屹立，曰卓山，上有萬竹亭。公舟過憇焉，題詩云：「一色林青澹白描，扁舟遠浦路迢迢。水光浩渺連天碧，山氣嶙峋帶雨瀟。疏柳鎖煙秋益老，山花含翠晚彌嬌。偶然傍此依心素，欲訪仙家學採樵。」

涂伯昌

字子期，新城人。崇禎庚午舉于鄉，主考鄭道圭批卷云：「得子最晚，賞子最深，是必居深山遇異人讀異書者。」後以御史募兵寧都，城陷自縊，大書壁曰：「一生苦志，一刻流水。讀聖賢書，但知守經死，不知達權生也。」伯昌幼穎敏，長歷吴越，從武林黄汝亨遊。又讀書郭子章家，皆得其指授。家酷貧，婦陳臘盡，猶衣苧布，一室怡然。笑謂曰：「他日富貴，毋忘也。」俄，汝亨來視學，伯昌適讀《禮》，試畢，邀與相見，謝不往。或曰：「向者求師不違千里，今隔一闔，何恝然也？」答曰：「向者千里見師，非見督學也。」卒不往，其操履峻潔如此。刻意爲詩，曰《涂子一杯水》，雲間陳繼儒序之，陳允衡選入《詩慰》。

黃端伯

字元公，號海岸，新城人。崇禎進士，司理寧波、杭州二郡，有廉聲，民稱黃佛子。遷南儀曹。金陵既下，百官報名，獨高臥不起。或勸其託方外以歸，不可，曰：「臨難毋苟免，聖訓也。可藉口釋氏偷息人間耶！」繫江寧獄，司獄者重其名，力爲周旋，終成其志。九月十三日就刑南門外，向日叩首，作絶命詞云：「覿面絶商量，露此金剛王。問我安身處，刀山是道場。」脱衣引頸，全無怖畏。語家人曰：「吾眼前有寶光萬丈。」行刑者訝其頸堅，公曰：「我心自堅耳。」刃之無血。後葬于縣北忠孝橋側，方以智銘之，稱「奇男子」。

熊斯男

字力民，新建人，少宰文舉其從子也。明末歲貢，有《王餘草》，讀之法脉平實，微乏姿致。即自序亦云：「予之不深宮羽也，亦本性資之平純卑弱也，稍峻激之，即窘邊幅。然半生研水，強在舁航，偶觸唾壺，緣情而止，非所謂詅痴符也乎哉！」以上俱自序語。平居泣玉之感，屢形篇什。晚抱西河慘罰，一子文枬，才而殤，遂不更育，衋然傷焉。爲《聲餘》二帙，一哀莪蓼，一痛蒸嘗，有泣無聲，殆不忍讀。其傳誌亡兒有曰：「昌黎云：『人欲久不死而觀居此世者，何也？』余謂：人有所挾以生，不一酬以死而流浪此世者，抑又何也？」又曰：「有才無命，有妻無子，有父母無兄弟，有生理無死法，更不知皇矣者何一處予父子也。」嗚呼怨矣！僕哀其窮，故亟傳之。

《潭州》云：「無端風雨蹴飛花，客裏春過不見家。人入異鄉迷大澤，馬諳熟路到長沙。奚囊舊事氈仍在，折券何人酒漫賒。日暮江湍疑去住，空懷屈賈向天涯。」

《梅子嶺》云：「有嶺名梅子，無時入蔗根。鄉心酸不盡，策馬傍黄昏。」此首如食諫果，耐人回味，一種清傑之氣，集中所少。

《種海棠》四之一云：「茆檐睡起弄新晴，蜀國仙姝小弟兄。聘與梅花堪結子，少陵聞是此君生。」如此使事，卻能化腐爲新。

《遺妾代妾答》八之一云：「籠燈背壁炷爐煙，細啅心經獨起眠。夜雨不教含豆蔻，秋風只解妬嬋娟。」

《聲餘草》摘句云：酒杯留口澤，燭影伴啼痕。《除夕》小犢可能依乳母，雕蟲無奈困癡兒。《清明》祇有新愁添一線，陽和那到北堂萱。《旅中長至》啼鳥向我應頭白，怨鳥驚時叫血紅。《讀書遇雨》細從苦海翻瀾筭，畢竟餘生何處休。《中秋》金花勝裏人成隊，玉笋班中汝下羣。《元朔》

李　㒟

字雲將，豐城人，萬曆進士，以詩名。茂先過素園，理雲將遺集，悽然有作云：「千遍題詩百舉觴，昔時風雨共閒房。藤陰尚覆攤書屋，樹影空摇看竹床。憶數春花紅在樹，或眠秋簟碧爲廊。相如狼藉多遺草，寂寞文園泣武皇。」

李元鼎

吉水縣龍濟寺踞東山第一峯，後唐修禪師把茅手闢，宋、明以來，宗風甚盛。崇禎之季，梵宇傾圮。邑人李少司馬元鼎倡募修復，延僧住持，作詩云：「一肩交與頭陀去，莫負南唐舊祖庭。」《聞鳩》云：「剩有煙花好，言尋草樹無。鴈歸春事劇，鳩喚客情孤。海國饒魚婢，山居想木奴。扁舟何日去，閒眺獨躊躇。」《渡口驛泊和内韻》云：「牛羊來日夕，燈火出柴門。戍遠船依寺，更深月到村。危橋新雨斷，高樹老雲吞。古驛何年廢，猶聞野渡喧。」《春歸》云：「載酒遊曾幾出郊，深衙何異掩衡茆。桐孫引露抽新葉，燕子啣泥補舊巢。客邸煙光容易老，故園松竹等閒抛。多愁欲遣隨春去，春去愁仍未肯交。」《人日》云：「屋角晴生鳥乍鳴，又逢人日客懷清。登高夢欲尋廬嶽，古人皆以人日登高。剪勝風傳自楚荆。喜趂盤辛還對酒，閒挑菜甲且炊羹。良朋漸有探春約，疏影斜煙已亂横。」《偶閲中州集，見有春愁曲，情詞奥遠，因走筆和韻作秋雨吟》云：「寒玉叫雲蟬葉冷，潢流澹蕩愁修綆。細雨沉沉吹絡絲，殘荷珠照芙蓉影。寶鴨香生露華重，曉記瀟湘夜來夢。閒拈桂枝插膽瓶，砧聲亂譜桐花鳳。鴈來燕去各飄飀，不管行人道路長。深燈剔盡刀尺急，碧天如水浸銀塘。」

戴九元

字大圓，新昌人。萬曆進士，官工部郎，有《工部稿》。如「蟬聲驛路雨，馬首衛河煙」「更深雙鬢白，吟斷一燈青」「客好殊難有，官閒豈異無」「約客嘗蝦菜，聽人唱竹枝」「同輩已登三品貴，與君將别十年人」「對酒園林驚雨過，譚兵几席覺風生」「莫譚舊事誰知己，試出新詩獨起予」，亦雋句也。子國士，字初士，崇禎舉人，亦知名。

《章甫弟二月嫁女聊遣薄助并示以詩》：「爲憐祇一女，遣去得無悲。竹笥吾家物，桃夭之子時。佳哉咏雪語，敬爾結褵詞。宦薄無多贈，聊當賣犬資。」

《潘朗士携尊北郭湖亭分高字》云：「客以年光行水際，湖將春色到亭皋。呼鷗與爾爲閒伴，繫馬同君是散曹。鴈過柳芽黄約略，鐘微波静緑周遭。小船簫鼓何當歇，雲裏初弦月已高。」

《元日》云：「一官闕下已三年，郎署浮沉只自憐。飽羡侏儒徒索米，醉騎款段也朝天。别來剩有歸山夢，不去貪無僦舍錢。移得梅花寒未吐，知他何處占春偏。」

《送張懋葵備兵池陽》云：「帝鄉遥帶大江濆，開府西南控制分。官舫去來三峽雨，牙旗披拂九華雲。楓林踏社聞歌鼓，荻港防秋撤戍軍。閒向昭明臺上望，一潭煙水日初曛。」

汪應婁

字漢章，南昌人，萬曆鄉舉。好爲詩，遊草甚富。《聽泉》云：「洪崖何處去，匹練不停飛。滴滴懸青靄，絲絲濕翠微。雪消銀漢落，雲引玉龍歸。漱石徘徊久，寒流上客衣。」《潯陽驛望廬山有懷靖節遠師》云：「琵琶洲畔客，遥望總淒其。鄉近長風送，廬高落照欹。酒家尋栗里，詩社問蓮池。難得停舟楫，鐘聲杳靄時。」

康范生

《鴿湖山》云：「雨過林扉宿寒收，紫簫吹月上峯頭。露翻鶴夢梧枝冷，雲護龍居草室幽。地僻百年渾太古，松深六月到新秋。神仙此日身閒是，漫指胡黄作勝遊。」

字小范，安福人，崇禎己卯舉于鄉，有文名。

馬猶龍

字季房，廬陵人。啓禎名士，工詩，有《洛如館集》，宣城施愚山潤章捐俸鋟板。毘陵楊太史大鯤詩云：「廬陵詩人馬季房，花片遊絲落腕長。」又云：「君看洛館存遺草，待得湖西使者傳。」愚山時爲湖西憲副故也。《題九仙臺》云：「高臺入層霄，凝露非一狀。嵌空石鏡明，金碧互滉瀁。窮幽得絶境，劃開天宇曠。一峯碧雲深，千崖如湧浪。氛霧襍吞吐，參差鬱相向。蕭條落日外，河流明遠嶂。祠殿日荒凉，崚嶒時策杖。仙人去不返，明月空臺上。」

季房嘗在蕭伯玉家，值天欲釀雪，圍爐聽松風，因咏姚少師「雲封蘿屋常疑雨，泉響松巖半是風」之句，歎其警策。又云：「元人詩大有妙境，如滕王閣『秋水魚龍非故物，春風蛺蝶是何王』，又『當年傑閣棲龍子，此日空梁落燕泥』，今人千回百轉，總不出子安一記耳。」「秋水」聯爲虞邵庵詩，《通志·藝文》作「歲久魚龍，春深蛺蝶」，誤。

蕭士瑋

字伯玉，泰和人。萬曆進士，官考功郎。著有《春浮園集》。

伯玉《蕭齋日紀》云：「余作詩最少，稿復散在諸帙中，茲稍葺而録之。馬季房語余：近人之詩，蕪音最多，切響甚少，何也？余謂：律細格老，與年俱進，皮毛脱略，乃見真實。邊人畜良馬，初不令其跳躑，每夜必緊其銜勒，不容親水草。旬餘浮臕盡消，筋力怒張，日馳數百里不倦，饑渴不能困。作詩而多蕪音累氣，皆由浮臕未盡也。」

伯玉與陳大士論文貴動，或舉社中一重望先達當之，笑曰：「此如數十里黃茆，風來一捲，足可當動乎？」大士亦笑。

文德翼

字用昭，德化人。崇禎進士，官嘉興司李，以憂歸。屢徵不用，徜徉于五老、二林之間者三十餘年。工詩文，有《雅似堂》《求是堂集》。

陶白祠在九江郡城甘棠湖上，萬曆間葛副使寅亮建，後燬于兵。康熙十一年，江殷道守郡，即舊址重構焉。東軒祠陶、白二公，中奉準提佛，額曰「詠真一笏」，右闢自怡軒，濬池植柳，蓺畝栽蓮，徵詩以紀其事。用昭爲賦歌行云：「城外晴湖水一曲，春波漾漾鴨頭緑。長堤岑寂少人行，兩兩三三鳬鷺浴。夕陽緩步欲誰歸，陶白祠邊柳依依。彭澤辭來松尚在，忠州命下丹已飛。詠真一笏誰所憐，太守頻過祇足眠。世上不知五馬貴，湖中但覺二公賢。一樽郤向匡山笑，影涵千丈何孤峭。賓朋勿散且徘徊，藉草投竿漫學釣。」

舒忠讜

字魯直，進賢人，文節公孫也，崇禎庚午鄉舉第二。有詩名，選入《詩慰》。其《寫韻軒歌行》云：「蓬萊婉姈有真訣，傳女千年男不屑。虎齒碧字密香傳，上元夫人夜深説。吴家女愛六銖衣，細抄金沟悟天機。瓊思瑶想秘不得，猶向人家賣字歸。纖腰素肘豈凡黛，堪鬭少年姑狡獪。騎虎雲飄五暈裙，月姊星妃傳十賚。蔣侯三妹夢清溪，未有新詞寫緑綈。區區韋翁紅藕枕，何足爲郎重品題。」

陳弘緒

字士業，新建人，尚書清襄公道亨子也。崇禎末，辟剌晉州，以抗直罷歸。少好學，有聲場屋，四方名流皆下之。家故富書，日夕披覽，見聞益博。爲古文師廬陵、南豐，詩類昌黎。甲申後，屏居江上，輯《宋遺民録》，賦《江城懷古》諸什。南州言耆舊者，首推焉。著有《石莊集》《恒山存稿》《寒崖集》《鴻桷編》《峿齋詩》《荷鋤雜志》《寒夜録》《讀書跋》數十種。

《遊洪崖詩》云：「玉龍蜿蟺劈蒼石，漱雨摇風幾千尺。清泠盪滌自古塵，轟飛忽見崩崖折。搗藥臼存仙已去，雪精藤笠知何處。幽草幽叢閲代深，白雲落落堆寒絮。峭壁古篆點畫疑，一字兩字捫且推。讀之不了跼蹐立，刮削老苔留新詩。赤日墮山暝煙重，吼泉勢撼孤亭動。筇杖遥指翠微燈，虫聲滿徑催清夢。」

《東湖》云：「孺子祠前水，斜過吏隱亭。昔垂高士釣，今照酒人星。燈滿盂蘭社，魚依橋甕萍。幾番看競渡，虹影掛香軿。」

士業嘗輯海内知交詩，權量删定合五十餘人，名曰《神聽集》。與萬茂先比閭，商榷褒賞，抨擊不少恕。余小星茗園又與其見山樓咫尺，每剪燭閒步，輒取而高下甲乙之。喪亂以來，篇什擲散，士業痛念不置，謂諸君子生平拓落，或賴是選，長留天壤，騰光怪于異代，而又不幸如是，則此拓落不偶之中而重傷夫不偶也。蓋所感良不淺云。

郡治西南大魚巷，宋時酒庫。紹興間，有一人幅巾野服，横壁而卧，衆既聚觀，徐起以袖障面驅出，遂失所在。或以爲希彝先生也，因肖像建樓祀之，額曰「睡仙樓」。士業詩云：「太乙光陰别有天，鼾鼾鬧市卧神仙。華胥秘譜人誰續，酒庫遺基世不傳。避地止宜千覺夢，容身難買半間廛。浪萍踪跡芻蕘笑，謾説長空任鳥旋。」士業有弟士言，以任子官刑部主事，性嗜酒。一日，招同僚飲，灑掃治具，至夕不來，走訊則已赴某給諫席矣。士言馳書速之曰：「某雖力不同科，望公亦猶行古之道。」聞者擊節，服其善謔，比于劉四罵人也。然卒以是忤某，中考功法罷歸，後病酒死。士業志其墓，稱其晚好詩，著《盱江雜咏》，有「竹密鶯啼細，樓空燕語私」之句，爲時所傳誦。

劉季鑛

字安世，殿撰同升第四子也。壬午貢成均，詩文千言立就。性孝友，殿撰卒于虔水，漿不入口，哭踊幾絶。後間關閩、粤而死，世哀其窮。著有《皆園集》。

陶應龍

字相如，新建人，明季老諸生也。喜爲詩，瀟灑逸宕，論者謂謝元暉「澄江静練」、孟襄陽「微雲河漢」彷彿近之。晚客鍾陵傅相國冠所。南歸，病劇，中途卒，旅櫬流離，悲哉！嘗以生平蹭蹬場屋和新嘉驛壁間女子詩三十絶，自傷淪落，讀者多爲泣下云。

湯來賀

惕庵先生理學大儒，生平提「躬行」二字教人，發明程朱遺旨，詞章之學非其所好，故《内省齋集》中無詩，其文字非關世教民彝者亦不輕作也。然當先生講學鹿洞，余以丁卯初夏薄遊晉謁，深夜請益經學，經術之外偶及于詩，先生輒爲裒别晉、魏以來凡六朝、三唐、兩宋及元明諸詩人源流法度，較若列眉。因授未刻詩一帙，皆昔年念亂救荒、憂時憫俗之作。固知先生素精于詩，特不欲以詩見耳。昌黎有言「餘事作詩人」，信矣。臨别，先生贈詩一章，云：「前日來鹿洞，今日歸南浦。之子抱宏才，雕龍與繡虎。尋勝遍風泉，筆歌而墨舞。繁花夾道旁，何如松柏古。子歸應勉旃，竹齋重接武。」時先生年八十有一，此詩手書箋頭，楷法遒勁。想見司馬温公修《資治通鑒》，藁凡若干萬言，無一草筆氣象，先正臨文端慤如是。昔歐陽公得澄心堂紙，屬石曼卿書《籌筆驛》詩，寶愛之，珍藏于家，號爲三絶。况先生詩更不多作，重以真跡，非余家之所宜世寶者哉。先是，先生司李邗江，南昌萬太僕元吉過之，心折先生之爲人，執手贈詩，有「今日再見劉忠宣，鬚眉如戟氣如虹」之句。後先生分憲粤東，過大庾嶺，題壁云：「誓告山靈去，不持一硯回。萬一違素志，歸時此遇災。」此與趙清憲詩「馬尋舊路如歸去，龜放長淮不再來」之意何異？其廉德如此，皆明季事也。先生南豐人，崇禎進士。子永誠，字若人；永寬，字碩人，皆能詩，與余善。趙清憲以清德服一世，平生畜雷氏琴與鶴與白龜各一，所向與俱。始帥成都，單馬就道，以琴、鶴、龜自隨，蜀人安其政治。元豐間，罷政守越，自越再移蜀時，將老矣。過泗州渡淮，前已放鶴，至是復投龜淮中。既入見帝，問：「聞卿前已匹馬入蜀，所携獨琴、鶴，廉者固如是乎？」公頓首謝，故其詩云云，自紀實也。見《石林詩話》。

徐世溥

字巨源，新建人，少司空良彥季子也。早絶慧，熊司馬明遇奇之，以長女字焉。八九歲，身短而悍，雙眸光四射，便能談書史舊事，課時藝，語必驚人。司空方官閩參，緘寄熊曰：「阿溥殊有食牛氣，然輕弓短箭，自是門風，不能如丈人行博大也。」時艾東鄉以操觚名天下，方許慎可獨才，巨源與爲昆弟。常熟錢謙益、長洲姚希孟皆司空鄉闈分校士，每見巨源詩文，極相仰重，于是四方名士競以斗杓歸焉。才本雄健，少而知名，無所摧抑，伸紙奮迅，一往自遂，兼工書法，性沖雅善下，益爲人所向慕，求詩字古文者，屨滿户外。崇禎末，應徵北上，慷慨論時事，忤烏程意，遂拂袖歸，自是匿影窮山。後溧陽秉政，欲修故事，屬直指使者親持禮幣詣山中達意。或勸駕，則蹙額曰：「吾乃老嫠婦也，歷盡孤燈夜雨，倏抹粉登車，無論爲道傍觀者所唾，即清夜自思，何地可入耶？」堅謝不起，以一詩見意。順治戊戌，爲盜所殺。子元晟、元景先卒，遺文散落，惟陳伯璣所評《榆溪集》行于世。越三十年，中丞商丘宋公撫江西，搜遺詩序刻之，爲《榆溪詩鈔》二卷。更訪得其孫于別邑，爲之娶而恤其家。

榆溪詩意必刻畫，句必鍛鍊，而出之渾然天成，絶無痕跡，大類宋之劍南。商丘公，今詩人中之昌黎、廬陵也，評巨源詩勝于其鄉侯朝宗，知言哉！先是，巨源慘死，内兄熊伯甘即序刻其詩文，已云所存不過十之三四，至七古法初唐者尤佳，竟不復可得。蓋兵燹以來，江右名士遺文散佚不知凡幾，如巨源其一也。巨源嘗云：「萬曆五十年無詩，濫于王李，佻于袁徐，纖于鍾譚，此其無足大置數者。」其持論精確如此。《至妾父楊翁宅》二絶云：「弱息離親已换朝，亂餘長是夢啼嬌。多年不到門前路，只記雙楓夾板橋。」「刺促墻東語不休，鄰家油髻滿牆頭。多應浪擬夫君偉，那識蕭然鬢也秋。」「美人别路經春草，遊子歸心滿夕陽」句，「犬與村童俱帶柳，鳥如遊女亦窺花」句。巨源與茂先爲金石友，每一詩文就，必立馳質，二十年無間也。茂先嘗語巨源曰：「吾他日刻集，當署子名，曰『某共著』；子刻集亦當署我名，曰『某同譔』。」其相與如此。

蘇　桓

徐徵君世溥爲傳略曰：「新建人，初名紹軾，字將伯，少從父客都。應順天儒童試，學院左公光斗拔第一。後工部萬公璟疏劾逆璫，矯旨杖殺，將盡捕江西之在京者，遂亡歸。然莫有知者，將伯亦目無國人，惟萬茂先奇之，引與諸公談，一無所服。後見喻仲延暨余，乃作《豫章三君詠》。一日忽自責曰：『我何人？得紹眉山，真不知量。』即改名桓，而字武子。字武子之時，詩駸駸益遒古矣。嘗言：『古文不足爲，丈夫當作史，成一代書耳。』累朝記注，以門户爲是非，不足據。』大司馬吕公維祺館之，盡所藏書，縱其繙閲，成兩本紀。疾作，歸卒，年纔三十。其弟往金陵搜求遺稿，則吉州曾裕、吴郡顧游、桐城方文，已序刻其遺文。死二十年，人購不絶。烏程張嘉函書江右，求武子後人，乃武子貧，初未嘗娶也。悲夫！」

熊文舉

字公遠，新建人，崇禎進士，歷官吏部侍郎。爲人稍不滿于鄉評，然其詩鬱陶繡發，頗類晚唐温飛卿、金人趙閑閑、元裕之諸家，不以人廢言可也。文舉嘗典試陝西，榜下，以不得宿儒劉客生爲愧，促駕造謝，仍作詩一律贈之云：「蒼茫古道問三秦，指點咸陽草樹春。頓網漫言羅國士，承筐先已失嘉賓。可容秋水尋中沚，常笑冬烘起後塵。自是文章元覽在，風期寧獨榜花親。」相與感嘆，訂交而别，此崇禎己卯科事也。愚嘗謂此舉可傳，可補入《世説》遺才類一則。

小伶盧文鳳演唱《梅花樓》五年，更六主人矣，公遠感賦云：「轅門開宴管絃新，怪汝重更六主人。舊曲頓忘如落絮，殘生相見似浮塵。繁華可嘆真春夢，蕭索難禁轉畫輪。誰是岐王併崔九，杜陵贏得淚沾巾。」又有王伶子合者，吴門人，公遠初在南昌劉尚寶家見之，髮鬖鬖覆額耳，歌聲圓亮，如珠串玉簫，尤工掩抑愁絶之態。後歸督府，又歸署中丞，又歸董直指。戊子，江右金逆之亂，歸僞藩，己丑城破，不知死所。辛卯，忽見于京師戴少司農齋中，曲則猶是也，而人已頎然長矣。公遠因次錢牧齋韻爲《王伶嘆》十二絶贈之，其最清切悽惋者，云：「不解傷心不遺聞，清微苦調遏行雲。堪憐白首梁江總，听到哀商淚雨紛。」「金臺玉峽總滄桑，細雨梨花枉斷腸。惆悵虞山老宗伯，浪垂清淚送王郎。」「三三兩兩絶江潭，碧玉紅牙總未諳。誰是渭城朝雨客，又從沙塞見何戡。」「十載尊前夢虎丘，千人石上聽清謳。淒涼此事成今古，猶向龜年憶舊遊。」

《祁縣志》載無名氏《剔銀燈》詞，云：「小院煙深雨細。正好㥏㥏春睡。驀被金枝，連推繡枕，報道皇都書至。良人得意，集英殿首扳仙桂。斗帳重襟驚起。斜倚屏山偷喜。寶髻慵梳，香箋拆破，果見中、高高名第。

秦樓十二。知他向、誰家沉醉？」後有邑人閻繩芳小記云：「嘉靖癸丑秋九月，于書院圃中掘一骷髏，藉一瑠枕，枕上書前詞，詞尾題：『宣和次歲蕤賓月吉旦子東仲美書』，更寫囧花押。此瘞于五百年之前，及今發露其詞，若有待者。甲寅三月爲移葬城東，原古枕仍殉。」以上俱繩芳記中語。崇禎己卯，公遠以使秦過祁，得志讀之，悉此詞始末，反複吟諷，謂似女郎爲其夫報登上第而志喜者，香温玉麗，如初脱稿，何以不載姓氏，空使人想像而憑弔也。因備書之，更綴小詩云：「草繡苔花不可删，尚同金盌出人間。依稀記得題詞日，上苑春光照玉顔。」「羅天姓字已難尋，瑠枕依依句未沉。好向碧霄開朗月，清光常湛玉人心。」「鳳池佳氣一層層，好夢驚回月幾楞。應有泥金酬繡閣，孤光寧負剔銀燈。」「比翼雙飛彩鳳新，集英高唱定何人。文章不共臙脂損，花雨香泥又新春。」

公遠有《燕子樓》諸絶，其二首尤佳，一倣香山「燕子樓中霜月夜，秋來祗爲一人長」之意，一借銅鵲妓作詠嘆，更能爲盼盼增長氣焰也。詩云：「娟娟霜月自邀歡，墜到樓頭始覺寒。不是雁聲長破曉，夢中雙燕儘成團。」「佳人心死自無多，贏得尚書亦不磨。慚愧西陵臺上女，絶無絲淚到漳河。」「尚書」句詠古自確。蓋張建封功業文章，在唐人中亦不甚著，非燕子樓一段佳話，則建封姓名恐未必能長挂文人之口耳矣。余故表而出之，非故壘六朝之金粉，乃欲慰千古之冰魂也。雪堂其以余爲知言哉！

王猷定

字于一，南昌人，明季與黄岡杜濬俱以詩文名天下，世稱于一、于皇云。自號珍石，有詩集。其《送侯述鄭之秦》曰：「蒼蒼樹色滿西陲，古道咸陽舊雨吹。太華一節看日月，軍書十萬領熊羆。壯心未老關雲亂，孤劍長鳴隴水知。幾處旌旗迷漢代，昆明應續少陵詩。」又「百戰關河一劍遊，動人清淚極邊州。圖書盜賊歸何處，財賦兵車莽未休。鐵嶺塵飛三輔暗，瓦雲風動五陵秋。君行莫唱烏烏曲，咽盡銅川水不流。」

李明睿

字太虛，南昌人，天啓進士，歷官少宗伯，歸里，構亭蓼水，榜曰「滄浪」。家有女樂一部，皆吳姬極選。先是，公于淮南杜九如家得紅玉管一枚，復于鄭超宗家得白玉壺一把。一日亭前海棠盛開，垂絲、西府、鐵梗，參差爛熳，因命諸姬開尊出管，酌月酹花，高歌一曲。酒酣，自爲四絕紀之云：「清風明月人間有，玉管冰壺天下無。迴雪臨風吹玉管，煙波弄月濯冰壺。」「迴雪」「煙波」，公二妓名。「只因風月兩難孤，歌舞良宵罷得無。對月逢花頻酌酒，花間鳥語勸提壺。」「洞天別有一西湖，曾在西湖認得無。除卻蓬萊並閬苑，人間難得比方壺。」「月色花容玉露漙，海棠樹下倚闌干。惟餘此地宜絃管，一曲霓裳動廣寒。」公嘗于亭上演《牡丹亭》及《新翻秣陵春》二曲，名流畢集，競爲詩歌，以志其勝，其最警者云：「雲鎖天台鶴路遥，武谿春信隔花潮。鍾陵自有遊帷觀，咫尺城闉度玉簫。」「老來歌管聽全稀，今夜行雲繞不飛。數剪銀缸猶似霧，幸君先撤夏侯衣。」右朱遂初徽。「銀紅衫子玉香鞋，學就菱歌出館娃。自撥琵琶纖手見，未須報道墜金釵。」「俳場紗帽傲吾曹，學士依然御錦袍。拭吐龍巾佳話久，何如今夜擁姬豪。」「蘭亭勝跡未能兼，盡醉流觴再捲簾。紅粉圍來花氣轉，牡丹唱徹韻篝添。縈懷底事聊憑褉，作語生香僅入奩。座上風光今正好，明朝又怕雨霡霰。」「社聚自宜厭夜飲，姗來況欲試春衫。綺筵復動真人劍，書幌時摇估客帆。女樂教成曲不誤，後堂制小杖爲函。先生南郭鳴天籟，感舊憐新亦大凡。」右黎博庵元寬。「雲間歌管已成塵，淚灑荒煙十五春。又聽貞元供奉曲，樽前驚見玉堂人。」「幾年圖史水雲鄉，元老翩然羽客裝。只有情緣今尚在，緑波影裏看西廂。」「供奉當年咏太真，錦袍何處覓佳人。今日翰林還姓李，遭逢却勝夜郎身。」右陳士業弘緒。「比年歸臥共滄江，每過談心倒玉缸。構得草亭剛有半，撥來檀板定無雙。落花滿地愁紅雨，深柳當門耀碧幢。一自焚魚傳學士，幾回清宴羨閒驄。」「留春無計尋芳甸，勝集同疑坐蕊宮。落雁千峯黎院雨，垂楊三月酒旗風。幾從佩珞驚摇翠，不向胭脂怨洗紅。今古鍾情推玉茗，夢回愁絶嘆飛蓬。」右李眉公元鼎。「金縷瑶臺燭正紅，翻然舞態見驚鴻。宵來夢入神仙去，醒後東山伴謝公。」右孫豹人枝蔚。「濃髻鬆鬟總嬌嬈，檀板清絃間玉簫。風過急須持舞袖，恐隨高響上雲霄。」右歸元恭莊。「宛轉歌喉窈窕娘，煙波縹緲出紅妝。可憐燕婉猶羞客，只顧風流老侍郎。」右靳茶坡應昇。「春日春歸學士堂，霓裳一曲换新妝。坐來不覺頻回首，錯認江東顧誤郎。」右周計百令樹。余嘗論閬翁滄浪亭一段故事，不減唐人燕子樓，惜其中無盼盼其人者，遂使彩雲易散，不待白楊作柱，久已紅杏出墻矣。香山泉臺之訝，固千古之炯戒哉！

李宗伯《滄浪亭上觀女樂戲作麗人詩》云：「譜得鈞天第幾聲，穿林百囀始聞鶯。待來溪月松風下，細與周郎字字評。」「莫將定眼對朝山，一曲凌風閒外閒。便寫洛神誰得似，只留秋水照人間。」

黎元寬

郡治西有琳宮，曰開元觀，相傳唐滕王爲天師萬鎮建也，後屢圮屢修，爲江城古迹之一。南昌黎左嚴詩云：「海上神仙樓上居，年年閒殺鶴鸞輿。誰移觀裏桃千樹，但博風前草一廬。混沌深恩留不得，羅天舊榜漫無餘。假饒月裏霓裳下，怕有荆榛礙步虚。」此詩寄託深婉，近人懷古諸什皆不能及。左嚴，崇禎戊辰進士，官浙江提學副使，有文名，著《進賢堂文集》三十卷，《詩集》五十卷。

杏花樓，張文端公故宅也，在東湖之濱，左嚴有詩云：「杏花樓下泛香波，樓上看花淨綺羅。堤列鎖絲遲馬走，村沽斗酒聽驪歌。三洲蘇圃炎寒共，兩相平泉木石多。王謝烏衣能復起，歸來舊燕創新窩。」劉文端別墅亦在湖上，故云「兩相」。

吴廷謨

字孟嘉，南昌人，萬曆鄉貢，少厭帖括之學，博綜羣書，欲以詩古文詞名。謂明文規倣多而獨運寡，比辭屬事，斷自秦漢而止。嘗策蹇謁闕里，登岱，涉濟，泛黄河，得詩歌若而篇，及金陵弔古諸什，皆爲世所膾炙。官望江令，以清淨爲治，四境安之。族弟延獻，字用修，亦工詩，有集選入《詩慰》。

董繼周

號八際，玉山人，萬曆進士，官鄖陽守，著有《八際山房詩集》。

余正垣

字小星，憲副曰德孫也。與同里劉士雲、鄧左之履中、李平叔、萬茂先、徐巨源諸君子並以詩文名天下。數奇不偶，一貢成均，拓落卒。其詩有《昔耶園集》，陳伯璣選入《詩慰》，里人李士琪刻于宣城官舍，舊友康小范、胡悦之爲序。悦之稱小星詩「如離客折柳，怨婦登樓，如寒關笳吹，秋峽猿啼」。小范云：「余交小星二十年，未嘗見其喜愠，蓋其深靜之致、曠遠之懷即不必被以四韻而落紙，出脣即可參陶謝之席矣。」

小星五言最佳，如「雨度星明滅，雲將月有無」「人家圍暮景，野色自春郊」「酒罷憐新月，寒生識舊衣」「山危高借地，樹匝遠妨天」「霞流千樹紫，天插衆峯蒼」「雪殘天在楚，花發地爲閩」「鳥下如人倦，雲殘欲自删」。皆屬思微妙，吐詞澹遠，唐人得意句也。

《春浮園看西府海棠》有云「冷艷翻嫌日，香魂似倚煙」句，新而確。《舟中對雪》有云「峯冷離青易，波虚受白遲」，又云「犯萼增梅瘦，留花與木肥」，都有慧思卻不傷于纖巧，此爲五字能手。

《十五夜舟中月》云：「月圓波更靜，人在洞庭船。薄露遥臨水，微雲不駐天。簾輝春避曉，花照日同妍。翻引嫦娥笑，孤舟見汝偏。」《十六夜》云：「三月春之暮，孤舟月又殘。光寧昨夜減，人向此宵看。解照紅花瘦，能增緑水寒。清輝飛動處，宿鳥未曾安。」此等詩，全首堪擬庾鮑，「增寒」一聯，淺夫尤説不出。

陳大士先生負天下才者數十年，晚始一第，不究其用。東鄉云：「大力有言：所謂大士，何從多見？」此真知傷大士者哉！小星《哭大士六絶》一云：「不恨牽絲日苦短，韶光虚擲負薪年」，亦是此意，其所感者深矣。

喻全祺

崇禎間，譚友夏來南昌，適徐巨源自金陵歸，喻仲延招往湖上三洲亭，同陳大士、萬茂先、萬起先時升，茂先弟及子周七人爲詩會，各成五古一首。巨源作《三洲唱和序》，謂勝金谷、西園云。仲延，南昌人，有詩名，集入《詩慰》。子周，字京孟，順治丙戌舉人，亦能詩。

胡　浹

字悦之，豐城人，有《楚遊詩》，徐巨源序。

小星嘗師事悦之。一日，同坐劉士雲半舫齋，士雲曰：「小星可親可愛，情必多；悦之可敬可畏，情必少。」悦之謂：「情與親愛爲類，然每不及情；敬畏似與情違，然情之所至，輒一往而深。」士雲唯唯否否，後即舉以序《小星遺草》，云：「雖一時戲笑之言，低回如昨也。」

《登施愚山就亭》云：「削竹規亭制，翛然倚碧桐。水光客座外，山色女牆中。晴午沙流白，霜餘樹老紅。那知吏隱處，添取一頽翁。」

丁孕乾

字爰大，江州人。能詩，有《食研堂集》。徐巨源爲序，略云：「吾所交，當世能詩者四十餘人。近得爰大，氣體元秀，姿韻泠然，讀其近體，如入寒巖，蔭幽芳而飲甘洌之泉，其傳無疑也。」

楊益俞

字叔平，一字元石，新建人。少孤，喜爲詩，旁通書繪琴弈之屬。性豪宕，不事生業。明季浪遊江湖，戊子客死，年三十二，詩散失。其兄益介友石，篤行君子也，每憶益俞「深夜煌一燭，老母坐其床」之句，淚涔涔下，思其全，不可得。益俞故嘗自集少作五十七章爲一卷，屬友人何孝廉一泗論次，稿存何處，因以畀益介。益介驚且喜，附以别得《哭僧秋懷》三章共六十首，序爲《半山齋遺草》。一泗云：「清新澹遠，蕭然有出塵之姿。」益介云：「讀之舉體皆芳，使人自得其悽澹蕭散之趣于意言之外。」皆確評也。

《同友湖上看鶴》云：「春光易爲老，煙柳迎人媚。湖顔洗古愁，草色露遥翠。世道譚應寡，交情澹愈致。因能半日閒，所以一遊醉。偶爾看孤鶴，昂藏如獨淚。暫寄煙霞跡，長懷江海志。莫須惆悵切，冲霄更有意。」

《村雨三首》之二云：「村火山邊起，煙飛雲裏去。鐘鳴有古寺，煙深不解處。日暮森森雨，飛禽落滿樹。可憐澗下草，風雨打不住。」「春雨多寥落，語鳥村户傍。鄙人初睡起，厨下黍成糧。生平愛閒懶，且往觀垂楊。因見桃花放，不避風雨忙。折花方就手，歡笑已滿堂。」

「離家始郊外，停舟因暫宿。煙雲如澹雨，人語在空谷。幾灣鐙火起，漁家炊夜粥。稺子歡飲食，隱隱歌山曲。」《舟中》

《家居》云：「深夜煌一燭，老母坐其床。示我家零落，謀之以稻粱。兄自明朝别，讀書竹浦鄉。道我勤家事，可以歲無荒。亦無田中利，亦無隴上桑。」兄益介書後曰：「是年丙子二月，余初出館竹浦穆氏，是詩爲弟前一夕作。至今讀之，如見當時老母坐床、子婦環集、弟兄言别之情，如聞老母叮嚀告誡之音，聲情都不減漢樂府《孤兒》等篇。」

七言古云：「澹人煙雨迷人霧，獨坐虚堂還獨步。忽憶故人舊冬言，多在衡山過歲暮。感君寄書開我抱，我亦復書聊草草。愁我苦思深于疾，因見書時又得好。偶然門外客經車，妄擬何時君到家。開門還復添春冷，空倚棠棃一樹花。」《懷德符》

五言律云：「共載名山去，奔濤作雨扉。風起千山夕，船趁一帆威。亂樹吼黄葉，孤雲蔽落暉。到得層崖

近，身同迅鳥飛。」《大風同友渡江之鶴嶺》

七言律云：「萬樹蕭條盡舞風，滿天秋影落湖空。幽光澹處人煙起，夜氣冥時雨色同。野艇半摇雲樹去，清歌全在杳然中。迷人好景天將暮，斷岸溪流聽不窮。」《秋暮遊東湖》

「柳繞孤村雨，山飄野寺煙」句，「凄凉一身足，冷澹數年頻」句，「寒翠花摇影，幽鳴鳥送聲」句，「春色暗催青鬢老，豪光靜對短檠存」句，「坐上快談兼快友，村中佳酒亦佳人」句，「細語人前抒往事，豪懷天外賦新詩」句，「檐沾野趣苔侵瓦，鳥報新聲耳弄春」句。

七言工于發端，《王子我月夜示花索詠》起句云：「王子憐予獨起居，聊分春色到蓬廬。」老甚。

楊益介

元石故與龍光寺僧拙生善。丙戌，拙生殁，以詩哭之，云：「寂寞雲堂思黯然，殘書零落畫圖前。塵封臥榻人無跡，翠掃閒關竹有煙。野客來尋方外侶，高僧已入定中禪。當時妙嚮譚經處，贏得凄清月滿簾。」元石既窮死，友石每念失其遺作。一日，拙生之徒慈則訪友石山中，因詢哭拙詩，慈則記憶了了，且爲誦《丁亥龍光秋懷》一首云：「倦鳥夕飛飛，孤雲何處歸。有情憐故國，無語對柴扉。寒日催秋暮，殘霞送晚暉。眼中吾老矣，山水欲相依。」友石得二詩，感慰倍常，因追原韻以寄哀云：「一誦遺詩一惘然，寡兄孤苦倍從前。鴻驚折翼眠荒渚，鶴怨離羣叫斷煙。野死天邊誰念故，貧交方外舊譚禪。龍沙紺宇今零落，莫倚秋風嘯晚簾。」「千里暮雲飛，離魂何日歸。草青遊子塚，雪閉野人扉。風雨添新淚，關山怨落暉。人琴同一恨，編簡重依依。」友石嘗夢亡弟寄詩，中道家國事，「十月十日還長安」其末句也。讀畢，慟哭，醒紀以詩云：「十月十日還長安，風沙蔽天雪漫漫。傷情杜宇催歸切，滿耳哥哥喚路難。三歲血凝芳草碧，五更聲噎棣花寒。貞魂夢裏還憂國，魂返楓林淚未乾。」元石墓在楓林。初，友石避兵山中，久不得元石消息，忽夢人告曰：「元石從建文帝去矣。」惄然憂之，紀詩云：「浪傳凶耗是耶非，不信人言祇自疑。縱使無音還梓里，也應有夢到棠枝。太孫佛化諸臣殉，先帝龍升仲子悲。莫是攀髯從正學，中宵不語涕交頤。」合觀諸什，則友石先生兄弟之志，其亦可悲也已。《楓林哭弟墓》云：「可憐八載痛成癡，只向荒山灑一卮。野塚一抔秋草殁，孤魂百里夜猿悲。慚余偃蹇身猶在，累爾經營力不支。僅幸不爲霜刃鬼，遺骸未可卜歸期。」「傷心老大一同胞，卻把棺衾累故交。聞説當年離亂殯，猶存先代宰官袍。可憐生死依朋友，不道風花兩寂寥。主人亦故。欲詢遺言無處問，疏筠敗柳自蕭蕭。」

何衍之先生稱友石「敦行好學，高風絶塵，雖窮有所不爲，雖貧有所不取」。嘗揭「澹泊明志，寧靜致遠」八字于楹間。或贈曰：「癖無知己。」「遇貧不受人憐，則感其説之似己而鑱諸石，後之尚論者足以想見其風流。」此衍之丁丑歲序元石詩内語也。改革後，友石匿影荒山，采蕨而食，築冰雪草堂，賦詩見志，自稱遺民。當事禮致之，或式廬，皆堅臥不出，頗有所南、皋羽兩公之風焉。先是，廣成侯公爲學使，友石以文受知，既公殉義，友石爲木主祀，朝夕瓣香如考妣然。其大節有足多者，故紀之。

何一泗

本姓李，字衍之，新建人。幼博學善文，受知蔡雲怡懋德、侯廣成毓峒二督學。崇禎己卯，舉于鄉，出秦弱水鏞門[一]，禮闈爲徐勿齋汧[二]首薦，以七藝散行置副乘，授司李，不就。四先生者，先後殉難，公爲室祀先聖四配，下列四先生主，飲食必祭。嗚呼！在三之義，五倫之重，公之志如此，其亦可悲也。杜門講學，手録程朱要書，隱括金仁山、許白雲、鄭所南諸集爲《我思録》，自號支離叟。晚益貧困，躬樵汲，粗糲或不繼，泊如也。嘗作《蕉巖避暑記》，略曰：「舊廬歲寒堂，寒暑庇焉。十年來失其所庇，遁跡山居，向北且隘，寒熱交病，念鄙者起居出入，受庇於南久矣。今寒暑皆困于北，不能使寒暑皆宜，因繞屋種蕉，既長以茂，如置身翠微中，因名蕉巖。夫山之嵌空可庇者爲巖，以余困于暑，無所庇也，而蕉能庇，雖謂之巖也亦宜。古者石可林，舫可齋，槐可國，壺可天，何蕉之不可巖哉？余感其庇而記之。雖然，庇莫大於君親，有受庇不忘如余之不忘蕉巖者，將以是請益焉。」此記詞旨微婉，讀者蓋哀其意而敬其節云。

東湖吏隱亭與徐亭并峙，萬曆間太守盧廷選建，祀漢南昌尉梅子真，紹興中封吏隱真人，故以名亭。衍之有詩曰：「漢庭不少貴公卿，討賊誰能著直聲。尉以人高千古重，官如屣脱一身輕。至今嶺冒仙家姓，自昔亭欽吏隱名。廿載丹砂吾亦有，驂鸞乞鑒采薇情。」

甘京

字楗齋，南豐人，明季諸生。後棄舉子業，從高士謝秋水游，講學程山，著有《軸園不焚詩》。《渡采石》一律云：「聞是上游形勝地，石磯横截與江分。危松影動魚龍窟，敗葦風吹雁鶩羣。宋室連營傳太傅，常家奮武出將軍。江南昨日何曾戰，炮火空臺築水濆。」

彭士望

魏叔子禧《翠微峯記》略云：「距寧都城西十里，金精十二峯之一也。四面削起百十餘丈，自山根至絕頂，若斧劈然。相傳上古以來無或登而居者。歲甲申，予采山隱，聞邑人彭氏因坼鑿磴，架閣道于山之中幹，闢平地作屋。其後諸子講《易》，蓋所謂易堂者也。余同伯季大資其修鑿費，奉父母居之，因漸致遠近之賢者。南昌彭躬庵士望、句容林确齋、貴池方山子先後附焉。山左幹起西閣，平石建木，檐牙、窗户、欄楯，出雲木之半；右幹作横屋，東面大江，城郭歷歷；東南隅閣之腋構草堂，阻石爲池，蓮華滿其中，曰勺庭。余獨居之，環屋種桃華。躬庵詩曰『雲中蓮葉秋池艷，天半桃花春井香』，謂此也。山前後各有並石，如桃實，皆曰『雙桃石』。自易堂廊門，北循左崖，亂藤幽蔭，有泉從石罅出，味清洌。瀦以爲井，桃石當其缺，故曰『桃井』。加露板爲汲道，行人望之如雲中，山自猿狖飛鳥外皆不能至。先是，豐城人數百里來覓躬庵，間關山下，遇樵者指曰：『從此登。』客笑而怒，曰：『此豈人所到耶？』遂竟去。或曰：『此山名石鼓峯，土人以其東面赤，呼赤面石。』躬庵舊有記，特詳。」

楊清江既死于章貢，長子瑊先卒，次子璹七歲，義僕楊學縋出之，負奔門人彭錕家。庚寅，寧都破，璹掠于兵，門人彭士望傾貲贖歸。臨江生二子，尋卒，二子亦殤，清江遂乏嗣。士望，南昌名士，具古道者。出四明盧孝廉宜二《續表忠記》。

魏禧

寧都三魏兄弟自爲師友。善伯伯子際瑞喜作詩歌，和公季子禮次之，冰叔叔子禧古文宗八家，詩似非其所長，即公自云：「余于律詩，心無所自得。」乃余讀《勺庭詩鈔》，清真恬雅，篇篇有法，蓋叔子天才超絶，養邃而心細，實一代之奇人。凡有所作，伯季間畢竟遜其一籌，不獨以古文也。七古尤佳，其《早發華陽鎮》云：「七日五日阻北風，江頭白浪高於篷。中秋夜泊華陽鎮，琵琶琥珀聲瑽瑽。月高雞啼天不曙，官船吹金起擊鼓。不聞江上人語聲，惟聞滿江動檣櫓。北風漸軟江水平，高帆一一出前汀。估人利涉爭及時，何能熟寢待天明。披衣出艙我看月，波黑天低光明滅。夢中每愛放江船，月落空江鳴鵶鴂。」《揖黄君》篇云：「高郵城外水連天，高郵城下齊泊船。城裏有人持書至，船上反側不成眠。舟子三更起理楫，送我獨上堤頭立。五尺以外皆波瀾，僕夫趁月負我涉。蘆中老父起呼豨，問汝半夜欲何爲。逡巡借得牆外坐，泠泠風露沾我衣。身寒背倚濕蘆葦，腹饑口嚼乾蓮子。西頭之月不肯落，東頭之日不肯起。須臾人説開重門，短衣垢面揖黄君。」二首設色布景如畫，其清空一氣，又如話也，竟是唐人樂府神境。

叔子古文最富，今中丞宋商丘重加刪定，合吴門汪鈍翁琬、中州侯朝宗方域，刻之爲《三家文鈔》。

許儔

偶撿季父殿聞公舊篋，得《石户之農詩稿》一册，多記改革後及戊子年江鄉變亂、士女仳離景況，如讀老杜《石壕》《新婚》《無家》諸歌行，如聞白頭宫女説天寶遺事，如捕魚人入桃花源，衣冠尊俎、雞犬桑麻皆不似人間，真詩史也。其悱惻温柔、幽香繡雅，頗與茂先、巨源兩先生同調。顧獨湮没無傳，不能流光附景，始信啓禎間，吾鄉人才之盛，而喪亂以來，兵火摧殘，傳者百不一二也，惜哉！石户之農，許姓儔名，匏生其字，登崇禎壬午賢書。舊爲安福人，後徙新建，居西山余牟村，無子。今其詩謹貯架上，異日當序而刻之，并採出處，作小傳以冠集首云。

黎祖功

字耆爾，南昌人，學使元寬長子也。蚤慧，能爲有韻之言，割愁于海上羣峯，破涕于一江春水。意有所觸，語輒隨之。顧奇詭不凡，頗類李長吉，使壯且壽，稍加以理，真可奴僕命《騷》者，而年未二十慘死于盜，惜哉！所著詩有《不已集》，自序云：「戊子歲，始學嘲詠。紀義熙之五年，存長城于數字。」其大指如此。既卒，左嚴屬陳徵君士業，及其門人西陵來集之，序而傳之。士業評其詩「如張遼被甲持戟大呼，衝孫權之壘，當者人馬辟易；如李愬率山南鋭士，冒風雪絶洄曲道，夜半入懸瓠城；如禰衡着牟矜單絞，撾漁陽而前躡駁腳足，容態不常。」集本三百五十一首，陳伯璣刪入《詩慰》，凡七十五首。

《入城》云：「彼姝者誰子，目我謂我好。我爲海上仙，雲霧蓬萊島。金母不我知，奪我不死草。拂衣人間去，騎鶴豫章道。風塵留容顔，天地失懷抱。美人能相憐，粲然慰心槁。鳴琴如我諧，攜手與子老。不貧冠玉人，大笑曲逆嫂。」讀此篇，耆爾定是神仙轉劫。

《髾山》云：「我頸不屈如老鶴，我髮已剪如禿鶬。汝獨何爲綰青髾，簪笄幻作女子妝。我識汝面不燕支，我愧汝心猶首陽。窮愁亦有三千尺，髾乎髾乎汝短長。」

《讀賢書》云：「白日開羈旅，青雲點友朋。千金新得驥，六翮老如鷹。天地雪霜笠，江湖風雨燈。蕭條君不問，潦倒我猶能。」「阮籍途方哭，陶潛柳不春。苦吟如蟋蟀，開眼是麒麟。氣色遭前輩，聲音識旅人。西風吹欲死，白面帶埃塵。」

熊悦

字正秋，南昌諸生黎耆爾業師也。耆爾就婚蕪關，正秋以詩慶之，云：「霏霏草緑藉懸黎，吉席遥瞻世濟其。巷口衣聯烏鵲渚，樓頭管入鳳凰池。月窺談詠登床處，花報芙蓉對鏡時。京兆早看經術孕，房中博議傍星帷。」耆爾和云：「無騶京兆再來黎，畫似張郎爲彼其。蘿女施于書帶草，槎仙流到影娥池。若爲行雨重陽近，詎有悲秋此夜時。不已荒雞催欲曙，剪殘膏燭試牽帷。」

羅光春

字元長，新建人，司寇杜宇朝國公之孫，余内子世父也。順治辛卯舉于鄉，一官皋比三十年，晚遷粤令，未任，卒。有《靜寄軒詩集》，江州黄雷岸雲師序之，稱其過唐昭諫隱，然余猶嫌其率筆處多，豈所謂無意爲詩而亦工者耶？其書法圓勁秀緻，實勝于詩。宣城施愚山憲副分守湖西，雅重公，不以屬禮見，嘗贈詩云：「共題虎瞰山頭字，重繫螺川驛畔船。腸斷自憐詩似錦，官貧誰問坐無氊。孤帆曉拂青峯樹，健翮寒飛白鷺天。惜别期君應努力，肯留一醉菊花前。」公和云：「龍門執手錫雲箋，字挾明珠光滿船。三載絳紗懸憲府，幾回青眼照寒氊。螺川重謁疑無地，虎瞰徒懷别有天。猶憶夜來魂夢好，依然侍對在花前。」

父廷璠，由任子官楚雄太守，有惠政。明季歿王事，郡人肖像祀于關壯繆祠，額曰「在帝左右」。配楊宜人攜幼子光夏，間關萬里，從滇中扶櫬歸。歲戊子，江右大亂，宜人避兵桐源，被執，義不屈曰：「吾名門女，名門婦，肯受辱耶？」伏劍而死，一女一媳同殉。光夏字燮明，即余外舅也，舉康熙壬子孝廉，官瑞金學諭，亦能詩，時稱「二羅」。

曾　畹

字楚田，先名傳燈，字庭聞，寧都魯侍郎應遴長子也。爲詩有奇氣。嘗遊寧夏，遂舉順治甲午陝西鄉試。錢牧齋因序其弟青藜傳燦詩，并及之云：「兄弟皆雄駿自命，而其行藏則少異。庭聞脱屣越嶠，挾書劍，攜妻妾，走絶塞數千里，行不賫糧。俄而試鎖院，登天府，簪筆荷槖，取次在承明著作之庭。青藜與其徒退耕于野，衣襏襫，量晴雨者六年。襆被下估航，出遊吳中，褐衣席帽，挾策行吟，貿貿然老書生也。庭聞之詩，朝而紫塞，夕而朱邸，涼州之歌曲與凝碧之管絃，繁聲入破，奔赴交作于行墨之間。吾讀之，如見眩人焉，如觀倀童焉，耳目回易而不自主也。」

庭聞久歷邊塞，轍跡所至，形爲篇什，有磨盾横槊之風。其《渡涇渭》云：「到眼春風過，關河渡未休。九州從時起，八水自天流。寒食客中盡，高城雨際浮。雄關此百二，日暮謾淹留。」《費丘關早行》云：「飛峯三岔驛，大壑五星臺。壁荔傾秋瀑，巖風吼夏雷。入關心自壯，當棧意先回。馬首分殘夢，千山拂面來。」《雞頭關》云：「南山忽已盡，納納褒城春。漢水猶通蜀，巴山不過秦。燒荒熊出壩，樹密虎搏人。銘德昆吾者，還應問釣綸。」《折灘》云：「輕生且醉眠，失記下山巔。船自峯頭落，人從浪裏穿。春波傾白雪，石竇迸青天。回首龍巖上，千川與萬川。」《十六夜同陳葵西觀燈半箇城》云：「參戎小隊赴西岷，出塞今逢入蜀人。雞豕誰家不上屋，羊酥此日復沾脣。三更臘雪吹青鬢，萬户銀燈散碧燐。聊與將軍成薄醉，鼠貂霜甲一相親。」《鳴沙洲》云：「不見黄河春氣動，卻從沙磧辨陰晴。流澌着水天皆凍，大漠無風山自鳴。飲馬浪尋荒燒窟，射雕貪出苦泉營。傳聞炮火年來熄，張軌隗囂已盡平。」《唐采臣度支同劉總戎出訪賀蘭草堂》云：「紫燕風飛土屋穿，長城閃閃起狼煙。忽驚旌節花間滿，不辨將軍柳下眠。木鉢千盤仍漢戍，銀州五月尚冰天。相看誰是封侯者，西域班生賦自傳。」

庭聞下第，歸贛江，合肥龔宗伯鼎孳作詩二首送之，其一云：「章門煙水隴頭霜，失意扁舟且故鄉。客淚短裘童僕散，秋燈殘葉道途長。沙晴鴻雁移金角，日落蛟龍門石梁。應憶河湟征戰後，鬢毛曾對朔風蒼。」

舒性

字成之，南昌人，碣石先生曰敬季子也。余見時年已八十，作詩拗澀，不甚佳。然嘗語余，其詩多爲人所竊，如達官某公集中「雨雨風風銷翠黛，車車馬馬易黄昏」句及《華嶽詩》「山如陣馬千行整，人似風鳶一線牽」，皆出其作，則健句也。豈少壯時，固曾精思風雅，而余及見，乃其龍鍾昏憒之後乎？然「楓落吴江」，一語流傳千古，好句寧必多也。翁又語余，某公每竊其句，則向翁笑曰「公又着賊」，翁亦一笑而已。

劉元釗

字遠公，南昌相國文端公孫也。流寓蕪湖，婿黎祖功往就婚焉，將歸，呈詩爲别，元釗和而送之，云：「才名到處有逢迎，老我飄摇得締盟。灑酒殷懃傳别賦，俶裝徙倚動歸情。岸梅欲放人同遠，江雪初融夢亦清。舉目河山空悵望，難銷詠史扣舷聲。」

周白

國初歲貢，字公愚，新建人，著有《滁江草》。其《詠古跡》二首云：「夾道紅泉細草生，浮萍合處度香蘅。花開玉井誰曾種，代閲桑田耦幾更。劚地何年逢石髓，充庖可膾當金莖。我來聽説蓬萊舊，深覺芳鮮照眼明。」右《藕塘》。相傳近塘數武，有老圃，鋤地得魚，食之而壽。蓋古修真福地也。「霧館煙扉聳赤城，春深喚醒舊流鶯。相傳古有驂鸞跡，獨羨今同瘞鶴名。黑鑄胚胎金是母，丹留點染土如嬰。塵曾揮處應還到，十二樓吹子晉笙。」右《鐵鹿坪》。在赤岸鄉，曾有異人瘞鐵鹿于此。

張貞生

字幹臣，號簣山，廬陵人。順治戊戌，會試第一，累官侍讀學士。嘗服闋赴補，以詩示長子世坤云：「讀書容易收心難，收攝此心見杏壇。莫道朋從非物引，直須防護到更闌。」「十日辭家便寄書，望雲歎息不如初。鬚眉只教燕臺老，腸斷當年子道疏。」「數卷殘書伴敝囊，寸心自問夜焚香。須知爾父張帆去，不爲浮名入建章。」論者謂簣山忠孝大節，具見于此不同尋常出處也。後以乙卯正月卒于京邸，爲清節理學之儒。

丁弘誨

今司寇新城王公，舊有《歲暮懷人》六十絶。一云：「謝郎玉樹應非舊，唐觀瓊花半已凋。今日相逢如夢寐，禪床歌板雨蕭蕭。」注：「丁景呂弘誨往贈予詩云：『風神欺玉樹，逸興問瓊花。』今相見揚州，如夢中事。後宋商丘來撫西江，景呂投卷有云：『阮亭愛我初延譽，海内名公競唱酬。二十年來塵撲面，誰憐詞客老南州。』蓋不勝知己之感也。」景呂，南昌人，順治辛卯舉于鄉，官獲鹿令。

劉良玉

新城詩又云：「韓詩已掛朝冠去，吴綺仍聞貫索來。兼使南昌消息斷，蕪城懷抱幾時開。」注：「南昌劉石潭良玉，三君同自中翰爲兵曹。」良玉，字小石，辛卯鄉舉，官駕部郎；詩，即關中韓聖秋；綺，即江都吴園次也。

毛逵

新城詩又一云：「西風吹雁渡汾河，往日毛公興若何。更理横汾漢時曲，劇憐姑射白雲多。」注：「毛錦來逵也。」錦來，新昌人，戊戌進士，後官司李，三君皆好爲詩。

裘君弘曰：吴明卿有言：「天下布衣之士，能詩者不少矣。獨弘嘉間孫謝二子詩最近古，又率附當時諸名公以傳，遂得貫重一時，爲後進生地。微諸名公，天下且不知有布衣，何論詩工拙哉？今二子詩故在，豈有加于諸公而爲之游揚藉譽若不及者，蓋有意焉。猶之古人登葵蕨于五鼎之前、進縫掖于二千石之右，存雅道也。」余觀丁、劉、毛三君，雖非布衣，而新城之所以惓惓不釋形諸詠歌者，其意無乃類是。今三君者，藉公而傳矣，故余編詩話至此而竊有感焉。商丘前後在江西亦好與山林韋布揚扢風雅，頃聞其在姑蘇更獎進寒微，樂善不倦。吾人讀書懷古，脱一旦達而得志，負一代龍門之望，其以二公爲法而可哉！

熊啓華

字夕郎，新建人，少宰文舉從子也。以諸生高等貢成均，負才不羈，忤少宰意。順治丁酉秋賦，嗾學使者，禁不得入，憤懣甚，鬱勃要渺，難自解涣。初九日，作《感懷詩》六十首。十五日中秋，漏下三鼓，已就枕矣，月華乍掩，疏雨灑窗，亟披衣起，坐和庾子山《詠懷》二十七首，又作《秋吟》八律。投筆氣噎，遂抱疴不起。余讀其詩，曰「誰云花事好，不照斷腸天」，又曰「名場氣未降，青紫魂難别」，未嘗不悲夕郎之隘而病少宰之忍也。夕郎詩有《燕遊雜詠》，既殁，父于岸學博文登屬知者同《詠懷》諸什合而刊之，爲《延青閣集》。篇目雖不多，今録一二，俾留其姓字于天壤間，亦所以慰一代之吟魂，振九原之滯魄云。

《兖州道中》云：「落日荒城照白沙，平原四望寂無家。魯宫衰草黄雲接，顔巷孤煙碧雨斜。驢背有人歌楚曲，鶯聲幾處雜邊笳。汶陽橋畔春如舊，只少青帘駐客車。」

裘君引

字躍如，余殤弟也。以壬申秋九月上殤，余爲狀，略云：「十五學詩，雖法律不甚精貫，而遣詞秀拔，間以己意，造爲古文，亦落落自成結構。然作輒棄去，獨嘔心制藝。嘗手録先輩百餘篇，余觀其評點精慎，選法高嚴，正如李于鱗。讀《始皇本紀》，通體漠然，獨點『人頭畜鳴』四字，以爲奇絶。私心怪之，何弟手眼乃遽至此？然屢試輒不滿意，五年中，計所受知纔二。一方岳多公弘安己巳觀風，拔弟冠軍，一郡博楚公材每月校課，推弟第一，此外連不得志于有司。昔人云：生平有一知己，可以不恨，今弟有二知己，應亦無恨矣。彼悠悠者安足計哉？然弟終以此爲憾，常中夜披衣，起步庭中，或花晨月夕，獨言獨笑，遠想茫然。余竊慮其傷生，而弟遂以此死矣，悲哉！居恒敬恭桑梓，篤崇先徽，尤心折萬茂先、李平叔二公之才而深惜其遇命之左次，每諷遺文，拍案叫絶，若汲汲有同病之憐者。余嘗疑弟以弱冠之年，何忽作此老大之感，其真望古遥集者耶？豈其遂以爲讖也。然弟亦因嚮往二公而詩學益進。弟至性過人，易簀之夕，惟戀戀慈母不釋，弟婦跽而前，則揮使遠。

既瞑矣，家慈撫摩之，猶瞪目曰：『固知是母。』余曰：『而識母乎？』弟尚舉『嚙指心動』之語以自況。蓋性既至孝，而言必典雅，雖死不變云。娶南昌袁氏諸生晃宸之女，守節不嫁。無子，以余長兒曰桂嗣之。長男無出繼之例，變體而從權者，依弟意也。」新建王明府懋才，伯兄庚午房師也。辛未歲試，以兄故，列弟名倍後，弟憤之，瘵愈甚。夫舉親舉子，傳爲盛事，區區儒童試，關係幾許？何乃避小嫌而忘至公，斷送人家佳子弟也？附識于此，以爲矯枉過正之戒。

庚午春杪，弟手裒所爲詩，名《不息齋集》。余序數行，略云：「離合相半，并存不汰，録其真也。予與海内詩人以唱酬代雁羽者六年，于此更得吾弟，棣窗風雨，互出偏師，余樂矣。詩壇印友諒不以弟爲孺子而棄遺之也。」

《喜舅氏郭公天申至》云：「久雨蓬門寂，濃陰緑漸多。良朋都未見，舅氏已先過。曲誤頻頻顧，詩成緩緩哦。隻身擔兩世，珍重莫顔酡。」蓋外祖兩世，惟舅一人頗解竹肉、耽蘗麯，故弟以爲諷也。前半有「舊雨來，今雨不來」之意。

瀛海多君修方伯以舊刻《西靈草》示予，中有《種煙詞》一絶，弟愛其清緻，爲次韻，云：「不種稻糧學種煙，終年勤苦等治平聲田。可憐末作爲生薄，徒耗民間萬萬錢。」如此作詩煞有關係，頗似唐人樂府。

【校記】

[一]秦弱水鏞門，原本「鏞」字删缺。按，秦鏞（一五九七——一六六一），字大音，號弱水，崇禎丁丑（一六三七）捷南宮，賜三甲進士。任江西清江縣知縣。作育人才，修《清江縣誌》。因補。

[二]徐勿齋汧，原本「汧」字删缺。按，徐汧，東林領袖，复社魁首，明亡殉節。因補。

西江詩話　卷十一

徐　慧

字子奇，豐城人，家廬陵。幼師中黄先生，盡究元指。嘗自贊曰：「生前我即汝，死後汝即我。于是二中間，誰會識真我？」五月望日，將化，召鄉人話别，云：「這個臭皮袋，撇了無掛礙。烈焰紅爐中，明月清風外。」擲筆端坐，鼻流玉筯尺餘。

伊用昌

亦曰尹用，不知何許人，被羽褐往來，江右皆呼尹風子。妻年甚少，善音律。用作《望江南》詞，唱和而歌，傍若無人。唐天祐中，至撫州，食牛肉，夫婦俱斃，鎮將藁葬道左。後一年，吏于北市棚下見之，同登旗亭痛飲，吏醉臥。用夫婦高唱出城，渡江至遊帷觀，題壁云：「日月祥開瑞氣纏，儂家應作大神仙。毫端森灑風雷力，劒鋏裁成造化權。肆闢中原新禮樂，靜驅邊境罷烽煙。列仙功業只如此，便上三清第一天。」後題「上方赤龍神王尹用」，遂入西山不復出。及吏醒，懷中得紫金十兩。開其墓，惟葬時菅席二、爛牛肉十觔而已。

周貫

周貫者，不知何許人，自號木雁子。治平、熙寧間，往來西山，時時至高安，畜一大瓢，夜以爲溺器。工詩成癖。嘗宿奉新龍泉觀，半夜搥門，道士科髮披衣，驚起問故，曰：「偶得句，當奉。」因以手指畫吟曰：「彈琴傷指甲，蓋席損髭鬚。」是夜寒甚，貫以席自覆，故爾。又至袁州，見市井李生者有秀韻，欲携入林，而李嗜酒色，無行意。貫指藥鐺作偈示之，曰：「頑鈍天教合作鐺，縱生三脚豈能行。雖然有耳不聽法，只愛人間戀火坑。」尋于洪州石頭，有張生邀酒食，醉卧。中宵，聞車馬聲，起視，貫死矣，四體柔紫如平生。張歸，其弟迎，語曰：「周生過我，云：『往雙嶺矣。』」或問貫幾何歲，答曰：「八十西山作酒仙，麻鞋軋斷布衣穿。相逢甲子君休問，太極光陰不計年。」後有人見于京師橋，付書李生，云：「明年中秋夕當謁也。」至期，果造，生以事出，貫乃爲白土，大書其門而去，曰：「今年中秋夕，來赴去年約。不見破鐵鐺，彈指空剥剥。」李生後竟墮馬，折一足。

趙子甄

宋道士，幼出家安仁縣至道宫，年九十餘卒，葬冲虛山。越三年，邑人遇于西川，《寄舊侶》詩云：「秦川蟬脱已三回，明月清風任去來。寄語冲虛諸道友，芒鞋竹杖不須埋。」啓塚視之，果空棺也。

汪一雷

宋時饒州羽士，有道術。邑人盧某捨宅爲西山觀，居之。臨化，自題像云：「吾年七十七，幾雨幾番風。

撒手清虚上，一輪明月中。」後有發其墓者，止履一隻。

連可久

宋時安仁人，父鰲，與熊曲肱遊。幼時引見曲肱，令作《漁舟調》，調成，目爲神仙中人。長，居至道宫，落魄嗜酒，工詩。將化，咬指書盤面云：「立化也不好，坐化也不好。惟曲肱而枕之，便是蓬萊三島。」書訖，血迹穿盤下。

萬直臣

字道同，號元隱，幼修真德興妙元觀。觀有稚川丹井，紫氣衝騰，人以爲毒，不敢汲。直臣浚井，冀去其毒。及底，見氣從砂顆中出，即取吞之，曰：「寧吾當其毒。」自是舉動異常。一日，水漲，流大木于歲寒溪，直臣跳躍其上，隨洪濤去，莫知所之。數年後，兄信臣客無爲州，忽見之，引宿茅舍，別遺一囊曰：「明歲大歉，持此歸，可濟一鄉。」兄携至樂平，開視，飴也，怒播于溪。抵家，告母，母探囊底，猶有存者，視之，良金也，往索得金，鄉人因稱爲淘金灘。觀中道士病目，直臣忽至，舐之，明如初。既去，留詩壁間，云：「往往來來數百秋，幻泡重作故人遊。紫泥白雲尋常事，何苦人間詠不休。」宋人。

王道堅

貴溪人。政和間道士。嘗對徽宗云：「修德可以回天。」紹興中，遣使復召。先一日，鳴鼓集衆，舉頌曰：

「無心曾出岫，倦翮早知還。爲報長安使，休尋海上山。」比敕使至，已化矣。

黄知微

字明道，世爲江州人，得道佯狂，號黄風子。嘗携兩囊，隨所得雜投其中而不臭，名曰「錦香」。又善噫氣，一噫，經時不絶，響徹雲漢。素不攻詩而多佳句，如「溪雲拂地送殘雨，谷鳥向人啼落花。萬里碧雲開暮色，一條銀漢在天涯」之類，皆可諷誦。殁後，從蜀寄書山中，開函，皆喪亂後所在道士姓名也。宋人。

晏　穎

元獻公弟也。童子時有聲。真宗召試，賦《八沼瑞蓮》，賜出身，授奉禮郎。聞報，閉室高卧。家人呼之，弗應。掊鎖就視，則已脱去，旁得書一紙云：「江外三千里，人間十八年。此時誰復見，一鶴上遼天。」

王蒙道人

嘗遊上高，宿永豐觀，道士鑰其户，次早不見。椽間題一絶云：「水須大海龍方隱，木是梧桐鳳始棲。莫道男兒無去路，碧霄雲外有丹梯。」自後不復見。

王傲道

號浪仙，宋時入上高白土洞修道，經年不出。嘗題云：「靈刹倚山光，無塵染洞房。雲籠金地暖，龍噴玉泉香。松竹分幽徑，樓臺聳上方。蓬壺人到此，僧伴繞迴廊。」後不知所往。

田純靜

宋時修煉于贛之景德觀。一日尸解，令人棄之江中。江水湍急，其屍不流，口猶頌偈云：「六十八年老拙，平生不會扭捏。今日撒手便行，獨伴清風明月。」

李思聰

贛人。幼入祥符宮爲道士，嘗遇異人與一寶鏡，曰：「此神遊指南也。」思聰每閤户，懸鏡而臥，移日方興，輒憶其所遊洞天海嶽諸處，模寫爲圖，并題詠之。皇祐間，聖節將臨，以所繪六圖并詩呈府進上，賜號洞淵大師冲妙先生。

吴元初

龍虎山高士也。嘗學于臨川雷空山，所著詩文有《元元贅稿》，虞文靖公序之，略曰：「元初，服黄冠以自隱，無所營于時，故無所爭于人。交遊天下名士，詩文往來，皆一時之盛。其言温而肆，清而容，雜而不厭，幾于道者之爲乎？」

劉淵然

贛人，爲祥符宮道士。洪武間，召至京，賜號高道。宣德壬子乞骸骨，御製《山水圖歌》，送歸南京朝天宮養老。後壽八十二卒，凡七日乃入殮，端坐如生。歌曰：「東華之東湛明景，彩霞環繞蓬萊境。瓊枝瑶草春不窮，丹光夜動黄金鼎。淵然老仙空同客，萬里歸來此棲息。手持如意青芙蓉，兩臉潮紅頭雪白。頭上玉琢冠，身中雲繡衣。朝朝飛神馭氣超汗漫，直上太清朝紫微。腰間騰龍雙寶劍，秋水光晶含瀲灩。嘯風呼霆作霖雨，屢注仙瓢蘇下土。功成歛用歸希彝，元天至道本無爲。眼看民患忍坐視，恤人亦體天之慈。旦來謝别何匆匆，騎鶴竟渡江之東。江東龍盤虎踞五雲表，鍾山翠接三茅峯。茅家兄弟青冥上，白日騎鸞定相訪。還來赤松子，亦有安期生。上朝南極壽昌星，好山好水清且明。西方出金桃，南斗斟雲液。長生有曲舞且歌，年過廣成千二百。」

張至常

字無爲，號耆山，漢天師道陵四十三代孫也。洪武初，嗣真人。職性穎敏，器識卓邁，琅函蕊笈外，于六經子史百氏之書，靡不博覽。落筆妙天下，尤喜爲詩，冲邃幽遠，婉麗清新，得天趣自然之妙。著有《峴泉集》，金華王紳序。崇禎間，五十一代嗣孫顯庸重鍥文，震孟序，集中詩蓋七百餘首。

《聖壽賜宴奉天殿》詩云：「天開萬壽正秋清，百辟瞻趨感聖情。金節擁雲來輦輅，錦袍曛日照階楹。禮陳内饌香緘近，樂奏宫韶喜氣明。盛典優隆垂奕世，頑慚野服際恩榮。」

《元旦早朝》云：「五夜晨鐘啓禁帷，仰瞻天闕曉雲齊。掖垣趍珮香輿北，阿閣鳴鑣彩仗西。雪色遠臨青瑣闥，春光微動錦韉泥。盡祈帝澤同甘雨，河嶽增年感鳳棲。」《過蓮霞渡》云：「小雨黄梅野薺香，晚風數里踏春芳。雲將山色渾收拾，人與溪流不住忙。」《題春江同泛圖》云：「湖山翠黛照春明，蕩漾晴波欸棹聲。斜日槐陰同載處，夕潮鱸鱠片綸輕。」

凌虚觀道士

觀在南昌縣南鄉，舊名飛雲觀。相傳永樂間一道士居小樓，後不知所之，但遺有「飛雲福地」書額及詩云：「筍輿踏雪過凌虚，夜宿琳宫聽曉雞。檐鐸有無風逆順，紗宫明暗月東西。鸜鵒聲中詩思遠，瑞香花下夢魂迷。冷冷清清清到底，一枝花萼助吟題。」或以爲白玉蟾化身也。

洪崖題壁

洪崖在西山，石壁陡絶，飛湍奔注，即古洪崖先生得道處。壁上有詩三絶云：「去歲無人種，今春乏酒財。從教花鳥笑，半醉卧樓臺」；「入市非求利，過朝不爲名。有時陪俗物，相伴且營營」；「下調無人採，高心又被嗔。不知時俗意，教我若爲人」。或謂即洪崖子作。

玉壺洞客

彭澤縣有石壁山，一名玉壺洞。宋時有客題詩：「洞前流水碧于苔，洞口桃花撲面開。轉頭望斷意不斷，長嘯一聲須再來。」時縣尉祈雨于此，見墨迹未乾，追之不得，疑仙云。

松山老叟

歸宗寺西數里，即柴桑地，北爲楊柳橋，有晉處士碑，其陰一水抱焉。崇禎壬午，春漲橋斷，廖司李文英解腰圍銀帶以續。逾月，橋成，有老叟歌曰：「處士何曾是姓陶，菊花人醉風蕭蕭。使君腰上銀都了，袖挾清風過此橋。」歌罷，向松山高步而去，時人聞其歌，題龍山鋪，遂改橋爲清風橋。見廖文英《清風橋記》，然恐係作者假託之辭，未必實有是叟也。

西江詩話　卷十二

張麗英

字金華，漢初寧都石鼓山下居民芒之女也。生有奇光，不對鏡，但對白紈扇。長沙王吴芮過贛，聞其異，强委禽焉。女時年十五，使來，登山仰卧，披髮覆石鼓下，人謂其死。芮使人往視之，忽紫雲蒸起，失女所在，空中語曰：「吾金星之精，降治此山，汝宜爲民立壇祈福。」芮始懼謝，女已冲天矣。後禱雨屢應。宋崇寧間，封靈泉普應真人。飛升時歌詩十八章，今存其五。一曰：「哀哀世事，悠悠我意。不可忤兮王威，不可奪兮余志。」二曰：「石鼓石鼓，悲哉下土。自我來觀，民生實苦。」三曰：「有鸞有鳳，自舞自歌。何爲不去，蒙垢實多。」四曰：「凌雲爍漢，遠絶塵羅。世人之子，于我其何？」五曰：「暫來斯會，運往即乖。父兮母兮，毋傷我懷。」宋人曾原一《金精山記》云：「詩詞高古，固漢人文章。首篇竦然女節，餘篇逸氣起塵，末章不忘其親，又人情天理之至。」章貢舊志謂：「其詞鄙俚，不收。」俗盲可嘆哉！

吴綵鸞

西山有游帷觀，每至仲秋，車馬喧闐十里，若闤闠。豪傑多召名姝善謳者，夜與丈夫間立，握臂連踏而唱，惟對答敏捷者勝。唐太和末，有書生文簫，往觀，睹一姝，甚妙，其歌曰：「若能相伴陟仙壇，應得文簫嫁綵鸞。自有繡襦並甲帳，瓊臺不怕雪霜寒。」生意爲神仙，佇立不去，姝亦相盼。歌罷，獨秉燭穿大松逕，將盡，陟山捫石，冒險而升。生躡其踪，姝曰：「莫是文簫耶？」相引至絶頂坦然之地。後忽風雨裂帷覆几，俄有仙童持天判曰：「吴彩鸞以私慾洩天機，謫爲民妻一紀。」乃與生下山，歸鍾陵，貧不自給，日寫孫愐《唐韻》一編，可售金五緡，金盡，復寫，運筆如飛。後往新吴越王山，夫婦各跨一虎，陟峯巒而去。今紫極宫寫韻軒尚存。或曰：「姝即吴真君猛女也。」黄山谷嘗跋綵鸞《唐韻》云：「凡三十七葉。按：綵鸞隱居西山所書《唐韻》，余所見凡六本，此一本二十九葉，綵鸞書，其八葉後人補，氣韻肥濁不相入也。」

曾子宣夫人

曾子宣夫人魏氏，作《虞美人草行》云：「鴻門玉斗紛如雪，十萬降兵夜流血。咸陽宫殿三月紅，霸業已隨灰燼滅。剛强必死仁義王，陰陵失道非天亡。英雄本學萬人敵，何用切切悲紅妝。三軍散盡旌旗倒，玉帳佳人坐中老。香魂夜逐劍光飛，青血化爲原上草。芳心寂寞倚寒枝，舊曲聞來似斂眉。哀怨徘徊愁不語，恰如夜聽楚歌時。滔滔逝水流今古，楚漢興亡兩丘土。當年遺事久成空，慷慨尊前爲誰舞。」

王荆公女

吴安持妻也，封蓬萊縣君。工詩，嘗賦絶句寄公云：「西風不入小窗紗，秋氣應憐我憶家。極目江山千里恨，對人收淚看黄花。」公以新釋《楞嚴》付之，和曰：「青燈一點映窗紗，好讀楞嚴莫憶家。能了諸緣如幻夢，世間惟有妙蓮花。」荆公三妹三女皆能詩，弟平甫女，劉天保妻，亦有「不緣燕子穿簾幙，春去秋來那得知」之句。

孫　淑

新喻傅汝礪，嘗志其妻殯云：「君諱淑，字蕙蘭，姓孫氏，其先汴人。年二十三，歸我于湘中，五月而卒，泰定五年八月二十一日也。君高朗秀惠，六歲母卒，父教以書，稍長，習女工。晨起獨先盥櫛，適父母所問安，畢，佐諸母具食飲，退，治女工。晡時，觀經史或鳴琴自休。既夕，聚家人瞑坐，説古貞女孝婦傳。燭至，治女工如初。」又序遺稿云：「故妻孫氏，早失母，父周卿以《孝經》《論語》及凡女誡之書教之，詩固未學也。因其弟受唐詩家法于庭，取而讀之，得其音格，輒能爲近體五七言，語皆閒雅可誦，非苟學所能至者。然不多爲，又恒毁其稿，家人或竊收，則曰：『偶適情耳。女子當治織紝組紃以致孝敬，詞翰非所事也。』既卒，家人哭而稱之。因出其稿，得五言七首，七言十一首，五七言未成章者廿六句，爲編集成帙，題曰《緑窗遺稿》，序而藏之。」五言詩曰：「窗裏人初起，窗前柳正嬌。捲簾銜落絮，開鏡見垂條。坐對分金線，行防拂翠翹。流鶯空巧語，倦聽不須調。」「小閣烹香茗，疏簾下玉鈎。燈光翻出鼎，釵影倒沉甌。婢捧消春困，親嘗散暮愁。吟詩因坐久，月轉晚妝樓。」「燈前催曉妝，把酒向高堂。但願梅花月，年年映壽觴。」「采閣閉朝寒，妝成擬問安。忽聞春雪下，唤婢捲簾看。」「粲粲梅花樹，盈盈似玉人。甘心對冰雪，不愛豔陽春。」「小小春羅扇，團團秋月生。蟠桃花樹裏，繡得董雙成。」「自拂雙眉黛，何曾慣得愁。若教如翠柳，便恐不禁秋。」七言詩曰：「樓前楊柳發青枝，樓下春寒病起時。獨坐小窗無氣力，隔簾風亂海棠絲。」「緑窗寂寞掩殘春，繡得羅衣懶上身。昨日翠帷新病起，滿簾飛絮正愁人。」「小妹方纔習孝經，可憐嬌怯性偏靈。自尋女誡窗前讀，嗔道家人不與聽。」「幾點梅花發小盆，冰肌玉骨伴黄昏。隔窗久坐憐清影，閒劃金釵記月痕。」「繡被寒多未欲眠，梨花枝上聽春鵑。明朝又是清明節，愁見人家買紙錢。」「春雨隨風濕粉墻，園花滴滴斷人腸。愁紅怨白知多少，流過長溝水亦香。」「春風昨夜碧桃開，正想瑶池月滿臺。欲折一枝寄王母，青鸞飛去幾時來。」「空階日晚雨纔乾，小婢相隨倚畫闌。金釵誤挂緋桃落，羅袖愁依翠竹寒。」「小窗今夕繡鍼閒，坐對銀蟾整翠環。凡世何曾到天上，月宫依舊似人間。」「乞巧樓前雨乍晴，彎彎新月伴雙星。鄰家小女都相學，鬥取金盆看五生。」「庭院深深早閉門，停針無語對黄昏。碧紗窗外初生月，照見梅花欲斷魂。」未成章詩曰：「露濕庭梧葉，風吹月桂花。登樓聞過雁，開户見棲鴉」；「繡簾當雪掩，銀燭背風然。雪晴山顯翠，風暖水生紋」；「萱草當階緑，櫻桃落地紅」；「芍藥開時病，荼䕷落處愁」；「玉釵簪茉莉，羅扇繡芙蓉」；「窗前垂柳分春色，鏡裏幽蘭對曉妝」；「花間影過那知燕，柳外聲來不見鶯」；「慈親教婢回金剪，驕妹嗔人奪繡鍼」；「妝成寶鏡楊花過，行出珠簾燕子歸」；「自傾甕裏春泉水，親灌階前石竹花」；「海棠帶雨臙脂重，楊柳凝煙翡翠濃」。汝礪有《悼亡》諸什，最爲酸楚，見前六卷。陶南村曰：「孫氏之詩依于禮義，先生之詩哀而不傷，舉得性情之正，是可傳也已。」

譚友妻董氏

餘干人。元末紅巾亂，有土渠欲污之，董曰：「吾故家子，必擇良日，具禮乃可。」時母柩在堂，明日具祭，叢薪于柩，縱火焚室，爲絶命詞云：「天蒼蒼兮不吾家造，地茫茫兮不吾身容，不造不容，托乎火以相從。」手牽二女入烈焰死。

戴復古妻

戴石屏元人未遇時，流寓武寧，有富翁憐其才，以女妻之。居二三年，忽欲歸。妻問故，以曾有室告，翁怒。女宛曲解釋，盡以奩具贈夫，仍餞之，詞云：「惜多才，憐薄命，無計可留汝。揉碎花箋，忍寫斷腸句。道傍楊柳依依，千絲萬縷，抵不住、一分愁緒。捉月盟言，不是夢中語。後回君若重來，不相忘處，把杯酒、澆奴墳土。」[一] 既別，遂赴水死，可謂賢烈也矣。

曠維禎妻曾氏

廬陵人。元末，賊執，義不受污，嚙血題詩于壁，乘間自縊死。詩曰：「涇渭能分濁與清，妾身豈肯墮風塵。孤兒未必從他姓，一女何當事二人。白刃自傷心似鐵，黃泉要見骨如銀。深山落日猿啼處，過客聞之亦愴神。」

吴皆藎妻魯氏

新淦人，聰慧能詩。藎疾，以詩囑魯，有「蛾眉不許他人畫，鸞鏡休同舊日妝」之句。既死，魯年二十一，囊詩佩之。撫女守節，擇婿得朱瓚，後登嘉靖甲午賢書，爲武昌令，稱循吏。瓚生子孟震，隆慶進士，官都御史，人以爲魯節之報云。

倪　玉

歸東鄉樂某。其夫無行，誘玉于邪，玉覺，驚號，獲免。數其夫曰：「若非人所爲，不如死。」乃不食三日，瀕死，母家迎歸，遂盡剪其髮，食力以終。侍郎張越爲詩紀之，其警句云：「滿頭怒髮年年短，孤枕清風夜夜寒。」明朝事，年代未詳。

遠山夫人

朱中楣，字遠山，明宗室議汶女，少司馬李梅公先生夫人，今司農吉水公之母也。通經史大義，尤嫻吟事，與司馬日夕唱酬，瑶臺眉案，有鸞凰鏗濟之音焉。嘗雨餘聯句曰：「雨過天如洗，（遠）霞飛晚正晴。涼風分袂濕，（梅）花氣透簾明。已覺詩情冷，（遠）還憐酒力輕。有懷何處劇，（梅）共起故園情。（遠）」一日曉起澆水仙花，司馬見之，贈詩曰：「曉起倦晨妝，澆花有底忙。波光浮鴨緑，仙影逗鵝黄。爲愛生香澹，還憐駐景長。金杯聊共借，携手醉春陽。」夫人立和曰：「着水爲添妝，庭閑韻事忙。瓣分仙掌露，心吐月中黄。性結冰霜冷，情同江漢長。暗香聊可酌，常倚和春陽。」其幽情逸致類如此。所爲詩規模韋杜，雄渾方嚴，具有烈丈夫氣。概不徒以風韻取勝，每一篇出，藝林傳誦，稱曰「遠山夫人隱然香奩盛事」云。著有《唱和隨草》諸集，虞山錢牧齋序之行世。

《舟行閒詠》云：「四年三往返，俱值麥初黄。不爲當時熱，寧甘此際涼。出山原草草，歸路任蒼蒼。得遂鷗盟約，松遊問子房。」又《和司馬元日試筆》云：「庭開蓂莢得春先，寄託江淮又一年。松菊已縈新涇水，衣冠猶愧舊凌煙。爲同洛社諧君老，會看文壇起嗣賢。淑氣乍迴凝凍解，還藏斗酒泛溪船。」愚嘗謂此等識解，豈復閨中人所有也，固宜垂芳千載。

「天熱官仍冷，市喧人自閒」句；「茗白開新蕊，香清理舊桐」句；「花徑迷蝴蝶，家山映杜鵑」句；「雨歇啼鳩婦，潮回散蟹奴」句；「殘鐘敲野外，斜月挂樓前」句；「慵妝看子燕，摘葉餧雛鵝」句；「閒拈律呂兒調韻，欲試嗔寬婢覆羹」句；「岸柳乍摇新水緑，山花遥帶夕陽紅」句；「宿雨暗添新漲滿，荒臺空受暮煙多」句；「香侵蓼國飄紅粉，露滴荷房瀉緑尊」句；「天涯蓬轉隨征雁，澤畔桑深臥野豚」句；「茗戰晚煙吹細沸，鼉征宵鼓刼雄酣」句。如此警句，置之《劍南集》中，復何以辨閨秀詩？無脂澤氣，近古以來，恐當推夫人獨步。假令是一男子，角勝詞場，决不爲許洞所窘也。

司馬有句云：「婦韻能同謝兒，書欲學顔。」又序云：「不爲交謫之言，多有開愁之句。」想見天倫樂事聚于一門矣。

【校記】

［一］案，此條所引戴復古妻《祝英臺近》詞，唐圭璋《全宋詞》作：「惜多才，憐薄命，無計可留汝。揉碎花箋，忍寫斷腸句。道傍楊柳依依，千絲萬縷，抵不住、一分愁緒。如何訴。便教緣盡今生，此身已輕許。（此十四字，各本皆脱，惟《古今詞選》卷四有，未必可信。）捉月盟言，不是夢中語。後回君若重來，不相忘處，把杯酒、澆奴墳土。」

範金詩話

[清]謝鳴盛

毛　靜　點校

點校説明

《範金詩話》二卷，清代謝鳴盛（一七二七—一七八九後）撰。鳴盛字霽中，號醒庵，又號齊雨山人，江西南豐人，清初程山學派創始人謝文洊裔孫。鳴盛一生以諸生終其世，中年曾佐幕福建古田，後署任湖南辰州府沅陵知縣，著有《非醉詩草》《春霽軒草》《醒庵詩鈔》《尺餘草》《程山家禮補》等。與兄鳴謙俱有詩名，爲南豐菊榭詩社「六學一先生」之一。又與江右名士汪軔、楊垕、蔣士銓遊，頗得推許。

《範金詩話》爲鳴盛專論詩法之著。據其族兄謝本量所作序，此書爲乾隆三十六年（一七七一）遊歷吴下時所作，内容爲授人作詩之法，分體論述，上卷爲五、七古及五律，下卷爲七律和五、七絶。謝氏之觀點頗重「體格」，尤近沈德潛格調之説，一些觀點頗爲尖新，如批評杜甫不擅五古，又不滿唐人七律，隨文例舉唐詩粗俗率爾之作，李杜詩中粗礪之篇，以警後世作者。他認爲杜甫《新婚别》《無家别》自是樂府一派，《夢李白二首》嗚咽頓挫，不離正始，是其壓卷之作，其他純以七古筆法出之，氣粗句硬，且過於馳騁，即句法如《奉贈韋左丞丈》「朝扣富兒門，暮隨肥馬塵」數語，《九成宫》「荒哉隋家帝，制此金頹朽。向使國不亡，正爲巨唐有」、《奉先縣詠懷》「取笑同學翁，浩歌彌激烈」及「朱門酒肉臭，路有凍死骨」，《慈恩寺塔》「仰穿龍蛇窟，始出枝撐幽」及「秦山忽破碎，涇渭不可求」，粗陋已甚。批評「如此類者皆出選本，爲世所佩誦，其全集尚多鹵莽，若必以聖不敢議，則五古之道豈不因之而亡？是又豈爲浣花知己耶？魏晉遠矣，即就其同時太白比例觀之，其歧正截然有不可諱者。」稱自己「非敢妄議前人，實欲明五古之正體，而亦正尊杜之至」，在歷代算是批評杜甫比較中肯者。

官崇在序中評價謝氏此書「宗旨歸於詩中須有我在」，主張不分唐宋，專主詩格，其觀點與吴喬主張「詩中須有人」如出一轍。所以民國侯鴻鑒讀過後，認爲此書「多深刻有得，語論古人詩句、詩法、詩節，有獨到語」（侯鴻鑒《西南漫遊記》），可見此書版行後，得到世人的認可。

本書據江西省圖書館藏乾隆五十四年刻本《範金詩話》整理。

毛　靜

範金詩話敘

以錙銖之金，與尺寸之鐵，校其貴賤，至殊也； 然而爲冶、爲鎚、爲鉗、爲鑢、爲錐之屬，皆鐵爲之，而後金之精采有所藉以發其光華，則鐵之爲金範，何如其勤也，此予弟霽中所以以「範金」名其詩話也。霽中與予生同物，少苦鈍，將冠時，伯兄愧屋氏縱之與予校論聲韻，意躍躍喜。既而與予同事曾松門爲菊榭詩課，日益有所切磋，遂酷好之二十餘年，窮極漢魏以至於時賢之詩，無不假覽而鎔鑄之。其何者爲正，何者爲僞、爲邪曲，截然如爐冶之辨金洞焉，豁然而文，亦沛然足以自達。辛卯遊吳，即成此帙。其分體別式，各示以矩法，爲從來詩話所未有。霽中曰：「吾爲鉛、爲錫、爲銅、爲銀、爲汞，屢澄濾而析分之，乃得鎔而成此，以爲吾子弟範耳。豈敢爲躍冶哉！」予於客閩時覽之，即欲出之，霽中秘不與也。今又十餘年，予與霽中俱浸老矣。夫物之精英，儲之久必用之廣，而其華乃益發。四海之内皆兄弟，人之才子弟，即吾之才子弟也。夫金不得其範也，多矣； 範金者豈擇金而範哉？ 大以成大，小以成小，將必有光鋌萬丈，由兹範而不致沈埋泥沙者，之無有紀極也，何可秘也？ 下使吾子宗治其子宗，維亟録以付梓氏。而余老人，錙銖之金其亦有藉是範，以同爲錚錚不朽者乎？ 尚以冀諸未盡之年。乾隆己酉春，仲十兄退菴氏本量書於菘圃。

歲己酉，予客遊泉之南安，獲交西江謝醒菴先生。先生年六十餘矣，鬑鬢蒼然白，長身玉立，曳朱履，丰範甚偉，予一見即心儀其爲人。既得讀先生所著詩古文及《範金詩話》，日聞所未聞，蓋信乎其爲有道君子也。於是時樂親先生，先生亦不鄙予，時接引之。余私自幸觀歷有藉，而茲遊爲不負也。先生舊刻有《非醉詩鈔》，其全集暨古文裒定成帙，將以次付梓，茲先刊其《範金詩話》，顧謂予當有言。予惟先生推一日之賜，使不終于苦窳，依歸模範，他日得以成就於萬一。退感且泣，而自愧其無以任也。蓋先生少壯時浸淫此道，餘二十年矣，上薄風騷，下逮漢魏六朝，以迄三唐宋元明諸作者，靡不審觀流別，抉其利病，不欺古人，亦不爲古人所欺。而其宗旨歸於詩中，須有我在。有我在云者，立誠之謂也。修詞立其誠，先生微獨爲學詩者言也。先生詩不名一體，而按之皆如有物。其古文沖淡夷猶，神味淵永，昌黎所謂「善自爲能自樹立」，揚子雲所謂「誠立自我」者有是哉！先生論詩云旨，即先生爲文之旨也；先生之論詩古文，即先生之自名其詩古文也，信矣。余不敏，不足以知先生；第就先生論議所及，取私淑焉，爰識數語於後，先生其幸有以教我。

三山學子官崇謹跋

範金詩話　上卷

《詩》三百篇，頌體莊嚴，雅體典重。風詩則體度雍和，寓至理於淺近之中；而抑揚宛曲，不緩不蹙，渾然天籟。雅頌則猶有人工也，其重疊低徊難已之處，更深人以一唱三歎之思。後人變爲九歌、四愁、五噫、七哀，可謂深知其意者矣。若失其意而襲其貌，無其情而有其詞，雖多何益？

古云：「風、雅、頌，《詩》之體；賦、比、興，《詩》之用。」其用云何？竊以爲此先民教人學詩之法，《雅》《頌》皆當作如是觀，不獨《國風》宜爾也。蓋歌吟謂之賦，如《左傳》所載「莊入而賦」「姜出而賦」《晉公子賦》《河水秦伯賦》《六月》之類，皆歌吟古詩，並非敷陳直言己意之謂也。由是以思學詩之法，蓋爲歌吟之而興趣生焉。興觀羣怨，隨境而發；遠邇多識，觸類而通，如後世裴安祖講《鹿鳴》，而兄弟同食周盤，誦《汝墳》而爲親從征，豈非興寄無端歟？其因此悟彼，如聖門子夏之因論詩而知禮，子貢之因論學而詠詩，豈非工於比物者歟？學詩而得此意，則真活潑潑地矣。若必以某章爲興、爲賦、爲比，縱令絲毫不爽于學者，何所會心古人，不求甚解。略觀大意，其此旨也夫！

聖人讀《易》之法有四，竊取則焉：賦則以言者尚其辭；興則以動者尚其變；比則以制器者尚其象。

惟以卜筮者尚其占，是專爲讀《易》而説其三者，凡讀書皆當具此意，又不讀《易》與《詩》爲然。

柳子云：「比興出於虞夏之詠歌，殷周之風雅。」其抑有以先得我心乎？

陶靖節四言詩頗多，其《時運》《停雲》諸作取法《國風》。束晳之補亡、韋孟之諷諫，皆本諸《小雅》，意味甚肖，而神與韻則猶未洽。惟魏武《短歌行》，彷佛於《風》《雅》之間。唐之平淮夷，柳州有《雅》、昌黎有《碑》，體則類《雅》而規《頌》；王褒之《得賢臣頌》、范蔚宗之《史贊》，又體爲《頌》而近《雅》。其他如陸機之「我靜如鏡，民動如煙」，佳語亦不可多覯，蓋温柔敦厚之説，言詩者皆知之，而雍容綿緲之趣，紆徐醞釀之音，終不能隨心而應手，斯四言所以不古若歟！

宋景文云：「蕭蕭馬鳴，悠悠旆旌」，顏之推愛之；「昔我往矣，楊柳依依。今我來思，雨雪霏霏」，謝幼度愛之；「訏謨定命，遠猶辰告」，安石以爲有雅人深致。《東山》之三章「我來自東，零雨其濛；鸛鳴于垤，婦歎于室」，四章之「其新孔嘉，其舊如之何」，王漁洋愛之；鳴盛則謂《東山》四章，必合讀之，方極其璀璨譎變之妙。平生又最愛《芣苢》章，通篇不著一思議，亦不著一詠歎之辭，而深永無際，正如一掬清泉到口，心骨都清；欲名其味，終不可得，真化工也。是《三百篇》中有一無二之作，前人提與《殷其雷》並論，不知《殷其雷》體貌雖同，而猶著有思議詠歎迹象，《芣苢》章直不知著到何處，而吟諷難舍，吾亦不自解也。

詩非積理，則嘲風弄月，何關性情。然理又非徒敷陳道德，侈談謨誥，便稱理窟。試看二《南》語周文齊治列國，言時政否臧，詞句未嘗涉理，而言表溢然。固知談理非得理趣，難言風雅；即二《雅》半屬典正之詞，三《頌》多美德容之盛，終不似後儒箴銘，膚庸滿簡。衛武公《抑》詩最爲道學家佩誦，而「爾室屋漏」之語，猶是錯綜盡致，蓋理而領其趣，則如蜂蝶之飲花露；惟趣比根諸理，則如燈燭之有膏油。師古情殷，幸勿偏重。

魏伯子言：「惟《頌》無韻而有節，節妙於韻；惟《頌》有節有韻，節與韻俱妙。」此語是古人未傳之秘，凡詩不明於韻中之節，則音響終不能諧。五七言、古體皆然，而四言與樂府非於此有神悟，尤無所準。蓋節無定而有定，如今黎園子弟度曲之有拍版，知笙笛絃鼓之操縱於版，則知聲詩高下疾徐之有節矣。不然，雖曰誦《毛詩》，亦終無由窺其涯涘。

屈原去古未遠，遭遇非時。由變風變雅，創爲騷歌。音不厭其煩褻，詞不厭其顛復。蓋忠愛之情，疾痛迫切，有不暇自擇者。《黍離》《麥秀》，事後之痛，猶不如其當躬之甚，而心更欲有所挽回也。太史公謂：「《國風》好色而不淫，《小雅》怨誹而不亂。若《離騷》者，可謂兼之得其旨矣。」賈傅之《弔屈》與《鵩鳥賦》，楊雄之《廣騷》與《反離騷》，其所以遜於靈均者，正在不能如其煩褻顛復也。然其煩褻顛復，非強爲然，蓋有不知其然而然者。誼之遇本未至如屈，雄之志又不能如原，宜其不及也。竊以食肉不食馬肝，未爲不知味；與其爲無病之呻，則離騷即以馬肝視之，豈人遽議我不能詩乎。

《離騷》非不當學，不能學也。非不可學，不必學也。學《離騷》不如《三百篇》之爲中聲也。即變風變雅，煩褻中猶自温和，顛復中仍然紆折之取法爲無傷也。然《離騷》亦自是古今來第一種奇文，不可無一，不能有二。覽詠之餘，自生奇勃之氣。運其氣與樂府七古中，亦大新人耳目，要在善取之耳。

漢人文氣古茂，由其風會自然而然，故其紹風騷而創爲樂府，盎然堅栗，如千年蒼藤著於懸崖，翠柏磊柯盤節，可玩而不可得而名也。其清調、平調、瑟調之屬，尤縝密難測。曹氏父子力爲追摹，似猶兼鼓吹、横吹渾而一之。蓋鼓吹、横吹諸曲，如銅鼓風角，音響振爽差易會心。唐惟李太白得其節奏，其體爲之一變，而振迅低昂，節亮音調。杜工部諸《别》、諸《吏》，亦多有合者。宋謝皐羽、元楊廉夫、明劉青田、王元美諸人，於不能盡合之中，仍復存其合者。李西涯借史事創爲新題，不襲其貌而傳其節，别爲一格，視李滄溟之摹擬，不更爲善變歟？

予與余聲谷乙亥秋同寓盱城，得《尤西堂全集》讀之。聲谷問予：「有所取乎？」予曰：「西堂《擬古》及《外國竹枝詞》甚善；其《四書題》近體，直是墮入魔道，須盡焚之，方不致誤人。所最可賞者，則《明史樂府》一卷。」聲谷撫掌大笑，曰：「子探驪得珠矣。」近時詩人留意樂府者惟聲谷與南昌楊子載。即本朝傳集，亦僅見西堂此卷。此調孤彈，知音俱逝，追思及之，我涕欲零。子載有《洪州新樂府》一卷，聲谷僅留數首於刻稿中，遺文散佚，悵惘何極！

《子夜》等歌，亦是樂府之餘。王阮亭《小樂府》似得其意。至謂唐人諸絶句，可被之管絃，即是樂府，則非也。予昔館萍鄉，門人有竊予《蒙泉精舍》諸絶句，就老棃園吹彈，其可入譜者十得七八，然予終不自信爲樂府也。阮亭又以尤悔菴《讀離騷》諸傳奇爲樂府，然則宋詞元曲皆樂府乎？蓋今之笙笛絃板，非古之鐘磬柷敔也，安得以入於彈索之絶句詞曲，混名以樂府？阮亭沿習宋人語，以爲典故，特戲爲誇羡之稱耳。然詩體所關，予懼後人誤會其意，更開樂府以歧途，而愈無所歸也。

或問：今樂既不足定樂府，然則樂府將安所準乎？嗚盛竊謂漢魏以來，作者衆矣；觀其體之正變，音之高下，節之疏密，意之古質，辭之樸茂，參証以古詩所由别，則自得矣。

《詩所》一書，古樂府之升降離合悉備。晉之陸機、傅咸輩便已不能全合，唐人或作爲律絶，不過借其題耳，於樂府何涉？漁洋謂樂府寧爲其變，不可以字句比擬；又謂樂府非不可作，惡今人無所寄託也。此二語殊可深味。

予友胡芥浦嘗從寧化雷翠庭都諫浙東使院歸，得五布衣詩。中有李鐵君《今樂府》一卷，其聲亢壯，有秦風氣象，因録存之；昨見予諸子宣評巷伯諸詩，謂其氣味仍是温厚，其音響仍是和平，不似李鐵君《今樂府》一味刻露痛快，此語甚是。樂府不痛快則失之委拙，太痛快又失古樸之意；不刻露則失之沉滯，太刻露又失堅栗之旨，調劑得中，最難最難。

詩必遇物窮理，以廣其意，猶建屋之必預儲木石基礎也。詩必按節諧聲，以合其度，猶匠作之必資規矩準繩也。五言古與七言古之體格迥别，則如苑囿樓閣之與宫殿堂廡，其爲屋則一，而布置規模殊焉。宋人之理非不足也，其如匠作弗善何？元人之調非不工也，其如材地弗稱何？唐人之格非不高也，其如高堂大廡之混諸苑囿何？明李于鱗謂唐人無五古，而有其五古自非深於漢魏之旨者，鮮不大詫，不知其弊，實由於學者溺愛唐人，遂不明於五古之正體。漁洋山人於唐五古獨選陳射洪、張曲江、李謫仙、韋左司、柳儀曹五家，可謂明眼巨識，真知唐人，亦真知五古者矣。學五古而不明於此，即倖能成其章句，亦如衆匠之只堪操刀運斧，欲主持繩墨則工師終弗許也。

漢詩十九首，蘇李别詩，肇開五言古體之祖。曹魏繼興，而陳思實爲大宗。阮嗣宗承之，靖節、靈運均祖之而各成一支派，然學者言五古終不能外三家而别出，嗣宗雋永，靖節醇潔，靈運藴蓄，進之以陳思之高華，斯亦極五古之能事矣。

五古才必斂、氣必鍊，一縱肆即失之。故陳思之八斗，嗣宗之猖狂，謫仙之不羣，皆大才也，而恬韞深醇乃爾。謫仙每低首宣城，而詠其古風數十首，直是兼三家以溯建安，亦步亦趨，中規中矩，古人之善自用其才如此，宜乎其不可幾及也。

鍾記室以陶詩原出應璩，璩雖鄴下才人，然於靖節之淡質醇厚，截然如緇素之異色。唐人學陶者惟左司得其淡，柳州得其潔，王右丞、孟襄陽得其逸致。而神於五律外，此惟儲太祝得其質朴，亦足以自名一家。靈運之排偶，陸士衡諸人皮鞟雖同，而神理終殊。士衡綺靡多而凝練之力少，靈運藻繢中一片清機，當時足稱勁敵者，鮑明遠一人而已。顔延之則不免重滯，由其迹象未化故也。江文通《擬古》一作，亦鏗爾者。五古體格，固用不得高堂大廡、魁嵬雄傑之狀，而要之長篇，必有曲檻幽房之參差、水窮雲起之聯屬；短篇雖一亭一榭，亦必有八荒我闥之意象，一徑通幽之分位。此非參會於三家之法，讀破萬卷書，領略於物理人情之至深，識力品量超出羣倫，未易言也。銖積寸蓄，工候既到，復加以邃養之功，庶自信有得，而自然之妙可幾矣。《廬江小吏妻》詩一章，極類古樂府，亦類記傳體。少陵《北征篇》及《送重表姪王砅評事使南海》諸作，似得此體。先曾祖麗舟公《紀廖烈婦事》亦本此法，大約長於七言古者爲五古，只此一派，足展其布置。然偶一見之可耳，守以爲正聲，則又失之矣。

尊敬古人須知古人真正佳處，方與己有益。若隨聲附和，空口贊歎，何異村婦日唸千聲彌陀，俗子過叢祠、見土木即下拜乞靈同一可笑。家伯兄愧屋嘗與鄒半谷書論知己，謂天下患不知其長，而僕謂知己者患於不知其短。短而中於所長，乃真知也。嗚盛則謂不獨朋友之道宜然，即尚論古人亦比如此，方可真知古人。浣花翁自是詩中之聖，即不能五古，何害？而必以其憂黎元、希稷契之什，遂震怖誇贊，則宋儒諸詩之陳道德、慕孔顔，又何獨笑其膚淺？蓋論詩必先論體格，猶劇場之有生旦丑凈，以生旦而雜唱丑凈腔調，亦將以其名子弟而贊賞乎？就杜公五言而論，如「新婚無家别」自是五言樂府一派，其《夢李白》二首嗚咽頓挫，吞吐蓄洩，不離正始，是其冠集之作。其他純以七古筆法出之，氣粗句硬，且無論其章之過於馳騁，即句法如《奉贈韋左丞丈》

之「朝扣富兒門，暮隨肥馬塵」數語；《九成宮》「荒哉隋家帝，製此今頹朽。向使國不亡，焉爲巨唐有？」《奉先縣詠懷》「取笑同學翁，浩歌彌激烈」及「朱門酒肉臭，路有凍死骨」，《慈恩寺塔》「仰穿龍蛇窟，始出枝撐幽」及「秦山忽破碎，涇渭不可求」，粗陋已甚，如此類者，皆出選本，爲世所佩誦，其全集尚多鹵莽，若必以聖不敢議，則五古之道豈不因之而亡？是又豈爲浣花知己耶？魏晉遠矣，即就其同時太白比例觀之，其歧正截然有不可諱者。嗚盛非敢妄議前人，實欲明五古之正體，而亦正尊杜之至。

蘇李別詩及十九首，意在筆先，韻留筆後，恬神靜哦，自領其味，不必強解也。譬之制器，尚象未有規矩，先有方員。及乎規矩既立，合之方員，翻訝其何以微茫弗爽，不知前之規矩，由方員而來；後之方員由規矩而成，此天地自然之妙運，建安諸子所由繼興，以爲五古法則也。

五言古最忌鋪張，徑直其法，宜得風人比興之意。當風急欲洩之際，則宜思蓄之之法。如太白「蟾蜍薄太清」一章團激至「蕭蕭長門宫，昔是今已非」，已急欲洩矣。在庸手，必直接「沈歎終永夕，感我涕沾衣」，豈不通首敗於薄弱？太白則用「桂蠹花不實、天霜下嚴威」二句以蓄之，然後以沈歎句洩之，氣乃固矣。又如「莊周夢蝴蝶，蝴蝶夢莊周。一體更變易，萬事良悠悠」，筆至此，已急欲伸矣。若下即接「青門種瓜人，舊日東陵侯。富貴固如此，營營何所求」，一直伸去，豈不淺率之甚。太白又用「乃知蓬萊水，復作清淺流」，作一縮筆。於是上下意境蕩漾，深永無際矣。在太白固是自然行乎其所、不得不行，然學者初入門，即欲聽其自然，是何異嬰兒未能行，而驅之使走也，則顛且蹶矣。惟以伸縮蓄洩之法爲步趨，久之神通變化，其妙無方，然要之不離此四字，猶之人雖健步，捷於猿猱，終不能舍腳力而鼓翼以飛也。予嘗聞其略於武寧盛水賓，今偶舉太白以爲例，以衆人所易曉，而實自漢魏以來已無不然。

或問：　五古轉韻之法，《三百篇》具有之；　漢《十九首》中，「青青河畔草」，亦自蟬聯換韻。然嗚盛觀漢魏以來，大都以終始一韻爲正格，轉韻爲變格，而轉韻之中，復有正變。如太白「蟾蜍薄太清，蝕此瑤臺月」，前四句用兩仄韻，後十句轉用六平韻。「蝃蝀入紫微，大明夷朝暉」，疊一韻，下仍間句一韻，此正法也。又如陳正字《感遇》詩末一章十韻，前十八句一韻，後二句「大運自古來，旅人胡歎哉」，疊一韻轉即結。而太白《短歌行》「白日何短短，百年苦易滿」，疊一韻起，以下十二句轉作一韻，已是變中之變。至太白「天津三月時」，起四句用四紙韻，後轉十一尤韻，徑用「前水復後水，古今相續流。新人非舊人，年年橋上遊」，不用疊韻，然蟬聯對仗而下勢不能疊，猶是古法。若其《妾薄命》《懷張子房》之類，及韓退之《瀧吏》一首中轉十八韻，又俱不疊韻而轉，則變之極矣。學者寧守其正，即不得已而用變，尤宜守變中之正。至於叶韻之法，邵子湘云：「古體詩須糸用古韻，譬之宗廟必用敦彝豆俎。」此言甚高，但詩中用叶韻，固須有本，亦須有法。若開口即用叶，與中間叶之過多，亦非正格，毋漫以三百篇爲口實也。

詩中著理語最難，至説到聖人尤難。須渣滓澄淨，恰到好處。如淵明「汲汲魯中叟，彌縫使其醇」，千秋萬世更誰道得到。

陳射洪「囊括經世道，遺身在白雲」，又云「舒之彌宇宙，卷之不盈分」，理語亦澄淨無迹。然著向鬼谷，便不是恰到好處。

大約五言古，句法庸不得，奇亦不得；　俗不得，文亦不得。字法粗硬不得，纖媚不得。章法不可徑直，不可粘，不可脱離，不可委靡放縱。三者與其濃也，寧淡；　與其艷也，寧質；　與其巧也，寧拙而真。蓋不露不晦，不亢不墜；　寓名理與埃坌之表，養浩氣於音譜之中，庶乎穆如清風之旨歟？　然其候正不易至也。

可以見才炫奇、肆其展布者，無過七言古體。然而駕馬離韁，一趨即蹶；醯雞舞甕，微響易消。雖有迅奮馳騁之地，而偏苦力不從心；自非具江海之才，未易乘長風、鼓巨浪，逍遥於蓬萊島上。故長篇才必雄健，氣必壯闊，舌鋒脣劍，議論縱横，；蛟市蜃樓，起伏怪變，雖有不矜雄辯如傳記體者，其力量尤須堅厚。短篇如匕首刺人，刀刀見血；一語稍怠，全局俱敗。亦有一種飄然而來、洒然而往者，其法可兼樂府，而樂府不可兼古詩。大抵名家必講法度，即其不稱意之□，步伐終是不亂。若聰穎涉獵之士，豈乏穿楊中鵠之會；然翻弓墮馬，顛蹶立見。如瓶中之花，終不能與園圃相較。故觀作手，必就全局以騐其功候，各體皆然；要須一體成一體，與其兼擅而不精，不如專工一體之爲得也。

七古雖可騁才而弩張，非也；雖可誇博而填砌，非也；雖可鬥奇而怪誕，非也。熟讀《杜工部集》，自得矩法。

漢武《柏梁》始賦七言，初唐作者浸多，然譬之暴興富人，創造猶是簡陋。李、杜、韓三公則素封子弟，揮擢自然一擲千萬，視《兩京》《三都》，如同家室。殿唐巨篇惟義山《韓碑》一首，餘雖間有片綃零錦，恐終未可與石家步障相提并論。然李杜二家，同爲萬世詩宗，而究有仙、聖之别。世人艷慕神仙者多，仙家縹緲絶塵、逍遥無際，誠想望之，而心開意朗；第海上三山，以秦皇漢武力求之，而猶一遇爲難。其他服食丹鉛、修鍊方術，止見自速其生耳。故縱觀宋、元、明以來，人人自負有仙骨，瞻望青蓮，低頭膜拜，而終未聞賀監之重睹謫仙也。少陵雖爲大化之聖，然其功候，由學而漸進，泰山巖巖，尚不乏級引之階；學者由之得寸即寸，得尺即尺；而二中、四下，有志者自可幾及；即甚不似，亦可爲鄉黨自好之士，決不致誤於藥石，而發狂立斃。昌黎之於杜，如孟子之於孔子，雖不盡醇，要亦是詩家一大賢人。至於博觀衆妙，讀聖賢書者，何妨綜覽仙經釋諦；况太白本是詩壇正宗，吾所以爲是説者，蓋老馬曾經顛躓，談之而有懼色耳。千里駒其躡雲逐電，而姑試之。

《太白集》如李廣軍不擊刁斗自衛，而能令士卒爲之死，匈奴畏其略而不敢犯。少陵如程不識正部曲，行伍營陳擊刁斗，士吏治軍簿至明，軍不得休息，虜亦不得而犯。程李二人同爲漢名將，而所操勝算迥然各殊，當時士卒多樂從廣，而苦不識，殆亦如近世學者喜學太白而憚師少陵乎？然史稱李廣猨臂，其善射出天性。見敵急，非在數十步内，度不中不發。與人居，則畫地爲陳，射太白之匕。古亦如是，其所講求於法者已神化無方矣，是豈無法哉！顧後人天資不及，徒學其闊達馳騁，鹵莽滅裂，而於縱控駕御之法一無所得，幾何其不與棘門、霸上等也。則又何如細柳營之不可得而摇撼者之爲真將軍乎！

黄庭丹篆，自是仙家真詮，然傳之久遠，文成牛腹之書雜厠其間，非具仙眼者，幾莫能别擇矣。青蓮一集，大都如是。故學太白者，不必問其能學與否，但能辨其集中真贋，則安期羨門，庶幾可遇。嗚盛嘗吟玩二家集，太白七古，豈其不當學，苦於學之不能得其真；少陵五古，豈不更易爲學，苦於學之轉離其軌。李集中亂於僞者十之三四，杜集中流於粗者十之二三，吾輩讀古人書，冀得師法，非徒噉其名也。刻古人書，冀傳心法，非欲賊夫人子也。嗚盛每展覽古今篇什，輒不勝感慨係之。而二家集更爲家絃户誦之書，數百年來，竟無有大力者爲之訂定，豈不是宇宙間一大恨事。二家之評，嗚盛所爲僭任之而不辭，奈力綿聲小，不足以振聾瞶者何！

少陵七古，天資學力兼到，經權常變，實包孕六朝三唐而盡有之。高超奇肆如太白，恢張雄傑如昌黎，亦籠罩於其中，故起伏頓挫，篇篇異致，而法度井然，毫髮無憾，此所爲允堪師表也。

太白《蜀道難》、少陵《飲中八仙歌》、李義山《韓碑》，此三詩是千古第一奇作，幾於聖不可知矣。即三公生平，亦有一無二，且彼此亦不能兼擅，學者出筆即思倣此，志則高矣，其奈不自量何。

平韻句必拗峭振厲，仄韻必沉著堅重。大要如生鐵出冶，在生熟之間。若純綿裹針，猶是五古句法，必如工部所謂「語不驚人死不休」者，方是七古真正好句。至於長短句法，尤須胸有繩尺，按緩急以施其節，非力不足則短之，氣有餘則長之。李于鱗謂太白歌行，縱橫不無弩末之慨；間以長語，未免英雄欺人。此由併其僞作而議之，太白真本，其長短之節，得之漢樂府，固非無法也。然一二敗缺，亦誠有之，第非盡然耳。學者不明其節，則自欺耳，人可欺乎。又七古中間，有前半首用五言者，其法須使人開口讀之，即知其是七古中五字句，方得學者明乎此，則五言、七言，了然於胸中矣。

《漁洋詩話》論七言古，以第五字爲關捩；五言古，以第三字爲關捩。平韻於上句關捩用仄聲，下句用平聲，仄韻反之。古人雖未盡拘，亦教人用音節抑揚之捷徑，且平韻最易犯，律句押韻用三平，則拗健堅峭矣。初唐所以多律句者，由不明此法耳。試看杜韓詩，便知漁洋非無本之談。或謂平聲多揚，仄聲多抑，嗚盛細味之，亦有仄字聲揚，而平字聲不揚者。五音不明，惟作者自領悟之。

七古一韻到底者少，有轉一韻及數韻者。有兩句一轉、四句一轉者，亦有三句一轉者、參差轉者；有平仄相間轉者，亦有平轉平、仄轉仄者。轉韻以叠一韻爲正格，而亦間有不叠者，其法本自《木蘭詞》，然非不得已不應爾也。又有非轉韻而起止中腰，時或叠數韻，仍不全叠者。其一韻中，句句用叠到底者，本柏梁體爲正格。而老杜《大食刀歌》，則又一首中兩韻，而仍句句叠韻。又其《短歌行贈王郎》一首，十句兩韻，而上下五句各用單句叠一韻。又有通章整齊，起處獨用單句，與第三句爲韻。如郎士元《塞下曲》；又有中間忽用單句叠一韻，如高適《還山吟》；又有結處用單句叠一韻，如老杜之《曲江》及《簡薛華醉歌》《冬狩行》、太白之《烏棲曲》、昌黎之《贈張功曹》者甚多。又少陵《桃竹杖引》，俱交互用韻，四六兩句同韻，三五兩句與起，兩句同一韻，十三、十五兩句同韻，十四、十六與十八句同韻。又《嶧山碑》句句用韻，三句一轉，岑參倣之作《走馬川行》。七古用韻變怪不齊，舉其大略，已繁如此。要其中之宜緩宜急、宜疏宜促，所謂氣盛則言之短長、聲之高下皆宜，而究之作者胸中自有一定之節，如樂師操扳按拍，非聽笙笛爲游移也。

五言律體，由陳、隋偶句積漸而成，唐之諸大家尚存古意。如孟浩然《萬山潭》《晚泊潯陽》，王昌齡《潞府客亭寄崔鳳童》，李白《送陽山人歸嵩山》《夜泊牛渚懷古》《沙坵城懷杜甫》《聽蜀僧彈琴》《送張舍人之江東》，儲光羲《題陸山人樓》，李頎《寄鏡湖朱處士》，邱爲《題農廬舍》，常建《宿王昌齡隱居》，李嶷《林園秋夜作》，柳宗元《旦携謝山人至愚池》，釋齊已《秋夜聽業上人彈琴》《劔客》，釋皎然《尋陸鴻漸不遇》之類，皆一時佇興，化去律詩痕迹，而實則律體也。選家或入諸五古，由不明於古近體之分位也。然此種工妙非學深候至、觸機而發，强擬之則效顰，醜矣。又有一種顯然律體，而微帶古意者，如劉昚虛《寄江滔求孟六遺文》，又《闕題》一首，張九齡《望月懷遠》，李白《秋思口號贈盧鴻》《送友人孟浩然》《尋梅道士》《送友東歸與諸子登峴山》，王維《酬張少府》《送賀遂員外終南别業》，儲光羲《題虬上人房》，杜甫《天末懷李白》《送友人從軍》，又《示兩兒》，常建《破山寺後禪院》、嚴武《班婕妤》一首、殷遥《送友人下第歸省》、韋應物《送别覃孝廉》《淮上喜會梁州故人》、韓翃《梅花落》、王貞白《題嚴陵釣臺》、韓愈《祖席》、郎士元《送賈奚歸吴》諸作，多是通首一氣貫注，或十字爲句，瀟洒自如，此可學而及之。然筆不超健，意不深勁，則幾於不成章句，惟規模正格，步伐止齊，久之自所如必合。

往曾松門先生教初學入手，每舉杜工部《登兖州城樓》詩，起止承接，正大分明。寫景道情，遠近次第，班班不紊。學者熟此而後講求變化，自無手忙脚亂之患。鳴盛深服其教人極有準則，不似時俗作夸張籠統話欺人。

唐初王績之《野望》、孫逖之《宿雲門寺閣》諸什，皆是此法。即變化環生，似無定格。而大要，起法必得穩括渾含；中間兩聯，必須聯絡顧盼，淺深暢遂；第七句或就本位勒住，如截奔馬，或借勢帶收帶宕，如鵬翼將摶；至八句便鏗爾，餘音悠然不竭。此爲正軌，倘收尾各不相顧，中間如四扇板壁，縱有佳句，亦不足觀。

起手最宜有振迅之勢，其法不一，略舉數格。如宋之問「馬上逢寒食」，杜甫「今夜鄜州月」，是直起法；李嶠「漢帝撫戎臣，絲言命錦輪」，司空曙「黄葉前朝寺，無僧寒殿開」，韋應物「思親當自去，不第未蹉跎」，是原起法；張説「東壁圖書府，西園翰墨林」，是排起法，猶近常格。至岑參「送客飛鳥外，城頭樓最高」，李白「犬吠水聲中，桃花帶雨濃」，張九齡「海上生明月，天涯共此時」，則衝峯突起法也。杜審言「獨有宦遊人，偏驚物候新」，杜甫「亦知戍不返，秋至拭清砧」，則半腰截起法也。高適「謫去君無恨，閩中我舊過」，馬戴「孤雲與歸鳥，千里片時還」，韓愈「淮南悲木落，而我亦傷秋」，又逆流倒起法也。如此類者，不能悉數。時手專講中聯，予友胡芥浦與予從兄退菴獨喜講起法，以爲不如是，則通首頽靡不振，其言當矣。然起好，結尤宜好。前半首好，後半首更宜好。如王、孟二家，襄陽工於前半首，何如摩詰前或淡淡入、後雋永不窮之爲可味乎。若夫挺挺而起，復挺挺而止，通首堅厚不衰，雖杜工部一代作手，亦不過十數首。説詩家動以五律最易，試深講求，何可易言哉！

昔人謂五言律如四十賢人，著一屠沽不得。予謂及四十屠沽，亦著一賢人不得。學初盛唐，固帶不得中晚氣象；即學中晚，而用一二語似初盛，亦直是不律。

初盛唐時，陳、張、宋、杜、高、沈多是渾樸而透辟；王、孟清俊中兼呈逸致，太白濃艷中自寓高超，惟少陵專以悲壯沉雄爲主，而細密匀稱，尤爲獨擅，終唐之世，五律品格無出諸公右者。學者各就其性質所近，深取則焉，自不致墮入纖俗卑靡一派，琢鍊骨氣，全須入手不差。

詩到中晚，每多捉襟露肘之狀，即其強爲大言，而局度終小，風氣遞降，真有不可解者。後此繼初盛之軌，其在前明乎？宋元又不及中晚唐矣。

通首用虛字幹旋，最妙却須絶大力量。老杜平生亦惟《擣衣》一首。

登岳陽樓詩，推孟襄陽、杜工部爲第一。襄陽起手勝杜，而後四句則工部超然獨遠。至劉長卿，通章草率，而「中流没太陽」句，更屬笑柄。大凡題詩，遇前有名作，自計無可開生面，不如不作之爲愈也。魏叔子教人學詩，當從古詩入手，極是，但恐非上智不能；不如從五律入手，中下悉有所凖。蓋五律去古體未遠，上學漢魏六朝，下學三唐近體，胸中略有把握，轉手則自不難。若時俗從七律、排律、五七絶句始，求其品地能高者，千百中一二而已。

範金詩話　下卷

七言之有律體，如畫家之有寫真。嗚盛嘗即其品而論之，亦約有三等。沈佺期之《龍池篇》、崔灝之《黄鶴樓》、杜甫之《白帝城》，皆髣髴吴道子畫天官寺壁，真是得裴將軍舞劒之神，意境出筆墨之外，其品爲最上，古今不數見也。唐之初、盛，及前明諸大家，其工力所到，如曹霸之畫褒公、鄂公，英姿颯爽；又如顧長康寫裴叔則，頰上益以三毫，儁朗獨著。七律非到此境界，不得稱爲正軌。晚唐宋初，專以態色爲工，施朱敷緑，濃艷妖冶。俗競悦之，而品則愈況而下矣。若較其工力之難易，則塗澤之工，豈不更難於淡著丹青者乎？然試謂晚唐更難於初盛，人未有不啞然笑者，此詩所以以品爲貴也。然則昔人謂七律較難於諸古體者，是亦但知形迹之難而不知意境之難，乃在形迹之外，觀畫家以逸品爲極上，可知矣。

七律與五律格法亦約相倣，大要貴莊重而忌佻薄，貴婉和而忌粗硬，貴鮮麗而忌濃砌纖靡，貴壯闊而忌拘滯放蕩。平忌熟，新忌怪；　鍊句須上下相生，不可斷離；　下字須左右煊映，不可湊雜。情與景侔，骨與肉稱，有聲有色，而意厚力堅，斯道之能事盡矣。

以工部爲骨幹，以初唐爲聲調，兼采中晚姿致，合其所長，鑑其所短，而以我之身世意境出之，庶幾不同優孟衣冠。

言律必宗唐，言唐必宗杜，此自正論。第學杜常失之粗，學初唐常失之薄，學中晚常失之淺白與纖媚。宋元以來，七律至多，體調俱失其正。前明高啓、劉基、林鴻、楊基、高棅、李東陽、石珤、何景明、李夢陽、徐昌穀、邊貢、楊慎、高叔嗣、華察、王元美、謝榛、李攀龍、徐中行、梁有譽、四皇甫、陳子龍諸人，雖温醇綿邈之音稍遜於唐，而英偉挺拔，自成爲明人之詩。國初宋荔裳、施愚山、周櫟園、王漁洋、杜茶邨、潘次耕、彭羨門、朱竹垞諸作，手雖不專以七律見長，而百餘年來，運會日隆，風雅所就，實兼有唐、明之盛，真斯道之慶也。康熙間查初白七律最爲可觀，成名後浸欲以宋派標新，近時後進，遂專襲東坡體貌，輒欲别樹一幟。不知東坡七古，猶存杜、韓規矩。其七律佳者，僅與中晚人髣髴，餘則淺白甚矣。語曰「見與師齊，減師半德」，又曰「取法乎中，必流於下」，彼欲别樹一幟者，高賢固自能辨之，第恐初學昧於所向，一惑其説，則終身墮入棘叢，爲可悲耳。王弇州云「奇過則凡」，然則學者欲七律之無踰於閑，其惟守唐正風而勿變，庶標新立異之談，無由得以蠱我乎。

浩然太白，本無意七律，李集八首，孟集二首，其不欲以此見長明矣。《鳳凰臺》顯然以崔灝爲粉本，而選家必欲登之，且强爲之辨，豈二公無七律，遂不得爲詩人乎？此與極贊工部五言古、七言絶句者，名爲尊杜，同是一種愚見，真不可解也。

説詩則言七律爲極難，而作詩則動輒多篇，唐之元、白、皮、陸，宋之黄山谷、楊誠齋、陸放翁、周益公諸集尤多，或一題而數首數十首，一韻而唱和成帙，春興秋懷，踵之以三十平韻；賦梅花又且百首矣。覺老杜一大詩人，《諸將》《秋興》《古迹》，寥寥數首，豈不遠遜其富乎？阮亭所摘梅花佳句，如東坡之「竹外一枝斜更好」，已僅得七字耳。其他較桃比柳，幾同啞謎。踏雪策驢，總屬雷同。至於離合回文，支干草木，鬥險矜奇，描頭畫角，非僅捧心效顰，直是魍魎晝現。予也半生閲歷，每恨世無成連子，爲置斯人於海濱，然學者亦誰能如康崑崙，肯聽叚師洗其邪？雜十年不近樂器，此人才所爲可惜也。

先高祖《程山日録》云：米元章學書，無一定之帖。采各帖字之佳者用之，此法最善。不但當采一字，即一筆有法，亦當采取，久之方能合成一家，此集思廣益之道也。嗚盛因是知詩必求全首佳者而學之，即三唐亦不多覯。吾惟即其善與不善者列之，以爲法戒，豈不均爲我師乎？起句之妙如蘇頲「東望望春春可憐」，賈曾「銅龍曉闢問安迴」，祖詠「燕臺一去客心驚」，杜甫「花近高樓傷客心」「風急天高猿嘯哀」「聞道長安似弈棋」「羣山萬壑赴荆門」「露下天高秋氣清」，王維「明到衡山與洞庭」，賈島「此心曾與木蘭舟」，李商隱「猿鳥猶疑畏簡書」之類，皆突兀超邁，足以籠蓋通章。其不善者，多是直起而粗鹵，如沈佺期「南方歸去再生天」，杜甫「歲暮陰陽催短景」「支離東北風塵際」，王維「仙官欲住九龍潭」，李頎「知君官署大司農」，楊巨源「關西諸將揖容光」，皇甫冉「北人南去雪紛紛」，司空曙「緑楊垂穗亂鳥飛」之類是也。結句之妙，在承載得上六句，而提起下一句，悠然不盡，回眸一顧，秋波自遠。其法惟杜工部最工，如「可憐後主還祠廟，日暮聊爲梁父吟」「請看石上藤蘿月，已映洲前蘆荻花」「回首可憐歌舞地，秦中自古帝王州」「關塞極天惟鳥道，江湖滿地一漁翁」「明年此會知誰健，醉把茱萸仔細看」「獨使至尊憂社稷，諸君何以答昇平」，然杜集如此者，正復未易多得。他如張謂「不醉郎中桑落酒，叫人無奈别離何」「由來此貨稱難得，多恐君王不忍看」，皇甫冉「聞道王師猶轉戰，誰能笑談解重圍」，亦可法也。至收結荒頹，作者不免。即少陵「運移漢祚難恢復，志决身殲軍務勞」，則舉岑參「西望鄉關腸欲斷，對君衫袖淚痕斑」，劉長卿「臨水自傷流落久，贈君爲有淚沾衣」，李商隱「晝號夜哭兼幽顯，早晚星關雪涕收」「天荒地變心難折，若比傷春意未多」，同爲粗淺無味矣。又如蘇頲「漢家曾草巡遊賦，何似今來應聖明」，王維「聞道甘泉能獻賦，懸知獨有子雲才」，岑參「獨有鳳凰池上客，陽春一曲和皆難」，薛逢「今日路旁誰不指，穰苴門户慣登壇」，錢起「題柱盛名兼絶唱，風流誰繼漢田郎」，直與俗下膚庸酬贈之作無異。又李商隱「如何四紀爲天子，不及盧家有莫愁」，直狗尾續貂矣。若柳宗元之「欲知此後相思夢，長在荆門郢樹煙」，宋人已議其「煙」字無着落，起結不善，縱中間對仗精巧，譬之堂屋上漏下濕，雖四柱雕鏤彩繪，豈得目之爲奂麗乎？去短就長，監觀於古，則風義不啻師友矣。

律法興，人咸知以對仗爲工，景以對景，情以對情，遂若一定之法。或一聯情、一聯景，便稱名作矣。若能情景互寫，三唐中已僅見數聯。如沈佺期「九月寒砧催木葉，十年征戍憶遼陽」，高適「只言啼鳥堪求侣，無那春風欲送行」，皇甫冉「江客不堪頻北望，塞鴻何事又南飛」，李商隱「座中醉客延醒客，江上晴雲雜雨雲」，李端「秦地故人成遠夢，楚天涼雨在孤舟」，温庭筠「一院落花無客醉，五更殘月有鶯啼」，堪與少陵「叢菊兩開他日淚，孤舟一繫故園心」「春水船如天上坐，老年花似霧中看」「聽猿實下三聲淚，奉使虚隨八月槎」「南菊再逢人臥病，北書不至雁無情」數聯並美矣。至於「一去紫臺連朔漠，獨留青塚向黄昏」「悵望千秋一洒淚，蕭條異代不同時」「昨日玉魚蒙葬地，早時金盌出人間」「豈謂盡煩回紇馬，翻然遠救朔方兵」「正憶往時嚴僕射，共迎中使望鄉臺」「憶昨賜霑門下省，退朝擊出大明宫」，皆一氣貫注，化去對偶痕迹，十四字如同一句，此惟杜老一人而已，三唐中竟無可取以相匹者，宜乎其爲詩聖。

《浣花集》中，惟《秋興》《諸將》《曲江》《詠懷古迹》一題數首，品其高下，畢竟以《諸將》五首爲最，《詠懷古迹》前四首尚是堂堂正正好詩，至第五首，惟羣推「伯仲之間見伊吕，指揮若定失蕭曹」爲名句。然比擬誇贊，未足爲奇。且結句更屬粗率，視《蜀相》一首借古寫心，何啻牀分上下。

七律中，懷古自崔司勳《黄鶴樓》肇端，其詩如神龍在霄，無迹可求。若概以爲圭臬，雖杜公亦恐弗及。然春容大雅之作，後賢孔多。如劉長卿之《過賈誼祠》「漢文有道恩猶薄，湘水無情弔豈知」，温庭筠之《陳琳墓》「詞客有靈應識我，霸才無主始憐君」，不廢議論，自寓隱衷，詞旨亦復藴蓄，洵堪作則。又有一種似點綴眼前景色，而巧合題典，如李商隱之《隋宫》「於今腐草無螢火，終古垂楊有暮鴉」，劉滄之《經煬帝行宫》「香銷南國美人盡，怨入東風芳草多」，亦化盡形迹。又李商隱《馬嵬》「此日六軍同駐馬，當時七夕笑牽牛」，杜牧《金谷懷古》「桃李香消金谷在，綺羅魂斷玉樓空」，温庭筠《蘇武廟》「回日樓臺非甲帳，去時冠劍是丁年」，對仗精巧而筆意縱控，亦非填砌者可比。至通首勻稱，則劉禹錫之《西塞山》、許渾之《金陵》及《題衛將軍廟》，情景兼到，濃淡適宜，議者以後人之襲用，遂疑作手之鮮實際。獨《黄鶴樓》一首，太白居然摹擬，轉共推爲名作，而弗以爲病，甚矣，世人之耳識也。他如劉禹錫《題真娘墓》「芳魂雖死人不怕，蔓草逢春花自開」，《望夫山》「近來豈少征人婦，笑采蘼蕪上北山」，《神女廟》「星河好夜聞清佩，雲雨歸時帶異香」，杜牧《題武關》「鄭袖嬌嬈酣似醉，屈原憔悴去如蓬」，《題青雲館》「西皓有芝輕漢祖，張儀無地與懷王」，《西江懷古》「魏帝縫囊真戲劇，符堅投箠更荒唐」，温庭筠《馬嵬佛寺》「纔信傾城是真語，直教墜地始甘心」，李商隱《聖女祠》「人間定有崔羅什，天上應無劉孝威」，《楚宫》「空歸腐敗猶難復，更困腥臊豈易招」，《真娘墓》「柳眉空吐效顰葉，榆莢還飛買笑錢」，《井絡》「將來爲報奸雄輩，莫向金牛訪舊蹤」，《詠史》「歷覽前賢國與家，成由勤儉破由奢」之類，或填砌庸俗，或輕薄纖靡，似笑似謔，如嗔如詈，與稗官小説何殊？選者彙登梨棗，燕石瓊琚並相什襲，學者不大放眼孔，則幾爲《勸學》荀子有勸學篇死，應不獨笑蔡謨一人而已。

季弟筠初嘗論懷古詩，七律尤難。醖釀深醇，以使事必須烹煉鎔化、泯然无迹；著議論必須意在言表、褒貶抑揚，無喜怒之色，方爲高手。若直作贊語，便爲下乘。至過祠廟，則稱「廟貌巍峨」，過墓下，則稱「穹碑崒嵂」，如此之類，殊覺雷同增厭。

七字須鍊之如生鐵鑄成，若可截爲五言，或中間兩字硬插，或竟成三截，豈是好句？唐人亦有此弊，如李益「從來凍合關山路」，皇甫冉「積水長天隨遠客，荒城極浦足寒雲」，皆贅設上兩字，不似少陵「無邊落木蕭蕭下，不盡長江滚滚來」，著力正在上兩字也。又司空曙「青鏡流年看髮變」，元微之「壺中天地乾坤大」，白居易「松排山面千種翠」，劉方平「長辭西雍青門路」，李商隱「邊柝西懸雪嶺松」，皆生湊兩字於五字之中，豈若老杜「林花著雨燕脂濕，水荇牽風翠帶長」，句中自相呼吸乎？又韓翃「蟬聲驛路秋山裏」，皇甫冉「萋萋藉草遠山多」，元微之「歌待新詩促翰林」，李羣玉「入夜笳聲含白髮」，武元衡「笛怨柳營煙漠漠」，白居易「竹霧曉籠銜嶺月」，韋莊「曉發獨辭殘月店」，一句中三四截，幾同亂堆瓦片。試看老杜「思家步月清宵立，憶弟看雲白日眠」，迹似叠砌却不斷隔，能明其故，則思過半矣。至詩中韻脚，須如獅子滚毬，全身精力俱注射球中，方不粘著，亦不脱離。若沈佺期「殿裏爭先併是梅」，韓愈「相國新兼五等崇」，温庭筠「隴上羊歸塞草煙」，李商隱「朝飛羽騎一河冰」，皆屬趁韻，選家多贊賞之，真所不解。即杜工部「此日嘗新任轉蓬」，下三字亦是湊上，詎宜以其名家，而冒昧相師？學者誠推此類，以爲法戒，自無斷離不成句之弊。

凡一句中重用同音字眼，亦是一病。如沈佺期「坐近爐煙講法筵」，李商隱「大隱龍宮無限地」之類是也。即隔句如老杜「竹葉於人既無分，菊花從此不須開」，竹、菊兩字同音，讀去終覺窒礙。又許渾《朝臺送客》一首中，「趙佗馬援」「越國鑾卿」「江雲海雨」「嶺北蓼花」，八句平頭盡是人物地名，雖沈約「八病」之説，大雅所不拘，但如此板列，豈堪爲法。

古人名句有偶然相同，而各成其妙者。宗楚客有「雲裏孤峯類削成」之句，崔灝則云「天外三峯削不成」；柳宗元有「驚風亂颭芙蓉水，密雨斜侵薜荔牆」一聯，譚用之則云「秋風萬里芙蓉國，暮雨千家薜荔邨」，迹似相摩較勝，其實不過偶然適合耳。然可知專事寫景，到後人幾無處著想，往往費力敲成佳句，及多閲前編，竟如勦襲，良堪惋惜。故予嘗謂詩中必須有我在，五官雖同，而面目則子與父殊，即景寓情，果以我之真意出之，自不致人疑我爲天上偷桃客也。

唐與宋、元之别，在雅俗幾希之間。學唐詩每淪入宋元，其故何在？不知唐詩中亦多俗格，如李白「東樓喜奉連枝會」，杜甫「起居八座太夫人」「百年粗糲腐儒餐」「漫卷詩書喜欲狂」，李頎「新加大邑綬仍黄」，岑參「色惜玉柯迷曉騎，光添銀燭晃朝衣」，萬楚「汗血每隨邊地苦，蹄傷不憚隴雲寒」，韋應物「世事茫茫難自料，春愁黯黯獨成眠」，元微之「山茗粉含鷹嘴嫩，海榴紅綻錦窠勺」「同登科後心相合，初得官時髭未生」，韓翃「鑾府參軍趨傳舍，交州刺史拜行衣」，杜牧「劉郎浦夜侵船月，宋玉亭春弄袖風」，白居易「夢兒亭古傳名謝，教妓樓新道姓蘇」，李商隱「求之流輩豈易得，行矣關山方獨吟」，如此類者，置之宋元詩中，豈復有别？此學古者所以必具金剛眼，而後胸有定風珠也。

排律以鋪揚典切爲工，層次分明，波瀾壯闊，却自神氣聯貫，無重複斷離之弊，方成章法。造句故宜莊重，而運筆絶須流轉，暗相呼吸；長篇忌委頓，尤忌板砌；短篇貴簡勁，尤貴舂容。初唐登眺懷咏之作，有用五韻、七韻者，興盡即止，初不計韻之奇偶。後人專以偶韻爲正格，誇多鬥靡，有長至四五十韻、百韻者，要不過拖沓砌叠，賣菜翁求多耳。魏叔子云：「物之取精多而用之少者，其發必醇；取精少而用之多者，其發必薄。」詩道亦如是，故倚馬才尚鮮十韻之作。浣花翁間有長篇，而簡鍊精醇，猶不能數見，蓋詩道無一體可易言也。然此中甘苦，非深心此事者，又豈能遽解乎！

諸體中五言絶句最簡，而最難工，非學深養醇，豈易窺其窔奥。漁洋山人抉其秘，以一時佇興，得意忘言，而有味外味者爲極則。然不求神理，而但襲皮毛，則外貌空靈，中且無物，雖不與粘滯者同病，究於味外之味，未有所存。嚴滄浪以味外味如水中著鹽，飲水始知鹽味，此語於五言絶句形容盡致。又司空表聖云「不著一字，盡得風流」，予謂他體不能到此境地，惟五言絶句不可不懸此境象，以待其候。

五言絶句，含糊不吐，刻劃過盡，俱非也。惟語意恰是二十字，而神韻飄緲無際，音調静細，不剛不柔，斯爲正體。王摩詰《輞川雜咏》有著向題中者，有超出題外者，而均之有不即不離之妙。虞世南《咏蟬》、王勃《寒夜思》、李白《敬亭獨坐》、劉方平《春雪》、祖咏《望終南殘雪》、王昌齡《題僧房》、韋應物《秋夜寄邱員外》、崔興宗《留别王維》、許渾《塞下曲》、耿湋《秋日》、李商隱《登樂原》、柳宗元《江雪》、李頻《渡漢江》諸什，亦髣髴及之，裴迪尚應讓一頭地也。張九齡《自君之出矣》、李白《玉階怨》、盧照鄰《曲池荷》、張説《蜀道後期》、王適《江上梅》、崔國輔《怨詞》、崔灝《長干曲》、邱爲《左掖黎花》、張仲素《春閨思》、劉方平《長信宮》《采蓮曲》、李益《鷓鴣詞》、施肩吾《幼女詞》、崔道融《班婕妤》、劉采春《囉嗊曲》諸作，又是《子夜歌》一派，音亮而不躁，思巧而不纖。若其操樂府鐃、吹音響以爲絶句，惟王建《新嫁娘》一首「三日入廚下，洗手作羹湯。未諳姑食性，先遣小姑嘗」，質樸深醇，何異讀「有齊季女」之什？又無名氏《伊州詞》「打起黄鶯兒，莫教枝上啼；啼時驚妾夢，不得到遼西」，與太白「牀前明月光，疑是地上霜。舉頭望明月，低頭思故鄉」同一種高格。句中明明説出，却又似未曾説出，真鏡花水月景象，他人鈎深索隱，何能坦然有餘如此。

七言絶句，以第三句爲主，而第四句發之，前人之論極當。蓋第三句是一篇關鍵，若擴不開、掣不轉，柁心不應，通船俱無把握。雖有檣帆，何能駕馭？即僅如半截律詩，亦衹是畫裏舟航，任有好風，豈能動搖？此予夙昔之説也，近季弟絜原與人論絶句，譬之於射，起二句彎弓搭箭，立定架格；第三句必弓絃滿扣，左手搦定箭頭，右手抽送，肱開臂直，而精力已直注鵠心，則第四句應絃而中矣。否則，強弩之末，未有不失諸征鵠者。其比擬更爲透徹，學者能近取譬斯道，寧遠乎哉！

絶句詞調，雖以丰姿搖曳取勝，究須如大家女子，舉止幽閒淡雅，笑不露齒，怒不掙眉，巧倩美盼，我見猶憐，而凜然不可犯，方爲色骨俱妍。倘一涉妖冶，則娼姬賤婢相矣。宋曾蒼山謂「局婉媚而薄高古，執偉豪而棄淵深」，此選家之偏，竊疑「高古」二字，他體皆宜，惟説向七言絶句，只是靦面語耳，不如淵深而神雋，爲不亢不媚。

王昌齡「秦時明月」，李滄溟推之；王翰「蒲桃美酒」，王鳳洲推之；王維之《渭城》，李白之《白帝》，王昌齡之「奉帚平明」，王之渙之「黄河遠上」，王文簡推之。鳴盛嘗吟玩諸作，各有其旨，均足師資。正不必定求壓卷，互競偏師。千金之裘，豈一腋所能成乎。他如王維之「白眼看他世上人」，張謂之「世人結交須黄金」，曹松之「一將功成萬骨枯」，章碣之「劉項原來不讀書」，爲粗派；朱慶餘之「鸚鵡前頭不敢言」，爲纖小派；張祐之「淡掃蛾眉朝至尊」，李商隱之「薛王沉醉壽王醒」，杜牧之「銅雀春深鎖二喬」，爲輕薄派。又如元微之之「垂死病中驚坐起」，陶雍之「漸進蠻城誰敢哭」，過作苦語，皆成蹙蹴聲，前人所論尤俗耳，針砭學者，所亟宜推類以爲鑒。即李太白之《清平調》亦是俗格，苟於此從事，必至流於纖艷輕佻，勿以膾炙人口，隨聲附和，誤己而誤人。

有長於論詩而拙於自作者，有工於自作而短於論古者，古今如此甚多。元之楊廉夫，一代作手也，顧謂學杜當從其絶句入，是何異教人畫虎而指狗以爲模也。工部絶句，除《贈花卿》二三首略存體制，餘則鹵莽滅裂，較其五言古，更爲粗俚。而後人每以其名家，輒尊信而不敢議。不知「隘與不恭，君子不由」，孟子豈是譏議清和之聖？蓋懼夫由之者之誤也，讀李杜詩，詎宜概以孔子待之乎？

王文簡《精華録》，予最愛其絶句，得龍標、供奉遺響。其同時諸公，纖媚艷麗，時或過之，風骨尚多未逮。獨其《戲倣元遺山論詩絶句》，及《讀唐宋金元詩》諸篇，意盡句中，語無餘韻。如醫經脉訣，殊失雅意。蓋七言絶句，雖似畫士女圖，亦須兼工帶寫，阿堵傳神方妙。若祇刻定印板，傳朱填緑，有何趣味？至趙秋谷論詩云「無絃祇許陶彭澤，會得無絃響更長；若使無絃亦無響，人間悦耳並笙簧」，意雖善，而其語則與野廟神籤無異俗耳，猶爲賞音，世真有嗜痂僻者。秋谷天才本高，苦於誤信馮鈍吟，遂使生金夾砂，鍛煉不成，良爲可惜。

竹枝詞本巴渝之意，託韻語以寫方言土俗。白樂天《竹枝詞》則云「唱到竹枝聲咽處，斷猿晴鳥一時啼」，與咏楊枝、橘枝諸詞無異，殊失本意。此體端宜就人情物態中，寫以本色之語，俚而不俗，質而有文，而又能婉曲規諷，不流輕佻；情致婀娜，不同嘲謔，方足存風人之旨。

嚴滄浪《詩體》一篇，古今制做名目悉備。然詩究以四言、離騷、樂府、五言古、七言古爲古體正格，五言律、七言律、五言排律、五言絶句、七言絶句爲近體正格。名家選詩及編詩次第，總不外此。其歌謡、歌行、吟詠篇、詞、曲、引、愁歎、哀怨、思樂等類，不過制題之名。五古、七古、絶句中皆有之其句法，長短參差變换，又樂府七古中之常調。若如俗本别立歌行一格，是撑衣而不知挈領也。七言排律、六言律詩、絶句，雖無妨於正體，然作手難工，工亦不足見奇。至於東坡之雙聲叠韻，《天隨子》之全篇平聲，梅聖俞之全篇仄聲，及轆轤韻、進退韻、盤中體、建除體、人名、卦名、數名、藥名、州名、六甲十屬、藏頭、歇後、字謎、雜俎之流，具是旁門外道，與風雅之意何涉？聰明之士，每見此種即欣慕之，一涉其籬，如墮陷阱；雖有仁人難爲從井之救，亦徒付諸浩歎而已。所貴入路毋歧，則鬼魅自不能惑我矣。

意有所主，而義理從之；凡天地間一筆一畫，無無義理之字，無無意之文，不獨詩爲然也。詩之所以别於文者，韻也，音也。音之起由人心生也，情動於中，故形於聲；聲成文，謂之音。故《樂記》曰「不知聲者，不可與言音；不知音者，不可與言樂」。鄭夾漈云「樂之本在詩，詩之本在聲」。師乙之論聲歌，上如抗、下如墜；曲如折、止如槀木。倨中矩，勾中鉤，纍纍乎端如貫珠」。故歌之爲言也，長言之也。説之故言之，言之不足，故長言之、嗟歎之，不知手之舞之、足之蹈之。然則論詩，第言義理，而不求聲韻，是猶耽飲者之餔其糟而棄其醨也。劉後村謂宋文人多、詩人少，雖集中各有詩，或尚理致，或負材力，或逞辨博，少者千篇，多至萬首，要皆經義策論之有韻者耳，非詩也。吾邑劉水邨先輩謂此語最道著宋詩病痛，至元人轉而爲柔靡之音，則又指水以爲酒，予之爲是説也，非爲酒可無糟，特不可以糟名酒耳。世有飲仙，當自味之。

前輩每好攻擊嚴滄浪「詩有別材，非關書也；詩有別趣，非關理也」之説，即朱竹垞號知詩者，亦云「別材非關學，嚴叟不曉事」，顧令空疏人著録稱弟子，未免自恃博學，而忘古人立言本意。論語中「聖人之進退諸弟子者」語，尚以參互而得，況滄浪語本無偏，下文明説，非多讀書、多窮理則不能極其至是，原未嘗教人無事博學也。若摘取一二語以恣駁刺，則經史可議者，亦復不少。即就其別材之説而按之，亦至當不移，《二南》風人豈學士大夫所擬，古諺俗謡或出諸農婦村童之口，古今如此者衆矣。吾友黄鶴汀松，一縫工耳，幼未嘗入塾，業縫之餘，自求識字，漸遂吟詩，出語便不同學究。及與吾菊榭漸摩，相深以學，而所用經傳典故，俱與經生迴異。今觀其遺集中五古、樂府，予終不敢望其涯涘，蓋其得之天籟者多，又滄浪所謂「不涉理路，不落言筌」也。若專以博洽爲工，古文人如左氏、太史公之流，何以不傳聲歌？即後之名家集中，亦有不能詩而强爲之者，而語言腐爛，與其文如出兩手。人固各有能不能，則別材別趣之説，未可盡云誣也，但未可以概論中人之質耳。楊子雲云「讀千賦則能賦」；諺又有云「好詩吟得千千首，不會吟詩也會吟」。然能知好詩而吟，則又非具別材識別趣者不能。故曰滄浪之説，得詩家三昧者也。

王文定謂漢儒於經殘之餘，見三百篇之數，有不足取删放之詩留傳於習俗者，從而補之，此最爲有識之言。馬端臨諸儒謂《鄭風》，解者篇篇説作淫奔，聖人斷無絶其聲於樂而登其詞於詩之理，亦深足中傳註之弊。然謂古序非傳授有源，孰能億料當時指意之所歸？以予觀之，殊未確也。《禮記》尚多漢儒附會，奚有於古序乎？

總之，訓詁肝腸，多涉穿鑿。善讀書者，自有不解之解。領悟於語言文字之外，試問如古序、如傳註，即所解之悉當，苟無會心，於我何益。

《談龍録》載，崑山吴修齡《與友書》有云：「詩之中須有人在。」其論故善，嗚盛則謂詩之中還須有「我」在。蓋我有我之性情、我之學識、我之登覽吟眺，同此論議，而志趣迥殊；同此圻壑，而意興各别。要使後人覽之，恍如與我相遇，挹丰標而訴衷悃，斯善矣。陳正字「前不見古人」之詠，於幽州臺何涉？而每一吟諷，若親睹其立臺端，披襟裯慷慨而歌也，豈非有「我」之故乎！

《詩經》叶韻，自朱子采吴才老《韻補》定之，而後《三百篇》乃可詠歌。且言叶韻，當以頭一韻爲準。然篇中所叶，往往不盡然，甚或通章俱叶，無一韻用本音者。吴氏《韻補》原有二説，曰通、曰叶，今并其本通韻者而亦叶之，後人是以疑焉。顧亭林則謂上古但有音，初無所謂韻，别作《詩音》，其説又未免過。求於古中旁通曰：「尺生於黍，還以尺正黍。」韻之與音，亦猶是耳。然自沈約立四聲以來，韻書岐出，代各異制，學者幾無所適從。近俗傳《笠翁韻》，其通轉多杜撰，甚爲誤人。康熙間毗陵邵子湘博攷古本，以定今韻，采杜韓諸家詩以定通轉，復從經子史傳之文，以徵叶韻，引證明確，考核精詳，名曰《古今韻略》，至爲可信。有志古詩者，案頭所必須也。嗚盛嘗本《康熙字典》以校《詩經》正韻通叶，而所資於是書者多矣。韓文公謂「凡爲文，須略識字」，先儒豈是輕薄之言，蓋勉以知字之不易識也。

世俗於門内之行，或多未講，而獨斤斤於祖父之名是諱，甚至刻其遺集，亦并諱之，祇書署字别號。今覽者莫知爲誰何，間有書名者，必借巨公填諱，掩耳盜鈴，以是爲孝，殊不可解也。《論》《孟》皆子思與諸弟子所記，何以一無所諱。《禮》曰「臨文不諱」，豈未之前聞耶。予近并見有自刻其集，亦諱曰「某者」，尤爲謬妄。古人文字詩題於朋友，俱直書其名，君子疾没世而名不稱，奚爲今之人而名，反畏人稱也。

太白於少陵爲前輩，而杜集中稱其名，較今人稱弟子而尤倨，曰「白也詩無敵」；曰「汝與山東李白好」；曰「南尋禹穴見李白」。他如「張旭三杯草聖傳」「焦遂五斗方卓然」「弟子韓幹早入室」「岑參兄弟皆好奇」「吾甥李潮下筆親」，凡不一而足。又其自稱則曰「甫也諸侯老賓客」「道甫聞訊今何如」，其名時諷詠於人口，固宜其名著千古也。後人即大書其名，吾猶懼泯泯也，而偏目諱之，意果何居？

予家自始祖鹿峯公諱堯仁，字夢得；南臺公諱驛，字處厚。父子以詩文名於宋，中經式微，所傳《鹿峯集》《嶺菴集》皆不可得見。惟《宋詩紀事》《全芳備祖》二書載公《詠芍藥》五古一篇，《閩海風雅》載有《九日登屏山》七律一首。《鶴林玉露》《西湖志餘》載南臺公《錢塘湖絶句》猶傳於世，而志傳所稱鹿峯公《飛來峯》《萬松嶺》諸篇，元時猶膾炙人口者，今則無由聞矣。然《傳》稱公《登金山》有「半夜鬼神朝水府，五更鼓角動揚州」之句。及元《南豐州志》載南臺公《登軍峯》詩「倚天青壁瘦巉嵓，下有神龍捲作潭。龍欲出時山吐氣，黑雲隨手遍江南」，則唐風猶未往也，豈僅宋人佳句乎。吾家文學之源，端自公父子濬之也。元明時雖代有學者，而殘篇斷簡，鮮有全集，蓋自鹿峯公遞傳十七世，而後高祖明學公諱文洊，字秋水，號約齋，又號顧菴，明學，則門弟子私謚也，始以理學著。公講學程山，闡明程朱大業，以身爲教，遠近聞人羣師奉之。讀麗舟公「七省鄉音如百舌，深更草聖亂羣鵝」之句，可想當時教澤之所被者廣矣。公遺書五十六卷，其詩惟《竹影亭》一卷，肅穆淡潔，不似《擊壤集》故作理語也。曾祖麗舟公諱德宏，字子實，承父志，隱于醫，才力雄邁，雖顛連困躓，而掀髯歌嘯自若。所遺《麗舟詩》二卷，其志意則谷音晞髮；其法律則獻吉鳳洲也。公子二伯祖宜爾公諱修振，以布衣稱詩都下，與顧景范、黃俞邰、姜西溟輩尤相友善，而意氣高邁，不樂戀於勢位，足迹南至海，比極於流沙萬里外，所至有詩。而遺藁散佚，僅餘《寫心軒》一卷。大父祖軒公諱修擴，字充之，守程山家訓，規言矩行，極爲彭躬菴、甘健齋諸大儒所許。性温純，最善獎誘人才。家貧課讀，種蔬以養。暇則歌詩、臨古帖，年六十餘，得目疾，醫鮮效。先君子植菴公諱身耘，字慶五，每更起，以舌舔公目，經二旬，目復炯然。至八十餘，猶與諸耆宿賦詩，作蠅頭楷書，著《祖軒集》一卷，簡厚温和，蓋類乎公之人云。詩並刻《程山三世集》中，此鳴盛近祖傳學之大略也。鳴盛父輩則以行誼爲先，從世父書田公諱身耕、季叔父友蓮公諱身䅘，雖不廢學，一則以諸生，卒於官幕；一則早年不禄，詩無傳焉。及鳴盛兄弟承先世餘澤，詩禮之傳，幸爲敢墜也。伯兄愧屋鳴謙，字致恭，五六歲，侍大父，即通曉聲律。長與四方名士唱酬甚富，而獨用力於古文，刻有《非我齋文集》。嘗笑曰：「詩則以讓吾諸弟子也。」十兄退菴本量，字尚容，聰潁類伯兄，十歲能詩，亦酷好之。刻有《退菴詩鈔》《酒囊糟粕》，「菊榭六子」之一也。季弟絜原鳴篁，字筠初，幼敏悟過予，喜讀古書，初學時藝，將有成矣，厭而棄之，亦未嘗學詩。及蜀遊歸，則詩已成帙；客吴，與友人茅若川輩合刻《个湖詩草》，近范紫庭復爲鐫《借舫詩評》，予每當窮困無聊時，輒復鼓掌大笑曰：「天之與我何其厚也！吾祖父則理學高隱，詩人孝子；兄弟則怡怡然而有師友文章之樂，予烏乎鬱鬱而不樂，所無厭欲者，冀後嗣之綿，此世澤弗替耳。身外之榮，聽蒼蒼者主之，予烏乎鬱鬱弗樂也。」

鳴盛與從兄退菴同生彊圉協洽之年，又同屬流火司金之候，而清癯骨相，宛似縷金；頑鈍心腸，偏如礦鐵，不逮退菴者遠矣。伯兄多方煆煉之，終不能出諸冶。及年近弱冠，始從退菴問平仄。歲越戊辰，乃訂菊榭殽詩，其友則余聲谷韻，字寄山；崔斗垣宸，字極中；湯慎盧文海，字滙川；譚未齋竟，字定九，暨退菴。師則曾松門諱衮，字補之，又號圭峯先生也。當是時，計日課詩，法律至嚴，講求至切。救過攻非，直言讜論，無纖芥嫌疑隱避。而松門先生當曲高寡和之日，亦樂諸子傾心向學之誠，鼓舞造就，載酒尋花，賞奇析疑，無日不會，會則未嘗不談詩也。嗚盛既自慚頑鈍，少不如人；又大懼無以稱「菊榭六子一先生」之目，乃廣搜羣籍，覽其大凡，方踵武諸子，以望李杜門墻而未能至也。中間即幸與聲谷、退菴並以古學受知張藻川諱映辰學使者，乃益深虛聲之懼，用是更參究夫斯道源流升降之故，古今制作得失之林。典衣沽酒，肆志浩歌，求厥指歸，幾忘昏曉。出就有道，以證異同，蓋今二十餘年。而後胸中頑鐵，差等諸鑪錡之可備一器。故清夜自問，雖未逢點鐵之丹，亦庶幾冶金之範乎。然嘉會靡常，知音不易；松門、聲谷，覺夢早歸。餘予幸存，飢驅各散，求昔日之鑄我者，已渺乎其莫定矣。今者海上一燈，子幸與予季弟，偶然作對牀之談，旅懷鄉思，徒增客淚；揚風扢雅，聊寄予情。況玉樹芝蘭，奠生庭砌；則洪鑪鼓吹，且作家模。編曰《範金》，待其傳火。倘後嗣有銑鋈鏐板之資，則是編即冶築鳧桃之助。若夫撞洪鑪、振大鏞，則吾豈敢，亦曰「爲稚子留此小以成小、大以成大之模範」云耳。

時乾隆辛卯秋仲，述於吴中柘湖之賔館

西江詩話

[清]曾廷枚

毛靜 點校

點校説明

《西江詩話》三卷，清代南城曾廷枚撰。

曾廷枚（一七三四—一八一六）字升三，一字修吉，號香墅，江西南城縣人。早年事母以孝聞，年十六，即教授鄉里。建昌知府以《廬山觀瀑圖》命題，廷枚一揮而就，知府大爲嘆服，補爲縣學廪生。久之困頓場屋，遂不復問科舉，歷主鶴城、人文、梅江、芝陽、昌黎、紹文、景仰諸書院爲山長。又精於書法，盱江州縣題榜，多出其手。廷枚長於小學，曾言「六書者，詁經之鈐鍵也，字之不識，文於何有？」故於書無所不讀。又親授弟廷枟、侄煥詩文之法，後均中進士，名顯於時。尤以曾煥成就最大，所著《江西詩徵》，其嚆矢實發於廷枚。著有《香墅漫鈔》十四卷，《羣經字考》四卷，《修吉詩鈔》十二卷，《瓣香山房詩集》十二卷，《古諺閒談》四卷，《禊帖緒餘》四卷，《遊戲三昧》十二卷，《樂府津逮》三卷，《字原徵古》四卷，《音義辨同》七卷，《薌嶼裘書》七種等。

《西江詩話》爲曾廷枚於明代泰和郭子章《豫章詩話》、清代裘君弘《西江詩話》基礎上，發展形成的一部地域性掌故類詩話。此書既取材前二書，又加入近世詩事。體例因人録詩，兼及評論記事，自陶淵明始，凡二百餘條，其中卷上、中爲論晉、唐、宋、元江籍作者詩事，卷下爲清以來江西詩人掌故。此書臚舉前人成説，差有老生常談之語，自宋葉夢得《石林詩話》至清王士禎《漁洋詩話》《皇華紀聞》，多所取摭，間有發明。篇中或闌入家族或同鄉作品，亦不能免俗者。卷中誤收楊載《修史》一則，載，閩之浦城人，與西江無涉。乃誤收者。

本書據江西省圖書館藏清中期寫刻本整理。

毛　靜

西江詩話題辭

先生著作與身等，學力天姿臻絶頂。遇有奇書手必鈔，經年不疲神獨炯。讀書則讀秦漢上，學書則學鍾王先。草木蟲魚盡疏釋，謂儒究宜通人天。抗衺不懈及於古，奥窔直窺羣玉府。近又冥搜成一編，譚詩欲空仰與俯。居仁西江詩派圖，只從山谷總偏枯。先生上溯陶靖節，獨探驪龍頷下珠。章貢灝灝匡庾峙，名輩蛟騰復鳳起。截金爲句今古多，不遇搜羅終掩技。此獨毅肩闡幽微，好句登之如瑶璣。晉唐以來至今日，千數百年詩裁歸。變化真下龍門筆，鍛煉鈞爐升紅日。豐城劍氣上矗霄，張華昂頭動驚叱。非耽膭馥與片綾，涬溟鮮新寶藏興。詩星四照隱皆燭，抽淪掇沈咸蒸蒸。翳古詩話數十種，宗儀説郛弜記茸。蘭莊漫叟與西清，作者林林觀孰竦。綺靡縱倡散天花，不過侈陳衣百家。誰擅醍醐飲譚苑，舍先生更夫何加。膽大如箕心如髮，斟酌選言窮歲月。竟如司馬筆劄隨，覓句援書總不忽。一大詩乘志吾鄉，人物盡兹無潛藏。不避親亦不避近，鐵面操觚形迹忘。前後蒼茫孰顯晦，提倡宗風仗前輩。一瓣芬芳薄世榮，得兹聲價自千載。

東塢愚姪黄旭頓首謹跋

西江詩話　卷上

聖門弟子

晉陶淵明字元亮，入宋名潛，潯陽柴桑人，太尉長沙公侃之曾孫。少有高趣，工於詩。親老家貧，起爲州祭酒，不堪吏職，解歸躬耕。未幾爲彭澤令，在縣八十餘日。暨入宋，終身不仕，顔延年誄之，謚曰「靖節徵士」。公詩清遠閑放，是其本色。而其中自有一段淵深樸茂，不可幾及處。長洲沈宗伯云：「晉人詩曠達者，徵引老莊；繁縟者，徵引班揚。而公專用《論語》，如「賢者避其世」「憂道不憂貧」「鳳鳥雖不至」等句，漢人以下，宋儒以上，可推聖門弟子者，淵明也。康樂亦善用《經》語，而遜其無痕。」

第一達磨

「不立文字」「見性成佛」之宗達磨，西來方有之，陶淵明時未有也。觀其《自祭文》，則曰「陶子將辭逆旅之館，永歸於本宅」；其《擬輓詩》，則曰「有生必有死，早終非命促」；其作《飲酒》詩，則曰「采菊東籬下，悠然見南山」「此中有真意，欲辨已忘言」；其形、影、神三詩，皆寓意高遠，蓋第一達磨也。而老杜乃謂淵明「避俗翁」，未必能達道，何耶？東坡諗陶公《自祭文》云：「出妙語於纊息之餘，豈涉生死之流哉！」蓋深知淵明者，見《韻語陽秋》。

獨步千古

「燕丹善養士，志在報強嬴。招集百夫良，歲暮得荆卿。君子死知己，提劍出燕京。素驥鳴廣陌，慷慨送我行。雄髮指危冠，猛氣充長纓。飲餞易水上，四座列羣英。漸離擊悲筑，宋意唱高聲。蕭蕭哀風逝，淡淡寒波生。商音更流涕，羽奏壯士驚。心知去不歸，且有後世名。登車何時顧，飛蓋入秦庭。淩厲越萬里，逶迤過千城。圖窮事自至，豪主正怔營。惜哉劍術疏，奇功遂不成。其人雖已没，千載有餘情。」此陶公《詠荆軻》一章也，英氣勃發，情見乎詞。公以名臣之後，際易代之時，欲言難言，時時寄託。六朝第一流人物，其詩有不獨步千古者耶。鍾嶸謂其原出於應璩，成何議論！

自勉勉人常在稼穡

《勸農詩》曰：「舜既躬耕，禹亦稼穡。遠若周典，八政始食。」《歸田園居》曰：「開荒南野際，守拙歸園田。」又曰：「晨興理荒穢，帶月荷鋤歸。」《移居》詩云：「衣食終須記，力耕不我欺。」《西田獲早稻》云：「人生歸有道，衣食固其端。」又云：「四體誠乃疲，庶無異患幹。」又云：「貧居依稼穡。」自勉勉人，每在稼穡，陶公異於晉人如此。

語關風化

陶公《擬古》第二首云：「辭家夙嚴駕，當往志無終。問君今何有，非商复非戎。聞有田子春，節義爲士雄。斯人久已死，鄉里習其風。生有高世名，既没傳無窮。不學狂馳子，直在百年中。」按田子春名疇，劉虞之臣。虞盡忠漢室，爲公孫瓚所害。疇掃地而盟誓，欲復仇。後瓚已滅，烏桓已破，曹操欲加以封爵，疇不受，至欲自刎以明志。陶詩有關風化，托意顯然也。

名　言

「所懼非饑寒」「所樂非窮通」，二語可書座右。陶公達天安命，人品不在季次、原憲下也。而概以晉人目之，何耶？

高於晉宋人物

《朱子語録》曰：「晉宋人物，雖曰尚清高，然個個要官職。這邊一面清談，那邊一面招權納貨，陶淵明真個是能不要，此所以高於晉宋人物。」又曰：「作詩須從陶、柳門中來乃佳。不如是，無以發蕭散沖澹之趣，不免於局促塵埃，無由到古人佳處。」

跋陶詩

黄山谷《跋淵明詩卷》曰：「血氣方剛時，讀此詩如嚼枯木；及由歷世事，知決定無所用智。」又云：「謝康樂、庾蘭成之詩，爐錘之功，不遺餘力，然未能窺彭澤數仞之牆者。二子有意於俗人贊毁其工拙，淵明直寄焉。持是以論淵明，亦可以知其關鍵也。」

質而實綺臞而實腴

蘇子瞻曰：「淵明作詩不多，然其詩質而實綺，臞而實腴。自曹、劉、鮑、謝、李、杜諸人皆莫及也。」又曰：「所貴於枯淡者，謂外枯而中膏，似淡而實美，淵明之詩是也。若中邊皆枯，亦何足道。佛言譬如食蜜，中邊皆甜；人食五味，知其甘苦皆是。能分别其中邊者，百無一也。」

學自經術中來

真西山曰：「淵明之學，正自經術中來。故形於詩，有不可掩。《榮木》之憂，逝水之歎也；《貧士》之詠，簞瓢之樂也。《飲酒》末章曰『羲皇去我久，舉世少复真。汲汲魯中叟，彌縫使其醇』，淵明之志，此豈元[玄]虚之士可望耶？」

慶雲醴泉出爲祥瑞

坡公在惠州，盡和陶詩。山谷在黔南聞之，作偈曰：「子瞻謫海南，時宰欲殺之。飽喫惠州飯，細和淵明詩。」「淵明千載人，子瞻百世士。出處固不同，風味亦相似。」劉後村曰：「陶公如天地間慶雲醴泉，是惟無出，出則爲祥瑞同，且饒坡公一人和陶可也。」

青黄木災

明李氏空同視學吾鄉，得靖節之裔名亨者，補九江郡學生。亨因請刻其祖集，空同曰：「刻集必去其注與評。夫青黄者，木災也。太羹之味，豈羣口所嗜哉！」於是舉注與評而刪之，爲八卷，凡八十一板，並敘愚意。近來注杜、注蘇者，可以此語一下針砭。

泊舟西塞山下

陶峴，彭澤之孫。嘗自製三舟，與孟彦深、孟雲卿、焦遂共載，吴越之士號爲「水仙」。嘗泊舟西塞山下，有詩云：「匡廬舊業是誰主，吴越新居安此生。白髮數莖歸未得，青山一望計難成。鴉翻楓葉夕陽動，鷺立蘆花秋水明。從此舍舟何所詣，酒棋歌扇正相迎。」按，峴省親南海，獲崑崙奴名摩訶，工泅水。至西塞山下，見江水深黑，必有怪物，泅之，而支體磔裂。峴傷之，自是回棹不復遊江湖矣。

送别

楊志堅，臨川人。嗜學而貧，妻厭之。一日告離，志堅以詩送之云：「平生志業在琴詩，頭上如今有二絲。漁父尚知溪谷暗，山妻不信出身遲。荆釵任意撩新鬢，明鏡從他别畫眉。今日便同行路客，相逢即是下山時。」妻持詩詣州請牒，求别醮。時顔魯公爲臨川内史，判曰：「楊志堅素爲儒流，雅嫻篇詠。愚妻睹其未遇，遂有離心。王歡之廩既虚，豈遵黄卷；朱叟之妻必去，寧見錦衣。污辱鄉閭，敗傷風俗，若無褒貶，僥倖者多。」遂箠之，後無敢棄其夫者。此條似覺不雅，但《雲溪友議》及《唐詩紀事》並載之，俱未嘗爲志堅諱。余竊思吾鄉風俗淳樸，亦間有壞綱常、蔑禮教如此婦者。鄙見以事變無常，不足爲賢者累。吁嗟乎。有女仳離，中谷條歗。逝梁發笱，陰雨傷悲。王衛之風，自古志之矣。

剽竊

楊衛隱廬山，有竊其詩登第者。衡詣闕，亦登第。見其人，盛怒曰：「一一鶴聲飛上天」在否？答曰：「此句知君最惜，不敢偷。」衡笑曰：「猶可恕也。」《宿青牛谷》：「隨雲步入青牛谷，青牛道士留我宿。可憐夜久月明中，惟有壇邊一枝竹。」《題花樹》：「都無看花意，偶到樹邊來。可憐枝上色，一一爲愁開。」《哭李象》：「憶君思君獨不眠，夜寒月照青楓樹。」諸作意規於正，雅道未澌也。

孺登集

熊孺登，一作如登，洪州人。與白樂天、劉夢得善。白《志》載，《孺登集》有《董監廟》絶句云：「仁傑淫祠廢欲無，枯楓老櫟兩三株。神烏慣得高人食，飛趁征帆過蠡湖。」又《廬山志》有《送弟孺復往匡廬》云：「能騎竹馬辨西東，未省煙花暫不同。第一早歸春欲盡，廬山好看過湖風。」今其集不傳矣。

禁捕放生魚

張頂，臨川人，隱居不仕。郡守蔡公禁放生池採捕，忽有乘小舟釣者，使詰之，釣者口授一詩：「抛卻長竿卷卻絲，手攜簑笠詠新詩。臨川太守清如鏡，不是漁人下釣時。」蔡守得詩曰：「此必張頂也。」亟物色之，遁去。

詩工酸纗

來鵬，南昌人。工詩，過於酸纗，絶類杜荀鶴一流。《鄂渚除夜書懷》云：「鸚鵡洲頭夜泊船，此時形影共淒然。難歸故國干戈後，欲告何人雨雪天。箭撥冷灰書悶字，枕陪寒席帶愁眠。自嗟落魄無成事，明日東風又一年。」又《清明日與友人遊玉粒塘莊》云：「幾宿春山逐陸郎，清明時節好煙光。歸穿細荇船頭滑，醉踏殘花屐齒香。風急嶺雲翻迥野，雨餘田水落方塘。不堪吟罷東回首，滿耳蛙聲正夕陽。」又有「分明記得還家夢，徐孺亭前湖水東」之句。按《通志》載來鵠，而遺鵬，何闕略至此。

得詩贈妓

宜春袁退山登第，過洛陽，悦妓蕊珠，以詩寄嚴使君：「得意東歸過岳陽，桂枝香惹蕊珠香。也知暮雨生巫峽，爭奈朝雲屬楚王。萬恨只憑期尅手，寸心惟系别離腸。南亭宴罷笙歌散，回首煙波路渺茫。」嚴得詩，以妓贈之。按退山諱皓，充龍紀集賢殿圖書使，著《碧池書》三十卷，《興元聖功録》三卷，《僖宗日曆》一卷。

奪錦標

盧子發，諱肇，宜春人。與邑人黄頗同上公車，頗富而肇貧。郡牧餞頗離亭，肇駐蹇十里以俟。明年肇狀元歸，太守請觀競渡。肇即席詩云「扁舟鼓浪去如飛，鱗鬣崢嶸各門機。向道是龍人不信，果然奪得錦標歸」，太守大慚。按會昌三年，侍郎王起知貢舉，肇擢進士第一。肇於是觀日月之運，察盈虚之理，爲《海潮賦》，成一萬二千言及圖，乃差軍事押衙。盧師洎隨狀奉進，稱旨，敕宜宣付使館。

一代風騷主

鄭谷，字守愚，宜春人。七歲能詩，穎悟絶倫。司空圖嘗與其父史同院，見谷，奇之曰：「當爲一代風騷主。」余按其詩，極有意思，亦多佳句。如《十日菊》云：「節去蜂愁蝶不知，曉庭還繞折殘枝。自緣今日人心别，未必秋香一夜衰。」又《偶題》云：「一卷疏蕪一百篇，名成未敢便忘荃。何如海日生殘夜，一句能令萬古傳。」又《次韻秀上人長安寺居言懷》云：「舊齋松老别多年，香社人稀喪亂間。出寺只如趨内殿，閉門長似在深山。」又《淮上漁者》云：「白頭波上白頭翁，家逐船移浦口風。一尺鱸魚新釣得，兒孫吹火荻花中。」谷官都官，一時傳諷，號曰「鄭都官詩」而不名。又嘗《詠鷓鴣》詩尤工，世號「鄭鷓鴣」。其警句如「雨昏青草池邊過，花落黃陵廟裏啼」，真乃千古絶唱。五言如「相看臨野水，獨自上孤舟」「春陰妨柳絮，月黑見梨花」「天澹滄浪晚，風吹蘭社香」「樹盡雲垂野，橋稀月滿湖」「風高羣木落，夜久數星流」「煙舟撐晚瀨，雨屐剪春蔬」。七言如「長安一夜殘春雨，右省三年老拾遺」「江上晚來堪一處，漁人披得一簑歸」「睡輕可忍風敲竹，飲散那堪月在花」「亂飄僧舍茶煙濕，密灑歌樓酒力微」。著有《雲臺集》三卷，並自序。其號《雲臺編》者，以其扈從華山下觀居所編次者也。宋《志》又載，谷撰《國風正誤》一卷，書不傳，吾因之有感矣。唐自牛李植黨之餘，縉紳先生不擇所附，希圖躁進，求其不孛於名利之哉者，尠矣。至於吟詠，罕能得性情之正者，矧迄於僖、昭之世乎哉！惟守愚知足不辱，確守義命之戒，明去就始終之節，韜晦鄉閭間，嘗三复其《退居》《淨吟》等篇，而知其詩之正，而其爲人也，亦可以風世矣。

金山甘露二篇

孫魴，字伯魚，南昌人。其父，畫工也。王徹爲中書舍人，草魴誥詞云「李陵橋上，不吟取次之詩；顧凱筆頭，豈畫尋常之物」，魴恨之。魴家貧力學，會廣明喪亂，都官郎中鄭谷避歸宜春，魴往師之，遂以詩名。嘗與沈彬、李建勳及齊己、虛中相唱和。仕南唐，曆官宗正郎。詩僅百篇，而《金山》「天多剩得月，地少不生塵」、《甘露》「畫燈籠雁塔，夜磬徹漁汀」，此二詩尤膾炙人口。

彭澤令

寧都廖凝，字熙績。任彭澤令，有「風清閣竹留僧宿，雨濕庭莎放吏衙」之句。後有《解印》一詩云：「五斗徒勞自拍腰，三年兩鬢爲誰焦。今朝官滿重歸去，還挈來時舊酒瓢。」性情流露，可詠可歌，洵乎人之出處行誼，皆可於筆墨中驗之也。

題華嚴院

少師楊凝式，字景度，江州潯陽人。父涉，爲唐宰相。少師有文詞，善筆劄。歷事梁、唐、晉、漢間，不自檢束，號「楊風子」，人莫測也，終能以智自完。書法高妙，傑出五代，可與顔、柳繼軌。今洛中僧寺，尚有其遺迹。題《華嚴院》詩云：「院似禪心靜，花如覺性圓。自肰知了義，爭肯學神仙。」詩既雋逸，而字尤奔放。李西臺建中師其書，題一詩於側曰：「枯杉倒檜霜天老，松煙麝煤陰雨寒。我亦生來有書癖，一回入寺一回看。」即此可想見少師書法之妙，竟掩詩名。

鳳皇臺

宋齊丘子嵩，世爲廬陵人。好學工屬文，尤喜縱横長短之説。魏氏烈祖時，爲昇州刺史，齊邱因騎將姚克瞻得見，暇日陪燕遊，賦《鳳皇臺》詩五言三十韻以獻，曰：「養花如養賢，去草如去惡。松竹無時衰，蒲柳先秋落。」烈祖奇其志，待以國士。著有《化書》六卷，語宗黄老，張文潛謂其高簡可喜。按朱子《綱目》，於唐長興二年辛卯春正月，書「吴以宋齊邱爲右僕射，致仕」。於晉天福七年壬寅五月，書「唐以宋齊邱爲鎮南節度使」。其於齊邱出處，亦無貶辭，若馬令偏於用憎者也。陸遊自以爲盡黜當時愛憎之論，而録其實，庶幾其能察矣。

遣妓

陳嵩伯隱西山，嚴尚書宇鎮豫章，以其操行清潔，欲撓之，遣妓蓮花試焉。妓獻詩云：「蓮花爲號玉爲腮，珍重尚書遣妾來。處士不生巫峽夢，空勞雲雨下陽臺。」嵩伯答云：「近來詩思清於水，老去風情薄似雲。已向昇天得門户，錦衾深愧卓文君。」竟夕不納。按嵩伯諱陶，鄱陽人。聲詩曆象，無不精究，自號「三教布衣」。

香城寺讀書堂

香城寺西，有嵩伯讀書堂。詩云：「千地岩宫禮竺皇，旃檀樓閣半天香。祇園樹老梵聲小，雪嶺花深燈影長。霄漢落泉供月界，蓬壺靈鳥待雲房。何年七七真人降，金錫珠壇滿上方。」按《周益公集》載：宋齊邱出鎮南昌，嘗訪陳陶於石堂。堂在香城寺岩腹，嵌空可容數人，因名爲「相公堂」是也。而陶自詠詩有「中原莫道無麐鳳，自是皇家結網疏」之句，宜必有寄託議者，遂以爲齊邱出鎮，知陶名，亦不之薦，故云也。然乎？否乎？

修煉

嵩伯以修煉爲事，嘗有句云：「乾坤見了文章懶，龍常成來印綬疏。」又：「長愛仙人王子喬，五松山月伴吹簫。任他浮世悲生死，獨駕蒼龍入九霄。」題《孺子亭》云：「伏龍山横渚洲地，人如白蘋自生死。洪崖成道二千年，惟有徐君播青史。」生二子，小字粗梨，有句云「皤溪老叟無人問，閑列粗梨教六韜」，蓋指二子也。

沈彬葬穴銅牌

「塞葉聲悲秋欲霜，寒山數點下牛羊。映霞旅雁隨疏雨，向磧行人帶夕陽。邊騎不來沙路失，國恩深後海城荒。漢庭向化新成長，猶自千回問漢皇」，此沈彬《塞下曲》也。彬字子美，高安人。天性狂逸，好神仙事。後開壙得銅牌，鐫篆文云「佳城今已開，雖開不葬埋。漆燈猶未滅，留得沈彬來」，信有數云。

玉笥山羽化

道士沈廷瑞，彬之子也。性坦率，直造邑宰之堂。宰方治訟，而廷瑞至，宰戲之曰：「沈道士何時成道？」廷瑞應聲曰：「何須問我道成時，紫府清都自有期。手握藥苗人不識，體含仙骨俗爭知。」一日玉笥山屍解而去。

宿江城

夏寶松，廬陵吉陽人。少學詩於建陽江爲，爲羈旅臥病，寶松躬嘗藥餌，夜不解帶，爲德之。與處數年，終就其業。與詩人劉洞俱顯名於當世，百勝軍節度使陳德誠以詩美之曰：「建水舊傳劉夜坐，螺川新有夏江城。」蓋劉洞嘗有《夜坐》詩最爲警策，而寶松有《宿江城》詩：「雁飛南浦砧初斷，月滿西樓酒半醒。」又「曉來羸驥依前去，目斷遥山數點青」，故德誠紀之，其爲當時延譽類如此。按《吟窗雜録》載洞《夜坐》詩「百骸同草木，萬象入心靈」，亦可傳。

伍喬星

潯陽伍喬，工易學。一浮屠見天一大星，旁有人語曰：「此伍喬星也。」後領狀頭，有《晚秋同何秀才溪上》詩，甚清挺可誦：「閑涉秋光思杳然，荷藜因共過林煙。期收野藥尋幽路，欲采溪菱上小船。雲吐晚陰藏霽岫，柳含餘靄咽殘蟬。倒尊盡日忘歸處，山磬數聲敲暝天。」

鍾山寺

《鍾山寺》詩云：「千峯夾一徑，一徑花枕泉。聽泉復看花，行到鍾山前。古寺雲生屋，高僧月伴禪。自慚留一宿，匹馬又朝天。」此欒子正作也，諱史，崇仁人，官南唐員外郎。

具體百氏自成一家

王荆公編杜少陵、李太白、韓昌黎、歐陽廬陵爲《四家詩集》，以歐公居太白上，當時已有定評。按文忠公，吉安廬陵人也。天分既高，而於古人無所不熟，故能具體百氏，自成一家。或曰學昌黎，或曰愛太白，或曰不甚喜杜，或曰有國初唐人風氣，能變文格，而不能變詩格，皆非知公者也。公詩字字珠璣，篇篇錦繡，如昔人所論杜詩，無可揀汰，亦無可稱贊。荆公云：「近代詩人無出歐公右者。」如「行人仰頭飛鳥驚」之句，酷有天趣，第人不解耳。

文章與造化爭巧

文忠公平日以爲作詩，須多誦古今人詩，其他文字皆然。公隨意所寫云：「余嘗愛唐人詩『雞聲茆店月，人迹板橋霜』，則天寒歲暮，風淒木落，羈旅之愁，如身履之。至其『野塘春水慢，花塢夕陽遲』，則風酣日煦，萬物駘蕩，天人之意，相爲融怡，讀之便覺欣然感發。」又謂「此四句，可以坐變寒暑。詩之爲巧，猶畫工小筆爾，以此知文章與造化爭巧可也。」

歐公知貢舉

至和嘉祐，歐公知貢舉，凡涉怪嶮如劉暉輩，皆黜之。時范景仁、王禹玉、梅公儀等同事，而聖俞爲參詳官，未引試前，唱酬極多。公詩「無嘩戰士銜枚勇，下筆春蠶食葉聲」，最爲警策。聖俞有「萬蟻戰時春日暖，五星明處夜堂深」，亦爲諸公所稱。是榜得先文定公、蘇文忠及潁濱，不可謂非得人之盛。

白戰體

文忠公嘗於聚星堂與客賦雪，禁用體物諸字，如「玉樓」「銀海」「花月」「風雲」之類，號曰「白戰體」。東坡《雪詩》「白戰不許持寸鐵」，蓋謂此也。公在汝陰時，集《六一詩話》一帙，以資閑譚。

矯崐體

《石林詩話》云：歐陽公詩始矯崑體，專以氣格爲主，平易疏暢。而婉麗雄勝，雖崑體亦未易比。言意所會，要當如是，乃爲至到。愚按，公詩如《送王禹玉門生》：「夢寐閑思十年事，笑談今此一樽同。」如《三日赴宴》：「共喜流觴修故事，自憐雙鬢惜年華。」如《戲答元珍》：「夜聞歸雁生鄉思，病入新年感物華。」《再至西都》云：「浪得浮名銷壯節，羞將白髮見青山。」《和聖俞春雨》云：「年少自愁花爛漫，春寒偏著老肌膚。」《送王平甫下第》云：「朝廷失士有司恥，貧賤不移君子難。」即此可見一斑。

歐公送慧勤詩

宋朝承平之時，四方之人以趨京邑爲喜。蓋士大夫則用功名進取系心，商賈則貪舟車南北之利。後生嬉戲，則以紛華盛麗而悦，夷考其實，非南方比也。讀歐陽公《送僧慧勤歸餘杭》之詩，可知矣。曰：「越俗僭宫室，傾貲事雕牆。佛屋尤其侈，耽耽擬侯王。文彩瑩丹漆，四壁金焜煌。上懸百寶蓋，宴坐以方床。胡爲棄不居，棲身客京坊。辛勤營一室，有類燕巢梁。南方精飲食，菌筍比羔羊。飯以玉粒粳，調之甘露漿。一饌費千金，五品羅成行。晨興未飯僧，日昃不敢嘗。乃兹隨北客，枯粟充饑腸。東南地秀絶，山水澄清光。餘杭幾萬家，日夕焚清香。煙霏四面起，雲霧雜芬芳。豈如車馬塵，鬢髪染成霜。三者孰苦樂，子奚勤四方。」觀此詩中所謂吴越宫室、飲食、山水三者之勝，昔日固如是矣。公又有《山中之樂》三章送之歸，勤後識坡公，爲作詩集序者。

廬山高

六一居士七言高處，直追昌黎。《廬山高》一篇，公所自負，以爲今人莫能，惟李白能之。又最愛常尉《破山寺後院》詩「曲逕通幽處，禪房花木深」一聯，語人曰：「古人工於發端，心雖曉之而才莫逮。欲效此，終莫之能。」坡公云：「公厭芻豢，反思螺蛤耶？」

捕蝗

文忠公《捕蝗詩》云：「捕蝗之術世所非，欲究此語興於誰。或云豐凶風有數，天孽未可人力支。或言蝗多不易捕，驅民入野踐其畦。因之奸吏恣貪擾，户到頭斂無一遺。蝗災食苗民自苦，吏虐民苗皆被之。」宋之盛時，吏治已如此，詩可以觀，信矣。

紀實

文忠公《上杜正獻公》云：「貌先年老因憂國，事與心違始乞身」，蓋紀實也。文忠以海涵地負之才，光明正大之概，歷事兩朝，了入禁林，直行其道，直闡所學，尚矣。如切責司諫，爭議濮禮，銷黨錮之禍，黜險怪之文，風節梗概，詎不偉哉。乃猶未免羣攻，致茲多口。公在蔡州，屢乞致仕者，欲蚤退以全晚節耳。後人之誦其詩者，烏可不知其爲人。

思穎詩

「士大夫發迹壟畝，貴爲公卿，謂祖、父舊廬爲不可居，而更其新宅者多矣。復以醫藥弗便，飲膳難得，自郵疃而遷於邑，自邑而遷於郡者亦多矣。惟翩肰委而去之，或遠在數百千里之外。自非有大不得已，則舉動爲不宜輕。若夫以爲得計，又從而詠歌誇詡之，著於詩文，是其一時思慮，誠爲不審。雖名公鉅人，未能或之免也。歐陽文忠公，吉安廬陵人。其父崇，公葬於其里之瀧岡，今屬永豐沙溪。公自爲阡表，紀其平生。而公中年，乃欲居潁。其《思潁詩序》云：『余自廣陵得請來潁，愛其民淳訟簡，土厚水甘，慨然有終焉之志。邇來思潁之念，未嘗少忘於心，而意之所存説，時時見於文字。乃發舊稿，得南京以後詩十餘篇，皆思潁之作，以見余拳拳於潁者，非一日也。』又《續詩敘》云：『自丁家難，服除，入翰林爲學士，忽忽八年間，歸潁之志雖未遂，然未嘗一日少忘焉。至於今年六十有四，免並得蔡。蔡、潁連疆，因得以爲歸老之漸。又得在亳及青十有七篇附之，時熙寧三年也。』公次年致仕，又一年而薨，其逍遥於潁，蓋無幾時。惜無一語及於松楸之思。崇公惟一子耳，公生四子，皆爲潁人。瀧岡之上，遂無復有子孫臨之。是因一代貴達，而墳墓乃隔爲它壤。余每讀二序，輒爲掩卷而三歎云。」此洪容齋《五筆》也，文敏公先得我心，故援筆書一通，以爲輕去其鄉者炯鑒。

長於諷喻

南豐之祖諱致堯，字正臣，五代時潔身不仕。宋太宗朝舉進士，官至吏部郎中。盱江貢士擢第，自祖始。性剛毅，好言事，前後屢上章奏，詞多激訐，見《宋史》本傳。有《崇覺寺》詩：「水深花影地莓苔，春色烘人若不開。走報鴿原無别事，遠將歌管酒壺來。」

演聖通論

胡旦，德安人，興國丁丑狀元。能詩，著《演聖通論》六十卷。

宰相之量

晏殊歷官宰輔，著《臨川集》二百四十卷行世。尤長於詩，抒情寓物，辭多曠達。嘗記孫少述《栽竹》詩云：「更起粉牆高百尺，莫令牆外俗人看。」公詩云：「何用粉牆高百尺，任教牆外俗人看。」識者已知一爲處士之節，一爲宰相之量。

詩宗義山

晏公舉神童，過進賢崇因寺，題詩壁間，有「苔逕雨餘堆落葉，石樓風靜鎖閑雲」之句。《詠王文通》詩：「甘泉柳苑秋風急，卻爲流螢下詔書。」詩宗李義山，號西崑體。又《春恨詞》爲世傳誦：「緑楊芳草長亭路，年少拋人容易去。樓頭殘夢五更鐘，花裏離愁三月雨。無情不似多情苦，一寸還成千萬縷。天涯地角有窮時，只有相思無盡處。」

著公非集

劉攽字貢父，新喻人。北宋新喻屬袁，故《二劉集》稱袁州人。朱子嘗評貢父文字工於摹仿《公羊》《儀禮》，著《公非集》，撰《詩話》二卷，裁量風雅，裒次見聞，雖一苞片羽，最得詩家三昧。

公是公非

劉原父、貢父，博雅爲北宋第一流。惜《公是》《公非》二集不傳，故後世之名出歐蘇下耳。如《石林》拈原父詩句云：「涼風起高樹，清露墜明河」，此亦何減元暉、仲言、襄陽、蘇州耶？

爲詩巧麗

夏竦，字子喬，德安人。舉賢良，歷官樞密，封英國公。爲詩巧麗，皆「山勢蜂腰斷，溪流燕尾分」之類。《江州琵琶亭》詩云：「年光過眼如車轂，職事羈人似馬銜。若遇琵琶應大笑，何須涕泣滿青衫」，其嶔崎歷落蓋如此。

豔色歸空

吾邑陳文僖公諱彭年，字永年，真宗朝官吏部侍郎，骨清神佚，氣靜情恬。有《送妓出家》詩：「盡出花鈿與四鄰，雲鬟剪落向殘春。漸驚風燭難留世，便是池蓮不染身。貝葉欲翻迷錦字，梵音初落誤梁塵。從今豔色歸空後，湘浦應無解佩人。」

發廩

王荆公，諱安石，字介甫，臨川人。登進士上第，嘉祐三年爲度支判官，議論高奇，果於自用，慨然有矯世變俗之志。乃上《萬言書》，以爲「今天下財力日以困窮，風俗日以衰壞，患在不知法度、不法先王之政故也。法先王之政者，法其意而已。法其意，則吾所改易更革，不至乎傾駭天下之耳目，而固已合矣。固天下之力，以生天下之財，取天下之財，以供天下之費，自古治世，未嘗以不中爲公患也，患在治財無其道爾。在位之人才既不足，而閭巷草野之間，亦少可用之材。社稷之托，封疆之守，陛下其能久以天幸爲常，而無一旦之憂乎。願監苟且因循之敝，明詔大臣，爲之以漸，期爲合於當世之變，臣之所稱，流俗之所不講，而議者以爲迂闊而熟爛者也」。厥後荆公當國，其所措注，大抵皆祖此書。語云：「有非常之人，必有非常之事。」荆公負命世才，輔佐神宗，以經術經世，務其文章一業，未可以尋常趑趄窺也。或者附會衆口，皮裹陽秋，訾其事而並疑其文，遂指摘其兼併一詩，以爲昔之詩病，未有若此，其酷者亦獨，何哉。試讀《發廩篇》云：「先王有經制，頒賚上所行。後世不復古，貧窮主兼併。非民獨如此，爲國賴以成。築臺尊寡婦，入粟至公卿。我嘗不忍此，願見井地平。大意苦未就，小官苟營營。三年佐荒州，市有棄餓嬰。駕言發富藏，云以救鰥惸。崎嶇山谷間，百室無一盈。鄉豪已云然，罷弱安可生。兹地昔豐實，土沃人良耕。它州或皆窳，貧富不難評。《豳》詩出周公，根本詎宜輕。願書《七月》篇，一寤上聰明。」此一詩也，獲之如持琅玕，讀之如餐沆瀣。

一字冥搜

荆公編《唐百家詩選》，從宋次道借本。中間有《晚渡伊水》詩，首句或作「瞑色起春愁」，王云「瞑色赴春愁」，下和「赴」字最好，若作「起」，誰不能道耶。足見吟詩要一字兩字工夫也。故新城王文簡公論詩絶句，有「不是臨川王介甫，誰知『瞑色赴春愁』」之句

集句最長

集句惟荆公最長，《胡笳十八拍》渾然天成，絶去痕迹，如文姬肺腑中流出。

翻　新

荆公欲革弊以新王化，嘗於詩思發之。《雪》詩云：「勢合便疑包地盡，功成終欲放春回。農家不驗豐年瑞，只欲青山萬里開。」雪乃豐年之瑞，若直用則味短，如此翻舊爲新矣。

影　趣

荆公愛看水中影，此亦性所好。如「秋水寫明河，迢迢藕花底」，又《桃花》詩「晴溝漲春緑周遭，俯視紅影移漁舠」，皆得影趣也。

琢字不苟

荆公愛揚州俞秀老「夜深童子唤不起，猛虎一聲山更高」之句，公亟和云：「新詩比舊仍增峭，若許追攀莫太高。」又嘗愛杜荀隺詩「江湖不見飛禽影，岩谷惟聞折竹聲」，改云宜作「禽飛影」「竹折聲」。又王仲至《試館職》詩「日斜奏罷長楊賦，閑拂塵灰看畫牆」，公改「奏賦長楊罷」。其琢字之工不苟如此。

野狐精

荆公《金陵懷古・桂香枝》詞：「登臨送目，正故國晚秋，天氣初肅。千里澄江似練，翠峯如簇。征帆去棹殘陽裏，背西風，酒旗斜矗。綵舟雲澹，星河露起，畫圖難足。念自昔豪華競逐，歎門外樓頭，悲恨相續。千古憑高，對此漫嗟榮辱。六朝舊事隨流水，但寒煙、衰艸凝緑。至今商女，時時猶唱，《後庭》遺曲。」東坡見而歎曰：「此老乃野狐精也。」

語盡而意有餘

先文定公有言：「詩當使人一覽語盡，而意有餘，乃古人用心處。」人每愛其《和御制上元觀燈》《和史館相公上元觀燈》及《峴山亭置酒》《北渚亭雨中》《孺子亭懷古》諸作，然皆非其至，特窺豹一斑耳。先公性孝友，父亡，奉繼母益至。撫四弟九妹於委廢單弱中，宦學婚嫁，一出其力。詩文凡涉倫紀者，都從一副血誠流露。如《讀書》句云「最自憶往歲，病軀久羸尫。呻吟千里外，蒼黄值親喪。母弟各在遠，計歸恐驚惶。凶禍甘獨任，危形載孤艎。崎嶇護旅櫬，緬邈投故鄉。至今驚未定，生還乃非常。憂慮心膽耗，驅馳筋力傷。況已近衰境，而常犯風霜」，其言藹如也，因節録之。五言古如《寄子進弟》、如《舍弟南源刈稻》、如《寄舍弟》諸作；七言古如《喜二弟侍親將至》詩，温醇𧩙雅，片語摹真，實足千古，豈與詩人猛士，騁煙雲月露之華，競麗藻以相矜耀者，可同年而語哉。載《元豐類稿》者可誦而按也。彼妄男子劉淵材，謬謂先公不能詩，真盲人道黑白，吾不暇責之而悲之矣。昌黎云：「蚍蜉撼大樹，可笑不自量。」南華老人云：「朝菌不知晦朔，蟪蛄不知春秋。」惟不知故不嘿也。

魯公碑

《麻姑山仙壇記》石，方廣尺許。顔魯公筆迹小楷書，此其尤者，故人每珍之。先文定公句云：「碑文老勢信可愛，碑意小缺誰能鐫。已椎心膽破奸宄，安用筆墨傳神仙。」又趙璽詩：「寒聲泉暴風簾洞，秋色林霏水墨圖。獨有顔碑渾不老，長生休問煉丹爐。」二詩宜附刻碑陰。

半山亭

半山亭在麻姑山腰，先文定公有句云：「樹杪蒼岩路屈盤，半崖亭榭午猶寒。平時舉目看山處，到此憑欄直下看。」余每過此，輒喜誦之。

西江詩話　卷中

退居類稿

宋太學説書泰伯先生，和蘇著作《麻姑十詠》，今録《魯公碑》：「他人工字書，美好若婦女。猗嗟顏太師，赳赳丈夫武。麻姑有遺碑，歲月亦已古。硬筆可破石，鐫者疑虚語。驚龍索雷門，口唾天下雨。怒虎突圍出，不畏千強弩。有海珠易求，有山玉易取。惟恐此碑壞，此書難再睹。安得同寶鎮，收藏在天府。自非大祭時，莫教凡眼覰。」又《東湖》：「萬象城東雅入詩，半湖雲靄卷殘暉。老龍借雨慵離蟄，幽鷺逢人慣不飛。岸僻自宜安釣石，水清誰礙濯塵衣。使君公退便遊此，卻恐君王急詔歸。」此章《盱江全集》闕，祇載《古郡城池》一首，題同而詩異也，因並録之：「古郡城池已瞰江，重湖更在郡東方。水仙坐下魚鱗赤，龍女門前橘樹香。路絶塵埃非灑掃，地無風雨亦清涼。使君待客多娛樂，只有醒時覺異鄉。」按先生姓李氏，諱覯，字泰伯，學者稱爲「盱江先生」。宋大中祥符二年己酉，産吾邑之赤鏡橋。萬曆六年置瀘溪縣，遂屬瀘溪。先生著《退居類稿》十二卷，《續稿》八卷，《常語》三卷，《後集》六卷。《朱子語録》曰：「李泰伯文，實得之經中，皆自大處起議論，蓋有取爾也。」嘉祐四年卒，年五十一，葬郡北郭鳳皇山。明成化三年春，長樂謝公守郡，夢先生對浮大白飲，覺而異之。翌日有以盜發先生墓白者，太守具棺衾，將易葬焉。啓壙視之，二大白宛然夢中見者，夢方解。嗟乎，先生之歿，距盜發時已四百一十有三年，而精神感通，有如此者。蘇子曰「不依形而立，不恃力而行，不待生而存，不隨死而亡」者，其是之謂乎。事見修撰永豐羅倫《重修泰伯先生墓記》。

平甫集

王安國，字平甫，荆公季弟也。先文定公序《平甫集》曰：「古今作者或能文不必工詩，或長於詩不必有文，平甫獨兼得之。」《滕王閣懷古》詩云：「滕王平昔好追遊，高閣依然枕碧流。勝地幾經興廢事，夕陽偏照古今愁。城中樹緑千家市，天際人歸一葉舟。極目煙波吟不盡，西山重疊亂雲浮。」又「春色惱人眠不得，月移花影上闌干」，乃平甫詩，非荆公作。又《減字木蘭花》一闋：「畫橋流水，雨濕落紅飛不起。月破黄昏，簾裏餘香馬上聞。徘徊不語，今夜夢魂何處去。不似垂楊，猶解飛花入洞房。」按荆公子雱，字元澤，亦能詩。

臨江三孔

「臨江三孔」者，文仲經甫、武仲常甫、平仲毅甫也。至聖四十八世孫，有《三孔集》四十卷，時以配眉山昆季。有曰「二蘇聯璧，三孔分鼎」。毅甫有「啼鳥靜逾遠，落花風自翻」之句。經甫《寄内》：「試説途中景，方知別後心。行人愁日暮，風雪亂山深。」常甫《雪句》：「看來天地不知夜，飛入園林總是春。」皆警策可諷也。

靈山寺

「早晚報衙蜂擾擾，友朋相和鳥關關。餘香滿袖花驚眼，空翠沾巾雨暝山」，此劉恕《靈山寺》詩也。恕字道原，四歲時，有言「孔子無兄弟」者，應聲曰：「以其兄之子妻之。」

南浦亭

袁涉，南昌人，有《南浦亭》詩云：「不是孤亭瞰遠空，化民從此見遺風。過溪人語水聲裏，隔岸樵歸山影中。晚對嶂嵐侵榻冷，夜看漁火繞欄紅。豫愁飛詔歸清禁，遊客頻來憶次公。」詩格華贍，未嘗不奪風雅之幟云。

小山集

晏幾道，字叔原，元獻公第七子。工樂府，其詞有《小山集》，清壯頓挫，士大夫傳之，以爲有臨淄之風焉。其詞中佳句如「牆頭紅杏雨餘花，門外緑楊春後絮」「衣化客塵今古道，柳含春意短長亭」「户外緑楊春系馬，牕前紅燭夜呼盧」「曉寒料峭尚欺人，春意苗條先到柳」，豔冶宕逸，知者以爲玩世不羈，不知者未免摇心動魄矣。平生聚書甚富，每有遷徙，其妻厭之，謂之「乞兒搬漆碗」。

辭對敏妙

蔡元導、元翰兄弟能文，試茂才異等不第，張方平慰曰：「劉蕡下第，我輩何顔。」元導應聲曰：「雍齒且侯，吾屬無患。」其辭對敏捷如此。

米囷銘

王鴻，雩都人，右軍之後。工隸篆草書，一試不第，歸隱峿山。著《大元經》。濂溪先生倅郡，甚禮重之。有《米囷銘》云：「竊人之食，騷然而不亭者，鼠也；暴天之物，肆肰而不足者，虎也。吾暴而不忍爲虎，竊而不屑爲鼠，寧守茲廩，以安吾處。」即此具見廉靜之風，載在《一統志》，而《通志》遺之，是後死者之責也。如再訂修名賢録，需補載此人。此區區好德之誠，所不能已已。

初月

危拱辰，字輝卿，同里人。年十五，代父爲吏作詩，縣尹奇之，令專儒業。成進士，至光禄卿。題《初月》詩：「未審初三夜，嫦娥怨阿誰。懶開十分鏡，只畫一邊眉。」

憶父

張吉，鄱陽人。母方娠，父介，客蜀不還。吉兒時常與彭汝礪同學，工於詩。後入蜀迎父，三次乃還。有《憶父》句：「應是子規啼不到，至今我父未歸家。」

天子門生

贛縣王奇，字漢謀。少爲掾吏，適縣令偶題屏間畫雁云：「只只銜蘆背曉霜，盡隨鴛鷺立寒塘。」奇密續之云：「晚來漁棹驚飛去，書破遥天字一行。」令器之，使遊學京師，客李文靖舍，文靖薨，真宗臨奠，見壁詩，有「宿寺夢回荷葉雨，渡江衣冷荻花風」句，問爲誰作，左右以奇對，因召試，賜及第。有《謝恩詩》：「不拜春官爲座主，親逢天子作門生。」真宗益愛之，歷官殿中侍御史。

緑陰亭

「剏得幽亭近嶺梅，緑陰名好稱仙才。四邊山色檐頭出，一帶泉聲竹裏來」，此王漢謀《緑陰亭》詩也。又《秋興》句「雁聲不到歌樓上，秋色偏欺客路中」，「欺」字下得妙。

閑雲

新建潘延之，諱興嗣，以蔭授德化尉。謁刺史，不爲禮，即投劾去。築室城南，牓其樓曰「閑雲」，屢薦不起，壽八十七。曾寄蘇欒城詩：「滄海有遺珠，寶山無棄璵。飛來兩鷺鷥，價重百車渠。慮失一朝患，事存千載書。時平猶及掌，焉用泣前魚。」山谷見之，以爲一唱三歎，真清廟之瑟云。《秦人洞》：「秦人當日避風煙，自種桑麻老洞天。緑竹横谿雞犬静，不知門外漢山川。」詩極瀟灑有致，公著文集六十卷，《詩話補遺》一卷，隱處凡六十年，手植木皆十圍云。

奎星狀元

劉煇，字之道，鉛山人，狀元。始名幾，在場屋有聲，爲文險澀。歐公知貢舉，欲正文體，黜之。既更名，試

《堯舜性仁賦》有云：「靜而延年，獨高五帝之壽；動而有勇，形爲四罪之誅。」歐公仍在殿廬，得之大喜。臚唱，劉煇乃幾也。公愕然，嘉其善變。按鉛邑西北六里有狀元山，煇讀書處，一曰清風峽，煇手題「奎星狀元」四朱字於岩石。著《東歸集》，惜年位不達耳。

遊戲自在

皇祐三年辛卯，涪翁七歲，作《牧童》詩云：「騎牛遠遠過前邨，吹笛風斜隔岸聞。多少長安名利客，機關用盡不如君。」四年壬辰，公年八歲，作詩《送人赴舉》云：「送君歸去玉帝前，若問舊時黄庭堅，謫在人間今八年。」年僅垂髫，便有食牛之氣，想見其筆端三昧，獨立萬物之表，遊戲自在也。

雙井茶

《雙井茶送子瞻》，元祐二年山谷秘書省作也。詩云：「人間風月不到處，天上玉堂森寶書。想見東坡舊居士，揮毫百斛瀉明珠。我家江南摘雲腴，落磑霏霏雪不如。爲公唤起黄州夢，獨載扁舟向五湖。」按雙井茶諸詠，皆一時唱和所作，公詩「翰林貽我東南句」，謂坡公也。元祐蘇、黄並世，以碩學宏才，鼓行士林。引筆行墨，追古人而與之俱世者。

江西詩派圖

東萊吕本中居仁，學山谷爲詩，自言傳衣豫章，嘗作《西江宗派圖》，以山谷爲祖，傍列陳師道、謝逸、潘大臨、洪芻、饒節、僧祖可、徐俯、洪朋、林敏修、洪炎、汪革、李錞、韓駒、李彭、晁沖之、江端本、楊符、謝薖、夏倪、林敏功、潘大觀、何顒、王直方、僧善權、高荷，合二十五人以爲法嗣，謂其源流皆出豫章也。序略云：「唐自李杜出，焜燿一世。後之言詩者，皆莫能及。至韓、柳、孟郊、張籍諸人，激昂奮厲，終不能與前作者並。元和以後至國朝歌詩之作，或傳者多依仿舊聞，未盡其趣。惟豫章始大出而力振之，抑揚反覆，盡兼衆體。而後學者同作並和，雖體制或異，要皆所傳者一，余故録其名字，以遺來者。」愚按：宋中丞漫堂先生以《江西詩派論》課士豫章，或昧於題旨。時新建張扶長吏部致政家居，耄猶好學，撰《江西詩派圖録》，首述呂居仁所論宗派，次總論，次小傳，次與客問答，甚盛舉也。漁洋《論詩絶句》云：「涪翁掉臂自清新，未許傳衣躡後塵。卻笑兒孫媚初祖，強將配饗杜陵人。」山谷詩得未曾有，宋人作《江西宗派圖》強以擬杜，反來後世彈射，得文簡此詩，庶幾爲文節第一知己。

詩師豫章

陳後山，彭城人，樹立甚高，其議論不以一定假借人，然自言其詩師豫章，或問於劉後村，曰：「黃、陳齊名，何師之有？」答曰：「射較一鏃，奕角一著，惟詩亦然。後山地位去豫章不遠，故能師之。若秦、晁諸人，則不能爲此言矣。」此爲深於詩者知之。

自成一家

史贊云：「山谷自黔州以後，句法尤高，筆勢放縱，實天下之奇作，宋興以來一人而已。」劉後村論豫章詩出，自成一家，遂爲本朝詩家宗祖，在禪學中比得達磨。

石吾甚愛之

「野次小崢嶸，幽篁相依緑。阿童三尺箠，禦此老觳觫。石吾甚愛之，勿遣牛礪角。牛礪角尚可，牛鬥殘我竹。」此亦文節詩也，《吕氏訓蒙》云：「或稱公『桃李春風一杯酒，江湖夜雨十年燈』，以爲極至。公自以爲此猶砌合，須『此石吾愛之』四句，乃可言至耳。」

風雨翻江

晁君誠善詩，山谷嘗誦其「小雨愔愔人不寐，臥聽羸馬齕殘蔬」，愛賞不已。它日得句云「馬齕枯萁喧午夢，誤驚風雨浪翻江」，自以爲工，語晁無咎曰：「吾詩實發於乃翁前聯。」無咎以語甥葉夢得，然不解「風雨翻江」之意。一日夢得憩逆旅，聞傍舍有澎湃鞺鞳之聲，若風浪之歷船者，起視之乃馬食於槽，水與草齟齬槽間，而爲此聲，方悟魯直之句實爲奇也。

作家老境

涪翁《乞貓詩》老氣不可當，開口便是作家。詩云：「秋來鼠輩欺貓死，窺甕翻盆攪夜眠。聞道貍奴將數子，買魚穿柳聘銜蟬。」銜蟬，貓名。

使人不敢談鄙事

《山礬花》二絶：「高節亭邊竹色空，山礬獨自倚春風。二三名士開顔笑，把斷花光水不通。」「北嶺山礬取次開，清風正用此時來。平生習氣難料理，愛著幽香未擬回。」東坡曰：「讀魯直詩，如對魯仲連、李太白，使人不敢談鄙事。」其推重如此。

戒　石

郡縣戒石，自唐以來有之，但只有石無文。山谷先生任太和，摘孟昶文内「爾俸爾禄，民膏民脂。下民易虐，上天難欺」四語，鐫以自警。後高宗中興，恨不同時。宸奎天縱，摹其筆法勒石垂戒，頒佈天下，世遂欽爲「山谷戒石銘」云。見《宋史》及周益國公《記》。

清才非奔走吏

王荆公見山谷《新寨詩》有「俗學近知回首晚，病軀方覺折腰難」之句，擊節稱歎，謂「黄某清才，非奔走吏」。除北京教授，即爲文潞公所知。見《垂虹詩話》。

留王郎

元豐七年，山谷在德平，有《與德平太守書》：「客宦不能以家來官舍，蕭然如寄，而留王郎詩。」王郎，公甥，字世弼，名純亮，有「河外吹沙塵，江南水無津。骨肉常萬里，寄聲何由頻。我隨簡書來，顧影將一身。留我左右手，奉承白頭親」之句，蓋言身在河北，家在江南，萬里思親之意，溢於言表矣。按《宋史》本傳，堅事母孝，有曾閔之行。安康臥疾彌年，堅晝夜視顔色、手湯劑，衣不解帶，時其疾痛痾癢，而敬抑搔之，至親滌廁牏浣中裙云。遭母喪，哀毁過人，得疾幾殆。既還葬，因廬墓側終喪。先是蘇軾嘗薦堅自代，其略曰「瑰瑋之文，妙絶當世；孝友之行，追配古人」，世以爲實録云。

看梅

歐陽文忠極賞林和靖「疏影横斜」二句，黄文節謂「和靖别有詠梅一聯：『雪後園林纔半樹，水邊籬落忽横枝』，似勝前句，不知文忠何緣棄此而賞彼。余亦有《泰和劉伯川看梅》一絶：『飛雪初停酒未消，溪山深處踏瓊瑶。不嫌寒氣侵人骨，貪看梅花過野橋。』因憶涪翁云「文章大概亦如女色，好惡止系於人」，洵不誣也。

戒殺箴

「我肉衆生肉，名殊體不殊。元同一種性，只是别形軀。苦惱從他受，肥甘任我須。莫教閻老判，自揣看何如。」右山谷先生《戒殺箴》，董文敏公每愛書之，且云：「既以自警，兼以儆人。」如此亦即董公始參竹篦子話，瞥然有省時也。古德云「水鳥樹林，皆爲説法」，諒哉！

重陽詩

宋有二謝，無逸逸，幼槃薖，皆江西詩派中人；潘邠老，亦派中人也。幼槃《竹友集》云：「邠老嘗作詩云『滿城風雨近重陽』，邠老亡後，無逸兄用此句足成四篇，今去重陽只數日，風雨不正，淒然有懷，作二絶句，念泉下二人不再作，不覺流涕覆面。詩云：『地下修文兩玉人，清詩傳世墨猶新。卻因風雨重陽近，獨立蒼茫淚一巾。』『阿兄濕潤玉介導，我友澹薄朱絲絃。只疑蟬蜕遊人世，醉插茱萸若個邊？』」邠老詩句至今藝苑流傳，爲重陽口實。而二謝同時有詩，迄無知者。因識之，續成一則詩話，亦使邠老不寂寞也。集十卷，詩七卷，雜文三卷，文雅潔，楚楚有法度，不減其詩。見《香祖筆記》。

北津渡

「竹籬茆舍掩柴扉，衰草寒煙野徑遺。只有白鷗無俗韻，何年相伴老清溪。」此臨川謝無逸《北津渡》詩也，有《溪堂集》五卷、《補遺》二卷，入《派》。黄文節嘗讀其詩曰：「使斯人在館閣，晁、張流也，恨未識之耳。」

栗里陶公祠

幼槃，逸弟也。嘗省闈報罷，以詩酒琴奕自娱，時稱「二謝」。有《栗里淵明祠》云：「淵明歸去潯陽曲，杖藜蒲鞵巾一幅。陰陰老樹轉黄鸝，豔豔東籬綻霜菊。世紛無盡過眼空，生事不豐無意足。廟堂之姿老蓬蓽，環堵蕭條僅容膝。大兒頑鈍懶詩書，小兒嬌癡愛梨栗。老妻日暮荷鋤歸，欣然一笑共蝸室。我詩未遣愁肝腎，醉裏呼童供紙筆。時時得句輒寫之，五言平淡用一律。田家酒熟夜打門，頭上自有漉酒巾。老農時問桑麻長，提壺挈榼來相親。一尊徑醉北窗臥，蕭然自謂羲皇人。此公聞道窮亦樂，容顔不枯似丹渥。儒林紛紛隨溷濁，山林高義久寂寞。假令九原今可作，舉公籃輿也不惡。」

詩工蕭散

饒節，字德操，有「閑攜經卷倚松立，試問客從何處來」之句，因號「倚松」，臨川人。晚祝發爲浮屠，名「如璧」，詩名尤重。有《勸吕紫微學道》詩云：「向來相許濟時功，大似頻伽餉遠空。我已定交木上座，君猶求舊管城公。文章不療百年老，世事能排雙頰紅。好貸夜窗三十刻，羌牀趺坐究幡風。」吕居仁曰：「江西諸人，詩如謝無逸富贍，饒德操蕭散，皆不減潘邠老精苦也。」

真率會

臨川危稹，字逢吉，舊名科，淳熙十四年舉進士，洪邁賞其文，擢第。孝宗更今名，調南康教授。轉運使楊萬里按部，驟見歎賞，偕遊廬山，相與酬倡。擬調臨安府教授，嘉定中累遷屯田郎官。番昜柴與之出守章貢，稹賦詩送之云：「力爲君王乞得州，補天未了石還收。人才自系國輕重，吾道亦關公去留。殿角纔辭槐影日，船頭便轉荻花秋。竟誇祖帳都門外，誰識攢眉杜甫愁。」迕時宰，出知漳州郡，築龍江書院，械經自講。久之，提舉崇禧觀，後與鄉里耆艾爲「真率會」，有《婦歎》詩云：「記得蕭郎登第時，謂言即入鳳凰池。」卒年七十四，真德秀銘其墓。弟和，字祥仲，開禧元年進士，亦有聲。

詩俠

泰和有劉改之者，名過，自號龍洲，江西詩派中人也，以「詩俠」稱湖海間。周必大聞其名，欲羅致之門下，不就。紹熙間叩閽上書，請光宗過重華宫，辭意懇婉，聲重於時。又以書陳恢復方略，用事者不聽，以是落魄無所遇合，嗜酒放誕不羈。陳亮、陸遊、辛棄疾皆折節與交，嘗在棄疾座間進羊腰腎羹。過狂飲，乞韻，適舉酒手顫，余瀝流於懷，因以「流」字爲韻，信口吟云：「拔毫已付管城子，爛胃曾對關内侯。死後不知身外物，也隨樽俎伴風流。」其豪縱類如此。又《登昇元閣故基》詩，其奇博奥險之辭，覺盧仝、馬異皆在其下矣。晚年客崐山，友人潘友文留之。尋卒，葬崑山城中，有《龍洲道人集》十卷。

梅屋

臨江有隱居不仕者，結屋於邑之郊外，種梅繞之，自號「梅屋」，有孤山處士之風焉。吟稿一卷，劉後邨、戴石屏、真西山咸稱之。後村謂其語極清麗。石屏云：「讀其詩如行春風，巷陌間見時花遊女，動人心目處多矣。如《采蓮曲》云：『平湖淼淼蓮風清，花開映日紅妝明。一雙鸂鶒忽飛去，爲驚花底蘭橈鳴。蘭橈蕩漾誰家女，雲妥髻鬟黛眉嫵。采采荷花滿袖香，花深忘卻來時路』，真綺嚴極矣。」西山亦云：「金至百煉而精，珠穿九曲而巧，鄒君之詩之謂歟！」其爲當時詩人矜許如此。按：君姓鄒，名登龍，字震父。

滄洲集

羅公升，字時翁，吉安永豐人。大父開禮爲武岡教授，德祐間文丞相開督府於閩廣，號召天下勤王兵，辟開禮知縣事，授安撫使，後兵敗被執，不食，死。公升少有才略，以軍功爲本邑尉，傷大父死節，傾資北遊燕趙，與宋宗室趙孟榮諸公圖復宋祚。知勢不可爲，經錢塘江作《弔胥濤賦》以自寓。著《滄洲集》五卷，如《發湖州》云：「秋色頻於客鬢加，歸期猶自歎無涯。行纏剩欠江湖債，未著袈裟已出家。」「彭蠡太湖三十驛，澄江如練憶元暉。它年雲海相逢處，還取苕溪一葉飛。」如《梟》云：「人誰獨無母，汝母良可悲。汝飽詎幾何，亦有生子時。」須溪劉辰翁爲序：「詩抑鬱委折，情辭悽愴，亦難言之意多焉。」其弟宗仁，亦不仕元，父死於寇，廬墓哀泣，不御酒肉者七年，蓋忠孝萃一門云。

皵藁

吾盱有利登者，字履道，一字碧澗。家於仙塘，依山結屋，門臨溪曲，悠然隱者之居。寶慶間羣盜四起，扶侍母妹避亂於梅川即今寧都梅川令莫公，雅嗜詞翰，邀登及文士數輩，方舉詩酒，會盜擬犯梅川，倉皇徙佛岩，又徙崆峒，一時流離奔走之苦，俱爲賦詠，委曲繪出。晚年始舉進士，故其詩云：「乾坤雙鬢改，日月寸心死。誓從鹿豕遊，乃復叨一第。」又云：「悔把漁竿不到頭。」《皵槁》一卷，避亂時所作俱彔。其《次琬妹月夕思親一絶》云：「緩作行程蚤作歸，倚門親語苦相思。白頭親老今多病，不似當初别汝時。」口頭語而意極悽婉，令人不堪卒讀。

洪氏四甥

洪龜父朋，建昌縣人。母黃夫人，山谷之妹。《豫章集》中所謂「洪氏四甥」者是也。朋弟駒父芻，官諫議大夫，著《老圃集》，入《派》。編《楚漢逸書》，又著《香譜》一卷，集古今行法，有鄭康成漢宮香、南史小宗香、真誥嬰香、戚夫人返駕香、唐員半千香，所記甚該博。季弟鴻父羽，亦有詩，而不甚傳。玉父炎，官中書舍人，有《西渡集》，入《派》。嘗記玉父《夜月登滕王閣》云：「桃花亂打散花樓，南浦西山送客愁。爲理伊州十三疊，緩歌聲裏有洪州。」余録此詩如蜂采花，但取其味而已。

新營市

分寧徐師川俯，山谷諸甥也。有《新營市》詩云：「雙飛燕子幾時回，夾岸桃花蘸水開。春草斷橋人不渡，小舟撐過柳陰來。」又《滕王閣》五律有「燕語留秋色，鴉聲落晚晴」之句。按：師川官樞密使。

春　日

「晏坐齋堂一事無，居官蕭散似相如。偶違濁酒風前約，不見繁英雨後疏。」此臨川汪信民《春日詩》也。分教長沙，亦喜禪學，有詩云：「富貴空中花，文章木上瘿。要知真實地，惟有華嚴境。」年四十卒，有《青溪集》一卷，入《派》，吕居仁於宗派中尤推尊之。

送均父作守

張彦實，德興人，《送夏均父作江守》詩云：「平時袞袞向諸公，投老猶推作郡工。未覺朝廷疏汲黯，極知州郡要文翁。」均父每諷誦之。按：彦實名擴，官中書舍人，有《東窗集》四十卷。

二曾詩集

南豐家諱紘公，字伯容，有《臨漢居士集》。子思公，字顯道，有《懷峴居士集》。雷朝宗爲敍云：「二曾詩集披誦三過，蔚乎若玉卉之蓮，敷月露之下也；沛乎若雪山之水，寫灩澦而東也；琅乎若岐山之鳳，鳴梧竹之風也。望山谷之宫庭，蓋排闥而入，曆階而升者歟！」

日涉園集

李彭，字商老，建昌人，尚書公擇孫也，有《日涉園集》十卷，入《派》。又李竤孚，公擇之姪，有《避方臘亂》句云：「蒼黄避地小兒女，漂泊連牀老弟兄」，亦佳句也。

茶山集

《茶山集》，宋曾幾撰。幾字吉甫，贛縣人，以兄弼恤恩，授將仕郎，歷校書郎，歷浙西提刑。忤秦檜去位，僑寓上饒茶山寺，自號茶山。檜死，召爲秘書少監，權禮部侍郎，提舉玉隆觀，年七十九致仕，越三年卒，謚文清。

陸遊爲作墓誌云：「公治經學道之餘，發於文章。而詩尤工，以杜甫、黄庭堅爲宗。」又陸遊跋幾《奏議稿》曰：「紹興末，先生居會稽，得迹清舍。某自敕局歸，無三日不進見，必聞憂國之言。先生時年過七十，聚族百口，未嘗以爲憂，憂國而已。」據此則幾之一飯不忘君，殆與杜甫之忠愛等。發之文章，具有根柢，不當僅以詩人目之，求諸字句間矣。如《雪中贈陸務觀》云：「江湖迥不見飛禽，陸子殷勤有使臨。問我居家誰暖眼，爲言憂國只寒心。官軍渡口戰復戰，賊壘淮壖深又深。坐看天威掃除了，一壺相賀小藁林。」自注：務觀所結庵號小叢林云。《墓誌》稱有文集三十卷，《易釋象》五卷，自明以來傳本久佚，僅僅散見各書，偶存一二。兹有從《永樂大典》中搜採編輯者，勒爲八卷，凡得古今體五百六十一首，雖不足盡幾之長，然較相傳九百一十篇之數，所佚者不過三百四十九篇耳。殘膏剩馥，要足沾丐無窮也。

詩介黄陸之間

茶山之學出於韓子蒼，蓋韓駒詩法得自庭堅，而庭堅又刻意以學杜甫句律，淵源遞相祖述，非漫然者。後茶山之學傳於務觀，加以研練，面目略殊，遂爲南渡之大宗，殆有出藍之譽。肰茶山詩，風骨高騫，而含蓄深遠，介乎豫章、劍南之間，亦豈遽爲蜂腰哉！趙仲白題其集曰：「清於月白初三夜，淡似湯烹第一泉。咄咄逼人門弟子，劍南已見一燈傳。」是當時固有定論也。

三衢

茶山《三衢道中》詩云：「梅子黄時日日晴，小溪泛盡卻山行。綠陰不減來時路，添得黄鸝四五聲。」至今猶傳誦之。

造句奇崛

宋南渡後，以詩齊名者四家，楊廷秀詩所稱「尤、蕭、范、陸」是已。千岩詩學於曾幾吉甫，授之姜夔堯章。當時劉潛夫稱爲「慶齋敵手」而方萬里，謂其詩苦硬頓挫，而極其工，使不早死，雖誠齋猶如其下，蓋爲詩家矜許若是。曾刊於永州，歲久散失流傳者，僅見其數首而已。後之論者，遂易之曰「尤、楊、范、陸」，於是蕭愈湮晦，至有不能舉其姓氏者。嘗記其《詠梅》絶句有云：「湘妃危立凍蛟背，海月冷桂珊瑚枝」，又云「百千年蘚著枯樹，一兩點花供老枝」，造句奇崛如此。蕭，吾邑人，諱德藻，字東夫，別字千岩云。

顔魯公祠堂

余昔見《雲林繪臨册》有顔魯公畫像，徐師川俯題詩曰：「公生開元間，壯及天寶亂。捐軀范陽胡，竟死蔡州叛。其賢似魏徵，天下非正觀。四帝數十年，一身逢百難。少時讀書史，此事心已斷。老來鬢髮衰，慨歎功名晚。嗟哉忠義途，捷去不可緩。初無當年悲，只令後世歎。一朝絶霖雨，南畝常亢旱。小夫計雖得，斯民蓋塗炭。長歌詠公節，千載勇夫懦。敬書子張紳，庶幾古人半。」師川以詩鳴西江，肰此篇不爲工，嘗記《童敏德遊湖州題公祠堂長句》曰：「挂帆一縱疾於鳥，長興夜發吴興曉。杖藜上訪魯公祠，一見目明心皦皦。未説邦人懷使君，且爲前古惜忠臣。德宗更用盧杞相，出當斯位誠艱辛。生逆龍鱗死虎口，要與乃兄同不朽。狂童希烈何足罪，奸邪嫉忠假渠手。乃知成仁或殺身，保身不必皆哲人。此公安得世复有，洗空凡馬須騏驎。」敏德，臨川人，詩語意皆超拔，而終身不得仕，爲可惜也。

文采爛然

家空青公，文肅公子也。字公卷，以蔭補官，别號空青，著《空青集》。馬丞相廷鸞爲之序，其略曰：「昔石林葉公以『親見揚雄』美其詩，以『新樣元和』評其書，以『三世風流』頌其文。後李雁湖亦謂：『人惡雋異，俗疵文雅，如空青諸人，雖不偶於時，而文采爛然垂後者，世不能掩也。』今其遺文如魯殿、秦碑，見者珍惜。」愚按：王文簡《分甘餘話》云：「吾家祖訓廳事屏風所書《心相三十六善》，余已於《香祖筆記》詳其出處，惟《陽宅三十六祥》，不記所出，近始考得之。乃宋曾空青語也。空青名紆，山谷之友，元祐君子也。」

艇齋集

曾裘父，諱季貍，號艇齋，與黎師侯、僧惠嚴俱以詩名，號「臨川三隱」。有《艇齋集》，陸放翁爲之敘，有《宿正覺寺》詩：「正覺江邊寺，風煙罨畫然。庭羅合抱柏，門泊釣魚船。暮雨涼初過，中秋月正圓。無人來共賞，獨自占江天。」又《白水寺》有「稻花田水香」之句，「田水香」三字妙絶。

秋雨堂

秋雨堂在南豐盱江上，宋建。嘗攷宋太宗時，江南歲旱，所部以狀聞，帝因語先密公，以外帑之藏貫朽莫校，公對曰「未若江南一夜秋雨之富也」，真仁者之言，其利溥哉！後以名堂。南豐蔡堅老柟題詩曰：「太宗之治萬國新，梯山航海來珠珍。當時寶藏盡充溢，暇日從容延近臣。君無驕吝臣不諂，溥哉仁言吾所聞。乃知不能仁君者，雖有議論徒紛紛。至今華堂構秋雨，袞袞積善歸雲礽。誰能歲晚事斯語，堂中主人丞相孫。」可謂精切赴題，著《浩歌集》。

灌　園

吾邑吕南公，字次儒，熙寧鄉貢，一試禮部不偶，遂罷舉，肆力文學，自號「灌園先生」，著《灌園集》三十卷。

澗底松

汪應辰，字聖錫，玉山人，仕端明殿學士。有《澗底松》詩：「有松百尺大十圍，生在澗底寒且卑。澗深山險人絶路，至死不逢工度之。天子明堂需梁木，此求彼有良不知。誰喻蒼蒼造物意，但與之材不與地。金張世禄原憲貧，牛衣寒賤貂蟬貴。貂蟬與牛衣，高者未必賢，下者未必愚。爾不見，沉沉海底生珊瑚，歷歷天下種白榆。」此殆有爲而作者。一日聖錫在秘書監，食罷，會茶。一同舍就枕不起，或戲之曰：「宰予晝寢，於予與何誅？」或未有應。聖錫答曰：「子貢方人，夫我則不暇。」衆皆美之。

理學大儒與朱陸伯仲

楊文節公，諱萬里，字廷秀，廬陵人。宋光宗在東宫，爲書「誠齋」二字，顔其讀書處，學者稱「誠齋先生」。理學大儒與朱、陸伯仲，著《誠齋集》一百三十三卷。詩瀏離頓挫，力追唐人。如《傷春》云：「准擬今春樂事濃，依然枉卻一東風。年年不帶看花眼，不是愁中即病中。」《游粵王臺》云：「榕樹梢頭訪古台，下看碧海一瓊杯。越王歌舞春風處，今日春風獨自來。」《初夏睡起》云：「梅子留酸濺齒牙，芭蕉分緑上窗紗。日長睡起無情思，閑看兒童捉柳花。」詩皆可誦，以集隘不能多録，録一二首，亦徵不落宋人窠臼，可爲法則不能没也。

披綿黄雀

黄雀出臨江府，土人謂脂厚爲披棉，故坡公有「披綿黄雀漫多脂」之句。一日李聖俞求江西黄雀醝法，誠齋先生戲作《醝經》遺之，乃一篇七言古也。中有「渴飲地陽菊潭水，饑啄藍田粟玉芝。今年天田秋大熟，紫皇遣刈神倉穀。一雙鳬雁墮雲羅，夜隨弋人臥茅屋。賣身不直陳將軍，卻與彭越俱策勳。解衣戲入玉壺底，壺中别是一乾坤。水精鹽山兩歧麥，身在椒蘭從香國。玉條脱下澡凝脂，金叵羅中酌瓊液」之句。

去雕琢

楊文節《送子仁姪南歸》云：「再歲來相款，三杯忽語離。忍將衰老淚，滴作送行詩。子去儂猶住，身留夢亦隨。南溪舊風月，千萬寄相思。」四層曲折，一氣傳寫又脱口而出，略無雕琢，此種全從杜陵得來。

夢竹

周必大，字子充，一字宏道，廬陵人，拜左相，封益國公，謚文忠，著《平園叟集》凡二百卷。公少時夢至一處書室爲竹所蔽，殊不開爽。堂下古柳二三株，鴉噪不歇。夢中因題「竹多翻障月，木老只啼鴉」句。後數年，爲金陵教官，初入廨，所見竹柳皆如夢時，亦一奇也。

老　詩

平園叟有句云「夜雨稀聞聞耳雨，春花微見見空花」，寫老境精切。叟有記老人十拗：不記近事記遠事，一；不能近視能遠視，二；哭無淚笑有淚，三；夜不睡日睡，四；不肯坐多好行，五；不肯食軟要食硬，六；兒子不惜惜孫子，七；大事不問問碎絮事，八；少飲酒多飲茶，九；暖不出寒即出，十。

詩格高

平園叟《經武陵瀧》詩云「芙蓉池水接清溪，晴日初乾雪後泥。行過小橋驚野鴨，翩翩飛過緑林西」，詩格如唐臨晉帖矣。

評坡公詩

平園叟《評坡公寒碧軒》詩云：「初若豪邁天成，其實關鍵甚細。如清風肅肅摇窗扉，窗裏修竹一尺圍。紛紛蒼雪落夏簟，冉冉緑霧沾人衣。」寫寒碧各在其中。第五句「日高山蟬抱葉響」，即仿杜工部「抱葉寒蟬靜」之意而翻用之。又「人靜翠羽穿林飛」之句，坡詩固妙，而公説詩深微，二文忠公殆有莊、郭之契也。

送人帥蜀

鄱陽洪景廬學士邁，《送制置使王剛中帥蜀》云：「上都門外垂楊陌，葉葉經霜不堪折。春光猶未到梅花，何物堂扳送行客。路人驚問去者誰，高牙大纛爭光輝。君王應念蜀父老，故輟侍臣來紫微。明光起草文章手，卻聽元戎報刁斗。回首翔鸞一夢中，玉簫緩送成都酒。邛郲九折何足驅，慷慨功名真丈夫。成都花錦君莫戀，早晚歸凱持鈞樞。」磊落雄豪，真有磨盾横槊之氣。著《彝堅志》，多載怪誕不經之事。《容齋隨筆》《續筆》《三筆》《四筆》各十六卷，《五筆》十卷。

竹齋

裘萬頃，字元量，官司直，工詩，與胡桐原、萬澹庵、徐竹堂時稱「四傑」，有《竹齋集》。《行役詩》：「秋高風露寒，道遠時序迫。安得歸故園？篝燈理書册。」以薦召入司直，遂促歸。按：明高深甫濂著《尊生八箋》十九卷，最後《霞舉》一箋載高隱姓氏，自巢許以來凡七十餘人，裘公與焉。公没，真西山氏挽詩：「憶昔摳衣造竹齋，竹聲琴韻兩相諧。重來琴鏁紅塵滿，寒雨瀟瀟滴蘚階。」

警句

歐陽鈇，字伯威，廬陵人。楊誠齋摘其警句抄之，如「西風五更雨，南雁數行書」「細雨雙飛鷺，寒蓑獨釣船」「夢回千里外，燈轉一窗深」「夢回金馬玉堂上，文在冰甌雪碗中」，此類甚多，且爲跋曰：「烏啼花落，欣然會心處，酌大白，嘸伯威詩，欲馭風騎氣也。」余偶録二首：『桑麻得雨更菁葱，芍藥留春結晚紅。怪得烏聲如許好，此身還在亂山中』『爲憐紅杏亞枝斜，看到斜陽送亂鴉。又是一春窮不死，天教留眼看鶯花』。」

清麗之句

胡銓，字邦衡，廬陵人，有「笑春燭底影，湔淚風前杯」之句，著《澹庵集》七十八卷。袁鳳字子儀，奉新人，九歲能詩，有「坐視天下本無事，何必昌羊作引年」之句。丁錟，字仲容，新建人，有《甕天集》，臨終有云：「歸時記得來時路，月白風清自古今。」人稱其達。文儀，永豐人，天祥之父，有「紅日麗天掀霧薄，白雲歸洞見山屏」之句。鄒淳禮，字和仲，新淦人，嘗題竹云「疏直拙依附，清高無匹儔」，蓋自況也。著《北窗集》。羅之紀，字國張，高安人，授孝感尉。題《雪壓竹》云：「吾道非耶真可恥，此君豈是折腰人。」與鄒和仲同此襟懷也。繆瑜，字珍叟，龍南人，官進賢令。後山筮仕江西，繆以詩謁之。其《調官》一聯云：「有客去遊丞相宅，無人來問孝廉舩。」襟度俊逸乃爾。趙汝愚爲宋名相，題《天風海濤寺》句：「江月不隨流水去，天風直送海濤來。」皆佳句也。

白石

姜夔，字堯章，鄱陽人，有《白石道人集》。白石，詞家大宗，其於詩亦深造，自得能參活句者。自敘同時詩人，以温潤推范石湖，痛快推楊誠齋，高古推蕭千岩，俊逸推陸放翁。白石遊於諸公間，故其言如此。

即景

「花開紅樹亂鶯啼，草漲平湖白鷺飛。風日晴和人意好，夕陽簫鼓幾船歸。」此徐伯仁即景絶句也。名元傑，上饒人，廷對第一。

金石臺

林夢英，字叔虎，臨川人，《金石臺》詩云：「云作岩扉風自關，清陰半壑樹中間。傍廂更著茆亭好，放入西南一面山。」此詩如參曹溪之禪，直悟上乘者。

青原寺

文信國公《青原寺》詩：「空庭橫蝃蝀，斷碣假龍蛇。活火參禪筍，清泉透佛茶。晚鐘何處雨，春水滿城花。夜影燈前客，江西七祖家。」僅四十字耳，風格遒上如此。又《正氣歌》《題雙廟・沁園春》，世競膾炙。詳《宋詩選》。時有杜伯揚、蕭敬夫二人者爲信國客，俱有《文山觀大水詩》。

疊山先生詩

《慶全庵樓花》云：「尋得桃源好避秦，桃紅又見一年春。花飛莫遣隨流水，怕有漁郎來問津。」《蠶婦吟》云：「子規啼徹四更時，起視蠶稠怕葉稀。不信樓頭楊柳月，玉人歌舞未曾歸。」此余丱角時，每誦之，不知爲疊山先生作也。先生姓謝，名枋得，字君直，弋陽人，學者稱「疊山先生」。

像贊

吴草廬先生諱澄，《朱子像贊》：「理義密微，蠶絲牛毛。心胸恢廓，海闊天高。豪傑之才，聖賢之學。」景星慶云，泰山喬嶽」，此贊真繪出紫陽氣象矣。《自贊》：「身形瘦削，春林獨鶴。眼睛閃爍，秋霄一鶚。遠絶塵滓，大同寥廓。自鳴自和，和歌自樂。」公詩無心學陶，天趣自會，羽翼名教，人故自如此。

道園名句

虞伯生先生諱集，臨川人也。天才清贍，沈鬱高古，奇巧而不傷斧鑿，綺麗而絶去浮靡。雜弄金碧，糅飾丹素，使觀者動盪心魄。世傳《道園學古録》《道園續稿》可取而讀焉。惟鴻篇鉅什，難以臚陳，偶摘句如左。《滕王閣》云：「文章誰繼三王后，靈氣常從五老來。」《歐陽元功待制入院》云：「食餘苜蓿承朝日，坐候棠梨過夕暉。」《次馬伯庸韻》云：「退朝每想花邊散，得句應從竹上題。」《即事》云：「水影漸移簾側畔，鸎聲只在殿東隅。」《興慶宫朝退》云：「玉貫兩虹通象錦，衣成五彩煉雲霞。」《送袁待制扈從上京》云：「白馬錦韉來窈窕，紫駝銀甕出蒲萄。」《朝回》云：「貝葉神獅東度嶺，金輿馴象北浮洋。」《題南野亭》云：「前澗魚遊留客釣，上林鶯囀把杯聽。」《送李通甫赴湖南行省都事》云：「日長青瑣文書簡，雨過滄洲杜若新。」元詩稱虞、趙、楊、范、揭五家，道園其一也。

修史

「詔編國史有程期，正是諸郎儤直時。虎士守門宫窈窕，雞人傳箭漏遲遲。窗間夜雨銷銀燭，城上春雲壓彩旗。才大各稱天下士，書成當繼古人爲。」右楊仲宏編修《修史》詩。編修諱載，有《仲宏集》。

德機詩

范梈，字德機，一字亨父，清江人。《詠竹》云：「結亭更在竹中間，四面雲溪寫山麓。風敲最覺夜眠清，雨洗延秋窗望緑。」《桑落洲》云：「桑落洲前秋興孤，白雲遠見近還無。傳聞酒吏今年罷，美釀家家得縱沽。」頗可誦。

秋宜集

揭文安公，諱傒斯，字曼碩，由翰林封豫章[郡]公，著《秋宜集》。《廬山詩》：「香爐峯色紫生煙，一入京華路杳然。雲碓秋閑春藥水，雨犁春臥種芝田。花憑海鶴來時寄，劍自潭蛟去後懸。忽報歸期驚倦客，獨淹微禄負中年。」偶記文安公一日泊舟，江口遇一女子，二更擊棹而來，曰：「君大富貴人也。」以詩别之曰：「盤塘江上是奴家，郎若閑時來吃茶。黄土築牆茆蓋屋，門前一樹紫荆花。」翌日，文安至土岸，阻風上岸，行數武即盤塘之地，見一水仙祠，垣皆黄土，中庭紫荆像，宛然是夜所見者。

殘雪

同里程雪樓先生，諱文海，字鉅夫，《題許仲仁詩卷》云：「殘雪詞林退食時，小窗一卷鬢如絲。音傳正始誰同調，氣逼元和稍自持。文字不隨前輩盡，風流卻許後人知。霜清日冷梅花瘦，獨對熏籠看欲癡。」按：公官學士，封楚國公，謚文憲，著《環溪集》。

悼亡

傅若金汝礪，新喻人，官廣州教授。妻蕙蘭，名淑，能詩，歸五月而卒。汝礪取其《緑窗遺稿》敘之，並系以詩如：「小窗開盡碧桃枝，憶得青鸞化去時。昨夜秋風妬幽怨，夢中吹斷素琴絲。」「江上愁時复值春，帶圍寬盡不宜身。階前舊種櫻桃樹，日暮飛花故著人。」纏綿悽惻，不減安仁墮淚時也。

迎享送神詞

唐寶曆間，金溪嘗設冶金場，有官收其課，冶涸，而課不及抵吏罪。吏惟二女，憤之，躍入冶死，事聞，釋吏罪，冶場遂廢。元濟南吴堪爲金溪丞，立廟祀之，曰「孝女祠」。邑人胡元塏記，並撰《迎神》《享神》《送神詞》三章，鄉人歌以祀焉。

贈友應詔

葉蘭，字楚廷，鄱陽人，殉元難。《贈友應詔》云「覓得神龞休便休，不須重上釣魚舟。回頭便向溪山望，明月蘆花别是秋」，蓋諷之也。與臨川饒介之「幾蓑晚菊今耆舊，一樹寒梅老弟兄」句，同一藴藉。

浪川洞

劉崧，字子高，泰和人。七歲賦《雞聲》詩云：「唤醒人間蝴蝶夢，起看天上火龍飛。」洪武中，官吏部尚書。《浪川洞詩》云：「一洞深連三十里，兩崖高聳百千峯。溪流交路爭穿草，日色窺林半隱松。野碓春泉秋雨急，土窯燒石晚煙濃。雲陰不記平佘路，月落時聞資福鐘。」此猶近唐人體魄。其《題簡天碧西山南浦圖》七古佳。

詠　梅

黄子澄，初名湜，分宜人。洪武乙丑會元，《詠梅》云：「百千歲樹未爲枯，三五個花何太疏。聞道石門春意動，不知曾有暗香無。」中含諷諭，不同尋常賦物，此首殉建文之難者。

百華寺

「閑抱瑶琴訪百華，上人還與論三車。能分香積廚中飯，慣煮孤山雨後茶。洗墨池荒秋艸合，讀書臺古夕陽斜。壁間正好題詩句，留取它年護絳紗。」此練副史《百華寺詩》也。其《遊玉笥山》七言古尤佳，有《金川玉屑集》。公諱子寧，字名安，新淦人。洪武乙丑榜眼，累官工部侍郎，建文時遷御史大夫。靖難兵入，不屈死。

春雨齋集

高皇智屈羣策，親如善長，貴如廣洋、惟庸，近侍如安、如濂、如觀、如素，雷霆所擊，罔不震懾。解學士春雨，以一少年，萬言批鱗，靡所忌諱，而聖度優容，令其進學，才難之歎，猶可想見本領如此。其發爲詩，宜無與敵。公《謫河州題華山》云：「謫官歸來登華嶽，黄河東去一秋毫。可憐閑卻擎天手，萬古雲霄日月高。」建文帝聞之召還。

西墅集

永豐曾襄敏公，諱棨，字子棨。當有明成祖、仁宣二宗之朝，以修撰歷官宫詹，嘗賦《天馬海清歌》，太宗深加歎賞。所著《巢睫集》，今不可得見，傳者惟《西墅》殘稿耳。歲久漫漶，詩散見於朱檢討《明詩綜》，顧庶常《詩林韶濩選》，沈宗伯《明詩别裁集》。雖永樂以還，體尚臺閣，而襄敏獨除纖去濫，和厚簡嚴，是真可續唐音者。

過劉伶宅

襄敏《過劉伶宅》詩云：「舊宅無人問，荒墟有路歧。一生渾是醉，萬古復何悲。白首啣杯處，青山荷鍤時。最憐獨醒者，高塚亦纍纍。」鍾伯敬云：「字字快劉伶之心，九原有知，因謝知己。」按：《堯山堂外紀》云：「子桀才思奔放，軀幹豐頤，飲酒至數石不醉，病革將絶，呼酒痛飲，自爲贊曰：『宫詹非小，六十非夭。我以爲多，人以爲少。易簀蓋棺，此外何求？青山白雲，樂哉斯邱！』」其曠達如此。

詠萍

毛伯温，吉水人，官尚書，征安南，島人詠萍諷之曰：「錦鱗密密不容針，帶葉連根不計深。常與白雲爭水面，豈容明月墜波心。千層波打誠難破，萬陣風顛永不沉。多少魚龍藏裏許，太公無計下鈎尋。」尚書即次韻和曰：「隨田逐水冒秧針，到底元來種不深。空有根來空有葉，敢生枝節敢生心。寧知聚處還知散，但識浮時那識沉。頃刻中天風浪惡，掃歸湖海競無尋。」安南遂降。

蔗夢

費鐘石《夢人贈蔗一枝占者曰庶當生子志喜》云：「呱呱聲起鬧寒床，剩喜鵷雛作雁行。徙宅夜曾占蔗夢，浴湯秋果試蘭香九月生。杯盤供客爭新餅，繈褓從人覓舊裳。萬里作書歸報母，慶流自信是源長。」可采入添丁故事。

圭峯集

吾邑羅文肅公著《圭峯集》，評者云：「圭峯詩文氣格高邁，筆力奇古，有俯視一切之概。」公有《送周主簿任南城》詩云：「連山抱如環，過水縈城腳。軍州自古置，小邑舊附郭。烝黎戀門閥，不厭土地薄。神泉龕可釀，出境配靈藥。門無催租吏，家有斫地钁。市女面無脂，野老巾不著。囹圄寂生蓬，譙門可羅雀。謬當封藩圖，一變百病作。黑夜騎屋山，白晝面相縛。竊虞鑽泥鰍，化作掉尾鱷。觀君饒道氣，秋漢橫一鶚。老夫頻搔首，仰面望寥廓。」在昔吾鄉貧瘠，因有力贊益藩分封於郡者，其意蓋欲桑梓富殖耳。而文肅隱然有風俗之憂，覽此詩，其意自見。

遊從姑

羅明德先生，諱汝芳，字惟德，同里人。《遊從姑》詩：「松柯梅幹匝山腰，翠結光寒夜未消。好約仙人王子晉，月明堂上共吹簫。」瀟灑出塵，自是君身有仙骨。

陰德樹

朱器之，名軾，南豐人，房州司户。從先文定公學，性寬平，輕財急義。悉以祖業讓弟，器之獨取故居，曰：「此先人廬，不可失也。」鄉民熊禧負官逋，將自勒於樹，器之傾囊濟之，得不死。後人名其樹爲「陰德」云。明程山甘楗齋先生京，有詩云：「南豐先賢朱器之，教讀歸來歲已迫。路逢熊禧欠常平，脱帶深林將自勒。問這適須三十貫，解我俸錢救汝厄。徒手到家妻子疑，聞説施金翻喜極。蕭蕭釜甑不成炊，譚笑無燈度除夕。五子京彦襄亮褒，一時同朝聲赫弈。至今西郭樹根枯，行人尚自呼『陰德』。」

湓峯

羅一峯先生《湓峯》詩云：「一柱東風戀紫霞，數聲雞犬散仙家。春風不與人分破，添得碧桃無數花。」

元潭

羅念庵先生《遊浮舟寺》詩，爲世傳誦，和者如林，玆不録。録《元［玄］潭》詩：「青山隱約霧中看，黄葉蕭疏夕照殘。喚得漁舟來借渡，隔江人影在欄杆。」「野竹蕭蕭水遶村，柴門半掩欲黄昏。鐘聲乍起林煙合，沙際漁燈照浪痕。」

千金堤

徐子弼，東鄉人，官給事。《千金堤》絶句：「長樂長寧幾萬家，不栽桃李種桑麻。使君挽得天河水，散與東風灌稻花。」

章江

洪陽居士張公諱位，有《章江寺》詩云：「十里神皋控上游，五陵佳氣欝葱浮。鳳皇洲畔王孫草，鷗鷺沙邊帝子樓。風散嵐光喬嶺出，雨添潮勢大江流。名航利舶爭來往，剩得閒人眺望收。」按公第在東湖杏花村，構杏花樓。公詩「家住杏花邨」是也，今遺址在耳。南昌城西北十里石頭渡，即晉殷羡投書渚，公造橋數十丈，名曰

「石鎮」。公武英殿大學士，宣城、臨川二湯，皆出其門。

清遠樓

臨川湯義仍先生，著《玉茗堂集》，歲庚戌，客芝陽，從友人借得之，猶是原刻。然發優鉢羅花，偶一見耳。其《清遠樓》絶句云：「清遠樓中一覺眠，雨鳩風燕乍晴天。年來愛作團欒語，不得中男在眼前。」此詩樸實如寫家書，真不減子由《彭城逍遥堂》句也，最爲新城王文簡公所稱賞。

牡丹亭

《臨川四夢》，掩抑金元，而《牡丹》爲最，然非知音，未易度也。故詩云「傷心拍板無人會，自掐檀痕教小伶」，因思局促轅下者，不知輪扁斲輪有不傳之妙。

西江月

吉水鄒忠介公《贈魏節婦》詩：「一别良人歲月侵，孤燈永夜伴寒衾。年年只有西江月，獨照春歸不二心。」闡揚貞節，寄託遥深，是有關於風化之作。

守　節

新淦吴皆藎疾篤，以詩囑妻魯氏曰：「蛾眉不許他人畫，鸞鏡休同舊日妝。」既死，魯撫女守節。

東鄉論文

東鄉艾千子先生，文品老而益尊，得古人皮毛落盡之妙，自謂一意掃除，覺古人深處，頗有所窺，漸有潦盡潭清境界。且有詩云：「昔友陳與羅，巨刃摩天揚。蛟龍盤大幽，鬼語爭割彊。淩獵經與史，嘈雜奏笙簧。近者思簡淡，淨洗十年藏。先民有典型，震澤方垂裳。古貸今難售，刲羊亦無衁。」誠確論也。余嘗聞崇正［禎］甲戌會闈，文湛持先生房得卷，薦第一，被鄰房頭腦冬烘，錯認奪元，文所薦卷抑置第二，拆號乃陳臨川也，鄰房大慚。東鄉遺卷，適落鄰房，首篇只逗四行而罷。艾遂序刻其七藝，及刊本四出，鄰房聲譽頓減，至不得與會推之列，雖欲雪甲戌之恥，而無由矣。未幾，遂有甲申之事，鄰房與其門人，節敗身亡。而艾公以一老孝廉，授命成仁，星寒嶽震。嗚呼！人顧自立耳，功名得失之間，豈足以沮抑大君子哉！

西江詩話　卷下

雲卿蔬圃

新城王文簡公《皇華紀聞》云：「吾友陳允衡伯璣，御史本子，南城人。家南昌東湖，亂後流寓鳩兹，徙舊京，晚歸東湖，葺雲卿蔬圃故址居之。伯璣弱不勝衣，雙瞳碧色，五言數十句，非韋蘇州、倪元鎮不能道。」愚嘗觀余懷《板橋雜記》：「小馬嫩者，溧陽陳公子昵子，未久贈南城陳伯璣，生一子一女，如王子敬之有桃葉。」故王文簡《懷伯璣》二首，有「吟詩小婦知」之句，蓋謂此也。

五言上乘

陳伯璣先生清羸如不勝衣，雙瞳碧色。最工五言，如「寒日明孤城，斜風下飛鳥」「籃輿望歸鳥，日暮空城曲」「疏鐘荒寺在，澹月空牀得」，此類數十句，皆王、韋門庭中語也。伯璣食貧，旅寓白門，而好表章故人遺書，所選婁堅子柔、徐世溥巨源古文，尤爲不苟。後歸南昌，殁於東湖，見《漁洋詩話》。

偶然欲書

伯璣先生善論詩，一日在廣陵，評王文簡公詩，譬之昔人云「偶然欲書」，此語最得詩文三昧。今人連篇累牘，孛率應酬，皆非「偶然欲書」者也。坡公稱錢唐程奕筆云「使人作字，不知有筆」，此語亦有妙理。

溉園集

萬徽士時華，字茂先，南昌人，有《溉園集》。其《歲暮田居》云：「中歲破憂患，苦爲俗所嬰。詩書沿先轍，且復愛斯名。晨梳啓青鏡，覽容時自驚。白日照東壁，素月已西楹。莫疑造化理，榮悴緣物情。弱草無強蔓，苦茶無甘英。」譚友夏擬以「鐘鼓新晴，聲聞於遠」，爲同調所推挹若是。

石臺集

石臺先生姓李氏，諱來泰，臨川人，順治壬辰進士。康熙己未，召試博學鴻詞，官翰林院侍講。先生詩古文辭，只立偉絶，學者奉爲圭臬久矣。長洲沈宗伯謂公文不肯一語猶人，詩獨以平正通達行之，能者不拘一格，匪阿好也。如《中山貢使入朝紀事》詩：「卻貢趨朝禮遇殊，碧矑魋結語烏烏。已聞聖主方焚玉，何用鮫人更泣珠。環海近添新郡縣，中山已屬舊疆隅。謹將域外名王表，添入天家職貢圖。」輕貢獻而重朝廷，立言有體。又如《荆公故宅》詩，有「洛蜀黨成疑誤國，熙豐法敝竟緣公」一聯，辭令挾議論，行之能知人，論世者蓋如此耶！

贈　言

曾庭聞先生，初名傳燈，字楚田，後更名畹，字都人，順治丁酉舉人。萊陽宋玉叔廉訪《賀曾庭聞舉孝廉》詩，有「名姓在秦張禄貴，文章入洛陸機多」之句，謂先生易名，中秦榜也。後下第歸贛江，合肥龔芝鹿【麓】尚書送以詩，有「客淚短裘僮僕散，秋燈殘葉道途長」之句，可見庭聞之功名得失，無不關於詩人之心，此庭聞詩之所以工也。《紅豆集》序庭聞詩，謂「朝而紫塞，夕而朱邸，涼州之歌曲，與凝碧之管絃，繁聲入破，奔赴交作，令讀者回腸而不能自主。」余覽此敘，洵非溢美也。

庭聞詩

庭聞久歷邊塞，諸作有磨盾械［横］槊之風。其五言如《麻平寺逢友人自楚至》，有「蜀道無長轂，征衣有棧雲」句；《雞頭關》有「燒荒羆出壩，樹密虎窺人」句；《同僧登赤鼻》有「兵戈雙眼淚，吴楚一孤舟」句，命意遣辭，如出唐人手。他如「寒食客中盡，高城兩際浮」「壁荔傾秋瀑，岩風吼夏雷」。七言如「三更臘雪吹青鬢，萬户銀燈散碧燐」「飲馬浪尋荒燒窟，射鵰貪出苦泉營」「忽驚旌節花間滿，不辨將軍樹下眠」「木鉢千盤仍漢戍，銀州九月尚冰天」，詩如此類甚多，不能悉數也。

四照堂集

南州王於一明經猷定，别號軫石子，太僕卿止敬先生之子也。遭亂，居廣陵，窮愁著書，力追大雅，海内翕然推之。小長蘆叟稱其「以詩古文詞自負，對客斷斷講論，每舉一事，輒原其本末，聽之霽心」，蓋兼有筆劄喉舌之妙者。其行書楷法，亦自通神。《欽定國朝詩別裁集》載《螺川早發》一詩，有「長江流剩夢，孤棹撥殘星」十字，寫舟行蚤發入神。明經客死西湖，篇帙散佚。大梁周司農刻其《四照堂集》行世。

詩過目

曾青藜先生著《止山集》，沈歸愚宗伯曰：「青藜選本朝詩，名《過目集》，所選純不勝雜，而人才略備。余於此竊有取焉。兄名畹，並以詩名。有『雙丁』『二到』之目。余因閱其《將立春同友郊外眺望》詩云：「羣動各有息，茲遊成我閒。氣交寒暖候，春到有無間。白石自流水，夕陽多遠山。離離林下屋，時見鳥飛還」，即片臠可味乎全鼎矣。

魏伯子詩

伯子先生，姓魏氏，名際瑞，字善伯，勺庭長兄也。兄弟工古文，韻語非其所長。而其中寄託抱負非凡，亦時有生氣。《諸葛公墓》云：「三尺孤墳猶漢土，一生心事畢秋風。」《金山》云：「龍窩燈火千株動，蜃氣樓臺一點寒。」《韓侯釣臺》云：「曾説婦人偏只眼，空傳霸主是重瞳。」《贈人》云：「天地有時餘爾我，英雄無主笑曹劉。」俱可以見其氣概。而《江頭別》云：「白石山過紫石山，鸕鷀灘下鯉魚灘。山山連接灘灘急，遊子南還何日還」，則又竹枝之遺響也。右詩俱載入《欽定國朝詩別裁集》。

九日

善伯《贛州九日》詩云：「子瞻每説重陽勝，如此重陽亦可憐。季弟伯兄同叔子，海南嶺北復梅川。風高落日雙歸雁，水淺圍城亂泊船。獨向鬱孤臺上立，江頭暝色已連天。」伯子自注：「時和公在瓊，予在贛，冰叔在寧都。」詩格老幹千尋，盡芟枝葉。

魏叔子詩

冰叔先生文不及詩，而所作詩序不下數十篇，藴藉多風，意義都在筆墨蹊徑之外。先生嘗作《唐邢若詩序》云：「漢魏三唐人，庸有學之而不至三百篇，特患人不欲爲，欲之顧未有不能者，意真也。」是深得風人之義者，而詩獨闕何歟？余讀《綿津山人集》附載《飲宋使君書齋》詩：「秋晚尋醫過贛江，使君遲我讀書堂。風吹北院清歌隔，雨灑東窗夜話長。蘭簿交新渾似故，橘盤坐久不聞香。最憐了語關民瘼，手把醇醪未忍嘗。」《宋中丞酬詩》：「歲晚相思隔贛江，何期聽雨共蕉窗。人驚世外來籃轝，病起宵深對酒缸。道德願留關尹喜，風流真接鹿門龐。最憐萬石洪鐘在，一寸孤蓬未許撞。」意真則交情見。

古圖畫中人

《漁洋詩話》曰：「林確齋者，亡其名，江右人。居冠石，率子孫種茶，躬親畚鍤負擔，夜則課讀《毛詩》《離騷》。過冠石者，見三四少年，頭著一幅布，赤腳揮鋤，琅然歌出金石，竊歎以爲古圖畫中人。」愚按：確齋名時益，南昌人。僑居冠石，嘗爲寧都魏氏三子文集序者也。而魏季子有《送别林確齋歸章水》詩。

論詩

林確齋云：「世人論詩，稍涉道理，便云『殊有宋氣』。其實出之精藴，便是風雅至處。説理精實者，《雅》《頌》益不勝指矣。如《風》之「瞻彼淇澳，秉心塞淵」之類，亦得概以宋氣目之乎？」

魏季子詩

魏和公先生居翠微，有兄弟、友朋、文章之樂。嘗虌虌不得志，氣無所舒，則之南海，有《海南道中》詩三十首；又之西秦，有《西行》詩百一十首，堅栗浩蕩，無可端倪。余姑舍是，嘗閲《吾廬行鏡銘》云：「毋失本來面目，持以行是亦足。」又題《鮑子韶獨醉圖》云：「濁醪濁醪，達人以達，豪士以豪，汝何有酒而無徒。吾欲飲其醨餔其糟，則汝許之乎！」如此吐屬，深得風人敦厚之旨。

但有聲情更無文字

魏和公《送伯兄再之潮陽》詩，彭躬庵評之曰：「詩必求工，便屬次；義有不求工，而無不工者。但有聲情，更無文字，斯其至矣。」此評深得作詩三昧。

舟行

朱遂初，名徽，進賢人。有《舟行雩都道中》詩：「春日既已暮，山溪水亦長。緣越殊未極，茲焉复理榜。川原靄回欝，觸目紛萬象。鳥啼山木暗，人語灘石響。雨外峯明滅，風前花偃仰。岫轉失來蹤，沙明得前朗。魚跳碧潭中，猿引蒼藤上。壁隙鬼神劖，石皺仙人掌。時或遇平曠，茆屋兀三兩。余本倦遊人，取次愜心賞。逢山擬便登，遇不欣長往。只此區中迹，已深霞外想。何時縱所如，悠然息塵鞅。」此詩不染叫囂之習，如瀟湘煙水，無風自波。

滁州

舒魯直，名忠讜，新建人。《滁州遇避寇人過江》詩云：「半夜頻呼起，寒風送我行。英雄消馬迹，天地感雞聲。壘破纔添戍，村空又避兵。始知班定遠，不肯作書生。」

白石山房稿

李大司農諱振裕，字維饒，吉水人。康熙庚戌進士，著《白石山房詩稿》。有《祠闕里雅》十二章，其自序謂效唐臣柳宗元作，鄙意斯制，和平近之，是能不失體裁者。其辭曰：「太山岩岩，遐邇具瞻。登封受命，上帝是監。鍾靈岱嶽，篤生尼父。大道昭明，炳然終古」，一章；「於皇時清，繼天立極。累洽重熙，與民休息。苞櫱既除，干戈永戢。偃武覲文，風行四國」，二章；「歲維甲子，曆起上元。翠華南指，旌軒八屯。秩祀東嶽，禮舉柴燔。頫臨日觀，旁矚天門」，三章；「泰山之陽，曲阜之宅。萬乘回鑾，里門是式。奕奕本支，恭迎清蹕。升堂陟降，祀典修秩」，四章；「軒縣轃矣，樂具奏矣。尊罍既陳，饗禮侑矣。俎孔碩矣，天子獻之。豆孔庶矣，天子薦之」，五章；「祝史有辭，我皇黼藻。曰萬世師，揭此顯號。華蓋九斿，爰飾於廟。姬公孟子，亦越莫告」，六章；「皇曰噫嘻，相予肆祀。濟濟臣工，詵詵冑子。布席橫經，披陳奧旨。圜橋肅聽，晬晬有喜」，七章；「陟彼泉林，厥流孔滮。維茲檜文，厥枝孔虯。萬年不凋，聖人所樹。皇心愉愉，爰記爰賦」，八章；「帝恩優渥，零露瀼瀼。流根潤葉，受祉無疆。匪曰賚之，孔氏之光。斯文丕顯，邦家之慶」，九章；「泗水湯湯，孔林蒼蒼。文章靈著，輦路之旁。樵蘇有禁，舊不逾頃。今也廓之，數兼常等」，十章；「奎畫有煒，垂象神宮。取彼琬琰，是琢是礱。豐碑百尺，崒嵂在東。歷年億萬，與岱比崇」，十一章；「維山有岱，維天有漢。皇德是峻，帝文是煥。大道彰矣，治化翔矣。日月星辰，慶重光矣」，十二章。

詠物

臨川李司馬穆堂先生，具不世出之才，悟最上乘之道，可以並包往哲，陶冶後人。新城王文簡公、安溪李文貞公，皆推先生轂者。先生中年始達，敭歷中外。凡所建豎，以經術潤飾吏治，在人耳目間，豈與陋儒蟲篆鞶帨之技相比較哉。讀先生《初稿》《別稿》，其逴鑠大篇，包絡川嶽者，紙不勝書也。即率爾操觚，亦必歸於大雅。如《詠物》五首：「子結秋房舊事非，苦心零落粉痕稀。香銷猶識張郎面，葉盡還裁楚客衣。輸汝一生花裏活，共誰雙槳月中歸。夜深莫唱玲瓏玉，驚起圓沙宿鷺飛」蓮蓬人；「冥冥渺渺悵天淵，鸚鵡前身亦偶然。飛莫過河珠易盡，棲還傍肆玉堪憐。琴高駕幻繽山翼，范蠡經繙石室篇。欲比前魚求好爵，恐驚滄海變青田」蓑鶴；

「九枝爭比百枝強，珠樹移來盡夜光。冷焰不還南國氣，熱心空老洞庭霜。未誇梧剝仙人濁，可要蘭燒侍女香。聞道璿樞星曜散，青黃滿院照文章」橘燈；「歐母當年擅教兒，一藁留得寫秋思。江頭鋒退霜盈握，夢裏花開雪滿枝。雁過平沙將作字，月明漢水自臨池。溯洄便欲裁新穎，簪向高冠侍玉墀」蘆筆；「小字塗金内庫藏，誰施纖技鬥輕航。半腔猶勝坳堂芥，十斛應爭出地樟。便駕胡麻同泛泛，卻乘仙種更茫茫。蠡舟豆舶渾閒事，好覓常山第幾霜」桃核船。

自題寫竹

先從祖篁邨先生，康熙己卯登賢書，官中書舍人。工詩畫書，法米襄陽，轉而之顔平原。五十歲以後，書法又一變，真楊凝式所云「既得平正，需追險絶」者是也。歲寒三友，無不工，而酷好寫竹。寫竹初學松雪，繼仿梅道人，雅負鄭虔三絶之望，迄今近百年矣。寸縑尺素，猶爲人愛惜，重價爭購之。其時與先君子有竹林之好，留贈書畫最多，數十年來盡爲人攜去，僅存三五幅而已。如《自題寫竹》云：「丙申孟夏十有四日，是早舟渡金山，自此南歸矣。積勞勸枕，至午過丹陽，欲爲筆硯事遣興，爲收裝者貯之前船，僅得小紙如此，筆亦頽然。寫竹數竿，取園林所見也。」噫！感深矣。「咄哉青青竹，園林未就荒。行人水與陸，不肯著眼眶。噫余見君子，觸感何深長。虚中本生直，奚爲置道傍。愛之以情性，非間亦非忙。自今得歸志，蔔築棲琳琅。」即此詩，亦可想見其胸襟之妙。著《泳心齋詩集》。

孺子亭

東平居士何從之先生天爵，吾鄉耆宿也。與曉樓先生、劬公先生同時，有何、張、羅之目。著《睡鄉詩學》十二卷，其中大篇，如《賦雞鵝鬼》詩二千一百零十一字，統百韻；《長日蕭閑》五古詩百首，《廡下田家》詩百韻，《春吟絶句》百首，又《擬寒山詩》一册，真有披堅執鋭、獨當軍門之概。後人未克付梓，遲之，又久恐有不能舉其名姓者。嗚呼！士之湮没而不彰者，可勝道哉！偶記《南州孺子亭》詩云：「湖亭高峙水之湄，孺子當年奠隱基。堅謝干旌勞仲舉，懸知黨錮起延熹。西山秀爽行春地，南浦滄浪泛夜時。放著雙眸看壞木，雲霄千古一鴻逵。」公自注：「壞木，本孺子語。」此作可與南昌宗子文「半篙緑水三間屋，一榻清風百世人」之句相埒，捫之字字俱起洼稜。

以牧以名

寧都羅雲庵先生牧，字飯牛，僑居南昌東湖畔。工山水，筆意在董、黄之間。畫署「牧行者」是也。《通志》云：「得筆法於魏石牀，林壑森秀，墨氣滃然，誠爲妙品。江淮間亦有祖之者，世所稱『江西派』者也。」雲庵敦古道，重友誼，與徐榆溪世溥善。榆溪贈詩云：「彩筆常懸夢裏思，十年古道見鬢眉。雲山本是無常主，更寫雲山賣與誰？」宋牧仲中丞高其人，作《二牧説》贈之。又《送飯牛入廬山歌》：「子以牧爲名，我以牧爲字。二牧生平偶不同，各於詩畫有深意。」雲庵能詩善飲，楷法亦工。又善制茶，卒年八十餘。

東山草堂

同里潘東山先生安禮，字立夫，雍正丁未進士，官部曹。乾隆元年丙辰，召試博學鴻詞第二人。官翰林院編修，著《東山草堂集》行世。有《長歌行贈梅功升》一首云：「朔風獵獵摩天揚，層從峨峨夜雨霜。誰報浮雲來駿踠，雄雌劍合雙鴛鴦。十載夢君憶君面，燕臺歲暮驚相見。彈指流年白髮新，開尊素月縈光蒨。天子特詔起通儒，殿前作賦飛瓊琚。治行已曾推卓茂，高文還複用相如。君才有源學有祖，臨川門仞羅三古。蒼精馬血錫崆峒，天廟龜茲陳簋簠。飲君酒，惜君才，承明著作，舍汝其誰哉！長歌不能盡，起舞重徘徊。驪駒一曲送君河上去，明年遲汝驂鸞吐鳳緩步淩雲臺。」故紙蒙茸，昱昱然如有劍氣。擬其風情骨格，在韓致堯、元裕之之間。

澹園稿

澹園先生姓章氏，名秉銓，字衡生。三與敝廬屋連牆五世矣。先生雍正庚戌成進士，官禮部主事，改户部。李臨川公見其詩，特愛重之，延與居。越二年，壬子冬以病死，年僅三十有九。有《澹園詩稿》二卷，臨川公鑒定鋟板以行。其《白紵詞》云：「三城草色連天枯，都護行邊西備胡。手將黄鉞持兵符，勝兵十萬虎與貙。金章紫綬走且趨，左顧疏勒右伊吾。蘆酒薄，駝峯腴，駃騠爲羹黄羊酥。美人二八東吴姝，錦衣玉貂貂襜褕，奉觴流盼意如如。歛笑凝眸作吴歈，華燈張樂羅氍毹，鳴箏琵琶笙笛竽。搴帷風急白模糊，牧馬無聲雪片粗。東流之水西飛烏，更衣更起爲君娱。」

賜書堂稿

新建曹文恪公，宋兵部尚書曹文簡公彥約之裔也。公乾隆元年成進士，選庶吉士，歷官至禮部尚書，四十九年以疾卒於位，賜謚「文恪」。公爲文章，原本忠孝，追蹤曾、王，方望溪先生屢稱之。詩亦在蘇、黄之間，所著有《賜書堂稿》、《依光》《使星》《秋光》等集，《敬恩堂題跋》《移晴堂四六》若干卷。班孟堅所謂「雍容揄揚，著於雅頌」者，此類是也。嘗見公《題畫松》二絶句：「興餘潑墨頭濡墨，人既猶龍樹亦龍。曉穀山人遊泰岱，盜來藍本畫三松。壽樟晉柏質璘瑸。駢立西山雲霧間。鶴嶠先生松入夢，遠招簡寂好蒼顔。」亦自楚楚有致。

天柱峯

先君子翼堂公，雍正己酉科舉人，乾隆丙辰憂毁在籍，不與薦。丁巳八月，卒於京邸，晉贈朝議大夫。先君子少而博學，習掌故，胸中具有武庫。同里如何睡鄉、張曉樓、潘東山、梅慕堂、鄧來園諸先生皆推轂焉。方其志欲有以爲而遽没，棄諸孤早，手澤散佚，可哀也已。一日過從姑山，見壁上有《登天柱峯絶頂》六首云：「天際真人想，於今可得言。東西懸日月，吴楚畫乾坤。題壁飛鼇矯，攢岩伏虎尊。劃然成一笑，翠石落驚猿。」「振衣千仞處，徙倚得奇觀。劍指浮雲冷，鴉飛落照寒。附庸稱小從，鼎立逼幽巒。爲念韶光逝，山靈誦到難。」「俛視壑前雲，松濤足下聞。遊人能拔俗，到者信超羣。石竇留丹灶，金庭閟赤文。茫茫天寓近，仙衆有誰分。」「憑眺益蒼涼，武岡接混茫。有橋通雁齒，無逕轉羊腸。柯爛閑棋局，僧歸爇篆香。遥看撐玉筍，已放白毫光。」「天風生兩腋，吹我到峯頭。洞府羣山在，盱江一帶流。磵泉清可掬，竹箭翠將浮。自笑成詩癖，長吟苦不休。」「歸到前峯屋，低徊百感生。煙凝風在樹，人靜月窺楹。紫筍香纔綴，清茶滑可烹。此中填五嶽，鬱勃未能平。」見之驚喜，遂恭謄一紙以歸。雖此不足以徵所學，而歌詠性情，益亦有以助於道，故備録之，覽者當自知矣，不孝孤弗敢贊也。

送翰林出牧

吾江右數十年來，自高安朱文端公後，清獻端重，穆然其有容者，斷推新建裘文達公。其於汲汲愛惜人才，如恐不及，又以天下爲心者也。嘗讀《送翰林袁子才出牧》詩云：「翰林改官成故事，諸公辭我淩晨去。長安五月清無埃，壓地濃雲雨如注。我方隱几深自嗟，六經堆案眼欲花。一窮坐此百不著，日支官紙供塗鴉。莫言作吏風塵下，膏君車子秣君馬。讀書萬卷用在斯，兔園册子胡爲者。平生所學要及人，縣官之職惟親民。漢家立法重循吏，至今史傳垂嶙峋。兩晉清譚動成癖，麈尾爭誇鳳池客。閭閻呼吸了不關，咄咄書空竟何益。君其行矣勿復疑，此際正爾觀設施。逢迎長官不足道，鞭撻黎庶誠可悲。底用匆匆愁簿領，爲政應須酌寬猛。我聞要語清慎勤，朝廷今日需公等。三年奏計翩然來，再當執手黄金臺。我歌贈君君自識，兀兀離情空酒杯。」直抒所見，婉而多風，平正中自具温柔敦厚之則。

青綏孝子祠

祠在吾邑青綏鋪，爲孝子黄覺經建也。吴興趙文敏詩云：「南城青綏孝子家，至今門户生光華。百年往事已陳迹，路傍過者恒咨嗟。國初歸馬山陽日，骨月人間有相失。黄氏之子真可憐，不見慈親眼流血。誓將筋力窮寰區，東從扶桑西月窟。寸心莫移利斷金，滄溟不深此恨深。皇天鑒汝精神苦，汝水之旁見其母。髫年失母今白頭，歷涉艱難幾寒暑。陶然竊負歸故鄉，山川草木增輝光。金榜旌標自天降，翰林紀載垂不忘。羣公作歌粲奎壁，牛腰卷軸今猶藏。安得南陔周雅章，爲君放歌歌慨慷。」詩票姚跌蕩，深得風人之旨。後之覽者，孝弟之心可以油然而生矣。同里聞亦莊曦七律一首：「一心澄澈渾天真，足撼風雷泣鬼神。三十八年消道左，百千萬仞識前因。孝能至此方成子，行不如斯總愧人。我亦間關空負米，對公惟有淚沾襟。」極古樸，一副血性流露行間，與文敏作工力悉敵，慎毋謂古今人不相及也。

留　別

藜邨先生姓趙氏，名寧靜，南豐人。爲諸侯老賓客，莫不爭禮下之。有《將之制軍幕府答諸同學》詩云：「乍聽驪歌第一聲，摇摇心緒渺懸旌。蒹葭漸老伊人色，蘭芷誰窺楚客情。自識屯窮關骨相，敢因文字誤會卿。柴桑有母能偕隱，何事仍荒負郭耕。」閱之覺義理融暢，且能琢磨圭角者。

眺南旺湖

雲圃先生姓饒，諱學曙，字霽南，廣昌人。乾隆辛未賜進士第二人，官翰林院侍講。太史詩近體主雋逸，古體主奔放。記《丙戌季秋放船分水晚眺南旺湖和舍弟文麓韻》之作，踔厲極矣。詩云：「火流秋已深，金行氣初旺。百折上潺湲，雙眸寫溶漾。手攀汶泗回，目送支流放。誰能爲此謀，高踞百川上。分條走齊魯，歸海敵瑜亮。北下指津門，南浮泛煙舫。路比秦越岐，勢若左右望。斜日上長竿，微風吹細浪。名香致齋肅，散步自跌宕。長年飽津塗，小憩一咨訪。九流非注鄙，五嶽思遊向。即從咫尺間，可作大千相。試看萬頃波，已撤諸峯障。銜杯酌濟淮，放眼窮蕭碭。湖光遠莫知，夜氣渺難狀。淨洗月華寒，彌增天宇曠。伐鼓聽回颿，鳴金下清漲。埋頭嗜書客，萬卷足自葬。披圖識險夷，按籍論升降。妙義譬飲河，已覺饑腸脹。誰知探驪珠，要須扼虎吭。古來行腳人，差免師心謗。鼇背俯八荒，青山問無恙。我老學已遲，君遊意方暢。借君行秘書，爲我拾遺忘。用和下瀨吟，聊當小海唱。」讀竟覺翰墨之氣如虹，猶足貫日爾。

漸堂詩

南豐趙君山南由儀，六歲能詩，已驚人。弱冠登賢書，爲五經元，士名聞天下。惜其年命之促，僅二十有三耳。豈佛乘所云「優曇鉢花，隨現隨滅」者與？故人收其遺詩，得若干首，集爲一卷。其尊人孝廉公授諸木，命曰《漸堂遺稿》云。一《送劉克常之江南》：「遠遊非爾意，毋乃饑寒侵。不下别離淚，恐傷父母心。天風吹短袖，山雪下遥岑。吾亦燕臺去，蕭蕭旅雁音。」一《梅花嶺懷古》：「羽書飛渡大江流，一旅何曾出石頭。歌舞後庭迷帝子，東南半壁下揚州。孤城鼙鼓青山動，抔土衣冠碧血留。四鎮沙蟲成底事自注用句，梅花嶺上使人愁。」

官戒詩

鉛山蔣太史心餘先生，以能詩名。清江楊勤恪公異之，待以國士。有《官戒詩》一册，蓋太史送其友人作宰時作也。詳盡愷摯，有味乎其言之，勤恪公因以付梓。余得而讀之，其於生民之休戚，吏治之隆汙，洞如觀火，講求有素，怦怦未已。發而爲詩，藹然仁者之言。想當其摇毫擲簡，意緒觸發時，誠不自覺其詩孔碩穆如清風如此也。凡有志者，觸於目而儆於心，皆相觀而善民之戒，民之福也。其爲關系，良非淺尠，兹得以略云生平。著《藏園詩文集》若干卷行於世。

陶　詩

同里陶適齋先生楚湘，循吏也。居官孤介有守，而肫誠惻怛之懷，盎然流露，民以故歸之。公餘藉經葄史，發而爲詩，典雅關風教，彭澤家風，於兹未墜云。其《將發溆浦留别詩》：「沅水湘山宦轍分，相思千里悵離羣。盧峯峯上團圞月，不惜清光付與君。」「閉門無事日高眠，鴻爪關心已十年。新谷新絲良可念，知君不忍用蒲鞭。」「江波西下接清湘，回望並州似故鄉。記得來時迎竹馬，如今已共使君長。」「青衫千縷挂煙簑，慚愧山中父老何。不信峴山真有淚，只應灑向别時多。」有和平嘽緩之音，能以風度勝者，令讀者如飲醇醪，自然心醉矣。著《適齋詩稿》，開雕吴門，容膝山房藏板。

贈　行

姚雪門先生頤，泰和人也。乾隆丙戌賜進士第二人，由編修官至甘肅廉鎮。憶戊子初冬，舍弟文麓南歸，將由里門省覲，即赴温觀察楚幕，先生口占二律贈之云：「秋風准擬送鴻毛，不道煙霄兀自高。與爾但傾千日酒，於人且待九方皋。藼庭取次供斑戲，蓮沼風流鬥筆豪。如此言歸歸亦得，南浮莫謾讀離騷。」「閑齋頻過話深更，源遠談河萬斛傾。每念未忘知己意，論交最見古人情。相逢恨晚吾真爾，且住爲佳子欲行。惆悵臨分重握手，春明門外曉煙横。」二詩詞意清真，誠古道交也，何從著得藻采。

玉耕堂詩

廣昌何君鶴年在田，登丙子賢書。工於詩，風雅藴藉，不爲鈎棘之言，霍靃靡雕繪之辭，而自然合度，是得力於老杜，而取材於髯蘇者。惜其履境艱難，羈異地，奄忽以殤，爲可悲耳。《玉耕堂詩》刊成，已無遺珠矣。其間警句，五言：「城隨暮山去，江載暗鐘來」（《晚發》）、「鳥啼不到處，花氣偶然逢」（《題山人洞居》）、「晨光回列宿，雲勢滿空山」（《早起》）、「兒爭未熟果，犬吠遠歸人」（《即事》）、「漁鈎牽蛤艇，樵爨帶花枝」（《野望》）、「鳥行移樹雪，狐過試溪冰」（《寒》）、「地浮殘雨盡，江剩夕陽多」（《即景》）、「雲添南浦迥，沙帶北城低」（《南州》）、「枕酣新夢美，酒罷故愁生」（《自嘲》）、「移牀蟲見蜕，徹饌蟻征糧」（《荒居》）。七言：「欄邊花草牛羊路，樹裏人家杵臼聲」（《郊外》）、「空庭梧葉應時落，何處窮鳥來夜啼」（《秋夜》）、「白屋不侵花底路，緑蓑歸種雨中山」（《送山翁歸山》）、「碧蘚數痕尋竹鼠，晚風徐起落椶魚」（《山房》）、「愁中詩句真佳友，客裏青氈似故人」（《未歸》）、「偷兒入室憐縣磬，小婢窺窗學誦詩」「鄉里稅輕豪吏少，貧家衣敝暮砧孤」（《閑中自遣》）、「寒星欲失見漁火，小雨無聲添落花」（《晚景》）、「網粘鱗鬣登盤異，船賣菰菱喚客行」（《江陰漫興》）、「水國秋成兼稻蟹，人家風味在菰蒲」（《松江舟次》）、「雲隨去鳥穿林没，泉帶斜陽落砌明」（《新晴》）。昔唐人有《選句圖》，余特標出，與覽者共怡悦耳。

靜香齋詩存

《靜香齋詩存》者，吾弟文麓通守之所作，錢塘吴穀人太史爲之序者也。弟甫生八月而孤，極穎異，十歲弄柔翰，輒能詩。與余聯牀風雨相唱和，詩益工。間嘗定余詩，評點悉當。豈獨爲吾弟，要是賢友生慶，如子瞻所云云者。平生知己，惟余弟耳。興言及此，不禁愴然涕下。弟之詩抄存余篋久，今隨録一二首。《短歌行》：「愁雲蔽野，日短西馳。悵望天涯，涕泗漣濡。當饑誰食，當寒誰衣？弗食弗衣，父莫之知。父莫之知，兒何以爲？東西比鄰，有子如予。長而訓迪，幼而提攜。荇菜無根，猶水是依。惟我不造，煢獨如斯。人恒有言，如汝姿眉。生不識面，夢也差池。天乎天乎，父兮父兮！」《還家》四十韻：「經年走燕薊，買棹今來歸。且行且念家，事事驚且疑。朝來見衡宇，庭樹含餘滋。紅棗撲已荒，橘猶黄纍纍。晚煙飛屋角，中廚想有炊。老母出堂闥，見兒喜且悲。悲我彈鋏歸，喜我歸及期。謂兒遠行役，我恒夢京師。汝兄虔州去，淚眼尤暗垂。念伊木訥性，病骨須護持。兒更急聲華，恐緣世味移。古人素飡愧，服官垂白時。早達豈云幸，霜梅橫老枝。孃衰仍健飯，未用憂攢眉。兩兒迎我笑，擁髻頑而癡。老師最和緩，暖若春風吹。讀書日十行，憂楚弗兒笞。諒我貫訶責，雙雙來挽髭。爺從冀都還，結束輕羔皮。兒方襪底裂，待買青溪絲。座環三世人，酌酒貪娱嬉。喁喁老幼語，南北兼談資。我母安寢既，我還東入帷。憩坐倚床第，山妻前致詞：君遊南北極，梁月更圓虧。欲爲錦字寄，南雁翻參差。回循夏迄秋，姑食惟饘糜。偶然具魚菽，含弄到孩提。寒飆迫冬景，懸磬空庋庋。債主昨扣門，子母百金貲。駢集俟君至，君庸能力支。洗盞供我茶，手皸如凍龜。更謂姑生日，明當介匏卮。三歎感婦言，處約多乖離。苦心汝所喻，此外燈花知。我學由主聖，汝勤得姑慈。且應勵窮節，忠孝爲佘菑。親知苟寬量，寧嫌報李遲。不見蘇季返，裘敝容顔黧。焚膏清夜始，朗誦羲文辭。」弟性沖容，遇物無忤，宜其與敦厚之教、和平之旨相肖焉。嗚呼！余與弟爲同懷伯仲五十一年矣。弟既殤，不死如予，則貧病且衰，棖觸紆鬱，豈弟鴒原之悲，實抱牙生輟絃之痛，可歎也已。弟諱廷檉，字春伴，文麓其别號也。乾隆乙未成進士，官庶常，改比部，外任濟南太守，卒於任。生二子：炳、燠。

吟次偶記

[清]羅安

毛靜 點校

點校説明

《吟次偶記》四卷，清代新建羅安著。羅安字綏之，號水耘，江西新建溪洪人，乾隆十三年（一七四八）生，七歲喪母，長於孤寒，年二十六尚未授室。勤學苦讀，嘉慶九年（一八〇四）中舉人，未仕，以教館終生。晚歸故園，築「賞析居」終老。羅安耽於吟詠，與時賢往還，著有《水耘詩稿》及《吟次偶記》。

《吟次偶記》爲掌故類詩話。據其自序，此書「記於吟詠之餘者也，非誌載之書，故不求備。於所聞見先輩軼事及零章斷句，恐其久而湮没，皆筆之。詳於山林遺逸、江湖流寓，而略於顯達之士」。「其間閒評浪語，資暇啓顔，往往錯見，以至於友朋之贈言，家庭之瑣事，凡有涉於吟詠者亦附於後。體例不一，殊覺拉雜，蓋其始非欲成書，至是來彙集之，遂不甚銓。」

此書各卷各有側重。卷一記明末至清代中期南昌府一帶及周邊地區詩人活動及作品，多爲稀見之作。其中鄧以贊、喻嘉言、徐世溥、陳弘緒等爲羅氏鄉梓先賢，皆爲一時俊彦。卷二爲南昌古迹詩話，如滕王閣、東湖、孺子亭、佑清寺等相關詩文。卷三、卷四多作者本人與友朋往還唱和之作。文中偶有論古今詩話得失，如考證徐世溥《榆溪詩話》所載王邵之詩，其實是王維所作。有些内容頗不可取，如記載萬人空巷圍觀貞潔婦女自殺的「節烈」之舉等事件，頗顯迂濶。

本次整理，據江西省圖書館藏嘉慶二十年（一八一五）刻本點校，訛誤之處隨文校出。

毛　靜

吟次偶記序

《吟次偶記》，記于吟咏之餘者也，非誌載之書，故不求備。于所聞見先輩軼事及零章斷句，恐其久而湮沒，皆筆之。詳于山林遺逸、江湖流寓，而略于顯達之士。蓋顯達之士聲名籍甚，詩在人口，何煩蓬盧中人爲之標舉，故不具述。其由一二綴入者，因論事連及耳。其間閒評浪語，資暇啓顔，往往錯見，以至于友朋之贈言，家庭之瑣事，凡有涉于吟咏者亦附于後。體例不一，殊覺拉雜，蓋其始非欲成書，至是來彙集之。遂不甚詮。

次焉嘉慶乙亥歲孟冬月日，水耘羅安

編校姓氏

許宗訓尹言　戴昭魁鼎元　喻讓賢謙吉
許家榮春華　余　柯卿則　余隆高暉吉
陳禹儉慎修　夏　謙益修　孫傳誥[詔]奉宣

吟次偶記　卷一

蓬蒿園在青岡，爲前明鄧文潔公隱處，有詩云：「怪石危當户，奇禽穩傍人。雲峯遥送爽，洪井曲通津。性以宣中鍊，幾從密後神。其中難下語，妙契具何人？」文潔好習静，頗近於禪，後四語極精微，大似從蒲團上得來。今其園斷砌頹垣，荒蕪已久，至九成文學士凰始復治其圮毁，列牆樹石，羅致名花香草，叢生欄檻間。花時輒邀文士，宴善賦詩，亦此園之勝概也。又先友竹莊兆濟寄予書云：「予家舊有羅溪書院，亦係先文潔兄弟創建，花木之盛，不亞蓬蒿園。康熙初年，其中黄桂白菊復盛開，占者以爲吾族應有復興之兆。」時庠生鄧君則倡有《異瑞山房稿詩》，其和者有南邑孝廉劉賡，吾鄉副貢饒幼安諸先輩，惜其詩本不存，因附記於此。

吾鄉前明諸大老，或以理學稱，或以經濟顯，或以節義著，多不屬意吟咏，惟喻公楓谷雖歷任政績可紀，而於篇什復致力焉。初謫除蘭溪令，時與邑中名士胡應麟元瑞忘分交契，吟興益健，有《人日元瑞齋中對酒》云：「下馬相看意自親，春風樓閣引杯坪。天涯兩度逢人日，海上千山對逐臣。青鬢巧隨霜色變，彩毫虚傍歲華新。君王倘憶朝歌長，未必江湖滯病身。」後知處州，有《阻雨蘭谿西岸懷胡元瑞孝廉》云：「狂風吹林林欲折，驚濤挾雨如飛雪。行客欲行不得行，維舟剩有琴書樂。問俗差無雞犬憂，高才雅慕胡元瑞。衆中一見心先醉，入市長停公子車。到門屢倒中郎屐，花明三洞春婀娜。于時唱酬而與我。人看意氣薄蒼穹，天與文章懸藻火。浩蕩恩波向晚偏，十載馳驅兩敘遷。縱然官忝二千石，轉使風流憶往年。」其傾倒于元瑞者至矣。元瑞所著蔡奉之者，惟王弇州兄弟，而楓谷與二王書疏往還，亦極推衿送抱之雅，其《青武林有訊敬美書》云：「自使君除日下薊門而於越青衿，沾沾以得師爲婾，不謂堅守前盟，恥隨小草，豈惟二三子，即六橋花柳，亦自黯然。獨武林小吏，免向故人折腰，差爲得計，且也壺邱處鄭，神巫奪氣，驅衍入齊，田巴杜口，頃使君車音不度檇李，誰復與喻生爭雄於西湖之上哉？惟是良覿間曠商略靡緣，則又不能不東望於邑耳。」書中純用謔語，想見忘形爾汝之交，讀之真令人神色飛舞。

徐若谷，明季官司空，以忤魏璫謫清浪，有《旅中喜家僮至》詩云：「寒臘梅邊柳欲新，夜郎漂泊夢中身。忽驚門外呼銀鹿，却喜天涯剖素鱗。百口粗安應慰遠，一緘細讀復愁貧。更深剪燭頻相問，猶有多情淚染巾。」此《猿聲集》中句也。今集已散亡，不復可得。某氏云：「公少讀經濟之書，不事聲律，而申寫志氣，風骨泠然。」朱竹垞則稱其《塞上曲》「長城陳死人，有力皆如虎」，皆雅不欲以詩名重公。然舒碣石《豫章詩選》中載公詩三十餘首，并卓然可傳之作也。

余茂先、徐巨源二徵君皆有《香城訪李匡山御史詩》，茂先詩曰：「籃輿斜上石爲門，樓閣諸天一一尊。修竹靜留仙佛氣，殘花流盡古今魂。山中宰相安初地，病後維摩息衆根。自嘆逢君應得度，經臺僧飯共朝昏。」巨源詩曰：「每望遥峯即憶君，筍輿斜上路穿雲。行經澗石身頻側，語雜溪風字不分。樹杪琉璃銜月現，竹間鐘磬帶泉聞。繡衣挂節高居此，應有諸天作護軍。」按：御史名曰輔，南昌松山里人，崇正[禎]初中官四出，上書諫之，辭甚激切。被譴謫逐，罷官歸隱，居此寺，不言世事者十餘年。諷詠之外，坐峯頭看煙雲變幻而已。二徵君夙昔交契，又重其高節，是以先後過訪，不啻一再。巨源著《御史傳》載其預知死時，既歸松山，與兄弟暢飲，取紙自書曰「匡廬山人之墓」。靜慧如此，孰謂非空山宴坐之力。

浠湖姜相國當宏[弘]光時，受廷推入閣，與史可法、高宏[弘]圖同心輔政，而馬士英挾擁戴功，嗾羣小污衊備至，遂屢疏乞歸。南都旋覆，後金聲桓反江西，迎之以資號召。聲桓敗，遂投俁家池死。相國在圍城中有自敘一篇，付三韓門人相士登密藏以歸貽子孫。其敘迎立宏[弘]光事最委曲詳盡，其間臣品之忠奸，或居定策之功，或罹危身之禍，予取《明史》參觀之，無不相合益。嘆昭代編定之書，信而有徵。惟中言史公計迎立，微示意於姜曰：「親賢并重始可立。」既居外勤王，又以書至曰：「以次序則應立福，以派序則應立惠，兩者俱不無失德。」親賢并重，實惟桂藩；若監國則奉潞王，倣古兵馬元帥之例，是潞藩。乃奉以監國，非即立之也。而《明史》則直云欲立潞藩，以此微異。史載士英詆姜曰：「我何功，君等欲立潞藩成臣功耳？」然宏[弘]光雖昏庸，於此種語多置之不問。於其歸也，猶賜金以爲路費，亦相國之忠誠有以感之也。浠湖在新建一區，鍾碧溪明府建魁有《浠湖水》樂府曰：「殷頑民，周飢士，岐山已有聖天子。炭可吞，厠可理，豫讓惟求死而已。浠湖之水東西流，舊時明月懸高樓。相國不來樓閣盡，斷垣夜夜啼鵂鶹。」國初戊子，金聲桓、王得仁據江城叛，以復明爲號。明年敗，姜相國死焉。熊少宰作《班師詩》，起句云「浩蕩春風外，王師奏凱歸」，詩載于雪堂所著《江雁草》。

南寶符生從予遊，其案頭有《梅檐索笑詩稿》抄本一卷，乃先世流傳，符孟常者所著。詩工近體，間有健特之作，其《石鼻齋和楊廷哲見寄》云：「自驚憔悴百花前，石鼻齋間夢屢懸。怨別不堪芳草晚，論交却憶古松年。愁來空望山陰棹，老去應抛圯上編。獨坐夕陽回首處，雙峯寂寂鎖寒煙。」《贈友蘇布瞻》云：「海上春風舉酒卮，浩歌赤壁舊遊時。手攜河洛盈虛數，身歷乾坤否泰期。天下江山司馬史，峽中風雨杜陵詩。相看莫恨相逢晚，折得梅花贈一枝。」《送鐵柱觀道□》：「侶歸混元星斗燦，瓊臺晝臥雪霜寒。峯陰玉李曾親種，澗底金芝已可餐。我亦洪崖高隱者，興來訪爾翠雲巒。」《送故人還清江鎮因寄惠上人》云：「一別東都二十年，忍看霜鬢各垂肩。崎嶇海上來巢谷，顛倒人間笑謫仙。江雨忽逢涼夜宴，梅關欲度小春天。惠師念我如相問，爲道官閒勝學禪。」《題翠巖方丈住止源菩提僧》云：「一片雲間初邂逅，三生石上舊因緣。相逢莫説禪機話，纔有機時不是禪。」又有《亂後遊翠巖次景南禪師韻》云：「青山十載喜重來，山色斜陽一半開。花雨四時飛瀑雪，松濤五夜起晴雷。亂來佛境成焦土，定後禪心已死灰。偶與方袍談舊事，不勝惆悵且徘徊。」孟常名尚仁，生於元末，慕清修。會至正之變，避難居豫章城十四載。明初難平，厭城市囂紛，奉親居佘牟梅樹村，搆梅山書舍以養靜焉。洪武乙卯始遷今之南寶，尋詩訪□樂而終老。江西行省參知政事楊公憲知其□爲西山才士，每造廬請謁，欲薦于朝，而孟常高尚之志益堅，其行略如此。但按詩中有「官閒勝學禪」之語，豈在元時亦曾爲禄仕歟？郡縣舊志列其名於薦辟類，而不詳其事迹，後之載筆者多疑是明季人，而以薦辟爲崇禎十三年事。予因訪其實，特著於兹編云。其詩已見於志者，不復録。

明北城邱氏有高士曰西園子，名璠，字鍾粹，著《西園唱和稿》，自序云：「予以足疾，惡塵冗棼沓，於居第之西陲結屋數椽，以爲行樂之所。每承從兄願學齋過訪，至則賡詠笑談者，彌日積久，詩近百篇，雖無險語怪詞，嵬傾人之耳目。然一園風景摹寫無錙銖遺矣。」西園子有七言絶句云：「白李紅桃正索詩，循墻幾匝句成遲。不知誰會吟邊意，忽地飛來雙鷺鷥。」又：「金縷絲絲柳五株，東風庭院午晴初。山齋終日雲封鎖，人臥藜牀讀道書。」又：「山居深在白雲村，雀噪鴉啼半掩門。惆悵故人期不至，滿庭松子又黄昏。」抒懷閒澹，無一雕飾之字，真隱者之詩也。顧學齋名哲，字鍾閒，有《松月詞》序云：「予與西園子連牀一月有奇，一夕偶以他故不來，惘然若有所失，不寐達旦，故投此以戲之」：「予與西園子，連牀一月餘。匪直同臭味，夢寐與之俱。夜來忽爽約，使我衾枕孤。詩愁結春草，抑鬱對誰輸。輾轉不成寐，披衣步庭除。庭除寂無籟，惟有松月涵清虚。惟彼松與月，類我西園子。松類西園無寸曲，月類西園無點滓。松月復松月，類我西園子。」詩情駘宕，想見鍼芥之投。其他唱和之什亦較多，故西園序語獨及之詩，皆署別號不註姓名。予家有此寫本，不知誰何也。後訪於邱清和秀才，閱家譜，得其行實，因以諸人墓志寄示。志西園之墓者，爲監察御史中溪黄國用，乃其子婿也。仲兄東梧諸生爲鳳，本名鍾祥。杉林魏水洲良弼志其墓，言其卒時無病，賦詩曰「六十方將五十餘，平生詩酒樂蘧蘧。飄然一夢辭塵去，無復溪頭看打魚」，其曠達如此。季父懶夫，名黻，無墓志。猶子沙溪子，名价，字資翰，爲東梧之長男。其子婿豐城李見羅材志其墓云「蚤歲師事魏水洲致良知之學」，故稿中有《壽魏水洲詩》，此皆西園中唱和人也。一家並耽高隱，以游聚賡酬爲樂，已令人歎羨，乃其師友淵源姻婭貴盛，又足紀焉，故不嫌煩瑣而録存之。

鄉前輩明平越知府羅橋喻蔚庵全昱有《移蕉詩》云：「小圃耡荒不憚勤，新蕉數尺尚能分。當于草閣署天緑，漸欲芸窗遮午曛。呵雪也曾留□□，□篁莫更作□彈文。詩成正苦烏絲貴，詔爾秋來給穎君。」楊林凌惕園之調工部主事亦有《詠蕉詩》云：「春心大展致翩翩，院落深沉結緑天。只有雲情能蔽日，縱無雨色也成煙。旌旗夜動虚含影，滕檢朝開倒捲箋。懷素功臣今未改，龍蛇擬鬭小窗前。」二公詩今不多見，因皆有芭蕉詩，彙而録之。

吾鄉高士喻嘉言，名昌。當明季以諸生上書，欲有爲，世莫能用，遂隱于醫，著《寓意草》《尚論篇》《醫門法律》諸書，往往議病用藥，比諸勦寇，以諷當世任事者之失。如所云：「兵者，毒天下之物，而善用之則民從，不善用之則民叛。今討寇之師監制太過，强悍之氣，化爲輭戾，不得不與寇爲和同。」又云：「今之大病在於以兵護言。」其書盛行於世，然非懸壺市肆之醫所能讀也。國初，徵辟不就，晚遊常熟，與客對弈，畢局而卒。門下生奉其遺骸，歸莊嚴於城南百福寺。後數十年，衆醫士瘞於近山純陽觀側。今惟塑像存，一龕香火禱祀者，歲時猶不絶焉。予有詩弔之曰：「醫國藏高手，床頭寓意編。成名寧在藝，委蜕或疑仙。真像留荒寺，遺骸表古阡。行人識徵士，瞻拜禮加虔。」

鄒準，字一平，號雪肩，明成化時孝廉。九歲能吟，以神童稱。其《雪夜書懷》詩云：「西窗撩雪入窗紗，又見寒梅一樹花。千里關山勞夢寐，十年湖海繫生涯。漫將詩酒酬人事，浪信乾坤屬自家。燈下幽吟夜深坐，床頭雷雨吼青蛇。」《題仙》一絶云：「參透元[玄]關一竅通，暮梧朝海寄行蹤。不知騎鶴歸山後，雨咽雲寒一夜風。」《扇中小景》二絶云：「結茆矮矮樹中間，歲滿平橋花滿山。瓢笠阿師何處去，洞門高倚白雲閒。」「月薄蘆花淺水洲，寥天遠映夜雲收。不應高枕扁舟上，閒却任公大釣鈎。」餘盡散佚，數詩邑志及《西江詩話》俱不載，故採而録之。

予作詩送陳邦型鳳儀歸佘牟，因託求許匏生遺詩，邦型次韻見答，有小序云：「許匏生，名儔，吾鄉篤學君子也。其先世爲南昌人，父某，徙居洪崖之佘牟，而匏生生焉。稟資穎異，讀書行文，往往有沉潛刻苦之致。學成領鄉薦，公車屢上，不第。遇兵燹，遂結茆種樹，隱居不仕，著有《石户之農詩集》行世。先輩稱其有老杜遺風，殆非虚譽也。余嘗慕其爲人，屢訪求之，而斷壁殘珪，竟不可復得，惜哉！今承君命聊以此復之。『代經兵燹後，誰識里中賢？衰草荒碑没，高風故老傳。名登仙桂籍，詩倣石壕篇。欲覓當年稿，何從問斷篇。』」觀此礉，則匏生之詩，即里中亦無有能藏守者矣。而其高標遐軌，陳君猶能述之，以備志乘之採録。

林確齋，明宗室，奉國中尉，名議滂，字用霖，詳魏叔子《朱中尉傳》。以王漁洋之博學廣交，而詩話中不知其名，真高士哉！確齋住冠石二十餘年，以子婚，挈家歸南昌，病作思朋友，遽遣妻子遠赴易堂，作詩曰：「秋山雲亦好，野岸草還青。今日扁舟上，何愁不可輕。入門因妻子，發棹見平生。冠石西風裏，茅亭應落成。」伯子論文中載之，爲推明其用意之厚，真隱之詩，耐人咀嚼如此。

康熙年間，吾邑以諸生負文名，無過趙錫範士疇。時高渭師璜、何涵齋棟督學江西，前後凡七試，皆第一，渭師評其文曰「昔江西之文嘗盛矣，盛極而衰，振今之衰，復昔之盛，是在吾子」，其推許之如此。以選拔貢成均，復受知于祭酒翁鐵庵。後以事謫贛，槖中載端硯以歸，舟人疑其多金，殺而沉其尸于水中，悲哉！錫範之文，類多翻空出奇，另闢谿徑，尚見諸家選本。而詩不甚傳，惟尺牘述如《京道中》有「馬頭編昨夢，書角記新程」一聯爲吴梅村之子暻所賞。文固矯變，詩亦尖新，豈非才士刻意之過，傷渾厚之元氣，所以罹此奇禍耶？

南昌喻周，字京孟，明季與萬茂先、徐巨源同社，後領國朝鄉薦，嘗爲某縣令，耽吟咏，不治吏事，主爵者以「性本通脱、陶情詩酒」入告，遂罷歸。著《介邱詩稿》自敘其事，設爲坐客之言曰：「子不睹今之爲吏者乎？彈文滿紙，免于罪戾者，幾人有如『陶情詩酒』論罷？我未之見也。當以此四字，大書高門横楔，有餘榮矣。」其自嘲如此。《贈内篇》云：「昔有南昌尉，見幾能不俟。一朝棄官去，兼且棄妻子。又有彭澤宰，不以家累隨。束帶懶折腰，遂作歸去辭。思古俾無就，悔予見事遲。世故多紛紜，偕隱廼心期。遍謫豈北門，餔糜甘如飴。負戴匪敝佩，簪蒿還杖藜。」讀此可想起貧賤自樂之意。予所得《企邱集》多殘缺，其詩喜用典，故工對仗，尚不染伊時纖詭之習，五古佳者，亦萬、徐之亞也。

吴正坤，不知何許人。譚東白旭先生司鐸瀘溪時猶見之，年一百一十九矣。贈以詩曰：「鶴髮曾經百廿春，分明陸地一仙人。當陽舊主稱天啓，降嶽初年是丙寅。鐵笛難消魚腹恨，銅駝總被虎頭淪虎頭，李闖小名。憑君莫話前朝事，多恐時流信未真。」

喻後村先生名指，子非指，歲貢生，學老文鉅，郡中推爲民宿。以屈於數奇，遂築室西枝村，著有《西山志》《闢異叢言》，皆藏於家。晚遊江湖，既而旅寓無聊，作《懷歸》詩云：「旅食清江上，潸然憶敝廬。十年長作客，千里竟無書。五岳一生志，三春兩日閒。帝鄉應有路，人世更無山。便擬探金策，何能駐玉顏。待期昏嫁畢，投老白雲間。」

予於魏惟度所選《詩持》中得後村二詩，皆家藏本所無也。《報國松》云：「最愛慈仁寺，雙松不負名。日中來雨氣，天上下江聲。夭矯龍鱗長，盤迴石髮生。萬山皆翦伐，羡爾獨無驚。」《題畫燕》云：「王謝風流事已非，天涯誰識舊烏衣。年年結伴空歸去，多少朱門不忍飛。」又《國朝别裁集》初刻本載《石城晤林茂之》詩云：「澤國烽煙逐敝貂，秣陵人事更蕭條。山頭牧馬無春草，河下東風有暮潮。白髮逢君疑再世，清樽對我話前朝。天涯便欲相依隱，何處空巖著野樵。」沈歸愚評爲清空一氣，今《别裁集》無此詩，蓋因錢吴諸人詩一例删去，後村曾孫約堅霖爲予誦之。

楊依川先生名遇春，邑增生，讀書趣園，著《趣園文稿》。乾隆歲戊申，遊乃弟柏堂遇泰學博會昌官署，值郡太守劉公觀風，依川附卷以應，録置外學弟一詩。瑞金楊季重過訪，見此卷，把玩不置，旋作詩跋其後曰：「已過桂花候，何來香霧侵？層冰雕净骨，寒菊淡秋心。執此求知己，憑誰作賞音？天涯有同病，聊爲一霑襟。」其心折之者至矣。後依川長子介庵進士梓其文，并録此詩，予少時尚能誦之。季重名枝遠，以詩名，周力堂先生熟於三禮，爲方靈皐所推重。其制義宗法五家，爲諸生時，與帥蘭皐刻有合稿，士子傳誦，幾於家有其書。生平好獎進後學，藉以成名者甚多。督學閩中，蔡芳山寅斗、王介眉延年皆在幕中就弟子之列，後二君操選政，標舉名家，不聞揚推及之，豈非負其恩誼，而以成敗論文章耶？先是帥卓山家相爲蘭皐猶子，以世誼，亦蒙知遇。力堂爲總河時，卓山拜謁淮上，有《奉贈》一篇，今録於此：「黄鵠謝戢翼，嗷嗷結孤翔。直以親舊故，攝衣厠公堂。公堂藹餘温，四座春風颺。梧桐樹左右，鸞鶴翔中央。清池浸華日，不浴雙鴛鴦。野鹿走堂下，和鳴夾笙簧。顧盼心内喜，矧惟託趨蹌。鯫生挾瑟來，奏曲理清商。元賞在夙昔，委懷得相將。撫調不使終，恐予神内傷。升堂躋入室，高興發詩狂。馳騁上兩漢，鑠陵下三唐。中成屈宋吟，湘漢起彷徨。豎儒得獎藉，故態遂已張。詞章本鞶帨，光焰豈遽長。側惟大臣體，道德敷文章。勳業不已建，公忠挹撝光。非源盛採納，薄技敢激昂。一節表純臣，由來畀封疆。是以膺寵命，視河古淮黄。國家大經理，濬引兼堤防。上切天庚懷，下廑民命殃。古法慎蓄洩，今河劑弱強。横流錯氓居，損益深籌量。公昔此臨涖，芻蕘結衷腸。秦越視肥瘠，無裨中贊襄。迂生議國政，泥往侈中藏。不承指畫益，撫事益茫茫。邇來益侘傺，志意落榆枋。四海泣庚癸，終年困炎涼。春秋誅不葬，婚嫁迫同行。嘿感僮僕嗤，顯達賢哲坊。蹉跎偃經術，身世已郎當。悲辛逐殘炙，而又惜冠裳。駑馬幽阜中，反思傲騰驤。空貽圉人笑，伯樂不在旁。自顧辭散才，不甘委摧戕。寶劍經繡澀，發硎有銛鋩。何能向時人，吟嘯天蒼蒼。自古屬知己，一飯不可忘。」後又有《淮上感舊詩》，情詞掩抑，異於蔡王諸子矣。

卓山有《三十乘書樓詩集》，專學老杜，力堂序之，自言不能詩而喜卓山之詩。然予見其有《送楊介庵之任利津十韻》，只此一作，不愧方家。詩曰：「夙仰師門峻，今看大道行。文章通帝典，經濟付儒生。舊德淵源近，新恩雨露榮。試才先百里，彰善後雙旌。渤海迎佳氣，罘罳待策名。故園誰拭目，昭代爾專城。毛義娛親色，王陽叱御聲。風流非異任，慷慨況同盟。筆墨憑神契，絃歌想政成。爲傳夫子意，無那故人情。」力堂曾受學介庵尊人依川翁，故有師門之句。雍正癸卯恩科鄉試，周力堂學健擢元，裘穎孫思録居榜末，其得人號最盛。是科劉斗田斯組先生見遺，其《落解詩》曰：「揭曉開頭便見周，循名榜尾又逢裘。西江從此增聲價，切莫逢人浪説劉。」次年甲辰科劉亦中式第二。

於市肆中得鄉先輩夏恒齋名之翰，雍正壬子科舉人詩，乃寫本，凡十餘首。《詠棠棣》云：「庭中有雙棣，樸樕連其枝。春時花灼灼，夏時子垂垂。苟非同氣生，何以共華滋。慎無偏榮枯，杕杜傷人思。」語極敦厚，足見先正遺訓。其餘皆雅醇之篇，不欲以詩自鳴。予題三絶句於後，以歸其後人，家中無此卷子也。詩云：「文陣雄師久共推，偶遺詩語亦清奇。如何小帙忘收拾，一例殘縑付市兒。」「鄉賢手澤自宜珍，況有名言足佩紳。常棣一篇詩教在，幾多薄子愧風人。」「諸孫文彩最飄翩，遊宦閩疆久未旋。便欲寄將付剞劂，好同家集共流傳。」時文孫和仲塤宦遊未歸，故云。

予向得《壚邊草》一卷，乃雙溪王悦安所著，詩亦不盡足存，以其是寫本，不忍棄之。其你居無從訪問，壬寅，予客江上，地名雙溪，主人王吉貞能記里中故事，因問先年有辭人否。王君欣然曰：「此吾祖某翁執友也。其人居源尾，溜性嗜酒，別號醉瑞。嘗製一小舟，春風秋月，未嘗不載酒榼相過也。」因索其詩卷藏之。《獨漉篇》曰：「獨漉之水，淼不可涉。天下之大，豈無舟楫一解。野之火，惟石是焚。嗟此石兮，生于海濆二解。彼杞之憂，彼夸之逐。且爾何愚，心焉碌碌三解。病化爲虎，涎視其子。哀此人斯，失其本耳四解。垂髫之女，能以劍神。爾居都市，曷凜其身五解。郁郁芝蘭，依於叢棘。囑彼樵夫，斧斤是擇六解。」《紫騮篇》云：「赤鬣新羈馬，逢人嘶不休。草盛天涯路，風高塞北秋。此時不馳騁，孤負伯樂求。」

外祖田松亭先生，字令樹，諱德滋，邑諸生，耿介有特操，始終不渝。常曰：「規矩準繩，以此自治，亦以此治人。」斷難自貶，其行實詳安所作家傳。晚歲所交契諸老並徂謝，先生獨教授里塾中，爵然若靈光焉。壽考日崇，道貌日古。夏山人介岩崇柳因其别號，作《巖松行》贈之曰：「鬱鬱巖畔松，亭亭真可愛。湑湑含露華，英雲霙靆。鬅發不能侵，歲寒還自耐。雖經八十春，猶具千年概。曾見桃李姿，灼灼正相對。顏色豈不好，如今竟安在。惟兹貞堅質，霜雪賦和礙。不有陶淵明，盤桓無幾輩。願言友竹梅，相將飲沆瀣。」讀者猶想見其品概云。

夏介岩山人住三埂，隱居食貧，以訓蒙自給。性蕭閒，工書，喜吟咏，鄉人以其不習舉子業，頗易之。獨淩雄飛孝廉數與往來，語人曰：「不知舉子業，遂見輕耶。吾恐介岩發於吟咏者，舉業中人且不知云何也。」介岩有《詠古》詩，予録其數章於此，欲使一生落莫之士，其詩句尚見於世，庶不致焉流俗之口所汩没也。詩云：「結想羲皇上，羲皇不可即。三徑尚未荒，松菊培舊植。緑柳弄黄鸝，西疇談稼穡。南牕轉東園，盤桓頗自得。白衣爲我來，醉詠黄花側。今焉覺昨非，誰復年舊職。」又：「故人苟知我，何以袖金來。天子廣旁求，有司舉茂才。多士宜自愛，此行何昏回。吾家素清白，不堪辱君財。四知銘心骨，清夜無愧哉。請回俗士駕，行矣勿徘徊。」又：「美玉藴深山，渾然完太璞。出爲廊廟珍，微瑕胡不琢。大節建絶域，高風振鈴鐸。齧雪奚以憂，餐旃奚以樂。白首歸漢廷，育子誰與託。寄語李將軍，此事爲余略。」又：「臣下專國命，太阿以倒柄。耿耿劉更生，欷歔實同姓。恭顯與王鳳，可堪備執政。懇懇納忠言，反覆陳諫諍。尚慕屈靈均，雅不失其正。故人髣髴中，亦各具真性。」又：「山林藏拙地，拙者無一能。奈何持此説，辱彼嚴子陵。同學窺意氣，風化爲我興。何必附雲臺，始爲良股肱。東漢崇節義，士女沐薰蒸。桐江一鈎水，只今尚澄澄。」又：「躬耕隴頭土，何以遺子孫。生人各有心，所危在競奔。稼穡吾家寶，代食永無諼。入讀古人書，出見先人墦。妻孥從吾好，至樂在田園。揮手謝相招，高隱戀鹿門。」又：「天下不知漢，入寇誣諸葛。野哉陳氏子，此理胡不達。君親兩失之，史書恣塗抹。不由宋紫陽，漢亂誰爲撥。宗臣興復志，披策猶激發。成都鬱鬱松，行者深忉怛。」又：「江西矜詩派，黯説分寧黄。法嗣二十五，玉石混崑岡。宋時多巨公，好句盛琳琅。誰是門外客，不登作者堂。實衍淵明緒，奉茲一瓣香。寄語吕舍人，根本在柴桑。」數章論史，不矜特識，語簡意明，無鹵莽之態，可以存介岩矣。

乾隆年間有兩阮龍光，俱孝廉。一爲漢陽人，號見亭，蔣心餘太史《第二碑傳奇》中之阮劍彩也。驚才絶艷，見于本詞之序跋，已足當一臠之嘗。一爲吾同年友，少川湖之尊人雲溪先生，爲通許令，有惠政，民甚愛之。乙酉秋，鄰境患蝗，比至許界，羣鴉逐之，或以「蝗不入境」稱，先生懼涼德，弗敢任，以詩卻之云：「中州古名區，自昔多循吏。潁川降靈應，淮南成卧治。邑長懋殊猷，卓魯堪遥企。渥澤洽人心，化疆螟蝗避。戴村令鴻溝，感通已神異。稼無蝻孽侵，旱有甘霖至。最課炳旂常，芳名流傳記。粥粥我何能？猥以循良儗。濫竽爾咸平，寢興恒惴惴。民無五袴謡，麥乏兩岐穗。徒爾拙催科，漫言勞無字。以飯慚素食，三載憂尸位。會逢歲有秋，多荷神明賜。虫患不吾殃，亦時偶然事。無因譽過情，鴉逐鳴奇瑞。僉曰長吏仁，和氣蒸而致。天功未可貪，予懷益滋愧。丁寧莫浪傳，聞之疑貢媚。涼德被隆稱，恐干造物忌。生性惡飾欺，倖名非我志。」詩載《通許縣志》，真有德者之言。雲溪專於經學，有制義藏于家，晚年始學詩，有《過梁昭明太子廟》絶句云「浦口征帆遠，江東勝迹多。昭明靈爽在，文藻有餘波」，亦可誦。

楊潤田進士甘雨《介庵詩稿》有《蘆稷行》序云：「按北方所種高糧，即五穀之稷，其别一種呼爲稷者，穄之誤也。因作《蘆稷行》以正之。加稱蘆者，從予南俗所稱名焉耳。」：「君不見幹業如蘆青沃壤，比於羣稼高過丈。當頭以穗挺撐雄，玉粒纍纍大珠仿。氣備中和食最宜，千秋萬歲人引養。夏瑚商璉郊廟陳，馨香久邀神鬼饗。先王以稷名農官，嘉種世承永推仰。不知何時名實眩，貴賤易位輕重爽。滿地種稷稷忘稱，蜀秫高糧俗呼謅。細瑣下穀翻冒名，穄稷音疑欠清朗。穄疑爲稷稷爲秫，稷自抱真名難枉。借問此穀值若何？荒年石米銀一兩。入市惟欽小米穀，價昂價低倍輸鏹。殊材反遭世埸薄，纖質偏蒙人情賞。閭閻貢彼不工此，無異大賢蔽草莽。吁嗟稷尤北方寶，利賴生民功浩蕩。豈未芳粒食德深，遠兼老幹藉用廣。編席織簟紛取資，結廬蓋屋咸依仗。稷兮稷兮號穀神，配社共祀義可想。内者畿甸外都邑，壇壝春秋自古昉。爾神猶然憑其尊，爾穀緣何失爲長。安得遍告草野中，復還名實百穀上。」按：穄稷混稱由來已久，或誤穄爲稷，或指稷爲穄，或以穄稷爲一物。《授時通考》引《農政全書》云：「穄者，黍之別種。粱者，稷之別種。」又引《閩書》：「薥黍，北人曰高粱，浙人曰蘆穄。」今介庵以高粱詩作糧爲稷，而加稱蘆，曰「從予南俗稱名」，未知名實果覈否，録之以待北人之能識別者。

蓮仙者，凌中書翽柯家梧西山所遇之異人也。其人蓬首垢面，莫知姓名，或爲寺僧，牧犢職稱「蓮仙」。能作詩，凌以長松命題，作歌曰：「祖師種長松，相期庇家宅。拱木漸成林，翦伐多遭折。經歷幾歲寒，后彫實並柏。亭亭直侵雲，不復令人摘。有物亦能容，鶴鶴而烏白。下有桂蘭生，依依緑蔭澤。屢祝茂千年，胡爲不滿百。古幹絶根塵，灌溉無良策。或謂生滅途，有形俱是客。我懷罔極恩，欲報何時獲。仰首視天邊，終生常蹙額。聊同童子遊，千載不孤特。肉骨故人心，晤時須記得。」自題詩后，亦不可復迹矣，所貽凌詩極多，鄉人頗傳之，率多狂蕩之詞。蓮仙詩云：「天兮小兮，人兮藐兮，鬼兮杳兮，仙兮吾其眺之，髫髫兮予則笑而撩之。伯夷兮予悲，接輿兮予棲。望高風而遥遥，聊想像乎希夷。糞土可輦兮，石山可依；犢牛可牧兮，魚鳥可嬉。勳華不可託兮，吾將安歸。嗟此盤寓兮爰得我所，而何嫌其齷齪。蒼蒼者爲蓋兮，濁濁者爲褥兮。雲爲餐兮，露爲吸兮，風爲食兮，雪爲飫兮。惟斯人不可以，或觸兮將持籃而採雲。寧攜竿而釣月，呼東郭而逐兔，引北鷹而射缺。天何折兮，地何缺兮。明告君子，予將以爲説兮。」《紀別》云：「偶度蓬萊島佛壇，萬峯翠碧照予顔。春光聊同風光老，兩竹三松亦自好。無盡詩思發雲中，我唱黄鶴山猿號。馮洞呼猿鬬筋斗，跳動山巔白額吼。物類亦可伴吾身，物類何曾累吾心。吾心却從天外飄，一隨流水去還杳。刳心不與小兒知，一點靈光莫故癡。髮蓬蓬，齒齌，一點靈光何故癡。人世升沉多少事，慮君花發涉天涯。今日相逢笑予願，異時追名憶蓮仙。高歌長笑歸蓬島，寄迹佛堂半蒲草。」又有《詩教》一篇，此諸詩更爲繁蕪，兼以傳寫多訛，不耐卒讀。其篇末云：「我且向天邊曬書去，怕霉了三皇墳、五帝紀，宗魯春秋，吴越雜記。列子新奇語，太史純正藝。狐狸無知，羣羣抱我膝前戲。且引我將一幅皇華委坡地。」噫嘻，君既知音，胡不牢牢記儲，爲異日名。秘其胸中蓬蓬勃勃，寄託遥深，至「狐狸羣戲」「皇華委地」之語，究不知所謂。豈曾仕於朝，有託而逃者耶？予嘗疑此事爲翽柯假託，如昌黎記軒轅彌明之類，質之凌雄飛家劍孝廉，孝廉曰：「家中書遇蓮仙，時年僅踰弱冠，安能假託？當有夙緣耳。」

鄉先賢凌翽柯舍人西山遇蓮仙事，余既質之舍人同族雄飛。學博信其不虚，既筆之《吟次偶記》中，後又於趙君敬甫處，得閲其太父牧洲思作明經詩有《贈翽柯》七古一篇，亦及此事，因録之。詩曰：「君家癡叔野夫最雄豪，侍書刷紙驅煙膏。向我長誇千里驥，彪子墮地如雄嗥。食牛已健氣已舉，閃閃便欲辭蓬蒿。前年拾苓如拾芥，今年鹿鳴如嗷嘈。學優則仕古所訓，所難得者惟鳳毛。翠巖之側人異授聞其遊西山遇異人授詩，黄石之下老六韜。況兼工部文章焰謂令伯愓園先生，滿堂家學懸佩刀。如此英妙不可止，撇捩雲海掣巨鼇。我偕癡叔交卅載，二十一載歌同袍。寄語吾輩雙袖手，大山崱屴小山高。一戰勝齊何足賀？飽食萬卷無饞饕。家國需才理則一，握癡叔手豁鬱陶。」惕園先生名之調，乾隆丙辰進士，官工部主事。其弟野夫名承淳，歲貢，並以文行推重鄉黨。翽柯少有才調，十九歲鄉捷，入中書館，性疏散，不樂仕進，遂辭職歸，與田夫野老相親，狎詩亦偶然爲之。想於蓮仙詩教，亦不復留心矣。

乾隆壬辰歲考，督學曹竹虛先生案臨高安，有八十四歲老童朱大元，同十四歲幼童熊斌入泮。先生以詩贈之云：「白頭黄口兩翛然，採得芹香喜並肩。論長豈惟應父事，同聲祇合作兄先。蒼松色借春花映，雛鳳翎隨老鶴翩。卻憶古稀初度日，正當小子始生年。」後二生並以諸生終，朱固耄無能爲，熊如東昇之日，亦何淹忽耶？

楊依川遇春先輩有《送鄧九成姜坤輿赴京詩》云：「帝畿久擬共飛騈，此日高才捷足先。紗帽文章須述祖，布衣兄弟莫忘前。雲山一路供行李，詩酒連牀話客船。好寫平安時寄我，天涯何處不桑田。」鄧祖文潔，姜祖忠確，並名家子，自幼相好，有才略，欲爲世用，遂以諸生籍入貢北上，故依川作詩送之。

世人擇婿多計家貲，故貧窶之士，雖才學可稱，而不得妻，若其破庸俗之見，别具藻鑑，雖丈夫中難之，況婦女乎。嘗讀武寧汪輦雲軔《魚亭集》，有《納徵詩自序》云：「軔孤且貧，賣文無所售。有南昌節母葉孺人者重予詩，延課二子。予病疫瀕死，命二子謹護予，獲更生焉。越一歲，察予之恪也。託媒氏字予以女，且曰：『吾以詩擇婿，請仍以詩爲儀，他無所需。』於是敬爲《納徵詩二章》。因盛水師我友、熊浣青往聘焉。」「鏤金作鳳凰，兩兩張奇翼。欲盡茲鳥神，頗費工人力。相許在高枝，桐花爲結實。好風萬里來，文彩共相惜。東南有嘉木，上生連理枝。雲中有好鳥，息此育華姿。朱陽深照耀，錦翰互參差。請看雙飛翼，翱翔度天池。」軔爲江右名下士，而貧不自振，憐才如葉母，可謂巾幗中之絶特者矣。汪魚亭生于武寧山中，以求師結友來豫章書院，既婚于葉氏，僑寓江城，使人迎母就養，母不樂城居，經年輒歸去，魚亭惟歲時覲省而已。弟連轅，亦躬耕，食貧不能常聚，故《述懷詩》有云：「朔風吹野草，奄忽與根離。」又：「孰知貧賤故，能使捐性情。」皆肺腑中語，他人不能假也。其詩工五言，佳者色淵味永，力追古風；但七言非其所長，當時惟《望湖亭懷古》一律頗爲人所傳誦。何飛熊解元極愛之，録存其稿，後人刻南谿詩，遂誤編入。然其頷聯「蠡水尚聞今夜鼓，匡山猶打舊時鐘」，不免合掌。惟五六「煙雲石上迷孤鶴，風雨波心戰老龍」，在魚亭爲健句耳。

金谿何渭綸飛熊解元《南谿詩鈔》有《採蕨行》，哀馮演宗文學也。其序云：「文學諱雲，乃馮太史族子，爲諸生有聲。值歲奇歉，採蕨以食。採既，後時蕨亦無有，先生遂病乏死，李君作賡述其事於予而悲之，爲作《採蕨行》以誌殊痛。詩曰：『迷陽蕨名緑荒煙，煙荒蟪蛄歎。山鬼怨啾啾，睇矚眼花亂。山有蕨兮採有時，愁惝怳兮竟安之。薇可茹兮蕨可粉，牽羅挂壁相附近。猿哀鳴希拳已長，夫君飢兮嗟可傷。歌聲縹緲山之陽，何曾一寸充君腸。嗚呼！何曾一寸充君腸！』」按：蕨初生似蒜，無葉，莖紫色，稍長高可三四尺。擣之有白粉，以沸湯熟之，味滑美。市間賣藕粉，常以蕨代之，則其賤可知。然以充飢腸，即令採之不失時，所得幾何？宜先生之病乏死也。介士之安於義命，信可悲哉！文學有女，適胡姓，聞父死，嗚咽累日亦不食死。南谿復作《孝娥行》，見集中。

國初，予宗青嵐烈母楊宜人，乃豫章南關鴻臚寺丞崇吾女。幼就女塾師，備覽閨訓。夫廷璠，明末官滇南楚雄守，殁于任。宜人同次子光夏扶櫬，歷戈戟叢中險，踰數千里而歸。戊子，江右兵變，舉家往避西山。至桐源，宜人爲兵所執，詈之曰：「吾名門女，名門婦，寧受人執耶？」擲金與之，求全尸而死，兵遂刺之而去。子光春、光夏尋至宜人，語逾時而絕。後三十餘年，二子先後舉孝廉，乞言以彰母烈。南州進士萬任，字亦尹，有詩云：「碧雞金馬死王程，萬里扶歸一柩旌。到處山川皆是淚，還家草木盡爲兵。黄泉自與欣相見，白刃何曾乞此生。寄語孝廉休飲泣，青嵐片石勒芳名。」

里巷之謠雖極鄙俚，往往足以感人。嘗聞金其相前輩遊一村時，郊外蕎麥盈畦，花開如雪，有野人歌曰：「蕎麥蕎麥，三寸開花。我年四十，尚未有家。」先生曰：「小子識之，此《三百篇》之遺也。狐綏之意，惻然可念。此地其多鰥夫乎！使太史採風，復行將登輶軒之選矣。」金其相貢士，名玉，豐城人，有《網得翰林風月歌序》云：「半槐湖魚絶佳，至秋尤美。八月日，敞園翁觀漁，意在魚也。舉網得盒，開視之，見一銀美人裸睡，旁有二錢。一面鋟『翰林風月』，一面鋟『錦堂春詞』，牛毛小字，經沙浪糜漫，不復可句。旁署『洪都阮祚作』五字，疑前明阮氏宦裔之情物也。敞園翁鎔之以資酒費，伴魚食之，而風月無邊矣。予閲其事而怪之，作歌以誌：『敞園讀罷酒功贊，湖上覓鱸思張翰。風清桂子雁信來，月冷蘆花槐蔭斷。仙子香魂蕩阮郎，愁緒縈絲遭網絆。一枝春態出翡幃，女伴傳看羞掩幔。湘靈曲終不見人，洛川禮防胡漫漫。爲屈嬌姿伴錢神，生死纏頭没官判。月豈久滿乎秦樓，風不長留於楚觀。兩物無買天地間，郎何癡兮把錢按。光埋水裔恨有窮，獨臥藥房悲秋風。不將貌成虎兒筆，翻解羅襦爲豸蟲。彩衣飛作蝴蝶去，頑銅焉能化鶴翀。百餘年寡長千曲，誰續佳期蘭渚東。可憐魚蝦侶薄命，夜瞰海底日頭紅。幸披敞園風月襟，綽有光霽映波心。心屬不須挑以琴，知君酒債急秋砧。形從火成還火鑠，勿驚躍冶是妖金。莫邪爲劍死於鑪，區區末底一劍鐔。謀酒應謀於此婦，趂喜烹魚共釜鬵。當時勸酒非大阮，今日攜壺始入林。平章風月還清白，呢呢絮語休推尋。翁北走燕南走越，何水何山無風月。幾見鳳池染翰人，匣鏡奩香專不發。我歌一曲送鴻冥，漫言今後芳華歇。聲在湖中漾虚舟，色在天頭照林樾。縱令魂返少君丹，怎似和月和風醉仙骨歌詞止此。』」余客竹山浦亭，出其家譜，見其相先生此歌，歎爲韻人韻事，足稱風流。所可怪者得之自水中耳，豈阮氏嘗爲江湖之遊，而失是物歟？或曰半槐湖爲阮氏故居，其有是物，宜也。獨其於湍沙漂蝕之餘，而復現示人間，此與玉魚金盌靈幻何異？彼敞園何物，俗子忍竟鎔之，以資一餉酒費耶？自非此歌播其芳馨，此段佳話幾不傳於世矣。

嘉慶戊午己未間，白蓮教匪擾亂陝蜀諸郡縣，官軍勦之，久未平靖。有嫠婦齊氏，乃走竿舞槊之雄，率衆焚掠，勢甚猖獗。時遂寧張船山翰林行次寶雞，正冦所出入之地。有《旅店題壁長律十六首》以記其事，其中一首云：「嫠也横行起禍胎，桃花馬上看重來。不遺巾幗先逢怒，欲辨雌雄已自猜。黄鵠特翻貞女調，白蓮都爲美人開。請纓便是秦良玉，可惜征笛失此才。」蓋爲此婦作也。後教匪漸次夷滅，此婦不知所終。

譚丈闇堂，名鑑，字疑析，乾隆壬申恩科舉人。祖名國璜，經明行修，學者私謚文善先生；叔名旭，講程朱之學，著《謀道録》。闇堂才高氣雄，落筆如風雨，顧獨不喜朱子。予寓擷芳園，闇堂過焉，出《易經解》示予，予於《易》本未研覃，又以其爲前輩，閲其一二條，見其痛闢本義，幾於謾罵，呈以詩曰「著述贊未能，論定俟真識」，遂卷還之。家素貧，性復拓落，爲德興教諭，所得之俸，不以置産，垂老罷官歸，屋已傾圮，日食不繼。鄉里因其狂傲，亦鮮周給者。予嘗寄詩「似聞鄉里多高誼，應爲郗公共致飧」，蓋微諷其里人也。嘗值八十初度，門庭寂然。夏君虎先素好義，獨善遇闇堂。是日，衣冠招摇過市中，大聲曰：「某老今晨八衮，吾將往賀。」於是鄉人稍稍登堂拜祝，實虎先倡之也。此亦誼之可稱述者，爲附記於此。

徐目耕進士名曰都，奉新人，著《洞春雜録》，有云：「詩之可不作也，嘗讀程子謂甚防事，朱子謂分爲學工夫。鄭奕教子《文選》，其兄曰：『莫學他沈謝嘲風弄月，汙人行止。』杜範云：『士有當世志，誰肯專詩名。』

六一居士云：『惟詩於文章，太山一浮塵。』予竊謂先儒語皆確實令人怵然自警，而其詩流傳於後世者不少，且多以此名家，此又未可深論也。」目耕雅好吟詠，予在龍津，晤其文孫仁甫籛秀才，以集見貽。其詩不騁才氣，不尚議論，惟以雅正爲宗。《快閣謁黄文節公祠》云：「江右柴桑後，別開雙井黄。閣中人去遠，天外水流長。邑尚思嘉樹，祠應薦瓣香。小詩留白下，未必許升堂。」自註：泰和，古白下也。《二石堂論詩示諸孫》云：「淵源豈不遠，三百尊六經。後世五七字，拘牽無性情。清秋不唳鶴，碧海誰掣鯨。韻士若麻列，終焉歸杳冥。自少喜吟詠，晞高功未成。晚悔作何益，卷帙徒縱横。學古貴上達，傳人非浪名。爲詩乃餘事，此意當心銘。」又《偶題》云：「吟卷叢殘何日了，春光恍惚已如馳。那能讀史出奇論，誰信投詩多諛詞。偶爾欲書心法在，羌無故實解人知。自慚刻鵠徒辛苦，獨抱遺編是我師。」觀此三詩，其趨向詣力從可識矣。

吴孝廉鹿柴，名芾，初名甡，字湘南，南昌人。居城中，早負詩名，窮阨而死。子曙，諸生，以訓蒙爲業，亦困而不振，今且髮種種矣。自言其先人著稿，在金陵婦翁王菊莊舍人處。菊莊老而無官，恐未能刊行也。家中存録無幾，又賃屋數移徙，子不知書，益致零落，因以《津城雜覽》七律三十首示予。風土人情，兵防吏治，以及羇旅遷流之感，無不具見。又《今樂府四章》乃從天津之鹽山道中所作，雖摹古製，在此本子中亦稱傑構。今録于此。《壽張警》云：「壽張豁呀門洞開，中有沸聲喧如雷。健兒爭前殺丞尉，長戈白刃揚風灰。持爾頭，懷爾印，百千十人生死迸。堂邑陽穀皆連災，盤結臨清勢不回。賊民興，空自横，四面合圍來，螳臂之張頃刻定。誰爲爾讐爾發憤，駢首就戮何足云，惜哉草菅斯民命。《流民歎》云：「鴻嗷嗷，飛中野，欲集不集將誰下。我訴鴻，鴻莫哀，道旁多是流離者。去年捕蝗蝗蔽天，今年捕蝗蝗滿田。無麥無禾疇入告，官府催租吏索錢。離家豈似在家好，在家妻孥得相保。居者摇手客無言，我亦須臾徙道邊。十室空存九家屋，如此飢荒苦亦足。我欲語鴻鴻哀呼，請君去進監門圖。」《滄州戍》云：「滄州城，高且深。匪獨滄州城高且深，中有賢守知民情。滄州之民強且悍，州守小心兼大膽。城門晝閉夜出巡，風聲鶴唳皆疑兵。十家牌，日日來，循環簿，朝朝去。店家噤聲留客住，客從何來何處去。公勿言之州守怒，州守怒，猶自可，公勿言，鼈殺我。不信晚上看紅燈，家家鋪面州守行。」《高城謠》云：「舊官官八年，新官官三年。舊官廉潔不愛錢，新官亦復廉潔不愛錢。但聞父老對人說，新官不如舊官賢。舊官之事十日了，新官之事十日曉。古語新人與舊人，纖縑織素爭多少。我亦他年作吏人，何由買得居民好。爲告父老且勿云，驅車卻出高城道。」數詩記道路間所值，兵亂民飢一一如睹，存之以稽時事。蓋乾隆戊子、己丑年間也。

杜夔芳洲，號海鷗，南昌孝廉，與鹿柴最交契，詩名亦相埒。拓落不偶，老于幕下，故作詩多骯髒不平之氣。其《感興》云：「吾思古之人，曠懷羊叔子。峴山墮淚碑，不識何能爾。知人哲士難，何況被朱紫。巧言甘如飴，談論承風旨。安能破其圍，直令機心死。後世無申公，請自郭隗始。」又「花落蝶不來，花開蝶相附。當其蹁躚時，蝶意不在樹。歌舞雜華筵，美人傷春暮。轉盼大夫門，芳草覆行路。」《昨者行》云：「今者已盛昨者休，道里屼嵲廣論夫。何故《昨者行》云：『今者已盛昨者休，道里屼嵲增煩憂。』不聞鸚鵡語深谷，但見海燕飛朱樓。茂陵蕭育奇男子，性不譽生寧毀死。憶昔相逢年少時，委蛇謦折未爲已。舊雨霏霏轉眼輕，誰能杯酒訴平生。山頭黄雀識人意，餓鴟搏擊難爲情。」《雜詩》云：「太初布元氣，萬物自憑生。厚薄豈有殊，槖鑰各流形。胡不溯本元，欲與陰陽爭。陰陽亦何知？或毀時或成。委運無窮期，此意誰與賡。」又「華士矜咸輔，哲人思艮背。託根苟非時，茝蘭等蕭艾。娟潔以自臧，偏與女嬃會。昨夜陰寒生，猛雨忽破塊。內念苟不堅，焉能防其外。廢圃欝青蔥，一望盡荒薈。願言芟薙之，勿使長芥蒂。」又「大匠惜良材，羣情喜雕琢。面目盡侏離，曾何有誠愨。罌破冰不澌，翻訝斗大雹。疑者互相傳，後來宗斯學。豈無老成人，矩矱如山岳。不有正氣存，安知聖澤渥。撫景一咨嗟，秋風生馬角。」又「河水濁且深，灘水清且淺。水清峭石出，水濁浮沙演。亂流無全鱗，潺下集鰍鱔。緩急各有否，執中聖所善。不處清濁間，安知淮泗衍。迴波貿然來，眷言知德鮮。」又「哲士審樞機，鄙夫患失得。龍神善藏尾，所以不可測。機會信偶然，富貴有終極。夫何服道義，禔躬良不飭。雞肋營餘戀，遲暮飾顏色。春深烏夜啼，天寒日西匿。貫札空復然，恥爲鷦鷯弋。」又「終古而無死，此時尚鴻濛。盛德者必壽，天地相始終。所積既云厚，食報靡有窮。貪吝失士守，委蛇非臣忠。曠望宇宙遠，鄭重淑其躬。」諸詩並直抒胸臆，筆力蒼勁，與其人意氣相類。但後生淺學，喜時下纖媚之詞，不甚傳播，予復取其律絶中諧時目者録其數首。《夜坐偶成》云：「霜重山城冷，庭閒客到稀。亂雲棲不定，孤月靜相依。閲歷從前過，繁華此日非。夜闌猶未寐，遥數雁行飛。」《春日連雨書懷》云：「雨似愁心未肯休，愁心不共水東流。空中説法徒饒舌，局外參棋盍自謀。鐵網細縈鮫客島，珠簾深閉美人樓。許多情緒難排遣，海鷗如今已白頭。」《寂寂》云：「寂寂閒庭驟雨過，挑燈獨坐意如何。窮真有鬼揶揄我，愁竟無方發放他。自笑一身天地贅，人情百折變更多。靜中悟得菩提法，健翮高飛不受羅。」《對月》云：「碧宇無塵漾晚風，庭前月照我飄蓬。臨摹花影來窗上，收拾秋光入鏡中。斜轉銀潢七寶合，碾開滄海一輪空。嫦娥去後天涯冷，欲倩青鸞路不通。」結句乃海鷗新喪偶，故寓意於此。《絶句》云：「穀雨初過暖漸加，不堪春暮又天涯。小窗昨夜東風急，落盡庭前柚子花。」此皆袁州郡署作也。海鷗子不能讀父書，詩多散佚，其僅存者尚有二册，今藏其婿阮麟書處，亦未知何時能付剞劂也。

豐城徐勷右文弼，以名舉人官饒州教諭，輯前人緒論，撰《詩法度針》以教後學。其書盛行一時，所自著詩尚未甚流布。曾賓谷先達《詩徵》選其七首，予又于徐君我洲處録得數首。《泣麟渡》云：「素王生衰周，麟兮胡乃至。吐書繫繡紱，徵應宜爲瑞。道大終莫容，徒切東周志。鳳鳥既杳然，河圖亦終閟。鉅野何復來，相值感而淚。嗟哉出非時，安得免捐棄。但逢魋西輩，鉏商亦何異。我來古渡頭，西風值秋季。不發望洋歎，濟逢舟楫利。淼淼碧流水，萬古接洙泗。」《出揚子江遇順風》云：「片帆息已久，北風昨夜生。曉發上新河，奔騰破浪行。蘆葦繞極浦，青欝遠岸横。北走燕子磯，西下白鷺洲。飛鳥亦蹭蹬，浮雲終滯留。巖壑眼中移，幽致安可求。迴首數月程，每爲石尤苦。秋風起幽燕，白帝辭齊魯。逶迤淮陰道，天際廣陵府。從來行路難，江湖從此數。行止亦無常，利鈍豈逆睹。但識消息機，物理固有同。始既歷艱阻，能使終焉通。富貴起蒿萊，靡不初困窮。人生和歎嗟，此理實可充。」《黄石山》云：「黄石臨青甸，尋津值老農。龍湫回絶壑，鳥道入中峯。雲水秋深寺，煙林日午鐘。轂城原有約，如遇舊時蹤。」《二十四夜作》云：「異地仍同俗，人家慶小年。境臨三楚界，雪霽九江天。鈴騎猶投店，風波未渡船。思鄉今夜夢，愁寂向燈前。」《回舟經羅溪次韻》云：「錦纜回牵處，飛花三月中。波平柔艣緩，水漫亂流通。返犢驅村豎，馴鷗狎醉翁。溪春流不盡，古岸積殘紅。」《題彭雯舒扁舟訪友圖》云：「素契誰傾向，澄江獨放船。剡溪清興夜，楚雨小涼天。無定招尋迹，聊憑合散緣。伊人秋水外，吟望共蒼煙。」《積雨喜晴和黄監司韻》云：「芝雲斂盡翠巒開，霽後朝寒散水隈。幽徑暗香生薜荔，古牆新緑長苺苔。萬家晴色炊煙合，十里波光野漲來。行部巡遊爭獻頌，衢歌親譜雅音同。」《上元前一日陪夏檀園蔣莘畬李澄思曹地山諸公重遊芝山隨集衙齋即事二首》其二云：「林皋同步獨徘徊，洞石泉砂總劫灰。遍採岩煙芝草隱，初融塢雪藥苗開。古香樹老憑山閣，寒碧雲閒覆竹臺。痕破舊苔留鶴迹，新莎幾見馬蹄來。」《花放喜晴漫占長律爲牡丹志喜》云：「穠芳妖艷壓江城，花值新晴眼倍明。曉露漬香沾蝶粉，午枝流韻聚蜂聲。人間乍息繁華夢，春老猶深愛惜情。青帝即今幽恨釋，雨風不受妬花名。」《廬州謁包公遺像》云：

「南郊孝肅祠堂在，斜日孤城策馬過。遠障插天披繡闥，危橋當户鎖寒波。一生骨鯁應難犯，萬古霜稜未可磨。直待河清開笑口，敢將關節對閻羅。」《和落花詩十首序》云：「憶予壬戌、乙丑兩舉進士，落拓南遷，浮蹤江左。時武林袁公以翰林出治百里，賦落花詩二十首，蓋以春風得意，騁驥足於花堤，夜雨驚心，托鸞栖於枳墅。植滿城芳卉，興過潘郎；飄萬點殘英，愁深杜老。適予荒城旅泊，篝火孤吟。得公秀句，郵傳濡毫，疊和次成四韻，率成十章。亦欲妍效眉顰，無那痛逾心捧矣。今春霪雨浹旬，飛花滿苑，偶檢敝簏，思續前詩。於戲，六年秩滿，將效易喜之毛生；一第緣慳，竟等難封之李廣。暫勾留於冷署，託諷詠而長言。藉質同人，用抒孤興。」詩云：「杜宇聲聲送落紅，彩雲縹緲散高空。飛騰此去留芳迹，培養由來藉化工。圜水孤村三月雨，繡林深院五更風。河陽有地還堪托，漂泊天涯惜斷蓬。」又：「闌風澀雨歷朝昏，爛熳江村幾樹存。麗景低迴違紫陌，韶姿遲暮謝朱門。泥塗難没馨香骨，言語憑消黯淡魂。榮悴從來隨造化，幽懷脉脉總無言。」又：「廿四番風幾逗留，杳無判斷且歸休。清闕迹少羊欣過，勝境情闌杜牧遊。翦綵聊從增潤色，閟書誰復解風流。迴翔今向飛英會，激蕩芳思一醉酬。」又：「長干歷歷囀幽禽，千樹消融曉舞深。儘有文章驚世眼，曾承雨露眷天心。山林足戀難韜迹，蜂蝶因猜得賞音。莫惜春光顔色減，重茵穩坐撫瑶琴。」餘六首不盡録。我洲，勷右門下士，嘗搜其師遺稿累百篇付梓，工已告竣。勷右子文學景麟，迂儒也。聞族人中有因隙，將摘其不檢語以上聞者，心懼焉。因燬其板，今惟有初刷印試板一部存我洲家耳。然其中多投贈應酬之作，足副其盛名者亦少。

武寧盛于埜廣文謨，與叔子布衣于明鏡，季子水賓樂共振興古文之學，所居劍谷，結廬爲巢，時有雲氣往來窗几上。若與相狎玩者，因名之曰「字雲巢」，其寓意見自記中。熊鶴嶠太史爲賦《字雲巢歌》曰：「男兒生不封青茅，促縮乃爲文字交。窮愁著書誰與讀，虬枝蘚剥吹松濤。劍谷先生盛于埜，丹黄百氏蹇所遭。大方落落竟寡耦，今以字雲名其巢。蕭然繭拙别天地，年年風雨雞嘐嘐。昌黎韓子進學解，客難東方揚解嘲。巢兮巢兮何谽谺，巨靈手劈芙蓉高。幽崖峭壁窮鬼斧，連蜷窅窱挐六鼇。嵌空寥廓紛結構，規日削月開堂坳。揮斥八極排户牖，琱鏤禹篆鐫羲爻。乃有雲華日來往，襄裛駘蕩風與招。無言欲言出我岫，蹇修約以柴桑陶。醲郁沈浸生嫵媚，雙螭爲結五色蛟。堂前古樂大繁會，竽柷琴瑟蕢鏞匏。十年不字字乃吉，一團元顥開靈苞。眉奩樸古謝粉黛，牙籤錦贉紛牛毛。老郎得此頗不惡，緑稊窈窕枯楊梢。老郎老郎沓出入，巢父母令紛騰逃。名士每爲山鬼笑，終南鶴怨猨夜號。無情偕誓有情老，葆光清氣還吾曹。」又有《字雲巢雜詠跋》云：「巢之性情奥折，盡發於此。率興則書，相視而笑，巢爲于埜有，亦爲鶴嶠有也，可謂山水得人而顯矣。」今問諸山中人，巢已鞠爲茂草，惟文章不朽耳。

羅穆，字睡泉，居武寧廉村，師事盛仲子于野最久，好吟詠，著《煮雪詩鈔》。其詩偏於枯淡，閲者不懽，而仲子獨鼓而進之，雖老無所遇，不悔也。念其憔悴之至，姑録數章於此。其《雜詠》云：「蠶婦采桑堤，田婦饁南坂。紛紛各有司，所託在常産。誰能不力作，而使衣食羨。野人務粗足，未敢懷安宴。出門復入門，春風吹無限。」又：「蓋亦有其人，持竿數十年。幾經風袖裂，辛苦挹清漣。小魚掉尾逝，空對水中天。問天何以爾，爾魚亦何然。悠悠不足道，一蓑臥晚船。」又：「窮達有定命，於理終無疑。衆人延寸目，譁然肆其嗤。齒牙爾何權，直能生死之。我髪猶未艾，我畝猶可耔。及時力稼穡，昊天豈吾欺。」又《牧童語》：「草不豐茸，牛不得肥。露不沾濡，牛不得歸。犯人之苗，誰任其非。」

武寧縣治東龍潭側，有宋處士鄭郊草堂。郊好學安貧，開竹逕，植芙蓉于池。今迹雖荒蕪，詞人墨客尚過而弔詠焉。邑孝廉楊光斗嘗以重九登少白山，過其草堂故址，至龍潭石，坐水月亭，賦詩三章云：「秋高洗塵思，可以上遥岑。竹逕蟬共語，落葉飄滿林。萬象歸寒素，曠宇亦幽陰。獨有大江水，茫茫千里心。」又：「越嶺度層阪，荒塚鬱蒿萊。黄花慘不發，白楊有餘哀。往者草堂客，深坐遠塵埃。芙蓉與竹逕，清風安在哉。悠悠水月夜，孤亭空徘徊。」又：「山空雲漠漠，江深水瀰瀰。古木與蒼崖，慘淡夕陽西。摩崖讀古篆，借問知者誰。變作石痕花，一任秋風吹。秋聲不可聽，荷笠遲遲歸。」光斗字文雪，亦盛仲子門下士，其詩頗放浪，惟五古與睡泉堪伯仲。

武寧布衣張望，號樓壇，專治古文，學昌黎碑版文字，所刊《憶堂偶齋》諸稿，可謂戛戛獨造矣。又著《嗅花岡詩》，生澀不可讀，然意實自矜。之江寧，侯葦國學詩進士嘗題《嗅花岡詩卷》，即效其體，詩云：「韓公大狡獪，以文爲戲具。不識世俗書，彌明殆自寓。世書既不識，焉得有章句。青天一張紙，雲篆莽回互。開眼星芒垂，觸手雷斧奔。眼亦不敢注，手亦不敢捫。千載知者誰，留侯之耳孫。早受黄石略，得窺碧落文。字青石復赤，溜溜缾水瀉。著爲已初辭，意不在韓下。有來驚軋茁，亦或強吟把。擺手疾謂休，此非君讀者。」雖效其體，終覺平順，石鼎句非他手能摹倣也。

胡蕉村璞、徐鑑湖蓮、周松壑海、李曉庵盛銘同住厭原山，結詩社以唱和爲樂，頗負狂名。蕉村有《寄諸子詩》：「落落我輩人，諧俗苦未暇。鑑湖挺孤松，嚴寒凝盛夏。松壑拭古劍，利光發長夜。曉庵野鶴姿，疏慵託林下。予性駑馬同，歸韜不受駕。昨訂文字交，甘如倒啖蔗。初亦味疑無，漸覺旨難罷。方期各努力，雄才遠凌跨。世俗好險巇，多口爭抵罅。走筆寄詩章，聊用慰譏罵。」此詩摹寫諸人情態，宛然如見，真自道語也。後曉庵早卒，蕉村又作《感秋寄徐二周三詩》曰：「丈夫不合在煙霧，雙鬢冉冉成衰素。昨夜秋風聲怒號，攪作清愁浩無數。我生無端習詩書，寒暑相更四十餘。憶昔初結江城社，高才磊落周李徐。由來各抱青雲器，自謂不久蓬蒿居。李四爲糞壤，徐周侶樵漁。明廷薦書久不達，有時過從徒令談笑驚鄉閭。徐鑑湖，周松壑，人生不才乃爲惡。當春桃李幾番新，即今芙蓉遞成蓴。草木得天固如此，人生豈必多舛錯。因風一寄感秋詩，有酒且慰尊前酌。」徐布衣，餘皆諸生。松壑又以事褫巾服，然四人中，亦惟蕉村詩足企，作者里中多傳録之。

蕉村性傲僻，不樂與貴人游，門下生亦不耐久從。惟郭翁延至水閣，命子慶昭專師數年。然頗以吟詠疏館課，紙窗粉壁，乘醉輒題，嘗從慶昭索紙編近詩，有詩云：「自悔吟詩久犯窮，半床筆硯又時供。有風月處題應遍，無綺羅人興更濃。近覺十年成法席，敢云千首傲侯封。編排要乞山陰紙，爲語羲之好見容。」慶昭，字明遠，諸生，爲吾梅莊叔之甥，蕉村稱爲似其舅者也。蕉村西山社中詩友專攻七律，多弱調，惟徐鑑湖蓮押韻差強，同輩皆盛推之。鑑湖謙弗敢任，而獨心折蕉村，作詩寄諸子云：「少愛酸鹹總漫嘗，邇來談亦老生常。每譏曹鄶拜爲小，應讓昌黎韻押強。綺麗建安開六代，沈雄天寶冠三唐。詩壇老將蕉村勇，旗鼓森嚴不可當。」詩雖莽莽，在社中固宜亞於蕉村矣。又有《九日寄予叔梅莊詩》云：「客邸逢辰意轉悲，秋風抖擻習家池。不聞童子傳桑落，空看村翁倒接䍦。鴉噪北山催落景，雁來南國報寒時。知君自是題糕手，肯負黃花不寄詩。」《偕張華國遊楓林留飲其家作詩謝之》云：「雨晴雙屐過楓林，石磴嵯峨半霧扃。着意安排蹲虎勢，生來妥帖伏龍形。慚予坐榻非高士，顧爾乘槎動客星。寄謝主翁多眷戀，塵心未敢浼山靈。」《前招羅梅莊偕張子遊山不至因以詩寄》云：「近年哀樂減精神，已許傳原結善因。雞黍竊叨元伯惠，江山空負謝公塵。既妨屐齒頻然折，應有詩篇次第新。他日北山休命駕，此中猿鶴會譏人。」蓋諸人皆以遊聚賡酬爲樂，先輩風流如此，詩亦整飭可觀。

吾鄉後學喜抄前輩未刻詩，然不能揀擇，又或彼此傳寫失作者姓名，予見一本子中有《重校山谷集詩四首》，頗佳，今録之。詩云：「拜像焚香二十年，又尋舊夢到江船。摩挲雙井重鐫板，寤寐鄱陽一序前。玉父子耕文並在，青神天社譜誰先。知人論世千秋事，只是難追史會編。」又「紫氣風迴大海瀾，誰知古井不生瀾。障川浩浩俱東注，反景時時得内觀。絶利一原憑戰勝，默存萬象入寬安。龐公吸處尋初祖，正自閒中著力難。」又「新津妙悟本拈花，薌寶燈光自世家。笛鶴幾年驂玉局，石羊他日叱金華。九成鼎轉丹留火，三折江紋篆印沙。昨剔擘窠書偈子，一峯廬阜依殘霞。」又「摩圍反掉故鄉關，皖白青迴一氣環。中有性情皆學問，後來靈秀祝江山。辦香日日如親炙，握槧區區實汗顔。悵望南州翹傑士，船窗杳藹碧雲閒。」四詩骨氣較勝，於山谷獨造精詣間能道出，惜未載明誰作，或疑是西山社中稿，吾謂徐李諸子無此手筆也。

今人挽年少文士，多使李賀賦玉樓事，天上豈乏才人而徵記於人間？若使玉樓雖建，世之有才者，其危矣乎。吾鄉胡魯川茂才，名潤洙，恃才跳盪，少隨父在京師，有「小翰林」之目。嘗爲詩曰：「愁大乾坤窄，句奇神鬼驚。玉樓如可賦，李賀得長生。」年廿二，果夭死。予考李義山《長吉小傳》，賀見緋衣人來，召泣不願去。今魯川尚未及賀之年，而以此爲樂，宜其自讖哉？

侯葦國先生以江南名進士主講豫章書院，一時門下英才畢集，刻有《證是編制義》，其實先生屬意古學，所心賞者鄱陽江維申、鉛山陳文瑞、峽江習振翎、南昌喻端士、新建夏塤，號「豫章五子」。先生各製一詩贈之，後辭去，主講鹿洞。有建昌吴崇紳、武寧盧浙嘗從張樸處士治古文之學，各以所業來贄，先生喜爲賦五十韻。五子詩，予未及見；所贈吴盧二子詩，盤空硬語，直追昌黎，真大手筆也。今録於後。「鹿洞名天下，大賢所降觀。邇來頗中衰，時俗爭詆讕。云此虚無人，率以儉陋安。天荒偶一破，劍石空高攢。我竊不謂然，懷古獨長歎。緬惟名教地，豈伊利禄干。必有棄聲華，藏修共清歡。果然得二士，矯矯來停鸞。遠志希大業，奮往不顧難。聖道大如天，求之匪空摶。因文以見道，亦足障迴瀾。豈同帖括學，但解工繡鞶。此中欲窺觀，坏户封泥丸。正使摘若髭，何異沐且冠。竊嘗聞諸師，六經炳爛爛。江海水所歸，日月環無端。彼猶覺有盡，此獨無窮殫。是爲文本原，沃葉根先蟠。二子其致力，慭置眠與餐。沈浸謝糟粕，充懷浩瀰漫。然後施諸文，輝光燭柔翰。清思怵誰先，大論懸不刊。進則爲典册，煌煌薦郊壇。退亦垂空文，發德誅頑奸。易欲老嫗解，險即鬼膽寒。要以翼千聖，而翦其榛菅。用俾頑懦徒，奮起激肺肝。湛思若子雲，猶未免譏彈。況於襲貌言，壽陵步邯鄲。勿謂取途遠，取途良已寬。吾子各英少，我言豈欺謾。古賢勵志節，坎坎歌伐檀。中道誘勢利，必使圭稜刓。千狐集珍腋，涓流助奔湍。耳目苟不廣，正復空研鑽。二者又其要，當以銘盂盤。豫章郡十四，淵海羅璆玕。昔余但倚席，歲久羞畫鏝。獨有江氏子維申，問途屢盤桓。萬鈞一繩挽，獨力愁子單。衆口更謡詠，膚剥無寸完。念此竟奚益，卷去不復看。不謂二子者，來軫復嘽嘽。相應如鼓鐘，兢秀乃鞠蘭。英詞自吐屬，道奧誰遮闌。謬以齒髮長，欲鏡其垢瘢。我衰敢睎顔，當世渠無韓。有能祛斯惑，豈問甿與官。斷章詠史篇，高步凌巑岏。持歸語張子，拊掌一笑歡。」吴號賁貞盧，號容庵，後並成進士。

吟次偶記　卷二

孺子祠在東湖，清風亮節，照耀百世。遊其地者，輒低徊不能去，然木主孑然，絶少侑食之侣。聞崇禎時，當事有以其子徐胤、門人張遐配享者，后燬於兵，今則不可復矣。考《後漢書·徐穉傳》，胤字季登，張九齡碑作季祭。喻京孟周《介邱集》以徐季登合慧遠弟慧持爲《二君詠》，其詠季登云：「南州有高士，仁讓一統類。嗣子承高風，篤行孝弟至。陋哉華子魚，禮請終不莸。羣盜戒犯閭，何必深避地。幽棲獨渺然，抱此流遁志。翻思下榻時，懸置誠多事。」《曲江與南豐前後作碑記》云：「胡曾見遺古，人亦可議事。」据按本傳頗詳核，但云曲江碑遺之考据尚疏，后四語固可删也。遐字子遠，餘干人，知易義，嘗隨師過陳蕃，講太極陰陽之理。此事《後漢書》未及附載，見《饒州府志》，自足傳信。洪兩山鍾廣文《孺子祠》詩曰：「祠堂四面面湖東，一拜情深溯往蹤。後代誰知張子遠，當時真惜郭林宗。宋家道統開羲書，漢室功名薄景鐘。席語至今聞下榻，不曾鈎黨混潛龍。」詠徐祠而及張遐，僅見此篇。俎豆既缺，吟咏亦鮮及，蓋因知之者之少也。

江右滕王閣爲臨觀第一，舊有「瑰瑋絶特」之稱。自子安賦後，遊者幾閣筆。然吾嘗聞昔有狂生讀序語，慕其勝，費百金往觀焉，及至了不愜意，罵曰：「乃爲子安所誤。」又宋時有一僧遊西山，遍覽詩版，告郡守曰：

「詩盡不佳。」因登閣吟咏，遂得「萬古遮新月，半江無夕陽」之句，當時矜爲奇絶。此二事殊可笑，友人嘗浩歎曰：「江山滿目，風景依然，惜無往時賓客文章，致俗輩蹂躪耳。」然吾謂最唐突者，無過此傖；最點汙者無如此禿。

螺墩四面皆水如螺浮，施愚山爲江西學使時有詩云：「雨後漲春波，江心泛緑螺。繫舟清磬發，遶砌白鷗多。岸拆勤添竹，風香近種荷。山公來取醉，時有習池歌。」注云：「是少宰熊公别墅，又有熊少宰邀集螺墩詩。」予嘗遊其地上，有莖草庵，波光摇户，塵氛不至。與住僧語，亦不知此業之曾屬熊氏也。后中丞陳公淮於此增置亭閣，造假山，羅樹石，塑花神十二，極妍麗之致。又易「莖草」之名爲「清華」，良辰令節，與僚屬遊賞，幾如宋商邱北蘭之勝。今北蘭荒廢久矣，商邱之政事文章，尚與山峙川流，長起憑吊者之企慕，固自有不亡者存。

蓼洲又名谷鹿洲，在城西南塘灣。二洲相並，水自中流入章江，有居民數百家，風景最爲清麗。陳靜遠明府繼鎮詩曰：「地下花圍賣酒樓，天邊風送木蘭舟。煙江極北堪惆悵，水碧沙明是蓼洲。」予和其韻曰：「岸上梯橋水上樓，畫欄高下纜行舟。遊人小集雨初歇，夕照波明紅蓼洲。」

至德觀在生米潭，赭崖峭削，直抵怒濤。上有琳宇紺宫，道者居之。相傳許旌陽弟子施大玉眺蛟於此，故名眺蛟臺，臺畔丹井猶存。地形狹而長，約有半里，竹柏葱蒨，覆以紫煙，隔岸望之若蓬瀛三島焉。米鎮唐高士以煒，著《蛟臺十景》詩，其一爲《吼石濤聲》，詩曰：「洪州巨鎮著仙臺，萬頃江流一柱開。章貢有源皆赴海，晴陰無日不奔雷。併添鐘鼓驚蛟窟，直遣杌檣避灩堆。自訂鷗盟隨浩蕩，頹波誰問濟川才。」高士生明末，有志用世而匿迹於此。其後裔爲井道山人，與予交。

江西古循吏有功德於民者，必首稱武陽公。其遺愛碑在章門外石亭寺，予嘗過之，見公畫像尚存。方面有髭，衣冠端坐，肅然令人起敬。壁間揭《石亭懷古》詩數幅，其原唱爲□□歐陽柱。樸茂典切，不愧作家。今録於此詩云：「久頌元和第一功，朅來假館古祠中。從懷高閣鈞天杳，放眼長堤大地雄。斷碣文章殘劫火，古亭石礎碎秋風。玉溪詩吊西江水，惟許襄陽叔子同。」又「令子重光觀察儀，石亭置剎翼高祠。徒然香火歸禪院，依舊箕裘屬本支。黄絹遺碑傳杜牧，彤廷清議記周墀。如何棠蔭留南國，認作天花祇樹枝。」又「尸祝當年盛八州，鴟張今日孰綢繆。空場半雜樵人斧，荒礎翻爲社鼠邱。丞相舊莊成白屋，中書遺宅蝕緇流。可憐循吏棲神宇，猜意鳩師未肯休。」又「煙雲長爲駐江干，每溯流徽獨倚欄。瓦屋當時祛野火，斗門今日慶安瀾。花村祠古空懷誼，銘石文高共憶韓。極目西山增感慨，臨風清淚不勝彈。」和之者有泰和姚頤、安成劉瑋。

浴室寺在永和門内，相傳爲馬祖沐浴之所，國初時廢矣，廢而復興，見陳士業徵君《江城名迹記》，今則經壇梵院，復化爲菜畦槿籬，惟山門一垣題額尚存，亦摇摇將仆矣。予嘗訪其遺迹，見草棘蒙翳，間有廢鐘蹲伏泥塗，迹其欵識，係明宣德四年所造，計一千三百餘斤，前列信官雷福善等共十員，信士干缺海等共十六人，信女馮氏等三人，又列比邱、比邱尼等各六七人。銘曰：「昔之梟氏，權輿斯製。妙藝流傳，喜逢盛世。範以善模，宣助真諦。警悟緇流，晨昏勉勵。賴此進修，發生智慧。法界俱聞，幽明普濟。檀信皈依，均沾福利。上祝皇圖，永敷至治。高懸栒虡，□鎮山門。萬歲鯨音，吼久天地。本府僧綱司都綱景晛題。」予摩挲不置，恐歲久其字剥蝕，以紙摹之。寺西即佑清寺，在唐爲開元寺，乃馬祖選佛場，前數十年亦燬於火，今諸當事分俸重構，極其宏麗，與浴室寺僅隔一衢耳。蒲牢之聲，朝夕轟鍧，而此鐘竟廢而不用，可慨也。沈歸愚賦《覺生寺大鐘歌》，因及雞鳴埭廢鐘云：「一鐘淪棄聲久啞，一鐘叩擊驚頑聾。蒲牢亦等遇不遇，何況士類分雌雄」。讀此詩淋漓痛快，豈徒爲一鐘興感哉！《名迹記》載，浴室寺既重新，後有僧逢祖者，鑿小池種花環繞，顔曰「醉花池」，一時名流皆有題詠，可爲茲寺慶復興之盛矣。予又閲瑞金楊雪巖方樵《柯亭詩集》有《過浴室寺贈止拙上人詩》云：「爲尋棲靜處，披草扣禪扉。梵響穿云竹，湖光冷衲衣。學參三乘妙，詩接九僧微。煮酒澆塵盡，相逢暫息機。」詩作於雍正初年，是寺既占名勝，屢住高僧，固亦文人遊集之地。乃廢而興，興而復廢，約計其時不及百年，何遭劫若是之速也？因録雪巖詩，使人略考其變更之世代焉。

蔡受字白采，寧都人，有《東湖竹枝詞》云：「侶鷗閣上看西山，白髪尚書去不還。何似榆溪徐處士，扁舟來往水雲間。」侶鷗閣，熊少宰别業。「去不還」，言舍故廬而仕於新朝也。少宰之死，在巨源厄於盜之後八年，故知其去不還，爲指其仕於新朝也。白采當國初時親見其得時而駕之事，故舉巨源與之相形，言其出處異趣，隱寓譏諷耳。又按：陳士業《江城名迹記》，凡名人亭館以及交契之舊宅廢宇無不具載。少宰既素與往還，文字酬酢亦稍稍假借，而侶鷗閣、蓼花草堂諸勝，是書皆不一載，殆亦陽不棄絶其人，而陰實薄之歟！

漢宣帝地節五年，詔封故昌邑王賀爲海昏侯。賀就國豫章，故今省城北六十里有昌邑山，遊塘城即其地也。然詞人墨客鮮憑吊及之，惟萬茂先徵君有詩曰：「哀王今已矣，尚錫野村名。草際無遺殿，耕餘見古城。棲棲憐暮雀，歲歲换春鶯。過客休相吊，麒麟畫亦傾。」詩亦不甚警策，存之以備志載。

予讀家譜，有企生公十八代孫穎序其記年云「大唐開寶元年」。初疑「唐」字之誤，後閲《郡志名迹》，類載東湖譙樓有古鐘，欵云「唐乾德五年太歲丁卯」，鐘爲南唐留守林仁肇侍中鑄。時南唐奉宋正朔，故用宋年號，而仍以唐冠之，穎公序亦猶是耳。豈當時文字有此通例，宋亦聽之耶？至開寶四年，唐主貶國，號曰：「江南」，則不敢復稱唐矣。」督學翁覃溪先生作《南昌古鎮歌》，有云：「宋年唐紀古罕有，史家系述知何從。」此作詩者自發議耳，非真謂系述家靡所從也。考古者當自得之。潁，保大時進士，《南唐書》有傳。

宋丞相京莊定鏜，以晚節附韓侂胄，嚴僞學之禁，遂爲清議所擯。其墓在桃花鄉之雙港，荒廢已久，無憑吊之者。明舒忠讜魯直有春日過其墓詩云：「山色蒼涼杜宇時，高墳猶問宋臣知。家無寒食誰澆飯，名在調羹已失碑。南渡犬年羊日史，西山樵口牧脣詞。老鴉啣得燒殘紙，私託春風挂樹枝。」魯直著《褐塞軒集》，予購得殘刻本，中間有朱筆改竄，想必魯直晚年重訂，欲再付剞劂者。此詩五六改云：「青史自延南渡歷，黄扉祇抱北邙悲。」按：諸詩改處與原句亦互有得失，惟《小祥哀思引》中有「天地元」之語，改爲「訓蒙編」，較穩。初刻失檢至此，豈逾久而後知之耶？予筆之于此，非以索先輩之瑕，欲使蓄是集者得以改正耳。陳伯璣有《過褐塞軒悵魯直孝廉遺稿不可得》詩。

龍沙古墓，見於《水經注》，所謂筮言其吉，龜言其凶者，今已淪没于江水矣。然時人惑于葬師，罔鑒于前，墳冢纍纍十倍于昔，雖免水齧之患，而沙阜湧起一片，茫茫數年後莫知瘞骨之所矣。嘉興許燦晦堂來江右，遍覽名勝，多所題詠，有《龍沙行》云：「龜曰不吉筮曰吉，古墳竟被江流没。北門直視緫茫茫，依舊龍沙白于雪。白雪茫茫無盡期，今人瘞骨復如斯。黄昏不少愁魂哭，白晝惟聽怪鳥啼。怪鳥聞聲不知處，愁魂棲泊渺何許。吹上高城漠漠風，散來廣野蕭蕭雨。白楊無樹墓門荒，萬古龍沙即北邙。寄語行人莫回首，不須風雨也霑裳。」

櫧山在豐城縣東六十里，高三百余丈，産櫧木。《豫章記》載，山有徐孺子讀書臺，其地去會城已遠，詠古之士鮮有尋訪及之者。雍正年間，凌臬臺覯風，嘗以此命題，亦無流傳之作。王允齋督學《謁墓詩》有云：「千秋磨鏡翁，如玉照清泚。安得櫧山遊，更訪書臺址。」蓋亦付之遥慕也。

冰雪草堂在上天峯下，處士楊友石建，友石名益介，明諸生，以經學教授鄉里，改革后匿影窮山，茹蔬飲水。

當事者聞其貧，請主鹿洞講席，輒以病辭。以魏叔子之志潔行高，猶云每立一友石先生于其前，以當所南之九九礪礪，則其立品之耿介可知。冰雪草堂相與往還者皆二三遺老，所謂長往不反者也。徐巨源有《訪楊友石詩》云：「高人栖隱處，分外有天香。一徑迷花塢，千峯到草堂。衣冠何地賸，瓢笠此中藏。客自搔殘鬢，毵毵愧夕陽。」

施肩吾，本唐時詩人，其及第後，《過揚子江》有句「今日步春草，復來經此道。江神也世情，爲我風色好」，亦何風趣流逸也。然喜修煉之術，時慕冲舉，故張籍贈詩云：「世間漸覺無多事，難得空名未著身。合取藥成相待喫，不須先作上天人。」其果繼十二真人之靈迹而得道西山者耶。今天寶洞下施仙岩石室猶存，胡蕉村有《贈省志上人新得施肩吾石室并山田歌》云：「千金買一山，百金買一水。山水無常主，更變疾于矢。買山不名山，買水不名水，千金百金徒爲爾。君不見，古來田園阡陌家，富貴眼前而已矣。殘山賸水屬他人，寂寞千秋誰爲紀。何如肩吾先生，當年得道棄官來隱此。不用一錢買，左琴尊右圖史，至今名與山長峙。作歌以贈者誰子？蕉村胡璞非石氏。」

劉薌畹先生名曰「湘諸生」，吾鄉詩人也。其《過明寧獻王故宫》一篇最膾炙人口，詩曰：「高低禾黍拂晴沙，知屬當年帝子家。八百靈台風雨暗，三千歌舞夕陽斜。玉魚有恨埋芳草，石馬無聲飽土花。最是不堪回首處，西陵樹色亂羣鴉。」讀此風景荒涼，慘然在目，知曩時金碧歌吹之勝，無復存矣。考寧獻王初封寧夏，後徙封江西，避成祖忌，託于元[玄]修，自號臞仙，於西山蕭史峯下築遐齡宫，自著《遐齡洞天志》，是其用晦之智，冲舉之思，與諸王專尚豪華者固自不同。薌畹詩只作憑吊語，惜未及此耳。

夢山在蕭壇下，神爲罕王夫人。自宋姚雪坡得「兀上片犬」之兆，靈迹遂著。然神前殿有臞仙王像在焉，祈夢者不得夢，輒遷怒於王，至加侮慢，最爲惡俗。有識之士見之，當爲呵止。臛仙爲明太祖十七子，别築遐齡宫，因風雨頹壞，其子孫遂移像於此。胡蕉村詩曰：「遐齡宫殿静無塵，帝子當年手自新。堪笑舊封無寸土，庇身今藉老夫人。」詩雖屬紀實，爲之子孫者，益難爲情矣。

予讀《范石湖詩集》云：「許君上昇時，飛白茅以贈王長史。王以宅爲玉虚觀，觀旁至今有仙茅。」此事吾鄉知者頗少，但只有諶母黄堂仙茅耳。按：揭曼倩[碩]《仙茅述》載諶母飛茅之迹甚詳，至言「茅具六味，能致六養，煮而飲之，可以已疾癘，和榮衛，延年却老」，大約與玉虚觀茅功效相類。古云：「千觔乳石，不如一觔仙茅。」宜修鍊家采真名山數數言之也。玉虚觀在清江縣，王長史名朔，居梧山，見縣志。

夏質均《霽雲孝廉槐樹歌序》云：「松湖舊有槐樹，晉真君許遜手樹也。銅柯石根，中空外秀，雖老幹只存其半，而枝葉薈萃，蒼然特出，遊其下者，輒流連不忍遽去。丙寅夏，忽爲漲水頹圮。予再過其處，但見煙水茫茫而已，仙人手迹，亦有滄桑之變耶？感而作歌并志不忘。」其辭曰：「偶然送客過松溪，風景蒼涼不勝悲。幾艇漁舟横野岸，晚風吹急泊長堤。堤上芳草緑如煙，堤下楊花送流水。中有古槐夾青楓，相傳種自仙人許。雲中不辨十年樹，砍作薪蒸過半矣樹止半邊，居人呼曰半邊槐。留得杈椏綴錦岸，笑殺雍州韋刺史。風霜薄蝕年復年，翩翩秀色尚依然。垂陰自昔推學市，補腦何須向酒泉。居人千載思蔽芾，過客幾度望風煙。貞松尚作千年古，何況手植是天仙。一朝物運當零落，猛雨狂風連夜作。長鯨怒吼噴江濤，黑雲四起迷山嶽。溯湃勢如倒三峽，根株悉拔任飄泊。也曾花下走朱輪，頓叫無枝棲白雀。遺澤一綫留不住，誰人更作元盛賦。可憐科頭野望時，杳杳沈沈不知處。前年芳草埋斷碣，今日遺文看不得明熊劍化先生有銘。荻花瑟瑟冷秋江，商音何事太凄切。畫松亭上月團團，仙井泉邊水潺潺。不見繁陰遮古道，但見寒雲起暮山。神功豈合昇天去，移向神州三島間。别有狂客遊芳甸，清明上巳走相喚。豪飲花間醉不辭，倦來鼾睡緑陰畔。一聲殘鐘驚蟻夢，酒闌人靜笙歌散。此詩此際難爲情，況復翳薈成變幻。由來世事多翻覆，下者爲陵上爲谷。勸君莫繳渭南符，水晶宫殿需神燭。」歌詞止此。按志載，松湖古槐尚可丈餘，圍三尺，上枝盤結共一頂，下幹分爲二。無旁枝間生，新葉欹斜。堤上明崇正〔禎〕時里人熊文輔暨石柱衛之，作《記》記其事，謂馮夷屢怒，而此槐屹然，一似屠龍抑水之靈，默加護焉。然此樹卒爲洪漲所漂，物運有傾毁，雖神仙亦聽之耶。

麥魚，楚樵江神洞汊，相傳許旌陽取麥投洞所化。其魚形如麥粒，稍長背有墨點，喜羣游溯流而上，漁者伺其來用罾網取之，一斤可值錢數百。鄉人神其事，以爲上謁仙宫，仍還原洞，果有是耶。但麥熟時始出，過時即無，物化之幻有如此。《玉隆宫志》載喻後村貢士詩云：「神仙不可測，造化在掌中。偶然步江上，撒麥亦神通。悠揚化魚去，生意遂無窮。初意質纖渺，口腹或免充。豈料世網密，饕餮及微虫。每逢麥熟候，化育藉天工。仙恩不可忘，歲歲謁仙宫。微物思報本，人反昧此衷。頑然任物笑，笑世無心胸。」蓋本俗傳以著其靈異耳。然吾又見近村麥熟時有小雀類斥鷃，喜食麥，數百爲羣，每於麥隴中決起，且飛且鳴，聲碎而急。旋自墜落山，農擊竹逐之，呼爲麥雀，時過亦不復見。此則有害無利，定非仙人所化，故誌載不及也。

羅漢菜出西山香城寺，葉如豆苗，相傳靈觀尊者自西土攜至，故名。望城寺僧西貝詩云：「佳種西來祇樹園，白雲深處托靈根。氣滋淨土生原異，名借空門品自尊。伏虎巖前依碧草，降龍澗底伴香蓀。渾然適口多清淡，世味酸鹹未足論。」羅漢菜咏者甚少，偶得此詩，遂存之。《江城名迹記》載陳友諒喜食玉葉羹，以西山羅漢菜及豐城曲江金花魚爲之，故胡蕉村絶句云：「羅漢壇邊春雨生，菜名羅漢擷來清。茗華夫人月琴裏，曾入陳家玉葉羹。」此又逸事之可爲談資者。又按：《王氏彙苑》云：「蘄州三角山出羅漢菜，一名花菜，又名瓊枝，即越中鹿角菜之類。」觀此則吾鄉所傳自靈觀攜至者，固不足信也。

府背天后宮有冬紅樹，不知植自何代，從無詠及之者。桐城王恕堂效維寓居僧房，有詩，其敘云：「豫章天后宮大殿西隅有冬紅子一樹，高出宮墻，每當隆冬霜雪之際，累珠萬千，紅光奪目，真奇觀也。喜賦二律兼示寧遠上人：『不道冬紅子，驚看一樹花。雨餘噴鮮血，風過洒丹砂。天竹何堪比，朱櫻未足誇。宮墻高數仞，一片赤城霞。』又：『想類菩提種，從來耐歲寒。一株纔燦爛，羣木已凋殘。映日光偏艷，經霜色倍丹。上方多寶樹，愛此不厭看。』」

圓通庵去青岡里許，鄧文潔嘗習靜於此，有手書「圓通靜室」匾額，字法甚方嚴。佛龕旁有木主，題曰「居士鄧定宇」。寺依山陸，竹石陰涼，夏日忘暑，經其地者想名賢之風徽，未嘗不徘徊移晷也。楊介庵明府名甘雨，乾隆丁巳恩科進士，嘗同友人飲于虞賓光拔家，歸途憩寺，賦詩云：「人生快意醉千杯，歸向名山脱躧來。古佛香煙青一縷，先賢星象逼三台。十年已覺空塵海，方寸何由響法雷。暫聽梵音同我友，差強學道幾多回。」又：「世事連朝付一杯，乘酣又入白雲來庵額白雲深處。襟懷祇覺如仙佛，勳業何知慕鼎台。方外訂交尋島可，林間結社拉宗雷。清談絶勝秋風爽，頓使淹留不忍回。」又：「題名妙墨瀋盈杯，想見先生下筆來。木主只今塵短塌，星躔爾日耀中台。莫教雲裹窺鱗爪，須識人寰被雨雷。稽首沈吟深吊古，頹垣荒寺重低回。」文潔公嘗言龍在天而使見爪鱗，何以霖雨天下。介庵詩語本此。

齊源爲南唐齊安王別業，地最幽僻，自況坊西北度石橋，若別開一境。徐巨源徵君詩：「橋迴俄八谷，天豁別爲鄉。」不至其處，不知其語之工切也。居民毛姓數十家，屋後蒼石陂陀，倚爲北障，村前溪泉瀌瀌向西流，自石橋出焉。溪南有美田，資泉灌漑入，並安于耕鑿，真人世桃源也。其東則西山之麓，泉自山巔飛下，舊有蕉庵槿籬蔬圃，皆鑿闢石崖成之。巨源避兵毛宅，時數遊此，有《蕉庵》詩曰：「密竹延遥望，隨山到石隅。村煙圜佛火，野水入齋厨。壁韻訛相襲，壇官氣不粗。洞門堆緑雪，軟厚愜跏趺。」自註題下云：「旁有小洞可容數十人，外祀真武及天將，而齊王亦附之壁間。」一詩出入三韻，和者累幅，殆不可曉也。後宋商邱刻《榆溪詩鈔》，録此詩，删其註。讀者遂不解「壁韻相襲」何所指。竊謂此事本不可入詩，但既有此句非註不明，爲存之于此。

惠覺寺在北城里，明嘉靖時邱隱君懶夫名黻，有《遊寺詩》云：「寺名惠覺絶纖埃，方丈前頭步幾回。日影上階推不下，雲蹤在地掃難開。無拘野鹿銜花至，引伴山禽攫食來。清興有餘吟不盡，莫教鐘鼓叠相催。」其姪璠，號西園子，次韻云：「路經梅雨洗餘埃，行次禪林樂未回。兩個鶯啼苔院靜，一聲僧語竹房開。香浮盂鉢天花墜，影落庭階野鶴來。講座談空閒白日，忘歸却厭杜鵑催。」南邑張朝瓚時館於北城，亦次其韻云：「詩題寺壁破塵埃，停筆仍還笑一回。學到懶殘禪已定，打磨瞌睡眼纔開。谷能有應原虚寂，事莫容心著往來。今古便宜誰占盡？百忙都只自家催。」惠覺寺甚古，而志載遺失，予閲《西園唱和稿》見此三詩，於二邱之作點而存之。張作押「開」字一聯，差具禪理，可謂後來居上。要其閒情高致，並深人想象也。

毘盧寺在金峯山，國初戊子歲，水心和尚因全家没於江城之變，遂祝髮於此，與其徒介履剪茅開堂，至今泉石清美，林木虧蔽，最稱幽勝。前即曹埇，乃松湖往省之孔道，行客雖多，以入寺山徑邃遠，難於久駐，皆不欲造焉。惟村落幽尋之侣，時一命屐耳。明平越知府羅橋喻天曙全昱先生致仕，後優游里社，有《清明後一日遊寺訪介履上人》詩曰：「行來古刹滿煙霞，泛海曇摩亦有家。岑寂虚堂青幙捲，逶迤曲徑翠雲遮。竹爐新火烹松茗，香積傳餐飽雪花。歸去石橋春水漲，蹣跚不覺日將斜。」又「蒲團趺坐看朝霞，瓢笠隨緣即是家。黄柏湖平風氣接，金峯寺冷竹陰遮。鋤雲手植菩提樹，映月心生智慧花。悟到空虚無可悟，風旛一任影横斜。」

元夕放燈，城中爲盛。故前輩觀燈之詩，間傳一二。至於鄉俗相沿，各種燈節從無分詠之者，楊子載昱明經獨出新意，作《南州燈詞八首》，瑣碎拉雜，情景逼真，存之可以當歲時之記。《風俗之譜香龍燈》云：「紙作龍頭紙尾短，一板一人香一板。香板一翻田一轉，田路高低火近遠。龍身萬火光熊熊，白水赤旱黄年豐。分板歸來鼓聲歇，釜中飯冷瓦燈熱。吹燈自解紅抹額。」《墓燈》云：「新鬼故鬼作上元，鬼語欲出燈不燃。避犬白狐啼上墓，樹裏歸人時一喧。野風吹燈入墓田，田家老翁寒未眠。持燈起掃牛脊雪，隔垣望見墓燈滅。」《廟燈》云：「一廟燈山百戲具，大燈如毬小燈聚。一廟百燈家一燈，送燈入廟神威靈。衣香人影燈光變，素面看燈燈照面。珥墮不拾爭廟門，風回曲巷鼓聲喧。切勿上前逢烏燈。」《菜花燈》云：「菜花開時四野黄，田家打鼓神洋洋。土神無爵無名字，村人拜神識神意。虬髯藍面金作甲，富家屠豕貧殺鴨。買油脱襦入質庫，今夕缺燈恐神怒。」《龍船燈》云：「旱龍舟坐五瘟使，家家迎門擲鹽米。道士畫人瞀人病，一丁一口紙代命。滿廟點燈燈熒熒，羽扇一揮滅羣燈。逐鬼入水鬼傴仄，請神上船神喧爭。夜半打鼓廟門閉，道士誼慼爭市利。」《河燈》云：「夜半顛風吹不止，溺鬼啼飢浪中起。一僧搖鈴紫衣紫，手散佛光燈在水。剪紙作燈松明油，路燈乍明河燈收。點燈照鬼作功德，可憐寒女月中織。」《塔燈》云：「月黑夜靜風吹鈴，仰觀突兀高風升。須臾燈光隨人騰，人登一級燈一明。一級一匝如排星，風吹佛火燈層層。遠不見塔惟見燈，倒影入壑生秋燐。更有瓦塔小燈高尺許，塔頂骷髏夜深語。」《竈燈》云：「持燈照耗釜貯水，香餳作供膠神齒。洗手作羹豆飽馬，厨娘絮語拜厨下。馬飢上天驕不趁，更剪稻藁爲馬芻。竈神歡喜燈花碎，家家小年二十四。」子載又有《炒蟲詞》《立夏茶詞》《看閨詞》等作，可謂文人好事。

各省皆有地諱，同人會聚往往以此相諧謔，如吾江西號曰「臘雞」。小説載，嚴分宜在京時，同鄉數輩候之甚恭，分宜軀幹雄偉，掉臂而出，兀立于衆中。傍有他省客大笑誦昌黎聯句詩云「大雞昂然來，小雞竦而侍」，一堂爲之絶倒。然俚語相沿，不知其所始。劉在園觀察江西日，作《元夕燈詞》云：「瓔珞繽紛五色迷，看燈人到十三齊。鄉人相見頻相問，何故吾鄉號臘雞。」以此入詩，如竹枝詞之類，不病其鄙俗也。

東湖爲江城遊覽勝地，欲輯前任《櫂歌》及《竹枝詞》聚爲一卷，不及遍搜，因就所見録之。丁景吕宏誨《東湖櫂歌四首》云：「東湖澹蕩舉蘭橈，倒浸垂楊緑萬條。村裏農功方作苦，湖心欸乃任逍遥。」「赤日行田暑不知，披襟濯足唱新詞。聖恩普賜漁家樂，聞道江南罷貢鮒。」「葭蒼露白溯洄游，鼓櫂無腔信口謳。遠水長天成一色，浮家只傍百花洲。」「六花迎面濕棕蓑，婦子嘻嘻安樂窩。此地是非原不到古詩是非不到釣魚船，醉眠還教打魚歌。」《後櫂歌四首》云：「不記韋公築斗門，柳堤掩映杏花村。湖中金鯽饒佳味，雨笠煙蓑長子孫。」「何苦蘇公自種蔬，提鮮入市日光初。應時葱韭街頭有，換滿魚籃剩作菹。」「梅尉逃名好煉修，脱身簿領一亭留。成仙何必吴門卒，縱有桃源不捨舟。」「莫學徵君去謁官，筆牀茶灶伴漁竿。要知太守庭中榻，不及菰蘆艇子寬韋公初濬東湖中有蘇圃梅子真亭徐孺子宅。」《三續櫂歌》云：「聽我齊謳唱櫂歌，魚遊春水似拋梭。鰷鱨鰋鯉般般有，信手穿腮嫩柳多。」「聽我停舟唱櫂歌，炎炎長夏等閒過。船頭一覺華胥夢，幾陣香風送芰荷。」「秋光澄霽夜如何，聽我揚舲唱櫂歌。明月蘆花隨意住，有煙波處没風波。」「不怕三冬雨雪多，烹鮮下酒笑呵呵。漁燈萬點浮湖面，聽我推篷放櫂歌。」李覆如茹旻《櫂歌六首》云：「家住東湖楊柳濱，徐亭蘇圃共爲鄰。生涯數尺漁竿裹，自在煙波一散人。」「東湖鮮鯽見應無，不羨松江巨口鱸。三百青錢剛市得，丁坊沽酒十雙壺。」「杏花村買玉蘭醅，自煮銀絲鱠一杯。酒臥月明舟不繫，風吹只在水雲隈。」「洗心亭畔鱖魚多，冒雨衝風放艇過。驚起一林啼鳥亂，桃花片片點漁蓑。」「酒樓昨夜醉歸遲，忘買長腰乏午炊。縮頸鯿魚連網得，教兒攜上浴仙池。」

「夜掉平湖月滿船，無魚買醉不成眠。壚頭試脱蓑衣當，莫管明朝是雨天。」蔡白采受《東湖竹枝詞》云：「已過江南櫻笋天，鲫魚上市雨如煙。三間破屋澹臺墓，遊女來施香紙錢。」「侶鷗閣上看西山，白髮尚書去不還。何似榆溪徐處士，扁舟來往水雲間。」汪魚亭軔《竹枝詞》云：「廿四番風渡水湄，臨湖一帶結春旗。藏花洞在飛來島，忙殺阿婆十八姨。」「杏紅袖口蝶雙飛，牆上家家摘薔薇。孤艇橋頭横暮色，背籃人賣鲫魚歸。」「新婦三朝初下厨，小姑竊看嫂何如。殺雞細語非能事，更怕操刀破大魚。」「傳説白黿化白龍，井頭雷鬭有蛟宫。千年人在荒煙拜，十里垂楊隱暮鐘。」「韋公塞穴鑄銅人，名字長留在九津，所以年年五月五，沿堤打鼓祭龍神。」楊子載垕《竹枝詞》云：「酒旗歌扇已成塵，還向春風倒玉瓶。不比竹西歌吹路，蘇亭南去是徐亭。」「寒沙古樹久頹崩，講武亭荒住老僧。獵獵旌旗秋水闊，居人不解説張澄。」「臨階初種鹿葱花，脱帽爭嘗鶴嶺茶。南浦橋頭清淺水，南唐曾是玉鈎斜。」「夜合花繁玉笛哀，採蓮人上豫章臺。金盤不羡香城榧，新煎青梅入貢來。」「放生池畔石粼粼，一畝澄波印列辰。手挈縹瓷舟井去，無人知是魏夫人。」「金波吸盡酒如淮，百甕雙泉手自開。寒色滿城山雪盛，一船貓筍渡江來。」「緑波亭上客魂消，肩拍洪崖又幾朝。巨扇長瓢衰草外，月斜驢背一聲簫。」「萬柳堤中白鶴飛，金花潭上野魚肥。一杯玉葉羹猶熱，跨鹿降王去不歸。」「路轉疏林返照紅，野花寂寂草茸茸。梁王宫殿無人識，一片寒雲起暮鐘。」「苑啓長春燕燕飛，家家簾幙捲斜暉。畫船簫鼓不知處，二月踏青人未歸。」「並馬尋春説往年，梳粧臺畔養花天。婁妃爲愛秧歌好，留得城東數畝田。」「孺子亭前算子橋，分龍時節雨蕭蕭。方塘舊是將軍宅，時有居人來射雕。」「一道裹腰草色斜，望雲堤畔月籠沙。儂家織就雞鳴布，夜半湖頭聞軋鴉。」「幾隊擔簦晚出城，琉璃門外月如。菜花燈裏遊人影，一半歌聲是采菱。」「節日龍舟不近城，狀元橋下水粼粼。提筐直入疏林去，知是龍沙採藥人。」蔣藕塘知讓《竹枝詞》云：「摘菱翻蕩更叉魚，水户荒寒水税虛。一半湖身小于昔，年年春漲漫蝸廬。」「官起樓臺倚碧天，新裝一對載歌船。煙明露重無人坐，抛在萍灣荻汊邊。」「上元春宴長官閒，火戲年年占水灣。樹底樹頭燈萬朶，瀛洲仙館小鼇山。」「垂楊摇動滿湖風，隔岸沙飛起白虹。但近水邊樓上望，百花洲在浪花中。」「湖東最好望湖西，柳罨蘇公一帶堤。繞道冠鼇亭子上，隔江山色壓城低。」「幾姓漁家半老兵，貓頭竹筏比船輕。春星萬點波明滅，軋軋罾牀到曉聲。」「東風吹雨細于塵，映柳穿堤向水濱。學得歸流苗子法，手關機弩射遊鱗。」「官烙霜蹄散六營，水邊林下恣遊行。權奇不識沙場路，滿地青芻老太平。」「洪恩十步小橋平，傴仄從無舴艋行。不是居民渾占却，艨艟爭駐水師營。」楊作凡三十首，間有似詠古詩，蔣作廿八首皆詠風俗，不能盡録，各採其若干首云。

八大山人初爲僧，既反初服，佯狂玩世，隱於書畫，常用欹斜離亂之筆署其别號，人罕知其姓名者。虔州羅牧有《贈山人詩》云：「山人舊事緇衣客，忽到人間弄筆墨。黄茅不可置蒼崖，丹竈未能煮白石。近日移居西埠門，長揮玉麈同黄昏。少陵先生惜不在，眼前誰復哀王孫。」此山人爲明宗室之一證也。八大山人書畫冠絶當代，獨其詩傳者甚少。予於《詩最》三集中極愛其《尋倪永清不值》，詩云：「昨日尋君長壽庵倪寓長壽庵中，聞君策足南山南。高眠定借道人榻，獨往每宿開士龕。今朝復往復不值，云在東湖枕白石。天地此時亦偪側，官樣文章人不識。洪崖雖好非安宅，不如歸到九峯巔，置個茶鐺煮澗泉。」詩頗兀傲，可想其白眼看人之概，其他篇皆一往孤峭，足供幽賞，高隱之詩也。予又近閲趙貢士牧洲詩卷，有《八大山人絶句詩集歌》，此集人不經見，姑存牧洲歌以告世之有志搜訪者。歌云：「古稱三絶書畫詩，别成一家今數誰。劉子示我八大辭，五七言絶□羅羆。他體怪性不任題，捩鼻伊吾妃呼狶。云此抄自胡氏遺，放出寸鐵雄偏裨。張口罵盡秃丁兒，似騷非騷囈顛癡。佛祖間世出入機，頂天立地空爾爲。菩薩慈悲苦身施，金剛不許努目持。此詩非哭非笑嘻，意欲長與日月垂。佯狂慢世心莫灰，行其所是行其非。荷葉雁子魚鴨肥，孤鷹瘦石元章希。得名終是老畫師，良不仇劉秦楚摧，壞垣破屋誰當支。」異人異書，得此硬語盤空之作，足以傳神矣。

僧等可名行溥，本西山吴源里人子，生時，父夢一老僧手持黄菊笑至其廬，曰：「我雲堂貫休也。」至重九日而等公生。貫休故居西山雲堂，在唐時稱詩僧，等公亦耽吟詠，豈果其後身耶？徐巨源徵君《序萬茂先溉園詩》云：「逸士則臨邛劉長倩、棗堂僧等可。其言曠遠微靜，一往孤異，不能測其所詣。」其爲名人推重如此，予向未見其集。適松谷上人以一册至，題曰「棗堂剩語」，序之者，彭士望、戴國赤。其詩大概似金遺民、河汾諸老，有《送匡公還廬山》云：「石耳笑衣烏百結，北風吹面面若鐵。秀裹寒岩瀑布花，一時飛作秦淮雪。我時斛呼霰滿床，爲師叫起葛藤長。而今歸去湖山緑，收拾耕雲采蕨筐。」自註：「匡公衲碎如漆，趙水部笑至曰：『公渾身衣山中石耳來耶？』首句戲之。」

釋文在，程姓，名信願，青山程允升先生子也。以病逃爲僧，居雲峯寺，通韻學，工書法，尤喜吟詠，著《喝石稿》。予嘗於徹愚上人山房見之，集中如「樹宿千年鶴，溪藏隔歲冰」「春花濃野寺，幽竹淡詩人」「鳥語當春滑，花陰向午圓」「秋肥石有髮，春瘦菜多筋」「帖古無完字，書奇不解文」等句，並屬思幽苦，然終未免僧態也。

校刊徐巨源徵君遺詩，有《追惜未晤埋庵和尚》一篇云：「萬世爲旦暮，知音難與期。同時失解人，安得不追維。末俗沿汗漫，正法久衰微。舉世無方朔，盡受舍人欺。狂越咎臨濟，簡徑偉曹谿。卓哉埋庵子，榛叢聳喬枝。徒跣凌河漢，洞視决雲霓。孰云綺未芟，標枝無蔓辭。印月不再水，捨我詎沾衣。錯綜五家變，理緒爲分絲。位置七老人，頗亦愜尊卑。我自周四天，華藏海汩泥。熒熒此一花，現如優鉢奇。擬唱采蓮歌，鼓櫂已後時。適去公自順，傷逝我匪癡。佳人難再得，所以思復思。」埋庵何如人？而詩意欽服，可謂至矣。巨源豈妄許可人者耶？後閱《建昌府志》載《□仙詩話》云：「埋庵和尚幼主南城周陂廣遠庵，與徐芳、蕭韻相印可。工詩，有《埋庵集》傳世，後遊普陀，圓寂於南海觀音寺。」其蹤迹如此。至所謂「錯綜五家變」「位置七老人」者終不得而知，蓋巨源當日猶及見其書也。

古雪通喆禪師姓陳，甌寧人，年十六，出家於黄巖，遍叅尊宿，自言得嫡乳於天童密雲和尚。熊雪堂少宰既中興翠巖，遂請之主法席，故有鍼芥之契。一日生辰，少宰同陳司理入山，設供古雪，作詩云：「年登強仕一無成，鶴髮催人兩鬢生。何意文星耀寒谷，松杉深處降台旌。」其他相引重處見於語録者，不一而足。後住建寧龍山寺，聞雪堂下世，特爲對靈笑条，稱少宰七十年間，深入煩惱海裏，而不爲煩惱所纏，遊戲富貴場中，而不爲富貴所縛。世人徒見其借途經過之事，遂生種種横議，而不知其繫情積劫之事。古雪故高僧，亦阿所好，而護人短如此。

阮亭《漁洋集》有《寄題宋牧仲中丞煙江叠嶂堂詩》云：「東湖勝事擬西湖，幻出煙江叠嶂圖。也似東坡在龍井，不知曾有辨才無。」按：煙江叠嶂堂在城外北蘭寺，有僧名澹雪，飾文雅以欺士大夫，公稍稍與之往還。寺有泉，邵子湘倣參寥泉例，以澹雪泉名之，公賦詩吟詠真如東坡之有辨才矣。然澹雪實淫僧，後死於獄中，比之禪心，已作粘泥絮者，相去遠矣。時廬山僧心壁名超淵，滇南人，戒律精嚴，學問亦深博，公延之住持憇雲庵，所謂愧蒲老人也，庶幾方外之高流歟！心壁有《荅和宋中丞過東湖憇雲庵原韻七古詩》云：「髪燥草草離滇南，回首雙鬟徒毵毵。芒鞵縱横萬餘里，佳山水處耽幽探。扁舟放浪到彭蠡，匡廬秀出千重嵐。愛此好山不肯去，縛茅近在黄龍潭。一住十年罕人迹，柴門那用辭停驂。幾卷殘書束高閣，塵霾蠹飽未啓緘。腰鐮手斧生計足，陳爛葛藤誰重參。門前婆娑六朝樹，孫枝氣壓百尺楠大林寺寶樹蔭覆數畝，植自遠公。偶因訪舊來湖上，流連忘反空生慚。閒名何從達大府，枉過留詩何能堪。始信胸中有邱壑，行樂奚必輕朝簪。」只此一篇高致雅韻，並見中丞贈詩載《綿津集》，不具録。

釋元志字寓谷，姓吴，饒州餘干人，嘗主菩提禪院法席。釋服儒行，文義卓然可觀，詩卷流傳，叢林中猶有藏之者。予嘗於松明長老處閲其《定齋集》，近世詩僧罕與比也。《題廩峯遊廬山詩卷後并贈》云：「廩公曳杖愛尋詩，往往詩靈畫亦奇。題遍黄山與白嶽，却來廬阜探天池。天池澄澈孤峯上，時吐雲煙千萬狀。畫意詩情兩得之，七賢五老笑相向。山南山北任搜討，幾處飛泉聲正好。暖風吹綻滿山花，枯木枝頭紅杲杲。路逢禪客莫竪拳，一喝直教俱跌倒。歸謝皮篷雪老師，始信鄭州梨美青州棗。」

寓承恩寺有吴僧，以所攜合肥人宋石銘巻亭詩示予，《旅中雜詠》云：「丁字簾前舊六朝，芳辰幾聽玉人簫。夢回野水菰蒲外，愁在春風荳蔻梢。西北有樓空切漢，東南無水不通潮。桃花柳絮何輕薄，紫燕黄鸝太放嬌。」《白門》云：「疏柳寒鴉古白門，一回艤棹一銷魂。江雲自識前朝寺，宫樹都歸賣酒村。訪舊有僧譚鬼録，記遊無路問仙源。後庭聽罷商船曲，城打秋潮塔火昏。」《任智泉齋中食魚同潘偶亭賦》云：「十載書懷爾，三秋夢慰吾。煙波生七箸，風味足江湖。舉網情何劇，分題興不孤。一尊登閣酒，圓月在菰蒲。」《出郭》云：「老驥輕殘照，遲遲自識村。片雲樵子路，獨樹酒家門。野渡船將繫，比鄰客正喧。年豐多夜飲，箕坐話田園。」《自題墨蔬小幅》云：「爲圃人家樂有餘，豆棚瓜架畫中居。可知陶令南山下，好句年年出荷鉏。」詩饒有風韻，五律七絶尤覺閒淡可喜。巻亭後爲僧，名野豔，著《録夢軒稿》，惜吴僧槖中止此，未得覽其全也。

予客竹山，閲架上小册，見龍溪楊烈女事，實屬希有。其册諸生呈詞，及縣府司院詳文併看語俱彙，集後有鄉先生李基益所作傳頗詳，悉具載於此。傳曰：康熙癸未正月十九日，龍溪縣烈女楊玉娘自經殉其夫。女家長者文學狀女行迹，詣李子請傳。按狀，女爲縣之扶摇里人，父宏，業農，許女字鄰村吴氏子穆生，亦農家。穆病，女聞之，飲食起居輒改常。及病革，白父母往待，父母難之，堅不可回，乃率以往，誓以身殉夫。頷之，是夕卒。夫翁欲以殤禮喪穆，女曰：「玉在有婦矣。」乃用成人禮。女斬衰括髮，每就位泣奠，慘然動人。越三日商葬，當題石，女曰「請書烈女楊玉娘生夫吴基□□之墓」。女將歸死葬於楊，不以累翁，翁駭慰以立嗣。女曰：「立嗣非未嫁女所敢任。」遂以死期告父母。父母曰：「若罔念劬勞耶？」女曰：「譬諸樹，父母根本也。幸有五男子，枝柯茂矣。女殞如一葉落，何傷？」吴楊族戚亦交難之。女曰：「何難，志已決，非人所能移。」但不家死，請就外，告於天。」楊之族長，遂爲設棚以待屆期。兩家各具鼓吹迎女歸，談笑如常，自治殮具。是時官已聞報遣吏來，曰宜節不宜烈，今有例。女笑曰：「村家女非求名，何與於官者，又何知有例？」遂沐浴更衣，拜别父母，了無悽楚，出抵棚，觀者數萬人。棚上前几後榻，垂簾榻後，簾内懸白繯。女上朝天地四拜，族長者文學，設奠棚下拜。女跪几側，起答拜，拜畢，略進所具奠傳，囑曰：「死自吾分，非有苦，諸尊長勿用哀。」遂揭簾入，望夫家，伸頸就繯，兩手端拱若立而蜕者。兄上解繯扶坐榻上，越七日，儼然如生。遠近徒乘駢集，瞻禮嘆息。比殮尚温輭，葬楊里渡口關帝殿側，觀者又數十萬人。女年十有六（録傳止此，論節去。）是時吾邑曹安峯先生爲龍溪縣令，此册子想即曹府傳出者，其上方有墨書云：「當日雲動地方，著吏迭諭，謂無搭棚促死之理，宜節不宜烈，竟不能止，終不如李秀英書其手『四月二十五日有不能口五龍東岡楊晉公記』十八字之從容就義，而十八字具有絶大學問，絶大見識，所以題請而得奉旨立祠，假令楊玉娘有例，請題倖蒙褒旨，而搭棚一事必不可以風世也。壬辰四月廿日曹安峯。」評字極纖瘦，蓋先生親筆也。按：李秀英，安義太平里人，粗解詩書，許字儒家楊昌裴。昌裴病亟，秀英請于母同往視事，與玉娘略同。昌裴死越五日，秀英坐其書樓自經，於左臂親書「四月二十五日有不能口五龍南岡楊晉公記」，凡十八字。縣令王看語云：「所云楊晉公者，昌裴字也。五龍東岡，楊所居也。有不能口，字殊難索解，或者義存諸心不能出口之意耶？」此安峯先生所謂絶大學問見識者也。事在玉娘前十九年，予先後得其事，遂合爲雙烈詩。

命犯熊禮登下獄八年，遡恩發邊，其聘妻胡氏義重所天，誓隨戍所。時知新建縣事吴公大勳悲其志，重其義，諭邑中人士作詩以送其行。潯陽歐陽書山鶴鳴，原名鋭，適客洪州，作古詩一篇，蓋倣《焦仲卿妻》《木蘭辭》諸體也。其詞曰：「胡女本民家，少小倚阿母。十三學女紅，十四親井臼。命實不如人，十五遘陽九。嗟哉熊氏子，猖獗爲罪首。官吏執法嚴，入獄長繫紐。野禽在樊籠，游魚在罾罶。妾身猶未嫁，熊郎猶未婚。父母有成命，媒妁有成言。南山曷可移，一盟永勿諼。廷法既不赦，犯重不鳴冤。妾身非男子，詎能赴獄門。朝朝有消息，罪者幸生存。今年復明年，春秋已八度。昔有入獄門，今無出獄路。孔雀不單飛，鴛鴦不獨哺。生前願未了，幽魂死相附。客自城中來，詔書昨夜至。罪者方議寬，減刑改戍地。胡女從旁聽，驚喜反拭淚。悵悵有所思，思之輒心悸。哀言告阿母，兒生年廿二。罪者既已流，兒身何所爲。兒願從遠行，前緣猶可遂。倚安不倚危，何以存大義。阿母聞之嘆，汝何生我家。我聞戍者地，乃在天之涯。區區一女子，如何受風沙。言之殊未已，仰天長咨嗟。人言夫婦愛，爾我不相疑。廟見始爲婦，赴義分所宜。汝身未分明，何以效結縭。汝言義當去，豈復有還時。妾身何足計，妾志不可變。傳言白縣吏，爲妾陳所見。罪者生有妻，胡女本親眷。夫罪婦亦同，罪婦應共譴。縣吏壯其言，據辭上庭讞。吴公廣風化，見之亟稱善。明朝府帖下，聲傳周郡縣。胡女聞成期，近在今月餘。晨起衣縞服，首蓬略理梳。上堂拜阿母，兒今辭故居。生男持門户，生女泣衣袪。阿母年已老，不逮侍庭除。願以來生緣，母子復如初。阿母出門泣，訣別竟登車。下車入縣城，流民離圀圄。生來不想見，夙心以身許。含情且未言，側聽流民語。流民感且傷，守字吾累汝。入獄已八年，自分無死所。孤戍幸偷生，何敢言伴侶。胡女前致辭，郎莫憂逆旅。郎爾妾亦然，結伴爲心膂。車前載夫婿，車後載婦女。並驅出關門，何云畏險阻。妾亦無他能，猶得備炊煮。天明登遠道，請從役長征。熊家有夫婦，願爲遠方氓。關津無阻滯，藉兹守地兵。異鄉如故處，官府吾父兄。普天胥樂土，黍地可深耕。非必粱與肉，茹蔬亦肥生。皇恩不知報，努力守王城。今始爲夫婦，没齒以爲榮。嗚呼木蘭女，征戍十二年。嗚呼胡氏女，萬里戍窮邊。木蘭賫父征，歸時復生全。胡女隨夫戍，一去不復還。木蘭名既貴，胡女行亦賢。丈夫感之動義氣，恨不香名萬古傳。」

吟次偶記　卷三

南昌明經劉麟以草書馳名，予於望城寺見其書贈躍上人「草可如張旭，書應並浪仙」十字，尤奇逸。旁書「南州髮頭陀」，蓋別號也。因憶往年閲石藏［和］尚詩集，卷端一小像題曰「西蜀秃居士」，與此真爲的對。戲成數韻：「居士秃自如，頭陀髮未薙。草聖與詩鳴，各證無上地。參破文字禪，偶爾成遊戲。放筆笑懶殘，爲我姑拭涕。」或問末二句何解，昔懶殘不爲俗人拭涕，蓋言二人寓意文墨，差能不俗也。

邢州和尚泊然自得，意興所至。好唱柳秀才曉風殘月詞，所謂「君看池水湛然時，何曾不受花枝影」也呂道州詩。鳩摩羅什道法超妙，一念偶動，遂起肩上慾障，所謂「一派恒河清淨水，保無風送落花流」也胡維霖詩。參得此兩重公案，則臨去秋波，可以悟禪，而吞針伎倆，恐終不免打入阿鼻地獄也。蒲庵道人好禪語，而操行未堅，數求贈言，書此與之。是日窻明几淨，讀陶隱居《山中何所有》詩，愛其詞意超卓，所謂黜外慕而自樂也。然予嘗憶往年過西山，見山人取石罌貯雲，以爲戲樂。間作山中士儀贈親友，發之㲯㲲，飄渺繞楹，經時不散，令人飄飄有出塵之想。因笑雲自可贈，想亦偶無此等人，不足當此耳。

曇秀禪師曰：「鵝城清風，鶴嶺明月，人人送與，但恐無著處也。」亦同此意。按，東坡有《攓雲》篇，亦言籠雲事。江城花時，鬻花人摘其蓓蕾，貫以竹絲，向曉粧時市之，閨閣女兒搴簾問價，笑擲金錢，一時香豔溢於街衢。胡蕉村嘗戲爲《少婦詞》曰：「西家少婦勤羹湯，東家少婦勤梳粧。滿城惡少私牽腸，時作東家賣花郎。」其風致殊可想也。

「春來常早起，幽事頗相關。帖石防隤岸，開林出遠山。」此少陵寓興之篇耳。大都吾人作事，皆宜清晨，讀書尤佳。竹窻初啓，神爽氣清，最易入理。塾中之士，此際無高臥不起者。楊介庵進士未遇時，館於某村，一日晏起作詩，呈主人曰：「日高窻樹眠猶穩，飯熟田家寢未興。啼鳥散檐虚室靜，晴煙去岸碧潭澄。豈云江上半閒客，卻似山中一老僧。吟罷呈君聊問訊，不知門外惱吾曾。」介庵本勤學之人，偶然戲筆，正可想其風趣也。

臨洮詩人吴鎮有詩千餘首，嚴於去取，或病其存詩太少。答曰：「三千從趙勝，選俊一毛難。」既復病其存詩太多，又曰：「譬如不才子，撾殺竟誰能。」吴君可謂善謔矣。然某則不然，三千選毛，鑒别精矣。至如不才子，宜亟撾殺之，毋令人唾及乃翁耳。

友人鄧恒清節《清明過熊少宰雪堂父墓》詩曰：「踏遍荒山與墓田，還從古塚認名賢。尚存翁仲看華表，不見家人挂紙錢。殘篆蘚斑全剥落，幽宫狐穴雜腥羶。空勞過客長嘆息，指點榮華未百年。」讀此令人輕富貴而重名節，不徒以牛山老淚，向柏下人唤醒癡夢也。

朱晦庵曰：「淵明詩，人皆説平淡，看他自豪放得來，不覺其露出本相者，是《詠荆軻》一篇。」吾鄉熊少宰用其意，作《詠史》詩曰：「柴桑翁老醉顔酡，高枕羲皇短夢過。誰道雄心銷未了，等閒披傳到荆軻。」意雖自飾，而語特工。

陸放翁詩曰：「相對蒲團睡味長，主人與客兩相忘。須臾客去主人覺，一半西窻無夕陽。」吴僧有規詩曰：「讀書已覺眉棱重，就枕方欣骨節和。睡起不知天早晚，西窗殘日已無多。」二詩用意相似，然總不如陳後主「午醉醒來晚，無人夢自驚。夕陽如有意，偏傍小窗明」爲景與情會，動於天機，所謂妙手偶得之也。

魏叔子與季子遊翠微之麓，棘花離然如錯錦，季子曰：「種花不種棘，棘不已花乎？」曰：「世有掊克而行施濟，取非其有，而崇奉鬼神者，皆棘花也。」予嘗憎此花，然其意中之所擬，與叔子異。竊見人平素無行，爲鄉里患，一旦發憤，小榮其身，斯爲棘花之類耳。乃作詩曰：「種花莫種棘，棘亦今作花。瑣細叢薄間，媚日爭光華。兒童競追賞，指向人前誇。寧忘□衣時，刺手如毒蛇。」

「小雨停客驂，投床萬緣寂。夜半隔墻聲，鄉音問滴瀝。急須問誰何，月黑天如幕。曉往闃無人，殘燈在空壁。」此張雪子映斗題壁語，記一時旅寓事，殊增人悵惘之意。王陽明《瘞旅文》云：「有吏目自京師來，不知名氏，投宿土苗家。予從籬落間望見之，陰雨昏黑，欲就問訊北來事，不果。明早遣人覘之，已行矣。」雪子之詩，何略似此際情景也。

侯喜字叔迄，呼昌黎釣於温水，昌黎贈詩云：「君欲釣魚須遠去，大魚豈肯居沮洳。」蓋見叔迄才高氣鋭，思有以激之，使不局於方隅耳。其實即操技如任公子，日齎五十犗之餌，投竿於東海，其間弋獲，亦自有時會焉。予嘗自題《小溪垂釣圖》云：「心迹由來異老漁，不嫌終日澗邊居。回頭笑謝昌黎子，遠去寧知得大魚。」曾仰三見之，曰：「半世奔波，迄無所獲。老倦歸來，始悔其不安。命讀君此詩，真爲見之晚也。」

偶向郊外小步，至一古廟，神像閒雅，似是先年文學之士祀于兹土者。然窺其座位，爐灰久冷，而他處壇社，奉牲帛而走祝者踵相接也。因嘆人情炎涼，雖在神亦所不免，曾憶元人仇遠詩曰：「野風吹樹廟門開，神像凝塵壁擁苔。笑爾不能爲禍福，村人誰送紙錢來。」噫彼能禍福人者，宜其煊赫哉。

宋劉子翬先生《屏山集》有《懷新亭》詩曰：「茅檐入竹低，曠野時寓目。寂寂農家春，新秧滿田緑。何時稻登場，秋山響蓬樸。」真樸有味，如入柴桑與老農相對語，豈亦古之耦耕植杖者流耶。予在客中，每見新苗含穎，即懷溪上。作詩云：「旅人疲行役，穡事久不親。會當歸溪上，作亭名懷新。」蓋襲屏山意也。

鄒曉清昉《案頭讀魏叔子詩有於廣潤門市桃食之而甘憶勺庭桃熟却寄舍弟》云：「買得沙桃色似銀，寒泉素碗齒牙新。齧根久誦雞鳴句，殺士誰吟梁父人。客舍暑風如坐甑，山庭荷葉正當門。池邊嘉實今應熟，却與秋猿一半分。」予愛其觸物興思，風神閒遠，吟咏不輟口。而頗怪其用韻之雜，曉清曰「叔子作詩，多用易堂所自訂韻」，予謂詩家遵沈韻，如民間遵蕭何法律，法律豈無差處。然不敢不遵，不遵而更定典章。自謂無弊，首告者即以違法論，叔子殊不可爲訓。

昔人云：「人事煙綿，無休歇時，空山聽雨，是人生如意事。」今年秋歸溪上，稍治舊宅，雖尋丈之地，可置臥榻，居之便覺寬餘。每夜雨打窗，蕭疏入聽，輒欣然自喜。既事成絶句云：「世事拘牽撒手遲，歸來只益鬢邊絲。空山破屋依然在，正好高眠聽雨時。」又偶書屋壁云：「清雨曉涼，萬慮俱息。岸幘獨行，微吟默詠。率爾有得，礦然天真。如逢故我，如遊物初。自茲以往，永矢勿諼。苟攖世慮，汙我靈臺。負茲好景，忝此佳期。溪山有神，是糾是察。」

與客遊逍遥觀，乃許旌陽行宫。兩廡配食者各六人，所謂十二真人也。客能歷數姓名，不一遺。予曰：「西山十二真人，旌陽居首，餘十一人皆高足弟子。今觀中像旌陽上坐，以郭景純次，兩吴世雲分列旁，非其實矣。且景純事迹文章炳于史策，何藉是爲。」客曰：「西山凡祀旌陽者，景純咸在。」曰：「是後人闌入也，奈屈於弟子之列。」向客又曰：「諸人自世雲外，不甚彰著，而牽連入俎豆，所謂附驥尾而名顯者耶。」施肩吾亦隱西山，雅慕沖舉，作詩云：「若數西山得道者，連余便是十三人。」惜其晚出，未得親炙旌陽，於諸人中更增一席也。

老杜性情簡傲，衰年屏迹至題成都草堂，詩乃云「休怪兒童延俗客」，抑何諳於世故也。「梅熟許同朱老喫，松高擬對阮生論。」素心人能得有幾，俗客如何拒得。教兒子輩居鄉法，正不當閉門自高耳。

《史記・貨殖傳》云：「楚越之地，地廣人希，飯稻羹魚，或火耕而水耨。」《平準書》亦云「江南火耕水耨」，注言「風草下種，苗生大而草生小，以水灌之，草死而苗無損，故言水耨」，而火耕則略而不注。薛夢符解老杜「畬田費火耕」，謂荆楚畬田先縱火燒榛，經雨下種，其説是矣。老杜《銅官渚守風》又云「水耕先浸草」，水耕易解，不須注，然水耕字見於此。又東坡《觀燒》詩云「寒山便火耘」，按火耘即火耕。田經火煆，草根盡絶，土塊解散，來歲苗始盛耳。讀杜、蘇詩，是水火並可言耕耨，但以入詩文而言，水耕火耨則失考矣。

昌黎《蝌蚪書記》云：「作爲文詞，宜略識字。」毛稚黄遂摘《諱辨》中「漢之時有杜度」句，反脣以譏其識字不深。杜上聲，度去聲，檢韻書自非同音，獨不思四聲起於沈約，安得據此以論古音乎。南昌熊士伯著《古音正義》，謂古音部分平上去，嘗考古人聲緩，平上去皆可，遍觀古音皆然。即清音字母不分平上去，只是一字。古韻初開，亦正類此。昌黎古詩深得此意，而毛稚黄《韻學通指》乃妄譏之，是亦少見多怪也。士伯此論最確，但學者作古詩，韻脚必辨析上去二聲，蓋沈書既行之後，自不得夾雜用韻，致爲選家所斥也。

李雨村《詩話》云：「北音勝故與南音不協，阮亭、飴山皆所不免。如《廣韻》勝任之勝，平聲在十蒸，勝負之勝，去聲在十七證，而阮亭《樟樹鎮》詩『誰識書生離講席，絶勝三十六將軍』，飴山詩『簾捲江湖紫禁清，山勝艮嶽是生成』，皆以去爲平。二大詩人尚如此，不免者幾希矣。」予按前人集以勝負之勝作平聲，幾難悉數，就所記憶者，如張祜《折楊柳》詩「那勝妃子朝元閣，玉手和煙折一枝」，樂天《阿雀兒》詩「雖晚亦勝無」，又《渭村酬李二十》「莫歎學官貧冷落，猶勝村客病支離」，昌黎《早春》詩「最是一年春好處，絶勝煙柳滿皇都」，韓致堯《贈隱逸》詩「莫笑亂離方解印，猶勝顛蹶未抽書」，王元之《幕次閒吟》詩「莫道諫官無一事，猶勝閒臥解州時」，山谷《連日行役》詩「官小責輕聊自慰，猶勝擐甲走征苗」，放翁《村居》詩「絶勝倚市看郵置，客至還無菜甲羹」，又《園中作》「懷抱猶勝未老時」，東坡《和劉貢父李公擇》詩「爲郡鮮歡君莫歎，猶勝塵土走章臺」，又《羅漢贊》「薪水井臼，老矣不能。摧伏魔軍，不戰而勝」，周益公《訪楊誠齋》詩「楊堅全勝賀堅家」，李方叔《猫筍》詩「未許韋編充簡册，也勝絲縷誑蛟龍」，虞道園《城東觀杏花》詩「絶勝羊傅襄陽道，歸騎西風擁鼓笳」，此類皆是，雨村豈偶忘之，而徒抉摘近今名人耶？

《隨園詩話》云：「詩人用字，大概不拘字義，如上下之下，上聲也，禮賢下士之下，去聲也。杜詩『廣文到官舍，繫馬堂階下』，又『朝來少試華軒下，未覺千金滿聲價』，是借上聲爲去聲矣。王維『公子爲嬴亭騶馬，執轡愈恭意愈下』，是借去聲爲上聲矣。」愚按樂府「淫豫大如馬，瞿唐不可下」，又諺云「灩澦如馬，瞿唐莫下」，昌黎《汴州亂》詩「昨日乘車騎大馬，坐者起趨乘者下」，皆以去聲爲上聲。逵見週歲作詩，韻拈十九皓中，有云「有子已稱心，賢愚總勿道」，按《韻略》，道理、道路之道，上聲；道訓言者，去聲。此則詩爲誤押矣。然讀陳思《雜詩》「去去莫復道，沈憂令人老」，梁人《擬青青河畔草》「月似雲掩光，葉似霜摧老」，「當途竟自容，誰肯爲妾道」。太白《金陵歌》：「此地傷心不能道，目下離離長春草。送汝長江萬里心，他年來訪南山老。」崔顥《孟門行》：「讒言反覆那可道，能令君心不自保。」右丞《別祖三》：「高閣閴無人，離居不可道。閒門寂已閉，落日照秋草。」少陵《雨過蘇端陶翰早過臨淮並用皓韻》末句一云「棄擲不擬道」，一云「此理今難道」，昌黎

《秋懷》後章亦用皓韻，末句云「泯滅豈足道」，吾意訓言之道，亦可作上聲讀。子湘或未及徐檢諸詩，而失之于太拘歟？

崔司勳《黄鶴樓》詩，明人賞其格高氣古，取爲唐七律壓卷。吾獨疑此爲古詩，殷璠選《河嶽英靈集》無一七律，獨載此篇，此可爲證。元遺山《鄧州城樓》詩正同崔作，亦編入古體，詩云：「鄧州城下湍水流，鄧州城隅多古邱。隆中布衣不復見，浮雲西北空悠悠。長鯨駕空海波立，老鶴呌月蒼煙愁。自古江山感遊子，今人誰解賦登樓。」《鼓吹》載顥詩起三句，並用黄鶴字與《英靈集》不同。

漁洋山人曰：「竹枝詞泛詠風土，柳枝詞專詠柳枝，此其異也。南宋葉水心創爲橘枝詞，而和者殊少。」按《水心集》有《橘枝詞詠永嘉風土》詩云：「蜜滿房中金作皮，人家短短挂疏籬。判霜剪露裝船去，不唱楊枝唱橘枝。」予讀此詩，愛其題欲仿爲之，以橘非土産，遂輟筆。適有湖廣賣橘客談及風土，乃衍其意作二首云：「洞庭東南接長沙，沙頭沙尾田低窪。今年湖漲漂稼穡，不如販橘作生涯。」又「蜀漢江陵生業存，千樹何曾遺子孫。近來橘籍税加重，那有素封比侯門。」復作《吴中橘枝詞三首》云：「吴人作園江水湄，家家種橘自插籬。橘子離離待霜熟，橘花嫋嫋怕風吹。」又「屋角低枝綴橘丸，吴孃唤客摘嘗看。孃園橘實甜如蜜，不比家園一味酸。」又「吴中佳橘世所希，不似楚橘空笨肥。江西却尚洞庭橘，郎貨不行須早歸。」數詩皆無足觀，存之以備風謡一種，然汪鈍翁、沈歸愚集中皆有橘枝詞，將來繼作者多，此題必盛行矣。

讀徐巨源《詩話》有云：「王邵《冬夜對雪》詩，使先讀三唐，後看六朝者，掩姓名而問之，未有不以爲左司也。」「寒更傳唱晚，清鏡覽衰顔。隔牖風驚竹，開簾雪滿山。洒空深院静，積素廣庭閑。借問袁安舍，翛然尚閉關。」按《王右丞集》亦載此詩，題作《冬曉對雪憶胡居士家》，詩中「唱晚」作「曉箭」，「簾」作「門」，惟此三字不同。

俞瑒云聯句詩，如國手對弈，著著相當；如知音合曲，聲聲相應。故知非韓、孟相遇，不能得奇觀也。愚讀韓、孟兩家集各載聯句，韓集之聯句如《鬪雞》《城南》等篇，豪蕩奇詭，劌目鉥心，真所謂兩雄力相當也。若孟集聯句，直平易耳。同一聯句而兩集手筆迥異，將無篇成之後各有所潤色，而遂附之于集後，與觀看之看常解外有二義，一看養，一看守，皆里俗之言，而杜詩用之。「蘇武看羊陷賊庭」，此作養字解。「囊空恐羞澀，留得一錢看」，此作守字解，詩意謂無一錢，則囊空羞澀矣，故留此一錢以看守其囊也。

宋袁文《甕牖閒評》楊子雲《法言》云：「育而不苗者，吾家之童。烏乎！九齡而與我□文。《步里客談》謂童下合有一點，蓋子雲之意，嘆其童蒙而早亡，故曰烏乎，即今『嗚呼』二字，後世乃謂子雲之子名烏，雖蘇東坡、張芸叟莫能辨之。」予按常璩《序志》云：「文學神童揚烏。」自注：「雄子七歲，預父□，九歲卒。」璩，晉人，所傳必得其實。《步里客談》乃以臆妄議耳。又唐陸龜蒙《小名志》：「楊雄之子童烏，九歲與子雲論□史。」

繩祖《學齋佔畢》謂聶夷中《傷田家》詩「二月賣新絲」當作「四月」，而引《月令》《祭義》《豳風》以證二月無新絲，又云「五月糶新穀」却有之。其説非是。蓋三月蠶事方盛，六月田禾始登。詩乃各舉先一月而爲言耳。窮民多于此時向收絲鋪户、屯穀，賈人預領其直，迨絲成穀熟，計其值并月息而輪納之，此是窮民最苦事，然不得不爾。蓋但顧目前不及慮，後日所謂剜肉醫瘡也。若四月正是賣絲之時，縱迫于口食，不能待高價，亦決不肯賤售。至五月有新穀可糶，鄉民謂之搶新，其價當勝，皆不可謂剜肉醫瘡。學齋無乃生長世族，未稔窮民之苦，而遂致失作詩之旨歟。或又曰：「窮民預領絲穀之直者，何月不有之，不應專指二、五兩月。且絲上市方可云賣穀，登場方可云糶，似非領其直之謂。」予曰：「是固然，但解詩不當如此拘泥。」學齋又云：「黄魯直次東坡韻：『我詩如曹鄶，淺陋不成邦。公如大國楚，吞五湖三江。』其深意乃自負，而諷坡詩之不入律，曹鄶雖小，尚有四篇之詩入國風，楚雖大國，三百篇絶無取焉。」愚謂如此解詩，深文穿鑿，不惟失作者之意，且使無識之徒信而效之。一下筆輒多微詞，豈詩人贈答之雅意乎？又如昌黎《留别張端公》詩「久欽江總才華妙，自歎虞翻骨相屯」，説者謂江總有文無行，隱以諷張；虞翻亢直，乃以自負。其見解與學齋同，殊非通人之語。《説詩晬語》云：「《後漢逸民傳序》引楊雄言『鴻飛冥冥，弋人何簒焉』，注『簒，取也』。張曲江詩『今我遊冥冥，弋者何所慕』，改簒爲慕矣。然昌黎贈人詩仍云『肯效屠門嚼，久嫌弋者簒』，前輩讀書不肯一誤再誤如此。」予按《文選》録蔚宗此序，簒已訛慕，曲江詩正本此，雖與楊語有異，即以《文選》作祖，可也。

劉彦和云：「善爲文者，富于千篇，而貧于一字。一字非少，相避爲難。若兩字俱要，則寧在相犯。」此專爲文言之，至詩律最嚴複字，而難于相避，尤甚于文。唐宋人多犯之，如王右丞《出塞》兩用「馬」字，又皆在煞腳，頗刺人目，却萬不能改。東坡《微雪懷子由》，亦兩用「馬」字，但鄭西「分馬」改爲「分袂」「分手」俱可，此才大不檢點之故也。然吾謂實字決不可複，虚字猶或可複。觀樂天《欲與元八卜鄰》一篇，除兩「牆」字、「身」字外，如「相」字、「不」字、「作」字並兩見，讀之初不甚覺，固不害其爲佳製也。

嘗見一書載山谷見東坡《龜山》詩「身行萬里半天下，僧臥一庵初白頭」，輒改「白」爲「日」。客問初日頭之義，山谷曰：「想此僧曝于朝陽耳。」客不以爲然，怒曰：「豈有『白頭』與『天下』作對者乎？」他日客遇東坡，以其語質之，坡笑曰：「魯直要改白爲日也無奈他何！」予謂以『白頭』對『天下』自有可議，不得以其出於坡公而附和之，然山谷解句則殊屬牽強矣。謝無逸《寄隱居士》詩有云：「相知四海孰青眼，高臥一庵今白頭。」

與坡句只兩字不同，對上較工。

阮亭愛明初人詩「數家茅屋臨江水，一路松風響杜鵑」，以爲寫蜀道風景，宛然在目，筆之于《詩話》中。予讀施愚山《暮抵西山香城寺》詩「茅屋數家松葉下，山程十里水聲中」，胡蕉村《過唐頭垓至望城寺訪西貝上人》詩「數家山市晴煙濇，一路村橋野水深」，二詩亦宛肖其地之風景，而句調與明人作頗相類。

《列女傳》載：「楚伐息，虜其君，將妻其夫人，而納之宫。夫人作『穀則異室』之詩，遂自殺。」按息嬀事見《左傳》，實未死。《大車》詩亦非其所作，子政所記固不足信也。武昌有桃花夫人廟，即息嬀也。杜牧之詩有云：「細腰宫裏露桃新，脈脈無言幾度春。至竟息亡緣底事，可憐金谷墜樓人。」蓋據《左傳》以責其不死，後來題詠者皆同此意，但詞有工拙耳。古歙黄心盦承增輯《新雨聯吟》載鮑兆瑞一詩，用牧之韻云「桃花依舊廟前新，猶似含顰獨怨春。楚女只知劉向傳，歲時來拜息夫人」，獨援《列女傳》，似爲膜拜於失節之婦者，予以解飾之詞，則意尤生新也。

謝無逸《賦鐵柱觀》詩最爲絶唱，如云「西山高處風露寒，茲事恍惚從誰語」，含蓄無盡，勝於議論幾許，但其中「干大」字，諸本多作千夫，殊誤。蓋干大即許大，旌陽之僕。沖舉時大推車往市，急反已扳號無及矣，遂更名干大，隱於山中，爲地仙。詩云「旌陽挈家上天去，只留干大應門户」，於本事爲合，若作千夫，全家沖舉，應門户者安得有千夫乎？

石鎮橋舊有石頭渡，明張相國洪陽首倡造橋，以石鎮名之。復築堤七里，以捍江漲，至今賴焉。相國有《石鎮橋》詩二首，其一云：「投書傳舊渚，題柱有新橋。煙嶺層層秀，晴川叠叠朝。靈沙形蜿蜒，古塔影岧嶤。南北長虹鎖，魚龍不敢驕。」詩載新建縣楊《志》及裘任遠《西江詩話》，近人輯《西江古迹詩》，題曰《石頭津》，以爲南城張曉樓作，因位、江字易混，傳録遂訛耳。曉樓當代巨公，朱文端《歷代名臣傳》多出其手，所刻制義，家有其書，豈藉此詩爲重，故宜據實以還諸詩作者。

朱竹垞呰謷滄溟，而特賞其五古「浮雲從何來，焉知非故鄉」爲差具神理。愚按魏文帝詩：「西北有浮雲，亭亭如車蓋。惜哉時不遇，適與飄風會。吹我東南行，行行至吴會。吴會非我鄉，安能久留滯。」與滄溟句，用意正同，但滄溟以簡勝耳。

《雪濤詩話》載一人《題二喬觀兵書圖》云：「香肩並倚讀兵書，韜略原非中饋圖。千古周南風化本，晚涼何不讀關雎。」此頭巾腐語，而反稱之。不若揭孟同詩云：「二妃秀色冠江東，並坐金屏意態同。繡篋豈無平操筴，周郎何用借東風。」又「睡起騈鬟坐枕邊，玉簫檀板意都捐。繡簾花落青春永，看到孫吴第幾篇。」用事典切，復曉風韻爲雅，與題稱也。孟同名軏，揭傒斯之孫，明初舉明經，官大令。

老杜《禹廟》詩：「空庭垂橘柚，古屋畫龍蛇。」偶用禹事，其勝處不在此也，而後人多效之。羅念菴《謁濂溪祠》詩：「山如蓮乍發，庭與草俱深。」鈕玉樵《堯廟》：「蓂落階前土，松生棟裏雲。」朱厚章《方正學祠》：「草亂疑瓜蔓，庭空燕絶飛。」皆用典綴景，猶不大失雅意。若許幼文《穎考叔廟詩》：「尚祀封人廟，空悲蔓草盈。村巫分社肉，野鳥啄殘羹。谷暗重泉咽，山摧大隧平。小人家有母，悽切計歸程。」通首借本事點染，巧得可厭。詩至此，真墮惡道矣。

元遺山有《雪香亭》詩云：「羅綺深宫二十年，更持桃李向誰妍。人生只合梁園死，金水河頭好墓田。」按亭在故汴宫仁安殿西，金既遷汴，國勢益蹙，宫人切流亡之懼，遺山感而作詩，不勝悽憤。雖同於張祜「人生只合揚州死，禪智山光好墓田」之句，不以爲嫌也。然亦惟遺山手筆，遠過前人，故不妨爾。否則必有議其勦襲者矣。吾讀明人沈愚有《題畫》二詩云：「汀蒲短短柳毵毵，三月桃花水滿潭。攜酒抱琴同一醉，人生只合住江南。」「山邊亭榭水邊樓，秋月春風足勝遊。平底畫船如屋裏，人生只合住蘇州。」亦即張祜詩意，但以住易死字耳，此可悟詩家脱換之法。

劉公《家話》載昌黎贈賈島詩云：「孟郊死葬北邙山，日月星辰頓覺閒。天恐文章中斷絶，再生賈島在人間。」按《東野集》有《戲贈無本上人》二詩，是東野無恙，時島已挺生，昌黎何以有此語。故東坡以爲世俗無知者所託，然詩語雄傑，實非昌黎不能作。歐陽文忠公詩云「郊死不爲島，聖俞發其藏」，亦似用《家話》此詩意。

《唐詩紀事》載，令狐綯嘗以舊事訪於温庭筠，對曰：事出《南華》，非僻書也，冀相公燮理之暇，時宜覽古。綯怒，奏庭筠有才無行，卒不得第。庭筠有詩曰：「因知此恨人多積，悔讀南華第二篇。」按飛卿集《李羽處士故里》詩末句云「終知此恨銷難盡（銷難盡，《才調集》作「難消遣」），孤負南華第二篇。」注第二篇即《齊物論》，釋其詩意是言已於處士猶未忘情，不能如莊周之曠達也，於令狐何與，而有悔讀之語。《紀事》所載，固不足信。

昌黎《毛穎傳》云：「吾嘗謂君中書，君今不中書耶？」林西仲《古文析義》中注去聲，予觀東坡《和回先生》詩「至用榴皮緣底事，中書君豈不中書」，中讀本字，西仲爲誤注矣。竊意《左傳》杜預註「郤克語不中爲之役」，《史記·秦始皇本紀》「收天下書，不中用者盡去之」，王羲之《筆經》「漢時諸郡獻兔毫，出鴻都，惟有趙國毫中用」，皆當作平讀，今俗語可證也。

稱呼各隨本俗，前人紀土風，或以入詩。如唐世取閩童爲閹奴以進，顧況作詩哀之云：「郎罷別囝，吾悔生汝。」又云：「囝別郎罷，心摧血下。隔地絶天，及至黄泉。」不得在郎罷前，蓋閩俗呼子爲囝，呼父爲郎罷。詩正以用俗稱見，其別情之悲慘，所以能感人。若山谷《送秦少章往餘杭從蘇公》詩「但使新年勝故年，即如常在郎罷前」，此直替身字耳，甚無謂。身非蠻府參軍，何爲作蠻語也。又唐字西詩「兒餧嗔郎罷」，陸放翁詩「阿囝略如郎罷意」，並欠大方，不得以其出名人集中而輙效之。

《太平廣記·女仙類》載太原郭翰盛暑臥庭中，每夜見織女降臨，情好彌篤。翰嘗戲之曰：「牽郎何在？」答曰：「闗渠何事？且河漢隔絶，無可復知？」其所載之事甚長，不具録。予讀元微之《決絶詞》有云「織女別黄姑，一年一度纔相見。」彼此隔河，何事無此？特寓意雙文耳。今以郭翰事觀之，豈謂果有是耶？小説家誕妄不經，汙涅神靈至此。犁泥之報，曷足蔽其辜哉！

《青箱雜記》載王子安作《滕王閣序》後，往交趾，溺水而死。嘗於水際吟「落霞秋水」之句，一少年見之曰：「只言『落霞孤鶩齊飛，秋水長天一色』，何必『與』『共』二字。」自是不復吟此。烏有之事，二語初非序中勝處，子安何爲死猶吟詠，至受少年之呵乎？且此種句法，六朝唐初陳陳相因，又可盡删耶？而處厚筆之，其無識如此？乾隆己卯，江西鄉試詩以「秋水長天一色」命題，亦去「共」字。

陸魯望詩：「無多藥草在南榮，合有新苗次第生。稺子不知名品上，恐隨春草鬬輸贏。」喻意甚微，隱然愛身重道，以輕出爭名爲戒。元遺山極喜此語，詩中凡兩用之。《論詩絶句》云：「無人説與天隨子，春草輸贏較幾多？」又《虚名》云：「可惜客兒頭上髮，也隨春草鬬輸贏。」皆寓有感慨，但靈運明是以鬚施祇洹寺維摩像，非髮也。徵引稍誤，若改作鬚似戟，竊謂於本事爲合，願與讀元集者商之。「公道世間惟白髮，貴人頭上不曾饒」「年年檢點人間事，未有春風不世情」，皆唐人名句。《苕溪漁隱》嘗用此二詩作一聯云：「白髮惟公道，春風不世情。」真現成的對，然文人善翻空，於無情理處偏説得警動可喜。如明王威寧詩「近來白髮無公道，偏向愁人頂上加」，則公道亦難信白髮也。金房希白詩「春風貪長新桃李，那有功夫到菜畦」，則世情亦莫如春風也，讀此堪令人撫掌。

什邡縣有衛真人元嵩墓，李雨村調元觀察題詩云：「跨鸞乘鶴總無憑，雞犬紛紛想上騰。畢竟神仙都有墓，誰言白日盡飛昇。」自謂此論獨創，予觀汪魚亭詩有云「白雲翳高邱，中有葛洪墓」，何等簡括，雨村可謂詞費矣。

詩有一時得于觸目，情景逼真，至索其佳處，反不可得者。如老杜「落日在簾鉤，衣上見新月」等句是也。若王右丞「返景入深林」，常旴日台「松際露微月」，則當下有此景共見其工矣。王右丞《酌酒與裴迪》一篇，次句「人情波瀾」，第七句「世事浮雲」，意似兩對。譚用之《月夜懷友人》第七句「清風未許重攜手」，第四句「好月那堪獨上樓」，語似兩對，皆律體之病，從無議及之者。

范石湖《與友人秋夜同步得句》云「雨止修竹間，流螢夜深至」，喜甚，既而曰語太幽，類鬼作，遂不復綴筆。王阮亭《故宫曲》曰「濕螢幾點粘修竹，昏黄月映蒼煙緑」，是又故學「秋墳鬼唱詩」也。

予讀昌黎《縣齋有懷》詩，篇中全用對語，以爲古詩中另是一格，固效作一篇。昌黎詩如此者尚有數首，雖鋪張有餘，微覺板滯，然的時古詩，操選者目爲仄韻排律則非矣。《文選》中顔、謝諸人詩多用排，其間必著一二散句，以疏其氣，通篇排者，亦往往有之。昌黎正同此體，騁其才力，加以篇幅宏闊，遂爲横絶古今之作，其實猶未離乎選體也。

徐凝《瀑布》詩「一條界破青山色」，東坡目爲塵陋，以詩嘲之曰：「帝遺銀河一派垂，古來唯有謫仙詞。飛流濺沫知多少，不與徐凝洗惡詩。」後江州喬法周復評二詩曰：「李白徐凝詩并傳，東坡何必定誰賢。一條界破青山色，猶勝銀河落九天。」是又翻老坡舊案也。予按徐凝詩云：「瀑布瀑布千丈直，雷奔入海無消息。

萬古長如白練飛，一條界破青山色。」合全篇觀之，俗氣可掬矣。人謂「眼前惟有東坡老，笑得徐凝瀑布詩」，何啻囈語。

老杜《麗人行》作於天寶初，刺諸楊之淫蕩也。《月夜》一篇，乃公赴行在，爲賊所得，身在長安，家在鄜州，天寶十五載也。予嘗有《戲書麗人行後》詩云：「玉臂雲鬟別幾時，嘗從月下想芳姿。不應水際逢佳麗，便似平生眼絶飢。」蓋言公離家未久，何遽作此驚艷之態，所以爲戲，原不必拘作詩時之前後也。

俗云村人不喫橄欖，蓋其味美於回，久咀始出。昔賢之詩，皆以比忠言逆耳，事後追思，此諫果所由名也。閩中謝古梅道承編修詩命意獨不同，詩曰：「吾閩重荔枝，橄欖亦同稱。酸鹹滋味外，嚴苦相欺凌。初噉攢眉宇，閒然若不勝。頓回有餘味，剌蜜冬初凝。古人比清高，忠言多漸憎。事後甘如飴，咀嚼愈服膺。吾譬諸作者，孟韓句崚嶒。險語苦齟齬，艱澀茹寒冰。舌本木強後，彌覺至味增。願君勿唾棄，視同哀梨蒸。」古梅於詩酷嗜孟、韓，此自道其所見，故能另開生面。然歐陽公稱梅聖俞詩云：「近詩猶古硬，咀嚼苦難嘬。初如食橄欖，真味久愈在。」已經道及。陸士衡云「怵他人之我先」，不信然乎？

臨洮吴信辰鎮明府初爲華原博士，適情吟詠，其作詩少取而多棄，自言吾不存者，猶足與時人爭數重席也。著《松花庵集》，篇什不多，意欲刊落一切，而獨標名雋。嘗瓶插黄梅一枝，戲爲新句云：「陽春如開闢，盤古即梅花。牡丹僭稱王，富貴何足誇。羣芳愬天帝，鵝雁紛喧嘩。乃呼羅浮仙，冒雪詣殿衙。帝曰咨爾梅，首出冠羣葩。白袷與絳衲，何以懲奇衺。梅花未及對，黄袍已身加。歸來幽夢寒，翠羽鳴窻紗。」如此詠物，擺去陳言，題以新句，良不誣耳。

朱砥坪澂孝廉館於裘可亭方伯府中，嘗述方伯言：「往在山左鄒縣，謁孟子廟，廟之東爲啓聖祠，旁奉孟子石像，係宋時修孟母墓起出，像拱手屈膝，蓋孟子葬母時琢己像以殉。」後予閱可亭《靜宜室集》，果有詩記其事，足發明亞聖永慕無窮之孝思矣。竊按孟子稱仲尼惡作俑者，而己乃琢像殉母，則不可解。

元遺山次女曰嚴，女冠，號浯溪真隱，見郝伯常所作墓誌。予考《遺山集·寄女嚴絶句三首》，其一云：「鸛崖魚窟路間關，旬月無由一往還。寒食歸寧見鄰女，舉家回首望西山。」自註鸛崖魚窟在内鄉往盧氏道中。又云：「眼前兒女最關情，不見經年百感并。聞道全家解禪理，擬從香火問無生。」按此似嚴已適人，雖好禪，未嘗出家。又有《書貽第三女珍》詩云：「珠圍翠繞三花樹，李白桃紅一捻春。看取元家第三女，他年真作魏夫人。」此則真女冠矣，而郝誌佚之。遺山又誌孝女阿秀墓，行亦第三。然郝誌三女早卒者，名順，非阿秀也。所謂他年作魏夫人者，決非其人可知。吾謂珍固女冠，嚴亦終爲女冠，觀遺山詩，女嚴、女珍並書其名。與《別長女真適程氏》者，題曰程女，例自不同。凡此皆可臆而得之耳，姑記之以俟他日衆考。若小説載遺山有妹爲女冠，以《補天花板詩》拒張平章，質之元集，未經道及，固難深信。

宋玉從楚襄王遊蘭臺之宫，有風颯然而至，王披襟當之曰：「快哉此風，寡人所與庶人共者耶？」宋玉曰：「此獨大王之雄風耳。庶人安得共之。」東坡嘉歎此語。因及柳公權與文宗聯句，是爲有美而無箴，且曰：「惜乎宋玉不在側也。」然玉之言，謂之善諷可也，謂之善諭不可也。楚王一風而念及於民，此正可與爲善處，以孟子對齊君語推之，措辭宜不爾。然則與庶人共當奈何？曰：「是非任風不可。」

老杜《遺興》詩云：「北里富薰天，高樓夜吹笛。焉知南鄰客，九月猶絺綌。」語殊悲憤，遂令裂眥不平者作「餓殺鷓鴣，撐殺鵶鴞」之語。吾鄉夏介巖處士有四言詩云：「東鄰歡讌，西鄰慨歎。憂樂不同，亦各達旦。」於人世參差不齊之遇，付之適然，消人胸中塊壘幾許。

王方平同麻姑降蔡經家，擘麟脯行酒，經見麻姑爪長，心念背癢時爬之當佳，方平遂鞭經背，事出葛洪《神仙傳》。《隱居詩話》載皇祐中，江西有一事正類此，或題《麻姑壇記》以嘲之，曰：「五百年來別恨多，東征重得見青娥。擘麟正擬窮歡喜，無奈閒人背癢何。」予閱張雪子《秋水齋詩》有《戲題》一篇：「撒手丹砂不值錢，可知狡獪是神仙。蔡經大有夸張事，新得方平背上鞭。」此其所遇之事，又未知何若。然思之益令人絕倒也。王季重《蔡經宅》詩曰：「蔡經猶介人，止思麻姑爪。鞭背乃誅意，以癢不可掃。漢皋挑且贈，天台儷而嫐。豈不共神仙，方平代煩惱。」此實詠其事，非有所寓諷也。然用意亦褻矣，不若蔣心餘太史《麻姑圖題詞》云：「我憶餘杭，問花釀幾人沽了拌，忍受王遠仙鞭、一親長爪。」神致微婉，中仍露傲岸之概，真可謂風流人豪也。

《老學庵筆記》載僧行持，明州人，有高行，而喜滑稽。在餘杭，貧甚，作頌曰：「大樹大皮裹，小樹小皮纏。庭前紫荊樹，無皮也過年。」國初，翠巖法席古雪喆禪師《除夕小叅》云：「歲除羣機息，倉廩雖罄空，且無私債逼。」與行持頌同一安貧自適之意，真高僧之語。

士懷才不蒙知遇，輒以卞和泣玉自況。李于鱗《比玉集序》云：「卞和奚泣哉！悲夫楚如是其大，三獻如是其數，而舉天下之器題之以石也。」古今詠卞和者大概皆不出此意，徒有悲憤之語耳。獨陳警亭邦科，明時人詩曰：「抱樸堪嗟向楚干，何如璧與足俱完。縱令棄擲荊山側，未必于今作石看。」隱然見士當自重，翻怪和衒玉求售，自取辱賤，識見爲高人一等矣。又讀《天祿閣外史·重賢篇》：張裘對魯王曰：「夫得玉不足以強國，王知之乎？故強國者不以玉，則楚王之却不可謂不明也。刖士而絕，佞人不可謂不仁也。當是時，使卞和進一荊山之士于楚王，則亦不待三獻而三却也。況刖之乎？」語尤奇警，但楚王明是以玉爲石，謂和爲欺，是以刖之非謂玉不當獻也。然如此持論，益見翻空無盡，鈍根人須於此叅悟耳。

陶淵明有則終日留賓，無則沿門乞食，朋友之間，形迹渾忘。自非澳泿干乞者，比讀《五柳先生傳》，猶可想見其爲人。王右丞乃云淵明不肯把手板，屈膝見督郵。解印綬，棄官去後貧。《乞食》詩云「叩門拙言辭」，是屢乞而多慙也，一慙之不忍，而終身慙乎？是直以丐者目淵明矣。右丞少時，曾以鬱輪袍進主第，宜其有是言哉。

乾隆癸亥歲大荒，父老相傳，鄉民飢餓，競取豐城三角山土食之，號曰「觀音米」。至嘉慶壬戌歲，三季不雨，斗米錢四百餘，市間缺賣。明年，民復食土，則不僅取諸三角山矣。予作《飢民食土行》以記其事，詩曰：「何處謀食去，乞此一囊土。鳩形鵠面擔荷歸，道是神人所賜予。細摇輕篩入瓦釜，摶成畢羅大如許。黄髮老翁茹復吐，六十年間事重睹。少飽且休莫再取，癥結在腹吾慮汝。」噫，土非可食之物，草根樹皮既盡，不得不食此耳。嘗記東坡《寄劉孝叔》詩云「又復連年苦饑饉，剥齧草木啖泥土」，是食土之事，古已有之矣。

譚君葆謙名牧，郡諸生，守其祖釣亭、父東白兩先生家學，雅不喜仙釋。有《書許旌陽傳後》曰：「神仙本不足道，而託言忠孝，化石煉丹，斬蟒截蛟，本屬烏有。而詭言利濟，此旌陽之所以見賞於庸耳俗目也。傳中時而仙，時而儒，甚而敢言孔孟，攪金銀銅鐵爲一器，未必不爲有識者嗤也。余嘗謂進香萬壽者曰：若輩欲求保佑乎？旌陽有靈，當先保佑宋徽宗矣。衆曰何也？余曰徽宗崇奉道教，其尊信旌陽尤篤，玉隆、萬壽、忠孝等名，皆其所貽，其後香火不斷，國人朝拜無虚日，皆自徽宗啓之。乃兀朮圍汴，始而邀之至營，既而驅之北行，堂堂天子，稽首北廷，降爲昏德公，五國城竟以幽死。此時之旌陽何在也？莫大之恩，尚不能略爲保佑，而況若輩區區之禱乎？聞者無所應，此雖戲言，實係確論。因閱是傳，而附記之。」愚謂譚君此筆，足砭世俗之愚，向作《洪州吟》有《嘲朝仙》一篇，全述其語，而煞尾則云：「況乎聰明正直非可瀆，徒令神仙笑爾心頑冥。」朱抑齋嗣韓評只述搗堂一事，章法八古，正論妙在末二句。

白樂天《傷友篇》云：「陋巷孤寒士，出身苦栖栖。雖云意氣在，豈免顔色低。平生同門友，通籍在金閨。曩者膠漆契，邇者雲雨暌。正逢下朝歸，軒騎午門西。是時天久陰，三月雨凄凄。蹇驢避路立，肥馬當風嘶。回頭忘相識，占道上沙堤。昔年洛陽社，貧賤兩提攜。今日長安道，對面隔雲泥。近日多如此，非獨君慘悽。死生不變者，惟聞任與黎任公孫，黎逢。」交道炎涼，舉世以輒得此痛快之筆出之，真令富貴而忘舊交者，面□心□矣。頃又讀張雪子詩云：「今日天氣好，行行過都市。傳呼何事喧，云是故交士。頗憶風雨心，先已紆青紫。回身下車揖，握手笑相視。感君區區意，古道若爲邇。願君還自重，折節路人恥。」分明一種情事，偏説出友人恁般厚道，而俗流勢利之態，自見于言外。詩人立言必須如此，方不失之于薄。

唐子西在惠州，名酒之和者曰「養生主」，勁者曰「齊物論」。周青城飲空腹酒曰「寒泉落空澗」，飲飯後酒曰「細雨洒平沙」，二語皆醉鄉佳話。予素不親杯杓，自客竹山，始與麴勝把臂入林，亦幾幾得其趣者。是日夕膳既畢，與主人暢飲至醉。因撮二公語，走筆成詩，以爲一笑。「我得酒中趣，謂與蒙莊近。昔愛養生主，今尚齊物論。和勁雖各殊，真液同絪醖。逍遥醉鄉遊，萬象冥方寸。」「陳留阮宅是酒家，偶同杯杓忘讙譁。借問寒泉落空澗，何如細雨洒平沙。」此條與詩稿一字不殊，而復載于此者，以其語涉遊戲，詩稿中當刪去耳。

有人遇吕仙，事之至虔，吕仙思有以報之，伸一指指其庭中磬石，燦然化爲黄金，其人睨知，淡如也。吕仙曰：「子不樂此，志願遠矣。吾當更有以贈子。」既問所欲何在，曰：「欲乞君此指頭耳。」嗟乎，點石成金，猶思截指。神仙雖度世心切，其如若輩爲之勸駕何耶？予嘗感此，《題純陽觀》曰：「神仙度世本情殷，無奈人心總負君。不願點金思截指，至今鶴馭去無聞。」過某君別館，偶有所見，戲以絶句：「瓊臺甲帳鎖仙姝，來去無蹤是步虛。借問牽郎今曷在，祇應回道不關渠。」

東坡錦里先生一篇，全用張姓事，於起結處，極其自然，不獨中偶工緻也。后見晚宋蕭崱大山贈陸冰詩，亦全用陸姓事，詩云：「標格真清映雪霜，每聽新語覺神傷。茶分鴻漸經中味，菊愛龜蒙賦裏香。圃積玉多知學飽，囊裝金少爲貧忙。向來笑病難醫在，老去空抄十巷方。」則專以對仗見長矣。要知此體纖巧，不足爲難。予少時有詩贈王秀才家禮云：「家世琅邪薄綺羅，不因春禊數能過。知名已在登樓賦，置酒何須斫地歌。江左風流惟謝並，輞川唱和與裴多。醉鄉莫漫相招入，十策胸中貯太和。」以其效顰可厭，刻集時遂删之。又有席間贈劉里超、阮聲南二明經云：「滿座嘉賓映後先，就中劉阮更飄翩。投名入社俱稱達，攜手尋山並可仙。但使文章昭世德，不妨詩酒傲時賢。鴻軒鳳舉攀何及，只合沉酣醉別筵。」頷聯偶拈二姓事，餘不粘貼，差省撏撦之勞矣。

謎詩，古人偶一戲作，後人借以寓其譏刺，則輕薄子之所爲矣。然其離合、工巧，亦足以見其才思。嘗記譚丈撝堂言，一門生素跳盪，一日遊山寺，僧不加禮，遂題絶句于壁云：「買到佳山四體枯，戒中直欲委泥塗。愁來滅却心頭火，鍊得凡心一點無。」蓋「賊秃」二字也。予館羅田經畬，重陽置酒諸生，必邀黄五秀才相陪。黄能飲喜遊，凡近山佳勝，皆醉後尋覽所及也。予賦詩述事，有「愜心朋侣容真率，隨意盤餐辦咄嗟」之句。次年戊辰九日，客龍潭，山無萸菊，惟茶花盛開。村中雖有酒店，而招人之帘收藏久矣。對景懷人，作長短句以自遣云：「菊花憔悴，茱萸冷落，不分山茶如雪。感時懷我愜心朋，又整整一年離別。崔莊高會，陶廬獨酌，往事風流休説。釀家秫貴久收帘，原不管、重陽時節。」蓋鵲橋仙詞也。古人謂人生惟寒食、重九，慎毋虛擲，佳會不可再，讀此詞猶爲之怊悵云。

雌雉鳴曰鷕，雄雉鳴曰雊，見《顔氏家訓》所引《毛詩傳》及鄭康成《月令》註。寺齋近山，多雉，循聲迹之，輒見雙雉于草根籬落間。因憶往年客龍津，黄筠溪秀采太史示以《雉意》二章云：「山有雌雉，雄其招之。雌爲雄語，胡不高飛。寧不高飛，且以待時。山有雄雉，雌其就之。雄爲雌語，胡不孕孳。寧不孕孳，且以待時。」覺其意尚未盡，續其末章云：「惟時告矣，雌者孳息。雄尚伏矣，文則韜矣。」娱空山之寂寥，何天予之翼，而飛卒不高。筠溪有詩數巷，多尋山遊寺之作，《雲峯寺雨中夜話》云：「溟漠空山雨，峯高暮氣深。煙寒不出寺，鳥靜已歸林。短榻幽人夢，孤雲過客心。禪房重剪燭，唤起老僧吟。」《登蕭峯》云：「西嶺最高處，紆迴磴道深。仙峯層霧隱，石室老藤侵。人在雲中立，詩於天半吟。風生簫賴遠，澄我十年心。」卷中佳勝尚多，因二詩爲門下士彙存，録之以見其性情閒適如此。

昔人謂作詩贈俗人爲可惜事，此言良然。然亦有意似矜惜而實非者，予生平有交好之人，欲贈以詩，因不輕於涉筆，遂終缺之。歸季思云：「好言不關情，諒非君所與。」此意必有原及之者，至如。施愚山云：「才疏懶作贈人詩」，如此自供却可不必。唐人詩：「小院無人夜，煙斜月轉明。清宵易惆悵，不必有離情。」張雪子摹其調曰：「煙樹渺何極，秋風又一時。孤吟易惆悵，不必有相思。」二詩並用意微婉，耐人尋味，鸚鵡洲初不必以摹黄鶴樓而減韻也。予嘗與熊君峙崖光嶽暨坐客數輩語及此詩，因戲傚之，皆以意造境，予詩云：「客去門常掩，荒苔不奈秋。空齋易惆悵，不必有閒愁。」峙崖詩云：「芳草無窮緑，寥天一望中。高樓易惆悵，不必有淒風。」客復舉易惆悵者數事，如獨行孤斟、夢回酒闌之類，而不能屬下句，遂一笑輟筆。

伏處窮檐，噤口如枯木寒蟬，不敢吐一伉壯語。昨因事發憤，有不及馬啄木之嘆。蓋宋治平中，吉水縣有野客馬道，嘗爲《啄木詩》曰：「翠翎迎風動，紅觜響煙羅。不顧泥及丸，惟貪得食多。纔離枯朽木，又上最高柯。吴楚園林闊，忙忙將奈何。」意固有所諷也。然卒使其人見詩而自懲，時人因目之曰「馬啄木」。夫草茅賤士，託物寓意，使人惕然知警，所謂言者無罪，聞者足戒也。其猶有古風，人知遺意也歟。

李百藥必恒《書樊南詩集後》云：「隸事爭誇獺祭魚，琢磨須自有工夫。時人縱效西崑體，解道韓碑一字無。」沈歸愚論詩聚聚云：「共憐獺祭驅材富，又説西崑體格卑。今古玉溪無定論，幾人誦述到韓碑。」而詩用意正同。予亦有詩云：「香豔西崑體，流傳又一時。義山撏撦遍，未解讀韓碑。」幾同襲人牙慧，然作詩時，實未見李、沈二家集也。

許棠《送龍州樊使君》詩云：「土產惟宜藥，王租只貢金。」予亦有「物產惟宜稻，官租但貢茶」之句。陳后山《登快哉亭》云「夕陽初隱地，暮靄已依山」，予亦有「夕陽纔挂樹，暮靄已橫村」之句，皆與暗合前人。

集中有論詩之作，所以明一己之崇尚，鑒時輩之流失也。蓋有見于中，不能自默，故率臆言之，至其語之當否，一聽諸後人之論定焉。予向年有《漫題》六絶句，嫌其持論違衆，不敢出以示人。然終不欲佚之，而筆之于此。詩云：「尊唐崇宋各門墻，師説堅持互短長。試與溯源到風雅，欲耡畛域作津梁。」又「吟詠端能冶性靈，國朝風雅久流馨。珠槃玉敦衣裳會，想見諸公尚典型。」又「苦愛新聲厭古風，是誰倡説走羣蒙。竟陵昔日訾王李，前鑒分明在眼中。」又「不分哇淫噪耳來，雅音日遠轉相猜。漁洋已逝歸愚老，僞體何人更別裁。」又「畢竟騷壇孰主盟，毀譽身後有公評。黨枯護朽君何敢，未肯隨聲薄老成。」又「信有人間邁迹英，眼高四海氣縱橫。莫將一副驚天膽，擲作階前破釜聲。」

予有四言詩數章，《短歌行》云：「洪造爲爐，萬象陶寫。歲久器敝，還我大冶。一解羲娥夙駕，旦暮嬗征。爾非司命，曷促浮生。二解伊昔同袍，齠齔相媚。嗟嗟佳人，朱顔先悴。三解堪劒挑鐙，浩歌慷慨。髮短心長，烈志空在。四解長安云遠，在天一涯。膏車未至，中道徘徊。五解萬釘圍腰，苦不永年。學仕未成，不如學仙。六解樂只神仙，千年一宴。天降玉棺，下界誰見。七解」「置酒行云，今夕何夕。張筵筮吉，庭闥洞開，珠翠照室。一解儀狄進酒，易牙調羹。陽阿奏舞，秦青發聲。二解合尊促席，座列雙几。酒行三爵，讙譁並起。三解狎客詩成，妖姬聲曼。笑買千金，博輸百萬。四解堂上燭滅，主人留髡。密語醉心，香澤蕩魂。五解盛筵難再，昔人所歎。爲歡未終，東方已旦。六解」《猛虎》云：「有巉者山，菅榛塞道，猛虎何多，騶虞何少。一解山有猛虎，又有短狐。裹足誰子，慎爾長途。二解惡木之下，蔭不可息。寄語行人，茂林是擇。三解念彼樵夫，心焉惻惻。手有斧柯，而畏荆棘。四解」《南山五解贈鄒曉清》云：陟彼南山，言拾瑶草。欲以貽誰，我思遠道。一解我思遠道，渺不可及。日月逾邁，修名未立。二解東家醜女，聘者累至。婉彼季蘭，十年不字。三解亦有古椿，壽以千百。豈無木槿，朝華繁澤。四解叱犢東林，載耕載詠。天意難知，以存爾性。五解」《擬古怨歌》云：「皚皚白雪，在于崇巒。妾懷亮節，共此高寒。一解皎皎清冰，在于深井。妾秉素操，同茲澄淨。二解與君定情，旦旦之誓。眷言白首，終不相棄。三解昔同衾幬，今異帷房。契闊既久，豈免讒傷。四解君心如月，朗明豁達。不垂末光，安蒙識察。五解彩雲易散，玉簪易折。恩情不深，中道斷絶。六解」又少時有《江上》六言二首云：「垂楊垂柳江村，摇漾殘春如綫。曉來偶動相思，夢落深深庭院。」又「碧檻平臨春水，文牕遥啓晴煙。常見客舟來往，大江横在門前。」《重過徹愚上人山房》云：「手中百八數珠，身下一筒蒲席。二十年前故人，合著眼兒認得。」又「昔日千偈瀾翻，而今一字無有。問師旦晚修行，茶銚藥鐺糞帚。」予《水耘稾》中不編四六言詩，爲存于此。

晏君伉儷失歡，異居數載，嘗作文備述其事。予作六言詩二首貽之，前代晏責婦，後致婦望留之意，蓋欲微悟之耳。詩曰：「既乏少君雅操，復無道蘊高才。今日忍捐玉玦，當時悔下鏡臺。」又「兒女及時長育，詩書爲爾藏收。莫學孝標自述，還期許允相留。」其後夫婦相安如初。

士生于世，當今身名俱泰，何至以甕牖語人，豪奢人固應有是語，然文采不彰，徒以華裾自炫，則人亦薄之。某中翰自京師回，服飾甚盛，嘗嘲以絶句云：「破衫不學義山貧，服美徒來指目人。料是今時諸館職，撦撏從未到君身。」但今窮巷之士衣服襤褸，又未必盡由于撏撦也。

近有假託《皇極數》，以給人取食者。數凡一萬二千條，將人所必有之事，分注于各條，十二辰與五行之下，若計簿然。問者先以本名告之，然後一一推排某事當合某數。間者不應，則曰時刻差錯，更爲推排，合則密記之。以地支所屬輪以納音，其年分早已洞悉□，過去事無不驗者。此鈎距術也，其徒私語，比之審囚。烏峯人有曉此數者，或邀予往問。予戲作詩答之云：「君邀問數往烏峯，我向南窻睡意濃。那更相從作囚鹵，受人訊鞫自招供。」

凌翁生辰，畫史鄒草堂將爲寫真，先呈以詩：「華筵新什錦紛披，逐隊稱觴恰及期。欲祝阿翁無好句，揮毫聊獻畫中詩。」又「小伎丹青愧偃荃，寒汀煙渚漫爭妍。不如畫取蓬萊景，者個龐眉鶴髮仙。」或謂此詩不多著墨，饒有新意，大勝鋳屏問物，陳陳相因者。久之，方知予爲捉刀也。

雙溪王奎壚以張畫史所作小像示予，乃一漁夫也。春水半篙，柳線縷縷，縿釣緡，觀之動人苕霅之興，自題幀端曰：「擬拋生事問漁郎，欲買扁舟計未遑。且倩雲林寫生手，著予蓑笠釣滄浪。」予和其詩有「他年我亦圖中客，笭箵長竿狎五湖」之句，因戲語奎壚，可再倩張君煙波空闊處，不妨添一老漁伴也。

楮中棄草有《録鄉民禱神語》一篇云：「水際多叢祠，鄉民紛攜酒一巵，曲躬稽首，陳辭上曰：吾民苦，神所知。年兇未暇修典禮，俎羞欲其何能爲。繼自今，惟神其佑之。高田獲倍低田熟，洪漲不到九社陂。蟓生雖書不爲害，居民飽飯鼓腹嬉。平原遠道無復寡妻哭，流亡歸里不嗟仳离。邑有賢宰愛我民如父母慈。歲取正供輸納有期，毋踰額，毋苛派，同量平槩，胥吏弊不滋。毋強市我富民粟，留與窮子典衣賣履救殘飢。民安神妥晚年福，跪祝太平無已時。鄉民告訖情孔悲，筆之寧論工拙辭。」此予乾隆己亥歲，砂井客中記所見也。其地本湖鄉，常罹水灾，兼以虫害，士女有仳离之嘆。又往年秋熟，官或遣吏下鄉，買穀以填常平倉，民多議其不便，蓋公私交窘如此。鄉民望歲，故臚陳之以禱神，此詩乃實録也。觀模範求千劍。痛剷荒蕪待一枚，休傍古人作生活。

吟次偶記　卷四

厭原之南三十里，有胡詹嶺。相傳爲許旌陽舊吏胡、詹二神廟食於此。左爲銅峯，孤峯聳拔，阮六間嗣中《先輩記》稱秀削天成，峻插雲表，砥柱西、昭二山，合滙中流，實玉隆萬壽宮水口，中益達關會也。他日予瞻眺其麓，有「泉聲百道來天寶，雲氣千年護玉隆」之句，笑語少川曰：「若知此句之所自乎？蓋述乃祖《記》中語也。」

庚戌重九日，讌集阮氏花樹室，少川爲主人，桐城江起亭、高安劉維周，皆阮氏西賓也，予則赴招而至者。是日，新醪正熟，佐以餚蔌，賓主無不酣醉，座間分韻賦詩，予得「集」字，詩曰：「微雨山氣涼，遊人欹蒻笠。遥吟遂佳侶，恰赴西園集。山莊別徑開，高樓煙際立。登臨騁幽懷，似躡青雲級。諸峯拱座隅，紫翠紛坌人。霜楓照檻明，露菊沾席濕。觥籌忽交飛，行酒雙童給。共約文字飲，頗厭陳言襲。江郎筆五色，談笑綴篇什。劉阮故能狂，雅韻復堪挹。予也性疏慵，當筵文思澀。駑馬追驊騮，望坂鞭不及。習池人已遥，餘興我輩拾。良會感蕭辰，短景何急急。」諸君詩先後賦畢，遂同揭於壁間，惜予不復記憶。至明年九日，起亭仍館于阮氏，作《西江月》詞招予過飲曰：「選句饒君琢玉，綴詞笑我塗鴉。主人送酒不須賒，仍望先生來也。九日依然作客，百年強半離家。莫教獨對此黄花，謹拜水村閣下。」時予以事不果赴，和其詞曰：「想見淋漓醉墨，尊前幾輩詞家。乞留一韻答黄花，只恐牀分上下。」其一時之興概如此，今諸友星散，良會難再，檢閲舊篇，能無感慨係之耶？

桐城江起亭鎮有《登禹王臺》詩云：「躡屐上高臺，臺平四望開。雲消山穴出，潮湧海帆來。秋意自千古，清游能幾回。相從尋禹碣，一半没蒼苔。」《過金山》云：「塔鈴不語水無波，一棹金山山下過。古寺秋深殘葉少，大江天遠夕陽多。石崖有穴藏蛟蜃，仙墓無人長薜蘿。擬向中泠汲泉水，品評滋味竟如何。」《白荷花》云：「不假胭脂鬭麗粧，浣花人著素衣裳。夕陽古渡波光冷，殘月荒池夜氣香。茂叔歸來門似水，六郎老去鬢添霜。阿誰採罷撥雙槳，驚起鷺鷥三兩行。」花樹室新成夾牆，二道詩以落之書。」《呈少川主人》云：「中庭欲劃三條徑，合面新成八尺牆。壁眼都空花作檻，洞門雖小石爲梁。勝他陸氏東西屋，仍列陳家上下牀。最好讀書閒掩卷，日移磚影晝知長。」答予贈别云：「傾蓋忽成故，因之離恨生。忽聞吹落葉，于我更關情。歲月入中晚，交游慚姓名。相逢獨相重，匣劍一時鳴。」起亭客豫章最久，後卒於家，稿盡散佚，予篋中止此數作，録而存之。

浙江陳坦行德基老人，以事來豫章，與江起亭相識，暫留於阮宅書館。予過起亭於客座，見之殊不似風塵馳逐中人也。一日忽扶杖獨行，風神飄逸，沿路吟嘯，遂至予所寓擷芳園，言自此將歸，不復游矣，出《種樹圖》索題，且告别。今約計十餘年，老人健否未可知，萍水之逢亦動人感慨如此。老人有《懷魯石大兄》詩云：「燕雁相違忽廿年，金陵唱和句猶傳。子平婚嫁今完否，君復功名早澹然。底事投人遭白眼，相期沽酒罄青錢。武林舊有幽栖地，好把犁鋤共種田。」魯石不知何人，詩得於起亭處，瀟灑，可誦録之。

乾隆癸丑春，予寓湖上僧房，應豫章書院之課，時主講席者爲奉新鄒西麗先生名玉藻，乾隆丙戌科進士，入詞館。先生於制義，不喜墨派，以予文尚清疏，頗承獎進。次年延訊兒婿輩，即啓館於文淵堂，後予素性懶作文，不與院課，而時喜吟咏，先生亦聽之，間賜和章。予嘗呈以詩云：「久幕蘇湖道德光，幾年執卷傍宫牆。座中帶索參原寧，門下知名愧董常。謬辱齒牙相獎勵，欲加毛羽便翱翔。一篇師説曾親授，敬爲重書付阿郎。」次韻和云：「及門多士並輝光，下筆爭劘屈賈牆。自笑龍鍾吾已老，更驚奇兀子非常。困鱗待澤寧終伏，勁翮當秋會遠翔。師友淵源皆有自，還期津逮到諸郎。」先生凡作詩，不甚經意，旋棄其稿，然當其合處，固不煩繩削也。

明寧庶人妃婁氏，精書翰，有人得其手寫《黄庭經》，失其下函。熊于岸文登學博，以隸書續成之，施於某寺中，聞諸父老云耳，因作詩以記其事。詩云：「誰問當年玉鏡坊，野人鋤盡故宫牆。牙籤不共金細蝕，飄落人間墨迹香。」又「結紙沈江事可哀，斷縑那計委煙煤。誰知小帙關殘刼，曾自顱山血海來。」又「賢妃貞烈久彌彰，珍重經函施佛場。不比蜀中荒寺裹，于環刺血寫金剛。」有人之蜀，入一僧寺，得小幅朱書《金剛經》，字畫勁楷可觀，末云玉環刺血爲皇帝書事，見《夷堅志》。又「博士才華舊絶倫，邛嶧山碑版搨摹真。但愁卷尾雙鈎筆，難倣簪花格樣新」。武寧李白村和云：「何年花様出宫坊，想見江風拂女牆。可惜瑯函遲拾得，輸他片石作奇香。」蔣心餘太史表婁妃墓，作《一片石》傳奇。又「魚腹埋香古所哀，逆藩家世一塵埃。斷縑偏有河山壽，多謝空王護惜來。」又「遺編何用太滋彰，偶落人間夢一場。不見月明江漢水，翻教漁網覓金剛。」用《夢溪筆談》事，竊謂于岸可不續之。又「鍾陵女史本殊倫，百罔終難續一真。留得殘經陪韻本，吴婁隔世鬬鮮新」。

往年鄉試後，遇劍江李庭培育，言闈中見號舍壁上貼有七言律一首，云：「原乏鳶肩兆早騰，風檐寸晷髮鬅鬙。何人驪頷輸先得，此日孩童笑倒繃。野火明時連白屋，闈煙動處拂雕甍。銅籤畫燭沈沈夜，惟問朱衣點未曾。」詩意直達，惜未留其姓名，蓋負才而艱於一第者也。

予姑子楊特人，名載英，介庵先生孫也。喜讀《劍南詩集》，工近體，性好遊，卒客死於山左。後四年，子用楫迎柩歸。其詩橐盡散失，予撿其僅存者録爲小帙，俾藏於家。有《同鄧禹尚表叔客固始明日予將往杞作此留别》云：「舊恨新愁此夜并，明朝分手汝陽城。牽裾眼墮紛紛淚，别路心傷踽踽行。遊子不歸雲莫繫，故人散處雁長鳴。高堂都有孀居母，日暮應添倚望情。」《春日過狄梁公墓》云：「華表峨峨古道東，停車瞻拜想元功。孤墳永峙松楸老，廢宇重修俎豆隆墓西數里有祠，洛陽令重修。肯憚鞠躬臣武后，還將盛德讓婁公。一門桃李今何在，春草碑前緑滿叢。」《過郭汾陽故里》云：「水複山重到古祠，汾陽聚族舊於斯。平生驍勇原無敵，當代勳名更數誰。肅穆豆籩陳素几，陰森松竹護疏籬。雲孫此日尤蕃盛，何似當年點頷時。」《新建伯王文成公祠》云：「荒祠寂静倚秋城，瞻拜偏深弔古情。功在扶危延廟祀，才堪邁迹擴家聲。千秋理學開江右，一代文章冠大明。正氣不磨猶凜凜，霜松雪柏翠交横。」其七律勝處極多，僅從浪游草中録四首，以見其槩云。

胡覺亭，名起鐸，字景儀，進賢拔貢生。其詩、文、書法並佳，頗爲先達所獎進，然神清體癯，同輩多慮其不壽，後果以盛年摧折，殊可慟惜。蚤歲在豫章書院，與阮少海最交契，别後間作詩道意，有絶句二首，題云《少海六兄歸夕過訪作此奉寄》：「無恨[限]心情枉造門，月明空記曝時褌。相思正在相違後，繫馬霜林何處村。」又「文場兩戰都成負時學博以優行薦舉試，亦未售，隔地如聞長嘯聲。也恐機中人不下，炎涼今日太分明。」詩饒有風韻，誦之尚想見其人也。其答予贈章云：「炎歊蒸瑞雲，奇峯紛勾連。縈紆一霎間，感乎歸自然。結交豈在久，訴合貴有真。懷人豈終遠，咫尺存德鄰。君心含異香，醇意發高文。一曲天上來，會當和南薰。君賡有絃曲，我抱無絃琴。此意祇微會，山高流水深。」詩凡二章，今存其一云。予與覺亭相識在集坊陳氏館中，其交未久，然詩意相許已如此。

朱抑齋，名嗣韓，字仰山，金谿人。古文、時藝皆傑出，時輩爲諸生，鮮賞識者，至翁覃溪、趙鹿泉二督學案臨，閲其文，並推爲江西巨手，聲名頓起，後成進士，以户部主事終。其爲詩遜於古文，然氣勁格高，終與女郎詩姿致不同，諸□□儘有佳者，惜予未收存其稿。門下生傳其到部日，恭紀聖恩三首，今録於此。「帝天高厚荷陶甄，六十年間草莽臣。蟣虱兩朝成白首，鳳鸞振翅絶紅塵。已難老作親民吏，更恐才非珥筆鄰。予以六曹觀政事，從容退食謝恩綸。」又「農部簽分吏部堂，都司慎簡倚賢王。總持航海梯山遠，豐裕民生國記良。養拙歸田無擘畫，扶衰伴食有羹湯。炎蒸漸喜休衙早，槐影蕭疏午夢涼。」又「臨軒温語感人多，更憫拘儒鬢髮皤。誰使人間五蠹客，與聞天上九功歌。全家飽煖期他日，晚歲栽培仰太和。寄語雲林微草木，榮光昭被到巖阿。」乾隆乙卯歲，授徒於喻氏道腴書屋，時奉新鄒鶴田玉立、武寧李白村堂二貢生，金谿朱抑齋嗣韓孝廉，俱寓江城，過從甚歡。一日，予館課之暇，作七言古詩，招鄒丈并柬朱、李二君，其詩云：「抗顔爲師常自憎，程課牽挽謝未能。端如俗吏狗微禄，薄書堆案長相仍。鎖窻不許開懷抱，客呼不應鎮懊惱。紛紛硃墨事點竄，幾日積滯裁一掃。曉來望雨湖上樓，花鬚數偏欄杆頭。乞得休假遂放誕，折簡欲致談天鄒。南國詞人大作會，朱李二老亦强對。誰能埋頭帖括中，便擬相從了詩債。」鶴田和云：「文工命達世所憎，如我落拓究何能。不妨鄧禹笑貧賤，田園株守歲頻仍。知己相逢展素抱，狂談累日祛煩惱。何物孔方長逼人，索酒催詩疾如掃。昨日擬賦黄鶴樓，恰有司勳在上頭。謾挑强敵忘輕弱，勝負真如楚與鄒。此間朱李舊同會，上伐環攻來作對。摟齋事楚兩無擇，敝賦難供悉索債。」白村和云：「方隅坐食忘嗔憎，論事談經百不能。世事鐘鏞希到耳，盆瓴那解羞仍仍。蕭閒往往舒襟抱，石鼎烹泉澆熱惱。任是樊籠如坐禪，關門丈地琉璃掃。昨日誰登江上樓，大操考擊忽開頭。一時壇坫森旗幟，卓犖今之枚與鄒。何當起我爲盟會，家雞捉與鴻鵠對。火急三郎券盡燒，莫煩牽挽擔虚債。」時抑齋深居於湖上學宫，和章獨未至，他日以長律見寄，云：「壯年彈劍復吹竽，老大而今計轉疏。朝日盤盂吟苜蓿，古來圖書寫樵漁。詩壇對敵誠何敢，酒國封侯亦漫居。獨有眼前徐孺子，孤亭鬱鬱似招予。」予次韻和之曰：「湖上高齋淨掃除，煙波莽渺樹扶疏。夢陳俎豆參先聖，閒輟弦歌狎老漁。定有後生傳素業，那無佳客訪幽居。更聞覽古多詩興，莫惜篇章數惠予。」其他唱和不一，鄒、李尤多，不具録。

南昌喻文昭，名祥麟，別字在椒。乾隆乙卯科落解後，適有婚嫁者，戲占一絶云：「廿載閨房守拙愚，粧梳原自欠工夫。固應頭白蓬門裏，再莫低眉事舅姑。」是年，予館於道腴書屋，乃喻氏城中別墅也，聞其有是作，乃以三絶寄之，云：「怪道佳人賦摽梅，花容玉貌讓誰來。多應不嫁論家計，未必門前乏巧媒。」又「女伴朝朝宴笑餘，阿姨先嫁喜何如。假期小大終須有，莫妬他家百兩車。」又「我是人間老女師，逢人勸畫入時眉。自家不嫁渾忘却，那有傷春淚下垂。」喻和云：「節序驚心感落梅，自嗟老態怨誰來。梳粧古樸無新樣，更有何人肯做媒。」又「獨自深閨計較餘，文君未合嫁相如。乘垣終古留遺恨，縱以車來不上車。」又「老婦如今自得師，何須對譜畫雙眉。皈依好在空門裏，免得看花淚點垂。」時南昌楊白江之湘、奉新帥芳芷慧生，並失意，皆有和章，楊詩云：「自憐瘦影比缾梅，獨處何人問姓來。良匹未遭還待字，肯教蒙恥托行媒。」又「不語停針較度餘，絳仙才調女相如。如何也住青溪曲，廿載門無絳幕車。」又「深脂濃粉競相師，獨對菱花淡掃眉。送盡嫁春冶桃李，碧紗窗下柳絲垂。」帥詩云：「鬢挽烏雲額點梅，美人空望定情來。怪他村落無鹽女，紅葉紅絲慣作媒。」又「寫韻西山十載餘，登牆一笑愧何如。他年喚得卿卿去，也向人間挽鹿車。」又「阿姐分明是女師，何緣總部畫蛾眉。小姑獨處無郎慣，一桁珠簾月下垂。」又和喻文翁元韻云：「不嫁東風不是愚，鴛鴦繡就費工夫。作羹洗手尋常事，怪道村娘問小姑。」楊後改名立矩，辛酉中式。帥改名壽昌，甲戌以進士入詞館。惟文昭老於諸生，其二子從予游，長葆素膺鄉薦，次存素優貢生，並能詩。

熊莘亭士耕，字勤甫，進士實之日華先生子，爲名諸生。早年歲貢，好古文，而以制舉業授徒自給，本鄉居，僑寓於江城之射圃亭，與徐文德秀才爲鄰。時予寓齋隔三小巷，嘗過訪，作詩云：「短巷如羲畫，君當第二爻。不嫌嬰近市，秪似約居郊。即事多幽興，言懷有素交。自然成大隱，何必父名巢。」又「好是高賢後，居鄰並一牆。書聲互賡和，簾影自交相。不免敲門誤，仍煩倒屣忙。願移舫齋近，三友許同行。」莘亭和云：「論詩常夜半，不復夢呑爻。律細應推杜，神寒獨數郊。七賢懷尚友，二仲訂新交。曲巷幽栖穩，聊成翰墨巢。」又「箕裘今已敝，復搆小門牆。長物慚何有，良朋戒慎相。坐邀新月近，呼取隔籬忙。過我遺縑素，琳琅字幾行。」又疊韻見寄云：「喜玩同人卦，于門得吉爻。庭階無俗客，城市遠農郊。已撥形骸累，欣逢德誼交。處堂非樂境，聊借一枝巢。」又「絳帳高懸處，巍巍數仞牆。陶鎔金入冶，□礪玉爲相。只覺心花燦，常教筆陣忙。闢開詩境朗，長佩示周行。」予和云：「愛爾常耽靜，垂簾玩易爻。幽居宜曲巷，別業棄荒郊。但享書田利，何來世路交。從渠鶯出谷，老鶴不離巢。」又「科舉場中客，誰劘屈賈牆。古文嗟石泐，時藝詫金相。式靡談何易，删繁事益忙。秃君無恙在，了得字千行。」明年，予仍訂居舊館，莘亭以《早春見懷》詩寄，云：「料峭東風拂户頻，小齋零落不成春。偶看林圃梅魂瘦，應識隋堤柳眼新。矮屋三更初落月，短檠四壁未眠人。書惟咫尺音塵寂，惆悵鄰家問字賓。」又「竹徑松窻別有天，擘箋揮翰過年年。幽蘭在谷清香遠，老鶴歸巢骨氣堅。詩社已鐫丁卯集，騷壇長奉丙申編。山深二月鶯啼早，日向江干望畫船。」予和云：「佇望停雲結想頻，江城小別又經春。朋儕落落悲離合，節序匆匆感故新。花苑自招金絡騎，柳衙爭映玉樓人。終輸寂寞元亭者，載酒門前少雜賓。」又「故家喬木本叅天，饒有吟情屬暮年。墨沼騰翻思借潤，詩城屹立敢摧堅。新篇貽我原難和，拙句酬君不用編東坡寒食詩「偶題詩句不須編」。直待良辰更要約，嬉春同上泛湖船。」莘亭喜七律，數數牽挽賡和，然予稿多不存，茲因元唱而附録之。莘亭嘗有戲作云：「暫居蕭寺當書□，嘯傲長街復短街。最怕天工施狡獪，却嫌造化錯安排。劉公豈是池中物，隗氏真如井底蛙。過眼雲煙聊一吷，披襟散髮任詼諧。」其兀傲不羣之概，固可想云。

予同年友劉笠庵，名章黼改名鉽，字梅陸，乃御史湘畹先生之冢子。雖長於宦家，蕭然環堵，惟以翰墨適意，嘗自其仲弟分府閩中官署，還以紀遊草屬予序，予文有云：「吾聞分府之治，濱於清漳，海涵地負，橫絶東南。君之遊也，當必有如昔人所云『吞九鯉於胸中，摯六鼇於掌上』者見於篇什。」他日笠庵來，微笑曰：「某詣力不逮此君，何不少假借。」然笠庵詩實閒淡自喜，如其人之性情，不欲以才氣見也。《省垣登舟寄内》云：「南達閩漳路未遥，咋來原不作魂銷。祇憐井臼操衰鬢，莫念風霜到敝貂。善病沈郎差漸健，依人王粲總無聊。燈前不用金錢卜，早晚潮王洲名掉去橈。」《秋日齋中漫興》云：「剥啄無人成獨坐，茅齋靜掩寂寥中。一編窗下消殘蠹，何處天邊送遠鴻。石砌聲喧蕉葉雨，水亭涼試稻花風。門前已覺秋光到，嶺樹新添數葉紅。」《題秋林放牛圖》：「村前村後田千畝，斷塹荒塍映柏柳。每當十月秔稻收，時見烏犍放谿口。我憶此景欲畫難，恰落妙手經營間。三三兩兩蹄角健，髣髴耕罷恣遊閒。崖樹霜黄葉微脱，朝陽隱約上林末。山深草美牛易肥，牧童無事歌且歌。旅人觀畫發長吁，羨殺田家樂有餘。何時得遂歸耕願，也買吴牛飯碧畬。」笠庵作詩不多，復遭火灾，念昔年諉諈之意，姑録數章於其身也。

高安笏山劉盛斯，字際虞，吾從叔梅莊女兄之子也。父叔兄弟並入庠序，而際虞尤年少多才，雅好吟詠。甲申乙酉間館于吾族，時予年十七八，從先君學，相隔老屋數重，讀罷輒相過，常與唱和，猶記時值鄉試，際虞束裝赴省，予作詩送之，詩科落解，追和予詩云：「旗鼓交場也較雄，不堪遲滯老闈中。揮戈漫恃能回日，擊楫終傷少順風。陳太守賢空下榻，李將軍戰竟無功。夜深忽憶君前語，搔首長歎兩鬢蓬。」《江城覽古》云：「結靷來遊興不孤，東南形勝數洪都。匡廬嶺勢平分楚，彭蠡江聲半入吴。記續三王唐祭酒，庭懸一榻漢司徒。臨風又上繩金塔，滿眼雲山入畫圖。」後辭館歸，有途中即事詩，云：「歲暮愁爲客，終年事遠奔。白雲籠古刹，斜日隱孤村。瘦馬長橋路，梅花淺水痕。謀生吾計決，痛恨蕪田園。」際虞家本貧窘，三躓場屋，遂不應試，與予不晤者，幾難記起歲月，近聞其老爲蒙師，兼資日者術以自給，想吟情亦久廢矣。

老友熊昂千，名芳，原名驥，太學生，才本放浪，最喜唐任華、宋杜默之詩，故所作七言古全無節制。嘗嗤沈歸愚諸選云「穿釘鞾，拄拐杖」，此六字評歸愚已作，猶或近之；若所選别裁集，繩墨雖嚴，如少陵所云「掣鯨碧海」、昌黎所云「巨刃摩天」，此類詩殊不少，但一切粗材發於醉飽者，不收入耳。昂千所不愜意者，豈以是耶？昂千有詠三國君臣五言古，凡十二章，尚不潰防檢，惟《詠關壯繆》一篇比於至聖，推尊太過，詞亦急直，今删去，其餘並録而存之。《詠漢昭烈皇帝》云：「漢末失其鹿，天下共逐之。紛紛羣豪出，漢祀已不支。昭烈起天潢，倡義興六師。龍虎風雲會，高光再見時。豈知災精竭，天命與之違。討賊雖爲獲，神器終不移。正統賴以續，大義賴以持。皇然綱目上，聲名已不虧。」《詠魏武帝》云：「孟德亂世雄，脅君恣其惡。飾詞欺諸侯，雅欲積威約。書墓有成言，聊厚不爲薄。曹參寧可宗，文王豈容托。弑后猶敢爲，帝制胡弗作。厚利已自居，虚名復自却。愚弄天下人，謂世莫予度。寧知百世後，肺腑已昭灼。」《詠吴大帝》云：「仲謀據吾地，虎視亦雄哉。赤壁敗阿瞞，百萬化爲灰。從此三江險，魏兵不復來。上襲父兄業，下驅英俊才。誠能匡漢室，大運當復回。奈何奸蜀好，不使大業恢。虜其名將歸，殺之尤可哀。得地究何益，數傳亦傾頹。」《詠漢丞相武鄉侯》云：「南陽一匹夫，居然來三顧。帝實有其誠，公亦得所附。再傳非所期，三分非所務。盡瘁以終身，聊以畢吾素。

惟商有阿衡，惟周有尚傅。區區管樂才，曷足盡吾度。惜哉五丈原，將星落軍署。奇功雖不成，千載有餘慕。」《詠魏侍中荀彧》云：「或賢與或愚，大節人所共。失足在權門，豈不負絃誦。闇哉荀文若，此事胡弗重。言有王佐才，寧無聖明用。蕩彼士類閑，爰爲奸雄弄。叛逆形已成，諫之徒驚衆。身没名亦亡，遺迹猶堪痛。前有楊子雲，先後堪伯仲。」《詠吴都督周瑜》云：「公瑾亦奇才，近古未嘗有。生亮復生瑜，兩賢相阨久。惜乎量未宏，微覺分好醜。凡事差一籌，豈能稱敵手。始焉從伯符，舉動不離肘。繼則事仲謀，敬愛如親友。江東王業成，此人功八九。顧曲稱周郎，風流傳不朽。」《詠漢將張桓侯飛》云：「翼德人中豪，氣不可一世。高義釋嚴顔，猛士常不瞀。視彼盜國臣，伎倆如兒戲。事苟益國家，殺身非所計。討賊固所明，報仇氣尤厲。一朝蒙禍殃，其謀遂不濟。言有國士風，先儒解其意。至今青史中，凜凜有生氣。」《詠趙景公雲》云：「常山有虎臣，報主顯奇烈。聲震長坂橋，百萬氣已折。却彼趙範婚，豈曰非明哲。伐魏雖數言，千秋義不滅。惜哉帝不明，此事成虛説。縱横數十年，忠勇兩無缺。比之絳灌儔，庸史無區别。斯人如或存，方召可同列。」《書管寧傳後》云：「我愛遼東士，守道何其堅。見金揮不顧，聞蹕足不前。故人有異趨，割席以自全。諸老不知漢，大義甘棄捐。身雖居其地，清潔終匆遷。其人雖已没，後世稱其賢。生有高世名，死亦垂千年。篤哉管夫子，無愧四民先。」《書禰衡傳後》云：「正平不識時，乃欲逞狂直。故人薦之官，司鼓非其職。曹操梟雄姿，辱之不遺力。黄祖暴戾人，輕之若蠅翼。區區言語間，貽禍亦已亟。吴江作賦年，回首不堪憶。才大竟何施，名高亦無益。凄凄鸚鵡洲，過客恒太息。」《書陳琳傳後》云：「孔璋草檄時，筆底有雷電。纍纍數百言，操罪已如見。建安多奇才，斯人固其選。奈何身世間，茫茫不知變。從袁固失身，依操寧非賤。輾轉羣雄中，無亦有所戀。富貴使人疑，爵禄令人眩。今古皆如斯，蚩蚩何足譴。」

劉一峯子春，字懋修，郡庠生，西山潭源人。少時聰穎絶倫，屬對爲韻語，能以敏給勝人，雅欲與時彦相頡頏。嘗遊江浙諸處，爲名輩所賞識。晚歸灌城，僑寓澹臺子祠墓之東，小構數椽，琴書瀟灑，傍有隙地，可蒔花卉，朝夕吟咏其中，殊自適也。兼工行草，有以佳紙索書者即書己詩於上。其詩但取寫意，不免失於率易。諸稾中惟《移居》四首，尚見幽致，《游仙》諸什，時出元［玄］悟之語，今録於後。《雜詩》序云：「十首乃游仙作，語似不類，而專言修養，故著。」其《雜詩》云：「莊周非真夢，籛鏗惟假年。自古皆有死，何曾見升天。我欲學長生，包轉坤於乾。上既凌紫清，下乃窮黄泉。耶穌掌造化，九皇判神仙。不向愚者説，只令智者傳。秉質還太初，歛精歸一元。此訣妙莫名，别求都惘然。」又「出世矜全受，那聞有二道。伯陽過關來，口説無留稾。未應教儒者，汎務於黄老。養心尚寡欲，自得由深造。相將展秘要，肯爲求法寶。元關斡融融，黄庭明皓皓。學成在一身，靈藥不須搗。内外交厥修，神色同姣好。」又「昨從羨門語，今接洪崖友。誰知塵壒内，神仙在地走。悠悠五千載，閲世未覺久。宅舍亦偶托，神氣爲之守。沆瀣潤瀉肺，杞菊甘滿口。層雲生履韈，清風來左右。我駕上瑶池，更揖西王母。斯遊快冲舉，有翼牽兩肘。」又「下界憑煙火，養生術不工。真人與我言，返虚进八空。特爲疏九竅，仙脉常流通。龍虎各貼伏，丹田運當中。性命若磐古，轉與開鴻濛。元氣結成胎，真精復還童。百魔斯已降，萬劫將焉窮。大業吾未遑，此道相始終。」又「吾亦棲遲人，善世無妙法。未能邀厚福，只得修凈業。所愧食不給，有生常空乏。倘言穀可辟，適與吾情洽。秋稼不舉量，春佃不荷鍤。咨錀問三尸，潠祝數六甲。粟裏藏世界，壺中埋浩劫。吾身本眇小，莫謂内窄狹。」餘五首潔淨不逮此，故不録。《移居》序云：「己未十月，辭城南李尚書園林，移居順化門，内皆濠面湖，近澹臺祠墓，蓋古灌園遺址焉。」「移居城東隅，城下認歸路。結廬就郳園，傍濠多煙樹。鄰畦青菜長，野塘新水注。澹臺留荒祠，相隔數十步。仰止雖已遥，彷彿狷者慕。開門無市喧，以此愜幽素。」又「應世太疏略，於人少逢迎。何不自檢束，往來皆俗情。飛雁雲中翔，候虫牀下鳴。大小亦殊致，暢若寡所營。在山泉水濁，出山泉水清。翻用杜句反慮八遐曠，孜孜身後名。」又「故家西峯下，常言故家好。暖風被柔茅，宿露潤豐草。石架蕭史壇，車驅緱山道。旌陽思拔宅，洪崖見流潦。神仙固難求，遺迹差可考。未卜何年歸，冥修契靈保。」又「麻生不紡績，禾熟不治田。俯仰念二事，身謀苦未先。母食糲無肉，女衣薄無綿。生男夙夭折，病妻成拘攣。且復事佔畢，終年擁寒氈。昌黎送窮文，試驗仍不然。」

劉一峯居灌城，晚年貧甚，賣文爲活，其才本便於應酬，價直亦低，索文之客日至。其門亦有賺其文而潤筆不至者，一峯每慨歎及之。家蓄古琴一，自矜價可直千金，硯材一可直五百，因署其居曰「琴硯山房」。予嘗有《琴硯山房調主人詩》云：「山房主人抱奇襟，盎無斗儲長詠吟。客至輒誇富無敵，硯材五百千金琴。自言二物非易致，巧匠斲餘良工製。貨古直高久未售，英光不發元音閟。一朝詒符騙市兒，琴硯誠古符却癡。願君終與琴硯友，慎勿遮道稱符師。」今一峯病哽死，無子，二物未知其將屬誰氏矣。

井道山人，爲明高士梅岡樵者後裔，廣文唐信川先生子也。嘗居至德觀，有願從之學者則聽其來，其不可者則麾而去之，水清無魚，真有如曼倩所言者。骨傲性俠，不欲受人世摧折，自居此山，遂夷然有出世學道之意。嘉慶乙未歲，予舟過米潭，作七言古詩寄之云：「洞天闢巉巗，水府顯奇奥。千載仙靈居，幽絕無人造。憶昨舟過動心魄，江風獵獵吹黃帽。遥瞻百里鋪玻瓈，方壺一山景常倒。波際碧樹渺如髮，紫煙靉靆自覆冒。琅玕芝草不可尋，時有白鶴翻雪縞。潭中睡龍何年起，雷公怒擊助威暴。垠崖破裂色尚赭，至今石乳流如膏。永思鍊形金液人，姓字炳爍照真誥。仙凡隔絕豈在遠，海山對面許誰到。春漲浮天八浦溆，孤篷連夜聞驚瀑。何當一訪方子春，援琴彈作水仙操。」山人答詩云：「至德凝至道，寓目無非奥。役役半生餘，茫乎未有造。眼前一指能障之，空負頭上章甫帽。明明須臾不可離，云何此心日潦倒。往不可諫來可追，撥却雲翳窺覆冒。江心一柱揷青天，夏雨春風堆雪縞。晉代完人於此間，眺蛟尋迹曾驅暴。人慶安瀾昔至今，百穀用成仰其膏。盛德大業至矣哉，名稱有自昭真誥。仙凡之隔原不隔，大學中庸面面到。愧我謭陋詫其巔，夜半能無驚雨瀑。何以處我幸教之，欣然欲作迎仙操。」《前韻詠陶作迎仙操》：「真意云如何，陶公得其奥。尋常俯仰間，境味誰能造。非隱非見非曠達，何必重九驚落帽。與道大適是誠難，信手拈來豈顛倒。一味自然最可人，後來作者皆覆冒。撫卷空山時引領，如可作兮獻紵縞。景物年年今昔同，中聲獨人無暴。横空踏實不墮禪，沾溉儒林陰雨膏。即事多欣衣食紀，語質味長繼典誥。無入不得無非道，可知可行不可到。山人未免猶鄉人，仙樂聲滃然瀑。點化會須果下凡，擬摘園蔬共冰操。」詩頗横厲，其不受羈絏處，亦如其人。後以事去巾服數年，南邑令黎公名承惠，羅山人閱其案，知非其罪，請於學使者復之，然俠氣未盡除，遇事猶或憤激不平，予寄以絶句云：「高臥蛟臺與世遺，向來得失浪懽悲。願君憑取巖前石，磨盡鋒稜似鈍錐。」山人得詩謂諸生曰：「爲人友者，不當如是乎？惜猶未諒予心也。」乃和詩曰：「井道山人事事遺，本來無喜復何悲。寄聲良友休吾慮，鈍處囊中不是錐。」自是益斂迹空山，歲貢後不復應試，年六十餘卒。卒之前數日，命子旭以「暴」「氣」「纔」「消」四字額其靈座，足見其負氣倔强，死而後已，不獨襟期曠達，爲人所難及也。山人名彩文，頗自晦，惟署别號云。

癸卯端午日，小雨未出，恒清適以札至曰：「曉清負惡瘡，赤脚走恒清草堂若泥塗，其不足惜也。雖然，到門成佳會，賭酒倚少年，綏之獨不爲奮然起乎？」蓋因去年是日同樹德飲恒清家，席間賦詩有此語，故舉以速予。恒清嘗曰：「我輩良辰令節，皆羈客邸，中秋佳月，又或困於鎖闈中，惟此節不可不圖歡會。」故自辛丑以來，端節必會，會必有詩，先後凡十年。至辛亥，恒清没，此會始散，諸友詩亦皆淪失。今檢散篋，得恒清乙巳是日雨中見憶詩，不忍棄去，因併予和詩録之，題云《端陽阻雨，因憶往年鄒子曉清、羅子樹德綏之會飲勝槩，感而有作》：「南北溪頭舉手招，每逢令節便相邀。無端風雨增離索，有味盤餐轉寂寥。獨酌未能成一醉，聊吟虛負約今朝。怪伊自昔天涯感，祇此神愴兩岸遥。」予和云：「記得常年折簡招，那因風雨阻相邀。長橋水溢空瀰渺，別館雲深鎮寂寥。堅坐不堪虛好會，孤吟柰何度清朝。哦君新句增悽惻，何必秦吴始是遥。」柳子厚云：「昔人知樂不可常，會不可必，故當歡而悲者有之。」予今而後知其語之愴懷也。予端午節輒與友人會飲如此者，凡十年，自辛亥恒清死，此會始散。明年壬子，是日，予寓鄧氏擷芳園，抱病初起，譚生宗瀚二鄧生琨璧潔罇飲，予對酒感懷云：「曉窗風雨集芳辰，病客淹留興未申。近席榴花初照眼，盈罇蒲酒不沾脣。友生談詠聊相遣，圖史披陳強自親。忽憶去年尋宿草，纔舒懷抱又傷神。」蓋因去年是日同曉清、樹德攜酒奠恒清墓，故追感之也。恒清負儁才，詩筵酒席談嘲流速，往往以是取忌于人。嘗記應試江城，儕輩中有列高等者，一日小集，索其文讀之，初不下贊語，既問寓居何地，曰佑清寺華嚴堂，笑曰：「怪道是字字華嚴法界來也。」衆色然，其人以爲諷己，遂含怒去。予嘗謂文士習八股，如釋子做香花，雖朝夕課誦喃喃，究無當於佛事。學詩如韻士耽水墨，雖性情稍近野逸，然頗得煙雲供養之趣。友人中，恒清攻八股而予獨嗜詩，兩人所見斷斷如也。他日恒清札示曰：「請息肩少陵之門，願從事半山之律。」予舉東坡語答之曰：「若遇興也，便有箋云。」聞者笑之。

熊子道實，與弟道賓同以詩賦補博士弟子員，惜其早世，其所親以遺草數紙懇正于予，蓋出熊子意也。其中有《梅花》三十詠，雖未脱前人窠臼，而筆意疏秀，在等輩中亦爲可喜者，今零章斷句，將作棄紙焚去，爲存其數首于此。詩云：「粉牆西畔畫橋東，疏影清香處處同。嫩蘂頗勝寒雪壓，幽姿偏喜暖雲烘。譜題林下無雙格，信報花間第一風。自覺孤芳難見賞，笑渠桃李門顔紅。」又「數點天心正復初，衝寒破臘蘂交舒。格高祇覺癯偏勝，性淡真教俗盡除。夜月亭臺逢縞袂，春風簾幙拂瓊裾。何當遶屋栽千樹，花裏開罇讀漢書。」又「孤芳林外久藏真，一旦梢頭復報春。鍊盡冰霜方有骨，得來水月更添神。香迎小院銜杯客，冷伴空山臥雪人。回首牡丹誇國色，華清宮殿已成塵。」又「嘈雜枝頭翠羽喧，殘香冷落倩誰温。寒煙漠漠空山路，斜月娟娟野店村。紙帳夢回添素影，茅檐春靜倚黄昏。遥知環珮歸應得，憑仗東風爲掩門。」又「春色遥從何處看，行行野岸又江干。穿林頓覺香成陣，就樹偏驚玉作團。臘雪欲晴還復雨，暮天微暖又成寒。年光到處誠堪賞，柏葉椒花共薦盤。」又「寂寂幽芳詫澗阿，天教寒艷轉陽和。欲知春色來多少，試數花枝驗少多。漠漠梨雲同夢否，蕭蕭松徑奈愁何。阿誰樹底翻新曲，合向蟾宫倩素娥。」

黄生翰，號墨樵，居水南村，讀書香山院，巖谷奇秀，嘗作《香山十景》詩粘於院壁，遊者咸樂觀之。其爲詩，短律絶句間有蕭疏淡遠之致，於古體歌行則功力猶未至也。有《對酒放歌行》一篇，頗豪宕，今録於此：「我本放浪子，俗流所譏彈。平生百不嗜，惟與酒結歡。有酒五内熱，無酒雙眉攢。不願天上作酒星，願爲人間祭酒官。小飲盡一斗，大飲一石乾。飲餘自捫腹，芒角生無端。咄咄書空際，望古長浩歎。劉伶猶怖死，荷鍤非達觀。阮籍縱玩世，窮途淚汍瀾。此際畢竟輸李白，醉中捉月沈江湍。不知吾身有生死，遑問來日攜糧負薪當大難。采石磯邊水漫漫，弭楫憑弔夕陽殘。唤起詩魂共盤桓，倒罇與澆夜郎寃。君不見，六合徘徊終偪仄，拍浮只有酒船寬。」李白捉月乃俚俗相傳之言此詩亦誤用。

應上人自西山駐錫溪上小庵，其人誦經懺、明藥術，耳聾寡言，村人謂之「鉼子和尚」，所居楊岐寺，巖谷奇秀，於西山最爲幽僻，出山有日矣。嘗贈以詩曰：「上界鐘聲杳不聞，衲衣漸覺染塵氛。手中只有筇枝杖，猶挂西山一片雲。」蓋諷之也。先是，上人游廬山，得詩僧方曙所書字數幅，中有絶句云：「磨快鋤頭挖苦參，不知山下白雲深。多年寂寞無煙火，細嚼梅花當點心。」時時出而玩之，曰：「余讀此，輒動還山之念，但梅花豈堪療飢，當俟秋穫歸耳。」已而，果不食言。師名指月，操行極清苦，客至，盥手供茶具，謂侍者曰：「必如此，客飲之始安樂，我亦受福。」愛山居，因應上人時來溪上庵，然不旬日即去，真高僧哉。

梅莊叔館金山黄氏，數與望城寺詩僧西貝唱和，時洪兩山鐘明經負詩名，便道憇寺，見西貝詩及叔所作回文諸什，嘉歎久之，旋作二絶句贈西貝，并以寄叔，云：「準備來叅一指禪，散花時節又經年。匆匆最是車輪轉，不放西窓一夜眠。」又「讀罷回文七字詩，匠心獨秘枕中奇。懸知飯顆山頭客，短鬢都催鏡裏絲。」叔和其韻曰：「事業文章倒縮禪，蘇髯習氣恰多年。南州詞客如相問，晨起焚香午倦眠。」又「標格難親衹見詩，風騷一代最稱奇。金鄉記得留題語，雙屐孤村艷色絲。」自註：兩山憇金鄉書舍詩「雙屐穿泥滑，孤村夾岸稠」，嘆爲佳絶。又按：東坡有「事業荒唐，文字爲累」之句，及晨興半柱名香，午倦一方藤枕，爲賞心事，皆可爲前者註腳。與嵩嵐僧顯明遊山中，山茅著花，彌望皆是，僧曰：「諺所謂『茅花時運』，固如是乎？」一笑成詩，詩曰：「天工次第發羣葩，小草何心競物華。山徑蓬蓬風動處，也看時運到茅花。」

辛丑歲，予在竹山遇閩僧道暹，頗知堪輿術，藉以自給。阮氏故信風水之説，因留之于别館。予不甚喜其人也。一日，夏漲漫村，移居一室，與之言，釋典、儒書並略通曉，予作七律詩試之：「高僧飛錫自閩潭，海上奇峯次第探。手挽數珠一百八，胸藏法界大三千。掃除文字空殘唾，收拾風幡入妙叅。知有雪山十年坐，他時稽首老瞿曇。」和云：「偶隨雲鶴客江潭，海藏琅函愧未探。何處宗門談不二，自來妙道寄前三。對蘭真樂公應味，擊竹元[玄]機我尚叅。尺麈繩床趺坐久，請從尼父證瞿曇。」韻腳平穩，結語尤佳，始知其爲詩僧矣。既而辭去，有西山人以書報予，言其挂褡翠巖，寄以詩云：「一紙書傳貝葉餘，問禪難過遠公廬。劫沙作飯徒能熱，優鉢呈花本是虛。頗記弄拳曾試我，莫緑饒舌便瞋渠。庭前柏子西來意，他日因風幸起予。」僧次韻和四首云：「天涯芳草醉吟餘，回首乾坤一寓廬。虫臂鼠肝全是幻，龜毛兔角半成虛。樨香無影吾乎爾，竹響渾忘我即渠。千里形骸原不隔，江頭明月認前予。」又「蒼葭無際碧天餘，何處溪頭處士廬。秋水澄澄人宛在，煙江疊疊路全虛。廣陵千古誰知己，圓澤三生祇憶渠。役役翠巖山下路，曉猿夜鶴亦憐予。」又「傾蓋拚歡十日餘，飄然山水信吾廬。短笻未了詩公案，廢紙寧知賦子虛。翠竹真空宜笑我，白蓮净課久招渠。他年領取啖煨芋，糞火堆邊應識予。」又「嶺樹江雲思有餘，問奇未過草元廬。情迷遠浦秋容薄，夢醒空梁月色虛。萍梗風塵還作客，蓬蒿煙雨忽逢渠。新詩尚有林問約，大業名山不負予。」僧自去竹山，數年間，予一見之於逍遥山，一見之於江城，皆與文士同行。意甚閒適，厥後不知去向矣。

今人題贈，好集詩句成聯，然多與人雷同，未免數見不鮮。不若取經書文集語，稍覺生新，嘗見人書座間云：「四大而外無所爲迹，一室之内有以自娱昌黎與衛中行書。」又「便欲作濠濮間想梁簡文語，自謂是羲皇上人陶淵明語。」皆灑落可喜，竊倣之。溪莊自題云：「净院明窓之下蘇子美答韓維書，吟風弄月以歸程明道語。」又「但取衣食裁足馬伏波述少遊語，嘗著文章自娱陶淵明五柳先生傳。」《題道院寓齋》云：「恐美人之遲暮離騷，挾飛仙以遨遊東坡赤壁賦。」《贈里中長者》云：「其人美且仁，俾爾壽而富並詩經。」汪丞善屬對，相過談甚洽，予促之去云「君侯無落吾事王無功答杜之松書」，即應以「先生將移我情水仙操序」，亦極工敏。甲有子爲暴於鄉，適自斃，樹德快之曰：「天去其疾矣左傳。」予曰：「鬼得而誅之莊子。」一時戲語，恰有成句供其掇拾，不意鈍根人得此。

程芝園能乩術，嘗有仙靈壇賦詩，予戲題二絕句挑之：「駕鶴騰空不記年，偶逢香火亦流連。定知厭住蓬萊島，故向人間作散仙。」「卓犖仙才本絕塵，乞留數字證前因。榴皮書向東家壁，還似當年回道人。」芝園代禱，竟未蒙和章。

譚浣思，名浴，闇堂先生子。每作詩，必先使人限韻，因以四韻戲之，即索和章，詩云：「夫君貧甕飽菹醃，吟口長開未欲拑。篋裏新詞翻靄廼，尊前險韻鬭義尖。博觀模範求千劍，痛剷荒蕪待一杴。休傍古人作生活，義山藍縷不堪撏。」譚和云：「橄欖青青未許醃，口回餘味不須拑。吟詩限韻難藏拙，對客揮毫匪逞尖。漫謂生花多妙筆，懸知撥火有新杴。便便腹笥斯堪羨，獺祭詞場豈足撏。」時乾隆癸丑歲，湖上僧房作。業至嘉慶甲子夏，程芝園於近鶴園試將乩之術，因請和予前韻，即搖筆書云：「莫笑枯腸句盡醃，新機脱口未曾拑。斗中酒罄詩稱霸，夢裏花開筆吐尖。久擬驊騮馳遠馭，漫誇猺猑舞長杴。高歌一曲多才唱，留與詩人仔細撏。」又仙乩自題云：「茅廬靜養性情醃，談到紅塵口欲拑。化雨膏凝滋海表，慈雲花結鎖峯尖。種惟瑶筍盛將缽，辭有繁葩剷用杴。借問楞嚴何處造，層城十二法當撏。」詩勝譚作，但「醃」「撏」二韻尚似欠妥，豈仙才亦不免受窘耶？予疊韻再索和：「枯腊長留不受醃，口珠失去底須拑。憑來頑石皆能語，捶後神錐不復尖。作字已判費毛紙，題詩未肯避泥杴。真仙要有飛霞佩，莫向人間事撦撏。」詩未脱稾而仙已散去，想虐謔之詞不樂聞也。

先母田孺人以乾隆甲戌歲中秋日見背，時安僅七齡，故集内無中秋詩，嘗有《中秋夜答人問》云：「人間良夜月團團，共怪尊前慘不懽。二十年餘望明月，誰知淚眼不曾乾。」又自題拙集八絶句其二云：「百年幾良夜，長懷風木悲。那能對明月，忍淚作新詩。」予生平騷體文極少，廢槀中有《秋夜吟》一篇，以其爲思親之作，遂併跋語存之，詞云：「秋風肅兮中人寒，遊子淪落兮依江干。江干兮多梧桐，滴夜雨兮淒酸。思病親兮不寐，欷孤枕兮淚汍。瀾湯藥誰將兮菽水，誰奉豈不欲歸兮。」《行路難》跋云：「此去年季秋集嘉坊館中作也，時先君子抱病家園，不孝以貧窘之故，不能朝夕左右，身羈客中，心繫膝下。是夕，風雨蕭騷，愁人獨臥，感念家庭，中心如割，因就枕上口占此詞，以寄憂思，清晨録出，旋遺其稾，亦不復記憶。十一月十三日，先君子病竟不起。今春，不孝復客沙井，偶檢書簏，間得舊稾，淚涔涔下。嗚呼，時賢功名仕宦，尚有垂白之親，而不孝歲事筆耕，僅求斗粟長承色笑而不可得，而今已矣。片紙飄零，人成隔世，家山迢遞，恨結終天，因爲重録其稾，記其時月於後，庶幾永志哀痛云爾。戊戌二月十五日，沙井客窓書。」

宜黄吴偉秀才，字伯超，中年盲於視，以小童爲相，挾一册索食他鄉，册中多人贈句。余既賦七律贈之，又代言生作一古詩，云：「唐生目盲著詩解，異事我昔聞眉公唐汝詢生而盲，淹貫著書，有《唐詩解》行世；陳眉公作《十異人傳》，汝詢其一也。君今文字亦滿腹，天公見忌將無同。胸藴奇氣無由發，日挾行卷風塵中。豈知世眼空似炬，朱碧莫辨如乃翁。册中贈言寓微諷，力薄何補窮途窮。須乞昌黎大手筆，作書直達李浙東。」伯超但工時藝，好事者命題面試，往往有所資助。時從叔梅莊亦以目盲，窮坐十載，聞吾詩而經吾地，或未必不動秋水伊人之慕也。

予家溪上，坐石哦吟，頽然自放，一二交遊外，絶無蹤迹之者。嘗記恒清有懷人四言詩數章，其《懷綏之》云：「一邱一壑，載歌載謡。伊何人斯，偃臥溪橋。間鷗淡蕩，野鶴蕭條。謝彼塵坌，即之愈遥。」知我者以爲神貌兼得，不必更寫溪上圖也。

録從兄樹德《辛酉元旦》詩：「除夕貸斗栗，春揄不及炊。際兹元旦日，未是忍饑時。老妻病牀褥，兒息猶戲嬉。無酒難遣懷，傾甕得數卮。一飲未必醉，玉山遂已頽。淡淡雲將斂，瞳瞳日漸移。賀正客如鶩，窮愁誰復知。」樹德終年不拈詩筆，有所作，不稿而成，此詩真樸有味，亦可存也。

山陰王謔庵、閩中黄子虛，皆有律陶，隨意摘對，自見通脱。從兄樹德於村塾教小學，頗以此爲下酒物，嘗曰：「飲酒不得足，取琴爲我彈。謔庵句妙矣。子虛則云：『有酒不肯飲，校書亦已勤。』亦極自然，但非爲我言之。」因各拈一句，以題柱間，曰：「飲酒不得足，校書亦已勤。」予語樹德有酒不飲是以勤語：「校書若飲酒，不得足，將必以沈湎，荒功課，校書安得勤乎？然則上句乃兄實録，下句恐是兄昧心語也。」因相與大笑。

予年二十六，未有室家。嘗秋夜坐棠岡客舍，聞促織聲，戲成絶句，云：「切切悲吟傍草廬，蕭疏微雨夜涼初。似憐羈客貧無婦，故作機聲伴讀書。」他日赤岸葉維德偶過見之，嘆曰：「詩以言情，良然，較讀牧犢子《雉朝飛》辭尤微婉動人也。」薄暮江上，見野鷗泛泛波間，作絶句云：「入浦漁舟帶夕暉，尋枝鳥鵲亦南飛。閒鷗何事不歸去，野水瀰漫無處歸。」蓋有感漂泊之意也。既入室，課兒子讀唐詩，問曰：「『白鷗原水宿，何事有餘哀』，乃少陵句也，然則予將無代白鷗鳴哀耶？」

録從叔梅莊諱大謨，諸生先生《賞析居序》云：「蓋聞不常之謂奇，不解之謂疑。奇如初開之花，驚其新艷，而不名其美。疑如已成之繭，見其囫圇，而莫覓其端。有奇不共賞，則樂善之機不暢。有疑不相析，則窮理之功不密。陶潛云：『奇文共欣賞，疑義相與析。』旨哉言乎！真明道進德之金針寶筏也。予窮而老，老而盲，盲而病，足不出閭巷，目不覽詩書者十年，煢煢一室，形影相弔，輾轉無聊，莫可名狀。本欲藉茲文墨以慰目前，以娱晚景，奈離羣索居已久，雖偶有所得，其間疑者固多。即自謂奇文者，亦未知其果可以共欣賞焉否也。姪安，篤學士也。詩古文章卓然，不安小成，精力尚健，躞蹀未已，其能登作者堂，無疑也。諸稾雖未梓行，傳寫已遍都人士。客居七年，今始歸，每日早晚必一視予，予或終日擁被坐牀上，必於牀前問之。窮矣、老矣、盲矣、病矣，富貴功名之念絶矣。而吟詠之興，身心之學，竊未肯以一息尚存之身少懈此志也。古人尋師訪友，不憚千里，今近在几席，曾不得麗澤之資將伯之助，子深恥之安乎 □□ 不棄年耄而逝肯適我乎吾□□□□□□□□□□□□藝□□□□□□難經史以取法其人品心□□□□人以鑒別□矣。斯其爲賞析也，精矣。使予見所未見，聞所未聞，併使予無目有見，無耳有聞，何快如之？爰名其所居曰『賞析居』，非敢謂樂善不倦，抑聊以存吾順事，没吾寧焉耳。再或乘茲暇日，揣摩天下形勢，構撰世務圖策。方今盜賊肆行，抗拒王師，誠得同志數十輩相與赴義從戎，設疑陣，出奇兵，勦滅匪逆，掃除妖氛，定國安民，露布天下，將所得又不止身心之微潤已也。其賞析更爲何如也哉？本性情爲學問，本學問爲經濟，坐而言之，起而行之，合内外而時措咸宜，夫乃爲儒生之全修也，是又予之所厚望也歟。庚申仲冬序。」和姪伯超事，蹶然起曰：「吾與吴君同此患，才亦略相當，獨槁餓一室中乎？」遂命安書求友聲帖以先之，安知其戲而不爲也。督之不已，因走筆成之，叔笑曰：「子能相我乎？度子不能爲相。姑讓吴君，獨作此生涯，可也。」

梅莊叔詩學樂天，未嘗刻意爲之，而抒懷述事，一歸自然，有《古意》一篇，云：「昔有卞和子，懷璞荆山麓。精神見山川，光輝滿亭毒。惟恐什襲終，無以庇嘉穀。抱之向君門，剖心陳欵曲。不償連城價，翻爾再刖足。刖足何足恨，所恨沈美玉。」又《即事》七律云：「是是非非有定評，莫將志慮役虚名。兒童能讀經書字，父老無談楚漢爭。但借酒杯澆積恨，好憑詩筆遣閒情。終軍壯志君休擬，猶有磻溪把釣生。」讀此二作，可概見其襟抱矣。

余世家溪洪，去西山已遠，地迥境偏，自始祖宋文學伯高公，號田樂隱士，愛其山水之佳，卜居於此。南豐朱進士夢吉，贈以詩曰：「拋却青氈去，莘耕有隱衷。結茅數椽屋，蔭户幾株松。雞黍田家味，羔裘逸士蹤。濁醪聊取醉，吾意喜相逢。」蓋恬退之士，而樂此別業也。予暇日探討其勝，取期間藕塘、河池、茭湖、竹陂各係一詩，雖一邱一壑，不足當大觀，然使素詫知遊者。《讀安賞析居詩原韻》云：「壁挂當年靖節琴，懶從弦上問知音。繩牀偃蹇終朝夕，雪徑荒涼任淺深。老景得來聊自樂，少年失去莫重尋。惟茲賞析奇疑事，最是關心舊竹林。」《再和安原韻併示滋侃諸姪》云：「斫得孤桐不製琴，知音豈必在繁音。白雲自向空山住，流水終趨大海深。没世無名真可疾，當身是道更何尋。請看臘盡陽和動，滿眼春花發故林。」《安賞析居詩有序》云：「庚中冬，安以倦遊歸里，梅莊叔喜甚，朝夕詔以書史，并出數年來所作詩文相商榷，因顔其軒曰『賞析居』且序之，安識以詩，囑樹德兄、元直弟同賦：『舊宅嘗懸古調琴，歸來洗耳索希音。學求孝弟師資廣，語到天人理境深。苹草味甘寧獨嗜，繭絲緒隱好同尋。賞文析義南村事，誰信風流在竹林。』樹德滋，又名青選次韻云：『摸索牀頭數尺琴，幾年不理悶元音。偶然一唱而三歎，便覺山高復水深。世路交遊多契闊，家庭師友易追尋。奇文疑意須論定，好與編摩付士林。』元直侃次韻云：『膝上長横緑綺琴，遥知當代有元音。匡時事業分高下，入道工夫較淺深。謬許壯心馳萬里，那容愁緒長千尋。從今羞逐兒童隊，杖履追隨在竹林。』潭源劉君一峯子春，郡廩生聞予述叔事，亦爲之記，併録於後云。」

羅孝廉水村嘗言，梅莊叔工詩古文字，性沖淡，不汲汲於名聞。四十後補邑弟子員，再舉賢書不第，嗣廢於目，晝夜默坐，中有所得。口囂囂然成詩文百餘篇，每得一篇，輒授諸姪録出，孝廉歸，即相與討論無暇日。顔其所居曰「賞析居」，孝廉作詩以識之，而樹德、元直昆季依韻疊唱，信家庭之一樂。不藉友朋，不煩往來，并坐一室中，切切焉，孜孜焉，此求彼應。梅莊殆忘分於孝廉，孝廉亦無所拘忌於梅莊也。既自爲序，孝廉更囑予記之。嗟夫，梅莊自序已得其全，而必予爲之記者，豈賞析之外，不止師資叔姪，復欲借助於朋友？是所爲賞□析者，果孰真而孰得□？雖然，梅莊盲於目者，老猶勤學，使其不盲，其學烏可量耶？吾輩終日坐荒，或專事遊宴，經史置之高閣，微論不探討，即探討矣，而時作時輟，浮游其耳目，以吝惜其心思。今梅莊形廢而業未廢，則學之不可以形廢，又不可以不形廢而廢也。作賞析居記和詩附：「三尺焦桐手製琴，幾人門内諷餘音。新辭奧衍不終秘，古義微茫寧憚深。庭户情娱資講論，溪圖趣洽足追尋。目盲迥與心盲異，肆好惟聞風滿林。」

《江西稀見詩話輯刊》編委會

主　編　段曉華　王德保

副主編　毛　静

編輯成員　王德保　王愛榮　毛　静　杜文曦　吴雨辰　邱　明　房艷紅　段曉華　徐　歡　孫　悦　陸　坤　鄒夢雯　楊文鈺　賈若楠　趙宏祥　蔣　濤　熊盛元　熊　超　鄭　梅　戴伊璇　譚雅琴　嚴思遠

江西稀見詩話輯刊

【第三册】

段曉華　王德保　主編

江西人民出版社
全国百佳出版社

石溪舫詩話

[清]吴嵩梁

孫悦 點校

點校説明

吴嵩梁（一七六六—一八三四），字子山，一字蘭雪、澈翁，别號蓮花博士、石溪老漁，江西東鄉人，吴居澳之子。清代文學家、書畫家、書院教育家。嘉慶五年（一八〇〇）舉人，歷任國子監博士、内閣中書，道光十年（一八三〇）擢貴州黔西知州，曾兩任鄉試同考官，有惠政。道光十四年（一八三四）卒于黔西任上。自乾隆庚戌年（一七九〇）起，曾先後主講東山、興魯、鵝湖及白鹿洞等書院，爲江西的書院教育做出過巨大貢獻。

吴嵩梁先後受詩法于蔣士銓、翁方綱。其詩名動京城，更流播海外。他著述頗豐，活躍於嘉道詩壇。著有《香蘇山館全集》五十七卷，計收《近體詩古體詩》二十八卷、《詞》一卷、《文集》二卷、《石溪舫詩話》二卷、《聽香館叢録》六卷、《鵝湖書田志》四卷、《新田十憶圖詠》四卷，以及《表忠録》《東鄉風土記》《粵遊日記》《廬山記遊圖詠》《武夷記遊圖詠》《蓮花博士圖詠》《拜梅圖詠》《秦淮春泛圖詠》《香蘇草堂圖詠》《鶴意聽詩圖詠》各一卷。

《石溪舫詩話》共計兩卷，其寫作時間吴氏未詳其言，但可從該書中有關時間節點的描述加以推測。如「（覃溪師）今年已八十，猶能作小楷，日疏經義，手不釋卷」（卷二「翁方綱」條），因翁氏生於一七三三年，則可推知吴嵩梁詩話中評贊翁氏時間當爲一八一三年左右；又如「予於乾隆甲辰獻賦江南，因蔣君湘雪訂交，今二十有六年矣」（卷二「汪端光」條），其中提到乾隆甲辰年，即乾隆四十九年（一七八四），詩話中云距今二十有六年，即可推得吴氏評汪時間爲一八一〇年。因此，我們大致可以推測《石溪舫詩話》當爲吴嵩梁于嘉慶十五年（一八一〇）至嘉慶十八年（一八一三）歷經四年之作。

吴氏《石溪舫詩話》集中地反映了其自身詩學觀，亦較爲詳細地記録了與朋舊相互切磋、酬唱之情形。《詩話》評詩方式多様，或就詩論人，或就人論詩；或論詩而不及其他，或論人而不涉其詩。每一詩人之下，注其名號、里籍、詩文集名。評詩論人，雖屬即興發揮之作，而能探得精要，頗有識見。該書首列袁枚，迄于英廉，總共評述一百零三人，皆一時名家。其中與吴嵩梁有交往的有五十七人，占總人數的百分之五十五，並且大部分爲交往密切的朋友，如洪亮吉、樂鈞、郭麐、陳文述、王文治、蔣業晉、劉大觀等；涉及的江西人有十一位，占總人數的百分之十一，比重較大。這些資料對於研究嘉道詩壇、詩人羣體之地域分佈、交遊、創作情況有著重要的文獻意義。

此外值得一提的是，《石溪舫詩話》於論詩之外，還兼論文、詞、曲、書、畫等多種藝術，極大地擴展了詩話這種文學批評樣式的表現内容，此種現象值得注意。

此次點校《石溪舫詩話》，以清道光癸卯新鐫石溪舫藏板《香蘇山館全集》所著録者爲底本。原文無標點，現改爲通行標點。原文中異體字、通假字等都保持原貌，明顯錯誤或存疑處，以校記説明。

孫　悦

石溪舫詩話序

廿年前，前[一]余藏蘭雪師所評王述庵先生《湖海詩傳》，視爲墨寶，未肯輕以示人。今哲嗣小蘭、令侄瘦生、令侄孫莪生暨余弟蓉湖同校先生全集，復以《詩話》二卷附刊於後。余詢瘦生曰：「是果吾師意乎？」瘦生曰：「非也。此吾叔曩閲《湖海詩傳》一時興會所至，墨瀋淋漓，自有不容已于言者，夫焉得盡人而識之、評之耶？余見而録之，質諸叔父，謂作詩話觀亦可。時吾弟小蘭尚幼，揣其意，若欲藏諸有待，俾余兄弟各有所取法者。」然余小子何忍復秘，因取原評校對，一字不差。未嘗求合于古而自與古相符，未嘗求異于衆而自與衆各别。再三讀之，吉光片羽，精彩動人。真乃豹窺一斑已見其全，味嘗一臠可例其餘。雖其間或就詩論人，就人論詩；或即詩論詩而不涉乎人，即人論人而不涉乎詩；或又不論人論詩而只論其事，或又論人論詩而并論其時地。窮達不一，咸屬相知；多寡難齊，適可而止。蓋吾師是編，不特精於編詩，抑且深於知人論世。讀者作諸名公小傳觀可也，詩話云乎哉。

受業王以暢謹序

【校記】

［一］前，據文意疑爲衍文。

石溪舫詩話　卷一

袁　枚字子才，號簡齋，錢塘人。有《小倉山房全集》。

予于乾隆癸丑冬至金陵，先生即折柬見招，爲予題《拜梅圖》，推以異才。有門下士諷予執弟子禮者，口占示意云：「修竹生來掃俗氛，錦綳纔脱便捎雲。讓他桃李公門外，玉立亭亭只此君。」蓋恥與噲等伍，非不肯師先生也。然先生終愛予詩，殁前見懷絶句云：「芳訊經年一雁無，仙才逸韻滿江湖。梅花清福知多少，消得詩人拜不扶。」身後攻之者太甚，大半即其門生。故訃至揚州，予與山尊獨爲位哭之。先生嘗以其詩見質，予謂一代作家而非正宗，欲擇其精華釐爲四卷，刊以行世，庶令後賢無可指摘，亦藉報知己于九原也。至其古文，義法未醇，亦有生氣；四六流麗可喜；惟詞曲則門外漢耳。

沈德潛字確士，號歸愚，長洲人。有《竹嘯軒詩鈔》《歸愚詩鈔》。

議文慤者，以其規摹唐人，未能變化。得德甫先生《湖海詩傳》[二]，真氣迴出，卓然名家。

裘曰修字叔度，號諾皋，新建人。

文達公不以詩名而其詩雅健，絶無曼聲。《恭讀御製土爾扈特歸順記書後》一篇，尤傑作也。

竇光鼐字元調，諸城人。有《東皋詩集》。

五律清雄，不愧名家。

王太岳字基平，號芥子，定興人。有《青虛山房集》。

芥子先生古文卓然名家，詩亦婉妙獨絶。嘗見其《與蔣心餘丈書》，論詞學源流甚悉。居官極廉，而愛士殊厚，真古人也。

夢　麟字文子，號午塘，蒙古人。有《大谷山堂集》。

蒙古詩人繼先生起者，近有法梧門學士。法工五言，以清悟入微。先生才大如海，筆妙如龍，亦從悟境中來。觀其自述，所謂金翅擘海，香象渡河，與鏡花水月豈有異耶？

朱　珪字石君，大興人。

予《上文正公》詩，有「聞道退朝焚疏草，嘉謨未許外廷知」之句，或有疑爲諷公者，公獨見賞，謂其頌不忘規。大臣心事，廓然可見矣。

金　農字壽門，錢塘人，有《冬心先生集》。

壽門有《自度曲》一卷，予從徐袖東司馬借觀，清婉可愛。聞其晚年多蓄婢，曲皆小調，落紙後即付弦唱，不盡拘牌名，自然合拍，亦一絶也。

查　禮字恂叔，號儉堂，宛平人。有《銅鼓書堂集》。

乾隆壬寅，予年十七。公過河南，訪先大夫于修武縣舍，命予出拜，極蒙獎許，且解所佩荷囊爲贈。至湖南復寄千金與先大夫，同建撫州南館于京師。蓋公自述，在前明，家於臨川紫石村，故至今尤敦鄉誼如此。公子淳繼擢江西按察，以内遷入都，侄孫訥勤官翰林，與予善。

錢　載字坤一，號蘀石，秀水人。有《蘀石齋詩集》。

坤一先生詩清真遒峭，深得宋人妙處，勝于優孟唐人者多矣。翁覃溪師論詩極嚴，獨推作者，其研究音節尤善。

曹秀先字冰持，號地山，新建人，謚文恪。

宗伯工書，與先君善。故得其墨迹頗多。

劉　墉字崇如，號石庵，諸城人。

公爲予書詩一册，皆其晚年所作，洵墨寶也。

翁方綱字正三，號覃溪，大興人。有《復初齋集》。

覃溪師論詩，以杜、韓、蘇、黄及虞道園、元遺山六家爲宗。全集多至五六千首，嘗命予校定。卒業，予請分編爲内外集。性情、風格、氣味、音節得詩人之正者，曰内集；考據博雅，以文爲詩者，曰外集。吾師亦以爲然。第云：「吾集現已編年排録，賢友所論，須于身後選定，别爲鋟版。」今年已八十，尤能作小楷，日疏經義，手不釋卷。每日黎明即起，辰巳時延見同志，午初即趺坐不出，朝貴罕見其面，真海内之魯靈光也。嘉慶丁卯，重赴鹿鳴宴。先期請至予寓舍，爲王漁洋作生日，賦詩三首而歸，京師傳爲美談。二十年來，枉貽詩札，皆在篋中，異日當付裝潢，乞加題跋，以志瓣香之誠。其詩雄深奇麗，無所不有，尤以七古爲極則，述庵先生未見全集，故所選止此耳。

陸　耀字朗夫，號青來，吴江人。有《切問齋集》。

予嘗欲緝一代經濟之文以裨實用，勒爲一書。及見公所論著，先得我心，爲服膺不置。惜乎未及親炙，讀其詩有餘慕焉。

王鳴盛字鳳喈，號禮堂，嘉定人。有《耕養齋集》。

禮堂晚年喜勸人學温飛卿詩，爲予題《新田十憶圖》五古十章。時年七十有四，瞽目重開，亦一奇也。

錢大昕字曉徵，號竹汀，嘉定人。有《潛研堂集》。

先生覯予《銀槎歌》，評云：「沉鬱開合，安得不推爲第一奇才。」又爲手書「風騷力主年猶少，仙佛才兼古亦稀」二語於楹帖，墨迹尚存，念之感涕。

朱　筠字美叔，號竹君，大興人。有《笥河文集》。

竹君先生詩多學韓。卷中《平定準噶爾恭紀》一篇，亦有《平淮西碑》風格。

徐　堅字孝先，號友竹，吴縣人。有《覞園詩集》。

友竹翁晤予於覃溪先生南昌使院，見贈畫一幀、楹帖一聯，報以小詩。今二十年矣。

蔣業晉字紹初，號立崖，長洲人。有《秦中》《吴廡》《楚游》《出塞》《歸田》諸集。

立崖豪邁，詩如其人。乾隆甲寅端午日，潘榕皋户部、陳雲濤中翰邀予同錢竹汀、袁子才兩先生與君集於虎丘觀競渡。入夜燈船猶盛，畫《湖樓燕集圖》，以予當王晉卿。故有句云：「科頭畫我當花坐，絶代蛾眉替捧箋。」及予三過吴門，則君與錢、袁皆歸道山，惟榕皋清健如昔。追憶舊事，能無泫然。

蔣士銓字定甫，號心餘，鉛山人。有《忠雅堂集》。

詩史肇自杜陵，至我定甫先生始極其盛。集中序事諸作，以班馬之才行韓杜之法，沉鬱頓挫，變化錯綜；有識有力，有聲有光；蓋其至性奇氣不可磨滅，故發於詩者如此，斷爲五百年來第一大家。予年十九謁先生于藏園，以詩七百首就正，爲删存六十首。初未心服，及得先生全集讀之，始大愧悟，取所作盡焚之，請以師事。先生謂其長君曰：「此子才高氣奇而勇于自屈如此，名山有替人矣。」蓋予喜讀太白、昌谷、義山三家詩，至是始知必從杜出方能成家。二十三歲受知于覃溪先生，因得窮究漢魏唐宋元明以來諸家正變，洞悉其旨大要，由元遺山、蘇東坡以上溯李杜，而參以王右丞、孟襄陽、白香山、李義山、韋蘇州、柳柳州、張文昌、賈浪仙、黄山谷、王荆公、歐陽公、陸放翁十數家，韓昌黎、虞道園頗用功而性不甚近，此外各有所采，都無專功。今逾四十，心力漸耗，其不能成就可知。述庵先生謂予當繼先生而起爲一大宗，每念此語，汗下數升。安得起兩先生于九原，竭所知以請益耶。

畢沅字湘蘅，號秋帆，鎮洋人。有《靈巖山人詩集》。

秋帆先生爲近代龍門，嘗詢予于先生，先生荅書曰：「世有歐陽永叔而不識梅聖俞者乎？」及制府在兩湖，寄書見招，適爲陳中丞留主講席，不果行。後十五年，始在吴門識公子鄂珠，司馬公篋室張望湖夫人又攜其《深閨織素圖》小影，訪予姬緑春于一榭寓園，索其作畫并予題詩。尚書履聲已歸天上，平泉緑野亦屬他人，而文采風流，猶未零替，俯仰今昔，感與淚俱。

王文治字禹卿，號夢樓，丹徒人。有《夢樓詩集》。

夢樓先生歸田後，湖山跌宕，所至以家姬自隨。與予相見於揚州。嘗同達有夫人及女孫玳梁、女弟子駱佩香邀予泛舟湖上，觀畫賦詩。是日泊高詠樓下，荷花盛開，命妓合樂。絲竹迭奏，翰墨横飛；人月爭華，水雲俱艷。來遊者皆撥棹追隨，夜分始散。先生爲手書唱和詩一册見貽，至今傳爲盛事。及予官胄監，適琉球，奏請遣其子弟來學，詢知先生與予善，猶追問昔周海山侍郎册封舊事。蓋先生墨迹流傳於海東者頗多，渠國珍藏以爲至寶，且乞予姬緑春畫蘭歸呈王妃，惜乎先生不及見之也。

謝啓昆字蘊山，號蘇潭，南康人。有《樹經堂詩集》。

蘇潭中丞于嘉慶丁巳開藩浙江，予在幕府。暇日輒擢舟西湖，往往經旬不返。馮星實方伯、趙雲崧觀察適來訪，予與中丞約赴瑪瑙寺看牡丹，覓予不獲，中丞遣一舟一騎追尋所至。予自放鶴亭舍舟步行，入南屏，觀司馬温公所書家人卦磨崖，稍倦，枕石而臥。既寤，有侍立其側者，出授一箋，則中丞以詩見招，且云馮、趙兩公待子已三日矣。是日主客皆盛衣冠，而予以野服匆匆入座，科頭縱談，持住僧及從吏咸竊訝之。俄有游女數輩相值花下，淡妝者尤麗，回顧同伴，似與論語。微聞「今日有東坡其人」，餘不了了。遥睇所持扇，書小楷甚工，款署爲「蘋香女史作」，不知其爲誰家閨秀也。座中賦詩，予得七律二首，有云：「雲將山翠都侵酒，人與花枝共入樓。」又云：「翠袖隔花聞細語，座中今日有東坡。」聊紀一時韻事。中丞移節桂林，未幾下世，惟雲崧尚健。昨自杭州歸，即湖上亦未一至，況欲再續前游耶？

徐觀海字匯川，號袖東，錢塘人。

袖東刺史判樟樹鎮，招予課其子及孫，爲予畫《蘭雪圖》甚妙。君善琴，予能茗戰。嘗約予聽琴，爲飲龍井茶一百甌，極歡而罷。凌波小築詩會，次其韻贈之。

趙　翼字雲菘，號甌北，陽湖人。有《甌北詩鈔》。

觀察才大氣雄，無所不有。集中七律最爲擅場，名句不可勝采。爲予作《文信國公與新溪公手札》古詩及次韻七律，獨精整，無一排語。《題東浦方伯集》五古亦然。豈其信手揮灑，亦英雄欺人耶？

趙文哲字升之，號璞函，上海人。有《媕雅堂》《娵隅》等集。

升之先生詩，清而不佻，華而不縟，壯而不粗，哀而不激。七子中，自述庵師而外，無其匹也。

姚　鼐字姬傳，桐城人。有《惜抱軒集》。

姬傳先生早辭清要，人品甚高。古文有義法，清而能深；詩有標格，正而能雅。嘗致其弟子陳石士編修書，亟稱予詩，可愧也。

施朝幹字鐵如，儀徵人。有《正聲集》。

鐵如府丞力持清節，詩有正聲，集中五律尤工。記其悼亡有「白水貧家味，紅羅嫁日衣」，真中唐佳句也。

張　塤字商言，吴縣人。有《西征》《熱河》《南歸》諸集。

商言詩瘦秀可愛，書法亦然。詞獨婉麗，惜未多見也。

鐵　保

冶亭先生官漕督，予以公車道出淮上，晉謁先生。方病癰，召入内室，詢及座師李小松、王鹿圃兩先生，則皆出門下。喜甚，贈以詩一册、字一幅。先是，公得歐陽公南唐官硯，屬吴山尊徵予詩，至是受知。因作七古一首書後，有「此詩此硯今無多，生不逢公當奈何」之句，賓谷謂兀傲有奇氣，非鐵公不能當也。

朱孝純字子穎，漢軍正紅旗人。有《海愚詩鈔》。

夢樓先生以八音論詩，謂子穎如金鐘，予如玉笛，藏園如戰鼓，隨園如琵琶。予請先生自道其實，不得謙讓。笑曰：「予詩如笛，但非玉聲，故不及君耳。」予問琴聲爲誰，慨然曰：「難！難！」予謂先生平日推隨園爲奇才，擬以琵琶，不已褻乎？曰：「琵琶妙處，最能移人。此老獨絶之技即在於此，故非奇才不能。君才似蔣而稍遜其横情，似袁而不盡其妍氣，似朱而不極其縱然。以哀艷之思，發清壯之響。穿雲裂石，往而復返，此正聲也。」嗚呼！聲詩之道，感人入微。自唐以後，才力馳騁已到十分，講音節者寥寥矣。夢樓翁此語，雖一時興會所及，卻是此中三昧，特予不足當此，願與同調共領微言。○李張仙樂，杜集大成，能爲琴聲者，其彭澤、蘇州乎？

陳朗字大昭，號青柯，平湖人。有《青柯館詩集》。

青柯先生官吾郡太守，以丁憂歸，與予別于南昌舟次。促膝行李堆中，縱談移晷，自述少壯負才氣，以不得三元爲恨。繼出典郡，與世寡諧，皆坐鋒芒太露，吾友蔣心餘亦然。今子年甫弱冠，得名太早，才鋒太峻，其病與吾兩人同。當重自韜晦，以養厚福，毋鬱鬱自苦也。瀕行復爲畫蘭一幀，誦白香山詩曰：「芝蘭樹不榮，荆榛鋤不去。兩者無奈何，徘徊歲將暮。」予亦泣下沾襟，孰知其遂永訣耶。平生篇什頗多，異日晤公子邃古，當借鈔一卷，以俟選家采録。先生固自有不朽者，在予乃濩落如此，不能稍酬知己于萬一，悲夫！

程晉芳字魚門，號蕺園，歙縣人。

《蕺園全集》中，有《京師新樂府》數十章，極得白香山、張水部筆意。予於法梧門案頭見之，已刊版矣。

魯仕驥字九皋，號絜非，新城人。有《山木居士集》。

山木先生學行醇粹，所居中田村，與陳氏比屋。今編修石士、少司空鐘溪昆季皆出門下。嘗爲予作《香蘇草堂序》，勗獎交至。身後遺書，陳氏將爲付刊，幸不至于零替也。

錢　灃字東注，號南園，昆明人。

南園先生風節，海内共知。詩集僅二卷，師荔扉爲刊版。予在法學士詩龕，代集《朋舊見聞録》，選入五十首。且題七言古詩一首，有「河聲秋挾雷雨壯，嶽色夜凌星斗寒」之句，其氣體雄奡可知。先生書法專效魯公《爭坐位帖》，遒麗可愛，間作畫，亦工。予爲作《畫馬歌》，俱載法《選》中。

汪端光字劍潭，江都人。有《沙江》《晚霞》《才退》諸集。

劍潭詩多凄艷哀響，詞尤刻而善入，讀之移人。予於乾隆甲辰獻賦江南，因蔣君湘雪訂交，今二十有六年矣。

許兆椿字秋岩，雲夢人。有《秋水閣詩集》。

秋岩先生詩風力遒上，其出守時作《昭君詠》八首，一往沉鬱，情見乎詞。予賦七律一首和之，有「不辭紅粉成邊土，終遣烏孫作外臣」之句。今官漕督，政聲翕然。

秦　瀛字凌滄，號小峴，無錫人。有《小峴山人集》。

小峴先生古文名家，詩有高格。曩在京師，唱酬頗密，閨中亦相往還。倉場獄起，前後總督皆降罰有差。吾姬緑春曰：「秦公是清官，必無累。」既而果然。東坡所謂「緑衣有公言」，古今人豈相遠耶。先生嘗于姬扇頭見劉芙初所作《聽香館畫蘭賦》，賦詩索和，有「西方彼美流蘭韻，南國才人有賦心」，余次韻曰：「徘徊似惜香山暮，幽艷能傷楚客心」。蓋余方辭倉差不就，又下禮部第，來詩甚加惋惜，故用此奉答先生。今以總憲乞病歸，而余因奉諱家居，姬亦下世，不獲從游于蓉湖惠山之間，其感愴何勝言。

趙希璜字渭川，惠州人。

聞渭川爲黄仲則刻全集，風義可感。惜未識也。

吴錫麒字聖徵，號穀人，錢塘人。有《有正味齋集》。

穀人先生性情閒遠，不矜其才。詩有大家之麗，而風神過之；有樊榭之幽，而材力過之。所至有山水俊游，花月清集，長鬚飄然，縱飲不醉，望之如神仙中人。在北與翁覃溪師、法梧門學士、張船山、楊蓉裳、謝薌泉諸君，在南與錢辛楣、袁子才、王夢樓、洪稚存、阮雲臺、曾賓谷、吴山尊諸君唱和最多，予皆追隨其間。近聞予病臥虎邱萬園，艤棹塔影橋，直入寢室，慰藉良厚。爲予作《扁舟歸養圖》駢體文序，有六朝俊味。又題予集，有「斟酌萬花妥，蕩摩孤月圓」之句，此作者自道其所詣，豈予所能至耶。

黄仲則名景仁，武進人。有《兩當軒詩集》。

仲則詩無奇不有，無妙不臻，如仙人張樂，音外有音；名將用兵，法外有法。天縱其才，不能不奪其福；人忌其才，不能不發其光。年未四十，落魄而死。身後佳句，所在流傳。劉松嵐觀察刻其選本，趙渭川刺史刻其全集。述庵、覃溪兩先生表章不遺餘力。吾嘗論海内詩人能從古人出而不爲古人囿者，藏園而外必推仲則第一。覃溪先生曩欲選録予詩及君詩合刻，辭以二十年後再踐此約，蓋自知不逮仲則遠甚，非謙辭也。

程夢湘字荆南，丹徒人。有《松寥山館詩鈔》。

荆南詩清而能深，淡而可味。予每至潤州，輒與夢樓、雅堂諸公談藝。此君游宦，惜未與同泛瀟湘也。

楊芳燦字蓉裳，金匱人。有《吟翠軒初稿》。

蓉裳農部才華絶世，與弟荔裳方伯早負盛名。中年以後，詩律益細，而藻采不凋。集中七古、近體擅場，五言長律尤爲絶調。七古嗣響四傑，七律抗衡西崑，人所共知。排律妙處，以義山之工麗、香山之纏綿，加以沈宕開合，具體少陵，不襲其貌而得其意。每逢佳題，殫思以就。回波舞雪，振羽沈宫，聲情之美往往移人。嘗自言作諸體詩患在太整而不能暇，惟排律覺心手俱柔，自然合拍，其用功深矣。然君爲予題文信國公手札七古，風力遒上，逼近高、岑。賢者固不可測，時人專以梅村相擬者，非也。君與予一見定交，以弟蓂予。每謂古人詩多亂頭粗服，不礙其爲大家；我輩疵累却少，然不及古人處即在此。旨哉言乎！君昆季皆文學士，皆有軍功。荔裳由中書佐戎幕，不數年晉秩屏藩。君獨浮沉郎署，久而不還。然公子浣香及女蕊淵皆工詩，善倚聲，一門風雅，勝於七葉貂蟬多矣。

楊揆字荔裳，金匱人。有《桐花吟館詩鈔》。

自古詩人例得江山之助，而軍中所作尤奇，近代名家如述庵先生及趙損之太常、陳東浦方伯皆卓然可傳。荔裳早擅風華，中年從嘉勇公出征衛藏，所歷熊耳山、星宿海諸勝，異境天開，詩格與之俱變，極造幽深，發以雄麗，字外有力，紙上生芒，非摹擬《從軍行》者所能道其一語。聞其官中書時，困乏特甚，至質鏡爲炊，即于是年出參戎幕，屢立軍功。不數歲，晉擢蜀藩，勞瘁而卒。蔭其子一爲州牧，一爲縣令。今官黄梅者，名慧，即入監從余肄業生也。君嘗勸其兄蓉裳刻集，云：「星士之言以文章兒女爲我所生，兒即當娶婦，女即當擇婿，其得佳偶與否，聽命而已。詩文爲我輩平生心血所寄，必自鋟版，其傳與否亦有命在，聽之後人而已。」此論似諧而確，蓉裳每述以勸予。予姬緑春手藏詩集，欲盡典衣物爲付梓人。予以持擇未暇，遲遲至今。姬病殁之頃，尤諄諄以此爲言，一念及之，涕淚交集。始知天之造就人才，不獨予以富貴憂患，即名山之業，亦有數存乎？其間才乎不才，命也如何！

吴　照字照南，號竹菴，南城人。

照南少作，多效李太白、孟襄陽體，與予最善。年四十，奉教於錢蘀石先生，遂變其格，專以石湖爲宗。官大庾廣文，拓所居曰六琴館，藝花竹其中。嘗和陶《飲酒》詩，甚閑適，手書一册見貽。曾賓谷轉運揚州，同在題襟館，豪宕如初。自予入都，君亦棄官縱游，不復再見。所畫蘭竹，張之壁間，尚憶其半酣落筆時也。

宋大樽字左彝，號茗香，仁和人。有《學古集》。

左彝中年詩專學太白，有逸氣；又善鼓琴。嘗自天台歸，邀余集吴山之平遠樓，酒半，爲鼓《風入松》一曲，泠然善也。

馮敏昌字伯子，號魚山，欽州人。

魚山詩有風力。歿後，覃溪先生屬予爲選定其集。甲選者得百首，乙選者五百首。先生第欲存甲選者，余以甲選者鈔一副本，全集并付其門人刻之。集中《謁韓文公祠》《拜杜工部墓》二詩，卓然可傳。

管世銘字藴山，陽湖人。

藴山侍御負名久而得第遲，故制藝尤善，詩亦遒鍊有格。嘗選唐詩爲讀雪山房藏本，今已刊板。予舊于康龍山工部座中識之。孫繩萊，清才玉立，亦佳士也。

李鼎元字味堂，號墨莊，綿州人。有《師竹齋集》。

墨莊儀觀甚偉，聲如洪鐘。使琉球歸，以《歸棹圖》小照屬題。予方經理琉球學務，詢入監四生，得其國風土頗詳，欲爲撰一序。而君以奉諱匆匆攜卷出都，并所題七言近體二首亦未及録，悵然至今。

法式善字開文，號時帆，本名運昌，奉旨改名。有《存素堂稿》。

時帆先生三入翰林，一擢祭酒，再陟宫坊，皆官至四品。即左遷，名盛數奇，似有成格，先生顧泊如也。與予折節定交二十年，每見益親，詩亦屢變。初爲五言近體最工，佳句亦多可採，篇幅未免稍隘。既與覃溪師往復切磋，于古大家名家，無所不效。各體無所不工，五古尤兼衆善。短什妙于澄煉，如與仙人談洞天秘旨，參其精微而表裏皆徹；如與高士作山水俊游，領其佳要而登臨不煩。長篇善於發揮，如與耆宿述累朝掌故，舉其綱目而文獻無遺；如與朋舊敘歷世交情，極其纏綿而往還不厭。集中論畫諸篇，一字一句，俱有名理；懷人諸什，一時一事，各有襟期。予爲删去詠物及應酬之什二千餘首，所存尚七八百首，可謂富矣。

謝振定字薌泉，湘鄉人。有《雲將山草》。

薌泉再起爲禮部員外郎，擢坐糧廳。特著清節，積勞病殁。平生豪邁不羈，詩亦跌宕自喜。初見予于邗[三]上，即邀集洪氏園，置酒高會，出《玉帶橋觀月圖》屬題。擊節浩歌，聲出金石。醉擁紅袖，踏月而歸。再入京師，數偕予及法梧門、陶季壽、趙象菴爲西山之游。枕石眠雲，佳句層出。嘗以舊端硯求售，予愛而留之，亦不責其值也。君既肆力爲古文詞，又博緝元明及本朝諸家之文凡數百卷，欲加抉擇，久而未成。其子亦登賢書，當不墜其先業。他日擬與君門下高弟吴玉松侍御用力勘定，續成此書。

陸伯焜字重暉，號璞堂，青浦人。有《玉笥山房詩鈔》。

璞堂廉使有本朝四家詩選：朱竹垞、王漁洋、宋荔裳、施魚山四先生也，其宗尚可知。人甚藴藉，淡于宦情，故所作五古多清遠可味。家居時嘗一見之。其地與三泖漁莊最近，扁舟可小泊也。

史國華字濟衆，溧陽人。有《石淙山房集》。

史君一字竹圃，予庚子入都即識之。壬子再見于周駕堂侍御座間，聞其度曲最妙。同集者尚有李雲門侍郎、羅兩峯山人。今俱下世矣。

趙懷玉字億孫，號味辛，武進人。有《亦有生齋詩鈔》。

余久知味辛名，辛酉始定交京師，未幾即別去。其詩多見于梧門學士齋中，爲選其尤佳者入《朋舊及見録》。君詩句斟字酌，洗鍊功深，寫景即工，用事亦切。由中書擢郡丞，未久罷歸，清貧如昔。聞其意氣漸衰而篇什未減，殊可念也。

彭元瑞字掌仍，號雲楣，南昌人。謚文勤。

文勤公少與蔣心餘先生齊名，故蒙純皇帝賜詩，有「西江兩名士」之句。然館閣山林，其體不同。公自燕、許，先生杜、韓，千秋無異議也。

曾　燠號賓谷，南城人。有《賞雨茅屋詩鈔》。

賓谷方伯轉運兩淮十有四年，政聲翔洽。開題襟館，以延海内名士。六月二十一日爲歐陽公生辰，讌客於平山堂。折荷行酒，授簡賦詩；往來金焦兩山中，亦必窮攬煙月而返。是時袁子才、王夢樓諸公，方以風雅提唱江南，王述菴師又因予歸里，皆過揚州。其門下諸子悉蒙延譽，多歸幕府。予與吴穀人祭酒、洪稚存編修、吴山尊學士、孫淵如觀察、徐朗齋州牧、王鐵夫典簿及同鄉蔣師退、胡香海、樂元淑、吴白菴昆季唱和尤密。方伯襟情既勝，才氣無雙；折節愛才，虚心談藝，鬱然爲一大宗。所著有《賞雨茅屋詩鈔》，命意必高，鍊格必峻，選材必雅，結響必沈。而以挺脱天矯之筆出之，渾灝流轉之氣行之，精思獨運，衆美畢臻。夢樓翁嘗與論詩，以簡齋爲奇才，予爲艷才，君爲清才。予謂清字似易實難，當爲詩家第一妙諦。詩不能清，則山無峯巒，水無波瀾，槎枒漫衍，不得爲奇。剪綵爲花，畫紙成月，粉飾規摹，不得爲艷。清則直矣，清則逸矣，清則雄矣，清則麗矣，清則和矣，清則遠矣，清則新矣，清則妙矣。世之爲僞體者，皆不從清出者也。故元遺山曰「乾坤清氣得來難」，有味哉其言乎！君又輯《江西詩徵》十卷，《四六正宗》八卷，《題襟集》前後若干卷，并已刊行。其宏獎風流，與宋綿津、盧雅雨諸公相匹。才由天授，詞必己出，非可同日語也。

陳廷慶字兆同，號桂堂，奉賢人。有《古華詩鈔》。

桂堂詩才敏贍，下筆千言。人尤豪宕不羈，縱情于山水花月間，所得萬金立盡。近亦清苦，主講于越中數年，恐不能不再出山也。

楊　倫字西禾，陽湖人。有《九柏山房吟稿》。

西禾與予同在江西陳中丞幕府，唱和頗多，其詩律細而音和。嘗謂予詩藻華而氣逸，人喜傳誦，自謂不及。予謂君詩不可及處即在此，其爲人所喜者，未必皆可傳也。

胥繩武字燕亭，鳳臺人。有《晉普山房詩鈔》。

燕亭三十罷官，游吴越幕府最久。花月勝游，每多酬唱，佳句殊可采也。

劉大觀字崧嵐，邱縣人。有《玉磬山房詩鈔》。

崧嵐一字正孚。初官廣西，與李少鶴州牧、松圃郎中交最善。五言詩以張水部、賈長江爲宗，清能徹底，瘦可通神；高格自持，名句可味。嘗納姬周氏于吴中，甚麗，命出拜，予贈以字曰「湘花」。爲賦詩，屬潘榕皋農部畫蘭以代小照。湘花手繡予《石溪看桃花》詩以報。一時名宿閨秀皆詠其事。後數年，崧嵐官寧遠州，有詩見寄，序曰：「潘陽大雪，與湘花同坐齋中。湘花忽黯然良久曰：『如此風雪，未知吴蘭雪先生卻在何處。』因戲之曰：『卿對雪思雪，焉知渠不對蘭憶蘭耶？』」爲賦七言古體一章，有句云：「風雪滿天無定踪，憐才輿歎一女子。」予答以詩曰：「誰知萬里炎荒外，猶有蛾眉感斷蓬。」蓋謂此也。崧嵐再擢河東鹽道，出都。予娶岳姬緑春，原籍文水縣人，善畫蘭，以一册寄湘花，約爲女兄弟，予題一詩曰：「姊妹花開也夙因，未曾相見已相親。素心一朵同矜寵，難得鷗波有部民。」蓋予前贈湘花有「素心一朵能專寵，千樹桃花不敢開」之句，而文水爲君屬縣也。君今罷官京師，而予已南歸，緑姬亦化綵雲，湘花聞之當愴惻不已，況篤交如我兩人耶。

朱　彭字亦錢，號青湖，錢塘人。

君子困泉善畫，詩亦有家法，與予善。爲予作《蘇齋論文圖》，山水蒼潤可愛，非名手不能。

黎　簡字簡民，順德人。有《五百四峯堂詩鈔》。

簡民詩戛戛獨造，書畫亦然。邱鐵香太守嘗以奚鐵生畫梅長卷屬題，予亦同作。覃溪師題二絶於後，且云：「此卷得簡民與蘭雪兩詩，江山靈秀皆在几上矣。」予因此與君神交。每從君鄉人宋芷灣編修誦君佳句，未嘗不擊節稱賞。惜乎不能起君于九泉而質之也。

曹秉鈞字仲梅，嘉興人。有《藤花老屋詩鈔》。

仲梅嘗作貴溪書院山長，爲予畫梅，題一詩，亦清絶可愛。

黄　易字小松，錢塘人。有《小蓬萊閣詩》。

小松爲予作《岱雲會合圖》，覃溪師爲題五古一章，且命作《影庵四絶》寄君，有句云「夕陽紅到亂鴉邊」，頗見咨賞。

羅　聘字兩峯，歙縣人。

兩峯作題畫小詩，間有可采；古體非所能也。

【校記】

［一］傳，原作「選」，當爲「傳」之誤。據嚴榮《清王述庵先生昶年譜》序：「綜計先生編撰，《春融堂集》而外，若《金石萃編》《琴畫樓詞鈔》《青浦詩傳》《湖海詩傳》《明詞綜》《國朝詞綜》俱已剞劂行世。」因改。

［二］邗，原作「刊」，當爲「邗」之誤。因改。

石溪舫詩話　卷二

徐鑠慶原名嵩，字朗齋，崑山籍，金匱人。

朗齋才氣不可一世。與予訂交於題襟館，同賦《康山留客圖》《銀槎歌》《西溪漁隱圖》，諸作并佳。予尤愛其「鷺絲飛去釣船歸，七十二峯秋月緑」二語，深秀可愛。前半篇有「金支翠旍」等語，予謂與西溪不稱，勸令删去。君曰：「此李杜門面語，不可少。」子詩只講清真，故人或議其不能雄闊。」予曰：「雄闊亦須因題而設，如觀海詩亦可作漁隱圖中句否？若以門面爲李杜，不如清真爲愈。奈何做英雄欺人語，爲識者所棄乎？」君始折服。繼以連下禮部第，投筆從軍。約予偕赴畢秋帆先生幕府，予以親老，不果行。君由是得官，且將晉秩，忽以事牽騾死。負異才而不善持其身，殊可痛惜也。

孫星衍字淵如，號季逑，陽湖人。有《雨粟樓詩集》。

季逑一代人才，中年曾攻樸學，詩不多作，故流傳者少。《吴會英才集》中所刻七古數篇，矯變異常，有如羅浮二山，以風雨爲離合者。配王采薇，亦有幽怨哀響，宜其悼亡之作，一往情深。予以去年道出德州，君冒雨過舟中，小飲竟日而别。至蘇州，即借君所建孫武子祠園居避暑，爲題《小琅嬛洞》曰：「洞中之天，仙者所室。石氣皆雲，溪光自日。異書中藏，漢觴唐述。飲水餐花，吾愿斯畢。」君又得武子銅印一枚，屬爲賦詩。未敢即報，而君極賞予書扇《苦雨》二詩，及扇背緑姬書蘭，謂皆傳作，殊可愧也。

何道生字立之，號蘭士，靈石人。有《方雪齋集》。

蘭士與予俱乾隆丙戌生，壬子定交京師，爲予題《新田十憶圖》七言十章，甚工。既由九江守奉諱歸，再起爲夏寧守，卒於官。予與法梧門勘定其集，删存八卷，序而歸之。君詩有俊邁之氣，而筆力透脱異常，掃除一切障礙，佳句亦多可傳。友誼尤篤，嘗與王君鐵夫割宅而居，資其旅食；予有兄喪，亦厚賻焉。子春民乞予序其集付刊，且以君所畫山水絹扇二握、賀蘭山石硯一方見貽，皆君手澤也。

王芑孫字念豐，號惕甫，長洲人。有《淵雅堂詩稿》。

惕甫身短而瘠，負氣甚高。久困場屋，益肆力于詩古文。其詩以五言古體爲最工，落筆有芒，壓紙有力，浮響膚詞剗削净盡。譬諸鐵笛横秋，霜鐘警夜，天高月白，木落江青，其境殊不易到。在京師交法時帆學士，在揚州主曾賓谷運使最久，以專修《鹽法志》。於同人少所推轂，遂爲衆怒所歸。予嘗謂君詩以骨勝，古文以才勝，但多一份矜氣，其人亦然。若并此去之，所造益不可及。故有寄懷詩曰：「老筆君無敵，狂名衆或嫌。才高憎命達，律細考詩嚴。茗氣雲生幔，書聲雪滿簾。寒閨工寫韻，字價亦酬縑。」蓋謂君配墨琴也。

阮　元字伯元，號雲臺，儀徵人。

雲臺先生官督學、開府，皆有政聲。虚己愛才，出於天性。予自客游吴越及官京師，奉教廿有餘年。先生每過，必談藝移晷，名位升沉，都無芥蔕。故其學皆深博無涯涘，詩亦從經術性情中流出，金和玉節，卓然正聲。在越招飲，曾謝以詩云：「萬卷琅嬛洞，書聲幕府間。飲泉無世味，隨地有仙山。文貴司衡早，詩成破賊還。秀才能許國，憂樂早相關。」皆實録也。

伊秉綬字組似，號墨卿，寧化人。有《留春草堂詩草》。

墨卿自惠州罷官後，再起爲揚州太守，清介自持，一矯浮靡之習。詩亦矜煉，有風格而才力足以副之。嘗得倪文正公《小桃源詩》墨迹，乞余題句，爲賦七古一首，復綴絶句于後曰：「鶯游門外水雲寬，海運纔通力已殫。誰道仙源無路入，求仙容易救時難。」及君涖任日，正值兩淮水災甚亟，來書述其宦況，輒誦此詩末句，爲之流涕。

洪亮吉字稚存，陽湖人。有《卷葹閣集》。

稚存先生早年與黄仲則在畢秋帆制府幕中，并推爲「萬人敵」。其詩思力沈雄，鋭入横出，無險不破，無堅不摧，七言古體尤多奇格。其氣如黄河萬里，捲地而來；其筆如太華三峯，倚天而立。激宕之音又如驚濤出峽，觸石頻迴；矯變之法又如斷嶺連山，吞雲復吐。蓋與仲則各有擅場，自心餘而外未見其匹也。嘉慶元年以言事謫戍伊犁，未久即召還，所作益横絶一世。予贈以二律，有句云：「孤臣九死恩難報，不願人傳敢諫名。」又云：「留得新詩光萬丈，夜郎爭送謫仙還。」君與趙甌北、徐惕庵同在座中，並爲擊節。君與予論詩：「詩必有珠光劍氣，始爲不可磨滅。」自謂其詩有劍氣七分、珠光三分；予詩有珠光七分、劍氣三分。持論奇妙，惜予未足以當此耳。

張問陶字樂祖，號船山，遂寧人。文端公元孫。

船山一字仲冶，其人與詩皆有奇氣，以七古擅名一時。舊與洪稚存太史同官京師，觴詠最密，詩才酒量各不相下。嘗縱飲至醉，着道士衣，臥雪下，自歌所作，其聲遏雲，或相對痛哭，咸以爲狂。然君涖事固精明有識，豈有所託而逃耶？予嘗規以詩曰：「館閣儲才地，清時有用身。官閒仍課士，俸薄且娱親。道味回中歲，詩名似古人。莫耽通夜飲，醉語亦傷神。」君頗爲之節飲。稚存既以言事出塞，君又浮沉于京宦十餘年，由翰林改御史，由御史改吏部郎中，出爲萊州太守，故有「官如詩草何妨改」之句。予與君及稚存先後定交，每論七言古體詩，前人尚有未盡發之秘。稚存善用法，五花八門，繁而不亂；船山善用筆，千岩萬壑，轉而益奇。其超脱靈敏有稚存所不到處，鎚幽鑿險之力稍遜一籌。予謂其七律尤妙，述懷敘事，沈透能到十分。吐屬生新，音節悲壯。忽如猛將斫陣，忽如高士參禪，忽如舞女簪花，忽如仙人吹笛，别有一種悟境。所傳《寶雞道中題壁》八首尚非壓卷，五律亦多名句可采。爲予書《扇秋齋雜詠》云「有情難作佛，無用且温經。所學參諸子，無疑廢六壬」等句，皆不拾人牙後慧也。

張若采字谷漪，號子白，婁縣人。

予不識子白，然觀其《瘦吟樓唱和詩》劇佳，且有見懷之語，亦神交也。

英　和字樹琴。（德保，其父之名）。

壬子，予與樹琴侍郎同應京兆試，定交於場屋中，即推爲一代偉人。即以是科舉于鄉，次年成進士。朝考前一日，爲予題《新田十憶圖》七律十章贈别，佳句甚多。不數年，即以少司農入南書房，累主鄉會文衡，而予于庚申始上公車。侍郎兩充總裁，予皆下第，見贈詩云：「定交三十載，相對足平生。贈扇意何厚，遺珠予不情。」且邀令下榻邸第，校勘其集，唱和極歡。予嘗雪夜下直歸，公同介文夫人賞臘梅花于觀生閣，用東坡韻自賦七古二章索和。命侍婢以雪水煎茶潤筆，予立飲十餘甌，就花下和之，公爲擊節。又題《秋燈佐讀圖》《介文夫人畫蝶詩》，公夫婦皆喜誦之。然公日益貴，功業爛然；予以冷官暫謀菽水，自老母就養入都，即出居南城，不獲常侍清宴。今且别公而歸，回憶適園舊游，渺若天上，其負愧如[二]我，何可言耶！

葉紹楏字琴柯，歸安人。

琴柯給諫官中書時，尚應禮部試。其配秋穀夫人方題予女弟素雲所畫《杏花雙燕圖》，即于是日報捷。故有「一枝紅向日邊栽」之句。及予補官，君偕其弟筠潭已先後督學矣。花蕚迭唱，皆有雅音。君尤工倚聲，有句云：「夜深小倚闌干立，怕影兒壓壞梨花。」予姬緑春極喜歌之，予以告君，君亦殊自喜也。

唐仲冕號陶山，善化人。

陶山刺史初官元和令。予舟北上，君方在假，病未告痊，即屏騶從，來與晤别，甚歡。始知予與樹琴侍郎訂交時，君即館于侍郎第中，故見予詩頗多。

何　錦字尚之，吴縣人。

何君一字豈匏，初從劉崧嵐觀察游，故爲五言詩最工。有「行竈空砌雨，燒笋廢廚春」之句，予與崧嵐賞之。古體亦有佳者，但不能七言耳。

陳　燮字理堂，泰州人。

理堂早年與仲則、子雲諸君俱在秋帆制府幕中，詩載《吴會英才集》中。予于癸丑秋初至揚州，賓谷運使招飲于康山草堂，欲繪《留客圖》，苦乏佳手，予以羅小峯薦，遣使往，則云與理堂同赴某家席去。予曰：「理堂亦詩人也，盍并招之？」既至，同吴穀人、徐朗齋諸君俱有作，遂與同入題襟館。予前此固未識理堂也，此後唱和頗多。每以予詩擬仲則，且曰：「君與仲則皆逸才，但仲則詩味苦，君詩味甘。甘者多近唐人，苦者多近宋人。」其論甚新，然予酷愛仲則詩，自愧不及，豈甘苦味能自喻耶？

鮑桂星字覺生，歙縣人。

覺生先後與予同出少宰李小松先生門下，先生嘗謂予：「于會試分房得安徽鮑桂星，於鄉試主考得江西吳蘭雪。二生才相敵，其名字亦絶對。」故吾兩人交誼尤篤。君在翰林久，且甚貧，刻苦自勵。朱文正公薦于上，簡任河南督學。所拔多經術士，益有聲。其詩早年從明七子入手，上溯唐大曆十子，多整鍊高華之作。然有真才力，不爲空格調。其論李空同詩亦然，故在河南爲空同立祠，自爲文記之。嘗評予詩曰：「規太白者風骨不遒，撫玉局者丰神太峻。至長爪生而僻澀之病多矣。作者擅三家之長，而祛千古之失，要其性靈山水，吐納雲煙，陶謝爲宗，風騷作主。求之當代，疇與並肩。」又擇其尤者，手書一册藏之。雖予索之，亦不得也。

吴　鼒字山尊，全椒人。

山尊未第時，游揚州。在題襟館，聞有誤傳予耗者，每大哭，自以不及識予爲恨。及見予述前事，悲喜交集，遂爲文字骨肉之交。贈予詩曰「天意憐吾輩，人言竟不然。誰知相見始，即是再生年」云云，二律皆沈痛，誦之感涕。君詩如李將軍射虎，殁石飲羽，神勇無敵；又如石季倫家珊瑚七尺，錦帳十里，光怪陸離，不可逼視。蓋學博才雄，筆力足以赴之。顧推予太過，自謂不及。每語蔣師退曰：「吾兩人詩，如以金、銀、銅、鐵并投一爐，火力亦能熔鑄；蘭雪獨得九轉妙丹，固由洗鍊功深，其仙骨則天授也。」曾賓谷曰：「蘭雪詩沈雄而以駘蕩出之，精煉而以機神化之，故爲奇作。」予笑而謝之曰：「諸君持論奇妙，但非予所克承，請奉爲金針可耳。」

樂　鈞字蓮裳，臨川人。有《青芝山館詩鈔》。

蓮裳與予居同郡，生同歲，又與伯兄茗香拔貢同科，故定交最早且密。丙辰自粵東歸，示予行卷，佳什頗多。予議其七古長篇未免太盡，君謂非此發揮不透。予曰：「唐人多短篇，宋人多長篇。唐人非不能長也，其旨貴藴藉，而不欲馳騁以竭其才；宋人非不欲短也，其筆易流宕，而不能沈頓以養其氣。好盡透，而力量反不能盡透；能留有餘於不盡，則無所不透不盡矣。」别後再見于題襟館，則向之長篇多所删改，所作則益精悍不可當。每有詠懷古迹及感述時事之篇，淋漓悲壯。其力陷堅陣，其氣捲怒潮，其聲叶絲管而鏘金石也。又工四六文，賓谷爲刊入《駢體正宗》中。所著説部曰《耳食録》，亦行于世云。

錢　林字東生，錢塘人。

東生與予同年舉于鄉。人甚恬雅，瘦若不勝衣，而筆力清健過人。

陳文述字雲伯，錢塘人。

雲伯與予庚申同年，未舉於鄉，即在阮雲臺中丞幕中定交。君初贈予詩七律四首，中有句云：「騷壇旂鼓知多少，願附淮陰上將臺。」予亦推君甚至，或有妬而訕之者。既與其從兄弟曼生、荔峯，才名鵲起，并稱三陳，君所作尤沈博絶麗。集中七言最工，大抵以吴梅村爲宗，題多美人名將事迹。錦心繡口，振羽沈宫；金石千聲，雲霞萬態。吾輩中最推楊蓉裳農部，格調亦同。然荔峯亦與予同年生，不數年，由翰林大考第一洊擢詹事，入南齋，累主文柄。曼生以拔貢得縣令，君乃入貲爲郎，先後與曼生同試用江蘇。君嘗攝常熟縣事，訪得柳如是墓，亟爲表章，自爲駢體文記之。同時閨秀如歸佩珊、席佩蘭，皆有詩紀事。曼生兼工書畫，每值花月勝游，壎篪迭奏，稱爲仙吏，不虚也。

葉紹本字筠潭，歸安人。

筠潭編修與兄琴柯給諫同官京師，一門俱擅風雅。嘗以詩集屬爲校定，所棄取皆當君意。旋奉命督學閩中，刊其詩。制府阿公雨窓爲題詞卷首，以予并稱。而君詩體雄整，用事典雅，予所不逮。其繼配何夫人又善鼓琴，與姒氏陳夫人并稱名媛，足嗣織雲樓徽音，真所謂神仙眷屬矣。

汪　庚字上章，全椒人。

汪君一字艾塘。故寒士。在翰林未久，忽以公子誤撻其婢至死罷官。才人之厄，豈意料所及耶？

顧　蒓字希翰，號南雅，長洲人。

南雅亦與予同年生，故吴中名士。爲秀才時即有丰骨，以持清議，幾爲勢家所中。未幾成進士，今官編修。詩不多作，而格高音雅，如王謝子弟，自有大家風韻。兼工書畫。嘗見予緑姬畫蘭，稱其挺秀，有文衡山筆意，自畫一册贈之。又爲書《紅梅賦》小楷便面，精妙絶倫。貽以詩凡十餘章，今皆在篋笥中。每一展玩，輒念緑姬臨風握管，神韻如生。其能毋黯然耶。

史善長字誦芬，號赤崖，吴江人。

赤崖以秀才從軍，目擊湖襄弊政，故其詩多激宕不平。予往時亦願策馬一觀軍容，以壯其氣，顧以母老而止。然誦其詩已爲扼腕，況親履行間乎！

郭　麐字祥伯，號頻伽，吴江人。有《靈芬館初集》《二集》。

頻伽清癯如鶴，一眉厖然，故自稱曰白眉生。予初在吴下，見其贈答瘦吟樓諸作，已亟賞之。及交久且深，其詩亦屢變益上。大抵五古以拗折入勝，七古以峭刻出奇，如游匡廬、武夷諸山，正不以五嶽爭雄，而妙處非淺人所能攬結。君館會稽，刻其印曰「苧蘿山長」。又娶朱氏女素君爲中婦，有「長陵宛若」之稱。苟以禮法者，遂有遺議。然才人不羈如杜牧之、温飛卿輩，固自嶔崎可愛。彼張禹、吕惠卿者，僞以經術文其貪庸，豈非當時所交譽乎！君集中七言近體，風懷頗多，亦不自諱其銷魂蕩魄處，直與《疑雨集》相匹，而瘦硬之作亦不妨并傳也。

何元錫字夢華，錢塘人。

夢華有金石之癖，嘗病狂，友人約贈以漢碑，乃服而愈。阮中丞延之詁經精舍，校刻諸書。予方獨宿西湖舟中，累旬不返，湖上諸君見其焚香讀書，孤游無侣，或疑爲隱君子。夢華尋踪而至，逐偕郭頻伽、陳曼生、陳花南、華秋槎携花俱來，爲餞春之會。各有所作，屬奚鐵生畫圖紀之。

姚　椿字春木，華亭人。

春木與吴巢松、嚴麗生皆隨其尊人久宦巴蜀嶺海間，故予至京師始得定交。三君年相若，其才皆萬人敵。巢松如老吏斷獄，手筆皆挾風霜；麗生如名將臨戎，甲光欲照山谷；春木如長江萬里，而帆檣島嶼出没其中，皆大觀也。

華瑞璜字秋槎，無錫人。

秋槎善談兵，爲同官所忌，罷去。久居西湖，往來皆知名士。煙笻雨櫂，所至忘歸。然以老而懷鄉，辦歸亦復不能，其宦味可知矣。

陳　韶字九儀，號花南，青浦人。

九儀與予同在常山旅舍，聞予樓上讀書，異之，逐袖其詩來訪。既集西湖，結餞春社，且約爲買屋于桃花港，與君同居梅莊，大可結鄰。蹉跎十載，而君已歸道山，梅莊聞已易主，况予未買之屋耶。

袁延檮字又凱，號綬偕，吴縣人。

又凱爲節母之子，喜藏書，家以中落。予初至吴門，君尚能置酒爲文字飲，再見于揚州，則依康山主人而居，今且死矣。聞所藏善本書往往佚去。悲夫！

陳　基字竹士，元和人。

竹士詩清而綺，爲子才翁所賞。困于諸生，以賣文爲活。然得纖纖女士以爲之配，雖上第名卿不以易也。女士所著詩曰《瘦吟樓集》，世皆推爲仙才。陳雪蘭、楊芷淵、李佩金三女史已鋟版于京師，故不載其詳。

方　燮字子和，南安人。

子和客蘇州數十年，貧甚。善書，賣以自給。娶虞氏，字冰壺，倡隨風雅。嘗畫小照爲桃源圖，自題有句云「過此便分仙境界，來時猶着嫁衣裳」，隨圖賞之。乞予題絶句二首。今已十七年矣。

邵晉涵字與桐[三]，號二雲，餘姚人。

予於述菴先生座中見之，粹然名儒也。

周厚轅字駕堂，湖口人。有《蜀游草》。

駕堂侍郎酒量極佳。書法東坡，醉後能作小楷，甚工。嘗同羅兩峯、宋雲墅、陸杉石、王菲亭同集予寓舍，連沃十巨甌不醉。予攀紫藤架，登屋墻，折花數朵擲之，爲賦一詩以紀之。後由給事權天津鹽政，歸即病，乞假出都。家居一年，復入都，歿于德州。其别時已非昔日豪宕故態矣。

李堯棟字松雲，山陰人。有《寫十三經室詩鈔》。

松雲太守才思壯麗，七律尤工，用事結響亦高。近見其作，雜曲小劇，風度翩翩，知才人無所不可也。

汪　中字容夫，江都人。

容夫詩亦有佳篇，但不及其駢體文耳。

黄　騂字嶽嶺，興化人。

嶽嶺兼善畫，書法亦可觀。

陳樹華字芳林，號冶泉，元和人。

冶泉有嗜貓之癖。嘗畜一貓，甚馴。死而葬之，爲作銘。

梁同書字元潁，號山舟，錢塘人。

予贈先生詩有云：「時清求退早，官貴乞書難。」

英　廉字計六，漢軍鑲黄旂人，謚文肅，有《夢堂詩集》。

公有句云：「老來筋骨知風雨，身後田園累子孫。」予每喜誦之。

【校記】

［一］如，原作「知」，當爲「如」之誤。據文意改。

［二］桐，原作「周」，當爲「桐」之誤，據《清代學人列傳》「邵晉涵」條，「字與桐，一字二雲。浙江餘姚人，爲念魯從孫。」因改。

陶靖節紀事詩品

［清］鍾　秀

戴伊璇　點校

點校説明

《陶靖節紀事詩品》，不分卷，清鍾秀著。

鍾秀（一八〇八—一八七九），初名仁錦，字臨舒，後字官城，江西贛縣白鷺村人。鍾氏爲贛南大姓望族，鍾秀的祖父鍾愈昌是清乾隆年間太學生，曾官布政司理問，加捐同知。鍾秀之父鍾崇儼，字若思，號敬亭，嘉慶年補授刑部河南清吏司郎中，後又出任浙江嘉興府知府，賜二品頂戴，晉封通奉大夫。鍾崇儼有四子，鍾秀爲長子，自幼聰慧，六歲學《史記》，讀《張巡傳》時，極仰慕其爲人。十歲能作詩文。十七歲時，補博士弟子員。道光年間出任冀州直隸州署廣平府同知。爲官清廉正直，公務之餘，多與二三知己賦詩飲酒，而不願交際權貴，因此多年未補一官。十年後以刑曹改直隸知州，曾代理過開、冀、寧晉知縣，頗有聲望。在寧晉時因創建城垣之功，賞加運同銜。咸豐八年（一八五八），鍾崇儼過世，鍾秀回到白鷺村丁憂。當時正遇上流寇洗劫，鍾家幾乎全毁。守喪期滿，他接受好友吴竹莊中丞的聘請，在吴軍中負責團防營營務，事無巨細，皆經鍾秀之手而定。辛酉（一八六一）秋，曾國藩約吴竹莊赴安徽抗擊太平軍，鍾秀則奉命鎮守江西湖口，使得湖口城得以保全，人稱其爲「大樹將軍」。同治元年（一八六二），金陵克復，保奬賞戴花翎，兼以本班留安徽補用。最終以道員用，赴蜀中籌措軍餉，事畢歸家，不再出山。

鍾秀爲官盡心稱職，守正不阿，遇敵也沉著冷静。離任冀州時，州人數次挽留不成，置酒追餞數十里，揮淚作别。他雖然屢建功績，但因不事權貴，最終也没有在官場上飛黄騰達。歸家後，與里中好友聯九老會，除了文酒宴集外，也培養提攜了不少後進之輩。同治壬申（一八七二）贛郡修府志，鍾秀出力不少。同鄉陳竹香太史曾贊曰：「贛屬讀書，數百年來僅公一人。」其學問爲桑梓所推重如此。

鍾秀才高文俊，生平著述甚富。據《贛縣鍾氏聯修族譜》本傳所載，成書有《觀我生齋文集》《觀我生齋詩話》《燕趙吏隱山房詩集》《陶靖節紀事詩品》《春秋直講便蒙》《周官臆讀拾遺》《毛詩名物類釋》《歷代史傳全目提要》《江南耆舊傳》《補漢學師承記》《贛州府志》《官城筆記》等，達十一種之多，未成者尚盈篋笥。本叢刊所收《觀我生齋詩話》《陶靖節紀事詩品》兩種，是其詩學的代表性著述。

《陶靖節紀事詩品》，可稱是一部清人評價陶詩的代表作。歷朝歷代的文人對於陶淵明的人品和詩品都推崇備至，或將陶淵明歸爲儒家，或歸爲道家，還有將其視爲佛家的。而至清代，對陶淵明及其詩的儒化達到頂峯，程度之深、範圍之廣都遠超前代。在研究形式上，既有對陶淵明全集的整理、注釋，如陶澍的《靖節先生集》和吴瞻泰的《陶集彙注》，也有專門收集歷代之評陶資料文獻的，如温汝能的《陶詩彙評》，箋註與評點，成爲清代陶淵明研究的常見的體例模式。

鍾秀此書和前人著述不同，更像是箋註與評點的結合。該書將品評分爲「灑落」「寧静」「淡泊」「恬雅」四個主題，每個主題之後，鍾氏均自注一條，説明其主題意義，如標題「淡泊」後，自注「所以明志也」一行小字。作者以陶淵明生平爲綱，即是書名中「紀事」之意。選取符合各主題的作品，敘述其本事，收集和該主題相關的歷代評論，并加入自己的按語進行點評。按語多短小精煉，力求突出自己眼中陶詩的最主要特點。此書題中的「詩品」二字，實乃對靖節人格、詩歌面貌的一種綜合性「品評」。全書大約三萬多字，篇幅不長，但從中可以看出歷代對陶詩評價的變遷，可以説是一部精當的陶詩品評史。

本書據以點校的底本是江西省圖書館藏本，無刊刻年月，書前有作者同治甲戌年（一八七四）仲夏竹醉日（農曆五月十三日）所作小序一篇。每個主題後均標注「贛縣鍾秀官城編」「德化蔡澤賓東孫參校」「門人歐陽元熙恬昉覆審」的字樣。無對校本，遂以陶澍《靖節先生集》、中華書局《陶淵明資料彙編》，以及書中涉及的多種前人箋註及詩話等參校。個別明顯的誤刻、俗字，徑改；有較大出入或錯誤者，並出校記。

戴伊璇

序

今人知陶詩之澹，而不知陶詩之厚；知陶詩之高超，而不知陶詩之真實。謂陶公爲仕宦中人固非，謂陶公爲山林中人尤非。當桓、劉窺伺晉室之時，陶公心存憂國，志切匡扶，乃半世屈身戎幕佐吏，欲一行其志而不可得。及爲彭澤八十餘日，而世代已易，遂不復出焉。故有《詠三良》《荆軻》諸詩，一腔忠憤，情見乎辭。不即不離，或隱或現。若必以人事實之，則《桃源》《山海》《飲酒》《躬耕》，皆無聊之極思，不過藉以自遣而已，又奚必指某詩爲某事，定某事爲某時也哉？惟禪宋以前與禪宋以後，或仕或不仕，此公一生大節目，不可不知。從此仿佛陶公之人品，庶乎可以得陶公之詩品，曰灑落，曰寧靜，曰淡泊，曰恬雅，列其目爲四，皆余心目中所摹擬之境，假公詩以印證耳。若謂持是以定靖節詩品，則吾豈敢？

同治甲戌仲夏竹醉日贛縣鍾秀

灑落所以盪胸也。

陶靖節居一世之中，未嘗勞於憂畏，役於人間；與大塊而榮枯，隨中和而任放。所作《形影神》三詩，本趣略見。序曰：貴賤賢愚，莫不營營以惜生，斯甚惑焉，故極陳形影之苦，言神辨自然以釋之。好事君子，共取其心焉。

《形贈影》曰：天地長不没，山川無改時。草木得常理，霜露榮悴之。謂人最靈智，獨復不如茲。適見在世中，奄去靡歸期。奚覺無一人，親識豈相思。但餘平生物，舉目情悽洏。我無騰化術，必爾不復疑。願君取吾言，得酒莫苟辭。

《影答形》曰：存生不可言，衛生每苦拙。誠願游崑華，邈然茲道絶。與子相遇來，未嘗異悲悦。憩蔭若暫乖，止日終不别。此同既難常，黯爾俱時滅。身没名亦盡，念之五情熱。立善有遺愛，胡爲不自竭。酒云能消憂，方此詎不劣。汪洪度曰：「《形贈影》乃揮杯勸影之言，《影答形》言飲酒不如立善之爲正，皆從無可奈何中各想一消遣法，設兩造以待神爲之釋也。」

《神釋》曰：大鈞無私力，萬理自森著。人爲三才中，豈不以我故。與君雖異物，生而相依附。結託善惡同，安得不相語。三皇大聖人，今復在何處。彭祖壽永年，欲留不得住。老少同一死，賢愚無復數。日醉或能忘，將非促齡具。立善常所欣，誰當爲汝譽。黄維章曰：大聖何在，釋《影答》「立善」語；彭祖不住，釋《形贈》「奄去」語；「老少」，又釋《形贈》贈語；「賢愚」，又釋《影答》語；「日醉」，又釋《形贈》「得酒」語；「立善」，又釋《影答》「遺愛」語，第分層説。『誰汝譽』，打斷名根，使人猛省。甚念傷吾生，正宜委運去。縱浪大化中，不喜亦不懼。應盡便須盡，無復獨多慮。

先生卒年六十三。病時不藥劑，不禱祀。至自爲遺占之言曰：「存不願豐，没無求贍，省訃却賻，輕哀薄斂，遭壤以穿，旋葬而窆。」《自祭文》曰：「奢恥宋臣，儉笑王孫。」又有「不封不樹」之語。及將逝之夕，自爲《挽歌詩》三首。

其一曰：有生必有死，早終非命促。昨暮同爲人，今旦在鬼録。魂氣散何之，枯形寄空木。嬌兒索父啼，良友撫我哭。得失不復知，是非安能覺。千秋萬歲後，誰知榮與辱。但恨在世時，飲酒不得足。

其二曰：在昔無酒飲，今旦湛空觴。春醪生浮蟻，何時更能嘗。殽案盈我前，親朋哭我傍。欲語口無音，欲視眼無光。昔在高堂寢，今宿荒草鄉。一本有「荒草無人眠，極視正茫茫」。「極」又作「直」。一朝出門去，歸來良未央。

其三曰：荒草何茫茫，白楊亦蕭蕭。嚴霜九月中，送我出遠郊。四面無人居，高墳正嶕嶢。馬爲仰天鳴，風爲自蕭條。一爲「鳥爲動哀鳴，林爲清風飈」。幽室一已閉，千年不復朝。千年不復朝，賢達無奈何。向來相送人，各自還其家。親戚或餘悲，他人亦已歌。死去何所道，託體同山阿。

嗚呼！死生之變亦大矣，而先生從容閒暇如此，平生所養，從可知矣。先是，顏延之素與先生情欵，先生既終，延之爲之誄曰：「視死如歸，臨凶若吉，藥劑弗嘗，禱祀弗恤。」又取謚法，寬樂令終曰「靖」，好廉克己曰「節」，合二字之美謚焉。

王質曰：《神釋》所謂「縱浪大化中，不喜亦不懼，應盡便須盡，無復獨多慮」，惟患不知，既已洞知，安坐待此，夫復何言？杜甫許避俗，未許達道，識者更詳之。

周公謹曰：靖節《形影相贈》《神釋》之詩，謂貴賤賢愚，莫不營營惜生，故極陳形影之苦，而神辨自然，以釋其惑。《形贈影》曰：「願君取吾言，得酒莫苟辭。」《影答形》曰：「立善有遺愛，胡爲不自竭？」形累養而欲飲，影役名而求善，皆惜生之惑也。神乃釋之曰：「大鈞無私力，萬理自森著。人爲三才中，豈不以我故。」此神自謂也。又曰：「日醉或能忘，將非促齡具。」所以辨養之累。又曰：「立善常所欣，誰當爲汝譽？」所以解名之役。然亦僅在於促齡與無譽而已。設使爲善見，知飲酒得壽，則將從之耶？於是又極其釋曰：「縱浪大化中，不喜亦不懼。應盡便須盡，無事獨多慮。」此乃不以死生禍福動其心，泰然委順，乃得神之自然者也。坡公從而反之曰：「子知神非形，何復異人天。豈惟三才中，所在靡不然。」又云：「委順憂傷生，憂死生亦遷。縱浪大化中，正爲化所纏。應盡便須盡，寧復俟此言。」白樂天因之作《心問身》詩云：「心問身云何泰然，嚴冬暖被日高眠。放君快活知恩否？不早朝來十一年。」《身答心》曰：「心是身王身是宮，君今居在我宮中。是君家舍君須愛，何事論恩自説功。」《心復答身》曰：「因我疏慵休罷早，遣君安樂歲時多。世間老苦人何限，不放君閒奈我何。」此則以心爲一身之君，而身乃心之役也。然二公之説雖不同，而皆祖之《列子》力命之論。力謂命曰：「若之功奚若我哉？」命曰：「汝奚功於物而欲比朕？」力曰：「壽夭窮達，貴賤貧富，我力所能也。」命遂歷陳彭祖之壽，顔淵之夭，仲尼之困，殷紂之君，季札無爵於吴，田恒專有齊國，夷、齊之餓，季氏之富。「若是，汝力之所能，奈何壽彼而夭此，窮聖而達逆，賤賢而貴愚，貧善而富惡耶？」力曰：「若如是言，我固無功於物而物若此耶，此則若之所制耶？」命曰：「既謂之命，奈何有制之者。朕直而推之，曲而任之，自壽自夭，自窮自達，自貴自賤，自富自貧，朕豈能識之哉？」此蓋言夭壽窮達、貧賤富貴，雖曰莫非天命，而亦非造物者所能制之，直付之自然耳。此則淵明《神釋》所謂「大鈞無私力」之論也。其後，楊龜山有《讀東坡和陶影答形詩》曰：「『君如火上煙，火盡君乃别；我如鏡中像，鏡壞我不滅。』盡言影因形而有無，是生滅相倚，何謂不滅？」則又墮虚無之論矣。

都穆曰：淵明不止於知道，其妙處亦不止是如云「縱浪大化中，不喜亦不懼。應盡便須盡，無復獨多慮」「望雲慚高鳥，臨水愧游魚。真想初在襟，誰謂行迹拘」「朝與仁義生，夕死復何求」「及時當勉勵，歲月不待人」「前途當幾許，未知止泊處。古人惜寸陰，念此使人懼」。蓋真有得於道者，非尋常人所能蹈其軌轍也。

吴瞻泰曰：《鶴林》云：「人與天地並立而爲三，以此心之神也。若塊然血肉，豈足以並天地哉？『縱浪大化中』四句，是不以死生禍福動其心，泰然委順，養神之道也。淵明可謂知道之士矣。」

趙泉山云：《挽歌詩》「嚴霜九月中，送我出遠郊」，與《自祭文》「律中無射」之月相符，知《挽歌》乃將逝之夕作。其臨終高態，千古如見。後人不悟，乃以爲擬作，失真旨矣。

祁寬曰：昔人自作祭文、挽詩者多矣，或寄意騁詞，成於暇日。靖節絶筆二篇，蓋出於屬纊之際，辭情俱達。其於晝夜之道，了然如此。

秀謂：靖節胸中闊達，有與天地同流氣象。觀其生前之順受，臨終之高態，覺矯揉造作，導引氣形，託仙釋之名，干造物之化，以自賊其神者，固爲多事。即凡吾人之拘拘目前，擺脱不開，使天地之寬，乃如一室之小，境不必盡逆，事不必皆拂，而一入愁城，終難自克者，讀《形影神》《挽歌》六詩，可以爽然釋矣。

元亮先生爲晉遺民，不以仕爲嫌，不以隱爲高雅，有無可無不可本領。即其臨流賦詩，見山忘言，旨趣高曠，未嘗拘於境地。先生親老家貧，以晉武帝太元十八年起爲江州祭酒，不堪吏職，少日自解歸。州復以主簿召，不就。時先生年二十有九矣。後以安帝隆安四年庚子始，作鎮軍參軍，有《經曲阿》詩曰：弱齡寄事外，委懷在琴書。被褐欣自得，屢空常晏如。時來苟冥會，宛轡憩通衢。投策命晨裝，暫與園田疏。眇眇孤舟逝，綿綿歸思紆。我行豈不遥，登陟千里餘。目倦川塗異，心念山澤居。望雲慚高鳥，臨水愧游魚。真想初在襟，誰謂形迹拘。聊且憑化遷，終反班生廬。何燕泉曰：「靖節初以家貧親老，不得已而仕，故其言如此。」

是歲五月中，罷佐鎮，從都還潯陽歸省其母，阻風於規林，有詩二首。

其一曰：行行循歸路，計日望舊居。一欣侍温顔，再喜見友于。鼓棹路崎曲，指景限西隅。江山豈不險，歸子念前途。凱風負我心，戢枻守窮湖。高莽眇無界，夏木獨森疏。誰言客舟遠，近瞻百里餘。延目識高一本作「南」嶺，空歎將焉如。

其二曰：自古歎形役，我今始知之。山川一何曠，巽坎難與期。崩浪聒天響，長風無息時。久遊戀所生，何如淹在兹。靜念園林好，人間良可辭。當年詎有幾，縱心復何疑。黄維章曰：「二首專寫歸省，情急處，足醒世間游子。」

明年正月五日，偕諸朋儕游斜川，有詩一首，序曰：辛丑歲一本無「歲」字，正月五日，天氣澄和，風物閑美。與二三鄰曲同游斜川。臨長流，望曾城，曾城山在南康郡之西，廬阜支山也。魴鯉躍鱗於將夕，水鷗乘和以翻飛。彼南阜者，名實舊矣，不復乃爲嗟嘆。若夫曾城，傍無依接，獨秀中皋。遥想靈山，有愛嘉名。欣對不足，率爾賦詩。悲日月之遂往，悼吾年之不留。各疏年紀鄉里，以紀其時日。

詩曰：開歲倏五一作「十」日，吾生行歸休。念之動中懷，及辰爲兹遊。氣和天惟澄，班坐依遠流。弱湍馳文魴，閒谷矯鳴鷗。迥澤散游目，緬然睇曾邱。雖微九重秀，顧瞻無匹儔。提壺接賓侶，引滿更獻酬。未知從今去，當復如此不。中觴一作「腸」縱遥情，忘彼千載憂。且極今朝樂，明日非所求。

是歲七月，赴假還江陵，《夜行塗口》詩曰：閒居三十載，遂與塵事冥。詩書敦宿好，林園無俗情。如何舍此去，遥遥至西一作「南」荆。李善曰：「時京師在東，故謂荆州爲西。」叩枻新秋月，臨流别友生。涼風起將夕，夜景湛虚明。昭昭天宇闊，皛皛川上平。懷役不遑寐，中宵尚孤征。商歌非吾事，依依在耦耕。投冠旋舊墟，不爲好爵縈。養真衡茅下，庶以善自名。

是歲先生居憂。越二歲爲元興二年，服闋閒居，有《飲酒》詩。其五曰：結廬在人境，而無車馬喧。問君何能爾，心遠地自偏。采菊東籬下，悠然見南山。山氣日夕佳，飛鳥相與還。此中有真意，欲辨已忘言。

明年，劉敬宣爲建威將軍。先生實參建威軍事，從討桓玄餘黨於江陵。又明年爲義熙元年，乙巳三月以建威參軍使都經錢溪，有詩曰：我不踐斯境，歲月好已積。晨夕看山川，事事悉如昔。微雨洗高林，清飈矯雲翮。眷彼品物存，義風都未隔。伊余何爲者，勉勵從兹役。一形似有制，素襟不可易。田園日夢想，安得久離析。終懷在歸舟，諒哉宜一作「負」霜柏。

既使建業，尋歸潯陽，有《還舊居》詩曰：疇昔家上京，六一作十載去還歸。自庚子至乙巳，故云六載。今日始復來，惻愴多所悲。阡陌不移舊，邑屋或時非。履歷周故居，鄰老罕復遺。步步尋往迹，有處特依依。流幻百年中，寒暑日相推。常恐大化盡，氣力不及衰。撥置且莫念，一觴聊可揮。

先生既歸，耕植不給，謂親朋曰：「聊欲絃歌以爲三徑之資，可乎？」執事聞之，八月起爲彭澤令。不以家累自隨，在官八十餘日。會郡遣督郵至，縣吏白應束帶見之，先生嘆曰：「我豈能爲五斗米折腰向鄉里小兒？」吴斗南曰：「先生去彭澤之意，則有在矣。方是時，劉寄奴自以復晉鼎於桓氏竊據之餘，規模所建漸廣，决非臣事晉者，故先生見幾而作耳。其誨顔延之曰：『獨正者危，至方則礙。』然則先生不欲爲苟去，豈非得明哲保身之道也哉。」即日解綬去職，賦《歸去來辭》，序曰：余家貧，耕植不足以自給。幼稚盈室，缾無儲粟。生生所資，未見其術。親故多勸余爲長吏，脱然有懷，求之靡途。會有四方之事，諸侯以惠愛爲德，家叔以余貧苦，遂見用於小邑。於時風波未静，心憚遠役。彭澤去家百里，公田之利，足以爲酒，故便求之。及少日，眷然有歸與之情。何則？質性自然，非矯厲所得。飢凍雖切，違己交病。嘗從人事，皆口腹自役。於是悵然慷慨，深愧生平之志。猶望一稔，當斂裳宵逝。尋程氏妹喪於武昌，情在駿奔，自免去職。仲秋至冬，在官八十餘日。因事順心，命篇曰《歸去來兮》。乙巳歲十一月也。

辭曰：歸去來兮，田園將蕪胡不歸。既自以心爲形役，奚惆悵而獨悲。悟已往之不諫，知來者之可追。實迷途其未遠，覺今是而昨非。舟遥遥以輕颺，風飄飄而吹衣。問征夫以前路，恨晨光之熹微。乃瞻衡宇，載欣載奔。僮僕歡迎，稚子候門。三逕就荒，松菊猶存。携幼入室，有酒盈罇。引壺觴以自酌，眄庭柯以怡顔。倚南牕以寄傲，審容膝之易安。園日涉以成趣，門雖設而常關。策扶老以流憩，時矯首而遐觀。雲無心以出岫，鳥倦飛而知還。景翳翳以將入，撫孤松而盤桓。歸去來兮，請息交以絶游。世與我而相遺，復駕言兮焉求。悦親戚之情話，樂琴書以消憂。農人告余以春及，將有事於西疇。或命巾車，或棹孤舟。既窈窕以尋壑，亦崎嶇而經邱。木欣欣以向榮，泉涓涓而始流。善萬物之得時，感吾生之行休。已矣乎！寓形宇内復幾時，曷不委心任去留。胡爲乎遑遑欲何之？富貴非吾願，帝鄉不可期。懷良辰以孤往，或植杖而耘耔。登東皋以舒嘯，臨清流而賦詩。聊乘化以歸盡，樂夫天命復奚疑。

先生既歸田園居，明年有詩六首。

其一曰：少無適俗韻，性本愛邱山。誤落塵網中，一去三十年。《年譜》：太元癸巳公仕爲州祭酒，至義熙乙巳纔歲星一周，不應云三十年，當作一去十三年。羈鳥戀舊林，池魚思故淵。開荒南野際，守拙歸園田。方宅十餘畝，草屋八九間。榆柳蔭後檐，桃李羅堂前。曖曖遠人村，依依墟里煙。狗吠深巷中，雞鳴桑樹顛。户庭無塵雜，虚室有餘閒。久在樊籠裏，復得返自然。沃儀仲曰：「『返自然』句如負重乍釋，四體皆暢。」

其二曰：野外罕人事，窮巷寡輪鞅。白日掩荆扉，虚室絶塵想。時復墟曲中，披草共來往。相見無雜言，但道桑麻長。桑麻日已長，我土日已廣。常恐霜霰至，零落同草莽。

其三曰：種豆南山下，草盛豆苗稀。晨興理荒穢，帶月荷鋤歸。道狹草木長，夕露霑我衣。衣沾不足惜，但使願無違。

其四曰：久去山澤游，浪莽林野娱。試攜子姪輩，披榛步荒墟。徘徊邱壠間，依依昔人居。井竈有遺處，桑竹殘朽株。借問採薪者，此人皆焉如。薪者向我言，死没無復餘。一世異朝市，此語真不虚。人生似幻化，終當歸空無。

其五曰：悵惋一作「恨」獨策還，崎嶇歷榛曲。山澗歷清淺一作「清且淺」，可以濯我足。漉我新熟酒，隻雞招近局一作「屬」。日入室中闇，荆薪代明燭。歡來苦夕短，已復至天旭。

其六曰：種苗在東皋，苗生滿阡陌。雖有荷鋤倦，濁酒聊自適。日暮巾柴車，路暗光已夕。歸人望煙火，稚子候檐隙。問君亦何爲，百年會有役。但願桑麻成，蠶月得紡績。素心正如此，開徑望三益。

蓋昔日静念林園，欲辭人間；今日投冠旋廬，不縈好爵。自是優游里巷者，二十有二年。

蕭統曰：淵明獨超衆類，莫之與京。横素波而旁流，干青雲而直上，語時事則指而可想，論懷抱則曠而且真。自非大賢篤志，與道汙隆，孰能如此乎？

劉後村曰：士之生世，鮮不以榮辱得喪撓敗其天真者。淵明一生，惟在彭澤八十餘日涉世故，餘皆高枕北牕之日。無榮惡乎辱，無得惡乎喪。此其所以爲絶唱而寡和也。

蘇子瞻曰：孔子不取微生高；孟子不取於陵仲子，惡其不情也。淵明欲仕則仕，不以求之爲嫌；欲隱則隱，不以去之爲高。古今賢之，貴其真也。淵明詩初視若散緩，熟視有奇趣，如曰：「曖曖遠人村，依依墟里煙。狗吠深巷中，雞鳴桑樹巔。」又曰：「采菊東籬下，悠然見南山。」大率才高意遠，則所寓得其妙，遂能如此。

魏鶴山曰：世之稱美陶公者曰，榮利不足以易其守也，聲味不足以累其真也，文辭不足以溺其志也。然是亦近之，而其所以悠然自得之趣，則未之深識也。風雅以降，詩人之辭，樂而不淫，哀而不傷，以物觀物而不牽於物，吟詠性情而不累於情，孰有能如公者乎？有謝康樂之忠，而勇退過之；有阮嗣宗之達，而不至於放；有元次山之漫，而不著其迹，此豈小小進退所能窺其際耶？先儒所謂經道之餘，因閒觀時，因靜照物，因時起志，因物寓言，因志發詠，因言成詩，因詠成聲，因詩成音，陶公有焉。

王彝曰：陶淵明臨流則賦詩，見山則忘言，殆不可謂見山不賦詩，臨流不忘言；又不可謂見山必忘言，臨流必賦詩。蓋其胸中似與天地同流，其見山臨流，皆其偶然，賦詩忘言，亦其適然。故當時人見其然，淵明亦自言然。然而爲淵明者，亦不知其所以然而然也。又何以知其然哉？蓋得諸其胸中而已。

鄭厚曰：淵明詩如逸鶴任風，閒鷗忘海。

郎瑛曰：真西山論陶詩：「《榮木》之憂，逝川之嘆也；《貧士》之詠，簞瓢之樂也。」以公之學自經術中來。予又謂公經術，自性理中來。《飲酒》第五首，弟一句「結廬在人境」，似靜中有物。弟二句「而無車馬喧」，似動中有靜。三四句「問君何能爾，心遠地自偏」，即心境渾融處也。五句「采菊東籬下」，是潛心求一。六句「悠然見南山」，是得一之徵矣。七八句「山氣日夕佳，飛鳥相與還」，乃至味充溢，表裏盎然。九句「此中有真意」，乃所立卓爾。十句「欲辨已忘言」，正末由也已。可見陶公心次渾然，無少渣滓。所以吐辭即理，默契道體，高出詩人，有自哉。

蔡絛曰：「采菊東籬下，悠然見南山」，此其閒遠自得之意，蕭然超出宇宙之外。

黄庭堅曰：佩玉而心若槁木，立朝而志在東山。即「真想初在襟，誰謂形迹拘」之意。

朱子嘗爲一士子書「阻風於規林」第二句，且云：「但能參得此一詩透，則公今日所謂舉業，與夫他日所謂功名富貴者，皆不必經心可也。」

黄文焕曰：「阻風規林」第二首末四句，誓得妙園林，何嘗非人間，然較之市朝，則天上也，非人間也。曰「可辭」，又曰「何辭」，重疊判斷，蓋不决辭人間，則他日又將復出矣。《田園》諸首最有次第，其一爲初歸，花、樹、雞、犬，瑣屑詳數，恰見去忙就閒，極平之景，各生趣味。次言鄉里來往，「相見無雜言」，一切出仕應俗之苦，無復入耳目矣。三言苗稀草盛，道狹路[二]多，亦自有田園苦况，而願既無違，衣不足惜，自解自嘆，與其受俗宦苦，寧受此苦。稱停輕重，較量有致。四言采薪，慨然興鄉里存殁之感。五言獨策復還，荆薪代燭，田園中真景實事，令人蕭然悠然。前三首以入俗之苦，形歸居之樂，此從田園外回頭也。後二首以鄉里之死，形獨游之歡，此從田園中再加鞭也。

范溫曰：東坡《和淵明貧士詩》：「夷齊耻周粟，高歌誦虞軒。産禄彼何人，能致綺與園。古來避世士，死灰或餘煙。末路益可羞，朱墨手自研。淵明初亦仕，絃歌本誠言。不樂乃徑歸，視世羞獨賢。」此言夷、齊自信其去，雖武王不能挽之使留； 四皓自信其進，雖禄、産之聘，亦爲之出。 蓋古人無心於功名，信道而進退，故其命之傳，如死灰之餘煙也。 後世君子既不能以道進退，又不能忘世俗之毀譽，多作文以自名其出處。 故曰「朱墨手自研」，若「淵明初亦仕，絃歌本誠言」，蓋無心於名，雖晉末亦仕，合於綺、園之出，其去也亦不待以微罪行。「不樂乃徑歸」合於夷、齊之去，其進退蓋相似。 使其易地，必追蹤二子也。 豈如昔人稱淵明徒以退爲高乎？

敖陶孫曰： 陶彭澤如絳雲在霄，舒卷自如。

吴瞻泰曰： 《經曲阿》詩見陶公全性保真，不虧其身。 張伯起云： 真想元默，此理久在胸襟，誰謂形迹能拘之哉？「憑化遷」所謂與世推移，即赴參軍。 終當返故廬，言出非所樂也。

鶴林云： 士豈能長守山林，長親蓑笠，但居市朝軒冕時，要使山林之念不忘，乃爲勝耳。 淵明「望雲慚高鳥」四句，似此胸襟，豈爲外榮所點染哉？

王棠曰： 《經錢溪》詩「義風」從「高林」「雲翮」「品物」上看出奇矣。 即引到自己身上，觸景感物，蕭然意遠。「一形」二語，言身爲物役，心却有主宰。 必如此，始當得「灑落」二字。

秀按： 「臨水愧游魚」五字，可括《莊子》「游濠」一段，較「子非我，安知我不知魚之樂」一句，意更靠實些。 蓋莊子道家，陶公乃儒者耳。 又前人評《歸去來辭》云此篇一種云云。 又《結廬》篇云： 元氣渾淪，如海闊天空，心地窄狹者熟讀而深味之，意趣自然通脱。

陶靖節胸次闊大，世間事能容得許多，而無交戰之累，故憂國樂天，並行不悖。 當桓、劉窺伺之時，不復肯仕，往往賦詩見志，平淡之中，時露激烈。 晉安帝元興間，桓玄舉兵犯闕，政自己出，靖節寢迹衡門，有《連雨獨飲》詩：

運生會歸盡，終古謂之然。世間有松喬，於今定何間一作鬮。故老贈余酒，乃言飲得仙。試酌百情遠，重觴忽忘天。天豈去此哉，一云天際去此幾。任真無所先。雲鶴有奇翼，八表須臾還。自我抱茲獨，僶俛四十年。形骸久已化，心在復何言。

未幾，劉裕誅桓元，劉敬宣以破桓歆功，遷建威將軍、江州刺史，鎮潯陽，辟靖節參其軍事。靖節之初赴軍幕也，有《榮木》詩四章，序曰：榮木，念將老也。日月推遷，已復有夏；總角聞道，白首無成。

詩其一曰：采采榮木，結根於茲。晨耀其華，夕已喪之。人生若寄，顦顇有時。靜言孔念，中心悵而。

二曰：采采榮木，於茲託根。繁華朝起，慨暮不存。貞脆由人，禍福無門。匪道曷依，匪善奚敦。

三曰：嗟予小子，禀茲固陋。徂年既流，業不增舊。志彼不舍，安此日富。注謂：「自咎其廢學而樂飲云爾。」我之懷矣，怛焉内疚。

四曰：先師遺訓，余豈云墜。四十無聞，斯不足畏。脂我名車，策我名驥。千里雖遥，孰敢不至。忠君愛國，真情畢露。

靖節當年抱經濟之器，藩輔交辟，遭時不競，將以振復宗國爲己任。回翔十載，卒屈於戎幕佐吏，用是志不獲騁，而良圖弗集。明年決策歸休後，見劉裕篡奪勢成，撫時感事，有《雜詩》《楚調》及《和張常侍》諸篇。

《雜詩》十二首。

其二曰：白日淪西河，素月出東嶺。遥遥萬里輝，蕩蕩空中景。風來入房户，夜中枕席冷。氣變悟時易，不眠知夕永。欲言無予和，揮杯勸孤影。日月擲人去，有志不獲騁。念此懷悲悽，終曉不能靜。

三曰：榮華難久居，盛衰不可量。昔爲三春蕖，今作秋蓮房。嚴霜結野草，枯悴未遽央。日月還復周一作「有環周」，我去不再陽。眷眷往昔時，憶此斷人腸。湯東澗曰：「此篇亦感興亡之意。」

四曰：丈夫志四海，我願不知老。親戚共一處，子孫還相保。觴絃肆朝日，樽中酒不燥。緩帶盡歡娛，起晚眠常早。孰若當世士，冰炭滿懷抱。百年歸邱壟，用此空名道。

五曰：憶我少壯時，無樂自欣豫。猛志逸四海，騫翮思遠翥。荏苒歲月頹，此心稍已去。值歡無復娛，每每多憂慮。氣力漸衰損，轉覺日不如。壑舟無須臾，引我不得住。前塗當幾許，未知止泊處。古人惜寸陰，念此使人懼。

六曰：昔聞長者言，掩耳每不喜。奈何五十年，忽已親此事。求我盛年歡，一毫無復意。去去轉欲遠，此生豈再值。傾家持作樂，竟此歲月駛。有子不留金，何用身後置。按此詩靖節年五十作也。時義熙十年甲寅初，盧山東林寺主釋慧遠，集緇素百二十三人，於山西巖下般若臺精舍結白蓮社。靖節與遠公雅素，寧爲方外交，不願齒社列。遠公遂作詩博酒，鄭重招致，竟不可詘。按梁慧皎《高僧傳》，遠公持律精苦，雖豉酒米汁蜜水之微，誓死不犯，乃欽靖節風概，顧我能致之者，力爲之不假卹，靖節反麾而謝之。

七曰：日月不肯遲，四時相催迫。寒風拂枯條，落葉掩長陌。弱質與運頹，玄鬢早已白。素標插人頭，前途漸就窄。家爲逆旅舍，我如當去客。去去欲何之，南山有舊宅。

八曰：代耕本非望，所業在田桑。躬耕未曾替，寒餒常糟糠。豈期過滿腹，但願飽粳糧。御冬足大布，粗絺以應陽。正爾不能得，哀哉亦可傷。人皆盡獲宜，拙生失其方。理也可奈何，且爲陶一觴。

九曰：遥遥從羈役，一心處兩端身在途，而魂在家也。掩淚汎東逝，順流追時遷。日没星與昴，勢翳西山巔。蕭條隔天涯，惆悵念常飡。慷慨思南歸，路遐無由緣。關梁難虧替，絶音寄斯篇。

十曰：閒居執蕩志，時駛不可稽。驅役無停息，軒裳逝東崖。沈陰一作「汎舟」擬薰麝，寒氣一作「悲風」激我懷。歲月有常御，我來淹已彌。慷慨憶綢繆，此情久已離。荏苒經十載，暫爲人所羈。庭宇翳餘木，倏忽日月虧。

十一曰：我行未云遠，回顧慘風涼。春燕應節起，高飛拂塵梁。邊雁悲無所，代謝歸北鄉。離鵾鳴清池，涉暑經秋霜。愁人難爲辭，遥遥春夜長。

十二曰：嫋嫋松標崖，婉孌柔童子。年始三五間，喬柯何可倚。養色含真一作「精」氣，粲然有心理。東坡和陶無此篇。

《怨詩楚調示龐主簿鄧治中》曰：天道幽且遠，鬼神茫昧然。結髮念善事，僶俛六九年。弱冠逢世阻，始室喪其偏。炎火屢焚如，螟蜮恣中田。風雨縱横至，收斂不盈廛。夏日長抱飢，寒夜無被眠。造夕思雞鳴，及晨願烏遷。在己何怨天，離憂悽目前。吁嗟身後名，於我若浮煙。慷慨獨悲歌，鍾期信爲賢。注：義熙十四年，劉裕弑安帝於東堂，立琅琊王，是爲恭帝。此詩作於是年，憂怨百端説不出，而託言知音之不可得也。

《歲暮和張常侍》詩曰：市朝悽舊人，驟驥感悲泉。注：「驟驥」，謂日駕，「悲泉」，日入處也。《淮南子》：「至悲泉，爰息其馬，是謂懸車。」此蓋借以喻乘輿之駕馬也。明旦非今日，歲暮余何言。素顔斂光潤，白髮一已繁。闊哉秦穆談，旅力豈未愆。向夕長風起，寒雲没西山。厲厲氣遂嚴，紛紛飛鳥還。民生鮮長在，矧伊愁苦纏。屢闕清酤至，無以樂當年。窮通靡攸慮，顦顇由化遷。撫己有深懷，履運增慨然。

及劉裕受禪，靖節不勝悲憤，有《擬古》《詠三良》《荊軻》及《讀山海經》諸篇。

《擬古》九首，其一曰：榮榮窗下蘭，密密堂前柳。初與君别時，不謂行當久。出門萬里客，中道逢嘉友。

未言心先醉，不在接杯酒。蘭枯柳亦衰，遂令此言負。多謝諸少年，相知不忠厚。意氣傾人命，離隔復何有。

二曰：辭家夙嚴駕，當往志無終。問君今何行，非商復非戎。聞有田子泰，今本作「田子春」。節義爲士雄。斯人久已死，鄉里習其風。生有高世名，既没傳無窮。不學狂馳子，直在百年中。《魏志》：田子泰名疇，劉虞之臣，盡忠漢室。爲公孫瓚所害[二]，疇掃地而盟，誓欲復仇。後瓚已滅，烏桓已破，曹操欲加以封爵，疇不受。

三曰：仲春遘時雨，始雷發東隅。衆蟄各潛駭，草木縱横舒。翩翩新來燕，雙雙入我廬。先巢故尚在，相將還舊居。自從分别來，門庭日荒蕪。我心固匪石，君情定何如。注：此詩託言不背棄之意。

四曰：迢迢百尺樓，分明望四荒。暮作歸雲宅，朝爲飛鳥堂。山河滿目中，平原獨茫茫。古時功名士，慷慨爭此場。一旦百歲後，相與還北邙。松柏爲人伐，高墳互低昂。頹基無遺主，遊魂在何方。榮華誠足貴，亦復可憐傷。吴瞻泰曰：「元熙二年，劉裕廢恭帝爲零陵王，以兵守之，故前首追慕田子泰，以王行在消息，無有如子春其人者奔問，故託言以深慨。未幾，且使人掩殺之矣，故此首感憤尤深。」黄文焕維章云：「前六語寄愴國運更革，後八語寄慨士人生死，然後總結以榮華憐傷。而况萬乘山河擲於他人之手乎？受未死之屈辱，其可憐傷，不更萬倍乎？蓋感憤於廢帝矣。」

五曰：東方有一士，被服常不完。三旬九遇食，十年著一冠。辛苦無此比，常有好容顔。我欲觀其人，晨去越河關。青松夾路生，白雲宿檐端。知我故來意，取琴爲我彈。上絃驚别鶴，下絃操孤鸞。願留就君住，從今至歲寒。

六曰：蒼蒼谷中樹，冬夏常如兹。年年見霜雪，誰謂不知時。厭聞世上語，結友到臨淄。稷下多談士，指彼決吾疑。裝束既有日，已與家人辭。行行停出門，還坐更自思。不畏道里長，但畏人我欺。萬一不合意，永爲世笑之。伊懷難具道，爲君作此詩。湯東澗曰：「前四句興而比，以言吾有定見，而不爲談者所眩，似謂白蓮社中人也。」

七曰：日暮天無雲，春風扇微和。佳人美清夜，達曙酣且歌。歌竟長嘆息，持此感人多。皎皎雲間月，灼灼葉中華。豈無一時好，不久當如何。注：此首美人之失時也。

八曰：少時壯且厲，撫劍獨行遊。誰言行遊近，張掖至幽州。飢食首陽薇，渴飲易水流。何燕泉曰：「此晉亡以後憤世之辭，首陽、易水，寓意顯然可見。」不見相知人，惟見古時邱。路邊兩高墳，伯牙與莊周。湯東澗曰：「伯牙之琴，周莊之言，惟鍾子期、惠施能聽。今有能聽之人，而無可聽之言，此淵明所以罷遠遊也。」此士難再得，吾行欲何求。

九曰：種桑長江邊，三年望當採。枝條始欲茂，忽值山河改。柯葉自摧折，根株浮滄海。春蠶既無食，寒衣欲誰待。本不植高原，今日復何悔。沈德潛曰：「欲言難言，陶公詩根本節目，全在此種。」

《詠三良》曰：彈冠乘通津，但懼時我遺。服勤盡歲月，常恐功愈微。忠情謬獲露，遂爲君所私。出則陪文輿，入必侍丹帷。箴規嚮已從，計議初無虧。一朝長逝後，願言從一作「同」此歸。厚恩固難忘，君命安可違。臨穴罔惟疑，投義志攸希。荆棘籠高墳，黄鳥聲正悲。良人不可贖，泫然霑我衣。

《詠荆軻》曰：燕丹善養士，志在報强嬴。招集百夫良，歲暮得荆卿。君子死知己，提劍出燕京。素驥鳴長楊一作「廣陌」，慷慨送我行。雄髪指危冠，猛氣衝長纓。飲餞易水上，四座列羣英。漸離擊悲筑，宋意唱高聲。蕭蕭哀風逝，淡淡寒波生。商音更流涕，羽奏壯士驚。心知去不歸，且有後世名。登車何時顧，飛蓋入秦庭。淩厲越萬里，逶迤過千城。圖窮事自至，豪主正怔營。惜哉劍術疏，奇功遂不成。其人雖已没，千載有餘情。沈德潛曰：「英氣勃發，情見乎辭。」

《讀山海經》其九曰：夸父誕宏志，乃與日競走。俱至虞淵下，似若無勝負。《山海經》：「夸父與日逐走，入日。渴欲得飲，飲於河、渭。河、渭不足，北飲大澤。未至，渴而死。棄其杖，化爲鄧林。」又：「大荒之中，有山，曰成都載天。有人曰夸父，不量力，欲追日景，逮之於禺谷。將飲河而不足也。將走大澤，未至，死。」注：「夸父，神人之名也。」神力既殊妙，傾河焉足有。餘迹寄鄧林，功竟在身後。

十曰：精衛銜微木，將以填滄海。刑天舞干戚，猛志固常在。同物既無慮，化去不復悔。徒設在昔心，良晨詎可待。《山海經》：「發鳩之山，有鳥曰精衛。炎帝之女，名曰女娃，游於東海，溺而不反，故爲精衛，常銜西山之木石，以堙東海。」

十一曰：巨猾肆威暴，欽䲹違帝旨，窫窳強能變，祖江遂獨死。明明上天鑒，爲惡不可履。長枯固已劇，鵕鶚豈足恃。《山海經》：「鍾山神，其子曰鼓，是與欽䲹殺祖江於崑崙之陽，帝乃戮之，欽䲹化爲大鶚，鼓亦化爲鵕鳥，見則其邑大旱。大鶚見，則其邑大兵。窫窳龍首，居弱水中。」注云：「本蛇身人面，爲貳負臣所殺，復化而成此物也。」

吴師道曰：余嘗讀《離騷》，見屈子閔宗周之阽危，悲身命之將隕，而其賦《遠游》之篇曰「仍羽人於丹邱，留不死之舊鄉」「超無爲以至清，與太初而爲鄰」，乃欲制形鍊魄，排空御風，浮游八極，後天而終。原雖死，猶不死也。陶公胸次冲澹和平，而忠憤激烈，時發其間，得無交戰之累乎？洪慶善之論屈子曰：「屈原之憂，憂國也。其樂，樂天也。」吾於陶公亦云。

吕東萊曰：《雜詩》「代耕本非望，所業在田桑」，今人立於天地之間，甚可愧怍。彼歷敘飢凍之狀，僅欲免而不可，乃曰「人皆盡獲宜，拙生失其方」，此意甚平，若進道者。末句「且爲陶一觴」，却有一任他的氣象，便是欠商量處。此等人質高，胸中見得平曠，故能如此，此地步儘不易到。

朱子曰：陶元亮自以晉世宰輔子孫，恥復屈身後代，自劉裕篡奪勢成，遂不復仕。雖其功名事業，不少概見，而其高情逸想，播於聲詩者，後世能言之士，皆自以爲莫能及也。蓋古之君子，其於天命民彝、君臣父子、大倫大法之所在，惓惓如此。是以大者既立，而後節概之高，語言之妙，乃有可得而言者。韋蘇州詩直是自在，其氣象近道。陶却是有力，但詩健而意閒。隱者多是帶性負氣之人爲之，陶却有爲而不能者也，又好名。韋則自在，淵明詩人皆説平淡，據某看他自豪放，但豪放得來不覺耳。其露出本相者，是《詠荆軻》一篇，平淡的人，如何説得這樣言語出來？

真西山曰：淵明雖遺榮辱，一得喪，真有曠達之風。觀其詩辭，亦悲涼感慨，非無意世事者。或者徒知義熙以後不著年號，爲恥事二姓之驗，而不知其惓惓王室，蓋有乃祖長沙公之心。獨以力不得爲，故肥遁以自絶。食薇飲水之言，銜木填海之喻，至深痛切，顧讀者弗之察耳。淵明之志若是，又豈毁彝倫而外名教者所可同日而語乎？

王厚之曰：淵明詩「雖留身後名，一生亦枯槁。死去何所知，稱心固爲好」，是不慕身後名也。及《擬古》乃云「生有高世名，既没傳無窮」，《詠荆軻》云「心知去不歸，且有後世名」，是欲名彰也。二意相反，各有攸歸。蓋不慕名所以隱身，欲彰名所以維世也。豈故自相矛盾哉？

黄徹曰：淵明心乎忠愛，非愛枯槁，其所以感嘆時世推遷者，蓋傷時人之急於聲利也。非畏亂離，其所以愁憤於干戈盜賊者，蓋以王室元元爲懷也。俗士何足以識之。

湯漢曰：陶公詩精深高妙，測之愈遠，不可漫觀也。不事異代之節，與子房五世相韓之義同。既不爲狙擊震動之舉，又時無漢祖者可託以行其志，故每寄情於首陽、易水之間。又以荆軻繼三良而發詠。三良取與主同死，荆軻取爲主報讐，皆託古以自見。所謂「撫己有深懷，履運增慨然」者，亦可以深悲其志也已。至其生平危行言孫，千載之下，讀者或不省爲何語。是此翁所深致意者，迄不得白於後世，尤可以使人增欷而累歎也。

余竊見其旨，因加箋釋，以表暴其心事云。

陳繹曾曰：淵明心存忠義，身處閒逸。情真，景真，意真，事真。

吴崧曰：淵明非隱逸流也。其忠君愛國，憂愁感憤，不能自已，間發於詩。而詞句温厚和平，不激不隨，深得《三百篇》遺意。或觸目興懷，或因時致慨，或寓言，或正寫，或全首寄託，或片言感發。其一段無可如何心事，但託之於飲酒、學仙、躬耕，聊以自遣耳。若以《飲酒》詩便作飲酒讀，《讀山海經》詩便作《山海經》讀，田舍詩便作田舍讀，所謂「作詩必此詩，便知非詩人」矣。此第言其命意之大概，若必沾沾以人事實之，失之又遠。《連雨獨飲》所云「運生會歸盡」，致慨甚深，故無端欲學仙，無端獨飲酒，皆無聊之極思，託興於此。《歲暮和張常侍》「歲暮」二字便有意，因時起興，易代之悲不言自喻矣。前後皆極悲憤，而中以闕酒爲不樂，以化遷爲靡慮，正以掩其悲憤之迹。《擬古》弟八首忠君報國之念，隱然發露，絶非隱逸忘世者。蓋少時撫劍行游邊塞，無非欲訪西山之義士、易水之劍客。此我所欲相知，而不可得見，惟見伯牙、莊周兩墳。伯牙因鍾子死而絶絃，莊周因惠子死而深瞑，悲無知己也。引以爲知己作喻。今夷、齊、荆軻之徒既難再得，是無知己矣。吾雖游行，何所求哉？《詠荆軻》一首，寫得異樣出色。結云：「其人雖已没，千古有餘情。」淵明志趣，從可知矣。《讀山海經》弟十一首言鵶、鼓、貳負之履惡，悲窫窳、祖江之長枯。爲惡者天鑒不遠，窫窳、祖江故長枯矣。而鵶、鼓亦化爲異物，豈足恃哉。正深嘆巨猾之徒，惡而終受誅夷，其垂戒深矣。

程崟曰：《榮木》詩有孔席不暇煖之意，蓋其初赴建威幕時也。陶公具聖賢經濟學問，豈放達飲酒人所能窺測。《讀山海經》詩其十結二句，顯然易代之悲，無復良辰可待，設心良苦矣。陶公一生心事畢露，於此可想見讀經本懷。

黄文焕曰：《榮木》四章互相翻洗。初首顛頷，無可自仗，説得氣索。次首有善有道可仗，説得氣起。三首安此日富，有道不能依，善不能敦，但焉内疚，又説得氣索。卒章痛自猛厲，脂車策驥，贖罪無聞，何疚之有？又説得氣起。《怨詩》言含沙之蜮，非害稼之蟲，亦同恣中田。人間意外之事，何所不至？受殘於物，冀獲祐於天。風雨縱横、天人交困之事，復無所不有。「喪室」至「烏遷」，叠寫昔況，無所不怨，忽截一語曰「在己何怨天」，又無一可怨；「何怨」後復説「憂悽目前」，又無一不怨矣。題中「怨詩楚調」四字，寫得淋漓，胸懷如吐如瀉矣。《擬古》第五，見東晉祚移，舉世無復爲東之人矣。詩言「東方一士」，係其人於東也。此九章專感革運。至末章「忽值山河改」，盡情道出，憤氣横霄。若以淡遠達觀視之，差卻千里。《詠三良》言「但懼」、言「常恐」，惟畏君之不我合也。曰「獲露」、曰「遂私」、曰「初無」，生前一一同心矣，何忍死後不同歸哉？先説「願言」，再及「君命」，以見從殉者三子忠君之夙懷，非一時勉强就死也。君命曰「安可違」，又似勉强矣。再曰「罔疑」、曰「投義」，益見平日有心，臨死如飴。《秦風》屬康公之從亂命，詩意乃專屬三子之報厚恩，「罔惟疑」「志攸希」，決斷之至。在三良願殉自當斷，在國人惜才自當悲，各不相妨，其必不肯説壞康公、穆公處，别有深寄。臣子報君，即從殉不爲過，其可忘君而貪事他朝乎？翻案閎議，可激千古忠肝。蓋《詠二疏》《三良》《荆軻》，相屬一時所作，大約皆在禪宋後也。其合拈最有意。知止棄官爲最易，本朝猶不肯久戀，況事僞朝。此淵明之所以自匹也。祚移君逝，有死而報君父之恩如三良者乎？無人矣。有生而報君父之讐如荆軻者乎？又無人矣。以弔古之懷，并作傷今之淚。一曰「清言曉未悟」，示事二姓者以當悟也；一曰「投義志攸希」，示事二姓者以當希也；一曰「其人雖已没，千載有餘情」，則報讐熱血，隱從中噴，事二姓之徒，不堪語久矣。《山海經詩》將夸父事合拈翻案，既已逮矣，復何「分勝負」而云不量力哉？「俱至」「似若」判斷甚明。卻再從「傾河」紀力，「化林」紀功。如走竭必不能作傾河之飲，然則其死也，蟬蛻變化耳。豈屬力竭至於鄧林，功貽後世，則僅僅鬥力又不足道矣。寓意甚遠甚大。天下忠臣義士，及身之時，事或有所不能濟，而其志其功足留萬古者，皆夸父之類，非俗人所能知也。胸中饒有憂憤。炎帝之女被溺而化爲飛鳥，仍思填海，是謂化去不悔。海未必可填，死後無裨生前，虛願難當實事，時與志相違，是謂「昔心徒設」「良辰難待」。起曰「將以」「固常」，推尊一番，結曰「徒設」「詎可」，憑弔百倍。志士之爲精衛者，何可勝嘆；懦夫之不知有精衛者，何可勝嗤。想當日讀《經》時，開卷掩卷，牢騷極矣。「巨猾」章借題刺世，數句之中，錯綜曲折。欽䲹、負貳均違帝旨，窫窳、祖江均荷帝憐者也。窫窳受屈又復能變，其強猶足以自存；祖江死後，獨無聞焉，則祖江尤爲帝之所憐矣。違帝旨者終爲帝所梏戮，庶幾足昭爲惡之報。然窫窳之冤魂，以能變爲足幸；䲹、鼓之惡魂，亦將以能化爲足逞，如此則伸窫窳不足壓䲹、鼓，而祖江遂死，愈爲可傷。帝雖憐祖江，而不能使之再生，戮䲹、鼓而不能使之不化，爲惡者不愈肆乎？則再深一層爲點醒曰，使被帝命而長枯不得復生，固爲罰之劇，即化鵕、鶚亦豈足恃乎？善惡之名殊，生死又不足論矣。翻案出奇，寄慨遙深。

劉坦之履曰：凡靖節退休之後，類多悼國傷時託諷之詞，然不欲顯斥，故以《擬古》《雜詩》名其篇。靖節見幾而作，由建威參軍即求彭澤令，未幾，賦歸。及晉宋易代之後，終身不仕。在朝諸親舊或有勸之仕者，《擬古》第一首或作之以寄意歟。

吴瞻泰曰：《雜詩》第五首，王棠謂：「『無樂自欣豫』寫出少壯胸襟；『值歡無復娱』寫出老人心境。歡暢不娱，少年人不知，平常語道出妙理。」《和張常侍》起結，明説易代。前曰「悽」、曰「感」、曰「愁苦」、曰「無以樂」，窮通之慮矣。忽又曰「靡攸慮」，故作一折，以歸於「化遷」。結又曰「增慨然」，自悲自解，已復自悲。

「市朝舊人」，聲聲唤奈何矣。「民生鮮常在」，翻用《詩》語，感憤之極。《擬古》首章，歎中道改節之人，徒矜意氣，反覆不常也。用蘭柳比興。「意氣」下接「傾人命」三字，可畏，説盡古今翻雲覆雨一流，使人氣短。三章言「還舊居」者，止有燕可語。「君情何如」，亦是問燕，絶無一字寄慨新巢，使人澹然意遠。汪洪度云：「『仲春』四句，略帶改革意。篇中俱借燕傳心，只『我心』一句露出本懷。」四章起二句從高視下，有鄙夷一切之意。下俱承「望」字來，宅但有雲，堂但有鳥，一望空無人焉。寫得榮華全無把握，一任朝更夕改，憐傷孰甚哉。二語耐人百思。五章，汪洪度謂：「此與從田子泰遊意略同。別鶴孤鸞，并古貞婦琴操名，只此二句中聊寓本懷，乃借古貞婦以喻己志之不移也。」六章首四句興起，人品已見。下故爲顛倒錯綜之言，以寫霜雪不移之志，波瀾起伏，心緒萬端。八章無倫無次，始而張掖、幽州，悲壯遊也；忽而首陽、易水，傷志士之無人；忽而伯牙、莊周，嘆知音之不再，而避世之難得也。公平生志節，亦盡流露矣。

顧炎武曰：末世人情彌巧，文而不慙，固有朝賦采薇之篇，而夕有奉檄之喜者。苟以其言取之，則車載魯連，斗量王蠋矣。曰是不然，世有知言者出焉，則其人之真僞，即其意辨之，而卒莫能逃也。《黍離》之大夫，始而摇摇，中而如噎，既而如醉，無可奈何，而付之蒼天者，真也。汨羅之宗臣，言之重，詞之複，心煩意亂，而其詞不能以次者，真也。栗里之徵士，淡然若忘於世，而感憤之懷，有時不能自止，而微見其情者，真也。其汲汲於自表暴而爲之言者，皆僞也。

沈德潛曰：《擬古》其五，言辛苦無比，而常「有好容」者，所謂身困道亨也。

陶徵士詣趣高曠，而胸有主宰。平生志在吾道，念切先師，其性定已久。故有時慨想羲皇，而非狃於羲皇；寄託仙釋，而非惑於仙釋。嘗作《桃花源詩記》曰：晉太元中，武陵人捕魚爲業。緣溪行，忘路之遠近。

忽逢桃花林，夾岸數百步，中無雜樹，芳草鮮美，落英繽紛。漁人甚異之。復前行，欲窮其林。林盡水源，便得一山。山有小口，髣髴若有光，便舍船從口入。初極狹，纔通人，復行數十步，豁然開朗。土地平曠，屋舍儼然，有良田美池桑竹之屬。阡陌交通，雞犬相聞，其中往來種作，男女衣著，悉如外人。黄髮垂髫，並怡然自樂。見漁人，乃大驚，問所從來，具答之。便要還家，設酒殺雞作食。村中聞有此人，咸來問訊。自云先世避秦時亂，率妻子邑人來此絶境，不復出焉，遂與外人間隔。問今是何世，乃不知有漢，無論魏晉。此人一一爲具言所聞，皆歎惋。餘人各復延至其家，皆出酒食。停數日，辭去。此中人語云：「不足爲外人道也。」既出，得其船，便扶向路，處處誌之。及郡下，詣太守説如此。太守即遣人隨其往，尋向所誌，遂迷不復得路。南陽劉子驥，高尚士也。聞之，欣然規往。未果，尋病終。後遂無問津者。桃源經桃源山，在縣南十里，西北沅水出流，而南有障山，東帶桫羅溪，周迴三十有二里。《一統志》：「桃源山在桃源縣南二十里，西南有桃源洞，一名秦人洞，洞北有桃花溪。」《蒙齋筆談》：「淵明所記桃花源，今鼎州桃花觀即其處。劉子驥見《晉書·隱逸傳》，即劉驎之，子驥其字也。傳子驥采藥衡山，深入忘返。見一洞水，南有二石囷，一閉一合，開者水深廣不可過。或説囷中皆仙方靈藥諸雜物。既還，失道，從伐木人問徑，始得歸。後更欲往，終不復得。大類桃源事，但不見其人耳。」

詩曰：嬴氏亂天紀，賢者避其世。黄綺之商山，伊人亦云逝。往迹浸復湮，來徑遂蕪廢。相命肆農耕，日入從所憩。桑竹垂餘蔭，菽稷隨時藝。春蠶收長絲，秋熟靡王税。荒路曖交通，雞犬互鳴吠。俎豆猶古法，衣裳無新製。童孺縱行歌，斑白歡遊詣。草榮識節和，木衰知風厲。雖無紀歷誌，四時自成歲。怡然有餘樂，於何勞智慧。奇蹤隱五百自秦始皇焚書之年，至晉太元間，約五百餘年，一朝敞神界。淳薄既異源，旋復還幽蔽。借問游方士，焉測塵囂外。願言躡輕風，高舉尋吾契。

又《與子儼等疏》曰：吾少學琴書，偶愛閒靜，開卷有得，便欣然忘食。見樹木交蔭，時鳥變聲，亦復歡然有喜。常言五六月中，北窗下臥，遇涼風暫至，自謂是羲皇上人。

又《讀山海經》詩，其一曰：孟夏草木長，繞屋樹扶疏。衆鳥欣有託，吾亦愛吾廬。既耕亦已種，時還讀我書。窮巷隔深轍，頗回故人車。歡言酌春酒，摘我園中蔬。微雨從東來，好風與之俱。泛覽周王傳，流觀山海圖。俯仰終宇宙，不樂復何如。

二曰：玉臺凌霞秀，王母怡妙顔。《山海經》：「玉山，王母所居也。」天地共俱生，不知幾何年。靈化無窮已，館宇非一山。高酣發新謡，寧效俗中言。《穆天子傳》：「天子賓於西王母。西王母爲天子謡曰：『白雲在天，山陵自出。道里悠遠，山川間之。將子無死，尚能復來。』」

三曰：迢遞槐江嶺，是謂元圃邱。西南望崑墟，光氣難與儔。亭亭明玕照，落落清淫流「淫」音遥，俗作「瑶」，非。明玕謂竹。清淫謂水也。恨不及周穆，託乘一來游。《山海經》：「槐江之山其上多琅玕，實爲帝之平圃。南望崑崙，其光熊熊，其氣魄魄。爰有淫流，其清洛洛。」平圃即元圃也。《穆傳》：「天子銘迹於元圃之上。」

四曰：丹木生何許，乃在峚音密山陽。黄華復朱實，食之壽命長。白玉凝素液，瑾瑜發奇光。豈伊君子寶，見重我軒黄。《山海經》：「峚山上多丹木，黄華赤實，味如飴，食之不飢。丹水出焉，其中多白玉。是有玉膏，黄帝是食是饗。黄帝乃取峚山之玉榮，而投之鍾山之陽。瑾瑜之玉爲良，堅栗精密，濁澤而有光。天地鬼神，是食是饗。君子服之，以禦不祥。」黄文焕曰：「此抑君子而專重軒黄。黄帝食丹木，後乃鼎湖上升，則不止於充飢矣。君子所服，由黄帝分餘膏，則此寶固非君子有之，軒黄功也。增補、歸重處，俱從《經》文上，細體認生奇。」

五曰：翩翩三青鳥，毛色奇可憐。朝爲王母使，暮歸三危山。《山海經》：「三危之山，三[三]青鳥居之。」郭注：「三青鳥主爲王母取食，别自栖息於此山也。」我欲因此鳥，具向王母言。在世無所須，惟酒與長年。

六曰：逍遥蕪皋上，杳然望扶木。洪柯百萬尋，森散覆暘谷。靈人侍丹池，朝朝爲日浴。神景一登天，何幽不見燭。《山海經》：「大荒之中有山曰孽摇頵羝，上有扶木三百里。有谷曰暘谷，上有扶木。」註云：「扶桑也。」

七曰：粲粲三珠樹，寄生赤水陰。亭亭淩風桂，八幹共成林。靈鳳撫雲舞，神鸞調玉音。雖非世上寶，爰得王母心。《山海經》：「三珠樹生赤水上，其樹如柏，葉皆爲珠。」又：「桂林八樹，在番禺東。」又：「王母之山，鸞鳥自歌，鳳鳥自舞。」黄文焕曰：「三珠、八桂不在王母山中，却拈來合詠，直欲將山川更移一番，以他處所有，補仙地所無，想頭奇絶。『雖非世上寶』，翻駁尤深。縱有鸞歌鳳舞之區，總非世俗名利心腸所欲得。但有王母世外之神，此鳥以歌舞叶其胸懷耳。」

八曰：自古皆有没，何人獨一作「得」靈長。不死復不老，萬歲如平常。赤泉給我飲，員邱足我糧。方與三辰游，壽考豈渠央。《山海經》：「不死民在交脛國東。其人黑色，壽，不死。」郭注：「員邱上有不死樹，食之乃壽。亦有赤泉，飲之不老。」王棠曰：「『渠』與『遽』通。」

蘇東坡曰：世傳桃源事，多過其實。考淵明所記，止言先世避秦亂來此，則漁人所見，似是其子孫，非秦人不死者也。蜀青城山老人村，人多壽，至有五世孫者，道極險遠，生不識鹽醯，而溪中多枸杞，根如龍蛇，飲其水故壽。近歲道稍通，漸能致五味，而壽益衰。桃源蓋此比也。

洪邁曰：陶淵明作《桃源記》，後詩人多賦《桃源行》，不過贊仙家之樂。惟韓公云：「神仙有無何渺茫，桃源之説誠荒唐。世俗那知僞與真，至今傳者武陵人。」亦不及淵明所以作記之意。余竊意桃源之事，以避秦爲言，至云「無論魏晉」，乃寓意於劉裕，託之於秦，以爲喻耳。近時胡宏仁仲一詩，屈折有意味，大略云：「靖節先生絶世人，奈何考僞不考真。先生高步窘末代，雅志不肯爲秦民。故作斯文寫幽意，要似寰海離風塵。」其説得之矣。

胡仔曰：東坡此論蓋辨證唐人以桃源爲神仙，如王摩詰、劉夢得、韓退之作《桃源行》是也。惟王介甫作《桃源行》與東坡之意吻合。其詩曰：「望夷宫中鹿爲馬，秦人半死長城下。避世不獨商山翁，亦有桃源種桃者。此來種桃經幾春，采花食實枝爲薪。兒孫生長與世隔，雖有父子無君臣。漁郎漾舟迷遠近，花間相見驚相問。世上惟知古有秦，山中豈料今爲晉。聞道長安吹戰塵，春風回首一霑巾。重華一去寧復得，天下紛紛經幾秦。」

劉坦之曰：《讀山海經》凡十三首，皆記二書所載事物之異，而發端一篇，特以寫幽居自得之趣耳。「衆鳥有託」「吾愛吾廬」，隱然有萬物各得其所之妙。

黄文焕曰：《讀山海經》詩第二首曰「寧效俗中言」，有世外之品格者，亦必有世外之文章，寄意憤俗，别開枝節。第六首言能燭者日也，天象也；佐燭者，浴日之人也，人力也。天非人不成，事事皆然，却從蕪皋上作遥望，蕪則幽而難燭矣。惟幽而望燭，是可逍遥也。胸中别有低昂。第八首於《經》文添出給飲足糧，若疲之衣食，多壽祇爲苦況耳。必有給我足我者，乃可如願也。

吴崧曰：《桃花源》「嬴氏亂天紀，賢者避其世」，與結語對照，淵明平生盡此二語矣。《讀山海經》首章「俯仰終宇宙」，乃上下古今，爲十三章眼目。人能具此胸懷，具此眼光，方許讀《讀山海經》詩。自第二首至第八首皆言仙事，欲求出塵，遂我避世，正悲憤無聊之極，非真欲學仙也。

吴瞻泰曰：前人謂淵明天資既高，趣詣又遠。今觀《讀山海經》詩，見公滿肚嫉俗之意，却借世外語以發之，寄託深遠。故三言「寧效俗中言」，是欲聽王母之謡，五言「在世無所須」，是欲索王母之食，總是眼前苦遭俗物聒，頻爲出世之想，奇思異趣，超超玄著矣。

沈德潛曰：淵明自謂是羲皇上人，《桃花源》詩即羲皇之想也。必辨其有無，殊爲多事。《讀山海經》首章觀物觀我，純乎元氣。

秀按，元亮與白蓮社中人朝夕聚首，雖勸駕有人，終不爲所汙。及觀其詩，乃多涉仙釋。可見人只要心有主宰，若假託之辭，何必莊、老，何必不莊、老；何必仙釋，何必不仙釋。放浪形骸之外，謹守規矩之中，古今來元亮一人而已。

寧靜 所以澄心也。

陶徵士《和郭主簿》其二曰：和澤周三春，清涼素秋節。露凝無遊氛，天高肅景澈。陵岑聳逸峯，遥瞻皆奇絶。芳菊開林耀，青松冠巖列。懷此貞秀姿，卓爲霜下傑。銜觴念幽人，千載撫爾訣。檢素不獲展，厭厭竟良月。

又《己酉歲九月九日》詩曰：靡靡秋已夕，淒淒風露交。蔓草不復榮，園木空自凋。清氣澄餘滓，杳然天界高。哀蟬無留響，叢雁鳴雲霄。萬化相尋繹，人生豈不勞。從古皆有没，念之中心焦。何以稱我情，濁酒且自陶。千載非所知，聊以永今朝。

黄文焕曰：遊氛少則半空無所障蔽，天加一倍矣，山亦加一倍矣。「高」字、「聳」字，寫秋意最爲逗現。爾指松菊，千載之内幽人不可見，但與此霜傑永訣耳。語傲而慘。「清氣」二句善描秋容，與「露凝」四句皆自靜觀得來。

王棠曰：「往燕無遺影」，妙在「遺」字。「哀蟬無留響」，妙在「留」字。皆靜察物理之言。

秀按，此詩純是靜字意境，而程子詩有句云：「春深晝永簾垂地，庭院無風花自飛。」唐子西有句云：「山靜似太古，日長如小年。」亦道得「靜」字，意境亦脱化。明王陽明《龍潭夜坐》有句云：「幽人月出每孤往，棲鳥山空時一鳴。」亦非靜者不能見得靜中境界。然此猶皆空摹靜字意境，乃是既靜之後，自然流露而出，究不若靖節之靜察物理，似尤爲靠實也。

陶徵士嘗於六月中遭回禄之變，無可憂憤，益見坦平。而門前步月，目周九天，因作《遇火》詩曰：草廬寄窮巷，甘以辭華軒。正夏長風急，林室頓燒燔。一宅無遺宇，舫舟蔭門前。迢迢新秋夕，亭亭月將圓。果菜始復生，驚鳥尚未還。中宵竚遥念，一盼周九天。總髮抱孤念，奄出四十年。形迹憑化往，靈府長獨閑。貞剛自有質，玉石乃非堅。仰想東户時，餘糧宿中田。鼓腹無所思，朝起暮歸眠。既已不遇兹，且遂灌西園。

秀按，靖節此詩當與《挽歌》三首同讀，纔曉得靖節一生學識精力有大過人處。其於死生禍福之際，平日看得雪亮，臨時方能處之泰然。與強自排解、貌爲曠達者，不啻有霄壤之隔。大凡躁者，處常如變，無惡而怒，無憂而戚。靜者處變如常，有惡而安，有憂而解。蓋以心有主宰，故不爲物所牽，此無他，分定故也。較之《賀失火書》更爲超脱矣。

淡泊所以明志也。

陶元亮少有高趣，博學，善屬文。穎脱不羣，任真自得。嘗著《五柳先生傳》以自況，曰：先生不知何許人也，亦不詳其姓字。宅邊有五柳樹，因以爲號焉。閒靜少言，不慕榮利。好讀書，不求甚解，每有會意，便欣然忘食。性嗜酒，家貧不能常得。親舊知其如此，或置酒而招之。造飲輒盡，期在必醉。既醉而退，曾不吝情去留。環堵蕭然，不蔽風日，短褐穿結，簞瓢屢空，晏如也。常著文章自娱，頗示己志。忘懷得失，以此自終。贊曰：黔婁有言：「不戚戚於貧賤，不汲汲于富貴。」其言兹若人之儔乎？酣觴賦詩，以樂其志。無懷氏之民與？葛天氏之民與？

先生自以仕途多乖，怡然退守，作《歸鳥》詩四章以自明。

其一曰：翼翼歸鳥，晨去于林。遠之八表，近憩雲岑。和風弗洽，翻翮求心。顧儔相鳴，景庇清陰。

其二曰：翼翼歸鳥，載翔載飛。雖不懷遊，見林情依。遇雲頡頏，相鳴而歸。遐路誠悠，性愛無遺。

其三曰：翼翼歸鳥，馴林徘徊。豈思天路，欣及舊棲。雖無昔侶，衆聲每諧。日夕氣清，悠然其懷。

其四曰：翼翼歸鳥，戢羽寒條。遊戲不曠林，宿則森標。晨風清興，好音時交。矰繳奚施，已卷「卷」「倦」同安勞。

先生親老家貧，躬耕自資，嘗作《勸農》詩六章。

其一曰：悠悠上古，厥初生民。傲然自足，抱樸含真。智巧既萌，資待靡因。誰其贍之，實賴哲人。

其二曰：哲人伊何，時爲后稷。贍之伊何，實曰播殖。舜既躬耕，禹亦稼穡。遠若周典，八政始食。

其三曰：熙熙令音，猗猗原陸。卉木繁榮，和風清穆。紛紛士女，趨時競逐。桑婦宵征，農夫野宿。

其四曰：氣節易邁，和澤難久。冀缺攜儷，沮溺結耦。相彼賢達，猶勤壟畝。矧伊衆庶，曳裾拱手。

其五曰：民生在勤，勤則不匱。宴安自逸，歲暮奚冀。儋石不儲，飢寒交至。顧爾儔列，能不懷愧。

其六曰：孔耽道德，樊須是鄙。董樂琴書，田園不履。若能超然，投迹高軌。敢不斂衽，敬讚德美。汪洪度曰：「末章歇後語，言若果超然投迹，如孔如董，即不稼穡，我敢不斂衽以敬贊之哉。言外見得若不能如孔如董，即不得藉口而自舍其業以嬉也。」

癸卯歲始春，癸卯，吴斗南年譜改作「辛卯」，故與二十七歲相合。今似宜作「辛卯」。將有事於田疇，懷古田舍，有詩二首。

一曰：在昔聞南畝，當年竟未踐。屢空既有人，春興豈自免。夙晨裝吾駕，啓塗情已緬。鳥弄歡新節，泠風送餘善。寒竹被荒蹊，地爲幽一作「罕」人遠。是以植杖翁，悠然不復返。即理愧通識，所保詎乃淺。王棠曰：「通識」二字是笑時人。猶云：「爾以爲通識，即此耕鑿之理足以愧之，所保豈不重哉。」

二曰：先師有遺訓，憂道不憂貧。瞻望邈難逮，轉欲志長勤。秉耒歡時務，解顔勸農人。平疇交遠風，良苗亦懷新。雖未量歲功，即事多所欣。耕種有時息，行者無問津。日入相與歸，壺漿勞近鄰。長吟掩柴門，聊爲隴畝民。

時先生年二十七矣。越十二年癸卯，先生以桓元謀逆，遂窮居不仕。有《飲酒》詩二十首。

其二曰：積善云有報，夷叔在西山。善惡苟不應，何事空立言。九十行帶索，飢寒況當年。不賴固窮節，百世當誰傳。

三曰：道喪向千載，人人惜其情。有酒不肯飲，但顧世間名。所以貴我身，豈不在一生。一生復能幾，倏如流電驚。鼎鼎百年内，持此欲何成。《禮》：女吴鼎鼎爾。注：太緩舒之貌。

六曰：行止千萬端，誰知非與是。是非苟相形，雷同共譽毁。三季多此事，達士似不爾。咄咄俗中惡，且當從黄綺。

八曰：青松在東園，衆草没奇姿。凝霜殄異類，卓然見高枝。連林人不覺，獨樹衆乃奇。提壺挂寒柯，遠望時復爲。吾生夢幻間，何事紲塵羈。

十曰：在昔曾遠遊，直至東海隅。道路迥且長，風波阻中塗。此行誰使然，似爲飢所驅。傾身營一飽，少許便有餘。恐此非名計，息駕歸閒居。

十一曰：　顔生稱爲仁，榮公言有道。屢空不獲年，長飢至于老。雖留身後名，一生亦枯槁。死去何所知，稱心固爲好。客養千金軀，臨化消其寶。裸葬何必惡，人當解意表。

十二曰：　長公曾一仕，壯節忽失時。杜門不復出，終身與世辭。仲理仲理，楊倫字歸大澤，高風始在茲。一往便當已，何爲復狐疑。去去當奚道，世俗久相欺。擺落悠悠談，請從余所之。

十五曰：　貧居乏人工，灌木荒余宅。班班有翔鳥，寂寂無行跡。宇宙一何悠，人生少至百。歲月相催逼，鬢邊早已白。若不委窮達，素抱深可惜。

十七曰：　幽蘭生前庭，含薰待清風。清風脱然至，見别蕭艾中。行行失故路，任道或能通。覺悟當念還，鳥盡廢良弓。借古人去國之語，以喻己歸田之意。

十九曰：　疇昔苦長飢，投耒去學仕。將養不得節，凍餒固纏己。是時向立年，志意多所恥。遂盡介然分，終死歸田里。冉冉星氣流，亭亭復一紀。世路廓悠悠，楊朱所以止。雖無揮金事，濁酒聊可恃。

後二年先生爲彭澤令，旋即解歸居於西廬，安道苦節，真志不休。不以躬耕爲恥，不以無財爲病。庚戌歲九月中，於西田穫早稻，西田即西廬之新疇也。有詩曰：　人生歸有道，衣食固其端。孰是都不營，而以求自安。開春理常業，歲功聊可觀。晨出肆微勤，日入負耒還。山中饒霜露，風氣亦先寒。田家豈不苦，弗獲辭此難。四體誠乃疲，庶無異患干。盥濯息檐下，斗酒散襟顔。遥遥沮溺心，千載乃相關。但願常如此，躬耕非所歎。

癸丑歲有《與子儼等疏》曰：　告儼、俟、份、佚、佟：　天地賦命，生必有死，自古賢聖，誰能獨免？子夏有言：「死生有命，富貴在天。」四友之人，親受音旨。發斯談者，將非窮達不可外求，壽夭永無外請故耶。吾年過五十，少而窮苦，每以家弊，東西遊走。性剛才拙，與物多忤。自量爲己，必貽俗患。僶俛辭世，使汝等幼而饑寒。余嘗感孺仲賢妻之言，敗絮自擁，何慚兒子。此既一事矣。但恨鄰靡二仲，室無萊婦，抱兹苦心，良獨内愧。

丙辰歲八月中，於下潠田舍穫，有詩曰：貧居依稼穡，戮力東林隈。不言春作苦，常恐負所懷。司田眷有秋，寄聲與我諧。饑者歡初飽，束帶候鳴雞。揚檝越平湖，汎隨清壑迴。鬱鬱荒山裏，猿聲閑且哀。悲風愛靜夜，林鳥喜晨開。曰余作此來，三四星火頽。姿年逝已老，其事未云乖。遥謝荷蓧翁，聊得從君棲。

丁巳有《贈羊長史》詩，序曰：左軍羊長史，銜使秦川，作此與之。注：宋公劉裕始平一燕秦，時羊長史松齡銜左將軍朱齡石之命，詣裕行府，賀平關洛。斯時南北雖合，而世代將易矣。

詩曰：愚生三季後，慨然念黄虞。得知千載外，正賴古人書。賢聖留餘跡，事事在中都。豈忘游心目，關河不可踰。九域甫已一，逝將理舟輿。聞君當先邁，負痾不獲俱。路若經商山，爲我少躊躇。多謝綺與角，精爽今何如。紫芝誰復採，深谷久應蕪。駟馬無貰患，貧賤有交娱。清謡結心曲，人乖運見疏。擁懷累代下，言盡意不舒。

戊午歲，詔除著作郎，時劉裕王業已成，先生稱疾不就。己未歲，先生五十七，是歲王弘爲江州刺史，自造不得見，遣其故人龐通之等要之，乃至州。先生自乙巳至丁卯，訖死未嘗他適，獨暫爲王弘入州，而言笑賞識，不覺其有羡於華軒也。時庾登之爲西陽西陽，今黄州太守，被徵還都。謝瞻爲豫章太守，將赴郡，弘送至湓口，賦詩敘別，要先生預席餞行，有《於王撫軍座送客》詩曰：秋日凄且厲，百卉俱已腓。爰以履霜節，登高餞將歸。

寒氣冒山澤，游雲倏無依。洲渚思一作四緬邈，風水互乖違。瞻夕欲良讌，離筵聿云悲。晨鳥暮來還，懸車斂餘暉。逝止判殊路，旋駕悵遲遲。目送回舟遠，情隨萬化遺。汪洪度曰：「庾、謝皆宋武帝時出仕之人，所謂逝也。己獨閑居，所謂止也；殊路從此判然，安知税駕果何日哉？微露其意，妙在不覺。」

弘後復欲見先生，輒於林澤間候之。至於酒米乏絶，亦時相贍云。庚申歲，晉恭帝禪位於宋。先生自以曾祖晉世宰輔，恥復屈身後代。因讀《史記》有所感，而述九章。

一述夷齊曰：二子讓國，相將海隅。天人革命，絶景窮居。采薇高歌，慨想黄虞。貞風凌俗，爰感儒夫。

二述箕子曰：去鄉之感，猶有遲遲。矧伊代謝，觸物皆非。哀哀箕子，云胡能夷。狡童之歌，悽矣其悲。

五述七十二弟子曰：恂恂舞雩，莫曰匪賢。俱映日月，共湌至言。慟由才難，感爲情牽。回也早夭，賜獨長年。

六述屈賈曰：進德修業，將以及時。如彼稷契，孰不願之。嗟乎二賢，逢世多疑。候詹寫志，感鵩獻辭。

七述韓非曰：豐狐隱穴，以文自殘。君子失時，白首抱關。巧行居災，忮辯召患。哀矣韓生，竟死説難。

八述魯二儒曰：易代隨時，迷變則愚。介介若人，特爲貞夫。德不百年，汙我詩書。逝然不顧，被褐幽居。

九述張長公曰：遠哉長公，蕭然何事。世路多端，皆爲我異。斂轡朅來，獨養其志。寢迹窮年，誰知斯意。

又《詠二疏》曰：大象轉四時，功成者自去。借問衰周來，幾人得其趣。游目漢廷中，二疏復此舉。高嘯返舊居，長揖儲君傅。餞送傾皇州一作「朝」，華軒盈道路。離別情所悲，餘榮何足顧。事勝感行人，賢哉豈常譽。厭厭閭里歡，所營非近務。促席延故老，揮觴道平素。問金終寄心，清言曉未悟。放意樂餘年，遑恤身後慮。誰云其人亡，久而道彌著。

又《責子》詩曰：白髮被兩鬢，肌膚不復實。雖有五男兒，總不好紙筆。阿舒已二八，懶惰故無匹。阿宣行志學，而不愛文術。雍端年十三，不識六與七。通子垂九齡，但覓梨與栗。天運苟如此，且進杯中物。

一責子詩耳，忽説天運如此，豈真責子哉？國運已改，世世不欲出仕，父子相安於愚賤足矣。一語寄託，透出本懷。

先生在晉名淵明，自是更名潛。其高舉遠蹈，不受世紛，故至於窮耕乞食，未嘗一啗宋粟。嘗詠《貧士》詩以見志。

一曰：萬族各有託，孤雲獨無依。曖曖空中滅，何時見餘暉。朝霞開宿霧，衆鳥相與飛。遲遲出林翮，未夕復來歸。量力守故轍，豈不寒與飢。知音苟不存，已矣何所悲。湯東澗曰：「孤雲倦翮以興，舉世皆依乘風雲，而己獨無攀援飛翻之志，寧忍飢寒以守志節，縱無知此意，亦不足悲也。」

二曰：凄厲歲云暮，擁褐曝前軒。南圃無遺秀，枯條盈北園。傾壺絶餘粒，窺竈不見煙。詩書塞座外，日昃不遑研。閑居非陳厄，竊有愠見言。何以慰吾懷，賴古多此賢。

三曰：榮叟老帶索，欣然方彈琴。原生納絶屨，清歌暢高音。重華去我久，貧士世相尋。弊襟不掩肘，藜羹常乏斟。豈忘襲輕裘，苟得非所欽。賜也徒能辯，乃不見吾心。

四曰：安貧守賤者，自古有黔婁。好爵吾不榮，厚饋吾不酬。一旦壽命盡，弊服仍不周。豈不知其極，非道故無憂。從來將千載，未復見斯儔。朝與仁義生，夕死復何求。

五曰：　袁安困積雪，邈然不可干。阮公見錢入，即日棄其官。芻藁有常温，採莒足朝飡。豈不實辛苦，所懼非饑寒。貧富常交戰，道勝無戚顔。至德冠邦閭，清節映西關。

六曰：　仲蔚愛窮居，遶宅生蒿蓬。翳然絶交遊，賦詩頗能工。舉世無知者，止有一劉龔。此士胡獨然，實由罕所同。介焉安其業，所樂非窮通。人事固以拙，聊得長相從。

七曰：　昔在黄子廉，《黄蓋傳》云：「南陽太守黄子廉之後也。」彈冠佐名州。一朝辭吏歸，清貧略難儔。年饑感仁妻，泣涕向我流。丈夫雖有志，固爲兒女憂。惠孫一晤歎，腆贈竟莫酬。誰云固窮難，邈哉此前修。

又《五月旦作和戴主簿》詩曰：　虚舟縱逸棹，回復遂無窮。發歲始俛仰，星紀奄將中。南窗罕悴物，北林榮且豐。神淵寫時雨，晨色奏景風。既來孰不去，人理固不終。居常待其盡，曲肱豈傷沖。遷化或夷險，肆志無窊隆。即事如已高，何必升華嵩。

又《和郭主簿》詩一曰：　藹藹堂前林，中夏貯清陰。凱風因時來，回飈開我襟。息交遊閒業，臥起弄書琴。園蔬有餘滋，舊穀猶儲今。營己良有極，過足非所欽。舂秫作美酒，酒熟吾自斟。弱子戲我側，學語未成音。此事真復樂，聊用忘華簪。遥遥望白雲，懷古一何深。

又《乞食》詩曰：　飢來驅我去，不知竟何之。行行至斯里，叩門拙言辭。主人解余意，遺贈豈虚來。談諧終日夕，觴至輒傾杯。情欣新知歡，言詠遂賦詩。感子漂母惠，愧我非韓才。銜戢知何謝，冥報以相貽。

又《有會而作》序曰：　舊穀既没，新穀未登。頗爲老農，而值年災。日月尚悠，爲患未已。登歲之功，既不可希。朝夕所資，煙火裁通。旬日已來，始念飢乏。歲云夕矣，慨然永懷。今我不述，後生何聞哉。

詩曰：弱年逢家乏，老至更長飢。菽麥實所羨，孰敢慕甘肥。惄如亞九飯，子思居衛，三旬九遇食。當暑厭寒衣。歲月將欲暮，如何辛苦悲。常善粥者心，深恨蒙袂非。嗟來何足吝，徒没空自遺。斯濫豈彼志，固窮夙所歸。餒也已矣夫，在昔余多師。

宋文帝元年，先生故人顏延之爲始安郡，經潯陽，常飲先生舍。自晨達昏，臨去留二萬錢與先生。先生悉遣送酒家，稍就取酒。三年，先生年六十二，是歲檀道濟爲江州刺史，往候先生。先生偃臥瘠餒有日矣。道濟謂曰：「賢者處世，天下無道則隱，有道則至。今子生文明之世，奈何自苦如此。」對曰：「潛也何敢望賢？志不及也。」道濟饋以粱肉，麾而去之。明年宋將徵命，會先生卒。時年六十三，世號靖節先生。

蘇子瞻曰：淵明《懷古田舍》詩云「平疇交遠風，良苗亦懷新」，非古之耦耕植杖者，不能道此語，亦非予之世農，不能識此語之妙。又《飲酒》詩「客養千金軀，臨化消其寶」，寶不過軀，軀化則寶亡矣。人言靖節不知道，吾不信也。吾之於淵明，豈獨好其詩而和之哉？如其爲人，實有感焉。淵明告子儼等「吾少而窮苦，每以家弊，東西遊走」云云，此語蓋淵明實録也。吾真有其病，而不早自知，半世出仕，以犯大患。此所以深愧淵明，欲晚節師範其萬一也。《詠二疏》詩，淵明既出而知反，與二疏之志一也。蓋既出而反，如從病得愈，其味勝於初不病。又淵明飢則叩門而乞食，飽則雞黍以迎客，未嘗容心於其間。

黄魯直曰：血氣方剛時，讀陶詩如嚼枯木，及緜歷世事，知決定無所用智，然後可讀。東坡在潁川時，因歐陽叔弼讀《元載傳》，歎淵明之絶識，遂作詩云：「淵明求縣令，本緣食不足。束帶向都郵，小屈未爲辱。翻然賦歸去，豈不念窮獨。重以五斗米，折腰營口腹。云何元相國，萬鍾不滿欲。胡椒銖兩多，安用八百斛。以此殺其身，何啻抵鵲玉。往者不可悔，吾其反自燭。」淵明隱約栗[四]里、柴桑間，或飯不足也。顔延之送錢二十萬，即日送酒家，與蓄積不知紀極，至藏胡椒八百斛者，相去遠近，豈直睢陽蘇合彈與蜣螂糞丸比哉？又淵明《責子》詩，想見其人慈祥，戲謔可觀也。俗人便謂淵明諸子皆不肖，而愁歎見於詩耳，豈不謬哉？

朱子曰：晉、宋人物，雖尚清高，然這邊一面清談，那邊一面招權納賄。淵明真能不要，所以高於晉、宋人物。

蔡絛曰：淵明意趣真古，清澹之宗。詩家視淵明，猶孔門視伯夷也。

張表臣曰：東坡稱「靖節詩『平疇交遠風，良苗亦懷新』，非古之耦耕植杖者，不能識此語之妙」。僕居中陶，稼穡是力。夏秋之交，稍旱得雨，雨餘徐步，清風獵獵，禾黍競秀，濯塵埃而泛新緑。乃悟淵明之善體物也。

吴崧曰：《歸鳥》言志也。「矰繳奚施」，具見逸然高蹈，明哲保身，一生出處學問。《西田穫稻》《下潠田舍穫》二首以「沮溺」「荷篠」自況，曰「田家豈不苦」，曰「四體誠乃疲」，曰「不言春作苦」，足知公非田舍翁也。明哲保身，有託而逃，「庶無異患干」耳，此公一生學問也。《有會而作》觀其序意，蓋託言無歲以致慨，非真爲長飢也。

沃[五]儀仲曰：《歸鳥》四詩總見得當世無可措足，不如倦飛知還之爲得也。《懷古田舍》寄託原不在農，借此以保吾真。「聊爲隴畝民」即《簡兮》「萬舞」之意，所謂醉翁之意不在酒也。《贈羊長史》詩見四皓不肯輕出，元亮不肯終仕，後人即前人精爽也。「今何如」是自許語。《有會作》「深憾蒙袂非」，憤語也。世不但無蒙袂者，并黔敖亦不可得，安得不固窮乎？然此爲世道嘆，非爲己之固窮歎也。讀此須會言外之意。

王棠曰：《勸農》詩與《桃花源》詩「怡然有餘樂，於何勞智慧」，真是上古境界。《飲酒》第六首「三季多此事」，此事是何事，口説不出，蓋指從宋諸臣。十一言顏、榮以名爲寶，客以千金爲寶，總不若稱心以爲寶也。一稱心，而守節固窮之事處之坦然矣。

黄文焕曰：《勸農》情深理遠，光怪萬狀，開口「傲然自足，抱樸含真。智巧既萌，資待靡因」，巧最傷樸者也。杜民智巧，惟在勸農。民農則必樸，移風易俗，返樸在是。歷代作用本領，由虞至夏、商，莫不同意，此《勸農》大淵源。而「智巧」二語尤含蓄深厚，不説如何馴致貧困，但曰智巧。一萌即「資待靡因」，説得可怕。三、四、五章始實指農事言之，舉舜、禹、稷、周作榜樣，以勸君相重農。舉冀缺、沮、溺，以勸仕隱重農。竟無一人不在農中矣。末章獨接孔子，次仲舒，言必勸學而後不暇勸農，藉口爲仲舒且未易，敢云千古有兩孔子乎？以不勸爲深於勸也。《飲酒》第十二云「恐此非名計」，十一云「留名亦枯槁」，互相翻承，蓋遠遊營飽，則當以名自惕，守困長飢，則不待以名爲沽也。第三首曰「道喪」、曰「但顧[六]」、曰「何成」，掃浮俗無成之虚名。十一曰「爲仁」、曰「有道」、曰「雖留」，并不敢羡賢哲長留之虚名，夫然後稱心之好，乃得獨行其志耳。《和郭主簿》詩言未知其極，故營營不止，已過而猶未足，早定其極，則易知過矣。元亮何曾有過時？所營者少，則少許之外，誰非過足者。《有會作》謂「斯濫豈彼志」，爲小人寬一層言，勢自相驅，非志然也。下三句反而自慰，師既多，則餒者非獨我矣。即爲勢驅，而固窮之志寧可渝哉？

湯漢曰：靖節詩中言本志少，説固窮多，夫惟忍於飢寒之苦，而後能存節義之閑，西山所以有餓夫也。世士貪榮禄，事豪侈，而高談名義，自方於古之人，余未之信也。今觀靖節詩如《飲酒》第六首，蓋言季世出處不齊，士皆以乘時自奮爲賢，吾知從黄、綺而已。世俗之是非毁譽，非所計也。第十一言顔、榮皆非希身後名，正以自遂其志耳。保千金之軀者，亦終歸於盡，則裸葬亦未可非也。或曰，前八句言名不足賴，后四句言身不足惜。淵明解處，正在身名之外也。第十七言蘭薰非清風不能别，賢者出處之致，亦待知者知耳。淵明在彭澤日，有「悵然慷慨，深愧平生」之語，所謂「失故路」也。惟其任道而不牽於俗，故卒能回車復路云爾。《贈羊長史》詩言天下分崩，中州聖賢之迹，不可得見。今九土既一，則五帝之所建，三王之所爭，宜當首訪，而獨謝高山之人，何哉？蓋南北雖合，世代將易，但當從綺、甪游耳。遠矣深哉！《詠貧士》第一首以孤雲倦翮興，舉世皆依乘風雲，己獨無攀援飛翮之志，寧忍飢寒以守志節。縱無知此意者，亦不足悲也。合觀諸詩，而淵明之志節昭然若揭矣。

汪洪度曰：當晉宋易世之時，改節乘時者多，必任意爲是非毁譽。自達人觀之，無是非也，直俗中愚耳。故《飲酒》詩言決意從黄、綺。

吴瞻泰曰：前人稱淵明如清瀾百鳥，長林麋鹿，弗嬰籠絡，可與其潔然。今讀其詩，如《懷古田舍》是懷古之論，前首詩荷篠丈人，次首沮、溺，皆田舍之可懷者也。古來惟孔、顔安貧樂道，不屑耕稼，然而邈不可追，則不如實踐隴畝之能保其真矣。篇中隱寓四古人，各相反照，悠然意遠。《飲酒》二、三首言百世當傳者，固窮節也；百年不可顧者，世間名也。正見安身立命，莫如固窮。固窮所貴，莫如飲酒，原不爲成名也。第八首借孤松爲己寫照。前六句皆詠孤松，偏以連林陪寫獨樹，加倍襯出。近挂又復遠望，與松親愛之甚，無復塵事羈絆，此生亦不嫌其孤矣。陶公之品不亦邈不可追乎？第十首趙泉山謂追述其爲貧而仕之時。篇中「此行誰使然？」問得冷，妙。「似爲飢所驅」，答得詼諧，却在一「似」字，若非己所得主者。而淵明之逸態盡出矣。《贈羊長史》詩企念在黄、虞之聖賢，自寓在商山之四皓，聞之古者如彼，見之今者如此，心曲所由結也。慨歎淋漓，而意境仍自超然。《詠貧士》第一首借雲鳥起興，而歸之於自守。劉坦之云：「朝霞開霧，喻朝廷之更新；衆鳥羣飛，此諸臣之趨附。而遲遲出林，未夕來歸，則又自況其審時出處與衆異趨也。」何燕泉云：「古詩『不惜歌者苦，但傷知音稀』，淵明一切任之其真，樂天命而不疑者歟。」第二首，何燕泉謂：「前《有會作》云『在昔余多師』，此又云『賴古多此賢』，淵明真所謂善哉其真能自寬者也。」愚謂亦借自寬以勉人耳。曾是淵明而必賴古人以自寬者乎？《和郭主簿》詩「藹藹」四句言林栖有託也；「息交」四句言食用有資也；皆營己也。「春秫」以下，俱自足語，天真爛漫，與「采菊東籬下，悠然見南山」同一胸襟。「學語未成音」，家常語，使人味之意恬。太古之樂其如是乎？《有會作》「常善粥者心」二句，提筆作翻案，謂不食嗟來似亦太過。「斯濫」二句，又歸正意，謂固窮之志不容假借，則昔人不食嗟來，真余師也。一開一合，抑揚頓挫，如聞太息之聲，如睹軒昂之態，而傲然自足之志，不覺流露矣。

葛立方曰：東坡拈出淵明談理之詩有三。一曰「采菊東籬下，悠然見南山」，二曰「嘯傲東軒下，聊復得此生」，三曰「客養千金軀，臨化消其寶」，皆以爲知道之言。蓋知道，出語自然超詣，非常人所能蹈其軌轍也。

沈德潛曰：《歸鳥》詩亦諧衆聲，自有曠懷，此是何等品格！《移居》詩曰「衣食當須紀，力耕不吾欺」，《穫稻》詩曰「人生歸有道，衣食固其端」，又曰「貧居依稼穡」，自勉勉人，每在耕稼，陶公異於晉人如此。《詠貧士》詩「所懼非飢寒」「所樂非窮通」二語，可書座右。不懼飢寒，達天安命，陶公人品不在季次、原憲下，而概以晉人視之，何耶？《和郭》詩「過足非所欽」與「過此奚所須」，知足要言。

張潔生曰：淵明談理之詩如「苟得非所欽」「過足非所欽」，此兩句直是造道大關鍵，至云「且極今朝樂，明日非所求」，又「耕織稱其用」「過此奚所須」，皆達觀死生榮辱之外，非後儒所能測。某嘗細觀淵明一生，恰會著孔、顏當日樂處，且淵明無之非寄，凡《穫稻》《飲酒》《讀書》《乞食》皆寄耳。詩又寄之寄也。黄魯直云：「謝、庾二子有意於俗人贊毁其工拙，淵明直寄焉。持是以論淵明，亦可以知其關鍵矣。」

吴崧曰：《詠貧士》「萬族各有託」八句，首以「萬族」諭世人有託，以「孤雲」喻己無依；次以「衆鳥」喻世人巧捷，以「出林翮」喻己守拙。然後正寫四句，究竟仍是喻言。蓋正意在易代無君，故無所依而甘守拙，乃託詞知音不存，何其渾厚已矣。「何所悲」，正深於悲也。若曰知音既不存已矣，無復望矣，何以悲爲哉？《讀史述九章》，言君臣朋友之間，出處用舍之道，無限低迴感慨，悉以自況，非漫然詠史者。「張長公」，詩中凡再見，此復極意詠歎，正自寫照。

葛立方曰：淵明《讀史九章》，其間皆有深意，其尤章章者，如《夷齊》《箕子》《魯二儒》三篇。由是觀之，則淵明委身窮巷，甘黔屢之貧而不自悔者，此豈非以恥事二姓而然耶？

吴仁傑曰：葉少藴云：「桓玄、劉裕之際，淵明皆或從仕，世多以爲疑此，非知淵明之深者。淵明知自足以全節而不傷生，故廹之仕則仕，不以輕犯其鋒，棄之歸則歸，不以終屈其己。豈區區一節之士可以窺其間哉？自去彭澤，劉裕大業已成，遂不復出，則淵明可以終辭矣。」仁傑案，先生當元興二年服闋閒居。十二月桓玄篡晉，先生有《與從弟敬遠》詩云「寢迹衡門下，邈與世相絶」，又《飲酒》詩稱「夷叔在西山，且當從黄綺」，皆有激而云。至義熙十三年有《贈羊長史》詩云：「路若經商山，爲我少躊躇。多謝綺與甪，精爽今何如。」與《飲酒》「且當從黄綺」同意。當桓、劉之世，先生不出如避秦也。且平日所作詩文，卒無一字稱之。詳味先生出處大節，當桓靈寶僭竊位號，與劉氏創業之初，未嘗一日出仕，而眷眷本朝之意，自見於詩文者多矣。東坡云：《讀史述九章》，《夷齊》《箕子》蓋有感而云「去之五百歲，吾猶識其意」也。先生在晉名淵明，至宋受禪後更名潛，山谷《懷陶令詩》云「潛魚願深渺，淵明無由逃」，蓋言淵明不如潛之爲晦，此尤深得先生更名之意。

秀按：疏水曲肱樂自在，富貴於我如浮雲，此聖人之淡泊也。簞瓢[七]陋巷人不堪，賢哉回也樂不改，此大賢之淡泊也。不戚戚於貧賤，不汲汲于富貴，不以躬耕爲恥，不以無才爲病，此高人之淡泊也。顧欲學聖賢，必先自高人下手，蓋聖賢之淡泊乃樂道，高人之淡泊乃適情也。然非學得高人之適情，將終身無入聖賢樂道之期；若學得高人成，即終身不能企及聖賢，亦不失爲高人。故連類於此，使學者得仿佛其爲人云。

恬雅所以怡情也。

陶淵明舊居在柴桑縣之柴桑里，所謂西廬也。《廬山志》：「張家山西北爲清風嶺，西南爲面陽山。面陽之陰有陶靖節書院及墓。」桑喬曰：「鹿子坂在楚城鄉桃花尖山西，去靖節墓三四里，其地有淵明故宅。」《晉史》：「淵明家於柴桑縣之柴桑山。」案晉時柴桑縣即今德化縣，楚城鄉柴桑山，即今之所謂面陽、馬首、桃花尖諸山是也。後遇火，徙居南里之南村。有《移居》詩二首。

一曰：昔欲居南村南村即栗里，非爲卜其宅。聞多素心人，樂與數晨夕。懷此頗有年，今日從兹役。敝廬何必廣，取足蔽床席。鄰曲時時來，抗言談在昔。奇文共欣賞，疑義相與析。

二曰：春秋多佳日，登高賦新詩。過門更相呼，有酒斟酌之。農務各自歸，閒暇輒相思。相思則披衣，言笑無厭時。此理將不勝，無爲忽去兹。衣食當須紀，力耕不吾欺。

所謂「素心人」，殆指劉遺民之徒也。未幾復還西廬，度相距不遠，與遺民更相酬酢，不改賞文析義之時。先是廣武周續之與彭城劉程之同入廬山與淵明遊於柴桑，稱潯陽三隱。程之嘗爲柴桑令，俗以其不屈，號曰遺民，與續之約淵明廬山結白蓮社。淵明雅不欲預社，但時往還於廬阜之間，有《和劉柴桑》詩曰：山澤久見招，胡事乃躊躇。直爲親舊故，未忍言索居。良辰入奇懷，挈杖還西廬。荒途無歸人，時時見廢墟。茅茨已就治，新疇復應畬。谷風轉淒薄，春醪解飢劬。弱女雖非男，慰情良勝無。以弱女喻酒之薄。此詩爲廬山無酒而發也。「良辰入奇懷」，高興勃發；「挈杖還西廬」，意趣索然，爲無酒也。於歸途道出本懷。「弱女」二句，正詩比體。栖栖世中事，歲月共相疏。耕織稱其用，過此奚所須。去去百年外，身名同翳如。

又《酬劉柴桑》曰：窮居寡人用，時忘四運周。櫚庭多落葉，慨然已知秋。新葵鬱北牖，嘉穟養南疇。今我不爲樂，知有來歲不。命室携童弱，良日登遠遊。

其及時樂天之學，有非蓮社諸賢所能仿佛者。續之既結蓮社，不尚峻節。江州刺史檀韶每相招請，與學士祖企、謝景夷三人，共在城北講《禮》，加以校讎。所住公廨，近於馬隊。淵明聞之，爲詩《示周續之及祖企謝景夷三郎》曰：負痾頹檐下，終日無一欣。藥石有時閒，念我意中人。相去不尋常，道路邈何因。周生述孔業，祖謝響然臻。道喪向千載，今朝復斯聞。馬隊非講肆，校書亦已勤。老夫有所愛，思與爾爲鄰。願言誨諸子，從我潁水濱。

淵明素簡貴，不事覲謁，惟至田舍及廬山遊觀而已。續之雖居廬山，而州將頗從之遊，世號通隱。故詩中引箕、潁之事微譏之。而靖節沖淡恬退之致超然千古矣。

王質曰：靖節酬劉遺民詩，語皆冷交，非熱宦。尋詩，鍾情於劉，過厚於周。周在隱之中微婉。靖節與周劉號潯陽三隱，較情義稍有淺深。

吴瞻泰曰：《酬劉柴桑》詩是靖節樂天之學。「寡人用」，則與天爲徒矣。四運周舉，相忘於天矣。落葉知秋，始知時運一周，正善寫「忘」字。結四句，正見及時行樂之意。

秀按：此見靖節於交遊之際，不即不離，不粘不脱。處靖節一生所爲，皆當以此例之，則無處不見其高超矣。

陶徵士嗜酒而不爲酒困，愛菊而不爲菊淫，蓋能用物而不爲物役者。當先生自鎮軍參軍退歸之後，世變日甚，每得酒必盡醉，醉後賦詩自娱，有《飲酒》二十首，《序》曰：余閒居寡歡，兼比夜已長，偶有名酒，無夕不飲。顧影獨盡，忽焉復醉。既醉之後，輒題數句自娱。紙墨遂多，辭無詮次。聊命故人書之，以爲歡笑爾。

一曰：衰榮無定在，彼此更共之。邵生瓜田中，寧似東陵時。寒暑有代謝，人道每如兹。達人解其會，逝將不復疑。忽與一觴酒，日夕歡相持。

七曰：秋菊有佳色，裛露掇其英。汎一作「汎」此忘憂物，遠我遺世情。一觴雖一作「聊」獨進，杯盡壺自傾。日入羣動息，歸鳥趨林鳴。嘯傲東軒下，聊復得此生。

十三曰：有客常同止，取舍邈異境。一士常獨醉，一夫終年醒。醒醉還相笑，發言各不領。規規一何愚，兀傲差若穎。寄言酣中客，日没燭當秉。

十四曰：故人賞我趣，挈壺相與至。班荆坐松下，數斟已復醉。父老雜亂言，觴酌失行次。不覺知有我，安知物爲貴。悠悠迷所留，酒中有深味。

十六曰：少年罕人事，游好在六經。行行向不惑，淹留遂無成。竟抱固窮節，飢寒飽所更。敝廬交悲風，荒草没前庭。披褐守長夜，晨雞不肯鳴。孟公不在兹，終以翳吾情。吴瞻泰曰：「此章悲無酒也。抱固窮之節，惟酒可以陶情。而孟公不在，酒侣無人，情受障矣。『翳』字憤甚。」

十八曰：子雲性嗜酒，家貧無由得。時賴好事人，載醪祛所惑。觴來爲之盡，是諮無不塞。有時不肯言，豈不在伐國。仁者用其心，何常失顯默。湯漢曰：「此篇託子雲以自況，故以柳下惠終之。」王棠曰：「『塞』字用得奇。人問即答，必塞人之望也。『豈不在』『何常失』，六字妙。當時劉裕舉兵，豈非伐國？淵明絶口不言朝政，豈非守默？我如是，子雲亦如是，仁者用心相同，如此方見六字含吐之妙。」

二十曰：羲農去我久，舉世少復真。汲汲魯中叟，彌縫使其淳。鳳鳥雖不至，禮樂暫得新。洙泗輟微響，漂流逮狂秦。詩書復何罪，一朝成灰塵。區區諸老翁，爲事誠殷勤。如何絶世下，六籍無一親。終日馳車走，不見所問津。湯漢曰：「『諸老翁』，謂漢初伏生諸人，退之所謂羣儒區區修補者。『不見所問津』，蓋淵明自況於沮、溺，而嘆世無孔子其人也。」若復不快飲，空負頭上巾。但恨多謬誤，君當恕醉人。

又《止酒》詩曰：居止次城邑，逍遥自閒止。坐止高蔭下，步止蓽門裏。好味止園葵，大歡止稚子。平生不止酒，止酒情無喜。暮止不安寢，晨止不能起。日日欲止之，營衛止不理。注：營，陰氣使不出。衛，陽氣使不入。徒知止不樂，未知止利己。始覺止爲善，今朝真止矣。從此一止去，將止扶桑涘。清顔止宿容，奚止千萬祀。黄文焕曰：「結語更奇。衰顔經變，人力所不能止也，何法可留宿顔哉？此而可止，天下之事畢矣。」秀按，結四語託言欲止酒學仙也。

及先生之令於彭澤也，田悉令吏種秫，曰：「吾嘗得醉於酒，足矣。」妻子固請種粳，乃使二頃五十畝種秫，五十畝種粳。未幾，解歸。既絶州郡覲謁，其鄉親張野及周旋人羊松齡、龐遵等，或有酒要之，共至酒坐，曾不識主人，亦欣然無忤。酣醉便返，未嘗有所造詣。貴賤造之者，有酒輒設。淵明若先醉，便語客：「我醉欲眠，卿可去。」其真率如此。嘗九月九日無酒，出宅邊菊叢中坐，久之，滿手把菊。有《九日閒居》詩，《序》曰：余閒居，愛重九之名。秋菊盈園，而持醪靡繇，空服九華，寄懷於言。

詩曰：世短意常多，斯人樂久生。日月依辰至，舉俗愛其名。注：依辰至，謂日與月之數皆九也。魏文帝《九日與鍾繇書》：「九者，久也。宜於長久，故以饗燕高會。」露凄暄風息，氣澈天象明。往燕無遺影，來雁有餘聲。酒能祛百慮，菊解制頹齡。如何蓬廬士，空視時運傾。注：「空視時運傾」與「寒花徒自榮」皆因無酒而發，正點明「持醪靡繇」四字也。塵爵恥虚罍，寒華徒自榮。斂襟獨閒謡，緬焉起深情。棲遲固多娱，淹留豈無成。

忽值江州刺史王弘使白衣人送酒至，即便就酌，大醉籬邊而歸。

蘇子瞻曰：孔文舉云「坐上客常滿，尊中酒不空，吾無事矣」，此語甚得酒中趣。及見淵明云「偶有名酒，無夕不飲，顧影獨盡，忽焉復醉」，便覺文舉多事矣。又靖節以無事爲得此生，則見役於物者，非失此生者耶？

韓駒曰：往在京口《題采菊圖》云：「九日東籬采落英，白衣遥見眼分明。而今自有杯中物，一段風流可得成。」余嘗謂古人寄懷於物而無所好，然後爲達。況淵明之真，其於黄花，直寓意耳。至言飲酒適意，亦非淵明極致，即使無酒，但悠然見南山，其樂多矣。遇酒輒醉，醉醒之後，豈知有江州太守哉？當以此論淵明。

真西山曰：余聞近世之評詩者謂「淵明之辭甚高，而其指則出於莊、老；康節之辭若卑，而其旨則原於六經」。以余觀之，淵明之學正自經術中來，故形之於詩者，有不可掩。《榮木》之憂，逝水之嘆也；《貧士》之詠，簞瓢[八]之樂也。《飲酒》末一章云「羲農去我久，舉世少復真。汲汲魯中叟，彌縫使其淳」，淵明之智及此，豈元虚之士所可望者耶？

羅願曰：淵明嘗有詩云「羲農去我久」云云，嗚呼！自頃諸人，祖莊生餘論，皆言淳漓樸散，繄周孔禮訓使然，孰知魯叟爲此將以淳之耶？蓋淵明之志及此，則其處已審矣。

何孟春曰：《止酒》詩言四者止之久矣。所未止者，酒耳。故歷舉此四止，而繼以平生不止酒之語。胡仔乃謂：「淵明意非獨止酒，於此四者，皆欲止之。」抑何見之晚乎？其説曰：「『坐止高蔭下』四句反覆味之，然後知淵明之用意非獨止酒而已，此四者皆欲止之。故坐止於樹蔭下，則廣厦華堂吾何羡？步止於蓽門之裏，則朝市聲利吾何趨焉？好味止於噉園葵，則五鼎方丈吾何欲焉？大權止於戲稚子，則燕歌趙舞吾何樂焉？在彼者難求，而在此者易爲也。淵明固窮守道，安於邱園，疇肯以此易彼乎？」

黄文焕曰：鍾嶸評陶詩爲隱逸之宗，以隱逸蔽陶，陶不得見也。析之以憂時念亂，思扶晉室，思抗晉禪，經濟熱腸，語藏本末，湧若海立，屹若劍飛，斯陶公之心膽出矣。若夫理學標宗，聖賢自任，重華、孔子耿耿不忘，六籍無親，悠悠生嘆，漢魏諸詩，誰及此解？斯則靖節之品位，竟當俎豆於孔廡之間，彌久而彌高者也。《飲酒》詩言田父相慰，故人相賞，同止之客乃相笑，不同心者偏屬朝夕至昵之人，説得可慨。前田父邀飲，後故人就飲，一疑我乖，一賞我趣，一異調之飲，一同調之飲，真無可不可。「父老雜亂言」是交醉真況，物我俱忘，則身世之内尚有何物可留，但知有酒味耳。末章「多謬誤」三字是全首原委，「少復真」則無往而非謬誤矣。羲農之後，得孔氏删定六經而不謬誤；秦火之後，得伏生輩口傳箋注，再救謬誤。迄於今無人矣。既不親六經，終日奔走世俗，夫復何爲？不如飲酒，免自辜負而已。然則一味快飲，遂真不負頭上巾乎？其爲謬誤也多矣。但當以醉人恕之，自責自解，意最曲折。

劉坦之曰：西山真氏謂淵明之學自經術中來，今觀飲酒末章，所述蓋亦可見。況能剛制於酒，雖快飲至醉，猶自警飭，而出語有度如此，其賢於人遠矣哉。

汪洪度曰：飲酒第一首爲全篇總旨，却從達觀説起，可見非胸次豁達不得輕言飲酒也。從「達人」一句上六句，正達觀也。十三、四首乃申言飲酒之樂，「愚」與「穎」在飲與不飲上分奇妙，「兀傲」貼飲尤奇。先設兩造至「規規」二句，乃以己意斷之，後二句進一層，言不但取飲，且欲長夜飲也。末首「不見所問津」上皆莊語，「若復不快飲」忽作醉語，「但恨多謬誤」又作醒語。忽莊、忽醉、忽醒，語真無詮次矣，方是《飲酒》全篇總結。讀者常存「多謬誤」之心，勿徒泥「燭當炳」之語，方不失淵明本懷，方可與言飲酒樂趣。

吴瞻泰曰：《飲酒》第十三首，湯東澗謂「醒者與世計分曉，而醉者頽然聽之而已。淵明蓋沈冥之逃者，故以醒爲愚，而以醉之兀傲爲穎耳」。

秀謂：知有身而不知有世者，僻隱之流也，其樂也隘。知有我而不知有物者，孤隱之流也，其樂也淺。惟陶公則全一身之樂，未嘗忘一世之憂，如《飲酒》第二十是也。晉人放達，非莊即老，獨元亮抗志大聖，寄慨碩儒，於天命民彝之大，世道人心之變，未嘗漠然於懷。其所以快飲者，亦不得已之極思耳。沈德潛云「彌縫」二字道盡孔子一生心事，「爲事誠殷勤」五字道盡漢儒訓詁。晉人詩曠達者引徵莊、老，繁縟者引徵班、揚，而陶公專用《論語》。漢人以下，宋儒以前，可推圣門弟子者，淵明也。蓋於異端猖狂之時，獨以「六籍無一親」爲憂，而眷眷於道統之絶續，非真豪傑不能。有晉一代，知尊孔子者，元亮一人而已。此豈孤僻一流人所能望其項背者哉？後儒不知此意，反以困於酒譏之，真所謂痴人説夢者矣。

又按陶公愛菊，猶周子愛蓮。即以「秋菊」及「結廬」篇爲《愛菊説》亦無不可。余少時有《讀陶》詩云「彭澤古逸民，隱於菊與酒」，下五字極爲番禺張南山先生所推許，並采入《聽松廬詩話》。

陶靖節一生自樂，未嘗屈己徇人。有時獨樂，自樂也；有時偕樂，亦自樂也；有時期於偕樂而終於獨樂，尤自樂也。常暮春獨步，蕭然自得，作《時運》四章，《序》曰：時運，遊暮春也。春服既成，景物斯和，偶影獨遊，欣慨交心。

其一曰：邁邁時運，穆穆良朝。襲我春服，薄言東郊。山滌餘靄，宇曖微霄。有風自南，翼彼新苗。

其二曰：洋洋平津，乃漱乃濯。邈邈遐景，載欣載矚。人亦有言，稱心一作「人亦」易足，揮茲一觴，陶然自樂。

其三曰：延目中流，悠悠清沂。童冠齊業，閒詠以歸。我愛其靜，寤寐交揮。但恨殊世，邈不可追。

其四曰：斯晨斯夕，言息其廬。花藥分列，林竹翳如。清琴橫牀，濁酒半壺。黃唐莫逮，慨獨在余。黃維章曰：「四首始末迴環，首言春，二、三言遊，終言息廬，此小始末也。前二首爲欣，後二首爲慨，此大始末也。『邁邁時運』，逝景難留，未欣而慨已先交；『但恨殊世』，本之『我愛其靜』，抱慨而欣愉中交，此一迴環也。載欣則一觴自得，人不知樂而我獨樂；抱慨則半壺長存，人不知慨而我獨慨，此又一迴環也。序中『欣慨交心』一語，於四章隱現布置。」

蔡約之緐曰：　柳子厚之貶，其憂悲憔悴之歎，發於詩者，特爲酸苦，卒以憤死，未爲達理。白樂天似能脱屣軒冕，然榮辱得失之際，錙銖較量而自矜，亦力勝之耳。淵明當憂則憂，當喜則喜，忽然憂樂兩忘，則隨寓皆適，未嘗有擇於其間，所謂超世遺物者也。

汪洪度曰：　舉世少真，彌縫使淳，法洙、泗以還羲、農，公平時大願力。對此暮春，萬物得所之願，觸緒興懷，所以旋欣而旋慨也。延目悠悠，即下不可追意，乃遐想意中之事，非實寫目前之樂。春風沂水，即羲、農景象，以一「靜」字概之，是何等胸次。「寤寐交揮」，而不可得，此興慨之由也。第四首不能與民同樂之慨，寓一「獨」字之中，較第三首更覺藴藉。

吴瞻泰曰：　《時運》序「偶影獨遊」，王棠謂：「偶則不獨，所偶者影，依然獨也。」詩「閑詠以歸，我愛其靜」，湯東澗謂：「靜之爲言，謂其無外慕也，亦庶乎知浴沂者之心矣。」讀者當合二説，而心會之。

吴崧曰：　《時運》篇人指爲悲憤之作，但前二章神閒氣靜，頗自怡悦，絶無悲憤之意。即曰憾、曰慨，亦不過思友春遊，即事興懷耳。不必牽合時事，指爲求同心、商匡扶也。

秀按：　曾點與人偕樂，朱子謂其灑脱處後人不能及，以其氣象大而志趣别也。陶公不得與人偕樂，而陶然自樂，其空曠處後人亦不能及，以其性情真而意境遠也。要之，寄懷童冠，感念殊世，陶公意思，亦與曾點一般。偕樂者無不可以之自樂，自樂者無不可以之偕樂，曾點、陶公，易地則皆然。

靖節先生品格高邁，而性情則平易近人，蓋無往不與人以可親，人亦無不樂親之者。江州刺史王弘以元熙中臨州，甚欽慕之，後自造焉。先生稱疾不見，既而語人曰：「我性不狎世，因疾守閑，幸非潔志慕聲，豈敢以王公紆軫爲榮耶?」後弘每令人候之,密知當往廬山,乃遣其故人龐通之等齎酒,先於半道要之。先生既遇酒,便引酌野亭,欣然忘進。弘乃出與相見,遂歡宴窮日,亦無忤也。先生於親舊無不情款,嘗思親友同飲,不可得,作《停雲》詩四章。序曰:停雲,思親友也。罇湛新醪,園列初榮,願言不從,歎息彌襟。

其一曰:靄靄停雲,濛濛時雨。八表同昏,平路伊阻。靜寄東軒,春醪獨撫。良朋悠邈,搔首延佇。

其二曰:停雲靄靄,時雨濛濛。八表同昏,平陸成江。有酒有酒,閒飲東窗。願言懷人,舟車靡從。

其三曰:東園之樹,枝條載榮。競用新好,以怡余情。人亦有言,日月于征。安得促席,説彼平生。

其四曰:翩翩飛鳥,息我庭柯。斂翮閒止,好聲相和。豈無他人,念子實多。願言不獲,抱恨如何。

又《贈長沙公》詩四章,序曰:長沙公於余爲族,祖同出大司馬。昭穆既遠,已爲路人。經過潯陽,臨別贈此。

其一曰:同源分流,人易世疏。慨然寤歎,念茲厥初。禮服遂悠,歲月眇徂。感彼行路,眷然躊躇。

其二曰:於穆令族,允構斯堂。諧氣冬暄,映懷圭璋。爰采春花,載警秋霜。我曰欽哉,實宗之光。黄維章曰:「處順而諧者,春暄也;處變仍諧者,冬暄也。至於冬暄,則無不可睦之族矣。家庭雍睦之況,四字藏許多藴藉。璋判而圭合,『映懷圭璋』,無分不合,此收族之法也。因冬暄生出春花、秋霜。爰采者盛於得暄也,載警者又懼暄也。不有諧也,無以致春之盛;不有警也,無以保冬之諧。嗚呼至矣哉。」

其三曰:伊余云遘,在長忘同。笑言未久,逝焉西東。遥遥三湘,滔滔九江。山川阻遠,行李時通。

其四曰:何以寫心,貽此話言。進簣雖微,終焉爲山。敬哉離人,臨路悽然。款襟或遼,音問其先。

又《酬丁柴桑》詩二章。

其一曰：有客有客，爰來爰止。秉直司聰，于惠百里。殆勝如歸，聆善若始。「殆勝如歸」謂領取名勝地，永矢不移，有如歸家也。

其二曰：匪惟諧也，屢有良由。載言載眺，以寫我憂。放歡一遇，既醉還休。實欣心期，方從我遊。

又《答龐參軍》詩六章，序曰：龐爲衛軍參軍，從江陵使上都，過潯陽見贈。

其一曰：衡門之下，有琴有書。載彈載詠，爰得我娱。豈無他好，樂是幽居。朝爲灌園，夕偃蓬廬。

其二曰：人之所實，尚或未珍。不有同愛，云胡以親。我求良友，實覯懷人。歡心孔洽，棟宇惟鄰。

其三曰：伊余懷人，欣德孜孜。我有旨酒，與汝樂之。乃陳好言，乃著新詩。一日不見，如何不思。

其四曰：嘉遊未斁，誓將離分。送爾於路，銜觴無欣。依依舊楚，邈邈西雲。之子之遠，良話曷聞。

其五曰：昔我云别，倉庚載鳴。今也遇之，霰雪飄零。大藩有命，作使上京。豈忘宴安，王事靡寧。

其六曰：慘慘寒日，肅肅其風。翩彼方舟，容裔江中。容裔，船行貌。勗哉征人，在始思終。敬兹良辰，以保爾躬。

又《答龐參軍》詩一首，序云：三復來貺，欲罷不能。自爾鄰曲，冬春再交。款然良對，忽成舊遊。俗諺云「數面成親舊」，況情過此者乎？人事好乖，便當語離；楊公楊公，楊永也。所嘆，豈惟常悲。吾抱疾多年，不復爲文，本既不豐，復老病繼之。輒依周禮往復之義，且爲别後相思之資。

詩曰：相知何必舊，傾蓋定前言。有客賞我趣，每每顧林園。談諧無俗調，所説聖人篇。或有數斗酒，閒飲自歡然。我實幽居士，無復東西緣。物新人惟舊，弱毫多所宣。情通萬里外，行跡滯江山。君其愛體素，來會在何年。

又《與殷晉安殷景仁名鐵別》詩一首，序曰：殷先作晉安南府長史掾，因居潯陽，後作太尉劉裕參軍，移家東下，作此以贈。

詩曰：遊好非久長，一遇盡殷勤。信宿酬清話，益復知爲親。去歲家南里，薄作少時鄰。負杖肆游從，淹留忘宵晨。語默自殊勢，亦知當乖分。未謂事已及，興言在茲春。飄飄西來風，悠悠東去雲。山川千里外，言笑難爲因。良才不隱世，江湖多賤貧。脱有經過便，念來存故人。

又嘗與諸人共遊周家墓柏下，有詩曰：今日天氣佳，清吹與鳴彈。感彼柏下人，安得不爲歡。清歌散新聲，緑酒開芳顏。未知明日事，余襟良已殫。

又《讀史述·管鮑》曰：知人未易，相知實難。澹美初交，利乖歲寒。管生稱心，鮑叔必安。奇情雙亮，令名俱完。

《程忤》曰：遺生良難，士爲知己。望義如歸，允伊二子。程生揮劍，懼茲餘恥。令德永聞，百代見紀。

又《雜詩》其一曰：人生無根蔕，飄如陌上塵。分散逐風轉，此已非常身。落地爲兄弟，何必骨肉親。得歡當作樂，斗酒聚比鄰。盛年不重來，一日難再晨。及時當勉勵，歲月不待人。

先生尤與從弟敬遠、顔延之厚善。當桓玄不靖之時，先生杜門不出，獨作詩與敬遠，以自明曰：寢迹衡門下，邈與世相絶。顧盼莫誰知，荆扉晝常閇閇，必結切。淒淒歲暮風，翳翳經日雪。傾耳無希聲，在目皓已潔。勁氣侵襟袖，簞瓢謝屢設。蕭索空宇中，了無一可悦。歷覽千載書，時時見遺烈。高操非所攀，深得固窮節。平津茍不由漢公孫弘封平津侯，棲遲詎爲拙。寄意一言外，茲契誰能別。

及敬遠卒，先生爲文祭之，云「絶粒委務，考槃山陰」，又云「晨采上藥，夕閑素琴」，蓋與先生同志云。先是顔延之爲江州刺史劉柳後軍功曹，在潯陽與先生情款。後爲始安郡，經過潯陽，日造先生飲焉，每往必酣飲致醉。先生卒於宋文帝元嘉四年，延之爲之誄。

蘇東坡曰：所貴於枯淡者，謂外枯而中膏，似淡而實美，淵明、子厚之流是也。若中邊皆枯，亦何足道？佛言譬如食蜜，中邊皆甜，人食五味，知其甘苦皆是，能分別中邊者，百無一也。

黄文焕曰：無一可悦，俯仰自嘆也；時見遺烈，昂首自命也。非所攀，又俯仰自遜；苟不由，又昂首自尊。

吴崧曰：《與殷晉安别》深情厚道，絶無譏諷意。「良才不隱世」，并不以殷之出爲卑；「江湖多賤貧」，亦不以己之處爲高。各行其志，正「語默自殊勢」也，所謂「肆志無汙隆」者乎？

汪洪度曰：此首意極嚴而辭極渾厚。「信宿」而知其可親，「淹留」而知其事乖，則其人品可見。按殷景仁仕宋最顯，陶公之時已知其爲人，故詩中曲折，爲殷回護，低迴頓挫，厚於故人也。前曰「殊勢」，後曰「良才」，深於爲殷出脱。《讀史述》九章，管鮑、程杵二事，見先生平日甚有心於朋友，未嘗以絶物爲高。王棠云：「『必安』二字寫出鮑叔之心，若有一毫勉强，便不稱知己。然爲管易，爲鮑難，故詩中悉在鮑一邊。『雙亮』二字斷得確，不亮則晦，晦則疑惑，何以云知心耶？」

吴瞻泰曰：《與殷晉安别》尤見先生厚於朋友。方熊云：「殷先作者晉臣，與公同時。後作者宋臣，與公殊調。篇中語極低迴，朋好仍敦，而異趣難一也。題中不稱殷參軍，仍稱殷晉安，便有意。」

秀謂：隱逸者流，多以絶物爲高。如巢父、許由諸人，心如槁木，毫無生機，吾何取焉？又如老子知我者希，則亦視己大重，視人太輕，以爲天壤間竟無一人能與己匹，是誠何心？今觀靖節以上諸詩，情致纏綿，詞語委婉，不儕俗，亦不絶俗，不徇人，亦不褻人。古人柳下惠而外，能介而和者，其先生乎？

又按，後人云晉人一味狂放，陶公有憂勤處，有安分處，有自任處。秀謂陶公所以異於晉人者，全在有人我一體之量；其不流於楚狂處，全在有及時自勉之心。故以上諸詩，全是民胞物與之胸懷，無一毫薄待斯人之意。恍然見太古，不獨親其親，不獨子其子。景象無他，其能合萬物之樂，以爲一己之樂者，在於能通萬物之情，以爲一己之情也。若後世所稱，不過如宋景濂所云：「竹溪逸民，戴青霞冠，披白鹿裘，不復與塵事接。所居近大溪，篁竹翛翛然。當明月高照，水光瀲灩，共月爭清輝，輒腰短簫，乘小舫，蕩漾空明中。簫聲挾秋氣爲豪，直入無際，宛轉若龍吟深泓，絶可聽。」此得隱之皮貌，未得隱之精神；得隱之地位，未得隱之情性。似此一味作快樂，不知有世，不知有物，天地間亦何賴有此人乎？三代而後，可稱儒隱者，舍陶公其誰與歸，秀故獨有取焉。靖節先生好讀書不求甚解，每有會意欣然忘食。平生不解音律，而蓄素琴一張，絃徽不具，每朋酒之會，則撫而和之曰：「但識琴中趣，何勞絃上聲。」

趙維寰曰：淵明興會所到，悠然得句，意不在詩。亦如琴不必絃，書不甚解云爾。

楊用修曰：《晉書》云淵明讀書不求甚解，此語俗士之見，後世不曉也。余思其故，自兩漢來，訓詁盛行，説五經之文，至於二三萬言。陶心知厭之，故超然真見，獨契古初。而晚廢訓詁，俗士不達，便謂其不求甚解矣。又是時周續之與學士祖企、謝景夷，從刺史檀韶聘，講《禮》城北，加以讎校，所住公廨，近於馬隊。淵明示以詩云：「周生述孔業，祖謝響然臻。馬隊非講肆，校書亦已勤。」蓋不屑之也。觀其詩云「先師遺訓，余豈云墮」，又曰「詩書敦夙好」，又曰「游好在六經」，又曰「汎覽周王傳，流觀山海圖」。其著《聖賢羣輔録》《五孝傳贊》，考索無遺。又跋云「書傳所載，故老所傳，盡於此矣」，豈世之鹵莽不到心者耶？但所會意而樂者，在言語之表，不在訓詁，見《淵明傳》語，深有契也。

秀按：「撫知」二句即先生琴詩也。説琴理亦微妙，此即先生一生學問品節所在。默默自喻，初學者勿徒以琴會可也。

【校記】

[一]路，按，陶淵明原詩爲「道狹草木長，夕露沾我衣」，此處應爲「露」。

[二]此句前應加「虞」字，否則缺少主語。

[三]原本無「三」字，據《山海經》原文補。

[四]栗，原文作「粟」，徑改。

[五]沃，原文作「阮」。按，此段諸條沃儀仲語，引自黄文焕《陶詩析義》，皆作「沃儀仲」，據改。

[六]顧，原文作「願」，據陶淵明原詩改爲「顧」。

[七]瓢，原文作「飄」，徑改。

[八]瓢，原文作「飄」，徑改。

觀我生齋詩話

[清]鍾　秀

房艷紅　點校

點校説明

《觀我生齋詩話》四卷，晚清鍾秀著。

鍾秀生平，見前《陶靖節紀事詩品》點校説明，兹不贅。

《觀我生齋詩話》分四卷，追溯詩原，明辨詩體，品評源流，推究聲律。以學詩者必明的情、志、理、氣開宗，繼而簡要論述各種詩體的不同，再通觀兩千年詩史，品評詩歌源流，各家長短，最後以詩的聲律要求和容易犯的「聲病」收束，大致是遵循由本及末的邏輯順序。其撰述始終以詩爲本，衹論述爲詩之法、爲詩之道，不涉及奇聞逸事；二是尚古，所評引作品不含「當朝」，近體例示以唐人作品爲主；三是以詩教爲宗旨，試圖爲學詩者樹立起一個清晰、正確的指南，以免誤入歧徑。作者統貫全書的心旨，是詩品論。「余嘗欲綜輯古今詩家，自漢魏以及元明，分爲三品。以奮發忠孝、出入風雅、足以感動人心者，爲第一品；以神味高遠、寄託遥深、尚不背風人之旨者，爲第二品；以詞色清麗或才氣縱横、雖無望復古、亦堪動目者，爲第三品。」這一持論的基礎是傳統詩教觀，也是作者評説流派、品味高下的最高標準。一己之論，難求足赤，讀者自有所取。

《觀我生齋詩話》現存光緒四年刻本和五年重印本，一共四卷，上下册，均爲九行十九字白口四周雙邊單魚尾黄紙本。出版者不詳。四年本扉頁有「光緒四年戊寅仲秋校刊」字樣。光緒五年本與光緒四年本内容完全相同，僅去除前述校刊年扉頁，並方學海序下增加了兩朱兩白四方印章。案，兩種版本書後的歐陽元熙跋文皆爲「光緒五年閏三月」所作，據此推之，所謂「四年」「五年」，其真正印製刊行時間爲光緒五年。本書以國家圖書館所藏光緒五年本爲底本。

原文字體駁雜，正體字與俗體字（包括當時的俗體簡化字）並存，明顯製版錯誤時有所見。本次校録，於人名、書名、標題名等專有名詞的錯誤，予以改正，並附校記；引文脱衍據相關著述校改，本文衍文用括號標明，並附校注；存疑處，不改，附校注；避諱或隱晦表達可能影響閲讀的地方，加校註。原本誤刻的錯字和因形近而使用的别字，均予以校正。異體字混用的情況，包括使用俗體字的，統一使用通用的字形，不另出校記。

房艷紅

序一

東坡《思無邪齋銘》有云「如以水洗水，二水同一淨」，又云「浩然天地間，維我獨也正」。光緒丁丑秋，得聞官城先生說詩而憬然矣。先生著《詩話》四卷，自源流之遠，以逮聲音之末，持論明允，無詭譎語，東坡之所謂「淨」也；忠忱孝思，言情繪景，各視其命意所在，而以至理顯之，東坡之所謂「正」也。淨則無欲，正則無偏，非即宣聖無邪之旨乎？瓚薄宦天涯，涔染塵俗，何敢與先生論詩？預幸值先生復授以《詩話》，正可藉以驅我塵而砭我俗也，則《詩話》又烏可不讀？讀竟，題八分數字，並贅以跋，俟先生酒酣時質之。

重陽日袁瓚謹識

序二

孔子曰：「詩可以興。」旨哉斯言！予小子夙未學詩，惟於家庭之内、酬酢之間，凜遵先人寬厚和平之訓，期無失於跬步，似於温柔敦厚之教未敢少倍焉。自出守越東，迄今十年，簿書鞅掌，吟詠久疏，間與二三友朋拈題分韻，刻燭攤箋，不過公餘退食，陶淑性情而已，烏足云詩？秋初，鍾官城觀察以事來郡，淵博大雅，古貌古心，譚言之頃，復娓娓論詩，上下古今，洞若觀火，遂頓觸歆慕之思而不能已。觀察曾與先保陽公同官直隸，謹當以父執禮，進而請益。觀察誘掖不倦，見示《詩話》四卷，並屬序言。自惟謭陋抝識，詎敢妄加弁冕，至貽冠履倒置之譏？然自讀《詩話》後，頗覺心地明澈，下筆若有油然之致，雖未必盡符繩墨，倘從此親炙日久，則末學進境或不止此，豈非興起於詩之明效大驗哉？觀察著作等身，尚有《靖節紀事詩品》各種，少暇尤須細讀，咀嚼味外之味。異日者束詩作贄，立雪程門，諒觀察或不見擯也，斯亦厚幸也夫！

光緒四年歲次戊寅仲秋月上澣葉河世姪海霈謹書於臨江郡廨之寄舫

序三

世皆知詩話始於宋，而不知名始於宋，義實始於春秋。孔子之論詩也，曰「興」「觀」「羣」「怨」，讀「陰雨」以爲知道，則詩而話矣；孟子之説詩也，曰「文」「辭」「志」「意」，釋「泄泄」爲「猶沓沓」，則亦詩而話矣。朱子於詩教最深，因之作集註，顧獨不喜卜子一序，論者猶有憾焉。至是，言詩者始別著爲話。自六一、司馬、彦周、貢父而下，迄明之季世，傳其書者八十餘家，類皆於論古中雜入時人短句。我朝漁洋亦然，然以「神韻」救前明之衰，猶滄浪以「妙悟」起南宋之弊[一]也。迨《隨園詩話》出，天下靡然從之，則風雅掃地盡矣。數十年來，兒童走卒皆能操袁派以相應酬，而一二才質聰明者，又或囿於其中，譬飲鴆而甘之而不知其毒也。孟子曰「王者之迹熄而《詩》亡；詩《亡》，然後《春秋》作……孔子曰『其義則丘竊取之』」[二]，此吾鍾官城先生《觀我生齋詩話》一書所爲，以莊語力矯流弊，標舉正旨，不能已已也。其書凡四卷，曰「詩原」，曰「詩體」，曰「詩派」，曰「詩聲」，總名之曰「詩話」。舉歷朝之升降，諸家之異同，義藴之淺深，音韻之離合，莫不引據之，斷制之，直若聚古人一室，以有聲之詩爲無聲之話，尤嚴其義例，不録晚近一語，所謂「事則桓文，文則史」者，亦駸駸乎有遺意焉。嗚呼，可以傳矣！先生早歲負重名，既而官京師，既而改官直北，公餘遊宴，座客多燕趙老豪，相與論古今人，恒慷慨悲歌，不至擊缺唾壺不止。又自念高才不第，上功不賞，感憤一發於詩，間或捉麈尾談《三百篇》《十九首》，津津不倦，人咸以匡鼎事之。還山后，杜門益務著書。釗時以言藝進，因得盡窺焉。先生學問最淹，撰述亦最富。所雅言者，尤莫先於詩。昔孔子暮年反魯，而雅頌得所；孟子以古樂易齊王世俗之好，而國其庶幾。釗竊願與讀先生之《詩話》者，體此意而共勉之也。

光緒三年丁丑孟夏安義後學楊應釗

【校記】

［一］弊，原文作「敝」，他處均作「弊」，據此校改。

［二］丘，原文脱「丘」字，語出《孟子·離婁下》，據《孟子》校改。

奉題《觀我生齋詩話》並引

釋慧霖梅庵

宜城先生與我酬唱往來，略迹原心，四十餘年矣。於詩教、禪宗未嘗説著一字，頃承見示《詩話》四卷。夫三教本同源，一鼻孔出氣，千百年來，其中不無偏僻，曷可言乎？先生具正法眼，得般若心，持論精嚴，使我讀之頓生歡喜，讚歎不已。然而禪宗之偈頌，即詩教之文詞，以禪喻詩，以詩喻禪，互相印證。何以達摩西來，不立文字，教外別傳？然而不然。非真參實悟者，未可言詩，焉可言禪乎？老僧不惜話墮，並賦一詩，就有道而正之，以結文字緣也。

九老圖中客，知音一子期。風騷緣可論，塵世俗難醫。身比黄花瘦，頭生白髮遲。獨持平允論，儒釋並參之。

題辭

千古風騷正始音，源流誰與度金鍼。西江自昔傳詩派，好向新篇子細尋。
當代評詩衆説繁，漁洋而後又隨園。先生別創騷壇議，餘子紛紛漫與論。
個中三昧幾人知，一字推敲信我師。老對燈窗話甘苦，白頭味美似兒時。

奉新　宋延春小墅

不解詩三昧，何能放膽吟。一窺先正旨，如見古人心。風雅闡宗派，津梁傳藝林。我來當負笈，可許度金鍼。

同是倦遊客，蒓鱸鄉里思。卅年聯舊雨，幾卷讀新詩。著作超千古，勛名自一時。個中甘苦味，相印兩心知。

南昌　胡壽椿硯生

南昌　楊大猷子任

等身著述足千秋，更向詞壇耳執牛。甌北論才兼品行，漁洋選句自風流。親嘗甘苦得真味，借助江山稱壯遊。大纛高牙印懸肘，果能不朽似君不？

嶠鶴太守以鍾官城觀察《思痛録》《觀我生齋詩話》見示，並述觀察意，屬爲題。讀竟，敬成四律就正

黄梅　蔣愈昌又韓

未識先生面，遲登問字堂。奇勛滿天地，餘事託文章。雅頌新編業，幽燕舊戰場。巍然存妙相，古殿魯靈光。

九里城如斗，深州急羽飛。望殷都護馬，來解冀州圍。籌策聯閫左，耰鋤聽指揮。文成饒將略，今古共清徽。

上下五千載，靈機四面張。淵源探正始，流派析毫芒。結體崇渾樸，繁聲辨抑揚。精金剛百煉，不負此生忙。

太守騷壇冠，崇文勵治兼。青緗勞轉示，紫氣拂疏簾。才短離離竹，辭慚昔昔鹽。惟當書萬本，長引作鍼砭。

昔隨嚴親遊，嬰陶蒙教育。今侍嚴親宧，洪都庇夏屋。二十年前情，謦咳懸心目。重登夫子堂，緒論時三復。羞言大樹功，肯效長沙哭。騷壇莊謝間，談辯毛韓熟。隨風落九天，金玉足空谷。莫買太傅山，歲月蹉跎老。欲築子雲亭，技悔雕蟲小。鼎説解人頤，圖品咸傾倒。髯翁嘻笑餘，勛猷苦不早。怦怦烈士心，耿耿風人抱。功業寄文章，言鑄名山寶。

光緒乙卯孟春月受業方學海盥手謹識

觀我生齋詩話 卷一 詩原

志

《虞書》曰「詩言志」，孔子言《詩》曰「思無邪」，詩之命脈根原盡在於是。自後人以詩爲酬應之具，爲奔競之資，遂無處不求悦人，即無處不求欺人。雖連篇累幅，抽秘騁妍，無非趨勢弋利之心所爲流露。其志，已失其所以爲志；其詩，遂失其所以爲詩。所謂無邪之思者安在乎？蓋古之爲仕者爲人，其爲詩也爲己；今之爲仕者爲己，其爲詩也爲人。此政教與詩教之所由日衰，而世道人心之所爲日壞也。今夫詩者，心之聲也。心之所之，謂之志。古來《詩》三百篇，勞人思婦，未必盡嫻音律，不過感時觸物，偶託謳吟，後人讀其詩，即可以知其志之所在，無他，真而已矣，不求悦人與不欺人而已矣。至若漢之樂府歌辭及《古詩十九首》，雖於《三百篇》之體製已變，而《三百篇》之意境猶存。魏則建安多才，陳思實爲冠冕，由其有愛君戀闕之志耳，其所爲詩賦皆有寄託，即風人之比興也。晉唐以後，如淵明之「黄唐莫逮[一]，慨獨在予」，子美之「許身一何愚，自比稷與契」，「公若登臺輔，臨危莫愛身」，太白之「我志在删述，垂輝映千春」，昌黎之「先王遺文章，綴輯實在余」，樂天之「况多剛狷性，難與世同塵。不辭爲俗吏，且欲活疲民」，宋詩如放翁之《古别離》云「死即萬鬼鄰，生當致虞唐。丹雞不須盟，我非兒女腸」，又《古意》云「夜泊武昌城，江流千丈清。寧爲雁奴死，不作鶴媒生」。之數君者，皆卓然詩家大宗，其詩亦久已膾炙人口。然人人皆知讀數君之詩，而不知溯數君所以爲詩之根本，雖極意推尊，吾知數君必不受。試將所録各傑句潛心誦之，或悱惻之意所流，或忠憤之氣所結，是何等胸襟，是何等器量！則欲學數君之詩，是必先有數君之志而後可。否則摹擬形似，優孟衣冠而已。昔香山《讀張文昌古樂府》詩云：「言者志之苗，行者文之根。所以讀君詩，亦知君爲人。」數語可作學詩者座右銘。孔子曰：「不學詩，無以言。」又曰：「不知言，無以知人也。」夫人不立志，將憑何以知言，更憑何以知人？不知言，固不可以爲詩；不知人，並不可以讀古人之詩。蓋古人之詩不下數千百家，未必一一盡學之；學焉亦未必一一盡得之；即得矣，亦佳句耳，非真佳詩也。曾何當於人心乎？又何關於世道乎？則欲言詩，必自領會風人之旨；始欲領會風人之旨，必自立志始。

品

昔司空表聖有《二十四詩品》，袁簡齋謂其祇標妙境，未寫苦心，因又爲《三十二續品》。其於作詩之法不可謂不詳且切矣，然於《三百篇》之無邪意旨無涉，蓋視詩爲喉舌間物，非性分中事，故人自人，詩自詩，而詩品與人品所爲愈趨而愈下也。孫起山論文曰：「文人可以好酒、好色，而不可以好錢。蓋好酒者氣壯，必善縱横；好色者情柔，必善體貼。獨至好錢，則錙銖計較，反複沈淪，雖有性靈，終被俗塵掩却，故於文章爲無望。」論詩亦然。余嘗欲綜輯古今詩家，自漢魏以及元明，分爲三品。以奮發忠孝、出入風雅、足以感動人心者，爲第一品；以神味高遠、寄託遥深、尚不背風人之旨者，爲第二品；以詞色清麗或才氣縱横、雖無望復古、亦堪動目者，爲第三品。又於三品外，其人雖無足取，而其詩已爲後世所傳誦，亦必細行小疵，尚非得罪君父、大乖名教者，姑節取以附焉。要之，以人品定高下，不以詩品爲軒輊。此外，自漢魏六朝以及唐初，其叛臣逆黨能詩者，正復不少，皆千古詩教中之罪人，非細行小疵可比，豈得以其能詩，遂容叛逆之人爲百代詞壇之領袖哉？故於其詩，雖美不録，並戒初學毋得入目，以端趨向，而立詩教之大綱。孟子曰：「《詩》亡，然後《春秋》作。」然則論詩之法，即《春秋》之法也。《春秋》法：凡亂臣賊子，在所必誅。而尚欲誦其詩，以誤天下後世，可乎？且古今以詩鳴者多矣，其風會之所趨，心力之所至，仰承俯注，靡不殊塗同軌，從未有人品不高而詩品能高者。其或自以爲高，而人竟不能不以高目之，亦不過高於才，非高於品也。況乎沿襲摹擬之作，其面目固他人之面目；其性情亦他人之性情。其高與否，姑置弗辨，而其僞，不已可見耶？宋、齊、梁、陳、隋間詩人，最好摹擬，而當日之爲詩者，固多仕二姓，其廉耻早已喪盡。無廉耻，安得有氣節？無氣節，安得有俊偉之詩？持此例以論詩，而古人詩集之可焚者多矣。本此意以爲詩，而自矜風雅者，當不敢浪下筆矣。庶或可以正人心，厚風俗，而爲詩教之一助與。

理

南宋人以語録議論爲詩，開口言理，固屬可厭，然才人之詩，又多背理。開口言理，失其所以爲詩；逞才背理，並失其所以爲人。夫天地間皆物也，有一物即有一理，而人周旋乎其間，有倫常之紀，有舉動之節，有邪正之辨，有是非之宜，無非以一理衡之，固作詩時所宜一一審量者也。乃名士習氣，文人客氣，領異標新，淆亂黑白，小之不過輕重失宜，大則竟至乖謬蔑理，如賢者不得志，仕於伶官。《簡兮》詩曰「云誰之思？西方美人」，何其忠厚而深婉。及唐温庭筠《下第過陳琳墓》詩云「莫怪臨風倍惆悵，欲將書劍遠從軍」，隱然有遠投藩鎮之意。當時藩鎮負固拒命，貢獻不歸於朝，此唐士子所宜有澄清之志者，顧欲去順效逆，公然形之於詩，謂非背理者耶？《抑戒》詩云：「抑抑威儀，惟德之隅。」衛武公耄而好學如此。乃王維《過崔處士林亭》詩則曰「科頭箕踞長松下，白眼看他世上人」，其玩世不恭、猖狂無禮又何如？《東門》一詩，見淫奔之女也，「雖則如雲，匪我思存」等語，其矯然自拔於流俗，可想而見。若萬楚《五日觀妓》詩云「漫道五絲能續命，却令今日死君家」，夫人即不自貴重，何至爲一妓竟不顧身至欲爲之死？讀之殊覺可笑。子建《洛神賦》純是忠愛之意，諷託之詞，亦《離騷》中之《湘君》耳，後人至誣以爲感甄后而作。夫以魏文之殘刻，時欲戕害宗支，子建尚敢如此妄爲，必無是理。乃義山詩云「君王不得爲天子，半爲當時賦洛神」，謂非文人輕薄，全不諳理者耶？他如「我逢安期生，食棗大如瓜」「燕南雪花大如掌，冰箸懸檐一千丈」「酒酣喝月使倒行」「石破天驚透秋雨」，此皆好奇特甚。殊不知無理之奇，已無足奇矣。後人重文輕詩，每謂文以載道明理，詩不過言情詠物。余則謂天下無理外之性情，更無理外之事物。適情者，亦適以理也。格物者，亦格以理也。詩文豈有軒輊耶？昔東坡拈出淵明談理之詩有三：一曰「采菊東籬下，悠然見南山」，二曰「嘯傲東軒下，聊復得此生」，三曰「客養千金軀，臨化銷其寶」，皆以爲知道之言。試玩其「羲農去我久」一篇，惓惓於道統之絶，續重華、孔子，念念不忘；六籍無親，悠悠生歎。其於天命民彝、世道人心、榮辱死生之故，爛熟胸中，故偶有感觸，寫情則極其悱惻，體物則無不入微，誠《三百篇》之苗裔也。淵明而後，惟太白、子美解此。學詩者能參透此境，從此入門，不必學李學杜，更不必學陶，而一種粗鄙淺易、放蕩妖冶之詞，自不犯其筆端矣！

情

未發爲性，已發爲情。詩，所以導性情者也。昔王子擊好《晨風》而慈父感悟，裴安祖講《鹿鳴》而兄弟同食。詩之足以動人心者如此。古來《詩》三百篇，大抵可誦亦可歌。詩即樂也，有樂即有聲。孔子曰「《關雎》樂而不淫，哀而不傷」，亦於詩之聲，取其情之正也。後世詩與樂爲二，廢絃歌而直誦其文，且不能言其義。於是古人之樂本有聲之詩，今人之詩乃無聲之樂。有聲，則於情感而通；無聲，則於情觸而窒。然則今日言情之作，不較古人爲倍難哉？雖然，今日之詩無聲，究之亦心之聲也。果其本於情之真摯，如《鴟鴞》之於君臣，《小弁》之於父子，《谷風》之於夫婦，《常華》之於兄弟，《鶴鳴》之於朋友，反覆沈吟，即不被諸管絃，亦足令人聲淚俱迸。無他，情真則詩真，真則未有不動人者也。漢魏之間，斯旨未失，若蘇李贈答，明妃遠嫁，文姬悲憤，陳思幽鬱，皆據事直書，如家常言語，而其情之不可磨滅，百世猶新。西晉以下，顔、謝已開靡麗之風，或餖飣考古，或粉飾趨時，或面諛腹誹，或匿怨言交，貌爲纏綿，實則虚僞。詩教至此，遂一蹶不可復振矣。夫古之爲詩者，因情而生文；今之爲詩者，因文而造情。蓋平日早自失其性情之正，其於一切天親本無情誼之屬，安能取給於俄頃？是在作者平日有陶養性情功夫，至臨時省察，祇在審題而已。如爲一人作一詩，或爲一事作一詩，未下筆時，必先思其人於我何等疏戚，其事於我何等重輕，權衡既定，忽然有感於中，實有不能自已之故。稱量而行，如量而止，斯得其性情之正也。夫情，不過喜、怒、哀、樂數端耳，試思「中心好之，曷飲食之」，何嘗不極其喜？「取彼譖人，投畀豺虎」，何嘗不極其怒？「知我如此，不如無生」，何嘗不極其哀？「右招我由房，其樂只且」，何嘗不極其樂？惟情極其真，施得其宜，信口道來，均堪入妙，千載下讀之者，猶覺生氣迥然。蓋古人採詩陳風，借以驗民俗之美惡，初不計作詩之工拙，誠欲下情之達於上也。朱子云：「詩無工拙，自有工拙。」而詩遂一變而成無情之物，祇以供爭奇角勝之具，無怪世風日下，而詩格日卑也夫！

境

思不孤起，伏境自生，此詩之所以妙也。境非景物之謂，隨身之所遇皆是焉。昔歐陽公謂梅聖俞詩「窮而后工」，蘇子由謂司馬子長歷遍天下名山大川而後文章日進，是二説者，理亦有之，然不必其盡然也。周之盛時，卿士大夫置身通顯，后妃夫人皆不出閨門，而《雅》《頌》、「二《南》」之詩，自非後世之所能及。今人處寂寞深窈之鄉，其一種怨天尤人、坎壈不平之氣，呈露於文字聲律之間，窮則窮矣，詩未必盡工。即使放浪遨遊，無非釣名弋利，雖佳山佳水日在目前，而胸臆封錮，忽忽無所領會。偶有一二好句，亦祇以紀遊而已，於風人之本旨何與焉？且夫兩間風雲月露、山川草木之情狀，隨在皆可悦目賞心。然自得志者視之，則爲樂境；自失意者視之，則爲苦境；而自高曠者視之，則無非妙境矣。要之，人生一世，本無虛境，隨遇而安，方可領略。蓋一生必有應接之人，其自父母妻子推之，以至君臣朋友，皆人也；一生必有云爲之事，其自飲食男女推之，以至豐功偉業，皆事也；一生必有居處之地，其自廬舍里黨推之，以至天涯海角、風雨舟車，皆地也。其中常變順逆，遠近險易，境各不同，皆於詩煞有關係，惟不能隨時領略已。於自家真境茫然失却，及至把筆爲詩，又憑空裝點，虛境適形，其爲僞而已。少陵詩曰「老妻畫紙爲棋局，稚子敲針作釣鈎」，又「叢菊兩開他日淚，孤舟一繫故園心」，又「石出倒聽楓葉下，櫓摇背指菊花開」，數聯俱各盡其妙，亦以能細心體貼，故伏境而生，忽成妙語，豈於境有所擇耶？論詩者每謂少陵蜀中、太白江南、樂天忠州、東坡嶺外皆經一番挫折，詩乃益工。不知學以年而進，律以老而精，設易四子而置之於習近豐厚之地，吾知其工亦自若也，不然，蜀中、江南、忠州、嶺外流寓豈僅四子哉？學者幸勿貪造奇境，祇求於尋常所有之境一一留意，不空放過，自然因物賦形，如十斛水銀瀉地，無孔不到，無微不入，豈偷竊摹擬者所可同日而語乎？

氣

耳目官骸，塊然一物，主之者心，而運之者氣。詩之篇章字句，耳目官骸也；其所以主之運之，爲心與氣同也。古之善喻者曰：文，浮物也；氣，猶水也，高低宛轉、停蓄流瀉，未有不隨之者。歷代之詩，亦因氣之厚薄以爲升降。蓋詩之傳既久，則講求於法律者日益細。律細而氣衰，勢使然也。孟子曰「我善養吾浩然之氣」，而蘇氏遂以爲孟子之文所從出。今人讀得幾卷書，便奄奄欲絶，否則又暴戾恣睢，圭角畢露。奄奄欲絶者，固爲無氣，圭角畢露者，又爲客氣，究非真氣也。既無真氣，其爲詩，一字一句凑泊而成，譬如畫竹者枝枝節節而爲之，痕迹顯然。即強作解事，籌畫全局，非失之草蛇芻狗，生意全無，即爲駭獸奔禽，去不返顧。此種詩，讀之不令人意興索然乎？夫詩之氣，欲其蓄，而不欲其滯；欲其流，而不欲其傾。真僞之辨，祇在毫釐。薛蕙詩云「俊逸終憐何大復，粗豪不解李空同」，爲惜其傾也。蓄者，氣斂而神行；滯者，氣衰而神沮。流者，氣舒而神定；傾者，氣足而神馳。其氣亦視其平日涵養之淺深。及下筆時，自有一番著力處。要使氣餘於詩，不可使詩餘於氣。詩未盡而氣盡者，滯也；詩盡而氣亦盡者，傾也。是必胸中先有一段磅礴之概，幾欲抑之，幾欲揚之，一旦奔赴筆端，浩瀚淋漓，直若江河行地，未來而聲先撼，已去而濕猶留。當其流處，則波瀾壯闊，曲折低迴，斯稱絶妙。否則，如雨中檐瀑，急則一直瀉去，雨稍息，則點點不連矣，何可云詩耶？此外又有假大、假雄兩種，尤屬無謂。夫真大者必實大，而浮非大也；真雄者，必渾雄，而厲非雄也。如《大風》一歌，是真大者，然何嘗不句句按實？少陵《出塞》等詩，是真雄者，然又何嘗不句句渾樸？今之詩人，其自命爲大、爲雄者，其氣實餒。其大與雄，特詞耳。詞，正古人所云「浮物」也。有詞無氣而能大且雄，則無水而欲使物浮，有是理乎？

識

嘗聞學道必須格物致知，余謂學詩亦然。天下事非識得透，必説不透。捕風捉影，惝恍無根，萬難中肯。古之詩人，皆有上下千古之識，故偶有所作，便卓然不磨。後人智慮昏庸，於古今事理不曾體勘，所爲詩，不過隨波逐浪，依樣鋪排，否則武斷爭奇，故翻舊案。如鄭畋《馬嵬坡》云「終是聖明天子事，景陽宫井又何人」，乃襲少陵「不聞夏殷衰，中自誅褒妲」意也。少陵詩係借詠古事，不敢明説，且曰「衰」，自是公允；鄭詩則曰「聖明天子事」，雖屬崇尚本朝，議論未免冒昧。他如「劉項原來不讀書」，此失於稽古也；「卷土重來未可知」，此昧於時勢也。《史記》本紀，高祖、項羽皆兼文墨，即其西向擊秦，亦非僅以力踣之。子房實授太公陰符，項羽少學項梁兵法，安得謂其不讀書？特所讀者，非如後世應舉之書耳！若章碣之見，必讀應舉之書而後爲讀書乎？項羽一戰而得諸侯，卒滅強秦，分封列國，天下翕然景從。高祖僅得漢中，其勢不敵萬一。然三秦出定，天下動摇，可見勝負之原，實不在地。當羽之敗，無論臨江不渡；即渡矣，而江東父老未必復從；即從之，而江東一隅又豈足以抗天下之兵乎？至若劉夢得詩云「官軍誅佞倖，天子捨妖姬」，此詩於道理却不謬，然以臣下而議論本朝，如此立言，殊屬無狀，其無識尤甚於好翻案者也。必求所謂真識，如蔡文姬之「漢氏失國柄，董卓亂天常。志欲圖篡弑，先害諸賢良」，寫出奸賊心事千古一轍。又如少陵之論古事，則知尊蜀爲正統，論時事則知郭、李之克成功，俱透頂絶識，後人不能及也。他如嚴子陵釣臺詩云「不有雲臺諸將力，釣壇亦在戰爭中」「當時若著蓑衣去，煙水茫茫何處尋」，亦喜翻案，逞臆説而排擠前賢者也。惟王貞白五律一首，議論平允，詩格亦高，而末二句云「應憐渭濱叟，匡國祇論兵」，欲揚子陵，乃抑太公，亦與翻案諸詩同，一唐突則甚矣。作詩者之不可以無識也。蓋識以理爲主，惟平日讀書窮理，其於天地民物盛衰之變、古今治亂得失之由，高下在心，瞭如指掌，然後發而爲詩，自能獨抒己見，高挹羣言。不然，中無所主而漫然爲之，是猶盲人騎瞎馬，將伥伥乎其何之矣！不亦可哀也哉？

趣

吴修齡喬《圍爐詩話》云：「意喻之米，飯與酒所同出。文喻之炊而爲飯，詩喻之釀而爲酒。文之措詞必副乎意，猶飯之不變米形，啖之則飽也。詩之措詞不必副乎意，猶酒之變盡米形，飲之則醉也。」嚴滄浪曰：「詩貴活句，賤死句。」[二]如《風》《騷》中比興皆活句也。唐大家上祖《風》《騷》，故詩皆能動人。今以兩家之説推之，便知詩必有「趣」存焉。《三百篇》之最有趣者，如「有敦瓜苦，烝在栗薪。自我不見，于今三年」之類，皆託語甚質而寓意無窮。唐人得之，故其立言皆切近，而一種趣味足令讀者流連不置。自後人以作文之法作詩，謂之不通不得也。然鏤心刻骨，苦致有餘，生氣不足，終成直致。如《贈駙馬》[三]詩云「妻是九重天子女，身爲一品令公孫」，非不確切，却是死句。唐人中有此等詩，雖工拙不一，即開宋派之漸。後石曼卿《詠紅梅》詩云「認桃無緑葉，辨杏有青枝」，皆是此種嫡裔，而主文譎諫之意，無復存矣。故論詩至趣，乃詩中人鬼一大關頭。

能透此關，則爲詩；未透此關，則猶非詩。教者於此不能鞭策，學者於此亦無著力處，即嚴儀卿所謂「妙悟」是也。《詩式》云：「惟真詩人，而後知詩之真；亦惟真詩人，而後知詩之非真。」[四]非真之真，解人自悟耳。顧或謂唐人詩多言景言情，宋人詩多言理，故其詩少真趣。余謂不然。試思少陵之「仰面貪看鳥，回頭錯認人」「水流心不競，雲在意俱遲」，何嘗不切切言理乎？今人讀少陵詩者祇知其雄厚，讀太白詩者祇知其豪放，而不知澹遠處實與陶公同一胎息。蓋李杜與陶公雖世有先後，而詩之面目亦各不同，然皆發源漢魏以上接《三百篇》者也。如太白之「風吹柳花滿店香」，少陵之「四更山吐月，殘夜水明樓」，較諸陶公之「平疇交遠風」「山氣日夕佳」，以上溯乎子建之「明月照高樓」，再上而溯之《三百篇》之「春日遲遲」「楊柳依依」，可不謂同一胎息者乎？凡此皆能曲肖物理，託出毫素，所謂理趣是也。若宋人之以語録爲詩，則又轉成理障矣。要之，實理則在平日極意推求，妙趣則在臨時無意而得。强作聰明，浪求别趣，必入惡道。如「東風不與周郎便，銅雀春深鎖二喬」「若見江魚應痛哭，此中定有屈原墳」之類，能不令人噴飯乎？東坡曰：「詩以奇趣爲宗，以反常合道爲趣。」釋之者曰：「無奇趣何以爲詩？反常而不合道，則亂談也。」[五]學詩者細參斯語，當漸有見。

神

物至於神則不可測，人至於神則不可知，詩至於神又安可得而擬議耶？昔釋迦拈花，迦葉微笑，覺此外經卷皆落語言文字之迹。嗚呼！非此孰以喻詩之神哉？論詩及神，本自無處置喙，然就古人微言，重加指點，悟者自是天人。唐司空表聖云：「詩須有味外味。」夫味外豈復有味乎？又曰：「味在酸鹹之外。」夫酸鹹之外，果何味乎？又曰：「不著一字，儘得風流。」夫既不著一字，風流又從何而見乎？嚴儀卿曰：「羚羊挂角，無迹可尋。」夫既無迹可尋，則所見又係何物乎？蘇東坡曰：「空山無人，水流花開。」夫水流花開在於無人之處，此又何景況乎？學者果於此悟得，則知味外之味，祇在味中；酸鹹外之味，祇在酸鹹之中；不著一字之風流，亦祇在字中也。推之儀卿、東坡之言，無不當前活現，若有一毫執著，則羚羊是羚羊，水是水，花是花，凡有形象皆成滯礙之物。前篇論詩之趣，初分人鬼；此篇論詩之神，直判仙凡矣。或謂所言過於元妙〔六〕者，則更請以人喻之。今有一絶色美人於此，或盼或笑，令人心醉無已。將謂其盼之在目、笑之在口乎？則他人未嘗無目、無口；謂盼之非目、笑之非口乎？則無目、無口，何以爲盼、爲笑？謂人有目而終不如其目，人有口而終不如其口乎？則試圖其目與口極其相肖，亦未必便使人心醉無已。是知盼笑之妙，在於其神也。詩之妙在神，亦猶是也。唐代詩家除太白、少陵外，能造此境者，尚不乏人。由唐人爲詩，未盡失比興之意，故能矯健凌空，不落邊際，如龍標之「烽火城西百尺樓，黄昏獨坐海風秋」，不必讀至「更吹羌笛關山月」，而吹笛之聲已覺洋洋盈耳矣。又如右丞之「隔牖風驚竹，開門雪滿山」，盧綸之「林暗草驚風，將軍夜引弓」，三詩均屬先天神運，全非後天迹象者。宋人知此意者少矣！滄浪「妙悟」之説，虞山詆爲囈語，漁洋奉爲論宗，不知滄浪因宋人以議論爲詩，故拈此二字以救其失，其實滄浪並不專主「妙悟」言詩也。若漁洋亦以「妙悟」二字倡率天下，不解何意。言情寫景，千口同聲，弄月嘲風，是處可用，論者至目爲有聲無字之笛子腔，謂非神韻家之流弊耶？余意神妙之説，須於實處能空，方不落言詮；又必於空處能實，方不涉滑調。究之，空中有實。譬諸學仙者，平日修煉功夫，及至實處皆空，則功夫既成，忽然拔宅飛昇，絶離塵垢矣。作詩而造此境，不亦快哉！

學

嚴儀卿曰「詩有別才」，千古定論；又曰「非關學也」，斯言一出，貽誤後人不小，不得謂非語病。雖然，滄浪斯言亦爲宋人以議論爲詩者對症發藥。其所謂「非關學」者，殆謂學詩者不在著力，非謂學詩者不必讀書。第恐後人誤會其意，所關非淺鮮也。宋高復古論詩云：「胸中無千百家書，乃欲爲詩，如賈人無貲，終不能致奇貨。」黄魯直曰：「近世少年，多不肯治經術及精讀史書，乃縱酒以助詩，故詩人致遠則泥。」[七]宋大樽《茗香詩論》[八]亦謂：「『漱六藝之芳潤』非本，約六經之旨乃爲本。若不本之六經，雖『熟精《文選》理』，有是非頗謬者矣。」夫古今之聖於詩者，無過陶公與李、杜三家，然觀陶公詩云「先師有遺訓」，又曰「遊好在六經」，又曰「詩書敦夙好」，至其所著《聖賢羣輔録》《五孝傳贊》尤爲精博，豈真讀書不求甚解所能爲者乎？太白讀書匡山，十年不下，潯陽獄中猶讀《留侯傳》。李陽冰序《太白集》謂其「不讀非圣之書，恥爲鄭、衛之作」，其讀書之精可想而見。少陵詩則已自言「讀書破萬卷，下筆如有神」。王世懋謂「子美出而百家稗官都作雅音，牛溲馬勃咸成鬱致」。可見詩人固未有不讀書者也。夫四子書中論詩者多矣，興觀羣怨之旨，已爲千古談詩家開其奥而發其蒙。他如《易經》之《文言》《繫辭》，實有韻之文；賡歌贈答，散見於《書》《禮》《春秋傳》者，無一不可諷詠；《史記》則天文地理之變異沿革、人物之盛衰得失，俱宜收之博而擇之精。及至爲詩，則又去其糟粕，發爲英華。若蜂之含花釀蜜，見蜜不見花也；蠶之食葉吐絲，見絲不見葉也。腹笥空疏，塵羹土飯，固詩家之鄙夫；摭拾飣餖，傀儡俳優，亦詩家之剽賊。去此二病，方可言詩。吾願世之學詩者，如古人之以學爲詩，無似今人之以詩爲學，則志由此而立，品由此而定，理由此而明，情由此而正，境由此而生，氣由此而養，識由此而卓，趣由此而古，神由此而妙。可知爲詩與爲學是一件事，非兩件事也。余故著《詩原》十則，以「志」原其始，復以「學」要其終焉。

【校記】

[一]逮，原文作「隸」，係誤刻。此據《陶淵明集》校改。
[二]宋人嚴羽在《滄浪詩話·詩法》云：「須參活句，勿參死句。」
[三]此係唐人賈島詩，原題爲《上杜駙馬》。
[四]今本皎然《詩式》無此語。
[五]語出清人吴喬《圍爐詩話》，與原文稍有出入。
[六]「元妙」即「玄妙」。此處係避清聖祖玄燁名諱。
[七]引文脱「肯」「書」「酒」和「詩人」等字，「縱酒以助詩」後衍「教」字。此據陳師道《後山詩話》校改。
[八]原文誤作《茗香詩話》，此據商務印書館一九三六年版《茗香詩論·小滄浪筆談》校改。

觀我生齋詩話　卷一　詩體

四言古

四言古，爲之甚難，要已渾全堅樸爲主，《三百篇》尚矣。後如《越臣祝詞》、韋孟諷諫、傅毅《迪志》，雖變其體，而氣息實爲相近。至於陶潛《停雲》等作，照分章段，其氣寖漓。外此更無譏矣。學詩者當知，此體太似《三百篇》，不得；太不似《三百篇》，又不得。苟力有未及，則不爲之亦可。

琴操

琴操，古詩最多。或四言或雜言，或短或長，初無定式。上古聖賢無不達音，故自作而自奏之。後如韓昌黎所擬，其意旨自同，至於可奏與否，則未敢知也。

樂府

古之《風》《雅》《頌》皆可入樂，故夫子正樂，而《雅》《頌》各得其所。後世詩不盡可以入樂，故有「古詩」「樂府」之分。漢代「樂府」名立，而古樂大變，昔傅杜夔惟習《鹿鳴》《騶虞》《伐檀》《文王》四章。太和末，復失其三，僅存《鹿鳴》。入晉，則並此而失之矣。歷溯漢魏，以迄三唐，樂府愈變愈多，而其類有三種：依古題擬古作，一也，如歷代《戰城南》必言兵陣是矣；用古題寫時事，二也，如曹操之《薤露》，乃述董卓是矣；不依古題，自作樂府，如少陵之《無家別》等作及元白「新樂府」是矣。至其中四言、五言、七言、雜言，紛然並出。《枯魚》等作，則五言絶句也；《挾瑟》等作，則七言絶句也；《梅花落》《盧家少婦》，則五言律、七言律也。樂府既無定式，安必音調之悉合乎？歷代論詩家或以多敘事者爲樂府，不知古詩如《焦仲卿》，何嘗不多敘事乎？又或以繁音促節爲樂府，及細按諸樂府，有沈有放，有疾有徐，繁音促節固是一調，然不足以盡之也。張蔚宗曰：「樂府中『妃呼狶』『伊那何』『收中吾』等字，皆有音無義，蓋其調亦不傳矣。」後之學者不能上稽古樂，惟漢魏樂府雖未必盡合古樂，而猶與古音相近，其調不傳，其詩固在也。細心求之，須得其抑揚頓挫之音節；爲之，自當與古詩有別，否則終不過古詩之流亞也。若逐句摹擬，如明李于鱗之所爲，又不免爲大雅所笑矣。

歌行

歌行之來也舊矣。自上古、春秋戰國以來，代皆有作，至漢而《大風》《垓下》實開風氣之先。厥後其作愈多，大約皆渾浩條暢，牢籠萬象。迨入三唐，每多平衍，而古意難復。故近日徐伯魯《詩體明辨》[二]一書遂列歌行爲近體。然細按三唐諸家歌行，終與近體不肖。若以爲與古作氣味懸殊，則世運之升降爲之，又不特歌行一體也。即如唐之五言古，其真同於漢魏之五言古乎？乃不並列於近體，而獨列歌行，何也？且其中如李杜二公，縱横變化，較之漢魏，雖去古稍遠，然究不失漢魏遺意，顧可列之近體乎？夫樂府其音已不可知，至若歌行，則自漢魏迄唐，皆可得而求也。渾浩條暢，歌行是矣。曰「吟」，曰「引」，則取於悠長；曰「怨」，曰「哀」，則取於悽切；曰「詞」者，文麗；曰「謡」者，質俚；曰「弄」，曰「操」，則疾徐兼用，以肖樂音。名作如林，其體雖多，大約與數者相近。惟沈潛而三復之，以漸得其神味，勿徒襲其皮毛，斯得之矣！

歌行末句有重呼者，如少陵之《冬狩行》，末云「朝廷雖無幽王禍，得不哀痛塵再蒙。嗚乎！得不哀痛塵再蒙！」〔二〕元元裕之、明李昆陵皆效之。古詩亦二句一韻，李、杜、韓歌行中常雜出一句一韻或三句一韻，氣之所至，自然而然，愈覺抑揚頓挫之妙。

古風

五言古，語要真摯，氣要古宕，體要嚴謹，音響要沈著。短古神韻無窮，又開陶韋一派。長篇之中，必流連頓挫，顧盼非常，斯長而不至於蔓；短篇之中，必藴蓄包涵，從容自在，斯短而不至於促。學者於此求之，乃盡得五古妙秘。此體去古最近，要能直追風人，不可稍雜時蹊。

七言古，唐人歌行最多，然亦有不名歌行者。此體忌平衍，忌滯礙，須有風馳電掣、水立山行之觀，起處黄河天上，莫測其來；中間收縱排宕，奇態萬千；轉關轉韻之處，兔起鶻落，如一波未平一波復起；結處或如神龍掉尾，斗健凌空，或如水後餘波，微紋蕩漾。亦有竟結一七言絶句者，要必因其自然，不可勉強。

古人歌行古詩多雜以長短句，所謂緩脈急受，急脈緩受，以求合乎音節也。然必有浩氣鼓蕩其間，長乎其不得不長，短乎其不得不短，乃稱變化極致。

七言古有句句叶韻者，是漢時「柏梁體」。後如《燕歌行》之類皆祖此。

古詩最忌裝點。如起處必用渾籠四句，名曰「裝頭」。唐人中已每每有之。至中間用排偶，六朝及初唐不可勝數，即少陵亦間爲之。此爲古中帶律，又別爲一格也。

一韻到底最易平衍，當縱横盡致以活之，不但稍參律句不得，即稍涉鋪排亦不得。換韻，則不必拘定幾句一換，要在自然而然，使人直忘其爲換韻乃佳。

短古八句爲一首，四句一換韻。王勃實開其體，後人多效之。五古四句一換韻，本之《西洲曲》，合之一古詩，分之數絶句也。

律詩

律詩肇於梁陳，而法備於唐。曰「律」者，一爲「法律」之「律」，言必極其嚴也；一爲「音律」之「律」，言必極其諧也。詭於律固不可，拘於律亦不得，惟忘乎律而合乎律，斯爲入化。趙雲崧論詩曰「句中有意，句外有氣，句後有味」，可謂得其三昧矣。

五律以厚重安閒爲主，通篇結構嚴整，無一閒字、弱句乃佳。蓋起二句或破空而來，則三、四二句必須堅卓鎮定；若起二句係堅卓鎮定，則三、四句必須用虚字叫應流動爲佳。至流水句，寧用之三四，勿輕用之五、六。蓋五、六之外乃是落句，此二句若按得不住，則下半一直瀉去，便不成格局。七律亦然。

五律有起二句對而三四不對者，謂之「偷春體」。或起四句皆不對，或末四句皆不對，或通首皆不對，古人亦偶一爲之。

七律太刻則纖，太圓則率，太板則滞，太靈則佻。要之，立格宜大，揚聲宜高，使事無痕，通篇悉稱，而血脈流貫，無一懈筆乃佳。

詩有起承轉合，然法皆無一定。如少陵《曲江》，二句起，二句承，二句轉，二句合是矣。如昌黎之「知爾遠來應有意」，則第七句乃轉也。曹鄴之「玉簪恩重獨生愁」，則第四句已轉也。要之，法以意成，意可通，則法自立。

唐五七律有骨氣沈雄、風裁靜穆二種。後人學焉，各得其性之所近。務必生中求熟，熟中求生，斯能神韻獨絶。沈雄而不失於粗，骨格堅蒼靜穆而不失於薄，乃爲完善。

「平頭」「截腰」，律詩所忌。四句皆用一類字起，謂之「四平頭」，如高適之「巫峽啼猿」「衡陽歸雁」「青楓江上」「白帝城邊」，用四地名也。又，四句皆用一字起，四句皆用二字起，亦謂之「四平頭」。如唐彦謙之「淚隨紅蠟」「腸比朱絲」「柳向好風」「梅因微雨」；竇叔向之「遠書珍重」「舊事凄涼」「去日兒童」「昔年親友」是也。五言第三字、七言第五字皆用一單字，謂之「截腰」。如王勃之「乘石磴」「俯春泉」「薰山酌」「韻野絃」，沈佺期之「分黄道」「入紫微」「多氣色」「有光輝」，均不可爲法。必如少陵之「詩無敵」「思不羣」，「詩」字、「思」字，各一字單用也；「庾開府」「鮑參軍」，各三字相連也；「春天樹」「日暮雲」，「春天」「日暮」又各二字相連，斯各善於變化。即不然，或如杜審言之「花徒發」「葉漫新」「應盡興」「幾留賓」，虛實字相間猶可。此法推之排律，似難禁其相犯，然亦必錯綜間用，乃爲合法之作。

爲律詩者皆並力於中四句，而忽略起結；其有能留意起結者，又徒慎重於首句末句，而忽略第二句、第七句。不知第二句乃全篇提綱，以下六句皆從此植根，包涵全題，不盡不得，太盡又不得。不盡，則下六句無根；太盡，則下六句苦無地步。故凡首句固不可以忽略，若到第二句亦不可湊便。一湊便，則全篇皆劣矣。至第七句，正末句之本命元神，此句必放不了語，俟末句足成之。此句放得妙，則末句足得妙；此句放得不妙，末句如何得妙？即絶句亦然。唐人律絶落句，多以閒物點綴全意。如劉長卿之「飛鳥不知陵谷變」，王昌齡之「玉顔不及寒鴉色」，皆是此秘。

唐人律詩有就本題收結者，如盧綸之《長安春望》，落句云「誰念爲儒逢世難，獨將衰鬢客秦關」，仍結到本題也；有宕出餘意者，如劉禹錫《西塞山懷古》，落句云「今逢四海爲家日，故壘蕭蕭蘆荻秋」，因懷古而撫今也。法各不同。

律詩二句寫情，二句寫景，四句寫情猶可，四句寫景則斷不可矣。至於絶妙法門，則有寄情於景、融景入情二種。如少陵之「永夜角聲悲自語，中天月色好誰看」，寄情于景也；「近淚無乾土，低空有斷雲」，融景入情也。即四句寫景，亦必先巨後細，如少陵之「浮雲連海岱，平野入青徐。孤嶂秦碑在，荒城魯殿餘」，蘇頲之「宫中下見南山盡，城上平臨北斗懸。細草偏承回輦處，飛花故落舞觴前」，皆是。至於二句寫景，又嫌巨細不敵，或先遥後邇，或先邇後遥，隨便用之。

律詩對法不可太近，如常建之「山光悦鳥性，潭影空人心」，便似合掌。又不可太遠，如譚用之之「鄉思不堪悲桔柚，旅遊誰肯憶王孫」，殊爲不倫。

律詩流水，五言謂之十字格，七言謂之十四字格，極流動宜人，然用虚字之流水猶易，不用虚字之流水更難，如無可之「聽雨寒更盡，開門落葉深」，言落葉之似雨聲也；少陵之「雲移雉尾開宫扇，日繞龍鱗識圣顔」，言雉尾開而圣顔見也。

律詩有虚實强對者。如李商隱之「此日六軍同駐馬，當時七夕笑牽牛」，「駐馬」二字屬虚，「牽牛」二字屬實。有本句自爲對者，如少陵之「江流天地外，山色有無中」，「天」「地」自對，「有」「無」自對也；「小院迴廊春寂寂，浴鳧飛鷺晚悠悠」，「小院」「迴廊」自對，「浴鳧」「飛鷺」自對也。有二句交股對者，如王介甫之「春深葉密花枝少，睡起茶多酒盞疏」，以「多」對「少」，以「密」對「疏」也。有兩扇對，亦名隔句對[三]者，如鄭谷之「昔年共照松溪影，松折碑荒僧已無。今日還思錦城事，雪消花謝夢何如」，以下二句對上二句也。有假借對者，如孟浩然之「故人具雞黍，稚子摘楊梅」，借「楊」爲「羊」，以對「雞」也；岑參之「雞鳴紫陌曙光寒，鶯囀皇州春色闌」，借「皇」爲「黄」，以對「紫」也。

律詩最忌五言可增爲七言、七言可删爲五言，如李嘉祐之「水田飛白鷺，夏木囀黄鸝」，王維增二字則爲七言；劉禹錫之「千尋鐵鎖沈江底，一片降幡出石頭」，《圍爐詩話》以爲删去上二字則又成五言矣。此法推之古詩、絶句，皆然。

句法，五言有上一下四者，如賈島之「鳥宿池邊樹，僧敲月下門」；有上四下一者，如杜審言之「雲霞出海曙，梅柳渡江春」；有上二下三者，如常建之「古木無人徑，深山何處鐘」；有上三下二者，如鄭谷之「兩廊僧不厭，一個俗嫌多」。七言，有上一下六者，如劉禹錫之「朝驅旌旆行時令，夜見星辰憶舊官」；有上六下一者，如李嶠之「羽騎參差花外轉，霓旌摇曳日邊回」；有上二下五者，如少陵之「不貪夜識金銀氣，遠害朝看麋鹿遊」；有上五下二者，如少陵之「五更鼓角聲悲壯，三峽星河影動摇」；有上三下四者，如柳宗元之「嶺樹重遮千里目，江流曲似九迴腸」；有上四下三者，如許渾之「楸梧遠近千官塚，禾黍高低六代宫」。凡此之類，皆可相間用之。

又有顛倒呼應句法。如鄭谷之「林下聽經秋苑鹿，溪邊掃葉夕陽僧」，此顛倒句法也。古詩之「丈夫何在西擊胡」，李義山之「君問歸期未有期」，此呼應句法也。又有疊字連珠句法，如少陵之「野日荒荒白，江流泯泯清」，疊字也；「落花遊絲白日靜，鳴鳩乳燕青春深」，連珠也。又有一句兩字句法，如鄭谷之「那堪流落逢搖落，可得潸然是偶然」，一句兩字也。又有上下串明句法，如少陵之「林花著雨胭脂濕，水荇牽風翠帶長」，上串下也；「花妥鶯捎蝶，溪喧獺趁魚」，下串上也。又有句中子母法，如「竹疏煙補密，梅瘦雪填肥」，句中子母也。

鍊字是詩中小乘禪。然近體詩不鍊，多散漫不可觀。惟舊字鍊之使新，呆字鍊之使活，若用奇澀之字，反爲目中金屑矣。

五言有鍊第一字者，如王維[四]之「有弟皆分散，無家問死生」；有煉第二字者，如孟浩然之「氣蒸雲夢澤，波撼岳陽城」；有鍊第三字者，如「雲霞交暮色，草樹喜春容」；有鍊第四字者，如少陵之「感時花濺淚，恨別鳥驚心」；有鍊第五字者，如少陵之「飛星過水白，落月動簾虛」。

七言有鍊第一字者，如少陵之「苦遭白髮不相放，羞見黃花無數新」；有煉第二字者，如劉長卿之「帆帶夕陽千里没，天連秋水一人歸」；有鍊第三字者，如許渾之「溪雲初起日沈閣，山雨欲來風滿樓」；有鍊第四字者，如崔塗之「故園書動經年絶，華髮春惟兩鬢生」；有鍊第五字者，如少陵之「返照入江翻石壁，歸云擁樹失山村」；有鍊第六字者，如杜荀鶴之「就船買得魚偏美，踏雪沽來酒倍香」；有鍊第七字者，如錢起之「長樂鐘聲花外盡，龍池柳色雨中深」。大約每句祇可鍊一字或鍊二字，若鍊三字則又失之太鍊，未免傷氣矣。

絶句

皆[五]之論絶句者曰：「絶者，截也。四句皆對，截律詩中也；上二句不對，下二句對，截律詩上也；上二句對，下二句不對，截律詩下也。」其説人皆信之，然宋齊已多五絶，隋代兼有七絶，當時無所謂「律」，何從截之？故知絶句同發源於六朝也。況二句爲一聯，四句爲一絶，王僧孺論之甚明。乃明人不可得其旨，而妄謂截律詩，殊可一笑也。故對可，不對亦可。然對反嫌太板，如少陵絶句是也。唐人絶句多不對。

五絶二十字中最難著力，有以韻促而妙者，有以神長而妙者。要之，即五古之支流餘裔也，惟照五古結處爲之，斯得之矣。故五絶有押仄韻者，唐人最多。亦有不論平仄黏承者。

此體無味不得，太尖更不得。無味，何以爲詩？太尖，則又《采蓮曲》《子夜歌》一派也。《采蓮》《子夜》，俱男女慕悦之詞，而體即五絶。

七絶須有氣有神，而其入妙尤在於聲。觀夫伎人唱之當時，琴曲傳之後世，《樂府詩集》宫調皆一一可考。要以平常語寫出深情，而音節鏗然，讀之有絃外之音，斯爲合作。

竹枝詞泛詠風土人情，詞不嫌俚，語須留樸，類古歌謡，乃爲正式。柳枝詠柳，橘枝詠橘，便非其比。

排律

排律不拘長短，總分作四層看：第一層，律詩之起二句也；第二層，律詩之三四句也；第三層，律詩之五六句也；第四層，律詩之七八句也。因之以分别淺深次第，要以意不複、氣不衰、局不散爲妙。歷代以來五言多而七言少，蓋七言更難於五言也。

古人多以下二句承上二句，如張説之「鸞鳳調歌曲，虹霓動舞衣。合聲云上住，連步月中歸」是也。太白、少陵多用此法。

排律古人有爲五韻者，亦有爲七韻者，然終以雙韻爲正式。

雜體

以上皆正體也。外此，皆爲雜體。雜體可不作，然亦不可不知。兼採而並存之，亦博覽者之一助與。

六言古。起於漢谷永[六]，魏晉人多效之者。

六言律。王維有詩云：「清川永路何極，落日孤舟解攜。鳥向平蕪遠近，人隨流水東西。白雲千里萬里，明月前溪後溪。惆悵長沙謫去，江潭芳草萋萋。」

六言絶句。顧况有詩云：「心事數莖白髮，生涯一片青山。空林有客相待，古道無人獨還。」

三言詩。漢樂府多有之，後如蘇伯玉妻《盤中詩》亦是，但中間七言四句耳。此體須堅鍊幽奥，頗不易作。

有一字至十字詩，起二句一字句，次二句二字句，通篇皆對，以直至十字也。此外又有一句七言、一句五言者，有二句三言、二句五言、二句七言者，有一三五七九者，有一至七、一至九者。惟一句七言、一句五言者不對，每二句一换韻。其餘則通篇皆對，通篇一韻，或平或仄不等。

有三韻五言律詩，有三韻七言律詩，有三韻六言律詩，韓昌黎、白香山皆有之。

有三句七言古，首一句用韻，第二句無韻，第三句用韻。亦有三句皆用韻者，然多用仄韻。

有五句七言古，起三句用韻，第五句用韻，第四句不用韻。其韻平仄皆可。

有七言古句句皆韻、三句一换韻者，亦平仄不等。

「首尾吟」體。元陳舜道七律詩起句云「春來非是愛吟詩」，末句亦曰「春來非是愛吟詩」。然宋時邵堯夫已有之。

連珠體。白居易有詩云：「一山門作兩山門，兩寺原從一寺分。東澗水流西澗水，南山雲起北山雲。前臺花發後臺見，上界鐘聲下界聞。遥想吾師行道處，天香桂子落紛紛。」

迴文詩。如竇滔妻一篇，共八百餘言，縱横讀之，得三千一百五十二首。後之作者不過一順一逆皆成文、協韻，便是迴文，律絶不等。

有顛倒韻詩。如梁文帝之「鹽飛亂蝶舞，花落飄粉奩。奩粉飄落花，舞蝶亂飛鹽」，以二句順逆成四句。

有鈎連體。宋蘇妹詩云「野鳥啼時春已歸，春歸樓上梅花落」，以下皆如此疊接成篇。然韋莊先已有之。

有疊字詩，每句皆用一疊字。宋王十朋有五律詩。

有重字詩，每句皆用此字。如梁元帝《春日》詩，每句有一「春」字或二「春」字。其源發於淵明《止酒》詩。

有全平全仄詩，全首皆平、皆仄也。有平上、平去、平入詩。平上者，一句全平，一句全上也。平去、平入仿此。

有隔句叶韻詩。如李建勳詩云：「不喜長亭柳，枝枝擬送君。惟憐北窗影，樹樹解留人。圓缺都如月，東西祇似雲。愁眉離席散，歸蓋動行塵。」蓋「君」與「雲」爲韻，「人」與「塵」又爲韻也。

有雙聲詩，通首皆出一聲也；有疊韻詩，通首皆出一韻也。

有葫蘆體，先二句一韻，后四句一韻。有轆轤體，每隔二句用韻。

有平仄兩韻詩。章碣七言律，四出句共叶仄韻，四對句共叶平韻。

有四時詩，五言，四句，一句春，一句夏，一句秋，一句冬。推之四氣、四色皆同。

有十干詩，五言，每干二句。如「甲拆開衆果，萬物俱敷榮」之類。然亦有一干一句者。推之六府、八音、建除、數目、地名、人名、卦名、宮殿名、將軍名、十二屬、二十八宿，及草木、鳥獸、藥材、曲調等名，或二句一用，或一句一用；或用在句首，或用在句中，各不同，皆借用其字以成文也。

有雜合體。或數句雜成一字，或數句合成一字，通首雜合成文，如拆字燈謎。兩句一韻，四言、五言、七言俱可。有上句末一字與下句首一字合成一物者，如張籍之藥名雜合，上句末一字用「地」字，下句首一字用「黄」字，合爲「地黄」是也。

有諸意體。一句暗藏一意，亦有暗藏古人名及各種名目者。又與會意燈謎相似。七言，一句一韻。

有風人體。皮日休詩云：「刻石書離恨，因成別後悲。莫言春繭[七]薄，猶有萬重思。」蓋假「悲」爲「碑」，假「思」爲「絲」。此亦近於假借法也。

有禽言詩。如梅聖俞之「不如歸去，春山云[八]暮。萬木兮參雲，蜀天兮何處。人言有翼可歸飛，安用空啼向高樹？」蓋「不如歸去」，子規聲也。推之凡禽言之略似文理者，皆可借之以寄意。

有「兩頭纖纖」。古詞曰：「兩頭纖纖月初生，半黑半白眼中睛。膈膈膊膊雞初鳴，磊磊落落向曙星。」

有「三婦豔」。齊王融詩云：「大婦織綺羅，中婦織流黄。小婦獨無事，挾瑟上高堂。丈人且安坐，調絃詎未央。」

有「四愁詩」。漢張衡詩曰：「我所思兮在泰山，欲往從之梁父艱，側身東望涕霑翰。美人贈我金錯刀，何以報之英瓊瑶。路遠莫致倚逍遥，何爲懷憂心煩勞。」以下西、北、南三章皆同。

有「五雜組」。古詞曰：「五雜組，岡頭草。往復還，車馬道。不獲已，人將[九]老。」後有「代五雜組」，直仿其調。

有「五噫」詩。漢梁鴻詩曰：「陟彼北邙兮，噫！顧瞻帝京兮，噫！宫闕崔巍兮，噫！民之劬勞兮，噫！遼遼未央兮，噫！」

有「六憶」詩。梁沈約詩曰：「憶來時，灼灼上階墀。勤勤敘别離，慊慊道相思。相看嘗不足，相見乃忘機。」以下憶坐、憶食等調同。

有「十索」詩。隋丁娘詩曰：「裙裁孔雀羅，紅緑相參對。映以蛟龍錦，分明奇可愛。粗細君自知，從郎索衣帶。」以下索花燭、紅粉等調同。

有「十離」詩，與近日之「十可憎」「十無用」，每首皆舉一物爲題，五七律絶不論。

宋武帝有《自君之出矣》，首句曰「自君之出矣」，下續三句絶句，平仄韻皆可。

晉詞有《休洗紅》，下續五言三句，首句、第三句用仄韻，第二句不用韻。復續七言二句，皆叶平韻。

有問答體。皮日休問陸龜蒙曰：「寒夜清？」答曰：「簾外迢迢星斗明。況有蕭閑洞中客，吟爲紫鳳呼鸞聲。」以下數首調同。

有賦物贈人體。高適《送劉評事賦得征馬嘶》是也。然梁元帝已有《賦得蘭澤多芳草》詩。後人用古人詩句爲題者，本此。

有禁體。或禁故實，或禁字面。如雨字頭、草字頭、木旁、水旁，及數目、顏色字之類。有集句詩。或集古，或集唐，或集一人之句，皆可。又有集字詩，如集右軍《蘭亭敘》字及淵明《歸去來辭》是也。

【校記】

［一］《詩體明辨》，原文作《詩體辨明》，此依今本徐師曾《詩體明辨》校改。

［二］《冬狩行》，原文作《東狩行》，二「得」字原文作「能」。此依《全唐詩》校改。

［三］對，原文脱「對」字，以文意校補。

［四］王維，應爲杜甫。句出杜甫詩《月夜憶舍弟》。

［五］皆，原文如此。據文意當爲「昔」之誤刻。

［六］谷永，原文作「永谷」。此據《漢書·谷永杜鄴傳》校改。

［七］繭，原文作「璽」字。此據《全唐詩》校改。

［八］云，原文脱「云」字。此據朱東潤《梅堯臣集編年校注》校補。

［九］將，原文作「裝」字。此據《古詩源》校改。

觀我生齋詩話　卷三　詩派

上古

昔孔子删《書》，斷自唐虞。故詩之可據者，亦自唐虞始。如《元首股肱》之歌，見於《尚書》。即《報蜡》《堯戒》，憂思懇至；《擊壤》《康衢》，樸實深厚；《卿雲》《八伯》，廣大光明，斷非三代以上人不能作也。況乎《南風》一歌，詞似平易，然而天人位育，元氣充周，以漢之《大風歌》較之，其氣象便有王霸之分。《帝載歌》亦極俊偉。

夏王《玉牒詞》曰「沐日浴月百寶生」，便是地平天成後，九州貢獻、六服來朝光景。岣嶁山碑，字不可辨，後人譯之，恐有強解，未足爲據。

《五子之歌》，或用韻，或不用韻。其不用韻者，古人文字音韻鏗鏘，全在錯綜變化，並無定式。後人以爲叶韻，亦臆説也。惟玩其詞，曰「皇祖有訓」，曰「訓有之」，曰「明明我祖」，何等聳動；曰「凛乎若朽索之馭六馬」，曰「有一於此，未或不亡」，曰「亂其紀綱，乃底滅亡」，曰「荒墜厥緒，覆宗絶祀」，何等儆切；曰「萬姓仇予，予將疇依」，何等委婉深摯！此即韋孟《諷諫詩》所自來也。

《商戒》一首，雖不見情文，然同爲一韻，直分二段，不起不結，章法極古老。

箕子《麥秀歌》，爲詞不多，而哀怨之情，無窮憤懣，千載下好[一]聞其聲。夷齊《采薇歌》，惟思黄農虞夏，獨不及商，以商之取天下與周同也，胸中有無限世運升降之感，非徒亡國之恨而已。箕子之悲在世緒之夷，夷齊之悲在人倫之變。貴戚異姓，分各不同，故其言亦有異。

三百篇

詩至《三百篇》已無美不備，實千古騷壇之祖也。漢人樂府多本之雅頌，古詩兼本之國風。自此以後，得其一體，便可雄長一時。背之而馳者，縱不落惡道，亦必誤入旁門。譬如迷路者走入荆棘叢中，及至尋徑出來，已與大道遠矣。

京山郝氏曰：「《詩》有詠古而意在傷時者，如《七月》《信南山》《采菽》之類是也；有言乙而意在刺甲者，如《叔于田》《椒聊》之類是也；有不明言其失，但叙其人之事而其失自見者，如《氓》之類是也；有全篇微露一二冷語者，如《碩人》《猗嗟》之類是也；有前數章全不露、直至末章方明説者，如《載馳》《有頍者弁》之類是也；有起首露一二語、後全不説者，如《楚茨》之類是也；有詞初緩而漸急者，如《旄邱》《四月》之類是也；有言輕而意實重者，如《凱風》之類是也；有首章詞意已盡、後數章但變文疊韻者，如《樛木》《螽斯》《黄鳥》《無衣》《緜蠻》之類是也；有前叙事、後託爲其人之言者，如《野有死麕》《大車》《小戎》之類是也；有首章見意、後數章皆託他人之言者，如《蕩》之類是也；有前數章反言、至末章始見正意者，如《都人士》《隰桑》之類是也。」[二]京山論詩，皆從小序。以上所言，必看小序乃可通其説。小序去古未遠，自有所見。朱註功令所遵，應舉者不得不從。論《詩》仍以小序爲歸。今就京山説採録小序，以便觀覽：

七月　周公遭變，故陳后稷先公風化之所由。
信南山　幽王不能修成王之業，以奉禹功，故君子思古焉。
采菽　幽王侮慢諸侯，故君子思古焉。
叔于田　刺鄭莊公也。
椒聊　刺晉昭公也。
卷耳　后妃之志，欲佐君子求賢審官，知臣下之勤勞也。
江有汜　美媵也。託爲媵言。
采緑　刺怨曠也。託爲其人之言。
氓　述淫奔之事以戒也。
鴟鴞　周公託鴟鴞以悟王。
碩人　閔莊姜也。
猗嗟　刺魯莊公也。
載馳　許穆夫人閔衛之亡，傷許之不能救也。
有頍者弁　刺幽王之無親，危亡將及也。
楚茨　幽王政煩賦重，田萊多荒，祭祀不享，故君子思古焉。
旄邱　責衛伯之不能就黎也。
四月　刺幽王也。在位貪殘，下國構怨，禍亂並興焉。

凱風　美孝子能盡道以慰母心也。

樛木　美后妃也。

螽斯　美后妃也。

黄鳥　刺宣王也。

無衣　刺用兵也。

緜蠻　微臣刺大臣之阻賢路也。

死麕　惡淫風也。

大車　陳古以刺大夫不能聽男女之訟。

小戎　美襄公之討西戎也。國人矜其車甲，婦人美其君子焉。

蕩　召穆公傷周室，刺厲王也。

都人士　刺衣服無常也。

隰桑　刺幽王棄君子、用小人也。

沈確士曰，《三百篇》四言自是正體。然詩有一言，如《緇衣》篇「敝」「還」字，可頓挫作句是也；有二言，如「鱨鯊」「祈父」「肇禋」是也；有三言，如「螽斯羽」「振振鷺」是也；有五言，如「誰謂雀無角」「胡爲乎泥中」是也；有六言，如「我姑酌彼金罍」「嘉賓式燕以敖」是也；「父曰嗟予子行役」「以燕樂嘉賓之心」，則七言也；「我不敢傚我友自逸」則八言也。又曰，《芣苢》等篇，《四愁》之祖；《雄雉》末章，《東門行》之祖；《鴟鴞》《蓼莪》《北山》，《南山》疊句之祖；「河水洋洋」「青青河畔草」疊字之祖。

黄球卿曰：「詩何所宗哉？宗《三百篇》也。《國風》者，《古詩十九首》之所宗也。二《雅》者，《安世房中歌》《平淮西》之宗也。三《頌》者，《郊祀歌》《述祖德》之宗也。分而言之，《關雎》《鵲巢》，《宫詞》之宗；《卷耳》《小星》，《閨怨》之宗；《終風》《谷風》，《棄婦詞》《妾薄命》之宗；《十畝》《考槃》，《招隱》之宗；《木瓜》《杕杜》，《結交行》之宗；《旄邱》《黍離》，《弔古》之宗；《叔于田》《猗嗟》，《昌公子行》之宗；《蟋蟀》《山樞》，《長歌》《短歌》之宗；《小戎》《駟鐵》，《鼓角横吹》之宗；《子之還兮》，《冬狩》《校獵》之宗；三良惴慄，《蒿砧》《薤露》之宗；《桑中》《溱洧》《宛邱》，則《子夜曲》[三]艷體之宗。若夫《鹿鳴》《魚麗》《蓼蕭》《湛露》，非「侍宴應制」之宗乎？《夜如何其》，非「早朝」之宗乎？《六月》《車攻》，非《從軍》《出塞》之宗乎？《苕華》《草黄》《民勞》《板》《蕩》，非《亂離行》《哀江頭》《新婚别》之宗乎？至如《清廟》《烈文》，則《昇平詞》《聖壽無疆詞》之宗也。《駉駉牡馬》，則《天馬行》之宗也。」學詩而不本於《三百篇》，是亦導河而不知其出於積石也，惡乎可哉！

《大雅》《小雅》之分，未有定説。意當於聲色求之。《小雅》聲色流利，近於《國風》。《大雅》聲色舂容，近於三《頌》。夫論序列諸詩之次第，似當先之以郊廟樂章，而後朝廷贈言，而後國人風誦。今乃先《風》，次《雅》，又次《頌》者，聖人敍詩豈無故而然哉？蓋風詩最爲易識，亦最委婉動人，此聖人示人讀詩之法，若云當自《國風》以及《雅》《頌》也。觀其謂伯魚曰「女爲《周南》《召南》矣乎」，便知《詩》首二《南》，自有至理。一切尊王畿、分正變之説，皆爲錯解也。

東遷以前詞多光明，其後詞多晦澀，蓋氣抑而不達。斯其詞以變，一代之中升降昭然。

離騷

《離騷》雖是賦祖，實亦詩祖也。自古好詩，非本《三百篇》，即本《離騷》。如太白《夢遊天姥吟》諸作，實本於此。即少陵之「無邊落木蕭蕭下，不盡長江滾滾來」，亦從《離騷》「洞庭波兮木葉下」語意得來。可見，古來以詩名家者，未有不深於《離騷》者也。

讀《離騷》，當得其大意，賞其奇，闕其疑，便收實益。不然，其中之不可解者固多也。後人分章劃段，逐字求解者，轉覺無謂。

《九歌》與《九章》，若出兩人之手。《九歌》猶冀君之一悟，俗之一改，故其詞尚流利抑揚。至《九章》則知君之終不可悟，俗之終不可改，所謂沈冤瞶亂，告訴無門，不覺其詞之抑而晦矣。

《卜居》《漁父》二篇是文，非騷。如宋玉《對楚王問》，亦是文，《九辨》等乃爲騷也。

宋玉《九辨》，彷彿《離騷》。其第一章曰：「憯悽兮若在遠行，登山臨水送將歸。」寫秋氣之蕭颯，可謂至矣。後有作者，誰能及乎？

周末逸詩

春秋時，文尚簡樸，猶《三百篇》之舊也。戰國之世，雜出鮮明，已開後代文字法門矣。

寧戚《飯牛歌》，句韻錯綜，音節最好。第一章末句云「長夜漫漫何時旦」，須知不是說夜；第三章末句云「吾將與女適楚國」，須知不是真欲適楚國。其或縱或擒，已是說士機關。

優孟《慷慨歌》，是先議論后點題，筆法一反一正，截然兩分，直使讀者不知何謂。末二句用「君不見」三字指點出題，神情俱爽。古人歌詩，直是古文，此之類也。

《獲麟歌》歎明王之不作，嗟吾道之誰宗，意極慘戚，詞極和平。聖人之言，學者所當尋味。

《龜山操》十六字，極其嚴整。後如朱虚侯之《耕田歌》，彷彿似之。

《越人歌》設色纖麗，直似《秋風落葉曲》。

《越謡》質直堅樸，越臣祝詞忠誠深厚，真覺去古未遠，元氣猶存。

《易水歌》著墨無多，覺當日去者激烈，送者悽慘，千百年猶可想見。

莊周好爲飄渺荒忽之詞，獨至《引聲》一歌，頗爲近理著實。

項羽《垓下歌》，繁音促節，在變徵之間。

漢詩

《大風歌》雄大不浮，真是帝王氣象，比之《南風歌》固遜數籌，而比之後代帝王諸詩，則又遠勝數籌矣！

武帝歌詩大是文人筆墨。「蘭有秀兮」數語，深得《離騷》之遺。「落葉依於重扃」，自來詠落葉者，當以此爲最。《李夫人歌》亦極得恍惚神情。

韋孟《諷諫詩》疊呼「我王」，以示丁寧反覆之意，極妙章法。「烝民以匱，我王以愉」八字，寫出亡國種子。「穆穆天子」六語，儆切可畏。

蘇李詩祇在人情物理體驗而出，便覺千載下無有能及者。其慰勉拳拳處，寫情事如在目前，不是一味悽愴。《三百篇》亦不過如是。

昭帝《淋池歌》[四]「雲光開曙月低河」七字，雕飾已盡，然其中一種清勁之氣，却異於六朝金粉。

傅毅《迪志詩》，起手與《諷諫詩》同敘世德，然却有不同。《諷諫詩》意在説出歷代興亡以存龜鑒，故以夏、商、周、秦爲轉關；此則直敘世德耳。《諷諫詩》正大，此詩古茂，並擅其美。中間「如彼兼聽，則溷於音」二語，可爲泛涉者戒。

張平子《四愁詩》《同聲歌》，均託君臣於男女以寫其意，而情致委婉。《同聲歌》尤入妙。

蔡邕《飲馬長城窟行》，乃思故鄉、憶故人也。中忽雜入「枯桑」四句，言他邦之風土人情各有不同。觀漢詩雜入奇句難於理會者甚多，如《白頭吟》之雜入「竹竿」二句，《行行重行行》之雜入「胡馬」二句。讀者細心求之，便識古人用筆靈快，不似後人板滯。

古人詩往往用筆能深入一層，如孔融《雜詩》之「孤墳在西北，常念君來遲。生時不識父，死後知我誰」，愈覺無限悽慘。

辛延年《羽林郎》詩末段云：「男兒愛後婦，女子重前夫。人生有新故，貴賤不相踰。多謝金吾子，私愛徒區區。」詞雖委婉，意極嚴正。唐張文昌《節婦行》實本之，然末句云「還君明珠雙淚垂，何不相逢未嫁時」，較之此詩，真不翅仙凡之隔。

漢樂府歌詞多有脱簡，或多疑誤，然即其一字一句，皆非後人所能及。

樂府歌詞有極真實者，亦有極虚夸者，然究竟與後人不同。

《練時日》一章，恍惚《九歌》，下分歌四章，兼效《周頌》。

《戰城南》詩中間「水聲」四句，的是兵敗後光景。

《有所思》篇中「雞鳴」二句，是兼用《死麕》《將仲》二詩之意。

《上邪》一詩，至「長命無絶衰」句，題意已盡，下忽倒翻出一段，筆勢大是奇絶。今人言危每若朝露，不知《薤露》乃言人命比朝露更危也。《蒿里曲》「聚斂魂魄無賢愚」一句，已該括十九首中「萬歲[五]更相送」二句意。

《雞鳴》詩「蟲來齧桃根」四句，直比「尺布斗米」之謡更覺儆切。

古人作詩，每得踞上流法。如《陌上桑》詩至「羅敷自有夫」句，似乎可止矣，乃下半篇盛稱其夫作結，更不還顧上文，章法若不相綴。不知自來淫婦皆起於不足其夫，今盛稱其夫，則其不得而誘也，不待言矣。

《善哉行》，一首詩中説幾樣事，拉拉雜雜，自成文章。《三百篇》中如《雄雉》詩末章之「百爾君子」四句，是婦人之能以道義相夫者。《東門行》「今時清廉」以下，夫豈多讓？

《孤兒》《病婦》二詩中有脱誤，然其寫凄凉之情，一字一淚。佳篇不必定求其全也。

《艷歌》《隴西》敘事簡樸，結筆快利，二詩當出一手所成。

「悲歌可以當泣，遠望可以當歸」，起法奇絶。後如唐人之「前不見古人，後不見來者」二語近之。

《枯魚過河泣》，奇題奇詩，從來未有其意。謂既入禍中，雖悔何益？以示君子立身當謹也。

《古詩十九首》，梁昭明以爲不知何人所作。然詩亦非出於一人之手，大約皆不得志於君臣之間者所爲。或託言夫婦，或託言朋友，皆此意也。其中惟「蕩子行不歸」二語似嫌熱中，餘則無一章、一句不入妙，與蘇李贈答同爲五古聖手。此外如《上山采蘼蕪》《悲與親友别》《橘柚垂華實》《十五從軍征》四首，亦是此類。學五古者必追到此種，乃爲極致。

古詩如《焦仲卿》一首，長極矣，而不見滯；或敘事，或順口氣，雜極矣，而不見亂。古來五言長篇，此爲第一。

魏詩

三曹詩，植之功夫最深，即其氣力亦較丕爲更厚。至於音節之壯、色澤之古，則阿瞞獨步，奸雄才力轉若本於天然。

曹植《送白馬彪》及《贈丁王》詩，猶是蘇李之遺。丕則漸開晉宋風氣。植生富貴之家，而人倫之間獨深隱痛，故其詩極沈鬱。甚矣，憂患之有益於人也！

王粲《七哀詩》雖氣有未厚，而步驟猶然漢人。

陳琳《飲馬長城窟行》，神致、音節與漢樂府無二。中敘二書，不見痕迹，亦筆墨化境。

自漢至此，詩凡數種，而純古深厚之風，終未有變。自此以後，則日趨淺薄，去古以遠矣。

中間如劉楨、徐幹、應瑒、嵇康，俱秀色可愛，真氣黯然，至謬襲樂府，尤屬無味，正非以操大夫廢言也。

阮籍《詠懷》八十二首，《古詩十九首》嗣響也。可謂中興之傑。當時嵇阮並稱，平心論之，嵇才誠不如阮。然中散樸直處，亦阮所未有，以人品有優劣故也。

晉詩

文降於東漢，詩降於晉。漢魏詩祇論用意，而詞自佳。晉以下祇論用詞，而意反不足。張華、傅元[六]均之著迹，陸機、陸雲、潘岳、張載奄奄欲盡，郭璞《遊仙詩》外，佳作寥寥。惟左太冲略存漢意，劉越石自成悲歌促節耳！總之，國運既衰，詩運亦即隨之，欲不日趨於卑近也難矣。束晳補亡，或以爲當補，或以爲不當補，而詩自佳也。然竟以爲《三百篇》，則未敢許。蓋《三百篇》深婉，則自有餘味，此摹擬所爲，失之輕矣。

古詩之變，自淵明而自成一格，非復蘇李之舊。然性情之正，異派同源。宋、齊人祇祖其詞之秀逸，而鬥靡騁妍，流爲弱豔，亦時運之升降爲之。有不知其所以然也。

晉人不放誕則委靡，淵明惜時守道，矯然自立。學者但得其神味，便是雲鶴凌空。

無名氏《獨漉篇》，彷彿曹丕手筆。

《白紵詞》寫舞態極秀媚，而音調亦極圓轉，後之作者不能擬也。

宋詩

顔延年工於鏤刻，殊少流宕之致。惟《五君詠》古勁，絶無枝葉，短古中特備此一格。《秋胡詩》雖後世盛稱，然未見佳處。

謝靈運詩刻意求工，詞欲其堅，氣欲其歛，然戛戛獨造，厚鍊有餘，生動不足。惟《齋中讀書》及《石壁精舍還[七]湖中作》，生氣滿紙，惜不可多得。

古詩中排偶至謝始多，後世更諧以聲律，而律詩之體製成矣。

惠連詩刻意亦同乃兄，而理趣不及，故每多淺率處。

鮑明遠樂府雖去古已遠，然亦廉麗可喜。古詩比康樂稍靈，比元暉稍厚。宋齊之際，固應一座並參。

齊詩

宋詩尚有端莊之槩，齊詩遂爭趨流麗矣。

謝朓詩清有餘，厚不足，所以不及康樂也。中如押仄韻詩，有略與康樂相似者。

朓詩如雨後春山，明秀宜人，覺美人香草，猶得《離騷》之麗。王融、孔稚圭皆非其比。

朓詩五絶最佳，如《玉階怨》《有所思》《王孫遊》等作，唐人中亦不多得。

王融詩有竟成五言排律者。律詩至此成，古詩至此盡矣！

梁詩

梁武帝詩古風獨振，如《逸民詩》《河中之水歌》《東飛伯勞歌》，古宕猶有漢魏之遺。《西洲曲》亦能特開一派。他如簡文帝、元帝、沈約、江淹、范雲、任昉、邱遲、柳惲、庚肩吾、劉孝綽、何遜、王籍之徒，競秀一時。論佳句則沈、何爲多，而氣格則均屬蕩然矣。

江淹[八]擬陶得其清，而未得其腴，吾甚惜。夫以文通之才，不自愛其五色筆以自樹一幟，而徒竊取他人之聲音笑貌，汩自家之性情，殊不可解。

庾肩吾《春夜應令》，五言排律也；《長信宫草》，五言絶也。何遜《慈姥磯》，五言律也。置入中唐，可稱佳構。

陳詩

陳詩如陰鏗、徐陵、江總、張正見之流，時有佳句可取，而陰鏗爲最。少陵詩云「李侯有佳句，往往似陰鏗」，亦取其句之清秀也。

此外有似中晚唐詩者。徐陵《關山月》，五言律也；江總《寄裴尚書》，五言排律也；張正見《别庾正員》，五言律也。

附北朝詩

北魏常景效《五君詠》，爲司馬相如等詩，氣味淺薄，即後代詠史詩鋪陳事實者一派。

温子昇詩「蠮螉塞邊」一聯，竟是七言律句。

斛律金《敕勒歌》，繁絃促節，古老蒼涼，不意衰靡之餘尚有此音。

北齊鄭公超《送庾羽騎》、蕭愨《上之回》，亦是中唐人五律之佳音。

北周庾信清詞麗句，絡繹行間，雖屬輕雋一流，然以視無秀骨而徒有弱豔者，却有上下床之别。

庾信詩如《和侃法師》《别周尚書》，皆五絶之佳者。

隋詩

煬帝詩饒有氣色，如「豈台小子知[九]，先聖之所營」，尤爲古句盤硬。楊素詩語極幽而音極壯，終是奸雄本色。

盧思道、薛道衡、虞世基輩，其詩雖屬排偶律句，而風格則較前稍進。其於唐正如陳涉之啓漢高也。尹式之《别宋常侍》、明餘慶之《從軍行》，五言律也；陳子良之《送别》，五言絶也；無名氏之《送别》，七言絶也。亦中唐人好詩耳。

《木蘭詩》頗有古意，然中間忽雜以律句，如「朔氣傳金柝，寒光照鐵衣」「當窗理雲鬢，對鏡貼花黄」，未免玉疵之累。漢魏詩亦時有麗句，然究與此迥不相同。意必六朝人學漢魏而時露本相者之作。世傳爲曹子建作，非也。尤西堂云：「木蘭，魏氏，譙人，代父從軍，凱旋不受爵。煬帝欲納諸後宫，遂自盡。贈孝烈將軍。」據此，則木蘭隋人，此詩更屬隋以後詩矣

唐詩

唐人五言古詩，復古之功當推太白。觀其《古風》第一首所云，已知其能以復古自任者。陳射洪雖有追復阮公《詠懷》之意，一時諸公皆欲力掃齊梁，直窺漢魏。然阮公之人品已屬不高，射洪即力追，亦至阮而已。至其《感遇》諸詩，尚不敵曲江，何况太白？惟氣格咸張，風規日上，自魏徵《述懷》之后而已然矣。余謂學五古者，短篇則太白之《古風》，長篇則少陵之《北征》，當從此入門。

射洪《感遇》詩，雖清超拔俗，然細按之，覺其中無物。曲江《感遇》詩，則純是從性分中流露出來，於此可以見人品之優劣。

蘇李贈答詩，其古意已復見於少陵。觀其《夢李白》諸作，真覺逼肖。要之，少陵已集大成，自漢魏樂府、古詩，上極《離騷》《三百篇》，無所不有。終唐之世，除太白外，無有敢望其項背者。

王、孟、韋、儲、柳五家詩，從容澹適，如出一派。即龍標、劉眘虚五言古詩，亦間有古趣，可與五家並軌，其源皆自陶公得來。

七言古，初唐極其圓美，而排偶相參，殊少生動。王、楊、盧、駱，及沈、宋諸家皆是也。他如盛唐高適、岑參、王維、李頎，意在超脱而氣力未充，手與心違，其頓挫養局〔一〇〕之處，轉成滯機。

胡應麟曰：「七言歌行，垂拱四子，詞極藻艷，未脱梁陳。太白、少陵，大而化矣，能事畢矣。」又曰：「初唐七言古以才藻勝，盛唐以風神勝，李杜以氣概勝，而才藻風神稱之，加以變化靈異，遂成大家。」〔一一〕

沈確士曰：「七言古詩，李供奉鞭撻海嶽，驅走風霆，非人力可及，爲一體。杜工部沈雄激壯，奔放險幻，如萬寶雜陳，千軍競逐，天地渾奥之氣，至此盡洩爲一體。」胡、沈二公論詩，俱以李杜並稱，煞有見地。朱子云：「太白詩非無法度，乃從容於法度之中，蓋聖於詩者。」此論可以破千古子美「詩聖」、太白「詩仙」之謬談。

李、杜而後，昌黎亦繼起之英。雖詞間有過生處，韻亦有過險處，然其硬語盤空，終不可及。後李義山《韓碑》詩，庶乎近之。

元、白原本初唐，而明秀過之，但渾厚稍減耳。學者學少陵不得，由此以及初唐，是亦一路也，惟防其失之滑。

五言律，初、盛唐已無不備之法。少陵尤縱橫盡致，然其格有渾雄、澹適二種，是在學者量力取資。澹適之作，王、孟最多。

中唐五律佳句頗多，而元氣已漓矣。五言律一體，去古爲近，其氣尤不可漓。

七言律，初唐法固未備，即盛唐亦有太率處。蓋初、盛古風之變尚有未盡故也。至中唐而法大備矣，如劉長卿、劉禹錫、柳宗元，皆卓然大家。此外如盧綸、錢起、李嘉祐、郎士元及兩皇甫，亦多可傳可誦之作。爲七律者可於此問津焉。

晚唐漸參弱豔，然亦有未可厚非者，如李義山、温飛卿、許丁卯之流。取其秀勁、不失之纖靡者，以爲師資，亦有裨益。

《圍爐詩話》謂七律當宗中唐，與鄙見頗合，其言曰：「盛唐如王侯之家，不易攀躋」「中唐如士大夫之家，猶可幾及」。語頗近理。

五言絶，初唐已多佳作，入盛唐則太白而外，右丞可推獨步。他如裴迪、韋應物，古調幽情，亦堪另樹一幟。此體終唐之世不甚更變，極之中晚亦多可取之作，更不必其專家也。

七言絶，唐人首推供奉，次龍標。二公詩皆得力《離騷》，故聲氣兼全。然神采飛動處，龍標究遜供奉。此外，唐人工此體者尤多，亦不必其專家也。

屠紹隆云「詩以神行……若遠若近，若無若有，若雲之於天，月之於水……詩之神者也……五七絶尤貴以此道行之。昔之擅其妙者，在唐有太白一人，非摩詰、龍標之所及……所謂鼓之舞之以盡神，繇神入化」〔一二〕者也。然龍標之與供奉相距，祇爭幾希耳。如「秦時明月」「烽火城西」「大漠風塵」「樓頭小婦鳴箏坐」「玉顔不及寒鴉色」諸作，置之太白集中，不幾於莫辨乎？

五言排律，初唐如陳、杜、沈、宋，雄健渾深，至少陵則如五花八陣，已臻極致。他如元宗皇帝，王、楊諸子，燕、許二公，王維、岑參之流，胥有佳構。要之，此體即可同五律之兼收初、盛，後此，則劉長卿尚見謹飭，元、白雖灑灑數十韻，終乏結構之功。

統而論之，初唐首開風氣，似太璞未雕；盛唐雕矣，而未巧；中唐巧矣，而未纖；晚唐則纖者雜出矣。少陵兼收歷代，時存變體。明何仲默疑其不似風人，然不似者格調，其似者性情也。

王、孟皆陶之支派，而陶自然，王、孟終有幾分修飾，便是六朝以後人詩。

劉長卿純是中唐，禹錫略參初、盛。長卿修潤，禹錫渾雄。子厚似禹錫，盧綸諸家似長卿。

温、李文采相等，氣骨，李勝於温。究之設色太濃，終是二家詩境未好處。

唐詩，元、白之平衍，賈、孟之孤寒，皮、陸之甜熟，姚合、周賀之刻深，李賀、劉義、盧仝之奇怪，皆開宋派者也。

後五代詩

唐末如李建勳、杜荀鶴、吴融、韓偓、羅隱諸詩，皆與梁、後唐相及者，今皆列唐詩中。他如王仁裕、孫光憲、皮光業、韓熙載、和凝詩，多散見於小説中。惟徐鉉《騎省集》獨傳，皆晚唐一派也。

宋詩

宋初楊大年、錢惟演輩，皆效義山，爲西崑體，世咸宗之。歐陽公獨學昌黎，猶有唐人遺意，特規模不無太狹，氣脈不無太寬耳。

宋詩，梅聖俞取境澹適，蘇子瞻務爲縱横，皆有意矯前人之失者。然質者太平，雄者太恣，而風人含泳無窮之妙，了然無存矣。

東坡每喜爲信筆寫去之作，雜以詼諧，任其議論，意欲於古人外别樹一幟。故論唐風之變，至蘇始成，由其氣盛足以行之，才大足以給之，故能自成一家，而於格度却有傷矣。

東坡論詩，極推山谷，謂其詩「如見魯仲連、李太白，不堪復論鄙事」。雖若不適用，然不爲無補於世」。蓋山谷在北宋自是一家，而刻意學杜，助之以陳無己、陳去非等，遂成一派，所謂西江派也。惟於老杜之詰屈艱澀者，一并學之，其詩遂爲集矢之地。

南渡以後，誠齋、石湖、放翁，皆欲矯宋爲唐者，故詩體至此又一變。而體貼人情物理，惟放翁爲最。後人謂其精力盡於七律，故最多最佳。然余謂放翁七律亦多佳句耳，非佳詩也。放翁古詩實勝於七律，即其七律中亦有全首遒勁警拔者，由於忠憤之氣盤結胸中。從此處看翁詩，方見其佳處。其餘《閒居》《遺興》[一三]諸作，後人所謬贊者，皆非翁得意詩也。張文潛與秦少游同時並稱，而文潛時有唐音，少游則詞家耳。

北宋劉潛夫及「四靈」諸公，復出入晚唐之間。《谷音》一集，録宋遺民諸詩，亦清靈一派。宋詩多板重，至此漸趨於輕，實開元詩之始。

朱子詩祖陳拾遺，然有道之言時有獨至，且其詩有《三百篇》氣味，非諸儒有頭巾氣者可比。

王荆公詩最嚴隊仗，然拘拙之氣，詩如其人。

謝皋羽詩在劉乂、盧仝之間。鄭所南亦近之，但中多警句，自不可没。亡國孤臣，亦變騷之一派也。

宋詩家非西崑則元白，非元白則西江，非西江則晚唐，或失之直，或失之纖，或失之生，或失之靡。終宋之世如是，而唐音杳矣。

金詩

金詩半拾蘇黄牙慧，即有能手自謂脱出窠臼，然於二家亦屬陽棄陰取，大約以倔強爲能，而時有淺率敗露處。

金詩人，元裕之實一大家。裕之五古閒逸，七言收放自在，其餘各體亦時有勁氣直達。同時趙閒閒堪與並軌，而澹遠過之。其後則有元遺山詩雄長北方，爲蘇黄後勁，其七古有直窺古人之堂奥者，蓋其忠忱勁節，人品自高，故其詩乃有如此健筆。終金源之世，詩之成家者三君[一四]而已。

元詩

元詩矯宋人之板拙，而易以清新，誦之鏗鏘，較與唐爲近，然音清氣薄，比之中唐真魚目混珠。學中唐者多誤入此種。

以宋臣而降元者，賀方回[一五]、戴帥初；以宋宗室而仕元者，趙子昂。方回浪得虚名，詩生澀無足取，帥初略覺清新，子昂尤爲雅飭，然氣格俱嫌卑弱。由於一身而仕二姓，安得有激昂之作哉？

元四大家稱虞、楊、范、揭。集詩古質，載詩閎朗，梈[一六]詩俊逸，傒斯[一七]詩鮮華，各成一家。而虞道園實爲巨擘。他如黄溍之洗汰，柳貫之推敲，吴萊之兀奡，迺賢之流轉，薩都剌之穠華，倪瓚、顧瑛之清秀，皆非其匹。蓋道園之在元，亦猶遺山之在金，皆一代風雅之宗也。

楊鐵崖祖述義山、長吉，小樂府是其所長，論大段氣力頗足，未免過求新奇，淫冶纖俗，漸入於妖，大乖風雅。然其守身潔己，不事二姓，人品既已足重，况其詩亦非盡如此種，如「江南歲歲烽煙起，海上年年御酒來」一絶，孤忠大節，讀之能勿令人起敬耶？

明詩

明初，劉青田、高青邱皆元人首開明詩風氣者。青田五古直追漢魏，七古出入於李杜、昌黎之間，近體似非所長，然宏格壯音，唐以後所罕見也。

青邱五古彷佛盛唐，七古初唐、元白相參，至其近體之佳者，置之盛唐、中唐集中，又豈能辨？同時汪廣洋以氣格勝，楊基以才情勝，袁凱以風調勝。助之以張羽、張以寧、徐賁、林鴻、高棅，力矯時風，衷於唐製，而元詩餘燼已滌蕩無遺矣。

永樂以後，崇尚「臺閣體」，漸覺靡然。茶陵李東陽起而振之，才具宏通，格調嚴整，高步一時。繼之者何景明、李夢陽，祖述少陵，參以盛唐諸家，藴蓄宏深，明詩法度始備。乃揚何、李者，或貶東陽，不知東陽實何、李之濫觴也。至若錢謙益力詆何、李，謂讀書種子至此已絶，門户之論，亦未足爲定評。

徐昌穀雄大不及何、李，而獨以清秀之筆驂乘其中，較之邊貢、顧璘、王廷相諸人，合推完璧。王守仁德業崇高，其詩亦勁鋭足尚。楊慎以博洽之才發而爲詩，設色太濃，詩品與六朝相近，然艷麗中時露駿骨，亦何、李後一大家也。與升庵同時者薛蕙，稍後者高叔嗣，又後者華察，並宗陶韋一派，神韻深遠。而皇甫一門，沖、涍、汸、濂所作，亦俱沖淡可喜。何、李諸公，所謂「前七子」也。「後七子」則王、李諸公也。「後七子」中最著者，王世貞、李攀龍、謝榛也。元美歌行最得古意，生氣排宕，不可捉摸。滄溟七律在盛唐、中唐之間，而神氣未足；七絶悉入唐音，惟摹擬太過。茂秦五律自推絶唱，他體非其所長。

王、李諸詩，誠多沿襲古人比擬字句之病而矯之太過者，遂一變而爲公安，再變而爲竟陵，而明詩之派愈趨愈下矣。

明季，陳子龍以英傑之氣爲詩，上規正始，下逮列朝，浸淫磅礴，古風復振，一洗王、李、鍾、譚餘習。此外又有黄陶庵，其古文人多傳誦，其制藝與臥子齊名，所爲詩氣骨堅蒼，風詩正軌。然論詩者曾不齒及，大約爲其烈節與文名所掩與？他如遺民中若顧絳、鄺露、方以智、陳恭尹、徐夜，亦能各建一幟，蓋所謂火之將熄，其焰乃揚，信有然也。

余謂有明一代詩人，開其先者爲劉青田，殿其後者爲顧亭林，二公皆非以詩爲詩，而實詩家之高境。若吴偉業、龔鼎孳、錢謙益，則又當歸之國朝，不在其列矣。

【校記】

[一]好，原刻「如」此。疑爲「如」字之誤。

[二]語出清代王鳴盛《蛾术編·詩序》，文字略有出入。非明代郝敬語。

[三]《子夜曲》，原文作《子夜讀曲》，「讀」爲衍文。此據《樂府歌辭》校改。

[四]《淋池詩》，原文作《琳池詩》，此據《古詩源》校改。

[五]萬歲，原文作「萬世」，此據《古詩源》校改。

[六]傅元，即西晋文學家傅玄。此處係避清聖祖玄燁的名諱。

[七]還，原文作「歸」，此據《古詩源》校改。

[八]江淹，原文作「江沲」，以文意校改。

[九]知，《古詩源》作「智」。

[一〇]養局，原文如此，不通，或爲「拳局」之誤。

[一一]此段引自胡應麟《詩藪》。胡原文「初唐七言古」，鍾氏引作「七言古初唐」，「加」作「欲」。此據《詩藪》校改。

[一二]「若無若有」，「繇」，鍾氏引作「若有若無」，「由」，此據《李太白全集》卷三十四校改。

[一三]遺，原文作「遺」，此據《陸游詩全集》校改。

[一四]三者，實爲二人。遺山乃裕之之號，本一人。作者誤。

[一五]賀方回，應爲方回之誤。賀方回北宋人，未及入元。

[一六]杼，原文作「梈」，以文意校改。

[一七]傒斯，原文作「斯奚」，以文意校改。

觀我生齋詩話 卷四 詩聲

四聲三十韻

平聲清而和，上聲烈而亢，去聲沈而遠，入聲促而收。後之呼音者，又以每音各分上下爲八音。究之，上去二音僅各有一聲，間有二音，亦甚少也。明郭一經曰：「古人呼字衹有三聲，平仄入而已。平分陰陽，仄分上去，入分淺深，是爲六音。故古人有上去互押，無平入相混者。」又曰：「平陰者，位居東北，其聲平而重濁，或謂之下平，或謂之沈。在八卦屬艮，五行屬土，地屬青、齊、燕、薊，故燕薊之音涉於重濁。在一日屬子丑，陽氣方升；在一歲屬冬至，一陽生後，乃氣運之始也。平陽者，位居東方，其聲平而和，或謂之上平，或謂之浮。在八卦屬震，五行屬木，地屬徐、揚、東吴，故吴楚之音偏於輕浮。在一日屬朝，一歲屬春，乃氣運流通而未布也。仄上者，位居東南，其聲厲而舉。在八卦屬巽，五行屬火之始然，地屬蠻越，故南蠻之人鴂舌。在一日屬辰巳，一歲屬夏，乃氣運發揚暢達之際也。仄去者，位居西南，其聲清而遠。在八卦屬坤，五行屬火之既熾，地屬交廣，故僰玀之人音清而梗化。在一日屬未申，一歲屬季夏，炎溽之際，乃氣運極盛將復之時也。入淺者，位居西方，其聲直而疑。在八卦屬兑，五行屬金，地屬川蜀山險，其土音清直，故呼平聲似去。在一日爲暮，在一歲屬秋，乃氣運之變而將收也。仄深者，位居西北，其聲直而促，在八卦屬乾，五行屬金，地屬秦晉山隴之間，土音直濁而質實。在一日爲昏，一歲屬冬，閉藏之際，乃氣運至極而歸根復命之時也。」以上所説，雖涉新奇，而至理亦不外是。惟所云「平入不相混」，殊有未檢。如《三百篇》之「零露漙兮，清揚婉兮」，平上相混也，「先生如達，無菑無害」，入去相混也，則又不得以此説拘矣。

三十韻者，東、董、送、屋一韻，冬、腫、宋、沃一韻，江、講、絳、覺一韻，支、紙、寘一韻，微、尾、未一韻，魚、語、御一韻，虞、麌、遇一韻，齊、薺、霽一韻，佳、蟹、泰、卦一韻，灰、賄[一]、隊一韻，真、軫、震、質一韻，文、吻、問、物一韻，元、阮、願、月一韻，寒、旱、翰、曷一韻，删、潸、諫、黠一韻，先、銑、霰、屑一韻，蕭、篠、嘯一韻，肴、巧、效一韻，豪、浩、號一韻，歌、哿、個一韻，麻、馬、禡一韻，陽、養、漾、藥一韻，庚、梗、敬、陌一韻，青、迥、徑、錫一韻，蒸、拯、證、職一韻，尤、有、宥一韻，侵、寑、沁、緝一韻，覃、感、勘、合一韻，鹽、廟諱[二]、豔、業一韻，咸、豏、陷、洽一韻。内十七部有入聲，十三部無入聲。梁沈約所撰《四聲》久亡，隋陸法言《切韻》、唐孫愐《唐韻》亦亡，故今所用者，乃劉平水所删並宋景佑時《禮部韻略》也。

詳考韻中，頗多可疑。如一東二冬之分，至今未得其説。元周德清病劉韻之偏於江左，故訂《中原音韻》一書。明太祖亦以劉韻祇一方之音，故訂《洪武正韻》。然二書當時則行，易世則否，惟《平水韻》至今流傳。尤西堂曰：「昔楊升庵謂『榮』音與『融』同，故《越絶書》云『種留封侯，不知令終。二賢比德，種獨不榮』，宜入東冬韻，今入庚韻，蓋誤以『榮』爲『縈』也。余亦疑八庚之『兄』與『瓊』、十蒸之『肱』皆不叶，今考《中原音韻》，乃知『榮』字屬『容』字切，『兄』字屬『凶』字切，『瓊』字屬『窮』字切，『肱』字屬『公』字切。」據西堂之言，則韻書尚須更訂，而《中原音韻》與《洪武正韻》之以數韻合併一韻者，不得謂之無説也。

韻書上下平，不過以卷帙繁重而分，非如陰平、陽平及《玉海》上平宫、下平商之臆説也。

古韻相通，謂東、冬、江通，支、微、齊、佳、灰通，魚、虞通，真、文、元、寒、删、先通，蕭、肴、豪通，歌、麻通，庚、青、蒸通，侵、覃、鹽、咸通，惟尤、陽不通。平韻通者，仄韻亦通，如平聲東、冬、江通，則上聲董、腫、講亦可通。餘可類推。或注曰「通」，可以徑通；或注曰「轉」，音轉而後通，其實一也。通韻，聲音相近，固所宜知。至若叶韻，則每不能明言其故。竊謂可叶者，後人可法古人而用之；其不可叶者，雖古人經用亦不得藉口也。如毛西河欲分東、冬、江、陽、庚、青、蒸爲一部，真、文、元、寒、删、先爲一部，侵、覃、鹽、咸爲一部，支、微、齊、佳、灰、魚、虞、歌、麻、尤爲一部，魚、虞、歌、麻、蕭、肴、豪、尤爲一部，每部各相爲叶，並叶及三聲對韻。此即本於七音以分部次也。蓋東、冬、江、陽等七韻爲宫音、變宫音，真、文、元等六韻爲商音，侵、覃等四韻爲羽音，支、微、齊、家、灰、魚、虞、歌、麻九韻爲徵音、變徵音，蕭、肴、豪、尤四韻爲角音。至於魚、虞之韻能生蕭、肴、豪、尤，而歌、麻二韻又與魚、虞同爲變徵，惟支、微、齊自生佳、灰，於蕭、肴、豪三韻本無涉，獨尤韻其半入支與虞，故支、微、齊叶及佳、灰、魚、虞、歌、麻、尤，而不及蕭、肴、豪；蕭、肴、豪叶及魚、虞、歌、麻、尤，而不及支、微、齊、佳、灰也。此雖尤[三]氏一人之説，而參以上古及漢魏叶韻之文，大約各部相叶爲多，則後人凡作古詩箴銘之屬，皆可與通韻並用。他如吴才老《韻補》、楊升庵《轉注》、顧亭林《音學五書》、邵子湘《古今韻略》、毛西河《古今通韻》，叶韻中，多有收及同部及同部三聲對韻之外，下引古人經用何處以爲注釋，如一東收「調」字，二冬收「心」字之類。蓋未有韻書以前，作者往往用其鄉音。苟宫徵有差，豈得執方言以爲據乎？學者每字必求其歸，可也。

五音三十六母

何謂五音？牙音、舌音、喉音、齒音、脣音也。牙音爲角，屬木，屬東，屬春。舌音爲徵，屬火，屬南，屬夏。

喉音爲宮，屬土，屬中，屬四季月。齒音爲商，屬金，屬西，屬秋。脣音爲羽，屬水，屬北，屬冬。復有半舌、半齒來字一部，日字一部，今來部併入舌音泥部，日字無音可併，另爲一部，以附齒音，則仍爲五音也。法門中有《辨五音例》曰：「欲知宮，舌居中。欲知商，口開張。欲知角，口縮却。欲知徵，舌柱齒。欲知羽，撮口取。」此爲不易定論。他如司馬温公以脣音爲宮，喉音爲羽；《冰川詩式》以牙音爲宮，舌音爲商，喉音爲角，齒音爲徵，皆不可從。蓋古人五音之分，原非無彷。土空之聲中宮，金扣之聲中商，木折之聲中角，火鳴之聲中徵，水泛之聲中羽。夫喉音隱洪，自應屬土；齒音清勁，自應屬金；牙音峭厲，自應屬木；舌音發揚，自應屬火；脣音浮斂，自應屬水。所謂人身本乎天地，而五行之成形，萬物與夫人之兼備衆音也。

西域所傳字母，舊有三十六部，以盡攝天下之音。牙音分爲四部，見、溪、羣、疑也。舌音分爲八部，舌頭：端、透、定、泥也；舌上：知、徹、澄、娘也。脣音分爲八部，重脣：幫、滂、並、明也；輕脣：非、敷、奉、微也。齒音分爲十部，齒頭：精、清、從、心、邪也；正齒：照、穿、牀、審、禪也。喉音分爲四部，曉、匣、影、喻也。半齒、半舌音分二部，來、日也。此蓋復分開閉、别清濁、存疑似於五音之中也。舌頭、輕脣、齒頭，稍開[四]也；舌上、重脣、正齒，稍開也。牙音，見部最清，溪部次清，羣部半清半濁，疑部最濁。推之他音，亦各有清濁。故凡《切韻》等書，其○者最清，⊙者次清，◐者半清半濁，●者最濁。舉牙音一部，可以類推。至來、日二部，似齒似舌，疑而未定，古人亦闕之而已。近日有以字母多有類同因爲合而併之者，於是併羣於溪，併定[五]於透，併來於泥，併照於知，併澄、穿、牀於徹，併並於滂，併敷、奉於非，併從於清，併邪於心，併審於禪，併匣於曉，併喻於影，合不併諸部，共爲二十部。其部分較省於舊，而天下之音亦無有遺者，此所謂後人之神明前説也。

反切

自漢以前，已有二聲合爲一字者，迨後漢孫炎註《爾雅》始顯著。「反切」之名其後自西域傳入中國，盛行於齊梁時。曰反者，既有本音而復反爲别音也；曰切者，則直切此音耳。如「中」字讀平聲，則曰「某某切」；讀仄聲則曰「某某反」也。但古來混用已久，統而同之可也。元劉若愚《西域切韻指南》條目最詳，但其中有類隔、交互、互用等法，凡二十門。有切得此字，乃呼爲彼字，是欲明而反晦矣。近日韻家又加經堅等字，皆爲雜法，不如宋濂所謂上字爲聲、下字爲韻，聲韻苟協，則正音不能逃矣。何謂聲？如見、溪、羣、疑等是也。何謂韻？如東、冬、江、支等是也。每兩字切出一字。切出之字必與上一字同見、溪、羣、疑之聲，與下一字同東、冬、江、支之韻。如「迦空」切出「工」字，「工」字與「迦」字同爲見部字母，所攝牙音最清之聲，與「空」字同爲一東之韻也。推之，凡牙音最清之聲，合一東韻中之字，切出皆爲「工」字。以暨夫萬有不齊之字，不過同此。一聲一韻合爲切法矣。學者學爲切韻，須明標箭之法。標者，設侯以待箭也。每兩字將切一字，先將上一字用見溪羣疑逐字念去，看至何部字母此字始出，則此部字母即標也；便將下一字亦用見溪羣疑逐字念去，到上部字母看出何音，便是切出之字，有似箭中標也。即如「迦空切」，先將「迦」字念去曰迦見迦，是迦字至見字已出，見部便是標也；復將「空」字念去曰空見工，而上字之音已得矣。更如「拒嫣切」，先將「拒」字念去曰拒見莒溪拒，是「拒」字至溪字乃出，溪部便是標也；復將「嫣」字念去曰嫣見嫣溪虧，便知「拒嫣切」音「虧」也。餘可類推。

又須識得挽上挽下之法。如上一字上平上仄，下一字亦係上平上仄；上一字下平下仄，下一字亦係下平下仄，此便是上下一樣，即可隨口切去，不用挽法。如上一字上平上仄，下一字是下平下仄，便須將下一字挽作上平上仄，以從上字。如「東晴切」，便須將「晴」字挽作「精」字，隨口念去，是音「丁」也。如上一字下平下仄，下一字是上平上仄，便須將下一字挽作下平下仄，以從上字。如「同簡切」，便須將「簡」字挽作「諫」字，隨口念去，是音「但」也。苟不知挽上，則「東晴切」是「庭」字了；不知挽下，則「同簡切」是「譠」字了。

切韻中多有聲無字者，如見部無董韻中字，則「見董切」有音無字也。司馬温公曰：「韻無字，則點窠以足之，謂之寄聲。」今《切韻》等書中之〇皆是也。

切韻之法，本天籟之自然。鄭樵謂「漫聲爲二，急聲爲一」，如漫聲爲「者焉」，急聲爲「旃」；漫聲爲「者與」，急聲爲「諸」；漫聲爲「而已」，急聲爲「耳」；漫聲爲「之矣」，急聲爲「只」，是也。今更考古來切法，有因切而見義者，如「何不」切「盍」，「不可」切「叵」，「戚人」切「親」，「臭芳」切「香」，「還來」切「回」，「叱人」切「嗔」，「窘中」切「窮」，「閭頭」切「樓」，「徒登」切「騰」，「帝圖」切「都」，「居鑾」切「官」，「老翁」切「聾」，「樹燎」切「燒」，「力倒」切「老」，「雅歌」切「哦」，「泛舟」切「浮」，「喜早」切「好」，「怨留」切「憂」，此皆切而並知其訓者也。有因字而見切者，如「女良」切「娘」，「言門」切「誾」，「矢引」切「矧」，「目少」切「眇」，「火斤」切「炘」，「至秦」切「臻」，「口亥」切「咳」，「目文」切「旼」，「與車」切「轝」，「角奇」切「觭」，「火共」切「烘」，「心恖」切「惚」，此皆分其字即可爲本字之切者也。切法之妙如此，豈人力所能強爲哉？

雙聲疊韻

知反切，則知雙聲疊韻矣。以兩字切一字，上一字即與切出之字爲雙聲，下一字即與切出之字爲疊韻。所謂雙聲，同見、溪、羣、疑等部之聲也；所謂疊韻，同東、冬、江、支等部之韻也。如前所云「迦空」切「工」字，「迦」與「工」是雙聲，「空」與「工」是疊韻。「拒嫣」切「虧」字，「拒」與「虧」是雙聲，「嫣」與「虧」是疊韻。學者但認定同一字母所出，不論平仄，皆爲雙聲。則知「弓攻」雙聲，「弓掎」亦雙聲，「弓葛」「弓貴」皆雙聲也。蓋數字皆爲牙音之最清者，則皆爲見部字母之所出也。餘可類推。若疊韻，則不過同在一韻之中，有韻書可以檢尋，茲不贅。

雙聲疊韻，齊梁盛行，但考之《三百篇》已有自然而中者，如「高岡」「元黃」[六]，雙聲也；「崔嵬」「虺隤」，疊韻也。是知《詩》中原有此法，蓋亦天籟之自然者。後人或雙聲對雙聲，疊韻對疊韻，或雙聲對疊韻，或疊韻對雙聲。如少陵之「信宿漁人還泛泛，清秋燕子故飛飛」，「信宿」「清秋」，雙聲也。李山甫之「腰裹似龍隨日換，輕盈如燕逐年新」，「腰裹」「輕盈」，疊韻也。温庭筠之「石麟埋没藏秋草，銅雀荒凉對古墳」，「埋没」，雙聲；「荒凉」，疊韻也。白居易之「山鬼跳蹻惟一足，峽猨哀怨過三聲」，「跳蹻」，疊韻；「哀怨」，雙聲也。

古體詩平仄

古詩平仄，父不能授之於子，蓋可以意會，不可以言傳也。大約每句末三字，三平、三仄，及孤平、孤仄居多，而押韻之句尤要。

五古有全句皆平者，如薛稷之「西登咸陽塗」；有全句皆仄者，如太白之「大雅久不作」。七古有全句皆平者，如義山之「封狼生貙貙生貔」；有全句皆仄者，如少陵之「有客有客字子美」，氣之所至，自成音節，有不知其所以然者。誠天籟也。

近體詩平仄

沈休文曰：「若有前浮聲，則後須切響。一篇之内，音韻皆殊。兩句之中，重輕悉異。」[七]於以知詩聲之妙全在抑揚。抑之太過，則聲必促；揚之太過，則聲必浮。抑揚盡致，是在能審音者。均一平字而陰陽已分，均一仄字而上去入尤别。欲抑之，則宜用陰平及入聲；欲揚之，則宜用陽平及去聲。惟上聲可抑可揚，隨其所置。

五言近體[八]每句第三字必與第五字相反，此常法也。古人集中，間有不然者，必補救也。第一句如少陵之「涼風起天末」，第三句如錢起之「鐘聲自仙掖」，第五句如王維之「遥知遠林際」，第七句如高適之「牀頭一壺酒」，此數句第五字既仄，則第三字應平，因各句第四字皆應仄而用平，故第三字皆補仄也。第二句如岑參之「宦情多欲闌」，第四句如劉昚虚之「遠水隨天流」，第六句如孟浩然之「永懷塵外蹤」，第八句如儲光羲之「異鄉誰可求」，此數句第五字既平，則第三字應仄，因各句第一字皆應平而用仄，故第三字皆補平也。此則五言對句第二字用平，第一字不可用仄；第一字用仄，第三字當補平之例也。推之，第一句押平韻者，亦與此同。此皆本句之自爲補救也。他如孟浩然之「落日池上酌，清風松下來」，「來」字既平，則「松」字應仄，因出句「上」字是應平而仄，而出句「池」本字係應平，又不得言補，故於對句第三字補之也。又如浩然[九]之「一從襄陽住，幾度梨花飛」，出句中三字平，首尾皆仄，故對句第三字補平也。少陵之「河漢不改色，關山空自寒」，出句首一字平，下四字皆仄，故對句第三字補平也。又「草木歲月晚，關河霜雪清」，出句五字皆仄，故對句第三字補平也。此皆兩句之合爲補救也。

七言近體每句第五字必與第七字相反，此常法也。古人集中亦間有不然者，必補救也。第一句如少陵之「蜀主窺吴幸三峽」，第三句如獨孤及之「説劍嘗宗漆園吏」，第五句如宋之問之「妬女猶憐鏡中髮」，第七句如温庭筠之「每過朱門愛庭樹」，此數句第七字既仄，則第五字應平，因各句第六字皆應仄而用平，故第五字皆補仄也。第一句用韻者，如羅隱之「江頭日暖花又開」，「開」字既平，則「花」字應仄，因「又」字是第六字應平而用仄，故「花」字補平也。又第二句如少陵之「抱病起登江上臺」，第四句如趙嘏之「半夜雨聲前計非」，第六句如陳日贊之「繡管鏤成金玉篇」，第八句如劉滄之「古渡月明聞棹歌」，此數句第七字既平，則第五字應仄，因各句第三字皆應平而用仄，故第五字皆補平也。此則七言對句第四字用平，第三字不可用仄；第三字用仄，第五字當補平之例也。推之，第一句押平韻者，亦與此同，如許渾之「三十六峯横一川」是也。他如句中第二字用平，第一字必不可用仄；第一字用仄，第三字便當補平。第一句（用韻者）[一〇]如李商隱之「去年花裏逢君别」[一一]，第二句如殷文圭之「十洲煙景四時和」，第三句如王維之「九天閶闔開宫殿」，第四句如譚用之「醉殘紅燭夜吟多」，第五句如劉長卿之「日斜江上孤帆影」，第六句如杜荀鶴之「月將松影過溪來」，第七句如錢起之「却慚身外牽纓冕」，第八句如劉禹錫之「再三珍重主人翁」皆是也。以上數句亦皆本句之字爲補救者。外此，如許渾之「野蠶成繭桑柘盡，溪鳥引雛蒲稗深」，「深」字既平，則「蒲」字應仄，因出句「柘」字是應平用仄，而出句「桑」字本係應平，又不得言補，故於對句第五字補之也。此亦兩句之合爲補救之法也。

補救外，復有互换之法。五言如岑參之「白鳥下公府，青山當縣門」，此以第三字互换也。又如孟浩然之「與君園廬並，微尚頗亦同」，此以第四字互换也。推之他字亦可互换矣。七言如李商隱之「竇融表已來江右，陶侃軍宜次石頭」，此以第一字互换也。又如王維之「草色全經細雨濕，花枝欲動春風寒」，此以第五字互换也。

推之他字亦可互换矣。此法全篇皆可用之，但宜音節自然耳。

補救、互换之處，非孤平孤仄，則三平三仄。非補救、互换而用孤平孤仄，不論何處，皆謂之「蜂腰」，以兩字夾一字如蜂腰也。非補救、互换而於句末用三仄三平，皆謂之「鶴膝」，以三字疊下如鶴膝也。學者如未解補救，但認定孤平必對孤仄，三仄必對三平，則亦自成互换矣。

萬不得已，則寧爲孤仄，毋爲孤平。蓋句多一平字尚可，多一仄字則棘口難讀，亦陽欲有餘，陰欲不足之意也。唐人犯孤仄多在第一句，第三句，第七句、第八句中間犯者甚少，間有一二，亦每在句首三字，未有在句中、句末者。然唐人句首三字犯孤平者亦有之，如少陵之「舍南舍北皆春水」之類。故後人有謂第一字平仄可勿論者，而吾寧爲其嚴者矣。惟五言第三句末三字三仄者，唐人最多，少陵十居其三，其在第一句、第五句、第七句者，亦時有之，得毋以五言出句聲調無妨沈實耶？但末三字既皆仄，則上二字必皆平矣。外此，五言如姚文燦之「花發故園暮」，駱賓王之「心迹一朝舛」，以第一字應仄用平，故第三字補仄；如「宦情多欲闌」等句，則補平之法，唐人已不多見。至若王無功之「山山惟落暉」，少陵之「春寒花較遲」，及七言之「漢王城北雪初霽，一百五日又欲來」等聯，並一切五言、七言之一三五、二四六差錯者，在古人失之無心，不可以爲法也。

補救、互换，亦名「拗句」。若通首皆然，謂之「拗體」。昔杭董浦論七律不喜拗體，袁子才謂詩境甚寬，有因拗而轉峭者，因誦倪紫珍《客中憶西湖》云「江水不如湖水澄，南峯涼暖時堪登。入雲但問采樵客，踏葉偶隨歸寺僧。一掬泉因瘦蛟活，滿山桂與青霞蒸。白波渺渺未可渡，空倚葛陂三尺藤」，似此八句一調平仄，便索然無味矣。要之，古今名手無不重古體者，平日玩味諷詠總在古詩，故作近體時露槎枒離奇之槩，不爲律縛。蓋無意於拗而拗乎？其所不得不拗也。若不得其中之古趣，任意湊泊，貌爲佶屈聱牙，是直以拗體爲文過藏身之藪也，可乎哉？

作詩用韻

古詩平韻轉仄、仄韻轉平或仄韻轉仄皆可，惟平韻轉平，其聲多飛揚不定。又轉韻多於出句便轉，對句方好相協。

古詩押仄韻，出句末一字自應用平；押平韻，出句末一字自應用仄。然古人詩中亦有不盡然者，總視其聲之叶與否耳。

古人詩往往有以險韻見奇者，昌黎最多，少陵亦間有之。初學無其才力，幸勿輕易效之。毛西河云：「纖題險韻，皆不必作。」誠至言也。

韻中有字同義異者，可雙用。如四支有二「茲」字，一訓此，一訓龜茲國名，即其音亦有微差，此雖一詩並用，不得謂之重複。亦有字異而義實同者，如六麻之「花」「華」「蘤」，皆同一義，並用一詩中，則爲複矣。惟「華」字，六麻亦有二字，一讀陰平，訓榮耀，若用此音訓，乃與字同義異者相符。偶舉爲例，餘可類推。

詩中聲病

前所言「蜂腰」「鶴膝」，皆爲聲病，而聲病不止此也。復有犯韻之病四、犯聲之病二。犯韻者，一謂犯本韻，如既用一東爲韻，則凡一東中字皆本韻也。犯本韻，篇中皆忌。一謂犯通韻，如既用一東爲韻，則凡二冬、三江中字，皆通韻也。犯通韻，惟押韻之句忌。一謂犯三聲對韻，如既用一東爲韻，則凡一董、一送、一屋中字，皆三聲對韻也。犯三聲對韻，惟押韻之句二、四、六忌。一謂句中自犯三種韻，如第二字既用一東中字，第四字復用一董、一送、一屋中字，第六字復用二冬、三江中字；第四字既用一董、一送、一屋中字，第六字復用一東中字。與夫並非雙聲而東、冬、江等二字相連，冬、董、送、屋等二字相連，皆此一例也。犯聲者，一謂句末犯聲，如兩句末一字皆用牙音之類也。一謂句中犯聲，如二四六之字同用牙音之類也。統「蜂腰」「鶴膝」及犯韻、犯聲，共有八種，乃真八病。若近日坊間所刊布者，直以訛傳訛耳。

【校記】

[一]賄，原文作「鮪」，此據《平水韻》校改。

[二]廟諱，應當是「琰」字，因避清仁宗顒琰諱而以「廟諱」替代。

[三]尤，疑當爲「毛」字之誤。

[四]開，疑當爲「閉」字之誤。

[五]定，原文作「廷」，此處以文意校改。

[六]元黄，即「玄黄」。此處係避清聖祖玄燁的名諱。

[七]原文脱「浮」字，「一篇」作「全篇」，「悉異」作「互異」。此據王世貞《藝苑卮言》引文校改。

[八]近體，原文作「集體」，此處以文意校改。

[九]浩然，當爲「岑參」之誤。「一從襄陽住，幾度梨花飛」出自岑參《送顔韶得飛字》。

[一〇]用韻者，當爲衍文。

[一一]李商隱，疑當爲「韋應物」之誤。此係韋應物詩《寄李儋元錫》中的詩句。

跋

丁丑秋八月，贛縣鍾官城先生見訪鄂城之聽鶴園，貽我著述數種。始讀其《思痛録》之文而歎曰：此事既人所難爲，其文亦非恒人之文也。繼讀《靖節詩品》，品陶甚精，其自作詩即逼肖之，則又知先生真詩人。越數日，示讀《觀我生齋詩話》二册，上下數千百年，評論百數十家，皆壽蓉意中所欲言而口不能盡言者，且有平昔與人言之、人不盡以爲然者，曾不料千里外未經覿面之人，竟有心心相印若兹者，可不謂同調哉？顧念先生論古人如此，學古人又如此，就其言有以知先生之爲人與其平生所設施，然落拓不稱意，七十之年江湖漂泊，是不能不爲先生慨也。壽蓉生後先生十有七歲，中年憂患，遲暮無成，抱守殘篇，窮年矻矻，此能無同病相憐之感也夫？

天影盦多恨僧長沙李壽蓉謹跋

跋

箾韶渝響，中原競箏笛之音；荃蘭委塵，大道扇榛蕪之烈。粵稽往籍，降及末流；人自握珠，家咸享帚。華實之旨不究，雅鄭之聲斯淆。言靡易惑，曲亂則變。夫誰懸藝苑之冰鑑，掃騷壇之宿莽，恪遵正始，盡滌妖氛？四瀆趨瀛，先辨其涇渭；二施入座，頓判其妍媸。必網維衆匠之才，庶締創獨標之旨。箋卜商之小序，讀者魄蕩；摭匡鼎之新説，聞而頤解。非有纂輯，曷恃津逮，詩話之作，烏能已乎？然鄧林之木，不擇其本末而斧之，鮮中繩墨之用；滄溟之波，不探其原委而導之，徒興望洋之歎。將使來哲焉用彼相？茂矩不設，游騎安歸？我師官城先生綜核列代，包絡羣材。陸機妙年便擅過江之譽，杜陵壯歲早充觀國之賓。偃蹇京師，浮沈郎署，屈李部者十三戰，羈龐統者一百里。磨盾草檄，封侯數奇。仰屋著書，棄官計決。固已經疏賈鄭，史補馬班，主齊晉之盟，劘曹劉之壘。乘其餘業，述茲洪製，品彙之變畢窮，經緯之條悉貫，分爲四卷，允足千秋。牢籠夫百家，甄采夫萬類。譬諸《雕龍》，盡抉文心之奧；宛若董狐，備闡綱領之趣。衆作雖夥，此集大成，俟其禕而蔑以加矣！頃者辱問識後，辭不獲命。愧一辭之莫贊，忝十載之從遊，粗得師承，略聞緒論。兔毫妄執，敢作三都之序；驥尾願附，借致千里之遠。至㾐夫僧壁，污及佛頭，但知博夫子之哂而遑恤旁觀之唾也。

光緒五年閏三月豐城受業歐陽元熙謹跋

詩權

[清]楊希閔

毛　靜　點校

點校説明

《詩榷》十二卷，清代江西新城（黎川）楊希閔作。

楊希閔（一八〇八—一八八二），字鐵傭，號臥雲，新城人。幼好學不倦，異於常人。道光十七年（一八三七）中丁酉科拔貢，候選内閣中書（同治十年版《江西新城縣誌》卷八），希閔志在問學，無意仕進，遂以内閣中書功名終生。其潛心研讀《易經》，與龔自珍、梅曾亮等切磋學問。咸豐六年（一八五六），太平軍陷建昌（南城），希閔組織團練對抗，爲知府沈葆楨所賞。及新城淪陷，舉家避地福建邵武，再徙福州，入學政吴南池和布政使周開錫幕。同治九年（一八七〇）渡海至臺灣，主講海東書院十一年，造士甚衆。在邵武，著《鄉詩摭譚》二十卷；在福州，著《榕蔭日課》十卷；在臺灣，先後撰成《十五家年譜叢刊》。晚年編著《客中隨記》，論藏書、説經、居家、政事、校籍、文章、雜餘、釋典等八類，足見其學問之博洽。另有《痛飲詞》《過存草》《覆瓿草》《遐憩山房詩》四卷、《閩南遊草》三卷、《絶句詩選》三卷、《四書改錯平》十四卷、《水經注匯校》四十卷、《讀書舉要》二卷、《傷寒論百十三方解答》《金匱百七十五方解答》《盱客醫談》等，平生著述宏富，爲江西近代所罕見者。

除上述著作之外，楊希閔還著有詩詞理論作品《詩榷》十二卷、《詞軌》八卷和初録六卷，均爲手稿。其中《詩榷》藏江西省圖書館，《詞軌》藏國家圖書館。

《詩榷》自序謂「亂後逆旅寥落，無過從，日與學徒談詩，以祛憂患。紙粗筆秃，信手疏記，久積若干條」。其中提及時間最末者，爲同治元年（一八六二）所撰《詩軌序》，則是書當編成於同治年間。其中卷三又題作「寄巢詩話」，則初曾擬此名，終棄去。

全書爲謄正之稿本，但仍在書眉添注補訂内容，則最後仍未定稿。全書寫作目的，是將所選歷代詩進行評議，分爲商論、叢記、讀畫、析酲、攬萃、别好、閩風七個門類，從中可以看出其内容既繼承了前賢詩話的總體取向，又大膽提出自己的一些意見，如對王士禎、趙翼等人的詩話進行了批評甚至駁正。希閔通讀上古《詩經》至當時名流作品，對中國詩歌史有著全局把握，又能鎔煉百家所長，獨成一家之説，很多地方頗有自己的創見，言之有據，議論得當。不足之處，在於此稿最後未經删定梓行，内容頗爲駁雜，如其中又收入《詩軌總目》；《詞軌》之序言、體例、題識、總目；末卷又臚列所選絶句目次，均不合詩話體例。

此書一些值得重視的地方，一是對詩史的全局性盤點和系統分析；二是善於提出新的詩論觀；三是對地方詩歌流派作品進行特載，如著録當時遊宦臺灣的士人竹枝詞和其他作品，都是臺灣詩史研究的重要資料。

本書據江西省圖書館藏稿本《詩榷》整理。惟其中《鄉詩摭譚》題識與目録，因與本輯刊所收《鄉詩摭譚》正續集重複，故删去。

毛　靜

詩権自序

僕少承庭訓，長從諸老游，耳熟文章緒論，資性駑下，不能發揮。布之楮墨，胸中記憶，時時可爲學徒道也。亂後逆旅寥落無過從，日與學徒談詩，以祛憂患。紙粗筆秃，信手疏記，久積若干條，听然笑曰：「此堪爲敝帚享耶？無忘在莒，則寄命於物，不可不存之也。」於是釐其類七：曰《商輪》，曰《叢記》，曰《讀畫》，曰《析醒》，曰《攬萃》，曰《别好》，曰《閫風》。爲卷十二。凡人處患難羈困，形於語言文字，音或噍殺，志或流宕，氣或偏激失平，好惡或大拂乎人之性。識微者，遂測其中所藴蓄，與德器厚薄淺深，循枝及本，理不可誣。嗚呼，世有解人，覽吾所撰，其謂如何，吾不自知；糾違摘謬，獲益深矣，夫論詩其細事也。

江右新城楊希閔鋏傭氏書

詩權　卷一

商論上

商論者，舉平日聞於師友，繹緒簡編者，録出以求正於大雅也。曩嘗零星件繫爲一卷，後選《詩軌》一書，則畢萃於敘論，因去其舊説，第録敘論於卷首。昔王漁洋編集，所選敘例，均入正集。玆取序論入詩權，猶昔人意也。銕傭氏。

詩軌敘

《記》曰：「禮樂之説，管乎人情。」行於事，皆禮也；發於聲，皆樂也。禮備經曲，千古不可易矣。樂感人心，則世變遞嬗；六代之樂，即不相襲，何況於後代。樂師職廢，聲容節奏，又已失。《傳》言樂而及律吕，律吕而溯元聲，殆非神瞽，莫能合矣。所可知者，因心達言，即言敀聲。後代詩歌，猶存樂理於百一焉。是故詩有六義，感人者莫善乎風。賦主述事，興觸乎情，比唯善譬，雅頌陳德奏功，蓋皆有一體。而融啚鼓盪，宣發堙鬱，壹於風見之。是故歌大風，知雄心尚在；詠秋風，霸氣已息。嗣宗淵明，哀其身世，讀曲子夜，比於陳衛。政治機緘，昭然可見。開寶以前，氣體昌博；大曆後，韻度纖靡；慶曆元豐，篇章獨啚；靖康紹興，制作終薄；　金元楚楚，明盛成宏，聲音之道，非視國運哉。　常病昔人選詩，界斷唐宋，以爲非古。　夫孔子論詩，殷商訖于陳靈，未嘗崇古而廢今也。　詩不以考政化人心則已如考政化人心，詎見唐宋數代，不當考也。　人心如面，不能強同，播於聲歌，自然代别。　銓其乖戾，歸於正則，斯可矣，竟置之，奚可也。　閔茲選自古歌謡，訖於今代，通入撰録。　惟書不能備，又避繁賾，晉唐而降，擇其関一代風雅者一二家至十餘家選之，次則以類附，餘則薈萃精美，别爲補録以殿之，名曰《詩軌》，有轍可循之義，都五十四卷，欲歷代政化人心，亦於是可得概矣。　同治元年三月三日，江西新城楊希閔臥雲譔。

詩軌例言

吾茲選漢魏六朝，多本馮氏《古詩紀》，張氏《漢魏百三家集》，稽留山人、漁洋山人兩《古詩選》；　唐則多本《全唐詩》、高氏《品彙》；　宋則吴氏《宋詩鈔》、厲氏《紀事》；　金則《全金詩》、元氏《中興集》；　元則顧氏《元詩選》四集；　明則錢氏《列朝詩集》、朱氏《明詩綜》；　諸家有專集行世者，仍參驗專集。　今代人詩，則一本專集，而以各選本輔翼之。

明高氏《唐詩品彙》分正始、正宗、大家、名家、接武、羽翼、正變、傍流諸名，條理雖秩，節目太紛。　吾今不論大家名家，凡得塗轍之正者，入正録，即高氏之正宗也。　餘如正始、接武、羽翼、正變傍流之類，悉入附録。　枝干分明，紀綱易簡，每卷正附，又各綴説以發明之。

漢魏詩書入正録，無附録。　晉以後，名大家正宗者爲正録，餘爲附録。　各代樂府，總録各代之後，各代帝王詩，不可家數名，亦總録各代之後，均爲别録。　唐末五代長短句，亦詩之類，故曰詩餘，録於末卷，命曰餘録。　凡此皆以極詩道原委正變，比之經塗九軌，同軌畢至焉。

稽留山人《古詩選》，各代以樂章居首，此非一時一人作，雖曰重郊廟祭祀，然雅頌即不先國風，況晉唐樂章，又如告朔餼羊乎。今故録各代之後，以綜括無名氏諸作。

漁洋山人《古詩選》，限於五七言，四言歌謠即不録，又以樂府有專書，不多録，此亦闕事，今皆補之。

六朝人詩，句調已開唐律，楊升菴所以有《律祖》之選。今則於風會轉變有關者，并甄録之，蓋包《律祖》在内。亦包姚氏《今體詩鈔》。

詩有六義，風爲最要，入人之深，感人之速，無過乎是。次則比興，詩無比興，妙處不見，意境亦狹，「麻紙語三葛，我薄汝粗疏」「猛虎依深山，但願松柏長」，非比安得佳？《廬江小吏詩》非「孔雀東南飛」興起圓妙，此猶一支一節論。他如阮公《詠懷》，景純《遊仙》，淵明《述酒》《讀〈山海經〉》，太白《蜀道難》《遠别離》之類，皆是比興，深得騷人之遺。昧者質求之，死言下多矣。少陵以後，比興漸微，惟義山校有餘韻，他則止是喻語，與比興又别。宋蘇黄詩，亦止是喻語多，比興甚少，喻語不善爲之，便同猜謎。比興則高妙超遥，有「入不言兮出不離，乘回風兮載雲旗」意。是故六義之中，風也，比也，興也，校雅頌賦，其用尤妙遠切要哉。

自古詩皆入樂，《三百篇》至漢魏、六朝皆然。初唐尚沿其舊，盛唐諸公，如右丞、龍標、供奉絶句猶然，他體雖未盡然，亦猶有可歌者。截斷此意，萌芽少陵。少陵詩，沈鬱頓挫，豈復可議，然而骨幹漸粗，音節略重。自是以後，音節一道，益罕問津，劉夢得間有遺意，然亦微矣。

夫詩既不可入樂府，則必有變而通其窮者，熟通之，長短句是也。譬之儒教衰，則佛教盛。詩之入樂熄，則長短句入樂起也。唐末五代人，詩不佳，長短句則勝絶。北宋二晏、歐、秦，妙能長短句，獨詩仍不可歌。嗚呼，此皆詩以杜韓爲質的之故也。南宋夢牕、竹屋諸家，所爲長短句，裝字飾詞，音節又大遠於唐末五代，窮而不能反，遂又變爲元人南北曲，可見聲音之在宇宙，如江河行地，不流此即溢彼，此源流支别之顯然者也。是故論詩之體格意度，無論少陵可法，即韋柳諸家，何不可法？若論音節，雖少陵時未盡，矧少陵下乎。明之前後七子，窺見乎是，崆峒才大，差能張軍，大復昌穀，領解亦善，而緜緒單薄，自檢點則有餘，抗前賢則不足也。

吾之《詩軌》，論乎轍迹。音節一道，亦詩家軌轍一樞轄哉。近代王漁洋、姚惜抱，論詩亦講音節，然止在五七言平仄句字侈弇變化間，爲去俗入雅之地則可，仍不可以入樂也。沈約四聲八病，已是末節。近人周松靄，更有《杜詩雙聲疊韻譜》，説雖鑿鑿可徵，究於詩道奚益？周君自爲詩又何如，徒使學者汩没性靈，拘牽枝葉而已。果究心《三百篇》、楚騷、漢魏人詩，探喉自有真放，那得有此印板文章。譬如《唐律疏義》，條件至密，要無明刑者耳，其不可致刑措决也，若皋陶爲士，定不須此，自然無妄無縱，刑措不難。

夫詩即求之風與比興與音節矣，修詞亦大要也。此義稽留山人言之善，其言曰：「詞所以達情也，情不可見，言以宣之；言善使人歌詠流連，而不能已已。赤子悲則號，喜則笑，情庸渠不真，非其母莫喻者，不善言也。鵶之鳴烏烏，牛之鳴哨哨，人莫不愛聞者；黄鳥睍睆其音，則聽者樂焉，故雅俗之相去也遠矣。夫有情而不善言，則如不言；有情而言之，庳陋俚下，而無所擇，取誚百世，則不如嘿焉。故尚詞，失之情，猶不失爲情也；尚情，失之詞，則情并失。夫詩者思也，惟其情之宣，今失情而崇詞，詞無所附，失詞而併失情，情又無由顯，詩之亡，在此二族矣。」又曰：「志非有獨感，莫強作也。夫抱獨感者情生詞，不者，詞亦生情。夫生情之詞，詞乃善矣。詞不能生情，如土木偶被文繡，何以惑陽城，迷下蔡？故尚詞失之情，終亦未得云詞也。」右所論可謂微妙深至，情詞之要盡是，無以加矣。

詩入樂歌，要自有道，今其法不傳，惟存什一於《大成樂譜》。又止是雅奏，未極風騷嫖姚散朗、激壯淋漓之妙。尋厥墜緒，大概又存什一於唐代《樂工笛色譜》。由其譜逆溯漢魏歌謡，知其不可與費解者，如「妃呼豨何軒」之類，多是散聲襯字，傳寫譌敓，不能盡得端委曲折，約略可悟也。唐人《陽關三疊》，亦有傳譜，未知真如是否，安得神瞽更爲定之，使感人心而復古秦也。

文字古無圍點，始見於劉辰翁、謝疊山選本世傳蘇老泉《孟子點圍》僞，然丹鉛從事，濫觴已久。北宋前刻本少，或佚不傳耳，必謂點圍時俗之陋，亦是邊見。蓋有三善，可見作者精神，亦見選者識趣，又藉以啓悟初機，爲益甚侈，但未可如時文試帖庸惡鄙劣耳，因噎廢食，殊不比也。鄙選點圍，約有數例，精實處，緣起處，過脈處，鋪敘本事處，可備故實處，冷僻句意處，皆點圓；　妙處，華采處，雄厚處，曲盡情事處，比會興象處，音節神合處，皆圍；　亦有單圍句妙者，又有遇氣脈盤旋，須接連圍下者，此其大都也。

詩軌各卷題識

録上古歌辭爲一卷。凡見經傳者不録，見史者録一二，見予書載記者，慎取之。

《麥秀歌》疑依託，詞氣不類，又如《娥皇歌》《箕山歌》之類，皆當傳疑，亦無大義，今皆不録。

《項羽歌》各選入漢詩，項羽豈漢人耶？　今入秦末以上卷一。

録西漢詩爲一卷。漢去古未遠，詞氣高，古音節渾厚，氣格堅蒼。蘇李詩，坡公以有「河梁之語」，疑六朝人擬作。夫河梁送别，或古有是言，借以發端，亦所時有，古人不甚拘拘也。玩其詞氣，似非六朝人。《白頭吟》，昔人因徐陵《玉臺》不載名氏，遂疑非卓文君作。此殊不必。相沿已久，未可單證決，且詞氣固是西漢人以上卷二。

錄《古詩十九首》，益以九首，又《擬蘇李詩》二首，都爲一卷。據《玉臺集》，《十九首》中多有枚乘作，又有傅毅作，恐不盡西漢人詩，然西漢十居八九，故列西漢后、東漢前也。

《十九首詩》論列衆矣，陳作明嗣倩尤爲善言，其言曰：「人情於所愛，莫不欲終身相守，然誰不有別離，乍一別離，則此愁難已。逐臣棄妻，與朋友闊絶，皆同此旨。故《十九首》惟此二意，而低迴反複，人人讀之，皆若傷我心者。此詩所以爲性情之物，而同有之情，人人各具，則人人本自有詩也。但人有情而不能言，言不能盡，故特推《十九詩》爲至極。夫言情能盡，非盡言之爲盡也，盡言之則一覽無遺，惟含蓄不盡，故反言之，乃使人足思。如彼棄予矣，必曰竟不棄也；見無期矣，必曰終相見也。有此不自決絶之念，所以有思，所以不能已于言也。《十九首》善言情，惟不使情爲徑直之物，取其宛曲者以寫之。故言不盡，而情則無不盡，後人不知，但爲《十九首》以自然爲貴，乃其經營慘澹，則莫能尋之矣。」右説可謂曲盡以上卷三。

錄東漢詩爲一卷。東漢詩不多。如蔡伯喈、孔文舉二篇，何其雄駿，入之西漢亦不辨也。平子詩已開六朝人氣息，天地之道漸，凡事無突來之理；東京文章，校修飾體漸薄，便是駢儷先聲。蓋氣不足，而後求助于詞也，詩亦正如是。惟豪傑不囿風氣，諸葛《梁父吟》却振拔。末附無名氏古詩數首，駸駸魏晉樂府，亦正難辨定是東京詩。向來傳錄如是，則乃之爾以上卷四。

錄兩漢樂府歌辭，附雜謡爲一卷。郊祀歌莊雅而高亮，變化而宏博，非後世可及，亦未能多錄，錄其尤者數首。唐山夫人《安世房中歌》又一體，音節靜穆，變化差少。鐃歌曲内諸篇，氣體豪邁，音節壯浪，色澤又斑駁璀璨，此種後來莫能繼聲。縱有一節之似，終非全體。《蛺蝶行》之類，幾不能句，然實奇作，中間多是，難以歌聲，申縮吞吐，末又有汎聲，此可意會難以質言，蓋歌法不傳於今也。以上卷五。

録魏代人詩爲一卷。魏武詩豪儁悲涼，頗露英雄本色。四言闢塗《三百篇》之外，大奇大奇。魏武《氣出唱》《秋胡行》諸篇，鬱勃離奇，傑出無兩。今止録《秋胡行》二篇，音節猶上，又高於《氣出唱》也。

子桓詩胸襟氣魄遠遜乃父，校之公干仲宣，却又英發有體段，何義門評其《芙蓉池》上篇節二句即是「君知吾喜否」，意丕所見如此，其語偷不似民主，吳人所以勝其不十稔也。此評微妙，言爲心聲，得失眹兆十可測七八也。

子建詩固是駿足，亞於乃父，而軼過乃兄，然感慨雖深，藴蓄尚淺。往梅伯言見語子建詩，盛爲後世所推，以予觀之，子建雖高才，然詩中都是門面話。蓋紈絝兒於人世間，事有幾許非其耳目意思所及，故了無獨至之思，不比阿瞞英雄，起于草莽，爲盡情僞也。阮公詩向來都入晉人，吾讀其詩，悲其志，列於魏代之末。梅伯言云：嗣宗若不爲勸進之文，故當推以遼海之默。嗚呼，亦可哀憐矣。以上卷六。

晉代人詩，陶公爲最。録陶公詩爲一卷，末附以張司空華、傅侍中玄、左記室思、劉太尉琨、郭參軍璞、陸都督機六家之作。陶公生當俶亂之時，詩獨超然物表，氣骨是漢魏面目，化之亦猶有《三百篇》遺意也。陶公詩選家都失真面，如《述酒》《讀〈山海經〉》十三篇，乃是奇作，旨意與《荆軻》篇何異？以其難解置之，豈真知陶公者哉。《述酒》篇爲哀零陵無疑，湯東澗解之，爲功不小，頗録其文，以資紬繹。

晉江黄㝃菴文焕《陶詩析義》，謂其注陶有三例：「古今論陶，統歸平淡，非知陶者。陶詩字字奇奥，險峭多端也。鍾嶸品陶爲隱逸之宗，不知陶公憂時念亂，思夫晉衰而抗宋禪，經濟憤腸，涌若海立，屹若斂飛也。若夫理學標宗，聖賢自任，重華、孔子，耿耿不忘，六籍無親，悠悠生歎，漢魏諸家誰及此解？斯則靖節品位，竟當

俎豆孔廡之間者也。開此三例方免埋没，否則摩詰、韋孟，羣附陶派，誰察其霄壤者。」右論亦殊精確，節録於此

以上卷七。

張司空詩頗存質幹，不尚浮華，勵志之作，尤爲近古。鍾氏《詩品》，乃謂其兒女情多，風雲氣少，此何言耶！謝公謂「張公雖復千篇，猶一體耳」，亦一時佇興之言。觀吾所録詩篇，未多一體否耶。昔賢評論每不可受愚，鍾氏尤多率爾。如謂張公源出王粲，詎見其確，他可知矣。大要壯武，猶是典午正宗。

傅剛侯樂府，力追漢魏，閒傷窒蔓，未害豪傑。《董逃》數篇，僕尤孤賞，蓋若於漢魏，健於六朝矣。

太沖詩，鍾氏謂源出公幹，即未然矣，《詠史》八篇，陳嗣倩以爲源出孟德，千秋絶唱，又豈盡然耶。《招隱》二篇，甚有獨得之句，不下《詠史》也。

越石清剛，固是獨秀，顛沛薊邱，彌爲憤鬱；發於聲詩，金笳鐵笛，迴腸盪氣，一時莫二也。惜詩不多，略存二篇，以見梗概。

景純志在本朝，處仲逆謀，知之蓋早，結轖無以爲懽，託之遊仙，以寫懷抱。調笑奸雄，感傷困阨，阮公詠懷，同工異曲；鵾舉虬蟠，亦略相似。鍾記室乃謂其憲章潘岳，夫黄門蕪蔓，無篇可采，悼亡之作，正不異人。景純視之，殆莫留盼，而謂憲章，既迷郭旨，亦昧潘詣矣。今録四首，雖曰嘗臠，卻成家數。

士衡之詩，初不欲録，既愛一二語雋，乃復附卷末。詩實平漫，方之張傅郭劉，退匪三舍，而近人包大令世臣，特篤好之，以謂格莫峻於步兵，體莫宏於平原。步兵之激揚易見，平原之鼓蕩難知。天挺兩宗，無獨有偶，茲可謂嗜好之偏，難可言喻矣。評士衡陳嗣倩最當，嗣倩曰：「士衡詩在法必安，選言亦雅，惟造情既淺抒響不高。夫破亡之餘，辭家遠宦，若以流離爲感，則悲有千條，尚懷甄録之欣，亦幸逢一旦。哀樂兩柄，易得淋漓，

乃敷旨淺庸，性情不出。豈餘生之遭難，畏出口以招尤，故抑志就平，意滿不敘，若脱綸之鬣，初放微波，圉圉未舒，有懷靳展乎？大校衷情本淺，乏於激昂者矣。」兹論權衡，良爲平允。張公歎其大才，鍾氏美其膏澤，竟同包容，别有賞心以上卷七。

附録晉漢府歌辭爲一卷。晉樂府微不及漢，而高出南北朝，亦能曲盡情事，不能如其雅雋，即以《子夜歌》論，比之《讀曲》更微不同。嘗謂《子夜》《讀曲》，如義山《無題》等詩，有兩種。一種實有寄概，於君臣朋友之間，感逝傷離之際；一種則止賦艷情，别無寄託。若《子夜》三十首，直不當做艷情看，明有感於恩遇之不終，交道之中絶，如怨如慕，如泣如訴，源出國風，變通騷賦，比興之微，一綫斯在，不可誤認淫詞，枉殺妙製也。《子夜》《四時歌》之類，則不盡然。《西洲曲》一篇，詞意承接，灰綫草蛇，向都迷解，不知皆夢中情事也，説見本詩之下以上卷八。

南朝宋詩，謝、鮑爲最，今録爲一卷，附顔特進廷之、湯刺史惠休二家。謝公詩雖云「東海揚帆，風日流麗」，然語句間已多排偶之習，但有氣骨音節駘宕耳。嘗謂陶公詩間有儷句，卻是散行古文。謝公詩不乏單行，竟是駢體文字。迨至元暉，益古遠而今近矣。謝公詩遊山最佳，讌會應教諸作，卻無足取，今略不存。

鮑參軍詩頗有雄鷙之氣，微病骨粗，其聲調氣體，太白殊相近。凡詩雄鷙之中，須帶深遠乃佳，否則易俗。參軍未至俗，然骨粗已是入俗根子，不可不知也。凡有流於是，皆不選録以上卷九。

顔光禄詩，明遠謂「如鋪錦列繡，雕繪滿眼」，此有微詞；陳嗣倩謂「如金張許史，大家命婦，本亦有韶令之姿，而命服在躬，華璫飾首，約束矜莊，掩其容態，暫復卸妝閒燕，亦能微露姣妍」，此評善於形狀，究亦未脱湯惠休「鏤金錯采」之喻耳。吾觀顔詩，滯機窒語，不一而足；錦透之句，亦自可人。《五君詠》獨饒蒼深，尤爲傑作，今登七首，備一家焉。

惠休詩，顔光禄斥爲委巷歌謡，方當誤後生耳。其詩存不多，或當日散布多可議者，若今所録，則顔論爲過矣。逸思雋藻，大概猶存魏晉之遺，觀兹六首，可見一斑以上卷九附録。

南朝齊詩，元暉爲最，今録爲一卷，附以王省郎融一家。昔人謂「元暉去晉漸遥，啓唐欲近」，良然良然。詩雖秀美，古質已漓，摇蕩生姿，雄直遂遠。比之書家，康樂猶是虞、褚，元暉則紹京以降矣。學詩從元暉入，可以脱俗歸雅，而易近修飾，亦淪弱薄。

太白低首宣城，當是賞其託興蕭遠，逸韻悠揚，亦緣同時人詩，併此亦少，故感而寄意以上卷十。

齊朝元暉而外，元長故佳，或病其天分不足，警思特少，亦大苛議，既非大家，取其精鍊可矣。《江皋曲》之類，豈非傑出以上卷十附録。

南朝梁詩，文通爲最，今録爲一卷，附以范僕射雲、沈特進約、柳太守惲、吴侍郎均、何水部遜五家。文通高於范沈諸公者，詩雖已近，猶有遒鬱之致，非一味流美也。

文通雜體，詩擬各家，仍是自寫懷抱，譬如臨摹古帖，本家性質終在，亦可以見功力。右軍臨鍾帖，豈不佳，然而終是右軍。陳嗣倩乃謂「文通不脱臨摹之迹」，又謂「方沈真是小巫」。「一言以爲不智」，殆是謂矣。文通輩行在元暉前，當入齊朝，底準蓋棺之例，既已仕梁，非逸民比。身歷宋、齊、梁三朝，與阮公沈醉埋照又有間，故不能免入前代也。

陳朝之詩，子堅、孝穆、見賾、總持品格正與范、沈、柳、吴、何諸公等。彼既附録，此難特拔，故亦附此四家於後，備陳朝一代詩焉以上卷十一。

鍾記室評范僕射詩「清便宛轉，如流風回雪，故當淺於江淹，秀於任昉」，此評切當。休文之詩，鍾氏以爲「詞密於范，意淺於江」，亦是平論。南史乃謂：「鍾常求譽於沈，沈拒之。後作《詩品》，追宿憾，以爲報。」此疑未然，沈品故止在零陵閒，方江則未足也。近人陳嗣倩獨優沈劣江，謂江之方沈，直是小巫，《詩品》云云，何其妄論。且謂休文詩體，全宗康樂，據勝在含毫之先，所未逮康樂者，意雖遠而不曲，氣雖厚而不幽。意之不曲，非意之咎，乃詞乏低迴也；氣之不幽，非氣之故，乃態未要眇也。大抵多發天懷，曲自然爲詣極他人，雖麗不華，休文雖淡有旨，故應高出時手，卓然大家。夫鍾氏以沈爲源出明遠，既屬影響，陳氏以范爲全宗康樂，又詎髣髴。氣體平曼，傑思差少。奉爲大家，擯江不齒，亦意見之僻矣。吾選《詩軌》，于陳氏論議，采取特多。鑒洞識微，益人不少，獨沈、江之評，翩然乖反，非固立異，亦難強同。世有識者，更平議之。

柳吴興詩，雖入近調，未失雅音。

吴侍郎詩，亦是近調，尚有逸氣，未能攝古，亦自軼今。

何水部詩，以論漢魏古音，去之甚遠，以論三唐近體，開之實多。少陵集中，規橅且衆，何況他家。今附稍繁者，欲以見詩道遞興遞降之緒也。王漁洋以與體陵並肩，愚謂差遜一等以上卷十一附録。

陳朝之詩，王漁洋以孝穆爲首，而病子堅蕪累，意猶以略人論詩，總持尚在。徐右，見賾在所不齒。鄙意竊不謂，然漁洋《古詩選》立意崇古而不尚今，梁陳之詩，卻古遠今，近諸家頗難詮采，所選諸詩反多，不今不古，莫一其轍，所以病子堅蕪累者，古體少也；總持差勝者，古體多也。其實以《詩品》論陰在徐上，江徐伯仲之間，張又稍下。吾今宗四家，附沈何諸公之後，不入正録者，古轍漸遠，仍入附録者，蓋已變初唐近體之權輿也。聲詩之道，與世遞變作者，亦不知其所以然，然而升降厚薄之間，亦可見矣。

孝穆樂府校佳，所選《玉臺》甚無足取，亦可以驗襟尚不過如是也。

子堅詩，《東觀餘論》以爲開沈宋之體，良然。陳嗣倩曰：「時各有體，體各有妙。六朝介古近體之間，風格相承，不盡心於此，則作律不由古詩而入，定乏温厚之旨。尤當識正宗，則子堅其是也。」此論確當。

張見賾詩直是近體，往在京中見梅伯言，頗摘其佳句，以謂究非唐後所及。

總持詩妍秀之中，漸近自然，讀其《哭魯廣達》絶句，本心未昧，亦可哀也以上卷十一又附録。

北朝、北魏，以常景、温子昇爲最，附以高允；北齊以邢劭、顔之推爲最，附以高昂；北周以庾信爲最，附以王褒，都爲一卷。常秘監之讚四君，不減顔光禄《五君詠》高唱也。温常侍數詩，猶帶風骨。高光禄四詩雖平敘，亦生動。

邢中令《傷志篇》，頗談名理。顔黄門古意亦殊，勁直高敖；曹雖武人，史稱其好吟詠，觀其《征行詩》，想見鼻端出火、耳後生風也。

開府詩亦是近體，挾以憤氣羈腸，校多盤鬱，少陵以清新目之，要是隨意之言，未概全體。六朝人詩音節極美，色澤亦佳，近人作詩多有傖氣，當以此藥之。若或學之流于纖佻，有乖雅正，則爲不善學者矣以上卷十二。

隋朝詩，楊處道爲最，盧侍郎思道、薛司隸道衡附之，都爲十三卷上。别録南北朝至隋諸帝詩若干首，爲十三卷下。處道詩雄邁有氣，混一區宇之徵。盧、薛綿麗，雖沿南朝舊習，亦校清洗，已是初唐氣象也。

盧侍郎七古數篇，沈、宋諸公呼之欲出，今録一篇，以爲隅舉以上卷十三上。

鄙選晋以下，各家分録，帝王詩不當入家數，又不欲遺之，故綜南北朝至隋諸帝詩，録若干首，爲十三卷下。漢高、漢武詩，皆氣象雄偉；魏武亦悲壯蒼涼。獨六朝諸帝，綺靡相尚，衰世之音，於是可驗。顧其工妙處，乃亦使人意移，知未當無才調，習尚所漸，未由振拔也。

帝王何必尚詩？如諸帝詩既工，何救于敗亡？録之正以發人遠想以上卷十三下。

録南北朝至隋樂府歌謡都爲一卷，大半無名氏可攷。《讀曲歌》尤勝絶，此體有二端，一賦豔情，一寓感慨，説具前卷八中。學者於其賦豔情者，作桑濮之刺觀；於其寓感慨者，作微文譎諫觀，則益人之情性，而詩教宏矣。

《華山畿詩》，哀怨使人悱惻傷懷。

《木蘭辭》是六朝人作，嚴滄浪謂唐人作，非也。指「可汗」字始見于唐，亦非，魏晉間已有之矣。

《雞鳴歌》大類漢人，以自來彙入隋朝，始乃之以上卷十四。

録初唐射洪、曲江、趙公、燕公詩爲一卷，以四傑、沈、宋、杜、蘇八家附于後。唐初諸公，尚沿徐、庾之舊，射洪首倡復古，乃有漢魏遺音；曲江繼振正始之聲，斐然稱盛；趙公、燕公後先羽翼，不爲六朝所宥。氣骨堅蒼，音節遒邁，與射洪、曲江雖云異曲，要是同工，故特取此四家都爲一集。若論輩行，趙公當在曲江前。今以詩之品類爲主，科第輩行只論大概，不欲拘拘，以後各卷皆如此，舉此見例。

何大復《明月篇序》謂：「初唐諸公詩，往往可以歌詠。少陵雖傑出，音節反不逮。」此論甚微，非解人難與道也。趙公《汾陰行》《明皇悲》之小調樂歌，想見音節之妙。作詩不究音節，亦是闕事。此初唐上承六朝，中間流轉，路陌不可廢也。

射洪詩，昔人謂：「横制頹波，翕然一變。」信是豪傑，人品當别論，然校之延清輩，又有間。

曲江曾應「道侔伊吕科」，終唐之世，見此一人。行業固不可及，詩亦清剛豪邁，校射洪尤有質幹。後來李杜諸公，格制多方，氣骨高峻，竟不能軼而上之也。

李趙公上接王、楊，中友崔、蘇，晚逮燕、許，故是鉅宿。詩格遒麗，而乃莊雅，無浮靡之氣，詠物諸詩雖小製，佳處乃亦難及。

張燕公詩殊有襟抱，非碌碌素餐之比。立朝爲林甫所忌，謫貶以後，辭益悽惋，玩其意旨，乃戀闕之微忱，非患失之褊臆。君子論文，宜有真賞。載記頗稱其人權譎，疑不盡然。唐代以來，毁譽多私。按文測人，殆猶激昂之士，《南中送北史》一詩可以見也以上卷十五。

四傑之詩，固沿徐、庾之舊，然體漸恢廓，氣亦疏朗。又初唐將轉盛唐之萌芽，至其音節，可被管弦，盛唐諸公反或遜其諧婉。盧之《長安古意》，駱之《帝京篇》，其尤著也。

四傑中子安無年，楊、盧集未見全本，駱傳校多，故才氣覺駱獨勝。

裴行儉鄙薄四傑，有「士先器識而後文藝」之語。愚謂此以論沈、宋則當；論四傑非是。王、楊行檢未失，即子安以《鬥雞檄文》獲譴，值帝怒耳。遊戲之詞，非玷朝職也；駱憝小職，固是褊衷。佐敬業起義，大綱亦正。惟盧稍薄倖，觀駱贈《古意》篇，可測而知之也。餘亦無大愆戾，至王溺、盧沈、駱亡命、楊卑官，命運所值，當别論也。大概四傑才華之士，不能安澹，處寂有之，未至如沈宋之失行也。

沈宋人品，實無足取，詩卻甚佳，欲存初唐一派，未可少之，故不以人廢言，而從附録也。

杜必簡詩不及沈宋，而長律卻精麗。文孫少陵長排，乃所自出。

許公與燕公齊名，詩卻小遜，然亦温縟無靡氣以上卷十五附録。

録王、孟詩若干首，附以王龍標五家詩又若干首，都爲一卷。王詩固不與陶類，王與孟又不類，然而其氣清，其意遠，音節神理，超然語言之外。滄浪所謂「有味外味，羚羊挂角，無迹可尋者，皆可於王、孟得其蹊徑。昔人非不有是，而王、孟最顯，最易尋求，是又不類而類」也。

王詩《輞川集》最勝於五古，五、七律亦佳，七古便覺濃重不及五古，然校高岑又佳勝。

六朝雖尚佛老，取資談論而已。右丞便融化禪理入之詩内，不著色相，意象超然，此古來未闢之境也。詩家高境，本取興象，沾滯便拙。六朝以前含蕊孕馥，未嘗點破此祕，至王孟乃發揮盡致。滄浪之論詩，漁洋之《三昧集》，皆本爲職志。

孟公從二謝入，而取資元暉校多。洗去字面，用其神理；變其體格，運入近體，覺逸氣滿紙，奇趣亦生。前人謂孟公學陶，真非解者。

《稗説》記右丞誦孟詩「不才明主棄」一聯于元[玄]宗前，元[玄]宗不懌，遂至淪落。姚惜抱嘗攷之，計其年不相及此，傳誤也。閔謂其誤，不待攷事實，即論詩句，何至不懌，而有誣朕之語，元[玄]宗非不解詩者，此詩句乃自傷，解人正當憐之，何反恨之乎？

右丞詩畫皆極高妙，筆墨間直是敝屣富貴，蟬帨軒冕，何爲有鬱輪袍之汙，真不可解。唐人脞説，失實甚多，求其説而不得，且闕疑也。至其陷賊未受僞官，有「凝碧池頭」之句，後來獨得免議，此其大節不虧處以上卷十六。

録龍標、太祝、常尉、東川、司勲五家詩各若干首，附王孟之後。龍標絶句固盛唐高唱，無毫髮之憾，他體亦駸駸競爽，右丞惟微妙差遜耳。太祝詩亦峻逸不減孟公，堅處幾欲突過驊騮前。然而品格清遠，亦遜一籌。龍標不矜晚節，爲吕邱曉所殺，可惜可惜。唐朝詩人每負才放肆，不得善終。又或干謁貢諛，有玷清議，皆極可惜。

太祝陷賊受僞官，止是惜死。其《漢陽即事》云：「九歌深有恨，捐佩乃言歸。」意蓋自訟，然而晚矣。

《哭殷遥》詩，王、儲皆有和，觀之如弈棋，直是對手，但儲他體不如王咸善耳。

常尉官卑而詩甚高，「禪房花木深」五字，歐陽公讚歎不置，謂「極平生更不能作此語」，蓋賞味之餘溢耳。

東川七律不過七首，明七子從而證入，便若一粒丹可以换骨得力，真不在多，然他體亦自佳。《謁夷齊廟》《古從軍行》諸作，高、岑失色卻步。

司勳《黄鶴樓》詩固佳作，謂「唐代七律第一」，滄浪云則震於太白之言之過也。太白云「眼前有景道不得，崔顥題詩在上頭」，乃一時之言，仞爲太白真不能下語，則滯拙矣。此種體止可一見，多則反無味。太白《鳳凰台》詩起二句偶類，未必定襲，次聯即須變换，一再沿之，豈成爲太白？其實司勳儘有佳詩勝鶴樓者以上卷十六附録。

録李、杜之作，附以高適、岑參、賈至詩，都爲一卷。高氏《品彙》以李爲正宗，杜爲大家，高岑諸公位名家，其意「不失正派」者爲正宗；「無所不有」者爲大家；「各鳴所長」者爲名家。鄙意止輪軌轍，關于風氣升降者，爲正録；羽翼鳴和著爲附録。王、孟已過，柳、韓未來，李杜非開寶一大宗乎。李上承前哲而昌明，杜下啓後賢而博大。天才李爲勝，人事杜爲優。學李不至必絶臏，學杜不至猶布武。然而李之氣概，東坡所謂「如遇魯仲連一輩人，不敢復談鄙事也」。

李集贋作極多，前人摘出不少，猶有遺者。緣李天才放逸，率口甚多，所以後人敢於濫附。今於李詩太涉空率、漸流華易者，皆不録。

太白説仙，莊子説逍遥遊也。

太白雖仙才，要得其安身立命處，徒學其廓落不羈，反墮入俗。後來惟坡公爲善學柳下惠，餘罕問津者。

太白絶句飛行絶迹，又出右丞、龍標之外，《清平調》三首，不知入樂音理，如何以詩論，尚非其至。

太白七律，選家止取《鳳凰台》《鸚鵡洲》數首，不知《東谿幽居》《寄崔侍御》《贈郭將軍》之類竟是别調，人都忽過。明七子卻時時取法，人亦不知，以爲止靠李東川數首也。

梅伯言見語：太白好説雲端裏話，吾不取；不若杜公只説家常話。此又論李一説。

少陵詩不出嚴滄浪「憲章漢魏，取材六朝，至其自得之妙，則所謂集大成者」數語。少陵《哀江頭》《劍器行》《兵車行》之類，面目與李不同，而鬱勃淋漓，足與競勝，殆如晉楚相遇於中原也。

少陵《題畫松歌》起句云「堂上不合生松樹」，此等形容，正有獃氣，後生不必效之。

大凡古人真率處，善者可學，如少陵《喜觀到》云「病中吾見弟，書到汝爲人」是也。其未善者不必學，如少陵《示宗武》云「汝啼吾手戰，吾笑汝身長」是也；又如《短歌行》「賢者是兄愚者弟」亦不佳，不可謂一出少陵，處處學之。

少陵晚年之作，菁華漸竭，率手亦多，頗開後人一種習氣。選家能抉出精粹，去其流弊，乃爲可貴。「受諫無今日，臨危憶故人」，少陵此等詩，有鳳凰翔于千仞氣象。

明鄭善夫批點杜詩有云：「詩之妙處，正在不必説到盡，不必寫到真，而欲説欲寫者，自宛然可想，雖可想而又不可道，斯得風人之義。杜公要到真處尽處，欲以失之。」又云：「長篇沉着頓挫，指事陳情，有根節骨格，以杜老獨擅之能，唐人皆出其下。然詩正不必以此爲貴，但可以爲難而已。宋人學之，往往以文爲詩，雅道大坏，由杜老起之也。」右説見录於《焦氏筆乘》，概能知其所長而又知其敝者。

「江山如有待，花柳更無私」，語意間含蓄多少。

少陵絶句，如太白七律，非專家别有風味，山谷多學之。以上卷十七。

高岑之詩，梅伯言云「有俗氣」，此語甚微，蓋濃重不超遠，便至俗耳。高廷禮《品彙》目高岑爲悲壯，噫嘻，此悲壯所以俗也。

賈至詩絶句數首佳。

高、岑、賈皆與李杜倡和，故取附此卷以上卷十七附録。

録韋、柳之作，附以劉眘虚、陶幹、孟雲卿、沈千運四家詩都爲一卷。韋詩雅而和澹，柳詩深而峻厲，兩家品格各不同，而蕭然塵表，如秋雲麗空，霜月照野，則又不同而同。

坡公謂「柳詩在韋上」，王漁洋又謂「韋詩在柳上」。坡公言：「自當只論兩家入處，便見韋從魏晉入，近挹右丞；柳從騷入，下參阮、陶。測其源頭，高下在目。」

柳詩刻深微有緊處，韋卻校和，此各肖德性而出。蘇州少年亦豪俠仗氣，後來乃和平，亦未嘗不抑鬱含蓄，不徑露耳。

柳詩《南磵中題》等作，如其古文遊記，境界高絶，雖古人未嘗有是。韋詩「兵衛森畫戟」篇中數語佳，入後覺曼衍。大概韋詩遇長篇有調疏處，雖不害其佳，亦未始非病。

王、孟、韋、柳皆非學陶詩，亦不陶類。後人見其閒澹，便目爲陶派，不識陶又不識王、孟、韋、柳，真皮相也。

柳詩，韓退之不能及。柳《詠荊軻》篇，如程不識將兵，部勒森嚴可畏。持校陶公，此作則又爽然失矣。陶

《詠荆軻》，言外便見己抱，末云「其事雖不成，千載有餘情」，何其含蓄深遠也。柳《詠荆軻》則止是論古，雖亦見議論力量，然而境地不同以上卷十八。

附録劉昚虚、陶幹、孟雲卿、沈千運四家詩於韋柳後。劉詩酷近襄陽，豈交契深，性情亦類耶？舊題江東人，無字號，據《豫章十代文獻略》考定，字全乙，洪州新吴人，即今南昌府新建［奉新］縣也。

陶員外詩，殷璠謂其「既多興象，復有風骨」，觀古《塞下曲》之類，高、岑不及也。

孟、沈二君詩，沈刻類柳州，故取附此卷。孟君尚知里秩，沈君詩止見於《篋中集》，字里官秩，俱無攷矣，疑處士也以上卷十八附録。

録韓、孟、長吉詩，附以次山、仲初、文昌、長江四家詩，都爲一卷。坡公云「詩格之變，自退之始」，誠哉是言。高廷禮《品彙》「正變」一門謂「韓爲變中之正，孟爲正中之變，而長吉、仲初、文昌、長江，並列此門」，今略仿其意，見風氣之遞變焉。宋人極重杜、韓，六一、半山、坡谷皆沈潛，於是讀杜不讀韓，猶莫盡諸公底藴。

詩端正説理，自退之始。漢魏人詩理，都帶在情事上説，所以有詩趣。退之單説理，文趣多，詩趣少；其至處，亦復有味外之味，别是一格，王半山得之尤多。

退之《秋懷》詩，闢塗李杜之外，另是一種境界。

《琴操》諸作，未嘗不深至，究亦人意中所有稍變艱深耳，今卻且置之。

《石鼓》詩鋪敘繁縟，無関妙處，梅伯言嘗病其屹屹如障眼大石，然而議立太學，自此詩始，後來竟從之，其事有要繫，不可不存之也。若論詩旨，漢魏以來無此笨重之作，學者慎不可視爲夐絶，絲繡而金鑄也乾嘉間諸老集中多學此種，全無詩趣。集中如《贈鄭羣簟》類皆是此種，今略不存。蓋温柔妙曼之旨，超遥宛轉之音，從此斷截耳。

元遺山《論詩絶句》：「東野窮愁死不休，高天厚地一詩囚。江山萬古潮陽筆，合在元龍百尺樓。」此論未是。東野詩沈刻促隘有之，何至爲詩囚。其境地正與韓略類，但面目不同，所以退之賞歎獨至。其詩如「半生無恩酬，劒閒一百月」「參辰出没不相待，我欲凌風無羽翰」，詩囚口氣如是乎。他如《比干墓作》皆奇傑，選家多遺之。

長吉詩或謂「仙才」，或謂「鬼才」，皆皮相。惟牧之謂爲「騷之苗裔」，四字盡之。其間作奇險語，細尋味之，實無理致，如「石破天驚逗秋雨」之類，卻易流入僻派，吾不取之。所取要是氣概凌厲、胸次宏達，與奇險絶不相蒙。如「買絲繡作平原君，有酒惟澆趙州土」「直是荆軻一片心，莫教照見春坊字」「見買若耶溪水劍，明朝歸去事猿公」，此豈真欲以錦囊佳句，了此一生者？天年不永，志殊未就，良爲可惜以上卷十九。

元次山詩，質木率直，爲佳勝可取者，有關風教，得詩之本旨爾。《欸乃曲》卻有妙處，故亦不可遺之。高廷禮謂：「王建、張籍樂府體製相似，稍復古意，詞眼不謬。白香山樂府大類唱詞，去古甚遠，元微之更無論。」漁洋論詩謂「元白張王皆古意」。要是趁意，非定評也。

仲初宫詞利鈍雜出，初意不欲存之。既而念其中頗有遺聞軼事，乃擇其尤者録若干首。如：「舞頭當拍第三聲」「鳳凰飛出四條絃」「側商調里唱伊州」「先打角頭紅子落」之類，皆微有古義可尋。

張司業亦退之所賞歎，今觀所詣，誠亦東野之亞。

賈長江詩味，澀骨癯然。其至者，刻琢廉悍，不據爲韓孟所壓抑。范箕生謂「島孤軍起朔方，一戰而霸」是也，其有過於削鍊，易滋流弊者，概不取之以上卷十九附録。

録文房、夢得二劉詩各若干首，附以錢、郎十一家詩又若干首，都爲一卷。中唐詩以二劉爲最，夢得舊列晚唐，其輩行與柳州後先，柳入中唐，劉何不爾耶？文房稱「五言長城」，讀其五律，信爲精美，然氣味漸薄，有太工巧處。初、盛人詩便渾雄堅樸，不事雕琢，所以尤勝。

文房五古，校他家猶有初、盛遺韻。

文房《長門怨》云：「月移深殿早，春向後宫遲」，何其婉約，得風人之旨。又如「楚國蒼山古，幽州白日寒」，亦極雄深，皆不可及。

夢得《竹枝》諸詞妙絶千古，其妙處亦從騷入，參以魏晉六朝歌謡，而音節穠麗悽怨，同時白樂天諸公，遠出其下。高仲武云：「文房剛而犯上，遷謫皆自取之。」今觀其文字語言，藏骨幹于腴練，雖曰剛直，亦有含蓄。似非悻悻之爲者，遷謫如非其罪，亦不爲自取，此當更攷實也。

高仲武又云「文房十首以上，語意稍同，落句尤甚，蓋思鋭而才窄也」，亦未盡然。昔人論詩謂「不解雌黄高仲武，長城何意貶文房」，蓋指此。

白樂天目夢得爲詩豪，誠不愧。而《西清詩話》謂「若巧匠矜能，不肯少拙」，亦不謬然。所論於絶句《竹枝》之類，毫髮無餘憾者也。《石頭城》《烏衣巷》等詩，蓋《金陵五題》，夢得與樂天同時作者，夢得自序云：「友人白樂天掉頭善吟，歎賞良久，且曰《石頭》詩，吾知後之詩人不能復措辭矣，余四詠雖不及此，亦不孤樂天之言爾。」其自負如此，然亦實能令樂天閣筆以上卷二十。

附録錢仲文、郎君胄、皇甫茂政、李君虞、韓君平、盧正言、李正己、司空文明、戴幼公、白樂天、張承吉十一家詩於二劉後。錢、郎，君胄與錢角逐，時謂「錢郎」，餞送得其詩以爲榮。『河源飛鳥外，雪嶺大荒西』，一時高唱也。唐人止有一二名句，便堪卓立，不似後人夸多鬥靡。皇甫茂政詩如「川流通楚塞，山色繞徐州」「山從建業千峯出，江到尋陽九派分」，似此等何減錢郎耶。

李君虞絶句與夢得《竹枝詞》，中唐絶唱。韓君平亦工絶句，「柴門流水依然在，一路寒山萬木中」，蕭瑟如倪、黄畫也。

大曆十才子今録其半，錢、韓、盧、李、司空五家，惟工近體，古體少復佳者。餘如崔峒、吉中孚、耿湋時有佳作，未能盡録也。戴幼公《三閭廟》《湖南即事》諸作，亦是傑構。

白樂天詩流易而俗，坡公謂其「格製不高，讀而易厭」，良然良然。世俗好誦樂天詩，直爲便掉弄耳。不善學之，往往墮入惡道，今嚴爲選擇，以存白氏一派。

樂天《長恨歌》指斥本朝，實爲失體，語又纖佻，尤乖雅道，亟宜刊正，未可揚波。向來選家都與存録，令黄口小兒諷誦以熟，謂有功詩教乎。《琵琶行》比《長恨歌》校可，然出爲江州司馬，何遽淪落，地方官吏下方老妓雖曰寓言，自薄已甚，均不當存録者也。杜牧之謂「白詩纖麗不逞，非莊士雅人所爲，流傳人間，子父母女交口教授，淫言媟語，入人肌骨不可去」云云，不覺與鄙論闇合，喜昔人先得我心也。

宋張戒《歲寒堂詩話》云：「楊太真事，唐人吟詠至多，然類皆無禮。如《長恨歌》，雖人人稱誦，實乃樂天少作，雖欲悔，而不可追也。其敘楊妃進見專寵行樂事，皆穢褻之語，首云『漢皇重色思傾國，御宇多年求不得』，後云『君王掩面救不得，回看血淚相和流』，此固無禮之甚。『侍兒扶起嬌無力』以下云云，殆可掩耳也。此詩元和元年尉盩厔時作，年三十五。」閔案：此條甚有功詩道。

樂天《秦中吟》諸作，意議甚正，但體格不高。去漢魏風謡甚遠，一轉手即成刻譁，今亦不欲過而存之。

樂天作詩，欲令老嫗能解，此不可訓。《三百篇》雖有婦人女子作，亦視其人何如，未必凡老嫗皆知嗜彼之小星，營室之定中也。陳嗣倩論詩必曰「善言情，善修詞」，老嫗知善言乎？知善修乎？不能此欲其知之勢，必止知鄙情陋詞而已，風雅掃地，必在此族矣。近來袁隨園猶揚白氏之波，其效可見。

張承吉初以宮詞得名，今觀之，信有六朝風致。七絶佳處，亦往往追逐李君虞以上卷二十附録。

録義山詩若干首，附以杜牧之、温飛卿、許用晦三家詩又若干首，都爲一卷。晚唐詩道猥雜，要以義山爲正軌。世多謂其綺縟，吾視之殊清刻也。世又謂其學杜，吾視之六朝徐、庾，初唐四傑，尤所致力也。

義山因婚於王氏，客於鄭亞，遂爲令狐所疏，半生潦倒，淪於幕僚。其間情事，難於質言，又嘿焉不得，所以寓言十三，比興大半。當時既無任淵其人爲之作注，去時以遠，欲一一證合，殆亦難矣。只好得其大意，會其微旨，更爲圓妙，其實在可證合者注出一二，斯可免穿鑿附會之病矣。近來馮星實鴻臚，殫力爲注，考覈甚詳，校勝從前諸本。

義山《無題》詩，明是寄託，決非豔情，可選止二三，今欲合觀意旨所在，故全録之。又以作非一時所感，有同有異，故不聯綴。録寫仍原第分劃，以一「又」字別之。

義山詩用意微妙，如「青女素娥俱耐冷，月中霜里鬭嬋娟」一何悲惋。又如「侍臣最有相如渴，不賜金莖露一杯」，此不斥言求仙无益，反愿賜仙露以祛渴病，與「他日君王作仙去，瑶池猶幸得同游」一語，妙皆婉而多風也。

「不須看盡魚龍戲，終遣君王怒偃師」，言眩惑終不可恃也。「微生盡戀人間樂，只有襄王憶夢中」，言墮入鬼趣，愚乃如此也。此皆益人情性之作，餘可類推以上卷二十一。

杜舍人詩豪宕有氣，「擬把一麾江海去，樂遊原上望昭陵」，蓋感慨太宗雄才大略，不可復見也。

舍人文章亦淩厲，無晚唐頹靡之習，論兵《原十三衛》等篇皆傳作，嘗謂唐代古文當補此一家。

舍人詩最傳誦者，如《赤壁》云「東風不與周郎便，銅雀春深鎖二喬」，全非事實，語亦輕佻，此何足存也。又如「十年一覺揚州夢，贏得青樓薄倖名」，雖有感傷，究成疏脱，甚乖詩品，亦不可存。　舍人《阿房宮賦》起二聯云：「六王畢，四海一。蜀山兀，阿房出。」下六字幾不成語，何以亦盛傳，此不可解。

飛卿詩亦有音節，然非義山匹，其氣骨與胸襟不同也。「古戍落黃葉，浩然離故關」「回日樓臺非甲帳，去時冠劍是丁年」，風格差振。

飛卿《西洲曲》，大似初唐。　用晦詩，前人議之多失實，在晚唐要爲錚錚。「殘雲歸太華，疏雨過中條」「漢業未興王霸在，秦兵纔散魯連歸」「聞有三山未知處，茂林松柏滿西風」，亦何減于飛卿 以上卷二十一附録。

録唐代諸帝詩，及郊廟樂章都爲一卷。　諸帝詩向來列卷首，吾今以家數爲軌，故不同義，已見十三卷下。

唐代雖以武戡定天下，太宗文章實亦傑出，貞觀、神龍風氣日上，亦上有以表率之也。　元［玄］宗英明，才亦迺邁，風雅一途，又啓開、寶之盛，此二帝要爲翹楚。　餘如中宗、文宗、昭宗，取觀梗概而已。　章懷太子《黄臺瓜辭》亦不可棄，取附卷中。

《郊廟樂章》，張燕公所撰最勝，褚亮、魏徵諸作亦有榘矱，録數十章以存雅頌一軌 以上卷二十二。

就全唐詩樂府一類，録出若干首爲一卷。　其已見前所録各家詩者，亦不重録。　録之體例，仍依漢魏六朝之舊，以某調某曲爲綱領 此本之郭氏茂倩爲多，雖未必一一可被管弦，循技及本義當如是，庶合樂府專門名目，亦使後之仿爲樂府者，毋忘其朔也。

唐人樂府有獨勝者，如劉希夷、崔國輔、張仲素之類，蓋是專學六朝。樂府諸曲有節，有拍，有箏、琶、琴、笛弄引，爲用之不同，具見《樂苑》《樂録》諸書，今若備録則太繁，節録則不晰，姑一概略之，俟人自檢專書攷覈。

唐樂府有太涉佻易，如《囉嗊曲》之類，今亦不録。

唐人歌曲，有以前幾疊爲歌，後幾疊爲破，爲濖、爲排遍，其間又或五絶、七絶相爲互次，今其法亦不盡傳，各録一二以見崖略以上卷二十三。

録唐末五代長短句若干首爲一卷。長短句謂之「詩餘」，蓋本從詩出也。肇端於開元、天寶，衍流於元和、太和，大氐於大中、咸通，以訖南唐後蜀。

世傳有李白詞數首，詞氣何嘗類白耶？陳廣夫謂：「《憶秦娥》一首，恐是昭宗在鳳翔時作，是此數首依託無疑。但以爲白作，則不類。」若在他人，則又高盛。相沿已久，姑仍其舊。

晚唐詞温飛卿最勝，五代則南唐二主，韋莊、李珣、馮延巳亦自名家。歐陽炯詞，與所選《花間集》盛有名，而實無可取，人即爲五鬼之一，詞又卑茶，茲止略存二首以上卷二十四。

宋初尚西昆一派，此沿唐末五代之習，非宋真面也，今不録。録自歐、梅始，附以蘇、李數家都爲一卷。唐後詩，宋最難選，賦多而比興少，議論多而含蓄少，甹陳多而煆煉少，下者止成有韻之文，又或雜以俚言腐語，至與漢唐高情遠韻決裂，破壞不可收拾，此明嘉靖後所以懸宋詩爲厲禁也。國初浙中吴孟舉獨嗜宋詩，有《宋詩鈔》數十卷。其言曰：「宋近於唐，其用力於唐，尤精以專，所爲詩變化於唐，而出其所自得，皮毛落盡，精神獨存。嘉、隆以後尊唐而黜宋，不能辨其原流，是猶逐父而補其祖也，臭腐神奇，從乎所化。嘉、隆後之爲唐，唐之臭腐也，宋人化之，斯神奇矣。唐宋人之謂唐，唐之神奇也，嘉、隆後人化之斯臭腐矣。昔李蓘、曹學佺選宋人詩，均取其近唐者，以此義選宋詩，其所謂唐者，終不可得近，而宋人之詩則已亡矣。」茲言甚辯究，仍一偏之見。夫唐詩之可取，取其不偭乎漢魏者爾，晚唐之纖靡，胡可取也？然則宋詩之當取，亦必取其不偭乎唐人以上，溯乎漢魏者爾，其俚言腐語，絶無詩之格度，情趣神理音節者，亦胡可取也？吾選宋詩，無嘉、隆後人之見，亦無吴氏之見，壹以不昧軌轍爲主，雖變化多方，塗徑終在也。雖然音節之嫖姚，興象之超遠，格律之渾雄，宋終下唐一等，無論漢魏，此氣運使然也。然而不事浮華，漸可語道，舂陵瀧吏之言，每結胸臆；琵琶連昌之薄，不染毫端。此又摧陷廓清，反得雅正也。去其所短，集其所長，宋代真詩蔚然可法，又何必祧宋禰唐，好丹非素乎。

宋詩異於唐者，蓋有故。初盛唐人皆以漢魏六朝人爲法。雖李、杜高材，陰鏗、何遜、開府、參軍往往在口，無論其他。至韓公乃稍去之，行以議論，規以杜法，此唐詩一變也。宋人又多以杜、韓爲法，賦益多，比興益少；議論益多，含蓄益少；剸陳益多，煆煉益少也。歐陽、王、劉、蘇、黄數公學博而才多，雖法杜、韓，其取材隸事，命意遣詞，尚能自運心得。且漢魏六朝之書，皆所攬擷，故宗法不越杜、韓，而境地變化，各能自立門户，不爲所拘。茲宋詩所以猶有其一代面目，上紹前人，下溉後學也。若舍此數公，而取乎俚言腐語之宋詩，與夫四靈、江湖之宋詩，則欲沿洄漢唐之律，猶斷港絶潢，終不能至。詩道榛塞，必有執其咎者矣。

文字各肖其人之德性。六一雖學韓公詩，卻温潤和厚，無嶄巖刻深之態。然又骨幹中藏，不露軟靡。譬如永興書「層臺緩步，高謝風塵」，遇其戈勢銛鋒，轉非率更、平原所及。平生立朝謇諤，風采殊可畏愛，不徒文章照耀也，詩亦如人，所以可貴。

六一詠崇徽公主手痕云「玉顔自古爲身累，肉食何人與國謀」，朱子歎爲「第一等議論、第一等好詩」，誠然誠然。蓋雖議論而有含蓄，言外感慨甚多，卻不窨露，兹種風味，唐人所無也。又《贈杜祁公致仕》云「貌先年老緣憂國，事與心違始乞身」，止是本等話，而婉約低迴，味之不盡。此皆宋詩之近道，仍無害於詩之品韻者。

六一自負《廬山高》一篇，太白不能作，此出叔弼所記，疑戲言而認爲質也，不可信之。

梅都官詩才力氣魄不及歐陽，而足與鳴和。龔璛謂「去浮華之習于西昆體極敝之際，存古澹之道於諸大家未起之先」，斯言也信。

歐、梅詩止將《啼鳥》一篇互校，歐綽然有餘，梅便緊迫喫力，知才氣高下不可強也。然而修雅閒澹，故是高品，歐公所以傾倒至極以上卷二十五。

蘇子美詩甚有才氣，然妙遠之趣不存，亦病直瀉無紆曲，兹取婉約數首。

李太伯詩甚健，有格律，其絶句學義山，王漁洋賞其數首，惜門徑不甚大，要不可不謂詩豪也。

太伯見知于范文正，薦爲太學説書，亦嘗客蔡君謨所。曾子固從其學，朱子稱其經學有得，蓋一時豪傑士也。吴氏《宋詩鈔》次太伯于陳簡齋後，去時甚遠，論人可昧其世乎。

石曼卿詩，校子美格益弛張，以其有氣，存附一二。

和靖詩清約可誦，世盛傳其《梅》詩，究六一、山谷所標舉者，語句妙而已和靖《梅》詩，六一賞其「疏影横斜水清淺，暗香浮動月黄昏」一聯，山谷賞其「雪後園林纔半樹，水邊籬落忽横枝」一聯，全體仍未佳也。今割愛不録，録其最完善者。

和靖在歐、梅未起之先，其詩已欲變于正矣，但未能雄深耳，此亦見氣機之自有其漸也以上卷二十五附録。

録半山、原父兩家詩爲一卷，附貢父、子固、武仲、平仲于後。半山詩刻摯勝歐公，而妙遠不及，初亦窮力杜韓，後乃脱化，然才情氣魄，卓越一代。詩中札縛事實，如周亞夫、程不識部勒營伍，森嚴中極自然，無矜情，無惰氣，望而知爲大將。「細數落花因坐久，緩尋芳草得歸遲」，此與杜公「水流雲在」一聯相似，蓋養到之候也。「不知烏石岡邊路，至老相尋得幾回」，亦是唐音。

「寒風鴨緑粼粼起，弄日鵝黄裊裊垂」，半山自賞此語，刻劃造化，亦興到之言，啓發初學心思可耳，盡詩家高勝，未也。

宋人於半山恩怨之私，極加醜詆，即論詩，亦好舉其劣者爲口實。如「青山捫蝨坐，黄鳥挾書眠」誠非佳語，鋭思極後，每有入魔處，此類是也，不可爲訓。然何不舉似佳者，而必舉此乎？「至尊端拱罷簫韶，元老相看進刀筆」「春風生物尚有意，壯士憂民豈無術」，頓挫激昂，半山獨得。又如「豐車肥馬載豪傑，少得志願多憂虞」，非盡人世情僞，不解道此。

半山《金陵懷古》押雙字、窗字韻云「豪華盡出成功後，逸樂安知與禍雙。東府舊基留佛刹，後庭餘唱落船窗」，風骨飛鳴，可謂警絶。

温公歎賞半山晚年詩，爲華妙精深。東坡見其題壁，亦怪詑曰：「此老野狐精。」可見君子鑒識，不謬是非。

吴氏《宋詩鈔》遺新喻二劉，殆未得其集耶。二劉原父尤高出，詩亦學杜，然音韻格度和雅，雍容無抑鬱噍殺之響。昔人評率更書，端冕而有德威，原父詩正相似，當爲北宋大家，何以前人都罕論及。原父深於經術，朱子謂其文章爾雅，澤於經訓者，深擬《禮經》，數篇文字，便欲不辨。其高才博學，如此真歐、王諸公勍敵。

原父與歐、王交游，嘗嘲歐九不讀書，有每繩半山新法，蓋一時多聞直諒之友，無過原父矣。《腟説》載其兄弟行事，每有違言，殆當日剛直，忌嫉者多，加以點污耳。觀所著《公是先生弟子記》，雅近儒者，知一切稗談不足信也以上卷二十六附録。

録蘇、黄詩爲一卷，後附秦、晁諸君詩。坡公天才超邁，歐公一見便謂「當放出一頭地」，賞鑒之精如此。然集中詩極難選，大校佳處在灑然言下，一埽百十行，若不經思慮，短處亦即在少渟涵，多趁率之筆，無復古人淵永澄澹之味。又其甚者，微文刺譏，詼諧雜出，頗近柳下之不恭，後生波蕩，便益浮薄。遺山論詩所以有慨「滄海横流」也。今於諸所犯病，略不入選，所以存詩道之正，亦以見坡公之真。

坡公詩可取，在胸次浩落，無半點塵腐氣，又筆力亮拔，無難顯情事。其病在好盡易於出手，不耐洗伐。摩詰以禪理入詩，高妙獨出，然不用其詞也。蘇、黄併用其詞，不及摩詰矣。顧猶善於揀擇，色澤相配，自是以後，上堂捧喝之言，無不闌入，詎復有詩？欲拔根株，凡蘇、黄徑用禪語者，雖工不録，亦力求復古一端也。

就其原頭，亦不始蘇、黄、寒山拾得，即行唐代，究非正聲也。倘親風雅，定當别裁。

山谷校坡公，極用意陶錬，而晦澀之弊又生。第以藥滑易，極是金丹，邁其佳勝，有回甘之味，爲向來所無，所以坡公外，能自樹一幟，不爲所掩。

山谷詩，滑稽亦多與坡公同，皆不可學。既失詩品，亦蕩心志。如「管成子無食肉相，孔方兄有絶交書」，皆獷氣，非雅音，餘可類推。

山谷早年《新寨》詩云：「俗學近知回首晚，病身常覺折腰難。」半山一見歎爲「非風塵俗吏」，言於當路振之。

前人稱山谷博聞強記，在貶所無書籍，有來求書者，問欲書何篇，如《史記》《漢書》之類，放筆默書，一字不遺僞，豈非異事？想見平日用功精熟，不鹵莽也。

呂居仁《江西詩派圖》奉山谷爲鼻祖，此非山谷意。其列於詩派者，恐亦未必山谷一一當意也。存一時佳話則可，不必實然。

坡、谷均好和韻，迭出鬥勝，如汁字韻、粲字韻、尖叉韻之類，偶一爲之可耳，大家弗尚也。又如詠雪禁體、十二辰回文之類，皆是狡獪，無關雅音，今概不録。

和韻山谷尤善，詠馬諸作，忘爲和韻者，亦間取之。

《脞説》載：山谷在落星寺，聞坡公死，手執香匾子歎曰：「此後屬老夫矣。」論者遂謂「坡、谷心相軋，故有此語」，此大謬也。坡、谷豈有相軋理，「此後屬老夫」之言，恐是即痛故人，行自痛之意，記者不得其旨，遂成爾語。

坡公詩，取其含蓄藴藉者，山谷詩，取其高遠妙明者，乃知歐、梅、王、劉之後，又一轉關，似是極盛，不知哀意萌矣。嗣後秦、晁數子外，終宋世罕傑出者，豈極盛難繼？亦坡、谷之詣，不能更追，須有出路，乃得撒手。遺山、道園漸思擺脱，至明嘉、隆諸子拔趙幟，立漢幟，旗鼓始一改觀。天地自然之氣，至是昌盛，無文王猶興。吾深服諸子爲豪傑之士，蒙竅詆訶，門户餘習，毋爲所障也。萬曆而後，倏見衰落，臥子、亭林又漸振起。至於今代梅村之才華，漁洋之神韻，未便開壘，要足綏宇，綜六七百年升降軌轍，瞭然心目，聊因坡谷一及之以上卷二十七。

子由詩文，皆下父兄，吾嘗謂：「宋代六家文，當去子由，補原父詩則清飭，略能自張。」

蘇門諸子，晁之才氣優於秦，然而秦詩校有韻味。

後山學文於南豐，悟詩於山谷，爲人清介拔俗，《言行録》載其行事，令人起敬。其詩精思而有深遠之味。

任淵曾爲之注，足與山谷代興者，惟此公耳。詩派中諸謝諸洪，瞠乎其後。宛丘詩，吴孟舉謂在秦、晁上，亦未然，正伯仲間耳，茲略取其有韻味者。

山谷詩再傳者尚有曾茶山，南渡放翁從受詩法。趙仲白題其集曰「清於月白初三夜，淡似湯烹第一泉。咄咄逼人門弟子，劍南已見一鐙傳」，其推挹如此。初求其集未得，甚以爲憾。後得武英殿聚珍板本《茶山集》八卷，讀之清和有度，無鉤脣棘吻之敝，然亦無大超越于人者。故已附録而復置之，不欲太濫也以上卷二十七附録。

録白石、放翁詩爲一卷，附以誠齋五家。南渡詩無大宗，姜、陸校爲傑出。白石詩不多，格韻在放翁上。所著詩説，句句入解，如云「句中無餘味，篇中無餘意，非善之善者也」；又云「體物不欲寒乞相」；又云「意中有景，景中有意」，皆是微言。詞尤高勝，亦工書法，《絳帖平》二十卷，今存六卷，精思妙悟，甚資啓發。

嘉興錢泰吉輔宜云：「白石詩家」。擇翁少宗伯謂爲「南宋一大宗」，以其皆和平中正之音也。讀《昔游詩》可見大概。又云：「白石《詩説》，謂《三百篇》美刺箴怨皆無迹，當以心會心。」又謂：「詩有窒礙，涵養未至，當益以學。讀此知詩有别裁，非關學之説不足，爲定論矣。」閔案：後一説，當活看姜嚴，各有妙理，不可執滯。擇翁者，錢擇石侍郎，名載。

南渡詩初稱「尤、蕭、范、陸」：尤延之袤、蕭千巖德藻、范石湖成大、陸放翁游也。後易蕭以楊誠齋。白石爲蕭婿，未知受詩于蕭與否，蕭集不傳，《江西詩徵》中載蕭詩數首，得梗概耳。

南渡詩，朱子實當爲一家，初學二謝，既學陶公。中年以往，意不在是，遂隨手爲之，然從而採擷精英，猶勝諸家也。鄙意朱子不必以詩鳴，詩亦尚非朱子究極之詣，存而不論，校爲得宜。

放翁詩存者極多，好者亦衆，然實淺近，不耐咀諷，正便俗子漁獵耳。近體猶可，古體益疏。漁洋《古詩選》存其七古，頗覺太多，今録校嚴，非事苛刻，世有鮮人，知不河漢。

放翁近體，亦是先有中一聯，再足成前後者。詩道之裂，至此爲甚。放翁可取處，在耿耿君國之思，若其得位，恐亦無大建白，作一《南園記》可以測之記中雖有勸勉之意，然已委蛇矣。

桐城姚惜抱，近世鉅師也。選《今體詩鈔》，七律極稱放翁，以爲上法子美，下攬子瞻，裁制既富，變境益多，南渡後一人。斯言似過，彼時羣尚陸詩，豈熏習久不覺耶？放翁詩病太熟，熟便近俗也。其感慨又病太露，露則近口頭禪也。《曲江詩》云：「色荒神女至，魂蕩宫觀啓。」動魄驚心，何用多耶以上卷二十八。

嚴滄浪以禪喻詩，實以救當日末流之弊。即後來學詩者從此入手，亦有事半功倍之樂，此王漁洋所以亟亟表章之也。即其所詣，亦迴出陸、范諸公上，惜不多耳，學者觀吾所録，可以知概。

滄浪之言曰「論詩如論禪，漢魏晉與盛唐則第一義也。大曆以還之詩，則小乘禪也；晚唐之詩，則聲聞辟支果也。盛唐諸人惟在興趣，羚羊挂角，無迹可求，故其妙處，透徹玲瓏，不可凑泊。如空中之音，相中之色，水中之月，鏡中之象，言有盡而意無窮。近代諸公，乃作奇特解會，以才學爲詩，以議論爲詩，夫豈不工，終非古人之詩也」云云。此雖推闡司空圖《詩品》，「不著一字，盡得風流」之旨。然王孟之詣，實已開先。滄浪又特拈出，爲一教宗耳實在漢魏六朝人佳詩，皆含此意，語具卷第十六中。

誠齋剛勁有守，大可矜式，詩乃率易漫云，新體不越長慶樊籠，良可歎息。今取絶句數首，如《竹枝詞》，乃與所詣聲情正合也。

石湖佳處，有過楊陸，但不多。詩亦研鍊員美，未能超詣。

簡齋以「客子光陰詩卷裏，杏花消息雨聲中」，爲高宗所賞，躐至顯位，乃殊碌碌。它日有云「風流丘壑真吾事，籌策廟廊非所知」，無志氣乃爾，浮士不足貴也。茲止取絶句數首。

石屏受學放翁，恬靜不囂，是其勝處。其言曰「作詩胸中無千百卷書，如商賈乏資本，終不能致奇貨」，殆慨于空疏掉弄者。單作詩固貴有書卷，尤貴有安身立命處，莊子所謂『真君』也。無書卷不可，徒書卷亦不濟以上卷二十八附録。

録文山詩爲一卷，附以疊山、皋羽、霽山三家，此宋詩之殿也。宋末詩靡敝極矣，拔擇甚難。文山亦學杜，有骨幹無軟靡之習。文山詩隨手亦多，存集時太濫，無佳手爲簡汰，甚可惜。

《正氣歌》貫金石、泣鬼神，不可作詩看。

文山廷對策灑灑數千言，筆力健舉，議論剴切，一望知爲偉人也。《指南録》文山自定，意在作行年紀，不以詩論。《集句詩》始於唐末宋初，而半山最工此。嗣後各家集時時見之，不過十餘首而已。文山集杜至二百首，揮斥縱横，略如自運，雖非詩道之正，亦見罏鞴之功也。茲不能多録，存數首備一格以上卷二十九。

謝文節節概與文山并。詩小遜，茲取最佳者數首。

皋羽《晞髮集》，聲情激越，固是志事。鬱紆詩詣，亦復深至。凡文字出方寸血誠者，自有一段不可磨滅處，與無病而呻，真僞自别。皋羽觸念《黍離》，天荒地老，所以發于歌吟，聲淚俱下。蓋有植於詩之先，君於詩之内者，而後詩乃足傳也。

林霽山詩亦悲惋，楊輦真伽發宋陵墓，林與唐義士等收遺骨葬之，樹冬青以爲識，絶句數首，讀之令人酸鼻以上卷二十九附録。

金詩，遺山爲一宗，録爲一卷，附以《中州集》數家。遺山取材雖博，師法究不外坡公，間涉足于山谷集中，襲用坡谷句者甚多，近體則駸駸與放翁近矣。

遺山詩《赤壁圖》之類，放翁不能作。

遺山《論詩》絶句，頗多未定之論，亦有後人誤解處。曩嘗於《潘四農詩話》書後詳之，兹略舉一二。如云「止知詩到蘇黄盡，滄海横流卻是誰」，此非斥蘇黄，乃慨學蘇黄者，末流殊失也。又云「蘇門果有忠臣在，肯放坡詩百態新」，此忠臣字，活看猶云豪傑之士耳，寄慨亦與前二句同意，解者乃都失之。其爲未定之論者，如云「東野窮愁死不休，高天厚地一詩囚」，此皮毛論東野也。東野正自豪傑，特面目與韓異耳，一狂一狷，各有千古。韓公所以傾倒至極，後人未細讀孟集，則執此言爲口實，亦昧昧矣。又如：「有情芍藥含春淚，無力薔薇臥晚枝。拈出退之山石句，始知渠是女郎詩。」上二句，秦少遊《春日》詩也。秦非韓匹，本不消説；《春日》詩與《山石》詩，又何可並論，直隨手摭爲論頭耳。又如：「池塘春草謝家春，萬古千秋五字新。傳語閉門陳正字，可憐無補費精神。」昔人偶然發興之談，便據爲定論，豈非輕薄。陳無己行誼及詩力，即不在遺山上。亦非不懂眼者，何故輕易立言如此。其餘精當之論，亦有數首，今未録以上卷三十。

遺山選《中州集》，蓋以存一代文獻，意不在詩，故選甚寬，未盡粹也。今就其中差出七家，附遺山卷後。七家中，閒閒老人爲最，其至處，幾欲上掩遺山。劉無黨七古亦有可取，取但不能多。

近體黄華老人爲勝。溪南詩老甚有才氣，濩落無成可惜以上卷三十附録。

元代詩，以道園爲冠，靜修、曼石〔碩〕次之，廉夫、雁門持其終，又次之，都爲一卷，而附以趙、袁九家。宋牧仲敘顧俠君《元詩選》曰「或謂元詩不如宋，其實不然。宋詩多沈傺，近少陵；元詩多青陽，近太白。以晚唐論，則宋人學韓、白爲多，元人學温、李爲多，要亦娣姒耳」，此論近是。然元祚不及宋長，百年人物，虞揭諸公，高出陸范則有餘；方軌歐、王、蘇、黄，猶不足也。

宋詩患禾莠雜出，四靈、江湖，論宗禪偈，煩心眯目。元詩則大概清麗，僞體差少，微病綺縟，卻校宋爲秩秩也。

道園在元，比於宋之六一。翁覃溪云：「尋常故實，一入道園手，則深厚無際，蓋所關於讀書者深矣。南宋以後，程學蘇學，百家融液，而歸於靜深澄澹者，道園一人而已。」此言有過處，然大概是。

彭文勤公元瑞，笑漁洋選元人古詩都是題畫作，攷之信然。然吾綜觀元人集題畫詩最夥，亦最佳，殆一時風尚，不能盡怪漁洋也。題畫數數，見之自然，漸覺無謂，吾今選録差少。道園題畫，儘有佳作，亦割愛至多。

靜修論詩於魏晉，取曹、劉、陶、謝，于唐取李、杜、韓，于宋取歐、蘇、黄，是非不謬。故其爲詩，亦豪邁，亦藴蓄綽，有古人餘韻。

元以虞、楊、范、揭稱四家，自吾觀之，揭勝楊、范遠甚。五古長篇有漢魏人氣息，近體亦不落唐以下，以比北宋，虞則六一，揭則半山也。其卒也，楊廉夫偕同人祭之，有「史筆不再見」之歎，當時賞識，固自有真也。

《曼碩集》四庫本四十四卷，前五卷詩，以下皆文。近廣東潘仕成《海山仙館》刻本題曰《揭曼碩詩集》，止三卷，後有毛晉跋，與四庫本不同。今據四庫本入選。

元詩清正，至楊廉夫漸詭仄，時謂「文妖」，亦季世之兆。然傑思警調，比興互生，自成一子，殆又芽荄有明復古之兆也。後來西崖樂府，變而趨正，是其明驗。

《四庫全書·鐵崖古樂府提要》曰：「元之季年，多效温庭筠體，柔媚旖旎，全類小詞。維楨以横絶一世之才，乖其敝爾，力矯之。根柢於青蓮、昌谷，縱横排奡，自闢町畦。其高者，或突過古人；其下者，亦多墮入魔趣。故文采照映一時，而彈射亦復四起。去其太甚，則可欲竟廢之不可也。」又曰：「維楨明初被召，不肯受官，賦《老客婦謡》以自況，志操頗有可取。而《樂府補内》有《大明鐃歌》《古吹曲》，乃多非刺故國，頌美新朝，判然若出兩手。据危素《跋》，蓋聘至金陵時所作。」核以古義，不止白璧之微瑕矣。前一段權衡至當，後一段足見行百里者半九十，晚節末路之難也。

張伯雨《敘鐵崖樂府》曰：「《三百篇》而下，不失比興之旨，惟樂府爲近。廉夫又縱横其間，上法漢魏，而出入于少陵、二李之間，所作古樂府，隱然有曠世金石聲，又時出龍鬼蛇神，以眩蕩一世之耳目，斯亦奇矣。」此論樂府與比興之旨，爲近甚當。論廉夫樂府有金石聲，又時出龍鬼蛇神，以眩蕩一世之耳目，亦是平議。

雁門詩亦學温李，而略緯以杜蘇之氣韻，故校同時諸公爲超出。近體可選甚多，茲録清峻者十餘首，備一家焉以上卷三十一。

元四家未起之先，趙、袁秀出，承旨儁逸，清容修雅，皆是正宗，不獨書翰勝絶也。仲宏雅負盛名，不特有遜虞、揭，乃亦不及德機。近體數章，差堪賞諷，道園品爲「百戰健兒」，有朋阿好之論耳。

德機詩清秀有古韻，「雨止修竹間，流螢夜深至」，王漁洋劇賞之，後來渠脱胎云：「螢火出深碧，池荷聞暗香。」

淵穎歌行，漁洋極稱賞，至與蘇公同論，未喻其故。其選七言古詩，凡例謂：「元詩靡弱，自虞伯生外，惟吴立夫長句，瑰偉有奇氣。視楊廉夫之學飛卿、長吉區以别矣。」夫立夫不與廉夫類似矣，謂瑰偉有奇氣，似而不似，究止是藻采穠縟，音調鏗鏘耳。大概亦從温、李入，參以高、岑之韻度者也，視虞、揭固下一等。

淵穎與黄溍、柳貫同出方韻父門，平日著述甚富，正非欲以詩人見者。可閒老人入明不仕，抗節與廉夫類，而無《鐃歌》鼓吹之新聲，更爲高峻，兹録詩不多，皆無靡靡之響。

雲林畫入逸品，爲元代之冠，詩、字並高妙，無半點塵埃。録其胸次高潔，嘘風吸露，似不食人間煙火也。題畫諸詩，别是一格，見吾《詩権》中，今不録，録其與元代風雅合轍者。

太虚非僅嫺吟詠，殫精書史，有《易類象》二卷，《書傳補遺》十卷，《通鑑綱目測海》三卷，《通書問》一卷，《韻補遺》一卷，《六書綱領》一卷，《補校六書故》三十一卷。餘零著尚多，先世藏書，尚有其門人潘懋元刻本。亂後散佚，爲之悵惘。

太虚五言，在元代亦是獨秀。

與礪受學於范德機，其詩校范爲華麗，正傷於綺縟。兹取其有韻味者數篇以上卷三十一附録。

明初以青田爲冠，今爲一卷，附以青邱數家。明詩凡數變，初，則青田骯髒，一洗元習；若高、楊諸家，猶沿綺靡，比喻唐之沈、宋，終未脱六朝之餘也。一變而爲三楊台閣體，漸底和平。其敝也，流于廓膚；西崖從而振起，體博聲宏大，類唐之燕、許。嘉靖李、何繼振，風雅極盛。滄溟、迪功接踵而起，開元天寶，不是過矣。萬曆以後，公安、竟陵墮入詭道，詩道遂衰。斯晚唐之波靡也，一二豪傑之士，不隨流轉，如高邑、臨川數公，亟取爲中流之砥焉。季唐之世，未見崛興，終明之運，又有臥子後軼於前，養士之澤，至是可驗。

吾今録明詩，凡七宗，青田爲一宗，附以高陽數家，以見沿元之舊。又附以東里，以存台閣梗概，此初明之詩也。西崖、升菴爲一宗，此明詩由初而盛之機也。李、何爲一宗，徐、高爲一宗，李、謝、王爲一宗，各附相近數家，以爲賡和，此盛明、中明之詩也。趙、湯、高、歸爲一宗，臥子爲一宗，各附並代數家，以存支别，此晚明之詩也。唐有初、盛、中、晚，明亦有初、盛、中、晚，風氣不同，軌轍略異；變化機緘，通乎運會。知微見遠之士，可因是而識至道升降醖漓矣，僅詩云乎哉。

青田爲開國功宗。穆敬甫云「乘風載響，音徽遠播」，誠哉言矣。顧其佳勝，盡在《覆瓿》一集，《犂眉》之作，菁華有限，感時述事諸篇，平生藴抱可見崖略，旅興喟吟，蕭寥可想。豈意風虎雲龍，有他日之事會哉。吾録青田詩篇什不多，心事可測也。

錢蒙叟云：「合觀《覆瓿》《犂眉》二集，竊窺其所爲歌詩，悲惋哀颯，先後異致；其深衷寄託，有非國史家狀所能表其微者，每盡然傷之。」近讀永新劉定之《呆齋集》，撰其鄉人王子讓詩，序云：「子讓當元時，舉於鄉，從藩省辟，佐主帥全普菴勘定江湖間，志弗遂，遂歸隱麟原，終其身弗仕。予讀其詩文，深惜永歎。嗟乎子讓，其奇氣硉矹胷臆，猶若佐全普菴時，以未裸將周京故也。有與子讓同出元科目，佐石抹主帥定婺、越，幕府唱和，其氣亦將摯碧海，弋蒼雯。後攀附龍鳳，捫舌騂顔，曩昔之氣澌滅無餘矣。」呆齋之論，所以責備文成者，亦已苛矣。雖然史家鋪張佐命，論蹙項之殊動，永新流連幕府，惜爲韓之雅志。其事固不容相掩，其義亦各有攸當也。誦《犂眉》之詩，而推見其心事，安知不以永新爲後世之子雲乎。此論絶發至隱，故具録篇端。

前人都以青田、青邱并論，何其皮相，青邱正是一修飾好秀才耳。音節雖極諧，婉中之所存，了不可見。豈若青田伉爽剛健，足濟大艱哉。譬諸山嶽，青田層巒疊嶂，出没雲霞，興發雷雨。青邱止一邱一壑，略資觴詠而已，未言奇趣也。

評青田詩，虞道園最當。青田早見知道園，道園稱其詩「發感慨於情性之正，存憂患於敦厚之言，是不可及，若其體摯音韻，無愧盛唐」云云。宗匠之鑑，信有權衡。明初，當以青田爲大家，高、楊諸家爲附庸以上卷三十二。

海叟詩亦沿元習，然氣骨清峻，校勝青邱。海叟以《白燕》詩爲鐵崖所賞，遂得名時，稱「袁白燕詩」，故小可然非至詣。海叟以布衣官御史，明初用人，不拘資格如此。

青邱與楊、張、徐稱「國初四傑」，論才調，青邱秀出。

自古詩人慘死，無過青邱。坐爲魏觀作《上樑文》，遂腰斬。明高帝殘忍如是，何以啓國？

吴中野史載青邱因《題宫女圖》詩得禍。《題宫女圖》曰：「女奴扶醉踏蒼苔，明月西園侍宴回。小犬隔花空吠影，夜深宫禁有誰來。」錢蒙叟曰：「予初以爲無稽，及觀國初《昭示》諸録，載李韓公子侄諸小侯爰書，及高帝手詔豫章侯罪狀，初無隱避之詞，則知青邱此詩有爲而發。諷喻雖絶妙，因此觸高帝之怒，假手於魏守之獄，亦事理所有也。」觀此則文人操觚，何可不慎。

眉菴詩秀逸有致，然不及青邱邁爽。

静居詩又不及眉菴，松園謂與高楊未知前後，佇興之言。

北郭詩粗能簡點，不至頹唐，所以能立于四家之數。

閩中詩派祖十子，林子羽爲十子之首。其詩清園諧暢，得唐一體。西崖病其摹擬殆測，其流弊有必至耶。

長源與子羽交契，風味正相似，年才三十六，可惜未及所至。然「云邊樹立」一聯，「細雨斷雲」兩句，高唱不在多也。

東里詩文皆有典型，但紆徐容與處多，鬱勃潺湲處少。今録數首，卻蕭逸有遠神，不專尚台閣之體。東里自序其集曰：「古之善詩者，粹然一出于正，皆有裨於世道。夫詩志之所發也，三代公卿大夫，下至閨門女子皆有作，以言其志，而其言足傳。予早未聞道，又往往不得已，而應人之求，即其志之所存無幾也。」古人不自足如此以上卷三十二附録。

録西崖、升菴詩共一卷，附以繼之數公。西崖詩氣體博厚，音節和平，盛世之文也。王元美謂「長沙之于李、何，猶陳涉之啓漢高」，可稱巨謬。穆敬甫云「李公大似唐之燕、許」，斯言允矣。成化以還，詩道猥雜，西崖一出，乃有夏聲，砥柱之功可没乎？

升菴出西崖門下，當北地崛起之時，茶陵不競，升菴乃別張一軍，與爲翊衛。藻采穠麗，而氣體高華；音節鏘洋，而詞事婞雅。李、何諸公竟不能籠罩，大奇大奇。

王漁洋云：「明詩至升菴，另闢一境，真有六朝之才，而兼六朝之學者。」漁洋此言，蓋平反弇州謂「升菴有六朝之學而非其才」之語。漁洋論自當明代詩，他家有偶，升菴無偶。今與西崖爲卷，固是衣鉢有因，亦以江海能受以上卷三十三。

少谷詩學杜，然有匡廓處，今取刻摯數篇。

石田詩有近唐者，有近宋元者，有近香山、擊壤者，爲體不一，今取其近唐者。張孟晉詩不多見，絶句逼真，盛唐似此等何用多也以上卷三十三附録。

録李、何詩爲一卷，附以華泉數家。空同在明代，當一巨擘。前而西崖，後而滄溟，皆非匹敵，信陽亦退三舍。李、何並稱，乃概詞耳。獨不解錢蒙叟極力詆排，至謂正始淪亡，榛蕪塞路，先輩讀書種子從此斷絶，此何故也？空同平日持論漢後無文，唐後無詩，又言古詩必漢魏，必三謝，今體必初唐，必杜公，兹須善會。蓋漢後無文，而有其文。唐後無詩，而有其詩。元遺山論詩，下逮韋、柳止，即具此意。韓退之論文，非三代兩漢之書不敢觀，又何非無文之旨。在古人則安之，在空同則斥之，客氣勝心，亦已甚矣。嗣後人習蒙叟之論，何嘗悉心。空同全集一例，吠聲良可哀歎。

空同詩直有突過唐人處，但不多耳。此有故，唐人精妙已盡，攬擷在心胸變化，神明自又不測，文章如日月，光景常新，一遇解人，異境頓現，似奇亦不奇也。自來評空同者，王子衡、黄勉之最當。子衡云：「獻吉游精于秦漢，割正于六朝，以柔澹爲上乘，以沈著爲三昧，以雄渾爲神樞，以藴藉爲堂奥，會詮往古之訓，用成一家之言。巨者日融，小者星列，長者江流，潤者海受，洋洋爗爗無所不極，後有知音之選，歎賞不暇，安能爲之抑揚哉！」勉之云：「空同黄鐘獨奏，白雪孤揚，主張風雅，深詣堂室。樂府古詩，浸淫漢魏；而《攬眺》諸篇，逼類康樂，近體歌行，少陵、太白往哲可凌，後賢難繼。明興以來，一人而已。」此二君言，殆稱心而道也。

大復詩，陳臥子比之「濯濯似春日柳」；又比之褚公書「瑶台」「嬋娟」，皆爲諦當，然而非李匹也。當時北地倡復古學，信陽爲其同聲，李、何並稱良由斯。故薛君采詩乃云：「俊逸終憐何大復，粗豪不解李空同。」抑申何豈云獨照，蒙쫑竹垞咸肯，斯語殆不可解。皇甫子循云「大復末足于後逸，空同不全於粗豪」，似兹賞音，校爲允愜。

予録大復詩，音節高亮、骨幹蒼秀者多取之。雖方李未足，視徐終勝，自成一家，亦無愧色。

《四庫全書·大復集提要》云：「景明于七言古體，深崇四傑轉韻之格，見所作《明月篇序》中。」王士禛《論詩絶句》有曰「接迹風人明月篇，何郎妙悟本從天。王楊盧駱當時體，莫逐刀圭誤後賢」，乃頗不以景明爲然。其實七言肇自漢代，率乏長篇，魏文帝《燕歌行》以後，始自爲音節。鮑照《行路難》，始別成變調，繼而作者實不多逢。至永明以還，蟬聯换韻，宛轉抑揚，規模始就。故初唐，以至長慶，多從其格。即杜甫歌行，魚龍百變，不可端倪，而《洗兵馬》《高都護》《驄馬行》等篇，亦不廢此一體。士禎所論，以防浮豔塗飾之弊則可，必以景明之論足誤後人，則不免懲羹而吹虀矣。閔案：《明月篇序》論孤情絶照，此等識見，卻出北地之外，但須活看。

錢蒙叟摘大復詩，「溺于陶」「亡于謝」數語，極力詆諆。攷數語，係與北地論詩札，上下尚有過文，曲折引中，亦無大戾，單摘出之，則駭目矣。然此等議論，究屬偏見一時，客氣勝心，置之可也以上卷三十四。

華泉詩格，亞于李何，然音響和粹，無粗厲猛起之病。當日李、何、徐、邊稱「四傑」，亦良有故。

浚川詩太觕直，今取數篇。五律邁爽，絶句殊藴藉也。

西原出浚門，下浚川。《遺興》云「後來誰擅六朝奇，君采分明別綴詞」，賞契可想。然吾録西原詩，轉取近唐者。他日西原詩云「束髮從師王浚川，文章衣缽幸相傳。爾時評我李何似，白首摧頽只自憐」，然則西原正不欲六朝自待也以上卷三十四附録。

録徐、高詩爲一卷，四皇甫詩附後。迪功《談藝》一録，元者超超，綜厥所詣，亦未盡副，甚哉知之非艱，行之維艱也。然迪功詩高韻遠情，又出大復之外，大復時露俊氣，迪功則有退心，所以掉鞅中原，獨成一隊。

迪功才氣魄力不逮李，并不逮何，然汲古功深，鎔冶而化。黝然之色，璆然之音，油然之味，耐人咀諷，王漁洋所以極尚之也。迪功《談藝録》曰：「情者心之精也，情無定位，觸感而興，既動于中，必行於聲。」又曰：「凡厥含生，情本一貫，所以同憂相瘁，同樂相傾。故詩者風也，風之所至，草必偃焉。聖人定經，列國爲風，固有以也。故夫直戇之詞，譬無音之絃耳，何取聞於人哉？至於陳采眩目，裁虚蕩心，抑又末矣。」觀此數言，可以得迪功作詩窾要。凡作詩者，亦當知此窾要也。

徐、高二家，境似不遠，然徐情夷遠，高意回薄，故自不同。

蘇門五言，寓鑱刻於渾融之中，大似運柳州思力、入孟公格調，此境亦前後七子所無。蘇門初亦殫力二謝，久乃脱化。

蘇門爲人外似恬淡，其實伉爽。觀自序《弢功集》曰：「予少竊不自度，思建功業，垂不朽之譽，今已稍陵遲，上睹日月之易邁，下悼齒髮之將衰。感古豪士能自樹名，堅莫踰金石矣。豐碑彝鼎，一旦化爲砂礫，載迹史册，後至有未嘗見其書者，名豈足言耶？且夫同室之人，銜杯酒笑語，猶不能相信，而欲俟百世之後耶？」又自序《讀書園稿》曰「當時空同方盛，邑子出其門，横放古人。若宋蘇軾、唐韓愈，薄不爲也。私心不能無慨慕，時竊撰一二篇，踰年乃罷。夫本非所長，而強力慕之度，必取訕于衆」云云，觀此知其胸次磊磊，不欲苟隨於人，則其發而爲詩，可知也。

范箕生云「蘇門與獻吉同里，獻吉勸人勿讀唐以後書，總欲使流塵不犯其眼，明正路也。而實捷途，所謂事半功倍，高一生應手在此。又嶽嶽自任，不肯步武，獻吉尤爲雄黠。夫糅而不足，與簡而有餘，孰爲得失？予蓋亦恨知蘇門之晚」云云。此論甚佳，道得蘇門深處，亦詩家之平議也以上卷三十五。

宏[弘]嘉詩派有二種，一李何，一徐高。華泉、浚川近李何，四皇甫氏近徐、高。

子浚古體近韓、柳。子安、子循又略駿發，然規模有限。陳臥子云：「少玄凝思選調，意求雅則，惟取境不廣，無從横宕逸之致。」此雖專論子安，而子循亦不大遠。

子約詩，其兄子循序之云：「興到詩成，無造次、酬應之語。」今讀之良似。

四皇甫薄七言近體，不爲以謂七言易弱，故七律無之以上卷三十五附録。

繼李、何、徐、高之後，滄溟、四溟、弇州其最傑者，録爲一卷，附以稚欽、子相、公實三家。滄溟之詩，震耀當時。錢牧齋《列朝詩選》出，氣焰遂衰。吾謂當時尊之者太過實，後來毁之者太吹毛。匡廓虚聲，誠所不免，秀亮高華，詎非獨出拔其菁英，固一代豪儁也。

滄溟可云興寄高遠，亦有思力沈著處。其音節之遒亮，色澤之光華，緯外者也，非其中所存。人都賞其外，忽其内，故知者尚有不盡，不知者無論。己病在趁手太多，複沓不少，定集時持擇不粹，由是爲累，亦大可惜。吾今采擷略無諸病，滄溟之真見矣。

姚惜抱謂詩如臨帖，不從摹倣入，何由脱化。滄溟擬古，正是摹帖，絶非詣何害入門乎。至其標舉漢魏盛唐，蔑視中晚，亦取法乎上意。古來名家之論，大都如此，何必執爲口實。陳臥子云：「取境太狹，是則有之。」世謂魔論，大非也。

滄溟、弇州皆狂士，初欲有爲，沮牸無所合，放而稱詩，時輩靡陋，不當于意，遂大言爲欺，此其中病所由來也。至其于古人，何嘗輕加訾毁乎？又其時宋元末派盛行，彌有所激，故併唐代中晚不道，此又其論詩之偏所由來也。錢蒙叟之時，王、李一派，又弊病百出，黴羹吹虀，本師併坐。譬如論陽明者，徒見末流，輒訶原始也。若論立言偏激，位置自高，大雅不作，稷契自況，李杜所陳，果副實乎，何獨及矢滄溟也。

滄溟詩，朱中立謂「天才跌宕，奇氣特出」，穆敬甫謂「構思元遠，造語精微」，文湛持謂「七律接軫李頎，可無愧色」，陳臥子謂「天骨既高，人工復盡」。斯皆綜其大概，實有賞心。惟同時阿好，許以上追虞姒，下薄漢唐，滄溟又高自誇詡，微吾長夜居之不疑，人遂厭之。摘瑕之言，接踵而起。王承甫刺矛于前，錢蒙叟操戈於後，朱竹垞從而和聲，遂無平反者。不知承甫之言，猶不失爲諍友。蒙叟之論，意在張軍，得失參半，竹垞則無得爾矣。今且就錢論剖析，一二吠聲者，可無庸鼓喙矣。錢氏曰：「滄溟七言律，舉其字則三十餘字盡之矣不然不然。舉其句，則數十句盡之矣何爲其然。『百年』『萬里』已憎疊出，疊出有之，當數所用。周禮、漢官，何煩雜誦亦不多見也。專城出守，動云東方千騎亦借來用耳。方舟並載，輒云二子乘舟此見《贈王敬美兄弟》詩，亦是趁手，非真用毛詩。遼海中丞，襲驃騎之號；廬江別駕，蒙小吏之呼。投杼曾母，訝許自天；傳粉何郎，冠以帝謂。」錢氏所糾，此四語最爲的當。經義寡稽，援据失當，何來天地？吾輩中原，矢口囂騰，大殊風人之致，易詞誇詡，初無贈處之言此六句糾滄溟亦當，然華士習氣，比比如是，不獨滄溟矣。於是狂易成風，叫呶日甚。微吾長夜，于鱗既跋扈於前，才勝相如；伯玉亦簸揚于後斯皆華士結習，不足認真。斯又風雅之下，流聲偶之極敝也過其流弊可矣。何必因噎廢食。不觀全集，但睹錢氏所糾，鮮不爲先入之言所錮，試取吾選覈之，必有識曲聽真者矣。

四溟雖學少陵，惟近體最勝，研琢功夫，時出少陵之外。古體詩信如王元美所云：「興寄小薄，變化差少。」錢蒙叟于李何滄溟，多徇愛憎，獨稱許四溟，甚得平允。至朱竹垞《明詩綜》，又復訾謷甚矣，好惡難得正也。竹垞曰：「四溟局守格律，尺寸不踰，有雋句而乏遠神，有雄句而無生氣。或謂勝弇州汗漫，弇州才大如曹孟德，放蕩無威儀，不失爲英雄。四溟罄折雖工，特公孫子陽，修飾邊幅，僅堪作清水令耳。」一言以爲不智，竹垞鏗衡，遜蒙叟矣。四溟平日論詩，以奇古爲骨，以平和爲體。初、盛唐合而爲一，高其格調，充其氣魄，則不是正宗。又云：「作詩最病内出者有限，所謂調前意也。最要外來者無窮，所謂詞後意也。」審觀所論正是措意生氣，遠神之間，行諸篇章良亦不負。乃竹垞反少之，何其瞢也！

錢蒙叟曰：「當七子結社之始，尚論有唐，諸公茫無適從。」茂秦曰：「選李杜十四家之最者熟讀之，以奪神氣；歌詠之，以求聲調；玩味之，以裒菁華。得此三要，則造乎渾淪，不必塑謫仙而畫少陵也。」諸人心師其言。厥後雖爭擯茂秦，稱詩指要，實自茂秦發之。予録嘉、隆七子詩，仍以茂秦爲首，使尚論者得有區別。若徐文長之倫，徒以諸人倚恃紱冕，凌壓韋布，爲之呼憤不平，則又非余躋茂秦之本意也，蒙叟之論允矣。然七子之首，終在于鱗。陳臥子云：「茂秦詩在于鱗下，徐吴上。」斯言也信。

弇州《四部稿》太繁，攬擷非易，然精要不在多。古人傳名，一聯半句，亦是千古，弇州正病在貪多也。滄溟用力專精，故風骨遒緊。弇州取材汎博，故堂廡校寬。然弇州書卷實勝滄溟也。少陵力爭漢魏，晚歲乃好坡詩。潦盡潭清，客心勝氣，削歸烏有，茲其耄不廢學不可及也。

弇州贊歸太僕云：「千載有公，繼韓歐陽；予豈異趨，久而自傷。」太僕素訶弇州爲妄庸一輩，乃能自克如此，非晚學有得能如是乎以上卷三十六。

王穉欽頗有傑氣，仍饒情韻，吾甚愛之。

子相不年，所詣未極，天才娟秀，視效顰學步，反覺可人。

公實詩有真氣，勝子與明卿。吾於後七子不取徐、吴者，以此以上卷三十六附録。

明至隆、萬，詩道披靡，獨趙、湯、高、歸數公不隨俗轉，今都爲一卷，附以文長數家。天地之道，舒發翕斂，各有氣機。舒發之善者，則爲陽和；不善者，則爲暴厲。翕斂之善者，則爲靜穆；不善者，則爲幽陰。嘉靖之時，李、何近舒，徐、高近斂。至王、李，則舒發無餘矣。倏而就衰，舋沴百出，趙、湯、高、歸，又復翕斂歸正，使元氣得息，正聲不泯，絶續之關，微妙不可思議。詩曰「風雨瀟瀟，雞鳴不已」，世變如是，詩道何不如是。俯仰降升，不勝三嘆。

高邑詩極沉痛，至者可追漢魏。

高邑止是自寫胸臆，有何摹擬？氣味、音節得自書卷，不蘄合古，自與古合。

臨川詩略愉夷，然雋永，固是兩晉。集中亦有綺麗聲調者，今不録。

高邑、臨川皆有氣節，非欲以詩鳴者，詩特其鼓吹也。臨川有院本四種傳奇，昧者不知真君所在，愛其斌媚，忘爲魏徵，可歎可歎。

忠憲詩蕭然意言之表，嘗謂：「『讀書樂道』四字，近今人不容易當得。」讀忠憲詩，想其爲人，殆真不愧。

忠憲詩不規規學陶，其品乃是陶之血脈骨髓。

季思詩亦與高類，但差婉約。竹垞謂「學陶而得其神髓，誦之令人增簞瓢陋巷之樂」，信也以上卷三十七。

文長詩有才氣，而不純正，隸事多駁雜欠修雅，今取其至者數篇。

文長亦不善王李之論，可惜馳騖世途，未能心地收汗馬之功，故所詣止此。

初文亦慷慨之士，倭寇犯閩，年十三，上書督府求自試，行間得舉，後寓金陵，因直南曹獄，繫獄三年乃釋。其卒也，抗疏論礦税之病，下獄，抱病而死。其才氣桀驁，略類文長，詩則校清婉有韻。

朱竹垞云：「《傳》有言：『琴瑟敝，必更張。』詩文亦然，不容不變也。隆、萬間，王李遺派充塞，公安起而非之，以爲唐自有古詩，不必選體；中、晚皆有詩，不必初、盛；歐、蘇、黄、陳各有詩，不必唐人。一時聞者，涣然神悟，若良藥之解散，而沈痾之去體也。乃不善學者，取其俳諧調笑之語，擊節賞歎，何異棄蘇合之香，取蛣蜣之轉耶。」竹垞論公安變風氣，甚是。變而未得正，則公安不能無咎也。今取數首，以見梗概，若竟陵則無取爾矣以上卷三十七附録。

録臥子詩爲一卷，附以明末數家。臥子當鍾、譚詭仄之時，摧陷廓清，力回正始，何嘗非北地之學以爲學。故其音響，純是夏聲。性質不同，則造就各别。

臥子擬古樂府皆極軌則，然此如摹帖、仿帖，去真有間，初機入手，塗所必經，脱化成家，何必纏縛？故吾于西崖樂府反在所取，而臥子佳製，割愛置之。

臥子詩亦雄麗，亦宏博，明社將屋，有此夏聲，不可解。殆三百年養士之澤，優于往代，國運雖徂，人心不死，天地聲音，驗於賢哲耶。

臥子詩沈摯持李何之終，婉麗啓梅村之始。苦雨淒風，李何所未歷，故興象有不同；鐵馬金戈，梅村所遜謝，故氣概亦大異。吾於宋詩殿文山，明詩殿臥子，人存詩存，風雅道昌，河山氣壯矣以上卷三十八。

石倉多藏書，故吐屬風雅，氣體諧暢。晚年不出，固是先機。國變殉難，豈非節烈？惟和詩絶句最勝。其弟興公亦有詩名，微遜乃兄，今不録。

在杭詩音律調協，沈摯差少，然不失閩派之正也。

非熊最爲石倉所契，詩亦相類。王漁洋選新安二布衣詩謂：「非熊五言擅場，大旨刻意謝宣城、何水部意得處，時時進之。非熊五言律詩，大類錢劉。」

松圓見賞於錢蒙叟，幾於金鑄絲繡。而竹垞乃謂其「格調卑卑，才庸氣弱」。吾觀其集，七律最佳，雖原出隨州，能自變化色澤，神韻耐人諷味，故以七律言宜。蒙叟之擊節，以古體言亦宜。竹垞之彈射也，漁洋選新安二布衣詩亦謂「孟陽七律擅場，學劉文房、韓君平」，又謂：「絶句時入夢得、牧之、義山、務觀妙境。」吾謂：「論孟陽七律是絶句未也。」以上卷三十八附録。

詩榷　卷二

商論中

録顧、屈、吴、杜、惲詩爲一卷，附以同時七家。朱竹垞《明詩綜》、沈歸愚《别裁集》，皆以顧、屈入前明，以爲從其志事，别乎人品。竊謂非也，史家紀事，務在從實，箕子陳範，列之《周書》，何害爲殷仁。顧、屈諸公，雖生明代，實歿於康熙之間，食周粟數十年，而縮入前代，豈云至當。若其志事人品，讀詩自見，不以入前代而顯，列今代而晦也。且亭林編詩，起於甲申，正明亡之歲，以後雖愴傷故國，均作於今代，卒卷在康熙庚申。得壽六十八，生明三十二年，入清三十六年，併多入少，事實淆矣。孔子之論逸民也夷齊與仲逸諸人並入周代，夷齊在商爲孤竹胄，不可稱民，兹仿其意，列今代之首焉。附録諸公，皆是此意。凡歿於順治初者，入明代；殁於康熙中者，入今代。事從其實，志見乎辭，不以臆爲顛倒。嘗試論之，亭林入明代，健菴甥舅，唱酬於乳哺之年；次耕弟兄，受業於綳褓之日。事實乖舛，論世云何？惟據實紀事，益見精衛之心，九死不易；蜚鴻之冥，弋者何篡？荼久茹而忘苦，柏歷霜而益蒼。欲表生平，正此可驗。何爲縮其歲年，徒成迂闊乎？

亭林詩，清深樸茂，傷惋身世，感慨激昂，至今讀之，猶有君國之思，滄桑之痛。詩之至者，令人興起如此。

亭林詩，包慎伯謂「導源歷下，沿西崑、玉谿、杜陵以窺柴桑」，予謂此未然，亭林蓋是阮、陶之骨幹，杜、韓之格度，歷下之聲韻。融以性情，澤以書卷，踔厲風發，遂自成家。然此猶是論其外者，其安身立命，是不欲以詩鳴；遇有感觸，變羽流徵，所不自覺，何暇斤斤與詞華之士較量家數，此亭林所以獨高出一代也。

亭林懷精衛之志，李、杜、韓、蘇無此境遇，故亦無此哀痛。此種詩，蓋闢古今未有。攷證家多不能詩，詩家多疏攷證。亭林古迹諸作，觸事生感，波瀾莫二，攷證詞華，融洽爲一，亦是從前未闢之境。

亭林詩勁挺遒鬱，又精密肫至，想見其爲人。

亭林《海上》七律，當爲紹興福州諸王作。故中間曰「秦望雲空陽鳥散，冶山天遠朔風回」，末又曰「感慨河山追失計，艱難戎馬發深情」也。亭林之意，謂漂摇海上，斷難立國，此浙閩粤東，不足有爲，可計日驗也。《海上行》一首，直是唤醒諸王。他日《八尺》詩云「海上魚龍應有恨，山中草木自生愁」，意益明。《塞下曲》絶句，殆爲海昌謫戍作乎！

翁山詩，凡數刻，有《道援堂集》《翁山詩略》《翁山詩外》，兹從《翁山詩外》録入，蓋最晚所定也。

翁山詩，是騷之苗裔，其境界亦向來所無。

朱竹垞謂「翁山七言不如五言，五律勝於五古，歌行長句，可無取焉」，亦未盡然，但五律又最勝耳。

國初詩，顧近少陵，而加激厲。屈近供奉，而益騷怨，亦古今人處境各别也。

翁山詩，不是呻吟，都是慷慨，讀之使人真氣發越，音節又琅琅如風琴澗筑。

翁山詩，如「將軍死戰哀寧武，帝子生降恨晉陽」「百戰不緣飛將失，九門何至内人開」，憑弔周忠武，感慨悲歌，不須粉澤，只是本色。自然如霜劍晨鳴，哀猿夜叫，此發乎性根故也。

《翁山詩外》一集，吾猶病其存太多，能如《亭林集》簡點，更善。吾録翁山詩，未爲不多，然猶有遺者。

吴野人，亦是沈憂埋照之士。其詩兼有孟雲卿、元次山之勝，又于顧、屈外，别闢一境。

野人樂府，及五七古，樸氣不漓，真意自足。近體不甚措意，其至處亦復佳。

野人初見賞于周櫟園，次見稱于漁洋，名遂大噪。然玩其歌詠，仍是處澹嗜寂，未失本來，兹足尚也。

讀野人詩，測其志事，足當明遺民之目矣。

茶村詩近中唐，格制校遜顧、屈，然真氣鬱勃，筆力遒邁，故是英物。

茶村論詩云：「唐詩三變後，吾意止中唐。過此風斯下，其他運可傷。」而論宋詩，以謝翺爲第一，以後無詩云云，其宗旨可以想見。鄧孝威《詩觀》載茶村《自記》曰：「愚嘗論詩，諸妙皆生于活，諸響皆出于虚。至極之地，曰元曰穆，而根柢在于聞道。不然見識一卑，即潘江陸海，圈牢中物耳。每與二三同志言之，不敢以告他人也。」案「活」「虚」之言，固已妙矣。「聞道」云云，尤醍醐灌頂之論。詩家宜奉爲質的，而茶村所以能自成家者亦在此。

茶村《與范仲闇簡》云：「世所謂真詩，不過爲篇無格套，語切人情耳。弟以爲此佳詩尚非真詩也。何也？人與詩，猶爲二物故也。古來佳詩不少，然其人要不可定於詩中。即詩至少陵，詩中之人，亦僅六七分可以想見。獨陶淵明片語脱口，便如自寫小像，其人之豈弟風流，閑靖曠遠，千載而上，如在目前。人即是詩，詩即是人。古今真詩，一人而已。可多得乎？」

惲南田詩，全是性根靈氣結撰而成。人品卓絶，畫品超絶，詩品韻絶，書品逸絶，四者究人品爲根柢，詩書畫皆外溢者。

南田詩不一格。宗法在盛唐以前，題畫作，佳者甚多，茲録其尤者一二。《甌香館集》以近日海昌蔣光煦生沐輯本爲最備，詩凡十卷，畫跋二卷。惟詩太求備，間有厠入前人作，緣南田偶録舊詩于畫幀，後人不察，沿而存之也。

《南田畫跋》，論畫之旨，有與詩相通者，節録其要于此：「畫有用苔者，有無苔者，苔爲草痕石迹，或亦非石非草，却似有此一片，便應有此一點。譬之人有通身皆靈，究通體皆靈，不獨在眼，然而離眼不可也。今人用心，在有筆墨處，古人用心，在無筆點處。《易林》云『幽思約帶』；古詩云『衣帶日以緩』；《易林》云『解我胷春』；古詩云『憂心如擣』。用句用字俱相當而成妙。用筆變化，亦宜師之，不可不思也。筆墨本無情，不可使運筆墨者無情。作畫在攝情，不可使鑒畫者不生情。意貴乎遠，不静不遠也。境貴乎深，不曲不深也。絶俗故遠，天游故静。高逸一種，蓋欲脱盡縱横習，澹然天真，所謂無意爲文，乃佳。故以逸品置詩品之上。若用意橅仿，去之愈遠。倪高士云：『作畫不過寫胸中逸氣耳。』此語最微，可與知者道」以上卷三十九。

甯都三魏詩皆可誦讀，獨遺伯子者，叔子、季子志事尤耿耿見於詩也。叔子、季子志事，亦猶顧、屈諸公。故詩無懦響，無靡氣，讀之使人激發。

附録六家中有三類，叔子、季子，是有精衛之心者也。帣盟、孟貞，是筮蠱之上九者也。元孝、茂之，是沈憂埋照者也。其本原仍歸於一，所發於歌詠，則如此耳，故合附此卷中。

中詩和澹中帶悽耿，邢詩幽鬱中寓孤介，讀之皆使人性情自遠。

嶺南三家，屈爲最，陳次之，梁藥亭正無取耳。

《獨漉詩》，亦激昂，然局面小，不及翁山大。

茂之詩，是遺民聲韻，幽憂而澹遠以上三十九卷附録。

録梅村詩爲一卷，附以錢、龔、毛三家。梅村早歲乞休，老親在堂，迫時而起。旋即退伏，自怨自艾，不可終日。其形迹不能掩，其志事亦可悲，與錢、龔有間也。就詩論詩，固一時之傑，亦非錢、龔可儔。人都賞其七古，不知五古出入杜韓，亦高格也。五律清雅，七律猶麗隨州、義山，均所鎔冶。但賞其歌行，猶得半也。

梅村詩，《四庫提要》謂其「遭逢喪亂，閱歷興亡，激楚蒼涼，風骨遒上」「歌行一體，尤所擅場。格律本乎四傑，而情韻爲深；敘述類乎香山，而風華爲勝。韻協宫商，感均頑豔，一時尤稱絶調」。評論允矣。然吾謂梅村五古，如《遇南廂園叟》《縹緲峯》諸作，杜、韓執筆，奚以過之。

梅村有「可備詩史」之目（蘄氏《集覽説》），其明明可見者，如《永和宫詞》之爲田貴妃作，《雒陽行》之爲福藩作，《蕭史青門曲》之爲寧德公主作，《松山哀》之爲洪承疇作，《臨淮老妓行》之爲劉澤清作之類，已經蘄注發明，殆無疑義。其詞旨隱約，不能盡質言者，如《讀史雜詩四首》《詠古六首》《七夕即事》《七夕感事》諸作。尤甚者如《清涼山讚佛詩四首》，意義幽遠，非善讀者，殆難索解也。

梅村詩得黎城蘄榮潘价人注釋，乃大明白，爲功不細。大凡詩家於當代事，不便明言，每借題抒寫，况滄桑易代之際乎。淵明《述酒》《讀〈山海經〉》諸作，即是如此。其原出《小雅》《離騷》也。曠隔數百年，讀者多昧其旨趣，注家倘去作詩之人身世不遠，見聞校習，徵攷亦易，合條析其寄託所在，不違作者之意，此箋釋乃可貴也。李雁湖注半山，任天社注山谷，皆此義。若只注明古事，獺祭功夫耳。豈遂有功於作者，有益於來學乎！

蘄注微病者，瑣碎徵典，無関大義，徒覺蕪雜。箋解亦有過繁處，繁便多失也。嘉慶中，長洲吴翊鳳枚菴，蘄氏猶不失古法，吴詩不廢，蘄注亦長存也。

又有吴詩箋注之作，意在矯靳氏之失，歸於簡當，亦有一二稗益靳注者。然功力不如靳氏之專且深也，至謂詩中原委曲折，讀者自能會心，不必強加評跋，至蹈時文蹊徑。夫詩文古有評跋，不自時文始，今但不蹈時文蹊徑可耳。何必因噎廢食，併評跋去之乎？原委曲折，讀者果自明白，則何賴於注家。毛公《詩傳》，必明此詩爲何而作，非注原委乎？又必明詩中所陳之義，非注曲折乎？吴氏此言，欲掩其不能注明原委曲折，又或嫌注之則不能不以靳氏爲藍本，故一切置之，但以徵典爲事也。其實論雖如此，考注中發明原委曲折亦甚多，自然之勢，難以邊見限也。

梅村詩原載顧湄伊人、許旭九日編次，果否未可知。然有貪多之病，若更去其應酬隨手之作，與夫詠物遊戲之作，豈不更爲高雅。《亭林集》便無此病，所存皆可誦，疑是自定，不然必高弟子潘次耕編次。頃讀鄧孝威漢儀所選《詩觀》，批梅村《琵琶行》後云：「昔與葉聖野論詩，謂《連昌宫詞》《長恨歌》等長篇，關係一代掌故，而竟陵不録，所以爲舛。今讀祭酒斯篇，流連歎述，乃知無故而妄擬白傅《琵琶》者，音雖諧，弗善也。」案此條甚繆，《連昌宫詞》《長恨歌》，纖猥輕薄，本朝臣子，指斥宫闈隱私，然則孔子對司敗以昭公知禮，非乎？詩學至此，淩遲甚矣！猶曰關係一代掌故，掌故自有史家，不消此等惡詩誌之也。竟陵他論未善，不録此等，却有見，未可厚非。吾於前卷二十附録、題識中，已論白傅《長恨歌》《琵琶行》等詩之繆，必不當入選。今觸鄧説，更一申之。梅村《琵琶行》，不過名目與白同耳，詩旨全别，感傷盛衰，大體與杜公《劒器行》相類，而身閲滄桑，境遇校苦，故詩益惋痛耳。

康熙中太倉沈台臣受宏《哭吴梅村祭酒作》云：「天上空聞記玉樓，南朝宫闕井槐秋。是非百代從青史，哀樂千場送白頭。山客累惟多辟召，詩人名自足風流。松陰碑碣他年墓，官爵傷心話故侯。」此詩中四語及末句，皆平允之論以上卷四十。

蒙叟詩有才華，然實不高。晚逃於禪，尤弩末。

蒙叟著述，箋杜爲勝。所選《明列朝詩集》，頗徇愛憎，未言衷論。雖然，遺聞逸事，摭存不少，審慎持衡，不爲無益。

合肥詩，多外張，又在蒙叟下，姑取其才氣。

西河才大，詩文各體，皆可觀。中年侈談經學，詩未大進，然音響格度，猶不屑唐以下也。初爲明諸生，參毛有倫軍，毛敗，遁爲僧。又變名江湖間，施愚山力振之，乃復儒服。膺詞科薦，官檢討。其立腳不定，與錢、龔大同小異，故附此卷以上卷四十附録。

録茘裳、愚山詩爲一卷，附以午亭、竹垞諸公。宋詩骯髒有氣骨，施詩沈深有韻味，異曲同工，故爲一時瑜亮。

《茘裳集》凡一二刻，家藏者板多漶漫，又未携篋，客中只假得《安雅堂》初刻入録，一臠知全鼎也。

茘裳被逮後，詩有過激處，今不取。取其稍和平，若如「世情不易容龍性，交道從來在狗屠」，言外有意，尚未説盡。

「山色淺深隨夕照，江流日夜變秋聲」，頓挫潺湲，託興甚遠。至如「銀漢欲斜爲客夜，金釵初墜憶眠時」，又何婉約。

漁洋品當日詩家，標舉南施、北宋，此老眼識，故自卓絶。

愚山五律，幾於唐代孟公。漁洋至爲《摘句圖》，賞愛至此。然他體亦復佳，《哭茘裳》云「西川終古流殘淚，東海從今少大風」，何嘗不悲壯。

愚山《學餘堂集》，多講學文字，行事頗近儒者。故詩亦含蓄藴藉，無氣矜語。言者心之聲，執文以測人，十得七八也。

愚山詩，如「人驚亂後在，山比别時青」「亂山成野戍，黄葉自江村」「積煙無去住，疏雨亂陰晴」「六朝流水急，終古白鷗閒」，如此類凡數十聯，每諷味之，使人意遠以上卷四十一。

午亭詩，學杜亦有自得處。當日與漁洋交游，不甚附和，頗欲自立。然典型未墜，妙遠不如。比於明之東里，正是一轍。承平之氣象，臺閣之規模也。

竹坨博雅，亦足樹幟。第實處多，虛處少，頗有迹象，未全脱化。

竹坨《玉帶生歌》，盛爲世賞。然亦太瀾濫，取其與會可耳。

竹坨排律校勝。

鈍翁詩，點檢有餘，邊幅不廣。然是雅音，故異俚俗。

秋谷極不滿漁洋，所詣究如何，取其練淨者數首，持校漁洋，不逮遠矣。

南村真澹，得韋、柳一體。

其年初以駢體文擅場，王于一品爲「唐以前不敢知，自開寶以後，七百年無此作矣」。此言太過，未可憑也。又善填詞，有《烏絲詞》三卷，甚豪宕，氣息微粗，論見吾《詞選》中。其詩亦踔厲風發，今遴其豪而有韻者數首以上四十一卷附録。

録新城二王兄弟詩爲一卷，附以徐、吴五家。西樵詩，不減漁洋，特早歿，聲望不及。所作又校少，遂爲所掩。今合録之，欲存平論也。

西樵詩，從王、孟、韋、柳入，從杜、韓、蘇、陸出。故境潔而情深，才多而氣王，亦間有學六朝者。《考功年譜》云：「君易簀之際，口鼻皆作旃檀香，既而遍體作蓮華、蘭蕙種種異香，經三日夜不散，既斂乃已。」寀是考功將無仙佛果中人耶？抑亦奇矣！

漁洋詩，如高人韻士，麈尾角巾，翛然風塵之表。

漁洋仿山谷，將平生所作詩，約一集爲《精華録》。託云門人盛侍御符升、曹祭酒禾同撰，實自定也。閩中林佶吉人繕寫鎸木，甚爲佳妙。後惠棟定宇爲之訓篹，金榮林始又爲箋注。一是分體，一是編年，各有適用處，不可少。《山谷精華録》是自定，然《録》外佳詩不少，《録》中反有不必存者，不可解也。

漁洋亦如此，客中止有《精華録》，全集未携篋，今據《録》入選。

漁洋論詩，標「神韻」二字，而取表聖「味在酸鹹之外」，與滄浪「羚羊挂角」之旨，良以詩學榛蕪，非此不足以空諸障。亦猶滄浪懲南渡江湖、四靈之派，直揭盛唐爲宗也。大抵古人立論，如良醫製方，各隨病以發藥，來者未可吠聲。

漁洋所選《三昧集》，示初機入手耳，非囿一生也。後生讀之，縱不能大有成，却清雅無荒傖氣。若到有成後，自然能更向上，不消説。

漁洋《古詩選》，亦止標出大概，使塗轍不差。

吴喬品漁洋「清秀李于鱗」，大非。李固不第清秀，王又與李異，直是亂道耳。

袁子才謂漁洋「一代正宗才力薄」，蔣藏園謂「漁洋真氣苦不足」，皆皮相。才子輩止以金剛努目爲有才力，見菩薩低眉便云可狎侮，不知非篤論也。藏園語，亦沿前人好修飾之論而出，其實皆非大要。漁洋在今代，自爲一宗。五古法二謝、韋、柳，七古法杜、韓、蘇、黄，近體於隨州、義山，以至七子，均融會而得其液。綜其全集，尤妙在温雅，豪〔毫〕無傖氣，此杜、韓、蘇、黄時或洗滌未盡者，漁洋汰而空之，可謂非豪傑乎！惟間有太似前人處，如此臨帖久，出筆不覺耳，亦小疵也。漁洋古文題跋各種文字，皆修雅可誦，非如隨園輩，叫囂排突，略無雅人深致。

漁洋非無才氣，意在藴藉温雅，不欲揚露，遂不覺耳。其司李揚州，決獄神速，仍不廢歌嘯，非才氣充裕不能以上卷四十二。

東癡、蕭亭，爲漁洋之戚。天章、定九，漁洋之門人。歷友爲漁洋舊友，各有氣類之合，故附此卷。天章古體佳，徐、張近體佳，宗絶句佳。各録所長者一二，未能盡也。

歷友詩，未見全集，兹從漁洋《感舊集》、盧雅雨《山左詩鈔》遴其尤者於此。漁洋稱歷友「淹博華贍，千言可立就，詩尤以歌行擅場」，予却喜諸絶句，以爲勝歌行也以上卷四十二附録。

録劉、姚詩爲一卷，附以王、朱、吴三家。康熙中詩學極盛，乾隆以來，人侈漢學，詩道漸蕪。沈歸愚雖以唐人倡道後進，根柢單薄，識解拘滯。所以隨園惡詩，緣隙爭長。同時惟海峯、惜抱師弟，與衆殊趨，古音獨奏，吾亟取之，以正軌轍。

海峯極尚音節，各體詩鏘洋可誦，微恨有匡廓處，兹取其真君炯然者。

海峯才氣横溢，仿古皆能神似。中年以後，似不甚加學力，故詣止此，不然韓潮、蘇海，何難再見。

海峯詩是詩家正路，意氣豪放，不落小家數，故佳。

惜抱是海峯弟子，才氣似遜於師，而學養過之，故又能自成一體。

惜抱亦喜漁洋，嘗以《古詩選》《三昧集》開示學者，謂路陌正大，不流惡趣。至自作詩，却又別。漁洋雖博雅，然惜抱兼經術，又近儒者，性情恬淡，林下日久，蘊蓄充然，故詩全以養勝。讀之使人躁心矜氣都盡，此一種又向來所無。

惜抱詩，韻味在筆墨之外。

惜抱詩，妙明高遠，如「白髮尋前路，青春似往年」「萬頃波平天四面，九霄風定月當中」，此類有味外之味。

惜抱詩，靜如木雞，躁心讀之不得。

惜抱詩後集題圖諸作，多有門人代筆者，子弟輩過存之，殊失也。往梅伯言爲予道此。姚門詩人，不少如劉孟塗之類，詩皆不惡，然無大逾人處，故不取。惟梅伯言校有獨至之思，輩行太晚，故入後卷以上卷四十三。

夢樓自謂所作詩字，皆禪理也。其至者固有此意，亦未盡然。全集止前數卷佳，後乃有不成語者。今所録皆前數卷詩也，妙處殊超夐。

夢樓實美才，所以姚惜抱傾倒甚深。可惜中年以後，頽然自放，流連絲竹，尋遁于禪，成就遂如此。

子穎爲海峯弟子，其鄉舉出夢樓門下，又深契姚惜抱，師友淵源，切磋甚至。故詩有奇氣，而格律音響亦佳。

仲倫頗爲姚惜抱所許，故亦欽姚獨至。古文名當代，亦得姚之音節。詩却學六朝，而有其秀逸，遒麗之一體尤勝。吾今所選，精華略具以上卷四十三附録。

録蔣、陳、黄詩爲一卷，附以二家。藏園與惜抱同時，科分先之，又先殁，宜次姚前。以劉、姚是師弟，合卷爲宜。吾敘例謂輩行只論大概，不甚拘拘，正此等也。惟相隔太遠者，則分別。

藏園詩，有骨氣，然極難選，下手太重，音響便濁也。吾今所取者，清韻雅度，足繼前修；勁氣豪襟，仍能自立，獨成一家而無愧矣。

藏園遇忠孝節烈事，輒歌行抒寫，佳者令人激發，亦間有太粗獷者。詩六義首風，風泠然入人而善，乃妙。終風猛起，拔木振籜，反覺無趣。故選藏園詩，宜壹取蘊藉者，乃爲能得瑜也。

同時諸公如曹來殷、楊蓉裳之類，皆淹雅之材。詩非不可觀，然動輒長篇，夸多鬥靡，步韻聯句，刻楮雕瓊，詞勝於意，何所取諸。古人佳詩，全不在此，可惜諸公錯了路徑也。今皆不取，免誤後生。

藏園諸子，皆能詩，其門人如吴蘭雪輩，亦有時名。惟所詣未能卓絶，故從舍置。

與藏園同年進士則有陳東浦方伯，當時詩名不及藏園顯，而骨力遒厚樸質，品格反勝藏園，但才氣微遜耳，不可謂非兩雄也。

東浦學杜，實得杜骨。又能略换面貌，取以爲貴。

吴山尊以藏園、東浦與曾賓谷并稱鼎足，曾非蔣陳比，吴特所好耳。東浦佳句如『溪水仍浮龜，泉聲似有懷。釣船波上定，酒旆茅門斜。』『野風聞酒熟，秋水見荷餘。』『驚鴻波盡白，遠柳氣初青。』『細路盤霏雨，高岡會勁風。』『遠□籠月色，新穀蘊蟲聲。』『天光掣林木，池影倒行人。』『寄情從遠得，答問入忙能』『園蔬立沙鳥，村火混江煙。』『急流東低過，疏炬兩邊明。』『濕雲低巒□，新漲亂穿林。』『古廟散泥馬，晴空走低鳶』，皆戛生新，不拾牙慧。

春谷生長華腴，而績學淵雅，功力至深，絶非依光借聲之比，茲不可及。詩集外，尚有經説、文説數十卷，惜訪求未得。

春谷詩，殫力魏晉六朝及初唐諸子，頗深於比興。於近代甚推漁洋，而欲以風力真實救之，斯攻玉之朋，非索瘢之照也。仁宣之間，春谷其魁磊者乎！

春谷平日論詩，頗有創獲，亦由讀書深厚所致。如云：「五言之源倡於蘇李，蘇詩有云：『俯觀江漢流，仰視浮雲翔。』李善注之以爲江漢流不息，浮雲去靡依，以喻良友各在一方，播遷而無所託，可謂得詩人之本意矣。乃東坡謂其在長安作，不應言俯視江漢，遂以爲後人僞託。而洪景盧更附會其説，云漢法觸諱者死，李陵詩有盈字，觸惠帝諱，其僞無疑。愚嘗攷之，漢人詩文觸諱者，不一而足。韋孟《諷諫詩》，其顯顯者，又將何説乎？」他日又與焦里堂論詩云：「詩之大要，情與聲二者而已。古人之詩，其旨遠，其情深，其詞微而婉，檢而不肆。故其聲正而大，越而不卑。自曹魏以上，雖正變不同，此義未失。逮有晉之後，始以詞相尚，其詞之所以有者，不必盡依乎情，或情盡而詞以濟之，故其聲隱而不振。顧其旨趣，侔魏氏而不足，風力乃足控唐賢而有餘。説者以晉宋爲承先啓後之會，其知言乎！齊梁之間，緣事紆徐，遇物刻鏤，興寄雖乏，詞采煥然，以云工賦。庶幾近之。」又曰：「詩可以詠歎而不可以紀實，可以美刺而不可以論議。就其事以歌之，不必實其事；如其理以説之，不必辯其理。如是然後旨遠而情深，詞不肆而聲不卑也。」又曰：「比興之義，至唐而微；賦之道，至宋而絶。」又與裔向之論詩云：「詩之體，有古今。韻有古今，人知之矣；情有古今，人之未别也。非古今人心之不同，由旨遠詞微之道日以寖失，於是情隨之降，降之久，而古詩人之情泯然無存矣。當其遞降之際，情固隨時以生。古情日遠，於是今情日出矣。夫不知古情者，難與論古。古人有不能宣之隱，或爲詩以託之，往往語東而意西，詞旦而情晏。詩道固然，所不害也。《毛詩》之詩，與序多彼此若不相蒙者。後之人不知其爲旨遠詞微之正軌，執其今見，從而疑之，譬猶據平原以律山，循陸地而規海，烏在其能達也。自《三百篇》以來，古非一古，今非一今。騷漢六朝數爲移易，有今之所謂古者，仍古之所謂今，其間差等，判然可睹。夫不審古人之言之有故，遂謂美人芳草，即是靈均；明月高臺，居然子建，豈不惑乎？夫聖人之以詩列爲一經者，正以旨可以遠，詞可以微。非如他經之無可以假借，而大要歸於性情之正。所謂興、觀、羣、怨，温柔敦厚者，非必其言之盡，事之實也。事實言盡，奚取於詩乎？然後世既已盡之實之矣！又生其後者，未能置今情勿講，而過求幽深窅窈之古義。特不可執此尚論，致失古人之真。蓋今情以擴詩境，古情以導詩源，操斯説以往，其不信而好古者鮮矣。」又答陳寅問六朝詩云：「吾婿讀晉宋以下詩，心儀之。又疑於太白建安綺麗之談，昌黎衆作蟬噪之論。夫文人積習，非闇則夸，無易由言，賢者寖甚。若少陵則上稱曹、劉，中推沈、鮑，下挹陰、何，是以江左永懷，鄴中多病，不忘所自，抑又賢矣。嗚呼！舍珠玉何以爲寳，舍芝蘭何以爲芳哉！」以上數條，皆詩家正法眼藏，故備録之。

春谷《論詩作》云：「騷情不失正，漢聲無剽疾。高深詎可攀，近古實當日。有唐李杜興，廣大固無匹。未妨關雎意，流爲董狐筆。」又云：「上下二千年，錯落異機杼。變化非一端，虛空各繩矩。曹劉與韓蘇，覿面不堪語。」此等議論，發前人所未發。知其解者，旦暮遇之以上卷四十四。

鐵橋當日詩名不大著，却有唐音。至如「武庚成亦賢，少康敗亦頑。人事或反覆，予奪天無權」，議論警闢，與魏和公「釋囚周武是，陳範殷仁非」。有感之言，均令小儒咋舌。

茗孫天才超卓，最爲曹太傅、文正公所賞。進御文字，多出其手。以不悦於要人，久不得擢。道光己丑移疾歸，尋没。

茗孫詩，骨格蒼勁，在同鄉吴蘭雪之上。《新疆詩八首》極佳，各小序亦精簡，即此見著述才也。今全録於此。

建寧張亭甫《過臨川感懷名孫絶句》云：「君相有權難造命自注此乃名孫《出都門》句，中年卧病故山秋。飄零好句知多少，落日荒城水自流。」以上卷四十四附録。

録潘、梅詩爲一卷，附以五家。道光咸豐之間，可指數者，不止是。或其人尚在，或隔於兵燹，集未大行。吾選終此，限於境也。他日有所得，當更緝之焉。

少白殁於道光之季，年七十餘矣。初爲諸生，斫弛游俠，旋折節困約讀書，一介嚴取與，類古狷士。在京與歸安姚鏡塘部郎學塽善，工畫梅。古文堅勁，有格制。無子，有一女。陳蓮史方伯繼昌刻其遺集於江寧。

少白詩，别是一種性真語。學道有得於心，乃能如是。妙在不腐，與擊壤别。境界近陶公，而音響色澤又變，真是前無古人。

讀少白詩，令人塵慮都釋。其近體似錢、劉，似放翁，却又都不是，其真君别也。

往在京師，曾見潘先生一面，欽其人之高而已。詩文未刻，不輕視人，人亦罕求之者。大概知其能詩文，必無俗韻，豈謂其超卓若是哉！咸豐中始得讀其遺集，乃大賞歎，非近人可及。今選以殿卷，蓋足繼前修無愧焉。

伯言爲惜抱弟子，在門下年尚少。中年以後力求變化，欲自闢一境地，心力瘁於是矣。晚自定其集，題云：「後出終難勝吾，吾固有涯」，可謂甘苦閲歷之言。顧姚門延至咸豐間，得其正傳者，終推伯言。其見解之卓，功力之深，研練之粹，品格之正，一時無出其右。所以同時如曾文正爵相，時曾尚由編修至侍郎，朱伯韓侍御、余小坡太守、吴子序編修諸人皆送抱推襟，往從談藝無虚日。

余見梅先生時，才五十餘歲耳。居將軍四條胡同，一老僕應門，室無雜賓，相對靜穆。談文外，不及他焉。記其論詩文之旨謂：「要斬絶，要刻入，要有我在。要包坑越塹，要不可端倪方物。」又謂：「詠古事，必有爲而發，呆詠古事，無謂也。詠物必有寄託乃佳。友朋酬酢，必本性真，未可誇詡相尚。樂府尤要有義實，不可襲其虚貌。」又謂：「詩貴有真放，不可安排做作。」又謂：「詩不可勦襲，亦不可僻詭。詩不貴疊韻和韻。」以上皆先生當日所語者，後來自定其集，亦嘗約略臚舉爲序後。

梅先生嘗就惜抱所選《古文辭類纂》約選之爲《古文辭類略》，仿《唐文粹》，增詩歌一類，上下二卷，皆極精簡。往在京師鈔得稿本以歸，近見合肥李氏刻行本，微有一二出入，豈晚年加定耶？疑不能明也。

梅先生歿於咸豐六年正月，年七十一。其集爲同年河督楊至堂以增所刻，刻成在五年七月，先生猶及見之

以上卷四十五。

定盦，金壇段氏之外孫，《説文》、小學，遠有端緒。他攷證亦精密，古文勁悍似管、韓，詩非甚致力。然筆力沈摯，思路刻峭，終非時手所能。往在京時，定盦止刻其詩爲《破戒草》二卷，不知後續刻未。今却止據《破戒草》入選。

西生五古，似沈千運、孟雲卿。黄茆白葦中，得此心目爲豁，亟録之，附入此卷。

梅叔詩未見全集，止見選本十二卷，道光十五年乙未刻也。其詩精勁，不徇詩趨。五言尤佳，蓋溯源唐以上者，在嘉道間不多得。

潤臣楚北華族，詩乃冲夷，可以想見其人。雖未能奇變多姿，却是詩家正路，矩度音節，一準昔賢。在今代

與漁洋，惜抱爲近，蘊蓄差遜爾。然論近日，已是極好詩家。

至堂深於經學，詩亦簡勁有骨力。句如「世態如洪鑪，能柔百鍊鐵」「傾心營物外，自喪亦已多」「有生孰無欲，稍縱遂成患」「地響雷催雪，江明電照冰」「客心逢歲迫，歸夢近鄉歡」「猛虎與人爭路過，閒雲隨客上山來」，均琢鍊不靡茶以上卷四十五附録。

正選之外覺猶有遺，又加補録九卷。晉以前不分家數，故無所補。晉以後始以各家分選，其未入家數者，有佳詩，亦不可遺，此補録所以起於晉也。

自晉至隋，共録爲一卷。潘岳、張載、惠連諸公，獨名家不足，而一二篇章，故不可廢。

帛道猷諸道人、陶宏景固是隱逸之宗，其詩發興高遠，令人有蟬蜕塵世之思。

南朝曹景宗，北朝高敖曹，皆武人能詩，奇傑正非文士所及。今亟録入，以見詩道自關真性情，真氣骨也。

史稱高敖曹好吟詠，觀其《征行詩》，想見鼻端出火，耳後生風也以上卷四十六補録一。

自唐至五代，共録爲一卷。初唐如王績、王灣、王之渙、裴迪諸公，皆有佳作，惜不能多，又未能各體俱善，故止入補録。

盛唐之劉方平，中唐之張仲素，絶句樂府，時有事外之意，足與張籍、王建抗行，但不多耳。

元、白並稱，元遜白遠甚。兹止取二首，其《連昌宫詞》，信口指斥，大失風人之旨。《會真詩》，更不足道。

晚唐除正選外，韓偓、韋莊較爲孤秀以上卷四十七補録二。

宋、金詩共録爲一卷。宋初西崑體盛行，不無流弊，而楊、劉諸公佳處，亦未可没。當時如寇平仲、趙閲道、宋子京諸公，亦沿風氣，未脱崑體，然何害其體制，致流譏靡乎？故知詩無論濃淡平奇，總視其人之胸次，發乎聲籟、音節、色澤者，其迹也，真君别有存焉。

慶曆、元祐，宋之盛唐也。微獨歐、王、蘇、黄諸公見於正選者，卓乎一代，即如司馬公、徐仲車、米元章、蔡君謨，又豈無佳章傑句哉！今均遴其最者。

邵子《擊壤集》，開頭巾論頭一派，不可爲法。然吾今所録，又何減唐音，在乎人慎擇之耳。

南宋國運向衰，除正選外，詩亦不振。獨朱子超然風氣之外，少學謝康樂，後學陶淵明，皆得其妙處。晚年無意於是，則不復致力矣。今所録未能盡，略得一斑耳。《登定王臺》云「千年餘故國，萬事止空臺」，何等涵蓄。他如《感興》《擬古》諸作，皆足追配前人。

南宋初，詩稱尤、蕭、范、陸四家，後去蕭而易楊誠齋，蕭詩遂日湮没。今録其二首，嘗一臠耳。

晚宋絶句不似唐人，然有唐人未到處，不妨各擅其勝以上卷四十八補録三。

元代詩，録爲一卷。當時如張翥、吴師道、黄鎮成諸公，皆錚錚一代。張翥句如「飲馬水乾沙窟白，射雕風起磧雲黄」「司馬諸王祇亂晋，祖龍二世竟亾秦」。吴師道《舟行得風》云：「我行小遲亦何害，人生取快寧多得。」黄鎮成句如「一雙白鳥背人去，無數青山似馬來」，此數聯足以躡宋追唐。

舒遜《詠李白》云：「氣吞高力士，眼識郭汾陽。」亦自高唱。

杜仁傑《偶書》云：「六國帝秦天暫醉，魯連休死海東壖。」此言後代帝秦之事，不一而足。仲連時猶不料至是也，其言絶痛。

元末吾邑胡子申名布，善學齊、梁，卓然成家。而知者或少，今選其九首，猶未盡其勝也。如《艷歌行》云：「買笑千金易，知音一顧難。」又云：「含笑俱傾意，託語尚羞顔。」《古思》云：「裁衣猶想體，臨妝羞照容。」又云：「君行當策勳，妄行當豫封。」《黄鳥》云：「篆碧殘香印，愁紅薄鏡奩。」皆得齊梁人妙處。

李存《别黄俊昭》句云：「深知疑我獨，無補與人同。」亦覺深人無淺語也以上卷四十九補録四。

明代詩録爲一卷，明詩精華略具正選，兹所補者，皆零璣碎璧也。然明初如劉崧、曾棨、劉炳，中葉如區大相、朱一是，季葉如夏完醇、鄺露、錢秉鐙，皆有能自立處，不可不爲補録也。「白雪作花人面落，青山如鳳馬頭看」，貝瓊句；「呼鷹大澤風竿勁，射虎山南雪羽深」，練高句；「玉樹歌殘猶有曲，錦帆歸去已無家」，曾棨句，此數聯去唐人不遠。

方正學《感懷詩》云：「蟋蟀最無知，亦悲年運窮。云何當世士，憒憒温飽中。」又云：「蚯蚓霸一穴，神龍輕九天。」皆頓挫瀏湲，令人感奮。

「病疏當世事，貧負故人恩」，此王人鑑句，可謂思深而不怨，甚得風人之旨。似較「不才明主棄，多病故人疏」更婉約。

鄺露《浮湘禮三閭墓尋賈生宅》云：「天高未敢重相問，年少何勞更上書。」弔古而寓身世之感，亦復自然湊泊。

錢田問效陶《飲酒》云：「在世雖百年，畢竟舍之去。臨去豈不戀，戀亦不能住。」語殊豁爽，但太犀利，爲欠古樸，不及陶耳以上卷五十補録五。

國朝人詩補録六卷，自國初至康熙中葉爲一卷，自康熙中葉後至乾隆中葉爲一卷生存者不録。科第輩行，只得大概，先後參差，恐不能免。以非大義所存，得其約略即可。

國初詩凡數變，康熙三十年以前，尤多遺老，身閲滄桑，語多嘆喈。三十年以後，則蔚開文運，四傑、燕、許，接踵而出。迨乾隆四十年以後，士尚漢學，詩亦排奡堆積爲尚，動輒百十韻，興寄之旨不存焉。道咸而降，潦盡潭清，而不勝薄弱。大概康熙中則漁洋數公，是其樞幹；乾隆中則惜抱、藏圖［園］，又其樞幹；道咸之際，春谷、少白、伯言數公，亦樞幹也。諸公既入正集，次者又入附録，其有遺者，歸此補録。綜順、康、雍、乾、嘉、道、咸、同八朝人詩，大略具是矣猶有遺漏，則地居僻遠，未見其集故。

此一卷皆國初至康熙中葉人詩。蓋有二種，其秋清鶴唳、悽愴動人者，大率遺老之詩，若徐元歎諸公是也；其春麗鯨鏗、和聲鳴盛者，則燕、許之作，若汪蛟門之類是也，當分別觀之。閨秀方外，即循時代附各卷之末。

茲卷中如鄧孝威、田山薑、顏修來、查初白、葉己畦、沈方舟皆無愧於作者，選録不能見盡也。

查初白《敬業堂集》有佳句可咨諷者，如《題白岙山人集》云：「時來賓客揍亾命，赦後英雄恥故鄉。」《歌風臺》云：「時來將相皆同里，淚落英雄有故鄉。」二聯各有其妙。又《賈傅祠》云：「君臣如此猶嗟命，絳灌何人乃忌才」，亦言外有意。又《新樂縣有感》云：「輿圖西漢中山國，恩澤先朝外戚侯。」《扈從密雲大雨》云：「四山雷響車聲外，萬帳鐙浮水氣中。」皆警策。

田山薑五律勝於他體，同時殆可匹施愚山。茲録之外，尚有佳句。如「異鄉逢七夕，客路又三年」「病深思入道，交久漸知人」「欲眠聞雁過，獨坐見花飛」「醉仍留客坐，老畏送春歸」「酒杯消短燭，官況話深更」，皆含蓄有餘味以上卷五十一補録六。

此卷補録康熙中葉後至乾隆中葉人詩，當海宇承平之時。經學、史學、漢學各臻極盛，獨詩學未見逾於前卷作者。蓋亦有二派，矯明七子之弊，多入白、陸二家；逞博奧之能，多作杜、韓長律。一則格薄氣弛，一則積字堆句，均非極則。兹卷中如李穆堂、杭堇浦、沈子大數公最爲傑出。録前一派詩，取其精刻沈著者。録後一派詩，取其駘宕婉麗者。

乾隆中葉以後，袁子才以蕩靡之音鳴於江左，最未可法。沈歸愚斷斷以唐音啓迪後進，而匡廓徒具，真性不存，兹録各存其真面一二而已。

乾隆中黄莘田以詩鳴於閩，才氣不甚博大，而情真味永，却勝袁子才輩。此所録外，記尚有《泰安道中》一絶云：「嚴嚴典則魯千峯，玉檢金泥拜秩宗。七十二君銷歇盡，行人驢背話東封。」亦逌然出塵。閩之黄莘田外，如江左之周迂村、浙之吴西林、江右之王犖雲等，造詣各有所得。抗古則不足，在時輩則爲能自立者。

雍乾中有數大老未得其集，未由鈔者，獨與他選記其一二佳句。如高文良其倬句云「白蘋風起魚苗長，紅杏花深燕子低」「宴罷白沈千嶂月，獵回紅上六街鐙」，鄂文端爾泰句云「除却詩書何有癖，獨於山水不能廉」「垂老餘功惟補過，他生結習剩憐才」，英文肅公廉句云「萬有澄於虚，衆響視所傳」「樹聲如雨急，山色上樓多」「落葉不分路，野花開到門」「不飲慣能留客醉，愛閒偏有和詩忙」「老來筋力知風雨，身後田園累子孫」，夢文子侍郎麟句云「一花如有意，數樹不知名」「帳鈎花影外，人夢月明中」，皆清婉圓妙，他日得其集再續補。

唐、宋、金、元、明詩，以有《全唐詩》《宋詩鈔》《全金詩》《元詩四選》《明詩綜》之類，括代爲部，故鈔撮略備。今代人詩，則散步四海間，非朝廷開局采訪，一人之力，斷不能具。欲一無遺漏，無此力量，亦正可不必。孔子曰：「舉爾所知，爾所不知，人其舍諸。」雖論舉賢才，正可以譬選詩以上卷五十二補録七。

此補卷録乾隆中葉後至嘉、道人詩。有盛名乾、嘉間者，江左則黄仲則、王鐵夫諸公，浙中則吴穀人、祝芷塘諸公，江右則劉金門、曾賓谷諸公，閩中則陳恭甫、謝甸男諸公，又粵中則黎二樵、馮魚山諸公，各録其佳篇數首，以當嘗臠。

此卷詩人如彭甘亭、郭頻伽、尤二娱、吴蘭雪、吴白广、樂蓮裳、張船山諸公，詩非不佳，然有新穎之思，而妙盡句中，格如一律。詩譽有餘，名家不足也。遴其至者，亦可不朽。拔出一時風氣者，如江左之方子雲、彭尺木，江右之李松甫、張鶴舫，山左之鹿木公，其袁表者乎？觀今所録，可見大概。

黄仲則名著一時，惜早死，未大成就。其佳句如「偶看芳草思名馬，每見青山想異書」「縱使身榮誰共樂，已無親在不言貧」，皆意思沈至。

吴蘭雪亦負時名，太苦酬應。佳句如「山横北固斜陽裏，寺在南朝細雨中」「五詠高名荒冢在，六朝奇士醉鄉多」，皆佳。以通首不稱，故不録。

舒鐵雲《瓶水齋集》詩甚奇警，兹止録其三首，不能盡也。佳句如「但逢袁紹非知己，直道温岐始憶君」（《陳琳墓》）、「緩頰遂能逢郭令，揚眉何用識荆州」（《李白》）、「天上玉樓徵著作，人間場屋避嫌名」（《長吉》），皆無一語寄人籬下。

徐白舫詩見賞於山陽汪文端公，其集汪爲序行。句如「山隨雲勢動，虹截雨聲回」「水奇頻折勢，山澹不爭名」，皆佳。汪序謂「可匹近代葉己畦」，將毋然。

記桐城劉開、孟塗詩亦佳勝，今其集不在篋，竟不及録，俟續補以上卷五十三補録八。

此卷補録嘉道至咸同人詩，生存者不録，世風不同，詩亦隨異。上卷猶止及川楚教匪滋事，兹卷則及道光廿年以後之洋務矣。

魏默深、朱伯韓數公之詩，尤音嘵嘵，令人感憤。然立言無取過盡，旨歸宜於藴藉。凡裂眦努目者，亦多割愛焉。

咸、同之際，又有髮逆洪秀全之亂，東南糜爛幾十數年。黄韻甫數詩，已得大概。若張硯孫、江弢叔諸君之作，雖創鉅痛深，言皆切實，第傷時太甚，有失含蓄，亦不取之。

江右洪介亭占銓，有《小容齋集》十卷，詩佳者亦多。句如「閉户欲藏拙，開窗還讀書」「自得嘗觀物，無求不出山」，「一橋通輦轂，諸道扼咽喉」（《盧溝橋》），「豎子才慙燕叔父，書生謀勝漢條侯」（《樟樹鎮王文成誓師處》），「太傅官遷卑溼地，七王兵兆泰平時」，皆思力深厚，耐人咀諷。

陳少香、苻雪樵、江弢叔諸君，皆偃蹇以殁，其不可殁者，獨詩耳。陳句如「鐘寒穿樹出，僧懶抱雲眠」「水聲寒到枕，雲氣白成煙」，「袖裏幾時藏赤詔，軍中何處購黄袍」（《陳橋驛》），「一面儘堪當重鎮，九重從未識書生」（《平原謁顏魯公廟》），「末路英雄仍氣短，當時兒女尚情長」（《烏江弔古》）。苻句如「怪石常爭路，高雲不傍山」「暮寒變山色，秋力助江聲」「酒情慷慨逢人易，劍氣縱横入世難」「蒼雲大野高鷹健，白浪荒江怒馬來」。江句如「賤難藏我拙，貧易盡人歡」「最窮遭世眼，餘辱逮吾詩」「烽煙驚夢後，溝壑待人時」「天倫生處缺，鬼趣死前來」「民力儘供官裏用，將才偏在賤中生」「不死更看何世界，儘窮終算盡天年」「後死也知無活計，來生更勿以詩名」，淒風苦雨，可以想其身遇，三君中江所處尤困。

閩中詩家，陳恭甫後，不能不推張亨甫。才氣甚豪，而中年饑驅奔走，詣未大進。正與黄仲則、吴蘭雪諸君同爲一時英俊耳。

高密單芥舟可惠，亦山左詩人之雋。其《題〈國朝六家詩鈔〉後》七絶數首，論施尚白云：「詞客詩人例不同，温然時有古人風。縱教逮意才差少，已得今詩五字工。」論王貽上云：「領袖羣公一代奇句甚不工，生前身後九重知。却因去未陳言盡，也似韓翃號惡詩。」論施當，論王未當，何至惡詩相況也，以是嘆平論之難。

粤東繼馮魚山、黎二樵起者，當推張南山，句如「荒墳月小妖狐拜，破寺風多老佛愁」，亦奇險。近又有馮詢子良，詩亦佳。未得其集，俟續補。

大凡詩有佳句，未經選録者，多見吾拈句録中，蓋亦互相補備。選詩貴嚴，摘句可寛也以上卷五十四補録九終。

詩權　卷三

商論下

商論江西詩派圖序

宋人江西詩派，以山谷爲祖，此吕舍人明一時授受之原委，要非定論，故有人非江西産，亦列派中，意可見也。今若細爲商榷，江西詩派當以彭澤爲初祖，六一、山谷、道園爲三宗，明、今作者又自爲别子之宗。蓋一代人材，必有一代樞幹，而羣材婉雅者，或先或後，或同時，又爲駢集景附。斯宗派分明，流别不混，雖學問之道，貴在多師，何必執一方之賢，以爲尚友。然行遠自邇，數典莫忘，亦生其鄉者所當知也。今併爲圖於後，俟君子正定焉。

江西詩派圖

此圖以同時伯仲者爲羽翼，兄弟子姪爲一門，授業弟子爲及門，異時接迹者爲後起，未成大家亦傑有立者爲附見。圖中惟附見者有遺漏，蓋難遍及，止合偶舉耳。

初祖

晉

陶靖節

附見五人

唐

綦毋孝通

劉全乙

王雲峯

鄭守愚

王有道

三宗之一

宋

歐陽文忠

羽翼四人

王文公

曾文定

劉原父

三宗之二

宋

黃文節

一門三人

元明

知命

子耕

三宗之三

元

虞文靖

羽翼二人

范德機

楊文安

劉貢父　　附見二人

及門七人

傅若金

附見二人

洪朋　　何太虛

李泰伯　洪炎

晏元獻　洪芻

叔原附　謝逸

謝薖

饒節

汪革

後起四人

姜白石

曾文清

楊文節

文文山

別子之宗明今二代詩人不備載。

唐代詩人，江西無大家，小小名家，則有十數。今舉最者附於下，著詩道之繩續。宋以六一爲復古大宗，山谷爲變化得正之大宗，元以道園爲不失古法之大宗。明、今作者又自爲別子之宗。凡同時伯仲與一門倡和、及門講貫、異時繼聲者，均循次附列，不無遺漏。旅中書少，未如何也。銕傭氏識。

附録鄙撰《書後》數首

少時取《四部稿》閲之，了不見好處，遂以前人詆諆爲至當，置不復觀。道光己酉，更取繙閲，乃深服其才閎氣肆，無論其摹擬與否，第令我依法爲之，竟難成章。無他，才力不逮，學又寒儉，不足副之也。使非閲歷漸深，亦竟不識前人甘苦，矮人看戲，可勝歎悼。艾千子《天傭集》有曰「後生小子，不必讀書，不必作文，但架上有前後《四部稿》，每遇應酬，頃刻裁割，便可成篇。無不穠麗鮮華，絢爛奪目，細案之亦腐套耳」云云。此自當時習氣之敝，亦可知明季人不務讀書，從事剽竊，何可盡以病弇州。李義山詩經宋初人學壞，便有撏撦義山之誚。究之義山仍在，弇州亦若是已矣，即北地滄溟，亦若是已矣（《〈弇州山人稿〉書後》）。

漁洋自是詩家正宗，其持「神韻」之説，雖出嚴滄浪，究其得力，則少時似亦沈浸於前後七子，而於徐、高兩家尤深。壯年則王、孟、坡、谷，並所沿洄。入蜀以後諸作，殊多雄傑，出入杜、韓。人但見其少作，遽以「清秀」二字括之，非篤論也。惟其聲望太盛，自持亦太高，忌嫉之言，遂淆黑白。趙秋谷亦未易才矣，殫力與之角，《飴山詩》能與漁洋方駕乎？姚姜塢範《援鶉堂筆記》云：「趙秋谷詩本末詣澈，而誇詡特甚，彼於阮亭境地尚隔阡陌。議論如此，蓋婆羅門自我慢人之習，所著《譚龍録》卑之無甚高論。七古音響之説，亦形似耳。阮亭屬勿語人，或懼示學人以陋，而趙譏其矜祕，未可信。」且漁洋行事，亦有敻絶者。其司李揚州也，人第知其風雅，提唱一時。而不知其讞獄明決，五年中，結大案八十有三。（見《山左詩鈔》）初未與睢州湯文正相識，會詔舉鴻博，乃言於總憲魏公象樞曰「必得人品學問如湯某者，始可應詔」，魏公韙之，遂特薦湯。天下知湯之薦由於魏，不知實發於漁洋也（見《西田文集》）。平生自重其詩，不輕下筆，内大臣明珠，欲得一詩以稱壽，漁洋謂「曲筆媚權貴，君子不爲」，力辭之。見（《柳南隨筆》）迹此數事，豈植身無本末輩所能乎？近時袁簡齋、趙甌北之流，横加詆議，究之不出修飾愛好、境隘才薄諸端。然試持袁、趙諸人詩校之，其猥佻側媚、境陋才粗，品之高下，又何如乎？後生小子，正識者少，一入邪言，便生魔見。故哼于一陳之。（《〈漁洋精華録〉書後》）

竹垞學博才雄，足以推倒豪傑。題跋之作，尤善攷證，殆劉仲原父、貢父之流亞也。惟集中有《風懷》等作，人頗不足。然迹其行事，亦有過人者。《梅里詩輯》云：「先生居節廉橋時，值歲凶，比鄰王氏。有老僕訝其日午無炊煙，而書聲琅琅不輟，因叩門餽以豆粥。先生以奉安度先生，而忍飢讀書自若也。」何義門云：「竹垞典試江南，求錢遵王《讀書敏求記》不得，私以黄金、青鼠裘予其侍史。啓篋得之，命藩署廊吏鈔録，世間遂有傳本。」柯崇樸《絶妙好詞序》中辯此説近誣，然此亦可見其好學。阮賜卿云竹垞輯《瀛洲道古録》，以書手自隨，被議云云。觀此則刻意勤學，具可想見，非庸庸萬輩所常有矣。崑山顧亭林非妄許可人者，其言曰「文詞古雅，居心忠厚，吾不如竹垞」，益可想見其爲人。又有一事可備異聞，阮文達公《定香亭筆談》云：「曝書亭久廢爲桑田，南北垞種桑皆滿。亭址無片甓，而荷鋤犯其地者，其人輒病。豈文人真有靈魄耶。予就其址重建曝書亭，石階、石柱可久不廢。」此蓋嘉慶初年，阮督學浙江時事也。惜乎竹垞當日書籍亦不少，不知流落何許，與王漁洋池北書庫，同一浩歎也。（《〈曝書亭集〉後序》）

潘四農《養一齋詩話》盛有名，拈「質實」二字括詩道，近學究之見。於古人取四家，子建、淵明、太白、少陵，而詆阮公、謝客、射洪、半山等人品劣下，詩盡當斥。此等令人難下語，説不是不得，説是更不得。試一爲商論之，《古詩十九首》，潘謂於《三百篇》升堂入室者。据《玉臺新詠》頗雜傅毅、枚乘作，則其他人品安得盡如陶、杜？味其名則升堂入室，知其名則以人廢言，《廬江小吏》等詩又如何想？要此是説詩，不是説《春秋》，《春秋》褒貶善惡，詩則能興起，感發人便好。故《三百篇》，貞淫賢否，互出不一。論其詩，不論其人也。少陵於射洪，或曰「激烈傷雄才」，或曰「有才繼騷雅」，此與王、楊、盧、駱，不廢江河，同一概慕。元遺山《論詩》云「論功若準平吴例，合把黄金鑄子昂」，潘公不欲言遺山，第曰「元人云」。想見古人胷次闊大，如喬獄，如滄海，無不併包。究之人品黑白，何嘗混淆？詩道隆汙，全不在此。試問潘公主持名教，扢揚風雅，高於杜老耶？未必然也。退之善説詩，曰「正而葩」，正字内包得「質實」二字，「質實」二字，却包不得「葩」字，何不舉韓語爲法耶？又看書當别真僞，《太白集》贋作極多，其鄙淺者均贋作，不直評騭嚴滄浪便見及此，李于鱗《唐詩選》亦非真本，何苦費心彈論。吾見潘公數詩甚佳，歎爲作手，不謂此書未脱學究氣處多也。潘公有《李杜詩話》四卷，極有發明。辨從永王璘，辨救房琯，皆有功李、杜，從此可論定矣。（《書〈養一齋詩話〉後》）

附《讀〈養一齋詩話〉商》

生平不喜瑕疵人，有所駁難，皆朱子云「舊學商量」耳，非有輕薄心也。旅中假得潘四農《養一齋詩話》，窮日細讀，讀畢而歎，其中有學究氣，恐蹈過論之失，概置不言。惟作《書後》一篇，以見大意。兒輩又間拈所疑者商論，隨手辨析，亦不介胸中矣。兒輩又取零紙録成數番，請附詩話之後。從其意，爲節四則如左。其佳者亦併節録九則於後，俾瑜瑕不相揜焉。鐵傭氏。

一條云：石洲偏愛蘇詩，並以遺山《論詩絶句》，攻蘇之作四字便不妥，亦傅會爲愛蘇之論。如「奇外無奇更出奇，一波才動萬波隨。只知詩到蘇黄盡，滄海横流却是誰」，此首明以滄海横流責蘇，而石洲自爲遺山自慨身世。「金入洪罏不厭頻，精金那許受纖塵。蘇門果有忠臣在，肯放坡詩百態新」，此首明言蘇門無忠直之臣，故致坡詩競出新態，而石洲以爲收足論蘇之旨，即蘇詩始知真放本精微意。「百年才覺古風迴，元祐諸人次第來。諱學金陵猶有説，竟將何罪廢歐梅」，此首明言歐、梅甫能復古，而元祐蘇、黄諸人次第變古。學元祐者廢金陵猶可，廢歐、梅則必不可。而石洲以爲『迴』字，乃坡公昇平格力未全迴之回，何嘗有人諱學金陵，何嘗有人廢歐、梅，此可得文章風會氣脈。石洲所解，偏蔽如此。

商曰：石洲信失矣，潘解亦未諦。「滄海横流」句，非責蘇，須玩上句，只知二字乃慨末流敗壞也。「蘇門果有忠臣在」云云，正見替人難得，僞派多也。「忠臣」字活看，猶云豪傑之士耳。豈如潘所云「無忠直之臣」，故致坡詩競出新態耶？試問坡詩新態何在？匡正坡公，又當作何語？「元祐諸人次第來」云，蓋言歐、梅始復古，元祐諸人從此踵武耳，又豈如潘所云「次第變古」哉！下二句乃詩家活掉句意，遺山謂當世只知學蘇黄，實王、歐、梅均當兼師，不師金陵猶有説，不師歐梅何説耶？此正教學者「轉益多師是我師」意，又益見當時蘇黄之盛行也。遺山《論詩》，活潑潑地，無一毫滯相，不料後人迷瞀乃爾。

一條云：王貞白《釣臺詩》：「山色四時碧，溪光七里清。嚴陵愛此景，下視漢公卿。」不著議論而行以古直之氣，最爲高格。惜其下接云「垂釣月初上，放歌風正輕」，局振不起，晚唐通病。末云「應憐渭濱叟，匡國祇論兵」，欲揚子陵，遂抑太公，何無識乃爾。

商曰：三聯正蕩漾前四語耳，甚有逸氣，何云局振不起。此處又如何振法？末聯非抑太公，亦非揚子陵，乃爲「下視漢公卿」句，作掀髯一笑耳。仕者之勞，不如隱者之逸，久矣。『匡國祇論兵』，言欲如垂釣放歌，不可得也。舉太公者，緣題是釣臺，適有釣渭一事，拈來作一波，命意則只是仕不如隱，以況雲臺諸公，學者未可見指不見月。

一條云：《仿遺山論詩絶句》論遺山詩云：「評論正體齊梁上，慷慨歌謠字字遒。新態無端學坡谷，未須滄海説横流。」

商曰：遺山于坡公，不啻鑄金以事，全集形于語言者，可見其詩本學坡公，非無端也。遺山亦賞山谷，屢用其語入詩，但非宗法所在。「滄海横流」，遺山本不是説坡谷，潘公自誤會，非遺山自亂其説也。

一條云：周子充論詩、文章「有天分，有人力，而詩爲甚。才高者新語，氣和者韻勝」，乍閲似佳，細横之，天分、人力乃陳言。詩爲甚句，理殊不足，詩即文也，以爲有二事者，乃後人之詩，非古義也。「才高者語新」當易云「才高者語闊，思尖者語新」，「氣和者韻勝」當易云「氣和者理周，神閒者韻勝」。綜上三則，觀之作詩難，説詩亦難。

商曰：陳言之説非是，詩即文之説，似是亦非。蓋本原則詩文一益公原冠以「文章」二字。體制音節則詩文二，益公詩爲甚句，不謬。儘有能文不能詩者，概目文人爲詩人可乎？聖門可與言詩者惟商賜，他不盡爾。然則古義未嘗不二事矣。「才高者語新」，此「新」字乃生面獨開之意，非尖新之新，易曰「語闊」，豈不笑話。李太白才高矣，其語之闊，究不知何在？若《古風》，若《游太山》，若《蜀道難》，皆可謂生面獨開，即可謂「語新」，不可謂「語闊」。「氣和者韻勝」，「和」字内包得「神閒」二字，天下未有神閒而氣不和者，「韻勝」即一唱三歎有遺音之義，改「氣和者理周」，味如嚼蠟。「神閒者韻勝」，究成剩語，不如益公遠甚。

一條云：《唐人萬首絶句》其原本不爲不富，漁洋選之，每遺佳作。隨意簡出，如右丞「相送臨高臺，吹簫臨極浦」，太白「天下傷心處」「剗却君山好」「渌水明秋月」，少陵「萬國尚防寇」「春來萬里客」，襄陽「移舟泊煙渚」，蘇州「獨鳥下高樹」，隨州「日暮蒼山遠」，劉方平「夢裏君王近」，耿湋「返照入閭巷」，金昌緒「打起黄鶯兒」，柳州「九扈鳴已晚」，香山「珠箔籠寒月」，義山「向晚意不適」，致光「羅幕生春寒」以及劉采春《囉嗊曲》等，皆天下之奇作，而悉屏而不登，何也？至七絶遺漏尤多，如賀監之「少小離家」、太白之「舊苑荒臺」「李白乘舟」「楊花落盡」，龍標《采蓮曲》，少陵《贈花卿》等，指不勝屈。而羅虬《比紅兒詩》類，重疊載入，又何也？

商曰：此條正當，惟以《囉嗊曲》亦在奇作列，「奇」字恐可商。然此小處，不必斤斤。

一條云：龍標《青樓曲》：「白馬金鞍從武皇，旌旗十萬出長楊。樓頭小婦鳴箏坐，遥見飛塵入建章。」「馳道楊花滿御溝，新粧漫綰上青樓。金章紫綬千餘騎，夫婿朝回初拜侯。」予讀之歎曰：「此國風之遺也，『彼其之子，三百赤芾』，其此謂之與？」此二詩極寫富貴景色，絶無貶詞，而均從樓頭小婦眼中看出，則一種佻達之狀躍躍紙上。而彼詩奢淫之失，武事之輕，田獵之荒，爵賞之濫，無不一一言外會得，真絶調也。「馳道楊花」句即南山薈蔚景象，却天然無迹。

商曰：此條解得精盡。

一條云：明開基詩，吾深畏一人焉，曰劉誠意。明遺民詩，吾深畏一人焉，曰顧亭林。劉詩蒼深，顧詩堅實，皆非以詩爲詩者。

商曰：此條亦當，但「畏」字不熨。

一條云：錢思復《西湖竹枝》云：「阿姊住近段家橋，山妒娥眉柳妒腰。黄龍洞前黑雲起，早回家去怕風潮。」瞿宗吉和云：「昨夜相逢第一橋，自將羅帶繫帬腰。願郎得似長江水，一日如期兩度潮。」二詩予以爲有唐人竹枝法。

商曰：此條標舉亦當。但法字太著相，不若曰「有唐人之竹枝之遺」，不言法而法過畢矣。

一條云：近人嚴長明用晦，選《千首宋人絶句》，校洪選《唐絶》，纂次頗核。所選詩皆有可觀，而宋人絶句之佳者，仍有未盡。如歐陽公《豐樂亭》云：「紅樹青山日欲斜，長郊草色緑無涯。游人不管春將老，來往庭前踏落花。」蘇子美《夏意》云：「别院沈沈夏簟清，石榴開遍秀簾明。樹陰滿地日卓午，夢覺流鶯時一聲。」蘇長公《澄邁驛通潮閣》云：「倦客愁聞歸路遥，眼明飛閣俯長橋。貪看白鷺横秋浦，不覺青林没晚潮。」《南堂》云：「埽地焚香閉閣眠，簟紋如水帳如煙。客來夢覺知何處，挂起西窗浪接天。」韓子蒼《代曷亞卿》云：「君住江濱起畫樓，妾居海角送潮頭。潮中有妾相思淚，流到樓前更不流。」陳簡齋《清明》云：「卷地風抛市井聲，病扶危坐了清明。一簾晚日看收盡，楊柳微風百媚生。」范至能《横塘》云：「南浦春來緑一川，石橋朱塔兩依然。年來送客横塘路，細雨垂楊系畫船。」陸務觀《讀〈晉書〉》云：「諸公日飲萬錢廚，人乳蒸豚玉食無。誰信秋風雒城裏，有人歸棹爲蓴鱸。」《聞雁》云：「過盡梅花把酒稀，薰籠香冷换春衣。秦關漢苑無消息，又在江南送雁歸。」《游寒岩釣磯》云：「竹裏茆茨朱外溪，粼粼白石護苔磯。想應日日來垂釣，石上蓑衣不帶歸。」嚴坦叔《兵火後還鄉》云：「萬屋煙消餘塔身，還家何處訪情親。舊時巷陌今難認，却問新移來住人。」嚴滄浪《酬友人》云：「湘江南去少人行，瘴雨蠻煙百草生。誰念梁園舊詞客，桄榔樹下獨聞鶯。」釋道潛《臨平道中》云：「風蒲獵獵弄輕柔，欲立蜻蜓不自由。五月臨平山下路，藕花無數滿汀洲。」戴復古《江邨晚眺》

云：「江頭日落照平沙，潮退漁船閣岸斜。白鳥一雙臨水立，見人飛起入蘆花。」此數十絶句，明珠美玉，嚴氏何以遺之。

商曰：此條亦當。中頗有漁洋已標舉者，嚴氏亦遺之，誠不可解。

一條云：「亭亭畫舸繫春潭，只待行人酒半酣。不管煙波與風雨，載將離恨過江南。」張文潛絶句也。文潛此題詩，又有一首云：「風棹浮煙帀地回，雨將濃翠撲山來。晚涼鼓角三吹罷，夕照江天萬里開。」此詩亦唐人佳境，漁洋遺之，何也？

商曰：文潛第二首，漁洋或偶遺，標出亦好。第此條有謂「文潛所詣，在北宋當屬大家，無論非少游、無咎所能，即山谷、後山亦當放出一頭地」云云，恐是潘公獨有神解處，今不欲絮辨，故亦不録存。

一條云：徐仲車贈山谷絶句云：「不見故人彌有情，一見故人心眼明。忘却問君船住處，夜來清夢繞西城。」寥寥短章，質實深厚之意溢於楮墨。先生嘗示學者曰：「爲文字無學纖麗，須渾渾有古氣，此章近之矣。」《宋人千首絶句》，選之有旨哉。

商曰：此條的切，第前路尚有繁語，爲删存如此。

一條云：竹垞《明詩綜》，可謂覈矣。選詩不盡可人意，猶未敢盡議之，乃致有編輯之誤，人人可共見者。如六十八卷顧俊彦詩：「臥病經旬滿面埃，梅花落盡杏花開。畫梁無數空巢在，社雨蕭蕭燕未回。」七十卷黄翼習《邨居雜興三首》。其第一首直襲顧詩，惟首句换作「廿四番風取次來」耳。四十七卷王世懋詩：「歸來雙鬢兩蕭然，見畫猶能記昔年。風雨一船曾泊處，借人燈火草堂前。」九十一卷僧德祥《題春江聽雨圖》，直此一詩，惟「兩」字换作「各」字耳。三十八卷文徵明《夏日同次明履平治平寺納涼詩》：「竹根雨過石苔斑，鐘梵蕭然晝掩關。坐愛微涼生碧殿，忽看風雨失青山。雲分暝色來天外，風捲湖聲落樹間。最是晚晴堪眺處，夕陽横抹蓼花灣。」五十卷陸治《治平寺納涼》直此一詩，惟「堪眺」字换作「宜聽」字耳。又陳涫《聞鳥詩》：「重重煙樹鎖招提，野客來尋路不迷。才過板橋塵路隔，落飛無數鳥爭啼。」此詩亦文徵仲題畫之作，見張泰階《寶繪録》，非陳涫詩也。尤異者，四十二卷録吴瓊《送方際明之金陵》《旅邸除夕》《歲暮書事》五律三首，五十卷又録吴瓊《歲暮書事》《旅邸除夕》五律二首，一人編二次，一詩采二次而忘之，何耶？四十二卷瓊小傳云：「瓊，字邦彦，婺源人。嘉靖乙未進士。」五十卷瓊小傳云：「瓊，字邦彦，休寧人。有《紫芝社稿》。」又微示其異，何耶？且《目録》書吴瓊二次，居然本係一人，然詩無異同，何耶？凡此皆著述之小過，不害大體，然亦可知選輯之難矣！

商曰：所糾皆是。据全謝山《鮚埼亭集·〈明詩綜〉書後》篇，則譌錯尚多。全謂著述家總不能無餘論，信然。

一條云：范至能《春曉》二絶云：「陰陰垂柳閉朱門，一曲闌干一斷魂。手把青梅春已去，滿城風雨怕黄昏。」「夕陽槐影上簾鈎，一枕清風夢昔游。夢見錢塘春盡處，碧桃花謝水西流。」聲情婉轉，微嫌近於詞耳。其《四時田園雜興》六十首，予獨愛其一云：「梅子金黄杏子肥，麥花雪白菜花稀。日長籬落無人過，惟有蜻蜓蛺蝶飛。」可與坡公「溶溶」一絶相配也。若其《州橋》詩云：「州橋南北是天街，父老年年等駕回。忍淚失聲詢使者，幾時真有六軍來。」沈痛不可多讀，此則七絶至高之境，超大蘇而配老杜者矣。

商曰：前二首謂其近詞，末首謂其沈痛，皆是。「超大蘇」云云，則不必。

詩榷　卷四

叢記上

叢記者，隨所見記之也。然陳陳相因，亦嫌數見，凡韓、柳、蘇、黄諸公議論炳然見簡編者，概從略記；其無關義實近於稗説者，亦不記之也。客中書册不具，叢雜無紀，有疏有漏，無求備焉可也。謝茂秦《四溟詩話》世傳特少，記之最多。鐵傭氏。

周草窗《浩然齋雅談》載高復古謂學者云：「胸中無千百家書，乃欲爲詩，如賈人無資，終不能致奇貨也。」

案：此言與《嚴滄浪詩》「有别材非關書也」之論似乎相戾，究非戾也，正相成也。嚴謂詩不可掉書袋，此謂詩不可營枵腹，豈非正相成乎？六一翁云「作詩須多頌古今人詩」，不獨詩爾，其他文字皆然。

許彦周《詩話》云：「老杜《衡州》詩『悠悠委薄俗，鬱鬱回剛腸』，此語甚悲。韓退之詩『酩酊馬上知，爲誰用意哀』，怨過於痛哭。」

又云：「黄魯直愛與郭恭甫戲謔嘲調，雖不當盡信，至如曰：『公做詩費許多氣力做甚？』此語有益於學詩者，不可不知也。」

又云：「詩有力量，猶如弓之筋力。其未挽時，不知其難。及其挽之力不及處，分寸不可強。若《出塞曲》云：『落日照大旗，馬鳴風蕭蕭。鳴笳三四發，壯士慘不驕。』此等力量，不容他人到。陳無已《曾子固挽詞》云：『邱園無起日，江漢有東流。』近世詩人莫及。」

案：詩有力量，此之弓力分寸不可強，誠然誠然。然非造詣深至，或不自知也。

陳後山《詩話》云：「黄詩、韓文有意故有工，老杜則無工矣。然學者先黄後韓，不出黄、韓而爲老杜，則失之拙易矣。」

案：此語須善會，大概學者先當從鑱刻入，乃可造渾成也。

又云：「白樂天詩『笙歌歸院落，鐙火下樓臺』，此非富貴人語，看人富貴者也。黄魯直謂杜詩『落花遊絲白日静，鳴鳩乳燕青春深』，勝白『笙歌院落』之語。」

又云：「子瞻謂孟浩然韻高而才短，如造内法酒手，而無材料爾。」

又云：「寧拙毋巧，寧樸毋華，寧粗毋弱，寧僻毋俗，詩文皆然。」

又云：「予評李白詩，如張樂於洞庭之野，無首無尾，不主故常，非墨工槧人所可擬議。」

又云：「僕十七歲，先大夫爲江東漕，李端叔、高秀實皆父執也。適在金陵，二公遊蔣山，僕雖年少，數從杖屨之後。在定林説元微之詩，引事皆有出處，屈曲隱奥，高秀實皆能言之，僕不覺自失，因思古人讀書多，出語皆有來處，前輩亦讀書多，能知之也。」

姜白石《詩説》云：「人所易言，我寡言之；人所難言，我易言之。難説處一語而盡，易説處莫便放過。僻事實用，熟事虚用。説理要簡切，説事要員活，説景要微妙。多看自知，多作自好矣。學有餘而約以用之，善用事者也；意有餘而約以盡之，善措詞者也。乍敘事而間以理言，得活法者也。語貴含蓄，東坡云：『言有盡而意無窮者，天下之至言也。』句中無餘字，篇中無長語，非善之善者也；句中有餘味，篇中有餘意，善之善者也。體物不欲寒乞，意中有景，景中有意。思有窒礙，涵養未至也。意格欲高，句法與響，只求工於句字，抑末矣。故始於意格，成於句字，意欲深、欲遠，句調欲清、欲古、欲和，是爲作者。」

又云：「詩有四種高妙，一理高妙，二意高妙，三想高妙，四自然高妙。」

又云：「一篇全在結句，如截奔馬，詞意俱盡；如臨水送將歸，詞盡意不盡。若夫意盡詞不盡，剡溪歸棹是也；詞意俱不盡，温伯雪子是也（見《莊子·田子方》篇）。」

楊誠齋《詩話》云：「太史公曰：『《國風》好色而不淫，《小雅》怨誹而不亂。』近世詞人，閒情之靡，如伯有所賦，趙武所不得聞者，有過之無不及焉，是得爲好色而不淫乎？惟晏叔原云：『落花人獨立，微雨燕雙飛。』可謂好色而不淫。亦唐人《長門怨》云：『珊瑚枕上千行淚，不是思君是恨君。』是得爲怨誹而不亂乎？惟劉長卿云：『月來深殿早，春到後宫遲。』可爲怨誹而不亂矣。」

又云：「句有偶似古人者，亦有述之者。杜《武侯廟》云：『映階碧草自春色，隔葉黄鸝空好音。』此何遜《行孫氏陵》云『山鶯空樹響，階月自秋暉』也。杜云：『薄雲巖際宿，孤月浪中翻。』此庾信『白雲巖際出，清月波中上』也。『出』『上』二字勝矣。陰鏗云：『鷺隨入户樹，花逐下山風。』杜云：『月明垂葉露，雲逐渡溪風。』又云：『水流行地日，江入度山雲。』此一聯勝。庾信云：『永韜三尺劍，長捲一戎衣。』杜云：『風塵三尺劍，社稷一戎衣。』亦勝庾矣。南朝蘇子卿《梅》詩云：『祇言花是雪，不悟有香來。』介甫云：『遥知不是雪，爲有暗香來。』述者不及作者。陸龜蒙云：『殷勤爲解丁香結，從放繁枝散涎香。』介甫云：『殷勤爲解丁香結，放出枝頭自在春。』作者不及述者。」

又云：「初學詩者須用古人好語，或兩字，或三字。如山谷《猩猩毛筆》云：『平生幾兩屐，身後五車書。』『平生』二字出《論語》，『身後』二字出《晉書》『使我有身後名』，『幾兩屐』阮孚語，『五車書』莊子言惠施，此兩句乃四處合來。又『春風春雨花經眼，江北江南水拍天』二句，上四字詩家常用。杜云『且看欲盡花經眼』，韓云『海氣昏昏水拍天』，此四字合三字，入口便成詩句，不至生硬。要誦詩之多，擇字之精，始乎摘用，久而出自肺腑，縱横出没，用亦可，不用亦可。」

又云：「詩有實字，而善用之者以實爲虚。杜云『弟子貧原憲，諸生老伏虔』，蓋用『趙充國請行，上老之』。」

又云：「詩有用文語爲詩句者，尤工。杜云『侍臣雙宋玉，戰策兩穰苴』，蓋用『六五帝，四三王』。」

羅景綸《鶴林玉露》云：「大抵古人好詩，在人如何看，在人把做甚麽用。如『水流心不競，雲在意俱遲』『野色更無山隔斷，天光直與水相通』『樂意相關禽對語，生香不斷樹交花』等句，只把做景物看，亦可把做道理看，其中亦儘有可玩處，大抵看詩要胸次玲瓏活落。」

嚴儀卿《滄浪詩話》云：「論詩如論禪，漢、魏、晉與盛唐之詩，則第一義也。大曆以還之詩，則小乘禪也，已落第二義矣。晚唐之詩，則聲聞辟支果也。學漢、魏、晉與盛唐詩者，臨濟下也；學大曆以還之詩者，曹洞下也。大抵禪道惟在妙悟，詩道亦然。孟襄陽學力下韓退之遠甚，詩獨出退之之上者，一味妙悟而已。惟悟乃爲當行，乃爲本色。然悟有淺深、有分限、有透徹之悟，有一知半解之悟。漢、魏尚矣，不假悟也。謝靈運至盛唐諸公，透徹之悟也。他雖有悟，皆非第一義也。」

又云：「夫學詩者以識爲主，入門須正，立志須高，以漢魏晉盛唐爲師，不作開元天寶以下人物。若自退屈，即有下劣詩魔入其肺腑。行有未至，可加工力；路頭一差，愈騖愈遠。故曰：『學其上，僅得其中；學其中，斯爲下矣。』又曰：『見過於師，僅堪傳授；見於師齊，減師半德也。』」

又云：「詩有別裁，非關書也；詩有別趣，非關理也。然非多讀書、多窮理，則不能極其至。所謂不涉理路，不落言詮者，上也。詩者，吟咏情性也。盛唐諸人，惟在興趣，羚羊挂角，無迹可求。故其妙處，透徹玲瓏，不可凑泊。如空中之音、相中之色、水中之月、鏡中之象，言有盡而意無窮。近代諸公乃作奇特解會，遂以文字爲詩，以才學爲詩，以議論爲詩。夫豈不工？終非古人之詩也。蓋於一唱三歎之音有所歉焉。」

又云：「學詩先除五俗，曰：俗體、俗意、俗句、俗字、俗韻。有語忌，有語病，語病易除，語忌難除。語病古人亦有之，惟語忌則不可有。須是本色，須是當行。對句好可得，結句好難得，發句好无難得。不必太著題，不必多使事，押韻不必有出處，用事不必拘來歷。下字貴響，造語貴圓，意貴透徹，不可隔靴搔痒。語貴脱灑，不可拖泥帶水，最忌骨董，最忌襯貼。語忌直意、忌淺脈、忌露味、忌短音韻、忌散緩、亦忌迫促。須參活句，勿參死句。」

又云：「大曆以前分明别是一副言語，晚唐分明别是一副言語，本朝諸公分明别是一副言語，如此見方許具隻眼。盛唐人詩有似粗而非粗處，有似拙而非拙處。盛唐人詩亦有一二濫觴晚唐者，晚唐人詩亦有一二入盛唐者，要當論其大概耳。唐人與本朝詩未論工拙，直是氣象不同。唐人命題、言語亦自不同，褙古人之集而觀之，不必見詩，望其題引而知其爲唐人、今人矣。詩有詞、理、意興。南朝人尚詞而病於理，本朝人尚理而病於意興，唐人尚意興而理在其中，漢魏之詩詞理、意興無迹可求。太白發句，謂之開門見山。讀騷之久，方知真味，須歌之抑揚，涕淚滿襟，然後爲識《離騷》。《楚詞》惟屈、宋諸篇當讀之外，此惟賈《懷長沙》、淮南王《招隱操》、嚴夫子《哀時命》宜熟讀，餘亦不必也。《九章》不如《九歌》，《九歌》《哀郢》尤妙。唐人惟柳得騷學，退之不及。」

案：滄浪得詩家妙圓之旨，所謂「羚羊挂角，無迹可求。如鏡中之花、水中之月，不著一字，盡得風流者」是也。雖詩家正聲，然亦只得一端，必兼李之《遠别離》《蜀道難》，杜之《北征》、「三吏」「三别」，韓之《此日足可惜》《秋懷》等篇，乃盡詩家極致。孟公詩五律微妙，殆無復加，然欲其七古、歌行如李、杜、韓之豪肆，則不能矣。此滄浪之言所以得一端也。

又案：「羚羊」數語，得詩家無上妙諦。漁洋賞之，遂選定《三昧集》。

又案：《四庫全書提要》云：「羽專主妙悟，故其所自爲詩，清音獨遠，切響遂稀。五言如『一徑入松雪，數峯生暮寒』，七言如『空林木落長疑雨，别浦風多欲上潮』『洞庭旅鴈春歸盡，瓜步寒潮夜落遲』，皆志在天寶以前，而格實不能超大曆之上。由其持『詩有别才不關於學，詩有别趣不關於理』之説，故止能摹王孟之餘響，不能追李杜之巨觀也。」此與吾前論正合。

劉靜修《論詩》云：「魏晉而降，詩學日盛，曹、劉、陶、謝，其至者也。隋唐而降，詩學日變，變而得正，李、杜、韓，其至者也。周宋而降，詩學日弱，弱而復強，歐、蘇、黄，其至者也。」

案：右數語，能見詩道升降之大。

徐昌穀禎卿《談藝録》云：「情者，心之精也。情無定位，觸感而興，既動於中，必形於聲。故喜則爲笑啞，憂則爲吁戲，怒則爲叱咤。然引而成音，氣實爲佐；引音成詞，文實與功。蓋因情以發氣，因氣以成聲，因聲而繪詞，因詞而定韻，此詩之源也。然情實眑眇，必因思以窮其奥；氣有粗弱，必因力以奪其偏；詞難妥帖，必因才以致其極；才易飄揚，必因質以禦其侈。此詩之流也。由是而觀，則知詩者，乃精神之浮英、造化之秘思也。」

又云：「夫情能動物，故詩足感人。荆軻變徵，壯士嗔目；延年婉歌，漢武慕歎。凡厥含生，情本一貫，所以同憂相悴，同樂相傾者也。故詩者風也，風之所至，草必偃焉。聖人定經，列國爲風，固有以也。若乃欷歔無涕，行路必不爲之興哀；愬難不膚，聞者必不爲之變色。故夫直戇之詞，譬之無音之絃耳，何所取聞於人哉？至於陳采以眩目，裁虚以蕩心，抑又末矣。」

又云：「樂府往往敘事，故與詩殊。蓋敘事詞緩，則冗不精。『翩翩堂前燕』，疊字極促乃佳。阮瑀『駕出白郭門』，視《孤兒行》大緩弱，不逮矣。」

又云：「詩不能受瑕。工拙之間，相去無幾，頓自絶殊。如《塘上行》云：『莫以賢豪故，棄捐素所愛。莫以魚肉賤，棄捐葱與薤。莫以麻枲賤，棄捐營與蒯。』《浮萍篇》則曰：『茱萸自有芳，不若桂與蘭。新人雖可愛，無若故所歡。』本自倫語，然佳不如《塘上行》。」

又云：「古詩句格自質，然大入工。《唐風·山有樞》云：『何不日鼓瑟。』鐃歌詞曰：『臨高臺以軒。』可以當之。『江有香草目以蘭，黄鵠高飛離哉翻』，絶工美，可爲七言宗也。」

又云：「氣本尚壯，亦忌鋭逸。魏祖云：『老驥伏櫪，志在千里。烈士暮年，壯心不已。』猶曖曖也。思王《野田黄雀行》譬如錐出囊中，大索露矣。」

又云：「樂府中有『妃呼豨』『伊阿那』諸語，本自亡義，但補樂中之音。亦有疊本語，如曰『賤妾與君共餔糜』之類也。」

又云：「樂府《烏生八九子》《東門行》等篇，如淮南小山之賦，氣韻絶峻，不可與孟德道之；王、劉文學，曹當内手爾。」

謝茂秦《四溟詩話》云：「詩文以氣格爲主，繁簡勿論。或以論字簡約爲古，未達權變。善用助語字，若孔鸞之尾，不可少也。太白深得此法。」

又云：「題外命意，善作者得之，不然流於迂遠矣。用事多則流於議論。子美雖爲『詩史』，氣格自高。寫景述事，宜實而不泥乎實。有實用而害於詩者，有虚用而無害於詩者，此詩之權衡也。長篇古風最忌鋪敘，意不可盡，力不可竭，貴有變化之妙。詩有不立意造句，以興爲主，漫然成篇，此詩之入化也。詩有詞前意、詞後意。唐人兼之，婉而有味，渾而無迹。宋人必先命意，涉於理路，殊無思致。及讀《世説》『文生於情，情生於文』，王武子先得之矣。唐人或漫然成詩，自有含蓄託諷。此爲詞前意，讀者謂之有激而作，殊非作者意也。堆垛古人，謂之『點鬼簿』。太白長篇用之，白不爲病，蓋本於屈原。長篇之法，如波濤初作，一層緊一層，拙句不失大體，巧句最害正氣。凡起句當如爆竹，驟響易徹；結句當如撞鐘，清音有餘。鄭谷《淮上別友》詩『君向瀟湘我向秦』，此結如爆竹而無餘音。予易爲起句，足成一首，云：『君向瀟湘我向秦，楊花愁殺渡江人。數聲風笛離亭外，落日空江不見春。』予初賦《俠客行》曰：『笑上胡姬賣酒樓，賭場贏得錦貂裘。酒酣更欲呼鷹去，擲下黄金不掉頭。』此結亦如爆竹，而無餘音，遂更之曰：『天寒飲罷酒家樓，擲下黄金不掉頭。走馬西山射猛虎，晚來風雪滿貂裘。』子美《少年行》結句與前首想類，因擬之曰：『獨過酒肆據胡牀，指點銀缾索酒嘗。連盞鯨吞不辭醉，直驅白馬赴長楊。』」

又云：「意巧則淺，若劉禹錫『遥望洞庭湖水面，白銀盤裏一青螺』是也。句巧則卑，若許用晦『魚上碧潭當鏡躍，鳥還青嶂拂屏飛』是也。」

案：「意巧」「句巧」二語甚微妙。然如山谷詩「可惜不當湖水面，銀山堆裏看青山」，語意高勝，與劉又别，此當善會。又如陳思王「游魚潛緑水，翔鳥薄天飛」，亦與許異。杜詩「魚吹細浪摇歌扇，燕蹴飛花落綺筵」「水深魚極樂，林茂鳥知歸」，又何精妙也。

又云：「詩忌粗俗字，然用之在人，飾以顔色，不失爲佳句。譬諸富家厨中，或得野蔬，以五味調和，而味自别，大異貧家矣。邵易君曰：『凡詩有鼠字而無貓字，用則俗矣。子可成一句否？』予應聲曰：『貓蹲花砌午。』邵易君曰：『此便脱俗。』」

又云：「徐比部汝思謂予：『聞子能假古人之作爲己稿，凡有疵者，經點竄則渾成，請試之。如戴叔倫《除夜宿石頭驛》詩「旅館誰相問？寒鐙獨可親。一年將盡夜，萬里未歸人。寥落悲前事，支離笑此身。愁顔與衰鬢，明日又逢春」，此晚唐入選者，可能搜其疵而正其格與？』曰：『此詩體輕氣薄如葉子金，非錠子金也。凡五言律，兩聯若綱目四條，詞不必詳，意不必貫，此皆上句生下句之意，八句意相聯屬，中無罅隙，何以含蓄？頷聯雖曲盡旅况，然兩句一意，合則味長，離則味短。晚唐人多此句法。』遂勉更六句云：『鐙火石頭驛，風煙楊子津。一年將盡夜，萬里未歸人。萍梗南浮越，功名西向秦。明朝對清鏡，衰鬢又逢春。』舉座笑曰：『如此氣重體厚，非錠子金而何？』」

又云：「殷正夫謂予：『聞子能鉞唐詩之病，勿秘其法。』因拈宋之問《宴山亭》詩『攀巖踐苔易，迷路出花難』，又劉長卿《過靈光寺》詩『向人寒燭静，帶月夜鐘深』，二韻故欠穩。正夫曰：『子試定之。』曰：『攀巖踐苔滑，迷路出花遲。向人寒燭靜，隔雨夜鐘微。』正夫稱善。」

又云：「戊午從游鄴下，一友請示一字造句，以『燈』爲韻。予就枕構思，得三十四句，云：煙葦出漁燈，書聲半夜燈，山扉樹裏燈，風幢閃佛燈，竹院靜禪燈，蛾影隔籠燈，星懸寶塔燈，心空一慧燈，風雨異鄉燈，倦客望村燈，鬼火戰場燈，除夜兩年燈，雪市減春燈，茅屋衹書燈，樹隱酒樓燈，穴鼠暗窺燈，殿列九華燈，星聚廣陵燈，棋罷暗篝燈，疏林見遠燈，蛩吟半壁燈，農談共瓦燈，屋漏夜移燈，明滅幾風燈，窗昏夢後燈，流螢不避燈，寒閨織錦燈，形影共寒鐙，調鷹徹夜燈，海舶浪摇燈，夜泊聚船燈，霜風逼旅燈，靈熖鳳膏燈，春宫萬户燈。』此行遠自邇之法，俾其自悟耳。及曉起，寒雀在檐前，有幽意友吟一句云：『羣雀噪前檐。』予應聲曰：『檐日聚寒雀。』夫能寫眼前之景，須半生半熟，方見作手。」

又云：「有客問曰：『夫作詩者，立意易，措詞難。然詞意相屬而不離。若專乎意，或涉議論而失於宋體；工乎詞，或傷氣格而流於晚唐。竊嘗病之，盍以教我？』予曰：『今人作詩，忽立許大意思，束之以句則窘，詞不能達，意不能悉。譬如鑿池貯青天，則所得不多；舉杯收甘露，則被澤不廣。此乃内出者有限，所謂詞前意也。或造句弗就，勿令疲神思，且閱書醒心，忽然有得，意隨筆生，而興不可遏，入乎神化，殊非思慮所及。或因字得句，句由韻成；或出乎天然，句意雙美。若接竹引泉，而潺湲之聲在耳；登城望海，而浩蕩之色盈目。此乃外來者無窮，所謂詞後意也。』客曰：『適聞内、外二説，能發古人未發者。願以盛唐諸家，直指内外秘藴，含悟以歸正宗。』予曰：『予雖歷舉唐詩引證，畢竟難曉。况爾心非我心，焉知我心之有得也？以我之心，置於爾心，俾其得我之得，雖兩而一矣。請出一字爲韻，以試心思。』乃得『天』字，遂成若干句，云：兵氣截胡天，鴟號月黑天，長陰夢裏天，斜陽禾黍天，靈聚洞中天，荷影亂湖天，星摇海底天，千江各貯天，道在混茫天，帆影落江，天雲蘿隱洞天，神龍穴海天，鵰横朔漠天，明河半在天，心空定裹天，氣慘戰場天，波明日本天，江清魚在天，山鐘落半天，湖清鏡裹天，鶴夢不離天，江波不定天，百越瘴浮天，帆盡五湖天，人老醉鄉天，丹氣夜薰天，微茫畫裹天，登嶽上捫天，隴樹插秦天，地展日南天。此乃句由韻成也。天馬行無迹，天覆空青色，天冷饒邊氣，天陰鬼火亂，天寒鷹力健，天聚峨嵋雪，天勢海相吞，天閑收駿馬，天羈曠達才，天許百年狂，井天開地鏡，仰天心貯月，倚天雲護劍，木天通夜鼠，楚天三峽斷，海天無際色，諸天空色界，通天鳥道寒，江天月兩分，霜天紅樹老，井平天影出，虎門天風合，隱見天河影，峽開天一綫，漠北天常雪，籠鳥天相隔，日高天更青，霞明天姥峯，禪林天雨花，長河截天影，風響參天樹，混茫是天胚，萬物各天機，一法通天竺，龍門海天翻，雨暗江天色，雁得楚天春，蹄涔縮天影，王氣浮天闕。此乃因字得句也。夫人妙悟有因，自能作古。然文字起於鳥迹，草書精於舞劍，爾獨不能因人之悟，以開己之悟耶？』客謝而去。」

又云：「五言詩皆用實字者，如釋齊己『山寺鐘樓月，江城鼓角風』，此聯儘合聲律，要含虚活意乃佳。詩中亦有三昧，何獨不悟此耶？予亦效顰曰：『漁樵秋草露，雞犬夕陽村。』子美『星垂平野闊，月湧大江流』，句法森嚴，『湧』字尤奇，可嚴則嚴，不可嚴則放過些子。若『鴻雁幾時到，江湖秋水多』，意在一貫，又覺閒雅不凡矣。白樂天《昭君》詩曰：『漢使却回憑寄語，黄金何日贖蛾眉。君王若問妾顔色，莫道不如宫裹時。』此雖不忘君，而辭意兩拙。予因之效顰曰：『使者南歸重妾思，黄金何日贖蛾眉。漢家天子如相問，莫道容顔異舊時。』」

又云：「詩有簡而妙者，若劉楨『仰視白日光，皎皎高且懸』，不如傅元『日月光太清』；阮籍『一身不自保，何況戀妻子』，不如裴説『避亂一身多』；戴叔倫『還作江南會，翻疑夢裹逢』，不如司空曙『乍見翻疑夢』；

沈約『及爾同衰暮，非復別離時』，不如崔塗『老別故交難』； 衛萬『不捲珠簾見江水』，不如子美『江色暎疏簾』； 劉猛『可恥垂拱時，老作在家女』，不如孟浩然『端居恥聖明』； 徐凝『千古還同白練飛，一條界破青山色』，不如劉友賢『飛泉界石門』； 張九齡『謬忝爲邦寄，多慚理人術』，不如韋應物『邑有流亡愧俸錢』； 張良器『龍門如可涉，忠信是舟梁』，不如高適『忠信涉波濤』； 崔塗『漸與骨肉遠，轉於僮僕親』，不如王維『久客親僮僕』； 李適『輕帆截浦拂荷來』，不如孟浩然『揚帆截海行』。 亦有簡而弗佳者，若鮑泉『夕鳥飛向月』，不如曹孟德『月明星稀，烏鵲南飛』； 蘇頲『雙珠代月移』，不如宋之問『不愁明月盡，自有夜珠來』； 劉禹錫『欲問江深淺，應如遠別情』，不如太白『請君試問東流水，別意與之誰短長』； 陸機『三荊歡同株』，不如『荊樹有花兄弟樂』； 王初『河梁返照上征衣』，不如子美『翳翳桑榆日，照我征衣裳』； 武元衡『夢逐春風到洛城』，不如顧況『歸夢不知湖水闊，夜來還到洛陽城』； 陳季『數曲暮山青』，不如錢起『曲終人不見，江上數峯青』； 李義山『江上晴雲雜雨雲』，不如劉夢得『東邊日出西邊雨，道是無晴還有晴』； 王融『灑淚與行波』，不如子美『故憑錦水將雙淚，好過瞿塘灩澦堆』； 李洞『樂杵聲中搗殘夢』，不如柳子厚『日午睡覺無餘聲，山同隔竹敲茶臼』。」

又云：「謝靈運『池塘生春草』，造語天然，清景可畫，有聲有色，乃是六朝家數，與夫『青青河畔草』不同。葉少蘊但論天然，非也。又曰：『若作池邊、庭前，俱不佳。』非關聲色而何？ 子美曰：『碧知湖外草，紅見海東雲。』此景固佳。然『知』『見』二字着力。至於『一徑野花落，孤村春水生』，便覺自然。宋之問『鬢髮俄成素，丹心已作灰』，子美『白髮千莖雪，丹心一寸灰』。張説『洞房懸月影，高枕聽江流』，子美『殊簾殘月影，高枕遠江聲』。李羣玉『水流寧有意，雲泛本無心』，子美『水流心不競，雲在意俱遲』。徐晶『翡翠巢書幌，鴛鴦立釣磯』，子美『翡翠鳴衣桁，蜻蜓立釣絲』。韋莊『百年流水盡，萬事落花空』，子美『流水生涯盡，浮雲世事空』。陳陶『九江春水闊，三峽暮雲深』，子美『九江春水外，三峽暮帆前』。諸公句意相類，子美自優。」

又云：「岑嘉州《初至犍爲作》云：『山色軒楹内，灘聲枕席間。草生公府静，花落訟庭閒。雲雨連三峽，風塵接白蠻。到來能幾日，不覺鬢毛斑。』此結突如起句，謂之『兩頭蛇』。予因以完造物首尾自具，更煉中聯，不失格律。然論文貴嚴，亦不免吹毛求疵之誚。附云：『之官能幾日，兩鬢易成斑。雷雨低三峽，風塵暗白蠻。鳥啼公府静，花落訟庭閒。獨夜饒詩思，灘聲枕席間。』」

又云：「作詩先以一聯爲主，更思一聯配之，俾然相稱，縱不佳，姑存以爲筌句。筌者，意在得魚也。然佳句多從庸句來，能用取魚棄筌之法，辭意兩美，久則渾成，造名家不難矣。釋皎然《賦得啼猿送客》云：『萬里巴江外，三聲月峽深。何年有此路，幾客共沾襟。斷壁分垂影，流泉入苦吟。淒涼離别後，聞此更傷心。』觀其前聯，平澹意長，餘皆筌句。予爲削疵，强半稍變氣格，髡翁復起，可能心服否乎？乃附於後：『聽爾巴江夕，愁人巫峽深。何年有此路？幾可共沾襟。倒影迴清澗，哀聲出遠林。東西無定處，偏感宦遊心。』此所謂假古人之作爲己稿是也。」

又云：「凡煉句妙在渾然。一字不工，乃造物之不完。許渾《原上居》詩『獨愁秦樹老，孤夢楚山遥』，此上一字欠工，因易爲『覊愁秦樹老，歸夢楚山遥』。釋無可《送裴明府》詩『山春南去櫂，楚夜北歸鴻』，此亦上一字欠工，因易爲『江春南去櫂，關夜北歸鴻』。劉長卿《别張南史》詩『流水朝還暮，行人東復西』，此上二字欠工，因易爲『旅思朝還暮，生涯東復西』。周朴《塞上行》詩『巷有千家月，人無萬里心』，此中二字欠工，因易爲『巷冷幾家月，人孤千里心』。諸作完其造物，以俟後之賞鑒者。」

又云：「雪夜過恕菴主人，諸予列坐，因評錢、劉七言近體兩聯多用虛字，聲口雖好，而格調漸下，此文隨世變故耳。敏軒子曰：『予觀錢仲文《送李評事赴潭州》一首，瘦而不健，虛病使然。子但言脈理入微，盍與之良藥以復元氣？使予輩得窺樞機，以躋少陵階也。』予遂約爲五言云：『自適宦遊情，湖南有杜蘅。簡書催物役，心賞緩王程。山寺披雲入，江帆帶月行。應懷幕下策，談笑靜蒼生。』遜軒子曰：『子嘗言煉句之法有二忌：如治人當造五寸之釘，而強之七寸，雖長而細，不利於用也；如圬者築七尺之墻，五尺以磚，二尺以坯，然遭久雨，磚則無恙，而坯自頹矣。此二忌錢、劉亦有之，再一隱括以示三昧。』予亦效邯鄲之步，則不失故態爾，遂以錢詩『不知鳳沼霖初霽，但覺堯天日轉明』，去上二字，可爲五言。又以『鴛衾久別難爲夢，鳳管遥聞更起愁』，約爲『鴛枕虗驚夢，鸞簫遠遞愁』。又以劉詩『暮雨不知溳口處，春風只到穆陵西』，亦約爲『雨昏潰口處，春到穆陵西』。遜軒子曰：『予得之矣。』因以羅隱詩『別岸客帆和雁落，晚程霜葉向人飛』，亦約爲『暮帆和雁落，霜葉向人飛』。然句無冗字，則工而健矣。附《送李評事》詩云：『湖南遠去有餘情，蘋葉初齊白芷生。謾說簡書催物役，遥知心賞緩王程。興過山寺先雲到，笑引江帆帶月行。幕下由來貴無事，佇聞談笑靜黎甿。』」作詩亦有權宜，或先句法而後體製。譬匠氏選材，雖有巨細長短，而各致其用，可堂則堂，不可則亭矣。于濆《塞下曲》，先得『烏鳶已相賀』之句，出自《淮南子》『大厦成而燕雀相賀』。此『賀』字尤有味，如賦一絶則不孤此句，流於敷衍，格斯下矣。詩云：『紫寒[塞]曉屯兵，黄沙披甲臥。戰鼓聲未齊，烏鳶已相賀。』燕然山上雲，半是離香魂。衛霍待富貴，豈能無乾坤。』予擬一絶云：『漢將討樓蘭，旗蕩朔雲破。戰鼓半天聲，烏鳶已相賀。』

凡作詩要知變俗爲雅，易淺爲深，則不失正宗矣。因觀于濆《沙場》詩『士卒浣征衣，交河水流血』，施肩吾

《及第後過江》詩『江神亦世情，爲我風色好』，二作如此，胡不云『戰士浣征衣，忽變交河色』『尚憶布衣歸，江神亦風浪』，庶得穩貼。

又云：「詩中『火』言『寒』者罕見。庾子山詩『絡緯無機織，流螢帶火寒』，下句甚奇，惜其對不稱爾。予得一聯『人煙隔水静，鬼火照沙寒』，狀其沙塞荒涼，宛然銷魂矣。附《憶雁門》詩云：『昔年雁門路，霜氣逼征鞍。野望天何慘，山行老更難。人煙隔水静，鬼火照沙寒。戰代空悲感，風淒戍角殘。』」

又云：「漢人作賦，必讀萬卷書，以養胸次。《離騷》爲主，《山海經》《與地志》《爾雅》諸書爲輔，又必精於『六書』，識所從來，自能作用。若楊穮、戍削、飛襳、垂髾之類，命意宏博，措辭富麗，千彙萬狀，出有入無，氣貫一篇，意歸數語，此長卿所以大過人者也。」

又云：「傅咸《螢火賦》：『雖無補於日月兮，期自照於陋形。當朝陽而戢景兮，必宵昧而是征。進不競於天光兮，退在晦而能明。』駱賓王賦：『光不周物，明足自資。處幽不昧，居照斯晦。』二子皆有託寓，繁簡不同。子美『暗飛螢自照』之句，意愈簡而辭愈工也。」

又云：「『孔雀東南飛』一句興起，餘皆賦也。其古樸無文，使不用粧奩服飾等物，但直敘到底，殊非樂府本色。如云：『妾有繡腰襦，葳蕤自生光。紅羅複斗帳，四角垂香囊。箱簾六七十，緑碧青絲繩。物物各自異，種種在其中。』又云：『雞鳴外欲曙，新婦起嚴粧。腰若流紈素，耳着明月璫。指如削葱根，口如朱含丹。纖纖作細步，精妙世無雙。』又云：『交語速裝束，絡繹如浮雲。青雀白鵠舫，四角龍子旛。婀娜隨風轉，金車玉作輪。躑躅青驄馬，流蘇金縷鞍。齎錢三百萬，皆用青絲穿。雜綵三百篇，交廣市鮭珍。』此皆似不緊要，有則方見古人作手。所謂没緊要處，便是緊要處也。」

又云：「《古詩十九首》平平道出，且無用工字面，若秀才對朋友説家常話，略不作意。如『客從遠方來，寄我雙鯉魚。呼童烹鯉魚，中有尺素書』是也。及登甲科，學説官話，便作腔子，盎然非復在家之時，若陳思王『遊魚潛緑水，翔鳥薄天飛。始出嚴霜結，今來白露晞』是也。此作平仄妥帖，聲調鏗鏘，誦之不免腔子出焉。魏、晉詩家常話與官話相半，迨齊、梁開口俱是官話。官話使力，家常話着力；官話勉然，家常話自然。夫學古不及，則流於淺俗矣。今之工於近體者，惟恐官話不專，腔子不大，此所以泥乎盛唐，卒不能超越魏、晉而追兩漢也。嗟夫！」

又云：「《木蘭詞》云：『問女何所思，問女何所憶。』『東市買駿馬，西市買鞍韉，南市買轡頭，北市買長鞭。』此乃信口道出，似不經意者，其古樸自然，繁而不亂。若一言了問答，一市買鞍馬，則簡而無味，殆非樂府家數。『萬里赴戎機，關山度若飛。朔氣傳金柝，寒光照鐵衣。將軍百戰死，壯士十年歸。』絶似太白五言近體，但少結句爾。能於古調中突出幾句律調，自不減文姬筆力。『雄兔脚撲朔，雌兔眼迷離。雙兔傍地走，安能辨我是雄雌。』此結最着題，又出奇語，缺此四句，使六朝諸公補之，未必能道此。」

又云：「宗考功子相過旅館曰：『子嘗謂作近體之法，如孫登請客。未喻其旨，請詳示何如？』『凡作詩先得警句，以爲發興之端，全章之主。格由主定，意從客生。若主客同調，方謂之完篇。譬如蘇門山深松草堂，具以琴樽，其中綸巾野服，兀然而坐者，孫登也。如此主人，庸俗輩不得躋其階矣。惟竹林七賢，相繼而來，高雅如一，則延之上坐，始足其八數爾。』子相曰：『若作古體，亦用此法，可乎？』曰：『凡作古體近體，其法各有異同，或出於有意無意之間，妙之所由來，不可必也。妙則天然，工則渾然，二體之法，至矣盡矣。』」

又云：「和古人詩，起自蘇子瞻。遠謫南荒，風土殊惡，神交異代，而陶令可親，所以飽惠州之飯，和淵明之詩，藉以自遣爾。本朝有和唐音者，得一繭而抽萬絲，逞獨能而敵衆妙，專以坡老爲口實，則兩心異同，識者自當見之。譬一武士，登九里山，觀古戰場，命人掘地，得折戟斷劍，餘矢缺刀，乃自稱元戎，前與韓、彭諸將對敵，戰則無功，敗則取笑，其不自量也，愚哉！」

又云：「作詩有專用學問而堆垛者，或不用學問而匀净者，二者悟不悟之間耳。惟神會以定取舍，自趨乎大道，不涉於歧路矣。予因六祖惠能不識一字，參禪入道成佛，遂在難處用工，定想頭鍊心機，乃得無米粥之法。詩中難者，莫過於情詩，然樂府尤盛於元，千萬人口中咀嚼，外無遺景，内無遺情，難有作者，罕得新意。姑借六祖之悟，以示後學，誠以六祖之心爲心，而入悟也弗難矣。因擬《别調曲》三首：『家住鄴城門向西，青樓上與鄴城齊。即行好記門前柳，春夢南來路不迷。』『夜深别酒見微醺，趙武燈前猶向君。從此腰肢瘦無力，牀頭閒殺石榴裙。』『木落天寒郎欲行，樽前離怨一鳴箏。燕姬纖手調新曲，不是西樓今夜聲。』《怨歌行》二首：『澹妝寂寞妾愁深，若個濃妝歡至今。郎到薊門傳尺素，誰知濃淡在郎心。』『長夜寒生翠幙低，琵琶别調爲誰悽。君心無定如明月，纔照樓東復轉西。』《遠别曲》一首：『阿郎幾載客三秦，長憶儂家漢水濱。門外兩株烏臼樹，叮嚀説向寄書人。』《搗衣曲》一首：『秦關昨寄一書歸，百戰郎從劉武威。見説平安收涕淚，梧桐樹下搗寒衣。』」

又云：「凡字異而意同者，不可概用之，宜分乎彼此，此先聲律而復義意，用之中的，尤見精工。然禽不如鳥，翔不如飛，莎不如草，涼不如寒，此皆聲律中之細微。作者審而用之，勿專於義意而忽於聲律也。比喻多而失於難解，嗟怨頻而流於不平。過稱譽豈其中心？專模擬非其本色。愁苦甚則有感，歡喜多則無味。熟字千用自弗覺，難字幾出人易見。邈然想頭，工乎作手，詩造極處，悟而且精，李杜不可及也。」

又云：「夫情景相觸而成詩，此作家之常也。或有時不拘形勝，面西言東，但假山川以發豪興爾。譬若倚太行而詠峨嵋，見衡漳而賦滄海，即近以徹遠，猶夫兵法之出奇也。予客晉陽，《對西山》詩云：『好山俱在目，樓上坐移時。碧樹亦佳侶，白雲非遠期。心閒聊對景，興轉別成詩。操筆有常變，兵家韓信知。』馮少洲評曰：『老子每每自負。』」

又云：「元和初，王生夢侍吴王，命作西施挽詞，曰：『西望吴王闕，雲書鳳字牌。連江起珠帳，擇土葬金釵。鋪地紅心草，三層碧玉階。春風無處好，悽恨不勝懷。』此韻狹而險，唐人以來罕有之。王生所作，雖涉粗淺，然夢中成章，亦奇矣。若陸龜蒙、皮日休以『佳』韻賡和，乃七言近體。使作五言，遠過王生矣。予客晉陽，亦用『佳』韻二首，《秋懷》詩曰：『東望太行路，巉巖幾斷崖。易歸千里夢，難遣九秋懷。夜色霜明樹，寒聲葉滿階。著書思趙邸，靜掩舊茂齋。』《秋日自遣》詩曰：『廿向清時隱，無令素願乖。存虛饒氣色，撥累緩形骸。葉響風前樹，苔青雨后階。何須學宋玉，登眺苦秋懷。』」

又云：「作詩有三等語：堂上語，堂下語，階下語。知此三者，可以言詩矣。凡上官臨下官，動有昂然氣象，開口自別。若李太白『黄鶴樓中吹玉笛，江城五月落梅花』，此堂上語也。凡下官見上官，所言殊有條理，不免局促之狀。若劉禹錫『舊時王謝堂前燕，飛入尋常百姓家』，此堂下語也。凡訟者説得顛末詳盡，猶恐不能勝人。若王介甫『茅檐長埽淨無苔，花木成蹊手自栽』，此階下語也。有學晚唐者，再變可躋上乘。學宋者，則墮下乘而變之難矣。」

案：「堂上」「堂下」等譬甚佳，至謂學宋則墮下乘，仍落一偏，蘇、黄諸公詩，豈學之亦墮下乘耶？失言矣。

又云：「岑嘉州《送王司馬》詩：『海樹青官舍，江雲黑郡樓。』何仲言《下方山》詩：『繁霜白曉岸，苦霧黑晨流。』謝惠連《搗衣》詩：『宵月皓空閨。』李嘉祐《送王收》詩：『細草緑汀洲。』此皆以聲色字爲虚活用者，蓋有所祖。《春秋》『丹桓宫楹』，《周頌》『亦白其馬』，《史鑑》『秦始皇伐其木，赭其山』，《漢書》『二千石朱兩轓』，班孟堅《燕山銘》『朱旗絳天』，楊子雲《解嘲》『客徒朱丹吾轂，將赤吾之族也』，《華元歌》『皤其腹』，韋昭《天命》詩『烏赤其色』，陸士龍《南征賦》『朱明俛而丹野，炎暉仰而絳天』，《南史》『梁武帝曰：不還我陳保印，吾當白汝。』，江文通《靈邱竹賦》『艴夏彩於沙汀』，柳子厚《賀王參元失火書》『黔其廬，赭其垣』。此法用者多矣，非文之宗匠弗知也。」

又云：「予夜觀李長吉、孟東野詩集，皆能造語奇古，正偏相半，豁然有得，并奪搜奇想頭，去其二偏。險怪如夜壑風生、暝巖月墮，時時山精鬼火出焉；苦澀如枯林朔吹、陰崖凍雪，見者靡不慘然。予以奇古爲骨，平和爲體，兼以初唐盛唐諸家，合而爲一，高其格調，充其氣魄，則不失正宗矣。若蜜蜂歷采百花，自成一種佳味，與芳馨殊不相同，使人莫知所藴。作詩有學釀蜜法者，要在想頭别爾。是夜枕上勉成數詩，以示同好。《暮秋寄懷徐子與時宦長蘆》云：『理郡雙旌轉，皇畿亦壯遊。海鹺天下味，案牘汝南憂。風笛淒寒署，霜林照夜樓。還思濯纓處，御水正涵秋。』『官舍披書坐，蕭然且獨醒。沙煙秋漠漠，海雨晝冥冥。妬久金增色，才孤劍養靈。夢歸何所見，天目亂峯青。』『未滿耽詩意，南來幾日閒。亦愁縈馬上，萬役走人間。署敞憐風物，城高見海山。不知謫宦久先守汝甯被謫，猶是舊容顔。』『鐵網拔珊瑚，驚人不可無。才今兼二陸，格古變三吴。登眺秋光迥，浮沈老氣孤。因思《采菱曲》，客至話西湖。』『數卷從幽事，官閒祗自憐。阮公悲感日，蘧伯是非年。海賦知華國，鄉書問稅田。更憂吴餉晚，長望浙西船。』『官轍有難易，憂中名獨完。山高偏氣色，河廣自波瀾。文字豹斑老，冰霜狐白寒。鳳兮不言餒，天許碧琅玕。』『候蟲吟暗壁，秋興起徐陵。宦味淡於水，羈懷情奪冰。夜喧風裏樹，寒翳雨中鐙。競謁金張第，疏慵獨未曾。』『何處轉遊宦，河亭坐夕暉。亂帆鱗次泊，衆鳥尾銜歸。地勝間堪賦，杯清悶可揮。風煙是京甸，寧復羨魚磯。』『官邸長蘆靜，中懷自出塵。鑑光一秋水，瑟調幾陽春。終古盈虛月，流年感慨人。竹林餘裂素，可復寫誰真。』『詞人非傲物，名著自堪嗟。宦冷棋應進，懷高酒更賒。鶴爲閒處伴，菊是澹中花。同賦上林者，秋風天一涯。』『正變關騷雅，深宵誰與論。吴歌惟片月，燕俗且孤樽。舊侶青雲冷，秋懷黄葉繁。寄書故鄉思，風雨亦過門。』『舊社名相累，艱虞偏在君。世憎騷雅盛，天任死生分。並失龍珠影，長垂鳳藻文社友梁公實宗子相繼而殁。相知論往事，南北分愁雲。』」

又云：「七言近體，起自初唐應制，句法嚴整。或實字疊用，虛字單使，自無敷演之病。如沈雲卿《興慶池侍宴》『漢家城闕疑天上，秦地山川似鏡中』，杜必簡《守歲侍宴》『彈弦奏節梅風入，對局探鈎柏酒傳』，宋延清《奉和幸太平公主南莊》『文移北斗成天象，酒近南山獻壽杯』。觀此三聯，底蘊自見。暨少陵《懷古》『一去紫臺連朔漠，獨留青塚向黄昏』，此上二字雖虛，而措辭穩帖。《九日藍田崔氏莊》『藍水遠從千澗落，玉山高並兩峯寒』，此中二字亦虛，工而有力。中唐詩虛字愈多，則異乎少陵氣象。劉文房七言律，《品彙》所取二十一首，中有虛字者半之。如『暮雨不知潰口處，春風只到穆陵西』之類。錢仲文七言律，《品彙》所取十九首，上四字虛者亦強半。如『不知鳳沼霖初霽，但覺堯天日轉明』，『鴛衾久别難爲夢，鳳管遥聞更起愁』之類。凡多用虛字便是講，講則宋調之根，豈獨始於元白。高棅所選，以正宗大家爲主，兼之羽翼接武，亦不免三二濫觴者。」

又云：「濬人盧浮邱名柟者，過鄴，訪予草堂，樽酒欵洽，因談：『作詩有難易遲速，方見做手不同。』盧曰：『格貴雄渾，句宜自然。吾子何其太苦？恐刻削有傷元氣爾。』曰：『凡靜臥宜想頭流轉，思未周處，病之根也。數改求穩，一悟得純，子美所謂「新詩改罷自長吟」是也。吾子所作太速，若宿構然。再假思索，則無瑕之玉，倍其價矣。』曰：『凡走筆率成一篇，雖與欲求疵而治，竟不可得，做手定矣。奈何？』曰：『觀子直寫胸中所蘊，由乎氣勝，專效背水陣之法，久而雖熟，未必皆完篇也。子所作，惟以仙丹而療人間百病。予詩如扁鵲診脈，用藥不失病源。』盧曰：『平生口吃不能劇談，但與子操筆對賦，各見所長。』予曰：『這是盧生倔強不服善處！』然其佳句甚多，予每稱賞，但不能悉記。其《讀書秋草園》，情景俱到，宛然入畫，比康樂『春草』之句，更覺古老。妙哉句也！固哉人也！」

又云：「人非雨露，而自澤者，德也；人非金石，而自久者，名也。心非湧泉，而流不竭者，才也；心非鑑光，而照無偏者，神也。非德無養其心，非才無以充其氣。心猶舸也，德猶舵也。鳴世之具，惟舸載之；立身之要，惟舵主之。士衡、士龍有才而恃，靈運、玄暉有才而露。大抵德不勝才，猶泛舸中流，舵師失其所主，鮮不覆矣。」

又云：「嚴滄浪謂：『作詩譬諸劊子手殺人，直取心肝。』此説雖不雅，喻得極妙。凡作詩，須知道緊要下手處，便了當得快也。其法有三：曰事，曰情，曰景。若得緊要一句，則全篇立成。熟味唐詩，其樞機自見矣。」

又云：「成皋王傳易及子元易問作詩有『縮銀法』，何如？予因舉李建勳詩『未有一夜夢，不歸千里家』，此聯字繁辭拙，能爲一句，即縮銀法也。限以柱香，香及半，元易曰：『歸夢無虛夜。』香幾盡，傳易曰：『夜夜鄉山夢寐中。』予曰：『一速而簡切，一遲而流暢。其悟如池中見月，清影可掬。若益之以勤，如大海息波，則天光無際。悟不可恃，動不可間。悟以見心，勤以盡力。此學詩之梯航，當循其所由而極其所至也。』翌日，傳易復問予曰：『昨談建勳之作，句穩意切，莫辨其疵，無乃虚字多耶？』予曰：『晚唐人多用虚字，若司空曙「以我獨沈久，愧君相見頻」，戴叔倫「此别又萬里，少年能幾時」，張籍「旅泊今已遠，此行殊未歸」，馬戴「此境可長往，浮生自不能」，此皆一句一意，雖瘦而健，雖粗而雅。蓋建勳兩句一意，則流於議論，乃書生講章，未嘗有一夜之夢而不歸乎千里之家也。歐陽永叔亦有此病，《明妃曲》耳目所及尚如此，萬里焉能制其夷狄也哉！』

傳易曰：『然。』」

又云：「嘉靖戊午歲夏月，余偕浙東莫子明遊嵩山少林，及至蘆巖，觀泉奔流界壁，冷然灑心，因得『飛泉漏河漢』之句。子明曰：『此全襲太白「飛流直下三千尺，疑是銀河落九天」，略無點化。』予曰：『約繁爲簡，乃方士縮銀法也。』附詩云：『纔探二室勝，又過一禪家。净愛莓苔色，香憐檐葡花。飛泉漏河漢，疊嶂擁煙霞。心自有天竺，西風行路賒。』」

又云：「予初冬同李進伯承遊西山，夜投碧雲寺，並憩石橋，注目延賞。時薄靄蒙蒙，澗泉奔響，松月流輝，頓覺塵襟爽滌，而興不可遏，漫成一律。及早起臨眺，較之昨夕，仙凡不同，此亦逼真故爾。附詩云：『並馬尋名寺，登高藉短筇。飛泉鳴古澗，落月在寒松。石路經千轉，雲巖復幾重。人間多夢寐，誰聽上方鐘？』」

詩権　卷五

叢記下

方密之《詩話》云：「法嫺詞當，無復懷抱，使人興感，是半熟之士。偶仿唐泝漢，作形似語，是優孟之衣冠。古人奇懷突兀，躍而騎日月之上，憤而投潢汙之中，不可以莊語，故奇語寫之。奇者事刱，刱於不自知，俗人效步邯鄲，則杜撰難免矣。《周易》爲大譬喻，盡古今皆譬喻也，盡古今皆比興也，盡古今皆詩也。存乎其人，乃爲妙協。不能熟復於《三百》、楚詞、漢魏『樂府』，烏有能藴藉温雅者乎？」

晉江丁雁水煒《論詩》云：「鍾譚《詩歸》之選明季，操觚家奉爲律符。雖去文存質，將以力排飛揚蹈萬之失，然田地菁華刊削漫落，風氣之衰亦遂中於運祚。」

又云：「清而不已，間入於薄；真而不已，或至於率。率與薄相秉，漸且爲俚、爲野。」

又云：「天下莫不爲詩，連篇累牘，雲馳泉湧，可謂大盛。顧唐代音律與晉室清談，士大夫靡然成俗，安于曠職廢業，以求一二字語之工，又予之所明懼矣。」

杜于皇《與范仲闇簡》云：「世所謂真詩，不過篇無格套語，切人情耳。弟以爲此佳詩，尚非真詩也。人與詩猶爲二物故也。古來佳詩不少，然其人要不可定於詩。即詩至少陵，詩中之人亦僅有六七分可以想見。獨有淵明，片語脱口，便如自寫小像，其人之豈弟風流，閒情曠遠，千載而上如在目前。人即是詩，話即是人。古今真詩一人而已，可多得乎？聞公方讀陶詩，試以此意相印。」

吴駿公《梅村詩話》云：「陳臥子嘗與予宿京邸，予曰：『公詩固佳，何者爲第一？』臥子曰：『「苑内起山名萬歲，閣中新戲號千秋」，此予中聯得意語也；「祠官流涕松風路，回首長陵出塞年」，又「李氏功名猶帶礪，斷碑落日海雲黄」，此予結法可誦者也。』予贊歎久之。」

婁東黄忍菴與堅説詩云：「古詩，詩之根本也。肆於古而復精於律，詩家根本之論也。予幼時，律多古少，陳素菴先生規之，予從其説，顧以境界淺近，欲精神注射，尚有未能，始知李杜文章，總在嶔嵜歷落中透露光芒，原非等閒得以從事。」

又云：「五律以七字縮五字，字短意長，非鎔鑄何以得此？然鍊字不如鍊意，鍊字雖工，而味易盡；鍊意則咀諷再三，旨趣愈出。」

又云：「梅村云：『詩要説得出、説不出。』家伯叔云：『詩要推得動、推不動。』此四語真詩家三昧，即《三百篇》温柔敦厚之微旨，王右丞得其精髓。大抵此種詩，以心思逼一時情景，融併而出，使其妙現於目前，而寄託深遠，又非想像可到耳。王阮亭選唐人十種，存唐的派，復選《三昧》一書，直抉正宗，以提醒世人眼目，其留心試教深矣。」

又云：「乙丑予自衡州抵郴州，郴州在下流，距瀟湘五百餘里。秦少游詞『郴江幸自繞郴山，爲誰流下瀟湘去』，勢極相反。又嘗過洞庭，李太白《洞庭西望》一絶『日落長沙秋色遠』，長沙在洞庭東南五百餘里，甚相遠背。江文通《登香鑪峯》詩『日落長沙渚，層陰萬里生』，長沙在廬山南二千餘里，語亦未合。李詩本之古人，興會所至，往往率易如是。」

王漁洋《帶經堂詩話》云：「洞山語云：『語中有語，名爲死句；語中無語，名爲活句。』予嘗舉似學詩者。今門人鄧州彭太史來問選《三昧》之旨，因引此語語之。夾山云：『坐却舌頭，别生見解，參他活意，不參死意。』達觀曰：『才涉脣吻，便落意思，並是死門，故非活路。』越處女與句踐論劍術曰：『妾非受於人也，而忽自有之。』司馬相如答盛覽曰：『賦家之心，得之於内，不可得而傳。』雲門禪師説法如雲雨，不喜人記，録其語曰：『汝等不記己語，反記吾語，異日將稗販我耶？』數語皆詩家三昧。陳伯璣評予詩，譬之『偶然欲書』，此語最得詩文三昧。予嘗聞荆浩論山水而悟詩家三昧矣，其言曰：『遠人無目，遠水無波，遠山無皴。』又王楙《野客叢書》有云：『太史公如郭忠恕畫天外數峯，略有筆墨意，在筆墨紙外，詩文之道皆然。』『神韻』二字，予向論詩，首爲學人拈出。唐人五言絶句，往往入禪，有得意忘言之妙。與淨名默然等得髓，同一關捩。觀王、裴《輞川集》，祖詠『終南殘雪』詩，雖鈍根初機，亦能頓悟也。大抵古人詩畫只取興會神到。古言云：『羚羊挂角，無些子氣味，虎豹再尋他不着。』嚴滄浪借禪喻詩，歸於妙悟，如謂『盛唐諸家，詩如鏡中之花，水中之月，如羚羊挂角，無迹可求』，乃不易之論。」

又云：「蕭子顯云：『登高極目，臨水送歸，早雁初鶯，花開葉落，有來斯應，每不能已。須其自來，不以力搆。』王士原序孟公云：『每有製作，佇興而就。』昔人云：『偶然欲書。』六一云：『秋霖不止，文書頗稀，叢竹蕭蕭，似聽愁滴。』坡公云：『歲行暮矣，風雪淒然，紙窗竹屋，鐙火青熒，時於此間得少佳趣。』又云：『空山無人，水流花開。』又云：『盆花浮紅，篆煙繚青，無問無答，如意自横。』古琴銘云：『山虚水深，萬籟蕭蕭，古無人蹤，惟石嶕嶢。』莊子云：『送君者，皆自崖而反，君自此遠矣。』以上並詩文三昧。或問：『不著一字，盡得風流之旨？』答曰：『太白「牛渚西江夜」，襄陽「挂席幾千里」，色相俱空，正如羚羊挂角，無迹可求，畫家所云「逸品」是也。」

案：漁洋洗發滄浪之旨，可謂無隱情矣。故於滄浪之論，轉不多録。

梅宛陵曰：「發難顯之情於當前，留不盡之意於言外。」

徐巨源《榆溪詩話》云：「《子夜歌》『歡從何處來，端然有憂色。三喚不一應，有何比松柏』，此詩最妙，前不敘事，而自見其平昔往來之狎密；後不言誓，而自知其夙昔必有指松柏之言。二十字無首無尾，却有前有後，以此求之，不獨通詩，兼悟古文。又如『江陵去揚州，三千三百里。已行一千三，所有二千在』，此有何情、何景、何事？而古雅雋永，味之不盡，將游子計程之心、道途涉歷之況，一一函蓋，所以不可及也。」

又云：「《十九首》無可思議矣。如『昔爲倡家女，今爲蕩子婦。蕩子行不歸，空牀難獨守』，以此二十字，校『老使我怨』四字，便覺此如嚼蠟。竇元妻『人不如故』四字，簡俊矣，上比『以我御窮』一言，便覺彼味悠迴。學者知此，方於詩有入處。」

又云：「『願爲雙黄鵠』『思爲雙飛燕』，皆源於《柏舟》之『不能奮飛』也；『南箕北有斗』『迢迢牽牛星』，即出自《大東》之『睆揚服箱』也；『不惜歌者苦，但傷知音稀』，即『豈無膏沐，誰適爲容』之感念也；『過時而不采，將隨秋草萎』，即《摽梅》『迨吉』『迨今』之情切也；『不如飲美酒，被服紈與素』，即《山樞》『他人入室』之慰遺也。故《三百篇》者，詩之崑崙，亦詩之海也，無能出其範圍者。學《三百篇》，庶幾得《十九首》；學《十九首》，得似建安足矣。從近體入者，何由睹河源問支機石哉？」

又云：「『步出城東門，遥望江南路。前日風雪中，故人從此去』，只用前四句，便是絕句、妙句。」

又云：「吾友熊伯甘言詩，常有得其微處，如曰：『「蕭蕭馬鳴」便是盛世畋還景象，杜倒其語，而加一「風」字於中，曰「馬鳴風蕭蕭」，便是邊塞景色。』此語可謂知音。少時與伯甘東郊看迎春，伯甘有『蕭蕭風馬鳴』之句，寫出太平風氣，足括《杕杜》末章。」

又云：「詩至唐聲，直是有別傳，即用字有不得泥古者，如『子規』在《史記·曆書》作『秭鳺』，今從『子規』則輕秀，作『秭鳺』則癡拙矣。此等豈非聲外別傳？又如『明妃秭歸人』，此處却使『子規』不得。」

又云：「『醉客沾鸚鵡』，杯也；『佳人指鳳凰』，釵也。遺簪墮珥之意。舊注謂鸚鵡能言，又謂引禰衡事；鳳凰譽做客奇瑞，又謂疑用蕭史弄玉事，俱可笑。南榮子曰：『詩有索解即非者。如「渭水自流秦塞曲，黄河舊繞漢宫斜」，何等冠冕，「曲」對「斜」，景象恰合，而注引「宫人斜」，便不成話矣。』『黄河遠上白雲間』，『遠』字飄忽靈迴，情景俱出，俗本改爲『源』字，風味索然。『立春雨見』，《本草》謂立春節以後，三日之雨，男子、婦人各服一杯，宜子。雖三皇書也，而以注杜詩『濛濛立春雨』，却可笑。立春日進生菜是唐典故也，乃杜詩『春日春盤細生菜』，『生』字粘上『細』字，如『憨生』『瘦生』之解方有致，豈必按典故乎？」

案：《榆溪詩話》啓發人處甚多，今摘其尤要者於此。

王樓邨先生式丹語其姪白田編修懋竑作詩法云：「長袖善舞，多錢善賈。詩以博取爲根邸，運用驅使，少有才力，即能爲之；儉狹孤陋，則不可爲詩矣。譬如用兵，糧無百萬之儲，士無超石投距之勇，雖韓白將之，欲以鼓行而前，難矣哉！昔昌黎言盧殷無書不讀，止用以資爲詩，蓋謂其用之之小，然詩不如是不能工也。」

案：此條與卷四一條正互發。

查初白慎行云：「詩之厚，在意不在辭；詩之雄，在氣不在貌；詩之靈，在空不在巧；詩之澹，在脱不在易。」

紀文達公昀《童鶴軒詩序》云：「予自早歲受書，即學歌詠，中間奮其意氣，與天下勝流相倡和，頗不欲後人。今年將八十，轉瑟縮不敢著一語，平生吟稿亦不敢自存，蓋閲歷漸深，檢點得意之作，大抵古人所已道。其馳騁自喜，又往往皆古人所撝呵，撚鬚擁被，徒自苦耳。」

又《四百三十二峯草堂詩鈔序》云：「予嘉慶壬戌典會試，以元遺山論蘇黄絶句發策蘇門果有忠臣在，肯放坡詩百態新。止知詩到蘇黄盡，滄海横流却是誰。蘇黄均屬詞宗，而元之持論若不欲人鑽仰者，其故殆不可曉，云云，四千人莫予答也。惟揭曉前一夕，得朱子士彦卷，對曰：『南宋末年，江湖一派，萬口同音，故元好問追尋原本，作是懲羹吹虀之論。又南北分疆，未免心存畛域，其《中州集》末題詩，一則曰：若從華實評詩品，未便吴儂得錦袍。一則曰：北人不拾江西唾，未要曾郎借齒牙。詞意曉然，未可執爲定論也。』喜其洞見癥結，急爲補入榜中。」

案：文達前一條可爲好作打油詩、釘鉸者頂門一鍼，後一條與吾卷三論蘇黄之旨合，心理相同，正復了不異人耳。

袁子才枚《答沈歸愚宗伯論詩書》云：「先生謂詩貴温柔，不可説盡，又必關係人倫日用。此數語，僕口不敢非先生，而心不敢是先生，何也？孔子之言，《論語》爲足據，子曰：『可以興，可以羣。』此指含蓄者言之，如《柏舟》《中谷》是也；曰：『可以觀，可以怨。』此指説盡者言之，如『豔妻煽方處』『投畀豹虎』之類是也；曰：『邇之事父，遠之事君。』此詩之有關係者也；曰：『多識於鳥獸草木之名。』此詩之無關係者也。僕讀詩常折衷於孔子，故論詩不得不小異於先生。」

又云：「詩有工拙，而無今古。未必古人皆工，今人皆拙。惟格律莫備與古，學者宗師，自有淵源。至於性情遭際，人人有我在焉，不可貌古人而襲之，畏古人而拘之也。天籟一日不斷，則人籟一日不絶。唐人學漢魏變漢魏，宋學唐變唐。其變也，非有心於變，不得不變也。子孫之貌，莫不本於祖父，然變而美者有之，變而劣者有之，若必禁其不變，則雖造物有所不能。先生許唐人之變漢魏，獨不許宋人之變唐，惑也！且唐人亦已自變，初盛一變，中晚再變，至皮陸二家，已浸淫於宋代矣。聰明所趨，風會所極，有不期然而然者。唐、宋分界之説，宋、元無有，明初亦無有，成、宏後始有之。此門户之見也。」

隨園詩吾付之别論，即此答沈書，亦矜氣，勝心太甚，然而所言不無可取，爲節取録之。「宋、唐分界之説，宋、元無有」，此言未核，嚴儀卿已標盛唐爲宗矣。吾卷一謂文字相嬗日新，斷無不變之理，與袁論暗合，然必變而得正乃佳。歐、王、蘇、黄、陸、元遺山諸家，變而得正者也；鄭歇後、胡打油，變而失正者也。所貴别白者，入門路徑不差耳。公安、竟陵畢竟非正路，香奩、崑體有正有不正，知斯意者，乃可以語變矣。

姚惜抱鼐《與管異之名同簡》云：「吾向教後學之詩，只用王阮亭《五七言古詩鈔》，今以加於賢，却猶未當。蓋阮亭詩法，五古止以謝宣城爲宗，七古止以東坡爲宗。賢今所宗，正當以李、杜耳，越過阮亭一層。然王選亦不可不看，以廣其趣，《空同集》亦正爲子先導，紅豆老人謬説無聽之也。今人詩文不能追企古人，亦是天資遜之，亦是塗轍誤而用功不深也，若塗轍即正，用功深久，於古人上一等文字，諒不可到，其中下之作，非不可到也。近世人習聞錢受之偏論，輕譏名人之摹倣。文不經摹倣，亦安能脱化。觀古人之學前古，摹倣而渾妙者，自可法；摹倣而鈍滯者，自可棄。雖楊子雲亦當以此義裁之，豈但明賢哉？」

又《與鮑雙五名桂星簡》云：「今日詩家大爲榛塞，雖通人不能具正見，吾斷謂樊榭、簡齋皆詩家之惡派。此論出，必大爲世怨怒，然理不可易，非大才不足發明吾説以服天下。」

又《與陳碩士名用光簡》云：「作詩欲得筆勢痛快，一在力學古人，一在涵養胸趣，夫心靜則氣自生矣。郭茂倩《樂府》佳書，作詩家必不可少者。大抵作詩、古文皆急須先辨雅俗，俗氣不除盡，則無由入門，況求妙絶之境乎？詩人興會，隨所至耳，豈有一定之主意章法哉？吾謂學詩，不經明李、何、王、李路入，終不深入。而近人爲紅豆老人所誤，隨聲詆明賢，乃是愚且妄耳。覃溪先生正有此病，不可信之也。詩、古文各要從聲音證入，不知聲音，總爲門外漢耳。凡學詩文之事，觀覽不可以不泛博，若其熟讀精思效法，則欲其少，不欲其多。如漁洋《五言詩選》，吾猶覺其多耳。其選不及杜公，此自有故。今若病其缺此大家，只當另選一杜詩，或益以昌黎，可也。若此外别家，只有泛覽之詩，實無當熟讀效法之詩也。」

又《與伯昂從名元之姪孫簡》云：「所作詩不能佳，緣初入手即染邪氣，不能洗脱，必欲學此事。非取古大家正矩潛心一番，不能有所成就。近體只用吾選本，其間各家，門徑不同，隨其天資所近，先取一家之詩熟讀精思，必有所見，然后又及一家，知其所以異，又知其所以同。同者必歸於雅正，不著纖毫俗氣，起伏轉摺必有法度，不可苟且牽率致不成章，至其神妙之境，又須於無意中忽然遇之，非可力探。然非功力之深，終身必不遇此境也。古體可先讀阮亭所選古詩内昌黎詩讀之，然後上溯子美，下及子瞻，庶不至如游騎之無歸耳。來書云欲於古人詩中尋究有得，然後作詩，此意極是。近人每云作詩不可摹擬，此似高而實欺人之言也。學詩文不摹擬，何由得入？須專摹擬一家，已得似，後再易一家，如是數番之後，自能鎔鑄古人，自成一體。若初學未能逼似，先求脱化，必全無成就，譬如學字而不臨帖，可乎？大抵作詩，平易則苦無味，求奇則患不穩，去此兩病，乃可言佳。至古體詩，須先讀昌黎，然後上溯李杜，下采東坡，於此三家，得門徑尋入，於中貫通變化，又係各人天分。一時如古今體不能併進，只專心今體，可耳。」

又《與石甫名瑩姪孫簡》云：「汝詩文流暢能達，是其佳處，而盤鬱沉厚之力、澹遠高妙之韻、瑰麗奇偉之觀，則皆所不能。故長篇尚可，短章則無味矣，更久爲之，當有進步耳。凡詩文事，與禪家相似，須由悟入，非悟言所能傳。然即悟後，則反觀昔人所論文章之事，極是明了也。欲悟亦無他法，熟讀精思而已。」

又《與劉明東名開書》云：「見贈五言排律，句格頗雄，但於杜公排律布置局格、開闔起伏變化而整齊處，未有得也。大約横空而來，意盡而止，而千行萬態隨處溢出，此他人詩中所無有，惟韓文時有之，與子美詩同耳。李玉溪、白太傅及朱竹垞皆刻意作排律之人，而不得此妙，吾豈敢便以責之明東哉？然作詩，心之所向，必須在此，否則止是常境耳。又明東所用故事，都不精切，止是隨手填入。故摘其聯，誌公謂徐陵『天上石麒麟』，豈可易『石』爲『玉』？又陵官非學士，學士，唐乃有此官耳。公孫宏與陵，於鄙人絶不似。上十字中，而病痛已四五矣。前所論在詩境大處，勤心深求，忽然悟入，或半年便得，或一年乃得，又或終身不得。後所論在詩律細處，精思讀書，可以必得，然非數年之深功不能。前所論乃文章之虚，故可速而不可必。後所論乃學問之實，故可必而不能速。二者俱能功到，方是卓然成家之作。二者得一，亦可謂佳，但非其至。二無一得，便是今日草頭名士之詩，吾恐明東陷入其中，故爲詳言之耳。」

又《答蘇園公書》云：「快讀大作，大抵高格清韻自出胸臆，而遠追古人不可到之境於空濛曠邈之區，會古人不易識之情於幽邃杳曲之路。使人初對，或淡然無足賞；再三往復，則爲昕忭惻愴，不能自已。此是詩家第一種懷抱，蓄無窮之義味者也。」

案：右一條是惜抱自寫詩，境中有此微妙者耳。園公詩恐尚未逮也。以上各條，均惜抱接人用柑之苦心，學者不可草草放過。

吾友陳懿叔學受云：「詩之所貴者，氣也、情也、血也。論詩至於血，盡矣。《三百篇》皆血也，故其詩爲古今獨絶；李、杜、韓、歐、蘇、黄，綜其生平詩之有血者，一人不過數篇，其他則無血者多矣。有血斯有氣，有血斯有情，所謂血者，熱心腸也、喉急也。感慨激昂，噴泱而出也。論詩至於血，至矣、盡矣、蔑以加矣！」

翁覃溪《石洲詩話》云：「《東坡集》中《陽關曲》三首，一贈張繼愿，一答李公擇，一中秋月。《詩話總龜》謂：『坡作彭城守時，過齊州李公擇，中秋席上作絶句。其後山谷在黔南，以《小秦王》歌之。』初白《補注》云：『案玉局文及《風月堂詩話》云：「東坡中秋詩，紹聖元年自題：予十八年前中秋，與子由觀月彭城時作。此詩以《陽關》歌之。」此段正與詩合。其正李公擇席上所賦，即前《答李公擇》者是也。《詩話總龜》混兩詩爲一時事，訛也。』据此，則三詩不必其一時所作，特以其調皆《陽關》之聲耳。《陽關》之聲，今無可攷，第就此三詩繹之，與右丞渭城之作，若合符節。今録於此以記之：

『渭城朝雨浥輕塵，客舍青青柳色新。勸君更盡一杯酒，西出陽關無故人。』

『受降城下紫髯郎，戲馬臺前古戰場。恨君不取契丹首，金甲牙旗歸故鄉。』（右《贈張繼愿》）

『濟南春好雪初晴，行到龍山馬足輕。使君莫忘霅溪女，時作《陽關》腸斷聲。』（右《答李公擇》）

『暮雲收盡溢清寒，銀漢無聲轉玉盤。此生此夜不長好，明月明年何處看。』（右《中秋月》）

其法以首句平起，次句仄起，三句又平起，四句又仄起，而第三句與四句之第五字，各以平仄互換。又第二句之第五字，第三句之第七字，皆用上聲，譬如填詞一般。漁洋先生謂『絶句乃唐樂府』，信不誣也。」

荆谿周保緒濟《論作詩》云：「嘗學書，知用筆内外使轉、方員垂縮，無不以騰挪出之，因用爲詩筆；嘗學詞，比興互用，内心外體，棄單取復，排陰比陽，沈激要眇，因用爲詩聲；拙於論議，以贛見尤，及其持久，咸謂樸誠，因用爲詩心； 詼諧微出，每見風致，謔而不虐，聞者頤解，因用爲詩趣； 貧女辞室，悍夫詈街，名士放浪於杯盤，軒冕促刺於選擢，醜妓炫服而臨鏡，枯僧垂蜀而嗙經，每見之必噱之，因用爲詩戒。」

曲阜桂未谷馥《札樸》云：「泰山高十四里，作四十者誤也。予登絶頂，覽其來脈之磊落，護衛之宏闊，可謂大矣，而不可謂之高。杜詩『岱宗夫如何』，『夫』當爲『大』。下文『齊魯青未了』，又云『一覽衆山小』皆言其大也。」

案：此可如備一説，杜詩「夫如何」三字，實未佳玩。下句「齊魯青未了」，則是言岱之高，非言大。即「一覽衆山小」，亦是言高，非大也。

未谷箸《詩話同席録》五十卷，未見其書，見其敍云：「詩在六經，自爲一體； 塗收千軌，網舉一綱。故開卷第一命曰總括； 大雅不作，興比漸淪，故次之以六義； 濬發天情，原本聖籍，故次之以根柢； 扶植名教，裨益史官，故次之以關係； 言者無罪，聞者足戒，故次之以諷諭； 建安、齊梁，風趨各異，古律、雜歌，唐製益繁，故次之以體格； 家樹一幟，人張一軍，故次之以宗派； 五音六律，與政相通，故次之以聲律； 禪學拈花，書家舞劍，故次之以妙悟； 百里九十，鮮臻既極，故次之以造詣； 鍾述《三品》，劉撰《雕龍》，直過董狐，覈同平輿音豫，故次之以品陟； 孟棨徵實，功同小序，故次之以本事； 匡鼎解頤，按幽剔隱，故次之以疏義； 事物本原，稽求出典，故次之以攷證； 外道野狐，權門豪僕，故次之以匡正； 耳貴多聞，毋指細碎，故次之以博議； 汎愛莫如守約，《三百》蔽於無邪，故終之以要言。騷賦詩之流也，取以附焉。都五十卷，題曰《同席録》。」

案：此書未見，不知采掇如何？就其序目論之，六義、根柢、關係可通爲一，諷諭、聲律可通爲一，體格、宗派、造詣可通爲一，品陟、博議可通爲一，疏義、攷證、本事、匡正可通爲一，惟妙悟、要言，其辨至精、至微，難意測耳。

山陽潘四農德輿《養一齋詩話》云：「《三百篇》之體製、音節，不必學，不能學；《三百篇》之神理、意境，不可不學也。神理、意境者何有？關係寄託，一也；直抒己見，二也；純任天機，三也；言有盡而意無窮，四也。不學《三百篇》，則雖赫然成家，要之纖瑣摹擬，飣餖淺盡而已，今人之所奇，古人之所笑也。漢唐人不盡學《三百篇》，然其至高之作，必與《三百篇》之神理、意境闇合，而後可以感人，而傳誦至今。夫才高者尚可闇合，而何不可學之有哉？東坡先生教人作詩曰：『熟讀《毛詩·國風》與《離騷》，曲折盡在是矣。』王伯厚曰：『《新安吏》「僕射如父兄」「雖則如燬，父母孔邇」，此詩近之。山谷所謂「論詩未覺《國風》遠」也。』王濟之曰：『讀《詩》至《緑衣》《燕燕》《碩人》《黍離》等篇，有言外無窮之感。唐人詩尚有此意，如「君向瀟湘我向秦」，不言悵别而悵别之意溢于言外；「潮打空城寂寞回」，不言興亡而興亡之感溢于言外。最得風人之旨，此類甚多，皆《三百篇》可學之證也。』」

仁和宋茗香大樽《茗香詩論》云：「詩以寄興言外。有意爲詩，復有意爲他人之詩，修辭不立其誠，蓋競利而非詩賦之正也。」又云：「雅之變，有出於憫時疾俗者，然即出於是非之公，又其忠厚惻怛，雖蒙其訕譏者，猶感激焉。不則失所養，亦喪詩品，其嬰累悔生，抑後矣。」

案：後一條説憫時嫉俗之作，要出是非之公，又要忠厚惻怛，庶免嬰累悔生，好憤世者須奉爲良箴。

附録四庫全書提要數條

李商隱詩與温庭筠齊名，詞皆縟麗。然庭筠多綺羅脂粉之詞，而商隱感時傷事，尚頗得風人之旨。其《無題》之中有確有寄託者，「來是空言去絶踪」之類是也。有戲爲豔絶者，「近知名阿侯」是也。有實屬狎邪者，「昨夜星辰昨夜風」之類是也。有失去本題者，「萬里風浪一葉舟」之類是也。有與《無題》相聯誤合爲一者，「幽人不倦賞」之類是也。其摘首二字爲題，如《碧城》《錦瑟》諸篇，亦同此例。一概以美人香草解之，殊乖本旨。

元好問《論詩絶句》有「詩家總愛西崑好，只恨無人作鄭箋」之語。案西崑體乃宋楊億等摹擬商隱之詩，好問竟以商隱爲西崑，殊爲謬誤。（《李義山詩集》《詩注》）

自班固作《詠史》詩，始兆論宗；東方朔作《誡子》詩，始涉理路。沿及北宋，鄙唐人不知道，於是以論理爲本，修詞爲末，而詩格於是乎大變。《擊壤集》其尤著者也。邵子之詩，其源亦出白居易。而晚年絶世事，不復以文字爲長。意所欲言，自抒胸臆，原脱然於詩法之外。毁之者務以聲律繩之，固是謬傷海鳥，横斤山木；譽之者以爲風雅正傳，莊昶諸人，轉相摹仿，如所謂「送我一壺陶靖節，還他兩首邵堯夫」，亦爲刻畫無鹽，唐突西子，失邵子之所以爲詩矣。况邵子之詩，不過不苦吟以求工，亦非以工爲厲禁。如《安樂窩》詩曰：「半記不記夢覺後，似愁無愁情倦時。擁衾側臥未欲起，簾外落花撩亂飛。」此雖置之江西派中，有何不可？（《擊壤集》）

沈周以畫名一代，詩非其所留意。晚年畫境彌高，頽然天放，方員自造，惟意所如。詩亦揮灑淋漓，自寫天趣，蓋不以字句取工。徒以棲心邱壑，名利兩忘。風月往還，煙雲供養，其胸次無塵累。故所作亦不琱不琢，自

然拔俗，寄興於町畦之外，可以意會而不可加之以繩削。其於詩也，亦可謂教外别傳矣。（《石田詩選》）

文徵明與沈周皆以書畫名，亦並能詩。周詩揮灑淋漓，但自寫其天趣，如雲容水態，不可限以方圓；徵明詩則雅飭之中，時饒逸韻。《靜志居詩話》記其《告何良後之言》曰：「我少年學詩，從陸放翁入，故格調卑弱，不若諸君皆唐音也。」此所謂如魚飲水，冷暖自知，皎然不誣其本意。然周天懷坦易，其畫雄深而蒼莽。徵明秉志雅潔，其畫細潤而瀟灑，詩格亦如之。要亦各有性情，不盡由倣傚也。（《甫田詩》）

張白《定峯樂府》有《青箱》《修竹》等頌，曹禾跋其後曰：或問《青箱》《修竹》二頌，何以入樂府？予曰：「子不見郭茂倩全書乎？宋秦始歌舞曲詞，其中《皇華頌》《天苻頌》《明德頌》《帝圖頌》皆頌也，頌何不可入樂府哉？不獨頌，自六朝至唐，凡古律詩、絶句、排律，無不入樂府者。俱取其聲律格調，非可執一論也。」云云。案禾此説，似乎博洽，而實未詳考。如從其始而論，則頌居四始之一，是爲樂府之原本，又何必牽引宋舞曲詞，以降附會？如核其派别而論，則律逐調移，詞雖律變，郊祀、燕享有殊於鼓吹，平調、清商有殊於吴聲，以至舞曲、琴操體例各殊，郭茂倩書可以覆案，如必混而一之，總歸諸樂府。則合而併之，正可總謂之詩，又何樂府之云乎？至謂五、七言律、絶句、排律，無不入樂府者，其説又知一而不知二。禾所謂五、七言律者，非沈佺期《古意》、姚崇《龍池樂章》之類乎？所謂排律者，非薛道衡《昔昔鹽》、楊巨源《萬壽無疆》詞之類乎？漢、魏至唐，自朝廟樂章以外，大抵采詩入樂者多，倚聲製詞者少，其詩人擬作，亦緣題取意者多，按譜填腔者少，故《竹枝詞》《楊柳枝》《囉嗊曲》之屬，其倚聲製詞，按譜填腔者也。王維《送元二使安西》詩，譜爲《陽關曲》，此采詩入樂者也。《蜀道難》即賦蜀道，《巫山高》即賦巫山，此緣題取意者也。當其入樂，與詩絶不相關。且有割取詩末四句，如李嶠《汾陰行》，割取詩前四句，如高適《哭單父梁二少府》詩者。當其作詩，與樂亦絶不相闕。甚有以古題衍爲七言律詩，如胡曾之《關山月》者。又甚至每句衍爲一首，如趙嘏之《昔昔鹽》者。其間，連篇大曲入破，多用五言絶句，而謂「五言絶句爲入破」則不可；遣隊多用七言絶句，而謂「七言絶句爲遣隊」則不可。張白即不知詩樂之分，禾又徒見樂府之用律詩，遂執律詩以爲樂府，均失之矣。（《定峯樂府》）

案：右條言詩、樂同異之故，極其了澈。

趙執信《聲調譜》，其例古體詩五言重第三字，七言重第五字，而以上下二字消息之，大抵以三平爲正格。其四平切脚，如李商隱之《詠神聖功書之碑》；兩平切脚，如蘇軾之《白魚紫蟹不論錢者》謂之。落調柏梁體及四句轉韻之體，則不在此限焉。律詩以本句平仄相救爲單拗，出句如杜甫之「清新庾開府」，對句如王維之「暮禽相與還」是也。兩句平仄相救爲雙拗，如許渾之「溪雲初起日沉閣，山雨欲來風滿樓」是也。其他變例數條，皆本此而推之。而起句、結句不相對偶者，則不在此限焉。其説頗爲精密。（《聲調譜》）

案：《聲調譜》之類，僕極不喜，詩本天籟，何容許多糾葛？前王制以爲法，後王制以爲令，亦問義理如何耳？熟讀古人之詩，自然音節秒合，據惜抱謂，當從聲音證入，此却圓妙，非按譜填腔之謂也。右一條提掇得要，令人可知聲調之大，凡故記之於此。

詩權　卷六

讀畫

取宋元明今人題畫絶句若干篇爲一卷。明窗净几，展卷讀之，塵慮灑然。詩皆天放，别爲一體，竊謂足以廣詩家名理異趣云。鐵傭氏。

宋

蘇子瞻軾《惠崇春江晚景》：「竹外桃花三兩枝，春江水暖鴨先知。蔞蒿滿地蘆牙短，正是河豚欲上時。」又《書李世南秋景》：「野外參差落漲痕，疏林欹仄出霜根。扁舟一棹歸何處，家在江南黄葉村。」「人間斤斧日創夷，誰見龍蛇百尺姿。不是溪山曾獨往，何人解作挂猿枝。」

黄魯直庭堅《題惠崇畫扇》：「惠崇筆下開江面，萬里晴波間落暉。梅影横斜人不見，鴛鴦相對浴紅衣。」言賞此清景者，止有鴛鴦也。又《題花光山水》：「花光寺下對雲霞，欲把輕舟小釣車。更看道人煙雨筆，亂峯深處是吾家。」又《題郭熙山水扇》：「郭熙雖老眼猶明，便面江山取意成。一段風煙且千里，解如明月逐人行。」

陸務觀游《題瑩師釣臺圖》：「羊裘老子釣魚處，開卷令人雙眼明。未可匆匆便持去，夜窗吾欲聽灘聲。」

元

倪元鎮瓚《題畫》：「十月江南未隕霜，青楓欲赤碧梧黃。停橈坐對西山晚，新雁題詩小著行。」「長江秋色渺無邊，鴻雁來時水拍天。七十二灣明月夜，荻花楓葉覆漁船。」「蕭蕭風雨麥秋寒，把筆臨摹強自寬。賴有俞君相慰藉，松肪筍脯勸加餐。」三詩非一時作，類記于此。又自題《爲吴處士畫喬林澗石》：「山家日出無行蹤，雲樹煙蘿遠且重。不見鹿眠盤石上，携壺自挂一長松。」又《題畫贈張彦貞》：「疏林淡墨聊娱戲，畫與湖州張隱君。欲傍林間吹玉笛，西風吹散碧天雲。」此畫藏吾邑故家，其詩爲《書畫舫》《題畫集》所遺，可知散落不收者多矣，有數字與《清閟集》不同。又《題黄子久畫》：「白鷗飛處碧山明，思入雲松第幾層。能畫大癡黄老子，於人無愛亦無憎。」此幅真迹于吾邑故家見之，跋語與《書畫舫》所載微有異，同不可解。《書畫舫》所載唐子畏《題畫詩》，吾見真迹都不盡合，豈米菴搜羅繁富，非盡寓目，展轉録之，而不免小誤耶。又《題春林遠岫圖》：「我別故人無十日，衝煙艇子又重來。門前積雨生幽草，牆上春雲覆緑苔。」「斷送一生棋局裏，破除萬事酒杯中。清虚事業無人管，聽雨移時又聽風。」「没徑春泥不出門，山煙江霧畫黄昏。糟牀聲雜茆檐雨，破却春寒酒自温。」「鄭子論詩冀北空，晤言千里意常同。待晴紫陌同縈手，行詠山光水影中。」詩後元鎮自跋云：至正十四年二月二十五日雨，鄭君九咸賦絶句四首云：「杏花簾幕看春雨，深巷無人騎馬來。獨有倪寬能憶我，黄昏躡屐到蒼苔。」「春色三分都有幾，二分已在雨聲中。牆東兩個桃花樹，恨煞朝來一陣風。」「十日春寒早閉門，風風雨雨怕黄昏。小齋坐對黄金鴨，寂寞沈香火自温。」「春寒時節病頭風，惆悵年華逝水同。世事總如春夢裏，雨聲渾在杏花中。」倪瓚留宿高齋，篝鐙爲寫《春林遠岫圖》，併次韻四詩題畫上，時漏下三刻矣，佩韋齋中書。

又《自題畫》：「梓樹花開破屋東，鄰牆花信幾番風。閉門睡過兼旬雨，春事依依是夢中。」此幅末題云：「至正癸卯，呈德機徵君。」又《題喬柯竹石小幅》：「隱士江陰許士雍，淀山潮裏泊煙篷。秋來鱸鱠蓴羹美，亦欲東乘萬里風。」又《題子昂春遊圖》：「紫陌香塵没繡鞍，青山立馬晚猶看。少年行樂不知老，日月東西似擲丸。」元鎮又有詩云：「松陵第四橋頭水，風急猶須貯一瓢。敲火煮茶歌白紵，怒濤翻雪小停橈。」自記云：「正月十四日，吴江第四橋，大風浪中貯水一瓢而去，乃賦小詩。」此非題畫作，而見於《遠樹石岫圖》跋中，愛其瀟灑跌宕，附録之。又《題畫》：「點點青苔欲上衣，一池春水鶴雛飛。荒村閑寂人稀到，只有書舟傍竹扉。」

錢思復惟善《題士女惜花圖》：「庭院無人春已深，東風吹老惜花心。自知命薄難承寵，不費長門買賦金。」吾甚愛此詩，以爲能自立又藴藉。又《題聽雨圖》：「荷氣飄香竹外樓，雨聲滴碎采菱舟。南風一夜生新漲，魚鳥還知此樂不？」「天地嚴凝萬壑冰，不堪寒雨灑孤燈。一樓清氣尤宜雪，紙帳生春睡未能。」曲江題此圖凡四首，分春、夏、秋、冬，今録其夏冬二作。

吴仲圭鎮《自題墨竹》：「隨意山肴酒一尊，藤牀石枕睡昏昏。醒來莞爾成閒笑，修竹千竿緑在門。」仲圭又有題竹亭句云：「我亦有亭深竹裏，早思歸去聽秋聲。」韻味絶佳。仲圭又嘗愛唐人題竹句云：「未出土時先有節，便淩雲去也無心。」可云孤賞。又見墨刻仲圭畫竹上有詩云：「涼陰生研池，葉葉秋可數。京華客夢醒，一片江南雨。」据《高江村銷夏録》，此鮮于伯機作。仲圭愛其語，寫於畫耳。仲圭終隱魏塘，足迹未至京師，不應有「京華客夢」之語。

黄子久公望《題春林遠岫小幅》：「春林遠岫雲林畫，意態蕭然物外情。老眼堪憐似張籍，看花元圃不分明。」此詩之前大癡自題云「至正二年十二月二十一日，明叔持元鎮《春林遠岫》，併示此紙，索拙筆以毗之，老眼昏甚，多不應心，聊塞來意，併題一絶」云云，後署云「大癡道人，時年七十四畫」。又《題山水立幅》：「雲山手寫十經秋，雨館披圖若舊游。天下珍奇零落去，更誰同上孔章樓。」此幅大癡自識，時年八十矣。

趙子昂孟頫《自題蒼林疊嶂圖》：「桑苧未成鴻漸隱，丹青聊作虎頭癡。久知筆墨非兒戲，到處雲山是我師。」「溪上先人之敝廬，南山秀色照庭除。何時共買扁舟去，看釣寒波縮項魚。」又《題自畫山水》：「霜後疏林葉盡乾，雨餘流水玉聲寒。世間多少閒亭榭，要向溪山好處安。」又《題巨然秋山漁艇》：「湘江露冷雁初飛，雲滿君山樹影稀。秋色天涯元不盡，扁舟何事不知歸。」松雪有《自題絶句》云：「古墨輕磨滿几香，研池新浴燦生光。北窗詩[時]有涼風至，閒寫黄庭一兩章。」此非題畫作，愛其佳，附録之。

管仲姬道昇《寄子昂墨竹畫卷》：「夫君去日竹初栽，竹已成林君未來。玉貌一衰難再好，不如花落又花開。」

王叔明蒙《題惠麓山隱圖》：「白頭學種邵平瓜，四百年前故將家。第一泉頭春夢醒，洞庭煙水接天涯。」

龔聖予開《題自畫携琴圖》：「谷口長松澗底藤，石橋山路晚登登。囊琴斗酒來何暮，空負寒齋昨夜鐙。」又《題自畫瘦馬》：「一從雲霧降天闗，空進天朝十二閑。今日有誰憐駿骨，夕陽沙岸影如山。」此詩蓋自況也，令人遠概。

王元章冕《題畫梅》：「我家洗研池頭樹，個個花開淡墨痕。不要人誇好顔色，只留清氣滿乾坤。」「和靖門前雪作堆，多年積得滿身苔。疏華個個團冰玉，羌笛吹他不下來。」此詩蓋有爲而作，末句頗招時忌，而元章不顧也。

僧妙才《題子昂畫》：「前汀水暖新蒲緑，鸂鶒鵁鶄日日來。路入平蕪半煙樹，片帆何日雨中開。」

余鏗《題羅塞翁畫猿》：「抛却故山久，披圖眼忽明。老夫歸未得，説與晚猿驚。」

張伯雨雨《題黄子久畫》：「雞犬茆茨接暝煙，平林如薺遠連天。急披奇句無人賞，已在飛鴻滅没邊。」又《題萬壑松濤圖》：「弁山南下幽人宅，萬個長松水一瓢。月到三層樓上夢，鯉魚風起駕春潮。」伯雨《贈龍門恩公》詩云：「恩公昔住太平日，林下相迎壞色袍。行到龍門無腳力，右肩偏袒喫櫻桃。」倪迂爲作《龍門老僧圖》，此詩在畫先也，詩甚妙，附録之。

顧阿瑛德輝《題文與可竹》：「湖州昔在陵州日，日日逢人寫竹枝。一段枯梢三作折，分明雪夜上窗時。」

高士敏巽志《題倪迂小幅》：「蒼然古木石巖幽，移得江南一段秋。共説倪君知籀法，數竿瀟灑更風流。」

朱德潤《題畫松崖下二人浮艇》：「魄石半蹲山下虎，長松倒臥澗中龍。試他眼力知多少，數到雲峯第幾重。」

劉子輿《題畫疏林野屋遠山數角》：「山横大野嵐光遠，樹入寒雲雨意酣。憶在朱方步江郭，朗吟招隱望江南。」

明

錢舜舉選《雙瓜圖》：「金流石爍汗如雨，削入冰盤氣似秋。寫向小窗醒醉目，東陵閒説故秦侯。」

徐幼文賁《題古山蕭寺圖》：「一塔高樓石嶂前，窗扉掩映碧蘿煙。登臨未免傷懷抱，閒與山僧話世緣。」

沈啓南周《題杏花村塢圖》：「杏花村外有紅樓，水樣花濃感舊遊。昔日謝家清麗句，不知可寫在闌頭。」

又《題九曲亭圖》：「黄州城外枕江波，九曲亭邊老樹多。指點過江船上客，我疑來者是東坡。」又《題采石磯圖》：「謝公夜眺江如練，李白孤登雲去閒。老屋主人同約伴，隔江去望暮歸帆。」又《題滁州西澗圖》：「野渡舟横雨過時，春山怒瀑響千陂。靜聽自有如潮處，錯怪滁州西澗詩。」又《春雨圖》：「弱雲狼籍晚晴慳，窗在元暉遠岫間。儘把芙蓉供水墨，雨聲三日釀成閒。」「山痕雨溼平添翠，花氣驚風遠遞香。堪作老夫詩酒供，且依僧住莫思鄉。」又《夜雨圖》：「雨中作畫借溼潤，鐙下寫詩消夜長。明日開門春水闊，平湖歸去自鳴榔。」此畫末云：「丁未季冬三日，與德徵夜坐，偶值興至，寫此以贈。」按：德徵姓史，石田女夫。

又《自題蕉石》：「十載看圖省舊游，澹煙疏墨夜窗幽。石頭待我重題句，誰道芭蕉不耐秋。」此詩之前自題云「此圖之作，凡十有六年始成，成化庚寅，其石方就，梁克瞻即有荆襄之游，既而轉關右。及五年，乃歸，歸又一年，繼爲寫蕉本于旁，克瞻持往金陵。今年予亦來此，因與識其歲月之久，作輟之不易，復系之以絶句」云云。下又云：「乙巳清明日，書于清溪方丈之鐙下」。又《自題二十七松圖壽靈巖長老作》：「雲在青天水在瓶，廿株松下兩函經。一時妙語千年調，舉似靈巖老衲聽。」今人黄莘田任題此圖云：「雲歸天上露歸瓶，參佛由來不在經。二十七松千澗水，有何言語費師聽。」此翻案石田，然非題畫本色也。又《自題山水》：「塢裏人家住最深，板橋兀兀過疏林。若非有此可通世，儘是要尋無處尋。」又《題柳州煙艇圖》：「江上浮雲撥不開，故人今雨却能來。人生離合未容易，起拂松花浸酒杯。」自跋云：「弘治乙未四月八日，惟寅扶憊能過我林屋，即予亦病起，各不能事酒，淺酌沾脣而已，然談謔之樂，不減劇飲時也，時有雨，作雨汎長卷識别，沈周。」又《題小景》：「小橋溪路有新泥，半日無人到水西。殘酒欲醒茶未熟，一簾春雨竹雞啼。」又《題蕉林圖》：「兩樹芭蕉一樹苔，緑陰清晝儘徘徊。坐深虚靜無人共，更待青天好月來。」又《題松壑圖》：「密蔭參差漏夕陽，潺潺流水漱溪傍。元言消盡人間事，一壑松風滿鬢涼。」又《題煮雪圖》：「人間有雪尋常事，座有佳賓雪亦奇。羔酒黨家何足問，一罏活火試茶時。」又《題小畫寄張維慶》：「風和楊柳初偷眼，雨怯桃花未放心。擬載一壺江上酌，緑波春水共沈沈。」又《題畫白頭公》：「十日紅簾不下鈎，雨聲滴碎管絃樓。梨花將老春將去，愁白雙禽一夜頭。」又《雜題各畫》：「臨水人家竹樹中，只因孤嶼水船通。當門細荇牽微浪，繞屋藤花落軟風。」「水次人家似瀼西，參差竹樹路俱迷。溪翁兀兀不出户，日午飯香雞正啼。」「草房仍著薜蘿遮，地拗林深處一家。只道東風吹不到，門前依舊見梅花（梅一本作桃）。」僧某以詩乞石田畫：「寄將一幅郯溪藤，江面青山畫幾層。寫到斷崖泉落處，石邊添個看雲僧。」石田得此詩，欣然爲命筆，蓋亦詩在畫先也，詩甚得畫理，故附録之。

近人崑山顧俠君嗣立《題鐵上憩杖雲根圖》云：「棕鞋箬笠水邊行，魚鳥知君拄杖聲。莫占前山一片石，添予同坐看雲生。」與前詩各有其妙。又《桃源圖》巨軸：「桃花源裏自乾坤，雞犬人家別一村。□□今非是秦世，世間在在有桃源。」

文衡山徵明《題江深草閣圖》：「爲愛江深草閣寒，倚闌終日坐忘言。個中妙景誰應識，閣下江聲閣外山。」又《題蘭竹山水》：「金陵南望碧雲稠，手擷青蘭結素秋。露下高天江月白，玉人千里思悠悠。」末云：「徵明寫寄仲交文學。」又《題唐子畏畫》：「日落雙松碧蔭長，雨餘新緑漲回塘。空山盡日無車馬，自領溪亭五月涼。」衡山又有一詩云：「碧樹鳴風澗草香，緑蔭滿地話偏長。長安車馬塵吹面，誰識空山五月涼。」正與前詩互相足。又《題山齋圖》：「春雨陰陰十日餘，苔封曲徑掩精廬。泥深門外無車馬，自向山齋理舊書。」第三句兩首略似，然第四句接來大别，一是空山，一是學舍，意境各有在。又《題山水》：「原樹蕭疏帶夕曛，塵踪渺渺一溪分。幽人早晚看花去，應負山中一段雲。」又《題雪山圖》：「漠漠長雲已滅踪，隔溪照見玉芙蓉。詩人何必騎騾背，儘有閒情付短笻。」又《題六如紅拂圖》：「六如居士春風筆，寫得蛾眉妙入神。展卷不禁雙淚落，斷腸原不爲佳人。」又《題吉祥菴圖》：「殿堂深寂竹牀間，坐戀椶陰忘却還。水竹悠然有遐想，會心何必在空山。」此卷同時劉協中、陸師道皆有和作，劉詩云：「城裏幽棲古寺間，相依半日便思還。汗衣未了奔馳債，便是逢僧怕問山。」陸詩云：「塵蹤俗狀強追問，慙愧空門數往還。不見故人空約在，黄梅雨暗郭西山。」又《松蔭高士圖》：「松蔭寂寂清於水，草色茸茸軟似茵。六月城居如坐甑，水邊輸與納涼人。」詩見《書畫鑑影》，謂此圖爲濰縣陳文慤公蒙恩賚之物。

文休承嘉《題畫册》：「清絶倪迂不可攀，能將水墨借荆關。疏林斜日茆亭外，一片江南雨後山。」「澄波全浸菖蒲緑，叢竹新含細雨涼。何許鷓鴣啼不歇，晚風吹夢渡瀟湘。」「喬柯落落舞蛟螭，掩映遥峯翠陸離。拄杖獨來臨水看，不教塵土上鬚眉。」

唐子畏寅《自題畫》：「柳沈霧氣濛濛溼，月蕩湖光晃晃明。翠幕樓船紅拂妓，越城橋畔夜三更。」此云紅拂妓即衡山所題者也，安所得真迹賞之。又《題自畫襄陽圖》：「雪霽天涯冷更嚴，騎驢何處覓青帘。蕭條萬木空山裏，短句猶堪信口占。」又《題水亭午翠圖》：「小亭如笠水颸寬，一卷寒窗了稗官。亭午樹陰濃翠合，篆絲裊裊下青湍。」又《題雲山煙樹圖》：「雲山煙樹靄蒼茫，漁唱菱歌互短長。鐙火一村雞犬靜，越來溪北近横塘。」又《題夕陽紅樹圖》：「紅樹中間飛白雲，黄茅眼底界斜曛。此中大有逍遥處，難説於君畫與君。」又《題鶯鶯圖》：「扶頭酒醒寶香焚，戲寫蒲東一片雲。昨夜隔牆花影動，猛聞人語喚雙文。」又《題雪景》：「雪花如席白漫漫，惟有村沽可破寒。不避手皴猶弄筆，灰香時節夜闌干。」又《題墨菊》：「故園三徑吐幽叢，一夜元霜墮碧空。多少天涯未歸客，借人籬落看秋風。」又《題曉起圖》：「獨立柴門懶拄笻，鬢絲涼拂豆花風。

曙鴉無數盤旋處，緑樹枝頭一線紅。」又《題野寺圖》：「野寺空林落照低，微鐘煙樹使人迷。逢僧只道山門近，不覺穿雲又過溪。」又《題小桃源圖》：「逶迤蹊徑小桃源，枕畔花枝檻畔船。領略春風惟是醉，醉來携枕對船眠。」此幅近爲予收得，峯巒鬱茂，景色深遠，書法仿李西臺，殆是晚年筆墨。又《題墨筆楊梅》：「五月山人便枕肱，楊梅盧菊雜洮冰。只嫌山衲來論道，敲破柴門不肯應。」又《題著色蕺蕙》：「蕙花分贈到山齋，對酒貪看把眼揩。就與寫生腰扇上原記腰扇見褚淵傳，香風依舊入君懷。」後題「石菴以蕙花見贈固寫此爲答。唐寅。」又《自題白雲古寺畫卷》：「白雲古寺自前朝，世上紅塵隔板橋。料得絶無環佩至，百年消受幾漁樵。」又《雜題各畫》：「鯉魚風急繫輕舟，兩岸寒山宿雨收。一抹斜陽歸雁盡，白蘋紅蓼野塘秋。」「紅杏梢頭挂酒旗，緑楊枝上囀黄鸝。鳥聲花影留人住，不賞東風也是癡。」「百尺松杉貼地青，布衣衲衲髮星星。空山寂寞人聲絶，狼虎中間讀道經。」「雪深山路滑于苔，自跨青驢得得來。爲是仙翁詩帖報，鹿場僧寺薜蘿開。」「山亭寥落接人稀，泥補柴門葉補衣。不起竹牀頭似雪，已無心去問禪機。」又《題畫》：「黄葉山家晚會琴，斜橋流水緑陰陰。東西南北雞豚社，氣象粗疏有古心。」

徐天池渭《葡萄柚》：「白頭落魄已成翁，獨立書齋嘯晚風。筆底明珠無處賣，閒抛閒擲野藤中。」

王孟端紱《自題小幅山水》：「溪水涵秋鶴影孤，草堂雲樹冷模糊。相看未遂還山約，空復年來寫畫圖。」

秦仲孚奭《題畫扇》：「行過溪橋日欲低，緑陰滿地郭公啼。微風輕颺茶煙起，知有人家住水西。」

王稚宣寵《題畫枇杷》：「沈香煙暖碧窗紗，緑樹陰陰夏日斜。夢覺只聞鈴索響，不知山鳥啄枇杷。」

王穀祥《題畫蒲桃》：「新莖未遍半猶枯，高架支離到後扶。若欲滿盤堆馬乳，莫辭添竹引龍鬚。」

董香光其昌《題柳陰釣艇圖》：「有緑陰處不受暑，多白鷗邊好放船。却把功名都打破，一篙秋水弄江天。」又仿黄子久畫：「雖有柴門常不關，片雲高木共身閑。猶嫌住久人知處，見欲移居更上山。」

趙雪江澄《自題畫》：「漠漠江天雪霽時，曙光雲影半參差。柴門初啓寒鴉噪，已有漁人理釣絲。」

國朝

陳章侯洪綬《自題畫》：「梅子黄時時正長，讀書之暇便焚香。老夫享福惟餘此，一個茆堂賽玉堂。」

惲南田壽平《題萬枝香雪》：「晴煙春暗采香逕，花外湖光望洞庭。吹遍好風千樹雪，晚來失却萬山青。」又《題渡江圖》：「别時書札在秋前，到日西風落渚蓮。何事匆匆又分手，雨中還唤渡江船。」「桂花初向半園開，勝會難同對酒杯。夜坐東軒寫秋雨，江聲都自墨池來。」又《題山水畫册》：「紅林碧草汎平川，却憶深山采藥年。放筆恐令真宰泣，不驅心匠鑿雲煙。」又《自題梅石田翁雨中燕》：「最是桐窗夜雨邊，舞衣零落補寒煙。抽豪忽憶秋前夢，曾翦青羅覆鹿眠。」

王漁洋士禎《題折枝牡丹》：「三尺霜縑寫鼠姑，檀心倒暈貌來殊。如令［今］疑夢還非夢，曾向南泉見一株。」此詩風味仿佛與唐僧景雲《題畫松詩》同，其詩云：「畫松一似真松樹，且待尋思記得無。曾在天台山上見，石橋南畔第三株。」又《題樊圻畫》：「蘆荻無花秋水長，澹雲微雨似瀟湘。雁聲摇落孤舟遠，何處青山是岳陽。」又《題葉欣畫》：「偶來獨立碧溪頭，石澗茅亭白日幽。風雨欲來山欲暝，萬松陰裏颯寒流。」

王安節槩《題山水小幅》：「湖干路僻無車馬，葭菼蒼蒼冷到天。長日接䍦慵不著，草堂閒對鷺鷥眠。」

毛大可奇齡《題仇英畫》：「南朝蕭寺暮雲間，漁夫滄浪鼓枻還。樹杪亂流遮暝色，不知何路向前山。」

朱竹垞彝尊《題王石谷畫》：「王翬老去畫尤工，小幅吴箋仿惠崇。曾上北高峯頂望，村村風景似圖中。」

又《題魏禹平水村圖》：「緑蘋不礙板橋樁，紅葉常堆老樹腔。他日相過任風雨，抽帆直到讀書窗。」又《題雲林畫》：「房山潑墨大糊糢，那似倪迂意象殊。一片湖光幾株樹，分明秋色小長蘆。」

吴天章雯《題雲林秋山》：「經營慘淡意如何，渺渺秋山遠遠波。豈但穠華謝桃李，空林黄葉亦無多。」

王太常時敏《題溪山勝趣圖》：「山根小築趁閒身，甕牖繩牀不算貧。一夜風吹春草緑，滿腔溪壑鬭嶙峋。」後題：「八十一叟王時敏畫於西田草廬并題。」

李君實日華《自題爲王章甫畫》：「霜落蒹葭水國寒，浪花雲影上漁竿。畫成未擬將人去，茶熟香温且自看。」又《題畫與黄允大》：「黄石堆牆竹埽雲，澗流花落去紛紛。讀書聲到樵人耳，樹擁風迴又不聞。」又《題溪山入夢圖》：「釣罷輕舸且蕩煙，遠山遮盡近留顛。不須更怯笭箵雨，紅樹低梢好繫船。」

王廉州鑑《山水》軸：「盤行一徑入煙蘿，結屋真成安樂窩。歸去莫嫌林壑晚，好峰青處夕陽多。」

王石谷翬《題畫》：「小閣臨溪晚更佳，繞檐秋樹集昏鴉。何時再借西窗榻，相對寒鐙細品茶。」

又《仿趙文敏山水》：「謖謖松濤萬壑風，桃花千樹繞巖紅。看儂粃點仙源路，若個移家住畫中。」「危厓陡絶挂飛流，嵐氣雲衣滿眼浮。閒處光陰誰領取，與君竹裹共登樓。」後題：「癸酉長夏仿趙集賢筆，應渭翁老先生命，并題句請正。耕煙散人王翬。」

又《仿劉松年春山》：「洞天春暖碧桃芳，瑶草金芝滿路香。吹徹玉簫天似水，笑騎黄鶴過扶桑。」

陳道山舒《題畫》：「山秋人亦不能由，率性依秋弄釣舟。釣得魚來沽得酒，杖藜還上酒家樓。」錢湘靈陸燦和之云：「人間何處不巢由，才遣樵青繫小舟。多少釣鰲雲海客，月明孤負酒家樓。」

宋比玉珏《題畫》：「來時梅瘦未成花，別後垂楊金作芽。他日相思如見畫，板橋西望是吾家。」

金冬心農《題畫竹》：「竹裏清風竹外塵，風吹不斷步少塵生。此間乾净無多地，只許高僧領鶴行。」「雨後修篁分外青，蕭蕭如在過溪亭。世間都是無情物，只有秋聲最好聽。」「一番陰雨一番晴，晴却無多雨又傾。如此秋光太欺客，携燈畫竹到天明。」「去年新竹種西牆，今歲牆陰筍漸長。一日生枝三日葉，秋來便已蔽斜陽。」「明歲青林筍更稠，百千萬竿青不休。好似老夫多崛強，雪深一尺肯低頭。」又《題畫梅》：「硯水生冰墨半乾，畫梅須畫晚來寒。樹無醜態香霑袖，不愛花人莫與看。」「東鄰滿座管弦鬧，西舍終朝車馬喧。只有老夫貪午睡，梅花開後不開門。」「野梅如棘滿江津，别有風光不受春。畫畢自看還自惜，問花到底贈何人。」

鮑若洲汀《自題杏花春雨江南圖》：「江云漠漠雨霏霏，郭外人家濕翠微。網得銀魚歸去晚，亂紅低壓緑蓑衣。」「杏花經雨□紅稠，料峭嫩寒半似秋。燕子未來鶯語澀，有人獨凭小樓頭。」「鴨頭新緑漲初平，魚尾紅霞一抹輕。細雨如塵吹不斷，隔燈先見兩峰晴。」

方蘭坻薰《題畫絶句》：「蕭蕭瘦竹掩茆堂，曲曲危闌繞水廊。人在晚蟬聲裏住，半江雲影透斜陽。」「秋潮纔退晚煙暝，待渡沙頭坐釣舲。樹影乍疏山影出，却添詩思在孤亭。」「團瓢竹裏似雞栖，讀易燈昏山影低。驚起沙禽飛别浦，不知寒月墮清溪。」「山是樊川水輞川，柳汀花塢是風煙。荷鋤人在春陰裏，知有溪頭養鶴田。」

奚鐵生岡《題畫絶句》：「山樓高結萬松巔，不盡波光遠接天。夜半寒濤驚夢覺，正看江月墮江煙。」「馬塍西畔散花灘，每過君家作畫看。流水一灣山數疊，大癡清境著題難。」「臨水數峯無限好，最宜雨裏復雲中。今朝溪上移舟去，看到斜陽又不同。」

題畫詩有二種，自能畫者，格韻是一種；不能畫者，雖極工，格韻又一種。吾此録，以倪沈一派爲主，故有題畫詩致佳者，不與吾旨合，别見他選中，不相糅也，鐵傭識。

詩權　卷七

析醒上

析醒者，解剥沈滯之義。客有謂詩言情難説理，更難至於持議，及放懷之作亦宜不失雅音，請試標舉一二以豁胸春可乎？乃不揣固陋，就記憶所及件繫於紙，又略疏其大意，以復於客。專及絶句者，以短幅易於縷指也。鐵傭氏。

一言情。言情之作，貴韻味，貴含蓄，詞文旨遠，語淺意深，不獨在閨房；而閨房最近，漢廣游女，湘中美人，興寄超遥，詩騷所以獨絶也。

王翰《涼州詞》：「蒲桃美酒夜光杯，欲飲琵琶馬上催。醉臥沙場君莫笑，古來征戰幾人回。」是作達非作達，但覺情至，誦之悽然。

李太白《峨眉山月歌》：「峨眉山月半輪秋，影入平羌江水流。夜發清溪向三峽，思君不見下渝州。」陳廣夫云：「莫名其爲志，致爲神傷，爲深憐痛惜，爲廣心遠想。」又《客中作》：「蘭陵美酒鬱金香，玉碗盛來琥珀光。但使主人能醉客，不知何處是他鄉。」越放浪越悄然。

王昌齡《閨怨》：「閨中少婦不知愁，春日凝粧上翠樓。忽見陌頭楊柳色，悔教夫婿覓封侯。」夢回鶯囀，亂煞年光遍，把青春抛的遠，詩即此意，然而全與詞别，詞則説破，詩則只是指點來説，覺情益深，味益永。

王摩詰維《送元二使安西》：「渭城朝雨浥輕塵，客舍青青柳色新。勸君更盡一杯酒，西出陽關無故人。」情真語至，便成千古絶調，一杯酒濟甚事耶，然而情在此。

賈至《送李侍郎赴常州》：「雪晴雲散北風寒，楚水吳山道路難。今日送君須盡醉，明朝相憶路漫漫。」陳懿叔云：「情深而語淡。」又云：「有情味，味在句裏。」

李益《夜上受降城聞笛》：「回樂峯前沙似雪，受降城外月如霜。不知何處吹蘆管，一夜征人盡望鄉。」此境未必人人歷過，然而人人讀之，拊心低首曰「然哉，然哉」，何以故？合乎同然之情故。

劉禹錫《石頭城》：「山圍故國周遭在，潮打空城寂寞回。淮水東邊舊時月，夜深還過女牆來。」感今弔古，一往情深，妙在要説出又説不出，只是可憐這月呵。又《楊柳枝詞》：「春江一曲柳千條，二十年前舊板橋。曾與玉人橋上别，更無消息到今朝。」不念别耶，已物故耶，惝怳迷離，情緒百折。

温庭筠《楊柳枝詞》：「宜春苑外最長條，閒裊東風伴舞腰。正是玉人腸斷處，一渠春水赤闌橋。」境與情觸，則一往而深，所謂「一聲河滿子，雙淚落君前」也。

李商隱《楊柳枝詞》：「含煙惹霧更依依，萬緒千條拂落暉。爲報行人休盡折，半留相送半迎歸。」言外傷止見送别也。

張仲素《秋閨思》：「碧窗斜日靄深暉，愁聽寒螿淚溼衣。夢裏分明見關塞，不知何路向金微。」此即從「不省出門行，沙場知遠近」二句轉出。

張籍《秋思》：「洛陽城裏見秋風，欲作家書意萬重。復恐匆匆説不盡，行人臨發又開封。」眼前事，口頭語，就令不識字人聽之，亦點頭曰「是呀」。

杜牧《泊秦淮》：「煙籠寒水月籠沙，夜泊秦淮近酒家。商女不知亡國恨，隔江猶唱後庭花。」醉死夢生，古今一轍，使知恨，則無恨矣，哀哉。

李紳《望夫詞》：「手爇寒香向影頻，回文機上暗生塵。自家夫婿無消息，却恨橋頭賣卜人。」此癡情，亦恒情也。吾人干名求利，有不稱意不反於命而怨他人者，皆此女之類也。

張佖《寄人》：「酷憐風月爲多情，還到春時别恨生。倚柱尋思倍惆悵，一場春夢不分明。」墮落情障中，欲不惆悵一生，得耶？

無名氏《絶句》：「不洗殘粧憑繡牀，却嫌鸚鵡繡鴛鴦。回鍼繡到雙飛處，憶著征人淚數行。」不觸則放住，有觸則噴決，於其噴決，仍知實未放住，抑壓焉耳。又《雜詩》：「近寒食雨草萋萋，著麥苗風柳映堤。等是有家歸未得，杜鵑休向耳邊啼。」安能蔽耳塞聰耶，鳥自爲鳥，有觸會，則人鳥自相關。

李覯《璧月》：「璧月迢迢出暮山，素娥心事問應難。世間最解悲圓缺，只有方諸淚不乾。」木心石腸，人不消説，即倆最多情者，亦未見有如方諸也。

歐陽修《夢中作》：「夜涼吹笛千山月，路暗迷人百種花。棋罷不知人换世，酒闌無奈客思家。」串月坐花，弈棋飲酒，皆足以排遣。無奈一霎惺惺時，排遣不得也。四句一句一意，似接不接，實奇作也。

王安石《過外弟飲》：「一日君家把酒杯，六年波浪與塵埃。不知烏石岡邊路，至老相尋得幾回。」此本老杜《别唐十五》詩「九載一相逢，百年能幾何」二句奪胎，而自有真氣。

蘇軾《東闌梨花》：「梨花淡白柳深青，柳絮飛時花滿城。惆悵東闌一株雪，人生看得幾春晴。」深憐痛惜，却是解悟，不是沾滯。

黄庭堅《戲和舍弟船場探春》：「雨餘禽語催天曉，月上梨花放夜闌。莫聽游人待妍暖，十分傾酒對春寒。」此有天理流行、隨處充滿之意，與留連光景者故别。

徐積《贈山谷》：「不見故人彌有情，一見故人心眼明。忘却問君船住處，夜來清夢繞西城。」此詩讀之，但覺纏綿悱惻，樸氣不漓。

趙周翰《向來》：「向來精思已陳陳，旅思無端又及春。潘子形容傷白髮，沈郎文字暗丹脣。」張宛邱云：「此詩奇麗之極。」

陸遊《沈園二絶》：「夢斷香消四十年，沈園柳老不飛綿。此身行作稽山土，猶弔遺踪一泫然。」「城上斜陽畫角哀，沈園無復舊池臺。傷心橋下春波緑，曾見驚鴻照影來。」二詩淒音苦拍，不減「一聲河滿子」也。放翁初娶唐氏，爲姑所出，改適某氏。嘗春日出遊，相遇於禹迹寺南之沈氏園，爲賦《釵頭鳳》一詞題壁間。晚歲每入城，必登寺眺望，不能勝情。未幾唐氏死，作詩二絶以寫其哀，見《宋詩紀事》。似此傷情，蓋極人生不幸之遭也。按：吴槎客騫《拜經樓詩話》云：「此殆好事者因其詩詞而附會之，野語所敘，歲月先後，有多參錯。且玩詩詞中語意，陸或别有所屬，未必曾爲伉儷者。正如『玉階蟋蟀鬧清夜』四句本七律，載《劔南集》，而「隨隱漫録剪去前」四句以爲驛卒女題壁，放翁見之，遂納爲妾云云，皆不足信。」

范成大《春曉》二絶：「陰陰垂柳閉朱門，一曲闌干一斷魂。手把青梅春已去，滿城風雨怕黄昏。」「夕陽槐影上簾鈎，一枕清風夢昔遊。夢見錢塘春盡處，碧桃花謝水東流。」讀二詩，便有似水流年之嘆。又《州橋絶句》：「州橋南北是天街，父老年年等駕回。忍淚失聲詢使者，幾時真有六軍來。」此不卹緯之心也，酸楚不堪。

戴復古《呈友絶句》：「一秋無便寄平安，新雁聲聲報早寒。昨夜撿衣開故篋，去年家信把來看。」亦是人人有之情，前人未説過。

吴惟信《絶句》二首：「白髮傷春又一年，閒將心事卜金錢。梨花瘦盡東風懶，商略平生到杜鵑。」「雨聲雲氣暮蕭蕭，羅扇恩疏錦樹凋。心事暗隨歸夢去，壁鐙輸與可憐宵。」二詩意不甚深，然而悽惋動人。

謝翱《春閨詞》：「手觸殘紅頭懶梳，香隨蝴蝶上衣裾。暖風吹睡無言語，又向牀頭檢夢書。」思窈意深，前人未道。

葉茵《絶句》：「千里相思兩寂寥，東陽應減舊事腰。書中喜有歸來字，自傍紅窗把筆描。」玩現在一霎喜，則知過去未來有百折思。此女郎一番踴躍，大可哀歎，詩真善説情哉。

李攀龍《塞上曲送元美》：「白羽如霜出塞寒，胡烽不斷接長安。城頭一片西山月，多少征人馬上看。」高唱不減李益。又《和聶儀部明妃曲》：「天山雪後北風寒，抱得琵琶馬上彈。曲罷不知青海月，徘徊猶作漢宫看。」真得温柔敦厚之旨。

湯顯祖《絶句》：「清遠樓中一覺眠，雨鳩風燕乍晴天。年來愛作團圞語，不得中男在眼前。」深至又藴藉。

張靈《對酒》：「隱隱江城玉漏催，勸君須盡掌中杯。高樓明月清歌夜，知是人生第幾回。」何減唐人。

黄承昊《塞上曲》：「鄉月多情伴我來，沙場相對不勝哀。明朝生死知何處，且解征袍醉一回。」與唐人相逢，且莫推辭，「醉臥沙場君莫笑」等句意不必殊佹，而自不相揜。

鄭履純《春閨曲》：「朝來靈鵲繞檐鳴，果得雲間慰遠情。但説别來長見憶，歸期依舊不分明。」此畫餅耳，可充飢乎哉？古今來施此法於至性至情之地者多矣，令人哀歎世間。

王誼《春思》：「山映簾櫳水映窗，浣紗人在苧蘿江。年年寒食梨花雨，門掩東風燕子雙。」寫思字，含蓄雋永。

陳維崧《絶句》：「輕紅橋上立逡巡，淥縐微波漸作鱗。手把柳絲無一語，十年春恨細如塵。」舒鐵雲云：「一再誦之，忍俊不禁矣。」

劉大櫆《送弟》：「朔風吹雪下征鞍，脱粟晨炊且盡歡。此去天涯親異俗，更無兄弟勸加餐。」越直白越真摯。

黄任《春思》：「百折紅闌不見人，小池風皺緑粼粼。夕陽大是無情物，又送墻東一日春。」「橘花和露落青苔，鏡檻無風暗自開。涼月不知人已去，殷勤猶下畫簾來。」又《偶作》：「香臺鏡檻三千牘，帽影鞭絲四十年。無可思量無可説，西風吹夢夕陽天。」又《所思》：「舊時節序舊亭臺，散盡歡娱獨自回。我亦譬如騎竹日，所思人本不曾來。」四詩悽麗宛宕，誦之闇然。

趙懷玉《七夕》：「蜘蛛結網鵲成橋，河漢無聲夜寂寥。不是病餘貪久坐，秋來第一可憐宵。」

淞雲《女子絶句》：「一樹桃花臥緑蕪，春深簾外雨糢糊。宵來鄉思知多少，又聽東風舞鷓鴣。」「垂楊踠地緑絲齊，繡閣無人落燕泥。閒倚熏籠思往事，冷香和夢過横溪。」妮妮兒女語耳，亦自淒黯動人，

以上言情之作，隨意所及，標舉之爾，佳者詎能盡是。

一説理。昔人云：「詩不可説理，説理則腐氣、頭巾氣。」此殊一偏，顧措語如何耳，《三百篇》如「抑抑威儀，維德之隅」「予懷明德，不大聲以色」，何嘗不説理耶？後人墮入理障，如「太極圈兒大」等類則不可爾，今

舉似理學家數詩，可以悟詩理矣。

邵康節《天津感事》：「陽烏西去水東流，今古推移幾度秋。四面遠山長斂黛，不知終日爲誰愁。」三復此詩，言外有身世之感。又《和君實端明洛濱閒步》：「風背河聲近亦微，斜陽淡薄隔雲衣。一雙白鷺來煙外，將下沙頭又却飛。」此詩寫閒步中所見，胸次悠然，有鳶飛魚躍之趣。又《暮春吟》：「林下居長睡起遲，那堪車馬近來稀。春深晝永簾垂地，庭院無風花自飛。」候即春暮矣，花自不能留，時行物生，非人力可與觀化者，與時消息可已。

朱子《出山道中口占》：「川原紅緑一時新，暮雨朝晴更可人。書册埋頭無了日，不如抛却去尋春。」湯玉茗詞「書要埋頭，那景致則要擡頭望」，二者相輔，乃爲善學人。

陸象山《聞鶯》：「百啄吟春不暫停，長疑春意未丁寧。數聲緑樹黄鸝曉，始笑從前著意聽。」此亦唤醒纏縛章句人，要用心於虛靈圓活也。

張南軒《和元晦晚霞》：「早來雪意遮空碧，晚喜晴霞散綺紅。便可懸知明旦事，一輪明月快哉風。」此所謂獨處洞燃。又《春日》：「年光冉冉春將半，花事匆匆雨滿城。想復東郊變新緑，未妨携酒趁初晴。」此即風浴詠歸之意也。

吴康齋《曉立》：「靈臺清曉玉無瑕，獨立東風玩物華。春氣夜來深幾許，小桃又放兩三花。」化機甚速，玩者宜有會心，首句譬喻平旦之氣。

胡敬齋《晚坐》：「身隨所遇貧何病，濁酒三杯落日殘。半醒却來橋上坐，乾坤容我一人閒。」與造物者游，固有此境。

陳白沙《初晴》：「初晴樓上燕飛飛，樓下人歌白苧衣。一曲未終花落去，滿林啼鳥送春歸。」雖唤醒歌白苧者，志士亦宜惜日短也，詩特圓妙。

湯文正《西來菴題壁》：「禪門深鎖萬松間，江上白雲自往還。雨過捲簾無一事，一編周易對焦山。」

一　持議

持議之作要有雅人深致，嚴滄浪謂：「不可以議論爲詩。」若如六一詠唐公主和親，云：「玉顔自古爲身累，肉食何人與國謀。」朱子云：「是第一等議論，第一等好詩。」兹豈嫌於議論耶，故知詩家自有窾要，未容膠柱。

王昌齡《從軍行》：「秦時明月漢時關，萬里長征人未還。但使龍城飛將在，不教胡馬度陰山。」首句奇横，次句直截，三四低迴，今昔議論，而以感歎出之。

李商隱《讀任彦昇碑》：「任昉當年有美名，可憐才調最縱横。梁臺初建應惆悵，不得蕭公作騎兵。」當時心有寄意，然論自解頤。又《過楚宫》：「巫峽迢迢舊楚宫，至今雲雨暗丹楓。微生盡戀人間樂，只有襄王憶夢中。」即且甘帶情者之不同如此。又《賈生》：「宣室求賢訪逐臣，賈生才調更無倫。可憐夜半虚前席，不問蒼生問鬼神。」嗟乎，賈生猶失於漢文，他何論哉。

鄭畋《馬嵬坡》：「元[玄]宗回馬楊妃死，雲雨難忘日月新。終是聖明天子事，景陽宫井又何人。」君安驪姬，此申生所以爲孝也，唐人詠馬嵬者，此爲得風人之義，若《連昌宫詞》《長恨歌》，譬之子翹父過，津津樂道，可乎？不可也。

陳陶《隴西行》：「誓掃匈奴不顧身，五千貂錦喪胡塵。可憐無定河邊骨，猶是春閨夢裏人。」喜邊功者，足以感矣。

李覯《漢宮》：「哀皇外立國權分，只爲當年乏嗣君。若問莽新誰佐命，最應飛燕是元勳。」外立由於乏嗣，乏嗣由於色寵，此拔本塞源之論。

宋祁《詠史》：「朱游英氣懔生風，瀕死危言動帝聰。殿檻不修旌直諫，安昌依舊漢三公。」直是面從而已，古今如此舉動甚多，可勝概喟。

張安道《題沛漢高祖廟》：「中酒疏狂不治生，東陽有土不歸耕。偶因世亂成功業，更向翁前與仲爭。」《石林詩話》云：「詠高祖者，無不歌功頌德，獨安道云云，蓋自少已不凡矣。」

賈文元《題潞公許昌別業》：「畫船載酒及芳晨，丞相園林潩水濱。虎節麟符拋不得，却將清景付閒人。」潞公賢者猶有此概，彼夜行不休者，不直與説也。

蘇軾《擷菜詩》：「秋來霜露飽東園，蘆菔生兒芥有孫。我與何曾同一飽，不知何苦食雞豚。」名言但夷情，安可與跖道哉？

黄庭堅《讀謝傅傳》：「傾敗秦師炎與元，矯情不顧驛書傳。持危又幸桓温死，太傅功名亦偶然。」如此持議繫表超然，非偏斷寡識者可比。

晁以道《明皇打毬圖》：「宮殿千門白晝開，三郎沈醉打毬回。九齡已老韓休死，明日應無諫疏來。」陸放翁云：「偉論。」

孫應時《讀通鑒》：「薄書流汗走君房，那得狂奴故態降。努力諸公了臺閣，不須魚雁到桐江。」「清濁無

子陵仲弓二絶甚佳。嘗觀荀淑能譏刺梁氏，而爽亦不敢忤董卓。至彧，遂爲唐衡之壻、曹操之臣。人家祖父壁立千仞，子孫猶心陳仲弓，圓機聊救漢諸公。末流不料兒孫誤，千古黄初佐命功。」朱子《答孫季和書》云：「子陵仲弓二絶甚佳。嘗觀荀淑能譏刺梁氏，而爽亦不敢忤董卓。至彧，遂爲唐衡之壻、曹操之臣。人家祖父壁立千仞，子孫猶自東來西就，況太邱制行如此。其末流爲賊佐命，豈足怪哉。」

馬虚中《石鼓絶句》：「獵碣鐫功事惘然，摩挲壞石臥寒煙。昌黎已道文殘缺，又較昌黎五百年。」通人之論。

近人田山薑雯亦有《石鼓作》云：「紛紛論古總徒然，獵碣横排太學前。石老如人深嘆息，從他聚訟幾千年。」不論之論，與前首同。

王士正《秦淮雜詩》：「新歌細字寫冰紈，小部君王帶笑看。千載秦淮嗚咽水，不應仍恨孔都官。」此指阮大鋮也，意曲而韻永。

鄧漢儀《散花州》：「横槊高歌月滿船，東南風起焰連天。極知江左人才盛，無那周郎更少年。」絶嘆。元遺山《赤壁詩》云：「可憐當日周公瑾，憔悴黄州一秃翁。」此詩似脱胎於此。

李御《讀戰國策》：「解紛如解玉連環，一笑飄然東海還。世上共求天下士，不知東海在人間。」世間事不見眉睫者多矣，豈獨失魯仲連先生。

盧世㴶《偶吟》：「雕章繪句費精神，脱手從無半字真。垓下大風衝口出，始知劉項是詞人。」須知不是揚劉項，要愧殺後來濫附詞人者耳。

田雯《鼂錯授經圖》：「女兒侍坐一翁傍，晚授須臾二十章。疑有舛譌遺漏出，鼂公杜撰兩三行。」想當然耳，顧論自佳，即孟子「盡信書」一章之旨。

一放懷放懷之作，取其灑然塵外，無復世網嬰其心胸，唐人此等尚少，略取宋以下之作，一爲賞諷焉。

孫一元《絶句》：「瓦瓶倒盡醉難醒，獨挽魚竿臥晚汀。風露滿身呼不應，一江流水夢中聽。」身境清涼，自然夢亦清涼。

王世貞《夏日江村雜興》：「罷翻遺刻上烏絲，且捲湘簾看弈棋。猶覺閒身多此味，石牀眠愛午風吹。」「曉風微翦緑陰稠，剥啄柴門懶應酬。卿自衣冠用卿法，野人經月不梳頭。」此等境界，便如彭澤所云「羲皇上人」。

汪琬《絶句》：「衡門兩板掩松風，葵扇桃笙偃仰中。就與孫劉相闊絶，不過令我不三公。」讀此詩，想見鈍翁人品之高也。

王士正《冶春絶句》：「坐上同矜作達名，留犁風動酒鱗生。江南無限青山好，便與諸君荷鍤行。」漁洋冶春諸絶，此最豪宕。

盧世漼《漫興》：「涼州一斗古蒲萄，恰配迎霜兩巨螯。暮景生涯惟此是，誰能辛苦學離騷。」

詩榷　卷八

析醒下

前卷畢矣，客意未饜，乃更臚舉數端以盡興趣。曰感事，曰閱境，曰脱俗，曰寓意，曰軼名，曰謡諺，曰禪語，均隨觸隨記焉。鐵傭氏。

一　感事

感事者，身經變故，世閱險巇，發爲浩歌，回腸盪氣者也。雖賦體居多，而義比變風，道資殷鑒，有足采爲，兼及五律者，詩佳即録，不必固也。

董師謙《錢唐懷古十五首》：「歷歷庚申事，分明在眼前。講和如有幣，飛渡定無船。北使三千里，真州十四年。釀成亡國恨，一部福華編。」「不謂靖康事，重遭德祐時。國亡古有此，宋禍晋無之。陵寢千痕淚，河山一局棋。衣冠併花事，邱徑兩堪悲。」「遣使俩祈請，呼郎解璽符。軍門朝送表，相府暮收圖。鳳舞山何在，龜茲國亦無。北人催上馬，不得少踟躕。」「玉林摇帝座，青蓋出都城。巷哭千家淚，燕歌四面生。乾坤遽如許，風雪可憐生。清曉宫門外，猶聞打六更。」「後擁横磨劒，前驅曳落河。燕遷齊器去，漢得楚人多。朝士南冠縶，宫姬北馬馱。只餘何物在，門外兩銅駝。」「衣帶一條水，鞾尖三百州。市朝陳迹在，圖籍別人收。南土衣冠盡，西湖歌舞休。久知事當爾，曾記五更頭。」「宋亡數年内，川竭似周時。高廟神靈歇，錢唐氣象非。如何人國事，却被海潮知。此理憑誰話，江亭且醉歸。」「半世京華夢，重來事可嗟。荒郊亡國社，廢宅故侯家。酒問舊時店，人尋何處花。向來池館地，大半種西瓜。」「故國笙歌地，新春花柳天。無多家賣酒，有幾客呼船。亭館皆新主，湖山只昨年。斷橋橋下路，北女打鞦韆。」「換却西湖面，傷情眼欲迷。無人居葛嶺，有馬放蘇堤。寺認新年創，詩尋舊日題。南峯高幾許，算比北峯低。」「行人指新寺，云此舊宫城。坐殿幾朝帝，開山何處僧。日邊行塔影，天外送鐘聲。王氣元無有，何消鑿秣陵。」「定都曾七世，失國不三年。玉殿牀移座，金門扁撤懸。誰知宫作寺，不道海成田。路上行人過，猶呼大内前。」「進士科場罷，時賢仕路休。誰青今世眼，賺白幾人頭。豪貴反顛倒，功名俱謬悠。君看萬乘至，骨相只當侯。」右詩見《事文類聚翰墨大全》，董號南江三山人，咸淳辛未進士，仕平江府教官。

唐珏《夢中作》：「珠亡忽震蛟龍怒，軒敞寧無犬馬情。親拾寒瓊出幽骨，四山風雨鬼神驚。」「一杯自築珠宫土，雙匣親傳竺國經。只有春風知此意，年年杜宇哭冬青。」「昭陵玉匣走天涯，金粟堆前起暮鴉。水到蘭亭轉嗚咽，不知真帖落誰家。」「橋山弓劍未成灰，玉匣珠襦一夜開。猶憶去年寒食節，天家一騎捧香來。」按：楊璉真伽發掘宋陵寢，慘不可言，唐、林諸義士傷之，爲收瘞遺骸，故有此作。其音悽愴，如問猿啼鶴唳也。唐字玉潛，据鄭明德《林義士事迹記》，後三首是林作，林名德暘，字景曦，號霽山，有《霽山集》，集中亦載此詩。

謝翱《過杭州故官[宫]》：「紫雲樓閣讌流霞，今日淒涼佛子家。殘照下山花霧散，萬年枝上挂架裟。」「隔江風雨動諸陵，無主園池草自春。聞説就中誰最泣，女冠猶是舊宫人。」又《梅花》：「吹老單于月一痕，江南知是幾黄昏。水仙零落瓊花死，只有南枝是反魂。」右詩見《晞髮集》，謝字皋羽。

汪元量《湖州歌》：「一匊吴山在眼中，樓臺疊疊閒青紅。錦帆後夜煙江上，手抱琵琶憶故宫。」「北望煙雲不盡頭，大江東去水悠悠。夕陽一片寒鴉外，目斷東西四百州。」「錦帆高揭繡簾開，鼉鼓聲悲鳳管哀。月子纖纖雲裏見，吴山不盡暮潮來。」「滿船明月夜嗚榔，船上宫人燒夜香。好是燒香得神力，片帆安穩過漁陽。」「鳳管龍笙處處吹，都民歡樂太平時。宫娥不識興亡事，猶唱宣和御製詞。」「太皇太后過江都，遥指淮山是畫圖。抛却故山風雨外，夜來歸夢繞西湖。」「蓬窗倚坐酒微酣，淮水無波似蔚藍。雙艣咿啞摇不住，望中猶是見江南。」汪字大有，號水雲，錢唐人，度宗時以善琴，供奉掖庭，宋亡，隨三宫入燕，後爲黄冠，南歸，往來匡廬、彭蠡間，世莫測其所之，有《湖山類稿》五卷。汪又有句云：「鄉夢漸生鐙影外，客愁多在雨聲中。」

王同祖《秋日書事》：「幕府秋來事更多，夜深猶自擬諸窠。平安好火新來急，虜騎連宵已渡河。」自注：制閫諸案，大則曰房，小則曰窠，蓋仿朝廷之制。「點盡官軍點到民，三千新遣殿司兵。流移更講關防策，預結強丁成列營。」自注：流民強壯，預爲未然慮，置勇士一軍團結之。「哨馬紛紛一水間，渡頭分戍要防姦。可憐生計漁舟者，官給旗牌禁往還。」自注：諸渡遣官戍之，以爲禁奸之防，至於漁舟，亦自官給黄旗牌以考驗。「明朝玉帳過江邊，騎卒行營一日先。出得公庭天向夜，通宵人散起家錢。」自注：元帥江行騎卒遣幕中通夜散起家，錢於諸營。右詩可見爾時軍制大略，王字與之，號花洲，金華人。淳祐中，建康通判，添差沿江制置司，有《學詩初稿》一卷。

邱懿辰《宣宗成皇帝挽詞》詩：「如□堯年水，頻瞻□貌顰。憂民天有淚，柔遠虜還啼。遺詔悲□□深宫□□，昆池□御宿，目斷草萋萋」。「大度包無外，□□□早忘。息人關欲閉，屈己牘偏長。扼腕思頗牧，秋毫想孔桑。焦勞貽帝座，十載話淒涼」。「玉几傳□冷，金甌付太平。彌留仍被冕，備豫早書楹。水鏡君心勖，郊宫禮意精。非徒揚末命，萬世□先成。」鳳紀周纔半，龍楯去不□。千□□杖□，萬國紙錢灰。勝水還□慕，空山月往來。送風驅石馬，泣對羨門開。」

阮漢聞《絶句》：「雄兵隨地置嚴關，便作長蛇斷往還。自合秦州遮四竄，雲屯先據雒西山。」「險峻無如御寨寬，腥風時送虎踪寒。枯禪三歲愁對磴，縱有樵人隔嶺看。」「塞南更有三星嶺，一線蝸延壁立關。縱使移家先占却，也應比作首陽山。」「三川無麥即無年，愁見黄埃堆紫煙。一笑天公兩無奈，雪深河北怕水堅。」原注：河北慮雪而水賊，可北渡。「望雪年年似散珠，今雖小晚亦匀鋪。且須七尺封山路，人馬同飢草稗枯。」原注：賊每冬穴雒西山中。「九天爲正舊勞臣，鐵嶺江陵被濯新。千古幾多功罪事，重輕疑處剖須真。」阮字太沖，浙江人。儲畫山謂：太沖習兵家，言數詩，具有遠識。閔案：此蓋感明季兵事而作也。

徐世溥《江上雜詩》：「高田成阜下成塘，百道壕溝百尺長。遺老正商埋胔費，一枝籤喚五年糧。」「冒虎凌霜百里來，危橋重擔滑於苔。五更偷渡城邊賣，又被兵邀赤手回。」「南風天换北風天，尾颭紅旗盡客船。聲勢自然雄一倍，夜沽不使帶來錢。」「三家茅屋便稱村，晚汲晡餐共瓦盆。乞火窨遭風雨日，忍飢相向到黄昏。」徐字巨源，號榆溪，新建人，有《榆溪集》。父良彦，明官工部尚書，國變後，榆溪不仕，順治丁酉三月初四之夕，死於盜。四詩亦可見元[玄]黄之際，民生之蹙也。

梅曾亮《漫興》：「大夫夫人留後兒，孰生孰死無人知。猛思幾月前頭事，畫戟清香客話時。」「村南村北如雞棲，青衫破帽行步遲。相逢俱是無家客，同話天寒縮手時。」梅字伯言，號葛君。宣城人，有《柏梘山房集》。此詩作於咸豐癸丑，蓋金陵被陷時也，前首似指兩江總督陸立夫建瀛，下首則寫逃難情況。

文宗顯皇帝咸豐中有《御制詩》云：「侍臣何必勸加餐，夢寐爲懷民未安。彌望蒼生登衽席，何來蝨賊亂衣冠。萬年欲奠神□鼎，一日須新湯□盤。嗟爾□臣皆結舌，空群故事待金鑾。」「大江南北亂離中，皆是妖氛氣勢□。守土居然皆走鹿，斯民能不賦哀鴻？九重自揣勤思慮，三載何曾奏膚功。凌閣至今猶漢代，丹青何以繪諸公。」詩嘗作于咸豐四年間，以詩中有「三載」「何曾奏膚功」句也。責臣下、憫赤子，乃英明之主，足靖亂，惜乎龍馭上昇之遽也。

郭嵩燾《文宗顯皇帝輓詞》：「一税崆峒駕，濡河即鼎湖。翠華天北極，黄屋海東隅。寂寞含章殿，淒涼負扆圖。兵端登祚始，虚望補桑榆。」「海外條枝國，招延總禍胎。深謀無魏相，詐敵有王恢。荒服羈縻意，先皇駕馭才。」自注：道光朝，虎門定海寧波之變，言者皆主用兵，成皇帝深謀遠識，獨力持之，二十年在事，諸公無能知其節要者，乃使兩朝廟略永，以不明於天下，可爲浩嘆。「徒傷元圃狩，誰挽六龍回。異識軒轅紀，旄頭彗紫微。早優侵帝座，自注：是夏，彗星犯帝座。猶望轉戎機。今日謳思永，前星物望歸。紛紜齊趙勢，咫尺盡天威。」自注：時怡邸鄭邸秉政。「宿昔袁安淚，攀號阻澗阿。壯心銷鐵騎，老眼泣銅駝。道路人逢少，江淮鬼哭多。吞聲仍北望，重整舊山河。」郭號筠仙，湘陰人，此詩作於咸豐辛酉。後起用，官粵東巡撫。詩極悲痛，忠愛之忱可想見也。

一　閲境

感事者，感於家國之事也。閲境者，一身所歷之境也。意有廣狹，義取刻摯，略舉似近人之作數首。

林則徐《塞外絶句》：「裨海環成大九州，平生欲策六鼇游。短衣携酒西涼笛，吹澈龍沙萬里秋。」「路出郵亭驛鐸鳴，健兒三五道旁迎。誰知不是高軒過，阮籍如今亦步兵。」「携將兩個阿孩兒，走馬穿林似哀師。自注：彝樞兩兒俱好馳馬。不及青蓮夜郎去，拙妻龍劍許相隨。」「砂礫當途太不平，勞薪頑鐵力交爭。東箱簸似箕中粟，愁聽隆隆亂石聲。」「天山萬笏聳瓊瑶，導我西行伴寂寥。我與山靈相對笑，滿頭晴雪共難消。」「古戍空屯不見人，停車但與車馬親。草房一飯甘藜藿，半咽西風袞袞塵。」「徑丈員輪引軸長，車如高屋太昂藏。晚晴風定搴帷坐，似倚樓頭看夕陽。」「僕御摇鞭正指揮，忽聞狂吼攝風威。萬山松徑低迷處，無翅牛羊欲亂飛。」「百里荒程僅一家，頹垣半没亂坡斜。無端萬斛黄塵裏，偏著一枝含笑花。」自注：塞外土妓，近來始多。右文忠公道光季年謫後賜還之作，刻劃甚至，而語意平夷，兹純臣德器也。

江湜《歲除日作》：「庭角無梅座不春，門扉雖闔豈遮貧。晚來雪屐鳴深巷，半是吾家索債人。」「有人來算屋租錢，小住三間月二千。使屋如船撑得動，避喧應到太湖邊。」江字弢叔，長洲人，諸生，入貲爲小官，同治乙丙間没於浙中，有《伏敔堂集》。絶句詩學少陵、昌黎、山谷三家，尤覺鑱峭。集未大行，今録之略侈云。又《席上有作》：「老饑相抗此生中，忽有杯盤速寓公。七萬二千終喫滿，隨緣且在泖之東。」自注：明日與老饑相抗，辛敬之語，見《中州集》。百年七萬二千飯，宋人饒德操句也。此弢叔咸豐壬子避亂客松江之作，故有泖東之語。又《絶句》：「新詩寄我有符翁，并贈朱提愧所蒙。欲送酒家謀一醉，小妻偏説飯籮空。」「主人醉我此華筵，物物評量到酒邊。莫笑先生談口腹，不嘗鄉味又三年。」此弢叔咸豐乙卯客福州作。符翁者，符雪樵兆綸也，宜黄人，大挑知縣，官建陽，以事去官。又《聞鐘》：「客愁醒處輒相乘，月黑仍殘背壁鐙。此際與余同不睡，不知何寺打鐘僧。」又《後夜聞鐘又作》：「無眠同爾打鐘僧，替爾打鐘知所能。只是此僧難替我，一腔心事對殘鐙。」又《有弔而作》：「客裏憐君病不支，名心宛轉尚如絲。四書文爲科場用，賺到生人作鬼時。」「東南初動十年兵，知待何年再太平。君去泉臺須緩步，轉輪莫即到來生。」又《詠梅》：「清俸叨分卌萬錢，當時何不買閒田。一官此日看人飽，處處村莊大有年。」弢叔與彭相國蘊章爲表親，其入貲爲佐雜也，相國實佽之，故有首句云云。

一脱俗

脱俗者，善道俗情而不入於打油釘鉸，轉得高雅也。唐之白太傅，宋之楊秘監，均欲以此擅場，老嫗能解固是一端，然而流弊已不少。至近人袁子才則入惡道矣，今所標舉却無瑕纇，反資吟諷覺，亦是詩家不可少之境也。

白居易《暮江吟》：「一道殘陽鋪水中，半江瑟瑟半江紅。誰憐九月初三夜，露似珍珠月似弓。」又《華州西》：「每逢人靜慵多歇，不計程行困即眠。上得籃轝未能去，春風敷水店門前。」王漁洋云：「二詩似出率易而風趣，復非雕琢所及。」

又《絶句》：「園亭定要乘閒置，筋力應須及健回。莫學因循白賓客，欲年六十始歸來。」田山薑云：「因循二字最佳，欲字妙不容説，俗筆則用行年矣。」閔案：白此詩本七律，田截下四句爲一首，亦甚合。原題是《以詩代書寄户部楊侍郎勸買東鄉王家宅》。

盧秉《絶句》：「青衫白髮老參軍，旋糶黄粱置酒樽。但得有錢留客醉，也勝騎馬傍人門。」《西溪藂話》云「王荊公愛此詩，因薦於朝趙松雪亦愛，書以詩。江秋史得其墨迹，自題云：「余最愛此詩，頻頻書之，以自適意耳。」

楊萬里《二月望日》：「海棠著意唤詩愁，桃李才開又落休。小雨輕風春一半，去年今日在嚴州。」全以風趣勝。

張彦發《送人歸南康》：「我來方與廬山别，爾去廬山是故鄉。前日住山渾不覺，如今山遠却思量。」一經拈破，真能解頤。

華子西《醉歸》：「紅猊燒盡夜堂寒，銀燭生華玉漏殘。沈醉歸來渾不記，阿誰扶我上雕鞍。」此得醉中趣者，妙在醒來仍活潑潑。

吴仲孚《秋夕》：「西風吹露下秋空，烏鵲無聲占碧桐。天氣乍涼人好睡，闌干閒在月林中。」末句爲第三句增釅味耳，詩三昧在此。

文徵明《除夕》：「千門萬户易桃符，東舍西鄰送歷書。二十五年彈指去，人生消得幾桃符。」「多事關心偶不眠，隨人也當守殘年。不須更説新春事，來歲今宵在目前。」「人家除夕正忙時，我自挑燈撿舊詩。莫笑書生太迂闊，一年功課是文詞。」「遥夜遲遲燭有花，家人歡笑説年華。人生勿苦求身外，常得團圓有幾家。」四詩雖是香山、放翁、誠齋一路體格，然入情，資諷誦。

吴鷗《夏日即事》：「我住東岸汗如雨，西岸人家背夕陽。丫角女兒看客過，傍垂楊樹説風涼。」又《夏至日作》：「孤花零落了餘春，畏暑真同畏俗人。澆酒門前古槐樹，從今與爾最相親。」吴號獨游，其集未見，兹從脞説録出，其詩殊别，有韻致也。《正東里春夢》：「聲聲鵻鳩雨闌珊，一半春從病裏殘。剩有荼蘼花滿架，怕風人立隔簾看。」末句寫病人惜春，十分員足。《江堤舟中雜題》：「蒼茫隔岸辨漁磯，一鳥凌波巧作飛。學得蜻蜓點水法，幾乎霑溼好毛衣。」「四山煙合忽蒼然，將卸風帆未泊船。聽得魚跳仍不見，扣舷人看水花圓。」「看書眼老不曾花，忽看山如有物遮。細雨煙中紛似織，羣峯都隔一重紗。」「天色時兼雨色昏，讀書小卷倚船門。溼雲看爾從天下，罩得山頭露却根。」「船尾吹煙颺得輕，看山差喜泊時晴。爛泥無意生春草，只禁先生上岸行。」弢叔此數詩。殊能刻劃，中亦有似託諷者，却不必質言益妙，以下數首同。又《龍遊至常山一路灘行舟中雜題》：「伏石中流避所遭，又看一石立如猱。何須出水成頭角，被却舟人點一篙。」「石於水底突然生，欲遣寒流改道行。水性豈能禁爾遏，千波跳作沸湯聲。」「弩刀千篙只不前，爭灘搶水水濺濺。忽看一箭來船快，上有篙工枕手眠。」又《由常山至開化山行絶句》：「油菜花時麥没秋，山中欣見小平疇。飛泉正去尋谿澗，忽被春田一片留。」「修路環溪十里强，籃輿摇兀似車箱。坐吟渾忘斜陽晚，只見輿夫影見長。」「眼前物理費尋思，野店門前倚樹時。千歲老樟枯欲死，寄生小草不曾知。」「輿前峻嶺突然生，路向山腰折處行。絶頂何人作家住，一聲雞在半天鳴。」

一　寓意

寓意之作有二：一則全是喻，一則兼寄託。今各取數首，品格不能高，資吟助而已。

朱慶餘《上張水部》：「洞房昨夜停紅燭，待曉堂前拜舅姑。粧罷低聲問夫婿，畫眉深淺入時無。」此新進士上先達之作，全是此喻，去其題目，真謂爲新婦作，何不可以，是知鄭衛淫奔，必有冤獄。

司馬光《春遊》：「人物競紛華，驪駒逐鈿車。此時送與柏，不及道傍花。」此得時則貴，豈論賢否之喻？亦即歲寒然後知松柏之後彫之註脚。

陳師道《放歌行》：「春風永巷閉娉婷，常使青樓誤得名。不惜捲簾通一顧，怕君著眼未分明。」「當年不嫁惜娉婷，抹白施朱作後生。説與傍人須早計，隨宜梳洗莫傾城。」前首上二句嘆豎子成名，下二句嘆冬烘頭腦，後首憤激言之要爲賞音者，微詞譎諫，非教懷美者，效臏學步也。

劉克莊《絶句》：「新刺闍黎頂尚青，滿村聽講法華經。那知世有彌天釋，萬衲如雲座下聽。」「刮膜良方值萬金，國醫曾費一生心。誰知鬉髻携籃者，也有盲人問點鍼。」「黄童白叟往來忙，負鼓盲翁正作場。死後是非誰管得，滿村聽説蔡中郎。」三詩皆喻謬種流傳之多也，末首亦見《放翁集》，惟起句是「斜陽古柳趙家莊」。

芮國器《鶯花亭詩》：「人言多技亦多窮，隨意文章要底工。淮海秦朗天下士，一聲懷抱百憂中。」此詩樓攻愧誦而悲之。

徐端義《爲蛟所攪得一絶句》：「雲堂夜合勢如塵，溝壑寧知過去身。滿腹經營盡膏血，可知通夕不眠人。」《春渚紀聞》云：「時蔡京引用小人，賦外横斂，徐作此詩。」

張履《詠美人教曲圖》：「飄渺霓裳不可聞，折楊餘調迭翻新。當筵偶動諸公聽，便把金鍼度與人。」「紅粄弟子儼分班，暗拍尤憐雙小鬟。可惜周郎今老去，流傳誤曲滿人間。」前首喻下里巴人，屬和者衆，後首喻一盲引路，衆盲墮坑也。履字淵甫，震澤人，道光間與梅伯言交好，梅爲予誦此，記之。

鄭燮《呈長者》：「御溝楊柳萬千絲，雨過煙濃嫩日遲。欲折一折還未折，駡人春燕太嬌癡。」「桃花嫩枝搗來鮮，染得幽閨小樣箋。欲寄情人羞自嫁，把詩燒入博山煙。」此亦新進士上先達之作，觀其喻意，是不欲知李方叔之干東坡也。

李基塙《題歌童扇上雞冠花》：「紫自紅紅勝晚霞，臨風亦自弄天斜。枉教蝴蝶飛千遍，此種原來不是花。」絶妙捧喝。

一軼名詩

無名氏之作，不名一家，亦不名一格，轉有出常徑之外者，故亦可賞諷也。

唐無名氏《絶句》：「近寒食雨草萋萋，著麥苗風柳映堤。等是有家歸未得，杜鵑休向耳邊啼。」明宗誼有詠子規云：「曾爲越旅與吴栖，惆悵春風怕汝啼。今得老婦茅屋下，要啼啼到日出西。」從此首轉出。

宋無名氏《忠州白鶴觀題壁》：「仙人未必皆仙去，還在人間人不知。手把白髦從兩鹿，相逢聊問姓名誰。」又《關右題壁》：「欲挂衣冠神武門，先尋水竹渭南村。却將舊斬樓蘭劍，買得黄牛教子孫。」右二詩見《東坡集》第六十八卷。又《英州法堂後題》：「莫遺韝鷹飽一呼，將軍誰志滅匈奴。年年萬事灰人意，只有看山眼不枯。」「轉食膠膠擾擾間，林泉高步未容攀。興來尚有平生屐，管嶺東南幾處山。」右二詩見洪《容齋隨筆》，或謂詩爲廣州鈐轄俞似作。又《絶句》：「是處春山長藥苗，間隨蝴蝶過西橋。林中借得樵童斧，自斫槐根木癭瓢。」「飛巖倒挂萬年藤，猿狖攀援到末曾。記得隨身椶拂子，前年遺在最高層。」右二詩見《閱微草堂筆記》，或云扶乩作。又《絶句》：「家住夕陽江上村，一灣流水繞柴門。種來松樹高於屋，借與春禽養子孫。」右詩見《宋詩紀事》，或云葉唐夫作。又《分水關題壁》：「一道泉分兩道泉，層層松栝翠參天。鷓鴣聲裏山無數，合向誰家草閣眠。」右詩見《明詩綜》。

無名氏《晚過烏龍潭》詩云：「河頭水満春風吹，河上客愁知者誰。七尺依人無了日，全家絶粒又多時。抛殘藝草書都賣，落盡楊花褐尚披，且向文君沽一醉，醉聽他唱竹枝詞。」氣格近似趙嘏、劉滄。右詩見《亞谷叢書》。又《桃源驛題壁》：「走馬張弓四十年，封侯無路且歸田。芭蕉夜雨梧桐露，注到孫吴第幾篇。」右詩見《茶餘客話》。

一　謡諺

謡諺者，似詩非詩，俗而有意，可以儕於詩者也。姑舉《脞説》中數首。《古語》：「兄弟同居忍便安，莫因豪末起爭端。眼前生子又兄弟，留與兒孫作樣看。」語淺而意周，即千百言無以易之。又：「同氣連枝各自榮，些些言語莫傷情。一回相見一回老，能得幾時爲弟兄。」桐城張文端公云：「詞意藹然，啓人友愛。」

箍桶匠口唱：「記得當年養我兒，我兒今又養孫兒。我兒餓我憑他餓，莫遣孫兒餓我兒。」至性至情，稱心而出，然而勸戒仍備也。

吴船山歌：「月子彎彎照九州，幾家歡樂幾家愁。幾家夫婦同羅帳，幾處飄零在外頭。」命運不齊，隨所遇而已，故君子素其位而行。

一　禪語

禪理入詩，右丞是也。若以禪語入詩，則惡俗，無復詩妙。故當出禪語爲一類，譬教外之别傳焉。寒山拾得之作，吾以爲亦不當闌入詩集也，今隨記憶及者，終談助可乎。

雪竇頌：「千峯盤屈色如藍，誰道文殊是對談。堪笑清涼多少衆，前三三與後三三。」

又一偈：「三分光陰二早過，靈臺一點不揩磨。貪生逐日區區去，喚不回頭爭奈何。」

船子和尚偈：「本是釣魚船上客，偶除鬚髮著袈裟。佛祖位中留不住，夜深依舊宿蘆花。」「百尺絲綸直下垂，一竿才動萬波隨。夜靜水寒魚不食，滿船空載月明歸。」

某禪師《白雲頌》：「他人住處我不住，他人行處我不行。不是爲人難共聚，大都緇素要分明。」

延壽禪師偈：「孤猿叫落中巖月，野客吟殘半夜鐙。此境此時誰會得，白雲深處坐禪僧。」

性空妙普主偈：「心法雙忘猶見我，色空不二尚餘塵。百鳥不來春又過，不知誰是住菴人。」

《南臺頌》：「南臺靜坐一罏香，終日凝然萬慮忘。不是息心除妄想，都緣無事可思量。」

祖師偈：「迅速光陰不可留，年年只有水東流。不信試把青菱照，昨日朱顔今白頭。」「萬轉身如不繫舟，風帆浪湧便難收。臨流把定篙和舵，一路輕舤到岸頭。」「元宵鐙後更無鐙，萬世常明只此心。朗照諸天終不滅，一龕佛火月三更。」「北邙山下列墳塋，荒草迷離怪鳥鳴。長卧泉臺人不醒，桃殘李謝過清明。」

吕仙偈：「棄却囊瓢撼碎琴，如今不戀汞中金。自從一見黄龍後，始覺從前錯用心。」

會稽僧重喜偈：「地罏無火一囊空，雪似楊花落歲窮。乞得苧麻縫破衲，不知身在寂寥中。」

尺木禪師明宗室《詠漁夫》：「東西南北任遨遊，萬里長江一葉舟。夢裏不知身是客，醒來天水一般秋。」

詩檯　卷九

攬萃

《易·萃卦》曰：「觀其所聚，而天地萬物之情可見矣。」惟詩亦然，或語旦而情晏，或甲然而乙否，文人之心迭出不窮，而詩境之變化昭然矣。此雖言詩乎，何獨詩也。學者爲可見指不見月，因隨意攬擷，古今詠明妃及邯鄲黄粱店者，萃觀之可以悟焉。鐵傭氏。

古今詠明妃之作，就所見者舉於後。

晉石崇《王明君辭》序曰：「王明君者，本是王昭君，以觸文帝諱，改之。匈奴盛請昏於漢元帝，以後宫良家子昭君配焉，昔公主嫁烏孫，令琵琶馬上作樂，以慰其道路之思，其送昭君亦必爾也，其造新曲多哀怨之聲，故敘之於紙云爾。」「我本漢家子，將適單于庭。辭訣未及終，前驅已抗旌。僕御涕流離，轅馬悲且鳴。哀鬱傷五内，泣淚沾朱纓。行行日已遠，遂造匈奴城。延我於穹廬，加我閼氏名。殊類非所安，雖貴非所榮。父子見陵辱，對之慙且驚。殺身良不易，默默以苟生。苟生亦何聊，積思常憤盈。願假飛鴻翼，乘之以遐征。飛鴻不我顧，佇立以屏營。昔爲匣中玉，今爲糞上英。朝華不足歡，甘與秋草并。傳語後世人，遠嫁難爲情。」依明妃本事，委屈摹寫自然沈至，却不節外生枝，凡詠明妃者，此爲正格。

隋無名氏《昭君歎》此詩亦傳范静婦沈氏作：「早信丹青巧，重貨洛陽師。千金買蟬鬢，百萬寫蛾眉。」此借以自概貧不能賂要人也。

又《王明君》此詩亦傳施榮泰作：「垂羅下椒殿，舉袖拂胡塵。唧唧撫心歎，蛾眉誤殺人。」此借以自概矣，美才爲世憎也，山谷詩云「蛾眉傾國自難昏」，蓋原本於此。

唐梁瓊《昭君怨》：「自古有和親，貽灾到妾身。朔風嘶去馬，漢月出行輪。衣薄狼山雪，粧成虜塞春。迴看父母國，生死畢胡塵。」此直白寫怨字。

常建《昭君墓》：「漢宫豈不死，異域傷獨殁。萬里駝黄金，蛾眉爲枯骨。迴車夜出塞，立馬皆不發。共恨丹青人，墳上哭明月。」此就塞上生情，傷其殁於異域也。

東方虬《王明君》：「漢道初全盛，朝廷足武臣。何須薄命妾，辛苦遠和親。」「掩涕辭丹鳳，銜悲白向龍。單于浪驚喜，無復舊時容。」「胡地無花草，春來不似春。自然衣帶緩，非是爲腰身。」第一首概當時邊事，亦是苟且了局；二首則是奚落單于；三首謂胡地與内地不同，難久居也。

儲光羲《明妃曲》：「日暮驚沙亂雪飛，傍人相勸易羅衣。強來前殿看歌舞，共得單于夜獵歸。」如此玉貌伺候羯獵，可憐情事不俟煩言。

王偃《明妃曲》：「北望單于日半斜，明君馬上泣胡沙。一雙淚滴黄河水，應得東流入漢家。」歎此身不如河水得東流入漢，只好兩行清淚遠相寄也，淒苦不堪。

李白《王昭君》：「昭君拂玉鞍，上馬啼紅頰。今日漢宫人，明朝胡地妾。」以春秋筆作香奩體，太白真傑特。就明妃論，頃刻人鬼關耳，彼漢君臣試想想，而單于喜可知也。

杜甫《詠懷古迹》録一：「羣山萬壑赴荆門，生長明妃尚有村。一去紫台連朔漠，獨留青塚向黄昏。畫圖省識春風面，環珮空歸月夜魂。千載琵琶作胡語，分明怨恨曲中論。」此只懷古無恨，低徊末語，謂其心事，至今如訴也。

崔國輔《王昭君》：「漢使無旋蓋，胡中妾獨存。紫臺緜望絶，秋草不堪論。」最傷心是起句，下乃泣孤舟之嫠婦。

梁獻《王昭君》：「圖畫失天真，容華坐誤人。君恩不可再，妾命在和親。淚點關山月，衣銷邊塞塵。一聞陽鳥至，思絶漢宫春。」三四句婉約，得風人意旨，起二語緣起。五六句情事，結二句感傷。

郭元振《王昭君》：「自嫁單于國，長銜漢掖悲。容顔日顦顇，有甚畫圖時。」「厭踐冰霜域，嗟爲邊塞人。思從漢南獵，一見漢家塵。」「近有南河信，傳聞殺畫師。始知君念重，更遣畫蛾眉。」第一首是悲極反不如畫。二首是思歸漢不能，能一見漢塵亦好，真善於説思也。三首蓋欲膏沐爲容，遠酬恩厚，亦苦語也。代公武略名世，詩高卓乃爾。

令狐楚《王昭君》：「錦車天外去，毳幕雲中開。魏闕蒼龍遠，蕭關赤雁哀。」只寫兩邊情景，言外有無窮之恨，凡詩不道破更高。

張祜《昭君怨》：「萬里邊城遠，千山行路難。舉頭惟見月，何處是長安。」此見月思家之喻。

楊凌《明妃怨》：「漢國明妃去不還，馬馱絃管相陰山。匣中縱有菱花鏡，羞對單于照舊顔。」此「豈無膏沐，誰適爲容」之意。

白居易《王昭君》：「漢使却回憑寄語，黄金何日贖蛾眉。君王若問妾顔色，莫道不如宫裏時。」此一息尚存，不忘正邱首之心也，《詩人玉屑》云：「意優游而不迫切。」

崔塗《過昭君故宅》：「以色靖胡塵，名還異衆嬪。免勞征戰力，無愧綺羅身。骨竟埋青冢，魂應怨畫人。不堪逢舊宅，寥落對江濱。」第二聯陳義正，大可爲明妃吐氣。

王涣《惆悵詩》：「夢裏分明入漢宫，覺來鐙背錦屏空。紫臺月落關山曉，腸斷君恩信畫工。」此歸咎畫工，以喻妄信僉人也。

宋梅堯臣《和介甫明妃曲》：「明妃命薄漢計拙，憑仗丹青死誤人。一别漢宫空掩淚，便隨胡馬向胡塵。馬上山川難記憶，明明夜月如相識。月下琵琶旋製聲，手彈心苦誰知得。辭家只欲奉君王，豈意蛾眉乂虎狼。男兒反覆尚不保，女女輕微何可望。青冢猶存塞路遠，長安不見舊陵荒。」止起手壹句便盡作意，一命薄一計拙，兩下斷定，餘乃反覆哀歎以終之。

宋歐陽修《明妃曲和王介甫作》：「胡人以鞍馬爲家，射獵爲俗。甘草美無常處，鳥驚獸駭爭馳逐。誰將漢女嫁胡兒，風沙無情貌如玉。身行不遇中國人，馬上自作思婦曲。推手爲琵却手琶，胡人共聽亦咨嗟。玉顔流落死天涯，琵琶却傳來漢家。漢宫爭按新聲譜，遺恨已深聲更苦。纖纖女手生洞房，學得琵琶不下堂。不識黄雲出塞路，豈知此聲能斷腸。」又《再和明妃曲》：「漢宫有佳人，天子初未識。一朝隨漢使，遠嫁單于國。絶色天下無，一失難再得。雖能殺畫工，於事竟何益。耳目所及尚如此，萬里安能制夷狄。漢計誠已拙，女色難自誇。明妃去時淚，灑作枝上花。狂風日暮起，飄泊落誰家。紅顔勝人多薄命，莫怨春風當自嗟。」前首末四語真乃「風遠煙高，蕭然意表」，今人讀屈子《離騷》、賈生《治安策》，極力贊歎却都不著痛痒，亦猶此女子「生長洞房，學得琵琶不下堂」也。「欲識黄雲出塞」，「此聲斷腸」得乎。歐陽公此等詩便是胸有千古。第二首「耳目所及」二句，前人嫌其涉論頭，然尚是放活不沾滯，以下筆墨，灑然了無痕迹，結聯意思悱惻。杜荀鶴《春宮怨》云：「承恩不在貌，教妾若爲容。」寫怨字刻露矣，此乃一點醒之。

王安石《明妃曲》：「明妃初出漢宮時，淚溼春風鬢脚垂。低徊顧影無顔色，尚得君王不自持。歸來却怪丹青手，入眼平生何曾有。意態由來畫不成，當時枉殺毛延壽。一去心知更不歸，可憐著盡漢宮衣。寄聲欲問塞南事，只有年年鴻雁飛。家人萬里傳消息，好在氈城莫相憶。君不見咫尺長門閉阿嬌，人生失意無南北。」「明妃初嫁與胡兒，氈車百兩皆胡姬。含情欲説獨無處，傳與琵琶心自知。黄金捍撥春風手，彈看飛鴻勸胡酒。漢宮侍女暗垂淚，沙上行人却回首。漢恩自淺胡自深，人生樂在相知心。可憐青冢以蕪没，尚有哀絃留至今。」前首一掩一抑，有欲説不説之妙。低徊二句、意態二句加一倍寫法。末二句則是縮長江於尺幅，皆見用筆操縱。後首不及前首，漢恩二句畢竟不佳褊激無味，結二句卻泠泠然有遺音。

曾鞏《明妃曲》：「明妃未出漢宮時，秀色傾人人不知。何況一身辭漢地，驅令萬里嫁胡兒。喧喧雜虜方滿眼，皎皎丹心欲語誰。延壽爾能私好惡，令人不自保妍媸。丹青有迹尚如此，何況無形論是非。窮通豈不各有命，南北由來非爾爲。黄雲塞路鄉國遠，鴻雁在天音信稀。度成新曲無人聽，彈向東風空淚垂。若道人情無感概，何故衛女苦思歸。」此是學者之詩，「丹青有迹」四句别有韻味，結語亦佳。此詩如嚼橄欖，細味乃得。

劉原父敞《同永叔和介甫明妃曲》：「漢家離宮三十六，宮中美女皆勝玉。昭君更是第一人，自知等輩非其倫。耻捐黄金買圖畫，不道丹青能亂真。别君上馬空反顧，朔風吹沙暗長路。此時一見還動人，可憐怏怏使之去。早知傾國難再得，不信旁人端自誤。黄河入海能却來，昭君一去不得回。青冢消摧人迹絶，惟有琵琶聲正哀。」此止是痛惜佳人一去難再得也。

司馬光《詠王昭君》：「宫門銅環雙獸面，回首何時復來見。自嗟不若住巫山，布袖蒿簪嫁鄉縣。」此言貴而厄，不如賤而無患也。

文同《王昭君》三首：「絶艷生殊域，芳年入内庭。誰知金屋寵，只是信丹青。」「幾歲後宫塵，今朝絶域春。君王重恩信，不欲遣他人。」「極目胡沙滿，傷心漢月圓。一生埋没恨，長入四條絃。」起一首概皮相者多。次首概馭遠夷，别無變换之策。末首言此恨緜緜無絶期矣。洪容齋云：「令人讀之縹緲然感概無已。」

鄭樵《昭君辭》：「巫山能雨亦能雲，宫麗三千杳不聞。延壽若爲公道筆，後人誰識一昭君。」此以得名，反緣延壽，當感之弗當怨之也。

姜夔《明妃詩》：「明妃未嫁時，滿宫妒娥眉。一朝辭玉階，人人淚雙垂。」「身同漢使來，不同漢使歸。雖爲胡中婦，只著漢家衣。」前一首言平日妒者今日亦爲生哀。後一首言不爲胡服以明素志。

明李東陽《明妃怨》：「莫倚朱顔好，妍媸無定形。莫惜黄金貴，能爲身重輕。一生不識君王面，不是丹青誰引薦。空將艷質惱君懷，何似當時不相見。君王幸顧苦不早，不及春風與秋草。卻羨蘇郎男子身，猶能仗節長安道。休翻胡語入漢宫，衹恐伶人如畫工。畫工形貌尚可改，何況依稀曲調中。」題是明妃怨，故以曲調言伶人如畫工，以形定影，大好悟入。

陳子龍《明妃篇》：「絶代良家十五餘，掖庭待詔上椒除。三春風落收金鑰，五夜鐙微望玉輿。竟寧年中賓北國，詔選才人歸絶域。胡兒已失燕支山，漢家何惜傾城色。明妃慷概自請行，一代紅顔一擲輕。薄命不曾陪鳳輦，嬌姿還欲擅龍城。詔賜臨行建安宴，顧影徘徊光漢殿。單于親御六萌車，侍女猶遮九華扇。一曲琵琶馬上悲，紫臺青海日淒其。當日應悔輕相棄，深愧君王殺畫師。王蘭泉本注云：《范史·南匈奴傳》，昭君良家女子選入掖庭，數世不得見，御積忿悲怨，乃請掖庭令求行，故本其意成篇。又云：「是詩似爲當時之不得志者而作，故惜明妃言之，言女不可以不見御而易其心，猶士不可以不見知而易其節也。」

李攀龍《和聶儀部明妃曲》：「天山雪後北風寒，抱得琵琶馬上彈。曲罷不知青海月，徘徊猶作漢宮看。」思念君國之心，烈婦忠臣無二致也。蘇武、洪皓同此肝鬲。

莫止《昭君曲》：「但使邊城靜，蛾眉敢愛身。千年青冢在，猶是漢宮春。」此以身許國之謂。

彭華《明妃曲》：「抱得琵琶不忍彈，風沙獵獵雪漫漫。曉來馬上寒如許，信是將軍出塞難。」此借以念邊將所謂非身歷不知也。

羅洪先《明妃詞》：「愁向胡天別塞垣，一聲南雁一消魂。妾心縱得隨明月，解近君王不解言。」「馬前雙臂海東青，擒得哀鴻不忍聽。我欲南歸無羽翼，問渠何事度龍庭。」古詩「流影入君懷」已妙絶，此更云「解近君王不解言」，不覺淒然淚下，彌復一往。後首概自觸罻羅者多也，又以傷己之未解網。

黄氏幼藻《明妃曲》：「天外邊風撩面沙，舉頭何處是中華。早知身被丹青誤，但嫁巫山百姓家。」此言處顯不知處晦。

高貴明璧《昭君曲》：「奉詔事和親，從容出禁宸。緣知平國難，猶勝奉君身。」此言戮力以靖難者，不欲安樂以酣富貴也，意亦新警。

國朝吴天章雯《明妃》：「不把黄金買畫工，進身羞與衆人同。始知絶代佳人意，即有千秋國士風。環珮幾曾歸夜月，琵琶惟許託賓鴻。天心特爲留青冢，春草年年似漢宮。」前四句借以自況，謂不肯阿媚自媒也，後四句曼聲以終之。

陳元孝恭尹《明妃怨》：「生死歸殊俗，君王命妾來。莫令青冢草，生近李陵臺。」此借以刺降胡者，第二句是骨，結二句是刺。

杜　于皇

花放　宫　仇　敬渠　和戎作俑人

此言六學人來道

顏修來光敏《昭君曲》：「一辭宫闕出秦關，長得丹青識舊顔。爲報君王休愛惜，漢家征戍幾人還。」此借以諷勿事邊功也。

鄧又楷裴《明妃怨》：「一别閨門遠，蛾眉壓塞塵。胡朔天三月雪，無復漢宫春。」「經過李陵臺，黄沙面面堆。男兒猶没此，賤妾更何哀。」「厭聽閼氏號，生憎毳幕温。方知永巷裹，無罷亦君恩。」「盡説和親好，從兹即罷戎。單于前日出，傳道入雲中。」第一首思漢，第二首感邊將，第三首胡地不如永巷，思曲而苦，怨而不怒，末首調欸和戎之失計也。

屈翁山大均《明妃詞》：「心逐邊風起，流悲入漢庭。雖爲沙漠草，終古亦青青。」此言精誠所結，雖化爲草木，亦不使變也。

王樸齋鍈《昭君》：「王帥十萬厄平城，一騎紅塵已罷兵。曲逆侯封青冢恨，分明奇計怨陳平。」和番之計起於陳平，號奇計，乃拙計也，追原禍首，咎無可解。

僧果仲《昭君》：「和戎原漢策，遣妾亦君情。」論事老實，不作回護，亦無怨誹，甚高唱也。

宋渭田維熊《昭君詞》：「一曲琵琶出塞聲，遥天邊月接邊城。君王莫倚妾顔色，便徹龍堆遠戍兵。」此言和不可恃也。

洪稺存亮吉《昭君》：「奇童請尺組，奇女請和戎。莫信無稽説，妍媸出畫工。」此本琴操之説，以明妃自請和戎，埽去畫工云云。

吴雲嵐世基《明妃廟》：「聞説立功稱衛霍，紅顔何事到天涯。」此責備師武臣。

艾至堂暢《昭君和僧月參二首》：「國家長策在和親，稱壻從來愛外臣。若道丹青能誤妾，烏孫公主又何人。」「命合和戎强自寬，鄉關遥隔塞雲寒。君王别後如思妾，衹作圖中陋態看。」前首記劉薊莊獻廷亦有此意，謂漢家和番不始此也。後首故説陋態，愈矜容貌矣，用意用筆殊妙。又《題明妃出塞圖》：「環珮郎當出塞寒，别來何處是長安。回頭忽見漢宫月，停却琵琶馬上看。」亦是見月思婦意，音節甚佳。

古今詠邯鄲黄粱店之作，就所見者舉於後。

明李東陽《題黄粱店》：「舉世空驚夢一場，功名無地不黄粱。憑君莫向癡人説，説與癡人夢轉長。」眼前皆夢也，何必邯鄲，若癡人則夢中尋夢矣。

國朝黄崇慶《黄粱店作》：「曾聞世有盧生夢，只恐人傳夢未真。一笑乾坤終有歇，吕翁亦是夢中人。」此是跌進一層説，然無味，下十成死語故也。

朱襄《題邯鄲吕仙祠》：「遺像居然見吕翁，衣冠猶帶海天風。我今結願相從去，只恐神仙亦枕中。」此比上首活，蓋不必説到，乾坤有歇，難保神仙，非夢中夢耳。

陳廷敬《邯鄲道上絶句》：「炊熟黄粱已是遲，海山歸路幾人知。却憐朝市紛紛客，怕説盧生夢醒時。」此却是醒眼人説夢也。

宋犖《邯鄲道上》：「邯鄲道上起秋聲，古木荒祠野潦清。多少往來名利客，滿身塵土拜盧生。」可憐門外漢，求入門不得，此亦近人題邯鄲壁詩「我今落魄邯鄲道，要與先生借枕頭」之意，但此説得太無賴，不若牧中之置身局外，旁觀爲妙也。

周亮工《黄粱店題壁》：「九度邯鄲夢未休，刹那身世等浮漚。先生好夢何曾學，只學雲陽市上游。」此借以自概，却見骯髒。

王昶《邯鄲吕公祠》：「濁世由來盡夢中，夢中尋夢更難窮。人家各有黄粱飯，揸枕何須待吕公。」此却本色話，亦看得活脱。

張銘《過邯鄲盧生廟》：「快馬衝風急，添衣犯曉寒。平生無好夢，醒眼過邯鄲。」此頗見抱負矣。

姚鼐《吕翁祠》：「白荷花照水娟娟，緑柳千條倚檻前。午過微陰行客倦，吕翁祠畔聽秋蟬。」此亦即上首意，然含蓄不露，韻味校勝，徵所養也。

紀大奎《過邯鄲觀盧生睡像》：「東山歸去又西征，六十頭顱夢未醒。空向邯鄲尋舊迹，石牀還是睡盧生。」此從睡上生情見浮夢之難醒也。

羅有高《觀演邯鄲劇作》：「場下盧生嘆息頻，世間誰是息機人。人生哀樂真無定，好夢元來亦苦辛。」好夢且不易，况身世涉歷耶，然於此轉，可以息機夢醒，均可聽之造化。

謝堃《邯鄲道中》：「破帽疲驢下趙州，西風殘照客登樓。未眠已報黄粱熟，似比先生勝一籌。」亦聊以解嘲耳，究仍有歆羨在。

劉觀亭《邯鄲吕仙祠題壁》：「富貴功名轉眼過，吕仙仙枕夢如何。自從留下封侯事，惹得人人瞌睡多。」

「烈烈轟轟四十春，風流却是霎時身。黄粱未熟盧生覺，堪笑今人唤不醒。」「往古來今睡不休，醒人偏向夢中求。勸君早出邯鄲道，撇下先生那枕頭。」三詩皆有概世間，一是求夢者，一是戀夢者，末首是勸人出夢。

俞樾《邯鄲吕翁祠》：「一甑黄粱熟又炊，神仙莫笑世人痴。人生何必都無夢，只要先知有醒時。」亦點活熟夢無覺者。

陳天澤《盧生祠題壁》：「度君未到大羅天，一枕華胥四十年。好事先生都占盡，夢來富貴醒來仙。」此只揚権盧生。

王凱泰《誦前人邯鄲驛詩漫賦》：「都是邯鄲夢裏身，從來事業在風塵。世人莫被神仙誤，夢未醒時要當真。」「須臾一枕悟前因，畢竟功名有假真。此夢若教都醒了，蒼生屬望更何人。」此言醒亦何嘗非夢，然不可作夢看，且努力擔當世道。

詩榷　卷十

別好

別好者，人所好，好之，人不好，亦好之。如屈到之芰，文王之昌歜，有獨耆焉者也。後生小子於古人塗轍，瞠目無睹，好大言爲欺，下筆不自慙恧。觀吾所録，能反其面目否耶？録凡二人：陳懿叔、陳廣夫。銕傭氏。

陳懿叔，名學受，字永之，江西新城人，文學生。懿叔生同鄉又有連，論文最洽，人品高勝，不屑屑俗務攖其心。尤長説經，解《春秋》，空絶前後，梅伯言亟稱之。詩無專集，兹就掇拾所得者録之。録詩三十八首。

過彭澤

蕩蕩彭澤山，秀膩柔春縠。大江當縣門，樓檻擁巖曲。昔賢辭參軍，蜀來司民牧。既却公府縻，曷求簿領遂。壯心一以灰，餘年飽斗粟。由來煙霞客，不堪巾帶束。況以剛直性，而堪俗吏督。折腰非我能，拂袖歸茆屋。德人如春華，所至留芳馥。

過汶上作

十日抵汶城，牽車就村屋。人馬各安舒，星月錯寒渌。

項王墓

太阿一摧折，隕此千淬鋒。大川趨渤海，百挫乃終通。劉項姿兩絶，楚漢業不同。項王實雄傑，剽悍肆其凶。揮劒斬吴令，鼓行八千從。九戰大河北，飛旆會關中。破秦裂河山，錯落分羣公。瀟然衣錦心，自王彭城東。匹夫運六合，獨力當羣雄。兀兀路旁碣，昏昏沙際風。誰與五體會？孰培四尺封。若人實天縱，弱冠開霸功。一笑學書成，正比叔孫通。梅伯言云：「雄偉非常。自來詠項王者無此。」閔案，「通」字重韻，然不能改。

淮陰城下有作寄廣夫

韓侯垂釣日，晏坐淮陰城。颯爽風雲氣，超遥江海情。市人不知笑，乃以落拓名。秋風吹秦川，彤雲四野生。一竿在秋水，白石何粼粼。但爲季女飢，知有龍顔君。原評：著筆高妙似太白。「季女飢」，用在韓信身上，更風流，下「龍顔君」，對得又妙。

過下邳

勳烈何足道，鷙鳥爲人操。老父無所與，游龍戲絳霄。落日曳閒步，蕭然出溪橋。天地有今古，於我付一嘲。秦楚一卷盡，已解天下騷。决不爲世用，一往秋隼高。孺子能了事，晚乃赤松逃。復爲老嫗牽，食事長勞勞。

贈朱仰韓翰林即題其詩後

我如病鶴毛毰毸，披褐乃向燕山來。嚴寒苦塵百不適，得遇梅公天下才。流俗蠢蠢不相假，此身甘爲英賢下。豫章之劍豐山鐘，復見朱公今大雅。初不識君見君詩，君詩乃向秦君知。秦君清雅淮海流，君也雄才似勝之。桓桓范雲龍，峨峨禹王宫。世無此詩古人有，梅公稱賞不容口。國家六葉篤周祜，大略今皇自神武。小儒端作杞人憂，斯文且見中流柱。飄零窮旅無與謀，逝將歸去老滄州。落拓無慙對鄉曲，生平且喜與英游。

自清江至板浦途中襍詩

我向興安鎮，平驅大道車。蒼然馬首外，雲樹與桑麻。田舍皆茆土，農功雜髻丫。飛飛黄白蝶，小駐野田花。

偶憩荒邨下，風帘尺半斜。早行三十里，於此進胡麻。昔者燕臺去，春風阿母家。元龍無百畝，薄笨又天涯。

落日黄河岸，蒼茫獨立時。滔滔江永矣，浩浩海東之。逝者如斯去，文乎不在兹。九河神禹迹，天地已推移。

老樹空庭響，蕭蕭直似秋。不成河上住，且作海東游。篤愛老兄問，伶仃小阮求。泊船盡一痛，零落幾山邱。

家國蒼茫事，孰爲濟代才。眼中人老矣，有弟皖公臺。歌斷乘風出，橋空當月求。斯民歸厚德，大道在生財。

客散邗江下，蕭然可閉關。天長兒課起，家定妹情閒。隱忍三年艾，蒼茫萬里山。封胡都奮翅，謝韞始開顏。

自出廣陵郡，青山今日來。横空霞氣上，了了見雲臺。已料今生事，休爲萬古哀。乘槎東去便，仙藥訪蓬萊。

歸舟大風雨繫船三日

瞿唐峽口悠然下，明月西陵不可航。正以風濤生慷慨，久知雷雨故蒼茫。秭歸蹉跌無遺恨，猾虜縱横自笑狂。自註：「予親歷峽中，乃知連營七百，軍于猇亭，此皆因地致縱横變化之奇。曹丕所笑『蚍蜉撼大樹』耳。自來論兵，亦未有解及此者。」天地效功人建業，三才同貫不同長。

醉中屬廣夫和

人事長悲阿堵牽，士田世禄已千年。奇贏諧偶歸羣儈，吾道商歌有昔賢。牀上元龍長垣垣，世間果贏故戔戔。不知太守清貧橐，可否明湖百頃田。閔案，「太守」謂余雅州坤也，號小坡，紹興人。

觀音閣小憩贈魏公子暨臧張兩校閲皆從軍江南不得意者也

十月清霜不著綿，晴川漠漠帶寒煙。長矛小墜開平野，飛礮殷雷澈九天。坐上公孫兼好武，人間秋士待乘禪。祇憐國士蹉跎後，小試牛刀向海堧。

張家店雨泊

書成江上客船行，水下清江竹箭聲。鐙火開緘知夜半，燕鶯擁坐似春晴。浮思尚笑拋書有，定力初矜節酒生。記取今朝吟泊處，不成村落風雨横。

懷吴子序嘉賓

我飄江海子軍台，自註：「予與濂甫同舟過廬山，贈以四言，首句『我飄江海子序軍台』。」八字吟邊萬壑哀。君子過如更日月，世間屯有困雲雷。險中易象懷新得，爛後麟經審舊裁。再起更生應有日，歸與何計翦蒿萊。閲案，子序，南豐人。官編修，因事謫戍，後赦回。生平經學湛深，已刻者有《論語孟子説》《禮服會通》，未刻者有《易説》等著。第五句指吴，第六句自謂，懿叔蓋有《春秋説》。

興安浦夜泊寄内

昨朝下袁江，日隱滄江白。書寄廣陵城，人作長河客。

楓林原上對秋晴，酒醒窗寒夢不成。居人夜翦西牕燭，不聽風湍江上聲。

與廣夫唱和詠缾中牡丹

藥煙半段雨絲長，九十春風一分強。來與瑶華開後賞，病容嬌思似秋涼。
層臺朝日汎天葩，直爲春寒減玉華。一御膽缾清燕霞，便辭風雨向窗紗。

舅家庭中桃花和廣夫三月三日韻寄樹之

非復穠華翠簇枝，翦風絲雨日參差。也知榮落天難管，一段傷心付短辭。閔案，此借以傷感外家也。懿叔外祖爲大庾戴可亭相國均元，舅氏爲小萊員外詩亨。相國予告，因山陵事被議，即世後中落，詩故甚悲惋。

春日和廣夫韻

落拓安仁百不支，阿連近亦減清肥。豫章城下瀟瀟雨，不許愁人復式微。

與子遠太平橋上間游折野花樹枝而歸

翩翩巾帶出林鴉，紅檻清溪緑樹家。歸向江樓動春酌，團飛蝴蝶一缾花。

海州程子春新治家，得菱花雙鸞鏡一、釵一。陳雲伯謂是秦宫人殉物也，爲作《秦宫雙鸞花鏡歌》。程生寶之因繪圖徵詩，事載《雲臺新紀》。然秦紀徒言立石東海界耳，未聞有離宫也。予別綴一詩以詠其事。蓋即茲遺物，體彼幽思，茲女郎者，其亦美妝自喜，芳華未永之子與

月影鏡瑶華釵殉此身，長鑱寶篋亦前因。不須艷説秦宫怨，自是青年愛好人。

遊嶽麓得七絶句

迎人春澗下平汀，溪草幽花相映清。一過德生坊上路，紅亭白閣似篷瀛。
嶽麓門前翠羽林，天光雲影共璁玲。昨朝一夜湘江雨，添得靈山無數青。
左右芳塘各一亭，渟涵金碧影清泠。中峯開處江城出，正與天邊作錦屏。
薜蘿山徑御風行，風袖泠泠嵇阮生。纔向青蓮花裏出，緑雲天際又相迎。
清泉無盡林無靜，都是天邊碧玉英。直到峯頭雲麓住，始看雲水與江城。
江天浩瀚暮雲生，楚水楚山爛漫清。已有泠風飄夢雨，夕陰深處是湘靈。
獨倚雲崖片石聽，鳥如腰鼓澗如笙。琪花一簇層巖上，何物靈山贈我行。

候桐舫丈不值口占代簡

將隨邗上向南鴉，一棹邅迴六合家。來別不逢還小坐，客窗春樹似春花。

三杯酒態坐敧鴉，文字江山自一家。九曲皇陂説不盡，畫屏香送玉英花。

清江三月三十日作餞春詞二絶

春光才見已春歸，似是東皇著意違。李白桃紅渾不覺，人間情士轉依依。

春來春去春常在，花謝花開花不知。人世何曾春日少？却嫌早去又來遲。

陳廣夫，名溥，字稻孫，上舍生。懿叔再從弟石士侍郎之從孫，伯芝太史之子。性姿英邁，又少從豪儁游，下筆卓絶。長予三歲，其於予激厲磨礲，不啻骨肉，至今鐫感。生平精力在治經史，詩文特餘事，亦懶收拾，茲就平日所存，及得諸朋游者録之，非其全也。録詩十七首。

武城道中有感

客懷諒非一，夙駕夢不安。參旗拂曉月，磊落當高寒。驅車東武城，地故趙平原。南屬數百里，食采何廣延。寠人餬口來，囊穎迷三年。玉貌非有求，座上惟魯連。魏齊窮來歸，不忍急相捐。虞卿棄相印，感激斯尤難。淮陰有王孫，蓐食失朝餐。偉哉三千士，蠕蠕蝨其間。生時各邂逅，世遠無留觀。誰將買繡絲，紉之鍼與紈。咄茲未足道，朝日上丸丸。

贈别族弟樹之

賢仲懷旅資，子復出求仕。豈伊康濟望，傾身爲食耳。昔吏東海旋，乾没深所恥。茲奚忽去茲，抑亦禽可詭。高節倘未渝，必蚓而後已。嗟嗞二者間，子寧得因是。
春榮窘陰雨，蓄縮氣不舒。生命事難必，豈不誠在予。子嘗搏髀起，恥爲化所拘。邂逅有未諧，舍旃擇別
驅。何當裕子仁，沛然導東趨。終抱不決疑，咄哉諒非夫。
婾心引愆悔，支別難具論。鄙胸迫造次，清濁共一源。吾觀量相越，江海視瓶盆。坦夷無急步，險狹有崩
奔。偪臆交躁欲，浮雲失朝暾。解駮漏光影，奧窔分明昏。采采閶榛莽，何從辨芳蓀。
遺鄰得名酒，賚來申說懌。醉醒墮窅冥，肝肺喜發摘。自今風月晨，挂舌向屋壁。況作病溼淫，壺觴絕餘
瀝。子飲亦過差，曦眵加目赤。苦節定難貞，杯行宜適歷。
默坐撫四海，行行廁薰蕕。轉篷離本根，中材當末流。我尚歎德孤，子行誰依投？離居多瘠容，北望心殷
憂。稅裝及京邑，我兄各去留。二仲倘予詢，依然愧沈浮。有德不違建，於世更奚求。子審知此意，亦用篤
自謀。

贈別王考功慈雨 閱案：王名欽霖，善畫。

前門月落車隆隆，官曹課格趨治功。甕頭吏部亦成式，時可澆君磊塊胸。畫奩研盌斑赤銅，高吟多暇調青紅。寒天素箑戀林壑，使我歸心先鳥㝥。謀生早昧計然策，諧物不慣徐生頌。索游歸來曉霜滿，一拜晚始親麗公。華軒深友契游從，六案徐與錢唐龔。宣城梅穸我所習，談古頻得窺軒櫳。五湖一棹枕中事，九衢數子塵外蹤。問胡不歸裘蒙茸，俗累乃與小生同。勺項湖西自注，慈雨家焉。雪花風，定有尊月邀低篷。映窗看畫說還日自注，君出示汎宅圖，功名何物緊其逢。急裝幸且犯寒去，晴飈爲我開陰蒙。雖無妙語報明月，憶君遥在海天東。

所思

暝齋釋書策，霽雨過疏櫺。斷滴空光白，餘痕石氣清。坐須明月久，時有好風泠。檐樹婆娑意，流雲入杳冥。

鹿塘謁譚襄敏綸墓，踰左岡絶險至石罂寺，慧藏師遇馬祖處閔案，鹿塘，宜黄地。譚公，宜黄人也。

粤嶠吴山薊北邊，前朝功績總雲煙。鄉閭騰記兒時事，華表全荒墓道田。駮嶂晝騰龍虎氣，黄昏行問馬駒禪。岡頭處處村醪熟，不擬當杯説逝川。

呈醇夫兼問耕雲樹之閔案，醇夫，廣翁外兄弟蔣志儒，藏園之曾孫也。時廣翁寓醇夫家，故呈以詩。張耕雲，南京人，客南昌，後入籍爲文學。

醒坐還思斷酒非，家書無語但當歸。幾篇貝葉尋新味，十月黄花減舊肥。客主渾忘嬌女熟，朝昏容易暝鴉飛。朝來二子端何理，可有清歡愜素機。

二月晦日臥雲邀同友人燕集其齋出示令子及姪輩詩詠却憶次峯枉過小園看牡丹

歌呼容我不疵瑕，研席開軒第物華。簫鼓清明淹北郭，酒鐙紅亂又東家。小年各有三春詠，幾日同孤二月花。却憶遨頭題鳳客，添丁還爲試塗鴉。

暮春臨汎呈伯海懿叔兩兄兼示九郎 閔案，伯海，名學洪，字沖之。九郎，伯海同懷弟，名學淵，字涣之。

舟轉溪橋灣復灣，白沙翠竹影斑斑。憑橈清嘯尋聲去，聲在虚無縹緲間。

公子風標三尺漲，美人雲氣四垂天。扁舟徑度澄霄上，笑倚中流濯紫煙。

煙靄芙蓉會帝鄉，散仙鸞鳳夾翱翔。人間要有分飛路，更向尊前議樂方。

二月三日題寄樹之

案上桃花三兩枝，葱蘢蕊葉半參差。短屏兩幅溪頭路，上有愁人寫恨辭。自注，耕煙散人，畫九郎，寫秦七黄九詞數闋。

三月二十三日夜殘醉乍醒聞懿叔兄子遠弟季嫣妹鐙下數説家園景物

墨華樓接夕陽樓，西水逶迤石竹幽。二十年來餘一醉，殘春初夏説兒游。閔案，西水園、石竹山房，均陳氏别業也。

詩權　卷十一

别好下

取先哲蔣藏園《官戒詩》、張南山《古歌謡》録爲一卷，以當格言。皆詩家奇而法，醇而肆者也，充類以求，凡名人集中有同此者，庚續記之，不亦快乎？　鐵傭氏。

蔣藏園先生名士銓，字心餘，鉛山人

官戒詩贈同年陶韋菴淑宰廣靈

親百姓

百里之民，視爾如親。爾或疏之，民隱曷以陳。匪惟疏之，又自崇其身。爾身從田間來，貴於民。天子命爾官此，蓋畀以父母，匪臨以鬼神。不聞父母，挾其奴僕，威其子孫。奈何草芥賤之，而責其不醕。虐我則讐，民亦可畏哉。吁嗟乎官人。

入田里

山中茅茨，道旁桑麻，父老襤褸婦女髽。縣官與爾爲一家，奈何避之如蝮虵？我誠欲看官，畏官多爪牙。爪牙退，官下車。嘗我土銼羹，飲我瓦盆茶。聚我父老及婦女，豆棚雜坐無闌遮。念我勞苦，教之孝弟。官言質樸不浮華，傾耳一聽一咨嗟。顧盼相戒毋匪邪，再聞官來笑聲譁，鄉人愛官比娘爺。

圖村落

命官知縣事，責爾無不知。道路如畫罫，村落如布碁。傳牌按籍行保甲，試舉問官官目迷。地圖大概苦糾結，不如一村一圖分繪之。街衢廬井田疇民數如列眉，張之素壁且熟視，宛然日就田間嬉。東西南北指諸掌，險阻道路誰得欺。古人讀書左圖右史互攷證，疆域不辨慙職司。千錢萬錢購名畫，挂向官齋何以爲。

察隸役

無以利其身，胡見役於人。苟能安於貧，胡自異於民。見官如鼠，見民如虎。其聲豺狼，其言糞土。譎詐百變，可喜可怒。彼有衣食，不知疾苦。彼有肌膚，不畏箠楚。横行鄉里莫敢侮。索錢逼迫鬻子女。捕役養賊爲賊主。閭閻被盜怕官捕。民駭雷霆作衙鼓。官猶瞢瞢樂歌舞。嗚呼！吾聞古人立木可爲吏，放囚歸家尅期至。莫歎今民不如古，顧官懲役勿爲厲。

聽獄訟

庭階草青青，民乃訟於此。數尺之地，何異千里？人藏其情，官用其聽視。匪鑑之明，匪水之清，匪權衡之平。一念可否，或鞭或撻，或死或生。鞭之撻之，死之生之，誰復得爭？觀者受者但吞聲。官如眩之，鬼神鑒之。民如怒之，天地厭之。

慎疑信

理之所無，毋遽曰無之。事之所有，毋遽曰有之。慮有弗決，胡勿用其信。智有不及，胡勿用其疑。過疑則亂，過信則舛。平心而審，察之思其過半。名法之家，能守其律。豈盡得其情？準情合律，恃官之聰明。聰明誤用，不如法律之家。疑耶？信耶？官情慎耶？

戒閽人

官民至親，有門限之。一夫當關，民不得窺。使非其人，官處於危。奴罔厥利，亦竊厥威，一顰一笑錢刀隨。官曰我廉，民曰爾貪。中有饞夫饜且甘。聞如喉舌，官則如心。環此心者，臟腑伏其陰。喉舌饕餮，臟腑乃浸淫，惟心受病日以深。官苟無私，重門可開，奴司啓閉，耳何取其有才？閽乎閽乎，安得司馬君實僕，目不識字心無欲。

偵獄卒

圜扉棘牆，所以禁囚。國有常法，卒肆毒於幽。拷掠榜箠，怒罵弗休。吁嗟於卒何寃仇？衆囚觳觫，視卒爲喜憂。飢不與食，倦不與寢。汙濊不與掃治，疾痛不與呻吟，悲哀不與哭泣，而錢刀是求。不見囚之爺娘與妻子，見卒膽落卒如鬼。五刑之屬有所止，叩頭卒前求速死。

禁縱博

貧者縱博，久則化爲盜。富家縱博，漸且至於淫。民氣日壞盡根此，曠時廢業蠱毒深。微行密捕，誓與變薄俗，法能斷絶官苦心。不見廛市博簺呼盧禁已厲，衙齋日作攤錢戲。民間游惰尚可懲，官衙博徒何以制。

懲姦慝

稂莠不翦，弗殖嘉禾。殺一警百，其生實多。婦人之仁奈官何？蝕民之蠹必與誅，速訟之雀必與羅。雨露不以荆棘而示恩，斧柯在手當盡刈其根。殺人媢上身必滅，殺人利民功自存。一國之人皆曰可殺乃殺之，毋以殺戮爲不慈。

正風俗

民勞則善心生，忘善則惡心生。風俗不正，教化何以行？民有廉恥，待官激揚之。民有慆邪，待官懲創之。子女相淫，父母則引愧弗勝。民蕩其心，官弗知所矜。或同官而轉相告也，或爭述而轉相笑也。爲民父母，當民之無良而弗知悼也，而莫知夫導也，是民之盜也。

抑華靡

欲民富足，在抑華靡，示以規矩，辨以等威。不率教者，刑罰與隨。澹泊明志，以身先之。夫子不正，何以教爲？

教儲蓄

教儲蓄，備凶荒。崇節儉，謹蓋藏。老生能談之，官曰不遑。官豈不遑？大祇無其方。因民度地謀小康，五方風土各有常，熟思審處官勿忘。

崇文教

士氣不振，民氣則靡。礪其風節，養其廉恥。閑之以法，待之以禮。以文會之，以意愧之。鼓舞而激厲之，春氣盛而秋氣退。而民曰吾之慈母也，士曰吾之經師。

辨興革

利則興之，安知所興非利也。弊則革之，安知所革有甚於弊也。利既興也，其弊亦得而乘也。弊既懲也，射無弊之利者，其弊亦得而爭也。利多於弊，其弊不可懲也。弊多於利，其利不可興也。苟刱其始，當念其成也，否則毋輕用其更也。

審利害

苟利吾民，勿計害於身。苟害其民，何有利於身。建官者凡以爲民，牧民者豈僅養其身。以身殉民，身或不至於殉耶？以民殉身，其民烏得而殉也？與其使民咷我也，毋寧使民哭我耶！居安思危，審之！審之！

事上官

職在則然，貴安其卑。禮在則然，寧等諂之。爲我心有差等兮，勿愆其儀。事關民生。是其所是，非其所非。苟爲不然，僅可默厲其操而勿移，錚錚佼佼，毋使人知。人或及知，爾身則危。横逆可順受也，而未可與持；徵求當禮受也，而未可厚施。彼哉豚魚，尚可以中孚格之。而況上官，亦民之有司。不誠不信，吾知爾殆而；不廉不謹，吾見爾殆而。

處僚友

君子無多，何必盡我交。君子雖多，何必皆我僚。我與君子厚，何必無小人之友。君子福我，我本坦然而就。小人禍我，我寧瞢然而受。不惡而嚴，不嶄嶄而招嫌。介然而謙，岸然而恬。不勝於彼，勿輕用其銛。毋浼於我，我姑用其潛。和而不同，涅而不淄。内清外和，夷惠是師。

待賓從

敬爾之賓，必有禮以將之；惠爾之僕，必有法以防之。禮足以服人，敬之乃益善也。惠足以使人，防之又何怨也？不知其人，而事之、使之皆陷也，爾何以有知人之鑑也。

省倉廩

錢滿官奴囊，米到即上倉。鄉人錢空乏，糧來不收納。倉門坐守腹中飢，官米滿擔不敢易粥糜。交糧一石加半之，借口耗羨誰敢持。豈無文告切禁掄尖與踢斛，交糧歸去一路哭。糧若交遲倉米足，折錢入囊不收穀。官之美缺半飽此，豈識窮檐盡枵腹。管倉入衙樂金多，勸官明年早催科。

謹奢侈

俸錢在囊，祿糈在倉，仰事俯育各以康。官腹甚飽，而野多餓殍。官衣滿桁，而民多凍僵。當時晝粥斷虀、捉襟露肘志何事？豈爲鮮衣美食計？紈綺無纖塵，奪爾印綬，爾不如窮民；華筵羅八珍，劾爾貪饕，爾不如細人。可憐墨吏子孫死溝瀆，怒駡祖父不惜福。

防窺伺

利之所在，趨者如鶩。左右内外之人有同欲，惟官之勢處於獨。一室之事不盡知，一縣之事豈無疑？官有七情，人可得而持；人情數變，官莫得而窺。或好或惡，或喜或怒，有人竊之，以求厚賂。傷哉爾官，實爲孤注，至親且然，矧彼陌路。

繹史鑑

三日不讀書，語言無味，面目可憎。嗚呼！山谷此語何兢兢。國之治亂，政之得失，人之邪正，備於史。以古證今，指掌耳。今人所爲，古人皆先之。今人所駭，古事皆全之。爾胡勿展卷而貫穿之，乃以俗吏武健之術，自勉旃之。噫嘻！今之退食者，縱欲孔多。粉白黛緑，恒舞酣歌。不學無術，遑恤其他。優孟衣冠，終焉奈何？

安進退

偶然者仕宦，綽然者吾身。苟無愧於君父，吾志可以伸。官不與我生俱來，我不可一日無官也，何爲也哉？人非聖賢，得喪欣戚亦有懷。平生所讀者何書，乃於富貴利達，沈溺而不回。持一束書而得官，持一束書而失官。歸揖父老，父老歡。飲我竹葉酒，著我鹿皮冠。古來官海多波瀾，中流覆溺亦大難。爾何視官爲性命？雞皮鶴髮作傀儡，千狀萬態供人看。

張南山先生名維屏，字子樹，番禺人。

古歌謡

自序：緝史有暇，偶讀古歌謡，愛其詞旨簡質，意味深長。有會於心，欣然命筆。我用我法，不襲舊題，敢云方駕昔賢，聊以自攄素抱。題曰古者，以其異於今體爾。

日月歌

日赤月白，不息不忒。

星辰歌

星辰高兮無不照，星辰遠兮無不到，人未知兮星已告。

塵海謡

魚不離水，龍不離雲，人不離塵。

得得歌

飢者得穀如貧得金，渴者得泉如旱得霖。

生生引

兩精遇，百骸具。兩精凝，百物成。欲生人，施爾精。欲長生，保爾精。

大倫歌

生人大倫無過君親，世間要道莫過忠孝。處乎境者不必同，出乎性者不待教。

王道歌

飢思食，寒思帛，曠思色，倦思息。遂厥思，王道在茲。

太平歌

人皆有情，天下太平。

黄帝篇

黄帝至今，未五千年。其間生人，若霧若煙。中有傳者，多賴語言。

文字篇

若無文字，生有何味？若無詩書，有生亦虛。

形神篇

形薪神火，薪盡火留。薪無百歲，火有千秋。

仙佛篇

求仙仙不然，有求安得仙。佞佛佛不喜，好佞非佛矣。

經史篇

首曰經次曰史，後世之言乃若此。古來有經先有史，二典三謨皆紀事。自周以上無經名，經史之分由漢始。

二黨篇

小人有黨，君子亦有黨。君子之黨以道義，小人之黨以勢利。

勸善歌

善爲陽，百物昌。善爲春，百福臻。

懲惡歌

身雖死，辠不滅。岳墳前，檜跪鐵。

醒勢歌

爾毋恃強，轉眼夕陽。北邙荒荒，上有牛羊。

戒矜歌

自謂予智，必生諸弊。自謂我能，必招衆憎。

奢儉歌

處己當戒奢，濟人莫言儉。儉與吝不同，美惡要分辨。

警獨歌

欲爲不仁，四顧無人。四顧無人，吾心有神。

耳目歌

天與以兩耳，兼聽慎勿偏。天與以兩目，毋但見一邊。

順道歌

順我者毒，逆我者福。嘉言忠告，請君三復。

長短歌

我手十指，有長有短。如何使人，要我意滿。

衆寡歌

兵不在衆，在乎用命。共膽同心，寡可制勝。

百一歌

百碗湯不如一碗粥，百藝生不如一藝熟。

去日行

百年三萬六千日，今日忽忽又去一。

大路行

通塗大路，行行步步。寒寒暑暑，朝朝暮暮。風風雨雨，霜霜露露，辛辛苦苦。來來去去，三三五五。思思慮慮，言言語語。問客何以故？客曰惟利名是務。古古今今不知數。

四字箴

一個讓字省多少氣，一個忍字省多少事。一個澹字省多少累，一個退字省多少忌。

鵜鶘言

能甜要能辣，能收乃能發。能巧要能拙，能死乃能生。烏鵜鶘，代人説。

哥哥曲

泥滑滑，雨多多，行不得也。哥哥嗟爾，烏休戚戚。爾雖無才兄有力，但有哥哥行得得。

旨酒訟

旨酒温温兮，使我心如雲兮。旨酒醺醺兮，使我心如春兮。

茶泥歎

紅茶緑茶一水澆之，黑泥白泥一火消之。吁嗟茶兮能化金爲沙兮？吁嗟泥兮能化金爲灰兮？

睡起謡

死爲大睡，睡乃小死。半死半生，半睡半起。縱有一百年，實得五十耳。

心交行

同姓不知心，知心在異姓。懷哉！懷哉！古之人得一心交如性命。

知己歌

舊琴且莫彈，舊詩且自理。生前無知音，死後有知己。

慎醫行

命不可知，可知者醫。醫不可知，以人命爲兒嬉。吁嗟乎！慎之！

草草謡

故人日以少，今我日以老。光陰太草草，行樂需及早。

歲歲歌

好花歲歲開，好月年年有。歲歲復年年，此身長在否。

守黑歌

日之夕兮，月之魄兮。默兮墨兮，吾守吾之黑兮。

詩榷　卷十二

閩風

客閩久，熟知其土風。欲歌詠之，而前人已有言者。因録爲一卷，斷自近人始，不遠及明以前者，俗近而可見也。鐵傭氏。

周亮工《閩茶曲》

龍焙清泉氣若蘭，土人新様小龍團。盡誇北苑聲名好，不識源流出建安。
御茶園裏築高臺，驚蟄鳴金禮數該。那識好風生兩腋，都從著力喊山來。
崇安仙令遞常供，鴨母船開朱印紅。急急符催難挂壁，無聊斫盡大王峯。
一曲休教松栝長，懸巖側嶺展旗槍。蒼柯妙理全爲祟，十二真人坐大黄。
歙客秦淮盛自誇，羅囊珍重過仙霞。不知薛老生蘇意，造作蘭香誚閔家。
雨前雖好但嫌新，火氣教除若接脣。藏得深紅三倍價，家家賣弄隔年陳。
延漳廖地勝支提，山下萌芽山上奇。學得新安方錫罐，松蘿小欵恰相宜。

太姥聲高緑雪芽，洞山新汎海天槎。茗禪過嶺全平等，義酒應教伴義茶。
橋門石録未消磨，碧豎誰教盡荷戈。却羨籛家兄弟貴，新街近日帶松蘿。
漚麻浥竹斬栟櫚，獨有官茶例未除。消渴仙人應愛護，漢家舊日祀乾魚。

查慎行《武夷采茶詞》

荔支花落到南鄉，龍眼開花過建陽。行近瀾滄東渡口，滿山晴日焙茶香。
時節初過穀雨天，家家小竈起新煙。山中一月閒人少，不種沙田種石田。
手摘都藍漫自誇，曾蒙八餅賜天家。酒狂去後詩名在，留與山人唱采茶。

查慎行《建溪棹歌》

清流尾大腹仍皤，杉板船輕一擲梭。順水無風行更穩，槳聲如雁櫓如鵝。
石根一道水瀠洄，真有腸如九曲迴。問渡亭前齊閣櫂，竹篺撑入武溪來。
西江估客建陽來，不載蘭花與藥材。點綴溪山真不俗，麻沙村裏販書回。
年年三月杜鵑啼，紅白花開似錦溪。只作漫山桃李看，不知中有海棠梨。
不爭白狗黄牛峽，不數西江廿四灘。天下無如建溪水，水中刀劍是峯巒。
北客南來飯好加，川程三百少魚蝦。建安腐乳甌甯酒，更有南鄉澤瀉花。
連山苦竹賤如毛，十節量成二丈高。小泊南鴉南口子，船船多换幾張篙。

青天白日走雷霆，黯淡危灘最有名。掣電光中行十里，船頭一轉即延平。

自從舟發崇安縣，直到洪塘與海通。若使一灘高一丈，幔亭應在半天中。

葉觀國《榕城雜詠》

登盤生菜緑絲柔，又見銀幡曉上頭。欲問今年年歲事，行春門外看春牛。《三山志》：立春前一日迎土牛，傾城出觀，以占農耕之早晚與歲之豐瘠。

瓜蓮勝會夏晴初，封豕羔羊走里閭。野老愛談釣龍事，錯將餘善認無諸。每歲六月中，舉瓜蓮會，祀閩越王無諸。案舊説「釣龍」乃越王餘善事。

潮田兩熟兩抽尖，六月金洲落短鐮。待到橙黄霜降後，占城炊作十分粘。稻早熟者曰金洲，晚熟者曰占城。

蔡譜何如徐譜詳，紅雲社上列筠筐。佳人休怨沙叱利，配與將軍十八娘。徐興公撰有《荔支通譜》三十卷，又嘗作飱荔會，名「紅雲社」。「將軍」「十八娘」，皆荔支名也。

春塘處處吠官蛙，荔圃梅園翠影加。數里忽疑行簷蔔，不知香樹是抛花。閩中呼柚爲「抛」，《五雜俎》：抛花，白色似玉蘭，其香酷烈，諸花無以敵者。

羣峯銜尾盡南馳，聚作屏山一阜奇。不信龍腰須護惜，請君立馬讀殘碑。「龍腰」即越王山之半蟠城外者，舊有護脈巨碑，見《閩都記》。

忘歸石上酌深卮，興發思裁幼婦詞。忽記白雲滄海句，幾回閣筆罷題詩。「眼中滄海小衣上，白雲多明林秀才。」世壁游鼓山句，一時稱爲絶唱。忘歸石在喝水巖。

堆盤朱橘摘桑條，細臂香柑坐淺宵。莫爲杯多愁酒渴，有人鐙下削輕消。輕消，棃名，見《三山志》。

斸暑深宜虎掌瓜，勝煎銀鹿半巖茶。怪來碧藕條冰似，新浸蘇公井水華。「半巖茶」産鼓山。宋提刑蘇舜元於城中鑿井十二，人稱「蘇公井」。

地稱高情多勝概，生存華屋憶風流。月明好上天心閣，日午宜登塔影樓。「天心閣」在文儒坊，明林兵部春宅，董侍郎應舉書額。塔影樓在南營，見陸游《老學菴夢記》。

茶園嫩葉揀春前，官焙場開北苑先。蟹眼詩湯誰第一，欲招水遞致苔泉。「茶園」，在東郭外，宋以前造茶處。蔡君謨守福州，每日于「龍腰」取水烹茗，手書「苔泉」二字。

紅雨樓通宛羽樓，牙籤緗帙積山邱。可憐萬卷隨風散，一一興公小印留。「紅雨」「宛羽」二樓皆徐興公㷔藏書處。興公聚書極富，後皆散落，人家往往購得之，丹黄滿紙，卷端鈐有興公小印。

紅蓮紫竹橘籬秋，盡道尚書别墅幽。四照四佳頽落後，不知何處是鍾邱。鍾邱園，在鐘山旁。明馬恭敏森别業中有「四照軒」「四佳亭」，見恭敏自爲記。又「斑竹紫竹長成，籬紅蓮白香滿池」之句。

碧光亭枕大江隈，新市堤曾綺宴開。夜半湖生明月上，濤聲先到越王臺。碧光亭，宋時建；新市堤，閩王審知餞翁承贊處，皆在釣龍臺側。

畫橋低亞箬篷輕，酒市歌樓夾岸迎。見説琅琊繁盛日，三山城似闔閭城。蔣垣《榕城景物考》：唐時羅城南關，人煙繡錯，舟楫雲排，兩岸酒市，歌樓簫管，從柳陰榕葉中出。今安泰橋是其處也。

鄭際唐《西湖竹枝詞》

雉堞參差聳麗譙，年年流影入湖遥。果然八百年當盛，互物新來也自饒。郭璞拓子城占曰：八百年後此地當大盛。

春水湖深處處流，白沙細石漾寒洲。謝家評事宅何處，指點荒林繫釣舟。

青箬人隔緑楊陰，土字秧歌太古音。但得桑麻成樂國，輸他鍋子但銷金。杭州西湖，士人呼「銷金鍋」。

黄任《西湖詩》

毗陵潘中丞重濬西湖，予暇日出游，感今追昔成十二首。

杖藜去踏城西路，一碧空明浸遠天。四十年來無此景，故應日日上湖船。

樂游散后霸圖空，漁唱菱歌起晚風。大夢山頭一輪月，夜深曾浸水晶宫。閩主王延鈞城西造「水晶宫」，與其后陳金鳳采蓮湖中，后製《樂游曲》，宫女依聲歌之。

複到張鐙夜未收，冬郎垂老到閩州。玉銷珠盡長春冷，誰伴荒游上綵舟。韓偓《長春宫》詩云：「淚滴珠難盡，容殘玉易銷。」爲金鳳作也。

三山別島署孤山，一碧琉璃四面環。我欲另開香雪界，亂梅花照亂流灣。「孤山」，在湖中。明太守江鐸結亭，署「三山別島」四字。

半薰花氣半蒸嵐，又蘸波光上佛龕。粥鼓魚鍾一聲響，此間何可少精藍。開化寺舊在城中，已廢，孤山建寺仍其舊名。

丹荔千枝壓殿牆，每來開化寺先嘗。雪霜肌肉丁香骨，傳説當年十八娘。「荔子十八娘」，瘦細腰核，纍纍一串數十粒。相傳王氏十八娘手種，故名。

湖西要度高低勢，築偃關心在溢乾。解識勤民趙忠定，一篇鴻筆記澄瀾。趙汝愚建澄瀾閣，尋燬，明徐中行江鐸重建之，馬森爲記。

琅琊拓國夾城開，遂使三湖半草萊。六十九渠忠惠力，辛勤曾復五塘來。東西湖汙塞，蔡端明開六十九渠，復古五塘以溉民田。

當時易費水衡錢，水利曾興六百年。一萬四千餘畝地，可能艱食到桑田。西湖水利民田，閩縣三千五百九十八畝，侯官一千六百八十三畝，懷安二千三十畝。東湖水利民田，懷安七千九十四畝。

草没南湖跡亦銷，通仙門外不通潮。熊兵湫塞泥門閉，剩有濺濺出柳橋。「熊兵」「泥門」二橋皆導西湖之水入南湖者，今南湖已塞，二橋亦廢，惟柳橋尚通舟楫。

西湖東斷到龍腰，只隔琴亭二里遥。每到浮倉山下望，無人能識十三橋。「浮倉山」，在東湖水中，樊紀造十三橋以通嶺北諸溪水於東園琴亭，其一也。

落霞孤鶩看齊飛，起慶新銘换舊題。一自河陽滿桃柳，邦人不羡向蘇堤。

張紳《福州竹枝詞》

月在梧桐風灑然，門前即有打魚船。大河水長小河滿，潮落趁潮沙岸邊。

年年八月十五夜，士女看鐙烏塔游。聽著隔簾呼小玉，商量明日是中秋。

白石山與烏石山，兩山相對水雲間。行過城南望城北，鳳筝飛去鳥飛還。

丁香核小水晶丸，一飲瓊漿十日歡。閩人見慣等閒事，越人便作掌珠看。

西禪浄寺本無塵，小宴追涼榕葉新。荔子熟時，州人就此寺宴飲嘗荔。要與荔支鬬風味，玉盤簇著海夫人。

鴨嘴船來划浪飛，紅羅鞋子白紗衣。郎今可要游山去，穩載郎行穩載婦。游鼓山者，多乘謌黎船而往。

儂家自是煙波客，長向煙波釣艇居。莫謂生涯太飄泊，也知河水養河魚。

南臺街上人往來，南臺江邊船欲開。主人勸客何須急，且酌蓮絲滿滿杯。

張紳《延平溪中》

晴放一葉舟，緑净波微皺。打槳徐徐行，閒情數古堠。耳畔忽喧豗，聲捲風雨驟。遥見遠灘横，亂石堆瘿瘤。東水阻其歸，斗覺江流瘆。水暴石更强，列伍進相鬬。青山夾岸窺，坐視莫能救。參錯五花蟠，蚓結寫篆籀。正在迎距時，舟師撥船咮。屈曲石罅穿，如蟲將葉鏤。百折礧磈間，驀地脱險遘。迅速逾星飛，頃刻十里透。事勢值難爲，齟齬貴善守。急躁衹成危，乘機須覷竇。悟彼黄頭術，坦然游宇宙。

閩灘之險，詠者甚多，亦終寫不盡其曲折，惟此作刻畫略盡。

吴延華《閩風》

閩風生女半不舉，長大相期作烈女。夫死不許稱未亡，鴆酒在罇繩在梁。女兒貪生奈逼迫，斷腸幽怨填胸臆。族人歡喜女兒死，女兒死傳族姓氏。十尺華表朝樹門，夜聞新鬼求反魂。

吴延華《番薯》

閩疆千里號瘠土，山海之中半沙鹵。老農邇來生計窮，年豐不足給二鬴。朱藷種自吕宋移，磽确皆堪作園圃。蔓長根實本易生，蕃衍只憑一宵雨。攜鋤發土廣收穫，圓者如瓜大如股。適口不下二糝羹，堆盤遠勝紫茄脯。蔓青蘆菔皆臺輿，誰令濫厠園蔬譜？海濱菽麥未見慣，彼此不知饑饉苦。老夫曾從海上來，眼見窮民腹常鼓。年來隨衆恣飽啖，食貧不啻居奇賈。乃知造物廣生息，尋常蔬菜非小補。行當移種歸西湖，遍植沙堤與山塢。村居風味此最佳，等閒不與羔豚伍。

吴延華《光餅歌》相傳戚公繼光行軍時所作，故名。

餅師曉爇紅爐炭，光餅羅羅出火熯。初疑穿破沈郎錢，餅有孔，如錢，黄色。還如壓匾韓嫣彈。聞昔南塘戚將軍，禦倭遠走東海岸。三軍千里裹糧來，徵發往往誤朝爨。特作此餅散軍中，一串隨身挂鎧釬。干戈衝斥任鯨吞，臨陣含餔和血汗。身經百戰兵不饑，士氣激發倍驍悍。以此克奏保障功，東南半壁推屏翰。將軍去今二百年，餅式依然傳里閈。此餅因冒將軍名，婦豎知名日相唤。我生太平不知兵，出謀不啻肉食漢。朝來市得數十枚，一時恣啖早過半。朶頤最喜得真味，入座無事求齏蒜。有時爲客添肥甘，裹食呼童割膴胖。飽餐聞聽餅家謳，鼓腹游行樂無算。走筆書成光餅歌，饌經補作新公案。

釋超全《武夷茶歌》

建州團茶始丁謂，貢小龍團君謨製。元豐敕獻密雲龍，品比小團更爲貴。元人特設御茶園，山民終歲修貢事。明興茶貢永革除，玉食豈爲遐方累。相傳老人初獻茶，死爲山神享廟祀。景泰年間茶久荒，喊山歲猶供祭費。輸官茶購自他山，郭公青螺除其弊。嗣後巖茶亦漸生，山中藉此少爲利。往年薦新苦黄冠，徧採春芽三日内。搜盡深山粟粒空，管令禁絶民蒙惠。種茶辛苦甚種田，耕鋤采摘與烘焙。穀雨屆期處處忙，兩旬晝夜眠餐廢。道人山客資爲糧，春作秋成如望歲。凡茶之産準地利，溪北地厚溪南次。平州淺渚土膏輕，幽谷高崖煙雨膩。凡茶之候視天時，最喜天晴北風吹。苦遭陰雨風南來，色香頓減淡無味。近時製法重清漳，漳芽漳片標名異。如梅斯馥蘭斯馨，大抵焙時候香氣。鼎中籠上爐火温，心閒手敏功夫細。巖阿宋樹無多叢，雀舌吐紅霜葉醉。終朝采采不盈匊，漳人好事自珍秘。積雨山樓苦晝閒，一宵茶語留千禩。重烹山茗沃枯腸，雨聲雜沓松濤沸。

陳霨《臺灣竹枝詞》

鳳山片石萬人居，圖讖傳來總不虚。五百年前龍渡海，炎荒此日入皇輿。鳳山相傳有石自開，内有讖云：「鳳山一片石，堪容萬人居。」宋朱文公登福州鼓山，占地脉曰：「龍渡滄海五百年後，海外當有百萬人之郡。」今臺灣入版圖，年數適符。

淼淼横洋十二更，鳥飛知近荷蘭城。舵師捩舵防沙線，鹿耳門前認盪纓。自厦門至鹿耳門水程十二更，號曰：「横洋放洋，不見飛鳥。」將近島嶼，則先見白鳥飛翔。「紅毛城」亦名赤嵌城，荷蘭所築，在一鯤身頂。鹿耳門港路迂迴，舟觸鐵板沙線立碎，潮退必懸起後舵乃可進。土人插竹立標，以便出入，名曰「盪纓」。

草自青青花自妍，四時皆夏不寒天。絳桃昨夜才零落，今日池頭開白蓮。臺灣氣候多燠少寒，花卉不時常開。

檳榔初熟密灰調，香脃蔞藤嚼易消。飽啖不嫌三百顆，錯疑中酒上紅潮。檳榔初熟時，狀如棗子，調以柑子密蠣灰，合蔞藤根，嚼之氣味清香，令人微碎。「蔞藤」即今扶留藤柑子密，形似柿。

匡牀偃仰小齋西，夢覺窗前月色低。不用銅龍傳夜漏，報更新得五更雞。「五更雞」，形似鶺鴒，按更而鳴。

郎去天涯望欲迷，妾身寂寞鎖香閨。願郎莫學東流水，十二年來始轉西。臺南爲萬水朝東之處，海船遭風順流而東，謂之落溜，溜者水趨下而不回也。昔有落溜者閲十二年，水轉西流船始得回。

玉骨香魂葬海濱，孤墳三尺草長春。田横島上多奇士，更有捐軀五美人。臺灣平前，明甯靖王朱術桂自盡，其妃妾袁氏、王氏、秀姑、梅姐、荷姐殉之，墓在仁和里，人稱爲「五妃墓」。

火山山上火騰光，燄起溪中幾尺長。昨夜麒麟風颺落，一林桐竹盡焦黃。鳳山有火山，山下石罅泉涌。火出泉中有燄無煙，燄高四五尺，置草木其上則煙生燄烈，皆化爲燼。海風有名「麒麟颺」者，風中有火，數年一作，桐竹皆焦。

玉山遥在萬山中，白色如銀映碧空。每到雨晴天霽後，鳳凰對舞月朦朧。「玉山」，在諸羅縣北。萬山中巉巖峭削，白色如銀，可望而不可即。月明之夕，有鳳凰飛舞其上。

猪毛生番名雞距生番名似獮猴，伏莽張弓最可憂。酌酒齊來賀雄長，家中新供幾人頭。生番穿林飛箐，捷於獮猴，性嗜殺。每伏莽中射人，割頭顱而去。以金飾之，供於家中，頭多者爲雄長。

銀濤雪浪接虚無，汎汎舟同水上鳧。一點青山渾似黛，亞班遥指是澎湖。舟中登桅末望向者名「亞班」。「澎湖」，在海中，離臺灣水程十數里。

夏之芳《臺灣雜詠百首》録五十五首

海天詻度報皇華，早卜昇平徧海涯。載得行旌才出郭，暖煙晴竹已家家。

負暄童叟愛冬温，紅稻成堆擁蓽門。桐竹周遭雞犬静，教人歷歷認花村。

紅毛百雉半頹垣，雙槜迷離海氣昏。共指賀蘭遺舊迹，戍樓空有夜啼猿。

深冬犯曉只春衣，芋蔗村村露未晞。到處青林間緑野，海東風景覺全非。

弔古攀今孰請纓，功成襄壯令嚴明。笑他僞鎮稱神武，竊向潢池學弄兵。施公琅以開臺有功，謚「襄壯」。「僞鎮」，劉國軒屯兵於城北，名曰神武鎮。

仄徑紆通斗六門，山牛遥觸壓荒村。畫開地險須重障，竹腳寮邊戍卒屯。「斗六門」，去「竹腳寮」二十餘里，爲生番隘口，其地有牛相觸山。

騶前赤紼揭雙竿，遠迓輴車夾道看。跳舞番童怪粧飾，銅鈴響處羽爲冠。小番於髻上插雉毛、銅鈴以飾觀，每過一村，必用竹竿、結綵、鳴金以迎。

牢拴竹篾怕身肥，帶孔頻頻減舊圍。愛把細腰諧鳳卜，楚王宮里夢雙飛。

臂插文書任所之，飛騰麻達好男兒。雙懸薩鼓聲聲應，贏得蠻娘競説奇。番未娶者曰「麻達」，專遞公文，腕上多累銅釧。復製二鐵，卷如小荷葉狀，名『薩鼓』。宜疾走時，反繫腕臂，與銅釧擊撞，聲遠聞，番女悦之。

小番鬬捷走如風，拓得場圍萬竹中。響急銅鈴疑陣馬，當先爭奪錦標紅。小番以善走爲雄，因繫紅布於竿上，令數十人於七八里外競走奪之，名曰「奪標」。

狡童教冊獨立羣，鵝管横描蝸篆文。黠説紅毛舊時字，好將番籍紀紛紜。番童有習紅毛字者，以鵝管蘸墨横書，自左而右，謂之「教冊」，凡一社出入簿籍，皆經其手。

老番拜舞復回旋，細叩平生劇可憐。歎息窮荒生事苦，丁傜田賦説當年。老番年可七八十，能言僞鄭時事，每歎息鄭政之苛。

金梭輕擲夜深聞，獨木虚中杼柚分。織就天衣無殺縫，毯毛五色達戈紋。番婦織布，以獨木廣五六尺者，虚其中爲機織，毛爲五色，曰「達戈紋」。

牛車無日不當官，没字郵籤顛倒看。踏水衝泥何限苦，忍教觵撻更無端。

鋤田捕鹿洽婚姻，樂事相尋滿社春。嚼得甕頭姑待酒，木瓢椰椀競麒麟。

手製雲簫别有腔，吹來鼻息愛成雙。月明引得風前鳳，未許當門夜吠尨。

不須挑透費閒心，竹片鉛絲巧作琴。遠韻低微傳齒頰，依稀和語夜來深。

男拔髭鬚女繡頤，乍逢鑑貌儘多疑。雕題鑿齒徒矜尚，未解雙蛾夜畫眉。

杵臼輕敲似遠砧，小鬟三五夜深深。可憐時辨晨炊米，雲磬霜鐘咽竹林。

秋盡官司催餉忙，一絲一粟盡輸將。最憐番俗須重譯，谿壑終疑飽社商。社皆有餉，每秋末，則縣令召令認餉，示以時應完納也。番音苦不可曉，必賴通事代辦。故社商雖革，而通事情僞，實難盡除。

風餐露宿爲當官，宿食經旬一飯丸。多少豪民安飽甚，動云番性耐飢寒。番出應差，止以雙手團熟飯一塊，繫於腰間，鎮日療飢止此。其實番亦歎飢苦有可憫者，非盡其性然也。

虛灘水落漲沙泥，南北中分虎尾溪。一帶草荒村舍少，年來新集有烝黎。

南山中斷北山連，逗漏雲間半綠天。道是孤城還少郭，竹環廛市起炊煙。

獻芹再得請呢喃，欵步芳階舞繡衫。具道殷勤猫女意，粉餈親製手摻摻。

花冠銀釧錦爲衣，妙舞清歌笑合圍。低唱一聲金一扣，獨留太上古音希。

諸峯攢簇黛螺青，玉嶺如銀色獨瑩。展拓晴雲千萬里，插天一幅水晶屏。

莽葛輕便破碧沙，弄潮如戲語喧譁。依稀佛子乘杯渡，仿佛仙翁汎海槎。

倦來高枕樹爲巢，藤蔓連〔牽〕枝格交。栩栩夢回非是蝶，一身幻化類蠨蛸。

臨溪問渡少艂艭，石澗分流遠擊撞。腰上葫蘆頭上羽，隻身飛過水淙淙。

北番風俗半傳聞，竹塹遥通八里坌。干豆門邊湖水闊，沃饒千里隔煙雲。「竹塹」「八里坌」，皆社名也。「干豆門」，乃入雞籠、淡水之總路，並近內山生番地界。傳其內有大湖，多膏腴之地。

內社諸番氣未馴，如魔如鬼獨稱神。杈枒雞距工飛走，跳躍猿猱是比鄰。北番種類各別，有雞距番，兩足多一指，向後如雞距，然走穿樹木如飛。履平地，則遠不及人。

荒墽攢來耦十千，紛紛竄籍占閒田。可知地利不須盡，生聚應思及百年。半線以上，土番荒埔甚多，時議欲招人墾種。細察情形，宜聽土著之民，漸次開闢，不宜一時召墾，致地利盡，而流民集也。

金湯永固藉雄兵，極北分屯淡水營。磧氣漸消田漸闢，料應添築海邊城。淡水南北，地極曠遠，尚應增置郡邑。

閩人輕惰粵人勤，墾置田園内外分。占籍莫嫌多客仔，曾殲朱祖作前軍。臺皆閩粵人錯處，凡粵人莊田，指曰「客仔莊」，又曰内莊，與閩人氣味各别。辛丑之變，兩不相容。朱一貴原名朱祖，其前軍爲粵人所覆。

抄陰尺布不堪縫，無褐無衣可耐風。北地乍寒偷射獵，人人盡是鹿皮翁。

北轍初回又指南，迢迢原隰未停驂。看山幾徧還遵海，閱盡邊方煙與嵐。

成帷成幙逐飛塵，紈綺多纏輿隸身。慣習淫奢無善俗，少年思怕老來貧。

二林迤邐接三林，淡水縈洄鹹水深。極目滄波浮海市，一拳真欲小蹄涔。

晚霞散采覆陰厓，海曲人家逐岸排。煙水幾灣帆幾幅，頓教風景憶江淮。

木岡東峙晚雲凝，咫尺坡陀未即登。指點萬山分脈處，一峯獨秀鎮平陵。

觀音山徑幾彎環，羅漢門邊虎豹關。笑指當年空守戍，但知深谷有烏蠻。羅漢門爲臺鳳諸三邑總路，與生番地址相近。昔年朱賊嘯聚於此，而邑人不知也。

手刃番黎血尚腥，忙鐫肌骨作人形。遍身競賭人多少？方信當場孰慣經。

爲憐純悶尚艱鮮，食貨交通列市廛。最是居奇無賴子，動將寬政作奸緣。

陂臥晴沙號七鯤，如環如抱復如蹲。驚濤夜拍殷雷起，遠勢平吞鹿耳門。

龜蚍對峙鎮孤城，形勢空傳統領營。不築埤頭築海口，爲憐安土重紛更。

打鼓山頭石罅開，懸厓倒拍海潮迴。雷聲鼎沸浮空翠，萬里風檣認影來。

矯首南荒欲盡頭，影浮拳石小琉球。天回地轉渺無際，萬水朝宗亘古流。

仙山縹緲黯斜曛，石上棋枰舊印紋。沙馬磯頭人罕到，爛柯樵子話煙雲。

赤山葱翠漾春煙，沙暖雲晴别有天。日午崖邊人語沸，村童隊隊浴湯泉。

生成野性氣如梟，出没無端血染刀。剥得頭顱當户挂，歸來轟飲共稱豪。

内山遥夾外山高，複嶺重岡疊翠濤。一帶阿猴林下路，須防藪澤有逋逃。

公社丁徭力漸紓，番娘餉税早捐除。只今宵晝辛勤處，謹護官家十萬儲。

生熟番情百種餘，半生不熟亦山居。當年户口可知數，盡向魚鱗册上書。

問俗殊方竟未厭，忽教放縴轉丹襜。天南水起山窮處，瑯嶠雲從馬首瞻。

星軺回處轉旌霓，人海無聲馬不嘶。敢道霜威堪鎮俗，長思濤静木城西。

吴延華《社寮雜詩》

五十年來渤海濱，生番漸作熟番人。裸形跣足鬅鬙髮，傳是童男童女身。郡志相傳：秦時方士留童男女於此，土番皆其所遺。

隴人短髮翦來多，不用高盤髻一緺。海上原隣東印渡，居然退院老頭陀。後隴番多翦髮作頭陀狀。相傳有異僧教之，至今人多壽無疾病。

耳璫漸貫耳輪寬，肩際垂垂兩肉環。待得周環容徑尺，便誇氣概向人寰。穿珥貫耳，漸使之大，有中可容斗者，人以爲豪。

搒羅采色恣浮夸，點綴都憑草木華。天爲癡頑偏愛護，一年無日不開花。土番喜花，遇花則采，垂垂滿身如瓔珞然。臺地暖，四時花不絶。

幅布聊遮尺寸膚，凌寒原未見號呼。如何榾柮煨偏慣？相對南薰尚擁爐。土番身上下布一幅蔽體而已，日煨榾柮，冬夏不輟。

如飛步履敢從容，鯉躍猱升去絶蹤。笑數生平輕捷處，超騰九十九尖峯。九十九尖峯，在苗霧捒東南，山內首稱峻削。

刻期插羽走猫鄰，雨夜風晨往返頻。一道官文書到處，沿途響澈卓機輪。未受室謂之猫鄰，又謂之猫達，專司鋪遞。卓機輪，鈴鐸之屬，又曰薩鼓，宜佩之，行則有聲。

春郊漠漠水湯湯，莫問當時射鹿場。牽得駿尨朝出草，先開火路內山旁。外山皆墾成田園，射鹿皆於內山，焚林逐鹿，必先開火路，防燎原也。番謂射鹿爲「出草」。

倒單生皷各紛拏，鮮炙餘烹腊作豝。功令只今禁承餉，省教計腿付頭家。縱犬逐鹿，活捡者謂之生皷；斃捡者謂之倒單。承番餉者，謂之社商，又曰「頭家」，督番射鹿，計腿易以尺布。禁革後，鹿脯皆番人自市矣。

才過穀雨覓猫螺，嫩緑旗槍映翠羅。獨惜未經嫻茗戰，春風孤負采茶歌。「猫螺」，內山地名，産茶，性極寒，番不解飲。

早起樵蘇邃谷東，佳材一概付薪翁。知音怕惹中郎賞，不剩荒厨焦尾桐。內番多楠樟香木，番人亦知其佳，恐有司科，取坎以爲薪。

霞籃漆籠滿蝸廬，家計休嫌長物無。還似老僧新駐錫，纍纍東壁大葫蘆。編竹爲霞籃，如內地筐筥而制，特精巧。土番喜貯葫蘆，以多爲富。有大如甕者。

十萬官糧三百囷，慎防侵耗及紅陳。島民倘隸司徒職，合署倉人及廩人。鳳邑倉糧多存八社，番以死守之。

臨流架竹作浮田，犁雨鋤雲事事便。萬頃滄溟倘移試，蜃樓藏盡屢豐年。水沙浮嶼，有架竹水上，布土下種者，謂之「浮田」。耕穫不異常畝。

嘉種初成笑語闐，車轙鹿腊滿長筵。原知有賺期生女，果是新增打喇連。番重女而輕男，以男必出贅也，謂之「無賺」。以女必招贅也，謂之「有賺」。「打喇連」，番人謂壻也。

秦贅何從問肯堂，閨中瓜瓞蔓偏長。諸姑伯姊家人聚，不見男行見女行。男必出贅，惟女守室中，故男散而女聚。

繡褓文衣製未便，生兒隨母浴清泉。十年新學唐人俗，五色絲穿長命錢。土番生子必隨産母浴於水，謂可去災。

琴瑟更張意已乖，蕭郎岐路爲誰排。回頭斷齒追歡日，尚賸親磨鹿角釵。夫婦不相能，則離異不能顧。土番多手製鹿門角釵爲聘，番女成婚則去二齒，以别處女。

底六朝來待客忙，捧瓜獻韭總尋常。殷勤含米供新釀，一盞盈盈白玉漿。番謂美婦爲「底六」。番女嚼米釀酒，頃刻而成，色白味酸，謂之「姑待酒」。

搏飯何須匕箸嘗，茹毛飲血俗相當。從來不設烹魚釜，帶甲生咀鮮蠣黄。搏飯食之不用箸，魚蟹、蠣蛤生食之。

出浴前溪笑解襟，落潮水淺上潮深。臨流洗得沈疴去，大藥曾投觀世音。番人喜浴，雖疾亦然，謂觀世音投藥水中，浴之則愈。

墘竇門邊淡水隈，溪流如箭浪如雷。魁籐一綫風摇曳，飛渡何須蟒甲來。北淡水港水流迅急，番人架籐而渡，去來如飛。「蟒甲」，小舟也。

一拳浮嶼湧青倉，砥柱中流廿里長。漆筒瓊樓併玉宇，蓬萊端在水中央。水沙浮嶼，在水裏湖之中，一峯孤擁，四面溪流。番人結社其麓，殆疑異境。

金飾脂塗舊髑髏，爭相雄長在刀矛。而今漸曉秋曹法，不挂人頭挂獸頭。土番殺人，取其頭骨剔凈，飾以金，脂其口，懸之門闥，以示武。近亦畏法，取獸頭懸之。

軍聲到處疾如雷，石峽重重一旦開。鐵騎横通三港路，將軍真箇自天來。石峽兩山壁立，中横小道通南北港。山頂林樹交密，阿密於樹頂置巨石，小道密插竹箭。渭濱司馬，恩結北社，社首胡賴爲之通道，乃達南港。

王中丞凱泰《乙亥仲夏初至臺陽雜詠三十二首》

無雨無風浪打山，汪洋奇境現瀛寰。秋風一别錢江後，又爲觀濤到此間。臺島環海之浪，其名曰「湧」，銀濤山立，奇觀也，險境也。

截竹編簰用作舟，乘潮人亦水中鷗。輪船不能入港，以竹簰置木桶，人坐其中，隨潮出入。忽思湖上浮梅檻，泛到中流似此不。昔人以竹製浮梅檻，游浙之西湖。俞巾山同年仿造未成。

安平港前官筏迎，舟人東指海潮生。謂予欲渡即須渡，如此風濤趁早行。安平自四月起湧，向曉天晴，亟坐行竹簰入港，遲則湧大不能渡矣。仿青蓮横江詞而反其意。

緑蔭深處偶停驂，水利猶聞故老談。無數稻花香滿岸，好風吹過鳳山南。曹懷璞司馬宰鳳山時廣開水甽，民受其利。

出郊行過二層溪，攀桂橋邊句待題。指點半屏山下路，榕陰猶護舊城西。「二層溪」，係由郡赴鳳之路。鳳山縣治，道光年間甫移於埤頭。

炊煙不起少人家，峭壁重巖雲氣遮。懷葛山中無歲月，一年一見刺桐花。番社以刺桐花開爲一年。

將星終夜隕天河，太息偏裨誤事多。先軫歸元三閲月，浩然生氣未銷磨。王游戎開俊攻獅頭番社，孤軍深入，正擬收隊，因哨官李長興未出，留以待之，詎知李已先退，王竟没於陣。淮軍攻克，始獲其首，時隔三月，面目如生。

街衢一任積汙萊，攘攘熙熙逐臭來。猶憶輭紅塵裏過，杏花時節地溝開。郡城溝道汙濊，近已設法清理。

宰官頒戳各鄉承，約長居然總理稱。執版道旁迎與送，頭銜須看兩門鐙。鄉約名「總理」，地方官給戳記，門首懸大燈，亦署「總理」銜。

有味青鐙短榻横，米囊流毒到書生。癡心欲立回頭岸，一一竽吹識姓名。臺屬士子，近多染食鴉片，令書院監院官擇敦品之士，各給一簿，將食鴉片者註名於上，悔悟自新，即行登註，按月呈送，以備查核。

不采柔桑不種棉，女紅辜負豔陽天。可憐曲巷三更月，彈破琵琶第幾絃。臺多桑濮之風，皆緣婦女懶惰，不務本業，近給示勸，以挽積習。

車馬分排局陣新賭具，仿象棋式，場中熱鬧往來頻。牧豬奴戲成風氣，半是同袍同澤人。營兵開場汎弁得規，嚴禁澈查，以清其源。

食單滋味菜根長，獨有臺陽問價昂。學稼不知先學圃，豆花棚下納新涼。郡城内外，曠地極多，而蔬圃甚少。近廣勸種植，並令親軍於營房隙地先種，以爲之倡。

道場普度妥幽魂，原有盂蘭古意存。卻怪紅箋帖門首，肉山酒海慶中元。閩省盛行普度，臺屬尤甚，門貼紅紙，大書慶讚中元。費用極侈，已嚴禁之。

夭桃莫賦女宜家，韻事徒傳竹裏茶。少小爲奴今老大，星星霜鬢尚盤鴉。錮婢之習，臺郡最盛。

五字編成百句歌，苦心甘作老婆婆。兒童幾隊同聲誦，朔望門前索賞多。近將勸戒煙賭並一切陋習，各編五言百句歌。十五歲以下兒童有能背誦者，賞青蚨十文，月之朔望驗給。

海上猶存樸素風，檳榔不與綺羅同。無端香火因緣結，翻笑前人製未工。檳榔扇，頗爲古樸，大都鄉村間用之。

傳聞用於士大夫，自徐青惠始，亦崇儉之意。近則犀柄錦邊爇香圖書，聲價昂而本真失矣。

網羅環寶海東隅，玉樹交柯葉本無。一笑看朱忽成碧，人家籬落盡珊瑚。緑珊瑚有枝無葉，台人植之以爲籬。

辟瘴名聞七里香，一叢玉蘂白如霜。人間果有瓊花種，豈獨流傳在故鄉。「七里香」即玉蘂花，或云即揚州之瓊花。

好竹連山覺筍香成句，馬蹄筍名入市許先嘗。誰知瘴露蠻煙裏，別有花豬二尺長。檳榔筍較竹筍尤嫩。

珠湖美酒最芳芬高郵有木瓜酒，鄉味難忘是半醺。聞道此邦有佳果，不堪投報誦詩云。臺人喜食木瓜，其臭甚惡。

朗誦心經海外州，前山不見後山求。採菱剥栗尋常事，難得青青上佛頭。波蘿蜜，出内山。大者數十觔，形如佛頭，剖食其子，似菱似栗，瓤不可食。

釋伽名亦亞波羅釋伽果，似波羅蜜而小，種出荷蘭，異種分來外國多。禹貢厥包無此品，手香終讓緑橙搓。

南無知否是菩提《府志》：菩提果，其色白，其實中空，狀如蠟丸。正與南無相似，俗名染霧，一例稱名佛在西台中果名多用梵語。不染雲霞偏染霧，慈航欲渡世人迷。

參差鳳尾聚林端，染就鵝黄秀可餐。畢覺熱中非所貴，只宜位置水晶盤。黄黎，一名鳳棃。味頗甘美，性熱發病，不宜多食，置之几案，尚有清香。

高樹濃陰盛暑天，出林檨子最新鮮。島人豔説蓬萊醬，誰是蓬萊籍裏仙？「檨子」，俗稱番蒜。切片醃食，名「蓬萊醬」。臺屬二百年來未得館選，常以此勖多士。

霜柑品類八閩多，番社東西各號螺。每到歲寒風味別，箇中甘苦竟何如？閩省柑子，以嘉義西螺爲最。東螺亦出柑，其味特苦。

西風已起洞庭波，麻豆莊中柚子多麻豆柚甲於通省。往歲文宗若東渡，內園應不數平和。孫萊山學使極贊平和內園柚，李子和制軍，曾議福建學政渡臺考試，而未果行。

殼外無毛內有房，味香肉嫩色深黃。桂花江南有桂花栗，熟於八月風景分明在，卻被人呼作鳳凰。鳳凰蛋，似栗而香味特勝，俗名「冰硼」。或云「鳳凰蛋」，别是一種。

如何微物亦知更，偏學林間嘎嘎聲。大海東來鳥鵲少，夜深時有守宮俗名壁虎鳴。臺地雀少，守宮能鳴，且應更點。

鐵甲金錢名不同「鐵甲」「金錢」，皆海魚名，圖經搜討亦難窮。只堪記載不堪食，異說荒唐是海翁。志言海翁魚如小山，草木生之，樵者誤登其背，須臾轉徙，不知所之。

珠螺聞説產澎湖，翠蝌雖佳未入厨臺蟹性寒，不可食。最是秋風好時節，教人無奈憶蓴鱸。螃蟹、車螯，應以吾揚爲最。

王又續詠十二首

臺龍原自福州來《志》言台龍發於鼓山，逆水洋洋氣脈開萬水皆朝東，獨台水朝西，堪輿家所贊「逆水砂」也。從此西南風大定，驚濤駭浪一齊回。西南風盛，則安平湧起。沈幼丹星使會疏請封海神，立廟崇祀。本年七月下旬以來，皆是北風，已月餘不聞湧聲，感應之捷如此。

大海神燈半隱明海舟遇風呼籲天后，見紅鐙來，則額手相慶，香花供奉最虔誠。湄洲天后湄洲人靈蹟原無二，北港如何拜郡城。北港有天后廟，間數年，必請神像來拜郡城天后，届時香火之盛，日數千人，鄉愚無知，可發一噱。

窑變早傳鼓山異福州鼓山有窑變觀音像，禱雨輒應，又聞流水送觀音。「水流觀音」，在東安坊清水寺。從今不必朝南海赴普陀山進香俗稱「朝南海」，到處慈悲是佛心。

命名何取白龍庵俗傳觀音亭街井内獲一香爐，鐫有「福省白龍庵」五字，因此建廟。後遂爲戍兵禱神求福之所，兒戲居然號健男。能執干戈衛社稷，人人都沐聖恩覃。

故王一去五妃陪前明甯靖王全節之日，妃袁氏等五人殉焉，海外黄沙賸幾堆王墓在鳳山維新里，竹扈五妃墓在臺灣仁和里。猶有山僧殊解事，介圭不使没蒿萊。道光年間，農人掘土得圭，法華寺僧奇成以穀易之，滌去塵垢，見「朱銜桂」三字，知爲王物，已飭藏寺中。

精忠直貫七鯤身一鯤身至七鯤身，皆在安平海濱，跋浪騎鯨若有神事見《臺灣外記》。兩面是山四面海，特開半壁作完人新建延平王廟落成，余題楹聯云：「忠節感穹蒼，大海忽將孤島現；經綸關運會，全山留與後人開。」

江南前輩老名場，猶記珠巢共舉觴京都珠巢街有揚州會館。我渡重洋公已往，只留海上姓名香高南卿大令，高郵人，以名翰林出宰閩中，罹於台灣灣里街之難，奉旨給卹建祠。

新事傳來郡北方，雞籠澳内現晶光。旁人莫認金銀氣，依舊長虹海底藏。今夏七月間，雞籠山見有晶光，就視之，則隱，掘地亦無他異，旬日漸移海口仙洞、萬人堆等處而没，大約虹霓之類。不足異也。

泗波瀾即秀姑巒外海雲封，踏徧花蓮山名亂石蹤。鳥道羊腸今已鑿，且銷金甲試春農。羅景山軍門，自北路蘇澳南山，直連秀姑巒。宋奎五鎮軍接辦，現已議招墾章程。

玉非剖璞不晶瑩，石韞山輝理最精。雲霧天開榛莽闢，珍珠薏苡自分明。彰化内山有一望潔白者，相傳爲玉山。吴霽軒鎮軍開山履勘，乃積雪也。

東瀛人盡説炎鄉，寒燠誰知候靡常？暑月深山軍挾纊，八同關外已飛霜。霽軒鎮軍駐八同関，來函云六月杪，軍中看皮衣嶺上皆有霜痕，霜山之名，信不誣云。

雙溪迤邐轉崑崙，直向卑南問水源。正是艱難初著手，如何此事不推袁？袁警齋司馬南路開山，由雙溪口至崑崙坳入卑南，山徑崎嶇，緣上年時勢，不能不於此路先開，嗣鮑吉初通首開楓港，張奎垣鎮軍開射寮，路較平易矣。

馬子翊 清樞《臺陽雜興三十首》

羣山東聳水西流，星野終當屬女牛《諸羅志》謂臺灣爲翼九度者，非。險隘人難踰滬尾，長城我欲築埤頭。連窯煆蠣蘆灰暖，萬竈前錫蔗葉稠。三穫尚憂秔稻貴，屯田誰爲借前籌。

山勢龍盤起木岡，我朝文教破天荒。朝霞倒影翻紅水，萬派橫流湧黑洋。石出野田原有讖，石鐫文曰：「山明水秀，閩人居之。」見《福建通志》。金埋巖谷詎猶藏。林道乾妹埋金於打鼓山上。如何土卒開山路？辛苦難逢三保薑。明王三保種薑岡山，得者可療百病。

水多礁石礙行舟，黃黑成文土產硫。西達閩江開鹿耳，北通浙海扼牛頭。宵波動燄如流火，嵐氣蒸衣似涴油。醉上層樓開倦眼，青山一髮是琉球。「琉球」，在臺海正東。

曉日曈曨閶闔門鄭氏門名，奇男手自闢乾坤。芋叢十丈飛雙鳳，在大呂覔山。笏竹千竿繞七鯤。六袠老翁成賤隸臺地賤老，一年令節盛中元臺人好鬼。雄圖剩有佳蔬在，猶共春芽重北園鄭氏園名。

龜蛇對峙鎖孤城，草蔓煙荒統領營。古寺何人尋海會？炮臺邇日築安平。春初高樹蜩螗沸，夜半疏櫺蜥蝪鳴。太息合歡山下路，月明漸少嘴琴聲。以竹爲弓，長四寸，番童以脣鼓之，番女聞而合意者，遂成婚姻。

溪洞生煙十八重地在諸羅，亂山蒼翠簇芙蓉。誰能望氣探銀穴？便欲乘雲上玉峯。五夜寒潮鳴戰鼓，二更殘日吐邊烽臺海頽陽如烽燧遞出，夜深方隱，奇觀也。風中挾火麒麟颶，奇事還聞犽鬬龍見《東番記》。

仙桃高對佛桑紅，花信難憑廿四風。百和奇香收鹿港，千年積雪望雞籠。御冬旨蓄醃番蒜俗呼番「樣考」，字書無「樣」字，《居易録》作「番蒜」，從之，占歲豐穰驗刺桐先葉後花。其歲大熟生怯渾渾偏嗜飲，竹筒釀酒學郫筒。番酒刳大竹釀之，味不甚佳。

高岸萋萋草似煙，白波青嶂水沙連。編茅繞嶼千椽屋，架竹浮湖萬頃田番架竹木浮水面，藉草成土以種稻，謂之「浮田」，見《番俗六考》。喚渡津頭划蟒甲小船名，賣鹽市上用螺錢。行人莫憚籐橋險，別是瀛壖一洞天。

信有仙源可避秦，土番半是女真人元滅金，金人有浮海避兵者，爲颶風至，遂孳種類。一年海燕常重乳，四季林花不斷春。倒挂山禽如鳳小，寄居沙蟹與螺親。敦厖未改鴻荒俗，丁壯扶犁婦負薪。

怪狀爭看大耳兒番俗好大耳，幼年以竹圈張之，龍涎香好貨居奇「龍涎香」，傳爲鰍魚精液浮水面者，價十倍不可多得。見《風土記》。卓猴山樹猶藏劍，沙馬磯苔孰賭棋磯上有石楸，枰苔紋如畫，貑户織皮完鹿税。蜑民輸幣買魚旗捕鳥魚者，必買官旗。東鄰西舍多秦贅，生女真爲門上楣。

門臨煙水室依林，歷日何煩紀古今番社無憲書。婚聘儀文資吠蛤以蛤爲聘，吉凶朕兆卜鳴禽。紅絨繫髮年猶少，綵罽圍腰冷不侵。父老能知興廢事，長官莫更採黄金。哆囉滿地産金，鄭氏季世，遣人採之。老番曰：「昔日本採金，荷蘭奪之。荷蘭採金，鄭氏奪之。今又來取，豈遂晏然無他事乎？」見《臺灣志略》。

端午先籌幞社錢五月初二日，各商認辦社餉，見《諸羅雜識》，海隅原共戴堯天。焚將紙虎驅窮鬼除夕以鴨祭紙虎，焚之驅厲，買得韓盧當美田番人種臘犬，有值百金者。藥水不醫淮上客明王三保置藥於水，以療番人。時淮軍來臺，死者甚衆，橋岡誰訪洞中仙在鳳邑岡山，見《古橋岡詩序》。尤憐暗澳人難返，一日居然是一年臺東北有暗澳，春夏爲晝，秋冬爲夜。紅夷昔以二百人居其地，無一生者，見《舊志》。

南番不比北番強，欵客殷勤埽草堂。銅釜煑殘加雪白豆名，砂盆炊滿過山香米名，俗曰「香米」。未堪刀俎論肥瘠，祇合羈維作蔡荒。試覓當年分界石，熙熙中外少痍傷。社番南弱於北，見《臺灣採風圖》。

殊俗猙獰未可親，都盧番語聽難真。水濱岡兩蛇頭客，在雞籠山後，見《志略》。樹上飛禽雞距人雞距，番足趾如雞，食息皆在樹間。見《番境補遺》。燕婉閨情深鑿齒番人夫婦相得，則鑿一齒存之，象賢家法守文身番人文身皆命於祖父。髑髏滿架金爲飾，雄武翹然長里鄰。

巖穴曾棲宋客星土番有宋時零丁洋之敗，遁逃至此者。見《沈文開雜記》，勝朝事勢等零丁。騎鯨人去天難問鄭延平攻臺灣時，紅夷望見一人騎鯨從鹿耳門入，夢蝶園荒酒易醒。明舉人李茂春隱處。滿樹花開三友白番茉莉，一名「三友花」，孤墳草爲五妃青。哀蟬似訴王孫恨，暮雨蕭蕭不忍聽明甯靖王術桂，浮海依鄭氏王師克臺，王殉國，難五妃從焉。

方言曾亦説臺員明周嬰《遠遊篇》稱臺灣爲臺員，古塔嵳峨佛五雲塔名「秀峯」。斑竹至今悲烈婦鄭氏，監國克𡒊妃，夫死殉節，甘棠自惜愛參軍陳永華爲鄭氏參軍，治臺有善政。野牛馴後犁春雨荷蘭時，南北設牛頭司牧放生息，故至今山多野牛，縶而馴之，可以耕種，見《小崖外記》，蔣鵲飛來噪夕曛臺地無鵲，有太守蔣姓者，從内地購數百翼放之，今頗孳生，謂之「蔣鵲」。閒却朱提無用處臺地不用元寶，洋錢買得達戈紋布名。

昔年隙地借牛皮紅毛借居於土番，乃紿之曰：「得一牛皮地，足矣。」見《舊志》，賈舶於今達四夷。帆影東西風順逆，潮痕上下月盈虧。漫空結隊飛龍虱，浥露盈林摘鳳梨。誰説山間無直木「山間」五字，閩中喭語，槺榔百尺榦無枝。

蜃樓高起瘴雲間，妖氣迷漫壓市闤。認餉待歌他里霧他里霧社有《認餉歌》，營屯應闢武勞灣。北路武勞灣，地廣土沃，可耕萬夫見《稗海紀遊》。尤宜□税蠲箕斂，更把詩書化梗頑。細讀鹿洲藍公鼎元詩十首，老成謀國切瘝瘝。

受朝壇外盡罛寮，蘆荻波濤一望遥。七日能平花鴨亂朱一貴以養鴨倡亂，百年猶唱草雞謠。謂鄭成功事，見《池北偶談》。走差麻達鳴腰鐵番童年十五六者，謂之麻達，執驛遞役，待字雛娘聽鼻簫。臺稱幼女曰「娘」。「鼻簫」，以鼻吹者，與醉吹琴同。拚醉何須謀麴糵，椰漿如玉白盈瓢。

華嚴世界婆娑洋見《蓉洲文稿》，七夕家家祀七娘。魚陣迎潮滄海熟，歲有羣魚逆潮而上，則海大熟。鹿羣逃火野番荒。番社以鹿爲糧，草場失火，羣鹿遁逃，謂之「番荒」。彌陀港淺潛流淡，傀儡山高殺氣揚。天使邇來頻按部，霓旌咫尺拂扶桑。

鹿場漸已化桑麻，六十年來免貢瓜。曙鼓鏗鏘開馬驛，寒笳嗚咽動牛車。慕羶緣案多婁蟻，挺臂當輪有怒蛙。自羨冷官饒豔福，曇花看罷看瓊花一名「七里香」。

春得衙齋淑氣和，膽瓶兼供桂梅荷。已看果熟波羅蜜，又報花開吉貝多。愁聽白鳩驚遠夢白鳩知更，醉撕翠蠏發高歌。無端霖雨連三日，屋破何人爲補蘿衙齋敝漏，大雨則牀牀濕矣。

長街花鼓鬧春宵，獨坐荒齋意寂寥。狷介誰知高士菊臺地少寒，花開無節，惟菊至冬乃盛開至二月。東坡謂「菊性狷介」，誠哉是言也，芳鮮共愛美人蕉四時皆開，芳鮮可愛，其花國之妖姬哉。侵簾樹影斜隨月，繞榻濤聲冷帶潮。料得明朝天氣好，竹溪寺名應赴阮公招。

翠幔當窗午蔭涼，花磚日影夏偏長臺地夏晷較内地長數刻，見《臺海使槎録》。雞鳴小院潮相應應潮雞，潮上則鳴，蛛隱高簷網不張蛛不張網。殘夜寒飈生積水，遠山瘴氣逗微香。客來問字誰攜酒，滿捧檳榔勸我嘗。

水仙宫外盡成途「水仙宫」，舊在港口，今宫前，已成衢途，滄海揚塵信不誣。短短牆堆紅靺鞨，家家籬繞緑珊瑚。村娃小戲渺綿氏番語鞦韆，番客歡呼打喇酥飲酒也。挈榼乘涼何處好，藕花香徹北香湖國朝張鷺州有《北香湖詩》。

閩江千里月同明厦門至澎湖，水程七更。澎湖至鹿耳門，水程五更五，虎門之臺十一更，見《赤嵌筆談》，針路迢迢十一更。航海以指南爲準，謂之「針路」。祆火曾焚黄蘗寺，劫灰新撤赤嵌城。同治甲戌，以倭患故。開燈難使鴞音變，臺人多吸鴉片，謂之「開燈」。壓寶誰將蠹俗清。臺人好賭博，名曰「壓寶」，見《臺海使槎録》。底是豪門偏錮婢，秋風蕭瑟若爲情。

一樹檳榔一樹椰檳榔不與椰樹並栽，則花而不實，語見《赤嵌城集》，亦見《稗海紀遊》，晚風駘蕩影交加。青歸牆角相思草，黄到階頭消息花。獨自横琴延皓月，倩誰嚼米釀流霞？番人無麴蘖釀酒，則令少婦以口嚼米爲之。官貧莫怪奚奴懶，手撥爐灰煮建茶。

籬落天然結莿毬，金鈴箇箇綴林投。高巖神藥生三腳，野圃香柑熟九頭。異鳥舞雷魚舞火，「雷舞鳥」，聞雷則舞。「飛藉魚」，見火則舞。好花含笑草含羞。「含笑花」，五瓣微黄。「含羞草」，瓜之則垂。閒來欲訂羣芳譜，不負乘桴汗漫游。

天險生成鐵板沙，深山無虎野無鴉。健兒誰是麻丹畢「畢」，言好漢，故國猶傳毘舍椰。見《文獻通考》。年少社童能出草捕鹿，謂之「出草」，臘除鄰女共偷花除夕竊花，謂得佳婿。三冬無雪風常暖，獻歲盤登緑玉瓜。蓬萊福地久傳疑，遠隔重溟苦不知。佳果偏多名老佛如釋迦菩提之類，仙人何處訪安期？扶桑弱水言非繆，漢武秦皇意太癡。莫怪樓臺頻震盪臺多地震，勞他鼇戴已多時。

何竟山澂《臺陽雜詠》

馬子翊廣文，作《臺陽雜興三十首》，余見之技癢，因廣文詩所未及者，得詩二十四首。

海外東南片土開，萬山羅列水環迴。鯤身讓地倭謀拙「牛皮借地」一事，與《明史》所載佛郎機之紿呂宋相似，論者疑之，或謂荷蘭與倭約，歲貢鹿皮三萬張，倭以全臺歸荷蘭，乃築赤嵌城，踞一鯤身全島，鹿耳乘潮鄭業恢。鹿耳門港道紆折，沙多水淺。成功至，忽水漲數丈，大小戰艦縱横畢入。二百年來歸版籍，自康熙二十二年，靖海侯統師征鄭氏，澎湖克塽奉表以全臺降，至今一百九十五年。一千里路闢蒿萊。自雞籠山起，至瑯嶠以南龜鼻山止。袤長八百餘里，舊説一千七百餘里。始就内地弓步約計耳。重臣更廓鴻圖計，郡縣新增沐聖裁。同治十三年，沈幼丹星使奏請於南路之猴洞，設恒春縣。光緒元年，又奏請於北路之艋舺，設臺北府，附府設淡水縣。竹塹，淡水廳舊治，改爲新竹縣。噶瑪蘭廳舊治，改爲宜蘭縣，改噶瑪蘭廳通判爲臺分府，駐雞籠，均奉旨交部議准。

臣瀛無際接扶桑，海澨依然晝晷長。海外晝日，視中土較長，蓋迤西巨瀛無際，陽曦無有弊虧故也。都道四時皆是夏，有時六月亦飛霜。光緒元年，吴鎮軍開路至八同關，六月二十八九日，嚴霜兩夜，次日雨雪交霏。八同關，彰化内山地也。風來捲地天容慘，露湛層霄夜氣凉。臺地露水甚濃，故夏夜仍凉。不信佳期三五誤，一鈎初二見蟾光。初二即見新月。

開將軼事溯潮王，鄭成功初封延平王，尋晉潮王，見夏琳《閩海紀録》。手闢乾坤拓破荒。孤島自存田廣叔，圍棋早讓李文皇。成功報招撫書，自比張仲堅。羽山鯀殛終天恨，順治十一年，朝廷遣使撫成功，不從，乃繫其父芝龍於獄，十八年冬殺之。軹道嬰降入地傷。至克塽僅三世。忠節於今褒兩字，千秋廟祀享烝嘗。同治十三年，朝廷從沈大臣葆楨之請，予謚忠節，並建祠致祭。

仗節東來慨一元，甯靖王朱術桂，別號一元子，長陽郡王次子。由金門渡臺，全歸地下復□□。太息邊防疫癘多，南北路諸軍多感瘴癘，死者數千人。將星零落隕巖阿。臺北總統宋鎮軍到營數月，一病不起。各路隨營提鎮，亦多有病亡。題詩我自哀巖武，乙亥五月，王文勤公渡臺，督辦防務。余奉檄隨營。十月，文勤公因病内渡，遽捐館舍。余作輓聯云：「秉節越重洋，正當通道百蠻，食少事煩，太息大星隕海嶠；執鞭隨行幄，詎料備員五月，悲風涕雪，空懷遺澤賦哀詩。」余蓋妄擬杜甫之與嚴武也。曳足人爭慨伏波李制軍亦有輓文勤公聯，末句「曳足伏波同一慨」。碧血青燐獅社月，「獅頭社」，番前因抗殺官兵，經淮軍全力破之。黄沙白骨鳳山坡淮軍駐鳳山、刺桐腳一帶。玉關生慶班超入謂唐、羅兩提督，夜渡軍聲雜鸛鵝。

大府巡邊擁節旄，雞籠山外泊飛艘丁中丞渡臺，先至雞籠。兵徵兩路馳書急，時調孫軍門擢勝三營，駐雞籠，顧北路；方觀察統潮普三營，駐鳳山舊城，顧南路，均限期到防。嶺越三朝接漢高「三朝嶺」，今名「三貂嶺」，爲北路最高之山。土人謂之「摩天嶺」，中丞過此至噶瑪蘭。龍虎應符馳礟艇新到龍驤虎衛，小蚊船兩號均調至臺。鯨鯢望氣息波濤。西班牙船案，從此定議。渡瀘五月來諸葛，風雨遄征到不毛。吳星使于五月來臺接辦防務，巡歷南路卑南一帶。適遇風雨連旬，駐節貓貍霧，幾有絶糧之厄，經月回郡，從者皆病。

粵閩籍貫本分歧，異地呈材莫漫奇。臺地考試分粵籍、閩籍。更築鎖闈新北路，並移開府作宗師。臺灣學政事宜，向由巡臺御史兼理。乾隆七年，御史裁撤改歸巡道考校。光緒元年，沈幼丹星使奏請以巡撫來臺，應歸巡撫主政，並於臺北府地方捐建考棚，奉旨交部議，准。谷鶯早許棲雞樹，乾隆四年，巡臺御史諾布單德謨，奏請臺士會試照鄉試例，于福建卷中另編字號，額取一名。部議令俟臺士來京會試者，果至十人之多，奏請欽定，而臺灣始有進士。海燕何年浴鳳池臺地二百年來無館選。一領青衿獠户貴，皇朝今已廣恩施。番童向衹取佾舞，光緒丁丑歲試，丁中丞取進淡水番童陳實華一名，撥入府學，以示鼓勵，並附片奏明。

年來事事法西英，更仿洋操立練營。郡中設左右兩翼，練營仿西法操演。電線已看傳信速，臺灣府城至旂後電線，現已新成。火輪尚待置車成。現擬築鐵路。格何言我師克澎湖，甯靖結帛於梁自盡，五妃袁氏、王氏、秀姑、梅姐、荷姐，先自同縊。數莖草長忠臣髮。甯靖絶命詞有云「艱辛避海外，總爲數莖髮。」五出梅開烈女魂五妃墓在魁斗山。猶有介圭留古寺圭長一尺五寸，闊一寸八分，厚四分。道光年間，農人掘地得之。僧奇成以粟易，置法華寺，更無玉帶鎮山門帶凡□□二十枚，碾成百鹿，流傳民間。見《海東扎記》，今聞落安平海中。荒祠竹滬人誰問甯靖王祠，在竹滬莊，家人許福立主祀之，杜宇聲淒夜月昏。

兩渡重洋到海圻余兩次渡臺，殊方風景認依稀。螺鈿十色倭奴漆市中賣東洋漆貨最多，亦最精，番錦千絲蜑女機番婦惟郡城一户能織，價極貴，間以五采絲織成被褥等件，陸離耀目，尚覺可觀。路狹僅留天一綫街市甚仄，郡城西門一帶僅留一綫天矣，簾垂權作户雙扉。比閭皆垂簾，或竹簟藉以當門。烏烏吹角知何事？幾擔肩挑是賣豨。猪肉擔以吹角爲號。

南旂北滬盡繁華，滄海桑田信不差。臺灣初止鹿耳門一口，百餘年來淤沙擁塞，安平至郡邑，已可陸行。鳳山縣之旗後口，昔祇小舟能進，近年沙去水深，可停泊。百餘舟滬尾爲北路最大港口，俱有各國商艘往來，並開洋行。萬疊銀山翻急湧，湧者，無風起浪，翻濤捲雪，舟莫能近，山前以夏秋爲甚，山後起於冬春。一條鐵綫鎖長沙沙堅如鐵，故名「鐵線沙」。暗礁林立排龍骨，支港參差列犬牙前後山港口甚多。爲問昔年天險處，盪纓無復舊丫叉鹿耳門夙稱「天險」。舟人樹標水中，以誌淺深，名曰「盪纓」。

堪笑浮囂陋習仍，仇讎報復競稱能臺俗氣性剛強，浮而動，往往睚眥之仇，報而後快。黨援不惜家同破同鄉同姓設受陵辱，傾家拯救，身罹法網所不顧卹。擄勒無端禍猝興擄人勒贖，最爲惡習。鑪主籤頭榮里社里社，中有鑪主、籤頭諸名目，輪流值年，以主其事，鄉承約長耀門燈。鄉約名總理，地方官。給戳記。門首懸大燈，亦總理銜。操戈鬬狠尋常事，紮厝由來最足憎。猂族糾黨逞，兇殺其全家，將田園房屋輜財踞爲己有，名曰「紮厝」，近年官兵勦辦數起，此風已息。

雙冬稻穀熟畦町俗呼穀熟曰冬，有早晚冬，兩熟曰「雙冬」，豆麥菁麻遍野坰。廣闢山場茶利溥近年臺北産茶甚多，高裝郇廊蔗漿馨。息求五倍堪浮白，價問三郊聚貨而分，售各店者曰「郊」。來往福州江浙者曰「北郊」，泉州者曰「泉郊」，廈門者曰「廈郊」，統稱「三郊」或賣青未熟先糶者曰「賣青」，先期定價給資，及時而取曰「買青」。況值聖恩蠲雜稅，漁租厝餉一齊停。臺灣仍鄭氏舊制，有厝餉、番餉。蔗車、牛磨、港潭、蠔箔等雜稅現已奏蠲免，奉旨準行。

生財容易易豪華，纏首青藍没縐紗漳泉人畏風，恒以布纏首。臺人亦纏首，多易以藍黑縐紗，長丈餘，環繞五六匝，以爲美觀。擺尾如龍爭自便袴之露於衫外者，寬長約尺有半，曰「龍擺尾」，點頭似鳳動相誇。襪不繫帶，任其脱覆足面，曰「鳳點頭」。濃薫鶯粟甘於薺雅片盛行，較内地更甚，細嚼雞檳慣代茶男女均嗜檳榔，咀嚼不去，口脣齒皆朱殷。客至亦必以獻，即以代茶。披得蘇裾瓜子領，男子短衣，每過膝襟多直下，曰「蘇裾」。領則不論頸之肥瘦，多上圓下尖，半露其胸，曰「瓜子領」。輿臺衣帛不爲奢。傭販輿隸衣袴，率用紗綢。

閩人信鬼世無儔，臺郡巫風亦效尤。出海大儺剛仲夏出海在五月，義取逐疫，造木舟以五彩紙爲瘟王像，禮醮演戲畢昇像。舟中鼓吹儀仗，送船入海，沿鄉普度又初秋普度自七月初起至月盡止，設壇禮，醮搭臺演劇。結綵張燈，鋪設極盛，猪魚雞鴨等類積如岡阜，實屬暴殄。婦男桎梏虔迎送出會之日，頳衣遍路，閨閣婦女亦荷枷帶索，跪迎道左，恬不爲怪，酒肉池林敬獻酬。讕語客師能愈病，喧天鑼鼓妄祈求。有非僧非道，轉事祈禳者，曰「客師」，書符行法，謂能愈病。刺繡從來是女紅，高門嵩閣理香絨大家婦女亦工刺繡。臂籠金釧脛俱滿女子裹足者，手釧而外有脚鐲，重疊至三四行，髮束銀縧首免逢瑯嶠婦女多以銀練纏髮，有至十餘條者。嬌習蝸居憐懈惰，職詢蠶織慨昏瞢婦女習於嬌惰，不解蚕桑紡織。澎湖一樣閨中質，胡竟辛勞與牸同澎湖婦女獨苦終日，視潮長落處，赴海濱拾取蝦蛤螺螄，兼任農事。諺云「澎湖女子臺灣牛」。極言其勞瘁同也。

海面遥看輓髻螺，兩三孤嶼似星羅離臺灣最近者爲小琉球，在鳳山縣之南海道三十里，居民二千人，歸鳳山管轄。瑯嶠之東有紅頭嶼、火燒嶼，海面俱一百餘里。紅頭嶼，皆土番。火燒嶼，多漳泉人住之。又有五獅嶼在噶瑪蘭，頭圍對渡。蓬壺未許來徐福五獅嶼有意往求，每不可得，瀛嶠何緣到鄭和。光緒三年，春丁中丞命前署恒春縣周有基帶同機器學生游學詩、汪喬年往探紅頭嶼，嶼中分八社，番衆皆穴地而居，略似臺灣生番。《府志》稱紅頭嶼産金，番無鐵，以金爲鏢鏃鎗舌。今無其事。斜日荒城紅薯大聞前有至五獅嶼者，言嶼内有城門五座，中無人居，拾得野紅薯一枚，重五六十觔，曉風山社緑椰多。紅頭嶼多種椰樹。更看鄉火因緣結，自奉觀音擬普陀。火燒嶼有水滴觀音，極靈。

遑論宋士與金民臺灣番種，或云宋時零丁洋之敗遁亡而至，或云金被元滅浮海爲颶風飄至，皆不足信，平埔高山迴不倫平埔多熟番，高山多兇番。憑着刺桐花紀歲，番無年歲，以刺桐花開爲一年。每刳大樹腹藏身北港王字番死後，刳大樹以尸入其中，仍以樹皮包裹，隔年膠合無縫，枝幹蒼翠勝常，子孫歲以牲牢祀之。生涯林莽惟搜鹿，事業箕裘在殺人生番以殺人爲遵祖制。我聽番歌疑梵韻，手牽足頓别傳神番衆牽手成圍，頓足而歌，聲似梵韻。

莫道卑南地勢偏卑南在南路内山之東，横互南北，下毗瑯璚，上接嘉義之崇爻界，膏腴應並水沙連。水沙連者，嘉、彰兩縣内山。番地有猫丹、埔裏等十餘社，廣袤三十餘里，山水秀麗，厥土中上。藍鹿洲集中悉紀其勝。道光間劉玉波制軍履臺勘實，奏請設通判，廷議未允。别論戈甲開荒土，臺地田畝計戈論甲，每戈長一丈二尺，東西南北各二十五戈爲一甲。廣合丸丹闢瘴煙。各營設官藥局，並施丸散膏丹。置驛漸通邊徼路，恒春縣設八磘牡丹兩驛，卑南設絲鬮社、卑南蓼兩驛。移官更授撫民權。光緒元年，沈幼丹星使奏請，將南路同知移駐卑南，北路改爲中路，移駐水沙連，各加「撫民」字樣，奉旨交部議准。會看齊奏平蠻曲，再闢山中萬頃田。淡水之後山秀、姑巒一帶，土田膏腴。近日吴鎮軍駐璞石閣，督兵開撫。

林礮購新時樣（格林連珠礮出英國最爲精捷臺地已購得十餘尊）來復槍嗤舊日名（近改用後膛槍）城社憑依狐鼠狡無端民教起紛爭（洋人各處設立教堂無賴子倚爲護身符往往民教爭鬧致費周章）

爲探煤穴入林深，煤礦在八斗山。買到鋼鑽已萬金。鏨山、鋼鑽等器購自外洋，計值二萬餘金。鏨井真教施鬼斧，延洋人翟薩爲煤師，鑿井深廿餘丈。醫貧爭幸得神鍼。經營欲啓千年利，窺伺能防萬里心。更有磺油堪採取，硫磺、磺油，均擬用機器採取，硫磺山在金包裏。「磺油」，在淡水牛鬬山下山中生計待搜尋。

卉島從來叛逆多，十年必反説非訛。魚牙結盜名天運張丙，本爲魚牙，與巨盜陳辨等往來，因售米事，忿縣令袓粤民，遂起事。僞稱「開國大元帥」，僭號「天運」，鴨母稱王號永和朱一貴混名「鴨母」，以豢鴨爲業。鴨行皆成列，衆異焉。逆黨杜君英以其姓朱，假托明裔，擁之，攻據岡山汛，僞稱義王，僭號「永和」。況爲倭兵籌布置，同治十三年，倭兵窺犯臺壘，駐兵瑯璚，經歲而議始成。更兼番亂起干戈。元年，攻打獅頭社。三年，攻率芒社。皆因該番抗殺官兵，以示懲創。將軍尚未樓蘭斬，佇立聽山中唱凱歌。近日内山阿棉鳥漏等社，持險負隅，飛虎左營、綫槍營，皆小失利，現調擢勝營、鎮海左營，進山彙勦。

絶少蓴鱸似故鄉，食單從此費商量。檳榔筍折春風緑檳榔樹直上無枝，折其嫩尖，甘鮮可食，名檳榔筍。惟須俟大風吹折，始得購買，亦甚昂。蘆黍花開夜月黄西北方名高粱，臺地夜間開花。鬼蝌伏如傀儡虎鯊背有斑文登海錯，地瓜山芋淡水，芋出山石上者佳，大者重四五觔足餱糧。竹蟶莫訝腥難近「竹蟶」，一名「海豆芽」，形扁如蟶殼，緑色吐尾，潔白類豆芽，腥不可食，更有龍蝦一尺長。「龍頭蝦」，昂首奮角，如畫龍狀，長尺餘，味亦甚腥。

競傳麻豆勝平和，秋日園林柚子多麻豆堡所産柚子，勝于内地平和。爛煮冰硼逾栗子，「冰硼」，形如皂莢子，似栗而香味特勝。愛看染霧當蘋婆。「染霧」，一名軟霧，又名剪霧，大如蒜蒂，鋭頭圓形，似石榴，滎潤可愛，味清甘，略同蘋婆。緑添水色新番檨「檨」字，字書所無。即番蒜也。高樹多陰，實如猪腰，青皮黄肉，土人甘之，青映山光上釋伽「釋伽果」，一名「佛頭果」，實大如柿，色碧紋縐，如釋伽頭。味甘微酸而膩。不特菩提稱佛號「菩提果」，一名「香果花」。有鬚無瓣，白色。其實中空有細絨，屬蒂狀如蠟丸，鮮青熟黄，味甘而清，天波羅又地波羅波羅密爲「天波羅」，黄棃爲「地波羅」。

温和却好養花天，迎歲荷新菊度年臺地少寒多燠，新歲尚見荷花，又有迎年菊、獻歲菊，皆開歷冬春。挹露紫含優鉢小優鉢曇花，種出西域。《府志》載法華寺舊有小種數本，花色純紫，燒空紅偏佛桑然「佛桑」，一名扶桑，有單葉、千葉二種。春風鷹瓜飄香遠「鷹爪蘭」，一名油蘭花，似蘭無心，香味滯膩。結子如棗，名鷹瓜桃，秋雨燕支着色鮮「臙脂」，有紅、黃、白及五色四種，夏秋開。又有午時梅一種，朝朝開落在庭前。午時梅色紅，午開子落。

試聽談瀛事最新，暗洋《臺灣雜記》言臺之東北有暗洋，以一年爲一晝夜，弱水《稗海記遊》言雞籠山下實近弱水，舟至即沉不無因。老猴已死偏成魅，《臺灣縣志》述鳳山有民婦被祟，暮即見形，如人似犬。邑令爲牒告城隍神，忽雷震，怪走入地，掘之，得死猴一，祟遂絶。巨蟒何來竟噉人昔有海舟至雞籠山後，得山暫泊。舟中四人登岸，見異類蛇首猙獰飛行而至，攫一人噉之，餘三人身佩雄黃得免。龜有兩頭差足怪，臺北有龜生兩頭，洪雪塘別駕爲余言之。牛生六足見曾親臺灣縣鄉間，有牛生六足，二足從背上倒垂而下，曾親見之。孼魚奚自能登岸，似戮飛廉到海濱同治十一年九月，有大魚七尾，登噶瑪蘭海口。又一尾，至滬尾登岸，魚大如輪船，多無目。又有最大一尾，背高如山，似解押登岸者。土人割肉熬油，腥穢不可嚮，遍食其肉者皆病。次年即遭倭變，似魚爲之兆也。

絶句詩選序

漢、唐古今體詩選本不少矣，佳者亦寥寥。家塾課兒輩，古體取王漁洋本，今體取姚惜抱本，獨少絶句一體。漁洋雖有删定唐人萬首絶句本，即未溯厥淵原，亦復病於繁賾。因專選此一體，存爲家塾課本，綜漢、魏、六朝、三唐得三百五十首有奇。

詩以道性情，故有難以莊論，而譬喻始明者；亦有佇興而就，無復可以言説者；又有蕩志佚思似不可訓，而事物之理於以窮盡，政教之得失於以考見者。不得其解，滯言下多矣。當其暇時，閒箋一二，指點大略。繁稱博引，易爲詩家障蔀，吾無取焉，銓擇之例見後。咸豐壬子十一月之望，江西新城楊希閔撰。

絶句詩選凡例

絶句在漢即有二體，「枯魚過河泣」，樂府體也，古絶句則詩體也。

子建《七步詩》哀怨悱惻，子敬《桃葉歌》駘蕩婉麗，《子夜》《懊儂》踵事益靡，五絶風氣實大昌於魏、晉焉。

劉宋之世，《讀曲》諸歌不減《子夜》，而湯、陸二詩又何似唐人也。元暉播美齊代，絶句不多，略鈔二首，足資賞諷，王融、張融亦此體擅場者。

梁朝武帝、簡文、元帝並工玆體，提唱自上，和者從風。自沈約至江洪不下十餘人，人有佳製，盛乎南朝。其無名氏如《江陵樂》諸作亦勝絶也。

陳代祚促，作者寥寥，江總、韋鼎二篇蔚爲翹楚。顧孝穆盛名未逢妙作，何也？

北朝劉昶、高昂，足以壓卷，余擇數篇，以存典則。北周開府，介然獨秀，録之最多，以概北朝風雅。

隋朝上承梁陳，下開唐室，絶句佳者如薛道衡、虞世基，則直是唐人作矣。中有無名氏作，凡在唐以前不能審定何代詩者，概附隋末，以其混一區宇，可從總攬也。

七言絶句雖漢、魏有之，然或换韻，或句句押韻，究是古體，非絶句正體。正體乃見于梁代，而陳隋亦間遇之，共選九首，存綿蕞焉。

以上通爲一卷。

絶句至唐代，如繁星麗天，參錯造化矣。約其擅場，厥有數子。五絶則王、裴是一體；韋、柳是一體韋、柳雖似右丞而實有别；太白是一體太白似出齊、梁，實超漢、魏，天才所詣，未可言説；崔國輔、張仲素、張祜又是一體，則專學齊梁者也；他如高、岑、元、白十數，鉅工不乏佳製，亦自名家，僂指難窮識者，可自得之。以上五絶爲一卷六言絶句附末。

七絶名家者又與五絶不同，如太白、右丞固已敻絶，而王少伯之高華，李庶子之精壯，劉隨州之婉麗，白司馬之性靈，杜牧之之跌蕩，李義山之沈刻，皆横絶一代。他如「黄河遠上」「葡萄美酒」「月落烏啼」「客舍并州」，片詞共璧，膾炙區夏，信乎霞駁雲糺，目不給賞矣，兹鈔並予甄録，亦具别裁，如王建《宫詞》不加寬采，以近俳也。若《比紅兒詩》直當擯棄，漁洋選之，未喻其故。大抵遺漏即不免，而猥濫所必無也。

以上七絶爲一卷。

絶句詩續選序

漢唐絶句三卷刻即成，有嫌闕宋以後絶句者，乃更選此三卷，得詩百九十首有奇，併刻之。宋人詩，蘇、黄外遠不及唐，獨絶句有佳者，然所佳亦在意致、風韻爲多耳，氣體高古、神理渾全仍不及也。明七子不失唐人步趨，又嫌太似，其高者固未可没。國朝王漁洋稱爲擅場，嗣響則有姚惜抱。此宋以來絶句大概也。今都不能寬録，略引耑以俟隅反，亦猶王姚選古、今體詩遺意焉。咸豐癸丑正月十日，江西新城楊希閔臥雲居士撰。

絶句詩續選凡例

宋人絶句每傷率易，校唐賢高古渾成者迥别。然而蘇、黄數公作其風味，轉出唐賢之外。介甫刻摯，亦不可及，但微乏妙遠耳。論北宋絶句名家，三公爲首，而蘇、黄門庭諸子次之。

鈔北宋詩爲一卷。

南渡而後，楊、范與陸齊名，顧楊多徑率，范乏雄深，均非陸敵，而以陸上比蘇、黄，則又遠在，但在南渡不能不以爲巨擘耳。名篇佳句足資吟賞者，劔南而外，吾轉喜姜白石。自餘江湖一派，經漁洋標舉外，佳者寥寥，今亦不欲過而存之也。

金世詩人亦自不乏，元遺山集其成。元代盛稱四子，然舍虞伯生，亦罕傑出。天真爛漫，無復修飾，于詩人常格外别具風味，吾愛倪雲林。若楊鐵崖務以拗峭纖仄爲高，即乖正體，亦匪中聲，亡國之音，斯宜微會，今略不取一焉。

以上通爲一卷。

明初高氏一變元季之習，可云有裨風雅。自是前後七子横據坫壇，雖于唐賢有「虎賁中郎」之誚，實于晚近有廓清摧陷之功，君子宜有真賞，未可吠聲。今各録一二，聊示嘗臠，未云佳作盡是也。

國朝風雅鼎盛，未易屈指，吾意終以漁洋爲勝，施、宋諸家難與掉鞅，即竹垞、堯峯各以考證文章壇場則可，吟詠一事，終當讓王也。雍乾而後，此道波靡，獨姚惜抱爲中流之砥，當時袁、趙十數人，聲明煊赫，遠出姚上，久而論定，作者難誣。此吾録國朝絶句之大意也。

以上通爲一卷。

詞軌序

書家學真書，必从篆隸入，乃高勝。吾謂詞家亦當从漢、魏、六朝樂府入，而以温、韋爲宗，二晏、秦、賀爲嫡裔，歐、蘇、黄則如光武崛起，别爲世廟，如此則有祖、有禰，而後乃有子、有孫。彼截从南宋夢囱、玉田入者，不啻生於空桑矣。故伐材近而創意淺，琱琢文句以自飾，心力瘁於詞，詞外無事在，而詞亦卒不高勝也。吾有鑒於是，爲兹選以正塗轍，義例詳總論中，各家旨趣，又綴論各卷之端焉。

同治二年重陽前五日，江右新城楊希閔鐵傭

詞軌總論

《四庫全書提要・詞曲類》云：「詞曲二體，在文章技藝之間。厥品頗卑，作者弗貴。特才華之士，以綺語相高耳。然《三百篇》變而古詩，古詩變而近體，近體變而詞，詞變而曲，層累而降，莫知其然。究厥淵源，實亦樂府之餘音，風人之末派。其於文苑，尚屬附庸，未可全斥爲俳優也。」

又曰：「陸游《花間集》二跋，一稱斯時天下岌岌，士大夫乃流宕如此，或者出於無聊。不知惟士大夫流宕如此，天下所以岌岌，游未反思其本耳。二稱唐季、五代，詩愈卑而倚聲輒簡古可愛，能此不能彼，未易以理推也。不知文之體格有高卑，人之學力有強弱。學力不足副其體格，則舉之不足；學力足以副其體格，則舉之有餘。律詩降於古詩，故中、晚唐古詩多不工，而律詩時有佳作。詞又降於律詩，故五季人詩不及唐，詞乃獨勝。此何不可以理推乎？」（見《花間集提要》）

又曰：「考梁代吴聲歌曲，句有短長，音多柔曼，已漸近小詞。唐初作者雲興，詩道復振，故將變而不能變。迨其中葉，雜體日增，於是《竹枝》《柳枝》之類先變其聲，《望江南》《調笑令》《宫中三臺》之類遂變其調，然猶載之詩集中，不别爲一體。洎乎五季，詞格乃成。其岐爲『别集』，始於馮延巳之《陽春詞》；其岐爲『總

集』，始於趙崇祚之《花間集》。」（見《御定歷代詩餘提要》）

又曰：「《三百篇》餘音，至漢變爲『樂府』，至唐變爲歌詩，及其中葉，詞亦萌芽，至宋而歌詩之法漸絶，詞乃大盛。其時士大夫多嫻音律，往往自製新聲，漸增舊譜，故一調或至數體，一體或有數名，其目幾不可殫舉，又非唐及五代之古法。迨金元院本既出，併歌詞之法亦亾。文士所作，僅能按舊曲平仄循聲填字。自明以來，遂變爲文章之事，非復律品之事，併是編所論宫調，亦莫解其説矣。」（見《碧雞漫志提要》）

又曰：「唐、宋兩代皆無詞譜，元以來南北曲行，歌詞之法遂絶。姜夔《白石詞》中間有旁記，節拍如西域梵書狀者，亦無人能通其説。今之詞譜，皆取唐宋舊詞。以調名相同者互校，以求其句法字數；取句法字數相同者互校，以求其平仄。其句法字數有異同者，則據而注爲又一體；其平仄有異同者，則據而注爲可平可仄。自《嘯餘譜》，皆以此法推究，得其崖略，定爲科律而已。然見聞未博，攷證未精，又或參以臆斷無稽之説，往往不合於古法，惟近時萬樹作《詞律》，析疑辨誤所得爲多，而仍不免於舛漏。」（見《欽定詞譜提要》）

又曰：「萬樹《詞律》多糾正諸家舛異。如舊譜以五十八字以内爲小令，五十九字至九十字爲中調，九十一字以外爲長調。樹則但列諸調，而不立三等之名。又舊譜於一調而長短異者，定爲第一、第二體。樹則謂調有異同，體無先後，故但以字數多寡爲序，而不立名目。精碻不刋。其最入微者，一爲舊譜不分句讀，往往據平仄混填。樹則謂七字有上三、下四句，如《唐多令》『燕辭歸、客尚淹留』之類；五字有上一、下四句，如《桂華明》『遇、廣寒仙女』之類；四字有横擔之句，如《風流子》『倚闌干處』『上琴臺去』之類。一爲詞字平仄，舊譜但據字而填。樹則謂上聲、入聲有時可以代平，而名詞轉折跌宕處多用去聲。一爲舊譜五、七字之句，所注可平可仄，多改爲詩句。樹則謂古詞抑揚頓挫，多在坳字，其論最爲細密。」（見《詞律提要》）

又曰：「自五代至宋，詩降而爲詞。自宋至元，詞降而爲曲，文人學士往往以是擅長，如關漢卿、馬致遠之類，皆藉以知名於世，可謂敝精神於無用。然其抒情寫景，亦時能得樂府之遺。小道可觀，遂亦不能盡廢。」（見《張小山小令提要》）

又曰：「雜曲、小令，論其體格於文章爲最下，而入格乃復至難。然以士大夫而殫力於此，與伶官歌妓校短長，雖窮極窈眇，是亦不可以已乎？」（見《王九思碧山樂府提要》）

毛大可《雞園詞序》曰：「往，予嘗與華亭蔣生摎討唐詞，謂小詞者，實詞所自始。夫第曰：『詞則曼體，不可少也。』其後，迦陵陳君偏欲取南渡以後、元明以前，與竹垞朱君作《樂府補遺》諸倡和，而詞體遂變。若夫聲，則雖萬君紅友著《詞律》二十卷，其於句讀、平陂則得矣，然而與律呂何當焉？」

又《倚玉詞序》曰：「予鄉曩時有創爲西蜀、南唐之音者，華亭蔣大鴻也。有創爲德祐、景炎之音者，禾中朱竹垞也。竹垞客予郡，覓予郡之景炎處士所稱菊山唐珏、蘋洲周密、後村、仇遠輩而效其倡和，相率爲懟急偪剥之詞，而人卒局步而不敢前。」

陸朗甫《紅櫚書屋樂府序》云：「詞之未興，惟詩行於世，而其用在歌，歌有抗墜抑揚，故文有長短伸縮。《三百篇》雖多四字爲句，而其中有兩字至八字間出不拘。漢五言詩已爲文人所作，不盡可歌。樂府篇章則無不參差其字句。自近體興，而詩家以五言、七言爲正格，長短之句僅施於歌行，而古詩遺音乃獨留於詞之一派，作之者又以體別於詩，競奉柳屯田爲正宗，斥蘇玉局爲旁門，於是詩與詞不可復合。至若聲以韻諧，四聲通用，攷諸漢魏亦無不然，然則今詩之用韻又與古音相戾，而詞則與古無以異。又詩則文成而聲應，詞則調設而文從，以此彌分畺域，或律以宗子之法，詞猶爲古詩之弱嫡，近體乃古詩之強支耳。」

希閔案：長短句爲詩之餘，然則詩源而詞委也。源不遠，委何能長？温、韋、二晏、秦、賀皆能詩，歐、蘇、黄尤卓卓，姜、辛詩亦工，安身立命不在詞，故溢爲詞，夐絶也。屯田、清真、梅溪、夢囱、碧山、玉田諸子，借詞藩身，它文翰一無可見，有委無源，故繡繢字句，排比長調以自飾。夫文章本於性情，濟以問學，二者交至，下筆遣詞，自有天放，長篇短幅無定也，清空質實亦無定也。史不同騷，騷不同莊，公、穀不同左、國，安可印定一説乎？「孔雀東南」，長固善矣；「清晨隴首」「青草池塘」，短亦妙也。彼沾沾以長調矜詡，殆自忘爲陋，中實枵然。若坡谷之《水調歌頭·念奴嬌》又可得乎？或者又以詞貴意内言外，明之者少。不知意内言外，凡文章造微者皆然，不獨詞。詞之拙者，流於取諢，乃異是耳。以拙者之異是，標爲元鑰，欺駭流俗而已。吾謂詞學當从漢、魏、六朝樂府入，而以温、韋、二晏、秦、賀爲正宗，歐、蘇、黄爲大家此仿明高廷禮論定唐詩之説，屯田諸子爲附庸，則塗轍不謬矣。歐、蘇、黄似爲詞之一變，此如近體原於六朝，唐初皆沿之，李、杜數公出，摧破壁壘，旍幟改觀，變而得正，後世爲近體者，轉不能舍李、杜數公，專尚六朝矣。歐、蘇、黄於詞亦然。跌宕瀟灑，軒豁雄奇，一洗綺羅之舊，此正變而得正者，奈何齗齗奉花間爲職志乎？吾今以《金荃》爲一宗，晚唐、五季爲一宗，二晏爲一宗，歐、蘇、黄爲一宗，秦、賀爲一宗，石帚一宗，稼軒一宗，同時名家以次附列，嗣後作者準是爲衡焉。寸珠片玉不可遺者，别爲補録綴後。至於辨宫羽、攷疊遍，此必自能按歌始徹。五季、兩宋人大氐能自歌，即坡谷亦妙解絲肉，吾不能得古人歌法，斥斥抉剔于平陂陰陽以爲細密，安在爲細密也？且古詩皆入樂，後來詩不入樂者甚多，仍不害爲佳詩，但自然之音節則不可失耳。詞亦猶是也。能歌固善，不能歌，庸記非解人，「樂云樂云，鐘鼓云乎哉？」姜白石詞自載有譜，今人視之，亦昧昧。萬紅友《詞律》亦第依古人舊調推尋爲之，是爲竭力於腔調異同、字句增減、音韻平仄之委流，而於詩樂之大源絲豪無補。吾故不暇爲之也。

吾選詩，求之風與比、興及音節者爲多，詞亦猶是。美人、香草，必原騷怨之由；濮上、桑間，亦嚴鄭、衛之辨。庶别裁有體，而小道可觀也。

鄒訏士病北宋諸家其長篇不足，正如嘉州、右丞不能爲工部之五、七排體，此夢囈也。近體者，古詩之靡，長排又近體之靡。嘉州、右丞古體長歌如何力量，豈不能爲長排者？風氣未開，則闕之爾。且工部亦非專以此擅場，遺山所謂「少陵自有連城璧，爭奈微之識碔砆」也。詞之長調，始於柳永，以前惟小令見宋翔鳳説，詳三卷中，若坡、谷之《水調歌頭》《念奴嬌》，絶迹飛行，何不能爲長篇之有？彼鄒訏士第知買菜求益耳，詞中微妙概乎未聞也。

國初諸老才學非不富，大半爲此等瞽説所錮，竹垞、迦陵猶是坐破蒲團，未證圓覺。《詞綜》一編，局域才人心眼不少，惟《衍波》《河右》《飲水》，遠溯《握蘭》，近挹《湘真》，元箸超超，斯爲宗乘龍象也。

自康熙至乾隆，爲詞學者多爲竹垞《詞綜》所錮。嘉道間，常州張皋文乃上溯《金荃》，參以南渡，運心思於幽邃窈折之路，情寄騷雅，詞兼比興，遂又别開境界。但六一、坡、谷一途，游屐尚多未歷，世有豪傑，必不憚問津也。彼詞爲教坊雷大使等語者，安識魏公嫵媚哉？存吾此論以俟解人。

詞軌題識

卷一

選唐代詞爲一卷，壹以長短句爲主，竹枝柳枝可入七絶者，詩軌已選入樂府，今不更録。

唐人長短句託始太白，此非也。晚唐人僞爲耳，辨已見《詩軌》卷三十二。

此篇大概與《詩軌》複出，然彼是究詩之委，此是溯詞之原，緣起所關，不得不爾。

頃閱李小湖聯琇《好雲樓集》有《浣月詞序》云：「『菩薩鬘』之名由大中初，女蠻入貢，其國人危髻金冠，瓔珞被體，因之優伶製爲曲，而文士遂聲其詞，若太白之時未有也。至『憶秦娥』尤似晚唐人筆，且二詞得之鼎州滄水驛樓，古本《太白集》無之，顯爲嫁名，安能與『望江南』媲。」

卷二

選唐末、五代詞爲一卷。周稺圭題温尉詞云：「方山憔悴彼何人，蘭畹金荃託興新。絶代風流乾䐑子，前生合是楚靈均。」其賞歎如此。近張皋文《詞選》亦謂温詞一一皆有寄託，賞歎與周同。吾今却不加箋，存其說，令人自領。

二主詞讀之使人悄愴失志，亡國之響也。然真意流露，音節悽婉，善學者宜得意於行迹之外。陳大尊、王阮亭真是解人，能轉法華，不爲法華轉也。

周稺圭題韋端己詞云：「浣花集寫浣花箋，消得孤蓬聽雨眠。顧曲臨川還艸艸，負他春水碧於天。」昔湯義仍評韋詞「春水碧於天」二句云：「江南好，只如此耶？」此當是諧戲之言，未可爲典。要韋詞佳處不能識，尚足爲義仍耶？

周稺圭又題李德潤詞云：「雜傳紛紛定幾人，秀才高節抗峨岷。扣舷自唱南鄉子，翻是波斯有逸民。」攷《十國春秋》，珣本波斯之種，故周詩云爾。其《瓊瑤集》足與《浣花》雁行，聲情悽麗，令人迴腸盪氣也。

《古今詞話》云：「孫孟文遘兵戈之際，以金帛購書數萬卷，著《北夢瑣言》，多采詞家逸事。」周稺圭題其詞云：「一庭春雨善言愁，傭筆荆臺耐薄游。最苦相思留不得，春衫如雪去楊州。」馮僕射詞何減《浣花》《瓊瑤》，周稺圭《十六家詞》遺之不選，豈以其人品不端耶？吾則就詞論詞，不以人廢言，仍選爲一家。南唐元宗嘗因曲宴内殿，从容謂馮：「『吹皺一池春水』，何干卿事？」馮對曰：「『安得如陛下『小樓吹澈玉笙寒』特高妙也？」國勢岌岌，而君臣措意如此，茲可慨也。

卷三

選晏元獻父子詞爲一卷，而附張都官、柳員外二家。《四庫全書提要》云：「殊賦性剛峻，而詞特婉麗。」劉攽《中山詩話》云：「元獻喜馮延巳歌詞，其所自作亦不減延巳云爾。」吾友陳廣夫則謂：「元獻立朝，了無建明，而處諸公之上。家國盛時，每有此一種人，譬如冠玉弁璯，雖無用，亦不可少。」合二論觀之，《珠玉詞》之真面目見矣。

元獻立朝，雖無大建白，而清貧如寒士，又未嘗爲子弟求恩澤，一時賢士如范文正、歐陽文忠諸公皆出門下，擇婿得富弼，揚察其識鑑有過人者，亦不可謂非昇平賢宰相也。

《龍川志》云：「章懿之崩，李淑護葬，元獻撰志文，言生女一人，早卒，無子。仁宗恨之，及親政，內出志文以示宰相曰：『先后誕育朕躬，殊爲臣子，安得不知？乃言生一公主，又不育，此何意也？』呂文靖曰：『殊固有辠，然宮省事秘，臣備位宰相，是時雖略知之，而不得其詳。殊之不審，理容有之。然方章獻臨御，若名言先后實生聖躬，事得安否？』上默然良久，命出殊守金陵。明日以爲遠，改守南都。及殊作相，八大王疾革，上親往問疾，王曰：『叔久不見官家，今誰作相？』上曰：『晏殊。』王曰：『名在圖讖，胡爲用之？』上歸，閱視圖讖，得成敗之語，并記志文事，欲重黜之。宋祁爲學士，當艸白麻，爭之，乃降二官知潁州。詞曰：『廣營産以殖資，多役兵而規利。』以他罪羅致之，殊免深譴，宋祁之力也。」

閔案：子京亦晏公門下士，其艸制詞，適與元獻平日行事相反。不知者謂其待師之薄，或反執詞語爲真有其事，而豈知別有隱衷也。古今似此者甚多，不遇解人，永無昭雪之日。太史公所以有慨乎好學深思、深知其意者也。因論詞及之。

山谷序《小山詞》云：「其樂府可謂狹邪之大雅，豪士之鼓吹。其合者，高唐神女之流。其下者，豈減桃葉團扇哉！」叔原自序云：「往者浮沈酒中，病世之歌詞，不足以析醒解愠。試讀南部諸賢餘緒，作五七字語，期以自娱，不獨敘其所懷，兼寫一時杯酒閒聞，見所同游者意中事，當思感物之情，古今不易，竊以篇中昔人所不遺，第於今無傳爾。時沈十二廉叔、陳十君寵家，有蓮、鴻、蘋、雲，品清謳娱客。每得一解，即艸授諸兒，吾三人者聽之，爲一笑樂。已而君寵疾廢臥家，廉叔下世，昔之狂篇醉句，遂與兩家歌兒酒使俱流轉於人間。攷篇中所紀悲歡合離之事，如幻、如電、如昨夢前塵，但能掩卷憮然。感光陰之易遷，嘆境緣之無實也。」此序甚有佳致，其詞亦以南部諸賢爲宗，而才華富麗不爲所縛，故又自成一家。

卷四

選歐、蘇、黄詞爲一卷，附以王介甫詞。羅泌序《六一詞》，謂公性至剛，而與物有情，蓋嘗致意於《詩》，爲之本義，温柔敦厚，所得深矣。又謂公詞有甚淺近者，劉煇僞作也。《西清詞話》云：「元豐中，崔公度跋馮延巳《陽春詞》，謂其間有入六一詞者，今柳三變詞亦有襍入《平山堂集》者，則知浮豔者，皆非公作也。」《詞苑》云：「公知貢舉，爲下第舉人所忌，作《醉蓬萊》《望江南》詞以誣之。」又云：「歐公小詞多有與《陽春》《花間》相混者，近有《醉翁琴趣外篇》，凡六卷二百餘首，鄙褻之語往往而是，前題東坡序，詞氣卑陋不類坡作，益可以證詞之僞。」合諸説觀之，詞失真者甚夥，然劣者可辨，混入馮延巳及二晏、淮海者難辨，今雖細爲覈，實恐仍相混，必載出今从某本以明之。

吾友陳廣夷云：「詞中六一是金碧山水，子瞻是淡墨煙雲。金碧山水非富麗之爲尚正，貴其妍妙耳。」又評六一《阮郎歸》詞云：「『此人眷屬，四時太平』字句閒了無感怨，然其音節仍不免令人回愁引思。蓋六一雖富貴人傑，而一生多難。其發也，不期然而然，聲音之道與政通，信哉。」又評其《漁家傲》詞云：「一幅絶妙冬閨圖，王仇畫所不到，全是解悟筆墨，此解悟是菩薩知覺，持校少游《滿庭芳》、賀方回《浣溪紗》，便知彼落色界天中。」

閔案：陳評微妙之至，一隅可以三反也。

胡五峯曰：「詞至東坡，一洗綺羅香澤之態，使人登高望遠，舉首浩歌，超乎塵壒之外。於是《花間》爲皁隸，柳氏爲輿臺矣。」張玉田云：「東坡詞極雅麗舒徐，高出人表，周秦諸人所不能到。」

閔案：二説評坡詞甚諦。

陸放翁云：「世言東坡不能歌，所作詞多不恊律，晁以道言：『昔與坡別汴上，酒酣自歌《陽關曲》。』則非不能歌，但豪放不喜翦裁，以就聲律耳。試取坡諸詞歌之，曲終覺天風海雨逼人。」

陳後山《詩話》有云：「坡詞如教坊雷大使舞，極天下之工，而終非本色。」《四庫書目提要》云：「案蔡絛《鐵圍山叢談》稱，雷萬慶宣和中以善舞隸教坊，坡卒於建中靖國元年六月，後山亦卒於是年十一月，安能預知宣和中有雷大使，借爲譬況？其出於依託不問可知矣。」

陳廣夫云：「北宋作者，當時推秦七、黄九陳后山云今代詞手惟秦七、黄九耳，餘人不逮也。今之言詞，論及山谷，輒加醜詆，渠儂焉識魏公嫵媚耶？山谷稱叔原詞精壯頓挫，時寓以詩人句法，叔原猶未逮也，正山谷自謂耳。」

閔案：陳評山谷精當。晁無咎謂魯直詞固高妙，然不是當行家語，是著腔子詩，直是瞎話。无咎涵濡坡谷間，詞殊罕入解，後人一例吠聲，可嘆！近周稺圭題《淮海詞》云：「淮海風流舊有名，紅梅香韻本天成。癡人不解陳無己，黄九如何得抗衡？」此正陳廣夫所謂不識魏公嫵媚者。無己舉山谷詞「春未透，花枝瘦，正是愁時候」，謂峭健非秦所能作，此可以癡人相譏訶乎？周君殊失言也。山谷詞如宜州見梅之《虞美人》、七夕之《鵲橋仙》、丙子中秋之《減蘭》，頓挫潺湲，如讀伯玉、曲江《感遇》，令人不復思徐、庾矣。蘇、黄自詞家傑出，後人無其才氣，時取法清真、玉田，此亦何害？必謂蘇、黄非詞家正格，習氣太重，真識蒙矣。

卷五

選秦、賀詞爲一卷，附以清真詞。釋覺範云：「少游小詞奇麗，想見其神情，在道山、絳闕之間。」

吾友陳廣夫云：「秦七詞風流儁朗，其弊則傷剽蕩，天年亦不永，蓋其人意氣才華之士，實用根底，自非坡谷之比，故雖等爲不遇，而千載下凜凜之思，相去懸絶。此亦可於聲音中得之。」又跋其《臨江仙》詞云：「少游之詞，率落情障中，故易入人賞之者，或在蘇黄之上，毛晉跋語即謂然。」此大不然，其句意之工，自不愧才人風味，而音響凄切，亦復脆纖。要是不享年之徵耳，豈可與蘇之「鐵板銅琶」、黄之「霜笳月笛」比乎？

閔案：自來論歐、蘇、黄、秦詞精妙諦當者，無如陳廣夫。詞雖小道，要具微解乃得。

范石湖《鶯花亭詩序》云：「秦少游『水邊沙外』之詞，蓋在括蒼監徵税時所作閔案，据吴虎臣《能改齋漫録》，則此詞在衡陽作，其集中又注云：在虔州作。以孔毅甫和詞覈之，吴説爲是。石湖又謂在括蒼作，不知何本。予致部，徐子禮按部來迎，初予作小亭，記少游舊事，又取詞中語名之曰『鶯花亭』。賦詩六絶而去，明年亭成，次韻寄之，詩曰：『灘長石出水平堤，城郭西頭舊小溪。游子斷魂招不得，秋來春草梗萋萋。』『愁邊逢酒却成憎，衣帶寬來不自勝。煙水蒼茫沙外路，東風何處挂枯藤。』『壚下三年世路窮，蟻封盤馬正難工。千山雖隔日邊夢，猶到平陽池館中。』『文章光燄照金閨，豈是遭逢乏聖時。縱有百身那可贖，琳琅空間萬篇垂。』『山碧叢叢四打圍，煩將舊恨訪黄鸝。綈林霜後黄鸝少，須是愁紅萬點時。』『古藤陰下醉中休，誰與低眉唱此愁？團扇他年畫好句，平生知己識儋州。』」

案：此六詩低佪感喟，録之以當少游題詞。

山谷詩云：「少游醉卧古藤下，誰與愁眉唱一杯。解作人間腸斷句，衹今惟有賀方回。」蓋謂賀足媲秦也。周稺圭題方回詞云：「雕瓊樓玉出新裁，屈宋嫱施衆妙該。他日四明工琢句，瓣香應自慶湖來。」此又謂方回之詞，下開夢窗也。然第以雕瓊鏤玉賞之，猶是皮相。山谷守當塗，方回過之，作《臨江仙》詞，有「人歸落雁後，思發在花前」之句，山谷劇愛之，名之曰《雁後歸》，故知山谷識真遠在周上。

陸放翁《老學菴筆記》云：「方回狀貌奇醜，喜校書，朱黄未嘗去手，詩文皆高，不獨工長短句也。有二子曰房、曰廩，于文房从方、廩从回，蓋寓父字於二子名也。」

卷六

選石帚、稼軒詞各若干首爲一卷。二家不同類，數少故合之，附以史梅溪以下五家，又附以元代二家。

黄叔暘題《白石詞》云：「姜詞極精妙，高處有美成所不及。」近人宋翔鳳于庭，至謂詞家有石帚，猶詩家之有少陵，繼往開來。文中關鍵，其流落江湖，不忘君國，皆借託比興於長短句寄之，如《齊天樂》傷二帝北狩也；《揚州慢》惜無意恢復也；《暗香》《疏影》恨偏安也。蓋意愈切則詞愈微，屈宋之心，誰能見之？乃長短句中復能有白石道人也。」云云。賞歎可謂致至，要之白石詞，南宋無出其右者，玉田、夢窗諸君皆附庸也。

周稺圭題《白石詞》云：「洞天山水寫清音，千古詞壇合鑄金。怪底纖兒誚生硬，野雲無迹本難尋。」按，沈伯時謂姜白石清勁知音，亦未免有生硬處。張叔夏則謂詞要清空不宜質實，清空則古，雅峭拔質；實則凝澀晦昧。姜白石如野雲孤飛，去留無迹，云云。周詩蓋本此爲説。

《樂府指迷》云：「白石詞如《疏影》《暗香》《揚州慢》《一蕚紅》《琵琶仙》《探春慢》《淡黄柳》等曲，不惟清虚，且又騷雅，讀之使人神觀飛越。」又云：「《暗香》《疏影》二曲，前無古人，後無來者，自立新意，真爲絶唱。」

朱竹垞《黑蝶齋詩餘序》云：「詞莫善於姜夔，宗之者張輯、盧祖皋、史達祖、吴文英、蔣捷、王沂孫、張炎、周密、陳允平、張翥、楊基，皆具夔之一體。《白石詞》凡五卷，世已無傳，傳者惟《中興絶妙詞選》所録，僅數十首耳。」

毛子晋云：「詞家爭鬥穠纖，而稼軒率多撫時感事之作，磊砢英多，絶不作妮子態。宋人以東坡爲詞詩，稼軒爲詞論，善評也。」

閔案：子晋於詞蓋無所解，以爭鬥穠纖爲尚，五六百年痼疾也，奈何不知反哉？稼軒爲詞論，其説近是。東坡爲詞詩，則大非。昔人以稼軒配蘇未合，蘇如詩家太白，非辛可覬。惟辛有一叚耿耿不忘恢復之思，校放翁、石湖反覺熱騰騰地，其見於詞者，不可没也。吾故特取爲一家。辛詞不善學之流入粗獷，吾取其寄興深遠者。

王阮亭云：「石勒云：『大丈夫磊磊落落，終不學曹孟德、司馬仲達狐媚。』讀稼軒詞當作如是觀。」

卷七

選明代楊、陳詞，合以國朝阮亭、西河、容若詞爲一卷。附朱、陳二家於後。明代詞成家絶少，義仍阮本妙今古，而詞乃不逮，豈致力有專否耶？前惟升菴，後則大樽，足以追配古作者，而《升菴詞》二卷，篋中未携，各選本則禾莠不分，末由多録，昆山片玉，寶貴不在多爾。升菴信豪傑，其詩學六朝，能自成其體。前後七子牢籠不住。故吾《詩軌》特録爲一家，詞亦從《金荃》《浣花》出，一洗尖仄之陋習也。

王漁洋云：「大樽諸詞，神韻天然，風味不盡湘真一刻，晚年所作，寄意更緜邈、悽惻。」

閔案：湘真詞悱惻蒼涼，不減南唐二主，而才華富麗，意氣倜儻，却於彼淚流洗面者大別，故知聲情視乎所感，骨幹存乎其人，小山、淮海、石帚而後，嶄新開一生面，卓乎傑哉！

國朝詞家蔚起，梅村、東塘、稗畦皆工院本，而詞皆中駟。羡門、延露、園次、藝香，雖覺入流，亦有利鈍。求其足以名家者，阮亭、西河、容若三子，其翹楚也。同時竹垞以玉田爲尚，倡於禾中。迦陵以稼軒爲宗，鳴于陽羡。天下風靡，不出二家，而彼三子者，反爲所掩。鄙人不徇衆趨，獨有偏嗜，以三子爲正軌，而置朱、陳於附録。太史公有云：「此可爲知者道，難與俗人言也。」

鄒程村云：「阮亭《衍波詞》小令極哀豔之深情，窮倩盼之逸趣，其《浣溪紗》諸闋不減南唐二主也。」又云：「昔俞子和以『蠟炬短燒紅』，『風雨落花紅』，『雨岸夕陽紅』，名三紅。今阮亭有『春水平帆緑』，『夢裏江南緑』，『新婦磯頭煙水緑』，不將更稱三緑耶？人遂有『王三緑』之目。」李雨村云：「漁洋有《卜算子》，起句云：『天氣近清明，爾定成行否？』用晋帖語入妙。」以上所引，尚有未選入者，附記此。

李丹壑云：「初晴詞極豔，而情甚悱惻，古所稱『哀豔』二字，初晴有之。」姜汝長云：「河右詞温麗其體，精深其旨，此真靡曼之瑋詞，夫豈纖庸之逸調？」合二説可以知西河矣。

容若生長華族，出任邊塞，以金荃之才華，逐韡刀之武士，聲情嚄唶，不任悲凉，聯鑣衍波、把袂河右，無愧色也。容若爲徐健菴弟子，《通志堂經解》是其所刻，已亦有經學書數種，甚佳。其志事本溢于詞之外，而詞乃特工。

卷八

選茗柯、稈圭、蓮生三家詞爲一卷，附以載、劉、郭三家。乾嘉以後，詞學雜出，王蘭泉《續詞綜》，意在與竹坨代興，而識擇彌下，塗轍淆矣。一二鴻駿之士，侈事徵典，長調纍纍，略之性真，徒掉書袋，鈍章笨句，礙人眼目。究厥弊原，要是爲竹坨所錮也。豪傑崛起，不爲詞宥者，有張臯文；宗尚得正，不偭前規者，則周稈圭；最後又得項蓮生，浮沉下僚，饒有《握蘭》風味，此吾所以獨有取于三家也。避亂海濱，書賈罕至，尚有佳句，未經吾所見者，不敢謂近代詞家畢此數也，聊就見者定之耳。

張皋文論詞極嚴，語意必有寄託，而思力鑱峭，相逐於幽邃窈折之路，此境亦前人所無。皋文《詞選》，自唐至今代，甄録才百十首，箋釋極細，然亦有鑿解者，未必作者本意也。

穉圭侍郎殫力詞學，少即與陶鳧鄉諸公詞壇掉鞅，錢塘龔定菴先生寡許可，獨許周詞，嘗誦其「城頭一角晉陽山，怪他青到無人處」之句，以爲妙絶。

程春海侍郎題《金梁夢月詞》：「高才延巳追端己，小令中唐溢晚唐。更用騷心爲樂府，漫天哀豔李重光。」「澀體清真掩仰絃，飛騰石帚五通仙。君能併作洪鑪鑄，更把餘金笵玉田。」「鏤雲縫月具心裁，不是莊嚴七寶臺。竹屋梅溪都抹倒，故應平睨賀方回。」

周侍郎《愛日齋十六家詞選》別擇甚慎温庭筠、李後主、韋莊、李珣、孫光憲、晏幾道、秦觀、賀鑄、周邦彦、姜夔、史達祖、吴文英、王沂孫、蔣捷、張炎、張翥十六家，家各題詩一絶，佳者已分摘入各卷中。

黄燮清《詞綜續編》云：「《夢月詞》渾融深厚語語藏鋒，北宋瓣香，於斯未墜。」

項蓮生《憶雲詞》仿夢窗以甲、乙、丙、丁爲目，丙、丁集概係擬古之作，與夢窗小異。詞筆雋永，揖《衍波》而侶《飲水》也。

項蓮生《憶雲詞》仿夢窗以甲、乙、丙、丁爲目，丙、丁集概係擬古之作，與夢窗小異。詞筆雋永，揖衍波而侶飲水也。

《憶雲詞》如「斜陽一樹帶鴉歸，亂鶯聲裏過花朝」之類，真足追配古人，又自弁集。

江西稀見詩話輯刊

【第四册】

段曉華　王德保　主編

江西人民出版社
全国百佳出版社

鄉詩摭譚

[清]楊希閔

段曉華　熊　超　點校

點校説明

《鄉詩摭譚》正集十卷，續集十卷，清代江西新城（黎川）楊希閔撰。

楊希閔（一八〇八—一八八二），字鐵傭，號臥雲，新城（今黎川縣）人。生平見《詩榷》的點校説明，茲從略。

就内容言，《鄉詩摭譚》是繼郭子章《豫章詩話》、裘君弘《西江詩話》之後，又一部載録詳實，評騭精當的江西地域詩話。比較前二家的詩學觀點，楊氏進一步明晰、充實了「江西詩派」的内涵，即標舉陶淵明爲初祖，歐陽修、黄庭堅、虞集爲三宗，首列《商論江西詩派圖》，與宋以來吕本中所謂「江西詩派圖」鮮明對立，確立陶淵明的核心地位，詳細探討與勾勒江西詩歌史的流脈。故夏敬莊認爲：「吕《圖》乃一時師友淵源之所漸，先生此《圖》則江西千古詩人之定論也。」正集起晉代陶淵明，迄清代欒鈞，共六十八人；續集起唐代陶峴，迄清代陳溥，共二百九十九人。所收作家作品，止于清道光年間。

就體例言，按時代爲序，介紹人物及著述，間及逸聞佚事；作品或録全首，燦然完璧，或摘數聯，蠡海窺豹。題下小傳，名家從簡，小家必詳，采摭正史野乘、筆記別集，文獻資料豐贍，多注明引文出處。時出案語評議，頗爲精當，可見作者鑒識水準。

名爲詩話，不應旁及於文，但對少數詩家，作者收録了文章。如劉敞、劉攽兄弟，不僅羅列所選文目録，並且收載劉敞文數篇，這樣做，或許因爲其集罕見，藉以保存文獻。又載彭元瑞《四六撂稿》數章，表揚其志節，兼有見其駢驪巨擘之意，並爲説明「鐙聯宰相」之目，録其長幅楹聯。又全文著録李紘的《南園答問》，是難得一見的江西學術史、文學史文獻，彌足珍貴。

是書爲作者避亂福建邵武，與客譚詩，憑記憶而作。據作者自識云：「咸豐丙辰十二月，避亂邵武。有客念吾岑寂，日來過譚。譚必及詩，詩則常及江西詩派。僕一一爲之循枝及本。」乃咸豐六年（一八五六）起意，成稿於咸豐八年（一八五八）。直至宣統二年（一九一〇），新建夏敬莊藏其稿本，始付梓刊行。

本輯刊據江西省圖書館藏宣統二年夏敬莊本《鄉詩摭譚》進行整理標點，缺損漶漫處，參校詩歌總集與各家别集進行校勘補正，徵引文獻多有節略，不一一出校記。

段曉華

鄉詩摭譚序

新城楊鐵傭先生著述等身，晚年掌教海東書院，遺書多刊於閩，其未刊者尚夥。敬莊曩年得其《鄉詩摭譚》二册，其一無續集，其一正集十卷，續集十卷。中有增竄，細書旁注皆先生手筆，想見耄而好學，懷鉛握槧之勤。是書爲避亂邵武，與客譚詩而作。譚詩先及江西詩派，故首列《商論江西詩派圖攷》。《江西詩派圖》昉於宋呂舍人，一祖三宗，豔稱海内，吾鄉攻詩者莫不奉爲衣缽。曾賓谷作《江右八家詩序》頗不謂然，謂圖中二十五人，或師少陵，或師儲、韋，不盡攻江西體。其人多荆、揚、兖、豫之産，不皆著籍江西，世不能謂學王、韋者必河東、長安，學高、岑者必南陽、渤海，學李、杜者必隴西、襄陽，學温、李者必太原、懷州，何居乎江西而必學山谷也？且山谷之詩學之不易，不善學者苦硬晦澀，未得伯夷之清，先得伯夷之隘。其言一洗兒童媚初祖之陋，故所選《江西詩徵》不名一家。先生商論宗派與賓谷先生意略近，更定以靖節爲初祖，六一、山谷、道園爲三宗，較之呂《圖》，義更宏廓。呂《圖》乃一時師友淵源之所漸，先生此《圖》則江西千古詩人之定論也。先生宅心平恕，持論無所適莫。表章寧都魏氏兄弟，謂穆室勝藏園，具有特識。間采軼事，列嘉言懿行，所以盡故鄉桑梓之敬。體近詩話，固可不拘。惟是書本爲譚詩，不應旁及於文，歐、曾、王、虞、揭諸大家皆不載其文，而劉原父、貢父獨列所選文目録，並載原父文數篇，雖曰其集罕見，藉以闡幽，究於體裁未協。又載彭文勤《四六摺稾》、李巨洲《南園答問》，皆於譚詩無與，殆先生平日服膺斯作，故破格收之歟？敬莊念是書爲鄉先生著述，恐日久湮没，謹校謁誤，付之剞氏，體例一仍其舊，不敢删易。續集中如任濤諸人，《江西詩徵》無之，蓋别有據。其所采摭，據自序，皆當時記憶所得本，不謂諸家名句盡萃於是，更不敢妄加增竄。《靖節年譜》，先生所訂九家《年譜》已刊入，今亦仍之。先生更選《詩軌》四十餘卷，此所云專鈔本，當即《詩軌》。敬莊得其書，卷帙甚富，有缺佚，未能刊行。先生詩文，未睹全集，僅見已刊者，多應酬牽率，非其勝處，故亦不附刊云。

宣統二年，歲次庚戌，仲秋月，新建跛道人夏敬莊芟舲氏謹識

鄉詩摭譚序

繄昔選樓巨製，昭明肇其椎輪；《玉臺新詠》，孝穆騁其麗藻。甄録之事既啓，評騭之風遂扇。鍾嶸品目，仿九等之人表；張爲鑒裁，圖一堂之主客。炎宋以降，詩話尤夥。《苕溪叢話》，掎摭詳於汴京；《詩人玉屑》，衡量逮夫南渡。滄浪神悟，別開禪宗；浩然雅談，超出恒解。咳唾所落，圭臬斯奉。蓋中郎枕祕，非直藉爲談助；釋氏燈傳，亦實導夫津梁矣。惟是摯虞《流別》，徒標宗旨；鍾儀楚奏，不盡土風。別户分門，或近標榜之習；維桑與梓，無與敬恭之誼。亦有《吴都文粹》，響振南音；《山左詩鈔》，風表東海。《檇李詩繫》，《松風餘韻》，類皆摘鄉賢之名藻，甄先哲之雅詞。考獻徵文，欣開卷之有得；裁章鏤句，覺古道之照顔。非見小於一隅，實寄通於千載。懷舊蓄念，尤深遠焉。新城楊鐵傭先生，少負奇氣，長多咫聞。鸞翮未翔，蛾賊旋逼。黄巾滿地，不拜鄭君；白羽一麾，誰爲葛相。志從軍而莫遂，身避亂而無歸。欲登樓以銷憂，益增慘惻；將强人而説鬼，復戒妄言。於是招客縱譚，論詩遣日。首及宗派，意主更張，著爲《鄉詩摭譚》一書。夫東萊作圖，溯淵源於雙井；西江衍緒，傳衣鉢於三宗。一時播爲美談，百代奉爲科律。而兒孫學語，强媚初祖；刀圭醫俗，或誤後賢。先生尊靖節爲不祧，列歐、虞爲別子。羽翼附見，規廷禮《品彙》之遺；軼事嘉言，擴裕之

《中州》之例。權衡悉當，崇奉非私。至其遠推二劉，近舉三魏，皆獨斷於胸臆，不隨人之步趨。蝴蝶鷓鴣，斥流俗之附會；鯨魚翡翠，兼少陵之嗟賞。所謂别裁僞體，轉益多師者乎！若夫專舉一方，毋滋他族。大江之波瀾莫二，雄州之俊彩交馳。攬廬山之黛光，秀出南斗；騰豐城之紫氣，上燭中霄。蓋以白日放歌，無復還鄉之夢；青編采輯，藉寓懷土之思。其彊記之功，比諸安世三篋；箸録之瘁，過於子雲懷鉛矣。少微已沈，手民未付，晏楹之書莫守，藝林之播無時。芰舲親家，慮夫葫蘆《漢書》，難留真本；羽陵蠹簡，易化煨塵。乃正彼舛譌，登諸剞劂。錫瑞獲與校讐之役，敢爲粃導之詞。庶幾《河嶽英靈》，人服殷璠之鑒；《中興間氣》，世推仲武之評云爾。

善化皮錫瑞序於江西經訓書院

鄉詩摭譚題識

咸豐丙辰十二月，避亂邵武。有客念吾岑寂，日來過譚。譚必及詩，詩則常及江西詩派。僕一一爲之循枝及本，客輾然曰：「有是哉，詩之怡人也。歲行盡矣，風雨淒然，亦能不以霜雪攖心，爲我綜厥勝妙，筆之楮墨乎？」僕曰唯唯。遂就所記憶及考論者，積若干條，苦書籍少，不能賅備。記不真者，又恐蹈楊升庵舛違杜撰之失。力所及者録之，否則闕之。不足録者，亦不過存之也。稿草麄具，俄又流寓福州，羈憂之餘，無暇整理。丁巳冬，發篋見此，喟然興歎。去起草時已一年矣，日月如此之速，鬚髮冉冉蒼白，長此行路，何可言也！戊午正月，鄉思益切，而無家可歸，乃日假此稿爲排遣。稍詮定次第，分二十卷。正集十卷，續集十卷。其體仍詩話之屬，而略輔以軼事遺聞，用裨來學。以十九采摭所得，又所譚不越吾鄉，不離詩事，命之曰《鄉詩摭譚》云。

此書緣起，以問江西詩派故也。故首列《商論江西詩派圖》。自後即以圖所列者爲正集，餘蔓衍所及者爲續集。

輯吾鄉詩最備者，無若南城曾賓谷中丞《江西詩徵》一書，計九十四卷。今不攜篋，無由細考矣。其爲江西詩話者，吾見二本，一新建裘君宏，一南城曾廷枚，皆潦草無體要。曾中丞所輯《詩徵》，又病太求備，反有舛失。

如此姑以宋元論，嚴粲、黄鎮成皆邵武人，何爲一牽入撫州，一牽入建昌？劉秉忠，邢臺人，何爲牽入瑞州？如此誤者尚多，則體大而乏精簡之過矣。凡書部帙大者，總不能無遺議。竹垞《明詩綜》舛失亦多，樊榭《宋詩紀事》亦然。然則兹亦不足爲中丞病矣。

王漁洋選古體詩，五言斷手於唐，七言至宋元止。良以五古高勝，難於七言，七言才氣音節，又難於近體。僅云成篇，吟者山積，何足賞諷乎？此書本屬偶爾譚論，長篇歌行，雖時及之，艱於手録，便置之，未可以選詩相律也。大概北宋以前，每及古體，南宋而下，近體居多。固風會日趨而薄，亦尺幅以簡爲宜也。

咸豐戊午，二月之望，江西新城鐵傭居士楊希閔撰

此書止談詩事，間有忠孝節義，可補正史者則取入之，門户詬爭，恩仇毁譽，一概無有。各人止載名號、里居，其居官及行事曲折，各有史傳及本集，全載則繁，略載則漏，故一概不載。無他專鈔本，則史傳及集序誌銘類，皆載於首。

作史例應直筆，瑕瑜不掩。後生談鄉先哲事，則有桑梓敬恭之誼，非史臣守官者比。故有嘉言懿行則附見，否則略之。人品極劣者，則竟置不論。不回護，不索瘢，不虚譽，直道未嘗不寓也。但或考索未周，遺漏不免，則爲事勢所限矣。鐵傭又識。

商論江西詩派圖序

宋人江西詩派以山谷爲祖，此吕舍人明一時授受之源委，要非定論，故人有非江西産者，亦列派中，意可見也。今若細爲商榷，江西詩派當以彭澤爲初祖，六一、山谷、道園爲三宗，明今作者又自爲别子之宗。蓋一代人才，有一代樞幹。而羣材嬽雅者，或先或後或同時，又爲駢集景附，斯宗派分明，流别不混。雖學詩之道貴在多師，何必執一方之賢以爲尚友？然行遠自邇，數典莫忘，亦生其鄉者所當知也。今併爲圖於後，俟君子正定焉。

此圖以同時伯仲者爲羽翼，兄弟子姪爲一門，受業弟子爲及門，異時接迹者爲後起，未成大家亦傑然有立者爲附見。圖中惟附見者有遺漏，蓋難遍及，止隅舉焉耳。

初祖　晉

陶靖節

附見五人

唐

綦毋孝通　劉全乙　王雲峯　鄭守愚　王有道
三宗之一三宗之二三宗之三
宋宋元
歐陽文忠黄文節虞文靖
羽翼四人一門三人羽翼四人
王文公元明范德機
曾文定知命揭文安
劉原父子耕艾天謂
劉貢父及門七人張光弼
附見二人洪朋附見三人
李泰伯洪炎傅若金
晏元獻叔原附洪芻何太虚
謝逸胡布
謝薖
饒節
汪革
後起三人

曾文清　姜白石　楊文節

附見一人　文文山

唐代詩人，江西無大家。小小名家，則有十數。今舉最者附於下，著詩道之繩續。宋以六一爲復古大宗，山谷爲變化得正之大宗，元以道園爲不失古法之大宗。明今作者，難軼前代，而門户正者，自當爲别子之宗。今姑不具論，論元以前宗派如此。鐵傭氏識。

鄉詩摭譚正集　卷一

晉

陶靖節

名潛，字元亮。一字淵明，號靖節先生。潯陽柴桑人。

梁昭明太子《陶集序》云：「文章不羣，詞采精拔。跌宕昭彰，獨超衆類。抑揚爽朗，莫之與京。横素波而旁流，干青雲而直上。語時事則指而可想，論懷抱則曠而且真。加以貞志不休，安道苦節。自非大賢篤志，與道汙隆，孰能如此乎。」

昭明太子又作《陶公傳》云：「少有高趣，博學善屬文，嘗著《五柳先生傳》以自況。」又云：「閒靜少言，不慕榮利。好讀書，不求甚解。每有會意，欣然忘食。性嗜酒，而家貧不能恒得。親舊知其如此，或置酒招之，造飲輒盡，期在必醉。既醉而退，曾不吝情去留。環堵蕭然，不蔽風雨。短褐穿結，簞瓢屢空，晏如也。」又云：「爲彭澤令，不以家累自隨。送一力給其子，書曰：『汝旦夕之費，自給爲難。今遣此力，助汝薪水之勞。此亦人子也，可善遇之。』會郡遣督郵至，縣吏請曰：『應束帶見之』。淵明歎曰：『我豈能爲五斗米，折腰向鄉里小兒！』即日解綬去職，賦《歸去來辭》。」又云：「顔延之爲始安郡，經過潯陽，日造淵明飲。臨去，留二萬錢與淵明。淵明悉遣送酒家，稍就取酒。」又云：「淵明不解音律，而蓄無絃琴一張。每酒適，輒撫弄以寄其意。貴賤造之者，有酒輒設。淵明若先醉，便語客『我醉欲眠，卿可去』，其率真如此。郡將嘗候之，值其釀熟，取頭上葛巾漉酒。漉畢，還復著之。」又云：「妻翟氏亦能安勤苦，與其同志。自以曾祖晉世宰輔，耻復屈身後代。自宋高祖王業漸隆，不復肯仕。」元嘉四年卒，年六十三。

顔光禄《徵士誄》云：「弱不好弄，長實素心。學非稱師，文取指遠。在衆不失其寡，處言愈見其默。」又云：「道不偶物，棄官從好。」又云：「心好異書，性樂酒德。簡棄煩促，就成省曠。殆所謂國爵屏貴，家人忘貧者與！」又云：「和而能峻，博而不繁。依世尚同，詭時則異。」又云：「畏樂好古，薄身厚志。」又云：「亦既超曠，無適非心。汲流舊巘，葺宇家林。晨煙暮靄，春煦秋陰。陳書綴卷，置酒絃琴。居備勤儉，躬兼貧病。人否其憂，子然其命。隱約就言，遷延辭聘。非直也明，是惟道性。」

東坡云：「淵明詩，初視若散緩，熟視有奇趣。」

山谷云：「陶公此詩謂《衰榮無定在》篇，乃知阮嗣宗當斂衽，何況鮑、謝諸子。詩中不見斧鑿痕，而磊落清壯，惟陶能之。」「淵明《責子詩》，想見其人，慈祥戲謔可觀也。俗人便謂淵明諸子皆不慧，而愁歎見於詩耳。」

山谷又云：「杜詩『陶潛避俗翁，未必能達道。觀其著詩篇，頗亦恨枯槁。達生豈是足，默識蓋不早。生子賢與愚，何其挂懷抱。』子美困頓於山川，蓋爲不知者詬病，以爲拙於生事。又往往譏議宗文、宗武失學，故聊解嘲耳，其詩名曰《遣興》可解也。俗人便謂譏病淵明，所謂癡人前説不得夢。」

《唐子西語録》云：「唐人詩『山僧不解數甲子，一葉落知天下秋』，及觀陶詩，『雖無紀歷志，四時自成歲』，便覺唐人費力。如《桃源記》言『尚不知有漢，無論魏晉』，可見造語之簡。蓋晉人工造語，而元亮其尤也。」

謝四溟《詩話》云：「皇甫湜曰『陶詩切事情，但不文』，湜非知淵明者。淵明最有性情，使加藻飾，無異鮑、謝。所以發真趣於偶爾，寄至味於澹然。陳後山亦有是評，蓋本於湜。」

希閔案：陶公工造語，信如子西所云。今更舉似一二，如「山滌餘靄，宇曖微霄」，「稱心而言，人易亦足」，「徂年既流，業不增舊」，「悲晨曦之易夕，感人生之長勤」，「同一盡於百年，何歡寡而愁殷」，「人不可無勢，我乃能駕御卿」，桓温謂孟嘉語，見陶公作《孟府君傳》。「開卷有得，便欣然忘食。見樹木交蔭，時鳥變聲，亦復歡然有喜」，「五六月中，北窗下卧，遇凉風至，自謂是羲皇上人」。此等話言，每一哦諷，輒使人自遠。

朱子云：「陶淵明，古之逸民。」又云：「淵明詩，人皆説是平淡，據某看，他自豪放。《詠荆軻》一篇，平淡底人，如何説得這樣言語出來？」又云：「陶詩語健而意閒，隱者多是帶性負氣之人爲之，陶欲有爲而不能者也。」希閔案：論陶公爲人，惟朱子得其深處。

陶詩别有專鈔本。

客曰：「陶詩天放爛然，若有意，若無意。山谷有言『巧於斧鑿者，將疑其拙；窘於檢括者，輒病其放』，或信然乎？」曰：「山谷爲俗人説話耳。神於文者，裁縫滅盡鍼綫迹，特化迹，非竟廢鍼綫也。左、屈、周、遷之文，莫不如是，獨陶詩乎哉？今試舉似十首，得其大概。其微妙不可凑泊處，究非言説得盡，浸漬久，自有會爾。」

《九日閒居》序云：予閒居，愛重九之名。秋菊盈園，而持醪靡由。空服九華，寄懷于言。世短意常多，磅礴而起。斯人樂久生。慨歎繼之。日月依辰至，舉俗愛其名。寫九日妙遠。言年年有九日，昨日明日，又何不可作九日觀。而俗尚如此，則吾亦愛之而已。露淒暄風息，氣徹天象明。即日之景。上句是候凉，下句是氣肅。往燕無遺影，來雁有餘聲。

觸緒之情。上句是春燕久去，下句是秋雁畢來。酒能祛百慮，所以思持醪。菊爲制頽齡。所以賞菊。如何蓬廬士，空視時運傾。言不可孤負重九。塵爵恥虚罍，可惜無酒。寒華徒自榮。可惜此菊。歛襟獨閒謡，緬焉起深情。所以題曰《閒居》，序曰「寄懷於言也」。棲遲固多娱，淹留豈無成。結筆翩翻，姿致横出。上句收到「秋菊盈園」，下句收到「閒居」，然言外有意。

《歸田園居》第二首云：野外罕人事，窮巷寡輪鞅。從田園起。白日掩荆扉，將暮夜干求者對照乃妙。虚室絶塵想。將利欲薰心者對照乃妙。時復墟曲中，披草共來往。勝朝市交游。相見無雜言，但道桑麻長。理亂不知，黜陟不聞。桑麻日已長，我土日已廣。天時物候，駸駸逼人。常恐霜霰至，零落同草莽。人功可或闕乎？此歸田園者所有事也。

《連雨獨飲》云：運生會歸盡，一概。終古謂之然。亦不必慨矣。世間有松喬，應起句。聞有不歸盡者。於今定何間。應次句。語曰：先生欺予哉！故老贈余酒，入題，泠然善也。愈覺起四句跌蕩昭彰。乃言飲得仙。消融三四句，神妙。試酌百情遠，果有仙意。重觴忽忘天。竟似仙矣。天豈去此哉？任真無所先。「真」字刻至，是從「百情遠」來。「先」字精微，是從「忽忘天」來。見得真，欲追盤古王於十二萬年以上。雲鶴有奇翼，八表須臾還。奇情怒發，是從「得仙」上來。顧我抱茲獨，飲本是獨，因而自惜此獨。此獨是形迹上事，抱獨是神明上事。僶俛四十年。獨飲是偶然，抱獨則非旦夕矣。形骸久已化，又何獨飲、羣飲之分？心在復何言。又何歸盡與松喬之剌剌乎？

《贈羊長史》序云：左軍羊長史，銜使秦川，作此與之。羊名松齡。愚生三季後，不辰之嘆。慨然念黄虞。懷古之素。得知千載外，正賴古人書。寄慨所在。因書而想見聖賢之迹，承上起下。賢聖留餘迹，起下綺角。事事在中都。入秦川，又起下商山。豈忘游心目，一申。關河不可踰。一縮。九域甫已一，逝將理舟輿。又作一申。聞君當先邁，入長史銜史，又作一停。負疴不獲俱。此又一縮。四句文情，極騈蕩之致。路若經商山，爲我少踟躕。多謝綺與用，精爽今何如。紫芝復誰采，深谷久應蕪。奇情勃發。昌黎《送董邵南序》「爲我弔望諸君」數語，乃脱胎於此。駟馬無貰患，正慨止此一微露。貧賤有交娱。急收過。清謡結心曲，贈詩之故。人乖運見疏。傷己。擁懷累代下，應「三季後」。言盡意不舒。應「慨然」句。

《飲酒》第一首云：衰榮無定在，摽然若秋雲之遠。彼此更共之。此意他人當費許語，陶公五字却盡。邵生瓜田中，寧似東陵時。點醒上二句意。寒暑有代謝，人道每如茲。申說上四句。達人解其會，「會」字妙，是不可以言語形容者。逝將不復疑。《歸去來詞》云：樂夫天命復奚疑。忽與一觴酒，日夕懽相持。歸到飲酒。

《飲酒》第四首云：道喪向千載，奇痛。起筆斬絶。人人惜其情。此句又圓妙，又精刻，其實是不肯火然泉達之遠慨。有酒不肯飲，妙，此一閃，閃入酒上。絶跡飛行，不落滯相。但顧世間名。惜情上略一點。所以貴此身，豈不在一生。何不稱情，乃惜情。一生能復幾，何若但顧名。倏如流電驚。千載頃刻耳。鼎鼎百年内，持此欲何成。是唤醒癡迷，還不痛飲麽！

《飲酒》第六首云：結廬在人境，而無車馬喧。既在人境，自然有車馬喧，反曰無之，東坡所云「奇趣」。問君何能爾，心遠地自偏。申說上二句。采菊東籬下，悠然見南山。心遠上神明。山氣日夕佳，飛鳥相與還。地偏上氣象。此中有真意，指飲酒。欲辨已忘言。將遠字、偏字、悠然字、佳字一一收足。

《飲酒》第八首云：秋菊有佳色，裛露掇其英。興會。汎此忘憂物，遠我遺世情。意趣。一觴雖獨進，索莫。杯盡壺自傾。盡醉。此句非深於飲者，難形容。日入羣動息，歸鳥趨林鳴。引墨逌然。言不覺日已夕矣，然則竟日酗酕也。嘯傲東軒下，補筆。可見菊在籬之東，飲在軒之下。聊復得此生。收足起四句意。東坡云：「靖節以無事爲得此生，則見役于物者，非失此生耶？」

《飲酒》第十首云：清晨聞叩門，倒裳往自開。莊子云「空谷聞足音，跫然而喜」是也。問子爲誰與，一問。田父有好懷。一應。壺觴遠見候，疑我與時乖。夾敍。襤縷茅檐下，未足爲高栖。一世皆尚同，願君汨其泥。皆田父語。此田父直是老世故，千載下一切鄉愿，皆其兒孫也。梅伯言云「『襤褸』十字，曲盡鄙夫口吻」。深感父老言，謝田父。稟氣寡所諧。明自己。紆轡誠可學，承見教。違己詎非迷。却自審。且共歡此飲，莫枉見候。吾駕不可回。汨泥等語不必説罷。

《飲酒》第十二首云：顏生稱爲仁，榮公言有道。興寄無端。屢空不獲年，應顏生。長飢至于老。應榮公。陶公《貧士詩》云：「九十行帶索，飢寒況當年。」指榮公也。雖留身後名，一生亦枯槁。總應上四句。死去何所知，空中轉掣，從「身後名」來。稱心固爲好。所以且飲酒。客養千金軀，莫恁枯槁。臨化銷其寶。要稱心。寶者，軀也。臨化則寶銷矣，何爲役役乎？裸葬何必惡，人當解意表。此志士不忘在溝壑之隱喻耳，故曰當解意表。人之所以役役者，富貴利達耳。顏榮枯槁，每爲詬病，而不知非也。即裸葬何害。前六句是譎諫，非莊論。「死去」二句是閃筆。「客養」二句是對役役富貴利達，不肯飲酒者説。所以下接裸葬，奇妙不測。此詩跌宕昭彰，抑揚爽朗。

《讀山海經》云：孟夏草木長，繞屋樹扶疏。衆鳥欣有託，吾亦愛吾廬。止誦此四句，便覺讀書興會，骨髓俱浹。既耕亦已種，時還讀我書。略點「我書」二字，親切有味。所謂開卷欣然有得，不知是書是我。窮巷隔深轍，頗回故人車。言外幸無俗物來擾。歡言酌春酒，摘我園中蔬。又有佐讀之具。微雨從東來，好風與之俱。天又娱我讀書氣候。汎覽周王傳，流觀山海圖。點《山海經》。俯仰終宇宙，言曠懷自得于天地之表。不樂復何如。淡淡結。前面皆是説樂處，故結只一點。

《讀山海經》十三首皆有寄託，陶集傑作也。此第一首是發端，故且拈來講説。

【附】陶靖節年譜

家有《陶詩彙注》一書，凡四卷。歙吴瞻泰撰。首有吴仁傑、王質二家《年譜》，末附詩話百餘條，甚賅備。避亂不及攜篋，客中偶思得陶集，亦無有。會友以温陵李氏新刊本見貽，既點閲一過，遂又參互校稽，作爲《年譜》。不審於吴、王二家如何？它日更攷之。或詳或略，不益於彼，必裨於我也。咸豐丁巳十二月十日鐵傭。

晉哀帝興寧三年乙丑　一歲

昭明太子作公《傳》云：「陶淵明，字元亮。或云潛，字淵明。尋陽柴桑人也。」張縯《辨證》云：「義熙中《祭程氏妹》稱『淵明』，至元嘉中對檀道濟曰『潛也何敢望賢』，在晉名淵明，在宋名潛。」

曾祖，晉大司馬長沙公侃。《命子》詩云：「在我中晉，業融長沙。」祖，武昌太守茂。《命子》詩：「肅矣我祖，慎終如始。直方二臺，惠和千里。」父某，未仕。《命子》詩：「於穆仁考，澹焉虚止。寄迹風雲，寘茲慍喜。」母孟氏，晉征西大將軍長史嘉女。《孟府君傳》：「淵明先親，君之第四女也。《凱風》寒泉之思，實鍾厥心。」

希閔案：《晉》《宋》二書《本傳》皆云公爲桓公曾孫，而集中《贈長沙公》詩序云：「公於予爲族祖，同出大司馬。昭穆既遠，已爲路人。」攷桓公薨，長子夏以罪廢，次子瞻之子宏嗣。宏卒，綽之嗣。綽之卒，延壽嗣。全吉士祖望、王侍郎昶謂此時嗣爵，非綽之即延壽。果陶公爲曾孫，則於綽之，乃再從昆弟，於延壽，乃族叔。均非族祖，亦未可云「昭穆既遠」。意陶公實爲桓公七世孫，故於延壽爲族祖，又與「昭穆既遠」語合。閔疑此説非也。昭明太子去陶公不遠，不當有誤。其作《傳》明云「曾祖侃」，而陶公作《孟府君傳》云「君娶大司馬第十女」，則孟爲桓公婿矣。末又云「淵明先親，君之第四女也」，則陶公父又爲孟婿。於行輩正合桓公孫，茲陶公爲桓公曾孫又何疑？遍覈諸説，惟明西蜀張縯《辨證》一條甚諦。其言曰：「《年譜》以此詩爲元嘉乙丑作，是時延壽嗣爵。宋受晉禪，延壽降爲吴昌侯。詩果作於元嘉，則延壽已改封，非長沙公矣。其詩云『伊余云遘，在長忘同』，蓋陶公世次爲長，視延壽乃諸父行。序云『予於長沙公爲族』句，以『族』字斷句，不稱爲祖。蓋長沙公爲大宗之傳，陶公不欲以長自居，故詩稱『於穆令族』，序稱『於余爲族』。又云『我曰欽哉，實宗之光』，皆敬宗之義也。要是，此詩作於延壽未改封之前。」云云。閔檢湯東澗本，正以「族」字截句，「祖」字下屬。張説遠有據依，故爲可從。惟如此説，則題目「族祖」二字不合。或後人所加，題止當曰《贈長沙公》也。查舊刻本目録，上果止題「贈長沙公」四字，至詩題上乃加入「族祖」二字。

閔又案：近桐城姚廉訪瑩《與方植之論陶公事書》云：「陶詩序『昭穆既遠，已爲路人』，此陶公有感之言也。桓公子十七人，惟襲封者居長沙。餘或歸番陽祖籍，或居尋陽遷籍，或隨仕宦，所在皆不可知。陶公居尋陽柴桑，正桓公故里。而長沙公則以襲爵世居長沙，雖一本而異籍。桓公没在成帝咸和九年，更三十二年，而後陶公生，爲哀帝興寧三年。此序未審作于何時，大約非少壯之作。上下七八十年，亂離多故，彼此不通問者，情事之常，豈非已同路人乎？至於昭穆之次，則此所贈爲族祖，等身而上，是爲三代，上溯高祖，則五代矣。謂之既遠，不亦可乎？此長沙公指綽之近是。以綽之爲族祖，則高祖乃瞻。上溯桓公，已及六世。以此推之，不惟與『昭穆既遠』之言合，且於『同出大司馬』之言亦合矣。《晉》《宋》二書以侃爲陶公曾祖，則當直斷其誤，無事附和可也。」姚君言如此，閔疑亦未合。如其説，桓公爲陶公太高祖矣。《晉》《宋》二書即有誤，陶公作《孟府君傳》，孟爲桓公婿，其女爲陶公母，不當有誤。據陶公自言，碻是曾孫。則《晉》《宋》二書，何可直斷其誤。所解「已同路人」謂寓感慨亦似，但此四字合上文「昭穆既遠」言也。謂寓感慨，或非陶公本意矣。《禮》曰：「五世親盡，則爲塗人。」「「路人」即塗人，陶公正引《禮》。陶公至是於大司馬將及五世。又《喪服》：「自期以下，諸侯絶，大夫降。」長沙公正可方古諸侯，故序云「昭穆既遠，已同路人」，又詩云「禮服遂悠」也。如此解，似於各處皆無窒礙。又案：何義門曰「『族祖』二字衍雖同，長沙謂淵明爲族祖也。傳寫誤衍二字」云云，今覈「族祖」二字衍，良是，與古本目録合。但長沙謂淵明爲族祖，則未合。此時嗣爵，非綽之即延壽，其於淵明一爲族兄弟，一爲族叔也。

閔又案：頃撿得錢詹事大昕《潛研堂集》，其第三十一卷有《淵明集》一跋。大概與鄙説合，而加博辨。惟「昭穆既遠」句與鄙説異，然皆可存以備參。今録其全文於此。其文曰：靖節爲陶桓公曾孫，載於《晉》《宋》二書及《南史》，千有餘年，從無異議。近世山陽閻詠乃據《贈長沙公》詩序「昭穆既遠，已爲路人」二語，辨其非侃後。且謂淵明自有祖，何必藉侃而重。詠既名父之子，説又新奇可喜，恐後來通人惑於其説，故不可不辨。靖節自述世系，莫備於《命子》詩，首溯得姓之始，次述遠祖愍侯丞相青。然後頌揚長沙勳德，即以己之祖考承之。此士行爲淵明曾大父之實證也。六朝最重門第，百家之譜，皆上於吏部。沈休文撰《宋史》，在齊武帝之世，親見譜牒，故於《本傳》書之。梁昭明太子作《傳》，不過承宋書舊文。而閻乃云始於昭明誤讀《命子》詩，則是《宋書》亦未寓目。其謬一也。昭明《傳》云「自以晉世宰輔，恥復屈身後代」，此亦出《宋書》之文。而閻又以訕昭明，曾不知休文卒時，昭明纔十有三歲，即使傳有舛誤，亦當先訾休文，況《傳》本不誤乎！其謬二也。且使士行與淵明果屬疏遠如路人也者，則《命子》篇中何用述其勳德？攀援貴族，鄉黨自好者不爲，靖節千秋高士，豈宜有此？其謬三也。閻所據者，惟有《贈長沙公》詩序。而序固言大司馬矣，大司馬之稱，非侃而誰？雖閻亦知其不可通也。詞遁而窮，因檢《史》《漢》表，陶舍嘗以右司馬從漢王，遂謂序中「大司馬」作「右司馬」，謂舍非謂侃也。不知漢初軍營有左右司馬，品秩最卑，不過中涓、舍人之比。舍既位爲列侯，不稱侯而稱右司馬，在稍通官制者，且知其不可，豈可以誣靖節乎？夫擅改古書，以成曲説，最爲後儒之陋。况此大司馬，又萬無可改之理。其謬四也。惟是長沙公與靖節屬小功之親，而云「昭穆既遠，已爲路人」，似有罅隙可指。今以晉《書》攷之，士行雖以功名終，而諸子不協，自相魚肉，再傳之後，視爲路人，固其宜矣。昭穆猶言兩世。兩世未遠，而情誼已疏，故詩有「慨然寤歎，念茲厥初」之句。其云「昭穆既遠」者，隱痛家難，而不忍斥言之耳。若以爲同出於舍，則自漢初分支，已閲六百餘載，人易世疏，又何足怪。其謬五也。閻又云侃廬江郡尋陽人，淵明尋陽郡柴桑人。其址貫不同，攷尋陽郡即廬江所分，南渡後移於江南。士行生於郡未分之前，淵明生於僑立郡之後，史各據實，書之似異而仍同也。顔延之作《靖節誄》，雖不敘先世，而其詞云「韜此洪族，蔑彼名級」，藉非宰輔之胄，焉得洪族之稱？此亦一證。

晉帝奕太和元年丙寅　二歲

二年丁卯　三歲

三年戊辰　四歲

四年己巳　五歲

五年庚午　六歲

晉帝昱咸安元年辛未　七歲

二年壬申　八歲

晉孝武寧元年癸酉　九歲

二年甲戌　十歲

三年乙亥　十一歲

晉孝武太元元年丙子　十二歲

是年陶公失母。《祭程氏妹文》：「慈妣早世，時尚孺嬰。我年二六，汝纔九齡。」

二年丁丑　十三歲

三年戊寅　十四歲

四年己卯　十五歲

五年庚辰　十六歲

六年辛巳　十七歲

七年壬午　十八歲

八年癸未　十九歲

九年甲申　二十歲

是年陶公喪妻。《怨詩》：「弱冠逢世阻，始室喪其偏。」

閔案：「弱冠」字活看，不定在是年，大概不遠。失偶爲偏，非謂妾也。陶公它日有五子，翟夫人所生，殆續娶者乎？

十年乙酉　二十一歲

十一年丙戌　二十二歲

十二年丁亥　二十三歲

十三年戊子　二十四歲

十四年己丑　二十五歲

十五年庚寅　二十六歲

十六年辛卯　二十七歲

十七年壬辰　二十八歲

十八年癸巳　二十九歲

《南史》：「親老家貧，起爲州祭酒。不堪吏職，少日自解而歸。州召主簿，不就。」

閔案：陶公爲州祭酒，史無年月。集作癸巳，姑從之。

十九年甲午　三十歲

二十年乙未　三十一歲

二十一年丙申　三十二歲

晉安帝隆安元年丁酉　三十三歲

二年戊戌　三十四歲

三年己亥　三十五歲

四年庚子　三十六歲

是年爲鎮軍參軍，移家都下。閔案：出爲參軍，或在上年。未定，存疑。五月從都還，有《始作鎮軍參軍經曲阿》詩，又有《庚子歲五月從都還阻風於規林》詩。

閔案：史及本集於陶公參鎮軍軍，本無主名。唐李善注《文選》，此題下引臧榮緒《晉書》曰「宋武行鎮軍將軍，鎮徐州，曲阿乃其治所」，然則陶公是爲宋武參軍也。晁公武、馬端臨皆主其説。近周保緒撰《晉略》，意以陶公必不爲宋武之屬，謂此時實爲武陵王遵鎮軍參軍也。攷史，於遵并無鎮軍之名，亦似附合。又有指爲參劉牢之軍者，攷劉爲鎮北將軍，未爲鎮軍。或又謂晉制，前後左右四軍爲鎮撫軍，可稱鎮軍。又謂兵家忌北字，故止稱鎮軍。皆似從爲之辭。竊疑亂世史書，紀載斷續，書闕有閒，存疑爲得也。

五年辛丑　三十七歲

是年有《游斜川》詩，又有《辛丑七月赴假還江陵夜行塗中》詩。是年冬，丁父憂。《祭程氏妹文》：「昔在江陵，重罹天罰。伊我與爾，百哀是切。黯黯高雲，淒淒冬月。感惟崩號，興言泣血。」

閔案：右語氣是失父也。但未審在江陵定屬此一歲否？或前後皆有在江陵時也。既別無攷，姑系于此。又案：《游斜川》詩「開歲倏五日」，「日」字俗本誤作「十」。周益公見邵康節手鈔本，正作「五日」。或據「五十」以編年者，非是。

晉安帝元興元年壬寅　三十八歲

二年癸卯　三十九歲

是年有《癸卯歲始春懷古田舍》詩，又有《十二月與從弟敬遠》詩。

三年甲辰　四十歲

公《榮木》詩：「四十無聞，斯不足畏。」又《連雨獨飲》詩：「黽俛四十年。」

閔案：二詩不必定作於是年，然大概不遠。

晉安帝義熙元年乙巳　四十一歲

是年三月，爲建威參軍。八月爲彭澤令。十一月解官歸。有《乙巳歲三月爲建威參軍使都經錢溪》詩，又作《歸去來辭》。又有《歸田園居》詩。

《南史》：「公爲建威參軍，謂親朋曰：『聊欲絃歌，以爲三徑之資，可乎？』執事者聞之，以爲彭澤令。公田悉令吏種秫稻，妻子固請種粳，乃使二頃五十畝種秫，五十畝種粳。郡遣督郵至縣，吏白：『應束帶見之。』潛嘆曰：『我不能爲五斗米，折腰向鄉里小兒。』即日解印綬，去職。賦《歸去來辭》，以遂其志。」

閔案：陶公參建威軍，史亦無主名。周保緒《晉略》謂是劉敬宣，攷敬宣去職在前，未合。或曰朱齡石亦嘗爲建威，然又遠在後，亦未合。今且闕疑。

二年丙午　四十二歲

三年丁未　四十三歲

是年有五月甲辰《祭程氏妹文》。

四年戊申　四十四歲

是年有《戊申六月中遇火》詩。柴桑舊宅既燬，移居南村，又有《移居》詩。

五年己酉　四十五歲

是年有《己酉歲九月九日》詩。

六年庚戌　四十六歲

是年有《庚戌九月中于西田穫早稻》詩。閔案：九月當是七月，字譌爾。九月非穫早稻時。

七年辛亥　四十七歲

是年有《祭從弟敬遠文》，又有《與殷晉安别》詩。

閔案：據《宋書·武帝紀》：「是歲，劉裕爲太尉公，與殷别詩序云作太尉參軍。太尉者，裕也，知此詩作於是時。

八年壬子　四十八歲

九年癸丑　四十九歲

十年甲寅　五十歲

是年有《酬和劉柴桑》詩。

閔案：即劉遺民也，曾爲柴桑令。

又案：《廬山紀略》云：「是年，東林寺釋慧遠集緇素百二十有三人，於山西巖下般若精舍結白蓮社。七月，彭城劉遺民撰《同誓文》，南陽張銓、豫章雷次宗、南陽宗炳、雍門周續之、南陽張野等與焉。其間譽望尤著，爲世推重者爲社中十八賢。十八賢除上文劉、張、雷、宗、周、張六人外，則有西林覺寂大師、東林普濟大師、惠持法師、罽賓佛馱耶舍尊者、維賓佛陀跋羅尊者、慧睿法師、曇順法師、曇恒法師、道昞法師、道敬法師、曇詵法師、道生法師共十八人。陶公與遠公爲方外交，獨不入社。當時周續之、劉遺民並遁迹匡山，陶公又不應徵命，謂之「潯陽三隱」。

十一年乙卯　五十一歲

十二年丙辰　五十二歲

是年有《丙辰歲八月中于下潠田舍穫稻》詩。又有《示周掾祖謝》詩。又有《贈羊長史》詩。

昭明太子《陶公傳》：後刺史檀韶苦請周續之出州，與學士祖企、謝景夷三人共在城北講《禮》，加以讐校。所住公廨近馬隊，是故淵明示其詩云：「周生述孔業，祖謝響然臻。馬隊非講肆，校書亦已勤。」

閔案：檀韶爲江州刺史，據《宋書》在義熙十二年。而是年劉裕都督中外伐秦。《贈羊長史》有「九域甫已一」語，故知二詩皆當作於是年。

十三年丁巳　五十三歲

十四年戊午　五十四歲

是年有《于王撫軍坐送客》詩。

《宋書》：「義熙末，徵著作郎，不就。」

閔案：王撫軍，王宏也。《宋書》：「王宏是年爲撫軍將軍、江州刺史。」

《晉書》：「既絶州郡覲謁，其鄉親張野，及周旋人、羊松齡、龐遵等，或有酒邀之，或要之共至酒坐。雖不識主人，亦欣然無忤，酣醉便反。未常有所造詣，惟至田舍及廬山游觀而已。」

昭明太子作《陶公傳》：「江州刺史王宏欲識之，不能致也。淵明嘗往廬山，宏命淵明故人龐通之賫酒具，于半道栗里之間邀之。淵明有脚疾，使一門生二兒舁籃輿。既至，欣然便共飲酌，俄頃宏至，亦無迕也。」

晉恭帝元熙元年己未　五十五歲

昭明太子《陶公傳》：「自以曾祖晉世宰輔，恥復屈身後代。自宋高祖王業漸隆，不復肯仕。」

閔案：劉裕前年弒安帝，立恭帝。至是，又廢恭帝爲零陵王。明年，簒位稱帝。《述酒》詩「山陽歸下國」，以魏弒山陽公喻恭帝也。《讀山海經》「巨猾肆威暴，欽䲹違帝旨」，謂劉裕也。《詠三良》《荆軻》，本心寄慨所在，凡此等均當作於是時。

《宋書》云：「所著文章，皆題其年月。義熙以前，則書晉年號。自永初以來，惟云甲子而已。」

閔案：右説，五臣注《文選》亦用之，而宋治平中虎邱僧思悦編《陶集》，乃謂其不然。其言曰：「五臣注云淵明詩，晉所作者題年號，入宋所作但題甲子而已。意者恥事二姓，故以異之。思悦攷淵明之詩，題甲子者始庚子，訖丙辰。凡十七年間，止九首耳，皆晉安帝時所作。至恭帝元熙二年庚申，宋始受禪。自庚子至庚申，蓋二十年，豈有前二十年宋未受禪，恥事二姓而題甲子之理哉！矧詩中又無標晉年號者，所題甲子蓋偶記一時事耳。好事者多尚舊説，因明五臣之失，且袪來者之惑焉。」思悦此條，頗能剔抉肯綮。故曾裘父《艇齋詩話》亦取之。頃攷謝文節公《疊山集》卷五有一條，又破思悦、裘父之説未盡。其言曰：「攷元興二年，桓元簒位，晉不絶如綫。得劉裕而始平，改元義熙，自此天下大權，盡歸劉裕。淵明《賦歸去來辭》實義熙元年也。至十四年劉公爲相國，恭帝即位，改元元熙。至二年庚申禪位。觀恭帝之言曰：『桓元之時，晉氏已亡，重爲劉公所延。今日之事，固所甘心。』詳味此言，則劉氏自庚子得政，至庚申革命，凡二十年。淵明自庚子以後題甲子者，蓋逆知末流必至於此，此忠之至義之盡也。思悦、裘父殆不足以知之。」閔謂謝説固自佳，頃讀錢竹汀《潛研堂集》，第三十卷有一條辨此，又爽然失矣。其言曰：「休文生元嘉中，所見聞必不誤。《宋書·陶傳》止云所著文章，不云所著詩。詩固文章之一，而其體則殊。文章當題年月，詩不必題年月，夫人而知之。《書》載淵明《集》九卷，今文存者纔數首。就此數首攷之，《桃花源詩序》稱『太元中』，《祭程氏妹文》稱『義熙三年』，此書晉氏年號之證也。《自祭文》則但稱『丁卯』，此永初以後書甲子之證也。與休文所云如合符節，其於陶文固遍覩而盡識之矣。」五臣誤讀《宋書》，妄欲以詩證史。思悦辨之，當矣。後人乃援以攻休文，不知休文初無誤也。

永初元年庚申　五十六歲

二年辛酉　五十七歲

三年壬戌　五十八歲

宋少帝景平元年癸亥　五十九歲

《宋書》：「先是，顔延之爲劉柳後軍功曹，在尋陽，潛與情款。後爲始安郡，經過尋陽，日日造潛。每往必酣飲至醉，臨去，留二萬錢與潛。潛悉送酒家。」

閔案：此條昭明太子《陶公傳》大略相同，但彼與王宏刺江州時混同一敘。攷《宋書》，顔出爲始安郡在宋少帝即位後。故今次此。

宋文帝元嘉元年甲子　六十歲

昭明太子《陶公傳》：「江州刺史檀道濟往候之，偃臥瘠餒有日矣。道濟謂曰：『賢者處世，天下無道則隱，有道則仕。今子生文明之世，奈何自苦如此。』對曰：『潛也何敢望賢，志不及也。』道濟遺以粱肉，麾而去之。」

閔案：昭明敘此段，在爲鎮軍建威參軍前。攷《宋書》，檀刺江州在宋少帝景平元年，故知當次此。

又案：檀公仕宋，陶公已心非之，特臨州上官不能明絶耳。又語陶公以文明之世當仕，彌爲乖謬。陶公更不與辨，止曰「志不及」。迨遺粱肉則麾之，正孔子所謂危行言孫也。

二年乙丑　六十一歲

三年丙寅　六十二歲

四年丁卯　六十三歲

是年陶公卒。《自祭文》：「歲惟丁卯，律中無射。」

閔案：據《自祭文》，陶公之卒，其在九、十月間乎？

顔延年《陶徵士誄》：「元嘉四年，卒于尋陽縣柴桑里。」

昭明太子《陶公傳》：「元嘉四年，將復徵命。會卒，時年六十三。世號靖節先生。」又云：「嘗著《五柳先生傳》以自況，曰：『先生不知何許人也，不詳姓氏。宅邊有五柳，因以爲號焉。閑靜少言，不慕榮利。好讀書，不求甚解。每有會意，欣然忘食。性耆酒，而家貧不能恒得。親舊知其如此，或置酒招之。造飲輒盡，期在必醉。既醉而退，曾不吝情去留。環堵蕭然，不蔽風日，短褐穿結，簞瓢屢空，晏如也。嘗著文章自娱，頗示己志。忘懷得失，以此自終。』時人謂之實録。」又云：「爲彭澤令，不以家累自隨。送一力給其子，書曰：『汝旦夕之費，自給爲難。今遣此力，助汝薪水之勞。此亦人子也，可善遇之。』」又云「嘗九月九日出宅邊菊叢中，久之，滿手把菊。忽值王宏送酒至，即便就酌，醉而歸。」又云：「不解音律，而蓄無絃琴一張。每酒輒撫弄，以寄其意。貴賤造之者，有酒輒設。淵明若先醉，便語客『我醉欲眠，卿可去』，其真率如此。郡將嘗候之，值其釀熟，取頭上葛巾漉酒，漉畢還復著之。時周續之入廬山事釋慧遠，彭城劉遺民亦遁跡匡山，淵明又不應徵命，謂之尋陽三隱。」

昭明太子《陶集序》：「有疑淵明詩篇篇有酒，吾觀其意不在酒，亦寄酒爲迹者也。其文章不羣，辭采精拔。跌宕昭彰，獨超衆類。抑揚爽朗，莫之與京。横素波而旁流，干青雲而直上。語時事則指而可想，論懷抱則曠而且真。加以貞志不休，安道苦節。不以躬耕爲恥，不以無財爲病。自非大賢篤志，與道汙隆，孰能如此乎？」

《南史》：「妻翟氏，志趣亦同。能安貧苦節，夫耕于前，妻鋤于後。子儼、俟、份、佚、修五人。先是，有《責子詩》《與子儼等疏》云。」

【附】編定陶集例目

昭明太子撰次《陶集》八卷，而少《五孝傳》，《四八目》即《聖賢羣輔録》。後陽休之搜得之，合爲十卷。宋朝蕭、陽二本互行。宋莒公又得江左舊本，亦十卷。今温陵李氏所刊者，即此本也。閔疑《五孝傳》《四八目》皆贋作，昭明太子未見收，休之搜得之，恐依託也。莒公亦疑《三儒》《八墨》爲非是，然不止此也。其中《歸田園詩》末首乃江淹作，見《文選》；《問來使》乃蘇子美作，見其集；《四時》一首，乃顧愷之作，見《彥周詩話》。

閔今編次《陶集》，乃昭明太子舊分八卷未必合原，第大致不遠。爲正集。其《四八目》之類，列後存疑，爲《外集》一卷。後人評論語，彙次一卷，爲附集。卷首補入《晉》《宋》二書《本傳》，昭明太子所作《傳》，顏光禄所作《誄》，爲一卷。年譜又爲一卷。都十二卷。主從分明，條件綸貫，庶乎陶集定本矣。編次目録見後。

【附】編定陶集目録

卷首一
晉書本傳　宋書本傳　昭明太子陶靖節先生傳　顔延之陶徵士誄
卷首二
年譜
正集卷一　詩一
昭明太子序　停雲并序　時運并序　榮木并序　贈長沙公并序　酬丁柴桑　答龐參軍并序
勸農　命子　歸鳥
正集卷二　詩二
形贈影　影答形　神釋　九月閒居　歸田園居五首閔案：《歸田園居》六首，末一首乃江淹作，止應作五首。　游斜川并序　示周祖謝三郎一作《周續祖企謝景夷三郎》，《集》作《示周掾祖謝》。　乞食　游周家墓柏下　怨詩楚調示龐主簿鄧治中　答龐參軍　五月旦作和戴主簿　連雨獨飲　移居二首
和劉柴桑　酬劉柴桑　和郭主簿二首　於王撫軍座送客　與殷晉安別并序　贈羊長史并序
歲暮和張常侍　和胡西曹示顧賊曹　悲從弟仲德　閔案：此卷原有《問來使》一首，湯東澗謂是晚唐人周太白《感秋》詩。宋莒公本注云南唐本有此一首，可知以前本無之。《西清詩話》云此首獨南唐與晁文元家二本有之。亦可知他家本皆無。據此數條，非原本所有，决也。故今去之。後攷《蘇子美集》亦有此詩，豈又混入

晚唐人作耶？

正集卷三　詩三

始作鎮軍參軍經曲阿　庚子歲五月中從都還阻風於規林二首　癸卯歲始春懷古田舍二首　癸卯歲十二月中作與從弟敬遠　乙巳歲三月爲建威參軍使都經錢溪　還舊居　戊申歲六月中遇火　己酉歲九月九日　庚戌九月中於西田穫早稻閔案：「九月」當是「七月」，字譌爾。早稻之穫，不合在九月。　丙辰歲八月中于下潠田舍穫　飲酒二十首并序　止酒　述酒　責子　有會而作并序　蜡日　閔案：此卷末有《四時》一首，乃顧愷之作。見《彦周詩話》，今去之。又此卷《止酒》詩，閔亦疑僞作，然無左證，姑存之。

正集卷四　詩四

擬古九首　雜詩十二首閔案：末一首，湯東澗云東坡《和陶》無此篇，剔出附卷末聯句前。　詠貧士十七首　詠二疏　詠三良　詠荊軻　讀山海經十三首　擬挽歌辭三首　聯句

正集卷五　賦

感士不遇賦并序　閒情賦

正集卷六　記辭傳述

桃花源記并詩　歸去來辭　五柳先生傳　晉故征西大將軍長史孟府君傳　讀史述九章

正集卷七　傳贊

天子孝傳贊　諸侯孝傳贊　卿大夫孝傳贊　士孝傳贊　扇上畫贊

鄉詩摭譚正集　卷二

唐

綦毋孝通

名潛，虔州人。《文獻通考》作南康人云。南康，今虔州。

《河岳英靈集》謂潛詩「屹崒峭蒨」，「舉體清秀」。與張九齡、王維、李頎爲文章之友，有詩贈答。

閔案：孝通詩傳世者數十首，其清迥拔俗處，故是摩詰一路人。漁洋《三昧集》亦登至六首，今略舉似四首，爲客一賞諷，可乎？

《春汎若耶溪》云：「幽意無斷絶，此去隨所偶。一起如風雨颯至，要是從結二句轉身發出，感慨在言外，漁洋所謂三昧也。晚風吹行舟，花路入谿口。語清麗而氣駘蕩，意思又覺灑然。際夜轉西壑，隔山望南斗。寫汎之適，谿之曲折，其汎舟是轉西而北也。潭煙飛溶溶，夜静空濛，是春汎不是秋汎。林月低向後。月低向後，則是自北迤東也。生事且瀰漫，正意微一點。願爲持竿叟。汎字餘意。」此詩止寫汎之適，意却在言外。

《若耶谿逢孔九》云：「相逢此谿曲，勝託在煙霞。潭影竹間動，巖陰檐外斜。人言上皇代，犬吠武陵家。借問淹留客，春風滿若耶。」姚惜翁云：「似孟公。」此詩逸氣滿紙，止言谿曲煙霞之勝，當此春風，正合淹留，以外一字不説。漁洋所謂三昧者，此也。

《題靈隱寺山頂禪院》云：「招提此山頂，下界不相聞。塔影挂清漢，鐘聲叩白雲。觀空静室掩，行道衆香焚。且駐西來駕，人天日未曛。」二聯寫禪院之在山頂，畫所不能到。一本「叩」作「和」，則味如嚼蠟矣。三聯一動一静，末言禪誦之衆也。精妙只在二聯，餘平澹寫去而已。

《冬夜寓居寄儲太祝》云：「自爲洛陽客，夫子吾知音。愛義能下士，時人無此心。奈何離居夜，巢鳥悲空林。愁坐至月上，復聞南鄰砧。」此詩質樸，以格勝者，然感知，傷遇，懷遠，一一寫出，仍淡然紙上，不見痕迹，亦三昧也。

劉全乙

名昚虚，洪州新吴人。

閔案：劉，舊作江東人，今據《豫章十代文獻略》攷定，新吴即今奉新縣。曾官夏縣令，集亡，《全唐詩》編存一卷。

劉君與孟公相往還，詩清迴獨出，盛唐之音也。漁洋《三昧集》登至九首，今亦舉似三首。

《闕題》云：「道由白雲盡，發端異趣。春與青谿長。佇興而發，引起下聯。時有落花至，遠隨流水香。將次句細細含泳而出。閒門向山路，深柳讀書堂。將起句細細影繪而出。幽映每白日，清輝照衣裳。淒淡明遠。」此詩得陶之自然而略麗，得孟之清逸而略圓。性情不同，所詣亦異。

《寄江滔求孟六遺文》云：「南望襄陽路，思君情轉深。偏知漢水廣，應與孟家鄰。在日貪爲善，昨來聞更貧。相如有遺草，一爲問家人。」姚惜抱云：「流轉一氣，此是唐人之《古詩十九首》也。『漢水』二句，亦所謂兼復故實者。」

《江南曲》云：「美人何蕩漾，湖上風日長。玉手欲有贈，徘徊雙明璫。歌聲隨緑水，怨色起朝陽。日暮還家望，雲波横洞房。」陳懿叔云：「無知己之感。」閔案：前首傷孟公之不遇，因求其遺文，沈痛之思，出以逸筆，如水中鹽味，略無形色，漁洋所謂三昧也。此首亦然。顧影喟息，意在言外，皆盛唐高唱也。

殷璠云：「劉詩情幽興遠，思苦言奇，忽有所得，便驚衆作，東南高唱，無出其右。惟氣骨不逮諸公，自永明以還，可以傑立江表。惜不永年，天碎國寶。」

王雲峯

名季友，豐城人。或以爲河南人，非。辨見《豫章十代文獻略》。殷璠謂其詩放蕩，愛奇務險。杜工部《可嘆行》七古，蓋爲雲峯作。

雲峯詩，《唐文粹》《河嶽英靈集》《篋中集》皆載，其詩今舉二首。

《别友》云：「栖鳥不戀枝，喈喈在同聲。以鳥之畏别興比起。行子遲出户，依依主人情。入正面。惜時霜臺鏡，醜婦羞爾形。閉匣二十年，皎潔常獨明。忽借物來感發。今日照離别，前塗白髮生。言此别難爲情也。」此詩樸遫不雕飾，氣韻却古，所以爲盛唐。

《觀于舍人壁畫山水》云：「野人宿在人家少，言未嘗看畫山水也。朝見此山謂山曉。奇句。言觀此畫，即驚爲真山水也。即老杜《畫松歌》「堂上不合生松樹」，而此較自然。半壁仍棲嶺上雲，開簾欲放湖中鳥。畫中景之真。獨坐長松是阿誰，再三招手起來遲。畫中人之真。于公大笑向予説，小弟丹青能爾爲。結始點明是畫。」《山谷題畫》云

「欲唤扁舟歸去，故人言是丹青」，即脱胎于此篇。墨痕清麗，故是神到。

閔案：季友有句云：「亦知世上公卿貴，且養山中草木年。」其安貧樂道之素，可想見矣。

又案：《河嶽英靈集》載雲峯《山中贈十四秘書兄》一首，凡八韻。《篋中集》亦有其詩，而題作《寄韋子春》，又節去二韻。此處起句是「出山秋雲曙」，彼處則云「出山秘芸署」，似有意改就題目，俟更考之。

又案：老杜《可嘆》詩云：「丈夫正色動引經，豐城客子王季友。羣書萬卷常暗誦，孝經一通看在手。貧窮老瘦家賣履，好事就之爲攜酒。豫章太守高帝孫，李勉也。引爲賓客敬頗久。」觀杜公所云，則雲峯人品可見矣。陶翰《古塞下曲》，《唐文粹》注云：元本作王季友。

鄭守愚

名谷，宜春人。有《雲臺編》三卷，《宜陽集》三卷，《外集》三卷。

歐陽公《六一詩話》云：「鄭谷詩名盛于唐末，號《雲臺編》，而世俗但稱其官，謂『鄭都官詩』。其詩極有意思，亦多佳句，但其格不高。以其易曉，人家多以教小兒，予爲兒時，猶誦之。今其集不行于世矣。」

《四庫全書提要》云：「方回《瀛奎律髓》稱谷多用僧字，凡四十餘處。谷自有句云：『詩無僧字格還卑。』此與張端義《貴耳集》謂詩句中有梅花二字，便覺有清氣，竟同一雅中之俗，未可遽舉爲美談。至其他作，往往于風調之中獨饒思致。汰其膚淺，挈其菁華，固亦晚唐之巨擘矣。」

《能改齋漫録》云：「鄭谷《送春》詩云：『三月正當三十日，風光别我苦吟身。共君一夜不須寐，未到曉鐘猶是春。』胡少汲詩則云：『含酸梅子漸生仁，鶯老花飛迹已陳。一夜南風摇斗柄，明朝煙柳不關春。』信知才力之不侔也。」

閔案：都官以鷓鴣詩得名，時號「鄭鷓鴣」，究只「雨昏青草湖邊過，花落黄陵廟裏啼」二語爲差有韻。都官作，《全唐詩》存不少，今不在篋，只就記者，標舉一二佳語，摘附於後。《石城》云：「石城昔爲莫愁鄉，莫愁魂散石城荒。江人依舊棹舴艋，江岸遠飛雙鴛鴦。帆去帆來風浩渺，花開花落春悲涼。煙濃草遥望不盡，千古漢陽閒夕陽。」《淮上與友人别》云：「楊子江頭楊柳春，楊花愁殺渡江人。數聲風笛離亭晚，君向瀟湘我向秦。」《淮上漁者》云：「白頭波上白頭翁，家逐帆移浦口風。一尺鱸魚新釣得，兒孫吹火荻花中。」《野步》云：「翠嵐迎步興何長，笑領漁翁入醉鄉。日暮渚田微雨後，鷺鶿閒暇稻花涼。」「涼」一作「香」。右四詩皆所謂有意致、有風調者，佳作也。

他佳句略摘一二。「亂離何處甚，安穩到家無。」《久不得張喬消息》「風高羣木落，夜久數星流。」《長安夜坐》「道勝嫌名出，身閒覺老遲。」《贈圓昉公》「吾子雖言命，鄉人懶讀書。」《寄許柳罷舉歸》「一徑入寒竹，小橋穿野花。」《田舍》「十口飄零猶寄食，兩川消息未休兵。」《漂泊》「飲澗鹿喧雙碓水，上樓僧踏一梯雲。」《少華甘露寺》

記都官《曲江春草》詩、《雪中偶題》詩、《别無本上人》詩，皆佳，今無本可對，憶不能清，難舉似矣。

王有道

名貞白，信州上饒人。有《靈溪集》一卷。

《青瑣後集》云：「王貞白，唐末大播詩名，嘗作《御溝》詩云：『一片御溝水，緑槐相蔭清。此波涵帝澤，無處濯塵纓。』云云，以示貫休，休曰：『剩一字。』貞白揚袂去。休預書一『中』字于掌，逡巡貞白回，曰：『此中涵帝澤。』休開掌示之，不異所改。」

靈溪詩頗有格致，今舉似一二。

《題嚴陵釣臺》云：「山色四時碧，五字恰切。溪光七里清。對得靈活，又切。嚴陵愛此景，接得緊。下視漢公卿。對得奇。垂釣月初上，放歌風正輕。二句景上、情上，蕭寥萬物之表，其實只是蕩漾前半。應憐渭濱叟，匡國祗論兵。此所以下視漢公卿也。」記近人潘四農《養一齋詩話》論此詩，謂前四句「不著議論，行以古直之氣，最爲高格」，惜下接二語「局振不起，晚唐通病」，末二語「欲揚子陵、抑太公，何無識乃爾」？閔案：此失言也，三聯正蕩漾前四句耳，甚有逸氣。何云局振不起？此處又如何振法？末聯非抑太公，亦非揚子陵，乃爲「下視漢公卿」句作掀髯一笑耳。仕者之勞，不如隱者之逸久矣。「匡國祗論兵」，言欲如垂釣放歌，不可得也。舉太公者，緣題是釣臺，適有釣渭一事，拈來作一波，命意則只是仕不如隱，以況雲臺諸公，學者未可見指不見月也。此詩高澹清壯，宋以後詠釣臺詩，皆在其下。

《折楊柳》云：「枝枝交影鎖長門，嫩色曾沾雨露恩。鳳輦不來春欲盡，空留鶯語到黄昏。」「嫩葉初齊不耐寒，風和時拂玉闌干。征人去日曾攀折，泣雨傷春翠黛殘。」二詩亦楚楚悽悽，令人惋結。

他佳句略摘一二。「虹截半江雨，風驅大澤雲。」《庾樓》「歸期無定日，鄉思羡回潮。」「離京近殘暑，歸路有新蟬。」

宋

歐陽文忠

名修，字永叔，號六一居士，封兗國公，謚文忠。廬陵人。有《文忠公集》一百五十二卷。

張芸叟云：「永叔詩如春服既成，春酒既釃，登山臨水，可以忘歸。」

敖臞翁云：「歐公如四瑚八璉，上可施之宗廟。」

《西清詩話》云：「歐公語人曰：『修在三峽賦詩云：春風疑不到天涯，二月山城未見花。若無下句，則上句不見佳處，併讀之，便覺精神頓出。』文章難評如此，要當著意，詳味之耳。」

東坡云：「頃歲，孫莘老識文忠公，乘閒以文字問之。云：『無他術，惟勤讀書而多爲之，自工。世人患作文字少，又懶讀書，每一篇出，即求過人，如此少有至者。疵病不必待人指摘，多作自能見之。』此公以其嘗試者告人，故尤有味。」

《苕溪漁隱》曰：「歐公作詩，蓋欲自出胸臆，不肯蹈襲前人，亦其才高，故不見牽強之迹耳。如《六月十四夜飛蓋橋玩月》云：『天形積輕清，水德本虛靜。雲收風浪止，始見天水性。澄光與粹容，上下相涵映。乃於其兩間，皎皎挂寒鏡。餘輝所照耀，萬物皆鮮瑩。矧夫人之靈，豈不醒視聽。而我於此時，翛然發孤詠。紛昏忻洗滌，俯仰恣涵泳。人心曠而閒，月色高愈迥。惟恐清夜闌，時時瞻斗柄。』」閔案：此詩清迥無塵，然虚字太多，頗涉論頭，亦近理語。王右丞、韋蘇州諸公便不如此，此明七子所以深爲宋詩疵也。但公爲之，猶覺可愛，流而爲擊壤一派，得深趣者少矣。

閔又案：文忠守汝陰，與客賦雪詩于聚星堂，禁體物語，一切玉、月、梨、梅、練、絮等事，皆勿用，謂之禁體詩。竊謂此等，前賢偶爲之，可耳。詩之佳惡，不關此也。公所賦七古，吾只愛二語，「坐看天地絶氛埃，使我胸襟如洗瀹」耳，餘亦不見佳。後來東坡守汝陰，亦續爲之，所謂「白戰不許持寸鐵」者也。

又案：先賢一時佇興之言，有不可太拘拘者，雖出門人子弟，當斟酌也。《石林詩話》載文忠子棐有言：「先公平生未嘗矜大所爲文，一日被酒，語棐曰：『吾詩《廬山高》，今人莫能爲，惟太白能之；《明妃曲》後篇，太白不能爲，惟杜子美能之；至於前篇，則子美亦不能爲，惟吾能之也。』云云」。竊謂此不像公平日口氣，蓋一時被酒耳，棐泥之過矣。《明妃曲》二首信佳，然何至傲李、杜？《廬山高》非不佳，亦非佳，要當與解者言耳。

王漁洋云：「宋承唐季衰陋之習，至歐陽文忠，始拔流俗。七言長句，高處直追昌黎，自王介甫輩，皆不及也。」閔案：漁洋選歐古詩，盡得其勝處。謂其直追昌黎，則似而不似，非識曲聽真者不能辨别。

歐陽詩别有專鈔本，今略舉似一二。

《重讀徂徠集》云：「我欲哭石子，夜開徂徠編。開編未及讀，涕泗已漣漣。點過。此下尚有四句近題，煩，今節去，更清省。昔也人事乖，相從常苦艱。今而每思子，開卷子在顔。入情事。此下尚有六句，亦太煩，節去之。但當書百年，或藏在深山。護惜之。至此二句，中間尚有二句，今節去之。待彼謗焰息，放此光芒懸。以下皆藉集上發一番痛哭。人生一世中，長短無百年。無窮在其後，萬世在其先。得長多幾何，得短未足憐。惟彼不可朽，名聲文行然。六句掀波湧浪。讒誣不須辨，亦止百年間。百年後來者，憎愛不相緣。四句龍魚上下。公議然後出，自然見媸妍。二句漸見恬霽。孔孟困一生，毀逐遭百端。二句引一證。後世苟不公，至今無聖賢。二句拍掌一笑。公道持在後世，此言痛甚。所以忠義士，恃此死不難。二句拍到徂徠。當子病方革，以下細細追述，斷續淚落。謗詞正騰喧。衆人皆欲殺，聖主獨保全。已埋猶不信，僅免斲其棺。此事古未有，每思輒長歎。我欲犯衆怒，爲子訴此冤。下紓冥冥忿，仰叫昭昭天。書於蒼翠石，立彼崔嵬顛。詢求子世家，恨子兒女頑。經歲不見報，有辭未能詮。忽開子遺文，使我心已寬。子道自能久，吾文豈須鐫。石子之痛，千古所少。此詩磅礴噴決，雖宋體，亦夐絶。」

《啼鳥》云：「窮山略注。候至又略注。陽氣生，領起。百物如與時節爭。不止鳥，而鳥其一也。「爭」字精警。官居荒涼草樹密，「荒涼」字，「密」字，皆詩中之眼。撩亂紅紫開繁英。將説鳥，先説花木。花深葉暗耀朝日，帶上映下，隱隱鳥聲來矣。日暖是陽氣生。衆鳥皆嚶鳴。是與時節爭。鳥言我豈解爾意，綿蠻但愛聲可聽。奇興，開下波瀾。南窗睡多春正美，百舌未曉催天明。處處有人在，此耳聽者。黄鸝顔色已可愛，舌端啞咤如嬌嬰。從目賞其顔色作一折，又一樣啼鳥。竹林静啼青竹筍，深處不見惟聞聲。竹林，鳥名，此又耳聽者。陂田繞郭白水滿，戴勝穀穀催春耕。筆法又變，蓋見田水，即見戴勝也。却不言見之，只言聞穀穀，靈妙甚。誰謂鳴鳩拙無用，雌雄各自知陰晴。又一樣啼鳥，此是一種而二鳴者。雨聲蕭蕭泥滑滑，草深苔緑無人行。又一樣聽見。獨有花上提葫蘆，以上寫得熱閙之極，到此便覺骨騰肉飛，又如撾鼓，將到鼓心矣。勸我沽酒花前傾。快絶。始知前面先説花木之妙。其餘百種各嘲哳，異鄉殊俗難知名。一筆包裹。我遭讒口身落此，始一申慨，與起句及三句應。每聞巧舌宜可憎。略一掀跌。春到山城苦寂寞，把盞常恨無娉婷。再一攧跌，姿致横出。花開鳥語輒自醉，醉與花鳥爲交朋。正是極形寂寞耳，筆端却栩栩。花能嫣然顧我笑，鳥勸我飲非無情。再一番申説，越有情，越感慨。身閒略注。酒美又略注。惜光景，自遣。惟恐鳥散花飄零。除此，則没奈何矣。可笑靈均楚澤畔，離騷憔悴愁獨醒。正是自傷以花鳥與酒過日也，妙於語言，乃如此。」凡詩以情趣爲主，有情趣即有我，有我，則任人共詠此題，而詩總是我的，故可屹然獨立也。此題是啼鳥，詩却全就聽此啼鳥者説，愈熱鬧，愈無聊，音節鏗鏘，筆踪變化，學者熟此而悟焉，一粒丹可换凡骨矣。

《寄聖俞》一作《因馬察院至云見聖俞於城東輒書長韻奉寄》云：「凌晨有客至自西，此客指馬察院。爲問詩老來何稽。詩老指聖俞。京師車馬耀朝日，何用擾擾隨輪蹄。應行「來何稽」。面顔憔悴暗塵土，文字光采垂虹霓。接説詩老。一抑一揚，句法清壯。空腸時如秋蚓叫，苦調或作寒蟬嘶。語言雖巧身事拙，捷徑恥蹈行非迷。四句皆申上五六句，是情感，是波瀾，妙絶。我今俸禄飽餘賸，念子朝夕勤鹽齏。舟行每欲載酒送，此三句是交誼。汴水六月乾無泥。乃知此事尚難必，何況仕路如天梯。此三句是聖俞運蹇。「乃知」句一跌落，「何況」句一翻騰，句間相去千百里，真奇傑筆力。朝廷樂善得賢衆，臺閣俊彦聯簪犀。朝陽鳴鳳爲時出，一枝豈惜容其棲。遭會如此而無所遇，豈非運蹇？古來磊落才與智，窮達有命理莫齊。引古人以慰今也。悠悠百年一瞬息，俯仰天地身醯雞。起下句「安足校」。其間得失安足校，况與鳧鶩爭稗稊。每握進一層。憶在洛陽年各少，又感起舊來。對花把酒傾玻璃。何等樂。二十年見幾人在，應「百年」句。在者憂患多乖暌。應「俯仰」句。我今三載病不飲，又説到自己。眼眵不辨騧與驪。自傷老矣。壯志銷盡憶閒處，不遇者如彼，即遇者亦復如此。生計易足纔蔬畦。不敢求多。優遊琴酒逐漁釣，上下林壑相攀躋。即下句「及身爲樂」。及身强健始爲樂，莫待衰病須扶攜。二句感傷多少。行當買田清潁上，收足自己。與子相伴把鋤犂。收到聖俞。」因念聖俞而還自念，文情筆妙，令人意移。

《寄聖俞》云：「西陵山水天下佳，公曾貶夷陵令。我昔謫官君所嗟。一「嗟」字，開下波趣。官閒憔悴一病叟，見得不堪煩劇。縣古瀟灑如山家。真妙于語言。雪消深林自劚笋，其閒可見。人響空山隨摘茶。可見如山家。有時攜酒探幽絶，往往上下窮煙霞。巖蓀緑縟軟可藉，野草青紅春自華。風餘落蕊飛回旋，日暖山鳥鳴交加。貪追時俗玩歲月，不覺萬里留天涯。此八句極言閒官得以自遣，翻第二句「君所嗟」，「嗟」字妙遠。今來寂寞西岡口，「今」字對第二句「昔」字，「西岡」對首句「西陵」。秋盡不見東籬花。真寂寞矣。市亭插旗鬥新酒，十千得斗不可賒。酒貴而又莫賒。材非世用自當去，奚能鬱鬱久居此耶？一舸聱牙揮釣車。言欲作煙波釣徒也。君能先往勿自滯，一筆到聖俞，靈敏；又能兩下拍合，神妙之極，自然不假人力。行矣春洲生荻芽。言已是時候了。妙絶。」

公兩寄聖俞詩，皆高妙。音節婉麗，情文悽惋，了無穿齦裂眦之態。此由平日讀書味深，涵養又粹，故發於文字如此。

《明妃曲和王介甫作》云：「胡人以鞍馬爲家，射獵爲俗。泉甘草美無常處，鳥驚獸駭爭馳逐。四句先寫胡俗如此。誰將漢女嫁胡兒，入題。只一「漢」字，意便分劃。風沙無情面如玉。七字精絶，可見不倫不類。身行不遇中國人，胡人矣。馬上自作思歸曲。入琵琶。推手爲琵却手琶，點琵琶，妙在輕利，一有痕迹便不佳。胡人共聽亦咨嗟。「亦」字有力，何況漢人。玉顔流落死天涯，琵琶却傳來漢家。人去而聲存。漢宫爭按新聲譜，遺恨已深聲更苦。後來習此曲者。承上引下。纖纖女手出洞房，學得琵琶不下堂。反對出塞。不識黄雲出塞路，豈知此聲能斷腸。天下事，非過來人，都是隔膜，何獨琵琶也？」

《再和明妃曲》云：「漢宫有佳人，天子初未識。一朝隨漢使，遠嫁單于國。絶色天下無，一失難再得。雖能殺畫工，于事竟何益。以上敘過本事。耳目所及尚如此，發慨。萬里安能制夷狄。即邇可知遠。翁覃溪云：「此二句乃唱嘆節族，非議論也。」漢計誠已拙，了過上面。女色難自誇。又開下面。明妃去時淚，又一摺過。灑向枝上花。

「色」字餘溢。狂風日暮起，飄泊落誰家。「難自誇」上，餘情遠慨。紅顏勝人多薄命，千古蓋非明妃一人矣。莫怨東風當自嗟。含蓄悽惋。」翁覃溪云：「歐公自以爲前篇勝後篇，然二篇之妙，皆非言詮所能及也。漁洋又以『耳目所及』二句議論近腐，此正是唱嘆節族耳，何嘗是議論？此乃真所謂不著一字之妙，何云近腐耶？」

閔案：六一長句，漁洋選入《古詩鈔》者，皆妙。茲舉似五首以示客，當嘗鼎可乎？

又案：歐陽公近體如《詠崇徽公主手痕》云：「玉顏自古爲身累，肉食何人與國謀。」朱子謂是第一等議論，第一等好詩。又如《贈杜祁公致仕》云：「貎先年老緣憂國，事與心違始乞身。」寄慨深遠，有風人之意，有大臣之度也。

絶句如《豐樂亭游春》云：「紅樹青山日欲斜，長郊草色緑無涯。游人不管風和雨，來往庭前踏落花。」《雁》云：「來時砂磧已冰霜，飛過江南木葉黄。水闊風低雲黯淡，朔風吹起自成行。」《夢中作》云：「夜涼吹笛千山月，路暗迷人百種花。棋罷不知人换世，酒闌無奈客思家。」《别滁》云：「花光濃淡柳輕盈，酌酒花前送我行。我亦且如常日醉，莫教絃管作離聲。」《批謝判官紙尾》公守滁，築醒心、醉翁兩亭于瑯琊幽谷，命謝某雜植花卉其間，謝以狀問，批此。云：「深紅淺白宜相間，先後仍須次第栽。我欲四時攜酒去，莫教一日不花開。」

其佳語略摘一二於後。

古體如：「直欲采奇謀，不爲人品限。」《送任處士》「高河瀉長空，勢落九州外。」《水谷野行》「壽命雖不長，所得固已多。」《讀徂徠集》「梅繁野渡晴，泉落春山響。」《伊川獨游》「還隨孤鳥下，却望層林上。清梵遠猶聞，日暮空山響。」《游龍門上萬闗》「城陰日下寒，野氣春陰緑。」《行次華縣》「才高不少下，闊若與世疏。歸來見京師，心老貌已癯。但驚何其衰，豈意今也無。」《哭曼卿》「短褐不自暖，高談吐陽春。」《送孔生》「君子篤自信，衆人喜隨時。其中苟有得，外物竟何爲。」《夜坐彈琴有感》「凡學患不彊，苟至將焉廋。聖言簡且直，慎勿迂其求。經通道自明，下筆如戈矛。」《送黎生落第還蜀》「有司選羣材，繩墨固量度。胡爲謹毫分，而使遺磊落。」《送楊秀才》「清霜一以零，衆木少堅勁。物理固如此，人生寧久盛。當時不樹立，後世猶譏評。」《述懷》「文章至寶被埋没，氣象往往干虹霓。」《再和梅聖俞》「文章自古世不乏，間出安知無後來」，「河傾崑崙勢曲折，雪壓太華高崔嵬。」《和劉原父澄心堂紙》「花開百鳥唤不覺，日落山風吹自醒。」《贈沈遵》「坡長坂峻牛力疲，天寒日暮人心速。」《盤車圖》「當時淒涼已可歎，而况後世悲前朝。」《答謝景山遺古瓦》「人心不復故時歡，景物自隨時節好。」《述懷送某》

近體如：「年光向老速，物意逐時新。」《答聖俞》「老杉春自緑，古壁雨先風。」《廣愛寺》「山橋斷行路，溪雨漲春田。」《離彭婆值雨》「雨冷侵鐙暈，風愁送葉聲。」《秋陰》「西風酒旗市，細雨菊花天。」《秋懷》「籬菊催佳節，山泉響夜琴。」《秋宵》「山河識天府，風雨度函關。」《送王某三原尉》「落日漢陵道，初寒慘暮飈。」《鞏縣陪聚》「鼓角雲中壘，牛羊雪外山。」《送人北使》「緑苔人迹少，黄葉雨聲多。」「萬馬不嘶聽號令，諸蕃無事樂耕耘。」「雲深曉日開宫殿，水闊春風颺管絃。」「鳳城斜日留殘照，玉闕浮雲結夜霜。」「瓊花落處縈仙仗，玉殿光中認赭袍。」「五色詔成人不到，萬年風動閣生涼。」「組甲光寒圍夜帳，采旗風煖看春耕。」「九門寒食多游騎，三月春陰正養花。」「晴明風日家家柳，高下樓臺處處山。」「夜聞歸雁生鄉思，病入新年感物華。」「人老思家甚年少，身閒泥酒過春寒。」「玉麈清談消永日，金樽美酒惜餘春。」「身遭鎖閉知鸚鵡，病識陰晴似鵓鴣。」《和聖俞春雨》「夢寐閒思十年舊，笑談今此一尊同。」《答王禹玉見贈》「古屋醉吟鐙黯黯，畫廊愁聽雨瀟瀟。」《和聖俞之作》「朝廷失士有司恥，貧賤不憂君子難。」《送王平甫下第》「金闕日高猶泫露，采旗風細不驚塵。」「泉落斷崖連壑響，花藏深崦過春開。」

歐陽公風節、政事，可紀甚多，具史傳及本集。文章又不消説，今都不記，獨《名臣傳》載一事，今紀于此。

初，仁宗以《唐書》淺陋，命官刊修。在職五年而修至，分撰紀、表、記，七年書成。宰相韓琦素不悦宋祁，以所上列傳文采雕飾太過，又一書出兩手，詔修看詳，改一體。修受命歎曰：「宋公於我前輩人，所見不同，詎能盡如己意？」遂不易一字。又故事：修書進御，惟書官崇者。是時，祁守鄭州，修位在上，修曰：「宋公於此，日久功深，吾可掩其長哉？」遂合列其姓名。宋庠聞而喜曰：「自昔文人相凌掩，斯事古未有也。」觀此，知公之盛德，固不以文人自命也已。後生小子，略識數字，矜己傲物，誠可鄙也。

王半山

名安石，字介甫，號半山，封荆國公，謚文，臨川人。有《文集》一百卷，《後集》八十卷。

張芸叟云：「王介甫如空中有聲，相中有色，欲有倚著，曾不可得。」

敖臞翁云：「荆公如鄧艾縋兵入蜀，要以險絶爲工。」

《漫叟詩話》云：「荆公定林後詩，精深華妙，非少作之比。」

《石林詩話》云：「荆公詩用法甚嚴，尤精于對偶。嘗云：『用漢人語，止可以漢人語對，若參以異代語，便不相類。』如『一水護田將緑繞，兩山排闥送青來』，皆漢人語也。此法惟公用之，不覺拘窘卑凡。」

山谷云：「荆公暮年作小詩，雅麗精絶，脱去流俗。每諷味之，便覺沆瀣生牙頰間。」

《苕溪漁隱》曰：「荆公小詩，如『南浦隨花去，回舟路已迷。暗香無覓處，日落畫橋西。』『染雲爲柳葉，翦水作梨花。不是春風巧，何緣見歲華。』『檐日陰陰轉，林風細細吹。翛然殘午夢，何許一黄鸝。』『蒲葉淺清水，杏花和暖風。地偏緣底緑，人老爲誰紅。』『愛此江邊好，流連至日斜。眠分黄犢草，坐占白鷗沙。』『水净山如染，風暄草欲薰。梅殘數點雪，麥漲一川雲。」觀此數詩，真可使人一唱而三歎也。」又曰：「半山老人《題雙廟》詩云：『北風吹樹急，西日照窗涼。』細味之，託意深遠，非止詠廟中景物而已。蓋巡、遠守睢陽，當時安慶緒遣突厥勁兵攻之，日以危困，所謂『北風吹樹急』也。是時肅宗在靈武，號令不行於江淮，諸將觀望，莫肯救之，所謂『西日照窗涼』也。此深得老杜句法，如老杜《題蜀相廟》云：『映階碧草自春色，隔葉黄鸝空好音。』亦自別託意在其中矣。」

唐子西云：「荆公詩得子美句法，其詩云：『地蟠三楚大，天入五湖低。』」

王漁洋云：「兖公之後，學杜、韓者，王文公爲巨擘也。七言長句蓋歐陽公後勁，蘇、黄前茅，特其妙處微不逮耳。」

王詩別有專鈔本，今略舉似一二。

《和中甫兄春日有感》云：「雪釋沙輕馬蹄疾，北城可游今暇日。濺濺溪谷水亂流，漠漠郊原草爭出。嬌梅過雨吹爛漫，幽鳥迎陽語啾唧。分香欲滿錦樹園，翦綵休開寶刀室。胡爲我輩坐自苦，不念茲時去如失。飽聞高徑動車輪，甘臥空堂守經帙。淮蝗蔽天農久餓，越卒圍城盜少逸。至尊深拱罷簫韶，元老相看進刀筆。春風生物尚有意，壯士憂民豈無術。不成歡醉但悲歌，回首功名古難必。」此詩鬱勃淋漓，是老杜骨體，却非面貌。必如此，乃爲善學杜也。

《桃源行》云：「望夷宫中鹿爲馬，秦人半死長城下。避時不獨商山翁，亦有桃源種桃者。比來種桃經幾春，采花食實枝爲薪。兒孫生長與世隔，雖有父子無君臣。漁郎漾舟迷遠近，花間相見因相問。世上那知古有秦，山中豈料今爲晉。聞道長安吹戰塵，春風回首淚霑巾。重華一去寧復得，天下紛紛經幾秦。」凡詩文，必有獨至之思，然後可犯古人題目爲之。不然，可燒廢也。此題有陶彭澤、王右丞二作，更難措手。此作措詞、命意，乃又出二作之外，寄託深遠，心思刻摯，竟可不爲前掩，奇搆也。

《韓信》云：「韓信寄食常歎然，邂逅漂母能哀憐。當時噲等何由伍，但有淮陰惡少年。誰道蕭曹刀筆吏，從容一語知人意。壇上平明大將旗，舉軍盡驚王不疑。搏兵擊楚濰半涉，從初龍且聞信怯。鴻溝天下已横分，談笑重來捲楚氛。但以怯名終得羽，誰爲孔費兩將軍。」此詩出没變化，言盡而意不窮。其感慨有數層：一是英雄困窮時，求羞與噲等伍不可得，且惡少年侮慢之矣；一是虧得蕭、曹能識士，今昂然坐中樞者，雖上萬言書且不省，能從容一語間拔人傑乎？一是難得高祖任賢不貳，即舉爲大將，故得成功速而名聞於天下。此是前四聯寄慨，了過本事者也。後三聯，又一聯一意。「信怯」一層，見得智深勇沈人，當初原不露圭角；「捲楚氛」一聯，見得楚、漢劃定，高祖亦不自意，竟收功於信；末聯見得人不可貌論，孔、費兩將軍者，必先有聞於信，今竟何如矣？詠古一事，包孕許多物事在内，却是題中應有節族，非横生疣痏，亦奇搆也。

絶句如《隴東西》云：「隴東流水向東流，不肯相隨過隴頭。祇有月明西海上，伴人征戍替人愁。」「隴西流水向東流，自古相傳到此愁。添却征人無限淚，怪來嗚咽已千秋。」《過外弟飲》云：「一日君家把酒桮，六年波浪與塵埃。不知烏石岡邊路，至老相尋得幾回。」《惜春》云：「滿城風絮滿城塵，蓋紫縈紅漫惜春。春去自應無覓處，可憐多少惜春人。」《和張仲通憶鍾陵》云：「一夢章江已十年，故人重見想皤然。只應兩岸當時柳，能到春來尚可憐。」《西山》云：「西山映水碧潭潭，楚老長謡淚滿衫。但道使君留不得，那知肯便憶江南。」楚老，公自謂。《泊船瓜洲》云：「京口瓜洲一水間，鍾山祇隔數重山。春風又緑江南岸，明月何時照我還。」《容齋續筆》云：「吴中士人家藏此草，初云：『又到江南岸。』圈去『到』字，注曰：『不好。』改爲『過』，又圈去。而改爲

「入」，又旋改爲『滿』，凡如是十許字，始定爲『綠』。」

集中佳語，略摘一二。

古體如「吾心童稺時，不見一物好。意言有妙理，獨恨知不早。」《吾心》「無營故無尤，多與亦多悔。物隨擾擾集，道與翛然會。」《無營》「微雲過一雨，淅瀝生晚聽。紅綠紛在眼，流芳與時競。」《獨卧有懷》「晴沙上屐輕，暖水隨帆遠。」《次韻舍弟江上》「少年不知秋，喜聞西風生。」《西風》「彩鯨抗波濤，風作鱗之而。」《送某如晦即席》「一從鬢上白，百不見可喜。」《少年見青春》「一裘可以暖，貧士終難豫。」「秋枝如殘人，顏色先憔悴。微寒吹已空，性命一何脆。」「高語不敢出，鄙詞强顏酬。始云避世患，不覺日已偷。」「中材蔽末學，斯道苦難明。忽貴不自期，何施就昇平。」「憶初救時勇自許，壯大看俗尤崎嶇。豐車肥馬載豪傑，少得志願多憂虞。」「世網挂士如蛛絲，大不能取小綴之。」「挾才乘氣不媚柔，羣兒謗傷均一口。」《贈曾子固》

近體如「楚役六千里，陳亡三百年。江山空幕府，風月自觥船。」《和子瞻同王勝之游蔣山》。「楚役」句，用荀子「楚六千里地而爲仇人役之」語也。「籬落生孫竹，門庭上女蘿。」「笳鼓遠多思，衣裘寒始輕。」「地入河流曲，天隨月去低。」「物以終爲始，人從故得新。」《除夕立春》「清江無限好，白鳥不勝閒。」「獨尋飛鳥外，時渡亂流間。」「夕陽人不見，雞鶩自成羣。」「天開今壯麗，地積古悲涼。」《睢陽》「清談消瘴癘，秀句起煙雲。」「坐感歲時歌慷慨，起看天地色凄涼。」「山鳥自呼泥滑滑，行人相對馬蕭蕭。」「主張壽祿無三甲，收拾文章有六丁。」《傷陸子履》。上句用管輅事，下句用退之。「江月轉空爲白晝，嶺雲分暝與黃昏。」「草草杯盤供笑語，昏昏鐙火話平生。」「河勢東南吹地坼，天形西北倚城斜。」「豪華盡出成功後，逸樂安知與禍雙。」「東府舊基留佛刹，後庭餘唱落船窗。」《金陵懷古》「高位紛紛誰得志，窮途往往始能文。」「已無船舫猶聞笛，遠有樓臺只見鐙。」「山月入松金破碎，江風吹水雪崩騰。」《次韻金山會宿》「細數落花因坐久，緩尋芳草得歸遲。」

半山有吴氏女，即蓬萊君。爲吴安持之妻，寄公詩云：「西風不入小窗紗，秋色應憐我憶家。極目江山千里恨，依然和淚看黄花。」公和之云：「孫陵西曲岸烏紗，知汝淒涼正憶家。人世豈能無聚散，亦逢佳節且看花。」「秋鐙一點映籠紗，好讀楞嚴莫念家。能了諸緣如夢幻，世間惟有妙蓮花。」時公寄女以《楞嚴新釋》，故二首云爾。

閔案：近體詩要鑱刻，又要渾化；要沈雄，又要疏澹。半山能兼其勝。半山極善于運典，裁對處極精工。

閔案：半山文章及相業，今與譚詩無涉，都可略論。獨其詩傑然北宋諸大家間，不可誣也。頃讀《四庫全書・涉齋集永嘉許深甫及之著提要》云：「許有壬《讀王文公詩絶句》云：『文章與世爲師範，經術於時起世讐。少讀公詩頭已白，只應無奈句風流。』知其瓣香在安石矣。安石之文，平挹歐、蘇，而詩在北宋諸家之中，其名小亞，然早年煆煉熔鑄，工力最深。又司馬光稱其『晚年諸作，華妙精深』，殆非虚譽云云。」觀此，知至寶自難埋没矣。

又案：世間横受詬者，半山爲甚。即如《四家詩選》，首杜，次韓，次歐，次李。據王定國《聞見録》記公語云：「陳和叔屬選此詩，時書史適先持杜詩來，和叔遂以所選先後編集，初無高下也。李、杜自昔齊名，何可下也？」云云。此語當得實，而《王直方詩話》《鍾山語録》等，便謂「因白識見卑下，十九説婦人與酒」，又謂「荆公次第自處，便與子美爲敵」等語，煆煉周内，著書何苦如此？

又：半山《百家詩選》，亦是據宋次道家有者選之，其遺落者，選時未寓目也。或云抄書吏任意節去。古人於此等，行雲流水，不甚緊要，後人乃務吹毛，抑可不必矣。

又案：近人青蒲邵子山堂《大小雅堂詩鈔・論詩絶句》詠半山云：「稷离空勞自致身，臨川詩格瘦嶙峋。

祇今遺法流傳遍，未必周官定誤人。」此與蔣心餘士銓《題新法劄子》云「後來十九遵遺法，功罪如何請細思」，同一持平之論。

曾文定

名鞏，字子固，謚文定，南豐人。有《元豐類稿》。

閔案：文定詩有風骨，有韻味，但流澹隱秀之致多，縟采鏘音之篇少，故人多忽略耳。劉淵材遽有「子固不能詩」之論，信爲知言乎？頃見桐城姚石甫《後湘集·論詩絶句》云：「文掩詩名曾子固，論才合與亞歐王。元豐類稿從頭讀，遺恨何人比海棠。」可見公論垂久定矣。

又案：《東坡集》卷六十八《題跋》云：「秦少游言：『人才各有分限。杜子美詩冠古今，而無韻者殆不可讀；曾子固以文名天下，而有韻輒不佳。此未易以理推之者也』云云。」此亦不盡然，論杜當，論曾不當也。試觀予所鈔者可見矣。此指予專鈔本。不可以出東坡、少游而信之。

又案：彭城陳後山，名師道，字履常，一字無己。好學苦志，以文謁曾子固，子固爲點去百十字，文約而義意加備，後山大服。坡公知潁日，待之厚，欲參諸門弟子間。後山賦詩有「向來一瓣香，敬爲曾南豐」之語，其傾倒於子固如此。

曾詩別有專鈔本，今不在篋。古體詩全記不得，難舉似，止記近體一二。

《丁元珍挽詞》云：「從軍王粲筆，記禮后蒼篇。漫有殘書在，能令好事傳。鵬來悲四月，鶴去遂千年。試想長橋路，昏昏隴隧煙。」丁死於四月，故用鵬事以對令威，切其姓，可謂高雅矣。

《韓魏公挽詞》云：「堂堂風骨氣如春，衮服貂冠社稷臣。天上立談迎白日，掌中隨物轉洪鈞。忽騎箕尾英靈遠，長誓山河寵數新。萬里耕桑無一事，三朝功德在斯民。」此詩氣象、聲響肖韓公身分。首句勁節謙光，次句偉儀重望，三句調劑兩宮，四句宰割庶務，五句哀挽，六句贈卹，七句功在天下，八句并言受賜非一日也。《早起赴行香》云：「枕前聽盡小梅花，起見中庭月未斜。微破宿雲猶度雁，欲深煙柳已藏鴉。井轤聲急推寒玉，籠燭光繁秉絳紗。行到市橋人語密，馬頭依約對朝霞。」音節高華，正恐少游輩未知誰後先也。

絶句如《夜出過利沙門》云：「紅紗籠燭照斜橋，複道翬飛入斗杓。人在畫船猶未睡，滿堤明月一溪潮。」《城南絶句》云：「雨過横塘水滿堤，亂山高下路東西。一番桃李花開盡，惟有青青柳色齊。」《離齊州後》云：「文犀剡剡穿林筍，翠靨田田出水荷。正是西湖消暑日，却將離恨寄煙波。」「將家須向習池游，難忘西湖十頃秋。從此七橋風與月，夢魂長到木蘭舟。」「荷氣夜涼生枕席，水聲秋醉入簾幃。一帆千里空回首，寂寞船窗祇自知。」「西湖一曲舞霓裳，勸客花前白玉觴。誰對七橋今夜月，有情千里莫相忘。」西湖即齊州明湖，七橋在其上。文定曾通判齊州，此皆去任不能忘情於其地而作。又有云：「千里相隨是明月，水西亭上一般明。」其摯情如此，此可見其人也。

佳語更略摘一二。「壺觴對京口，笑語落揚州。」「一徑入松下，兩峯横馬前。」「已應南陽氣，猶遲代邸來。」《英宗皇帝挽詞》「金殿夜寒消美酒，玉人春困倚東風。」「午夜生臨滄海日，半天吟看泰山雲。」「兩印每閒軍市靜，雙旌多偃送迎稀。」「一時屠釣英雄盡，千里河山戰伐餘。」《彭城道中》「冠劍九重霄漢路，煙花三月帝王州。」「俗眼望來猶眩日，天顔回處自生春。」《迎駕》

閔案：以上數聯，堂皇典麗，少游乃謂有韻者輒不佳，此可謂諦論耶？

鄉詩摭譚正集　卷四

宋

劉原父

名敞，字仲原父，號公是先生，新喻人。有《公是集》五十四卷。

閔案：吾鄉詩文大家歐、曾、王外，當及二劉。其集外間罕見，故論詩文者罕及之。今略就前人所評論記之，以見吾非臆斷也。

歐陽公草公知制誥詔曰：「議論宏博，詞章爛然。」又誌公墓曰：「公學博，自六經百氏、古今傳記，下至天文、地理、卜醫、數術、浮屠、老莊之説，無所不通。爲文章尤敏贍。嘗直紫微閣，一日追封皇子公主九人，方將下直，止馬却坐，一揮九制，數千言，文詞典雅，各得其體。」

《朱子語録》曰：「原父文才思極多，湧將出來。每作文，多法古，絶相似。有幾件文字學《禮記》。《春秋説》學《公》《穀》。」又曰：「劉侍讀氣平文緩，乃自經書中來，比蘇公有高古之趣。」全謝山曰：「廬陵、南豐、臨川皆心折於公，蓋公於書，無所不窺，尤篤志經術，多自得於心。」

盧抱經學士云：「原父詩，有瀟灑出塵之致。」

原父詩別有專鈔本，今以世間知之者較少，與貢父詩舉似特多。

五古如《負暄》云：「南極無永晝，北方多苦寒。負暄意頗適，容膝居亦安。嘯傲長者轍，崔嵬切雲冠。道書異俗味，稚子同大歡。不覺老將至，安知利害端。」又云：「被褐暖不足，負暄温有餘。內慚意氣狹，婉孌在庭除。清晨倚西楹，夕暮守東隅。常恐浮雲起，冰雪不須臾。靳靳懷薄願，安得留飛烏。」又云：「日出東南隅，晨光散曈曨。山形西北去，暖氣浮沖融。天地大逆旅，客身一飄蓬。胡雛嘑朝露，邊馬嘶朔風。獨懷負暄樂，未許斯人同。歸當獻天子，無乃笑愚忠。」

七古如《與聖俞君章樞言持國飲因以太公大刀王莽錯刀示之》云：「自註：大刀長五寸半，闊一寸，正爲刀形，鑄作絶精巧。其面有古文三字，上一字可曉，曰齊，下二字不可曉。其背爲圜法。錯刀長二寸，厚四分。金錯篆文兩字，上曰一，下曰刀，又其下曰平五千。沂州民鑿地破古冢獲之，各數十百枚，稍爲好事者購取。王公和守沂州，求得數枚，以其一遺予。」君不見九府圜法傾東鄰，齊公大刀又日新。君不見黄牛白腹蕩滄海，亡新錯刀忽遽改。一盈一虚更貿遷，勢如流波不復還。邇來上下各千歲，自太公至新室千歲，自新室至今亦千歲。何異俯仰須臾間。王伯之事百存一，况此錢刀握中物。愚智共盡令人悲，興廢相尋空史筆。前有一尊酒，浩歌爲君壽。君能識此當日醉，身世悠悠復何有。」又《和永叔十二韻次韻》云：「愛公猶愛屋上烏，何况公家手種菊。憶昔重陽醉共賞，已落紗帽歡不足。誰令繁霜逼芳意，坐使嚴風卷餘馥。主人於此情不淺，上客方來強令束。馬聲玲瓏搖玉環，屨綦參差破苔緑。重尋荒徑憶五柳，因詠東籬憩茅屋。已憐歸鳥有真意，更覺晨風傷局促。引杯大釂傾玉壺，擊節應非響喬木。物華瞬息暫入夢，世事蚊虻一過目。浮丘接袂當鳳舉，俗士歌驪真狗曲。衣冠頃來塵土變，形貌今者毛髮禿。公詩乃使我忘寒，逸調何由能繼屬。」又《劉涇州以所得李士衡觀察家寶硯相示與聖俞玉汝同觀戲作此歌》云：

「李侯寶硯劉侯得，上有刺史李元刻。云是天寶八年冬，端州東溪靈卵石。我語二客此不然，天寶稱載不稱年。刺史爲守州爲郡，此獨云爾奚所傳。兩君胡盧爲絶倒，嗟爾於人幾爲寶。萬事售僞必眩真，此固區區無足道。」又《月夜》云：「清風卷雲天雨霜，衆星滅没月騰光。紛紜六幕含蒼蒼，瑩如冰壺察毫芒。太虚真人河漢旁，攀援桂枝曳霓裳。紫貝爲闕白玉堂，珠筵瑶席羅羽觴。倚風微吟聲抑揚，揖我起游謂我臧。左驂蛟螭右鳳凰，倏忽萬里天路長。塵埃下土殊茫茫，樂如何其樂未央。」

五律如《臨雨亭》云：「秋至感人思，登臨成惘然。浮雲帝鄉外，落日古城邊。歸雁聲相别，幽花色可憐。名山負獨往，觸物見徂年。」又《城南汎舟》云：「乘興隨所適，出郊聊汎然。清波能照髮，白鷺巧迎船。老樹悲秋雨，高風急暮蟬。孤城隱不見，落日暝浮煙。」《登東城樓》云：「摇落客愁亂，登臨秋色空。溪流寒更碧，霜樹晚增紅。曠野駐殘日，虚軒來朔風。懷歸復感别，不語向征鴻。」《射鵰》云：「將軍樂射鵰，壯士挾烏號。影捩重雲靜，聲翻一箭高。獵酣生鼻火，空闊散風毛。快意中原捷，何辭汗馬勞。」《和楊褒雨中見寄》云：「明暗變騘色，蕭騷翻樹聲。閉門無所詣，高枕有餘清。櫪馬正局迹，韝鷹多遠情。分明動秋興，似欲惱潘生。」《始秋》云：「秋色忽已改，旅程殊未央。水雲含變態，山雨送淒涼。杳杳青楓暮，菲菲白芷香。多才悲屈宋，摇落近滄浪。」《月夜》云：「涼月含秋色，江天復雨晴。風雲異明滅，河漢亦淒清。驚鵲時翻樹，悲笳遠過城。不眠看列宿，磊落背人傾。」《聞徙關中兵備河東》云：「敵兵絶當路，戍卒下河源。烽火飛狐口，旌旗横雁門。和親固下策，薄伐本中原。誰斷匈奴臂，非無國士恩。」《離鄂州至漢陽》云：「小郡緣山腹，孤城闇夕楓。蛟龍戲霧雨，鼓角亂西東。江漢浮南紀，秋冬擬緒風。離騷楚人恨，過半夕陽中。」《寄江東弟兄》云：「分手如昨日，清秋獨異鄉。長年悲落木，短髮怯初涼。歸燕自有適，幽蘭誰爲芳。裁書寄鴻雁，相與訪滄浪。」《秋晴西樓》云：「清風卷氛翳，廣野露秋毫。木落山覺瘦，雨晴天似高。開窗置尊酒，看月湧波濤。高臥淹湖海，非關氣獨豪。」《春陰》云：「江上浮雲聚，城中暮景兼。東風酒味溢，小雨客愁添。寒色端侵牖，斜陽不滿簾。滯留成楚老，卑濕意無嫌。」《春晴小園偶步》云：「弱弱纖纖柳，朱朱白白花。春風最無賴，客鬢亦空華。草色明深徑，泉聲落淺沙。江楓千里思，醉眼向天涯。」《四望樓》云：「展步乘幽興，登臨當遠遊。涼軒不用扇，高樹自知秋。月出潮聲湧，雲生嶽色浮。旅懷雖易失，無奈角聲愁。」《中元雨後招兩漕》云：「積水吾山溢，清風汶篠秋。微涼禁魯酒，清唱發齊謳。小雨何須急，高雲更肯留。知公興不淺，能醉月邊樓。」《望江樓》云：「朱軒映粉堞，遥出夕陽中。雲雨通巫峽，江山入楚宫。登臨餘壯觀，瀟灑向雄風。萬事隨陵谷，滔滔水向東。」《城南晚歸》云：「高秋變摇落，遠水露澄明。飛鳥江中度，孤帆木末征。逆風吹帽側，疏雨逐雲行。興盡聊當反，塗窮眼自驚。」《江行寄隱直》云：「自念復遠興，與君仍解攜。天文鶉首尾，地勢陝東西。江漢饒風雨，關山盛鼓鼙。離憂各易老，秋意欲悽悽。」

七律如《孫侍郎訪友仍攜示近詩》云：「泌水衡門野老居，彤幨丹轂使君輿。固驚北海猶知備，曾謂西河尚起予。高臥窮愁迷歲晚，立談襟抱爲公攄。浪傳方伯中和頌，詎有虚儀講德書。」《留别永叔》云：「回車欲度幕南庭，此地那知眼界青。老覺鬢毛俱種種，醉看風物盡冥冥。平時慟哭休論事，遠别悲歌更忍聽。且共春風同入塞，憶君時計短長亭。」《游平山堂寄歐陽永叔内翰》云：「蕪城此地遠人寰，盡借江南萬叠山。水氣遠浮飛鳥外，嵐光平墮酒尊間。主人寄賞來何暮，遊子消憂醉不還。無限秋風桂枝老，淮王仙去可能攀。」《答宋都官遊驪山見寄》云：「華清宫殿映春暉，未醉三晡莫遽歸。人事廢興猶可記，風光流轉不相違。歌臨灞岸朱絃脆，走度章臺汗馬肥。自是秦川貴公子，城隅相望不能飛。」《宿齋中書答永叔京尹内翰朝回馬上見寄并謝子華次韻》云：「朝罷章臺日幾竿，遥聞走馬試雕鞍。春風自發遊人意，宿雪偏留下省寒。坐久獨知宮漏永，詩成誰盡玉堂歡。會須一辦如泥醉，從笑歸來筆向乾。」《富谷老人臧用自云本京師兵士咸平中没番五十餘年矣》云：「白髮衰翁雙涕零，曾隨諸將戰咸平。一來隴右迷歸路，却問中華似隔生。思報漢恩身已朽，恥埋邊壤死無名。今朝縱觀非他意，得見官儀眼自明。」

絶句如《紅玉誰家女》云：「紅玉誰家女，雙瞳如水流。映花看漢使，不覺墜搔頭。」自註：燕中記所見。《題行者店石楠》云：「無限荒山祇一家，竹園蔬圃寄生涯。老翁手種石楠樹，三十餘年看好花。」又《翠竹亭》云：「空城風雨晦如秋，漠漠長江天際流。故倚高樓望行色，南山不見使人愁。」又《渭城》云：「舉世幾人歌渭城，流傳江浦是新聲。柳色青青人送别，可憐今古不勝情。」又《西樓》云：「西樓獨上不能回，繞郭新花正盛開。誰信不曾騎馬出，春光自到眼前來。」又《琵琶亭》云：「江頭明月琵琶亭，一曲悲歌萬古情。欲識當時腸斷處，只應江水是遺聲。」又《楊無敵廟》自註：在古北口。云：「西流不返日滔滔，隴上猶歌七尺刀。慟哭應知賈誼意，世人生死兩鴻毛。」又《絶句》云：「青苔滿地初晴後，緑樹無人晝夢餘。惟有南風舊相識，徑開門户又翻書。」此詩亦見《彭城集》。又《城南玉津園》云：「垂楊冉冉籠清籞，細草茸茸覆碧沙。長開園門人不入，禁渠流出雨餘花。」又《武皇》云：「武皇英氣古無儔，解道平城遺朕憂。汗血龍媒十八萬，單于臺下獵清秋。」

閔案：此詩似爲宋代積弱而作。

佳句如「江漢南浮遠，關山北望深」，「涼風起高樹，清露墜明河」，「寒聲滿空谷，瞑色下高樓」，「悠悠向時節，細細倒壺觴」，「亂香清宿醉，濃艷破征愁。」《荷華》「細雨纔成潤，高雲澹不流」，「看花頻落帽，聽鳥久忘言。」《野外》「雨逐行雲過，山依返照明。」「疾雷五河裂，飛電萬星懸。」《夏夜暴雨》「聲如鬼神過，勢卷日星浮。」

《驟雨》「過雲催急雨，落日澹秋空」，「坐看涼月墮，醉送暮鴻還」，「餘雪留寒色，新梅著早香」，「星辰競摇動，河漢湛虚明」，「文章不用世，詞賦僅爲郎。」《挽宋道中君詔試學士院得尚書屯田員外郎》「物色催年老，天時助客酬。」《西風》「冥冥高葉下，莽莽亂雲浮。」《北風》「竟無楊得意，終失馬相如。」《傷梅公異》「浮俗風波裏，高情天地間」，「鳥聲來靜聽，柳色入遥看。」《獨行》「抱石千年樹，懸崖萬丈冰。愚歌愁倚劍，側步怯扶繩。」《陰山》「樹緑初成蓋，垣青半長衣。」《雨中》「邊聲亂歸馬，物色向新愁。」《暮角》「秋聲雄鼓角，曉色亂旌旗」，「高下樓臺渾浸水，往來車馬自隨船。」「豈惟議論沈時俗，更覺精神耗簿書。」《答楊令彦文》「金馬門前歌避世，水精宫裏奉安輿。」《送向鎮守湖州》「寒欺短夜禁杯酒，春入東風試舞衣」，「清酒肥牛宴長日，輕車精騎獵平原。」《寄劉景烈》「不敢復論天下事，更能重讀篋中書。」《持禮北庭回示希元并寄之翰諸君》

閔案：原父長律，亦多精絶，杜陵後不多見也。今艱於手録，録《題幽州圖》一首云：「代北屯兵盛，漁陽突騎精。棄捐看異域，感激問蒼生。尚識榆關路，仍存漢郡名。可憐成反拒，未見請横行。先帝曾新伐，斯人昔傒征。大功危一跌，遺恨似平城。往昔干戈役，因之玉帛盟。權宜緩中國，苟且就昇平。名號於今錯，恩威自此輕。奈何卑聖主，豈不負宗祊。事有違經合，功難與俗評。復讎宜百世，刷恥望諸卿。封畛唐虞舊，氛祲渤碣清。遺黎出塗炭，故老見簪纓。寒谷青陽及，幽都日月明。此懷如萬一，高揖謝縱横。」原父兄弟平日極偉冠萊公，而深病宋君臣之不振作，日苟一日，後果至於南渡矣。此詩蓋有豪情俊氣，擔當宇宙之概。

【附】

《公是集》古文選

《上仁宗論辯邪正》《又論邪正》《上仁宗論修商胡口》

《上仁宗論修商胡口》中云：「議者以爲，不塞河，則冀州之水可哀。甚不然。夫河未決之時，能使水不病冀州，則已矣。既決之後，縣邑則已没矣，人民則已亡矣，府庫則已喪矣，雖塞河，不能有救也。今且縱水之所欲往而利導之，其不能救，與彼同，而可以息民，何嫌而不爲。詩云：『民亦勞止，汔可小康。惠此中國，以綏四方。』夫中國者，固四方之本也。」

《論邊臣》中云：「孫沔、吕㮚皆貴重之臣，有功名於時，猶以此見廢，設復有孟舒、魏尚之徒，臣固知議者不能容之，此乃馮唐所以疑漢文帝不能用廉頗、李牧也。」以上卷三十一

《上仁宗乞固辭徽號》三首《上仁宗論皇女生疏決賜予》《上仁宗論水旱之本》《上仁宗乞闊略唐介之罪》《上仁宗論狄青宣撫使當置副使》《上仁宗論城古渭州有四不可》《上仁宗論温成立忌》以上卷三十二

《春秋權衡序》《劉景烈字解序》以上卷三十四

《送梅聖俞序》《送楊鬱林序》《送劉初平序》《送焦千之序》《送潘况序》《送新安尉張説》以上卷三十五

《先秦古器記》記云：先秦古器，十有一物，制作精巧。有欵識，皆科斗書，爲古學者莫能盡通，以他書參之，乃十得五六。就其可知者，校其世，或出周文武時，於今蓋二千有餘歲矣。嗟乎，三王之事，萬不存一，詩書所記，聖王所立，有可長太息者矣。獨器也乎哉！兑之戈、和之弓、離磬崇鼎，三代傳以爲寶，非賴其用也。亦云上古而已矣。孔子曰：「多見而識之，知之次也。」衆不可概，安知天下無能盡辨之者哉？使工模其文，刻於石，又并圖其象，以俟好古博雅君子焉。終此意者，禮樂明其制度，小學正其文字，譜牒次其世謚，乃爲能盡之。此文全録。以上卷三十六

《士相見義》《公食大夫義》《投壺義》以上卷三十七

《三代同道論》上中下三篇以上卷三十八

《不朽論》《仕者世禄論》原父解「世禄」謂：「世世有禄者，非世世其禄者也。」以上卷三十九

《封建論》《貴功論》《患盜論》以上卷四十

《爲人後議》《復讎議》《不舉賢良爲非議》《巷議》以上卷四十一

《雜説》二首《非獨百姓爲有俗也》一首《太守縣令》一首以上卷四十二

《擬朝廷報契丹書》書云：恭問大契丹皇帝，遣某子遺朕書，告將親伐元昊，朕不敢聞。先帝割靈、夏五州之地封李德明，使奉拓跋之祀，編族宗籍，以寵其姓；尊官貴爵，以養其身；厚賜重禄，以足其意；丹書鐵券，以堅其性。德至厚也，澤至大也。曩者，元昊不思先帝之至德，忘其祖先之勤苦。因中國累世之賜予，以煦沐其人民，遂扇摇種族，造作名號，掠劫郡縣，西邊苦之。當時公卿大夫皆曰「元昊所爲大惡不道」，朕不得赦，故詔邊郡厲兵馬，爲士民之衛，絶其屬籍，削其官爵，以苦之而已。然皇帝遣使再來，讓書隨至，以爲起殘民之伐，無忌器之心，邀關南之地，求二十萬之賂，朕甚惡焉。以皇帝之書，問公卿大夫，皆曰：「地者，先帝所有，不可輒移。二十萬之賂，在中國秋毫耳，不足愛惜，以絶歡心。」故詔有司如皇帝所論。今西邊之吏將帥和輯，兵械益修，財用大足。元昊數至，攻無所利，掠無所得，智窮變索，甫求納款，使者再至，朕未許也。而皇帝欲躬御師徒，深涉其境，意者儻有他故，以怒皇帝之心，不然向也全安之，今乃破毁之乎？且元昊中國之畔臣，皇帝自處之之尚主也。朕將勸行，則是以疏閒親而不忌器也，朕將阻行，則是失計而養畔也。其伐，其不伐，皇帝自處之，朕不敢預聞。攻城下邑，歸之彼國；係虜人民，歸之彼都；輸獲珍寶，歸之彼府。朕不以破元昊爲幸，亦不以不攻元昊爲怨。守先帝之約，全二國之歡，不亦可乎？皇帝勿疑，譬如交阯、雲南有爲不順者，朕詔有司討

之，豈以此遠煩皇帝哉。聞皇帝行獵西北苦寒之地，自重爲望。以上卷四十三

《論性》中云：「性同也，而善不同。善同也，而性不同。人有性，性有善，善有等。」又云：「情者，性之動也。性既善，情亦善。故性者仁義也，情者禮樂也。故聖人以仁義治人性，以禮樂治人情。」又云：「荀子曰：『人之性惡，其善者僞』，此悖言也。信斯言，是聖王禮義無所積而起也。楊子曰：『人之性，善惡混』，此飾言也。善則善矣，惡則惡矣。彼聖人者，生而神焉，其何惡之存？韓子曰：『人之性，上者善，下者惡，中者善惡混。』此虚言也。仲尼不言乎？性相近，習相遠。上者善，下者惡，是白黑而已，何相近之有？是四者，皆非所以盡性也。若孟子，可謂知之矣。故不知性之善者，不知仁義之所出也。不知情之善者，不知禮樂之所出也。」

《憫學》《續謚法》《説大射三侯》《小功不税》以上卷四十四、四十五

《問南子》卷四十七

《設侯公説詞》《寓辯》《諭客》以上卷四十九

《贈尚書左僕射王公行狀》《王開府行狀》《先考益州府君行狀》以上卷五十一

《尚書屯田郎中王公墓誌銘》卷五十三

劉貢父

名攽，字叔貢父，號公非先生，原父弟。有《彭城集》四十卷。

閔案：貢父先生詩文，與乃兄埒，均當爲吾鄉大家。沈作喆云：「國朝六經之學，自賈文元倡之，而原父兄弟爲最高。」司馬文正公修《資治通鑑》，自辟所屬，極天下之選，而任《史記》、前後《漢書》者，貢父也。哲宗

初，薦章交至，有言攽博古能文章，政事侔古循吏，身兼數器，守道不回。坡公草制，亦稱其能讀典墳邱索之書，習知漢魏晉唐之故。《朱子語録》又稱其文字之工，參稽衆論，誠一代人豪矣。《四庫總目提要》稱其「學問淹博，詞章奥雅」，「與其兄敞在北宋諸家中，可以超軼三孔，憑陵兩宋。」

貢父詩，别有專鈔本。兹舉似略寬，以知者少故也。

五古如《之官廬州初至儀真寄原父》云：「家居非不歡，禄仕亦豈急。愧身無所勞，而兹養生給。方剛幸未艾，黽勉冀有立。謭智無遠圖，挈缾庶云及。聖教非一方，吾愚寧妄執。所慙鷦鷯微，不過枝與粒。悠悠我之思，去去異鄉邑。大江浩東流，客悲莽交集。登船眺洲渚，瞑色際日入。鬢髮誰昔然，悵焉寄兹什。」《題園樹》云：「看花前日雨，吹葉昨來風。羈旅淹留際，年光瞬息中。今朝雪消後，重見樹梢紅。」《先泊黿山夜聞後來者》云：「秋雁去極浦，寒星落遠山。太虚混茫外，羣動有無間。中夜數聲艫，孤舟何處還。」

七古如《幽州圖》云：「鄙夫平居常嘆息，薊門幽都皆絶域。安得猛士守此方，力排敵人復禹績。田生手攜朔漠圖，丹青萬里之強胡。挂圖高堂素壁上，壯哉陰山來座隅。長城迢迢屬滄海，古塞歷歷生黄榆。縱横指顧皆舊物，撫事慷慨時驚呼。太平壯士多虚死，念君避胡來萬里。九關深沉虎豹惡，布衣何由説天子。卷圖還君意黯然，咄嗟世事非吾恥。」《觀漁》云：「清濠環城四十里，兼葭蒼蒼天接水。使君搴帷乘大舸，觀漁今從北關起。開門漁師百舟入，大罟密罾雲霧集。小魚一舉以千數，赤鯉強梁猶百十。濁醪賞功傾瓦壺，公言錫爵爭讙呼。餘人不及色沮喪，數奇天幸相賢愚。濃雲吹雨寒蕭散，置酒移船泊前岸。暴殄天物古所矜，誰道於今爲壯觀。」《桃源》云：「武陵溪深山合沓，巖谷掩映秦人家。仙俗迷途不可到，春風流水空桃花。山中道人多百歲，翠髮蕭條神骨異。漁舟往往傍林麓，相逢亦問人間世。」

五律如《寄梅聖俞》云：「獨騎駑馬出，強逐衆人行。貧始怨寡與，老仍畏後生。吾子忘年友，新詩獨步名。秋風夢無限，時過許昌城。」《占晴》云：「南國無全臘，江天可喜晴。山林開雪色，鳧雁與風聲。春物催羣動，年華強旅情。無人同此酒，歎息滯蠻荆。」《春日登樓》云：「野性耽章句，春容看旅愁。眼前都俗物，天外倚高樓。芳草茫茫緑，清淮盎盎流。行雲還欲雨，帳望恐花休。」《平山堂》云：「吴山不過楚，江水限中間。此地一回首，衆峯如可攀。俯看孤鳥没，平視白雲還。行子厭長路，秋風聊解顔。」

七律如《海陵》云：「楚江葭葦帶青楓，小市魚鹽一水通。瘦日冥茫吹凍雨，嫩晴撩亂起涼風。秋花舞蝶蒼煙裏，古木啼鴉落照中。扶杖階除搔白首，可憐卑濕負衰翁。」《傷梅聖俞》云：「論兵自負縱横略，獻賦端從遲暮年。筐篋成書莫知數，田園生計獨無錢。郎官列宿爲時貴，博士三科不待遷。已向九原悲蔓草，尚疑吴市有神仙。」《和晁金部感秋》云：「秋來無悶亦無悲，世味年華老遍知。黄葉暮蟬攜杖處，斷霞鳴雁倚樓時。淮陽汲守容多病，水部何郎最解詩。咫尺音書那度歲，春風已復柳成絲。」《送張器判官》云：「平吴舊族仕中朝，湯樂徐馮已寂寥。吾子白頭趨幕府，同年黄綬亦雲霄。著鞭跨馬頻爭道，奮臂呼盧更叱梟。顔駟馮唐俱晚遇，不妨青紫老垂腰。」《省宿》云：「開旦文書整日勞，漏傳門掩謝諸曹。小庭待月久不下，喬木降風空自高。舊學荒蕪多夢寐，微官補益祇分毫。秋來鬢髮看成雪，不似潘生始二毛。」《次韻和陳學士八月十六日省宿》云：「疏簾珍簟倚通中，落燼飄香墮玉蟲。信宿依然十分月，黄昏正爾一番風。流螢暗逐星過水，驚鵲時翻葉墜空。詩興不禁頭已白，醉鄉祇有面微紅。」《和陳五祠九宮致齋》云：「帝家三正付惟清，岑寂容臺最古廳。長日齋居空旦旦，幾年華髮欲星星。霜風灑葉都成赤，籬菊疏花雜間青。多少舊溪招隱興，暫因鼇事繞林坰。」《吴國博未五十致仕歸蘄州》云：「名宦於身甚纆徽，白頭青紫莫言歸。曼容自以微官去，蘧瑗應知過事非。

笛竹滿山經夏冷，江魚如玉向秋肥。避喧不厭塵紛遠，何况孤城人迹稀。」《和牟公野館宿早朝》云：「夢回仙府豁中扃，未斷塵緣復戰兢。交態出門逢楚越，俗情開口判淄澠。夜長鳷鵲偏留月，歲盡天河亦有冰。閶闔晨開車馬集，五雲深處望朝昇。」《寄張四》云：「天下風塵日可歎，豈惟西域與南蠻。舉世相爭蝸角裏，此身無事馬蹄間。力耕可以得飽食，從仕於今真厚顔。相勸休官勿待漏，卜居終近虎邱山。」《冬至偶作》云：「郡南百里即羣舒，留滯頻驚歲月除。閒過著慵思運甓，老來多忘却抄書。水鄉鳴雁寒無數，山路幽芳冷自如。晝坐偏知日南極，十分紅影在吾廬。」《國子監御書閣觀雨同張主簿》云：「閣外涼風得倚闌，陰晴相望一城間。過雲快雨噴濃墨，收水長虹墮缺環。斜直樓臺經灑濯，空無燕雀自飛還。聖朝百吏都勤事，自注：漢詔有勤事吏。優借儒官到老閒。」

絶句如《題館壁》云：「壁門金闕倚天開，五見宮花落古槐。明日扁舟江海去，却從雲氣望蓬萊。」又《種花》云：「種花栽藥一番新，閒繞芳叢到日曛。莫笑人情不開豁，事曾經手自殷勤。」又《龍山》云：「西城門外龍山路，乘興來遊不厭頻。後日重陽須一醉，青松繫馬菊留人。」

佳句如：「流轉有餘智，滑稽全姓名。」《淳于髡墓》「未爲勤事吏，空負寫書官。」《省中寄王平甫》「未堪循吏傳，墨守太玄經。」《重寄蘇子瞻》「片雲常蔽日，小雨不成林。」《占晴》。此似有寄慨。「消憂尊酒緑，久雨燭花紅。」《雪後》「氣涼和露白，天闊見星低。」《新月》「秋聲送涼雨，晚影碎寒蟬。」《凝翠堂》「落日投古寺，秋蟲吟亂山。」《宿峴山寺》「曠野日偏永，山寒雲更深。」「細雨來幽鷺，涼風急亂蟬。」「涼風吹樹動，疏雨過雲忙。」「河光如劍直，螢影似星移。」《夜下》「秋色河漢白，涼風星斗摇。」「向子幾時當畢嫁，倉公殊恨不生男。」「春淺暗泉流脉脉，日長歸雁影疏疏。」《早春郊外》「元帥詩書真用武，小戎車甲豈無衣。」《寄孫泰州》「菊花節去香猶在，桑落寒來色更清。」「每向後生知所畏，獨於名士喜同時。」《次韻晁單州》「自昔彈冠深有意，到今同病祇相憐。」《送隱直》「尚書不復拘三輔，御史仍聞給五封。」《送張遂州》「遠愧故人勤置驛，每逢尊酒爲加餐。」《友寄蒲萄》「薄俸猶能償酒券，老年無事守書窗。」「上書略數三千牘，掉鞅何煩七十城。」《酬王定國》「百年生計羞蝸角，九品人情看馬頭。」同上。「薄雲未解成春雨，返照偏能破夕嵐。」《承天寺翠景亭》「蕭相論功非汗馬，晉公成事有通犀。」《賀王丞相賜玉帶》「萬里孤帆長在目，夕陽遊子憎忘歸。」《鳳凰臺》「爭先不及三千客，顧後猶容五十人。」《郡齋即事》「照野月華鋪水白，轉山銀燭列星紅。」《出汜水關》「百年總付人間世，一腹都容天下書。」《王平甫詩稿》「點湯舊得茶三昧，覓句還窺詩一斑。」《贈南屏謙師》

【附】《彭城集》古文選目

《貢舉議》《侍講不合坐狀》以上卷二十四

《與王深父論史書》《與韓持國論侍講不合稱師書》《與王介甫書》中云：「介甫爲政，不能使民家給人足，無稱貸之患；而特開設稱貸之法，以爲有益於民，不亦可羞哉！非聖人之意也。」以上卷三十二

《直講題名記》卷三十二

《論出母繼母嫁服與王介甫》卷三十三

《後漢書精要序》《公是先生集序》《送焦千之序》《賈公行狀》以上卷三十四

《劉公行狀》此即原父先生行狀也。卷三十五

《薛公道神碑》卷三十六

《吴公墓誌銘》卷三十七

李泰伯

名覯，南城人。有《盱江先生集》。

《四庫全書提要》曰：「覯文格亞於歐、曾，其論治體，悉可見於實用。」又曰：「覯在宋不以詩名，然王士禎《居易録》嘗稱其五絶句，以爲風致似義山。」

王漁洋《跋李泰伯集》云：「泰伯文章皆談經濟，其本領尤在《周禮》一書。范文正公薦之，以爲著書立言有孟軻、揚雄之風。在北宋歐、蘇、曾、王間，别成一家。予嘗病其不能詩，長夏借讀《盱江集》，絶句乃頗有似義山者，如《王方平》《璧月》《梁帝》《送僧遊廬山》《憶錢塘》諸絶句，皆有風致。」

閔案：宋初人率尚崑體，泰伯爲能得玉谿佳處。江西歐、王、曾未出之前，李固巋然一幟。朱子賞其經學及古文，當時則范文正公賞其學行而薦之，官太學助教。近代王漁洋論宋人詩，賞其絶句。則亦實有所立，不可泯没者也，况南豐嘗受學於泰伯乎？

李詩别有專鈔本，今略舉其佳語。「俗儒抱書卷，未去眼中膜。誰將古人淚，更爲今人落。」《寄懷》「根本苟深固，春風諒無私。」《送上官直》「人生但飽煖，此外皆淫侈。」「道義果弗充，富貴反爲累。」「吾儕古豪傑，方寸浴日月。」「外貌任春色，中心期歲寒。」《見夾竹桃有感》「口吻當文學，奔走成名聲。」《送陳茂才》「他門一欒炙，賤子萬端辱。」「公言富貴遲，何似耕穫速。」《寄鄰父》

近體如：「水寒吞日氣，樹老慣霜威。」「廟算何時勝，人生到處難。」《感事》「有月樹陰黑，無風山氣涼。」

「盡日是秋色，無人知地名。」《遠山》「鳥道頑雲黑，人家病葉黄。」「天氣疑無定，春寒恐再來。」「高談不待旁人笑，立事須知自古難。」「日影碎如秋樹下，雨聲初似夜船中。」《蓬屋》「筆下每求千古意，醉中曾過幾回春。」《送趙友》「茶褐園林新柳色，鹿胎天氣落梅香。」「幾函道藏金壺墨，一片秋容玉井花。」《送友遊仙都觀》

絶句如《璧月》云：「璧月迢迢出暮山，素娥心事問應難。世間最解悲圓缺，只有方諸淚不乾。」《方平》云：「五百餘年别恨多，東征重得見青娥。擘麟始擬窮歡樂，不奈閒人背癢何。」《漢宫》云：「哀平外立國權分，只爲當時乏嗣君。若問莽新誰佐命，最應飛燕是元勳。」《讀長恨辭》云：「玉輦迢迢别紫臺，繫環衣畔忽生哀。臨邛漫道蓬山好，爭奈人間有馬嵬。」《送僧遊廬山》云：「行非爲客住非家，此去廬山况不遐。要見南朝舊人物，池中惟有白蓮花。」《憶錢唐江》云：「昔年乘醉舉歸帆，隱隱前山日半銜。好是滿江涵返照，水仙齊著淡紅衫。」

晏元獻

名殊，字同叔，謚元獻，臨川人。有《臨川集》二百四十卷，已佚。今《四庫》著録，止《遺文》一卷。《四庫全書提要》云：「殊在北宋，號曰能文。雖二宋之作，亦資其點定。如《能改齋漫録》所記『白雪久殘梁復道，黄頭閒守漢樓船』者，其推重可想見。」

吴處厚《青箱雜記》云：「晏元獻公雖起田里，而文章富貴，出於天然。嘗覽李慶孫《富貴曲》云：『軸裝曲譜金書字，樹記花名玉篆牌。』公曰：『乃乞兒相，未嘗睹富貴者。』故予每吟詠富貴，不言金石錦繡，而惟説其氣象。若『樓臺側畔楊花過，簾幙中間燕子飛』『梨花院落溶溶月，柳絮池塘淡淡風』之類是也。』故公自以此句語人曰：『窮兒家有這精致也無？』」又云：「宋莒公題公之佳句於齋壁。」《歸田録》云：「元獻喜評詩，嘗曰：『老覺腰金重，慵便枕玉涼』，未是富貴語。不如『笙歌歸院落，鐙火下樓臺』，此善言富貴者也。』人以爲知言。」

閔案：元獻詩，情深韻窈，音節和諧，亦崑體之小變者。别有專鈔本，今略舉似一二。

《示張寺丞王校勘》云：「元巳清明假未開，小園幽徑獨徘徊。春寒不定斑斑雨，宿醉難禁灔灔杯。無可奈何花落去，似曾相識燕歸來。游梁賦客多風味，莫惜青錢萬選才。」《賦得秋雨》云：「點滴行雲覆苑墻，飄蕭微影度迴塘。秦聲未覺朱絃潤，楚夢先知薤葉涼。野水有波增淡碧，霜林無韻溼疏黄。螢稀燕寂高窗暮，正是西風玉漏長。」《寓意》云：「油壁香車不再逢，峽雲無迹任西東。梨花院落溶溶月，柳絮池塘淡淡風。幾日寂寥傷酒後，一番蕭索禁煙中。魚書欲寄何由達，水遠山長處處同。」《春陰》云：「十二重環閟洞房，愔愔危樹俯迴塘。風迷戲蝶閒無緒，露浥幽花冷自香。綺席醉吟消桂酌，玉臺愁倚澀銀簧。梅青麥緑江城路，更與登高望楚鄉。」

絶句如《崇因寺》云：「捲簾山色眼前見，入夜濤聲枕上聞。苔徑雨餘堆落葉，石樓風靜鎖寒雲。」《張殿院惠古瓦研》云：「鄴城宫殿久荒涼，縹瓦隨波出禁墻。誰約蘇文成古研，等閒裁破碧鴛鴦。」「已恣玉鋒磨蘚骨，更持蟾淚溼雲根。欲知千載淒涼意，尚有昭陽夜雨痕。」《弔蘇哥》云：「蘇哥風味逼天真，恐是文君向上人。何日九原芳草緑，大家攜酒哭青春。」閔案：據《西清詩話》，元獻出守亳，每歎士風凋落。一日，營妓劉蘇哥，有約終身而寒盟，方春物暄妍，馳駿馬出郊，登高冢曠望，長慟，遂卒。元獻謂：「士大夫受人眄睞，隨燥溼變渝如翻覆手，曾狂女子不若？」爲序其事，以詩弔之。《苕溪漁隱》曰：「此詩爲宋子京而作也。元獻待宋極厚，其罷相，宋草制，頗極詆斥，觀者無不駭歎，詳見《東軒筆録》。」《中秋月》云：「一輪霜影轉庭梧，此夕羈人獨向隅。未必素娥無悵恨，玉蟾清冷桂花孤。」觀以上諸作，不謂之名家，不得也。

他佳句如「靜尋啄木藏身處，閒見遊絲到地時。」「樓臺冷落收鐙後，門巷蕭條掃雪天。」「已定復摇春水色，似紅如白野棠花。」

閔案：《能改齋漫録》載元獻與兄手帖一首，極佳，今録於後：

殊再拜。莊客至，知大事禮畢。日月迅速，哀痛無極，奈何奈何！誌文本及寄殊生白衣服及孩兒娘子等信物，柑子、黄雀鮓等，領訖。地遠，不須煩神用意，況人事有何窮盡。知置得宅子。大抵廉白守分爲官，須隨宜作一生計，且安泊親屬，不必待豐足。嘗見范應辰率家人持十日齋，自云：「一則勸其澹素好善，次則減魚肉之價，聚爲生計。」果置得一二好莊及第宅，免於茫然，此最良圖，況宦遊有何盡期，兼官下不可營私，然須内外各具儉嗇爲先，方可議此。殊家間僕使等，直至今兩日内破一頓猪肉，此持久之術，是以常爲宗親及相知交游言之。建節之説，皆虚傳也。今邊事尚未息，須當他重委乃建節，或兼恩命，必不於優閒處用此職，況須干求經營方授。殊一生不曾干求，況今已經位極人臣，更何須求覔？是以須待出於特命，且不能效人干請結託，勢須恬靜。若非有特差，則遠近高下，應難推避。凡虚傳者，但請勿信。古今賢哲有識知恥者，量力度德，常憂不能任者，不敢妄當責，愧畏重責，是以終無微求。其見識高者，非親耕不食，非親蠶不衣，徐孺子之類是也。蓋功利不能及人，而坐受竊其膏血，縱無禍，亦須愧赧也。殊從來多介僻者，理在此。今因信略及之。此外希順變善居，不備。弟殊載拜十一哥賛善、十一嫂縣君坐前，十二日。

《能改齋漫録》云：「公以書規兄嫂，守官必曰『廉』，曰『官下不可營私』，首尾大約本於節儉。至引古人『非親耕不食，非親蠶不衣』，茲非獨根諸中而不欺者也？曾南豐與公同鄉里，元豐間，神宗命以史事，其傳公云：『雖富貴，奉養若寒士。』考公手帖，則曾傳得實。而宋景文草公謫詞乃云：『廣營産以殖私，多役兵而規利。』宋亦公門人，而必爲此者，豈當時有不得已與？沈存中著書，稱公對章聖語：『臣非不樂讌遊，直以貧，無可爲之具。臣若有錢，亦須往。』後生晚進，道聽塗説，以誣大賢。予乃知小説不足信類皆如此。」

閔案：據《龍川志》，見《名臣言行録》。公撰李宸妃志文「止生一女」，仁宗恨之，以語吕文靖，吕曰：「宫省事秘，殊之不審，理或有之。然方章獻臨朝，若明言先后實生聖躬，事得安否？」上默良久，命出守金陵，改守南都。及殊作相，八大王謂上曰因問病故：「此人名在圖讖。」有成敗之語，并記志文事，欲重黜之。宋祁爲學士，當草白麻，爭之，乃降二官，知潁州，詞有「廣營産以殖私」云云，以他罪羅織之。殊免深譴，祁之力也。果如此，則宋詞正有意，未可以相譏議矣。魏泰《東軒筆録》謂公《蘇哥》詩，乃是爲宋發，恐未然。殆有感於人間世，富貴丈夫不如放誕女子者多矣。

晏叔原

名幾道，字叔原，號小山，元獻子。有《小山樂府集》，未見也。

黄山谷序叔原集曰：「叔原，固人英也。仕宦連蹇，不一傍貴人之門。論文自有體，不肯一作新進士語。費資千萬，家人饑寒，而面有孺子之色。人百負之，而終不疑其欺己。至其樂府，可謂俠邪之大雅，豪士之鼓吹。其合者，《高唐》《洛神》之流；其下者，豈減《桃葉》《團扇》哉？」

陸放翁《老學庵筆記》云：「唐韓翃詩：『門外碧潭春繫馬，樓前紅燭夜迎人。』近晏叔原樂府詞云：『門外緑楊春繫馬，牀前紅燭夜呼盧。』氣格乃過本句，不謂之剽，可也。」

《西江詩話》云：「叔原聚書甚多，每有遷徙，其妻厭之，謂之乞兒搬漆碗。」

閩案：叔原樂府極工，詩亦不俗，今舉二首。

《與鄭介》云：「小白長紅又滿枝，築毬場外獨支頤。春風自是人間客，張主繁華得幾時。」閩案：《侯鯖集》云：「熙寧中，鄭俠上書事發，下獄。悉治平日往還厚善者。俠家搜得此詩，裕陵稱善，即令釋出。」《公儀招觀畫》云：「初約看花花已盡，重親間客客應歡。真花既不能長艷，畫在霜紈更好看。」

閩案：元獻曾孫，名敦復，字景初。學於二程子。第進士，累官權吏部侍郎。秦檜相，主和議，景初爭之力，檜使所親喻曰：「能曲從，兩府地可立至。」景初曰：「薑桂之性，到老愈辣，終不爲身計誤國家。」卒不屈。平日靜默如不能言，及立朝論事，鯁峭無所避。帝每稱曰：「卿可謂無忝爾祖矣。」此見《宋儒學案》，列伊川門人中。然則元獻之流澤，不可謂不長也矣。

鄉詩摭譚正集　卷五

宋

黄文節

名庭堅，字魯直，號山谷，謚文節，分寧人。有《山谷内》《外》等集。東坡云：「讀魯直詩，如見魯仲連、李太白，不敢復論鄙事。」又薦山谷自代，有云：「瑰偉之詞，妙絶當世；孝友之行，追配古人。」

山谷七歲能詩，八歲《送人赴舉》云：「送君歸去玉堂前，若問舊時黄庭堅，謫在人間今八年。」尉葉縣日作《新寨》詩，有「俗學近知回首晚，病軀全覺折腰難」之句，傳至都下，半山老人見之，擊節稱歎，以爲清才，非奔走俗吏。遂除北京教授，爲文潞公所知。嘗嘲一俗濁者云「濁氣撲不破，清風倒射回」，東坡言無以復加。

山谷云：「詩詞高勝，要從學問中來。後來學詩者，雖時有妙句，譬如合眼摸象，隨所觸體得一處，非不即似，要且不是。若開眼，全體見之。合古人處，不待取證也。」又云：「詩不可鑿空強作，待境而生，便自工耳。每作一篇，先立大意，須曲折三致意乃可成章。」又云：「詩意無窮，而人才有限。以有限之才，追無窮之意，雖淵明、子美，不得工也。不易其意而造其語，謂之换骨法；規模其意形容之，謂之奪胎法。」又云：「古人有言，併力一嚮，千里殺將。要須心地收汗馬之功，讀書乃有味，棄書册而遊息，書味猶在胸中，久之乃見古人用心處。如此則盡心於一兩書，其餘如破竹，迎刃解矣。」《禁臠》云：「魯直换字對法，如『只今滿座且樽酒，後夜此堂空月明』，『清談落筆一萬字，白眼舉觴三百杯』，『田中誰問不納履，坐上適來何處蠅』，『鞦韆門巷火新改，桑柘田園春向分』，『忽乘舟去值花雨，寄得書來應麥秋』。其法於當下平字處，以仄聲易之，欲其氣挺然不羣。前此未有人作此體，獨魯直變之。」《苕溪漁隱》云：「此體本出老杜，如『寵光蕙葉與多碧，點注桃花舒小紅』，『一雙白魚不受釣，三寸黄甘猶自青』，似此甚多。聊舉之，見非獨魯直變之也。魯直詩本得法於杜，故喜用杜此體。」《類苑》云：「魯直善用事，若只填塞故實，舊謂之『點鬼簿』。如《詠猩猩毛筆》云：『平生幾兩屐，身後五車書。』又云：『管城子無食肉相，孔方兄有絶交書。』精妙隱密，不可加矣。當以此語反三隅也。」

劉剛中問：「黄魯直何如人？」朱子曰：「孝友行，瑰瑋文，篤謹人也。觀其贊周茂叔『光風霽月』，非煞有學問，不能見此四字；非煞有工夫，亦不能説出此四字。」

《文集》云：嘗遊灊皖山谷寺石牛洞，樂其林泉之勝，遂自號山谷道人。又嘗作十絶句，盡取樂天江州、忠州等詩，大篇剪裁而成。其間改易數字，可爲作詩之法。見曾端伯慥《詩選》中。今録於此：「老色日上面，歡悰日去心。今既不如昔，後當不如今。」「嘖嘖雀引雛，稍稍笋成竹。時物感人情，憶我故鄉曲。」「苦雨初入梅，瘴雲稍含毒。泥秧水畦稻，灰種畬田粟。」「輕紗一幅巾，小簟六尺牀。無客盡日静，有風終夜涼。」「病人多夢醫，囚人多夢赦。如何春來夢，合眼在鄉社。」「相望六千里，天地隔江山。十書九不到，何用一開顔。」「霜降水反壑，風落木歸山。冉冉歲華晚，昆蟲皆閉關。」「冷淡病心情，暄和好時節。故園音信斷，遠郡親賓絶。」「山郭燈火稀，峽天星漢少。年光東流水，生計南枝鳥。」「冥性齊遠近，委順隨南北。歸去誠可憐，天涯住亦得。」或曰前五首謫宜州作，後五首謫黔州作。魏鶴山《黄太史集序》云：「公黔戎之役，雎狖之所嘷，木石之與居，間關百罹。然自今論其遺文，則慮淡氣夷，無一毫憔悴隕獲之態。雖百歲之相後，猶使人踴躍興起也。」

周昭禮煇《清波雜志》云：「山谷在南康落星寺，一日憑闌，忽傳東坡亡，痛惜久之。已而顧寺僧，拈几上香，合在手曰：『此香匾子，自此却屬老夫矣。』豈名流相軋而然，或傳之過」云云。閔案：此自傳之過。山谷與坡公，豈有相軋理？或者拈香几上，以致哀悼，既痛故人，行自念耳。傳者不得其真，遂成爾語。

又按：山谷元豐間宰吉之太和，有《晚登快閣》一詩，其閣遂名天下。南宋文溪李公昂英題一絶云：「賦詩江閣憑闌日，伸足城樓濯雨時。逆順境殊同一快，先生學力豈專詩。」文溪自注云：「山谷謫居宜州城樓，得熱疾。病中以檐溜濯足，連稱快，未幾仙去。」

黄詩别有專鈔本，今略舉似數首。

《次韻子瞻題郭熙畫秋山》云：「黄州逐客未賜環，此言子瞻謫居。江南江北飽看山。此言因謫居反得恣情於山水。玉堂卧對郭熙畫，子瞻原唱云：「玉堂畫掩春日閒，中有郭熙畫春山。」此句正用之在題中，却是儭迭之筆。言在黄州，却恣情山水，在玉堂，反只看畫耳。發興已在青林間。此承上句，言反神往於真山水。郭熙官畫但荒遠，此句引起本題之畫，「官畫」從玉堂上來，「但」字折落。短低曲折開秋晚。此句入題，正位。江村煙外雨脚明，歸雁行邊餘疊巘。二句從秋山上摹寫。坐思黄柑洞庭霜，恨身不如雁隨陽。二句是因畫觸情，變化不測。三四句就畫春山上發興青林，此又就畫秋山上觸思黄柑。又與第一句闗會雁字，又承上句歸雁來。詩文到九轉丹熟之後，不假人力，自然水到渠成。熙今頭白有眼力，尚能弄筆映窗光。忽然指到畫者上。畫取江南好風日，慰此將衰鏡中髮。原來上聯接到畫者，正爲要倩其畫江南耳。何緣如此？鄉思切耳。但熙肯畫寬作程，五日十日一水石。似止申説，上二句實愈見鄉思之切，恨不得熙一畫江南也。如此結束，看是翛然而止，究是悠然不盡。蓋與上文發興青林，觸思黄柑，闗會宛轉。然則，題雖是題畫詩，却還因畫寫鄉思耳。」此詩精警而寬宕。

《詠李伯時摹韓幹三馬次蘇子由韻簡伯時兼寄李德素》云：「太史瑣窗雲雨垂，此句言閒暇無事，引起下句看畫圖，妙。試開三馬拂蛛絲。此句看畫。李侯寫影韓幹墨，了過李摹韓幹馬。自有筆如沙畫錐。忽將摹字掀舞，見得自有神通。絶塵超日精爽緊，若失其一望路馳。二句贊畫馬。上句是材質，下句是神情。馬官不語臂指揮，乃知仗下非新羈。二句旁面映發。仗下之馬，略無絶塵超日之意，乃知止豢養材耳，非不羈神駿也。「仗下」對韓幹馬説，非「新羈」對豢養馬説。吾嘗覽觀在坰馬，駑駘成列無權奇。就真馬上發慨。緬懷胡沙英妙質，一雄可將十萬雌。因畫馬想見神駿與駑駘。決非厮養所成就，天驥生駒人得之。二句言神駿豈豢養得乎？正渥洼之産，墮地不同耳。千金市骨今何有，從厮養上轉落，發慨。士或不價五羖皮。忽雜一筆，奇妙言。士價或不及五羖皮矣，何有「千金市骨」。不脱不粘，是二是一，又起下。李侯畫隱百僚底，忽又落到伯時，與前第四句遥接。「畫隱」二字，隱寓不遇意，然却只是歸結到畫，正慨澹然無迹。初不自期人誤知。此處不明説不遇，只説人誤知，併初亦不自期，微妙之至。戲弄丹青聊卒歲，人既誤知了，則且戲弄之，可耳。仍不説破。身如閲世老禪師。此句掉入煙波無際。蓋身既不遇，世間何事不看破，畫特寄焉耳。」此詩亦精警，亦圓妙。其用意筆處，即漁洋所云三昧也。

《次韻子瞻和子由觀韓幹馬因論伯時畫天馬》云：「于闐花驄龍八尺，看雲不受絡頭絲。從真馬説入，下面一轉點，便省力，便有勢。西河驄作葡萄錦，雙瞳夾鏡耳卓錐。又一種天馬。葡萄錦是顔色，下句是神觀形質。長楸落日試天步，知有四極無由馳。有千里之逸足，而無伯樂拂拭之，是可歎也。言外是説懷才不遇。電行山立氣深穩，此句是從「試天步」後轉出，一番平日氣象。可耐珠韉白玉羈。此句是從「無由馳」上拍落，子思所以視臺餽不悦也。李侯一顧歎絶足，入李畫，只「一顧歎」三字便跌落。領略古法生新奇。上四句是了過「韓幹馬」，下三字入「畫天馬」。一日真龍入圖畫，此句贊盡天馬之神。在坰羣雄望風雌。此句是就真馬比校畫馬，句法雄奇精警。曹霸弟子沙苑丞，又就「韓幹」作一波。喜作肥馬人笑之。此句是「韓幹馬」。「肥」字開下文，究括在題上「因論」二字也。「人笑」字，人字著眼，下有李侯在。李侯論幹獨不爾，李侯評馬一層。妙畫骨相遺毛皮。李侯自畫一層。翰林評書乃如此，此句隨手波趣，妙極。正與上「人笑之」三字關會。賤肥貴瘦渠未知。此一句，收盡上文。「渠未知」指人亦指翰林，妙極。況我平生賞神駿，此一句，擲筆天外，見得懶與論肥瘦耳。僧中云是道林師。結語圓澈，了無墨滓。言外見惟伯時能畫天馬，惟我能真賞伯時耳。」此詩行氣行筆，空中轉掣，曲盡韻味態度。

《再答黄冕仲》云：「邱壑詩書雖數窮，妙一「雖」字，下皆躍然。田園芋栗頗時豐。見得雖窮，尚有芋栗。小桃源口雨繁紅，任注：「小桃源，在雙井。山谷所居地。」春溪蒲稗没鳧翁。二句言況又有佳境。投身世網夢歸去，正意。此處一點，以見上四句是在世網時日夜思想。摘山鼓聲雷隱空。夢歸情事如此，蓋雙井出茶，故云。秋堂一笑共鐙火，與公草木臭味同。二句接入冕仲。敏妙。安用茗澆壘塊胸，妙。又接過正意不説，只作颺筆。他日過飯隨家風，申上句，却又是换筆一摺，言決當歸去，不徒作夢也。買魚貫柳雞著籠。此又摩挲「過飯」情味也。更當力貧開酒碗，走謁鄰翁稱子本。此一結尤妙遠不測，見得不獨「過飯」而已，併當酣飲也。何也？夢歸不得，而苟得之，不當爾耶？「力貧」應起句「窮」字，有鄰翁可稱貸，究殊世網。」此詩正意，是身在世網，思歸而未得也。然前半只極言故山之佳，後半又極言他日過從之當盡興，中間情事，却不説破。既有餘味，筆又變化。作詩必明此竅要也。

《書磨崖碑後》云：「春風吹船著浯溪，扶藜上讀中興碑。二句了過題目。平生半世看墨本，略一宕，言向來又見真刻。摩挲石刻鬢成絲。上四句言賞此真刻，下三字言而今老矣，應上「半世」。明皇不作苞桑計，顛倒四海由禄兒。以下六聯，皆因「中興」二字上生出情感。九廟不守乘輿西，萬官已作烏擇栖。四句先言明皇之敗。撫軍監國太子事，何乃趣取大物爲。二句是歎如此便可爲中興耶？事有至難天幸耳，上皇蹣跚還京師。內間張后色可否，外間李父頤指揮。南內淒涼幾苟活，高將軍去事尤危。六句是寫中興後，明皇父子間乃如此。臣結舂陵二三策，臣甫杜鵑再拜詩。二句關合到碑上。安知忠臣痛至骨，收前六聯之意，以此見非前六聯，則「痛至骨」三字安頓無力。世上但賞瓊琚辭。此句圓妙具足，收住通篇。心有感於中興之事，而元、杜之詞，早痛至骨。乃人之賞之者，何嘗知其痛，徒賞其文詞耳。此今日所以書此碑後之意也。與墨本石刻「半世」「半生」，一一關會。却又將前面實處，盡數撮在空中。同來野僧六七輩，亦有文士相追隨。應首句。斷崖蒼蘚對立久，應次句。凍雨爲洗前朝悲。首尾中間，盡蕩在七字中。」此詩中間六聯似乎踹實，又涉論頭關妙處，而不知非也。蓋「明皇」以下，皆因「中興」二字感觸於心，慨嘆寫去。後人讀此碑者，隱隱當得忠臣之所用心，而以爲永戒。乃但賞其詞而已，何益之有哉！「平生」二句，言自家初亦墮文人障中，隱隱關會「世上但賞瓊琚詞」七字。此七字驚絶，不識忠臣之意，又不知中興之事，賞也是瞎賞。此詩所以作，而書於碑後也。翁覃溪有言「山谷詩實處即其空處，粘處即其脱處，前半之粘愈見後半之脱」，此雖論他詩，此詩亦正得其妙。然後乃不病其踹實，乃不病其涉論頭耳。

絶句如：《題鄭防畫夾》云：「惠崇煙雨蘆雁，坐我瀟湘洞庭。欲唤扁舟歸去，故人言是丹青。」《蟻蝶圖》云：「胡蝶雙飛得意，偶然畢命網羅。羣蟻爭收墜翼，策勛歸去南柯。」《題花光山水》云：「花光寺下對雲沙，欲把輕舟小釣車。更看道人煙雨筆，亂峯深處是吾家。」《雨中登岳陽樓》云：「投荒萬死鬢毛斑，生入瞿塘灩預關。未到江南先一笑，岳陽樓上對君山。」《和陳君儀讀太真外傳》云：「挾風喬木夏陰合，斜谷鈴聲秋夜深。人到愁來無處會，不關情處總傷心。」「梁州一曲當時事，記得曾拈玉笛吹。端正樓空春晝永，小桃猶學淡臙脂。」「高麗條脱琱紅玉，沙邏琵琶撚緑絲。蛛網屋煤昏故物，此生惟有夢來時。」《題陽關圖》云：「斷腸聲裏無形影，寫出無聲亦斷腸。想得陽關更西路，北風低草見牛羊。」《觀化》云：「竹笋初生黄犢角，蕨芽已作小兒拳。試尋野菜炊香飯，便是江南二月天。」《戲和舍弟船場探春》云：「雨餘禽語催天曉，月上梨花放夜闌。莫聽遊人待妍暖，十分傾酒對春寒。」《題郭熙扇山水》云：「郭熙雖老眼猶明，便面江山取意成。一段風煙且千里，解如明月逐人行。」《題蘇若蘭迴文錦詩》云：「千詩織就迴文錦，如此陽臺暮雨何。亦有英靈蘇蕙手，只無悔過竇連波。」《讀謝安傳》云：「傾敗秦師琰與玄，矯情不顧驛書傳。持危又幸桓温死，太傅功名亦偶然。」閔昔嘗評此詩，此持論繫表，然非偏斷寡識者比。

其佳語，略摘一二於後：「誰云事君難，亦是父子間。所要功補袞，不言能犯顔。」「名下難爲人，好醜隨手翻。」「春至不窺園，黄鸝頗三請。」「主人心安樂，花竹有和氣。」「少時誦詩書，貫弗數萬字。邇來窺陳篇，記一忘三二。光陰如可玩，老境翻手至。」「開軒萬物曉，落勢良未歇。」《竹軒詠雪》此語亦可繼彭澤也。「羈旅苦地偏，江湖見天大。」「江形篆平沙，分派回勁筆。」「筧水煙際鳴，萬籟入秋木。」「春鉏貌閒暇，羨魚情至骨。」「少時無老境，身到乃盡信。」「襟懷俯萬物，顔鬢與百憂。」「本心如日月，利欲食之既。」「自古非一秦，六籍蓋多難。」「士爲欲心縛，寸勇輒尺懦。挽士不能寸，推去輒數尺。」「風力斜雁行，山光森雨足。」「此郎如竹瘦，十飯九不肉。」「曲几蒲團聽煮湯，煎成車聲入羊腸。」「抱牘稍退鳧鶩行，倦禪時作橐駝坐。」「小蟲心在一啄間，得失與世同輕重。」「白頭不是折腰具，桐帽棕鞵稱老夫。」「幾日憐槐已著花，一心咒筍莫成竹。」「日晏腸鳴不俯眉，得意古人便忘老。」《贈陳師道》「十度欲言九度休，萬人叢中一人曉。」「浮萍蝕盡秋月面，霜爲一磨如匣開。」「隨人作計終後人，自成一家始逼真。」

近體如：「一牀遺杖履，萬事委錙銖。」《文安國挽詞》「未生白髮猶堪酒，垂上青雲却佐州。」「桃李春風一杯酒，江湖夜雨十年燈。」「燕頷封侯空有相，蛾眉傾國自難昏。」「春風春雨花經眼，江北江南水拍天。」「落木千山天遠大，澄江一道月分明。」「百年中半夜分去，一歲無多春暫來。」「明月清風非俗物，輕裘肥馬謝兒曹。」「心在青雲故人處，身行紅雨亂花間。」「山隨宴坐圖畫出，水作夜窗風雨來。」「且憑詩酒勤春事，莫愛兒郎作好官。」「伯氏清修如舅氏，濟南蕭灑似江南。」《寄伯氏在濟南兼呈六舅祠部學士》「四望樓臺皆我有，一原花竹住中間。」

黄元明

名大臨，山谷兄。

元明詩亦楚楚，間有混入《山谷集》者。今其集無從見，記其一首於此。《寅庵寄魯直》云：「手把齊民種蒔書，莎衫臺笠事芸鋤。夏栽醉竹餘千个，春糞辰瓜滿百區。早秫旋春嘗麴糵，新粱炊熟自樵蘇。日西杖履行山口，招得鄰丁作飲徒。」此作疏勁，不甜俗，知有家法者矣。

黄知命

名叔達，山谷弟。

知命詩混入《山谷集》尤多，今舉一二。《南陵坡》云：「風餐水宿六千里，蛇蜕猿愁八百盤。上得坡來總歡喜，摩圍依約見峯巒。」又《題小猿叫驛》云：「大猿叫罷小猿啼，箐裹行人白晝迷。惡藤牽頭石齧足，嫗牽兒隨淚陸續。我亦下行莫啼哭。」二詩皆見《山谷集》，殊有風格也。

黄子耕

名昀，山谷孫。有《復齋漫稿》二卷。

子耕曾及朱子之門，《山谷年譜》亦出其手。葉水心誌其墓云：「子耕詩詞，如經幽薄，超高丘，宇宙寄曠，風露綽約。人謂非子耕所能，魯直遺墨，散落收拾未盡爾。」

《題桃源》註：台州郡圃。云：「本自深村老圃來，偶分符竹到天台。漫山幸可容桃李，莫待劉郎去後栽。」

洪龜父

名朋，建昌縣人，山谷甥。有《清非集》。

洪玉父

名炎，龜父弟，有《西渡集》二卷，《補遺》一卷。

洪駒父

名芻，玉父弟，有《老圃集》二卷。

洪鴻父

名羽，駒父弟。

四洪之母黄夫人，山谷之妹，所謂「洪氏四甥」者也。前三洪皆入詩派。徐師川俯亦山谷甥，亦學詩於山谷，貴後頗違背，今不録。駒父亦晚節不終，可惜。山谷《與駒父書》云：「諸人論甥之文學，他日當大成。但願極加意于忠信孝友之地，甘受和，白受采，不但用文章照映今古，乃所望者。」又云：「寄詩語意老重，少加意讀書，古人不難到也。」「《青瑣祭文》語意甚工，但用字時有未安處。自作語最難，老杜作詩，退之作文，無一字無來處。後人讀書少，故謂韓、杜自作此語耳。古之能爲文章者，真能陶冶萬物，雖取古人之陳言入於翰墨，如靈丹一粒，點鐵成金也。」「文章最爲儒者末事，然素學之，又不可不知其曲折，幸熟思之。至於推之使高，如太山之崇崛，如垂天之雲；作之使雄壯，如滄江之濤，海運吞舟之魚，又不可守繩墨，令儉陋也。」

龜父句如「一朝厭蝸角，萬里騎鵬背」，王直方嘆爲妙絶，山谷亦稱賞之。它句如「灘聲連地籟，林影亂天星」，「萬里煙雲渾在眼，九秋風露獨登臺」《滕王閣》，皆可誦。

玉父《月夜登滕王閣》云：「桃紅亂打散花樓，南浦西山送客愁。爲理伊州十三疊，緩歌聲裏有洪州。」《蠟梅》云：「見江樓下蠟梅花，香撲金尊醉落霞。獨倚東風如夢覺，一枝春色别人家。」他句如「曲肱聊寄吉祥臥，緩帶來尋安樂窩」，皆清迥出塵。

駒父《題廬山石耳峯》云：「朝踏紅塵暮宿雲，往來車馬謾紛紛。猴溪橋下潺湲水，惟有峯前石耳聞。」他句如：「深秋轉覺山形瘦，新雨能添水面肥。」「關山不隔還鄉夢，風月猶隨過海身。」《寓海島外》。

鴻父詩，記不清有無矣。

謝無逸

名逸，臨川人。有《溪堂集》二卷，《補遺》二卷。

謝幼槃

名薖，無逸之弟。有《竹友集》十卷。

《四庫全書提要》曰：「考江西派中，有集者二十四人。今自黄、陳、吕、晁外，惟韓駒《陵陽集》及薖之《竹友集》猶有寫本，逸集已久佚無傳。近時厲鶚《宋詩紀事》蒐羅極廣，所采逸詩亦止十餘首。今從《永樂大典》所載裒輯，尚得詩文數百篇。中間如《冷齋夜話》所載『貪夫蟻旋磨，冷官魚上竿』句，又《豫章詩話》所引逸《蝴蜨詩》『狂隨柳絮有時見，舞入梨花何處尋』『江天春晚暖風細，相逐賣花人過橋』等句，雖皆已失全篇，然存者詩什七八，文十四五，已可略見大概。釐爲十卷，庶考江西詩派者，猶得備一家焉。」

又曰：「吕本中稱薖詩似謝元暉，不免譽之太過。劉克莊謂薖視逸差苦思，而合元暉者亦少。王士禎《居易録》謂薖在江西派中，亦清逸可喜，然涪翁沈雄剛健之氣，去之尚遠。所評騭俱爲不誣。士禎又極稱《顔魯公祠堂》《十八學士圖》諸長歌，及『尋山紅葉半旬雨，過我黄花三徑秋』二句，『靡靡江蘺』一詩，持論亦屬允當。」

劉後村云：「二謝在政宣間有岐路可進身，韓子蒼諸人，或自鬻其技至貴顯，二謝乃老死布衣，其高節亦不可及。」

郭子章云：「鄭都官作《鷓鴣》詩，人呼爲『鄭鷓鴣』。謝無逸作《蝴蝶詩》三百首，人呼爲『謝蝴蝶』。」

無逸寄某隱士云：「處士骨相不封侯，卜居但得林塘幽。家藏蠹簡幾千卷，手校韋編三十秋。相知四海孰青眼，高臥一菴今白頭。襄陽耆舊節獨苦，惟有龐公不入州。」

又絶句如《北津渡》云：「竹籬茅舍掩柴扉，衰草寒煙野徑迷。只有白鷗無俗韻，何年相伴老清溪。」《梨花》云：「冷香消盡晚風吹，脈脈無言對落暉。舊日郊西千樹雪，今隨蝴蝶作團飛。」又《重陽三絶》：自序云：亡友潘邠老有『滿城風雨近重陽』之句，今去重陽四日，而風雨大作。遂用邠老之句，廣爲三絶。「滿城風雨近重陽，無奈黄花作意香。雪浪翻天迷赤壁，令人西望憶潘郎。」「滿城風雨近重陽，不見修文地下郎。想得武昌門外柳，垂垂老葉伴青黄。」「滿城風雨近重陽，安得斯人共一觴。欲問小馮今健否，雲中孤雁不成行。」《晚春》云：「門前楊柳暗沙汀，雨濕東風未放晴。點點落花春事晚，青青芳草暮愁生。」《南湖絶句》云：「野情蕭散不便書，老大無心賦子虚。待借南湖雙艓子，緑荷陰裏看游魚。」

幼槃絶句云：「靡靡江蘺只唤愁，眼中何物可忘憂。楝花净盡緑陰滿，纔見一枝安石榴。」又《重陽二絶》自序云：邠老嘗作詩云「滿城風雨近重陽」，邠老亡後，無逸兄用此句足四篇。前只抄三篇，今去重陽只數日，風雨不止，淒然有懷，作二絶句。念泉下二人不再作，不覺流涕覆面。詩云：「地下修文兩玉人，清詩傳世墨猶新。却因風雨重陽近，獨立蒼茫淚一巾。」「阿兄温潤玉界尺，我友淡薄朱絲絃。只疑蟬蜕遊人世，醉插茱萸若個邊。」

饒德操

名節，後爲僧，改名如璧，臨川人。有《倚松集》。

吕居仁曰：「江西諸詩人，謝無逸富贍，饒德操蕭散，不減潘邠老精苦也。」

陸放翁《老學庵筆記》云：「饒德操詩，爲近時僧中之冠。早有大志，既不遇，縱酒自晦。或數日不醒，醉時往往登屋危坐，浩歌慟哭，達旦乃下。又嘗醉赴汴水，遇救獲免。」

《許彦周詩話》云：「德操詩有句法，尤善銘贊古文。其作《佛米贊》，謂武將念佛，以米紀數，得三升也。將軍念佛，難以遣詞，而曰：『時平主聖，萬國自靖。不殺而武，不征而正。矯矯虎臣，無所用命。移將東南，介我佛會。久聞我會，念佛三昧。喑嗚叱咤，化爲佛聲。三令五申，易爲佛名。一佛一米，爲米三升。自升而㪷，自㪷而斛。念之無窮，大倉不足。』觀此，雖柳子厚，曲折不過是矣。」

其詩若《勸吕紫薇學道》云：「向來相許濟時功，大似頻伽餉遠空。我已定交木上座，君猶求舊管城公。文章不療百年老，世事能排雙頰紅。好貸夜窗三十刻，匡牀趺坐究幡風。」

閔案：德操嘗取閒禪師「閒攜經卷倚松立」之句，遂自號「倚松道人」。有《倚松集》四十卷，今不可得見矣。

汪信民

名革，臨川人。有《青溪集》一卷。

閔案：吕居仁於江西詩派，尤推重其集。吾未之見，惟見所著《菜根譚》一卷，其言曰「咬得菜根，則百事可做」。朱子常取之，蓋學道篤行之士，非浮華者比也。考信民紹聖四年試禮部第一，登甲科。蔡京當國，召爲宗子博士，力辭不就。年四十卒。

《能改齋漫録》：「吕居仁云汪信民有詩寄謝無逸云：『問訊江南謝康樂，溪堂喬木想扶疏。高譚何日看揮麈，安步從來可當車。但得丹霞訪龐老，何須狗監薦相如。年來更勵於陵節，妻子同鋤五畝蔬。』

東萊呂紫薇《師友雜志》云：「汪信民試南省第一，頗收畜時文。謝無逸同試被黜，問信民用此何爲，曰：『恐登科須作學官，要此用爾。』無逸曰：『前日不免爲此，爲覓官計爾。今尚復爾，是無時而已也。』信民痛自咎責，盡取所畜時文焚之。」

又云：「汪信民初任潭州教授，張舜民芸叟作帥，厚遇信民，且勉之學。時畢漸通判潭州，芸叟深薄其人。後信民教授宿州，有師事滎陽公。信民嘗言：『吾平生有意於善，張、呂二公之力也。』又因張六丈薄畢魁，有激發焉。」又云：「汪信民嘗言『人當咬得菜根，則百事可做』，胡安國康侯聞之，擊節歎賞。」

【附】《山谷詩派圖》

東萊呂本中居仁，壽春人。詩學山谷，自言傳衣豫章。嘗作《江西宗派圖》，以山谷爲祖，旁列二十五人，益以己，共二十六人。序凡數百言，大略云：「唐自李、杜之出，焜燿一世。後之言詩者，皆莫能及，至韓、柳、孟郊、張籍諸人，激昂奮厲，終不能與前作者並。元和以後，至國朝歌詩之作或傳者，多依效舊文，未盡所趣。惟豫章始大，出而力振之。抑揚反復，盡兼衆體。而後學者同作並和，雖體制或異，要皆所傳者一。予故録其名字，以遺來者。」

山谷

陳師道 後山，彭城人。　謝　逸 無逸，臨川人。　潘大臨 邠老，黄岡人。

洪　芻 駒父，豫章人。　饒　節 德操，臨川人。　僧祖可 正平，蘇伯固堅之子，丹陽人。

徐　俯 師川，分寧人。　洪　朋 龜父，芻之兄。　林敏功 子仁，蘄春人。

洪　炎 玉父，芻之弟。　汪　革 信民，臨川人。　李　錞 希聲，邑里未詳。

韓　駒 子蒼，蜀之井監人。　李　彭 商老，南康建昌人。　晁沖之 叔用，鉅野人。

江端本　子之，開封人。　楊　符　信祖，邑里未詳。　謝　薖　幼槃，臨川人。

夏　倪　均父，蘄州人。　林敏修　子來，敏功弟。　潘大觀　仲達，黄岡人。

何　覬　人表。　王直方　立之，南州人。　僧善權

高　荷　子勉，荆南人。

以上二十五人，依王伯厚《紺珠》、胡苕溪《漁隱叢話》列之。《苕溪漁隱》云：「宗派圖所列二十五人，其間知名之士，有傳於世者，止數人而已，餘無聞焉。居仁此圖之作，選擇弗精，議論弗公也。」

後村劉先生克莊《江西詩派序》謂：「山谷而下，凡二十六。袁顒王本、胡本並作『何顒』、潘大觀二人，有姓名而無詩。詩存者二十四家，王直方詩絶少，無可采。派中如陳後山，彭城人；韓子蒼，陵陽人；潘邠老，黄州人；夏均父、二林，蘄人；晁叔用、江子之，開封人；祖可，京口人；高子勉，京西人：非皆江西人也。同時如曾文清，乃贛人，又與紫微公以詩往還，而不入派。不知去取之意云何，惜當時無人以此叩之者。」

張扶長吏部泰來撰《江西詩派圖録》，人各爲傳。其名氏、次第，依王伯厚《紺珠》。又謂梓於厭原山中者，《詩派》一百三十七卷，《續派》十三卷，今其書不可得而見矣。

閔案：吕舍人此圖所列，原不拘定江西産者。其序云所傳者，一殆皆嘗親炙者也。曾文清年稍後，與吕有往還，而於山谷未及面，故不列派末，可知也。玩吕與曾文清往還尺牘，頗以前輩自處，可見。究之，此乃一時之論，非千古定論。存爲一段佳話可矣，不必拘也。閔於詩派中爲吾鄉人詩可傳者，仍采入《續集》。繼山谷興者，終以曾文清數公也。

鄉詩摭譚正集　卷六

宋

曾文清

名幾，字吉甫，號茶山，謚文清，贛人。有《茶山集》三十卷，已佚。今《四庫》掇拾得八卷。陸放翁《渭南集》跋公奏議稿云：「某罷歸，略無三日不進見，見必聞憂國之言。先生時年過七十，聚族百口，未嘗以爲憂，憂國而已。」又《跋詩稿》云：「文清公未嘗輕許可，某獨辱知，無與比者。揚子惟一侯芭，至今誦之。故識者千人不爲多，一人不爲少，某何足與乎此？讀公遺稿，不知衰涕之集也。」末云：「門生笠澤陸某謹識。」又誌公墓云：「公治經學道之餘，發於文章，而詩尤工，以杜甫、黄庭堅爲宗。」《梅磵詩話》云：「公爲孔毅父之甥，平生清約，不營尺寸之産，所至寓僧舍，蕭然不蔽風雨。公詩有曰：『手自栽培千个竹，身常枕藉一牀書。』」

方勺《泊宅編》云：「曾文清夙興必讀《論語》一篇，終身未廢。」

閔案：魏慶之《詩人玉屑》：茶山學於韓子蒼，韓得詩法於山谷者也，則知淵源故有自。後來陸放翁又學於茶山，故趙仲白贈詩有云：「清於月白初三夜，澹似湯烹第一泉。咄咄逼人門弟子，劍南已見一燈傳。」

《四庫全書提要》謂其「風骨高騫而含蓄深遠，介乎豫章、劍南之間，豈遽爲蜂腰哉」，於茲得茶山之真矣。又案，《瀛奎律髓》註：吕倉部大器字治先，茶山婿也，是生東萊先生，則茶山乃東萊外祖，而臨江三孔又茶山母舅，有詩見集中。然則上承先獻，下啓來學，茶山亦文獻之宗哉。

茶山詩別有專鈔本，今略舉數首。

五古如《東軒小室即事》云：「烹茗破睡境，炷香玩詩編。問詩誰所作，其人久沈泉。工部百世祖，涪翁一鐙傳。閒無用心處，參此如參禪。」閔案：玩此詩，知茶山宗仰杜、黄，而自有心得矣。

七古如《黄嗣深尚書自臨川省其兄嗣文户部於宜春用元明魯直唱題李生墨竹梅》云：「紛紛畫手調紅緑，好以桃花配叢竹。豈無短紙作江梅，雪裏溪邊太幽獨。李侯胸中有佳處，研滴松煤聊寓目。與梅擇對無可人，分付此君真不俗。淡煙小雨空濛地，何得月明疏影足。始知璀璨出斜枝，詩畫古來真一族。」自註：「坡公梅詩：竹間璀璨出斜枝。」《許公華遺潘衡墨云其女所造也》云：「潘公之墨東坡訣，只今有女能傳業。許郎來自大江西，手探元圭出箱篋。摩挲熟視家風在，款識明明筆奇絶。見渠顔面得渠心，湛如瞳子堅如鐵。晴牕棐几石泓净，未忍磨研令小缺。冷金玉版姑試之，一點清光初漏泄。廷珪去人端未遠，餘子何勞定優劣。健婦果勝大丈夫，從此廬陵是黟歙。」自註：「『款識』『瞳子』『冷金玉版』，皆廷珪事，東坡説也。」

五律如《病中聞鶯啼》云：「獨園森古木，其下客幽棲。盡日緑陰合，有時黄鳥啼。一聲添晝寂，百囀使人迷。賴汝生佳聽，身今氣慘悽。」《參雲亭晚坐》云：「大暑不可避，微涼安所尋。雲霄非濁世，竹樹有清陰。海近風先集，山高日易沉。無因見明月，螢火亂更深。」《負暄》云：「炙背茆檐日，雖貧辦不難。趙衰真可愛，范叔一何寒。蝨暖無遺索，書明得細看。羲和有底急，薄暮更衣單。」《種竹》云：「近郊蕃竹樹，多種滿庭隅。

餘子不足數，此君何可無。風來當一笑，雪壓要相扶。莫作封侯相，生來鄙木奴。」《所種竹鞭盛行》云：「獨繞篔簹徑，令人喜欲顛。已持蘇老節，更著祖生鞭。傍舍應除地，新梢擬上天。真成時夜卯，煨茁想明年。」《官舍堂後種竹千竿名其亭以留客取杜詩「竹深留客處」之句》云：「種竹無他事，林間與客遊。自應攜手入，安用閉門留。靜可過僧夏，清宜對弈秋。衰翁九節杖，來往亦風流。」《代書寄筠守譚崧老求茶筍》云：「往歲出蕪城，飄然一客星。又從江北路，重到竹西亭。楚岸寬圍碧，吴山遠借青。聖時還舊觀，歌吹月中聽。」《高郵無梅花求之於揚帥鄧直閣》云：「送臘臘垂盡，迎春春欲回。如何萬家縣，不見一枝梅。有客幽尋去，無人遠寄來。揚州何遜在，政用小詩催。」《寓廣教僧寺》云：「似病原非病，求閒方得閒。殘僧六七輩，敗屋兩三間。野外無供給，城中斷往還。同參木上座，與汝住茶山。」《逮子以今歲正月十六日之毗陵而以十二月十五日還舍銓試第二且得新雛以詩示之》云：「不見吾兒久，今朝慰眼前。分襟燈火夜，回櫂雪霜天。中鵠令人喜，將雛得我憐。一杯歡笑後，急急理塵編。」

七律如《聞李泰發參政得旨自便將歸以詩迓之》云：「苦遭前政墮危機，二十餘年詠式微。天上謫仙皆欲殺，海濱大老竟來歸。故園松菊猶存否，舊日人民果是非。最小郎君今弱冠，別時聞道不勝衣。」《空公長老一出即住雪峯書來以建茗爲寄長句奉呈空公時以筆硯作佛事也》云：「此公出世使人驚，道眼看來却未曾。政爾雪峯千百衆，澹然雲水一孤僧。不妨詩筆作佛事，已用茗甌傳祖鐙。我老尚堪行腳在，因風爲寄古崖藤。」《避寇還居郭内風雨淒然鄭顧道餉酒》云：「煙雨昏昏一月梅，全家避賊寄城隈。欲尋碧落侍郎去，遽沐青州從事來。令我妻孥爭洗盞，想公伯仲正銜桮。安能鬱鬱久居此，且傍茶山松徑回。」《壬戌歲除作明朝六十歲矣》云：「禪室蕭然丈室空，薰銷火冷閉門中。光陰又似燭見跋，學問只如船逆風。一歲臨分驚老大，五更相守笑兒童。休言四十明朝過，看取霜髯六十翁。」《竹軒小睡》云：「好竹迷時手自栽，一軒寒碧謝塵埃。清風政爲我輩設，小睡忽從何許來。已用官茶麾得去，莫因家釀挽令回。呼兒靜掃黄葉徑，吾與此君俱快哉。」《食筍》云：「花事闌珊竹事初，一番風味殿春蔬。龍蛇戢戢風雷後，虎豹斑斑霧雨餘。但使此君常有子，不憂每食嘆無魚。丁寧下番須留取，障日遮風却要渠。」《戲作盆池四於和青堂》云：「陂湖春盡水茫茫，收拾波濤入小塘。睡起微涼馥荷氣，雨餘斜日麗萍光。聊爲堂下龜魚主，稍退階前雁鶩行。只欠盆間數峯在，併持小樹作青蒼。」

絶句如《尋梅至楊家見數株盛開》云：「芒鞋竹杖尋梅去，只有香來未見花。村北村南行欲遍，數株如雪小民家。」《讀書》云：「黄卷中人最起予，病來相對却成疏。新涼試傍青燈看，猶有飛蚊小未除。」「童子區區攻一藝，老生汲汲事三餘。偶然領會忘言處，只有淵明解讀書。」《三衢道中》云：「梅子黄時日日晴，小溪汎盡却山行。緑陰不減來時路，添得黄鸝四五聲。」《乞貓》云：「江茗吴鹽雪不如，更令女手綴紅□原注：與繻字同。小詩却欠涪翁句，爲問銜蟬聘得無。」

佳句如「野花無可落，村酒不宜斟」，「老去光陰速，人生會合難」，「林深不見日，山靜只聞泉」，「有猿啼夢破，無雁寄書來」，「問我居家誰暖眼，爲言憂國只寒心」《雪中陸務觀數來問詢用其韻奉贈》，「却因社日治聾酒，得醉春時近眼花」《次曾宏甫社日賞海棠吴守宅詩》，「文字欲求千古事，簿書還費二年功」《呂居仁力疾作詩送行》，「春雨春風俱作惡，溪南溪北頓成疏」，「天近豈無宣室石，地偏猶有草堂靈」《送曾宏甫守天台》，「春色少留如過客，賞心多病只寒灰」，「此身忽墮禁酒國，何路得到無功鄉」《郡中禁私釀甚嚴作》，「瓜李不禁如許熱，蒲葵能得幾多風」《復熱》，「受禄功無一毫末，休官事有十年遲」《致仕》。

姜白石

名夔，字堯章，號白石道人，番陽人，有《白石道人集》。

白石，蕭千巖之婿，詩法亦得於千巖，乃千巖雖當時有盛名，當時以尤、蕭、范、陸稱四家。今漸湮没，良可嘆悼，拾得一二，見《續集》中。

白石集有《詩説》甚佳，足啓人意，今節於此。「人所易言，我寡言之，人所難言，我易言之。」「難説處一語而盡，易説處莫便放過。僻事實用，熟事虛用。」「學有餘而約以用之，善用事者也；意有餘而約以盡之，善措詞者也。」「句中無餘味，篇中無餘意，非善之善者也。句中有餘味，篇中有餘意，善之善者也。」「始於意格，成於句字。」「詩有四種高妙，一理高妙，二意高妙，三想高妙，四自然高妙。」「一篇全在結局，如截奔馬，詞意俱盡；如臨水送將歸，詞盡意不盡。若夫意盡詞不盡，剡溪歸棹是也；詞意不盡，温伯雪子是也。」見《莊子·田子方》篇，蓋謂「目擊而道存」。「一家之言自有一家風味，如樂之二十四調，自有韻聲，乃是歸宿處。橅仿者語雖似之，韻則亡矣。」

王漁洋《跋白石集》云：「《白石集》，予鈔之近百首，蓋能參活句者。白石詞家大宗，其於詩亦能深造自得。自序同時詩人，以『温潤』推范石湖，『痛快』推楊誠齋，『高古』推蕭千巖，『俊逸』推陸放翁。白石遊於諸公間，故其言如此。其詩初學黄太史，正以不深染江西詩派爲佳。」

白石詩別有專鈔本，然絶句尤勝，今略舉數首。

《除夜自石湖歸苕溪》云：「千門列炬散林鴉，兒女相思未到家。應是不眠非守歲，小窗春色入燈花。」「沙尾風回一棹寒，椒花今夕不登盤。百年草草皆如此，自琢春詞剪燭看。」「環玦隨波冷未消，古苔留雪臥墻腰。誰家玉笛吹春怨，看見鵝黄上柳條。」《過湘陰寄千巖》云：「渺渺臨風望遠情，荻花楓葉帶離聲。夜深吹篴移船去，三十六灣秋月明。」大有唐音。《次石湖書扇韻》云：「橋西一曲水通村，岸閣浮萍緑有痕。家住石湖人不至，藕花多處别開門。」此詩韻勝。《詠牽牛花》云：「青花緑葉上疏籬，别有長條竹尾垂。老覺淡粧差有味，滿身風露立多時。」此詠花而人見，詩有神韻者也。《垂虹亭》云：「自愛新詞韻最嬌，小紅低唱我吹簫。曲終過盡松陵路，回首煙波十四橋。」《姑蘇懷古》云：「夜暗啼烏繞柁牙，江涵星影雁眠沙。行人悵望蘇臺柳，曾與吴王掃落花。」如此之類，置之唐人集中，不復可辨。

白石又有句云：「人生難得秋前雨，乞我虚堂自在眠」，極淒淡。或曰：「曾文清之詩，學山谷語，有徵矣。白石亦學山谷耶？」曰：白石學於蕭千巖，千巖亦學山谷者，故有淵源也。但白石詩用黄之神韻意致，而變化其面貌，人自不覺耳。

楊文節

名萬里，字廷秀，號誠齋，謚文節，廬陵人。有《誠齋集》百三十卷。

《四庫全書提要》曰：「南宋詩集，傳於今者，惟楊萬里及陸游最富，游晚年隳節，爲韓侂胄作《南園記》，得除從官，萬里寄詩規之，有云『不應李杜翻鯨海，更羨夔龍集鳳池』句，羅大經《鶴林玉露》嘗記其事。以詩品論，萬里不及游之煅煉工細；以人品論，則萬里倜乎遠矣。」

方回《瀛奎律髓》云：「誠齋一官一集，每集必變一格，雖沿江西詩派之末習，不免有頽唐粗俚之處，而才思健拔，包孕宏富，自當爲南宋一作手，非後來四靈、江湖諸派可得而並稱。」

誠齋《江湖集》自序云：「予少作有詩千餘篇，至紹興壬午，盡焚之矣，大概江西體也。今所存曰《江湖集》者，蓋學後山及半山及唐人者也。予嘗舉似舊詩數聯於友人尤延之，如「露窠蛛卹緯，風語燕懷春」，如『立岸風大壯，還舟鐙小明』，如『流星煜煜沙貫日，緑雲擾擾水舞苔』，如『坐忘日月三杯酒，臥護江湖一釣船』，延之慨然曰：焚之可惜。予亦無甚悔也。」

又《荆溪集》自序云：「予之詩，始學江西諸君子，又學後山五字律，既又學半山老人七字絶句，晚乃學絶句於唐人。學之愈力，作之愈寡，嘗與林謙之屢嘆也。謙之云：『擇之之精，得之之難，又欲作之之寡乎？』予喟然曰：『詩人蓋異病而同源也，獨予哉？』戊戌賜告少公事，是日即作詩，忽若有悟，於是辭謝唐人及王、陳、江西諸君子，涣然未覺作詩之難也。蓋詩人之病，去體將有日矣。」又《南海集》自序云：「自庚子至壬寅，有詩四百首，如《竹枝歌》等篇，每舉似尤延之，延之爲擊節，以爲有劉夢得之味，予未敢信也。延之每云：『予詩每變每進，能變矣，未知猶進否？』」觀此數條，可得誠齋詩學。

《鶴林玉露》云：「楊誠齋爲零陵丞，以弟子禮謁張魏公，時公以遷謫故，杜門謝客南軒。爲之介紹，數月乃得見。因跪請教。公曰：『元府貴人紆金腰紫者何限，惟鄒志完、陳瑩中姓名與日月爭光。』誠齋得此語，終身勵清直之操。晚年退休，悵然曰：『吾生平志在批鱗請劍，以忠鯁南遷，幸遇時平主聖，老矣，不獲遂所願矣。』立朝時，論諫挺挺，如言朱熹不當與唐仲文同罷，論儲君監國，皆天下大事。高宗嘗曰：『楊萬里直不中律』。孝宗亦曰：『楊萬里有性氣』。故其自贊云：『禹曰也有性氣，舜云直不中律。自有二聖玉音，不用千秋史筆。』」

又云：「楊誠齋夫人羅氏，年七十餘，每寒月黎明，即起詣廚，躬作粥一釜，遍享奴婢，然後使之服役。其子東山先生啓曰：『天寒何自苦如此？』夫人曰：『奴婢亦人子也，清晨寒冷，須使其腹中略有火氣，乃堪服役耳。』東山曰：『夫人年老，且賤事，何倒行而逆施乎？』夫人怒曰：『我自樂此，不知寒也，爾爲此言，必不能如吾矣。』東山守吳，夫人嘗於郡圃種苧，躬紡緝以爲衣，時年蓋八十餘矣。東山月俸分以奉母。夫人忽小疾，既愈，出所積券曰：『此長物也，自吾積此，意不樂，果致疾，今宜悉以謝醫，則吾無事矣。』平居首飾止於銀，衣止於細絹，生四子三女，悉自乳。曰：『饑人之子，以哺吾子，是誠何心哉？』誠齋父子，視金玉如糞土，誠齋收漕江東，有俸給僅萬緡，留庫中，棄之西歸。東山帥吳五年，以俸錢七千緡，代下户輸租。其家采椽土階如田舍翁，三世無增飾。東山病且死，無衣裳，適廣西帥趙季仁饋纈絹數端，東山曰：『此賢者之賜也，衾材無憂矣。』史良叔守廬陵，官滿來訪，入其門，升其堂，目之所見，無非可敬可仰、可師可法者，所得多矣。因命畫工圖之而去。誠齋、東山清介絶俗，固皆得之天資，而婦道母儀所助亦已久矣。」

又云：「楊誠齋立朝時，計料自京還家之旅費，貯以一篋，鑰而置之臥所，戒家人不許市一物，恐累歸擔，日日若促裝者。」

閔案：誠齋官粤東，以書生勦平閩寇，時犯廣東。大有將略，韓侂冑用事，欲其作《南園記》，拒之曰：「官可棄，記不可作也。」由是得罪，閒處十五年而卒。其卒也，聞侂冑方用兵，慟哭失聲，亟呼紙，書數十字以寫孤憤，筆落而逝。又案：誠齋侍讀東宫時，勸東宫讀陸宣公奏議，讀《資治通鑒》，讀《三朝寳訓》，有《東宫勸讀録》一卷多，干上時政而言。又王季澥爲丞相時，誠齋進説，宰相以舉賢爲急先務，因撰《淳熙薦士録》一卷以進，首朱子，訖胡澥，凡六十人，今載文集第六卷中。凡此皆有攬轡澄清之志，非欲以詩人自命者，故其詩不取研琢，天放爛然，掇其精英，亦有不可埋没者矣。

楊詩別有專鈔本，今略就絶句舉似。

《永豐驛逢故人趙伯庭過叙》云：「同官贛水總青春，消息中間兩不聞。道我未衰君莫戲，不須看我只看君。」末二句甚淒然，神似半山絶句。又題《代度寺》云：「一別重來十五年，殘僧半在寺依然。黄楊當日絶低小，已過危檐也可憐。」

《二月望日》云：「海棠著意唤詩愁，桃李纔開又落休。小雨輕風春一半，去年今日在嚴州。」

《梳頭有感》云：「身在荷香水影中，曉涼不與夜來同。且抛書册梳蓬鬢，移轉胡床受小風。」「同郡同年總八人，七人零落一人存。如何獨立秋風裏，猶恐霜華照鬢根。」

《三月晦日游越王臺》云：「榕樹梢頭訪古臺，下看碧海一瓊杯。越王歌舞春風出，今日春風獨自來。」

以上數章，語淺而義深，誦之頗有餘味也。誠齋詩善道人意中語，施於竹枝體尤宜，今記其《峽山寺竹枝詞》云：「峽裏撑船更不行，櫂郎相語改行程。却從西岸拋東岸，依舊船頭不可撑。」世間事儘有初時行不去，多方改行，仍行不去者，此類是也。「一灘過了一灘奔，一石横來一石蹲。若怨古來天設險，峽山不到也由君。」峽山玩此，真堪一笑。干名圖利之人，動嘆行路艱難，究其實誰使之也。

在廣東往韶州路。又《丹陽竹枝詞自序》云：「晚發丹陽館下，五更至丹陽縣，舟人及牽夫終夕有聲，蓋謳吟嘯謼以相其勞者，其詞亦略可辨。有云『張哥哥，李哥哥，大家著力一齊拖』，又云『一休休，二休休，月子彎彎照幾洲』，其聲淒婉，一唱衆和。」因隱括之爲《竹枝歌》云：「笑儂一隊好兒郎，只要穿行不要忙。著力大家齊一拽，前頭管取到丹陽。」「月子彎彎照幾州，幾家歡樂幾家愁。愁殺人來關月照，得休休處且休休。」「幸自通宵暖更晴，何勞細雨送殘更。知儂笠漏芒鞋破，須遣拖泥帶水行。」音節清楚，信有劉夢得之遺也。

其佳句如「乍暖柳條無風力，淡晴花影不分明」，「二月海棠傾國色，五更杜宇説鄉情」，「二月山城無菜把，一年春事又楊花」，「平生豈願乘肥馬，臨老須教過瘦牛廣東嶺名」。

《誠齋集》有詩話一卷，足啓發人，今節要於此。

太史公曰：「國風好色而不淫，小雅怨誹而不亂。」近世詞人，閒情之靡，如伯有所賦，趙武所不得聞者，有過之無不及焉，是得爲好色而不淫乎？惟晏叔原云「落花人獨立，微雨燕雙飛」，可爲好色而不淫矣。唐人《長門怨》云：「珊瑚枕上千行淚，不是思君是恨君。」是得爲怨誹而不亂乎？惟劉長卿云：「月來深殿早，春到後宫遲」，可爲怨誹而不亂矣。

句有偶似古人者，亦有述之者。杜《武侯廟》詩云：「映階碧草自春色，隔葉黄鸝空好音」，此何遜《行孫氏陵》云：「山鶯空曙響，隴月自秋暉」也。杜云：「薄雲岩際宿，孤月浪中翻」，此庾信「白雲巖際出，清月波中上」也，「出」「上」二字勝矣。陰鏗云：「鶯隨入户樹，花逐下山風」，杜云「月明垂葉路，云逐渡溪風」，又云「野流行地日，江入度山雲」，此二聯勝。庾信云「永韜三尺劍，長捲一戎衣」，杜云「風塵三尺劍，社稷一戎衣」，亦勝庾信。南朝蘇子卿《梅》詩云「祇言花是雪，不悟有香來」，介甫云「遥知不是雪，爲有暗香來」，述者不及作者。陸龜蒙云「殷勤爲解丁香結，從放枝頭散誕春」，介甫云「殷勤爲解丁香結，放出枝頭自在春」，作者不及述者。

唐律七言八句，一篇之中，句句皆奇；一句之中，字字皆奇。古今作者皆難之。如杜《九日詩》「老去悲秋强自寬，興來今日盡君歡」，不徒入口便字字對屬，又第一句頃刻變化，纔説悲秋，忽又自寬，以「自」對「君」，自者，我也。「羞將短髮還吹帽，笑倩旁人爲正冠」，將一事翻騰作一聯，又孟嘉以落帽爲風流，少陵以不落爲風流，翻盡古人公案，最爲妙法。「藍水遠從千澗落，玉山高并兩峯寒」，詩人至此，筆力多衰，今方且雄傑挺拔，唤起一篇精神，非筆力不至於此。「明年此會知誰健，醉把茱萸子細看」，則意味深長，悠然無窮矣。

東坡《煎茶》詩云「活水還須活火烹，自臨釣石取深清」，第二句七字而具五意：水清，一也；深起清者，二也；石下之水非有泥土，三也；石乃釣石，非尋常之石，四也；東坡自汲，非委卒奴，五也。「大瓢貯月歸春甕，小杓分江入夜瓶」，其狀水之清美極矣。「分江」二字，此尤難下。「雪乳幾翻煎處腳，施注本是「茶乳已翻煎處腳」。松風仍作瀉時聲」，此倒語也，尤爲詩家妙法，即少陵「紅稻啄餘鸚鵡粒，碧梧棲老鳳凰枝」也。「枯腸未易經三碗，臥聽山城長短更」，又翻却盧仝公案。仝吃到七碗，坡不禁三碗。山城更漏無定，「長短」二字，有無窮之味。

初學詩者，須用古人好語，或兩字，或三字。如山谷《猩猩毛筆》云：「平生幾兩屐，身後五車書」，「平生」二字出《論語》，「身後」二字出《晉書》，張翰云「使我有身後名」，「幾兩屐」阮孚語，「五車書」莊子言惠施。此二句乃四處合來。又「春風春雨花經眼，江北江南水拍天」，春風春雨，江北江南，詩家常用。杜云「且看欲盡花經眼」，退之云「海氣昏昏水拍天」，此四字合三字，入口便成詩句，不至生硬。要誦詩之多，擇字之精，始乎摘用，久而出自肺腑，縱横出没，用亦可，不用亦可。

詩家用古人語，而不用其意，最爲妙法。如山谷《猩猩毛筆》是也。猩猩喜著屐，故用阮孚事。其毛作筆，用之鈔書，故用惠施事。皆借人以詠物，初非猩猩毛筆事也。《左傳》云：「深山大澤，實生龍蛇。」而山谷《中秋月》詩云：『寒藤老木被光景，深山大澤皆龍蛇。』《周禮·考工記》：「車人蓋圜以象天，軫方以象地。」而山谷云：「丈夫要宏毅，天地爲蓋軫。」孔子、老子相見傾蓋，鄒陽云：「傾蓋如故。」孫侔與東坡不相識，以詩寄東坡，和云：「與君蓋亦不須傾。」劉寬責吏，以蒲爲鞭，寬厚至矣。東坡云：「有鞭不使安用蒲。」杜詩：「忽憶往時秋井塌，古人白骨生蒼苔如何不飲令心哀。」東坡則云：「何須更待秋井塌，見人白骨方銜杯。」此皆翻案法也。予友人安福劉景明《重陽》詩云：「不用茱萸仔細看，管取明年更強健。」得此法也。

五七字絶句最少，而最難工，雖作者亦難得四句全好者，晚唐人與介甫最工於此。如李義山憂唐之衰云：「夕陽無限好，只是近黄昏。」如「青女素娥俱耐冷，月中霜裏斗嬋娟」，如「芭蕉不展丁香結，同向春風各自愁」。唐人《銅雀臺》云：「人生富貴須回首，此地豈無歌舞來。」《寄邊衣》云：「寄到玉關應萬里，戍人猶在玉關西。」《折楊柳》云：「羌笛何須怨楊柳，春風不度玉門關。」皆佳句也。如介甫云「百囀黄鸝看不見，海棠無數出牆頭」，不減唐人。然有四句全好者，東坡云：「暮雲收盡溢清寒，銀漢無聲轉玉盤。此生此夜不長好，明月明年何處看。」四句皆好矣。

詩固難用經語，然善用者，不勝其韻，如「山如仁者靜，風似聖之清」，「詩成白也詩無敵，花落虞兮可奈何」。

詩有實字，而善用之者，以實爲虛。杜云：「弟子貧原憲，諸生老伏虔。」「老」字蓋用「趙充國請行，上老之」。有用文語爲詩句者，尤工。杜云：「侍臣雙宋玉，戰策兩穰苴。」蓋用如「六五帝，四三王」。

《誠齋詩話》有兼及文與四六者，今亦節要於後。

神宗徽猷閣成，告廟祝文，東坡當筆，時黄魯直、張文潛、晁無咎、陳無己畢集，觀坡落筆云：「惟我神考，如日在天。」忽外有白事者，坡放筆而出。諸人擬續下句，皆莫測其意所向。頃之坡入，再落筆云：「雖光輝無所不充，而躔次必有所舍。」諸人大服。

予過金山，見妙高臺挂東坡像，有坡親筆自贊云：「目若新生之犢，身如不繫之舟。試問平生功業，黄州惠州崖州。」今集中無之。予昔爲零陵丞，嘗肩輿過一野寺，見壁間山谷親筆一詩，予小立肩輿，誦之三過。既歸書之，止記一聯云：「春將國豔熏花骨，日借黄金縷水紋。」今集亦無之。

有客在張欽夫座上，舉介甫《賀册后妃》之聯，「《關雎》之求淑后，無險陂私謁之心；《雞鳴》之思賢妃，有警戒相成之道」，以爲四六之妙者。欽夫因舉東坡《賀册后表》云：「上符天造，日月爲之光明；下逮海隅，夫婦無有愁嘆。」笑曰：「此全不用古人，而氣象塞乎天地矣。」

四六有初語平平，而去其一字，精神百倍，妙語超絶者。介甫《賀韓魏公致仕啓》云：「言天下之所未嘗，任大臣之所不敢。」其初句尾有「言」「任」二字而去之也。

莆田陳丞相作小朝士時，顯仁太皇后之喪，嘗代宰相《乞皇帝御殿表》云：「雖天道何言，四時自然成歲；然太陽不照，萬物何以仰瞻。」識者已知其有宰相器。後爲宰相辭位，其客鄭僑惠叔代表云：「責任匪輕，此豈久居之地；後容求去，幸當未厭之時。」「豈久居」，牛僧孺語也，「幸爲厭」，蕭嵩語也。皆宰相求去事，未有如此親切者。

梁叔子丞相生日，孝宗賜酒物。是時梁母太夫人在，尤延之代作謝表云：「小人有母，雖喜君羹之嘗；大烹養賢，每虞公餗之覆。」

黄仲秉攝西掖，行東坡贈太師謚文忠詞云：「朕考百年治亂之原，識諸老忠邪之辨；惟小人無所忌憚，使君子至於困窮。」又云：「某目無全牛，意空羣馬。道不行而言立，身愈退而名高。」又云：「言之尚至於嘆嗟，聞者亦爲之興起。」

山谷戲筆，嘗書范文正公爲舉子時作《虀賦》，有云：「陶家甕内，淹成碧緑青黄；措大口中，嚼出宫商徵羽。」吾州劉沆丞相，微時讀書山寺，寺僧請公戲作《偷狗賦》，有云：「摶飯引來，猶掉續貂之尾；索綯牽去，尚回顧兔之頭。」

文文山

名天祥，字宋瑞，號文山，封信國公，明謚忠烈，廬陵人，有《文山集》二十一卷。

《四庫全書提要》曰：「天祥平生大節照燿古今，而著作亦極雄贍，如長江大河，浩瀚無際。」又引《農田餘話》曰：「宋南渡後，文體破碎，詩體卒弱，范石湖、陸放翁爲平正，至晦庵諸子，始欲一變時習，模仿古作，故有神頭鬼面之論。時人漸染既久，莫之或改，及文天祥留意杜詩所作，頓去當時之凡陋，觀《指南前後録》可見。不獨忠義冠於一時，亦斯文間氣之發見也。」

閔案：文山本不必詩見，然詩實爲南宋江西之後勁，故雖末事，亦終不可没之。山谷學杜，文山亦學山谷之所學，但比山谷少變化耳，然而英挺不羣之慨，咄咄逼人也。文詩別有專鈔本，如《指南録》類當全鈔以見忠義之志，選之則首尾不具，是未可以詩論也。今略舉似近體一二。

《遊青原》云：「空庭橫蝃蝀，斷碣偃龍蛇。活水參禪筍，真泉透佛茶。晚鐘何處雨，春水滿城花。夜影燈前客，江西七祖家。」

《魯港》云：「方誇金隖築，豈料玉牀摇。國體真三代，江流舊六朝。鞭投能幾日，瓦解不崇朝。千古吴山恨，西風挾怒潮。」

《病中作》云：「驟雨知何處，一溪秋水生。苦吟肩鶴瘦，多病耳蟬鳴。隱几惟便睡，挑包正倦行。山深明月夜，乞我半窗清。」「寄興逃吾病，吟詩老此生。風高鴻雁起，晴久鵓鴣鳴。野樹辭秋落，溪雲帶雨行。晚凉便懶坐，移傍竹陰清。」

絶句如《馬祖巖》云：「會將飛錫破苔痕，一片雲根鎖洞門。山外人家山下路，石頭心事付無言。」《塵外亭》云：「半山風雨截江城，未脱人間總是塵。中夜起看衣上月，碧天如水露華新。」

他佳句如「庾子江南夢，蘇卿海上貧」，「家國哀千古，男兒慨四方」，「欲鞭劉毅骨，煙草滿荒邱」，「巡初無兒女態，夷齊肯作稻粱謀」，「眼裏遊驚死別，夢中兒女慰生離」，「江海無情遊子倦，歲年如夢美人遲」。

吾此書本談詩事，他可不及，然孝友忠義，慈惠清介，皆詩之本，故如誠齋一家之懿行頗纍纍及之。既補史家之闕，亦於來學有裨。君子知所用心可也，今既尚論文山之詩，則文山之忠烈爲史傳所遺者，正當洗發一二，其同難諸賢併爲詳載，不較愈於考詩派之源流乎？

閔案：文山卒於宋亡後之四年，是爲壬午歲十二月初九日，年四十七。受刑日大風埃霧，日色無光，此見《紀年録》。然不及王元美集中一篇文字紀之詳，今録於下。謹臚考於後。

王元美世貞曰：「趙弼作《文山傳》，既赴義，其大風揚沙，天地盡晦，咫尺不辨，城門晝閉。自此連日陰晦，宫中皆秉燭而行，羣臣入朝，亦爇炬前導。世祖問張真人，而悔之，贈公特進金紫光禄大夫太保中書平章政事廬陵郡公，謚「忠武」。命王積翁書神主，灑掃柴市，設壇以祀之。丞相孛羅行初奠禮，忽狂飈旋地而起，吹沙滚石，不能啓目，俄捲其神主於雲霄中，空中隱隱，雷鳴如怒之聲，天色愈暗。乃改前宋少保右丞相信國公，天果開霽。按正史文集，皆不載此事，傳疑可也。」

信公至我朝景泰中，賜謚「忠烈」，人不能知，故附記之。

闓又案：文山之忠不待言矣，其勤王用兵，古今論者亦有異同，吾獨謂《王弇州山人稿》第一百十卷《史論》一首，論文山甚富，今亦節要於此。其言曰：「談者悲文信公之忠，而惜其才之不稱也，予以爲不然。夫信公非無才者也，當咸淳之末，天下之事已去，而信公以一遠郡守，募萬餘烏合之衆，率以勤王而衆不潰，此非有駕馭之術不能也。丹徒之役能以智竄免，間關萬死，而後至閩，復能合其衆而收已失之郡邑；而所遣張抃、鄒渢遇李恒悉敗，既再散而再合矣，而舉軍皆大疫，死者過半。五坡之役，復遇張宏範以敗，凡信公所用將，皆非恒範敵也。故其數敗而能數起，吾以是知其才，其數起而數敗，吾不謂其才之不稱也。」此數行能盡信公之情事矣。

闓又案：文山鎮江脱走，九死一生，既而再整義師，旋起旋仆。其間共嘗險阻，糜軀不悔者厥有多人，見於《指南録》者，杜架閣一二人爲最，餘則姓名、里居漸就湮没矣。今就鄧光薦所作《忠義傳》録出與難諸人，俾世之議禮君子，如定文山祠附祀之典者得有考焉。

趙時賞宗室，和州人，在隆興被執。

鞏信安豐軍人，荆湖老將也。初至，丞相付以義士千人。信曰：「此等何用？徒纏手耳。」遂自招募淮卒數千，自隨後。北兵追及丞相於廬陵，信殊死力戰，傷重而死，士人廟祀之。

鄒渢字鳳叔，吉水人。隨丞相甚久，潮陽敗，聞丞相被執，自刺死。

張抃字朝宗，蜀人，死空坑之難。

陳龍復泉州人，丙辰進士，死潮陽之難。

吕武太平人。丞相陷北營，夜募隨從北行。爲人勁烈甚，丞相脱鎮江，走淮東，患難中賴武自壯。及開府南劍，遣武將兵數千出江西，道死，一軍流涕。

繆朝宗淮人，死空坑之難。

尹玉寧都人。丞相勤王，遣玉救常州，力戰而死。

劉子俊字民章，號逸軒，丞相里中姻戚。潮陽敗，被執，元人爇油鼎，脅之降，不從，竟烹之。

劉洙字淵伯，號小村，死空坑之難。

蕭明哲字元甫，太和人，遇害於隆興。

杜滸字貴卿，號梅壑，天台人。丞相使北營，滸力爭不可。及北行，諸客不肯從，滸慨然請行。丞相鎮江脱走，滸之力也。忠勞備盡，詳見《丞相年譜》。後死節於崖山。

陳繼周字碩卿，寧都人，死於南安軍。

杭琦閩人。潮陽敗，逮至建康，病卒。

謝杞秘書郎，亡其里貫。空坑之敗，莫知所終。

吴文炳、林棟並閩人，空坑之敗，並不屈死。

劉欽字敬德，吉水人，死亂兵中。

曾鳳字朝陽，盧陵人，病卒於汀州。

張雲吉水人，戰敗死。

孫㮚字實甫，龍泉人，丞相長妹夫也，遇害於隆興。

彭震龍字雷可，永新人，丞相次妹夫也，遇害於吉安。

蕭敬夫、熹夫兄弟與彭震龍同時死。

陳子敬贛人，爲北兵所囊，不知其終。

趙璠衡山人，甲戌進士，湘潭兵潰，不知所終。

吴希奭、陳子全、王夢應并攸縣人。三公並起義，旅湖湘間，吴陳合門殉難，王則全家没，惟一身存。

陳莘字偉節，居饒撫間，乙丑進士，奉督府命謀取信州不克，竄伏窖中，不食而死。

傅卓盱江人，由進士第奉督府命爲招諭，起兵無成，遇害。

謝夢得弋陽人，同陳莘死難。

何時字了翁，撫州樂安人，常從丞相勤王，後竄伏不出，死。

羅開禮字正甫，永豐人。兵敗被執，死吉州獄。

劉伯父字致中，吉水人。從丞相勤王，爲巡兵所執，慷慨就死，斬於袁市。

李梓發字材甫，南安縣人。堅守南安，城破死之。

張哲齋台州海上人。從丞相勤王，後被執，爲張宏範所殺。

劉士昭泰和人。謀復泰和縣，事敗自經死。按鄧傳，劉士昭下，尚附士人王士敏及萬安縣一僧，今亦附記此。

唐仁南安人。奉丞相命取贛，戰不利，尋病死。

鍾震桂東人。崖山潰，被擄，脱身歸。

蕭興南雄州人。戰敗於韶州，不知所終。

胡文可字可山，泰和人。丞相敗，被執，殉節。

胡文靜字静山，文可弟，亦死太和之難。

金應、蕭資並吉水人，並爲丞相書史。應從丞相間關脱鎮江，病死通州城下。資隨丞相家入嶺，忠勤曲盡，丞相被執，遇害。

徐榛永嘉人，丞相書史。丞相被執於潮，榛得脱，自請從行，病死於豐城。

鄧光薦贊曰：「文丞相僚將賓從，牽聯可書者四十餘人，其他遥請號稱幕府文武士者不可悉數，雖人品不齊，然一念向正，至死靡悔。蓋貪生畏死，人之常情，而能夷險一節，殺身成仁，君子所取焉。」

閔案：光薦與文山同時，所載當不誤，然以校《宋史》本傳則詳，而以校明胡廣所作《丞相傳》，則尚有遺者，今據胡《傳》補所遺於下。

朱華、麻士龍與尹玉同援常州。

方興與鄒溨等同勤王。

余元慶與杜滸同脱鎮江厄。

張慶與金應等同從難。

趙孟濚同起汀州。

張琥、熊桂、劉斗元、鞠華叔、顏斯立、顏起巖以上並仝勤王。

閔又案：文山妹嫁同郡孫㮚，文山兵出興國，㮚入謀於内，對曰：「吾兄破家殉國，君奚以妻子介懷？」乃悉出簪珥佐軍需。未幾，㮚被執，氏攜兩子赴燕，伶仃孤苦中，操持嚴肅，故文山集杜詩有曰：「近聞韋氏妹，零落依草木。深負脊令詩，臨風欲痛哭。」文山嘗有《與妹書》，門人某藏其手帖。

虞伯生跋云：「一代三百年間有此臣，一家數十口内有此女，不愧於天，不怍於人，可傳千萬世，卓哉。」

鄉詩摭譚正集　卷七

元

虞文靖

名集，字伯生，號邵庵，又號道園，謚文靖，臨川人。有《道園學古録》五十卷。

《四庫簡明目録》曰：元季文章「以集爲大宗」，又曰：「其陶鑄羣材，不減廬陵之在北宋。」翁覃溪曰：「尋常故實，一入道園手，則深厚無際，蓋所關於讀書者深矣。南宋以後，程學、蘇學，百家融液，而歸於靜深澄澹者，道園一人而已。」

虞詩別有專鈔本，今略舉似一二。

《子昂畫馬》云：「憶昔從公侍書殿，即入子昂。天閑過目如飛電。一句真馬。池邊儘有吮毫人，畫上旁出。神駿誰能誇獨擅。襯跌一筆。公今騎鯨隘九州，忽然摺過，令人不測。人間空復有驊騮。又摺一過，筆蹤宕往。惟應駛氣可相逐，奇筆不測。黄竹雪深千萬秋。渺然無際，言人去馬亦去也。」翁覃溪云：「杜詩『天下何曾有山水？人間不解重驊騮』，二字又得路也。」

《吴郡陸友仁得白玉方印，其文曰「衛青」，臨川王順伯定以爲漢物，求賦此詩》云：「將軍騎從公主時，言衛青起微賤。豈意刻玉爲文章。即跌入印上，靈敏妙甚。珠襦已隨黄土化，忽摺過身後，言去今已久。此物還同金燕翔。言印章在耳，只此句正面。軍中只説長平侯，忽又摺轉當日。西風木葉茂陵秋。忽又插入懷古，切嘆物故。人生卑微何可忽，是説青，又不是説青，妙甚。碌碌姓名誰見收。是關合印，不是死煞説印。妙！妙！」道園詩恬澹，有書卷氣味，如此詩何嘗不筆蹤宕往，變化有奇氣耶？

《題柯博士畫》云：「磯頭風急潮水長，蒹葭蒼蒼繫魚榜。青山一髮是江南，白頭不歸神獨往。起二句是直説畫，三句是因畫觸起江南。四句點明鄉思，通首只此一句是正説，餘皆隱。幽篁繞屋茆覆檐，木葉脱落秋滿簾。買魚沽酒待明月，定是黄州蘇子瞻。四句忽就畫上猜想出一人來，奇趣。子瞻文章世希有，謫向江波動星斗。夜投斷岸發清嘯，棲鶻驚飛怒蛟吼。四句忽就子瞻摩挲申説一番。前四句是因畫而得人，此四句又因人而合畫。圖中風景偶相似，拍合。欣然揮灑春雲開。贊筆。子瞻應是念鄉里，還化江東孤鶴來。靈妙不測，須知只是圓合。白頭不歸，神獨往也。」此詩亦只是因畫觸動鄉思耳，而曲折推宕，靈妙乃爾。

絶句如《題李氏青溪精舍》云：「昔逢李白青溪上，醉著宮花紫綺袍。松雪落崖回晚棹，海風吹月見秋毫。」《子昂人馬圖》云：「緑衣奴子十七八，面如紅玉牽馬過。繡簾美人時共看，階前青草落花多。」《臘日偶題》云：「舊時燕子尾毿毿，重覓新巢冷未堪。爲報道人歸去也，杏花春雨在江南。」「春雲冉冉度宮城，樓雪初融水半生。行過御溝還久立，舉頭枝上有啼鶯。」「雨浥輕塵道半乾，朝回處處借花看。牆東半樹垂楊柳，飛絮時來近馬鞍。」上數詩真有雅人深致，上追唐音，無愧也。

其佳句更摘一二。「對竹聽湘雨，開簾看嶽雲」，「秋陰已歸雁，江水正飛花」，「林壑春煙外，桑麻夜雨餘」，「涼風鳴步屧，明月棹歌船」，「天連閣道晨留輦，星散周盧夜屬櫜」，「退朝每想花邊散，得句應從竹上題」，「宣室夜深蓮燭絳，石渠風暖竹書青」，「省樹坐移簾底日，宫壺馳賜殿頭春」，「紅蕚無言餘舊雪，白頭相見又新年」《謝惠梅花》，「使者旌旗穿柳過，人家梟雁傍溪浮」《送某巡河》，「花開陌上懷歸燕，潮落江頭送去鴻」，「庾信流傳江左賦，伏生零落濟南書」，「闕下諫書誰第一，濟南名士舊無雙」，「一徑緑陰三月雨，數聲啼鳥百花風」。

范德機

名梈，字亨父，一字德機，清江人。有《德機集》《燕默稿》《東方稿》等十二卷。《四庫全書提要》曰：「虞伯生稱德機詩如唐臨晉帖，終未逼真。」「梈詩機杼自運，未嘗規規刻畫古人，未可以據虞評爲定論。」又謂「梈詩豪宕清遒，兼有諸勝，不專一格。」

揭文安序其集云：「范德機詩如秋空行雲，晴雷卷雨，縱横變化，出入無朕。又如空山道者辟穀學仙，瘦骨崚嶒，神氣自若。又如豪鷹掠野，獨雁叫羣，四顧無人，一碧萬里。」

范詩别有專鈔本，今略舉近體數首。

五律如《盧師東谷懷城中諸友》云：「契闊遽如許，淹留空復情。天遥一鶴上，山合百蟲鳴。異俗嗟何適，冥棲得此生。平居二三子，今夜隔重城。」《遺懷》云：「柳影侵門暗，桃花隔竹高。年深詩並進，春在酒爭豪。可憐吏隱嗟何擇，行藏信所遭。斯文如未喪，端合付吾曹。」《八月十五夜》云：「城上初聞柝，天邊獨倚樓。可憐今夜月，還照異鄉秋。燭暗頻移席，簾虚不上鈎。回文錦機字，寫得大刀頭。」

七律如《和謝伯雨見惠之作》云：「騷靈逝矣不堪呼，幾畝南遊訊楚巫。城郭煙雲垂白帝，星河風露挹皇姑。幽人往恨九闗豹，佳士今猶千里駒。久客資君相慰藉，可能無意謝飛梟。」

七絶如《池館夜坐聽雨》云：「更聲隨雨動譙門，頗似聽泉宿楚原。客裹青燈如骨肉，猶能相待向黄昏。」《憶行》云：「憶得佳人白紵詞，幾時天外數歸期。自從落盡庭前樹，夜夜秋聲總不知。」《江上古祠》云：「老樹昂藏倚岸隈，祠靈經歲鎖蒼苔。豚蹄巵酒能多少，便有羣鴉旦暮來。」《清明留西山》云：「離家六度見清明，知是何時出帝京。今日登臨倍惆悵，好山多在豫章城。」《桑落洲》云：「桑落洲前秋興孤，白雲遠看近還無。傳聞酒吏今年罷，美釀家家得縱沽。」

佳句如：「雨止修竹間，流螢夜深至。」吴師道《禮部集》一條云：「聞諸危太僕，秋夜與先生散步山中，得此語，喜甚。且曰：『句太幽，殆類鬼語，須以他語映帶之。』」「斷雲滿樹碧窗晚，明月何年青峯秋。」

揭文安

名傒斯，字曼[一]碩，謚文安，臨川人。有《文安集》十四卷。

《四庫全書提要》曰：「揭傒斯與虞集、范梈、楊載齊名。其文章敘事嚴整，語簡而當。凡朝廷大典册及碑版之文，多出其手，一時推爲鉅製。獨於詩則清麗婉轉，别饒風韻，與其文如出二手。然神骨秀削，寄託自深，要非嫣紅姹紫、徒矜姿媚者所可比。虞集目其詩如『三月新婦』，而自目所作如『漢廷老吏』，傒斯頗不平。」「考楊維楨《竹枝詞》序曰，揭曼碩文章居虞之次，如歐之有蘇、曾。其定論乎？」

閔案，家藏《文安集》十四卷者，乃四庫鈔本，外間未見刻本也。近時粤東潘仕成刻本題曰《揭曼碩詩集》，止三卷，併入《海山仙館叢書》中，末有虞山毛晉一跋。跋云：「揭文安公少時撰功臣列傳，見推于平章李文忠公。晚年以遼、金、宋三史爲己任，詳論作史之法。未卒業而告殂。會稽楊鐵崖作文，偕張伯雨、李孝先輩，祭之於孤山之顛，同抱天斬斯文之嘆，謂史筆不再見也。至其父子自爲師友，君臣相爲親重，及以蠲俸金一事，見德於富州，本傳已具載矣。海虞毛晉識。」觀此，則潘氏刻乃汲古閣本也。

揭詩別有專鈔本，集中如《蘇志道哀詩》五古，洋洋大篇，以太長難録，録近體數詩，以資談助。五律如《送人之淮東》云：「扁舟何處客，此地曉經過。彭蠡江聲合，揚州月色多。天低如近海，地闊欲橫河。自是吾生拙，如君定若何。」《大駕既還候驛傳未得和陳真人見示》云：「供奉關山遠，淹留日月長。鄉書迷楚越，鄰笛亂伊涼。秋水流成字，晴雲去作行。寸心懸帳殿，應似雁隨陽。」《三洪峽》云：「積水羣山裏，行舟亂石間。地偏疑隔世，峽怒欲藏關。獨鳥啼深樹，斜陽下急灘。千憂逢一快，未覺此生孱。」《歸舟》云：「汀洲春草遍，風雨獨歸時。大舸中流急，青山兩岸移。鴉啼木郎廟，人祭水神祠。波浪爭掀舞，艱難久自知。」《和傳與礪》云：「近日何多念，頻年不肯還。河流無故道，春色是他山。棐几看雲凭，衡門罷月關。無情寒與暑，偏解鑄衰顏。」《衡山縣曉渡》云：「古縣依江次，輕輿落岸隈。鳥銜行客過，山向野船開。近嶽皆雲氣，中流忽雨來。何時還到此，明月照沿洄。」《黄尊師高軒觀鵝因留宿》云：「開軒南嶽下，世事未曾聞。落葉常疑雨，方池半是雲。偶尋騎鶴侶，來此看鵝羣。一夜潺湲裹，秋光得細分。」《飲張氏別墅》云：「楚國多賢俊，張家好弟兄。出門湖水碧，留客野堂清。微雨鳴疏竹，寒煙覆古城。園人隔畦語，歲暮此中行。」《史館獨坐》云：「地夐天逾近，風高午尚寒。虚庭松子落，攲檻菊花乾。撫卷俱千古，憂時有萬端。寂寥麟史筆，才薄欲辭官。」《南康夜泊聞廬阜鐘聲》云：「廬山三百寺，何處扣層雲。宿鳥月中起，歸人湖上聞。入空應更迴，近瀑正難分。遥想諸僧定，香爐上夕熏。」

七律如《送詹尊師歸廬山》云：「香爐峯色紫生煙，一入京華路杳然。雲碓秋閒春藥杵，雨犂春臥種芝田。

書憑海鶴來時寄，劔自潭蛟去後懸。忽報歸期驚倦客，獨淹微禄負中年。」《題嚴陵獨釣圖》云：「何事玄纁入里閭，羊裘暫脱就安車。空令太史驚同寢，猶把狂奴視報書。一出聊爲天子重，諸公莫道故人疏。朝廷自足中興士，且放桐江著老漁。」《張君尋鵠山隱居》云：「當日自期顔杲卿，暮年羞見魯諸生。膝兼多病終難屈，身爲長愁視轉輕。日晏典衣留客醉，雨餘開户看兒耕。淮雲楚樹晴如掃，臥送年年江水聲。」

七絶如《女兒浦歌》云：「女兒浦前湖水流，女兒浦前過湖舟。湖中日日多風浪，湖邊人人還白頭。」又云：「大孤山前女兒灣，大孤山下浪如山。山前日日風和雨，山下舟船自往還。」

佳句如：「流年春事半，歸路客帆孤」《送某上人歸當陽》，「山勢遥連蜀，江聲不入吴」同上，「鼓角沈雄遥動地，帆檣高下亂維舟」《夢武昌》。

艾性夫

字天謂，臨川人。有《弧山詩集》，已佚。今《四庫》就《永樂大典》輯次爲二卷，據《大典》所引，名曰《剩語》。

按《四庫提要》，稱其「晚仕元，爲江浙提舉」，而《艾氏家譜》則云：「未嘗仕元。」疑有所諱。今從《提要》，入之元代。

《提要》又云：「性夫，講學家。而詩氣韻清拔，以妍雅爲宗，五七言古體，筆力排盪，尤爲擅長。陶安稱其五七言絶歌行語，多關世教。又稱其《銅雀研歌》《撲滿吟》《臨邛道士招魂歌》三首，所論頗爲得實云云。」希閔則喜其五七古，妍麗悽惋，在長吉、義山間。五七近體，卻多勁挺清迥之作，與五七古大不類，在元代當與范、揭方駕齊鑣。向來詩家罕及之者，集不甚流傳也。

艾詩别有專鈔本，今録數首見一斑。

《古意》云：「折柳繫離船，船行柳條短。賴有柳上花，飄泊隨君遠。」又云：「采蓮莫采花，采花損空房。留房結青子，種作明年香。」又云：「匆匆采花女，花雨濕襜袖。春風十二絃，生世未觸手。」

《銅雀研歌》：自序云：諸公賦東園兄銅雀研甚夸，予獨不然。然蘇長公詩銘、梅都官長句皆爾，如謂「舉世爭稱鄴瓦堅，一枚不换百金頒」，「不作鴛鴦瓦，却有科斗情」，「入用固爲貴，論古難與并」之類，是以敢并爲之反騷。「臨洮健兒衷甲衣，曹家養兒秉禍機。匹夫妄作九錫夢，鬼蜮敢學神龍飛。負鼎而趨不遄死，築臺尚欲儲歌舞。但知銅雀望西陵，不覺妖狐叫墟墓。分香賣履吁可憐，所志止在兒女前。竟令山陽奉稚子，生爾反爾寧無天。陳留作賓向司馬，包羞更出山陽下。國亡臺廢天厭之，何事人稱拾殘瓦。古來觀物當觀人，虞琴周鼎絶世珍。區區陶甓出漢賊，矧可使與斯文親。歙溪龍尾夸子石，端州雊眼真蒼璧。好奇不惜買千金，首惡寧容汙寸墨。書生落筆驅風雷，要學魯史誅奸回。請君唾去勿復用，銅雀猶在吾當摧。」

《天下第二鐘歌》：自序：鐘在弋陽真如寺破廡下，其誌天聖二年也。劉石扁曰「天下第二鐘」，旁欵書「江南徐鉉書」，筆力遒勁可愛。不知第一竟在何許，而此又瀕於埋没，可慨已。因歌以遺寺僧，使屋庇之。「瀕江破寺如膠舟，大鏞露立寒颼颼。金繩鐵紐作斷綆，土花苔碧生欒頭。我來摩挲考歲月，僂指落落三百秋。想當營度欲鼓火，野鬼夜哭山精愁。鑄之以紹威六州之鐵，釁之以景升千斤之牛。載之以長河萬斛之船，貯之以齊雲百尺之樓。風高一撞撼天地，世幾更變宜追蠡。眼中驚見已無雙，天下才稱爲第二。庚庚古扁磨蒼珉，徐郎妙墨吹元雲。寒光喑啞盡埋没，宇宙顛倒方紛紜。昭陵石馬化爲土，此地蒲牢幸存古。山僧作屋穩蓋藏，他日歧陽求石鼓。」

《臨邛道士招魂歌》云：「錦襪生塵脱紅玉，瓊蟾夜抱金蛾哭。芙蓉露瘦寒花鈿，鵁鶄樓空冷銀燭。輕鸞小鳳橫紫簫，彩雲密漾青霞綃。桂心沁入鎖子骨，蕊宫貝闕天都遥。玉牀夢斷心欲死，獨抱秋衾嚥香髓。方瞳白羽青簡書，駕月騎風度瑶水。瓊樓璧户翠霧香，紫蘭結佩紅薇囊。雲車仙子不可識，芳卿寄謝真荒唐。蔗漿不飲啼寒淚，不悟齊人少翁詭。安得天上蓬萊宫，却著人間馬嵬鬼。」

五律如《過石泉寺》云：「蘚壁作怪畫，石泉操古琴。藤多山木老，僧瘦道根深。白鴿隨人飯，青猿抱佛吟。經過恨不數，帶雨及遥岑。」《有感》云：「江漢亡維楫，山林困蒺藜。頭顱春雪重，心緒晚雲低。挂樹虵留蜕，踰垣虎印蹄。遥憐伯勞燕，辟地各東西。」

七律如《送客至靈谷》云：「山林路細出山腰，靈谷峯高入紫霄。立石借爲題字壁，倒松因作渡溪橋。雨花濕地人歸晚，煙草迷川馬去遥。記得玄都種桃處，黯然分袂各魂消。」《即事》云：「一片輕鴻度小坡，半溪淺碧浸叢莎。黑雲垂地雨聲急，黄葉滿林秋意多。短髪未冬先有雪，懶心如井不生波。孤砧已報寒消息，久向眠鷗覓芰荷。」

七絶如《孺子亭》云：「斷草寒煙故宅荒，高風千古映湖光。獨憐漢帝徵車重，不及陳蕃八尺牀。」

張　昱

字光弼，廬陵人，有《張光弼集》。今《四庫書目》有《可閒老人集》四卷。光弼爲虞伯生所知。官至員外郎，曾參楊完者軍，楊死，棄官不出。張氏禮致之，不出。明太祖徵至京，深見温接，閔其老，曰：「可閒矣。」遂自號可閒老人，年八十三卒。

張詩别有專鈔本，今録一二。

《歌風臺》云：「世間快意寧有此，亭長還鄉作天子。沛宮不樂復何爲，諸母父兄知舊事。酒酣起舞和兒歌，眼中盡是漢山河。韓彭受誅黥布戮，且喜壯士今無多。縱酒極歡留十日，慷慨傷懷淚沾臆。萬乘旌旗不自尊，魂魄猶爲故鄉惜。由來極樂易生哀，泗水東流不再回。萬歲千秋誰不念，古之帝王安在哉。莓苔石刻今如許，幾度西風灞陵雨。漢家社稷四百年，荒臺猶是開基處。」瞿宗吉云：「豪邁跌宕，雅與題稱。」

《贈沈生還江州》云：「鄉心正爾怯高樓，況復樓中賦遠遊。客裏登臨俱是感，人間送别不宜秋。風前落葉隨車舞，日下浮雲共水流。知汝琵琶亭畔去，白頭司馬憶江州。」《無題》云：「灼灼庭花露未收，逌然雙燕語綢繆。新妝滿面猶看鏡，殘夢關心懶下樓。春到自憐人似玉，困來誰問酒扶頭。狂蹤已作風絲斷，敢怨流年似水流。」《寄王梧溪》云：「仙舟曾記過南堂，鳴鳥高梧日正長。蝴蝶重來春夢覺，牡丹欲盡燕泥忙。當時賓客知何往，此日音書或漫忘。猶有白頭王粲在，獨將詞賦動江鄉。」

《春日》云：「一陣東風一陣寒，芭蕉長過石闌干。只消幾個曹騰醉，看得春光到牡丹。」瞿宗吉云：「此刺淮張用事人也。」

他句如「畫閣小杯鸚鵡緑，玉盤纖手荔支紅」，「自從玉樹成歌後，曾見銅仙下淚來」，「暮雨欲來銀燭上，春寒猶在酒樽空」，「牡丹開後春無力，燕子歸來事可憐」，「未添白髮三千丈，又見銅駝五百年」，「紈扇晚涼詩自寫，翠鬟情重酒同傾」，「揚州城郭高低樹，瓜步帆檣上下風」，皆姸思膩旨，耐人咀味。

傅與礪

名若金，字與礪，清江人。有《清江集》八卷，今《四庫書目》有《傅與礪集》二十卷。

閔案，與礪爲范德機門人，詩甚傑出。曼碩評其詩高出魏晉，下亦不失於唐，未免太過。漁洋謂其「歌行得子美一鱗片甲，七律亦有格調，視南宋俚俗之體相去遠甚」，斯爲允論矣。顧吾觀傅詩，微獨七律佳，五律、七絶未嘗不佳，今記其尤勝者數首，未能盡也。

《蘆溝橋》云：「古道曠秋色，平橋臥夕陽。水聲西下急，山勢北來長。數騎凌空闊，孤煙入渺茫。人傳耕種地，夙昔戰爭場。」《送唐子華嘉興照磨》云：「聞君秋思滿南湖，行李今晨發帝都。幕府初乘從事馬，江城還憶步兵鱸。樹浮白日山侵越，潮蹴青天海入吴。閒暇凭高動詩興，須成一醉埽新圖。」原註：唐，名棣，吴興人，善畫。《送何時學遊湖南北》云：「涔陽極浦遠帆多，憶昨狂遊是處過。今日送君如夢寐，少年爲客莫蹉跎。沅湘日落明秋葉，江漢風回亂夕波。若過楚纍憑借問，沙頭芳草近如何。」

絶句如《棹歌》云：「朝朝風雨送船行，白日無情夜有情。東岸懸鐙西岸宿，中間獨自不分明。」「待船日日恨船遲，船頭水聲無斷時。昨夜天清好新月，誰家學得畫蛾眉。」「攀柳莫攀當路柳，繫船須繫上風船。當路人行無好樹，上風浪小得安眠。」「寧向泥中棄蓮子，莫向水上種桃花。蓮子出泥終見藕，桃花隨水不還家。」又《悼亡》云：「小窗開盡碧桃枝，憶得青鸞化去時。昨夜秋風妒幽怨，夢中吹斷素琴絲。」「江上愁時復值春，帶圍寬盡不宜身。階前舊種櫻桃樹，日暮落花故著人。」

佳句如「江空連海白，日遠入淮青」《大霧過安慶》，「平壤逾淮少，青山入楚多」《題桃花驛》，「澗響多於雨，林昏半是雲」《港口曉行》，「驛樹過春雨，江船隔夜雲」，「石色兼雲冷，溪聲雜雨喧」，「白日餘孤塔，青山見六朝」，「樹知風起色，帆載雨來聲」，「四海久非劉社稷，千秋猶有漢精靈」《沛公亭》，「總説霽雲能慷慨，兼聞去病最嫖姚」《張齊公祠》，「鬥草尚餘殘後碧，進花無復舊時紅」《汴梁》，「徒憐丞相東門犬，猶憶將軍半夜鵝」《上蔡》，「百粤雲山連楚大，六朝煙樹入隋荒」《送某》，「娱日强傾開歲酒，憶家頻看隔年書」。以上諸聯，俊麗鏗鏘，不愧作手，其古體有數首絶佳，文長不録。

公初配爲孫蕙蘭，即前所悼亡者也，有《緑窗遺稿》，詩亦幽惋。有絶句云：「樓前楊柳發青枝，樓下春寒病起時。獨坐小窗無氣力，隔簾風亂海棠絲。」「庭院深深早閉門，停針無語對黄昏。碧紗窗外初生月，照見梅花欲斷魂。」

何太虚

名中，字太虚，臨川人。有《知非堂稿》《太虚集》。

王漁洋云：「何善五言詩，近體亦沖澹。與吴草廬中表兄弟。」

閔案：太虚詩，家中只鈔本一帙，無卷數，不知全本抑選本。五言信佳，如漁洋所云。今不在篋，記近體數首於此。

《雨後晚晴》云：「漫適閒中興，應知事外情。江山歸釣影，天地入笳聲。小市風煙合，孤村竹樹清。眼中睒小景，收拾即詩成。」「栖鳥黄昏後，歸牛蒼莽間。水明疑有月，煙澹欲無山。幽谷原非隱，高人自喜閒。徘徊不能去，莎碧耿荒灣。」《南居寺》云：「閉户未從容，出門誰適從。聊隨碧溪轉，忽與白鷗逢。小雨十數點，澹煙三兩峯。峯峯看不足，山寺已鳴鐘。」《陳家源》云：「翠霧斷崖側，丹霞流水西。竹從幽處密，松自古來欹。落葉半藏路，清風時滿溪。仙家原不遠，未許衆人知。」《辛亥元夕》云：「頑坐故貪默，未行時自言。寒沙梅影路，微雪酒香村。時序鬢髮改，人家童稚喧。街頭試鐙候，不到郭西門。」《雨餘桂花盛開》云：「搔首發清磬，開扉啼早鴉。西風一夜雨，丹桂滿林花。老託心猶壯，愚云識有加。平生讀書眼，閒送晚天霞。」

絶句如《清江道上阻雨》云：「峯影微昏樹影明，人煙深淺水縱横。前時逢雪今逢雨，長在江南畫裏行。」《黄沙道中》云：「深淺柴煙曲塢間，杉皮小艇繞潺潺。紫苔青石梅花路，隨意閒看雪後山。」

佳句如「月澹秋水空，風清片帆遠」，「湖雪殘波岸，船鐙獨夜人」，「三日雨深春在水，一林煙濕暖生花」，「暖煙黄柳知春到，殘雪青山伴客歸」。

胡　布

字子申，新城人，有《崆峒樵音》。

子申大父名夢魁，宋進士。是時新城未析縣，故爲南城人。然所居實在新城地，至子申則析縣已久，當爲新城人矣。詩集未見，略見於《元音風雅遺響》，約數十首，骨格遒上，故是范、揭同音，特標出之，俾不遺棄焉。子申善書，吾邑無知之者。解大紳《春雨堂集》《書學源流詳説篇》云：「胡，字子申，盱江人，得書法於宋克。一云與克同受於紹興老僧云云。」今吾邑未見胡公隻字矣。

胡詩别有專鈔本，今録一二。

《感懷》云：「粲粲東園樹，桃李相後先。秋霜草花落，彼美豈專妍。窮老見鄙棄，安能復少年。勉力策勳望，營營尚多愆。智謀無旋軌，千載非偶然。夸父骨已朽，去日西山巔。榮貴苟可求，黔婁爲不賢。」又云：「勁弩常蹶張，步騾射天狼。天狼畏楛矢，足折心摧藏。多士每喧沸，焉能相中傷。世無英雄人，暴戾故有常。」

《豔歌行》云：「杏梁初月上，桂障晚香團。並照花羞面，聯芳氣拂蘭。流鶯翲曲度，舞燕比腰寬。買笑千金易，知音一顧難。瑶琴聲乍轉，嬌歌興已闌。含笑俱傾意，託語尚羞顔。藕絲裙帶合，竹葉酒杯殘。的的帷中燭，灼灼腕上環。情如斷金石，恩有重邱山。誠願垂燭光，多幸保環圓。」

《古思》云：「去年征月窜，今歲入雲中。書在春鶯後，夢歸秋雁空。瑶箏折繁柱，翠被掩熏籠。裁衣猶想體，臨妝羞照容。妾豈懷私意，君亮重精忠。但惜芳年邁，未建列侯功。君行當策勳，妾行當豫封。」

《驄馬驅》云：「十五學劍器，偏騎生馬駒。二十斬樓蘭，輕身常馳驅。蛇弓彎月影，鳥陣布星圖。響軋鳴珂玉，紅生滴汗珠。自矜毫髮義，寧憚萬金軀。身當國難死，名恥衆人俱。必使清區宇，垂勳竹帛書。」

《烏棲曲》云：「宜城春酒鬱金黄，樓上屠蘇百和香。同心寶帶合歡結，烏棲樹頭拜明月。」其二云：「錦幔遥屏輝五采，烏棲月出薰香靄。此時氣息兩相憐，含嬌弄態不能前。」其三云：「感郎言誓爲郎憶，魚爲比目鳥比翼。烏啼月落東曙開，俱非魚鳥約重來。」其四云：「疊鼓劍横金鳳凰，連環佩結玉鴛鴦。啼烏啞啞楚天曙，金容華貌逐郎去。」

《黄鳥》云：「黄鳥西窗樹，低枝拂短簷。曉帷驚楚夢，春恨隔湘簾。篆碧殘香印，愁紅薄鏡奩。遠期龜未兆，近信鵲能占。酒淺金浮彩，箏清玉弄尖。芳心待明月，留意語纖纖。」

《止海濱》云：「去亂豈辭難，寧親缺問安。窮河知地遠，望海覺天寬。客各通吴語，童皆揖漢官。十年家國願，未擬尚盤桓。」《答朱倬》云：「不爲相思苦，情知會面難。别從兵後數，見似夢中看。抱璞非留滯，衝霄好羽翰。爲農亦暫爾，豈得久泥蟠。」《晚歸别友》云：「野服稱朱顔，松溪看藥還。披襟延皓月，開户納青山。道在何論隱，時危不厭閒。惟應將隻履，送客入秦關。」

《無題》云：「湘江修竹淚斑斑，惆悵重瞳去不還。黄道星辰還北極，蒼生霖雨在東山。長江鴟革風波遠，落日漁歌草澤間。天壤相逢無限恨，强將軒豁破愁顔。」《偶書》云：「緑竹叢叢護暖紗，清浮岸岸帶疏花。東風故壘迷雙燕，斜日荒塘吠亂蛙。天地無情悲物化，江邊遺恨泣龍蛇。壯懷未欲憑流景，徒倚青霄淬鏌鋣。」《劉紹宅題芭蕉》云：「碧玉盈盈翠袖寒，月明秋水盼青鸞。雲緘不展芳心嫩，怨向西風泣露溥。」

劉紹

字子憲，新城人。《明音類選》作吉安人。洪武中官翰林應奉，詩載《元音遺響》。《静志居詩話》：「子憲與盱江胡布子申、張達季克爲郡人。張烈光啓、胡福元澤類編其詩，號《元音遺響》。度其初，三人皆不仕於明者，而府志載紹於洪武中官翰林應奉文字，後以國子助教致仕，則不得謂之元音矣。《登道山亭》五言，《遺響》不録者。子申詩序云：『僕與子憲爲世姻家，曩俱客閩，師師不克所志。』斯蓋客閩時作。子申又爲紹作《山居十詠》，其三曰《仙臺山》，則在新城縣西南三十里；而元澤編子憲詩，題曰『黎川劉紹』，然則紹非吉安人，審矣。」

其《秋懷》三首云：「緬俗結紆軫，易初吾弗爲。臨流采香薄，日與佳人期。舉世厭芳草，薰蕕以同施。撫襟悵予懷，策駕臨海涯。聞有魯連子，千金棄如遺。高情儻可起，携手斯與歸。」「大化日旋運，曦娥去悠悠。俛仰宇宙間，身命誰能留。迷復眚在己，不耕寧有秋。雞鳴起爲善，思與大德儔。朝露竟幾何，悵然日增憂。」「陰陽鼓橐籥，日月如轉丸。窅窅神化運，誰能測其端。春陽美萬物，秋露凄以寒。乘時變榮悴，天道中何言。」

又《邯鄲》云：「訪古慕英俠，壯遊過邯鄲。連山飛翠來，走馬如揚瀾。貰酒呼美人，浩歌弔平原。憶昔致多士，儲才濟時艱。賓筵粲珠璣，簫鼓清夜間。蹇我匪脱穎，懷賢邈難攀。干戈浩縱横，長路乃漫漫。感激詎有已，登車摧肺肝。」

又《登道山亭》云：「名藩跨炎服，崇阜極幽爽。亭臺納元氣，磅礴俯深廣。我來屬初霽，心與孤雲往。蕭颯海樹秋，如聞暮潮響。摩挲石闌古，揮霍霄漢上。大有本空虛，河山一溟漲。淒涼乘槎意，迢遞紫霞想。濁世誰復然，飄風默惆悵。」

黄　肅

字子邕，新城人，元季官禮部主事。自北平來見明祖，命仍故官，陞侍郎。已降郎中，復陞工部侍郎，任尚書。未幾，出參政事廣西，坐黨禍死。有《醉夢稾》。

王子充云：「子邕詩簡易平質，一本漢魏，絶去近代聲律之習。」

《静志居詩話》：「《尚書匣鏡》一篇，當是懷故主遠在沙漠而作。其云『夫子新好合，不能思故家』，則刺同時佐命之臣也。」

其《短歌行》：「來日苦少，去日苦多。人生不滿百，痛當奈何。不如沽美酒，與君常笑歌。峻坂無停車，急川無停波。人生不滿百，當復奈何。來日苦少，去日苦多。」

又《詠懷》三首云：「少壯好遊覽，不知中道憂。方茲懷故土，眷此成淹留。員闕蔽朝暉，玄雲陰以浮。徘徊當永夕，嬿婉將焉逑。棲烏翔不息，鳴蟲亦啾啾。人生無定止，卒歲何能休。」「流水日夜流，厚土何不盈。人生自不已，四運迭相承。達士識物化，昧者徒營營。蕩蕩晨風來，悠悠天宇清。會當撥塵務，聊復從吾生。追呼心所歡，置酒坐中庭。忘言勿復辨，觴盡還復傾。」「匣鏡三十年，塵暗不復治。停餐且不寐，所思知爲誰。蕩子不復返，渺在天一涯。綻衣終當組，道遠何能持。明明天邊月，三五入中閨。念與子歡愛，不得同光輝。寤言相與共，既覺將何依。」

又《客中書懷》云：「竹裹山雞啼未休，江南二月景如秋。半簾花雨寒侵袂，一片江雲晚宿樓。亂世青春如過夢，少年華髮忽盈頭。故園動是經年別，滿眼干戈添客愁。」

【校記】

［一］曼，原本誤刻爲「㬅」，徑改。

鄉詩摭譚正集　卷八

明上

張　羽

字來儀，潯陽人，有《靜居集》六卷。

明初高、楊、張、徐，以比唐之四傑。高啓，楊基，徐賁與公而四。

程孟陽曰：「靜居五言古詩，學杜學韋，各有神理，非苟然者。樂府歌行才力馳騁，音節諧暢，不襲宋元格調。眉庵樂府尚多套數語，不若靜居才力深渾，有自得處。七言律詩清圓渾脱，不事雕繢，全是唐音。頡頏高、楊，未知前後。或謂楊不如高，又謂張、徐不及高、楊，皆耳食之論也。」

張詩別有專鈔本，今録一二。

《擬古》云：「閒夜會親友，置酒臨高堂。秦箏間趙舞，吹笙復鼓簧。清音隨飄風，逸響繞修梁。坐客成同志，寧復算羽觴。人生忽如寄，富貴安可常。含情待所歡，渺渺天一方。譬彼鶗鴂鳥，揚聲待朝陽。憂思怨零雨，白日何時光。且當極歡宴，聊以慰中腸。」其二云：「薄游上東門，南望青山阿。松柏鬱蒼蒼，絶頂亦嵯峨。中有避世者，存身養天和。我欲求其人，年歲共蹉跎。驅車尋歸路，延目望三河。古來節俠士，孤墳蔽蓬科。

殺身不成仁，倏如飛鳥過。宛轉采芝曲，令人生嘆嗟。」其三云：「出門行康衢，所見但車馬。登高望大行，中原空曠野。胡雁投南遷，白日從西下。值此歲年晏，無可爲歡者。馳詠寄親友，孤懷聊用寫。布衣可終身，爵禄當自舍。」其四云：「處世如逆旅，生年少至百。朱顏與枯槁，鬢髮終變白。一朝氣息盡，奄然歸幽宅。衣裳弗復御，車馬他人得。豈無俎豆陳，滿案不能食。所以君子心，鼓瑟以永日。佳賓時相過，濁酒聊共適。況此忘百憂，陶然謝形役。區區塵俗中，鄙吝深可惜。」

《三江口望京闕》云：「凋年赴陵邑，稺景懷京闕。引領鳷鵲觀，言旋桃李月。緑蕪滿芳甸，青山麗佳節。沙氣已含春，柳意方辭雪。征夫雖邇近，同心仍阻絶。逃空庶無遺，賞勝聊自悦。吾其和天倪，將從莊生説。」

《吴宫春詞傚王建》云：「館娃宫中百花開，西施晚上姑蘇臺。霞裙翠袂當空舉，身輕似展淩風羽。遥望三江水一杯，雨點微茫洞庭樹。轉面凝眸未肯回，要見君王射麋處。城頭落日欲栖鴉，下階戲折棠梨花。隔岸行人莫偷盼，干將莫邪光粲粲。」《楚宫夏詞傚張籍》云：「渚宫四面芙蓉開，碧水晴摇冰井臺。玉壺蔗漿光滿滿，當晝君王頻賜來。雲綃半幅涼釵滑，援琴向風彈白雪。冷玉屏開十指寒，輸却鸞篦戲相奪。吴綾畫扇鎮長新，肯信年年有炎熱。不願生入蓬萊峯，願妾世世居王宫。」《秦宫秋詞傚李賀》云：「涼波翠濕南山影，露滴金人光炯炯。君王夜半卷衣回，樓壁斜開蜀雲冷。西宫桂熟離離子，海童不歸海塵起。蟪蛄啼聲不勝秋，小玉采香惜香死。胭脂影破澄潭白，菱角尖尖怎堪摘。鮮紅皺緑采滿船，樓前涼月光團團。」《漢宫冬詞傚温庭筠》云：「石鯨呿浪摇金池，吹盡宫梅如雪枝。避風臺高風不到，寶帳熟眠人未知。象罏紅熾狻猊影，氍毹軟翠鴛鴦竝。李娘喚春春爲回，笑却人間求火井。椒房小奴起常先，玉瓶暖手濯温泉。白頭臣朔寒無履，待詔金門霜滿天。」

《杜宇》云：「國亡知幾代，啼血轉聲頻。爾自無歸處，何須苦勸人。煙深青嶂晚，花落故城春。任是心如鐵，聞時亦愴神。」《夏夜舟中》云：「畫舫暮來過，風傳子夜歌。簟紋涼更净，荷氣夕偏多。落月斜箏柱，流螢拂扇羅。此中無限意，其奈曙鐘何。」《江晚旅懷》云：「短長亭下景，引睇入吟哦。疏樹立寒色，短煙行夕波。山空秋氣老，江遠客愁多。忽動匡廬興，白雲生薜蘿。」《詩窮》云：「道在何妨拙，身安一任貧。已知如意事，不逐苦吟人。瀑布空山月，梅花破屋春。奚囊有佳句，未肯寄朝紳。」

《早春游望》云：「燒鐙城郭嫩寒天，早覺春光滿眼前。山翠全輕猶帶雪，柳絲纔長便宜煙。佳人挑菜寧辭遠，公子尋芳各鬥先。從此陌頭車馬動，誰能閒坐負華年。」《寄王止仲高季迪》云：「祇恨孤城未解圍，圍開翻遺别相知。夕陽江上匆匆酒，細雨燈前草草詩。有夢直從花落後，無書空過雁來時。郭西古寺題名處，今日重遊却共誰。」《贈鄭炳文》云：「兩鬢星星小幅巾，蒼然松節鶴精神。居常倒屣迎佳客，貧不將詩謁貴人。踏雪把琴梅嶼曉，典衣沽酒柳橋春。若非道眼高明者，誰肯甘心寂寞濱。」《登姑蘇臺懷古》云：「荒臺獨上故城西，輦路淒涼草樹迷。廢冢已無金虎踞，壞牆時有夜烏啼。采香徑斷來麋鹿，響屧廊空變蒺藜。欲弔伍員何處是，滄煙斜日不堪題。」

《題南浦亭圖》云：「離離煙樹接通津，南浦亭前碧草春。客裏見圖先淚落，只緣身是此鄉人。」

他句如「亂雲方似葉，凍雨未成花」，「人卧春寒裏，僧來暮雨中」，「秋聲不盡蕭蕭樹，夕景無多澹澹山」，「歸鳥去邊行客少，夕陽盡處亂山多」，此類尚不勝舉。

解大紳

名縉，字大紳，號春雨，謚文毅，吉水人。有《春雨堂集》，今《四庫》著録，别有《文毅集》十六卷。閔案：《春雨堂集》家有之，只二本，忘記卷數。《文毅集》十六卷者，未見也。文毅事，各稗説附會極多，不可信。李西涯《懷麓堂詩話》云：解詩無全稿，真贋相半，如江盈科所載《題虎顧諸彪圖》詩，最爲世所傳，然非事實，乃贋作也。觀此，他可類推。解集古文《大庖西封事》一篇，吾極賞之。

黄梨洲云：「解大紳精於譜學，凡江西一省之氏族源流，婚姻官閥，無不淹貫，蓋有子姓所不及知。」見所作《淮安戴氏家譜序》。

解詩别有專鈔本，今舉一二。

《過丁家洲》云：「賈相當年誤國時，丁家洲畔厚顔歸。誰知元宋皆塵土，猶有行人説是非。」《贈澹泉彝倫》云：「故人散盡獨君存，風雨相逢海上村。尊酒飲闌情不盡，更留餘燭照黄昏。」

阮文達公《石渠隨筆》云：解縉自書雜詩卷，字迹揮灑自如，頗似懷素，特轉折處露鋒耳。詩極奇麗，多粤中詩。蓋永樂五年謫廣西布政參議，旋改交阯，督餉化州，八年始還。此詩爲謫後所作，觀此可知僞《文毅集》中之謬。今擇録之：「去歲端陽敞御筵，金盤角黍下遥天。黄封特賜開家宴，回首薰風又一年。」右《廣西感舊》「荔支子結蟲窠緑，倒黏花開女臉紅。望見石城三合驛，便分歧路廣西東。」右《過三合驛》「九月明江日尚遲，村園果熟正離離。故人尺素青雲下，書後黄柑玉露垂。顆暈靈芝含作粟，葉繁香露翠爲枝。常時錫貢來京國，尚憶金盤進御時。」右《謝友人惠黄梅》「蒼梧城北繫龍州，水接南天日夜流。冰井鱷池春草合，火山蛟室夜光浮。千家比屋明池嘴，萬斛綱船下石頭。伏枕夢回霄漢近，佩聲猶在鳳凰樓。」右《過梧州作》「繡水東流合鬱江，古藤城郭鎮南邦。山雲橋度飛虹並，江月樓空乳燕雙。晴日鶯花紅錦帳，陰風煙樹碧油幢。吹簫喚起蛟龍舞，金鴨焚香倒玉缸。」右《過藤縣》末欵云：「此余近日所作數詩，皆率爾而成，今又率爾書之。雖然，未嘗敢棄古自爲也。中間複筆、覆筆、返筆之妙，付有識者自辨之。永樂庚寅五月二十三日夜，京城寓舍，書與禎期。」按：禎期，縉子也。

他句如「天連銅柱蠻煙黑，地接珠崖海氣黄」《送某交趾》，「山河百二歸真主，泉石東南隱少微」，「黄菊花時高士醉，青門瓜熟故侯歸」《挽筠洲先生》。

《文毅集》有説詩數則，今記其要云：「學詩先除五俗，後極三來。五俗：一曰俗體，二曰俗意，三曰俗句，四曰俗字，五曰俗韻，此幼學入門事。三來：情來，氣來，神來也。神不來則濁，氣不來則弱，情不來則泛。苟不關於神，不屬於氣，不由於情，此外道也，非得心得髓之妙也。」

楊士奇

名寓，以字行，泰和人，有《東里集》。

明初相業稱三楊，文貞居首，其詩文號臺閣體。錢蒙叟云：「大都辭氣安閒，收尾停穩，不尚藻詞，不矜麗句，太平宰相，風度可以想見，以詞章取之則末矣。」蔣仲舒云：「文貞韻語，如潦倒書生，雖酬酢雅馴，無復生氣。」閔案：錢論較允，文貞終是隆平之音耳，行事詳吾《餘師録》中。

楊詩别有專鈔本，今録一二。

《寄尤文度》云：「苦憶尤參識，投簪養病勞。卑栖人總厭，閒散自能高。厨卻胡奴米，門深仲蔚蒿。平生冰雪意，猶是重吾曹。」《賦得滄浪送陳景祺之襄陽知府》云：「漢水帶襄城，滄浪舊有名。分符來五馬，如練照雙旌。濟涉思爲楫，聽歌想濯纓。須令郡人説，堪比使君清。」《清明有感》云：「西江南望渺天涯，歲歲清明不在家。蕩日飄風無定著，誤人情思是楊花。」《題少保楊澹菴江鄉歸趣圖》云：「巴陵西岸楚江分，曾是湖波望嶽雲。借得君山小龍笛，月明吹向洞庭君。」《秦伯川席上作》云：「飛雪初停酒未消，溪山深處踏瓊瑶。不嫌寒氣侵人骨，貪看梅花過野橋。」此文貞少時與陳孟潔竝賦言懷之作，見者便知他日必大器，陳非其匹也。

文貞自序其詩云：「夫詩，志之所發也，三代公卿大夫，下至閨門女子，皆有作以言其志，而其言可傳。予早未聞道，既溺於俗好，又往往不得已而應人之求，即其志之所存者無幾也。」古人欿然不自誇詡如此。

鎦　昺

字彦昺，鄱陽人。

彦昺在明初官中書典籤，没於洪武末年。宋景濂、楊廉夫皆謂其詩兼諸體，盛有名於時。《明史》附載《文苑·王冕傳》中。

鎦詩别有專鈔本，今録一二，而《漢之季》一篇尤爲傑作。

《漢之季哀故御史余公闕守舒城死節而作》云：「漢之季，洪流何湯湯。赤子爲龍蛇，蔓於漢以淮，割我城邑圖不祥。天子曰嘻，予何以奉家廟，朝羣臣，登明堂？曰予近臣御史闕，咨爾撫師古舒國。閫以外，爾制之，賜爾三百衛士斧與節。毋黷民，毋究刑，苟附而安，文武竝用禮之經。臣闕昧死頓首泣，主憂臣辱敢不力。御史騎馬來，萬姓淚落喜且悲。予我塗炭民，漢宫威儀今見之。東市牽牛羊，西市羅酒漿。紛紛列道左，御史下馬相扶將。諭以天子聖且愛，明見萬里外。宵旰不遑食，兵爾饑爾古顛沛。御史雖愚頗知忠與慈，惟爾患難相扶持。鼓爾鼓，旗爾旗。疾則疾，徐則徐，壯者戰守老者居。俾爾農桑毋奪時，桑青麥芃芃，牛羊走邱墟。御史城上行，茅屋人家聞讀書。以心感人心，敵至輒敗不敢窺。城東啼虎豹，城西嘯熊羆。蘄黄攻始退山越，什什伍伍來相圍。裹瘡戰城南，吮血戰城北。大船小船捍江列。嗟，城中如流魚，御史奮臂城上呼。悲風揚，塵沙起，白日無光士爭死。廩無粟，士氣衰。朝食城上草，暮煮城下萁。疫癘相枕何流離。御史斬愛馬，士卒不忍食。日久援不來，矢盡兵殘益危逼。梟騎死野戰，烏鳶銜肉流屍僵。孤城坐殄瘁，土山地道不可當。御史誠不德，握手謝父老，爾民多殺傷。御史登城北面拜，稱臣萬死無以報陛下，闔室竟與城俱亡。楚山蒼蒼，楚水洋洋。御史之節，功烈顯彰。天之奎璧，地之河嶽，人之綱常。千載弗渝，日月普光。誰能置廟復立社，祀爾百世及天下。」楊鐵崖評云：「音節古甚，是爲余公傳。」又云：「誦之古意可哀，琅然漢魏之音。」

《桃葉青》云：「桃葉青青杏花吐，樓頭吹笙教鸚鵡。紅牙象板按梁州，金縷衣裳美人舞。離情不似月常圓，桃葉青青似去年。美人不怨鸚鵡怨，杏花零落畫樓前。」

《同周伯寧連榻劇談悲歌有感》云：「醉來拔劍斫珊瑚，懶向侯門更曳裾。夜半聞雞眠不得，草堂秋雨讀陰符。」《秋詞》云：「廣寒樓閣玉爲梁，月裏嫦娥百寶妝。流水莫題紅葉句，人間天上隔宫牆。」《題友人醉漁卷》云：「落盡茶蘼草覆茵，二分流水一分塵。小車都載鵝黄酒，蘇小墳前醉過春。」《泊瓜州懷舊》云：「潮聲月色滿江天，回首春風十六年。憶得石橋楊柳巷，珠簾銀燭聽歌眠。」

劉崧

字子高，泰和人，有《槎翁集》八卷。

槎翁官終司業，宋景濂謂其「天賦超逸，加稽古之力，雕琢吟咏，又得師友之資，江山之助，詩於是乎大昌」。錢蒙叟謂「國初詩派，西江則劉泰和以雅正據宗」云云，其見推重如此。

劉詩別有專鈔，今録一二。

《觀鄧侍郎石磬歌》：自序：侍郎諱光薦，字仲甫，廬陵人。宋季以禮部侍郎從衛王海上，事亟，率其妻子投海，爲大軍鈎致，不死。張元帥宏範異之，待以賓禮。嘗過淮河漁夫家，見盆盎上一曲石，命滌視之，有文銘焉，則磬也。漁夫云得之淮水中，公以粟易之。愛其文理精緻，聲極清越，寶藏之將百年矣。丁亥春，予過公故宅，其孫謙出以示予，爲之泫然以悲，因賦七言歌一首，以紀其事。「水中古磬世莫識，扣之能鳴人始驚。前朝人物最博雅，廬陵侍郎先得名。淮河東遊色惆悵，忍使至寶成凋喪。蒼茫何代没泥沙，憔悴當時雜盆盎。歸來設簴當特懸，扣擊往往遺音傳。奇文漫滅科斗跡，雨氣纏綿蛟龍涎。是時周廟朝殷爵，師襄南踰嘆修阻。海門風起商聲哀，萬里孤臣淚如雨。鳳鳥一去不可聞，宜爾孫子多才文。高堂出此坐嘆息，暝色猶帶崖山雲。便令敬之慎勿褻，此物宜與天球列。百年隱顯自有時，藴德含和竟誰泄。嗚呼賢哲今不存，對之使我傷心魂。虞廷可登獸可舞，此石不毁應能言。」

《舟夜次查口柬友》云：「扁舟沿緑嶼，雙櫓折蒼波。秋氣水邊早，月明江上多。魚龍今夜冷，鴻雁幾時過。去住關幽興，欹眠聽棹歌。」

《予自去冬閏十一月，遣人還泰和，迎候予弟子彦與家人偕來，今經九十餘日矣，未知果來否，鐙下獨酌，有懷悵然，援筆題此》云：「南北相望路七千，南風只有賣鹽船。故鄉消息何時發，縱得書來是半年。」又云：

「稚子家人最可憐，江南煙水路綿綿。開船好是燒燈後，下馬何由醉眼前。」又云：「轉覺別來俱老大，四年不見奈愁何。直須鐙下狂呼酒，比校何人白髮多。」

《題杜草堂戴笠小像》云：「杜陵短褐鬢如絲，飯顆淒涼日午時。爲報西流夜郎客，錦袍霜冷更相思。」

他句如「乾坤自空闊，風物故蕭疏」，「誰能棄妻子，世已換王侯」，「坐石依行樹，聽泉醒渴心」，「雲車停遠蓋，風樹隱虚濤」，「溪流合處一橋孤，春雨來時萬山緑」，皆琱琢而近自然。

明下

湯義仍

名顯祖，字義仍，號若士，臨川人。有《玉茗堂集》二十九卷。

閔案：明初，江西詩家首推張來儀，次楊東里、解大紳；中葉以後，湯義仍之深純淵秀，不能不推爲一宗。今以張、解、楊爲明初之宗，湯義仍爲明季之宗，各附數家於後。

湯詩別有專鈔本，今不在篋，就所記短句及佳語，録於左。

《夢烏》云：「知向夢中來，好向夢中去。來去夢魂中，知醒在何處。」詠《信陵君飲酒近婦人》云：「魏國乃爲累，萬古悲公子。世上無神仙，英雄如是死。」詠《陸賈不欲數過諸子》云：「留侯世業外，長從赤松子。陸生頗經務，取適得如此。」詠《馬伏波頗衰老子》云：「熱惱願涼適，文淵思少游。慷慨既疇昔，危疑安得休。」詠《司馬德操謂龐德公妻子作黍元直欲來》云：「世亂難爲士，存身各有致。鹿門一輩人，未測語何事。」

詠《王逸少覺傷哀樂之致》云：「才盡氣亦盡，情事復幾許。大似老人懷，難與少年語。」《望耆兒》云：「清遠樓中一覺眠，雨鳩風燕乍晴天。年來愛作團圞語，不得中男在眼前。」《莫愁湖》云：「石城湖上美人居，花月笙歌春恨餘。獨自樓臺對公子，晚風秋水落夫渠。」《雨蕉》云：「東風吹展半廊青，數葉芭蕉未擬聽。記得楚江殘雨夜，背鐙人語醉初醒。」《臨章樓有別》云：「飛帆秋影半江樓，燕語蒼涼伴客舟。便去揚州且明日，故鄉今夜有人留。」

佳句如「惠風襟帶間，泠泠清意出」，「江光日氣飲，世界空明攝」，「衣明山氣深，巾帶坐如沐」，「吾心少曲折，古人多頓挫」，「神州雖大局，數著亦可畢」，「塵情若飛葉，素愜乃流根」，「恨未發心猛，何得究竟智」，「風雲臨上黨，花鳥入昭餘」《送人入大原軍》，「浪花寒雨釣，林竹暮煙炊」，「秋色生鴻雁，江聲冷白蘋」，「秋山馬色河流外，古戍蟬聲木葉中」，「人吏到舟看漢節，鬼方爲市有鄉親」《江上逢龍使君話沅辰事有嘆》，「望氣可能逢令尹，折腰須是向人間」《送於掌故宰彭澤》，「瘴嶺才人多伏驥，清時選法似圖龍」《送友歸東莞》，「彼岸似聞風鐸語，此心如傍月輪安」《達公舟中同本如明府喜月之作》。案：二語細切靈慧。「紫氣尚憐張壯武，青韶同事沈休文」《送沈師門友某有感張江陵家世》，「賸有一金添醉色，可無雙玉護寒途」，「三千奏自遲方朔，六百官今過曼容」，「軒蓋飛時猶避鶴，璧璁歸處暫成龍」《答帥思南聞予捷喜自嘆不遷之作》。案：曲折新秀，玉茗獨絶。「曾無候吏來朱圉，即有家書護紫泥」《送任文庸司理鞏昌》。

玉茗有《哭婁江女子》二首，自序云：「吳江張元長、許子洽先後來，言婁江女子俞二娘，秀慧能文，未有所適，嗜《牡丹亭》傳奇，蠅頭細字，批註其側，幽思苦韻，有痛於本詞者，十七憤惋而終。元長得其別本寄謝耳伯，來示傷之。因憶周明行中丞言，向婁江王相國家勸駕，出家樂演此，相國曰：『吾老年人，近頗爲此曲惆悵。』

王守泰亦云：『乃至俞家女子好之至死，情之於人甚哉！』」詩曰：「畫燭揺金閣，真珠泣繡窗。如何傷此曲，偏只在婁江。」「何自爲情死，悲傷必有神。一時文字業，千古有心人。」

玉茗又有詩云：「玉茗堂開春翠屏，新詞傳倡牡丹亭。傷心拍遍無人會，自掐檀槽教小伶。」又《見有改竄牡丹詞失送》云：「醉漢瓊筵風味殊，通仙鐵笛海雲孤。縱饒割就時人景，却愧王維舊雪圖。」

楊因之

名思本，字因之，新城人，有《榴館初函集》。

涂子期《一杯水集》云：「因之於書，無所不窺，積其生平手鈔已不下千軸，其所撰《文苑》數百卷，讀之如望海。」

黄忠節公端伯《瑶光閣集》云：「楊子隱金峯之上，逃名好奇，不顧世人以爲口實。其《繹道十箋》，直據《關尹》《鶡冠》之勝。」

閔案：因之公爲吾家十四世支祖，生明萬曆間，鄉先輩如湯義仍、陳大士諸公，均嘗接其謦欬而挹其道味，故所作具有典型。湯集有《贈楊因之》二絶句，備見傾倒。《王漁洋詩話》云：「今日善學才調者，無如江都宗定九、建昌楊因之、太原趙懿侯。」又舉楊《踏花明日值雨》諸作，則見賞宗匠，非一日矣。楊詩別有專鈔本，今略舉一二。

《如怨詞》云：「春草日夜緑，春鳥飛且鳴。感郎千金意，猶自覺愁生。」《對月哀王孫》云：「悠悠隔千里，相憶時復吟。只此一輪月，思君如更深。」《三月十一日》云：「清尊紅玉酒，高臺緑綺琴。春風吹百草，何處不關心。」《和黼調》云：「竹密煙霧濃，泠泠切清響。坐疑疏雨聲，開窗日華上。」《望箬嶺》云：「兩山夾清蒼，曲路通人馬。宛轉絶巘間，夷猶古松下。矮屋翦茅茨，雞犬如田野。因歌招隱詩，客懷聊自寫。」《望湖》云：「徹夜只聞雨，添來湖上春。波澄開鏡爽，風細軸簾新。弱柳高唐夢，輕煙洛水神。誰家吟宛在，遥望拂埃塵。」《春日芙蓉樓訪包叔賢夜飲懷鄧壺邱先生》云：「別來無限恨，惆悵一過門。恨恨故人事，勞勞舊日恩。酒頻酌復冷，坐久燭還昏。今夜樓頭雨，花枝寄淚痕。」《舟發盱江奉答古度》云：「棹發有遠意，紉蘭思美人。春風吹白雪，仙掌絶飛塵。結席芳鮮永，緘書懷袖新。別來問流水，何地不相親。」《同余岸少昆垂相對道院之作》云：「溪聲有古意，閒語將無同。坐久不知暑，道院生涼風。烹茶灑清潔，濡墨思鴻濛。忘言一相笑，蟬鳴高樹中。」《上巳日同子期修禊有懷堅白宗侯劉子女倩》云：「三月正三日，言從甜茂林。飛觴傳水際，染翰序山陰。絳棗浮清溜，文魚映碧潯。登高還悵惘，望遠獨蕭森。公子居寅亮，佳人秀卯金。褰裳神早就，識路夢相尋。雨散前時事，波沈此日音。忘憂樹萲草，有得盍朋簪。縹緲春雲暮，迷離芳樹深。甫田多雜秀，幽怨在鳴琴。一日信爲別，三秋寧自今。溪流如可訊，寄此握蘭心。」《夭桃直上詞》云：「玉作罘罳銀作牀，流蘇宛轉度年芳。夭桃直上春風樹，飛入宮中百合香。」《歸舟暮春》云：「春衣典盡奈何春，酒不停杯有百巡。嫩葉昨朝今結子，深青淺緑總關人。」《春酒》云：「常因中酒起來遲，發誓長抛金屈巵。今日却憐春夜永，任教沈醉不推辭。」《踏花明日值雨》云：「折得花來不贈人，小鉼相對一枝春。遥憐昨夜行歌處，落草沾泥倍愴神。」

佳句如「菊花如故人，依然好顔色」，「身爲萬物主，冥極豈一事」，「深竹向人静，遠想將誰説」，「肝腸無宿物，咄咄盡皆真」，「話久欹紈扇，更深冷玉簫」，「沙際梟雛欣傍母，林間竹子笑生孫」，「千秋節義歌存趙，一代文章笑劇秦。」

鄧　渼

字遠游，新城人。有《留夷》《南中》《紅泉》諸集。

壺邱先生以僉都御史巡撫順天，不附逆奄，多所摘發，爲所惡，遣戍貴州，崇禎初赦還，未及用而卒。孫高陽承宗作《三十五忠》詩，壺邱居一。高陽之言曰：「起三十五人於九京，未必人人大有勳烈，然有勳烈者，必此三十五人。」蓋深惜之也。

壺邱著述，詩集外，尚有《滇中奏牘》《蘇門奏牘》《廣農書》。予家皆有之，兵燹後散失，存世者或少矣。給諫黄素堂先生曰：「壺邱詩醖釀深厚，魄力雄偉。」錢受之乃謂：「遠游當王季末流，楚人崛起之會，欲箴砭兩家之失而集其所長，其志則大矣。旋觀其詩，體貌豐縟，音節繁會，長篇極意鋪陳，而持擇未得其要領，今體取材尖巧，而剥搜未脱其皮毛，可與掉鞅時流，或未能方軌先正云云。」《列朝詩集》於氣節之士多所推求，其好惡固有在也。

鄧詩别有專鈔本，今録一二。集中《武定變》一篇，幾千數百言，音節入古，氣復慷慨，洋洋大文也。以長不能具録。

《行部迤東西軺中雜述》云：「策馬登山椒，下有古時邱。灌莽翳縱横，雀聲鳴啾啾。井竈已蕪没，碑版尚可求。夷俗每下拜，行人爲涕流。借問何代賢，乃是武鄉侯。當時行軍營，遺名至今留。攻心得上策，南人戢狂謀。板蕩英略顯，時平士習偷。武定既餘孽，隴川未俘酋。疥癬何足道，樽酒無勝籌。桓桓介胄士，坐貽巾幗羞。憑軾想精靈，從此仰令猷。九原如可作，微公誰與遊。」「浩浩今古愁，變化誰能度。飛龍在九五，麟鳳嗟百六。先朝楊太史，竟死葱山麓。金雞日頒赦，赭衣遂不復。徼外罕經籍，五車笥其腹。牢騷繹所寄，丹鉛有遺録。蒐緝良已勤，紕繆亦何惡。摘詞疑傷豔，聊以消怨毒。片紙落蠻方，一字編一束。七十仍荷戈，苦遭悍鎮辱。子雲終投閣，射洪竟斃獄。後來才彦繼，厄運亦相屬。韶顔始入滇，遺骸僅歸蜀。三復垂柳篇，餘音哀病促。」「楚楚山下茨，移種託庭隅。色澤紛飫蔓，緑陰互相逾。秋蟲鳴其根，黄雀欣所居。勢盛易侵軼，蘭葉日夜枯。我行適之野，拔劍芟其蕪。抽棘動傷手，流血忍至膚。强爭造化權，傍人嗤我愚。東陵有佚盜，西山餘餓夫。獨秀靡不摧，百尺自能扶。捷徑先啓行，賢者猶競趨。下里多和音，焉爲辨笙竽。空言謗人國，黑白同一塗。萌蘖初甚微，終嗟蔓難圖。」「客行勸徂暑，中道正病暍。傍睨清泠水，快意思一啜。路人急摇手，執勺未及咽。細辨啞泉字，隱隱見題碣。我意不無疑，强復忍其渴。此口在人身，宣納固有節。末俗矜名論，胡爲但噪聒。誶語恒似詈，直諫本爲訐。不聞大廷内，市井爭瑣屑。根株寖廣引，聲勢巧虚喝。錙銖校勝負，何異鼠鬥穴。安得飲此泉，永結讒夫舌。宇宙復清謐，斯人免狂齧。賦詩擬采芩，從此亦囊括。」

《春日述懷寄湯義仍五十韻》云：「漢城春陰盡，蒼山旅病淹。梯航三面入，風壤百夷兼。五尺通秦道，單車即瘴炎。投荒虚繡斧，覽勝引彤幨。市有紅藤篋，家珍白井鹽。涔蹄歸海闊，岝峉露峯尖。霜蒨長含潤，温泉側注瀸。衣冠餘僰爨，貨貝古閭閻。茉梨簪花豔，稌秔釀酒甜。緬文披似篆，蠻語聽猶譫。燧燧宵長警，萑蒲日戒嚴。由來稱卉服，未可廢戎鈐。往者勞徵發，王師快殄殲。傷心多戰哭，無術救危阽。退食聊閒步，幽吟却卷簾。礫雞初學卜，射隼竟空占。牽拙身何補，浮沈趣自恬。怪看顛種種，轉益貌鬑鬑。藥裹頻須命，觚毫懶欲拈。神龜寧要灼，厩馬剩須銜。自笑名爲累，誰知意所忺。以予嬰世網，念子獨南潛。客坐閒垂釣，妻鋤並擁鐮。游魚窺硯沼，微雨映書籤。句琢文心巧，時推筆力銛。七襄勞組織，一字費鍼砭。善戲非爲虐，雄文合愈痁。木蘭舟汎汎，荷芰帶襜襜。麗曲傳箏柱，閒情詠鏡奩。吟當花纂纂，舞愛玉摻摻。多取天應忌，高名已亦嫌。餘生甘劓刖，抵死乞髠鉗。老態杯中失，窮愁病裏添。澤麋安飲啄，涸鮒且喁噞。世外論歡賞，私心早屬饜。筌蹄自有契，膠漆乃非黏。别怨稱殊未，歸期歎不詹。春心傷碧草，秋望滿蒼蒹。飢渴思瓊樹，書題倚素縑。空庭無過雁，竟夕坐明蟾。今古論冤憤，乾坤幾顧瞻。已而應誚鳳，宛彼一鳴鶼。種竹籓官舍，看雲坐步檐。池萍青靡靡，砌卉緑纖纖。戀闕心徒奮，傷時口合箝。風塵途漸迮，原野氣猶熸。輦轂憂胡越，深宮嘆釜鬵。迷津憐弱喪，回策庶西崦。瘴海愁空説，鄉園淚暗沾。思君遥送目，煙雨晦巴黔。」

鄉詩摭譚正集　卷九

今代

魏勺庭

名禧，字冰叔，號勺庭，寧都人，有《叔子文集》三十卷。

閔案：易堂三魏，均以古文名，詩非所措意，然詩實亦跨越流輩。昌黎所云「根之茂者，其膏沃也」。國初，吾鄉稱詩者不少，氣體闊大，有不衫不履之概，吾終推勺庭兄弟，而榆村、庭聞次之，伯璣又次之。

魏詩別有專鈔本，今不在篋，略記一二於後。

《示諸生雜詩》：「天地發殺機，萬物行相避。空庭梧葉落，愀然知秋至。梧葉未凋隕，萌芽隱已茁。乃知天地心，有生而無殺。」《登左蠡樓》云：「湖光晚不盡，涼月正當樓。遠嶼平煙没，明鐙接樹流。艱難成客路，天地入虛舟。欲逕洞庭水，蕭蕭木葉秋。」《病痢憶内人病卻寄》云：「客況秋無賴，高樓暮雨飛。畏寒添白袷，煮藥仗青衣。肚痛慙無帖，神傷忽有詩。憐卿頻滯下，長伴夜烏啼。」「前月有書還冠石，祇今傳汝尚鄱湖。貧當陶令猶餘菊，悵望湘君未有夫。我亦杖藜峯頂立，瀟瀟風雨滿平蕪。」絶句如《己亥七夕》云：「東家有寡女，未嫁夭三夫。曾許一家夫，不知今在無。」乃弟和公評云：「哀音奇語，苦境深情。」

又《春日絶句》云：「椶鞋藤杖筍皮冠，落日春風生暮寒。竹外桃花花外柳，一池新水浸闌干。」佳句如「寒溪聞木落，衰草出行人」，「獨立遲歸鳥，平煙下去船」，「野艇竹根過，行塵草上消」，「燕市酒徒今何在，都人臺笠近何如。何當馬舄宜男子，自笑牛衣不丈夫。」此勺庭《南州寄内人》之句，故有「馬舄」云云。馬舄，車前也。見《茅苢詩箋》。「相國終須慙老婦，舊恩翻令感新人」《漂母祠》，「兩岸蓼花紅有淚，一江秋水澹無聲」《清江拜楊文正公墓》。

閔案：叔子常聚同志講學於翠微山之易堂，世所稱「易堂九子」者是也。又曰「易堂十三子」。其集文二十二卷、詩八卷、《日録》三卷外，又有《左傳經世鈔》若干卷。商丘宋牧仲中丞犖序其集曰：「叔子爲文，主識議，綜練世務，而淩厲雄健，不屑屑規摩形肖。遇忠孝節烈，則益感慨激昂，如所爲《江天一》諸傳，尤工。」康熙十七年，中外舉博學鴻詞，公亦在舉中。以疾辭，郡縣督促就道，乃舁疾至南昌，稱病篤，罷歸。後三年，赴維揚故人約，舟至儀真，忽暴心氣痛，一夕卒，年五十七。

又案：是時徵舉者凡百餘人，惟叔子與關中李中孚不至，李名顒。

又案：《叔子文集》及《日録》，有論文字者甚佳，往常節爲一卷，今猶記其一二，附録於此。「文之感慨痛快馳驟者，必須往而復還，否則勢直氣泄，語盡味止，往而復還，則生顧盼，此嗚咽頓挫從所出也。歐文之妙，只是説而不説，説而又説，足以極吞吐往復，參差離合之致。史公加以超忽不羈，故其文特雄。與子弟論文，文之上者，美必兼兩，每下一筆，可見之妙在此，卻又有不可見之妙在彼。譬如作屋，左砂高聳，右砂低御，必須培高右砂方稱。拙者舉土填石，人一見，知爲補右砂之缺；巧者只栽竹木，令高與左齊，人一見，只賞林木幽茂之妙，而不知其意實補右砂低御也。凡文接處用提筆，人所易知，轉處用駐法，人所難曉。凡文之轉，易流便無力，故每於字句未轉時，情勢先轉，少駐而後下，則頓挫沉鬱之意生。譬如駑馬下阪，雖疾驅如飛，而四蹄著石處，步步有力。若駑馬下俊阪，只是滑溜將去，四蹄全做主不得。更有將轉而不用轉語，以開爲轉，以起爲轉，轉之能事盡矣。大家文字必能於小中見大，然小題大做，便是小家伎倆，殊可憎厭。昔人論文之妙在瘦勁轉，孫月峯專取淨鍊，蓋鍊而不淨，則組繡之華，非金鐵之剛也。不瘦則不得勁，轉而不勁，則氣流便。所謂瘦非寒儉也。物之華美莫過金玉，然石肥而玉瘦，銅錫肥而金瘦。惟瘦故重，重故貴。知瘦之不妨華美，則知華美不瘦之不足重。名士晚年詩文多醜拙，失其故聲，總緣不讀書，不虛心，將學問一字廢卻耳。」《與曾庭聞》「丈夫精神當有所用，若徒向文字兒女間作活，殆與飽食終日相去一間。」《與邱邦士》「吾輩今日要聞過去，一短便增一長。」《與友人》「往潮州總兵劉月亭嘗切齒言曰：『明末人最爲皮厚，掐之無一點血出。故於君親一毫無情。』弟嘆服斯言，謂千百士大夫，卻被武人一語罵殺。此病至今且成痿痺，又躬菴言近世皆病虛症，急須以實藥救之。故其論每主有用，此皆當爲藥石。」《與李元仲》「少年胸中，最怕只辦才人名士自處，便生出各種病痛，到要緊處，平日口中筆下所得力，毫不濟事。」《與沈甸華》

閔案：以上之論，雖非論詩，而於詩大有關會，學者不可放過。

魏善伯

名際瑞，字善伯，號伯子，叔子兄。有《伯子文集》。

伯子曉解音律，詞勝於詩，而詩之音節亦妙，今不能記全詩，略摘數聯於後。佳句如：「客去更先春一日，路長纔似夏方初」《孟夏前一日江上送别》，「國破山川餘落日，天寒牛馬入邊城」《贈嵯峨山僧》，「誰當擲筆夸黄祖，我欲開籠放雪衣」《即席賦架鸚鵡》，「上下官船皆鼓吹，東南民力此溝渠」《東八閘作》，「窮愁久愧牛衣婦，兵法終慚馬服君」，「新雁適從何日到，故園今在畫圖看」。又記其詠《厠上》一聯云：「論文自古推三上，作賦於今已十年。」

伯子有言曰：「多作不如多改，善改不如善删。」斯言真文家之玉律。

閔案：伯子兄弟居寧都翠微山講學，會韓大任竄亂，當事議招撫，大任言：非魏伯子吾不信。當事以屬伯子，伯子慨然行。至江西兵遽從東路逼大任營，大任疑伯子賣己，又有奸人牽率大任降閩軍，大任拔營走，伯子遂遇害。事詳《叔子文集》。

魏和公

名禮，字和公，號季子，叔子弟。有《季子文集》。

施愚山曰：「冰叔介而和，和公俠而儒。冰叔恥言仕進，不入公府，而數交士大夫之賢者。和公間與世浮沈，爲文武大吏重客，及義所不可，則屹然不移尺寸。」

閔案：季子詩甚豪健，其西行道上五律百首，叔子尤稱之，今略記數首於此。《西行道上》云：「下士何爲者，驅車盧鳳鄉。輟耕誰隴上，浪迹去咸陽。天地居然大，山川只自長。風吹芳草合，落日滿牛羊。」「避暑無過旱，裝成坐聽雞。星教馬曲折，鈴查路高低。濃露當胸落，遥天與地齊。歸思生石上，回首夜淒淒。」「行來江北盡，接路是河南。有水皆浮鴨，無村不打藍。項城沾細雨，槐店脱單衫。對竈成陳事，嘗來麥飯甘。」「道上逢車馬，弓刀側目看。關西強作客，遼左特多官。煙火千家聚，書生六月寒。一驢兼一僕，前路尚漫漫。」「未睹秦關勢，遥山指太行。谷雲連地赤，河水到天黄。設險徒勞客，衝塵又越鄉。清風隨樹至，垂柳拂絲韁。」

《靈巖絶句》云：「靈巖高峙太湖東，一望波光映碧空。多少禪房花竹裏，遊人只憶館娃宫。」佳句如：「秋風黄落葉，夜月白浮橋。」「水流天色盡，山遠夜心清。」「葉密不過雨，枝高易宿雲。」「路逢險處偏多雨，人值花時不在家。」

彭士望

字躬菴，南昌人，有《恥躬堂集》。

閔案：躬菴先生自序，崇禎乙卯，年近三十。上溯之，當生於萬曆己酉庚戌辛亥三十七八九年之間。删詩自庚辰始，爲崇禎十三年，訖於乙巳，爲康熙四年，凡二十六年，先生當五十六歲上下。得年七十四，當歿於康熙二十二年上下。所著有《手評通鑒》二百九十四卷、《春秋五傳》四十一卷、《詩文集》四十卷。

上元梅郎中曾亮序公詩，略云：「先生嘗周旋於黄公道周、史公可法、楊公廷麟數君子之間，欲有所自見於世，而訖不得其志。遂築室於寧都金精峯，與三魏相依。」又云：「先生之詩，兀傲有似山谷者，激烈之氣則近放翁。」

彭詩别有專鈔本，今録其大略。

《躬菴集》第十六卷有《山居感逝》五古長篇，有關繫之作。以文多難録，録其《冬心詩》數首於後，亦可見其胸次議論之大概焉。詩云：「人才天地心，長養萬物命。學術蠱壞之，好惡失其正。舉世愛一同，幻出千蹊逕。標榜各是非，傾危互機阱。遂令天失權，假人發真病。盜賊九廟墟，將相三木鑿。方隅九萬里，雞犬不能靜。到今無悔慙，眈眈勢彌盛。天亦且奈何，蓄怒不遑定。」「秦俗棄詩書，宋朝繁議論。明廷謹資格，以此俱不振。堯舜治天下，文具示寬巽。明人非科目，孔孟不能進。秦人盜賊心，農兵令嚴信。明肯雜秦治，到今足無釁。救世必偏枯，不得驟平順。如藥藥病人，瞑眩方和潤。亦如歷歲差，待閏重整頓。歎我廟堂客，目不經行陣。空以文字筆，遥遥敵鋒刃。潰敗不可彌，千秋抱長恨。」「吾少從黨人，大言誅楚相武陵。謂其忍奪情，虚功靡國餉。亂後逢闖徒，訪以當時狀。始悉武陵才，謀猷頗能壯。謂更一二載，賊軍盡摧喪。後復逢楚友，鄉評益公諒。謂獻挾往讐，取屍棄江漲。緋衣浮不沉，月餘還舊葬。自慙逐吠聲，發辭何褊宕。隆萬相江陵，國威甫遐暢。祇以狹峽故，萬口相排擋。吾黨三折肱，今更以身謗。」「吾聞大内鑑，編纂由奄宦。狡於仇士良，讀書即魚豢。吾聞山陵工，價值四百萬。奄寺主幹當，司空僅持算。竊聞田妃冠，美珠奄所販。直四十萬金，後始覺其謾。又聞癸未冬，兵餉不時散。所需僅千金，内帑無從辦。賊既入宫寢，發藏朱提燦。尚存千萬餘，飽賊猶蒙訕。奄黨代乾没，蠶食宫府慣。比賊而亡明，拱手成魚爛。」「又聞賊偪京，奄衆任城守。不許文武登，登輒被捶毆。内贏三百頭，滿載將言狩。轉歷三四門，反射還卻走。奄衆傳駕行，驅歸棄千掫。賊始踰垣入，立望城頭久。奄衆欸門迎，更爲賊導誘。當其出鎮日，大帥直家狗。士氣久不揚，依之保軀首。今也遭屏黜，佛作逋逃藪。乃更發忠言，涕洟思故后。譬如敗家奴，相戒人莫取。氣喪身苦飢，流離轉懷舊。此物實亡國，何用供灑埽。騙馬亦弗乘，痛哉懲今後。」

七古如《誄彭烈士》云：「西昌烈士彭星伯，童幼試文宗老宅。須臾擲筆語驚人，宗宅咨嗟歎奇特。長列文場雋有聲，眼看萬里壞長城。不須焚研爲种放，已作知時似管寧。養志娛親真孝隱，松風滿院陶宏景。雅與常操爨尾琴，浮生都寄黄粱枕。俄然天裂在煤山，草莽哀號涕泗潸。富貴每忘君國易，貧賤能辨死生難。爭城戰野戈鋋雪，一髮千鈞又誰説。獨君椎髻與天爭，吾戴吾頭甘引訣。里人晚報聞家人，同繫同囚親見君。口哦正氣神不亂，春風白刃顔欣欣。嗚呼烈士我同姓，我今行年七十近。檢點生平罪過身，君是日星我塵糞。」

五律如《解館示諸門生》云：「掩扉聊短臥，飄葉墮階聲。投枕忽危坐，披衣更散行。驚濤心盪海，激火世飛星。不爲悲勳業，龐公萬古情。」「大雪霜無降，暄如四月時。地天成隔絶，農圃代憂思。緯婦空相卹，觴童竟莫知。徹桑須未雨，多識有仇池。」「嚴解吾將逝，西行向易堂。道同無語默，人各有文章。愛雪何妨冷，探梅不在香。特爲開石户，天半著南陽。」

七律佳作尤多，不能盡録，如《廣陵晤程士哲》云：「曾臥元龍百尺樓，十年還記蓼花洲。只今楚客形容槁，轉覺隋堤景物愁。舉世豈能無鮑叔，如君尚可話并州。吞聲杜甫城南北，一夜西風更白頭。」《游惠山泉上悼顧涇陽先生》云：「阡陌桃源似後身，誤將花片示秦人。情招好樹枝空引，心惻寒泉汲太頻。歌舞後堂留燕子，鄒園在泉鄰右，先時優樂擅名。溪山老眼送遺民。行行麥秀空流涕，一個云亡國竟貧。」又《贈金石菴偶憶彭餓夫蘇門之碣因簡孫夏峯先生》云：「杜老神交復與端，臨岐一見即爲歡。才人自命惟宜酒，名士從來不愛官。師有夏峯高可仰，人如秋菊澹相看。餓夫於我空同姓，今愧孫登免世難。」

絶句如《祝叔驤坐中聞謳》云：「聲妓文山亦滿前，後來孤影破蠻煙。英雄原不妨兒女，但許汾陽侍晚年。」「風雨高樓客夢孤，梅花清照影扶疏。可堪急管連羈思，獨唱招魂弔酒徒。」

他句如：「古人真精神，乃在無文字。俊傑所讀書，貴於得大意。」《冬心詩》「田盧隨國盡，家室藉天全。」《哭歐陽憲》「身從人外老，秋又客中過。」《庚寅中秋》「雨過苔痕活，雲歸山影重。」《林下》「祇今諱疾多辭藥，自古

能詩必善窮。」《送謝子實》

徐巨源

名世溥，字巨源，號榆溪，一號榆村，新建人。有《榆溪集》。

陳士業云：「巨源最喜文通《恨》《别》諸賦，而尤醉心《韓嬰外傳》，以爲嬰敘事澹宕婉勁，有司馬遷逸致，迥出西漢諸家。」

閔案：榆溪爲司空若谷良彦之子，短小精悍，善談論，工古文，詩亦有氣格。順治丁酉三月初四之夕，死於盜，聞者哀嘆。

徐詩别有專鈔本，今略摘一二。《嶺下乘管生籃輿歸京》云：「去矣難爲别，迢迢東望深。斷雲粘遠水，薄霧冪高林。日色初平面，秋聲獨上心。長途方自此，安穩憶登臨。」《臘日微霽銅源道中》云：「霽色照郊原，平途一縱鞭。雀驚枝上雪，馬破樹間煙。酒力衝寒薄，冰稜鬭石堅。村村兒鼓鬧，已似入新年。」《丁爰大過别小飲爲詩奉和》云：「紅葉隨君上草堂，行雲如客亦臨觴。美人别路經春草，游子歸心滿夕陽。半嶺月生疑露白，隔川沙起見風黄。卻憐鴻雁同知己，容易分飛水一方。」

絶句如《藏上人貽高皇帝集》云：「頻年草宿夢難醒，魂魄猶依泗上亭。提劍斬蛇如昨日，恥隨杜宇哭冬青。」七夕云：「零亂蛛絲雜綵絲，河梁分手又前期。半宵難盡經年話，誰暇人間教女兒。」又有《江上雜詩》四首，自注云：「戊子亂後，還歸江上，據所見聞，感而賦此。」「高田成阜下成塘，百道濠溝百尺長。遺老正商埋齒費，一枝籤換五年糧。」「冒虎淩霜百里來，危橋重擔滑於苔。五更偷渡城邊賣，又被兵邀赤手回。」「南風天換北風天，尾颭紅旗盡客船。聲勢自然雄一倍，夜沽不使帶來錢。」「三家茆屋便稱村，晚汲晡餐共瓦盆。乞火窘遭風雨日，忍饑相向到黄昏。」讀此四詩，覺亂世流離，横逆如在目前。

又《春詞》云：「不飲已如醉，濛濛況日斜。遠鐘殘夢後，酒氣似梅花。」《赤崦道中》云：「前山雨欲來，空翠乍明滅。樹樹作秋聲，君聽在何葉。」又《重九别妻父楊翁宅》云：「弱息難親已换朝，亂餘長是夢啼嬌。多時忘卻門前路，只記雙楓夾板橋。」大有北宋人風味。

《榆溪集》有《詩話》一卷，議論甚佳，今記其要者於此。「《十八拍》淺俗之極，視《悲憤詩》相去萬里。《悲憤》五言似是三首，其七言三十八句者，恐即是《胡笳詩》，後人被以聲爲十八拍耳。《子夜歌》『歡從何處來，端然有憂色。三喚不一應，有何比松柏』，此詩最妙。前不敘事，而自見其平昔往來之狎密，後不言誓，而自知其夙昔必有比松柏之言。二十字無首無尾，卻有前有後，以此求之，不獨通詩，兼悟古文。又如『江陵去揚州，三千三百里。已行一千三，所有二千在』。此有何情何景何事，而古雅雋永，味之不盡，將遊子計程之心，道途涉歷之況，一一函蓋，所以不可及也。《十九首》無可思議矣。如『昔爲倡家女，今爲蕩子婦。蕩子行不歸，空床難獨守。』此二十字校『老使我怨』四字，便覺此如嚼蠟。竇元妻『人不如故』四字，簡俊矣，上比『以我御窮』，便覺彼味悠迴。學者知此，方於詩有入處。『願爲雙黄鵠』，『思爲雙飛燕』，皆源於《柏舟》之『不能奮飛』也；『南箕北有斗』，『迢迢牽牛星』，即出自《大東》之『皷揚服箱』也；『不惜歌者苦，但傷知音稀』，即『豈無膏沐，誰適爲容』之感會也；『過時而不采，將隨秋草萎』，即《摽梅》『迨吉迨今』之情切也；『不如飲美酒，被服紈與素』，即《山有樞》『他人入室』之慰遣也：故《三百篇》者，詩之崑崙河源也。學《三百篇》，庶幾得《十九首》，學《十九首》，得似建安足矣。從近體入者，何由睹河源，問支機石哉？『步出城東門，遥望江南路。前日風雪中，故人從此去。』只用前四句，便是妙極絶句。吾友熊伯甘言詩，常有得其微處，如曰：『蕭蕭馬鳴』，便是盛世畋還氣象；杜倒其語而加一風字，曰『馬鳴風蕭蕭』，便是邊塞氣色。此語可謂知音。少時與伯甘東郊看迎春，伯甘有『蕭蕭風馬鳴』之句，寫出太平春氣，足括《杕杜》末章。詩至唐聲，直是有别傳，即用字有不得泥古者。如子規，在《史記》曆書作秭鳺，今從子規則輕秀，作秭鳺即癡拙矣，此等豈非聲外别傳？又如明妃秭歸人，此處卻使子規不得。『醉客沾鸚鵡』，杯也，『佳人指鳳凰』，釵也，墮珥遺簪之意。舊註謂鸚鵡能賦，又引禰衡事，鳳凰譽坐客其瑞，又謂疑用蕭史事，俱可笑。南榮子曰：詩有索解即非者，如『渭水自臨秦塞曲，黄河舊繞漢宫斜』，秦塞漢宫，何等冠冕，曲對斜，景象恰合。如註引宫人斜，便不成話矣。『黄河遠上白雲間』，『遠』字飄忽靈迴，情景俱出。俗本改爲『源上』，風味索然。立春雨見《本草》，謂立春節以後三日之雨，男子婦人各服一杯，宜子。雖三皇書也，而以註杜詩『濛濛立春雨』，卻可笑。立春日進生菜是唐典也，乃杜詩『春日春盤細生菜』，『生』字粘上『細』字，如『憨生』『瘦生』之解，方有致，豈必按典故乎？」

曾庭聞

初名傳鐙，後名畹，字庭聞，寧都人。有《金石堂集》。

曾賓谷《江右八家詩選》稱其詩雋健激昂，風力遒上。

閔案：庭聞負才子氣，而轗軻風塵之間，故其詩沉鬱悲壯，有七子之遺集，傳於世甚稀，吾亟表章之。曾詩别有專鈔本，今就所記者録一二。

《戊戌中秋臨淄獨酌》云：「作客秋無夜，開尊月近人。關山偏鼓角，齊楚半荆榛。古樹前朝寺，殘燈異代身。紛紛陽鳥過，羨爾到江津。」《萬頃湖》云：「客行天地闊，落日復江湖。浦樹時高下，林煙乍有無。諸峯隨雨没，片月照帆孤。漸及漁潭宿，菱花滿舳艫。」《壽邱》云：「大江風獵獵，小港水潺潺。鐵甕一尊酒，壽邱何代山。煙波臨雨闊，花月及春還。愁絶離人眼，憑高望孤關。」《晴川閣》云：「大别排雲住，楚山一望開。亂流爭歲月，孤嶼下樓臺。高浪沱潛出，斜陽嶓冢來。湖南征戰苦，幾處角聲哀。」《麻平寺逢友人自楚至》云：「空山留古寺，下馬忽逢君。蜀道無長轂，征衣有棧雲。秋邊鳴細雨，谷口上斜曛。冬日瀟湘至，猿聲已慣聞。」《雞頭山》云：「南山忽已盡，納納褒城春。漢水原通蜀，巴山不過秦。燒荒熊出壩，樹密虎窺人。銘德昆吾者，還應問釣綸。」《鳴沙洲》云：「不見黄河春氣動，卻從砂磧辨陰晴。流澌着水天皆凍，大漠無風山自鳴。飲馬浪尋荒燒窟，射雕貪出苦泉營。傳聞烽火年來息，張軌隗囂已盡平。」

佳句如：「馬蹴風雲去，山銜雨雪飛。」「壁荔傾秋瀑，巖風吼夏雷。」「天地皆孤注，兵戈尚百蠻。」「江空秋氣早，水宿火雲長。」「園荒時有菊，兵在定無家。」「雁氣回秋渚，江聲向酒樓。」「石突交飛瀑，山空易動雷。」《黄竹嶺》「人語風灘亂，江聲夜月圓。」「石自峯頭落，人從浪裏穿。」「三更臘雪吹青鬢，萬户銀鐙散碧燐。」「忽驚旌節花間滿，不辨將軍柳下眠。」「衣綻常牽慈母線，食齋猶挽健兒弓。」

曾青藜

名傳燦，字青藜，號止山，庭聞弟。有《止山》《過日》等集。

魏叔子序其詩，謂其思則「黍離麥秀」也，其志則「天問卜居」也。考彭氏《詩史》，章貢之役，青藜年纔二十，獨身揞拄潰軍，渺然一書生，如灌將軍之在梁楚間。旋觀其詩，求其精強剽悍之色，瞀然已失之矣。爲掩卷太息久之。

閔案：止山鍊淨，不愧作家，今以附乃兄之後，惜止記其二首也。

《歲暮武林别葉子九往京口》云：「殘臘無佳日，況當離别年。布帆從此去，江水正蒼然。貧賤愁中路，風波亂後天。好將今古淚，寄與夕陽船。」《將立春同友郊外眺望》云：「羣動皆有息，兹遊成我閒。氣交寒暖候，春到有無間。寒石自流水，夕陽多遠山。離離林下屋，時見鳥飛還。」

陳伯璣

名允衡，字伯璣，南城人。有《澄懷閣》《勤補堂》《竇琴館》等集。

王漁洋云：「伯璣好論詩，昔在廣陵評予詩，譬之偶然欲書，此最得詩文三昧。」施愚山序其詩，謂「清深沖澹，秀而不纖，肆而不莽」。

閔案：伯璣詩光華内斂，品格高勝，不可以塵心躁氣讀之。陳詩别有專鈔本，今就記者録一二。

《南康江岸逢廬山臥龍菴蓮印上人，立談久之，因寄九奇匡公》云：「片牒指煙樹，湖波拂空淼。殘日明孤城，斜風下飛鳥。客心方靡靡，嶽色自皎皎。渡頭僧影寒，接手語不了。幽期坐荏苒，微軀涉紛擾。爲問九奇君，松門一何窅。」自注：公所居曰松門。《烏龍潭訪唐宜之》云：「籃輿望歸鳥，日暮空城曲。衡門終日閉，垂柳春風足。時聞梵唄音，隱隱潭上屋。林間花自香，户下水長緑。」《答姑溪吴叔向》云：「明月溪上來，好友與俱至。晏坐修行間，已得平生意。榮名不可常，章句我所愧。聊誦古人詩，柴桑有深致。見子通脱懷，頗兼達窮器。讀書好深思，飲酒亦豪寄。云何寂寞者，春風能鼓吹。」《送別江岸》云：「江雲豈有去留恩，江水全無送別痕。直待孤舟雲水盡，轉頭方覺是消魂。」佳句如：「女巧悦在彼，士賤論益刻。」「俛學徇世務，無乃負此生。」「雲湧峯巒勢，松來風雨聲。」「盤餐成野外，尊酒慰殊方。」「世亂求仙早，家貧學道遲。」「擊楫春流亂，投鞭夜火紅。」「連呼過河北，隻手擲江東。」《寄黄劬菴》「壯士夢殘同看劍，美人心遠獨吹簫。」

王軫石

名猷定，字于一，號軫石，南昌人。有《四照堂集》。

朱竹垞云：「于一以詩古文詞自負，對客斷斷講論，每舉一事，輒原其本末，聽之霽心，蓋兼有筆札喉舌之妙者。其行書楷法，亦自通神。」

王詩別有專鈔本，今只記三首。《螺川早發》云：「月落秋山曉，城頭鼓角停。長江流剩夢，短棹撥殘星。露濕鷗衣白，天光雁字青。蒼茫回首望，海嶽一孤亭。」《贈李淄仲》云：「十載同舟古石城，南徐風雨舊江聲。甲申亂後誰生死，丁卯橋邊識姓名。頭白幾人遺老在，眼横衰草大梁行。故人況有春浮夢，對酒如何説此情。」《遊上方寺得門字》云：「十里江帆到寺門，春風何處不傷魂。殘碑古寺留人代，廢井蒼苔照短垣。墓上烏耕芳草路，酒邊牛散夕陽村。蕭條翻愛憑荒墅，城郭瘡痍未可論。」

佳句如：「作宦幾人尋草徑，論詩深處有苔痕。」「短髮且傾千日酒，夕陽猶照六朝山。」

鄧又楷

名裴，字又楷，號東湖，新城人。有《藥房集》。

閔案：先生少任俠，擊劍自豪，已乃折節讀書。又沈心經世之學，凡天文地理，兵農禮樂，皆究極根柢，而不徒爲枝葉。夙有四方之志，荏苒無所遇，以詩文老，非其素抱也。

又案：先生詩慷慨激昂，讀之使人氣壯，惜全集不在篋，舉似不能多也。鄧詩別有專鈔本，今舉一二。《醉言》云：「百結鶉衣破葛巾，翹才誰解拔風塵。淮陰漂母新豐媪，能識英雄是女人。」「魑魅場中作隊遊，任他呼馬與呼牛。劍鋒恥飲兒曹血，不報平生細碎仇。」《除夕》云：「千門燈火夜如銀，醉裏聞歌起舞頻。濁酒數杯詩數卷，風塵閒殺射雕人。」

佳句如：「乾坤隻屐老，風雨一燈禪。」《送僧》「生涯雙蠟屐，世界一羊腸。」「輕風扶舞燕，細雨困飛花。」「草鋪窗角緑，山放竹梢青。」「冷雲流月疾，深夢出花遲。」「議論干戈骨，文章患難胎。」「艱難生計拙，衰病道心生。」「看雲扶短策，劚藥買長鑱。」「愁生芳草外，春盡落花中。」《效樂天體》「鶯啼山店雨，花落野橋風。」「月湧空江白，煙粘遠樹青。」「都無自立意，卻有絆人心。」《詠野葛》「花欲放時疏雨過，山當缺處斷雲横。」「秦苑豪華空夜月，漢陵風雨暗秋原。」《送寅之關中》

東湖子，名錤雲，號仙裳，亦能詩。臨川李穆堂侍郎、同邑黄素堂觀察，深賞之。著有《愛秋齋集》。今附記數首於此。《明妃怨》云：「一别閨門遠，蛾眉壓塞塵。朔天三月雪，無復漢宫春。」「經過李陵臺，黄沙面面堆。男兒猶没此，賤妾更何哀。」「厭聽閼氏號，生憎毳幕温。方知永巷裏，無寵亦君恩。」「盡説和親好，從兹即罷戎。單于前日出，傳道入雲中。」四首亦意議新警。他佳句如《書中拾得乾蝴蝶》云：「幻影已隨莊子夢，微軀還葬蔡侯鄉。花前鶯燕生爲侶，字裏蟲魚死作行。」《哭張伯川編修》云：「一丁傳後憐多病，二酉山房名談經憶結鄰。駒隙光陰成夢寐，雀羅門巷散交親。」《夜登學古樓感賦》云：「如許山川誰久住，無多世界遞爲賓。」皆音節清亮，具有家法。

鄉詩摭譚正集　卷十

今代

李穆堂

名紱，字巨來，號穆堂，臨川人。有《穆堂初稿》《續稿》《别稿》等集。

全謝山云：「公生平盡得江西諸先正之緒，學術則文達、文安；經術則盱江；博物則道原、原父；好賢下士則兖公。文章高處逼南豐，下亦不失爲道園；而堯舜君民之志，不下荆國，剛腸勁氣，大類楊文節公。」

閔案：穆堂侍郎，在今代爲江右一偉人。其學術宗陸、王，古文直達肝膈，無所緣飾，即此可知爲正人君子矣。詩有才氣，淩厲無前，尤工次韻，揮斥如意，良由腹笥充，天姿勝也。弱冠時，王漁洋一見之，嘆爲萬夫之稟，虎氣龍文，詎能逃宗匠之目乎？

又案：江右詩家，穆堂勝藏園，微不及六一、道園者，圓妙少耳。李詩别有專鈔本，今舉尤者數首，見吾非妄推許也。《題自羈圖》云：『人生貴萬物，天係爲眷屬。負荷子妻綱，竭蹶轉雙轂。崢嶸三極立，淡泊一車足。鄙哉方外言，恩愛等桎梏。』原注：徐澄齋作《自羈圖》，小車載家累，躬自牽引，微有倦意，作此釋之。《除夕和東坡歲晚寄子由三首》，其《餽歲》云：『志惟享所役，幣乃敬之佐。溝壑戒子思，蒸豚懔陽貨。今生千載恨，失足不在大。霖雨竟不出，風雪獨高卧。豈無伏臘禮，雜賓難與座。世情夙相左，率若蟻行磨。承筐本無實，作僞豈非過。羈孤歲晏懷，古調誰當和。』又《別歲》云：『歲晚常過誰，出門常遲遲。歲晚誰相過，去者吾不追。人事逝安屆，吾生良有涯。頻有來別者，往別終無時。敢以粗糲餐，走博甘與肥。硜硜誠可哂，棲棲亦可悲。初無高世念，敢爲逃世詞。端居惜往日，精力吾早衰。』又《守歲》云：『吾聞深山中，大年有龜蛇。微生勤吐納，煙霧相藏遮。人生不聞道，百歲終如何。況復強視息，孳孳爭囂譁。少壯訟玩愒，閉户常自撾。暮景復何爲，桑榆西日斜。區區守此夕，疇昔多蹉跎。歲固不可留，留之豈足誇。』穆堂和此至數次，不能盡舉。他如《餽歲》云：『既鮮鴟夷滴，往助北海座。敢望繼粟人，升斗給馬磨。』《別歲》云：『歸用有舊約，食言吾嘗肥。放逐不自由，感時寧不悲。』《守歲》云：『東方有至言，聖道參龍蛇，往歲不可復，今歲寧可遮』，往復如意，頗肖坡公。

又《題王某大觀帖》云：「皁鸞鵲木褾褫貴，印章猶識大觀字。冬晴妍暖匣臺輕，斗室傳看詫奇麗。騰空夭矯晉龍蛇，峭立莊嚴唐劍佩。紙光墨氣辨新故，六百餘年如夢寐。當時閣帖羅琳璆，王著何人委編次。人代參差亂宋薄，宋儋，唐人，謬附斯、邈； 薄紹之與羊欣齊名，乃列唐代。臨摹仿佛雜鍾衛，元常尚思《宣示帖》，乃右軍臨本。衛夫人書，實唐李懷琳作。米顛跋尾已披卻，黃氏尤工剔譌僞。豈惟議禮如聚訟，墨寶茫茫同一喟。只今等是千年人，贗者猶當齊漢魏。平生精力困經史，毫翰飄零蕪不治。撫摩諸物氣飛湧，但欽其寶莫名器。君家清箱擅文獻，卷軸輪囷重龜貝。捧持此册已足豪，夜夜蓬山發光怪。酒闌誰者勸重開，莫爲宣和生感慨。」此詩既辨贗鼎，亦息訟喙，胸次闊大，浩乎沛然。

又《東林寺觀王陽明先生題壁詩即次元韻》云：「芊綿一徑穿芳草，停車坐愛溪山好。六度東林三到門，須眉半共滄桑老。山川滿目心爲哀，此山生面公重開。古來賢哲幾湮没，繼公高躅誰當來。虎溪一笑復回首，山僧昔釀陶潛酒。蓮社荒涼十八人，慧業生天同不朽。鐘聲日午聞前庭，田田荷葉餘寒汀。龍蛇破壁不飛去，共爾廬山萬古青。」此詩言外有意，穆堂生平追慕陽明，平廣西積年之賊，亦實有其風概所藴，未能發盡，故形於言詞輒多骯髒，而此卻婉約。

又《浯溪讀山谷老人詩即次其韻》云：「清湘東下經浯溪，磨崖千尺傳唐碑。顔書元頌信瓌瑋，安得蔡邕題色絲。涪翁一作亦佳絶，尚沿稗野譏禄兒。當年阿犖孤雛耳，死囚不斬歸關西。汗流俶縮見林甫，上林敢借何枝棲。楊李相傾自私惡，一朝激逞爲狂爲。九齡先見悔莫用，潼關失守煩王師。文人浮薄譜遺事，弱毫不根從所揮。賜錢拜母一何鄙，污衊宫壼誠傾危。新舊唐書有本傳，杜陵史筆存遺詩。高文典册束不讀，爭吟輕薄連昌詞。往嫌涑水妄編載，翁頗有識猶苟隨。古來浮雲蔽白日，驪山一閉陰風悲。」此詩辨賜錢拜母之妄，卻不以議論損其格制，才氣闊大故也。記袁子才亦有句云「唐書新舊分明在，那有金錢洗禄兒」，意與此合。

又《中秋小集論文事戲用昌黎八月十五夜贈張功曹韻爲勸學歌》云：「文章日下猶江河，中流誰與回頹波。佳辰相過即良宴，摇毫擲簡爲詩歌。平生不識吟哦苦，興酣落筆如風雨。亦聞誠至無堅高，弓所未發猿先號。山崩於前色不變，麋興於側目不逃。樂和自足别宫徵，膳精乃以調薌臊。要將立言比功德，肯慙顔孟輪夔皋。斯文未喪在闕里，二千年來誰先死。上追姚姒殷周還，莊騷左國司馬班。韓李歐曾主文霸，元明作者猶髣鑾。諸君奇才各挺出，羈臣牢落參其間。願窮經學紹前烈，丹梯萬丈終可攀。我狂載賡勸學歌，我歌當罰君勿苛。醉人繆妄古來多，讀書自利亦利他。有書不讀如老何。」此詩涉論頭，然真君故在也。

五律如《中秋撥悶》云：「常怪王丞相，周旋過一生。豈如陶栗里，恬淡無多營。風亂鴉何夢，月明雁有更。微生猶感激，羣動急秋征。」「薄酒豈能醉，多愁未敢醒。世塵殊莽莽，天路亦冥冥。白帝暫相警，紫姑殊不靈。羈懷看慘淡，風急四山青。」「幾欲棄明月，此心終未能。風吹微影亂，猶足勝孤鐙。叢菊看如睡，空山唤欲膺。夜長終有思，坐待杲陽昇。」「曲斗低垂北，直河横入南。數更初得五，對影不成三。雲墮地深黑，月沈天正藍。歌聲竟此夕，誰復是何戡。」

七律如《方臘將臺》云：「危石相持勢出雲，江東年少盡從軍。揭竿未是圖王手，推轂猶嚴拜將文。無賴一時雖草創，當年四海竟瓜分。宣和童蔡千秋恨，舊事淒涼不可聞。」

又《徐州懷古》五首，今憶其三。《後山》云：「百戰山河殺氣屯，斯文獨許後山論。官聯瑣末名猶重，衣食分明道始尊。山谷詩篇宗派定，南豐文字瓣香存。隨聲莫漫輕嗤點，今日何人解閉門。」《虞姬》云：「垓下歌聲夜慘淒，美人起舞泣相持。半生宛轉雖同逝，一死崢嶸雉不知。賸有精魂憑弱草，併翻名字入新詞。興亡百變風燈過，魯士虞姬楚得之。」《關盼盼》云：「天涯芳草繞彭門，燕子樓空月又昏。僕射鼓旗春破夢，玉人歌舞夜消魂。生無鳳翼從仙馭，死恐蛾眉負主恩。好事香山太疏淺，未容慷慨與同論。」

絶句如《信州竹枝詞》云：「鉛山作粉嫌不明，玉山作佩嫌不輕。誰識上饒清似水，信州江在面前横。」「信州大道日悠悠，道左躊躇好酒樓。擬向靈山進香去，可憐河水向西流。」《寄趙昌宸》云：「飛鴻遠遠向南雲，庾嶺梅花歲又新。鄉夢近來紛似雪，故人猶借一枝春。」《登虞山望梅亭》云：「石柱傾危賸故亭，天高風急雨冥冥。山痕海氣微難識，併作東南一片青。」《重九雨後小集次謝無逸絶句三首，今記其一仍用潘邠老起句》云：「滿城風雨近重陽，回首羈栖著作郎。漫把寒花紀年歲，籬邊四十八番黄。」

佳句如「水氣盡升竹，山痕虚到檐」，「指月爲愁的，疏泉作怨琴」，「南冠猶故國，西笑失長安」，「我醉上車猶不落，何當騎馬更重來」，「事過豈堪三宿戀，兒賢直是萬金資」，「窣堵波猶難作宅，摩兜堅已自題箴」，「客意似舟時一動，旅愁如月夜來生」，「日當沙起生青角，浪爲風驅長白頭」，「方朔龍蛇思縮手，史公牛馬枉迴腸」，「好樹但憑霜畫出，遠山多倩霧添成」，「天邊月色一千里，客裏中秋十二年」，「去日流光拼冷落，古來人事愛團圓」《中秋感懷》，「近來白髮驚如許，明日黄花又一年」《重九前一日》，「戊子曾知龐籍大，甲辰終笑庾威雌。」《日名詩》，下同。「劉子二千餘紙冢，庖丁一十九年刀」，「客許白丁參末座，酒思朱亥解重圍」，「辛壬癸甲家千里，卯酉參辰天一方」。數聯皆舌本瀾翻，極才人能事。

蔣藏園

名士銓，字心餘，號苕生，一號定甫，鉛山人。有《忠雅堂集》。

王蘭泉《蒲褐山房詩話》云：「苕生諸禮皆工，然古詩勝於近體，七古又勝於五古。蒼蒼莽莽，不主故常，正如昆陽野戰，雷雨交作，又如洞庭君吹笛，海立雲垂，信足以開拓萬古之心胸，推倒一時之豪傑也。君長身玉立，眉目朗然，嶔寄磊落，肺腑槎枒，遇忠孝節烈事，輒長歌以紀之，凄鏘激楚，使人雪涕。夙知音律，意所未盡，放而爲院本，有《芝龕》《香祖》諸劇，世尤稱之。」

吴蘭雪《石溪舫詩話》云：「蔣集序事諸作，以班馬之才，行杜韓之法，沉鬱頓挫，變化錯綜，有識有力，有聲有光。蓋其至性奇氣，不可磨滅。故發於詩者如此，斷爲五百年來第一大家。予年十九，謁先生於藏園，以詩七百首就正，爲删存六十首。初未心服，及得先生全集讀之，始大愧悟，取所作，盡焚之。蓋予喜誦太白、昌谷、義山三家詩，至是始知必從杜出，方能成家。」

閔案：蘭雪先生言太過。藏園詩深微妙遠，書味盎然之處，尚不及道園，無論蘇、黄也。其謂以班馬之才，行杜韓之法，尤門面話，杜韓難道不能用班馬之才者乎？蓋詩自有不同也。藏園七古有劍拔弩張、穿齦裂眦之處，李杜韓蘇黄安得有此。藏園生平大病，正坐以札硬寨爲能事耳，世有舉九鼎如一鴻毛者，對之能無失色卻步耶？王蘭泉乃謂古體勝近體，七言古勝五言古，其然豈其然乎？

又近人潘四農德輿《論詩絶句》云：「蔣袁王趙一成家，六義頽然付狹邪。稍喜清容有詩骨，飄零不盡作風花。」袁謂隨園，王謂蘭泉，趙謂甌北。四家中以蔣爲勝，論自不謬。

蔣詩别有專鈔本，今略舉一二。

五律如《湖上晚歸》云：「濕雲鴉背重，野寺出新晴。敗葉存秋氣，殘鐘過雨聲。半檐羣鳥入，深樹一燈明。獵獵西風勁，湖心月乍生。」

七律如《禹陵》云：「禹甸茫茫下夕曛，當時王會想風雲。心同揖讓傳賢子，局定征誅及暴君。杞故無徵難考據，舜先野死不傳聞。摩挲窆石爲封樹，萬古人心視此墳。」《挽楊鐸仲》云：「腹痛腸真似轉輪，荒園十笏剩斜曛。頻驚老友都爲鬼，重遇良辰不見君。倚壁杖猶支廢牗，藏詩瓢已挂孤墳。河梁一别同千古，石馬風寒未忍聞。」《西湖獨泛》云：「著眼銷金一寸鍋，峯巒横黛水横波。田疇六井經時變，花柳雙堤閲世多。名宦風流遺醉夢，霸才瀟洒拓山河。匆匆結盡中原局，拋卻湖船海上過。」又《讀荆公集》云：「事業施行與志違，當時得失咎何歸。更張治國求強富，錯誤隨人著刺譏。立法至今難盡改，存心復古豈全非。終身刻苦無知己，文字誰參意旨微。」「定林酣睡半山遊，豈是江南隱逸流。學術偶偏誰見諒，功名難遂自懷憂。得君許用匡時策，言利非同爲己謀。商鞅宏羊何足惜，從來賢者繫春秋。」又《讀宋人論新法劄子》云：「三代而還不可爲，漢唐刑錯且難期。羣黎浮薄人焉救，累葉材空運久虧。本欲鍼刀蘇錮疾，誰知藥石付庸醫。後來十九遵遺法，功罪如何請細思。」

七絶如《楊太真雙魚鏡》云：「流影何時照比肩，玉魚雙鏡唾花圓。如何鈿擘釵分後，不見新妝亦可憐。」「黄裙一半土花斑，消受羅衣繫玉環。不信棃花墳上月，也隨金盌出人間。」「山鬼煙寒指廢祠，香囊錦襪問誰知。惟應白髮宫人見，曾照華清浴起時。」

佳句如：「俗士學干禄，居恒厭枯槁。貴來無可爲，翻嗟入官早。」「俗士竊章句，驟貴亦自矜。國家數大事，何以爲肩承。」「煙波接彭蠡，門户鎖南唐。」「漸知感慨太無謂，但覺江山都有情。」「幾人春髮白成雪，十里菜花黄到門。」「饑軀氣藉詩書長，遊倦心惟骨肉親。」「貧賤讀書聞見少，艱難求仕鬢毛蒼。」「家饒田宅爲身累，士解悲歌是病根。」「但借文章敵憂患，莫看科第作功名。」

藏園之母鍾太安人，名令嘉，字守箴，晚號甘茶老人。藏園少時，安人嘗負之走千里，以訪夫子於蓮幕，蓋奇女子也。著有《柴車倦遊草》，詩豪横跌宕，不類女郎。如《黄鶴樓》云：「誰見鶴飛去，神仙不再過。招魂才士盡，遺韻酒人多。文字風猶霸，江山氣不磨。南朝資鎖鑰，天險究如何。」《登太行山》云：「絶磴馬蕭蕭，羣峯氣力驕。蒼雲横上黨，寒色滿中條。返轍河如帶，捫車迹未遥。龍門劃諸水，禹力萬年昭。」他如《金陵》云「一片風流地，千秋醉夢多」，十字極包括。餘佳作尚多，不悉記。

藏園有《官戒詩》廿四首，是送其同年陶韋菴出宰廣靈作。蓋以詩爲格言者，殊益於吏治，吾已録入詩話中，今不更録。

陳奉茲

號東浦，德化人。有《敦拙堂集》。

桐城姚姬傳云：「東浦爲文，皆得古人用意之深，而作詩一以子美爲法。其才力沈毅，而發也騫以閎，其功用刻深，而出也慎以肆，世之學子美者，蔑以遠焉。」

閔案：方伯與藏園，同年進士。出爲四川令，洊升至江寧、安徽布政使。其詩樸茂雄直，有杜之骨力，而不襲其貌。品格猶在蔣上，才氣微遜耳，然要是兩雄也。曾賓谷脆弱，遠在下風。

陳詩別有專鈔本，今舉其略。

五古如《偶然作》云：「暮夜卻餽金，所得亦已末。伐國問仁人，中心自慙怛。故人何見逼，無乃久疏闊。亮節既未知，冥墮乃相聒。賢者艱衣食，此意貫夙豁。」又云：「步出城東門，壘壘邱與墓。行人千里邁，下馬立四顧。借問此栗里，陶公有封樹。感我涕霑衣，曾不知其處。平生一老農，饑寒迫衰痼。飲酒終天年，挽歌發妙悟。生之華屋榮，死無壙中具。當自委化盡，甘心泯泉路。曠世君既知，一杯灑寒霧。」又《亭中》云：「孤亭俯郊坰，清坐酬芳節。柳色生晴媚，蜂聲赴春悦。慮澹身易閒，趣深物無劣。穆然干青雲，何必在巖穴。」

七古如《怨歌行》云：「好離不如惡別，聞音不如斷絶。一朝抉眼奈君何，君又相存不可説。歡時愛語入淒涼，初不稍疑真斷腸。人心似藕多空竅，已折無絲得繫將。天上參辰聊解意，既得相守早相避。光凝自照不足分，怨毒由來強招致。君不見岱山松，又不見漢臺柏。青雲獨鶴未來巢，赤棒羣烏且朝夕。灌夫罵坐體全癡，翟相書門智已遲。玉人方笑君王寵，忍弄虚詞誤餅師。」又《書谷觀察餘生紀略》云：「黄河奔波三千里，谷公人之身不死。其事壬寅正月中，其文自記具原委。河決儀封楗將塞，寸坼丈頽不彈指。浮茭誤君可奈何，斷木觸君蓋有以。河伯鼓浪輸嚨喉，再受再距三踴浮。挾其斷木游魂游，有稽載鬼聲啾啾。夜天無際星辰流，無人呼君應奚由。天使君名聞部卒，感恩接手誓同没。卒惟據稽援君亟，似謂得此如登筏。斯須水上無復音，君獨與卒河之潯。四手交握中夾稽，稽以不解人不沈。妙筆能傳爾時事，使我快讀生幸心。同時落水非無人，生全無述誰爲吟。往時觀察張有年，半夜魂骨填重淵。方君疾首歌且顛，觀察燈導遥當前。耿耿側入波底天，記中及之神凜然。古來人事憑文傳，此文非君意所得。受事危時敢避厄，使水如心自平適。官今持節稱其職，長堤屹然春復秋，丞簿逍遥但眠食，天下蒼生望磐石。」

又《題馮巽泉太守秋釭補讀圖》云：「馮侯守蘇政有紀，吾覩不獨其才美。此邦自昔人事繁，爾時簿書況填委。敝精勞形苦不給，萬馬紛馳仗一筆。古來非無宰制術，至今消息存故紙。如何誦習遭譏訶，曰有書氣不堪使。書遂爲官之大禁，爭欲低頭拜令史。借問亡羊挾何策，新詩時文麗於綺。馮公曰吁昔優爲，今覺昔非乃求是。畫師好手入意圖，圖中席上雙眸子。卓犖氣已吞萬卷，坐覺兒童笑相視。顧我幼學老日亡，暮行秉燭尚何俟。林聲久被歐公惜，舊誤稀逢邢邵指。羡君少我猶十年，事業炎暉正堪擬。蕭然清涼生素心，子夜讀書一寒士。君言此語未知己，書不足用安得己。良將要能制百勝，聚糧始克行千里。及而後知洵不誣，敢詡才名自筮仕。餘事猶應洗塵俗，焚香掃地成竊比。朝來相見助我多，又得何書個中理。惟言夜氣清妙時，短檠作花向人喜。」

五律如《野路》云：「邑小人煙滿，官勞晚路清。遠村籠月色，新穀蘊蟲聲。物潤同時受，車涼稱意生。静心觀造化，本自有逢迎。」又《郭有道墓碣》云：「後死中郎愧，平生孟博哀。人師真不忝，名士得無災。寥景冥汾雁，清風出漢槐。崢嶸標片碣，應後介山頽。碣旁有漢槐一株。」又《寄宋揩垣》云：「詞賦天涯吏，平生古道明。寄情從遠得，答問人忙能。江國寒空雁，山程驛舍燈。流傳應汝事，前輩已飛騰。」又《春賞》云：「始知仙可慕，欲事斗壇齋。如此青陽賞，前人黄壤埋。池亭開萬象，蟲鳥喻中懷。才地寧無用，居官似未諧。」又《東河》云：「進艇興師力，乘流賦客心。濕雲低戀竹，新漲亂穿林。犂釋犢方健，篙投魚已沈。途人不相忌，脱帽指遥岑。」又《途暮》云：「嶺暮長松合，村春細麥平。急流車底過，疏炬雨邊明。馬意遲應懶，烏栖定不驚。深慙謝安石，小草爲蒼生。」

七言如《黄鶴樓》云：「黄鶴高樓不搥碎，晴川之閣復臨江。神仙詞客同歸去，天地吾生自倚窗。吴楚巨航何代集，東南雄郡一時雙。尚看四壁懸詩版，欲哂青蓮氣早降。」此題難下筆矣，却雄厚卓出。又《晚興作》云：「不獨吟春春晝罷，忍孤風景晚來欣。嶺遮落日紅猶聚，沙入迴江白不分。山鳥意安牛背立，野人行就馬頭醺。問予旁邑爲官長，頗洽農談質有文。」又《廣元棧道聞鶯》云：「使星東帶出無時，賈算持籌納有司。身到中年從白髮，春隨行處亦黄鸝。一聲靜覺山光好，百囀幽同野客期。花樹江邊横數尺，丁寧俗耳未應離。」又《去梭木》云：「愁居四百二十日，馬首今朝鳴向東。回望雲山益幽陿，欲憐生長到禽蟲。不眠孱卒防羌火謂木果木失事時，扶疾危崖俟客風。此境無須夢向值，九峯秋照訟庭空。」第四句奇創之至。又《感松》云：「松樹蜀中看較少，緣峯冠嶺近邊陲。尤憐野曝明村處，忽憶春山上塚時。酒肉入林霑細草，父兄攜我弄卑枝。事如隔世頭俱白，無限歸心計莫遲。」又《里塘寓舍》云：「儘堪晚起無人處，苦迫衰年少睡時。晴散雪花看漸密，夏生春草意猶遲。殘編熟盡還相對，蠻語通多總入詩。萬里淹留問心迹，夢回地下老親知。」第二聯精刻。又《邯鄲聞布穀作》云：「赤日征塵漲紫煙，偶聞布穀倍欣然。大都所在宜禾地，必是行來美蔭天。便欲即時呼趙瑟，相將置酒夢盧仙。人生適意爲佳耳，何待鶯聲始足憐。」

又《曉渡河潼作》云：「徹夜炎威挾月光，長河擊汏與蒼茫。日生底柱關門赤，風捲中條嶽色黃。恐有仙人抱龍睡，欲呼玉女倒盆翔。出雲降雨由來地，忍遣蝁蟗見近疆。」《山海經》：泰華山有蝁蟗。時秦、晉、豫皆頗憂旱。第二聯逼真杜老。又《劍州》云：「天畔孤州劍作城，麥苗新緑滿山程。古來驛路猶看柏，柏皆大數十圍，卻趨閬中，國初驛路尚然。秋盡關門尚聽鶯。難更勒銘摹地勢，惟應攜酒寄春情。郵籤屢報追風足，老馬爲駒受寵鳴。」新擢四川提刑。又《孝陵》云：「古殿長松尚鬱然，十三陵自隔恒燕。築城終作陪京地，移寺應知宿世緣。帝業無階同漢祖，神靈一哭罷江天。勒碑申禁行人讀，已在崇禎十四年。」此詩格律遒勁。

絶句如《題方坳堂所蓄美人圖》云：「紅雨並雙飛，春風幾日歸。美人無限意，紈扇對朝暉。」又《清泉鋪》云：「路出春山山上頭，牧童躍上烏牸牛。一聲笛唤暖風起，望見山桃花已稠。」又《透明崖》云：「透明崖上一杯酒，月照薜蘿泉水深。殘刻手捫嘉定記，無人來醉到如今。」又《晚行》云：「半天殘照尚銜村，一片涼雲恰對門。風動青苗山欲雨，籬邊農婦唤雞豚。」「涼天無際晚悠悠，田水聲多不見流。回首清光月東出，一雙溪鳥宿虚舟。」又《木蘭垻詞地在鄂克什》：「木蘭垻外碧波紋，不見木蘭惟塞雲。草裏花紅好顔色，何人曾此替從軍。」「當年征戰望迢迢，今日鞭絲無暮朝。羌女戍前收麥去，相將唱過木蘭橋。」垻有橋，亦名木蘭。又《莫愁湖櫂歌》云：「不負湖名是莫愁，先看勝景領新秋。風流太守翰林李，初向湖邊起酒樓。」「聞道圍棋得賜湖，至今歲歲取湖租。徐家白屋漁人集，明祖皇陵野鳥呼。」湖爲徐氏業，相傳明祖與魏國公達圍棋賜之。今湖邊善嚴菴樓，榜曰賜棋。原註。「秦淮水畔燈火涼，元武湖中草木荒。莫去閒遊惹遺恨，都來消受好風光。」「多少青山翠作堆，半昏塵絡半藏隈。如今試上樓頭看，全換清新面目來。」「美人秋水眸子明，美人春水眼波生。四時水色此中好，照出愁人歡喜情。」「輕風打槳慢經過，妾住長干郎住河。笑殺烏衣桃葉渡，不容著楫少煙波。」「金陵女兒貌如花，潛向湖邊踏月華。流彩懷芳獨愁思，千秋寂寞有誰誇。」「飄然一櫂老漁師，人去人來總不知。湖作酒杯嘗縱飲，水爲歌調自娛嬉。」又《七十生日示兒》云：「受氣初羸父母憂，豈知精力老來遒。不如好德惟多壽，已過先人十四秋。」「此生予舍獨何如，殮葬衰麻一例虚。二十五年人事樂，母喪至竟不曾除。」先生官四川時，從軍金川，奪情未守制，故云爾。

他佳句如：「溪水仍浮色，蟲聲似有懷。」「釣船波上定，酒斾寺門斜。」「野風聞酒熟，秋水見荷餘。」「鷺江波盡白，遠柳氣初青。」

彭文勤

名元瑞，字掌仍，號雲楣，謚文勤，南昌人。有《恩餘堂經進稿初集》十卷，續集二十二卷，三集十一卷，策問一卷，《讀書跋尾館録存稿》三卷。

閔案：文勤初有《潛源詩鈔》，詩體不名一格。入館以後供奉文字，而職業萃精於駢儷，文體一變矣。然根茂實遂，不苟爲炳烺。《經進稿》中，微特四六莊雅典則，間作散體，考論文字，亦復厚重不佻，固應代文豪也。

彭詩别有專鈔本。詩鈔録一二，見崖略。

《雪詩》云：「上元節後三日雪，千山萬山人影絶。抱春出門門已封，直突無煙甑空設。本年歲事失豐穰，一顆一粒無弆藏。富家困窖多紅朽，相持遏糴爲天荒。飢兒張口向爺哭，人家炊米勝糜肉。耶泣語兒兒莫啼，縣官方發常平粟。」

《橋亭卜卦硯歌》云：「其修九寸博半尺，厚不及寸土花蝕。云是朝天橋上亭，賣卜簾前淚和墨。一聲白雁江南飛，三日潮頭招不得。更無趙家半塊土，惟有先生一片石。崖山風雨已十年，臣不心轉如石堅。從容就義誠非易，疊山後死文山先。百年橋崩硯始出，四百年來傳勿失。東陽太守好事者，對客摩挲恒永日。留得玉帶生並垂，石不能言觀者悲。當年病臥憫忠寺，壁間太息曹娥碑。」

《恭和御製駐蹕安瀾園》云：「水氣到天邊，孤峯海角懸。鹽官吴舊縣，相國李平泉。積俸買薖澗，傳家和誦絃。即今依日月，喬木尚清妍。」「信宿日剛柔，安瀾籌築修。名園過瞥眼，蹕路轉盤頭。地勢全塘覽，天章三疊留。城闉八仙石，歡迓慶春遊。」

《除夕登金山》云：「鐵甕城高水氣浮，誰將拳石障中流。波搖塔影齊奔海，風湧潮聲直上樓。到眼峯巒横北固，隔江煙火認瓜洲。老僧閒向空闌倚，一葉看人浪打舟。」

文勤駢文字，予《駢文軌》中選録不少，今就記憶及者録一二於此。《恭謝恩撫江西十二縣遍災摺子》云：「欽惟我皇上，福羡埏垓，恩均燾載。演疇次富，有年之報順成；得壽惟慈，如保之誠曲逮。普聞綏屢，餘多九歲之三；偶歉豐登，算僅萬分之一。不違朝矣，甫經辰告之升聞；如望歲焉，即免庚呼而布德。維楚尾吴頭之域，是江襟湖帶之區。厥土膏腴，羽少雁鴻之肅；其鄉沮洳，種留蛟蜃之遺。鯨波之旋漲旋消，無妨全勢；蟹舍之或高或下，間及偏隅。遂於六七月之間，適有十二縣之潦。地本居於下澤，穫不及於高秋。疆吏初陳，綸音旋下。惠心周摯，區極次而有差；闓澤瀰淪，疊藉停而靡間。施我氓五邑七邑，賦之粟三旬六旬。籽貸新耕，年蠲舊息。即民家之逋負，何能緩至三年；且農部之正供，亦予俟其二麥。君上補造物，無不接之青黄，父母篤恩勤，有必周之黔赤。謀成粱稻，共欣秋雁隨陽；意寓丹青，久仰春雛得飼。江水仁而宜稻，恩同九派之汪洋；豫章木以名都，祥兆八徵之蕃廡。臣等來從枌社，幸奉楓宸。讀尺一之詔書，望三千之鄉路。

身麋麇鼠，銘心歌河輻之餐；　信寄江鱗，鼓腹飽瓦盆之飯。從此魚肥米熟，登樂歲而萬斯箱；　願同羔酒兕觥，祝聖壽於億及秭。」

《江西十一府屬旱災緩徵錢漕謝恩摺子》云：「欽惟我皇上，恩均幬載，德洽垓埏。稼穡知小人之依，我疆我理；　衣食如赤子之保，己溺己飢。自己未親政以來，孚多方之布惠；　讀辛酉紀事之作，仰一視以同仁。蓋木穰而金饑，在年運值氣數之轉；　維堯水而湯旱，恃聖心補造化之功。屬者疆吏騰章，隅災告匱。候逾北至，地遠西江。勢屢厄於盲風；　澤久稽於甘澍。當楚尾吴頭之壤，舊飯稻而羹魚；　何蠡湖廬阜之靈，艱興雲而致雨。順天時之暑，方禁燒灰；　交月令之秋，真成流火。訊高田之中稾，莠穗未揚；　盼下隰之晚禾，秧鍼又悴。甽畎或成乎龜坼，稻粱難副乎雁謀。計隸下之提封，十餘三屬；　問市中之米價，石已五金。雖屢豐尚困窖之藏，而春熟正徵輸之届。甫聞辰告，如聽庚呼。念十郡之歉區，奚啻千里；　而一年之生計，惟在三秋。廑父母之心，時飽饑其倍切；　廓天地之德，溥雨露以均施。凡爾未納之租，以及應收之漕，悉寬歲額，徐俟年週。餘分縣之帶徵，并按期而遞緩。雖偶櫛墉之未裕，俾供升斗之自謀。北九派潯陽之波，南三折字江之水。東盱汝，西接臨袁。黄帖初謄，户少打門之吏；　瓦盆得飽，家猶炊甑之人。信新膏立起夫槁苗，如湛露頓滋夫小草。加猶靡已，敕殷心貧户之稽；　感則斯通，諭誠意名山之禱。定報秋霖土透，連村皆種菽種麥之農；　更祝時雨師行，隔省化買犢買牛之旅。臣等心依桑梓，身自犁鋤。讀北闕之恩綸，感同茅蔀；　聽南邦之鄉信，頌遍江湖。惟願來年豐稔，仰符於省歲；　相期不日輸將，早納於在官。庶酬緩賦之隆慈，長守急公之善俗。」

《恭謝恩旨普免錢糧摺子》云：「本月初八日詔奉恩諭：　以紀年週甲，篤祜延釐，丙辰元旦，舉行歸政典禮，爲嗣皇帝登極初元，廣沛恩綸，共沾湛愷。著將嘉慶元年各直省應徵地丁錢糧，通行蠲免，以示朕與嗣皇帝愛育閭閻，同錫恩施至意者。恭惟我皇上，福以德基，壽由仁政。堂顔五代，佇增六世之來孫；寶篆八徵，晋衍九旬而頤慶。成十全之偉績，又繪新圖；周六甲之紀元，重開時憲。諸祥豫集，百順鼎來。溯從御宇之初，默肅升香之告。十甲十二子，天運於兹始全；一帝一元年，家法今爲最正。自漢孝武之建號，載祀越二千春；維我仁皇之膺圖，祖孫合百廿載。志真先定，如乾端坤倪之莫窺；天且弗違，遂帝夏皇春之適會。蓋由注精神之運量，斯能貫日月以久長。舜丙年，堯辰年，合並勳華之始；典元日，謨上日，將循授受之文。夐未前聞，皇哉盛禮。天行長健，仰覆冒以加崇；日御重光，被高明而益廣。守名正言順之義，騰詔建儲；鑒戴高履厚之依，演綸卻奏。行與事以相示，仍綜大綱；巍且焕以莫名，弗居尊號。讀十行而雀抃，篤萬世之燕貽。執精一而黄屋非心，保子孫而黎民有利。嘉與維新之郅治，推行由舊之仁心。沛兹寰海之區，溥下賜租之令。粤《洪範》之二富，尤在藏民；昉《禹貢》之九州，但聞任土。遼海肇基之域，甸畿首善之邦。山隔東西，粤隔東西，帶東西阡而遺秉；江連南北，湖連南北，棲南北陌以贏糧。若陝甘滇黔之罔間邊隅，亦浙閩豫川之無分遠邇。二萬里皈宇，紓回部之牛屯；卅九族番民，弛藏彊之馬折。供粟勿收於臺海，賦芻竝免於牧場。農部持籌曠蕩，悉依於往例；職方畫壤均匀，一視以分年。三千萬鮮上中下錯之殊；十九省無春夏秋徵之事。肇周甸而布惠，載慶典以敷恩。年在酉而饒乞漿得酒之占，歲由庚而慰獻壽稱觥之祝。昔四番之曾遇，飽渥膏甘；更五度之有增，醲霑露湛。昨者秋莊迓嘏，既轉漕之毋輸；繼而臘鼓迎春，復積逋之盡豁。公庭花發，經年少到縣之農；平野雲鋪，連歲無打門之吏。量百畝之所入，若倍取乎十千；較六省之别蠲，且積盈乎什一。猶廑四方之逖，逾開二月之徵。德必速於置郵，音先傳於丕播。須隨正朔，温轉陽春。聽廷綍於元辰，早聞特詔；問殿筵之千叟，爭述屢恩。秉保赤之誠，有加靡已；闡惠心之旨，勿問有乎。景聖祖之普蠲，法世宗之歲免。維損上益下之公誼，爲繼志述事之良規。今而堯舜一家，愛侍膳問安之日；際此貞元四德，本施任發政之經。未改元元，示帝範且先於授璽；爲衆父父，俾孫行共樂於含飴。即爲十六字之傳心，從此萬千年而飽德。臣等欣逢景運，忝附官聯。各有枌榆，閱春作夏長，秋斂冬藏，而皆成樂歲；同爲葵藿，萃東岱西華，北恒南霍，而競效山呼。普吉祥雲，蔭遍恒沙國土；胥仁壽宇，歡騰大海潮音。願持所屬億兆京垓，上積聖靈籌添之數；爲問自古羲軒巢燧，孰媲熙朝鼎卜之隆。」

文勤以文章邀兩朝眷遇，曾製寧壽宮、皇極殿鐙聯稱旨，當時遂有「鐙聯宰相」之目。然摛華鋪藻，頌不忘規，固極才人之能事，嫉忌之言，未可爲典要也。今全録於左。左八聯，其南云：「南斗炳珠弧，六旬御宇，萬祀頤和，堯封祝曰聖人壽；前星臨黼扆，九陛崇基，三元肇祚，周雅歌之君子寧。」其北云：「北極共皆期，子帝爲帝，曾孫有孫，五福堂前歡舞綵；後天錫難老，長春如春，元夜不夜，九華鐙下壽稱觥。」其東云：「東作穡關心，雪融隴麥，燭照田蠶，課雨占晴尚初志；左旋杓向角，節宴堯漿，鐙詞舜軫，撫時行慶有前規。」其西云：「西域被流沙，年班藩部，歲報屯田，照世杯圓里二萬；右垣通閶道，出震迪光，乘乾垂裕，和時燭朗界三千。」其東南云：「東國舊戎衣，歆豳有籥，作岐有鼙，小物克勤詠糠燭；南邦昔車斗，恬海如鱗，翕河如鏡，民風可觀戒鐙船。」其西南云：「西園翰墨林，四庫積玉，七閣抽琅，太乙藜光鐙以右；南宮禮樂地，兩舉制科，六開恩榜，文昌珠彩月同圓。」其東北云：「東揖木公朝，十年慶典，千叟恩榮，洛社畫圖鳩杖集；北迎元日詔，五代齒繁，百家算倍，康衢燈火篠驂游。」其西北云：「西定噶喇依，恭者我仆，偝者我俘，鑾目更番入春宴；北踰額濟勒，威曰歸降，德曰歸順，鴻臣來賀御東朝。」右八聯，其南云：「南面久仔肩，求衣問夜，秉燭待章，福用敷之次五極；前盟果如意，鳥篆鐫瓊，鴻文刻玉，古維稀矣四三皇。」其北云：「北戒拱論都，河得真源，淮得真源，九如咸頌川方至；　後車勤親嶽，岱猶望幸，嵩猶望幸，萬壽宜歌山有臺。」其東云：「東廂啓儒席，論敷奧旨，雅肆古歌，詩頌壽萬千無量；　左海侑賓筵，句補吹笙，鄉觀飲酒，禮成月三五而盈。」其西云：「西敘溯成功，振以特磬，聲以鎛鐘，節序新詞卑火樹；　右文邕鳴盛，風有干城，雅有髦士，科名舊事壓鐙毬。」其東南云：「東震旦最尊，樓湧萬佛，經譯三乘，歡喜國中法輪轉；　南瞻部妙勝，印寫秘文，塔飄吉帛，光明天上慧燈懸。」其西南云：「西社賽春燈，市流帑鏹，豳溢倉糧，六十年逢年布惠；　南榮曝朝日，户弛繆租，漕除玉粒，二千萬纍萬全蠲。」其東北云：「東陸鳥司開，辛祈紺殿，亥耤黛輳，顒若躬親奕葉守；　北辰象布令，秋獮上蘭，冬嬉太液，昭哉心法耄期勤。」其西北云：「西來福德智，高六帝帝，享萬年年，典盛禮隆臚舊政；　北向子臣民，受至尊尊，爲衆父父，天符人瑞遂初心。」

劉金門

名鳳誥，萍鄉人，有《存悔齋集》三十二卷。

吴縣石琢堂韞玉序公集云：「先生爲南昌彭文勤公入室弟子，朝常國故，尤所熟習，文勤在時，倚之若左右手也。純皇帝之誕降也，往時宫監相傳，有在熱河之説，先生纂修實録，定爲誕降在雍和宫。以御製詩註爲舊説，後知其誤，至追改詔書，然後知先生史筆謹嚴，非人所及也。文勤嘗病歐陽《五代史》之簡略，欲如裴註《三國》之例補注之，未及成書，臨没以稿付先生。先生窮二十年心力，續成完書，已授梓行世，此任重道遠，非先生其孰能之。」

閔案：金門少宰集有二本，一刻於揚州者，初本也，正集二十八卷，外集四卷。一刻於粤東者，其子婿文太守晟所校删本也，止十二卷。先生經進駢文，裔皇典重，足繼彭文勤公，閔嘗鈔兩公文爲一編，名《彭劉駢文鈔》。

又案：先生詩取法子美，氣骨堅厚，集中有《杜詩話》五卷，甚資啓發。謫戍時作《北征詩集杜句》至二百餘首，可知其宗法所在。

劉詩别有專鈔本，今舉一二。

《登黄鶴樓》云：「東下萬里水，此山横一樓。岷峨大江塹，漢沔古時州。仙者已黄鶴，野人空白鷗。吾能攜鐵篴，吹破碧天秋。」「李白神仙謫，騎龍任去來。如何鸚鵡句，移到鳳凰臺。天地豁雙眼，江山歸一才。時平烽傳絶，楚塞跨雄哉。」

《登琵琶亭》云：「琵琶亭古接風煙，無復琵琶聲在船。最不世情衫上淚，豈關哀怨袖中絃。我來暮雪空江外，愁絶黄蘆苦竹邊。誰起元和醉司馬，一杯西笑慰華顛。」《莫韻亭前輩寄示驛柳詩次元韻奉酬其意》云：「青門煙樹望迢迢，舊事河梁淚黯消。過眼未忘雙隻堠，綰愁誰問短長條。緑迎飛騎絲連鞚，黄點征衫葉亂飄。多謝吟髯苦相憶，一天風雪九關遥。」「出塞都無傳舍情，萬行榆柳匝長城。直沿大漠開行障，斜拂穹廬隱角聲。古戍明駝馳漢壘，夕陽金雁射蕃營。龍庭想像龍池色，敢道征人白髮生。」「夢裏分明喚栗留，山程館接水程樓。送人也復欹青蓋，結客何當繫紫騮。十里塵迷沽酒旆，一枝春借寄書郵。蕭疏莫話靈和事，身在遼天欲盡頭。」「山隔燕支别有山，紅塵漠漠絮飛閒。相逢陌路常如此，憑仗春風早放還。芳草落花殊繾綣，青袍白馬待追攀。西來恰共長安笑，盼得班超已入關。」原註：適得鐵參贊師軍臺送行。四詩作於戍所，故多嘐嘈之音，然而殊遒鬱也。

絶句如《九江大雪》云：「東吴西蜀渺寒流，白浪如山擁去舟。萬鳥不飛帆一葉，滿天風雪下江州。」《和太菴將軍以畫菊扇贈行》云：「近秋邊馬已嘶霜，驀見籬英袖裏藏。夢與山妻算歸日，幾時煮蟹切新薑。」

佳句如：「寒雲隨馬散，江雨送春歸。」《立春小雨》「山春催鳥過，花曙問鶯知。」《東平曉行》「風憑天與勁，霜到野添肥。」《宿元聖宫》「天横紫荆塞，秋老白檀山。」《密雲縣書店壁》「文章萬人傑，社稷半生憂。」《南池少陵祠作》「風雲有氣三邊壯，山水無人萬古閒。」《秋日望邊》「少忍待天消宿業，長貧安命泯虚詞。」《答石琢堂》「秋風一榻住深巷，明月滿船歸故鄉。對酒當歌吾性慣，兼程辦道各家忙。」《自金陵還江右留别静崖諸君》

少宰《集杜詩》二卷，皆極精壯自然，今舉最者一二於此。「自傷甘賤役，時論以儒稱。」「文章憎命達，感激異天真。」「亂雲低薄暮，邊日少光輝。生死向前去，飄零何處歸。」「行路難如此，歲寒心匪他。」「五雲高太甲，百里見秋毫。」「尚想東方朔，還尋北郭生。」「且將棋度日，相勸酒開顔。」「身世雙蓬鬢，邊秋一雁聲。」「天邊長作客，儒術豈謀身。」「終悲洛陽獄，永息漢陰機。落日思輕騎，哀歌歎短衣。」「當歌欲一放，攜酒重相看。」「畏人成小築，養拙更何鄉。」「生理何顔面，榮華有是非。」「側身千里道，獨立萬端憂。」「晚涼看洗馬，新雨欲生魚。」「片雲天共遠，昨夜月同行。」「戈鋋開雪色，星月動秋山。」「獨坐親雄劍，開箱睹黑裘。」「努力輸肝膽，無心恥貧賤。」「此生隨萬物，爲客費多年。」「江流思夏后，朝海蹴吴天。」此是咏金山寺。

吴蘭雪

名嵩梁，字子山，號蘭雪，晚號澈翁，東鄉人。有《香蘇山館集》。

洪稚存云：「蘭雪詩珠光七分，劍氣三分。」

閔案：蘭雪爲藏園入室弟子，詩體略類，才氣微遜，而情韻之芊綿宛縟，時又自成一家。晚年出手太易，反無佳製，徒存匡廓耳。吴詩别有專鈔本，今略舉一二。

《釣臺夜泊》云：「不見羊裘客，三千空月明。荒亭俯雲壑，中有浩歌聲。詩骨本來瘦，旅懷今更清。桐江如此碧，未敢濯塵纓。」《閒居有述》云：「唐策萬言劉諫議，漢廷一疏賈長沙。文章至此關天運，進退何人爲國家。一技乘時求實效，六經行世豈空華。閉門且復窮根柢，畫餅才名愧八叉。」

絶句如《題宋徽宗䞓紅牡丹》云：「一枝絶艷照天涯，北狩何年返翠華。沙漠苦寒人不到，舊京誰進洛陽花。」《書長恨歌傳後》云：「私語憑肩淚欲流，君王妃子苦綢繆。長門一例人如玉，自卷珠簾看女牛。」《題伊墨卿藏倪文正小桃源墨迹》云：「鶯遊門外水雲寬，海運纔通力已殫。誰道仙源無路入，求仙容易救時難。」《詠水仙花》云：「幽香生自性根來，並蒂偏從冷處開。不識人間塵土味，萬花須讓此仙才。」

佳句如：「一旗沽酒市，雙槳載花船。」「雲沈千島黑，潮湧四更紅。」《日觀峯作》「一年彈指去，百事上心來。」《除夜》「老葉黄堆屋，秋雲白上衣。晝閒松鼠出，煙暝竹雞啼。」「道心生夕磬，清夢警秋蛩。」「六代好山歸昨夢，一簾微雨畫春愁。」「風日人間宜午樹，性情吾輩近秋花。」「衣上白雲晴更濕，笠邊紅日午猶涼。」《仰天坪》「六代風煙銷載迹，一江花月蕩春愁。」《登鎖江樓遂游琵琶亭》「開甕酒香濃透屋，壓床書卷亂圍山。」「一鶴瘦於長爪客，數峯奇似大癡山。」「除夕狂邀神女醉，戰場親唁鬼雄來。」《書船山詩草》「魏鄭之間推國老，孟韓而後此宗師。」《歐陽文忠公祠》「雲散月明無我相，水流花放即公詩。」《讀東坡詩》「蛛網不蒙金鑑録，馬嵬爭見玉環來。」《張文獻公》「宣室虚懷咨賈誼，烏臺併力殺東坡。」《李穆堂神道碑》「五咏高名荒冢在，六朝奇士醉鄉多。」《劉伶墓》

「叱咤生能吞大敵，頭顱死亦换封侯。」《項王墓》

閔案：先生有《石溪舫詩話》，中有一條云：「楊荔裳揆勸其兄蓉裳芳燦刻集，云『星士之言，以文章兒女爲我所生，兒即當娶婦，女即當擇婿。其得佳偶與否，聽命而已。詩文爲我輩平生心血所寄，必自鋟板，其傳與否，亦有命在，聽之後人而已。』」此論似諧而確。

湯茗孫

名儲璠，號茗孫，臨川人。有《帆無恙集》《忍冬小草》。

《射鷹樓詩話》云：「中翰夙具天才，爲臺閣諸鉅公所賞，凡進御文字，多出其手。以偶失權貴歡，十餘年不得薦擢，鬱鬱成疾，道光己丑移疾歸，没於家。」

閔案：茗孫詩骨格蒼勁，在蘭雪上，吾鄉詩家後勁也。集中《新疆詩》八首極佳，藉以見朝常國故，每首各繫小序，亦精簡，即此知先生著述才也。今全録於後。

《客有不知新疆者，告以回部八城，識其大略，各繫以詩》。

《喀什噶爾漢爲疏勒國》小序云：「距京師一萬一千九百餘里，所屬村莊凡三十有六，回酋瑪哈特墨舊居城也。初準噶爾强虐回部，因其二子太和卓木波羅泥都、小和卓木霍集占，乾隆二十二年大軍平準夷、定伊犁，兩和卓木以八城迎降，將軍班第奏釋之，以兵送歸喀什噶爾，俾統其舊屬。二十三年，霍集占與波羅泥都各據城叛，諸城伯克皆響應，將軍兆惠、明瑞以次討平之，於是回疆諸城盡歸版圖矣。回語喀什爲各色，噶爾爲磚房，其地庶富，多磚房，故名。」三十六國羅衆星，《漢書》：西域有三十六國。疏勒一庭如建瓴。經營廿載祇都護，卻笑平平班仲升。班超留屯疏勒二十餘年，考厥成功，止得侍子而已。磬藁迦師已陳迹，《後漢書》磬藁城、《唐書》迦師城，俱在此。恢武城開蕩平日。我朝賜名恢武城。奠長子孫孤聖恩，兩和卓木殊可憐。

《葉爾羌漢爲莎車國》小序云：「距京師一萬二千里，回莊三十五處，城踞土岡，有六門，規模宏敞，甲於回部。乾隆二十四年，霍集占敗走，舊伯克回民等以城降。葉爾謂地，羌謂寬廣，其地寬廣，故名。」南山奕奕當天門，一龍蜿蜒青海奔。遂教九州開北戎，武功太白皆兒孫。南山起於葉爾羌之杭阿山，爲北戎諸山之祖。南包青海，武功、太白、太乙、太華皆其支派，唐一行以三危爲北戎之首，非也。我軍涉之笳鼓競，高宗純皇帝平宗葉城，有《我軍》《笳鼓》諸詩。蘋果石榴花掩映。歲貢蘋果、石榴。行人夜過雙義祠，將軍訥木禮爾、參贊三泰遇害於此，敕建雙義祠祀之。祠畔神燈照鷺鷥。國人以鷺鷥爲鬼物，不敢食。

《和闐漢爲于闐國》小序云：「距京師一萬二千餘里，凡城村六向，受回酋和卓木約束。乾隆二十年遣散，敕大臣鄂對往撫之，六城村伯克率衆歸附。二十四年，霍集占來攻，駐營哈喇哈什城外，忽黃霧彌漫，人對面不相見，我師乘霧急行，既薄賊營，賊始驚潰竄去，追奔數十里，和闐復定。和闐即古于闐之轉音也。」哈什城頭黃霧霏，我師躡賊賊不知。紅日一輪當卓午，伯克牽羊打銅鼓。八順鴻文告昊穹，見聖製《平定回部告成碑文》。河源佳氣今葱葱。《漢書》：于闐，河源出焉。大將來開都督府，唐時於此建都督府，今以辦事大臣駐之。嬌兒侍宴重華宮。和闐回長霍集斯遣其子入覲，賜宴重華宮。

《阿克蘇漢爲温宿國》小序云：「距京師一萬七百餘里，城居高崖，百餘丈，四城連峙，一大城環其外，洵天險也。乾隆二十三年，大兵既克庫車，阿克蘇回衆聞風向化，乃逐霍集占所置伯克以城降，所屬村莊凡三十有六。阿克蘇以水得名，阿克謂白，蘇謂水也。兼轄拜城、賽喇木城。」小城中央大城裹，五城屹如天上坐。木素石流銀漢聲，地濱木素爾郭勒南岸，回語郭勒，河也。雪山馬踏千年冰。雪山在阿城南，冬夏積雪不消。毗羅阿悉皆崢嶸，賽喇木城即唐毗羅城，拜城即《唐書》阿西城。吁嗟天險不可升。我皇踐之如階庭，聖製《平定回疆文》曰「踐若階庭」。於戲神武孰與京。

《烏什漢爲尉頭國》小序云：「距京師一萬九百里，村莊凡有十一，乾隆二十三年内附。至三十年二月，伯克賴黑木圖拉聚五百餘人，四更縱火焚掠，副都統素誠死之，賊遂據城爲變，遣使求援於安集延，爲布魯特所獲，縛而獻之。將軍明瑞攻城數月不下，夜半以雲梯登城，殲賊無算，黎明振旅，烏什復平。烏什即烏赤山，城居山上，故以名焉。」四更山火燒烏赤，五百蟲沙皆跳躑。間道潛通安集延，獻諜全資布魯特。夜半雲梯踏鹿盧，花門帕首皆囚俘。至今行館風雷夜，怕看將軍血戰圖。烏城已定，命繪戰圖，以昭武功。

《庫車漢爲龜茲國》小序云：「距京師一萬餘里。乾隆二十三年，大兵追霍集占至此。五月，霍集占來援庫車，我師敗之於託和鼐，又敗之鄂根河，獲其回纛，殲賊數萬人。霍集占以殘兵入庫車城，七月復西遁，越三月城降，凡莊莊九十七城。庫謂此地，車謂眢井也，其地多眢井，故名。」帝庸作歌託和鼐，風戈雨鏃慷當慨。乃賡載歌徊纛行，聖製《託和鼐行》《徊纛行》諸詩，記其事。如聞鄂根河水聲。賊渠西遁餘誌恨，心怦怦。聖製《軍書》詩云：「咄哉堪扼腕，選將吾未慎。」又有《得庫車城誌恨詩》。嗚呼庫車雖蕞爾，高廟經營尚如此。

《喀喇沙爾漢爲焉耆國》小序云：「距京師九千餘里，土田肥沃，魚鹽蒲葦之利甲於他處。所屬有布古爾、庫爾勒二回城，又有土爾扈特及和碩特游牧。喀喇謂黑，沙爾謂城，年久黑色也。」擊胡都尉卻胡君，勝兵六千張吾軍。《漢書》：焉耆國王勝兵六千餘人，有擊胡都尉、卻胡君等官。帝曰守邊惟其德，見高宗聖製。只駐緑營兵五百。蒲昌之海何漫漫，蘆葦魚鼈充其間。擊鮮飲酒吹不託，征人夜唱從軍樂。南有羅爾淖爾，爲古蒲昌海。

《英吉沙爾漢爲依耐國》小序云：「舊屬喀什噶爾，今以領隊大臣駐劄，所屬回莊九。英吉謂新，沙爾謂城，其地新建城，故曰英吉沙爾。」東開莎車北疏勒，吁嗟依耐彈丸國。史稱依耐國最小，户一百二十，勝兵三百五十人。東至莎車，北至疏勒。後漢書不著其名，當爲莎車王所并。我朝八城如郡縣，蒲桃秋棃歲相見。歲貢此二物。台吉宰桑同一家，高牙大纛無敢遮。台吉、宰桑皆回部貴人名目，《後漢書》有「高牙大纛，過者輒遮殺」之語。

《聞新疆復有邊警賦詩四章》云：「秋色蒼然到，天西太白橫。靈臺剛偃伯，瀚海復稱兵。頡利多遺種，先靈敢背盟。誰爲韓侂胄，函首送龍城。」「聞道當關者，曾誅悉怛謀。戮降翻奏凱，矯制已封侯。不展攻心略，徒貽反漢羞。君門萬餘里，何日訴邊愁。」「殲賊十餘萬，渾河流血深。雖頑關物命，盡殺豈天心。元氣何由復，蒼生痛至今。吾皇聞報捷，輟食淚沾襟。」「丙夜親籌筆，辛勤仰廟謨。輪臺誠易棄，蔓草恐難圖。地豈傾西極，天應鑒北都。花門皆赤子，聖澤況覃敷。」

又《滄洲》云：「聞説滄洲酒，曾傾太白巵。今朝買春色，風味似公時。水月無愁夜，江山欲醉時。何人投彩筆，高詠起蟠螭。」

又《西楚故都》云：「十月彭城木葉黄，漁樵閒話小滄桑。美人花謝隨流水，山中多虞美人花。戲馬臺空自夕陽。睢泗湍聲猶叱咤，芒碭雲氣已淒涼。江東弟子今猶昔，不聽悲歌亦斷腸。」

又《東坡黄鶴樓》云：「三百年來無此樂，江南江北兩高樓。太白樓在江南采石磯。錦袍畫舫成陳迹，羽服金杯又俊遊。詩與黄河爭氣象，酒傾名士更風流。坡仙去後扁舟到，漂泊彭城我亦愁。」自注：坡公詩曰：「我時羽服黄樓上」，「明月正照金叵羅。」李太白死，世間無此樂三百餘年矣，坐客三十餘人多知名之士。

又《黄河》云：「一川浩浩悲長逝，四野茫茫亘大荒。何苦與淮較強弱，但能到海即歸藏。將雪未雪日猶白，無風有風天亦黄。縱爾奔流猶欲怒，古來多事議宣防。」

佳句如：「江聲來枕上，山色落杯中。」「夜火明紅葉，秋風長白蘋。」「蕪城有樹皆黄葉，瓜步非春已緑波。」「燕市紅塵愁失足，幽州白日澹名心。」《卧病思歸述懷》

近人建寧張亨甫際亮《過臨川》絶句云：「君相有權難造命，中年卧病故山秋。飄零好句知多少，落日荒城水自流。」自註：「湯舍人儲璠弱歲領解成進士，後益攻詩，未幾病發，告歸，旋卒。舍人最爲曹文正所知，首句乃其出都門句也。」

張鶴舫

名瓊英，永豐人，有《采馨堂詩集》十二卷。

南城吴白厂照序其集云：「鶴舫宅心忠孝，長於諷諭，義兼比興。自漢魏六朝以訖唐宋元明，貫串綜核，無美不備，而能自出機杼。嘗以爲一邱一壑，則遊者易厭，若夫登五岳，躡三山，則其中宏深奥衍，隨所寓目，皆令人徘徊不去，故限於一隅者，不足以論宇宙之大。余心韙其言。」

又曰：「鶴舫弱冠登科，挑一等，當縣令，願改教職，司鐸瑞金，俸禄所入，薪水常不充，終日一編，吟詠不輟，其篤一如此。」

閔案：鶴舫詩骨堅氣蒼，微獨高於蘭雪、茗孫，抑將上摩藏園之壘。生平甚好之，故所録略多云。張詩别有專鈔本。

《花陵渡》云：「廿四花信風，花發花陵渡。年年看花人，春水自來去。醉裏人如花，愁外花如雨。小艇尋仙源，疑在花深處。」

《魯連故里》云：「魯連屈田巴，爪嘴非所尚。生小雲霄姿，鵷雛不可網。奇功猶度外，何論千金賞。我過古聊城，清風軼塵坱。月落澄濟流，玉貌猶可想。自非謫仙人，誰能知瀟蕩。」

《田家詩二首》云：「茆舍灑涼雨，原田明綠漪。起行原田上，篛笠斜風吹。和澤悦萬物，吾亦聊自私。恭承高曾貽，數畝勤鋤犁。食力有本計，可以娱歌詩。清談日盈座，飢來當告誰。」「稼穡性作甘，田家力作苦。時節過清明，有酒不能湑。昨朝土脈蘇，叱犁喜膏雨。濛濛三四日，天寒秧愁腐。巾履不出郊，嵐氣生檐宇。好風東南來，吹綠孤村樹。池霽夕陰清，山空白雲吐。鳥聲喧布穀，吾亦勤亞旅。黽勉趨三時，從容登二鬴。」

《遺蚊》云：「秋蚊實微物，營飽亦易足。所憎吻芒刺，蠢爲靈者毒。客軀久孱憊，從鼠噆佛腹。不堪爾呼朋，無以供衆酷。因念造化大，何生不見育。盡殲傷我慈，養醜亦非福。亟揮素紈扇，庶可清牀褥。我安爾無依，變滅隨風燭。轉作祥和身，夙愆猶可贖。衆生各殊理，念之攬幽獨。」

七古如《巫焚黄》云：「巫焚黄，江淮舊俗巫若狂。邇年不得施其方，黠者流落入糧艙。糧艙入夏多暑濕，不風不寒腳酸栗。病人堅不用蒼术，巫者爲言某月日，神在某方執旗立，汝欲禳之用吾術。黄紙百錢三兩張，船頭羅跪陳酒漿。雜以牛燭焚以香，鳴鉦伐鼓聲鏘鏘。病者呻吟猶在牀，頃刻法畢錢入囊。或有不諱舉家哭，巫者呶呶汝不肅，神賜之罰焉可贖。」《訪歐陽厚菴張銘之徐南溟戲爲口占》云：「空齋局促爲蝟縮，羡汝同心不幽獨。長筵離座已成三，得我定須周四角。入門倒裳無所迎，亦無咿唔誦經聲。一人鈔書手不輟，墨花恣染鵝毛雪。一人偃蹇竹房牀，爐香幽幽龜息長。一人若睡若不睡，枕落盍書驚客至。我觀諸子態各殊，於中何者可置吾。偉哉萬物適其適，徑取東窗白玉壺。」

又《陽都州倅郗君荆藏輿母圖紀事辭》云：「兒生累歲連年甫能行，阿母鞠兒時，提攜保抱，出入勞苦，不得安寧。筋力哀傷，阿母年老步難，不若平昔強。早暮跰蹁，奈何倚杖。兒自敬謹，扶將阿母，亦自謂可，蓋何得良。獨自徘徊庭幃，兒心中彷徨。當復奈何，爲阿母善致樂康。兒前跪白阿母：阿母步難，難可久移。恐不適意，強倚扶持，當復煩疲。兒幸各各健軀，樂莫兒舁阿母，板輿不遠庭除。十畝園，五畝廬。阿母平昔語兒，惟念高曾苦辛，食力貽汝，慎勿荒蕪。兒今願奉阿母行，且省視游憩徐徐。阿母笑向兒言：豈無板輿，謂他人舁。審莫若我，兒安且娛。兒但忽自苦且平。大兒前，小兒後。孫曾羅列，擁輿環走。但聞此樂，古人誰有。春風動，百穀芽。三月條桑，七月食瓜。十月歲事休畢，填窗塞户。阿母戒兒寒勿復，出入我室釀我酒。登高堂，祝阿母，願得阿母年年寧老壽。慘慘風木，含悲驚愴。阿母何往？顧視室中，藏輿猶在，塵網蛛絲。兒五中抽裂，淚下如綆縻。屈指前後，倏閲廿載。人事遷移，屢來陽都。黽勉竭力佐治，私心獨忉怛，一何煢。兒今還復健軀，安坐遄行，四夫舁輿。復求曩昔，躬輿阿母爲樂。樂莫再，不可追。但增馳慕，圖繪留貽。欲令後世孫子，觀覽惟永，遐思事親。百年幾時，嗟嗟事親當及時。」

五律如《諸溪》云：「吴城春水漲，征棹滯危磯。花信孤村冷，盤蔬小市稀。酒邊鄰笛起，愁外旅鴻飛。坐緬東林迹，匡山雲外微。」《桃源縣道中》云：「二月關山客，還愁雪欲時。天寒來雁少，縣僻見花遲。春水臨津店，暝雲壓酒旗。年年風景似，驢背一囊詩。」《贈邱翁》云：「誰識彈琴意，迥然邱野翁。容顔如少日，歲月在山中。白水村田暮，高松石室風。偶閒兒輩課，扶醉小橋東。」《平原縣界》云：「槐陰問亭堠，云是古平原。恥作侯門客，仍懷國士恩。寒鴉啄殘麥，獨鳥入孤村。拚晚消炎計，沙邊倒瓦尊。」《道中即景》云：「雨上濕雲行，風吹又作晴。翻翻榆葉秀，藹藹柳陰清。白水齊河驛，青山魯國城。遺風猶重禮，亦慰遠人情。」《酬謝酣古》云：「秋水閣何有，石寒生晚花。與翁扶竹杖，看稱試魚叉。醪酒誰分户，清詩獨立家。無因遂鄰卜，悵別緒棼麻。」

七律如《邗江贈別吴退菴》云：「姓字蜚聲數載前，畫師詞客動長安。酒應吾輩天涯醉，花是曲江年少看。驢背倦馱名士老，蛾眉遥寄錦書難。一燈水閣歸與好，莫泥人家煙月殘。」《送鄧芳圃之粵西》云：「毫花未禿鬢毛蒼，中酒江湖歌慨慷。共我飄淪不得意，憐君歸去又辭鄉。依人動計三千里，感逝兼悲十二郎。時芳圃作哭姪詩，甚傷。終是著書身要惜，劍鋩山與割愁腸。」《野趣》云：「吏隱從耽野趣長，蕭然出郭一奚囊。人家雨過花林靜，山路春深筍屐香。白袷緑蓑時共醉，水鷗風燕忽分行。問農莫笑非吾事，家住灣南禾段莊。」《別嘯廬》云：「竹杖芒鞋兩未能，輪蹄處處記遊曾。歸哉客久更裘葛，老矣情多重友朋。朝發每殘鄉國夢，夜吟時覺水山膺。共公商訂他年事，招我書城百尺層。」

五絶如《田家》云：「攜榼隴頭還，露濕鴉頭襪。茅屋無珠簾，不挂相思月。」《閨怨》云：「獨上高樓望，還下重簾立。怕是見西園，雙飛蝴蝶入。」《即目》云：「舟載青山色，來過碧江上。木末見樵還，煙中起漁唱。」《古意》云：「騎馬騎驌驦，佩劍佩干將。種樹種松柏，結交結老蒼。」

七絶如《題畫》云：「匹馬高秋出谷中，平蕪極望暮煙空。不知射虎山南客，何處林亭醉朔風。」《花朝前五日雪》云：「簾幕朝陰殢宿酲，曲闌幽蘚暗飛霙。须還一起袁安臥，飽看堆盤玉粒羹。」《以職事至州，寓於野園中，送客門外，梅花已盛開矣，低徊林際，翛然不勝，得絶句》云：「眼前負卻最佳時，花自先開看自遲。幾日人從花下過，不知何故不曾知。」《春日偕友人出遊》云：「鷗借客檣過別浦，馬隨山雨歇孤村。春愁鄉夢年年似，又趁東風酒一尊。」「黄塵烏帽斑騅路，緑水青山白鳥盟。空悟疾馳求影意，不知緩步與春行。」

樂鈞

原名宫譜，字元淑，號蓮裳，臨川舉人。有《青芝山館詩集》廿二卷。

彭甘亭兆蓀曰：「元淑年甫踰冠，即以選拔貢生，舉江西鄉試，才名溢人口。嗣而之京師，遊吴楚，所至輒傾其勝流。爲人狷狹孤潔，氣岸嚴冷，矜慎片言，而懔取一介，殫精畢慮於詩古文詞。」

王鐵夫芑孫曰：「蓮裳之詩，冥索玄間，顯豁象外，絪蘊而成，夭矯而出，無善醜貞淫正變，而一肖乎其事之所以及與所不及，而其所欲言者，所不言者，常使人恍然遇諸天遊，抑豈非是善爲言者乎？」

閔案：蓮裳才氣似稍遜蘭雪、茗孫，而真意流露，秀韻天成，則反勝之。今録各體一二於此。

《讀墨子》云：「違道非一端，非命復非樂。兼愛説亦偏，用心良已博。帶城距雲梯，高義濟奇略。功成衆不知，俠與魯連若。剪葉用其根，實救人心薄。風誼日澆漓，寸胸列城郭。病苦在他人，談笑看炮烙。同室時有斯，況如楚宋各。象教主慈悲，反爲衆生託。」自註：王半山《讀墨》詩云：「凡人工自私，翟也信奇偉。惜乎不見正，遂與中庸詭。」議論固自不同。

《讀王荆公詩集書後》云：「高步跨古人，閒吟露奇氣。我讀荆公詩，即詩見公志。公昔行新法，抗懷三代際。盡善一二端，聖賢莫能廢。立朝忌孤行，立法忌獨智。虞廷不和衷，稷契寧有濟。子産鑄刑書，深心本救世。衛鞅開阡陌，百代遵其制。變古誠宜時，原勝奉法吏。後世治功卑，大經皆失墜。豈無稽古儒，所守或纖細。維公羞苟安，慷慨圖至治。身處元輔尊，泊然靡所嗜。進退天下人，曷曾循聲利。辨奸何深文，乃與王盧例。後來井底蛙，肆口漫訾詈。依倚古人説，何殊僕與隸。清流成黨禍，仇筆司載記。甚詞每誣枉，謗史可焚棄。公得孔顔師，或爲王佐器。苟無周召才，譏議恐不易。論人如論詩，所貴知其意。公志昔未明，公詩今則貴。」

《開江行》云：「兩淮倚一海，一江通兩淮。運鹽借江水，江岸鹽船開。鹽船未開江要祭，使君特爲開江至。士女踏倒真州城，鹽河兩岸圍珠翠。河上高樓高幾丈，使君獨坐萬人望。鹽商捧爵壽使君，明日酹酒酬江神。使君再拜江風起，風送鹽船即千里。章貢湖湘列肆居，鹽商賣鹽如賣水。鹽商賣鹽復買鹽，東南衆利鹽能兼。爨玉炊金食鹽力，世間物味無鹽甜。江水滔滔日東逝，子孫飲水忘鹽味。蜇口蒸虀淡食難，此時亦歎官鹽貴。吾鄉地界閩浙間，閩鹽浙鹽堆作山。閩浙私鹽敢越界，總須官鹽入虀菜。不見江潮併海潮，焉知官鹽來路遥。鹽多錢少買不得，但覺年年鹽價高。鹽價自高民自苦，爾池爾井不堪煮。願通海水到門前，煮作官鹽賤如土。」

《太伯墓》云：「舊入文身地，今傳葬骨鄉。孝孫猶讓國，崇祀本稱王。遁迹商周外，遺光牛斗旁。本無茅土志，何必弔吴亡。」

《次韻酬張鶴舫瓊英》云：「性行何端愨，詩歌特壯豪。朋儕推大雅，奴僕命離騷。官味饑猶唾，名心癢不搔。長吟理歸棹，白鷺渺雲濤。」自注：時以天長令謝病，歸永豊。

《讀史雜詩》云：「空林雪後見松筠，鐵骨冰心代幾人。亂世有才多負國，餘生做賊爲全身。李家累葉修降表，馮道三朝列輔臣。莫比良禽夸擇木，商辛雖暴有遺民。」

《夜行東阿舊縣作》云：「車箱入谷走雷霆，形勢依稀似井陘。當道豺狼沙際石，摇風燈火樹頭星。伏兵政可容千甲，平險還須用五丁。記是憤王埋骨處，一時悲淚灑青冥。」

《聞吴白厂卒於蘇州詩以哭之》云：「左持酒琖右揮毫，詩畫聲名晚益高。罷舉辭官頭未白，一生奇氣吐青袍。」「孤窗長夜雨瀟瀟，舊館題襟燭影摇。地下若逢蔣師退，爲言存者更無聊。」

《過江至金陵絶句》云：「長干古道緑楊灣，飛在楊花酒肆間。孫楚樓邊人獨飲，夕陽紅遍六朝山。」

鄉詩摭譚續集　卷一

唐　五代

閔案：古集選吾鄉詩者，在晉有湛方生，豫章人，官衛軍諮議，有集十卷，録一卷，見隋《經籍志》。所作詩文，雜見《藝文類聚》及《初學記》，皆不佳，故不録。六朝宋又有吴邁遠，江州人，有文集二卷，亦見隋《經籍志》。郭茂倩《樂府詩集》選其《陽春歌》《飛來雙白鵠》《櫂歌行》《秋風》《長相思》《長别離》《杞梁妻》《楚朝曲》等作，今亦不及綴録，録自唐起。

陶　峴　江州人。

峴，或曰淵明裔孫，放浪江海間以没世，其《泊西塞山下》一詩可得其概。詩曰：「匡廬舊業誰是主，吴越新居安此生。白髮數莖歸未得，青山一望計難成。鵶飛楓葉夕陽亂，鷺立蘆花秋水明。從此舍舟何所詣，酒旗歌扇正相迎。」

楊　衡　字仲師，吴興人即今新建。

仲師與符載、崔羣、宋濟隱廬山，時號「山中四友」。後登第，官大理評事。

仲師詩猶沿元暉一派，蕩漾深秀，所傳不多。如《遊陸先生故巖居》云：「獨壑臨萬嶂，蒼苔絶行跡。仰窺猿挂樹，俯對鶴巢石。上有一巖屋，相傳靈人宅。深林無陽暉，幽水轉鮮碧。拾薪遇遺鼎，探穴得古籍。結念候雲興，燒香坐終夕。」

他句如「望雲生碧落，看日下滄溟」，「鐙白霜氣冷，窗虚松韻深」，「有地水空緑，無人山自青」，皆妙。

吉中孚 饒州鄱陽人，有詩一卷。

吉與盧綸、韓翃、錢起、司空曙、苗發、崔峒、耿湋、夏侯審、李端齊名，號「大曆十才子」，而吉詩獨少傳。有《送歸中丞使新羅册立弔祭》一首云：「官稱漢獨坐，身是魯諸生。絶域通王制，窮天向水程。島中分萬象，日處轉雙旌。氣積魚龍骨，濤翻風雨聲。路長經歲古，海盡向山行。復道殊方禮，人瞻漢使營。」吉妻張夫人有數詩，載《名媛詩歸》。其《拜新月》一首，世最傳誦，末四句云：「昔年拜月逞容儀，如今拜月雙淚垂。回看衆女拜新月，却憶閨中年少時。」

熊孺登 洪州人。

熊與白樂天、劉夢得友善。有《祇役遇風謝湘中春色》云：「水生風熟布帆新，只見公程不見春。應被百花撩亂笑，比來天地少閒人。」又《蜀江水》云：「日夜朝宗來萬里，共憐江水引蕃心。若論巴峽愁人處，猿比灘聲是好音。」又《送弟孺復往匡廬》云：「能辭竹馬辨西東，未省煙花暫不同。第一早歸春欲盡，廬山好看過湖風。」又《湘江夜汎》云：「江流如箭月如弓，行盡三湘數夜中。無那子規知向蜀，一聲聲似怨東風。」又《送僧》云：「雲心自在山山碧，何處靈山不是歸。日慕寒林投古寺，雪花飛滿水田衣。」

喻　凫　洪州南昌人。或作毘陵人，非。今依《江西通志》。

喻詩，《全唐詩》載數首，今不盡録。記其佳句云：「雁天霞脚雨，漁夜葦條風」，「積靄沈斜月，孤鐙照落泉」，「閣寒僧不下，鐘定虎常來」，「風雪坐閒夜，鄉園來舊心」，「地蒸川有毒，天暖樹無秋」，「樹色含殘雨，河流帶夕陽」，皆可誦。

施肩吾　字希聖，洪州人，有《西山集》十卷。

希聖古樂府甚佳，今難盡録，録其絶句一二。《望夫詞》云：「手爇寒鐙向影頻，回文機上暗生塵。自家夫婿無消息，却恨橋頭賣卜人。」《折柳枝》云：「傷見路傍楊柳春，一重折盡一重新。今年還到去年處，不見去年離别人。」《春日錢塘雜興》云：「西鄰年少問東鄰，柳岸花堤幾處新。昨夜雨多春水闊，隔江桃葉唤何人。」

來　鵬　來　鵠　洪州人。

兄弟皆盛名，而詩未甚佳。鵬有《宛陵送李明府罷任歸江州》云：「菊花村晚雁來天，共把離觴向水邊。官滿便尋垂釣侣，家貧已用賣琴錢。浪生湓浦千層雪，雲起鑪峯一炷煙。倘見吾鄉舊知己，爲言憔悴過年年。」

鵠詩好譏訕當路，爲人所惡。如《夏雲》云：「無限旱苗枯欲盡，悠悠閒處作奇峯。」《偶題》云：「可惜青天好雷電，只能驅趁懶蛟龍。」又《咏金錢花》云：「也無輪廓也無神，露洗還同鑄出新。青帝若教花裏用，牡丹應是得錢人。」意有所刺而佻滑無取，後生仿襲，便入惡趣，切宜戒之。

吴武陵　初名侶，信州人。

《題路左佛堂》云：「雀兒來逐颺風高，下視鷹鸇意氣豪。自謂能生千里翼，黄昏依舊委蓬蒿。」此亦有所諷刺作也。

盧　肇　字子發，宜春人，有《文標集》。

盧有《海潮賦》，一萬二千言，盛有名於世，然實不佳。

盧赴舉有詩云：「離山且作銜蘆雁，入海終爲戴角魚。長短九霄飛直上，不教毛羽落空虚。」明年及第第一。後歸，太守請觀競渡，又賦詩云：「向道是龍君不信，果然奪得錦標歸。」此等題咏叢編喜載之，究非高唱。俗人説著狀元，口角津津，亦不值一噱矣。

《全唐詩》載子發數詩，差可誦，今不能悉録。

孫　魴　字伯魚，南昌人。

《楊柳枝》云：「靈和風暖太昌春，舞線摇絲向别人。何似晚來江雨後，一行如畫隔遥津。」「暖傍離亭静拂橋，入流穿檻緑陰遥。不知落日誰相送，魂斷千條與萬條。」

伯魚《題金山寺》云：「結宇孤峯上，安禪巨浪間。」亦甚切，但謂勝唐張祜作，則不然爾。

沈　彬　字子文，高安人。

子文唐末應進士，不第，浪迹湖湘間，與僧虚中、齊己爲詩友。仕楊吴爲秘書郎。記其《秋日》云：「秋含砧杵擣斜陽，笛引西風灝氣凉。薜荔惹煙籠蟋蟀，芰荷翻雨潑鴛鴦。當年酒賤何妨醉，今日時難不易狂。腸斷舊遊從一别，潘安惆悵滿頭霜。」《再過金陵》云：「玉樹歌終王氣收，雁行高遠石城秋。江山不管興亡事，一任斜陽伴客愁。」

他句如《題永州法華寺》云：「地偎一水巡城轉，天約羣山附郭來。」《湘江行》云：「數家魚網流雲外，一岸殘陽細雨中。」

王　轂　字虚中，宜春人。

轂，《唐詩戊籤》以爲唐人，《通志略》以爲梁人，《江西通志》又以爲北漢人。據李雨村《全五代詩話》，則乾寧五年進士第，入梁，官尚書郎致仕。其詩《全五代詩》選十餘首，並未佳。姑記其《咏秋》云：「蟬噪古槐秋葉下，樹銜斜日映孤城。欲知潘鬢愁多少，一夜新添白數莖。」此等皆直白，無高遠之趣，不足取也。

伍　喬　潯陽人，仕南唐，爲考工員外郎。

未見其集。《五代詩話》載詩一首，未佳。今記其佳句如：「幽徑乍尋衣履潤，古堂頻宿夢魂安。」「碧松影裹地長潤，白藕花中水亦香。」「期收野藥尋幽路，欲采溪菱上小船。」

陳陶 字嵩伯，鄱陽人，南唐時隱洪州西山。一作劍浦人，更孜。嵩伯擅長樂府。今記其《水調詞》云：「黠虜迢迢未肯和，五陵年少重橫戈。誰家不結空閨恨，玉筯闌干妾最多。」「水閣蓮開燕引雛，朝朝攀折望金吾。聞道磧西春不到，花時還憶故園無。」「自從青野戍遼東，舞曲香消羅幌空。幾度長安發梅柳，節旄零落不成功。」「萬里輪臺音信稀，傳聞移帳護金微。會須麟閣留蹤跡，不斬天驕莫議歸。」又《閒居雜興》云：「虞韶九奏音猶在，只是巴童自棄遺。閒臥清秋憶師曠，好風摇動古松枝。」「一顧成周力有餘，白雲閒釣五溪魚。中原莫道無麟鳳，自是皇家結網疏。」「長愛真人王子喬，五松山下伴吹簫。從他浮世悲生死，獨駕蒼龍入九霄。」「雲堆西望賊連營，分閫何當舉義兵。莫道羔裘無壯節，古來成事盡書生。」又《隴西行》云：「漢主東封報太平，無人金闕議邊兵。縱饒奪得林胡塞，磧地桑麻種不生。」「誓掃匈奴不顧身，五千貂錦喪胡塵。可憐無定河邊骨，猶是春閨夢裹人。」「黠虜生擒未有涯，魚山營陣識龍蛇。自從貴主和親後，一半邊風似漢家。」

楊凝式 字景度，江州人。

少師，宰相涉之子也。有文詞，善筆札，草書繼張旭。不自檢束，號楊風子。有《題華嚴院》云：「院似禪心靜，花如覺性圓。自然知了義，爭肯學神仙。」詩既雋逸，字尤奔放。李西臺題一詩於側云：「枯杉倒檜霜天老，松麝煙煤陰雨寒。我亦生來有書癖，一回入寺一回看。」

少師有《題懷素酒狂帖後》云：「十年揮素學臨池，始識王公學衛非。草聖未須因酒發，筆端應解化龍飛。」

包大令世臣云：「唐人草法推張長史、錢醉僧、楊少師。」「少師《韭花》《起居注》，皆出仿寫，至《大仙帖》，逆入平出，步步倔強，有猿騰蠖屈之勢。周隋分書之一變，是爲草分。」又云：「戲鴻堂《黄耆帖》，乃景度書，而思翁不辨。」又《論書絶句》云：「洛陽草勢通分勢，以側爲雄曲作渾。董力蘇資縱奇絶，問津須是到河源。」自注云：「東坡、香光俱得力於景度，然東坡謂其雄傑，有顔、柳之遺，香光謂其以險絶爲奇，破方爲圜，削繁成簡，是猶未見彼結胎入悟處也。」

樂　史　字子正，崇仁人，官南唐員外郎，仕宋，著《太平寰宇記》。著述尚多，不盡傳。《鍾山寺》詩云：「千峯夾一徑，一徑花枕泉。聽泉復看花，行到鍾山前。古寺雲生屋，高僧月伴禪。自慙留一宿，匹馬又朝天。」

元德昭　字名遠，撫州南城人。名遠仕吴越忠獻，至丞相。理家以孝愛聞，每時序置酒，環列几席者凡四代。嘗有句云：「滿堂羅綺兼朱紫，四代兒孫奉老翁。」事見《吴越備史》。觀此公詩句，氣韻甚俗，一庸福人耳。

鍾　蒨　字德林，豫章人。

德林與徐騎省鉉兄弟友善，徐集有詩及文贈之。南唐後主時，官至勤政殿學士。宋師入金陵，朝服坐於家，兵及門，舉族死之。

記其《賦新鴻別諸同志》云：「隨陽來萬里，點點度遥空。影落長江水，聲悲半夜風。殘秋辭絶漠，無定似驚蓬。我有離羣恨，飄飄類此鴻。」

劉　洞　廬陵人。

洞隱居廬山二十年，馬令《南唐書》本傳，謂洞長於五言，自號「五言金城」。嘗獻詩卷李後主，有《石城懷古》云：「石城古岸頭，一望思悠悠。幾許六朝事，不禁江水流。」後主掩卷黯然。金陵受圍，洞有句云：「千里長江皆渡馬，十年養士得何人。」又云：「翻憶潘郎章奏内，愔愔日暮好沾巾。」初，潘佑表曰「家國愔愔，如日將暮」，洞故云然。

洞又有《夜坐》詩云：「百骸同草木，萬象入心靈。」《南唐書》云：「夏寶松與詩人劉洞，俱有名。節度使陳德誠以詩美之曰：『建水舊傳劉夜坐，螺川新有夏江城。』」「夜坐」即指《夜坐》詩也。

任　濤　豫章人。

任，咸通士，嘗有「露溥沙鶴起，人臥釣船流」之句。常侍李騭廉問江西，賞其詩句，判江西界内，凡有詩似任濤者，即予免役。後有辛元龍號松垣者，以詩援任濤例求免稅丁，太守判云：「松垣筆力破滄溟，欲援任濤免稅丁。一段風流好公案，錦江重寫入圍屏。」見《堅瓠集》。

王定保 南昌人，有《唐摭言》十五卷。

定保妻，乃唐侍郎吳子華融女也。定保唐光化三年進士，後仕南漢，爲中書侍郎同平章事。妻吳氏遂緇服終身，不改嫁。

《下第題長桑驛壁》云：「三十驊騮一鬨塵，來時不鎖杏園春。楊花滿地如飛雪，應有偷遊曲水人。」

陳甫 字惟岳，吉水人。

《漳江感懷》云：「一雨洗殘暑，萬家生早涼。」《村居》云：「暮鳥歸巢急，寒牛下壠遲。」皆不墮爾時惡俗習氣。

陳誼 吉州人。

《題螺江廟》云：「廟裏杉松蕭颯風，廟前江水碧溶溶。憑高不見當時事，落日遠山千萬重。」太平興國中，史館學士張齊賢出爲本道轉運使，至其廟，覽留題詩牌甚多，俱折去，獨留誼詩，方知名。載《郡閣雅談》。

廖圖 字贊禹，虔州人。

廖凝 字熙績，圖之弟。

圖有《九日陪董内臺登高》句云：「煙裏共尋幽磵菊，尊前俱是異鄉人。」《五代詩話》載其《中秋月》《聞蟬》二律，皆未佳。

凝宰彭澤有《解印作》云：「五十徒勞漫折腰，三年兩鬢爲誰焦。今朝官滿重歸去，還挈來時舊酒瓢。」

沈廷瑞　高安人。

父彬，已見前。初名有鄰，棄妻入道，居玉笥山，改名廷瑞。每遇深山石洞，經日不反。嚴寒風雪，常單衣危坐，或絶食經月。雍熙二年正月上元日，無病而終。後二年二月二十日，有閣皂山僧昭瑩相遇於途，問所往，云暫到廬山尋知。留下詩一首爲別云：「南北東西路，人生會不無。早曾依閣皂，又却上元都。雲影隨天闊，泉聲落石孤。何期早相遇，樂共煮菖蒲。」後昭瑩到玉笥山，話及方知，沈道士已亡去，爲述途中相遇，家皆駭異，殆尸解云。

釋修睦　洪州人。

光化中，與貫休、處默爲詩友。佳句甚多，記一二於此。「卷簾當白晝，移榻對青山。野鶴眠松上，秋苔長雨間。」「往來人自老，今古月常新。風逆沈漁唱，松疏露鶴身。」《宿岳陽開元寺》「莫喜無危道，雖平更陷人。」《雪中送人北遊》「翻思向春日，肯信有秋風。」《落葉》「雨過閒花落，風來古木聲。」《題僧夢微房》「水邊寒草白，島外晚峯青。」《送元泰禪師》皆可取。

釋虚中　宜春人。

《題馬侍中池亭》云：「春魚在深處，幽鳥立多時。」粗可誦。他贈司空某等詩，皆不佳。

鄉詩摭譚續集　卷二

宋

吕南公　字次儒，南城人。有《灌園集》二十卷。

灌園先生，熙寧中隱居不仕。當時新城尚未析縣，而吕所居之豐義鄉，實即今新城縣地，故《新城志》又繫吕爲新城人。其古文遒峭，與李泰伯代興，詩亦有杜韓氣骨，異乎宋初人之爲崑體者。

古體豪横，佳者甚多，篇長不具録。如《謝鄰翁》篇、《秋色》篇、《君益惠行杖》篇皆可誦。其五律如《病起》云：「病起興蕭蕭，餘魂次第招。悽酸攻意氣，衰朽入風標。納帶驚腰緩，移梳恨髮凋。何心希此世，只合順無聊。」七律如《偶書所懷》云：「鳳凰臺上倚層軒，桃李分香到几筵。曾與故人同一醉，試思前事已三年。歌歡舊興知何在，衰颯新愁祇自憐。縱使春風容病跡，亦貪窗下枕書眠。」

他句如：「老蝨縱嫌相間别，素絲何害共風流」《梳頭見白髮》。「有竹人家庭院秀，避騶樵客面顔生」《遊麻源》。「四七功名真土芥，一千期運亦煙埃」《八月十四夜小雨》。皆有真氣。

南公《灌園集》訪之未得，頃見《容齋隨筆》，載其《不欺述》，三段甚佳，亟録於此。所述凡三人，皆建昌南城人，其行可入《長者録》也。曰陳策，嘗買騾，得不可被鞍者，不忍移之他人，命養於野廬，俟其自斃。其子與猾駔計，因經過官人喪馬，即磨破騾背，以衒賣之。既售矣，策聞，自追及，告以不堪。官人謂策愛也，秘之。策請試以鞍，兀兀終日不得被，始謝還焉。有人從策買銀器若羅綺者，策不與羅綺。其人曰：「見君帑有之，今何靳？」策曰：「然。有質錢而没者，歲月已久，絲力靡脆不任用。聞公欲以嫁女，安可以此物病公哉！」取所當與銀器投熾炭中，曰：「吾恐受質人或得銀之非真者，故爲公驗之。」曰危整者，買鮑魚，其駔舞稱權，陰厚整。魚人去，身留整傍，曰：「公買止五斤，已爲公密倍入之，願畀我酒。」整大驚，追魚人數里，返之，酬以直。又飲駔以酒，曰：「汝所欲酒而已，何欺寒人爲？」曰曾叔卿者，買陶器，欲轉易於北方，而不果行。有人從之并售者，叔卿與之。已納賈，猶問：「今以是何之？」其人對：「欲效公前謀耳。」叔卿曰：「不可。吾緣北方新有災荒，是故不以行。今豈宜不告以誤君乎？」遂不復售。而叔卿家苦貧，妻子饑寒，不恤也。

傅　權　字以道，南城人，學者稱「東巖先生」。裘香坡《詩話》作傅拳，誤。

東巖者，吾新城東鄉地名，其時未析縣，故仍稱南城人，與吕灌園先生一例。

曾子固嘗推以道詩文，爲一時特出，今其集不可見矣。其《再遊廣福院》云：「古寺荒涼近水涯，鐘聲朝暮落漁家。昔年蹤跡曾經此，依舊斜陽伴晚霞。」

傅　翼　字翼之，南城人。有《甘圃集》。

翼之爲以道之弟，亦當爲吾邑人。受學於李泰伯，熙寧中爲永豐令。

其《過悲猿嶺》云：「參差茆屋帶村煙，驛路崎嶇石磴邊。風物盡成三谷景，溪山分斷七閩天。夜猿乘月悲霜樹，秋石和雲瀉隴泉。謝守遊來幾千載，何人能爲續佳篇。」悲猿嶺，吾新城地，亦名飛鳶嶺，往福建要路。謝靈運守臨川，曾至其地。謝詩所謂「朝發悲猿嶺，暮宿落硝石」是也。硝石，亦新城與南城交界處，三谷在南城之麻源。謝公有《游華子岡麻源第三谷》詩。

王　益　字舜之，臨川人，荆公之父。祥符進士，官至都官員外郎。

《和梅公儀留題重光寺羅漢院僧憲上人》云：「晚剃吟髭雪半零，海窗曾咒鉢龍醒。早同西竺能持法，應笑南僧不會經。雲氣晝閒侵麈柄，蘚痕春老上銅缾。近來禪觀都無語，手捋餘花滿寺庭。」

王元甫　江州人。居廬山，敕賜「高尚居士」。

有《景陽井》詩云：「動地隋兵至，君王尚宴安。須知天下窄，不及井中寬。樓外鋒交白，溪邊血染丹。無情是明月，依舊照闌干。」東坡跋此詩云：「予聞江南王元甫、郭功甫，皆有詩名。余南歸過九江，因道士胡洞微求謁之，元甫云：『吾不見士大夫五十年矣。』竟不可見。後予過秣陵，有以元甫《景陽井》詩示予，乃知其得名不虛也。」見《能改齋漫録》。

王安國　字平甫，臨川人，荆公弟。有文集六十卷。

平甫親喪三年，廬墓側，出血和墨，書佛經甚衆，畸人也。集未見。詩如《杭州呈勝之》云：「遊覽須知此地佳，紛紛人物敵京華。林巒臘雪千家水，城郭春風二月花。彩舫笙歌吹落日，畫樓燈燭映殘霞。如君援筆宜摹寫，付與塵埃萬古兮。」《西湖春日》云：　莊按，此詩曾見林和靖詩集，非平甫作。「爭得才如杜牧之，試來湖上輒題詩。春煙寺院敲茶鼓，夕照樓臺卓酒旗。濃吐雜芳薰巘崿，溼飛雙翠破漣漪。人間幸有蓑兼笠，且上漁舟作釣師。」《春陰》云：「似雨非晴意思深，宿酲牽率臥重衾。苦憐燕子寒相並，生怕梨花晚不禁。薄薄簾帷欺欲透，遥遥歌管壓來沈。北園南陌狂無數，祇有芳菲會此心。」

他句如「芳草得時依舊長，文禽無事等閒來」，亦佳。

平甫年十三，登滕王閣，賦詩云：「滕王平昔好追遊，高閣依然枕碧流。勝地幾經興廢事，夕陽偏照古今愁。城中樹密千家市，天際人歸一葉舟。極目煙波吟不盡，西山重疊亂雲浮。」平甫元豐初，以交鄭俠，遂廢於家，作詩云：「三見齊王不一言，須知自古致君難。紛紛齊虜誇迂闊，口舌從來易得官。」以上見《能改齋漫録》。

平甫《題館中壁》云：「宫殿影摇河漢外，江湖夢斷鼓鐘邊。」蘇丞相頌見之云：「使人吟賞不已。」丞相又云：「平甫尤工用事，而復對偶親切。在京師，有病中答予《秋日》詩云：忽吟佳句詩消暑，遠勝前人檄愈風。又云：北海知天喻牛馬，東方傲俗任龍蛇。」

彭思永　字季長，廬陵人。

有絶句云：「爭利爭名日日新，滿城冠蓋九逵塵。一聲雞唱千門曉，誰是高眠無事人。」讀此令人哀嘆世間。

元　絳　字厚之，其先臨川危氏，遷杭州，易姓元。有《玉堂集》。

章簡公有《在禁林懷荆南舊遊》云：「去年曾醉海棠叢，聞説新枝發舊紅。昨夜夢回花下飲，不知身在玉堂中。」又《永新縣春風亭》云：「三年到此百無功，種得桃花滿院紅。此日不能收拾去，一時分付與東風。」亦殊楚楚。

陳彭年　字永年，南城人。有文集百卷，《唐紀》《韻詮》等書。

文僖集未見，閲選本詩，無佳者。惟《送申國長公主爲尼》一聯云「因驚風燭難留世，遂作池蓮不染身」，差可意。《東都事略》云：「陳彭年兼數職，皆清秘之目。人見其官銜，謂爲『一條冰』。」《十國春秋》云：「彭年年十三，著《皇綱經》萬餘言，爲名輩所賞。」彭乘《墨客揮犀》云：「彭年博學書史，朝廷郊廟禮儀，多所裁定。常攝太常卿，導駕，誤行黄道上，有司止之。彭年正色回顧曰：『自有典故。』禮曹畏其該洽，不復敢詰問。」

劉　恕　字道原，筠州人。有《通鑑外紀》等書。

道原詩，傳者甚少，豈留心著述，遂疏吟詠耶？記其《靈山寺》一詩，亦未大佳。詩云：「早晚報衙蜂擾擾，友朋相和鳥關關。餘香滿袖花驚眼，空翠沾巾雨暝山。」

曾致堯 字正臣，南豐人，子固之祖。有《山亭六詠》集。

陸放翁《老學庵筆記》云：「李虛己侍郎，字公受，少從江南先達學作詩，後與曾致堯倡酬，曾每曰：『公受之詩雖工，恨啞耳。』李初未悟，久乃造入。以其法授晏元獻，閔案：李爲晏婦翁。元獻以授二宋，遂不傳。然江西諸人，每謂五言第三字、七言第五字要響，亦此意也。」閔案：《清波雜志》亦記此，微異。同並録後。

周煇《清波雜志》云：「李虛己天聖中，與同年曾致堯倡酬。曾謂曰：『子之詩致工，音韻猶啞。』李初未悟，後得沉休文所謂『前有浮聲，後須切響』，遂精於格律。」

正臣《題東林寺壁》云：「江南楊柳春，日暖地無塵。渡口驚新雨，夜來生白蘋。晴沙鳴乳雁，芳草醉遊人。向晚前山下，誰家賽水神。」

曾易占 字不疑，南豐人。致堯之子。

《題洪州僧寺》云：「今朝纔是雪泥乾，日薄雲移又作寒。家山千里何時到，溪上梅花正好看。」

曾　布 字子宣，南豐人，子固兄。有《三朝政論》等書。

曾　肇 字子開，布之弟。有《元祐制集》等書，今《四庫》著録，其文集曰《曲阜集》，四十卷。

宋元豐中，曾氏極盛。文肅公布領瀛洲即高陽關，今河間府，文昭公肇鎮金陵，各夸所鎮之郡，如微之於樂天然。文肅詩曰：「樓臺丹碧照天涯，塞北江南未足誇。十里煙波新種柳，萬株桃李正開花。一麾同上西清路，兩鎮交迎上將牙。回首林塘莫留戀，風光遂屬阿連家。」文昭和曰：「文物河間信可嘉，風流江左亦堪誇。水南水北千竿竹，山後山前二月花。久愧迂儒懷郡紱，聊須雋老駐軍牙。兩州耆舊毋多怪，魯衛從來是一家。」詩不必佳，存以見佳話。

吕居仁《童蒙訓》：龔彦和夬，清介自立，少有重名。元祐間僉判瀛洲，與弟大壯同行，大壯尤特立不羣。曾子宣帥瀛洲，欲見不可得。一日，經過彦和，邀其弟出，不可辭也，遂出相見，即爲置酒，從容終日乃去。因題詩壁間云：「南北車書久混同，河間今有楚人風。自慙太守非何武，已見州閭出兩龔。」觀此，文肅風尚，亦可取也。

文昭有《遊仙巖》云：「塵埃華髮換朱顔，十載重來款故關。天上樓臺春寂寂，洞中雞犬晝閒閒。苔深尚識曾題石，木老難尋舊戲環。未斷凡心却歸去，他年歸鳥會知還。」又《寄吕南公》云：「主人第一河南守，之子無雙江夏才。會見吹噓上雲漢，可能憔悴隱蒿萊。風騷寄興垂金薤，翰墨傳家富玉杯。傾蓋相知勝白首，扁舟臨别重徘徊。」

又《邇英閣侍郎講筵作》云：「二閣從容訪古今，諸儒葵藿但傾心。君臣相對疑賓主，誰識昭陵用意深。」《四庫全書提要》云：「肇立朝有守，屬黨論翻覆，以一身轉側其間，往往齟齬不合。又嘗力諫其兄布，宜引用善類，而布不從。所上奏議如《救韓維》《繳王覿外任》諸篇，皆爲史所稱述。今並在集中，可以考見。其制誥亦爾雅典則，得訓詞之體。雖深厚不及其兄鞏，而淵懿温純，猶能不失家法。」

孔文仲　字經甫，臨江人。兄弟三人共有《三孔集》四十卷。

孔武仲　字常甫，文仲弟。

孔平仲　字毅甫，武仲弟。

臨江三孔，當時以比配眉山二蘇，今各録詩一二，以見一斑。經甫《秋月》云：「孤枕夜何永，破窗秋已寒。雨聲衝夢斷，霜氣襲衣單。利劍摧鋒鍔，蒼鸛縮羽翰。平生衝斗氣，變作淚汍瀾。」

常父《發王務》云：「曉隨鐙火背千家，落盡疏星見遠霞。一晌春聲回宿鳥，半天寒色在啼鴉。臨波弱柳猶藏葉，當路殘梅已盡花。賴值時光正妍潤，穩看風物到京華。」他句如：「不矜富貴知餘事，同訪溪山有故人。方外笑談無畛域，雨餘泉石長精神。」

毅父有藥名詩二首，工巧近自然。詩云：「鄙性常山野，尤甘草舍中。鈎簾陰卷柏，障壁坐防風。客土依雲實，流泉架木通。行當歸去矣，已逼白頭翁。」「此地龍舒骨，池隍戰血餘。木香多野橘，石乳最宜魚。古瓦松杉冷，旱天麻麥疏。題詩非杜若，箋膩粉難書。」他句如：「野水從侵道，溪山任塞門。」「但知斬馬憑孤劍，肯爲推車避太行。」又《里伏驛》絶句云：「去家一日已思家，浩渺歸期未有涯。滿眼春風最多恨，無言似笑小桃花。」

李　觀　字夢符，袁州人。

夢符初爲大學官，因上言役法不合，出通判虔州。題一詩於直廳之壁云：「十謁朱門九不開，利名淵藪且徘徊。自知不是公侯骨，夜夜江山入夢來。」後終於朝議大夫。歐陽公扶太夫人喪歸廬陵，船過清江，太守請李爲文祭之。太守以文簡率爲訝，李曰：「無訝也。」既而文忠擊節稱之。其文曰：「昔孟軻亞聖，母之教也；今有子如軻，雖死何憾。尚享。」並見《能改齋漫録》。

夏　竦　字子喬，德安人。有《篆字韻譜》五卷。

《青箱雜記》：「夏文莊年十二，有試以《放宮人賦》者，公援筆立成，文不加點。其略曰：『降鳳詔於丹陛，出蛾眉於六宫。夜雨未回，儼鬟雲於簾户；秋風漸曉，失釵燕於房櫳。』又曰：『莫不喜極如夢，心摇若驚。踟躕而玉趾無力，眄睞而横波漸傾。鸞鑑重開，已有歸鴻之勢；鳳笙將罷，皆流别鶴之聲。於時銀箭初殘，瓊窗欲曉。星暉爭别於天仗，華漏競辭於帝沼。行分而輦路深沉，步緩而回廊繚繞。嫦娥偷藥，經年而不出蟾宫；遼鶴思鄉，一旦而却歸華表。』」穎敏之句，可開初桃人思路。

英公父官於河北，景德中，契丹犯河北，遂殁於陣。後公爲舍人，丁母憂起復，奉使契丹，公辭不行。其表云：「父殁王事，身丁母憂。義不戴天，難下穹廬之拜；禮當枕塊，忍聞夷樂之聲？」當時傳誦。見六一《歸田録》。

公有《江州琵琶亭》詩云：「年光過眼如車轂，職事羈人似馬銜。若遇琵琶應大笑，何須涕泣滿青衫。」此語快人意，朱子謂：「白樂天貪禄戀位，説著富貴便口角津津然，不謂公早已騰笑。」

他句如「山勢蜂腰斷，溪流燕尾分」，「冉冉遊塵生輦道，遲遲春箭入歌聲」，甚佳。又《江鄰幾雜志》謂：「英公少年，作詩驚人，有『野花無主傍人行』之句。」

陳執中 字昭譽，南昌人。

陳恭公有《惠安縣齋詠梅》云：「去年邊上見梅花，醉眼淹留未到家。今日嶺南攀折得，忽驚身又在天涯。」

劉　煇 字之道，鉛山人。

之道，嘉祐四年進士第一人。試題爲「堯舜性之也賦」。初，在場屋有聲，文體奇澀，歐陽文忠惡之，斥下第。及是在殿庭，得一卷，大喜，既唱名，乃煇也，文忠愕然。

之道有《與客遊僧舍》詩云：「兩道翠陰迎騎合，四圍清氣逼人來。林端有路雲千仞，物外忘機酒一杯。」

王　奇 字漢謀，贛縣人。

王遊京師，真宗臨奠李沆家，見屏間王作《秋興》詩，召對稱旨。許殿試，賜第。故作詩云：「不拜春官爲座主，親逢天子作門生。」

其《旅中有感》云：「雁聲不到歌樓上，秋色偏欺客路中。」句亦甚警。

袁　陟　字世弼，南昌人。有《遯翁集》。

世弼，慶曆初進士，官止太常博士，年三十四死。《贈郭公甫》云：「從來多病王僧祐，自小能文謝惠連。各厭塵勞思物外，莫辭攜手訪林泉。」「雪後姑溪水更深，冥冥寒雨作連陰。旅懷未可頓消遣，思與洛生溪上吟。」

又《題劉仁瞻畫像》云：「陣前仙琿生無愧，帳下蠻奴死合羞。三尺吴縑暗塵土，凜然霜鶻欲横秋。」《漁隱叢話》謂此詩俊拔可喜。

曾　紆　字公衮，南豐人，文肅公子。有《空青集》。

孫仲益序其集云：「公文章守家法，而學詩以母夫人魯國魏氏爲師，句法精麗，絶去刀尺，有古詩之風。」《宣州水西作》云：「杖藜出郭一水近，石磴古路穿松筠。萬仞絶塵倚天末，百折驚灘當寺門。泉聲飛下錦繡谷，殿影插入玻璃盆。宣州水西天下勝，閬州城南何足論。」《江樾軒書事》云：「臥聽灘聲㶁㶁流，冷風凍雨似深秋。江邊石上烏栖樹，一夜水長到梢頭。」

鄉詩摭譚續集　卷三

宋

黄　庶　字亞夫，分寧人，山谷之父。有《伐檀集》。

亞夫自序《伐檀集》云：「歷佐一府三州，皆爲從事。踰十年，郡之政巨細無不與，大抵止於簿書獄訟而已。其心之所存，可以效於君，補於國，資於民者，曾未有一事可以自見。然月廩於官，粟麥常兩斛，錢常七千，問其所爲，乃一常人皆可不勉而能兹，素餐昭昭矣。遂以『伐檀』名其集，且識其愧。」玩此序，知先生藴蓄異乎俗吏矣，厄於下位，可歎！其生賢子，宜哉。

亞夫集詩不多，甚有意趣。如《次韻真長四季牧童》云：「怯雨宜晴不識愁，去隨青草牧春牛。無人古路歌兼笑，歸去山花插滿頭。」「曉牧侵星大暑天，晝尋芳樹緑陰眠。惜牛不使衝殘日，歸帶黄昏飲小川。」「角穿黄穗手横笳，秋到人間有鬢華。落日西風歸去路，枯桑黄葉兩三家。」「枯笛手持無律吕，清風曲調逐時新。數竿冬日渾無價，暖靠牛眠不教人。」

又《題怪石》云：「山鬼水怪著薜荔，天禄辟邪眠莓苔。鈎簾坐對心語口，曾見漢唐池館來。」語甚奇肆。

又《咏大孤山》句云：「銀山巨浪獨夫險，比干一片崔嵬心。」許彦周甚賞之。

李山甫　字明叟，南城人。

有《慧光寺》絶句云：「僧堂拂拭舊時塵，鶯老花殘五换春。四海干戈如鼎沸，山中猶有太平人。」

彭汝礪　字器資，鄱陽人。有《鄱陽集》。

世稱器資，詩筆諧婉可諷。瞿宗吉《歸田詩話》謂其情致纏綿，所論良允。今記數首於後。《泊真州新河亭》云：「鬢毛垂雪欲毵毵，道路風波老不堪。繫纜短亭聊自慰，青山數點見江南。」《詠燕》云：「一雙掠水燕來初，萬點飛花秋雨餘。辛苦成巢君勿笑，從來吾亦愛吾廬。」《江上》云：「波瀾浮動月翻翻，細雨秋風忽在門。溪上酒家何處所，青鐙明滅見漁村。」《西山道中》云：「行盡鍾陵西北山，籃輿恣意取峯巒。明朝未必無風雨，更撥浮雲子細看。」

王漁洋《居易録》賞其《梅花詩》二句云：「瀟湘此日腸堪斷，隨處幽香著莫人。」朱淑真詞，耶律楚材詩，用「著莫」二字本此。

潘興嗣　字近之，新建人，有文集及《詩話補遺》。

《秦仙洞》云：「秦人當日避風煙，自種桑麻老洞天。緑竹横溪雞犬静，不知門外漢山川。」

趙汝愚　字子直，宗室，餘干人，有詩文集。

忠宣公有《同林擇之姚宏甫遊鼓山》詩云：「幾年奔走厭塵埃，此日登臨亦快哉。江月不隨流水去，天風直送海濤來。故人契闊情何厚，禪客飄零事已灰。堪嘆人生祇如此，虚闌獨倚更徘徊。」朱子常摘第四句中「天風海濤」四字，鐫於岁𡸫峯下石壁，擘窠大書。

又題《致爽軒》云：「濃陰夾道水流渠，吹盡殘花不復餘。惟有范家三畝竹，青青依舊色侵書。」

洪　皓　字光弼，鄱陽人。有《鄱陽集》及《松漠紀聞》。忠宣奉使絶域，不辱君命，當時以比蘇武；居官惠民，又謂之「洪佛子」。蓋不藉以詩傳者。其集未見。《賓退録》載其《詠石碏》云：「惡吁及厚篤忠純，大義無私遂滅親。後代奸邪殘骨肉，屢援斯語陷良臣。」殆亦有爲而言之也。《豫章詩話》亦載數詩，今不録。

洪　适　字景伯，鄱陽人，忠宣公子。有《盤洲集》八十卷，又有《隸釋》若干卷。

洪　遵　字景嚴，适之弟，有《泉志》及《小漁集》。

洪　邁　字景盧，适之弟，有《野處類稿》二卷，《容齋隨筆》《續筆》《三筆》《四筆》各十六卷，《五筆》十卷。文惠與弟文安、文敏，同登館閣，海内稱爲「三洪」。

文惠《書懷》云：「早歲那知世事艱，中原北望氣如山。樓船夜雪瓜洲渡，鐵馬秋風大散關。塞上長城空自許，鏡中衰鬢已先斑。出師一表真名世，千載誰堪伯仲間。」[一]

文安《丁香花》云：「來自丁香國，還應世所稀。叢生盛花葉，亂結罥巾衣。冷豔璚爲色，低枝翠作圍。蔓連疑鎖骨，時見玉塵飛。」

文敏《秋日漫興》云：「江湖久客日思家，坐覺微霜上鬢華。節序又催秋後雁，風光爭發雨前花。倦遊已夢莊生蝶，不飲何憂廣客蛇。怪底朝來衣袖薄，一川白露下蒹葭。」「一夕西風木葉飛，畫梁落月澹餘輝。銀鐙夜照還家夢，金剪親裁寄遠衣。霜信早隨新雁至，素書深訝故人稀。無因爲謝東曹掾，鱸熟蓴香莫便歸。」

南昌彭文勤公元瑞，有《槃洲集》一跋云：「是書世不多見，從館中稿本録出，乃内府天禄琳琅所藏，虞山毛氏影宋鈔本也。洪氏父子兄弟，以忠節文章著於南渡，而遺集傳刻絶少。予嘗欲取忠宣之《松漠紀聞》及重輯文惠之此集，文安之《泉志》《翰苑羣書》，文敏之《野處類稿》《容齋隨筆》《夷堅志》《經子法語》《史記法語》《南朝史精語》，總爲一部，曰《洪氏全書》，計不下數百卷。今饒歙杭諸洪多祖忠宣，安知無好事數典者刊布之？」閔案：文勤舉諸書，遺《隸釋》，何也？

楊　愿　字謹仲，清江人。

《謝洪駒父見和鄙句作》云：「冷官廳事客來稀，衆緑陰陰結夏帷。忽得君詩愜人意，陶家風到北窗時。」

曾　開　字天遊，贛縣人，準之子，成之叔兄。

《挽李伯紀丞相》詩云：「先帝收多士，惟公發妙年。清班依日月，讜論薄雲天。終賴高名重，來扶大業全。誰提太史筆，臣主頌俱賢。」「太上初傳祚，安危俯仰間。從容回萬乘，指顧復三關。漠北塵沙迴，閩中日月閒。誰知千載後，遺恨在燕山。」「追數中興相，公居第一人。初期從北狩，寧料久南巡。此日勞明祖，他年憶舊臣。東都朝萬國，不復見簪紳。」「一別睢陽後，風霜十五年。勞生俱老矣，流涕獨潸然。丹鼎秋來就，心鐙半夜傳。定應真不死，歸臥白雲邊。」

吴　濤　字德劭，崇仁人。

吴　洸　字德強，濤之弟。

吴　沆　字德遠，濤之弟，有《環溪詩話》。

德劭《絶句》云：「遊子春衫已試單，桃花飛盡野梅酸。怪來一夜蛙聲寂，又作東風十日寒。」

德強《暮春回文》云：「嬌聲囀處藏鸎小，美睡濃時落日斜。橋拂柳溪深漲水，眼驚春雨亂飛花。」

德遠《春遊吟》云：「鳥語煙光裏，人行草色中。池邊各分散，花外復相逢。」李待制云：「此謂詩中有畫。」又《首夏》云：「積雨有餘潤，遊雲無定陰。燕飛華屋靜，鶯囀碧窗深。」李待制云：「此詩有富貴氣象。」他如「儒生别有淚，不是哭途窮」，沈給事云：「作詩當如此。」又云：「古來嘗膽事，泣血望羣公。」沈給事云：「好語。」

李　彭　字商老，建昌縣人，有《日涉園集》十卷。

商老爲尚書公擇之孫，其集已佚，今《四庫》館本乃就《永樂大典》中輯成十卷。《提要》稱：「其詩有軌度，無南宋人粗獷之態，雖邊幅未宏，而鍊琢精妍，時多警策，頗見磨淬之功。在江西派中，與謝逸、洪朋諸人足相頡頏，終非江湖末派所能及也。」

商老《答徐大贈詩》云：「窗中山色横衣襟，户外江聲醒客心。我在山陰君在剡，思君行坐短長吟。」《留别小慶》云：「風催萬壑雨歸去，雲閉連峯不放晴。門外從教春水闊，杖藜準擬聽江聲。」

徐　俯　字師川，分寧人，有《東湖集》。

師川爲山谷之甥，初淵源舅氏，因而得名。獵至大位後，乃隳落，大戾山谷之教，一反復炎熱之輩，人品不足取也。

《山谷集》中《與師川書》有云：「所寄詩超然出塵埃之外，甚善。詩正欲如此作，其未至者，探經術未深，讀老杜、李白、韓退之詩不熟爾。」

師川《滕王閣》詩云：「雲氣浮高棟，波瀾繞古城。雨餘山更碧，葉下水逾清。燕語留秋色，鴉聲落晚晴。故王歌舞歇，帆急見山行。」又《春日遊湖上》云：「雙飛燕子幾時回，夾岸桃花蘸水開。春雨斷橋人不渡，小舟撑出柳陰來。」他句如「一百五日寒食雨，二十四番花信風」，「頗知鶴脛緣詩瘦，早棄魚須伴我閒」，皆清爽。

周必大　字子充，廬陵人，有《平園集》二百卷。

益公好學，雄於南宋，詩亦有風韻。如《經武陵瀧》云：「芙蓉池水接清溪，晴日初乾雪後泥。行過小橋驚野鴨，翩翩飛過竹林西。」《入直》云：「緑槐夾道集昏鴉，勅使傳宣坐賜茶。歸到玉堂清不寐，月鈎初上紫薇花。」《贈栖賢寺可昇自注：與余同庚》云：「我比同年百不能，只餘霜鬢愧師兄。殷勤覓句無言説，共撥寒灰聽水聲。」

益公嘗言：「文章有天分，有人力，而詩爲甚。才高者語新，氣和者韻勝，此天分也。」論殊諦當。

曾原一　字子實，贛縣人，有《蒼山曾氏詩評》。

吴草廬《蒼山詩評序》云：「此書爲其同鄉黎希賢所輯，可與朱子《荅鞏仲至》一書相並，而又發所未發，備評諸家詩，未有若是其的切周悉者也。子實居寧都蒼山之下，三貢於鄉，又以平寇功免文解，四試禮部不偶，朝臣列薦授官，官至承奉郎，知南昌縣。」

蒼山七歲賦《楊妃襪》詩云：「萬騎西行駐馬嵬，凌波曾此陷香埃。誰知一掬香羅小，踏轉開元宇宙來。」雖不妙遠，而有議論，乳虎具食牛之概矣。

曾季貍　字裘父，南豐人，有《艇齋雜著》及《詩話》各一卷。

艇齋甚爲朱子所稱，朱子集中有《寄艇齋》詩云：「有約來何晚，行吟溯遠風。老懷清似水，雙鬢斷如蓬。晤語非無得，疏慵正略同。清秋湖上集，只是欠車公。」玩此詩，則其人可以想見。

艇齋《白水寺》詩云：「暫假僧房憩，炎熱覺頓忘。誰知六月雨，一似九秋涼。石徑苔痕滑，稻花田水香。鳴蟬休嘆息，相與共徜徉。」

蕭德藻　字東夫，南城人。

千巖與楊誠齋齊名，南渡初稱「尤蕭范陸」，後乃去蕭而易楊。姜白石乃千巖壻，初亦從學詩焉。《采蓮曲》云：「清曉去采蓮，蓮花帶露鮮。溪長須急槳，不是趁前船。」「相隨不覺遠，直到暮煙中。恐真歸得晚，今日打頭風。」《登岳陽樓》云：「不作蒼茫夢，真成浪蕩遊。三年夜郎客，一舸洞庭秋。得句鷩飛鳥，看山天盡頭。猶嫌未奇絶，更上岳陽樓。」《次韻傅惟有》云：「竹根蟋蟀太多事，喚得秋來籬落間。又過暑天如許久，未償詩債若爲顔。肝腸與世苦相反，巖壑瞋人不早還。八月放船飛樣去，蘆花村外數青山。」《詠古梅》云：「百千年蘚著枯樹，一兩點花供老枝。絶壁笛聲那得到，只愁斜日凍蟬知。」《絶句》云：「荒村三月不肉味，併與瓜茄倚閣休。造物於人相補報，問天賒得一山秋。」皆不亞於誠齋。

汪應軫　字聖錫，信州玉山人，有《文定集》。

文定與朱子交厚，善屬文，詩不多見，亦清迥不俗。如《送删定聞人丈歸嘉禾》云：「漫作中都士，柴門每自扃。遺經究終始，奇字講聲形。前輩今無幾，微言世莫聽。扁舟轉河曲，已見故山青。」又《慰人失舉》句云：「此道要須齊得喪，古人初不爲功名。」

集中題跋甚佳，長者不悉記，記其短者一二，以資賞諷。《題東坡帖》云：「歐陽文忠公與子瞻至厚，所以稱道之者，不遺餘力，而獨不及其字畫之工，至《集古録》中不取張從申書。乃知前輩好尚，不同如此，又見其許可之不苟也。」《書張士節字敘》云：「魯直之以士節字張君也，若曰無此則非士矣，其言可謂峻直而精確者也。聞之前輩，魯直疏通樂易，而其中所守，毅然不可奪。紹聖初，坐史院事，所對不少屈，於同時史官中得罪最遠，轉徙萬里，流落累年。會徽宗即位，召之不即就，於還朝諸公，獨不復用。崇寧間，前之得罪紹聖、元符者，特不用而已耳，而魯直以言語觸諱，再被謫。閒居談説名義，易耳，顛沛之際，則已失措。或者一更患難，不復人色，顧乃追咎向之持論，以爲講學未精。若其摧阻撼頓，至於再三，而卒以不悔，視死生禍福，曾不芥蔕，可信其爲信道之篤也。張才叔以正直名一時，於魯直獨師事焉，彼誠有以服其心也。士節之子攜魯直所爲《字敘》見過，余曰：此魯直日用之餘，推以予人者，非苟爲空言也。因爲詳道所聞於前輩者如此。」

文定又有《贈杜術士序》，吾甚愛之，並記於此。「世之推步五行，以談禍福者，皆祖李虚中。爲虚中者，其自攷必審，其自信必確矣。然乃服藥，覬幸長生，而顧以速死，是不知命之有制，而欲以力勝也。其自攷者如此，何以攷他人之禍福乎？其自信者如此，何以使人之信乎？又況爲其徒者乎？世人不攷其源流，隨而信之，此吾所未喻也。今鄱陽杜君，爲虚中之言者也，然何其談人之禍福，歷歷不少差？又有使人不能不少信者。夫君子之安命，非能逆知其淹速之度，要以爲非人力所能致，故一切任之而已耳。彼以夫茫昧恍惚，不可致詰之理，而尚可以智索，則遂謂亦可以力勝也。此虚中之所以困與？」

胡直孺　字少汲，奉新人，有《西山老人集》。

山谷云：「少汲，後生中豪士也。讀書作文，殊不塵埃，使其不倦，雖競爽者未易追也。」

《送春》云：「冷酸梅子漸生仁，鶯老花飛跡已陳。一夜南風摇斗柄，明朝煙雨不關春。」又《贈劉邦直》云：「夢魂南北昧平生，邂逅相逢意已傾。楚國山川千疊遠，隋堤煙雨一帆輕。我無健筆翻三峽，君有長才肅五兵。同是行人更分手，那堪風樹作離聲。」山谷云：「『同是行人更分手』，佳句也；『邂逅相逢意已傾』，已道盡了劉三十一矣。」

釋惠洪 字覺範，新昌人，喻氏子，有《石門詩鈔》。

覺範於政和初坐交張商英、郭天信，配崖州，赦還，又以張懷素黨繫獄，旋得釋。建炎二年，示寂同安。覺範猶及濡坡、谷之沫，詩故清雅不俗。五言無佳者，七言略有句可摘。如：「山好已無歸國夢，老閒猶有讀書心。」「一軒秋色侵衣重，半夜波聲拍枕來。」「夜久雪猿啼嶽頂，夢回清月在梅花。」「父老相逢班草坐，風光初過采茶時。」「身健已如秋社燕，夢回猶看客亭炊。」「數疊吴山圓楚夢，一番花信釀春寒。」皆楚楚有致，而世乃傳其《鞦韆》句云：「花板潤沾紅杏雨，綵繩斜挂緑楊煙。」有何味耶？

【校記】

［一］此詩爲陸遊《書憤》。作者誤記。

鄉詩摭譚續集　卷四

宋

彭龜年　字子壽，清江人，有《止堂集》。

忠肅公嘗抗論韓侂胄之奸，又嘗請光宗朝重華，蓋伉直忠亮之臣也。其《送梁憲易節漕蜀》詩云：「峽口大江急，劍門天下奇。不因逢使節，安得入公詩。萬里輕來去，一心無險夷。可憐門下士，猶惜别離私。」

韓元吉　字无咎，開封籍，徙居上饒，有《南澗甲乙稿》。

无咎之師爲尹和靖，婿則吕東萊，官至兵部尚書，龍圖閣學士，封潁川公，蔚爲一時人望。而詩語殊感慨，如「墓上征西真底用，生前杯酒未宜輕」，「化鶴自知迷故國，斷鼇今見立神州」，「巖君有客能招隱，肉食何人爲給鮮」，「但得生涯類盤谷，可無風景似斜川」，「末路多塹宜溝壑，長年敢笑走埃塵」，「灘聲直下黄牛峽，河勢遥分白馬津」，並不類濡首丹轂中人也。

絶句如《晨興》云：「北窗松竹夜蕭騷，詩就呼兒進濁醪。睡美不知新雨足，曉來南澗水聲高。」《同翁子功之平江午憇涵山净慈寺》云：「蘋花吹盡藕花香，日落風生水面涼。净洗扁舟載明月，共君長嘯飲湖光。」

諶　祐　字自求，南豐人，有《桂舟歌詠》及《雜著》。

桂舟與劍南，並淵源於贛州曾氏，近體音節，殊無軒輊，乃天下人知陸，罕知諶者，身後名亦有幸不幸。今特節其句。近體佳句如：「風雨低黄鵠，江聲老白鷗。」「白髪風前酒，黄花雨後鐙。」《聞邊報》「馬悲仙仗過，涯入海門斜。」「兩表蜀天開日月，三軍漢地出旌旗。」《諸葛武侯》「下地百年無桀跖，後天一壽有顔曾。」《自嘆》「西風木葉吹秦晉，春雨桃花送古今。」《避秦》「樹帶夕陽鴉半集，荻寒秋浦雁初來。」「雁過大江風帖帖，鴉啼花樹日悠悠。」《即事》「風物黄花秋興熟，江湖歸路客愁輕。」「歸棹舞風鷗不下，愁笳吹月雁斜行。」《自感》「城上烏烏知息戰，陣前笳鼓緩歸裝。」《西捷》「絃管入春波面醉，雲天開鏡畫中行。」《西湖》「赤幟露光王漢氣，錦帆波蕩帝隋舟。」《即事》「蕃漢盛衰霜葉夢，陳隋興廢露華秋。」《讀史》皆音節清亮。

王　阮　字南卿，九江人，有《義豐集》。

南卿朱子門人，晚守臨川，韓侂胄欲見之不可得，怒使奉祠，歸廬山以終。《出豐城》詩云：「摇摇旌旆出洪都，彌望田疇總廢墟。羸馬不前身突兀，耕夫相視笑軒渠。倚松茅屋斜開徑，近水人家半賣魚。蒲葉向冬猶未割，臨風遥憶路温舒。」

黄　載　字伯厚，南城人，有《蜡社歌餘集》。

伯厚詩，亦得中晚唐人佳處，惜集不甚傳。《晚泊》云：「片帆寂寞繞孤村，茅店驚寒半掩門。行草不成風斷雁，半江煙雨正黄昏。」《過長安渡》云：

「重來已過十番秋，更十番秋已白頭。無限舊時心裏事，青山殘照水東流。」《道中見上墳者》云：「翠樹青煙笑語稠，家家領客醉松楸。老翁哭子氣欲絶，行過前村更轉頭。」「攫祭烏鴉噪晚田，草芽新染緑如煙。墓頭寂寂蟲鳴急，惟有春風舞紙錢。」《絶句》云：「秋寒比臘更清嚴，花蕊蕭疏半欲緘。過手重裘猶得力，莫將晴暖信春衫。」

又有《讀舊稿蛙吹集》云：「蛙吹兒童事，重開已汗顔。更須留近作，待過十年看。」

鄧有功 字子大，南豐人，有《月巢遺稿》。

子大《玉山道上》云：「玉溪溪上雨聲乾，日暮東風客衲寒。數樹梅花吹作雪，行人猶自倚闌干。」《客信豐寄劉起潛》云：「嶺南咫尺莫如虔，和暖嚴寒别有天。一夜詩魂清到骨，晚霜封却釣魚船。」

劉　鏜 號秋麓，南豐人，有《秋麓》《山雞愛景》等集。

有《詠陳後主》云：「晉王前殿賀平陳，從此江南雨露均。四百年間重混一，始知江令是忠臣。」此與李泰伯「最應飛燕是元勲」同一意思。

張自明 字誠之，南城人。

有《觀邸報作》云：「西風颯颯雨蕭蕭，小小人家短短橋。獨倚闌干數鵝匹，一聲孤雁在雲霄。」首句興國事風塵，二句興偏安半壁，三句興垂意斗筲，四句興賢人高蹈，當時必有指。此詩音節、意趣皆好。

席天祐　樂平人。

席曾參劉忠武采軍，亦奇俠士。《醉臥僧牀作》云：「霜侵古屋月侵窗，撥盡寒灰夜未央。仗劍起看吴楚分，將星今有幾分光。」

歐陽鈇　字伯威，廬陵人。

誠齋跋其詩謂：「烏啼花落，欣然有會於心，遣小奴挈缺罇，沽白酒，釂一梨花瓷盞，取伯威詩讀一遍，蕭然不知在塵埃間也。」

王庭珪等每以孟襄陽、賈長江相目，有名當時如此。《絶句》云：「戀樹殘紅溼不飛，楊花雪落水生衣。年來百念成灰冷，無語送春春自歸。」「桑麻得雨更青葱，芍藥留春結晚紅。怪得烏聲如許好，此身還在亂山中。」「爲憐紅杏亞枝斜，看到斜陽送亂鴉。又是一春窮不死，管教留眼看鶯花。」「篷窗臥聽疏疏雨，却是芭蕉夜半聲。煙浪蔽天天倚蓋，略容一點白鷗明。」

他句如「西風五更雨，南雁數行書」，「詩成夔子國，人在仲宣樓」，「細雨雙飛鷺，寒簑獨釣船」，「故人驚會面，新恨説從頭」，「巷南巷北人招飲，一雨一晴花耐看」，「有客過門湖海士，隔籬呼酒咄嗟間」，「夢回金馬玉堂上，又在冰甌雪碗中。」

林夢英　字叔虎，臨川人，世稱「山房先生」。

叔虎，一作伯虎，嘗從學於陸象山先生。

《金石臺》詩云：「雲作巖扉風自關，清陰半壑樹中間。傍廂更著茅亭好，放入西南一面山。」

鄒登龍 字震父，臨江人，有《梅屋吟》。

《江南春》云：「玲瓏樓閣江城晚，楊柳絲絲凝碧煙。飛燕不歸春滿地，百花香裏聽啼鵑。」

徐元杰 字仁伯，上饒人，有《梅埜集》。原本久佚，四庫館重輯次十二卷。

《湖上作》云：「花開紅樹亂鶯啼，草長平湖白鷺飛。風日晴和人意好，夕陽簫鼓幾船歸。」

忠愍公爲真西山弟子，故學術純正。其母張夫人能詩，有「不知簾外溶溶月，上到梅花第幾枝」之句，見周密《浩然齋雅談》。

劉　過 字改之，泰和人，有《龍州道人集》十卷。

改之詩，王漁洋謂其「叫囂排突，風雅掃地」，當時辛稼軒却相愛重，不同如是，漁洋言自爲諦也。

改之《書越州能仁寺壁》一絶云：「流年轉眼一飛梭，如此頭顱奈老何。狼藉落花春不管，竹雞啼處雨聲多。」又集中《多景樓》詩，乃誤入趙善倫作。

蔣子正《山房隨筆》云：「改之在辛稼軒座，賦羊腰腎羹，限『流』字，信口吟云：『拔毫已付管城子，爛胃曾封關内侯。死後不知身外物，也隨樽俎伴風流。』甚敏妙。又在座上賦雪，限『難』字云：『功名有分平吴易，貧賤無交訪戴難。』亦佳。」

王 鎬 字從周，永豐人。

《移竹後雨》絶句云：「洗紅窣窣烏藍雨，落紫颼颼皂角風。挂起北窗聊問訊，新移來竹定惺忪。」又《望仙樓》句云：「只言弱水蓬萊遠，無奈仙風道骨何。」

利 登 字履道，南城人，有《骳稿》。

《次琬妹月夕思親》一絶云：「緩作行程早作歸，倚門親語苦相思。白頭親老今多病，不似當初别汝時。」

又有《遊佛巖》句云：「擁巖千修篁，中有寒泉飛。」甚佳。

鄧 林 字性之，臨江人，有《皇華曲》。

漁洋謂性之樂府絶句，有義山之風。固然，然他體亦多可取。如《琵琶亭》云：「潯陽江頭秋月明，黄蘆葉底秋風聲。銀龍行酒送歸客，丈夫不爲兒女情。隔船琵琶自愁思，何預江州司馬事。爲渠感激作歌行，一篇六百一十字。白樂天，白樂天，平生多爲達者語，到此胡爲不釋然。弗堪謫宦便歸去，廬山故接柴桑路。不尋白菊伴淵明，忍泣青衫對商婦。」此詩與夏英公作，皆爲白傅轉一解，故是佳勝。

《登快閣和山谷韻》云：「未登快閣心先快，紅日半檐秋雨晴。宇宙無邊萬山立，雲煙不動八窗明。飛來一鶴天相近，過盡千帆江自横。借問金華老詞伯，幾人無忝入詩盟。」此詩蓋因黄明府某而作，「金華詞伯」，指黄也。

《贛州上清道院》云：「短墻不礙遠山青，無事燒香讀道經。時把一杯非好飲，客懷宜醉不宜醒。」《緑陰亭》云：「千山横碧一溪清，白鳥飛邊落照明。吏散庭階一無事，緑陰亭上又詩成。」此性之客某尉署作，故有「吏散庭階」語。

吴　曾　字虎臣，臨川人，有《能改齋漫録》。

《登羅山》句云：「桃花破叢萼，一笑爲嫣然。春雨正蒙密，澗水鳴潺湲。」漁洋謂有東坡風致。其集未見，第見《漫録》。

陳宗道　字寧之，南豐人，有《九皐吟稿》。

陳宗禮　字立之，宗道弟，有《千峯稿》。

九皐句如《金山》云：「日月更無山障礙，乾坤惟有水周回。」《經蒼山》云：「江山那解將愁去，草木親曾見亂來。」

千峯句如「深樹涵幽姿，微雲弄晴態」，「落日山氣清，歸禽噪林杪」，「哀鴻天際雲，殘月水邊樹」，皆清遠。

王　宻　字德升，新淦人。

德升躓場屋，入玉笥山。獨居白雲齋十餘年，蓋清苦之士。

詩如《山樵》云：「山樵竹裏居，略彴纔堪度。落日淡平疇，牛羊點寒暮。」曾氏《獨醒雜志》云：「語意瀟散，非遠外聲利者不能也。」

黄文雷　字希聖，南城人，有《看雲集》。

《東林拜岳王像》云：「獄吏但能書牘背，相公終欲割鴻溝。」殊壯激。

李　劉　字公甫，號梅亭，崇仁人，有《詩文類稿》。

孫雲翼《李梅亭先生小傳》：劉嘗從真德秀遊，丐詞科文字，留飲書室，指竹夫人爲題，曰：「蘄春縣君祝氏，可封衛國夫人。」劉援筆立成，末聯云：「於戲，保抱攜持，朕不忘乙夜之寢；展轉反側，爾尚型四方之風。」德秀擊節嘆賞。嘉熙己亥四月誕皇子，告廟祝文。劉以學士當筆，以四柱作一聯云：「亥年巳月，無長蛇封豕之虞；午日丑時，有歸馬放牛之兆。」時方有蜀警，人咸賞其中的。

《記夢》云：「壯志已違黄鵠下，老身合占白鷗前。夜來耿耿江南夢，秋水長天一釣船。」

汪　藻　字彦章，德興人，有《浮溪集》。

浮溪四六極佳，在南宋爲傑出。詩亦有韻。

《即事》云：「燕子將雛語夏深，緑槐庭院不多陰。西窗一雨無人見，又展芭蕉數尺心。」「雙鷺能忙翻白雪，平疇許遠漲清波。鈎簾百頃風煙上，卧看青雲載雨過。」又《書事》云：「卧看山色懶扶輿，擬棹扁舟學釣魚。誰似湘流知我意，新來三得道州書。」又《宿酇侯鎮》云：「微涼初破候蟲秋，露草螢光已不流。搔首與誰論往事，星河無語下城頭。」

他句如「千里江山漁笛晚，十年鐙火客氈寒」，「何時盛之青瑣闥，妙語付以烏絲闌。」「雖遭瀧吏嗤韓子，却喜溪神識柳侯」，「厚禄故人無一字，長年三老伴餘生」，皆感慨。

王庭珪　字民瞻，安福人，有《盧溪集》。

《四庫提要》謂：「讀其所作，矯然伉厲之氣，時流露於筆墨間。」集不在篋，只記一二。《送胡邦衡謫新州》云：「一封朝上九重關，是日清都虎豹閒。百辟動容觀奏牘，幾人回首愧朝班。名高北斗星辰上，身落南州瘴海間。不待百年公議定，漢庭行召賈生還。」「大厦元非一木支，要將獨立拄傾危。癡兒不了公家事，男子要爲天下奇。當日奸諛皆膽落，平生忠義祇心知。端能飽喫新州飯，在處江山足護持。」詩出，時議以「癡兒」二語坐流南州。

《絶句》云：「江水磨銅鏡面寒，釣魚人在蓼花灣。回頭貪看明月上，不覺竹篙流下灘。」

他句如「長史果爲何物漢，中軍不是寄書郵」，「但喜騎驢得佳句，忽忘揮麈是何年」。又如《聞秦太師殁》云：「二十年興縉紳禍，一朝終失相公威。」皆所謂有伉厲之氣也。

董　潁　字仲達，德興人。

程洵《尊德性齋集》《周徽之詩序》云：「德興自汪公彦章以詩名天下，其後趙公德麟、徐公師川相繼寓居里中，其於詩蓋親傳元祐正宗者，於是張公彦實、董公仲達起而和之，德興詩人之名隱然聞四方。」

仲達有《江上》詩云：「萬頃滄江萬頃秋，鏡天飛雪一雙鷗。摩挲數尺沙邊柳，待汝成陰繫釣舟。」

張　擴　字彦實，德興人，有《東窗集》。

《揮麈餘話》稱：「公爲著作郎，其兄爲秘書少監楚材，新婚約觀梅西湖，公賦詩有：『折歸忍負金蕉葉，笑插新臨玉鏡臺』之句，秦檜見之，大稱賞曰：『旦夕當以文字官相處。』遷擢左史，再遷而掌外制。」

蕭元之　字體仁，號鶴皋，臨江人。有《鶴皋小稿》。

鶴皋有《塞馬歌答楊侍郎》云：「我有百發落雁鈚，前年引滿射赤眉。功成萬死不見賞，歸騎驢子吟楚詞。」觀此，蓋曾宣慰戎行，論功幕府，爲人所抑，而不竟其用者。

《還西里居作》云：「長恐山林計未成，可能俯仰羨公卿。鶴閒不受雲拘束，梅冷惟堪雪主盟。北闕無書休悔出，東皋有秫可歸耕。鏡容漸改驚非昔，獨喜傍人唤後生。」

黎廷瑞　字祥仲，鄱陽人，有《芳洲集》。

祥仲，咸淳七年進士，官肇慶府司法參軍。入元，隱居不仕。

詩餘數首極佳。《清平樂》云：「秋懷騷屑。臥聽蕭蕭葉。四壁寒蛩吟不歇。舊恨新愁都説。疏疏雨打栖鴉。月痕猶在窗紗。一夜西風偏緊，明朝瘦也黄花。」又一首云《雨中春懷》：「清明寒食。過了空相憶。千里音書無處覓。渺渺亂蕪摇碧。暝天雨細風斜。小樓燕子誰家。只道春寒都盡，一分猶在桐花。」又《少年遊》云：「回棹百花洲。迢迢碧玉流。聽笛聲、何處高樓。如此江山如此客，雖有酒，奈何秋。呼月出雲頭。問渠能飲不？笑人間、原自無愁。可惜月翁呼不出，呼得出，載同遊。題云：「乙未中秋後二日，同范見心、李思宣飲百花洲上，待月魯公亭，呼月磵禪師，不應，放棹東湖，夜色皎然。見心用龍洲《少年游》韻賦詞，因次韻。」

歐　良　字聖弼，盱江人，有《撫掌詞》。

《隱居通議》：聖弼文典實莊重，常爲樞密包道夫作《進周禮六官辨表》，范去非謂其作此極有手段，憑虛駕空，自成一片。其詩餘有《更漏子》詞云：「畫樓深，春晝永。簾幕東風微冷。鶯囀罷，燕歸來。佳人午夢回。鬢釵横，眉黛淺。一捻楚腰纖軟。推繡户，倚雕闌。無言看牡丹。」

僧可和　廬山。

此僧詩不可見，王銍《雪溪集》載其一詩云：「空中千尺墮柳絮，溪上一旗開茗芽。絶愛晴泥翻燕子，未須風雨送梨花。重江碧樹遠飛雁，刺水緑蒲深映沙。想見方舟端取醉，酒酣風帽任欹斜。」

鄉詩摭譚續集　卷五

宋

胡銓　字邦衡，廬陵人。有《澹菴集》，原百卷，今《四庫》著録止六卷。

《四庫書目提要》云：「史稱其高宗時，請誅秦檜，今考集中論撰，《賀金國啓》一篇，則孝宗朝召還後，更嘗請誅湯思退。史文疏漏，賴集尚存也。羅大經《鶴林玉露》曰：胡澹菴十年貶海外，北歸，飲於湘潭胡氏園，題詩曰：『君恩許歸此一醉，旁有梨頰生微渦。』謂侍妓黎倩也。後朱文公見之，題詩曰：『十年浮海一身輕，歸見黎渦卻有情。世上無如人欲險，幾人到此誤平生。』云云，今本不載。此詩殆後人因朱子此語，諱而删之。然銓孤忠勁節，照映千秋，乃以偶遇歌筵，不能作陳烈踰墻之遁，遂坐以自誤平生，操之爲已蹙矣，平心而論，是固不足以爲銓病也。」

陸放翁《老學菴筆記》云：「前輩置酒飲客，終席不褫帶，後遂廢。紹興末，胡邦衡還朝，每與客飲，至勸酒，必冠帶再拜，朝士皆笑其異衆。然邦衡名重，行之自若。」閔案：觀此，則忠簡固非通脱輕檢者。

羅大經《鶴林玉露》云：「公乞斬秦檜，赴貶所，閩人寺丞陳剛中賀以啓云：屈膝請和，知廟堂禦侮之無策；張膽論事，喜樞廷經遠之有人、身爲四海之行，名若泰山之重。又云：知無不言，願請上方之劍；不遇故去，聊乘下澤之車。」

忠簡在謫所，浩然有江湖之思，因作《瀟湘夜雨圖》寄意，題云：「一片瀟湘落筆端，騷人千古帶愁看。不堪秋著楓林港，雨闊煙深夜釣寒。」

又《題畫扇》云：「誰向生綃白團扇，畫將羈客據征鞍。南還萬里知前定，壁上崖州莫怕看。」勁挺之概可想。

曾極　字景建，南豐人。有《春陵小雅》《金陵百詠》。

景建，《撫州志》作臨川人，《江西省志》因之。《宋詩紀事》《四庫書目》亦然。然景建爲艇齋從孫，當爲南豐人，或後遷居臨川也。今從《建昌府志》。

景建《金陵百詠》佳作甚多，記其尤者一二。《桃葉渡》云：「裙腰芳草抱長堤，南浦年年怨別離。水送横波山斂翠，一如桃葉渡江時。」《蔣帝廟》云：「白馬千年繫廟門，爐煙浮動衮龍昏。闔棺漫説榮枯定，青骨猶當履至尊。」《華林園》云：「羽葆來臨鼓吹停，華林暢飲倒銀缾。萬年天子瞢騰眼，錯認長星作酒星。」《昇元閣鐸》云：「摩挲石柱蘚痕斑，亡國如鴻去不還。無復切雲三百尺，祇傳風鐸在人間。」昇元閣，一名瓦官閣，乃梁朝建。高二百四十尺。羅椅云：「不知景建是何肺腑，能辨此等惱人語於千載下。」《豫章人物志》載，景建遊金陵，題行宫龍屏，忤時相史彌遠，獲譴。今其集有《古龍屏風》一首云：「乘雲遊霧過江東，繪事當年笑景公。可恨横空千丈勢，剪裁今入小屏風。」當即是此詩也。又有刺時句云：「九十日春晴景少，一千年事亂時多。」當國者見而惡之，亦獲譴所由來也。

又詠《蜀海棠》云：「傳芳遠遠自西鄰，錦織高張熨眼新。花睡覺來紅淚落，年年如憶故宫春。」

張良臣　字武子，洪州人，有《雪窗集》。《宋詩紀事》作汴人，未知何據。

武子一字漢卿，其父避寇四明，因徙家焉。詩工絶句，如《春詞》云：「後主搴香復倚春，潘妃梳洗最輕盈。南朝破後無詞客，燕子桃花古石城。」《西湖晚歸》云：「岾岾平湖印晚天，踏歌遊女臂相聯。鳳城半掩人爭路，猶有胡琴落後船。」《曉行》云：「千山萬山星斗落，一聲兩聲鐘聲清。落入小橋和夢過，豆花深處草蟲鳴。」《感舊》云：「三十六陂春水緑，四十九年人事非。揚子江頭永嘉後，吴儂蕩槳北人稀。」《夏夜》云：「恰到黄昏雨便晴，青塘迤邐盡蛙鳴。月明已在芭蕉上，猶有殘檐滴雨聲。」《示長蘆仁禪師》云：「叢叢竹雀閙人家，農事春來漸有涯。品字柴頭煨正暖，不知風雪到梅花。」

胡致隆　字藏之，臨江人。

藏之自號蕭灘居士，父彦明，與山谷同年進士，故其詩亦見知於山谷。《題瘞鶴銘》云：「當年誰爲裹玄黄，潮打孤城草木荒。華表已無新信息，斷碑空有碎文章。雲埋紫蓋峯何在，煙鎖青田路正長。遥想華亭披道氅，夜隨明月過錢塘。」次聯甚佳。

蔡　枏　字堅老，南城人，有《雲壑隱居集》《浩歌集》。

《詠新荷》云：「朱闌橋下水平池，四面無風柳自垂。疑似水仙吟意懶，碧羅箋卷未題詩。」末句寫狀新荷，妙。

歐陽澈　字德明，崇仁人。有《飄然先生集》。

德明於建炎初，伏闕上書，請誅汪、黄，與陳東同棄市。紹興中，贈秘閣修撰。其人氣節高千古，詩亦不惡。《秋試下第有感》云：「籬菊金英噴異香，杜門岑寂獨持觴。風掀脱葉横斜舞，雲襯平林淺淡黄。塞管有情增哽咽，野花無語伴淒涼。不禁景物撩秋眼，剩與新篇付錦囊。」

羅大經　字景綸，廬陵人。有《鶴林玉露》。

景綸論來朝人物，范文正爲第一，謂富韓皆不及。有詩云：「奮髯要斬高郵守，攘臂甘驅好水軍。到得繞牀停轡日，始知心服范希文。」閔意不甚然，疑韓公當第一也，不可以好水川一事成敗論人。且好水川之敗，乃任福之違節制，何可定咎韓公？若富公，自又遜范公矣。《鶴林玉露》亦有可采者，今記一二於此。如云：「大抵古人好詩，在人如何看，在人把做如何用。如『水流心不競，雲在意俱遲』，『野色更無山隔斷，天光直與水相通』，『樂意相關禽對語，生香不斷樹交花』等句，只把做景物看亦可，把做道理看，其中亦儘有可玩索處，大抵看詩，要胸次玲瓏活絡。」

又一條云：「余同年李南金云：『《茶經》以魚目、湧泉、連珠爲煮水之節，然近世瀹茶，鮮以鼎鑊，用缾煮水，難以候視，則當以聲辨一沸、二沸、三沸之節。又陸氏之法，以末就茶鑊，故以第二沸爲合量而下，未若以今湯就茶甌瀹之，則與背二涉三之際爲合量。』乃爲聲辨之詩云：『砌蟲唧唧萬蟬催，忽有千車相載來。聽得松風并澗水，急呼縹色緑瓷杯。』其論固已精矣，然瀹茶之法，湯欲嫩而不欲老，蓋湯嫩則茶味甘，老則過苦矣。若聲如松風澗水而遽瀹之，豈不過於老而苦哉。惟移鉼去火，少待其沸止而瀹之，然後湯適中而茶味甘。此南金之所未講者也，因補以一詩云：『松風檜雨到來初，急引銅鉼離竹爐。待得聲聞俱寂後，一甌春雪勝醍醐。』

曾　丰　字幼度，樂安人。有《緣督集》二十卷。

幼度晚年築室曰「撙齋」，故所著亦名《撙齋集》，真西山其弟子也。《登滕王閣》云：「故閣嵘嶸已劫灰，又看新閣上煙煤。斷研無日不濃墨，古砌雖秋猶淺苔。江闊鳥疑飛不過，風輕帆敢趁先開。天高眼迥詩囊小，收拾不多空一來。」

饒　魯　號雙峯，餘干人。有《雙峯集》。

雙峯，朱門再傳，謚「文元」。《琵琶洲作》云：「琵琶江上譜無傳，化作沙汀越水邊。一段遺音人不識，夜深幽咽下灘泉。」

曹彦約　字簡齋，都昌人。有《昌谷集》，舊本佚，今《四庫》就《永樂大典》輯次爲二十二卷。

文簡遊朱子之門，歷任州郡，卻敵平寇，功績可紀，事詳《宋史》本傳。

《望廬山絶句》云：「暮年秋色戀江鄉，酒熟魚肥蟹著黄。已覺廬山非入夢，一帆風穩趁歸航。」他句如「把菊未遑憂歲惡，愛松相與嘆風饕」，「蟬蜕一官驚俗子，鴉鳴雙櫓壓江神」，皆有意。

裘萬頃　字元量，新建人。有《竹齋詩稿》四卷。

元量以七律擅名，佳句如「籬下久霜猶有菊，水邊近臘正多梅」，「一段清愁詩句裏，十分寒事酒杯中」，「恨無沈水紵香穗，喜有寒泉瀹茗花」，「雲歸青嶂雨初歇，花臥碧苔春已休」，後一聯極爲洪容齋所賞。

他句如《寄葛壇主人》云：「東西只隔一牛鳴，山勢綿綿若引繩。待向江邊結茆屋，幅巾遥禮夜壇鐙。」《松風閣》云：「飛花數點雨初歇，啼鳥一聲春正長。讀罷黄庭了無事，旋安銀葉試鑪香。」《日出》云：「日出柴門尚懶開，緑陰多處且徘徊。槐花滿地無人掃，半在牆根和紫苔。」《保福寺對橙菊有感》云：「平生愛菊陶彭澤，清夜移橙杜草堂。千載詩魂招不得，獨留風味在僧房。」

危　稹　字逢吉，臨川人。有《巽齋小集》。

逢吉亦號驪塘，工絶句，如《經從豐城謁於房州於令侍姬歌舞進酒》云：「蛾眉對酒舞涼伊，舞身還逐歌聲齊。卷花萬段忽進酒，門高蝴蝶飛來低。」《春日即事》云：「麥風翻隴潑濃緑，花露摘枝沾老紅。小立樓頭檢春事，一絲暖日墜青蟲。」

趙崇嶓　字漢宗，南豐人。有《白雲稿》。

趙崇鉘　字元治，崇嶓弟，有《漚渚散吟》。二趙太宗九世孫。漢宗官至宗丞。

漢宗《淮河水》云：「秋風淮水白蒼茫，中有英雄淚幾行。流到海門流不去，會隨潮汐過錢塘。」《小窗》

云：「小窗風定曲肱眠，骨冷魂清夢易圓。蝴蝶不飛花自落，海棠枝上月娟娟。」元治《野園》云：「野園對客無杯勺，共坐茆檐理釣車。片月漸低風露冷，隔牆山鬼嘯梨花。」《數日》云：「數日東風欺病骨，侵淩晚色作輕寒。客來坐久無談柄，共看游魚上井闌。」《湖中》云：「汀蒲獵獵起涼颸，碧藕香中獨立時。機事兩忘吾喪我，扁舟吟過水仙祠。」

馬廷鸞　號碧梧，樂平人。有《碧梧玩芳集》，原本久佚，今《四庫》就《永樂大典》輯次爲二十四卷。

碧梧工七律，如「天地有窮歸幻化，聖賢無命亦山林」，甚警策。撰《文獻通考》貴輿先生端臨，其子也。

周密《癸辛雜志》云：「咸淳甲戌之夏，丞相鄱陽馬公廷鸞字翔仲，以翻胃之疾，乞去甚苦，凡十餘疏始得請，則疾已棘矣。以暑甚疾危，不可即途，遂出寓於六和塔。予受公知，間日必出問之。時公偃臥小榻，素無姬妾，止一村僕煮藥其旁。嘗悽然謂予曰：『吾家素貧，少年應南宫試，止草履襆被而已。一日道間餒甚，就村居買螺螄羹，泡蒲囊中冷飯食之，遂得此疾。既無力治藥，朋友憐之者以二陳湯服之，良愈。是歲，竊冒省魁。後爲兩制，舊疾復作，醫者復以丁香草果飲，亦三兩服即愈。因念前疾之所以不死者，蓋有後來之功名故也。今承乏廟堂，分量極矣。今疾又作，而衆藥不效，勢無生理必矣。所恨者，時與日異，無以報國，爲不滿耳』。因泣下數行。然賈師憲終疑其託疾引去，欲相避者，因奏知自出關訪問之，其實覘之也。及見其骨立羸然，乃始驚曰：『碧梧乃真病也！』次日奏聞，以大觀文知鄉郡，以榮其歸，且特賜東園秘器，以爲沿途緩急之備。公即日輿疾以歸，及還鄱陽，疾乃安，閲月而全愈。未幾，以吴堅爲相。是冬，北軍渡江，督府軍潰，而國隨以亡矣。使公不病，病不亟，則位不可釋，而奉璽狩北之責，公實居之。今乃以疾而歸，歸而疾愈，安處山林，著書教子者，凡十四年而後薨。此非天相吉德，曲爲之庇，安能若是哉。公嘗自撰《鄱陽遺老傳》，及門人所述年譜，備載出處之詳，今不贅云。」

吴　浚　字允文，盱江人，有集。《春日》云：「畫堂簾箔碧瓏璁，午夢模糊燕語中。微雨嫩晴天似醉，鬧紅吹上海棠風。」玩其語意，似有所寄託。

余觀復　字中行，盱江人，有《北窗詩稿》。《次韻》云：「榴簇殷紅竹迸青，風驚檐玉一時鳴。晚來幽趣無人解，流水聲中看月行。」末七字佳甚，畫不能到。

蕭　崱　字則山，臨江人。則山佳句如《贈陸冰》云：「茶分鴻漸經中味，菊愛龜蒙賦裏香。」《荻芽》云：「春饌且供行釜菜，秋江莫管釣船花。」並新穎。

劉仙倫　字叔儗，廬陵人。有《招山小集》。叔儗有《得蟹無酒》詩云：「水鄉秋晚得白蟹，望斷碧雲無酒家。此意淒涼何所似，淵明醒眼對黄花。」亦有風趣。

蕭立之 字斯立，寧都人，有集。世所行《分類李太白詩註》，即斯立仲子士贇撰也。斯立《秋日作》云：「野店聊爲一枕謀，五更歸夢入鄉愁。溪流清淺村鋤晚，籬落荒寒絡緯秋。」末語寫晚行村景甚妙。

杜　耒 字子野，盱江人。子野號小山，曾客山陽帥許國幕府。許爲李全所戕，子野並遇害。《苕溪作》云：「風掠篷窗兩鬢秋，生涯無歲不扁舟。吟詩本欲相消遣，及到吟成字字愁。」

葛慶龍 號秋巖，九江人。《贈僧作》云：「七軸蓮經供茗瓢，一龕繡佛桂松寮。舶香亦有魚龍氣，自采枝頭柏子燒。」《遊寶林寺》云：「坐如有待思依依，看竹迴廊出寺遲。窅窅竹陰清寂處，半窗斜日兩僧棋。」詩殊清迴。

江萬里 字子遠，都昌人。文忠以忤賈相斥逐，元兵至，城陷，赴水死。

《水亭》云：「結亭臨水似舟中，夜雨瀟瀟亂打篷。落葉晚看元不濕，卻疑誤聽五更風。」又《絶句》云：「草際春回殘雪消，強扶衰病傍溪橋。東風不管梅花落，自釀新黄染柳條。」

謝枋得　字君直，弋陽人。有《疊山集》五卷。

文節作《程漢翁詩序》云：「藝祖最重讀書人，雖超世拔俗之才，不由科舉程文奮身，必不得行其志。三百年後，以學術殺天下者，皆科舉程文之士，萬世傳笑，儒亦無詞以自解矣。」此言有感而發，其實不盡然。使南宋李忠定等得戮力於前，文信國等得申志於後，何渠不可邦家再造？乃庸主佞臣，更仆迭起，國欲不亡，其安可得？何咎乎科舉程文之士？盛庶齋如梓《老學叢譚》云：「天兵南下，疊山謝先生率衆勤王，潰散而遁。兵至上饒，拘謝母，必欲得其子，母曰：『老婦今日當死，不合教子讀書知禮儀，識得三綱五常，是以有今日患難。老婦願得早死。』且語言雍容，無愁嘆之意。主者無如何，遂釋之。」

文節《慶全菴桃花》云：「尋得桃源好避秦，桃紅又是一年春。花飛莫肯隨流水，怕有漁郎來問津。」玩此知卻聘之節堅矣。又《武彝山中》云：「十年無夢得回家，獨立青峯野水涯。天地寂寥山雨歇，幾生修得到梅花。」此詩真有蕭寥遺世之想。又《絶句》云：「手撚琪花吹玉簫，至人長與道逍遥。黄雲白鶴無拘束，閒看吴兒弄晚潮。」此詩刺賈似道弄權之作。又《蠶婦吟》云：「子規啼徹四更時，起視蠶稠怕葉稀。不信樓頭楊柳月，玉人歌舞未曾歸。」此亦刺荒嬉之作。又《代贈張經歷》云：「中原自古生豪傑，晉國尤多賢大夫。學問斷無虚議論，功名須有大規模。臂間弓矢真良將，舌底詩書笑腐儒。自恨兩賢相識晚，不妨杯酒恣歌呼。」此詩頗慷慨有氣。

道作。

謝　雨　字君澤，弋陽人，疊山先生子。

《絶句》云：「杜鵑呼我我歸休，路有輕車水有舟。笑殺西湖湖上客，醉生夢死念杭州。」蓋亦斥賈似道作。

湯　漢　字伯紀，安仁人。有《東磵集》六十卷。

文清有《陶詩注》，甚佳，今録其序於此，可知其概。序曰：「陶公詩精深高妙，測之愈遠，不可漫觀也。不事異代之節，與子房五世相韓之義同。既不爲狙擊驚動之舉，又時無漢祖者可託以行其志，故每寄情於首陽、易水之間。又以《荆軻》繼《二疏》《三良》而發詠，所謂『撫己有深情，履運增慨然』，讀之亦可以深悲其志也已。平生危行言孫，至《述酒》之作，始直吐忠憤，然猶亂以廋詞。千載之下，讀之不省爲何語，是此翁所深至意者，訖不得白於後世，尤可使人增欷而累歎也。子偶窺見其指，因加箋釋，以表暴其心事。及他篇有可發明者，亦併著之。文字不多，乃令繕寫模傳，與好古通微之士共商略焉。又按，詩中言本志少，説固窮多。夫惟忍於飢寒之苦，而後能存節義之閑，西山之所以有餓夫也。世士貪榮禄、事豪侈，而高談名義，自方於古之人，予未之信也。淳祐初元九月九日鄱陽湯漢敬書。」

文清《自儆》六言云：「春秋責備賢者，造物計較好人。一點莫留餘滓，十分成就全身。」

羅公升　字時翁，永豐人。有《滄洲》《石初》等集。

時翁大父開禮，文丞相勤王時，辟授安撫使，兵敗被執，不食死。時翁少有才略，傷大父死節，傾資北遊，圖復宗祚。知勢不可爲，經錢塘江，作《弔胥濤賦》以自況。

時翁《詠梟》云：「物誰獨無母，汝母良可悲。汝飽詎幾何，亦有生子時。」

王炎午 號梅邊，吉水人。有《吾汶稿》十卷。

梅邊先生，戴性負氣男子也。其《生祭文丞相文》及《望祭文》不可没，今録於後。《生祭文》太長，頗有蔓處，今略爲節約如左。

《生祭文丞相文》自序云：「丞相再執，就義未聞，慷慨之見，固難測識。因於劉堯舉對牀共賦，感慨嗟惜之。堯舉先賦云：『天留仲子墳孤竹，誰向西山飯伯夷。』予問其下句義，則謂伯夷久不死，必有飯之者矣。予謂：『向字，有憂其飢而願人餉之之意，請改作在字如何？』堯舉然之。予以寂寥短章不足用吾情，遂不復賦。蓋丞相初起兵，僕常赴其招，進狂言有云：『願明公復毁家産，供給軍餉，以倡士民助義之心。請購淮卒，參錯戎行，以訓江廣烏合之衆。』他所議論，狂斐尤多，慷慨戆愚。丞相嘉納，令進幕府，授職從戎。僕以身在大學，父殁未葬，母病危殆，屢以時艱，恐進難效忠，退復虧孝，倥傯感泣，以母老控辭，丞相憐而從之。僕於國恩爲已負，於丞相之德則未報，遂作《生祭丞相文》，以速丞相之死。堯舉讀之流涕，相與謄録數十本，自贛至洪，驛途、水步、山墻、店壁貼之，冀丞相經從一見，雖不自揣量，亦求不負此心耳。堯舉名應鳳，黄甲科第，受簽判，與其兄堯咨，文章超卓，爲安城名士。」「維年月日，里學生舊大學觀化齋生王炎午，謹采西山之薇，酌汨羅之水，哭祭於文山先生未死之靈，而言曰：嗚呼，大丞相可死矣。文章周魯，科第郊祁，斯文不朽，可死。喪父受公卿祖奠之榮，奉母極東西迎養之樂，爲子孝，可死。二十而巍科，四十而將相，功名事業，可死。仗義勤王，受命不辱，不負所學，可死。華元踉蹌，子胥脱走，丞相自敍死者數矣。誠有不幸，則國事未定，臣節未明。今鞠躬盡瘁，則諸葛矣；保捍閩廣，則田單即墨矣；倡議引出，則顔平原、申包胥矣。雖舉事率無所成，而大節亦無愧，所欠一死耳。奈何再執，涉月踰時，就義寂寥，聞者驚惜。豈丞相尚欲有爲也耶？趙孤蹈海，楚懷入關，商非前日之頑，周無未獻之地，南北之勢既合，天人之際可知。李光弼討史思明，方戰，納劍於靴曰：『夫戰，危事也。吾位三公，不可辱於賊。一不利，當自刎。』李存勖伐梁，梁帝朱友貞謂近臣皇甫麟曰：『晉，吾讐也，不可俟彼刀鋸，卿可盡吾命。』麟於是哀泣，進刃於帝，而亦自刎。今丞相以三公之位，兼裂眥之讐，投機明辨，豈堪在李光弼、朱友貞下乎？屈且不保，況不屈乎？丞相不死，當有死丞相者矣。苟可就義以歸全，豈不因忠而成孝。事在目睫，丞相何所俟乎？炎午，丞相鄉之晚進士也，前成均之弟子員，進而父没，退而國亡，生雖愧陳東報汴之忠，死不效陸機入洛之恥。丞相起兵次鄉國，有少年狂子，持斐牘叫軍門，丞相察其憂憤而進之，憐其親老而退之，非僕也耶？痛維千載之事，既負於前，一得之愚，敢默於後？進薄昭之素服，先元亮之挽歌，願與丞相商之。人不七日穀，則斃。自梅嶺以出，縱不得留漢厩而從田横，亦當吐周粟而友孤竹，至父母邦而首邱焉。廬陵盛矣，科目尊矣，宰相忠烈，合爲一傳矣。舊主老死於降邸，宋亡而趙不絶矣。不然，或拘囚而不死，或秋暑冬寒，五日不汗，瓜蒂噴鼻而死，溺死，煨死，排墻死，盗賊毒蛇猛虎死，輕一死於鴻毛，虧一簣於泰山。而或遺舊主憂，縱不議趙盾之弑君，亦將悔伯仁之由我，則鑄錯已無鐵，噬臍寧有口乎？嗚呼，四忠一節，待公而六，爲位其間，聞訃則哭。」

又《望祭文》自序云：「相國文公再被執時，子嘗爲文生祭之。已而吉水張千載心宏毅，自燕山持丞相髮與齒歸，丞相既得死矣。嗚呼痛哉！謹望奠再致一言。」「嗚呼！扶顛持危，文山諸葛。相國雖同，而公死節。

倡議舉勇，文山張巡。殺身不異，而公秉鈞。名相烈士，合爲一傳。三千年間，人不兩見。事繆身執，義當永決。祭公速公，童子易簀。何如天意，佑忠憐才。留公一死，易水金臺。乘氣捐軀，壯士其式。久而不死，雪霜松柏。嗟哉文山，山高水深。難回者天，不負者心。常山之髮，侍中之血。日月韜光，山河改色。生爲名臣，死爲列星。不然勁氣，爲風爲霆。干將莫邪，或寄良冶。出世則神，入土不化。今夕何夕，斗轉河斜。中有光芒，非公也耶。」

曾唯仲　南豐人。

湯清伯　南豐人。

二君皆南宋末人。劉起潛《隱居通議》云：「江南承平時，鄉塾諸齋出題示學者，考殿最，名曰義試詩。嘗抄録，猶記數首云云。曾公《賦草意》云：『輦路淒涼隔歲華，王孫望斷怨天涯。庭空煙雨無人管，那有閒情襯落花。』湯君《賦夾竹桃》云：『芳姿勁節本來同，緑蔭紅妝一樣濃。我若化龍君作浪，信知何處不相逢。』」

劉辰翁　字會孟，廬陵人。有《須溪集》，原本久佚，今《四庫》就《永樂大典》輯次爲十卷。

須溪初學於陸象山，後頗留心文字，子史别集，多有評點本。以對策忤賈似道，故官不達。宋亡，隱居而卒。詩亦有韻，《題宣和雙蟹圖卷》云：「講餘幾暇諫書空，艮嶽江湖入眼中。郭索能令天一笑，畫圖何必面春風。」又《春歸》云：「留春一日不可，種樹十年未成。芳草斷腸花落，緑窗攜手鶯聲。」

馮去非　字可遷，號深居，都昌人。

深居淳祐九年進士，官至宗學諭。時丁大全爲左諫議，三館諸生叩闕言不可，帝下詔禁戒，立石三學，公獨不肯書名碑下。未幾，大全柄用，公罷歸。

《愚見記志》云：「宋時，内樓五更絶梆，蛙鼓交作，謂之蝦蟆更。禁門方開，百官隨入，所謂六更也。馮去非詩云：『春風吹送笑談香，玉漏銀鐙破夜涼。歸去東華聽宫漏，杏花落盡六更長。』」

《詞綜補遺》云：「史稱去非罷歸，舟泊金焦山，有僧上謁，乘間致大全意，願毋遽歸，少俟收召。去非正色曰：『程丞相、蔡參政牽率老夫至此，今歸廬山，不復仕矣。斯言何爲至我！』觀其《喜遷鶯》詞『故山猿鶴』諸語，恬退之志，自然流露，殆淵明所謂稱心而言也。」

王　奕　字敬伯，玉山人。有《東行斐稿》。

敬伯《送謝疊山先生北行》云：「黄天久矣眼垂青，盼盼先生此一行。遺表不隨諸葛死，離騷生伴屈原清。兩生無補秦興廢，一出仍關魯重輕。白骨青山如得所，何須兒女哭清明。」

又《寄周月湖》云：「起觀疆宇皆周土，只有西山尚屬商。」此以宋遺民自況，故自號「至元遺民」。

鄉詩摭譚續集　卷六

元

吴　澄

字幼清，崇仁人。有《文正公集》一百卷。

吴草廬與許魯齋同鳴於有元之代，文章高爽，無塵腐之氣，詩亦如之。如《題諸葛像》云：「含嘯沔陽春，孫曹不敢臣。若無三顧主，何地著斯人。」《建康西江避暑》云：「石頭城下看淮山，羡殺白雲終日閒。寄語醉中彭澤令，如何飛倦始知還。」《題雪洲圖》云：「向來洲上雪漫漫，僵倒詩人一屋寒。洲上雪消人亦去，畫圖猶作雪中看。」《題和靖觀梅圖》云：「一枝春信到孤山，冰雪肌膚不覺寒。月下水邊看未足，拆來更向手中看。」皆有風致。

草廬之孫當，字伯尚，有《學言詩稿》六卷，以祖蔭得官，累至江西行省參知政事。未上官而陳友諒陷江西，遂遁跡不出。友諒遣人招之，堅臥以死自誓，牀載送江州，拘留一載，友諒滅，乃免。洪武初，復迫致見太祖，長揖不拜，竟得放歸。隱居吉水之谷坪，完節以終。《四庫書目提要》述之甚詳，世人知者或少，爲附著於此。其詩集不在篋，故闕之。

杜　本　字伯原，清江人。有《清江碧峯集》一卷。清碧先生高尚不仕，吴草廬薦之不起，丞相脱脱薦之又不起。隱於武彝山，事見《元史·隱逸傳》。《題小景》一絶云：「秋雲滿地夕陽微，黄葉蕭蕭雁正飛。最是江南好天氣，村醪初熟蟹螯肥。」

朱公遷　字克升，樂平人。克升深於經學，卜築陽明之所，學者又稱明所先生。佳句如「好學誤生千載後，醒心多負五更初」，「苦無黄菊供人摘，只爲青山了此行」，皆清亮不俗。

熊夢祥　字自得，進賢人，有《松雲道人稿》。自得絶句，殊多寄託。如《題畫山礬》云：「傍路依山到處生，只因樵牧慣相輕。若教塵俗如桃李，未必梅花肯作兄。」《題王元章梅》云：「紫禁春濃雪未消，年年香冷只飄摇。許多入畫酬清賞，不嫁東風過小橋。」

于　立　字彦成，南康人，有《會稽外史集》。彦成又號虚白子，學道會稽山中，故其集曰《會稽外史》。《題高宗詩意便面》云：「當朝山色尚煙嵐，近侍承恩罷早參。邊奏不來春殿寂，自將情思寫江南。」《觀牡丹有感》云：「遥遥紅霧一枝斜，香舞東風兩髻娃。堪笑年年未歸客，借人亭館賞春花。」末語自妙。然宋葉清逸《九日作》云：「斷腸故鄉歸未得，借人籬落賞黄花。」趙愚齋《清明作》云：「怊悵清明歸未得，借人門户插垂楊。」此均在彦成之前者。明瞿宗吉《清明作》云：「客裏不甘佳節過，借人亭館看棃花。」此又在彦成之後者。度諸君未必相襲，景真情合，則語意自侔爾。

黄復圭 字君瑞，安仁人，有《君瑞集》。

《送友》云：「雲錦江邊送玉郎，江邊折柳柳絲長。柳絲挽得行人住，再向東風種幾行。」頗得晚唐人樂府餘韻。

程文海 字鉅夫，南城人，有《雪樓集》三十卷。

文憲集，《四庫提要》稱其「磊落俊偉，具有氣格。近體稍膚廓，當由不耐研思之故。古詩落落自將，七言尤多遒警，當其合作，不減元祐諸人」云云，可以想其詩之工矣。閔卻轉賞其絶句數首，今記於後。《題早行》云：「萬山回合路紆縈，獨策羸驂欵欵行。卻憶麻源三谷裏，畫橋攜酒聽溪聲。」《題趙大年小景》云：「匹馬衝寒踏落花，杏園深處曲江涯。何如相對風軒坐，換得漁船傍酒家。」《題喬達之江山秋晚圖》云：「西日遮來正暮秋，買魚沽酒醉船頭。如今見畫渾疑夢，知是南湖第幾洲。」「別來事事可名家，獨我空添兩鬢華。天際有山歸未得，遠峯休著澹雲遮。」《題祁提點溪山圖》云：「山人縮地古今同，何處移來水外峯。我與白鷗曾有約，可憐相見畫圖中。」

元　淮　字國泉，臨川人，有《金囦吟》。

水鏡先生詩頗近香奩，如《春閨》云：「杏花零落燕泥香，獨立東風看夕陽。倒把鳳翹搔鬢影，一雙蝴蝶過東墻。」

劉　壎　字起潛，南豐人，有《水雲村稿》十五卷。

水村先生有《隱居通議》一書，捃拾宏富，持議亦精，元人説部可稱佳製。《絶句》云：「三百餘年曆數更，東西萬里看昇平。黄金臺上麒麟閣，混一元勳是賈生。」蓋謂賈似道之覆宋，實元之鉅勳也，亦與李泰伯「最應飛燕是元勳」意同。又《題趙宗丞奏稿》云：「六十年前夢渺茫，宗臣諫稿墨猶香。夕陽影落腸空斷，門掩東風看海棠。」趙名崇嶓，字漢宗，號白雲山人，詩見卷第五。

水村自言，趙必岊稱其能以散文爲四六，正是片段議論，非若世俗抽黄對白，而血脈不貫者。此語甚可味。片段議論，凡執筆皆宜爾，不獨四六，四六尤易僨張也。

劉麟瑞　號如村，南豐人，壎之子。有《昭忠逸詠》。

如村《昭忠逸詠》七律凡五十首，今難盡録，節其佳句一二。如「十八谷開通徼外，五千兵勁入關中」金州首臣和公彦威、統制楊公福興，「兩箭離弦聲霹靂，二雄交斃氣崢嶸」沙洋裨將邊公居誼等，「天存廟社施籌策，地限藩籬老歲華」，「獨眼明明尋趙地，丹心耿耿向淮堧」端明招討使汪公立言，「人歸緑野身猶健，兵滿紅塵世已非」丞相江公萬里、知府江公萬頃，「六籍一時光日月，孤忠萬古立綱常」丞相信國文公天祥，「誰噓炎運延千載，莫笑寒儒隊五兵」，「常郡戰餘森廟祀，空坑敗後麗官刑」從文丞相諸公，「守義止知伸我膝，成仁那肯護吾頭」常州守將王公安節，知府姚公訔，「盡殲妻子期全節，寧死封疆不忍生」，「煙燄張空隳趙璧，旌旗倒影下湘城」湖南安撫使知潭州李公芾，「夢入歐閩期立極，路遵通泰倏捐身」淮東制置使李公庭芝，「願從楚地師龔勝，欲向遼城友管寧」，「采石吟成期絶粒，娥碑讀罷棄餘齡」疊山謝公枋得，並覺頓挫潺湲，可以歌泣。

李　存　字明遠，安仁人。有《竢菴集》。

仲公明遠別字爲江東四先生之一，四先生者，李存，祝蕃遠，舒元笏，吴尊光。《落梅詩》云：「更開殘酌不成歡，一片多情拂袖乾。想見孤城吹畫角，朔風斜日暮江寒。」

鄧　賨　字德良，南昌人。

德良絶句亦清圓，得晚唐人一體。如《寓舍春晚》云：「柘陰初合豆初畦，門掩春寒落絮遲。薄暮一尊還獨酌，坐看微雨滋荼䕷。」《中秋憶家》云：「千里星河一鏡圓，杜陵兒女隔秋煙。遥憐此夕柴門裏，相對清尊説去年。」《早冬過友人别墅》云：「紅葉青山載酒行，山人新結野菴成。西檐一樹梧桐好，他日重來聽雨聲。」「清景亭邊秀作堆，竹聲松影共徘徊。野藤繞屋多秋實，時見山禽引子來。」

劉將孫　字尚友，廬陵人，辰翁子。有《養吾齊集》。

尚友又號善吾，工七律。記其《詠臨川荆公祠堂》云：「白髮何求坐廟堂，苦心千古視荒荒。天津有客攢眉早，洛下何人著史忙。展轉已憐初意失，是非更覺後生長。青青芳草江南路，誰向新亭泣夕陽。」三句謂邵子之隱憂，四句惜温公之去位，五句推原其始，六句究極其終，論荆公者，此最平正。天津句，尚沿《邵氏聞見録》謗誣之論，未可憑據，辨見吾輯《荆公年譜考略節要》中。

又有《志聞》二律，感傷時政之敝，亦見運祚不長有由來也，録之足資後世炯鑒。詩云：「縣吏家家夜打門，春寒悄悄盡空村。料應仰屋多嗟嘆，安得先生肯正言。乳虎一時寧復計，宏羊千古不稱冤。豈無他術栖高位，亦使蒼生得自存。」「又説舟車算賦租，寧惟磽确化膏腴。遺民墮淚元太守，豎子叩頭桑大夫。有客不須誇泛宅，從今敢復嘆乘桴。閒中今古聊成笑，難載西施遯五湖。」

又《和友感三絶》云：「鋒車使節欲空班，昨日平章出北關。斷送乾坤消幾許，一邱荒草木棉山。」「狎客有樓貪午夜，幽人露坐惜芳尊。風流彼此無消息，無雨無風早閉門。」「絳紗玉斧瞻天表，雉尾龍旗破曉雲。萬事由來誰料得，天涯今日甬東君。」此傷宋事作也。一首指賈似道，二首指離亂景況，三首追念開國氣象，豈意後來航海也。

又《戍婦詞》云：「幸自清宵遠夢稀，何人遞得近書歸。不知山上人成石，猶説天寒更寄衣。」他句如「歲月如流方做客，江山信美莫登樓」，甚頓挫。又《山中》云：「林空終歲有落葉，路轉半山無夕陽。」亦佳。

楊允孚　字和吉，吉水人。有《灤陽雜咏》一卷。

和吉以布衣奔走萬里，窮極西北之勝。《灤陽雜咏》一百首，有類宮詞，有類竹枝，有類弔古，有類邊歌，信佳製也。今記其尤者三十五首於此，小注一依原本。

《灤陽雜咏》：「北顧宮廷暑氣清，神堯聖禹繼昇平。今朝建德門前馬，千里灤京第一程。」此以下多述途中之景，行幸上京，蓋云避暑也。「宮車次第起昌平，燭炬千籠烈火城。才入居庸三四里，珠簾高揭聽啼鶯。」「狼山山下曉風酸，掩面佳人半怯寒。倚户殷勤喚嘗粥，止宜倦客宿征鞍。」俗賣豆粥。「斷堤遺址古長城，一徑中分萬柳青。年少每忺春酒美，詩人偏厭綺羅腥。」「汲井佳人意若何，轆轤渾似挽天河。我來濯足分餘滴，不及新豐酒較多。」此地慳水故也。「萬古龍門鎮兩京，懸崖飛瀑一般清。天連翠壁千尋險，路繞寒流百折横。」「塞北凝陰無子規，曉看山色不勝奇。堅冰怪石澗邊路，殘月流星馬上詩。」「李陵臺畔野雲低，月白風清狼夜啼。健卒五千歸未得，至今芳草緑萋萋。」此地去上京百餘里。「驅車偏嶺客南還，始見胡姬整笑鬟。誰信片雲三十里，寒暄只隔此重山。」過客到偏嶺之北，面不可洗，頭不可梳，冷極故也，過此始有暖意，素非高嶺，寒氣止隔於此。「夜宿氊房月滿衣，晨餐乳粥碗生肥。憑君莫笑穹廬矮，男是公侯女是妃。」「歡喜坡邊望禁城，鸞翔鳳翥慶雲清。舉杯一吸灤陽酒，消盡南來百感情。」此以下敘灤京之景，及聖駕往還之大概。「太平天子重文曹，閣建奎章選俊髦。一自六龍天上去，至今黄帕御牀高。」昔文宗建奎章閣於大内，年深洒掃，睹御榻之巋然，感而賦此。「香車七寶固姑袍，旋摘修翎付女曹。別院笙歌承宴早，鄉園花簇小金桃。」凡車中戴固姑，其上羽毛又尺許，拔付女侍，手持對坐車中，雖后妃駝象亦然。「侯王甲第五雲堆，秦虢夫人夜宴開。馬上琵琶仍按拍，真珠皮帽女郎回。」「湯羊内膳日差排，紅帖呼名到玉階。底事金吾呵不住，腰間懸得象牙牌。」「東城無樹起西風，百折河流遶塞通。河上驅車應昌府，月明偏照魯王宫。」「官妓平明入禁闈，瑶階上馬月明歸。宫花飛落春衫袖，辛苦桑麻入夢稀。」「鑾輿八月正高翔，玉勒雕鞍萬騎忙。天上龍歸纔帶雨，城頭夜半又經霜。」每年駕起，其夕即霜，異哉。「翠樓紫閣盡崔巍，花落花開不用催。最是多情天上月，照人西去復東來。」「承恩不守是何王，錦帳成圍促宴忙。卻怪西風渾不顧，一般吹送滿頭霜。」「東風亦肯到天涯，燕子飛來相國家。若較内園紅芍藥，洛陽輸卻牡丹花。」内園芍藥迷望，亭亭直上若尺許，花大如斗，揚州芍藥稱第一，終不及上京也。「賣酒人家隔巷深，紅橋正在緑楊陰。佳人停繡憑闌立，公子簪花倚馬吟。」「白白氊房撒萬星，名王酣宴惜娉婷。李陵臺北連天草，直到開平縣裏青。」「東風吹暖柳如煙，寄語行人緩著鞭。燕舞巧防鵶鶻落，馬嘶驚起駱駝眠。」「時雨初肥芍藥苗，脆甘味壓酒腸消。揚州簾卷東風裏，曾惜名花第一嬌。」草地藥苗初生軟美，居人多采食之。「霜寒塞月青山瘦，草實平坡黄鼠肥。欲問前朝開宴處，白頭宫使往還稀。」文宗曾開宴於南坡，故云。「雖然玉宇桂無花，秋比江南分外佳。絃管畫樓人散去，舍郎攜妓勸嘗瓜。」俗以月下送瓜果往還，上京不産桂花。「雲深連月與檐齊，誰把新吟向客題。一字成時筆似鐵，不如載酒畫樓西。」「出塞書生瘦馬騎，野雲片片故相隨。凍生耳鼻雪堪理，冷入肝腸酒強支。」凡凍耳鼻，即以雪揉之方回，近火則脱。「宫監何年百念消，冠簪驚見髩蕭蕭。挑鐙細説前朝事，客子朱顔一夕凋。」「強欲驅愁酒一巵，解鞍閒看古祠碑。居庸千載興亡事，惟有中天月色知。」「塞邊羝牧長兒孫，水草全枯乳酪存。不識江南有阡陌，一犂煙雨自黄昏。」「帝里風光入夢頻，鳳城金闕一般春。故鄉不是無秋雨，聽過匡廬始愴神。」「玉京慣識别離人，勒馬雲關隔世塵。不比江南花事早，家家兒女解傷春。」「試將往事記從頭，老鬢征衫總是愁。天上人間今又昔，灤河珍重水長流。」

劉　鶚　字楚奇，永豐人。有《惟寶集》。

吴草廬《劉鶚詩序》云：「鶚詩無一體不中詩人法度，無一字不合詩家聲響。卷首一序，其大父桂林翁所作。翁字叔正，長吾父三歲，今年一百有二。鶚字楚奇，與吾諸子之年相後先，今年三十有六。予喜翁之壽，敬之如吾父；嘉鶚之才，愛之如吾子。」

《登快閣》詩云：「一登快閣情何極，太史騎鯨已上天。煙樹冥濛秋可畫，江山空闊客如仙。半生不識東南路，浪跡深慚上下船。四海故人今聚首，忽驚歌舞落尊前。」次句是指山谷。

《九日峽江道中》云：「秋風做客又辭家，重理平生舊帽紗。不是故山無白酒，年年奔走負黄花。」

周伯琦　字伯温，饒州人。有《近光集》《扈從集》，又有《六書正譌》。

伯温精小學，篆法亦佳，官至兵部尚書、參知政事。

《題南陽諸葛廟》云：「劍光流水緑沄沄，五丈原頭日又曛。舊業未能歸後主，大星先已落前軍。南陽祠廟荒秋草，西蜀關山隔暮雲。正統不慚傳萬古，莫將成敗論三分。」詠諸葛者，此詩推爲傑作。

明郎瑛《七修類稿》謂公降於張士誠，入明後，爲明太祖所誅。以《元史》稱其後歸鄱陽病卒者誤。攷《元史》爲宋濂等所修正，在太祖時，使公爲太祖所誅，不容不知，郎説殆傳聞之誤。公著有《説文字原》《六書正譌》，二書《四庫》著録，《提要》亦辨及此事。

李　珏　字元暉，吉水人，世稱鶴田先生。鶴田作《君山浮遠堂》詩，有句云「此水自當兵十萬，昔人曾有客三千」，甚精壯。

羅　椅　字子遠，廬陵人。子遠號磵谷，饒雙峯弟子。其論詩云：「作詩如挽強弩，寧過於機，毋不及機。過則縮而就之也易，不及則正而至之也難。」此語精到，蓋深知甘苦者。《次韻劉孟元》云：「坐久不知夜，飢鼯窺瓦檠。詩徒吟樂國，酒不打愁城。白雪夫君句，黄花老我情。商量能任不，吾欲飲公榮。」

楊　鈞　字信可，清江人。信可與吴草廬友善，其侄爲揭曼碩女夫。手編《增廣鐘鼎古韻》，刊行於世。《望池州作》云：「黄蘆瑟瑟水油油，樓閣参差瞰碧流。萬里長江秋色遠，一帆斜日過池州。」他如「水枯魚上罶，秋老燕移家」，甚有句法。

謝升孫　字子順，南城人。有《南窗集》。南窗深於經學，有撰述，今佚不見，詩存者亦少。《送友北上》云：「風雲萬里思帝鄉，匣劍夜夜飛神光。山林歲月負疇昔，雞鳴裹飯挑書囊。我觀蔡君自奇士，玉壺冰堅清如此。終然未洩磊落胸，朝朝問道川江水。川江水暖飛舸輕，黄河九曲長淮清。古人成敗生眼底，莫爲感慨牽閒情。黄金臺上需賢急，行矣去作新豐客。當今太平十二策，他年語我須歷歷。」

孫存吾　字如山，廬陵人。

如山與清江傅説卿習詮次《皇元風雅》二十四卷。

《秋思作》云：「雁落秋風字字沈，嫩涼偷入藕花心。眼前多少關心事，付與寒蛩徹夜吟。」

郭　鈺　字彦章，吉水人。有《靜思集》。

靜思古體有數首甚佳，今難盡録。近體佳句如「片雲隨雁度，疏雨約蟬吟」，「野樹懸雲氣，江波挾雨寒」，「野猿時送果，山鬼夜吹鐙」，「波光倒呑落日白，雲氣下接炊煙青」，「早年識字如何用，垂老歸耕病未能」，「負米晚歸沙上雪，拾薪寒煮澗中冰」，皆工妙。

絶句如《有感寄宋玉》云：「春夜無情夢覺空，爛柯不省遇仙童。人間翻手成恩怨，無怪襄王憶夢中。」末語爲義山詩下一轉語，各有其妙。

周霆震　字亨達，安成人。有《石初集》。

《楊柳枝詞四首》自序云：「偶憶丁酉，客自邑中來，誦王太初一絶，落句云：『夕陽只有城南柳，舞盡長條更短條』，蓋指失身而事修飾者。戲續之：『離宮别館短長亭，忘卻江南舊日春。是處人家種楊柳，往來繫馬解留人。』『背立東風澹畫眉，斷腸煙雨一枝枝。隋宮漢苑春無主，莫向江南話別離。』『移栽楊柳受風多，南畔行人北畔過。莫道浮萍是飛絮，好隨流水到官河。』『舞絮含愁入酒家，偶因得近瑣窗紗。春風萬一無拘束，放去錢塘逐落花。』」抑揚哀怨，亦得風人之旨。

又《過太平橋》云：「秋山戍火夜鳴梟，玉帳春醒富貴驕。獨抱遺編無寸策，白頭休過太平橋。」

吴　嵩　字惟申，廬陵人。

《古釵嘆》云：「何年美人寶釵失，深井沉沉污的皪。一朝拾得再揩磨，三四五回看太息。雙鸞匹鳳兩股匀，終然污色難爲新。當時光瑩照頭上，有似桃李摇青春。今人不識古儀狀，寶釵雖好非新樣。爲君插罷擁髻悲，切無貴賤皆隨時。」音節甚清婉。

章　善　字立賢，廬陵人。

《和西湖竹枝詞》云：「江晚白蘋花正開，郎舟不用待潮來。行人只解隨潮去，不解隨潮去即回。」「去年作客向長沙，今年書來向三巴。憾郎一似楊花性，見郎一似菖蒲花。」

熊進德　字元修，上饒人。

《和西湖竹枝詞》云：「金絲絡鎖雙鳳頭，小葉尖眉未著愁。大姑昨夜苕溪過，新歌學得唱湖州。」「銷金湖邊瑪瑙坡，爭似農家春最多。蝴蝶滿園飛不去，好花紅暈到春羅。」

邵　定　字中立，廬陵人。

《谷音集》云：「定温粹博雅，通《周易》《春秋》，宅邊植梅竹蘭桂蓮菊各十餘本，深衣大帶，婆娑其間，自稱六薌老人。」

《漁家》云：「漁家臨水住，春盡無花開。年年謝流水，流得好花來。」

熊與龢　字天樂，豫章人。

《谷音》云：「與龢性介澹，無妻，不食肉，通經史百氏之書。布衣草屨，遨遊諸名山，尤嗜彈琴草書。」

《唐元宗鐵像》云：「巍冠攢疊碧雲花，坐閱山中幾歲華。莫把金丹輕點化，正愁生死困安家。」

《木平飼龍亭》云：「耳見何如得眼聞，山根磅礴極初分。浮漚起滅自潭影，大地晴陰空嶺雲。何處老人來聽講，他年少府有移文。由來清調須吾輩，幸不山王愧五君。」

晏　乂　字明粲，宜春人。

《谷音》云：「乂風度秀整，主趙崇灘。後灘逮繫，乂自請詣獄，俱以瘐死。」

《訪吴》云：「平生一語不肯吐，浩然披髮行西林。美人十日跨驢出，黄葉堆門雲雪深。」

《夢中》云：「春樹年年少，寒雲浦浦連。片帆高浪起，斗酒夕陽偏。沙市懷司馬，州城哭老邊。太平冠蓋盡，爾敢望諸賢。」

孫　璉　字器之，大庾人。

《谷音》云：「璉家貧，益嗜書，不應選舉，躬耕織屨以食，終百歲。」

《述懷》其一云：「少也不諧俗，老去益美閑。百草生已緑，春雨滿南山。朝朝荷鋤去，即夕驅牛還。生長茆檐下，貧賤甚獨安。但願桑麻長，優遊足歲年。」又其二云：「坐倦秋樹根，攝衣步前丘。橫河淡如練，破月西南流。獨持一尊酒，悠然發清謳。俯仰無不足，吾生焉所求。」

楊應登　字幼平，臨江人。

《谷音》云：「應登寬厚長者，有德行言辭，七試國子不第，退就耕牧，老於南塘孫雯。」

《水宿》云：「水宿逢今雨，春歸反故園。聖朝臣已老，往事客何言。乞米分鄰里，看書到子孫。蒼茫不可會，一笑了清樽。」

楊　雯　字天章，幼平孫。

《北客》云：「北客相催發，一日舉千帆。遥憐庾開府，歲晚望江南。」

《宿峽市》云：「人煙正摇落，樓笛頗清圓。老樹依山驛，東風上峽船。江湖萬里外，燈火十年前。世路能令老，吾生且醉眠。」

曾　澈　盱江人。

《谷音》云：「鮑輗過盱江，遇一童子，眉目疏朗，語必援古今，驚問，逆旅主人子也。明年載訪之，死矣。得其詩一首於其同舍生。」

《九齡行》云：「我生九齡氣食牛，喑嗚頓挫無匹儔。白雲無根起天末，一生萬事同悠悠。低頭拱手事先覺，談笑未了成仇讐。一譽不足勝百毁，言語起滅如浮漚。聖賢可與知者道，麟鳳豈在山中遊。蘧然夢覺大槐國，江花昨夜生涼秋。」

鄱陽布衣

《谷音》云：「有《書中山驛》云『回首萬里，歲晚何言』云云。番陽布衣題。」

《題驛壁》云：「回頭四十五年非，無賴秋光滿客衣。可惜吴中蓴菜好，陸機張翰不同歸。」

聶碧空　江西羽士

《哀被擄婦》云：「當年結髮在新閨，豈料人生有别離。到底不知因色誤，馬前猶自買胭脂。」語意淺，卻有省人處。

釋圓至　號牧潛，高安人，有《雲溪牧潛集》。

《女官墓》云：「隴頭死樹丫微活，路口崩亭脚未斜。玉骨年深無祭祀，變成蝴蝶撲松花。」《寒食》云：

「月暗花明掩竹房，暮寒脈脈透衣裳。清明院落無燈火，獨繞回廊禮夜香。」

釋惟則 字天如，永新人，有《師子林别録》。

《一峯雲外菴》云：「碧虹分雨半山橋，橋下春雷捲怒濤。老衲定回推户看，隔溪開盡野櫻桃。」

明

梁　寅　字孟敬，新喻人，有《石門集》。

石門先生殫精理學，《易》《禮》皆有撰注。詩學漢魏樂府，得其音節，今不能録，録其《絶句》云：「竹間樵徑行應熟，花外漁舟望欲迷。處處稻畦分落照，荷鍬人去水禽啼。」他句如「秋草故園煙郭外，古篁閒館劫灰餘」，「閉門無客論朝市，開口恐人談是非」，「爲客偶同王謝燕，歸農猶愧葛懷民」。

吴與弼　字子傳，崇仁人，有《康齋集》。

吴聘君，明初儒者，胡敬齋、陳白沙皆其弟子也。詩有逌然自得之趣，不墮塵腐。《曉立》云：「重臺清曉玉無瑕，獨立東風玩物華。春氣夜來深幾許，小桃又放兩三花。」《舟中小立》云：「晴色微開遠近山，倚舷閒看鳥回還。數聲柔櫓蒼茫外，又載吾舟過别灣。」《宿漸嶺進賢縣地》云：「漠漠暮林横緑野，澄澄秋水映紅雲。遠來客舸依沙岸，獨犬一聲何處村。」此首自跋云：「此辛丑歲歸自武昌詩也，閲稿見之，因感此景何處無之，然必心中無事乃能見也。」

胡　廣　字光大，廬陵人，有《晃菴扈從集》。

文穆亦更名靖，尋仍名廣。

《題宋思陵書洛神賦》二絶句甚佳，詩云：「静夜焚香閲舊書，洛神下筆意何如。可憐不寫平戎策，千古中興恨有餘。」「汴水園林跡已荒，南來宫館燕錢塘。臥薪有志圖恢復，好寫招魂酹岳王。」

金幼孜　名善，以字行，新淦人。有《文靖集》《北征集》。

文靖居内閣垂三十年，受知成祖，詞采爲一時領袖。吾愛其《題畫扇畫金陵送别》一絶云：「楊柳深深映畫樓，君行又上木蘭舟。夜深正好看明月，莫放青山過石頭。」

練子寧　名安，以字行，新淦人。有《金川玉屑集》。

忠貞殉金川門之難，大節映照千古。文皇時嚴禁，有藏其片紙隻字者，皆坐。宣德後，禁乃少弛，文字稍稍出，然亦不能多矣。閔所見《練中丞集》，乃道光戊申刻本，新淦令勒丹書爲之序，分上下二卷，附末一卷，凡賦一首、詩八十二首、雜文三十三篇，餘皆他人哀挽序跋以及碑誌傳記之作。

《題山水小景》云：「玉笥諸峯翠接天，鶴汀鳧渚近相連。老翁日暮不歸去，釣得槎頭縮項鯿。」

他句如「人物數推黄叔度，文章誰似謝元暉」《次孟子温贈什》，「虎頭食肉侯何用，雞舌含香事已違」《寄曾得之》，「司馬豈無乘駟日，終軍又是入關時」，「飲馬窟深泉脈暖，射雕風急雪花寒」，「窗聽夜雨銷銀燭，簾轉秋山倒玉缸」，皆清雅蘊藉。

黃子澄　名湜，以字行，分宜人。

節愍亦殉金川門之難，家併族盡，與方希直同稱孤忠亮節。生平受學石門梁先生寅，講求義理，良有素矣。《詠梅》云：「百千歲久未爲枯，三五个花何太疏。聞道石門春意動，不知曾有暗香無？」石門，新喻梁先生所居地，詩爲梁作也。

卓　敬　字惟恭，瑞安人《列朝詩集》，一曰吉州安福人《江西詩徵》。

忠貞在建文時屢陳國家大計，不見用。靖難兵至，抗論不屈，斬之，夷三族，真烈丈夫哉！《晚眺》云：「浣花溪上雙楠木，老杜草堂生夏寒。門外青山三十六，讀書終日倚闌干。」《題山水》云：「長松雨過秋聲滿，日日攜琴自往回。安得扁舟乘晚興，載將山色過江來。」《種梅》云：「風流東閣題詩客，瀟灑西湖處士家。雪冷江深無夢到，自鋤明月種梅花。」

曾　棨　字子啓，永豐人。有《巢睫集》，已佚，今存《西野殘稿》。

襄敏詩音節鏘洋可愛，如《維揚懷古》云：「廣陵城裏劇繁華，煬帝行宮接紫霞。玉樹歌殘猶有曲，錦帆歸去已無家。樓臺處處迷芳草，風雨年年怨落花。最是多情汴堤柳，春來依舊帶栖鴉。」

他句「斷雲京口樹，殘月廣陵鐘」，「雨從江北少，山到宿州多」，「寒潮瓜步月，殘雨秣陵舟」，「赤嶺晚雲連雪積，黄河春水帶冰流」，皆妙。

《藝苑卮言》云：「子啓病卒，且氣絶，呼酒飲至醉，題曰：『宫詹非小，六十非夭。我以爲多，人以爲少。易簀蓋棺，此外何求。白雲青山，樂哉斯丘。』」

劉　球　字廷振，安福人。有《兩溪集》二十四卷。

《列朝詩小傳》云：「忠愍忤王振死，布衣成器，設位龍泉山巔，爲詩文祭而哭之，人名爲『祭忠臺』。」沈德符《野獲編》記其見害之後，猶爲厲於馬順家。《明史》亦載其事於本傳。

《山居》云：「水抱孤村遠，山通一徑斜。不知深樹裏，還有幾人家。」

胡　儼　字若思，南昌人。

公在永樂朝以文學受知，象緯、占候、曆律、醫卜之説，無不通曉。自言得作文法於鄉先生熊釗，釗得之虞道園，故其學有原本。見《列朝詩小傳》。

《四時詞》云：「海棠睡足東風曉，金鑪香盡餘煙裊。遊子傷春未得歸，迢迢緑遍天涯草。錦屏圍暖樹交花，清露流珠濕絳霞。窗前有夢隨蝴蝶，門外無人啼乳鴉。」「緑陰門巷垂青子，庭院深沈雙燕語。金縷鶯穿楊柳風，白頭人臥芭蕉雨。林中新筍已交加，猶自階前有落花。長卿多病心如雪，閒卻平生書五車。」「銀河星澹流雲濕，蒼苔露滴莎雞泣。久客蕭條未授衣，誰家擣練聲聲急。嘹嚦驚聞過雁低，更堪烏鵲又爭栖。援琴欲鼓清商調，月冷風淒意轉迷。」「開遍梅花雪初落，深寒尚覺貂裘薄。紙帳偏宜白髮酣，茶甌卻被青娥謔。閒來索笑對湯婆，枕席相從年頗多。莫怪老夫今冷落，故衾猶是賜兜羅。」

《續十二辰詩》云：「鼴鼠飲河河不乾，牛女長年相見難。赤手南山縛猛虎，月中取兔天漫漫。驪龍有珠常不睡，畫蛇添足適爲累。老馬何曾有角生，羝羊觸藩徒忿懥。莫笑楚人冠沐猴，祝雞空自老林丘。舞陽屠狗沛中市，平津牧豕海東頭。」

《久雨喜晴明日立夏》云：「一月厭雨聲，忽逢今日晴。春從花上去，風過竹間清。睡美新茶熟，身閒野服輕。近來多坦率，客至倦逢迎。」

《直內閣即事》云：「清曉朝回秘閣中，坐看宮樹露華濃。綠窗朱户圖書滿，人在蓬萊第一峯。」《題畫》云：「遥看瀑布落寒青，野服烏巾自在行。好似匡廬讀書處，滿林紅葉夜猿聲。」

聶大年　字壽卿，臨川人。有《東軒》《冷齋》二集。

東軒有盛名於景泰間，初用薦起爲仁和訓導，後徵詣翰林修史，以疾卒於京師。王抑菴冢宰直求錢塘戴文進畫，十年不得，作詩寄之。東軒題其後曰：「公愛文進之畫，十年不忘，使以是心待天下賢者，寧復有遺賢哉？」臨卒，投詩抑菴曰：「鏡中白髮難饒我，湖上青山欲待誰。」抑菴見之曰：「欲吾誌其墓耳。」所爲詩穠麗馨逸，才子之筆也。

《奉酬王司訓》云：「獨倚東風有所思，霜紈小帖寫唐詩。多情欲爲秋娘賦，老卻江南杜牧之。」《題畫》云：「緩鞚青驄踏軟沙，南樓煙樹酒旗斜。玉樓人醉東風晚，高捲紅簾看杏花。」《夏日》云：「高亭暑夜景相和，涼月絺衣挂薜蘿。楊柳風輕湖面闊，不知何處藕花多。」《題仲昭竹》云：「舍人老作鄖陽守，尚愛揮毫寫竹枝。絶似艤舟湘水上，鷓鴣啼斷雨來時。」《題宋高宗遺墨》云：「摩挲五十四驪珠，絶勝滕王蛺蝶圖。惆悵彩雲飛不盡，至今遺恨滿西湖。」

他句如「一飯未嘗忘鉅鹿，千金何必學屠龍」，「可憐弄玉歸天上，誰遣崔徽在卷中」，「薄宦正當多病日，賞心無復少年時」，「露井晚分澆藥水，春鋤香帶種花泥」，「一拳潤色當窗見，三徑秋聲到枕聞」，「雪際樓臺真暮景，水邊籬落自秋花」，「鐵馬渡河冰已合，金笳吹月夜無風」，「柏子香銷春夢覺，梨花門掩雨聲寒」，「米炊雲子供僧飯，衣過風廊惹佛香」，「銅雀研寒頻換水，紫駝裘薄更裝綿」，皆温雅婉麗也。

東軒有《卜算子》詞二首云：「楊柳小蠻腰，慣逐東風舞。學得琵琶出教坊，不是商人婦。忙整玉搔頭，春笱纖纖露。老卻江南杜牧之，懶爲秋娘賦。」「粉淚濕鮫綃，只恐郎情薄。夢到巫山第幾峯，酒醒燈花落。數日尚春寒，未把羅衣著。眉黛含顰爲阿誰，但悔從前錯。」

李昌祺　名禎，以字行，廬陵人。有《容膝軒草》《運甓漫稿》。

李公官翰林，與修《永樂大典》，同事推其該洽，官至廣西布政使。

有《新安謡》三首甚佳：「新安父老髪垂肩，説著先朝淚泫然。洪武初年真少事，幾曾輕到縣門前。」「垂老頻逢歲暮收，秋租多欠賣耕牛。縣官不暇憐飢餒，唤拽官車上陝州。」「當夫當匠子孫亡，田地荒蕪户有糧。昨日迤西蕃使過，盡驅婦女赶牛羊。」太史采風之職不廢，此等必在存録列也。

王　英　字時彦，金谿人。有《泉坡文集》。尚書事仁宣至景帝四朝，久在館閣，朝廷大制作多出其手。《贈李將軍》云：「青春玉帳樹牙旗，蒲海風高列陣時。夜斬單于冰上渡，晚驅番馬雪中騎。功存鐵券書丹字，冠著金貂侍玉墀。誰道廉頗今白髮，指麾猶可萬人師。」《少年行》云：「漢家十萬羽林兒，壯氣桓桓似虎貔。挽得雕弓射飛雁，賜將宫錦繡盤螭。春城走馬花開處，夜鼓歸營月上時。應是太平無戰伐，少年行樂正相宜。」《居庸關》云：「千峯高處起層城，空裏岧嶢積翠明。雲靜芙蓉開霽色，天清鼓角散秋聲。北連紫塞烽煙斷，南接金臺驛路平。此地由來稱設險，萬年形勢壯神京。」

王　直　字時儉，泰和人。有《抑菴詩集》。文端官至太子太保、吏部尚書。在翰林三十餘年，與金溪王尚書齊名，時稱二王。文端居第在東，又稱「東王」。《子弟新軍屯德川候車駕作》云：「平原十里候鑾旌，繞郭新屯十萬兵。慣著短衣來小市，常乘驕馬出孤城。營前舞劍春風暖，帳下酣歌夜月明。自是太平無戰鬥，少年何處可横行。」

劉　秩　字伯序，豐城人。有《秋雨集》。伯序詩甚清鍊，如「芙蓉隔浦聽秋雨，楊柳長亭看晚潮」，「林下一篷冬聽雪，樓中半榻日看山」，皆可誦。

童　軒　字子昂，鄱陽人。有《清風亭稿》等集。

尚書詩研鍊，類楊孟載、張來儀一派。《和友無題》云：「金殿流螢月半沉，君王當日寵恩深。風清香篋捐秋扇，露冷空閨急暮砧。別院頻翻鵝管玉，長門深鎖獸鐶金。可憐碧海青天外，誰識嫦娥夜夜心。」他句如「射雕紫塞秋雲黑，走馬黄河夜雪深」，「千里有家憑遠信，一春無事但高眠」，「黄菊酒香人病後，白蘋風冷雁來時」，「淺水黄茆山外路，斜陽紅樹驛邊樓」，「無事且謀犀首飲，有懷都寓少陵詩」，「妝鏡窺紅春有態，黛蛾分緑畫難如」，「草堂夜雨生科斗，花徑春風叫栗留」，皆佳。

李時勉　名懋，以字行，安福人。有《古廉集》十卷。

文忠爲祭酒時，海内仰之如山斗，直諫瀕死，百折不挫，信豪傑之士。詩則清雅有致，如「石路斜通市，禪房遠見山」，「暑雨離亭看柳色，秋風客路聽猿聲」，皆可味也。

周　忱　字恂如，廬陵人。

文襄巡撫江南，循惠表著，行事具見鄙撰《餘師録》中。《漁陽老婦歌》云：「漁陽老婦白髮多，去年歸自斡難河。自言本是田家女，少小姿容衆推許。父母求婚來大都，朱門許嫁不須臾。良人係出蒙古部，阿翁仕元作樞副。當時誤信媒妁言，論財竟作偏房婦。含羞俯首半載餘，天上兵來北擊胡。百口倉皇夜出塞，散入匈奴部落居。偷生强欲隨風土，旋綰盤頭學胡語。區脱沙中逐井泉，琵琶馬上調歌舞。豈無肉食充黄粱，亦有酥酪爲酒漿。族類不同天性異，觸物時時懷故鄉。況當夫死子尚幼，風沙易得紅顔醜。歸心一片竟誰知，絶漠窮荒零落久。前年天子親北征，單于納款煙塵清。往來信使無虚月，老身遂得離邊庭。挽攜二子到鄉邑，村墟改變無親戚。吞悲暗憶别家時，别時十七今七十。角尖高帽窄衣裳，半臂珠絡紅纓長。兒童乍見皆掩笑，元季都人同此妝。今日官家有恩例，給與牛羊賜田地。太平衣食足耕桑，且保白骨埋漁陽。獨惜生來命何薄，虚擲春光向沙漠。寄語鄰家窈窕娘，早嫁何如故鄉樂。」

又《送人》一絶句：「我家白沙渚，君家桐江頭。我家門前水，亦向桐江流。」此得古樂府勝處。

胡居仁 字叔心，餘干人。有《胡文敬公集》。

敬齋以儒學從祀孔庭，不必以詩鳴，然其詩亦自灑然可誦，今記一二於後。《石橋晚坐》云：「身隨所遇貧何害，濃酒三杯落日殘。半醒卻來橋上坐，乾坤容我一人閒。」又《詠松》云：「一夜風霜萬木枯，歲寒惟見老松孤。秦皇不識清高操，强欲煩君作大夫。」又《詠子陵釣臺》一聯云：「宜以賓師居保傅，可將諫議定君臣」，皆可以見其素抱。

羅 倫 字彝正，永豐人。有《一峯集》十卷。

黄梨洲《明儒學案》云：「倫剛介絶俗，生平不作合同之語，不爲軟巽之行，凍餒幾於死亡，而無足以動其中，庶可謂之無欲。」

《四庫書目提要》云：「剛毅之氣行於楮墨，詩亦磊落不凡。後載《夢稿》二卷，記夢之詞至三百餘首，隱約幻渺，幾莫測其用意所在，亦文集中罕見之體。」

《題張氏水村小景》云：「逢著閒人只點頭，海邊同我是沙鷗。多情芳草舊知己，如意好山都上樓。白髮已前渾似夢，黄花相與又逢秋。年來解得濠梁意，卻笑游魚誤中鈎。」

文毅游吾邑，講學於福山之武夷堂。武夷堂者，朱子避地聚徒講學於此，顔曰「武夷」，寓思鄉之意。文毅至是，又改爲崇正書院，以祀朱子，後人併祀文毅焉。文毅有《遊新城福山寺》詩云：「洗天雷雨過南山，佳氣無邊紫翠間。長嘯一聲空浩劫，白雲飛盡老僧閒。」

羅洪先 號念菴，吉水人。有《念菴集》。

一峯、念菴皆不必詩顯，其道學氣節自足千古，其行事略見吾著《餘師録》中。

文恭《山中雜詩》云：「問我家何在，山深多白雲。巖前飛瀑下，對語不相聞。」《後園續詠》云：「棠梨花開深淺黄，燕子初飛日漸長。草亭坐久客不到，半雨半風春太狂。」「南村雲起北村晴，一鳩兩鳩更互鳴。東風吹雨衣不濕，人在桃花深處行。」《昭君詞》云：「長秋纔引到簾前，名姓誰知外國傳。記得君王回盼處，肯令相識不相憐。」「使臣何日發長安，乍到邊庭可奈寒。多謝監宫頻慰藉，得恩何似得歸難。」「愁向胡天别塞垣，一聞南雁一銷魂。妾身縱得隨明月，解近君王不解言。」「鸊鵜泉上髑髏殘，滿地黄雲覆草寒。遇得花枝那忍棄，棄時容易遇時難。」「馬前雙臂海東青，擒得哀鴻不忍聽。我欲南歸無羽翼，問渠何事度龍庭。」「黄金縱買毛延壽，玉貌當如薄命何。多少佳人怨憔悴，算來不屬畫圖多。」纏綿往復之意見於言外，風人之道也。明妃事前人多辨正流俗之譌，然借題寫意，亦正不必拘拘。

《元潭》詩云：「青山隱約霧中看，黄葉蕭疏夕照殘。唤得漁舟來借渡，隔江人影在闌干。」「野岸蕭蕭竹繞村，柴門半掩欲黄昏。鐘聲乍起林煙合，沙際漁鐙照浪痕。」

又有《考正劉忠愍公忌日詩》，自注：公爲王振所害事，秘不傳，先行人如墉記公以六月二十一日卒於獄中，二十三日其家始得訃，於是逮三日爲諱日，蓋疑之也。「身亡底事論遲速，疑信元關筆削權。華衮有褒須繫日，貂璫何力敢移天。魯公生氣誰云死，石顯陰謀自合傳。多少白頭還牖下，姓名能得幾人憐。」

彭　華　字彦質，安福人。

公謚文忠，官至吏部尚書加宫保。

《明妃曲》云：「抱得琵琶不忍彈，風沙獵獵雪漫漫。曉來馬上寒如許，信是將軍出塞難。」

何喬新　字廷秀，廣昌人。有《椒丘集》。

文肅詩出入晚唐、南宋間，今録絶句四首。其題曰《偶閲唐人王建宫詞，愛其寓興深遠，頗得國風離騷之旨，因擬四章》：「花貎宫娃老掖庭，承恩元不在傾城。披香殿上開春讌，閒看羣姬弄化生。」「憔悴無心對鏡臺，燕釵象揥鎖塵埃。昭陽自有身輕者，肯放羊車夜半來。」「纖眉如月鬢如蟬，金屋栖遲十二年。别院昭容新繫臂，而今已賜洗兒錢。」「碧梧淅淅送秋聲，坐倚銀牀百感生。誰向御溝題落葉，不知溝水最無情。」

舒　芬　字國裳，進賢人。有《梓溪集》。

文節立朝諤諤，世稱忠孝狀元。受學陽明，然篤志經學，不爲空談也。詩亦有韻味。《漁家》云：「春波緑浄見魚鰕，鷗鳥忘機興自賒。明月莫吹湖上笛，有人離別怨梅花。」《岫雲居》云：「匡廬深處白雲隈，不受長安一點埃。四海莫將霖雨望，已無心事出山來。」此詩豈作於議大禮再杖放歸後耶？

鄒元標　字爾瞻，吉水人。有《存真集》。

朱竹垞云：「忠介晚總西臺，入朝而躓，御史前糾失儀。先文恪公進曰：『元標在先朝，直言受杖，至今餘痛未除也。』德陵意解。」此事《實録》不載。

《送俞定所赴大名》云：「久别相看慰所思，送君空有淚臨歧。黄沙白草無窮恨，不獨尊前感别離。」

羅　玘　字景鳴，南城人。有《圭峯集》。

文肅出西涯之門，文章有師法。好深沉之思，有撰述，容色枯槁，嗒然若喪。詩亦質确，無華縟氣。《送户部張尚書歸南海》云：「御史大夫舊，尚書户部新。不如歸去好，猶是自來貧。壁有留詩句，路無逢故人。潮聲纔入耳，始覺嶺南身。」

又《送姚治中歸》云：「納納乾坤大，紛紛冠蓋多。相逢齊道隱，到老尚奔波。京兆纔三日，臨川留一鞾。綵衣是潮絹，公也好婆娑。」

又《送周工部册封兖府》云：「百尺樓船陰水容，夾河爭認是東封。文章蝌蚪生金薤，日月光華射衮龍。

孔道書臨宣父宅，使星宵過丈人峯。九重昨露真消息，欲買龜蒙作附庸。」又《和江殿讀齋居韻》云：「漠漠昏鴉亂繞堂，抱裯吾恰到西廊。漫拈短燭尋詩壁，笑見斷甎支敝牀。家遠青山難入夢，詩清白首好爲郎。不慚衰朽迎歸蹕，貪看梯航集萬方。」

《送耕隱翁歸義興徐謙齋先生之叔也》詩云：「相君朝在大明宫，更出都門送季翁。行幄少遲車馬塞，籃輿纔過市廛空。思當黄閣梧桐月，去趁滄洲蘆荻風。想得故園春酒熟，一尊端不負張公。宜興有張公洞。」

鄧子龍　字武橋，豐城人。有《横戈集》。

武橋以戰績顯於明世宗朝，稱一代名將，詩亦有磊落之概。

《送別》云：「秋風秋雨送秋聲，岸樹河橋萬里情。碧水蒼山對尊酒，月明江上看潮生。」《别靖州吕二守》云：「驪歌載酒擁江亭，惡雨蠻雲過楚城。誰似皇冠湖上客，坐看江海帶潮行。」他句如「野猿悲鼓角，山鬼厭旌旗」，「眼中無衆寇，腰下有雙虹」，「幾思東去歸雙馬，又向西來補破船」，「静觀楊柳依依緑，滿笑桃花灼灼春」，皆可誦。

陳九川　字惟濬，臨川人。有《明水先生集》。

明水爲李空同所知，又受業王陽明。

《題桃源圖》云：「偶攜鄉里入雲煙，一隔塵寰幾百年。世上祇言秦網密，桃源還有不租田。」

費　宏　字子充，鉛山人。有《摘稿》二卷。

文憲《柴埠津》云：「一聲兩聲牛背笛，三隻四隻漁人舟。江村圖畫描難就，曳杖閒行古渡頭。」

費　寀　字子和，文憲弟。

《詠狄梁公》云：「北斗以南聲價重，此身而外事功成。」二語恰好。

鄧元錫　字汝極，新城人。有《潛學稿》及《五經繹》《皇明書》《函史》等書。

徵君所著《函史》上編八十二卷，載上古至元末君臣事蹟道術；下編二十一卷，載《天官》《方域》《人物》《時令》《曆數》《災祥》《土田》《賦役》《漕河》《封建》《任官》《學校》《經籍》《禮儀》《樂律》《財賦》《刑法》《兵制》《邊防》《異教》，共一百三十卷。州次部居，甚便稽考。

《首春遊赤岸桃園》云：「穠花錦塢自成村，蜂蝶紛紛日過門。一樹冬青數竿竹，板橋南畔獨開尊。」赤岸爲宋李泰伯讀書處，在吾邑南津，距予家里許，今則彌望田疇，無所爲穠花錦塢矣。

李　裕　豐城人，有《古澹集》。

李公官至太宰。爲吏部時，以舊例考察，但老疾、罷軟、貪酷、不謹四條，公謂遲鈍似軟，偏執似酷，始創立「才力不及」一條以處之，至今沿其法。見周櫟園《書影》中。

《春夜》云：「夜深庭院寂無譁，寶鴨香銷燭影斜。倚遍闌干眠未得，滿庭明月浸梨花。」

熊明遇 字子良，進賢人。有《緑雲樓集》。

《釣舟》云：「竹竿溪上釣魚舟，洞口桃花信水流。曉月半輪新雨霽，青山缺處是嚴州。」

黄端伯 字元公，新城人。有《瑶光閣集》。

忠節公，崇禎戊辰進士，除寧波府推官。宏光即位，授禮部儀制司主事。南都破，豫王諭使降，不屈，露刃令其跪，引頸謂：「頭在此，可斷。」王歎曰：「南來硬漢，見此一人。」將臨刑，出墮履，曰：「冠履不可失。」卒納履。至水草亭，仰天大呼：「太祖高皇帝、烈皇帝，孤臣黄端伯死矣！」殉節時年六十一。有一僕，侍公獄中久，亦願殉公，遂併見殺，惜佚其名氏。

「公臨刑絶命詞云：『欲識安身處，刀山是道場。』靈運可以作佛矣。」朱竹垞云。

他句如「雨滋桃葉嫩，風度菜花香」，「波光遥作雨，水影忽成虹」，皆佳。

楊廷麟 字伯祥，臨江人。

《吴梅村詩話》：「機部爲文，排宕峭刻，在韓、蘇間。書法仿索靖。詩不甚合律，然秀異聳拔，往往出人。上書論閣部楊嗣昌失事得罪，旨改兵部贊畫，參督師盧象昇軍事。予贈之詩曰：『諸將自承中尉令，孤臣誰給羽林兵。』蓋實事也。與盧相得甚。已而兵勢日蹙，盧自謂必死，顧參軍徒共死無益，乃以計檄之去。公不知也。迨到孫傳庭軍前六日，而盧公殉難。公求得其屍，抱之痛哭。盧公之死，有馬士抱之，傷不深。公詩曰：『死君旁者一掌牧。』通首俱妙，惜佚落不全。又憶其《渾河詩》中聯云『春至人間草木冤』，亦奇句。會詔詰督師死狀，公廉得督師孤軍苦戰，太監高起潛兵在近，約合軍，高竟拔營夜遁，用無援救，故敗，直以實對。慈溪馮鄴仙得其書，謂予曰：『此疏入，楊公死矣。』爲定數語。公聞之則大恨，貽書予與馮曰：『高監一段竟删去，後世謂伯祥如何？』然公竟以此得免。予之詩有曰：『憂深平勃軍南北，疏論甘陳誼死生。』亦實事也。已而過宜興，訪盧公子孫，再放舟婁中，與天如師及予會飲數日。嘉定程孟陽爲畫《髯參軍圖》，錢虞山作短歌，予得《臨江參軍》一章，凡數十韻。後守贛州，從城上投濠死難，隆武丙戌十月初四日也。集散佚不傳。」

《丙戌元日作》云：「黄華嶺外瑞雲齊，白鶴洲邊戰馬嘶。五道將軍臨直北，三江父老望征西。春風斗帳降銅馬，細雨戈船鬬水犀。此日建昌二字疑應拜舞，近臣還解賦鳧鷖。」

釋來復　號蒲菴，豐城人。有《蒲菴》《澹游》二集。

《題宋徽宗喜鵲圖》云：「黄沙風急蒺藜秋，回首中原淚暗流。誤聽當時靈鵲語，誰知舊喜見新愁。」

鄉詩摭譚續集　卷八

國朝

陳宏緒　字士業，新建人，有《石莊》《寒崖》《峿齋》等集。

王漁洋《皇華紀聞》云：「陳士業負文章重名，尤精古文。亡友陳伯璣嘗刻其遺文。晚年輯《宋遺民録》。」

又《香祖筆記》云：「陳晉州士業，極喜古琴，銘四句云：『山虛水深，萬籟蕭蕭。古無人踪，惟石嶕嶢。』能理會此，便是羲皇以上人。」

又《居易録》云：「頃得新建陳士業《石莊集》、徐巨源《榆溪集》鈔本。二君南州眉目，士業之文暢，巨源之文潔。觀石莊《酉陽藏書鈔本》二記，榆溪《上虞山錢公借宋集書》，二君真讀書人，名下固無虛士也。」

《李太虛席上觀女樂》云：「雲間歌管已成塵，淚洒荒煙十五春。又聽貞元供奉曲，尊前驚見玉堂人。」「幾年圖史水雲鄉，元老翩然羽客裝。只有情緣今尚在，緑波影底看西廂。」二詩頗有微詞，太虛殆難爲情也。

熊文舉　字公達，南昌人，有《江雁草》《荀香》《雪堂》《恥廬》等集。

施愚山《序雪堂集》云：「先生家南州郭外，構緑波樓，坐對西山。以詩書爲朝夕，意所悦可自疏録。小楷如毫髮，一日或多十餘紙，終其身，不作一草書。蓋先生好學如此。」

《偶成》云：「十年歸夢客匡山，不爲驚弦儗倦還。輸與黄巖僧補衲，滿天風色未開關。」王漁洋云：「雪詩惟近人熊侍郎『輸與黄巖』二語差佳。」

又《燕子樓二絶》云：「娟娟霜月自邀歡，墜到樓頭始覺寒。不是雁聲長破曉，夢中雙燕儘成團。」「佳人心死自無多，贏得尚書亦不磨。慚愧西陵臺上女，絶無絲淚到漳河。」前首即香山「燕子樓中霜月夜」二句下轉語，後首借銅雀妓比照，皆妙。

周亮工　字元亮，號櫟園，金溪人，寄籍祥符。有《賴古堂集》。

櫟園居官有政聲，有戎績，亦復風流。文采映照當代，詩文皆雅令有致。

《過龔半千賢半畝園》云：「於世殊無事，經年合閉門。白衣鮮墨汁，烏几潤花痕。亂竹三更雨，空山半畝園。畏人常屏跡，感激虎狼恩。」「野老閑稱病，柴門永日關。殘苔生破屨，修竹蔽衰顔。得酒看人醉，成詩肯自删。夢中頻過爾，大月好風間。」「萬累已全息，荒園足自怡。棋邊今態好，酒外古心危。妙畫殊無意，殘書若有思。屑榆亦可飽，努力莫言衰。」

又《送胡元潤返白門》云：「小閣傳知在，原注：長白居士齋名。荒園學種瓜。貧能堅旅骨，交是世貧家。入夢三眠柳，移情六出花。何時芳草岸，相對數歸鴉。」

又《哭樵川楊淩飈秀才》云：「唾地新詞破錦囊，高樓君自拜滄浪。文人命薄將軍死，誰賦城南舊戰場。」邵武，一名樵川，第二句謂嚴滄浪詩話樓，在邵武南城上。

又《喜蔣用弢至自閩南》云：「海水羣飛百丈高，同君城上擁弓刀。戰瘢莫向鐙前看，恐惹霜華上鬢毛。」

涂大酉 字子山，新城人，著有《空青集》。

《雜詩》云：「飛鴻遲遲來，掉入青煙路。遺音落風中，適與歌聲遇。初曲相和鳴，終曲託心素。幽期竟何如，萬古此朝暮。」前四句，極爲魏叔子所賞。

閔案：李氏《遺民集》誤以子山爲南昌人，南昌乃涂氏郡望也。

帥家相 字伯子，奉新人，著有《三十乘書樓詩集》。

伯子詩，曾賓谷先生選入「江右八家」之一，五律最擅場，今記數首於此。

《秋獵》：「一雁落平蕪，前驅試僕姑。馬驍盤地盡，鷹急上天[二]呼。殺氣團西極，商聲合朔隅。眼中狐兔懼，何暇問於菟。」《秋戍》云：「八月樓蘭戍，營連白莽高。地荒龍鳥陣，寒澀鸊鵜刀。投筆心真壯，從戎事本勞。長城驅飲馬，霜色染弓韜。」《野宿》云：「列幕依平野，初成紫塞遊。關山此明月，天地古幽州。風勁鳴鉦急，時清戰骨收。白頭憶李廣，猿臂失封侯。」《塞上夜行》云：「白草荒寒路，征人夜佩刀。馬驚危坂立，狼倚斷崖號。李益詩能壯，班超筆未豪。高風來萬里，吹雪滿弓橐。」《登戚少保淩雲臺》云：「旌旆何時卷，鐃歌昨夜哀。風雲瞻大將，東北有高臺。近邑閒烽燧，遺勳溯草萊。誰能擲錐穎，一問古邊才。」

李來泰　字石臺，臨川人，有《石臺集》。

石臺康熙己未舉博學鴻詞，入翰林，人多誦其時藝。詩佳句如「到江芳草盡，出郭遠山齊」，「溪聲時作雨，雲態欲移山」，略可誦。

李振裕　字維饒，吉水人，有《白石山房稿》。

醒齋官既通顯，詩亦秀出，如楊東里之在明代也。如《水陽鎮抵宣城》云：「深樹人家水到門，没篙新漲接遥村。野航汎汎輕于葉，沙鳥閒閒澹不言。倦矣川長思白墮，佳哉山好報黄昏。從來未識宣州路，風雅如今可再論。」又《偶慨》云：「漸寒仍暖薄霜晨，初試輕裘十月春。小閣看山原不俗，太倉分米敢云貧。眼中未敢輸心語，世上誰爲解事人。一味避喧成獨坐，雨鳩聒耳最煩頻。」

他佳句如「樹杪湖光白，雲邊石氣青」，「少不如人何況老，過猶未免敢言功」，餘不能盡記。

朱　軾　字若瞻，號可亭，高安人，有《朱文端公集》。

《測海集》云：「文端，乾隆元年八月卒。」《豫章遺疏》言：「國家萬事根本，理財、用人而已。臣查額徵所儲，於一切經費，寬然有餘。倘日後有言利之臣，偶爲加增之説，仰祈聖明乾斷，力斥浮言。至於用人，邪正公私，幾微之際，最易混淆。尚書逆於汝心，遜於汝志，二語願皇上時以爲念，則臣魂魄長逝，永無遺憾。」

文端詩亦清整。家有文端初年所刻詩稿二本，大半宰潛江前後作。今不在篋，不能舉似矣。後刻全集，諸詩多佚。

文端宰濳江時，箋註《李長吉集》。觀其自序，可以知所尚矣。序云：「太白仙才也，長吉詩中之鬼哉。論者謂，鬼不如仙，似也。而天帝玉樓一記，獨惓惓于長吉，是仙才無長吉匹矣，仙不如鬼也。吾不敢謂長吉之詩勝於太白，第思仙靈也，鬼幻也，未有幻而不靈者，而靈不必幻，則鬼尚矣。且人亦知鬼之爲鬼乎？今夫珠玉寶玩，耳目之不經，以及藻繪雕鏤，窮奇極巧之物，非人力所爲，則地靈之所鍾耳。若夫妙萬物于無形，藴萬方而無迹，不拭而光，不擊而韻，不馳驟而行且速，不風雷而震，不霜雪而威，令人驚而怪，而復尋繹而不能去者，是謂鬼工。鬼工者，天工也。天以陰陽生萬類，而鬼實運之。《中庸》不云乎：『鬼神之爲德，盛矣。』鬼者，神之復，神者，鬼之道也。杜樊川之序長吉曰：『山之緜緜，不足爲其態，水之迢迢，不足爲其情。』緜緜迢迢者，山水之爲山水，而鬼則山水之所以爲山水也。是山水形而下，而長吉之詩形而上矣。且夫《三百篇》，鬼胎也。今試以長吉之詩，比類而通之。《十二月樂詞》，《豳風·七月》也；《章和二月中》，《豳雅》《豳頌》矣；《夜來樂》《大堤曲》諸篇，其采蘭贈藥之遺乎？讀《平城》《雁門》之章，慨然如見《東山》《采薇》之意焉。不寧惟是，《三百篇》可興，可觀，可羣，可怨，非鬼也，而何以若斯？善讀長吉者，有不可以興觀，不可以羣怨者乎？曩見女巫召鬼，鬼至閧然有聲，聲已，巫謂人曰：『鬼言如是如是。』或詰之曰：『爾何以知鬼言之如是也？』而巫曰：『爾何以知鬼言之不如是？』予聚精會神以迎之，而鬼已明明告我矣。』然則予之註長吉也，予亦聚精會神以領之而已矣。『若有人兮山之阿，被薜荔兮帶女蘿。既含睇兮又宜笑，子慕予兮善窈窕。』其斯以爲鬼乎？其斯以爲長吉乎？雖然，予何足以知長吉，亦第如女巫之説鬼耳。願世之讀長吉詩者，各以己之精神迎之，亦將各得一長吉焉。若以其瑰瑋離奇難通曉而曰：『是鬼也，弗如仙也。』吾恐謫仙之清新俊逸，亦非淺人所能窺其微者矣，豈獨太常奉禮稱冤已哉！」

鮑氏鈔《亞谷叢書》云：「予宰長興，地産茶。往例，春茶出時，各上官、同僚俱有餽遺。朱中丞軾初下車，適當其候，余循例以四器進，公峻却之，飭録余過於册。近日節鉞中，真能以清廉自勵者，當以公爲第一，而予以茶受過，亦前人所未有也。」

又集中《與族人書》一篇，亦布帛菽粟文字。

萬承蒼 字字兆，號孺廬，南昌人。有《孺廬集》。

全謝山《鮚埼亭集》云：「臨川李公以學術厚公，而公實未嘗藉以求進。及因臨川以謫，恬然受之。公所著《易傳論互體》，最精妙。」

句如「疏林延霽色，流水帶寒聲」，有中唐人風味。

李　湖 字又川，南豐人，有《李恭毅公遺集》。

《隨園詩話》云：「又川巡撫廣東，以清嚴爲政。輿人歌云：『廣東真樂土，來了李巡撫。』其《巡撫貴州入境口號》云：『雙旌遥指貴陽城，紫蓋紅旗夾道迎。自愧書生當重任，不知何以報昇平。』他句如『明時勇退輸高枕，薄宦初成好著書』，亦可味。」

《雨村詩話》云：「公外嚴内和，任通永道時，有一聯云：『人苦不自知，願諸君勤攻吾短；弊去其太甚，與爾輩率由舊章。』」

楊錫紱　字方來，清江人。有《四知堂集》。

勤愨督漕，有善政，至今頌之。詩亦清迴，如《夜舟》云：「入夜鍾吾道，微風一葉舟。徐吟遲月上，獨坐看星流。野闊煙無際，波閒釣未收。逝將謀小隱，生事老羊裘。」《夜意》云：「河水明如練，風帆靜不張。蟲聲經露濕，月影渡波涼。計日秋將半，懷人夜未央。小山看漸近，到及木樨黃。」

又《七月二十八日夜坐》云：「歸帆初卸棹歌停，漠漠涼生草露零。正好夜來無月上，水窗風細數流螢。」《杏園》云：「花枝落盡夜簾空，亭角蛛絲半網蟲。只有青蟬仍抱樹，盡情啼到夕陽紅。」《楊柳青》云：「五旬風露歷朝昏，尺寸河流日校論。只有海潮循舊約，迎人先已過津門。」

又有《詠螢》云：「風前雨後往來頻，入幔依簾解近人。剛有流光能自照，已忘腐草是前身。」此詩當有寄諷。

曹秀先　字冰持，新建人。有《曹文恪公集》。

文恪工書，吾鄉傳其板刻甚夥。詩止記其《途中雜詠》一首云：「古道垂楊雨幾巡，披襟剛是晚涼新。平生愛讀秋聲賦，聽到蟬吟亦可人。」

裘曰修　字叔度，新建人。有《裘文達公集》。

吳蘭雪《石溪舫詩話》云：「文達不以詩名，而其詩雅健，絕無曼聲。」

文達有《道旁子》一篇云：「吁嗟道旁誰氏子，身著單衣足無履。猙獰獨立朔風裏，呼之來前默不語。亦不言是何鄉里，以手指心飢欲死。嗚噱就死豈其情，此語徒然入吾耳。閉門僵臥有幾人，看渠倔強不可馴。北方風氣號獷悍，所賴長吏良撫循。我皇恩普及萬類，一夫不獲傷吾仁。我無言責不得達此語，徒向道左含酸辛。」

又《夜渡采石醉中戲作短歌》云：「揚颿深夜淩飛潮，酒酣垂袖風騷騷。醉中脱却頭上幘，長歌忽憶騎鯨客。謫仙一去近千載，明月青天至今在。石頭城下聞棹謳，金陵城西孫楚樓。烏紗紫綺驚風流，意氣不與凡人儔。眼底紛紛多敗意，安得載酒從公遊。」

又《南昌道中作》云：「聊命巾車出，侵侵一徑賒。平橋圍野色，深樹隱人家。山氣鬱微雨，溪聲喧落花。東風還借問，何處酒旗斜。」

又《馬上作》云：「北際南垂望未窮，自來消滅幾英雄。論交不棄鼓刀者，相士每於彈鋏中。哀角入雲愁落日，明沙如雪起寒風。可憐慷慨悲歌地，今古遥遥此意同。」

又《仙霞嶺》云：「戍樓曉旆露初乾，一徑紆盤客意安。壁壘久忘當日險，功名仰愧昔人難。李文襄扼耿賊於此。青連翠鳳排林起，白走銀龍瀉澗寒。形勢東南分控帶，眼中甌越下方看。」

又《題陳望之淮所藏迦陵填詞圖》云：「少年曾檢花間集，最愛迦陵絶妙詞。今日丹青初識面，瓣香真欲奉吾師。」「文如徐庾當時體，詩是蘇黄一輩賢。却被曉風殘月誤，頭銜甘署柳屯田。」「百年名輩風流盡，髯也疏豪古丈夫。爾日侍香何女史，驚鴻一瞥世間無。」「卷中詩伯首漁洋，諸子飛騰各擅場。一事難忘惆悵處，不將餘瀋貌雲郎。」「戴笠圖成並軼倫，新編隨手逐風塵。中郎莫抱無兒恨，世守芸香大有人。」數詩低徊雋雅，猶見前輩風流也。

他佳句如《七夕》云：「天上星河初會日，人間風露乍涼時。」《晤家兄魯青歸安官署》云：「放衙自檢新摹帖，翦燭頻繙舊著書。」《新春揖翠堂小集》云：「名花時放如佳士，好月將圓是文人。」《山陰道上》云：「有山盡入唐賢畫，過寺先尋晉代碑。」《雄縣》云：「人到中年易哀樂，地非吾土倦登臨。」皆琅琅有韻。又如：「閲世漸深臨事懼，空言何補信心難。」有慨乎，其言之。

王蘭泉《蒲褐山房詩話》云：「文達神閒氣静，明敏自然。每遇朝廷大議論，衆説紛紛，而談言微中，迎刃而解，人人各適其意以去。總督高君書麟謂：天仙化人，不可湊泊者也。殁後，相傳爲燕子磯水神。後有家人過之，拜祝祠下云：若果在，玆願乞順風。頃之，東風果作，挂帆而去。故顧晴沙詩曰：鑪香燭影晚猶紅，稽首陳情語未終。試看靈旗微颺處，春江已借一帆風。」

周璘 字華峯，新城人。有《十樵詩集》。

十樵初試禮部，考授内閣中書辦軍機事，有才名。後官湖南辰州同知，升寶慶知府，終四川嘉定府。有治績，有軍功，見邑志。

十樵詩雍容和雅，知爲學養深粹之人。如《退食》云：「漫作籌邊計，誰知退食情。山容常隱見，天氣乍陰晴。弓矢豈長技，堡屯真勝兵。旁觀多異議，愁絶趙營平。」《賈誼宅》云：「長沙卑濕湖濱郡，賈傅當年苦滯留。廢井苔封靈麓雨，荒祠樹老洞庭秋。鬼神問對虚前席，絳灌功名溯上游。誰念明時懷至策，遠將文字託湘流。」

佳句如：「遠山看愈碧，餘滴聽偏清。」《午日登陶然亭》云：「緑隨蘆色盡，涼逐水光來。」《登雙清亭》

云：「亭下水聲動檐鐸，春來花氣壓尊罍。」《午日長沙作》云：「自擘茝蘭頻沐浴，羞懸蕭艾作門楣。」皆可吟諷。

黄　祐　字啓彬，新城人，有《素堂集》。

素堂給諫弱冠入翰林，清書散館第一。游歷清華，屢膺使命，風裁峻整，聲望奕然。少與同郡張曉樓、潘立夫齊名。詩如瑶林瓊樹，格韻天成，略記一二，以見一斑。

《九日》云：「此日復何日，微風吹帽斜。離鄉頻好節，小别又天涯。是日裕乃兄别之滄州。馬首臨秋隴，鴉聲落暮笳。無人共蕭瑟，黄此一籬花。」《忠孝橋拜黄元公先生墓》云：「水草菴前事，豐碑礪古今。披緇曾弗許，墮磬已無音。先生在福山寺，曾置一磬佛前，後磬忽墮地，無聲。僧某曰：「先生千古矣。」果殉難是日。麥飯千秋淚，先生無子。瑶光閣名百尺陰。石橋同不朽，肅拜感懷深。」

他句如「巖深存雪氣，泉静落春聲」，「風寒消薄醉，人澹愛孤鐙」，「緑水斷橋三月雨，紅牆深院一簾花」，「也知食字終成蠹，却恐藏書止汗牛」。

先生著述甚多，而《江南救災録》一書尤有益治理。道光中，其元孫鐘奏茂才校刊行世，亂後不知板存未。

謝啓昆　字藴山，號蘇潭，南康人。有《樹經堂詠史詩》八卷。

蘇潭官至廣西巡撫，平生以大興翁覃溪方綱爲師，所撰《粤西金石志》《西魏書》《小學攷》皆刊行，頗資攷證。詩則有《樹經堂詠史》八卷，七言律五百首。記其《詠賈誼》云：「年少高陳治安策，夜深虚溯鬼神原。」

《劉歆》云：「學業傳家非父業，國師佐命是經師。」《王衍》云：「情鍾我輩悲難遣，誤盡蒼生亂可知。」《宋文帝》云：「白面書生談北伐，黑衣宰相坐南衙。」《檀道濟》云：「江上敵來思飲馬，州中人泣唱浮鳩。」《虞世南》云：「二王妙蹟傳戈法，列女全篇寫御屏。」《褚遂良》云：「守道守官供我職，佳兒佳婦付何人。」《婁師德》云：「盛德堪容狄文惠，功名相亞郝中書。」《張巡》云：「天下不亡羣議息，淮南無恙兩京安。」《德宗》云：「藍面中丞多誤國，盲心宰相不知兵。」《李綱》云：「七十日間爲宰相，三千里外望中原。」《文天祥》云：「南宋江山頹半壁，小樓風雨臥三年。」《陳摶》云：「吐納本無關世教，治平豈必問神仙。」皆琅琅可誦。

張士裕 字沖碧，新城人，有《此寄軒草》。

黄素堂先生《求舊編》云：「沖碧詩，清瑩恬適，研練功深，五言近體，尤爲合調。鄧又楷先生爲其弟子，承其指授，廓而大之，邑之風雅，此爲正則。」案：又楷先生即鄧東湖也，見正集卷第九。

《旅舍即事》云：「戎馬躪江國，荒村暫作家。愁來思貰酒，病起漫尋花。舊事悲天復，遺民話永嘉。夕陽何限意，徙倚水之涯。」《悲猿嶺》云：「青溪一道夾高楓，落葉風飛滿道中。日暮行人過欲盡，猿聲何處雨濛濛。」

涂學珙 字贊皇，新城人，有《海門集》。

《雜詩》云：「猛虎不噬人，人思食虎肉。項籍守安陽，逡巡自取辱。」《齋中漫興》云：「静坐空齋裏，終朝不閉門。巷窮無馬跡，徑仄有苔痕。晚氣催花暖，春雲釀雨昏。堪嗟村巷裏，衹自負饔飧。」《贈任幼剛》云：

「此日乘牛客，當年躍馬人。故園芳草夢，垂老異鄉身。世事何容問，閒雲且自親。會須吾道在，不必歎風塵。」

劉家駒　字啓吾，號遠生。新城人，有《白山詩鈔》。

《春漲晚發》云：「中流聞擊楫，起坐看天明。草木千山靜，魚龍一水平。知從何地至，惟覺此身輕。極目春無際，扁舟自在行。」

楊尚鑾　字天街，新城人。

《春山》云：「二月桃花漲，溪流處處通。凡鱗爭變化，駭浪接虛空。飛瀑千山雨，垂楊兩岸風。蔽江來估酒，擊楫氣豪雄。」《同鄧仙裳寓讀池上草堂》云：「掩關幽意足，谷靜鳥聲嬌。綠野荷擎蓋，青萍劍倚霄。芰叢留苦竹，護檻植甘蕉。叉手尋詩去，看人過板橋。」「寂坐空庭月，支頤細數更。沙痕依岸白，村火隔江明。咄咄書何事，悠悠惜此生。捫心清夜裏，碧落渡鐘聲。」

曾　袞　字補之，南豐人，有《圭峯詩鈔》。

《内人斜》云：「綺羅化作四山霞，宿草離離日欲斜。宫女不知身是夢，還將春染杜鵑花。」雖脱胎前人，亦有意致。

蔣　堅　字非磷，鉛山人。

非磷先生乃心餘太史之父，詩不多見，有《小園梅放偶興》一首，亦足見其胸次也。詩云：「離離照殘雪，脈脈壓溪濱。一任夜無月，何妨天不春。芳華憑俗賞，風味與誰親。祇覺閉門後，徘徊自有人。」

蔣　謙　字繡躬，鉛山人，有《樵雲集》。

《相見坡古意》云：「相見坡頭相見時，暫時相見即相離。人生安得長相見，立馬坡頭雙淚垂。」「相見坡頭相見時，暫時相見轉相思。人生何處不相見，笑折梅枝當柳枝。」

劉士俊　號一湖，臨川人，有《鷗村集》。

《擬負亡弟漢年骸骨歸里》數絶句，極情致使人淒然，今録尤者於此。「如此飄蓬絶可憐，淒風苦雨走荒煙。崇江是爾來時路，好聽灘聲上渡船。」「日斜江上水悠悠，莫把孤舟傍戍樓。中有不瞑千載目，角聲吹起一生愁。」「生愛痴兄死不殊，浪高青草正愁吾。夢中昨夜分明語，如此風波莫過湖。」

張　銘　號警堂，南城人，有《警堂漫存草》。

《警堂集》，吾客南城時，從友處假得。其手鈔定本，約存四卷，餘多缺佚，不知當時已付刻未也。詩有雋永之思，甚可誦。

《過邯鄲盧生廟》云：「快馬衝風急，添衣犯曉寒。平生無好夢，醒眼過邯鄲。」

又有《美人十二詠》，殊藴藉，記其至者。如《鐙前》云：「深閨欵欵夜迢迢，不語鐙前繡嬾挑。花燼重重開復落，錯疑明日是良宵。」《倦睡》云：「春意闌珊體態慵，花容斜倚繡芙蓉。一牀幽夢鶯驚覺，回首垂楊負阿儂。」《對鏡》云：「蛾眉澹掃態尤濃，一幅菱花面面逢。對影頻看心轉惑，妾容可是鏡中容。」《微酣》云：「珊珊丰格染湘靈，桃臉偏宜帶半醺。無力倩人扶不得，十分心事酒三分。」《掀簾》云：「偶穿燕子識春期，不惜鈎簾一顧窺。又恐遊蜂飄蕩入，隨風掀動手仍垂。」

萬廷昺　號荻鄉，南昌人，有《是陶軒集》。

集中有《紀歲珠》一首，其略謂：鄰某娶婦一月，即行賈，婦刺繡易食，歲歲積其餘，得一珠，名紀歲珠。夫歸，婦殁已三年矣，啓篋得珠二十餘顆。嗟乎，杜陵《新婚别》傷從軍也，若此者，所謂「重利輕别離」者耶！詩云：「紀歲珠，光碌碌，一串珍珠淚一斛。一歲淚，成一珠，珠光如月秋水枯。淚在郎心珠在衣，與郎泉下長相思一解。紀歲珠，相連復相貫。憶郎大刀頭，攜向鐙前算。郎不歸，還無期，削葱血出雙柔荑。鴛鴦鷺鷥成對飛二解。紀歲珠，圓還折。五色縷，無斷絶。穿珠入篋埋青春，語郎莫示後來人三解。」此題屈翁山、汪蛟門集中皆有詩，並見吾選《詩軌》。

熊爲霖　字浣青，新建人，有《鶴樵詩鈔》。

《虎巖道中》云：「迴巖通險阻，仄徑復艱難。磵曲水聲轉，雲深人語寒。隔林見村落，前路又峯巒。朔吹愁天晚，崎嶇十八盤。」《博陵早發》云：「落葉破殘夢，疏林月五更。冰花勞馬跡，鐸語亂雞聲。影瘦寒仍怯，峯微遠欲明。中山遺石在，古驛近邊城。」《黄崖》云：「爲陟黄崖險，摩空欲建瓴。劃雲成境界，響谷下雷霆。鶴影瘦無際，村煙散幾星。倚闌看瀑布，一洗萬山青。」三詩亦清壯。

譚尚忠　字誨亭，號古愚，南豐人。有《紉芳齋集》。

《遊馬鞍山》云：「石磴欹斜上翠微，黎川風景到窗扉。雲横遠岫衣千摺，水落平橋帶一圍。仙客何年乘鶴去，山僧向夕探春歸。聞鐘幾動煙霞癖，檻外寒枝挂落暉。」天下山名馬鞍者，甚多，此則吾邑城西之馬鞍也。詩甚清切。

鄧來祚　字永兹，南豐人。

《拜李泰伯墓》云：「鳳凰山下路，策杖弔孤墳。地壓雙姑秀，天開兩宋文。水田餘落日，山寺帶歸雲。一瓣平生意，區區證舊聞。」李墓詩甚多，此爲翹楚，次聯尤警拔。

黄永年　字静山，廣昌人，有《南莊類稿》《白雲詩鈔》。

静山先生古文爲方望溪所賞，穆雅有君子之風。初守鎮江，後守常州，以持正不得於上官，罷職羈居，鬱鬱以卒。新城門人陳進士凝齋道，爲歸其喪，並爲刻集。

《與蘭谷論文》云：「司命幾時休，蛙聲紫色留。駒從騾覓種，角見馬生頭。杜老親風雅，莊生詞謬悠。醉言多汗漫，往世有同流。冥根杳無底，天巧莫爲留。汎海須憑楫，沿河直到頭。西東漢以下，南北宋而悠。緯象寒芒逼，應爭最上流。」

又《秋夕漫興》云：「秋風一夕净窗紗，肺氣纔蘇病齒牙。高館夜凉何處笛，月林人靜晚歸鴉。料錢算日看梁屋，減客連朝屏畫叉。欲學子瞻慳未得，更消經費買盆花。」

潘安禮　字立夫，南城人，有《東山草堂集》。

立夫初以進士授主事，擢員外郎，以事降太常典簿，爲高安朱文端公所知，薦舉詞科，以第二人授編修，官至喻德。散文駢文，鴻碩淵懿，亦工時藝，與張曉樓齊名，實勝曉樓，而世人多知張，不知潘，何也？句如「鴻濛隱几真忘象，虚白交扃任守雌」，「官因置散親書帙，客爲探奇載酒尊」，「只合巢書消二六，敢誇奏牘滿三千」，不失雅人吐屬。

尚廷楓　號茶洋，新建人。

有《送厲大鴻罷鴻詞賦歸里》云：『層城搗練北風微，送别沙頭淚染衣。四野夕陽羣鳥散，萬山秋草一人歸。新霜已見鬢絲改，中歲徒傷心事違。湖上舊廬終隱得，嶼梅汀柳尚依依。」他如「三徑緑苔人别後，一江紅樹雁來時」，皆有風調。

朱嗣韓　字仰山，金谿人，有《紅葉山房集》。

先生攻古文，詩不多作。然戛戛獨造，略無靡曼之氣。

《登釣臺》云：「側身天地已茫茫，一笑逌然鬢髮蒼。老子羊裘終古去，書生雞肋世間忙。山含石翠流寒瀨，樹暗冬青慣早霜。披得黄茆當蓑笠，斜風疏雨釣臺傍。」

佳句如《寶應縣》云：「地雄三楚北，天入大江南。」《唐仲賢招飲閶門歸塗大雪》云：「海上凍雲連大壑，醉中春意滿江南。」《訪章盈川清泰寺》云：「抵掌又成今昔夢，偷閒聊夢往來僧。」《北蘭寺宴别》云：「隔岸葉紅闌影外，過江山翠酒尊前。」《飲吴衣園太史園，其地爲朱竹垞、湯西崖、張南華、錢香樹諸君遞居之所》云：「古人逝矣來何晚，坐客紛然感已多。」此類皆不愧作手。

集中有五七言古體詩數首，風格遒邁，當推傑作，以篇長未能録也。

楊　垕　字子載，南昌人。有《恥夫詩鈔》。

子載與蔣藏園、汪輂雲、趙山南齊名，時稱「江西四子」。四子惟蔣顯達，餘皆潦倒諸生中。

子載有《詠史詩》云：「光武起子陵，意不在佐理。羊裘釣大澤，早有賓師志。區區草莽臣，落落昧大義。何以禮羣臣，天象乃適致。虚無奏客星，全交授深意。不比涉爲王，終使鷃雀棄。」「德操就德公，入門促作黍。妻子堂下拜，賓客堂上語。不復别内外，亦復無賓主。卧龍有時來，姻婭共容與。山民魏衣冠，父執漢儔侶。厨中議酒食，殷勤諸葛姊。」

又《五羊灘晚泊》云：「蒼藤垂飲猿，飛泉向空瀉。竹樹何蕭疏，暝煙幾漁舍。鄰船剪明燭，同是思鄉者。寒蓑篝燈人，叉魚絶壁下。」

又《書王阮亭隴蜀餘聞後》云：「飛仙失守賊檄至，白麻大書西朝字。獻忠自稱西朝，檄文皆用白麻紙。手持金印賂土官，眼中惟識秦良玉。此時我祖按刀泣，賊騎一磔掃兵出。高家招討如蝟藏，立遣強宗屈雙膝。高招討以族子約降。族人亦有楊之喬，草中竊發爲賊梟。余族之喬、之銘，並受賊賂，以兵拒飛仙關。我祖義旗去不返，一夜屍積南橋高。三越儒生輕執筆，之喬特書之明逸。國家教忠豈如此，橋下忠魂吞血泣。毛大可《蠻司合志》載楊之喬、之銘附賊事頗詳，而獨遺先招討討賊始末。漁洋山人來成都，摭拾見聞私著書。天全招討倡義死，千秋野史存根株。書中載：天全招討使楊之明倡義討賊，戰死。回首總岡蜀日志，四十八人飛隼擊。從征者四十八人，部將陳國富爲之冠，同戰死。軍中尚有洪夫人，寶馬從軍寶刀濕。夫人洪氏從公，没於軍。成都朱生鄭閬州，儒巾不著著兜鍪。成都朱鳳伊、閬中鄭延爵同起義兵。天全鄉勇雅州土，天昏月黑金戈流。雅州獨重陳國富，手執大刀列前部。獻忠夜拜陳將軍，一矢不入蜀後户。獻忠逼雅州，夜見陳國富手大刀叱之，賊兵遽退，雅州人至今祀之。幾時風雨歸靈關，倒騎文豹鳴刀環。往來涉獵和夷道，不隨餒鬼哭春山。」

又《二聖院雙柏歌》云：「將軍舊宅廢爲寺，寺乃明劉將軍綎故宅。入門下馬客憔悴。但見庭前柏樹雙龍盤，拔地拏天暮雲碎。一株高於五尺童，一株夭矯淩天風。恐是將軍手親植，時聞喑鳴叱咤聲摩空。敗瓦頹垣那堪憶，國殤鬼雄夜來集。異代英雄去不還，故園草木無人識。成敗軍家事偶然，孔明祠柏亦參天。至今巴客題詩處，尚説君臣際會年。」

又《抵韶州舅氏官署》云：「五齡離舅氏，相見復玆晨。老淚驚初面，鄉音認遠人。問年憐病叔，健飯説慈親。細聽飄零事，翻教涕滿巾。」

又《金花潭晚泊》云：「往跡迹狼烽外，平蕪兩岸生。雪殘春棹繫，煙白驛樓橫。遠樹分歸鳥，連山曳縣城。劍池風物近，晚飯月凄清。」

又《送劉記室之粵東省親》云：「此去登梅嶺，無花但旅愁。下山重上馬，西望是南州。奇貨炎方賤，微官絶域留。趨庭驗風日，吹敝黑貂裘。」

汪　軔　字輦雲，武寧人，有《漁亭集》。

漁亭身後極困苦，吾邑陳約堂太守守詒將其家屬至新城中田，存卹之，故漁亭墓在中田。高風古義，亦近所少。

漁亭《古風二首》云：「松柏亦不堅，金石亦不固。南山耕爲田，滄海踏作路。日月有老時，神仙亦何誤。萬歲如一朝，可勿窮其數。白雲翳高邱，中有葛洪墓。」「歌舞不可常，夜飛銅雀影。後庭玉樹殘，血濺美人井。烏啼白楊嶺，落日照陵寢。王孫策馬過，西風時凜凜。前有白玉觴，停鞭不能飲。感彼泉下人，杳杳何時醒。」又《讀曲歌》云：「妾作五更風，歡爲夜半月。照儂有性情，吹汝爲圓缺。」一解「歡折桃李花，儂向春風立。宛轉若嬌羞，羅裳花露濕。」二解「儂色似桃花，郎心如柳絮。柳絮散難歸，桃花容易去。」三解「昨夜月明中，泥深復得藕。藕斷絲仍續，總是蓮心厚。」四解「郎爲白玉鞍，妾作黄金韉。任行千萬里，上下不相離。」五解又《哭趙山南》云：「送君之武寧，乃在今三月。我爲飢遠驅，君心乃如割。可憐向江皋，攜手同嗚咽。君顔屢背余，弗忍通言説。登涯復上船，兩心誠難別。天心何無情，風利吹舟發。共載出江門，茫茫新漲闊。水急舟如飛，中流呼小筏。斯時兩人心，無語腸欲絶。所感爲生離，熟知成永訣。」「生竭天地靈，死亦天地德。生者固悲哀，死者毋悽惻。子非才性奇，千年如一息。我且悲不深，安能望通國。南邦自産君，山川有顔色。剪紙招君魂，歡然來我側。還教語言親，莫使夢魂忒。死生雖異途，斯心終同則。」

又《北邙行》云：「秋草夾長路，驅車出北邙。寒狐號落日，悲風激白楊。昨日人歌蒿里曲，今朝人在山頭哭。山頭坂上無閒土，新棺重上舊墳築。松楸百尺挂銘旌，燐炬黄昏鬼追逐。金精石髓有何補，魚燈漆漆骨易腐。道旁石馬與石人，終作牧童繫牛處。」又《關山行》云：「關山秋草風蕭瑟，戍角悲笳聽不得。月照征人望遠心，霜吹暮馬蒼黄色。黄雲黯黯没金微，萬里無人一雁飛。故鄉此夜寒砧淚，盡入沙場戰士衣。」又《送戈博山之楚》云：「一帆荆楚月，千里洞庭秋。雁影横湘渡，猿聲入漢流。當歌還鼓棹，作客莫登樓。風到關山急，吹君恐白頭。」又《同楊子載葉鏡宇飲黎丈質存篷艇》云：「南浦横孤艇，西窗臥斷虹。吹殘雙鬢雪，渡老一江風。襆被爲長客，年華入短篷。我來時取醉，攜手夕陽中。」又《歸思》云：「十載飄零者，興懷獨悵然。客心荒歲月，歸路阻山川。負米行千里，離家又二年。高堂垂白髮，終日望門前。」又《癸亥上巳日同彭景之正之遊北蘭寺分賦》云：「郭外荒郊古木多，鼯鼬白日走藤蘿。千年老塚無人掃，一片斜陽自渡河。樵牧踐之皆躑躅，風煙到此獨嵯峨。清明節近來憑弔，杜宇聲寒不可過。」

又句如：「人生不立業，倉卒如蜉蝣。」「斷崕懸朽棧，孤影在斜曛。」「野雲流斷岸，殘照入西風。」「水聲吞落照，風色逼殘秋。」「雹逐雷過水，風吹雨下山。」蓋苦吟之士也。蔣藏園《哭漁亭》云：「汪生東野儔，五窮不可送。」

趙由儀　字山南，南豐人，有《漸堂遺草》。

山南詩以音節勝。如《出門》云：「出門茫茫，明日異鄉。山路修阻，煙波無梁。飢寒驅我，不知其可。悠悠素懷，生事相左。南山採葛，北山採蕨。各抱紛紜，誰爲相悦。慷慨微吟，風雲苦陰。英雄有淚，兒女何心。」

《十五夜月寄陶四孚中》云：「鶗鴂鳴深樹，蕭然芳意窮。美人吹玉笛，一夜滿西風。淡月似惆悵，孤雲方渺濛。永懷謝希逸，清韻擅江東。」《舟中懷汪大輦雲》云：「滕王閣前雲氣陰，滕王閣外暮江深。思君髣髴不成夢，疏雨寒篷一夜心。」他如《留别盛於野》云：「故人三月夢，高枕百年身。」《梅花嶺》云：「歌舞後庭迷帝子，東南半壁下揚州。」《滕王閣》云：「如此山川常作客，平生心事在登樓。」亦脱然畦外。

彭雲鴻 號儀菴，寧都人，有《咄咄吟》諸集。

《弔屈原》云：「猶可忠言悟，應無亡國人。」《戍婦》云：「人言郎是封侯相，三十年來記不真。」用意殊妙。又如「平生自擬無懷傳，他日誰題有道碑」，亦有意致。

何在田 字鶴年，廣昌人，有《玉耕堂詩集》。

《閲何渭綸黄雨椽》詩云：「專陣雄師久寂寥，開函猶得見嫖姚。將軍下筆無凡馬，侍御開弓有落雕。人事何曾難夢寐，文章直欲遍漁樵。盱江舊約追吟處，雨滿空城蠟炬消。」

鶴年之名，蔣藏園推挹而起。句如「早歲貪著書，動欲成簡册。消磨客氣盡，積寸未得尺。」又有云「前賢失足處，未敢輕唾駡」，此皆甘苦有得之言。

他句如「野徑無人問，隨牛自得村」，「荒程難計里，野飯不成餐」，「客少常留不鳴雁，睡酣翻喜失晨雞」，皆有小致。

陳　道　字紹洙，號凝齋，新城人。有《凝齋集》。乾隆戊辰進士。

凝齋先生學於廣昌黄靜山太守永年，慥慥篤實，講求宋儒之學者，不必以詩見。詩亦古樸，想見其爲人。其《擬古二首》云：「春風來何處，汎汎入重闈。紅顔時看鏡，幽思欲語誰。但恐君難悟，寧嫌識察遲。聊復整襟帶，引領待歸期。」「亭亭碧梧樹，燕雀巢其端。衆鳥相和鳴，焉知非所安。緬懷林麓下，飲啄何盤桓。如何舍此去，甘自犯金丸。感歎天機巧，人世自汗漫。」

陳守誠　號恕堂，凝齋先生長子。

恕堂先生官至金衢嚴道，有治績。年未五十而殁，人惜未充其用。詩豪宕有奇氣，略録數首於後。《用阮公詠懷韻》詩云：「幽居謝塵擾，獨坐鼓瑶琴。紆鬱滿中懷，戚戚淚盈襟。達人尚高潔，好鳥棲茂林。徘徊今古間，悠悠思我心。」「抗志五嶽遊，牽車涉遠道。仰視玉霄中，浮雲不自保。渺渺祖洲前，有人種芝草。滄海幾變更，麻姑顔未老。鳳皇食丹砂，長見毛羽好。」「匣中吐光芒，神物惟太阿。躍出鳴天半，訇霍雷風過。當其伏泥沙，嘗恐韜晦多。精靈能自見，寶氣衝星河。張華誠難遇，往復爲悲嗟。」「秋風下庭樹，明月臨我帷。夜色正蒼蒼，蛩鳴聲益悲。我懷亦如此，知者其爲誰。仰見河與漢，西流多寒暉。六合信寥廓，斯身將焉歸。」「獨倚高樓上，傾耳聽浩歌。白日自相催，迅速如電過。人生百年内，忍使空蹉跎。精衛難填海，漭漭奔江河。男兒生世間，缺陷常恐多。悠悠終此身，回首當奈何。」「出門不同途，皆爲行路者。紛紛世間人，息吹如野馬。甡甡山上鹿，啣草鳴於野。我求採芝人，久坐空林下。觸物結中腸，有懷安能寫。」又《哭盛徵君水賓》二首云：「正值良宴會，聞君易簀時。乍疑驚不定，復聽乃歔欷。已矣歸何地，把臂無再期。修水山川薄，斯文不可持。」「自古皆有死，達人所共知。魂兮其無憾，君才世所希。草草天地者，隨波而委蛇。北邙多悲風，感愴知爲誰。」

又《晚泊樵石遊報恩寺》云：「帆落江風息，漁喧網索開。夕陽過野渡，明月到高臺。山色水中見，雁聲天上來。晚鐘鳴古寺，有客獨徘徊。」

又《望湖亭晚眺》云：「水國鳴黄葉，亭皋集暮鴉。日沈孤客眺，風起亂帆斜。鸛雀團蒼樹，鼋鼉走白沙。漁人識天色，高卧在蘆花。」

陳守詒 字仲牧，號約堂，凝齋先生次子。

約堂先生官至陳州府知府，與蔣心餘太史篤好。蔣所撰傳奇九種，有《香祖樓》者，爲仲牧作也。

約堂《山中作》云：「村居淡世味，樵牧日相依。山深覺天小，林疏鳥更稀。高巖鳴泉落，時見秋雲飛。獨立溪橋上，涼風吹我衣。」又《唐家莊偶詠》云：「初夏日灼灼，客心招遠風。荒村無佳趣，只見荷鋤翁。掩門待明月，獨酌杯又空。」

楊方立 字中甫，號默堂，瑞金人，有《默堂詩集》。乾隆戊辰進士。

默堂有《婁敬臺》一首極佳，詩云：「輓輅遊洛陽，羊裘見高帝。定策都關中，奉春恩予異。一語云沮軍，廣武嗟械繫。所進皆良謀，從違竟殊致。乃知智士略，不窮在天地。白日傷浮雲，主聰願無蔽。念彼千載人，臨風遥隕涕。」

又有《後東皋草堂歌爲陳學山賦》云：「蒹葭江上西風急，木葉飄紅秋露白。十幅蒲帆挂斷煙，玄亭一叩揚雄宅。主人愛客啓柴關，執手褰衣出笑顔。中饋爲開春甕酒，長筵遥展夕陽山。山前山後浮雲渡，聚散微茫不知處。停杯忽與話當年，詞未能終淚先注。昔日清明憶太邱，修文砥行先民儔。名山偃臥高託跡，長松百尺風颼颼。點綴邱園發幽趣，大湖白石龍門樹。書卷高閑柳谷居，煙霞罨畫浯溪路。三秋明月三春花，窈窕笙歌出絳紗。高山大有攜琴客，曲徑時回問字車。詩瓢酒盞朝還暮，青山止愛高人住。潯陽江上檄書來，一官抵死催人去。去年古調叶相思，猶復叮嚀話故枝。彭澤菊花憐尚在，遼陽白鶴竟何歸。驚飆蕩海洪濤起，丹山羽折瓊華萎。蛇年雞夢兆紛紜，悼痛人琴俱已矣。流風陳迹剩池臺，蟋蟀寒吟四壁哀。舊種杏花餘太息，當時燕子尚飛來。我昔髫年侍文讌，作歌得許窺壇坫。已羡登龍揖孔融，猶煩倒屣迎王粲。而今憔悴返江鄉，千里紅塵老劍霜。重到山陽尋舊夢，徒瞻畫像拜中郎。主人收淚重剪燭，勸我再把長歌續。含毫攤紙望蒼茫，一片秋聲響空谷。東皋葉落雨霏微，蒿蔚風中孝子悲。長箋題向庭前樹，伴爾馴烏夜夜啼。」

又《飛猿嶺》云：「崨嶪飛狐道，輕蹄犯曉霜。萬峯瞻馬首，一徑走羊腸。日月天關近，山河帝業長。猶留王霸蹟，亭障鬱蒼茫。塞下戍所，悉本漢王霸亭障故址。」又《雨夜感懷》云：「霜林葉落夜闌珊，濁酒孤檠慘不歡。好友去如歸雁急，客情慵比暮燈殘。朔風吹馬思前路，時將之代州。細雨欺人作小寒。二十五絃餘舊曲，傷心何處許悲彈。」

楊方漁　號雪舫，瑞金人，著有《釣亭集》。

釣亭《遊雪峯作》云：「巖壁凝晴暉，嫩緑團山徑。風暖落花稀，鳥喧白晝靜。茆菴掩白雲，經聲度盤磴。

流水繞空山，潺湲答清磬。」

梁機 字惠亭，號仙來，泰和人，有《三華草》。

仙來有《迷道至平鄉過沙邱臺作》云：「自注：始皇東巡崩此。蔚藍天邊醉眼濁，秦人聞得鈞天樂。華陰道上使者迫，秦人拾得滈池璧。遲遲周道轍何東，健者爲王弱爲公。黄霾地黑戰塵暗，兵氣草木來腥風。帝遣虎狼遊八極，東顧一吼驅羣雄。城折國除豪傑死，然後爪牙挫魝身罹凶。封山刻石何崔嵬，翠華鸞羽勞光彩。渭川宫闕蔚雲霞，驪岫歌鐘徹煙靄。千秋萬歲難老身，轉移猶欲罪真宰。島上何來藥苗香，王氣隨風赴碧海。徐市不歸羨門空，魚燭幽光冷相待。日晡氣暮方尋家，南由雲夢東琅琊。之罘一箭巨魚下，平臺病骨迷風沙。中夜詔旨無消息，鮑魚尸走轀輬車。興衰萬古隨轉燭，死去誰討前葉覆。咸陽原廣函關雄，丞相幼子遞歌哭。牽犬東門無復田，指馬宫中已失鹿。吁嗟乎，荆卿匕首漸離筑，可憐不逢祖龍三十六。」

又《暮雨過北邙山作歌》云：『雲氣沉山雨如霧，哀壑流聲滿高樹。麒麟石馬連煙蕪，古塚纍纍走狐兔。流螢夜出悲風生，有情瞻望涕如注。前飛昏鴉後鳶烏，薪摧松柏田犁墓。人間邱壑自險夷，畹畹白日何曾暮。偏作陰陽催短景，聚斂魂魄雜新故。滕公石槨沈彬燈，幾處佳城交廣路。社餘紙錢濕不飛，青櫟梟梟行人度。」

又《雨涉水過樓桑村》云：「曉氣春如濕，來過碧淺原。人家煙外樹，社鼓雨前村。鳥集桑枝弱，雲荒涿水昏。興王仍故土，節物爾猶繁。」又《叢臺》云：「碧草千年土，佳人一葉風。高臺勞卜築，虚夢困英雄。慘淡湖光亂，蒼茫客思空。鳥啼春雨後，花發水聲中。」又《邯鄲懷古》云：「養士從依主，懷恩已却秦。平原三入相，公子幾留賓。滚滚流塵暗，依依野樹春。酒澆與絲繡，沾灑遍行人。」

彭廷謨　字夏賡，南昌人，有《桐村集》。

桐村有《蟲食穀》詩云：「康熙甲子冬，環鄉百餘里，穀藏倉囷中，有蟲食其實，不旬日，化爲糠粃。蟲黑殼四足，有鬚有翅。或曰螟屬，或曰即《春秋》隱元暨莊二十九年所書有蜚者是。然攷之，害苗爾，不聞其食穀也。它日筆諸史，此蟲遂得未曾有。作《蟲食穀篇》云：「甲子冬中月魄死，南昌城外雪盈咫。老翁驚倒詫異事，年少喧豗走折趾。村村有穀成粃糠，家家扃鑰空倉箱。何來黑蟲恣蠶食，如螟如蜚語不詳。寒威偏值歲行暮，淚下如雨向誰訴。往年鞠凶愁炊玉，年豐米賤無糴處。記得春耕夏耘時，眼穿秋穫恒苦飢。私租不肯貸升斗，富粟騰廥焉用爲。聚論紛紛日如堵，張拳瞋目嚴束伍。此事恐復釀深憂，悽惻吞聲不敢吐。」

【校記】

［一］此上原本缺一行，失詩題與前四句。檢《四庫全書存目叢書》《卓山詩集》卷九《十九秋詩》，據補。按，《卓山詩集》，又名《三十乘樓詩集》，帥家相著。

鄉詩摭譚續集　卷九

國朝

李　紘　字巨洲，臨川人，穆堂侍郎弟，有《南園稿》。集中有《南園答問》一篇，極閎肆。杭大宗謂與柳州《晉問》、深寧《七觀》頡頏，西江掌故，此焉爲最。今全録於此。

有東溟公子溯乎大江，折而南遊，至於豫章，歷彭蠡之浩淼，仰廬阜之崇巃。西山綿延而虧日，章江瀲灩而涵空。震思讋慮，鉥目劌胸。慨然而歎，昔所未經。何山川之恢奇，意必有超倫軼羣之雄篤生乎其中也。乃振其神，乃肅其容，冠其箕冠，彯其帷裳，傔從麗都，車馬駿麗，以造乎南園。先生肅客而入，曰：「公子奚爲而至於斯也？」公子曰：「鄙人生長渤海之濱，遨遊長安之都。幸逢景運，以嬉以娱。長揖三公，平視五侯。身習乎紈綺，耳饜乎歌謳。鐘鼎列乎左右，便嬖效其奔趨。遠登泰華，近汎江湖。交吕攀稽，結蕭納朱，蓋盡識華腴之彦，而未睹山澤之癯也。漫爲兹遊，不敢侈齊魯、薄鄫邾也。蓋豫章山水之奇，頗覘其梗概，抑此邦風俗之美，有頡頏於末小子所閲歷而馳驅者乎？」

先生逌爾而言曰：「居，吾姑語子以百一，若悉數之，更僕不能卒也。昔在唐虞三代，建都立國，名爲中州，實偏於此。平陽蒲坂，夏陳耿亳，西或卜鎬，東乃至涿。迨於成周，乃惟洛食澗瀍之間，東都是宅，謂陰陽和，風雨會。天子於是而省方，百辟因之而受職。然而大江以南，棄爲蠻夷，荆揚百粤，地荒於火。維稽一統之義，未足極居中圖大之規也。漢唐以來，南啓交廣，西極冉駹，盡列爲郡縣。其在中域，楚黔豫章，東南不濱於大海，西北不及於戎羌。然而楚雜三苗，黔實鬼方，惟吾豫章，媲美洛嵩。風土和粹，實惟土中。是故清淑之氣，敦龐之質，絪緼化醇於人物。聰明文秀，孝友廉節。雷陳則羔雁相推，徐陶則龍潛不出。或還金於承塵，乃償責而不伐。陳蕃之榻獨懸，王宏之樽漫列。高瑯琊桑杯盛醬，宋定陵土杯飯麥，清風所煦，寒流相激。廉若道原，雖温公之茵褥不留；曠如元亮，即刺史而履屐莫覓。金投園而追送，珠遺道而不屑。是皆秋水競清，寒冰比潔。若夫孔武仲之居憂，致毀而廢肱；張汝明之養親，調藥而刺血。過定林刻木爲母，實丁蘭之儔；羅孟郊剖冰取魚，乃王祥之匹。茶山之孝，則茹蔬十五年；平甫之哀，則廬墓千餘日。隋孝子割股取肝，則通於神明；世孝子牡丹變白，則轉移造物。至於家庭雍雍，閭黨蟄蟄，族必有祠，宗必有牒。死徙不出其鄉，昭穆不踰其節。十世十五世之同居，名恒動乎九重；千指數千指之合食，瑞乃徵乎産物。蓋江西之水，北會爲滙；江西之山，同交於湖。山無傍走，水不外趨。故人情訴合，皡皡如三代，醇醇如唐虞。讓田讓畔，則羣口歡而論義；分飯異魚，則衆眦怒而睢盱。風俗之美，寰宇無如。性雖一而習異，天雖同而地殊，非浮華之俗所得而污也。公子所見，亦有擬兹區者乎？風俗足徵，毋乃迂乎？」

公子曰：「信如兹言，俗則嘉矣。恐篤行獨行之可稱，抑三德六德之未宜乎？高於邱樊，或歉於廷墀乎？周官八枋，禄以馭其富，爵以馭其貴，得時而後可駕，大行而後設施，若巍科顯爵，名位之隆者，亦常騈生於兹乎？」

先生曰：「富貴不離其身，古之教也；富貴不溺其身，古之學也。西江士風，銖視軒冕，好爵不能縻；芥視千駟，大賚不足校也。然時至事起，王侯挺生；實大聲宏，公卿並耀。三古亡論，秦漢可稽。吴氏封王，國祚同乎炎漢；陶公建節，威名震乎華夷。十八元功，獨克永世；八州都督，洊歷崇階。分茅胙土之封，赤幢羽葆之貤，斯王公之異數，豈尋常所倖躋者乎？南人爲相，首鍾越公，而曲江乃其次；南人封王，始吴番君，而尉佗乃自爲。初命詞臣入閣，曠典也，僅七人，而江西得其五；初選進士而庶常，異數也，廿九人，而江西十有七。是皆三分有二，豈惟九集有一。老臣耆德，則晏元獻舊學之碑；配食先師，則王文公顔孟之匹。秩宗清地，而曾氏三登；學士華階，而洪家四直。若夫進士之科，隋唐初設，南風未競，西江早發。易重之名高唱，盧肇之標首奪。迨夫有宋，盛乃獨絶。悉數之，則一朝之士，多逾四千；分攷之，則一姓之人，科盈三十。有明之初，吴學士開科第一，於是解額之盛，通省莫及。南宫之試，百猶不給。鄉薦則一科而屢占五解元；殿試則一郡而連兼三鼎甲。故老有言，吉安曩哲，明初半朝，衣冠森列。閣臣十亂，省位八傑，得謚凡四九，鼎魁殆五八。南昌之盛，與古相埒。進士近千，公卿惟百。吉水則五狀元同時，豐城乃八尚書連闥。列卿表頗嘗觀乎？抑登科録未之閲也。名位足徵，殆習而不察也。」

公子失色曰：「名位之盛若斯，誠小子所未達矣。雖然，位可積資致，舉可射策決。或者求掌故而尠聞，帖諸經而難括。未學古而入官，志行義而莫達，則亦缺矣。夫學優而乃仕，西河之舊説也；學而後入政，東里所致詰也。西江前哲，亦有包孕千古，貫穿衆説，通天人之理數，竭墳典於疏仡者乎？」

先生曰：「道在躬行，經籍非所先；理惟心得，記問非所專。吾鄉儒者，故嘗識支離之病心，博雅之誤勤矣。殫見洽聞，特吾鄉之餘事，非志士之所珍也。然略徵一二，則五車失其富，三篋不足言矣。試言經學，則五經鈎沉，六藝引奥，推餘汗侯爲首。五經纂言，三禮攷註，則草廬氏爲宗。張遐學本關西，則諸葛瞻、陸遜皆其弟子。伯和直採古始，則蔡邕、張華可以抗衡。至於下窮治理，上澈天行。占策馬星者，知駕停宫禁；辨斗牛氣者，知劍在豐城。徐孺子經學春秋，嚴氏易京君明書，歐陽生兼綜風角算曆，天星河圖，七緯推變易，無所不精。劉道原對經總列儒先古訓，乃以己意折中，獨爲第一，世莫與京。其於史學，若指諸掌，私記雜説，無所不通。《資治通鑑》，獨治其難，獨總其成。其他學究天人，則臧嘉猷之於皇翼；言摭典故，則王定保之於科名。李公擇鈔書，則九千卷未已；樂正子著述，則八百卷有嬴。王淮公《册府元龜》，晏元獻聖朝《類要》，記事必長，纂言並妙。考文獻者千秋猶旦暮耳；編圖書者六合歸襟抱焉。子强《治平》，子正《寰宇》，並誇鴻博，莫能疆圉。曾民瞻刻漏之巧，比於靈憲。鄧名世氏族之詳，不誇守素。公子以記博爲賢，則可徵已如許，其亦有所取乎？」

公子逐謝曰：「學誠博矣侈矣，不可及已。然以目治不若以手治，藏諸中不若見諸外。大雅宏達，在於文字。未可輕華藻於蘭苕，薄玄黄爲鞶帨也。大江之西，亦有煌煌大文，足與四方才士並驅而別騖者乎？」

先生曰：「『文章者，經國之大業，不朽之盛事也。』變羲繩，垂舜會，蒐商盤，陳周篡，嵬哉岌乎，高矣美矣。五經三傳，虞夏殷周之隆制也，漢唐以前，北方爲盛。自宋以還，獨歸此地。公子徵文於斯，毋乃目未常佔畢，手未常習藝，浮慕翰墨之虚聲，而未窺著述之實際也。粤自東漢，論者李潮，黎陽九歌，風雅啓苗。晉推靖節，上接離騷，潯陽隱逸，蓮社賢豪。名章偉搆，水深山高，散落人間，泰山毫毛。洎乎有唐，以詩取士。時則劉昚虚擅開元之奇，吉中孚拔大曆之萃。任濤、鄭谷，稱十哲於咸通；盧肇、黄頗，門兩龍於秀水。南康綦毋，鄱陽穎士；來氏兄弟，豐城季子。或矜西山之編，或侈靈溪之製。莫不馳譽寰區，蜚聲域外。至於文律，恢奇碩大，吴武陵則西漢可興，幸南容在枚、馬之次。媿柳配韓，角張競李，猶未足盡江西之能事也。宋興百年，文章楛窳。歐陽公奮興，然後沛然復古，並轡絶馳，直追韓愈。探大道之根原，作斯文之宗主。獨立一代，高視六寓，不特吴越所絶無，蓋寰瀛所希睹也。若夫晏臨川開荆國文公，李盱江傳南豐子固。古今大家，七有其三；文鑑佳篇，十居其五。黄涪翁闢宗派於西江，周益公領臺閣乎南渡。封事則胡忠簡驚人，詩盟則楊誠齋獨主。鍾秀於一門，則三劉三孔，競美清江；高步於一朝，則虞、楊、范、揭，不參他土。廷對萬言，則姚、文、曾、羅，各占大魁；上書萬言，則王、蔡、孔、章，並躋卿輔。他若方城經義，併包一代之制科；玉茗填詞，空絶千秋之樂府，猶未足覼縷焉。蓋西江文事，若晉之伯業，世執牛耳。西被秦，南服楚，未暇問陳蔡而圍鄭許也。四國麇麇，若山仰岱以爲宗，水朝海而爭赴也。賢之下徵，無乃爲賸語乎？」

公子踧踖而謝曰：「韓魏公有言，歐陽永叔爲翰林學士，天下文章莫大乎是。而鯫生遺忘，乃爲此贅也。顧歐公亦有言，文章止於潤身，政事可以及物。謂載之空言，不若見之行事也。江西耆舊，文誠至矣。亦有兵、農、禮、樂，無不通水、火、工、虞，無不治房謀而杜斷，文經而武緯者乎？」

先生曰：「誦詩不能達政，聖人之所棄也；坐言不能起行，君子之所恥也。吾鄉素崇實績，不務浮靡。施於有政，起而坐位。雲雷經綸，日月獻替。佐命則垂統，承平則翼治。勒鐘鼎，書旂常，舉之未能既也。番君佐入關之業，列在元功；細陽擅臨民之化，舉爲尤異。胡休治邑而鸞翔，劉陵作宰而虎避。化成而蒼梧興訟，駕至而開陽不啓。事必振奇，功必瓌偉。至於晉尚清談，王、謝風靡，惟陶桓公貞固幹事，忠順勤勞似孔明，機神明鑒似魏武。前破張昌，後滅陳恢，南夷杜弢，北殲王機，兼督八州，二千餘里，道不拾遺，勳業之盛，實古來未有之奇也。同時若周壯侯簡兵練卒，志平河洛，兩甄疊鼓，杜曾立縛，比陶公之斬郭默、威石勒，信兩賢之相得也。四世爲將，威名烜赫。陶有瞻輿，周有撫楚，皆世德也。他如胡壯侯以十二人破魏兵六百，以五千人破魏師數萬；李侍郎帥夔而息思州之事，撫粵而平邕管之叛。真鹽鐵不言府庫之充，真學士每進犯顏之諫。陳文正四策備全，始正敵國之禮；鍾越公一言定策，乃弭景龍之變。王魏公守開封三月，則萬獄皆空；謝艮齋上封事一篇，而羣盜立散。知成都者，龍門鳩堡，遥障蕃回；守延安者，金窟銀州，還歸禹甸。或開熙河而擒瞎征，爲百年未有之功；或同義軍以平烏蠻，去百年不靖之亂。羅文恭請過宫，則三十五疏；黄修撰撫流民，則二十五萬。建炎以九十四人會議，惟胡忠簡一人不主和；金亮以八十萬衆南侵，惟陳統制一軍能再戰。曾子固治齊州，鼓鳴而盜輒得；周益公任宣撫，點試而軍乃練。羅都憲冰居庸之堞，徑破也先；宋尚書分汶水之流，遂停海運。三月八捷，李襄敏之奇功；十人選一，張簡素之風憲。孰非命世之高才，經邦之碩彦。此於世未數數然，豈公子亦常常見乎？」

公子曰：「烈既偉矣，勳誠鴻矣。信可以銘無射而勒景鐘矣。然吾聞有猷爲者，必有守；爲良臣者，必能忠。疾風而後知勁草，嚴霜而後識貞松。豫章先賢，亦有顯名奇節，匹巡、遠而追比、逢者乎？」

先生曰：「忠義之性，人所同稟。名節之重，則西江獨鍾。蓋山巍峨而水清激，石嶄巖而土不豐。刻畫圭角，刊落丰茸。故氣之所發，卓犖崢嶸。吁咈多而都俞少，是非重而去就輕。大節不可奪，大義無不明。其或遭時板蕩，遇事搶攘。廟堂之爭，則肝披而膽亦露；疆場之鬥，雖首離而心不懲。姦鈇逆鼎，莫之能膺。飈馳霆擊，電掣雷驚。試舉一二爲公子徵焉。昔長沙文王之忠，炎漢二百餘年，定者爲令。忠宣洪公之節，泠山一十五載，誠通於天。士行之救王室，則星言兼邁，子喪不臨。士達之破杜弢，則流矢折牙，形色不變。陶瞻死難於蘇峻，周虓抗節於苻堅。陳喬、蕭儼，戮力南唐，則終生不二節；叔夜、直孺，赴援北宋，則天下惟兩人。拘其家，火其書，械其使，向子諲之抗張邦昌也。襲其國，要其歸，焚其舟，陳敏之破完顏亮也。輿疾以進，寢疾以終，陳文正氣摧張敵。椎折其肋，校滅其耳，李古廉忠忤權璫。聶忠愍仲義於撤繖，比稽紹之濺血。崔尚書捐軀於握節，勝蘇武之還鄉。唐主亡而九江不下，明命訖而南贛後亡。莫不乾坤震動，日月爭光。若夫正氣之歌，塞乎天地；止水之誓，質諸鬼神。歐陽明德上書而見殺，歐陽全美拒寇而遭焚。李忠節殺二子而不懼，曾忠愍留一弟以承先。三寸舌，一文錢，王濟淵贈叠山之什；汨羅水，首陽薇，王炎午祭信國之文。曾文定之孫仲常罵賊於越，則一棺埋其卅口；曾文昭之孫蒙伯罵賊於亳，則衆刃靡其一身。咸舍生而取義，亦求仁而得仁。至於狀元以建言受禍，不愧科名，惟吾江西，後先相仍。汪瑞明抗秦檜和議，彭器資論李憲主兵，徐忠愍劾史嵩之而被酖，姚雪坡彈賈似道而除名。若夫文山大節，仰軋霄崢，廷對即忠肝鐵石，拜官而讜論縱橫。其境則丁零惶恐，其氣則慷慨從容，即光於宋，益振於明。吴伯宗首糾僨轅之犢，預防伏壁之兵，謫鳳陽而不悔，批龍鱗而不驚，豈徒十題立就，才子榮稱哉！於是張文僖劾劉吉耐彈，羅文毅論南陽奪情，彭文憲爭太后之禮，劉文介折奸相之萌。念庵一斥而不出，梓溪再奪而彌貞。費文憲之忤宸濠，劉文節之守孤城，莫不鴻音懸國門，義聲聞四方。九死不懼，百折愈剛。非徒媲四儷六，描直樵橫，區區求工於字句點畫之間，以竊世俗之浮榮也。他邦之士，不乏大魁，亦有伏節死義之衆，如吾鄉者乎？」

公子曰：「西江節義，敬聞明教，爵禄可辭，白刃可蹈。洵斯愛而斯傳，宜是則而是傚矣。顧吾聞之，令尹之忠，不知其仁；鬻拳之諫，或疑其躁。好剛多至於狂，好直多傷於繳。蓋節義倚乎氣，氣易失於偏；德器成於學，學則衷諸道。孔孟以來，道喪久矣。西江人才既盛，亦有續軻之傳，興孔之教者乎？」

先生肅然危坐，正容而答曰：「善如公子之問也。既窺其末，復求其本。此三極之重，百世之奮也。內聖外王之學，誠非蒙者所易知。而守先待後之勤，願與公子同論也。粤自玄黄既判，道在人心，形生而已具，事至而可尋。羣黎徧德，即日用而其則不遠；聖人立極，乃首出而萬物咸瞻。聖非有餘，愚非不足，惟降衷之陰騭不二；能盡其性，能至於命，乃贊化而天地可參。周綱既弛，秦火既炎，兩漢之經師失之淺，六朝之異教失之深。惟韓、李追孔、孟之緒，而歐公承其統；惟周、程尋孔、顔之樂，而陸氏嗣其音。歐固大德不踰，陸乃細行必矜。梭山之正本制用，復齋之知愛知欽。精微廣大，象山獨兼。其旨則首先辨志，其功則求其放心。故考亭和詩，服其商量之邃密，歎其涵養之深沉。鹿洞講義，汗流涕出，奉爲一德之方，刻諸廬山之陰。末路離岐，雖啓爭於無極之辨，而中懷慨嘆，乃附見於喜晴之吟。當是時，楊、袁、舒、沈，昌明於廣元；林、鄒、包、傳，鼓舞於南臨。人知孔、孟，士識回、參，豈非斯文在兹，斯道己任者乎？迨乎有元，江漢北征，獨專朱注。用主文衡，士子趨之，若羶附蠅。禄利之誘，陸學不明。然陳靜明堅守象山之説，江東大儒奮興，李、祝、吴、舒，稱四先生。厥後草廬悔心中歲，惟陸是程，知章句之早誤，幸德性之晚精。道固足發，伯尚大行。顧一傳衆咻，未足勝異同之爭也。明興，理學首聘君康齋，樓居廿載，道術以開餘干。下啓子積一齋，用衍東巖。至於陽明，上承陸子，正派之傳，仍歸此地。鄒東廓以獨知爲良，以戒慎爲致；羅念庵求良知於四端，求致知於孝弟。皆上接孔、孟之傳，下衍陸、王之緒。至於萬楓潭橋梓，力詣於微；魏水洲昆季，能識其大。雙江競流，九川交滙。見羅青螺，文德武功；改齋梓溪，致命遂志。羅維升劾劉瑾，輿櫬以需；劉晴川諫雷殿，翳棺而待。師泉之族，同時九人；泗山之家，後先再世。以故歐陽南野聚講於靈濟，聽者至千人，實古今之嘉會。凡與聞其教者，立朝則爲名臣，出牧則爲循吏。鄒南皐推東林之三君，萬工部死魏璫而獨厲。或殺身以成仁，每見利而思義，豈比乎章句之學，困於口耳，實無得於身心，莫能見諸行事。其甚者似是而非，實德之賊；其淺者道聽塗説，乃德之棄。又其下者，依傍一家之言，描摹八股之制，聊以爲富貴利達之具。得之施施然，饜酒肉而驕；不得則皇皇然，乞墦間之祭。此妾婦之所羞，而君子之所鄙也。孰與吾江西之士，守陸子躬行心得之教，言皆實言，事皆實事，先立乎大，首嚴義利。孔孟之傳，不在於是，又安所寄哉？」

公子惘然，遷延靡敝，循墻而走，負墻而退。憮然爲間，始徐近而愧且悔曰：「鄙人所矜以爲華，乃先生所哂以爲穢也。今乃知青齊之浮夸，不如鄒魯之仁義也。願留受業，先生其許之而鑒其意乎？」

先生曰：「反身而誠，萬物皆備。子誠有志，目自明，耳自聰，事父母自能孝，而事兄自能弟也。歸而求之有餘師，何必懷資而即次也。惟志果而能確，何聖賢之不可至。子不必拘於墟，子亦且避此位矣。」

李友棠 字西華，臨川人，穆堂侍郎之孫，有《西華集》《適園集》。

適園官至工部侍郎，學有淵源，才能甄綜，著《侯鯖録》十卷。集古人詩句以爲詩，古近體咸備，一氣呵成，絶無襞績之迹。向來黄唐堂中允《香屑集》稱爲獨步，今見替人矣。溯源此體，始晉傅咸，盛於王半山，山谷間有之，至文文山，則專裒爲一集，信詩境又開一面也。然只可偶作，要匪正軌，譬如綴錦紉組，自是佳玩，究未可以勝布帛也。今就最佳者，紀一二資賞諷焉。《詠懷》云：「名勞長者記柳宗元，踪共少年疏白居易。」「學劍慙非智李益，耽書亦類淫李商隱。」「秋帆尋賀老米芾，春網薦琴高黄庭堅。」《長夏山齋獨坐》云：「山根一片雨庾信，樹杪百重泉王維。」《飲湖上》云：「花香能醉蝶黄庚，柳色未藏鴉孟郊。」《送友》云：「煙霄難自致韋莊，日月不相饒杜甫。」《秋郊野望》云：「亂泉鳴石上趙孟頫，古寺出山坳馬秦。」「孤煙起蝸舍儲嗣宗，返照媚漁舟鄭谷。」「夕陽波上寺翁卷，秋色水邊村任翻。」《白鷺港》云：「灘聲秋後壯陸遊，山色晚來清崔湜。」《山居》云：「斜陽疏竹外張繼，流水落花中司空曙。」「眼前無俗物白居易，醉裏失愁容李嶠。」「高風起遐曠李白，清思刮幽潛賈島。」《莊居》云：「暗水流花徑杜甫，閒雲挂竹籬錢起。」「野彴渡春水劉禹錫，山鐘搖暮天王昌齡。」《陸侍郎招飲》云：「聲華當健筆杜甫，風雅激頹波孟浩然。」《酬厲太鴻》云：「眼穿當落日杜甫，身去是孤雲張祜。」《寄平瑶海》云：「早知眉最白嚴維，相見眼終青杜甫。」《荆州渡江》云：「潮聲當晝起韓翃，山意向秋多元好問。」《晏方伯招集瞻園》云：「娱日強傾開歲酒傅若金，望雲長起憶山情許棠。」送客云：「抵掌曾論天下事徐鉉，成名空羨里中兒陳羽。」「無酒可供千日醉馬臻，將詩不必萬人傳杜甫。」《燕子磯》云：「如此山川良不惡趙孟頫，只應圖畫最相宜杜牧。」《贈友》云：「濁酒不妨留客醉葉顒，流年無奈得人憎羅隱。」《過九蓮庵示友》云：「寄食方將依白足蘇軾，愛閒原不爲青山劉因。」《柬内兄》云：「黄帽非供折腰具元好問，青山長對卷簾時李嘉祐。」「心如老驥常千里陸遊，春如梅花又一年李孝先。」

漆修綸　號雲窩，南昌人，有《雲窩剩稿》。

張南山《聽松廬詩話》云：「李介夫，太史雲窩表甥也。一日同賦拈題得《宦海》七律，介夫結句『長風萬里思宗慤，寄語書生莫膽寒』，雲翁結句云『中流成敗知多少，都在漁翁冷眼看』。不數年，介夫成進士，入詞垣，典試湖南，中歲卒。而雲翁尚康強無恙。雲翁有絶句云：『空拳赤手初生世，富貴何人是帶來。既不帶來難帶去，銅山鐵券總塵埃。』」

李如筠　字介夫，大庾人，有《蛾術齋詩集》。

介夫爲編修時，與吴穀人、王鐵夫諸老爲試帖之課，今所傳《九家詩課》是也。卒年僅三十二。佳句如「人隨孤雁遠，天到百蠻低」《度大庾嶺》，「論文求是非爭勝，識字無多怕問奇」，可知其概。

羅有高　字臺山，瑞金人，有《尊聞居士集》。臺山以家難逃於禪，素習權家言。詩文勁悍，無茶弱氣。《題彭允初所藏東林五君子手帖》三首云：「我友彭季子，學志兩東林。天花六時供，忠孝觀厥深。偶見五君書，感甚梁父吟。曰楊曰繆魏，兩周皆國琛。明運屬昏黄，狐鼠弄霾霧。九州鉗網彌，妖氛毒矣淫。惟時儒林賢，舍命爭天心。獨見五君書，我已頭岑岑。」其二云：「肅觀景文書，雷霆鬱掀擘。旱魃屯天膏，電繞驚蛇綰。蕭涼念佛人，渺志青蓮褰。忠介官京師，日課佛名一千，見《燼餘録》。喑嗚發怪咤，義聲沸愚賤。諸彪心已亡，施罵意何腆。肉身受泥犁，正念能不轉。公子仁且武，血流灑朝限。惜哉不得觀，海嶠青霞緬。」其三云：「應山椒山儔，移宫氣挺挺。二十四辠疏，姦膽落其鯁。同心魏與左，揚激忠憤炳。誰託左公書，割去聽無瑩。江陰曁吴江，誦説懷孤耿。心畫飄殘雲，字外餘清勁。高飈撼屋梁，展對塵慮屏。頑懦無我如，作詩永深省。」又《觀演邯鄲劇作》云：「場下盧生太息頻，世間誰是息機人。人生哀樂真無定，好夢原來亦苦辛。」

周厚轅　字駕堂，湖口人，有《蜀遊草》。《嘉定晚泊》云：「斜照落烏尤，山城俯碧流。花明煙外市，鐙散雨中樓。古道平羌界，高齋萬景收。萬景樓，宋築。何年方響洞，佳句爲勾留見涪翁詩。」

賴　晉　字晝亭，廣昌人，有《晝亭初稿》。《禁中十六國樂府》、《宋史雜詠》，佳作甚多。吾愛其詠文丞相一聯云：「下藥且醫君父疾，讀書須令聖賢生」，警策之至。

魯仕驥　字絜非，新城人，有《山木居士集》。

山木後更名九皋，從建寧朱梅崖學古文，有名江右。詩非所留意，然亦質厚有味。《秋夜客懷》云：「人生遠離苦，最苦秋夜闌。況我孱弱息，終年背鄉關。悠悠日復日，會當何時還。時至氣候變，得毋衣裳單。衣單固足念，所期日加餐。皓月照庭隅，徙倚生感歎。」其二云：「寒蟬號高樹，蟋蟀吟羅幃。此時涼風起，蕭蕭入深闈。君子遠行役，悠悠我心思。容華不足念，但感久別離。舟行願無波，車行願無泥。驅車望鄉邑，歲晏當來歸。」其三云：「庭前紫荆樹，艷麗正著花。如何風雨至，摧殘相交加。枝葉半憔悴，葆養此根芽。人生骨肉情，睹此足歎嗟。亡者既已矣，在者客天涯。及時莫遠遊，丈夫當懷家。」

盧金鏡　號藥堂，武寧人。

藥堂有《讀史詩》云：「賈誼不永年，褚淵不早死。造物惜令名，修短各有以。君子貴立業，年壽不足紀。死未必非榮，生轉益其否。刀鋸與簪纓，成敗互相使。服食求長生，何如善終始。」又《雨中寄懷汪輦雲》云：「與子共浮沈，年年斷好音。不窮非我輩，有累亦天心。雨過青山急，風吹白髮生。可憐江上客，慷慨託高吟。」

黄賢瑛　字繪蒼，新城人。

繪蒼《有感興作》云：「徘徊青松林，喬柯自葱鬱。女蘿引柔蔓，乃與青松結。本非同根生，綢繆亦何密。金風江上來，松高不復恤。云胡當春榮，因依乃昨日。眷言萬物姿，勁弱殊天質。脱身雖得所，時至坐相失。

感此傷子心，營營復奚益。」

又《爾不能歌自壽》云：「爾不能入直光明佐天子，爾不能坐擁朱提誇完美。復不能無賴通市中，強橫作惡苦鄉里。昂藏七尺軀，四十今至矣。那堪閉置老諸生，兀兀窮年鑽故紙。或云家在淮南鄉，胡不學仙稱不死。當年雞犬已飛昇，藥臼空存不堪舐。又云地近遠公山，胡不共證無生理。笑我心癡不見收，白蓮社隔虎溪水。我法算來無一成，感慨欲從何説起。年華辛苦逝波流，人生大抵行樂耳。朝來沽酒典新衣，陶公籬下菊正肥。且折一枝聊佐飲，坐看天邊紅日飛。」

魯　沁　字衡懷，新城人。

衡懷有《田家即事》云：「驅犢啓柴扉，荷耒赴阡陌。東作苟不興，西成敢希獲。自顧分所安，勞苦乃更適。萬物托春風，欣欣各自得。觀之動遠懷，生意蕩胸臆。」

高爲皋　字上則，鉛山人，有《守村詩鈔》。

守村先生官至姚安府知府。其《黄鶯詞》云：「一牀心夢留難住，一聲鶯唱窗前樹。推窗便欲聽新腔，雙雙飛入紅薇墻。密業繁枝籠不定，高低瑣碎喚春芳。語汝黄鶯無乃癡，花間相對更何啼。」又《蝴蝶詞》云：「南園昨夜春雨歇，芳菲纔是花朝節。花邊阿姊香滿衣，過墻蝴蝶逐香飛。湘裙飛近漫飛開，低頭見汝重徘徊。心事遠時嬌戲懶，莫愁團扇撲將來。」

陳　舜　字耕夫，新城人，有《金陵草》。

耕夫有《過古鏡庵賦得萬籟此俱寂》一首云：「豈知城市裏，亦有此山中。密竹難容暑，長松不受風。僧閒花氣靜，雲斂磬聲空。心境清懸鑑，都忘鏡是銅。」

嚴思濬　分宜人或作宜春人，更考。

有《邯鄲懷古》云：「不有魯連叟，誰驅無道秦。六王甘僕妾，一語定君臣。玉貌平原客，流風東海濱。飄然長揖去，高義足千春。」

李景修　字永文，南昌人，有《雪亭詩鈔》。

永文有《村郊晚眺》云：「暝色依春徑，斜光到水邊。鴉翻殘樹雪，人語斷橋煙。纖月窺新閣，孤星繫暮天。閑花飛不定，惆悵晚風前。」又《早發心畬》云：「扁舟當早發，初日出層巖。水落存魚簄，煙消露客帆。岸花香近遠，江燕語呢喃。誰識秋風好，殷勤度客衫。」又《呂亭驛》云：「望裏人煙近，行行尚古原。馬經殘雪路，客到夕陽村。苦竹斜穿徑，寒花直映門。晚來檐影落，蟲語逼燈昏。」

張夢龍　字雲從，新城人，有《遊吴越草》。

有《歸舟即事》云：「山色濛濛裏，催舟過淺灘。斜風吹帽側，細雨逼衣寒。囊乏羞良賈，身輕勝好官。敝裘歸去著，把釣有長竿。」

國朝

章秉銓　字衡三，南城人，有《澹園詩稿》。

《鄱陽懷古》云：「上游當日控荆襄，戰鼓黄雲壓建康。一敗遂成隆凖帝，百年空笑夥頤王。秋風草色餘殘壘，孤艇湖波滿夕陽。惟有忠魂難泯滅，鈴旗風雨在康郎。」

徐文弼　字襄右，豐城人。

襄右有《詩法度針》盛傳於世，詩亦遒練。如《重過虎邱》云：「清川寒練泝瀠洄，雲木陰森紺殿開。林杪塔當孤日出，山根帆受飽風來。碧花歲蝕魚腸古，黄葉秋深虎迹埋。曾記石橋南畔路，野航明月引長杯。」又《舟過衡山縣》云：「孤城迢遞枕山長，遠嶂岧嶢暮色蒼。上下估帆分楚粤，東西流水合瀟湘。嶺雲片片含殘雨，江笛聲聲弄晚涼。鴻雁最驚孤客耳，秋風不遣到衡陽。」

曾　煥　字賓谷，南城人，有《西溪漁隱》集。

賓谷官至兩淮都轉，時名士雲集，提唱風雅，有漁洋、雅雨遺韻。今閱《邗上題襟集》，不勝風微人往之感。詩格清麗不俗，司空表聖所謂「碧苔芳暉」者近之。《上方寺看梅》云：「山門掩修竹，殘雪在庭陰。此地罕人到，梅花香獨深。春生前代土，客感去年心。小飲竟成醉，徘徊月滿林。」《楊柳枝詞》云：「揚子江頭緑漲天，蕪城一片是春煙。春來何處無楊柳，不似揚州最可憐。」「絳仙眉黛寶兒腰，妒盡東風一萬條。今日飛花寒食節，玉鈎斜畔雨瀟瀟。」《登岱》有句云：「須知天下雨，還望一山雲。」寄託深遠。洪編修稚存，以言事謫戍伊犁，赦回。以出關入關之詩編爲《荷戈》《賜環》二集，一時題集後者甚多。洪最賞公一絶云：「君得爲詩是國恩，長歌萬里入關門。請看紹聖元符際，蘇軾文章戒不存。」

吴　照　字照南，南城人，有《聽雨齋集》。

白厂工畫蘭竹，亦深小學。受業翁覃溪、王蘭泉二公之門。名聲藉甚，詩則清宛流利，微傷乎弱。句如「秋水船隨湖雁至，故人尊向桂花開」，「路熟重尋前代寺，天晴補看去年花」，「投人自笑非高士，安分居然羡老僧」，楚楚可愛。

吴　森　字雲衣，南豐人，有《筠瀾詩草》。

《雨中貽清署小集呈古愚兼寄思郭》云：「週遭四壁隱苔痕，雲間松梢客到門。峽裏清猿三下淚，天涯孤劍一開尊。春風不醒棠梨夢，秋雨能消燕子魂。遥想故人吟臥穩，蓬蒿今已滿中園。」

李秉禮　字敬之，號松圃，臨川人。有《韋廬詩内外集》。

朱小岑依真云：「松圃詩格清而味腴，天分獨高。造語不求新而自新，其於韋廬，蓋性之然也。」

韋廬五律最勝。《夏夜池上納涼》云：「披襟坐池上，日夕澹忘歸。明月忽在水，荷香生我衣。夜涼羣動息，風定遠鐘微。因念座中客，倏爾似此稀。」《月夜》云：「萬象煙中暝，孤雲鳥外還。小樓明月上，照見隔城山。一笛情無極，倚闌人自閒。忘機對鷗鳥，點點落溪灣。」《秋日園居雜詠》云：「端居兀多暇，空自悵悠悠。一葉因風下，四時如水流。局閒棋客去，觴盡酒人愁。獨有忘言處，笑他知北游。」《送別子喬》云：「侵晚青山下，挂帆方欲行。遠雲分野色，去水帶離聲。執手未盡語，長吟空復情。憑高望不見，寂寞返江城。」《送章蓮舫歸武昌》云：「同來相送客，繫馬此津亭。遠水連空闊，孤舟入杳冥。雲横三楚白，山過九疑青。料得漢陽樹，到時初葉零。」《過醴陽縣示樊明府》云：「小邑無城郭，孤帆落驛亭。雲遮江樹白，山到縣門青。久客心多感，當風酒易醒。不緣歸思切，應共宿寒廳。」《南樓即目》云：「竟日少來客，倏然横一經。初晴高樹碧，當檻暮山清。煙際寺猶見，竹根泉可聽。稍看新月上，誰共此泠泠。」《山行》云：「一徑踏黄葉，不知山幾重。前林疑有寺，隔水忽聞鐘。滮滮泉鳴澗，娟娟月在松。欲投村宇宿，回首白雲封。」《登補陀巖》云：「石磴紆回上，招提杳靄間。亂紅煙外樹，浮緑雨餘山。樵鄉不知處，鳥飛時復還。自然遺世累，贏得伴僧閒。」《餞別家秋浦歸豫章》云：「公子南州去，飛花舞别筵。莫辭今日酒，盡醉晚風前。遠嶼浮新漲，春帆帶暝煙。自憐歸未得，湘上幾經年。」《晤從弟均宇》云：「與子分離日，於今十六年。相看皆老大，歸計總茫然。嶺徼有茅屋，江鄉無薄田。衹餘寒瘦句，應待老郊傳。」《雨後小園春興》云：「柳岸春雲濕，柔枝壓水低。池添一夜雨，緑過小橋西。曲塢安茶竈，深林聽竹雞。新詩吟不足，人在浣花谿。」《贈别蓬心》云：「相知非一日，相望阻江波。白首辭官後，青山載酒過。畫成無北苑，談劇失東坡。明發更遥去，臨風當奈何。」《雨夜》云：「淒清雨易成，不覺已深更。古壁鐙無燄，空階葉有聲。鐘於坐來歇，秋到枕邊生。誰是能忘者，應難遺世情。」《出郊》云：「嵐翠影交加，行穿石徑斜。遠鐘出山寺，深竹隱人家。泉響不知處，草香疑是花。徘徊未能去，倚杖數歸鴉。」《雨登越王臺次壁間韻》云：「危磴盤空上，虚窗對面開。人煙環古堞，海氣擁春雷。白首羈鑾徼，青山閲霸才。昔時歌舞地，寂寞此登臺。」《晚出谿上》云：「尋幽不覺遠，沿岸踏苔痕。秋色林間寺，雞聲煙外村。野花生磵曲，漁艇貼蘆根。别有濠梁意，寥寥誰與論。」

七律如《園居漫興》云：「池館陰陰傍古槐，槐陰深處竹扉開。一雙白鳥踏波去，無數青山繞郭來。偶把魚竿投釣餌，屢呼園叟覓花栽。編籬密護橋東徑，爲怕行人損緑苔。」《九日登獨秀峯》云：「天風浩浩蕩塵襟，危磴盤旋力不禁。萬古一峯絶依傍，百年九日此登臨。雁回聲斷衡陽浦，霜落寒生桂樹林。獨立憑虚倍惆悵，鄉關南望暮雲深。」

紀大奎　字向辰，號慎齋，有《雙桂堂集》。乾隆丁酉拔貢，本科舉人，官四川知縣，升合州知州。

慎齋先生粹於道德，所著《易問》《觀易外編》《古律附考》等書，究微詣極，非淺學所能測也。詩則擊壤體爲多，今記其《過邯鄲觀盧生睡像》云：「東山歸去又西征，六十頭顱夢未醒。空向邯鄲尋舊迹，石牀還是睡盧生。」

續集有《記夢》詩亦佳，今録二首於左。「屹屹高堂中，皤皤黄髮叟。我行忽至前，殷勤各奉手。團團宴會陳，洗觴酌大斗。忽憶昨宵夢，此景時復有。悄語問諸弟，兹來是夢否。諸弟但無言，癡而亦俯首。逡巡行自疑，審視復良久。情知亦匪真，且勸杯中酒。忽聽膠膠鳴，斜風入窗牖。」「去家既已久，昨夜夢愈長。親容各憔悴，相視交悽愴。欲言聲哽咽，入室詢糟糠。君行四載餘，安知三載荒。去年妾寄食，且依父兄傍。婦人義安在，要當事姑嫜。昨日辭父歸，饑餒甘共嘗。入門百鮮一，中饋何荒涼。尚難給飱粥，矧乃奉酒漿。況有號寒兒，垢面涕沾裳。日日問阿爺，阿爺不還鄉。豈不知丈夫，所志在四方。人生貴大節，勿使根本傷。但令甘旨足，庸須姓字揚。欲答慚無言，萬箭激衷腸。痛極驚始覺，撫枕淚浪浪。」

李宗翰 字公博，號春湖，臨川人，韋廬先生子。有《靜娱室偶存稿》。

新化鄧顯鶴湘皋云：「公以承明著作之才，早踐清班，洊歷卿貳，柄用方殷，遽乞養而歸。蕭閒寂歷，若不知此身曾挂朝籍者。然洎乎再出，内迫庭誥，上感主知，不遑引退，而心時眷眷。杉湖蓮蕩間，其性情恬澹，實超出塵埃之表。故其詩瀏然以清，倏然以遠，沈思獨往，寄託遥深。」

《湘江夜泊遲友人舟不至》云：「湘帆轉夕暉，偶與故人違。坐久月初上，到來船亦稀。疏鐘隔江斷，遠火出林微。沙鳥不知冷，夜深還獨飛。」《登越王臺次曾賓谷壁間韻》云：「五嶺風煙接，三城郡國開。白雲山名閒不雨，滄海靜無雷。山作空王界，人來幾輩才。簫歌聲在水，寂寞漢時臺。」《楚江懷古》云：「蒲帆高挂帶雲奔，萬物蕭條不可論。一笛西風秋颯颯，幾家殘照晚昏昏。叢篁盡染湘靈淚，香草堂迷楚厲魂。莫漫臨流增感慨，宋臺梁館屬荒村。」

洪占銓 號介亭，宜黄人，有《小容齋詩鈔》十卷。

陶文毅公澍與介亭同年，没後，詩集陶爲刻之。序其詩略云：「先生爲宋文敏公邁之裔，故題其書室曰『小容齋』。爲人豪邁古直，好使氣，落落寡諧。四歲即能誦《唐律》，長益有聲黌序間。乾隆乙酉以選拔入都，出大興翁閣學方綱之門。嘉慶戊午，舉鄉試。壬戌，捷禮闈，入翰林。既而假歸。遊洞庭，陟廬阜，往來吴、楚、閩、粤、齊、魯、趙、魏之郊，所見益廣，詩益富。又嘗典試秦中，登華山絶頂，信宿賦詩，馬秋藥太常爲作圖，一時名士題者甚衆。病革時，猶伏牀几，手自塗稿。其稿有丁敬禮『佳惡自得』之意，故予於是編，不敢臆爲刊落。至其詩之蒼勁典雅，世有子雲，不患無知者。」

《曉行圯上》云：「落日依平野，寒風拂晚裝。授書人不見，馬迹一橋霜。」

《盧肇讀書臺故址》云：「空庭寂寞長蒼苔，盡日山光隔水開。題字碑留猶帶蘚，讀書人去已無臺。詩名合並都官著，讌座真慚刺史陪。我向江干吟舊句，龍舟悵望奪標回。」又《岳陽樓》云：「振衣直上最高樓，元氣蒼茫檻外收。九派波光浮遠岫，一湖帆影落滄洲。眼中勢欲吞雲夢，天下人誰共樂憂。西望烽煙渺何處，斜陽鼙鼓是荆州。」又《醉後作》云：「四大金輪一瞬看，惡他色相幻無端。白頭名士誰華屋，青史傳人半顯官。草草花花供握管，風風雨雨勉加餐。年來豪氣抛除盡，只有尊前興未闌。」

七絶如《國士橋》云：「嗚咽橋流慘不春，漆身吞炭亦忠臣。夫于亭録苛論古，多少盧龍賣塞人。」

又《覃溪師命作論詩三昧絶句》云：「六代而遠只五家漁洋《五言古詩選》唐人僅五家，水中月影鏡中花。強將正變分刪述，白雪樓空日又斜漁洋選本，白雪樓遺意」；「坡谷嶙峋接杜韓，千秋風雅此登壇。莫將擘海摩天翅，例作羚羊挂角看」；「古詩樂府並心聲，幻境原從實處生。若使衣冠學優孟，女蘿山鬼也無情」；「十九篇詩妙入微，全身無縫是天衣。休言解脱塵凡處，只在秋雲隴首飛」；「涪翁一笑唱橫江，倚閣風神與杜雙。苦愛司空味外味，無情須避打油腔」；「珍重河西猛士篇，短衣匹馬祖鐙傳。精微一語無人會，不是橫流誤後賢師來札以坡公《郭綸篇》爲三昧」；「歐蘇中著半山堂，法眼何曾主故常。暝色春愁搜一字，始知錘鍊似干將」。

佳句如：「閉户欲藏拙，開窗還讀書」，「自得常觀物，無求不出山」，「一橋通輦轂，諸道扼咽喉」《盧溝橋》，「豎子才慙燕叔父，書生謀勝漢條侯」《樟樹鎮王文成誓師處》，「落地不教粘似絮，烹泉猶可拾爲薪」，「枝柯畢竟含生理，裁剪依然見化工」《並落葉》，「太傅官遷卑溼地，七王兵兆泰平時」《長沙》，「薄酒不須千日醉，瘦羊也勝大官嘗」，「未免窮愁緣母老，喜談遊俠亦天生」《贈樂蓮裳》，「煮茗遠謀甘井水，購書嘗減畫叉錢」，「謫宦古多名下士，瘴鄉今是太平時」《贈友宰融縣》，皆可誦。

王鳳喈　號簡亭，新城人，有《聽竹軒詩鈔》初、二集。

簡亭以諸生遊幕粵東，嘗著《續廣事類賦》，風行於時。詩亦清迥不俗，今録二首於此。

《過宋丞相陸公秀夫墓崖山之變，浮屍出海。後有函骨葬之者，墓在青徑口云》詩云：「嗚呼！ 硇州變後宋事益窮蹙，煢煢惟餘趙氏一塊肉。誰其立孤與扶危，丞相陸公棐且篤。戎馬倉皇轉徙中，猶書大學日勤讀。崖山之遷誠圖存，誰料三軍更敗衄。亡者北去已爲朝廷羞，居者何可再受敵人辱？ 君死社稷臣死君，遂抱龍髯赴海瀆。茫茫萬頃怒濤飛，君臣願葬羣魚腹。吁嗟哉！ 君不見，將軍志在別求趙，須臾颶發舟旋覆。又不見，信國心私更圖宋，黄冠終焉殺燕獄。要知三百祚已移，縱有孤忠孰恢復。惟公蹈海以身殉，淚溢滄溟恨猶蓄。大宋更無片土作行朝，但有鮫宫一着爲收局。往事距今數百年，炯炯丹衷如日曝。更識英靈來往無不在，崖山徑口無俟强分屬。今日屏營惕息拜幽宫，四顧山色長青水常緑。」

又有《過辭郎洲》詩，辭郎洲在隆澳五嶼。宋景炎二年正月，帝次惠州之甲子門，都統張達率義勇扈從，其妻璧娘送至此，遂以名洲。其後璧娘寄達《平元曲》，眷念國事，悲憤感激。崖山之變，達殉節，璧娘亦不食死。詩云：「蔓草萋萋蒙芳洲，悲風颯颯吹海頭。璧娘當日送夫處，仰視萬里浮雲愁。都統勇氣横九州，都統忠義無匹儔。甲子門邊親扈蹕，枕戈誓不忘仇讐。璧娘感憤涕未收，璧娘貞烈誰能侔。一曲平元寄遠道，如聽胡笳聲幽憂。芳魂已逝數百載，芳名尚與洲俱留。我聞夏屋山頭磨笄山，淚枯血漬傳邊陬。又聞武昌山北望夫石，行銷骨化空山邱。南澳山中餘片地，鼎峙應與垂千秋。嗚呼！辭郎洲畔波悠悠。」

宋鳴珂　字梅生，奉新人，有《心鐵石齋集》。

《夔門懷古》云：「依舊嚴城落日孤，永安宫闕莽榛蕪。三分僅守炎劉鼎，一炬潛消赤伏苻。倉卒龍髯空灑淚，荒涼魚腹尚成圖。祇今聽遍夔西曲，曠代君臣似此無。」「瀼水東流去不回，柴門寂寂問誰開。飄零涕淚餘詩卷，第宅王侯付劫灰。獻賦可知心戀闕，依人終望世憐才。竭來百戰干戈後，獨對長江灩滪堆。」前首詠武侯，後首詠少陵。

《十二石山齋詩話》云：「梅生廉訪初生時，其父慕劬年已六十，母亦五十，故梅生小名百一。慕劬《答友人贈詩》詩：『霜雪年來滿鬢垂，那堪餘力豢豚兒。阿娘不解多兒累，五十添兒也道奇。』」

尚　鎔　字治玆，號僑容，南昌人，有《三國志雜詠》。

僑容有《三國志辨微》一書，吴縣石韞玉爲之序，稱其「闡幽發隱，一洗腐儒迂謬之説。」同里萬臺爲之刻行。《三國志雜詠》一卷，萬臺序之云：「僑容少穎異，好博覽。嘗西浮沅、湘，東遊吴、越，撰詩古文十餘卷，此特其詠史之一耳。雖以識議才氣勝，然挾情韻以行，不同史斷。」

其《詠曹子建》三首，其一云：「西施雖浣紗，鑒水有真色。胡粉徒飾貌，究非天下白。陳思率性行，反致參商隙。白圭豈無玷，終覺勝文石。曹瞞任情人，何以累加責。子桓立爲嗣，只是工矯飾。」其二云：「孟德鷙集林，子桓雉竄囿。文筆鳴鳳翔，陳思實天授。七子各呈材，誰能比松茂。八代一宗工，杜韓後來秀。世無慧業人，相向疑宿搆。北地步邯鄲，衹同牛馬走。何況孤豚賤，郊天思衣繡。」其三云：「劉向少年日，鑄金干大刑。後以諫章顯，忠比離騷經。晚節挺孤松，陳思同此情。美人恐遲暮，苦口攄丹誠。事後或可思，果然司馬興。豈同靖王勝，聞樂鳴不平。翹首望魚山，菟裘惟自營。可憐曹元仲，瞶瞶如漢成。」

《詠阮籍》云：「一從操丕崇華士，節義之風戛然止。七子纔亡又七賢，林中把臂稱知己。陳留阮籍名尤高，俯視萬物如秋毫。廣武既將漢王笑，河湄合繼焦先逃。禮法森嚴棄如土，劉楨平視風猶古。怪底窮途急淚多，一朝洒向兵家女。濁酒惟澆磊塊胸，詠懷詩句徒精工。忤時雖不同中散，勸進何堪爲鄭沖。漫云沈醉如埋照，六代狂瀾從此倒。身入山林不肯深，有人高臥蘇門笑。」此詩音節鏘洋，議論平允。

又有《夷陵》七古一首，亦極壯闊，太長未録。

《詠許靖》云：「少小拙謀生，終年馬磨營。共誇廊廟器，不入汝南評。避虎甘浮海，攀龍遽出城。司徒寧稱職，只是重虚名。」

《詠諸葛忠武》四首，其一云：「中原逐鹿各從戎，龍臥南陽耐困窮。主是宗英方委質，天留時棟獨撐空。荆州若使還師取，赤壁何煩乞火攻。魚水偶乖熊虎失，受遺愁絶永安宫。」其二云：「虎視龍驤十萬軍，馬鳴隴氣淩雲。一匡乍建齊臣業，三郡旋收漢賊氛。士縱街亭違命敗，土猶函谷約萌分。征蠻未遂文淵去，落日揮戈死報君。」其三云：「天下三分勢已成，也知圖蔓事難平。偏安何以酬先帝，討賊惟應激義兵。充國屯田謀甚遠，宣王畏虎寂無聲。台星不向秋風落，會見鑾輿返舊京。」其四云：「大樹飄零萬古哀，惟將謹守託羣材。承規蔣琬能支局，黷旅姜維漫負才。忍聽甘棠歌詠久，空悲綿竹玉蘭摧。巨勳難讓伊周建，四十餘年漢道恢。」四首堅勁不浮靡。

徐　謙　號白舫，廣豐人，有《悟雪樓詩存》。

山陽王文瑞公廷珍云：「白舫詩可以遠方楊孟載，近匹葉已畦。」《乍浦望海偕同年劉司馬》云：「極目碧天盡，軒然滄海來。百蠻嚴鎖鑰，雙嶂翼風雷。著被蛟龍氣，當關柱石才。爲予述倭難，故老尚餘哀。」《詩癖》云：「結習無他嗜，辭官半爲詩。性根天予癖，心病自尋醫。真宰不宜斲，平生無乃癡。陰何佳句在，未必補瘡痍。」《春風》云：「吹得春如水，風猶未滿心。故催花片片，更助雨深深。病客扉常掩，寒鶯老廢吟。空閨多遠夢，莫動柳窗陰。」

七律如《吴山晚眺錢塘江》云：「梵宫金碧妙門開，大地茫茫瀉一杯。鐵板歌催水東去，布帆風送客西來。曼陀香遍諸天雨，澎湃聲轟下界雷。夜半江頭馳萬騎，錢王英爽射潮回。」《五老峯頂醉月》云：「何處三更無此月，蒼然五老不知寒。欲傾足下銀河水，滿酌峯頂白玉盤。鏡裏秋霜無恙在，人間清夜幾回看。江山誰信秋如許，他日思君再見難。」《乘月過飛來寺》云：「初度珠江見月圓，飛來寺欲乘人船。滿杯星斗都如雪，大地山河併作煙。鐙隱古榕深翠合，風回清梵上方傳。此身但恐騰空去，吹到瑤宮第幾天。」《重賦飛來寺俗傳自舒州飛來，殿閣猶遺庾嶺》云：「舒州一別幾時回，殿角猶遺庾嶺隈。共託風塵絕根蒂，忽愁白日走風雷。殊鄉縱好迷初地，大塊無常付劫灰。慧眼平觀同去住，故山龍象不須哀。」

七絕如《始見廬山雪欣然命酒》云：「五老招予控玉虯，此生初到太清遊。不知天上高寒甚，可有仙翁賣酒樓。」《春江花月夜》云：「夜潮瀲灩半空痕，六代如煙莫再論。縱使無花併無月，一江春水亦銷魂。」《觀廬山卷子》云：「空濛大似康王谷，心醉瓊漿今十年。此地老僧吾舊識，月寒思傍瀑聲眠。」「更無洞壑匹雄奇，絡繹煙雲應接疲。草草前遊山莫笑，意中多少未成詩。」《夜過淮堤》云：「吹簫橫瑟各悲歡，萬里霜華助水寒。無恙清淮流舊月，十年驢背幾回看。」

黃爵滋　字樹齋，宜黃人，有《仙屏書屋詩集》。

建寧張亨甫稱：「樹齋詩，氣韻高雅，神采淵秀。婉約而不盡，優遊而不迫，駸駸乎力追漢唐古作者。」

閔案：樹齋由詞苑洊至刑部侍郎。道光十八年，奏禁洋煙一摺。海疆夷釁因之而起，人遂歸咎於侍郎，發難生事。尋以他事，左遷員外郎，流宕江關以歿。蓋嘗論之，洋煙一事，比之疾病，非不當治，但病根深痼，下藥甚難，不善治之，害反益增。侍郎知以漏卮爲言，不深究塞漏之道，塞不得法，潰決滋多，是可歎也。當時亦下直省督撫大臣議奏，除林文忠外，罕有把握者。然則奏雖始侍郎，而奉行不慎，不當歸咎侍郎也。今姑不具論。論其詩，氣骨甚遒，醖釀未邃，七古合作尤少。今舉似近體數首於此。

《德州贈舒自庵刺史》云：「别思秋風緊，歸程落日催。田收四村出，河折萬艘回。膏澤關民瘼，艱難見吏才。何當重把袂，濯錦對園開。自注：德州署中有石，題曰濯錦園，董文敏筆也。」《過仙霞關》云：「七百崎嶇路，何人一劍通。老兵知地勢，儒吏惜民風。龍臥深潭靜，烏啼曉戍空。三山應在眼，春水照花驄。」《喜郭羽可至京》云：「太息風塵老郭隗，夕陽疲馬又燕臺。詩聲疑挾黄河至，畫意添將紅藥開。四海交遊幾兄弟，千秋事業一雲雷。天心莽莽終難問，賴爾雄談佐酒杯。」

陳用光　號石士，新城人，有《太乙舟集》。

公嘉慶六年進士，由編修歷御史司業中允等，終禮部右侍郎。文得桐城姚姬傳先生家法。詩欲自抒胸臆，性情和厚，書味融浹，均可於詩見之。集中七古尤勝，曲折洞達，波瀾洋溢，頗有劉海峯遺韻，不愧作家。今不能多録，古近體各三首，以見其概。

徐松龕繼畬評公詩云：「五古淡樸，和以天倪。七古曲折，盡意尺幅中，往往具奇勢，尤予所篤嗜。」

七古如《永樂大典餘紙歌》云：「永樂大典嘉靖録，藏二百年今發覆。大興學士奏允行，四庫館開修纂局。翰林職本在文字，聖主恩深榮簡牘。詔裁餘紙賚諸臣，俾接古香伴休沐。大興秘校與此賜，歸作歌詩聊卷軸。羽化銀杯戊戌春，劍合延津癸酉得。縠皮漁網有遭逢，漆簡竹書無朽蝕。星虹夜貫蘇齋中，玉堂夢接鑾坡直。澄心紙出南唐造，蜜香亦來大秦國。杜寫傳解王寫史，人爲楮公矜拂拭。盛業羞傳博物名，不數茂先誇理側。詞垣嘉話邁千載，後進爭傳饜心目。不見傳抄釋例編，武英殿東人爭讀。《春秋釋例》自大典内抄出。鯫生初窺石室藏，曾約石林事副墨。昨校唐文繙秘册，石林持節旋南服。予初約葉芝潭於清秘堂同閲大典，未果。而芝潭督學閩中，昨在文穎館校唐文，乃得見之。孰知詩境斯册在，玉版銀光快新矚。聖俞子美今蘇齋，下筆無須悵永叔。更爲虞預哂南朝，請紙空聞四百幅。」

五律如《過閔子墓廟在墓西》云：「日色帶長薄，遥看遺廟存。從來徵内行，端不廢人言。悵望高風遠，猶令薄俗敦。誰無昆弟愛，莫忘所生恩。」

七律如《湯陰謁岳鄂王祠行五里許謁稽侍中祠》云：「侍中祠近岳王宫，孤憤心原死事同。古柏陰森猶蓋雨，靈旗飄轉自揚風。方從仙授難醫蹌扁鵲墓碑在侍中祠南數里，功與謀違肯録忠。歎息崖山即蕩水，何人活國問倉公。」

七絶如《詠史》云：「陽城真是諫官才，臣直知從主聖來。鑄像鑄他張萬福，天威都向一言回。」《甌江舟行雜詠》云：「山如潑黛水如油，水轉山回步步幽。除却釣臺瀧七里，處州山水勝嚴州。」「如獅如象踞山門，一徑中開繡壤存。佃種佛田書院廢，文成枯坐默無言。」

陳蘭瑞 字小石，石士先生子，有《觀象居詩鈔》。

《早春訪王新畬姊婿於鶴湖》云：「青山行十里，山下即君家。行到溪窮處，柴扉一徑斜。院留春樹雪，園護古梅花。握手成歡語，前村酒可賒。」

《蔡梅庵筆記》云：「小石爲石士宗伯長子，吴蘭雪刺史婿。幼稟異姿，潛心力學，嘗有『文愧爲人子，詩愧爲人婿』語。年未三十，遽以疾卒。」

燕澄源　字雲士，號嬾雲，德安人，有《嬾雲山館詩鈔》。

《詠狄仁傑》云：「虞淵取日幾經秋，耿耿孤忠未易酬。羣論共嗤臣女主，竟忘天子在房州。」末句精確，要言不煩。

徐湘潭　號東松，永豐人，有《睦堂詩文集》。

《登繩金塔》云：「遠嶂忽伏地，真疑天可捫。俯看雕鶚背，不辨水雲奔。響覺日車駛，危虞坤軸翻。淩風思假翼，咫尺謁丹閽。」

郭儀霄　字羽可，永豐人，有《誦芬堂詩鈔》。嘉慶己卯舉人，官内閣中書。

《墨林今話》云：「羽可生平以畫竹名，黄樹齋侍郎贈詩有句云『古之與可今羽可』，羽可喜甚，製一小印印其畫。」羽可古體甚峻邁，惜全稿不在篋，止記一七律於此。

《重九日黄樹齋、汪孟慈招同人龍樹寺秋禊，餞香鐵及余，香鐵以事未至》云：「又共高朋載酒行，西山爽氣入樓清。黄花送客秋無語，紅樹連村雁有聲。今日重陽須盡醉，他年舊雨倍關情。詩豪滿座親風雅，先喜王倫老句賡。自注：孟慈詩先成。」

艾　暢　字至堂，東鄉人，有《至堂詩鈔》。

至堂研覃經學，著有《論語别注》《孟子補注》《詩義求徑》各種，均有發明。詩亦簡勁，有骨力。

《陽高途中》云：「颯颯驚沙起，回回細路長。狐吹荒外火，鬼哭戰時創。氣死春無草，風嚴晝有霜。不經邊地闊，誰識漢屯傷。」《經古戰場》云：「雲老日無色，蕭蕭百草乾。古烽粘壁死，朽骨泣沙寒。大地何曾隘，羣生竟不安。紛紛一蠻觸，憑弔獨心酸。」《贈黄樹齋侍御》云：「水旱民生困，兵戈國計紛。好將憂世意，奏與九重聞。否泰機原隱，天人道不分。聖心方奬直，諫草未須焚。」《又呈黄樹齋鴻臚》云：「天地生金數有常，銀刀作幣價相當。不應酖毒甘中國，儘逐泥沙漏外洋。涓塞從來虚本計，峻刑今日費交章。滔滔江漢將誰挽，平準書成兩鬢蒼。」案：道光十八年，黄樹齋先生官鴻臚，有嚴塞漏卮一奏，禁鴉片之役從此而起。玩至堂此詩，平日同鄉友朋之論，先由以啓之矣。至堂與黄樹齋少嘗同學，情誼比諸同鄉尤密。

他句如「水流月有聲，浩然入清聽」，「世態如洪爐，能柔百鍊鐵」，「傾心營外物，自喪亦已多」，寡欲罕塵慮，多欲嬰世羈」，「草草百年内，身外物皆餘」，「有生孰無欲，稍縱遂成患」，「大江横月色，曠夜動秋聲」，「客貧心事屈，家遠夢魂勞」，「地響雷催雪，江明電照冰」，「澗水帶冰澀，山雲兼雪明」，「霜林驕晚色，水碓健寒聲」，「客心逢歲迫，歸夢近鄉歡」，「夜見日生海，晴藏雲滿樓」，「黑雲時作不成雨，紅葉亂飄如落花」，「大地遠包吴楚坼，空天晴湧日星摇」《渡鄱陽湖》，「猛虎與人爭路過，閒雲隨客上山來」，皆琢鍊不靡苶。

陳偕燦　號少香，宜黄人，有《鷗汀漁隱》《春雨樓》等集。

少香先生兼工蘭竹，令閩數年，以事去官。詩灑脱，無刻琢之迹。品格不逾蘭雪、茗孫，亦不愧繼聲和響。《論作詩》云：「古人各有真，求肖反相左。便學到古人，何處更著我。造化本自然，不雕亦不刻。極意作好詩，往往不可得。李杜各揚鑣，不害爲雙美。若合爲一人，非杜亦非李。本原出忠孝，詩書湛其華。真氣偶一洩，爛漫成天葩。」

又《豫材弟初至有感》云：「驅人是何物，使爾遠能來。見面似曾識，問年猶暗猜。半肩薄行李，雙鬢亂塵埃。瘴雨蠻煙裏，天高一雁哀。」「各有萬千緒，欲言無緒端。別來幾遷變，羣季尚平安。我獨伊何罪，汝猶至此寒。話闌悲往事，蠟淚滿銅槃。」「謫況兼羈況，貧魔復病魔。萬難千苦後，一別十年多。人事已如此，天心知若何。江鄉風景舊，我欲辨漁簑。」「世路艱難甚，鹹酸味外嘗。親朋半零落，慰藉愈蒼涼。有子乳尤臭，無官天許狂。海邊今夜月，難得是連牀。」

符兆綸　字雪樵，宜黃人，有《卓峯草堂詩鈔》《夢梨雲館詩外編》。道光壬辰舉人，官福建知縣。

雪樵詩凡屢刻，最後乃定爲《卓峯草堂詩鈔》二十卷，附外編四卷，是其全也。其詩思能刻入，筆能鋭出。古體傷剽利，少渟蓄。今體遒麗刻琢，多可誦者。今略舉似數首，當一臠焉。

《閔子墓》云：「自注：墓在濟南城外五里，宋太守李肅之建祠墓側。肯信難爲子，平生無間言。邱山荒冢在，風雨古祠尊。汶水懷高躅，蘆花庇舊根。客衣貧自薄，轉覺負親恩。」《渡河書感》云：「中流驅萬馬，滚滚欲横行。野曠日無色，檣高風有聲。宣防終失據，生死迭相爭。無限枯魚泣，奔濤下汴城。」《舟發瓜步浮大江而歸》云：「柔櫓廣陵下，孤舟江上還。胸中二分月，眼底六朝山。行李嚴關警，波濤戰地閒。壯心且收拾，天意有無間。」《水漲由延津至水口有述》云：「瞬息三百里，長風浩起波。人前高浪立，船底亂峯多。其險也如此，不行將奈何。自注：時大吏檄任巖邑，促令受代。臨流濯雙足，去去踏黿鼉。」《登烏石山》云：「年衰筋力減，信步一登攀。怪石常爭路，高雲不傍山。邊聲動遠塞，暮氣接諸蠻。日落松濤起，詩心絶壑間。」第五句指時正防勦，第六句感夷館占踞山間也。《漫感》云：「曾欲漏巵塞，固知流毒長。至今斷腸草，難覓返魂香。功罪猶難定，空虛實可傷。何須尋戰鬥，民困日流亡。」《南樓》云：「一雪南樓涕，乾坤莽甲兵。暮寒變山色，秋力助江聲。蕭瑟平民氣，艱危故國情。憑高望不極，斜照下邊城。」《早春》云：「似此天涯路，其如芳草何。東風動南浦，吹緑舊時波。花月閒情在，笙歌舊夢訛。可憐春婉娩，禁得幾蹉跎。」

《宿村店》云：「歲晏勞勞復此行，荒涼村店夜三更。山深怪鳥作人語，樹罅大星爭月明。傲骨鍊餘詩外瘦，塵心洗到酒邊清。枕流漱石平生願，慚愧人猶識姓名。」《與左掖門同年》云：「無可奈何世上事，尚須賢者爲其難。一時發憤起從賊，百姓可憐思好官。元氣剥之便恐盡，寸心捫處爭不寒。但謀肉食既堪鄙，安用毛錐良可歎。」《張辛田招集吴氏水榭看木芙蓉》云：「櫻桃樹下小門紅，隔著垂楊路未通。詞客分明惜初日，美人遲暮怨東風。懺除衣想還容想，消受煙籠與月籠。却笑伶俜胡蝶懶，等閒同過宋家東。」《絳桃花開雨來不止》云：「笙歌散後酒樽空，冷落闌干一桁紅。自分飄零隨暮雨，何能擡舉仗東風。天心是要繁華盡，人事真疑補救窮。來日大難今可惜，花前愁煞白頭翁。」《叔安書來爲予所作留夢草題詞詩以答之》云：「往事鶯花亦子虛，閒邊一夢醒蘧蘧。湖山著我修眉史，風雨懷人得手書。未免有情憐芍藥，可能無恨到芙蕖。飄零拭遍紅巾淚，莫謂青衫濕不如。」

《出瓜洲口》云：「西風幾日快揚舲，山到江南分外青。半醉半醒渡江去，晚潮瓜步雨冥冥。」《春眠》云：「流鶯啼徹夢初醒，圍住東風六曲屏。昨夜月明貪不睡，忍寒花下數春星。」《感舊和友人》云：「陌路飛花又作堆，望中仙宅舊池臺。傷心不見驚鴻影，寂寂斜陽渡水來。」

李　湘　號蘭青，金谿人，有《霞麓草堂詩鈔》。

蘭青，字香谷，客四川，爲鐵商司會計。余未見其集。吴縣葉調生廷琯《鷗陂漁話》，稱其詩「清曠超逸，步武唐賢。五律尤勝。」曾録其詩數首，今記於此。細按之，亦徒匡廓爾。

《聞笛》云：「皓月空江夕，寒光澹欲流。梅花一枝笛，風露半篷秋。身世頻搔首，關山人倚樓。客中聽不得，煙水使人愁。」《漫興》云：「蒼茫雲水外，帆挾浪花飛。落日在江樹，微寒生客衣。吾生徒浪迹，孤棹未言歸。憶得溪山好，勞勞心事違。」《喜晤閔秋舫別後却寄》云：「落葉蕭蕭下，天清江上聞。良禽慎擇木，駿馬惜離羣。我有一端綺，欲因持贈君。相思不相見，千里挹清芬。」《曉發》云：「雞唱潮初落，空江欲曙天。斷霞京口樹，斜月武昌船。別夢縈千里，歸期耐隔年。東風大堤路，愁絶草芊芊。」

吴嘉賓　字子序，南豐人，有《求自得之室集》，又有《尚絅廬集》。

子序官編修，以事謫戍。歸後，起鄉兵，拒髮逆，意在保衛桑梓。崎嶇五六年，卒殉難。曾節相上其事，得旨建祠議卹。閔與令弟子誠嘉思丁酉同年，故過從甚密，論文亦最洽。所著各經説，皆出自心得，多獨至者，然以是失之鑿，失之偏，亦不免焉，要不愧太史公所謂「好學深思者」也。詩亦兀傲堅瘦，今記數首於此。

《蘇公圃》云：「東湖湖邊灌園叟，餐吸湖光勝春酒。抱甕時翻到岸荷，開門盡見前堤柳。海鷗不合向人馴，自忘身是逃名人。忽然對客論時事，正值當途搜隱淪。嗚呼先生只合賣屨耳，案頭漢書已多矣。那聞巢許議皋夔，坐使重勞顔闔徙。迹雖可遁名長留，湖畔荒祠土一邱。至今推蓋鳴騶客，來作披襟解帶遊。」宋蘇雲卿隱居，灌園於南昌東湖百花洲，後爲當途物色，一夕徙去。詩中「那聞巢許」一段議論，亦諧亦莊，文情絶妙。

《同人集杏花下作》云：「昨日送客愁春陰，江南故國勞我心。今日招邀杏花下，塞北風光已初夏。風光雖好不須臾，雨來釀開雪催謝。酒杯賞花兼賞雪，雪霽花濃偏艷絶。花間况有知心人，正憶江南二三月。城北徐公扶杖至，想見韶年曾娬媚。河陽千樹已成木，尚憶長安馬蹄滯。吾儕得意及花時，茵席纔霑藩溷墜。絶漠荒寒却共看，始知春色來天地。昨日杏花紅，今日杏花白。花開競攀折，花盡復憐惜。安知此花笑人來去忙，我是主人君是客。客來兩見杏花開，杏花開落曾幾回。我説江南杏花好，歸去耕田更看飽。」此詩及下首作於戍所，哀而不傷，故旋歸有日。

《塞上春陰曲》云：「江南二月鶯亂啼，空閨禁斷夢相思。一旬薄暖三旬雨，濯出青紅都上枝。人生難得春光好，堪悲却向沙場老。沙場春色那曾看，况值濃雲陰不掃。幾日冰消草又黄，山南山北牧牛羊。更無花事須教釀，賴有重裘未脱裝。天低壓向穹廬重，河響流澌還夜凍。化工似惜點綴疏，散作瓊林飛鶴控。愁日愁隨繡線添，寒煙漠漠草纖纖。幾行欲隱傳書雁，萬里還同照影蟾。坐中有客初歸思，金粉飄零何處寺。羌笛能爲折柳聲，對此風光堪暫醉。」此詩亦悽惋，亦灑脱。

《擬鮑明遠行路難》四首，其一云：「重輜晨發太行山，輕舸夕下砥柱關。前有蛟鼉後虎豹，未若今朝行路難。人言涉險畏顛覆，我欲從之莞簟安。豈能與世競朝市，使我終日多憂患。」其二云：「游魚不亂淵，飛鳥不避林。吾生奈何去鄉里，東西南北恒勞心。憶我總角時，嬉戲北堂陰。出門親戚强留宿，兀坐向壁如聾喑。一朝行此千里萬里路，念之涕下誰能禁。」其三云：「遠行何迢迢，北胡暨南越。豈惟語言殊，兼憂寒暑别。寒暑勿復道，素絲變華髮。欲進不得進，欲還安可還。今來古往誰能聞，忍復聽歌行路難。」其四云：「黄河落天走東海，問誰使爾奔不息。一曲一千里，問誰使爾不得直。一石水，八斗泥，問誰使爾欲行自填塞。嗚呼人生亦如此，安得濁河變爲濟。」

又《新春詠懷七律呈滁生侍郎》云：「先朝恭儉澤流長，百爾恬然實履霜。抗疏會趨文石陛，予上書言海疆事，宜留中，旋蒙諭旨以「非言官而言事，與禮部主事湯鵬並舉，皆已嘉納」云。投荒莫傍御鑪香。木天聚散如初夢，桑土綢繆且故鄉。安得再還全盛日，頓教火宅變清涼。」「太息涓涓盈勺泉，誰令東走滙成淵。章縫競起提三尺，程李何曾值一錢。好召陽和回黍谷，肯令滄海變桑田。愚公尚有夸娥助，莫笑黄河捧土填。」

陳學受　字永之，號懿叔，新城人。

懿叔治《春秋》最久，著有《春秋類文求義》《類事求義》等凡十種寫稿。粗定未能刻，甚虞其放失也。詩文散落無裒集者。今就平日鈔存篋者，記於此。後鄙撰《詩榷》一書，「別好門」，録懿叔詩較多。

《自清江至板浦途中雜詩》云：「我向興安鎮，平驅大道車。蒼然馬首外，雲樹與桑麻。田舍皆茅土，農工雜髻丫。飛飛黄白蝶，小駐野田花。」「落日黄河岸，蒼茫獨立時。滔滔江永矣，浩浩海東之。逝者如斯去，文乎不在兹。九河神禹迹，天地已推移。」「老樹空庭響，蕭蕭直似秋。不成河上住，且作海東遊。篤愛老兄問，伶仃小阮求。泊船盡一痛，零落幾山邱。」「家國蒼茫事，孰爲濟代才。眼中人老矣，有弟皖公臺。歌斷乘風出，橋空當月來。斯民歸厚德，大道在生財。」「客散邗江下，蕭然可閉關。天長兒課起，家定妹情閒。隱忍三年艾，蒼茫萬里山。封胡都奮翅，謝韞始開顔。」「自出廣陵郡，青山今日來。横空霞氣上，了了見雲臺。已料今生事，休爲萬古哀。乘槎東去便，仙藥訪蓬萊。」見時懿叔從兄伯海名學洪官兩淮鹽場大使，從妹歸戴氏者僑寓揚州，大庚戴可亭，相國之孫婦也。懿叔皆往來其間，詩中所云「家定妹情閒」及「封胡都奮翅」，均有本事，今略爲點出。

《張家店雨泊》云：「書成江上客船行，水下清江竹箭聲。燈火開緘知夜半，燕鶯圍坐似春晴。浮思尚笑抛書有，定力初矜節酒生。記取今朝吟泊處，不成村落雨風橫。」

又《詠秦鏡釵有序》云：「海州程子春，新治冢，得菱花雙鸞鏡一，釵一。陳堂伯謂是秦宮人殉物也，爲作《秦宮雙鸞花鏡歌》，程生寶之。因繪圖徵詩，事載《雲臺新紀》。然《秦紀》徒言立石東海界耳，未聞有離宮也。予別綴一詩，以詠其事。蓋即兹微物，體被幽思，兹女郎者，其弄妝自喜，芳華未永之子與？詩云：月影鏡瑤華釵殉此身，長鑱寶篋亦前因。不須艷説秦宮怨，自是青年愛好人。」此詩不粘滯，反得繫表超然。

陳　溥　字稻孫，號廣甹，新城人。

廣甹與懿叔再從，兄弟一家，自相師友。夙爲叔祖石士侍郎所寵愛，在京師與梅伯言郎中、黄樹齋侍郎談論文事，最爲契洽。後客遊，没於四川。平日著述不知有收拾者未？今所記者，皆當日尊酒論文時，所存録一二也。

《鹿塘謁譚襄敏公墓，踰左岡絶險，至石砦寺慧藏師遇馬祖處》云：「粵嶠吴山薊北邊，前朝功績總雲煙。鄉閭賸記兒時事，華表全荒墓道田。駮嶂晝騰龍虎氣，黄昏行問馬駒禪。岡頭處處村醪熟，不擬當杯説逝川。」譚公，宜黄人。鹿塘，宜黄地名。

《三月二十三日夜，殘醉乍醒，聞懿叔兄子遠弟季嫣妹燈下數説家園景物》云：「墨華樓接夕陽樓，西水逶迤石竹幽。二十年來餘一醉，殘春初夏説兒遊。」西水園、石竹山房皆陳氏別業。是時兄弟姊妹各隨宦遊，散寄四方，幾二十年。今始得一聚，故詩甚悽痛。説兒遊事，貼在殘春初夏，撫事感時可想。

跋

曩讀新城楊鐵傭先生《豫章先賢九家年譜》《四書改錯平》二書，喜其攷訂精詳，論事平允，非淺學者流一知半解所能及也。今冬，自武林假歸於從弟芰舲處，又得見先生所纂《鄉詩摭譚》正續集藁本。起陶靖節，止國朝嘉、道間諸詩家。或録全首，或摘數聯，其體例略如番禺張南山《詩人徵略》，而矜慎過之。攷吾鄉詩人，唐以前寥寥無多，宋元以後名大家接踵而起，南城曾氏所輯《江西詩徵》，網羅大備矣。顧卷帙繁重，不能家有其書，更何能人人盡讀。不如先生是書，簡而不蕪，而歷代之能詩而名不甚著者，已大略畢具。其有功於鄉邦文獻，豈淺鮮哉！芰舲以是書向無刊本，擬序而付之剞劂，余亦慫慂而樂觀其成。夫表章前賢，後生之責，矧其爲鄉先輩精華所萃，顧可聽其湮没而不傳乎？讀既盡，爲跋數語而歸之。

宣統元年歲除日，新建後學夏敬中謹跋

宜秋館詩話

［清］李之鼎

毛　静　王愛榮　點校

點校説明

《宜秋館詩話》一卷，南城李之鼎撰。

李之鼎（一八六五—一九二五）號振唐，一作振堂，南城人（據上海圖書館藏《李振唐大令銘挽録》）。九歲能詩，二十歲出遊臺灣，爲巡撫劉銘傳所重。光緒二十年（一八九四）以監生援例捐資爲廣東候補知縣，先後署令海南澄邁、會同及陵水等縣。四年後罷歸，遂遊歷各省。光緒三十三年（一九〇七），應江西巡撫沈曾植之聘，回贛處理南安教案。辛亥革命爆發後，流寓上海，以遺民自居，不仕民國。他曾北謁清東陵，痛哭而返。一九二二年遜帝溥儀舉行大婚，詔以納貲助費者得賜覲見，之鼎聞訊，變賣家當，麻鞋赴闕，得以在養心殿謁見宣統，獲賜「松筠雅操」匾額和「長樂未央」銀爵。

李之鼎好藏書，家藏萬卷，尤喜宋詩，曾校刻宋人別集達六十多種，有功學林。另編有《建炎以來系年要録所引書目》《宋人見於系年要録目》《宋人集目》《宜秋館詩》等。一九二五年六月二十六日，李之鼎逝於上海寓所，享年六十有一，歸葬南城十六都石背山。

《宜秋館詩話》系李之鼎所撰掌故體詩話，記録晚清以來作者交遊之事。上至名公巨卿、方面大員，下逮失意士人、青樓女子，均以詩系人，兼論流派，故《詩話》保存了不少近代詩人詩作。有些作品爲世所稀見，如所收沈曾植詩四首，系本集所無；所録秋瑾烈士生平及詩作，則表現作者在忠於清室的同時，又對革命者寄予同情。《宜秋館詩話》還注意收集保存女詩人作品，如客寓直隸順天的南城籍女詩人劉素心，因與李之鼎之女君翹爲神交之友，故亦藉此保存有詩作二篇；與新建籍畫家范金鏞兼爲師徒與情人的樂平籍女弟子彭若梅，則記載了范氏物故之後彭氏的落魄；《詩話》偶涉評隲，對新建楊增犖的「清俊」之詩頗爲推崇，對同光體領袖陳三立更是膺服不置。另外，由於李之鼎曾在海南及臺灣生活，所以《詩話》收録不少臺灣、海南二島早期的風土景象，頗有史料價值，可謂彌足珍貴。惜亦有未精審處，如引彭玉麟《登泰山》詩，李鴻章《明光驛詩》，凡二見而重出。

《宜秋館詩話》只有民國中期鉛排本，首頁原有「卷一」字樣，則作者原稿似有多卷，或原擬撰寫多卷，因各種原因，只印行第一卷，其餘未寫或寫畢未果印行。但通觀全篇，似又神完氣足，則卷一又可能爲排版時誤植，姑記此存疑。

本書即據南京圖書館藏本整理。

毛　靜　王愛榮

國朝林文忠公，一代偉人，詩爲勳業所掩。其剛毅之氣，百折不回，獨於詩則深情款款。讀其《雲左山房詩鈔》，美不勝舉，微惜集中多留題畫之作。其精警者如《宿邯鄲》云：「沽酒邯鄲夜數錢，爐頭一枕小遊仙。自知例作公卿夢，飽喫黄粱放膽眠。」又《輿緯》云「不爲絲繩留正直，此身誰致萬峯頭」，亦足見公之胸次矣。

新寧劉忠誠公先後總制兩江，庚子奉召入都，有《留别》七律四章，憂國愛民，溢於言表。詩云：「重到江南又十年，笑看霜雪已盈顛。匡時乏術孤忠抱，老婦何期夜夢懸。聖代恩多承雨露，封疆事重惕冰淵。忻逢述職趨朝日，奉詔乘槎覲九天。」「春日融和淑氣催，煙波蕩漾片帆開。勉供職守酬明主，宏濟艱難仗異才。戀禄妨賢殊老悖，引年致政敢徘徊。此行惜與諸君别，迢遞江天首幾回。」「輕裝簡從去江鄉，重念吾民未忍忘。耕貿莫嫌生計拙，拊循端賴有司良。勤鋤莠草培嘉穀，須識鷹鸇逐鳳凰。爲政慎防殘與慢，好留輿論頌甘棠。」「南顧頻煩旰食憂，江防戰守善綢繆。數重天險關津北，半壁河山特産稠。浪湧鯨濤虞外侮，波回砥柱倚中流。祖生擊楫英風在，努力賀名勒石頭。」

日本多詩人，余所遇實繁有徒，率皆以筆代口；惟在臺灣與名倉信敦相處最久，時余在劉省三中丞所辟學堂，名倉君亦來堂教習日本語言文字，年已七十，須鬢皓然。見所作詩，有《龍華寺》云：「遥認龍華煙樹間，蘇山一碧白雲閑。杖藜歸趁斜陽裏，倒踏七層塔影還。」又抄示其友人某君遊漢口詩云：「鄂渚荻花沿岸白，漢陽楓樹隔江紅。」又「今朝擺脱囂塵去，路上梅花馬上看。」則名倉君詩也。

名倉君之來臺也，其行蹤頗爲詭秘。省三中丞昔在津沽，與之有縞紵之歡，蓋名倉君時充日本通商大臣，丁亥來臺作依劉之舉，自云日本近日輕變舊政，制度文爲率皆步武泰西，欲作仲連，寧蹈東海而死。著有《蹈海集》，遍謁當道。劉公延其入中西學堂，教習日本語言文字，囑鼎等陰詗之。時於筆談中，微露查察臺灣風俗政治，旋於秋後回國。甲午之役，遂棄臺灣以畀日本，蓋其蓄謀存心，已非一日矣。

劉省三中丞銘傳，乃合肥相國李太傅舊部，戰功最著，爲淮軍之冠。年二十有八，即膺男爵。其撫臺也，用人不拘資格。鼎以諸生遊臺，上書論臺灣海防，約數千言，並呈詩四章，即蒙嘉許，令入所設學堂，眷禮有加。中丞嘗對雷穎生觀察其達言，李生詩文議論，英邁不羣，宜留心破格提攜，以期拔取。人才知遇之感，至今不忘，蓋鼎年才弱冠也。中丞以武功起家，性好吟詠，有《大潛山房詩集》傳世。惟所存不多，記其佳句云：「青鞋布襪無官樣，一例同人上酒樓」，「名士不嫌茅屋小，英雄慣是布衣多」。

曾文正公《題大潛山房詩》云：「山谷學杜，專以單行之氣運偶句之中；樊川七律亦有一種單行票姚之氣。余嘗謂小杜、蘇黃，皆豪士而有俠客之風者，省三所爲七律，亦往往以單行之氣，差於牧之爲近，蓋得之天事者多。若能就斯途而益辟之，參以山谷之倔強，而去其生澀，雖不足以悦時目，然固詩中不可不歷之境也。省三用兵亦能橫厲捷出，不主故常。二十從戎，三十而擁疆寄，聲施爛然，爲時名將。惟所向有功，未遭挫折，蔑視此虜之意多，臨事而懼之念少。若加以怵惕戒懼，豪傑而具斂退氣象，尤可貴耳。」

同邑饒符九侍御芝祥，詩寫性情，才華哀豔。近日詩筆力追山谷，其幼年詩則尚清雋，自抒胸臆。《章門感懷》云：「章門羈旅意多違，千丈紅塵染袷衣。山色力扶寒日上，江聲怒挾浪花飛。愁中得酒因成醉，夢裏還家也算歸。遥憶故園秋信晚，籬邊黄菊未應稀。」其近作也，有「病久故交馬足絶，心空萬事鴻毛輕」之句，則近於山谷一派矣。

宣城施尚白侍講閏章《秋風》五律云：「秋風一夕起，庭樹葉皆飛。孤宦百憂集，故人千里歸。嶽雲寒不散，江雁去還稀。遲暮兼離別，愁君雪滿衣。」王漁洋先生比之《十九首》，其推許至矣。

董仲容明府元度之太淑人，系出金匱。名蘊輝，字靜貞，著有《吟香室詩草》兩卷。奉新許仙屏中丞有序弁首。太淑人之詩，意格俱新，不落凡響，信爲近代閨閣翹楚。楊荔裳、蓉裳兩先生詩名著於當代，其季蘿裳先生亦工長短句，蓋董太淑人其孫女也。録其《落葉》二律云：「天高銀漢夜澄清，萬樹紛飛落葉聲。墜地便成無用物，因風時作不平鳴。園林剪緑東皇意，溝水流紅怨女情。幾日邊城秋信早，有人欹枕數長更。」「五更鼓角五更風，一院秋聲處處同。自是榮枯憑造物，敢將衰謝怨天公。歸根此後身終潔，弄影從前色已空。囑付好隨流水去，莫教飄泊任西東。」

《詩草》中有《過温泉》一絶尤覺新穎。詩云：「芳草萋萋舊禁門，月明環珮夜歸魂。長生一誓情如許，不及千年水尚温。」其詠物有寄託者如《落花》云：「身前慧業驚心夢，悟後繁華過眼塵。」《竹簾》云：「明眼中分疏密意，虛心早具卷舒才。」又《晚年惟好靜》五古云：「恥爲倉内鼠，權作書中蠹。持此簪花筆，不欲工眉嫵。」其高懷遠韻，迥異尋常閨秀矣。

《吟香室詩》尚有佳者，摘句如「裝輕無那離愁重，路遠何如別恨長。」「楓葉半江人惜別，西風萬里客登臺。」「縱横紙上談兵易，慷慨臨危授命難。」「月逾望日團圓少，人到衰年感慨多。」「詩到工愁皆實境，事逢處逆轉虛懷。」

本朝閩中詩家最著者黄莘田、張亨甫、謝甸男。七律沉雄，尤推謝作。甸男先生名震，經學長於三禮，其

《送若簡叔父之蜀》云：「老去翻披短後衣，舊遊回首悵雲飛。魚鳧故國迷王會，蛇鳥高秋鎖秭歸。已分襴斑辭井絡，更煩策杖訪支機。張儀樓下春江緑，早買輕帆返舊扉。」《贈汪十舞女》云：「傾蓋江城縞紵投，十年同調歎沉浮。句傳潭水桃花渡，家説仙人黄鶴樓。去國虞翻還入海，傷春王粲尚依劉。憑君莫唱鄉關曲，芳草晴川無限愁。」《登通州城西樓》云：「高臺天半鬱孤蹤，今古愁懷抉寸胸。碣石潮聲沉禹迹，薊門煙藹鎖堯封。千秋北海孫賓石，獨立雲間陸士龍。通潞亭西一回首，怒濤風捲暮山重。」

甸男先生詩有意致，纏綿者如《秋海棠》云：「玉碎香銷往事空，更將遺恨托芳叢。碧蓮拗寸絲仍系，絳蠟成灰淚尚紅。千載癡情鍾我輩，一生顔色借秋風。劇憐回調歸花譜，但嫁春皇便不同。」《秋燕》云：「秦樓幾日下西風，故國烏衣夢已空。掠遍斜陽衰草外，語殘微雨畫簾中。連朝朔氣隨邊馬，咋夜秋聲□塞鴻。歸去海天雲水闊，杏梁僅好是飄篷。」

謝詩名句可采者，如「夕陽門巷無行迹，秋水寒潮有暮煙」。「月沉苦霧渾無影，風射寒空覺有稜。」「寒日霜高横野白，驚沙風捲入雲黄。」「美人歌舞空南國，大將旌旗自北門。」「洛下書生慚謝石，黄初詞客見陳琳。」

曲阜顔修來考功光敏之詩，格調沉雄蒼勁，王漁洋賞稱許之。其《望華山》七律云：「撞關西上見嵯峨，路入雲臺佳氣多。萬壑青松寒白日，三峯積翠照黄河。天雞曉徹扶桑湧，石馬宵鳴翠輦過。擬向青冥銷永夏，蓮花玉井竟如何。」又佳句可采者如「萬里河流蒲阪動，九天秋色嶽蓮高。」「山開廣武存孤壘，天盡長河見大梁。」「連山北斷江樓出，潮水東還海氣腥。」「河流繞地浮三晉，山勢連空結二崤。」「沃野北連天府闊，浮雲西擁太行來。」五言云：「山雨乍連夜，溪流初斷橋。」「亂水明孤溆，高城落片鴉。」「風沙連塞地，鞍馬去鄉人。」「燭憐春夜短，酒愛異鄉濃。」皆佳。

黄莘田先生詩工豔體，其《秋江集》中《春思》一絶云：「橘花和露落青苔，鏡檻無風暗自開。涼月不知人已散，殷勤猶下畫簾來。」鼎幼年有《待月》一絶，與先生詩意相似，詩云：「小窗燈燼漏初殘，欲撫瑶琴覺指寒。料得姮娥憐寂寞，故移新月上闌干。」

順德黎二樵明經簡，詩自具機杼，不落前人窠臼，皆戛戛獨造之作。其與人論詩五古云：「士生古人後，詎有不踐迹。始則傍門户，終日暨桀戟。裨校轉渠帥，揮叱赴巨敵。一身數死生，百戰資學識。絶頂無坦步，高唱有裂笛。彎弓石爲肉，磨刀水先赤。」要其於發端真氣貫虹霓，讀先生此詩，可以見其詩境矣。

閩中詩家最著，建寧張亨甫其一也。其《懷黄樹齋侍郎》云：「故人草疏直承明，門客當時獨竊名。危論自關天下計，僉謀翻啓海西兵。千秋難信真功罪，五嶺堪悲半死生。欲歎唐參饒智術，蕭規隨守荷殊榮。」《林少穆尚書》云：「陶侃當年鎮武昌，幾曾清嘯據胡床。坐憂江漢心如日，趣諭蠻夷鬢有霜。歲月空勞持戰守，聲名何意歷滄桑。四明且與蘇凋敝，回首烽煙涕淚長。」

薩檀河大令，亦閩人，能詩矯矯者。其《閩宫詞》尤膾炙人口，詩云：「騶家建國舊山河，島嶼樓臺浸碧波。軍府新開大都督，兩朝天子錫瑚戈。」「登庸樓上鼓鐘催，鳳詔重重闕下來。今日旌旗聞出餞，拾遺又賜錦衣回。」「招賢院立四門開，八族衣冠一代才。自是君王能養士，肯教狎客孔江來。」「擲碎玻璃忍不看，國家經費念艱難。軍中敗袴無由補，酒庫新收醡袋殘。」「雲開寶相夢睹天，知爲君王廣福田。衆願合成新法界，十三鑪冶鑄金仙。」「張燈大酺晏輝煌，夜半君王到煖房。不費黄金買辭賦，買絲也合繡冬郎。」「擎來筐幣自金陵，千鑷吴蠶一片冰。曉事内人語花絹，就中知誤不云綾。」「黄金市地白龍祥，曉事人嗤蔡侍郎。堂牒除官真利市，齋壇先祀水西王。」「睡眼麻茶對鏡臺，玉階履迹掩春苔。君王紙尾批何語，參政今朝疏不來。」「角瓜片飲不須觥，長夜君王未解酲。聞道相公臥街市，口中不住喚春鶯。」「重霄影落見層層，布地黄金惜未曾。每夜樓頭沈月色，一城七塔萬枝燈。」

張亭甫集中七律尚有佳者，《秋雁》云：「江頭日暮有風沙，旅雁南飛片影斜。衡嶽七十峯夜月，洞庭八百里蘆花。稻粱謀急饑啼曉，關塞歸遲信憶家。書遍碧空應莫恨，飄零何限客天涯。」《湖口守風》云：「吴頭楚尾望如何，九派江聲起白波。彭澤天低惟鳥渡，潯陽風急少人過。蕭蕭向暝斜陽遠，渺渺生寒積水多。今夜不眠愁暮角，故園回首隔煙蘿。」其他佳句尚多，如「烏鴉亂落天邊影，黄葉寒生水上樓」。「洞庭波蕩湘君怨，汾水簫横漢武才。」「麴糵尚耽名士習，文章何興濟時才。」「長雲落日盤燕趙，曠野驚沙蕩魯齊。」「江海波濤空日夜，吴楚天地自青蒼。」「河氣抱城寒白日，角聲吹月落黄樓。」「孝王賓客浮雲散，梁苑山河落照深。」諸作才雄力健，置之明七子集中，亦何多讓。

《南番［雷］詩歷》，餘姚黄棃洲先生宗羲著。先生文章經學，爲一代宗工。詩則抒寫性情，毫無學人習語。最愛其《不寐》一絶云：「年少鷄鳴方就枕，老人枕上聽鷄鳴。轉頭三十餘年事，不道消磨只數聲。」又有「不信詩人容易瘦，一春花鳥總關心」之句。

番禺張杏舫茂才文徠，詩筆清秀，爲邑名諸生。余獲交其令嗣器之茂才於雷瓊道周觀察幕，出其遺集見示，中有《蕭貞女》一律云：「蝶訴鶯啼併作憂，香閨未許太勾留。禮殊奠□情知慘，曲譜維鸞韻亦愁。一色棃花鶯嫁服，三秋楓葉冷妝樓。于歸别有新詩詠，不賦桃夭賦柏舟。」又咏《武陵漁者》云：「名山未解傷秦火，仙客翻教識晉人。」

滇南盧槐清大令芳林，與鼎同宦海南最久，過從甚密。言其乃弟桂清太史芳叢，性情真摯，工於吟詠，馳驅南北，感事懷人，一皆寓之於詩。且操筆立就，敏捷無論。惜負才早世，易簀之年，僅三十有一耳。出其《紫桂軒遺稿》見示，五言如《渡黃河》云：「黃雲驅不盡，萬古此洪流。浩浩波瀾壯，渾渾日月浮。倒翻星宿海，橫截帝王州。願借長風力，龍門跋浪游。」一氣奔注，氣象雄渾。七律《懷古》諸作，如《鄴都》云：「一世奸雄安在哉，可憐遺址盡蒿萊。西風曠野尋疑塚，落日樂沙訪舊臺。漢火已無餘燄剩，漳流時帶冷雲來。晉家也慣欺孤寡，還問阿瞞哀不哀？」《金陵》云：「賣花聲裏駐扁舟，回首孤城感不休。流水已沈千古恨，青山猶帶六朝秋。楓林日暮摧紅葉，蘆溆風淒冷白鷗。欲問當年興廢事，雨花臺上亂雲愁。」

盧桂清太史七絶《謁盧生祠》云：「富貴由來夢裏緣，能睜醒眼便爲仙。枕頭自是吾家物，我已鼾鼾睡□年。」現身説法，如是如是，妙在同姓，尤爲生色，其他類多清新之作。余屢勸槐清爲之付梓，初尚猶豫，現聞已於澄邁縣署開雕矣，爲之一快。

瓊州僻處南荒，自邱、海二公之後，本朝則有定安張海山方伯岳崧著名當代，其餘頗少聞人。余宦游斯地最久，獲交其鄉士大夫，得三人焉。瓊山曾鏡芙解元對顔，能文工詩；王堯雲優貢國棟，精於訓詁，雅善駢文；崖州邢拔貢定綸，文章清拔，見其《條陳黎務洞中機宜》，莫謂秦無人焉。三人中，惟邢君未謀面。

曾鏡芙孝廉詩筆清雋，見其《北望》七律云：「側身北望滿煙塵，迢遞京華信未真。風鶴警方傳涿郡，水犀軍已合天津。誰安民教全危局，欲鎮華夷少重臣。我是軟紅舊游客，都門回首暗沾巾。」其二：「蠻觸相持亦禍胎，兵氛日夜逼燕臺。禮天禊廟歸焦土，縮地飈輪付刼灰。啓釁竟因無賴賊，匡時轉念不凡材。諸公袞袞工籌畫，祇望孫恩仗義來。」

澄邁，鼎舊治也。庚子因公再至，小住縣齋，與侯官林雪菴大令傾談十日，平原之游，不是過也。大令爲林文忠公曾孫，弱冠入翰林，時年二十八耳。臨行贈余四律，録其二云：「玉谿藴藉謫仙狂，如此才難斗石量。作吏不隨人俯仰，論詩欲與古低昂。酒邊豪氣頻看劍，客裏離情感對床。聞道公餘有清課，簿書堆裏擁縹緗。」其二云：「窮島游踪亦異觀，蠻花犵鳥擁征鞍。書生草檄威名著，大府憐才禮數寬。日落青林時作瘴，風迴瀛海静無瀾。從君欲乞要荒志，蒐輯叢殘爲補刊。」

余亦有酬林雪菴大令七律二章，中有「閩江詩派曹能始，漢代文章馬長卿」，又「廿年手射金門策，萬卷胸藏夾漈書」，如大令可以無愧矣。余在澄署，見其廳事懸一聯云：「舊夢憶西清，揭來瘴海風塵，贏得頭銜稱玉署；故鄉指東越，爲問洛陽親友，願將心事矢冰壺。」

雪菴言文忠公事甚悉，重讀文忠公《乙巳子月六日伊吾旅次，被命回京，四五品京堂用，紀恩述懷七律四章》云：「飄泊天涯未老身，君恩曲貸荷戈人。放歸已是餘生幸，起廢難酬再造仁。一唱刀環悲白髮，重來輦轂戀紅塵。枯根也遇陽回候，曾見金門浩蕩春。」其二云：「浹歲鋒車遍十城，花門剺面馬前迎。羈臣幾見膺星使，清秩頻慚付月卿。雨露雷霆皆聖澤，關山冰雪此歸程。銜恩正對輪臺月，照見征袍老淚傾。」其三云：「大樹營門禮數寬，將軍揖客有南冠。非徒范叔綈袍贈，不待馮驩劍缺彈。夙世因緣成締合，一心推挽愧衰殘。格登山色伊江水，回首依依馬上看。」其四云：「寓公家室問蒼茫，笑指新豐似故鄉。頻付音書煩北海，曾同憂患憶南陽。門牆沆瀣雲情重，兒女糟糠絮語長。準備椒盤謀餞歲，屠蘇偏合老先嘗。」

余邑南城麻姑山，幽徼靈秀，與麻源並稱勝迹。中有麻仙姑壇、蔡經遺宅、玉練雙飛、丹霞井，《道經》所謂二十八洞天。新城黄菊裳師元坤有詩紀游，五古八章，惜篇長不能盡録，擇録一首云：「懸崖鬱嶺崎，修坂陡層折。奔峭游侣呼，孤亭特奇絶。崖崩野花懸，石裂幽蘚裂。飛瀑天外來，如有玉龍掣。白日駭驚霆，清風洒寒雪。造化無停留，光陰有飄瞥。伊予落人間，黄埃没征轍。詑彼出山泉，嗚咽不能説。寧無世外心，冥鴻看飛滅。」菊裳師官學博，著有《南泠山館詩鈔》。

《南泠山館詩鈔》詩雖不多，極多佳什。五律如《章門歸舟》云：「南風吹軟浪，倦客逆歸舟。林壑思高隱，乾坤付濁流。芳洲雙鷺静，古木亂蟬幽。愧爾忘機者，空□何所求。」七律如《書感》云：「欲解征衫不自由，飄零雙鬢對扁舟。未酬塵海功名願，來作湖天汗漫游。鋒鏑正多慚去國，江山無恙且登樓。何當十載傷時淚，付與湘波日夜流。」

《南泠山館詩鈔》摘句尚有佳者，如「虚室白生殘雪映，□蕪緑壓遠人低。」「客路關山游子騎，夜筵燈火使君杯。」「目極乾坤孤影立，胸懷憂樂幾人知。」「天地無情傷晚遇，文章有命况凡才。」

題《劍南集》詩，古今頗少佳搆。惟菊裳師《書劍南集》七律一章，可稱放翁知己。其詩云：「巴蜀山川縱醉游，銅駝淚落北宫秋。關河不盡憂時恨，花月偏增作客愁。暮景秘書酬白髮，高吟寒日過黄州。渭南一集歸忠愛，千古惟應杜老儔。」《楊柳枝詞寄三弟》云：「晴川閣下漢城西，一片寒煙落照低。不見垂楊見荒草，游人莫上月湖堤。」高情遠韻，直接龍標矣。

粤謳饒有古音，本朝王漁洋《池北偶談》載之甚詳。相傳唐神龍中，有劉三妹者，居貴縣之水南村，善歌，與邕州白鶴秀才登西山高臺，爲三日歌。秀才忽作變調，甚哀切，三妹歌南山白石，益悲激，若不任其聲者，觀者皆歔欷。復合歌竟七日夜，兩人皆化爲石，在七星巖上，下有七星塘，至今風月清夜，猶仿佛聞歌聲焉。睢陽吴井渠君淇，爲潯州推官，采録其歌，爲粤風續九。鉛山蔣心餘太史士銓，所填《雪中人傳奇》引用之，惟稱劉三妹爲新興人，未知何據。

粵謳《隔水曲》云：「娘在一岸也無遠，弟在一岸也無遥。兩岸人煙相對出，獨隔青龍水一條。」《妹同庚曲》云：「妹嬌娥，憐兄一個莫憐他。已娘莫學鯉魚子，那河又過别條河。」《塘上曲》云：「嫩鴨行遊塘栅上，嬌娥尚細不曾知。天旱蜘蛛結夜網，想晴只在暗中絲。」

奉新許仙屏中丞振禕，客曾文正公戎幕最久。以翰林起家，官至南河總督、廣東巡撫。在南河六年，普慶安瀾，興利除弊，每年節省國帑以數十萬計。戊戌八月，推行新政，詔裁廣東、雲南、湖北三省巡撫，中丞旋里，後疊旨召用，不起，旋歸道山。中丞學問淵博，詩習蘇黄，在粵刻有《度嶺草》一卷。《度嶺草·過廬陵城下作》云：「天華山下吉州城，六月曾同采芑行。三十九年尋戰壘，暮雲牧笛可勝情。」（自注：咸豐八年曾忠襄進攻吉安，駐軍天華山，招余從事）「大蘇不作小蘇逝（自注謂文正、忠襄二公），幕府風流遂渺然。四海更無青眼舊，白頭如夢過青原。」許中丞撫粵，與當事意見不洽，感憤時事，有《漫興》七律六章云：「高邱遠海一銷魂，極目千郊與萬村。孔翠雲霄叩右地，爰居鐘鼓譽東門。虚疑市里能觀蜃，尚有橋樑待架鼉。陸賈辯才吾所斥，若爲歸報更何言。」其二云：「飄梧策策雨浪浪，蟋蟀清吟奏夜堂。桂管少遊追夢蝶，榕城老去牧仙羊。愁看薏苡明珠熟，閒倚桄榔杭樹凉。莫問潮州投舊檄，鱷魚今不是尋常。」其三云：「縮地仙人術可修，摸金校尉勢難休。風驅閣道七千里，雲簇戈船十二樓。卜式東來新用事，營平西去老能謀。燕齊士論雷同起，欲採黄花近酒甌。」其四云：「秦馨花發玉鈎斜，南漢園荒水一涯。小吏異軍能霸越，清時四海自爲家。虎門鵬嶺虚天險，戍鼓邊旌老歲華。但酌貪泉羣覺爽，久聞名利鬭蠙鼃。」其五云：「五層摇落古時臺，吹動西風萬里來。曲突徙薪人不見，當機恤緯爾何哀。神功聖德留荒服，天馬雲鵬望異才。昨過曲江祠下拜，開元前事足低徊。」其六云：「貞元朝士苦無多，莫奏南來水調歌。歸馬有時難悉罷，聞鷄中夜復如何。

誰爲温嶠追陶侃，合笑任囂教趙佗。安得更求吴道子，高堂十丈寫降魔。」

左文襄公定新疆時，有湘士楊某落拓不偶，以七截十首獻公，公特加青睞，位上賓焉。録其中最警一截云：「大將平邊老未還，湖湘子弟滿天山。手栽楊柳三千樹，引得春風度玉關。」

益陽譚聖泉部郎定域，有《補天樓詩集》行世，才氣雄拔，亦一時之俊也。其《弔黄鶴樓》云：「黄鵠磯邊夜泊舟，楚天清韻落魚謳。滿城樓閣成焦土，一片旌旗擁上遊。當代誰爲風月主，大江難洗古今愁。我來吹徹梅花笛，可有神仙跨鶴不？」其摘句有佳者，《送友之浙江軍》云：「江城風雨懸離怨，越國山河仗霸才。」《送友自蜀赴浙》云：「千里夢回巫峽雨，一帆秋挂海門潮。」《山海關》云：「五夜魚龍生殺氣，三秋鴻雁入邊愁。」《北上和友重登岳陽樓》云：「彈指去來成小刼，關心憂樂屬何人。」

譚聖泉《都城中秋》七律一章尤佳，其詩云：「玉京高處望神州，簾捲西風朔氣秋。秦月漢關今夜夢，嶽雲湘雨隔年愁。運天風露誰横笛，滿地星辰獨倚樓。知否故園清讌客，人有流涕祝刀頭。」

嶽麓寺僧敬安，號寄禪，有《八指頭陀詩鈔》，專工五律，力摹摩詰，幾於手揮目送。其佳句美不勝收，其餘各體，不能稱是。《秋日有感》云：「島樹落黄葉，天涯尚未還。客情倦飛鳥，病骨瘦秋山。試照恒河水，已非疇昔顔。何時衡嶽下，歸掩白雲關。」又《重陽後一日偕水月上人登慈谿驃騎山》云：「重陽後一日，結伴此登臨。萬壑白雲滿，千山黄葉深。寒潮明遠浦，疏罄散空林。憑眺斜陽裏，茫茫愁古今。」《重晤舅氏有感》云：「十年離别苦，况是渭陽親。偶與骨月[肉]會，難禁涕淚頻。蒼茫雲水意，衰病薜蘿身。共話斜陽裏，還疑夢未真。」《登金山》云：「高閣一憑眺，蒼茫太古情。天疑入海盡，潮欲挾山行。芳草金陵渡，斜陽鐵甕城。鄉關渺何處，向晚客愁生。」《陳蔓秋還鄉賦贈》云：「日暮千門静，天空一雁飛。那堪異鄉客，還送故人歸。建業孤帆遠，楚江秋雨微。禪心本無往，何事欲沾衣。」

寄禪五律摘句，如「涼風引秋意，夕磬定禪心。」「孤館逢佳節，寒燈憶故人。」「偶來黃葉寺，聽打夕陽鐘。」「嶺雲多在樹，溪雨欲沉樓。」「斷橋填積雪，絕壑墮疏鐘。」「帆隨去鳥沒，山帶暝煙浮。」「江靜寒潮白，秋高木業黃。」「霜清聞木落，夜靜見螢飛。」「涼月一渠水，殘雲數點山。」「水痕侵岸白，嶽色向人青。」皆能心摹力追，瓣香輞川，誠近代作手。前湘撫吴清卿聞其詩名，招致唱酬，詩名益著，聞近日尚在嶽麓寺云。

善化皮鹿門錫瑞，有《嶽麓山觀禹碑歌》，奇崛可喜。歌云：「衡山高鎮摩蒼穹，上有七二青芙蓉。長溝複塹不可越，禹碑欲觀難追蹤。一朝神物忽昭曠，摹刻嶽麓縹緲之層峯。我來絕頂睹奇迹，三代法物欣躬逢。承帝曰咨篆其首，字青石赤形横縱。古文辭義讀難曉，向慕功德徒喁喁。諸儒聚訟各立異，參差互見終蒙籠。蟲鳥屈詰變蝌蚪，蛟鼉斫斷飛蛇龍。蜿蜒欝律自幽奥，獨立千古誰追從。湯盤孔鼎但可述，奇器不爲耳目供。岐陽石鼓已殘缺，古迹轉遜文宣松。豈若此石典型在，點畫備具苔難封。無力鬼神實呵護，故使刻石留其容。兵燹不到得全豹，靈秀或亦茲山鍾。覽此足使心目曠，宛若星斗羅胸中。伊古金石此第一，追蠡何必求□鐘。」

益陽蕭希魯傳臚大猷，《題鄧玉峯詩集》七古一章甚佳，亟録此詩云：「資江之水來都梁，資陽之山魁熊湘。好山好水看不足，合併寫入詩人囊。詩人溷迹真奇絕，時與桓寬論鹽鐵。纍纍金印逼人來，以此勸君君不屑。別有風騷筆一枝，江郎錦段平原絲。花紅玉白淋漓寫，都是三唐絕妙辭。名流唱和無休歇，主人詠詩客擊節。明月江樓老子牀，神仙紅袖旗亭雪。我嘗一舸來江城，未謀君面聞君名。新詩讀罷輒搔首，九天咳唾璣珠聲。古來豪傑多淪落，趙岐之餅韓康藥。大雅扶輪屬市廛，先生信是雞羣鶴。雕蟲有技愧升堂，願奉南豐一瓣香。裴寺白雲甘壘月，難將別緒付蒼茫。」

風箏詩必須有寄托，方能别開生面。有人傳誦一截甚佳，詩云：「得勢公然趁上風，片時歡笑走村童。誰知自入青雲後，還在人家掌握中。」或云是吴淮之詩。

湘陰周石帆茂才韞祥、調臣爕祥兄弟，皆以詩著名。石帆之詩清新，調臣之詩雄傑，皆一時之雋。石帆《春晚》五絶云：「深院鎖梨花，幽香散林樾。美人期不來，獨坐黄昏月。」七律《暮秋寄惠臣弟》云：「暮山平遠帶斜暉，木葉蕭蕭白雁飛。若爲家貧常作客，每逢秋盡更思歸。登樓旅思懷王粲，入洛才名愧陸機。料得故園刀尺動，念余當爲寄寒衣。」摘句佳者如：「佳句半從閒裏得，好山多在客中看。」「江流北控荆門險，雲氣西連峽口深。」

詩人性情多厚。陶靖節乞米，許以冥報，蘇文忠公詩云：「人情貴往還，不報生禍根。」石帆《口號示諸弟》云：「受恩惟恐多，施惠惟恐少。我無德及人，祇覺人情好。先施既已遲，圖報須及早。後貴期劉殷，感慨傷懷抱。」又云：「責己一何昏，責人亦何明。易地有同情，隔膜如隔城。所以古君子，舉念如衡平。愛人有餘惠，嫉人無過情。」温柔敦厚，深合風人之旨矣。

調臣《寄李石梧成都》云：「劍外西風冷客衣，征輪幾日過巴夔。馬蹄雲棧千盤上，鳥道青天一線窺。潭冷百花工部宅，營荒八陣武侯祠。料知憑弔峨眉月，驛鴈巫猿唱竹枝。」《衡嶽》云：「天遣雄藩配岱宗，青浮七十二芙蓉。寳壇石秘無秦檢，金簡雲開見禹封。萬古煙霞留絶壑，五更晴旭上高峯。果然閶闔通呼吸，海色蒼茫早盪胸。」

調臣七截有佳者，如《采桑江》云：「英皇遺迹草萋萋，瑶瑟凄凉楚水西。日暮采桑洲畔路，冷煙寒雨鷓鴣啼。」摘句如：「鐘聲識山寺，江火辨漁家」「廟古樹皆老，山高天亦低」「夕陽下遥浦，暝色合空山」「函關地控黄河險，華嶽天圍紫塞低」「鶯聲勸客宜沽酒，山色隨人欲渡河」「鴈信秋回衡嶽少，鴉聲昏近柳祠多」「人與白雲爭路上，水穿青石抱山來」，皆警拔可誦。

論史詩必須别出新意乃佳。調臣《論史》七絶云：「一從經史付秦焚，千古真行見幾人。韓爲報恩良報怨，高皇原未有功臣。」亦能自闢町畦，不落凡塵矣。

益陽譚聖泉部郎，詩已録於前。其女弟適王耔山孝廉者，亦工詩，有人誦其二絶，《新秋》云：「却道秋已來，秋來在何處？忽聞落木聲，秋挂梧桐樹。」《寄夫》云：「春草碧如煙，春風二月天。記得王孫去，匆匆又一年。」

東吴石琢堂殿撰藴玉，有《獨學廬詩稿》，購覓未獲，有友人抄其新録七律見示，亟録二章。其二云：「二月江南吹麪塵，荒臺廢圃一時新。薜蕪山下當年路，楊柳城邊故國春。布襪芒鞋尋舊迹，飛蓬枯木憶前身。東君漸入繁華夢，愴絶同舟拾翠人。」其四云：「東風吹暖萬年枝，又是瓊林宴罷時。謝草不芳緣夢淺，楚蘭多怨故開遲。凄凉紫塞明妃塚，寂寞清溪蔣帝祠。閒坐小窗話今古，清陰將滿讀書簃。」

新化陳特夫孝廉能瑋，有《陳橋驛》七律一首甚佳，云：「虛傳烽火震山河，檢點親操入室戈。大志早關慈母慮，深恩曾受世宗多。香焚五夜天真鑒，日湧重輪象不訛。莫笑胡蘆依樣畫，袖中禪詔更如何。」《送春》云：「煙景最憐三月好，鶯花須待隔年看。」「故鄉渺何處？回首夕陽沈。暮角入孤枕，殘燈憐苦吟。腸隨湘水轉，愁抵楚江深。沽得巴陵酒，提壺且漫斟。」此資江陳确山《泊岳州》詩也。确山名洪渭，著有《客金陵草》一卷。

确山詩甚新穎，如：「畏愁不作詩，怕惹愁思起。有詩偶然成，愁忽生詩裏。乃知情所鍾，出乎不得已。」

「省卻天涯淪落情，扁舟半日泊湓城。垂楊夾岸秋如繪，不見黄蘆苦竹生。」此日本相國伊藤博文書記生某，過九江所作，惜傳者忘其姓名。

吾邑余孟僑太守師濂宦遊山左，歷任歷城、膠州，詩格蒼秀。其文孫品臣上舍，出其詩稿見示，《冬日野望》云：「初日隔寒山，黯澹未破睡。宿雲復留戀，濛濛如絮被。悄無野鳥驚，時有枯枝墜。缺處上墟煙，峯腰添濕翠。」《苦寒》云：「堅峭水生骨，嚴凝冰在鬚」，寫盡嚴寒之狀。

新城陳子崧太守謙恩，來章門主余家。余時年裁九齡，嬉於階下，試以對語稱意，因指案上硯池命題，余應聲曰：「堅剛爲本體，千載不能磨。即是池潢物，何爲不起波？」太守喜以硯見贈，并優加青睞，遍語同人。太守旋歸道山，把硯神傷，不禁人琴之感矣。

余生平嗜書成癖，檢校摩挲，鎮日不倦。聞有善本，不遠百里羅而致之。力所不及，結爲夢寐。袁簡齋先生云：「少年力不能致，及老能致而不能讀，亦天下缺恨事也。」

讀金溪黄南廬先生《玉井草廬詩鈔》，愛其《雨止見月》五截：「坐雨悶如何，況當十五夜。嫦娥不負期，偷出濕雲罅」，着筆特妙。

金谿朱拱之久居滬瀆，精各國方言文字，與海内士夫酬酢無虚日。詩極清雋，其《望湖亭》云：「湖亭高聳碧雲端，好景都從畫裏看。此地重來誰弔古，月明閒殺好闌干。」《暮春送人》云：「送春歸與送君歸，客路迢迢草色齊。此去西湖風景好，柳陰深處聽鶯啼。」拱之五律有佳者，如《山寺聞鐘》云：「清梵傳雲裏，山僧正暮歸。水流松外澗，雲鎖竹間扉。餘響醒塵夢，孤懷契道機。何須來棒喝，始覺俗情非。」

北流朱玉仙女史，著有《畫詩樓詩稿》，詩筆清新，不同流俗。集中有《停舟洞庭歸驛口》云：「濤聲淜湃撼關河，萬里迢遥客感多。澤畔清風懷屈子，湖中明月弔湘娥。蒼梧水闊浮青雀，斑竹雲深擁翠螺。江漢通霄星海接，吟懷無奈别離何？」

余赴陵水任，至萬陵墟，爲萬州、陵水接壤之區，客邸粉壁塗鴉殆遍，無一佳什。柯生弟之韶，尋閲壁間，得一絶云：「曉起匆匆理鬢鴉，醒來猶記夢歸家。尋思輸與村邊女，笑向姑前戴野花。」書法秀媚，其欵識偶忘，似是浙江閨秀之作。

吾邑吴芝麗大令麟昌侍宦蜀中，其夫人蘭雙女史工詩，閨中酬和，殆無虚日。芝麗出示其贈答禽言兩首，女史《送芝麗回贛》云：「行不得也哥哥，大江東去多風波。繁雲密霧連天鎖，雪壓征帆可奈何，行不得也哥哥。」芝麗途中寄和云：「不如歸去，正是一園春好處。海棠紅笑畫堂前，滿地楊柳皆成絮，不如歸去。」

馬嵬坡懷古，古今詩人爲玉環妃子翻案者，指不勝屈。如袁簡齋詩云：「將軍手把黄金鉞，不管三軍管六宫」，責陳元禮也。「地下阿鑾應有語，者回休更怨楊妃」，爲玉環卸責也。趙甌北詩云：「鼙鼓漁陽爲翠娥，美人若在肯休戈。馬嵬一死追兵緩，妾爲君王拒賊多」，最妙。王雲門有七古一章，爲之翻案，使人無可置喙。明文人之筆，何所不可。其詞曰：「羯鼓聲斷鼙鼓來，哥舒翰走潼關開。倉皇幸蜀太失計，坐令九廟生蒿萊。皇雖老尚英武，死守猶能拒驕虜。斷鞅苦諫惜無人，何論國忠與林甫。西出都門事已非，莫將成敗罪楊妃。難言岐下還同走，尚勝烏江竟不歸。將軍安敢逼妃子，妾負君恩自求死。拚將一死挽人心，主辱臣亡義如此。妃死唐家運再新，玉環忠愛勝金輪。君不見景陽宫井同心墜，張孔當年乃罪人。」

馬嵬坡在興平縣西二十里，畢秋帆制軍開府關中時，爲之修墓。前築屋三楹，額題「斷雲夕照」，集唐聯云「鶯花尚戀霓裳影，環珮空歸月下魂」，韻人韻事，楊妃有知，應亦含笑地下。

「山空秋未來，涼雲滿山徑。樵歌時一聲，啼鳥隔花應。」此吾邑吴小山之馨《山中即景》詩也。小山習賈，雅好吟咏，著有《賈餘草》。

吾邑業賈能詩，尚有鄧鶴坡繼瞻。五律如《游塘坑寺》云：「日落尋幽徑，仙嚴景不同。層巒籠曉翠，高閣挂殘紅。室老霜前菊，肴添雨後菘。山僧留話别，歸路月明中。」摘句如《和艾小梅》云：「捫虱向人知己少，聞鷄中夜感懷多。」「吹簫羞作吴門乞，擊筑空悲燕市歌。」

長揚饒東樵學博錫光，嘉慶曾官吾郡學博。有人誦其《秋海棠詩》云：「巖桂初花菊未黄，秋風慘澹薄羅裳。可憐一滴懷人淚，和雨和煙總斷腸。」

新建胡眉仙孝廉焕，風流跌宕，不可一世。相逢滬上，走柬傾尊，日無虚暇。手録文道希學士《水雲鄉小坐》七截見示云：「賭棋小墅識兵機，射箭聊城未解圍。千古英雄惆悵事，秦王十八已龍飛。」「萬象須彌一芥中，九流浩浩各爭雄。君王神武闢天？陸賈安能説沛公。」「仙山樓閣氣葱籠，玉座虚無日貫虹。謀國可憐諸將帥，虎符新授未央宫。」

《三國誌·魏文武紀》云：「骨無痛癢之知，塚非棲神之宅」，青烏之術，實不足信。其書汗牛充棟，皆互相矛盾，古今賢智，闢者日衆。然其稽習頽風，仍未止也。其説創始人晋人郭璞，事非三代所有，已可概見。且人子葬親謀安体魄而已，乃欲以枯骸倖致寵榮，尤爲秕謬。趙甌北先生《營葬》詩云：「多謝術家言，佳城蔭後昆。敢因藏父母，更想福兒孫。祭掃編家法，哀榮紀國恩。他年吾附葬，死亦奉晨昏。」可謂先得我心。

甌北詩天骨開張，意義重疊，力厚思沈，才又足以副之。其五古尤爲獨出冠時，不落前人窠臼。如《中庭坐月》云：「舉頭見明月，大如五寸鏡。謂衆目皆然，圓規有一定。忽聞小如杯，兒語實駭聽。因之遍諏訪，令各説圍徑。細比半兩錢，大至尺口磬。始知眼光異，塵根有殊性。譬若長短視，遠近相去敻。花看霧中昏，毫察秋來炳。即事悟學功，格物非易境。」

曲阜孔荃溪先生昭虔，仕至陝西按察使。有《無題》十六首，傳誦人口。莊生寓言或有所指，然纏緜往復，不減玉谿諸作。録其四首，以見一斑。詩云：「莫向花前唱惱公，王昌咫尺住墻東。幾重屈戌門空掩，昨夜星辰夢未通。定憶流黄中婦艷，誰憐纖素故人工。芙蓉甘向秋江老，賸有蓮心徹底紅。」「不向閒庭種合歡，花開花落恨漫漫。團圞璧月空求影，清淺銀河又曉寒。嬪館有人歌赤鳳，女牀無處覓青鸞。天涯未抵重簾遠，倚遍紅樓十二闌。」「衆裏如何便目成，夜闌燈暗最關情。摘來梔子心何處，修到梅花夢幾生。轉緑回黄空反覆，看朱成碧未分明。樓頭一片梧桐月，莫傍闌干踏影行。」「夢到瑶宫路渺茫，前身疑是杜蘭香。箜篌曲和青溪妹，團扇歌翻白石郎。小字定應題玉册，大羅曾記詠霓裳。眉痕深淺何勞問，不鬥人間時世粧。」

沈存中《夢溪筆談》載：「鄜延境内有石油，生於水際沙石，然之如麻。但煙甚濃，所沾幄幕皆黑，掃其煤以爲墨，黑光如漆，松墨不及也」，并云「此物後必大行于世」，石油即今煤油，造墨雖不全需乎此，而近世焚膏之用宏矣。乃識微洞遠，知其用於千年以上，謂非特識哉！其《延州》詩云：「二郎山下雪紛紛，旋卓穹廬學塞人。化盡素衣冬未老，石煙多是洛陽塵。」

古今悼亡之作，除潘黄門外，當以元相三律爲最。然作斯題者，率由性情流露，故情至語，各有佳妙。錢可芳《悼亡》云：「别來多少心頭語，尚欲歸時訴爾聽。十載深情如一夢，東風吹淚過清明。」余《悼亡》有一截云：「奉倩神傷黯自驚，漫將隔世問三生。他生縱有逢卿日，只恐逢卿不識卿。」

吴梅村先生《追悼》云：「秋風蕭颯響空幃，酒醒燈寒淚滿衣。辛苦共嘗偏早去，亂離知否得同歸。君親有愧吾猶在，生死無憑事總非。最是傷心看穉女，一窗燈火照鳴機。」大家風調，自是不同。

《珊瑚鈎詩話》載《詩體示客》云：「刺美風化，緩而不迫，謂之風；采摭事物，摛華布體，謂之賦；推明政治，莊語得失，謂之雅；形容盛德，揚厲休功，謂之頌；幽憂憤悱，寓之比興，謂之騷；感觸事物，託於文章，謂之辭；程事較功，考實定名，謂之銘；援古刺今，箴戒得失，謂之箴；猗遷抑揚，永言，謂之歌；非鼓非鐘徒歌，謂之謡；步驟馳騁，斐然成章，謂之行；品秩先後，敘而推之，謂之引；聲音雜比，高下短長，謂之曲；吁嗟慨歎，悲憂深思，謂之吟；吟詠性情，總合而言志，謂之詩；蘇李而上，高簡古澹，謂之古；沈宋而下，法律精切，謂之律。此詩之衆體也，言詩者不可不知。」

江陰何廉昉太守栻，博學雄才，振爍當代。寶山袁穀廉翼序其詩，所謂「萬斛泉源隨地湧出」，「老吏斷獄，筆挾秋霜」，洵爲知言。咸豐間出守吾郡，在郡四十餘日，新城屬邑陷於寇，全家殉焉。賸孑然一身，感憤著《悔餘庵樂府雜詩》百餘首，其中如《候蟲吟》四十首，《漢樂府》六十首，借物攄懷，極沈鬱頑感之致。《子夜歌》云：「莫養五更雞，莫求千里馬。聞雞眠不穩，上馬扶不下。」又云：「車輪最多事，送人千里程。願儂爲車輪，宛轉載歡行。」又云：「明燈麗儂影，明鏡照儂形。儂心照不見，歡眼最分明。」又云：「苜蓿留馬頭，縻蕪縈馬足。願爲春草心，長在歡前綠。」

廉昉太守論樂府云：「八音大小之器，因人而鳴；六律清濁之宫，待人而析。是當以物之聲，從人聲而高下，疾徐長短之；不當以人聲狥器物，從而爲高下疾徐長短也。」故其詩極參差抑揚，如《張烈婦》詩云：「冰鑄心，鐵練手。神來翼之鬼驚走，姓氏生香著人口。君不見姑蘇臺下宦家女，長安市上商人婦。商人宵征婦獨處，傭張媪梁，突然而來，前持刀劫婦。與婦語：不從殺兒并殺汝。此時四顧無人聲，如魚在釜肉在俎。

婦心踟躕宛然許，支門揮媪退，置酒勸傭醉，入房引被撫兒睡。手中刀，眼中淚。昨夜畫蛾眉，今朝騎虎背。瓦而全，不如玉而碎。一尊酒，猶未寒；一寸蠟，猶未乾。狂奴醉夢不曾醒，抽刀已斷鵂鶹頸。開門納媪，媪驚且顫。以刃剸之，没刃之半。平時割雞手猶戰，頭顱一雙不如蒜。商人歸來大驚怪，有婦如此爾不拜，何不將爾冠與婦戴。婦行就死法不死，堂上秋官駭相覷。娟娟眉，纖纖指，猶是尋常女兒子，不信嬋娟有如此。嗚呼，自古真英雄，何人不在尋常中！」

《悔餘集》中有《鼓吹詞》七律十二首，皆指刺當時諸大僚而作，録其四首於此云：「不用將軍霹靂弓，旄頭未展已平戎。但憑割地爲長策，猶欲貪天冒戰功。南海無珠仍苦索，北門有管竟潛通。振振麟趾無窮意，盡在吁嗟一歎中。」「雌兔迷離也戴冠，鼓聲不起恣盤桓。因人事業前功易，從古英雄末路難。定遠乞還心已餒，修期諱老膽先寒。爛羊愛惜封侯命，垂白頭顱尚未拚。」「置身已在最高峯，直欲登天第一重。舉動肯爲青吏計，揣摩頻有皀囊封。夢癡易惹通身熱，病老難醫刻骨庸。不躓於山躓於垤，躡雲健步要從容。」「非意功名似博徒，呼盧未必竟成盧。宣明面目居然在，叔寶心肝久已無。斑席忽驚專獨坐，摸金潛遺購名姝。可憐法網秋荼密，莫恃微勳意氣粗。」

「潮來濠畔接江波，魚藻門邊凈綺羅。兩岸畫欄紅照水，蜑船爭唱木魚歌。」王漁洋先生《廣州竹枝詞》也。繼其作者，譚石浦□有《珠江竹枝詞》十首，亦頗縣渺。録其三首云：「午潮纔退子潮生，小艇隨潮兩槳輕。焉是海潮原有信，盼郎一夜到天明。」又云：「使君底事問羅敷，歡住禺珠妾海珠。明日風波那保得，黑雲一片起鵝湖。」又云：「擎天一柱揮晴霞，二水中分匝浪花。夜靜月明波似鏡，琵琶洲畔聽琵琶。」

《北江詩話》論李青蓮之詩，佳處在不着紙；杜浣花之詩佳處，在力透紙背；韓昌黎之詩佳處，在字字紙上皆軒昂，固已論斷的當。《甌北詩話》云：「李詩如高雲之游空；杜詩如喬嶽之矗天；蘇詩如流水之行地」，猶覺比擬絶倫。

嘉慶十三年，費西墉給諫錫章，奉命册封琉球。直聲清節，聳動遠人。文物風流，輝映絶島。瀕行貽中山王書《却金辭牘》，琉球人爲築「却金亭」焉。其《琉球雜咏》十首，實爲竹枝遺響，讀之可以知島中風俗，今爲日本佔據，改爲冲繩縣。扶餘小島，轉瞬陵夷，能無慨歎！

球俗屋寬，俱用紅黑色，窓則上下限刻雙溝，左右推移，以爲啓閉。詩云：「陰陰緑樹繞□□，短竹籬笆礪石墻。瓦砌高低勻玳瑁，窻移左右作鴛鴦。」凡屋檐脊，多以礪粉塗涅，遠望如積雪未消。詩云：「長檐矮脊界分明，門負全憑粉砑成。一色樓台迷遠近，捲簾渾似雪初晴。」肩與式皆矮小，著杠於木轎頂，兩人前後舁之，易肩則倒行，再易則又順矣。遠望如籠屜，不知其中有人也。詩云：「一樓雙承共挽推，倒行逆施任君猜。偶然倚著高墻望，大似猩猩送酒來。」

球馬登陟最善，惟剪去頸鬃，尾亦芟削，使遠望之如騾。詩云：「四蹄得得驀山坡，鬣似松針尾似梭。若使龜茲王遇見，定嘲非馬又非贏。」球俗生日，按十三年稱慶一次。考《遼史·禮志》，有此名曰「再生」。琉球明以前不通中國，惟於高麗往來，或傚室韋之制，亦未可定。又夷官自稱「小底」，亦契丹語。詩云：「漫説男兒墮地難，一星終後保平安。俯躬只少三岐木，遺俗分明傚契丹。」球地女任操作，男則甚逸，四時俱放風箏，六月尤甚。詩云：「不誦詩書不種田，游人日暮涌堤邊。東風無力南風競，六月炎天放紙鳶。」中元節日祀先，兒童各手一小紙旛，對立招展，以爲迎送。詩云：「亦有蟬鳴七月天，盂蘭勝會自年年。紙旛封舉兒童鬧，夜半開門候祖先。」球俗遠賈他處，家懸一虎，旁畫楊柳，義取順風之意。詩云：「中華遥望此仙都，破浪全憑十幅蒲。楊柳簡書誰會得，獅王不挂挂於菟。」民間婦女挿玳瑁簪，不准用銀，以三品以下命婦所戴也。惟紅衫華人有貽之者勿禁，妓女藉以爲榮。守宮甚大且多，夜則羣鳴如鵲。詩云：「苧布蕉衫各自紅，女閭三百比齊風。銀簪挿遍如花貌，不拌丹砂飼守宮。」萬壽榮長葉三角，開花者爲屋木，結子者爲女木。球地昔日所無，從呂宋移植。詩云：「扶疏繞屋樹交加，萬壽榮開滿院遮。生理果奇男女別，一邊結子一開花。」

唐人賡和詩章，有次韻先後無易也；有依韻同在一韻也；有用韻用彼韻不必次。説見《中山詩話》。

吾邑陶適齋明府金詒，宰楚之江華，有惠政。生平詩學晚唐，紆徐爲妍，不以馳騁才華見長。門人吴白庵照，爲梓《適齋詩稿》。稿中以七律最勝，如《留别魚亭兼送餘杭之行》云：「出山迴首在山時，撫髀願憐策馬遲。誰念王孫貧是病，我思公子惄如飢。茫茫天地存肝膽，漠漠風霜點鬢絲。如此情懷如此客，奚囊贏得數篇詩。」《酬陳冶泉去官》云：「折除官職是文章，蠹蝕蟻穿與政防。遂有長貧陳孺子，會無識曲蔡中郎。獨憐蕉鹿迷前夢，共話蓴鱸憶故鄉。并少薄田供釀□，問予何日返柴桑？」五律如《過清泉懷江九蔗畦兼寄江七賓谷》云：「明月湘江水，清風生竹林。美人何地别，同人萬山深。栗里停雲句，彭城話雨心。合江亭下路，載酒孰登臨。」稿中佳句可摘者，如「天賦奇窮詩有祟，愁生逆旅酒無□。」「天邊還照秦時月，仙路重封晋代云。」「十分秋色蟲專夜，千里鄉心月近床。」「樂令聽聞游鼠穴，書生原可寄雞籠。」「舊國鶯花征客夢，異鄉眠食故人心。」

劉蔚林明經詩既録於前矣，罷秩歸里，得讀其《味琴山館詩存》，進而逾上，美不勝收。五古清徹澹遠，逼真王孟。《初夏雜詩》云：「濕云□寒雨，高下横煙霏。向曉命巾車，出郭叩松扉。野水鳴澗谷，深翠浮四圍。看雲坐佛閣，長風挾雨飛。估客談江海，閲歷有微辭。天地本逆旅，濱途多險巇。扁舟泛五湖，於今懷范蠡。」又云：「秋聲變天地，斗室難爲春。深心游孔林，危言如杞人。□古逢其源，感時多苦辛。蠅營愧屋漏，出處防迷津。文字嗜好雜，名理歸一真。盤錯鑄大器，金石成苦音。人材無時無，栽培懷先民。」

七律佳者，如《感賦》云：「□□□劍久尋思，鏡裏年華兩鬢知。花月歡場醒後夢，風塵人事着殘棋。科名辛苦羅昭諫，身世凄凉杜拾遺。貧裏敢嗟行路苦，天涯誰惜鳳鸞饑。」《病中贈仙舟》云：「小集東湖又隔年，俊游歡讌總如煙。人間易醒遊仙夢，病裏能參解脱禪。秋水蒹葭新寄托，春江花月舊因緑。祇今風雨雞鳴夜，回憶前塵已惘然。」《談錢牧齋事》云：「書生流涕不逢時，忍作淵生亦自悲。黨錮惜逃衰世法，文章難副聖朝知。爭名心熱多才誤，先着棋輸袖手遲。拂水山莊已寥落，千秋孝穆共淒其。」

反《遊仙詩》，難得佳者，蔚林之作，簇簇生新，不落前人窠臼。詩云：「碧虚宫闕説迢遥，誰見金丹九轉燒。若果長生仙有術，玉棺爭得葬王喬。」又云：「求仙海上總茫茫，或道仙家薄帝王。一曲紫雲歌月府，來聽偏許李三郎。」又云：「誰使黄姑負聘錢，七襄贏得織年年。索逋不爲天孫緩，太上無情此信然。」又云：「吹簫弄玉列仙班，艷説雙修共駐顔。底事天台迷舊路，竟抛劉阮落人間。」又云：「下嫁羊權□緑華，塵根難斷笑仙家。太虚那有雙修福，牛女年年淚洗車。」又云：「十載閒軒寫韻忙，怪他不識點金方。神仙也爲清貧累，來作人間夢一場。」

湘鄉曾文正公詩，清光勁氣，胎息蘇黄。然詩不及文，自是確論。故其詩亦不多存，有人謂其集中最佳者，無如「共扶元氣回陽九，各放光明照大千」云。

唐孟東野《遊子吟》云：「慈母手中線」至「意恐遲遲歸」，自是天然截句，含蓄不盡，後加「誰言寸草心，報得三春暉」，便是稍著色相。或者教孝之言，雖不甚佳，亦不妨並存之耶。

「趙王英武太子懦，抑呂強劉用意深。垂老預人家國事，先生未識漢高心。」此南城羅保臣茂才《詠四皓墓》詩也。詠史須具別解，庶耳目一新。若徒排比事實，即工整典麗，抑亦末矣。

新化游子代方伯智開守永平時，與朝鮮使臣卞吉雲等酬唱，歸國索詩稿去。次年飭使投書，寄回百本，已於朝鮮刊印矣，香山價重雞林，不得專美於前。方伯刻有《藏園詩鈔》，詩筆清勁。《過滹沱次常山詩》云：「車輪輾殘月，侵曉渡滹沱。地迥沙無際，天寒水不波。憂時空短策，弔古獨長歌。爲有顔祠在，苔碑手重摩。」《登郡樓作》云：「畿輔雄藩右北平，曾傳射虎舊威名。臨榆天闢重關塞，孤竹山圍故國城。砧杵千家驚歲晚，車書萬里際時清。君恩敢忘涓埃報，遍倚朱欄感愧生。」

天津張玉貞女士，爲張愛樵貳尹棠之女，矢貞不字，著有《蘊仙詩草》，清拔絶俗，不類閨閣文字。《咏韓信》云：「淮陰春草釣臺風，一劍登壇許大功。蕭相早能知國士，漢王何事忌英雄。空將奇策平西楚，不信良言悟蒯通。呂後霜鋒漂母飯，一生成敗婦人中。」《咏敝裘》云：「蒙茸破碎黯征塵，風雪猶堪稱老身。儉樸但知尊晏子，形容端底愧蘇秦。結鶉貽笑衣狐客，集腋終須補衮人。若到餘杭休换酒，緼袍雖故昔曾新。」

玉貞女史摘句有佳者，如《秋樹》云：「材大易招風雨妬，根深難老歲寒心。」《秋草》云：「三逕芳情延浣女，一生知己托騷人。」《秋水》云：「煙波一曲湘靈瑟，風月千秋赤壁簫。」《梅花》云：「立品更超松竹外，傳神只在雪霜中。」《潯陽秋泊》云：「東船西舫三篙浪，楓葉蘆花兩岸秋。」

余游湘中，舟中遇唐愷之明府光晉，述其同里余蘭階茂才之妻能詩，有詠《秋月》五絶，傳誦人口。詩云：「新月恰如鈎，黄昏獨倚樓。西風吹碧落，一片可憐秋。」

古今詠昭君者，自唐宋以來，翻陳出新，佳篇甚夥。或原之，或怨之，開罪於畫工，或歸美於漢主，各有見地，各具新機。如沈鏞詩云：「君王重信不重色，玉貌三千替不得。穹廬若使詔留行，金屋歡娱豈終極。一傳禍水入後宫，燕燕盡啄皇孫空。自謀則過君謀忠，畫工毋乃其國工。」許周生宗彦詩云：「戰骨填沙草不春，封侯命將漫紛紛。當時合把毛延壽，畫作麟臺第一勳。」二詩皆爲畫工開罪。

劉廷獻詩云：「漢主曾聞殺畫師，畫師何足定妍媸。宫中多少如花女，不嫁單于君不知」，怨之也。趙甌北翼詩云：「遠嫁呼韓豈素期，請行似怨不逢時。出宫始覺君恩重，臨去猶爲斬畫師」，原之也。顔光敏詩云：「一辭宫闕出秦關，長得丹青識舊顔。爲報君王休愛惜，漢家征戍幾人還。」那彦成詩云：「胭脂零落倍銷魂，急雪嚴霜泣暗昏。敢向琵琶傳怨語，至今青塚亦君恩」，原之而實怨之。

讀武進惲雨田壽平《甌香館集》，詩格清俊，自是一代作者，爲畫掩其詩耳。《送江西羅飯牛》云：「長天孤鶴又西飛，八月新涼到客衣。歌吹竹西留不住，滿江秋月一帆歸。」

《冷盧雜識》載朱梅叔明經翌清作《閨怨詩寓意》云：「傳語長門姊妹家，漫題紅葉寄天涯。苧蘿村裏如花女，猶向溪頭自浣沙」，與「聞説西施猶未嫁，敢嫌遲暮怨東風」同一風調。

詩家能以質實擅勝者，願亭林先生爲最。其詩藴釀深厚，言下有物。有其學者無其才，有其才者無其學，有其才學無其性情，梅村、阮亭皆瞠乎其後，何論餘子。知先生詩者，必不以鄙爲河漢也。

先生《贈友人》詩云：「生平不擬托諸侯，吾道仍須歷九州。落落關河蓬轉後，蕭蕭行李雁飛秋。爲秦百姓皆黔首，待漢儒林盡白頭。何意故人來負笈，艱難千里愧從遊。」其二云：「十年離别未言還，楚水楓林極望間。野雀暮歸吴季廟，寒濤秋湧伍胥山。人琴已逝多哀泣[涕]，笠屩相看失壯顔。獨有士龍年最少，一朝詞筆動江關。」贈詩之友，意必勝朝遺老之子矣。先生《感事》詩三首云：「日入空山海氣侵，秋光千里自登臨。十年羈伐干戈老，四海蒼生痛哭深。水湧神山來白馬，雲浮絶島見黄金。此中何處無人世，衹恐難酬國士心。」其二云：「南營龕赭北流沙，終古提封屬漢家。萬里風煙通日本，一軍旗鼓到天涯。樓船已奉征蠻檄，博望空乘泛海槎。愁絶王師看不到，寒濤東起日西斜。」其三云：「長看白日下蕪城，又見孤槎海上横。感慨河山追失計，艱難戎馬發深情。奔車斷鏃周千畝，蔓草枯楊漢二京。今日大梁非舊國，夷門愁殺老侯嬴。」

亭林先生《與葉訒菴辭薦舉書》云：「先妣國亡絶粒，以女子而蹈首陽之烈，臨終遺命，有無仕異代之言，載於誌狀。故人人可出，而炎武不可出矣。《記》曰，將貽父母令名必果，將貽父母羞辱必不果。七十老翁何所求，正欠一死；若必相逼，則以身殉之矣。一死而先妣之大節愈彰於天下，使不類之子，得附以成名，此亦人生難得之遭逢也。」其書辭慷慨決絶，與謝叠山先生《却聘書》後先媲美。按先生之母王氏，崇禎時旌表節孝，即《明史·烈女傳》王貞女也。

王壬秋先生闓運，湛深經術訓詁，不名一家，自杼見解，《湘軍志》尤膾炙人口。甲午中日之役，先生有《游仙詩》七律五首，隱刺時事。詩云：「湘瑟清秋更懶彈，只言騎虎勝驂鸞。東華舊吏猶簪筆，南嶽真妃肯降壇。叔夜但憑金换骨，陳平何用玉爲冠。淮王自是能驕貴，卻被人呼作從官。」「只學吹簫便得仙，霓裳絳節領諸天。定知吴質難成夢，不與洪崖便拍肩。星闕乍辭應受籙，神山欲望恐無船。鳴鷄夜半空回首，驚怪人間但早眠。」「新承鳳詔出金閶，爭看河西墜馬郎。幸不倚吴持玉斧，可能窺宋出東墻。勞桜仙帶招燕使，只借天錢辦急裝。曾受茅家兄弟籙，休將十賚損華陽。」「鬱金堂内下重帷，玉女無眠但掩扉。塵暗素書常自讀，月明烏鵲定何依。蛇珠未必能開霧，鴛錦猶聞勸織機。莫道素娥偏耐冷，爲君寒透五銖衣。」「東華真誥有新對，朶殿親題御墨濃。眉膴不描張敞筆，額黄猶待景陽鐘。仙家往事如棋局，夜宴歸來帶酒容。青雀定知王母意，幾時萬里駕雙龍。」

南城劉素心女士，幼承母訓，詩筆清麗，與余女君翿唱和甚多，然二人迄未一覿面也。其《重過舊居有感》云：「一回首處一傷神，此地曾經作寄身。花鳥相逢如識我，依依猶認再來人。」其次云：「忍看庭院盡苔痕，妝閣塵封煙樹昏。蛛網緑苔人不掃，落花滿地未開門。」又《蓮花》云：「品節清高自絶塵，祇堪明月作芳鄰。試看出水心先白，縱在泥塗不辱身」，别有寄托，身分自高。

素心女士有《蝶戀花》詞一闋，詞筆頗清，録此云：「怕聽傷心留别語，小住爲佳，願把歸期許。紅豆誰栽連理樹，癡情反恨迎年鼓。　明日此時人各去，無奈東風，難作鶯花主。燕縱望來鴻已去，杜鵑枉自啼紅雨。」

鉛山胡潮，字藥根，力求新學，亦頗作詩，放言高論，狂不可近。甲辰來南昌，未幾竟客死，年纔二十餘耳。見其題《百花洲沈文肅公祠遺像》云：「保守危城一札中，居然巾幗亦英雄。丈夫竟藉閨中力，願拜夫人不拜公。」「拿破崙裂全歐土，華盛頓成獨立邦。銅像凌雲萬人拜，英雄豈僅一祠堂。」

樊雲門方伯增祥，詞章卓絶，蔚爲大家。《彩雲》一曲，傳誦一時。惜曲中未將庚子一役聯軍入京之事敘入，蓋作此曲時在庚子之前也。曲人比之梅村《圓圓曲》，似無多讓焉。其曲云：「姑蘇男子多美人，姑蘇女子如瓊英。水上桃花知性格，湖中秋藕比聰明。自從西子湖船住，女貞爲化垂楊樹。可憐色相尚吴棉，何論紅紅兼素素。山塘女伴訪春申，名字偷來五色雲。樓上玉人吹玉管，渡頭桃葉倚桃根。約略鴉鬟十三四，未遣金刀破瓜字。歌舞常先菊部頭，釵梳注入妝樓記。北門學士素衣人，暫踏毬場訪玉真。直爲麗華輕故劍，況兼蘇小是鄉親。海棠聘後寒梅喜，待中居外明詩禮。兩見瀧岡草墓文，鴛鴦絃上春風起。晝鷁東乘海上潮，鳳凰隊裏並吹簫。安排銀鹿娱遲暮，打疊金貂護早朝。深宫欲得皇華使，才地容齋最清異。夢入天驕帳殿遊，閼氏含笑聽和議。博望仙槎萬里通，霓旌難得彩鸞同。詞賦環球知繡虎，釵鈿横海照驚鴻。女君維亞喬松壽，夫人城闕花如繡。河上蛟龍盡外孫，虜中鸚鵡稱天后。使節西持妻奏[奉]春，下車馮婦亦傾城。冕旒七毳瞻繁露，盤敦雙龍贈寶星。雙成雅得西王意，出入椒庭整環佩。妃子青禽時往來，初三下九同遊戲。裝束潛將西俗嬌，語言總愛吴娃媚。侍食偏能饜海鮮，投書亦解繙英字。鳳紙宣來鏡殿寒，玻璃取影禦床寬。誰知坤媪山河貌，衹與楊枝一類看。三年海外雙飛俊，還朝未幾相如病。香息常教韓壽聞，花頭每與秦宫並。春光漏泄柳條輕，郎主空嗔梁玉清。衹許丈夫驅便了，不教琴客别宜城。從此羅帳怨離索，雲藍小袖知誰托。紅閨何日放金雞，玉貌一春鎖銅雀。雲雨巫山枉見猜，楚襄無意近陽臺。擁衾總怨金龜婿，連臂猶歌赤鳳來。玉棺書下新宫啓，轉鹿[塵]王郎長已矣。春風肯墜緑珠樓，香徑還思苧羅水。一點奴星照玉台，樵青婉孌漁童美。穗帷猶挂鬱金堂，飛去玳梁雙燕子。那知薄命不猶人，御叔子南先後死。蓬巷難栽北里花，明珠忍换長安米。身是輕雲慣出山，瓊枝又逐平康里。綺羅叢裏脱青衣，翡翠巢邊夢朱邸。章台依舊柳鬖鬖，琴操禪心未許參。杏子衫痕學宫樣，琵琶門榜换冰銜。吁嗟乎！情天從古多緣業，舊事煙台那可説。微時萱蒯得恩憐，貴後萱芳都棄擲。怨曲爭傳紫玉釵，春遊未遇黄衫客。君既負人人負君，散灰扃户知何益。歌曲休歌金縷衣，買花休買馬塍枝。彩雲易散玻璃脆，此是香山悟道詩。」

余己亥供差瓊軍營務處，督師征崖州多港叛黎。有鄂生獻詩四章，中有一聯爲同人擊節。詩云：「牧馬秋風丞相宅，征蠻故壘漢家營。」

在劉子嘉大令昌年座間，見屏幅中有襄陽袁季九太守所書《詠史》舊作七截三首，論古有識，獨具手眼。詩云：「董公遮道片辭陳，討弑興師大義伸。角逐不知尊義帝，漢家三傑亦常人。」其二云：「中興郭李久齊名，百戰勳高復兩京。獨任成功兼任敗，相州城外九連營。」其三云：「誅武平梁危轉安，元莊武略信桓桓。及身覆敗還同轍，從識英雄末路難。」

余在瓊州最久，三權縣篆，與彼都人士唱酬之雅，投契之深，瓊山曾鏡芙孝廉對顔爲最。余離瓊時不及面別，鏡芙寄七截四首，詩云：「榴花紅映使君驂，別酒離亭黯不堪。一曲驪歌漫惆悵，已栽棠蔭滿天南。」其二云：「升沈身世早忘機，宦海回帆拂袖歸。剩有吟情抛不盡，徧留佳句繡弓衣。」其三云：「西江江水絶塵埃，此去詩懷觸處開。只怕閒雲閒不得，出山霖雨又相催。」其四云：「倏馭飈輪別海門，衙齋難訂舊琴尊。何年旌節珠崖到，重把鴻泥認爪痕。」

新建曹范青舍人九疇，譚詩頗有門徑，詩筆亦極雅潔。見其《泊秦淮》七絶，神韻獨絶。詩云：「金粉飄零如夢裏，隔江商女更何知。四圍花月都無賴，又是秦淮夜泊時。」

臨川湯茗孫中翰儲璠，嘉道時詩人也。與吴蘭雪舍人同時由省解，官中翰，浮沉京邸幾二十年，歸而卒。遺稿散失，僅有《布帆無恙草》一册，嗣孫可齊廣文寄贈一册，節録《懷古雜詠》七律，如《南皮石季倫》云：「未李寒冰憶此都，南皮風物最清娱。倘從舊宅開金谷，何至高樓墜緑珠。十里春風鋪錦幛，一枝如意碎珊瑚。齊奴意氣真豪甚，愧殺牙籌會計徒。」又《東平劉公幹》云：「文學風流白袷巾，東平雲樹想斯人。纔輸北寺悲歌起，旋被西垣寵命新。渌水朱華公讌地，紅燈素月受恩身。小臣好色原無罪，更有何人賦洛神。」又《鉅野王仲宣》云：「建安諸子讓雄文，風骨高騫大雅羣。但識紅陵非樂土，翻來鄴水頌明君。清河春滿雙洪漲，大野秋飛六合雲。抛卻故鄉三十載，半緣公讌半從軍。」又《濟南伏生》云：「獨以儒林重史評，山東舊學冠耆英。五千卷已銷秦火，廿九篇能啓漢京。博士休官猶教授，儒家養女亦經生。當年四壁蕭然甚，可有人聞絲竹聲。」又《平原禰正平》云：「鸚鵡才名積怨尤，文章海天競恩仇。孔融薦表翻貽戚，黄祖操刀竟解愁。故國平原連海岱，他鄉芳草滿汀洲。生平一刺甘磨滅，何事荆州又許州。」又《新城王貽上》云：「海內詞壇舊主盟，王郎年少飲香名。六朝花草多哀艷，一代風騷有正聲。今日扁舟過鉅野，何人高調擅新城。斜陽欲覓銷魂句，秋柳疏疏不勝情。」

德清俞曲園先生，文章著述，其書滿家。先生遺囑，死後不用訃帖，但用生前名片，下注「辭行」二字，並將絶筆之詩，筆之詩刊送親友。其事其人，均足千古。其臨終自喜七律四首云：「自顧生平亦足豪，莫將幽怨付牢騷。聰明曾博先皇喜（文宗顯皇帝曾與故大學士英桂語及臣樾，有云『人頗聰明，寫作俱佳』），著述還邀聖主褒（光緒二十八年奉有『覃心著述』恩諭）。五百卷傳文字富，卅三年據講堂高。祖孫同日官詞苑，也算書生異數叨。」其二云：「談經揚子只雕蟲，何意偏乎物望隆（蒙恩諭云『人望允孚』）。已愧品題同北海（曾文正嘗言『李少荃拼命做官，俞蔭甫拼命著書』），更驚小像配南豐（日本人以余與曾文正小像合摹一幅傳佈各國）。藏來墨迹人間滿，和到詩章海外同。擬覓西湖最佳處，再營書藏在山中（汪柳門、徐花農曾爲我鑿書藏於孤山之陽，然未備也。後人有力，當闢一藏，貯我全書）。」其三云：「雲煙過眼總無痕，爪印居然處處存。科老真將作祧祖（趙歐北詩『科老已如祧廟祖』），年高不僅見門孫（明人有『門孫』之稱，謂門生之子也。若余孫亦有門生，則不僅門孫矣）叨先詞館人千輩，再領鄉筵酒一尊。更喜崢嶸頭角在（謂曾孫增實），儻延祖德到雲昆。」其四云：「蕭然從此出紅塵，在我真無未了因。三教何須共牽曳，九幽當可免沉淪。生前自定名山業，死後仍完淨土身。不學鳩摩出神呪，臨終詩筆尚如神。」又《臨終留别》七絶十首，《别家人》云：「眷屬由來是強名，偶同逆旅便關情。如今散了提休戲，莫更鋪排傀儡棚。」《别諸親友》云：「閲歷人間八十秋，無多親故共綢繆。今朝長與諸公别，休向黄罏問舊游。」《别門下諸君子》云：「寂寞元亭揚子雲，偏勞載酒共論文。不知他日三台路，誰過空山下馬墳。」《別曲園》云：「小小園林亦自佳，盆池拳石自安排。春風不曉東君去，依舊年年到達齋。」《別俞樓》云：「占得湖上一角寬，年年於此憑欄杆。樓中人去樓仍在，任作張王李趙看。」《別所讀書》云：「插架牙籤萬卷餘，平生於此費居諸。兒孫儻念先人澤，莫亂書城舊部居。」《別所著書》云：「老向文壇自策勳，談經餘暇更詩文。一齊付與人間世，毀譽悠悠總不聞。」《別文房四友》云：「論交最密是文房，助我成名翰墨場。太息英雄今已矣，莓苔抛棄緑沉槍。」《別此世》云：「自寄形於此世中，膠膠擾擾事無窮。一朝越出三千界，不管人間水火風。」《別俞樾》云：「平生爲此一名姓，費盡精神八十年。今日獨將真我去，任他磨滅與流傳。」

侯官沈愛滄方伯開藩江西，旋護撫篆，距文肅公撫贛不過四十年。方伯爲文肅公之子，生於江西。文肅撫江多惠政，方伯承先繼武，與都人士情感最深。方伯之去贛，都人屬吏爲詩歌以餞者，實繁有徒。方伯之詩長於五、七古，於蘇爲近。近見題翁絣笙師遺畫七絶云：「百年旋焉舊門庭，當日相從過魯靈。縱有湖山供嘯傲，忍將忠愛托丹青。」「開花已有隨風颺，舊燕何勞掠地飛。春曉風光猶未□，道人笠屐幾時歸。」「金緗玉軸落江湖，退食賢勞見畫圖。不惜閉門與揮汗，卻將傭值付奚奴。」「花開酒美我移官，氣類宣南怯羽翰。逸事不妨勤紀載，無多耆宿話叢殘。」

桐城錢飲光，世稱「田間先生」。後往來羊城、蒼梧爲行腳僧，作《行腳詩》三十首，其中佳者如「粥飯隨人生計疏，偶來野衲許同居。幾回塵夢迷蕉鹿，猛覺灰心是木魚。茗熟喜逢高士至，菜香多謝道人鋤。判將老筆修禪史，又被圓通戒著書。」其次云：「留得龍鍾半死生，經年赤骨敢云貧。飄零花鳥誰爲主，憔悴雲山定幾人。古廟有爐權過夜，老僧無婦慣傷春。荷衣每日臨江洗，莫教沾他市上塵。」其三云：「閑來倚杖聽江潮，蘆火汀煙未寂寥。幾處棹歌傳北調，數株枯樹説南朝。貝經一軸聊遮眼，黄蔑三條且束腰。同學故人書信斷，何時垂釣接詩瓢。」其四云：「莫作悲歌意懶舊，聽游此日半凋零。住山幾個甘長餓，斷酒多時怕獨醒。秋盡獵人憂虎瘦，春來海客厭魚腥。有誰問我休心法，授與靈均一卷經。」其五云：「來去穿雲五尺藤，好峯精刹我頻登。碧天萬里同明月，丈室千年宿一燈。頭白尚容還故國，眼枯不敢望諸陵。緇衣莫制人間淚，原是前朝剃染僧。」

秋瑾女士，山陰人也。幼通文翰，醉心歐化。嫁夫某京宦也，闒冗不治生事。生一子一女，痛心國事，别夫寄子女於外家，東渡求學，擬昌女界。適因取締事起，女士遂内渡，創辦《女報》。以徐錫麟案株連，殺於軒亭市口，亦近今中國奇女子也。詩亦清拔可誦，録其《黄海舟中感懷》云：「片帆破浪渡滄溟，回首河山一髮青。四壁波濤旋大地，一片星斗拱黄庭。千年劫尽灰全死，十載淘餘水尚腥。海外神山渺何處，天涯涕淚一身零。」其次云：「聞道當年鏖戰地，祇今猶帶血痕流。馳騁戎馬中原夢，破碎河山故國羞。領海無權悲索莫，磨刀有日快恩讎。天風吹面冷然過，十萬雲煙眼底收。」又以組織某報，囑某君任文字，故柬以詩云：「飄泊天涯無限感，有生如此復何歎。傷心鐵鑄九州錯，棘手棋爭一着難。大好江山供醉夢，催人歲月易温寒。陸沉危局憑誰挽，莫向東風倚斷欄。」

秋瑾女士摘句尚有佳者，如「腹中空洞容卿輩，天下英雄惟使君。」「貧家作婦輕離别，外舍依人強笑啼。」「言愁使我欲愁絶，相見爭如不見休。」「芳草也如人意懶，斜陽無奈客愁多。」

嘉應黄公度廉訪遵憲，著有《人境廬詩集》，久爲海内傳誦。其詩境融匯新舊學，另出機杼。余友江寧金楚青大令最愛其詩，云：「廉訪之詩，寄慨遥深，尤得《小雅》怨誹之旨。屈正則之想靈叫帝，愬茝讐蘺；杜拾遺之困蜀哀江，聽猿拜鳥。同此一副悲憫心腸云。」如《夜泛秦淮和易賓甫詩》云：「九州莽莽匆匆走，兩鬢蕭蕭漸漸枯。隔絶蓬萊來附鶴，折除楊柳可藏烏。筆留白石飛仙句，袖有青溪小妹圖。猶是人間乾淨土，莫將樂國看窮途。」又《乙未秋偕實甫泛舟秦淮實甫出〈魂南北集〉乞題》云：「一卷先生自挽詩，神枯心死賸情癡。杜鵑再拜無窮淚，烏鵲三飛何處枝。生入玉關雖不願，上窮碧落更何期。尺書地下君先問，只恐回書説暫離。」

新會梁節菴廉訪鼎芬，風骨嶙峋，名震當代。詩與樊雲門方伯、易賓甫觀察齊名。茲有人傳誦兩詩，亟登之。《丹陽道中》五律云：「卅年經亂定，匹馬逆風驕。青草猶披隴，寒溪尚斷橋。民貧多忌諱，道泰自逍遥。仰視高雲上，冥鴻不可招。」《題易賓甫觀察四魂集》七律云：「伊川三魂君有四，飄零詩卷向誰論。樓前化燕春常佇，紙裏招鶯酒尚温。湘水才人憐絶代，清河少婦在黄昏。楊花與夢無拘檢，一寸愁心一淚痕。」

衡陽夏伏雛徵君紹笙，長身玉立，才華卓絶。舉經濟特科，未赴。庚子拳匪之亂，徵君隨宦京師，經歷離亂，故詩多哀怨。長於古體，七絶則瓣香青蓮。録其《榆關》七絶六首，以見一斑。詩云：「榆關雨後夕陽紅，鶯樹悲鳴萬里風。海上雄師三百萬，同時拔劍月明中。」其次云：「獨上邊城百尺樓，微風吹下月如鈎。誰家玉笛聲飛度，長使征人一夜愁。」其三云：「白雲從此去長安，萬里休歌行路難。若傍天山山下過，北風凜凜雪漫漫。」其四云：「塞上黄沙馬上飛，關門烽火照旌旗。遥知腰下懸金印，不掃胡塵總不歸。」其五云：「雲山萬疊走風塵，荆棘横天劍在身。立馬沙場且高卧，月明千里更無人。」其六云：「旌旗百萬是榆關，苦説將軍去不還。壯士夜闌横劍去，寒風大雪滿關山。」

余宦粤時，柯生舍弟寄七絶十首，近日發篋，陳書紙墨如新。亟録三首，以誌余兄弟風雨連床、聚合不易也。詩云：「落拓江湖十載餘，一官猶且賦閑居。文章自古多孤憤，贏得窮愁好著書。」其二云：「兄弟情深感索居，生涯恨不託樵漁。吴山粤水三千里，訴盡離愁一紙書。」其三云：「執手何時鬱抱開，離懷終日幾徘徊。明年擬泛珠江掉[棹]，飽看羅浮萬樹梅。」

彭澤歐陽笠齋觀察述，著有《浩山詩鈔》，詩筆清拔，頗多佳什。余尤愛其《七月三日偕内兄姚西朋大令登舍山觀雨》七古，奇氣縱横，意境俱勝。詩云：「雨腳入江江半黑，千帆齊落萬槳歇。有人游與此時豪，一舟卻指金山發。停橈風色動蘆葦，入寺新涼上巾褐。攝衣急拾危級登，疾走驚呼雨追及。山頭有亭二丈廣，御題屹屹豐碑立。一詩朗誦猶未移，旋風吹雨到已急。風自南來人避北，徙倚還防雨絲逼。殘暑全祛葛衣冷，層陰欲壓亭柱折。颭颭階下怒雷吼，嘩嘩欄前紫電掣。鬥空戈馬聲喑鳴，作勢蛟螭氣張翕。傾盆直訝一霄漏，暴漲堪愁大江溢。瓜步帆檣望已迷，焦山青翠淡旋滅。濛濛一白天水連，離地孤亭恍疑活。山腰古殿水氣昏，隱有龍蛇互出没。沙彌驚怖隱佛几，頭陀蜷縮守石窟。有此靈境不敢窺，奇觀翻讓遠來客。二客自顧殊不凡，凌虚欲向青霄入。此時下界若有睹，便是雨師並風伯。不然冷霧寒煙中，何處能留雙俊鶻。平生快雨觀亦常，如此奇觀曾未得。繁聲無那驚客魂，清氣真教到詩骨。須臾風寧雨亦止，奔雷爍電散一瞥。叢蘆酣浴羣鷗喜，遠浦新開一帆側。廣陵煙樹净彌緑，白下青山爽可挹。江天空闊吟眺遠，萬里新秋洗初出。下山未免裳履濡，覽勝還愁石磴滑。林端殘瀝滴餘響，嶺外斜陽漏一抹。重尋小艇渡江歸，回首煙鬟翠猶濕。」

《浩山詩鈔》尚有佳者，七律如《大梁秋興》云：「中原爲客十年過，懷古秋來易放歌。廣武英雄何處去，梁園賓客至今多。隔塵車馬向京洛，逝水繁華指汴河。日暮牟駞崗上望，故宫禾黍接煙莎。」其次云：「扶醉登臺眺大荒，舊都秋色自蒼蒼。壓城河水居高勢，繞郭黄沙認戰場。柳暗長堤通驛騎，草低平野見牛羊。朱梁趙宋都岑寂，喬木陰陰下夕陽。」

涇川胡陶軒大令鴻澤，咸、同間馳騁戎馬，垂十餘年，故詩悲多壯。曾宰江西之上饒，刊有《印雪軒詩稿》，如《作客》五律云：「作客四千里，勞生三十餘。親朋歧路酒，骨肉異鄉書。迂拙俗多誚，清貧交易疏。秋風動歸思，遥憶故山居。」其次云：「萬卷不能讀，一身猶遠行。劫餘占世運，客久悉人情。勤學心逾歉，窮途意轉平。悠悠安足道，所愧是浮名。」

陶軒大令七律如《聞捷》云：「滇池函谷尚煩憂，計日王師取次收。唐室暫寬回紇罪，漢家終斬郅支頭。風清刁斗三邊静，月照山河萬里秋。慚愧書生未投筆，論功何處覓封侯。」

龍陽易實甫觀察順鼎，詩筆瑰麗，著作等身。知與不知者，咸以詩人目之，乃弟由甫大令服官贛省，與鼎過從無虚日，獲讀其詩最夥。觀察與義寧陳伯嚴吏部、武陵王夢湘太守在廬山共抅琴志樓，有終焉之志。觀察與夢湘太守先後遊廬山，凡深林幽谷，探搜幾遍。賦廬山詩者，咸以二人爲空前絶後之作，刊有《廬山詩録》，南皮張文襄公所點定，極爲傾倒。其《萬杉寺五爪樟》七古云：「萬杉化去無一杉，惟有寺前老樟在。樟分五體共一本，身歷百齡更千載。旁達澗壑根已深，直干霄空氣不餒。雲垂太陰逗雷霆，風翻白日動光彩。危柯半入煙冥冥，細葉還鋪雪皚皚。化人偉奇丈六身，猛士雄健尺八腰。全張數爪鱗之而，俯視衆木形傴僂。古來賢豪誰撫摩，其人已死不相待。惟有五老之奇峯，共對青天無倦怠。雖言乾坤要支拄，未免得罪庸與猥。下穿已愁傷富［地］媪，上拏又恐妨真宰。獨立無友大哉謷，衆人皆忌甚矣殆。自恃刀斧莫能入，皮堅有類披鐵鎧。大材詎肯腐山林，神物猶思避葅醢。吾聞豫章生七年，便可與龍門滄海。何況此樹世稀有，壽過凡樟逾百倍。原爲樓船擊西夷，知君九死終不悔。」

《噴雪亭瀑》七古，中段云：「泣珠恍探泉客窟，織綃疑入鮫人家。細如煙紈襲霧縠，危若冰挂轉雪車。何年共工陷鼇極，海水傾日東南斜。」又遊《棲賢寺》五古，起語云：「山響溪所爲，兼以雨鳴葉。鬢外如已秋，涼痕在雙頰。」皆奇警絶倫，令人拍案叫絶。

長洲張絢甫祖昌，乾嘉時人也。幕遊東南，酷好聲韻之學，以詩名著，著有《萬竹山房詩鈔》。其德配蔣，亦能詩，有《半梧樓吟草》。曾孫張金如近刊其詩鈔，分贈同好，其佳者有《章江郎儂曲》，頗得竹枝遺響。詩云：「短艇郎儂坐兩頭，茨菇葉長浪花浮。郎拋頭網儂持櫼，生長風波不識愁。」「螺子山高青藹微，魚多日日賣魚歸。郎愛清江可濯足，儂愛清江可浣衣。」

「黃金水裏白沙團，三曲灘中石子斑。郎看儂如天上月，儂看郎似霧中山。」「峽江縣裏夜猿號，明日南風白雨跳。笑指浪頭剛没鷺，内江不比外江高。」「灘高十里一重重，雨濕蓑衣雨打篷。大羌山頭郎怕雨，小羌山頭儂怕風。」「鸕鷀朝朝水面飛，打魚打得鯉魚稀。郎似鯉魚儂似鯽，鯽魚爭比鯉魚肥。」「去年嫁郎織匹布，今年人道郎船新。明日郎從縣中去，爲儂裁作茜紅裙。」「船頭風起便鳴榔，船尾風横不用檣。儂是船身郎是舵，東西南北總隨郎。」

《萬竹山房詩鈔》七律有佳者如《煩惱》云：「煩惱皆由軀殼起，太虚全體本無虧。須知苦海沉身日，即是懸崖撒手時。遇事只宜隨事了，捫心切勿把心欺。靈臺一點如明鏡，忍遺塵埃暗地滋。」

桐城楊伯衡大令澄鑒，著有《紹萘齋詩鈔》六卷，詩律深穩，出以藴藉。惟中有《暴風》七古一首，頗極恣縱。其詩云：「男兒墮地莫逢上帝怒，水旱盜賊良無數。容如槁木心懸旌，打頭又與暴風遇。暴風遥遥從西來，先昧鬱蒸天不開。長夏四月如六月，裸衣括髮猶疑身傍爐火熠。須臾大地黑如墨，塵沙盪日日無色。雲邊騰出萬馬聲，空中蹴起九牛力。穿林度嶺摇高岡，黑氣團結翻成黃。大木百圍根倒拔，臥向平地如橋梁。野塘半畝水直立，湧出洪浪疑湖湘。東家屋瓦片片飛入太空去，西村茅舍散如落葉飄野航。（下略）」

楊大令之詩，七律如《呈聯仙衡太守》云：「一年累錫劉宏紙，百里來乘郭泰舟。每詠何梅向東閣，便邀陳榻下南州。痌瘝共衆霑元化，骨相何人軫故侯。只有皖山無冷暖，與公一例豁青眸。」

會稽趙撝叔大令之謙，學術文章，卓絶一時，兼有鄭虔三絶之譽，終江西一縣令，卒於南城縣任。書臨北魏，得者珍如拱璧。刋有《悲庵居士文存》《詩賸》。詩法漢魏，氣韻高古，近體亦戛戛獨造，掃除窠臼。録其《七夕詩》一首，其題云：「七夕爲牛女相見之期，皆俗説也。沿訛踵謬，戲作一詩，以供大噱。」云：「取婦莫借錢，借錢莫更還。借錢得婦難，還錢愁天慳。一年一日七月七，一年一日一見畢。一年一見亦已多，人間一年天一日。一日會有相見期，借十萬錢還無時。中有大巧人不知，爲牛計得爲女癡。衆人乞巧年復年，我乞乃在巧借錢。但令十萬腰可纏，天涯何處無因緣。願得一年一相見，期以一年終見面。離家千里歸何年，空有夢魂知眷戀。今宵下拜牛女星，明朝爲我奏帝庭。乞借臣錢萬亦得，毋一子十權奇零。牛來告我口囁嚅，天帝曰吁朕非愚。況汝自昔負夙逋，效尤瀆講皆當誅。我聞此語重欷歔，囊中看錢空無餘。弄巧成拙意何居，借錢信是牛不如。」

撝叔大令之詩，有用禪宗語者。如五古云：「我曾不見佛，我先不見我。見我向鏡中，不如人見我。佛是我見我，我是人見我。我能不見人，見佛無不可。」又云：「窗外東山小，門外東山高。屋外東山大，登山東山逃。東山何曾逃，我在山之腰。山下人看山，已笑登者勞。」又云：「一犬立門首，一犬臥庭中。一犬伏床下，一吠三者同。主人出門看，不得人影蹤。叱犬犬不止，不叱吠亦止。犬吠人叱犬，兩俱無謂耳。」此等詩驟觀之，以爲易於着筆，然非徹悟禪旨，生有慧根者，正未易造此境界也。

樂平彭鶴儔女史，一字若梅，性好柔翰，頗善吟咏。從新建范藕舫大令金鏞學詩書，隨宦至陝西。未幾由陝至都，由都至滬。慕女士之名求詩畫者，户限爲滿。近年女士回贛，杜門養疴，以售畫自給。余曩見女士時，方髫也。重晤江城，别十五年矣。出示《妙香閣詩草》相視，佳什頗多，擇録數首，以見一斑。如《書感》七律云：「春風吹影下瑶臺，自此愁懷拆不開。薄舌敢辭鸚鵡罵，多情怕聽鷓鴣哀。幾曾雲雨輕翻覆，一任星霜自去來。從古君臣與男女，受恩深處是無猜。」其二云：「持此何堪律世情，世情真覺遜山平。難諧俗好無長技，最惹人疑是盛名。總爲才華增懊惱，未妨恩怨欠分明。白衣蒼狗尋常事，濁浪而今渾太清。」

鶴儔女士五律佳者，如《春夜》云：「萬物夜方静，吾生聊息機。堂虚羣響集，燈斂一心微。秋雁遠逾遠，春雲歸未歸。曉風簾外急，吹我夢魂飛。」其次云：「月黑狐窺影，官衙犬守更。桃花如客醒，敗葉學人行。身世憐孤注，光陰付短檠。誰持干莫利，劃斷去來情。」

女士在都時，吴伯琴廉使鈁贈以詩云：「鳳泊鸞飄事可傷，玉釵敲斷恨茫茫。鴛鴦湖畔黄皆令，離隱歌成淚萬行。」其次云：「何處春風燕子樓，尊前羞唱細箜篌。可憐一管生花筆，不染鉛華只染愁。」其三云：「别有閒情惱亂春，遠山眉黛尚含顰。斷腸一曲生查子，錯被人猜朱淑貞。」其四云：「閒向孤山問小名，暗香疏影悟前生。此身合配林和靖，難怪心輕馬長卿。」讀廉使之詩，女士之身世可知矣。

昭文陳星涵有庚，吏隱於浙四十餘年，酷好聲詩，刊有《匹夫詩》問世，枳棘棲鸞，論者惜之。詩草中有《送歸贊卿明經之定海》云：「極目長江健孖翰，兵戈匝地海天寬。詞人播越文章賤，壯士間關道路難。寶劍豈無雷焕識，綈袍應念范雎寒。煙波前去茫無際，濁酒何人爲盡歡。」又，青田人家，皆依澗傍岩以居，僦屋作廨，廨枕山麓，背峯面溪，嵐翠列如屏障。左有一澗，迴環而下。春雨初過，瀑鳴如雷。退閒暇觀，涼沁几席。詩云：

「長風謖謖亂雲生，平川落日天地清。一澗白飛六月雪，四山翠掩三湖晴。籐蘿新長屋爲覆，雷雨陡鳴巖有聲。北窗踞榻獨高臥，仰見松稍猿倒行。」

《匹夫詩》有《日[月]夜泛西湖》一詩，意境奇特，亟録之。詩云：「天光月映碧，湖光月映白。此時湖天皆空濛，中含團團一明月。天光日影併入湖，上下不辨惟模糊。湖光到天日[月]隨上，湖天互分忽成雨。有時月忽逐天風，恍挾雲亦飛而從。有時月又浸波底，化作金練蕩不已。波洄月分，有缺有圓。□花游魚，樂斯不潛。快哉月入宵更明，引我野航湖中横。湖月天月同相迎，城闉此際夢正勻，我游西湖月遍親。」

蘇州顧俠君太史，徵刻元人百家詩集，蒐羅不遺餘力。手自删定，付諸剞劂。既竣，除夕其幼子告曰：「秀埜堂前，有古衣冠百餘人叩謝太史。」趨覘渺無所見，故昔人云：「表章前人詩文，功較掩胔爲勝。當此新學競鳴，舊學將有失墜之歎，保存國粹，吾輩之責也。顧太史事雖涉不經，然文人愛名，至死不易，亦心理中有所事也。

余友羅子銘大令光鼎，同邑人也。其昆季與鼎兄弟輩，里門過從無虚日。大令以名孝廉筮仕秦中，適值庚子拳匪之亂，憂國傷時，一皆寄之於詩。所作隨手散佚，僅存《雲横小榭詩存》數百首。大令感愴時事，抑鬱致疾，由秦回里後，閉門却掃，習静養疴，詩中時有禪悦之旨。如《由娘娘洞行八十里經淅川廳雙合鎮過白鶴灘雁塞灘至涼水泉即景》五古云：「白鶴忽飛來，兩山蒼翠合。畫屏中天開，陰陽互闢闔。石磴如階梯，此屐何時臘。高空雁塞盤，灘泉供吐納。回望古長安，不見慈恩塔。舟行峯亦移，人語砧聾答。不借盧敖竿，且安陶令榻。涼水古名泉，樹外春雲雜。在山自澄清，出山自紛遝。言尋採藥翁，挂此白雲衲。」

子銘大令有《偶憶佛書成四言棒喝》云：「一大一小，相逢甚巧。如影隨形，同心之音。一淡一濃，影現圈中。啞謎猜破，還是一個。一個之外，稀奇古怪。粉碎虛空，不開殺戒。以殺止殺，傳爲丹訣。轉出生機，蒲團尚在。一新一舊，行行走走。打破疑團，何須堅守。一舊一新，清净之身。夢中設像，遊戲風塵。」此等語雖非詩之正軌，然大令潛心元門，獨具慧根，亦可見矣。

武陵王夢湘太守，有《過栗里懷淵明》詩，其自序云：「今讀淵明詩文，冲淡平易，如布帛菽粟之必不可廢。所引用不外六經子史，而於《論語》尤爲切近。蓋淵明心存君國，生非其時，沉飲自廢，要其信道之篤，百折不回。斷非流俗好尚所能移易，有屈之哀，而泯其怨；有莊之達，而去其誕。前不爲許、郭之臧否人物，後不效朱、張之講學名山。其過也，天其諸夷之清者歟？其諸惠之和且介者歟？其諸顏之簞瓢不憂，而孔之疏水亦樂者歟？」太守此論，足爲靖節知己。使千載以下讀陶詩者，如見其人。

龔定庵先生亦有《論陶公》七截三首，與此互相發明，足徵英雄所見略同。詩云：「陶潛詩喜説荆軻，想見停書發浩歌。吟到恩仇心事湧，江湖俠骨已無多。」其次云：「陶潛酷似卧龍豪，萬古潯陽松菊高。莫信詩人竟平澹，二分梁甫一分騷。」其三云：「陶潛磊落性情温，冥報因他一飯恩。頗覺少陵詩吻薄，但言朝叩富兒門。」雖然龔之論陶，不過擬之管、樂、諸葛，王之論陶，直尊之爲聖賢矣。靖節之詩有云「豈不實辛苦，所懼非饑寒」，其信道之篤，百折不回，誠如夢湘太守所言也。

夢湘太守以敏，以詩名當代，詩宗盛唐，才華富贍，魄力雄偉，信爲一代作者。刊有《檗隝詩存》。攝南康守時，又刊有《廬嶽集》。其中名篇佳什，美不勝收。録其一二，以窺一斑。《十七夜月中聞笛》五律云：「趙地古時月，愁人心上秋。誰家夜吹笛，流怨滿上樓。憶昔沙棠楫，搴芳杜若洲。江湖還載酒，何似少年游。」《秋至》云：「不知秋已至，倚杖緑蘿陰。向曉關山月，哀笳何處音。孤雲將雁遠，病葉與愁深。誰會平生意，空江猿狖吟。」

夢湘太守七律，如《登太華鎮萬壽閣》云：「憑虚百尺倚清酣，秋入宏農萬象涵。天外長河流渭水，雲端二華接終南。微茫秦樹歸飛翼，迤邐周原還客驂。欲訪碑亭無覓處，四山嵐翠滿松龕。」

七古如《臺上夜坐》云：「缺月西行天不動，四山作枕雲爲夢。摇風野夢影龍蛇，帶露幽篁泣鷩鳳。一角城樓火似紅，飲泉蔭柏悵誰同。詩魂合化秋螢碧，裊入游絲上曉空。」又《噴泉亭觀瀑》起語云：「危崖束天天倒開，白日飛雪轟晴雷。披雲咫尺望可即，徑轉忽隔青崔巍。」中段云：「手胝足繭搴煙蘿，猿伸蛇引飛鳥過。人行屏風度玉鏡，天移斗柄翻銀河。空濛射面雨，旋轉盤石過。不知空山幾寒暑，但覺非煙非霧，一氣來相和。」又如《天池》起語云：「高崖下睨雲有聲，長江西注天冥冥。文殊半塔倚絶澗，天池水黑魚龍腥。西極江流東溢浦，萬變陰晴半吴楚。星星佛火不敢明，廢殿荒涼竄鼯鼠(下略)。」才氣縱横，不可一世。此等詩置諸古人集中，應無多讓。

吾邑劉未林太史鳳起，清才雅度，超逸儕輩。與鼎爲總角交，而兼姻婭，詩筒贈答無間歲時。近年爲當道奏留江西監督學堂，同在會垣，過從尤密。太史詩初近盛唐，一變而宗宋人，近則含蓄深遠，進而愈上。充其詣力，必造古人矣。如《感事》七律云：「雲窗複道憶華年，又隔蓬山路幾千。未雨狂風能闔闢，將春離柳已纏綿。盡藏經卷難成佛，遠望樓台易接天。墮落凡心無好夢，寒香疏影曉鐘前。」又積雨經旬，濕病爲困；既辭公僕之任，獨深如晦之思。《雜書所懷》云：「雨蹴苔痕悶曉寒，桐花初實竹成竿。繁香零亂催春去，複道逢迎引月難。桃李一谿餘碩果，茶煙半榻理叢殘。靈槎浮海思前夢，未作蓬萊絶頂看。」其二云：「紅黄孽派入沙門，睡眼彌陀亦不尊。何處莊嚴金布地，斷無功德水還魂。千山雪後浮屠矗，萬劫談餘俠隱存。新法未聞除密祝，戒鐘悲鼓總難論。」其三云：「不有波瀾海不深，負圖龍馬久消沈。笙詩退食箋華黍，書法微言表竹林。欲采芳蘭猶棘手，未辭紈扇已秋心。當年湖上騎驢老，風雨憂時念斷金。」

朱林太史著有《味琴山館詩鈔》，尚未付刊。然新詩脱稿，人爭傳誦。其《詩鈔》中美不勝收，如《覺民水部、晦如舍人、耕木比部過予齋中感談人事，至二鼓復傳車入酒市，召歌郎侑至醉，縱論昔賢時彦，相與低昂。感未雨之鳥，先戚戚於綢繆；悲嘗巢之燕，尚汲汲於枯槁，口占二絶句》云：「心光百丈横星斗，人海茫茫天自蒼。手把芙蓉三尺雪，貂裘扶醉上毬場。」「與子長安感飄泊，酒邊紅燭鬢如絲。年華更比秋潮急，誰慰停杯看劍時。」又《病中偶成》云：「頹雲斷雨觀心後，海市神山滿眼中。贏得十旬病供養，亂書堆裏闢鴻濛。」其次云：「人天手眼去來今，不判榮枯判淺深。自是金剛任塵土，枉他風雨亂冬心。」其三云：「證果仙心還救世，彌天道力不降魔。萬千苦樂皆平視，始識迂儒缺陷多。」

朱林昆季四人皆能詩。仲玉衡明經，季成九孝廉，人以「河東三鳳」目之，均負才早世，儕輩惜之。玉衡之詩，典雅名貴，卓爾不羣。成九之詩，如初日芙蓉，自饒風韻。玉衡明經名鳳鏘，成九孝廉名鳳來。劉玉衡《書葉玉虎壽樓春詞後》云：「悚惶風色來天地，轉輾塵輪拓十洲。海國霆聲驚醉膽，星河兵象動弧頭。宫車殘夢青城過，鐵騎歸魂白帝愁。牛耳中原讓誰執，齊州東望暮煙浮。」「攙槍尾侵五雲邊，薊樹衝煙拂錦□，不謂車書馳瀚海，真令烽火照甘泉。讖文草付應王地，民望金吾借寇年。易象苞桑猶可及，撫心財政一衡權。」

新建曹范青舍人九疇，雅善談詩。於古今詩人流别，辯晰精確。詩不多作，然每作必動與古合。見其《靜觀篇》五古云：「大道無終秘，味者探元杳。達人尚靜觀，真要心已了。無在無不在，此旨非虚矯。黴塵一念起，夢想中宵擾。即此滅道力，没世不分曉。章句兢糟粕，情緣紛繚繞。我讀《南華篇》，蓬心易而瞭。更誦《法華經》，妙理窺三藐。天地一罏炭，物我無大小。罣礙亦已空，忘機到鷗鳥。表裏同一源，白雲方皎皎。」

範青舍人七律如《夜直呈朱公》云：「江湖滿地走龍蛇，落日城頭幾處笳。冀北沙蟲猶有壘，淮南雞犬已無家。玉關楊柳愁羌笛，金井梧桐怨落花。風馬雲車看歷歷，背□空自數年華。」

戊申三月，見《神州日報詩選》有署名「龍潭」者《憂古詩》一首，言庚子國難事，怨而不怒，深得小雅之旨，因亟録之。詩云：「有鳥有鳥飛不得，月隱城頭秋夜黑。單于十萬空營來，天子震動驚顏色。壯夫執殳不爲國，哀哀諸公徒肉食。忽見烽火入長安，金碧飄零植榛棘。傳道乘輿出帝京，帝子牽衣泣路側。宮花寂寞宮人去，惟有明月長相憶。大官紛紛謀保身，亦詣行在矜翌冀。悠悠但知路阻艱，誰傷宗周歌黍稷。側聞龍顏尚無恙，偶念痌瘝心惻惻。滿地荒煙雞犬空，農夫輟耕女罷織。征人應募赴敵軍，路遠死生無消息。白髮老母倚門閭，可憐壯士在絶域。吁嗟乎！安得長驅浄邊塵，一掃烽煙靖南北。」

又《詠出塞曲》五言絶云：「鐵騎絶陰山，長征人未還。單于纓未繫，莫渡玉門關。」其次云：「落日起悲笳，天低冷月斜。詰朝將赴敵，軍士静無譁。」其三云：「戰血濺征袍，擒王意氣豪。黄河没馬脛，月下試磨刀。」其四云：「昨夜敵營空，將軍尚引弓。解鞍一痛飲，吉日奏膚功。」四詩饒有古意。

常熟陳昧青巡政祖年，隱於下僚，能文工詩。余友江甯金楚青大令亟稱其詩，著有《鴛嬗媛舫詩稿》，承遠道惠寄一册。詩筆清拔，近作尤勝。略録一二，以見一斑。如《與金君楚青一夕傾談夜雨不寐感而賦此》云：「睡眼不開天未曉，此時飛夢欲何之。無多涕淚酬親友，剩有慈悲懺女兒。三界光明憑智慧，五更風雨太披離。他生願作無機物，一任因緣兩不知。」

侯官李季緘大令景驤，以庶常作令粤西，因公受過，致干吏議。與鼎在江西同受長白瑞鼎臣中丞、侯官沈

愛蒼護院之知，南贛剿匪一案出力，同膺薦剡，開復原官，過從遂密。大令爲人藴藉和平，不露圭角。才思鋭

敏，千言立就。詩亦俊逸清新，饒有含蓄。如《别劉魯麟同年》七律云：「江湖此去戀君恩，交悴公私賦北門。螳臂難支時事晚，羊碑重訪此邦存。勞人聽鼓蓬空轉，歧路銜杯酒不温。安得素心共晨夕，天涯芳草憶王孫。」如《哭楊蓉浦師》詩云：「大星忽報隕關西，嶺樹蒼茫秋色凄。天下楷模式元禮，平生山斗仰昌黎。知音不獨在文字，佳士曾經一品題。隔歲人真如隔世，失聲歧路有餘悽。」

江甯金楚青大令嗣芬，才思敏鋭，冰雪聰明，有鶴立雞羣之概。聽鼓來贛，與鼎交，莫逆於心，鼎搆「鷗盟小榭」於東湖之上，與大令談詩，每至夜分不止。君詩一氣舒卷，以清拔勝。著有《賽靈修館詩文稿》及《東湖消夏録》。見其七律如《石城不寐寄懷蕭一鵬金陵》云：「十年情好如兄弟，一别雲山各渺茫。獨宿荒城驚歲晚，可憐歸夢到江鄉。縱教海内存知己，纔覺中年已老蒼。地北天南吾與女，相思不見幾迴腸。」其二云：「蕭蕭短髮頻搔首，誰識江湖此日心。一雁孤飛聲寂寂，萬山如睡夜沉沉。到心哀樂知多少，過眼滄桑成古今。獨抱酸辛無可説，故應歧路淚沾襟。」又《讀袁太常遺疏》云：「欲排閶闔奪天門，剖取心肝奉至尊。縱使斷頭難再續，試看吾舌固猶存。批麟竟獨權臣忌，流血空酬國士恩。地下願從龍比去，留將功罪後人論。」

楚青大令性情真摯，讀其詩如見其人。如《再寄南中諸君子》五古云：「良友殊難得，豈可須臾忘。嗟予苦行役，獨在天一方。憶昔懽會多，而今離别長。出門苦炎夏，白露忽爲霜。明月差解意，皎皎照我牀。秋雨太無情，凄凄斷我腸。非無酒與肴，獨酌不能嘗。側聞砧杵聲，誰家擣衣裳。遠念金閨婦，刀尺費裁量。仰天視蜚鴻，整斜已成行。登山望白雲，仿佛見故鄉。昊天渺千里，江水歎汪洋。飛亦苦無雙，渡亦安得梁。願學列禦寇，御風摩穹蒼。願拍洪崖肩，乘雲任翱翔。不然溯雲漢，乘槎日月旁。勝似逐風塵，棲遲苦不遑。」

山陰余[俞]恪士觀察明震，攝贛南道篆，勤於職事，頗有惠政。邦人傳誦所作《哀自治》《小學堂歌》，淺而易知，俗而不俚，頗得古樂府遺意。《小學堂歌》云：「傳聞四境内，私塾盡改良。入城吞聲哭，聽我歌學堂。古祠蔽風雨，門額書皇皇。中庭有偶像，教室設兩廂。童子頗活潑，魚貫而雁行。亦有四五輩，面目漸老蒼。亂髮垂過耳，垢膩無完裳。列坐乃凌亂，爭就檐隙光。講師入講席，氣靜聲不揚。面壁寫粉字，古語連篇長。就中一老儒，口説頗精詳。因授讀經書，爲講達孝章。若者天子孝，若者諸侯王。羣見互耳語，或但兩目張。朦然又移晷，咳唾如沸湯。吁嗟十年内，此事詎可商。我聞東西國，校舍周窮鄉。兒童自理學，何以基富强。此意難具陳，請君學牧羊。牧羊得羊性，三百無相仿。人人有子弟，誰家無爺娘。蒙養須及時，願與重較量。」又《哀自治》云：「歌罷學堂歌，聽我歌自治。客從邊隅來，爲述邊隅事。山城如斗大，四鄉可區記。誰家富田園，誰人識文字。各予選舉權，十召九不至。山前有博場，歡呼雜老稚。山後鼓鼕鼕，村農逐邪祟。共樂太平年，安用多條例。老儒閉門居，讀書已三世。青唇吹火眠，横陳入沈醉。語以風俗憂，朦朧嗤以鼻。幼女十齡餘，出言頗犀利。謂爺入城去，但可市糕餌。莫去見官府，莫受官府氣。更莫拜鄉鄰，鄉鄰無好意。此語詎不然，此事那可議。彷徨復彷徨，諮謀到胥吏。哀哉九年期，尚待開民智。」

恪士觀察七律，遥情逸思，清氣往來。如《峽江道中》云：「空際又收斜照去，人間惟有百憂侵。荒城近水知寒早，醉眼看天覺淚深。身外風濤隱高樹，夢餘燈火悟初心。灘聲嗚咽鴉啼急，三十年前枕上音。」摘句有佳者如：「事過羣山如夢醒，天空一雁破[愁]來。」「一念可教滄海變，百年真到鬢毛斑。」「向曉燈光殘[斜]月裏，殘年心事亂流中。」「將衰微覺悲歡異，無睡方知天地空。」

長汀胡德齋大令欽，宦游西江多歷年所。生平擅集句，所刊《集句詩》，首尾相生，天衣無縫。詩亦極其沉鬱，刊有《賜鬎閣詩鈔》。大令已歸道山，身後蕭條，篋中檢得大令之詩録登之。《蜀漢昭烈帝》云：「天下英雄惟使君，拜恩特表左將軍。檀溪躍馬疑飛渡，吴沼蟠龍久得雲。漢賊存亡難兩立，孫劉成敗已三分。東行他日疇能制，七百連營一火焚。」《元帝》云：「江東望氣豐無徵，任把金陵作秣陵。衆聚犬羊方内逼，讖符牛馬已中興。君王奇相森毛骨，兄弟同心失股肱。一樣雀釵求不得，深宫儉德儘堪稱。」

江甯吴麟伯大令鳴麒，夙負文譽，向不知其能詩也。金楚青大令乃大令之高足弟子，在楚青處獲讀其詩，清新雋永，耐人尋味。録其《贈楚青詩兼題謇靈修館雜著及東湖消夏録》云：「祖述風騷願未酬，謇謇君獨怨靈修。孔顏已被儒冠誤，屈賈空增湖水愁。聊浪洞庭千槳楫，迴翔江表一登樓。左徒弟子飄零盡，猶有人悲宋玉秋。」其次云：「炎氛無計可消除，一曲東湖自著書。怪體文删紅勒帛，清波人住碧紗厨。志林海外評茶後，小説虞初演睡餘。莫怪鷗盟聯不到，原來蕃榻獨因徐。」

新建徐巨源名世溥，國初人也。與侯朝宗輩齊名，擅文章之譽，落拓不遇，子孫式微，遺稿散失。商邱宋牧仲論其詩，爲朝宗所不逮，爲之蒐輯叢殘，刊行《榆溪詩文集》及《榆溪詩話》。其《續夢》云：「孤雲一片來，飛作枕前夢。中宵雨雪寒，夢殘詩亦凍。夢爲琴上絃，詩如絃上聲。斷續了無際，鍾期何處聽。」《榆溪詩抄》七律如《丁愛大過别小飲留詩奉和》云：「紅葉隨君上草堂，片雲如客亦臨觴。美人别路經春草，游子歸心滿夕陽。半嶺月生疑露白，隔川沙起見風黄。卻憐鴻雁同知己，容易分飛水一方。」《齊源秋感》云：「莫誇紅葉招嶙峋，青女方來灑掃新。鶗鴂不知芳草暮，蟪蛄猶道舊山春。四時變化甯同令，一代風雲各有人。晚雪更嚴儔更寡，好儲瓶甕衆情親。」又云：「殘鬢誰能正鶡冠，荒垣瘦影日盤桓。一杯聞遇由天幸，三尺猶眠托地安。衹是霑襟緣世界，何曾拭袂爲饑寒。曲終哀怨應尋慰，看徹昭回更考槃。」

醴泉楊參之大令世謙，亦號伯撝，詩筆藴藉，尤工倚聲。惜負才早世，年纔二十七耳。其《春日雜題》云：「何處東風嬌綺紈，一番心事倚闌干。凄凉舊夢梨雲冷，落盡楊花小院寒。」「聲碎金蟲墮玉釵，霓裳罷舞意徘徊。翠簾十三宵空捲，月冷雕梁燕不來。」「生緑屏開舞鏡鸞，美人笑贈翠琅玕。龍綃錦字簪花細，付與王郎醉後看。」「泥他金鴨水沉香，宴罷瓊樓夜未央。銀燭錦茵春氣暖，紫霞低按小秦王。」「清夢鶯回啼翠禽，簾波窣地影愔愔。日長人瘦誰相問，燕蹴箏絃畫閣深。」

大梁程春行大令廷琛，宦游章水，久寓潯陽，雖未識面，久耳詩名。鼎有徵詩之役，承抄示甚多，最愛其《惜春曲》云：「東風鎮日連綿雨，乳燕雙雙繞梁語。没人生替落花愁，打起黄鶯疊金縷。」「沈陰苑落梨雲掩，愁比春深恨春淺。含情欲寄六鱗書，不展鸞箋裁蜀繭。」「翠被輕寒玳瑁牀，簾籠半捲昔邪房。金爐獸炭頻番撥，紅豆新詩惹斷腸。」

新建蔡仲岐廉訪希邠，偉貌長髯，性情伉爽。鼎與其哲嗣旭山大令同官粤省，苔岑至契，悉廉訪生平最悉。著有《寓真軒詩鈔》十二卷，旋喬梓先後，均歸道山，遍覔其詩鈔不得。偶於殘書中，得雜鈔廉訪詩七律數聯，聊録於此，以見一斑。如「自古難圖惟蔓草，至今無恙是柴桑。」「報國願從今日始，起家休薄此官閒。」「十年老女頭重上，四座新交面半生。」「頽波莫挽人間世，荒嶠偏連海外州。」戛戛獨造，領異標新，不落人前窠臼。又有《甲申閲兒輩奕書感》七律一首尤妙，惟起二句漫滅不可卒讀。詩云：「求全此日談何易，鑄錯當時悔已輕。但遇蒼黄須鎮定，轉嫌黑白太分明。兒曹莫漫爭先着，國手從來屬老成。」

鄭曉涵司馬工書善畫，尤長於詩，吾師新城黄菊裳先生常稱道之。覔其遺稿不得，從友人處鈔得兩首，亟録於此。雖吉光片羽，亦足窺其一斑焉。《歲暮書懷》五律云：「論世猶看劍，籌邊已罷兵。似聞寬大詔，海外亦蒼生。白日悲歌遣，殘年燈火親。冰蟲難爾語，圖史老吾身。」又《舟中望廬山》七古起句云：「大山蔽天雲垂腰，小山委蛇不能高。」又《早發》五古結句云：「皇皇車中人，黄塵撲烏帽。歲歲饑來驅，有勞不敢告。」

新建喻安伯震孟，爲邑之老名宿，與蔡仲岐廉訪，以道德相切磋。著有《晚晴堂集》，蔡廉訪爲之鐫板行世。其詩真率不假雕飾，如《阿榮》云：「阿榮墮地纔一尺，兩手扶墻過門隙。端坐翁齋看讀書，手弄銀釧意良適。間關鶯語春風喧，綽約花枝明鏡惜。仰首空階望月明，大笑天高攫不得。」小兒女狀態，描摹如生，信爲佳什。

義甯陳伯嚴吏部三立，天下久震矜其詩，以爲足紹西江詩派。蓋吏部胸襟冲澹，志趣高尚，既不役志干時，且復敦崇風義，識與不識，皆以「文章氣節」稱之，宜其詩境敻絶，非淺學之士可窺肩背也。所著之詩，尚無刊本，謹就耳目所及、友朋鈔寄録之，以慰欲讀吏部之詩者。《四月五日喚船沂漲至長頭峴取途入西山》云：「雨罅喚輕舠，沂漲信飄風。晴峯頗照眼，百里青濛濛。沙岸所齧痕，今來易西東。一片黄瑠璆，亂插緑柳蓬。畸零瓜蔓水，處處没鳧翁。犢有浮鼻過，鯈有銜尾通。其陽出微陂，雜花摇白紅。斜趨石甕橋，明滅浸長虹。可憐萬家影，詭蕩漪瀾中。襟趣忽已高，微憾無與同。嗚篬蒼煙根，升降草木豐。鬢邊白日麗，四映皆玲瓏。茗亭拾夢痕，欠伸於蒿蓬。但隨伊軋車，靈境誰能窮。」又五古《顧石公》云：「海内號酒狂，尤以詩文顯。嵚奇磊落氣，一一在篇卷。率直靡所容，吟毡賜偃蹇。亦復走遼邊，偶與績帥善。歸來愈自放，世變納孤盞。譏訶一世人，舉俗避白眼。吾獨愛石公，罵坐滋婉孌。酣嬉淋漓餘，角出輒飲滿。築居盋山麓，清曠稱傲懶。龍潭古不波，小嶺包蜒蜿。花樹臨青蔥，橋亭虹影斷。雜植明石斛，婆娑西域産。旁擅一洞天，風光屬領管。歲歲挑菜節，佳客穿户限。或歌或聯吟，或罸爵無算。今春薦盤蔬，馬籃臛羊臠。轟呼讀書堂，盛極一輩選。謂當吾未死，勝約歲必踐。近句爛几案，頷首無可揀。荏苒越上巳，室邇人自遠。此士今則亡，累歎腸百轉。江南盛名彥，大都習熟輭。惟君貶新法，倨強吐忠款。善敗寍逆睹，口噤不復辨。君有平生友，鄭卿最繾綣。耳熟廣坐間，稱君煎其短。吾意卒不易，攄哀申謇謇。」

伯嚴吏部近體詩，七律如《哭季廉》云：「萬鬼猙獰鉅海限，真成一夕碎瓊瑰。平亭學術歸孤憤，凋瘵鄉關見此才。聽講祇餘殘月在，尋親應帶怒潮回。遺箋重疊藏塵篋，後有千秋未忍開。」又《晴［峭］廬夜望》云：「孫竹抽梢雙挂完，歲時幾向雨中看。蛙聲乍起樓窗晚，雁背徐高陌隴寒。虫齧萬松成禿鬢，鼠窺孤鉢剩雲餐。矮檐癡拭新安碣，坐憶誰能淚泗乾。」

沈子培方伯曾植，湛深經術，學具根柢。詩文皆有經籍之光，允推海内作者。方伯宦贛最久，得方伯之零縑斷簡，皆什襲珍藏。友人程蟄广大令，方伯之高足弟子也。出示其《送余堯衢廉訪歸長沙》五古四首，亟録之。詩云：「對案噎不食，揚帆暮何之。東南萬古愁，浩蕩今方滋。溪弩巧能中，棲苴薄難持。植木蔭先凋，甘泉汲先澌。重爲執袂別，無地搴裳隨。贛水西北流，清風滿旌旗。送公一往情，迎公兩來期。」其次云：「凍雨七日零，黑月啼鬼車。哀哉萇叔血，濺作城南沙。哀我蠕蠕民，奔騰到鸓鼲。投身入水火，萬足羅一罝。□□□□□，孰居無事耶？天高不可問，事往空嗟呀。」其三云：「夕陽在西山，紅紫鬱千色。長筵離坐久，有懷轉沈默。華燈照駊騀，深酌剩罄洌。鬚眉外景清，襟度中丹密。夫子超世心，昭懷朗晨蔦。長依愛日年，稍戢垂天翼。偶耕謝徵聘，養晦銷夔獨。形諜而光成，知非主人質。」其四云：「泗水湛湛碧，江皋草芊綿。那無濯纓志，共泛滄浪船。窮議孰非罪，息原公獨顛。送者自崖返，行者邈若仙。決事堅如山，感情洶如川。長揖⿰其阝亭君，南風在萍端。」

長沙余堯衢廉訪肇康，在江西與英法外交官議結南昌教案，不爲威懾，折衝樽俎，頗爲時論所歸。有友見示其《題姚雲東文字飲卷子》五古云：「白雲滿空山，中有三人在。三人各異趣，抱膝如有待。有酒醉不辭，有文窮不悔。上思思萬古，下思思千載。文奇字亦奇，一以付醯醢。江城微雨過，羣葩半破蕾。沈侯不速來，豪氣生湖海。開闔一讀之，輒思百里宰。頭項斫正誰，毋乃褉神紿。提刑愧莫言，自合士師皋。重爲山靈笑，去去若將浼。一語諗使君，山移判不改。」此詩廉訪自跋云：「乙亡同年出姚雲東《文字飲圖》索題，余方鐫秩歸田，與雲東略同。舟中率成，不足言詩。時光緒三十二年四月。」蓋廉訪爲力爭南昌教案，爲外人所齮齕，使不安於位而去，都人士至今尚懷遺愛也。

新化游子代制軍直節清聲，久爲當代所企仰。有人傳送其《八十八自壽詩》云：「人皆願長生，我云求速死。死後復再生，誓作奇男子。」又有《咏紅梅贈吴鄉渠觀察》云：「生來本有水霜操，莫作夭桃一樣看。」日本乃木大將爲陸軍之魁傑，善吟咏。其《過金州》詩云：「征馬不前人不語，金州城外立斜陽。」蓋乃木之子戰歿此地，惜不見其全豹爲恨。

朝鮮素爲中國藩服，有明一代，貢獻不絶。本朝太宗崇德年間屢伐其國境，始稱藩本朝。崇德四年，國王李宗曾立紀恩碑於三田渡，其銘曰：「天降霜露，載肅載育。惟帝則之，並布威德。皇帝東征，十萬其師。殷殷轟轟，如虎如貔。西番窮髮，暨夫北貉。執殳前驅，厥靈赫濯。皇帝孔仁，誕降恩言。十行昭回，既嚴且温。始迷不知，伊威自貽。帝有明命，如寐覺之。我后祗服，日率而歸。匪惟憚威，惟德是依。皇帝壽之，澤恰禮優。載色載笑，愛束干矛。何以錫之？駿馬輕裘。都人士女，乃歌乃謳。我后言旋，皇帝之賜。皇后班師，活我赤子，哀我蕩晰。勸我稼事，金甌依舊。翠壇維新，枯骨再肉。寒荄復春，有石巍然。大江之頭，萬載三韓，皇帝之休。」其詞恭順，想見當日，皇靈遠被。今則三韓不臘，中國告危，上下二百數十年，不勝今昔之感矣。

襄陽吴寛仲觀察慶燾，詩筆雋拔，掃去陳腐，人亦伉爽絶俗，有晉人風致。録其《夜雨過沈子培》七律二首云：「滚滚雙江日夜流，坐銷春盡使人愁。幾番風雨妨花事，何日煙波狎釣舟。徐孺舊聞戀榻待，蘇翁若爲灌園留。浮生慚愧高賢躅，塵海重來已白頭。」其次云：「聞聲廿載久相思，交臂春明覿面遲。一髮猶存商舊學，尺柯都爛换新棋。儒林黯淡無緣飾，國是分明要主持。落盡檐花燈火冷，雞鳴賦就有誰知。」又《奉和陳少渠舍人之官貴州》二首云：「無計金門避世氛，有人參井識天文。悲歌慷慨辟燕趙，交誼纏綿附紀［驥］羣。一例鳳池甘奪我，幾時鵠渚更逢君。生憎五月牂牁水，催渡滄溟逐火雲。」其次云：「白下金臺戰骨高，身經喪亂氣仍豪。匆匆此去遊龍里，落落何人問馬曹。銅鼓森嚴儀葛相，碧雞鄰近謝王褒。天涯今後東湖月，萬里相思首重搔。」

侯官沈濤園方伯師，詩已録於前，今又得《題都昌胡雪抱優貢元軫昭琴館詩小録》七絶四首云：「休言没骨學徐熙，學竟樊南得杜皮。一變西崑成傑構，千秋硬語讀韓碑。」「且學太冲工詠史，漫從郭璞擬遊仙。玉谿錦瑟迷離甚，更遺何人作鄭箋。」「繞朝贈策本無靈，爲識元方老眼青。失解休教更惆悵，勸君投筆勒燕銘。」「青史遺文有淚痕，惺惺相惜合吞聲。函書觸我年時恨，安得斯人起九原。」

江寧傅苕生觀察春官，久宦贛省，曾攝學政。繼奉簡命，勸業是邦。雅抱冲襟，不爲冠帶所拘束。雅好吟詠，詩筆清逸，如初日芙蕖，掃除雕飾。如《女兒城北望有作》云：「空山元氣寧終閟，絶海樓臺刺眼明。到此英雄真氣短，不堪重過女兒城。」《黄龍寺》云：「一龕足了此中身，寸念彌天覆人塵。我骨不仙龍自去，鼎湖親見果何人。」《復咏寺前古樹》云：「諸峯側出時相過，古木迎人一面難。知是老成易凋謝，二株應作典型看。」《佛手崖》云：「石泉點滴掌中寒，作勢擎天不可攀。忍視神州陸沉近，一揮相借挽狂瀾。」

懷寧余伯扶孝廉鵬飛，與弟鵬翀並以才名著，乾隆時人也。工詩善畫，家貧幕遊四方，年四十餘卒。著有《枳六齋詩鈔》。詩於明七子爲近，如《樂游原》七絶云：「調馬高原落日遲，秦川摇動碧參差。華筵歌舞歸何處，郤爲蒼茫立少時。」七律摘句如「海内浮雲看倦眼，山中叢桂識初心。」「舉目人煙都在月，盪胸秋水尚浮天。」「一水與人爭大地，兩山作鎮鎖斜陽。」「雲入中條將雨去，人隨返照過關來。」

鵬翀字少雲，少有逸材，爲朱竹叢督學皖中所賞，由是知名。長於五、七古，如《城隅曲水納凉》云：「清渠散水氣，無月夜亦明。叢蘆弄疏陰，無風凉亦生。水禽不見人，深處惟聞聲。披襟得稱意，我影隨我行。臨波偶延佇，波去影自停。去者本無適，來亦何所營。」《渭城》七絶云：「三疊驪歌酒一尊，孤吟客舍近黄昏。滿城暮雨楊花白，不出陽關亦斷魂。」

懷寧江季持孝廉爾維，著有《七峯詩稿》詩多清拔沉雄之作，《小孤》詩云：「小孤之孤可歎絶，獨立江水無因依。界江一石吴楚劃，插空半天煙雨飛。潮汊翻風送海色，雲霞漾日飄仙衣。估帆來往者誰客？夕陽溟帶船路微。」七律《遊金山》云：「萬里江流東入海，四邊云水一山孤。寺包島嶼浮潮出，天落滄溟接地無。三楚日斜京口樹，六朝秋滿秣陵湖。妙高臺下重回首，處處江南似畫圖。」《河間》云：「河間大地據畿疆，千里雄圖作保障。上谷漲來滄海迴，交河流急塞雲荒。漢家壁壘開中尉，秦後詩書出獻王。去去廣川臺下路，獨騎疲馬立垂楊。」

浮梁吴君端孝廉正表，甲午舉於鄉。耽吟善病，盱衡時局，居恒鬱鬱，讀其詩，可以想見其人。有《雜感》七律六首，慷慨悲歌，泣數行下，如睹當日情事。兹録其四，詩云：「墜地妖星徹禁城，倉皇召釁起龍爭。九門列陣無廷益，六甲談兵訪郭京。大屋啼烏奔斷轂，危堂處燕豫觀枰。當年燕市西風路，荆棘銅駝任倒横。」其二云：「華夷混合古今哀，三輔山河付劫灰。七國心甘鼂錯死，中朝人望令公來。不愁横海飛師艦，直欲通天起債臺。撤盡藩籬空守府，補牢端費相君才。」其三云：「天旋地轉聖圖雄，歡待迎鑾日再中。尚説花車供四海，邇聞大布已深宫。旌旗北去逍遥慣，蕭鼓西來進奉同。欲寫蕪亭張殿陛，只憐對事有陳東。」其四云：「興元一詔萬方傳，大局翻新急改絃。車轍雄心追穆滿，制科奇策想龍川。千秋精衛難填海，七日渾沌欲聞天。習慣富強疆吏語，空勞宵旰獨年年。」

江寧翁長霖曾於光緒年間，刊《石城七子詩抄》，七子乃秦伯虞孝廉際唐，著《南岡草堂詩選》；陳雨生孝廉作霖，著《可園詩鈔》；鄧熙之廣文嘉緝，著《扁善齋詩選》；顧石公茂才雲，著《盋山詩録》；蔣紹由拔萃師轍，著有《青溪詩選》；何善伯太守延慶，著有《寄漚詩存》；朱子期孝廉紹頤，著有《挹翠樓詩存》。

上元陳[秦]伯虞，性情豪豁，熟於國朝掌故。抵掌而談，流輩遜其敏捷。詩亦酣暢淋漓，如《書憤》七律云：「華亭鶴唳已匆匆，一角殘棋劫未終。幕府多才能事鬼，書生奇計但和戎。軺車榷利宏羊策，女樂酬庸魏絳功。聞道使君新政好，野鷹不逐逐哀鴻。」又《題朱春舫先生嶽阜登高圖》云：「當年烽火江南遍，諸老高歌易愴神。乾淨猶留一抔土，鬚眉都是百年人。登臨地僻黄花瘦，涕淚時艱白髮新。送酒簪萸漫相擬，此圖翰墨照千春。」

江寧陳雨生孝廉，有《可園詩存》，爲人簡默。鄉邦文獻徵考甚富，其《古意》五絶云：「别時牽郎衣，問郎何時返？怕儂盼望深，故説歸期遠。」又云：「郎寄紅豆來，阿儂不知貴。書中勸儂嘗，道是相思味。」七律如《金觀察光筯陣亡壽州弔之以詩》云：「舉頭不見大星明，如斗光芒落有聲。河北風雲猶擊賊，淮南草木舊知名。身先士卒文能武，氣懷鬚眉死亦生。馬革裹尸臣願畢，蒼生誰不淚縱横。」其二：「紛紛諸將擁旄旌，誰及馳驅報主情。舊境重臨嚴僕射，孤軍轉戰李西平。風馳雨檄猶催餉，月冷鈴轅遽罷兵。勝負可憐難預定，君恩重處一身輕。」

江寧鄧熙之賡文，聲平頗自矜貴，落落難和。雖爲貴公子，恒以筆札自給，亦可想見其爲人。《扁善齋詩》，篤於伉儷，哀亡之作尤工。録七律兩章，以見一斑。詩云：「八載相莊成永訣，匆匆婚嫁兩無因。遺音欵欵猶能記，寫貌看看恐未真。從此深閨失良友，再難傾國得佳人。悲懷强復尋歡笑，一數華年忽愴神。」又云：「長年憔悴減丰姿，戚戚無歡强自持。乍病即爲身後計，臨危曾索悼亡詩。緘愁難寫纏綿語，妄想還期冥漠知。悟徹死生空障礙，未能懺悔是情癡。」

石城七子詩，以盍山顧石公詩爲最横逸。石公號介石，少居大梁，舞稍盤馬，任俠自豪，後乃折節讀書，五律如《書滁州即事》云：「夜發滁陽邸，風寒酒力孱。清晨仍雨雪，立馬望關山。弔古雄豪邈，長征道路慳。干將亦何用，伴我鬢毛斑。」

石公《哭友人》七律云：「生平有淚不輕灑，爲汝風前泣數行。枉説安危能獨任，那知才命久相妨。佳人錦瑟淒中夜，别將牙旗擁朔方。齎去榮枯多少恨，僧寮冷掩九秋霜。」又《張季直枉過仍送回通州》云：「短衣匹馬吾將老，鬱此輪囷一片心。豈有横流遍滄海，頗疑漆室枉哀吟。友朋落落時仍集，木葉蕭蕭夜忽深。臨别殷情重握手，清砧畫角滿江潯。」七絶如《閨情》云：「高堂寶瑟倚名姝，譜得新聲絶世無。心待郎歸彈與聽，玉驄聞繫酒家胡。」

上元蔣紹由，生平究心水利，篤於孝友。迹其行事，皆人所難。爲詩亦清逸，七律如《齋河北渡睹水勢有作》云：「濁流東下日渾渾，繞郭喧喧萬馬奔。無復九河尋故瀆，坐看一水禍中原。斷橋石峙沉無影，高岸沙頹罋有痕。好策尾閭宣洩利，莫教魚鱉散千村。」

《青溪詩選》摘句有佳者，如「一身牢落乾坤大，千里間關風雨多。」「黄冠位肯師前哲，青史何曾屈此人。」「千年人羡名山壽，一木天儲大廈材。」「酒旗影少知年儉，食貨場荒見俗貧」，皆可誦也。

江寧何善伯心胸開爽，殫心時事，中外情形，瞭如指掌。參環衛軍事，五十即卒於軍。詩集尤雄横，《張將軍歌》結束語云：「大局決裂乃至此，謀人軍事敗則死。將軍之計不反視，失將軍兮衆安恃？王風自裁庸人耳，越境乃免誰氏子。委而去之尤可鄙，疇似將軍真烈士。嗚呼，疇似將軍真烈士！」

《寄漚詩存》七律《歸德謁雙忠廟題壁》云：「男兒南八淚縱横，難解睢陽百萬兵。雀鼠一城同被劫，江淮千里了無驚。能追大節常山舌，不羡中興郭令名。一死便教千古定，底須先後苦爭衡。」集中尚有《銀河篇》一章，體裁規撫長慶，哀艷絶倫，深入梅村之室。惜篇長未録。

溧水朱子期，以字行，見稱於世。妻甘殉癸丑之難，年尚未壯，即不復娶。性篤友朋，有過必規，甚乃長跽以言告之。詩亦知平沖澹，《空庭》七律云：「開雲漠漠壓空庭，院宇無人敲翠屏。時節已從愁裏過，管絃偏是客中聽。簾垂斗室煙痕暗，窗閃秋燈豆火青。苦憶舊時多少事，近來何意太伶仃。」其次云：「寥寥孤館思淒清，淚眼何曾一日晴。萍梗生涯傷落魄，胡盧世事少分明。影形已自憐單隻，家室凴問死生。昨夜阿娘曾如夢，依稀猶聽喚兒聲。」

《苕溪漁隱》曰：「陳去非詩平淡工雅，如『疏疏一簾雨，淡淡滿枝花。』『官裏簿署何時了，樓頭風雨見秋來。』『客子光陰詩卷裏，杏花消息雨聲中。』呂居仁詩清駃可愛，如『樹移午影重簾靜，門閉春風十日閒。』『往事高低半枕夢，故人南北數行書。』『殘雨入簾收薄暑，破窗留月縷微明。』去非《墨梅》絶句云：『含章簾下春風面，造化功深秋兔毫。意足不求顔色似，前身相馬九方臯。』後徽廟召對，稱賞此句，自此知名，仕宦亦寖顯。陳无己作《王平甫文集後序》云：『然則詩能達人矣，未見其窮也。』故葛魯卿於去非《簡齋集敘》，遂用此語，蓋爲是也。居仁有絶句云『胡虜安知鼎重輕，指蹤元自漢公卿。襄陽耆舊惟龐統，受禪碑中無姓名』，此詩有謂而作，可以意逆也。」

鄧方字秋門，廣東順德人，旅居滬瀆。年纔弱冠，著詩已千餘首，乃年僅廿一，時在光緒廿四年，即爾玉樹長埋。其兄實君，刋其遺集於廣州，名集曰《小雅樓》，入集者僅數百首。其詩沈博絶麗，雅似梅村，七律尤爲獨出冠時，吾謂近人刋詩，除名宿數輩外，當推《小雅樓》爲傑出，倘使天假以年，所造又何可限量。黄仲則之詩，以清拔勝；秋門之詩，以雄麗勝。詩境雖各不同，其天年不永，懷才未展，兩人蓋無不同也。集中佳什繁夥，録不勝録，七古如《龍華塔中有感》《右將軍行》皆爲傑作，惜篇長，未能全載。

鄧秋門五古《夜發揚子》云：「酒醒江月白，煙水空澹冶。雁影海門秋，鐘聲石城夜。燈火識歸人，風波見來者。歲暮勿淹留，寒潮日東下。」《薄暮》云：「薄暮立柴門，溪橋閲行客。秀色見青山，清聽滿泉石。冷懷秋似水，落日澹將夕。木葉滿空林，時有牛羊迹。」

《小雅樓》七律如《十樓詩》《崖山行》《詠懷古迹》諸作，偪真梅村。如《咸陽》云：「蓮花玉女倚瓊簫，笑看神仙送兩朝。長樂暮云横太華，上林秋色入中條。銅盤淚冷秋無露，銀海燈明夜有潮。黑獺東來青鳥去，片雲龍虎氣全銷。」《沛中》云：「歌風千載有英聲，劉項遺蹤下相城。五丈旌旗臺戲馬，百家琴筑地銷兵。渡江子弟無名老，同里王侯有種生。莫更四方思猛士，中原功狗盡韓彭。」又《乙未籐村題壁》云：「暑雨浪浪下瀨舟，書來六月吉王州。遼見鐵龜新提旅，漢卒金貂盡拜侯。七種當年窺靺鞨，中山何日縣琉球。出門東笑童男女，尺島何曾有九洲。」又云：「東邊根本莫教搖，鳳嶽金巖路萬條。徼漢已聞姦趙信，出關誰起老班超。漢官貰死難回洛，閩將輿尸各渡遼。無數良家皸瘃苦，朔風猶度美人簫。」

秋門七律佳者，不勝枚舉。摘句於下，以見一斑。如「地勒羣山當采石，江分一水入濡須。」「帆外隱雲三楚樹，馬前秋水六朝山。」「一江燈火秋無月，萬井樓臺夜有聲。」「關塞孤懸千里戍，霜天寒落一城鐘。」「鵰盤銅柱蒼波壯，雁度珠崖白露遲。」「賢路功名輸上策，故園心事入扁舟。」「王孫稱侄仇何在，宰相登戎事已非。」「島寺行宮餘二帝，泉州血仞惜諸王。」「絲竹東山名宰相，干戈南渡故蒼生。」「宋人歌舞安中□，晉室山河盼北征。」「黄墟嵇阮餘殘酒，魏苑應劉有故書。」「三山雲水燈前夢，六代樓臺笛裏秋。」

髮逆之踞江寧也，僞東王楊秀清脅迫士子應試，試題爲《四海皆東王得王字》。生員張雲溥蓄志拚死以詩罵賊，詩云：「四海皆清土，何容此跳梁。人猶思北闕，我獨恨東王。文武等尸素，兵民畏犬狂。烽煙連郡邑，戈戟遍疆場。膽被紅巾破，愁隨黑髮長。關心憐姊妹，含淚別爺娘。滅賊全憑向，殃民總是楊。避秦何處好，搔首問斜陽。」賊見之大怒，以布蘸油，裹生身焚殺之。當時大江南北傳頌此詩幾遍，張生可謂不死矣。

西陵十子俱工詩，毛稚黄評云：「陸景宣圻，如濯龍甲第，宛洛康莊，流水遊龍，軒蓋聯映；柴虎臣如連雲厦屋，亡論棟榱，即搏櫨支撐，都無細幹；吴錦雯百朋，如淺草平沙，朔兒試馬，展巧作劇，便有馳突塞垣之氣；陳際叔庭會，如孟公入座，宕邁羣倫；孫宇召治，如春江雪消，波路壯闊；張祖望綱孫，如酈生詣軍門，外取唐突見奇，而中具簡練；沈去矜謙，如秦川佚女，巧弄機杼，心手既調，花鳥欲語；毛虎臣騤，如伶倫調管，氣至音成。比竹之能，而欲近天籟；丁飛濤澎，如皺帳初搴，銀筆未闕，月光通曙，與燈燭競輝；虞景明黄昊，如叢篁解苞，新蓮含粉。」

錢塘汪小藴女士，嘉道時人也。爲陳雲伯先生冢媳，小雲司馬之配，刊有《自然好學齋詩鈔》，詩筆簡老，意境沉鬱，絶無閨閣氣習。編中佳句，美不勝收，摘録十餘聯，以見一斑，五言如《過太湖》云：「空翠如煙雨，羣峯鏡裏開。涼雲三萬頃，忽擁太湖來。」七言如《論詩》云：「詩張一幟原非易，胸有千秋未肯狂。」《謝太傅墓》云：「坐奕竟能摧勁敵，清談原不負蒼生。」《郭汾陽》云：「一代威名邁光弼，千秋知己屬青蓮。」《秦良玉》云：「燕頷誰能回日月，蛾眉惜未畫麒麟。」《西湖》云：「十里松陰靈隱寺，半湖秋月水仙祠。」《題李文正》云：「朋黨難傾裴晋國，中涓亦重郭汾陽。」《李空同》云：「南山歌已傳楊惲，西第文終累馬融。」《何大復》云：「漢廷方朔依金馬，蜀道王褒訪碧雞。」

小藴女士有《讀史雜咏》，尤覺自闢畦町，自出機抒。詩云：「少伯藏弓識禍機，五湖歸去遂幽棲。功名脱屣真千古，未必當年更相齊。」「如雪衣冠易水邊，漫言匕首竟忘燕。勝他齊建悲松柏，空事秦王四十年。」「逐鹿羣豪戰血紅，高皇提劍定關中。尉佗臣漢田横死，一樣英雄志不同。」「漢室恭仁説孝文，盛時遺恨亦難平。趙談驂乘黄頭富，郤向長沙謫賈生。」「豊鎬貽謀八百春，傷心九鼎竟歸秦。如何六國重興日，不立東周一後人？」「徐市樓船去渺茫，驪山種樹自蒼蒼。祖龍空慕長生術，太華凌雲讓玉姜。」「甯靜無爲政治平，更張祇足禍蒼生。曹參但守蕭何法，未有人嘲伴食名。」「李斯殘刻佐秦王，六籍灰飛國亦亡。若使當年爲逐客，不悲黄犬向咸陽。」

燕山孫丹五檁《餘墨偶談》記鄂江難婦云：「鄂江難婦趙雪娥，本浙中儒家女，工詩畫。親没，遭兵亂，偕弟委身爲陳鹿侯上舍妾，爲趙氏一塊肉，非夙志也。陳楚人家小康，客游嶺南三載無音耗，有東坡海外之傳。

會楚江大泛，田廬漂没，雪娥奉大婦，攜弱弟溯湘流而南，至衡山，舟覆於水。雪娥與弟抱斷櫓得不死，大婦溺焉。雪娥哭於江濱五日，屍出，乞助路人，得禮具葬。己巳冬，以畫乞食梧市，坐側黏《瘴海尋夫圖》一紙，右有詩云：「夫恩難與父仇銷，吳市梧州路不遥。千載淒涼兩同調，女兒湘管丈夫簫。」詢其梗概如左，因具番餅數枚貽之。次日重尋，已附舟東去矣。」

《餘墨偶談》又云：「玉溪爲韓門弟子，衣鉢親承，其詩宜相似也。然讀其《韓碑》詩，逼真昌黎，他作俱不類是，心常疑之。一日以此語許海秋丈，海秋深以爲然。殆磨碑後，昌黎先生偶作此，狡獪嫁名玉溪生耳。不然，句摹字倣，何其酷肖之甚耶？姑妄言之，以俟後之知詩者。」

丹徒陳女郎，年十四，詠《歌風臺》七律，膾炙人口。詩云：「擊筑歌風韻最哀，女郎是古傍高臺。半生戎馬劍三尺，滿目河山酒一杯。父老渾忘天子貴，英雄猶戀故鄉來。弓藏鳥盡嗟何及，想到韓彭惜將才。」

尋希顔貢生樂，湖南瀏陽人，著有《詠花山人性影詩草》，有《岳陽樓對酒》五律云：「貰得巴陵酒，重來醉此樓。好將風浪闊，一洗古今愁。作記人何在，憑軒客不留。相招楚漁父，櫂入荻花洲。」聞希顔與陶文毅公同學，文毅貴盛，從未以書干之，亦氣節之士也。

《冷齋夜話》云：「人意趣所至，多見於嗜好。歐公愛士，爲天下第一，好誦孔北海『坐上客常滿，杯中酒不空』之句；范文正清嚴喜論兵，愛韋蘇州『兵衛森畫戟，燕寢凝清香』之句；山谷寄傲山林，而意趣不忘江湖，其詩曰『九陌黄塵烏帽底，五湖春水白鷗前』。」

懷甯汪平子之順，明末諸生。姚姬傳序其《梅湖詩鈔》，謂其多技能，尤長於詩。入國朝，自匿以至老死。凡諸家選明詩者，裒録遺老甚備，而梅湖之作終不與焉。讀梅湖詩，其中如《田園雜詠》逼真淵明，性情之真率，寄託之高遠，近今五百年摹陶者無出其右，亦可想見其爲人矣。《雜詠》十六章，録其二，以見一斑。詩云：「蹄涔可以泳，枳棘可以棲。道在況愈下，物無衆不齊。牧人夢王公，貴賤心自知。醒亦豈爲真，夢亦豈爲迷。有醒復有夢，貴賤何已時。乘除得其平，於人無等夷。」又云：「我有古匕首，土蝕鋒不銛。愛多仇血銹，珍重三十年。自來服南畝，此物同棄捐。不中刈禾黍，改爲刀與鐮。道逢魯勾踐，垂淚如奔泉。叱之使亟去，蕭蕭風凜然。」

七律《梅湖詩鈔》有《述史》三首，隱刺時事，極沈鬱蒼涼之致。詩云：「陸沈黄海遂如斯，荆棘銅駝事早知。劍客潛過丞相府，石工痛哭黨人碑。封樁庫滿還籌餉，納款疏通始出師。徒使至今思望帝，蜀山萬點月明時。」其二云：「龍種王孫泣路隅，盤根仙李日荒蕪。玉魚何幸埋幽骨，泥馬安能渡險途。永巷久傳非病已，中山又説是狂夫。天涯遊遍無芳草，細雨桄榔叫鷓鴣。」其三云：「高門甲第勢運雲，列戟簪纓舊戚勳。屢世遠蒙金券約，六師親與羽林軍。自從出郭投降表，誰見沿途揭祭文。爲喜西川綿竹戰，死綏端不愧庭聞。」

汪平子五律，如《寄胡靜夫》云：「大江秋又至，木葉下山城。絡緯獨啼花，蒹葭千里情。橋門荒草合，陵樹晚煙生。靜日雞鳴麓，誰爲把臂行。」又《懷劉爾珍江寧》云：「風滿布帆輕，扁舟下石城。秦淮春水闊，吴苑夕陽明。破帽青衫客，寒漿麥飯情。酒樓吹笛夜，幽夢可能成。」

閩縣林弁瀛大令元英，曾官上高令，著有《嗽石齋吟草》。上高李孝廉祖陶爲之删定，刋於縣署。大令間關南北，老于輪蹄，詩多紀事，纖悉畢具，詩亦清穎可誦。五律《新婢》云：「彼亦猶人子，嗟嗟骨肉離。饑寒無可奈，位置忽然卑。惜爾身初賤，傷予淚代垂。殷勤囑兒輩，鞭箠莫輕施」，藹然仁者之言。七律如《感事》云：「公□何人愧雉膏，百年儲儲首頻搔。輪邊卜式功名少，著論桓寬口舌勞。莞算自宜存大體，度支何事析秋毫。

諸公幸體憂勤意，莫漫亡羊待補牢。」摘句云：「一夜客星驚帝座，千秋名士老漁竿。」「西風寒夜同釃酒，暮雨孤舟各憶家。」

忠州李芋仙大令士棻，詩名蜀中。以拔萃廷試，會考第一人。報罷，曾文正公深器之，資以膏火，命游太學。十載京華，名譽日起，以縣令至江西，歷任繁要。所至之處，提拔寒畯不遺餘力。後以疏狂罷官，旅居滬瀆，年已就衰矣。刋《天瘦樓詩半》《天補樓行記》。大令之詩不尚格調，往往有獨至之語，亂頭粗服，不失雅人深致。五古《齋居雜詩》云：「走筆動千言，刋詩表官職。滿紙無字碑，滿面驕人色。就問李杜名，答云不曾識。」

芋仙大令之詩，長於近體，七律《秋懷》云：「天水蒼茫海上琴，寥寥何處托知音。崚嶒空抱神仙骨，慷慨難平壯士心。安得大裘兼廣廈，□思一飯報千金。杜陵白傅韓侯往，肯與前賢判古今。」又《記夢》云：「忍死長懸再見期，乍相逢亦喜兼悲。電光石火催離合，天上人間雜信疑。來去總無言一句，尋常剩有淚雙垂。新秋既望前三夕，黯賦今生未了詩。」

《天瘦樓詩半》摘句云：「萬里關河爲客遠，三年門館受恩多。」「著書一寸千秋在，爲客三年百感生。」「獨抱遺經事堯舜，教吟大句動乾坤。」「底用文章傳衆口，且憑花月耗雄心。」「并世不愁知己少，餘生當爲報恩存。」「僕頑渾似調生馬，囊澀猶思購異書。」「老境漸同詩境澹，今年真較去年貧。」「詩句每流絃外響，鄉心應變畫中山。」

寶山毛海客刺史大瀛，道光時人。惠瑶甫制軍督師西藏，辟爲軍諮。庚申春，教匪渡江西犯，海客時牧簡州，自將團勇數百人，至金堂大溝橋出境禦賊，遂遇害，是文人以節烈著者。有《戲鷗居詩鈔》，五律如《歸舟夜渡揚子江》云：「一片長江水，東流送六朝。煙低京口樹，月湧海門潮。倦客逢摇落，孤舟話寂寥。何當謝塵鞅，分宅住金焦。」又《擣衣》云：「遥夜西風急，梧桐月欲流。美人拂清杵，急響動危樓。不惜閨中力，應憐塞外秋。待看紈素就，刀尺更含愁。」

《戲鷗居詩鈔》七律有風韻者，如《張麗華》云：「璧月歌殘那忍聽，臨春結綺總飄零。當時不遇韓擒虎，又向隋宫唱後庭。」《七夕》云：「旅懷振觸易驚秋，寂寞閒階露欲流。想得故園涼月上，友人遥望曝衣樓。」

婺源江湘嵐觀察峯青，以庶常改官嘉興縣令，有治績，以觀察移官來贛。才思敏捷，造語不落恒谿。愛才若渴，下士虚懷，凡能文之士，皆以一見爲榮。著述等身，尤以詩著，擇録數首，以見一斑。七律《客感》云：「慚愧男兒七尺身，混茫天地一微塵。處生世上何殊死，無補時艱不算人。驛路河山供遠眺，秋燈風雨泣孤臣。國家此日需才亟，忍買青山釣富春。」《鄱湖大風》云：「鼓枻狂吟膽氣粗，河山莽莽入煙蕪。浪隨明月躍登岸，沙趁狂風飛過湖。水作舞臺堤跳踉，船如奔馳客胡盧。丈夫滄海經行慣，只恐驚濤撼小姑。」

湘嵐觀察五古如《感事》詩云：「夫人必自侮，而後人侮之。楚囹戲慶封，開口摘瑕疵。人孰無所諱，何必快我私。談笑戈矛生，致寇常於斯。所以古吉人，慎言而寡辭。」其二云：「言人之不善，將如後患何。東林主清議，所傷實已多。言者一二語，傳者矜旁羅。舌本餘瀾翻，平地生禍波。縱然人不仇，圭玷詎可磨。隱惡而揚善，藹然見祥和。」其三云：「常人孰無過，所貴在速改。但爲前車鑒，毋爲故轍蹈。無事自檢點，何者會後悔？悔之即改之，彼岸回頭早。悔之復蹈之，華年倏已老。」

觀察摘句佳者，如七律云：「空山欲雨秋聲急，流水無人夕照斜。」「有時三點兩點雨，催開萬樹千樹花。」「風流吾愛謝安石，天意玉成沈若花。」「江鄉雲水横空闊，塵世滄桑自古今。」五律云：「奇才遭白眼，衰世重黄金。」「花落月無色，夜凉秋有聲。」均皆清俊不落恒谿。

丹徒趙淩霄女士鳳，陳大令國華之室，著有《巢雲泠館詩集》。集中有《夢遊仙》詩最佳，詩云：「銀河捲夢碎難圓，壺彭重重下界煙。袖底桃花三萬片，兜風吹上大羅天。」其二云：「縹緲珠宫不可攀，夢魂飛渡白雲間。初三月姊朝王母，借我眉痕翠一彎。」其三云：「紅欄十二碧城開，青鳥西飛阿母回。欲問五千年後事，劉郎一去有誰來。」其四云：「青琳散步走清霞，曲録欄杆一字斜。天上不聞頒甲子，蓬山碧李自開花。」

女士摘句如「北固帆檣江渚上，西津鐘鼓海門邊。」「一家人物西川在，千古文章北宋間。」「風定塔鈴雲影薄，霜餘楓葉雁聲沈。」著語沈雄，不類閨閣口吻。

興國楊少文茂才性善，有人持其《繕性山房詩鈔》投贈，詩雖不工，然平生於此，殺［煞］費苦心。略録一二，以慰其意。《郡城晚眺》云：「湧金門外暮濤翻，樓閣高留返照痕。惱殺鼕鼕城上鼓，無端催客又黄昏。」《生日感懷》云：「駸尋歲月暗推遷，負此頭顱三十年。壯不如人將老矣，態仍似故尚依然。艱難一第休言命，俯仰千秋欲問天。何敢抗懷才學識，漫將家史辱重編。」

甯鄉程子大觀察頌萬，刊有《楚望閣詩集》《美人長壽庵詞集》。子大之詩，麗則芊綿，出入騷雅，詞尤工。年未冠，即知名海内，與易實父兄弟輩聯湘社於長沙，一時稱盛。七古如《題寄禪東游詩集送歸衡嶽》云：「竭來狂歌誰最顛，寄師昨泛東吴船。匡廬海色一千里，詩心欲盪蛟龍淵。語予挂席經行處，月落蘭皋雁飛度。一葉袈裟萬里舟，芙蓉露萎江南路。」五律《黄鶴樓别黄仲芳》云：「李白知何處，茫茫萬古樓。武昌城外柳，分作兩行愁。葉亂中流艇，帆隨去國鷗。今宵一彎月，照汝下黄州。」

程子大七律如《題竟夫塞上詩册》云：「詩人不向潭州住，六月戎車送汝行。邊月還依蘇武廟，楚雲同上馬王城。盤天白雁秋無影，出塞黃河夜有聲。回首中原十年夢，太行東北是神京。」又《眺德山孤峯浮圖》云：「羊腸磴古陟崔嵬，足底沈潭晝起雷。塔勢欲浮江影去，鍾聲初送片帆來。斷堤衰柳連村閭，落日寒煙傍郭開。楚望幾人同撰策，未應天末有繩臺。」摘句如：「磴仄石爭出，泉鳴風自秋。」「盤天人影細，墮澗鳥聲涼。」「殘臘忽隨人事盡，亂愁偏向客中來。」「一盞昨宵殘歲酒，六年今日未歸人。」「孤煙矗影依山寺，寒雨飛空過郡樓。」「斜日靈旗湘女廟，楚天涼語故人舟。」置諸明七子詩中，兩難分辨。

子大七絶有風韻獨絶者，《上京雜題》云：「清霜篷篳黯朝昏，故國頻年愴舊勳。斜日謂吾村下拜，海棠花殞相公墳。」又云：「令節荷花作壽杯，蠻奴雙鼻鳳城開。天南翡翠何曾貢，士女爭傳洗象來。」

石門吴我山上舍鳳徵，乾嘉時幕游西江最久，酷嗜吟詠，著有《西江集》行世。我山先生之名，曾見於番禺張南山《詩人徵略》中。《聽松廬文鈔》云：「我山爲孟舉先生之族孫，蒓渚茂才之令子，年十七，賦《百俊士詩》及《南州竹枝詞》，名噪一時。爲人美鬚髯，儀容修偉。性孝友，與伯兄、仲兄相敬愛，誓不分析，年五十卒。有《西江集》八卷。」集中《讀里人施少峯紀哀》詩，觸我悲感云：「俯仰曾幾時，歲序忽已變。杖履亦依然，形容不復見。夢寐一見之，恍惚生平面。夢中亦何歡，夢醒淚如霰。」讀之使人孝思悠然而生。《和睦孝女原韻》云：「靈巖虎阜説家門，異地淒迷孝女魂。記取隔江江斷處，桃花千樹護孤墳。」自注云：「孝女蘇人，流落豫章，賣身葬父。悞入平康，觸階石死。」詩中有「隔江桃花」之句，則孝女葬於三村左近，可知是三村看桃添一掌故，不可不知也。

《蒓渚詩鈔》，乃吴我山尊甫慎之茂才無忌所著。詩學宋人，筆意清新。如《得家書》云：「幾番悵怨信沉沉，忽報郵筒有遠音。忙啓兩函兩行淚，不堪一字一心驚。故鄉寥落親朋盡，異地漂流歲月深。病婦那知歸未得，書中猶諷《白頭吟》。」

吴我山先生之哲嗣朔初，號初白，著有《得秋山館詩鈔》，爲撫幕吴子猷之尊甫也。吴氏一門繼世，以孝友稱。初白先生之詩，尤爲吴氏之冠。筆力雄拔，頗多可傳之作。如《行路難寄虛白仲兄》云：「隴河滾滾洮河寒，波濤日夜興無端。中流鼓楫虞奔湍，咄哉游子空愁歎。令我思之椎心肝，蒲桃美酒君應乾。君不見，行路難。」五律《送王伯樹赴京兆試》云：「淋漓酌君酒，爲我醉深杯。此日足可惜，王郎歌莫哀。依人非傑士，用世要奇才。青眼一回顧，片帆江上開。」七律《舟中感懷》云：「頻年作客屢違親，又向高堂别此身。愴極難言翻似默，愁多強笑總非真。絶裾敢效温生忍，負米須知仲氏貧。菽水空處顔靦甚，千鍾祿養是何人。」摘句云：「任攜白傅新詩本，錯認黄公舊酒爐。」「文章豈必古人合，男子要爲天下奇。」其抱負亦自可想。

上饒張翼伯觀察景渠，咸、同間在江浙平定寇亂，疊複城池，致十餘處，屢著戰績。著有《燼餘詩草》，詩雖非其所長，然於倥傯戎馬之間，不廢吟詠，亦可想其襟度。《詩草》有《寄内》七律云：「卅年伉儷别離多，彈指光陰訝擲梭。往日秋星怨牛女，今宵春雨夢關河。干戈兩地愁中老，水火餘生病裏過。幾度欲歸歸未得，海天遥望淚滂沱。」

合肥李文忠公文章勳業振於環球，詩亦倜儻不羣。《丙辰年明光村鎮題壁》兩律，亦可見公之胸次矣。詩云：「四年牛馬走風塵，浩劫茫茫剩此身。杯酒借澆胸磊塊，枕戈試放膽輪囷。愁彈短鋏成何事，力挽狂瀾定有人。綠鬢漸凋旄節落，關河徙倚獨傷神。」其次云：「巢湖看盡又洪湖，樂土東南此一隅。我是無家失羣雁，誰能有屋穩棲烏。袖攜淮海新詩卷，歸訪煙波舊酒徒。遍地槁苗待霖雨，閒雲欲去又踟躕。」

金子才大令保權，廣州漢軍駐防人。爲徐花農侍郎高足弟子，一步一趨，不失師門繩矩。有《琴音三疊集》

《東游詩記》《袁州紀行百詠》、《東游詩》記日本事甚詳，如《游塔之澤寓福佳樓》云「仙山樓閣翠玲瓏，百丈淩虚俯碧空。瀑布松濤吹不斷，四時如在雨聲中。」《江之島有黑洞，秉燭入洞中，佛像有卧者，云此澗直通富士山》云：「秉燭相將入洞游，洞中石佛冷於秋。山深不管人間事，卧聽江聲日夜流。」《日人身材短小，自注重體育，大小學校設體操運動，由是明治時代之家族子體格，多長於乃父》詩云：「德智還歸體育中，衛生設職陋西風。轉移造化侏儒變，徤格居然過乃翁。」

衡陽彭剛直公以中興名賢，不樂仕進，以兵部尚書綰長江水師，築「退省庵」於西湖，修葺湖口石鐘山爲公餘養靜之所。公胸次浩然，詩畫之名，遍於海内。最爲人所傳誦者，《攻克彭澤奪回小姑山要隘》七截云：「書生笑率戰船來，江上旌旗耀日開。十萬貔貅齊奏凱，彭郎奪得小姑回。」公自注云：「賊以江心小姑山爲礮台，於東岸彭郎磯、西岸小姑伏築兩僞城，環以互礮，阻我水師。戰兩日破之，跋題二十八字於崖壁。」

剛直公詩如《游泰山》七律云：「東嶽嚴嚴鎮天東，挺然獨拔秀兼雄。豐碑峙冷秦時月，古柏陰森漢代松。御帳泉飛千練白，天門日落萬松紅。我家南嶽衡山下，到此身疑在祝融。」又公泰山有集句楹聯，如天衣無縫，亦爲人所傳誦云：「我本楚狂人，五嶽尋山不辭遠；地猶鄒氏邑，萬方多難此登臨。」

福建陳伯潛學士寶琛，耆宿靈光，與海藏樓鄭蘇龕，均以詩鳴當代。詩學臨川，杼機縝密，其《謝琴南寄文爲壽》七律云：「不才社櫟敢論年，刻畫無鹽正可憐。萬事桑榆虚逐日，半生草莽苦憂天。身名與我何曾與，心迹微君孰與傳。獨愧老來詩不進，嗜痴猶説近臨川。」

學士摘句云：「早知好月難終夕，獨惜星辰各一天。」「危事易言臣自笑，狂夫一得聖常收。」「徹夕累君無穩睡，四時留客是秋聲。」「十年里社詩文盡，萬事滄桑我輩休。」均多可傳之作。

新建楊昀谷太守增犖，詩筆清俊，稱一時之秀。見其《有感》七律云：「便得微風散暮陰，鴻荒元氣渺難尋。抽刀斷水羣鮫泣，倚杵看天萬鬼瘖。此後煙雲隨變化，古來賢聖各銷沈。卷□不死空淒絶，政苦無人與援心。」

合肥李子幹觀察國棟，爲文忠公之文孫，天資英敏，沉潛好學。久游歐洲，擅各國方言文字，而詩筆極其含蓄深婉。近年宦游章門，始獲締交，得窺著作。如《雜感》七律云：「誤踏罡風入太清，幾年春夢未分明。知還歸鳥非因倦，立仗名駒久不鳴。材向棄餘求自試，棋從劫後盼重生。鵾鵬若解搶榆樂，何事人間有不平。」其次云：「一爲雲雨便銷魂，舊事蓬瀛總莫論。夜永耐聽更漏滴，春寒翹盼錦袍温。強描螺黛思諧俗，小駐羊車即感恩。西子若因圖畫選，定當終老苧蘿村。」本朝科舉時代，除楷書制藝外，頗重制體詩，往往於一聯而躋顯宦者。李松雪中丞於乾隆時考差，賦《麥浪》詩云：「一天新雨露，萬頃緑波濤」，爲純廟所賞，睿廟時在青宫默識之。松雪中丞久官郡守，嘉慶時入覲，睿廟忽憶及之，不兩載，即開府楚南，亦詞臣之榮遇也。

酷暑之中汗流浹背，而蚊蠅又復坌集，揮扇驅之，未幾又至。展讀大興舒鐵雲《瓶水齋暑甚偶然作》之詩，先得我心矣。詩云：「一蠅集俎上，終日不得食。一蚊入帷中，終夜不得息。驅之仍復來，殺之已無益。小人不在多，終必誤家國。要當并腥羶，且宜慎出入。患至而後防，已是下下策。」又云：「揮扇尚不足，解衣始相宜。設使熱不減，勢將剥膚皮。人心無定向，輒爲寒暑移。豈知蹈湯火，涉世甘如飴。耐者乃可久，靜者乃見機。一熱不可忍，何事可以爲。」

明庶人宸濠之妻賢妃辭翰之美，人人知之。宸濠之妃尚有翠妃，能詩工書，事敗後歸一知縣，其不能與婁賢妃節烈並傳，有以也。翠妃有《詠梅花詩》云：「綉針刺破紙糊窗，引透寒梅一段香。螻蟻也知春色好，倒拖花片上東墻。」此詩世傳爲某女尼之詩者，實誤。

南昌喻采臣太史秉綬，學宗宋賢，契賞於蕭山湯文端公。歸田後，主講孝廉、經訓、豫章各書院，講學育才，不遺餘力。晚年築溉芸室於鄉，自號菜翁。其《溉芸室文集》，已壽棃棗；詩稿十餘卷，尚未付刊。太史詩境冲澹，不矜才氣，邦人胡卓丞録詩見寄，可感也。擇録一二，以見一斑。如《山房即事》云：「陰晴冷暖三春適，榮悴升沉萬事非。感氣蟲仍吟□候，倦歸鳥不夢高飛。」摘句《東湖灌園》云：「管樂有才收物色，吕夷無夢待時清。」《觀鄉村插稻》云：「游倦情懷耽稼穡，亂餘生計重桑麻。」《詠蚊》云：「宵小從來多利口，浮生安得免機心。」

封邱何吟秋廣文家琪，刊有《天根詩録》。廣文年僅四十而殁，《詩録》乃濰縣劉子秀孝廉所選。詩才横溢，氣勢甚佳，七古尤擅勝，如《海上中秋望月歌》云：「木葉亂飛海雨絶，雁聲老人中秋節。自非手中酒一杯，誰與共此萬古荒涼之明月。蟾兔尚爲仙，何況瓊樓玉宇，中有人兮真嬋娟。嬋娟復嬋娟，竊藥奔何年。紅顔不凋落，此鏡遂常圓。令我俯仰，中心茫然。浮雲薄如紙，張之反翳先。明天河淺不盈尺，織女欲渡愁無船。明日霜，今夜露，氣候須臾已非故。一聲玉笛，關山萬重，人間苦樂各有境，莫言此夜此月風。光同亂日，海之流兮漫漫，不風吹兮歲將寒；瑶琴兮獨彈，鳳凰不至兮誰假羽翰。袖桂子兮佩芳蘭，願隨明月兮望長安。」

《天根》詩五律佳者，如《塞外》云：「塞外天無日，男兒且一行。千年誰不死，萬里此長征。白草秋風勁，黄沙戰骨平。夜來嘶鬼馬，落月漢家營。」《贈丹徒唐少秋》云：「京口江山勝，胡爲賦遠遊。北來風景異，未免故鄉愁。芳草金陵古，霜楓鐵甕秋。依人成底事，醉後一登樓。」一氣舒卷，不落前人窠臼。

摘句七律《過鵲山橋》云：「閻公賓客多名士，謝傅家兒盡相才。」《送曾曉亭》云：「四海無人知國士，九重待汝問蒼生。」《病中感懷》云：「平時最恥干時策，垂死難忘報國心。容有王頭爭斷壟，更無馬骨值千金。」

戊戌之變，海內議論紛然，莫綜一是。何吟秋《光緒廿四年八月十一日都門紀事》詩，持論最稱平允。詩云：「妙齡玉面幾書生，一旦同歸亦自驚。豈必初心甘黨逆，偶緣異學徼奇名。大魚久飽鈎翻脱，狡兔潛逃窟早成。家國與人況骨肉，鴻毛死果爲誰輕。」

洪稚存論王阮亭之詩，如廣厦高堂，苦無庖湢。與《歲寒堂詩話》所載「蘇子瞻云：『浩然詩如内庫法酒，却是上尊之規模，但欠酒才』」，兩論比擬，如出一轍。

義寧陳伯嚴吏部之詩，前已録其一二。今歲庚戌始刊《散原精舍詩》，十一月與吏部同舟由潯江泝南昌，獲窺全豹。吏部之詩大含細入，一字不苟。僑寓江寧，中丞公墓在西山，年必省親，孺慕之懷，數十年如一日。性情真率，與人言，出以至誠，絶無飾詞厚貌。復官後，屢薦不起，至行清名，宜爲海内推重也。《散原精舍詩》如《題吴温叟青溪泛月圖》云：「自我落江南，萬撼不措意。時時泛酒舫，但領山川氣。頻歲牽鄉役，騰馳江海澨。游侣更凋殘，每奪眺賞地。頃還侵病魔，斗室等頌系。散襟蛛網前，數磚供佗〔侘〕傺。藥裹厠新卷，措眼虚明際。青溪一片月，模糊燭夢寐。水面榆柳風，橋頭鴻雁字。側影六朝山，窈窕弄篷背。想見燭夜人，肺腑留殘醉。人生老縮手，物外成滋味。探幽契夙游，詩魂一魑魅。」

陳吏部七律，如《羅順循大令官定興，以受代，僅免團匪外兵之難。冬間將家避河南，爲書上先公，言禍變始末甚備，蓋尚未及聞先公之喪也。發書哀感，遂題其後》云：「三千道路書初到，百萬生靈汝尚存。天發殺機應有説，士投東海更何寃。破椽骨肉生還地，殘燭文章慘澹痕。哭向九泉添一語，舊時賓客在夷門。」

涇縣朱鏡湖廣文仲林，久客章門，刊有《古月軒詩存》。其子驥千，能承家學。去歲持贈全册，有《銅陵夏少巖題跋》，詩境清麗；編中《秋夜吟》最爲真摯，惜篇長難録。《餞春詞》云：「一番好夢已成塵，纔得迎春又送春。欲把柳絲同綰别，飛花如雪最愁人。」又云：「盼斷王孫信竟違，楝花開盡荳花肥。癡情欲向春歸路，芳草天涯賸夕暉。」

吾邑余少文孝廉倫，乾嘉時人也。與曾賓谷、吴白广同時，刊有《雲在山房詩抄》，吴蘭雪曾爲之序。詩寫性情，頗饒風致。其《彭澤縣》五律云：「亦有青青柳，何人尚隱居。城頭煙暝處，水上月陽初。斷岸客停棹，中流人打魚。柴桑多美酒，爲問近何如？」

余少文詩有自出機杼，以議論見長者。如《讀書》五古云：「讀書如遊山，佳境特邃奥。要視人所領，見有到不到。同讀一卷書，深者領其妙。難以語外人，蓬廬自歌嘯。」摘句佳者如「孤枕夢回秋欲暮，他鄉住久别應難。」「佳句偶從欹枕得，好山時向隔山看。」

金谿朱抑齋孝廉嗣韓，亦嘉慶時人，客死京邸，所著《紅葉山房詩文稿》，其同年友涂瀹莊太守請於翁覃溪先生論定刊之。詩筆雄放，如天馬行空，不可羈勒。如《天馬高懷文丞相》起語云：「天馬蹀躞天閑空，横絶萬古誰與同？馭風騎氣脱羈靮，怒鬣驤首摩蒼穹。」《采石磯放歌》起句云：「岷峨之水從西來，奔流東下何時回？大孤小孤障不得，海門遥挂石帆開。就中南幾天設險，四面圍繞雲濤堆。磯横采石亘萬古，翠螺涌髻高崔嵬。」五律《小姑山》云：「孤髻聳伶俜，中流矗杳冥。天支一柱小，影落萬峯青。風静湖如鏡，江空夜有星。何人招鐵笛，清嘯倚危亭。」又《湖口舟夜》云：「永夜風濤起，中天月色明。愁人不能寐，静聽石鐘聲。鬱鬱蛟龍氣，飄飄江海情。滄波真一粟，未足歎浮生。」

德化羅穀臣太守大佑，通籍後久宦閩疆，曾攝篆臺南，與唐薇卿中丞文酒過從，極一時之盛。唐中丞時方觀察臺陽也，中丞跋太守之詩云：「取法甚正，古體具〔俱〕有準繩，一切空疏塗澤盡掃而空，蓋學人之詩也。」余觀太守《粟園詩鈔》，少年之詩英拔，規撫唐賢；壯年後變爲黄、陳一派。天若永年，其詩當不止此也，惜乎！

穀臣太守《戍婦詞》云：「蟋蟀鳴我帷，明月照我牀。盈盈望明月，悠悠憶遼陽。遼陽隔遠海，郎行已十載。豈無合歡期，但惜芳華改。前年遺我緘，云及今春還。今春忽復過，秋生簾幙間。秋寒歸不得，感此心淒惻。願借西北風，吹夢入郎側。」

太守七律如《輪臺》云：「斬山伐谷起神工，廟算雄規九譯同。封鶴竟糜天府粟，禦蛟虚負老臣忠。南朝花石資童貫，西蜀銅山付鄧通。莫使輪臺等閒費，萬家膏血正殷紅。」又《喜魯一莊見過》云：「故人作宰近鄰邑，别久相逢一笑開。九月黄花照尊斝，十年烏帽共塵埃。山經南劍濃如薺，水過平沙碧似醅。此去擁騶多父老，鱎魴先試下車才。」

歸安葉淑君女士令儀有《花南吟榭遺草》，錢塘陳秋穀女士長生有《繪聲閣初稿》，二詩合刻，葉淑君女士之弟有跋語云：「女兄淑君，適同邑錢粟頤上舍慎。幼即妙嫻吟咏，後得羸疾卒，年三十二耳。女士詩情清婉，如《河中官署懷外》云：「楝花風裏送歸輿，話到家山淚滿裾。望遠終迷函谷月，懷人頻問武林書。三秋霜冷鴻飛後，五夜燈深落葉初。試賦搗衣愁轉劇，江南寒信近何如。」

陳秋穀女士詩亦清麗可讀，如《西子捧心》云：「眉鎖春山歛黛痕，君王猶是解温存。捧心别有傷心處，只恐承恩却負恩。」《明妃出塞》云：「一曲琵琶靖塞塵，千秋青冢尚生春。書工若畫麒麟閣，定識功臣是美人。」摘句云：「雲外鐘聲樊口渡，雨中燈影洞庭船。」「帆來遠浦春潮外，人在重樓暮雨中。」

海陽翁霽堂徵君照，乾隆時詩人也，刊有《賜書堂詩鈔》行世，毛大可、沈歸愚諸公皆序其集。徵君之詩四卷，删取最嚴，故存者不多。今人刻詩，動輒巨卷盈尺，閲之令人昏昏欲睡，《賜書堂詩抄》最可爲法。其詩詞旨纏綿，才藻昳麗，如《將之北河别内》云：「織就文禽作對飛，一篝燈火久相依。偶耕當日言猶在，佐讀終年計總非。但使我能抛犢袴，肯教君更泣牛衣。料應不學蘇家婦，金盡歸來也下機。」《别及門諸子》云：「頻年立雪白牛溪，新釀香來每自携。絳帳笙歌春問字，緑窻燈火夜分題。共誇清譽齊龍腹，豈料生涯逐馬蹄。惆悵今朝先送遠，却分冀北與遼西。」

翁霽堂徵君詩佳者極多，礙難多録，僅將佳句摘録于此：「友如作書須求澹，山似論文不喜平。」「春水亂帆黄歇浦，夕陽疏樹陸機山。」「暝色已籠千嶺暗，夕陽猶戀一峯明。」「八代文字韓吏部，千金詩句白尚書。」「夜雨疏燈焚諫草，春風小驛見常花。」《春柳》摘句云：「千古因依惟夜月，一生消受是春風。」「一抹夕陽連漢苑，二分春色在蕪城。」「迎來桃葉如相識，猜着楊枝是小名。」「青拂河橋風乍轉，緑昏江店雨初來。」「春寺煙深傳粥鼓，午塘風軟度餳簫。」

新城陳玉方編修希曾，以書法擅勝，得其零縑斷簡，皆珍若拱璧，詩則未多見也。冷攤購得《奉使集》，附有陳碩士侍郎《使豫草》，亟録一二，以見一斑。《韜光菴》云：「一徑入寒碧，翛然塵外襟。乾坤容冷眼，竹石抱冬心。未覺江湖隔，誰憐定慧深。名山留書卷，往事感人琴。」

碩士侍郎用光，以古文著名當代，與同邑魯九皋進士齊名。詩雍容名貴，《使豫草》中如《磁州道中》云：「冀北行來曠野多，連岡南上此坡陀。稍分燕趙風雲色，試采邢洺士女歌。築壘基荒墻缺角，住家人少隴收禾。澹煙斜日官程外，幾縷秋雲正似羅。」摘句如《安陽懷韓衛公》云：「幾先鄭國安宗社，論定舒王稱翰林。」《連夜夢石溪》云：「西蜀使歸重話舊，上林春好共朝天。」《途中口占》云：「平野石鋪千疊浪，連岡車輾一帆風。」

新城黄菊裳師元坤《冷溪草堂詩》已録於前，辛丑秉鐸東鄉，詩鈔又復重梓，先生歸道山已十稔矣。重讀遺編，不勝感愴，重録兩律，如《章門歸舟》云：「南風吹軟浪，倦客逆歸舟。林壑思高隱，乾坤付濁流。芳洲雙鷺靜，古木亂蟬幽。愧爾機忘者，空江何所求。」七律如《登德勝城樓晚望》云：「層城登望意如何，十載河山戰伐過。落日寒依官渡晚，飛沙暗上女墻多。婁妃墓冷餘荒草，楊子洲空涌白波。乘興不關今昔感，月明南浦聽漁歌。」

湖口高璧楣大令心夔，弱冠詩鳴當代。以家難起兵拒賊，後舉進士第，攝令吴縣。客京邸時，一時王公皆折節下交。咸、同間江西以詩鳴者，以大令爲最。年五十而卒，刊有《陶堂志微録》，詩集以「志微」名者，以史自例其詩也。其詩自開町畦，不模範古人之貌，惟艱苦之意多，驩愉之趣少。然收斂才華，驅遣典册，允推作者矣。

璧楣詩集中五古最多，《代人詠月》云：「斗帳生懸珠，朦朧四邊霧。員態綺中盈，方暉屏際度。舒蓮瀁片紅，東壁藉雙素。星語欲沉天，鸞回不驚樹。花枝玉窗笑，蝶抱瓊枝妒。已玩江雨清，翻求巫峯去。」

高大令亦字百足，集中有《城西》七律二首，蓋大令客某邸，某邸以事見法，此時殆指此也。録其一云：「寵冠親賢料遽衰，致身胡取亟登危。將軍清靜歸醇酒，公子聲華誤繡絲。坊樂入庭天慶節，殿材營第水衡司。十年風誼虧忠告，江海堙流此淚垂。」

容城孫夏峯徵君奇逢，爲本朝理學家。嘗題壁云：「人生最繫戀者過去；最希望者未來；最悠忽者現在。夫過去已成逝水，勿容繫也；未來茫如捕風，勿容冀也；獨此現在之頃，或窮或涌，時行時止，自有當然之道，應盡之心，乃悠悠忽忽，姑俟異日，諉責他人，歲月虚擲，良可浩歎。」此語最中學人之通病，各録一通，銘諸座右，亦無形之師保也。

涇縣朱雲衢大令驤成，鏡湖學博哲嗣也。著有《浣霞軒詩稿》，合刻於《古月軒詩存》中。如《看劍》云：「酒酣拔劍氣縱横，匹練横飛四座驚。掌上摩挲星彩動，眼前閃鑠電光明。提携我本無恩怨，持贈誰堪托死生。三尺寒芒應待拭，江南况乃未休兵。」摘句如《聽笛》云：「碧空風捲入雲去，凉夜月明如水流。」《涌溪深處》云：「水聲流澗静，山氣逼人寒。」

駿成號驥千，乃雲衢大令之弟，著有《吹篪集》。久寓南州，現雖年高養静，聞吟興猶豪也。集中有《惜花詞》云：「者番好夢已全非，轉瞬園林緑漸肥。連日心情如中酒，一簾紅雨送春歸。」又云：「東皇暫欲息征鞍，杜宇催歸興已闌。寄語簾前新燕子，莫銜花蕊過雕闌。」

女子之詩，能删除脂粉氣，便不易得。武林王維高之女字静姑者，有詩云：「誰言讀書好？多少青衿牖下老；誰言讀書輕？幾多白屋出公卿。青衿牖下老，每被詩書耽誤了；白屋出公卿，又道詩書不負人。人言反覆不足信，君子讀書惟安命。」允哉斯言，鬚眉愧此巾幗矣。聞適人不偶，僅一年即鬱鬱而死云。

王漁洋《池北偶談》載：「陳伯璣元衡，建昌南城人，御史本子。清羸如不勝衣，五言詩古澹自成一家，如『寒日明孤城，糺風下飛鳥。』又『籃輿望歸鳥，日暮空城曲。』此類二十餘篇，不減王、韋。亂後寓黄山，移鳩兹，再移白下，貧甚，撰《詩慰》《國雅》及《婁堅徐世溥遺文》之類，凡十餘種，又著《古人幾部》若干卷。康熙癸卯歸豫章，時施愚山、周伯衡皆爲江西監司，爲卜築蘇雲卿東湖故居，後數年，竟羸病死云。」

吾邑吴白广學博照，字照南，晚自稱白翁，乾隆詩人也。著有《聽雨齋詩集》，爲翁覃溪學士所賞拔，以拔萃選大庾教諭，旋棄官歸，遍游東南。學博有「鄭虔三絶」之譽，尤工畫竹，當代名公巨卿，皆折節下交。《府志》載，學博慕蘇州靈巖、石湖諸勝，有曰「死當埋骨在蘇州」，後果卒於蘇云。按學博墓在南城北鄉五都水尾村之前山，墓碑巍然。少年時偕友踏青，無意尋得之，亦可補志乘之闕也。

崑山孫兆淮《花箋録》載：「熙寧末，有人耕於鳳凰山下，獲石碣，方廣三尺許，乃婦人葬夫誄銘也。文曰：『君姓曹氏，名禋，字禮夫，世爲洛陽人。三十歲，兩舉不第，卒於長安道中。朝廷卿大夫、鄉閭故老聞之，莫不哀其孝友睦嫻，篤行能文，何其夭之如是耶！惟兒聞之，獨不然，乃慰其母曰：家有南畝，足以養其親；室有遺文，足以教其子。凡界乎陰陽之間者，生死數不可逃，夫何喜悲之有哉。丙子年三月十八日卒，以其年十月十五日葬於鳳凰山之原。予姓周氏，君妻也。歸君室八載矣，生子一人，尚幼。以其恩義之不可忘，故作銘焉。銘曰：其生也浮，其死也休；終何爲哉？慰母之憂』」。

衡陽彭剛直公，曾録其《小姑山詩》一首，今獲公刊行詩集，公之直節豐功，本不藉詩以傳。惟中興鉅公，樂於恬退，其寄興林泉，莫如公者。公詩七律最多，如《游泰山》云：「東嶽巖巖鎮大東，挺然獨拔秀兼雄。豐碑峙冷秦時月，古柏陰森漢代松。御帳泉飛千丈白，天門日落萬松紅。我家南嶽衡山下，到此身疑在祝融。」《訪羊太傅祠》云：「滚滚黄塵日落時，暫停車影與鞭絲。荒煙蔓草羊公里，衰草斜陽太傅祠。晉代風流沂水地，襄陽月冷峴山碑。金鐶里迹無從問，墮淚空留後世思。」

剛直公摘句如《推省庵遺興》云：「縱使平生遭際盛，須防末路保剛難。」《軍中感興》云：「十年舊夢三湘雨，百戰新添兩鬢霜。」「竟無冥阨分夷夏，遂使甘泉震鼓鼙。」《通州環翠樓》云：「一山月色當頭好，萬里潮聲潑枕來。」《秋日車中漫興》云：「秋柳黄飛霜後葉，蓼花紅冷水邊枝。」《游泰山絶頂》云：「苔蘚陰崖封漢碣，雲煙絶壁燦唐書。」

江甯潘禹九明經姜靈，爲和卿拔萃之令弟，長髯偉貌，詩文敏捷。易由甫大令之廬陵，延爲學校師。來贛袖詩訂交，其《重客江西舟中》五律云：「幾度客中客，天涯春復春。夭桃三月雨，蓬梗十年人。野闊雲低樹，舟輕浪濺蘋。廬山曾一面，今日識來真。」七律《贈别鄧幼彌大令返湘》云：「羣陰煽亂楚氛惡，天意蒼茫未可知。芳草美人遲暮感，落花時節别離思。鑄成大錯九州鐵，不合時宜一肚皮。酬子一尊中有淚，是空是色問阿彌。」

安義胡伯宜州别駕以謹，同在江城，未曾識面，即以文字訂交。近日同事報務，日相過從。伯宜幼慧，十二齡隨其大父在奉新許文敏公族家，適文敏公由粤撫裁缺回籍，圍爐煮茗，指盆中小柏命賦，口占一絶云：「梁棟萌芽異草菅，那分小缽與深山。若教常用栽培力，拔地条天詎等閒」，頗爲許公許可。伯宜才多年少，將來所造，未可限量。擇録一二，以見一斑：《柬長樂林公于金陵》云：「天心大任故遲遲，謝傅東山人未知。阪負鹽車牛驥混，鬼窺曹社兔狐悲。浮沉濁世嵇中散，消受癡名顧愷之。翹首鐘山最高處，真人天際費遐思。」「觚亭寥寂鎖春雲，知己天涯若比鄰。星孛大辰芒作作，兵譚紙上語陳陳。白頭幾輩東遼豕，碧血千年西狩麟。預覓桃源乾淨土，飽餐薇蕨做頑民。」又《觚亭晚眺》云：「天影澹欲瞑，萬景爲之幽。攜手上孤亭，高望俯平疇。纖雨從東來，瀟瀟氣欲秋。□□牆角螢，隨風流荒邱。世事如棋局，吾儕將何求。難將百鍊鋼，化爲繞指柔。學問爭皮毛，安能抗美歐。所學非所用，令昔有同憂。日月疾如駛，江湖御虚舟。銅駝曾荆棘，莫湔神州羞。肉食無遠謀，紛紛擁八騶。羊頭倘未爛，休望萬户侯。男兒負奇氣，處譽等浮漚。千金結知己，一劍尋仇讐。

新亭名士亡，莫識愁人愁。安能鬱居此，坐井看天球。」摘句如「眼前風月無今古，皮裏陽秋有是非。」「珍錯豈如蓴菜好，英雄衹合布衣終。」「故交疊謝驚新鬼，先緒難繩愧後生。」「衹合滄桑看變幻，不堪把酒論英雄。」「愁城草木春無色，夢境家園路總迷。」

丹徒莒香女士鮑之蕙，著有《濤娛閣吟稿》。女士爲鮑論山郎中之鐘之妹，張舸齋司馬徵之室。詩頗清麗，閨閣有此，亦爲難能。如《雨中有感》七律云：「長空日日散輕埃，深掩簾櫳晝不開。往事却同春夢覺，閒愁偏被雨聲催。選樓唱和何時續，客里音書尚未回。碌碌渾忘三月暮，忽驚門外賣玫瑰。」摘句如《快晴登凌江閣》云：「嵐開遠岫杯中落，帆曳晴云鳥外懸。」《揚州湖上遲月》云：「垂柳和煙欹水影，亂鴉如雨入林聲。」《登北固山》云：「尋秋客訪南朝寺，弔古人無北府軍。」

黄梅梅古芳大令雨田，以進士官江西最久，著有《慎自愛軒録存》。詩學少陵，格律峻整。五律《江古寺懷古》云：「萬古岷峨雪，平添江漢流。謫仙詩思逸，巨浸楚天秋。星拱三霄月，人壽百尺樓。衹今陵谷易，蘆荻滿荒洲。」《楚中雜感》七律云：「雲夢胸吞八九寬，敢呼屈宋作衙官。秋濤遠浦馨荷芰，暮雨靈祠冷蕙蘭。孟浩風高先杜老，竟陵調别嗣公安。故鄉冉冉流餘韻，暇日閒吟訪舊壇。」

南平楊晴帆别駕炳勳，爲鼎粵東同寮老友也。在粵時年已六十矣。年雖老，精神強固，著有《問鵠山館詩鈔》，南海李子黼廣文長榮收入《柳堂師友詩録》中。别駕詩不名一家，興有獨至，亦能自抒機杼。《戲傚拗體漫題》云：「咄咄怪事乃如此，鬱鬱懷抱烏能開。孫陽倒騎宛子馬，郭隗夜過昭王臺。到門冠蓋自烜赫，親人魚鳥相徘徊。一杯在手不辭醉，醉後狂歌《歸去來》。」

晴帆别駕詩有《六言戲占》云：「拂意事常八九，知心人衹二三。坐話豆花棚下，行吟楊柳橋邊。」其二云：「老子狂興猶昔，惠休綺語未忘。泥守程朱道學，不成屈宋文章。」其三云：「斗酒雙雞餉客，短衣匹馬出游。不脱書生本色，自然名士風流。」

新城王簡亭鳳偕，嘉慶時人也。幕游粤東，與欽州馮魚山太史等以詩文交，刊有《聽竹軒詩鈔》。長於古體，近體則非所長。五古如《讀史偶詠》云：「霍光擁二君，人以伊周比。豈有王佐忠，縱妻謀不軌。況君内憚之，已自驂乘始。嗟此不學人，赤族良有以。」其次云：「處人骨肉間，此事良非易。不謂李長源，乃能回上意。再誦種瓜辭，兩安東宫位。留侯與鄴侯，千秋孰軒輊？」

王簡亭有《青徑口拜陸丞相墓》七古一章，極激昂慷慨，爲集中傑作。其自序云：「丞相溺崖山海中，而墓乃在青徑口，前人已疑之。或謂崖山之變，浮尸出海，後有函骨以葬之者。然吾謂忠魂蓋往來天地，即無函骨之説，崖山與徑口可一概也，奚疑爲？」詩云：「嗚呼！□州變後宋事益窮蹙，煢煢惟餘趙氏一塊肉。誰其立孤與扶危？丞相陸公棐且篤。戎馬倉皇轉徙中，猶書大學日勸讀。崖山之遷誠圖存，誰料三軍更敗衄。亡者北去已爲朝廷羞，居者何可再受敵人辱？君死社稷臣死君，遂抱龍髯赴海瀆。茫茫萬頃怒濤飛，君臣願葬羣魚腹。吁嗟乎！君不見將軍志在别求趙，須臾颶發舟旋覆。又不見信國心私更圖宋，黄冠終焉殺燕獄。信知三百祚已移，縱有孤忠孰恢復？惟公蹈海以身殉，淚溢滄溟恨猶蓄。大宋更無片土作行朝，但有□宫一着爲收局。往事距今數百年，炯炯丹衷如日曝。更識英靈來往無不在，崖山徑口無俟強分屬。今日屏營惕息拜幽宫，四顧山色長青水長緑。」

霍邱裴伯謙大令景福，余粤東僚友也。因公獲譴，荷戈絶域，非其罪也。近年聞已由新疆賜環［還］，著有《西征集》。有人傳誦其《安西道中》七律云：「出關一唱白銅鞮，塵色沸騰錦障泥。戈壁新開秦郡縣，輪台久樹漢旌旗。風和蓮井聞鶯語，雪盡瓜沙放馬蹄。回首江南歌舞地，浪游真是甕天雞。」摘句云：「棲烏楊柳金閨怨，天馬蒲桃玉塞歌。」「黄粱富貴邯鄲夢，白草牛羊勑勒歌。」

鉛山祝盛甫觀察維城，持躬謙謹，接物和平。曩在都門，於家穆門樞部座中晤見，謙抑之懷，見於言表。其介弟因甫拔萃，自南昌客次，亦訂文字之交。觀察已歸道山，有人抄得觀察《讌集陶然亭》七律一首，亟録於此。詩云：「不耐京華十丈塵，招携瀟灑接城闉。鳥聲澹若聞天籟，塔影清如對古人。日晏亭陰當户轉，雨餘山翠入簾新。蘭苕可摘瑶華遠，勝賞何録共主賓。」不矜才，不使氣，詩律細密，得未曾有，文如其人，信然。

金壇馮夢華中丞煦，撫皖有惠政。倉猝平定大亂，以鎮定出之，頗負時望。詩筆清微澹遠，得王、孟之神。如《中秋無月感懷兄妹》五古云：「去年秋正中，依依在鄉里。酒漿羅高堂，情話雜悲喜。今年來建康，久客病初起。月黑虚無人，一室冷於水。蟋蟀鳴前除，落葉紛未已。感此念兄妹，今夕更何似。歡會無百年，誰能别離此。欲歸不得歸，相思空復爾。却羨天末雲，南行一何駛。」

夢華中丞五律，如《悼次米》云：「之子不可作，三年空復秋。建康有哀雁，薄病此淹留。落月半牀冷，高梧一徑幽。當時歌嘯地，東望不勝愁。」

合肥李文忠公，文章勳業，震爍寰球。當馳驅戎行時，有《明光驛壁》二律，膾炙人口。詩云：「四年牛馬走風塵，浩劫茫茫剩此身。杯酒借澆胸磊塊，枕戈試放膽輪囷。愁彈短鋏成何事，力挽狂瀾定有人。綠鬢漸凋旄節落，關河徙倚獨傷神。」其次云：「巢湖看盡又洪湖，樂土東南此一隅。我是無家失羣雁，誰能有屋穩棲烏。袖攜淮海新詩卷，歸訪煙波舊酒徒。遍地槁苗待霖雨，閒雲欲去又踟躕。」

新昌胡漱唐侍御思敬，清聲直節，遇事敢言。聚書最多，縹緗萬軸。庚子之亂，侍御有詩紀事云：「四字紅旛夜集梟，春燈謎語雜歌謡。可憐一炬成焦土，使相登樓拜火妖。」其二云：「捷書一夕達甘泉，六貴同朝拜賀箋。欲倚淮東平寇難，高駢但解媚神仙。」其三云：「灤州燈影幻妖烽，床上癡豬欲化龍。十族牽連同日死，大將軍是酒家傭。」

廬江吴鑑泉觀察學廉，久官白下，有園亭之勝。其嗣君旭霄大令試令到贛，與余有縞紵之歡。曩年薄遊建康，登堂謁見，時正捧檄權淮揚道篆，束裝將發也。近見其《袁江去任誌別》五律云：「吾性本疏放，應官真未嫻。有懷期政舉，無術濟時艱。山重蚊難負，枝卑鳥易還。卸肩今遂願，先爲解愁顔。」其次云：「兩郡一州地，方輿千里强。訟繁民困敝，俗悍盜披猖。欲禁穿墉鼠，宜除當道狼。澆風難驟革，且爲靖譸張。」

武進管韞山侍御世銘，名爲時藝所掩，平生於詩學源流，論斷精嚴。讀其《（讀）雪山房唐詩選》中凡例，足以見之矣。著有《讀雪山房雜著》，以詩比樂聲云：「五言古詩，琴聲也。醇至澹泊，如空山之獨往。七言歌行，鼓聲也。屈蟠頓挫，若漁陽之怒撾。五言律詩，笙聲也，雲霞飄渺，疑鶴背之初傳。七言律詩，鐘聲也。震越渾鍠，似蒲牢之乍吼。五言絶句，罄［磬］聲也。清深促數，想羈館之朝擊。七言絶句，笛聲也。曲折嘹亮，類羌城之暮吹。」吐囑名雋，得未曾有。惟五律如笙，七律如鐘，余不謂然，當互易之：「五言律詩，鐘聲也。清夜霜晨，似蒲牢之乍吼；七言律詩，笙聲也，引商刻羽，疑鶴背之初傳。」質諸善聲詩者，當不河漢也。

常州莊蓮佩女史盤珠，莊友鈞上舍之女，吴生承之之室。年二十五而殁，穎慧善詩，多可傳之作。古體偪真樂府，五言摘句如：「霜欺殘夜月，蟲碎一庭秋。」「庭院忽疑月，溪橋欲斷人。」「山容憐雨後，秋色愛霜前。」「浮雲一片來，庭樹忽無影。」七言摘句云：「霜華欲下秋蟲覺，節序將來病骨知。」「雨意暗滋三徑草，鳥聲啼破一溪煙。」「嫩柳似波春欲動，薄煙如霧月初生。」「葉聲滿院人扶病，花影半欄人課詩。」

丁坊酒，江西之土酒也。從前釀法清醇，風味殊勝。聞新建裘文達公官司空時，曾致京師爲娱賓之用。時程文恭公爲冢宰，乃同年也，退食餘閒訪裘，出酒餉之，裘口占云：「衝寒來飲丁坊酒。」程即應聲云：「懷遠還思丙穴魚。」共相諧笑，盡歡而散。前輩風流，可以想見。丁坊酒至今日，市肆所沽最爲下劣，嗜飲者從不過問矣。

萍鄉文道希學士廷式之詩，曾兩録於前矣。聞學士著述雖多，存在湘省，一時尚難取而刊布。在友人處見有《壬辰歲暮》七律一首，亟録於此，雖吉光片羽，均堪珍惜者矣。詩云：「微暖蘇人硯不冰，勘書深夜短檠燈。冗官已似豐年穀，盡歲難爲繫日繩。滄海迴瀾天有意，金門大隱客無能。春情衹有梅花覺，瓊島清波第幾層。」

滇南畢星樓侍御應辰，曾以部曹督學關中，著有《悔齋詩稿》，同鄉汪少谷太守刊於南昌。其詩頗饒含蓄，無劍拔弩張之習。七律《獨坐》云：「繩床獨坐書頻展，棐几閒憑墨試磨。天付窮愁資著作，人非燕趙愛悲歌。山圍孤館秋聲聚，木落空庭夕照多。鴻雁不來之子去，晚煙漠漠鎖藤蘿。」《和馮魯川比部》摘句云：「不居津要庸非福，能耐艱危好是痴。」七絶有風致獨佳者，如《題江蓉舫邊城雜詠》云：「蓄日西風匹馬遲，曾從邊塞擴襟期。笛聲吹出關山月，齊唱江郎五字詩。」

南豐劉鎬仲大令孚京，以名進士作令粤東，與余同鄉僚友也。彼此權篆外縣，在省會僅一面之識。生平長於古文，詩亦雅健，乃負才早世，聞者惜之。從友人處見其《闈中題裴伯謙大令詩卷》五律云：「眼中裴叔則，蹤迹昔年疏。早達身仍滯，高懷我不如。忘情朝士籍，隨分府中趨。篋裏琅玕滿，論詩更唱予。」其二云：「雨過秋雯净，宵深鎖院涼。劇談忘枕簟，不死説文章。子計亦殊早，吾生方未央。徑須招北斗，相屬醉天漿。」

咸、同間髮匪之亂，貞女烈婦殉難者，罄竹難書。金谿黄簾珠，黄校官麟之女。朱淑鳳，其媳也，乃南城進士華臨之女，均能詩。辛酉秋，匪據郡邑，避亂於榕坊。賊入村，姑嫂均入井殉焉，其家爲刊《孝烈合稿》。簾珠女士《一花遺草·哭吴湘菱女士》七律云：「記得花前乍識荆，雖然半面已心傾。只思後會期他日，豈料神交了此身。瑶島詩成吟鶴背，滄州夢杳失鷗盟。傷今感昔情何限，一掬西風淚轉盈。」淑鳳女士《簪花遺草·作畫有感》五律云：「愁極非關懶，丹青不濟貧。澆來湖上露，潑作畫中春。富貴無顔色，清平仿古人。自憐心力盡，能賣亦酸辛。」

絶俗樓我輩語

[民国]白采

毛静 點校

點校説明

《絶俗樓我輩語》四卷，民國白采撰。

白采（一八九四—一九二六），原名童漢章，一名昭海，字國華，江西高安人。幼有夙慧，讀書一目十行。一九一一年畢業於高安筠北小學。後閉門自修，於國故新學，均有涉獵，爲邑儒胡松筠、彭稼薌所賞。其父商於四川，家富於貲，購書滿室，供其研讀。一九一五至一九一八年間，三次離家漫遊，行吟四方。一九一八年重陽返家，在高安縣女子學校任教，組織同學會，創辦圖書館。一九二一年，創作第一篇白話小説《乞食》，暗寓其不幸的婚姻。一九二二年父親去世，始考入上海美術專門學校肄業，遂改名白采，號吐虹，託稱四川瞿塘人。一九二四年寫成著名長詩《贏疾者的愛》，凡六千言，爲朱自珍激賞。一九二五年任教於上海江灣立達學園，一九二六年應聘廈門集美師範學校農林部任教。同年暑假薄遊廣州，再赴滬杭，甫入吴淞口，即病逝於海舶中，年僅三十三。海上同仁殮之江灣公墓，刊其遺集行世（陳南士《白采遺集序》）。

白采主要作品有《白采的小説》（一九二四，中華書局）、長詩《贏疾者的愛》（一九二五，中華書局）、《絶俗樓我輩語》（一九二七，開明書店）、《絶俗樓詩》（一九三五，南昌獨學齋）、《絶俗樓遺集》（一九八二，胡文彬整理，二〇〇八年六月再版於臺灣），代表作有小說《乞食》、詩歌《花瓶》等。

《絶俗樓我輩語》共四卷，原稿裝訂爲四册，分别用紅藍鉛筆標注卷一至卷四，封面寫有「丙寅暮春流寓海桑樓手録」。正文塗改頗多，凡提及人名地名，則諱以空格，實爲未定之稿。手稿先在朱光潛、豐子愷等人任編輯的上海江灣立達學園校刊《一般》雜誌第一至四期連載，次年交上海書店結集印行。

《絶俗樓我輩語》所記，均爲作者與友朋交遊唱酬之作，如彭芸史、吴蘋汀等，鮮涉局外人事，盡管作者也感覺「久不録他人之作，便覺此書遜色」，但仍不自覺忝爲江山主人。所録詩話内容，不外懷人寄遠、題畫觀景、遊宴飲食甚至征歌狎伎之事，不一而足，反映了近代江西及上海一帶文人社會生活的各個層面。詩話中所録己詩，多爲删定《絶俗樓詩》之外的作品，以詩系事及人。作者雖然多次表示所録多爲少作，不足一觀，但字裏行間仍表現出了敝帚之意。

白采感情細膩，善病工愁，性格與作品風格都流露出很強的女性化傾向，所以友人在其遺物中，發現不同個體的女性青絲一包，也可以推斷其有雙性化取向。《絶俗樓詩話》及《絶俗樓詩》所選作品，頗多描摹女性生活之什，兒女嬌媚之態，呼之欲出。如《惆悵詩》「一霎嫏嬛夢可疑，人間無地著相思。風鬟雨鬢如曾認，月地雲階竟許窺」、《雜憶》「遮莫門前打睡鴛，打鴛須恐浪波翻。月明一夜春江水，别後相思夢有痕」、《酬友人柳花詞》「二月春風草榻寒，柳花飄蕩太無端。女奴愛把羅裙拾，滿地輕陰尚未乾」，均爲閨思儂情，繾綣悱惻。詩話中録有當時江西及上海女詞人裘黛痕、李靜珊、張冰如、陳翠娜等人作品，風格差似。唯白采詠史諸作，則雄渾深刻，頗見其少年踸馳之舉，有經世之志，如《遊南昌雜詠舊迹》二十七首，逐一徵引史志載記，旁涉稗史雜俎，自能吐屬虹霓，機杼四出。其他作品，亦能旁涉美歐掌故、西學新人。如引用美國杜威名言、俄羅斯陶斯道小説鎔煉入詩； 均表現了作者的博學與勤思。所以白采作品，頗得安吉吴昌碩等人所喜，乃至爲之遍題書房匾額，並有詩作往還。可惜白采英年不永，嘗自云「少酷嗜長吉，至朱墨燦然，不去手，嘗有自擬於『錦囊嘔心，玉樓赴召之語，以傷母懷」，李賀年二十七而逝，而白采之壽僅多長吉五載，所言竟爲讖語。

總之，《絶俗樓我輩語》所反映的作者羣體，是以民國初年上海一帶以白采爲中心的詩人圈子，特别是女性詩詞作手的代表作，間有作者紹述先哲、品第時賢的詩學觀點，對於我們研究這一時期特定地域的詩人活動有一定的參考作用。

本次整理《絶俗樓我輩語》，以胡文彬《絶俗樓遺集》影印一九二七年開明書店版《絶俗樓我輩語》爲底本。此集系白采逝後，友人收摭遺稿，交由開明書店排印，其中胡忠源(畏三)用力尤多。胡氏爲白采前妻王百藴之表弟，在白采殁後致力於白采研究。赴臺後，曾將歷年所得白采遺稿之詩詞、詩話、小説數種，悉付其子文彬彙集印行，即《絶俗樓遺集》。因别无其他版本可以校勘，故隨文勘出異字，以「［ ］」標注。

毛　靜

絶俗樓我輩語　卷一

己酉、庚戌之間，走始作詩，略無師授，篝燈自課而已。鄰士有投余白牡丹一本者，率吟十六絶句酬之，以示彭芸史君，芸史君激賞之，有賜和之作，今俱散佚。余一絶云：「名花曾許接殷勤，富貴生來早出羣。見面分明簾影内，錯疑新寡卓文君。」

佚名和韻竹支（竹支不宜和韻）云：「聽徹嚴更懶獨眠，竹支低按缺瓜船。無人肯共江邊戲，翦個羅圈賽月圓。」自是聽明女子語，猶恨不如《娥皇歌》「乘桴輕漾着日傍」耳。《宣室志》載有長慶王先生女七娘，能翦紙爲月。《酉陽雜俎》亦載唐道士女紙月之事。

彭芸史有題余憶花詩云：「秋風昨夜勸相思，紅袖青衫事總違。兩字因緣偏是恨，一生邂逅轉成悲。空教有約羞今日，尚覺多情戀去時。讀罷君詩曾眼見，爲渠狂殺爲渠癡。」又《感舊》寄余有句云：「去後差池新燕侶，問伊何事到天涯。」讀之皆使人惆悵無已。

余有《題廬山四詠圖》句云：「佳景忘言自可怡，探奇何事費吟詩。淵明故里柴桑住，五字廬山坐見遺。」又有《詠海棠》云：「海棠不入少陵詩，未載紅梅屈子詞。亦似廬山本奇絶，淵明五字偶忘時。」

壬子彭芸史、吴蘋汀均有和余《蝶》詩，芸史有「占盡江南粉一肩」之句。吴蘋汀《游春》句云：「一天風雨添春恨，隔苑深紅蝶翅長」，麗句也。《春柳》句云：「東風綰别恨無窮」，亦可取。近又有《白門春感》四絶，有句云：「怕見白門門外柳，年年帶雨並潮生」，尤佳。又嘗有《心字八律》，韻腳每句皆押心字，待函索再録。

有人題余畫山水云：「山川青絶筆邊傳，相約閒時共莞然。願待明年種蓮子，萬花裝滿畫中船。」（原注：「嘗愛世傳赤城韓夫人法駕導引第一疊有云：『千乘載花紅一色，人間遥指是祥雲。』故有末句」。）余憶圖中遠山如帶，近水如環，小舟寸許，容與中流，筆墨極省；何以尺幅中忽措想及萬花，直妙悟也。——《雲仙雜記》：洛陽人家寒食裝萬花輿，與此詩末句「萬花船」，均奇麗可愛。

有人題余《垂釣圖》云：「從古煙波有釣徒，知君懷抱世應無。如何畫得樵青貌，也入漁家樂趣圖。」余當時擬改後二句爲「也畫」「共入」，然失原詩之意矣。幼嘗臨《漁婦曉妝圖》，不覺情移。誠得素心人，詎敢屈爲樵青耶？

余詠花詩，不喜用焚香、飲酒等事。如《詠海棠》云：「相賞名花正酒醒。」《城西折梨》云：「正是酒醒江上路，梨花相映劇神清。」《供梅》云：「禁婢朝焚玉鼎香。」尤喜日中花色。嘗愛古人「日高花影重」，「花氣襲人春晝永」，「蝶衣曬粉花枝午」等句。亦自有《玩花》詩句云：「隔院鐘初午，開軒酒恰醒。」惜此等境會，解人蓋寡矣。

壬子秋月倡和詩甚多，而以「秋」字韻爲最，計十數往還，共詩二十餘首。先是余寄芸史登臨長篇，芸史報余以登塔之作，既而龐芙仙和韻詩亦至，余遂步成數首分簡諸人，并索吴□□同作，自是郵筒匝月不絶於道矣。

又得龔郎似一首，郎似年最幼，而詩特佳，可畏哉！今□□原倡及其疊韻諸作，均已散失，惟憶一聯云：「金猊香爐三更月，鐵馬聲敲萬户愁。」執牛耳洵無愧已。芙詩亦失去，惟吴詩尚完好。此君詩最多，其二首見贈有「明月青山都入夢，白雲紅樹儘生愁」，及「南望斯人天更遠，雲邊歸雁去悠悠」之句。余方索居，謬荷推借，顔汗極矣。又迴文一首云：「殘星幾點三更漏，落月傳情動客愁。寒雁怯過新淀水，冷蟾悲渡夜摇舟。丹林幾處紅荷岸，碧草千層白露洲。看影對雲秋色暮，巒煙遠隔路悠悠。」此詩綺練天成，正反俱佳，如「暮色秋雲對影看」，「岸荷紅處幾林丹」，「水淀新過怯雁寒」，「漏更三點幾星殘」，皆不費力，自臻巧妙。君美姿容，有「璧人」之號，夙以麗才見稱。余讀其詩稿，戲贈云：「後身金粟前身月，盡見吴郎説可憐。」倘所謂「文成好女，廣平梅花」者耶？

「荒草青煙故國秋，憂時悵别枉登樓。銅駝竟灑中原淚，汗馬旋生絶塞愁。獨倚危欄悲跌宕，羣從高會擅風流。河山底事新亭泣，觸念西風壯思悠。」此□□《遥和諸君登塔》之作也。通篇善寫樓字，及不預勝會之意。時共和粗定，蒙藏有警；項聯用筆卻極有力。

余和人《會城登塔》詩，疊韻十數篇，皆散漫不録，亦緣珠玉在側，覺我形穢也。昔人詩話，專用説詩者無論已，間有僅藉爲感舊懷人，或黨同伐異者，故所録詩不必盡佳。余此删所載平生經遊相識之詩，均略尚選裁；至於自録之詩，則多係散失删棄之作，聊備遺忘，以爲談助耳。

《世説》「孫興公作《天台賦》成，以示范榮期云：『卿試擲地，要（當）作金石聲。』范曰：『恐子之（此）金石，非宫商中聲。』然每至佳處，輒云：『應是我輩語。』」——今拙輯遂襲此，署曰「我輩語」。

蘋青一聯云：「遠水淪漣浮一塔，歸雲撩亂現千山。」寫景澹婉，靈動有情，使人愛殺清才如許。

《品□山院感秋》中二聯云：「莫令飛花隨水急，但看明月照人勞。夜聲漏盡蟲聲切，天闊星稠樹影高。」郎似曾屬余書入絹扇。（宋丁昌竹坡句云「夜長月冷蟲鳴切，天闊風高雁過遲。」不及□□寫出秋夜陰森之景，使人難畫也。）

□□□《友聲集》，載女子徐碧《閨情》一首，中二聯云「花開舊院慵追蝶，塵滿妝臺懶畫蛾。一水盈盈思北渭，三生了了夢南柯」，頗可賞。

成□□號二如居士，幼時與余等稱「五子」之一也。五子，龐，虞，□，成，與余。有「野水浮山脚，閒雲絆石腰」句，又「四壁秋山人影靜，一庭明月雁聲寒」之句。君爲□□之甥，學作詩歌獨先，惜余時荒嬉，未及多録，頃聞學商於某地，以瘋狂歸。

古詩云：「漢兒學得胡兒語，爭向城頭罵漢人。」嘗訪□柳□於□校，校例授課時，必俟通名始見。余立外廂久之，有美丈夫初學英語，向余喃喃相誶，意未盡通也。余覼然作色曰：「凡婢雙聲。」其人亦不知余所云，以爲必報己也，竟赧然而去。蓋余戲引《洛陽伽藍記》李元謙調郭冠軍家婢春風語也，本期赚此豸一怒，乃竟不然，遜春風遠矣。凡芃，或作此婢云云。□平□亦嘗訪柳□如余所值。其時□□僅略通英讀，聱牙數十字報之，本無所謂，其人以爲不勝，悔而遁。□□爲余言如此，前後頗相類。乃知鸜鵒罵人，不必盡善人言者也。頗有宿儒亦受此窘迫者，故備述之以資捧腹；安得使此曹輕薄，盡遭我曹狡獪哉？

□□負笈會城，癸丑夏，余買舟過之。席間見余此輯，喜録其甥□□□并學友吕茗舟詩見示，且屬余録入册中，此其意未可輕負。其甥□□詩已見前。惟□君詩，至今未録。憶余贈平□詩「頗知疏懶愛名流」，自愧前言多矣。頃檢得存藁，余愛其「徑外風來驚蝶去，湖中波起壓鷗沈」一聯，想見曉鐘上學時也。昔隨園愛稱其同鄉某觀察《過冷水舖》云：「白鷗傍槳自雙浴，黄蝶逆風還倒飛。」與□君句均可畫。□君南岩人，得超名。

余有句云「莫言飄泊狂夫慣，愛遣相思忍不歸」，聞者絶倒。

昔林和靖曾自作「摘句圖」，余弱冠前詩，多焚棄不自惜，輒就所記憶作「棄句圖」。七言云：「愁見深山紅蝶舞，瞑聽叢翠雨鳩呼。」（《過青灣山麓》）「雲滿窗楞煙滿樹，月生山罅風生樓。」（《夜訪山居留宿》）「微删竹色通書幌，學種梅花出步檐。」「園廷露重花禁冷，山澤人間夢亦清。」「雲移雁過人人字，月照蛛抽乙乙絲。」（以上雜句）「散罷香螺鸚鵡舌，燒殘寶鴨鷓鴣斑。」（《寄人》）「千峯雲氣占晴雨，一徑幽棲長薜蘿。」（《寄山居》）「過市影隨燈出入，臨橋月照水東西。」（《夜入山市》）「吟蟲靜夜中天月，縱鴿晴朝滿地霜。」（《秋寺》）「風輕曲沼魚知樂，晝永虚堂鳥自親。」（《春日閒居》）「風皷老桂凍欲折，雨壓瘦竹煙相扶。」「秋山月照高低路，野寺門當長短松。」「一天明月懷人意，雨界山河覽古心。」（以上雜句）「久經世路減狂態，驟入歡場無戒心。」（《招宴》）編者按：以下缺七行。五言如：「長波千里白，微雨四山青。」（《觀漲》）「午雞歸牧笛，夜馬遞官郵。」（《背郭》）「漏壺春滴凍，藥鼎日融煙。」（《書齋》）「樹暗天邊霧，燈摇檻外風。」（《江樓夜飲》）編者按：以下缺三行。大抵格意卑近，無足存，稍可取者，亦多流於香山放翁止耳。（香山放翁皆卓然大家，此惟指其滑易者耳。）

壬子，有蘇格蘭人授余《新約書》，屬依原書章節，各繫小詩，已脱稿數十首，旅「旋」棄去不復爲。有云：「就主則不飢，發語真超絶。如何張竹君，獨不信斯説。」（竹君，粤人，梁任公《新民叢報》有傳。）

佚名《生日自書》，其一云：「宛轉蠶絲祇自纏，縛來消息兩心憐。當時一時猶堪悔，未遣方平借鐵鞭。」一往情深，輒喚奈何！

往年撰《恩怨記》，皆載古人事。讀之激越，可當下酒物也。自題有「從來恩怨暗經心」之句。此藁頃盡失去，書生伎倆，堪爲鬼所揶揄耳。須俟垂老更成之，以傳世之有心人也。

《異苑》：「西域有鼠王國，鼠之大者如狗，中者如兔，小者如常大鼠，頭悉已白，然帶金環枷，商賈有經過其國者，不先祈祀，則嚙人衣裳也。」余《別怨》云：「寶髻堆雲茉莉裝，扁舟從小住江鄉。天涯何時輕拋擲，辛苦年年祀鼠王。」聲節頗諧，用事稍僻，故不存。或以此詩作於乙卯，疑爲刺時事，過矣。

嘗詠柳絮云：「顛狂不入時人眼，盡日垂青只自看。」詠臘梅云：「可憐天漢橋邊樹，釀就名香作臘封。」皆一時率筆，又似涉寓意，故删之。

放翁《山園》詩：「狂吟爛醉君無笑，十丈愁城要解圍。」余《春曉》詩：「莫教怕向煙花路，萬仞愁城已慣經。」皆粗率。

□柳□有「煙籠寒翠雨初融」之句，七字蘊可藉誦。

□雲□《月夜泛棹》云：「寒煙漠漠柳深深，十里平湖蕩客心。漫許文章干上國，豈應身世老空林。漁舟極浦又明月，草閣西風急暮砧。瞻望關河揮涕盡，年來孤夢感難禁。」

拙詩《詠農婦》云：「舉世爭誇時世樣，莫將椎髻與人看」，頗寓自負意。

余讀書之所曰「絶俗樓」，擬題額云：「瀟灑出塵。」聯云：「獨觀大略，不求甚解。」上句王仲宣《英雄記》諸葛亮事，下句陶元亮《五柳先生傳》中語，須擘窠大字方稱，未免近夸耳。書室則集選一聯云：「點翰詠新賞，揮金樂當年。」上句張景陽《詠史》，下句江文通《擬謝惠連》詩也。臥内則集唐一聯云：「遊山慕康樂，彈琴看文君。」上句李太白《越中秋懷》，下句李長吉《詠懷》詩也，真有「前列生徒、後列女樂」之概。

昔人集北曲云：「萬種相思對誰説，一生愛好是天然。」上句《西廂記》，下句《還魂記》。余弱冠極愛之，行旅常書以自隨。

余舊題小照云：「遣興不忘絲竹肉，矜奇偏愛畫詩書。」又餐室聯云：「雞頭持比楊妃乳，熊掌初嘗西子脣。」曩年跅弛之迹如見。

余舊作《春光好》，詞甚俚近。其詞云：「雲鬟嚲，玉釵横，淚珠盈。閒立樓前乍惱情，蝶腰輕。一半春光流水，怎樣恨擁愁并。放下湘簾無别事，拭銀筝。」嘗以寄□雲□於京師，有人讀之，疑余爲女子者。□□漫應之。適其人有兄未婚，容貌昳麗。遽通書其兄言之，既遂請□□爲介，且曰：「兄擇婦苛，必若是始可諧矣。」□□歸以告余，相與大笑。其後，余再寄一闋，倚原調云：「愁薄倖，怨輕狂，没商量。又道因人典鸘鷞，挂心腸。絮語露濃無睡，秋分寸寸宵長。小閣相隨閒坐久，莫貪涼。」第末戲書云：「若見前人，第報曰：彼姝已有家矣，奈何？」

在鍾陵日，□雲□見余詩，謂無從指其佳處，且謬許同儕一人也。□平□選《友聲集》，謬推鄙作列首，目爲奇品。又有新隖某君，僅席間一面，其後見余輒拜。余時與諸君皆弱冠耳，諒非謫仙之才，輕致賀監之譽，祇愧而已。

太白「朝辭白帝」，通首本酈道元《水經注》，可知詩化古語，便成絶唱者，正不少也。

余詠《木筆花》云：「中書原未稱，不受管城封。」又云：「如今不是夢，親見筆生花。」均逮事得體，又恰詠木筆花。然詠花詩如木筆、金錢之類，皆不若以韻勝。（李玉溪之《木蘭》、陸蒙叟之《白蓮》等作，刻畫雖工，决不能爲花傳神寫照，且尤易雷同。）數年前乃竟屢有此等詩，遂至長令李陸笑人，後不復爲矣。

余有「鐘聲一路入招提」之句。略似漁洋所賞浮屠止喦句：「一路沿鐘到净慈」（止喦本名士徐繼恩）。

幼詠梨花有句云：「正似文君新寡後，滿身巾幗月明中。」如此作詩，神采減損盡矣。又云：「虢國蛾眉常淡掃，明妃玉淚自輕彈。」亦不佳。拙集中詠梨花自有較佳之作，茲不録。

有懷一女子許姓者，後以詩寄余，僅答以「奈何許」三字，人以爲工，晋《讀曲歌》中語也。余《東湖曲》有云「東湖之湄水如縠，東家之女貌如玉」，即指此。

人日，友問余「作詩未？」余笑曰：「一二三四五六七。」友以爲戲，漫應曰：「七日矣。」不知此本羅江東《京中正月七日立春》詩句也。唐人詩乃惡劣至此等境地，尚得言詩耶？

憶少時讀書某祠中，暇日效竹枝數闋，至口不能讀，可笑也。録三首云：「紅菱池邊歌竹枝，白練湖邊唱柳枝。竹枝柳枝兩愁絶，縱有心情君不知。」「月兒高高入雲城，城北城南心憶君。望郎不見上城北，月暗城南路不分。」「鳳凰池背鳳凰橋，歲歲橋邊柳色嬌。一種娉婷人去後，離情密緒各條條。」紅菱池，白練湖，鳳凰池，皆祠旁水名。

□平□初至京師，作《江南春》長篇寄余，有句「金鞍白馬樂年少，帽檐露壓玉桃花」，真才子語也。逾年君遂眷名妓良玉樓，迨後與余音問亦漸疏，蓋方羊車出入不暇也。君又有「未必相逢有再生」之句，余甚愛之。幾於汲汲顧影者矣。

雲□佳句如「高樓玉笛美人心」（《秋夜》）、「夜深還恐玉人寒」（《秋情》）、「漠漠晚煙圍水閣」（《秋情》）、「緑楊低拂水平流」（《東湖》）、「夜寒溪口凍雲深」「閉門風雨理揺琴」（《歸湖上》），鈍根人不能道其一字。玉如和余《蝶》詩「占盡江南粉一肩」，則必傳之句也。

雲□《秋情》詩數首，佳句甚多。又有句云：「連江霧色白漫漫，月冷鞦韆院落寬。」其近句：「飄來寒食雨，盼到踏青期。」亦極有致。諸人皆已六七年不通音問，諒其造詣必益臻高古，非復往時綺麗，然少作亦愈可珍矣。

癸丑余有《九月四日紀事詩》云：「迸作愁人一片心，雁飛風急暮山沈。遥憐天末音書達，獨坐無眠淚溼襟。」「新愁舊緒兩如何，百歲光陰瞥眼過。此事明知君欲恕，尋思祇覺負心多。」「恰早相逢在此生，忍教飄散趁時名，白雲黄葉勞征夢，始覺前言太有情。」

辛稼軒詞有云：「驀然回首，那人卻在燈火闌珊處。」余詩有云：「夢回月暗午煙散，人在緑陰燈火中。」此情此景，不堪追憶矣。

癸丑《蟄園席上贈客》二首云：「曾聞鱗羽重虬鸞，似此風神並世難。昨夕相逢猶恨晚，歸燃銀蠟寫真看。」「玉樹臨風皎若神，座中輝映盡生春。相看不飲真癡絶，應見周郎似飲醇。」客姓□，□□人，美姿容。甲寅遊學東瀛，數月假歸，以病驟卒，年僅弱冠。

某君喜得余書《示婦》云：「里門停驛騎，遠道有佳音。姓已深閨認，詩教並几吟。卻因憐惜意，問起别離心。何日還窺壁，供廚佐共斟。」蓋期以山公穴壁事矣，情欵摯密，詩尤一氣轉折有致。

劉越石豪傑之姿，乃有「胡姬年十五」一詩；孫興公跅弛之士，乃有「情人碧玉歌」，皆似齊梁以後人語，吾所不解。

第一樓，鍾陵酒肆也。余訪友兩過之。有詩云：「聽説鍾陵好，扁舟興欲騰。正宜初近夜，還望最高層。裾屐千觴酒，笙歌四座燈。再來風景異，惆悵曲欄憑。」蓋無復舊觀矣。

甲寅冬《題某兩女士文并畫》二首云：「潛居彤管手親編，雅重還應壓後賢。鉛槧商量吾避席，竟教傾倒珮環前。」「清絶瓊窗韻事同，靈心銷向彩毫中。舊摹一百春風面，持較眉圖恐未工。」余幼有鉛素仿古仕女百幅。

□雲□嘗云「□平□才調爲一時諸人之冠」，甚確。其《都中》《應徵》《落花》《落葉》十數律，好句不可勝數。余與雲□書稱「暮雨吴江亂釣筒吴郎」，即其《落葉》句也。

午晴花影，婀娜可愛。對此忽誦平□句：「枝枝葉葉影相扶」，覺其有寫生之妙。又嘗有句云「短短荷花小小萍」，君愛用叠字如此。

平□句：「暗葉蕭蕭護草蟲。」余偶誤爲落葉，終不覺佳，後見爲暗字，生面畢露矣。

柳□《寄京中友人》云：「未能許國聊稱士，如此持身真愧人。」傳誦一時。又有「登高臨雉堞，望遠見龍沙」（《九日南昌作》），「月明此夜愁聞笛，草緑征途試着鞭」（《送友入京》），皆雅切。

余舊題宫閨瑞《鷓鴣詞》，中有云：「銀蒜翻嫌新月上，金根乍怯小池涼。風吹粉面教遮扇，露濕羅衣未卸妝。」少作淺薄可哂。又題《拜月圖》一絶云：「丹青自寫廣寒圖，瓜果堆盤夜正娱。拜罷笑看明月好，金釵翠袖影模糊。」亦穉弱。

《本草綱目》：「佛甲草，二月生苗成叢，高四五寸，脆莖細葉，柔澤如馬齒莧，尖長而小，夏開黄花，經霜則枯，人多栽於石山瓦墻上，呼爲佛指甲。」本宋蘇頌《圖經》，余幼時見母姊常蓄之，翠膩可觀。云：「女子裹足患雞眼（足胝名），敷之可癒。」故人家處處有之，亦閨房之雅故也。余詩云：「雙趺約素學弓形，宛轉嬌啼匿翠屏。醫得圓膚光緻緻，爭栽佛甲草青青。」「梯檐含笑瓦盆栽，小妹相嘲指點來。莫向虚廊聽響屧，高談放腳塾中回。」晚近競尚放足，一二十年後，恐無復執此者矣。

《桂海虞衡志》：「鸚鵡舌，即紅鹽草果，纔如小舌以薦酒。」余有句云：「散罷香螺鸚鵡舌，燒殘寶鴨鷓鴣斑。」或以爲即《桂海志》「器多載鸚鵡螺」，非也。鷓鴣斑，香名，亦見此志。香螺，杯名。寶鴨，鑪名。

張船山詩：「至竟幾人同肺腑，向來輕易説忘形。」余舊句：「莫將刎頸尋常説，後日交期未可知。」一追悔於後，一預戒於前。

余詩常未能去矜。辛亥《題曉潭漁夢圖》云：「晞髮何妨臥曉潭，輸他漁父夢猶酣。但能恣看青山色，潦倒人間我亦甘。」丙辰《西歸舟中》云：「雞聲喔喔滿寒汀，霜落輕帆不暫停。點檢歸裝成獨笑，曲皆寡和畫通靈。」

鄉俗望見相識過門，居人輒起呼「請來吃茶」。小兒女效之，聲極可聽。喜成一絶云：「憶昔經過老圃家，紅衣小袖慣依耶（同爺）。鄉村風俗重相識，嬌女當門唤『吃茶』。」

乙卯《舟過吴淞西望憶鄉》云：「樓船直指海東隅，萬里江波客夢孤。欲倚危欄一憑望，舟師已報過三吴。」

幼詠《採茶婦》云：「穀雨前時共擷茶，裾襴半折笠檐斜。背人獨自還村早，篋籠封遺到幾家。」又題《賣花圖》云：「灌園家世本江南，種柳栽桃事事諳。貪看玉人弄羌管，手中遺却馬頭藍。」往時作詩每愛出新意，反致了無餘味。

余舊偶耽側豔，喜樊山《廣十憶詩》，《憶浴》二首云：「薄晚郎歸倚户扃，侍兒守户立竛㛹。瑣窗嚴密無窺處，時聽香羅蘸水聲。」「解裙量度小腰圍，猶着輕兜一色緋。記得華清池上見，一生心折畫楊妃。」余亦有

《詠浴》二首云：「出水頻羞月近廊，水沈煙細簟紋涼。景純妙語分明記：天目山前兩乳長。」末句出郭璞《地記》。又云：「長湯水淺畫娉娉，紅瑩肌膚户不扃。天子若教中使問，渭橋出水女人星。」二首末句逮事皆近戲作矣。又《題楊妃出浴圖》二首云：「《得寶歌》傳天寶年，西歸重説已淒然！翻思賜浴華清夜，何處教君不可憐？」「臨幸君王意正娱，澄鮮初日映芙蕖。馬嵬已死能羞否，傳遍人間出浴圖。」又《戲題祖乳美人圖》二首，其一云：「温軟雞頭記玉環，華清無地洗羞顔。宫中嚴密誰傳信，手掩訶棃怨禄山。」吕種玉《言鯖録》：「禄山爪傷楊妃乳，乃爲金訶子掩之。」此讕言也，金訶子亦名訶棃子。其二云：「道元作記語偏新，卻敵奇功現女身。灑遍城樓五百道，更應妬殺大夫人。」用《水經注》「灑乳五百道」事，又近謔矣。此等往往纖佻刻露，實則摇筆即來，千篇可待。世乃有以此相詡爲才藻者，可嗤也，誌此自儆。

余又有《題祖乳宫嬪圖》云：「但看放誕即風流，斜掩訶棃尚帶羞。誰似三郎言語好，乳房温軟似雞頭。」又《觀日本浴海美人圖》云：「游龍宛若信非虚，青史何須詫媚猪。此是海東傳異事，波間拜手見人魚。」訶棃子，余初疑爲紅兜肚之類。後觀海寧吴衡照《蓮子居詞話》云：「和凝采蓮子『蝤蠐領上訶棃子』，朱竹垞云：『訶棃，婦女雲肩也。』考雲肩，見《元史》，五代時未得有此。《本草》：訶棃勒，子似橄欖，六稜。殆當時婦女領上有此飾，如姚翻『日照茱萸領』。」云云也。

頃翻出十二年前舊藁，見尚有《詠浴者》三律，尤卑瑣不足道，并録於此，誓除綺障矣。《詠出浴》：「乍試凌波步，驚看出水蓮。不嫌妝閣悄，翻訝鏡臺偏。明月燈初灺，涼風扇可捐。華清空悵想，寂寞賸温泉。」《某君索題西洋裸女小照》：「隔霧珊珊不肯前，非煙猶恐化爲煙。胸高透露鮫綃薄，腰細裁量鳳帶懸。掩扇簟紋霑汗少，沃泉粉色褪肌鮮。何堪真到銷魂地，一段風光已可憐。」《再用前意自題所繪》云：「美人自古詠西方，真態天然懶避藏。子夜夏歌施翠簟，昭儀晚浴試香湯。酥胸乍褪金訶小，玉手低牽細帶長。畫裏有情呼欲出，一生無奈是清狂。」

「麥」，《正字通》：「華字之譌，見石鼓文。」拆之適爲「來兮」二字，甚爲雋雅。余小名華，遂刻此爲私鈐。辛亥《夏夜感鄰翁事作讀書引》云：「東家老人夜咿唔，四壁颼颼燈影孤。鄰人婦子掩口笑，『五十既老猶讀書』。婦曰：『此老舊有名，高文一出人共驚！』兒曰：『此老不可學，願從阿父甘藜藿。及時布種及時穫，縱解讀書亦何樂？』老人聞之氣塞胸，撑腸萬卷牖下終，乃知讀書天許窮。『奉勸鄰人兒，慎莫如阿翁，阿翁讀書不如農。』」余時纔及舞象之年，血氣方盛，率爾命筆，故詞意不免近躁。

譚復生嗣同，戊戌政變被戮，世所稱「六君子」之一也。其《論詩絶句》自注云：「往見灞橋旅壁，塵封隱然，若有墨迹。拂拭諦辨，其辭曰：『柳色黄於陌上塵，秋來長是翠眉顰。一彎月更黄於柳，愁殺橋南繫馬人。』讀竟狂喜，以謂所見新樂府，斯爲第一。而末未署名，不知誰氏。」

丁巳閲報載，派赴吾屬查辦使王人文，因愛妾病死，棄職爲僧。戲謂座客云：「老杜《黄草》詩一聯『秦中驛使無消息，蜀道兵戈有是非』，可以贐行。」王係往查辦劉存厚、戴戡之事也。

余少作《新柳》二首，頗有稱之者，已佚去。閲近人《閨秀詩評》：「梧州陳韻和孝廉室方氏蕙香，詩才清麗。陳有妹朶雲，姿色頗媚。方作《新柳》詩調之云：『丰姿生小便苗條，淡淡眉痕細細腰。雨後閒眠春乍醒，風前學拜影無聊。神原在眼偏羞露，情未成絲不解挑。杏也嫁過梅也聘，汝無夫壻爲誰嬌。』」語語雙綰，可稱工豔。

靖安舒天香爲姪説詩云：「南威面與西施面，可愛雖同美不同。」自注：「以破偏執一家之見」，説詩者不可不知此意。

《冷齋夜話》：「余叔彭淵才，自言平生有五恨：鰣魚多骨，金橘帶酸，蓴菜性冷，海棠無香，曾子固不能詩。」余《啾金橘》絶句云：「花好能香自古難，海棠何事有譏彈。鰣魚多刺蓴羹冷，卻怪金柑又帶酸。」即全用淵才語。

余選《萬花絶句》，鈔録輯隋唐以來至於今世凡詠花之佳者。始甲寅，率率至今將十年，未輟藁。夙昔自亦愛詠花，尤喜絶句，又詩中往往書花名。其初寫生題畫而已，寖以成癖，近始稍稍革之。檢敝簏見棄作數首，爰録於此。《送畫士歸嶺南》云：「嶺南隨望起紅霞，歸客春深恰到家。處處高城須畫本，木棉花映刺桐花。」(閩越城上多種木棉刺桐，花開如畫。)又《山中採映山紅逢女冠因贈絶句》云：「山深隨步踏紅霞，疑近瑶池阿母家。莫覓杜鵑啼血處，杜鵑血化杜鵑花。」又《過仙女壇》云：「纖塵不到女冠家，學道無愁度歲華。他日須教李白婦，來看風掃石楠花。」尚有用花字押尾者二首，《種水仙》云：「侍女朝來汲井華，移根莫遣委(亦作近)泥沙。獨清得似(一作可得)三閭意，此亦人間絶俗花。」(余自署「絶俗樓書生」，故云。)《茉莉》云：「詼諧妙擅守貞(馬湘蘭)家，茉莉華顛醉更斜，笑斜(？)王生偏老矣，戴花髻子小於花。」(王伯穀管馬湘蘭書：「月下君爲余簪茉莉，髻乃小於花，揶揄不已。」)

余詠花絶句，棄藁甚多，再檢録數首。如《謝人送牡丹》云：「措大平生被眼謾，何曾富貴逼無端。頓教蔀屋能生色，錦繡春風送牡丹。」《椰子花》云：「自栽椰子瓢盛酒，椰子漿甜當酒攜。誰識堯封詩句好，椰花爲酒醉如泥。」(《齊東野語》：「今人以椰子漿爲椰子酒，而不知椰子花可以釀酒。唐殷堯封寄嶺南張明詩云：『椰花好爲酒，誰伴醉如泥。』」)《文官花》云：「一窠嫋嫋號文官，淺白緋紅壓滿冠(王禹稱云：『一朵滿頭，冠不克荷。』）儂愛此花名字好，鏡邊回首索郎看。」（近正舉行文官考試，相識有赴之者，可助閨人解嘲。）又《首夏書齋即事》云：「黄金不用買韶年，夢裏封侯祇自憐。酒渴正思村市飲，桐花如醭墜簾前。」

丙辰乘籃輿過一山岡，春雲壓衣，彌望皆松，俯仰數里之間，青蒼無際，洵佳境不忘也。丁巳追憶成圖，題曰《霽岫春松》并二絶云：「隔年詩興尚翛然，記過春山百尺巔。俯仰腰輿同一色，青峯映出蔚藍天。」「浮萍飛絮盡成空，此手何勞灌溉功。誰識東坡年少日，十年曾種萬株松。」（東坡《贈杜秀才學種松》云：「爲問何如插楊柳，明年飛絮作浮萍。」）

余又有《用坡翁事詠檜》云：「老檜淩空翠色濃，蘇髯吟賞託高縱。相公食唾休相詫，何必求知向蟄龍。」（王禹玉進呈子瞻《塔前古檜》詩，及退，章子厚詰之。禹玉曰：「舒亶言爾。」子厚曰：「亶之唾，其亦可食乎？」）

《花史》：「王彦章葺園亭，疊墻種花，急欲苔蘚，稍助野意，而經年不生。顧弟子曰：『叵耐這緑拗兒！』」拗字三聲並讀。余用此事《詠苔》云：「園亭野意助花枝，斷砌頹垣處處宜。笑殺彦章諸弟子，經年叵耐緑拗兒。」以上諸詩，多少時閒居率意所成，所謂「舉筆百詠便得」，不足貴也。

又余《詠苔錢》云：「鋪滿貧家地數弓，未成輪廓笑春工。繞牀若過王夷甫，未必驚呼阿堵中。」頃見樊山有「不談阿堵愛苔錢」之句，可謂有同嗜矣。

荔支韻勝，龍眼味宜；《廣雅》名曰「益智」，而《南方草木狀》謂之「荔支奴」，何也？余《啖龍眼》一絶云：「南方草木等奴看，韻勝終嫌荔子酸。一樹纍纍秋社近，黄金彈剖水晶丸。」

囊爲詠花詩，第喜摭拾瑣屑故實，遂致浪費紙筆，可傷也。

關於柳花，囊嘗至累紙不盡。《捉絮圖》云：「門外兒童笑語譁，滿天風絮夕陽斜。古人畫柳原難事，誰更辛勤畫柳花。」（舊諺云「畫樹莫畫柳，畫人莫畫手」，殊有妙悟。）又《酬友人柳花詞》：「二月春風草榻寒，柳花飄蕩太無端。女奴愛把羅裙拾，滿地輕陰尚未乾。」「十里輕花夾路飛，問人何事糁春衣。長堤日日當軒思，吹老柔條客未歸。」則較前略勝一籌矣。

尚有《春繡圖》一絶云：「眉壓春愁倦繡天，強尋鍼綫恰堪憐。窗前坐久微風起，偶見羅裙墜柳縣。」又《柳花》二絶句，其一云：「沾泥愁襯踏青鞋，雨灑風飄已滿階。誰學柳花狂一世，紛紛偏惱玉人懷！」頗見作意，又稍稍勝矣。《春繡圖》及《柳花詩》均見本集，偶涉論及此，遂破例附載之。

乙卯《看桃花》數首，其二首云：「輕陰滿地落臙脂，樓角春寒好護持。長愛崔孃足情調，紅花白雪頮嬰兒。」編者按：此處缺一行。「一夜繽紛滿路傍，得錢恨不醉千觴。述庵苦愛禪僧語，誰解桃花似飯香。」（釋主雲際祥句「桃花香似飯」，王司寇昶極稱之。）

余夙不喜學東文法，惟雅重歐西及我國文體，於畫亦然。在申江《題近人論畫》二首云：「紛紛俗手狂枉過，真品憑誰共揣摩。認識丹青高格在，畫工原要讀書多。」「竟黜東鄰識最雄，歐西華夏並推崇。舊時文格商量遍，自喜粗狂論偶同。」

有《題宮人整襪圖》示余者，稍爲潤色之。其詞云：「衩襪香階怯夜涼，畫堂南畔見啼妝。何如六尺金蓮上，冉冉凌雲舞窅娘。」豔詞頗見幽怨之意，可取也。又《題墜樓圖》云：「金谷倉皇事可傷，姓名留得至今香。西施沈水虞兮刎，青史千秋獨渺茫。」西子、虞姬之死，正史皆無考。武進董玉蒼室人吴永和，字文璧，能詩。

《虞姬》云：「大王真英雄，姬亦奇女子。惜哉太史公，不紀美人死。」沈歸愚云：「虞兮之死，史筆無暇及此，然一經拈出，真見心思。」余於前詩亦云，然其所感深矣。

佚名辛亥《贈答》詩，係用赫（音闃）蹏小紙分書，久失其藁，頃於書夾中偶見之，字色如新，什襲存之，并分録於此。贈云：「郎載珍珠船，妾撒珊瑚網。珍珠入水沈，珊瑚出水長。」答：「四時子夜歌，十索（歌音色）丁孃曲。不愛枝頭花，愛看腰如束。」又贈云：「三月桃花水，九月鯉魚風。相守何能久，離心千里同。」答：「早歲厭紛華，還期共栖息。平旦井華水，令（平聲）人好顔色。」再贈再答，下另注有小字二行云：「三月九月恰符離合之際，前後不及者各一月。讀罷悵然，補誌。」又「平旦」十字皆見《本草》。字字薌澤，可謂極燕暱之情矣。

余甲寅《偶書》云：「新月如君眉，圓月如君面。見月不見人，愁心日千轉。」「年年官舍燕，歲歲市橋柳。不見如玉人，佳節空相負［守］。」

有湘僧避亂修水，出詩畫見示，喜風塵中尚有此人，因賦贈云：「攬勝都歸畫與詩，名僧結習也矜奇。偏衫豈有藏雲袖，破筆真同洗筆池。亂後洞庭消息斷，望中廬阜往還遲。閒蹤他日重逢處，看汝滄浪濯足時。」僧有潔癖，余勸之遠遊，故末句云。

遠祖樂天先生，多爲諷諭時，卓然大家。如《秦中吟》等篇，務使老嫗都解，彼其意固以爲斯世尚可教耶？其用心苦，然其意亦迂矣。近有人甫倡用流行語創爲詩體者。（此舉審爲我國輓［晚］近詩學一大轉鍵。其勢必將寖盛鋭甚莫可遏。待之百年，必有名世之作輩出，蔚爲一代菁華者。惟非所語於頑鈍拘虚淺躁者耳。）惜標榜之者，亦多藉口於欲使聽者盡懂云云。嘻，民間流傳，自有一種偉大文學，但必若詩之至湛深者，無論爲奥辭（古律等），爲今語（語體等），豈世人所可豈同其意耶？

天下之山川，莫如吾蜀。故其爲文類能奇肆博衍。而三峽者，尤騷客詞宗之所歎，想景慕而不能已已。余弱冠時，頗欲擇地岷峨雲夢，上至彭蠡之士，凡爲文有氣力者，結爲三峽文社。而今知已矣！遠不見屈宋揚馬，近不見湘綺諸人，詞源倒流，崛起后繼者其誰乎？余亦藏修不暇，尤誓至今以往，没齒不加入任何社集，亦決不自倡任何社集。每愴然於絶續之際，蓋心情已索然懶散矣。

絶俗樓我輩語　卷二

丁巳拙撰《歲暮懷人詩》五律，末賸以自述之作。其明年戊午，□拂□遂有《秋日懷友》五律，亦以自述殿焉，極雅贍可誦。其二見況云：「讀遍家藏萬卷書，瑯環仙客有幽居。張華藻思稱淵博，賀監風標慕靜虚。文字賞音吾輩語，歲時佳興故人廬。羨君早有江湖志，畢竟難忘下澤車。」原注：「君近輯《我輩語》，多紀同人唱和之作。性尤好客，同人每宴集其家，殆無虚日。」未免溢美之辭，祇愧歎耳，惜餘數首均散失不傳。余當時嘗乘醉謂諸人：「使他日任不知誰何之人，秉筆爲吾輩作傳，固不如吾輩今日此詩自道之爲得也。」咸相視一笑。猶憶其自述中有云：「諸君文質自彬彬，歎我無才更食貧。」又「未着祖鞭終可愧，相期何日出風塵。」君夙以第一人自期，讀此數語，偃蹇傲兀之態如見。

少時薄遊某地，有老宿命捉刀代贍一遊幕者，其人曾隨端午橋軍，親見午橋被難。余詩數首，尚憶其一云：「季世何人惜此才，上遊形勝共追陪。傷心江山聞哀吹，曾佐征西幕府來。」

曩頗以蕭散之迹，一時仰爲清高，以此謬相推許者將十年，實則時方居母喪，侍父疾，人多未深察其意也。偶道出某地，有人追而貽之序。其詞云：「君高尚士也。先世本蜀人，君誕生於匡廬。尤工詩，有遠遊之志。

將盡摭拾天地之奇，以寄其嘯傲。致其意若將遇承平則賡《南風》，丁叔季則歌《滄浪》。和光同塵，與世若無忤；迹於混冥之中，翔於遼廓之表，汜汜乎不可及矣。今將西歷三楚，訪懷沙之淵，遊捐佩之浦，吾知其必有以得江山之助者矣！」云云。今流落至此，爲天下之僇人，被擯不足齒久矣。尚何言？

杭縣某君遊幕江左。丁巳閏二月余借居僧寺，君來訪，即此舊遊韻投余詩數律。有云：「豔陽天氣好遊山，偶入招提俗慮删。池水波澄魚極樂，雲林蔭密鳥知還。蒲團坐破三生悟，竹院清談半日閒。最喜新晴朗霽色，桃花絢爛滿溪灣。」「禪房幽靜俯郊闉，半榻琴書不染塵。沽酒漫嫌村市遠，烹茶會汲石泉新。法傳衣鉢如來佛，劫换滄桑閲世人。此是洞天真福地，誰從香火證前因。」其詩力求清迥，乃愈得平庸，則才力境界及耳目濡染，兩限之也。

丁巳春夏間，余讀書山寺數月，有某君日夕過訪，貽詩云：「正苦春愁疊，言尋物外游。蒼松交古寺，白水繞荒陬。地僻宜幽客，心閒慕野鷗。相看樂清爽，何必計沈浮。」存之以誌鴻迹。

余《初宿□□寺》云：「兩載辭家興便慵，滿鞍征夢易惺忪。舊時遊釣心情在，聽徹僧樓一夜鐘。」（時東遊甫返，故首句云。）酬某君云：「襟期共愛水雲間，猶怨名心未盡删。此地能來應減俗，常時相見本因閒。蒼松翠柏常遮户，紫蓼紅菱自滿灣。卻笑蹉跎生計拙，天涯浪迹幾時還。」（時又將思遠行。）又戊午《春日重遊》云：「重訪名藍地自偏，蒼松翠柏仍依然。擁衾夜半聽鐘吼，記别山門又一年。」諸詩殊清淺乏深意，失學之苦，荏苒經時，無可就正也。

戊午《元夜迎紫姑偕□作》：「歲歲迎來獨向隅，紅顔應悔嫁狂夫。紫姑不解持家事，底事持家問紫姑？」《宛署記》下闕兩行。又《生日》云：「吞花臥酒興飛騰，結習消除愧未能。憶過上元剛二日，霎時光景又收燈。」《曲江春宴録》：「虞松方春謂『握月擔風，且留後日；吞花臥酒，不可過時。』」余村居時，每歲用此爲春帖或燈聯。

戊午仲春，喜聞雲□室人生男，適得京書云：「今夏將歸。」先戲寄絶句云：「離情又近一年中，燈下綳兒玉雪同。我有新詩能助喜，東坡畢竟愧無功。」東坡賀人生子詞，有「深愧無功」之語。君每歲皆必以夏歸，余去年聞其初歸，曾戲贈一律云：「草草離情又隔年，歸來紅粉正嫣然。深宵玉漏妨私語，徹曉銀紅照倦眠。遠道有誰相料理，浮名何事竟羈纏？黄姑織女應同謫，盼到秋時定可憐！」末句指其逢秋輒别，故以爲擬。新助喜即指此，屈指剛符妊娩之期也。一笑。

辛亥或見示《美人入道詩》，有「傷心暗數經行處，悄傍花陰築醮壇」之句，喜之。因亦成二首云：「黯黯春閨夢已銷，清嚱分付去來潮。醮臺夜色罡風峭，手捧青詞禮玉霄。」「道服新裁取次宜，卻看天上夜星垂。嫁時事事猶能記，龍腦微温鳳躝移。」詞雖近纖，寄意亦復悽絶。

戊午自績十八歲時像，掃眉刷鬢作婦人妝，見者詫爲名姝也。自題絶句云：「曾向門前種女貞，當時二九正盈盈。芳心珍重無人喻，二十餘年未嫁情。」昔郭頻伽自寫裙釵小像，題曰：「現女子身而說法。」文人游戲，早有其例矣。

《題佚名小照》云：「書裏相看宛是君，美人已見化爲雲。衹今閉户蕭閒日，空買沈香小像熏。」

甲寅《初秋偕人旅遊曉發》云：「迢遞雲山秋氣清，短衣破帽此時情。出門獨異烹雌别，上路真成附驥行。湖海聲名非俊傑，廟堂籌策有公卿。年年漫滅懷中刺，來去無端笑正平。」又《途中題酒舍》云：「慘緑年華似逝波，崎嶇客路幾經過？憑君莫問東來意，酒入愁腸不覺多。」又「軋軋驅車過板橋，荒村景色自蕭條。不妨到此傾囊醉，酒入愁腸最易消。」二首句意稍複，蓋係前後二地也。又《贈人》云：「傑閣登臨幾宴酣，旅懷秋思兩難堪。逼人富貴天無賴，憎命文章我自慚。舊識每傷離別數，新交乍喜話言甘。感君同有滄洲趣，五岳何時得共探。」

丙辰《紀懷》云：「乍展還疑欲化煙，口脂螺印尚依然。愛看押尾簪花格，子細牙箱忽六年。」「悟後方知夢裏身，昔年曾對畫中人。誰知今日開塵篋，惆悵無端淚濕巾。」往時作詩，句意竟至膚稺如此。有出示閨中緘札者，其箋首係「書奉兒夫」四字，覽之不覺失笑！因代作《喜答鄉里寄遠書》一絶云：「緘書乍讀意踟躕，試想燈前落筆初。幾字墨濃如有意，料應羞寫寄兒夫。」極淺弱，當貽譏彼玉臺人耳。

余七律有出手太易者。如用詞調瑞鷓鴣題春宮夜遊圖，酬人山寺見訪，聞□□初歸戲贈，皆已見前。又有《戲詠美人手足》云下闕兩行。《宿□□齋中賞梅戲題》云：「見説春歸第一芳，窗邊檻外共徜徉。呼奴夜换銅瓶水，禁婢朝熏玉鼎香。便擬閒添詩百詠，豈因病廢酒千觴。逢花怕作寒酸態，贏得旁人笑我狂。」二詩真成惡札矣。《歲暮懷□□》云：「畢竟清流自不同，恢奇都付笑談中。古今世變常相續，湖海人才未覺空。暫屈此時年正少，晚成他日業方隆。逃名巖穴渾無取，拭目終看國士風。」《七夕懷□□□□不歸》云：「明河今夜望天孫，良友平生入夢魂。我輩胸懷難共喻，當時流俗不須論。三年機上迴文錦，七月竿頭大布褌。故國他鄉同落拓，空留别恨滿清樽。」《泝江抵漢》云：「經過江漢同流處，待向岷峨更上看。今日舟車來遠譯，當年征戰各偏安。山川形勝猶無異，人物恢奇且復難。獨惜禰生辭采麗，可憐努目視曹瞞。」（衡熟視黄祖得禍，此誤云曹瞞，客中失檢。此詩首二聯皆用逆挽，先説近，次挽遠；先説今日，次説當年。惜出手太易，發語亦太盡，故終非佳作。）《還次九江寄□》云：「誰解多情宋琬詩，『金釵初墮憶眠時。』（宋《驛夜》句）潯陽南望無千里，叢菊秋來摘幾枝。兒女尚虛應少累，煙霞同住不知期。今宵有夢翻多事，短燭吟成寄所思。」《僦居西郭》云：「晚涼輕颸讀書燈，坐久還思酒獨傾。溷濁何須談世事，蕭閒如不近人情。蓬蒿西郭藏身好，當户南山入眼明。欲把澄清望時輩，襟期惟恐負平生。」《夜起對月寄東京北京武昌南昌諸人》云：「離情月色共漫漫，月照離人思百端。遥望澄鮮初出海，翻憐寂寞獨扶欄。衹應今夜一輪轉，得與諸君五處看。别夢關山向誰是，清光萬里不勝寒。」流易爲律詩大病，高者如東坡翁，卑者如香山祖，皆患此弊，詩人隨老喜蹈之。余十年學詩，七律不過百首，此種已至十餘首，少年自誤將誰尤？

語云：「良工不示人以璞。」又云：「大匠無拙劣。」平生妄希第一流，乃盡暴露如上諸惡札以誌愧痛，且懸爲切戒也。

丁巳十月二十二日故里省親及謁墓，午後還城居，中途俄見彩雲，自西而東，白雲亘天如鋪鱗，其北緣雁齒排比若密綴茉莉一串，紋如孔雀翎，五色相宜，農人共睹，詫爲奇觀。余亦平生所僅見，久擬作圖並詩，苦措思不屬，艱於想像比擬也。

丁巳十一月初四夜，將曉，夢總角同學□君，化爲美婦，明豔歡媚，窮極諸態。豈余詩所謂「願君後世作佳人」果可有徵耶？爲之悵惘竟日。余年十五時，贈□君詩絶句云：「對客揮毫總角年，墨痕常污玉肌鮮。他生美女前生月，盡見□郎説可憐。」君在蘭塘，春感寄余有句云：「無愁不屬我，有酒常憶君。」亦可知余兩人投分之深矣。昔仁和陳小魯懷人詞云：「一世柳花二世萍，無疑三世化卿卿。不然何事也飄零。」係贈伎之作。余詩則爲才子發也。

《萬姓統譜》：「宋熊知至《觀燈》句：『樓臺上下火照火，車馬往來人看人。』」亦難寫之景，微覺傷雅耳。

余播遷時，所居瀕江，上跨兩橋，東西各長六七百尺，距里許相望也。余有觀燈詞云：「人向兩橋相望久，兩橋燈火合還開。」亦實景不可移者也。

丁巳除夜，適讀姜白石《除夜自石湖歸苕溪》十絶句，喜之。余亦率成《守歲雜詠》四首云：「閨中翦綵展蛾眉，堂上園爐白髮垂。未飲屠蘇先自醉，雪花如掌獨吟時。」「意氣平生不可當，相期富貴後無忘。何須待曉呼如願，措大從來願易償。」「户户黄羊祀竈遲，閉門自祭一年詩。兒時情狀空追憶，學向街頭唤賣癡。」「安排酒脯共歡娱，兒女青紅各各殊。一事此時差愜意，自將好語换桃符。」姜詩余最愛三首，附載於此：「黄帽傳呼睡不成，投篙細細激流冰。分明舊泊江南岸，舟尾春風颭客燈。」「沙尾風回一櫂寒，椒花今夕不登盤。百年草草都如此，自琢春詞翦燭看。」「環玦隨波冷未銷，古苔留雲臥牆腰。誰家玉笛吹春怨，看見鵝黄上柳條。」風神秀澹如許！

余戊午《穀雨》云：「穀雨山家播種宜，風光次第入新詩。梧桐結乳猶嫌小，豆蔻含胎莫怨遲。柳浪松濤觀漲處，茗旗蔬甲洗兵時。下帷獨愧江都相，三歲園林竟不窺。」「觀漲」「洗兵」一聯，不僅對仗工巧，尤切合「穀雨」二字。又其時適遭水漲及過兵之事，兼紀實也。

宋維揚陳亞之亞，有「排聯花品原非僭」之句。余《小園》一律云：「小園春事漸無多，故態狂奴可奈何？芍藥花宜稱福晉，芭蕉葉擬號阿哥。招來粉蝶筵前舞，留住黄鸝障後歌。風月平章須我輩，人生何用嘆蹉跎。」草木之以品秩稱者，當始於五大夫松。又宋人稱姚黄魏紫，有王與后之目；則福晉阿哥（清貴婦王子號），猶其卑秩耳。亞之以藥名詩得名（藥名詩始於唐張籍，或謂始於亞之。）

或謂余爲《芍藥》一聯，係出於唐王璘詩：「芍藥花開菩薩面，棕櫚葉散夜叉頭。」亦解人也，爲詩專走此一路，便必至流於樊山、實甫諸公，可懼也。

樊雲門詩，一春多雨，戲爲俳體，有云：「筍皆爭長平權起，絮不羣飛壓力深。」正余《穀雨》詩法。一笑。

戊午端午，鄰生攜婦觀競渡，余戲贈云：「榴花艾葉一時新，令節閒行傍水濱。桂楫可憐非素手（競渡皆用壯夫，袒臂奮呼），蒲觴何惜近紅唇。緑陰漸合蜂成蜜，翠藻初生鴨有茵。莫待江中蕭鼓散，夕陽歸去浴蘭人。」龍舟至夜始散，此云夕陽先歸，微含諷意，作詩何必僅學玉溪面目耶？

戊午《感事》云：「嫌疑今古集無端，豁達何人露肺肝。莫向風塵論國士，區區心迹白來難。」「一見相傾託死生，健兒快馬重横行。那知好語偏逢怒，扼腕何曾去就輕。」猶不免少年激躁淺露處。

咸、同亂後，各直省漸安謐。婦女衣飾，若裙衩袴褶襦襖，以至蔽膝弓鞋之類，無不爭尚大紅。然内地染價極昂，非大家莫辦。有染坊丁協泰者，江南人，因亂播遷某邑，專其利，至鉅富。邑有妓寮，在新北城碧落巷者最盛。每逢染工至，則羣妓爭起迎，號爲「大紅師」，利其可染衣也。余曾詠其事云：「榴裙當日最時宜，輕薄何如舉染絲。姊妹行中忙起立，一齊迎接大紅師。」後丁氏自主婦以下，皆以積貲驕逸，遂致傾覆。

髮亂之前，邑中冶遊之地，首稱南石橋里巷，至以其地播之歌謡。地在大南城觀音寺路，今皆賣菜傭居之。離落三五，橋當其南，盧葦夾道，風景絶佳。余詩云：「豆棚瓜架兩垂垂，一片荒涼野客宜。南石橋邊談舊事，可憐當日鬬腰肢。」

小邑夏晚，婦女多坐門外乘涼，街市之中尤甚。女伴相識經過，則呼問「浴否」？殊可笑也。余戲詠之云：「出浴小窗前，乘涼大道邊。相逢諸女伴，羞問夕陽天。」

余家茶器，愛擇精瓷。有白釉荷葉盅十事，一面繪仕女，一面題東坡句：「從來佳茗似佳人。」又二唾壺，一刻「臨風珠玉」，一刻「廣袖石華」，見者以爲雅稱。

余用小印有「絶俗樓書生」「絶俗樓設色」「絶俗樓繪事」「白氏著作權」「白社版權」「絶俗樓詩詞」「貯書」「寫真」「寫生」之類。他如「補讀亭」「傷心別館」「吾愛盧」「櫻花島客」「海燕堂」等。又有「偶逢佳士亦寫真」一印，不常用也。又有「神童絶俗」一玉佩，用王子年《拾遺記》中語。及「生逢甲午」「與梅畹華同年」，則皆以見跅弛之迹也。姓字章最少，僅「吐虹」二字。

隨園愛張得天司寇句：「願得紅羅千萬匹，漫天匝地寫鴛鴦。」以爲絶妙。豫章雪樵居士《秦淮聞見録》，載有蘇城過客，未悉其名氏，贈張大家月香女史十絶。余愛其末首云：「吟成一字九迴腸，除卻温柔不是鄉。但願他生齊化土，和泥燒瓦作鴛鴦。」蓋皆本於放翁詩：「篋有吴箋三百節，擬將細字寫春愁。」及趙松雪《與管夫人》一詞也。

故居近山寺，産筍甚美。余《清明日雨寄京寓》詩有云：「君家風味莫輕忘，一夜春雷迸筍長。」君答余《清明遊三貝子園暢觀樓》詩有「萬疊雲山共寸心」之句。

余繪□蘭□四歲像，題二絶句。其一：「和丸畫荻母恩深，二十年來感不禁。留得嫛婗當日影，此時回憶各傷心。」君五歲已識千字，皆母教也。其二：「總角相逢氣罕儔，論交弱冠事研究。讀書何日同如願，絶俗樓依聘月樓。」余與君各名讀書之樓。

往時作詩每麗而纖，猶有一二欲棄不能恝然者。壬子《題畫》云：「放學歸來半臂鮮，紙鳶風緊夕陽天。紅繩挂住誰家屋，驚覺春閨一晌眠。」又《少女戲貓圖》云：「佳人閒坐可憐宵，賴有貍奴慰寂寥。嬌語定知深護惜，教郎莫近是兒貓。」唐婦人爭貓狀：「若是兒貓兒，便是兒貓兒，若不是兒貓兒，便不是兒貓兒。」以上二詩，極類滬市十數年來無賴文人慣作之語，頗風行一時，索是罪過罪過。

乙卯《病中遊僧院》云：「香花寂寂繞雲房，粥鼓經魚白晝長。自笑生平山水癖，近來多病不成狂。」《畫紫兔》云：「老笑方干尚補脣，畫師撲朔獨傳神。若教亳社僧前見，恐是聽經菊道人。」《食蝦》云：「草市煙空晚更晴，清秋八月客情生。銀匙風味誇奇絶，白角衫兒裹水晶。」（「白角衫裹個水晶人」，謝秉沖謂蝦女也。）《月下雲影散亂》云：「蔽月輕雲景最幽，姮娥眠處古來愁。相攜紅袖中宵立，影過空階似水流。」《石橋步月》云：「單衣橋上不知寒，俯視城闉夜火殘。玉軫自攜歸去懶，月中三百石闌干。」以上諸詩，入後似轉勝。又《春山》二首云：「沐鬟今朝雨色新，洗妝昨夜露珠勻。黛眉螺髻休惆悵，惟有春山解媚人。」「半腰嫩緑草痕新，一額嬌黄夕照勻。他日菟裘來往地，鸞臺名字女家人。」（唐司空表聖知天下必亂，預爲生壙。有女家名「鸞臺」，嘗挈以往來其中。）二詩尤版滯，全失絶句高夐婉暢之旨。

總角摯友某君婚期，適其尊人壽以聯云：「斛捧萬年，主人長壽；帳鋪百子，新婦宜男。」字字運用成語，頗典麗，惜解人少耳。又題椽（係灑金書絳蠟上）聯云：「深閨倚紅袖；高閣照青藜。」非少年雋雅文士，不足當也。

□雲□壬子和余《蝶》詩，次韻有「占盡江南粉一肩」之句。余戊午《蝶》詩云：「花底翩翩亦可憐，芳魂欲化錦裙鮮。流傳獨有□郎句，『占盡江南粉一肩』。」（錦裙化蝶事，見唐人小説。）

俗有《風塵三俠圖》，謂王仙客，劉無雙，古押衙也。余題此圖云：「塞鴻來去採蘋香，圖畫憑誰共表揚。壯士軒昂露肝膽，美人憔悴減容光。黄衫作事終無濟，紅拂多情本不妨。虞侯（許俊）昆侖（磨勒）堪鼎足，一般仗俠爲紅妝。」按無雙事，塞鴻採蘋（奴婢名）均以死成之，其功不可遺也。而向來畫者獨從未添入，殊爲缺憾，故起句云云。又無雙云：「古押衙，人間有心人。」又無雙曾服藥死三日，卻活。故頷聯云云。黄衫客雖覓得李十郎，而霍小玉終死。紅拂之奔，自云：「越公本不足畏。」故五六句云云。古洪後竟自刎。考其事惟許俊之於韓雄柳氏、磨勒之於翟生紅綃，差相似耳，故末云云。此詩終以題僅出稗官，又詩中逮事太瑣密，不足以登作者之林也。

余在漢《示妓》云：「文人患太酸，仕客患太濁。獨愛美人心，纖塵不能着。漢皋十月菊花黄，氈車摇摇出名倡。相逢盡道曾相識，眼底誰家遊冶郎。俗物紛紛枉徵逐，錯把明珠當魚目。憐君未遇有心人，他年爲築黄金屋。」覺淺露失醖藉之旨，亦少作耳。

余《漢口新詠·大旅館》云：「洋樓高聳似蜂房，天際時飄袖底香。十二瑶臺何處所，笑他王母鬢成霜。」大旅館，建築最早，故最有名。洋樓六層如蜂窠耳，多名妓賃居之。詩中結意，謂瑶池老姬耳，不及館中之盡少艾；再轉一意，則王母尚至白鬢，館中諸女又安能久。而用「笑他」二字，襯出嬌憨之態；及其迷不可知，可嫓可憫之狀，淺人竟匆匆讀過，甚至以爲比館中之老妓，則真擬人前不可説夢也。自古解人難得，往往作者苦心孤詣，彼俗人妄測忽略者，正復不知凡幾？又豈區區一詩之足云。

余少時自輯《遊漢草》，得詩頗多，删棄亦不少。《火車中望大小漢陽二峯》云：「雲裏奇峯歷歷攢，雲車衝破曉光寒。問君千里還家路，惟有廬山不厭看。」《韜山道中》云：「車輪宛轉徑微通，山外居人尚夢中。臘盡江南烏桕樹，不經霜雪不能紅。」

戊午《壽人七十應徵》二首云：「華堂遥祝醉顔酡，衆客稱觴後輩多。慷慨千家傳令德，歡娱四座倚清歌。過眉仗瘦名靈壽，隱背枝蟠號養和。欲問高人年七十，近來眠食定如何？」「古道真堪重里閭，從容曾接笑談餘。林泉載酒猶乘興，故舊加餐數寄書。百歲懷寬生子晚，一年事簡入城疏。虎頭欲爲添邱壑，畫取名流謝幼輿。」（擬託余繪像，故末語及之。）

又友人□蘭□尊甫《五十應徵》二首云：「夙昔鄉邦識錦袍，即今耆舊主風騷。等閒花月何妨醉，變幻風雲劇覺勞。豪似蘇髯原任達，澹同陶令豈鳴高。預知弈葉門庭大，濟美還看有鳳毛。」「自壽詩成出處諧，中年絲竹早安排。一官歸去如無事，五岳平生獨繫懷。共許松筠方節操，彌欣蘭玉繞庭階。侑觴愧我辭偏拙，長願名流體氣佳。」又《代人壽某知事》云：「閭里爭傳政績新，使君生日綺筵春。洗兵早奏昇平樂，列坐猶題祓禊辰。古本雲煙歸畫史，名區山水屬詩人。願留韻事他時徧，團扇家家替寫真。」（此詩某公命作，適值某地辛酉兵耗之後，又其生日三月初五日乙巳也。故頷聯云云。）又《代女校作》中一聯云：「栽花政美河陽令，獻壽班齊閬苑仙。」此等酬酢詩，最易拘牽庸腐，雖力自振拔作意，但多爲之，必仍不免，後當力戒之。

幼時作詩，信奉塗抹，後始由七絶而七律五律，七古五古，按年專致力一體。繩尺如此，本極可笑。獨五絶及樂府四言，雖常學步，殊鮮愜意；遑言天才逸發，變化自如耶。故當時自以爲除樂府四言外，獨覺五絶爲最難。今拙藁所存，間爲識者所賞，然殊不敢自信也。至其已删棄之作，則尤無取者矣。頃過酒舍，見壁間舊所題云：「粲粲水中石，當壚恰動情。醉許裙邊卧，應知阮步兵。」時方學唐人，渾不似也。又偶記數首，聊並録於此。《塞下曲》：「莫唱折楊柳，休吹落梅花。君言關塞遠，昨夜夢還家。」「探騎朝傳警，屯營暮點名。狼煙一時舉，攜劍爲君行。」《山中戲寄人》云：「題柱人應羡，垂綸我自狂。五君他日詠，應不數山王。」又「世事卿曹了，丹砂我輩尋。憐君渡江志，莫忘入山心。」《題畫》四首云：「紅粉不勝嬌，峨眉對客描。曼聲回玉臉，今日是花朝。」「微暑褪羅衣，涼風度繡幃。含羞問夫婿，共笑玉環肥。」「七夕中庭望，雙星隔歲期。何須先得巧，只是劇（劇自怨）相思。」「落葉滿寒塘，壚熏繡被香。美人臨檻笑，昨夜試新霜。」《閨中艷詞》：「何事經年别，燈花結轉訛。累儂情思劣，日日晝長蛾。」「君如玉界尺，妾勝紅珊瑚。畫堂諸女伴，爭欲認兒夫。」「繡帶小腰斜，風吹兩鬢鴉。映波自憐惜，絳頰如桃花。」「桂葉雙眉好，嬌多不慣嚬。畫工應斂手，妙態自無倫。」諸詩句律多不協，拗折殊甚，存之以當嘔噱之資。

有兄弟築室嚮西南，乞余擬門額者，余以「西南其户」四字報之。用《小雅・斯干》考室之詩也。又有居臨河者，亦即以「秩秩斯干」四字竅（音耕）嵌其楣。《傳》：「干，澗也。」《集傳》：「干，水涯也。」

余《題出浴圖》云：「洛水微波常映步，漢宫香水不濡肌。」石延年詩也，亦自雅稱。

余爲鄉人撰春帖云：「煙花催人宜春字，耕鑿真逢大有年。」又村町有喪婦者，索余書春聯。援筆作「梨花院落溶溶月，柳絮池塘澹澹風」十四字，天然雅切。惜見者少文士，無人經意也。

余舊擬聯中，有「美人名士將軍」云云，久尋出句不得。頃得清代王澤山孝廉云贈友云：「白練裾，黄紬被，紫綺裘，草聖詩伯酒仙，鄭虔三絶；玉條脱，金僕姑，鐵如意，美人英雄名士，何偃一雙。」工麗極矣！

已未《上巳後一日寄人》五律一首，適次日寒食，拙詩有「又逢寒食近，已等暮春初」，已載本集。近字初字，本逸少《寒食帖》《蘭亭序》。按杜詩題有「小寒食」之名。方虚谷云：「乃寒食前一日。」沈歸愚云：「乃寒食後一日。」因杜詩中有「食猶寒」句也。但余意寒食次日即清明，何必更立一名，似當從方説。余友□蘭□「恐係清明後一日」，其説似極允，并著之以俟考。

曩獲讀《小滄溟館詩》，極心折其力厚，其感深，其詞雅而遒也。著者朱寅庵瀚，可亭太傅六世孫。武人工詩，神似山谷，力追少陵。《上元鐙夕》一聯云「紫桂重樓金鵲迥，黄茅孤驛玉虹眠」，頑艷無比。七古尤可稱，寅庵中年戰死，所著詩共六集，皆自鏤版，甚精。惜世未甚行，由知之者少。當俟識者。按其《西行草自序》云：「辛丑聞定海警，有策十餘篇。念當事惟裕魯珊可語，扁舟赴之。而定海陷，制府殉節。遂折回，挾其策以遊都下，無可獻者，乃焚之而西行。初逢湯海秋，偕行至都；海秋作《浮邱子續編》數萬言，言政治得失，其中多與寅庵旨合。」又《磨盾草自序》云：「從向提軍征粵西，爲營務處總理，有所謀畫，甚相愛重。旋以公事與李鎮齟齬，事詳《征粵紀事》。適奉帥令，楚南軍改從李鎮；乃請於向公，以還桂林。向公悵然，不能留。李鎮旋以兵敗，憤而卒。」又《枕戈草自序》云：「賊攻長沙，寅庵軍與陝軍分守；賊知寅庵軍難犯，遂撲陝軍，陝軍二千皆潰。既復撲寅庵營，殺賊數百，湘流盡赤。移守長沙南門，賊所力攻處也；鮑愛山提軍委以周理全城之事，八十日圍解。前後接戰，殲僞西王□□□，殺賊四千餘。時公事者爲鄭□與瞿□，寅庵獨以總理營務，終始其事；敘功之紀，皆由所上，盡委功於鄭、瞿。後鄭薦應江南提督，瞿授鄖陽總兵。寅庵所統將士，並升賞有差；而寅庵僅給孔雀翎而已。援全州，全人避亂之舟，恃寅庵軍爲衛。既解全圍，殺賊六七百，湘流皆赤。全人感其德，頗頌之。」其爲人如此，其詩安得不佳。

庚申二月《弔□曲肱先生》四絶句，其一云：「登堂悔未識清徽，太息鄉閭達者稀。旅學孤兒京闕遠，遺言易簀不敢歸。」（己未七月訪先生未遇。拙詩有云：「小橋斜臥瞰溪流，棃栗分行護一樓。聞道清標偏不見，山人水玉作簪頭。」）其二云：「頻年示病厭甘腴，覓得奇方貌更臞。死亦風流從古少，爭傳誤食牡丹酥。」（翁宿有吐血症，常以蜜煎牡丹食之，竟以此致死。）其三云：「寂寞偏宜別墅開，舊村相望隔塵埃。貽謀最重桑麻業，豈但區區避世來。」（翁命子習農業，結樓距故村數里，遍植棃栗。余舊訪先生詩云：「谷飲巖棲二十春，乾坤搔首尚烽塵。翛然不住閒村落，恐是桃源避世人。」猶未爲知先生也。）其四云：「丹青我亦寄清閒，點筆常愁俗未删。欲問先生真得意，尚留幾幅在人間？」（翁有畫癖，得者珍之。余贈詩云：「龍頭妙畫盡通靈，癡絶揮毫不暫停。我亦折磨心眼手，一生真癖在丹青。」）

左太沖撰《三都賦》，置筆硯於廁上。歐陽永叔《歸田録》云：「錢思公雖生長富貴，而少所嗜好。在西洛時，嘗語僚屬，言平生惟好讀書，坐則讀經史，臥則讀小説，上廁則閲小辭。蓋未嘗頃刻釋卷也。謝希深亦言宋公垂同在史院，每走廁，必挾書以往，諷誦之聲，琅然聞於遠近，其篤學如此。余因謂希深曰：『余生平所作文章，多在三上，乃馬上、枕上、廁上也。蓋惟此尤可以屬思爾。』」余亦有此癖，常覺其不能已已，固爲漫爾，而至樂存焉？以此每遭迂庸婦嫗交笑之。彼豈知書味醰醰，遠勝挾菸絲吸之者萬萬也。石征虜廁設香棗，寇萊公廁上燭淚成堆。古人於廁室，亦有知尚華奢侈者。余嘗云：「結屋不可無精雅之廜室，艷婢列侍，雖未易致；水匜及書廚二事，不可缺一也。」

□□□好書。嘗有人嘲之曰：「汝終日讀書，如何過得去？」□□亦笑答之曰：「汝終日不讀書，亦如何過得去？」問者爽然。

往年撰《換紗謡》，有序云：「聞有小縣因抵制日貨，土布缺乏，紗工增價，或逕攜紗向棉莊換之。而其縣官縱意聲色，苛斂不已。因此作謡。」其辭云：「紗換棉花，棉花依然紡成紗。新婦腳車姑手車（舊式紡車分用手用腳二種），一燈分照東西家。小縣連年穀價賤，亦不棄擲如泥沙。却怪城中物騰貴，洋貨充斥農民嗟。農民嗟，婦女愁：『絲枲棉麻職所修，助夫辛苦誰能休？』近聞縣官急誅求，庶事龐雜樂事稠。自從正月開燈市，中間生日賓轄投。萬金不惜選歌舞（一度費至四千金），夜深喧笑爭纏頭（歌妓與諸伶有爭者）。官言『政平與未已，與衆樂樂民何憂？』許攜絲管出闤闠，知音寂寞雙蛾羞（戲院自縣官署聘來，初設城廂，後遍歷村社。數月，以座貲不敷始歇。）雙蛾羞，農婦歎：『君肯妖衮學花狚（旦本字），滿頭珠翠兼金鑽，一出千人萬人看！還家我獨傍篝燈，棉花價高紗快換。呼鄰共紡亦論斤，百六十錢笑顔算。』（近日紡紗每斤價增至百六十文，向所未聞）。」逾數年，有嘉禾某君見之，喜題數絶，中有「此是香山諷諭詩」之句。

婉轉美人，謂之刺諷；譚言微中，謂之滑稽。若唐樂天公《秦中吟》諷諭等詩，世皆以流易近人爲其體；不知其妙處，乃在筆無滲漏，辭意深嚴。非果有纏綿悱惻之心者，不易爲也。余少時感某邑事偶作《换紗謡》，投之報館，署名「兒戲」。見者以爲邑中名士某公之作，某公以俳諧稱，而報館亦因列此詩於諧者，可謂識者無人矣。後有人以問余，果爲余作否？余但曰：「拙詩已不復此類矣！」其人亦莫喻余旨。蓋此詩實率爾之作，平生且不欲效太傅，況敢竊附於俳諧乎？

己未七月十八晚，□□□□□昆仲攜笛見過，同遊西郭。適余病瘧，竟虚夜遊，因示絶句云：「西郭歸來笛韻和，更難二妙共經過。逢秋臥病真成例，奈此連宵月色何？」（□□沿途擫笛而歸，真如神仙中人也。余頻年入秋皆患瘧，今秋起於七月十三，病後連夜月明如晝，負負！）回念昔遊，如在天上；詩辭雖俚，不忍不存矣！

又《閏七夕偕□蘭□戲作，兼調其兄□□，頃□□北上，分袂兩次，方能成行》云：「一年兩度鵲橋回，牛女頻逢事費猜。恰似行人分手後，出門還復入門來。」「不必尋常暫渡河，霎時分手又相過。醉來欲捉雙星問，意外何人喜更多？」《再調蘭□》云：「銀河經歲繫相思，判袂何妨一月遲？近日天公偏省事，故教天上展佳期。」時□□武昌校假展一月，因全國學潮事，校長初蒞，恐費週折也。「省事」二字，寫天公亦不免圓滑耳！一笑。

少自先人播遷某城，其地舊時繁麗，萃於西南。清咸、同時，遭官軍焚燬，樓臺甲第，盡爲瓦礫。城垣被拆，僅存六門，今祇高墩夾峙而已。上坊□□門，久成荒逕，風景尤美，童時輒與羣兒遊釣於此。己未仲夏，復偕龐芙生、甄蘭士過其地，將有誅茅之約。踞坐城端，興懷往迹，相顧不覺皆爲已冠人矣！恐此後清遊頓稀，尚不免風塵契闊之累，憮然成詠，并索同和。其辭云：「江上荒城半草萊，高原憑弔自增哀。尋常一坐他時憶，淡蕩三人野客猜。龜策何須勞太卜，鶯花畢竟費（一作屬）清才。繁華更説前朝事，六十年來勝刼灰。」

己未秋，某地重修東嶽廟演戲，合請某老宿撰聯，命余捉刀。遂援筆擬門首聯云：「東西隴畝（杜詩《兵車行》：『禾生隴畝無東西。』），戎馬六十年來（指洪楊之事），一炬荒涼嗟往事；嶽牧唐虞，謳歌數千載後，萬方底定更何期？」臺柱聯云：「東南賓主，盛事邈當年，重對管絃歌舞；嶽瀆公侯，崇禋還此地，不勝陵谷滄桑。」又後院聯云：「依稀城郭人民，空瞻函谷東來氣；如此河山風景，願視嵩高嶽降神。」按廟創自唐代，右倚城堙，規制宏敞。《志》載：每年三月二十八神誕，城鄉士女慶祝最盛。清咸、同時經亂，城拆廟燬，僅存後殿基，及門左明景泰、萬曆，清康熙重修三碑而已，餘基盡墾作菜畦麥隴，一望蒼涼，人迹罕至；至民國戊午冬，有少年頗好事，捐募興建。明年春，復醵貲演劇。一時廟貌焕然，裙屐沓至。故老相顧歎曰：「七十年來所未有也。」時國事阽隉，强鄰侵脅，政體數變，全國方譁然，故聯中感慨係之也。

聞人云：「有嚎咷廟者，在山中。廟甚古而無考，不知所祀何神，每年八月十八日賽社，各村爭飾及笄女子乘馬列隊出遊，云以樂（樂去聲）神。遠近蓄馬之家，以馬相假，謂之『馬母舅』，有酒食糕餅之饋。」余曾代人題廟聯云：「爻成有象占周易，地古何人注水經。」按《易·同人》：「先號咷而後笑。」又《旅人》：「先笑後號咷。」《水經注》：「號亭，俗謂之平咷城，或亦謂之爲號咷城。」號，均平聲。惟廟名係作嚎。先是，鄉人乞聯於某公，以爲疑，故卻其請。後復命余擬作，余答曰：「號咷與嚎咷，其意當無異。書作嚎，昔人恐村民識字少，誤讀號爲去聲也。」遂以前聯進。「嚎」字見《紘索辯譌》，惟《字彙補》收之。又戲成柱聯云「恥爲阮籍窮途日，想見包胥復楚心」，直是説着要人號咷矣！

余《嵌字集句碧落堂聯》云：「碧山清江幾超忽，落花飛蝶共徘徊。」上句李白《送祝八之江東》，下句雍陶《美人春風怨》也。又有集杜甫《越王樓歌》「碧瓦朱甍照城郭」，及蘇軾《二月二十日開園詩》「落花飛絮滿衣襟」者，惜嫌朝代相隔太遠耳。

袁隨園愛美人長白，不喜聞人説生子。又性不拘檢，而不解梟盧，不喜仙佛葬師陰陽家，集中屢見闢仙謗佛、嘲偶像嗤迷信之作。作詩不喜次韻疊韻，不善書，皆與余合。嘗有句云：「學書不就求人苦，佳句雙存割愛難。」小生拙劣處，被渠道破矣。近世樊、易諸人題詠，亦多假手代書。隨園又云：「久離禄仕，而戚里紛紛諈諉不已。初頗厭之，既乃有悟於物理，變嗔爲喜。」其詩有云：「樹堪避雨偏多鳥，水不通河少泊船。」可謂善解嘲矣。余亦有此感，亦不厭人之噪聒，蓋性本慕恬退。拙詩嘗有「自不干名無可怨，人爭識面轉難親」之句。今讀隨園詩，先得我心矣。又其《遣懷》句：「聰明德福人間少，僥倖成名史上多。」亦與余詩「世上大名終有幸，人間清福得來難」之句相似。其説詩句「選詞如選將，非勝不用兵」，余少時亦與之意同。又隨園五十歲後數染髮，足見其天性愛好，余他日未知亦如此否。一笑。

隨園詩格，實在蔣、趙之下，殊卑卑無足論。然其主重性靈，一革當時餖飣撦撏之習，其功有足稱也。余丁巳十一月十一夜産女，寤生不舉，作五律二首云：「望女心偏切（余惟愛産女，頗有中郎辨絃傳書之羨），分明願已償。虚傳吴小玉，暫降杜蘭香。貌喜真吾似，腰憐□母長。返魂應有術，一悟恨難忘（本尚可蘇救，應余疏忽致殞）。」「月下江流迥，閨中獨淚零。親心何日答（未生時，堂上數遣人來問），家難昔時經。墮地原辛苦，生天定性靈。慰情陶靖節，腸斷不堪聽。」曩見《小倉山房詩》亦云：「余春秋四十有三，尚抱鄧攸之戚。今年六月二十九日，陸姬生男不舉。」五律四首，其前後二首，與余作甚似。録之云：「半日爲人父，三生事可嗟。如何投玉燕，忽又隱曇花？壯髮初離母，長眉頗類爺。木皮棺紙薄，裹汝送泥沙。」「老母含愁坐，殷勤作慰詞。道孫生有日，恐我見無期。此語何堪聽，全家一味悲。蒼天與人隔，何處問靈龜。」又有「漫説胞衣紫，莊公亦寤生」之句，則亦以寤生不舉者矣。

余《畫樓櫻桃花海棠絶句》云：「姚魏由來重洛陽，靈詞玉蘂説維揚。他年莫負看花眼，日本櫻花蜀海棠。」蓋嘗謂：「余無他事須至日本，獨看櫻花與華嚴瀧耳。」

余少始爲詩，常求能攻我者，無不敬之；至讚我者，亦無不愛之。攻者雖有時不中肯綮，要皆甚有益於我；若讚者苟不確，轉不如攻者之爲愈矣。攻人詩易，而讚人詩難也，並世可語此者幾人乎？

昔人云：「三折肱知爲良醫。」詩文亦然。善下箴砭者，必善詩文者也。詩文非至善而好評隲者鮮當矣。或云：「有清一代，議論愈工，詩文愈下。」此殆有激之語，惡時下妄人喜譏彈刻薄者耳。實則清代詩文何嘗盡下？其論詩文法，何嘗盡工？或曰：「趙括不爲將而著書，當不減孫吳。」余笑曰：「第聞括徒讀父書，不知其能著書也。」

余此輯不欲論詩法。子美寄贈太白云：「何時一樽酒，重與細論文。」此正善論文而不輕論文者之言，豈有李杜而撰詩話貽後世乎？

余性好客，嘗贈座客云：「食苹思好我，伐木愧伊人。」用《小雅・鹿鳴》「人之好我」及《伐木》「矧伊人矣」句。又嘗自書《鹿鳴》《伐木》於座壁左右。亦聊云「迨我暇矣，飲此湑矣！」而已。若云「示我周行，求其友聲。」則不才何以稱焉？

溧陽狄平子《平等閣詩話》：「嘗謂美術之進步，以續法爲濫觴，而書畫不與焉；人心風流之改良，以詩爲嚮導，而書法不與焉。」餘杭章太炎分美曰：「浄麗韻旨芳柔。」其言皆有可備採處。

袁隨園《賀陳古愚新婚》云：「阮修婚費名流助，張祜才華女子聞。」又：「貧士家原須健婦，高人妻亦喚先生。」余尤喜前一聯也。

唐元結以不飲酒者爲惡客，此非謂酗酒反不惡也。余謂今少年場中，每見男子吸捲菸，女子嚙瓜仁，此真惡客矣，此等物偶拈之亦可，但人宜保持其天然之雅麗；今豈以摇脣鼓舌反爲美態耶？余曾戲擬一絶句云：「人前啓齒漫含羞，頰動頤張苦不休。菸葉瓜仁都戒却，自然酺醊亦風流。」酺醊風流，事見《世説》。吾人飲食時宜少，豈有習爲佻達，乃藉捲菸瓜子日夕不去手，以爲美少年舉止固應爾耶？可笑也。

絶俗樓我輩語　卷三

美博士杜威曰：「編織一事，可以概括人類進化之歷史。」清淮安萬年少壽祺多材藝，詩文畫之外，兼曉女紅刺繡。余亦喜佐閨秀擘絲剪勝之事，故題詩亦多。嘗有「閒佐紅閨理繡箱」之句。

余《觀歐洲地圖》云：「乾坤何處是吾鄉，紙上從人説混茫。海水天風夜澎湃，飛航昨夢大西洋。」《喜得□□自法書》云：「酒醒寒宵思欲飛，十洲三島願猶違。深閨不惜燒銀燭，海外吴郎有信歸。」

□□詩便爾有一日千里之勢，《答芙生書》一首，意調渾成，去古人不遠。詩云：「久客長安夜，鐙深雁過初。坐成千里思，時枉故人書。遠意勤想念，高懷詠正孤。元龍湖海士，豪氣未消除。」「遠意」「高懷」二句，正承故人書來，均指□□而言，此詩所以佳在此。

余《答芸史書》云：「承示《京師看牡丹》一律，甚佳。雖置之唐代名家詠牡丹諸七律中，亦須分一席；正恐未必不後來居上耳，《我輩語》中又得一好資料矣！甚喜甚喜！」其詩云：「紫丁香裏憫忠寺，緑牡丹時白紙坊。勝賞幾人同趺宕(一作杖履)，此花開處有滄桑。一年好景無多日，三月春風便散場。看遍長安千萬户，管絃何限送斜陽。」余次韻奉和云：「五年旅食京華地，幾度看花入梵坊。高士由來偏愛菊，野人祇是學栽桑。洛陽春色真如海，李白新詞最擅場。我向畫圖空點染，苦將花品證歐陽。」永叔有《洛陽牡丹花品序》，故末云爾。

某年傳聞友人□蘋汀死，余遽擬挽聯云：「得名早，遠遊早，娶婦早，生子早，記昔日閒共幾人評，同學爲君先屈指；風貌佳，舉止佳，文采佳，吐屬佳，問少年竟歸何處去，遺容付我待招魂。」余曾爲君畫像麗都，聯中語語紀實。後始知其訛傳，余已悵悒十數日矣。

庚申春，有離婚再締婚於之江者。余贈聯云：「江浙歸來遊歷草；瀛寰移種自由花。」又題《宜男圖》贈之云：「織手親煩製繡襦，門前計日看懸弧。老兄倚醉閒多事，替寫宜男第一圖。」「今年湯餅定須嘗，賀簡先愁錯弄麞。我是維新談主義（時方有倡『無後主義』者，『主義』二字可笑，故戲及之），祇應生子笑君忙。」又上元初九月夕送其新婚初别云：「五湖曾説泛扁舟，歸路君今擁莫愁。猶似初逢嬌澀態，憑肩煙水話杭州（係約婚於杭，締婚於寧，並載甫歸，故云云）。」「門對江波依畫橈，怨儂夫婿去迢迢。旁觀惹我難爲别，燈月新春第一宵（時隔河方見試燈）。」以上諸詩近浮滑，俚句尤多。

幼聞某地謡云：「養麥，養麥，三寸開花。我年四十，尚未有家！」又：「白紙一張，寫字（本作烏字）幾行，拜托信客，寄給（本作寄到）我郎：『郎在外邊（本作外身），貪花愛色；我在屋裏，安身不得。靠着紡車，供口不活！』」二歌音節、意境並妙。

清明日晚，見城中隨地棄擲有杜鵑、山礬等花，雖未出城，亦知是日爲清明矣。余嘗有絶句云：「山礬躑躅殿春暉，自詫清明出郭稀。向晚殘枝隨處擲，人人帶得野花歸。」又稿《清明竟未出郭，日暮市中拾得山花，戲成絶句》云：「祇因沉醉負春晴，誰把花枝撒滿城。認得山礬兼躑躅，漫猜今日是清明。」後作似稍勝。

嘗羸疾，客中雇得乳傭，戲成三絶句云：「上堂初露領蝤蠐，老去張蒼意自迷。伏質曾憐肥似瓠，豈堪齒豁乞刀圭。」「羅衣偷解自消魂，鐙下輕摩記掐痕。恨殺粗豪王武子，竟教人主詫蒸豚。」「遺事何人説李唐，岐王暖手玉肌香。温存却笑三郎拙，但解雞頭得飽嘗。」

余辛庚後，每歲有憶花詩，率二絶句以爲常。弱冠前後，藉抒騷怨之作也。其詩瑕瑜互見，惟不忍盡棄，今俱存集中。其尤讕劣者數首，删留於此。原一續之二云：「歷亂風吹鐸語頻，空庭獨聽太傅神。窺檐狐老依稀見，爲訝來疏不近人。」原二續之二云：「春花秋月儘推移，許傍香巢悵昔時。來去恰如花裏燕，只爭去早與來遲。」原三續之二云：「髮多釵滑奈君何，自折櫻花記不訛。親見象牀臨鏡立，梳頭曾作美人歌。」原四續之二云：「當日相逢亦偶然，誰知別後倍纏緜。仙源有路回頭誤，祇許天台住半年。」今集中次序已略易，或闕一首。截至甲子，得詩十六首，存集者十二首。

髫年見劉克莊《落梅》一聯云：「痛叱山童持帚去，苛留野客坐苔看。」不覺失笑。後來亦有《賞梅》句云：「呼奴夜换銅瓶水，禁婢朝熏玉鼎香。」則又以爲劉作如村學究，余作不免有紈袴氣矣。又金劉著文有句云：「賡酬便合成千首，醒醉寧須醉百觴。」余《賞梅》詩亦云：「便可閒添詩百詠，豈因病廢酒千觴。」適舉之合，皆俚甚也。余此詩故作豪華語，究竟是詠梅，不是詠牡丹。詩中「夜换銅瓶水」、「禁熏香」、「添詩百詠」，牡丹無此故事也。自中唐以來，此類惡詩多矣，初唐四家尚不至如此不堪也。

馮贄《雲仙雜記》：「杜子美號詩王。」法國陰格理畫《鄂謨加冕圖》，余以爲必求詩王，庶幾英之莎士丕爾乎！老杜、鄂謨，正堪配饗耳。嘗畫莎翁像，系以詩云：「鄂謨加冕國人推，廣大香山教化持。欲得詩神與詩聖，莎翁杜老是吾師。」「至今遺墓委荒榛，石像雕鐫尚有神（莎翁石像及墓，極爲世所保重）。閒殺布衣東亞士，也留長髮學詩人（歐美詩人多蓄髮）。」

余《弔某女》詩云：「弱質清才苦自侵，旅魂漂泊感難禁。娉婷廿載悠悠夢，生死三山脈脈心（生卒皆在福州）。蘭蕙門前應見忌，蓬壺海外可能尋？最憐萬里還鄉路（僅一歸□□），來去匆匆泪滿襟。」

學詩不宜次韻，惟昌黎、山谷一派又當別論，然亦僅在二公方可耳。至槼䉂坡翁者，次韻尤不能學爾（坡翁趁韻之才，妙絶古今，無可學，亦不可學）。

拙詩「隔斷紅蓮不見人，依稀香語水邊聞。竭來艇子閒相傍，畫取湘波六幅裙。」此所謂不必有之詩也。

余曩《贈客見訪》云：「握手何妨便率真，相逢亂後漫含辛。飄零莫説從前事，我亦風塵骯髒人。」又一首有「名士須論品格高」之句。

某年報載粤東沈春雨發表與陳淑君先訂婚約，後嫁譚仲達之事，謂女士原有《寄春雨惜別辭》二首，迻録之，此亦一重公案也。《惜分飛》云：「飲馬長亭驚折柳，淒咽寒蟬永晝。憔悴黄昏後，孤燈耿耿尋紅豆。冰雪心情還似舊，重理由愁絲萬縷。涙灑青羅袖，情絲永繫鴛鴦偶。」《蝶戀花》云：「秋色滿庭風掃葉，細雨敲窗，燭影時明滅。獨依繡床愁萬疊，沈郎應解傷初別。寸寸柔腸千萬結，客館淒涼，待向嬋娟説。高唱陽關頻擊節，馬嘶蓬户聲嗚咽。」沈君識其後有云：「往事已矣！誰實爲之？使我秘密之情辭，竟作辯誣之證券。是可痛也。」余謂此事三人皆不錯，特難乎其爲沈君耳。

英國在十二世紀能了解社會真義之人，不是歷史家，乃詩人威廉、莫利士二人。若在歷史家，僅晚年稍微覺悟之格林。

余有「羲之作字腕如鵝」之句，出自□稼□先生云：「聞之某先輩云：王逸少一生愛鵝，取其頸宛轉有力如書家手腕耳。」此説頗新穎，故採之。

「孤艇浮江漢，青春接混茫」，髣髴憶之，不知是何人句。余五七言近體，落句不喜用同一紐之韻；又一三五七等單句，喜隔别用上、去、入三聲。得之夙悟，自以爲少時用功太纖碎，不敢告人，恐爲人訕也。後見朱竹垞集云：「富平李天生謂『少陵自詡晚節漸於詩律細，曷言乎細？凡五七言近體，唐賢落韻共一紐者不連用，夫人而然。至於一三五七句用仄字，上、去、入三聲，少陵必隔别用之，莫有疊出者；他人不可爾也。』始聞尚未深信，退而驗之，果然。惟七律中《八首》不符；然考之宋元雕本及《文苑英華》證之，則皆驗」云云。按此論自天生發之，竹垞表之，雖於詩道無關宏旨。余近所作詩亦不盡然。第念少時乃有此會心處，又適與古人同，故自喜耳。

余嘗與□書云：「繳還令姊文二卷，極可珍也。綴二絶句。若尚有生前往來小簡，祈並檢示。足下作行狀時，沈痛處，宜切實寫之，毋稍諱，此正文字生色處也。拙文不足增重百一，然表彰淑德，至不可已！足下況在骨肉，尤難恝置。即泉下人知吾輩有此輩，亦當自顯潛然矣。」惜其人不足語也。余詩云：「標格端然勝所聞，重泉何處托清芬。那知書客六年後，定汝紅閨手寫文。」「才人多感況峨眉，玉折蘭摧更不疑。祇惜香魂長寂寞，墓門誰與薦芳卮？」

己未仲冬，有直隸少婦，結束作男兒，間關南來尋夫者。被逆旅揶揄，頗受委屈，拂然留三絶句而去。詩意可敬，而詞殊未稱，余因潤色之。嗚呼！異紅拂之奔衙公，疑叔實之來紅介。思婦樓頭，偏傷楊柳；封侯塞外，但博蒲萄。僕也飄零，有同感矣！其詩云：「深閨自惜鎖紅顔，夢裏何曾歷險艱。薊北江南無信息，從今海上望夫山。」「桑弧蓬矢力難禁，一曲韓娥恨已深。誰信楚騷幽怨意？夫君不見感余心（原作尋夫不見獨傷心）。」「卷耳懷人化自周，虺隤我爲歎淹留。漫言南浦春波緑，難洗桃花頰上羞！（漫言一片章江水，難洗今朝滿面羞。）」

女子始嫁後，稍稔微拂輒泣，此固不關其情好濃否，實數見不鮮也。曩嘗改一女子絶句云：「女伴匆匆競自媒，寄言儂已悔新來。何如一世娘邊住，嫁得情人哭幾回。」原意一字未失也。所識諸年少，偶涉世務，每易悵惘不自得；余常舉似此詩，輒相視一笑！

余弱冠前後，翩翩自喜，曾有《憶花詩》裒然成帙，每賦輒二絶句以爲常，亦騷怨之遺意也。現存集中尚多，録其棄去者於此。初作云：「奇氣天教屬女流，飄零欲訴漫含羞。逢春獨灑花前淚，蝶粉蜂黄恨不休。」「遶堤重問舊遊園，指點珠塵宛尚存。門外如銀滿池水，匆匆曾照爾眉痕。」《後憶花詩》云：「車馬魚山自斷魂，寂無消息況今番。憐渠嬌小亂家日，狼藉冰壺血淚痕。」「傾盆一夜水通渠，廢圃朝來雨點疏。紅袖伶俜官唤去，阿香何力挽雷車？」《續憶花詩》云：「歷亂風吹鐸語頻，空庭獨聽太傷神。窺檐狐老依稀見，爲訝來疏不近人。」「當日相逢亦偶然，誰知别後倍纏緜。仙源有路回頭誤，衹許天台住半年。」《三續憶花詩》其二云：「髮多釵滑奈君何，自折櫻花記不訛。親見象床臨鏡立，梳頭曾作美人歌。」四續之二云：「春花秋月儘推移，許傍香巢悵昔時。來取恰似花裏燕，只爭去早與來遲。」餘存本集，不複録。篇中殊多稺弱之句，亦不復可得矣！韶華一逝不返，舊事空賦遊仙，悲哉？

俄陶斯道小説中有「據馬車中，告車夫以情婦所在，馬聞之亦引爲大樂」，此何等境也？余喜題其眉端云：「腸斷豔陽晨，魂銷緑水濱。誰能騎駿馬？端去訪情人！」「駿馬應同樂，情人尚帶顰。娉婷兼騕褭，欲换總悲辛。」恰似初晚唐人手筆。

蘇俄政府聞爲神經過敏之兒童，新設一極堪注意之學校，大抵在天才與狂人之間，有密切類似之點。故對於神經過敏兒童，一起便教授音樂繪畫、雕刻作詩。不僅成績甚好，且在改良兒童神經系統也。

聞人唱粵西謡，有劇可賞者，録二首於此云：「妹會哄，十回哄來九回空；哄哥麻籃裝得水，哄哥拿網攔得風。」「不是哥妻喊不應，不是哥雙喊不聽。急水灘頭放鴨子，越喊越去越傷心！」音節意境並妙，非尋章摘句所能幾及也。

《子虚賦》：「皓齒粲爛，宜笑的皪；長眉連娟，微睇緜藐。」余嘗用以題畫，真覺其刻畫盡致也。

□□□師母《哭高蕃妹》云：「孤燈耿耿照愁人，萬疊愁心鬱未伸。往事不堪回首憶，夢中相見苦難真。」「金蘭昔日偶相逢，仗義何人患難中。生死交情餘一慟，湘筠不比淚痕紅。」語語真摯。

余代□□□師母輓其寄母高孺人周氏之喪，蓋距其寄妹之歿僅數月耳。聯云：「一千里夢斷江關，滿地干戈擾攘，望欃槍未掃，故國增哀。遂使征途常梗，歎至今擾攘未休。攬鏡自憐，畢竟報恩無日；二十年親如骨肉，簡儂身世零丁，幸母妹相依，閤門推愛。那堪噩耗頻傳，念從此零丁彌甚。舉觴遥奠，惟應抱恨終天。」此庚申九月十七夜枕上所擬，當時神會，亦不自知其何以有此也。聞其寄父□□□先生之家人云：「先生得聯時，痛苦累夕，家人轉相疑詫，不知聯中係作何語，竟使先生悲懷至此也。」先生書來，亦自云：「讀之悲梗不已。」信乎文之能感人有如此耶？

《我輩語》中久不能録他人之作，便覺此書遜色。頃檢□芙生稿數首，其一□□女士主持某校十五年，始終如一，成績斐然可觀，久爲社會所信仰。近偶發遊湘之與，遂決然辭去。學生環請留任，至有淚下者，足見其待人之誠，學生悦服有素也。於其行，爲書梗慨，并係詩云：「苕苕女中英，巾幗而鬚眉。學風賴以開，化雨惟其時。教育十年來，親如母撫兒。名譽溢女界，稱號宜女師。一旦堅辭去，出遊湘水湄。遊湘弔湘君，黯然切心儀。不礙柏舟汎，還養檜楫詩。依依羣弟子，得無傷別離。」詩中「遊湘弔湘君，黯然切心儀」二語，真神之筆也。又其尊人□□先生集句贈聯云：「秋水爲神玉爲骨，山礬是弟梅似兄。」亦非師母不足以當此也。其二送人赴滬云：「江柳新青江水流，舉杯聊勸醉方休。黯然又聽陽關疊，故國他鄉相對愁。」「君去真教冀北空，錦城遊屐歎誰同。癡心尚有嬌桃李，深盼春風化育功。」「豪情更有女元龍，濁酒新詩氣自雄。不詠飛蓬斷腸句，扁舟共唱大江東。」「年來愁病困鄉關，破浪乘風付等閒。莫謂離情如逝水，雲中勤寄雁書還。」又其尊人亦有同作云：「又唱驪歌展道謀，匆匆行色錦江頭。多情最是東流水，遠送行人海上遊。」「此去無須更問津，征途依舊歲華新。同行喚得閨中友，縱是離家恨未真。」「畫興詩情兩自豪，往還曾不薄兒曹。論交我亦忘年友，爲盼登龍長價高。」「老去心情作別難，聊將兩字祝平安。報書有待挑燈處，風雨雞鳴夜不寒。」

相傳柳如是不過一黑臉矮小女子，潑辣異常，並非姝麗婉孋也。出身女閭，易男子裝，夜自奔錢牧齋尚書，仍蓄面首二十人，卒能以節殉尚書。人重其晚蓋，余則覺其一生行事，無一處不可重也，此語不足爲拘拘小儒道之耳。某年旅泊海處，曾繪其墓，并系以詞，頗致推許。見存集中，復載於此：「問前朝幾編青史，紛紛毁譽休數！紫袍烏髻曾相訪，便抵衛公奇遇。時非主。算空老庾郎蕭瑟江南賦。歸來閒住：賸吾谷霜林，尚湖煙艇，曾是共吟處。千秋恨，都付絳雲一炬！才人身後酸楚，新孀況謂逢豪族，一死尚書知否？空惜取，向荒逕蘼蕪小塚傳縑素：桃花低護，正夕照鋪紅，東風裊翠，腸斷更無語。」嗚呼！在當時必欲致之死地，或遇之亦不以爲奇，且加魂［醜］詆；及已死千百載後，乃反傳爲風流佳話。世類此者，蓋比比然矣，可勝道哉！

余有《輓□母吴太孺人詩》六章，頗以纂組見稱。詩云：「人間萬事似須臾，小刼興亡歎白駒。坐看揚塵到東海，忍將消息報麻姑。」（生於清，卒於改革後。）「斷機泣杖母兼師，婚嫁勞勞獨主持。屈指門風誰比數，池塘春草一家詩。」（哲嗣□□□□二君，並有鄉譽，號稱二□。）「後代毋忘祖德陳，含飴親見弄孫人。傳家石硯須珍重，無復高年話苦辛。」（世守詩禮，諸孫咸駸駸嚮學。）「婦學千年料可傳，買書不惜質釵鈿。瑯瑯上口翻惆悵，病裏班昭女誡篇。」（女孫並知書，有肄業於余者。）「門下門生迭起居，蓼莪同廢感何如？春風滿縣栽桃李，何必河陽奉板輿。」（二□君教授閭里將十年，門生至數千人。長公□□習法政，現充某地推官。）「輓歌哀感屬名流，道上行人聽亦愁。愧未生芻稱弔客，漫勞高士比南州。」（時余方蟄居，未往會葬。）篇中隸事頗斟酌。如「人生忽忽如白駒過隙」，本呂后語。麻姑事見顏真卿《仙壇記》。漢明德馬皇后云：「吾但當含飴弄孫。」分甘抱孫，王羲之事。今人含飴分甘并爲一談矣。班昭疾在沈滯，而作《女誡》，年七十餘而卒。往褒門人受業者，並廢蓼莪篇。郭太母憂，徐穉往弔，置生芻一束而去。林宗曰：「此必南州高士徐孺子也。」詩必多注，便非佳詩。故此詩余殊未愜意也。

壬戌東邁，某丈餉詩四絶，丈亦嶔奇歷若人也。足迹未出里門，而豪邁愛士，且喜美饌，忝有同嗜。賦詩報之云：「故國分明別恨同，申江此去惜匆匆。眼中珠履何須數，相賞髫齡有此翁。」「元龍豪氣古今稀，留滯平生與願違。未出里門人不信，爭詢四海幾時歸？」「賃廡梁鴻亦可哀，相隨舉案婦無才。瀕行卻憶誇精饌，未及邀公把一杯。」「月旦評成詑一州，眼前百事不勝愁。時人碌碌真奴輩，肯許狂才目我否？」

《拂水山莊贈江寧流寓者》云：「滄桑流寓隔塵寰，白下何須夢裏還。贏得閒居清興足，尚湖煙水劍門山。」「閨中省識馬江香，謬賞慚余漫自狂（其閨中亦知書畫，余問吾谷馬江香遺墓，有中年婦人爲余備述之，且極賞余所繪馮鈍吟墓圖及題書詩）。風雅一門堪快意，文姬他日繼中郎（所生僅一女八齡）。」

余《常熟寫生記事》云：「湖水山光約伴行，熟梅天氣雨初晴。個儂自愛江南好，白帽烏鞾學寫生。」

東坡少年出峽時，意氣甚盛，其詩有云：「囂囂好名心，嗟余豈獨無？」紀曉嵐評云：「真語轉高。」余弱歲浪遊，亦有句云：「肯近時名本自狂。」倘遇東坡、曉嵐二公，當相親一笑。

曩題朝鮮閔妃畫像云：「黍離誰復憫宗周，獨遺佯狂萬古愁。杜宇春魂精衛血，人間補恨竟無由。」「果使三韓奉版圖，偕亡胥溺定何如？笑談難解麻姑意，閱到滄桑淚滿裾。」

少以詞呈虞山張燕園先生鴻，頗荷激賞，以爲「頗有白石意境，清妙婉約，不同凡響」。又謂：「若加以夢窗之溜豔，清真之柔厚，則可與鹿潭、仲修杭[抗]手矣！」率率勞悴，有負期許實多。先生曾有《登虞山次和余滬上重九日之作》云：「平原一望莽(平)蒼，冷紅楓舞秋堪數！繁霜入鬢，峭風吹帽，年華先誤。况更高寒，樓鴉倦雁，投林歸去。問拏雲心事，渡江意氣，都付與醉邊語。極目天涯何處？剩叢茅白藏樵路。黄花待采，晚香落盡，枉抛辛苦！剩有空山，木犀聞否？禪房幽旅。把茱萸子細看時，斜陽半江吞吐。」先生本出世閥，早歲擅詞，與同邑黄摩西先生人(字夢闇)齊名。清季自朝鮮領事府卸職歸，遂不復出。觀前闋慨當以忼，可以想見其生平矣。

玉屏居士□□□任教金陵大學，年少敏慧，儀止修潔。所娶富家女，有廢疾，玉屏頗有難言之隱。嘗以詞就正，且堅約余同居金陵，以便日夕相資之益，余竟虚其意也。其《荆州亭》一詞云：「鸚鵡漫多言語，賺合無情兒女；一對可憐蟲，從此錯聯鴛譜！憐汝偏將恨汝，佳侣翻成怨侣。鍊石補情天，借問媧皇何處？」余和之。玉屏屬題其像，戒作時下俚語，而余仍不免「這個」也，玉屏當復一笑！「這個少年我認得，胸懷朗潤貌淵默。斗量車載彼何人，願君却化身千億。」末句恰言小照也。

玉屏詞風骨尚未成，因其已不幸短命（以腸癌剖腹死於客次），爰並存之。可傷已！和余《陂塘柳》云：「黯蕭條，一燈如豆，臥聽簾外風雨。夜江無限淒涼意，獨客自吟愁句。曾幾許，早蝶舞西園，又燕飛南浦。年華漫數。歎芳草含煙，夭桃無主，倏忽送春去。風流事，轉瞬皆成千古。佳人才子何處？珠光鬢影當年態，都付入漁樵語。休記取，傷心是年年作白門飛絮。韶光暗度；悵寶鴨香沈，銀釭花落，此恨向誰訴？」□蘭□客白下時，嘗自度《乳鴉啼曲》寄余，中有「東風嫵媚，壓晴檐無邊晴翠」及「倦羇旅，但何物江南，偏留人住？」之句，余深喜之。

岳州城北門內有小喬墓，上有女貞樹，古色蒼然。紫藤施其上，花時如垂瓔珞也。墓門「小喬墓」三字，遒秀可愛，爲陸伯葵學使寶忠所書。旁有懽軒，長廊宛轉，繚垣玲瓏。軒名取孫策謂周瑜「二喬雖流離，得吾兩人，亦足相懽」之意。余行江南所見美人之墓，秀麗天然，無逾此矣！軒中題聯甚多，殊無佳者。余擬一聯云：「國色相逢，英雄訴與流離恨；兵書罷讀，魂魄應愁鼓角聲。」本事皆未經墓上諸聯徵引，惟兵書云云，出自稗官耳。末指湘中兵禍無已也。

余遊巴陵，有村鎮浼余撰春貼，云「歲時荊楚；風俗羲皇」，頗雅重。又行岳陽樓下，見大宅門書「春光九十；氣象萬千」，亦典麗。又余爲鄉農書一聯云「煙花催入宜春字；耕鑿長逢大有年」，則羌無故實矣。

近見有人自云「近今聯語多失之庸、失之易，自梁章鉅後，應革命久矣。湘鄉不作，殆無餘子」云云。至爲小喬墓所撰二聯，直堪噴飯！聯中言詞不倫，乃自詡爲新學，真可笑也。凡避去陳熟，又措辭自然，則無不脫手如新。運用新名詞固不礙仍有極佳者，但非淺妄人所可輕議耳。

莫愁堂聯亦多而鮮佳者。僅許振禕云：「遺老空聞龍瀆語，莫愁好作石城遊。」李松雲云：「一種湖光比西子，千秋樂府憶南朝。」二聯尚佳。

柳夫人墓在劍門拂水巖下、錢尚書墓西百步許，斷碣三尺，題「河東君墓」四字。桃柳繞之，餘無一語，亦不着寸椽，最好！西泠虎邱，真疥癩耳。

曩平陽李方，不知如何，逆億余必能詞，旋以詞二闋録示，有某女士自謂一見便能背誦也。《水龍吟》云：「江湖滿地皆秋，不禁人亦隨秋瘦。濃霜禿樹，凄風捲地，銷魂時候。樓外斜陽，天涯芳草，王孫去後。想佳人消息，朝朝暮暮，菱花裏，眉峯皺。孤館夜深涼透，最難堪鐙摇紅豆。敲窗桐葉，無端驚斷，歸魂一縷。夢覺此身，依稀猶在，門前烏桕。且殷懃唤取，濁醪紫蟹爲黄花壽。」《念奴嬌》云：「江南作客，數流光、又過一番重九。細雨斜風人憔悴，魂斷蓉前桂後。峻峭詩肩，蕭疏鬢影，半共黄花瘦。登樓極目，河山歷歷依舊。屈指如水年華，煙消雲散，更不堪回首。重疊愁城牢不破，任彼濁醪十斗。幾曲闌干，一襟殘照，飲恨君知否？個中滋味，此心只好甘受。」

李方他詞未盡工，亦傷其已死，並存之。《滿江紅·滬上懷歸不得》云：「黄浦江頭，曾有客思歸正苦。歸未得，嶺梅空憶，歲將云暮。明日依稀還似舊，伊人仿佛長如故。祇夙心有約已相逢，猶羇旅！傷飄泊，江南庾；悲離亂，浣花杜。況中原落日，時聞鼙鼓。壯志早成寒夜燼，功名視若隨風羽。空指點天末是吾廬，頻延佇。」方字曰「無隅」，號「太寥」，貌寢甚，頭尖目凹如猿，人但一見之者必不能忘。余曾爲寫照，君珍之以爲酷肖也。一夕以病卒，遺藁無可朝，旅櫬不能歸，余頗恧焉！才華如此，窮愁如此，安得不速死？惜哉！

太寥生能新詩，勝人已什伯[佰]。其舊詩詞頗不多，余曾見其《自題兒戲圖》二首，《踢毽子》云：「昔聞神技有承蜩，今看兒童學競跳。泰岱鴻毛原一例，只緣眼内太寥寥。」《捉迷藏》云：「一巾障目輒迷途，坦坦中庭未敢趨。的是兒曹才識淺，詎知大地本無隅。」末句各嵌作者字號，泯然無迹，自抒抱負，尤見玄解。嗚呼，以此等題而有此詩，宜其欲遇識者而愈匪易矣。

檢行篋復見方二詞，爲之惻然。《浪淘沙》云：「風物太堪憐，暗換流年，清狂自昔愛樊川。欲向枕邊尋舊夢，夢已如煙。對酒也徒然，此恨綿綿，人間天上總情牽。諳盡相思滋味了，月照孤眠。」《好事近》云：「清夜已三更，樹上棲烏啼絶。個個離人戀夢，聞却中庭月。休將往事細思量，往事何由覓？自是伊人隔水，只此情難說。」亦頗平順無疵。方新詩集曰《梅花》，其師廣陵朱佩弦自清，力謀爲之付梓，聞將有成議。余亦常耿耿，恨力未逮焉！

余擬題巢居閣一聯云：「湖山隱後家空在；煙雨詞亡草自青。」蓋本出《藝苑雌黄》「張子野過和靖隱居，有詩一聯」云云（即上聯）。注云「先生常［嘗］著春草曲，有『滿地和煙雨』之句」云云。

又和靖句「水風清晚釣，花日重春眠」，亦可爲楹帖。總之此等勝迹，最患疥癩，亦最易疥癩，不可不慎之又慎也。

余癸亥春遊花隖，其地負湖山，恰當靈竺之後，幽蒨已極，心篤愛之。《名賢詩話》：「和靖書孤山隱居壁『山水未深猿鳥少，此生猶擬别移居。直過天竺溪流上，獨樹爲橋小結廬』」，按此則今人爭羨君復孤山之隱，而不知在君復當時尚不免有「入山不深，入林不密」之慨，高賢之迹，真可望不可攀矣。余遊花隖時，尤愛所謂「眠雲室」（現僅一尼守之），他日果遂卜居之願，擬即用君復詩話，顔之曰「小結廬」。未知江海飄遊，果有此勝緣否。

李方又有詠梅花句云「殘月角聲吹乍起，有時驚落兩三花」，其風神邈然矣。

任詢句：「蘇州女兒嫩如水。」近人楊苦山用此詠水仙云：「到處女兒如水嫩，教人再不憶蘇州。」

裘黛痕女士，文達之裔。嘗以詩詞就質，多可采者，惜余方戒結習，未暇與之細商榷也。《次張冰如女士月夜感懷韻》云：「凉生翠袖不勝寒，欲寫秋容下筆難。客裏光陰添悵惘，窗前幾見月華圓。」《暮春懷素英姊》云：「兩心相印憶當年，小謫塵寰各自憐。莫向花前思往事，更逢花落一潸［潸］然。」《五月四日風雨甚横，階下月季爲之狼籍，調寄蝶戀花》云：「莫恨芳姿難久駐，繫遍金玲，不繫春歸去。一種惜花心枉訴，淚兒彈向無人處。豔質易生風雨妬。縱不離披，相賞難朝暮。開落總憑春做主，是空是色誰能悟？」《懶調寄鷓鴣天》云：「窗外頻聞燕語柔，嫩紅嬌緑漫盈眸。惱人天氣春將暮，幾日簾波不上鈎。臨寶鏡，黛眉愁；半偏雲鬢懶梳頭。惺忪病起渾無力，花落春風倦倚樓。」

黛痕又有《蝶戀花·偶感》云：「悵望雕欄天又暮，小立閒階，寂寞憑誰訴？蕉葉欲題無好句，畫簾暗捲廉纖雨。苦恨韶光留不住，屑屑騷騷，只把秋聲絮！更有鄉心難吐處，離魂亂逐飛鴻去。」則真妥帖極矣。

癸亥爲常州李靜珊貞姑繪遺像，兼應其姪麗成徵題六絶句云：「一門風雅舊曾聞，閨閣何人最出羣？早把才華收斂盡，衹將事業播清芬。」（常州李氏，舊家也。歷世多能文之士。女子亦無不知書。女士甫十一齡，隨宦閩中，從百里卞麟臣先生讀。師命屬對，有「半夜二更半」之句，輒應聲曰「中秋八月中」，師拍案稱絶。）「九死餘生劇可哀，風波歷盡志難灰。束身圭璧原無礙，了了人間一去來。」（十三歲曾護弟妹飄流海中。其平生瀕死者凡十次。以盡力家庭教育，致身社會事業，遂終身不嫁。）「國弱民貧孰解懸，翻憑女手奮空拳。瀕危尚肯抛心力，何不多教活十年？」（女士死前數日，忽告其友陶奇女士曰：『究竟社會事業，是否應令我一女子，獨負其責？』又謂『吾即多活十年，亦無非爲社會多盡一分心力而已！』鬱懣不類其平日之言。）「乞巧空逢織女機，夜深刀尺響屏幃。聘錢未借偏逋負，枉爲他人作嫁衣。」（女士工繡，歷賽各國均獲獎，而所辦各校虧墊至四千金。嘗藉鍼黹，以佐校款。身後篋中無一冬衣，僅書貼數種及殘繡譜而已。）「緬想音徽尚黯然，一生讒忌勵清堅。關心婦女謀生計，遺緒飄零仗後賢。」（女士手創各學校，尤注重女子職業教育，爲我國謀女子職業教育之先河，極爲黄任之諸人所推重，今由其令弟繼掌校務。）「負我何曾我負人，過黄轉緑幾番新。平生我亦傷翻覆，却借丹青爲寫真。」（女士謂『自問爲人一世，祇有人負我，我無愧對人處。』疾作時，視物始覺生緑，繼轉黄，此即不起之症矣。歿後令姪麗成，屢催余寫真，信使往還，不遠數千里。余不敢造次，越二年始報命。女士享年四十云。）此詩真不能不用注，抑已不能謂之詩矣。費纂組如此，即能工，亦僅可謂之韻語，不能謂之詩。詩非如此等謂也。故應酬詩，即所關頗重，亦萬不可作。但如李女士者，余又安可無言哉？

裘黛痕自署「冷香館主」，餘事亦好音律，所寓與余咫尺，某君與之同學畫，既聞其遷去，因乞余介贈一詩，余笑置之。今某君死矣，爰爲存之。詩云：「清歌見説駐行雲，才結芳鄰悵乍分。從此寂寥空對月，不教簫韻隔窗聞。」又另一詩云：「偶耽清詠卸妝遲，玉軸牙籤手自披。夢醒秋燈誰問字，風吹梧葉入書帷。」後一詩實較勝，女士來偶見之，意似怫然。

又李太寥亦有《題冷香館詞》一絶云：「詞宗北宋推清照，女史西泠有淑真。《漱玉》《斷腸》今已矣！風流斷合讓斯人。」雖爽健，終率易，且推許太過，實未免多事矣。

黛痕詩詞，皆得之母教爲多。曾録示其太夫人之作，如律詩有「階下並頭花富貴，簾前百舌鳥聰明」，足見一斑。又《浪淘沙·冬夜圍鑪》云：「檐外盪回風，鐵馬丁東。一窗燈影暗摇紅；團坐不知寒氣重，詩興偏濃。把酒碧浮盅，醉眼朦朧。支頭靜聽五更鐘。不覺夜闌人已散，月到簾櫳。」

李靜珊女士之詞，居然老作家也。《蘇冪遮・詠絮》云：「早抽條，遲作絮。不見花開，只見花飛處。繞砌瑩簾剛欲住，打個盤旋，又被風扶去。野塘村，芳草渡；離却枝頭，總是傷心路。願趁殘春春不顧。葬爾空池，恨結萍無數！」

海門張冰如女士，見示詩詞多首。其詩有「皈依浄業常佞佛；悟徹前因豈怨人」之句，其身世亦可傷矣！《秋夜感懷・調寄滿江紅》云：「悄倚匡牀，布幃冷透西風急。更那堪寒衾獨擁，殘燈明滅？舊約已如流水逝，新愁疊疊如山積！聽孤鴻，天半一聲，添淒絶。思往事，空陳迹；憐別緒，淚珠滴！恨韶光如箭，蹉跎歲月。顧影自憐雲鬢改，蒼茫身世憑誰説？嘆今生，事事不由人，蹉何及？」詞格雖不高，亦復哀切動人也。

浦東朱天梵，少以詩詞書畫金石諸藝，擅才子之目。中年不免紛紜，才華稍稍歛矣。其《天梵樓詩》有云「玉簫抵死勸人愁，吹斷東風雨未收。吟到黄河新樂府，一時楊柳盡低頭」，致可賞。又「别有靈音非竹石，微微天梵趁風回」「閒來寫幅長松影，便有高樓謖謖風」。湘陰彭曉山贈其詩有「收拾風花正要才」之句，不虚也。

天梵尚有《摸魚兒》一詞，題河東妝鏡。注云：「鏡有銘曰：『照日菱花出，臨池滿月生。官看巾帽整，妾映點妝成。』」詞稍弱不録。余又見君《喝火令》云：「照眼花成國，傷心佛是家。鬘天悟後月將斜；一陣仙風吹夢落無涯。心路穿明月，情光鎖嫩霞；東風瞞過斷腸花。獨上遥天，獨自哭年華。獨向金燈影里深夜禮瑜伽。」心路情光，煞是累句。末數語自驚拔。君亦有句云「都將窈窕春前夢，付與玲瓏悟後禪」，殆是謂也。

嘗戲摘女生杜拓青日記中語成一絶云：「更無人草太玄經，問字雲鬟漫涕零。室邇人遐勞恨望，沿階芳草爲誰青？」蓋重過余講舍見懷也。

癸亥夏聞有爲余乞籤於遊帷觀者。籤中有「因清坐廢」之語。因漫成一絶云：「尚荷關懷禮玉真，遊幃觀裏暫停輪。『因清坐廢』吾何患，愁説當年賣韻人。」又某年余借住某寺，嘗自乞得一籤，讀之黰然竟日。略易數字載於此，云：「蘭舟相趁芰荷深，露冷風清恐不禁。待得陂塘采蓮子，不知苦到幾重心？」此籤今竟無驗。蓋余結習如此，每足迹所屆輒愛索乩語籤詞，藉爲調□或遊戲之資，非果有乞靈於仙佛也。聞人言西湖月老祠籤頗奇中（籤詞尤雅），余屢過未往也。

余癸亥《望江州曲》十六首，乙丑《嬉春詞》廿七首，語多騷艷，調亦激楚，頗自珍視之。惜不生六朝、三唐、兩宋以前，茫茫千載下，賞音者誰耶？

桃源聶景孺《櫻花館詩話》，所載盡日本人所作古律體詩，余不知撰者果住有此館否？抑在日本？在桃源？署顔何其可愛也。余舊有《移種日本櫻花簡武陵所知》云：「佳種移栽向海西，麻姑只解託桑畦。桃源若變櫻花島，古洞仙人亦自迷。」

後世就詩論詩，故詩法益弊。詩之本，不在含毫弄墨間也。

廬江□上□與余同客滬上，病後挈弟婦輩將歸，頗憂中途多匪。余風雨中送之江邊，破涕爲笑，以慰其意。時桂林江訒軒太守，亦避兵在滬，頗器重君。於其行也，獨惓然動懷，故余詩及之，因并乞太守同和。余詩云：「浮萍聚散亦堪哀，風雨江頭暮色催。猶是寄人籬下地，笑談誰識避兵來？」「喪亂頻年疫癘多，餘生君已起沈疴。時危命賤生何益？試聽新豐折臂歌。」「擾擾何堪賦式微？臨歧一老獨沾衣。歸途且莫憂羣盜，猶有流離未得歸。」（桂林棼亂較皖尤甚，不可居也。）「飄零書劍到天涯，多累憐君數口家。我已孤遊甘不返，河源荒渺更浮槎。」江公詩《送□□和白君韻并示兒子》云：「北風吹水角聲哀，歸客匆匆歲杪催。僅送臨歧兩行淚，多君矜誦有詩來。」（原作有『一老獨沾衣』句。）「流離骨肉本無多，垂老頹唐但養疴。客裏頓增肝膽氣，笑看雙劍欲高歌。」「爲羣拜紀此風微，古道偏存兩布衣。亟語蓬頭王霸子，好分遠志換當歸。」「吟詩作畫即生涯，並世成名幾大家。愧我荒蕪更漂泊，散收詞句署浮槎。」太守自署其集曰《浮槎館詩》，故末句云云。旋復和四首，知老懷深矣，不盡録。

癸亥《奉和吴缶廬贈詩》云：「鈍根自愧負韶華，結習難忘漫見誇。從此塵埃渾不着，只宜丈室散天花。」（指公贈書樓額）「揮毫想見興軒騰，諸老風流作壽朋。先生腸胃皆冰雪，詩思何須向灞陵。」原作：「論詩白也見風華，續事吟邊信足誇。何處塵埃還避俗，四禪天外一闌花。」「天在抱時存故我，雲無心處得高朋。匡山歸去書還讀，滿地江湖笑杜陵。」先生後屢自謂其詩不如余，質之江太守亦云然。滋可愧已！

昔傳佛墮地而有「獨尊」之語。長老謂余「生而岐嶷，殆有夙因」云。余自襁負入塾及冠，固皆未嘗作第二人想。嘗有《詠柳》詩云：「笑我光宣後來士，不須柳汁染藍袍。」即古人「讀書二十年，胸中不能忘『狀元』二字」之意義也。狂則狂矣，而入德則難矣，可不懼哉！平生爲詩絶不主一格，亦不規橅一家；既略無師授，頗以此自傷，亦復以此自喜。蓋幸無謬種流傳，致以訛傳訛之害也。至其觀摩之資，則初頗瓣香少陵十年，近始解涵泳風騷；若於太白，則以爲不可學，但可似之耳。今知凡此，皆猶未能自廣；爲文各有至處，實不在章句筆墨間也。頡頏千古，惟求乎己，余不謂之妄言也。嗟乎！誰可與語此哉？年來康南海先生、吴缶廬叟數以太白見况，此其言信否？余不能知。要未可以爲真知屈生者也，悲夫。古人云：「但得一人知己，可以無憾！」誠不敏，並世既相賞有此，故不妨聊發狂言耳。至《我輩語》總自録諸作，則真「恐此金石，非中宮商」者矣！擱筆省覽，慚恨滿面；直可土苴視之，不足存也。

江公屢索觀余集，有「却步」之歎。過從既久，情好愈敦。至相呼「忘年之友」，謬許「傳世之人」。余惟俯首無辭而已！ 癸亥除夕呈詩，有「風塵賴有鬚眉氣，文字真同骨肉情」「世無知己誰青眼，公肯憐才已白頭」及「已分飄零同過客，何堪珍重許傳人」之句。先生皆爲之感歎泣下！ 其次和四律，并録於此，云：「日昃寧堪鼓缶歌，高才相引入詩魔。自憐身世鳩同拙，莫問門庭雀可羅。漂泊驚心星曆改，窮奇變態物情多。分明聽到南山矸，長夜漫漫奈汝何？」「曾聞牛耳主文盟，自署何妨太瘦生。躡履匡廬騰逸興，題襟漢上見風情。羞將白紵當筵舞，笑問黄河爲底情[清]。如此才華仍磊落，憑誰持贈短歌行。」(原注：君自署『太瘦生』，老杜《短歌行》與君情狀頗相若。)「垂老何心别故邱，亂離情事怕推求。感時屢見花濺淚，説法寧聞石點頭？三管荒涼資寇盜，十年興革問名流。漫云當軸無長策，不惜驅狼與虎謀。」「悲歌獨自見精神，譽我翻忘著作身(原注：君有詩文集，多可傳)。即論西江宜嫡派，本來南國有詩人。萍踪乍合渾如故，梓舍能因不失親。慚愧面牆曾督課(原注：謂五兒)，相師久已讓當仁。」

余覓得《有新意齋詩》，筠州彭伯丹侍御之作也，桂林江訒軒太守極賞之。因言詩中獨屢致慕西澗，何覓無一言及可亭相國耶？ 余獨惜其詩中未及爲其鄉賢二陳表章耳。後數進見，太守輒謂余詩實勝伯丹翁。吁，可愧矣！ 因題丹翁卷尾，并呈太守云：「滿懷詩思伯丹翁，獨慕騎牛西澗蹤。高詠寂寥三十載，辦香豈敢競稱雄。」「著作應須重二陳(明陳邦瞻著《宋元紀事本末》，陳汝錡著《甘露園長短書》，並筠州人)，偶然無語及先民。豈能更費閒時筆，眼底中朝第一人。」太守次和云：「清才雅調一詩翁，高視眉山繼絶蹤。若能縱横馳偉論，後生筆底亦沈雄。」(原注：侍御詩有蘇髯風格，君於御史爲後輩，其詩尤長於議論，筆亦健甚。)「别開生面去膚陳，一集長留付手民。讀到東堂西澗句，步趨還望後來人。」

甲子上巳招請江先生飲於半淞園，出舊作《龍華紀遊詩》就正。先生次韻云：「漢苑隋堤盡蔓煙，尋芳何處話樽前。半江儼拓春申地，三月難忘上巳天。觴詠風流吾輩共，林泉幽興幾人憐？行行合作桃源看，相率題詩不記年。」先生又有拗體疊韻一首，末句云：「垂青獨有風前柳，爲歌金縷憶當年。」意以此見況，翻令余惆悵不勝矣！余原詩有「歸燕落花寒食路，牧牛芳草夕陽天」二句，先生極賞之。

江先生尚有《春草》疊韻四首，曾以見示，頗用自愜。因刻意鍼砭時事，故不録，時人不足鍼砭也。中有「青袍不分仍如舊，碧玉何曾竟化煙」及「況兼野火原頭入，合向春風陌上迎。庭院無人餘鳥迹，池塘有夢亂蛙聲」「采到菲葑原不薄，香分蘭茝竟無多」之句。

絶俗樓我輩語　卷四

余曩有《女學篇》應徵壽楊母邱氏，粤人也。聞其在故鄉獨力捐貲興女學，衹此已足稱矣！爰作是篇。其辭云：「周官重婦學，女子敦四行。九嬪掌其事，内職存儀型。國風首后妃，教澤重葩經。下逮宋韋母，絳帳傳諸生。鼂生所受書，伏女堪師承。班姑迨衰老，女誡尤丁寧。邈邈歷千禩，古詣已無徵。所幸閨閣姿，藻饋猶可稱。降及輓近世，女權爭勾萌。第念風教微，惕然使心驚。無膏焉揚輝？無根焉敷榮？哂彼荏弱質，皇皇譚政爭。一旦叩所學，惟見雙顔赬！以斯慕元化，無異徒虚名。況復生事微，食力難搘撑。井臼匪親操，鍼黹非所營。坐食仰他人，粥粥百無能！何以強種姓，家國亦已傾。時彦侈新論，設學期栽成。拮据難爲炊，竭蹶誰哀矜？間有巾幗賢，唧石輸精誠。『女子惟自救，他人安可憑？』而彼門楣深，寧可珠翠盈。泰然稱富媪，兒女紛門庭。自謂長無禍，安知心已肓？昨聞粤邱母，劬勞振家聲。教子自晝萩，一經金滿籯。紡績有餘貲，詢謀女學興。匪慕里閈譽，實動惻隱情。環顧嶺嶠女，盡使造就宏。欲獲權力均，先須知識平。以此惠梓桑，丫髻相扶迎。列坐沾教化，捐貲甘藜羹。以視厭羅綺，庶覺心怦怦。以視積貲財，乃如草芥輕。閫範有如此，女教諒昌明。既以復古訓，亦蜚今時英。喜逢花甲周，願母福壽并。方期布德澤，一一施準繩。傳聞西王母，年齒莫與京。更有羣仙娥，巧奏紫鸞笙。願母桃李門，衆女羅軒楹。琅琅獻頌聲，閶風欣齊登。我詩苦蹇澀，微忱獨競競。詎用巧悦辭，聊以侑瑶觥。」此詩辭風氣頗累重；又以投之傖父，尤莫能喻其作意也。

頃見顧佛影《今閨秀詞話》，得所載黛痕詩詞數首，皆可賞。《眼兒媚》云：「小樓初暝朔風寒，香黤玉爐殘。惺忪何意，愁嫌衾重，病怯衣單。分明又是年將暮，歸路計漫漫。宵來清夢，每隨明月，飛度鄉關。」《菩薩蠻》云：「苔痕繞砌蟲聲咽，紗窗影透娟娟月。驀地暗愁生，秋花瘦一檠。琴書親檢點，半晌停刀剪；將夢雁初還，鴨爐煙篆殘。」《曉起偶占》云：「風來畫閣簾旌動，雨過中庭草木香。領略碧山好詞境，鬌鴉微嚲袷衣黄。」以此爲詩，則流於纖艷矣！

余有《再呈缶翁》二絶云：「先生八十我三十，我少先生五十春。一事較量差自幸，少看滄海一番塵！」「免俗慚子尚未能，空嗟世亂避何曾？料知高隱陶元亮，應有奇文託武陵。」

讀《李白集》，僞作不少，可歎。又古今凡涉及白詩，除少陵、昌黎外；餘如香山、玉溪以至廬陵、劍南，迢迢千百年來，無一非「班門弄斧」者也。嗚呼，豈易言哉？王漁洋論詩絶句，尚可（高啓、方孝孺、李東陽皆無是處）。

少有惡札二首，《燕至》云：「桃花漸落畫堂開，晴雨無憑祇自猜。恰過花朝纔幾日，搴簾一笑燕初來。」《贈葛》云：「越姬生長綺羅鄉，稱體那知細葛涼。從此凝脂無點汗，薰風常近合歡牀。」曩時不知銷磨幾許才情於此，真大罪過！天地間如此等語者，何啻車載斗量，是豈得謂之詩耶？

余來江南，聞周石君太守及蕭月樓夫人文采風流之事而羨之。後始知其詳。蕭名恒貞，字月樓，高安人，薌泉方伯妹，山西澤州知府丹徒周天麟石君室。夫婦並工詞，閨中倡和，人以趙、管目之。恒貞所著名《月樓琴語》，余尤愛其花下徘徊，悄然得句。《浣溪沙》云：「檢點嫣紅瘦幾分，悄扶秋夢到闌根。不關秋夢也銷魂。西下夕陽東上月，等閒容易又黄昏。一般花影判涼温。」《聽秋閣坐雨賞荷，新涼可喜，闌干萬里心》云：「藕花都向晚涼開，小扇單衫香滿懷。水閣闌干凭幾回？聽秋來，萬葉跳珠雨過纔。」《夏晚與石君湖上納涼，填此索和·水調歌頭》云：「我愛勺湖住，三伏暑全忘。誰家鬧紅雙槳，來經樂無央。暢好雨餘天氣，記取薄羅衫子，兜住水雲涼。一事與君説：花欲傲詩狂。指城西，幾株柳，挂斜陽；有時髻絲風過，吹上藕花香。千古高山流水，倘肯一彈再鼓，儂爲解琴裝。如此好風月，那用一錢償！」《書所見·生查子》云：「殘荷紅漸稀，香老詞人筆。小立釣絲風，悄倚蕢漁笛。雨乍收，涼眷夕，秋夢無痕迹；算是水螢飛，誤認疏星碧。」夫人家學得之父兄之教，家以伉儷唱隨之樂，宜其才藻贍麗如此。惜爲時所限，稍耽清艷，秀而不適；致不能力追易安諸人之瑰瑋也。余嘗獲過其兄薌泉方伯之墓，有詩云：「前代文章重，羣才簡册褒。遺容如可睹，士論至今高。飣座風神峻，揮金意氣豪。英年先器識，邊徼著賢勞。大志成何事，爲儒愧我曹。獨來憑吊地，寂寞封蓬蒿。」方伯名浚蘭，薌泉其號也。爲人慷慨有大志，美風儀，性揮霍。獲第甚早，甫冠即督學湘黔，歷官滇蜀二藩。僅中壽而卒，時論惜之。

月樓夫人同邑閨秀，清代間有能詩詞書畫等藝者，邑乘有考，文人不傳，遂致湮没，有待訪求矣。曩見朱蓮洋航《錦江脞記》云：下闕

又陳緑珊女士，□□人。高安褚小齋先生繼室，能詩畫。小齋既完娶歸，沿路唱和，備極伉儷之樂。《舟過廬山詠瀑布》云：「誰將一匹練，挂在大山頭？恐是天孫織，人間未敢收。」可想見一斑。其畫尚存，余嘗見之。余寓漢皋，有襄陽某君以書抵其友，稱余「白魚服先生」。謂余先世魚復城公孫白龍見井之事；且用張衡

賦「白龍魚服，見困豫且」之話，惟余名德不立，自視何以克當？

余幼喜詩而苦無師承，後從人假得《浣亭詩存》一破帙，其詩頗能語語真切，可覽，爰記之。左浣亭觀瀾，高安淪落詩人也。幼席豐厚，長遭困阨，歿近二十年矣。隨父宦閩，方十一歲，某太守涖署，命對「千里駒」，隨以「五花馬」應之，太守喜甚，贈以象牙墨鏡，背刻鵲橋故事。雕鏤精緻，後議婚未果，而太守旋去。宦轍分馳，浣亭家亦轉徙無定，此鏡爲人所竊，後聞爲某家購得之，感而賦詩。此何如事，誠難爲懷矣！余愛其《過河歸別業遇雨》句云「鳥逐雲歸柳，人隨雨到門」，下五字可傳也。今遺詩二卷，共二百二十首，余獨記其七律三首。《分水嶺》云：「疊巘層巒翠亂堆，三年兩度入關來。石根雲氣蒸成雨，柳杪泉聲響若雷。村女分筐茶市熟，野人登饌筍廚開。此身又作閩南客，離緒紛紛落酒杯。」《舟抵洪山橋》云：「檢點詩筒并酒瓢，休論鳳泊與鸞飄。一江秋水勞相送，幾點名山若爲招。貧比梁鴻常寄廡，才非司馬敢題橋？今宵百感都拋卻，好向親前慰寂寥。」《冬至懷姪仁山》云：「葭灰微動歲將闌，貧士生涯苜蓿盤。濁酒不成今日醉，敝袍猶是昔年寒。客中景況何堪問，愁裏音書轉怕看。清盡光陰灰盡志，竹林涕淚幾時乾。」嘗有《秋日書懷》八首，似有意擬杜秋興之作。《秋興》本非老杜至處，況仿之者，此則不善擇題矣，故不録。集中可存之作，以前三詩爲最。惜余不及見先生於一觴一詠間也。

余年十六七時，有句云：「寶刀新試如嬌女，快犬相偎似黠奴。」後讀司空表聖《退棲》詩有云「得劍乍如添健僕，亡書久似憶良朋」，終覺古人勝耳（其妙在「得」與「添」「亡」與「憶」，觀照有情。拙句「寶」字「快」字，亦能與「嬌」字「黠」字呼應，然毫無餘韻矣）。今其知凡類此等詩，胥塵障不足論也。

又聞人言：「彭雪生梅，伯丹太史師也。好苦吟。有詩一册，今存太史孫處。」余曾一觀之。五律如《山居寒食》云：「兩載山村寄，蕭然愧此生。光陰催客子，時節近清明。薄酒難爲醉，閒花恰有情。忽聽行不得，何處鳥啼聲。」七律句如《詠老柳》一聯云「劇憐京兆新眉嫵，莫向秦淮舊板橋」，尚妥。七絶如《出都》云「桂華誰唱助清樽，辜負中秋月色新。剩有民間遺俗在，番毛餅供兔兒神」，紀俗寓刺自佳。存稿共三百首，此其最上者，大抵尚不及左浣亭之作。其邑人藍石如太史鈺：「讀《有新意齋詩》，勝藍多矣！」信然。

蟄園叟彭稼薌先生，伯丹太史之冢嗣也。善畫工詩，繼其家學。偃蹇一生，爲人傲兀使酒，嘗因爭民食下獄，幾殆。其風貌巍然也，《畫菊吟》云：「菊花開時已重九，重九無花憶花久。近日鄰家買菊歸，紅紫黄白無不有。我初聞之善欲狂，竟擬就花一傾倒。未必主人能好客，例如看竹莫交口。分明此計安排好，爲是花時尋菊友。轉念我情深於菊，三徑荒涼閉門守。花耶未耶秋風生，燥着我脾燥我手！興來倚醉寫墨菊，筆底有花樽有酒。」其毦糙之意如見。倒字出韻，本詩小弁。

甲子夏《贈人自滬偕返章門完娶》云：「歸櫂江中，小姑玉立；聽琴海上，水仙璆然。」其伉儷先有師生同學之雅，相諗於滬上，遂行婚。女士尤擅琴云。

甲子臘尾闕娟女士還浙，其同學泣送之，有詩，咸就正於余。李如冰云：「頃刻雲山別路賒，茫茫愁緒亂如麻。歸裝紛本如相寄，倩寫輕舟泛若耶。」張慧娱云：「半載聯牀手足情，論文讀畫到深更。那堪一樣還家夢，雨雪關山獨汝行。」「北堂歸侍樂如何，獨客憑誰共切磋。强贈詩新無好句，墨痕不比淚痕多！」

余少酷嗜長吉，至朱墨爛然不去手。常有自擬於「錦囊嘔心，玉樓赴召」之語，以傷母懷，後始痛悔之。近來學長吉者，獨惟海寧陳翠娜。其《秋宵吟》云：「星河歷歷生涼波，嬌雲抱月顰青娥。簾中美人擁秋坐，小夢如煙抱愁墮。粉窗咽香凝空青，相思薰透芙蓉屏。疏桐辭枝趁風舞，幽素花魂夢中語。」余賞其能絶去時趨，力躋古作，其遇於乃父兄（蝶仙、小蝶）也。斷句如「繡被薰香濃似酒，晝簾吹絮膩如雲」及「描人瘦影是斜陽」，皆可誦。

癸亥夏□□□師母書來，夢余爲僧海陬，一尼相伴，正契余宿旨也。喜成一絶云：「向尔人事苦相縈，今日持齋少俗情。底事維摩方丈地，肯容天女散花行？」

某君寄詩有「無數楊花入夢多」之句，七字可賞！

甲子秋暮，驚聞玉屏居士以腹疾剖治死於金陵，即函屬□君代書聯輓之。聊爲幽嘿長逝者點綴於生人眼前耳。其聯云：「劇憐緑綺才華，隱病懟無言，黄浦倉皇悵分手；長望紫金山色，故鄉誓不返，白門來往好招魂。」署曰「玉屏吟友冥賞，未死友某輓唱」。嗟乎，死生契闊，疇知余心之悲耶？

又某年悼某君云：「討論□學，而至於爭，□□□□□□□，死後還求你原諒！瞻望故鄉，未免心痛，□□□□□□□，歸來太覺我無聊！」中情哽咽，不忍卒讀矣。

同人公輓無錫榮渭陽之太翁聯云：「解紛似魯連玉貌，積著似陶朱扁舟，已矣先生，我輩空存遐想；纘志有扶餘虬髯，侍疾有令暉香茗，緬兹世閥，老成忽賦大招。」渭陽昆仲，頗倡教育於南洋新加坡等處也。

甲子冬有人托撰賀孿婚者（男女兩家皆孿生），余擬聯云：「鶼飛比翼，魚游比目；花栽並蒂，蓮採並頭。」又「便教月老妨難認；未必天孫巧更多。」語雖未盡工，要自事奇而有趣，故紀存之。

余遊當塗天保塔，見姑蘇女士戴瑶賓題塔詩。或傳洪楊時殉難者也。詩云：「胥江小住廿三年，憔悴東來劇可憐。鴉鬢蓬鬆誰膏沐，鳳釵顛倒泣嬋娟。春風有恨愁難訴，江水無情眼欲穿。拾級登臨空愴切，故鄉何處獨潸然。」詩清妥無足觀，其事殊可憐耳。

融縣江君顛鷟，性狷介。作詩惟以視余，每有商略，輒怡然稱善。嘗有《孤山壁上畫梅醉題》一詩，尊公訒軒太守亦許爲超脱，其造詣方日進無已。素愛畫，題畫梅詩尤多，正其性所近也。詩云：「策蹇行孤山，寒梅驚滿目。不見巢居人，暗香繞茅屋。湖風吹花捲雪飛，孤鶴翩翩何時歸？亭前佇立發清嘯，雪花梅花紛滿衣。興來獨酌當此牖，還共先生酹樽酒。醉墨淋漓更寫真，是花是雪君知否？」

甲子初夏有示余徐秋士詩云「望到陂塘外，人來偏是花。香從衣袂出，相映數枝斜」，頗輕倩可喜，第二句尤出之天然。

癸亥初冬余贈薇山《研銘》云：「琢研不須巧工，但求取材平正。選研不須名山，但求其質美潤。勉矣君子，葆此貞堅之性。」託廬江鄭太乙刻之。

坐雨偶憶西湖諸寺，了了在心目間。獨雲棲一徑，苦思不得彷彿。但憶曾芒鞵衝雨往還江干四十里耳，悵然成一絶句云：「西湖歷歷猶堪憶，山寺芒鞵冒雨投。祇爲行踪太飄瞥，雲棲如在夢中遊。」此詩只是聲調響，餘無取。

乙丑薄游姑胥，有妓紅鴛來侑歌，叩知僕姓白，爲之囅然，乞侍夜。曰：「本性朱。」適案上膽瓶中供紅白梅花，笑撫之曰：「白白朱朱。」語殊雋麗可喜，因許並載入鄧尉度除夕。僕爲撰《紅鴛小誌》酬之。其辭云：「紅鸞者，其初曾爲尼。稍長，有好事者攜之入蘇臺女塾。後好事者棄之去，遂流爲娼。鴛之識予，在乙丑臘尾：過真孃墓，並轡入靈巖山，訪古吴宫，登琴臺，更尋至西施洞；見郡人顧沅偕校書吴素君題名，心羨之；知予雅不喜此，曰：『固不望有是，但必得挂名君文中足矣！』因下瞰太湖，遥指一峯曰：『此儂幼持淨業處也。』既乃長歎離立，問之曰：『焉得復從雲水間乎？』明日元旦，遂同載至玄墓山，觀梅花。其來也，值舊俗獻歲，其家方倚之爲錢樹子，紅鴛心念假母恩，頗悵悵焉。又云：『彼間頗以傾心嫕游客爲恥。』相範自成一種趣尚，惟謹。予聞而擬别爲之撰妓妬一篇，兹不贅。昔范希文先憂後樂，以天下爲懷；而世乃豔傳其『諳盡孤眠滋味』一詞，抑何其旖旎而情致若是耶？公先世諸墓及少時讀書處，即近在天平石壁間。獨恨予生也晚，且不逮鴟夷陶朱變姓名五湖扁舟；更何敢希蹤希文？聊誌其慨想而已！」

丙寅元日攜妓玄墓觀梅，過韓蘄王墓。旁有「中興佐命定國元勳之碑」，矗出林表，穹然也。歸途遂倩鵑孃扶余上贔屭撫讀之。前一日除夕，余既爲鵑孃撰記，引范文正憶舊詞中語。今更爲説蘄王紅玉事。鵑聞之拂然曰：「這纔是！奈何説及范仲淹寒酸老兵？」予爲笑謝之。鵑年十七，云猶能細憶所入女校狀，及其課業，以至同伴升沈事，蓋離校甫二載耳。

《唐詩紀事》：「李白生於彰明，可爲邑令小吏，得出入臥内。嘗有與令妻調笑之作，後竟以才遭令忌避去。」其詩與事甚陋，不足信也。曹學佺《萬縣太白祠堂記》，頗雜採其詞，甚矣卓識之不易也。《潛確居類書》：「萬縣西山上石壁，謂之『太白巖』。有『絶塵龕』三字及唐人詩刻。相傳太白讀書於此。」川《志》謂「白嘗流寓奉節縣北白雲寺」。余家夔州，稱「白社」，又稱「絶俗樓」，本此。且擬避地匡廬山中，結廬讀書其間。故吴缶翁題贈絶俗樓詩，有「匡山歸去書還讀」之句也。

我友詩話

[民国]王　易

趙宏祥　點校

點校説明

《我友詩話》，民國王易撰。

王易（一八八九—一九五六），字曉湘，號簡庵，江西南昌人，民國時期知名學者。其父王益霖爲光緒二十九年（一九〇三）進士，精通于經學、樂律，嘗任三江師範學堂經學教習、河南高等學堂教習、河南醫學堂監督，後簽任河南固始、封丘知縣。王易早年隨其父居河南開封，曾就學于河南高等學堂、河南客籍高等學堂。宣統元年（一九〇九）進入京師大學堂求學，畢業後在南昌二中、心遠中學等校任教。一九二七年，在友人胡先驌的推薦下，王易來到南京任教高校，期間先後擔任過中央大學、金陵大學、中央政治學校等校教授。一九三七年抗戰爆發，由於時局動蕩，他任教復旦大學不久便辭去教職，避地江西宜春，於宜春鄉村師範學校任教度日。直到一九四〇年，中正大學在江西泰和成立，當時的校長正是胡先驌，王易遂受聘執教文史系，後歷任系主任、文學院院長等職。新中國成立後，王易依長子客居湖南長沙直至病逝，葬于嶽麓山。

王易幼承庭訓，學殖深厚，精通詞學、樂律、修辭、曆算。著述有《國學概論》《詞曲史》《樂府通論》《修辭學通詮》等，皆見解精闢，影響深遠。其詩承江西派一脈，往往精奇獨造，不落俗常，胡先驌嘗謂之「能於澹雅見天真，元著超超信絶塵」。王易自訂詩集已佚，其作多散見於民國時期的報刊雜誌中，近年來，經過其家人及相關學者的努力，多方面搜集他的遺作，相信在不久的將來，王易的詩詞集可以面世。在目前所見的王易各種撰著中，論詩評詩的文字所占不多，而從汪辟疆《光宣詩壇點將録序》中得知，王易曾經與友人「昕夕論文」，評騭當世詩家，可見他對於論詩並不陌生。通過搜集資料，在民國早期的雜誌上，我們找到了王易所撰的這部《我友詩話》，從中可略窺王易論詩的方式及特點。

《我友詩話》一卷，作于王易早年在京師大學堂求學時期，署譜名王朝琮，一九一四年末至一九一五年初，連載發表在徐振亞主編的雜誌《小説叢報》上。依其《弁言》所署「辛亥冬月」，可知完成於一九一一年，時王易年僅二十三歲。詩話全篇分爲四個部分，文中詳細地記録自己學詩的過程和心得，並附加收録了汪辟疆的評點。在學詩的過程中，因同好詩詞，王易與汪辟疆、袁霖慶、林庚白、程鳳笙、姚鵷鶵、胡先驌、周維華等人相互切磋，酬唱，成爲至交，故王易將此詩話取名爲「我友」。

近年來，有關「京師大學堂詩人羣」的交往酬唱活動已經引起了學術界的重視，成爲一個新的話題。除了王易集中所提到的詩人之外，該羣體還包括梁鴻志、黄秋岳、朱聯沅、黄有書等人。這些詩人的詩學活動在汪辟疆的《小奢摩館脞録》、胡先驌的《京師大學堂師友記》、林庚白的《孑樓詩詞話》、姚鵷鶵的《止觀室詩話》中都有記載，但是稍顯簡略，而《我友詩話》是目前所見諸作之中，記述最爲翔實者，對於研究王易、汪辟疆、林庚白等人的早期生平、創作有著重要的文獻意義。

此外，值得關注的是，詩話還收録了一些未經見載的詩作，尤以王易、汪辟疆二人所作爲夥。其中王易十八首，此前全部未見。汪辟疆十六首，僅有三首收入一九八八年出版的《汪辟疆文集》之《方湖詩鈔》中，十三首未見。價值豐富，足資參考。

此次整理《我友詩話》，以《小説叢報》一九一四年第五期、第六期，一九一五年第七期、第八期爲底本，依照各期的順序分爲四節。保留原本卷前的汪辟疆（笠雲）、徐枕亞題詞以及王易自序。原文中以括弧標出汪辟疆批語，並附有大量圈點。整理後，批語仍按原貌保留，圈點則删去不録。原文標點簡略，現改爲通行標點。原文中異體字、通假字等都按照通行方法處理，明顯錯誤或存疑處，以校記説明。

趙宏祥

題詞

笠雲

簿書顛倒無閒暇，幽草寒瓊意未厭。辨學何妨家一喙，論文應值字三縑。蟹黄熊白齊升俎，竹箭琨瑶盡入奩。鹿散風驚成底事，詩壇空憶鬪精嚴。

弁言

曉湘

余素不善交接，雖歷年以來，奔馳南河北薊間，而心契者僅數人耳。之數人者，與余交數年，未嘗以形迹拘，故余亦可處之而無間。余好爲韻語，諸人亦雅，與余若平居剪燭，共話詼諧，談笑無不率真，人咸目爲雅人，而余則以棄才自呼也。余歷數校，得友如汪、袁、周、林、程、姚，諸子皆以文詞爲媒介者，雖性情各別，要皆軌于正道，不可以凡俗觀。邇年居太學，日夕相聚，聚必然有言，言必有旨，因恐日久而或忘也，爰筆述其略，而名以《我友詩話》，拉雜俚鄙所不計也。辛亥冬月

讀我友詩話竟率題一律

（海虞）徐枕亞

一編珍重付長郵，讀罷臨風思不休。風雨雞聲三載夢，余聞諸子名已數年。江湖秋水十分愁。梨花柳絮長相憶，修竹孤桐未易酬。地北天南無限感，可堪身世獨悠悠。

一

余學詩堪晚，丙午歲始涉獵之。先我而能之者，余惟知袁子琅軒而已。若汪、周諸子，則余尚未識其人也。余見袁子詩，自其《送春》諸絶及《朱仙鎮》二律始。爾時袁子命意遣詞，尚未臻乎上乘，然《送春》諸作，已造晚唐佳境矣。其詞曰：「春風十里馬蹄香，姹紫嫣紅競豔妝。誰遣東皇控金勒，不教花鳥媚池塘。」「無奈東風又畫樓，海棠不語燕鶯愁。落紅滿地無人管，簾幙沈沈未上鈎。」「水光瀲灩板橋西，草色萋萋緑一溪。楊柳輕風三月暮，落花聲裏杜鵑啼。」

袁子名霖慶，字琅軒，又號練湖，江寧人。乙巳年，與余同肄業於豫省高等校。性沈静簡易，與交處者終歲不見有厲色。不知者以懦夫目之，實則束身寡過之君子也。余於同輩中未見有第二人及袁子者，時家君主講是校，袁子與弟子列，家君一見，即目爲端士，而余等訂交自是始。

袁子與余訂交，初非以詩也。蓋彼時余尚不能詩，雖亦當誦漢魏六朝及唐賢諸作，胸中稍具規模，而終未敢一操筆。迨交袁子，心焉竊慕，袁子又慫恿之，遂靦然爲之，即仿左太沖《詠史》八章也。家君見之，笑曰：「孺子可教。」

袁子工七絶，偶一爲之，節短音長，余自顧殊不逮焉。其《梅妃》云：「一斛明珠萬斛愁，君王情重妾難酬。太真一入深宫里，從此長門夜夜秋。」《陳後主》云：「長江飛渡石城秋，虎踞龍盤王氣收。不識景陽宫井裏，可能天子號無愁。」《楊玉環》云：「花摧誰無霓裳曲，佛寺淒涼夜月寒。南海荔枝遲一騎，齒酸未得轉心酸。」深情逸韻，杜司勳何多讓耶。

丙午之冬，余遷入豫河旅校，因是得識汪子笠雲。笠雲名國垣，一字辟疆。彭澤人，性倜儻，有卓犖不羣之概。余與初交時，默察其爲人英爽中時露沉毅，能急人急，非世俗泛泛者可比。舉動言語間，無文人之恃才結習，與余更一見若舊識者，風塵得此，又豈易哉。

汪子與余交歲餘，不言其能詩，然每觀評論前人諸家之作，洞中竅會，心竊疑之。一日，汪子以一律見示，即《沙河店曉發》也，詞曰：「涼秋風露溼中庭，茅店雞聲不忍聽。遠樹隔煙啣曉日，殘螢映水亂疏星。豐年隨處俱堪樂，歸夢連朝未解醒。書劍飄零何所似，年來身世楚江萍。」余詢作者，以他人對，余亦置之。未幾，聞袁子言，前詩即其自作，并謂曾見其《二十初度述懷》五古一章。余致詰，汪不獲已，遂吐實，自是余始以詩人目之。

丁未臘月，汪子赴泌陽省親，蓋是時適其尊甫權泌篆也，汪子行時，有不復返汴〔二〕之意。余乃作詩贈行云：「聚首梁園日已深，灞橋風雪灑離襟。可堪此夕談風月，莫忘平時喟古今。顧我尚留真面在，羡君不被俗塵侵。何須徵逐聯杯榼，管鮑當年此一心。」及次歲春，汪子以嚴命復來汴就學，吾二人乃復聚焉。

余與汪、袁二子日夕聚談，時有所作，輒互商榷。時余詩甚拙，袁之清麗，實過于我，然不常作，汪子亦然。

惟余不知淺陋，時一操觚，嘗作《白燕》詩，自謂不讓海叟，詩曰：「玉堂幾度舞婆娑，迢遞晶簾意若何。柳絮狂飛憐日淡，梨雲斜拂受風多。潔身怕入烏衣隊，顧影誰徵白紵歌。奮翼海天銀浪湧，莫教駒隙任蹉跎。」以示二子亦謂余然。

袁子不作古體，余恒勸其試爲之。袁子乃作《蓬萊曲》，頗濃豔而意別有所指，其末云：「何時腰纏十萬貫，身騎彩鶴凌霄漢。得傍瑶池玉女身，朝朝醉臥鴛鴦幔。」美人香草，可以知所託矣。

余自戊申五月後，心緒紛亂，無意詞章，擱筆幾及年餘。是歲冬，畢業於旅校，明年春，偕汪、袁諸子肄業太學，離家千里，不無惆悵。時一秉筆，動多愁怨，故有《憶家吟》之作，汪袁亦然，但不形于言耳。

太學校舍，密邇禁城，煤山故迹，日日在目。暇時偶翻明史，知含悲殉國之地，乃即巍然在望，不禁感而成一律云：「白雲山半翳斜暉，幾處亭臺擁翠微。帝子不歸鵑血盡，美人何處雁聲稀。空聞閹寺攀龍尾，豈有皐夔補袞衣。（風骨在浣花、玉谿之間。）遺迹空留頻悵望，垂楊萬樹暮鴉飛。」

松筠庵祀有明楊忠愍公，其地即公故居也，己酉夏偶過謁之，肅然起敬。廡下有公手書「鐵肩擔道義，辣手著文章」刻石在焉。因賦一律云：「瞻公祠宇涕沾裾，何必蚺蛇膽有餘。碧血竟成千古恨，丹心留得數行書。江山異代猶餘痛，俎豆於今尚故居。一疏批鱗風已杳，如生廟貌想當初。」（頗有盛唐風味。）

汪子論詩，每與余忤，余每好分唐宋派別，汪子則謂無分唐宋，以是爲尚，常齟齬焉。平心論之，唐人有劣處，宋人亦有佳處，但以唐之李杜韓白，與宋之蘇黄王陸較，則終覺彼善於此耳。蓋唐賢之所以勝者，以其醇也。

一日與汪子共論吾鄉王闓園、歐陽浩山二氏之詩，汪謂王之排宕爲勝，余謂歐之凝煉爲勝，汪謂歐之才氣不及汪，余謂王之工力遜於歐。相爭不已，其實工力才氣相輔而行，不過一以工力出之，一以才氣出之耳。（此論確不可易，可謂善作調人。）

汪子久不爲詩，己酉冬居都門，與同輩偶論及少陵《秋興》爲不可及，汪子投袂曰：「豈其然歟？」乃捉筆爲《秋興八章》云：「驚霜一葉墮空林，獵獵西風氣倍森。薜荔門牆籠夕露，梧桐庭院落秋陰。客中書劍離人淚，夢裏關河壯士心。家國拊膺愁不寐，那堪伏枕聽寒砧。」「車塵十丈漢宫斜，冰火滄桑歷歲華。一夜城中喧藥市，幾人海上泛仙槎。白山月冷三聲角，黑水霜殘半夜笳。賸有楓林憔悴甚，枝枝紅遍杜鵑花。」「危樓一角澹斜暉，坐擁層巒失翠微。扶荔宫中聞葉落，宜春苑裏有螢飛。幾回薪膽思猶痛，半着楸枰算豈違。補職誰勤山甫衮，秋高敢道鱖魚肥。」「世事輸贏類弈棋，楚歌聲裏有餘悲。秦關百二思今日，漢塞三千憶舊時。别浦柳彫雙杵急，吴江楓冷片帆遲。芙蓉破萼池塘寂，物候驚心繫我思。」「蓬萊海上説仙山，貝闕珠宫飄渺間。念載昆明連巨艦，一朝遼左弛重關。顧瞻國步餘殘淚，枉檢神方笑駐顔。粉堞悲笳餘落日，羣公何以慰僚班。」「金飈蕭瑟屋西頭，并作絃聲夜夜秋。萬里風煙餘舊夢，一囊詩卷貯新愁。仙橋未許成靈鵲，世事終難托海鷗。寄語新亭垂淚客，要憑雙手挽神州。」「年年玉斧竟無功，萬里清光月正中。仙使頻移銀漢影，江豚時拜白蘋風。數聲羌笛關山黑，幾點秋螢水岸紅。蘆渚菰鄉人隱約，煙波安穩羨漁翁。」「曲欄重檻路逶迤，吟透秋心月上陂。山罅雨舒千嶂色，石根雲護萬年枝。人間塵夢殊哀樂，天上星河幾换移。飯顆山頭聊學步，敢夸詩史汗青垂。」余讀之，笑曰：「君不慮浣花翁地下增妬耶！」

余與汪子擬作《壯士行》，汪子先成詩云：「數聲觱篥墨煙起，一身突兀千人裏。觀者辟易當者死，寒光白練生秋水。」「驚雷掣電奔如虹，螺筋猿臂聲爲聾。河朔健兒將毋同，青蔥玉勒東後東。」其味頗近昌谷，余詩意指韓義士安重根，故有「健兒自古生河朔，胡爲劍氣今東躍」之語。

庚戌春，笠雲自都來函，言去臘念三日晚間，方酣睡時，恍惚偕余登吹臺。其時落日[二]未下，初月已升，繼目危樓，萬感交集，笠雲當即成詩一首，俄頃便覺，僅記上四句云：「達夫老去少陵死，懷古高臺空復存。皓月平沙自今古，黄河落日相吐吞。」下聯似詠鄒枚事，結聯則述余兩人懷古意，醒時急思已不記憶。起立時，僅爲胡君步曾一誦，他人未嘗道也。久欲賡續，竟未得佳句，與之匹敵，乃知夢中與醒時所爲仙凡。

二

豔體本於《國風》，厥後《楚辭》承其源，以哀時嫉俗之志，托之香草美人，《十九首》復暢其流，言近旨遠，開後世艷體之宗。有唐一代爲艷體者，頗不乏人，八叉、昌谷[三]如其尤者也，而玉溪之律，尤爲唐代二百年之冠。蓋玉溪學杜者也，學杜而不泥於杜，以香豔綿麗之詞，寓悲憤諷刺之意，恢恢乎有風騷遺響焉。以視致元[四]微之之流，其相去詎可以道里計耶。余素不作艷體，然有動於中，無由抒發，庚戌春乃傚玉溪體作《無題》三十首，用上下平全韻，閲一來復而成。以示相識，多莫解其意，余亦不欲人知，然恐人或以風月綺語見目，乃於小序中渾言之曰「美人香草，屈靈均寄恨無窮，銅柱扶桑，杜子美悲懷莫喻」云云。

庚戌春三月，閩縣林浚南，入太學肄業，因汪子而知余，一席談畢，四座風生。浚南名學衡，原名泉，年十九，擅詞章，性磊落不可以常俗拘，譚論時旁若無人，所交游者多當世碩彦，而不知者咸以爲狂。嗚呼，斯世而有斯人，其獲狂名也宜哉。

浚南初見余時，與余論各家派别，頗相吻合。索觀余稿，最賞《煤山》一首，及見《無題》，則又曰：「玉溪之筆落君手矣。」余自愧不文，不敢以玉溪自居，惟曰：「君幸不以韓致光視我。」

林子長於填詞，儷體文亦頗擅勝，詩則以絶句爲佳，律亦奇氣盤鬱，吾輩中不多覯也。其《贈汪子》詩云：「日下相逢拂袖來，雄心莫便委蒿萊。時艱無補難爲用，年少能狂亦可哀。傖父何人識我拙，知交幾輩讓君才。會當走馬平胡虜，大漠塵區取次開。」《文相國祠題壁》云：「經過憑弔酹芳樽，丞相祠堂終古存。北地有人哀故土，南朝無處哭忠魂。八千里外孤兒淚，三百年來養士恩。社稷夭亡臣死節，可憐承旨舊王孫。」《感懷》云：「酒酣拔劍氣縱横，不學窮途阮步兵。萬里關河雙鬢短，十年湖海一身輕。哀時涕淚狂猶昔，亂世文章負此生。怪底中原豪傑少，紛紛豎子盡成名。」

絶句如《聞箏》云：「春風又是杏花天，何處銀箏擾客眠。腸斷江南今夜月，指尖彈冷十三絃。」《舟中作》云：「漲添畫舫流紅葉，水繞清溪似碧潭。兩岸鷓鴣雙槳雨，落花如雪過江南。」（似此風韻，何減漁洋。）皆非深造者不辦。

林子性疏狂，常易開罪於人，淺薄者鮮不側目，以是遭遇頗潦倒。余嘗謂之曰：「使君生當明時，指地畫天，可任君也，奈何值此道不行之世，其稍斂戢何如？」林子唯唯，而概其故。其贈梁君衆異云：「狂狷之間置我身。」然則林子亦隱於狂者也。

同時得休寧程家桐，程字鳳笙，甘園先生嗣也。先生工七古歌行，常與王壬父相唱和，鳳笙得家學，亦頗擅七古，而七律尤鏜鈜嘹亮，其贈程韻遜云：「聞道長安不易居，斯人憔悴獨何如。千金李白當壚酒，一卷虞卿去國書。天地新秋驚日月，江湖冥想入樵漁。（余最喜鳳笙江湖句，夢中常大叫以爲妙絶，上句則遜矣。）東遊且作扶桑客，燕市無從問狗屠。」《春懷》四首云：「茫茫愁思不成眠，宜暖宜寒四月天。狂裏心情蘇玉局，春來意緒柳屯田。偶邀紅葉原非夢，解語桃花即是禪。燕子未歸人欲老，東風消息倩誰傳。」「禁得東風料峭吹，杜鵑聲裏雨如絲。天涯芳草人千里，江上梅花笛一枝。蕭寺尚題懷舊句，津亭已唱冶春詞。五陵年少輕狂甚，笑我飄零似牧之。」（情韻兼美，有三河少年跌宕自喜之致，真欲使十八女郎低唱江南岸曉風殘月也。）「行過長堤更短堤，小樓東畔畫橋西。情人碧玉家何在，郎馬青蔥路欲迷。漫把金刀思遠道，莫憑錦字寄深閨。殘陽流水春無迹，愁聽花間鶯亂啼。」「落花無語奈春何，腸斷雙魚舊恨多。萬里琵琶才子句，三更楊柳懊儂歌。緣窗紅粉朝朝淚，碧水青溪夜夜波。馬上黄昏樓上月，别離滋味幾經過。」（四詩有松園遺意，真不愧裔孫也。）凝練流麗，兼而有之。

周公阜，名維華，廣西臨桂人。與余同學於豫省高校，然爲時甚淺，己酉歲，同入太學，始熟識焉。公阜性沈摯，於學鮮不通，國學外，治佉盧文亦佳，詩詞俱蔚然大觀，詩尤精湛。古風如《出塞曲》云：「從戎聊投筆，丈夫志四方。何當躍馬去，彎弧射天狼。君恩不易報，起舞空彷徨。朔風吹觱篥，日落煙蒼蒼。」《靜夜思》云：「浮雲慘淡北斗横，銀河耿耿懸中庭。美人不來碧煙暮，明月遠照君山青。惆悵音塵千里隔，側身恨少雙飛翮。羅幃不捲玉鈎寒，清露暖空天欲白。」近體如《霜曉》云：「霜曉亂烏啼，寒城聽鼓聲。（起二句聲情激越，頗類王右丞《觀獵》之作。）秋風榆塞北，殘月板橋西。故國傳鴻信，晴郊送馬蹄。楓林初日上，煙草望中迷。」又七律如《卿是》《無題》《偶見》諸艷體，皆可追步唐人。公阜人謙謹，從無驕人氣，亦吾輩中之翹楚也。（余嘗評公阜詩以五律爲勝，細膩熨帖，真能得唐人之遺，儕輩中少與頡頏者也。）

林子以其豔體七律都爲一卷，名曰《珊樹集》，取「珊瑚碧樹交枝柯」意，向衆索題，余題五律四首云：「珊瑚高七尺，豪絶季倫家。玉樹歌聲歇，金蓮步影斜。文章餘淚血，筆墨化煙霞。湖海飄零久，閒庭弔落花。」「九歌權寫恨，流芷與湘蘭。白雲音猶昔，青燈夢已殘。在塵清濁異，知己古今難。何處堪容足，茫茫宇宙寬。」「海内方多事，樊川有罪言。啼猿三峽苦，雄虺九天昏。脂粉美人淚，山川俠士魂。迷陽今滿地，高隱羨衡門。」「同是天涯客，琴書共寂寥。燕臺漸離筑，吴市子胥簫。越鍔鋒長斂，隃麋迹未消。巢由如可作，投筆事漁樵。」程鳳笙題七律四首云：「美人香草空千載，檀板金樽話六朝。庾信鄉關歸未得，元龍湖海氣能消。身憐柳絮東西水，詩賦花魂大小招。何事江南舊遊地，二分明月一枝簫。」「珊瑚玉樹兩風流，萬古煙霞散不收。滿地落花添作恨，一池春水皺生愁。漫歌郎馬青蔥曲，且唱君家白燕樓。底事干卿拋未得，美人刀剪故人鈎。」「寥落津亭酒一樽，那堪重憶苧羅村。桃花流水春人夢，芳草天涯旅客魂。容我輕狂空北海，與君酬唱續西崑。玉卿不作飛卿死，此意茫茫未可論。」「詩人敦厚温柔教，才子虚無縹緲辭。胡帝胡天渾不似，疑雲疑雨總堪思。瓊樓玉宇三千里，冰簟銀床十二時。吟遍春花與秋月，爲誰憔悴爲誰癡。」此外袁子一律，汪子四律，周子古風，余皆忘之矣。

林子與程子，一日聯《春柳》四律，用漁洋韻，極工麗之至。「臨風揺曳欲消魂，最憶江南白板門。人去隋堤花有淚，春歸漢苑夢無痕。曉星殘月湖邊樹，疏雨輕煙陌上村。愁倚斜陽腸易斷，當年情緒怕重論。」「開到楊花白似霜，相將桃葉渡横塘。緑波[五]蕩漾翻新曲，紅袖飄零檢舊箱。掌上細腰憐楚女，眉梢淺黛戀陳王。六朝金粉空如夢，閲盡興亡幾教坊。」「沈醉東風白袷衣，聲聲玉笛已全非。燕來庭院簾初捲，雁去關山信轉稀。攀折偏增遊子恨，别離欲傍故人飛。風流張緒應猶在，回首靈和願豈違。」「娉娉嬝嬝最堪憐，往事尋思總化煙。廿四橋頭潮上下，三千里外意纏綿。好將青眼看知己，不惜黄金買少年。如此江山如此樹，教儂涕淚落誰邊。」清妍綿麗，聯綴無痕。（四章以末首爲勝。）

艷體之宗國風，已如前説矣，然僅綺羅脂粉，言中無物，言外無意，則亦無足重輕。譬之畫洛神，清婉迴翔中仍不可不有凝重之氣，肌豐肉妍，自是美貌，然可無骨乎？世之學義山者夥，然每流於淺薄，而失其深厚，甚者竟以香奩視之。是猶婢學夫人，適形其醜耳。蘇長公曰：「天下幾人學杜甫，誰得其皮與其骨？」吾於義山亦云。

世多以王次回《凝雨集》爲香奩，此不善讀《凝雨》者也，次回蓋亦學義山而稍變其格調耳。集中如《個儂》諸作，未嘗不似香奩，但細味其詞，絶不僅男女悦慕而已。如「讒脣激浪稽千尺，妒眼成城繞一周」之句，必別有所指，蓋次回誠篤人也。夫人之歿，悼之再四，重於内者，必不務於外也。袁簡齋竟謂嗣次回者惟香亭。噫，香亭何人，而足與次回頡頏乎？使次回地下聞此言，亦必頷首微笑曰：「王子知我。」

三

庚戌冬，余手録丙午以後稿，將以付梓，乞敘於諸子。汪子序頗簡健，文曰：「始吾識筱香於梁園，因得讀所爲詩。比來都門，爲詩益富，而樹骨遣詞視前益進，筱香蓋真能自樹立者也。嗟乎。聲音一道，昔賢固嘗用以覘世變。治平之詩其音和，而模山範水之作，往往極其工麗，至幽傷沈痛之旨或尠焉。世變稍劇，道固反是，此蓋由藴於中而觸於外所不能自已也。今筱香所處之時，未知視古詩人何如，然每讀《丁未雜感》《感時》《聞復海軍》《無題》《詠史》《游仙》諸什，諷刺之餘，幽而能出，是固所謂『開寶文章以涕淚勝』者，則筱香所處之時，又可知已。讀《虚明室詩録》竟，書數語以歸之。」林子序爲駢體有句云：「紅豆相思不數右丞之句，青衫淪落最憐司馬之詩；寫金迷紙醉則鴛鴦之夢全消，憶扇影鬟絲則蝴蝶之魂尚在。」余謂之曰：「君序非不佳，奈何誣我太甚。君見誰有鴛鴦之夢耶？」林子笑曰：「閒情不玷高風，梅花未損相業，君不妨無此事，我不妨有此文。」

程子有題辭云：「江湖滿地文章老，誰識王郎七字哀。磊落高情懸日月，琳琅妙語帶風雷。窮年載筆真成隱，客裏看花獨肯來。且自高歌且青眼，茫茫天壤此奇才。」（此章與鳳笙詩迥異，清真健舉，不似前作之纖華也。）

袁子亦題詞云：「漫説新詞記彩鸞，楚騷自古託幽蘭。分明一副長沙淚，莫當春花秋月看。」并拊余曰：「君莫更呼冤也。」

婁縣姚雲伯亦有題詞云：「誰令湘草繼冬郎，展卷頻驚楮墨芳。天下於今無雅頌，故人到眼盡琳琅。解耽佳句原難饜，儘有名山莫便藏。我亦心肝渾嘔出，爲君珍重惜奚囊。」姚名錫鈞，亦號鵷鶵，雄於才，下筆千言略無澀滯。人亦頗落落，如裼裘公子。記其《曉起》一絶云：「雲天荒荒靜欲枯，煙巒疊疊淡欲無。曉風乍動不知處，驚起一林青鷓鴣。」

庚戌冬，奉余家電，赴固畢婚，蓋是時家君權篆固始。歲寒風雪，踽踽獨行。在京登汽車時，惟馬君又波親送耳。余感而賦三絶。有云：「文章詩酒交多少，道義惟君似故人。」又波性沈潛篤學，束身寡過，待人以誠，處己以道，世俗中不多覯者。尊翁亦善詩，又波好之而終不作，迨亦知者不言歟。君名朝棟，安徽太湖人。

辛亥春，余與諸子思立詩課，適汪子擬題百餘，余乃倡議衆各拈題分詠，余拈得六題。余拈得六題即《春草》《古意》《題自然好學齋集》《法源寺》《社墳曲》《楊花》是也。汪、林、程、姚、周亦各拈得數題。林子《秋夜琴聲曲》頗清豔，姚子《王郎曲》亦工麗。又《梅花嶺》二律，亦排宕。首章云：「山到江淮不斷青，此間吾獨一駿停。雲連平野風塵色，花帶孤城戰血腥。四鎮局殘無故土，百年客過有新亭。欲尋舊事誰堪語，牧笛殘陽不忍聽。」袁子亦有《梅花嶺》七古一章，頗似長慶。程子《采菱曲》亦有古致。衆成後，擬共刊《太學題襟集》，既而未果。

林子作《登陶然亭》詩曰：「二月不見花，青山在城北。獨有傷心人，陶然亭上立。」自謂冷峭無對，余乃作《法源寺》詩云：「千年法源寺，臺殿落空寒。不被劫灰没，於今有牡丹。」持示林子，曰：「君不當卻步耶？」林子笑曰：「皆一時瑜亮。」

余與袁子擬人物八詠，各拈其四，余得《邊城老將》《林泉遁士》《蓬門貧女》《繐帳孤孀》四題。袁子得《空閨思婦》，《天涯游子》《亡國孤臣》《永巷宫人》四題。余詩載集中，袁子詩云：「誰教銀漢隔牽牛，脂粉慵調伴翠樓。楊柳池塘春鎖恨，芙蓉庭院月牽愁。漫勞寸簡傳殷羨，莫遣歸舟阻石尤。鸞帳香消鴛枕冷，誤人畢竟是封侯。」「朔風夜警憶香蓴，留滯江關一葉身。蝴蝶夢隨遼海月，杜鵑啼遍薊門春。年來解悶憑杯酒，客裏傳書有錦麟。萬疊雲山天外擁，斜陽碧草易迷人。」「故國河山付莽榛，淒涼不見昔時春。銅駝荆棘人垂淚，神廟煙煤鬼作鄰。梅嶺衣冠埋碧草，吴江風雨灑青燐。春花滿眼滄桑憾，零落昆明劫後身。」「盈盈秋水濯芙蕖，自入深宫夢總虚。吴苑誰人知鄭旦，長門無處覓相如。雲屏月暗珠何惜，寶鼎香消髻懶梳。三十六宫歌舞遍，可憐妾未識羊車。」

四

汪子善效唐人，自清明而後大變，清明詩者，汪子尊宋之始也。先是姚子學宋，林子亦然，然汪雖慕之而未爲也。迨清明詩出，林姚二子亟賞之，汪子遂力摹擬之，隨作《過神武門》《枕上》諸詩。次日林子有《清明後一日》之作，姚子有《暮春即事》之作，紛相唱和，風靡一時。汪子益自得，數日間積十餘章，并舉曩日傚唐人者，率行删去，余爲深惜之。

汪子正稿，斷自清明之作，既又惜其舊稿，乃裒爲《笠雲棄稿》一卷，實則棄猶不棄也。蓋人之學問文字，隨年俱變，少作即不及老作之佳，亦應兩存之以覘進境。余丙丁間所爲詩，本不必存，既思登高自卑，何用深諱，況汪子棄稿多傑搆耶？

汪子酷嗜山谷，謂其真能學唐，故恒以《山谷集》自隨。余則於唐人深信不疑，嘗謂文字之運，與時代爲更易。漢魏之文，六朝之賦，唐人之詩，宋之詞，元之曲，皆臻極盛，擇其盛者學之，則便於取材矣。

汪子棄稿，余最愛其《夢遊廬山頂放歌》一首，辭曰：「江月當我襟，江水洗我心。興酣［六］落筆酒微醺，狂歌醉倒廬山雲。廬山鬱鬱何嵯峨，奇峯倒影摇江波。峯頭五老向我笑，舉手招我山之阿。我因乘飈風，振衣青雲中。海日如可探，天雞遥相通。屏風九疊張雲錦，千尋倒挂金芙蓉。須臾回頭語五老，五老千年聾不曉。既不仙遊金臺紫館中，又不身住蓬萊島。胡爲抉此十目坐看五千年，古往今來一任供饞飽。聲隆隆兮雲輪，風飄飄兮紫巾。倏然下兮花繽紛，飄然來兮雲中君。雲軒鳳駟乍停歇，眼前突兀何紛紜。示我以三千里之幻形，詔我以五千言之玄經。萬籟都寂天不靈，香爐瀑布空蒼冥。有時雲氣來腳底，仙之人兮列齒齒。有時青鸞翔修桐，王母來自東海東。有時奇虬巨鰲紛沓至，諸天曼衍魚龍戲。更有峯底李之白鹿洪之牛，一齊掉首奔山邱。巍巍五老似笑還非笑，雲中拍手頻點頭。我乃左拍洪崖，右挹浮邱，登高一嘯銀漢倒流。星娥月姊爲之愁，吴剛斧柯爛不收。回看下界一萬八千里，惟見大江之水滔滔東去無時休。長歌痛飲足快意，人生得此復何求。嗚呼，人生得此復何求，歌來雲我空悠悠。」汪洋恣肆，在太白玉川之間。

同學淮陽司君也園，以疾卒於都，同人多爲挽辭，余作七古一章，自謂立意得體。蓋余與司君向無半面，止以同校之誼，不得不爲耳。通篇大率曠達語，而頗見哀痛。林子謂余是詩，恰是挽司君，而最賞其中「吾生從未識劉蕡，今日寢門同一哭」之句，謂其婉而能達云。

汪子有《太學十君詠》，首即余也，其辭曰：「不見四照堂，百年有淵默。篋中冰雪句，奚數蘭成策。嘯傲凌滄洲，高懷自凌轢。王生著作才，毋爲歌逼仄。」蓋汪子誤以余爲王猷定之後，但余家於明末時尚爲粵[七]人，清乾隆中始入南昌籍，有四照堂時南昌尚未有吾族也。雖然，諺有之「五百年前是一家」，則又奚不可謂之同族耶？

袁子素不作詞，自去冬以來，日有所作，積得三四十闋，居然成帙矣。其詞多香奩，頗似花間，但多寓意感事，則又較有骨力，余因題一絶云：「摇落江關有所思，綺懷春怨納吟卮。工愁莫笑文人苦，一卷淒涼絶妙詞。」

袁子旅居都門，頗多别恨，因作《别恨詩》十首以寓感。詩曰：「回首三千里，天涯又一年。不知庭畔月，歲歲爲誰圓。」《月》「匹馬榆關道，蒼茫瀚海沙。寒雲遮故里，淒絶聽胡笳。」《寒》「獨處三更夜，啼鵑遍錦城。不如歸去好，空作斷腸聲。」《鵑》「風雨春三月，春花處處紅。銷魂南浦别，豈獨一文通。」《暮春》「鬱鬱長亭柳，焉知旅客心。柔條攀不盡，又見緑成陰。」《柳》「漫説雙星恨，年年渡絳河。可憐離别苦，惟有世間多。」《七夕》「處處催刀尺，江關動客情。由來驚蝶夢，半是搗衣聲。」《碪》「一穗秋燈暗，蒼涼黑水西。夜寒應不寢，曉聽汝南雞。」《館旅》「秋風吹落葉，秋雨碎寒鐘。觸起思鄉念，家山隔萬重。」《夜秋》「三更人靜後，誰識此私衷。惟有多情燭，臨風墮淚紅。」《燭》

余作《西施》詩云：「客館荒涼未忍言，人間亦有苧羅村。十年嘗膽心猶苦，一笑傾城夢易昏。終古胥濤空徹耳，祇今漁唱更銷魂。可憐煙水忘機處，不感君王雨露恩。」蓋以感事也。林子極賞之，謂可淩駕玉谿，且曰：「君艷體可以開宗矣。」余愧是言，然欲勉力以副其譽。

吾友趙繡川名愚，河南魯山人，庚戌冬以疾卒於里。余於辛亥夏始聞耗，心殊傷感，權賦二律，以當一哭，殊不減長慶也。詩云：「白楊秋草已經年，噩耗方聞欲問天。愧我頑靈猶墮溷，憐君俠魄竟歸泉。久知生命如朝露，誰向清明泣暮煙。十載南柯渾一夢，不堪重讀大招篇。」「梁園抵掌竟無期，故舊凋傷祇自悲。化鶴定知人寂寞，聞雞誰慮世安危。空山落月魂歸處，碧水青燐夢醒時。何日東駕能哭子，京華三載恨羈遲。」繡川人誠篤嗜學，患咯血猶學不倦，以是竟夭其天年，悲乎！

辛亥六月，余家居與諸昆弟擬作《黄天蕩懷古》，予作七古一章，三弟亦作七古，頗有神致。回京後，以其稿示復南，復南書其尾云：「阿龍固自超也。」三弟詩多得自樂府，學盧仝、温、李，亦得其神似。五古似東野、文昌，生平不作七律，而致力於七古爲多，亦奇性也。

客有以某妓小照倩題者，余爲題二律云：「弱態盈盈未易描，冰[八]膚姑射稱輕綃。依稀月下三分影，阿娜風前一握腰。絃管清歌乃昔昔，綺羅香夢總迢迢。羊膏玉帳[九]非吾分，何事黄金貯阿嬌。」「碧玉年華絶世姿，姍姍立望覺來遲。名高冀北空羣馬，身是江南第一枝。芳草幽香留蝶夢，美人清韻繫蛾眉。春風秋月須珍惜，莫待紅顔老去時。」客曰：「司馬亦有淚耶？」曰：「司馬淚爲己流，不爲若輩流也。」

同學胡[一〇]君步曾，以其高祖母熊太夫人事略索題。夫人新建人，適胡氏。夫病，刲臂進湯，不愈，夫人乃禱天，請以身代，投池以死，夫乃尋愈，其子家玉公爲表而旌之。余爲賦七古一章，於其始末，頗能曲曲傳出。

八月武昌師起，僑居都門者，咸皇皇不自綏，出京者踵趾相接。太學亦暫輟課，同學多返里者，余亦隨汪袁周諸子連袂返汴。於九月六日出發，初八抵汴寓，次日即重九也，袁子乃作《重陽有感》四律云：「登高漫上仲宣樓，風景河山觸眼愁。巫峽月明猿泣夜，漢江波湧鳥驚秋。題詩憂國悲徐艷，起舞聞雞孰祖劉。世事茫茫天欲醉，滿城風雨黯神州。」「八公草木遍天涯，霜染秋風日易斜。烽火咸陽迷故道，干戈湘水阻歸途[一一]。去官彭澤憐陶令，落帽龍山有孟嘉。簾捲西風入獨倚，可憐憔悴似黄花。」「持螯賞菊總蒼涼，妖彗横空敵勢張。猝遇亂時惟獨醉，愁逢佳節説重陽。湘南雲暗花無色，嶺外霜寒草不香。頑鐵九州真鑄錯，諸公袞袞費平章。」「烽燧連朝逼九閽，倉皇匹馬出都門。少陵詞賦江湖恨，庾信文章涕淚痕。上國無端成棘地，中原何處覓桃源。菟裘自覓茱萸酒，醉臥江南黄葉村。」録之紀歲月。

余居汴垣，寓驛館街，汪子寓袁宅街。適汪子隔鄰有空宅，乃邀余徙居，余從之，自是遂成密鄰矣。汪子喜而賦一律，有「且喜桓譚託比鄰」之句。不數日，其尊甫奉檄權篆商城，汪子隨侍，定冬月十二日啓行，相聚未幾，遽爾遠别，萍蹤絮迹，亦可憐哉。

十月廿八晚，天雨雪。余與家人方圍爐促坐，忽拈筆書五古一章，柬汪子云：「今我殊不樂，寂然伏牖下。陳雪入窗來，使我魂驚詫。嗟余愧和璞，砆碱賤無價。學書計不成，學劍豈容假。何事足擾心，偏覓乏閒暇。日食不知愁，肯負此穲稏。所幸得解人，汪倫相比舍。疏狂不恃氣，嵇阮非其亞。有時捉寸管，三峽源怒瀉。有時縱談鋒，儀舌不足借。與我久周旋，習性與俱化。泥爐熱尊酒，況值歲寒夜。安得隔鄰人，欣然旋命駕。」汪子次晨始來次韻答余云：「詩壘各自營，相持未肯下。雪中詩清絶，韻惡任誇詫。明珠落唾咳，千金難媲價。念余處寂寞，得醉及休假。我方眩璀璨，歷亂眼未暇。作態自横斜，百頃翻穲稏。寺鐘動忽諳，潭潭靜官舍。摳衣出門望，崖壠無高亞。凍雲聚忽散，星影當窗瀉。清奇至難狀，好景豈容借。王侯歲寒交，心形與共化。隔鄰命樽酒，共此連床夜。清興余亦頗，詩成發晨駕。」余得詩，遂倒疊前韻柬之云：「逸興偶然動，茲世一税駕。蹉跎年復月，倏忽晝還夜。吟詩作玄語，自謂奪造化。文通筆五色，恨不即相借。昨宵興忽來，海水杯中瀉。酒闌援兔毫，成詩投墻亞。邀將西鄰汪，踏雪過我舍。詩中寡聊賴，韻險叶穲稏。丁此世多艱，楮墨烏容暇。下馬作露布，男兒事非假。咄咄汝王生，自視俱無價。胡爲悲失志，書空徙自詫。前途匪云遥，慎莫甘居下。」是夜汪子又倒疊前韻投余云：「讀書良不惡，古人許方駕。同氣有王生，款語忘昏夜。微言得真諦，萬氣欲通化。有時適已事，風月不待借。逢雪足詩興，詞源欲倒瀉。韻險心益壯，肥鈍笑通亞。今晨示我詩，嚄唶避三舍。君詩如盤粒，我詩猶稻稏。及茲爲斂手，得酒更偷暇。語妙豈易得，好景不常假。殘雪低壓屋，坡老歎無價。秉燭作夜遊，凍羽共爭詫。昨宵君記取，意醒猶猛下。」汪子謂余曰：「君詩素宗唐，今何忽欲與魯直接鄰耶？」曰：「吾與魯直弟子接鄰，安得不爾？」遂相與歡呼暢飲，燭見跋，汪子乃歸。

未幾，汪子行期至矣，余弟皆有詩送之。惟是日余無興，故亦無語。一鞭殘照，人在天涯，文字因緣遂爾暫止，而是录亦輟矣。

【校記】

[一]汴，原作「沛」，當爲「汴」之誤。據文意，汪辟疆由泌陽返開封，因改。

[二]日，原作「月」，當爲「日」之誤。據文意，落日與初月并現，因改。

[三]原「昌」字後疑有脱，當補。據文意知爲李賀，字昌谷。即補「谷」。

[四]元，原作「先」，當爲「元」之誤。據文意，元稹，字微之。因改。

[五]波，原作「皮」，當爲「波」之誤。據詩意改。

[六]酣，原作「甜」，當爲「酣」之誤。據詩意改。

[七]粵，原作「奥」，當爲「粵」之誤。案趙宏祥《王昜先生年譜》，王昜遠祖居廣東博羅，乾隆中始遷南昌。因改。

[八]冰，原作「水」，當爲「冰」之誤，莊子《逍遥遊》：「藐姑射之山，有神人居焉。肌膚若冰雪，淖約若處子。」因改。

[九]帳，原作「悵」，當爲「帳」之誤，據詩意改。

[一〇]胡，原作「吴」，當爲「胡」之誤，據文意指胡先驌，字步曾。因改。

[一一]途，出律，疑爲「槎」之誤。